Afrika

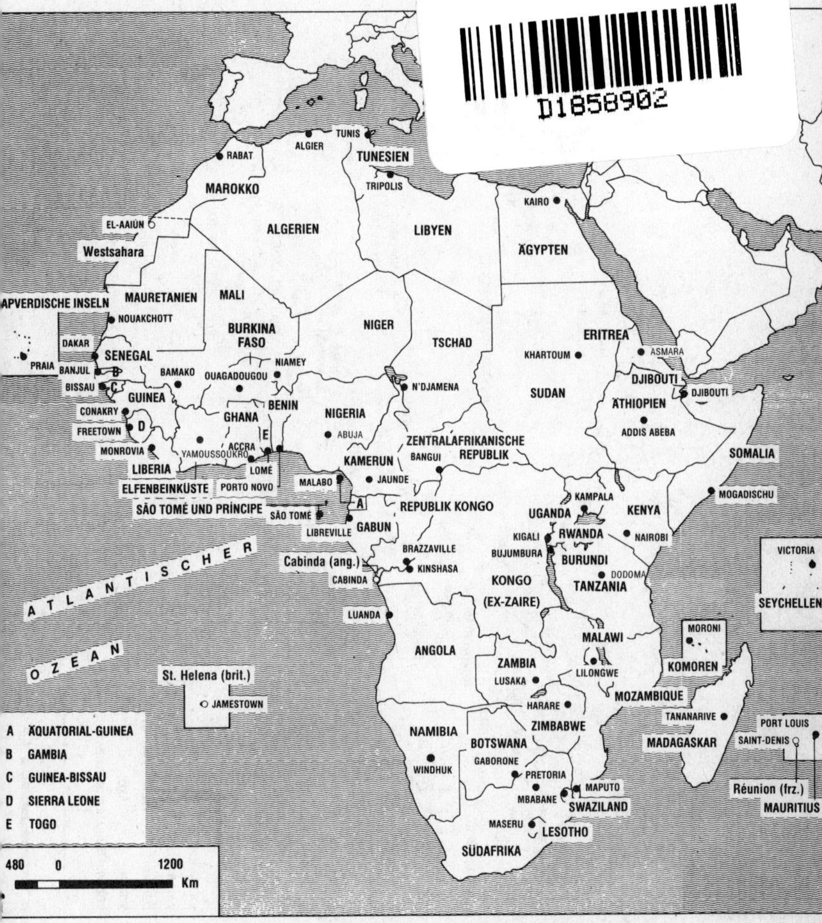

RABAT
ALGIER
TUNIS
TUNESIEN
TRIPOLIS
MAROKKO
EL-AAIÚN
ALGERIEN
LIBYEN
KAIRO
ÄGYPTEN
Westsahara
APVERDISCHE INSELN
MAURETANIEN
MALI
NOUAKCHOTT
BURKINA FASO
NIGER
TSCHAD
ERITREA
KHARTOUM
ASMARA
DAKAR
SENEGAL
PRAIA
BANJUL
BISSAU
NIAMEY
BAMAKO
OUAGADOUGOU
N'DJAMENA
SUDAN
DJIBOUTI
GUINEA
BENIN
ÄTHIOPIEN
CONAKRY
GHANA
NIGERIA
FREETOWN
ABUJA
ADDIS ABEBA
ZENTRALAFRIKANISCHE REPUBLIK
MONROVIA
YAMOUSSOUKRO
ACCRA
KAMERUN
BANGUI
SOMALIA
LIBERIA
LOMÉ
ELFENBEINKÜSTE
PORTO NOVO
MALABO
JAUNDE
MOGADISCHU
SÃO TOMÉ UND PRÍNCIPE
SÃO TOMÉ
REPUBLIK KONGO
KAMPALA
UGANDA
KENYA
LIBREVILLE
GABUN
KIGALI
RWANDA
NAIROBI
ATLANTISCHER OZEAN
BRAZZAVILLE
BUJUMBURA
BURUNDI
VICTORIA
Cabinda (ang.)
KINSHASA
DODOMA
CABINDA
KONGO (EX-ZAIRE)
TANZANIA
SEYCHELLEN
LUANDA
MORONI
MALAWI
ANGOLA
ZAMBIA
LILONGWE
KOMOREN
St. Helena (brit.)
LUSAKA
JAMESTOWN
MOZAMBIQUE
HARARE
TANANARIVE
A ÄQUATORIAL-GUINEA
B GAMBIA
C GUINEA-BISSAU
D SIERRA LEONE
E TOGO
NAMIBIA
ZIMBABWE
PORT LOUIS
BOTSWANA
MADAGASKAR
SAINT-DENIS
GABORONE
WINDHUK
PRETORIA
MAPUTO
Réunion (frz.)
MBABANE
SWAZILAND
MAURITIUS
MASERU
LESOTHO
SÜDAFRIKA
480 0 1200 Km

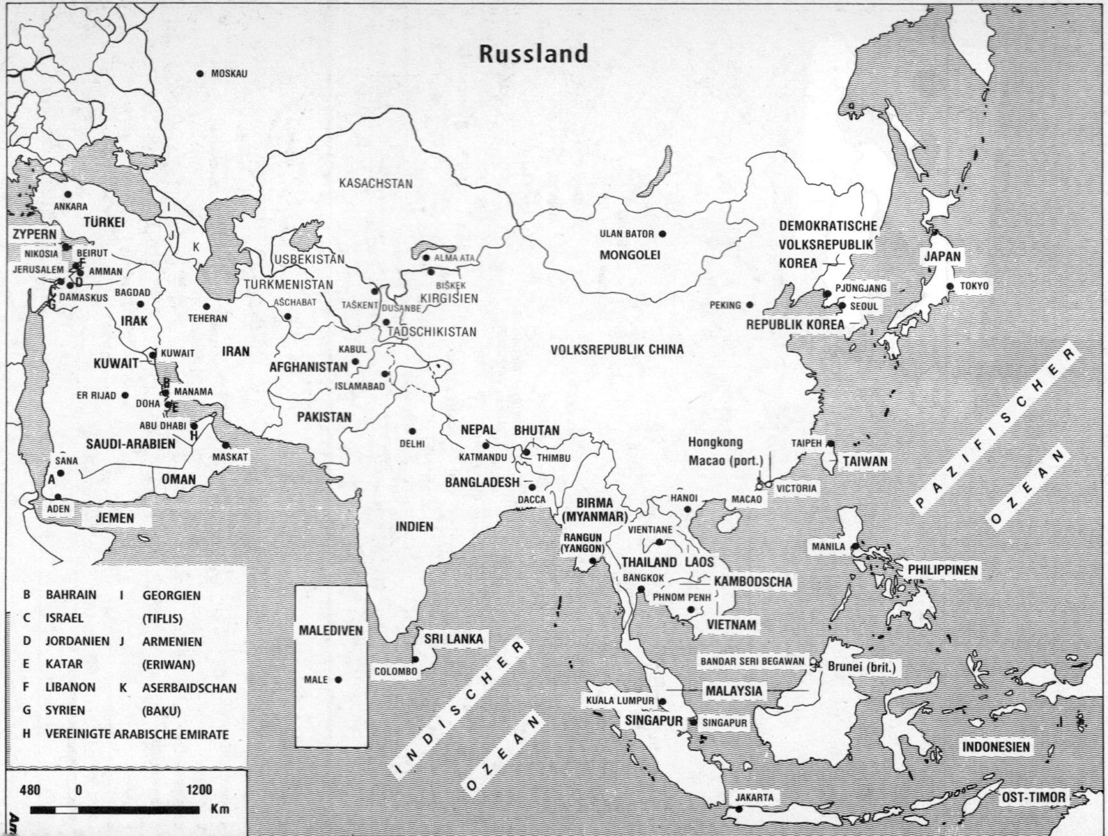
Russland
MOSKAU
KASACHSTAN
ANKARA
TÜRKEI
ZYPERN
NIKOSIA
BEIRUT
JERUSALEM
AMMAN
DAMASKUS
BAGDAD
IRAK
TEHERAN
IRAN
USBEKISTAN
TURKMENISTAN
AŠCHABAT
TAŠKENT
DUŠANBE
ALMA ATA
BIŠKEK
KIRGISIEN
TADSCHIKISTAN
KABUL
AFGHANISTAN
ISLAMABAD
PAKISTAN
KUWAIT
MANAMA
ER RIJAD
DOHA
ABU DHABI
SAUDI-ARABIEN
MASKAT
SANA
OMAN
ADEN
JEMEN
ULAN BATOR
MONGOLEI
VOLKSREPUBLIK CHINA
PEKING
DEMOKRATISCHE VOLKSREPUBLIK KOREA
PJONGJANG
SEOUL
REPUBLIK KOREA
JAPAN
TOKYO
DELHI
NEPAL
KATMANDU
BHUTAN
THIMBU
BANGLADESH
DACCA
INDIEN
Hongkong
Macao (port.)
VICTORIA
MACAO
TAIPEH
TAIWAN
PAZIFISCHER OZEAN
BIRMA (MYANMAR)
RANGUN (YANGON)
HANOI
VIENTIANE
THAILAND
LAOS
BANGKOK
KAMBODSCHA
PHNOM PENH
VIETNAM
MANILA
PHILIPPINEN
MALEDIVEN
MALE
SRI LANKA
COLOMBO
INDISCHER OZEAN
BANDAR SERI BEGAWAN
Brunei (brit.)
MALAYSIA
KUALA LUMPUR
SINGAPUR
SINGAPUR
INDONESIEN
JAKARTA
OST-TIMOR
B BAHRAIN
C ISRAEL
D JORDANIEN
E KATAR
F LIBANON
G SYRIEN
H VEREINIGTE ARABISCHE EMIRATE
I GEORGIEN (TIFLIS)
J ARMENIEN (ERIWAN)
K ASERBAIDSCHAN (BAKU)
480 0 1200 Km

rororo

Zu diesem Buch

Das «Lexikon Dritte Welt» ist als Nachschlagewerk und Arbeitsmittel unentbehrlich für alle, die sich im weitesten Sinne mit Fragen der Entwicklungspolitik, der Nord-Süd-Problematik und der Dritten Welt beschäftigen.
Durch die Kombination von Länderanalysen, organisations-kundlichen und begrifflich-systematischen Stichwörtern wird in einem Band umfassend zu diesem Gegenstandsbereich informiert. Auf zahlreiche Sachverhalte wird problemorientiert eingegangen, in zentrale Fragen der Entwicklungswissenschaft und entwicklungspolitischen Praxis eingeführt. Auf diese Weise gewinnt der Benutzer des Nachschlagewerkes in Schule und Hochschule, in Wirtschaft und Politik und insbesondere im Bereich der Bewusstseinsbildung über Dritte-Welt-Probleme neben lexikalischer Information Grundlagen für eine inhaltliche Auseinandersetzung mit den einzelnen Fragestellungen. Die große Zahl der Autoren, darunter führende deutsche Entwicklungsforscher, bürgt für einen pluralistischen Charakter des Gesamtwerkes, das ausschnitthaft die Kontroversen in der entwicklungspolitischen Diskussion widerspiegelt. Gemeinsam ist den Autoren ihr Engagement für die Dritte Welt. Sie plädieren freilich für eine von Sachkenntnis und politischem Verantwortungsbewusstsein getragene Auseinandersetzung mit den die Entwicklungsländer und die internationale Gesellschaft betreffenden Fragen. Insofern versteht sich das «Lexikon Dritte Welt» als Beitrag zur politischen Bewusstseinsbildung.

Der Herausgeber, *Dr. phil. Dieter Nohlen*, ist Professor für Politische Wissenschaft an der Universität Heidelberg, wissenschaftlicher Direktor im Heidelberg Center der Universität Heidelberg in Santiago de Chile. Er erhielt 1991 den Max-Planck-Forschungspreis und 2000 den Universitätspreis der Universität Augsburg für Spanien- und Lateinamerikaforschung. Nohlen ist Herausgeber des Kleinen Lexikons der Politik und Mitherausgeber des achtbändigen Handbuchs der Dritten Welt sowie des zweibändigen Lexikons der Politikwissenschaft.

Dieter Nohlen (Hg.)

Lexikon Dritte Welt

Länder, Organisationen, Theorien, Begriffe, Personen

Autoren

Steven Arons, Dirk Axtmann, Harald Barrios, Matthias Basedau, Petra Bendel, Dieter Benecke, Klaus Bodemer, Andreas Boeckh, Otto Boye Soto, Matthias Catón Schlesiger, Ana Catarina Clemente-Kersten, Klaus Detterbeck, Hans-Jochen Diesfeld, Dietmar Dirmoser, Katrin Falk, Mir. A. Ferdowsi, Mario Fernández Baeza, Elisabeth Fisseni, Helga Fleischhacker, Michael Frein, Michael Fremerey, Gisela Frommer, Kambiz Ghawami, Bernd Girrbach, Florian Grotz, Claudia Grözinger, Rolf Hanisch, Christof Hartmann, Andreas Hildenbrand, Bernd Hillebrands, Waldemar Hummer, Volker Kasch, Joachim Krause, Michael Krennerich, Tobias Krohn, Martín Lauga, Volker G. Lehr, Julia Leininger, Volker Lenhart, Hans U. Luther, H. C. Felipe Mansilla, Hanspeter Mattes, Dirk Messner, Jörg Meyer-Stamer, Raoul Motika, Hans-Peter Nissen, Dieter Nohlen, Meike Nohlen, Franz Nuscheler, Sven Rahner, Matthias Ries, Hermann Röhrs, Peter Rottländer, Hartmut Sangmeister, Annette Schmid, Gunter Schubert, Johannes Schwehm, Alexander Seger, Rasul Shams, Susana Sottoli, Petra Speier, Karin Stahl, Philip Stöver, Michael Strübel, Roland Sturm, Karim Taalouch, Rainer Tetzlaff, Bernhard Thibaut, Bruno Thiesbrummel, Rudolf Tippelt, Achim Wachendorfer, Ute Wachendorfer-Schmidt, Norbert Wagner, Vivian Wagner, Ruth Weizel, Nikolaus Werz, Michael Windfuhr, Wichard Woyke, Mutlu Yeniyayla, Klaus Ziemer, Claudia Zilla, Wolfgang-Peter Zingel

Redaktionelle Mitarbeit

Katrin Falk, Johannes Schwehm

Rowohlt Taschenbuch Verlag

Vollständig überarbeitete Neuausgabe
99.–107. Tausend Dezember 2002

Veröffentlicht im
Rowohlt Taschenbuch Verlag GmbH,
Reinbek bei Hamburg, Januar 1984
Copyright © 1993, 1998, 2000 by
Rowohlt Taschenbuch Verlag GmbH,
Reinbek bei Hamburg
Umschlaggestaltung any.way, Barbara Hanke / Cordula Schmidt
(Fotos: LAIF, Köln)
Satz TimesTen PostScript (PageOne)
Gesamtherstellung Clausen & Bosse, Leck
Printed in Germany
ISBN 3 499 61468 5

Die Schreibweise entspricht den Regeln
der neuen Rechtschreibung.

Vorwort

Das Lexikon Dritte Welt ist **Nachschlagewerk** und **Arbeitsmittel** zugleich. Es bietet sachbezogene Informationen und Kurzanalysen zu den die Dritte Welt als Entwicklungsregion und internationalen Akteur betreffenden Fragen. Grob gegliedert werden die Staaten der Dritten Welt, die nationale und internationale Entwicklungspolitik und die Nord-Süd-Problematik behandelt. Das Lexikon kombiniert Länderanalysen mit organisationskundlichen und begrifflich-systematischen Stichwörtern. Damit wird in einem einzigen Band umfassend zum Gegenstandsbereich **Dritte-Welt-Entwicklungspolitik** informiert. Auf zahlreiche Sachverhalte wird problemorientiert eingegangen, in zentrale Fragen der Entwicklungswissenschaft und entwicklungspolitischen Praxis eingeführt. Auf diese Weise gewinnt der Benutzer des Nachschlagewerks in Schule und Hochschule, in Wirtschaft und Politik und insbesondere im Bereich der Bewusstseinsbildung über Dritte-Welt-Probleme neben lexikalischer Information Grundlagen für eine inhaltliche Auseinandersetzung mit den einzelnen Fragestellungen. Die große Zahl der Autoren bürgt für einen pluralistischen Charakter des Gesamtwerks. Es spiegelt ausschnitthaft die Kontroversen in der entwicklungspolitischen Diskussion wider. Gemeinsam ist den Autoren ihr Engagement für die Dritte Welt. Sie plädieren freilich für eine von Sachkenntnis und politischem Verantwortungsbewusstsein getragene (und nicht ausschließlich emotionale) Auseinandersetzung mit den die Entwicklungsländer und die internationale Gesellschaft betreffenden Fragen. Insofern versteht sich das Lexikon Dritte Welt als Beitrag zur politischen Bewusstseinsbildung.

Das Lexikon Dritte Welt wird kontinuierlich aktualisiert. Dessen ungeachtet versteht sich das Werk als ein historisches Lexikon, das versucht, die Zeit seit der Entstehung der Dritten Welt in Informationen und Analysen stichwortmäßig zu erfassen. Jeweils aktuellste Daten sind in Zeiten von Internet andernorts abrufbar. Für ihre Interpretation bedarf es der fachwissenschaftlichen Analyse, welche sich der historischen Perspektive und des internationalen Vergleichs bedient. Dies leistet das Lexikon Dritte Welt.

Insgesamt enthält das Werk etwa 1800 Eintragungen, von denen ein Teil als Verweisstichwörter dem Auffinden der gesuchten Informationen dient. Die Auswahl der Stichwörter ist in großem Maß durch die Sache selbst vorgegeben; so sind es die Länder, die zentralen Konzepte der Entwicklungstheorie, die wesentlichen Akteure und Instrumente der Entwicklungspolitik. Nicht jeder Dritte-Welt-Politiker freilich kann mit einer biographischen Notiz bedacht werden. Hier ist die Auswahl am Maßstab der Bedeutung der Personen im Politikfeld Dritte Welt/Entwicklungstheorie/Entwicklungspolitik geboten.

In den letzten zehn Jahren sind praktisch im Abstand von etwa 18 bis 24 Monaten überarbeitete und aktualisierte Neuauflagen des Lexikons erschienen. Dabei sind mir viele Mitarbeiterinnen und Mitarbeiter während ihrer Studienzeit in Heidelberg behilflich gewesen. Für die zehnte und elfte Auflage haben sich Helga Fleischhacker, Elisabeth Fisseni, Florian Grotz und Meike Nohlen die Redaktionsaufgaben geteilt. Die neueste, zwölfte Auflage fußt im Wesentlichen auf dem Kanon der Stichwörter der beiden vorhergehenden. Die Redaktion wurde nun von Katrin Falk und Johannes Schwehm besorgt. Bei Recherchen und Redaktionsarbeiten sind mir Steven Arons, Matthias Catón Schlesiger, Julia Leininger, Sven Rahner, Philip Stöver und Claudia Zilla zur Hand gegangen. Die Datensätze hat erneut Hartmut Sangmeister, unterstützt von Amaranta Melchor del Río, auf den neuesten Stand gebracht. Fast alle Autorinnen und Autoren haben ihre jeweiligen Beiträge durchgesehen und aktualisiert. Einige haben mir alternativ dazu ihr Plazet gegeben, die Überarbeitung durch die Redaktion vornehmen zu lassen. Auch habe ich von den Autorinnen und Autoren manche Anregung für ein neues Stichwort erhalten. Allen Mitarbeiterinnen und Mitarbeitern, allen Autorinnen und Autoren, allen, die sich um das Lexikon Dritte Welt verdient gemacht haben, sei wieder ganz herzlich gedankt.

Heidelberg, im August 2002 Dieter Nohlen

Autorenverzeichnis

aas	Alexander Seger, MA, freier Gutachter, Bonn
ab	Prof. Dr. Andreas Boeckh, Institut für Politikwissenschaft, Universität Tübingen
acc	Ana Catarina Clemente-Kersten, Redaktionsleitung, Kognos Verlag, Augsburg
ah	Andreas Hildenbrand, MA, Regierungsdirektor, Junta de Andalucia, Sevilla
as	Annette Schmid, MA, GTZ, Eschborn
aw	Dr. Achim Wachendorfer, FES, São Paulo
bg	Bernd Girrbach, MA, freier Journalist, Fachkorrespondent für Entwicklungspolitik, Heidelberg
bh	Bernd Hillebrands, BD, MA, Heidelberg
bt	Dr. Bernhard Thibaut, SAP, Walldorf
btl	Bruno Thiesbrummel, Friedrich-Naumann-Stiftung, Königswinter
cg	Claudia Grözinger, Dipl.-Pol., Informationsreferentin, gepa, Wuppertal
ch	Dr. Christof Hartmann, Inst. für Entwicklungsforschung und Entwicklungspolitik, Universität Bochum
cz	Claudia Zilla, MA, Heidelberg Center Lateinamerika, Postgraduierten- und Weiterbildungszentrum der Universität Heidelberg in Santiago de Chile
da	Dirk Axtmann, MA, Deutsches Orient-Institut, Hamburg
db	Dr. Dieter W. Benecke, CIEDLA, Buenos Aires
dd	Dr. Dietmar Dirmoser, Direktor Nueva Sociedad, Caracas
dm	Dr. Dirk Messner, Institut für Frieden und Entwicklung, Duisburg
dn	Prof. Dr. Dieter Nohlen, Institut für Politische Wissenschaft, Universität Heidelberg, wiss. Direktor der Universität Heidelberg im Heidelberg Center Lateinamerika, Santiago de Chile
ef	Elisabeth Fisseni, Studienreferendarin, Seminar Wuppertal
fg	Dr. Florian Grotz, Otto-Suhr-Institut für Politikwissenschaft, FU Berlin
fn	Prof. Dr. Franz Nuscheler, Universität-Gesamthochschule Duisburg
gf	Dr. Gisela Frommer, GTZ-Beauftragte in Rwanda
gs	Dr. habil. Gunter Schubert, Forschungsstätte der Ev. Studiengemeinschaft (FEST), Heidelberg; Privatdozent am Institut für Politische Wissenschaft, Universität Heidelberg
hb	Dr. Harald Barrios, Universität Tübingen
hcfm	Dr. habil. H. C. Felipe Mansilla, La Paz
hf	Helga Fleischhacker, MA, Doktorandin, Universität Heidelberg
hjd	Prof. Dr. med. Hans-Jochen Diesfeld, em., Hygiene-Institut, Universität Heidelberg
hpm	Dr. Hanspeter Mattes, Dipl.-Volkswirt., Deutsches Orient-Institut, Hamburg
hpn	Prof. Dr. Hans-Peter Nissen, Universität-Gesamthochschule, Paderborn
hr	Prof. Dr. Hermann Röhrs, em., Universität Heidelberg
hs	Prof. Dr. Hartmut Sangmeister, Institut für International Vergleichende Wirtschafts- und Sozialstatistik, Universität Heidelberg
hul	Dr. Hans U. Luther, Professor an der École Nationale d'Administration, Vientiane/Laos
jk	Joachim Krause, Generalsekretär der Deutschen Gesellschaft für die Vereinten Nationen, Bonn
jl	Julia Leininger, MA, Universität Heidelberg

jms	Dr. Jörg Meyer-Stamer, DIE, Berlin
js	Johannes Schwehm, Magistrand, Universität Heidelberg
kb	Dr. Klaus Bodemer, Direktor des Iberoamerika-Instituts, Hamburg
kd	Dr. Klaus Detterbeck, Wiss. Mitarbeiter, Institut für Pol. Wiss., Universität Magdeburg
kf	Katrin Falk, Magistrandin, Universität Heidelberg
kg	Dr. Kambiz Ghawami, Vorstandsvorsitzender WUS – Deutsches Komitee e.V., Fachhochschule Wiesbaden
ks	Dr. Karin Stahl, freie Gutachterin, Heidelberg
kt	Dipl.-Volkswirt Karim Taalouch, Doktorand, Institut für International Vergleichende Wirtschafts- und Sozialstatistik, Universität Heidelberg
kz	Prof. Dr. Klaus Ziemer, Institut für Politikwissenschaft, Universität Trier; z. Zt. Direktor des Deutschen Historischen Instituts in Warschau
maf	PD Dr. Mir. A. Ferdowsi, Privatdozent für Polit. Wissenschaft, Akad. Oberrat und Leiter der Forschungsstelle Dritte Welt am Geschwister-Scholl-Institut, Universität München
mb	Dr. Matthias Basedau, Wiss. Mitarbeiter, Institut für Afrika-Kunde, Hamburg
mc	Matthias Catón Schlesiger, MA, Universität Heidelberg
mf	Prof. Dr. Michael Fremerey, Gesamthochschule Kassel
mfb	Prof. Dr. Mario Fernández Baeza, Universidad de Chile, Santiago, z. Zt. Minister-Generalsekretär der Präsidialregierung Chiles
mfn	Michael Frein, Evangelischer Entwicklungsdienst, Bonn
mik	Dr. Michael Krennerich, Freier Journalist und Publizist, Erlangen
ml	Dr. Martín Lauga, Feige Business Advisors, Düsseldorf
mn	Meike Nohlen, Dipl. Regionalwissenschaftlerin, Freie politische Beraterin
mr	Dr. Matthias Ries, Koordinator Projekt «Willy Brandt-Zentrum Jerusalem»
ms	Prof. Dr. Michael Strübel, Universität Erfurt
mw	Dr. Michael Windfuhr, Institut für Politische Wissenschaft, Universität Heidelberg
my	Mutlu Yeniyayla, Magistrand, Universität Heidelberg
niw	Prof. Dr. Nikolaus Werz, Universität Rostock
nw	Dr. Norbert Wagner, Konrad-Adenauer-Stiftung, Paris
obs	Otto Boye Soto, Generalsekretär SELA, Caracas
pb	Dr. Petra Bendel, Zentralinstitut für Regionalforschung, Universität Erlangen-Nürnberg
pr	Dr. Peter Rottländer, Haus der Volksarbeit, Frankfurt/Main
ps	Petra Speier, Wiss. Mitarbeiterin, Universität Tübingen
pst	Philip Stöver, MA, Universität Heidelberg
red	Redaktion: Katrin Falk, Johannes Schwehm, einschließlich aller früheren Redaktionsmitglieder
rh	Priv.-Doz. Dr. Rolf Hanisch, Institut für Internationale Angelegenheiten, Hamburg
rm	Dr. phil. Raoul Motika, Institut für Islamwissenschaft, Universität Heidelberg
rs	Prof. Dr. Roland Sturm, Universität Erlangen-Nürnberg
rss	Dr. Rasul Shams, HWWA, Hamburg
rt	Prof. Dr. Rainer Tetzlaff, Universität Hamburg
rti	Prof. Dr. Rudolf Tippelt, Universität München
rw	Ruth Weizel, MA, Doktorandin, Universität München
sr	Sven Rahner, Magistrand, Universität Heidelberg
sta	Steven Arons, Magistrand, Universität Heidelberg
sus	Dr. Susana Sottoli, Leiterin von UNICEF Paraguay, Asunción

tk	Dr. Tobias Krohn, BSc (Econ), Universität Heidelberg
uw	Dr. habil. Ute Wachendorfer-Schmidt, Privatdozentin an der Universität Heidelberg
vgl	Dr. Volker G. Lehr, FNS, Herausgeber der Zeitschrift Perfiles Liberales, Mexiko
vk	Dr. Volker Kasch, Misereor, Berlin
vl	Prof. Dr. Volker Lenhart, Erziehungswissenschaftliches Seminar, Universität Heidelberg
vw	Vivian Wagner, MA, Doktorandin, Universität Heidelberg
wh	Prof. DDDr. Waldemar Hummer, Universität Innsbruck
wpz	Dr. Wolfgang-Peter Zingel, Südasien-Institut, Universität Heidelberg
ww	Prof. Dr. Wichard Woyke, Universität Münster

Hinweise für Benutzer

Das LEXIKON DRITTE WELT ist zuallererst ein Lexikon zum Nachschlagen von Begriffen, Sachkomplexen, Institutionen etc. Für die alphabetische Einordnung der Stichwörter zu Organisationen und Institutionen wurde in aller Regel die gebräuchliche Abkürzung gewählt, deren Aufschlüsselung in der Praxis die meisten Probleme macht. Die volle Schreibweise des behandelten Gegenstandes wurde jedoch zur Sicherheit lexikalisch mit aufgenommen, um dessen Auffinden auf jeden Fall zu gewährleisten.

Ein ausgedehntes Verweissystem räumt jedoch auch die Möglichkeit einer handbuchartigen Benutzung des Lexikons ein. Das Lexikon arbeitet mit zwei Verweisverfahren: Sternchen * und Pfeilen →. Sternchen * verweisen auf Abkürzungen, Begriffe etc., die möglicherweise bei der Lektüre eines Stichworts Probleme aufgeben, die durch Nachschlagen im vorliegenden Lexikon selbst gelöst werden können. Die Sternchen-Hinweise verhelfen aber auch vielfach dazu, das gesuchte Stichwort in den begrifflich-systematischen Zusammenhang zu stellen, z. B. wenn bei *big push* mittels Sternchen der Verweis auf Wachstum und damit Wachstumstheorien erfolgt. Mit Pfeilen → wird der Benutzer auf Stichwörter aufmerksam gemacht, die die Information im nachgeschlagenen Stichwort sinnvoll ergänzen können.

Vergleiche zwischen den Ländern bleiben im Wesentlichen auf den Tabellenteil beschränkt, der sich im Anhang befindet. Bis auf wenige Fälle sind die im Text gewählten Abkürzungen aus sich heraus verständlich. Der Herausgeber hofft, dass sich die Benutzer schnell in die wichtigsten Abkürzungen – E. = Entwicklung, UE = Unterentwicklung, EL = Entwicklungsländer und IL = Industrieländer – einlesen. Weitere, in der Regel gebräuchliche Abkürzungen schlüsselt das Abkürzungsverzeichnis (S. 14ff.) auf. Die Literaturangaben sind weiterführend und erheben keinen Anspruch auf Vollständigkeit. In vielen Fällen wurden sie von der Redaktion zusammengestellt.

Die Namen der Verfasser werden jeweils unter den Beiträgen angegeben; die Kürzel entschlüsselt das Autorenverzeichnis (S. 9f.).

Der Benutzer sei des Weiteren auf folgende ergänzende Literatur hingewiesen:

Für die laufende Dokumentation über die in dem vorliegenden Lexikon behandelten Gegenstände ist das in Loseblattform erscheinende HANDBUCH FÜR INTERNATIONALE ZUSAMMENARBEIT zu empfehlen, das von der Vereinigung für Internationale Zusammenarbeit herausgegeben wird und im Nomos-Verlag Baden-Baden erscheint.

Hinsichtlich der Entwicklungstheorie und der Entwicklungsprozesse in den Ländern der Dritten Welt ist das von D. Nohlen und F. Nuscheler herausgegebene HANDBUCH DER DRITTEN WELT unentbehrlich, das 1992–1994 in der dritten, gänzlich neu bearbeiteten Auflage beim Verlag J. H. W. Dietz Nachf. in Bonn erschienen ist. Es umfasst acht Bände, wobei der erste Band Grundprobleme, Theorien, Strategien behandelt. Die nachfolgenden sieben Bände enthalten neben einzelnen Länderanalysen regionale und regionenübergreifende Einführungen in die Entwicklungsprobleme. Die Bände 2 und 3 zu Südamerika sowie Mittelamerika und Karibik wurden 1995 aktualisiert.

Als allgemeines, umfassendes Nachschlagewerk zur Politik steht das siebenbändige LEXIKON DER POLITIK, dessen Herausgeber Dieter Nohlen ist, zur Verfügung: Band 1: Politische Theorien (hg. von Dieter Nohlen und Rainer-Olaf Schultze), Band 2: Politikwissenschaftliche Methoden (hg. von Jürgen Kriz, Dieter Nohlen und Rainer-Olaf Schultze), Band 3: Die westlichen Länder (hg. von Manfred G. Schmidt), Band 4: Die südlichen und östlichen Länder (hg. von Dieter Nohlen, Peter Waldmann und Klaus Ziemer), Band 5: Die Europäische Union (hg. von Beate Kohler-Koch und Wichard Woyke), Band 6: Internationale Beziehungen (hg. von Andreas Boeckh) und Band 7: Politische Begriffe (hg. von Dieter Nohlen, Rainer-Olaf Schultze und Suzanne S. Schüttemeyer), Verlag C. H. Beck, München. Des Weiteren: Dieter Nohlen (Hg.), Kleines Lexikon der Politik, München 2001; Dieter Nohlen/Rainer-Olaf Schultze (Hg.), Lexikon der Politikwissenschaft, München 2002. Eine aktualisierte Digitalversion von Beiträgen aus diesen zuletzt genannten Lexika findet sich in dem Internetportal zur politischen Bildung www.polunity.com.

Unter dem Stichwort «Weltberichte» sind im vorliegenden Lexikon die wichtigsten, teilweise jährlich erscheinenden Periodika aufgeführt, die jeweils aktuelle Informationen zu den Weltproblemen enthalten. Daten und Fakten der Weltentwicklung trägt auch zusammen das von der Stiftung Entwicklung und Frieden verantwortete Werk GLOBALE TRENDS, das im Fischer Taschenbuch Verlag erscheint.

Im Anhang (S. 910 ff.) enthält das Lexikon Dritte Welt eine Zusammenstellung von Organen (Zeitschriften, Periodika, Schriftenreihen), die laufend Berichte und Analysen über die Dritte Welt publizieren.

Schließlich sei noch auf die weit verbreitete Einführung von Franz Nuscheler, LERN- UND ARBEITSBUCH ENTWICKLUNGSPOLITIK, Nachdruck der vierten, völlig neu bearbeiteten Auflage, Verlag J. H. W. Dietz Nachf., Bonn 1996, verwiesen.

Adresse der Redaktion: Institut für Politische Wissenschaft an der Universität Heidelberg, Marstallstr. 6, 69117 Heidelberg, E-Mail: lex3welt@urz.uni-heidelberg.de

Abkürzungsverzeichnis

A.	Alter
Abg.	Abgeordneter
Abh. / abh.	Abhängigkeit / abhängig
abs.	absolut
agrar.	agrarisch
allg. / im Allg.	allgemein / im Allgemeinen
APuZ	Aus Politik und Zeitgeschichte. Beilage zur Wochenzeitung «Das Parlament», Bonn
arab.	arabisch
Ausf.	Ausfuhr
ausl.	ausländisch
AVR	Archiv des Völkerrechts
Bd.	Band
bes.	besonders
best.	bestimmte
Bev.	Bevölkerung
Bez.	Beziehung
BIP	Bruttoinlandsprodukt
BNE	Bruttonationaleinkommen
bpd	barrel per day
BRD	Bundesrepublik Deutschland
BSP	Bruttosozialprodukt
bzw.	beziehungsweise
ca.	circa
christl.	christlich
demokrat.	demokratisch
d. h.	das heißt
Dienstleist.	Dienstleistungen
dipl.	diplomatisch
dt.	deutsch
durchschn.	durchschnittlich
E. / e.-	Entwicklung / entwicklungs-
EA	Europa-Archiv
ebd.	ebenda
EG	Europäische Gemeinschaft
ehem. / eh.	ehemalig, ehemals
Einf.	Einfuhr
einheim.	einheimisch
EL	Entwicklungsländer
engl.	englisch
EP	Entwicklungspolitik
Erw.	Erwerbstätige
etc.	und so weiter
ethn.	ethnisch
EU	Europäische Union
ev.	evangelisch
Ew.	Einwohner
EZ	Entwicklungszusammenarbeit
finanz.	finanziell
Forstw. / forstw.	Forstwirtschaft / forstwirtschaftlich
frz.	französisch
GB	Großbritannien
gegr.	gegründet
gemn.	gemeinnützig
geogr.	geographisch
ges.	gesamt
gesch.	geschätzt
gesellsch.	gesellschaftlich
ggf.	gegebenenfalls
Ggs.	Gegensatz
HDW I	Handbuch der Dritten Welt, hg. von D. Nohlen und F. Nuscheler, 4 Bde., Hamburg 1974–1978
HDW II	2. Auflage, 8 Bde., Hamburg 1982–1983
HDW III	3. Auflage, 8 Bde., Bonn 1992–1994
Hg. / hg.	Herausgeber / herausgegeben von
hist.	historisch
HIZ	Handbuch für internationale Zusammenarbeit, Loseblattsammlung, Baden-Baden lfd.
Hs.	Hauptstadt
IAF	Internationales Asienforum

ID	International Development
ideol.	ideologisch
i. d. R.	in der Regel
IL	Industrieländer
Imp. / imp.	Imperialismus / imperialistisch
Ind. / ind.	Industrie / industriell
inl.	inländisch
insb. / insbes.	insbesondere
insg. / insges.	insgesamt
int.	international
int. Bez.	int. Beziehungen
i. S.	im Sinne
islam.	islamisch
J. / j. / jährl.	Jahr / jährlich
JCMS	Journal of Common Market Studies
Jg.	Jahrgang
Jh.	Jahrhundert
JHE	Journalistenhandbuch Entwicklungspolitik, hg. *BMZ, erscheint jährl.
JIR	Jahrbuch für internationales Recht
JWTL	Journal of World Trade Law
JZ	durchschnittl. jährl. Zuwachsrate
kath.	katholisch
kcal.	Kilokalorien
kirchl.	kirchlich
komm.	kommunistisch
LA	Lateinamerika
ländl.	ländlich
Landw. / landw.	Landwirtschaft / landwirtschaftlich
LE	durchschnittl. Lebenserwartung bei Geburt
lfd.	laufend
Lit.	Literatur
m	Meter
Mat.	Materialien
m. a. W.	mit anderen Worten
max.	maximal
med.	medizinisch
milit.	militärisch
Min.	Minister(ium)
mind.	mindestens
Mio.	Millionen
Mitgl.	Mitglied(er)
MP	Ministerpräsident
Mrd.	Milliarden
N	Nord(en)
nat.	national
n. b.	nicht bekannt
O	Ost(en)
öfftl.	öffentlich
Ökol. / ökol.	Ökologie / ökologisch
Ökon. / ökon.	Ökonomie / ökonomisch
Org. / org.	Organisation / organisatorisch
p. a.	pro Jahr
Parl. / parl.	Parlament(e) / parlamentarisch
pazif.	pazifisch
Pol. / pol.	Politik / politisch
Präs.	Präsident
Publ.	Publikation
qkm	Quadratkilometer
rd.	rund
rechtl.	rechtlich
Reg.	Regierung(en)
rel.	relativ
relig.	religiös
Rep.	Republik
S	Süd(en)
sog.	so genannt
sowj.	sowjetisch
soz.	sozialistisch
staatl.	staatlich
städt.	städtisch
s. u.	siehe unten
SU	Sowjetunion
T. / Tsd.	Tausend
t	Tonne
techn.	technisch
technol.	technologisch
theoret.	theoretisch
Trad. / trad.	Tradition / traditionell
u. a.	und andere / unter anderem
UE	Unterentwicklung
Unabh. / unabh.	Unabhängigkeit / unabhängig
ursprgl.	ursprünglich
usw.	und so weiter
u. v. a.	und viele andere
v. a.	vor allem

versch.	verschiedene	WK	Weltkrieg
Vgl. / vgl.	Vergleich / vergleiche	ZaöRV	Zeitschrift für ausländisches öffentliches Recht und Völkerrecht
VRÜ	Verfassung und Recht in Übersee		
W	West(en)		
Wirtsch. / wirtsch.	Wirtschaft / wirtschaftlich	z. B.	zum Beispiel
		Zft.	Zeitschrift
Wiss. / wiss.	Wissenschaft / wissenschaftlich	z. T.	zum Teil
		z. Z.	zur Zeit

Die Abkürzungen der Ländernamen folgen i. d. R. den int. gebräuchlichen Autokennzeichen, die adjektivischen Länder-, Kontinent- und Himmelsrichtungsbezeichnungen sollten aus sich heraus verständlich sein (afrik. für afrikanisch, südl. für südlich usw.).

A

AASM →Assoziierung, EEP

ABEDA →Arabische Entwicklungshilfe an Afrika

Abhängige Entwicklung Unter a. E. wird in der *Entwicklungstheorie eine spezielle Form von E. verstanden, die primär definiert wird durch die Art des Wachstums, das hauptsächlich außengerichtet bzw. exportorientiert ist. Im Einzelnen gelten für a. E. folgende Merkmale: 1. Struktur der Produktion (statt Produktion von Gütern zur Bedarfsdeckung der einheim. Bev. Herstellung von Erzeugnissen für den Weltmarkt und entsprechend dem Bedarfsprofil der IL); 2. Muster der Integration der Wachstumssektoren (statt nat. Einbindung Integration in das int. Produktionssystem in vertikaler Form [Agrarerzeugnisse, mineralische Rohstoffe, ind. Halbfertigerzeugnisse]); 3. Ursprung von Kapital und Technologie (nicht intern, sondern extern, «von außen induzierte Dynamik und Stagnation» [Senghaas]); 4. Verteilungsmuster der Profite (Gewinne verbleiben zum geringsten Teil im jeweiligen EL und werden von den *transnationalen Konzernen in die IL transferiert; was im Lande bleibt, wird sehr ungleich verteilt). A. E. steht in dependenztheoretischem Verständnis (→Dependencia-Theorien) in ursächlicher Verbindung mit dem Muster der *internationalen Arbeitsteilung. E.-theoret. verweist der Begriff a. E. darauf, dass wirtsch. *Wachstum nicht gleich *Entwicklung ist. dn

Abhängige Gebiete Als a. G. bezeichnet man die pol. abh. Länder und Territorien, die unter Fremdherrschaft stehen bzw. deren Autonomie durch das Mandat int. Org. (Völkerbund, *UN) oder von diesen übertragenen Mandaten beschränkt ist. A. G. ist ein völkerrechtl. Begriff, der pol. insbes. durch die UN (Charta verkündete Grundsatz der Selbstreg., Verpflichtung aller Staaten zu regelmäßiger Berichterstattung über die wirtsch. und sozialen Verhältnisse in den von ihnen a. G.n) Bedeutung gewann. Im Zuge der *Dekolonisation hat sich die Zahl der a. G. stark verringert.

In der EZ der EU (*EEP) werden a.G. als ÜLG (Überseeische Länder und Gebiete) geführt. Die Kategorie umfasste 2002: Niederländ. Antillen, Neukaledonien, Franz. Polynesien, Mayotte, Brit. Jungferninseln, Falklandinseln, Aruba, Caymaninseln, Turks- und Caicosinseln, Bermudas, Pitcairn, Crozet, Wallis, Futuna, St. Pierre, Miquelon, Grönland, Saint Helena, Montserrat, Anguilla, Sandwichinseln, Kerguelen-Inseln. dn

Abhängigkeit Unter A. wird in der e.-pol. Diskussion nicht jedwede Form von A. verstanden (irgendwie sind alle von allen abh., auch die IL von den EL), sondern strukturelle A. Im Rahmen der *Dependencia-Theorien bezeichnet der Begriff die Vermittlung bzw. Verpflanzung von Bedürfnisstruktur und Reproduktionsdynamik der entwickelten Länder in die Volkswirtsch. der EL, was *strukturelle Heterogenität sowie Entstehung und Verfestigung von UE (im Ggs. zu Nichtentwicklung) zur Folge hat. In diesem Verständnis ist A. zu einem Parallelbegriff von UE geworden, deren Bez. zueinander (A. synonym, Ursache oder Wirkung von UE) in der Literatur umstritten ist, vielfach aber gar nicht reflektiert wird. dn

Abhängigkeitsschwelle →Exporterlösstabilisierung, STABEX

Abhängigkeitstheorien →Dependencia-Theorien

Abkommen über handelsrelevante Aspekte geistigen Eigentums →TRIPS

Abkommen über handelsrelevante Investitionsmaßnahmen →TRIMS

Abkommen von Jaundé →Assoziierung (EU), EEF, EEP

Abkoppelung →Dissoziation

ABP →AG KED

Abrüstung und Entwicklung Die Idee, durch eine Verringerung von Rüstungsausgaben *Ressourcen freizusetzen, die dann für E.-Aufgaben verwendet werden könnten, hat in der int. Debatte über E. und UE immer wieder eine wichtige Rolle gespielt. Bei mehreren *UN-Konferenzen (1978, 1982 und 1987) zum Zusammenhang zwischen *Rüstung und UE forderten die EL mit Blick auf die gigantischen Rüstungsausgaben der Supermächte und ihrer Verbündeten, durch gezielte, int. vereinbarte Abrüstungsmaßnahmen einen solchen Ressourcentransfer möglich zu machen. Substanzielle Ergebnisse erbrachte keine der Konferenzen. Die IL leugneten zwar nicht die grundsätzliche Bedrohung, die von beiden Problembereichen für die Menschheit ausgeht, doch waren sie entweder nicht bereit, sie als wechselseitig zusammenhängend zu erkennen (die USA boykottierten mit dieser Begründung die 1987er Konferenz), oder sie verschlossen sich den praktischen Maßnahmenforderungen der EL (z. B. Einrichtung eines E.-Fonds, der aus Abrüstung oder einer Rüstungssteuer gespeist werden soll) mit dem Argument, sie würden nur «absolut notwendige» Rüstungsausgaben tätigen (z. B. die damalige SU). Die westl. IL verwiesen zum Zwecke der Abwehr konkreter Forderungen der EL stets auch auf deren eigene Rüstungsausgaben. Der EL-interne Zusammenhang zwischen Rüstung und UE hat nach dem Ende des Ost-West-Konflikts durch die verstärkte Orientierung der EZ an *Vergabekriterien der **good governance* an Bedeutung gewonnen. Im Rahmen der UN wurden die beiden Themenbereiche in den vergangenen Jahren isoliert behandelt. Die erheblichen Einsparungen bei den Rüstungsausgaben in den IL sowie in einigen Ländern der Dritten Welt während der 1990er J. wurden nirgends e.-pol. im Sinne einer *Friedensdividende genutzt. Die int. Rüstungsausgaben sind in der 2. Hälfte der 1990er J. wieder angestiegen und stabilisierten sich global zwischen 2,3 und 2,6 % des Weltprodukts und zwischen 11,5 und 11,8 % der Staatsausgaben. Die regionalen Unterschiede sind beträchtlich: Anteil Rüstungsausgaben am BNE (am Staatshaushalt) 2000: westl. Länder 1,9 (9,1), Afrika 3,2 (11,5), Asien 3,3 (18,0), Vorderer Orient 6,8 (20,1), *Transitionsstaaten 2,3 (8,3), jeweils in % (Quelle: *International Institute for Strategic Studies*, 2002).
→Kriege in der Dritten Welt; Rüstung; Stiftung Entwicklung und Frieden.

Lit.: H. Wulf, Die VN-Konferenz «Abrüstung und Entwicklung», in: Interdependenz, Nr. 1/1988; L. Köllner/B. Huck (Hg.), Abrüstung und Konversion, Frankfurt a. M. 1991; V. Büttner/J. Krause (Hg.), Sicherheitspolitik, Militärausgaben und Rüstungskontrolle in der Dritten Welt, Baden-Baden 1995; BICC (Hg.), Conversion Survey 2001. Global Disarmament, Demilitarization, and Demobilization, Berlin 2001. bt

Absentismus Problem der nicht am Ort lebenden Landbesitzer oder Verpächter (*absentee landlords*), die ihr Land nicht selbst bebauen, sondern durch Verwalter bzw. Pächter (**share cropping*) nutzen lassen und selbst in den Städten leben. wpz

Absolute Armut →Armut

Absorptionsfähigkeit auch A.-Kapazität, allg.: Aufnahme-, Verarbeitungs- und Umsetzungsfähigkeit eines EL für bereitgestellte *Ressourcen (v. a. bei geschenktem und geliehenem Kapital, aber auch bei Sachmitteln, Projektangeboten etc.). Volkswirtsch. versteht man unter A. jenes (Investitions-)Mittelvolumen, das in einem best. Zeitraum effizient eingesetzt werden kann. bg

Abu Dhabi →Vereinigte Arabische Emirate

ACAST *United Nations Advisory Committee on the Application of Science and Technology for Development*, wiss. Beirat bei den *UN, im Anschluss an die erste UN-Welt-Wissenschafts- und Technologie-Konferenz (Genf 1963) einberufen, erarbeitete 1971 den Weltaktionsplan für die Anwendung von Wissenschaft und Technologie auf die Probleme der EL. →UNCST

Lit.: UN, World Plan of Action for the Application of Science and Technology to Development, New York 1981. dn

ACC *Arabian Cooperation Council*, Arabische Wirtschaftsgemeinschaft, Febr. 1989 gegr., Mitgl. Irak, Jordanien, Ägypten und Nordjemen. Damalige Ziele: schrittweise Koordinierung der Wirtsch.-Pläne, Stimulierung von *Investitionen und **joint ventures*, Errichtung eines gemeinsamen Marktes. dn

ACDA →CADA

ACS *Association of Caribbean States*, Vereinigung Karibischer Staaten, am 18. 8. 1995 in Port of Spain/Trinidad gegründet. Ihr gehören alle Inseln der Karibik einschließlich Kubas und alle lateinamerik. Karibik-Anrainerstaaten an. dn

ACSAD *Arab Center for the Studies of Arid Zones and Dry Lands*, 1971 von der *Arabischen Liga gegr. Institut, das sich mit der Untersuchung natürl. *Ressourcen (Wasser, Böden etc.) befasst. Hierbei besteht eine enge Zusammenarbeit mit der *FAO, *UNEP, der *UNESCO sowie mit Reg. arab. Staaten. Adresse: P. O. Box: 2440 Damascus, Syria.
Internet: www.acsad.org red

action medeor →Deutsches Medikamenten-Hilfswerk *«action medeor»*

ADB →AFDB, ASDB

ADF →AFDB, ASDB

ADI (Ausländische Direktinvestitionen) →Direktinvestitionen

ADLAF Arbeitsgemeinschaft Deutsche Lateinamerika-Forschung, fächerübergreifender Zusammenschluss von über 30 Forschungsinstituten und mehr als 230 einzelnen Wissenschaftlern aus mehr als 20 Fachdisziplinen, die sich schwerpunktmäßig mit LA beschäftigen; 1964 gegr., 2001: ca. 220 Einzelmitgl. und 34 Forschungsinstitute. Aufgaben: Förderung der Forschungs-, Lehr- und Publikationstätigkeit über LA, Koordination, Interessenvertretung, Kontaktpflege, Org. multidisziplinärer Forschungsvorhaben und wiss. Tagungen (jährl.).

Lit.: N. Werz (Hg.), Handbuch der deutschsprachigen Lateinamerikakunde, Freiburg 1992; ADLAF (Hg.), Deutschsprachige Lateinamerika-Forschung, Frankfurt 1993. dn

Adveniat Pastoralhilfe für Lateinamerika, gegr. 1961; Aufgabe: Unterstützung der Kirche in Lateinamerika durch finanzielle Förderung pastoraler Projekte, die nicht selten in den entwicklungspol. Bereich hineinragen. Adresse: Postfach 10 01 52, 45127 Essen; Internet: www.adveniat.de dn

AEC *African Economic Community* Beim →OAU-Gipfel 1991 in Abuja (Nigeria) unterzeichneter Vertrag über die Errichtung einer afrikan. Wirtsch.-Gemeinschaft, trat 1994 nach Ratifizierung durch zwei Drittel der Mitgl.-Staaten in Kraft. →ECA, AFDB. hf

AEF *Afrique Équatoriale Française*, 1910 bis 1958/59 bestehende «Föderation» der vier frz. Kolonien in Äquatorialafrika: Mittel-Kongo (= Kongo), Gabun, Oubangui-Chari (= Zentralafr. Republik) und Tschad mit der Hauptstadt Brazzaville. fn

AEJ →Dritte-Welt-Läden

AEP Arbeitskreis entwicklungspolitischer Publikationen, 1977 auf Anregung des *BMZ gegr. loser Zusammenschluss von bundesdt., österr. und schweizer. Redaktionen, die im Themenbereich *EP/*Dritte Welt, Weltwirtsch., *Auswärtige Kulturpolitik und int. Wissenschaftsbez. arbeiten. Jährl. stattfindende Klausurtagungen dienen der Kontaktpflege, dem Erfahrungsaustausch, der Zusammenarbeit und Koordination bei gemeinsamen Schwerpunktthemen. Zur Jahrestagung 2002 lud der *epd ein. red

AFC →OAU

AFDB Afrikanische Entwicklungsbank (auch ADB, *African Development Bank*), 1963 in Khartum gegründet, Geschäftsaufnahme 1966, Sitz in Abidjan/Elfenbeinküste, 1986: 50 afrik. Mitgl., zunächst reine Regionalbank ohne IL-Mitgl.; als Folge knapper Ressourcen seit 1979 Beitritt nicht-afrik. Länder möglich; 2002: 77 Aktionäre, 53 afrik., 24 nichtafrik. Länder. *Ziele*: Wirtsch. E. und sozialer Fortschritt der Mitgl.-Länder, Projekte mit überregionalen E.-Impulsen haben Vorrang; Harmonisierung von nat. E.-Strategien für ausgewogene gesamtafrik. E.; Kooperation mit *OAU und *ECA, 1973 Afrik. Konferenz über Handel und E. des monetären Systems wegen geringer Finanzkraft von AFDB (bis zur Erhöhung der Erdölpreise). Gezeichnetes Grundkapital (1999): 21,87 Mrd. *SZR; 60 % der Kapitalzeichnungen und Stimmrechtsanteile afrik. Staaten vorbehalten. Kreditvolumen überschritt 1988 erstmals 2 Mrd. US-$, Kreditzusagen 1966–99 in Gesamthöhe von 22,9 Mrd. US-$. Gründung von Tochter- bzw. Hilfsorg.: 1. Afrik. E.-Fonds ADF (*African Development Fund*), 1972 von 16 IL gegr. (Mitgl. 2002: 24); 2. Gesellschaft zur Förderung privater Investitionen in Afrika SIFIDA (*Société international financière pour les investissements et le développement en Afrique*), auf Initiative von AFDB und *IFC gegr., Sitz in Luxemburg, Mitgl. mehr als 100 Unternehmen aus den USA, Europa und Japan.

Schwerpunkte der Kreditvergabe: Agrarsektor, Transport und Energie; ADF hauptsächlich *Sahel-Zone. Internet: www.afdb.org

Lit.: African Development Bank. The Quest for Quality (Knox Report), Abidjan 1994. dn

AFDOK →Dokumentationsleitstellen

AFESD *Arab Fund for Economic and Social Development*, Arabischer Fonds für wirtschaftliche und soziale Entwicklung.

Afghanistan

Fläche (Tsd. qkm): 652,1
Bev. (Mio.) 2000: 26,55
BNE pro Kopf (US-$) 2000: LIC [n. b.]
BIP (Mio. US-$) 1997: n. b.
LE (Jahre) 1999: 46
Analphabetenquote (%) 1999: 67
HDI 1993: 0,229 [Rangplatz von 174: 169]

Der «Krieg gegen den *Terrorismus» hat Afghanistan wieder kurzzeitig ins Zentrum des Weltinteresses gerückt. Nach dem Sieg über die Taliban steht der schwierige Wiederaufbau des Landes nach fast einem Vierteljahrhundert Krieg und Bürgerkrieg im Mittelpunkt der Anstrengungen. Weder der Marxismus-Leninismus noch ein rückwärts gewandter Islamismus hatten Bestand als gesellschaftspol. Leitlinie in A. Nachdem die große Ratsversammlung 2002 einen Präs. gewählt hat, kann es jetzt an die Errichtung stabiler pol. und wirtsch. Strukturen gehen; dabei wird A. auf die Hilfe des Auslands angewiesen sein (→Islamisierung).

1. Das *Binnenland A. lässt sich topographisch in drei Regionen einteilen: die nördl. Ebene zwischen der sowj. Grenze und dem Karakorum, das zentrale Hochland, das mehr als die Hälfte des Staatsgebietes einnimmt, und das südwestl. Plateau. Das Land ist gebirgig, die Vegetation ist spärlich.

Über die Bev. gibt es nach Ende des Taliban-Regimes keinerlei verlässliche Angaben: Es ist weder bekannt, wie viele Afghanen im Lande, noch wie viele im Ausland leben, auch nicht über ihre Zusammensetzung, ihre Wachstumsrate oder die Migration ins und aus dem Ausland oder im Lande selbst. Die großen Städte, die während des Guerillakrieges gegen die Sowjets als Zufluchtsort angewachsen waren (Kabul soll bis zu 2 Mio. Ew. gehabt haben), leerten sich im anschließenden Bürgerkrieg und während der Herrschaft der Taliban. Die Bev. ist *ethnisch wie sprachlich stark gemischt. Die Anteile der einzelnen Volksgruppen können nur geschätzt werden; 1979 fand die erste Volkszählung statt, die eine wesentlich geringere Bev.-Zahl als bis dahin angenommen ergab. Nach der sowj. Invasion verließen mehr als 5 Mio. das Land, mehr als 3 Mio. flüchteten nach Pakistan, 1,5 bis 2 Mio. in den Iran. Die Zahl der Toten im Bürgerkrieg wird auf 1 Mio. geschätzt. Die Pashtunen (Pathanen), die größte Gruppe (ca. 50 %), gehören zumeist den großen Stämmen der Durrani und Ghilzai an und dominieren im S und O; Tadschiken (ca. 25 %) leben v. a. im nördl. Kabulbecken, im Hindukusch, in Badakschan und um Herat; Usbeken und Turkmenen (ca. 10 %) siedeln im NW, die mongol. Hazara (10 %) bes. um den Kohi-Baba und im zentralen Hochland (Hazarajat). Der Rest entfällt auf

Chahar, Aymak, Belutschen, Nuristani, Perser und Kirgisen (5 %). Die beiden Staatssprachen Pashtu und Dari (Persisch) werden von jeweils etwa 50 % und 30 % der Bev. gesprochen, die vorherrschende Religion ist der Islam, etwa 90 % der Bev. sind Sunniten, über 5 % Schiiten.
2. Die moderne Geschichte A.s beginnt im 18. Jh.: 1739 besiegte der aus dem Iran stammende Turkmene Nadir Shah vernichtend das Mogul-Reich und eroberte alle Gebiete westl. des Indus; nach seiner Ermordung löste Ahmed Shah Abdali (Durrani) A. aus dem persischen Reich; seit dieser Zeit ist A. ein selbständiger Staat, wenngleich mit wechselndem territorialem Bestand. Das ganze 19. Jh. stand A. unter dem Einfluss des Ringens Russlands und GB.s um die Vormachtstellung in Asien (*great game*). Während die russ. Zaren einen Zugang zu den «warmen Gewässern» suchten, lag den Briten an der Erhaltung ihrer unangefochtenen Vormachtstellung im Indischen Ozean (→Indien). A. konnte in drei Kriegen von den Briten nicht erobert werden und ist deshalb eines der wenigen EL, die niemals europ. Kolonie waren. 1838 bis 1842 wurden die Briten vernichtend geschlagen, 1878/79 musste A. aber die brit. Oberhoheit anerkennen, nur so konnten die Briten 1893 zwischen Britisch Indien und Afghanistan eine Grenze (Durand-Line) festlegen, die das Gebiet der Pashtunen seitdem durchschneidet. Erst 1919 (Vertrag von Rawalpindi) wurde die völlige Unabh. erreicht. Allerdings kamen auch eine russ. Kontrolle und ein Zugang Russlands zum Ind. Ozean nicht zustande.
Die Reformversuche des westl. erzogenen Königs Amanullah (1919 bis 1929) (Verbot der Vielehe und des Schleiers, allg. Schulpflicht für Kinder beiderlei Geschlechts, Trennung von Religion und Staat, Einsetzen eines Parl., Vorschrift europ. Kleidung) stießen auf erbitterten Widerstand, schließlich wurde er zur Abdankung gezwungen. Seine Nachfolger Nadir Shah (1929 bis 1933) und dessen Sohn Zahir Shah (1933 bis 1973) verfolgten eine restaurative Pol., insbes. durch Stärkung der Stämme, später eine Pol. der zurückhaltenden Modernisierung; tief greifende wirtsch. und soziale Reformen wurden nicht in Angriff genommen. In der Außenpol. versuchte Zahir Shah mit Erfolg, wirtsch. Kapital aus der strategischen Lage A.s zu schlagen; sowohl die USA und andere westl. IL als auch die SU unterstützten den wirtsch. Aufbau des Landes massiv, ohne dafür pol. Zugeständnisse zu bekommen.
1973 wurde Zahir Shah von seinem Vetter, dem früheren MP Mohammed Daud, gestürzt, der das Land in eine Rep. umwandelte und eine Reihe von Verstaatlichungen durchführte. Seine diktatorische Reg. wurde 1978 in einem Staatsstreich komm. Führer gestürzt, Daud und seine Familie wurden erschossen. Fraktionskämpfe innerhalb der Reg. (der erste Führer Mohammed Taraki wurde von seinem Nachfolger Nurul Amin erschossen, der wiederum gewaltsam Präs. Babrak Karmal weichen musste) und Widerstand innerhalb der Bev. führten zum Bürgerkrieg und im Dez. 1979 zur sowj. Invasion. Dies verstärkte den Widerstand der Stämme, v.a. im Pashtunengebiet entlang der pakistan. Grenze. Unter sowj. Führung wurde der seit der Unabh. eingeschlagene Weg der pol. Neutralität verlassen und faktisch die Souveränität aufgegeben. Massive Militärhilfe durch die USA, Pakistan, Iran, die arabischen Staaten und China, zunehmend auch mit modernsten Waffen, erlaubte den **mujahiddin* einen wirkungsvollen Widerstand, während Pakistan und z.T. auch der Iran Sanktuarien boten.
Der Exodus von einem Drittel der Bev. deutete gleichermaßen darauf, dass die Innen- und Außenpol. im eklatanten Ggs. zu den Wünschen des Großteils der Bev. stand, aber auch auf die untragbaren Lebensbedingungen während des Bürgerkrieges. Die Aktionen der komm. Reg. zielten weniger auf die Errichtung einer soz. Wirtschafts- und Sozialord-

nung als auf die Etablierung der Macht einer kleinen Funktionärsschicht.
Beim größten Teil der *Guerillabewegung handelte es sich aber ebenfalls um keine sozialreformerischen Gruppen, sondern um ein Zweckbündnis so unterschiedlicher Gruppen wie des islam. Klerus (Sunni und Shia), der Stammesführer, Großgrundbesitzer, Intellektuellen und ehem. Bürokraten.
Noch 1987 schien es so, als ob die *mujahiddin* langfristig den Sowjets unterlegen wären, da diese immer flexibler in der Guerillabekämpfung wurden, v. a. durch ihre völlige Luftüberlegenheit. Mit der Lieferung von modernen Boden-Luft-Raketen an die *mujahiddin* wurde aber eine neue Qualität in der Kriegsführung erreicht; eine Internationalisierung des Konflikts drohte und begann sich im Falle Pakistans konkret abzuzeichnen. Mit dem Genfer Abkommen vom April 1988 zwischen Afghanistan, Pakistan, der UdSSR und den USA wurde der Abzug der sowj. Truppen aus Afghanistan vereinbart; am 15. 2. 1989 waren die letzten sowj. Truppen abgezogen. Auch innenpol. lenkten die Sowjets ein: Bereits 1987 wurde Najibulla neuer Präs. des Revolutionsrates und damit Staatsoberhaupt, im Nov. billigte die *Loya Jirga* («Große Versammlung» der Stammesführer) die neue Verfassung; A. wurde wieder «Republik A.» und bündnisfrei. Die Weigerung der *mujahiddin*-Führer Burhannuddin Rabbani und Gulbuddin Hekmatiar sowie des Generals Ahmed Shah Massud, eine Fortführung des bisherigen Regimes zu akzeptieren, führte am 16. 4. 1992 zum Sturz Najibullas.
Nach mehreren Machtwechseln ließ Präs. Rabbani eine Verfassung für die neue Islam. Rep. A. nach islamischen Grundsätzen ausarbeiten. Eine Konsolidierung der pol. und sozialen Verhältnisse sowie eine Stabilisierung von Rabbanis Reg. wurde durch weiter anhaltende Kämpfe zwischen den *mujahiddin*-Gruppen verhindert. Bis Mitte 1997 konnten die Taliban, von Pakistan unterstützte fundamentalistische Kämpfer, den W, S und O, einschließlich der Hs., erobern (strenge Geschlechtertrennung, Verbot des Schulbesuchs für Mädchen und einer Berufstätigkeit für Frauen waren die Folge); damit war das Land de facto geteilt. Mit der Eroberung des W und N blieb der u. a. von Russland und Indien unterstützten so genannten Nordallianz schließlich nur noch der äußerste Nordwesten; als ihr Führer Shah Masud bei einem Attentat getötet wurde, schien es nur noch eine Frage der Zeit zu sein, bis die von Pakistan unterstützten und vom pak. Geheimdienst *Inter Services Intelligence* (ISI) organisierten Taliban über ganz A. herrschen würden. Int. waren sie aber nur von Pakistan, Saudi-Arabien und den Vereinigten Arabischen Emiraten unterstützt worden. Die Tatsache, dass A. Osama bin Laden Unterschlupf gewährte und seine int. islamistische Terror-Organisation Al-Qaida in A. ihre Ausbildungslager betreiben durfte, brachte A. nach den Anschlägen vom 11. Sept. 2001 in den USA und der Weigerung Mullah Omars, des Führers der Taliban, die int. gesuchten Terroristen auszuliefern, in die völlige Isolation. Nach nur wenigen Wochen konnten die USA und ihre Verbündeten in (Nordallianz) und außerhalb von A. die Taliban schlagen. Nach einer int. Afghanistan-Konferenz in Berlin wurde Hamid Karsai als Vorsitzender einer Übergangsreg. eingesetzt und von der Loya Jirga, der großen Ratsversammlung, Juni 2002 als Präs. bestätigt.
3. A. ist hinsichtlich der Produktionsstruktur, der Erwerbstätigkeit, des Außenhandels und der Siedlungsstruktur ein Agrarland. Gemessen am *BSP zählt A. zu den ärmsten EL. Die rel. geringe Bev.-Dichte (35 Ew./qkm) ermöglicht, dass sich die überwiegend bäuerliche und nomadische Bev. weitgehend selbst ernährt. Das Versorgungsniveau ist jedoch niedrig; in J. schlechter Ernte sind Nahrungsmittelimporte erforderlich. Nach Jahrzehnten von Krieg und Bürgerkrieg gibt es keinerlei verlässliche Angaben über die wirtsch. oder soziale Situation der Bev. Große Teile der Infra- und Su-

prastruktur sind zerstört, auch wenn während des Krieges mit sowj. Hilfe etliche Neubauten erfolgten, so z. B. die ersten Kilometer Eisenbahn zum Anschluss an das sowj. Netz. Über die E.-Möglichkeiten können deshalb nur sehr grundsätzliche Aussagen gemacht werden.
Weite Teile des Landes sind aufgrund der Bodenbeschaffenheit und der klimatischen Bedingungen kaum oder überhaupt nicht landw. nutzbar. Auf ca. 12 % des Territoriums betreiben sesshafte Bauern Landw., ca. 2 bis 3 Mio. Nomaden züchten (Karakul-)Schafe, Ziegen, Kamele und Pferde und ziehen über weite Strecken, vielfach auch über die Grenzen der Nachbarländer. Etwa 3 % des Bodens sind mit Wald bedeckt, der jedoch durch Raubbau (Holzschmuggel nach Pakistan) und Überweidung gefährdet ist.
Die Landw. leidet unter Land- und Wasserknappheit und einem allg. niedrigen E.-Stand. Das Bewässerungspotenzial ist aber bei weitem noch nicht genutzt, sodass bei Einsatz verbesserter Produktionstechniken eine Verbesserung der Versorgung mit Nahrungsmitteln und Faserpflanzen auch für eine steigende Bev.-Zahl möglich ist. Im Energiebereich mangelt es A. nur an Öl, durch Exporte von Erdgas (früher in die SU) ist es aber theoret. möglich, dass die Energiebilanz per saldo ausgeglichen wird, bes. wenn die inl. Kohlevorkommen in stärkerem Maße als Hausbrand eingesetzt werden. Dies könnte zu einer Verringerung des unkontrollierten Holzeinschlags führen, durch den die verbliebene landw. Nutzfläche bedroht ist (Erosion). Als rel. rohstoffarmes Land werden für A. auch in Zukunft Probleme bestehen, die für die Finanzierung der Importe notwendigen Exporte zu realisieren. Für den Aus- bzw. Aufbau der Ind. (bisher nur Textil- und Nahrungsmittelind.) und des tertiären Sektors ist der Ausbau des Erziehungssektors eine erste Voraussetzung, da A. wegen seiner geogr. Lage, fehlender *Infrastruktur (außer Fernstraßen) und niedrigem Bildungsstand mit anderen Niedriglohnländern nicht konkurrenzfähig ist. Die E.-Chancen konnten nicht genutzt werden, solange in A. Bürgerkrieg herrschte. Int. besteht an einer Befriedung des Landes großes Interesse, um – unabh. von der pol. E. im Kaukasus und im Iran – die Erdöl- und Erdgasvorkommen Zentralasiens (Turkmenistans) mit dem Meer (Pakistan) verbinden zu können.

Lit.: W. Kraus (Hg.), Afghanistan, Natur, Geschichte, Kultur, Staat, Gesellsch. und Wirtsch., Tübingen 1972; A. Hyman, Afghanistan under Soviet Domination 1964–81, London and Basingstoke 1982; J.-H. Grevemeyer, Afghanistan – Sozialer Wandel und Staat im 20. Jh., Berlin 1987; D. Braun, Afghanistan – Sowj. Machtpolitik und Islamische Selbstbestimmung, Baden-Baden 1988; H. Büscher, Afghanistan, in: HDW III, 7, 1994, S. 138 ff.; A. Rashid, Taliban: Islam, oil and the new great game in Central Asia, London 2000. wpz

African Medical and Research Foundation →AMREF

Afrikafazilität Sonderkonto des *IWF (*Special Facility for Subsaharean Africa*) der 1980er J., das auf einer int. Konferenz von Geberländern Febr. 1985 eingerichtet wurde, um der kritischen Lage Afrikas begegnen zu können. Bis 1988 wurden 1,9 Mrd. US-$ bereitgestellt, ca. 2/3 als Direktbeträge, ca. 2/3 als *Kofinanzierung. Die Mittel wurden von *IDA verwaltet und für Strukturanpassungen, v. a. Programme zur Verbesserung der Nahrungsmittelversorgung, verwandt. dn

Afrikanische Einheit →OAU

Afrikanische Entwicklungsbank →AFDB

Afrikanische Menschenrechtskonvention →Menschenrechte

Afrikanischer Humanismus →Kaunda, K.; Zambia

Afrikanischer Menschenrechtsgerichtshof →Menschenrechte

Afrikanischer Nationalkongress →ANC

AFRO →Gewerkschaften (in der Dritten Welt)

AFTA (*ASEAN Free Trade Area*) →ASEAN

AFTAAAC (*Arab Fund for Technical Assistance to African and Arab Countries*), Arabischer Fonds für Technische Hilfe an afrikanische und arabische Länder. red

AGDA Arbeitskreis für gegenwartsbezogene Forschung und Dokumentation über den süd- und ostasiatischen Raum, Hamburg.

AGdD Arbeitsgemeinschaft der Entwicklungsdienste e. V., 1993 erfolgter Zusammenschluss der sechs anerkannten *Entwicklungshelfer-Organisationen, *AEDH, *DED, *DÜ, *Eirene, *WFD, *CFI.

Lit.: AGdD, Dem Frieden verpflichtet. Entwicklungsdienste für den Frieden, Köln 1997.

AGDF → Ziviler Friedensdienst dn

AG3WL →Dritte-Welt-Läden

AGE Arbeitsgemeinschaft Entwicklungsländer; informeller Zusammenschluss der dt. Ind. Ziel: koordinierte Interessenvertretung im Bereich der EP insb. gegenüber dem *BMZ in Fragen der Privatinvestitionen. Adresse: Gustav-Heinemann-Ufer 84–88, 50968 Köln. red

AGEH Arbeitsgemeinschaft für Entwicklungshilfe e. V., 1959 gegr. von 39 kath. Verbänden und Institutionen; zuständig im Bereich der kath. E.-Arbeit für Personaldienste in Übersee in enger Zusammenarbeit u. a. mit *Misereor, dessen finanzielles Hilfsprogramm es ergänzt. Die AGEH vermittelt deutsche Fachkräfte (2000: 239) auf Nachfrage aus EL in Vorhaben einheimischer Projektträger und bereitet diese in mehrmonatigen Kursen auf den Auslandsaufenthalt vor. Publikation: contacts. Adresse: Ripuarenstr. 8, 50679 Köln; Internet: www.ageh.de dn

Agenda 21 →Welt-Umweltkonferenz

AGETIP *Agence d'Exécution des Traveaux d'Intérêt Public*, 1990 auf Initiative der *Weltbank in Senegal gegr. *nichtstaatl. Org., deren Aktivitäten auf lokaler Ebene v. a. die Förderung von Klein- und Mittelind., Schaffung von Arbeitsplätzen sowie der Ausbau des Gesundheits- und Bildungswesens als Zielsetzung zugrunde liegt. Bis 1996 führte AGETIP 1250 Projekte von insg. 80 Mio. US-$ durch; in den ersten vier Jahren wurden dabei u. a. 80000 befristete und einige tausend dauerhafte Arbeitsplätze geschaffen. Nach dem als erfolgreich geltenden Modell von AGETIP wurden in den 1990er J. ähnliche Org. auch in anderen westafrik. Staaten gegr. (z. B. AGETIPE-MALI in Mali, NI-GETIP in Niger). red

AG KED Arbeitsgemeinschaft Kirchlicher Entwicklungsdienst, 1970 gegr., 1999 aufgelöst; Zusammenschluss der e.-bezogenen Org. der Ev. Kirche in Deutschland (EKD) und der ev. Freikirchen. Mitgliedsorg. waren Brot für die Welt (*BfdW), Dienste in Übersee (*DÜ), Ev. Zentralstelle für Entwicklungshilfe (*EZE), Kirchl. Entwicklungsdienst (*KED), Ev. Missionswerk in Deutschland (*EMW). Mit der Zusammenführung von DÜ, EZE, KED und Teilen des EMW im *EED wurde die AG KED 1999 aufgelöst. mfn

Agrarreform Unter A. ist die tief greifende Veränderung der Agrarstrukturen eines Landes zu verstehen, d. h. die Schaffung neuer Besitzverhältnisse an Land und Wasser. Als notwendige flankierende Maßnahmen sind u. a. anzusehen: die Bereitstellung von Krediten, die Befreiung von übermäßigen Pachtabgaben oder Steuern, die Bereitstellung von techn. Hilfsmitteln, von Saatgut und Düngemitteln, der Aufbau des Vermarktungswesens und von Ind. zur Weiterverarbeitung landw. Produkte, die Verbesserung der materiellen und sozialen *Infrastruktur. Als weitere Bestandteile von A. werden häufig auch die unmittelbare Beteiligung der Bauern und Landarbeiter am Reformprozess und die Bildung von *Genossenschaften genannt. A.en sollen die Menschen begünstigen, die das Land bearbeiten bzw. auf dem Lande leben, aber auch durch die Steigerung der Agrarproduktivität der gesamten Volkswirtsch. zugute kommen.

T. Bergmann hat einen Zielkatalog von A. zusammengestellt, der nicht vollständig sein will, die Zielsetzungen jedoch gruppiert: «a) Politische Ziele: 1. Veränderung der dörflichen Sozial- und Marktstrukturen, 2. Entmachtung der (konsumtiv eingestellten) Grundbesitzerklasse, 3. Befriedigung rebellierender Kleinbauern, Pächter, Landproletarier, 4.

*Demokratisierung der Gesellschaft, 5. Sicherung der Gesellschaft gegen *Revolutionen. b) Agrarpol. Ziele: 1. Förderung der Selbstbewirtschaftung (*owner-cultivation*), 2. Reorganisation der Betriebsgrößenstruktur, 3. Schaffung genossenschaftlicher Großbetriebe. c) Wirtschaftliche Ziele: 1. Neuverteilung des Bodens, 2. Verminderung der Ungleichheit im Bodenbesitz, 3. Aufteilung von Großbetrieben, 4. Pächterschutz, Pachtsenkung, Einschränkung oder Beseitigung der Pacht zugunsten des Eigentums, 5. Neuverteilung der Grundrente als wichtigem Teil des *Nationaleinkommens, 6. Abschaffung aller unproduktiven Zahlungen (Pacht, Schuldzinsen), 7. Intensivierung der Agrarproduktion, Mobilisierung des agrarischen Produktionspotenzials, Neulandkolonisation, 8. beschleunigte Verbreitung produktionstechn. Innovationen, 9. Rationalisierung der Marktbeziehungen der Produzenten, Beschleunigung des Marktbeitrags, 10. Erhöhung des Faktorbeitrags der Landw. zur gesamten Volkswirtsch., 11. *Diversifizierung der Produktion. d) Soziale und psychologische Ziele: 1. Soziale Egalisierung der Agrarbev., 2. Pol. und kulturelle Mobilisierung der Kleinbauern und des ländl. Proletariats, 3. Gleichmäßigere Beschäftigung der Arbeitskräfte durch dörfliche Entwicklungsarbeiten.» Bergmann verweist auf bestehende Wechselbez. zwischen den Teilzielen, auf unterschiedliche Zuordnungsmöglichkeiten («Wirtschaftliche Ziele haben häufig auch politische und soziale Wirkungen») und auf Zielkonflikte.

Die Forderung nach A.en ist älter als die moderne E.-Diskussion (s. mex. Revolution von 1910), stand jedoch am Beginn der e.-pol. Zieldebatten der int. Org. nach dem 2. WK. Ausgehend von einem Situationsbericht der *UN und *FAO über die Lage der Agrarwirtsch. in den EL wurde auf der ersten int. Konferenz über Agrarreform 1951 A. bereits verstanden i. S. obiger Definition, d. h. über die bloße Landumverteilung oder auch Neulandgewinnung weit hinausreichender Maßnahmenerfordernisse. Bis in die Mitte der 1960er J. hinein wurden jedoch die int. und nat. E.-Politiken von *modernisierungstheoretischen Leitideen beherrscht. Der *Industrialisierung wurde faktisch Vorrang eingeräumt, da von ihr die Lösung des Agrarproblems mittels Technisierung, Steigerung der Erträge und Aufnahme freigesetzter ländl. Arbeitskräfte erwartet wurde. Ernst gemeinte Agrarstrukturreformen wurden fast nirgends durchgeführt; die Ausnahme Kuba begründete im Rahmen der *Allianz für den Fortschritt nicht mehr als die folgenlose Beteuerung ihrer Notwendigkeit.

Als sich Mitte der ersten *Entwicklungsdekade abzeichnete, dass die Industrialisierung in den EL den Agrarsektor nicht in ausreichendem Maße dynamisieren würde und die *Bevölkerungsexplosion im Vgl. zum geringen Wachstum der Agrarerzeugnisse Hungerkatastrophen nach sich ziehen müsse, setzte die zweite int. Konferenz über A. von 1966 auf die Steigerung der Agrarerzeugnisse mittels techn. Lösungen. Statt A.en wurde die *«Grüne Revolution» propagiert. Nur in wenigen Ländern wurden A.en in Angriff genommen (Chile, Peru, Algerien etc.).

Die zweischneidigen Ergebnisse der «Grünen Revolution» (zwar Ertragssteigerungen, aber Verfestigung der Strukturen der UE im ländl. Raum) begünstigten ab Mitte der 1970er J. die Rückkehr der E.-Theoretiker zu den agrarpol. Forderungen von 1950. A.en wurden verstärkt im Zusammenhang ländl. E. gesehen, d. h. als Maßnahmen, die der Mehrheit der Bev. in den EL nutzen und die Befriedigung ihrer *Grundbedürfnisse zum Ziel haben. Die dritte Weltkonferenz über Agrarreform und *ländliche Entwicklung *WCARRD (Rom 1979) sprach sich e.-strategisch für den Vorrang des Agrarsektors aus. Während die Aktionsprogramme, die Maßnahmen von den EL forderten, einstimmig angenommen wurden, versagten die IL den Teilen des Programms ihre Zustimmung, welche sie e.-pol. in die Pflicht nahmen

(*Entwicklungshilfe, *Neue Weltwirtschaftsordnung, *Nationalisierungspassus). Im Rahmen der neuen Dimension, welche die Frage der A. seit ihrer Verbindung mit E.-Problemen des ländl. Raums und weltwirtsch. Zusammenhängen (u. a. *Rohstoffabkommen) gewonnen hat, scheinen Agrarstrukturreformen i. S. der obigen Definition (Veränderung der Verfügungsgewalt über Boden und Wasser) jedoch nach wie vor im Status von Lippenbekenntnissen zu verharren.

Lit.: E. Feder, Agrarstruktur und Unterentwicklung in Lateinamerika, Frankfurt 1973; H. Elsenhans (Hg.), Agrarreform in der Dritten Welt, Frankfurt 1980; J. Escaida, Ausbildung und Beratung im Agrarreformprozeß. Dargestellt am Beispiel Chile und Peru, Heidelberg 1982; U. Wachendorfer, Bauernbewegung in Peru, Heidelberg 1984; A. Stamm, Strukturanpassungen im zentralamerikanischen Agrarsektor, in: P. Bendel (Hg.), Zentralamerika, Frankfurt 1992, S. 255–275; U. Wachendorfer-Schmidt, Agrarfrage und Agrarpolitik, in: D. Nohlen/P. Waldmann/K. Ziemer (Hg.), Die südlichen und östlichen Länder, München 1997. dn

AGS Alfons-Goppel-Stiftung, 1980 von Vertretern der Münchener Wirtsch. und Pol. gegr. *nichtstaatliche Organisation, die es sich zur Aufgabe gemacht hat, über Patenschaften Kinder und Jugendliche in EL durch Einrichtung von Ausbildungsstätten gezielt zu fördern. 2001 konnten für verschiedene Projekte (in Ecuador, Togo, Paraguay) 1,0 Mio. € eingesetzt werden. Adresse: Oberanger 32/VI, 80331 München. red

AGVO Arbeitsgemeinschaft Vorderer Orient für gegenwartsbezogene Forschung und Dokumentation, Hamburg

Ägypten

Fläche (Tsd. qkm): 1001
Bev. (Mio.) 2001: 69,10
BNE pro Kopf (US-$) 2000: 1490
BIP (Mio. US-$) 2000: 98 333
LE (Jahre) 1999: 66,8
Analphabetenquote (%) 1999: 45
HDI 1999: 0,635 [Rangplatz von 162: 105]

Während *Nasser Ä. einen arab. Sozialismus mit engen Bez. zum soz. Lager verschrieben hatte, nahm sein Nachfolger Sadat innen- und außenpol. einen Frontwechsel vor (Öffnung Ä.s für finanz. und technol. Unterstützung bes. aus den USA, Friedensvertrag mit Israel). Mubarak konzentrierte sich bislang auf die wirtsch. Sanierung und erreichte Ende 1987 mit der Wiederaufnahme dipl. Bez. zu den meisten arab. Staaten die Überwindung der Isolierung Ä.s im arab. Lager.

1. Das Kultur- und Siedlungsland, fast ausschließlich im Niltal gelegen, macht nur 3,5 % von Ä.s Fläche aus. Im Vgl. zu 1986 absorbiert die Landw. Ende der 1990er J. nicht mehr den größten Teil der wirtsch. Leistung (1999: 17 %, Ind. 33 %, Dienstleist. 50 %).

2. Die Bev. Ä.s konzentriert sich auf das nur 35 580 qkm große Kulturland mit einer Urbanisierungsrate von 45,2 % (2000); die Hs. Kairo zählt ca. 12 Mio. Ew. Ethn. ist Ä. wenig differenziert: während in Ä. 100 000 Beduinen leben, besteht in Ober-Ä. eine nahezu homogene Gesellschaft von Kleinbauern aus den arabisierten Nachkommen der alten Ägypter. 93 % der Bev. sind sunnitisch-islam. Glaubens (der Islam ist Staatsreligion), etwa 7 % sind christl. Kopten.

3. Das brit. Protektorat über Ä. bestand bis 22. 2. 1922, als das Königreich Ä. unter König Fuad die Unabh. erhielt, allerdings mit Vorbehalten bezüglich der Landesverteidigung und des Schutzes ausl., v. a. brit. Interessen. Gegen Fuads Sohn Faruk putschte am 23. 7. 1952 der «Bund der Freien Offiziere» unter Führung von General Gamal Abd al-Nasser. Für ihn war der Weg einer von der Armee getragenen nat.-demokrat. *Revolution die einzige Alternative, um die notwendigen radikalen Reformen und die endgültige nat. Befreiung Ä.s von der noch immer währenden brit. Vorherrschaft durchzuführen.

Die ägypt. Revolution hat die sozioökon. Strukturen Ä.s in drei Etappen grundlegend verändert. In Phase I (1952 bis 1956) konzentrierte sich das Militärregime Nassers (→autoritäre Regime) auf die Transformation der pol. Strukturen, d. h.

Abschaffung der Monarchie durch Ausrufung der Arab. Republik am 18. 6. 1953, Entfernung der trad. pol. Elite aus den Schaltstellen der Pol., Auflösung der pol. Parteien. Im Zuge der Realisation einer modernen, nat. ausgerichteten Ind.-Gesellschaft wurde wirtsch. v. a. die Verbesserung des Lebensstandards der Fellachen (Kleinbauern) angestrebt. Als Ansatzpunkt dazu diente die 1952 verabschiedete und 1958 modifizierte Agrargesetzgebung, mit der die extrem ungleiche Bodenverteilung deutlich abgemildert werden konnte.

In Phase II (1956 bis 1961) ging das Militärregime verstärkt zur zentralen Wirtschaftsplanung über (1957 Gründung eines Planungskomitees), um das angestrebte ind. Wachstum und eine weitere Nivellierung der Einkommen zu erreichen.

Die mangelnde Kooperationsbereitschaft der ägypt. Ind.-Bourgeoisie mit den Planungsbehörden führte schließlich zu Phase III (1961 bis Juni 1967), in der umfassende *Nationalisierungen (Banken, ges. Schwerind., Schlüsselind.) erfolgten, die den modernen Ind.-Sektor in staatl. Verfügungsgewalt brachten. Die Verstaatlichung vollzog sich unter dem von Nasser 1961 geprägten Begriff des «arab. Sozialismus». Unangetastet von dieser Pol. blieb das Eigentum der Mittelklasse (Einzelhandel, Handwerk, mittlerer Grundbesitz und kleinere Ind.-Betriebe). De facto kristallisierte sich dadurch eine **mixed economy* heraus.

Unter Sadat wurde diese Grundstruktur bes. mit der 1975 eingeleiteten Öffnungspol. modifiziert, durch die nicht nur die Abh. von ausl. *Kapital-, *Wirtschafts-, und *Nahrungsmittelhilfe verschärft, sondern auch die interne Penetration der ägypt. Gesellschaft mit westl. Konsumgütern forciert wurde.

Diese Konstellation hat sich auch unter Präs. Mubarak (seit der Ermordung Sadats im Okt. 1981) fortgesetzt, wobei die amerik. Wirtschafts- und Militärhilfe an der Beibehaltung des 1979 von Sadat mit Israel abgeschlossenen Camp-David-Friedensvertrages (→Nahostkonflikt) gebunden ist. Unter dem Zwang wachsender ökon. Probleme (u. a. Rückgang der Deviseneinnahmen aus Ölexporten und *Gastarbeiter-Rücktransfer) und dem Druck des *IWF entschloss sich die Reg. 1987 zu ersten Reformen, deren konsequente Durchführung jedoch wegen ihrer negativen sozialen Folgen erst Anfang 1991 in die Wege geleitet wurde, nachdem das prowestl. Verhalten Ä.s im *Golfkrieg zur Zusage einer Schuldenreduzierung von 50 auf 25 Mrd. US-$ nach Abschluss eines Reformabkommens mit dem *IWF geführt hatte. Durch die 3. MENA-Wirtschaftskonferenz in Kairo (Nov. 1996) konnte Ä. zudem auch seine außenwirtsch. Position stärken. Im Verlauf der 1990er J. konnte die Inflation unter Kontrolle gebracht (1995: 4,9 %; 2000: 3 %) und nicht zuletzt durch die andauernde Liberalisierungs- und Privatisierungspol. eine vergleichsweise positive Wirtschaftsentwicklung erreicht werden (jährl. BIP-Wachstum ca. 4 %). Problematisch sind die nach wie vor hohe Arbeitslosigkeit (gesch. 2001: 20 %) und die wachsende soziale Ungleichheit.

4. Mit Beginn der ägypt. Revolution wurde das Gesundheits- und Erziehungswesen in Ä. wesentlich ausgeweitet und reorganisiert. Bei der ärztlichen Versorgung, z. B. mit Krankenhausplätzen, bestehen allerdings unverändert krasse Unterschiede zwischen Stadt und Land.

5. Die Entmachtung der Agrar- und Ind.-Bourgeoisie und die Entwicklung des Planungsapparates führten innenpol. zur Entstehung einer regimetreuen Klasse von Militärs, die alle wichtigen Schaltstellen des Staatsapparats besetzte. Nasser baute 1963 mit der Arab. Soz. Union (ASU) eine Einheitspartei auf, die als Allianz der aktiven Volkskräfte (Bauern, Arbeiter, Soldaten, Intellektuelle, nichtausbeutende nat. Kapitalisten) mit einer 50 %-Mindestvertretung von Bauern und Arbeitern in den Org. der ASU «wirkliche Demokratie» und «arab. Sozialismus» verwirklichen sollte.

Nach dem Tode Nassers 1970 verließ Sadat den Kurs seines Vorgängers in dreierlei Hinsicht: 1. angesichts der wirtsch. Notlage Öffnung für ausl. Investitionen; 2. Aufgabe des prosowj. Kurses, den Nasser im Zuge seiner antiimperial. Außenpol. und aus Gründen des Waffenerwerbs eingeschlagen hatte (im Juli 1972 Ausweisung der sowj. Militärberater); 3. Transformation in Richtung auf ein Mehrparteiensystem durch Zulassung pol. Lager innerhalb der ASU, die infolge der Wahl zur Volksversammlung von 1976 eigene Parteien bildeten. Unter Präsident Mubarak blieb die parteiliche Dominanz der NDP bestehen, die aus der ASU-Mitte hervorgegangen war (Parl.-Wahl Nov./Dez. 1995, bei der 14 Parteien antraten: Von den 444 gewählten Sitzen gingen 317 an die regierende NDP, zudem traten 99 Unabh. zur NDP über). Die Opposition, die angesichts des eindeutigen Ergebnisses zugunsten der NDP der Reg. Wahlfälschung vorgeworfen hatte, sah sich durch einen Beschluss des Verfassungsgerichts, der Juli 2000 die Ungültigkeit der Wahlen von 1990 und 1995 feststellte, bestätigt. Die Wiederwahl von Präs. Mubarak Sept. 1999 wurde als Schritt zur Belebung der Demokratie dargestellt. Bei der in drei Runden stattfindenden, richterlich überwachten Parl.-Wahl Okt./Nov. 2000 behauptete sich die NDP, trotz Mandatsverlusten in der ersten Runde, aufgrund von Repressalien, pol. Druck und dem erneuten Übertritt einer Anzahl unabh. Abg. als stärkste Partei.

6. Während große Teile der Bev. die von Sadat eingeleitete Aussöhnungspol. mit Israel nach wie vor ablehnen, findet die pol. *Demokratisierung Ä.s im mit den Wirtschaftsproblemen einhergehenden sozialen Konfliktpotenzial ihre Grenze, was seit Ende der 1980er J. den Islamisten (→Islamischer Fundamentalismus) erhebl. Auftrieb gegeben hat. Daher setzte die Reg. auch 1996 ihre Kampagne gegen die moderaten Teile der islamist. Opposition (v.a. Muslimbruderschaft), die zur Kooperation mit der Reg. bereit sind, fort, während militante Gruppierungen (Angriffe auf Polizisten, Kopten und ausl. Touristen) mit allen Mitteln staatl. Gewalt verfolgt werden. Zwar gelang es der Reg. Mubarak somit, sich innenpol. zu behaupten, die militanten Islamisten stellen seit Anfang der 1990er J. jedoch die pol. Hauptherausforderung dar. Während sich in Ä. dadurch auch die Menschenrechtssituation verschlechtert hat, wurde außenpol. der Kurs der Wiederannäherung an die arab. Staaten durch die Wiederaufnahme Ä.s in die *Arabische Liga am 26. Mai 1989 gekrönt. Die Beteiligung am *Golfkrieg an der Seite der USA stellte zudem Ä.s trad. Rolle als eine der führenden Mächte in der Region weitgehend wieder her. 1995 belastete ein Anschlag auf Mubarak die Beziehungen zum Nachbarland Sudan schwer. Im Zusammenhang mit dem israel.-paläst. Verhandlungsprozess trat die Reg. Ä.s seit der Madrider Friedenskonferenz (Okt. 1991) zunehmend als Vermittler auf und konnte v.a. die Kontakte zu *Arafats Regierungsbehörde intensivieren. Die israel. MP Netanyahu und Barak erkannten die gewachsene Rolle Ä.s im nahöstl. Verhandlungsprozess an, der die arabischen Staaten seit Beginn der zweiten Intifada (→Nahostkonflikt) Sept. 2001 vor große Herausforderungen stellt.

Lit.: P. Pawelka, Herrschaft und Entwicklung im Nahen Osten: Ägypten, Heidelberg 1985; A. Schölch/M. Mejcher (Hg.), Die ägyptische Gesellschaft im 20. Jahrhundert, Hamburg 1992; G. Krämer, Staat und Zivilgesellschaft im Nahen und Mittleren Osten. Das Beispiel Ägyptens, in: E. Gormsen/A. Thimm (Hg.), Zivilgesellschaft und Staat in der Dritten Welt, Mainz 1992, S. 115–137; F. Büttner/V. Büttner, Ägypten, in: HDW III, 6, 1993, S. 154–189; T. Koszinowski, Ägypten 1996, in: Deutsches Orient-Institut (Hg.), Nahost-Jahrbuch 1996, Opladen 1997; D. Weiss/U. Wurzel, The Economics and Politics of Transition to an Open Market Economy: Egypt, Paris 1998, S. 42–48; M. Ries: Egypt, in: D. Nohlen/M. Krennerich/B. Thibaut (Hg.), Elections in Africa. A Data Handbook, Oxford 1999, S. 329–350.

hpm/mr

AID →USAID

Aids in der Dritten Welt Die HIV/Aids-Pandemie ist zu einer vordringlichen gesundheitspol. und sozioökon. Herausforderung geworden. *WHO und *Weltbank schätzen, dass im Jahr 2000 weltweit über 36 Mio. Menschen, davon 2,5 Mio. Kinder, HIV-infiziert waren. 95 % leben in EL. Die höchste Prävalenz (ca. 70 % der HIV-Infizierten) findet sich im subsahara Afrika mit ca. 10 % der Weltbev. 8 der 10 meistbetroffenen Länder liegen im südlichen Afrika mit einer Prävalenz zwischen 25 und 30 % der 15- bis 49-Jährigen. Die höchsten Zuwachsraten an HIV-Infektionen werden z. Zt. in Süd- und Südostasien beobachtet. 3 Mio. Aidskranke werden jährl. in Afrika und in Süd- und Südostasien an Aids sterben. In LA sind es Brasilien, die Karibik und Mexiko, die die höchsten Prävalenzraten haben. Epidemiologische Besonderheiten im Vgl. zu Europa: 80–90 % der Infektionen durch heterosexuelle Übertragung, gefolgt von Übertragung von Mutter auf das Kind (ca. 10 %) transplazentar, perinatal und über die Muttermilch sowie derzeit ca. 5 % durch Drogenkonsum und Bluttransfusionen. Frauen sind in EL ebenso häufig betroffen wie Männer. Folge ist ein hoher Anteil an infizierten Kindern (Risiko der Übertragung bei infizierten Müttern 1:3). Ulzerierende, sexuell übertragene Krankheiten begünstigen die Ausbreitung von HIV. Dic Kosten für Gesellschaft und *Gesundheitsdienste werden immer höher. In Afrika sind 50–70 % der Krankenhausbetten mit Aids und damit assoziierten Infektionskrankheiten, insbes. Tuberkulose, belegt. 1/5 des Gesundheitsetats wird in einigen EL hierfür ausgegeben. HIV sowie sexuell übertragene Krankheiten sind in erster Linie Krankheiten der Armut, sexuellen Ausbeutung und Gewalt, Mobilität und Migration, Trennung von Familien und damit verbundener Promiskuität. Die Erkrankungsrate und Sterblichkeit an Aids nimmt in ökon. bedeutsamen Altersgruppen beiderlei Geschlechts in einzelnen Landstrichen bedenkliche Ausmaße an und hinterlässt bis zum Jahr 2000 10 Mio. Kinder in der Obhut der Großeltern. Die Aids-Pandemie bedeutet insbes. für das subsahara Afrika ein soziales, ökon. und in der Folge demographisches Problem mit derzeit unüberschaubaren Folgen. Eine Verminderung der Ausbreitungsgeschwindigkeit kann nur langfristig über Aufklärung erfolgen. Die Gesundheitsdienste müssen sich auf die Verminderung der Übertragung innerhalb der Dienste sowie auf pflegerische Maßnahmen konzentrieren. Antivirale Medikamente sind nach langem Ringen mit der Pharmaind. inzwischen in EL relativ preisgünstig, doch Verfügbarkeit, Compliance und begleitendes Councelling stellen nach wie vor ein großes Hemmnis gegenüber einer systematischen Versorgung dar. Die UN hat das von der WHO begonnene globale Programm zur Bekämpfung von Aids übernommen (UNAIDS), das insbes. die EL unterstützt (→Gesundheit). Breit angelegte, gut kontrollierte Präventionsprogramme, von den pol. Verantwortlichen unterstützt, können messbare Erfolge erzielen.

Lit.: G. Falkenhorst: AIDS- und STD-Kontrolle: In: H. J. Diesfeld et al., Gesundheitsversorgung in Entwicklungsländern, Springer, Berlin ²2001, S. 195–218; BMZ, Positionspapier HIV/AIDS Bekämpfung – Eine Antwort auf die Ausbreitung in den Entwicklungsländern, BMZ-Aktuell Nr. 94, Bonn 1998. hjd

Akkulturation In der E.-Soziologie, die den *Kulturwandel in E.-Gesellschaften untersucht, die *exogen bedingte Auslösung dieses Prozesses durch Kulturkontakt mit «einer anderen ursprünglich mehr oder weniger fremdartigen Kultur ... (Interkultureller Wandel) vollzieht sich im Prozeß der Nachahmung und Übernahme ursprünglich fremder Kulturelemente in die eigene Kultur durch deren Diffusion, wobei die eigene Kultur unter Umständen tiefgreifende und umfassende Wandlungen durchmachen kann» (R. F. Berendt 1965, S. 116). A. kann gewaltsam erfolgen (*Kolonialismus), aber auch durch freiwillige Öff-

nung einer nicht oder weniger entwickelten Gesellschaft gegenüber Werkzeugen, Technologien, Werthaltungen, Organisationsformen etc. einer entwickelteren Gesellschaft. R. F. Berendt unterscheidet zwei Typen von A.: 1. passiv-imitative Anpassung an die als überlegen empfundene Kultur; 2. aktive Verarbeitung und unter Umständen Umgestaltung unter Anwendungsgesichtspunkten an die Bedürfnisse und Möglichkeiten eines EL.
Lit.: R. F. Berendt, Soziale Strategie für EL, Frankfurt 1965. dn

Akkumulation Der Begriff A. wird in der klassischen Wirtschaftstheorie sowie im Marx'schen System zur Kennzeichnung einer Anhäufung oder Ansammlung von Reichtum, v. a. von produzierten Produktionsmitteln, verwendet. A. umfasst in der bürgerlichen Ökonomie die Vermögensbildung einer Volkswirtsch., die sich aus den Spar- und Investitionstätigkeiten der einzelnen Wirtschaftssubjekte zusammensetzt. Für Karl Marx ist die ursprüngliche A. der hist. Prozess, der die Existenzbedingungen des Kapitalismus herbeigeführt hat. Dies geschah durch Auflösung des auf eigener Arbeit beruhenden Privateigentums, d. h., der Arbeiter (Bauer oder Handwerker) ist nicht mehr «freier Privateigentümer seiner von ihm selbst gehandhabten Arbeitsbedingungen», sondern in einen freien Lohnarbeiter umgewandelt. Die A. des als Kapital gewordenen Kapitals umfasst die Rückwandlung von Mehrwert in Kapital. Basierend auf dem Kapitalverhältnis – die wichtigsten Produktionsmittel sind Eigentum der Kapitalisten, und die Arbeiter sind nur im Besitz ihrer Arbeitskraft – begründet A. die erweiterte kapitalistische Reproduktion. red

Akkumulationsquote Anteil des *Nationaleinkommens, der für *Investitionen verwandt wird (= Investitionsquote).
Im Marx'schen Sinne der Teil des Mehrwerts, der zur *Akkumulation verwandt wird. In seiner Akkumulationstheorie zeigt Marx, dass die Unternehmer in zunehmendem Maße *kapitalintensive Methoden im Produktionsprozess einsetzen und dadurch das konstante Kapital (Maschinen) schneller wächst als das variable Kapital, mit dem das Produktionsmittel Arbeit gekauft wird. Die Folge ist (intern) eine Konzentration der Produktion und des Kapitals, ergänzt durch die Zentralisation des Kapitals in Form externer Zusammenschlüsse. red

AKME Arbeitskreis für medizinische Entwicklungshilfe, informeller Zusammenschluss von deutschen Organisationen und Instituten, die im Bereich der *Gesundheitshilfe tätig sind. Er dient der internen Abstimmung und Konzeptdiskussion der beteiligten Mitgliederorganisationen. Der Arbeitskreis selbst verfügt über keine Mittel zur Projektförderung oder Vergabe von Spendengeldern. Adresse: c/o DSE, Zentralstelle für Gesundheit, Breite Straße 11, 10178 Berlin. red

AKP-Staaten zunächst 46 Staaten in Afrika, in der Karibik und im Pazifik, die 1975 mit der EG/EU das *Lomé-Abkommen unterzeichneten. März 1977 wurden weitere sechs Staaten (Komoren, Seychellen, Surinam, Kap Verde, São Tomé und Príncipe, Papua-Neuguinea) aufgenommen. Lomé II wurde 1979 mit 58 EL unterzeichnet. Dem dritten Abkommen von Lomé (Laufzeit 1985–1990) gehörten 66 Staaten an: Afrika 45, Karibik 13, Pazifischer Raum 8. Mit Lomé IV (Laufzeit 1990–2000) wurden die Dominikanische Republik, Eritrea, Haiti und Namibia als neue Mitgl. aufgenommen. 1997 kam Südafrika dazu. Das fünfte Abkommen, unterzeichnet am 23. 6. 2000 in Cotonou (Benin), wurde zwischen 15 EU-Mitgl. und 77 AKP-Staaten vereinbart (Afrika: 48; Karibik: 15; Pazifik: 14) und hat eine Laufzeit von 20 J. (bei Überprüfung alle 5 J.). →Tabelle 1 im Anhang, EEP, Konvention von Cotonou dn

Aktion Dritte-Welt-Handel →Dritte-Welt-Läden, GEPA

Aktionsgemeinschaft Solidarische Welt e.V. →ASW

Aktionsgruppen, entwicklungspolitische (Dritte-Welt-Gruppen) In der BRD be-

stehen heute ca. 2500 bis 3000 e.-pol. Aktionsgruppen (ohne die Ortsgruppen von Org. wie *amnesty international oder *Terre des Hommes), die ihren Ursprung im studentischen Engagement der 1960er und 1970er J. haben; Solidaritätskomitees unterstützten etwa die *Befreiungsbewegungen in den portug. Kolonien und im südl. Afrika; im Rahmen der Cabora-Bassa-Kampagne (Aufdeckung der Unterstützung des portug. Kolonialkriegs durch die deutsche Ind., 1970–1973) kam es zur Gründung von Anti-Apartheid- und Afrika-Solidaritätsgruppen. Seit 1979/80 verstärkte sich das Interesse am mittelamerik. Raum. Einer Vielfalt von Organisationsformen (meist als freie Bürgerinitiativen in Kirchengemeinden, Schulen, Universitäten und Gewerkschaften) entspricht die Bandbreite von Aktionsmodellen, so z. B. länder- und themenbezogene Komitees, *Städtepartnerschaften, Herausgabe von Informationsmaterial, *Dritte-Welt-Läden, die häufig mit Dritte-Welt-Zentren oder -Häusern gekoppelt sind. Von den ehemals elf überregionalen Koordinationsstellen waren 2000 nur noch zwei aktiv: der *Dachverband entwicklungspolitischer Gruppen Baden-Württembergs* (DEAB) und das *Hessische Forum* (HEFO). Ein Versuch, der länder- und themenbezogenen Zersplitterung durch den bundesweiten Zusammenschluss zum *BUKO 1977 entgegenzuwirken, hatte nur begrenzt Erfolg.
In Österreich dagegen sind die wichtigsten e.-pol. Gruppen, Organisationen und Einzelpersonen in der *ÖIE vertreten und werden mit staatl. Mitteln gefördert. In der Schweiz besteht eine Vielfalt an Dritte-Welt-Gruppen mit arbeitsteiligen Funktionen.

Lit.: Bundeskongreß entwicklungspolitischer Aktionsgruppen (BUKO) (Hg.), Aktionshandbuch Dritte Welt, Wuppertal, 1986 (Angaben zu Materialien, Adressenverzeichnis aller Aktionsgruppen in der BRD, Luxemburg, der Schweiz und Österreich). red

AKV Allgemeine Kreditvereinbarung, Vereinbarung des *Zehnerclubs über Refinanzierungen, welche Reg. und Zentralbanken von elf IL (zehn plus Schweiz und Saudi-Arabien) dem *IWF einräumen. Der sog. Krisenfonds hatte ein Volumen von 24 Mrd. US-$. Durch die *NKV wurde die Kreditlinie 1997 auf das Doppelte erhöht. dn

AL →Arabische Liga

ALAB Arabisch-Lateinamerikanische Bank (*Arab Latin American Bank*), 1978 gegr. (Sitz: Lima), finanziert E.-Projekte in LA. ah

ALADI, Lateinamerikanische Integrationsassoziation (*Asociación Latinoamericana de Integración; Latin American Integration Association, LAIA*) 1. *Gründung:* gegr. am 12. 8. 1980 durch die 11 ehem. Mitgl.-Staaten der *ALALC. Am 6. 11. 1998 wurde Kuba auf der X. Tagung des Ministerrates eine Beitrittsoption eröffnet und am 25. 8. 1999 wurde Kuba definitiv als 12. Mitgliedstaat in die ALADI aufgenommen. Gemäß ihrem Entwicklungsstand sind die Mitgliedstaaten in drei Gruppen eingeteilt: Mitgliedstaaten geringerer wirtsch. E. (Bolivien, Ecuador, Paraguay), Mitgl. mittlerer E. (Chile, Kolumbien, Kuba, Peru, Uruguay, Venezuela) und sonstige Mitgliedstaaten (Argentinien, Brasilien, Mexiko). Die ALADI, mit Sitz in Montevideo, ist Rechtsnachfolgerin der ALALC, deren Rechte und Verbindlichkeiten mit dem 13. 3. 1981 auf sie übergingen. Sie ist nicht mehr als regionale Präferenzzone im Sinne des Art. XXIV *GATT konzipiert, sondern versteht sich als Süd-Süd-Integration (*Süd-Süd-Beziehungen) neuen Typs auf der Basis der *Ermächtigungsklausel (enabling clause) des GATT. Im Ggs. zur strikten Multilateralisierung der Präferenzen in der ALALC legt die ALADI ihr Hauptgenmerk auf flexiblere *bi- und beschränkt multilaterale Liberalisierungsmechanismen innerhalb eines Rahmens von multilateralen Regionalpräferenzen (*Preferencia Arancelaria Regional, PAR*). Damit können einzelne Mitgl. der ALADI untereinander präferenzielle Abkommen schließen, und zwar in der Form von «Abkommen partieller Reichweite» (*acuerdos de alcance parcial, AAP*) bzw. von «Abkommen zur wirtsch. Ergänzung» (*acuerdos de complementación económica, ACE*). Diese müssen allerdings untereinander und auch mit den multilateralen Regionalpräferenzen kompatibel sein. Von den gegenwärtig in Kraft stehenden 32 ACE ist der *MERCOSUR der wichtigste. Die Hauptschwierigkeit beim Übergang der ALALC zur ALADI lag in der Überprüfung des bisher erreichten Liberalisierungsstandes («*patrimonio histórico*»), der neu verhandelt werden musste. Die Neuverhandlung von 12300 «Alt-Konzessionen», die innerhalb der ALALC eingeräumt worden waren, konnte erst 1984 abgeschlossen werden. Die Aushandlung des vorgesehenen Rahmens von multilateralen Regionalpräferenzen (PAR) begann im März 1985, als durch die Resolution 42 des Komitees der Ständigen Vertreter die Einrichtung der sog. Regionalen Verhandlungsrunde ins Leben gerufen wurde. Nach längeren Debatten über deren Ausgestaltung wurde am 9. 4. 1986 die «Charta von Buenos Aires» unterzeichnet, die als Ziel der «Runde» ein verbessertes System von Handels- und Zollpräferenzen vorsieht, das allen Staaten LAs offen stehen soll. Im Juli 1986 wurde in Acapulco der Inhalt der Regelung weiter konkretisiert. Die dritte Konferenz des ALADI-Ministerrates im März 1987 (Montevideo) führte in ihrer Schlussdeklaration die ursprgl. formulierten Ziele weiter aus. Der bis dato geltende allg. Zollpräferenzrahmen von 5 % wurde ab 27. 4. 1987 verdoppelt und 1989 auf 15 % angehoben, allerdings mit erheblichen Abstufungen, die die großen E.-Unterschiede der elf Mitgl.-Länder berücksichtigen sollen. Ab 1. 8. 1990 betrug die Regionalpräferenz PAR den Ausgangswert eines 20 %-Abschlages auf die Außenzölle der Mitgliedstaaten der ALADI. Seit 1. 1. 1986 ist überdies eine neue ALADI-Zollnomenklatur in Kraft. Das ursprünglich durch die Res. 78 des Komitees der Ständigen Vertreter vom 24. 11. 1987 ausgearbeitete System der Ursprungsregeln wurde durch die Res. 252 desselben Organs vom 4. 8. 1999 konsolidiert. Um Zonenursprung reklamieren zu können, darf ein Produkt nicht mehr als 50 % Drittlandsanteil aufweisen. Der intrazonale Handel – auf den 60 % nichtverhandelter und 40 % im Rahmen des Zollsenkungsregimes der ALADI verhandelter Güter entfallen – betrug 1995 lediglich 12 %, woraus der geringe Grad an Binnenintegration der ALADI ersichtlich ist. Innerhalb der ALADI sind eine Reihe subregionaler Integrationszonen ausgebildet, wie z. B. die «*Andengemeinschaft», der MERCOSUR, die «*Gruppe der Drei» (G 3). 2. *Organe und Rechtsnatur*: Rat der Außenmin. (oberstes Organ); Konferenz zur Würdigung und Angleichung der getroffenen Präferenzabsprachen; Komitee der Ständigen Vertreter (ständiges Organ); Generalsekretariat. 1981 wurden ein Rat für Finanz- und Währungsangelegenheiten und eine Beratende Kommission eingerichtet. 1985 erfolgte die Einrichtung eines Koordinations- und Verhandlungsgremiums für die Regionale Verhandlungsrunde, das in fünf Unterkommissionen unterteilt ist. Die ALADI genießt umfassende Privatrechtsfähigkeit, *expressis verbis* ist ihr aber keine Völkerrechtssubjektivität eingeräumt. Ihren int. Funktionären kommen allerdings die funktionellen dipl. Immunitäten u. Privilegien zu. 3. *Außenbeziehungen*: Am 3. 12. 1991 wurde am VI. Treffen des Ministerrates der ALADI beschlossen, dass die ALADI künftig als Forum für alle bi- und multilateralen, regionalen und subregionalen Integrationsbemühungen in LA dienen soll. In diesem Zusammenhang sind folgende Beziehungen von Interesse: (a) ALADI-EG: Am 29. 4. 1991 wurde ein Verwaltungsübereinkommen über gegenseitige administrative Zusammenarbeit geschlossen; (b) ALADI-MERCOSUR: Der am 26. 3. 1991 nur von 4 der 11 Mitgliedstaaten der ALADI abgeschlossene MERCOSUR ist aus der Sicht der ALADI nicht nur gem. Art. 7

ALADIV ein «Abkommen partieller Reichweite», sondern gem. Art. 11 ALADIV auch ein «Abkommen zur wirtschaftlichen Ergänzung». Dementsprechend sind die MERCOSUR-Präferenzen von der Meistbegünstigungsverpflichtung des Art. 44 ALADIV ausgenommen. Die übrigen Mitgl.-Staaten der ALADI können dem MERCOSUR seit Ende 1996 beitreten; (c) ALADI-*NAFTA: Gem. der Meistbegünstigungsklausel des Art. 44 ALADIV müssen ALADI-Staaten alle Präferenzen, die sie Drittstaaten gewähren, den anderen ALADI-Staaten sofort und ohne irgendeine Bedingung weitergeben. Dieser Fall trat ein, als Mexiko am 17. 12. 1992 den NAFTA-Vertrag unterzeichnete und sich damit verpflichtete, seinen Vertragspartnern Kanada und den USA Präferenzen zu gewähren. Das Problem wurde durch das am 13. 6. 1994 zwischen den ALADI-Mitgl.-Staaten abgeschlossene «Protokoll zur Interpretation des Artikels 44 ALADIV» dahin gehend gelöst, dass Mexiko die Meistbegünstigungsverpflichtung des Art. 44 ALADI anlassbezogen suspendieren kann, zugleich aber den ALADI-Mitgl.-Staaten, die dies verlangen, eine «angemessene Entschädigung» (*adecuada compensación*) dafür anbieten muss; (d) ALADI-ALCSA/*FTAA: Gem. Art. 1 ist die ALADI bemüht, in Zukunft einen gesamtlateinamerikan. gemeinsamen Markt auszubilden. Im Sept. 1993 lancierte Brasilien das Konzept eines «Lateinamerikan. Freihandelsraumes» (ALCSA), das aber durch die am IV. Panamerikan. Gipfel in Miami vom 9.–11. 12. 1994 vereinbarte «(Gesamt-)Amerikan. Freihandelszone» (FTTA/ALCA) überholt wurde. Die FTTA/ALCA soll bis 2005 eine gesamtamerikan. Freihandelszone ausbilden, die mit ihren 850 Mio. Konsumenten weltweit die größte regionale Präferenzzone darstellen würde. Um diesen Termin einhalten zu können, müsste der Präsident der USA aber den *fast track*, d. h. die Ermächtigung des Kongresses für einen raschen Verhandlungsabschluss ohne erneute Vorlage, erhalten, was pol. aber unwahrscheinlich ist. Internet: www.aladi.org

Lit.: Integración Latinoamericana 47/1980, 4 (Gründungsvertrag); W. Hummer, Rechtsfragen aus Anlaß der Sukzession der ALALC durch die ALADI, FS Constantinesco 1983, S. 259ff.; W. Hummer, Lateinamerikanische Integrationsassoziation, in: U. Andersen/W. Woyke (Hg.), Handwörterbuch Internationale Organisationen, 2. Aufl. Opladen 1995, S. 273ff.; W. Hummer, Integrationszonen als Elemente der politischen, wirtschaftlichen und völkerrechtlichen Wirklichkeit beider Amerikas in den neunziger Jahren, in: Österr. Lateinamerika-Institut (Hg.), Information 2/3–1995, S. 2 ff.; W. Hummer/D. Prager, Zur GATT-Kompatibilität von Mehrfachmitgliedschaften in regionalen Präferenzzonen, in: ArchVR 4/1997, S. 367ff.; W. Hummer/D. Prager, La cláusula de la nación mas favorecida en ALADI y los recientes procesos de integración con países fuera de América Latina, in: INTAL (Hg.), Integración & Comercio (Buenos Aires), 3/1997, S. 51ff.; W. Hummer/D. Prager, La pertenencia a varios modelos de integración: el caso de América Latina, in: Comercio Exterior (Mexico), 3/1998, S. 234ff. wh

ALALC Lateinamerikanische Freihandelszone (*Asociación Latinoamericana de Libre Comercio,* engl. LAFTA *Latin American Free Trade Association*), gegr. Febr. 1960 durch den Vertrag von Montevideo, seit Juni 1961 in Kraft; Sitz: Montevideo. Mitgl. 11 (Argentinien, Brasilien, Chile, Mexiko, Paraguay, Peru, Uruguay als Gründungsmitgl.; Ecuador u. Kolumbien seit 1961, Venezuela seit 1966, Bolivien seit 1968). *Ziel:* Liberalisierung der Wirtschaftsbeziehungen, Abbau von Zoll- und Handelsschranken zwischen den Mitgl.-Ländern durch periodische Verhandlungen über sog. nationale und gemeinsame Listen, die Produkte enthalten, deren Belastungen durch Zölle im intraregionalen Handel nach und nach verringert werden sollten. ALALC scheiterte im Wesentlichen daran, dass die Mitgl. nicht wirklich die regionale Integration anstrebten, sondern in der ALALC nur einen multilateralen Handelsvertrag zur Erhöhung des Warenaustausches sahen und damit ein Instrument der Vertretung nationaler Interessen. ALALC begünstigte die größeren Länder der Region, woraus die kleineren Länder den Schluss zogen, die Bildung subregionaler Gemeinschaften anzustreben, die eine über die kommerziellen Zielsetzungen hinausgehende wirtsch. Integration (gemeinsame ind. Entwicklung) verfolgten. Als subregionale Organisationen im Rahmen von ALALC entstanden 1969 der *Andenpakt und die *La Plata-Gruppe. August 1980 wurden ALALC aufgelöst und die *ALADI gegründet. dn

ALC →OAU

ALCA *Área de Libre Comércio de las Américas* →FTAA

ALECSO *Arab League Educational, Cultural and Scientific Organization,* Organisation für Erziehung, Kultur und Wissenschaft der →Arabischen Liga.

Alexander von Humboldt-Stiftung →AvH

Alfons-Goppel-Stiftung →AGS

Algerien

Fläche (Tsd. qkm): 2381,7
Bev. (Mio.) 2001: 30,08
BNE pro Kopf (US-$) 2000: 1590
BIP (Mio. US-$) 2000: 53817
LE (Jahre) 1999: 70,8
Analphabetenquote (%) 1999: 33
HDI 1999: 0,693 [Rangplatz von 162: 100]

A. wurde lange Zeit e.-theoret. Modellcharakter zugeschrieben und dabei abgehoben auf die Inwertsetzung einer *Ressource (Erdöl); nat. E. wurde mit *Industrialisierung und Agrarrevolution gleichgesetzt. Auch hinsichtlich der Außenwirtschaftsbez. wurde das Verhältnis von *dissoziativen und assoziativen (weltmarktintegrativen) Elementen als modellhaft herausgestellt. Die derzeitigen E.-Probleme A.s haben jedoch diesen Modellcharakter des alg. E.-Weges stark in Zweifel gezogen (→Entwicklungsmodelle).

1. Die Demokrat. Volksrep. A. ist flächenmäßig der zweitgrößte Staat Afrikas. Vom Staatsgebiet entfallen rd. 85 % auf die fast vegetationslosen Saharagebiete und nur rd. 288710 qkm auf die fruchtbaren Gebiete im Norden. A. ist reich an Bodenschätzen: Erdöl, Erdgas, Phosphat, Steinkohle, Zink-, Blei-, Kupfererze, Salz und noch nicht erschlossene Vorkommen von u. a. Wolfram, Bauxit, Mangan und Uran.

Im Süden, der vegetationslosen Wüste, bestehen in den Oasen die trad. Dattelbaumkulturen und je nach Bewässerungsmöglichkeit Pflanzungen von Mandel- und Zitrusbäumen und Gemüse. Die Steppengebiete werden durch teilweise nomadische Weidewirtsch. (Schafe, Ziegen, Rinder und Kamele) genutzt. Die Küstenzone und der Tellatlas (Waldbestand) stehen unter dem Einfluss des Mittelmeerklimas, das den Anbau von Wein, Zitrusfrüchten, Oliven, Gemüse und Getreide ermöglicht (Nahrungsmittelproduktion nur auf 3 % des Staatsgebietes). Der Waldbestand (mit Gebüsch 1 % der Fläche) wird z. Z. planmäßig aufgeforstet, um die Bodenerosion einzudämmen. Wegen der Lebensmittelknappheit werden landw. Produkte nicht ausgeführt (weniger als 10 % der Exporte) mit Ausnahme von Wein, Zitrusfrüchten und Datteln.

Die Landw. beschäftigt heute rd. 25 % der Bev.; der Beitrag zum BIP liegt nur bei 12 % (2001). Das produzierende Gewerbe wurde angesichts der forciert betriebenen Industrialisierungspol. immer bedeutender, stagniert allerdings seit Jahren.

2. Entsprechend der landw. Nutzbarkeit A.s verteilt sich die Bev. äußerst ungleichmäßig. Im N, mit nur 15 % der Fläche, sind über 95 % der Bev. konzentriert, während in den Wüstengebieten nur 5 % der Bev. leben. Die Bev. A.s wächst mit einer rapide sinkenden, jedoch immer noch hohen JZ (1980–1990: 3,0 %; 1990–1999: 2,2 %, 2001: 1,7). Nord-A. weist einen hohen *Urbanisierungsgrad auf (Urbanitätsrate Ges.-A. 1999: 60 %). Das ökon. und pol. Zentrum A.s ist die Hs. Algier mit 1,8 Mio. Ew. (2000). Nach der Unabh. hat sich durch die Rückwanderung der A.-Franzosen (1966 nur noch 64000) die Bev. ethn., sprachlich und relig. vereinheit-

licht. Der überwiegende Teil der Bev. (80 bis 90 %) spricht Arab., nur noch 10 bis 20 % einen Berberdialekt. Der kulturelle wiss.-techn. Einfluss F.s bleibt bislang ungebrochen, u. a. aufgrund intensiven Studentenaustauschs, Frz. als Sprache techn. Lehrbücher, der hohen Zahl alg. Arbeiter in F. und der starken Außenhandelsorientierung an F.: rd. 23 % der ges. Importe und 16 % der Exporte stammten 1999 aus bzw. gingen nach F. 95 % der Bev. sind muslim.-sunnitischen Glaubens (malikitischer Ritus).

3. Nach der frz. Eroberung A.s 1830 wurden die muslim. Algerier aus ihren angestammten Siedlungsgebieten verdrängt. Das Land sollte durch Ansiedlung europ. Kolonisten (*colons*) in die «überlegene» frz. Zivilisation eingegliedert werden. Widerstand wurde milit. gebrochen.

Während sich ein Teil der muslim. Algerier, bes. die frz. gebildeten städt. Schichten, für eine Assimilationspol. auf friedlichem Weg einsetzte (Benjellul, Ferhat Abbas), radikalisierte sich ein anderer Teil wegen der starren Haltung der Kolonisten. Der alg. *Nationalismus vertrat – gestützt v. a. auf die unteren städt. Schichten – einen starken sozialrevolutionären Kurs und forderte pol. die vollständige Unabh. A.s (Vertreter: Messali Hadj bzw. der *Étoile nord-africain*/MTLD). Der Konfrontationskurs der A.-Franzosen bewirkte schließlich, dass dem alg. *Nationalismus nur noch der bewaffnete Kampf gegen das repressive Kolonialsystem blieb. Organisiert vom nat. Flügel der MTLD (Ben Bella, Khider, Ahmed), begann am 1. 11. 1954 der alg. Unabh.-Kampf. Den Nationalisten, in der nat. Befreiungsfront (FLN) als pol. und milit. Kampforg. zusammengeschlossen, gelang es durch die erfolgreiche Mobilisierung der bis dahin passiven ländl. Massen, trotz milit. Überlegenheit der frz. Kolonialtruppen und der frz. Armee, nach sieben J. *Guerillakrieg bei zunehmender int. Solidarisierung mit der FLN, in den Verhandlungen von Evian die Unabh. (1962) durchzusetzen.

4. Unter der frz. Herrschaft spezialisierten sich die Agrarkolonisten auf den Agrarexport (Wein, Zitrusfrüchte, Korkeiche etc.), dem auf dem frz. Markt eine Vorzugsstellung eingeräumt wurde, während F. verarbeitete Konsumgüter lieferte und den Bedarf an Maschinen etc. deckte; die verdrängten muslim. alg. Kleinbauern, gegenüber dem modernen Agrarexportsektor (2,8 Mio. ha) nur in *Subsistenzwirtschaft produzierend (391 000 Bauern mit weniger als 10 ha und 480 000 landlose Bauern), vielfach gegen minimale Entlohnung bei den Agrarkolonisten arbeitend, verschafften jenen zusätzliche Kostenvorteile. Nach der Unabh. war das erste Projekt der Ben-Bella-Reg. die Transformation des kolonialen Agrarsystems in ein den *nat. Interessen entsprechendes Produktionssystem: Das ehem. *colons*-Land wurde enteignet und durch Gewährung der Selbstverwaltung an die Landarbeiter in einen soz. Sektor umgestaltet. Privates Land durfte eine nach Bodenqualität und Anbauprodukt variierende Fläche nicht überschreiten. Die unrentabel wirtschaftenden Selbstverwaltungsbetriebe und die Absorbierung zu vieler ehem. Kriegsveteranen bewirkten eine Stagnation der Agrarproduktion, sodass 1970/71 die Durchführung einer zweiten Agrarrevolution notwendig wurde. Diesmal stand bes. die Modernisierung des trad. privaten Agrarsektors im Mittelpunkt, wo mittels einer Bodenneuverteilung und der E. einer *genossenschaftlichen Produktionsweise unter Anwendung neuer Produktionstechniken (einschließlich Dünger und neuem Saatgut) eine Produktionssteigerung angestrebt wurde.

Mit der Ablösung Ben Bellas durch Boumedienne (1965) änderte sich die postkoloniale Strategie. Nunmehr wurde eine rasche *Industrialisierung mit einer max. Steigerung des Produktionspotenzials aufgrund zentraler Wirtsch.- und E.-Planung angestrebt durch: 1. die Anwendung modernster Technologie, um bis Anfang der 1990er J. den Übergang zur Industriegesellsch. vollziehen zu können,

2. die Förderung bes. der Ind., deren Produkte die Vorleistungen (*inputs*) anderer Wachstumsbranchen sind (sog. *industries industrialisantes*). Zentraler Sektor innerhalb dieser Strategie war die Schwerind. (Stahlerzeugung), doch stand auch die Verarbeitung der heimischen Agrarerzeugnisse und der Rohstoffe (als Dünger) bzw. des Erdöls im Vordergrund, 3. die Gründung neuer nat. Unternehmen (sog. *Sociétés Nationales*) bzw. die *Nationalisierung aller wichtigen Unternehmen und der ges. Erdölförderung und -industrie; Letzteres war bes. wichtig, um mittels der Disposition über die Erdöleinnahmen den E.- und Wachstumsprozess der alg. Wirtsch. entsprechend den nat. Interessen zu steuern. Die sich Ende der 1970er J. zeigenden Defizite des alg. E.-Modells, verstärkt durch den Verfall der Erdölpreise nach 1981, die sich indikativ in einem sukzessiven Anstieg der alg. Auslandsschulden äußerten (1985: 18,4 Mrd. US-$; 1988: 26,7 Mrd.), führten nach dem Tode von Präs. Boumedienne unter dessen Nachfolger Bendjedid (Wahl zum Präs. Febr. 1979) zu einer langsamen, aber immer akzentuierter werdenden Wirtsch.-Reform, deren Hauptinhalte eine Restrukturierung der ineffizienten Staatsunternehmen bei gleichzeitiger Dezentralisierung, die Liberalisierung des Außenhandels, die Stärkung des Privatsektors und die Reform der Agrargenossenschaften war. Insges. ist die staatl. E.-Planung in den Zeiten guter Erlöse aus dem Erdölgeschäft trotz der Reformzwänge positiv zu beurteilen; nach Planungsanfängen bereits 1962 wurde ab 1968 intensiv geplant (Dreijahresplan 1967 bis 1969, Vierjahrespläne 1970–1973/1974–1978, Interimsphase 1978/79, Fünfjahrespläne 1979–1984/1984–1989).

Signifikant für den geringeren Stellenwert der Planung im Wirtsch.-System seit Ende der 1980er J. ist die Abschaffung des Planungsmin. im Nov. 1987. Die mit dem *IWF 1994/95 beschlossenen Abkommen sehen die Fortführung der Strukturreformen (Liberalisierung des Bankwesens, Anreize für ausl. Investoren, Subventionskürzungen für Grundnahrungsmittel, weitere Entflechtung staatl. Konzerne) bei begleitenden Unterstützungskrediten und Zahlungsaufschüben vor. Nach der harten Wirtsch.-Krise zu Beginn der 1990er J. weisen zentrale ökon. *Indikatoren in jüngster Zeit nach oben, so etwa das stetige Wachstum des BNE (1996: 4,2 %, 1997: 1,3 %, 1998: 4,2 %, 1999: 4 %, 2000: 3,8 %). Nach den Rekordinflationen von ca. 30 % zu Beginn der 1990er Jahre konnte die Geldentwertung in den letzten Jahren schrittweise auf 16,5 % (Ende 1996), 6 % (1997), 5 % (1998), 2,5 % (1999) und 2 % im Jahresdurchschnitt 2000 zurückgeführt werden. Auch die Staatsverschuldung konnte von 33,2 Mrd. US-$ (1996) auf inzwischen 25 Mrd. (2000) gesenkt werden. Seit 1996 wies Algerien einen rasch wachsenden Handelsbilanzüberschuss auf (1996: 4,3 Mrd. US-$; 1997: 5 Mrd. 1998: 0,8 Mrd.; 1999: 2,4 Mrd; 2000: 10,4 Mrd.). Diese E. beruhte v. a. auf den zuletzt kontinuierlich gestiegenen Einnahmen aus dem Verkauf von Erdöl, Erdgas und Derivaten (1995: 9,7 Mrd. US-$; 1996: 12,5 Mrd.; 1997: 12,6 Mrd.; 1998: 11 Mrd.; 1999: 13 Mrd.; 2000: 21 Mrd.), die die fortdauernde strukturelle Abh. der alg. Wirtsch. vom Erdölsektor – einem wichtigen Faktor für die soz. Krise der 1980er J. – markiert. Der wirtsch. Strukturwandel wird auch durch das im Dez. 2001 geschlossene Assoziierungsabkommen mit der EU beschleunigt, das insb. die stufenweise Verwirklichung einer Freihandelszone vorsieht. Das Pro-Kopf-Einkommen der Algerier hat sich seit Anfang der 1990er J. auf 1590 US-$ (2000) halbiert und ca. 30 % der arbeitsfähigen Bev., jedoch ca. 60 % der jungen Algerier sind arbeitslos. Im J. 2000 leben weit über 40 % der Bev., d. h. doppelt so viel wie 1990, in Armut.

5. Die Deformation der Sozialstruktur durch 130 J. Kolonialzeit war zu schwerwiegend, um in kurzer Zeit überwunden werden zu können. Der nach der Unabh. gesteuerte Kurs brachte aber auch Veränderungen mit sich (z. B. die Differen-

zierung der Arbeitseinkommen nach Branchen und Qualifikationen), welche bedingte Zunahmen der Einkommensungleichheit beinhalteten und zur Ausbildung einer privilegierten *Staatsklasse führten. Dabei handelt es sich v. a. um Technokraten der Verwaltung und der nat. Gesellschaften. Erfolge sind im Gesundheitswesen seit 1962 zu verzeichnen. Nachdem während der Kolonialzeit die Algerier von der Schulbildung bis auf Ausnahmen fern gehalten wurden und mit der Unabh. 80 % des Lehrpersonals das Land verließen, hat sich dank hoher Investitionen und neu ins Land gekommener frz. Lehrer die Situation an den Schulen und Universitäten deutlich verbessert. Problematisch bleiben: 1. die v. a. in den ländl. Gebieten immer noch nicht vollständige Verwirklichung der allg. Schulpflicht und 2. die bedeutend geringere Einschulungsrate bei Mädchen und ihre Unterrepräsentation in allen Schularten. Die 1962 über 90 %ige Analphabetenrate konnte bis 1995 auf rd. 39 % gesenkt werden, v. a. auch aufgrund zahlreicher Erwachsenenbildungsmaßnahmen.

Der seit den 1970er J. verstärkten Propagierung islamisch-arab. Werte stellen die Berber bereits seit Anfang der 1980er J. («berberischer Frühling» von 1980) einen militanten Berberismus entgegen. Durch die Einführung des Parteienpluralismus (s. u.) am Ende der 1980er Jahre erlangten mit dem FFS und der aus der Berberischen Kulturbewegung (MCB) hervorgegangenen Sammlungsbewegung für Kultur und Demokratie (RCD) zwei insbesondere in der berberischen Kabylei verankerte Parteien legalen Status. Obwohl die neue Verfassung von 1996 (s. u.) das Berbertum (*amazighité*) in einer Reihe mit dem Islam und der arab. Identität (*arabité*) als integralen Bestandteil der nat. alg. Identität hervorhebt, kann man parallel seit Mitte der 1990er J. verstärkte Bestrebungen feststellen, durch gesetzliche Regelungen Arabisch zur einzigen Sprache im öfftl. Leben zu machen. Seit Frühjahr 2001 nahmen, angeheizt durch die soziale Misere insbesondere der Jugendlichen, die periodisch wiederkehrenden Forderungen nach kultureller Emanzipation in der Kabylei z. T. aufstandsartigen Charakter an. 6. Die innenpol. E. wurde von der Einheitspartei A.s FLN und der Nationalen Volksarmee ANP (die ehem. Befreiungsarmee) als Wächterin über die alg. Revolution bestimmt. Als Ben Bella, seit 1963 Präs., versuchte, den pol. Einfluss der ANP zu verringern, wurde er Juni 1965 vom ANP-Chef und Verteidigungsmin. Boumedienne durch einen Putsch abgesetzt. Nach der verstärkten Aufnahme der Wirtsch.-Planung 1967 wurde ein erneuter FLN-interner Konflikt sichtbar: Eine Gruppe, die sich mehr einem alg. Sozialismus islam. Prägung verpflichtet fühlte, unterlag schließlich einer Gruppe von Militärs und Technokraten unter Führung Boumediennes, die die forcierte Industrialisierungspol. als Kader und privilegierte Schicht steuerten. Die Verabschiedung der Nationalen Charta 1976 nach einer breit angelegten Diskussionskampagne, mehrere Volksabstimmungen und Wahlen 1976/77 sollten den von Boumedienne gesteuerten Kurs eines revolutionären Sozialismus, die neue Verfassung und Islam als Staatsreligion, die FLN als Einheitspartei und einen außenpol. Neutralismus mit Tendenz zum soz. Lager legitimieren. Nach dem Tode von Boumedienne (Dez. 1978) hat sein Nachfolger, Oberst Chadli Bendjedid (1979–92), eine vorsichtige Liberalisierungspol. betrieben, ohne zunächst den autoritären Charakter des Regimes in Frage zu stellen. Misswirtsch., Korruption sowie die Wirtschaftskrise infolge des fallenden Erdölpreises führten in den 1980er Jahren zu einer tiefen Legitimitätskrise des algerischen Regimes. Nach den Oktoberunruhen 1988 leitete die pol. Führung einen tief greifenden Reformprozess ein: Die Verfassung vom 23. 2. 1989 beendete das Einparteienmonopol der FLN, ließ Parteienpluralismus zu und strich das verfassungsmäßige Bekenntnis zum Sozialismus als gesellschaftsleiten-

dem Prinzip. Dem entsprachen Wirtsch.-Reformen (u. a. Öffnung für ausl. *Direktinvestitionen). Mit dem Wahlsieg der «Islamischen Heilsfront» (FIS) im ersten Wahlgang der Parl.wahlen vom 26. 12. 1991, den ersten kompetitiven Parl.-Wahlen, wurde die Erosion der hegemonialen Position der FLN offenkundig.
Die Armee zwang Präs. Bendjedid am 11. 1. 1992 zum Rücktritt und übertrug die präsidentielle Macht bis Jan. 1994 auf den 5-köpfigen höchsten Staatsrat (unter Vorsitz von Mohamed Boudiaf bzw. nach dessen Ermordung im Juni 1992 Ali Kafi) und seit Jan. 1994 auf den Ex-General Liamine Zéroual als Übergangspräs.
Der Wahlgang vom 26. 12. 1991 wurde annulliert und der FIS im März 1992 aufgelöst. Durch die anschließenden Auseinandersetzungen zwischen Regierungskräften und verschiedenen islamistischen Untergrundgruppen (u. a. die aus der FIS hervorgegangene «Islamische Heilsarmee» (AIS) sowie die Bewaffneten Islamischen Gruppen (GIA)) sowie durch Massaker an der Zivilbev. sind bis 2000 ca. 100000 Algerier ums Leben gekommen. Die Taktik der Reg., das Ende des islamistischen Terrors mit Militärgewalt herbeizuführen, hat mit der Errichtung von Internierungslagern 1992, willkürlichen Verhaftungen, außergerichtlichen Hinrichtungen und der Einrichtung von schwer zu kontrollierenden «*comités d'autodéfense*» auf den Dörfern zu einer deutlich verschlechterten Menschenrechtslage in A. geführt. Aussagen von desertierten Armeeangehörigen legen inzwischen die direkte Beteiligung der Armee an einzelnen Massakern an der Zivilbev. insbesondere in den Jahren 1997–1998 nahe. Der Versuch der Oppositionsparteien (insbes. des FFS) mit der Verabschiedung der sog. «Rom-Plattform» im Januar 1994 unter Hinzuziehung der verhandlungsbereiten Flügel der FIS zu einer pol. Lösung der Krise beizutragen, scheiterten an der harten Linie der Reg. und der schwachen Verhandlungsposition der Oppositionsparteien. Liamine Zéroual wurde bei den ersten pluralistischen Präsidentschaftswahlen des Landes im Nov. 1995 mit 61 % im Amt bestätigt. Per Referendum wurde im Nov. 1996 eine Verfassung angenommen, die die Rechte des Präs. stärkt und die Kompetenzen des Parl. u. a. durch die Einführung einer zweiten, z. T. vom Präsidenten ernannten Kammer neutralisiert. Die Parl.-Wahlen vom 5. 6. 1997 haben dem neu gegründeten präsidentennahen RND (*Rassemblement National Démocratique*) zusammen mit verbündeten Fraktionen eine komfortable Abg.-Mehrheit verschafft. Im Sept. 1997 erklärte die AIS einseitig einen Waffenstillstand. Nach der überraschenden Rücktrittserklärung von Präs. Zéroual im Herbst 1998 gewann A. Bouteflika die darauf folgenden Präs.-Wahlen vom 15. 4. 1999 als inoffizieller «Kandidat der Militärs» und mit offizieller Unterstützung von RND, FLN und kleineren Parteien im ersten Wahlgang mit offiziell 73,8 % der Stimmen. Alle Oppositionskandidaten zogen ihre Teilnahme zwei Tage vor den Wahlen unter dem Vorwurf des sich abzeichnenden Wahlbetrugs zurück. Am 16. 9. 1999 stimmten 98 % der Wähler in einem Referendum der von Präs. Bouteflika initiierten «Nationalen Versöhnung» zu, die eine Teilamnestie für islamistische Untergrundkämpfer vorsah. Bei den Wahlen vom 30. 5. 2002 gewann die personell verjüngte Einheitspartei FLN unter der Führung von Premier Ali Benflis, nachdem sie bei den Wahlen vom 5. 6. 1997 hinter dem RND zurückstehen musste, nach offiziellen Angaben die abs. Mehrheit der Parl.-Mandate. Die geringe landesweite Wahlbeteiligung (46,2 %, Aufruf zum Wahlboykott durch FFS und RCD), die hohe Anzahl ungültiger Stimmen (10,5 % der abgegebenen Stimmen) und die von der Opposition erhobenen Vorwürfe des Wahlbetrugs zugunsten des FLN drücken die weitverbreitete Diskreditierung der pol. Klasse und des pol. Systems insgesamt aus.

Lit.: T. Koszinowski/H. Mattes (Hg.), Nahost-Jahrbuch 1987 ff., Opladen 1988 ff.; S. Faath, Algerien. Gesellschaftliche Strukturen und politische Reformen zu Beginn der neunziger Jahre, Hamburg 1990; S. Faath/H. Mattes (Hg.), Algerien, Wuqûf Bd. 6, Hamburg 1992; H. Elsenhans, Algerien, in: HDW III, 6, 1993, S. 190ff.; H. A. Amara, Le handicap agricole de l'Algérie, Paris 1999; M. Baba-Ahmed, L'Algérie: Diagnostic d'un Non-Développement, Paris 1999; Y. Zoubir, North Africa in Transition: State, Society, and Economic Transformation in the 1990s, Gainesville, FL 1999. hpm/da

ALIDE Vereinigung lateinamerikanischer Entwicklungsbanken (*Asociación Latinoamericana de Instituciones Financieras para el Desarrollo*), gegr. 1968 in Washington, Sitz in Lima. Dachorganisation von (2002) 75 Vollmitgl. sowie einer Reihe assoziierter Mitgl.-Banken und anderer kooperierender Finanzinstitutionen aus 21 lateinamerik. und karib. Ländern, Slowenien und Spanien. ALIDE versteht ihre Tätigkeit als einen Beitrag zur lateinamerik. *Integration: Konkret werden als Ziele die Intensivierung der Kooperation zwischen den Mitgl. sowie ein verstärkter Informations- und Problemaustausch hinsichtlich Möglichkeiten von E.-Finanzierung und *technischer Hilfe angestrebt. *Organe:* Gemeralversammlung (jährl.); ständiges Exekutivkomitee; sektorale Arbeitsgruppen zu Landw., Fischerei, Außenhandel, Investment etc. Adresse: Paseo de la República 3211, Lima 27, Peru. Internet: www.alide.org.pe red

Allende Gossens, Salvador Präs. der Rep. Chile 1970 bis 1973, erster marxistischer Präs. in der Welt, der aus freien Wahlen hervorging und dessen Wahlsieg und Revolutionsprogramm der soz. Theorie neue Impulse gab. Geb. am 27. 7. 1908 in Santiago de Chile, studierte A. Medizin an der Universität Chile, praktizierte jedoch kaum, sondern verschrieb sich der Pol. Aus bürgerlichem Hause stammend, schloss sich der Freimaurer der soz. Bewegung an, in der er bald eine hervorgehobene Rolle spielte. Er war einer der Gründer der Sozialistischen Partei Chiles (1933), errang für sie 1937 sein erstes Abgeordnetenmandat, wurde 1939 in der Volksfrontreg. Gesundheitsmin. und gehörte dem chil. Senat seit 1945 ununterbrochen bis zu seiner Wahl zum Präs. 1970 an. 1967 wurde er zum Senatspräs. gewählt. Seit 1952 kandidierte A. bei den Präsidentschaftswahlen. 1970 überraschte sein Wahlsieg als Kandidat der «Volkseinheit» nicht nur seine pol. Gegner und die Weltöffentlichkeit, sondern z.T. auch seine pol. Freunde.

Es begann der Versuch eines chil. Weges zum Sozialismus, dessen Scheitern durch den Putsch der Militärs am 11. September 1973 besiegelt wurde. A. war kein Theoretiker, darin wird man Regis Débray zustimmen müssen. Er war ein Mann der Praxis und der Widersprüche, mit denen er zu leben verstand, und begriff sich selbst als antiimp. Kämpfer und Revolutionär. Fest in der chil. Geschichte verankert und der pol. Kultur dieses Landes noch im Tod verpflichtet (Vorbild Präs. Balmaceda, den die Oligarchie 1891 in den Selbstmord trieb), ist er weltweit zum Symbol weniger des Scheiterns, sondern einer Hoffnung geworden.

Lit.: R. Débray/S. Allende, Der chilenische Weg, Neuwied 1972; D. Nohlen, Feuer unter der Asche, Baden-Baden 1974; F. D. García/O. Sola (Hg.), Salvador Allende, Berlin 1998. dn

Allgemeine Kreditvereinbarungen →AKV

Allgemeines Abkommen über den Handel mit Dienstleistungen →GATs

Allgemeines Präferenzsystem (APS) War für die EL zunächst die Beendigung des Kolonialismus und die Verwirklichung des nat. Selbstbestimmungsrechts vorrangig, so verlangten sie nach ihrer Unabh. die wirtsch. Selbstbestimmung, die in der Forderung nach Schaffung einer «*Neuen Internationalen Wirtschaftsordnung» (NIWO) (1974) gipfelte. Ihre bisherige Benachteiligung sollte dabei durch zwei Arten von Maßnahmen ausgeglichen werden, nämlich zum einen durch einen einseitigen Ressourcentransfer von den IL zu den EL und zum anderen durch eine nicht-reziproke Präferenzierung der EL im Welthandel i. S. einer «positiven Diskriminierung». Während es den EL aber nicht gelang, gegenüber den IL die erste Forderung durchzusetzen, erzielten sie hinsichtlich des zweiten Postulats durchaus einen (Teil-)Erfolg, da sich die IL letztlich doch bereit zeigten, den EL tarifäre Präferenzen beim Import von deren Produkten einzuräumen. Der Weg dazu erwies sich aber als äußerst schwierig und langwierig. Das Prinzip der Präferenzierung war bereits in Art. 15 Abs. 1 der Havanna-Charter (1948) zur Schaffung der *ITO enthalten, scheiterte aber mit dieser. Das *GATT wiederum ging zunächst auf diese Forderung der EL nicht ein und der 1965 in das GATT eingefügte Teil IV über «Handel und E.» brachte zwar einen Verzicht der IL auf reziproke Behandlung seitens der EL, beinhaltete aber noch keine allg. Präferenzierung derselben. Darüber hinaus blieb auch Teil IV weitgehend «totes Recht» und die GATT-Vertragsparteien weigerten sich, die Meistbegünstigungsklausel (Art. I GATT) i. S. von Teil IV GATT «umzuinterpretieren». Es war daher erst der Welthandels- und E.-Konferenz der *UN *UNCTAD I (1964) vorbehalten, im allg. Prinzip Nr. 8 die Präferenzierung von Importen aus EL programmatisch zu verankern. Auf der UNCTAD II in Neu Delhi 1968 gelang es schließlich der *Gruppe der 77 die Resolution 21 zu verabschieden, in der die Grundsätze eines APS allg. anerkannt wurden: A) Nicht-Reziprozität (die begünstigten EL sind nicht verpflichtet, den IL gleichartige Zollvergünstigungen zu gewähren); b) Nicht-Diskriminierung (die Präferenzen werden allen EL zugestanden); c) Allgemeinheit (die Präferenzen werden grundsätzlich von allen IL gewährt). Dieses APS sollte bis 1970 verwirklicht werden. Diese Einigung über ein «Allgemeines Präferenzsystem» (APS) litt aber noch darunter, dass die IL jede rechtliche Verpflichtung zur Gewährung eines APS ausschließen und eine Präferenzierung nur *ex gratia* verstanden wissen wollten. Da aber einseitige Präferenzsysteme gegenüber einem begrenzten Kreis von Ländern (nur EL) eine Verletzung des Prinzips der *Meistbegünstigung (Art. I GATT St.) darstellten – und, wie vorstehend bereits festgestellt, eine «Uminterpretation» von Art. I GATT im Lichte von Teil IV GATT seitens der IL nicht akzeptiert wurde –, musste zunächst eine entsprechende Übereinkunft im GATT herbeigeführt werden. Es sollte noch bis zum 26. 6. 1971 dauern, bis die Vertragsparteien des GATT durch eine Ausnahmegenehmigung (sog. *waiver* gem. Art. XXV Ziff. 5 GATT) das APS GATT-konform stellten und zunächst für einen Zeitraum von zehn J. dafür die Meistbegünstigungsverpflichtung aufhoben. Auf der Basis dieses grundlegenden APS setzten nun einzelne Gruppen von IL ihre speziellen Präferenzsysteme in Kraft. Vorreiter war dabei die EG, die seit 1. 7. 1971 in mehreren VO (ABl. 1971, Nr. L 142, S. 1 ff.) ein auf 10 Jahre befristetes allgemeines Präferenzschema in Kraft setzte. Daneben gewährte sie aber auch noch eine Reihe weiterer Präferenzen, vor allem im Rahmen der *Lomé-Abkommen (1975 ff.) für die damaligen 46 *AKP-Staaten. Die anderen IL folgten erst mit einiger Verspätung mit eigenen Präferenzsystemen nach, wobei die USA mehr als sechs J. benötigten, um ihr APS am 1. 1. 1976 in Kraft zu setzen. Das erste Präferenzschema der E(W)G galt bis Ende 1980, das zweite bis Ende 1990. Danach begann eine Serie interimistischer Verlängerungen dieses Schemas, die schließlich in der VO Nr. 3281/94 vom 19. 12. 1994 (ABl. 1994, Nr. L 348, S. 1 ff.) konsolidiert wurden, die für den Zeitraum 1995–1998 erstmals ein Mehrjahresschema vorsah. Ermöglicht wurde diese Regelung durch den Abschluss der *Uruguay-Runde am 15. 4. 1994 in Marrakesch, in deren Gefolge die *WTO errichtet und damit u. a. auch eine umfassende Integration der EL in das Welthandelssystem angestrebt wurde. Das neue Schema, das am 1. 1. 1995 in Kraft trat, sollte gem. den Leitlinien der Europäischen Kommission vom 1. 6. 1994 für einen Zehnjahreszeitraum, d. h. bis zum 31. 12. 2004, weiterhin Anwendung finden [vgl. dazu die VO (EG) Nr. 2820/98 (ABl. 1998, Nr. L 357, S. 1 ff. idF ABl. 2001, Nr. L 60, S. 43)]. Es wurde aber für die Geltungsperiode vom 1. 1. 2002 bis zum 31. 12. 2004 von einem veränderten System abgelöst, das in der VO (EG) Nr. 2501/2001 vom 10. 12. 2001 (ABl. 2001, Nr. L 346, S. 1 ff.) enthalten ist (Art. 40). Das neue System gilt für die APS-begünstigten Länder (aufgelistet in Anhang I zur VO) und enthält folgende neue Schwerpunkte: (1) *Reduzierung auf zwei Warenkategorien*: (a) zollfrei (umfasst alle auch bisher zollfreien Waren); (b) zollreduziert: pauschaler Abschlag von 3,5 %-Punkten vom Drittlandszoll bei Wertzöllen; bei spezifischen Zöllen beträgt die Präferenzspanne i. d. R. 30 % des Drittlandszolls; Ausnahmen: Textilien und Bekleidung, bei denen im neuen APS die Zölle um 20 % des Drittlandszolls gesenkt werden. Bei Ethylalkohol sind es 15 % (Art. 7). (2) *Graduierung*: Das System der Graduierung (sektorieller Entfall der Präferenz für jene Ursprungsländer, die in den jeweiligen Produktbereichen besonders wettbewerbsfähig sind) wird 2002 (grundsätzlich) beibehalten (Art. 12); ab 2003 könnte es allerdings zu Änderungen kommen. Auch die sog. «Drogenländer» (Kolumbien, Venezuela, Peru, Ecuador, Bolivien, Guatemala, Honduras, El Salvador, Nicaragua, Costa Rica, Panama und Pakistan), für die Zollfreiheit gilt (Art. 10), werden in die Graduierung einbezogen; (3) *Sonderanreizsystem*: Länder, die sich bereit erklären, bestimmte Sozialnormen und Umweltschutzstandards einzuhalten (Moldawien, unter Umständen auch Georgien und die Ukraine), erhalten eine Sonderpräferenz in Höhe von weiteren 5 % des Drittlandszolls (Ausnahme: Textilien, Bekleidung und spezifische Zölle) (Art. 8, 18, 21 ff.); (4) Einführung eines *Frühwarnsystems* vor Zurücknahme von APS-Präferenzen (Art. 26 ff.); (5) Sonderregelung zur *Bekämpfung der Drogenproduktion und des -handels* (Art. 25); (6) Bes. *Begünstigungen* für *Pakistan*: Pakistan erhält ab 1. 1. 2002 dieselben Begünstigungen wie die Länder des Drogen-APS, d. h. zollfreien Zugang für Ursprungserzeugnisse Pakistans, mit Ausnahme der graduierten Bereiche; (7) Sonderregelungen für die am *wenigsten entwickelten Länder* (→LDC): Für Länder in Anhang I der VO, für die dieser Status zutrifft, werden die Zollsätze auf alle Waren der Kap. 1 bis 97 des Harmonisierten Brüsseler Systems vollständig ausgesetzt (Art. 9); (8) *Grundsätzliche Voraussetzungen*: Die grundsätzlichen Voraussetzungen für die Gewährung von APS-Präferenzen (Präferenzursprung im begünstigten Land, bestätigt durch ein gültiges Präferenzursprungszeugnis auf Firmblatt A, Direktlieferung) bleiben unverändert.

Am 13. 4. 1988 unterzeichneten aber auch 48 (sozialistische bzw. komm.) EL der Gruppe der 77 auf ihrer Konferenz in Belgrad ein Übereinkommen über ein «*Globales System von Handelspräferenzen zwischen EL*» (GSTP), mittels dessen sie sich in Zukunft untereinander begünstigen wollten. Das GSTP ist ein reines Instrument der «Süd-Süd-Kooperation», das unter einer eigenen Meistbegünstigungsverpflichtung steht. Ein «Komitee der Mitgliedstaaten» fungiert als willensbildendes Organ (i. d. R. nach dem Konsensprinzip). Für die am wenigsten entwickelten EL sind im Rahmen des GSTP Sonderbegünstigungen vorgesehen. Das GSTP trat am 1. 1. 1996 in Kraft.

Lit.: A. Borrmann/Chr. Borrmann/M. Steeger, Das Allgemeine Zollpräferenzsystem der EG, Hamburg 1979; F. Franzmeyer/H. Petersen (Hg.), Neuorientierung in den Beziehungen zwischen der Europäischen Gemeinschaft und den Entwicklungsländern, Berlin 1984; E. Westreicher, Der Grundsatz der Gegenseitigkeit in den Handelsbeziehungen zwischen Industrie- und Entwicklungsländern, Berlin 1984; W. Hummer/F. Weiss, Vom GATT '47 zur WTO '94, Wien 1997. wh

Allgemeines Zoll- und Handelsabkommen →GATT

Allianz für den Fortschritt Die A. wurde 1961 von den USA unter Präs. Kennedy als E.-Programm für LA konzipiert, um nach dem Sieg Castros in Kuba weitere

Revolutionen in der westl. Hemisphäre zu verhindern. Im August 1961 unterzeichneten in Punta del Este alle Mitgl.-Staaten der *OAS mit Ausnahme Kubas die «Erklärung an die Völker Amerikas» und die Charta der Allianz für den Fortschritt. Als Ziele der auf 10 J. angelegten A. wurden u. a. genannt: Stärkung der demokratischen Institutionen, Beschleunigung der sozialen und ökon. E. und *Integration LAs, Ansporning der privaten Unternehmen zur wirtsch. Belebung, *Agrarreform, Verbesserung der schulischen Ausbildung, der Arbeitsbedingungen und des Gesundheitswesens, höhere Besteuerung der hohen Einkommen. Die USA versprachen, die «friedliche Revolution der Hoffnung» (Kennedy) mit mehreren Mrd. US-$ zu unterstützen. Die A. führte innerhalb der OAS zu org. Reformen (z. B. Erhöhung des Ausbildungsniveaus der OAS-Funktionäre, Kompetenz und Ressourcenerweiterung des *CIES).
In ökon. Hinsicht wurde die A. rasch zu einem Vehikel der Durchdringung LAs mit US-Kapital; bis 1969 sollen im Verlauf der A. Transaktionen von 2 Mrd. US-$ zwischen den USA und LA stattgefunden haben. In pol. Hinsicht degenerierte sie zu einem rhetorischen Überbau der direkten Systemstabilisierung gegenüber revolutionären Bewegungen. Von den ursprünglichen Reformprogrammen war schon 1967 beim interamerik. Präs.-Treffen fast nur noch die Förderung der ökon. Integration des Subkontinents übrig geblieben; zwei J. später wurde die A. stillschweigend begraben.

Lit.: J. W. Nystrom/N. A. Haverstock, The Alliance of Progress, Princeton 1966; F. G. Gil, Latin American United States Relations, New York 1971; A. F. Lowenthal, Strukturwandel in den interamerikanischen Beziehungen, in: EA 16, 1980, S. 509 ff. vgl

Alma-Ata-Konferenz →*Primary Health Care*

Alphabetisierung Zwar ist die Quote der Analphabeten unter der über 15 J. alten Bev. weltweit von ca. 37 % (1970) auf 21 % (1998) gesunken, aber am Ende des Jahrhunderts gab es immer noch 880 Millionen Illiterate, von denen zwei Drittel Frauen sind. Die deutliche Mehrheit der Analphabeten lebt in der *Dritten Welt, ältere Jahrgänge sind stärker von Analphabetismus betroffen als jüngere, ländl. Bevölkerungsteile stärker als städt. Als analphabetisch gilt nach einer weithin akzeptierten Definition der *UNESCO von 1978 eine Person, die nicht in der Lage ist, eine einfache Bemerkung über ihr Alltagsleben verstehend zu lesen und zu schreiben. Zum Alphabetisiertsein gehört auch die Kenntnis grundlegender mathematischer Symbole, z. B. der Zahlenzeichen. Funktional illiterat ist jemand, der übliche schriftsprachliche Anforderungen seiner Umwelt nicht erfüllt. Analphabetismus ist *Indikator eingeschränkter E.-Chancen und behindert zugleich die aktive *Partizipation an der Gestaltung der eigenen Umwelt.
Freilich warnen einige Alphabetisierungsexperten davor, Illiterate nach der Gleichung «Analphabeten = Unwissenheit = Demütigung» zu diskriminieren und die schriftungebundenen Kommunikationsformen in nicht-literaten Lebenswelten unterzubewerten (Hinzen, 1985). A.-Maßnahmen sind entweder nationweite Massenkampagnen (z. B. die sehr erfolgreiche in Tanzania in den 1970er und 1980er J.), flächendeckende Angebotsprogramme (z. B. das der brasilianischen Nationalstiftung EDUCAR seit 1985) oder lokale Einzelprojekte, welche von *NGOs, Gemeinden oder Selbsthilfeinitiativen getragen werden und deren beste Beispiele sich durch eine «Kultur der *Partizipation» auszeichnen. Die vielfältigen Motive der Teilnehmenden sind erhoben worden und umfassen u. a.: den Kindern in der Schule zu helfen, eine besser bezahlte Stelle erreichen, höheres Sozialprestige erwerben, sich bei Verträgen gegen Betrug schützen, das Selbstbewusstsein steigern, Grundlage für Weiterbildung schaffen, soziale Rechte und Pflichten besser kennen lernen, an sozialen und pol. Aktivitäten teilnehmen, Buchhaltung und Protokollführung

in Vereinigungen übernehmen, andere unterrichten (Lind/Johnston 1990, S. 61). Die differenzierte Motivationslage lässt monokausale Erklärungen für vorzeitigen Abbruch der Kursteilnahme wenig plausibel erscheinen. Das von der UNESCO 1965 gestartete *World Experimental Literacy Programme* verband i. S. des Gedankens der funktionalen A. das Lernen des Lesens und Schreibens mit sozialen und beruflichen Bildungsinhalten. Die von Paulo Freire in den 1960er J. in Brasilien und Chile, in den 1970er J. in Guinea-Bissau erprobte A.-Methode verband das Lesen-Schreiben-Lernen mit einer aus den Problemen der Lebenswelt der Alphabetisanden erwachsenden pol. Bewusstmachung. Die Erfolgs-, aber auch Misserfolgserfahrungen schlagen sich innerhalb der beteiligten int. Org. (bes. UNESCO mit versch. Instituten, so dem *International Institute for Educational Planning* in Paris, dem *UNESCO Institute for Education* in Hamburg, dem *International Literacy Institute* in Philadelphia sowie dem *International Council for Adult Education*) in folgenden (u. a. an den Erklärungen von Persepolis/Iran 1975, Udaipur/Indien 1982, Jomtien/Thailand 1990 ablesbaren) Diskussionstrends nieder:
1. A.-Kampagnen bedürfen einer Umorientierung der Prioritäten zugunsten der Unterprivilegierten. 2. Sie erfordern und ermöglichen die Partizipation der betroffenen Bev.-Gruppen. 3. Die Lese-Schreib-Lernphase soll nicht mit zu weit gehenden funktionalen Bildungsanforderungen bes. in berufserzieherischer Hinsicht überbürdet werden. Das Erlernen von Lesen und Schreiben ist eine Aufgabe eigener Dignität. 4. An die eigentliche A.-Phase müssen sich geeignete *Post-Literacy-Programs* anschließen, wenn die Maßnahme einen E.-Impuls ausüben und ein Rückfall in den Analphabetismus vermieden werden soll. 5. Die methodischen Schwierigkeiten von A. (z. B. linguistischer Art: In einigen Ländern Notwendigkeit des Lesenlernens in der lokalen, dann einer regionalen Verkehrs-, schließlich der Staats- bzw. einer int. gebrauchten Sprache) sind nicht unüberwindlich. 6. A.-Maßnahmen bei Erwachsenen müssen mit einem Ausbau der Primarschulen einhergehen. Die Koordination erfordert v. a. eine Äquivalenz der Abschlüsse von formalen und nonformalen * Bildungsangeboten.

Lit.: J. Robbins Kidd u. a., UNESCO/UNDP, The Experimental World Literacy Programme, Paris 1976; J. Müller, Alphabetisierung und Entwicklung, Bonn 1982 (DSE Dok. 1122 B, SE 21-09-82); H. Hinzen, Alphabetisierung und Fortschritt, in: Ch. Wulf/T. Schöfthaler (Hg.), Im Schatten des Fortschritts, Saarbrücken/Fort Lauderdale 1985, S. 143-159; A. Lind/A. Johnston, Adult Illiteracy in the Third World, Stockholm 1990; V. Lenhart/M. Maier, Erwachsenenbildung und Alphabetisierung in Entwicklungsländern, in: R. Tippelt (Hg.), Handbuch Erwachsenenbildung/Weiterbildung, 2. Aufl., Opladen 1999, S. 536-553; World Education Forum, Education for All 2000 Assessment. Statistical Document, UNESCO 2000. vl

Alternative Entwicklung Dem * Dag-Hammerskjöld-Bericht zufolge umfasst alternative E. (auch: andersartige E., *another development*) folgende Elemente: Orientierung auf die Befriedigung der Bedürfnisse, beginnend mit der Beseitigung von * Armut; * *self-reliance*; Umweltverträglichkeit. Es wird angenommen, dass die drei Elemente harmonisch miteinander verbunden werden können, sich gegenseitig bedingen und verstärken. Dies ist jedoch fraglich. Offen ist auch, ob sich alternative E. ausschließlich als soziale E. versteht, inwieweit sie begrenzt werden kann auf die * Dritte Welt und ob sie nicht vielmehr global gefordert werden muss. Ein weniger anspruchsvolles Verständnis alternativer E. würde sich mit jeweils einem Begriffselement zufrieden geben, dann allerdings weniger präzise sein als die Strategien, die sich in den * Grundbedürfnissen, an * *self-reliance* oder an * ökologischen Zielsetzungen orientieren. Im Bereich der * Entwicklungsplanung sind das z. B. Projekte, die zur Substitution des Drogenanbaus durchgeführt werden. Diese Projekte sind räumlich auf die Anbaugebiete des Coca begrenzt und auf die Förderung von Produktions- und Wirtschaftsstrukturen hin orientiert, welche die Anbauflächen und die Produktionsmengen von Coca auf den Eigenbedarf beschränken (→Drogen). dn

Alternativer Nobelpreis Der a. N. ist eine seit 1981 jährlich vergebene Auszeichnung der Right Livelihood-Stiftung (Stiftung für verantwortungsbewusste Lebensführung, Sitz in Douglas/Isle of Man) für herausragende Leistungen zur Lösung drängender Menschheitsfragen. Die Stiftung wurde 1980 von dem dt.-schwedischen Wissenschaftler Jacob von Uexküll (geb. 19. 8. 1944, von 1987–89 Abg. der bundesdeutschen Grünen im Europäischen Parl.) gegründet, der die finanz. Grundlage durch Verkauf einer wertvollen Briefmarkensammlung schuf. Übergeben wird der mit ca. 250 000 US-$ dotierte Preis im Schwedischen Reichstag am Vortag der Nobelpreisverleihung. Der Preis wird zumeist gedrittelt oder geviertelt. Bisher wurden u. a. ausgezeichnet Johan Galtung (1987), Astrid Lindgren (1994) und die Komitees russischer Soldatenmütter (1996). 2001 ging der a. N. u. a. an Uri und Rachel Averny für ihre Verdienste um den Nahostfriedensprozess. mn

Amazonas-Kooperation Am 3. 6. 1978 unterzeichneten acht Staaten (Bolivien, Brasilien, Ecuador, Guyana, Kolumbien, Peru, Surinam, Venezuela) auf Initiative Brasiliens das Abkommen über die Zusammenarbeit im Amazonasgebiet. Räumliche Ausdehnung (hydrographisches Einzugsgebiet) 5 870 000 qkm; Anteile der Anliegerstaaten: Brasilien 63,8 %, Peru 15,9 %, Bolivien 11,9 %, Kolumbien 5,8 %, Ecuador 2,1 %, Venezuela 0,9 %, Guyana 0,1 %; Bev.-Dichte 1 Ew. pro qkm. Potenzial: Erz- und Mineralvorkommen, Nutz- und Edelhölzer, Weltsüßwasserreservoir und Weltsauerstoffproduzent. *Vertragsziele:* Harmonische E. des A.-Gebietes bei Erhaltung der Umwelt und rationaler Nutzbarmachung der Ressourcen; Verbesserung der physischen Infrastruktur, Beschleunigung der wirtsch. und sozialen Entwicklung. *Organe:* Außenminister-Konferenz, erarbeitet Richtlinien zur Ausführung der Vertragsziele; Rat für Zusammenarbeit, bestehend aus hohen dipl. Vertretern der Vertragspartner, tritt einmal im J. zusammen; Sekretariat, von der Vertragspartei ausgeübt, auf deren Territorium die nächste Ratssitzung stattfindet (alphabetisch wechselnd); ständige Nationale Kommissionen und Sonderkommissionen der Vertragspartner. Beschlüsse erfordern Einstimmigkeit. Beschlüsse zur reg. E. und Kooperation wurden bislang v. a. im Hinblick auf den Ausbau von Verkehrswegen und der Schifffahrt sowie des Gesundheitswesens gefasst. In der «Erklärung Amazoniens» bekräftigten die Staatschefs Mai 1989 «das souveräne Recht eines jeden Staates, seine natürlichen Reichtümer nach freier Entscheidung zu verwalten». dn

Amerikanische Menschenrechtskommission →Menschenrechte

AMF →Arabische Liga

amnesty international (ai) Gefangenenhilfsorg., gegr. 1961, Hauptsitz (Int. Sekretariat) in London; *Aufgaben:* Durchsetzung der *Menschenrechte in der Welt; Schutz der pol. Gefangenen und Verfolgten; Untersuchungen über die Zahl der pol. Häftlinge und ihre Haftbedingungen; Verbreitung von Informationen; Organisierung von Petitionen. *Finanzierung:* Als Mitgl.-Org. wird ai durch die Mitgl. finanziert. Einnahmen und Ausgaben werden jährl. veröffentlicht. Grundprinzip von ai ist pol. und finanz. Unabhängigkeit. ai bezieht in keiner ideologischen Auseinandersetzung Stellung und unterstützt oder bekämpft keine Partei oder Religion. Grundlage der Arbeit von ai ist die sog. Adoption einzelner pol. Gefangener durch Gruppen von Mitgl., welche Briefe an Reg. schreiben, in denen sie um Freilassung der Gefangenen, für die sie arbeiten, nachsuchen. Adoptiert werden solche Gefangenen, die keine Gewalt angewandt und auch nicht zur Anwendung

von Gewalt aufgerufen haben. ai bekämpft auch Folter und Todesstrafe und setzt sich für gerechte Gerichtsverfahren ein.
Seit 1973 Kampagnen zur Abschaffung der Folter; 1978: Sonderbericht zum Thema Todesstrafe. ai hat Beraterstatus beim *ECOSOC und ist auch bei der *UNESCO, bei der *OAS, bei der *OAU und beim Europarat entsprechend anerkannt.
Jede Gruppe von ai ist Teil einer nat. und int. Struktur; sie wird bei den zweijährl. Treffen des Int. Rates vertreten, der über Programm und Pol. für die kommenden Jahre entscheidet. Der Rat wählt daneben ein int. Exekutivkomitee, das zusammen mit dem Generalsekretariat für die tägliche Arbeit im Int. Sekretariat und für Verfahrensentscheidungen zuständig ist. 2001 gab es 56 nat. Sektionen, 7500 Adoptionsgruppen in 70 Ländern sowie über 1 Mio. Mitgl., Abonnenten und Förderer in 140 Ländern. Laut Jahresbericht 2001 wurden in 125 Staaten Personen gefoltert und gemordet. Jeweils neueste Daten sind den Jahresberichten der ai (Fischer Taschenbuch) zu entnehmen. Publikation: ai-Informationen. Adresse (Sitz für die BRD): Heerstr. 178, 53111 Bonn, Internet: www.amnesty.org dn

AMREF *African Medical and Research Foundation*, als *«Flying Doctor Service»* 1957 gegr., leistet in Kooperation mit Gesundheitsbehörden in EL und zahlreichen *nicht-staatlichen Organisationen *Gesundheitshilfe in Ostafrika (v. a. in Kenia, dem südl. Sudan, Somalia, Uganda und Tanzania). AMREF, die nat. Büros in 8 afrik. und 11 europ. und nordamerik. Ländern hat und enge Bez. zu *UNDP, *UNICEF und dem *ECOSOC unterhält, führte im Jahr 1999–2000 insges. 170 Initiativen mit einem jährl. Budget von ca. 18 Mio. US-$ durch. Adresse: P. O. Box 30125, Nairobi, Kenia. Internet: www.amref.org. Dt. Adresse: Mauerkirchenstr. 155, 81925 München. red

Amt des Hochkommissars der UN für Flüchtlinge →UNHCR

AMU →Arabische Maghreb-Union

Analphabetismus →Alphabetisierung

ANC *African National Congress*, 1912 in Bloemfontein gegr., älteste nationalistische Org. im südl. Afrika, ab 1960 in Südafrika verboten, jedoch als Widerstandsbewegung auch danach aktiv. Im Zuge der Reformpol. Präs. de Klerks wurde der ANC gemeinsam mit anderen schwarzen Widerstandsorg. am 2. 2. 1990 legalisiert. Der ANC sah sich nicht als Partei, sondern als Nationalbewegung, der sich Menschen aller Hautfarben anschließen können, die gemeinsam das Ziel verfolgen: Sturz der weißen Minderheitsreg. in Südafrika, Abschaffung der *Apartheid und Errichtung eines demokrat. Sozialismus.
Die *OAU erkannte zu Apartheidszeiten den exilierten ANC als Repräsentanten des südafrik. Volkes an. Exil-Sitz des ANC war Lusaka/Zambia. Präsident und unumstrittener Führer der Org. war ab Juli 1991 Nelson *Mandela, der als Symbolfigur der schwarzen Befreiungsbewegung in Südafrika und nach über 25 J. Haft am 11. 2. 1990 freigelassen wurde. Ursprgl. eine umfassende soz. Transformation der südafrik. Wirtsch. anstrebend, orientierte sich der ANC auf das Konzept einer gemischten Wirtsch. um. Die nach 1960 auf Untergrundarbeit und bewaffneten Kampf konzentrierte Strategie wurde unter Aufrechterhaltung der pol. Mobilisierung nach und nach durch Verhandlungen mit Politikern, Geschäftsleuten usw. ersetzt. Neben der weißen Reg. war der ANC der wichtigste Akteur des friedlichen Übergangs zu einer neuen pol. Ordnung.
Die ersten freien Wahlen in Südafrika konnte der ANC am 26.–28. 4. 1994 mit rd. 63 % der Stimmen und Mandate gewinnen. Bei den Wahlen vom Juni 1999 verbesserte er unter dem neuen Parteiführer Thabo Mbeki mit rd. 66 % der Stimmen dieses Ergebnis sogar noch einmal. red

Andengemeinschaft (*Comunidad andina*). Bis 1996 Andenpakt, abgeschlossen in Cartagena (26. 5. 1969) durch die fünf Mitgl.-Staaten der *ALALC, Bolivien,

Chile, Kolumbien, Ecuador und Peru. Venezuela (an den Vorverhandlungen beteiligt) trat dem Abkommen am 1. 1. 1974 bei, Chile verließ den Pakt am 30. 6. 1976. Peru zog sich 1992–95 aus dem Pakt zurück und erhielt 1997 einen Sonderstatus (bis 2005 eingeräumt). Panama nimmt einen Beobachterstatus ein.

Zielsetzung: Wirtschaftsgemeinschaft mittels Abbau der zwischenstaatl. Handelsschranken, des gemeinsamen Außenzolltarifs; gemeinsames *Industrialisierungsprogramm, Harmonisierung der Wirtschafts- und Sozialpol.; damit Überwindung der begrenzten ALALC-*Integration und Anwendung der *CEPAL-Lehren.

Ziele und Entscheidungen im Einzelnen: 1. Interner Zollabbau bis 1980, einheitlicher Außenzoll bis 1975; 2. sektorale Programme zur ind. E. (PSDI): gemeinsame und aufeinander abgestimmte Industrialisierungspläne für Industriezweige; nat. Kontingente; 3. Entscheidung 220, 1987 (Ersatz für Entscheidung 24 von 1970): Unterscheidung zwischen «nationalen», «gemischten» und «ausländischen» Unternehmen, wobei die ersten über 80 %, die zweiten zwischen 51 und 80 % andines Kapital aufweisen müssen (wie 24). Ausl. Unternehmen sollen in Kolumbien, Peru und Venezuela innerhalb von 30 J. bis zu 51 % der Anteile an nat. Unternehmen abtreten, in Bolivien und Ecuador innerhalb von 37 J.; strategische Bereiche bleiben dem Auslandskapital verwehrt; Verschärfung der Richtlinien für *Technologieimport (z. B. keine Verknüpfung von Verpflichtungen gegenüber Lieferanten).

Organe: 1. Oberstes Organ ist die Kommission, bestehend aus je einem Vertreter der Mitgl.-Länder; Entscheidungen werden mit Zwei-Drittel-Mehrheit gefällt, bei Programmen für die ind. E. mit Einstimmigkeit; 2. Junta (Dreiergremium), ist der Kommission gleichgestellt, arbeitet Vorlagen für die Kommission aus; 3. Mit dem *«Protocolo Modificatorio»* vom Mai 1987 sind das Andine Parl. und der Andine Gerichtshof (die schon früher existierten) ebenfalls zu Hauptorganen ernannt worden; auf der Beraterebene arbeitet das Wirtschafts- und Sozialkomitee (Unternehmer und *Gewerkschaften); der Andine Währungsfonds stützt die *Zahlungsbilanzen und koordiniert die Währungspol. In den 1970er J. Abschluss von Zusatzabkommen für Kultur- und Gesundheitsbereich sowie für versicherungsrechtliche Fragen.

Ergebnisse: Das zunehmende Wachstum im subregionalen Handel (Anteil am Gesamtexport der Länder 1981: 4 %) war das beste Ergebnis der Integrationsbemühungen. Die gemeinsamen Ind.-Programme (Metall, Petrochemie, Automobile) blieben ohne durchschlagende Ergebnisse. Fristen für Liberalisierung des Handels innerhalb des Andenpaktes und für die Errichtung eines gemeinsamen Außenzolls wurden nicht eingehalten. Seit 2001 besteht freier Personenverkehr.

Probleme: Erst in den 1990er J. gelangen durch Anpassung des Andenpakts an die *neoliberalen Wirtschaftspol. beachtliche Integrationsfortschritte. 1994 wurde die Schaffung einer Freihandelszone mit gemeinsamem Außenzoll für rd. 90 % der Waren vereinbart und eine effektive Verdreifachung des interregionalen Handels erreicht. Mit der Umwandlung des Pakts in die Andengemeinschaft wird entsprechend dem Vorbild EU eine pol. Vereinigung angestrebt. Die Ziele gehen aber auch dahin, durch Kooperation bzw. Assoziierung einzelner Mitgl. mit *Mercosur binnen 10 J. die Bildung einer amerik. Freihandelszone zu ermöglichen.

Internet: www.comunidadandina.org

Lit.: A. von Gleich, Die neuen Integrationsprozesse in Lateinamerika, in: Lateinamerika-Jahrbuch 1993, S. 31–51; Institut für Iberoamerikakunde (Hg.), Lateinamerika im Freihandelsfieber?, Hamburg 1999. dn

Andenpakt →Andengemeinschaft

Andheri-Hilfe e.V. 1967 gegr. *nichtstaatliche Organisation (*VENRO), führt im indischen Subkontinent (insb. in Indien, Bangladesh, Nepal) vorwiegend mit Spenden finanzierte E.-Projekte (Gesamtausgaben 1986: rd. 2,7 Mio. €, 1995:

4,3 Mio. €, 2001: 4,4 Mio. €) der *Gesundheitshilfe und in den Bereichen Sozialarbeit, *Bildung, *ländliche und dörfliche Entwicklung durch. Zielgruppen sind Kinder, sozial benachteiligte Familien, unterentwickelte Dörfer, Blinde und (Lepra-)Kranke. Publikation: Andheri-Hilfe. Adresse: Mackestr. 53, 53119 Bonn, Internet: www.andheri.org red

Angepasste Technologien Unter a. T. ist eine den technol. Bedürfnissen der EL entsprechende Technologie zu verstehen. Diese Bedürfnisse berücksichtigen die e.-pol. Problemsituationen, denen sich die meisten EL gegenübersehen. Beispielsweise sind E.-Gesellschaften – von den reichen *OPEC-Ländern abgesehen – von Kapitalmangel und *Arbeitslosigkeit gekennzeichnet. Sie verfügen nur über einen Bruchteil (5 %) der Investitionsressourcen der IL, ihr Potenzial an Arbeitskraft ist aber dreimal so groß. Daraus wurde gefolgert, dass eine Kapital sparende und *arbeitsintensive Technologie den EL-Bedingungen angemessener sei als der Transfer modernster Technologie (*kapitalintensiv und arbeitssparend). Insbes. im Rahmen von *Grundbedürfnisstrategien würden sich für die a. T. sinnvolle und e.-pol. bedeutende Anwendungsbereiche ergeben. Werde die Produktion der EL auf die Versorgung der einheimischen Bev. umgepolt, so könnten die einfacheren Güter arbeitsintensiv produziert werden; die erhöhte Beschäftigung verringere *Marginalität, helfe, die *Einkommensverteilung gerechter zu gestalten, und bilde einen einheim. Markt aus.

Die E. des am Produktionsfaktor Arbeit orientierten Konzepts der a. T. geht auf Schumacher/London zurück. Weitere Forschungsarbeiten – insbes. hinsichtlich der konkreten Anwendung – haben u. a. *Weltbank, *ILO, *FAO, *UNIDO, *UNESCO und *DAC vorgelegt. Die Befürworter von a. T. sehen sich der Unterstellung ausgesetzt, die IL würden den EL die modernste Technologie zu eigenem Nutzen vorenthalten wollen. Nicht zuletzt aufgrund mangelnder Akzeptanz seitens der Entscheidungsträger in den EL spielt das Konzept der a. T. in der e.-pol. Praxis keine große Rolle. →Technologietransfer

Lit.: E. F. Schumacher, Die Rückkehr zum menschlichen Maß, Reinbek 1977; H. Singer, Technologies for Basic Needs, Genf 1977; R. S. Eckans, Appropriate Technologies for Developing Countries, Washington 1977; F. Stewart/J. James, The Economics of New Technology in Developing Countries, Pinter 1982; W. Bierter, Technologie – Praxis «Angepaßte Technologie». Ein Statusreport, Braunschweig 1993; W. Hillebrand/D. Messner/J. Meyer-Stamer, Stärkung technologischer Kompetenz in EL, *DIE, Berlin 1996. dn

Angola

Fläche (Tsd. qkm): 1246,7
Bev. (Mio.) 2001: 13,50
BNE pro Kopf (US-$) 2000: 240
BIP (Mio. US-$) 2000: 8738
LE (Jahre) 1999: 46,5
Analphabetenquote (%) 1990: 58
HDI 1999: 0,422 [Rangplatz von 162: 146]

Nach Jahrzehnten des Bürgerkriegs steht A. vor der gewaltigen Herausforderung, den gefährdeten Frieden zu wahren und den Aufbau des sozial und wirtsch. ruinierten Landes zu bewerkstelligen. Hierzu bedarf es nicht nur ausl. Unterstützung, sondern auch eines gerüttelten Maßes an Reform- und Kompromissbereitschaft der ehem. Kriegsparteien.

1. Potenziell zählt A. zu den reichsten Ländern Afrikas. Aufgrund des günstigen Klimas und der Ressourcen an Wasser und anbaufähigem Land verfügt A. über gute Voraussetzungen für den Anbau landw. Produkte (Kaffee, Baumwolle, Mais, Hülsenfrüchte, Erdnüsse, Hirse, Maniok); ferner sind Bodenschätze (v. a. Diamanten, Erdöl, Eisenerz) vorhanden. Die Landw., von der die Mehrheit der Bev. meist auf *subsistenzwirtschaftlicher Basis lebt, litt gewaltig unter den Bedingungen des Bürgerkrieges und erwirtschaftet nur einen kleinen Teil des BIP (Mitte der 1990er: 15 %). In größerem Umfang muss A. Nahrungsmittel importieren. Die Fischerei blieb am wenigsten beeinträchtigt, wird aber von ausl. Fischereiflotten betrieben.

2. Die Bev. A.s setzt sich zu 90 % aus Afrikanern, hauptsächlich Bantustämmen mit eigenen Sprachen (Ovimbundu 37 %, Mbundu 25 %, Bakongo 13 %), zusammen. Amts- und Verkehrssprache ist Portugiesisch. Die Hälfte der Bev. sind Christen, mehrheitlich Katholiken (38 %), und ein weiterer Teil gehört trad. Religionen an (47 %). Infolge des →Guerilla-Krieges kam es zu *Landflucht, und die Hälfte der Bev. zog in die Städte, wobei 1/3 der Stadtbev. Kriegsvertriebene sind. Lediglich 2,7 Mio. sind wirtsch. aktiv. Kriegsbedingt ergaben sich große Migrationsbewegungen (*Flüchtlinge, Binnenvertriebene, Rückkehr von 2 Mio. Vertriebenen), die zu starken Veränderungen in der Bev.-Struktur führten. In den von der ang. Reg. kontrollierten Territorien (20 bis 25 %) – mehrheitlich Küstengebiete – lebt 40–50 % der Bev., die hauptsächlich im Partei- und Reg.-Apparat beschäftigt ist. Die Rebellen (UNITA) kontrollieren das Hinterland, das meist von Hirten- und Bauernvölkern bewohnt wird, die sich in über 50 Völkern und Stämmen in 9 große Sprachgruppen unterteilen.

3. A., das 1482 entdeckt wurde, erlangte am 11. 12. 1975 die Unabh. nach fast 500 Jahren portug. Kolonialherrschaft. Bis ins 19. Jh. hinein diente A. Portugal als Sklavenlieferant, v. a. für Brasilien. Die Portugiesen errichteten v. a. Kaffee-, Baumwoll-, Sisal- und Zuckerrohr-*Plantagen, die im System der Zwangsarbeit betrieben und bis 1962 aufrechterhalten wurden. Besonders die Diamantengewinnung und die Kaffeeproduktion machten aus A. ein weitgehend vom Mutterland unabh. Territorium. A. war u. a. wegen eines Systems von Preis- und Importkontrollen ein geschützter Markt für portug. Fertigwaren. Nach der Doktrin der Luso-Afrikanischen Einheit sollte A. pol., wirtsch. und sozial Bestandteil der portug. Nation werden (Überseeprovinz), wobei die afrik. Sozialstrukturen völlig ausgehöhlt wurden. Der Beginn des Befreiungskampfes 1961 veranlasste die portug. Reg. zu Reformen v. a. im Erziehungswesen (Gründung der Univ. Luanda 1963) und in der Wirtsch. A. wurde für Investitionen aus dem westl. Ausland geöffnet; die *Diversifizierungspolitik in der Landw. führte zu einer Produktionssteigerung, aber auch zum Anwachsen eines von *Wanderarbeit geprägten ländl. Proletariats. Die Siedlungspol. wurde forciert (Zwangsumsiedlungen ca. einer Mio. Menschen zur Abschirmung von den *Befreiungsbewegungen); als gesellschaftspol. Ziel wurde die *assimilao* (Einbürgerung) propagiert. Der ind. Aufschwung führte zu verstärkter *Urbanisierung und zum enormen Anstieg der Zahl portug. Siedler. Der durch die portug. Revolution 1974 eingeleitete *Dekolonialisierungsprozess bedeutete das Ende dieses «reformierten» Kolonialismus.

4. Die Auseinandersetzungen um die Befreiung A.s von der portug. Kolonialherrschaft wurden im Wesentlichen von drei Befreiungsbewegungen getragen: Im N operierte die milit. starke, aber pol. am wenigsten organisierte FNLA (Nationale Befreiungsfront von A.) unter H. Roberto; die MPLA (Volksbewegung für die Befreiung A.s) unter A. Neto bildete einen Zusammenschluss versch. Gruppierungen (Angol. KP, Assimilado- und Mestizen-Bev., Lohnarbeiter der Kaffeeplantagen). Sie fanden ihren ethn. Rückhalt in den Mbundu-Gebieten im Hinterland von Luanda. Die UNITA (Nationalunion für die volle Unabh. A.s) hatte v. a. in der größten ethn. Gruppe der Ovimbundu ihre Basis und operierte unter Führung J. Savimbis im Süden des Landes. Die von ausl. Interessen bestärkten Rivalitäten zw. den Bewegungen, wobei die ehemalige UdSSR die MPLA, die USA und Zaire die FNLA und Südafrika und die USA die UNITA unterstützten, erschwerten den Dekolonialisierungsprozess. Nach dem milit. Staatsstreich vom 25. 4. 1974 in Portugal («Nelkenrevolution») wurde A. in die Unabh. entlassen. Im Bürgerkrieg brachten die Unterstützung der UdSSR und der Einsatz kubanischer Truppen im Febr. 1976 die

Entscheidung für die MPLA, nachdem der US-Kongress der US-Administration verboten hatte, eine angol. Kriegspartei zu unterstützen (*Clark Amendment*). Der MPLA errichtete eine soz. Volksrepublik mit A. Neto an der Spitze (seit 1979 E. dos Santos) und formte sich in eine marx.-leninistische Kaderpartei um. A. war in der Folgezeit Schauplatz eines Bürger- und Stellvertreterkrieges im Rahmen des Ost-West-Konfliktes. Die sowj.-kubanisch gestützte MPLA-Reg. wurde von der UNITA bekämpft, die ihrerseits von Südafrika und spätestens nach Aufhebung des *Clark Amendment* (1985) auch von den USA unterstützt wurde.

5. Ein erster Schritt zum Frieden war das Drei-Parteien-Abkommen, das am 22. 12. 1988 Südafrika, Angola und Kuba unterzeichneten; es legte den Abzug aller 50000 kubanischen Soldaten aus A. und die Unabh. Namibias fest. Unter portug. Vermittlung und auf Druck beider Supermächte schlossen MPLA und UNITA 1991 das Friedensabkommen von Bicesse, das die gegenseitige Anerkennung beider Parteien, den Zusammenschluss der gegnerischen Streitkräfte in einer nat. Armee und freie Wahlen im Nov. 1992 vorsah. Nach dem Integrationsprozess der Armeen sollte sie zur größten Streitmacht in Afrika südl. der Sahara werden. Dem Wahlerfolg (Präs.- und Parl.-Wahlen 29./30. 9. 1992) der MPLA (53,7 % der Stimmen) und seines Rivalen E. dos Santos (49,5 % der Stimmen) verweigerte Savimbi jedoch unter Betrugsvorwürfen die Anerkennung. Erneut brach der Bürgerkrieg aus und kostete Zehntausende das Leben. Neuerliche Friedensbemühungen mündeten am 20. 11. 1994 in dem Lusaka-Protokoll zwischen MPLA und UNITA. In dessen Folge wurde der schwierige Prozess der Entwaffnung der Rebellen und der Integration der UNITA-Mitgl. in die reguläre Armee eingeleitet und – mit reichlicher Verzögerung – im April 1997 eine Reg. der Einheit und nat. Versöhnung eingesetzt, der auch UNITA-Führer angehören. Seit 1998 kam es trotz der intensiven int. Bemühungen um eine pol. Lösung des Konflikts (insbesondere seitens der *UN) zum Ausbruch neuer Feindseligkeiten in weiten Teilen des Landes. Dabei wurde die regionale Dimension des Konflikts einmal mehr deutlich, als sich mit dem Sturz Mobutus in *Zaire die pol. und milit. Interessen der beiden Konfliktparteien grundlegend veränderten. V. a. die destruktive Rolle Savimbis ließen in den folgenden J. ein Ende des Krieges in weite Ferne rücken. Erst nach dem Tod Savimbis im Febr. 2002 war der Weg für ein erneutes Friedensabkommen frei, das im April 2002 in Luanda unterzeichnet wurde.

6. Die wirtsch. E. nach Erlangung der Unabh. (1975) wurde durch die gewaltsamen Machtkonflikte zwischen den Befreiungsbewegungen, aber auch durch die Abwanderung portug. Fachkräfte massiv beeinträchtigt. *Plantagenwirtschaft, verarbeitende Ind. und Handel, die zuvor in der Hand der Portugiesen waren, sahen sich rasch Desintegrationsprozessen ausgesetzt, die der Staatsdirigismus und die ineffiziente Verwaltung der MPLA-Reg. noch verschärften. Der Rückgang der Kaffee- und Diamantenexporte und die Einstellung der Ausfuhr von Eisenerz machten A. hochgradig von Erdölexporten abh., wobei die soz. MPLA-Reg. erstaunlich gut mit westl. Erdölkonzernen zusammenarbeitete.

Im Jahre 1987 war die Einleitung des Programms zur Sanierung v. Wirtsch. und Finanzen (SEF) der entscheidende Schritt zur Liberalisierung der Wirtsch. und zur Aufnahme A.s in den *IWF (1989). Dies bedeutete aber auch die Verpflichtung A.s, den Staatshaushalt (u. a. Abbau v. Subventionen) zu sanieren und das Wirtschaftssystem zu reformieren (Abwertung des Kwanza, Privatisierungen).

Der bestfunktionierende Sektor A.s ist die Erdölförderung. Die Reg. vertraut weiterhin auf eine Steigerung der Erdölförderung (Hauptexportprodukt, 94 %); Öllieferungen wurden somit in Umschuldungsvereinbarungen mit Spanien, Portugal und Brasilien eingebracht, die somit neue Kreditlinien öffneten. So wie das Erdöl für Waffenkäufe der Reg. dient, finanziert sich die UNITA durch die Diamentenregion im Nordosten (gesch. Jahresertrag 0,51 Mrd. €).

Unter den Bedingungen der Warenknappheit entwickelte sich die *candonga*, ein reger Schwarzmarkt mit Waren, Devisen und Schmuggel, der als Parallelsektor fungiert und seit 1987 von der Reg. geduldet wird; auch die *Korruption blühte auf, die es künftig einzudämmen gilt. Zu den großen Herausforderungen gehören der wirtsch. Wiederaufbau des Landes und die Errichtung zerstörter oder vernachlässigter *Infrastrukturen, v. a. die Häfen von Lobito und Cabinda und die Bahnlinien von Luanda, Moamedes, Amboin und Benguela. Von Grund auf zu erneuern ist auch das Bildungs- und Gesundheitswesen, das die MPLA-Reg. zerstörte. Ein besonderes Erbe des Krieges sind gesch. 9 Mio. Landminen, durch die weiterhin jährl. Tausende Angolaner verkrüppeln.

Lit.: F. W. Heimer, Der Entkolonialisierungskonflikt in Angola, München 1979; K. Sommerville, Angola. Politics, Economics and Society, London 1986; M. Offermann, Angola zwischen den Fronten, Pfaffenweiler 1988; P. Meyns, Angola: Vom antikolonialen Befreiungskampf zu externer Destabilisierung und internem Bürgerkrieg, in: R. Hofmeier/V. Matthies (Hg.), Vergessene Kriege in Afrika, Göttingen 1992, S. 61ff.; H. Pössinger, Angola – ein Neuanfang?, in: P. Meyns (Hg.), Demokratie und Strukturreformen im portugiesischsprachigen Afrika, Freiburg 1992; T. Diederichsen, Angola oder wie man mit Wahlen einen Krieg verlieren kann, Hamburg 1993; P. Meyns, Angola, in: HDW III, 5, 1993, S. 320ff.; United Nations, The United Nations and the Situation in Angola, May 1991–February 1995, New York 1995. mik/acc

Annan, Kofi A. Seit 1. 1. 1997 Generalsekretär der *UN, geb. 8. 4. 1938 in Kumasi/Ghana, studierte Volkswirtsch. in Kumasi, St. Paul/Minnesota, Genf und schloss mit einem Master in Management am MIT in Boston ab. A. trat 1962 in den UN-Dienst ein und durchlief etliche ihrer Org.: *WHO, *ECA, *UNHCR etc. 1993 avancierte er zum Assistant Secretary General for Peacekeeping Operations, 1994 zum Under Secretary General. Annan trat 2001 seine zweite Amtsperiode als Generalsekretär an. Im gleichen J. erhielt er zusammen mit den UN den *Friedensnobelpreis.

Als Generalsekretär setzt er sich u. a. ein für die Reform der UN, Konfliktschlichtung und Friedenserhaltung, das int. Engagement gegenüber Afrika, Partnerschaft mit *NROs und der *Zivilgesellschaft, *gender-Fragen. dn

ANRPC Vereinigung Kautschuk produzierender Länder (*Association of Natural Rubber Producing Countries*), 1970 von sechs südostasiat. Staaten gegr. Org. zur Koordinierung der Produktion und Vermarktung von Kautschuk, die Förderung techn. Zusammenarbeit sowie die Durchsetzung stabiler Mindestpreise für Naturgummi. Mitgl. (2002): Indien, Indonesien, Malaysia, Papua-Neuguinea, Singapur, Sri Lanka, Thailand, Vietnam. *Organe:* (jährl.) Versammlung der Mitgl.-Staaten, oberstes Beschlussorgan; (ständiges) Exekutivkomitee; Sekretariat. Publikationen: *ANRPC News; ANRPC Economic and Statistical Review.* Adresse: 148 Jalan Ampang, 50450 Kuala Lumpur, Malaysia red

Antigua und Barbuda →Karibik

AOF *Afrique Occidentale Française*, zwischen 1895 und 1958/59 bestehende «Föderation» der seit 1922 acht frz. Kolonien in Westafrika (Mauretanien, Senegal, Frz. Sudan [Mali], Guinea, Elfenbeinküste, Obervolta [Burkina Faso], Dahomey [Benin] und Niger) mit der Hs. Dakar. fn

AOSIS *Alliance of Small Island States*, Allianz kleiner Inselstaaten; 43 Mitgl., von denen 37 UN-Mitglieder sind (2002), setzt sich für die Verschärfung der Rahmenkonvention über Klimaveränderungen ein. →Weltumweltkonferenz. Internet: www.sidsnet.org/aosis. dn

Apartheid Der Begriff A. (*afrikaans*, Synonym für die südafrik. Rassentrennungspol., in neuerer Zeit mehr im Sinne von «getrennter Entwicklung» verwandt) bezeichnet die nach der Machtübernahme der *National Party* (NP) 1948 in Südafrika (RSA) verfolgte Pol. der Rassentrennung. Grundlage der A.-Pol. war die Aufrechterhaltung der Dominanz der weißen Minderheit, während allen nichtweißenVolksgruppen (Schwarze, Mischlinge und Asiaten) nur abgestufte Bürgerrechte eingeräumt wurden. Wesentliche Elemente der Rassentrennungspol. waren schon lange vor 1948 angelegt, doch wurde diese unter der Bezeichnung A. erst von der NP systematisch ausgeweitet. Zu unterscheiden sind die sog. kleine oder *Petty* A. (soziale Trennung der Rassengruppen; Schaffung getrennter öfftl. Einrichtungen auf allen Ebenen) und die territoriale Apartheid. Letztere kennzeichnet die räumliche Trennung durch Festlegung separater Siedlungsgebiete auf dem Land (→Homelands), während der *Group Areas Act* die Schaffung getrennter städt. Wohngebiete im «weißen» Südafrika regelte.

Die soziale Apartheid, die in ihrer umfassendsten Ausprägung ursprgl. alle Lebensbereiche umschloss, wurde seit Ende der 1970er J. stetig abgebaut. Hierzu gehörten die Aufhebung der Arbeits- und Ausbildungsbeschränkungen, die Zulassung schwarzer *Gewerkschaften und die Gewährung eines beschränkten Streikrechts (1979), die sukzessive Abschaffung getrennter öfftl. Einrichtungen, die Aufhebung des Mischehenverbots (1985), Verbesserungen im Erziehungs- und Ausbildungswesen für Schwarze, die Möglichkeit zu städt. Grundbesitzerwerb auch im «weißen» RSA, die Zulassung rassisch gemischter Geschäftsviertel, die Suspendierung der verhassten Passgesetze (1986) usw.

Die territoriale A. blieb zunächst erhalten und wurde im Rahmen der Homelands sogar bis zur Fiktion nat. Unabh. weiterentwickelt. Pol. Rechte standen den Schwarzen nur im Homeland ihrer *Ethnie sowie auf kommunaler Ebene in den schwarzen Townships des «weißen» Siedlungsgebiets zu. Die Verfassungsreform von 1983, die 1984 in Kraft trat und den Mischlingen und Asiaten im Rahmen des neu geschaffenen Drei-Kammer-Parl. ein begrenztes pol. Mitspracherecht einräumte, ließ die Schwarzen unberücksichtigt, deren pol. Partizipation allein auf die Homelands beschränkt blieb. Den städt. Schwarzen in der «weißen» RSA wollte man allenfalls Selbstverwaltungskompetenzen zugestehen.

Im Juni 1991 wurden zwei der drei bedeutendsten A.-Gesetze, *Land Acts* (Verbot von Landeigentum für Schwarze) und *Group Areas Act* (Trennung der Wohngebiete nach Hautfarbe), abgeschafft. Das Erfassungsgesetz (*Population Registration Act*), das die Einteilung der Bev. in versch. Gruppen nach festgelegten «rassischen» Kriterien regelte, blieb in Kraft. Ebenso wurde der Fortbestand des rass. getrennten Parl. bis zur Vorlage einer neuen Verfassung mittels einer Zusatzklausel gesichert. Erst mit dem Referendum von 1992, in dem sich die Mehrheit der weißen Bev. für die Abschaffung der A. aussprach, und den Vereinbarungen zwischen Präs. de Klerk und Mandela zur Demokratisierung des Landes, die beiden Politikern den *Friedensnobelpreis einbrachten, wurde die A. abgeschafft. Nach dem Sieg des ANC bei den ersten freien Wahlen Südafrikas 1994 begann die Regierung der Nationalen Einheit, die gesellsch. Diskriminierung der Schwarzen u. a. mittels *Affirmative Action*-Programmen abzubauen. Eine «Kommission für Wahrheit und Versöhnung» wurde eingesetzt mit dem Ziel, die Verbrechen des A.-Regimes aufzudecken, Wiedergutmachungsempfehlungen zu entwickeln und bei Ablegung eines vollen Geständnisses Straffreiheit für pol. motivierte Verbrechen zu gewähren. (→Südafrika, →ANC, →Mandela, →Tutu.)

Lit.: H. Adam, Südafrika, Soziologie einer Rassengesellschaft, Frankfurt 1969; J. F. Noller, Theorie und Politik der Apartheid, Frankfurt 1977; F. Duve, Kap ohne Hoffnung oder die Politik der Apartheid, Reinbek 1978;

M. Cornevin, Apartheid, Mythos und Wirklichkeit, Wuppertal 1981; H. Vogt, Apartheid und Unterentwicklung, Frankfurt/New York 1982; R. M. Price, The Apartheid State in Crisis, New York/Oxford 1991. mik/red

APEC *Asian Pacific Economic Cooperation*, 1989 als lose org. Forum gegr., umfasst die Org. heute alle wichtigen Ökonomien der Region mit einem ges. BIP von über 13 Billionen US-$ (1993) und einem Welthandelsanteil von ca. 46 %. *Ziele:* Liberalisierung des Handels, stärkere wirtsch. Zusammenarbeit, Investitionsförderung sowie Errichtung eines multilateralen Handelssystems zwischen den Mitgl.-Staaten. Mitgl. (2002): Australien, Brunei Darussalam, Chile, China, Indonesien, Japan, Kanada, Korea, Malaysia, Mexiko, Neuseeland, Papua-Neuguinea, Peru, Philippinen, Russland, Singapur, Taiwan, Thailand, Vietnam, USA. *Organe:* jährl. Treffen der Außen- und Finanzmin. unter jährl. wechselndem Vorsitz (Beschlussfassung nach Konsensprinzip); Sekretariat unter Leitung eines Exekutivdirektors; diverse ständige Komitees und Arbeitsgruppen. 1994 einigten sich die Staats- und Reg.-Chefs auf ihrer 2. Gipfelkonferenz auf die Schaffung einer alle Handelsbereiche umfassenden Freihandelszone bis zum J. 2010 (für die IL) bzw. für 2020 (für die *Schwellen- und *EL). Die *Osaka Action Agenda* vom Gipfeltreffen 1995 enthält als Aktionsprogramm konkrete Schritte zur Verwirklichung dieses Ziels, die im Manila-Aktionsplan für die APEC (MAPA) 1996 weiter ausgeführt und 2001 beim Gipfeltreffen in Schanghai wieder bestätigt wurden. Adresse: 438 Alexandra Road, Singapore 119958. Internet: www.apec.org.sg red

APED Arbeitsgemeinschaft privater Entwicklungsdienste e.V., *nichtstaatliche Organisation, gegr. 1967 als Zusammenschluss (AG) von 19 privaten Trägern der *Personellen Hilfe; Aktivitäten: *Sozialstrukturhilfe und Förderung landw. Projekte in LA, Asien und Afrika sowie Vertretung der Mitgliederinteressen gegenüber der Bundesregierung. Kooperiert in der BRD mit dem *Arbeitskreis Lernen und Helfen in Übersee und ist Mitgl. der *Regional Conference for International Voluntary Services* (Entwicklungsdienste). Finanzierung durch Spenden, *BMZ- und EU-Zuschüsse. Adresse: Argelanderstr. 50, 53115 Bonn. red

APQLI *Augmented Physical Quality of Life Index*, Entwicklungsindex, umfasst die Lebenserwartung, den Kalorienverbrauch pro Kopf, die Einschulungsquote in Primar- und Sekundarschulen sowie die Alphabetisierungsrate der erwachsenen Bev. dn

APRA (*Alianza Popular Revolucionaria Americana*, seit 1930: *Partido Aprista Peruano*, PAP), 1924 von Haya de la Torre im mexikan. Exil gegr. Partei, die dem antiimperialistischen Kampf auf dem ges. Kontinent dienen sollte, getragen von einer Allianz aus Mittelschichten (Führung), Arbeitern und Bauern. Seit 1930 beschränkte sie sich de facto auf *Peru, ihr militanter *Populismus und die Konfrontation mit dem herrschenden Machtblock (gescheiterte Aufstände und Putschversuche der APRA) begründeten eine tiefe Feindschaft mit dem Militär. An die Spielregeln des pol. Systems angepasst, unterstützte sie 1939 bis 1962 diverse bürgerliche und oligarchische Reg. Der Reformpol. der ersten Reg. Belaúnde (1963–68) und des Militärregimes unter Velasco Alvarado (1968–75) stand sie kritisch gegenüber. Nach der *Demokratisierung (1978–80) kam es zu einer Entspannung zwischen APRA und Militär. Mit Alan García kam zum ersten Mal ein Politiker (1985–90 Präs.) der APRA an die Macht. Das Scheitern seiner heterodoxen Wirtsch.-Pol., v. a. aber die gegen ihn erhobenen massiven Korruptionsvorwürfe, brachten nicht nur García, sondern die gesamte Partei in Misskredit. Der Bedeutungsverlust der APRA zeigte sich bei den Präs.-Wahlen 1990, als sich mit M. Vargas Llosa und A. Fujimori zwei unabh. Kandidaten in der Stichwahl gegenüberstanden. Bei den Wahlen 1995 erhielt sie 6,5 % und war nur noch mit 8 Sitzen im Parl. vertreten; eine Tendenz, die sich 2000 in den umstrittenen Präsidentschafts- (1,27 %) und Parl.-Wahlen (1,4 %) fortsetzte. Bei den nach Präs. Fujimoris Absetzung am 8. 4. 2001 abgehaltenen Präs.-Wahlen kam der erneut für die APRA angetretene, aus elfjährigem Exil zurückgekehrte Ex-Präs. García hinter A. Toledo von der neu gegründeten Wahlplattform Perú Posible (36,5 %) auf beachtliche 25,78 % der Stimmen; in der Stichwahl wählten 46,9 % García, 53,08 % stimmten für Toledo. In den am 8. 4. 2001 gleichzeitig abgehaltenen Parl.-Wahlen konnte sich die APRA von 6 auf 29 Sitze verbessern. hb

APS →Allgemeines Präferenzsystem

Äquatorial-Guinea

Fläche (Tsd. qkm): 28,05
Bev. (Mio.) 2001: 0,45
BNE pro Kopf (US-$) 1999: 1170
BIP (Mio. US-$) 1999: 696
LE (Jahre) 1999: 50,6
Analphabetenquote (%) 1999: 18
HDI 1999: 0,610 [Rangplatz von 162: 110]

Ä.-G., das einzige spanischsprachige Land Afrikas, gehört zu den kleinsten und am wenigsten e. Staaten des Kontinents. Der seit der Unabh. herrschende *Mongomo-Clan* sah sich 1991 auf den Druck der int. Gebergemeinschaft hin gezwungen, das pol. System zu liberalisieren, zu einem *Demokratisierungsprozess kam es indes bisher nicht.

1. Das Staatsgebiet Ä.-G.s gliedert sich in den Festlandteil Ro Mun (26051 qkm einschl. der vorgelagerten Elobey-Inseln und der Insel Corisco) und die beiden Inseln Bioko (2017 qkm, früher Fernando Póo) mit der Hauptstadt Malabo und Annobón (17 qkm, früher Pagalu). Beide Inseln vulkanischen Ursprungs liegen im Golf von Guinea; der rechteckige Festlandteil grenzt an Gabun und Kamerun. Das feucht-heiße Klima wird sowohl auf den Inseln als auch auf dem Festland von hohen Temperaturen, häufigen Niederschlägen und hoher Luftfeuchtigkeit bestimmt und sorgt bis in die Gegenwart für das verbreitete Auftreten von tropischen Krankheiten wie Malaria, Sumpffieber, Tuberkulose, Lepra und Schlafkrankheit.

Nachdem die Bev. in der Dekade der Herrschaft Macas Nguemae durch Mord, Vertreibung und Emigration um ein Drittel geschrumpft war, wuchs die Bev. 1985–2000 um durchschn. 2,5 %. Größere Gruppen leben gegenwärtig im Exil in Spanien, Frankreich und Gabun. Der *Urbanisierungsgrad beträgt 40 % (1993), die Hauptstadt zählt 40000 Ew. Ethn. gliedert sich die Bev. in Bantu (80 %, u. a. Fang, Benga), Bubis (45000) und Fernandinos (Mischlinge: 3000) auf Bioko sowie ca. 4000 Weiße. Ethn. Spannungen ergeben sich v. a. aus der pol. und ökon. Dominanz der Fang gegenüber den Bub auf der Insel Bioko. Amtssprache ist Spanisch, daneben werden Fang, Bub, Noowe sowie Kreol.-Portugiesisch und Pidginenglisch gesprochen. 99 % der Bev. sind kath., daneben gibt es Protestanten und Anhänger von Naturreligionen.

2. Holzreichtum auf dem Festland, Fischgründe und fruchtbarer vulkanischer Boden auf der Insel Bioko sowie **Offshore*-Vorkommen von Erdöl (Bioko) sind günstige E.-Ressourcen. Daneben wurden weitere mineralische Rohstoffvorkommen (Gold, Titan, Kohle) in Ro Mun nachgewiesen, ohne dass es bisher zu einem substanziellen Abbau gekommen wäre. Neben dem Agrarsektor spielt in den letzten Jahren der Erdölexport eine Schlüsselrolle in der Wirtsch. des Landes. Bis zum Beginn des Erdölabbaus 1992 stützte sich die Exportwirtsch. auf die Säulen Kakao, Kaffee und Holz, das in den 1980er J. zum Motor der Exportwirtsch. wurde (1989: 137197 m^3). Die wenig entwickelte Ind. (1993: 7 % des BIP) beschränkt sich auf die Aufbereitung einheim. land- und forstwirtsch. Erzeugnisse. Haupthandelspartner des *AKP-Staates sind Frankreich und Spanien, das nach der Unterbrechung der Macas-Diktatur wieder größter bilateraler Geber wurde. 1984 trat Ä.-G. in die zentralafrikanische Zollunion *UDEAC und die Wirtschaftsgemein-

schaft * CEEAC (seit 1991 * CEMAC) ein und wurde 1985 als erstes nichtfrankophones Land Mitgl. in der CFA-* Franc-Zone. Seit 1988 besteht mit * IWF und * Weltbank ein * Strukturanpassungsprogramm, das auf weitere Verbesserung der Exportfähigkeit und eine Senkung des Haushaltsdefizits abzielt. Die größte Wachstumsbranche Ä.-G.s stellt derzeit der Erdölexport dar, der 1992 begann und der Wirtsch. zu teilweise explosionsartigen, zweistelligen Wachstumsraten verhalf (durchschn. Wachstum des BNE pro Kopf 1990–1997: 12,1 %; 1999: > 50 %).

3. Die vermehrten Staatseinnahmen scheinen jedoch an der Bev. bisher spurlos vorüberzugehen: Über Höhe und Verwendung der Öleinnahmen gibt es keine offiziellen Angaben, für den öfftl. Sektor werden von der Reg. praktisch keine Mittel zur Verfügung gestellt. Gesundheits- und Bildungswesen sind durch Verfall geprägt, es herrscht ein eklatanter Mangel an Ausbildern und Fachpersonal. Die Kindersterblichkeit lag 1994 bei 17 %, 1980–90 lebten 67 % der Bev. in abs. Armut, die LE beträgt 48 Jahre.

4. Unter dem Druck der Unabh.-Bewegung (Monalige, Munge u. a.) gab die Kolonialmacht Spanien ihre Pol. der Integration der Territorien in den span. Staatsverband (1959) und der Assimilierung (Ausbau des Schulwesens) auf und gewährte 1964 innere Autonomie. Während der bev.-reiche Festlandteil im diesbezüglichen Referendum den Schritt in Richtung Unabh. billigte, lehnte die Fernando Póo die innere Autonomie mehrheitlich ab, da sowohl weiße Pflanzer als auch Bub und Fernandinos eine Dominanz der Fang fürchteten und im Verbund des Mutterlandes verbleiben wollten. Nachdem Spanien Minderheitsgarantien in die vorgesehene Verfassung eingefügt hatte, wurde Ä.-G. am 12. 10. 1968 in die Unabh. entlassen. Aus den Präs.-Wahlen von 1968 ging im zweiten Wahlgang Macas Nguema von MONALIGE als Sieger hervor und errichtete, gestützt auf Militär, Polizei und die organisierte Staatsjugend, eine blutige Diktatur, unter der das Land einen beispiellosen wirtsch., pol. und sozialen Abstieg durchmachte. Nach Schätzungen fielen dem Terrorregime etwa 50 000 Menschen zum Opfer; zwischen 1969 und 1979 sank das BNE auf ein Viertel des Ausgangsniveaus. Neben der Liquidierung der Opposition und der Zusammenfassung aller Parteien zur Einheitspartei PUNT (*Partido Unico Nacional de Trabajadores*) wurde 1978 auch die kath. Religion verboten und Macas Nguema als relig. Führer proklamiert.

Mit dem Staatsstreich vom August 1979 übernahm Macas' Neffe, Oberst T. Obiang Nguema Mbazogo (1989 und 1996 durch Wahlen bestätigt), die Macht und beendete die Macas-Diktatur. Als neue Einheitspartei entstand der PDGE *Partido Democrático Guinea Ecuatorial.* Das neue Regime bemühte sich um einen pol. und wirtsch. Neubeginn und öffnete sich außenpol. wieder dem Westen. Die mit dem Sturz der Diktatur verbundenen pol. Hoffnungen weiter Teile der Exilbev. wurden jedoch in den 1980er J. enttäuscht. Horror und Gewalt wurden lediglich durch einen «stilleren Autoritarismus» ersetzt, ohne dass es zu einer Änderung der Herrschaftsdominanz des Mongomo-Clans gekommen wäre. Erst Anfang der 1990er J. setzte das Regime einen kontrollierten Liberalisierungsprozess in Gang, der auf den Druck der westl. Geber, pol. Repressionen und schwere Menschenrechtsverletzungen zu unterbinden, zurückzuführen war. Aufgrund der Verweigerung der zweiten Tranche des Strukturanpassungskredits ab 1989 durch IWF und Weltbank änderte das Nguema-Regime 1991 die Verfassung, die nach einer Volksabstimmung im Dez. 1991 mit 98,4 % der Stimmen in Kraft trat. In ihr sind ein Mehrparteiensystem und die Direktwahl von Parl. und Präs. vorgesehen. Allerdings erfolgt die Zulassung neuer Parteien nur gegen die Hinterlegung einer immens hohen Kaution (rd. 185 000 €); das Wahlrecht enthält gezielte Hürden für die pol. Opposition. Sowohl die beiden Parl.-Wahlen (Nov. 1993, März 1999) als auch die Präs.-Wahlen (Febr. 1996) waren durch Manipulationen sowie gezielte Repression gegen die zersplitterte Regimeopposition, v. a. gegen den populären Parteichef des *Partido Popular* PP, Severo Moto Nsa, gekennzeichnet. Freedom House zählte 2001 Ä.-G. zu den repressivsten Regimen der Welt. Die Chancen für einen substanziellen Demokratisierungsprozess dürften auch wegen des neuen Ölreichtums eher pessimistisch eingeschätzt werden.

Lit.: C. Jakobeit, Äquatorial-Guinea, in: HDW III, 4, 1993, S. 420 ff.; I. K. Sundiata, Equatorial Guinea, Colonialism, State Terror and the Search for Stability, Boulder 1990; M. Liniger Goumaz, Guinea Ecuatorial y el ensayo democrático, Madrid 1996; F. Nguema / J. Balboa, La Transición de Guinea Ecuatorial, Madrid 1996; H. Fleischhacker, Equatorial Guinea, in: D. Nohlen / M. Krennerich / B. Thibaut (Hg.), Elections in Africa, Oxford 1999, S. 351–366. hf

Arabisch-israelischer Konflikt →Nahostkonflikt

Arabisch-Lateinamerikanische Bank →ALAB

Arabische Entwicklungshilfe an Afrika Die zur *OPEC gehörenden arab. Staaten und verschiedene multilaterale arab. und OPEC-Institutionen leisten *E.-Hilfe an afrikan. Länder. Wichtigste Institutionen der multilateralen arab. E.-Hilfe sind: *Special Arab Aid Fund for Africa* (SAAFA), *Arab Bank for Economic Development in Africa* (ABEDA, auch BADEA), *Arab Fund for Technical Assistance to African and Arab Countries* (AFTAAC), *Islamic Development Bank* (IDB) und *OPEC Special Fund* (OPEC SF). Ferner sind die arab. Staaten Nordafrikas am Kapital der *African Development Bank* (*AFDB) beteiligt. Ein großer Teil der arab. E.-Hilfe an Afrika erfolgt auf *bilateralem Wege und wird von nationalen arab. *Entwicklungsbanken (z. B. *Kuwait Fund for Arab Economic Development* / KFAED, *Saudi Fund for Development* / SFD etc.) geleistet. red

Arabische Liga Die Liga der Arabischen Staaten (AL) wurde am 22. 3. 1945 von den sieben damals völkerrechtl. unabh. Staaten Ägypten, Irak, Jemen (heute Arab. Republik Jemen), Libanon, Saudi-Arabien, Syrien und Transjordanien (heute Jordanien) gegründet.

Über die Gründungsmitgl. hinaus traten im Zuge der *Dekolonisation im nördl. Afrika und Vorderasien noch Algerien, Bahrain, Djibouti, Komoren, Kuwait, Libyen, Marokko, Mauretanien, Oman, Palästina / PLO, Katar, Somalia, Sudan, Tunesien und VAE hinzu, sodass der AL heute 22 Staaten angehören. Die Mitgliedschaft Ägyptens wurde 1979–1989 wegen des bilateralen Friedensvertrags zwischen Ägypten und Israel suspendiert (→Nahostkonflikt). Aus diesem Grund verlegte die AL ihren Sitz von 1979–1990 von Kairo nach Tunis.

Wichtigste *Ziele* der AL sind: 1. der Ausbau der Bez. der Mitgl. untereinander, 2. der Schutz der Unabh. und Souveränität der Mitgl., 3. die Wahrung arab. Interessen gegenüber anderen Mächten, 4. die Schlichtung und Verhütung von Streitfällen. *Organe:* Gipfelkonferenz (GK), Außenministerkonferenz (AK), Oberstes Beschlussorgan: Ligarat (Rat der ständigen Vertreter der Mitgl.-Staaten in Kairo, tagt zweimal jährl.), 16 Ausschüsse für Wirtsch., Pol., Erdölfragen, Rechtswesen, Menschenrechte, Kultur, Gesundheit u. a. Daneben später gebildete Unterorg. und Fachkommissionen zur Förderung und Koordination der Zusammenarbeit der Ligastaaten v. a. in den Bereichen Wirtsch., Wiss., Kultur und Militär. Exekutivorgan: Generalsekretär (seit 2001 der vormalige ägypt. Außenmin. Amr Moussa), dessen Entscheidungskompetenzen jedoch sehr eingeschränkt sind und dessen Möglichkeiten der pol. Einflussnahme v. a. von seiner persönlichen Überzeugungskraft abhängen.

Gründung und Fortbestand der AL sind Ausdruck des hist. und kulturell begründeten Selbstanspruchs der Mitgl.-Staaten auf Einheit der arab. Welt. Freilich hat die Zersplitterung durch Fremdherrschaft und *Kolonialismus zur E. von Partikularinteressen und z. T. feindseli-

gen innerarab. Konkurrenzverhältnissen (z. B. Syrien *versus* Irak, Algerien *versus* Marokko) geführt, die einer weitreichenden Verwirklichung der Ziele der AL entgegenstehen.
Sieben Staaten der AL sind gleichzeitig Mitgl. der *OAU, und mehrere arab. Staaten gehören zu den Wortführern der *Blockfreienbewegung. Von daher begreift sich die AL wesentlich auch als eine Org. der *Dritten Welt und versucht, z. B. mit Hilfe der *arabischen Entwicklungshilfe an Afrika, die E. der *Süd-Süd-Beziehungen voranzutreiben.
Der *iranisch-irakische Krieg (1980–1988) wie auch die irakische Invasion in Kuwait (2. 8. 1990) und der nachfolgende *Golfkrieg (Jan./Febr. 1991) stürzten die AL in eine Krise, dokumentierte doch der Konflikt die Ohnmacht der AL-Gremien, im Fall einer entschieden vorgetragenen Aggression wirksam Konflikte – unter ihren Mitgl. oder mit Dritten – zu verhindern. Vergebliche AL-Vermittlungsversuche erfolgten etwa im innerjemenitischen Bürgerkrieg (Mai 1994); in Somalia; zwischen UNO und Libyen zur Aufhebung der fortbestehenden Sanktionen infolge der sog. Lockerbie-Affäre; in der Jerusalem-Frage (→Nahost-Konflikt) u. a.
Mit der weiteren Normalisierung der innerarab. Beziehungen im Laufe der 1990er J. (insbes. zw. Irak und den Golfstaaten *Saudi-Arabien und *Kuwait) und dem Aufflammen der zweiten Intifada ab dem J. 2000 formulierte die AL mit größerem Nachdruck als zuvor die Standpunkte, die als Minimalkonsens ihrer Mitgl.-Staaten anzusehen sind: Wunsch, den bereits 1974 von arab. Seite initiierten euro-arabischen Dialog (*EAD) neu zu beleben; vehemente Kritik an israelischer Siedlungspol. trotz des eingegangenen Friedensprozesses; Verurteilung der wiederholten israel. Angriffe auf *Libanon; Forderung nach einem von Massenvernichtungswaffen freien Nahen Osten (in diesem Zusammenhang wiederholte Kritik an der israelischen Weigerung, den Atomwaffensperrvertrag zu unterzeichnen); Kritik an der milit. Zusammenarbeit Türkei–Israel; Forderung nach Rückgabe der israelisch besetzten Golan-Höhen an Syrien; Forderungen nach der Aufhebung der Sanktionen gegen Libyen nach einer Auslieferung der beiden mutmaßlichen Lockerbie-Attentäter (→Libyen). Entsprechende Resolutionen der Gipfelkonferenzen 2000 und 2002 verpflichteten die Mitgl.-Staaten jedoch keineswegs auf eine gem. Linie etwa im Nahostkonflikt.
In den 1990er Jahren wurde in der Arbeit der AL auch die gemeinsame Bekämpfung des *Terrorismus immer bedeutsamer, einschließlich der definitorischen Trennung von (Binnen-)Terrorismus (etwa Islamismus) und des (als legitim erachteten) Widerstandes gegen eine Besatzungsmacht (in der Diktion der AL etwa der paläst. Widerstand gegen Israel): u. a. Antiterrorgipfel in Sharm al-Shaikh am 13. 3. 1996 und am 22. 4. 1998 Unterzeichnung des Abkommens zur Bekämpfung des Terrorismus.
Als Versuche, die AL institutionell und programmatisch weiterzuentwickeln, sind versch. Projekte zu interpretieren, die auf der Gipfelkonferenz der AL-Reg.-Chefs vom 21.–23. 6. 1996 (der ersten nach sechs Jahren) in Kairo angenommen wurden: Verabschiedung einer «Ehrencharta für arabische Sicherheit und Zusammenarbeit», die die Grundgedanken der AL-Gründungscharta bekräftigt, aber auch weiter gehende Projekte umreißt (Einrichtung eines arab. Gerichtshofs; integrierte arab. Friedenstruppe als Eingreifkontingente). Durch die Verwirklichung des am 1. 1. 1998 in Kraft getretenen Abkommens über die Freihandelszone soll bis 2007 sukzessive eine Arabische Freihandelszone errichtet werden (bis zum J. 2000 zu 50 % verwirklicht).

Lit.: U. Steinbach/R. Robert (Hg.), Der Nahe und Mittlere Osten, Bd. 2, Opladen 1988; T. Koszinowski/H. Mattes (Hg.), Nahost-Jahrbuch 1987 ff. (jährl.), Opladen 1988 ff.

hpk/da

Arabische Maghreb-Union (AMU) Von den Staatschefs der fünf Maghreb-Staaten Algerien, Libyen, Marokko, Mauretanien und Tunesien am 17. 2. 1989 in der marokkan. Stadt Marrakesch gegr. Staatenbund, dessen sicherheitspol. Komponente (Verpflichtung zum Nichtbeitritt zu Militärbündnissen, die sich gegen ein Mitgl. der Union richten; Beistandspflicht für alle Mitgl. im Falle eines Angriffs auf ein Mitgl.) v. a. im Interesse Libyens gegenüber den USA lag. Die Union, deren Mitgliedschaft weiteren arab. und afrik. Staaten offen steht, strebt v. a. eine wirtsch., aber auch soziale und kulturelle *Integration an. *Ziele:* Abschaffung der Grenzen für die Bürger innerhalb des Vertragsgebietes, freier Energiemarkt, Zusammenschluss der Textil- und Lederind., gemeinsame Fluglinie und Transportgesellschaften, Infrastrukturmaßnahmen, Errichtung einer maghrebinischen Handelsbank, Standardisierung von Ind.-Normen, gemeinsame Bekämpfung des *Terrorismus, mögliche ägyptische AMU-Mitgl.schaft; Zollunion. Außerdem wurden ein Rat der Außenmin., ein Konsultativgremium aus je zehn Delegierten der nat. Legislativen sowie ein gemeinsamer Gerichtshof gebildet; Generalsekretär der AMU ist seit 1991 der Tunesier Mohamed Amamou.

Die Aktivitäten innerhalb der AMU haben sich in jüngster Zeit immer mehr auf bilateraler Ebene bzw. auf der Ebene der *NRO bewegt. Das Funktionieren der offiziellen AMU-Organe (wichtigstes pol. Gremium ist ein Rat der Staatschefs, die sich halbjährl. im Vorsitz abwechseln; Einstimmigkeit aller Beschlüsse, Vetorecht jedes Mitgl.) steht und fällt mit der innenpol. Konjunktur der Mitgl. (z. B. algerischer Terrorismus in den 1990er J.) sowie mit deren divergierenden außenpol. Interessen und den organisationsinternen Rivalitäten. Insbesondere lähmt die Krise im marokkanisch-algerischen Verhältnis (seit August 1994 ist die gemeinsame Grenze geschlossen) aufgrund des fortdauernden →Westsahara-Konflikts sowie die libysch-mauretanischen Spannungen wegen der dipl. Anerkennung Israels durch Mauretanien (1995) die AMU-Institutionen. Im Gegensatz zu Revolutionsführer Gaddafi, dessen außenpol. Priorität inzwischen in einem aktiveren Engagement Libyens im Rahmen der *OAU liegt, sehen die restlichen Mitgliedstaaten die AMU in Zukunft als Gegengewicht zur EU im Rahmen der euro-mediterranen Partnerschaft (→EEP). Weder der Amtsantritt von Präs. Bouteflika im Febr. 1999 in *Algerien noch die Thronbesteigung von Mohamed VI. als König von *Marokko im Juli 1999 noch das prinzipielle Bekenntnis zur AMU bei einer Reihe von bilateralen Treffen der Staatschefs der Mitgliedsländer haben jedoch bisher zu einer bemerkenswerten Wiederbelebung der Regionalorg. geführt.

Lit.: T. Koszinowski/H. Mattes (Hg.), Nahost-Jahrbuch 1989ff. (jährl.), Opladen 1990ff.

bh/da

Arabischer Sozialismus →Irak, Nasserismus, Sozialismus, Syrien

Arabisches Zentrum für die Erforschung von Wüsten und Trockengebieten →ACSAD

Arafat, Yassir Geb. im Aug. 1929, nahm 1948 zu Beginn seines Ingenieurstudiums an den Kämpfen in *Palästina teil. 1952–56 war A. Vorsitzender des Paläst. Studentenverbandes in Ägypten. 1957 arbeitete er als Ingenieur in Kuwait und baute die paläst. *Guerilla-Org. *al-Fatah* auf, die 1965 ihre ersten milit. Aktionen gegen Israel durchführte. Seit 1969 ist A. Vorsitzender des Exekutivkomitees des Zentralrats der *PLO und wurde zum pol. Führer und zur Symbolfigur des paläst. Volkes im →Nahostkonflikt. Im *Schwarzen September* des folgenden J. wurden A. und seine paläst. Aktivisten jedoch aufgrund bürgerkriegsähnl. Auseinandersetzungen zwischen der PLO und König Hussein von Jordanien in den Libanon vertrieben.

Nach dem Oktoberkrieg von 1973 ließ A. erstmals den Willen erkennen, im Kampf um nat. Souveränität neben milit. auch pol. Mittel einzusetzen. Mit seiner Rede vor der *UN-Generalversammlung in

New York im J. 1974 gewann A. int. Akzeptanz. Erstmalig war damit das Anliegen einer *Befreiungsbewegung vor den UN angehört worden.
Wie die meisten arab. Staaten lehnte A. die ägypt.-israel. Camp-David-Vereinbarungen von 1978 ab. Nach dem israel. Angriff auf das PLO-Hauptquartier in Beirut 1982 sah sich A. zum Abzug nach Tunesien gezwungen.
Mit dem Beginn der *Intifada* (→Nahostkonflikt) in den von Israel besetzten paläst. Gebieten am 8./9. Dez. 1987 forderte die dortige *Vereinigte Nationale Führung* einschneidende Veränderungen, die am 15. Nov. 1988 in Algier mit der Ausrufung eines paläst. Staates zur Annahme der UN-Teilungsresolution 181 von 1947 durch die PLO führte. Mit der damit implizierten Anerkennung Israels und der Abkehr vom bewaffneten Kampf hatte sich A.s gemäßigter Kurs innerhalb der PLO durchgesetzt. Im Vorfeld des *Golfkriegs brachen die USA 1990 einen mit der PLO 1988 begonnenen Dialog ab; A. verlor zudem durch ein Treffen mit Saddam Hussein an int. Glaubwürdigkeit, die er aber spätestens durch die gegenseitige Anerkennung zwischen Israel und der PLO sowie durch die Osloer Prinzipienerklärung vom Sept. 1993 wiedererlangte.
Die im Juli 1994 gemäß dem Oslo-I-Abkommen (Mai 1994) im Gazastreifen errichtete erste Paläst. Nationalbehörde bezeichnet einen Wendepunkt in A.s Kampf für einen paläst. Staat. Im Dez. 1994 erhielt A. zusammen mit dem israel. MP Yitzhak Rabin und Außenmin. Shimon Peres den Friedensnobelpreis. Während A.s Anhänger bei den Wahlen im Westjordanland und Gazastreifen im Jan. 1996 im Paläst. Legislativrat zwei Drittel der 88 Sitze gewannen, wurde A. mit fast 90 % der Stimmen zum Präs. gewählt. Parallel dazu nahm v. a. unter paläst. Intellektuellen die seit langem anhaltende Kritik am stark zentralisierten Führungsstil A.s zu. Nach der Ermordung Rabins (4. Nov. 1995) forcierte die rechts-national-religiöse israel. Reg. unter MP Benyamin Netanyahu ab Mai 1996 entgegen dem Osloer Abkommen offen ihre Siedlungskampagne und forderte gleichzeitig von A., islamistische Extremisten v. a. aus den Reihen der *Hamas unter Kontrolle zu halten. Im Juli 2000 blieb der erneute Versuch von US-Präs. Bill Clinton, den israel. MP Ehud Barak und A. auf einem Nahostgipfel (Camp David II) zur Wiederaufnahme der Endstatusverhandlungen zu bewegen, ohne Ergebnis. Neben den Vorwürfen der Korruption, des Klientelismus und Menschenrechtsverletzungen wurde seit dem Beginn der sog. Al-Aqsa-Intifada (Sept. 2000) auch A.s Autorität unter den Paläst. in Frage gestellt. Territorial, pol. und funktional massiv eingeschränkt (Stand Juni 2002), steht A. unter dem v. a. milit. Druck der israel. Reg. von MP Sharon, extremistische Gruppen auch in den eigenen Reihen zu bekämpfen und die innere Sicherheit Israels zu gewährleisten.

Lit.: J. Wallach/J. Wallach, Jassir Arafat. Der lange Weg zur Versöhnung, München 1994; A. Gowers/T. Walker, Arafat. Hinter dem Mythos, Hamburg 1994; D. Rubinstein, Yassir Arafat. Vom Guerillakämpfer zum Staatsmann, Heidelberg 1996; G. Rotter/S. Fathi, Nahostlexikon. Der israelisch-palästinensische Konflikt von A–Z, Heidelberg 2001; H. Baumgarten, Arafat. Zwischen Kampf und Diplomatie, Berlin 2002. mr

Arbeiterwohlfahrt – Bundesverband e. V. *Nichtstaatl. Organisation (*VENRO), leistet in Zusammenarbeit mit dem Int. Arbeiterhilfswerk SOLIDAR sowie dt. und int. NGOs in ausgewählten EL *Sozialstruktur- und *Katastrophenhilfe. Partnerländer sind Indien, Philippinen, Nepal, Chile und Nicaragua. Zudem bestehen int. Fachaustauschprogramme mit *MOE-Ländern. Etat 1997: 1,8 Mio. € (Zuwendungen von *BMZ und EU, Spenden und Eigenmittel). Publikation: AWO-Magazin (monatl.). Adresse: Postfach 1149, 53001 Bonn. Internet: www.awo.org red

Arbeitsgemeinschaft Entwicklungsländer →AGE

Arbeitsgemeinschaft für Entwicklungshilfe e.V. →AGEH

Arbeitsgemeinschaft Kirchlicher Entwicklungsdienste →AG KED

Arbeitsgemeinschaft privater Entwicklungsdienste e. V. →APED

Arbeitsintensiv Als a. werden Technologie oder Produktion bezeichnet, wenn ein großer Anteil an menschlicher Arbeitskraft zur Herstellung von Gütern benötigt wird, hingegen wenig Maschineneinsatz. Gegensatz: *kapitalintensiv. dn

Arbeitskreis für medizinische Entwicklungshilfe →AKME

Arbeitskreis Lernen und Helfen in Übersee e.V. 1962 gegr. Dachorganisation der deutschen Freiwilligen- und E.-Dienst-Organisationen, die durch Entsendung von *Entwicklungshelfern *personelle Entwicklungshilfe leisten: *AGEH, Christliche Fachkräfte International e.V. (*CFI), *DED, *DÜ, *Eirene (Int. Christlicher Friedensdienst e.V.) und *Weltfriedensdienst e.V.; Publikationen: Informationsbrief, Veranstaltungskalender zur Friedensarbeit, LHÜ-Informationen.

Adresse: Thomas-Mann-Straße 52, 53111 Bonn. dn

Arbeitslosigkeit Eines der drängendsten E.-Probleme ist die wachsende A. in den EL, die aufs engste (kausal) mit *Armut verknüpft ist. Der fundamentale Unterschied zur A. in IL liegt darin, dass in EL kaum Sozialversicherungen bestehen. Die statistische Erfassung der Arbeitslosen bereitet einige Schwierigkeiten, da unter A. zwei Kategorien von Arbeitslosen verstanden werden: 1. die offene bzw. stationäre A., welche von den nat. Statistiken erfasst wird; 2. die versteckte (auch verdeckte) A.: Die vorhandene Arbeitskraft eines Beschäftigten wird nur zum Teil ausgenutzt. Es gibt verschiedene Formen versteckter A.: a) saisonale A.: Das Arbeitskräftepotenzial wird nur während der Bodenbestellungen und der Ernte voll ausgelastet; b) zyklische A.: Der Beschäftigungsgrad schwankt entsprechend den Nachfrageschwankungen (insbes. bei *Exportkulturen); c) stationäre A.: strukturelle Unterbeschäftigung mithelfender Familienangehöriger (insbes. im *Subsistenzsektor, auf *Minifundien). Diese drei Formen betreffen die Bev. im ländl. Raum. In den Städten tritt versteckte A. in Form von kleinerem Straßenhandel, Losverkauf, Schuhputzkolonnen etc. auf. Die versteckte A. übersteigt zahlenmäßig bei weitem die offene A., welche die EL als offizielle A. führen. Bereits 1980 lebten etwa in LA 60 % der Unterbeschäftigten in den Städten. Die Möglichkeiten dieser Menschen, Einkünfte aus Arbeit zu erzielen, die zur Befriedigung der *Grundbedürfnisse ausreichen, sind strukturell begrenzt. Unterbeschäftigung ist geradezu konsubstanziell mit Beschäftigung im *informellen Sektor verbunden, dessen arbeitende Arme zu über der Hälfte im Handels- und Dienstleistungsbereich unterkommen, zu einem Fünftel in der verarbeitenden Ind.

Aus mehreren Gründen verschlimmerte sich das Ausmaß der A. in den 1980er J. in der Dritten Welt. Hervorzuheben sind: 1) Das Bev.-Wachstum führte zu einem Anstieg der Zahl der Erwerbsfähigen, der von einem meist viel langsamer wachsenden Arbeitsmarkt nicht aufgefangen werden kann; 2) mit der E. des ind. Sektors sank die Arbeitsintensität der Produktion. Im Zusammenhang mit der *Urbanisierung entstand somit v. a. in den städt. Ind.-Zentren ein starker Beschäftigungsdruck. In den 1990er J. ergab sich eine Fortdauer der hohen A. infolge der nun in fast allen EL greifenden Pol. der *Strukturanpassung. Die ILO schätzte 1998, dass global ein Drittel der Weltarbeitskraft entweder arbeitslos (150 Mio.) oder unterbeschäftigt (750 bis 900 Mio.) war.

Angesichts des riesigen Ausmaßes des Problems blieb *Beschäftigung, seit Mitte der 1970er J. thematisiert, im Mittelpunkt e.-strategischer Überlegungen (→angepasste Technologie, Grundbedürfnisse, ländliche Entwicklung, ILO).

Lit.: ILO, World Employment Report 1998–99, Genf 1998. dn

ARF *Asian Regional Forum*, 1994 in Bangkok/Thailand gegr. sicherheitspol. Forum zum Abbau akuten Konfliktpotenzials i. S. einer «präventiven Diplomatie». Mitgl. (23): Neben den 10 *ASEAN-Mitgl. auch Australien, VR China, Indien, Japan, Kanada, Korea-Nord, Korea-Süd, Mongolei, Neuseeland und Papua-Neuguinea sowie Russland, die USA und die EU. red

Argentinien

Fläche (Tsd. qkm): 2766,9
Bev. (Mio.) 2001: 37,50
BNE pro Kopf (US-$) 2000: 7440
BIP (Mio. US-$) 2000: 285 437
LE (Jahre) 1999: 73,6
Analphabetenquote (%) 1999: 3
HDI 1999: 0,842 [Rangplatz von 162: 34]

A. ist hist. durch eine chronische pol. Instabilität gekennzeichnet: Hauptkontrahenten des internen Konflikts, der zahlreiche Regimewechsel zur Folge hatte, waren die seit 1930 immer wieder in den pol. Prozess eingreifenden Streitkräfte und die populistische Bewegung des Peronismus. Seit 1983 wird A. wieder demokrat. regiert. Unter dem 1989–99 reg. peronistischen Präs. Menem erfolgte ein markanter Bruch mit dem binnenmarktorientierten E.-Modell, das in seiner korporatistischen Variante nicht zuletzt durch die Peronisten geprägt worden war. Die marktwirtsch. Reformen der 1990er J. brachten freilich neben Stabilisierungserfolgen auch hohe Anpassungskosten mit sich. Ein nachhaltiger Erfolg der weltmarktorientierten *Strukturanpassung bleibt vorerst unsicher.

1. A. ist relativ dünn besiedelt. Wichtigste natürliche Ressource stellen die für Ackerbau und Viehwirtsch. nutzbaren Böden dar (ca. 82 % der Gesamtfläche). Mit 34 % ist der Anteil der Ind. am BIP im Vergleich mit anderen EL sehr hoch; 28 % der Erwerbstätigen sind in diesem Sektor beschäftigt. Die arg. Ind. ist jedoch weiterhin auf den Import von Grundstoffen, Halbfertigwaren und Investitionsgütern angewiesen und nur sehr begrenzt exportfähig. Bedeutendster Devisenbringer ist nach wie vor die Landw., vier Fünftel aller Exporterlöse entfallen auf landw. Produkte (v. a. Getreide, Rindfleisch). Im überdimensionierten staatl. Sektor sind ca. 30 % der Erwerbstätigen beschäftigt. Sowohl das BNE pro Kopf (2000: 7440 US-$) als auch die Lebenserwartung von über 70 J. stellen Spitzenwerte in LA dar. Ca. 95 % der Bev. können lesen und schreiben. A. besitzt eine trad. starke *Gewerkschaftsbewegung, die einheitsgewerkschaftlich organisiert und eng mit dem Peronismus verbunden ist. Die rel. breiten Mittelschichten (sie umfassen ca. 40 % der Bev.) sind pol. einflussreich. Kulturell orientierte sich A. stets an Europa, an Spanien und Italien, die die größten Kontingente der Einwanderer stellten, aber auch an Frankreich und v. a. an GB.

2. Anfang des 19. Jhs. gerieten die Interessen der arg. Eliten, die für den Freihandel optierten, in einen zunehmenden Gegensatz zu den Interessen der span. Kolonialmacht, die den Handel auf ihre eigenen Interessen zuschnitt. Zudem wurde A. durch die europ. Konflikte in Mitleidenschaft gezogen. Mit der Unabh.-Erklärung der «Vereinigten Provinzen von La Plata» am 9. Juli 1816 endete die seit Beginn der Besiedlung des Landes 1516 andauernde span. Kolonialherrschaft. In den 1820er J. wurde A.s Außenhandel auf GB ausgerichtet: Während der Diktatur des Generals J. M. Rosas (1829–52) wurde der neu aufgeflammte Bürgerkrieg zwischen Unitaristen und Föderalisten zugunsten Letzterer entschieden. Mit der weiteren Erschließung des Agrarpotenzials nach Rosas' Sturz und der fortschreitenden *Integration in den Weltmarkt wurde A. extrem von den Preisschwankungen der Exportmärkte abh. und geriet in mehrere Verschuldungskrisen. Die Sezession von Buenos Aires 1854 führte zu einem weiteren Bürgerkrieg, an dessen Ende die Verfassung von 1860 und die Gründung der *República Argentina* stand.

3. In der Phase 1875–1914 erlebte A. einen beispiellosen Aufstieg, der auf dem Erfolg seines Außenhandelsmodells

basierte. Von den komplementären Handelsbez. zu Europa, v. a. zu GB (Export von Agrarprodukten, Import ind. Fertigwaren), und der weiteren Erschließung des Agrarpotenzials profitierten in erster Linie die Agraroligarchie und die Handelseliten; die Form der Einbindung in den Weltmarkt brachte A. jedoch in externe Abh. Durch den rigorosen Freihandel wurde die eigene Fertigwarenproduktion der Konkurrenz europ. Importe ausgesetzt, die *Industrialisierung blieb daher im Wesentlichen auf den Agrarbereich beschränkt. Neue agrarwirtsch. Methoden und der Aufbau eines Eisenbahnnetzes mit Hilfe brit. Kapitals führten zu einem Exportboom. Durch die Einwanderung aus Europa bedingt, verdreifachte sich die Bev. 1857–90 auf 3,3 Mio. Zwischen 1871 und 1914 strömten weitere 5,9 Mio. ins Land. Etwa die Hälfte davon stammte aus Italien, ein Viertel aus Spanien. Um 1900 war Buenos Aires die größte Stadt LAs (mit einer Bev.-Zahl, die um das Sechsfache höher lag als 1854). Die im Zusammenhang mit der städtisch-bürgerlichen Revolte von 1890 (*Revolución del Noventa*) entstandene Partei *Unión Civica Radical* (UCR) forderte die Respektierung der Bürgerrechte und saubere Wahlen. Sie gewann rasch die Unterstützung der urbanen Mittelschichten, beteiligte sich jedoch nicht an den manipulierten Wahlen. Da nur etwa 5 % der Einwanderer die arg. Staatsbürgerschaft erwarben, verfügten etwa 65 % der Bev. nicht über das Wahlrecht. Erst 1912 wurde unter dem konservativen Präs. R. Saenz Peña das allg. Männerwahlrecht eingeführt und der Opposition erstmals eine parl. Vertretung zugestanden. Diese Wahlrechtsreform ermöglichte den Wahlsieg der Radikalen 1916. Nachdem 1914 das arg. Pro-Kopf-Einkommen über dem der Schweiz und gleichauf mit dem Deutschlands gelegen hatte, geriet der Außenhandel mit Beginn des 1. WK in eine Krise, da die Verbindungen nach Europa abrissen. Die Reg. unter Hipólito Yrigoyen war in erster Linie mit Krisenmanagement beschäftigt. Die sozialen Reformen waren alles andere als umwälzend und enttäuschten die Anhänger der Radikalen in der neu entstehenden städtischen Arbeiterschaft. Soziale Unruhen (Studentenrevolte 1918, «Tragische Woche» 1919) waren die Folge. Nach Kriegsende erholte sich die Wirtsch. wieder, und die Radikalen konnten zwei weitere Wahlen gewinnen. 1929/30 kollidierten die Reformversprechen jedoch erneut mit der Realität einer Wirtsch.-Rezession. Die Phase der UCR-Regierungen beendete am 6. Sept. 1930 ein Militärputsch mit dem Ziel, die konservative Ordnung zu restaurieren. Dies entsprach den Interessen der Exporteure der Pampa und der Großgrundbesitzer. Das Regime bemühte sich darum, die trad. Beziehungen zu GB wiederaufleben zu lassen. Mit dem Roca-Runciman-Vertrag (1933) erhielt GB umfangreiche Importprivilegien gegen die Zusicherung, weiterhin die gleichen Mengen arg. Rindfleischs abzunehmen. Mitte der 1930er J. setzte, zunächst nur im Bereich der Leichtind., wie z. B. der Textilproduktion und der Lebensmittelverarbeitung, eine *importsubstituierende Industrialisierung ein. Aufgrund von internen Meinungsverschiedenheiten übergaben die Militärs die Macht wieder einem Zivilisten, dem Konservativen M. Ortiz. Die durch den WK erzwungenen engeren Wirtsch.-Bez. zu den USA führten zu einer Partnerschaft, die sich von Beginn an problematisch gestaltete, da sich A. weigerte, der Pan-Amerikanischen Allianz beizutreten und den Achsenmächten den Krieg zu erklären.

4. Am 4. 6. 1943 ergriff das Militär erneut die Macht. Im anschließenden militärinternen Machtkampf setzten sich die Nationalisten um Kriegsmin. und Vizepräs. J. D. Perón gegen den trad. Flügel durch. Peróns «Sekretariat für Arbeit» unterstützte die Streikkassen der Gewerkschaften und griff in Arbeitskämpfe zu ihren Gunsten ein. Ziel dieser Pol. war die korporatistische Kanalisierung und Organisierung der Arbeiterbewegung, die in zahlreiche Richtungsgewerkschaf-

ten zersplittert war. Perón gelang es, die Mehrheit der größten Gewerkschaft *Confederación General del Trabajo* (CGT) hinter sich zu bringen. Als nach Demonstrationen der liberalen Opposition das Land sich am Rande eines Bürgerkriegs befand, wurde Perón seiner Ämter enthoben und festgenommen. Wenige Tage später, am 17. Oktober 1945, wurde er nach Protestmärschen der Arbeiterorg. wieder in die Ämter eingesetzt. Mit seinem Sieg bei den Präs.-Wahlen 1946 (54 % der Stimmen) begann eine Reformära: Einführung des geregelten Arbeitstages, bezahlter Urlaub, volle Legalisierung der *Gewerkschaften, Unfallversicherung. Weitere Maßnahmen waren die Anhebung der Mindestlöhne, die Bereitstellung billiger Wohnungen und die *Nationalisierung der brit. dominierten Eisenbahngesellschaften. Die importsubstituierende Ind. wurde massiv gefördert, wobei der staatl. Sektor stark zunahm, während die Landw., deren Besitzverhältnisse nicht angetastet wurden, stagnierte. Gleichwohl blieb A. weit vom Status eines ind. Selbstversorgers entfernt. Die Gewerkschaften wurden unter die Kontrolle des Dachverbandes CGT gebracht, der eine peronistische Führung erhielt. Auf die Frauenrechtskampagne der Präs.gattin Eva Perón, Kultfigur des Peronismus, ging die Einführung des Frauenwahlrechts 1947 zurück. Der *Populismus Peróns fand eine breite Zustimmung in der Bev. Bei den Kongresswahlen 1948 gewann die Peronistische Partei zwei Drittel der Sitze. Mit der Verfassung von 1949 verschaffte sich Perón das Recht, wiedergewählt zu werden. Wirtsch. geriet das Regime Ende der 1940er J. in wachsende Schwierigkeiten: Da die Landw. stagnierte und die Ind. noch keine Exportfähigkeit erlangt hatte, gerieten Handels- und *Zahlungsbilanz ins Defizit. Der wachsenden Kritik begegnete Perón mit schärferer Repression. Bei den manipulierten Präs.-Wahlen 1951 erhielt er angeblich 62 % der Stimmen. Die Landw. und der Export wurden nun wieder gefördert. Die korporatistische Zusammenfassung breiter gesellsch. Bereiche in große Verbände und die damit einhergehende Bürokratisierung sollten der Festigung der Herrschaft Peróns dienen. Nach Massendemonstrationen der Regimegegner und Interventionen des Militärs wurde am 31. August 1955 der Ausnahmezustand verhängt. Am 16. September brachen Militärrevolten aus, Perón trat zurück und floh ins Exil. Nach zweijähriger Militärherrschaft folgte eine Phase, während der die Grundrechte respektiert wurden und Rechtsstaatlichkeit herrschte, die Kompetitivität jedoch durch das Verbot der Peronisten, die im Untergrund weiterhin stark blieben, eingeschränkt war. Die aus den Reihen der Radikalen stammenden Präs. A. Frondizi (1958–62) und A. Illia (1963–66) wurden jeweils in ihrem letzten Amtsjahr durch Staatsstreiche des Militärs abgesetzt, als sie versuchten, den Peronismus wieder zu legalisieren. Das neue Militärregime (1966–73), zunächst unter General Onganía, verfolgte ein konventionelles Modernisierungsprojekt, das jedoch nach dem spontanen Aufstand in Córdoba (*El Cordobazo*, 1969) zunehmend in Frage gestellt wurde. Nach anfänglichen Erfolgen geriet die Wirtschaftspol. der Junta – weite Öffnung für ausl. *Investitionen, Inflationsbekämpfung, Lohnstopp – in die Krise. Die peronistische *Guerilla (*Montoneros*), die den Peronismus nationalrevolutionär interpretierte, trat mit einer Serie von Attentaten hervor. Unter dem Druck von Massenprotesten und Wirtschaftskrise sah sich das Regime veranlasst, den Bann des Peronismus aufzuheben, der in den 18 J. des Verbots (*Proscripción*) zu einer äußerst heterogenen Oppositionsbewegung geworden war und Rückhalt in der Arbeiterschaft, aber auch bei den besitzenden Mittelschichten besaß, die sich von der Rückkehr Peróns die Wiederherstellung von Ruhe und Ordnung erhofften. Bei den Wahlen 1973 erhielten die Peronisten unter H. Cámpora (gegen eine Kandidatur Peróns selbst hatte die Armee ihr Veto eingelegt) 49 % der Stimmen, die Radikalen unter Balbín nur 21 %. Als Perón im Juni 1973 aus dem span. Exil nach Buenos Aires zurückkehrte, war sein Empfang durch Schießereien zwischen *Montoneros* und Gewerkschaftern überschattet. Die Präs.-Wahlen im Sept., nach dem Rücktritt des Interimspräs. Cámpora, brachten Perón einen Sieg von 60 %, seine dritte Frau M. E. «Isabel» Martínez de Perón wurde Vizepräs. Der Untergrundkrieg zwischen linken und rechten Terrorgruppen sowie die gezielte Ermordung von Gewerkschaftsführern durch die *Montoneros* gingen weiter. Perón verfolgte erneut ein korporatistisches Konzept; die revolutionäre Linke war zwar ein willkommenes Instrument zur Wiedergewinnung der Macht gewesen, nun wurde sie jedoch zum destabilisierenden Faktor. Nach Peróns Tod am 1. Juli 1974 übernahm Isabel Perón die Regierung. Das Land versank nun rasch vollends in einem Chaos aus Bürgerkrieg und Wirtschaftskrise. Das Militär schaltete sich in die Bekämpfung der Guerilla ein.

5. Erst als die Reg. I. Perón vollständig gescheitert war, ergriff das Militär am 24. März 1976 die Macht, was der Junta unter General J. R. Videla eine einzigartige Machtposition verschaffte. Durch die brutale Repression, die alles bisher Erlebte übertraf, verlor das Regime jedoch die Unterstützung der Mittelschichten, die zunächst die Beendigung des Chaos begrüßt hatten. Parteien, Gewerkschaften und Verbände wurden seit 1976 verboten, weite Teile der Opposition exiliert. Die Bekämpfung der «Subversion» wurde zum Vorwand, neben der Guerilla auch andere Oppositionelle und deren Angehörige zu beseitigen. Ziel des Militärregimes war es, die pol. und wirtsch. Grundbedingungen der vorhergehenden 33 J. auf Dauer zu verändern. Eine extreme Freihandelspol. sollte das trad. Außenhandelsmodell wiederbeleben, ein orthodoxer *Monetarismus die Inflation bekämpfen. Privatisierungen sollten den Wettbewerb stärken und Anreize für ausl. Investitionen schaffen. Dieses Programm hatte hohe soziale Kosten (*Arbeitslosigkeit, sozialer Abstieg von Teilen der Mittelschichten), die beabsichtigten Erfolge blieben jedoch aus, weil sich die Bedingungen im int. System gegenüber den Zeiten des rel. Erfolgs des trad. Modells stark gewandelt hatten. Die eingeschränkten Exportchancen, der andererseits erleichterte Import hatten wachsende Zahlungsbilanzdefizite zur Folge. Die zunehmenden Importe setzten die einheim. Ind. unter Druck. Das Ausbleiben der *Direktinvestitionen ließ die Zahlungsbilanz ins Defizit rutschen. Zwischen Dez. 1979 und März 1981 wuchs die Auslandsverschuldung von 8,5 Mrd. auf 25,3 Mrd. US-$. Das Wirtschaftsmodell der Militärs war gescheitert. Im Nov. 1981 löste General L. Galtieri seinen nur ein Jahr amtierenden Vorgänger General R. Viola als Präs. ab und kündigte eine Öffnung an. Als auch dies den Autoritätsverfall des Regimes nicht aufhalten konnte, versuchten die Militärs unter der Präsidentschaft von General L. F. Galtieri durch die spektakuläre Besetzung der Falklands/Malvinas am 1. April 1982, die Bev. hinter sich zu bringen. Mit der Niederlage im Krieg gegen GB war das Regime endgültig diskreditiert (*Falkland/Malvinas-Konflikt). Unter dem neuen Präs. General R. Bignone verhandelten die Militärs mit der in der *Multipartidaria* zusammengeschlossenen demokrat. Opposition über die Bedingungen für den Rückzug in die Kasernen, während gleichzeitig Massenkundgebungen und Streiks eine *Demokratisierung forderten. Schließlich kam man überein, die verfassungsmäßige Ordnung von 1860 wiederherzustellen.

6. Am 30. Oktober 1983 fanden erstmals wieder freie Präs.- und Parl.-Wahlen statt, die die UCR überraschend gewann: Sie erhielt die Mehrheit im Abgeordnetenhaus, und ihr Kandidat R. Alfonsín wurde mit 52 % der Stimmen Präs.; erstmals wurden somit die Peronisten in freien Wahlen besiegt. Der von vielen Hoffnungen getragene demokrat. Aufbruch A.s

war jedoch von Beginn an mit der Erbschaft der Vergangenheit belastet: Das Militär machte keinen Hehl aus seiner Skepsis gegenüber der Demokratie und reklamierte das Verdienst für sich, im «schmutzigen Krieg» das Land vor einem komm. Umsturz bewahrt zu haben. Die Gewerkschaften, erneut einer der wichtigsten Machtfaktoren, blieben peronistisch dominiert und hierarchisch strukturiert: alle Versuche der Reg. Alfonsín, sie zu reformieren, scheiterten am mehrheitlich peronistischen Senat. Die wirtsch. Lage besserte sich nicht. Nachdem die Reg. zunächst die Löhne angehoben und den Gläubigern gegenüber eine harte Verhandlungsposition eingenommen hatte, schlug Alfonsín am 14. Juni 1985 mit dem *Plan Austral* einen harten Sanierungskurs ein. Mit einem Einfrieren von Löhnen und Preisen sollte die Inflation bekämpft werden, Privatisierungen und eine Straffung des aufgeblähten öfftl. Dienstes sollten den Haushalt konsolidieren und den sklerotischen Zustand der arg. Wirtsch., v. a. der Ind., aufbrechen, die Einführung einer neuen Währung (Austral statt Peso) den Wechselkurs stabilisieren. Der Plan fand zunächst ein positives Echo in der Bev. (die Radikalen gewannen die Kongresswahlen vom Okt. 1985). Nach einem kurzfristigen Absinken der Inflationsrate lag sie im ersten Halbjahr 1988 bei über 300 %. Die Schuldenlast betrug zum gleichen Zeitpunkt 56 Mrd. US-$, ihre Bedienung verschlingt nach wie vor fast 50 % der Exporteinnahmen. Die Exportsteigerungen wurden z.T. durch sinkende Weltmarktpreise zunichte gemacht. Durchschlagende Resultate in den Verhandlungen mit Gläubigern, *IWF und *Weltbank blieben aus. Privatisierungen und verbesserte Bedingungen für ausl. Investoren führten jedoch zu begrenzten Erfolgen. Die Wirtschaftspol. Alfonsíns wurde von den Gewerkschaften scharf bekämpft. Die Verbrechen gegen die *Menschenrechte blieben ein Hauptthema in der arg. Öffentlichkeit. Die Justiz wurde über das zu erwartende Maß hinaus aktiv: Während des Prozesses gegen die Junta-Chefs Videla, Viola und Galtieri 1985 wurden über 1000 Zeugen vernommen und lebenslängliche Haftstrafen verhängt. Als die Unruhe im Militär immer mehr wuchs, wurde auf Initiative der Reg. im Dez. 1986 das *Punto Final*-Gesetz verabschiedet, das vorsah, nach einer zweimonatigen Frist keine weiteren Ermittlungsverfahren wegen der Menschenrechtsverletzungen mehr einzuleiten. Während einer Militärrebellion in der Osterwoche 1987 zeigte die Bev. zwar, dass sie hinter der Demokratie stand, aber die Schwierigkeiten, die Meuterei zu beenden, verdeutlichten die Unzufriedenheit im Militär. Ein Gesetz entlastete wenig später die unteren und mittleren Offiziersränge wegen Befehlsnotstands. Trotzdem kam es zu zwei weiteren Militärerhebungen im Jan. und im Dez. 1988. Die Peronisten erstarkten erneut und schlugen nach einer konstruktiven Phase wieder einen konfrontativen Oppositionskurs ein. Sie konnten die Kongress- und Gouverneurswahlen im Sept. 1987 gewinnen. Bei den Präs.-Wahlen am 14. Mai 1989 erzielte der Peronist C. Menem, der sich innerparteilich gegen den Erneuerungsflügel durchgesetzt hatte, 47 % der Stimmen und damit die abs. Mehrheit im Wahlmännergremium. Im Widerspruch zu seinen Ankündigungen im Wahlkampf setzte Menem auf eine *neoliberale Wirtschaftspol., die in klarer Abgrenzung zur peronistischen Tradition stand. Der stabilisierungspol. Durchbruch kam im Febr. 1991 mit dem Amtsantritt von D. Cavallo als neuem Wirtsch.min. und der Verabschiedung eines Stabilisierungsplanes. Seine Grundmaßnahme bestand in der Koppelung der Landeswährung zu einer 1:1-Parität an den US-Dollar (Ley de Convertibilidad vom 1. April 1990), abgesichert durch Devisenreserven der Zentralbank. Durch dieses Programm sieht sich der Staat seither zu Währungsdisziplin gezwungen. Das Staatsdefizit kann nicht mehr – wie einst üblich – mit Inflation, d. h. mit Geldschöpfung finanziert werden. Die neoliberale Wirtschaftspol. der Reg. Menem übertraf an Rigorosität hinsichtlich der Privatisierungen und der antiinflationären Maßnahmen die seines Vorgängers und zeigte insofern Erfolge, als die Inflation von 1989: 4624 % auf 1992: 18 % gesenkt und die Wirtsch. wieder auf Wachstumskurs gebracht werden konnte (BIP/Kopf-Veränderung 1989: –7,5 %; 1992: 4,8 %). Die sozialen Kosten (z. B. steigende Arbeitslosigkeit) waren allerdings erheblich. In der Folge der mexikanischen Währungskrise («Tequila-Effekt») kam es 1995/96 zu einem Abzug der kurzfristigen Portfolio-*Investitionen und zu einem Wachstumseinbruch (1995: 2,5 %). Nichtsdestotrotz wurde Menem nach der mit der oppositionellen UCR vereinbarten Verfassungsreform, die eine Wiederwahl des Präs. gestattete, im Mai 1995 für eine zweite Amtszeit von 4 J. gewählt, was allg. als Votum für eine Fortsetzung des Reformkurses gedeutet wurde. Erst nach der Entlassung von Wirtsch.min. Cavallo im Juli 1996 sorgte die andauernde Rezession für eine deutlich zurückgehende Zustimmung seitens der Bev. Bei den Teilwahlen vom Okt. 1997 verloren die Peronisten, die ca. 36,3 % der Stimmen erzielten, die abs. Mehrheit im Abgeordnetenhaus, blieben aber mit 46,7 % der Sitze die stärkste pol. Kraft und konnten auch ihre abs. Mehrheit im Senat verteidigen. Der neue Wirtsch.-min. R. Fernández hielt am Kurs seines Vorgängers fest. 1998 ließ sich erneut eine konjunkturelle Abschwächung der Wirtsch. feststellen, die sich Anfang 1999 als Folge der krisenhaften E. in Brasilien akzentuierte.

7. Bei den Präs.-Wahlen vom 24. 10. 1999 gewährten die Argentinier F. de la Rúa, dem Kandidaten der ALIANZA, des Bündnisses aus UCR und FREPASO, mit 48,5 % der Stimmen den Wahlsieg unter der Bedingung, dass am «Wirtschaftsmodell» nichts geändert würde und nur die bisher defizitäre Sozialpol. aktiviert, neue Arbeitsplätze geschaffen sowie der Korruption im Staat und der Kriminalität auf den Straßen Einhalt geboten würde. Von einer Verwirklichung oder auch nur Annäherung an diese Vision kann in der Praxis jedoch keine Rede sein. Bereits bei den Parl.-Wahlen von Okt. 2001 brachten die Argentinier ihre andauernde Unzufriedenheit mit den pol. Parteien zum Ausdruck: Die leeren und ungültigen Stimmen bildeten die rel. Mehrheit gegenüber den gültig abgegebenen Stimmen. Im März 2001 kündigte die Reg. ein neues Sparprogramm an, das die Reg.-Koalition insofern schwächte, als es zum Rücktritt einer Reihe von Min. und Parteiführern des FREPASO führte. In der Unfähigkeit der Reg., der kritischen Wirtschaftslage Herr zu werden, ernannte De la Rúa Cavallo zum Wirtschaftsmin., den Autor des Convertibilidad-Plans unter der Reg. Menem. Die als Einlenkungsversuch getroffenen wirtsch. Maßnahmen, die u. a. in der extremen Einschränkung des Zugriffs auf das eigene Kontoguthaben der Bürger bestand (Dez. 2001), um den Zusammenbruch des Finanzsystems zu verhindern, waren der Tropfen, der das Fass zum Überlaufen brachte. Innenpol. führten Plünderungen von Supermärkten, gewalttätige Protestaktionen, Streiks und Massenmobilisationen zum Rücktritt zunächst des Wirtschaftsmin. und einige Tage später des Präs. Außenpol. sah sich Argentinien mit der Unmöglichkeit konfrontiert, die Kreditbedingungen des IWF erfüllen zu können, worauf die int. Org. mit dem Einfrieren der Kreditzuteilung reagierte. Inmitten einer tief greifenden pol. und ökon. Krise erlebte Argentinien innerhalb von zwölf Tagen fünf Präs. im Amt, wenn man die Präs. von Senat und Abgeordnetenkammer, R. Puerta und E. Camaño, mit berücksichtigt, die jeweils für wenige Stunden kommissarisch an der Spitze des Staates standen. Zuletzt trat Interimspräs. A. Rodríguez Saa zurück, weil ihm die meisten peronistischen Gouverneure die Gefolgschaft versagt hatten. Ihm folgte der Peronist E. Duhalde, der voraussichtlich bis Sept. 2003 die Präsidentschaft innehat.

8. Während Verhandlungen mit dem IWF liefen (2002) und die arg. Öffentlichkeit

vorgezogene Präsidentschafts- und Parlamentswahlen diskutierte, ergab eine Zwischenbilanz der Krise folgende Daten: Das BNE fiel um 15 %, die Arbeitslosigkeit erhöhte sich auf 25 % (mit einem durchschn. monatl. Zuwachs von 2 %-Punkten). Die arg. Verschuldung gegenüber dem IWF erreichte 13,9 Mrd. US-$. Der Armutszuwachs sowie der Anteil der Bev. unter der Armutsgrenze erreichten einen hist. Rekordwert.

Lit.: P. Waldmann, Der Peronismus 1943–1955, Hamburg 1974; P. G. Snow, Political Forces in Argentina, New York 1979; G. Wynia, La Argentina de Posguerra, Buenos Aires 1986; D. Rock, Argentina 1516–1987. From Spanish Colonization to the Falklands War and Alfonsín, London 1987; G. di Tella/R. Dornbusch (Hg.), The Political Economy of Argentina 1946–83, Houndsmill 1989; D. Nohlen/L. De Riz (Hg.), Reforma institucional y cambio politico, Buenos Aires 1991; P. Waldmann, Argentinien, in: HDW III, 2, 1995, S. 146ff.; D. Nolte/N. Werz (Hg.), Argentinien: Politik, Wirtschaft, Kultur und Außenbeziehungen, Frankfurt a. M. 1996. hb/cz

Arias Sánchez, Oscar Geb. am 13. 9. 1941 in Heredia bei San José/Costa Rica, erhielt 1987 für seine Friedensbemühungen in Zentralamerika den *Friedensnobelpreis. Der Arias-Plan bildet die Grundlage des Esquipulas-II-Abkommens (→Zentralamerika-Konflikt). A. studierte in San José Jura, in London Politikwiss. und promovierte 1975 in Essex. Schon in seiner Jugend trat er dem *Partido Liberación Nacional* (PLN) bei, war 1972 bis 1977 cost. Planungsmin., 1978 bis 1981 Abg. im Parlament. 1979 wurde er zum Generalsekretär des PLN gewählt; von 1986 bis 1990 Staatspräs. Costa Ricas. mik

Armenien

Fläche (Tsd. qkm): 29,8
Bev. (Mio.) 2001: 3,80
BNE pro Kopf (US-$) 2000: 520
BIP (Mio. US-$) 2000: 1914
LE (Jahre) 1999: 74,5
Analphabetenquote (%) 1999: 2
HDI 1999: 0,745 [Rangplatz von 162: 72]

Nachdem A. nach dem 1. WK bis zur Besetzung durch die Rote Armee 1920 und die darauf folgende Eingliederung des Territoriums in die SU ein souveräner Staat gewesen war, wurde das Land mit dem Zerfall der UdSSR Ende 1991 zum zweiten Mal im 20. Jh. unabhängig. A. gehört der Gemeinschaft Unabhängiger Staaten (GUS) an und wird seit 1. 1. 1994 vom *DAC als EL geführt.

1. Der flächenmäßig kleinste Nachfolgestaat der SU (Hs. Eriwan mit 1,2 Mio. Ew.) umfasst den NO-Teil des Ararat-Hochlandes zwischen Anatolien, dem Iran, dem Kaukasus und der mesopotamischen Tiefebene. Insb. der kaukasische Landesteil im N ist stark erdbebengefährdet: So forderte das letzte größere Erdbeben im Dez. 1988 mehr als 25000 Todesopfer. Das trockene Kontinentalklima und die Bodenbeschaffenheit bilden insg. ungünstige Bedingungen für die landw. Nutzung, sodass A. zur Deckung des Eigenbedarfs Nahrungsmittel einführen muss. Das *Binnenland verfügt über eine Reihe von natürl. *Ressourcen (Basalt, Granit, Marmor, Buntmetalle). Da die Eigenvorkommen fossiler Brennstoffe noch nicht erschlossen sind, ist A. auf den Import von Erdöl aus Russland sowie von Erdgaslieferungen aus Turkmenistan angewiesen, die jedoch während des Karabach-Konfliktes (→Aserbaidschan) unterbrochen waren. Die Bev.-Struktur A.s unterscheidet sich nicht nur durch ihre rel. hohe Siedlungsdichte (110,5 Ew./qkm) von den meisten anderen GUS-Staaten, sondern zeichnet sich auch durch eine ungewöhnliche Homogenität aus: So gehörten 2002 ca. 93,3 % der Bev. der Titularnation an, Russen (1,5 %) und Kurden (1,7 %) bilden die größten Minderheitsgruppierungen, nachdem fast alle Aseris wegen des Konflikts mit Aserbaidschan das Land verlassen haben; zudem dominiert in A., das bereits 301 n. Chr. als erstes Land das Christentum als Staatsreligion übernommen hat, in konfessioneller Hinsicht nach wie vor eindeutig die Arm.-Apostolische Kirche, der über 90 % der Bev. angehören. Hinsichtlich des Bildungsniveaus stand A. an der Spitze der Sowjetrepubli-

ken. Ein Ergebnis der äußerst wechselvollen Geschichte des Landes ist die Tatsache, dass über die Hälfte der Armenier außerhalb A.s lebt (v. a. in GUS-Staaten, aber auch in Westeuropa und den USA).
2. A. zählte zu den hochind. Rep. der SU und wies bis Mitte der 1980er J. eine prosperierende Wirtsch. auf: Noch 1987 wurden ca. 50 % des BIP exportiert (v. a. Maschinen und elektronische Geräte). Infolge des schweren Erdbebens von 1988 und des gravierenden Energiedefizits, das durch die Handelsblockade gegen A. nach Beginn des Karabach-Konfliktes verursacht wurde sowie dem Zusammenbruch der sowjetischen Strukturen, kam es jedoch zu einem drastischen Rückgang der Produktion, sodass das BIP 1993 nur mehr 37 % des Niveaus von 1989 ausmachte. Auch die Wirtsch.-Struktur änderte sich grundlegend: Machte der landw. Sektor 1989 nur 14,4 % des BIP aus, so stieg dieser Anteil auf 48 % (1994), sank seither aber wieder auf unter 30 % (2000); Hauptexportgüter sind derzeit Rohstoffe (Edelsteine, Metalle). Seit der erneuten Inbetriebnahme des Atomkraftwerks Medsamor 1995 ist die Energiekrise weitgehend behoben, wegen der großen Erdbebengefahr allerdings um den Preis des Risikos eines Reaktorunfalls. Eines der größten Probleme des Landes ist die starke Abwanderung aufgrund der schlechten Wirtschaftslage.
Nachdem die Reg. sich mit Erfolg um ausl. Investitionen und den Ausbau der Handelsbez. bemüht und ökon. Stabilisierungsmaßnahmen eingeleitet hatte, zeigten sich Mitte der 1990er J. erste positive E.-Tendenzen: Waren die Verbraucherpreise zwischen 1992 und 1995 um das 5000fache gestiegen, kam die Inflationsrate der 1993 eingeführten Währung Dram seit 1995 (1990–95: 1685 %, 1996–2000: 8,3 %) allmählich zum Stillstand. Auch das staatl. Haushaltsdefizit ist mit 5,2 % (1999) rückläufig (1996: 7,6 %). Problematisch ist allerdings das aufgrund der enormen Schattenwirtsch. (ca. 70 % der ökon. Aktivitäten) nach wie vor unzureichende Steueraufkommen. Mittlerweile gehört A. mit einem gesch. durchschn. Wirtsch.-Wachstum von 5,5 % (1996–2002) zu den dynamischsten Ökonomien innerhalb der GUS-Staaten, wobei zu beachten ist, dass dieses Wachstum von einem sehr geringen Niveau ausgeht. Die Auslandsverschuldung ist unverändert hoch (2000: 959 Mio. US-$). Die Privatisierungspol., die bereits unmittelbar nach der staatl. Unabh. eingeleitet wurde, kann als eine der fortschrittlichsten innerhalb der GUS gelten. Während die Entstaatlichung in der Landw. weitgehend abgeschlossen ist, konnte im gewerblichen Bereich, v. a. bei den Großunternehmen, der angestrebte Zeitplan nicht eingehalten werden.
3. Die Prozesse der staatl. Unabh.-Werdung und *Demokratisierung A.s waren wesentlich von dem Konflikt um die mehrheitlich von Armeniern bewohnte Enklave Berg-Karabach geprägt, die seit 1921 der Hoheit Aserbaidschans untersteht. Auf die Sezessionserklärung Karabachs im Febr. 1988 hin wurden in Eriwan Demonstrationen organisiert, bei denen neben nat. Parolen auch demokrat. Forderungen artikuliert wurden. Während nach der Eskalation des Konfliktes A. die Karabach-Armenier im Kampf gegen die Aseris unterstützte, stellte sich innerhalb des Landes die «Armenische Allnationale Bewegung» (HHSh) an die Spitze der nat. gefärbten Demokratiebewegung und errang bei den Parl.-Wahlen im Mai 1990 einen klaren Sieg über die Komm. Partei. Nachdem A. nicht an dem von Gorbatschow initiierten Referendum über den Erhalt der SU im März 1991 teilgenommen hatte, votierten im Sept. 1991 in einer Volksabstimmung über 99 % der Teilnehmer für die Unabh. Im Okt. 1991 wurde der Führer der HHSh L. H. Ter-Petrosjan zum Präs. gewählt. Die Haltung in der Karabach-Frage war jedoch auch innenpol. weiter relevant und entwickelte sich zum Hauptgegenstand der Auseinandersetzung zwischen der Reg. und der oppositionellen «Armenisch Revolutio-

nären Föderation» (*Daschnakzudjun*), die ein restriktiveres Vorgehen gegen Aserbaidschan forderte. Ende 1994 wurde die Revolutionäre Föderation von Ter-Petrosjan wegen angeblicher illegaler Verbindungen zur arm. Diaspora und terroristischer Aktivitäten verboten. Wegen des Parteienverbots wurden auch die Parl.-Wahlen vom Juli 1995, bei denen das präs.-freundliche Wahlbündnis «Republikanischer Block» siegte, von der «Organisation für Sicherheit und Zusammenarbeit in Europa» (OSZE) als nicht fair bezeichnet. Gleichzeitig wurde per Referendum eine neue Verfassung angenommen, die eine starke Stellung des Präs. festschreibt. Massive Vorwürfe über Wahlbetrug wurden auch nach den Präs.-Wahlen im Sept. 1996 laut, bei denen sich Ter-Petrosjan durchsetzte. Nachdem Ter-Petrosjan wegen zunehmender innenpol. Spannungen infolge des Karabach-Konflikts zurückgetreten war, wurde der aus Berg-Karabach stammende R. Kotscharjan im März 1998 zum Präs. gewählt. Bei den Parl.-Wahlen vom Mai 1999 siegte der postkomm. Wahlblock «Einheit». Am 27. 20. 1999 erschossen fünf Attentäter den Ministerpräs., den Parlamentspräs. sowie einen Min. und fünf Abg. mit der Begründung, dass die Reg. für den beispiellosen wirtsch. und sozialen Niedergang des Landes verantwortlich sei. Diese Krise wie auch die häufigen Reg.-Wechsel der letzten Jahre überstand das Land, ohne ins Chaos abzugleiten.

4. Obwohl das anfänglich positive Image A.s im Hinblick auf eine demokrat. E. in den letzten J. stark gelitten hat, gilt das Land im Vgl. zu seinen kaukasischen Nachbarn (Georgien, Aserbaidschan) immer noch als innenpol. stabil. Dies erklärt auch – neben der einflussreichen Lobby arm. Org. im Ausland – die rel. hohen Hilfeleistungen seitens westl. Länder: So erhielt A. 1997 ca. 20 % des ges. Hilfspakets der US-Reg. für die GUS (640 Mio. US-$). Die wirtsch. E. des Binnenlandes wird allerdings mit davon abhängen, inwieweit es gelingt, die – hist. belasteten – außenpol. Bez. zu den Nachbarstaaten Türkei und Aserbaidschan auf eine kooperative Zusammenarbeit hin zu gestalten. Armenien ist seit Jan. 2001 Mitgl. des Europarats.

Lit.: R. Götz/U. Halbach, Politisches Lexikon GUS, 3. Aufl., München 1996; T. Hofmann, Annäherung an Armenien: Geschichte und Gegenwart, München 1997; A. Manutscharjan, Das Regierungs- und Parteiensystem Armeniens, in: G. Mangott (Hg.), Brennpunkt Südkaukasus. Aufbruch trotz Krieg, Vertreibung und Willkürherrschaft?, Wien 1999, S. 19–60.

fg/rm

Armut 1. Die Diskussion über A. als Merkmal und Strukturdatum von UE hat in der Mitte der 1970er J. durch die Feststellung einer wachsenden abs. Verarmung und die Herausarbeitung eines entsprechenden Konzepts der abs. A. eine neue Dimension erhalten. Unter relativer A. wird das Wohlstandsgefälle zwischen IL und EL und innerhalb der EL zwischen den Regionen und sozialen Schichten (→Einkommensverteilung) verstanden. Der damalige Weltbankpräsident, R. McNamara, definierte abs. A. in seiner wegweisenden Rede Sept. 1973 in Nairobi/Kenia wie folgt: «Absolute A. (...) ist durch einen Zustand solch entwürdigender Lebensbedingungen wie Krankheit, Analphabetentum, Unterernährung und Verwahrlosung charakterisiert, daß die Opfer dieser A. nicht einmal die grundlegendsten menschlichen Existenzbedürfnisse befriedigen können. Verhältnismäßig wenige Menschen in den entwickelten Ländern, jedoch Aberhunderte Mio. Menschen in den EL (...) leiden unter diesen unmenschlichen Lebensbedingungen (...): – Ein Drittel bis zur Hälfte der 2 Mrd. Menschen in den EL hungern oder leiden an Unterernährung; – 20 bis 25 % der Kinder dort sterben vor dem 5. Geburtstag; die nicht sterben, sind zu einem armseligen Dasein verdammt, weil als Folge von Unterernährung ihre Gehirne geschädigt, ihre Körper verkrüppelt und ihre Lebenskraft erschöpft wurden; – die LE beträgt 20 Jahre weniger als in den wohlhabenden Ländern. Mit anderen Worten: Menschen in den EL werden

30 % der Lebensjahre verweigert (...). Schon bei Geburt sind diese Menschen zu einem frühen Tod verurteilt; – 800 Mio. Menschen sind Analphabeten, und die Mehrzahl ihrer Kinder werden trotz des wachsenden Ausbaus des Erziehungswesens in den kommenden Jahren Analphabeten bleiben (...). Diese Bedingungen sind so weit verbreitet, daß sie das Los von etwa 40 % der Menschen in den EL bestimmen.»

2. Quantitative Daten zum Ausmaß der A. in der Dritten Welt gelten als äußerst unsicher. 1990 wurde der Anteil der «absolut Armen» an der ges. Bev. für Südasien auf 49,0 %, für Ostasien auf 11,3 %, das subsahar. Afrika auf 47,8 % und für LA auf 25,5 % geschätzt. Für 1998 gibt die *Weltbank die Zahl der in abs. Armut lebenden Menschen mit insg. 1,3 Mrd. bzw. ein Viertel der Weltbev. an. Die Armen konzentrieren sich auf Südasien (ca. 510 Mio.) und Südostasien (ca. 450 Mio.). In Afrika sind 220 Mio. und in LA 130 Mio. zu Hause.

Versch. Institutionen haben sich um weitere Differenzierung des Konzepts der A. und um die Bestimmung von Armutsgrenzen bemüht – Voraussetzung für eine zielgerichtete Pol. der Bekämpfung von Armut. Die *IDA hat fünf Kern-*Indikatoren der abs. A. entwickelt und die Armutsgrenze quantitativ wie folgt bestimmt: jährl. *Pro-Kopf-Einkommen unter 150 US-$; tägl. Kalorienverbrauch unter 2160 bis 2670 Einheiten je nach Land; LE unter 55 J.; Kindersterblichkeit über 33 pro T.; Geburtenrate über 25 pro T. Einfacher ist der *Physical Quality of Life Index* (PQLI) mit den Indikatoren Lebenserwartung, Säuglingssterblichkeit und Alphabetisierungsrate (→Indikator). Die *ILO sieht zwei Armutsgrenzen. «Die eine wird mit dem Durchschnittsverdienst eines ungelernten Arbeiters in einem Großbetrieb der verarbeitenden Ind. Indiens gleichgesetzt (‹sehr arm›); die andere entspricht einem Einkommen im Gegenwert von einer Rupie (Gegenwert etwa 25 Pfennig pro Tag = ‹völlig verarmt›).» Mit Hilfe der Kosten eines typischen ‹Warenkorbes› lassen sich entsprechende Einkommenswerte in anderen Ländern errechnen. Da abs. einkommens- bzw. vermögensbezogene A.-Schätzungen als extrem unzuverlässig gelten, favorisiert eine neuere Studie der Weltbank sog. *food adequacy standards* als wichtige A.-Indikatoren. Menschen werden als abs. arm bezeichnet, die mehr als 70 % ihres Einkommens für die Ernährung aufwenden müssen und häufig Hunger leiden (Kaloriengrenze: 2250 Einheiten). Menschen, die mehr als 80 % ihres Einkommens für die Ernährung aufwenden müssen und dabei von schwerer Unterernährung bedroht sind, werden als «ultra-arm» klassifiziert.

3. In der int. e.-pol. Diskussion erhielt das zentrale Thema der Armutsbekämpfung zu Beginn der 1990er J. insofern eine neue Dimension, als von den int. Finanzinstitutionen bei der Formulierung von *Strukturanpassungsprogrammen (SAPs) soziale Belange in die bisher rein makroökon. Orientierung integriert wurden. Hierbei wurde Anpassung als Baustein zu einer neuen Strategie verstanden, die die Förderung von marktorientiertem Wirtsch.-Wachstum und Armutsbekämpfung in eine enge Wechselbez. stellt. Die gedanklichen Grundlagen dieser Strategie der Armutsbekämpfung in den EL wurden in dem dem Thema «Armut» gewidmeten *Weltentwicklungsbericht 1990 der *Weltbank zusammengefasst. Das Weltbankkonzept basiert auf zwei Elementen: a) Förderung der produktiven Nutzung der Arbeitskraft der Armen, die diesen ermöglichen soll, die durch Wachstum entstehenden Einkommensmöglichkeiten auch wahrzunehmen, und b) die Bereitstellung grundlegender sozialer Leistungen für die Armen, wie Grundversorgung im Gesundheitsbereich, Familienplanung, Ernährung und Grundschulbildung. Als drittes Element sind kurzfristige soziale Kompensationsprogramme für die verwundbaren sozialen Gruppen vorgesehen (*vulnerable groups*). Folglich soll es nicht mehr darum gehen, lediglich die sozialen Kosten der

Anpassung zu verringern und für die betroffenen Bevölkerungsgruppen entsprechend abzufedern (→kompensatorische Maßnahmen der Strukturanpassung). Vielmehr soll nunmehr die Bekämpfung der Armut als Querschnittaufgabe der EP verstanden werden.

Lit.: Weltbank, Weltentwicklungsbericht 1990. Die Armut, Washington D. C. 1990; C. von Monbart, Die Strategie der Weltbank zur Bekämpfung der Armut und die soziale Dimension der Anpassung, in: M. von Hauff/W. Heinecke (Hg.), Strukturanpassungspolitik der Weltbank, Ludwigsburg u. a. 1992, S. 53–68; H. B. Schäfer (Hg.), Armut in Entwicklungsländern, Berlin 1994; R. Koppel, Weltwirtschaft und Armut, Hamburg 1997; W. Pinger (Hg.), Armutsbekämpfung, Bad Honnef 1998; W. Eberlei, Armut und Reichtum, in: I. Hauchler u. a. (Hg.), Globale Trends 2002, Frankfurt a. M. 2001, S. 74–91. dn/sus

ARO →Gewerkschaften

ARPEL →Petrolatin

Artenschutzkonvention →Welt-Umweltkonferenz

Arusha-Erklärung 1. Programmatische Erklärung des tanzanischen Staatspräs. *Nyerere zu den Grundlagen **Ujamaa* und **self-reliance* des tanzanischen Weges zum *Sozialismus von 1967.
2. Erklärung und Aktionsprogramm der *Gruppe der 77 vom Febr. 1979: 1. Förderung des Handels der EL untereinander (*ECDC) und mit den *Staatshandelsländern zur Stärkung der Verhandlungsmacht der EL; 2. Vereinbarungen über Zusammenarbeit unter EL und Gründung von *multinationalen Handels- und Produktionsunternehmen gegen die *transnationalen Konzerne der IL (Aufbau einer Gegenmacht der Dritten Welt); 3. Stärkung der *UNCTAD als Schlüsselinstrument für int. Verhandlungen über Handel und E., insbes. über die Errichtung einer *Neuen Weltwirtschaftsordnung; 4. Aufforderung an IL, v. a. an die USA, Japan und die BRD, die *UN-Leitlinien für E.-Hilfe zu erfüllen: 0,7 % des BNE aus öfftl. Mitteln; 5. Forderung nach besserem Marktzugang für Produkte der EL auf den Märkten der IL. Text in: HIZ III D 35, 41. dn

Arusha-Initiative Gemeinsame Erklärung (Konsens) der 40 Teilnehmer aus 20 Ländern an der Nord-Süd-Konferenz über das Int. Währungssystem und die Neue Int. Ordnung in Arusha Juli 1980, der zufolge das Weltwährungssystem von Bretton Woods aus dem Jahre 1944 zusammengebrochen sei und die Notwendigkeit zur Errichtung eines *New International Monetary System* bestehe. dn

Ärzte für die Dritte Welt e. V. 1983 gegr. Org., in der deutsche Ärzte (1996: 213) in Notstands- und Armutsgebieten der Dritten Welt unentgeltlich Hilfe leisten. 2001 konnten v. a. durch die finanz. Unterstützung des *BMZ acht Projekte mit einem Gesamtvolumen von 5,3 Mio. € durchgeführt werden. Adresse: Elsheimerstr. 9, 60322 Frankfurt. Internet: www.rz.uni-frankfurt.deAerzte-3Welt. , red

Ärzte ohne Grenzen e.V. (*Médecins Sans Frontières*). 1971 in Paris von jungen Ärzten gegr. Verein mit Sektionen in mittlerweile 19 Ländern. Mit dem Ziel der med. Hilfe für Menschen in akuter Not werden weltweit jährl. ca. 190 Projekte in etwa 70 Ländern betreut. Die Einnahmen (2000: 322 Mio. €) stammen v. a. von privaten Gebern (79 %), sowie von *ECHO und EU (8,5 %) und anderen Institutionen (12,5 %). Die dt. Sektion verzeichnete 1996 Spenden in Höhe von 0,89 Mio. € und Zuschüsse in Höhe von fast 128 000 €. Im gleichen J. arbeiteten 41 dt. Hilfskräfte in 47 humanitären Projekten in 34 Ländern. 1999 erhielt *Médecins Sans Frontières* den Friedensnobelpreis. Deutsche Adresse: Adenauerallee 50, 53113 Bonn. www.msf.org red

ASA Arbeits- und Studienaufenthalte in EL, e.-pol. Stipendiatenprogramm für Studenten, Hochschulabsolventen u. junge Berufstätige, gegr. 1960, seit 1982 bei der *CDG angesiedelt. Die Teilnehmer sollen durch drei- bis sechsmonatige Projektaufenthalte mit der Praxis der E.-Zusammenarbeit vertraut gemacht und an entsprechende spätere Berufstätigkeiten herangeführt werden. Zwischen 1960 und 1996 insg. über 4200 Teilnehmer, z. Z. rd. 200 p. a. Adresse: →CDG. dn

ASAS *Association of Southern African States* Vereinigung der ehem. *Frontstaaten; Mitgl. identisch mit *SADC. dn

ASDB Asiatische Entwicklungsbank (auch ADB, *Asian Development Bank*), gegr. 1966; Sitz Manila. Mitgl. (2002): 43 regionale und 16 nichtregionale (darunter Deutschland); gezeichnetes Kapital nach der vierten Kapitalerhöhung (Mitte 1999): 64,08 Mrd. US-$ (7,03 % Einzahlungskapital, Rest Haftungskapital). Im Rahmen der ASDB wurden gegründet: 1974 der Asiatische E.-Fonds ADF (*Asian Development Fund*), auch AsDF, dem v. a. westl. IL als Geberländer angehören und der Subventionskredite plus finanztechn. Unterstützung für landw. und infrastrukturelle E.-Projekte gewährt; 1980 der Sonderfonds für *Technische Hilfe TASF (*Technical Aid Special Fund*), der für die Vorbereitung und Finanzierung von Projekten, den Auf- und Ausbau e.-pol. Institutionen und für *Entwicklungsplanung Finanzierungsmittel anbietet. JSF (*Japan Special Fund*) 1988 durch Vertrag zwischen Japan und der ASDB gegr., soll Mitgl.-Ländern bei der Strukturanpassung ihrer Volkswirtschaften helfen, dadurch die Möglichkeiten für neue Investitionen verbessern und auf diese Weise den Rückfluss von Kapital begünstigen.

Aufgaben: Förderung der Investitionen in öfftl. und privatem Anlagekapital für Zwecke der E., Förderung der schwächsten DMC (*Developing Member Countries*), insb. über den ADF, Technische Hilfe, Zusammenarbeit mit den *UN, öfftl. int. Organisationen, öfftl. und privaten nat. Einrichtungen. *Bereiche der Finanzierung:* Transport- und Nachrichtenwesen (1999: ca. 11,7 %), Ind. und nichtbrennbare Bergbauerzeugnisse (12,5 %), Landw. und Agroind. (2,2 %), Energiesektor (16,3 %), *Infrastruktur (30,8 %). 1999 (erstes Halbj.) wurden Kredite von insg. 2454,5 Mio. US-$ vergeben; davon 41,6 % an Indonesien, 16,4 % an Pakistan, 37,8 % an China, 2,4 % an Bangladesh. Der früheren Kritik: Aufbau privatwirtsch. orientierter, mit den westl. IL eng verflochtener Volkswirtschaften; mangelnde Berücksichtigung der *Grundbedürfnisse der einheimischen Bev., wurde teilw. Rechnung getragen; 1994 wurde beschlossen, vorrangig Projekte der Armutsbekämpfung, der Sozialpol. und des Umweltschutzes zu fördern. 1995 flossen 40 % der Mittel in die direkte Armutsbekämpfung. Adresse: P. O. Box 789, 1099 Manila, Philippinen. Internet: www. adb.org

Lit.: Schulz, G. G., Asiatische Entwicklungsbank, in: Et + Z 1994, 5/6, S. 131–133. dn

ASDOK →Dokumentationsleitstellen

ASEAN Verband südostasiatischer Staaten (*Association of South-East Asian Nations*), 1967 in Bangkok von Indonesien, Malaysia, Philippinen, Singapur und Thailand gegr., 1984 trat Brunei, 1995 Vietnam bei: Am 23. 7. 97 wurden Laos und Myanmar aufgenommen. Der Beitritt Kambodschas wurde lange verschoben und erfolgte am 30. 4. 1999. Wirtschaftspol. hat sich die Gemeinschaft eindeutig für das westl. kapitalistische Wirtsch.-System entschieden.

Die Gründung der ASEAN steht im Zusammenhang drastischer pol. Veränderungen in der Region (Verschärfung des Vietnamkrieges, Rückzug der brit. Schutzmacht). Das Ende des Vietnamkrieges gab den Anstoß zu Initiativen, die früher zugunsten rasch greifbarer Erfolge (Sicherung und pol. Stabilisierung der Region) zurückgestellt worden waren. So nahmen Elemente der wirtsch. *Integration erst nach dem 1. Gipfel in Bali 1976 Gestalt an. In Bali wurde die Zusammenarbeit im Rahmen der ASEAN erstmalig vertraglich geregelt (*Treaty of Amity and Co-operation in South-East-Asia*) und Vereinbarungen über die *Ziele* in der *Declaration of ASEAN Concord* getroffen: Förderung der regionalen Kooperation und Stärkung der wirtsch. und sozialen Stabilität; Kooperation bes. in den Bereichen Rohstoffe, Nahrung, *Energie; gemeinsame Errichtung von ind. Großprojekten; Gewährung von Zollvergünstigungen, um den int. Handel zu fördern. Die Einrichtung eines ständigen zentralen Sekretariats in Djakarta, das ausschließlich Koordinierungsfunktionen hat, wurde beschlossen: *Organe:* 1. Gipfelkonferenzen der Staats- und Reg.-Chefs (bisher Bali 1976, Kuala Lumpur 1977, Manila 1987, Singapur 1992, Bangkok 1995, Hanoi 1998, Bandar Seri Bergawan 2001); 2. Jährl. Tagung der Außenminister mit höchster Entscheidungskompetenz; 3. Ständiger Ausschuss, er ist das eigentliche Verhandlungsforum der ASEAN; 4. Ständige und Ad-hoc-Komitees bereiten Projekte und Aktionen vor; 5. Nat. Sekretariate in jedem Land. Daneben gibt es Fachminister-Konferenzen, denen wiederum fünf Wirtsch.-Ausschüsse und drei Sonderausschüsse mit ihren Unterausschüssen und Expertengruppen nachgeordnet sind. Die Präsidentschaft wechselt jährlich nach dem Rotationsprinzip. ASEAN ist keine supranat. Institution.

Ergebnisse: Die in Singapur 1992 erfolgte Neuorientierung (Beschluss zur Gründung der * AFTA, Einführung eines gemeinsamen Vorzugszolles für bestimmte Produkte (CEPT) und Aufgreifen sicherheitspol. Themen) trug entscheidend dazu bei, dass die ASEAN ihrem Ziel, die pol. und wirtsch. Eigenständigkeit der Mitgl. und ihr int. Ansehen zu fördern, in den letzten J. näher kommen konnte. Als Zeichen für die wachsende Bedeutung der ASEAN kann auch das sog. Asia Europe Meeting (ASEM) der Reg.-Chefs der EU und der ASEAN sowie Japans, der VR China und Südkoreas in Bangkok im März 1996 gedeutet werden, dem im Februar 1997 das erste ASEM-Außenminister-Treffen folgte. Das BNE der ASEAN-Länder hat sich seit der Gründung ca. verzehnfacht.

Auf dem 5. Gipfeltreffen im Dezember 1995 in Bangkok wurde der Vertrag über die südostasiatische atomwaffenfreie Zone (SEANWFZ) unterzeichnet: Die mittlerweile neun ASEAN-Staaten und der Beobachter-Staat Kambodscha verzichten darin auf die Anwendung, Herstellung und Lagerung von Atomwaffen und erklären sich bereit, bei der friedlichen Nutzung von Kernenergie strikte Auflagen zu beachten. Auf dem ersten ASEAN Business Summit im März 1997 wurde die Einrichtung der AFTA, die als Gegengewicht zu den regionalen Wirtschaftsräumen des Westens NAFTA und EWR fungieren soll, bis zum J. 2003 beschlossen (Vietnam: bis 2006). Außerdem sollen bis 2010 die Investitionsschranken innerhalb der Region aufgehoben werden (ASEAN Investment Area / AIA).

Problematisch für die ökon. Integration sind nach wie vor die parallelen Exportstrukturen und das E.-Gefälle zwischen den Mitgl.-Ländern. Haupthandelspartner und -investoren sind Japan, die USA und die EU. Zum Fortbestand der ASEAN haben die gemeinsamen außenpol. Interessen entscheidend beigetragen, wobei die pol. Stabilisierung der Region im Vordergrund steht. Allerdings wird die «Nichteinmischung in innere Angelegenheiten» weiterhin als oberstes Prinzip gesehen, das gilt v. a. für Menschenrechtsverletzungen (z. B. Indonesien / * Ost-Timor; Myanmar), die immer wieder von westl. Partnern angeprangert werden.

Internet: www.aseansec.org

Lit.: R. Reiter, Regionale wirtschaftliche Zusammenarbeit von Staaten der Dritten Welt, Saarbrücken / Fort Lauderdale 1983; W. Rust, ASEAN, Frankfurt u. a. 1985; G. Schiavone (Hg.), Western Europe and Southeast Asia. Cooperation or Competition, London u. a. 1989; A. Broinowski (Hg.), ASEAN into the 1990s, London 1990; J. Rüland, Die Gemeinschaft Südostasiatischer Staaten (ASEAN): Vom Antikommunismus zum regionalen Ordnungsfaktor, in: APuZ, B13–14/1995, S. 3 ff.; B. Staiger (Hg.), Nationalismus und regionale Kooperation in Asien, Hamburg 1995. ef

Aserbaidschan

Fläche (Tsd. qkm): 86,6
Bev. (Mio.) 2001: 8,10
BNE pro Kopf (US-$) 2000: 610
BIP (Mio. US-$) 2000: 4904
LE (Jahre) 1999: 71,5
Analphabetenquote (%) 1997: 3,7
HDI 1999: 0,783 [Rangplatz von 162: 79]

A., das von Mai 1918 bis zur Besetzung durch sowj. Truppen 1920 und der anschließenden territorialen Eingliederung in die SU ein selbständiger Staat gewesen war, wurde nach dem Zerfall der UdSSR im Dez. 1991 völkerrechtl. unabh. Das Land ist Mitgl. in der Gemeinschaft Unabhängiger Staaten (GUS) und wird seit 1. 1. 1994 vom *DAC als EL geführt. Der innenpol. Konflikt um das von Armeniern bewohnte Berg-Karabach, der seit 1988 mehr als 18000 Todesopfer gefordert und auf beiden Seiten über 1 Mio. Menschen in die Flucht getrieben hat, hatte weitreichende negative Auswirkungen auf die bisherige ökon. und pol. E. des jungen Staates.

1. Der nach Bev. und Fläche größte Staat im Kaukasus (Hs. Baku mit 1,7 Mio. Ew.) hat gemeinsame Grenzen mit Armenien, Georgien, der Russischen Föderation und dem Iran. Zum Territorium A.s gehört neben dem zusammenhängenden Gebiet, das von den Ausläufern des Kleinen Kaukasus im W bis zum Kaspischen Meer im O reicht, auch die von Armenien und dem Iran umschlossene *Enklave Nachitschewan (ca. 280000 Ew.), das wie das innerhalb A.s gelegene und mehrheitlich von Armeniern besiedelte Berg-Karabach (ca. 150000 Ew.; Hs. Stepanakert) den Status einer autonomen Gebietseinheit hat. Das Land bietet aufgrund der vielfältigen Klimazonen unterschiedlich gute Voraussetzungen für die landw. Nutzung, so müssen 70 % der LNF künstlich bewässert werden: In den warmen Niederungen wurde in der Sowjetzeit v. a. Baumwolle und Wein monokulturell angebaut, wobei in den vergangenen zehn J. hier ein sehr starker Rückgang zu verzeichnen ist; in den Hügelgebieten dominiert Obst-, Getreide- und seit neuestem Kartoffelanbau, in dem subtropischen Küstenstreifen herrscht Reis-, Tee- und Tabakanbau vor. Aufgrund des Zusammenbruchs des sowj. Landwirtschaftssystems ist die Produktion in den monokulturell bewirtschafteten Sektoren stark zurückgegangen, ein deutlicher Aufschwung ist aber im privaten Gartenbau zu verzeichnen. Ein Teil des Niedergangs der Produktionsmenge im Vergleich mit der Sowjetzeit ist auch dem Landverlust und den Vertreibungen im Gefolge des Karabach-Konfliktes geschuldet. Noch immer muss ein großer Teil der benötigten Nahrungsmittel importiert werden.

Wichtigste natürl. *Ressourcen des Landes sind Erdöl und seit den neuesten *off-shore*-Funden auch Erdgas: Während seit 1966 die Fördermenge aufgrund fehlender Technik und geringen Interesses seitens der sowj. Führung bis 1996 stetig zurückging, stieg sie seitdem unter der Beteiligung vieler ausl. Ölkonsortien, die vorrangig die Erschließung der **off-shore*-Vorkommen betreiben, kontinuierlich an.

Die Bev. A.s ist im Vgl. zu den meisten anderen GUS-Staaten in ethn. Hinsicht rel. homogen (Aseri 90 %, Russen 2,5 %, Dagestaner im Norden 3,2 % (darunter Lesgier und Awaren), Talysch im Süden); der Anteil von Armeniern (1989: 5,6 %) hat sich seit Beginn des Karabach-Konfliktes erheblich verringert. Die JZ ist in den 1990er J. gesunken (um die 1 %; 1980–1989: 1,6 %), wobei eine starke Arbeitsmigration in die Russische Föderation, die Türkei und nach Westeuropa zu beobachten ist. Über 90 % der Bev. gehören dem Islam an, die übrigen dem Christentum, wobei die Zahl der aktiven Gläubigen in beiden Gruppen weit niedriger liegt.

2. Das BIP A.s, das zu sowj. Zeiten einen hohen Ind.-Anteil aufwies, ist infolge der negativen Begleiterscheinungen der *Systemtransformation und noch verstärkt durch den Karabach-Konflikt drastisch zurückgegangen und lag 1995 nur mehr bei 33 % des Niveaus von 1989, wächst seither aber v. a. wegen der steigenden Erdölexporte wieder kontinuierlich an, wenn auch mit Unterbrechungen wegen der schwankenden Preise. Die Inflationsrate der im Sommer 1992 eingeführten Währung Manat ging durch finanzpol. Stabilisierungsmaßnahmen erheblich zurück (1994: 1800 %; 1996: ca. 30 %; 2000: ca. 1,8 %). Wegen der anhaltenden wirtsch. Depression zählt A. gegenwärtig zu den GUS-Staaten mit dem niedrigsten Pro-Kopf-Einkommen; die

Arbeitslosenquote wird derzeit auf 20 % geschätzt, wozu noch ein erheblich größerer Teil an rein nominell Beschäftigten ohne ausreichende Entlohnung zu zählen ist. Da nur mehr die Preise für Brot und Energie staatl. subventioniert werden, leben über 60 % der Bev. unter der Armutsgrenze (Schätzung für 2000). Die Handelsbilanz wies 2000 einen positiven Saldo von 573 Mio. US-$ auf (andere Quellen sprechen von 691,2 Mio. US-$). Die Privatisierung landw. und ind. Betriebe war Mitte der 1990er J. noch im Anfang begriffen und beschränkt sich bis heute vorwiegend auf Klein- und Mittelbetriebe. Ein enormes Problem ist die Korruption in Wirtsch. und Verwaltung, die A. lt. *Transparency International im J. 2000 zum drittkorruptesten Land weltweit machte.

3. Im Juli 1989 war in A. – ähnlich wie in anderen Rep. der SU – eine informelle Bewegung namens «Nationale Volksfront» entstanden, die Forderungen nach staatl. Unabh. und *Demokratie artikulierte. Dank einer sowj. Militärintervention und einem semi-kompetitiven Wahlmodus konnte die Komm. Partei (KP) A.s bei den Parl.-Wahlen im Juni 1990 zwar ihre Machtstellung formal behaupten, verlor aber zunehmend an Rückhalt in der Bev. Nach dem Moskauer Putschversuch im Aug. 1991 löste sich die KP auf, das aserb. Parl. erklärte die Unabh. Die weitere pol. E. war wesentlich durch die Auseinandersetzung zwischen der Reg. einerseits und der armenischen Bev. Berg-Karabachs andererseits geprägt, die bald nach der Austrittserklärung Karabachs aus A. 1988 und darauf folgenden Pogromen an Armeniern zu einem bewaffneten Konflikt eskaliert war. Aufgrund der milit. Misserfolge im Kampf gegen die Karabach-Armenier, die zeitweise von Moskau massiv unterstützt wurden, trat der ehem. KP-Vorsitzende Mutalibow vom Präs.-Amt zurück. Bei den Präs.-Wahlen im Juli 1992 siegte der Führer der Volksfront Elcibey mit 60,9 % der Stimmen. Doch auch Elcibey konnte weder milit. Erfolge erringen noch eine Verbesserung der ökon. Situation erreichen und wurde im Juni 1993 durch einen Putsch gestürzt. An die Spitze des Staates stellte sich daraufhin H. Äliyev, der bereits unter Breschnew Parteichef A.s gewesen war und im Okt. 1993 in Wahlen mit 98,6 % der Stimmen in seinem Amt bestätigt wurde. Äliyev änderte den außenpol. Kurs A.s zugunsten besserer Bez. zu Russland und konnte sich, nachdem im Mai 1994 ein Waffenstillstand zustande gekommen war, gegen seine innenpol. Gegner behaupten. Gleichzeitig mit den Parl.-Wahlen im Nov. 1995, aus denen die präs.-freundlichen Parteien als Sieger hervorgingen und die wegen des Teilnahmeverbots einiger Oppositionsparteien und grober Unregelmäßigkeiten auch int. kritisiert wurden, wurde eine neue Verfassung per Referendum angenommen, die dem Präs. weitgehende Vollmachten zuschreibt. In den Präsidentschaftswahlen 1998 siegte er ebenso (77,6 % der Stimmen), wie auch ihm nahe stehende Kandidaten ca. 90 % der Parl.-Sitze bei den Wahlen im Nov. 2000 gewannen. Am 25. 1. 2001 wurde Aserbaidschan trotz anhaltender Kritik an seiner Menschenrechtsbilanz Mitgl. des Europarats.

Lit.: R. Götz/U. Halbach, Politisches Lexikon GUS, 3. Aufl., München 1996; E.-M. Auch, Aserbaidschan: Regierungsinstitutionen – politisches System, in: G. Mangott (Hg.), Brennpunkt Südkaukasus. Aufbruch trotz Krieg, Vertreibung und Willkürherrschaft?, Wien 1999, S. 61–104. fg/rm

Asian Regional Forum →ARF
Asiatische Entwicklungsbank →ASDB
Asienkrise →IWF
ASIN →SELA

ASPAC *Asian and Pacific Council*, Asiatisch-Pazifischer Rat, gegründet 1966 in Seoul; *Mitglieder:* Australien, Japan, Korea, Neuseeland, die Philippinen, Taiwan, Thailand, Malaysia (trat 1973 aus) und Südvietnam. Ziel der ASPAC war – ohne formales Vertragswerk – ein loser Zusammenschluss zur Stärkung der Kooperation auf pol., kulturellem und wirtsch. Gebiet. Der Rat setzte sich aus den Außenministern der Mitgliedstaaten zusammen, die sich bis 1972 zu jährl. Tagungen trafen. red

Associated States Nach dem Scheitern der *Westindischen Föderation (1962) begaben sich die «acht Kleinen» in den Kleinen Antillen unter den halbkolonialen Status der Assoziation mit Großbritannien, der einerseits innere Selbstverwaltung und andererseits milit. Schutz und Hilfe in Form von *grants-in-aid* bot. Nach der Unabh. von Grenada (1974) begann auch dieses Experiment der *associated statehood* zu bröckeln; nach 1978 zogen auch die übrigen «Assoziierten» die Unabh. vor. fn

Assoziierung (EU) Im Art. 131 des EWG-Vertrages von Rom regelte die EG die Fragen, die sich aus den besonderen Beziehungen einiger Mitgl.-Staaten mit überseeischen Ländern (früheren *abhängigen Gebieten) ergaben, im Wege der Assoziierung: «Ziel der A. ist die Förderung der wirtsch. und sozialen E. der (überseeischen) Länder und Hoheitsgebiete.» Nach erfolgter *Dekolonisation wählten die unabh. gewordenen Staaten bis auf Neuguinea und Guinea die Assoziierung. So entstand die Gruppe der «Assoziierten Afrikanischen Staaten und Madagaskar» (AASM), die 1963 in Jaundé ein Abkommen über Zollfreiheit sowie finanz. und techn. Kooperation mit der EG abschlossen, das 1969 erneuert wurde. Im gleichen Jahr vereinbarte die EG mit der *EAC in Arusha ein Abkommen über eine Freihandelszone. Ihre Fortsetzung fand die A.-Pol. in den nach EG-Beitritt Großbritanniens abgeschlossenen *Lomé-Abkommen. →EEF →Entwicklungspolitik der EU dn

ASW Aktionsgemeinschaft Solidarische Welt e. V., 1957 gegr. *nichtstaatliche Organisation (*VENRO, *DPWV), fördert auf Spendenbasis (1998: 0,66 Mio. €) in Indien, Sri Lanka, LA und Afrika insb. Kleinprojekte einheimischer Basis- und *Selbsthilfegruppen. Projektschwerpunkte: Selbsthilfe- und Rechtshilfeprogramme mit Landlosen und *Flüchtlingen, Umweltschutzprogramme und praxisbezogene *Bildungsarbeit (v. a. mit Frauen und Kindern). Publikation: Solidarische Welt. Adresse: Hedemannstr. 14, 10969 Berlin, Internet: www.aswnet.de red

ATC (*Agreement on Textiles and Clothing*) →Multi-Faser-Abkommen

AT-Forum NRO-GTZ, Zusammenschluss von 15 *nichtstaatlichen Org., mit dem Ziel, die Zusammenarbeit auf dem Gebiet der *angepassten Technologie (aT) zu verbessern. Unterhält Kartei von Experten und Gutachtern auf dem Gebiet der aT. dn

Äthiopien

Fläche (Tsd. qkm): 1097
Bev. (Mio.) 2001: 64,50
BNE pro Kopf (US-$) 2000: 100
BIP (Mio. US-$) 2000: 3,304
LE (Jahre) 1999: 42,4
Analphabetenquote (%) 1999: 63
HDI 1999: 0,320 [Rangplatz von 162: 158]

Ä. zählt zu den ärmsten EL. *Ernährung und Ethnien-Vielfalt bilden seit langem die Kernprobleme des Landes, nahmen aber unter den Bürgerkriegsbedingungen der 1980er J. dramatische Ausmaße an. Der mit dem Ende des soz. Mengistu-Regimes 1991 eingeleitete pol. und wirtsch. Transformationsprozess hat das Land auf dem Weg zur gesellsch. Befriedung und wirtsch. vorangebracht, blieb aber bislang in wichtigen Bereichen unvollständig und widersprüchlich.

1. Ä. gehört zu den Tropen; das Hochland ist ein Paradebeispiel für die Differenzierung von Klima, Vegetation und Raumnutzung in versch. Höhenstufen: Kolla (bis 1000 m, heiß, niederschlagsarm), Woina Dega (1600 bis 2500 m, gemäßigtes Klima, Hauptsiedlungsgebiet, Kaffee-, Baumwolle- und Getreideanbau) und Dega (über 2500 m, kühles Klima, Viehzucht). Danakilland besitzt arides Klima, der Ogaden, die Grenzregion zu Somalia im SO, besteht aus Trocken- und Dornsavannen. Die landw. *Ressourcen Ä.s – etwa 65 % der Fläche sind nutzbar – liegen weitgehend brach. Der Waldbestand sank durch unkontrollier-

ten Einschlag (Brennholz), Ausdehnung des Weidelandes und hohe Holzkohleproduktion innerhalb der vergangenen 100 J. von ca. 40 % auf 4 % der Gesamtfläche (→Ökologie). Ä. verfügt über ein bescheidenes Maß an Bodenschätzen, außer geringen Mengen an Platin, Nickel und Pottasche wird in nennenswertem Umfang nur Gold gefördert.

2. Die Bev. wurde 2001 auf ca. 64,5 Mio. Ew. geschätzt (1999 Bev.-Dichte: 51 Ew./qkm). Die Repatriierung der 1,5 bis 2 Mio. Äthiopier, die während des Bürgerkriegs in eines der Nachbarländer geflohen waren, schritt in den vergangenen Jahren langam voran. Ä. ist ethn.-kulturell sehr heterogen. Wichtigste der insg. ca. 80 *Ethnien sind: Oromo (40 %), Tigre (9 %) und das «Staatsvolk» der Amharen (28 %), das seit den Tagen des Kaiserreiches die Führungsschicht bildete. Hinzu kommen kleine Gruppen wie Somalis (6 %), Danakil, Afar, Gurage, Konso, Arusi. Etwa 70 Sprachen und 200 Dialekte werden in Ä. gesprochen. Hauptsprachen: Oromigua, Amharigua, Tigrigua; *lingua franca: die Staatssprache Amharigua. Englisch ist als int. Verkehrssprache von Bedeutung. Etwa 40 % der Bev. bekennen sich zum Islam, knapp die Hälfte sind äthiop.-koptische Christen.

3. Ä. besitzt eine über 2000 J. alte Geschichte und Kultur. Städte wie Axum (Axumitisches Reich, Annahme des monophysitischen Christentums), Lalibela und Gondar waren nacheinander Herrschaftszentren äthiop. Reichsgründungen, deren wechselvolle Geschichte durch äußere Bedrohung (Vordringen der Moslems) und inneren Zerfall (sich befehdende Fürstentümer) bestimmt wurde. Nachdem durch die Einwanderung der Oromo-Hirten aus dem S das Reich erneut in viele autonome Fürstentümer zersplittert worden war, wurde seit der 2. Hälfte des 19. Jh.s durch die vier Kaiser (Tewodros II, Yohannes IV, Menelik II/1889 bis 1913, Haile Selassie/1916 bis 1975) die Zentralgewalt wieder gestärkt. Äußere Bedrohungen des Reiches durch Ägypter, Mahdisten, v.a. aber durch die expansionistische Kolonialpol. Italiens unter der Reg. Crispi wurden erfolgreich abgewehrt. Nach einer Niederlage der italien. Truppen (Adua 1896) gegen Meneliks Armee musste Italien die Unabh. Ä.s anerkennen, behielt aber seine Kolonie Eritrea (1890). In blutigen Eroberungskriegen unterwarf Menelik den S und O des heutigen Ä. und unterdrückte mit der von ihm eingeleiteten Amharisierungspol. die einheim. Ethnien (Oromo, Somali, Gurage, Danakil).

Nach Meneliks Tod entwickelte sich unter Ras Tarife, der sich 1930 als Haile Selassie I. zum *Negus negesti* (König der Könige) krönte, ansatzweise ein moderner Staat mit starker imperialer Zentralgewalt, der sich jedoch erst nach der fünfjährigen Besatzungszeit durch Italien (1935/36 bis 1941) konsolidierte. Die Amharisierung und Diskriminierung anderer Ethnien (v.a. der Oromo) wurde fortgesetzt, von der Opposition geforderte Reformen (z.B. Zulassung von pol. Parteien, Pressefreiheit) blieben aus. Nach der Hungersnot 1973/74 stürzten Militärs den Kaiser (gestorben 1975). Als starker Mann im *Provisionary Military Administrative Council* (PMAC, *amhar.* = *Derg*) ging Mengistu Haile Mariam aus blutigen Machtkämpfen innerhalb des Militärs und zwischen Militärs und oppositionellen Gruppen (Höhepunkt: der «Rote Terror» 1977/78) hervor.

Ab 1975 verfolgte der *Derg* das Konzept eines äthiop. *Sozialismus und leitete einen Prozess grundlegender gesellsch. Umwälzung ein. Sein Herzstück: «die radikalste Landreform der afrik. Geschichte» (Brüne 1988). Der ges. Grund und Boden wurde 1975 entschädigungslos verstaatlicht, die Nutzfläche pro Familie auf max. 10 ha begrenzt und die private Beschäftigung von Pächtern und Landarbeitern verboten. Weitere Maßnahmen: *Nationalisierung von Ind. und Banken, Reform des Arbeitsrechts (Mindestlöhne, indirektes Streikverbot), groß angelegte *Alphabetisierungskampagnen sowie die Gründung von Bauernvereinigungen und Stadtteilkomitees. Das Nationalitätenproblem im Vielvölkerstaat Ä. wurde zum Stolperstein der Reformpol., gegen die sich in einigen Regionen erbitterter Widerstand erhob. Bis zur Stabilisierung der innenpol. Machtverhältnisse unter Mengistu 1978 erstarkten die versch. *Befreiungsbewegungen: z. B. in Eritrea – das Ä. 1962 gegen den *UN-Beschluss von 1952 (Autonomie und Föderation mit Ä.) annektiert hatte – die EPLF (Ziel: unabh. eritr. Staat); in Tigray die TPLF (Ziel: regionale Autonomie innerhalb eines äthiop. Staatenverbandes); im SO die Oromische Befreiungsfront (OLF, Ziel: ein unabh. Oromo-Staat). In den 1980er J. versuchte die Militärregierung durch groß angelegte Umsiedlungs- und Kollektivierungsprogramme der Hungersnot im N des Landes Herr zu werden, doch erwiesen sich die z.T. unter Zwang durchgeführten Maßnahmen als gänzlich ungeeignet, die Nahrungsmittelproduktion zu steigern; in den nördl. Regionen führten sie nur vorübergehend zu einer Linderung des Bev.-Drucks, in den Ansiedlungsgebieten waren Umweltschäden und z.T. gar Ertragssenkungen der landw. Produktion die Folge.

Nachdem die Verfassung des Kaiserreichs von 1955 seit dem Sturz Haile Selassies 1974 außer Kraft gewesen war, ließ sich das Mengistu-Regime 1987 eine neue Verfassung durch Referendum absegnen; sie definierte Ä. als volksdemokratische Republik unter Führung der Einheitspartei *Ethiopian Worker's Party*. Am 14. 6. 1987 wurde eine Nationalversammlung (*Shengo*) gewählt, die ihrerseits den Staatsrat und den Staatspräs. (Mengistu) wählte. Obgleich die am 10. 9. in Kraft gesetzte Verfassung den Regionen mehr Autonomie einräumte, lebte 1988 der bewaffnete Aufstand in Eritrea und Tigray erneut auf.

Am 28. 5. 1991 übernahm die von mehreren Rebellengruppen, u. a. der TPLF, gebildete *Ethiopian People's Revolutionary Democratic Front* (EPRDF) die Macht und bildete eine Übergangsreg. unter dem TPLF-Führer Meles Zenawi. Die neue Reg., die eine Demokratisierung und Dezentralisierung des Landes versprach und den Weg für die Sezession Eritreas frei machte, fand freilich keine einhellige Anerkennung. Die Wahlen zu einer verfassunggebenden Versammlung 1994 sowie die Parl.-Wahlen 1995 wurden durch wichtige Oppositionsgruppen (u. a. die OLF) boykottiert, die z.T. den bewaffneten Kampf fortsetzten. Die im Dez. 1994 in Kraft gesetzte neue Verfassung etablierte ein parl. Regierungssystem im Rahmen einer föderalen Republik (neun Bundesstaaten auf ethnischer Grundlage), dessen demokrat. Qualität allerdings wegen der hegemonialen Machtstellung der EPRDF und wegen repressiver Tendenzen im Umgang mit der Opposition zweifelhaft blieb. Bei den Wahlen von Mai 2000 entfielen auf die EPRDF 472 von 548 Sitzen. Min.-Präs. M. Zenawi wurde Okt. 2000 vom Rat der Volksvertretung für weitere fünf J. im Amt bestätigt. Innenpol. blieb die Lage durch Studentenunruhen und Zusammenstöße mit den Sicherheitskräften gespannt.

4. Das wirtsch. Rückgrat Ä.s ist die Landw., die Ende der 1990er J. mehr als drei Viertel der Erwerbstätigen beschäftigte und knapp die Hälfte des BIP beisteuerte. Die Landw. wird i.d.R. als *Subsistenzwirtschaft betrieben. Einige wenige landw. Erzeugnisse (v.a. Kaffee, Leder/Häute, Hülsen- und Ölfrüchte) stellen mehr als 80 % des Exports. Im Vgl. zu den meisten ehem. afrik. Kolonien ist Ä.s Wirtsch. nur marginal in den Weltmarkt integriert. Seit den 1960er J. musste Ä. große Mengen an Getreide importieren und insb. seit den 1980er J. auch *Nahrungsmittelhilfe in Anspruch nehmen. Bodenerosion, schlechte *Infrastruktur, der Bürgerkrieg und eine verfehlte Landw.-Pol. zeichneten dafür verantwortlich. Maßnahmen zur Modernisierung der Landw. sowie günstige klimatische Umstände sorgten seit 1991 für eine gewisse Entspannung der Ernährungssituation.

5. Ä. zählt zu den ärmsten Ländern der

Erde (*LLDC, *MSAC); das geschätzte tägliche Kalorienangebot pro Kopf (1999: 1851; 1992: 1610) ist niedriger als in fast allen anderen Ländern der Erde (Durchschnitt LLDC: 1027; 1999: 2214). Die LE ist seit Anfang der 1950er J. (31 J.) deutlich gestiegen (50 J. Mitte der 1990er Jahre [1999 gesunken auf 42,4]), bleibt aber auch im afrik. Kontext auf insg. niedrigem Niveau. Das Gesundheitswesen ist insb. auf dem Land völlig unterentwickelt. Sämtliche Ärzte sind in Krankenhäusern tätig, nur eine Minderheit sind Äthiopier. Unzureichende med. Versorgung und die verbreitete Mangel- und Unterernährung sind verantwortlich für anhaltend hohe Säuglingssterblichkeitsraten (1999: 118 pro Tsd.). Die Alphabetisierungsquote konnte dank massiver Alphabetisierungskampagnen (z.T. unterstützt von der *UNESCO) einen massiven Zuwachs verzeichnen (1974: 6 %; 1995: 64,5 %; 1999: 37,4 %). Verschärft wurde die soziale und pol. E. seit Mitte 1998 durch die milit. Eskalation des Grenzkonflikts mit *Eritrea, der erst mit dem Friedensvertrag vom 12. 12. 2000 beendet werden konnte, nachdem die UN beschlossen hatten, eine Blauhelm-Mission (UNMEE) ins Grenzgebiet zu schicken und eine von ihr überwachte Pufferzone zu errichten. Sie wurde am 18. 4. 2001 offiziell eröffnet, obwohl noch Unklarheiten über den Zonenverlauf bestanden. Der genaue Grenzverlauf wurde April 2002 durch ein int. Schiedsgericht festgelegt. Beide Seiten haben sich zur Anerkennung der Entscheidung verpflichtet. Die dennoch bestehenden Unklarheiten könnten weiteren Konflikten Nahrung geben.

Lit.: F. Halliday/M. Molyneux, The Ethiopian Revolution, London 1981; S. Brüne, Äthiopien. Unterentwicklung und radikale Militärherrschaft, Hamburg 1986; K. Eikenberg, Äthiopien, in: HDW III, 5, 1993, S. 32ff.; O. M. Eide, Revolution and Religion in Ethiopia, Stavanger 1995; M. Y. Abteyes, Zentralisation und Dezentralisation als Strategie der ländlichen Entwicklung, Speyer 1996; C. Auf, Staat und Militär in Äthiopien, Hamburg 1996. bt/mik

ATP →Entwicklungshilfepolitik Großbritanniens

ATTAC (*Association pour la taxation des transactions financières pour l'aide au citoyen*) Vereinigung zur Besteuerung von Finanztransaktionen zum Wohle der Bürgerinnen und Bürger. 1998 in F gegründet, mit über 60000 Mitgl. in 40 Ländern (Juni 2002) vertreten. Rasant wachsendes, nichtstaatl. und lose organisiertes Netzwerk von *Globalisierungskritikern und Org. (91 in D, Juni 2002), die sich gegen die negativen Folgen der ökon., v. a. neoliberalen Dimension der *Globalisierung für den Einzelnen und die Gesellschaften in den IL und EL wenden.

Zielsetzung ist die globale Umverteilung zwischen Arm und Reich durch die Veränderung des Weltwirtschaftssystems. Hauptforderungen sind die Einführung der *Tobin-Steuer, die Austrocknung von Finanzoasen, die Abschaffung des Bankgeheimnisses, die Gewährleistung sozialer Sicherungssysteme und der Schuldenausgleich zugunsten der EL. Diese Ziele sollen hauptsächlich durch fachliche Weiterbildung von Multiplikatoren (*l'éducation populaire*) und daraus resultierenden lokalen, regionalen und globalen Protestaktionen mit hoher Medienwirksamkeit sowie die globale Vernetzung durch das *Internet erreicht werden.

Organisation: Um dem wachsenden Zulauf an Mitgliedern und Interessenten auf org. Ebene zu begegnen, tagte im Mai 2002 in Frankfurt a. M. der «Ratschlag», eine Art Mitgl.-Versammlung. Er verabschiedete eine neue, netzwerkförmige Org.-Struktur, die offen für alle die sein soll, die Kritik an der Globalisierung üben wollen. Neben dem Ratschlag existiert ein Bundeskoordinierungskreis und der neu geschaffene Rat. Die Entscheidungsfindung wird durch einen «gewichteten Konsens» (90 % der Stimmen zur Beschlussfassung) herbeigeführt. Das Finanzaufkommen von A. in D beläuft sich im Jahr 2002 auf ca. 400000 €, die sich aus Spenden-, Mitgl.-Beiträgen und Projektzuschüssen zusammensetzen.

A. verpflichtet sich explizit keiner Theorie, Ideologie, Weltanschauung oder Religion und ist ein Sammelbecken für heterogene Gruppen und Org. aus IL und EL (von autonomen, meist linksorientierten Gruppen über *NGOs, Umweltverbände und *Gewerkschaften bis zu kirchl. Gruppen), die sich der Erklärung «Die Welt ist keine Ware. Eine andere Welt ist möglich.» verpflichtet haben.
E-Mail: info@attac-netzwerk.de; Internet: www.attac-netzwerk.de

Lit.: Ch. Bautz, Attac 2001 – eine Bewegung im Aufbruch, in: ATTAC – eine andere Welt ist möglich. Beilage zur taz, 7. 12. 2001; R. T. Baus u. a., Wer oder was ist ATTAC? Arbeitspapier KAS Nr. 74, Sankt Augustin 2002; Ch. Grefe/M. Greffrath/H. Schumann, ATTAC. Was wollen die Globalisierungskritiker, Berlin 2002; P. Wahl, Auf dem Weg zur Meinungsführerschaft, in: E + Z, 7/2002, S. 224. jl

AU Afrikanische Union (*African Union*), Nachfolgeorg. der *OAU. Auf ihrer Gipfelkonferenz in Lusaka im Juli 2001 beschlossen die 53 Mitgl. der OAU (sämtliche Staaten Afrikas außer Marokko; Mitgliedschaft Madagaskars ist suspendiert) die Überführung der OAU in die AU. Zum ersten Präsident wurde der ehem. Außenmin. der Elfenbeinküste Amara Essy gewählt. Der offizielle Gründungstag der neu geschaffenen Org. mit Sitz in Addis Adeba ist der 9. Juli 2002. Die Umwandlung soll bis 2003 vollzogen werden.
Die Gründung der AU geht auf eine Initiative des libyschen Staatspräs. Muammar al-Gaddafi zurück. Allerdings stellt die Gründungsakte der AU lediglich eine sehr weiche Fassung der Version Gaddafis von den «Vereinigten Staaten von Afrika» dar. Neben der Beibehaltung der bereits in der OAU-Charta verankerten Prinzipien des Interventionsverbots und der Achtung der Staatensouveränität (Ausnahmeregelungen existieren zum kollektiven Eingreifen der Union in Fällen von schweren Menschenrechtsverletzungen und Völkermord, vgl. Art. 4. h) sieht die Gründungsakte der AU die Schaffung eines afrikan. Parl. (ohne Gesetzgebungsbefugnis), einer afrikan. Zentralbank und eines kontinentalen Gerichtshofes vor. Abgesehen von den noch zu verwirklichenden Organen Parl., Zentralbank und Gerichtshof gleicht die institutionelle Struktur der AU weitestgehend der der OAU. Die wichtigsten Gremien bilden die Versammlung der Staatschefs (eh. Gipfeltreffen der OAU), der Exekutivrat der Außenmin. (eh. Min.-Rat) und die Kommission (eh. Generalsekretariat). Hinzu tritt ein Botschafterrat.
Erlangten in der rd. 40-jährigen Arbeit der OAU die Überwindung des Kolonialismus und der Apartheid zentrale Bedeutung, nannte der südafrikan. Präsident Mbeki v. a. die Durchsetzung der Menschenrechte und die Bekämpfung der *Armut als die Hauptaufgaben der neu gegründeten Org. (→NEPAD). js

Aung San Suu Kyi, geb. 1945, erhielt 1991 den *Friedensnobelpreis für ihr Engagement für *Demokratie, Beachtung der *Menschenrechte und ethnische Versöhnung in →Myanmar (Birma), nachdem ihr im selben Jahr schon der Sacharow-Preis des Europäischen Parlaments verliehen worden war. Die Tochter des 1947 ermordeten Unabhängigkeitskämpfers Aungsan hielt sich seit Beginn der 1960er J. im Ausland auf, wo sie in Neu-Delhi und Oxford Philosophie, Politikwiss. und Ökonomie studierte. Bei ihrer Rückkehr 1988 wurde sie zur Führungspersönlichkeit der Oppositionsbewegung und konnte die Wahlen von 1990 mit der von ihr gegr. *National League for Democracy* (NLD) mit großer Mehrheit gewinnen, doch die Militärreg. verweigerte die Machtabgabe. Von 1989–95 stand A. unter strengem «Hausarrest». Ab 1996 setzte sich A. für einen int. Wirtschaftsboykott ihres Landes ein, woraufhin die Militärreg. sie wieder verstärkt isolierte. mn

Ausgeglichene Entwicklung →*balanced growth*

Ausgleichslager →*bufferstocks*

Auslagerung / Produktionsauslagerung
Unter A. versteht man die Ansiedelung

von Industriebetrieben oder Industriebranchen, die bisher ihren Standort in IL hatten, in EL im Rahmen der neuen *Internationalen Arbeitsteilung. Motive für A. liegen bei den Unternehmern in der billigeren Arbeitskraft in EL, bei den EL in deren Industrialisierungszielen und Hoffnungen auf Beschäftigungseffekte. →Direktinvestitionen, Freie Produktionszonen dn

Ausländerstudium Im Wintersemester 2000/01 studierten an den Hochschulen der BRD 187027 Ausländer, das sind 10,4 % der insg. 1,8 Mio. Studierenden. Im WS 2000/01 hatten ca. 32,8 % der ausl. Studierenden ihre Hochschulzugangsberechtigung im Bundesgebiet erworben (sog. Bildungsinländer). Somit studierten im WS 2000/01 insg. 125714 Bildungsausländer an dt. Hochschulen (7,0 %). Im Vgl. studierten 1999 in F 12 % und Österreich 2 % ausl. Studierende. Hauptentsenderstaaten (nach D): VR China 7,0 %, Polen, 6,0 %, Russ. Föderation 4,7 %, F 4,4 %, Marokko 4,1 %, Türkei 4,1 %, Bulgarien 3,7 %, Kamerun 3,2 %, Spanien 3,1 % und Österreich 3,0 %.

Motivation, Belastung durch soziale Probleme (Ausländerfeindlichkeit, Kontakt-, Sprach-, Studien- und v.a. Finanzierungsprobleme) und Studienart (Voll- oder Kurzzeitstudium) sind bei Studierenden aus IL und EL (völlig) unterschiedlich. IL-Studierende studieren aus den gleichen Gründen in der BRD wie etwa dt. Studierende in F (Motivationen: Horizont erweitern, Sprachkenntnisse verbessern). Sie könnten problemlos auch zu Hause studieren. Dagegen kommen EL-Studierende in die BRD (oder andere IL), weil sie in ihrer Heimat keinen der raren Studienplätze erhalten. Gründe: ökon. bedingte minimale Studienkapazität, systematische Diskriminierung von Regimegegnern oder ethn. und relig. *Minderheiten in weiterführenden Bildungseinrichtungen vieler EL. Außerdem ist im Universitätswesen der *Dritten Welt die Skala angebotener Studiengänge und Fachrichtungen sehr begrenzt und die Qualität äußerst schlecht. Aus diesen Gründen betrieben ca. 90 % aller EL-Studierenden ein Vollzeit- oder Aufbaustudium. Studierende aus IL bleiben dagegen i.d.R. nur ein oder zwei Semester.

EL-Studierende studieren – entgegen verbreiteter Vorurteile und offizieller Lesart der Kultusmin.-Konferenz (KMK) – fast ebenso erfolgreich wie deutsche. Bei geringerer Studiendauer schließen 8 von 10 EL-Studierenden (gegenüber 9 von 10 Deutschen) ihr Studium erfolgreich ab.

Interessen, Ziele und Bedeutung des bundesdt. A. liegen in vier versch. Politikbereichen: In der Nachkriegszeit war der hochschul- bzw. wissenschaftspol. Beitrag (Wissenschaftsaustausch, Weltoffenheit und Internationalität der Hochschule) des A. entscheidend. Durch die außenpol. Isolierung während der Nazizeit waren die dt. Universitäten der Provinzialisierung anheim gefallen und hatten ihren Platz in der int. Hochschulgemeinschaft verloren. Die nachdrücklich betriebene Anwerbung ausl. Studierender (und Wissenschaftler) – auch aus der *Dritten Welt – war Ausdruck eines erheblichen Nachholbedarfs an int. Anerkennung. Zum Zweiten leistet das A. einen Beitrag zu Völkerverständigung und Kulturaustausch, den Zielen der bundesdt. auswärtigen Kulturpolitik. Dritter Bereich ist die Außenwirtschaftspolitik. Das A. ist ein wichtiges Instrument der Markterschließung und Exportförderung. Denn in IL ausgebildete Akademiker aus EL bekleiden nach ihrer Rückkehr Schlüsselpositionen in Pol. und Wirtsch. und knüpfen (bestimmt durch *Akkulturation, Sprachkenntnisse, persönliche Kontakte und Branchenkenntnis) Wirtschaftskontakte (v.a.: Orders von Technologie und Beratungsleistungen) vornehmlich mit ihrem ehem. Studienland. Darüber hinaus stellte man Ende der 1990er J. in D einen Fachkräftemangel fest und erklärte das *brain gain* zum Ziel. Dies kommt den individuellen Interessen der EL-Studierenden entgegen, läuft den Interessen der Herkunftsländer jedoch möglicherweise zuwider (→*brain drain*). Viertens hat das A. erhebliche e.-pol. Bedeutung. Die von den Hochschulen über das Ausbilden von EL-Studierenden erbrachten Leistungen zählen (im Gegensatz zu anderen *DAC-Ländern) in der BRD wegen Zuständigkeit und Trägerschaft der Bundesländer (Kulturhoheit) nicht zur EP, sind aber gleichwohl e.-pol. relevant. Mit jährl. 310 bis 460 Mio. € sind sie der mit Abstand wichtigste Einzelposten außerhalb des *BMZ-Etats. Hinzu kommen noch etliche hundert Mio. €, mit denen v.a. der *DAAD, offiz. Stellen in Bund und Ländern sowie etliche private Stiftungen (z.B. *CDG, *WUS) EL-Studierende per Stipendium fördern.

Allerdings hat das A. in e.-pol. Hinsicht grundsätzliche, strukturelle Nachteile. Die Studieninhalte in der BRD sind auf die Bedürfnisse eines hoch technisierten IL abgestimmt, in EL daher kaum anwendbar und e.-pol. oft dysfunktional. Die verstärkte Einführung e.-bezogener Studiengänge und der angestrebte Ausbau eines Graduiertensystems mit Bachelor- und Masterabschlüssen kann das Problem nur entschärfen, aber nicht lösen. Zusammen mit dem Phänomen der kulturellen Entwurzelung von Gaststudierenden und einem allg. Attraktivitätsgefälle zwischen IL und EL führt dies häufig zum Sinken der Rückkehrbereitschaft, zum Scheitern von Reintegrationsmaßnahmen und damit zu dem globalen Problem des *brain drain*. Zweifelsfrei wäre es besser, das A. in IL abzubauen und stattdessen der Dritten Welt beim Aufbau eigener Universitäten zu helfen. Doch Realisierungschancen für dieses Konzept sind so gut wie nicht vorhanden, v.a. deshalb, weil die meisten EL-Eliten ein leistungsfähiges Universitätswesen als herrschaftsgefährdend perzipieren. So gibt es zum A. auf absehbare Zeit keine Alternative.

In der BRD sind je nach Studiengang 6 bis 8 % aller Studienplätze für Ausländer reserviert. Im Gegensatz zu den USA und fast allen europ. Ländern werden keine Studiengebühren erhoben. Zusammen mit einer bis Anfang der 1980er J. ausländerrechtl. liberalen Zugangspraxis (Visavorschriften etc.) begründete dies den bisher weltweit hervorragenden Ruf des bundesdt. A. Im Zuge einer insg. verschärften Ausländerpol. setzten Anfang der 1980er J. drastische Maßnahmen – zuerst Zulassungs-Restriktionen der KMK 1981 und schließlich (Ende 1982) eine von der Innenmin.-Konferenz und der Reg. Kohl betriebene rigorose Verschärfung des Zugangsrechts – dem ein Ende. Unter Verletzung selbst unterschriebener Ziele der auswärtigen Kulturpol., der Exportförderung, der Bildungs- und EP und unter heftiger Kritik der Hochschulen betrieben Bund und Länder seitdem eine kurzsichtige Restriktionspolitik. Studienbewerber aus der *Dritten Welt waren in den 1980er Jahren ohne reelle Zugangschance, ausgenommen blieb nur die (ca. 10 %ige) Eliteminderheit der sog. Programmstudierenden (Stipendiaten und reg.-offizielle Austauschstudierende). Um diesen Negativ-Trend umzukehren, setzte 1995 eine intensive Diskussion zum Thema Wirtschafts- und Wissenschaftsstandort Deutschland ein. Seitdem ist die Internationalisierung der dt. Hochschulen – u. a. deutlich in der «Gemeinsamen Erklärung zur Stärkung der int. Wettbewerbsfähigkeit des Studienstandortes Deutschland» von KMK und *BMZ (1999) – zum obersten Ziel erklärt worden.

Beratungs- und Betreuungsarbeit im Bereich A. leisten *DAAD, *CDG, *WUS und die dt. Studentenwerke.

Lit.: M. Ehling, Als Ausländer an deutschen Hochschulen, Wiesbaden 1987; I. Buchrucker (Hg.), Studium und Rückkehr, Frankfurt 1991; M. J. Gorzini/H. Müller, Handbuch zur interkulturellen Arbeit, Wiesbaden 1993; K. Schnitzer/M. Schroeder, Die wirtschaftliche und soziale Lage der ausländischen Studierenden in Deutschland, Bonn 1996; S. Jensen, Ausländerstudium in Deutschland, Wiesbaden 2001; Bundesministerium für Bildung und Forschung, Internationalisierung des Studiums, Berlin 2002. jl/kg

Ausländische Direktinvestitionen (ADI) →Direktinvestitionen

Auslandsinvestitionen →Direktinvestitionen

Auslösungsschwelle →STABEX

Ausschuss für Entwicklungshilfe der OECD →DAC

Ausschuss für wirtschaftliche Zusammenarbeit →AwZ

Außenhandelspolitik Summe aller Maßnahmen, die einem Land zur Verfügung stehen, um den Erfolg oder Misserfolg seiner Eingliederung in die *Internationale Arbeitsteilung zu beeinflussen. Die A. eines Landes wird sowohl durch eigene Maßnahmen als auch durch Maßnahmen der Handelspartner des Landes beeinflusst. Ziel der A. eines Landes ist es, die Handelsströme (Exporte und Importe) in einer bestimmten, gewünschten Weise zu steuern. Die Möglichkeiten der Nutzung verschiedener Instrumente der A. wird von bi- und multilateralen Abkommen (z. B. EU-Binnenmarkt, *MERCOSUR, *WTO) beeinflusst, in deren Rahmen i. d. R. Kriterien für die Zulässigkeit und Anwendung solcher Instrumente festgelegt werden.

Motivationen für die A. sind u. a. der Schutz inl. Produzenten einschließlich der Arbeitskräfte, die Abwehr angeblich unfairen Wettbewerbs ausl. Konkurrenten, die Erleichterung der strukturellen Anpassung der inl. Wirtsch., die Vermeidung von Devisenknappheit (bei festen Wechselkursen). Instrumente hierzu sind Zölle (tarifäre *Handelshemmnisse, d. h. Steuern auf Ein- und Ausfuhr) und alle Arten *nichttarifärer Handelshemmnisse, wie z. B. mengenmäßige Beschränkungen (Quoten und Kontingente), völlige Einfuhrverbote, Gesundheits- und Sicherheitsauflagen, techn. Standards, variable Abgaben, Subvention der mit Importen konkurrierenden Produkte, Bevorzugung inl. Anbieter bei öfftl. Aufträgen und Selbstbeschränkungsmaßnahmen.

Tarifäre und nichttarifäre Handelshemmnisse sind in ihren Wirkungen sehr ähnlich. Ein Importzoll von 10 % des Werts eines best. Produktes verteuert den Preis der entsprechenden Importe um 10 %. Dadurch verringert sich die Wettbewerbsfähigkeit der ausl. Anbieter im Inland, während die inl. Produzenten ihre Preise und ihren Absatz anheben können. Der inl. Konsument muss einen höheren Preis als vor der Zollerhebung zahlen. Wird der Import durch den Zoll nicht völlig unterbunden, wie im Falle eines Prohibitivzolls, entstehen Zolleinnahmen für den Staat in Höhe von 10 % des Wertes der eingeführten Produkte. Die Protektionseffekte der meisten nichttarifären Handelshemmnisse ist vergleichbar; allerdings fließen keine Zolleinnahmen in die Staatskasse.

Die Differenz infolge eines Handelshemmnisses zwischen dem inl. und dem Weltmarktpreis eines Produktes wird als nominale Protektion bezeichnet. Sie unterscheidet sich von der tatsächlichen, der effektiven Protektion, welche die inl. Produzenten infolge des Handelshemmnisses genießen. Bei der effektiven Protektion wird berücksichtigt, dass die nominale Protektion häufig mit dem Verarbeitungsgrad ansteigt, z. B. sind die Nominalzölle für Rohstoffe meist niedriger oder gar null, während Halbfertigwaren und Fertigwaren mit höheren Zollsätzen belegt werden. Dieser Effekt wird auch als Zolleskalation bezeichnet. Die nominale Protektion bezieht sich auf den Preisunterschied infolge eines Handelshemmnisses, die effektive Protektion dagegen auf den Unterschied in der Wertschöpfung. Nominale und effektive Protektion seien anhand eines Beispiels erläutert. Der Importzoll für rohe Häute liegt in der EU bei 0 %, jener für Schuhe aus Leder beträgt rund 10 %. Eine best. Menge an Häuten, die auf dem Weltmarkt 100 € kostet, kostet (abgesehen von Transportkosten) auch in der EU 100 €; die nominale Protektion von rohen Häuten beträgt in der EU null %. Es sei nun angenommen, dass aus jener Menge Häute, die auf dem Weltmarkt 50 € kostet, Schuhe hergestellt werden können in einem Wert von (zu Weltmarktpreisen) 300 €. Infolge des Importzolles von 10 % können die Schuhproduzenten in der EU ihre Preise auf 330 € erhöhen und ihren Absatz ausweiten, die Produzenten, die von außerhalb in die EU liefern, erzielen nur 300 € und müssen Absatzeinbußen hinnehmen; die nominale Protektion beträgt 10 %. Die Schuhhersteller innerhalb der EU haben aus der Weiterverarbeitung von rohen Häuten zu Schuhen (vereinfacht betrachtet) eine Wertschöpfung von 230 € (330 € Erlös für die Schuhe minus 100 € für die rohen Häute) erzielt, ihre ausl. Konkurrenten dagegen nur 200 € (300 € minus 100 €). D. h., die Schuhproduzenten in der EU können ihre Wertschöpfung infolge des Nominalzollschutzes von 10 % gegenüber einer Situation ohne Zoll um 30 € erhöhen; die effektive Protektion beträgt demnach 15 % (30/200). Der Schutz der Schuhhersteller in der EU vor ausl. Konkurrenz ist somit effektiv höher als der nominale Zollschutz. Ausl. Anbieter haben es entsprechend schwerer, ihre verarbeiteten Waren auf dem EU-Markt abzusetzen. In manchen Fällen wird es für sie sogar vorteilhaft sein, nicht verarbeitete Produkte, sondern Rohstoffe in die EU zu exportieren. Auf diese Weise können mit dem Verarbeitungsgrad zunehmende Importzollsätze in IL die Weiterverarbeitung von Rohstoffen in EL behindern.

In vielen gerade für ärmere EL besonders relevanten Sektoren des Welthandels, z. B. im Agrar- und Textilbereich, sind verschiedene Handelshemmnisse in IL nach wie vor bedeutend. Bei vielen Agrarprodukten (Kaffee, Kakao etc.) ist z. B. in der EU eine Zolleskalation anzutreffen. Die Zollsätze für Textilien, Bekleidung und Schuhe liegen in der EU deutlich höher als der Durchschnittszoll für Ind.-Güter. Die A. eines Landes kann zudem direkte negative Auswirkungen auf Bev.-Gruppen eines anderen Landes haben. Am Beispiel der hoch subventionierten EU-Agrarexporte haben *Nichtstaatliche Organisationen aus der EU wiederholt auf schädliche Wirkungen dieser Pol. für Bauern, Nomaden oder Fischer in EL hingewiesen.

Die A. vieler IL enthält aber auch Maßnahmen zur Förderung von Importen aus EL und neuerdings auch aus den ehemaligen Staatshandelsländern. Im Rahmen bilateraler oder regionaler Abkommen hat die EU bestimmten Ländern und Ländergruppen einen bevorzugten Marktzugang gewährt. Dies trifft z. B. auf die im *Lomé-Abkommen mit der EU assoziierten *AKP zu oder auf die Mittelmeeranrainerstaaten. Auch mit verschiedenen mittel- und osteurop. Staaten existieren inzwischen erste vergleichbare Absprachen. nw/mw

Außenhandelstheorie Die A. hat drei Fragestellungen zum zentralen Untersuchungsgegenstand: 1. Wodurch sind Umfang, Struktur und Richtung des int. Warenaustauschs bestimmt? 2. Wodurch ist die Höhe der **terms of trade* bestimmt? 3. Wie sind die Außenhandelsgewinne (*gains from trade*) auf die am Handel beteiligten Länder aufgeteilt? Kern der Erklärung der *internationalen Arbeitsteilung durch die AH ist das Theorem der *komparativen Kosten. Außenhandel beruht demnach nicht nur auf abs. Produktionsvorteilen oder im Inland nicht absetzbarer Überschussproduktion (*vent for surplus*), wie noch A. Smith meinte. Vielmehr konnte D. Ricardo zeigen, dass es auch für ein Land vorteilhaft ist, am int. Warenaustausch teilzunehmen, wenn es in der Produktion aller Güter abs. unterlegen ist, sofern es nur in der Produktion einiger Güter komparative Produktionsvorteile aufweist.

Das Auftreten komparativer Produktionsvorteile wird in der A. mit den unterschiedlichsten Faktoren erklärt. D. Ricardo begründet sie mit einer von Land zu Land unterschiedlichen relativen Arbeitsproduktivität (*output/eingesetzte Arbeitskraft*). Wie bei den klassischen Ökonomen üblich, unterstellt er Arbeit als ausschlaggebenden Produktionsfaktor. Klimatische und andere Rahmenbedingungen der Produktion bewirken relative Produktionsunterschiede und da-

mit komparative Produktionsvor- und -nachteile.
Die etwas unrealistische Beschränkung auf nur einen Faktor kann umgangen werden, indem nicht die Faktorkosten betrachtet werden, sondern die Verzichtskosten, die anfallen, wenn die Produktion eines Gutes auf Kosten eines anderen ausgedehnt wird (Opportunitätskosten). Das *Faktorproportionentheorem* (Heckscher/Ohlin) nimmt im Gegensatz zu Ricardo identische Produktionsfunktionen an. Das relativ kapitalreiche Land weist einen komparativen Vorteil in der Produktion des *kapitalintensiv erstellten Gutes auf, das relativ arbeitsreiche Land in der Produktion des *arbeitsintensiven Gutes. Während Heckscher und Ohlin nur die Faktoren Arbeit und Kapital unterscheiden, differenziert das *Neo-Faktorproportionentheorem* Sachkapital, Ausbildungskapital und ungelernte Arbeit. Es trägt damit der Tatsache Rechnung, dass der Faktor Arbeit int. keineswegs homogen ist, sondern erhebliche Unterschiede im Qualifikationsniveau aufweist. Empirische Untersuchungen zeigen, dass dieser Ansatz sich besonders gut zur Erklärung des Austauschs von Ind.-Waren zwischen IL und EL eignet.
Wie die Qualifikation der Arbeitskräfte ist aber auch der Stand der Technologie int. nicht identisch. Die Produktionsfunktionen sind daher int. unterschiedlich und ändern sich im Zeitverlauf. Die Ind.-Erzeugnisse können dabei einen *Produktionszyklus durchlaufen. Zur E. eines neuen Produkts sind Forschung und unternehmerisches **Know-how* erforderlich. Neue Produktionsverfahren müssen entwickelt und erprobt werden. Mit zunehmender Ausreifung und Standardisierung werden die Herstellungsverfahren immer einfacher und wächst die Bedeutung von Sachkapital und ungelernter Arbeitskraft. Entsprechend verlagern sich die komparativen Produktionsvorteile von den hoch entwickelten IL, in denen technol. Wissen reichlich verfügbar ist, im Zyklusverlauf auf die relativ reichlicher mit Arbeitskraft ausgestatteten EL. So können sich die komparativen Produktionsvorteile eines Landes dynamisch verlagern, wenn sich die Produktionsbedingungen für ein bestimmtes Gut oder auch wenn sich die Arbeitsproduktivität bzw. die relative Faktorausstattung in einem Land ändern.
Bei den geschilderten Ansätzen stand die Erklärung der Struktur der weltwirtsch. Arbeitsteilung im Vordergrund. Eine Reihe von anderen Theorien fragt dagegen, wie sich die weltwirtsch. Arbeitsteilung speziell auf die beteiligten EL auswirkt, und konzentriert sich damit auf die Frage nach den *gains from trade* und den *terms of trade*. Diese Ansätze versuchen, die UE auf externe Faktoren zurückzuführen, indem sie gerade in der Einbindung der EL in die weltwirtsch. Arbeitsteilung einen wesentlichen Erklärungsansatz des E.-Gefälles zwischen EL und IL sehen. Sie gehen davon aus, dass für den Handel zwischen EL und IL das Gleichgewichtsdenken der neoklassischen Theorie des int. Handels, insb. das Theorem des Faktorpreis- und damit Einkommensausgleiches als Folge des Handels, nicht adäquat sei, sondern dass im Gegenteil unterschiedliche Machtschwergewichte zugunsten der IL zu einer asymmetrischen, die EL benachteiligenden Weltarbeitsteilung geführt haben.
Im Verlauf der Theoriediskussion sind verschiedene Ansätze entwickelt worden, von denen vier Hauptansätze hier benannt werden sollen:
– die Theorie der dominierenden Wirtsch. (*économie dominante*) von Perroux,
– die Wirkungsweise int. Kontereffekte von Myrdal,
– die Theorie der peripheren Wirtsch. von *Prebisch und die Prebisch/Singer-These der säkularen Verschlechterung der *terms of trade* für die EL sowie
– die Theorie des Verelendungswachstums von Bhagwati.
Sowohl Perroux als auch Myrdal sehen die negativen Folgen der Integration der

EL in ungleichen Machtverteilungen bei den int. Austauschbez. begründet. Nach Perroux besteht eine gewollte oder ungewollte Dominierung seitens der reifen Länder, die sowohl auf unterschiedliche Verhandlungsstärken als auch auf unterschiedliche Größen der beteiligten Länder zurückzuführen ist. Er verwendet in der Analyse der Bez. zwischen IL und EL nicht nur ökon. Angebots- und Nachfrageelemente, sondern auch soziopol. Faktoren wie Macht, Herrschaft und Zwang. Die ausgeübten Vormachtseffekte führen zu einem Ungleichgewicht im int. Handel zum Nachteil der dominierten EL, da der neoklass. Ansatz des *Zahlungsbilanzausgleichs (Preis, Einkommens- und Zinsmechanismus) versagt und es damit letztlich zu einer nur für die dominierende Volkswirtsch. vorteilhaften Arbeitsteilung kommt. Diese wird durch die Zahlungsbilanz- und E.-Hilfen der IL zementiert, die zur Erhaltung der Zahlungsfähigkeit der EL notwendig sind; denn EL sind zugleich Rohstofflieferant und Absatzmarkt für die IL.

Myrdal sieht die neoklassische Theorie des Ausgleichs der Güter- und Faktorpreise durch die Realität widerlegt. Vielmehr konstatiert er, dass sich die ökon. Variablen nur in eine Richtung ändern, die Gleichgewichte somit instabil sind, sodass sich der Ungleichgewichtsprozess nach einer Störung kumulativ verstärkt. Ohne wirtschaftspol. Eingriffe führt dies zu einer Konzentrierung positiver Effekte in den IL, während in den EL die negativen Kontereffekte (*back-wash effects*, z. B. **brain drain*) die geringen positiven Effekte (*spread effects*) der Handelsbez. bei weitem übertreffen. Diese Benachteiligung wird durch den Kapital- wie auch durch den Warenverkehr gestützt.

Weder die Dominationseffekte von Perroux noch die Kontereffekte von Myrdal lassen sich allerdings messen, sodass sie letztlich empirisch nicht überprüfbar sind. Diesen Versuch hat Prebisch unternommen zur Untermauerung seiner Theorie der peripheren Wirtsch., die die Welt in ein Zentrum (hoch industrialisierte Länder) und eine Peripherie (EL) aufteilt. Unterscheidungsmerkmale sind unterschiedliche Preis- und Einkommenselastizitäten der Nachfrage nach Primärgütern und Ind.-Produkten und die unterschiedliche Diffusion von Produktivitätsfortschritten, die in den IL in Form höherer Einkommen, durch die EL jedoch in Form niedriger Preise weitergegeben werden. Er schließt daraus, dass sich die realen Austauschverhältnisse (*terms of trade*) der EL, die überwiegend Primärgüter ausführen, verschlechtern, d. h. ein kontinuierlicher Einkommensstrom an die IL, die überwiegend Ind.-Produkte anbieten, abfließt, eine These, die ebenso von Singer vertreten wird.

Empirisch versuchte er dies an der E. der **commodity terms of trade* GBs im Zeitraum 1876/1880 bis 1946/47 zu belegen. Kritik ist sowohl an der mangelnden Aussagefähigkeit globaler *terms of trade* für die IL und die EL als auch an der statistischen Berechnungsmethode (Index, Wahl des Basisjahres) und der analytischen Beweisführung (Auswahl des *terms of trade*-Konzeptes) geübt worden. Weder eine Verbesserung noch eine Verschlechterung der *terms of trade* für die EL ist bisher eindeutig empirisch nachgewiesen worden. Die Theorie des Verelendungswachstums (*immiserizing growth*) von Bhagwati stellt praktisch eine Konkretisierung der Prebisch/Singer-These dar. Er zeigt anhand eines einfachen 2-Länder-2-Güter-Modells, dass eine forcierte Expansion des Exportsektors in EL bei unelastischer Nachfrage auf dem Weltmarkt zu Missallokationen von Produktionsfaktoren und Realeinkommensverlusten (Verelendung) führen kann, da mögliche Wachstumsgewinne durch *terms of trade*-Verluste infolge des erhöhten Angebots und damit sinkender Preise überkompensiert werden können. Relevant erscheint diese Überlegung allerdings nur für EL, die als bedeutende Monoexporteure von Primärgütern den Weltmarktpreis fühlbar beeinflussen können.

Auf dem Gebiet der Theorien, die sich kritisch mit den Folgen des int. Handels für die EL auseinander setzen, dürfen letztlich auch Ansätze der postkolonialen, revidierten *Imperialismustheorien, soweit sie das Problem ungleicher Machtverhältnisse im int. Handel in den Vordergrund stellen (z. B. Jalée), die Theorien des *ungleichen Tausches (insbesondere Emmanuel) und die Überlegungen der *Dependenztheoretiker nicht unerwähnt bleiben.

→Außenhandelspolitik, Exporterlösstabilisierung, GATT, Neue Weltwirtschaftsordnung, STABEX, TNK, WTO.

Lit.: N. Wagner/M. Kaiser/F. Beimdiek, Ökonomie der Entwicklungsländer, 2. Aufl., Stuttgart/New York 1989; R. Reichel, Markt oder Moral, Frankfurt a.M. 1994; M. J. Trebilcock/R. Howse, The Regulation of International Trade, London 1995; N. Grimwade, International Trade Policy, London u. a. 1996; R. Schubert (Hg.), Neue Wachstums- und Außenhandelstheorie, Berlin 1999. nw/mw

Auswärtige Kulturpolitik Neben der trad. Diplomatie und der Außenwirtschaftspolitik ist die AK die «Dritte Säule der Außenpolitik». Allg. umfasst die AK die int. Zusammenarbeit im kulturellen Bereich, d. h. die *bilaterale und *multilaterale Pflege der int. staatlichen und gesellsch. Beziehungen im Bereich von Kultur, *Bildung und Wissenschaft. Grundsätze, Ziele und Aufgaben der AK der BRD ergeben sich aus den Leitsätzen des Auswärtigen Amtes (AA) für die AK vom Dez. 1970 sowie aus der Stellungnahme der Bundesreg. vom Sept. 1977 zum Bericht der 1970 eingesetzten Enquete-Kommission Auswärtige Kulturpolitik. *Grundsätze und Ziele:* 1. Förderung der Stellung und des Ansehens der BRD durch ihre Legitimation als Kulturstaat; 2. Bewahrung des Gedankens der Einheit der deutschen Kultur trotz der (damaligen) staatlichen Teilung; 3. Orientierung der AK an den Zielen der dt. Außenpolitik; 4. Partnerschaftliche Zusammenarbeit mit anderen Nationen, d. h. kein einseitiger «Kulturexport», sondern Betonung der kulturellen Wechselbeziehungen auf der Grundlage eines auf Gegenseitigkeit angelegten erweiterten Kulturbegriffs; 5. Förderung des Ansehens der BRD durch die Vermittlung eines ausgewogenen, wirklichkeitsnahen und selbstkritischen Bildes vom Leben und Denken in der BRD. *Aufgaben:* 1. Förderung der deutschen Sprache im Ausland; 2. Förderung des Auslandsschulwesens; 3. Vertiefung des Austauschs und der int. Kooperation im Bereich von Wissenschaft und *Hochschule; 4. Ausbau der int. Zusammenarbeit im Bereich kultureller Medien; 5. Unterstützung der Begegnung und des Austauschs zwischen gesellsch. Gruppen; 6. Verstärkung der multilateralen Zusammenarbeit in int. kulturellen Organisationen.

Die Förderung der dt. Sprache im Ausland wird zwischen den zuständigen Mittlerorganisationen (*Goethe-Institut, *DAAD, Zentralstelle für das Auslandsschulwesen) untereinander und mit dem AA im Rahmen der ständigen Arbeitsgruppe «Deutsch als Fremdsprache» koordiniert. Entsendung von Lektoren durch den DAAD, Unterstützung von Auslandsschulen und Goethe-Instituten (Verbindungsarbeit zu Unterrichtsbehörden), Förderung des Deutschunterrichts in den Bildungsinstitutionen des Gastlandes, Sprachlehrerausbildung und Stipendien für das *Ausländerstudium sind hierbei wichtige Maßnahmen.

Auf den Kulturaustausch mit der Dritten Welt entfällt ca. die Hälfte der Mittel des Kulturhaushaltes des AA. Besonders enge Bez. bestehen zu den lateinamerik. Staaten (Konzentration v. a. auf die Auslandsschulen). In Asien existieren enge Kulturbeziehungen zu Indien, Indonesien, Korea und Afghanistan (v. a. Zweigstellen des Goethe-Instituts und wiss. Zusammenarbeit). Die Bez. zur VR China haben sich in den letzten J. intensiviert. Ägypten und Iran sind die Schwerpunktländer im Nahen und Mittleren Osten. Aufbau des Bildungswesens und Unterstützung bei der kulturellen Selbstverwirklichung sind Ziele der AK in den afrik. Staaten südl. der Sahara. Neben den Bemühungen, die Kenntnis der BRD und der dt. Sprache in den afrik. EL zu verbessern, fördert das AA die Präsentation afrik. Kultur in der BRD. ah

Autoritäre Regime AR stellen (neben *demokratischen und totalitären Regimen) einen eigenen Regimetyp dar. In der *Dritten Welt bildeten sie in den 1970er und 1980er J. im Gegensatz zu den westl. IL, unter denen kein aR existierte, nahezu den Normalfall: Fast zwei Drittel der EL wurden autoritär regiert.

AR sind versch. ausgeprägt. Zu deskriptiv-analytischen Zwecken können einige Merkmale unterschieden werden, deren Kombination im konkreten Fall den Typ des aR bestimmt. Hierbei sind versch. Merkmalsebenen zu trennen:

1) Die *soziale und pol. Machtbasis* aR kann von unterschiedlichen gesellsch. Gruppen gebildet werden. AR können zivil, milit., *ethnisch, religiös und/oder (falls die Bürokratie in Staat und öfftl. Wirtsch. eine Schlüsselfunktion einnimmt) bürokratisch gestützt sein. Kombinationen dieser Merkmale sind häufig. Für Militärregime wird das zivil-milit. Element betont, für den sog. neuen Autoritarismus in LA das bürokratisch-milit. Im arab. Raum z. B. lassen sich die Monarchien Saudi-Arabiens und Marokkos als ethn.-religiös typisieren.

2) Das *Legitimationsmuster* aR variiert zwischen trad., charismatischer, pol.-situativer und e.-ideol. Legitimation. Das Konzept der «traditionalen Legitimität» geht auf Max Weber zurück und bezeichnet die «Autorität des ‹ewig Gestrigen›: der durch unvordenkliche Geltung und gewohnheitsmäßige Einstellung auf ihre Innehaltung geheiligten Sitte». Sie schließt die religiöse Rechtfertigung pol. Autorität mit ein, wie sie z. B. in islamischen Ländern auf Basis des Korans erfolgt. Auf Max Weber gründet sich ebenso das Konzept der charismatischen Legitimität, d. h. die Anerkennung eines Führers durch seine Anhänger in Form der «aus Begeisterung oder Not und Hoffnung geborene(n) gläubige(n) ganz persönliche(n) Hingabe». Pol.-situativ sind aR legitimiert, wenn die Bev. etwa durch einen Militärputsch schlimmere E. abgewendet sieht (Chile 1973); diese Legitimation ist zeitlich begrenzt und verlangt alsbald andere Rechtfertigungsmuster, die in EL vielfach in «technokratischen Lösungen» und E.-Leistungen bestehen. Diese e.-ideologische Legitimation gründet sich auf (vermeintlich) höhere E.-Leistungen aR und war Kern etlicher Varianten von *Sozialismus und *Nationalismus in der Dritten Welt.

3) Die dritte Merkmalsebene bezieht sich auf *die Struktur der pol. Macht* und kreist um die Fragen, wie in aR die Macht verteilt ist und über welche Mechanismen Führung und Herrschaftseliten verbunden sind. I. d. R. haben aR die Macht zentralisiert. Horizontale Gewaltenteilung in Exekutive, Legislative und Judikative sowie vertikale Gewaltenteilung (versch. Systemebenen mit autonomen Entscheidungsbereichen) bestehen allenfalls formal, nicht aber substanziell. Dies ist Definitionsmerkmal aR. Pol. Institutionen, die formal demokrat. Systemen gleichen, müssen daher auf ihre tatsächliche Funktion im pol. Prozess untersucht werden. Überdies ist in EL im Vergleich zu IL ein hohes Maß an Personalisierung des Politischen festzustellen, einerlei, ob es sich um demokrat. oder aR handelt. Personalistisch ist die Führung, wenn die Macht in einer Person und nicht oder nur in zweiter Linie in pol. Institutionen konzentriert ist. Personalistische Machtausübung geht oft mit charismatischen Führern (hist. Beispiele: *Nasser, *Nkrumah, Sekou Touré, *Sukarno, *Nyerere) einher. Auch den **caudillismo* kann man als Typus autoritärer Herrschaft definieren, der nicht institutionell verankert ist, sondern primär auf persönlichen Führungsqualitäten des oder der Herrschenden beruht. Im Ggs. zur caudillistischen Trad. milit. Besetzung der Pol. in LA ist die pol. Führung im bürokratisch-milit. Autoritarismus nicht personalistisch, sichtbar in der per-

sonellen Rotation bei der Ausübung des Präs.-Amtes (Brasilien, Argentinien, Peru). Wichtigste Varianten personalistischer Herrschaftsform sind der *Klientelismus und der *Patrimonalismus.
4) Die *Beziehung zwischen Machthabenden und Machtunterworfenen* ist in aR durch ein einheitliches Muster gekennzeichnet: der «Gewalt von oben». Verletzungen der *Menschenrechte und Ströme von *Flüchtlingen zeugen davon. In Ausmaß und Form der Repression unterscheiden sich die Regime allerdings. AR lassen sich zudem nach einem *ausschließenden* und einem *einschließenden* Typ unterscheiden, je nachdem, ob die pol. Partizipation der Bev. unterbunden (Verbot pol. Parteien und autonomer gesellsch. Interessenverbände, insb. der Gewerkschaften) oder über kontrollierte Partizipationskanäle gesteuert wird. Dabei wird z.B. auf demokrat. Formen (Wahlen, Plebiszite) zurückgegriffen, die jedoch inhaltlich ausgehöhlt (keine Konkurrenz zur regimetragenden Partei/Bewegung, keine Wahlfreiheit) und häufig gefälscht werden (Wahlmanipulationen). Auf den partizipatorischen Effekt verweisen Begriffe wie «mobilisierend» und «*populistisch», mit denen auf den Versuch aR abgehoben wird, die Massen als Stütze ihres Regimes und ihrer pol. Ziele zu gewinnen.
5) AR müssen zudem in ihren hist. (insb. hist.-strukturellen) Kontext verortet werden; er kann von Regime zu Regime versch. sein, prägt aber den speziellen Typ des aR entscheidend mit. Beispielsweise sind aR repressiver und demobilisierender, wenn sie auf hochgradig politisierte und sozialrevolutionäre Verhältnisse folgen.
6) Weiterhin differieren aR in ihrer Politikorientierung; sie sind hinsichtlich ihrer *policies* keinesfalls festgelegt, wenn auch sozial-fortschrittliche aR weitaus seltener anzutreffen sind als Status-quo-fixierte. →Demokratisierung

Lit.: G. O'Donnell, Modernization and Bureaucratic Authoritarianism, Berkeley 1973; J. J. Linz, Totalitarian and Authoritarian Regimes, in: F. I. Greenstein/N. W. Polsby (Hg.), Handbook of Political Science, Bd. 3, S. 175–411; F. Büttner u. a., Reform in Uniform? Militärherrschaft und Entwicklung in der Dritten Welt, Bonn-Bad Godesberg 1976; D. Collier (Hg.), The New Authoritarianism in Latin America, Princeton 1979; F. Nuscheler, Erscheinungs- und Funktionswandel des Prätorianismus in der Dritten Welt, in: CIVITAS 16 (1979), S. 171–213; H. F. Illy/R. Sielaff/N. Werz, Diktatur-Staatsmodelle für die Dritte Welt, Freiburg u. a. 1980; F. Nuscheler (Hg.), Dritte Welt Forschung, Opladen 1985; H. E. Chehabi/J. J. Linz, Sultanistic Regimes, London 1998; W. Merkel, Systemtransformation, Opladen 1999. dn

Autozentrierte Entwicklung Eigenständige E., e.-strategisches Konzept, das ursprgl. innerhalb der *Dependencia-Theorien zu verorten war. Ausgehend von der Bestimmung der EL-Ökonomien als verkrüppelte Ökonomien, die keine vollständigen Wirtschaftskreisläufe kennen, empfahl die Strategie autozentrierter E. den Aufbau einer lebensfähigen Ökonomie, gestützt auf die lokal verfügbaren *Ressourcen und gekennzeichnet durch ökon. Verkoppelungen und Vermaschungen, die ein integriertes Gebilde entstehen lassen. Dazu werden wirtschaftspol. Maßnahmen empfohlen, die mehr oder weniger gleichzeitig in Angriff zu nehmen seien: 1. Aufbau eines eigenen ind. Sektors für die Produktion von Produktionsmitteln und Zwischengütern; 2. Entwicklung neuer, insb. *angepasster Technologien sowie Fortentwicklung und Anpassung bestehender Technologien; 3. Produktivitätssteigerung in der Landw.; 4. ind. Produktion von Massenkonsumgütern, die zur Befriedigung der *Grundbedürfnisse der Masse der Bev. geeignet sind. Autozentr. E. verstand sich als binnenmarktorientiert und propagierte *Dissoziation aus dem Weltmarkt, wenn anders nicht die strukturelle Reorganisation einer EL-Ökonomie bewerkstelligt werden könne. Seit der Erfahrung der *Schwellenländer v. a. in Südostasien sind ursprgl. Annahmen fallen gelassen worden, so jene, dass der kostengünstigere Weltmarkt innerhalb der asymmetrischen Struktur der Austauschbez. zwischen IL und EL die strukturelle Verkrüppelung der weniger produktiven Ökonomie vertiefe. Seither gilt, dass a. E. über unterschiedliche Strategien erreicht werden kann. Damit wurde die frühere enge Verbindung des Begriffs mit der Dependenztheorie aufgehoben. Der Wandel im Verständnis des Begriffs lässt sich in den Schriften von D. Senghaas nachlesen.

Lit.: D. Senghaas, Weltwirtschaftsordnung und Entwicklungspolitik, Frankfurt 1977; U. Menzel/D. Senghaas, Europas Entwicklung und die Dritte Welt, Frankfurt 1986; W. Hein: Autozentrierte Entwicklung, in: E + Z 36 (10), 1995, S. 271–274; W. Hein, Dieter Senghaas (1940–). Von Europa lernen: Autozentrierte Entwicklung und Zivilisierung, in: E + Z 40 (6), 1999, S. 172–175. dn

AvH Alexander von Humboldt-Stiftung, 1860 in Berlin gegr. und 1953 in Bonn wiedergegr. öfftl. Stiftung des privaten Rechts, die hoch qualifizierten (promovierten) ausl. Wissenschaftlern aller Länder und Fachgebiete durch Stipendien die Möglichkeit bietet, in Kooperation mit dt. Wissenschaftlern ein Forschungsvorhaben eigener Wahl in der BRD durchzuführen. Auswahlkriterium ist die wiss. Qualifikation; Quoten für Länder oder Disziplinen bestehen nicht. Bislang wurden mehr als 10000 ausl. Wissenschaftler gefördert, der Anteil der Forscher aus EL beträgt hierbei ca. 27 %. Adresse: Jean-Paul-Str. 12, 53173 Bonn. Internet: www.avh.de. red

AwZ Ausschuss für wirtschaftliche Zusammenarbeit des Deutschen Bundestages, entsprechend der Mandatsverteilung im Bundestag aus Mitgl. der Fraktionen zusammengesetzt (1998–2002: SPD 12, CDU/CSU 9, B90/GRÜNE 2, FDP 2, PDS 1), spielt angesichts der großen Bedeutung der Ausschussarbeit im Parlamentarismus der BRD eine beachtliche Rolle. Außer den regulären (nicht-öfftl.) Sitzungen führt der AwZ auch öfftl. Anhörungen mit Sachverständigen zu e.-pol. Themen durch. Nachdem in den 1970er J. Themen im Umkreis des *Nord-Süd-Konflikts im Mittelpunkt der öfftl. Ausschussarbeit gestanden hatten, behandelten die seit Anfang der 1980er J. veranstalteten Anhörungen v. a. die Themen * ländliche E., bilaterale und multilaterale Aspekte der *Verschuldungskrise, Verhältnis zwischen öfftl. und privat getragener *E.-Hilfe (→Direktinvestitionen, Nichtstaatliche Organisationen, Öffentliche Hilfe), Zusammenhang zwischen *Rüstung und E. dn

AZAPO →ANC

B

backward linkages →*external economies*, →*linkage-Effekte*
backwash effects →Außenhandelstheorie
BADEA →Arabische Entwicklungshilfe an Afrika
Bagdad-Pakt →CENTO
Bahamas →Karibik
Bahrain

Fläche (Tsd. qkm): 0,68
Bev. (Mio.) 2000: 0,69
BNE pro Kopf (US-$) 1998: 7640
BIP (Mio. US-$) 1998: 5350
LE (Jahre) 1999: 73,0
Analphabetenquote (%) 1999: 13,0
HDI 1999: 0,824 [Rangplatz von 162: 40]

1. 33 Inseln, die im Persischen Golf zwischen Saudi-Arabien und der Halbinsel Katar liegen, bilden das Staatsgebiet des Emirats B. Die bedeutendsten sind B. (ca. 85 % der Gesamtfläche), Hawar, Muharraq und Um Nassan. Ihre Oberfläche ist – abgesehen von den bewässerten Flächen (weniger als 5 % des Landes) – Wüstengebiet.
2. Bevor die pol. Macht in B. 1782 von der noch heute herrschenden Familie al-Chalifa übernommen wurde, war B. im Besitz der Portugiesen (seit 1507) und Perser (seit 1602). Durch Verträge mit GB wurde B. im 19. Jh. zum Protektorat (GB für Verteidigung u. Auswärtiges zuständig). 1971 zog GB seine Truppen ab und erkannte B. als unabh. Monarchie an.
3. Bei einem jährl. Bev.-Wachstum von 3,2 % (1985–92) sind 40 % der Ew. des Emirats unter 15 J. alt. Der Ausländeranteil ist mit 36,4 % (1992) rel. hoch. 81 % der Bev. leben in den Städten (Hs.-Gebiet Manama, 1987 gesch.: 150000 Ew.). 95 % der Bev. gehören dem Islam an.
4. Die Wirtsch.-Struktur B.s ist von der Erdöl/Erdgasind. bestimmt, in der allerdings nur ein kleiner Teil (rd. 4 %) der Erwerbsbev. arbeitet (1991: in der Landw. 2 %; im Produktionssektor 28 %; 70 % im Dienstleistungssektor). Der Ölsektor wird gelenkt durch die staatl. Agenturen BANOCO (Bahrain National Oil Company) und BAPCO (Bahrain Petroleum Company), die auf B. eine der größten und modernsten Erdölraffinerien des Mittleren Ostens betreibt, in der v. a. Öl aus Saudi-Arabien verarbeitet wird. Seit den 1970er J. wird die Ölförderung reduziert. Der Ölsektor erbringt aber immer noch rd. 70 % der Staatseinnahmen. Da die Reserven bei Erdgas erheblich größer sind als beim Erdöl, wurde die Erdgasproduktion (ebenfalls mehrheitlich in Staatsbesitz) in den letzten J. stark ausgeweitet. Zudem betreibt B. die *Diversifizierung der Wirtsch.-Struktur durch den Aufbau großer Ind.-Anlagen für den Export (Aluminium, Eisen, Stahl, Petrochemie; wichtigster Handelspartner ist Saudi-Arabien) und den Ausbau des Dienstleistungssektors (**offshore*-Banken, Flugverkehr, regionaler *Tourismus). Dennoch haben sich die wirtsch. Rahmendaten B.s insgesamt verschlechtert. Für sozialen Zündstoff sorgt die hohe Arbeitslosigkeit von 15 % (1995).
5. Die sozialen Spannungen zwischen den beiden großen ethn.-relig. Volksgruppen B.s, den eher persisch orientierten Schiiten, die ca. 65 % der Bev. ausmachen, und den arabisch orientierten Sunniten, die ca. 30 % der Bev., aber fast die gesamte pol. u. wirtsch. Elite des Landes (u. a. die Familie des Emirs) stellen, führten in den 1990ern immer wieder zu gewalttätigen Unruhen, bei denen die Polizei hart gegen die – teils militante – schiitische Oppositionsbewegung durchgriff. Die Oppositionellen forderten pol. und wirtsch. Reformen, die zur Gleichstellung der schiitischen Bev.-Mehrheit führen sollten. Die Unruhen stellten die schwerste innenpol. Krise B.s seit der Unabh. dar. Sie erschütterten, zusammen mit den wirtsch. Problemen, die rel. libe-

rale Ausrichtung des Emirats, die sich in einem gut entwickelten Gesundheits- und Bildungswesen, einer rel. Integration der Frauen ins öfftl. Leben und einer liberalen Rechtspraxis ausdrückt. Mit der Reformpolitik des seit 1999 regierenden Emirs kam es zu einer deutlichen Entspannung der Lage. 2001 kam es zu einer Amnestie aller pol. Gefangenen und zur Aufhebung der Notstandsgesetze.

6. Der Emir von B. (1961–1999: Scheich Isa bin Sulman al-Chalifa; seit März 1999: Scheich Hamad Ibn Isa al-Chalifa) regiert mit einem 15-köpfigen Ministerrat, der vorwiegend aus seinen Verwandten besteht. 1973 wurde eine Verfassung und ein Parl. eingeführt, jedoch bereits 1975 wieder suspendiert. Parteien und Gewerkschaften sind nicht zugelassen. Auf ausl. Druck wurde 1993 ein Konsultativrat eingerichtet, dessen vom Emir ernannte Mitglieder (seit 1996: 40) den Ministerrat beraten und Gesetzesvorschläge einbringen können. 2001 sprach sich die Bev. in einem Referendum mit 94,8 % der Stimmen für eine von dem neuen Emir vorgeschlagene Nationalcharta aus. Darin ist die Umwandlung B.s in eine konstitutionelle Monarchie, das Recht auf Meinungsfreiheit und die Einführung eines Parl. mit zwei Kammern vorgesehen. Bei den Kommunalwahlen im Mai 2002, den ersten Wahlen seit der Auflösung des Parl. 1975 überhaupt, hatten Frauen erstmals das aktive und passive Wahlrecht.

7. Außenpol. ist B. zum einen eng mit GB und den USA verbunden, die milit. Stützpunkte auf B. unterhalten. Zum anderen ist B. Gründungsmitgl. des Golf-Kooperationsrats (*GCC), der ihn vor der iranischen Bedrohung schützen soll. Der jahrelange Territorialstreit mit Katar um die Hawar-Inseln, auf denen reiche Erdöl-/Erdgasvorkommen vermutet werden, konnte 2001 durch einen Schiedsspruch des *IGH in Den Haag beigelegt werden.

Lit.: E. A. Nakleh, Bahrain. Political Development in a Modernizing Society, Lexington u. a. 1976; J. Zimmermann, Bahrain, in: U. Steinbach/R. Robert, Der Nahe und Mittlere Osten, Bd. 2, Opladen 1988, S. 73 ff.; K. Schliephake, Bahrain, in: HDWIII, 6, 1993, S. 296 ff. rs/kd

Baker-Plan Vom damaligen Finanzmin. der USA, James Baker, auf der Weltwährungskonferenz im Okt. 1985 (Seoul) vorgeschlagenes Modell zur Lösung der int. Schuldenkrise (→Verschuldung). Der Plan sah vor, den 15 Hauptschuldnerländern (darunter 11 Länder aus LA) in den folgenden drei J. zusätzliche Kredite durch öfftl., int. (*IWF, *Weltbank) und private Gläubiger (Geschäftsbanken) zur Verfügung zu stellen, um eine neue Wachstumsphase in den betreffenden EL einzuleiten und so ihre Schuldendienstfähigkeit wiederherzustellen bzw. zu steigern. Im Gegenzug sollten sich diese EL verpflichten, umfassende Strukturreformen ihrer Wirtsch. nach marktwirtsch. Prinzipien in Richtung einer weltmarktorientierten Wachstumsstrategie durchzuführen. Der Plan bedeutete einen gewissen Strategiewechsel im Management der Schuldenkrise, da er die bis dato vom *IWF favorisierte Austeritätspolitik (Eindämmung von Inflation und Bilanzdefiziten durch drastische Sparmaßnahmen) als ungeeignet erkannte. Grundidee blieb aber, dass die EL aus ihren Schulden ‹herauswachsen›, sie also vollständig zurückzahlen sollten. Die Initiative stieß bei Schuldnern und v. a. auch bei den privaten Gläubigern auf Skepsis und wurde bis 1988 nur im Fall Mexikos berücksichtigt. Eine effektive Trendwende im int. Management der Schuldenkrise leitete erst der 1989 lancierte *Brady-Plan ein. bt

balanced growth Innerhalb der ökon. E.-Theorie besagt die von P. N. Rosenstein-Rodan und R. Nurkse vertretene B.-g.-Theorie, dass sich selbst tragendes wirtsch. *Wachstum (*self-sustained growth*) in EL nur durch ein Gesamtkonzept aufeinander abgestimmter *Investitionen, die gleichzeitig vorgenommen werden und wechselseitig die Nachfrage nach Produkten schaffen, herbeigeführt werden kann. Dieser Theorie zugeordnet sind zwei strategische Elemente: 1. die * *big push*-Theorie von P. N. Rosenstein-Rodan; 2. die Theorie des «kritischen Minimums» (*critical minimum effort*) von H. Leibenstein. Sie setzt das Wachstum des Nationaleinkommens mit dem Wachstum der Bev. in Beziehung und postuliert, dass der Umfang des Kapitaleinsatzes zumindest so groß sein muss, dass die JZ des Nationaleinkommens höher ausfällt als die der Bevölkerung. Gegentheorie: * *unbalanced growth*. dn

Bamako-Initiative Initiative der * UNICEF und der * WHO von 1987 zur Beteiligung der Bev. an der Finanzierung der Gesundheitssysteme und an Entscheidungen darüber in Afrika mit dem Ziel eines verbesserten Zugangs zur Primary Health Care (PHC). red

Lit.: UN-ECOSOC, The Bamako Initiative. Progress Report, New York 1992.

Bandung-Konferenz Vorläufer der Konferenzen der * Blockfreien; erste afroasiatische Konferenz April 1955, auf der 23 asiat. und sechs afrik. Staaten vertreten waren. Verabschiedung der «Fünf Prinzipien der friedlichen Koexistenz», die von J. Nehru anknüpfend an alte indische Leitideen formuliert wurden: 1. gegenseitige Achtung der territorialen Unverletzlichkeit und Souveränität; 2. gegenseitiger Nichtangriff; 3. gegenseitige Nichteinmischung in die internen Angelegenheiten des anderen; 4. Gleichheit und gegenseitiger Nutzen; 5. friedliche Koexistenz. dn

Bangladesh

Fläche (Tsd. qkm): 144
Bev. (Mio.) 2000: 130
BNE pro Kopf (US-$) 2000: 380
BIP (Mio. US-$) 2000: 47 864
LE (Jahre) 1999: 60,7
Analphabetenquote (%) 1999: 59
HDI 1999: 0,470 [Rangplatz von 162: 132]

B. galt lange nach seiner Unabh. (1971) als «hoffnungsloser Fall» eines EL; Resignation hat inzwischen verhaltenem Optimismus Platz gemacht: nicht nur, dass das Pro-Kopf-Einkommen langsam steigt; es haben sich auch die Sozialindikatoren verbessert: z. B. der HDI von 0,332 im Jahre 1975 auf 0,414 1990 und 0,470 1999.

1. Mit 997 Ew./qkm weist B. die höchste Bev.-Dichte unter allen Flächenstaaten auf. Das Bev.-Wachstum wurde in den letzten Jahren deutlich geringer, für 2000–2015 wird eine JZ von nur noch 1,3 % erwartet. Die große Landknappheit (13,8 Mio. ländl. Haushalte besitzen weniger als 0,4 ha) und die rückständige Produktionstechnik erlauben keine ausreichende Nahrungsmittelproduktion; Bodenschätze (außer Erdgas) fehlen fast völlig. Die Ind. (11 % des BIP) ist wenig entwickelt (Textilien, Jute), der allg. Bildungsstand ist bei der weibl. Bev. (71 % Analphabeten) noch niedriger als bei der männl. Bev. (48 %); eine allg. Schulpflicht gibt es nicht. Ebenso unzureichend sind der allg. Gesundheitszustand und die ärztl. Versorgung (1990: 1 Arzt auf 5240 Ew.).

2. Die noch völlig dominierende Landw. ist von der Verfügbarkeit von Wasser abh., ein Zuwenig (Dürre) oder Zuviel (Überschwemmung) bedeuten für die Bev. und die Wirtsch. jedes Mal eine existenzielle Bedrohung. In der Außenwirtsch. gelang es B., sich von der einseitigen Abh. von der Jute zu lösen; sie wurde von Bekleidung abgelöst, bei der die niedrigen Löhne einen Standortvorteil bedeuten. Der Bedarf an Importwaren ist praktisch unbegrenzt, da B. nicht nur fast alle Ind.-Erzeugnisse, sondern auch Nahrungsmittel (Weizen, Speiseöl, Reis) einführen muss. Die Finanzierung des Importüberschusses geschieht überwiegend durch Schenkungen und Kredite zu Vorzugsbedingungen aus dem Ausland, bes. Japan, den USA und den anderen IL, der * Weltbank und den islam. Erdöl exportierenden Ländern. Dazu kommen die Heimüberweisungen (2000/2001: 1,9 Mrd. US-$) der im Ausland arbeitenden Bangladeshi (v. a. in Nahost). Eine Besonderheit B.s ist die große ethn., sprachliche und relig. Homogenität: Die Bev. besteht fast ausschließlich aus Bengalen, spricht und schreibt Bengali, eine alte Li-

teratursprache, und bekennt sich zu 87 % zum Islam (seit 1988 Staatsreligion). Mit der angrenzenden ind. Provinz West-Bengalen teilt B. die Geschichte, die Herkunft, die Sprache und Schrift, nicht aber die Religion: Dort sind es mehrheitlich Hindus. Eine problematische *Minderheit sind die mehrere hunderttausend Biharis, meist aus der ind. Provinz Bihar stammende und Urdu sprechende *Flüchtlinge, die sich als Moslems nach der Teilung Indiens 1947 für Pakistan entschieden. Weil ihnen vorgeworfen wird, während des Unabh.-Krieges mit den Westpakistani kollaboriert zu haben und damit für den Tod von bis zu 3 Mio. Menschen mitverantwortlich zu sein, und sie auch vor 1971 nicht integriert waren, leben sie noch immer vielfach in Lagern; nur ein Teil von ihnen konnte nach Pakistan auswandern. Die zahlenmäßig größte Minderheitengruppe sind die Hindus (12,2 %), davon die Hälfte Angehörige der «eingetragenen» (niederen) Kasten; ferner sind die (meist buddhistische) Stammesbev. (0,6 %) und die Christen (0,3 %) zu nennen.

In den Stammesgebieten der Chittagong Hill Tracts kam es zu langen bewaffneten Auseinandersetzungen, die erst 1997 von der Reg. Sheikh Hasina Wahid durch einen Vertrag mit den Aufständischen beigelegt werden konnten. Hauptproblem des Landes ist die Versorgung der Bev. mit Nahrungsmitteln. 29 % der Bev. haben ein Einkommen mit einer Kaufkraft von weniger als 1 US-$ am Tag und gelten nach Angaben der UNDP (2001) als arm, nach nat. Standards 36 % der Bev.; die Ernährung ist bei 2201 kcal pro Kopf und Tag (1999) wenigstens im Durchschnitt knapp ausreichend. Da fast das ges. Staatsgebiet landw. genutzt wird, ist eine Steigerung der Nahrungsmittelproduktion nur durch eine erhöhte Anbauintensität (z. Z. 154 %) und verbesserte Anbaumethoden zu lösen, da die Hektarerträge trotz der potenziell hoch ertragreichen Schwemmlandböden unter denen anderer EL liegen. Neben dem – zumindest techn. – lösbar erscheinenden Problem der Steigerung der Agrarproduktion gibt es ein akutes Verteilungsproblem, das sich v. a. bei den landlosen (und unterbeschäftigten) Landarbeitern und den arbeitslosen bzw. unterbeschäftigten **squatters* in den wenigen großen Städten stellt. Da unter den derzeitigen Bedingungen die Aufnahmefähigkeit der bangl. Landw. und des ländl. Handwerks und Gewerbes erschöpft ist, steht B. eine weitere rapide *Urbanisierung bevor. Die Hs. Dhaka gilt als eine der am schnellsten wachsenden Metropolen der Welt: Sie hatte 1951 erst 0,34 Mio. Ew., 2001 waren es mit Vororten mehr als 10 Mio.

3. Der hier lagernde pol. Zündstoff kam nur deshalb noch nicht zur Entzündung, weil er von anderen Problemen verdeckt wurde: Bis 1947 stand die Frage der Unabh. von der ehem. Kolonialmacht GB bzw. von einem überwiegend hinduistischen Staat Indien, danach die Kontroverse zwischen O- und W-Pakistan über die tatsächliche oder vermeintliche Benachteiligung des heutigen B. im Mittelpunkt; im Anschluss an die erfolgreiche Sezession (1971) stand der Wiederaufbau der fast völlig zerstörten Industrieanlagen und *Infrastruktur sowie der Ersatz der nach Pakistan oder ins Ausland geflüchteten Führungskräfte im Vordergrund; auch mussten die 10 Mio. vorübergehend nach Indien geflüchteten Bangladeshi wieder eingegliedert werden.

Die Einziehung des Vermögens der (West-)Pakistani, die Ind., Handel, Verkehr und Banken fast völlig kontrolliert hatten, leitete eine groß angelegte Verstaatlichung ein. Der Versuch des populären Führers der Unabh., Sheikh Mujibur Rahman, B. mit Hilfe der SU und ind. Unterstützung in ein soz. Land zu verwandeln, führte zu einer völligen Lähmung der Wirtsch., die sich noch nicht von den Schäden des Unabh.-Krieges erholt hatte. 1974 geriet B. nach einer erneuten Missernte in eine Hungersnot; pol. Differenzen mit den USA (Kuba-Embargo) verhinderten eine frühe Linderung durch umfangreiche Nahrungsmittellieferungen aus dem Ausland. Zunehmender Personenkult, Korruption, Fraktionskämpfe innerhalb der regierenden Awami-Liga sowie umherziehende rivalisierende Armee- und Freischärlerverbände brachten das Land erneut an den Rand eines Bürgerkrieges. Mujibur, der hierauf mit Ausnahmegesetzen und Massenverhaftungen reagierte, wurde am 14. 8. 1975 zu Beginn einer Reihe von Putschen ermordet. Im Nov. 1975 übernahm General Zia ur-Rahman die Reg., ab März 1979 mit einem frei gewählten Parl., in dem seine neu gegründete *Bangladesh National Party* (BNP) die abs. Mehrheit hatte. Zia wurde in einem missglückten Militärputsch 1981 erschossen, die folgende Zivilreg. von Präs. Sattar in den Wahlen vom Nov. gleichen J.s bestätigt, jedoch im März 1982 in einem erneuten Militärputsch unter General Ershad gestürzt. Das Regime Ershad wurde im Dez. 1990 durch eine demokrat. Massenbewegung zu Fall gebracht. Die kompetitiven Parl.-Wahlen Febr. 1991 gewann die BNP unter Khaleda Zia, Witwe des früheren Präs. Fundamentale Opposition der unterlegenen Sheikh Hasina Wajid, der Tochter Mujibur Rahmans und Führerin der Awami-Liga, führte schließlich zu einer völligen Lähmung des öfftl. Lebens; nachdem sie die Neuwahlen erfolgreich boykottiert hatte, gewann sie schließlich die Wiederholungswahlen im Juni 1996. Ihr gelang als erster MP, eine volle Amtszeit zu regieren; sie unterlag in den Wahlen 2001, die unter Aufsicht einer Übergangsreg. abgehalten wurden, Khaleda Zia. Erstmals kam es auch zu einem demokrat. Machtwechsel.

Innenpol. wird seit 1975 eine Abkehr von der Verstaatlichungspol. betrieben, und zwar mehr als in den anderen südasiat. Ländern; 2002 schloss die Reg. die seit Jahren verlustbringende Adamjee Jute Mills, die größte Jutefabrik der Welt und größter Industriebetrieb des Landes. Mitte der 1990er J. wurde B. zum Kreis der Länder mit den höchsten zu erwartenden Wachstumsraten gezählt. Auf das Auslandskapital ist B. angesichts geringerer *E.-Hilfe dringend angewiesen. Wegen des hohen *Zuschusselements ist die Last weniger drückend, als die Schuldsumme (1999: 15,4 Mrd. US-$) nahe legt. Der Schuldendienst, Zinsen und Rückzahlungen, machte 1998/99 deshalb nur 9 % der Exporterlöse (→Verschuldung) aus. Eine gewisse Entlastung der *Zahlungsbilanz bringen die Heimüberweisungen der bangl. Arbeiter in Nahost. Nachdem B. sich 1975 von der SU gelöst hat und die Bez. zu Indien reserviert sind, lehnt sich B. wirtsch. weiterhin an die westl. IL an. Außenpol. wird ein strikter Neutralitätskurs in Abstimmung mit den islam. Staaten verfolgt. Prekär ist nach wie vor die ökol. Situation. Während der regenarmen Jahreszeit leidet B. unter Dürren, zumal Indien immer mehr Wasser aus dem Ganges ableitet bzw. entnimmt; ein Vertrag (1996) soll eine Mindestmenge garantieren. Landknappheit führt zur Besiedlung des besonders gefährdeten südl. Deltas und zum Abholzen der Mangrovenwälder der Sunderbans. Durch die Abholzung der Himalajawälder nehmen die Überschwemmungen während des Monsuns zu. Im Nov. 1988, im Mai 1991 und 1998 erlebte B. die schlimmsten Überschwemmungen dieses Jh.s. Der schwere Zyklon vom Mai 1991 verwüstete mehrere im Mündungsdelta gelegene Inseln und forderte Hunderttausende von Toten. Die schweren Überschwemmungen ab Juli 1998 forderten 1250 Menschenleben, 25 Mio. Menschen wurden obdachlos, zwei Drittel des Landes standen unter Wasser.

Lit.: D. Conrad, Von der Teilung Indiens zur Teilung Pakistans, in: IAF, Jg. 4 (1973), Heft 2, S. 136–192; P. Hess, Bangladesh: Tragödie einer Staatsgründung, Frauenfeld-Stuttgart 1972; J. Faaland (Hg.), Aid and Influence. The Case of Bangladesh, London and Basingstoke 1981; A. Datta, Bangladesh, in: HDW III, 7, 1994, S. 162 ff.; D. Conrad/W.-P. Zingel (Hg.), Bangladesh, Stuttgart 1994. wpz

Banjul Charta →Menschenrechte

Bank für Internationalen Zahlungsausgleich →BIZ

Baransätze →Verpflichtungsermächtigungen

Barbados →Karibik

Barbuda →Karibik

Bariloche-Modell * Weltmodell einer Forschergruppe aus Ländern der * Dritten Welt, benannt nach der die Forschungen fördernden Stiftung Bariloche / Argentinien, die sich als Gegenmodell zum Bericht des * *Club of Rome* begriff. Betonte der *Club of Rome* die «Grenzen des Wachstums», ausgehend von der Endlichkeit der * Ressourcen und Verknappungsannahmen, so stellte das Bariloche-Modell die «Grenzen des Elends» in den Mittelpunkt des Argumentationszusammenhangs. Die Zukunftsvision des *Club of Rome* sei bereits für den Großteil der Menschheit brutale Wirklichkeit. Die Ursachen lägen jedoch nicht in den physischen Grenzen der Erde, sondern seien sozioökon. und pol. Natur, beruhten auf ungleicher Machtverteilung und seien folglich überwindbar. Im Einzelnen wurde die Verknappungsannahme widerlegt (die Gesamtmenge aller Rohstoffe der Erde vorherzusagen sei unmöglich, insb. da ihr Abbau und ihre Verwertung vom Stand der Technologie und ökon. Bedingungen abhängig sei) und eine an den * Grundbedürfnissen der Bev. in den EL orientierte Wachstumspolitik empfohlen. Dem mathematischen Modell wurde aufgegeben, Zeiträume und Bedingungen zu berechnen, innerhalb deren eine angemessene Befriedigung der Grundbedürfnisse erreicht werden kann. Sowohl die Voraussetzungen, die im Modell gemacht wurden, als auch die gesellschaftspol. Zielvorstellungen der Bariloche-Gruppe (Gleichheits-, Vollbeteiligungs- und Nichtkonsumgesellschaft) blieben teilweise vage oder utopisch und dementsprechend die e.-strategischen Vorschläge realitätsfern. Die berechtigte Kritik am *Club of Rome* führte jedoch immerhin zu alternativen Überlegungen in der Frage, wie die Menschheit aus der Sicht der EL überleben kann. →Nachhaltigkeit, sustainable development

Lit.: D. Meadows u. a., Die Grenzen des Wachstums, Stuttgart 1972; H. v. Nussbaum (Hg.), Die Zukunft des Wachstums, Düsseldorf 1973; A. O. Herrera / H. D. Scolnik u. a., Grenzen des Elends. Das Bariloche-Modell: So kann die Menschheit überleben, Frankfurt 1977. dn

basic needs →Grundbedürfnisse

BATU →Gewerkschaften (in der Dritten Welt)

BCDI →CEAO

BCEAO Zentralbank der Westafrikanischen Staaten (*Banque Central des États de l'Afrique de l'Ouest*), 1962 als Nachfolgeorg. der Zentralbank der Westafrik. Währungsunion gegr. (Kapital 1991: 94,3 Mrd. F CFA). Mitgl. (2002): Benin, Burkina Faso, Elfenbeinküste, Mali, Niger, Senegal, Togo. *Organe:* Geschäftsführender Direktor, Vorsitzender des 16-köpfigen Direktorenkollegiums (je zwei aus jedem Mitgl.-Staat und aus Frankreich); Nationale Kreditkomitees bei den jew. Finanzmin. Adresse: Avenue Abdoulaye Fadiga, Dakar, Senegal. Internet: www.bceao.int / bceao.htm. →Franc-Zone red

BCIE →MCCA

BDD *British Development Division,* auf Barbados residierendes Regionalbüro der brit. Entwicklungsbehörde, die die * bilaterale Hilfe an das *Commonwealth Caribbean* abwickelt. red

BEAC Bank Zentralafrikanischer Staaten (*Banque des États de l'Afrique Central*) 1972 als Nachfolgeorg. der Zentralbank der Äquatorialafrik. Staaten und Kameruns gegr. (BCEAEC; →Franc-Zone). Mitgl. (2002): Äquatorial-Guinea (seit 1985), Gabun, Kamerun, Kongo (Brazzaville), Tschad, Zentralafrikan. Rep. *Organe:* Geschäftsführender Direktor; 13-köpfiges Direktorenkollegium (je zwei aus jedem Mitgl.-Staat und drei aus Frankreich). Adresse: Avenue Monseigneur Vogt, Yaoundé, Kamerun. red

Befreiungsbewegungen 1. Als B. werden solche pol. Org. bezeichnet, die die Freiheit und Unabh. eines kolonisierten oder anderweitig unterdrückten Volks anstreben. Nicht zuletzt der positiven Konnotation des Begriffes B. wegen gibt es eindeutige und einvernehmliche Anwendungskriterien jedoch nicht. So kann es durchaus geschehen, dass heute noch von best. Staaten als «Terroristen» bekämpfte Widerstandskämpfer morgen int. Anerkennung finden (vgl. die Geschichte der ZANU in Zimbabwe und der *PLO). B. können unterschieden werden: a) nach ihrer Zielsetzung (antikolonialistisch, nationalistisch, soz.); b) nach den Mitteln ihres Kampfes (gewaltloser Widerstand, bewaffneter Kampf, *Guerilla); c) nach den sie unterstützenden Mächten (westl. IL, östl. IL, Dritte Welt); d) nach den Rahmenbedingungen ihres Kampfes: Wiedererrichtung eines eigenen Staates, z. B. EPLF (Äthiopien); nat. Unabh., z. B. FLN (Algerien); ein eigenes Staatsgebiet, z. B. *PLO; Kampf gegen Rassismus, z. B. *ANC.

2. Hist. haben sich B. meist dann als erfolgreich erwiesen, wenn sie sich gegen eine fremde Besatzungs- oder Kolonialmacht richteten, im Kontext zwischenstaatl. Kriege agierten oder ein Machtvakuum nutzen konnten. Beispiele dafür sind der Sieg der FLN in Südvietnam, die Machtübernahme der PAIGC in Guinea-Bissau, der ZANU in Zimbabwe und der FRELIMO in Mozambique. Seltener haben sich solche B. durchsetzen können, die gegen einheimische Regime kämpften (z. B. die *FSLN in Nicaragua).

3. Im Kontext des Kalten Krieges waren B. oft den Interessen der globalen Gegenspieler ausgesetzt, was – abh. von den jeweiligen Rahmenbedingungen vor Ort – Unterstützung für die B. selbst und/oder deren Gegner bedeutete. Während die westl. IL B. im Zusammenhang mit der *Dekolonisation und dem Vietnamkrieg meist ablehnend gegenüberstanden, sah die UdSSR in B. v. a. antiimperialistische Kräfte, auch wenn sie eher selten über dezidiert marxistisch-leninistische Programme verfügten. Für die VR China wiederum war die UdSSR-Ferne das entscheidende Unterstützungskriterium. Wie sich das Ende des *Ost-West-Konfliktes auf noch im Kampf befindliche B. auswirkt – oftmals wenig beachtete Bsp. sind die POLISARIO (in der von Marokko besetzten Westsahara) und die MILF (Philippinen) –, bleibt abzuwarten. Insges. muss aber schon seit den 1980er J. von einem rel. Bedeutungsverlust der B. gesprochen werden.

4. Die Leistungsbilanz an die Macht gelangter (und somit eigentlich ehemaliger) B. fällt eher negativ aus: Neben dem Fehlen e.-pol. Erfolge, das freilich nur bedingt diesen angelastet werden kann, ist v. a. die Errichtung unfreiheitlicher, *autoritärer Regime zu nennen. Diesbezgl. sind etwa die *FLN (Vietnam) und die *FLN (Algerien) anzuführen. Positive Gegenbeispiele sind in diesem Zusammenhang derzeit u. a. der *ANC (Südafrika) und die SWAPO (Namibia).

Lit.: N. Miller/R. Aya, National Liberation, New York 1971; A. Cabral, Die Revolution der Verdammten, Berlin (West) 1974; F. Ansprenger, Die Befreiungspolitik der OAU 1963–1975, München/Mainz 1975; G. Chaliand, Revolution in the Third World, Harmondsworth 1978; R. Falk/P. Wahl, Befreiungsbewegungen in Afrika, Köln 1980; M. Offermann, Angola zwischen den Fronten, Pfaffenweiler 1988; P. Meynes, H. Baumgarten, Befreiungs- und Widerstandsorganisationen, in: U. Steinbach/R. Robert (Hg.), Der Nahe und Mittlere Osten, Bd. 1, Opladen 1988, S. 295 ff.; P. Meyns, Befreiungsbewegungen, in: A. Boeckh (Hg.), Internationale Beziehungen, Lexikon der Politik, Bd. 6, München 1994, S. 55–61; weitere Lit. →Guerilla. rs/mb

Belau →Pazifische Inselwelt

Belize

Fläche (Tsd. qkm): 22,966
Bev. (Mio.) 2001: 0,23
BNE pro Kopf (US-$) 2000: 2940
BIP (Mio. US-$) 2000: 797
LE (Jahre) 1999: 72,0
Analphabetenquote (%) 1999: 7
HDI 1999: 0,776 [Rangplatz von 162: 54]

Das seit 21. 9. 1981 unabh. B. (vormals Brit.-Honduras; Hs.: Belpoman), an der Küste Zentralamerikas gelegen und im N von Mexiko, im W und S von Guatemala begrenzt, hat eine Bev., die sich ethnisch in Schwarze und Mulatten (52 %), Mestizen (22 %) sowie Maya, Chinesen, Inder und Weiße gliedert. Religionen: 2/3 Katholiken, 30 % Protestanten, ferner Juden, Moslems, Buddhisten und Hindus. Staatssprache ist Englisch; Spanisch, Maya und Kreolisch sind Umgangssprachen. B. ist arm an mineralischen *Ressourcen und ökon. von den Einnahmen aus den beiden Hauptexportprodukten Zucker und Zitrusfrüchte abhängig. Die Zuckerpreisentwicklung auf dem Weltmarkt – seit 1975 Verfall der Zuckerpreise – und die im subtropischen Klima B.s häufig auftretenden, schwere Ernteschäden verursachenden Hurrikane sind bislang die entscheidenden Determinanten der wirtsch. E. (Hurrikan Keith verursachte Okt. 2000 Schäden in Höhe der Hälfte des BIP B.s), wenn auch der *Tourismus (1992 Einnahmen von 55 Mio., 1999: 23,7 Mio. US-$) eine wachsende Devisenquelle bildet. Zunehmende Bedeutung hat auch die Fischerei, insb. der Export (v. a. in die USA) von Hummern und Garnelen. Ressourcenarmut und der kleine Binnenmarkt hemmen die ind. Entwicklung. Die Landw. (1996: 20 % des BIP, 30 % der Beschäftigten, mehr als 2/3 der Exporterlöse) spielt die dominierende Rolle in der Wirtsch. B.s. veraltete Technologie und Auswanderung (v. a. in die USA) gut ausgebildeter, junger Bev.-Gruppen (→*brain drain*), v. a. aber die Landverteilung (50 % des Privatlandes im Besitz der *Belize Estate and Produce Co. Ltd.* [Edelholzexport], restliches Privatland ist Spekulationsobjekt absentistischer Großgrundbesitzer) hemmen die intensive Landnutzung und zwingen B. zum Import von Nahrungsmitteln. Landzuteilungen an Kleinbauern, Steigerung der Selbstversorgung mit Nahrungsmitteln, *Diversifizierung der in den Export gehenden **cash crops* sind Hauptziele der E.-Planung. Ferner soll die regionale Kooperation im Rahmen des *CARICOM forciert werden. Auch nach der Unabh. ist B. mit seinem für zentralamerik. Verhältnisse rel. hohen BIP pro Kopf auf finanz. Hilfe durch GB angewiesen.

Lange Zeit Streitobjekt spanischer und engl. Kolonialinteressen, wurde das Land 1862 brit. Kolonie, in der neben der Ausbeutung von Edelhölzern eine *Plantagenwirtschaft mit Negersklaven (Jamaica) betrieben wurde. Die Nachfahren (*creoles* bzw. «echte Belizianer») der importierten Sklaven verfügen heute über die wichtigsten Schlüsselpositionen in Staat und Wirtsch. Mehrheitlich protestantisch und brit. geprägt, sind sie an einer engen Bindung zum karib. Raum interessiert, im Ggs. zu den Mestizen und Indios, die sich stärker Mittelamerika verbunden fühlen. Zwischen 1964 (Einführung der inneren Autonomie) und 1984 gewann unter der Führung von G. C. Price (seit 1964 MP) die mehrheitlich kath. und kreolisch-mestizische Interessen vertretende, sozialdemokratische *Peoples United Party* (PUP) alle Wahlen (seit 1954 allg. Wahlrecht). Oppositionspartei war die in viele Gruppen gespaltene, mehrheitlich protestantische und konservative *United Democratic Party* (UDP). Die Wahlen vom 14. 12. 1984 brachten den Machtwechsel. Die von M. Esquivel geführte UDP erreichte 54 % der Stimmen und 21 der 28 Sitze. Bei den Wahlen im Sept. 1989 siegte jedoch knapp die PUP unter Price (51 % der Stimmen; 15 Sitze, UDP: 13), Juni 1993 erneut die UDP unter Esquivel (UDP 16, PUP 13 Sitze). UDP und PUP sind sich einig in der Zurückweisung der von Guatemala lange Zeit erhobenen Gebietsansprüche. Guatemala, das sich als «Erbe der span. Souveränität» bezeichnet, erkannte 1859 in einem Vertrag mit den Briten die Grenzen an. Da aber GB seiner vertraglichen Verpflichtung für den Bau einer Straße zwischen beiden Gebieten nicht nachkam, betrachtete Guatemala nach 1940 diesen Vertrag als ungültig und fordert den Anschluss B.s an sein Territorium. Erst der guat. Präsident Cerezo (1986–91) erkannte die Unabh. Belizes an, sein Nachfolger, Jorge Serrano, bot die umgehende Aufnahme dipl. Bez. an. Jan. 2001 trafen sich die Außenmin. beider Staaten, um das neue bilaterale Problem guatemaltekischer Siedler auf bel. Territorium zu entschärfen. Die Frage der Souveränität über das fragliche Territorium ist allerdings ungelöst. In den Parlamentswahlen vom 27. 8. 1998 erlitt die Regierungspartei UDP eine deutliche Niederlage und erreichte mit 39,1 % der Stimmen nur 3 Sitze. Die PUP war die klare Siegerin mit 59,6 % der Stimmen und 26 Mandaten. B. ist Mitglied des * *Commonwealth* und gehört zu den * AKP-Staaten.

Lit.: C. H. Grant, The Making of Modern Belize. Politics, Society and British Colonialism in Central America, Cambridge 1973; J. A. Fernandez, Belize: Case Study for Democracy in Central America, Aldershot u. a. 1989; H. F. Illy/S. Laceur, Belize, in: HDW III, 3, Bonn 1995, S. 358 ff. ah

Belo, Carlos Felipe Ximénes, geb. 1948 in Baucau/Ost-Timor, studierte Philosophie und kath. Theologie in Lissabon und Rom. 1983 wurde er vom Papst zum apostolischen Administrator * Osttimors berufen und erhielt 1988 die Bischofsweihe. In dem von Indonesien zwischen 1975 und 1998 besetzten Gebiet setzte sich Belo für * Menschenrechte, * Demokratie und Wahrung der kulturellen Eigenständigkeit der Timorer ein. Für viele pol. Verfolgte war die Residenz des Bischofs der einzige sichere Zufluchtsort. 1996 wurde ihm für sein Engagement, zusammen mit dem damaligen Auslandssprecher der Widerstandsbewegung und heutigem MP Osttimors, José Ramos-Horta, der * Friedensnobelpreis verliehen. mn

BENGO Im Juli 1988 auf Initiative von * nichtstaatlichen Organisationen (NGO) und dem * BMZ mit dem Ziel gegr., deren Zusammenarbeit zu verbessern. *Aufgaben:* 1) Beratung in- und ausländischer NGO (ausgenommen Kirchen, * politische Stiftungen) über Fördermöglichkeiten und -verfahren des BMZ und anderer öfftl. Stellen; 2) formale Vorprüfung aller Projektanträge, die dem BMZ vorgelegt werden; 3) Überwachung der fristgerechten Vorlage und Vorprüfung von Zwischen- und Verwendungsnachweisen; 4) Unterstützung der NGO bei der Finanzabwicklung. Seit Anfang 1989 sind Projektanträge (Neu- wie Verlängerungsanträge) nicht mehr direkt an das BMZ, sondern an die Beratungsstelle zu richten. Die Stelle wird von dem * DPWV getragen und zu 100 % durch das BMZ finanziert. Adresse: Villichgasse 7, 53177 Bonn. red

Benin

Fläche (Tsd. qkm): 112,622
Bev. (Mio.) 2001: 6,40
BNE pro Kopf (US-$) 2000: 380
BIP (Mio. US-$) 2000: 2262
LE (Jahre) 1999: 53,1
Analphabetenquote (%) 1999: 61,0
HDI 1999: 0,420 [Rangplatz von 162: 147]

1. Bei 50 * Ethnien (Bariba, Phon, Yoruba, Dendi, «Kreolen» [Nachfahren freigelassener brasilian. Sklaven] als soziale Elite in der Küstenregion, u. a.) lässt sich die in N-S-Richtung über 700 km lange Rep. B. (bis 1975 Dahomey), die einen Küstenstreifen von 125 km besitzt, in drei z. T. präkolonialen Reichen entsprechende Zonen mit ausgeprägtem Regionalbewusstsein unterteilen: den unterbevölkerten, in seiner sozioökon. * Infrastruktur bereits in der Kolonialzeit vernachlässigten N, den S und den SW (in etwa das frühere Königreich Abomey). Das seit dem 19. Jh. ausgebaute europ. Schulwesen brachte in der Küstenregion eine rel. zahlreiche, früh politisierte Elite hervor («*Quartier Latin* Westafrikas»).

2. Die rel. hohe Zahl qualifizierter Schulabgänger (bei starkem Süd-Nord-Gefälle) hat seit Mitte der 1970er J. unter dem Druck der * Gewerkschaften den öfftl. Dienst stark aufgebläht (bis zu 80 % der Staatsausgaben) und zugleich in den Städten (Verwaltungs-Hs. Porto Novo 200000, Cotonou 750000 Ew. u. a.) die * Arbeitslosigkeit ansteigen lassen. Bis heute kämpft das Land mit einer niedrigen Alphabetisierungsquote und LE; in der Klassifikation des * HDI rangiert B. regelmäßig in der Gruppe der 20 schlechtplatziertesten Staaten.

3. Nach der Unabh. verstärkte die ungleiche soziale und wirtsch. E. noch die in regionalen und persönlichen Rivalitäten

zwischen den drei führenden Politikern Maga (Norden), Apithy (Süden) und Ahomadegbé (Abomey) begründete pol. Instabilität (zwischen der Unabh. 1960 und 1972: fünf Militärputsche, vier Verfassungen, neun versch. Staats- und Reg.-Chefs). Von 1972 an bestand ein Militärregime (→autoritäre Regime) unter Präs. Kérékou, das 1975 eine marx.-len. Einheitspartei gründete und 1977 eine soz. Verfassung oktroyierte (Umbenennung in Volksrep. B.). Eine Reihe tief greifender Reformen (u. a. im Bildungssystem und in der *Nationalisierung von Handel und Ind.) zielte v. a. auf eine stärkere Einbeziehung der Landbev. in das pol. und sozioökon. Leben. Seit Anfang der 1980er J. deutete sich das Scheitern dieser Reformpolitik an. Unter dem Eindruck wachsenden öfftl. Drucks (durch die 1989 47000 Beschäftigten des staatl. Sektors) und einer konzertierten Haltung der Geberländer musste Kérékou Ende 1989 der Abkehr vom Marxismus-Leninismus und der Einsetzung einer Übergangsreg. durch eine Nationalkonferenz der pol. und gesellsch. Kräfte des Landes zustimmen. Nach In-Kraft-Treten der neuen demokrat. Verfassung setzte sich der Übergangs-MP Soglo bei freien Präs.-Wahlen Ende März 1991 gegen Kérékou durch. Der wegen seines friedlichen und erfolgreichen Verlaufs auch int. vielfach gelobte Transitionsprozess in Benin lieferte im März 1996 eine weitere Überraschung, als Kérékou bei den zweiten freien Präs.-Wahlen gegen Soglo wiedergewählt wurde. Kérékou wurde bei den Wahlen im März 2001 in seinem Amt bestätigt, sieht sich jedoch seit 1999 einer oppositionellen Mehrheit im Parl. gegenüber.

4. Aufgrund Verstaatlichung und zunehmender Konkurrenz asiat. Länder ging die Bedeutung der trad. dominierenden Palmölproduktion seit den 1970er J. stark zurück. Seit Anfang der 1990er J. sorgte die staatl. stark unterstützte Baumwollproduktion für 80 % der Exporterlöse, Benin arrivierte vor Mali und Elfenbeinküste zum Hauptexporteur von Baumwolle in Westafrika. Nur eine geringe Entlastung für die Außenwirtschaftsbilanz brachte die 1983 aufgenommene **offshore*-Erdölförderung. Die Außen- und Wirtschaftspol. des Kérékou-Regimes blieb trotz des verbalen Radikalismus eher pragmatisch. Die strukturelle Schwäche der beninischen Wirtsch. wurde Mitte der 1980er J. deutlich, als im Gefolge der abnehmenden Wirtschaftskraft des übermächtigen Nachbarlandes Nigeria (mit seinem Binnenmarkt von 100 Mio. Menschen) der für B. einträgliche Transithandel drastisch zurückging. Seit dem ersten Ölschock 1973 waren durch die gezielte Pol. des Reexports der Importe in die Nachbarländer die Zolleinnahmen zur Haupteinnahmequelle des Staates geworden. Darüber hinaus wurde im informellen Außenhandel mit den Nachbarstaaten ein geschätzter Überschuss von 400 Mio. US-$ erzielt. Der Niedergang dieses Parallelhandels wirkte sich unmittelbar auf den Staatshaushalt aus und konnte seit der demokrat. Wende durch den massiven Zufluss von E.-Hilfegeldern nur bedingt aufgefangen werden. Die trotz diverser Umschuldungsmaßnahmen (*HIPC-Initiative; →Verschuldung) verbleibende Schuldenlast von 1,7 Mrd. US-$ (1999), die sich auf 71 Prozent des BNE belief, zog auch für das demokrat. gewählte und von der int. Gemeinschaft stark unterstützte Regime Soglos enge Spielräume. Zugleich gehörte Benin zu den Verlierern der F CFA-Abwertung (→Franc-Zone) 1994, die zu einem raschen Anstieg der Inflation führte, die erwarteten positiven Effekte auf die Zahlungsbilanz aber nicht erzielte.

Lit.: C. Allen/M. Radu, Benin and the Congo: Politics, Economics and Society, London 1989; J. J. Raynal, Le renouveau démocratique béninois, Afrique Contemporaine 160 (1991), S. 3 ff.; D. Kohnert, Benin, in: HDW III, 4, 1993, S. 156ff.; A. D. Adamon, Le renouveau démocratique au Bénin, Paris 1995; J. Igue, Le Bénin et la mondialisation de l'économie, Paris 1999.

ch

Bensheimer Kreis Im BK schlossen sich 1976 versch. autonome *nichtstaatliche Organisationen zusammen, um ihre Arbeit in EL sowie ihre Bildungs- und Öffentlichkeitsarbeit in der BRD untereinander und mit staatl. Stellen abzustimmen. Es entwickelte sich eine Kooperation mit dem *BMZ, von dem die Träger des BK in ihren e.-pol. Aktivitäten bezuschusst werden. Dem BK gehörten 55 kirchl. und pol. nicht gebundene NGOs an, als er März 1996 seine Tätigkeit in der bisherigen Form einstellte, die an den neu gegr. *VENRO überging. Der BK versteht sich nun als Forum für Erfahrungsaustausch über die Effektivität und Nachhaltigkeit der *NGO-Arbeit in EL. Adresse: Koordinationsstelle c/o Kübel-Stiftung GmbH, Darmstädter Straße 100, 64625 Bensheim.

Lit.: Bensheimer Kreis, Die Vielfalt spricht mit einer Stimme. 20 Jahre Bensheimer Kreis (1976–1996), Bensheim 1996. dn

Beraterrolle Rolle, Aufgaben und Funktion von Fachkräften in der E.-Zusammenarbeit (EZ) haben sich im Laufe der vergangenen *Entwicklungsdekaden stark gewandelt: Waren sie in der Vergangenheit überwiegend Wissensvermittler, Unterrichtende und Fachspezialisten, die techn. Lösungsansätze anboten (etwa die Errichtung von Demonstrations- und Musterfarmen, die oft jedoch Fremdkörper in ihrer Umgebung blieben), so sind sie heute aufgrund eines veränderten Projektverständnisses vielmehr Generalist, Berater, Koordinator, Katalysator und Moderator von E.-Prozessen und Manager komplexer Systeme. Entsprechend hat sich das Anforderungsprofil der Fachkräfte geändert: Nicht nur fachlich-techn. Kompetenz, sondern eine stärker generalistische Ausrichtung wird heute dadurch gefordert, dass 1. die Arbeit der Fachkräfte politischer geworden ist (neuere Ansätze der Politikberatung, Demokratie- und Menschenrechtsförderung etc.); 2. die soziokulturellen Faktoren der Zielgruppe zu berücksichtigen sind; 3. Querschnittsaufgaben der EZ (*Armutsminderung, *Genderansatz) wahrzunehmen sind; 4. im interkulturellen Kontext Beratungs- und Managementfunktionen auszuüben sind; 5. die Einbettung des Projekts in einen größeren und komplexeren Systemzusammenhang zu verstehen ist und die Fachkräfte heute systemisch handeln müssen (*TZ als Systemmanagement, d. h. Vernetzung verschiedener Träger, Geber und Instrumente). as

Beratungsstelle für private Träger in der Entwicklungszusammenarbeit →BENGO

Bermuda-Inseln →Karibik

Berufsbildung (BB) bedeutet nicht nur Qualifizierung von Arbeitskraft, sondern Ermöglichung einer um Arbeitstätigkeit angelagerten sozialen Handlungskompetenz. Gleichwohl ist BB derjenige Ausschnitt von Bildung, der unmittelbar auf das ökon. System verweist. Die Berufsbildung wird häufig anhand von Kriterien der Trägerschaft klassifiziert. Dabei wird zwischen öfftl.-formaler und öfftl.-nonformaler sowie privater profitorientierter und nicht-profitorientierter Institutionalisierung unterschieden. Beispiel für die erste ist BB in staatl. Schulen, seien diese primär allgemein bildende mit berufsbildenden Kursen oder rein berufliche. Ein klassisches Modell der öfftl. BB in gemeinsamer Trägerschaft von Staat und Wirtsch. waren die in mehreren lateinamerik. Ländern existierenden Berufsbildungsinstitute. Ende der 1980er J. erfassten in zwölf lateinamerik. Staaten die Institute über 3 Mio. Auszubildende, etwa 37 % der in der Sekundarstufe Eingeschriebenen. Ein Beispiel für die zweite Institutionalisierungsform sind mehrmonatige Programme, wie das «*Youth Training and Employment Partnership Programme*» in Trinidad und Tobago. Das Angebot von BB als bezahlte Dienstleist. auf einem Ausbildungsmarkt ist vielfältig. Es reicht von betriebs- oder ingenieurwiss. Studien an einer Privatuniversität über die Technikerausbildung in einem von einem Trägerverein unterhaltenen Technischen Institut bis zu Qualifizierungen in sog. *Back Street-Col-*

Tabelle 1:
Klassifikation der Berufsbildung nach ökon. und entwicklungssoziologischen Sektoren

	primär	sekundär	tertiär
traditionell informell	Subsistenzlandw. Weiterverarbeitung landw. Produkte	überkommenes Handwerk Kleinproduzenten/-innen	Heiler, Hebamme Straßenverkäufer/-innen
modern	Agrobusiness	Industrie	Banken, Kaufhäuser, Hotels

Quelle: Lenhart 1993, S. 78

leges. Gemeinsam ist allen Institutionen, dass sie sich im Wesentlichen aus den Kursgebühren der Teilnehmenden finanzieren. Private nicht-erwerbsorientierte Berufsbildungsangebote sind vor allem die zahlreichen innerbetrieblichen Lehr- und Anlernverhältnisse sowie die von *NROs durchgeführten Projekte. Ein bekanntes Beispiel für selbständige BB-Institutionen sind die Handwerkerschulen des kath. Ordens der Salesianer Don Boscos. Eine weitere Klassifikation ist die nach Wirtschaftsbereichen bzw. wirtsch. Tätigkeiten. Kombiniert man die ökon. Einteilung in einen primären, sekundären und tertiären mit der e.-soziologischen in einem trad., informellen und modernen Sektor, so ergibt sich eine Neunfeldertabelle, die Wirtschaftsbereiche in EL erfasst, für die in bestimmter Weise qualifiziert wird.

Die dritte Klassifikation geht an Ausbildungsmodellen entlang und unterscheidet das Schulmodell, das Marktmodell und das duale Ausbildungsmodell – eine Kombination der beiden ersten (Greinert/Heitmann 1995). Die *Weltbank verfolgt für die BB eine weitgehende Privatisierungs-, Marktorientierungs- und Deregulierungsstrategie (World Bank 1991). In der deutschen Berufsbildungszusammenarbeit (Sektorkonzept 1992) zeichnen sich seit den 1990er J. zwei Schwerpunkte ab:

1. Systemberatung/Systementwicklung «ist … der Prozeß des organisatorischen Wandels, bei dem von einem gegenwärtigen Zustand … zu einem zukünftigen Zustand eine Veränderung stattfindet» (Biermann/Janisch 1997, S. 133). Der Ansatz nimmt Erkenntnisse der Org.-Entwicklung aus der Betriebswirtschaftslehre auf.

2. Berufsbildungshilfe für den informellen Sektor umfasst folgende Interventionsformen: a) Berufsbildungsmaßnahmen im Rahmen der Gewerbeförderung; Zielgruppen sind hier bereits als Selbständige, Lohnarbeiter, mithelfende Familienangehörige oder Mitgl. einer Kooperative im informellen Sektor produktiv Tätige. b) Berufsbildungsangebote als Ausbildung zum Bestehen auf einem anonymen Markt; Zielgruppen sind eher junge Leute, denen in einem nonformalen Kurs praxisnah eine berufliche Erstausbildung vermittelt wird. c) Interventionen zur Verbesserung der Berufsbildungsleistungen der «Meister/-innen»; Beispiel ist das *National Open Apprenticeship*-Schema in Nigeria Ende der 1980er, Anfang der 1990er J. die Berufsbildungskomponenten im Rahmen der Gemeinde-E. und Berufsbildungsmaßnahmen im Rahmen von Vorhaben der Sozialarbeit.

Die Berufsbildungszusammenarbeit war in den letzten J. Modellfall der Forschung über die interne und externe *Nachhaltigkeit von E.-Projekten.

Lit.: World Bank, Vocational and Technical Education and Training, Washington 1991; BMZ, Sektorkonzept Berufliche Bildung, Bonn 1992; V. Lenhart, Berufsbildung, in: Bildung für alle. Zur Bildungskrise in der Dritten Welt. Darmstadt 1993, S. 77–106; W. D. Greinert/W. Heitmann (Hg.), Zur Strategie der Entwicklung von Berufsbildungssystemen in Ländern der Dritten Welt, Berlin 1995; R. Stockmann, Die Wirksamkeit der Entwicklungshilfe, Opladen 1996; W. D. Greinert u. a. (Hg.), Vierzig Jahre Berufsbildungszusammenarbeit mit Ländern der Dritten Welt, Baden-Baden 1997 (darin der Beitrag von Biermann/Janisch, S. 131–141); B. Overwien (Hg.), Arbeiten und Lernen in der Marginalität, Frankfurt 1999. vl

Berufsbildungshilfe →Strategien internationaler Berufsbildung

Beschäftigung Mit der zweiten *Entwicklungsdekade trat die Beschäftigungspol. in den Mittelpunkt e.-pol. Überlegungen. B. bzw. Arbeitsbeschaffung wurde als wichtiges Element von E. erkannt und als bestes Instrument gegen wachsende *Arbeitslosigkeit und *Armut angesehen. Nicht «Arbeitsbeschaffung durch E.», wie es die Dekadenstrategie formulierte, sondern «E. durch Arbeitsbeschaffung» war die neue Sichtweise, die von der *ILO vertreten und zum Kern des von ihr 1969 vorgelegten und seither weiterentwickelten Weltbeschäftigungsprogramms erhoben wurde. Eine beschäftigungsorientierte E.-Strategie sollte *Investitionen in die E. der Arbeitskraft, in die ländl. Räume (wo die große Masse der Arbeitslosen und Unterbeschäftigten lebt), in arbeitsintensive Anlagen und in die Produktion lebenswichtiger Gebrauchsgüter lenken. Grundlegend war die Erkenntnis, dass die Landw. eher als andere *Wirtschaftssektoren Möglichkeiten bietet, Menschen zu beschäftigen und zu ernähren. Von ihr ausgehend war der Schritt nicht mehr weit zum e.-pol. Vorrang der *Grundbedürfnisbefriedigung und der *ländlichen Entwicklung.

B. ist jedoch nur ein Element von E., die Hebung des Beschäftigungsniveaus keine letztlich e.-pol. ausreichende Maßnahme. Darauf hat *ECOSOC im Rahmen seines integrierten Ansatzes für die Analyse und Planung von E. (s. HDW I, S. 104) bereits 1973 hingewiesen. B. muss einhergehen mit Produktivitätssteigerung und Wachstum. UE ist sowohl durch Nichtproduktion bzw. Nichtintegration *marginalisierter Bev.-Teile in den Produktionsprozess als auch durch zurückgebliebene *Produktivität der Arbeit sowie Aneignung und Verschwendung des Mehrprodukts durch eine soziale Minderheit verursacht und gekennzeichnet. Angesichts dieser komplexen Situation greifen einfache Lösungsvorschläge, die häufig in der Literatur anzutreffen sind, zu kurz, so etwa jener, der ein *subsistenzwirtschaftliches «Leben von eigener Ernte» propagiert.

Der Subsistenzsektor verschafft den EL weder eine beschäftigungspol. noch eine e.-pol. Perspektive. Die Durchsetzung von B.-Strategien ist darüber hinaus pol. und e.-pol. schwierig, da sie einerseits Strukturreformen voraussetzen (*Agrarreform), andererseits Wirkungen auslösen (Migrationen), die regional/sektoral das Problem der Arbeitslosigkeit und Armut noch verschärfen können. B.-Politik sollte demnach in umfassende Programme regionaler und nat. E. eingebunden sein (Import von *Investitionsgütern, *angepasste Technologie, Ausbildungsprogramme, Umverteilungsmaßnahmen etc.). Letztlich sollte auch in der Diskussion gehalten werden, ob B. als Ziel oder als Mittel anzusehen ist.

Lit.: W. von Urff (Hg.), Wachstum, Einkommensverteilung und Beschäftigung in EL, Berlin 1978; H.-P. Neuhoff, Der arbeitsorientierte Entwicklungsweg – Grundlagen einer alternativen Entwicklungspolitik, in: HDW II, 1, Hamburg 1982, S. 211 ff.; J. Betz, Beschäftigung und Migration in der Dritten Welt, in: Jahrbuch Dritte Welt 1985, S. 101 ff.; ILO, World Labour Report, Genf 1995; ILO, World Employment, Genf 1995; J. Betz, Arbeitslosigkeit und Beschäftigungsstrategien in der Dritten Welt, in: Jahrbuch Dritte Welt 1996, München 1995, S. 81–88. dn

Better Living Societies →Selbsthilfe(-Organisationen)

Bevölkerung Die Weltbev. ist fast unverändert in raschem Wachstum begriffen. Sie erreichte Okt. 1999 6 Mrd., von denen 4,85 Mrd. in EL lebten. Für das J. 2005 wird eine Weltbev. von 9,57 Mrd. erwartet (fast 8,3 Mrd. in EL). Somit entfällt fast der ges. Zuwachs auf die EL.

Die Bev.-Explosion ist mit fast allen Teil-

Tabelle 2: Demographische Indikatoren

	Bev. in Mio	durchschnittliche Wachstumsrate in %		*LE	Geburten-rate		Säuglings-sterblich-keitsrate pro Tausend		städt. Bevölk. in %	städt. Zuwachs-rate in %
	2000	1980–90	1990–2000	1999	1980	1998	1980	1999	1999	1990–99
Welt	6054	1,7	1,4	66	3,7	2,7	80	78	46	1,0
LICs	2459	2,0	2,0	59	4,3	3,1	98	116	31	2,0
MICs	2643	1,8	1,2	69	3,8	2,5	65	38	50	1,2
LA + Karibik	516	2,0	1,6	70	4,1	2,7	60	38	75	1,7
Sub-Sahara-Afrika	659	3,0	2,6	47	6,7	5,4	114	159	34	2,6
Ostasien + Pazifik	1853	1,6	1,2	69	3,1	2,1	56	44	34	1,3
Südasien	1355	2,2	1,9	63	5,3	3,4	120	99	28	1,9
Nordafrika + Nahost	296	3,1	2,2	68	6,1	3,5	97	54	58	2,2

Quelle: Weltbank, Weltentwicklungsbericht 1997, 1999, 2000/2001

problemen von E. aufs engste verknüpft. Ob es sich um Fragen der *Ernährung, der *Gesundheit, der *Landflucht und *Urbanisierung, der *Armut, der *Einkommensverteilung etc. handelt, überall spielt das extrem hohe Bev.-Wachstum in den EL mit hinein. Die JZ sind zwar in aller Regel rückläufig (vgl. Tabelle 2).
Die Verringerung kann jedoch noch nicht als Wendepunkt in der Bev.-Entwicklung begriffen werden. Die Bev.-Dynamik weist zunächst noch in Richtung auf ein starkes Wachstum; *UN-Prognosen von 1998 (mittl. Variante) gehen für 2050 von einer Weltbev. von 8,9 Mrd. aus. Auf die heut. IL entfallen 1,15, auf die EL 7,75 Mrd. Menschen (reg. Verteilung: Afrika 1,76; Asien 5,27; Europa 0,63; LA + Karibik 0,81; Nordamerika 0,39; Ozeanien 0,05). Der Anteil Europas und Nordamerikas an der Weltbev. wird demnach 1998–2050 von 17,5 auf 11,5 % fallen, der Asiens (ca. 60 %) und LAs (ca. 10 %) relativ stabil bleiben, der Afrikas von 12,7 auf 19,8 % ansteigen – trotz der erheblichen Folgen von *Aids auf das Bev.-Wachstum in Afrika. Anhaltend hohes Bev.-Wachstum, Resultat grundlegender Verbesserungen im Gesundheitswesen (→Gesundheit), verschärft die E.-Probleme. Zunächst einmal relativiert es die erzielten E.-Ergebnisse. Nicht nur um der int. Vergleichbarkeit willen, auch um die realen Verhältnisse und ihren Wandel zu erfassen, ist es notwendig, abs. Ergebnisse (das *Nationaleinkommen, die landw. Produktionssteigerung etc.) auf Pro-Kopf-Werte umzurechnen. Dabei treten dann vielfach die bekannten Erscheinungen auf, dass achtbare abs. Ergebnisse durch das schnellere Bev.-Wachstum ins Negative umschlagen, wie etwa im Falle der Nahrungsmittelproduktion, deren JZ von der der Bev. übertroffen wird. Die Herstellung dieser Relation steht jedoch immer in der Gefahr, als Kausalbeziehung missverstanden zu werden, als bilde die Bev.-Explosion die Ursache für mangelndes Wachstum oder gar für UE. Damit werden die strukturellen Ursachen (zumeist nicht ohne Absicht) aus der Analyse ausgeblendet. Ebenso wird dabei verkannt, dass das Bev.-Wachstum auch in der Weise mit wirtsch. und sozialer E. in Verbindung steht, dass es als abhängig vom E.-Stand eines Landes begriffen werden kann. Die Bev.-Explosion ist demnach weniger Ursache als Symptom von UE. Diese notwendigen Überlegungen führen keines-

wegs weg von der entwicklungspol. zwingenden Forderung, das Bev.-Wachstum der EL zu bremsen. Die Probleme der Beschäftigung und Ernährung scheinen sonst kaum lösbar, der Druck auf Umwelt und * Ressourcen andernfalls kaum auszuhalten. In den letzten Jahren ist diesem Zusammenhang Bev. – * Ökologie – Ressourcen viel Aufmerksamkeit geschenkt worden (s.* UNFPA 1988). In ländl. Gebieten etwa sind Menschen aufgrund der Bev.-Zunahme auf der Suche nach Nahrung, Wasser, Brennmaterial (Holz) gezwungen, ihre eigene Rohstoffbasis zu zerstören. Das übergroße Bev.-Wachstum verschärft die sozialen Missstände, verschärft die soziale Ungleichheit. Maßnahmen wirtsch. und sozialer E. müssen folglich mit bev.-pol. Maßnahmen gekoppelt werden. Der erste * Brandt-Bericht vertrat in diesem Zusammenhang die Ansicht, «daß zur E.-Politik eine nat. Bev.-Politik gehören muß, die den richtigen Ausgleich zwischen Bev. und Ressourcen sucht, indem sie Hilfen zur * Familienplanung frei verfügbar macht und mit anderen Maßnahmen für Wohlfahrt und sozialen Wandel abstimmt» (S. 158).

So scheint in diesen beiden Grundelementen der Schlüssel zum Bev.-Problem zu liegen: 1. Hebung des Lebensstandards der breiten Masse der Bev.; 2. Familienplanung, die unter nat. Verantwortung der einzelnen EL läuft. Schwerpunkt der 5. Weltbevölkerungskonferenz vom Sept. 1994 in Kairo war die Stärkung der sozialen Rolle der Frau im E.-Prozess. Geburtenkontrolle und Familienplanung gerieten unter die fundamentalistische Kritik von kath. Kirche und Islamisten. Als soziales Problem erkannt, wird der Bev.-Anstieg nur durch ein Mindestmaß an Ausbildung, sozialer Sicherung und Selbstbestimmung gebremst werden können.

Lit.: R. Klüver (Hg.), Zeitbombe Mensch, München 1993; K. M. Leisinger, Hoffnung als Prinzip. Bevölkerungswachstum, Basel 1993; J. Schmid, Bevölkerung und soziale Entwicklung, Boppard 1994; C. Schlebusch, Bevölkerungspolitik als Entwicklungstheorie, Frankfurt 1994; S. Heim / U. Schatz, Berechnung und Beschwörung. Überbevölkerung. Kritik einer Debatte, Berlin 1996; UN, World Population Prospects: The 1998 Revision, New York 1999; H. Fleisch, Weltbevölkerung und Verstädterung, in: I. Hauchler u. a. (Hg.), Globale Trends 2002, Frankfurt 2001, S. 94–131. dn

BfAI (BfA, bfai) Bundesstelle für Außenhandelsinformation, eine dem Bundeswirtschaftsmin. unterstellte Behörde (Haushaltsmittel rd. 20 Mio. €). Sie informiert die dt. Wirtsch. sowie amtliche dt. Stellen über alle wichtigen außenwirtsch. Bereiche (also auch über Wirtsch.-E. und Marktstrukturen in EL) kontinuierlich und praxisnah. Durch versch. Publikationen, Einzelauskünfte und Versand von Nachrichtenmaterial werden auch ausl. Interessenten, v. a. aus EL, über den bundesdeutschen Binnenmarkt informiert. Der Service (gratis oder Selbstkostenpreis) steht auch interessierten Einzelpersonen offen. Für E.-Probleme sind interessant: Nachrichten für Außenhandel (NfA), 5-mal wöchentlich erscheinende Zeitung; Mitteilungen für Weltwirtschaftliche Zusammenarbeit (MWZ), wöchentlicher Sonderdruck mit Berichten über Planungen, Projekte und Investitionen, v. a. im Bereich * bilateraler wirtsch. Zusammenarbeit; die Serien: Weltwirtsch. am Jahreswechsel, Weltwirtsch. zur Jahresmitte, Berichte zur Wirtsch. in 90 Ländern; die Publikation: Marktinformationen / Wirtschaftsdaten und Marktinformationen / Wirtschaftsstruktur (zu fast allen EL). Adresse: Agrippastr. 87–93, 50676 Köln, Internet: www.bfai.com. red

BfdW Brot für die Welt, Hilfswerk der Ev. Kirche in Deutschland (EKD), hervorgegangen aus einer 1959 von den Landes- und ev. Freikirchen durchgeführten Spendenaktion, die seither jährl. wiederholt wird und deren Ergebnis der Finanzierung von E.-Projekten in der * Dritten Welt dient. In den bisher 40 Aktionen von 1959 bis 2001 / 02 wurde ein Gesamtspendenaufkommen von rd. 1,5 Mrd. € erzielt. In der 43. Aktion 2001 / 02 betrug

das Spendenaufkommen 58 Mio. €. BfdW ist Bestandteil der Hauptabteilung II, Ökumenische Diakonie, des Diakonischen Werkes der EKD in Stuttgart. Über alle einlaufenden Anträge von Partnerorg. in Übersee, die von den Mitarbeitern bearbeitet werden, entscheidet der von der Diakonischen Konferenz der EKD ernannte Ausschuss für Ökumenische Diakonie. Partner von BfdW in Übersee sind, neben kirchl. Einrichtungen und ökum. Netzwerken, *NRO sowie Selbsthilfegruppen und Basisbewegungen. Die Vergabekriterien orientieren sich an den Prinzipien der kirchl. EZ, die in der Denkschrift der EKD von 1972 niedergelegt worden sind, sowie an den Zielen der Stärkung des Selbsthilfepotenzials und des *Empowerment sozialer Gruppen. Sektorale Schwerpunkte liegen im Bereich des standortgerechten Landbaus (Einrichtung eines Fachreferats) und der Förderung angepasster Technol. (Beteiligung an der Gründung von *FAKT). Die 1989 verabschiedete Erklärung ‹Den Armen Gerechtigkeit› begründete den neuen Arbeitsschwerpunkt der e.-pol. Advocacy-Arbeit im N. Neben der e.-pol. Bildungs- und Öffentlichkeitsarbeit beteiligt sich BfdW an versch. Kampagnen: *Kinderarbeit in der indischen Teppichind. (Gütesiegel rugmark), Arbeitsbedingungen bei der Blumenzucht in Kolumbien, Kinderprostitution in Verbindung mit Sex-Tourismus und Personen-Landminen. Daneben engagiert sich BfdW auch im Bereich des *fairen Handels (*TransFair). Zum Arbeitsgebiet der Ökumenischen Diakonie gehören neben BfdW noch die Katastrophenhilfe, Stipendienprogramme und Hilfen für Opfer von Menschenrechtsverletzungen. Publikationen: Jahresberichte BfdW und versch. Informations- und Bildungsmaterialien.
Adresse: Stafflenbergstraße 76, 70184 Stuttgart; Internet: www.brot-fuer-die-welt.de vk

BfE →GTZ

BFIO Büro Führungskräfte zu Internationalen Organisationen, 1971 eingerichtet, um im Auftrag der Bundesreg. qualifizierte dt. Staatsangehörige an int. Org. zu vermitteln. Adresse: Feuerbachstr. 42–46, 60325 Frankfurt a. M. red

BGR Bundesanstalt für Geowissenschaften und Rohstoffe, 1958 gegr., dem Bundesmin. für Wirtsch. nachgeordnete Fachbehörde, leistet im Auftrag des *BMZ (v.a. *bilaterale) *Technische Hilfe (TZ) an EL in den Bereichen angewandte Geowiss. und Rohstoffe, Geologie, *Wasser, mineralische Rohstoffe und Umweltschutz/Umwelt- und Schadstoffe. Die BGR berät EL (in mehr als 20 Ländern tätig) beim Aufbau von Geologischen Diensten, bildet Fachkräfte aus EL aus und führt gemeinsam mit einheim. Partnerorg. TZ-Projekte wie z.B. die Erkundung von Grundwasser- oder Mineralvorkommen durch. Ausgaben 1998: rd. 60 Mio. €. Adresse: Stilleweg 2, 30655 Hannover; Internet: www.bgr.de red

Bhutan

Fläche (Tsd. qkm): 47,00
Bev. (Mio.) 2001: 2,10
BNE pro Kopf (US-$) 2000: 550
BIP (Mio. US-$) 2000: 487
LE (Jahre) 1999: 61,5
Analphabetenquote (%) 1995: 57,8
HDI 1999: 0,477 [Rangplatz von 162: 130]

1. Das Himalaja-Königreich B. (Hs. Thimbu mit 1993 ca. 30300 Ew.) bildet einen Pufferstaat zwischen China und Indien, das in Fortsetzung des Unterwerfungsvertrages B.s mit Brit. Indien (1774) die Außen-, aber auch weitgehend die Innenpol. B.s kontrolliert. B. reagiert darauf mit einer Pol. der Isolation, die durch die weltanschauliche und soziale Dominanz der lamaistischen Klöster gefördert wird. Entscheidend für eine solche Politik ist auch, dass die Bev. B.s trotz unterentwickelter Landw. und Parzellierung der Anbaufläche sich noch selbst ernähren kann.

2. Ethn. setzt sich die Bev. aus drei Gruppen zusammen: Bhutanesen tibetanischer Abstammung (ihre Sprache Dzonka/Tibetanisch ist Amtssprache, aus ihrer Gruppe stammt der König, sie do-

minieren pol. und kulturell), Nicht-Tibetaner, die ebenfalls der Staatsreligion Lamaismus anhängen (Sprache: Hindi), und Nepalesen (Religion: Hindu; Sprache: Nepalesisch). Die Gruppe der vielfach diskriminierten Nepalesen wächst rascher als die anderen ethn. Gruppen und entwickelt allmählich ein pol. Selbstbewusstsein. Die Bhutanesische Volkspartei, das Sprachrohr der Nepalesen, forderte ein Ende der bhutan. Vorherrschaft, die Gleichstellung aller ethn. Gruppen und die Einführung eines demokrat. Mehrparteiensystems. Diesen Forderungen wurde vonseiten der Reg. 1991/1992 mit Aussiedlung und Vertreibung der nepalesischen Minderheit begegnet. 2002 lebten etwa 100000 von ihnen in Flüchtlingscamps im östl. Nepal, die vom *UNHCR unterhalten werden. Unter Vermittlung der USA wird über die Rückkehr eines Teils der Vertriebenen (unzweifelhaft bhutanesischer Herkunft) verhandelt.

3. Letztere hat weder das Bildungssystem noch die med. Versorgung (Kindersterblichkeitsrate eine der höchsten der Welt [1994: 19,3 %; 1999: 10,7 %]), noch das Reg.-System B.s erfasst, das zu den ärmsten Ländern der Erde gehört. Auf indischen Druck wurde 1968 die Verfassung B.s reformiert. B. wurde vom theokratisch-absolutistischen Staat formal zu einem mehr konstitutionellen. Das Parl. hat das Recht, mit Zwei-Drittel-Mehrheit den König (seit 1972: Jigme Singhye Wangtschuk) abzusetzen (an seine Stelle tritt dann der Thronfolger). Regieren blieb aber bisher Sache der alten Dzonka sprechenden lamaistischen Oberschicht.

Lit.: N. Das, The Dragon Country. A General History of Bhutan, Calcutta 1974; N. Rustomji, Bhutan, The Dragon Kingdom in Crisis, New Delhi 1978; M. J. Pfannholz, Bhutan, in: HDW III, 7, 1994, S. 192ff. rs/red

BICC, int. Konversionszentrum Bonn (*Bonn International Conversion Center*). *Aufgabe:* Sammlung und Auswertung von Daten zur Abrüstung. Adresse: An der Elisabethkirche 25, 53115 Bonn, Internet: www.bicc.de →Friedensdividende, Rüstung dn

BID Interamerikanische Entwicklungsbank (*Banco Interamericano de Desarrollo*, engl. IDB). 1959 von der *OAS gegr.; ihr gehörten 1987 27 amerik. Staaten an, einschließlich der USA und Kanada. Seit 1976 zählen auch nicht-amerik. Länder zu den Mitgl. (2002: insg. 46 Mitgl.).
Ziele: Förderung der wirtsch. E. der lateinamerik. Länder sowie des Subkontinents insges.: Finanzierung von E.-Projekten sowie beratende und finanztechn. Unterstützung. Der BID finanziert bis 50 %, bei LLDCs bis 80 % der Gesamtkosten eines Projekts, i.d.R. nur 25 %, sodass nur von einer Mitfinanzierung gesprochen werden kann. Trotzdem ist der BID die Hauptquelle auswärtiger öfftl. Finanzierung in LA. Er absorbiert etwa ¼ aller Kredite der nat. und multinat. Institutionen der *OECD und der anderer Länder. Die Kreditvergabe erfolgt über versch. Fonds nach unterschiedlichen Bedingungen, den allgemeinen Kapitalfonds (im Wesentlichen zu kommerziellen Bedingungen), den Fonds für Sonderoperationen (*Fondo de Operaciones Especiales*, FOE; weiche Zinsbedingungen für weniger entwickelte Länder bei freier Konvertibilität der Währungen, d.h. Rückzahlbarkeit der Darlehen in nat. Währungen), den Venezuela Treuhandfonds und den Treuhandfonds für Sozialen Fortschritt. Volumen der Kredite 1961–2000: 106 Mrd. US-$. Sektorale Verteilung 1961–98: Landw. und Fischerei 13,2 %; Ind., Bergbau und Tourismus 8,3 %; Energieversorgung 17,2 %; Transport, Kommunikation 12,7 %; Gesundheit, Bildung, Wiss. und städt. Entwicklung 27,4 %. Im Rahmen des BID wurde 1964 das Institut für lateinamerik. Integration INTAL (*Instituto para la Integración de América Latina*) gegr., das Forschungen auf dem Gebiet der *Integration in LA sowie Unterstützung des BID in wiss. und techn. Fragen zur Aufgabe hat. Adresse: 1300 New York Avenue, N. W. Washington, D. C. 20577. Internet: www.iadb.org dn

big push Schlüsselbegriff einer Investitionstheorie zur Erreichung eines sich selbst tragenden *Wachstums, die von P. N. Rosenstein-Rodan stammt. Ihr zufolge ist nur ein kräftiger Investitionsstoß geeignet, entscheidende Wachstumserfolge des *Pro-Kopf-Einkommens zu erzielen. Neben dem Volumen der Investitionsmittel ist für die *Big-push*-Theorie auch die Gleichzeitigkeit bzw. Geballtheit des Kapitaleinsatzes sowie die an Komplementaritätswirkungen orientierte Verteilung der Finanzierungsmittel wichtig. Die *Big-push*-Theorie steht in engem Zusammenhang mit der **Balanced-growth*-Theorie. dn

Bilateral, multilateral Entwicklungspol. Leistungen kann man u. a. danach klassifizieren, ob sie bil., d. h. zweiseitig (von Staat zu Staat, von *NGO zu NGO etc.) oder mult., d. h. mehrseitig (über int. Organisationen, Banken, Agenturen etc.) vergeben werden.

Traditionell dominiert der bilaterale Vergabeweg. So leisteten z. B. die Mitgl. der größten Gebergruppe – die *DAC-Länder – 1999 ca. 67 % ihrer ges. *öffentlichen Entwicklungshilfe (ODA) auf bilateralem Weg. Auch die *OPEC-Geber und die ehem. Ostblockländer (→Russland und die Dritte Welt) bevorzugen die bil. Hilfe.

Zwischen bil. und mult. Hilfe gibt es wesentliche Unterschiede: Bil. Hilfe unterliegt der direkten und unmittelbaren Entscheidungsgewalt der Geberländer. Diese können nur so – unbeeinflusst von anderen Ländern – best. Länder, Sektoren oder E.-Wege bevorzugt fördern und (wie leider häufig der Fall) die Mittel ggf. auch für andere als rein e.-pol. Ziele (also innen-, außen- und sicherheitspol.) instrumentalisieren.

Die meisten Geberländer favorisieren Länder und Regionen, mit denen sie hist.-pol., ökon. und kulturell verbunden sind. Frankreich schickt einen großen Teil seiner bil. ODA in seine überseeischen Länder und Gebiete und in die frz. Ex-Kolonien im subsaharischen Afrika. Großbritannien begünstigt seine ehem. Hoheitsgebiete in Südasien und Afrika (v. a. Indien, Bangladesh, Pakistan, Kenya und Zambia). Die USA unterstützen v. a. Länder von zentralem strategischem Wert (wie z. B. Israel, Ägypten etc.). Japan lenkt seine E.-Hilfe mehrheitlich nach Asien, insbes. Ostasien. Mehr als ¾ der geogr. aufschlüsselbaren bil. OPEC-Hilfe geht traditionellerweise an arab. Länder (v. a. Syrien, Jordanien, Marokko).

Bis Mitte der 1980er J. gingen über 80 % der sowjet. Mittel allein nach Kuba, Vietnam und Nordkorea.

Nur bil. E.-Pol. ermöglicht die direkte Verknüpfung mit binnenwirtschaftspol. Interessen (z. B. durch *Lieferbindung). In der BRD förderte die Reg. Kohl aus innenpol. Gründen verstärkt solche Maßnahmen, die binnenwirtsch. beschäftigungswirksam waren (→Mischfinanzierung). Während des Kalten Krieges wurden mit bil. E.-Pol. deutschlandpol. Interessen verfolgt.

Empfängerseitig kann der Anteil bil. empfangener Leistungen als *Indikator (unter vielen anderen) für pol.-wirtsch. *Abhängigkeit gelten. Strategisch interessante, strikt paktgebundene EL erhalten i. d. R. einen überdurchschnittl. Anteil bil. Hilfe. Pol., strategisch und wirtsch. unbedeutende EL (v. a. kleine Armutsländer) empfangen dagegen mehr mult. Mittel.

Der größte Teil der bil. Gelder fließt immer mehr in rel. fortgeschrittene EL. Die Bundesrepublik z. B. vergab Anfang der 1990er J. noch ca. 30 %, gegen Ende der 1990er J. nur noch ca. 20 % ihrer bil. ODA an die *LLDCs. Diese profitieren weitaus mehr von der mult. geleisteten Hilfe.

Aus der Sicht der EL hat die mult. E.-Finanzierung Vorteile. Sie ist nicht – wie bei bil. Programmen – mit den oft kurzfristigen pol. Wechselfällen eines einzelnen Geberlandes verkoppelt und bietet daher (auch über längere Zeitspannen) verlässliche Grundlagen insbes. zur Förderung einer langfristigen E. Außerdem haben die EL bei den Institutionen der EU-Entwicklungspol. (*EEP) und den UN-Sonderorganisationen (Weltbank, IWF) immerhin begrenzte, bei Organisationen des direkten UN-Bereichs (*UNDP, *FAO, *UNESCO etc.) bedeutende Mitgestaltungsmöglichkeiten bei der Vergabepol. Nachteile: hoher Verwaltungskostenanteil, geringere demokratische Kontrolle, Bürokratie- und Effizienzprobleme (wenig unabh. *Evaluierungen), geringere Motivation für die Bereitstellung von E.-Hilfe. bg/red

Bilateralismus Bezeichnet schlagworthaft den meist außen- und sicherheitspol. motivierten Hang, e.-pol. Leistungen primär bil. zu vergeben, um die nur bei der *bilateralen Hilfe gegebenen pol. Steuerungsmöglichkeiten zu nutzen. Die *Entwicklungspolitik der USA unter Reagan, aber auch die trad. Vergabepraxis des Ostblocks waren von einem strikten B. gekennzeichnet. Merkmale: Betrachten des Nord-Süd-Problems unter (globalstrategischen, sicherheitspol.) Ost-West-Gesichtspunkten, ausgeprägtes Freund-Feind-Denken, Mittelvergabe nach Lohn-Strafe-System. red

Bildung In der int. Diskussion wird zunehmend zwischen *formaler, nonformaler* und *informaler* Bildung/Erziehung unterschieden. Diese drei Formen von Bildung unterscheiden sich nach dem Grad der Organisiertheit und funktionalen Spezifikation von B.-/Erziehungsprozessen.

1. *Formale* B. geschieht in den Institutionen des Schulsystems in allen seinen Stufen und Ausprägungen von der Primarschule bis zur Hochschule. Nur in wenigen Gesellschaften gehörte die Schule zum vorkolonialen Bestand an Institutionen (z.B. die Koranschulen in islamischen Ländern, die koptisch-christl. Schulen in Äthiopien). In den meisten Ländern der *Dritten Welt wurden Schulen vorwiegend entsprechend den Interessen der Kolonialmächte begründet. Unter der vorherrschenden *modernisierungstheoretischen Sichtweise sahen die nachkolonialen Staaten im Ausbau des formalen B.-Wesens ein wesentliches Instrument der *Entwicklung für alle übrigen gesellsch. Bereiche. Die Expansionsraten des Schulwesens seit der Weltbildungskonferenz in Jomtien 1990 waren erheblich, «aber es ist unakzeptabel, daß im Jahre 2000 mehr als 113 Millionen Kinder keinen Zugang zur Primarschule haben» und dass weiterhin eine deutliche Benachteiligung der Mädchen festzustellen ist (Dakar Framework 2001, Ziff. 5). Schule hat sich als Institution zur B. der jungen Generation weltweit durchgesetzt. Ihre Strukturen und Inhalte haben sich dabei rel. vereinheitlicht. Man kann von dem im Weltmaßstab verbreiteten «Modell Schule» sprechen (Adick 1992). Freilich artikulierte sich schon in den 1970er J. in den EL ein Katalog der Schulkritik:

1) Schulen sind unökon. arbeitende Institutionen, und sie stellen nicht die nötigen Qualifikationen für die wirtsch. E. bereit. Mit hohen Wiederholer- und Abbrecherquoten verschwendet die Schule anderswo dringend benötigte *Ressourcen. Schule bereitet einseitig auf Tätigkeiten im sog. modernen ökon. Sektor vor, aber nur wenige Schulabgänger/-innen können in diesen Betrieben und Verwaltungen Anstellung finden. Neben der *Arbeitslosigkeit der in Primar-, Sekundar- oder gar Hochschule Ausgebildeten besteht für manche Bereiche weiter ein Bedarf an Fachkräften.

2) Schulen tradieren oder vergrößern sogar die soziale Ungleichheit. (In der Tat zeigen empirische Studien zum Zusammenhang von sozialer Herkunft, Schulbesuch und Berufsposition, dass Schule, je mehr eine Gesellsch. sich modernisiert und sich entsprechend ökon. induzierte «moderne» Schicht-/Klassenstrukturen ausbilden, von einer Institution des sozialen Aufstiegs Nichtprivilegierter zu einer Agentur des Statuserhalts Privilegierter wird.)

3) Schulen sind auch für außerökon. gesellsch. Handlungsfelder e.-irrelevant. Der Besuch einer Schulstufe qualifiziert häufig zu kaum mehr als zum Weiterlernen auf der nächsten.

Aus der Kritik wurde jedoch in keinem Land i. S. der radikalen Entschulungsforderung als Folgerung eine Schließung der Schulen ins Auge gefasst. *«Who says ‹education does not matter› shall try ignorance»,* dieser 1982 von nigerianischen Erziehungswissenschaftlern geprägte Satz trifft weithin immer noch die Grundüberzeugung der B.-Planer in der Dritten Welt. Als Ausweg bleibt eine Reform der Schule, die von der Trad. der *bookish school* wegführt. Neben pragmatischen Org.-Reformen, z. B. Schichtunterrichtsmodellen, Erhöhung der Klassenfrequenzen, Hinausschieben des Grundschuleintrittsalters, wurden Versuche zur Konstruktion e.-relevanter Curricula in einzelnen Fächern (z. B. das *Science Education Programme for Africa,* SEPA) unternommen. Praktische Fächer (z. B. Landw., Hauswirtsch., Techn. Werken, Wirtsch.-Bildung im Lehrplan der Primarschulen Kenyas) wurden in das Unterrichtsprogramm aufgenommen. Dagegen waren Produktionsschulmodelle, wie *«education with production»* in Botswana, nicht erfolgreich. Für die tertiäre Stufe schlugen sich die Reformgedanken in den Stichworten Gesellschaftsorientierung, Eigenständigkeit, Problemorientierung, *Partizipation (der von wiss. Prozessen Betroffenen), Flexibilität (in der Antwort auf die Bedürfnisse der Bev.) bei der Ausbildungs-, Forschungs- und Beratertätigkeit der Hochschulen nieder.

2. Die weithin akzeptierte Definition *nonformaler* B.: «... jede organisierte Erziehungs-/Bildungsaktivität außerhalb des ausgebauten formalen Systems – ob selbständig durchgeführt oder als bedeutender Bestandteil einer breiteren Bildungsaktivität –, die auf identifizierbare Zielgruppen gerichtet ist und der Erreichung bestimmter Lernziele dient» (Coombs u. a. in D. R. Evans, The Planning of Nonformal Education, Paris 1981, S. 27), deckt weltweit eine Vielzahl von B.-Angeboten ab. Nach der Art des Verhältnisses nonformaler B.-Maßnahmen zur Schulbildung wird zwischen komplementärer (sich auf die Schüler im formalen B.-System beziehender und Schulbildung ergänzender), supplementärer (an Schulbildung zu einem späteren Zeitpunkt anknüpfender und sie durch neue Kenntnisse und Fähigkeiten erweiternder) und substitutiver (an die Stelle formaler B. tretender) nonformaler B. unterschieden. Quantitative Bedeutung im Hinblick auf das Erreichen *marginalisierter Massen haben v. a. die letzten beiden Formen nonformaler Bildung. Inhaltlich geht es dabei von *Alphabetisierungskursen über Unterweisung in Hygieneverbesserung, Ernährungsberatung, pol. B. bis zu beruflichen Vor-, Aus- und Weiterbildungsangeboten. Das angezielte Qualifikationsniveau kann im Bereich der Grundbildung liegen, aber auch bis zur vertiefenden Spezialisierung reichen. Die wiss. Diskussion ist nach einer Phase weltweiter Sammlung und Dokumentation nonformaler B.-Maßnahmen auf dem Weg zu einer Theorie der nonformalen Bildung. Diese thematisiert u. a. folgende Probleme: Trägerschaft, Finanzierung (nonformale B. ist nicht immer kostengünstiger und damit nicht tendenziell mehr Menschen zugänglich als formale B.), Zentralisierung versus Dezentralisierung, Gemeindeorientierung, Verschränkung mit der lokalen, regionalen, nat. ökon. Struktur, Partizipation der Lernenden, Sicherung curricularer Standards, angepasste Lehr-/Lernmethoden, Zertifikate, Äquivalenz mit B.-Abschlüssen im formalen System.

3. *Informale* B. (Overwien 1999) ist nicht nur Restkategorie. Die kaum organisierten und wenig spezifizierten erzieherischen Interaktionen, z. B. in der Familie, der jugendlichen Gleichaltrigengruppe, können mit dem Begriff erfasst werden. Er markiert die terminologische Grenze zum weiteren der Sozialisation (verstanden als die Herausbildung und Erhaltung persönlicher Identität in Handlungskontexten überhaupt). Wegen der hier quer durch die Gesellschaften der Dritten Welt aufweisbaren Phänomenvielfalt können nur die Forschungsrichtungen,

mit denen man informale B.-Prozesse zu erfassen sucht, genannt werden: 1) Die Kultur-Kognitionsforschung, die in ihrer jüngsten Wendung nach kulturunspezifischen Stufen der individuellen kognitiven E. und E. des moralischen Urteils suchte. Dieser universalistischen Theorie ist der mit ihrem humanistischen Anspruch kaum vereinbare Eurozentrismus vorgehalten worden. 2) Die in der Ethnologie beheimatete Kultur- und Persönlichkeitsforschung, die zum Beispiel die Abh. der Erziehungsformen von den Strukturen des Verwandtschaftssystems thematisierte. Bei dieser Trad. wurde umgekehrt der Kulturrelativismus kritisiert. 3) Die Forschung zur individuellen Modernisierung, hier kann z. B. als gesichert gelten, dass «*Akkulturation und Modernisierungsprozesse den kognitiven Stil einer Unabhängigkeit vom engeren sozialen Feld (sowie …) abstraktere … Formen der Darstellung sozialer Beziehungen» fördern (Schöfthaler 1981). Mit der Kritik an makrosoziologischen *Modernisierungstheorien wurde auch die Bewertung der Ergebnisse der Forschung zur individuellen Modernisierung kontrovers. Rel. deutlich ist in der int. Debatte auch die Unterscheidung zwischen allg. B. und beruflicher B., *education and training.* Inhaltlich wird das Verhältnis beider Bereiche bes. relevant bei der Frage, inwieweit grundlegende berufliche Kenntnisse und Fertigkeiten zur «Grundbildung» (*basic education*) gehören. Für das «Gelingen» von B.-Prozessen in der Dritten Welt kann als gesichert angenommen werden, dass nicht nur die Abstimmung des erzieherischen Handlungsfeldes mit den übrigen gesellsch. Teilsystemen (Wirtsch., Politik, Kultur) notwendig ist, sondern auch das Verhältnis von informaler B., nonformaler B. und formaler B. thematisiert werden muss. Sonst schlägt gesellsch. *strukturelle Heterogenität gleichsam unbeeinflussbar über die Heterogenität dieser B.-Prozesse restringierend auf die Handlungskompetenz vergesellschafteter Subjekte durch.

Lit.: Ch. Adick, Die Universalisierung der modernen Schule, Paderborn 1992; Dakar Framework for Action, UNESCO 2001; V. Lenhart, Bildung für alle. Zur Bildungskrise in der Dritten Welt, Darmstadt 1993; W. Mitter/Th. Hanf (Hg.), Bildungspolitik und Bildungsreform in der Dritten Welt, Bildung und Erziehung 33 (5), 1980; B. Overwien, Informal Learning and Popular Education, in: Adult Education and Development 52, 1999, S. 165–178; T. Schöfthaler, Informelle Bildung, in: D. Goldschmidt/H. Melber (Hg.), Die Dritte Welt als Gegenstand erziehungswissenschaftlicher Forschung, Weinheim/Basel 1981, S. 97–115; World Education Forum, Education for All 2000 Assessment, UNESCO 2000. vl

Bildungsforschung Forschung über Bildungsprobleme in der *Dritten Welt war bis in die jüngste Zeit eine Domäne westl., namentlich US-amerik. Erziehungs- und Sozialwissenschaftler. Entsprechend deutlich ist sie auch gekennzeichnet von den in den USA und in Europa jeweils dominanten Forschungsströmungen. Einen in der Dritten Welt bis heute prägenden Einfluss hat vor allem die in den 1960er J. vorherrschende Richtung der *development education* gewonnen. Sie setzt die «Modernisierung» im Sinne industrialisierter Staaten als Ziel voraus und erkennt dabei der Investition in formale Erziehung eine Schlüsselrolle zu. Erst in neuerer Zeit wächst die Kritik an diesem Ansatz auf der Grundlage von Erkenntnissen, die eher auf eine «entwicklungshemmende» Funktion von formaler Erziehung nach westlichem Muster schließen lassen. Die europäische und vor allem auch die deutsche Bildungsforschung hat sich gerade unter diesem Gesichtspunkt zunehmend profiliert.

Um Ungleichgewicht und Abhängigkeiten in der Dritte-Welt-bezogenen Bildungsforschung abzubauen, kommt im Rahmen der nat. wie int. *Bildungshilfe der Förderung autochthoner wie auch partnerschaftlicher Forschung heute eine zunehmend wichtige Bedeutung zu.

Lit.: M. Fremerey, Erziehung und Entwicklung als Gegenstand deutscher Forschung. In: Bildung und Erziehung, 33. Jg., H. 5, Okt. 1980, S. 475 ff.; D. Goldschmidt, Ortsbestimmung und Aufgaben erziehungswissenschaftlicher Forschung über die Dritte Welt, in: Zeitschrift für Pädagogik, 16. Beiheft, 1981, S. 17ff. mf

Bildungshilfe / Ausbildungshilfe Neben dem Vorhandensein natürl. *Ressourcen und der Bereitstellung von Kapital wird als entscheidender dritter E.-Faktor die Verfügbarkeit von qualifizierten Arbeitskräften anerkannt. Deshalb wird gefordert, dass in allen Projekten der *Technischen und *Finanziellen Zusammenarbeit die Ausbildung von Fach- und Führungskräften eine zentrale Rolle spielt. Die BRD legt hohen Wert auf die Ausbildungskomponente als Teil aller Projekte der *FZ. Die Omnipräsenz des BH-Elements in allen E.-Hilfe-Maßnahmen begründet die hohe institutionelle Ausdifferenzierung der Trägerorganisationen von BH. Für die bundesdeutsche BH hat Danckwortt (1981) folgende sechs Bereiche unterschieden, in denen die verschiedenen Org. arbeiten: 1. im außerschulischen Bildungswesen (kirchliche Werke, *politische Stiftungen, *DVV, *Goethe-Institute etc.); 2. im allgemein bildenden Schulwesen (*GTZ, *DED, deutsche Auslandsschulen, *Kirchen, *DSE etc.); 3. im Berufsbildungswesen (GTZ, DED, Kirchen, privater Träger, *CDG, DSE, dt. Auslandsschulen, dt. Wirtsch. etc.); 4. im Hochschulwesen und in der wiss. Fortbildung (Hochschulpartnerschaften, Institutskontakte, GTZ, *DAAD, *Humboldt-Stiftung, *Otto-Benecke-Stiftung, Deutsche Forschungsgemeinschaft, Max Planck-Institute etc.); 5. in der Bildungsplanung und Verwaltung (DSE, GTZ etc.); 6. im Bereich Massenmedien im Bildungssektor (GTZ, kirchliche Werke, politische Stiftungen, CDG, DSE, Deutsche Welle etc.).

Das Grundsatzprogramm der BRD für die Bildungs- und Wissenschaftshilfe von 1971 definierte als BH den «Auf- und Ausbau der *Infrastruktur für das Bildungswesen und für die Wissenschaft sowie Anwendung wiss. und techn. Erkenntnisse». In all den Jahren hat sich an der hohen Bedeutung der BH in der EP der BRD nichts geändert. Im Gegenteil: die Tatsache, dass wirtsch. Wachstum v. a. in jenen EL erzielt wurde, in denen überdurchschn. in das Bildungswesen zugunsten breiter Schichten der Bev. investiert wurde, hat der BH eine weitere Legitimation verschafft. Es wurde von der Notwendigkeit spezifischer Lösungen für die EL ausgegangen. Des Weiteren wurde bedacht: 1. Länderbezogene BH soll nur nach vorhergehender Analyse der bestehenden Bildungssysteme, ihrer E.-Tendenzen und der sie bestimmenden Trägergruppen, vergeben werden; 2. BH soll EL unterstützen, Reformen zu ergreifen, welche das Bildungswesen und die Erfordernisse der Arbeitswelt und der sozialen Umwelt besser aufeinander abstimmen; 3. Vorrang haben solche Maßnahmen, «die eine funktionale und ausbaufähige *Grundbildung für die Masse der vom formalen Schulsystem bis jetzt ausgeschlossenen oder unzureichend geförderten Jugendlichen, v. a. in ländl. Regionen, vorsehen und die geeignet sind, das Bildungswesen beschäftigungsorientiert zu gestalten»; 4. Die Wissenschaftshilfe soll die Untersuchung von Engpässen für den wirtsch. und sozialen Fortschritt und die Anwendung e.-relevanter Forschungsergebnisse fördern; 5. Die EL sollen bei der besseren Ausnutzung ihrer Mittel und Einrichtungen für Bildung und Wiss., bei der E. kostengünstiger Verfahren und Techniken sowie bei der Rationalisierung und Neuinvestitionen unterstützt werden; 6. Die Abh. vieler EL von ausl. Mustern, Lieferungen und Leistungen in Bildung und Wiss. soll abgebaut und neuer einseitiger Abh. entgegengewirkt werden; 7. Bei allen Maßnahmen der BH soll dem *_brain drain_ entgegengewirkt werden; 8. Mit *nichtstaatlichen Organisationen soll unter Beachtung der obigen Grundsätze zusammengearbeitet werden.

Lit.: D. Danckwortt, Bildungshilfe der Bundesrepublik Deutschland, in: Zeitschrift für Pädagogik, 16. Beiheft, Weinheim 1981; UNESCO, Meeting Basic Learning Needs, New York 1990; BMZ, Grundsätze und Schwerpunkte der deutschen Entwicklungszusammenarbeit in den 1990er Jahren, München 1992. dn

Bildungsökonomie B. ist eine seit Ende der 1950er J. ausdifferenzierte, sozialwiss. Teildisziplin, die im Rahmen ökon. Wachstumsforschung, im Rahmen interdisziplinär orientierter Bildungsforschung weiterentwickelt wurde. Die Grundannahme besteht darin, dass Bildung ein Investitionsfaktor ist, der von seiner Kosten- und Ertragsseite her analysiert und zweckrational geplant werden kann. Dem klassischen Humankapitalkonzept liegt die Überlegung zugrunde, dass neben den Produktionsfaktoren Arbeit und Kapital der «techn. Fortschritt» als dritter Faktor wirtsch. Wachstum beeinflussen könne. Ausbildung und Forschung als wesentliche Elemente des dritten Faktors können eine Verbesserung der Arbeitsproduktivität, damit auch eine Beseitigung von Armut, bewirken. Die rechnerischen Kalkulationen mit diesem Faktor – nach versch. wiss. Ansätzen (*manpower approach*, *social demand approach* u. a.) – waren in der Wirtschafts- und Bildungsplanung jedoch nur bedingt erfolgreich. Unabwägbare Einflüsse verhindern, dass der Ertrag von Bildungsinvestitionen genau vorhergesagt werden kann, auch folgen individuelle Bildungsentscheidungen nicht notwendig den pol.-gesellsch. Vorgaben. Zudem stellt sich die grundlegende Frage, ob der Bedarf an Qualifikation tatsächlich primär unter ökon. Gesichtspunkten ermittelt werden soll.
Daher gilt heute für bildungsökon. Planungen, dass sie unter «unsicheren», sich schnell wandelnden Ausgangsbedingungen stattfinden, denn der ökon., techn., kulturelle, soziale und pol. Kontext verändert sich relativ schnell. Ohne den langfristigen Wandel des Bildungs- und Erziehungsbereichs außer Blick zu lassen, wurden in den letzten J. kurz- und mittelfristige Planungen wichtiger. Einen großen Einfluss auf die bildungsökon. kontroverse Debatte hat die These der *Weltbank von einer zunehmenden notwendigen «Privatisierung» der beruflichen Bildung: In einer Reaktion auf die Definition einer konventionell verschulten beruflichen Bildung haben Betriebe, Verbände, *nichtstaatliche Organisationen und Kommunen berufliche Trainingskurse in die eigene Hand genommen, um flexibler und schneller auf den sich wandelnden Qualifikationsbedarf reagieren zu können. Die Bildungs- und Erziehungsministerien haben in vielen EL seither kein Monopol mehr im Bereich der bildungsökon. Planung. Allerdings wird die Frage der Privatisierung der Bildung und insb. der beruflichen Bildung kontrovers diskutiert. Für die weitere Privatisierung beruflicher Bildung sprechen auf den ersten Blick die höhere Effizienz privaten Managements und – sofern sich Betriebe an der beruflichen Ausbildung aktiv beteiligen – die praxisnahen und potenziell stark motivierenden Lernsituationen. Neoklassische Bildungsökonomen (vgl. Blaug 1982) neigen u. a. aus diesen Gründen dazu, den privaten (betrieblichen) Ausbildungsbereich weiterzuentwickeln und evtl. den öfftl. Ausbildungsbereich vollkommen zu ersetzen. Die vergleichende Bildungsforschung zeigt allerdings, dass Länder mit einem großen und soliden privaten Ausbildungsbereich gleichzeitig auch über einen entwickelten und teuren öfftl. Ausbildungsbereich verfügen. Für die Ausbildung der Ausbilder, für die E. qualitativer Ausbildungsmaterialien, für Rahmencurricula und auch für besondere Schüler- und Trainingsgruppen ist häufig der öfftl. Bereich zuständig, der auch manchmal die theoretische Ausbildung in stärkerem Maße trägt. EL tendieren zunehmend zur Förderung landesspezifischer «Mischsysteme». Denn gerade die Finanzierung der beruflichen und technischen Bildung ist nicht alleine einem Bereich aufzubürden. Neoklassische Bildungsökonomen empfehlen die private Finanzierung durch Auszubildende (Schüler) und deren Familien, wenn es um allgemeine Qualifizierung geht, die Finanzierung durch die Betriebe, wenn betriebs- und prozessspezifi-

sche Qualifikationen vermittelt werden, und die Finanzierung durch die öffentliche Hand, wenn Störungen des Marktes auftreten (vgl. Moura Castro 1995).
Die Kalkulation der *rate of return*, also sowohl der privaten als auch der öfftl. und sozialen Profitabilität der Investitionen in der Ausbildung, wird einerseits an ökon. Kriterien gemessen, andererseits wird darauf hingewiesen, dass Bildung und Ausbildung auch kulturelle, pol. und soziale Implikationen hat. Neben der klar wirtsch. ausgerichteten *cost-benefit-analysis* (→Kosten-Nutzen-Analyse) wird daher auch die – allerdings schwierig durchzuführende – *cost-effectiveness-analysis* in die weitere kulturelle, pol. und soziale Zielsetzung eingehen, für bildungsökon. Entscheidungen und Bewertungen von Lernorten und Lernbereichen herangezogen (vgl. Atchoarena 1994).
Seit langem kommt dem in EL sehr bedeutsamen informellen Sektor besondere Aufmerksamkeit zu. Im informellen ökon. Sektor – im Ggs. zum modernen Sektor, geprägt durch relativ einfache arbeitsintensive Technologie, Familienbesitz, landeseigene Ressourcen, schmale Tätigkeitsbreite – dominiert deutlich der Qualifikationserwerb in informalen Lernprozessen außerhalb des Schul- und Berufsbildungssystems, obwohl auch in diesem Bereich private und öffentliche Investitionen getätigt werden.

Lit.: M. Blaug, Where are we now in the Economics of Education?, OECD, Paris 1982; D. Atchoarena, Financement et régulation de la formation professionelle: une analyse comparée, IIEP, Paris 1994; C. Moura Castro, Training Policies for the End of the Century, IIEP, Paris 1995; K. Schaack/R. Tippelt, Strategien der internationalen Berufsbildung, Frankfurt a. M. u. a. 1997.
rti

Bildungsreformen Die «Reform» des Erziehungswesens ist eines der am häufigsten proklamierten innenpol. Ziele der unabh. gewordenen Staaten in der * Dritten Welt. Dies erklärt sich wesentlich aus dem Umstand, dass die Bildungssysteme in den Ländern Asiens, Afrikas und LAs von den Kolonialmächten eingeführt und gestaltet bzw. nach westeurop. Modellen entwickelt worden waren. Der Reformdiskussion in der Dritten Welt sind dementsprechend drei – innenpol. gewichtige – Aspekte immanent: der Wunsch nach Unabh. von externer Bevormundung, die Vorstellung von einer eigenen Identität und schließlich die Betonung spezifischer gesellsch. und wirtsch. Bedürfnisse. Zu den hiermit verbundenen Reformzielen gehören u. a. die Unterrichtung in der Landessprache, der Zuschnitt von Geographie und gesellschaftskundlichen Fächern auf nat. und regionale Belange, die Verbreiterung der Bildungschancen, die didaktische, methodische und strukturelle Anpassung an die konkrete Lebens- und Arbeitssituation.
Der Proklamation solcher Reformziele hinkt die bildungspol. Umsetzung i. d. R. aber weit hinterher. Lediglich der nat./regionalen Identität wurde in sprachlicher und inhaltlicher Hinsicht in breiterem Umfang Rechnung getragen. Die Selektionsbedingungen und noch mehr die grundlegenden didaktischen und strukturellen Aspekte im Erziehungswesen haben dagegen nur in Ausnahmefällen tief greifende Reformimpulse erhalten. Gründe hierfür sind zum einen in dem Mangel an eigenständiger Bildungsforschungs- und Planungskapazität zu sehen; wesentlich ist zum anderen aber auch das Eigeninteresse der Eliten, die ihre Position und Macht zumeist dem nach europ.-industriestaatl. Muster gestalteten Erziehungswesen verdanken.
Als Beispiele für die wenigen Länder, die einschneidende Bildungsreformen in Angriff nahmen, seien Tanzania, Mozambique, Kuba, Peru, Nicaragua und die VR China genannt. Zu den gemeinsamen Charakteristika dieser Reformmodelle gehören die Bemühungen um lebens- und arbeitsnahe Curricula, um eine Verbindung von Lernen und praktischem (meist landw.) Arbeiten, um Dezentralisierung und breitere * Partizipation in bildungspol. Entscheidungen, um eine Verbindung von Schulerziehung mit

außerschulischer Jugend- und Erwachsenenbildung (→Pädagogik der Befreiung: Freire, *Nyerere). Gemeinsam ist praktisch allen durchgreifenden Reformversuchen außerdem der Glaube an die Sozialisationskraft schulischer Erziehung im Sinne einer «Erziehung zum Sozialismus» oder zum «neuen Menschen». Unterschiedlich erscheint demgegenüber der Umfang entsprechender Indoktrination und das Durchsetzungsvermögen seitens der pol. Führung: In beiderlei Hinsicht offenbaren die Staaten mit anhaltend revolutionärem Anspruch (wie China, Kuba) in besonderem Maße Willen und Macht.

Der Erfolg durchgreifender Reformversuche muss auf der Grundlage vorliegender Erkenntnisse eher skeptisch beurteilt werden. Einerseits konnten sich diese Bemühungen nicht aus dem Antagonismus zwischen der Betonung der Massenerziehung und dem Bedarf an Spezialisten und Experten befreien: Der Dualismus zwischen (urbaner) Elitenbildung in Erziehungseinrichtungen mit vergleichsweise hohem akademischem Standard und «funktionaler» Erziehung für die (ländl.) Masse der Bev. (→Grunderziehung) wurde kaum aufgehoben, in manchen Fällen sogar verstärkt. Andererseits droht der Aufwand an zentraler Planung und Lenkung die Reform gerade dort zu unterlaufen, wo sie einen besonders starken proklamatorischen Akzent setzt: in der breiteren Partizipation an erziehungspol. Entscheidungen und in der Anpassung der Erziehungsinhalte an die spezifische lokale Situation. Die Behauptung der an westeurop. Mustern orientierten Bildungseinrichtungen in der Dritten Welt ist nicht zuletzt auf die unverminderten Wünsche und Ansprüche der breiten Bev. auf eine formale Erziehung zurückzuführen, die den Zugang zu Positionen außerhalb der meist kärglichen landw. *Subsistenzwirtschaft ermöglicht.

Lit.: Th. Hanf/W. Mitter (Hg.), Bildungspolitik und Bildungsreform in der Dritten Welt, Bildung und Erziehung, 33. Jg., H. 5, Okt. 1980; D. Elbers/H. Kull, Bildungsreformen in Ländern der Dritten Welt, Zft. für Pädagogik, 16. Beiheft 1981, S. 117ff.; H. Weiland, Sozialisation und Modernisierung: Bildungsexport in die Dritte Welt, in: G. Trommsdorff (Hg.), Sozialisation im Kulturvergleich, Stuttgart 1989. mf

Binnenländer Länder ohne direkten Zugang zum Meer (engl. *landlocked countries*); Kategorie von EL, die wegen ihrer bes. geogr. Lage und den daraus resultierenden Problemen der Verkehrsinfrastruktur und des Handels im Rahmen der *bi- und multilateralen *Entwicklungshilfe eine den *LLDCs entsprechende Behandlung erfahren. Seit 1979 existiert ein dem *UNDP-Verwaltungsrat unterstehender Sonderfonds für küstenferne EL, der Projekte zur Überwindung der Transportprobleme fördert. dn

Biodiversitätskonvention →Gentechnologie

Biosafety-Protokoll →Gentechnologie

Birma (Myanmar)

Fläche (Tsd. qkm): 676,500
Bev. (Mio.) 2001: 48,40
BNE pro Kopf (US-$) 2000: LIC [755 US-$]
BIP (Mio. US-$) 2000: n. b.
LE (Jahre) 1999: 59,7
Analphabetenquote (%) 1999: 16
HDI 1999: 0,551 [Rangplatz von 162: 118]

Der Versuch B.s, einen *Dritten Weg zur E. des Landes zu gehen, muss heute als gescheitert angesehen werden. Die ethn. Konflikte konnten nicht überwunden werden. Die Bewegung für die *Demokratisierung des pol. Systems wird weiter gewaltsam unterdrückt. Mit der Umbenennung des Landes in Myanmar und der Hs. Rangun in Yangon im Juni 1989 wurden Forderungen der nichtbirm. Ethnien erfüllt.

1. B. (Fläche: 676552 qkm) ist geprägt von zwei in Nord-Süd-Richtung verlaufenden Gebirgszügen mit Vorkommen von Teakholz, Blei, Zink, Silber, Zinn, Wolfram, Edelsteinen und landw. genutzten Arealen (v. a. Reis im Terrassenanbau) und dem weiten Flusstal des Irrawaddy. Dessen Delta liefert den größten

Teil der Reisernte. In der Flussebene werden auch kleinere Öl- und Erdgaslager abgebaut.

2. B. erlebte seine erste Blütezeit zwischen dem 11. und 13. Jh. im Königreich von Pagan. Im 19. Jh. annektierten die Briten B. und unterstellten es dem Vizekönig von Indien. 1937 wurde B. selbständige brit. Kolonie. Der Widerstand gegen die japan. Besetzung (1942 bis 1945) unter General Aung San legte den Grundstein für die Unabh. B.s 1948. General Ne Win putschte 1962 an der Spitze eines milit. Revolutionsrates gegen die Republik, mit dem Ziel, die von den bewaffneten Aktionen kommunistischer und ethn. Gruppen (Karen; Shan u. a.) bedrohte Staatseinheit zu erhalten. Mit dem Machtwechsel verband sich die Erhebung des «Birmanischen Wegs zum *Sozialismus» zur Regierungsdoktrin, die auch Leitlinie der Verfassung von 1974 ist.

3. Die Bev. Birmas betrug 2001 rd. 48 Mio. 2000 lebten nur 28 % (1988: 24 %) in Städten (Hs. Rangun 1990 ca. 3,3 Mio. Ew.). Mit fast 3/4 der Bev. dominieren ethn. die Birmanen. Daneben: Shan (9 %), Karen (ca. 7 %), Tschin (2 %), Katschin (1 %), Inder (1 %), Chinesen (1 bis 2 %) u. a.

4. Der Buddhismus ist in B. Staatsreligion (85 % der Bev.). Ein flächendeckendes Grundschulsystem konnte inzwischen aufgebaut werden. Die Sozialgesetzgebung wurde seit 1962 ausgebaut (bei erheblichem Stadt-Land-Gefälle 1965: 11 860 Ew. pro Arzt, 1985: 3700; LE 1995: 59 J.; 1999: 60 J.).

5. Die Verstaatlichung von Ind. und Handel nach 1962 traf v. a. die Inder und Chinesen. Offiziere und die Funktionäre der Einheitspartei (*Burma Socialist Programme Party*, BSPP) bilden seitdem die neue Oberschicht. Ihr Versuch, einen birm. Sozialismus zu verwirklichen, war gekennzeichnet durch die Abkapselung des Landes nach außen (so verließ B. 1979 die *Blockfreien) und die Förderung der Industrialisierung auf der Basis der Verarbeitung der einheim. Agrarprodukte. Ein Hindernis für Letztere ist die sich aus der Isolation (kein *Tourismus) und der Agrarpol. der Reg. ergebende, den Technologieimport beeinträchtigende Devisenschwäche B.s, das zu den *MSACs zählte und der Gruppe der *LLDC angehört (1986: Schuldendienst rd. 55 % der Exporterlöse; 1999: rd. 8 %). Die Landw., mit ca. 60 % Exportanteil B.s wichtigste Einnahmequelle (v. a. Reis), wurde trotz der Enteignung des Großgrundbesitzes ab 1953 und der Übergabe des Landes an die ehem. (Schuld-)Pächter sowie der Einrichtung von *Genossenschaften kaum ausgeweitet. Privatbauern ziehen es insb. bei schlechten Ernten vor, zur Einkommenssicherung ihre Produkte nicht zu den staatl. Aufkaufpreisen abzugeben, sondern sie auf dem von der Reg. tolerierten Schwarzmarkt anzubieten. Die schlechte Versorgungslage führte 1974/75 zu blutigen Auseinandersetzungen. Durch Rückgriff auf privatwirtsch. Mechanismen (1977 Legalisierung von Privatfirmen) und verstärkte Bez. zu den westl. IL wurde versucht, einen Ausweg aus den ökon. Schwierigkeiten des Landes zu finden. Ein schwerwiegendes Problem bleibt der andauernde Bürgerkrieg im Land. Versch. Rebellengruppen, die sich aus den nicht-birm. Ethnien rekrutieren, kontrollieren weite Teile des unzugänglichen Landes.

Vor dem Hintergrund einer schweren Wirtschaftskrise kam es Mitte 1988 zu einer spontanen, vor allem von Studenten und buddhistischen Geistlichen getragenen Massenbewegung für eine *Demokratisierung. Auch nach einem Massaker an Demonstranten am 8. 8. 1988 hielt die Protestwelle an. Der Machtübernahme durch General Saw Maung am 18. 9. 1988 folgte eine Welle brutaler Repression. Nach der Konsolidierung des Regimes wurde eine Liberalisierung eingeleitet.

Aus den ersten demokrat. Wahlen seit 30 J. am 27. 5. 1990, zu denen über 90 Parteien kandidieren durften, ging die oppositionelle *National League for Democracy*

(NLD) mit 60 % der Stimmen und 396 der 485 Mandate als Sieger hervor. Die BSPP, die sich in *National Unity Party* (NUP) umbenannt hatte, erhielt 21 % der Stimmen. Die Militärs verweigerten allerdings die Übergabe der Macht und ließen insb. führende Vertreter der NLD verhaften, unter anderem *Aung San Suu Kyi, die 1991 den *Friedensnobelpreis erhielt. Wegen der grausamen Verfolgung ihrer Volksgruppe flüchteten ab Ende 1991 über 250000 Moslems aus B. nach Bangladesh. 1995 wurde die Zahl der Binnen- und Auslandsflüchtlinge auf weit über eine Mio. geschätzt. Aufgrund des Drucks der *UNO und der ASEAN-Staaten unternahm der neue Staatschef General Thenshwe durch Ernennung eines verfassunggeb. Nationalen Konvents im Jan. 1993 schleppende Schritte zur Demokratisierung, was jedoch nur als eine scheinbare Maßnahme zur Abkehr vom *autoritären Regime in B. gewertet werden konnte, da über 600 der 700 Delegierten vom regierenden Staatsrat (SLORC) ernannt wurden. Am 28. 11. 1995 trat die Verfassunggebende Versammlung zusammen, um ein neues Grundgesetz auszuarbeiten. Nachdem die 86 Vertreter der NLD nach der Eröffnungssitzung die Beratung verlassen hatten, wurden sie aus dem Verfassungskonvent ausgeschlossen. Die im Juli nach fast sechsjährigem Hausarrest freigelassene und im Okt. in ihrem Amt als NLD-Generalsekretärin bestätigte Aung San Suu Kyi hatte die Tätigkeit des Gremiums als «nicht auf Demokratie gerichtet» bezeichnet und zum Boykott der Verhandlungen aufgerufen. Die Militärjunta verstärkte daraufhin ihren Druck auf die Opposition, der im Mai 1996 seinen vorläufigen Höhepunkt erreichte, als in einer landesweiten Verhaftungswelle über 260 Personen – größtenteils NLD-Politiker – festgenommen wurden. Die Oppositionsführerin Aung San Suu Kyi, die weiterhin Repressionen der Sicherheitsorgane ausgesetzt war und von Sept. 2000 bis Mai 2002 erneut unter Hausarrest gestellt wurde, forderte in regelmäßig stattfindenden Kundgebungen beim Kampf für demokrat. Reformen ihre Anhänger zur Wahrung von Disziplin und Geduld, die Militärjunta zur Bereitschaft für einen pol. Dialog auf. Trotz erneuter Berichte von *amnesty international über anhaltende schwere Menschenrechtsverletzungen (Vertreibung, Inhaftierung, Folter, Misshandlung mit Todesfällen) durch die Militärjunta wurde B. nach fast einjährigem Beobachterstatus im Juli 1997 Vollmitgl. der *ASEAN. Ein wichtiger Grund für die Aufnahme in den Staatenverband ist die Hoffnung, dass das Militärregime durch «konstruktive Einbindung» positiv beeinflusst und somit der Weg zur Demokratie geebnet werden könne. Phasen der Verschärfung der Repression und der Entspannung wechseln bisher einander ab. So ist ungewiss, ob die Visiten int. Org. (EU-Delegation 2001/02, verbunden mit der Entlassung vieler Oppositioneller aus der Haft, UN-Menschenrechtsberichterstatter, *ILO-Delegation) dauerhafte Entspannung anzeigen.

Lit.: D. I. Steinberg, Burma's Road Toward Development, Boulder 1982; D. I. Steinberg, Burma, London 1983; M. Than (Hg.), Myanmar Dilemmas and Options: The Challenge of Economic Transition in the 1990s, Singapore 1990; S. Prager, Myanmar/Birma, in: HDW III, 7, 1994, S. 259 ff. rs/red

BIT, bilaterale Investitionsabkommen →TRIMS

BIZ Bank für internationalen Zahlungsausgleich AG, 1930 gegr., Sitz in Basel. Aktionäre sind die Zentralbanken Europas und die der USA, Kanadas, Japans, Australiens und Südafrikas. *Aufgaben:* Abwicklung int. Finanzoperationen, Erleichterung der Zusammenarbeit zwischen den Zentralbanken, Verrechnung von Forderungen und Verpflichtungen im Außenwirtschaftsverkehr und Ausgleich der Nettobeträge. Den EL tritt die BIZ oft als Treuhänderin, Bevollmächtigte und Abwicklungsinstitution der IL bei int. Finanzabkommen gegenüber. Internet: www.bis.org. bg

Blauhelme Aufgrund der blauen Farbe ihrer Kopfbedeckung Bezeichnung für Angehörige von Missionen der *UN, die der Friedenssicherung dienen sollen (*peacekeeping operations; PKOs*). B.-Truppen werden von UN-Mitgliedsstaaten bereitgestellt und unterstehen UN-Oberkommando.

1. Grob unterschieden werden B. in die *peacekeeper forces* bzw. Friedenstruppen, die bewaffnete milit. Verbände sind, und die sowohl aus Militär- als auch aus Zivilpersonal bestehenden und generell unbewaffneten Beobachtermissionen (*observer missions*). Je nach Lage im Spannungsgebiet können B. folgende Aufgaben haben: a) «Observation» (Überwachung von Abkommen, Beobachtung, Untersuchung, Mittlerfunktion); b) «Interposition» (Pufferbildung, Blockierung); c) «Maintenance of law and order» (Wahrung von innerer Sicherheit, Polizeiaufgaben). Aufgrund der Zunahme innerstaatlicher Konflikte wurden in den letzten Jahren so genannte *peace-building*-Missionen hinzugefügt, deren Auftrag hauptsächlich in der Errichtung pol. Institutionen und der vorübergehenden Übernahme von Verwaltungsaufgaben besteht (z.B. *Ost-Timor, Kosovo).

2. Mai 2002 unterhielten die UN weltweit 15 PKOs, drei davon auf dem Gebiet des eh. Jugoslawiens. Das Gesamtbudget der PKOs seit 1948 beträgt rd. 25 Mrd. US-$ (vgl. weltweite Militärausgaben 2001: 839 Mrd. US-$; →Rüstung).

Das Beispiel für eine Friedenstruppe mit Interpositionsfunktion ist die UNFICYP auf Zypern (seit 1964). Umfassendere Operationen – sog. Missionen der 2. Generation – mit der Funktion der Sicherstellung von Wahlen etc. wurden z.B. in Namibia (UNTAG 1989–1990), Kambodscha (UNTAC 1992–1993) und auf Haiti (MIPONUH) unterhalten.

3. In völkerrechtl. Hinsicht lassen sich B.-Missionen, sofern es sich um *peacekeeping* handelt, zwar nicht direkt aus Kap. VI und VII der UN-Charta ableiten; generell wird aber angenommen, dass ein Mandat des Sicherheitsrates für ihre Einrichtung ausreicht. Voraussetzung zur Entsendung sind das Einverständnis der Konfliktbeteiligten und die Bereitschaft von Mitgliedstaaten, eigene Truppenverbände den UN zur Verfügung zu stellen. B. sind zur Impartialität verpflichtet, dürfen aber zur Selbstverteidigung von der Waffe Gebrauch machen. Die Forderung nach «robusten» B.-Einsätzen und *humanitärer Intervention (d.h. Operationen zur Sicherstellung der Versorgung und Unversehrtheit der Bev. auch ohne Einverständnis der Konfliktparteien) stößt bei internen Konflikten auf das Verbot der innerstaatl. Einmischung (UN-Charta, Art. 2, Abs. 7), sie gelten aber als statthaft, wenn der Sicherheitsrat eine Gefahr für den «Weltfrieden und die int. Sicherheit» (UN-Charta, Art. 39) feststellt. Ein völkerrechtl. problematisches hist. Beispiel für eine «robuste» *PKO* ist die gewaltsame Beendigung der Katanga-Sezession im Rahmen der ONUC (*Opération des Nations Unies au Congo*) in den Jahren 1960–1964 im ehem. Zaire. Eine Operation mit dem Ziel der *humanitären Intervention war die im Umfeld von UNOSOM I und II erfolgte Entsendung einer int. Streitmacht nach Somalia 1992–93 (Operation «*Restore Hope*»).

4. Nach einer kurzen Phase der UN-Euphorie nach dem Ende des Kalten Krieges, die zu einer rapiden Zunahme der PKOs führte (im Mai 2002 hatte der Sicherheitsrat insgesamt 55 PKOs angeordnet, 42 davon nach 1990), sind die klassischen PKOs wegen ihres (vermeintlichen) Versagens im ehem. Jugoslawien und in Somalia in den letzten Jahren verstärkt in die Kritik geraten. Impartialitäts- und Gewaltlosigkeitsgebot verhinderten dort ein energisches und deswegen effektives Eingreifen der B. in kriegerischen Auseinandersetzungen, auch wenn Zivilisten bedroht waren (Srebrenica). Seit einigen Jahren werden aus diesem Grund vermehrt die so genannten «robusten» Mandate eingesetzt, die

es den B. erlauben, über die reine Selbstverteidigung hinaus die Ziele der Operation notfalls gewaltsam durchzusetzen. Erfolgreicher waren und sind normalerweise *peace-building operations*, so z. B. die Überführung Ost-Timors in die Unabhängigkeit durch eine Übergangsregierung der UN (UNTAET) sowie die Hilfe beim Wiederaufbau Afghanistans (UNAMA). Am 10. 12. 1988 erhielten die UN-Friedenstruppen den *Friedensnobelpreis. →Humanitäre Intervention

Lit.: G. Unser, Die UNO. Aufgaben und Strukturen der Vereinten Nationen, München 1992; V. Matthies (Hg.), Frieden durch Einmischung, Bonn 1993; V. Rittberger, Vereinte Nationen, in: A. Boeckh (Hg.), Internationale Beziehungen, Lexikon der Politik, Bd. 6, München 1994, 561 ff.; M. Krennerich, Humanitäre Intervention, in: D. Nohlen (Hg.), Wörterbuch Staat und Politik, München 1995, 260 ff.; V. Matthies, Krisenprävention, Opladen 2000; UN-Generalsekretär, Comprehensive Review of the Whole Question of Peacekeeping Operations in all their Aspects (Brahimi Report), New York 2000. mb/sta

Blockfreiheit, Blockfreienbewegung Begriff und pol. Zielsetzung von B. sind eng verbunden mit der hist. Entwicklung der Bb. Diese entstand im Zuge der *Dekolonisation nach dem 2. Weltkrieg auf der Grundlage einer einzelne Länder verbindenden, gemeinsamen Orientierung ihrer Außenpolitik gegenüber den Machtblöcken im Ost-West-Konflikt. Die pol. Führung der Bb. lag in der Entstehungsphase bei Jugoslawien, Indien und Ägypten, verkörpert durch *Tito, Nehru und *Nasser. Für ihre erste Gipfelkonferenz in Belgrad 1961 erarbeitete die Kairoer Vorkonferenz (zusammengefasst) folgende Kriterien, nach denen Länder als «blockfrei» zu gelten hätten: 1. Betreiben einer auf Unabh. gegenüber den Machtblöcken in Ost und West gerichteten und an der friedlichen Koexistenz orientierten Politik; 2. Nichtbeteiligung an Militärbündnissen, die sich aus dem Ost-West-Gegensatz herleiten; 3. beständige Unterstützung nat. Unabh.-Bewegungen. In der Praxis wurden diese Kriterien jedoch sehr weich gehandhabt. Letztlich gelten jene Staaten als blockfrei, die von den bereits der Bb. angehörenden Staaten als neue Mitgl.-Staaten aufgenommen wurden. 1978 wurden vom Koordinationsbüro der Bb. als Grundmerkmale von B. definiert: «Freiheit von den Blöcken, das Fehlen von Militärbündnissen mit Großmächten sowie Widerstand gegen *Imperialismus, *Kolonialismus, *Neokolonialismus, Rassismus einschließlich *Apartheid und gegen alle Formen fremder Herrschaft». Die Mitgl.-Zahl der Bb. ist kontinuierlich gestiegen, seit den 1970er J. von 53 (Lusaka-Gipfel) auf 101 (Harare-Gipfel). Die Organisation der Bb. ist recht lose und informell; es gibt weder eine Gründungscharta noch ein Organisationsstatut, das bestimmte Institutionen vorsieht. Wichtige Arbeitsinstrumente sind die Konferenzen auf verschiedenen Ebenen (Gipfelkonferenzen, Außenminister-, Minister- und Botschafterkonferenzen), zu deren Vorbereitung 1976 ein 25-köpfiges Koordinationsbüro mit Sitz bei den *UN in New York eingerichtet wurde (Mitgl.: Afrika 12, Asien 8, Lateinamerika 4, Europa 1). Weitere Aufgaben des Koordinationsbüros: Anwendung der Beschlüsse, Ausführung von ihm übertragenen Funktionen in den UN, Abstimmung mit der *Gruppe der 77. Es entlastet auch das der Bb. zwischen den Gipfelkonferenzen (und zu ihrer Vorbereitung) vorsitzende Land. Die Gipfelkonferenzen fanden in Belgrad 1961, Kairo 1964, Lusaka 1970, Algier 1973, Colombo 1976, La Havanna 1979, Neu-Delhi 1983 und Harare 1986 statt. Das pol. Wirkungsfeld der Bb. verlagerte sich schwerpunktmäßig vom Ost-West-Gegensatz und von der *Dekolonisationsfrage auf den *Nord-Süd-Konflikt. Im ersten Jahrzehnt standen mehr pol. und insbes. sicherheitspol. Problemstellungen im Vordergrund, «die deutlich die gefährdete Situation milit. schwacher und pol. instabiler Länder in den durch Ost-West-Konflikt, Kalten Krieg und Blockpolitik geprägten int. Bez. widerspiegelten: z. B. Auflösung der Militär-

blöcke, Abrüstungsfragen, das Prinzip der Nichteinmischung in innere Angelegenheiten, die territoriale Integrität aller Staaten sowie die nat. Selbstbestimmung und die Stärkung der Vereinten Nationen» (Matthies). Im zweiten Jahrzehnt wurden Fragen wirtsch. Unabh. und E. in der Programmatik der Bb. betont und erfolgreich in die int. Debatte eingeführt: z. B. Herbeiführung des Nord-Süd-Dialogs, Forderung der *Neuen Weltwirtschaftsordnung. Voraussetzung dafür war die durch die Bb. im Verein mit anderen Zusammenschlüssen der Dritte-Welt-Länder, wie der Gruppe der 77, herbeigeführte pol.-wirtschaftl. Zusammenarbeit unter den Südländern, welche das Gewicht der Dritten Welt in den int. Bez. erhöhte (→Süd-Süd-Beziehungen). Die Hauptforderungen sind seit den 1970er J. relativ konstant. Entsprechend der Dynamik der E.-Probleme können neue Begründungen hinzutreten und die Prioritäten wechseln. V. a. aber variiert die Radikalität, mit der die Forderungen erhoben werden. Hier spielt die Frage eine Rolle, welches Land die Präsidentschaft ausübt. Anders als in Havanna überwog in Neu-Delhi ein gemäßigter Ton.
Unterhalb der (Konsens-)Ebene des Antikolonialismus und eines globalen Forderungskatalogs der Bb. gegenüber den IL treten jedoch erhebliche Spannungen innerhalb der Bb. auf. Sie resultieren aus pol.-ideologischen Präferenzen und Orientierungen einzelner Länder der Bb. in der weltpol. Auseinandersetzung, wobei insbes. Kuba durch sein offenes Eintreten für ein Bündnis der Blockfreien mit den «natürlichen Verbündeten», der Sowjetunion, im Kampf gegen den Imperialismus auf der Havanna-Konferenz eine Krise heraufbeschwor. Die Mehrheit der Bb. hielt jedoch am Prinzip der (Äqui-)Distanz zu beiden Machtblöcken fest, das sich in Neu-Delhi wieder mehr Anerkennung verschaffen konnte. Dies zeigte sich auch auf der Konferenz von Harare 1986, wo weder Nicaragua noch Indonesien (die beiden offiziellen Bewerber) als Tagungsort für den 9. Gipfel 1989 und damit für die Präsidentschaft bis 1992 konsensfähig waren: Nicaragua aufgrund seiner starken Bindung an Kuba und Indonesien wegen seiner starken Anlehnung an die USA. Auf der Außenministerkonferenz in Nikosia 1988 wurde Belgrad einstimmig als Tagungsort für 1989 bestimmt. Deutlicher als in früheren J. fielen auch die Verurteilung und Ablehnung der Besetzung Afghanistans und Kambodschas aus.
Spannungen zwischen den Blockfreien ergeben sich auch aus ungelösten Grenzkonflikten sowie aus den in konkreten Fragen doch erheblichen und wachsenden Interessenunterschieden zwischen Mitgl.-Ländern und Ländergruppen (*OPEC-Länder, *Schwellenländer, *LLDC-Länder) der Bb. In Neu-Delhi z. B. lehnten die OPEC-Länder einen verstärkten Ressourcenausgleich zwischen armen und reichen EL ab. Dennoch ist ein Zerfall der Bb. nicht zu erwarten, auch wenn die Blöcke, zwischen denen man sich behaupten wollte, nicht mehr existieren. Seit Ende des Ost-West-Konflikts (10. Gipfeltreffen 1992 in Jakarta) begreift sich die Bb. als Interessenorg. des Südens. In ihrer Programmatik werden pol. und wirtsch. Probleme (regionale Abrüstung, friedliche Streitbeilegung, *Verschuldung, Reaktivierung des *Nord-Süd-Dialogs etc.) gleichermaßen betont. Internet: www.nam.gov.za.

Lit.: G. Baumann, Die Blockfreien-Bewegung, Melle 1982; V. Matthies, Die Blockfreien, Opladen 1985; G. Baumhöger/K. Helmstedt, Die Gipfelkonferenz der Blockfreien (Harare 1986), Aktueller Informationsdienst Afrika, Beiheft 19, Hamburg 1987. dn

BLS-Staaten →Botswana, Lesotho, Swaziland

BMZ Bundesministerium für wirtsch. Zusammenarbeit und Entwicklung, Nov. 1961 gegr.; mit dem Auftrag, die auf versch. Ministerien verteilten e.-pol. Maßnahmen der Bundesreg. (Auswärtiges Amt, Bundeswirtschaftsmin., Bundeslandwirtschaftsmin.) zu koordinieren. Mit der Anerkennung der Eigenständigkeit der *Entwicklungspolitik wurde der

Aufgabenbereich des BMZ 1964 auf die Erarbeitung von Grundsätzen und Programmen der EP sowie auf die Planung und Durchführung der *Technischen Hilfe ausgedehnt. 1972 wurde dem BMZ auch die Zuständigkeit für die *Finanzielle Hilfe im Rahmen der * bi- und multilateralen Zusammenarbeit übertragen. Seither ist es zuständig für Konzeption und Planung, Durchführung und *Evaluierung der gesamten bi- und multilateralen EP. Die Abstimmung, ja teilweise Konkurrenz mit anderen Ressorts bleibt jedoch nach wie vor bestehen. Bilateral vereinbarte E.-Hilfe bedarf der Zustimmung des AAs. Verhandlungen über Themen der von den EL geforderten *Neuen Weltwirtschaftsordnung fallen zugleich in die Kompetenz des Bundeswirtschaftsministeriums. Bei den *UNCTAD-Konferenzen ist die BRD folglich mit einer gemischten Delegation und zwei Ressortchefs vertreten, die durchaus unterschiedliche Positionen einnehmen können.

Das BMZ ist wie folgt organisiert: Minister (W. Scheel von 1961 bis 1966; H.-J. Wischnewski 1966 bis 1968; E. Eppler 1968 bis 1974; E. Bahr 1974 bis 1976; M. Schlei 1976 bis 1978; R. Offergeld 1978 bis 1982; J. Warnke 1982 bis 1987; H. Klein 1987 bis 1989; J. Warnke 1989 bis 1991; C.-D. Spranger 1991 bis 1998; H. Wieczorek-Zeul seit 1998); ein Staatssekretär, ein parl. Staatssekretär; bis 1996 drei Abteilungen, seit 1. 1. 1997 vier Abteilungen, die wiederum im Jahr 2000 neu strukturiert wurden: Abt. 1 (11 Referate): allg. Verwaltung, e.-pol. Inlandsarbeit, Statistik; Abt. 2 (15 Referate): Regional- und Länderreferate; Abt. 3 (8 Referate): bilaterale E.-Zusammenarbeit, *NROs; Abt. 4 (14 Referate): multilat. E.-Zusammenarbeit, E.-Pol. der EU, Grundsatzfragen und Förderungskonzepte. Zudem wurde die Zahl der Referate von 60 auf 58 verringert; bisheriges Planungsreferat dir. dem Ministerbüro zugeordnet. Publikationen u. a.: Pressespiegel, Materialien, Schriftenreihe Forschungsberichte; Berichte zur Entwicklungspolitik der Bundesregierung (zweijährl.); JHE (jährl.); sämtliche Informationsmedien des BMZ im Faltblatt «Informationsmedien Entwicklungspolitik». Adresse: Friedrich-Ebert-Allee 40, 53113 Bonn. Internet: www.bmz.de.

Lit.: M. Glasgow (Hg.), Das Bundesministerium für wirtschaftliche Zusammenarbeit, Bielefeld 1983; ders. (Hg.), Deutsche Entwicklungspolitik, Saarbrücken 1983; BMZ, Wie wirksam sind Entwicklungsprojekte? («BMZ-intern»), 1987. dn

Boden Der Verlust fruchtbarer Ackerböden durch Degradation ließ die pro Kopf verfügbare Ackerfläche in den EL 1993 auf 0,16 ha und damit unter den für die Deckung des durchschn. menschlichen Mindestbedarfs an Pflanzenenergie nötigen Wert (0,17–0,3) sinken. Auch Dauergrünland und Waldböden, die eine wichtige Regelungsfunktion im ökol. System erfüllen (Wasserspeicherung, Lebensraum, Lebensgrundlage, Transport und Umwandlung chemischer Stoffe) sind gefährdet. Die bisher einzige weltweite Untersuchung der B. 1990 zeigte, dass 15 % der eisfreien B. deutlich geschädigt waren. Erosionsschäden (56 % Wassererosion durch Niederschlag und Fließgewässer, 28 % durch Winderosion) stehen dabei an erster Stelle. Sie werden durch Freilegung von Böden durch Waldrodungen, Monokulturen (ungeschütztes Brachliegen nach der Ernte) und Überweidung verursacht. Auch die zunehmende *Desertifikation, von der v. a. trockene und halbtrockene Zonen betroffen sind, steht hiermit in Zusammenhang. Die von über 100 Staaten in Paris unterzeichnete *Wüstenkonvention (1994) enthält Aktionsprogramme zur Verbesserung der Situation, die bisher jedoch noch nicht verwirklicht wurden.

Die zur landw. Ertragssteigerung eingesetzte intensive Bewässerung in Trockengebieten bringt die Gefahr der Salinisierung (Versalzung) mit sich. Sind die Böden wenig durchlässig, kommt es durch die schnelle Verdunstung zur Sali-

nisierung, sind sie durchlässig, ist das Steigen des Grundwasserspiegels, die Vernässung der oberen Bodenschichten und damit wieder schnelle Verdunstung die Folge.
Vergiftung (Überdüngung, Pestizide, Ind., Mülldeponien, Schadstoffe aus der Luft), Versauerung (Ammoniak aus der Tierhaltung, «saurer Regen»), Nährstoff-/Humusverlust (siehe oben aufgeführte landw. Praktiken) und andere Arten chemischer Degradation machen insg. ca. 12 % der globalen Bodenschäden aus. →Ökologische Benachteiligung der Tropen

Lit.: →Ökologie; Ch. Schütze, Umweltprobleme: Klima–Wasser–Land, in: P. J. Opitz (Hg.), Weltprobleme, Bonn (4) 1995, S. 185–212. ef

Bodenreform →Agrarreform

Bolívar, Simón Einer der wichtigsten Vorkämpfer der Unabh. LAs. Bolívar wurde am 24. 7. 1783 in Caracas (Venezuela) als Sohn einer der ältesten Familien des Landes geboren. Nach zwei Aufenthalten in Europa beteiligte er sich ab 1810 als Mitgl. der *Sociedad Patriótica* (Patriotische Vereinigung) an der in Caracas entstandenen Unabh.-Bewegung. Zwischen 1812 und 1819 zeichnete er sich als milit. Führer aus und wurde nach der Unabh. Venezuelas zum Präsidenten der Republik ausgerufen. Zwischen 1819 und 1824 befehligte er die Feldzüge, die zur Unabh. von Kolumbien, Ecuador (die zusammen mit Venezuela bis 1830 die Republik Kolumbien bildeten), Peru und Bolivien führten. B. trat für die Errichtung einer zentralistischen und starken Regierungsform ein, als Mittelding zwischen Monarchie und Republik, und setzte sich im regionalen int. Rahmen für die Einheit Iberoamerikas ein. Von diesem Hauptgedanken geleitet, berief er im Dezember 1824 die Staatschefs der neuen iberoamerik. Staaten zu einem Kongress ein, der 1826 in Panama stattfand. Obwohl keine Einigung erzielt wurde, stellt der Kongress die erste Initiative zur regionalen pol. Einheit in LA dar. Bolívar starb am 17. 12. 1830 in Kolumbien. mfb

Bolivien

Fläche (Tsd. qkm): 1099
Bev. (Mio.) 2001: 8,50
BNE pro Kopf (US-$) 2000: 1000
BIP (Mio. US-$) 2000: 8469
LE (Jahre) 1999: 62,1
Analphabetenquote (%) 1999: 15
HDI 1999: 0,648 [Rangplatz von 162: 104]

B., aufgrund seiner Rohstoffe (Gold und Silber) eines der reichsten Gebiete des span. Kolonialreiches, zählt seit Jahrzehnten zu den ärmsten Ländern LAs. Die durch *Monostruktur gekennzeichnete Wirtsch. dieses klassischen Rohstoff-Exportlandes geriet Anfang der 1980er J. in seine schlimmste Krise. Mit der Demokratisierung Mitte der 1980er J. gelang eine ökon. und polit. Reformpolitik, die auch die Demokratie stabilisierte und qualitativ neue E.-Perspektiven für das Land eröffnete. Die Reformpol. ließ jedoch die soziale Frage ungelöst, deren Folgekosten drohen auch die friedliche Austragung der pol. Gegensätze über das Repräsentativsystem wieder in Frage zu stellen.

1. B. gliedert sich in drei natürliche Großräume: Andenhochland (Altiplano), den subtrop. Osthang der Anden (Yungas und Valles) und das östl. Tiefland. Auf dem Altiplano und in den Yungas und Valles konzentrieren sich 4/5 der Bev. und die wichtigsten wirtsch. Aktivitäten, v. a. der Abbau von Metallerzen (Zinn u. a.). Die verarbeitende Ind. ist winzig; die Altiplano-Landw. vorwiegend *subsistenzorientiert. In den Yungas und Valles werden trop. Plantagenprodukte und Coca angebaut. Das östl. Tiefland ist bis auf zwei agrarkapitalistische Wachstumspole (Santa Cruz: Baumwolle, Zucker, Reis; Beni: Rinder) eine noch wenig erschlossene Pionierregion. Die Ölförderung im östl. Tiefland deckt den internen Bedarf und erbringt geringe exportierbare Überschüsse. Seit dem Zusammenbruch des Zinnweltmarkts ist die Erdgasausfuhr nach Argentinien wichtigste Devisenquelle (40–50 % der Exporte).

2. Seit den 1950er J. hat sich die bol. Bev.

mehr als verdoppelt. Die JZ steigt und ist mit ca. 2,5 % sehr hoch. 1/3 der Bev. lebt in Orten über 20000 Ew., 44 % der Stadtbev. in La Paz. Mit 6 Ew./qkm ist B. dünn besiedelt; 60 % der Ew. konzentrieren sich auf dem Altiplano. Die LE ist im lateinamerik. Vgl. recht niedrig. Ethnisch gliedert sich die Bev. in 15 % Weiße, 30 % Mestizen und 55 % Quechua-, Aymara- u. a. Indios. Für die Hälfte der Bev. sind Indianersprachen Umgangssprache.

3. Auf drei Jh. span. Kolonialherrschaft folgten in der 1. Rep. (1825–1884) jahrzehntelange Kämpfe zwischen Militärcaudillos um die pol. Macht. In diese Zeit fällt die Ausdehnung der *Latifundienwirtschaft auf Kosten des Indianerlandes und die Integration B.s in den Weltmarkt als Guano-, Salpeter- und Kautschuklieferant. Der Zinnboom der 2. Rep. (1884–1952) brachte märchenhafte Gewinne, die allerdings nicht als E.-Ressource genutzt wurden, sondern drei Familien zum Aufbau weltumspannender Wirtschaftsimperien dienten. Die «Zinnbarone» etablierten sich als eine Art Überstaat und bestimmten maßgeblich die Politik. Nach dem Chaco-Krieg (1932–1935) formierten sich in den Mittelschichten, unter Zinnarbeitern und Bauern Gegenbewegungen, die in den 1940er J. in der Gründung einer nat.-revolutionären Allianz (MNR) kulminierten. In der vom MNR angeführten *Revolution von 1952 verloren die Minen- und Grundbesitzeroligarchie durch *Nationalisierung des Bergbaus und eine radikale *Agrarreform ihre pol. und ökon. Macht. Die indianischen Analphabeten erhielten Bürgerrechte. Die anfänglich auf eine *importsubstituierende *Industrialisierung abzielende Politik der MNR-Reg. zwischen 1952 und 1964 wurde allerdings bald zugunsten eines orthodoxen *Exportmodells und einer engen Kooperation mit den USA aufgegeben. 1964 putschte die mit US-Hilfe neu organisierte Armee und bestimmte bis 1982 fast durchgehend die Geschicke des Landes.

4. Ein knappes Jh. lang gehörte B. zu den größten Zinnproduzenten der Welt; der Zinnbergbau war mit Abstand wichtigster Wirtschaftszweig und Devisenbringer des Andenstaates (bis zu 77 % der Exporteinnahmen). Nach 1952 wurde das Exportangebot durch weitere Metalle sowie agroind. Produkte diversifiziert, ohne dass es gelang, die ökon. Monostruktur zu überwinden. Der Zusammenbruch des Zinnweltmarkts (1985) trieb den (überwiegend staatl.) ohnehin defizitären und technol. rückständigen Zinnsektor endgültig in den Ruin; die ges. Wirtsch. geriet in die schlimmste Krise der boliv. Geschichte. Die Rolle des Zinnbergbaus als Motor der Ökonomie konnte kein anderer Wirtschaftszweig übernehmen: weder die verarbeitende Ind., die Lebensmittel und einfache Verbrauchsgüter herstellt (1994: 32 % des BIP), noch die unproduktive Landw. (1994: 16 % des BIP), die den internen Nahrungsmittelbedarf nur zu 75 % deckt, aber 40 % der Bev., davon der größte Teil in subsistenzorientierten *Minifundien und einigen wenigen agroind. Zentren, beschäftigt. Die Landreform von 1952 hat das Problem des Zugangs zu Land nicht gelöst. Bis heute wandern jedes J. einige T. Hochlandbauern in die östl. Kolonisationszonen ab. Dort liegen aber auch die Zentren der illegalen Parallelwirtsch. (Kokainproduktion, Schmuggel u. a.), von der bereits 5–10 % der Bev. leben.

Mit der Redemokratisierung und der Reg.-Übernahme durch Präs. Paz Estenssoro (1985–1989) begann eine tief greifende Transformation des Wirtsch.-Systems, der Rolle des Staates und der trad. Bez. zwischen Staat und Gesellschaft. Die *neoliberal orientierte *Nueva Política Económica* (NPE) hatte zum Ziel die Kontrolle der Hyperinflation, die Reduzierung des riesigen Staatshaushaltsdefizits, die Dezentralisierung und Privatisierung der Staatsunternehmen und die Liberalisierung von Preisen und Dienstleistungen bei gleichzeitigem Einfrieren der Löhne. Die NPE brachte den ökon. Verfall zum Stillstand: Die Inflation wurde rasch gesenkt (1985: über 24000 %; 1987: rd. 15 %; 1996: rd. 10 %), das Haushaltsdefizit nahm ab, und die BIP-Wachstumsraten wiesen seit 1978 erstmals wieder positive Werte auf (1987–1996: rd. 3,7 %, 1990–1999: 4,2 % p. a.). Die neue E.-Strategie trieb die Reg. des sozialdemokratischen Paz Zamora (1989–1993) durch ein radikales Privatisierungsprogramm weiter voran. Die dadurch gewonnenen Mittel wurden für die Durchführung mehrerer sozialpol. Programme zur Verfügung gestellt; dabei wurden auch viele institutionelle Neuerungen zur Modernisierung des Staates durchgeführt. Unter der Reg. Sánchez de Losada (1993–1997) trat B. dem *MERCOSUR bei. Innenpol. wurde eine weitreichende Dezentralisierung durchgeführt, die den Gemeinden v. a. im Gesundheits- und Erziehungswesen erhebliche Kompetenzen und finanzielle Mittel zuwies. Unter der Reg. Banzer Suárez (1997–2001) wurde mit den USA ein Abkommen über die Beseitigung des Kokaanbaus und zur Umstellung der Produktion auf alternative Pflanzenkulturen geschlossen. Das Substitutionsprogramm schürte Auseinandersetzungen mit den Bauern und kam nur langsam voran. Mit dem Erlass der Hälfte der Auslandsschulden im Rahmen der *HIPC-II-Initiative wurden die Bemühungen B.s um wirtsch. Stabilität und Strukturreformen int. anerkannt. Die sich 2000/2001 zuspitzende Wirtschaftslage hatte öffentl. Proteste, Straßenblockaden, landesweite Streiks zur Folge und hinderte die Entwicklung eines Armutsbekämpfungsprogramms, das aus landesweiten Konsultationen aller gesellschaftl. Gruppen (Nat. Dialog) hervorgehen sollte. Insg. büßte das Repräsentativsystem wieder an pol. Durchsetzungsmacht ein.

5. Trotz der wirtsch. und sozialen Reformen bleibt B. eins der ärmsten Länder LAs. Anfang der 1990er J. war das Kalorienangebot pro Ew. mit 86 % des Bedarfs das niedrigste, die Kindersterblichkeit im ersten J. mit 176 pro T. die dritthöchste des Kontinents. Der Ggs. zwischen Armut und Reichtum ist krass: Auf 80 % der Bev. entfallen 1/5 des Volkseinkommens, während 5 % 1/3 an sich bringen. Die neue Wirtsch.-Pol. brachte zunächst einen Anstieg der Arbeitslosigkeit, die in den 1990er J. leicht abnahm; der informelle Sektor bleibt allerdings sehr stark und macht es schwierig, das wirkliche Ausmaß der Arbeitslosigkeit zu messen. Interne Migrationsbewegungen und Auswanderung, gespeist aus städt. und ländlicher Armut, prägen noch immer das Gesicht des Landes. B. wurden als Teilnehmer der im Herbst 1999 von den *G-7-Ländern gestarteten Schuldeninitiative (→Verschuldung) 2001 insges. 30 Mio. US-$ (2002: rd. 120 Mio. US-$) an Zinsen und Tilgung int. Kredite zur Finanzierung eines Armutsbekämpfungsprogrammes erlassen.

6. Mit dem Zerfall der Diktatur der «Kokaingeneräle» (1980–82) brach auch das trad., in den 1950er J. entstandene pol. System zusammen, das durch das Fehlen repräsentativer pol. Institutionen und kooperativer Mechanismen der Interessenvermittlung sowie durch das Überziehen des Staats mit korporativen Forderungen gekennzeichnet war. 1985 vollzog sich zum ersten Mal seit 21 J. ein demokrat. Reg.-Wechsel und zum ersten Mal seit 40 J. ein verfassungsmäßiges Alternieren der Parteien in der Regierung. Im Verlauf der Redemokratisierung entwickelten die Parteien neue Interaktionsformen, ein neues Verständnis von den pol. Problemen und kompromissorientierte Entscheidungsmodi. Das fragmentierte und polarisierte Parteiensystem durchlief einen Konzentrationsprozess hin zu einem gemäßigten Mehrparteiensystem, in dem sich eine aus drei pol. relevanten Parteien (ADN, MNR, MIR) bestehende ‹Achse› auf der Grundlage einer gemeinsamen Programmatik von Wirtschafts- und Staatsreformen herausbildete. Dabei verschoben sich die pol. Kräfteverhältnisse zugunsten der Mitte-rechts-Parteien MNR und ADN. Der bol. Gewerkschaftsbund (COB) verlor

durch die ökon. Krise größtenteils seine trad. wirtsch. Verhandlungs- und pol. Vetomacht.
Seit der Redemokratisierung konnte kein Kandidat bzw. keine Partei die abs. Mehrheit erreichen. Die Entscheidung über die Besetzung der Präs. wurde stets im Parl. durch Bildung von Bündnissen bzw. Reg.-Koalitionen getroffen. Nach den Wahlen von 1985 ermöglichte ein Pakt mit dem MIR die Reg.-Übernahme durch den MNR-Kandidaten Paz Estenssoro, der aber dank eines parl. Bündnisses mit der ADN regierte. Der an den Wahlen von 1989 als Präs. gewählte Paz Zamora (MIR) stützte sich auf eine Reg.-Koalition aus ADN und MIR. Die Wahlresultate von 1993 ermöglichten eine kleine Koalition aus MNR, UCS und MBL unter Sánchez de Lozada (MNR). Im Unterschied zu den Wahlen von 1993 konnte sich in den Wahlen von 1997 kein Kandidat als eindeutiger Favorit profilieren: Banzer Suárez (ADN) erhielt 22 %, Durán (MNR) 18 % der Stimmen. Mit dem Parteibündnis aus ADN, MIR, UCS u.a. verfügte Banzer Suárez über eine komfortable Mehrheit (100 von insg. 157 Parl.-Mandaten). Wegen seiner Krebserkrankung machte er Juni 2001 dem bisherigen Vizepräs. Jorge Quiroga Ramirez (ADN) (Amtszeit bis 6. 8. 2002) Platz.

Lit.: D. Dirmoser, Drogen und Politik: Kokainproduktion, Korruption und Macht in Bolivien, in: Leviathan, H. 2, 1985, S. 238ff.; M. Krempin, Keine Zukunft für Bolivien?, Saarbrücken u.a. 1989; D. Nohlen/R. A. Mayorga, Bolivien, in: HDW III, 2, Bonn 1995, 181 ff. D. Nohlen/M. Fernández (Hg.), El presidencialismo renovado, Caracas 1998; R. Sevilla/A. Benavides (Hg.), Bolivien – das verkannte Land?, Bad Honnef 2001. dd/ml

Bonner Klimagipfel →Kyoto-Konferenz

Botswana

Fläche (Tsd. qkm): 582
Bev. (Mio.) 2001: 1,60
BNE pro Kopf (US-$) 2000: 3300
BIP (Mio. US-$) 2000: 5285
LE (Jahre) 1999: 39,4
Analphabetenquote (%) 1999: 24
HDI 1999: 0,577 [Rangplatz von 162: 114]

Die seit 1966 unabh. Republik B. zählt zu den wenigen stabilen schwarzafrik. Demokratien und verfügt aufgrund ihrer Diamantenschätze über eine im afrikan. Vgl. günstige wirtsch. Ausgangsposition. Etwa 80 % der Batswana (Singular: Motswana) gehören der Sprachgruppe der Sotho-Tswana an (Bangwato, Bakwena, Bangwaketse etc.). Hinzu kommen u.a. Bakalanga (im NO), Baherero, San («Buschmänner») sowie gut 1 % Europäer und Asiaten. Jeweils die Hälfte der Bev. sind entweder Anhänger von Naturreligionen oder Christen. Gesprochen wird v.a. Setswana und Englisch.
Grundlage der Wirtsch. ist der Export von Diamanten (78 % des Gesamtexportwertes) und Kupfer-Nickel-Konzentraten (6 %). Haupthandelspartner sind neben Südafrika v.a. die EU-Länder und die USA. Die Schürfregionen, die ab den frühen 1970er J. verstärkt erschlossen wurden, verblieben überwiegend in staatl. Besitz. Ein großer Teil der Profite aus der Diamantenförderung nimmt der Staat in Form von Steuern, Schürfrechten und Dividenden ein und investiert sie in soziale und wirtsch. *Infrastrukturen. Der große Wüstenanteil (ca. 80 % der Fläche) und chronischer Wassermangel setzen einer intensiven agrarwirtsch. Nutzung des Landes enge Grenzen. Obwohl die Landw. für mehr als 2/3 der Bev. die wichtigste Einkommensgrundlage darstellt, spielt sie für die Erzeugung des BIP nur eine nachrangige Bedeutung. Der wichtigste landw. Sektor ist die Viehwirtsch., die durch eine hohe Verteilungsungleichheit zwischen vornehmlich für den Export produzierenden Rinderbaronen und für den Eigenbedarf oder den lokalen Markt produzierenden Kleinbauern mit Viehbesitz geprägt ist. Der Anbau von Nahrungsmitteln ist lediglich in einigen Landesteilen möglich. B. kann seinen Nahrungsmittelbedarf nur z.T. aus eigener Produktion decken und ist auf Nahrungsmitteleinfuhren angewiesen.
B. ging aus dem ehem. brit. Protektorat Bechuanaland hervor. Nach der Unabh.

(30. 9. 1966) erlangte B. zwar das Image der «Musterdemokratie» Afrikas, doch wurde die pol. E. völlig von der *B. Democratic Party* (BDP) unter den Präs. Sir Seretse Khama und Sir Ketumile Masire (seit 1980) bestimmt. Unter der Dominanz der BDP fanden alle fünf J. Mehrparteienwahlen statt. Nach deutlichen Zugewinnen der stärksten Oppositionspartei *Botswana National Front* (BNF) 1994 (36,9 % der Stimmen, 32,5 % der Mandate) führten die Fragmentierungstendenzen in der Opposition 1999 zu einem erneuten deutlichen Wahlsieg der BDP, die 33 der 40 zu wählenden Mandate errang. Nach dem freiwilligen Rücktritt von Masire (1. 4. 1998) sieht sich der neue – vom Parl. gewählte – Präs. F. Mogae v. a. durch die Folgen der HIV/AIDS-Epidemie herausgefordert, von der B. wie fast kein zweites Land betroffen ist (Infektionsrate >30 %).

Lit.: B. Weimer, Unterentwicklung und Abhängigkeit in Botswana, Hamburg 1981; L. Picard, The Politics of Development in Botswana, Boulder 1987; J. Holms/P. Molutsi (Hg.), Democracy in Botswana, Gabarone 1989; G. Altheimer u. a. (Hg.), Botswana. Vom Land der Betschuanen zum Frontstaat, Münster 1991; O. Claus, Botswana, in: HDW III, 5, 1993, S. 339 ff.; S. Stedman (Hg.), Botswana: the Political Economy of Democratic Development, Boulder 1993. mik

Brady-Initiative Vorschlag des US-Finanzministers Nicholas Brady vom April 1989, der – nach dem Scheitern des *Baker-Plans von 1985 – von der Einsicht ausging, dass es sich bei der *Verschuldungskrise der EL um ein Insolvenzproblem handelte. Für die am höchsten verschuldeten EL mit mittlerem Einkommen wurde erstmals offiziell vorgeschlagen, durch freiwillige Vereinbarungen zwischen Geschäftsbanken und Schuldnerländern einen substanziellen Abbau der Altschulden bzw. des Schuldendienstes zu erreichen. Die Beteiligten können dabei aus einem «Menü» auswählen, das den Rückkauf von Schuldtiteln (*Debt-Buy-Back) sowie den Tausch von Schuldtiteln gegen Beteiligungskapital (*Debt-Equity-Swap) oder andere Schuldtitel mit niedrigeren Zinsen oder längeren Laufzeiten (*Debt-Bond-Swap) vorsieht. *IWF, *Weltbank und andere öfftl. Geber sollen die *Debt and Debt Service Reduction Agreements* (DDSR) mit Neukrediten und Zinsgarantie unterstützen. Bedingung für ein Umschuldungsabkommen im Rahmen der B.-Initiative ist u. a. ein mittelfristiges *Strukturanpassungsprogramm des Schuldnerlandes. Die finanz. Auswirkungen eines DDSR-Abkommens für das Schuldnerland hängen maßgeblich davon ab, für welche «Menü»-Optionen sich die Gläubigerbanken vorrangig entscheiden. hs

brain drain Unter b. d. wird die Abwanderung von Fach- und Führungskräften aus EL in IL verstanden, wodurch ein umgekehrter – für EL negativer – *Technologietransfer stattfindet. Die Debatte über den b. d. begann in den 1960er J., nachdem IL zu Zeiten der Vollbeschäftigung systematisch ausl. Arbeitskräfte anwarben und viele gut ausgebildete Ausländer nach Ausbildungsende im Gastland einen Arbeitsplatz suchten und fanden. Der b. d. wurde damals als einer der wichtigen Faktoren für die technol. Bedingungen in EL bewertet. Die *Weltbank hatte für 1970 in diesem Sinne den b. d. der EL in Richtung USA wie folgt berechnet: Ingenieure 6400, Ärzte 2211, Wissenschaftler 2625; Verlust der EL von 3,66 Mrd. US-$. Zwischen 1960 und 1986 wanderten ca. 1,2 Mio. hoch qualifizierte Arbeitskräfte aus den EL ab, 70 % davon nach den USA und Kanada. Der den EL dadurch entstandene Verlust wurde auf ca. 24 Mrd. US-$ geschätzt. Ursachen und Folgen des b. d. wurden v. a. zu Zeiten der Vollbeschäftigung in den IL diskutiert. Der b. d. kann auf verschiedene Ursachen zurückgeführt werden: verkrustete Strukturen, mangelnde *Ressourcen, materielle Verhältnisse, *Arbeitslosigkeit, mangelnde Mobilität, mangelnde Orientierung an den Arbeitsmärkten, strukturelle Fehlentwicklungen der Bildungssysteme, pol. Unsicherheit, Verfolgung relig. und ethnischer *Minderheiten aufseiten der Herkunftsländer, Einkommensdifferenzen zwischen IL und EL sowie die Einkommensdifferenzen zwischen E.-Helfern aus den IL und ihren lokalen Counterparts, Orientierung der Qualifikationen auf den Bedarf der IL etc. V. a. das letzte Argument widerspricht dem lang gehegten Glauben, dass die Förderung des Studiums in den IL automatisch dazu beitragen würde, der * Dritten Welt Fachkräfte zuzuführen, die sie benötigt, um moderne ind. Produktionsmethoden anwenden zu können.

Das Phänomen des b. d. hat aber an Bedeutung verloren, wofür verschiedene Faktoren verantwortlich sind. Wachsende Arbeitsmarktprobleme in den IL haben zu einer stärkeren Reglementierung der Arbeitsmöglichkeiten in den Gastländern geführt. Die Furcht vor der Abwanderung der Intelligenz ist in vielen EL inzwischen aber in den Hintergrund getreten, da in vielen Ländern das Angebot an Personen mit hoher Qualifikation nicht mehr durch den Mangel an hochgebildeten Inländern beschränkt ist. Im * Weltentwicklungsbericht 1995 der * Weltbank wird der b. d. nur noch als einer von vielen Aspekten bei der Berechnung von Wanderungsgewinnen und -verlusten für EL und IL bewertet. Mehr und mehr sind die Effekte des b. d. länderspezifisch zu differenzieren. Die Abwanderung der Intelligenz bleibt dort ein ernstes Problem, wo Störungen im Ausbildungssystem oder auf dem Arbeitsmarkt bestehen, z. B. wenn durch großzügige Stipendienprogramme mehr Menschen einen hohen Bildungsabschluss erreichen, als die Wirtsch. verkraften kann, oder der Arbeitsmarkt von Nachfrageproblemen für qualifizierte Arbeitskräfte bestimmt wird.

Ähnlich wie bei Kapital unterliegt der Markt für qualifizierte Arbeit einem hohen * Globalisierungsdruck. Damit zusammenhängend steigen die mit pol. Misserfolgen in den benannten Bereichen einhergehenden Kosten. Nach Weltbankangaben haben in den letzten Jahren vor allem Malawi, Zambia, Sudan und Zaire massiv unter der Abwanderung von Universitätsprofessoren, Ärzten und anderen hoch qualifizierten Berufsgruppen gelitten. Verbessern sich die Rahmenbedingungen im Heimatland für qualifizierte Berufsgruppen, neigen Migranten schneller zur Rückkehr. Indische Rückkehrer aus dem *Silicon Valley* – nach Beginn der Liberalisierung in Indien – gelten dort als die treibende Kraft hinter dem Wachstum der Software-Ind. Der Export von Fachkräften (* Gastarbeiter) bildet gleichzeitig einen nicht unwichtigen Beitrag zum Ausgleich der EL-* Zahlungsbilanzen. In einigen Ländern haben nach Angaben des Weltentwicklungsberichts von 1995 diese Überweisungen einen beachtlichen Anteil am * BNE – zwischen 10 und 50 % z. B. in Jordanien, Lesotho und Jemen. Das Verhältnis von Geldüberweisungen zu Exporten kann von 25 bis 50 % reichen, z. B. in Bangladesh, Ägypten, Griechenland, Jamaica, Marokko, Pakistan, Sri Lanka, der Türkei u. a.

Dass die Absorptionskraft der IL als Regulativ des b. d. gesehen werden muss, zeigt die Verlagerung der Thematik unter geänderten wirtsch. Bedingungen seit Mitte der 1970er J. Seitdem wurden verstärkt Möglichkeiten und Probleme der * Reintegration von Fach- und Führungskräften in ihre Herkunftsländer bzw. in andere EL thematisiert und entsprechende e.-pol. Instrumente und Institutionen zum Einsatz gebracht. Dieser Aufgabe widmen sich u. a. das * CIM, partiell die Deutsche Ausgleichsbank (DtA) und die Zentralstelle für Arbeitsvermittlung (ZAV) der Bundesanstalt für Arbeit. Zu ihren Instrumenten gehören Maßnahmen wie gezielte Reintegrationsprogramme, bedarfsorientierte Ausbildungsgänge, * *Sur-place*-Stipendien und finanz. Unterstützung der Rückkehrwilligen sowie die Vermittlung von Existenzgründungskrediten. Diese Instrumente sollen dazu beitragen, die doppelte Belastung der Dritten Welt durch hohe Ausbildungskosten einerseits und Aufwendungen für dringend benötigte Fachkräfte aus den IL andererseits zu verringern.

Lit: Weltbank, Weltentwicklungsbericht 95, Arbeitnehmer im weltweiten Integrationsprozess, Washington, D. C.; Jahresberichte der International Labour Organisation. mw

Brandt-Bericht Die *Nord-Süd-Kommission unter Vorsitz von Willy Brandt legte im März 1980 ihren Bericht «Das Überleben sichern» vor; seine Forderungen richteten sich sowohl an die IL als auch an die EL. Er unterbreitete zahlreiche Vorschläge zur Lösung der als dramatisch dargestellten int. sozialen Lage (*Armut, Hunger, Stagnation der Weltwirtsch. mit Inflation, int. Währungswirrwarr, steigende *Verschuldung, *Protektionismus, erhebliche Spannungen zwischen Staaten im Wettlauf um *Energie, Nahrung und Rohstoffe, wachsende Weltbev. und mehr *Arbeitslosigkeit in Nord und Süd, zunehmende Gefährdung der Umwelt, bedrohliches Wettrüsten etc.). Der Kommission ging es um einvernehmliche Lösungen, welche die Interessen aller Beteiligten berücksichtigte. Bes. Bedeutung kam den Überlegungen zur E.-Finanzierung zu. Die Kommission schlug Wege automatischer Mittelaufbringung vor, welche die E.-Finanzierung von dem Willen einzelstaatl. Entscheidungsträger unabh. machen sollten. Gedacht wurde an Abgaben auf den Handel, auf Waffengeschäfte, auf Verteidigungsetats, auf Luft- oder Frachttransporte, auf das int. gehandelte Rohöl. Besteuert wurden auch die Gewinne «neuer Weltunternehmen» zur Ausbeutung von Bodenschätzen auf dem Meeresgrund. Alternative Finanzierungsmöglichkeiten wurden in der Ausweitung der *Sonderziehungsrechte und der Nutzbarmachung der Goldbestände innerhalb des *IWF gesehen. Diese Überlegungen bildeten einen integralen Bestandteil der Forderung, den Transfer von Ressourcen in die EL massiv zu steigern. In diesem Zusammenhang erwog der Bericht die Schaffung eines neuen «Weltentwicklungsfonds» mit weltweiter Mitgliedschaft und gleichberechtigter Partnerschaft in Entscheidungen und Kontrolle. Im institutionellen Bereich empfahl die Kommission ein Gipfeltreffen von Staats- und Reg.-Chefs aus IL und EL mit beschränkter Teilnehmerzahl (hier äußerte sich die berechtigte Kritik an den vielfach ergebnislos verlaufenden Mammutkonferenzen int. Bürokratien und Funktionärseliten), das sich insb. mit einem Sofortprogramm 1980 bis 1985 befassen sollte. Der Brandt-Bericht fand in der Weltöffentlichkeit ein breites Echo und war Gegenstand von öfftl. Diskussionsveranstaltungen und Parl.-Debatten. Obwohl zahlreiche seiner Empfehlungen von int. Organisationen (IWF, *Weltbank) aufgenommen wurden, blieb die unmittelbare Wirkung des Berichts hinter den Erwartungen der Kommission zurück. So konnte der von der Kommission angeregte Nord-Süd-Gipfel von *Cancún (Mexiko) zwar erneut die Bedeutung von *Globalverhandlungen betonen, war aber im Hinblick auf die Lösung von Problemen der EL ergebnislos.

Die Kritik am Brandt-Bericht betonte, dass er die Bedeutung und Wirksamkeit der E.-Hilfe von außen überschätze, d. h. die Überwindung der UE primär vom Ressourcentransfer aus den IL in die EL abh. mache und dabei interne E.-Hemmnisse in den EL vernachlässige. Zu wenig werde die Notwendigkeit der Eigenanstrengungen der EL und der in einigen EL längst überfälligen Reformen gewürdigt.

Im Febr. 1982 legte die Nord-Süd-Kommission in Bonn unter dem Titel «Hilfe in der Weltkrise» ihren zweiten Bericht vor, der schwerpunktmäßig die Probleme des int. Währungs- und Finanzsystems analysierte. Angesichts der seit Erscheinen des ersten Berichts sich ständig verschlechternden Lage der Weltwirtsch. und der Gefahr einer weltweiten Depression mit Massenarbeitslosigkeit in den IL und wirtsch. Zusammenbrüchen in einigen Staaten der Dritten Welt forderte die Kommission ein wirtsch.- und finanzpol. Sofortprogramm. Im Mittelpunkt stand dabei die Verbesserung der E.-Finanzierung durch eine Erhöhung der verfügbaren Mittel des IWF. Hierfür wurde u. a. konkret vorgeschlagen: 1. eine ins Gewicht fallende neue Zuteilung von *Sonderziehungsrechten (SZR), bei deren Verteilung die besonderen Bedürfnisse der EL mit Zahlungsbilanzdefiziten berücksichtigt werden müssten, 2. Erhöhung der IWF-Quoten um mindestens 100 %, 3. Ausweitung und Vergrößerung der allg. Kreditvereinbarungen, 4. Verstärkung der informellen Zusammenarbeit zwischen Weltbank, IWF, offiziellen Kreditgebern und privaten Banken bei *Umschuldungen, 5. Verdopplung der öfftl. E.-Hilfe an die ärmsten EL (0,15 % des BNE der Geberländer). Einen weiteren Schwerpunkt setzte die Kommission mit konkreten Empfehlungen zum *Welthandel.

Lit.: W. Brandt, Das Überleben sichern, Köln 1980; O. Matzke, Tabuisierung der Grundprobleme. Was bedeutet der Brandt-Report?, in: liberal 7/8, 1981, S. 527ff.; J. B. Donges, Der Nord-Süd-Dialog in der Sackgasse? Eine Nachlese zum Brandt-Report, Kieler Diskussionsbeiträge August 1981; W. Brandt (Hg.), Hilfe in der Weltkrise, Reinbek 1983; Friedrich-Ebert-Stiftung (Hg.), Unfähig zum Überleben?, Reaktionen auf den Brandt-Report, Berlin 1983; W. Brandt, Der organisierte Wahnsinn. Wettrüsten und Welthunger, Köln 1985. dn

Brasilien

Fläche (Tsd. qkm): 8511,965
Bev. (Mio.) 2001: 172,60
BNE pro Kopf (US-$) 2000: 3570
BIP (Mio. US-$) 2000: 587553
LE (Jahre) 1999: 67,2
Analphabetenquote (%) 1999: 15
HDI 1999: 0,750 [Rangplatz von 162: 69]

Unter der 20-j. Militärherrschaft (1964–1985) hat B. durch forcierte *Industrialisierung einerseits den Übergang zum *Schwellenland vollzogen, andererseits sind die sozialen Unterschiede, die eine regionale Basis haben, noch gewachsen. Die in der katastrophalen Auslandsverschuldung der 1980er J. zum Ausdruck kommende integrale Krise des E.-Modells der nachholenden Industrialisierung trug zum Ende der Militärherrschaft bei. Nachdem die demokrat. Reg.en zunächst mit grundlegenden Wirtschaftsreformen gezögert hatten, wurde mit dem «Plano Real» seit 1994 ein umfassendes Stabilisierungs- und *Strukturanpassungsprogramm verfolgt.

1. B. ist das größte Land Südamerikas (47,3 % der Fläche). Die Bev. B.s hat sich seit 1950 fast verdreifacht. Heute sind über 50 % der Bev. jünger als 20 J. Für die 1990er J. ergab sich ein Rückgang der JZ auf 1,6 % angenommen. Etwa 90 % der Bev. konzentrieren sich auf ca. 1/3 der Landesfläche in den Ballungsgebieten der küstennahen Regionen des NO, SO und S. Die 1960 erfolgte Verlegung der Hs. ins Landesinnere (Brasilia: 1985 ca. 1,6 Mio. Ew.) war eine Maßnahme, das Hinterland zu erschließen. Der Grad der *Urbanisierung hat sich von ca. 36 % (1950) auf rd. 81 % (2000) erhöht; ein wachsender Teil der Stadtbev. lebt in Elendsvierteln (*favelas*). Nach Schätzungen sind 60 % der Br. Weiße, meist portug., ital. und span. Abstammung, sowie ca. 2 Mio. deutschstämmig. Über 25 % sind Mulatten und Caboclos (Mischlinge von Weißen und Indianern), 10 bis 12 % Schwarze und Cafusos (Mischlinge von Indianern und Schwarzen), 1 % Japaner. Ein geringer Rest von Indianern (ca. 180000) lebt weit verstreut im N und W des Landes. Die Landessprache ist Portugiesisch. Mit ca. 89 % Kath. ist B. das größte kath. Land der Welt. Hiervon ist jedoch ein erheblicher Teil Anhänger der afrobras. Kulte und Spiritisten. Der Rest sind Protestanten, Orthodoxe, Juden, Buddhisten u. a.; Kirche und Staat sind seit 1891 verfassungsmäßig getrennt.

2. Aus der Perspektive der *Dependencia ist die Geschichte B.s seit Beginn der Kolonialisierung im J. 1500 eine Geschichte struktureller *Abhängigkeit. Die Hauptproduktionszyklen der bras. Wirtsch. wurden durch den Weltmarkt bestimmt: Brasilholz im 16. Jh., Zuckerrohr seit dem 17. Jh. im NO, Gold und Edelsteine im 18. Jh. in Minas Gerais, Kaffee seit dem 19. Jh. in São Paulo und

Paraná. Es entstanden rein exportorientierte Produktionsstrukturen, jeweils in Abh. von metropolitanen Zentren: zunächst von Portugal und zeitweise von Holland, im 18. und 19. Jh. von England und seit dem 1. WK von den USA und GB, später von der BRD und Japan. Neben den genannten Hauptprodukten exportierte B. Leder, Tabak, Gummi und Kakao. Jeder Zyklus hatte intern eine regionale Basis und brachte dem Gebiet, in dem er sich abspielte, eine Epoche wirtsch. Aufstiegs und Wohlstands. Nach seiner Beendigung ließ er jedoch als Folge der *Monokultur eine sterbende Wirtsch. und eine archaische Sozialstruktur zurück. In großen Teilen B.s ist die UE somit der E. gefolgt und ihr nicht vorausgegangen.

3. Im J. 1822 rief der spätere Dom Pedro I. die Unabh. B.s aus und gründete das Kaiserreich B. Die ablehnende Reaktion der Plantagenbesitzer auf die entschädigungslose Freilassung aller Sklaven (1888), das Fehlen eines männlichen Thronfolgers, antimonarchische Strömungen in der kirchl. Orthodoxie und im republik. orientierten Militär waren 1889 Gründe für die Absetzung Pedros II. durch einen Militärputsch. Die föderative Rep. wurde zur neuen Staatsform der «Vereinigten Staaten von B.» erklärt. Nach fünf J. Militärherrschaft begann die «Politik der Gouverneure». Sie sicherte dem Präs. die Unterstützung des Kongresses durch gegenseitige Absprachen mit und unter den Gouverneuren, Senatoren und Abg. hinsichtlich der Kandidatenauslese. Diese Pol. erlaubte die Koexistenz formal-demokrat. Institutionen mit der trad. agrarisch-feudalen Gesellschaftsstruktur. Bis 1930 lösten sich die Gouverneure der mächtigsten Staaten São Paulo, Minas Gerais und Rio Grande do Sul im Amt des Präs. ab. Diese «Kaffee mit Milch»-Pol., die sich auf den Reichtum aus Kaffee und Viehzucht gründete, erklärt sich durch die einschneidenden wirtsch. Veränderungen in der Übergangsphase zur Rep. Das ökon. Zentrum verlagerte sich vom NO mit der ursprgl. auf Sklavenarbeit beruhenden Erzeugung von Zucker, Baumwolle und Kakao in den S. São Paulo und Minas Gerais wurden zum geogr., wirtsch. und demographischen Zentrum des Landes. Zu Beginn des 20. Jh.s erfolgte der Zusammenbruch des Kautschukexportes durch die einsetzende Konkurrenz der Briten und Holländer in Ostindien. Dasselbe Schicksal ereilte den Kaffeemarkt mit einem durch Überproduktion verursachten, folgenschweren Preisverfall. Zur parallel verlaufenden Weltwirtschaftskrise kamen noch innenpol. Spannungen durch die kompromisslose Haltung São Paulos bei der Auswahl der Präs.-Kandidaten. In dieser Krise brach 1930 eine Revolution aus. Die pol. Vorherrschaft der «Kaffeebarone» wurde gebrochen, und mit dem Wechsel der Machteliten trat das moderne B. hervor. Präs. Getúlio Vargas führte eine fortschrittliche Sozialgesetzgebung ein. Durch einen Staatsstreich sicherte sich Vargas 1937 weiterhin die Machtausübung. Kongress und Parteien wurden aufgelöst. Die Verfassung des «Neuen Staates» schuf die formale Grundlage für ein autoritäres und zentralistisches Regime (*getulismo*), das eine *importsubstituierende Industrialisierung betrieb. Im Zuge der in LA erwachenden demokrat. Bewegungen zwang das Militär nach Ende des 2. WK den Diktator zum Rücktritt. Mit der Wahl General Dutras zum Präs. wurden die Voraussetzungen für die Verfassung (1946) einer repräsentativen Demokratie geschaffen. Unter Juscelino Kubitschek wurde die «getulistische» Politik der Importsubstitution allmählich aufgegeben. Der gezielte Ausbau des Exportsektors in den folgenden J. und die Öffnung des Landes für ausl. *Direktinvestitionen führten zwar zu einer Dynamisierung der Wirtsch., aber auch zu Profittransfer, *Verschuldung und größerer Abh. Mit Janio Quadros kam 1961 zum ersten Mal seit 1945 ein Kandidat der Oppositionspartei UDN und nicht der beiden von Vargas gegründeten Parteien PSD und PTB an

die Macht. Die eingeleitete Reformpol. (*Nationalisierung ausl. Betriebe, z. B. Telefon) wurde nach dem überraschenden Rücktritt von Quadros von seinem Nachfolger João Goulart verstärkt fortgeführt – unter wachsender Politisierung und Mobilisierung der Bev. (studentische Proteste, gewerkschaftliche Streiks, Bewegung der Landarbeiter/Bauernligen). Wachsende soziale Spannungen und rückläufige Wachstumsraten der Wirtsch., Steigerung der Inflation und Rückzug des Auslandskapitals führten jene Situation herbei, in der die Streitkräfte März 1964 die Macht übernahmen. Die Militärs hatten sich auf diese Intervention zielstrebig und systematisch vorbereitet, insbes. durch den Ausbau der ESG (*Escola Superior de Guerra*) zu einem e.-ökon. und sozial-wiss. Studienzentrum und durch Formulierung einer ideol. Grundlage ihrer Herrschaftsausübung, der *Doktrin der nat. Sicherheit.

4. Das pol. System wurde dem ökon. Modell untergeordnet und entsprechende pol. Rahmenbedingungen für die strikt verfolgten wirtsch. Wachstumsziele repressiv durchgesetzt. Dabei wurde mit Blick auf das Ausland, von dem Kapitalinvestitionen erwartet wurden und dem trotz Massenverhaftungen und Terror ein freundliches Investitionsklima in B. suggeriert werden sollte, verfassungsrechtl. eine demokrat. Fassade aufrechterhalten. Parteien wurden nicht grundsätzlich verboten, das Parteiensystem jedoch umstrukturiert. In Konkurrenz zur Regierungspartei ARENA wurde eine offizielle Oppositionspartei MDB zugelassen, der eine begrenzte Opposition gestattet wurde, solange das Regime sie zu tragen bereit war. Als gegen Ende der 1960er J. die oppositionelle Betätigung ziviler Politiker, der Studenten und der kath. Kirche sowie Untergrundaktivitäten zunahmen, erließ Costa e Silva, der dem ersten Präs. Castelo Branco turnusgemäß gefolgt war, 1968 den unbefristeten «Institutionellen Akt Nr. 5» (AI-5), der ihm u. a. die Befugnis verlieh, jedem Staatsbürger die pol. Rechte für 10 J. abzuerkennen und Mandate zur Legislative zu «kassieren». General Costa e Silva hinterließ seinem Nachfolger die bis 1988 gültige Verfassung (1967, reformiert 1969). Präs. Medici behielt die Pol. des «autoritären Zentralismus» bei.

5. Bereits Mitte der 1970er J. begann unter Präs. General Ernesto Geisel eine vorsichtige Öffnung. Unter seinem Nachfolger João Figueiredo mündete die Liberalisierung in einen zunächst noch vom Regime kontrollierten Transitionsprozess. Die wichtigsten Etappen waren die Parl.-Wahlen von 1982, die indirekten Präs.-Wahlen von 1985, die von der Oppositionspartei gewonnen wurden, die Wiederherstellung der Menschen- und bürgerlichen Freiheitsrechte sowie die Verabschiedung einer neuen Verfassung am 5. Oktober 1988. Dieser langsame Prozess des Regimewechsels bringt zum Ausdruck, dass das Militär keineswegs pol. geschwächt von den Schalthebeln der Macht verdrängt wurde; es hat sich vielmehr kontrolliert und den Prozess kontrollierend zurückgezogen.

Der Druck in Richtung Demokratisierung ging einerseits von sozialen Bewegungen (1978–1980) und von der sich allmählich neu formierenden Gewerkschaftsbasis aus, andererseits von der auf Parteiebene seit 1980 im PMDB organisierten Regimeopposition, die seit 1986 die Mehrheit der Mandate im Kongress innehatte. Sie setzte auf Verhandlungen mit den reformwilligen Regimesektoren und verstand deren Bereitschaft zu nutzen, sich Schritt für Schritt in Richtung Demokratie zu bewegen. Dass die verhandelnden Parteieliten über ein beachtliches Mobilisierungspotenzial verfügten, zeigte die von ihnen mitinitiierte Kampagne für die Direktwahl des Präs. («*Diretas já!*») im Vorfeld der Präs.-Wahl von 1985. Eine entsprechende Verfassungsänderung wurde im Kongress zwar abgelehnt, im Wahlmännerkollegium aber ergab sich (nicht zuletzt wegen des auch im eigenen Lager umstrittenen Regimekandidaten Paulo Maluf) durch die

Abspaltung eines Dissidentenflügels von der Regimepartei PDS eine Mehrheit für die Opposition: Mit den Stimmen der Wahlmänner von PMDB und PFL (wie die neu gegründete Partei der Regimedissidenten sich nannte) wurden Tancredo Neves (PMDB) zum Präs. und José Sarney (PFL) zum Vizepräs. gewählt. Damit war der Durchbruch der Redemokratisierung gelungen. Bevor er allerdings sein Amt antreten konnte, starb Neves, und der gewählte Vizepräsident rückte an seine Stelle. Mit Sarney, der sein Amt im Mai 1985 antrat, wurde ein ehemaliger Vertreter des *«Ancien Régime»* (bis 1984 war er sogar Vorsitzender des PDS), ein «aufgeklärter Konservativer», erster Präs. der «neuen Republik» (*Nova República*).
Die Motive der Militärs, die Macht an zivile Politiker zurückzugeben, sind vielschichtig. Es bleibt festzuhalten, dass sie keinen Plan zur Redemokratisierung B.s besaßen, auch wenn die Folgerichtigkeit des Ablaufs dies anzunehmen nahe legt. Vielmehr hat es die demokrat. Opposition verstanden, dem vom Regime aus eigenen Machterhaltungsinteressen begonnenen Liberalisierungsprozess eine Dynamik zu verleihen, die schließlich zur Redemokratisierung führte. Allerdings stemmte sich das Militär, als ihm die Kontrolle über den Liberalisierungsprozess entglitt, der Entwicklung zur Demokratie nicht entgegen. Dies ist u. a. dadurch zu erklären, dass die Legitimität des Regimes, die sich vorrangig aus seiner Leistungsfähigkeit nährte (brasilianisches «Wirtschaftswunder» 1968 bis 1973), durch die Wirtschaftsrezession 1979–1983 schwer erschüttert wurde. Auch andere Motive für die Unterstützung des Regimes hatten sich verbraucht, so z. B. der Schutz nat. Sicherheit nach innen (gegen Umsturzversuche von links) und außen (z. B. gegen den Konkurrenten Argentinien). Aus dem Scheinparl., das als konstitutionelles Fassadenelement ebenfalls zur Legitimierung diente, war dem Regime inzwischen eine tatsächliche Opposition erwachsen.
Nach 1985 wurde zunächst auf der Grundlage der Verfassung von 1967 und mit Hilfe von Verfassungszusätzen regiert, mit denen die dringendsten Korrekturen (Wiederherstellung der Menschen- und Bürgerrechte, Wahlrecht auch für Analphabeten) vorgenommen wurden. Der am 15. Nov. 1986 gewählte Kongress konstituierte sich dann als Verfassunggebende Versammlung. Nach langen und kontroversen Diskussionen im Kongress wurde der neu erarbeitete Verfassungstext im August 1988 verabschiedet. Mit dem In-Kraft-Treten der neuen Verfassung am 5. Okt. 1988 kann die Redemokratisierung B.s als abgeschlossen betrachtet werden.
6. Nach anfänglicher Rezession unter Castelo Branco und Costa e Silva begann 1968/69 das sog. bras. Wirtsch.-Wunder, das bis zur Energiekrise von 1973 anhielt und sich von 1967 bis 1973 durch jährl. Zuwachsraten von über 10 % auszeichnete. Das bras. Modell gründete sich auf eine Allianz von hohen Militärs und zivilen Technokraten. Im Windschatten der Militärdiktatur wurden durch Lohnstopp, Disziplinierung der Gewerkschaften und pol. Repression hohe wirtsch. Wachstumsraten erzielt. In der Folge der beiden «Ölschocks» 1973 und 1979 geriet B. seit Ende der 1970er J. in eine der schwersten Krisen seiner Geschichte. Wegen seiner Export- und Energieimportabh. wirkten sich die weltwirtsch. Instabilitäten verheerend aus. Der Versuch der Energieselbstversorgung (Kraftwerk *Itaipú, Ersetzung des Benzins durch Kraftstoff aus Äthanol) führte zu neuen Kosten und mit dem Sinken der Erdölpreise 1986 zur Notwendigkeit umfassender Subventionen. Die Auslandsverschuldung stieg innerhalb weniger Jahre ins Gigantische: 1980: 70 Mrd. US-$, 1985: 105,5 Mrd. US-$, 1989: 111,3 Mrd. US-$. Der Schuldendienst verschlang bis zu 55 % der Exporterlöse. Hyperinflation und damit sinkende Reallöhne, Arbeitslosigkeit und ein jährliches Bev.-Wachstum von 2,6 % verschärften die soziale Lage in einem Land, das

ohnehin eine der höchsten Einkommenskonzentrationen der Welt aufweist. Durch eine Exportoffensive (B. ist fünftgrößter Rüstungsexporteur der Welt), eine Drosselung der Importe und einen Protektionismus im Informatikbereich, der dem Aufbau einer eigenen Computerproduktion zugute kam, gelang es, den Rückgang des Wirtschaftswachstums (1983: – 3,3 %) zu stoppen und 1984 einen kurzlebigen Wachstumsschub zu erreichen.

Die Reg. Sarney folgte bei der Bekämpfung der Krise keinem in sich schlüssigen Gesamtkonzept, sondern ergriff teilweise sich widersprechende Einzelmaßnahmen, die trotz anfänglicher Erfolge («Plan Cruzado» 1986) weder eine nachhaltige Senkung der Inflation noch eine Belebung der Wirtsch. zeitigten. 1989 fanden die ersten direkten Präs.-Wahlen seit 1960 statt. Dabei setzte sich der liberale Fernando Collor de Mello, unterstützt von einer neuen, kleinen Partei (PRN), im zweiten Wahlgang gegen den Kandidaten der Linken, Luis Ignacio «Lula» da Silva, durch.

Nicht zuletzt wegen der mangelnden parl. Basis Collors scheiterte dessen ambitionierte Pol. grundlegender Wirtschaftsreformen, die er in seinen beiden ersten Amtsjahren ohne Rücksicht auf die institutionellen Mehrheitsverhältnisse mit Hilfe von Schockprogrammen durchzusetzen versuchte. Weder gelang es, die Inflation zu stoppen (1990: 1585 %; 1992: 1132 %), noch konnte die wirtsch. Rezession überwunden (BIP/Kopf-Veränderung 1990: –6,1 %; 1992: –3,1 %) und eine weitere Verschärfung der sozialen Lage weiter Bev.-Teile verhindert werden. Mitte 1992 geriet Collor in schweren Korruptionsverdacht, am 29. 9. 1992 wurde er im Zuge eines von wochenlangen Massendemonstrationen begleiteten Amtsenthebungsverfahrens nach Art. 84 der bras. Verfassung durch das Abgeordnetenhaus zunächst vom Präs.-Amt suspendiert. Ende Dez. trat er offiziell zurück und wurde vom Senat endgültig abgesetzt. Unter Itamar Franco, der als Vizepräs. verfassungsgemäß für den Rest der Reg.-Periode die Nachfolge Collors antrat, wurde zunächst ein zögerlicher Reformkurs gefahren. Mitte 1994 begann jedoch unter der Ägide von Finanzmin. F. H. Cardoso ein ambitioniertes Reformprogramm («Plano Real»), dessen erster Schritt in einer nachhaltigen makroökon. Stabilisierung bestand. Mit der Einführung einer neuen, flexibel mit dem US-Dollar verbundenen Währung (Real) gelang es, die Inflation quasi zu eliminieren. Nach seiner Wahl zum Präs. im Okt. 1994 setzte Cardoso seine Reformpol. fort, die neben weitreichender Liberalisierung und Deregulierung auch soziale Komponenten umfasste. Die pol. Durchsetzung im Kongress erforderte freilich diffizile Verhandlungen, die schwierige Mehrheitsbildung (insbes. im Hinblick auf die notwendigen Verfassungsänderungen) drohte immer wieder, wichtige Elemente des Reformpakets zu blockieren. Anfang 1997 kam es indes zu einer Verfassungsreform, die mit der Möglichkeit der präs. Wiederwahl eine weitere Reg.-Periode Cardosos in Aussicht stellte. Bei den Wahlen 1998 wurde Cardoso bereits im ersten Wahlgang mit 53 % der gültigen Stimmen wiedergewählt. Ein halbes J. vor der im Okt. 2002 anstehenden Präs.-Wahl geriet die Reg. Cardoso nach dem Austritt der konservativen PFL (*Partido de Frente Liberal*) aus der sieben J. lang bestehenden Reg.-Koalition und neuer Korruptionsvorwürfe in die Krise.

Als Folge des rezessiven Drucks der Asien- und Russland-Krise stagnierte 1998 das Wirtschaftswachstum (BIP 1998: 0,5 %), und die Arbeitslosenquote stieg auf ca. 17 %. Nach einem massiven Abfluss an Devisenreserven kam es 1999 zu einer faktischen Abwertung der Landeswährung. Zwischen 1995 und 1999 soll das durchschn. Einkommen auch der Reichen und der Mittelschicht zurückgegangen sein. 2000 und 2001 konnte sich die Wirtsch. mit Wachstumsraten um die 4 % wieder erholen; die Arbeitslosigkeit sank Ende 2000 auf 6,2 %. Das Land geriet dann allerdings in den Sog der Argentinienkrise. Zentrale Probleme der 2. Amtsperiode Cardosos waren: 1. Die grassierende Korruption, verbunden mit organisierter Kriminalität und Drogenhandel. Zur Bekämpfung der Korruption richtete Cardoso eine Bundesbehörde im Range eines Min. ein. 2. Die Landumverteilung, von der Landlosenbewegung Movimiento dos Sem Terra (MST) massiv gefordert und teilweise gewaltsam herbeizuführen gesucht. Der MST gibt an, 5 Mio. arbeitslose Landarbeiter zu vertreten. Seine Funktionäre sind der Gegengewalt der Großgrundbesitzer ausgesetzt. Seit Ende der 1980er J. sollen etwa 1200 MST-Mitgl. umgebracht worden sein. 3. Die Umwelt. Nicht nur sank am 20. 3. 2001 vor der Küste des Bundesstaates Rio de Janeiro mit verheerenden Umweltschäden die größte Ölbohrinsel der Welt und verwies damit auf den oft beklagten Sicherheitsstandard bras. Staatsunternehmen (hier Petrobras) – auch dem Schrumpfen des Regenwaldes am Amazonas wird kein Einhalt geboten. Die Reg. forciert mit dem E.-Plan Avança Brasil ihre Infrastrukturvorhaben und macht für die Zerstörung der Regenwälder die illegalen Landnahmen verantwortlich. Bei Fortsetzung der gegenwärtigen Zerstörungstendenz würden die bras. Regenwälder im J. 2020 auf 10 % ihrer ursprgl. Ausdehnung geschrumpft sein.

Lit.: U. Holtz (Hg.), Brasilien. Eine historisch-pol. Landeskunde, Quellen und Anmerkungen, Paderborn 1981; M. Wöhlke, Brasilien. Anatomie eines Riesen, München (2. Aufl.) 1987; S. A. Schirm, Brasilien: Regionalmacht zwischen Autonomie und Dependenz, Hamburg 1990; D. Briesemeister et al. (Hg.), Brasilien heute: Politik, Wirtschaft, Kultur, Frankfurt a. M. 1994; H. Sangmeister, Brasilien, in: HDW III, 2, 1995, S. 219ff.; J. Meyer-Stamer, Brasilien: Strukturanpassung ohne Stabilisierung, in: J. Betz (Hg.), Pol. Restriktionen der Strukturanpassung in EL, Hamburg 1995, S. 183–221; R. Sevilla/D. Ribeiro (Hg.), Brasilien – Land der Zukunft?, Unkel/Bad Honnef 1995; A. Boeckh, Die Außenpolitik Brasiliens und die Bundesrepublik Deutschland, in: D. Briesemeister/S. P. Rouanet (Hg.), Brasilien im Umbruch, Frankfurt a. M. 1996, S. 93–114. hb

Brazzaville-Gruppe 1960 beschlossen in Brazzaville Vertreter der Staaten der ehemaligen *AOF und *AEF (außer Guinea und Mali), Kameruns und Madagaskars die 1961 erfolgte Gründung einer *Organisation Africaine et Malgache de Coopération Économique* (OAMCE) und als Konferenz der Staats- und Regierungschefs die *Union Africaine et Malgache* (UAM, 1964 aufgelöst). Vorläuferin der *OCAM. Kern der konservativen *Monrovia-Gruppe. fn

Bretton-Woods-System →Weltbank; Süd-Süd-Beziehungen; →IWF

Brot für die Welt →BfdW

Brückenkopf Als B.e werden die herrschenden Eliten in den EL bezeichnet, die – im *Zentrum-Peripherie-Modell – das Bindeglied zwischen *Metropolen und Peripherien darstellen, dabei integrale Bestandteile der Peripheriegesellschaften sind, deren Ökonomien in den Weltmarkt integrieren bzw. integriert halten (Exportsektoren), wie die Metropolen am Weltwirtschaftssystem profitieren und darauf ihre privilegierte Stellung in den EL-Gesellschaften gründen. dn

Brundtland-Bericht Auf Beschluss der *UN-Vollversammlung im Herbst 1983 wurde die *World Commission on Environment and Development* als unabh. UN-Sonderkommission unter dem Vorsitz der Norwegerin Gro Harlem Brundtland (1981, 1986–89 und 1990–96 Ministerpräs., seit 1998 Generaldirektorin der *WHO) gebildet. Die Kommission, der 22 Mitgl. aus 21 Staaten (13 aus EL, 9 aus IL) angehörten, stellte im April 1987 in London ihren Bericht «*Our Common Future*» vor. Er erhält Gewicht durch die starke Beteiligung von Vertretern aus EL und seine einstimmige Verabschiedung in der Kommission, die in allen Erdteilen getagt und mit Experten und Betroffenen auch öfftl. Anhörungen durchgeführt hat.

Der Bericht will kein simuliertes *Weltmodell und keine extrapolierten Prognosen liefern. Auch seine Empfehlungen für die untersuchten Bereiche * Bevölkerung, * Ernährung, Artenschwund, * Energie, Ind. und Besiedlung gehen kaum über die bereits bekannten Positionen hinaus. Neu ist aber das Bemühen, Umwelt (* Ökologie) und * Entwicklung in ihrer wechselseitigen Abh. und als Einheit zu behandeln. In der Tradition der * Brandt-Berichte und der Palme-Kommission über «Gemeinsame Sicherheit» (im Zusammenhang des Ost-West-Konflikts) wird die Grundthese entfaltet, dass Nord und Süd sich nur gemeinsam die Chance einer langfristig gesicherten Zukunft eröffnen können, da sich das Ökosystem Erde durch starke globale Vernetzung auszeichnet und massive Umweltschädigungen (z. B. die Zerstörung der Ozonschicht oder der tropischen Regenwälder) in ihren Folgen nicht auf den N oder S begrenzt bleiben. Eine gemeinsame Zukunft kann es für die Menschheit nach Einschätzung der Kommission aber nur im Rahmen einer neuen Phase wirtsch. Wachstums, v. a. in den EL, geben, da hier die * Armut zum Raubbau an den natürlichen Lebensgrundlagen zwingt und Hauptursache der Umweltzerstörung ist. Kriterium des anzustrebenden Wachstums soll (in S und N) seine soziale und ökol. Verträglichkeit sein. So muss in den EL in ökol. angepasster Weise die Befriedigung der * Grundbedürfnisse und weiter reichende E. ermöglicht werden. Dazu ist zunächst v. a. die rasche Lösung der * Verschuldungskrise dringend erforderlich. Gleichzeitig müssen die IL Lebensstil und Wirtschaftsstruktur ändern, wo deren Ausdehnung auf die ges. Welt von der Biosphäre nicht vertragen würde (z. B. Energieverbrauch). Werden diese Kriterien rechtzeitig in die pol. Praxis umgesetzt, sieht die Kommission sehr wohl Chancen, die ganze Welt auf den Weg eines →«sustainable development» zu bringen, einer harmonischen und dauerhaften E., die (in N und S) die Bedürfnisse der Gegenwart befriedigt, ohne zu riskieren, dass künftige Generationen dies nicht können.

Der Bericht, der auf einen globalen Bewusstseinswandel zielt, fand bei seiner Veröffentlichung ein breites Presse-Echo. Er wurde inzwischen zu einem zentralen Dokument in den Auseinandersetzungen über Umwelt und E. auf UN-Ebene. Allerdings ist bisher nicht zu erkennen, dass die IL zu den längerfristig im eigenen Interesse liegenden einschneidenden Maßnahmen zugunsten der EL bereit wären.

Lit.: V. Hauff (Hg.), Unsere gemeinsame Zukunft. Der Brundtland-Bericht der Weltkommission für Umwelt und Entwicklung, Greven 1987. bh

Brunei Darussalam

Fläche (Tsd. qkm): 5,77
Bev. (Mio.) 2000: 0,33
BNE pro Kopf (US-$) 1998: 24630
BIP (Mio. US-$) 1998: 4846
LE (Jahre) 1999: 75,8
Analphabetenquote (%) 1999: 9
HDI 1999: 0,857 [Rangplatz von 162: 32]

Das an der NW-Küste der Insel Borneo gelegene Sultanat B. ist durch tropisches Regenwaldklima geprägt. Die Böden sind nur wenig für Agrarnutzung geeignet. Reiche Erdöl- und Erdgasvorkommen im *Onshore-* und * *Offshore*-Bereich machen B. zu einem der reichsten Staaten der Erde.

1. Die * Bevölkerung wächst stark (JZ 1990–2000: 2,4 % p. a.). Ca. 72 % der Bev. leben in Städten, v. a. im Einzugsbereich der Hs. Bandar Seri Begawan (45 %) und an der Küste (Tutong, Ölstädte Seria und Kuala Belait). Ethn. gliedert sie sich in Malaien (60 %), Chinesen (19 %), Inder und Europäer und relig. in Moslems (67 %), Buddhisten, Konfuzianer und Christen.

2. Die ökon. Struktur B.s wird von seinen Erdöl- und Erdgas-Ressourcen bestimmt. Auf sie entfallen mehr als 90 % der Exporterlöse und mehr als 90 % der Einnahmen des Staatshaushaltes. Haupthandelspartner sind Japan und die * ASEAN-Staaten (zusammen rd. 2/3 der Exporte) sowie die USA (11 %). Die 1929 begonnene Erdölförderung erfolgt durch die *Brunei Shell Petroleum Company Ltd.*, die jeweils zur Hälfte dem

Staat von B. und der *Royal Dutch Shell*-Gruppe gehört. Die Flüssiggasgesellschaft *Brunei LNG Ltd.* befindet sich zu je 1/3 in den Händen von Staat, *Royal Dutch Shell* und *Mitsubishi*. Gegenüber dem Erdölsektor ist die Bedeutung der Landw. gering (1998: weniger als 3 % des BNE). Der Anbau von Kautschuk (*Plantagen), Pfeffer und des Grundnahrungsmittels Reis ist seit J. rückläufig. Nahezu 80 % des Reisbedarfs muss aus Thailand importiert werden, auch wenn seit Mitte der 1970er J. staatl. Reisfarmen zur Eigenversorgung eingerichtet wurden. Staatl. Großbetriebe (z.B. staatseigene Rinderfarmen B.s in N-Australien) und private Rinderfarmen (*Mitsubishi*-Farm in der Nähe der Hs.) sichern die Fleischversorgung der Bev. 1998 arbeiteten über 58 % der Bev. im Tertiärsektor und 39 % in der Ind. Ziel der E.-Pläne ist die *Diversifizierung der Wirtsch. (Schwerpunkt: Land-, Forst- und Fischereiwirtsch.).

3. Das Erziehungswesen wird in B. gezielt gefördert. Der Schulbesuch, der Schultransport und die Unterbringung in Internaten sind für die Bev. kostenlos; ebenso die med. Versorgung. Eine allg. Wehrpflicht (4000 Mann starkes, von brit. Offizieren ausgebildetes Heer) existiert genauso wenig wie die Lohn- und Einkommensteuer. Die Arbeitnehmer können mit 55 J. oder nach 30 J. Dienst in Rente gehen.

4. Wahrscheinlich sind die B.s Nachfahren der geflohenen Herrscherfamilie des Reiches von Funan, das um 680 von den Khmer zerstört wurde. Die größte Macht besaß der Sultan von B. im 16. Jh.; er kontrollierte das ges. NW-Borneo, den Archipel von Sulu und Teile der Philippinen. Bereits im 17. Jh. begann der Machtverfall; die Konflikte mit den Spaniern (Philippinen) nahmen zu, und nachdem sich die Briten zur Sicherung des Seeweges nach Hongkong für die NW-Küste Borneos interessiert hatten, geriet B. allmählich unter die Kontrolle Großbritanniens. Von 1888 bis 1971 war B. brit. Schutzgebiet. Die brit. Herrschaft wurde im 2. WK durch die japan. Invasion (1941–45) unterbrochen. Nachdem B. 1959 die Teilautonomie und 1971 die volle innere Souveränität erhalten hatte, wurde das Land am 1. 1. 1984 unabh. Die Exekutivgewalt liegt beim Staats- und Reg.-Chef (Sir Sultan Muda Hassan al-Bolkiah seit 1967, 1968 gekrönt), der von fünf verfassungsmäßigen Organen (Staatsrat, Ministerrat, Relig. Rat, Rat der Nachfolge, Gesetzgebender Rat) beraten wird. Der Gesetzgebende Rat ist seit 1962 aufgelöst. Einzige zugelassene Oppositionspartei ist die 1985 gegr. Nationaldemokratische Partei, die – bislang vergeblich – auf eine *Demokratisierung drängt. B. ist *AKP-Staat und Mitgl. der *ASEAN.

Lit.: C. Wagner, Brunei, in: HDW III, 7, 1994, S. 370ff.; F. Grotz, Malaysia, in: D. Nohlen/F. Grotz/Ch. Hartmann (Hg.), Elections in Asia and the Pacific, Bd. I, Oxford 2001, S. 47–52. ah/red

Bruttoinlandsprodukt Das BIP zu Marktpreisen einer Volkswirtsch. ergibt sich als Summe der Bruttowertschöpfung der im Inland tätigen Wirtschaftsakteure, korrigiert um die Nettogütersteuern (= Saldo aus gezahlten Produktionssteuern und empfangenen Subventionen). Das Nettoinlandsprodukt zu Marktpreisen entspricht der Differenz aus BIP und den Abschreibungen, d.h. dem produktionsbedingten Werteverzehr aller Anlageinvestitionsgüter in einer Periode. Den Inländern steht nicht das gesamte BIP als Einkommen zur Verfügung, sondern nur die von ihnen erwirtschaftete Wertschöpfung. Zieht man von dem BIP die an das Ausland geflossenen Entgelte für überlassene Produktionsfaktoren ab und addiert die aus dem Ausland für Leistungen von Inländern erhaltenen Faktorentgelte (= Saldo der Primäreinkommen aus der übrigen Welt), dann ergibt sich das *Bruttonationaleinkommen und nach Abzug der Abschreibungen das *Nettonationaleinkommen. Das Volkseinkommen ist die Summe aus Inländern zugeflossenen Arbeitnehmerentgelten sowie Unternehmens- und Vermögens-

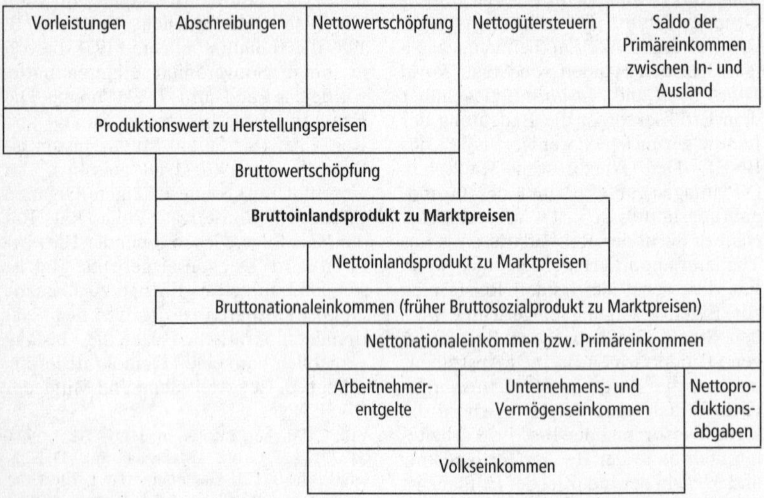

einkommen; im Unterschied zum Nettonationaleinkommen enthält das Volkseinkommen nicht die Nettoproduktionsabgaben (= Saldo der an den Staat gezahlten Produktionssteuern abzüglich der von ihm geleisteten Subventionen). (→Sozialprodukt)

Lit.: R. Huber, Systemwechsel im Volkswirtschaftlichen Rechnungswesen, in: Das Wirtschaftsstudium, 29, 2000, S. 460–464. hs

Bruttonationaleinkommen Das BNE ergibt sich aus dem *Bruttoinlandsprodukt nach Abzug des Saldos der Faktoreinkommen zwischen In- und Ausland, d. h. dem Saldo der Entgelte für überlassene Produktionsfaktoren, die an das Ausland geflossen sind, und den von Inländern aus dem Ausland erhaltenen Faktorentgelten. Das BNE entspricht in dem revidierten System Volkswirtschaftlicher Gesamtrechnung der UN dem früher verwendeten Begriff *Bruttosozialprodukt zu Marktpreisen. hs

Bruttosozialprodukt →Sozialprodukt, Bruttonationaleinkommen

BSAC →Zambia, Zimbabwe

Buenos-Aires-Plan Aktionsplan der EL zur Förderung der wirtsch. Zusammenarbeit unter den EL, verabschiedet von der *TCDC-Konferenz in Buenos Aires 1979. Der am Konzept der **collective self-reliance* orientierte Aktionsplan enthält u. a. folgende Ziele, die es zu fördern gelte: 1. **self-reliance*; 2. *collective self-reliance* (durch Erfahrungsaustausch, *Pool*-Bildung, gemeinsame Nutzbarmachung techn. *Ressourcen); 3. Forschung zu E.-Problemen (zur besseren Formulierung geeigneter Strategien der EL in den int. Wirtschaftsbez.); 4. Transfer *angepasster Technologien und des dazugehörigen **Know-hows* unter EL.

Text in: HIZ III A03, 17 dn

BUF →ANC

bufferstocks Ausgleichslager für Rohstoffe, die im Rahmen des *Integrierten Rohstoffprogramms und finanziert durch den *Gemeinsamen Fonds aufgrund von *Rohstoffabkommen eingerichtet werden sollten. Ziel war die Stabilisierung der Rohstoffpreise. Durch Lagerkäufe sollten die Preisschwankungen gedämpft werden. →Rohstoffabkommen dn

built-in evaluation →Evaluierung

BUKO Bundeskongress entwicklungspolitischer Aktionsgruppen, 1977 mit dem Ziel gegr., neben vereinzelt bestehenden

Länder- und Themenkoordinationen von Dritte-Welt-Gruppen, Solidaritätskomitees und e.-pol. Basisinitiativen in der Bundesrepublik eine bundesweite Koordinationsstelle zu schaffen. *Organe:* ein jährl. stattfindender Bundeskongress, BUKO-Seminare, ein zweij. zu wählender Koordinierungsausschuss sowie seit 1980 eine Geschäftsstelle in Hamburg; der BUKO-Rundbrief «Forum» fungiert als publizistisches Diskussionsforum. Der BUKO gehört der ICDA (*International Coalition for Development Action*, Sitz Brüssel) an und finanziert sich insb. aus Beiträgen der z.Z. 170 Mitgliedsgruppen, Spenden, Zuschüssen der ev. Kirche und Mitteln des Arbeitsamtes. Das *BMZ stellte unter CSU-Leitung seine Zuschüsse ein.

Nach anfänglich überwiegend passiven Koordinierungsaufgaben hat sich der BUKO inzwischen pol. profiliert, kritisiert scharf die offizielle E.-Politik der Bundesreg. und ruft zu groß angelegten Kampagnen auf (u.a. Pharma-Kampagne, Kampagne: «Stoppt den Rüstungsexport»). Jede Dritte-Welt-Gruppe kann im BUKO Mitglied mit Stimmrecht werden (Jahresbeitrag ca. 100 €); größere Org., Parteien und überregionale Zusammenschlüsse erhalten gegen jährlich ca. 230 € Beobachterstatus. Adresse: Nernstweg 32–34, 22765 Hamburg, Internet: www.epo.de/buko red

Bundesanstalt für Geowissenschaften und Rohstoffe →BGR

Bundeskongress entwicklungspolitischer Aktionsgruppen →BUKO

Bundesländer →Entwicklungspolitik der Länder der Bundesrepublik

Bundesministerium für wirtschaftliche Zusammenarbeit →BMZ

Bundesstelle für Außenhandelsinformation →BfAI

Bundesstelle für Entwicklungshilfe →GTZ

BÜNDNIS 90/GRÜNE – entwicklungspolitische Leitlinien Die e.-pol. Vorstellungen von Bündnis 90/GRÜNE ergeben sich aus ihrer Kritik an der nach ihrer Ansicht erfolglosen EP der IL. Waren die GRÜNEN in den 1980er Jahren noch überzeugt, dass das kapitalistische Prinzip der Gewinnmaximierung abgelöst werden müsse, wird nun die Tendenz zur *Globalisierung auch als Chance begriffen. Bündnis 90/GRÜNE erkennen das Recht auf ökon. E. ausdrücklich an. Das bedeutet, EP muss einen Ausgleich schaffen, damit neben der wirtsch. E. vor allem eine soziale, ökol., friedenspol. und demokrat. E. stattfindet. Hierfür sollen in den IL Freiräume geschaffen werden, die zur Friedenssicherung, Armutsbekämpfung, ökol. Zukunftssicherung mit Wahrung der Menschenrechte in den EL führen. Aus dieser Idee folgen für B90/GRÜNE konkrete e.-pol. Leitlinien, die sich thesenartig wie folgt zusammenfassen lassen: 1. EP soll eine Veränderung der weltwirtsch. Benachteiligung der EL bedeuten und gleichzeitig soziale Sicherheit in den EL, den Schutz und Ausbau der Menschenrechte und globalen Umweltschutz erreichen. 2. Dt. E.-Hilfe soll Struktur- und Programmförderung sein. Das bedeutet weniger Projektförderung, um v.a. regionale Strukturen, insb. die Süd-Süd-Kooperation, zu fördern. 3. Für E.-Hilfe sollen mehr finanz. und personelle Mittel im Bundeshaushalt zur Verfügung gestellt werden, damit diese schrittweise auf 1 % des BNE ausgeweitet werden. 4. *NGOs sollen in der E.-Zusammenarbeit gestärkt werden, insb. solche, die durch Bildungs- und Öffentlichkeitsarbeit Bewusstseinsveränderungen in den IL antreiben. Sie sollen institutionell gestärkt werden (z.B. durch Verwaltungskostenzuschüsse) und ein höheres pol. Gewicht bekommen (z.B. durch Einrichtung eines NGO-Rates beim BMZ). 5. In den EL soll durch eine demokratische Streitkultur Krisenprävention geübt werden. So soll v.a. durch die Wahrung der Menschenrechte, der Förderung des Dialogs zwischen verfeindeten Parteien, die Demobilisierung des Militärs sowie durch Wahlvorbereitung und Aufbau eines unabh. Justizwesens eine pluralistische Gesellschaft entstehen. Dazu sollen z.B. Menschenrechts- und Wahlbeobachter entsandt und eine unabhängige Journalistenausbildung gewährleistet werden. Besonderer Wert soll die Frauenförderung erhalten. 6. Dreh- und Angelpunkt der E.-Problematik ist gegenwärtig die *Verschuldung der EL, für die bes. die öfftl. und privaten Gläubiger mit ihrer Kredit- und Zinspolitik, aber auch korrupte Eliten und Reg. in der Dritten Welt die Verantwortung tragen. Deshalb soll eine Reformation der int. Handels- und Finanzinstitute stattfinden, bei der vor allem viele der Schulden erlassen werden sollen. *IWF, *WTO und die *Weltbank sollen reformiert werden, damit die Interessen der EL in diesen Org. besser vertreten sind. Eine *Tobin-Steuer soll eingeführt werden. 7. Die mit Umwelt-, Sozial- und EP befassten UN-Org. (*UNEP, *ILO, *UNDP) sollen gestärkt und die int. Zusammenarbeit in der EP ausgebaut werden. 8. Der Welthandel soll sich ökol., sozialen und ethischen Mindeststandards verpflichten, um handelspol. Entscheidungen zum Nachteil von EL zu verhindern. In den EL sollen nat. Regelungen zur Einrichtung von sozialen Sicherungssystemen und Einführung ökol. Maßnahmen durch *fairen Handel erreicht werden. Adresse: Bündnis 90/DIE GRÜNEN, Fachbereich Außenpolitik, Platz vor dem Neuen Tor 1, 10115 Berlin; E-Mail: fb.aussenpolitik@gruene.de tk

Burkina Faso

Fläche (Tsd. qkm): 274,200
Bev. (Mio.) 2001: 11,90
BNE pro Kopf (US-$) 2000: 230
BIP (Mio. US-$) 2000: 2406
LE (Jahre) 1999: 44,9
Analphabetenquote (%) 1999: 77
HDI 1999: 0,320 [Rangplatz von 162: 159]

Die Rep. B.F. (bis 1985: Obervolta) ist eines der ärmsten Länder der *Dritten Welt. Die ungenügende Infrastruktur, fortschreitende Wüstenbildung (*Sahelzone, *Desertifikation) sowie eine schwache Ressourcenausstattung stellen die größten E.-Probleme des westafrik. Landes dar.

1. Mit gut der Hälfte der ges. Bev. stellen die im dicht besiedelten Zentrum B.F.s (558 Ew./qkm) lebenden Mossi die dominierende *Ethnie, deren nach «feudalen» Verwaltungsstrukturen organisierte Reiche mit einem bis heute pol. einflussreichen Mogho Naba (Kaiser) an der Spitze bis ins 12. Jh. zurückreichen. Im N (Bev.-Dichte: 12 Ew./qkm) leben noch z.T. nomadische Peul (Fulbe) und Tuareg (zusammen knapp 10 % der Bev.), im W die Bobo, Lobi, Mande-Völker, ferner Senufo, Samo, Gurunsi und andere Ethnien. Etwa 30 % der Bev. sind Moslems, rund 60 % Animisten, ca. 10 % Christen, deren Einfluss v. a. auf die Führungsschicht durch das kath. Schulwesen aber weit höher ist. Die Einschulungsrate konnte zwar in den letzten J. auf ca. 33 % (1995–97) gesteigert werden, war allerdings im afrik. Vgl. noch immer rel. gering. Etwa 19 % (2000; 1995: 27 %) der Bev. leben in Städten, rd. 92 % der Erwerbstätigen arbeiten in der Landw. (1999); Anteil am BIP in guten Erntejahren 40 %. Das starke Bev.-Wachstum, das Anfang der 1990er J. bei 2,7 % p. a. und damit leicht höher als die Steigerung der Nahrungsmittelproduktion (2 %) lag, bildet den Hintergrund für ein von der *Weltbank 1993 initiiertes Projekt zur Bev.-Kontrolle und *Aids-Bekämpfung (1995: 81400 Aids-Erkrankungen). 1990–2000 lag die JZ durchschn. bei 2,4 % p. a., 1999 waren 6,4 % der Bevölkerung im Alter zwischen 15 und 49 J. an Aids erkrankt.

2. Bedeutendste Verkehrsachse von B.F. ist die 517 km lange Eisenbahnlinie von der Hs. Ouagadougou (1994: 634500 Ew.) zur ivorischen Grenze und weiter nach Abidjan. Die Verkehrsinfrastruktur ist jedoch unzureichend (rd. die Hälfte der 16500 km als Straßen ausgewiesenen Wege ist in der Regenzeit schwer passierbar, ungenügendes Straßennetz v. a. im N und O) und der Hauptgrund dafür, dass seit J. bekannte Bodenschätze (u. a. reichhaltige Manganvorkommen bei Tambao im N) nicht abgebaut werden.

Über die Hälfte der landw. Produktion (Hirse, Sorghum, Bohnen, Mais, Reis u. a.) wird für die Selbstversorgung der

Bauern verwendet. Die Lebensmittelversorgung bleibt je nach Ernte unsicher: So konnte 1994 aufgrund günstiger Witterungsbedingungen ein Getreideüberschuss von 14 % erzielt werden. Die Viehwirtsch. erlebte dagegen nach der Dürre 1983/84 einen drastischen Einbruch (Rückgang des Bestands von 7,3 auf 1 Mio. Stück), bildet jedoch infolge der 1994 erfolgten Abwertung des F CFA (→Franc-Zone) einen der Hauptexportsektoren (Steigerung des Exportwertes 1993–95: 212 %). Auch die Produktion von Baumwolle, des wichtigsten Exportproduktes, konnte durch eine Erhöhung der staatl. garantierten Abnahmepreise 1995 gesteigert werden, während die Förderung von Gold aus techn. Gründen zwischen 1993 und 1995 um rd. 50 % zurückging.

Zu den größten makroökon. Problemen zählt die wachsende Auslandsverschuldung B.F.s (1993: 1,1 Mrd. US-$, d.h. 41 % des BIP; Anteil des Schuldendienstes am Staatsbudget 1994: 44 %). Trotz einer 1994 eingeleiteten Privatisierung von Staatsbetrieben und einer leicht positiven E. der öfftl. Finanzen seit 1995 ist bisher ein wirtsch. Aufschwung ausgeblieben, wofür von der b. Reg. die int. Finanzinstitutionen (*IWF und Weltbank) verantwortlich gemacht wurden, die seit 1994 *Strukturanpassungsmaßnahmen durchführten. Der Schuldendienst B.F.s lag 1999 bei 15,7 % der Exporterlöse. *IWF und *IDA gewährten B.F. 2000 einen Schuldenerlass von 400 Mio. US-$, verbunden mit der Aussicht auf weitere Hilfsmaßnahmen.

3. Nachdem das autoritäre und korrupte Einparteiregime (→autoritäre Regime) des ersten Präs. M. Yaméogo Anfang 1966 zusammengebrochen war, lösten sich Militär- und Zivilregime (unter Reg.-Beteiligung der jeweils anderen Seite) in regelmäßiger Folge ab (Militärputsche 1974, 1980, 1982, 1983, 1987; die letzten drei jeweils gegen Militärreg. gerichtet). Hauptakteure der pol. Auseinandersetzungen waren dabei die zahlenmäßig schwachen, aber sehr aktiven *Gewerkschaften, mehrere linke Parteien und ein sich radikalisierender Flügel des Militärs einerseits sowie die gemäßigten Militärs, die kath. Hierarchie, der Mogho Naba und insbes. auf Frankreich ausgerichtete Politiker andererseits. Die wichtigste Zäsur nach dem Sturz von Staatspräs. General Lamizana (1966–80) setzte der Putsch von Hauptmann Thomas Sankara 1983. Die sozialrevolutionären Umgestaltungsprozesse, die Sankara einleitete, waren in Schwarzafrika ohne Vorbild. Sie zielten in erster Linie auf eine Emanzipierung der bisher Unterprivilegierten, insb. der *Frauen und der Bauern. Eine völlige Umgestaltung der pol. Strukturen bedeutete die Übertragung der pol. Macht auf lokaler Basis auf die rd. 7000 *Comités de Défense de la Révolution* (CDR). Die Kompetenzen der häufig aus Jugendlichen zusammengesetzten CDR waren unbestimmt, in der Praxis jedoch fast allumfassend. Den CDR gelang eine Massenmobilisierung, deren e.-pol. Schwerpunkt im Ausbau der Infrastrukturen im ländl. Raum lag. Sankara bekämpfte die Korruption und senkte den Anteil der Gehälter des öfftl. Dienstes von 1983 bis 1987 von 70 auf 40 % der Staatsausgaben. Mit seinen radikalen Sparmaßnahmen entfremdete sich Sankara jedoch den seine Reg. unterstützenden linken Gruppierungen, deren Widerstand sich auch gegen Pläne zur Errichtung einer Einheitspartei richtete. Sankara reagierte darauf zunehmend repressiv und wurde am 15. 10. 1987 in einem Putsch gestürzt, der sein Leben kostete. Sein Nachfolger, Hauptmann Blaise Compaoré, leitete zu Beginn der 1990er J. eine Demokratisierung ein. 1991 wurde er durch Präs.-Wahlen bestätigt; die Wahlbeteiligung lag bei 27,3 %, da die Opposition wegen mangelnder Beteiligung aller gesellsch. Gruppen am Demokratisierungsprozess die Wahlen boykottierte. Durch blutige Unruhen infolge der Präs.-Wahlen wurden die für Jan. 1992 vorgesehenen Parl.-Wahlen erst im Mai 1992 abgehalten. Aus ihnen ging die *Organisation pour la démocratie populaire/Mouvement du travail*

(ODP/MT), deren Anführer Compaoré ist, mit 72 % der Mandate hervor und konnte bei den Parl.-Wahlen im Mai 1997 unter verändertem Namen (*Congrès pour la démocratie et le progrès* [CDP]) ihre hegemoniale Stellung im b. Parteiensystem noch ausbauen (101 von 111 Sitzen). Bei den Präs.-Wahlen im Nov. 1998 wurde Compaoré erwartungsgemäß mit überwiegender Mehrheit (87,5 %) wiedergewählt. Um weitere pol. und soziale Reformen voranzubringen, ernannte Compaoré am 6. 11. 2000 P. E. Yonli zum neuen Min.-präs. B.F. hatte zuvor im Rahmen der *HIPC-Initiative Schulden in einem Gesamtumfang von insges. 400 Mio. US-$ erlassen bekommen. In der Opposition verblieb der PDP (Partie pour la Démocratie et le Progrès), der andauernde Menschenrechtsverletzungen beklagt.

Lit.: J. Ziegler/J.-Ph. Rapp, Thomas Sankara. Un nouveau pouvoir africain, Paris 1986; P. Englebert/J.-P. Cot 1987: La révolution burki nabé, Paris 1987; E. Schmitz, Politische Herrschaft in Burkina Faso, Freiburg 1990; H. Asche, Burkina Faso, in: HDW III, 4, 1993, S. 172 ff. kz/fg

Burma →Birma (Myanmar)

Burundi

Fläche (Tsd. qkm): 27,80
Bev. (Mio.) 2001: 6,50
BNE pro Kopf (US-$) 2000: 260
BIP (Mio. US-$) 1999: 701
LE (Jahre) 1999: 42,1
Analphabetenquote (%) 1999: 53
HDI 1999: 0,309 [Rangplatz von 162: 160]

Das ehem. belgische Kolonialgebiet gehört zu den ärmsten EL (*CEPGL, *LLDC, *MSAC, *Binnenland, *AKP). Wichtigstes E.-Problem ist die *Ernährung der Bev. *Ethnische Konflikte (Eskalationen 1965, 1972, 1988, Bürgerkrieg seit 1993) bestimmen den pol. Prozess.

1. Über 80 % der (zumeist gebirgigen) Fläche B.s werden landw. genutzt. S und N bieten günstige Möglichkeiten für den Anbau von Kaffee (1994: 71 % des Exportwerts) und Tee; das Zentrum B.s wird als Weideland genutzt. In der Landw. arbeiten 95 % der Bev. (Anteil der Landw. am BIP: 61 %). Die Wirtschaftsstruktur ist geprägt von der Dominanz des *Subsistenzsektors, der für 80 % der Erwerbspersonen die Lebensgrundlage darstellt; nur 5 bis 15 % der Agrarproduktion wird tatsächlich vermarktet. Bodenschätze sind nur in geringem Umfang vorhanden; eine verarbeitende Ind. existiert praktisch nicht.

2. Mit 210 Ew./qkm gehört B. zu den am dichtesten bevölkerten Ländern Afrikas. Fast 40 % der Ew. leben in den Provinzen Kitega (Zentrum) und Ngozi (N) sowie in der Hs. Bujumbura, die fast die ges. urbane Bev. B.s umfasst (niedriger *Urbanisierungsgrad von 6 %). Der Populationsdruck war bereits in den 1950er J. so stark, dass zeitweise 300000 Menschen als *Wanderarbeiter tätig waren. Die Bev. gliedert sich in drei ethn. Gruppen, die sich ihrerseits aus versch. Clans zusammensetzen: Ca. 84 % sind Bantu (Hutu), etwa 14 % Tutsi hamitischen Ursprungs, der Rest pygmoide Twa.

Die gegenwärtige Sozialstruktur B.s entspricht teilweise noch der kolonialen. Die dünne Ober- und Mittelschicht (Beamte, Angestellte, Angehörige der Armee und selbständige Bauern) werden von den Tutsi dominiert, während ein großer Teil der Hutu-Mehrheit unterhalb der Armutsgrenze lebt. Die *Alphabetisierungsrate liegt bei 30 %, doch erreichen weniger als 5 % die Sekundarstufe. Hinzu kommt ein starkes Stadt-Land-Gefälle mit zwischen 70 % Einschulungsrate in Bujumbura und 10 % in den peripheren ländl. Regionen.

3. Die feudale Herrschaft der Tutsi hatte bis Mitte der 1950er J. fortbestanden. Erst nach der Unabh. (1960) und im Rahmen einer *Agrarreform ging ein Teil der landw. Nutzfläche mit einer durchschn. Betriebsgröße von 1 ha in das Eigentum von Hutu-Bauern über. Neben einigen hunderttausend selbständigen Kleinbauern bildete sich eine dünne Schicht lohnabh. Landarbeiter heraus. Der Autoritätsverfall des Hofes und die Entwicklungen im benachbarten Rwanda führten zu einer Eskalation der Span-

nungen zwischen Hutu-Majorität und Tutsi-Minorität, die in einem gescheiterten Militärputsch (Okt. 1965) ihren Höhepunkt fanden. Fast die ganze Hutu-Elite des Landes fiel den «Säuberungsaktionen» durch die königliche Armee zum Opfer. Den König, der immer mehr zum Spielball der Interessen einflussreicher Tutsi-Aristokraten geworden war, stürzte die Armee unter Oberst Micombero im Nov. 1966 und proklamierte die Rep. Mit dem Militärputsch von 1976 lösten Tutsi-Offiziere aus dem N die Bururi-Gruppe Micomberos in der Herrschaft ab; 1981 wurde die Schaffung eines Einparteienstaates mit der Verabschiedung einer Präsidialverfassung offiziell.
Der 1987 durch einen weiteren Putsch an die Macht gekommene Buyoya leitete seit Anfang der 1990er J. einen Liberalisierungsprozess ein, der nach freien Wahlen im Juni 1993 die «Front für Demokratie» (FRODEBU) an die Reg. brachte. Erstmals seit 30 J. Herrschaft der Tutsi-Minderheit wurde mit Melchior Ndadaye ein Hutu Präsident. Seine Ermordung nach nur viermonatiger Amtszeit im Okt. 1993 war Auftakt für das schrittweise Abgleiten in einen Bürgerkrieg, in dem weder die beiden Hutu-Präs. Ntaryamira (bis April 1994) und Ntibantunganya noch die *de facto* regierende Tutsi-dominierte Armee Massakern durch ethn. Milizen und wiederholten Flüchtlingsströmen Einhalt gebieten konnten. Die Ereignisse in Rwanda (seit 1994) und Zaire ermöglichten den Milizen dabei auch das Agieren außerhalb der Landesgrenzen. Die formelle Machtübernahme der Militärs durch einen Putsch Buyoyas im Juli 1996 hat die Radikalisierung des ethn. Konflikts noch beschleunigt. Anhaltende Friedensbemühungen, auch unter Vermittlung Nelson Mandelas, führten zwar zur Unterzeichnung eines Abkommens im J. 2000, wichtige Hutu-Rebellen verweigerten aber die Teilnahme, sodass die Kämpfe weitergingen. Im April 2001 wurde ein Putschversuch junger Tutsi-Offiziere niedergeschlagen; offenbar war dieser erneut durch Furcht vor einem Machtverlust der Tutsi-Minderheit motiviert. Auch die Einsetzung eines Übergangs-P. unter Vorsitz des Hutu-Politikers Jean Minani (FRODEBU) im Jan. 2002 konnte bislang nicht ein Ende der unsicheren Lage in B. herbeiführen.
4. Die doppelte wirtsch. Abh. B.s (von einem Hauptexportgut und der infrastrukturell bedingten Zusammenarbeit mit den pol. instabilen Nachbarländern für den Transport zu Seehäfen) hat sich seit den 1960er J. nicht verringern lassen. Bis Ende 1994 hatte die Verschuldung eine – vor allem in Relation zur Exportkraft und zum BIP extreme – Höhe von 1,1 Mrd. US-$ erreicht. Unter diesen Bedingungen blieb und bleibt die Finanzierung von staatl. Investitionen von externer Unterstützung abh., die seit Mitte der 1980er J. durch mehrere *Strukturanpassungsprogramme koordiniert wird. Der zunehmend offene Bürgerkrieg seit 1993 (mit schätzungsweise 100000 Toten bis 1996 und massiven Flüchtlingsströmen innerhalb und außerhalb B.s) hat das Land in seiner wirtsch. und sozialen E. weiter zurückgeworfen und die Aussicht auf eine pol. tragfähige Ordnung zunichte gemacht.

Lit.: D. Ress, The Burundi Ethnic Massacres, San Francisco 1992; S. Klingebiel, Burundi, in: HDW III, 5, 1993, S. 54ff.; R. Lemarchand, Burundi. Ethnocide as Discourse and Practice, Cambridge 1993; A. Mehler, Burundi vor einem weiteren Genozid? Zum Hintergrund einer politischen Krise, Hamburg 1995. ch

Buthelezi, Gatsha Präs. der *Inkatha Freedom Party* und langjähriger Premiermin. des *Homeland Kwazulu in der Rep. Südafrika. *Inkatha*, eine vorwiegend von Zulu getragene Bewegung, lehnte wie der *ANC die *Apartheid-Politik der südafrik. Reg. ab. Ebenso kritisierte sie die Aufsplitterung des südafrik. Territoriums in versch. «unabh.» Staaten, d. h. die Strategie, durch Abschiebung der schwarzen Bev. in *Homelands das von Weißen beherrschte pol. und ökon. System zu stabilisieren. Demgegenüber forderte *Inkatha* die pol. Gleichberechtigung aller Südafrikaner in einem Einheitsstaat (*one man, one vote*). Buthelezi vertrat unter den Führern der *Befreiungsbewegungen im südl. Afrika eine gemäßigte, gewaltfreie Oppositionsstrategie innerhalb des vorgegebenen gesetzlichen Rahmens. Der von ihm angeregte, 1982 von einer Kommission von Fachleuten und Politikern Kwazulus vorgelegte Buthelezi-Report über die Zukunft der Homelands begriff sich als Alternative gegenüber dem bewaffneten Kampf (verfassungsrechtl. Empfehlungen für eine regionale Lösung entsprechend den Bedürfnissen und Interessen aller Bev.-Gruppen). B.s Rolle im Demokratisierungsprozess war zwiespältig. Vor dem Hintergrund von Machtkonflikten zwischen ANC und Inkatha (seit 15. 7. 1990: *Inkatha Freedom Party*, IFP) gefährdete der zu Apartheidszeiten kooperationswillige B. nach der Freilassung von Nelson *Mandela zeitweilig den Demokratisierungs- und Aussöhnungsprozess. Er hintertrieb die Verhandlungen zwischen ANC und Reg. und drohte bis zuletzt mit dem Boykott der 94er Wahlen, aus denen der IFP schließlich mit rd. 11 % der Stimmen und Mandate hervorging. Auch nach Beitritt B.s als Innenmin. in die Reg. der Nat. Einheit von Mandela blieben die – z. T. gewaltsam ausgetragenen – Machtkonflikte zwischen ANC und IFP v. a. in der Provinz kwaZulu / Natal bestehen. Im Rahmen der Verfassungsdiskussion entzündete sich an der Frage der Ausgestaltung des südafrik. Föderalismus ein heftiger Verfassungsstreit zwischen ANC und IFP.

Lit.: H. H. Klein, Der Bericht der Buthelezi-Kommission und die Zukunft Südafrikas, in: Buthelezi-Report, Institut für Internationale Solidarität der Konrad-Adenauer-Stiftung, St. Augustin 1982; M. G. Buthelezi, Südafrika. Meine Vision, Herford 1990. mik

C

C+L Deutsche Revision Privatrechtlich organisierte Wirtschaftsprüfungsgesellschaft mit rd. 5600 Mitarbeitern. Im Rahmen ihrer int. Aktivitäten führt sie u. a. im Bereich der E.-Zusammenarbeit Prüfungs- und Beratungsaufgaben durch. Institutionen in der Bundesrepublik (z. B. *DED, *DEG, *DSE, *CDG) und in den Ländern der *Dritten Welt (Projektträger, Entwicklungsbanken) werden im Hinblick auf die ordnungsgemäße und wirtsch. sinnvolle Abwicklung von Vorhaben der *finanziellen oder *technischen Zusammenarbeit überprüft und beraten. Dazu gehören Erfolgskontrollen, *Evaluierung der einzel- und gesamtwirtsch. und sozialen Wirkungen. Adresse: Bockenheimer Anlage 15, 60322 Frankfurt. red

CABEI →MCCA

Cabinda →Angola

Cabral, Amilcar Theoretiker und Organisator des Befreiungskampfes der afrik. Völker unter portug. Kolonialherrschaft. C. wurde am 12. 9. 1925 auf den Kapverdischen Inseln geboren, studierte Ingenieurwissenschaften an der Universität Lissabon und diente in der Agrarabteilung der Kolonialverwaltung für Guinea-Bissau, ehe er 1956 die Afrik. Partei für die Unabh. Guineas und der Kapverdischen Inseln PAIGC gründete. Seine Revolutionstheorie stellt eine Verbindung zwischen dem nat. Befreiungskampf und dem Kampf gegen den Neo-*Kolonialismus, von pol. Unabh. und Befreiung der nat. Produktivkräfte her. Konzentrierte sich die pol. Arbeit der PAIGC zunächst auf die städt. Siedlungen, so begann C. nach 1959 die Organisierung der bäuerlichen Massen. Als C. am 20. 1. 1973 einem Attentat zum Opfer fiel, hatte die Befreiungsbewegung schon große Teile Guinea-Bissaus unter ihrer Kontrolle.

Lit.: A. Cabral, Die Theorie als Waffe, Wuppertal 1982. dn

CACM →MCCA

CADA *Concerted Action for Development in Africa* (auch ACDA: *Action Concertée pour le Développement en Afrique*), 6 Mitgl.: Belg., BRD, F, GB, CAN, USA; Sitz: Paris; fungiert als Untergruppe von Entwicklungshilfe-Geberländern der *OECD. dn

CADC →CONDECA

CAEU Rat für Arabische Wirtschaftseinheit (*Council of Arab Economic Unity*), 1964 gegr., z. Z. 12 Mitgl. (inkl. Palästina), mit dem Ziel eines «Gemeinsamen Arabischen Marktes». Bis 1971 sollten im innerarab. Handel Zölle und Steuern abgebaut, sodann die volle Zollunion angestrebt werden. Die Konflikte zwischen Staatengruppen und einzelnen Mitgl. wirken dieser Zielsetzung entgegen. 1977 wurde der Arabische Währungsfonds mit Sitz in Abu Dhabi gegründet mit dem Ziel, den Ratsmitgl. beim Ausgleich der *Zahlungsbilanzen und bei der Stabilisierung der Währungen zu helfen. Der Rat gründete eine Reihe weiterer Gemeinschaftsorg. (wie Investitionsgesellschaften), die in Teilbereichen durchaus erfolgreich arbeiten. Es gibt Pläne, den CAEU in den *ACC einzugliedern. fn

CAF →Andenpakt

CAFRAD *Centre Africaine de Formation et de Recherches Administratives pour le Développement,* Afrikan. Zentrum für Verwaltungsforschung und Entwicklungsfragen. 1964 auf Initiative Marokkos, unterstützt von 10 afrikan. Staaten und der →UNESCO, gegründet.

Cairns-Gruppe Gruppe von 18 agrarexportierenden Ländern, die sich im August 1986 in Cairns/Australien im Vorfeld der *GATT-Verhandlungen (*Uruguay-Runde) mit dem Ziel zusammenschlossen, die Reform des int. Agrarhandels voranzubringen. Mitgl.: Argentinien, Australien, Bolivien, Brasilien, Chile, Costa Rica, Fidschi, Guatemala, Indonesien, Kanada, Kolumbien,

Malaysia, Neuseeland, Paraguay, Philippinen, Südafrika, Thailand und Uruguay. Internet: www.cairnsgroup.org. dn

callampas →Marginalität

Camara, Dom Helder 1909–1999, geb. in São José (Fortaleza/Ceará), Brasilien, als Sohn eines Journalisten und einer Volksschullehrerin; Priesterweihe 1931; zwischen 1931 und 1936 aktives Mitglied der brasilianischen Integralistenbewegung; 1934 Bundessekretär für Erziehung; Koadjutor des Erzbischofs von Rio de Janeiro 1952; Generalsekretär der CNBB (*Conferencia Nacional dos Bispos do Brasil*) zwischen 1952/64; Mitbegründer der CELAM (*Conferencia General del Episcopado Latinoamericano*); Erzbischof von São Luis (Maranho), ab 1964 von Olinda und Recife; Gründer der Bewegung «Aktion Gerechtigkeit und Friede» 1968; bekannt geworden durch sein Engagement an der Seite der Armen und seine Denunzierung der Unterdrückung in LA; setzte sich 1985 als Erzbischof zur Ruhe, blieb aber weiterhin in der kirchlich-sozialen Bewegung engagiert. →Theologie der Befreiung obs

Camp-David-Abkommen →Nahostkonflikt

campesino →Minifundium/Minifundismus, Mexiko

Cancún-Konferenz Gipfeltreffen von 22 Staats- und Regierungschefs aus IL (9) und EL (13), das im Okt. 1981 in Mexiko stattfand. Betonte Notwendigkeit engerer int. Zusammenarbeit und von *Globalverhandlungen; diskutiert wurden v. a. Nahrungsmittelversorgung und *ländliche Entwicklung, Rohstoffe, Welthandel, *Industrialisierung der EL, *Energie und Ressourcentransfer in die EL. dn

CAPEL Interamerikanisches Zentrum für Wahlberatung und -ausbildung (*Centro Interamericano de Asesora y Promoción Electoral*); spezielles Programm des Interamerikanischen Instituts für Menschenrechte (IIDH); Sitz in San José, Costa Rica. Gegr. 1985 mit dem Ziel, über techn. Wahlberatung die Durchführung von freien Wahlen im lateinamerik. und karibischen Raum auf der Basis der repräsentativen Demokratie zu fördern. CAPEL verfügt über Expertengruppen, bestehend v. a. aus Rechtsprofessoren und Politologen sowie auch techn. Beiräten, die teils direkte Assistenz an Wahlorten durchführen, teils die Funktion von Wahlbeobachtern in versch. Ländern erfüllen. Projekte techn. Wahlberatung werden auf ausdrückliche Anfragen von lateinamerik. und karibischen Ländern realisiert. pb

Cardenal, Ernesto Priester und Dichter, 1979–1990 Kulturmin. Nicaraguas. Geb. 1925, Sohn einer begüterten Familie. C. studierte Literatur in Managua, Mexiko und New York und promovierte 1959 mit einer Arbeit über «Sehnsucht und Sprache in der neuen Lyrik Nicaraguas». Zwei Jahre zuvor war er dem Jesuitenorden beigetreten, studierte seither Theologie in Guernavaca/Mexiko und Medellín/Kolumbien, wo er 1961 die «Psalmen» veröffentlichte. 1965 wurde C. in Managua zum Priester geweiht und gründete wenig später auf der Insel Mancarrón in der Solentiname-Gruppe des Großen Sees von Nicaragua eine kleine christl. Kommune, 1977 bekannte er sich zu den Sandinisten (FSLN); nach der nat. Befreiung vom 19. 6. 1979 übernahm C. das Kultusministerium, das er bis zur Wahlniederlage der Sandinisten im Feb. 1990 führte. Im Okt. 1994 trat C. aus der FSLN aus unter dem Vorwurf, sie sei korrupt und es fehle ihr an Ethik, wofür er insbes. den früheren Präs. Daniel Ortega verantwortlich machte. Cardenals pol. Philosophie widerstrebt allen Einordnungsversuchen. Er ist Jesuit und Marxist, Revolutionär und Anhänger der Gewaltlosigkeit (wiewohl die Gewalt durch die Revolution legitimiert werden könne) und von der Idee getragen, eine Symbiose zwischen Christen und Marxisten herbeizuführen zwecks Aufbau einer neuen Gesellschaft, zwecks Verwirklichung des «Reiches Gottes auf Erden». C. setzt auf eine Erneuerung der Sandinisten und sieht unverändert in revolutionären Prozessen (Chiapas, Aufstand der

Indios) ein Licht der Hoffnung. Der Börsenverein des Deutschen Buchhandels verlieh C. den Friedenspreis 1980. Werke u. a.: Psalmen, Wuppertal 1979; In Kuba – Bericht einer Reise, Wuppertal 1980; Das Evangelium der Bauern von Solentiname, 2 Bde., Wuppertal 1979. dn

CARE Deutschland e.V. Ideell anknüpfend an die amerik. Nachkriegshilfe für Europa («CARE-Pakete»), fördert die 1981 gegr. *nichtstaatliche Organisation (*VENRO) insb. in *LLDCs in Zusammenarbeit mit einheim. Partnern E.-Projekte der *Gesundheits- und der wirtsch. *Strukturhilfe sowie Maßnahmen der Flüchtlings- und *Katastrophenhilfe. CARE D. ist Gründungsmitgl. der 1982 gegr. CARE International, der z.Z. elf selbständige nat. CARE-Organisationen angehören. CARE D. nahm 2000 knapp 16,7 Mio. € ein und finanziert sich insb. über Spenden und öfftl. Mittel (*BMZ, Auswärtiges Amt, EG, Land Rheinland-Pfalz). Publikation: CARE-Report. Adresse: Herbert-Rabius-Straße 26, 53225 Bonn, Internet: www.care.de red

CARICOM Karibische Gemeinschaft (*Caribbean Community*, auch CCM, *Caribbean Common Market*), gegr. 1973 mit dem Vertrag von Chaguaramas von Barbados, Guyana, Jamaica sowie Trinidad und Tobago. 1974 traten bei Belize, Dominica, Grenada, Montserrat, St. Lucia, St. Vincent und die Grenadinen, 1983 die Bahamas (diese allerdings nur zur Gemeinschaft, nicht aber zum Gemeinsamen Markt), 1995 Surinam. Der Beitritt Haitis steht kurz bevor. CARICOM trat an die Stelle von CARIFTA (Karib. Freihandelszone), deren Zielsetzung der Handelsliberalisierung um ökon. *Integration erweitert wurde: Koordinierung nat. *Entwicklungsplanung in globaler und sektoraler Hinsicht und der Außenhandelsbez. gegenüber Drittländern (gemeinsamer Außenhandelstarif, gemeinsame protektionistische Maßnahmen). Innerhalb CARICOM bestehen Vergünstigungen für *LLDCs (Nach dem Vertrag von Chaguaramas gelten die Gründungsmitglieder als *More Developed Countries*, MDCs, alle übrigen als LLDCs.).

Organe: Konferenz der Reg.-Chefs, Beschlussfassung einstimmig; Ministerrat, je ein Delegierter eines Landes; 10 Kommissionen; Karibische E.-Bank CDB (*Caribbean Development Bank*): 1970 gegr. *regionale Entwicklungsbank mit Sitz auf Barbados; wurde zu einem finanz. Integrationsmotor des CARICOM.

Ergebnisse: formal der Abbau von Zöllen und nicht-tarifären *Handelshemmnissen (→Außenhandelspolitik), die Festlegung eines gemeinsamen Außenzolls, die Harmonisierung der steuerlichen Maßnahmen und die Gründung zahlreicher Integrationsinstitutionen; allerdings stehen die materiellen Voraussetzungen tatsächlichen Integrationsfortschritten im Wege. Der intraregionale Handel konnte gesteigert werden, weitgehend jedoch durch den Export von Halb- und Fertigwaren der weiter entwickelten Länder. 1992 Gründung der *ACS als pol. Vereinigung der Karibikstaaten, 1995 Schaffung eines gemeinsamen Marktes und die Einrichtung eines Obersten Gerichts der Westindischen Inseln beschlossen; bis 1996 Senkung des gemeinsamen Außenzolls von 35 auf 25 % erreicht. Verurteilung der US-Politik (*Helms-Burton-Gesetz) gegenüber Kuba.

Probleme: ungleiche Partner, starke wirtsch. Verflechtung mit Drittländern (beeinträchtigende Importrestriktionen), geringe Bereitschaft, auf Teile der nat.-wirtsch. Souveränität zu verzichten. Internet: www.caricom.org.

Lit.: S. E. Chernick, The Commonwealth Caribbean, Baltimore and London 1978; F. Barsotti, CARICOM. Facing the Question of Survival, in: Caribbean Affairs, 4 (3), 1991, S. 1 ff.; F. Nuscheler, Struktur- und Entwicklungsprobleme der Karibik, in: HDW III, 3, 1995, S. 278 ff. dn

CARIFTA →CARICOM

Caritas →DCV

Carl-Duisberg-Gesellschaft →CDG

Carleton / Stohl-Konzept Von David Carleton und Michael Stohl entwickeltes quantifizierendes Verfahren zur Messung der Menschenrechtssituation in den Staaten der Welt. Die Erhebung tatsächlicher Menschenrechtsverletzungen auf der Grundlage der Berichte von *amnesty international und des US-Außenministeriums soll zu einer Ergänzung und Verfeinerung der Einschätzungen des *Freedom House beitragen. Die untersuchten Staaten werden in 5 Stufen eingeordnet. Skeptiker verweisen auf die grundsätzliche Problematik, qualitative Tatbestände mit quantitativen Methoden messen zu wollen, und sehen sich durch manches umstrittene Detail der Bewertung (z. B. günstige Benotung Saudi-Arabiens) bestätigt. hb

Casablanca-Gruppe 1961 von Marokko, Ägypten, Guinea, Mali, Ghana und der Algerischen Exilregierung gebildet, v. a. Konferenz der Staatschefs, Ansätze zu wirtsch. Zusammenarbeit. «Progressistisch» und panafrik. ausgerichtet. →Monrovia-Gruppe, →OAU fn

cash crops Landw. Produkte, die zumeist in *Plantagen für den Weltmarkt und weniger für die Versorgung der einheimischen Bev. unmittelbar bestimmt sind, wie Baumwolle, Tee, Palmöl, Tabak etc. Pro-Argumente: Nutzung *komparativer Kostenvorteile im Außenhandel; Verbesserung der Devisenlage des Erzeugerlandes. Contra-Argumente: Veränderung der für die Versorgung der einheimischen Bev. notwendigen *food crops* (Nahrungsmittel); Abh. der EL von der Nachfrage und den Preisschwankungen auf dem Weltmarkt; negative **terms of trade*. Abhilfe: →ländliche Entwicklung, Neue Weltwirtschaftsordnung dn

CASTARAB *Conference of Ministers of Arab States Responsible for the Application of Science and Technology to Development,* Konferenz der Minister arab. Staaten für die Anwendung von Wissenschaft und Technologie bei der Entwicklung.

Castro, Fidel C. wurde am 13. 8. 1927 als Sohn einer alten und wohlhabenden Bauernfamilie in Mayari (Provinz Oriente) / Kuba geboren. Nachdem er eine Jesuitenschule in Havanna absolviert hatte, nahm er 1945 an der Universität Havanna das Studium der Rechtswissenschaft auf. Er beteiligte sich während seines Studiums aktiv an der Studentenbewegung. 1947 nahm er an einer von Exil-Dominikanern und kuban. Aktivisten vorbereiteten Expedition gegen die Trujillo-Diktatur in der Dominikanischen Republik teil, die allerdings noch vor Beginn wieder abgeblasen wurde. Ebenfalls 1947 schloss er sich der Orthodoxen Partei von Chibás an, einer Abspaltung des *Partido Auténtico* von Präsident Grau San Martín, die v. a. gegen die Korruption und den Verrat der revolutionären Ziele von 1933 durch die *Auténticos* kämpfte.

C. ließ sich nach Beendigung seines Studiums 1950 als Rechtsanwalt in Havanna nieder. Er wurde aktives Mitgl. im *Partido Ortodoxo* und war 1952 Kandidat für den Stadtrat in Havanna, als Batista durch einen Militärputsch an die Macht kam und die bevorstehenden Wahlen verhinderte. 1953 organisierte er den missglückten Überfall auf die Moncada-Kaserne in Santiago de Cuba, der das Signal für eine Volkserhebung gegen Batista geben sollte. Er wurde verhaftet und vor Gericht gestellt, wo er seine berühmte Verteidigungsrede «Die Geschichte wird mich freisprechen» hielt. 1955 wurde er amnestiert und ging nach Mexiko ins Exil. Er organisierte dort eine *Guerilla-Truppe, mit der er Ende 1956 nach Kuba zurückkehrte und in der Sierra Maestra einen Guerillakrieg gegen die Batista-Diktatur begann. Nach dreijähr. Kämpfen konnte Batista mit dem Sieg der kuban. Revolution gestürzt werden. Seit Febr. 1959 MP, wurde C. nach Verabschiedung der Verfassung von 1976 auch Staatspräs. C. ist gleichzeitig Oberbefehlshaber der Streitkräfte, des Weiteren Erster Sekretär der Kommunistischen Partei Kubas. Ende 1979 übernahm er das Innen-, Verteidigungs-, Gesundheits- und Erziehungsministerium. Auf der Konferenz der *Blockfreien 1979 in Havanna wurde er zum Vorsitzenden der Bewegung gewählt (bis 1983). C. werden charismatische Führungsqualitäten zugesprochen. In pol.-ideolog. Hinsicht gab er den Anspruch eines Revolutionsmodells für die Dritte Welt (Castrismus) und eines kub. Weges zum Sozialismus unter ökon. Zwängen zugunsten einer immer stärkeren Anlehnung an die SU auf. Nach dem Zusammenbruch der soz. Systeme in Europa beharrte er jedoch erneut auf der Eigenständigkeit der kub. E. zum Sozialismus und lehnte Forderungen nach einer demokratischen Öffnung scharf ab. Innerhalb der Blockfreien sprach C. für die Länder, welche die Bewegung in ein enges Bündnis mit der SU führen wollten. →Kuba ks

caudillo, caudillismo In LA v. a. im 19. Jh. auftretende Herrschergestalt, deren Herrschaftsausübung teilweise auf Gewalt, teilweise auf freiwilliger Anerkennung durch Gefolgsleute und Anhänger beruht. Dem c. haften durchaus charismatische Führungsqualitäten an. Obwohl autoritär im Führungsstil, kann sich der Typus des c. auch in demokrat. pol. Systemen entfalten, wenn die wirtsch. und gesellsch. Voraussetzungen (allg.: Rückständigkeit, personale Beziehungsmuster bzw. Abh.-Verhältnisse in Wirtsch., Pol. und Gesellschaft; →Klientelismus) vorliegen. Der soziopol. Nährboden des c. ist jedoch trotz *Marginalisierung großer Teile der Bev. und ihrer Bereitschaft, charismatischen Führern zu folgen, durch die Institutionalisierung pol. Machtausübung im Schwinden begriffen.

Lit.: P. Waldmann, Caudillismo als Konstante der politischen Kultur Lateinamerikas?, in: Jahrbuch für Geschichte von Staat, Wirtschaft und Gesellschaft Lateinamerikas, 15/1978, S. 191 ff. dn

Cayman-Inseln →Karibik

CBLT *Commission du Bassin du Lac Tchad,* 1964 von Nigeria, Niger, Kamerun und Tschad gegr. Org. zur gemeinsamen Nutzung der Wasserreserven des Tschad-Beckens, 1983 reaktiviert. Sitz: N'Djamena/Tschad. Angesichts der Verknappung der lebenswichtigen Ressource *Wasser erhalten solche Kooperationsprojekte wachsende Bedeutung. fn

CCF Kinderhilfswerk – Deutscher Patenkreis e. V. In der BRD 1978 gegr. *nichtstaatliche Organisation (*DPWV), vermittelt Kinderpatenschaften (bis dato etwa 35 000) und sammelt Spenden in der Bundesrepublik (Einnahmen 1995/96 insges. 6,0 Mio. €). Die Verteilung der Spenden und Patenschaftsbeiträge erfolgt durch den 1938 gegr. *Christian Children's Fund* (CCF) in Richmond/Virginia. Die Hilfe per Kinderpatenschaften wird von Familienhilfe- und Einzelprojekten flankiert. Zusammenarbeit mit einheimischen, meist kirchlichen Organisationen. Publikation: Unsere Kinder. Adresse: Laiblinstegstr. 7–11, 72622 Nürtingen. red

CCM →CARICOM

CCP *Conciliation Commission for Palestine*, Vermittlungsausschuss für *Palästina der *UN.

CDB Karibische Entwicklungsbank (Caribbean Development Bank), 1970 gegr., Sitz Barbados, 25 Mitgl., davon 20 regional und 25 nicht-regional. Gezeichnetes Grundkapital (2000) 588 Mio. US-$ (22 % eingezahlt, Rest Haftungskapital). Kredite vor allem für Verbesserung der Infrastruktur im Transport- und Kommunikationsbereich. →CARICOM dn

CDC →Süd-Süd-Beziehungen, Entwicklungspolitik Großbritanniens

CDF Kapitalentwicklungsfonds (*Capital Development Fund*), direkt dem *UNDP-Verwaltungsrat unterstehendes Sonderprogramm, das den ärmsten Gemeinden in den *LLDC *finanzielle Hilfe gewährt. ah

CDG Carl-Duisberg-Gesellschaft, gegr. 1949, von Bund, Ländern und der dt. Wirtsch. unterhaltene Org. für int. berufliche Weiterbildung und Personalentwicklung. Neben der auslandsbezogenen Fortbildung dt. Nachwuchskräfte der Wirtsch. fördert die CDG mit berufsfachl. Trainingsprogrammen auch die Aus- und Weiterbildung von Fach- und Führungskräften aus EL mit dem Ziel, die EL bei ihrem wirtsch. und gesellsch.

Aufbau zu unterstützen und die Zusammenarbeit zwischen der BRD und den EL zu vertiefen.
Die Programme werden (meist im Auftrag des *BMZ) in D oder in EL (→*Surplace*-Programme) durchgeführt und richten sich v. a. an Multiplikatoren (z. B. Trainer und Ausbilder) in den Bereichen Natürliche Ressourcen (→Energie, Ökologie, Rohstoffe), *Infrastruktur und Gewerbeförderung (Handwerk, Klein- und Mittelind.). Im J. 2000 nahmen ca. 40000 Personen aus ca. 130 Ländern an Programmen der CDG teil. Die CDG ist Träger des *ASA-Programms. Haushalt 2000 rd. 90 Mio. €, davon rd. 25 Mio. € aus Bundes- und Landesministerien sowie EU. Für das J. 2002 ist die Fusion der CDG mit der *DSE zur *InWEnt (Int. Weiterbildung und E. gGmbH) vorgesehen. Adresse: Carl-Duisberg-Gesellschaft e. V., Weyerstr. 79–83, 50676; Internet: www.cdg.de dn

CDP *Committee for Development Planning*, seit Juli 1998 CD*Policy*, Ausschuss für *Entwicklungsplanung/-politik der *ECOSOC, schlägt die Einstufung eines EL als *LDC vor, worüber letztendlich die Generalversammlung der *UN entscheidet. →LLDC dn

CDPP *Centre for Development, Projections and Policies,* Zentrum für E.-Planung, E.-Projektion und E.-Hilfe im *Department for Economic and Social Affairs* der *UN.

CDU-entwicklungspolitische Leitlinien In den 1970er J. waren e.-pol. Positionsbestimmungen der CDU deutlich von einem Denken in Kategorien des O-W-Konflikts geprägt. In den 1980er J. drückte sich eine (teilweise) Neuorientierung in e.-pol. Leitlinien aus, die weltwirtsch. Rahmenbedingungen für E., die Schuldenkrise und Frieden in den EL in den Vordergrund der EP stellten. Seit dem Zusammenbruch der soz. Systeme und der wachsenden *Globalisierung werden die Verwirklichung der *Menschenrechte, weltweiter Handel und Einführung der Marktwirtsch. als zentrales Element der E.-Politik gesehen. Den Orientierungsrahmen für die e.-pol. Leitlinien bilden daneben Bekämpfung der *Armut, Friedenssicherung und Rechtssicherheit in den EL. Hauptverantwortlich für E. sind nach Ansicht der CDU die einheimischen pol. Eliten, die durch E.-Hilfe eine soziale Marktwirtsch. zur Bekämpfung von Armut und UE aufbauen sollen.
Aus dem Grundsatzprogramm, Beschlüssen des Bundesfachausschusses EP der CDU sowie der Arbeitsgruppe wirtsch. Zusammenarbeit der CDU/CSU-Fraktion lassen sich folgende Thesen der CDU-EP ableiten: 1. EP soll auf dem Prinzip ‹Hilfe zur Selbsthilfe› basieren. Dies bedeutet für die EP in erster Linie, Rahmenbedingungen für E. zu schaffen. Dazu zählen die Wahrung der Menschenrechte, Minderheitenschutz, pol. *Partizipation und Rechtssicherheit. 2. E. soll durch Privatinitiative erreicht werden. Dies führt zu Wirtschaftswachstum ‹von unten›. Darum soll auf Verwirklichung des Subsidiaritätsprinzips, Entbürokratisierung und Entstaatlichung der EP gedrängt werden. In den EL muss der Versuch vermieden werden, unternehmerische Tätigkeit durch den Staat zu betreiben. 3. Ein offenes Welthandelssystem und die int. Durchsetzung der Prinzipien der sozialen Marktwirtsch. sind langfristig die beste Voraussetzung für eine Lösung der E.-Probleme. Darum soll das Prinzip ‹Hilfe durch Handel› propagiert werden. Das bedeutet v. a. den Abbau von Protektionismus im Welthandel (insb. Dezentralisierung, Deregulierung, Privatisierung, Öffnung der Grenzen für Waren und Kapital, Menschen und Dienstleistungen). 4. Dt. EP ist mit Außenpol., Wirtschaftspol. und auswärtiger Kulturpol. untrennbar verbunden. Dies gilt insb. für die Koordination der EP innerhalb der EU, auch in Hinblick auf die Ziele und Prinzipien einer kohärenten und komplementären europ. EP. 5. EP soll verstärkt auf dezentraler und kommunaler Ebene geschehen (Partnerschaften zwischen Städten und Gemein-

den, Verbänden und Vereinen). Deshalb sollen in den EL Strukturen verwirklicht werden, die eine effektive Selbstverwaltung auf regionaler und lokaler Ebene gewährleisten. EL mit dezentralen und föderativen Strukturen sollen verstärkt gefördert werden. 6. Die staatl. EP soll sich v. a. auf system- und strukturbildende Projekte konzentrieren. Außerdem soll die 20:20-Initiative des *Weltsozialgipfels umgesetzt werden, die besagt, dass 20 % des Haushalts der EL und 20 % der Entwicklungshilfe der IL für soziale Grunddienste zur Verfügung gestellt werden sollen. Langfristig soll die 0,7 %-Quote in der EP wieder erreicht werden. 7. Schuldenprobleme in den EL sollen durch eine einzelfallgerechte int. Strategie gelöst werden, die nur bei gleichzeitigen Strukturanpassungen in den EL wirksam sein kann. Ein globaler Schuldenerlass wird abgelehnt, in Einzelfällen – bes. bei den ärmsten EL – allerdings befürwortet. 8. Ein wichtiger Bestandteil der EP soll die Umwelt- und Energiepolitik sein. Hier gilt es, eine umweltpol. Abstimmung der Geberländer zu finden und den Technologie- und Informationstransfer in die EL zu verstärken. 9. Ein prioritärer Schwerpunkt in der EP soll die *Bildung sein. Dazu zählen die Sicherung einer Grundbildung und eine praxisnahe Berufsbildung, die am dualen System orientiert ist. 10. Eine Zusammenarbeit der staatlichen Entwicklungshilfe mit NGOs und Kirchen in den EL soll gefördert werden. Adresse: CDU, Bundesfachausschuss Entwicklungspolitik, Klingelhöferstr. 8, 10785 Berlin; E-Mail: post@www.cdu.de. Internet: www.cdu.de tk

CEAO Westafrikanische Gemeinschaft (*Communauté de l'Afrique de l'Ouest*), 1974 in Kraft getretene Wirtschaftsgemeinschaft, wurde von der →UEMOA abgelöst. pb

CEC →MCCA

CECAS *Conference of East and Central African States*, die Konferenz der ost- und zentralafrikanischen Staaten ist eine seit Januar 1986 in unregelmäßigen Abständen stattfindende Gipfelkonferenz der Staatsoberhäupter folgender Länder: Burundi, Kenya, Rwanda, Sudan, Tanzania, Uganda, Kongo (Zaire). Kooperationsschwerpunkte sind das Verkehrswesen, Handel, Fernmeldewesen, Medien, Sport sowie die Bekämpfung von Krankheiten und Verbrechen. red

CECLA Sonderkommission für lateinamerik. Koordinierung, 1963 als Sonderinstitution der *OAS gegründet. Forum der lateinamerik. Staaten «ohne die USA», für Erklärungen gegen die US-Dominanz in LA; u. a. Grundsatzposition zu den US-lateinamerik. Beziehungen im Konsens von Viña del Mar 1969. →SELA dn

CEEAC (*Communauté Économique des États de l'Afrique Centrale*), zentralafrik. Wirtschaftsgemeinschaft, gegr. 1983, Sitz seit 1985 in Libreville/Gabun. Mitgl.: *UDEAC- und *CEPGL-Staaten sowie Tschad und São Tomé und Príncipe. Gegenstück zur westafrik. *ECOWAS. *Ziele:* harmonische Zusammenarbeit und Schaffung eines gemeinsamen Marktes mit gemeinsamer Handelspolitik binnen 12 Jahren. *Binnenländer und die am wenigsten entwickelten Länder sollen zum Kooperations- und Entwicklungsfonds bevorzugten Zugang haben. UDEAC und CEPGL könnten sich zugunsten der CEEAC auflösen. red

CEIM *Centre d'Études Industrielles du Maghreb*, Industrielles Forschungszentrum der Maghrebstaaten.

CELAM Lateinamerik. Bischofsrat (Consejo Episcopal Latinoamericano), gegr. 1955 auf der Ersten Generalversammlung der lateinamerik. Bischöfe in Rio de Janeiro; Sitz in Bogotá/Kolumbien. Ausgangsorg. versch. Institute und Sektionen, die sich mit der Koordinierung versch. kirchlicher Arbeitszweige befassen. CELAM organisierte u. a. die zweite Generalversammlung der Bischöfe LAs 1968 in Medellín/Kolumbien, die als Wendepunkt in der Geschichte der lateinamerik. Kirche im Hinblick auf deren Rolle in der Gesellschaft betrachtet wird. Sept. 1999: Verabschiedung des Plan Global 1999–2003.

Lit.: H. J. Prien, Die Geschichte des Christentums in Lateinamerika, Göttingen 1987. Internet: www.celam.org obs

CEMAC *Economic and Monetary Community of Central Africa,* März 1991 gegr., ersetzt * UDEAC.

CENTO *Central Treaty Organization*, 1979 aufgelöstes Verteidigungsbündnis (GB, Iran, Pakistan, Türkei; USA Beobachterstatus), das Mitte der 1950er J. als strategisches Bindeglied zwischen NATO und * SEATO zustande gekommen war. ah

Centrum für internationale Migration und Entwicklung →CIM

CEPAL UN-Wirtschaftskommission für LA und die Karibik (*Comisión Económica para América Latina y el Caribe*; engl. ECLAC), gegr. im Febr. 1948 als Organ des * ECOSOC, ursprünglich für LA, seit Mitte der 1980er J. auch für den karibischen Raum. Sitz in Santiago de Chile. Als Einrichtung der * UN ist die CEPAL zuständig für alle der UN angehörenden Länder der Region. Aufgaben: wiss. Analysen der E.-Probleme und E.-Prozesse in den lateinamerik. Ländern (jährl. Berichte): * Evaluierungen des E.-Prozesses in LA, gemessen an den Zieldaten der Int. E.-Dekade (alle zwei J.); Ausbildung von Planungsstäben nat. Verwaltungen, Beratung lateinamerik. Regierungen (→ILPES); Förderung der lateinamerik. * Integration. CEPAL war das Zentrum der wirtschafts- und sozialwiss. Diskussion über UE in den 1950er und 1960er J., insbes. unter dem 1. Leiter, Raúl * Prebisch. Von CEPAL ging die Initiative zur Gründung von * ALALC und * MCCA aus. Die wirtschaftswiss. Positionen der CEPAL formten den sog. * Cepalismo. In den 1990er J. fand CEPAL zu einem neuen e.-strategischen Leitbild, dessen Eckpunkte nach D. Messner folgende sind: 1. Weltmarktorientierung und rel. egalitäre Einkommensstrukturen schließen sich auch in EL nicht prinzipiell aus. 2. Besonders erfolgreich sind effizienzorientierte Ökonomien, die zugleich einen leistungsfähigen Sozialstaat aufgebaut haben, der pol. Stabilität sichert. Ökon. Modernisierung, Wettbewerbsfähigkeit, pol. Demokratie und soziale Gerechtigkeit können sich wechselseitig verstärken. 3. Dauerhafte Wettbewerbsfähigkeit systemischen Charakters. 4. Regionale wirtsch. Kooperation zur Kompensation der Verluste nationalstaatl. Steuerungsfähigkeit. Veröffentlichungen u. a.: Notas sobre la economía y el desarrollo de América Latina (mtl.), CEPAL Review (4-mtl.); CEPAL-INDEX (6-mtl.). Adresse: Casilla 179 D, Santiago de Chile. Internet: www.eclac.cl

Lit.: D. Messner, Von den asiatischen Schwellenländern lernen – aber was? Die entwicklungsstrategische Kontroverse zwischen Weltbank und CEPAL, in: D. Messner/F. Nuscheler (Hg.), Weltkonferenzen und Weltberichte, Bonn 1996, S. 61–81. dn

Cepalismo Wirtschaftstheoretische Schule von R. Prebisch, die sich innerhalb der * CEPAL entwickelte und eine Kritik der klassischen * Außenhandelstheorie und ihres Grundkonzepts der * komparativen Kosten formulierte. Grundkonzepte und -überlegungen des C.: 1. * Zentrum-Peripherie-Modell. Der Handel zwischen IL und EL ist nicht für beide Ländergruppen von gleichem Nutzen. Es profitieren die dynamischen Länder des Zentrums. Die wesentliche Erklärung dafür bieten die 2. * *terms of trade*, die sich zuungunsten der EL verschlechtern. 3. Historisch lässt sich die Wirtschaftsgeschichte LAs periodisieren in drei Phasen: E. nach außen (*desarrollo hacia afuera*) = klassisches * Exportmodell, E. nach innen (*desarrollo hacia adentro*) = im Wesentlichen * Importsubstitution und Stagnation. 4. Die Stagnationsphase ist durch ein Bündel struktureller Veränderungen im Innern der lateinamerik. Volkswirtsch. zu überwinden (* Agrarreform, * Diversifizierung der Produktionsstruktur, * Industrialisierung, Exportförderung, Steigerung des Beschäftigungsniveaus etc.), insbes. aber durch die Ausweitung des lateinamerik. Marktes. 5. Daraus folgt die Förderung der lateinamerik. * Integration (→ALALC,

→MCCA, →Andenpakt). In der pol. Diskussion wurde der Cepalismo von rechts und links angegriffen und erhielt bald eine pejorative Bedeutung, da er einerseits Strukturreformen forderte, andererseits aber im Reformismus stecken blieb – Schicksal vieler vernünftiger, aber eben nur mittlerer Positionen.
Zu Beginn der 1980er J. sind von der CEPAL die wiss. Bemühungen um die * Armut in LA ausgegangen. Von der * neoliberalen Politik hielt die UN-Wirtschaftskommission anfänglich wenig, beteiligte sich mit dem Konzept des *growth with equity* an der e.-strategischen Diskussion. In der Debatte um den Staat vertrat die CEPAL eine moderate Position: Nicht die Größe des Staates sei entscheidend, sondern die Effizienz und dass er das tue, was er besser könne als die Privatwirtsch. Angesichts der sozialen Sorglosigkeit des Neoliberalismus nimmt sie (flankierende) strukturalistische Positionen ein.

Lit.: L. Mármora/D. Messner, Lehren aus dem Desaster? Zur Kritik eindimensionaler Entwicklungskonzepte, in: Vierteljahresberichte, 124, 1991, S. 169ff.; D. Nohlen, Raúl Prebisch (1901–1986), in: E + Z 40 (11), 1999, S. 316ff. dn

CEPCIES →CIAP

CEPGL *Communauté Économique des Pays des Grands Lacs* (Wirtschaftsgemeinschaft der Länder an den großen Seen), 1976 gegr. Zusammenschluss (Sitz: Gisenyi/Rwanda) der regionalen Kooperation zwischen den Staaten Burundi, Rwanda und Zaire. red

CESCA →MCCA

CETG →MCCA

Ceylon →Sri Lanka

CFI Christliche Fachkräfte International e. V., von der Arbeitsgemeinschaft evang. Missionen eingerichtete * Entwicklungshelfer-Organisationen, Mitglied im AK * Lernen und Helfen in Übersee und in der * AGdD. dn

CFTC →Commonwealth

CGFPI *Consultative Group on Food Production and Investment in Developing Countries,* Beratender Ausschuss für Nahrungsmittelproduktion und Investition in Entwicklungsländern.

CGIAR Beratungsgruppe für int. Agrarforschung (*Consultative Group on International Agricultural Research*), 1971 von * Weltbank, * FAO und * UNDP gegründet mit dem Ziel, Forschungsgelder für landw. Projekte in EL bereitzustellen. →Grüne Revolution. Internet: www.cgiar.org dn

Charta der wirtschaftlichen Rechte und Pflichten der Staaten Ergänzungsdokument pol.-ökon. Zuschnitts zur Erklärung der * Menschenrechte, das auf der * UNCTAD III in Chile 1972 von dem damaligen mexikan. Staatspräs. Echeverría Álvarez vorgeschlagen und am 12. 12. 1974 von der UN-Vollversammlung mit überwältigender Mehrheit angenommen wurde. Die Charta enthält, ausgehend von der ökon. Souveränität der Nationen und einer int. «Sozialverpflichtung» wirtsch. Handelns, grundlegende Forderungen der Dritten Welt für den Aufbau einer * Neuen Weltwirtschaftsordnung.

Lit.: (Text der Charta in dt. Sprache:) R. Jonas/M. Tietzel (Hg.), Die Neuordnung der Weltwirtschaft, Bonn-Bad Godesberg 1976. vgl

Charta von Algier Grundsatzerklärung der * Gruppe der 77 auf ihrer Konferenz von 1967 in Algier, in der die EL ihre Positionen und Forderungen für die * UNCTAD II formulierten; u. a. Präferenzen für Halb- und Fertigprodukte, Abbau von Zöllen in den IL ohne Forderung nach Gegenseitigkeit. dn

Chicago-Schule →Monetarismus

Chile

Fläche (Tsd. qkm): 756,945
Bev. (Mio.) 2001: 15,40
BNE pro Kopf (US-$) 2000: 4600
BIP (Mio. US-$) 2000: 70710
LE (Jahre) 2000: 75,6
Analphabetenquote (%) 1999: 4,0
HDI 1999: 0,825 [Rangplatz von 162: 39]

Seit Jahrzehnten zieht C. pol. das int. Interesse auf sich: In den 1960er J. wurde die «Revolution in Freiheit» (als Gegenmodell zur kuban. Revolution) beobachtet, Anfang der 1970er J. der gescheiterte «chilenische Weg zum Sozialismus», nach dem Militärputsch vom September 1973 die Diktatur Augusto Pinochets und die radikale Durchsetzung neoliberaler Wirtschaftspol. Seit der Redemokratisierung 1990 gilt C. als das fortschrittlichste Land in LA und als Modell erfolgreicher wirtsch. E.

1. Die Bev. wurde 1975 auf 10,2, 2001 auf 15,4 Mio. geschätzt. Die JZ lag in der Periode 1990–2000 bei 1,5 %. Die rel. junge Bev. ist ethn. recht homogen und besteht zu 50 bis 60 % aus Mestizen; 30–45 % sind Weiße (primär span. Abstammung) und 2 bis 3 % indian. Abstammung (Araukaner). Ca. 100000 Ew. sind deutschstämmig. Der *Urbanisierungsgrad ist mit 85 % (1999) recht hoch, fast 2/3 der Bev. konzentrieren sich auf etwas mehr als 10 % der Fläche. Die Hs. Santiago de Chile (1997: 4,6 Mio. Ew.) und die Hafenstadt Valparaiso stellen mehr als 30 % der Bevölkerung. Die LE betrug 1980 70 J., 2000 76 J. Staatssprache ist Spanisch. Die Bev. ist zu 77 % röm.-kath., zu 13 % protest.; etwa 25000 Juden.

2. Anders als in den meisten Ländern LAs gelang in C. bereits wenige Jahrzehnte nach der pol. Unabh. (1818) die Stabilisierung des pol. Systems. Seither wurde C. verfassungsgemäß regiert, ausgenommen wenige J., in denen sich die soziale Basis des pol. Systems erweiterte, die Mittelschichten sich jedoch nur mit Hilfe des Militärs ihre Beteiligung an der pol. Machtausübung sichern konnten. C. kam mit zwei Verfassungen (1833, 1925) aus, entwickelte fortschrittliche gesellsch. und pol. Institutionen, eine funktionierende Demokratie und ein differenziertes, stabiles Parteiensystem.

Ganz im Gegensatz dazu blieb die Wirtsch. des Landes rückständig. C. wurde v. a. im Ausgang des 19. Jh.s in die Weltwirtsch. mit seinen agrar. und mineralischen Exportprodukten eingebunden, wobei insb. der Salpeterbergbau durch brit. Kapital beherrscht wurde. Der Kupferbergbau, der rechtzeitig ausgebaut wurde, um die Stellung des durch die künstliche Salpetergewinnung niedergehenden mineralischen Exportprodukts einzunehmen, fiel von Anfang an in US-amerik. Hände. Je mehr die landw. Produktion bei rapide wachsender Bev. stagnierte, desto mehr wurde C. von einem Exportprodukt abh., das es nicht kontrollierte und an dessen Gewinnen es nur zu einem geringen Prozentsatz in Form von Abgaben auf die Produktion und den Export von Kupfer beteiligt war. Diese Einkünfte aus Salpeter und Kupfer reichten jedoch – solange die **terms of trade* günstig waren – einer kleinen Schicht, welche die Verteilung kontrollierte, einen luxuriösen Lebensstil zu führen. Spätestens mit der Weltwirtschaftskrise wurde die exportorientierte E. (nach außen) zum Problem. Der Staat, inzwischen von den Mittelschichten eingenommen, die freilich in enger Verbindung mit der früher dominierenden Agraroligarchie und Handelsbourgeoisie verblieben, versuchte nun eine führende Rolle bei der E. nach innen, *Industrialisierung per *Importsubstitution zu spielen und investierte in die *Infrastruktur, gründete Ind. und Dienstleistungszentren in Ersatz mangelnder Aktivitäten einer einheim. Unternehmerschicht.

3. Diese interventionistische Pol. brachte jedoch nicht die erhofften Impulse. Vielmehr übernahm der Staat immer mehr Hilfsfunktionen für das priv. Kapital, ohne dass die bisherigen Besitzverhältnisse und Verteilungsmuster angetastet wurden. Weder wurde eine Kontrolle über den Kupfersektor, von dem Staatseinnahmen und *Entwicklungsplanung weitgehend abhingen, erreicht, noch eine *Agrarreform eingeleitet. Die Wachstumseffekte des Ind.-Sektors verringerten sich in dem Maße, wie das Industrialisierungskonzept der *Importsubstitution an seine natürlichen Grenzen stieß. *Armut und *Marginalität nahmen zu, sichtbar im sozialen Elend der Landbev. und im Anwachsen der Slums. Die pol. Rechte, die seit Ende der 1950er J. wieder die Reg. innehatte, wusste darauf keine Antwort. Die Folge war eine

grundlegende Neustrukturierung des chil. Parteiensystems zugunsten der sozialreformerischen Parteien, der Kommunisten und Sozialisten, die auf die 1920er und frühen 1930er Jahre zurückgingen, einerseits und der Christdemokraten (DC) andererseits, die erst mit der Kandidatur von Eduardo *Frei Montalva zu den Präs.-Wahlen große Teile der Wählerschaft, insbes. die neu entstandenen Mittelschichten, an sich binden konnten und zur stärksten chil. Partei wurden. 1964 entschieden sich die Wähler in der Alternative Frei Montalva–*Allende mit 56 % der Stimmen für den DC-Bewerber und für eine Pol. der schrittweisen, aufeinander abgestimmten Reformen: Teilnationalisierung des Kupfers, Agrarreform, Verfassungsreform, Gemeindeentwicklung (*promoción popular*). Die Strukturreformen sollten mit Investitionsprogrammen (Petrochemische Ind., Kraftfahrzeugbau, Ausbau der Kupferproduktion) und Produktionssteigerungen insb. in der Landw. einhergehen. In der Auseinandersetzung mit der wieder erstarkenden und sich zur Wehr setzenden pol. Rechten und den radikalere Maßnahmen fordernden marxist. Parteien sowie mit der einen nicht-kapitalist. E.-Weg fordernden Opposition im eigenen Lager erreichte die Reg. Frei Montalva sehr viel mehr, als ihre vielen Kritiker je zuzugeben bereit sein könnten, zu wenig freilich, um einem christdemokrat. Nachfolger die Fortsetzung der Reformvorhaben zu ermöglichen. 1970 gewann Salvador Allende die Wahlen, gestützt auf die Volkseinheit aus marxist. und nicht-marxist. Parteien und in der Wahl im Kongress sogar auf die Stimmen der DC.

4. Allende vertrat einen chil. Weg zum Soz., den freilich radikalisierte Teile seiner eigenen Partei, die in den 1970er Jahren unter den Einfluss des Castrismus, der gewaltsam-revolutionären Veränderung von Wirtsch., Staat und Gesellsch. geraten war, ebenso wie die von Allende legalisierte Bewegung der Revolutionären Linken MIR (*Movimiento de la Izquierda Revolucionaria*) nicht teilten. Die Volkseinheit war in sich pol. und ideol. heterogen und besaß im Parl. keine Mehrheit. Die innenpol. Fronten verschärften sich bereits wenige Monate nach Reg.-Antritt, den US-Firmen (ITT), CIA und inl. pol. Rechte bereits zu verhindern versucht hatten, als Allende direkte Landnahmen revolutionärer Gruppen zuließ und mit der Verstaatlichung von Ind.-Betrieben ohne gesetzliche Grundlage begann. Die eingeschlagene Wirtschaftspol. zielte auf Konsumsteigerung mittels Einkommensumverteilung und ermöglichte die Auslastung der vorhandenen Kapazitäten, regte aber wegen der Rechtsunsicherheit nicht zu notwendigen *Investitionen an und konnte deshalb Ungleichgewichte zwischen Konsumfähigkeit und Produktion nicht verhindern, die nach einigen Monaten wirtsch. Aufschwungs einsetzten und zu wachsender Güterverknappung und Inflation führten. Die scharfe Konfrontation mit dem Auslandskapital in Form der entschädigungslosen *Nationalisierung des Kupferbergbaus, welche im Kongress die einstimmige Zustimmung aller Parteien fand, verringerte den Zustrom ausl. Kredite, die in Höhe und Konditionen nicht den wachsenden Bedürfnissen Chiles entsprachen. Der Verfall der Kupferpreise auf dem Weltmarkt sowie Ersatzteil- und Management-Probleme im Kupferbergbau verhinderten, dass das Kupfer die ihm zugedachte Rolle als Devisenbringer und Finanzierungsquelle für die in Angriff genommenen Reformen spielen konnte. Die Agrarreform wurde in dem Teil, der die Schaffung neuer Besitzverhältnisse betraf, rasch zu Ende geführt, doch zulasten eines rapiden Rückgangs der Produktion. In den staatl. Sektor der Wirtsch., der nur sog. strategische Unternehmen enthalten sollte, wurden ziemlich ungeplant auch bankrotte Firmen aufgenommen, sodass die mangelnde Rentabilität vieler Betriebe den Staatshaushalt immer stärker zu belasten begann. Die wachsenden wirtsch. Probleme verringerten die pol.

Basis der Reg. Allende und ermöglichten es der in- und ausl. Opposition, mit ihren teilweise illegalen, teilweise aber durchaus legalen Aktionen (z. B. Streiks, parl. Abstimmungsniederlagen der Reg.) immer mehr Einfluss auf das Schicksal der Allende-Reg. zu erlangen. In dieser Situation, in der mit dem Verlust der Mittelschichten Allende die Aussicht genommen war, Wahlen gegen die vereinigte Opposition aus DC und pol. Rechten gewinnen zu können, verstärkte sich inner- und außerhalb des Linksbündnisses die Strategie der revolutionären Machtergreifung. Die Militärs, die sich lange loyal zu Allende verhalten hatten, schienen zunächst ihren Putsch gegen diese Wendung der chil. Politik zu richten, weshalb sie in breiten Teilen der Bev. durchaus Unterstützung fanden. Es stellte sich aber bald heraus, dass sie die chil. Demokratie vollends zerstören und die Herrschaft des mit dem Auslandskapital neu arrangierten Großkapitals wiederherstellen wollten.

5. Für das Scheitern Allendes werden in der Literatur vier unterschiedliche Ursachenbündel geltend gemacht: 1. Gangbarkeit und Grenzen des chil. Weges zum Soz. in der Theorie und die in der Praxis unbewältigte Schwierigkeit, die reformerische Strategie, mittels des bürgerlichen Staates verfolgt, mit der revolutionären Strategie der direkten Aktionen und des Aufbaus der Volksmacht in Übereinstimmung zu bringen. 2. Fehlerhafte partei-pol. Bündnispol. der Volkseinheit (ohne bzw. gegen die DC) und die folgenschwere Unfähigkeit der Allende-Reg., die Mittelschichten für sich zu gewinnen. 3. Nicht aufeinander abgestimmte Maßnahmen struktureller Umgestaltung der chil. Ökonomie (Nationalisierung des Kupfers, Verstaatlichung von Banken und Ind., Agrarreform etc.) und die zwangsläufig in die Krise führende Wirtschaftspol. (statt Investitionen Konsum bzw. eine zu wenig gesamtwirtsch. dosierte Umverteilung, negative Zahlungsbilanz, defizitärer Staatshaushalt, extreme Inflationsraten, Versorgungsengpässe). 4. Interventionen in- und ausl. Kräfte in den chil. pol. Prozess (parl. Obstruktionspol. der Oppositionsparteien, Streiks inl. Unternehmer, CIA-Destabilisierungspol., int. Kreditsperre, niedrige Kupfernotierung auf dem Weltmarkt etc.), die vielfach auf Begriffe wie Verschwörung, Blockade und Dollarimperialismus gebracht werden.

6. Das Militär hat mit der Errichtung eines Militärregimes auf der Grundlage der *Doktrin der Nationalen Sicherheit radikal mit der demokrat. Trad. C.s gebrochen. Pol. Andersdenkende wurden verfolgt und liquidiert, teilweise auch außerhalb des Landes, die pol. Parteien verboten, gewerkschaftliche Aktivitäten und Pressefreiheit unterdrückt. Zwar legte das Regime offen brutale Herrschaftsmethoden ab, doch auf subtilere Weise bestand die Unterdrückung fort, etwa in Form von «Säuberungen» an den Universitäten oder Deportationen missliebiger Personen. In enger Verbindung mit dem Herrschaftssystem stand das seit 1973 verfolgte Wirtschaftsmodell der Chicagoer Schule. Die Wirtsch. wurde vollkommen umstrukturiert: Reprivatisierung, Zollabbau und Öffnung gegenüber dem Weltmarkt, Öffnung auch gegenüber dem Auslandskapital (und deshalb Austritt aus dem *Andenpakt), Abbau des staatl. Sektors, Stabilisierungspol. Diese Maßnahmen führten zu einer enormen Einkommenskonzentration, zum Niedergang der kleinen und mittleren Betriebe als Folge des Konkurrenzdrucks durch den Weltmarkt, zu hoher Arbeitslosigkeit (insbes. durch die Entlassungen im Verwaltungsbereich von Sektoren der Mittelschichten) und zu einem starken Absinken der Lohnquote (→Einkommensverteilung).

Wachstumserfolge ließen lange auf sich warten. Einem ersten Boom, ab 1977 einsetzend, folgte 1982 eine tiefe Krise. Nach einigen Kurskorrekturen (staatliches Gegensteuern, d. h. wieder mehr Staatsinterventionismus) erholte sich die Wirtsch. etwa ab 1985 wieder. Bis Ende der 1980er J. entwickelten sich die makroökon. Daten derart positiv, dass der neoliberalen Pol. der Erfolg nicht mehr abgesprochen werden konnte, selbst angesichts der enormen humanen und sozialen Kosten, die sie im Zuge ihrer Durchsetzung hervorgerufen hatte. Die chil. Wirtsch. hat unter dem Militärregime einen Modernisierungsschub erfahren. Zwar ist ihre außenwirtsch. Anfälligkeit durch die Diversifizierung des Exports (Agrarprodukte) nicht verringert worden, worauf v. a. Kritiker des Wachstumsprozesses hinweisen, doch scheinen vergleichsweise die wirtsch. Voraussetzungen günstig, die mit der *Demokratisierung erhofften sozialen Kurskorrekturen vornehmen zu können.

7. Pinochet verkündete 1977 den Plan einer schrittweisen Redemokratisierung (*Plan de Chacarillas*), der in der Einrichtung einer «autoritären und geschützten Demokratie» mündete. Nach einer umstrittenen Volksabstimmung 1980 trat die neue Verfassung März 1981 in Kraft, deren Übergangsbestimmungen dem Militär uneingeschränkte Macht einräumten. Als Regierungsorgane wurden neben dem Präs. der (nicht in der Verfassung erwähnte) Staatsrat, der Nationale Sicherheitsrat und die Reg.-Junta (Oberbefehlshaber der drei Teilstreitkräfte, Polizeichef) eingeführt. Auch nach Ende der Übergangszeit sollte der Präs. eine überaus starke Position einnehmen.

8. In der tiefen ökon. Krise zu Beginn der 1980er Jahre verschärfte sich der Protest der Bev. gegen die Verelendung. Seither rührten sich die *pol. Parteien wieder und versuchten, ein Bündnis gegen Pinochet aufzubauen. Dabei mussten zwei Probleme bewältigt werden: zum einen Vorbehalte und Misstrauen gegeneinander als Folge der Gegnerschaft zwischen Christdemokraten und Sozialisten unter der Reg. der Volkseinheit, zum anderen strategische Differenzen im Kampf gegen das Regime, hier vor allem zwischen Christdemokraten und gemäßigten Sozialisten einerseits und Kommunisten andererseits, die seit Beginn der 1980er Jahre den gewaltsamen Kampf forcierten (Rev.-Bewegung Manuel Rodriguez). Zunächst scheiterte die demokrat. Opposition 1983/84, die Schwächephase des Regimes, die sich in Liberalisierungsmaßnahmen ausdrückte, zu einem Umschwung zu nutzen. Als sich die wirtsch. Erholung abzeichnete, zog das Regime die Zügel wieder straffer an. Sodann blieb die Opposition trotz allerlei taktischer und bündnispol. Bewegung im Grunde uneins. Das misslungene Attentat auf Pinochet 1986 ließ sogar befürchten, dass die gemäßigten Kräfte im Kampf der Extreme rechts und links an Terrain verlieren würden. Erst das Plebiszit vom 5. Okt. 1988 änderte die Situation grundlegend. Im März hatte sich die gemäßigte Opposition darauf verständigt, am Plebiszit über Pinochet als einzigen Kandidaten für eine weitere Amtszeit von acht J. teilzunehmen und im Rahmen der autoritären Situation alle sich bietenden Chancen für den Sieg des «Nein» zu nutzen. Das hieß zum einen Registrierung der Parteien im Parteienregister, Eintragung der Wahlberechtigten in das neu angelegte Wahlregister, zum anderen pol. Arbeit in einer erst langsam den Zustand der Einschüchterung überwindenden Bev. Im Laufe der Kampagne zeigte sich freilich, dass auf dem Gebiete der Wahlen pol. Parteien «unpolitischen» regimetragenden Kräften überlegen sind. So siegte das «No» mit 54,7 % der Stimmen. Da die Vertreter der Streitkräfte in der Junta bereits vorher deutlich gemacht hatten, dass sie das Ergebnis des Volksentscheids akzeptieren würden, dies auch am Wahlabend wiederholten und die pol. Parteien der Rechten dem beipflichteten, hatte der für möglich gehaltene Putsch Pinochets gegen seine eigene Verfassung letztendlich keine Chance. Nach dem Sieg der Opposition vereinfachte sich der Dialog der verschiedenen Parteien in strategischen Fragen. Auch die Kommunisten erkannten den friedlichen Weg an. Die taktischen Auseinandersetzungen um Machtanteile und um Startpositionen bei den ersten freien Wahlen nach 16 Jahren

bestimmten 1989 das Bild. Als Präs.-Kandidat der Opposition setzte sich der Parteivorsitzende der Christdemokraten seit 1987, Patricio Aylwin, durch. Was die autoritäre Verfassung anbelangt, so kam es Juni 1989 zu einer Vereinbarung zwischen der Pinochet-Reg. und der demokrat. Opposition, in der Letztere ihre Reformvorstellungen im Wesentlichen verwirklichen konnte. Bei den demokrat. Wahlen am 14. 12. 1989 siegte Aylwin als gemeinsamer Präs.-Kandidat von 17 Parteien mit 55,2 % der Stimmen über den vom Militär favorisierten H. Büchi und den konservativen F. Errazúriz. In der Behandlung der Menschenrechtsproblematik war die Reg. Aylwin aufrichtig, in der Wirtsch.- und Sozialpol. vergleichsweise erfolgreich. Das demokrat. Parteienbündnis hielt auch bei den Wahlen von Dez. 1992, die der Christdemokrat Eduardo Frei Ruiz-Tagle mit 56 % der Stimmen gewann. Freilich vereinfachte sich das Parteiensystem, das gegenwärtig im Grunde aus sechs Parteien besteht, von denen fünf im Parl. vertreten sind. Infolge des Wahlsystems organisiert sich der Wahlwettbewerb in zwei Blöcken: Die Mehrheit stellt die *Concertación*, in der Christdemokraten (DC) und Sozialdemokraten (PPP) dominieren, die kleine radikale Partei (PR) jedoch gelegentlich das Zünglein an der Waage spielt. Das Wahlbündnis der pol. Rechten ist in zwei Parteien gespalten: Nationale Erneuerung (RN) und unabhängige Demokraten (UNDI). Außerhalb der Bündnisse verbleibt die Kommunistische Partei (PC). Im Gegensatz zur vorautoritären Polarisierung zeichnet sich die Pol. im heutigen C. durch Mäßigung aus. Der Wachstumskurs bei rel. geringer Arbeitslosigkeit und Inflation hielt auch unter der neuen Reg. an, bis 1998/99 die Brasilien-Krise durchschlug. Bei den Parl.-Wahlen vom 11. 12. 1997 siegte die *Concertación* erneut mit großem Vorsprung (54,4 % der Stimmen). Im November 1998 wurde Pinochet auf Ersuchen eines spanischen Staatsanwalts in London verhaftet; die britische Reg. entschied sich im März 1999 für seine Auslieferung an die spanische Justiz. Bei den Präs.-Wahlen vom 12. Dez. 1999 bewies die Rechte mit 47,5 % ihre Stärke. Der Favorit Ricardo Lagos von der *Concertación* erreichte mit 47,9 % nur einen minimalen Vorsprung.

Lit.: D. Nohlen, Chile – Das sozialistische Experiment, Hamburg 1973; W. Weischet, Chile. Seine länderkundliche Struktur und Individualität, Darmstadt 1970; Nohlen, D./Nolte, D.: Chile, in: HDW III, 2, 1995, S. 277–338; W. Hofmeister, Chile, Option für die Demokratie, Paderborn 1995; P. Imbusch, Unternehmer und Politik in Chile, Frankfurt a. M. 1995; C. Huneeus, El régimen de Pinochet, Santiago 2001. dn

China VR

Fläche (Tsd. qkm): 9561
Bev. (Mio.) 2000: 1261,10
BNE pro Kopf (US-$) 2000: 840
BIP (Mio. US-$) 2000: 1 079 954
LE (Jahre) 1999: 70,1
Analphabetenquote (%) 1999: 17
HDI 1999: 0,718 [Rangplatz von 162: 87]

Die VRCh, bev.-reichste Nation der Erde, gewinnt heute als wirtsch. attraktiver und begehrter Handelspartner auch int. an pol. Gewicht. Das Wiedererstarken Ch.s nach den Exzessen der maoistischen «Kulturrevolution» (1966–1976) ist auf die 1978 von *Deng Xiaoping eingeleitete Reform- und Öffnungspol. zurückzuführen. Hohe ökon. Wachstumsraten sind seither Ausdruck eines erfolgreichen Übergangs von einer maroden Planwirtsch. zu marktwirtsch. orientierten Strukturen sowie der Integration der VRCh in den Weltmarkt. Dem ökon. Erfolg stehen allerdings gravierende soziale Verwerfungen gegenüber, die u. a. als negative Folgen der Reformen verbucht werden müssen und das Regime der KPCh zunehmend unter Druck setzen.

1. Das Territorium Ch.s reicht von der Grenze Sibiriens, mit nur kurzer frostfreier Periode, bis zum trop. Indochina mit ganzj. Wachstumsperiode. Weite Gebiete im SW, W und N sind durch Höhenlagen über 3000 m und Wüsten gekennzeichnet. Nur etwa 10 % des Territori-

ums (99,25 Mio. ha) sind landw. nutzbar; südl. des Yangze und im äußersten S können sogar drei Ernten im Jahr eingebracht werden. Die Hauptanbauregionen, die große Ebene zwischen Beijing und Shanghai, die Täler des unteren Yangze und des Gelben Flusses [Huanghe], das Sichuan-Becken im SW sowie das sehr fruchtbare Delta des Xijiang-Flusses bei Kanton sind auch die Hauptsiedlungsgebiete (Urbanisierungsgrad i. J. 2000: 32,1 %). Aufgrund einer rigiden Geburtenkontrolle (Geburtenziffer 2000: 1,9) gehört China zu den Ländern mit rel. niedrigem Geburtenniveau. Die Angehörigen nat. Minderheiten bilden 2000 einen Anteil von 8,1 % gegenüber den Han-Chinesen mit 91,9 %.
Der Wettlauf zwischen Bev.-Wachstum und Steigerung der Flächenerträge erweist sich wie auch die Verteilung der Wasserressourcen als grundsätzliches E.-Problem. Im S gibt es mit 75 % des Wassers bei nur 38 % der Anbaufläche zu viel, im N bei 52 % der Anbaufläche mit nur 7 % Niederschlägen zu wenig. Hinzu kommen regelmäßige Überschwemmungskatastrophen: Allein in der ersten Jahreshälfte 1996 wurden so 1,04 Mio. ha Ackerland verwüstet. Bodenerosion durch Abholzung, die Umwandlung von Schwemm- in Ackerland und fehlende Investitionen in Schutzmaßnahmen verschärfen das Problem. In den ländl. Gebieten hat sich der Zugang zu sauberem Wasser erheblich verschlechtert; Erkrankungen aufgrund von Umweltverschmutzungen nehmen zu. Seit Mitte der 1990er J. verfolgt die chin. Reg. deshalb offiziell eine Pol. der *nachhaltigen Entwicklung.
Bodenschätze und Energievorkommen (Kohleförderung 2000: 1 Mrd. t; Erdölförderung 2000: ca. 163 Mio. t) tragen das schnelle Wirtsch.-Wachstum. Der Ausbau der Atomkraft ist eines der wichtigsten Ziele der Energiepol.; derzeit sind drei Kraftwerke in Betrieb, bis 2025 will man über 16–18 Reaktoren verfügen. Trotz eines Eisenbahnnetzes von z. Z. 67524 km Streckenlänge ist das Transportwesen unterentwickelt, was zu Engpässen in der Energieversorgung führt. Mehr als die Hälfte der Kredite der *Weltbank (2001: 34,8 Mrd. U-$) fließt in Projekte zur Verbesserung der Infrastruktur.
Seit 1991 übersteigt das Wachstum des BIP mit durchschnittlich 8,6 % jährl. (1991–2000, nach offiziellen Angaben) bereits das der NIEs [Newly Industrialized Economies]; 2000 erreichte der chin. Außenhandel ein Gesamtvolumen von 474,3 Mrd. US-$ mit einem Handelsüberschuss von 24,11 Mrd. US-$; zwischen 1996 und 2000 stieg der Anteil des Exports am BNE von 35,5 % auf 43,9 %. Das Volumen der ausl. Direktinvestitionen betrug nach westl. Schätzungen i. J. 2000 ca. 38,4 Mrd. US-$. Ch. zieht damit mehr ausl. Investitionen an als alle anderen EL. Während das Wachstum von Ind.- und Tertiärsektor deutlich anstieg, fiel die Landw. zurück: Ihr Beitrag zum BIP sank zwischen 1979 und 1993 von 31,1 auf 7,0 % und reduzierte sich bis 2001 auf 2,8 %. Aufgrund der in den 1980er J. eingeführten familienbezogenen Landverpachtung trat eine erhebliche ländl. Unterbeschäftigung zutage, der ein in die Städte drängender Strom von Wanderarbeitern (Gesamtzahl: ca. 100–150 Mio.) folgte; sie tragen als billige Arbeitskräfte sowohl zum Wirtschaftsboom bei als auch mit Finanztransfers in die Heimatdörfer zur Reduzierung der ländl. Armut. Als Motor des Wirtsch.-Wachstums erweist sich daneben v. a. die Neustrukturierung der Eigentumsverhältnisse. Private Betriebe stehen zunehmend in Konkurrenz zu staatl. Ind.-Betrieben, deren Bedeutung rückläufig ist. Problematisch wirkt sich der wirtsch. Umstrukturierungsprozess auf das überkommene, an die Arbeitseinheit gebundene, soziale Sicherungsnetz aus. Die Freisetzung von Mio. von Arbeitskräften erfordert den Aufbau neuer staatl. Versorgungssysteme (Arbeitslosenhilfe, Altersversorgung, Krankenversicherung), der allerdings nur langsam vorankommt. Verzögerungen

von Lohn- und Rentenzahlungen, inflationsbedingte Einkommensverluste und korrupte Betriebsleiter führten in den 1990er J. zu einer Welle von Arbeiterprotesten, unter deren Druck 1994 das erste Arbeitsgesetz verabschiedet wurde. Offiziell wird die städt. Arbeitslosigkeit i. J. 2000 mit 3,1 % beziffert, Schätzungen zur versteckten Arbeitslosigkeit, insbesondere in den maroden Staatsbetrieben, belaufen sich hingegen auf 10–20 %. Erfolge kann die Reformpol. der beiden letzten Jahrzehnte v. a. in der Verbesserung der Ernährungssituation verbuchen: Die Zahl der unterernährten Kinder unter 5 Jahren sank bis 2000 auf 10 % dieser Altersgruppe; die nat. Armutsrate reduzierte sich in den 30 Jahren zwischen 1971 und 2000 von 45 % auf 10 %. Allerdings öffnete sich gleichzeitig die E.-Schere regional (reiche Küstenprovinzen und arme zentral- und westchin. Provinzen) sowie zwischen Stadt und Land im Verlauf der 1990er J. zunehmend; das regionale E.-Gefälle soll im Rahmen versch. Armutsbekämpfungsprogramme durch einen interregionalen Finanzausgleich und Maßnahmen zur Regional-E. reduziert werden. Der vor allem auf ländl. Armut zurückzuführende geringe Ausbildungsstand in vielen Regionen Ch.s (Anteil der Analphabeten landesweit 2000: 16 %) soll auch mit dem durch Spenden finanzierten «Projekt Hoffnung» aufgefangen werden.

2. Seit Beginn des 19. Jh. schwächten Misswirtsch., Korruption und Verschwendung den Kaiserhof; Landverknappung, Naturkatastrophen und Handelsbilanzdefizite führten zur Verelendung weiter Bevölkerungsteile. Der Opiumkrieg (1840–1842), der den Einfluss der Westmächte auf Ch. stärkte, die Verwüstungen durch die Taiping-Rebellion (1850–1864) gegen die herrschende Qing-Dynastie sowie die mangelnde Bereitschaft des Hofes zu umfassenden Reformmaßnahmen führten 1911 schließlich zum Sturz der kaiserlichen Dynastie und zur Gründung der Rep. China unter der Führung Sun Yatsens, des Gründers der Nationalen Partei (KMT). Pol. Intrigen und die Machtkämpfe lokaler «Warlords» verhinderten jedoch bis in die 1920er J. eine Konsolidierung des neuen Staates. 1926 wurden die «Warlords» in einem gemeinsamen Feldzug von KMT und KPCh (gegr. 1921) niedergeschlagen; 1928 wurde Ch. unter der Regierung der KMT wiedervereinigt.

Die folgenden Jahre waren geprägt vom Kampf zwischen KMT und Kommunisten, die einen erheblichen Teil der Arbeiter- und Bauernschaft mobilisieren konnten. Mitte der 1930er J. setzte sich in Abkehr von der Kominternlinie (Mobilisierung der städt. Arbeiterschaft) unter der maßgeblichen Führung →Mao Zedongs aufseiten der KPCh die Strategie durch, das Schwergewicht auf die revolutionäre Mobilisierung der Bauern im agrar. Hinterland zu legen. Einkreisungsfeldzüge durch KMT-Truppen zwangen die Kommunisten jedoch zur Aufgabe ihrer ländl. Stützpunkte in Südchina und zur Flucht nach Norden (Langer Marsch 1934/35), wo sich die Reste der Roten Armee im Gebiet von Yan'an niederließen. Die nahezu autarke * Guerilla-Ökonomie des Yan'an-Gebiets wurde 1937 bis 1945 zur Keimzelle dessen, was später im maoistischen Sinne als chin. E.-Modell verstanden wurde.

1937 brach der Widerstandskrieg gegen die japanischen Besatzer aus, deren Niederlage und Abzug (1945) den Konflikt mit der KMT wieder aufbrechen ließen und zum zweiten Bürgerkrieg (1945–1949) führten. Mit dem Versprechen einer radikalen Agrarreform gelang es den chin. Kommunisten, die Masse der armen Bauern zu mobilisieren und die KMT zu besiegen; am 1. 10. 1949 rief Mao Zedong die VRCh aus. Erste Maßnahmen der neuen Reg. waren die Boden- sowie die Ehe- und Familienreform: Bei der zwischen 1950 und 1953 durchgesetzten Bodenreform gingen 40 % des Großgrundbesitzes in die Hände von Kleinbauern über, wobei mind. 5 Mio. Grundbes. hingerichtet wurden oder Selbstmord begingen. Im städt.-ind. Bereich wurden ausl. Betriebe nationalisiert, zerstörte Produktionsanlagen aufgebaut und Behörden gegründet, die zunächst die «Kommandohöhen» der Wirtsch. (Außenhandel, Finanzwesen und die von den Japanern hinterlassene Schwerind.) in staatl. Verfügungsgewalt nahmen. Gleichzeitig nahm man den Aufbau einer staatl.-zentralen Planwirtsch. in Angriff. Einzelhandel und Handwerk wurden in *Genossenschaften überführt. Die SU leistete nach dem Muster ihrer eigenen Industrialisierungspol. (forcierte Schwerindustrialisierung) Unterstützung bei der Planung, Administration und Ausbildung, gewährte Kapitalhilfe und lieferte Technologien, Maschinen und komplette Betriebsanlagen. Die KPCh stabilisierte ihre Macht durch eine Welle von Massenbewegungen und «Säuberungskampagnen», vor allem zur Disziplinierung der Beamten- und Unternehmerschaft. Ihnen fielen bis 1952 etwa 3,4 Mio. Menschen zum Opfer. Weitere pol. «Säuberungsbewegungen» Mitte der 1950er J. drohten den Aufbau von Wirtsch. und Bildungswesen zu gefährden, sodass die Partei 1956 auf einen pragmatischeren Kurs ging. Höhepunkt dieser kurzen Liberalisierungswelle war die «Hundert-Blumen-Kampagne» im Frühjahr 1957, in der Mao zu offener Kritik an der Partei aufrief. Alarmiert von Forderungen nach Abschaffung der Einparteienherrschaft, nach Meinungsfreiheit sowie nach einer Machtbeschneidung der Parteifunktionäre, leitete die Parteiführung eine Gegenkampagne gegen «Rechtsabweichler», d.h. zur Unterdrückung dieser oppositionellen Strömungen, ein. Hunderttausende, meist Intellektuelle, wurden zu Lagerhaft verurteilt, 400 Menschen wurden hingerichtet. Wirtsch. führte die einseitige E. der Schwerind. zu Verwerfungen, denen mit der 1958 eingeleiteten sog. Pol. der «Drei roten Banner» Mao Zedongs begegnet wurde: In Abkehr vom sowj. Modell sollten Ind. und Landw. nun gleichmäßig entwickelt werden. Mangelnde techn. Kenntnisse sollten durch Enthusiasmus und Erfindungsgabe ersetzt werden, um in kürzester Zeit durch eine massenhafte Mobilisierung von Menschen die Probleme der Agrarmodernisierung und Industrialisierung schlagartig zu beheben: Das chin. Volk sollte zum «Großen Sprung nach vorn» ansetzen. Gegen den z.T. heftigen Widerstand der Bauern wurden Volkskommunen geschaffen, die Produktion und Verwaltung integrierten; das Familienleben wurde «kollektiviert», um so jede verfügbare Arbeitskraft nach Maßgabe der Produktionsplanung einsetzen zu können. Massenmobilisierung und «permanente Revolution» traten an die Stelle eines schrittweisen wirtsch. Aufbaus. Der «Große Sprung nach vorn» endete in einem Desaster. Neben einer Reihe von Missernten, einer völlig verfehlten Industriestrukturpol. sowie der Einstellung der sowj. Hilfsmaßnahmen (Folge des sich zuspitzenden ideolog. Konflikts mit der SU 1960) ist dafür der Abzug von landw. Arbeitskräften für «Produktionsschlachten» verantwortlich zu machen. Das Unternehmen «Großer Sprung» führte zur schlimmsten Hungersnot Chinas (1960–1962), in der ca. 75 Mio. Menschen an den direkten oder indirekten Folgen des Hungers starben.

Innerhalb der pol. Führung wurde das maoistische, mobilisatorische E.-Konzept erneut durch einen pragmatischen Konsolidierungskurs abgelöst; Mao gab das Amt des Staatspräs. ab und zog sich in die «zweite Führungslinie» zurück. Die neue Führung unter Liu Shaoqi legalisierte mit einer Readjustierungspol. die spontanen Reprivatisierungen in Landw., Handwerk und Kleinhandel, Arbeiten an allen ökon. nutzlosen Projekten wurden eingestellt und unrentable Betriebe geschlossen. Die Industrialisierung sollte nun über die E. der Landw. erfolgen, d.h., wachsende Einkommen der Bauern sollten einen Markt für Konsumgüter schaffen. Im Unterschied zum «Großen Sprung» wurde der städt.-staatl. Ind. eine zentrale Rolle übertragen. Der neue Kurs wurde jedoch 1966 durch die wiedererstarkte maoistische Fraktion abgeblockt: Mit Unterstützung von Teilen der Armee und der städt. Schüler- und Studentenschaft leitete sie die «Große Proletarische Kulturrevolution» ein. Hierbei machten sich Mao Zedong und seine Gefolgschaft drei gesellsch. Spannungsfelder zunutze: die zunehmende Verbitterung der Bev. über die Privilegien der Kaderschicht; schwierige Anforderungen an Schulen und Universitäten, schlechte Berufsaussichten sowie die Kluft zwischen fest angestellten Arbeitern und sozial nicht abgesicherten Gelegenheitsarbeitern. Dem Aufruf der Maoisten zum Angriff auf die «kapitalistische, revisionistische» Linie in der Partei mit Liu Shaoqi und →Deng Xiaoping an der Spitze folgte die Bev. in einer Massenbewegung, die zunächst von den als «Rotgardisten» auftretenden Schülern organisiert und angeführt wurde. Rote Garden zogen gegen alles «Bürgerliche» oder «Feudale» ins Feld. Hunderttausende wurden von ihnen misshandelt, getötet oder in den Selbstmord getrieben. Im Winter 1966 hatte die maoistische Fraktion die Macht in der Parteizentrale übernommen. Bald darauf entglitt ihr jedoch die Kontrolle über die Massenbewegung: Bürgerkriegsartige Zustände, Streiks, Stilllegungen von Fabriken, Produktionseinbrüche und eine lahm gelegte Verwaltung veranlassten Mao Zedong, die Armee zur Disziplinierung der Roten Garden einzusetzen. Im Sommer 1968 war der Widerstand dieser nunmehr «Rebellen» genannten Kräfte gebrochen. Die Armee wurde zum Wiederaufbau von Wirtsch., öfftl. Dienst und Parteiapparat abgestellt, die revolutionäre Jugend zur Umerziehung aufs Land geschickt. Auf dem Parteitag der KPCh im Jahre 1969 wurde die Kulturrevolution für beendet erklärt; sie hatte mind. 3 Mio. Todesopfer gefordert. Kurz nach dem Tod Maos am 9. 9. 1976 wurden die führenden Maoisten («Viererbande») durch einen Militärputsch ausgeschaltet. In der Folge weitete der 1973 rehabilitierte Deng Xiaoping seinen Einfluss immer stärker aus.

Einen Markstein in der Geschichte der VR China bildet das 3. Plenum des 11. ZK der KPCh im Dez. 1978, mit dessen Kernbeschlüssen Deng Xiaopings pol. Programm durchgesetzt wurde: Modernisierung statt Klassenkampf; Absage an den Personenkult; Förderung der Landw.; Beseitigung der Ungleichgewichte der Wirtsch.-Sektoren; Leistung statt Egalitarismus; Rechts- statt Personenherrschaft (d. h. Aufbau eines demokratischeren Führungsstils und eines soz. Rechtssystems). Erziehungspol. wurde die fachliche Qualifizierung über die ideol. Linientreue gestellt, Studenten ein Studium im Ausland ermöglicht. Kulturpol. setzte eine Liberalisierung gegenüber den repressiven Praktiken der Kulturrevolution ein. Allen pol. Liberalisierungen wurde jedoch mit den 1979 formulierten «Vier Grundprinzipien» (Sozialismus, Diktatur des Proletariats, Führungsrolle der Partei, Marxismus-Leninismus und Maoismus) eine ideol. und machtpol. Grenze gesetzt.

1979 begann die Reform der Landw. mit der schrittweisen Auflösung der Volkskommunen; das an ihre Stelle tretende sog. Verantwortungssystem im Rahmen langfristiger Nutzungsverträge für einzelbäuerliche Haushalte bedeutete de facto die Reprivatisierung der Landw. Zwischen 1979 und 1984 wuchs der landw. Ertrag jährl. um ca. 10 %. Nutznießer der beträchtlichen Einkommensverbesserungen waren in den 1980er J. v. a. die stadtnahen Bauern, die aufgrund ihres Marktzugangs die neuen Freiheiten und Profitmöglichkeiten am ehesten nutzen konnten. Das städt. Nahrungsmittelangebot wurde seither entscheidend verbessert, wenn auch erhebliche Preissteigerungen hingenommen werden mussten. Der Agrarsektor trug jedoch nur bis Mitte der 1980er J. entscheidend zum wirtsch. E.-Tempo bei, danach gewann der ind. Bereich als Wachstumsmotor an Bedeutung: Neben individuellen Effizienzanreizen wurde den Betriebsleitern gegenüber den Parteikadern auch im Hinblick auf Gewinnverwendung und

Investitionsplanung größere Autonomie und Verantwortung eingeräumt. Darüber hinaus wurde das System der Anstellung auf Lebenszeit abgeschafft. Im Dienstleistungsbereich wurden Privatbetriebe zugelassen, die einen Teil der auf dem Land frei gewordenen Arbeitskräfte absorbierten und erheblich zur Verbesserung der Lebensqualität beitrugen. Die Liberalisierung des Außenhandels wurde zunächst durch die Errichtung von Sonderwirtsch.-Zonen, bes. in den Küstenregionen, vorangetrieben. Hier räumte man den zuständigen Verwaltungsbehörden weitgehende Autonomie bei der Wirtschaftsstrukturpol. ein. Seit Beginn des Reformprozesses öffnet sich die VRCh dem Westen v. a. in den Bereichen *Technologietransfer, der Entsendung von Experten und Studenten ins westl. Ausland wie auch bei der Kreditaufnahme und der Einwerbung ausl. Direktinvestitionen, nicht zuletzt in Form von **Joint Ventures*. Zum dynamischen Wirtsch.-Wachstum trugen weiterhin die Liberalisierung der Preise, des inl. Handels sowie des Währungssystems bei. Allerdings waren es gerade weiterhin bestehende Schranken des Währungs- und Finanzsystems (keine volle Konvertibilität des Renminbi, somit auch kein freier Devisenhandel), die China vor den Auswirkungen der Asienkrise (1997/87) schützten.

Der seit 1978 anhaltende Machtkampf zwischen Reformern und Konservativen entschied sich 1989 zunächst zugunsten der Konservativen, angeführt von Li Peng und Yang Shangkun. Im Zusammenhang mit massenhaften Studentendemonstrationen gegen die grassierende *Korruption, für Meinungs-, Pressefreiheit und *Menschenrechte im Mai/Juni 1989 zeigte sich der Reformer Zhao Ziyang zu einem ernsthaften Dialog mit den Protestierenden bereit. Eine Mehrheit in der Partei warnte jedoch vor Anarchie und Konterrevolution. Damit wurde auch der Aufmarsch der 27. Armee in Peking begründet, die in der Nacht auf den 4. Juni 1989 ein Massaker unter den unbewaffneten Demonstranten anrichtete. Die int. pol. Isolation Ch.s infolge der blutigen Niederschlagung lockerte sich allerdings Anfang 1992 wieder. Im Vordergrund der neuen dipl. Kontakte mit dem westl. Ausland stand die Ausweitung der Wirtsch.- und Handelskooperation.

Der überwiegend positiven Bilanz im Bereich der ökon. E. stehen große Defizite im Hinblick auf pol. Reformen gegenüber. Die Führungselite der KPCh zeigt sich nur sehr bedingt zu pol. Liberalisierung bereit, die Einparteienherrschaft steht nicht zur Disposition und Anti-Regimekräfte werden entsprechend kompromisslos bekämpft. Allerdings haben u. a. die Einführung dörflicher Direktwahlen 1987, die Bestrebungen zum Aufbau eines «sozialistischen Rechtssystems» mit einer größeren Unabh. der Gerichte von der Kaderbürokratie und die Entstehung zahlreicher (semi-autonomer) privater Vereinigungen und Verbände zu einer spürbaren Pluralisierung des pol. und gesellsch. Lebens beigetragen. Grund- und Freiheitsrechte werden noch immer verletzt, doch hat sich der Schutz der Menschenrechte im Laufe der 1990er Jahre partiell verbessert. Eine zunehmende Verflechtung von Geschäftsinteressen und öfftl. Aufgaben im Verwaltungswesen (Kaderkapitalismus) trägt dazu bei, dass Ch. als einer der korruptionsanfälligsten ostasiat. Staaten eingestuft wird. Amtsmissbrauch, Bestechung, Nepotismus und pol. Patronage konnten bisher nicht nachhaltig eingedämmt werden. Die Professionalisierung und Entpolitisierung des Beamtenapparates kommt mühsam voran, größere Schwierigkeiten bereitet allerdings seine Verschlankung (die Verwaltungsaufgaben verschlingen durchschnittl. 40 % der Staatseinnahmen). Durch den im Nov. 2001 vollzogenen WTO-Beitritt Chinas erwartet man diesbezüglich neue Impulse.

Entgegen vielen Spekulationen über den Ausbruch offener Machtkämpfe in der KPCh nach dem Ableben Deng Xiaopings zeigte sich die Beijinger Führungselite, mit Staats- und Parteichef Jiang Zemin an der Spitze, geschlossen und setzte das pol. Tagesgeschäft routinemäßig fort. Der 16. Parteitag der KPCh im Sept. 2002 wird die «4. Führungsgeneration» in ihr Amt setzen.

Am 1. Juli 1997 wurde →Hongkong auf Grundlage der Sino-Britischen Erklärung von 1984 wieder Teil der VR China; am 19. Dezember 1999 wurde Macao von Portugal an China zurückgegeben. Der chin. Anspruch auf Taiwan bleibt wegen des Souveränitätspostulats der taiw. Reg. weiter uneingelöst.

Lit.: U. Menzel, Wirtschaft und Politik im modernen China, Opladen 1979; O. Weggel, Geschichte Chinas im 20. Jh., Stuttgart 1989; J. Osterhammel, China u. die Weltgesellschaft, München 1990; R. MacFarquhar (Hg.), The Cambridge History of China. Revolutions within the Chinese Revolution: 1966–1982, Cambridge 1991; J. Domes/L. Näth, Geschichte der VR China, Mannheim 1992; J. D. Spence, Das Tor des Himmlischen Friedens, München 1992; J. T. Dreyer, China's Political System, Modernization and Tradition, New York 1993; T. Heberer, Volksrepublik China, in: HDW III, 8, Bonn 1994, S. 64–138; J. Wasserstrom/E. J. Perry (Hg.), Popular Protest & Political Culture in Modern China, Boulder/Colorado 1994; C. Herrmann-Pillath/M. Lackner (Hg.), Länderbericht China. Politik, Wirtschaft und Gesellschaft im chin. Kulturraum, Bonn 1998; Oskar Weggel, China, München 2002. vw/gs

CIAP Interamerik. Komitee der * Allianz für den Fortschritt (*Comité Interamericano de la Alianza para el Progreso*, engl. ICAP) der * OAS, 1963 gegr.; Aufgabe: Koordination und Verwaltung der Mittel und Koordination der Aktivitäten des E.-Programms der Allianz für den Fortschritt. 1974 aufgelöst; seine Funktion übernahm CEP-CIES, das ständige Exekutivkomitee des OAS-Wirtschaftsrates; Aufgabe: ständige Unterstützung der OAS-Staaten in Fragen des Handels, der Finanzierung und E.; Sitz: Washington. dn

CID *Center for Industrial Development* →Lomé-Abkommen, UNIDO

CIDSE Internationale Arbeitsgemeinschaft für Soziale und Wirtschaftliche Entwicklung der kath. Entwicklungshilfe westl. IL, Sitz in Brüssel. *Ziel:* Absprachen über Projektstrategie, Koordination, Dokumentation. dn

CIEC →KIWZ

CIES Interamerik. Wirtschafts- und Sozialrat (*Consejo Interamericano Económico-Social*), Koordinierungsorgan für die wirtsch. und sozialen Aktivitäten, 1939 gegr., seit 1948 Organ der * OAS. dn

c.i.f. Abkürzung für *cost, insurance, freight* (Kosten, Versicherung, Transport). Im internationalen Handel werden die Importe eines Landes i.d.R. so bewertet, dass sie sämtliche Kosten enthalten, die von der Produktion im Ursprungsland bis zur Anlieferung im Bestimmungsland (Grenze) entstanden sind. Das sind neben den eigentlichen Produktionskosten insb. Transport- und Versicherungskosten. Exporte werden nach * f.o.b. bewertet. hpn

CILLSS (CILSS) *Comité Permanent Interétats de Lutte Contre la Sécheresse dans le Sahel*, Organisation der Sahel-Länder Burkina Faso, Gambia, Kap Verde, Mali, Mauretanien, Niger, Senegal und Tschad, gegr. nach der großen Dürre (1968 bis 1973), um die Folgen der Dürrekatastrophe gemeinsam zu bekämpfen und koordiniert gegen ein weiteres Fortschreiten der Wüste vorzugehen. Ende 1973 ist Gambia und 1976 die Kapverdischen Inseln beigetreten. Sitz: Ouagadougou (Burkina Faso). →Sahelzone. red

CIM, Centrum für internationale Migration und Entwicklung, gegr. 1980 als Arbeitsgemeinschaft der * GTZ und * ZAV. *Aufgabe:* Ausgehend von einem Mangel an hoch qualifizierten Fachkräften auf dem Arbeitsmarkt vieler EL und Länder Mittel- und Osteuropas ermöglicht CIM 1.) die Vermittlung dt. bzw. europ. Fachkräfte als * Integrierte Fachkräfte für e.-wichtige Tätigkeiten, 2.) die Reintegration in Deutschland lebender qualifizierter und berufserfahrener Fachkräfte aus EL in ihre Herkunftsländer. Neben den Programmen *Integrierte Fachkräfte* (seit 1980) und *Rückkehrer als Integrierte Fachkräfte* (Pilotprogramm seit 1995) führt CIM die Sonderprogramme 3.) *Jungärzte für Südafrika* (seit 1996) und 4.) *Jungingenieure für Malaysia* (in Vorb.) durch. Als Integrierte Fachkräfte schließen diese einen zeitlich befristeten Arbeitsvertrag mit einem einheimischen Arbeitgeber. Sie werden so dessen Angestellte und sind diesem fachlich und arbeitsrechtlich verantwortlich. CIM bezahlt den Fachkräften Zuschüsse zum Ortsgehalt sowie verschiedene Nebenleistungen. 5.) Im Sonderprogramm *Versicherungszuschüsse*, das sich v. a. an mitausgereiste Lebenspartner/-innen dt. und europ. Experten richtet, die eine entwicklungsrelevante Beschäftigung zu ortsüblichen Bedingungen ausüben, übernimmt CIM zu 100 % die deutschen Sozialversicherungsbeiträge. Das Instrument der *Personellen Zusammenarbeit erfüllt weitgehend das e.-pol. Prinzip des geringsten Eingriffs: Durch die Integration der Fachkräfte in die Organisation und Arbeitsabläufe der arbeitgebenden Institution im EL bleibt die Initiative und Verantwortung des lokalen Arbeitgebers voll erhalten. In der Arbeitsgemeinschaft beider Institutionen fließen e.- und arbeitsmarktpol. Kenntnisse zusammen. Während der GTZ die e.-pol. Bewertung der Anträge aus den Partnerländern sowie die Betreuung der Integrierten Fachkräfte obliegt, ist die ZAV für die Rekrutierung und Auswahl der Bewerber/-innen zuständig. Die *Finanzierung* für die Durchführung der Programme kommt insbes. vom *BMZ (1996: 43,7 Mio. €), aber auch von anderen Bundes- und Landesmin., nat. und int. Org.

2000 vermittelte CIM insgesamt 180 Experten weltweit, davon 126 in EL und 54 in Mittel- und Osteuropa und der GUS. Die meisten von CIM vermittelten Fachkräfte haben einen Arbeitsvertrag mit öfftl.-rechtlichen Arbeitgebern im EL (60 %), immer mehr aber auch mit privatrechtl. Trägern. Die am meisten nachgefragten Berufsgruppen sind Ingenieure (21 %), Naturwissenschaftler (15 %) und Lehrpersonal (14 %). Adresse: Barckhausstr. 16, 60325 Frankfurt a.M. kg/as

CIPEC Zwischenstaatlicher Rat der Kupfer exportierenden Länder (*Consejo Intergubernamental de Paises Exportadores del Cobre*), auf Initiative von E. *Frei Montalva 1967 gegr. *Rohstoffkartell, 5 Mitgl.: Chile, Indonesien, Peru, Zambia, Zaire; 3 assoziierte Mitgl.: Australien, Mauretanien, Papua-Neuguinea. Adresse: CIPEC, 39, rue de la Bienfaisance, 75008 Paris. dn

Circulus vitiosus Auch Teufelskreis, Annahme der Existenz einer Beziehung zwischen versch. Faktoren nach der Art einer Kausalkette, wobei einzelne Faktoren zugleich Ursache und Wirkung für und von andere(n) Faktoren sind (zirkuläre Verursachung). Die Cv-Vorstellung dient zur Erklärung von sich negativ verstärkenden Prozessen und weist auf das schwer zu lösende Problem hin, den Teufelskreis zu durchbrechen. Beispiel: geringes Einkommen – geringe Ersparnisbildung – geringe Nachfrage – geringe *Investition – geringes Produktionsvolumen – geringe Beschäftigungseffekte – geringes Einkommen. Oder: *Armut – Unterernährung – hohe Krankheitsanfälligkeit/Mangelkrankheiten – niedrige Arbeitsleistung/*Produktivität – größere Armut. Die Ausgangssituation (Armut) wird im Cv noch verschärft bzw. zementiert. dn

civic action Einsatz von Spezialeinheiten der Streitkräfte eines Landes (zunächst in LA) für E.-Vorhaben v. a. im Bereich der *Infrastruktur (vom Straßenbau bis zur *Alphabetisierung) seit Ende der 1950er Jahre. C. a. beinhaltet eine Umorientierung der Aufgabenstellung der Militärs, deren Ursprung in der Absicht lag, revolutionären *Guerilla-Strategien zu begegnen bzw. ihnen zuvorzukommen und sich bei der Bev. beliebt zu machen. Insofern ordneten sich C.-a.-Programme in die von den USA den lateinamerik. Militärs verschriebene und finanzierte **counterinsurgency*-Strategie ein. Andererseits begünstigen sie das Entstehen eines neuen Selbstverständnisses der Militärs als entwicklungspol. Elite (Schulung in volkswirtsch., soziolog. und entwicklungstheoret. Fragen), welches ihre Bereitschaft erhöhte, die pol. Macht zu übernehmen und sie langfristiger als in der Vergangenheit den zivilen pol. Eliten streitig zu machen, teilweise in der Absicht, E.-Programme durchzusetzen. →autoritäre Regime dn

civil society →Zivilgesellschaft

CLASC seit 1971 CLAT →Gewerkschaften (in der Dritten Welt).

Club of Rome 1968 gegr. priv. Vereinigung von Persönlichkeiten aus Pol., Wirtsch., Wiss. und Kultur aus rd. 50 Ländern, hauptsächlich der IL, die sich die Lage der Menschheit und ihre Zukunft zum Thema gemacht hat. Der Club trat 1972 vor der ersten *Weltumweltkonferenz mit der Veröffentlichung der Studie «Grenzen des Wachstums» (über 10 Mio. Exemplare in 37 Sprachen vertrieben) hervor (*Weltmodelle), einem noch sehr einfachen Computersimulationsmodell, das unter Leitung von D. Meadows am *Massachusetts Institute of Technology* (MIT) erstellt wurde. Ergebnis: Die Menschheit geht einer ökol. Katastrophe entgegen, wenn nicht ein weltweites Null-Wachstum bei der Bev. und der Ind.-Produktion erreicht wird. Ein Gleichgewichtszustand des Weltsystems könnte optimal herbeigeführt werden, wenn das Wachstum der Bev. bis 1975 und das der Ind.-Produktion bis 1990 gestoppt würden. Kritische Stimmen gegen die Prognose und insb. die Empfehlungen wurden v. a. in der Dritten Welt laut (→Bariloche-Modell).

Der 2. Bericht «Menschheit am Wendepunkt» (1974) rückte vom Ziel des Null-Wachstums für die unmittelbare Zukunft ab. Er trat v. a. gegen unkontrolliertes Wachstum ein und sah für unterentwickelte Regionen weiteres gezieltes Wachstum vor.

Der 3. Bericht «Das Ende der Verschwendung» von 1976 befasste sich nicht mehr mit Ergebnissen von Weltmodellrechnungen, sondern untersuchte die Möglichkeiten von Wiss. und Technik zur Überwindung der erwarteten Versorgungsengpässe im Energie-, Rohstoff- und Nahrungsmittelbereich.

Ebenfalls 1976 erschien der unter Leitung des Nobelpreisträgers Jan Tinbergen von 21 Experten erstellte «RIO-Bericht» («Reform der int. Ordnung»). Er kam im Zusammenhang der Initiative der EL für eine *Neue Weltwirtschaftsordnung zustande, zu deren Erreichung die Studie erste realistische Schritte angeben wollte. Ziel: ein Leben in Würde und Wohlstand für die ges. Menschheit im J. 2000. Der Club setzte die sich hier abzeichnende Wende von düsterem Pessimismus hin zur Erforschung der nach Entwicklungsniveaus zu differenzierenden Möglichkeiten, die drohenden Gefahren zu bewältigen, in seiner weiteren Arbeit (insg. erschienen bisher ca. 20 Berichte) fort. Dabei erwiesen sich die grundsätzlichen Warnungen des Clubs von 1972 Anfang der 1990er Jahre angesichts von Treibhauseffekt und Schädigung der Ozonschicht (→Ökologie) als zunehmend aktuell.

1991 erschien mit «Die erste globale Revolution» erstmals ein Bericht, der nicht von einzelnen Spezialisten für den Club erstellt wurde, sondern den Konsens der Clubmitgl. wiedergibt. Mit seiner Forderung ökol. Globalperspektiven (→*sustainable development*) für int. wie nat. Politik fand er Beachtung im Vorfeld der zweiten *Weltumweltkonferenz UNCED. Seitherige Berichte finden stets Beachtung, jedoch ist der 1. Bericht von 1972 die häufigste Referenz geblieben.

Lit.: D. Meadows, Die Grenzen des Wachstums, Stuttgart 1972; M. Mesarović/E. Pestel, Menschheit am Wendepunkt, Stuttgart 1974; D. Gabor/U. Colombo u. a., Das Ende der Verschwendung. Zur materiellen Lage der Menschheit, Stuttgart 1976; J. Tinbergen (Hg.), Wir haben nur eine Zukunft. Reform der internationalen Ordnung. Der RIO-Bericht an den Club of Rome, Opladen 1977; A. Peccei (Hg.), Das menschliche Dilemma, Wien u. a. 1979; A. Peccei/E. Pestel/M. Mesarović u. a., Der Weg ins 21. Jahrhundert. Alternative Strategien für die Industriegesellschaft, Genf/Tokio 1983; A. Lemma/P. Malaska, Africa beyond

Famine, London 1989; A. King/B. Schneider (Hg.), Die Erste Globale Revolution, Frankfurt 1992; D. u. D. Meadows/J. Randers, Die neuen Grenzen des Wachstums, Stuttgart 1992. Internet: www.ClubOfRome.org dn/bh

CMET *Comité Maghrébin de l'Emploi et du Travail,* Ausschuss für Beschäftigung und Arbeit der Maghreb-Staaten.

CMT *Comité Maghrébin du Tourisme,* Ausschuss für Tourismus der Maghreb-Staaten.

CND *Commission on Narcotic Drugs* → UNDCP

Cocoyoc-Erklärung Abgegeben von einem Wissenschaftler-Gremium auf dem *UNEP/*UNCTAD-Symposium in Cocoyoc/Mexiko vom Okt. 1974, die – als erstes Dokument *alternativer Entwicklung – grundlegende Bedeutung für die Neuorientierung der E.-Politik auf die Befriedigung der *Grundbedürfnisse gewann. Auszug: «Als erstes müssen wir überhaupt Ziel und Zweck von E. neu definieren. Es kann sich nur darum handeln, den Menschen, nicht die Dinge zu entwickeln. Menschen haben bestimmte Grundbedürfnisse: Nahrung, Unterkunft, Kleidung, *Gesundheit und *Bildung. Jeder Wachstumsvorgang, der nicht zur Befriedigung dieser Bedürfnisse führt – oder sogar störend eingreift –, ist eine Verkehrung des E.-Gedankens. Wir befinden uns noch in einem Stadium, wo das Hauptanliegen der E. ist, wie weit die elementaren Bedürfnisse der ärmsten Teile in der Gesellschaft, die bis zu 40 % der Bev. ausmachen können, befriedigt werden können. Hauptziel des wirtsch. Wachstums sollte es sein, die Verbesserung der Lebensbedingungen dieser Gruppen sicherzustellen. Ein Wachstumsprozess, der nur der wohlhabendsten Minderheit nutzt und die Gefälle zwischen den Ländern und innerhalb der Länder noch vergrößert, ist keine Entwicklung. Es handelt sich vielmehr um Ausbeutung.» Die Cocoyoc-Ansätze wurden weiterentwickelt im **collective self-reliance.* dn

CODESA *Convention for a Democratic South Africa,* war ein Beratungsforum von 19 versch. Parteien (u. a. Reg., ANC, IFP) über ein Post-Apartheid-Südafrika, Dez. 1991 gegr.; beriet über die Gestaltung Südafrikas als demokratischer, nicht auf Rassenkriterien beruhender Einheitsstaat. red

collective self-reliance csr (= «kollektive Eigenständigkeit»), e.-strategisches Konzept der 1970er Jahre, bezeichnete die Übertragung des Konzepts der **self-reliance* auf die EL insgesamt bzw. auf Gruppen von ihnen. Csr besaß verschiedene e.-strategische Inhalte: zum einen in den Nord-Süd-Beziehungen die Zielsetzung von EL, eine verstärkte Verhandlungsposition (Gegenmacht) gegenüber den IL und den *transnationalen Konzernen aufzubauen, um die Interessen der Dritte-Welt-Länder insbes. in den Verhandlungen um die *Neue Weltwirtschaftsordnung besser durchsetzen zu können. Einige E.-Theoretiker verstanden csr in diesem Zusammenhang auch als Strategie der *Dissoziation. Zum anderen, in den *Süd-Süd-Beziehungen, wurde mit csr die Vorstellung einer über bisherige regionale *Integrationen hinausreichenden Intensivierung der wirtsch., pol. und kulturellen Beziehungen der EL untereinander (bi- und multilateral) verbunden. Durch Verstärkung der Zusammenarbeit symmetrischer Struktur zwischen den EL sollte die asymmetrische und abh. Beziehung zu den IL überwunden werden. Die *Gruppe der 77 stellte auf *UNCTAD V ihren Forderungen ein Programm für csr voran.

Csr ließ offen, ob *self-reliance* der EL als individuelle (nat. begrenzte) E.-Strategie der Anwendung von csr vorauszugehen habe – oder csr eine Voraussetzung von *self-reliance* sei. Auch war unklar, in welchem Ausmaß sich csr mit dem Weltmarkt bzw. der Neuen Weltwirtschaftsordnung stieß, inwieweit die Süd-Süd-Beziehungen die Nord-Süd-Beziehungen ersetzen sollten. In diesen Hinsichten konnte zwischen sog. harten und weichen Strategien unterschieden werden (s. Matthies 1982, S. 382 ff.). Einer Durchsetzung von csr standen in der Praxis divergierende Interessenlagen einzelner oder Gruppen von EL entgegen.

Lit.: K. M. Khan und V. Matthies, Collective Self-Reliance: Programme und Perspektiven der Dritten Welt, München/London 1978; S. Amin: Self-Reliance und die Neue Weltwirtschaftsordnung, in: D. Senghaas, Kapitalistische Weltökonomie, Frankfurt a. M. 1979, S. 317 ff.; K. M. Khan (Hg.), Self-Reliance als nationale und kollektive Entwicklungsstrategie, München 1980; V. Matthies, Collective Self-Reliance, in: HDW II, 1, Hamburg 1982, S. 380 ff. dn

Colonial Development Acts →Entwicklungspolitik Großbritanniens

colonos →hacienda

COMESA *Common Market for Eastern and Southern Africa,* 1993 zwischen den Mitgl. des *PTA abgeschlossener Vertrag zur regionalen Wirtschaftsintegration in den Etappen Zollunion, gemeinsamer Markt, Wirtschafts- und Währungsunion. Neben den 19 *PTA-Mitgl. traten dem COMESA Eritrea, Madagaskar und die Seychellen bei. dn

commodity terms of trade Das der Diskussion um die **terms of trade* zugrunde liegende Konzept, dem zufolge der Index der Exportgüterpreise und der Index der Importgüterpreise ins Verhältnis gesetzt werden. Im Gegensatz zum Konzept der **income terms of trade* wird nach dem realen Austauschverhältnis zwischen Rohstoffen und Fertigwaren bzw. dessen Veränderung gefragt. dn

Commonwealth Der größte Teil des früheren brit. Empires hat sich im C. zusammengeschlossen. Unabh. gewordene Rep. müssen für ihre Mitgliedschaft die Aufnahme formell beantragen. Dem C. gehörten 2002 54 unabh. Staaten an. Die Königin von England, die als «Head of the Commonwealth» für das C. keine verfassungsrechtliche Funktion zu erfüllen hat, ist in 16 dieser Länder Staatsoberhaupt. Mitgl. im C. sind: Antigua und Barbuda, Australien, die Bahamas, Bangladesh, Barbados, Belize, Botswana, Brunei Darussalam, Dominica, Fidschi-Inseln, Gambia, Ghana, Grenada, Großbritannien und Nordirland, Guyana, Indien, Jamaica, Kamerun, Kanada, Kenya, Kiribati, Lesotho, Malawi, Malaysia, Malediven, Malta, Mauritius, Mozambique, Namibia, Nauru, Neuseeland, Nigeria, Pakistan, Papua-Neuguinea, Samoa, St. Kitts und Nevis, St. Lucia, St. Vincent und die Grenadinen, die Seychellen, Sierra Leone, Singapur, die Solomon-Inseln, Sri Lanka, Südafrika, Swaziland, Tanzania, Tonga, Trinidad und Tobago, Tuvalu, Uganda, Vanuatu, Zambia, Zimbabwe, Zypern.

Die Staatsoberhäupter der C.-Staaten treffen sich alle zwei J. (Nov. 1995: Auckland; Okt. 1997: Aberdeen; Nov. 1999: Durban, März 2002: Coolum, Australien). Treffen finden auch auf Ministerebene statt; die Finanzmin. kommen jährl. zusammen, um Probleme der Weltwirtsch. zu besprechen. 1965 wurde in London ein C.-Sekretariat eingerichtet, das, von einem Generalsekretär geleitet, die C.-Aktivitäten organisiert. Es verwaltet auch den Fonds für techn. Zusammenarbeit (CFTC), der 1971 eingerichtet wurde, um Hilfestellung bei der sozialen und ökon. Entwicklung der C.-Mitgl. zu ermöglichen. GB trägt ca. ein Drittel der entstehenden Kosten.

Das C. ist kein Bündnis von Staaten mit gleicher pol. oder wirtsch. Zielsetzung. Entscheidungsprozesse innerhalb des C. beruhen auf dem Minimalkonsens der Bereitschaft zur Zusammenarbeit. Einigkeit konnte über die Ablehnung der *Apartheidpolitik erzielt werden. In der Frage der Wirtschaftssanktionen gegen Südafrika war GB nicht bereit, die Mehrheitsmeinung der C.-Staaten, die sich für einen Boykott aussprachen, mitzutragen. In der Harare-Erklärung von 1991 wurden die Prinzipien Förderung der Demokratie, Beachtung der *Menschenrechte, Rechtsstaatlichkeit, **good governance* und nachhaltige wirtsch. und soziale E. angenommen. Nach Überwindung der Apartheid wurde Südafrika 1994 wieder in den C. aufgenommen. 1995 wurde die Mitgliedschaft Nigerias suspendiert (gültig bis zur *Redemokratisierung 1999), 1999 jene Pakistans und der Fidschi-Inseln.

Seit dem EG-Beitritt GBs ist auch der wirtsch. Zusammenhalt des C. schwächer geworden, da das Präferenzsystem innerhalb des C. für den zwischenstaatl. Warenaustausch entfiel. Ein Teil der *Dritte-Welt-Länder im C. in Afrika, der Karibik und im pazifischen Raum sind durch das AKP-Abkommen (→AKP-Staaten) von 1975 mit wirtsch. Sonderkonditionen der EG assoziiert. Auf der Durban-Konferenz wurde eine Wirtschaftscharta zur Beseitigung der *Armut in den Mitgliedsländern als Gegenstück zur Harare-Erklärung vorgeschlagen. Internet: www.thecommonwealth.org

Lit.: Yearbook of the Commonwealth, London, jährl.; P. Slinn/D. Judd, The Evolution of the Modern Commonwealth 1902–1980, London/Basingstoke 1982; A. Smith/C. Sanger, Stiches in Time: The Commonwealth in World Politics, London 1982; M. Doerfel, Ein Bündnis für die Demokratie?, in: Das Parlament 36 (1986), Nr. 42; R. J. Moore, Making the New Commonwealth, Oxford 1987; D. Austin, The Commonwealth and Britain, London 1988; R. W. Winks (Hg.), Historiography of the British Empire – Commonwealth, London 1995. rs/tk

Communauté Financière Africaine →Franc-Zone (F.-Z.)

Communauté Française Nach dem frz. Verfassungsreferendum von 1958 gegr. (Schein-)Föderation zwischen Frankreich und seinen zu autonomen Staaten proklamierten Überseegebieten von *AOF (außer Guinea, das sich diesem Versuch Frankreichs verweigerte, sein Kolonialimperium im neuen Gewande zusammenzuhalten), *AEF und Madagaskar. Die Unabh. der frankophonen Staaten in Afrika (1960) bedeutete ihr formelles Ende. Sie lebte allerdings in einem dichten Kooperationsnetz, in der Sprachgemeinschaft der Frankophonie und in der Hegemonialrolle Frankreichs fort. fn

Communauté-Rurale →Selbsthilfe(-Organisationen)

community development E.-Strategie, die auf die optimale Nutzung der menschl. *Ressourcen in Form der Eigeninitiative und im Wege der «E. von unten» abzielt. Für c. d. zentral sind: 1. die Teilnahme der Bev. selbst an Maßnahmen zur Verbesserung ihrer Lebensbedingungen, d. h. *Selbsthilfe und gegenseitige Hilfe; 2. Bereitstellung von techn. u. a. Diensten von staatl. Seite.

Ziele der c. d. sind sozialer, wirtsch. und pol. Natur; entsprechende Programme sind etwa: Reform des Schulwesens und der berufl. Bildung, Ausbau des Erwachsenenbildungswesens, *Alphabetisierungsprogramme, Verbesserung der sozialen *Infrastruktur in den Bereichen *Gesundheit, *Wohnen, *Frauen- und Jugendarbeit; Eingliederung der dörfl. Wirtsch. in die Volkswirtsch., Förderung *arbeitsintensiver Produktionsformen; kommunale Selbstverwaltung als Keimzelle der nat. pol. Kultur. Von den Theoretikern der c. d. wird betont, «daß das Kriterium für Erfolg niemals nur die sichtbare materielle Veränderung im jeweiligen Bereich sein kann (wie viele Brücken, wie viele Schulen, wie viele Krankenhäuser, wie viele Dorfräte etc.), sondern das Ausmaß, in dem diejenigen Grundhaltungen vermittelt werden, die das Funktionieren dieser Einrichtung voraussetzt, also Veränderung in den Motivationen, den Fertigkeiten und den sozialen Beziehungen der Menschen» (Jorges, in: EPHL 1966, S. 1066).

Lit.: J. C. Rhie, Community Development durch Selbsthilfegruppen, Saarbrücken 1977; A. A. Benini, Community Development in a Multi-Ethnic Society: The Upper River Division of the Gambia, West Africa, Saarbrücken 1980. dn

COMUNBANA →SELA

concessional terms →IFAD

CONDECA Zentralamerikanischer Verteidigungsrat (*Consejo de Defensa Centroamericana,* auch: *Central American Defense Council*/CADC). 1964 von den USA betriebener Versuch, die Armeen der zentralamerik. Staaten zu einer engeren Zusammenarbeit zu bewegen, v. a. zur Abwehr der «kubanischen Gefahr». Die Spannungen zwischen einzelnen Staaten (z. B. zwischen Honduras und El Salvador, die 1969 zum sog. Fußballkrieg geführt hatten) blockierten diesen Ansatz zu einer regionalen Verteidigungsgemeinschaft. Anfang der 1980er J. drängten die USA auf die Reaktivierung von CONDECA, um einen Militärblock gegen das sandinistische Nicaragua aufzubauen. Der pol. Wandel in Zentralamerika und die neuen Ansätze zur pol. Integration der Region wiederbelebten auch den Plan einer regionalen Verteidigungsgemeinschaft. fn

cono sur geogr.-ethno-sozialer Begriff für die südl. Länder Südamerikas, Argentinien, Chile und Uruguay. dn

Conseil de l'Entente 1959 von der Elfenbeinküste, Benin, Burkina Faso und Niger gegr., Beitritt Togos 1966. Sitz: Abidjan (Elfenbeinküste). Zunächst nur Konferenz der Staatschefs, die primär für die Außenpol. der Elfenbeinküste funktionalisiert wurde, heute eher Wirtsch.- und Entwicklungsorg. (seit 1966 Kredit- und Garantiefonds). – Untereinander besteht Freihandel und ein gemeinsamer Außenzoll. fn

consulting Privates Beratungsunternehmen, das im Auftrag öfftl. Stellen (etwa des *BMZ) und privater Institutionen E.-Projekte berät und gegebenenfalls ausführt (insbes. im Auftrag von EL). dn

Contadora-Gruppe Gruppe der vier lateinamerik. Staaten Kolumbien, Mexiko, Panama, Venezuela (benannt nach dem ersten Außenminister-Treffen auf der panam. Insel Contadora im Jan. 1983). 1985 bildete sich eine lateinamerik. «Unterstützergruppe» (Brasilien, Argentinien, Uruguay, Peru). Die Contadora-Initiative bemühte sich um eine friedliche Regulierung des *Zentralamerika-Konflikts. Der Friedensplan des costaricanischen Präsidenten *Arias (1987) knüpft an die so genannten Contadora-Akten (die letzte datiert von 1986) an. →Gruppe der Acht.

Lit.: B. Bagley u. a. (Hg.), Contadora and the Central American Peace Process, Boulder/Colorado 1985; S. Kurtenbach, Frieden in Zentralamerika? Die Contadora-Initiative, in: Jahrbuch Dritte Welt 1987, München 1987, S. 139ff.; A. Frohmann 1990, De Contadora al Grupo de los Ocho, in: Relaciones Internacionales, Nr. 31, S. 7–36. as/mik

Contra Sammelbezeichnung für Konterrevolutionäre, die in den 1980er J. gegen die sandinistische Reg. in Nicaragua kämpften. →Nicaragua, Zentralamerika-Konflikt. mik

Convenio de Panamá →SELA

COPAL (oder CPA), Vereinigung Kakao produzierender Länder (*Cocoa Producer's Alliance*), Rohstoffkartell im Bereich Agroprodukte, gegr. 1962 in Lagos (Nigeria). Die elf Mitgliedsländer (Brasilien, Ecuador, Mexiko, Trinidad-Tobago, Kamerun, Elfenbeinküste, Gabun, Ghana, Nigeria, São Tomé-Príncipe, Togo) bemühen sich neben dem Vorantreiben wirtsch. und wiss.-techn. Beziehungen zwischen den Mitgl.-Ländern um Förderung des Kakaokonsums und um Kontrolle des Kakaomarktes. red

Corea-Plan Nach dem Generalsekretär der *UNCTAD, Iamani Corea, benannter Plan, den dieser zur Preisstabilisierung der 18 wichtigsten Rohstoffe auf der UNCTAD-IV-Konferenz in Nairobi 1976 vorlegte. →Integriertes Rohstoffprogramm. dn

Costa Rica

Fläche (Tsd. qkm): 50,700
Bev. (Mio.) 2001: 4,1
BNE pro Kopf (US-$) 2000: 3960
BIP (Mio. US-$) 2000: 15751
LE (Jahre) 1999: 76,8
Analphabetenquote (%) 1999: 5,0
HDI 1999: 0,821 [Rangplatz von 162: 41]

Der vielfach als demokrat. «Musterland» geltende Staat Mittelamerikas durchlief in den 1990er J. einen wirtsch. Strukturwandel, der jedoch von orthodoxen Anpassungsprozessen anderer Länder deutlich abweicht. Doch auch in C. R. fällt die soziale Integration aller Bev.-Gruppen zusehends schwerer. Die trad. demokrat. pol. Kultur fungiert als Stütze, um weiterhin eine friedliche Konfliktregelung zu gewährleisten.

1. C. R. ist nach El Salvador das kleinste Land LAs. Fruchtbare vulkanische Böden und günstiges Klima ließen die

Land- und Viehwirtsch. zum wichtigsten Wirtschaftssektor werden. Haupt- und Exportprodukte: Kaffee, Bananen, Zucker, Rindfleisch. Daneben werden meist auf *Subsistenzbasis v. a. Mais, Bohnen, Hirse, Maniok und Bergreis für den Eigen- und Inlandsbedarf angebaut. C. R. besitzt neben abbauwürdigen Schwefel- und Bauxitvorkommen wenig Rohstoffe.

2. Bei einer durchschn. Siedlungsdichte von 70 Ew./qkm konzentriert sich die Bev. C. R.s auf das zentrale Hochland (auf 1/3 der Gesamtfläche rd. die Hälfte der Bev.). Im Ggs. zu anderen Ländern Zentralamerikas stellen Weiße die *ethnische Bev.-Mehrheit; daneben: Mestizen (15 %), Indios und Bev.-Gruppen afrik. Abstammung. In dem Kleinstaat leben 200000–250000 Ausländer, z.T. pol. Asylanten und *Flüchtlinge. Landessprache: Spanisch. 95 % der Bev. sind kath.

3. C. R. wurde 1502 von Kolumbus entdeckt. Die Rohstoffarmut des Landes verhinderte seine schnelle Kolonisierung. 1821 erlangte C. R. die pol. Unabh. und gehörte bis 1836 der zentralamerik. Föderation an. Erst Mitte des 19. Jh.s setzte mit der Einwanderung bäuerlicher nordspan. Siedlergruppen eine stärkere Besiedlung ein. Die Einwanderungsstruktur, verbunden mit dem Ausbleiben eines frühen wirtsch. Aufschwungs auf Grundlage tragfähiger Exportkulturen, hat im Ggs. zu anderen zentralamerik. Ländern das Entstehen einer rel. homogenen Sozialstruktur, basierend auf bäuerl. Kleinbesitz, begünstigt. Mit der Einführung des Kaffeeanbaus 1808 und seiner Expansion ab 1838 setzte sich in diesem Sektor ansatzweise eine abh. Exportlandw. durch, die zum Entstehen einer Kaffeearistokratie als pol. Führungsschicht im 19. Jh. führte. Erst 1878 entstand mit der Errichtung von US-Bananenplantagen die klassische Form einer außenorientierten Wirtsch.-*Enklave. Schon früh erließen liberale Regierungen Sozialreformen, und es entwickelte sich eine pol.-demokrat. Ordnung, die lediglich durch eine Militärdiktatur 1917/18 und den Bürgerkrieg 1948 unterbrochen wurde.

Nach dem 2. WK setzte eine staatl. gelenkte und forcierte *Industrialisierung ein, zunächst mit Schwerpunkt auf der Verarbeitung landw. Rohstoffe durch handwerkliche und kleingewerbliche Betriebe, später auch im Bereich der Leichtind. auf Basis von Auslandskapital. C. R.s Wirtsch.-Struktur – Agrarexport und eine (seit den 1960er J.) auf den *MCCA ausgerichtete Industrie, die trotz *Importsubstitutionsstrategie hochgradig von Rohstoffen und Halbfabrikaten abh. blieb – machte die Wirtsch. anfällig gegenüber Außeneinflüssen. Stark schwankende **terms of trade*, periodische Zahlungsbilanzkrisen, das Scheitern des MCCA, aber auch eine verfehlte Fiskal- und Wirtschaftspol. manövrierten C. R.s Wirtsch. Ende der 1970er J. in eine ernste Krise. Sie konnte sich zwar in den vergangenen J. mit Hilfe massiver US-Wirtschaftshilfe, weltmarktorientierten *Strukturanpassungen und zahlreichen Umschuldungsverhandlungen erholen. Doch war der Schuldenberg zu Beginn der 1990er J. noch hoch (1990: 3,8 Mrd. US-$, d. h. 70 % des BIP), die Leistungsbilanzdefizite waren gravierend (1990: 655 Mio. US-$; →Verschuldung).

4. Wirtschaftskrise und *Strukturanpassung (*IWF- und *Weltbank-Auflagen: Kürzung öfftl. Subventionen sowie der Bildungs- und Sozialausgaben; Preis-, Tarif- und Steuererhöhungen, Privatisierung staatl. kontrollierter Banken) forcierten die mit der Industrialisierung begonnene Polarisierung sozioökon. Strukturen. Verstärkte (v. a. ausl.) *Investitionen in den wichtigsten Bereichen der Landw. und Ind. verstärkten die Einkommens-, Boden- und Kapitalkonzentration. Im Vgl. zu den übrigen Ländern Zentralamerikas ist zwar der Anteil kleiner und mittlerer Betriebe noch hoch, doch weist die Bodenbesitzstruktur – bereits 1974 nahmen 3,9 % landw. Betriebe mit mehr als 200 ha 54,4 % der Nutzfläche ein – für sich betrachtet auf feudale Verhältnisse hin. Die soziale E. hinkte al-

lerdings dem wirtsch. Erfolg der Anpassung (BNE-Zuwachsrate/Kopf 1998 2,9 %, Senkung der Inflationsrate, Diversifizierung des Agrarexportsektors, Boom im *Tourismus-Sektor) hinterher: Die Einkommensschere öffnete sich, da der private Dienstleistungssektor neue, rentable Arbeitsmöglichkeiten schuf, die Mindestlohn-Kaufkraft hingegen stagnierte. Wirtsch. «Enklaven» entstanden, deren Exporterfolge nur wenig Breitenwirkung erzielten. Die Sozial-*Indikatoren (Tabelle 4 im Anhang) blieben vorbildlich. Doch besteht im *Gesundheits- wie im *Bildungswesen ein starkes Stadt-Land-Gefälle.

5. Nach der Verfassung von 1949 ist C. R. eine präsidiale Demokratie mit Einkammerparl. Der Präs. darf prinzipiell nicht wiedergewählt werden, Abg. nicht unmittelbar, sondern frühestens nach einer Legislaturperiode. Das Militär wurde 1948 abgeschafft. Die Parteienlandschaft ist in zunehmendem Maß bipolar strukturiert und gekennzeichnet durch einen gemäßigten, zur pol. Mitte tendierenden Wettbewerb zwischen dem seit den 1950er J. dominierenden sozialdemokrat. PLN und der 1983 gegr. Sammlungspartei des bürgerlich-konservativen Lagers PUSC. Der PLN stellte 1982–1990 sowohl den Präs. als auch die Mehrheit im Parl. und vollzog selbst den durch die ökon. Krise erzwungenen Wechsel des seit den 1950er J. v. a. von ihm gesteuerten e.-pol. Kurses. Bei den Wahlen 1990 wurde der PLN in der Reg. durch den PUSC abgelöst (Präs.: R. Calderón Fournier), der diese bei den Wahlen von 1994 wieder an den PLN abgeben musste (Präs. J. M. Figueres Ferrer). Bei den Wahlen 1998 wurde M. A. Rodríguez (PUSC) mit 46,9 % der Stimmen zum neuen Präs. gewählt. Seine Versuche, die staatl. Unternehmen (Telekommunikation, Energiewesen und Versicherungen) für privates Kapital zu öffnen, schlugen fehl. Erfolgreich zeigten sich seine Reformen im Straßenbau, der Einwanderungspol. und der privaten Rentenvorsorge. Im J. 2002 wurde in der ersten Stichwahl bei einer Präs.-Wahl in C. R. wieder ein christdemokrat. Präs., A. Pacheco (PUSC), mit 58 % der Stimmen gewählt und das trad. Zweiparteiensystem durch den Einzug von zwei jungen Parteien (PAC – Partei Bürgerliche Bewegung und die Freiheitsbewegung ML) aufgebrochen. Schwerpunkte der Reg.-Arbeit von Pacheco sollen der Abbau der ländl. Armut, die nachhaltige E.-Förderung, der Abschluss von Freihandelsabkommen und die Sanierung der Staatsfinanzen sein. Die Durchsetzung seines Reg.-Programms wird durch die fehlende Unterstützung durch die Parl.-Mehrheit erschwert. Außenpol. wurde C. R. in der ersten Hälfte der 1980er J. trotz der 1983 proklamierten Neutralität in die Destabilisierungspol. der USA gegenüber Nicaragua eingebunden (u. a. Aufrüstung der Sicherheitskräfte mittels finanz. und techn. Militärhilfe, Gründung einer **counterinsurgency*-Truppe, Duldung von **Contra*-Stützpunkten an der Grenze zu Nicaragua). Demgegenüber nutzte Präs. Arias Sánchez (1986–1990) den außenpol. Spielraum gegenüber den USA und trat massiv für eine regionale pol. Lösung des *Zentralamerika-Konflikts ein, für die er 1987 den *Friedensnobelpreis erhielt. Den wirtsch. und pol. Integrationsbestrebungen zwischen den ärmeren und pol. instabileren Ländern Zentralamerikas steht C. R. weiterhin zögerlich gegenüber.

Lit.: C. D. Ameringer, Democracy in Costa Rica, New York 1983; A. Maislinger (Hg.), Costa Rica: Politik, Gesellschaft und Kultur eines Staates mit ständiger aktiver und unbewaffneter Neutralität, Innsbruck 1986; M. Ernst/S. Schmidt (Hg.), Demokratie in Costa Rica. Ein zentralamerikanischer Anachronismus, Berlin 1986; E. Ellenberg/A. Bergemann (Hg.), Entwicklungsprobleme Costa Ricas, Saarbrücken 1990; J. Fuchs, Costa Rica. Von der Conquista bis zur ‹Revolution›, Berlin 1991; U. Fanger/B. Thibaut, Costa Rica, in: HDW III, Bd. 3, Bonn 1995, S. 52 ff.; J. Schultz, Präsidentielle Demokratien in Lateinamerika: eine Untersuchung der präsidentiellen Regierungssysteme von Costa Rica und Venezuela, Frankfurt a. M. 2000. mik/pb

cost benefit analysis →Kosten-Nutzen-Analyse

Cotonou →Konvention von Cotonou

counterinsurgency Gegenrevolutionäre bzw. Revolutionsvermeidungsstrategie; die Gesamtheit aller milit., paramilit., pol., wirtsch., psychologischen und **Civic-action*-Maßnahmen, die von einem Staat ergriffen werden, um Revolten vorzubeugen. Von den USA v. a. in der westl. Hemisphäre (LA) nach der erfolgreichen kuban. *Revolution verfolgte Strategie der vorbeugenden Bekämpfung revolutionärer Veränderungen kommunistischer oder angeblich kommunistischer Inspiration. Sehr unterschiedliche Maßnahmen: sozialwiss. Untersuchungen über Vermeidungsmöglichkeiten revolutionärer Veränderungen (bekanntestes Beispiel: Projekt *Camelot* 1965 in Santiago de Chile); Wirtschaftshilfe (*Allianz für den Fortschritt) und Militärhilfe (Ausbildung von lateinamerik. Militärs in Anti-*Guerilla-Programmen, Bereitstellung von spezifischen Ausrüstungen für den Anti-Guerilla-Kampf, Finanzierungshilfen für *Civic-action*-Programme).

Lit.: W. Barber/N. Ronning, Internal Security and Military Power. Counterinsurgency and Civic Action in Latin America, Ohio 1966. dn

counterparts In den EL beheimatete, einheim. Organisationen, mit denen über die *Techn. Hilfe ein E.-Vorhaben vereinbart wird, bzw. einheimische Fachkräfte, die mit den entsandten deutschen *Entwicklungsexperten oder *Entwicklungshelfern zusammenarbeiten und das Projekt weiterführen, wenn dessen Förderungslaufzeit beendet ist. Nach der entwicklungspol. Konzeption der BRD sollen einheimische c. garantieren, dass die Zielvorstellungen und Wünsche der EL Inhalt und Art der Durchführung eines geförderten Projektes bestimmen. Sie sollen möglichst rasch die deutschen Fachkräfte ersetzen. dn

CPCM *Comité Permanent Consultatif du Maghreb,* Ständiger Beratungsausschuss der Maghreb-Staaten mit Sitz in Tunis. Mitglieder: Marokko, Algerien, Tunesien, Mauretanien (seit 1975). Ziel des ständigen Beratungskomitees ist es, die Errichtung einer Wirtschaftsgemeinschaft der Maghrebländer zu realisieren. 1989 wurde ein Vertragswerk zur Schaffung des Vereinigten Arabischen Maghreb unterzeichnet. red

CPLP *Comunidade dos Países de Língua Portuguesa,* Gemeinschaft der Länder der portugiesischen Sprache. Die sieben lusophonen Staaten Angola, Brasilien, Guinea-Bissau, Kap Verde, Mozambique, Portugal und São Tomé und Príncipe gründeten nach elf Verhandlungsjahren am 17. 7. 1996 die CPLP mit Sitz in Lissabon. Leitender Sekretär der neuen Gemeinschaft ist der frühere MP von Angola, Marcolino Moco. Timor Loro Sa'e (→Ost-Timor), anfangs lediglich mit Beobachterstatus, ist nach seiner Unabh. am 20. Mai 2002 der CPLP als Vollmitgl. beigetreten. Die ca. 200 Mio. Ew. umfassende Gemeinschaft verfolgt neben der Stärkung kultureller, sozialer und rechtl. Bez. und Interessen die Intensivierung des Handels unter den Mitgl. Außerdem soll auf der Ebene der Int. Beziehungen die Vertretung gemeinsamer Interessen verstärkt vorangetrieben werden. Juni 2002 ist eine Soziale Charta vorgestellt worden, mit dem Ziel, die Lebens- und Arbeitsbedingungen im gesamten CPLP-Raum langfristig zu verbessern und die unbeschränkte Bewegungsfreiheit von Arbeitskräften der CPLP zu ermöglichen. Aufgrund der fehlenden finanz. Ressourcen wurden allerdings bisher kaum konkrete Maßnahmen ergriffen. Auch der Aufbau des geplanten Internationalen Instituts der Portugiesischen Sprache machte keine Fortschritte. acc

CPUSTAL →Gewerkschaften (in der Dritten Welt)

CRD →RCD

critical minimum effort →*balanced growth*

CSD Kommission für *nachhaltige Entwicklung (*Commission on Sustainable Development*), funktionale Kommission des *ECOSOC, gegr. als Ergebnis der *Welt-Umweltkonferenz von Rio de Janeiro 1992, erarbeitet Leitlinien für nachhaltige Entwicklung. Sie setzt sich aus 53 Mitgl. zusammen: Afrika 13, LA 10, Osteuropa 6, westl. IL 13 Sitze. dn

CsocD *Commission for Social Development* (Kommission für Soziale Entwicklung), funktionale Kommission des *ECOSOC, zuständig für die Bekämpfung der Armut, negative Folgen der Globalisierung etc. red

CSTD *Committee on Science and Technology for Development,* Komitee für Wissenschaft und Technologie für Entwicklung der *UN.

CSU-entwicklungspolitische Leitlinien Die e.-pol. Positionen der CSU sind in hohem Maß von außen-, sicherheits- und außenwirtschaftspol. Zielvorstellungen geprägt. Die CSU sieht als Herausforderung der EP neben Hunger und *Armut insb. auch den int. pol. *Terrorismus, die organisierte Kriminalität sowie die Umweltzerstörung, Ressourcenschutz und Bildungsdefizite. Deshalb ist es für die CSU allg. Aufgabe der EP, Konfliktursachen weltweit zu bekämpfen, um durch weltweite E. nat. Sicherheit zu erreichen. So lassen sich thesenartig folgende e.-pol. Kernsätze ableiten: 1. EP heißt v. a., auf Beachtung der Menschenrechte und Schaffung eines demokratischen Rechtsstaates zu drängen. Sie dient auch dem gerechten Interessenausgleich zwischen Nord und Süd. *Technische und *Finanzielle Hilfe sollen den Interessen der Geber- und Nehmerländer gleichermaßen Rechnung tragen. 2. EP soll die Prinzipien einer «marktfreundlichen Wirtschaftsordnung» fördern. Die Prinzipien der sozialen Marktwirtsch. sollen «offensiv» vertreten werden. Wachstum, pol. Stabilität sowie die Bekämpfung von Armut und Beschäftigungslosigkeit sind am besten mit den marktwirtsch. Mitteln weltweiter *Strukturanpassung zu erreichen. Forderungen nach einer *Neuen Weltwirtschaftsordnung werden abgelehnt. 3. Die Finanzmittel der dt. EZ sollen erhöht werden und die E. des Haushalts des *BMZ analog des Wachstums des BNE erfolgen. Die Org. des BMZ soll durch Konzentration auf die Durchführung der *techn. und *finanz. Hilfe gestrafft werden. 4. Die Rolle der *nichtstaatlichen Organisationen und des privaten Unternehmertums in der EZ ist zu stärken. *Direktinvestitionen sind eine wichtige Ergänzung der staatl. Hilfe. 5. Die regionale pol. und wirtsch. Kooperation von EL (→Süd-Süd-Beziehungen) wie z. B. im Rahmen der *ASEAN wird begrüßt, soweit sie der eigenständigen E. und der Förderung von Frieden und Freiheit dienlich ist. 6. Die EP der EU soll sich v. a. an der Sicherheitspol. der europ. Länder orientieren. Außerdem soll die EP in der *EU stärker koordiniert werden. 7. EP soll auch immer globale Umweltpol. bedeuten, die sich an den Grundsätzen der Konferenz von Rio zu orientieren hat. Damit wird die gemeinsame Verantwortung von IL und EL betont.

Bis zum revolutionären Umbruch in Osteuropa verstanden sich etliche e.-pol. Ziele der CSU allein im O-W-Konflikt. So sollten z. B. in LA nur solche EL dt. E.-Hilfe erhalten, die nicht mit der SU zusammen bzw. nicht gegen die USA arbeiteten. In der Dritten Welt sollte der friedliche, evolutionäre Wandel gegenüber revolutionären Tendenzen unterstützt werden. Mitte der 1990er J. stellte die CSU ihre EP mehr in den Zusammenhang einer erfolgreichen Friedens- und Sicherheitspol., die nach ihrer Ansicht in effizienten regionalen Sicherheitssystemen sowie in einer glaubwürdigen Fähigkeit zur militärischen Abschreckung bestand. Heute drängt die CSU darauf, E.-Hilfe nur solchen Ländern zu gewähren, bei denen die pol. und wirtsch. Strukturen den Kriterien der *good governance* entsprechen. Außerdem sollen die Beratung von Ländern in Hinsicht auf eine verstärkte Funktionsfähigkeit des Staates nach diesen Kriterien sowie eine verstärkte dt. und europ. Einflussnahme auf int. Org. dt. E.-Politik leiten.

Adresse: CSU, Arbeitskreis Deutschland- und Außenpolitik, Nymphenburger Str. 64, 80335 München; E-Mail: info@csu.de tk

Cuenca del Plata →La-Plata-Gruppe

D

DAAB Deutsch-Afrikanisch-Arabisches Büro, Bonn.

DAAD Deutscher Akademischer Austauschdienst, gegr. 1925, wiedergegr. 1950.
Aufgabe: Förderung der int. Hochschulbez., v. a. des akademischen und wiss. Austausches der BRD mit dem Ausland. *Finanzierung:* durch öfftl. Mittel, insb. vom Auswärtigen Amt, vom Bundesministerium für Bildung und Wissenschaft und vom *BMZ. Einen Schwerpunkt der *Förderungsprogramme* bilden die Stipendien für Studienanfänger und Graduierte aus den EL. Sie werden im Rahmen der deutschen *Bildungshilfe gefördert, wozu DAAD und BMZ eine Übereinkunft trafen. Auf der Grundlage von Zuwendungsverträgen mit der *GTZ, welche die durchzuführenden Maßnahmen und die bereitgestellten Mittel verbindlich festlegen, organisiert der DAAD die entsprechenden Programme, u. a. Stipendien- und Gastprofessorenprogramme sowie **Sur-place*-Stipendien. Adresse: Kennedyallee 50, 53175 Bonn. Internet: www.daad.de dn

DAC Ausschuss für E.-Hilfe (*Development Assistance Committee*) der *OECD, 1961 gegr., Sitz in Paris. 2002 22 Mitgl.: Australien, Belgien, BRD, Dänemark, Finnland, Frankreich, Großbritannien, Irland, Italien, Japan, Kanada, Luxemburg, Neuseeland, Niederlande, Norwegen, Österreich, Polen, Portugal, Schweden, Schweiz, USA und die Kommission der EU. Jährl. Neuwahl des Vorsitzenden. *Aufgaben:* Allg. Unterstützung der EL, speziell: 1. Erhebung detaillierter Statistiken (Umfang der Hilfe, *finanzielle Nettoleistungen, Bedingungen der öfftl. Kredite, *Verschuldung und *Schuldendienst der EL); 2. Erarbeitung von e.-theoret. und pol. Grundlagen zur Prüfung der jährl. Programme seiner Mitgl.-Länder nach Höhe, Zweckbestimmung, Wirksamkeit (→Evaluierung); 3. Erarbeitung von Empfehlungen, Setzen von Maßstäben, Definitionen, Strategien, an denen sich die EP der IL orientieren kann; 4. Veröffentlichung von Jahresberichten (laufend abgedruckt im HIZ). Der DAC hat seit Mitte der 1970er J. sein E.-Konzept und seine multilaterale E.-Hilfe auf die Befriedigung der *Grundbedürfnisse orientiert. Die *DAC-Mitglieder haben vereinbart, ihre e.-pol. Leistungen nach gemeinsam erarbeiteten Kriterien alle zwei Jahre im sog. DAC-Examen umfassend prüfen zu lassen. Außerdem findet seit 1981 jährl. in einem sog. *joint review* eine gemeinsame Prüfung der Leistungen aller DAC-Mitgl. statt, deren Ergebnisse im DAC-Jahresbericht veröffentlicht werden. Das DAC-Examen sorgt somit nicht nur für eine verbesserte Transparenz der *Entwicklungshilfe, sondern ermöglicht auch einen Leistungsvergleich der einzelnen Geberländer.
Tabelle 3 listet einige der wichtigsten Kriterien für einen solchen Vergleich auf. Für die Beurteilung der staatl. EZ eines Geberlandes ist nicht nur der abs. Umfang der *öffentlichen Hilfe (ODA) von Bedeutung, sondern v. a. auch das Verhältnis der Leistungen zur Wirtschaftskraft des Gebers. Die DAC-Mitgl. haben sich zum Ziel gesetzt, mindestens 0,7 % ihres *Nationaleinkommens für die ODA aufzubringen. Dieses Ziel wird nur von einigen kleineren Geberländern, v. a. in Skandinavien erreicht. Welchen Stellenwert die EZ in der Pol. eines Landes hat, lässt sich auch am Anteil der ODA an den ges. Staatsausgaben grob abschätzen sowie an Veränderungen von Umfang und Struktur der ODA über die Zeit (z. B. im Zusammenhang mit Reg.-Wechseln).
Für die Beurteilung der EP eines Landes ist weiterhin wichtig, in welchem Umfang die Leistungen den am meisten bedürftigen EL (*LLDCs) zugute kommen.

Tabelle 3: Ausgewählte Kriterien des DAC für die Prüfung der öffentlichen E.-Hilfe zentraler DAC-Mitgliedsländer

	Netto-ODA								ODA an LLDCs			
	in Mio. US-§				in % des BSP				in % des BSP			
	1980	1990[a]	1995	2000	80/81	1990	1997	2000	1980	89/90	1995	2000
Australien	667	955	1194	987	0,44	0,34	0,28	0,27	0,06	0,07	0,06	0,05
Österreich	178	394	767	423	0,28	0,25	0,34	0,23	0,01	0,05	0,04	0,04
Belgien	595	889	1034	820	0,45	0,45	0,33	0,36	0,12	0,12	0,10	0,08
Kanada	1075	2470	2067	1744	0,43	0,44	0,37	0,25	0,11	0,11	0,08	0,05
Dänemark	481	1171	1623	1664	0,74	0,93	1,05	1,06	0,27	0,36	0,28	0,33
Finnland	110	846	388	371	0,24	0,64	0,39	0,31	0,08	0,21	0,08	0,09
Frankreich	4162	7163	8443	4105	0,67	0,79	0,47	0,32	0,09	0,14	0,11	0,07
Deutschland	3567	6320	7524	5030	0,47	0,42	0,31	0,27	0,12	0,10	0,07	0,06
Irland	30	57	153	235	0,16	0,16	0,31	0,30	–	0,05	0,19	0,13
Italien	683	3395	1623	1376	0,18	0,32	0,13	0,13	0,06	0,12	0,04	0,03
Japan	3353	9069	14 489	13 508	0,30	0,31	0,22	0,28	0,08	0,05	0,05	0,05
Niederlande	1630	2538	3226	3135	1,01	0,94	0,81	0,84	0,27	0,26	0,22	0,18
Neuseeland	72	95	123	113	0,31	0,22	0,27	0,25	0,04	0,03	0,05	0,06
Norwegen	486	1205	1244	1264	0,86	1,17	0,90	0,80	0,28	0,43	0,33	0,28
Schweden	962	2007	1704	1799	0,80	0,90	0,86	0,80	0,23	0,30	0,21	0,20
Schweiz	253	750	1082	890	0,24	0,31	0,37	0,34	0,08	0,11	0,10	0,10
Vereinigtes Königreich	1854	2638	3157	4501	0,39	0,27	0,29	0,32	0,09	0,09	0,07	0,07
USA	7138	11 354	7367	9955	0,23	0,21	0,12	0,10	0,05	0,03	0,02	0,02
DAC-Länder insgesamt	27 297	52 961	58 894	53 737	0,36	0,35	0,25	0,22	0,08	0,08	0,06	0,05

[a] Einschließlich Erlass von Nicht-ODA-Forderungen mit Ausnahme der Spalte «DAC-Länder insgesamt»

Außerdem kommen Kriterien wie der Anteil der nicht-*gebundenen Hilfe an der ges. ODA und die Höhe des *Zuschusselements (beide sollten möglichst groß sein) zum Tragen. Eine weitere Vergleichsdimension ergibt sich schließlich aus der Frage, in welchem Umfang die Geber ihre ODA über int. Org. der EZ leisten (z. B. *IFAD, *UNDP, *Weltbankgruppe [v. a. *IDA], *regionale Entwicklungsbanken) bzw. inwieweit ihre EP *bilateral orientiert ist. Die E.-Hilfe der DAC-Mitgl. sank in den 1990er J. kontinuierlich und erreichte 1997 den tiefsten Stand seit 25 Jahren. Bis Ende 2000 stieg sie wieder leicht an. Für eine effiziente Verringerung der Armut wäre nach Berechnung der Weltbank sowie der von Kofi *Annan eingesetzten Zedillo-Kommission eine Verdoppelung der derzeitigen ODA auf insges. 100 Mrd. US-$ nötig. Auf dem *UN-«Millenniumsgipfel» in New York (2000) gaben die IL das ehrgeizige Ziel aus, die Zahl der Armen, d. h. derjenigen, die mit weniger als einem US-$ am Tag auskommen müssen, bis zum J. 2015 zu halbieren. Die folgende Int. Konferenz über Entwicklungsfinanzierung in Monterrey März 2002 verlief hingegen aus Sicht vieler *NGO-Vertreter enttäuschend. Zwar verpflichteten sich die IL im Abschlussdokument (*Monterrey-Konsens*) zu ODA-Steigerungen und die EL zu *good governance*, allerdings mangelt es der Erklärung an jeglicher Verbindlichkeit.

Fortsetzung Tabelle 3: Ausgewählte Kriterien des DAC für die Prüfung der öffentlichen Entwicklungshilfe zentraler DAC-Mitgliedsländer

	Zuschusselement						multilat. ODA in Mio. US-$				Pro-Kopf-ODA in US-$	
	ODA insges.			ODA für LLDCs[a]			an Weltbankgruppe insges.		an UN-Stellen insges.			
	1980	89/90	99/00	1980	89/90	99/00	1995	2000	1995	2000	89/90	99/00
Australien	100,0	100,0	100,0	100,0	100,0	100,0	86	75	87	55	56	54
Österreich	70,4	75,5	91,3	100,0	95,5	100,0	72	26	35	20	51	62
Belgien	98,8	93,4	99,5	97,8	100,0	99,2	224	56	47	49	93	83
Kanada	97,9	97,7	100,0	100,0	100,0	100,0	218	136	190	124	79	55
Dänemark	97,3	100,0	100,0	96,0	100,0	100,0	114	75	328	251	224	337
Finnland	97,5	98,8	100,0	100,0	100,0	100,0	35	14	69	62	136	81
Frankreich	90,0	90,2	95,6	–	89,0	99,6	493	242	113	125	128	88
Deutschland	89,3	96,6	96,2	100,0	100,0	99,6	751	384	310	387	106	69
Irland	–	100,0	100,0	88,0	100,0	100,0	7	8	15	22	18	67
Italien	99,6	91,3	99	88,6	96,1	100,0	19	19	148	202	65	29
Japan	77,7	81,4	86,6	80,5	96,8	98,7	2323	1153	744	1304	95	112
Niederlande	92,5	96,6	100,0	99,8	100,0	100,0	247	197	306	360	177	210
Neuseeland	100,0	100,0	100,0	100,0	100,0	100,0	9	7	8	8	28	34
Norwegen	100,0	99,8	99,8	100,0	99,2	99,7	87	33	230	208	260	291
Schweden	100,0	100,0	99,8	100,0	100,0	100,0	119	151	259	248	215	203
Schweiz	95,8	100,0	100,0	100,0	100,0	100,0	136	100	135	78	115	138
Vereinigtes Königreich	96,1	98,2	100,0	100,0	100,0	100,0	326	271	192	359	60	68
USA	91,5	98,8	99,6	94,6	98,9	99,9	594	775	976	1242	47	34
DAC-Länder insgesamt	90,8	92,8	95,4	96,7	97,8	99,6	6004	3781	4260	5188	76	678

[a] DAC-Norm: 86 % für jedes einzelne LLDC im Dreijahresdurchschnitt

Adresse: DAC, 2, Rue André Pascal, F-75, Paris 16e

Lit.: OECD, DAC-Grundsätze für wirksame Entwicklungshilfe, Paris 1992; R. Halvorson-Quevedo / H. Schneider (Hg.), Waging the Global War on Poverty, Paris 2000. dn

Dag Hammarskjöld-Bericht Bericht der von der schwedischen Stiftung gleichen Namens initiierten und durchgeführten Konferenz (150 Teilnehmer aus 48 Ländern) über Entwicklung und int. Zusammenarbeit von 1975. Wichtiges Dokument *alternativer Entwicklung, dt. abgedruckt in: Friedensanalysen 3 und 4, Frankfurt 1976. dn

Dahomey →Benin

DAHW Deutsches Aussätzigen-Hilfswerk e. V., 1957 gegr. *nichtstaatliche Organisation (*VENRO), hat als Mitglied der ILEP (*International Federation of Leprosy Associations*) zum Ziel, weltweit Lepra und Tuberkulose zu bekämpfen. Maßnahmen: Aufbau und Unterhalt von Krankenhäusern, ambulanten Diensten, Basisgesundheitsdiensten und Rehabilitationswerkstätten sowie die Durchführung von Lepra- und Tuberkulosetherapien (1998 wurden ca. 286000 Kranke weltweit behandelt). Das DAHW unterstützt überdies die Lepra-Forschung (Institut Borstel in Hamburg), der es gelang, Erfolg versprechende Heilungsmethoden für Lepra zu entwickeln. Das Hilfswerk kooperiert mit zahlreichen nat. und int. Organisationen und finanziert sich insb. über Spenden (1998: rd. 17 Mio. €)

und *BMZ-Zuschüsse (1998: rd. 10 Mio. €). 2000 wurden 330 Projekte in 47 Ländern unterstützt.
Publikation: Miteinander; Völker im Aufbruch. Adresse: Marianhillstr. 1c, 97074 Würzburg; Internet: www.dahw.de red

DARS →OAU, Westsahara

Dauerhafte Entwicklung →sustainable development

DÄZ Deutsche Ärztegemeinschaft für Medizinische Zusammenarbeit e.V. ist eine 1951 gegründete, auf den medizinischen Bereich ausgerichtete *nichtstaatliche Organisation (*VENRO). Sie unterstützt staatl. Gesundheitsbehörden und Ärzte in EL insb. bei der Ausstattung mit Arzneimitteln und med. Geräten, der Fortbildung med. Fach- und Führungskräfte und realisiert Gesundheitsprojekte im Auftrag und mit Mitteln der EU-*Gesundheitshilfe. Der Schwerpunkt der Hilfsaktionen (ges. Finanzmittel 1995: rd. 1,4 Mio. €) lag 1996 in Osteuropa und der GUS (rd. 0,9 Mio. €). Adresse: Prenzlauer Allee 90, 10409 Berlin. Internet: www.daez.de red

DBA →Entwicklungsländersteuergesetz

DC →Development Committee

DCC →Entwicklungspolitik der USA

DCV Deutscher Caritasverband (*nichtstaatliche Organisation, *VENRO), führt über Caritas International im Auftrag der Deutschen Katholischen Bischofskonferenz v. a. in EL Maßnahmen der *Katastrophen- und *Sozialstrukturhilfe durch. Die Arbeit von Caritas International basiert auf fünf Prinzipien: Zusammenarbeit mit Partnerorg. vor Ort, ganzheitliche Hilfe, Unabhängigkeit von rassischen, religiösen und pol. Aspekten, Hilfe zur Selbsthilfe und *Nachhaltigkeit. Caritas International betreut jährl. weltweit ca. 1000 Projekte in weit über 100 Ländern mit einem Jahresetat von rd. 65 Mio. €. Der E.-Etat des DCV setzt sich zu 60 % aus Spenden sowie zu 40 % aus Mitteln des Bundes, der dt. Diözesen und der EU zusammen. Adresse: Postfach 420, 79004 Freiburg, Internet: www.caritas.de red

Debt-Bond-Swap Schuldentausch mit Abschlägen gegenüber dem Nennwert des ursprgl. Schuldtitels gegen andere Schuldeninstrumente wie Schuldverschreibungen und Exitbonds; das Schuldnerland verpflichtet sich zudem, diese Titel vorrangig zu bedienen. hs

Debt-Buy-Back Rückkauf von Auslandsschulden; bei dieser Transaktion kauft ein Land seine Schuldtitel mit einem Abschlag gegen Kasse zurück und verringert dadurch seinen Schuldendienst. Voraussetzung sind entsprechende Devisenvorräte des Schuldnerlandes, was bei Ländern mit Schuldenproblemen in der Regel nicht der Fall ist. hs

Debt-Equity-Swap Umwandlung von Auslandskrediten in Inlandsbeteiligungen. Der ursprgl. Gläubiger oder der Inhaber des Schuldtitels, der diesen mit einem Abschlag auf dem Sekundärmarkt erworben hat, verkauft seine Forderung an das Schuldnerland und erhält im Austausch zum Nennwert des Schuldtitels einheimische Währung zum offiziellen Wechselkurs. Damit erwirbt der Investor einheim. Beteiligungen, z. B. im Rahmen von Privatisierungsprogrammen staatl. Unternehmen. Die Gläubiger haben den Vorteil, dass sie ihre Darlehen in Höhe des Nennwerts verwenden können, während für das Schuldnerland eine Verringerung seiner Auslandsschulden erreicht wird.
Sonderformen sind *debt-for-nature-* oder *debt-for-health-swaps*, bei denen der ausländ. Verkäufer der Schuldtitel den Gegenwert in nationaler Währung zweckgebunden für Naturschutz oder Basisgesundheitsdienste dem Schuldnerland zur Verfügung stellt. hs

Debt-for-Child-Development-Swaps →Verschuldung

Debt-for-Development-Swaps →Verschuldung

Debt-for-Nature-Swap →Verschuldung, Debt-Equity-Swap

DED Deutscher Entwicklungsdienst, 1963 gegr. gemeinnützige Gesellschaft mbH (Anteile: Bundesreg. 95 %, *Arbeitskreis Lernen und Helfen in Übersee

5 %), bildet im Bereich der *personellen Hilfe dt. *Entwicklungshelfer aus und setzt sie in Zwei- bis Dreijahresverträgen in E.-Projekten ein, die von staatl., kommunalen oder privaten Institutionen der EL getragen werden. Der DED betreibt also keine eigenen Projekte, sondern arbeitet in denen der Partner mit. Bis 2002 hat die Gesellschaft ca. 10000 *Entwicklungshelfer und -helferinnen aus rd. 100 Berufen in fast 50 EL entsandt. 1987 war der DED an 887, 1997 an 955 Projekten in 42 EL beteiligt. Im J. 2002 waren knapp 1000 Entwicklungshelfer (ca. 1/3 Frauen) in rund 40 Ländern tätig. Schwerpunkte der Hilfe liegen bislang insb. in den Bereichen Land- und Forstwirtsch., Ressourcensicherung, techn.-handwerkliche Berufsausbildung und Kleingewerbeförderung, Management, kommunale Selbstverwaltung, Gemeinwesenarbeit/ Frauenförderung und *Gesundheitswesen. Zunehmend werden Org. vor Ort auch direkt durch punktuelle fachliche Beratung, finanzielle Unterstützung oder berufliche Qualifizierung und Finanzierung einheim. Fachkräfte gefördert. Grundlage der Tätigkeit des DED sind völkerrechtl. Abkommen zwischen D und den EL.

Nach eigenen Angaben sucht der DED die Zusammenarbeit bes. mit solchen EL, die um eine soziale *Entwicklung unter Beteiligung aller Bev.-Schichten bemüht sind und versuchen, einseitige *Abhängigkeit von den IL abzubauen. Wesentliche Kriterien für eine Projektbeteiligung der Gesellsch. sind, dass städt. und ländl. Unterschichten (wichtigste Zielgruppe des DED) an der Planung und Durchführung der Projekte beteiligt sind und dass die Maßnahmen an lokale techn. und soziale Voraussetzungen angepasst sind (→angepasste Technologien). In den letzten J. verringerte der DED die Kooperation mit staatl. Org., erachtet sie jedoch weiterhin als wichtige Partner. Ausgebaut wurde die Zusammenarbeit mit *NRO vor Ort. Auch die Abstimmung mit anderen dt. und int. E.-Org. soll verstärkt werden, so haben DED und *CDG 2002 einen Kooperationsausschuss eingerichtet. Mit Hilfe der beruflichen und gesellsch. Reintegration ehem. E.-Helfer und über Bildungs- und Öffentlichkeitsarbeit möchte der DED auch zum e.-pol. Lernprozess in der BRD beitragen. Der DED ist am europäischen Freiwilligenprogramm (EFP) beteiligt, das D zusammen mit F und IRL durchführt, ebenso am Freiwilligenprogramm des *UN (*UNV). Er vermittelt jeweils dt. Fachkräfte. Außerdem unterhält der DED ein Nachwuchsförderungsprogramm (NFP). Als einer der Träger des Programms *Ziviler Friedensdienst entsendet der DED seit Ende 1999 in bislang 7 Länder Friedensfachkräfte zur Konfliktbearbeitung und nimmt für das *BMZ die Sekretariatsfunktion war.

Organe: Verwaltungsrat mit 17 Mitgl. (Vertreter der Bundesreg., des Arbeitskreises Lernen und Helfen in Übersee, der Bundestagsparteien und der E.-Helfer). *Finanzierung:* aus den Mitteln des Bundeshaushalts (1989: 47,8 Mio. €; 1999: 68 Mio. €; 2000: 75 Mio. €). Publikation: DED-Brief. Adresse: Kladower Damm 299–327, 14089 Berlin; Internet: www.ded.de dn

DEG Deutsche Investitions- und Entwicklungsgesellschaft mbH, vormals Deutsche Finanzierungsgesellschaft für Beteiligungen in Entwicklungsländern mbH; 1962 von der Bundesreg. gegr. Nach der rückwirkenden Veräußerung seiner Gesellschaftsanteile zum 1. Jan. 2001 ist nicht mehr der Bund Hauptgesellschafter der DEG, sondern die Kreditanstalt für Wiederaufbau (*KfW). *Aufgabe:* Förderung dt. *Direktinvestitionen in EL, um dort den Aufbau der Privatwirtsch. zu unterstützen. *Tätigkeit:* Die DEG hilft bei der Finanzierung von **joint venture*-Projekten, indem sie Beteiligungen erwirbt und/oder beteiligungsähnliche Darlehen vergibt, Bürgschaften übernimmt und weitere Kredite int. und nat. *Entwicklungsbanken (die sie mitfinanziert) vermittelt; im Rahmen von Förderungsprogrammen der Bundesreg. gewährt sie Niederlassungs- und Investitionsdarlehen für kleine und mittelständische Unternehmen und Handwerker. Außerdem bietet die DEG Beratungsdienste für Investoren in EL an. Die DEG arbeitet nach privatwirtsch. Grundsätzen und beteiligt sich (i. d. R. als Minderheitenpartner) nur an der Finanzierung solcher Projekte, die eine ‹angemessene› Rendite erwarten lassen sowie – eine E. der 1990er J. – als ökol. und sozial vertretbar erachtet werden. Ergebnis der mit dem Gesellschafterwechsel verbundenen Abstimmung der Geschäftsfelder und Finanzierungsinstrumente von DEG und KfW ist im Infrastrukturbereich die Konzentration der DEG auf den Einsatz von Risikokapital, während Darlehen durch die KfW vergeben werden. Im Finanzsektor liegt die Darlehensvergabe bei der DEG (Ausnahme: Banken in EU-Beitrittskandidatenstaaten). *Geschäftsvolumen und -struktur:* 2001 machte die DEG in 33 Ländern Neufinanzierungszusagen in Höhe von insges. 412 Mio. €. 2001 lag der Nettozusagenbestand bei ca. 2,3 Mrd. €, verteilt auf 445 Gesellschaften in 85 Ländern. Das Neugeschäft belief sich 2001 auf 64 Finanzierungszusagen über insg. 412 Mio. € in 33 Ländern (1998: 358 Mio. €). Die Gesamtmittel verteilten sich 2001 (1998) finanztechn. auf 19,7 % (14 %) Beteiligungen, 78,8 % (84 %) Darlehen und 1,5 % (2 %) Garantien. Der geschäftspol. Auftrag der DEG stellt die Org. ins Spannungsfeld zwischen privatwirtsch. Rentabilität und e.-pol. Effizienz, zwischen Gewinninteressen dt. Unternehmen und E.-Bedürfnissen der Dritten Welt. Die Verfahrensrichtlinien der DEG sehen vor, dass Zusagen nur für e.-pol. «sinnvolle» Projekte vergeben werden sollen, die mit der «Industrialisierungspol. des Gastlandes in Einklang» stehen. Nach den e.-pol. Zielen der Bundesreg. gehört bes. die Förderung von Vorhaben im Rahmen der *ländlichen Entwicklung in den ärmsten EL zum Auftrag der DEG. Die Verteilungsstruktur der Zusagen entsprach dieser Zielsetzung nur bedingt. Auf die EL der ärmsten Gruppe (31 *LIC-Länder, BNE pro Kopf <755 US-$) entfielen 29 %, auf die 51 *MIC-Länder (BNE pro Kopf 756–9265 US-$) 70 % des Zusagenbestandes. Die Stellung dieser Länder verbesserte sich zwar im Laufe der Zeit (1976 entfielen nur 15 % des Zusagenbestandes auf die *LLDCs; 1994: 25 %), sie blieben – zumal es sich oftmals um sog. Risikoländer mit schlecht bewertetem Investitionsklima handelte – gleichwohl unterbedient. In den 1990er J. hat sich die Zielsetzung der DEG in Richtung auf Unternehmen wettbewerbsfähiger Technologie verschoben. Als Kriterien für Darlehen wurden neben e.-pol. Relevanz die Rentabilität und die Umweltverträglichkeit der Vorhaben stärker betont; der Sicherung von Sozialstandards diente 2001 die Einführung von auf die *ILO-Kernarbeitsnormen bezogenen Sozialleitlinien. Die veränderten Akzente schlugen sich in der sektoralen und regionalen Verteilung der Darlehen nieder. Sektorale Verteilung 2001: Finanzierungsinsitute 43 %, Ind. 34 %, Bergbau 1 %, Land- und Forstwirtsch. 6 %, Tourismus und sonstige Dienstleist. 5 %; regionale Verteilung 2001: Asien/Ozeanien 40 %, LA 26 %, Afrika 20 %, Europa 13 %, regionenübergreifend 1 %. Adresse: Belvederestraße 40, 50933 Köln (Müngersdorf); Internet: www.deginvest.de dn/bt

Deindustrialisierung →Industrialisierung

Deklaration von Rio →Welt-Umweltkonferenz

Deklaration von Vancouver →HABITAT

Dekolonisation Auch Entkolonisierung, hist. Prozess der Auflösung der europ. Kolonialreiche bzw. die Befreiung von Kolonien nach dem 2. Weltkrieg durch die Gewährung bzw. Erkämpfung der völkerrechtl. Unabhängigkeit. Die *UN beschlossen Dez. 1960 die Erklärung über die Gewährung der Unabh. an Kolonialländer und -völker. Die sog. Entkolonisierungsresolution der Vollversammlung sprach von der «Notwendigkeit, den *Kolonialismus in allen Erscheinungs-

formen schnell und bedingungslos zu beenden». Die UN betrachteten die Durchsetzung des Selbstbestimmungsrechts als eine ihrer wichtigsten Aufgaben.
Wichtige Daten im Dekolonisationsprozess: Indien wurde Anf. 1947, Indonesien Dez. 1949, Vietnam Juli 1954 völkerrechtl. unabh., GB, die Niederlande und Frankreich sahen sich in schmerzlichen hist. Erfahrungen gezwungen, ihre Kolonialgebiete aufzugeben. Als erstes schwarzafrik. Land wurde Ghana, die ehem. Goldküste, im März 1957 unabhängig. Weitere Daten waren die Beendigung des Algerienkrieges März 1962 und die Staatswerdung des Belgisch-Kongo, Zaire. Das autoritäre Portugal, selbst EL, wehrte sich am längsten gegen die Auflösung seines luso-afrik. Reiches. Der zermürbende *Guerillakrieg der *Befreiungsbewegungen bewirkte schließlich den Sturz des Regimes, ähnlich wie in Frankreich mit der IV. Republik ein pol. System an der Dekolonisation scheiterte. Die Dekolonisation der span. Westsahara 1975 endete zunächst unglücklich in der Annexion des Gebietes durch den EL-Nachbarn. Mit der Lösung des Rhodesien/Zimbabwe-Problems – dort wurde die Entkolonisierung durch die Errichtung weißer Minderheitsregime zu unterlaufen versucht – zu Beginn der 1980er J. war die pol. Dekolonisation bis auf wenige noch *abhängige Gebiete weitgehend abgeschlossen. Im J. 2002 erachtet die UN noch 17 Gebiete für abhängig, während 80 Länder seit 1945 die Unabhängigkeit gewonnen haben.

Lit.: R. von Albertini, Dekolonisation, Köln/Opladen 1966; L. Harding, Einführung in das Studium der afrikanischen Geschichte, Hamburg 1992; R. Tetzlaff/U. Engel/A. Mehler (Hg.), Afrika zwischen Dekolonisation, Staatsversagen und Demokratisierung, Hamburg 1995; F. Ansprenger, Politische Geschichte Afrikas im 20. Jh., München [2]1992. dn

Demokratisierung / Redemokratisierung
Im Bereich der Lehre von den pol. Systemen und ihrem Wandel bezeichnet D. den Übergang eines Staates von einer autoritären Herrschaftsform zu einer pluralistischen Demokratie; bestanden in der vorautoritären Phase des betreffenden Landes bereits demokratische Verhältnisse, spricht man von einer *Re*demokratisierung. Die (Re-)Demokratisierungsprozesse in der *Dritten Welt konzentrierten sich insb. auf LA. Während Mitte der 1970er J. lediglich Costa Rica und Venezuela als liberale Demokratien zählten, begann 1989 als letztes Land Paraguay eine pol. Öffnung. Obwohl die Demokratien unter erheblichen wirtsch. Herausforderungen und sozialem Druck stehen und auch Effizienzprobleme zeigen, haben sie bis auf wenige Ausnahmen (Haiti, Peru) zu überdauern vermocht. In Asien waren in den 1980er J. die Philippinen und Südkorea Vorreiter der D. Es folgten die Mongolei, Nepal, Hongkong, Samoa, Pakistan, Bangladesh. Wahlen fanden auch in Jordanien, im Jemen und im Libanon statt. In Algerien wurde die D. durch die befürchtete islamische Wende unterbrochen. An der Schwelle zu den 1990er J. zeichneten sich auch in Afrika Veränderungen in Richtung auf mehr Demokratie ab. In den meisten Ländern handelte es sich zunächst einmal um die Aufgabe des Einparteisystems. Nicht überall wurde bereits eine faire Wettbewerbssituation zwischen den Parteien erreicht. Öffnungen der pol. Systeme fanden statt u. a. in Angola, Benin, Burkina Faso, Elfenbeinküste, Ghana, Kap Verde, Niger, São Tomé und Príncipe, Tanzania und Zambia. In weiteren Ländern vollziehen sich pol. Öffnungen oder waren angekündigt. Zu Recht hat man folglich von einer dritten Welle der Demokratisierung (S. P. Huntington 1991) gesprochen, zumal wenn die pol. Veränderungen in Osteuropa mitbedacht werden. Ein einheitliches Modell des Übergangs zur Demokratie gibt es jedoch nicht. Ablaufmuster und Tiefe des D.-Prozesses variierte erheblich. Wenn auch die Formen des Übergangs von Bedeutung für die Aussichten der Konsolidierung der Demokratie sind, so determinieren sie diese nicht.

Destabilisierend wirken eine der Demokratie nicht konforme pol. Kultur, Funktionsprobleme der Institutionensysteme, Defizite der pol. Elite und die enormen wirtsch. und sozialen Probleme, die sich in den EL auftürmen. In den meisten Fällen handelt es sich um «Demokratien ohne Demokraten»: Die pol. Institutionen der Demokratie schreiten einer pol. Kultur voran, die nicht von Vertrauen in die Demokratie geprägt ist. Die jungen Demokratien müssen sich dieses Vertrauen erst erwerben – in einer Schlechtwetterperiode extremer wirtsch. Engpässe und sozialer Missstände. Es wäre nicht gut, die Demokratien für die Verhältnisse zu schelten, an denen sie möglicherweise scheitern – gerade dies ist aber die gängige Form der Auseinandersetzung mit der Pol. in EL vor allem von intellektueller und politologischer Seite. Die notwendige kritische Auseinandersetzung mit dem pol. Alltag in EL sollte nicht vergessen lassen, dass die D. bereits ein wesentlicher pol. Fortschritt ist.

In diesem Zusammenhang ist bemerkenswert, dass in der neueren Diskussion über den Begriff und die Messung von *Entwicklung pol. Variablen eine größere Rolle einnehmen. Die Einsicht ist wieder gewachsen, dass es zur Umsetzung von Programmen wirtsch. und sozialer E. pol. Institutionen bedarf. Auch wird unter *human development* das als dem E.-Begriff inhärent verstanden, was die moderne, rechts- und sozialstaatl. verfasste Demokratie ausmacht. Die Bemühungen um die Quantifizierung von *«freedom»* weisen mit den dafür genannten Teilbereichen, nämlich Unversehrtheit der Person, Rechtsstaatlichkeit, Meinungsfreiheit, pol. Partizipation und Chancengleichheit, eindeutig in diese Richtung.

Lit.: G. C. O'Donnell/P. C. Schmitter/L. Whitehead (Hg.), Transitions from Authoritarian Rule. Baltimore/London 1986; D. Nohlen, Mehr Demokratie in der Dritten Welt?, in: APuZ 25–26/88 (1988), S. 3–18; S. Huntington, The Third Wave: Democratization in the Late Twentieth Century, Norman 1991; R. Tetzlaff, Perspektiven der Demokratisierung in Entwicklungsländern, Hamburg 1992; D. Nohlen/B. Thibaut, Trotz allem: Demokratie, in: D. Junker/D. Nohlen/H. Sangmeister, Lateinamerika am Ende des 20. Jahrhunderts, München 1994, S. 235–261; W. Merkel (Hg.), Systemwechsel 1, Opladen 1994; R. Hanisch (Hg.), Demokratieexport in die Länder des Südens, Hamburg 1996; D. Potter u. a., Democratization, Cambridge 1997; H. Ahrens/D. Nolte: Rechtsreformen und Demokratisierung in Lateinamerika, Frankfurt a. M. 1999; W. Merkel, Systemtransformation, Opladen 1999; M. Lauga, Demokratietheorie in Lateinamerika, Opladen 1999; D. Nohlen/ M. Krennerich/B. Thibaut (Hg.), Elections in Africa, Oxford 1999; D. Nohlen/F. Grotz/Ch. Hartmann (Hg.), Elections in Asia and the Pacific, 2 Bde., Oxford 2001. dn

Deng Xiaoping Nach dem Tode *Mao Zedongs prägte Deng Xiaoping (22. 8. 1904–19. 2. 1997) als zweite überragende Persönlichkeit die E. der VR →China. 1934 nahm er am «Langen Marsch» teil und wirkte fortan als Politkommissar in der Roten Armee. Nach Gründung der VR China (Okt. 1949) bekleidete er eine Reihe hoher Ämter in Partei, Reg. und Militär. Bis in die späten 1950er Jahre unterstützte D. als loyaler Gefolgsmann die Pol. Mao Zedongs. Nachdem der «Große Sprung» in einem Desaster geendet hatte, distanzierte sich D. allerdings von Mao und setzte 1961 zusammen mit Liu Shaoqi einen pragmatischeren Kurs zur Gesundung der katastrophalen Wirtsch.-Lage durch. In der «Kulturrevolution» wurde er aufgrund dieser Abkehr von maoist. E.-Konzepten als «Kapitalist» angegriffen und seiner Ämter enthoben. Nach Maos Tod und der Verhaftung der «Viererbande» kehrte D. 1977 abermals auf die pol. Bühne zurück und konnte sich schließlich gegen den maoistischen Flügel der Partei durchsetzen. Die 3. Plenartagung des 11. ZK 1978 markiert den Aufstieg Deng Xiaopings zum «Chefarchitekten der Reform, der Öffnung nach außen und der Modernisierung». D. kannte in Bezug auf ökon. Maßnahmen (Reform der Landwirtsch.; Wirtsch.-Sonderzonen) keine ideolog. Scheu und formulierte die Theorie vom «Sozialismus chin. Prägung», die 1992 als Leitlinie der Parteiarbeit im Parteistatut verankert wurde («Reich werden ist ruhmreich»; «Sozialismus muss die Armut bekämpfen, Armut ist nicht Sozialismus»). Außenpol. befreite er China aus der jahrelangen Isolation. Unter seiner Ägide wurden dipl. Bez. zu den USA (1979) aufgenommen, ein Friedensvertrag mit Japan geschlossen und die Bez. zur SU normalisiert (Besuch Gorbatschows 1989). 1984 setzte D. seine Idee «ein Land, zwei Systeme» in Bezug auf die Rückkehr →Hongkongs und →Macaus durch.

Seit den späten 1980er J. zog sich D. schrittweise von der pol. Bühne zurück und quittierte 1990 seinen letzten Führungsposten als Vorsitzender der Zentralen Militärkommission.

Lit.: R. Evans, Deng Xiaoping and the Making of Modern China, London 1993. vw

Dependencia-Theorien Mitte der 1960er J. begannen in LA eine Reihe von wirtschafts- und sozialwiss. Studien zu erscheinen, die den Begriff der *dependencia* (*Abhängigkeit) in den Mittelpunkt ihrer Analyse stellten und von denen viele einen doppelten Anspruch erhoben: Auf theoret. Ebene sollte eine Erklärung für die UE bzw. Blockierung von *Entwicklung in LA und auf einer pol. Ebene sollten Elemente einer Überwindungsstrategie gegen UE und Abh. geliefert werden.

Es war kein Zufall, dass die Dependenz-Studien gerade zu diesem Zeitpunkt erschienen und dass das Thema «Abhängigkeit» innerhalb kürzester Frist die sozialwiss. Diskussion in LA monopolisierte. Die sich abzeichnenden mageren Ergebnisse der von den *UN proklamierten *Entwicklungsdekade und der mit großen Vorschusslorbeeren versehenen *Allianz für den Fortschritt in LA, d.h. die lateinamerik. Wachstumskrise der frühen 1960er J., brachte nicht nur die bis dahin verfolgten E.-Strategien in Misskredit, sondern auch die E.-Theorien, die dem vorherrschenden E.-Verständnis zugrunde lagen. V.a. die US-amerik. *Modernisierungstheorien wurden zunehmend wegen ihrer meist ahist. Zugriffsweise und ihres oft krassen *Ethnozentrismus kritisiert. Für marxistische Wissenschaftler boten die Arbeiten von P. A. Baran einen Ansatzpunkt für eine theoret. Neuorientierung, da diese mit dem Begriff des **Surplus-Transfers* die für die marxistische Imperialismusforschung bis dahin typische Beschränkung auf die Motivstruktur der imp. Expansion der Metropolen überwanden und zum ersten Mal die Konsequenzen des *Imperialismus für die von ihm betroffenen Länder thematisierten. Auf nicht-marxistischer Seite hatte Raúl Prebisch mit seiner Theorie der säkularen Verschlechterung der **terms of trade* für Primärgüter die als Ausbeutung begriffenen Handelsbez. zwischen den LA-Ländern und den IL als den wichtigsten Grund für die E.-Schwierigkeiten des Subkontinents benannt. Beide Ansätze stellten somit das in der modernisierungstheoret. Forschung übliche Vorgehen radikal in Frage, die Länder der *Dritten Welt als geschlossene Systeme zu behandeln und die E.-Hemmnisse als *endogen verursachte Modernisierungsdefizite zu betrachten.

Die Dependencia-Autoren griffen diese Ansätze auf und stellten die bisher gängigen Erklärungen von UE gleichsam auf den Kopf: UE wurde nun nicht mehr als bloßes Zurückbleiben hinter dem E.-Stand moderner IL und als Folge einer mangelhaften *Integration in die moderne Welt interpretiert, sondern umgekehrt als Konsequenz einer sehr effizienten Integration der EL (Peripherie) in den von den kapitalistischen IL (Zentren, *Metropolen) beherrschten Weltmarkt. UE wurde somit nicht länger als eine Art vorgeschichtlicher Naturzustand angesehen, sondern als das Resultat eines hist. Prozesses, dessen Determinanten es zu untersuchen galt. Damit sind schon die Gemeinsamkeiten beschrieben, welche die unter dem Oberbegriff «Dependencia-Theorie» zusammengefassten Ansätze verbinden. Der kausale Zusammenhang zwischen Abh. und UE blieb genauso umstritten wie die Einschätzung des Charakters der *abhängigen Entwicklung und die Möglichkeit der Überwindung von Abh. und UE im Rahmen des kapitalistischen Weltmarktes. Eine Reihe von marxistischen Autoren sah für die Peripherie nur die Chance einer «Entwicklung der Unterentwicklung» (Frank) und plädierte daher konsequenterweise für deren Herauslösung aus dem Weltmarkt, was in ihren Augen allerdings eine soz. Revolution voraussetzte. Andere Autoren betrachteten hingegen eine kapitalistische E. in den Peripherien nicht als ausgeschlossen, sofern einige Rahmenbedingungen des kapitalistischen Weltmarktes verändert würden (→Neue Weltwirtschaftsordnung).

1. *Abhängigkeit und Unterentwicklung.* Bezüglich der konstitutiven Elemente der Abh. und ihrer Verknüpfung mit Prozessen der UE lassen sich grob gesprochen zwei Positionen unterscheiden. Eine Richtung betonte stark die Ausbeutung vonseiten der IL entweder durch Handel (Verfall der *terms of trade* bzw. in der marxistischen Version *ungleicher Tausch) und/oder durch die hohen Gewinntransfers *transnationaler Konzerne mit der Folge der Dekapitalisierung der EL. Die andere verweist zwar auch auf den Aspekt der Ausbeutung, rückt aber stärker die strukturelle Verflechtung der Ökonomien der Peripherie mit denen der Zentren und die Ausrichtung der peripheren Ökonomien auf die Verwertungsbedürfnisse der Zentren in den Vordergrund.

Bei der Variante, die Ausbeutung durch Handel als das wesentliche E.-Hindernis zu betrachten (T. Dos Santos, A. G. Frank in seinen frühen Arbeiten, G. M. Marini, D. F. Maza Zavala u. a.), wurde betont, dass der Verfall der *terms of trade* bzw. der ungleiche Tausch die EL zu immer höheren Exporten zwinge, um ein einmal erreichtes Importvolumen halten zu können (Verelendungswachstum). Dies erfordere eine stetig wachsende Überausbeutung der Arbeitskraft, was mit der damit verbundenen Kaufkraftminderung zu einer Verengung des internen Marktes und damit zu den bekannten Schwierigkeiten bei der *importsubstituierenden Industrialisierung führe. Die Ausbeutung durch Handel wurde mit dem Unvermögen peripherer Ökonomien, eine an den Bedürfnissen der eigenen Bev. orientierte E. in Gang zu bringen, unmittelbar in Beziehung gesetzt. Ähnlich lautete auch die Argumentation jener Autoren, welche die Ausbeutung durch ausl. Investitionen hervorheben. Der Transfer der meist überdurchschn. Profite aus den EL bewirke dort eine Dekapitalisierung, was die Kapitalakkumulation beeinträchtige und damit die E. der Produktivkräfte. Eine *Akkumulation unter diesen Bedingungen sei ohne die Überausbeutung der Arbeitskraft nicht möglich, bewirke einen stetigen Realeinkommensverlust großer Teile der Bev. und damit eine Verengung des inneren Marktes, die wiederum als Ursache für die blockierte Industrialisierung anzusehen sei.

Während es für die Dekapitalisierungsthese in der Tat sowohl durch Studien auf der Basis von hoch aggregierten Daten (v. a.: Bornschier) wie auch durch länder- und industriespezifische Untersuchungen (meist von lateinamerik. Planungsbehörden) einige empirische Anhaltspunkte gibt, leiden die Aussagen über die Ausbeutung durch Handel entweder an der Fragwürdigkeit der ihnen zugrunde liegenden theoret. Konstrukte oder an einer mangelnden Eindeutigkeit der empirischen Befunde. Eine generelle und hinreichende Erklärung von UE lässt sich aus keinem der Ausbeutungskonzepte ableiten, wenngleich es nicht zu bestreiten ist, dass die oft raschen Veränderungen der *terms of trade* für EL alles andere als stabile Rahmenbedingungen für deren E. bieten und dass der Verfall der Exportpreise oft Auslöser von E.-Katastrophen gewesen ist (→Verschuldung).

Die strukturalistische Variante der *dependencia* (C. Furtado, O. Sunkel, F. H.

Cardoso, A. Quijano, A. Cordova u. a.) hatte den Vorteil, dass sie nicht auf eine Neuauflage von Unterkonsumtionstheorien zurückgreifen musste, die in der früheren Imperialismusdiskussion – zu Recht – in Verruf geraten sind. Darüber hinaus erlaubte sie eher als die z. T. ziemlich schematischen Ausbeutungskonzepte eine hist. Rekonstruktion der Peripherisierungsprozesse. Diese wurden als Abfolge interner Strukturveränderungen im Gefolge von veränderten Weltmarktbedingungen verstanden, wobei diese Strukturveränderungen allerdings immer nur partielle, auf den jeweiligen Exportsektor beschränkte Modernisierungsschübe auslösten, welche die übrigen Sektoren der Gesellschaft zwar den Bedürfnissen des modernen Exportsektors unterordnete, ohne sie jedoch in diesen zu integrieren. Diese *strukturelle Heterogenität galt als wichtiges Merkmal peripherer Gesellschaften, durch das sie sich von den komplett durchkapitalisierten Gesellschaften metropolitanen Typs unterschieden. Dem peripheren Kapitalismus fehlte auch die Dynamik der metropolitanen Produktivkraftentfaltung, was sich v. a. darin äußerte, dass angesichts der Überlagerung versch. Gesellschaftsformationen und der damit verbundenen Begrenzung des inneren Marktes für die Güter des kapitalistischen Sektors keine *autozentrierte E. (Samir Amin) entstehen konnte, die nach metropolitanem Muster ihre Wachstumsdynamik aus der Verflechtung zwischen der Massengüterproduktion und dem Kapitalsektor hätte beziehen können.

2. *Staat und Herrschaft und die Überwindung von Abhängigkeit.* Mit wenigen Ausnahmen (vor allem F. H. Cardoso) wurde die Problematik von Staat und pol. Herrschaft im peripheren Kapitalismus in der Dependenz-Literatur nur sehr oberflächlich behandelt. Die Klassenstrukturen und die in ihnen beschlossenen Machtverhältnisse wurden sowohl als Resultat der abh. kapitalistischen E. wie auch als deren Garant gesehen, wobei die herrschende Klasse durch ihre weitgehende Interessenidentität mit dem externen Sektor als *Brückenkopf der Kapitalinteressen der Metropolen auftritt und für diese durch eine entsprechende Instrumentalisierung des Staates die optimalen Operationsbedingungen schafft. Allerdings sind solcherlei Aussagen über Staat und Herrschaft selten mehr als bloße Ableitungen aus den ökon. Prämissen. Staatsanalysen und Untersuchungen von Klassenstrukturen und deren Veränderungen haben Dependenzautoren kaum vorgelegt. Diese Defizite haben vor allem im Bereich der Staatsanalyse rege Diskussionen über den «Staat im peripheren Kapitalismus» (T. Evers, W. Hein, G. Simonis, R. Tetzlaff, B. Töpper u. a.) bzw. in LA und in den USA über den «bürokratisch-autoritären Staat» (O'Donnell, Collier u. a.) ausgelöst, deren Resultate zwar keineswegs kongruent sind, aber in jedem Fall zu einem weitaus differenzierteren Staatsverständnis geführt haben als die eigentliche Dependencia-Diskussion.

Die oft sehr starke Fixierung von Dependenz-Autoren auf die von den kapitalistischen Metropolen vorgegebenen E.-Bedingungen sowie die ungenügende Erforschung der Klassenstrukturen und der Interessenlagen sozialer Klassen (Letztere wurden meist mit Hilfe von Zitaten marxistischer Klassiker bestimmt) mag dazu geführt haben, dass Aussagen über die Überwindung von Abh. und UE meist nur sehr pauschal formuliert wurden. Feststellungen wie die, dass «das Ergebnis von Abh. nur noch mehr Abh. sein könne» (Marini), verraten ein recht statisches E.-Verständnis (und bestimmt kein dialektisches, wie es dem selbst formulierten Anspruch entsprechend zu erwarten gewesen wäre), das wirkliche Veränderungen nur von einer *Revolution erwarten lässt und einen qualitativen Wandel unterhalb dieser Schwelle nicht mehr zu erkennen vermag. Entsprechend beliebig fielen auch Aussagen über die möglichen Träger einer solchen Revolution aus: Einige Autoren setzten auf das

Proletariat, andere auf das marginalisierte Subproletariat, wieder andere auf die landlosen Bauern, auf die Studenten, ganz allgemein auf die verarmten Massen etc. Ob man nur in einer Revolution die Möglichkeit einer Überwindung von Abh. und UE sah, hing auch davon ab, ob man das kapitalistische Weltsystem für reformierbar hielt oder nicht. Wer wie u. a. H. R. Sonntag davon ausging, dass «der Erhalt der E. in den entwickelten Gebieten der Welt objektiv die Aufrechterhaltung der UE impliziert, solange die kapitalistische Produktionsweise dominiert», musste zu anderen Schlussfolgerungen kommen als jemand, der ein «Rearrangement mit den Metropolen unter neuen, autozentrierte E. fördernden Bedingungen» (D. Senghaas) für möglich hielt.

3. *Abschließende Bemerkungen.* Die *dependencia* hat bis weit in die 1970er J. die sozialwiss. Diskussion in LA und auch die e.-theoret. Debatten in der Bundesrepublik beherrscht. Die Übertragung dependenztheoret. Annahmen auf andere Regionen der Dritten Welt blieb jedoch relativ beschränkt. In der Afrika-Forschung fand die Dep. gewisse Berührungspunkte mit den dortigen am Begriff des →Neokolonialismus orientierten Untersuchungen, wohingegen die Asien-Forschung von den Dep.-Theorien relativ spät und dann in ihrer weiterentwickelten Form des Wallerstein'schen Weltsystemansatzes Notiz nahm. Seitdem haben jedoch eine Reihe von Entwicklungen die Dep.-Theorien in Frage gestellt, zumindest jedoch deren oft genug formulierten paradigmatischen Anspruch. Dass die ostasiat. Schwellenländer ausgerechnet mit weltmarktorientierten Industrialisierungsstrategien ihre unbestreitbaren Wachstumserfolge erzielt und eine nach allen Standards autozentrierte E. in Gang gesetzt haben, ließ sich mit dep.-theoret. Annahmen nicht mehr erklären. Darüber hinaus machte die höchst unterschiedliche E.-Dynamik innerhalb der Dritten Welt deutlich, dass die Dep.-Theorien mit ihrer Zweiteilung der Welt in Zentrum und Peripherie und der Zuschreibung von best. Strukturmerkmalen für jede dieser beiden Kategorien die Differenzierungsprozesse innerhalb der Dritten Welt analytisch nicht mehr zu fassen vermochten. Dieses Scheitern an einer sehr differenzierten Realität hängt eng damit zusammen, dass die Dep.-Theorien das von ihnen geforderte *historische* Verständnis von Prozessen der E. und UE kaum einmal ansatzweise umgesetzt haben. Im Grunde kamen sie über eine schlichte Umkehrung von modernisierungstheoret. Annahmen nicht hinaus: Die globale Expansion des Kapitalismus war für die Mod.-Theorien der Beginn der E., für die Dep.-Theorien der Beginn der UE. Was vorher lag, war für die frühen Mod.-Theorien vormodern, für die Dep.-Theorien vorkapitalistisch und wurde in beiden Fällen nicht auf ihre je spezifischen Auswirkungen auf spätere E.-Prozesse bzw. E.-Blockierungen hin untersucht. Die Mod.-Theorien sahen die Ursachen der UE in endogenen Faktoren, die Dep.-Theorien in exogenen. Trotz des häufig dialektischen Anspruchs vieler Dep.-Autoren wurden die Wechselwirkungen von veränderten Weltmarktbedingungen und internen Entwicklungen in EL selten wirklich als dialektisch begriffen, sondern man sah die sozioökon. und pol. Veränderungen in den EL zumeist nur als Reflexe auf die vom Weltmarkt gesetzten Rahmenbedingungen. Dass E.-Gesellschaften auf die Vorgaben des Weltmarktes höchst unterschiedlich reagierten, machte deutlich, dass die Dep.-Theorien mit ihrer Weltmarktfixierung die *endogenen* Ursachen von E. und UE stark unterschätzt hatten. Folgerichtig hat D. Senghaas, der bis spät in die 1970er J. dep.-theoret. Positionen vertreten hat, seitdem die Untersuchung der «unterschiedlichen Transformations- und Innovationsfähigkeiten einzelner Gesellschaften» aufs Programm gesetzt.

Damit ist *eine* Antwort auf die Krise der Dep.-Theorien angedeutet, nämlich die Rückbesinnung auf mod.-theoret. Frage-

stellungen, die allerdings nicht gleichgesetzt werden darf mit einer schlichten Neuauflage der alten Mod.-Theorien. Die Theorie des kapitalistischen Weltsystems, die vor allem auf I. Wallerstein zurückgeht, ist ein weiterer Versuch, mit der Krise der Dep.-Theorien fertig zu werden. In seiner Absolutsetzung des Weltmarktes als des alles determinierenden Weltsystems stellt dieser Ansatz allerdings eher eine Apotheose der *dependencia* dar als deren Überwindung, wenngleich er manches von dem, was heute in der Debatte über *Globalisierung verhandelt wird, mit bemerkenswerter Hellsicht vorweggenommen hat. Mit dem fordistischen Ansatz und der Regulationstheorie wurde ebenfalls versucht, die einseitige Ausrichtung der Dep. auf den Weltmarkt zu überwinden und die E.-Bedingungen und -Möglichkeiten in Teilen der Dritten Welt neu zu bestimmen.
Glaubte man während der Blütezeit der Dep., die Frage nach den Ursachen von UE und E. ohne weiteres benennen zu können, fällt heute angesichts der enormen Differenzierungsprozesse innerhalb der Dritten Welt die Antwort auf diese e.-theoret. Grundfragen immer schwerer. Die Dep. (aber nicht nur diese) ist mit ihrem paradigmatischen Anspruch gescheitert. Sich mit ihr als *Theorie* auseinander zu setzen, ist daher heute vor allem unter theoriegeschichtlichen Gesichtspunkten interessant. Versteht man sie jedoch in Anlehnung an Cardoso wesentlich bescheidener als eine *Situationsanalyse*, die anders als die vorausgegangenen mod.-theoret. Ansätze die wirtsch. und pol. Hierarchisierung der Welt und die damit verbundene →internationale Arbeitsteilung kritisch auf ihre Auswirkungen auf die E.-Fähigkeit vieler EL hin untersucht, dann hat sie für große Teile der Dritten Welt nicht an Aktualität verloren. Diese Aspekte in die Diskussion eingeführt zu haben war das Verdienst der Dep., sie theoret. verabsolutiert zu haben ihre Schwäche.
In der Frage der Weltmarktintegration hat es gegenüber früher eine Umkehrung der Argumentation gegeben: Gerade den lateinamerik. Staaten geht es heute nicht mehr um Abkoppelung vom Weltmarkt, sondern um eine möglichst effiziente Integration. Der Weltmarkt gilt eher als Chance denn als Bedrohung. Der Vorwurf lautet nicht mehr, dass man über Handel ausgebeutet werde, sondern dass die IL den EL einen fairen Zugang zum Weltmarkt verwehren. Die wirtsch. führenden Länder seien viel eher als die peripheren Länder in der Lage, Anpassungszwängen auszuweichen und die daraus resultierenden Kosten zu externalisieren.

Lit.: D. Senghaas (Hg.), Imperialismus und strukturelle Gewalt, Frankfurt 1972; ders. (Hg.), Peripherer Kapitalismus, Frankfurt 1974; F. H. Cardoso/E. Faletto, Abh. und E. in LA, Frankfurt 1976; D. Senghaas, Weltwirtschaftsordnung und EP, Frankfurt 1977; I. Wallerstein, The Capitalist World Economy, Cambridge u.a. 1979; A. Boeckh, E.-Theorien: Eine Rückschau, in: HDW III, 1, 1992, S. 110–130; ders., Wie läßt sich heute die lateinamerik. Außenabh. diskutieren?, in: Welttrends 13 (1996), S. 146–162. ab

Desarrollismo Von der *CEPAL propagierte E.-Strategie, die auf eine «Entwicklung nach innen» setzte: durch *importsubstituierende Industrialisierung, Differenzierung des Produktionsapparates, Ausbau der Infrastruktur, Belebung des Binnenmarktes, Sozialreformen und Demokratisierung. Unter dem Druck der Schuldenkrise (→Verschuldung) und *Strukturanpassungspolitik, die auf Exportförderung und Weltmarktintegration setzte, musste das Konzept aufgegeben werden. fn

Desertifikation Als D. wird zumeist ein ökologischer Degradierungsprozess in bewohnten semiariden und subhumiden Klimazonen mit hoher Niederschlagsvariabilität bezeichnet, der durch unangepasste Landnutzung ausgelöst wird und wüstenhafte Bedingungen (v.a. Verlust der Vegetationsdecke und Übersandung der *Böden, Aktivierung von Dünen) erzeugt. Durch zu hohe Konzentration der Bev., Übernutzung des Grundwas-

sers, Expansion der Agrarwirtsch., Überweidung sowie Abholzung der Baumbestände v. a. zur Brennholzgewinnung (→Energie) verliert das Ökosystem der Trockenzonen seine Regenerationsfähigkeit. In Dürreperioden, die zu den normalen Bedingungen dieser Zonen gehören, kann dann die D. drastisch zunehmen; sie gilt wiederum als mitursächlich für die Zunahme der Dürrephasen.
Angesichts der dramatischen Entwicklung in der *Sahelzone fand 1977 in Nairobi die *UNCOD statt. Die D. war auch Thema auf der *Weltumweltkonferenz 1992 in Rio de Janeiro. Anfang der 1990er Jahre fehlte es aber noch immer an der effektiven Bekämpfung der D.; die vorwiegend betroffenen *Entwicklungsländer (→Landflucht) sind dabei dringend auf die Hilfe der reichen Länder angewiesen.
Lit.: H. G. Mensching, Desertifikation: ein weltweites Problem der ökologischen Verwüstung in den Trockengebieten der Erde, Darmstadt 1990; E. Kürzinger/H. P. Schipulle, Desertifikationskonventionen, in: E + Z 37, 1996, S. 8–10. bh

Desertionsquote Anteil der Kinder/Jugendlichen in % der jeweiligen Altersgruppe, die vor Erreichung einer bestimmten Klasse oder eines Schulabschlusses die Schule verlassen. dn

DESWOS Deutsche Entwicklungshilfe für soziales Wohnungs- und Siedlungswesen e.V. (*Nichtstaatliche Organisation, *VENRO), leistet *Projekthilfe im Wohnungsbau für arme Bev.-Gruppen in EL, fördert Sozialprogramme und einkommensschaffende Maßnahmen und erstellt Studien über Wohnungsprobleme (→Wohnen) in EL. In Zusammenarbeit mit einheimischen, i.d.R. kirchl. oder gemn. Trägern sollen genossenschaftliche Strukturen von *Selbsthilfe-Organisationen unterstützt werden. 1995 wurden insg. 113 Projekte in 24 Ländern (Schwerpunkt Asien) betreut, deren Finanzierung durch Spenden v. a. von Unternehmen der gemeinnützigen Wohnungswirtsch. (1995: 2 Mio. €) erfolgt (Zuweisung über Projektpartnerschaften), aber auch durch öfftl. Mittel des *BMZ und der Kommission der EU (1995: 2,6 Mio. €). Publikationen: DESWOS-Brief mit Informationen zum *HABITAT-Bereich; Aktions- und Informationshandbuch. Adresse: Bismarckstr. 7, 50672 Köln. www.deswos.de red

Deutsche Agrarhilfe Unterstützt Maßnahmen zur Förderung der Agrarwirtsch. und Verbesserung der *Ernährungssituation in den EL und leistet *humanitäre Hilfe (z. B. Kleidungs-, Medikamenten- und *Nahrungsmittelhilfe) in Notstands- bzw. Katastrophengebieten sowie Flüchtlingslagern. Über die der Gesellschaft angeschlossene Deutsche Exportgemeinschaft Agrartechnik erhalten die EL im Rahmen projektgebundener *Entwicklungshilfe landw. Produktionsmittel. Adresse: Frankfurter Str. 180–188, 53773 Hennef/Bonn. red

Deutsche Ärztegemeinschaft →DÄZ

Deutsche Entwicklungsgesellschaft →DEG

Deutsche Entwicklungshilfe für Soziales Wohnungs- und Siedlungswesen →DESWOS

Deutsche Entwicklungspolitik →Entwicklungspolitik der BRD, der Bundesländer.

Deutsche Gesellschaft für die Vereinten Nationen →DGVN

Deutsche Gesellschaft für Technische Zusammenarbeit →GTZ

Deutsche Gesellschaft für wirtschaftliche Zusammenarbeit →DEG

Deutsche Kommission Justitia et Pax (vormals Katholischer Arbeitskreis Entwicklung und Frieden, KAEF). *Aufgaben:* Förderung der Arbeit der kath. Kirche in den Bereichen Entwicklung, Menschenrechte und Frieden. Adresse: Kaiserstr. 163, 53113 Bonn. red

Deutsche Stiftung für internationale Entwicklung →DSE

Deutsche Stiftung Weltbevölkerung →DSW

Deutsche Welthungerhilfe →DWHH

Deutscher Akademischer Austauschdienst →DAAD

Deutscher Caritasverband →DCV
Deutscher Entwicklungsdienst →DED
Deutscher Freiwilligendienst in Übersee →DFÜ
Deutscher Gewerkschaftsbund →Gewerkschaften, entwicklungspolitische Leitlinien
Deutscher Paritätischer Wohlfahrtsverband →DPWV
Deutscher Volkshochschulverband →DVV
Deutsches Aussätzigen-Hilfswerk →DAHW
Deutsches Institut für Entwicklungspolitik →DIE
Deutsches Medikamenten-Hilfswerk «action medeor» 1964 gegr. *nichtstaatliche Organisation (*VENRO), leistet über den Versand von Medikamenten und med. Ausrüstung *Gesundheits- und *Katastrophenhilfe für 11 000 Projekte in 140 Ländern. Das Hilfswerk verfügt über ein eigenes Medikamenten-Sortiment; es kauft pharmazeutische Grundsubstanzen auf, die im Lohnauftrag zu *essential drugs* (Medikamente gegen Armutskrankheiten wie Lepra, Wurmbefall, Darminfektionen) verarbeitet werden. Der Versand finanziert sich über Aufträge anderer NGOs (u. a. *Misereor, *BfdW, *DAHW, *Terre des hommes) oder über Spenden. Publikation: medeor-report. Adresse: St. Töniser Str. 21, 47918 Tönisvorst, Internet: www./medeor.org red
Deutsches Orient-Institut →DÜI
Deutsches Rotes Kreuz →DRK
Deutsches Übersee-Institut →DÜI
Deutsches Zentrum für Entwicklungstechnologie →GATE
Development Committee (DC) Okt. 1974 auf Initiative der EL von *Weltbank und *IWF eingerichteter Ministerausschuss; 24 Mitgl. aus IL und EL. *Aufgabe:* Vorlage von Berichten an die Gouverneursräte von Weltbank und IWF zu Fragen des Transfers realer *Ressourcen in EL, Beratung, Erarbeitung von Vorschlägen. Themenschwerpunkte in den 1990er J.: Handelspol., Bev.-Pol., Sozial-Pol., Strukturanpassung und Privatsektorförderung. Adresse: 1818 H Street, Washington DC 20433, USA dn
development education →Bildungsforschung
DFÜ Deutscher Freiwilligendienst in Übersee e. V., 1970 gegr. *nichtstaatliche Organisation (Mitgl. der *APED und im *Arbeitskreis Lernen und Helfen in Übersee e. V.). *Aufgaben:* Vorbereitung, Entsendung und Betreuung von *Entwicklungshelfern für eine mehrjährige Tätigkeit in EL, v. a. in den Bereichen **community development*, *Bildungshilfe in Lehrwerkstätten und Schulen, landw. Beratung sowie Sozial- und *Gesundheitshilfe. Finanzierung dieser Aktivitäten durch Beiträge der Mitgl. und private Spenden. Adresse: Argelanderstr. 50, 53115 Bonn. red
DGFK →Friedensforschung
DGVN Deutsche Gesellschaft für die Vereinten Nationen, veranstaltet im Rahmen ihrer Informations- und Öffentlichkeitsarbeit Seminare, Konferenzen und Diskussionsveranstaltungen zum Bereich der *UN und zur *multilateralen E.-Zusammenarbeit. Die DGVN versendet Publikationen aller Org. des UN-Systems, z. B. auch der *Weltbank. Sie produziert eigene Veröffentlichungen wie die Zweimonatszft. Vereinte Nationen, die Eine-Welt Presse, den vierteljährl. Informationsdienst «Bevölkerung und Entwicklung», die DGVN-Broschürenreihe und Einzelpublikationen. Die DGVN befasst sich intensiv im Zusammenhang mit der von ihr gegr. Kommission für int. Bev.-Fragen mit Problemen der Bev.-Entwicklung in EL wie in IL. Darüber hinaus koordiniert sie seit sechs J. die Arbeit des FORUM MENSCHENRECHTE, eines Zusammenschlusses von 40 dt. Menschenrechtsorg. Im int. Bereich ist sie im Exekutiv-Komitee des Weltverbandes der Gesellschaften für die Vereinten Nationen (WFUNA) tätig und koordiniert die Zusammenarbeit der UN-Gesellschaften der Mitgl.-Staaten der EU. 2002 feierte die DGVN ihr 50-jähriges Bestehen. Adresse: Dag-Hammarskjöld-Haus, Poppelsdorfer Allee 55, 53115 Bonn. Internet: www.dgvn.de jk

DIASt Deutsche Ibero-Amerikanische Stiftung

DIE Deutsches Institut für Entwicklungspolitik, 1964 gegr., gemeinnützige GmbH; wird getragen vom Bund und dem Land Berlin (Finanzierung: Bund 75 %, Berlin 25 %). *Aufgaben:* Vorbereitung von Fachkräften mit abgeschlossenem Hochschulstudium in einjährigen Kursen für spezielle Aufgabengebiete der EP. Absolventen des DIE werden in int. und nat., öffentl. und privaten Institutionen der *Entwicklungshilfe und in Behörden der EL eingesetzt. Neben der Ausbildung auch Forschung und Beratung deutscher und int. Org. sowie von Regierungen der EL. Adresse: Tulpenfeld 4, 53113 Bonn. www.die-gdi.de dn

Dienste in Übersee →DÜ

Dienstleistungsbilanz Gegenüberstellung der unsichtbaren, d. h. nicht in Form von Waren- oder Kapitalverkehr stattfindenden Exporte und Importe eines Landes (z. B. Patente, Reiseverkehr, Nebenkosten bei Ein- und Ausfuhren). dn

Direktinvestitionen Kapitalanlagen von Inländern im Ausland durch Erwerb von direkten Eigentumsrechten in Form von Zweigwerken, Auslandsniederlassungen, Geschäftsanteilen, Grundstücken und Gebäuden sowie Re-Investitionen von Gewinnen aus früheren Direktinvestitionen. D. werden vonseiten der Investoren vielfach als Teil der *finanziellen Hilfe der IL an die EL angesehen. Die Motivstruktur bei D. in EL weist jedoch eine Vielzahl von Beweggründen auf (Sicherung der Marktstellung, Erschließung neuer Märkte, niedrigere Lohnkosten, Rohstoffsicherung, Erwartung hoher Erträge, Ausnutzung bestehender öfftl. Förderungsmaßnahmen [*DEG, EL-Steuergesetz]), unter denen e.-pol. Motive – von einem unspezifischen *good will* abgesehen – nicht einmal genannt werden. Eine empirische Untersuchung zu Beginn der 1970er J. ergab einen Vorrang für Markterschließung und Marktsicherung. Aufgrund der geänderten int. Wettbewerbslage dürften Lohnkostenaspekte heute für D. und die mit ihnen einhergehende *Auslagerung bedeutender Teile der Produktion in EL eine zumindest gleichrangige Bedeutung haben. Auch die e.-pol. Auswirkungen von D. in EL lassen die oben erwähnte Einschätzung mehr als fraglich erscheinen. In der Diskussion über den e.-pol. Beitrag von D. werden als positive Wirkungen genannt: Beitrag zur Deckung des Kapitalbedarfs; Entlastung der *Zahlungsbilanz; Übertragung von technol. und unternehmerischem **Know-how*; Schaffung von Arbeitsplätzen und Ausbildung von Arbeitskräften; *Diversifizierung der Wirtschaftsstruktur; Unterstützung der *Importsubstitutions- und Exportdiversifizierungspol.; Mobilisierung weiterer inl. *Ressourcen. Dem werden als nachteilige Wirkungen und Folgekosten entgegengestellt: Belastung der Zahlungsbilanz aufgrund hoher Gewinnrückflüsse und geringerer neuer Investitionen; Inanspruchnahme des einheim. Kapitalmarktes zulasten einheim. Unternehmen; Entstehung und Verfestigung *struktureller Heterogenität (regionale und sektoral/branchenmäßige Strukturungleichgewichte), damit Vertiefung e.-hemmender Strukturen; Ausbeutung einheim. Arbeitskräfte und Ressourcen; Abwälzung der Vorkosten (*Infrastruktur) und der sozialen Kosten auf das EL; Monopolisierung der Entscheidungsstruktur in der Mutterfirma; Unterwerfung der E. der Tochterfirma unter die weltweite Konzernstrategie; Übertragung kapitalintensiver Technologie; geringe **Linkage*-Effekte; Verschärfung des **brain drain* etc.

Die vielfach allzu emotionsgeladene Debatte über die Auswirkungen von D. könnte durch einige Daten und neuere E.-Tendenzen versachlicht werden:

1. Nur der geringere Teil der D. westl. IL wird in EL angelegt. Der Anteil der EL an den gesamten D. der BRD im Ausland war in den 1970er Jahren stark rückläufig, brach Mitte der 1980er J. vollends ein und bewegte sich in den 1990er J. zwischen 4,5 und 8,7 % (s. Tabelle 4).

2. Die Kapitalbildung ist in der Mehrzahl

Tabelle 4: Deutsche Direktinvestitionen im Ausland (in Mio. €)

Jahr	Gesamt	in EL	EL-%
1952–94	165 762	20 736	12,5
1990	16 211	737	4,5
1992	12 695	600	4,7
1994	12 174	1064	8,7
1996	34 424	2650	7,7
1998	74 853	4940	6,6

Quelle: BMWi, Stat. Bundesamt, entnommen: Journalisten-Handbuch Entwicklungspolitik 1996/1998, Bonn

der EL nach wie vor unbefriedigend. Die in den E.-Plänen erhofften Zuwächse der *Sparrate und der Investitionen traten nicht ein. 3. Die *öffentliche Entwicklungshilfe der IL blieb in der Vergangenheit unter dem erhofften 0,7 %-Ziel, und es spricht gegenwärtig wenig dafür, dass die allg. Überzeugung, sie müsse rasch auf diese Höhe gebracht werden, sich hinsichtlich der tatsächlichen Leistungen durchsetzt. 4. Der überwiegende Teil des Ressourcentransfers von IL in EL besteht in privaten Leistungen (D., Anleihen, Kredite). Der Rückgang der Bankkredite als Folge der *Verschuldung vieler EL und der Ressourcentransfer aus den EL in die IL in Form des *Schuldendienstes hat die Bedeutung von D. für die EL noch erhöht. 5. Die EL entwickelten Instrumente zur Orientierung der D. an ihren e.-pol. Zielsetzungen (u. a. **joint ventures*, Begrenzung des Gewinntransfers), wodurch einige der nachteiligen Wirkungen von D. gemildert werden konnten. Die Verschuldungskrise hat die pol. begründeten Begrenzungen für D. freilich wieder aufgeweicht. 6. Die IL unterwerfen die Förderung von D. int. und nat. gesetzten e.-pol. Leitlinien.

Der Weltbank zufolge ist der Anstieg der priv. Finanzströme der Haupttrend in den gegenwärtigen finanz. Nord-Süd-Bez. Die exorbitanten Wachstumsraten in den 1990er J. (s. Tabelle 5) waren allerdings regional sehr ungleich verteilt. Während der prozentuale Anteil der weltweiten D. zwischen 1995 und 2000 in den IL auf rd. 80 % stieg, halbierte sich der Anteil der EL von 34,2 % auf 18,9 %. In die 49 *LDCs flossen im J. 2000 gerade einmal 0,5 % der weltweiten D. Das überproportionale Wachstum der D. in den IL verdeckt jedoch die Höhe der realen Steigerung der D. (zwischen 1990 und 2000 von 0,6 Mrd. auf 4,4 Mrd. US-$) in den LDCs.

Zur Förderung von D. durch die öfftl. Hand setzt die BRD steuerpol. (EL-Steuergesetz) und kreditpol. (u. a. Gewährung von zinsgünstigen Darlehen über die *KfW und die *DEG) Instrumente ein. →Kapitalhilfe, PPP, Transnationale Konzerne, TRIMS

Lit.: D. Kebschull u. a., Wirkungen von Privatinvestitionen in EL, Baden-Baden 1980; P. Juhl, Direktinvestitionen in EL unter dem Einfluss politischer Risiken, München 1983; H. Krägenau, Internationale Direktinvestitionen, Hamburg 1987; P. Burkhard, Direktinvestitionen und multinationale Unternehmen bei international unterschiedlicher Umweltregu-

Tabelle 5: Direktinvestitionen (in Mrd. US-$)

	1980–85 Durchschn.	in %	1990	in %	1995	in %	2000	in %
Welt	49,8	100,0	183,8	100,0	331,1	100,0	1270,8	100,0
IL	37,1	74,6	151,9	82,6	203,5	61,5	1005,2	79,1
EL	12,7	25,4	31,7	17,2	113,3	34,2	240,2	18,9
– Afrika	1,4	2,8	2,1	1,2	4,7	1,4	8,2	0,6
– LA	6,0	12,1	10,0	5,5	32,3	9,8	86,0	6,8
– Asien	4,6	9,3	18,3	10,0	75,9	22,9	143,5	11,3
MOE	–	–	–	–	14,3	4,3	25,4	2,0

Quelle: UNCTAD World Investment Report 1992, 2001

lierung, St. Gallen 1994; K. v. Moltke, An International Investment Regime?, Winnipeg 2000. dn/js

disembodied technology →Technologietransfer (TT)

Diskriminierung Unter D. werden Beschränkungen in den Wirtschaftsbez. zwischen Ländern und Ländergruppen (zwischen IL und EL) verstanden, etwa durch Entrichtung von Zöllen, mengenmäßige Beschränkungen, Handels- und Wechselkursbeschränkungen, Behinderungen der Mobilität der Produktionsfaktoren (Kapital, Arbeit), nat. Finanzpol. etc. Handelsliberalisierungen (→GATT-Runden), *Integrationsprozesse (unter EL) und Assoziationsabkommen (→Lomé-Abkommen) versuchen die Beseitigung bzw. Verringerung von D. dn

Dissoziation, oder Abkopplung, in der e.-pol. Diskussion die in den 1970er J. hauptsächlich von D. Senghaas verfochtene Forderung nach einer Herauslösung von EL aus dem Weltmarkt mit dem Ziel, eine eigenständige und lebensfähige Ökonomie und Gesellsch. aufzubauen, gestützt auf die eigenen *Ressourcen und die eigenen Bedürfnisse. Die D.-Theorie schloss an die Theorie von F. List an, der für die der brit. Ökonomie nachhinkenden Festlandökonomien Mitte des 19. Jh.s der von GB ausgehenden klassischen liberalen Theorie die protektionistische Theorie der «Produktion produktiver Kräfte» zur Erschließung des eigenen E.-Potenzials gegenüberstellte. Sie übertrug auch historische Erfahrungen aus dem E.-Prozess der heutigen IL und auch soz. E. einiger Länder (VR China, Albanien, Nordkorea) auf den E.-Prozess der EL und formulierte für die Mehrzahl unter ihnen folgende e.-pol. Konsequenzen: Bruch mit der *internationalen Arbeitsteilung nach den beiden *Exportmodellen, Bruch mit der *Industrialisierung nach dem *Importsubstitutionsmodell. Dieser Bruch sollte zeitweilig sein, bis die jetzigen Strukturmängel der EL-Volkswirtsch. (durch eine Strategie *autozentrierter Entwicklung) und ihre sozialen Folgen (*Arbeitslosigkeit, krasse Ungleichheit der *Einkommensverteilung, *Armut, *Verschuldung etc.) so weit behoben seien, dass die EL am Weltmarkt gleichberechtigt und mit gleichem Nutzen entsprechend der Doktrin der *komparativen Kosten partizipieren könnten.
Das D.-Modell verstand sich als Gegenmodell zu dem in der e.-pol. Praxis vorherrschenden Modell weltmarktintegrativer und assoziativer Entwicklung. Es stieß auf wohl begründete Kritik (s. Matthies 1980) und die gegenläufige Erfahrung der *Schwellenländer, sodass es Mitte der 1980er J. im Grunde aufgegeben wurde.

Lit.: D. Senghaas, Weltwirtschaft und Entwicklung. Plädoyer für Dissoziation, Frankfurt 1977; V. Matthies, Neue Weltwirtschaftsordnung, Opladen 1980. dn

Diversifizierung Unter D. wird die Auffächerung der Produktions- oder Exportstruktur einer Volkswirtsch. verstanden. Auch ein Unternehmen kann seine Produkte diversifizieren. Man unterscheidet D. in vertikaler Richtung: Auffächerung in Form der Entwicklung der versch. *Wirtschaftssektoren bzw. der Ausdehnung des Produktionsprogramms auf vor- und nachgelagerte Produktionsbereiche (*Grundstoffe, Grundstoffverarbeitung, Halbfertigwaren, Fertigwaren, Vermarktung) und D. in horizontaler Richtung: Ausdehnung der Produktion (etwa der Landw.) auf andere Produkte. Entwicklungspol. erscheinen beide Formen der D. notwendig. dn

Djibouti

Fläche (Tsd. qkm): 23,20
Bev. (Mio.) 2000: 0,660
BNE pro Kopf (US-$) 2000: 840
BIP (Mio. US-$) 2000: 554
LE (Jahre) 1999: 47,3
Analphabetenquote (%) 1999: 37
HDI 1999: 0,447 [Rangplatz von 162: 137]

1. Die erst seit 1977 unabh. Republik D. (Hs. Djibouti mit ca. 383000 Ew.) ist charakterisiert durch Spannungen zwischen den rund 30 % Afar (Hauptsiedlungsgebiet: Äthiopien) und den Issa (einer So-

mali-Untergruppe; ferner: Araber, die den Handel kontrollieren, und rd. 10000 Europäer), die früher ihre Entsprechung in z.T. offen geäußerten Annexionsforderungen der Nachbarn Äthiopien und Somalia fanden. Seit 1979 sind die Bez. zu Äthiopien normalisiert. Bedeutung gewinnt D. ausschließlich durch seine strategische Position am Ausgang des Roten Meeres (Frankreich unterhält einen hochmodernen Marine- und Luftwaffenstützpunkt in D.), während es als eines der ärmsten Länder der Welt (kaum Bodenschätze, fast keine Ind., in den Städten über 50 % *Arbeitslosigkeit, die Landbev. lebt bei extrem trocken-heißem Klima nomadisch) wirtsch. abh. ist von den Einkünften der Eisenbahn Addis Abeba–Djibouti, den Hafeneinnahmen (Versorgung von Schiffen mit Proviant), v. a. von den Ausgaben der in D. stationierten 3300 Mann frz. Streitkräfte (plus Familienangehörige) sowie finanz. Zuwendungen von Frankreich und Saudi-Arabien. Der Außenhandel ist durch ein strukturelles Übergewicht der v. a. aus Frankreich und der übrigen EU stammenden Importe geprägt (1994: 384 Mio. US-$). Die Exporte (1994: 184 Mio. US-$) bestehen praktisch ausschließlich aus landw. Primärgütern, die überwiegend in die Nachbarstaaten Jemen und Somalia geliefert werden. Angesichts der hohen Auslandsverschuldung (1994: ca. 220 Mio. US-$) sah sich die Reg. 1996 gezwungen, Verhandlungen mit dem *IWF über ein *Strukturanpassungsprogramm aufzunehmen.

2. Frankreich hatte in der Kolonialzeit Afar und Issa gegeneinander ausgespielt, sich jeweils auf die als «loyaler» eingeschätzte ethn. Gruppe gestützt und die pol. Opposition (zuletzt Issa) bis Mitte der 1970er J. krass diskriminiert. Unter den vorwiegend nach ethnischen Kriterien gebildeten Parteien brachen kurz nach der Unabh. die alten Rivalitäten erneut auf und führten zu mehreren Reg.-Krisen. Der die Macht immer mehr zentralisierende und personalisierende Präs. Hassan Gouled Aptidon bildete daher 1979 ein *Rassemblement populaire pour le progrès* (RPP), das 1981 zur Einheitspartei erklärt wurde. Anfang der 1990er Jahre bildeten oppositionelle Afar die *Front pour la Restauration de l'Unité et la Democratie* (FRUD), die mit dem Ziel, die «tribale Diktatur» der Issa zu brechen, den *Guerillakampf aufnahm. Eine im Sept. 1992 per Referendum sanktionierte neue Verfassung, die der Ära des Einparteistaates formal ein Ende setzte, vermochte den Konflikt zunächst nicht zu entschärfen, da die faktische Hegemonie des RPP ungebrochen blieb. Weder die Parl.-Wahlen vom Dez. 1992 noch die Präs.-Wahlen von 1993 (Wiederwahl von Präs. Gouled) genügten demokrat. Ansprüchen. Ende 1994 kam ein Friedensabkommen zwischen der Reg. und FRUD zustande, das u. a. eine Beteiligung der Rebellenorg. an der Reg. vorsah. Rebellenführer Ahmed Dini Ahmad legte jedoch erst nach einem erneuten Friedensabkommen vom 12. 5. 2001 die Waffen nieder, nachdem in die neue Reg., die Dileita Mohamed Dileita Juli 2001 bildete, vier der fünf neu ernannten Min. aus dem gemäßigten Flügel der FRUD (der ethn. Minderheit der Afar) aufgenommen wurden.

Lit.: R. Otayek, Djibouti: construction nationale et contraintes stratégiques, Bordeaux (CEAN) 1985; T. Labahn, Djibouti, in: HDW III, 5, Bonn 1993, S. 68ff. kz/bt

DMC →ASDB

Doha-Runde →GATT, TRIPS, Uruguay-Runde, WTO

Doktrin der nationalen Sicherheit Ideologisches Modell der ab Mitte der 1960er J. in LA errichteten *Militärregime. Es wurde in den Studienzentren der Streitkräfte der versch. Länder erarbeitet, hauptsächlich in der (1949 gegr.) *Escola Superior de Guerra* (Kriegshochschule) in Brasilien.

Grundlagen: 1. Globalisierende Konzeption von der – äußeren und inneren – Sicherheit als oberstes Ziel für Staat und Pol. 2. Übernahme der frz. und amerik. *counterinsurgency*-Doktrin als Mittel zur Gewährleistung der inneren Sicherheit. 3. Anwendung milit. Leitlinien auf die Pol., vor allem bezüglich der hierarchischen Unterteilung der Gesellschaft, der parteipol. Enthaltsamkeit und der Auffassung vom Staat als lebendem Organismus (GeoPol.).

Die auf dieser Doktrin basierenden Militärregime (Brasilien 1964 bis 1985; Argentinien 1966 bis 1973 und 1976 bis 1983; Chile 1973; Uruguay 1973 bis 1984) charakterisieren sich durch 1. die institutionelle Rolle der Streitkräfte (sie handeln als «Körperschaft»); 2. die Dauer der Machtausübung; 3. die Ersetzung der trad. pol. Parteien durch Gruppen von Technokraten oder Unternehmern als ihre Verbündeten bei der Ausübung der pol. Macht. Mit der Re-*Demokratisierung in versch. lateinamerik. Staaten seit den 1980er J. hat diese Doktrin als Grundlage der Reg.-Pol. weitestgehend an Bedeutung verloren.

L.: M. Fernández Baeza, Nationale Sicherheit in Lateinamerika, Heidelberg 1981. mfb

Dokumentationsleitstellen 1. AFDOK, Dok.-Leitstelle Afrika; 2. ASDOK, Dok.-Leitstelle Asien; 3. LADOK, Dok.-Leitstelle Lateinamerika; 4. ORDOK, Dok.-Leitstelle Moderner Orient. 1985 wurden die Dok.-Leitstellen zu einer Übersee-Dokumentation zusammengeführt. Aufgabe: Erfassung und Erschließung von regionalkundlich relevantem Schrifttum aus dem ges. Bereich der Sozialwissenschaften; Datendok.; Literaturhinweisdienst.

Adresse jeweils: Neuer Jungfernstieg 21, 20354 Hamburg. →DÜI dn

Dominationseffekte →Außenhandelstheorie

Dominica →Karibik

Dominikanische Republik

Fläche (Tsd. qkm): 48,442
Bev. (Mio.) 2001: 8,50
BNE pro Kopf (US-$) 2000: 2100
BIP (Mio. US-$) 2000: 19894
LE (Jahre) 1999: 70,7
Analphabetenquote (%) 1999: 17
HDI 1999: 0,722 [Rangplatz von 162: 86]

Der Wandlungsprozess im pol. System der DR ist symptomatisch für eine veränderte Haltung der USA zu den von ihr abh. EL. Trad. von einem Machtkartell von Militär, kath. Kirche und Oligarchie beherrscht, zeigt die DR seit 1978 Ansätze einer funktionsfähigen Demokratie.

1. Die DR (unabh. seit 1844), der zweitgrößte Staat der Karibik, umfasst ca. zwei Drittel der Insel Hispaniola, die sie sich mit Haiti teilt. Bedingt durch den Preisverfall auf dem Weltmarkt ist der Exportwert des Hauptexportprodukts Zucker seit J. rückläufig (1998: 2 % des Gesamtexports); auch die Erntemengen für Reis, Mais, Maniok, Kaffee und Tabak verringerten sich (niedrige Energiepreise, hohe Kosten für Düngemittel, Insektizide, Transport, mangelnde Unterstützung der Kleinbauern). Die Bodenschätze (Eisenerz, Steinsalz, Meeressalinen, Bauxit) sind z.T. erst wenig erschlossen; eine Devisenquelle ist der zunehmende *Tourismus (v.a. aus den USA).

2. 1930 bis zu seiner Ermordung 1961 beutete der von den USA gestützte General Trujillo die DR wie einen Privatbesitz aus. Die Jahre des Bürgerkrieges und der Militärputsche (1962–1965) brachten für kurze Zeit (1963) die reformerische Reg. Juan Bosch an die Macht. Eine milit. Intervention der USA installierte das Regime von Joaquín Balaguer, einem Vertreter der konservativen Militärs und ehem. engen Mitarbeiter Trujillos. Bei den Präs.-Wahlen von 1978 unterlag Balaguer dem Kandidaten der reformerischen Linie, Antonio Guzmán (Dominikanische Revolutionäre Partei PRD), nachdem Teile des Militärs vergeblich versucht hatten, die Stimmenauszählung zu verhindern. Ihm folgte 1982 Salvador J. Blanco von der gleichen Partei, die Mitgl. der Sozialistischen Internationale ist. Innerparteiliche Differenzen und Machtkämpfe behinderten die Reg.-Pol. Nicht zuletzt durch diese, im Vorfeld der Wahlen 1986 z.T. gewaltsam ausgetragenen Konflikte unterlag der PRD-Kandidat J. Majluta knapp Joaquín Balaguer (41,6 %), der für die rechtskonservative Christlich-Soziale Reformistische Partei

PRSC angetreten war. Balaguer begann eine Kampagne gegen die Korruption und machte vor Ex-Präs. Blanco nicht Halt.
3. Die DR weist eine rel. hohe Bev.-Dichte (1992: 154,2 Ew./qkm) sowie einen *Urbanisierungsgrad von 61 % auf. Hs. ist Santo Domingo als Nationaldistrikt (1993: 2390000 Ew. gegenüber 1982: 1233000). Neben der Abwanderung in die Städte emigriert die Arbeit suchende Bev. in starkem Maße v. a. in die USA, wodurch trotz hoher *Arbeitslosigkeit häufig qualifizierte Arbeitskräfte fehlen. 73 % der Bev. sind Mulatten, 11 % Schwarze und 16 % Weiße.
4. Nach der Ermordung Trujillos wurden seine Besitzungen (2/3 der Zuckerind., 2/3 aller übrigen Ind.) verstaatlicht. Die staatl. Politik vermochte dem Land jedoch weder in der Regierungszeit Balaguers (Korruption, Reprivatisierung) noch in der Amtszeit Guzmáns (Sanierung des Staatshaushalts) E.-Impulse zu verleihen (Arbeitslosigkeit nach offiziellen Angaben 28 %, Unterbeschäftigung gesch. 25 %). Die sozialen Trennungslinien der Gesellschaft der DR sind auch nach Hautfarbe stark akzentuiert: Ober- (ca. 5 % der Bev.) und Mittelschicht (ca. 25 %), die sich aus Großgrundbesitzern, Unternehmern und Vertretern von freien Berufen, Verwaltung und Militär zusammensetzen, orientieren sich pol. und in ihrem Lebensstandard an den USA.
5. Die span. Kolonialherrschaft hat der DR ihre Religion (ca. 98 % Katholiken) und die Landessprache hinterlassen. Nur etwa 15–20 % der schulpflichtigen Kinder (7–14 J.) besuchen private Schulen; in den öfftl. Bildungseinrichtungen besteht Lehrermangel, und ca. 1/3 der Kinder gehen nie oder nur kurze Zeit zur Schule. Regional und sozial ungleich verteilt ist auch die übrige soziale Infrastruktur wie Gesundheitswesen, Massenkommunikation und soziale Sicherung.
6. Wichtigste Machtfaktoren sind die kath. Kirche, das Militär und die Interessenverbände der Oberschicht. Nach der Verfassung von 1966 ist die DR eine präsidentielle Demokratie. *De facto* wurde 1966–1978 autoritär regiert. Die trad. Machtgruppen blieben jedoch auch danach einflussreich. Es existiert jedoch seither mehr pol. Pluralismus, die Menschenrechte und pol. Freiheitsrechte werden weitgehend respektiert. 1990 und 1994 wurde Balaguer zum 5. und 6. Mal zum Präs. gewählt. Die Anhänger der knapp Unterlegenen, J. Bosch bzw. Francisco Peña Gomez, die Balaguer Wahlbetrug vorwarfen, konnten sich mit der erneuten Niederlage der Linken kaum abfinden. Schließlich kam es zu einem pol. Abkommen zwischen Reg. und Opposition (*Pacto por la Democracia*): Die Wiederwahl des Präs. wurde abgeschafft und die Präsidentschaftswahlen wurden auf 1996 vorgezogen. In der zweiten Runde dieser Wahlen triumphierte nach einem pol. Pakt mit Balaguer und Bosch L. Fernández, dessen Liberale Partei allerdings mit 13 Abg. (von 130) und 1 Senator (von 30) im bereits 1994 gewählten Kongress lediglich die dritte Kraft hinter der PR und der PRD stellte. Bei den Parl.-Wahlen 1998 errang der sozialdemokrat. PRD einen deutlichen Sieg über die Reg.-Partei von Präs. Fernández und stellte 100 von 149 Sitzen im Abgeordnetenhaus sowie eine überragende Mehrheit im Senat.
Das Erreichen des *AKP-Status (→Lomé-Abkommen) im Dez. 1989 nährte Hoffnungen, das hohe Maß an wirtsch. Abh. von den USA (Zuckerexport, *Direktinvestitionen) zu reduzieren. Makroökon. Stabilität, eine auf eine verbesserte Weltmarktintegration abzielende E.-Strategie, Ausbau des *Tourismus und der *Freien Produktionszonen stellen seit Beginn der 1990er J. die wirtschafts- und sozialpol. Zielsetzungen dar, zu denen sich die wichtigsten *pol. Parteien bekennen.

Lit.: G. A. Pope, Arms and Politics in the Dominican Republic, Boulder 1981; H. J. Wiarda, The Dominican Republic, A Caribbean Crucible, London 1983; J. Knippers, The Dominican Republic: Politics and Development in an Unsovereign State, Boston 1986; R. Espinal, Autoritarismo y democracia en la política dominicana, San José 1987; F. Gewecke, Die Karibik. Zur Geschichte, Politik und Kultur einer Region, Frankfurt 1988; H. Barrios/J. Suter, Dominikanische Republik, in: HDW III, 3, 1995, 381 ff.; J. Itzigsohn, Developing Poverty: the State, Labor Market Deregulation, and the Informal Economy in Costa Rica and the Dominican Republic, Pennsylvania 2000. ml

DPI *Department of Public Information*, Hauptabteilung für öffentliche Information im UN-Generalsekretariat.

DPWV Deutscher Paritätischer Wohlfahrtsverband e.V. (*VENRO), Dachverband der freien Wohlfahrtspflege mit derzeit über 4900 Mitgl.-Organisationen. Im Rahmen seiner satzungsmäßigen Aufgaben repräsentiert und fördert (Information, Beratung, Koordination) der Verband z. Z. 28 *nichtstaatliche Organisationen, die ausschließlich oder teilweise in der E.-Hilfe tätig sind. Hierzu gehören neben *AMREF, *ASW, *CCF-Kinderhilfswerk, *DWHH, *Hermann-Gmeiner-Fonds, *Kinderhilfswerk für die Dritte Welt und *WUS noch zahlreiche (gemessen an ihrem Finanzvolumen) kleine Organisationen. Der DPWV ist überdies Träger der vom *BMZ finanzierten *Beratungsstelle für private Träger in der EZ (BENGO). Adresse: Heinrich-Hoffmann-Str. 3, 60528 Frankfurt, Internet: www.paritaet.org. red

Dreieckskooperationen E.-pol. Zusammenarbeit von zwei Gebern (Länder oder int. Organisationen) und einem Nehmerland, bei der jeder gemäß seinen spezifischen Möglichkeiten (und komparativen Vorteilen) Beiträge leistet. Beispiel: IL: **Know-how*, Erfahrung/*OPEC: Kapital/EL: Boden, Arbeitskraft. D. gibt es sowohl im Bereich der *Finanziellen Zusammenarbeit (FZ) als auch der *Technischen Zusammenarbeit (TZ). bg

Dritte Welt Der Begriff Dritte Welt ist stets hinterfragt und häufig missverstanden worden. Das eine hat zweifellos mit dem anderen zu tun. Nützlich ist der Begriff als Bezeichnung für eine Gruppe von Ländern im Int. System, für die sich bislang kein geeigneterer Name hat finden lassen. Problematisch wird der Begriff, wenn eine strikte Homogenität der Mitgl. dieser Gruppe von Ländern unterstellt wird und wenn er nicht auf eine beschreibende Funktion beschränkt bleibt, sondern normativ, theoretisch oder strategisch überhöht wird. Geschieht Letzteres, dann ist nur allzu verständlich, dass ein «Ende der Dritten Welt» diagnostiziert wird, wenn u. a. 1. die Aktionseinheit der Dritten Welt unterstellt bzw. postuliert wird, 2. die erfolgte Ausdifferenzierung zwischen einzelnen Ländergruppen (*Schwellenländer, arme Länder) nachgehalten wird, 3. die tatsächliche Verschiedenheit und Interessenheterogenität der EL zur Kenntnis gelangt.

«Die Dritte Welt bilden strukturell heterogene Länder mit ungenügender Produktivkraftentfaltung (unabh. vom Pro-Kopf-Einkommen), die sich zur Durchsetzung ihrer wirtsch. und pol. Ziele gegenüber dem ‹reichen Norden› und aufgrund gemeinsamer geschichtlicher Erfahrungen und Interessen pol. solidarisiert und in verschiedenen Aktionseinheiten lose organisiert haben» (Nohlen/Nuscheler 1982: 17). Für diese Begriffsbestimmung sind demnach zwei Kriterien maßgebend: das wirtsch. und das pol., die freilich eng miteinander verwoben sind. Das prägende wirtsch. Definitionsmerkmal ist *strukturelle Heterogenität verbunden mit ungenügender Produktivkraftentwicklung – und nicht etwa die Höhe des Pro-Kopf-Einkommens; diesen Maßstab machen sich allerdings viele int. Org. und Geberländer für ihre E.- und Kreditpol. zu Eigen. Das pol. Kriterium hebt auf historische Erfahrungen, Interessenidentität und subjektives Zugehörigkeitsgefühl ab, welche in lose Org. wie die *Gruppe der 77, die *Blockfreienbewegung etc. einfließen.

Die Herkunft des Begriffs geht auf das Jahr 1949 zurück. Dabei wurde der innenpol. Versuch einer von der kommunistischen Partei in Frankreich unabh. Oppositionspol. gegenüber den rechten kapitalistischen Parteien auf die int. Ebene und die dortigen Akteure übertragen.

Insofern hat der Begriff in seinen Anfängen mit der Vorstellung eines *Dritten Weges zu tun, die sich dann bald in der Blockfreienbewegung manifestierte. Immer wieder anzutreffende Vorbehalte, der Begriff sei abschätzig und diskriminierend, entbehren begriffsgeschichtlich jeglicher Grundlage. Im Gegenteil: In den 1950er J. wurden unter «Dritte Welt» nur jene Länder subsumiert, die positiv verstanden einen Dritten Weg der Blockfreiheit zu beschreiten gewillt schienen. Erst in den 1960er J., als Unterschiede wirtsch. E. in den int. Bez. an Bedeutung gewannen, wurde der Begriff auf alle EL in Übersee ausgedehnt. Bezeichnend ist auch, dass die Begriffe Erste Welt und Zweite Welt nicht gebräuchlich wurden, obwohl in diesen Fällen klarere Definitionsmerkmale zur Verfügung standen (westl. IL = industrialisiert-kapitalistisch; Staatshandelsländer oder soz. Länder = industrialisiert-soz.). Kennzeichnendes Merkmal aller Dritte-Welt-Länder ist UE, doch eignet sich dieses Merkmal, das am Standard der entwickelten Länder gewonnen wird und die Ursachen nicht mit angeben kann, kaum als Bezeichnung der Ländergruppe, zumal sie gegen den Willen der EL durchgesetzt werden müsste. EL ist der int. gebräuchlichste Begriff, schloss zeitweilig aber auch eine Reihe europ. Länder mit ein (s. *DAC-Liste) und verdeckt, dass sich natürlich auch die IL entwickeln bzw. weiterentwickeln – und das in viel schnellerem Tempo als die meisten EL, sodass die Lücke zwischen IL und den EL insgesamt wächst. Dritte Welt grenzt somit als Begriff die Länder rel. wertneutral aus, die es zu bezeichnen gilt – und tut dies auch besser als der geogr. festgelegte Begriff der Südländer, der sich daran stoßen muss, dass auch einige im Süden des Globus gelegene Länder zu den westl. IL gehören (Australien, Neuseeland). Kein Begriff kann im Übrigen die innerhalb der Ländergruppe notwendigen Differenzierungen leisten.
Die Unterschiede zwischen EL haben im letzten Jahrzehnt zugenommen und machen insbesondere für Zwecke der int. EP die Bildung von Untergruppen notwendig. Die Maßstäbe, die der Ausdifferenzierung zugrunde gelegt werden, sind jedoch nicht einheitlich. Sie haben sich auch historisch gewandelt und reagieren auf konkrete Erfordernisse. Fast alle EL sind Mitgl. der Gruppe der 77, fast 80 % gehören der Blockfreienbewegung an. Diese pol. Org., welche betonen, dass eine zu starke Ausdifferenzierung der EL nach anderen als pol. Kriterien – die sie sich als Dritte Welt vor allem gegenüber den westl. IL verstehen lassen – ihre Solidarität und Stärke untergraben könnte, konkurrieren mit anderen EL-Subgruppen. Sie wurden nach folgenden Kriterien gebildet: Verfügungsgewalt über die Ressource Erdöl und daraus resultierenden Exporterlösen (*OPEC); ärmste EL (*LLDCs) und solche, die bes. unter den Erdölpreissteigerungen, der weltwirtsch. Rezession und Dürrekatastrophen zu leiden haben (*MSAC), geographisch benachteiligte Länder (*Binnenländer, Inseln), EU-assoziierte Länder (*AKP-Staaten). Eine weitere Kategorie aufgrund des erreichten E.-Standes, die der sog. *Schwellenländer (auch *Newly Industrialized Countries*, NIC), hat sich inzwischen durchgesetzt. Zwischen den Gruppen gibt es Überlappungen. Siehe Tabelle I im Anhang.

Lit.: I. L. Horowitz, Three Worlds of Development: The Theory and Practice of International Stratification, Oxford 1966; I. S. Abdalla, Heterogeneity and Differentiation. The End of the Third World, in: Development Dialogue 2, 1978, S. 3–21; D. Nohlen/F. Nuscheler, Was heißt Dritte Welt, in: HDW II, 1, Hamburg 1982, S. 11 ff.; D. Nohlen/F. Nuscheler, Ende der Dritten Welt?, in: HDW III, 1, 1992, 14 ff. dn

Dritte-Welt-Gruppen →Aktionsgruppen, entwicklungspolitische

Dritte-Welt-Läden/Weltläden Zur Verwirklichung der Idee des alternativen oder *fairen Handels mit Ländern der *Dritten Welt riefen die beiden kirchl. Jugendverbände AEJ (Arbeitsgemeinschaft der Evang. Jugend) und BDKJ

(Bund der Deutschen Kath. Jugend) 1970 die «Aktion Dritte Welt-Handel» ins Leben. Parallel dazu wurden Waren aus EL importiert und angeboten. Neben den zahlreichen Aktionsgruppen kam es nach und nach auf der Basis von e.-pol. Gruppen und Vereinen zu ständigen Einrichtungen dieser Art. Schließlich wurde eine rechtl. wie wirtsch. selbständige Einheit, der «Dritte Welt-Laden» (DWL), später «Weltladen», gegründet, die sich 2001 auf rd. 880 beliefen. Sie werden im Wesentlichen von der * GEPA beliefert, zu deren Gesellschaftern ihrerseits u. a. die Arbeitsgemeinschaft Dritte Welt-Läden (AG3WL) gehört.

Lit.: U. Schwarz, Global denken – lokal handeln. Erwachsenenbildung im Dritte Welt-Laden, Bern 1981; BUKO (Hg.), Aktionshandbuch Dritte Welt, Wuppertal 1986. red

Dritter Weg Wiss. und pol. umstrittenes Konzept. In den 1970er und 1980er J. ging es von der Annahme aus, die EL könnten einen E.-Weg beschreiten, der weder die kapitalistische Entwicklung der westl. IL kopiert noch die Entwicklungsstrategie soz. Länder dogmatisiert. Der D. W. erhob den Anspruch eines qualitativ Neuen, dessen einzelne Elemente freilich unbestimmt blieben. Die Unbestimmtheit des Begriffes folgte aus der Tatsache, dass der D. W. in der Praxis alle jene Versuche * alternativer Entwicklung einschloss, die sich von der kapitalistischen E. und der soz. E. explizit abgrenzten – er war also eine Residualkategorie. Das Konzept wies – mit Recht – den eurozentristischen Gültigkeitsanspruch bestehender Leitbilder gesellsch. E. für EL-Gesellschaften zurück, postulierte eine autonome E.-Möglichkeit entsprechend den spezifischen Voraussetzungen und Trad. der EL. Der D. W. war somit jeweils das, was dem theoret.-ideol. Selbstverständnis derjenigen pol. Gruppen entsprach, welche einen alternativen E.-Weg propagierten. So hat beispielsweise die christdemokrat. «Revolution in Freiheit» 1964 bis 1970 ebenso wie der «chilenische Weg zum Sozialismus» 1970 bis 1973 das Selbstverständnis vom D. W. entwickelt – angesichts der Vagheit des Begriffs nicht ohne Berechtigung.

Konzeptionen von D. W. beziehen sich im Allg. sowohl auf den Prozess sozioökon. Wandels als auch auf das gesellschaftspol. Leitbild. Hinsichtlich des Prozesses sozioökon. Veränderung zeichnen sich D.-W.-Strategien durch friedliche, reformistische Herbeiführung strukturellen Wandels aus – im Gegensatz zur gewaltsamen Eroberung der Macht. Im ökon. und pol. System beinhaltet der D. W. pluralistische Org.-Prinzipien: In der Wirtsch. sollen versch. Sektoren nebeneinander bestehen bleiben, die sich durch die Besitzverhältnisse an den Produktionsmitteln unterscheiden: staatl., privater, genossenschaftlicher Sektor; in der Pol. sollen Gewaltentrennung und liberale Grundrechte weitergelten. Über die Mischung der Elemente (wie viel Privatkapitalismus, wie viel Staatskapitalismus, wie viel Markt, wie viel Plan, wie viel pol. Pluralität) besteht keine Richtlinie. Der Reformismus lässt sich nicht leicht auf einen Begriff bringen. Auch wird von einigen Befürwortern des D. W. das Konzept nur als Übergangsphase zu soz. Verhältnissen begriffen, hat also vor allem taktische Bedeutung.

Die Durchsetzung von D.-W.-Strategien ist in der pol. Praxis durchweg gescheitert (→Chile, Peru), was nicht unbedingt gegen das Konzept selbst zu sprechen braucht. Denn die Gründe für das Scheitern lagen mehr in den Schwierigkeiten und Widerständen, auf die Überwindungsstrategien von UE stießen, und in der dogmatischen Fixiertheit der E.-Theoretiker auf die bekannten, zudem von den damaligen Supermächten durchgesetzten Modelle, als in der Schwäche eines den Theoretiker nicht zufrieden stellenden Konzepts.

Lit.: H. C. F. Mansilla (Hg.), Probleme des Dritten Weges, Darmstadt/Neuwied 1974; C. Leggewie, Nichtkapitalistischer Entwicklungsweg – Alternative, Bluff oder Herrschaftsideologie?, in: HDW I, 1982, S. 395 ff.; M. Wöhlke, Ein Dritter Weg für die Dritte Welt?, Baden-Baden 1985. dn

DRK Deutsches Rotes Kreuz (*nichtstaatliche Organisation, *VENRO), leistet in Zusammenarbeit mit den jeweiligen nationalen Rotkreuz-Gesellschaften, dem Auswärtigen Amt, dem *BMZ und der *EU v.a. *Katastrophenhilfe, aber auch *Entwicklungs- und *Nahrungsmittelhilfe. →Rotes Kreuz. Adresse: Friedrich-Ebert-Allee 71, 53113 Bonn, Internet: www.rotkreuz.de red

Drogenbekämpfung →UNFDAC

Drogenwirtschaft / Drogenpolitik 1. Mit einem geschätzten jährl. Umsatz von mehr als 500 Mrd. US-$ gehört der illegale D.-handel zu den dynamischsten Branchen der Weltwirtsch. Klassische Verbrauchermärkte für D. aller Art sind die IL, trad. Hauptlieferanten von D. pflanzlichen Ursprungs die EL. Größte Bedeutung unter diesen haben die beiden Rauschgifte Heroin und Kokain bzw. deren Vorprodukte und Derivate. Kokain wird vor allem in LA produziert, während Asien der Hauptlieferant für Heroin ist. Cannabisprodukte als die drittwichtigste Gruppe von Rauschgiften werden dagegen weltweit angebaut. Der D.-missbrauch verursacht nicht nur negative wirtsch.-pol. Wirkungen und soziale Schäden in den IL. Von der D.-wirtsch. gehen auch gravierende wirtsch.- und gesellsch.-pol. Effekte auf die Anbau- und Produzentenländer aus. Produktion und Export von D. führen zu tief greifenden Änderungen der Wirtsch.-struktur dieser Länder; sie beeinflussen auch den Wachstumsprozess sehr nachhaltig. Die vielfältigen Wirkungen der D.-wirtsch. auf die EL und die Wirksamkeit ihrer D.-bekämpfungspol. lassen sich aufgrund der in diesem Bereich sehr unsicheren Datenlage nur ungefähr abschätzen.

2. In LA sind Bolivien und Peru die Hauptproduzenten von Kokablättern, während in Kolumbien bis vor kurzem die Weiterverarbeitung konzentriert war. Zentralamerikan. und karibische Länder sowie Mexiko werden als Transitländer für Kokain genutzt. Einige der letztgenannten Länder, aber auch Uruguay und Paraguay, sind wichtige Zentren der Geldwäsche. Diese arbeitsteiligen Strukturen unterliegen in letzter Zeit raschen Veränderungen. So hat sich Kolumbien allmählich ebenfalls zu einem Anbauland für den Kokastrauch entwickelt. In Peru und Bolivien nimmt die Weiterverarbeitung von Kokablättern rapide zu. Venezuela und Chile sowie einige afrikanische Länder haben sich als neue Transitländer für den europ. Markt etabliert. Die trad. Anbaugebiete für Schlafmohn und für die Produktion von Heroin sind das so genannte Goldene Dreieck mit den Ländern Myanmar (Birma), Laos und Thailand und der «Goldene Halbmond» (Afghanistan, Iran, Pakistan). Während vor wenigen Jahren der Anbau von Schlafmohn noch in einer großen Zahl von Ländern erfolgte, konzentriert er sich heute in den zwei Ländern Afghanistan und Birma (Myanmar). Neben den trad. Transitländern Iran und Türkei haben sich in den letzten J. Indien und China sowie einige afrikan. Länder (Nigeria, Elfenbeinküste, Kamerun, Kenia, Somalia) zu bedeutenden Transitstaaten entwickelt. In Westafrika nimmt auch die Herstellung von Cannabisprodukten rapide zu. Als neue Anbaugebiete für Schlafmohn treten zudem lateinamerikan. Länder wie Mexiko und Kolumbien auf. Das hier produzierte Heroin wird in erster Linie auf dem US-amerikan. Markt abgesetzt. Die jungen zentralasiatischen Rep.n gelten inzwischen als wichtige Transitrouten von Heroin, wobei mehrere Wege durch osteuropäische Länder zu den Absatzmärkten in Westeuropa führen.

Die traditionellen Verbrauchermärkte liegen in den USA und in Europa. In Europa wird hauptsächlich Heroin konsumiert. Der Konsum von Kokain ist jedoch im Steigen begriffen. In Produzenten- und Transitländern wächst der Rauschgiftkonsum ebenfalls rapide an. Asiatische, lateinamerikan. und sogar afrikan. Staaten geraten zunehmend in den Strudel von D.-konsum und D.-kriminalität. In Ländern wie Thailand, Pakistan, Iran, Brasilien und der Elfenbeinküste ist der D.-konsum inzwischen zu einem ernst zu nehmenden gesellsch. Problem geworden. Weltweit, darunter in den EL und auch in den ehemals komm. Staaten Osteuropas, nehmen ebenfalls Produktion und Konsum von synthetischen D. (Amphetamine, Designer-Drogen) zu.

3. Die D.-wirtsch. stellt die Anbau- und Produktionsländer insofern vor schwierige Probleme, als sie kurzfristig beträchtliche ökon. Vorteile für die betreffenden Länder mit sich bringen kann, denen aber längerfristig Nachteile gegenüberstehen. Die wesentlichen Vorteile bestehen in höheren Wachstumsraten, die sich aus dem Anbau der D.-sträucher und den dadurch ausgelösten weiteren indirekten Wachstumsimpulsen ergeben (höhere Nachfrage nach Nahrungsmitteln und dauerhaften Konsumgütern, Reinvestitionen, höhere Importkapazität). Darüber hinaus entstehen direkte und indirekte Beschäftigungseffekte. Das Ausmaß dieser vorteilhaften Effekte ist allerdings von Land zu Land unterschiedlich. So betrug z. B. die Produktion von Kokablättern in Peru Anfang der 1990er J. schätzungsweise 9 % und in Bolivien 24 % des offiziellen BNE. Die Beschäftigungseffekte wurden in Peru auf 800000 und in Bolivien auf 500000 Personen geschätzt. Die Schätzungen der ins Land zurückfließenden Deviseneinnahmen gehen für Peru von 800 Mio. und für Bolivien von 600 Mio. US-$ jährl. (ca. 45 bzw. 75 % der offiziellen Exporteinnahmen) aus. In Kolumbien waren bisher die Beschäftigungswirkungen rel. gering. Dagegen sollen die Deviseneinnahmen bei der Finanz. der hohen Wachstumsraten der 1980er J. eine große Rolle gespielt haben. Allerdings hat sich dieses Bild seit der Intensivierung der Drogenbekämpfung und seit der Ausweitung des Anbaus von Kokasträuchern und Schlafmohn wahrscheinlich stark verändert. Für die Opium und Heroin produzierenden Länder liegen keine vergleichbaren Schätzungen vor. Jedoch auch hier sind die Wirkungen von Land zu Land unterschiedlich.

Der größte Teil – oft über zwei Drittel – der Erlöse aus Drogenexporten verbleibt in der Regel im Ausland. Das ins Land zurückfließende Geld wird nur zu einem geringen Teil investiert. Die Investitionen werden v. a. im Bau- und Dienstleistungsgewerbe, in landwirtsch. Großbetrieben und partiell im informellen Kleingewerbe (der Schattenwirtsch.) getätigt. So wird der Bauboom in den 1980er J. in Städten wie Cochabamba und Santa Cruz in Bolivien sowie Chiang Mai und Chiang Rai in Thailand dem Zufluss von D.-geldern zugeschrieben. Die Nachfrage nach Investitionsgütern und der durch Drogengewinne finanz. Konsum führen bei zumindest kurzfristig niedrigen Angebotselastizitäten der Landwirtsch. und der heimischen Ind. zu hohen Importen bzw. bei hohen Importschranken zum Aufblühen von Schmuggel. Dieser Sachverhalt mindert den indirekten Beitrag von D.-exporten zum Wachstum, da die durch höhere Nachfrage angeregte Produktion im Ausland stattfindet. D.-exporte können die E. in den Anbau- und Produktionsländern allerdings auch negativ beeinflussen, etwa in Form des Entzugs von Ressourcen aus anderen Sektoren oder einer Überbewertung der Währung, die die Exporttätigkeit anderer Sektoren erschwert. Die D.-wirtsch. hat auch gravierende Umweltschäden zur Folge: Kokain und Heroin werden in mehrphasigen Verarbeitungsprozessen durch Hinzufügung von Chemikalien in primitiven Labors gewonnen, die oft in unzugänglichen Gebieten liegen. Die Überreste dieser Chemikalien gelangen in das Erdreich und die Gewässer und führen zu ihrer Kontamination mit der Folge einer Vernichtung der Lebensgrundlagen von Pflanzen und Tieren. In Peru und Bolivien hat die dadurch bedingte Umweltverschmutzung bereits alarmierende Ausmaße erreicht. In beiden Ländern wird darüber hinaus durch Rodungen ökol. wertvoller Waldbestand vernichtet.

4. Angesichts der wirtsch. Stagnation und der weitverbreiteten Arbeitslosigkeit neigen die Reg. der betreffenden EL dazu, die positiven Effekte der D.-wirtsch. höher zu bewerten als deren negative Folgen. Dies mindert ihre Entschlossenheit, eine wirksame Anti-D.-Pol. zu betreiben. Gleichzeitig stehen sie aber unter starkem Druck seitens der IL, vor allem der USA, D.-anbau und -produktion zu unterbinden. Als Ergebnis hat sich in den Anbauländern eine Verbotspol. durchgesetzt, die nicht immer mit der notwendigen Entschlossenheit verfolgt wird und bisher ohne nennenswerte Erfolge geblieben ist. Es ist praktisch unmöglich, Anbau und Produktion, die zum größten Teil in unzugänglichen Gegenden erfolgen, zu verhindern. Die langen Grenzen sind nicht zu kontrollieren. Die Leichtigkeit, mit der neue Anbaugebiete erschlossen, die D.-labors verlegt und der Transport organisiert werden können, ist ein weiteres unüberwindliches Hindernis für eine effiziente polizeiliche Verfolgung. Hinzu kommen die weitverbreitete *Korruption und die von der Drogenmafia aufgebaute personelle Infrastruktur, die bis in die höchsten Kreise von Pol., Armee, Banken und Ind. hineinreicht. Ein zusätzliches Problem stellen starke militante Bauernverbände – wie z. B. in Bolivien – und bewaffnete Rebellen bzw. *Befreiungsbewegungen dar, die sich durch D.-gelder finanzieren, wie in Peru, Nordthailand oder Afghanistan.

Für die Landbewohner stellt der Anbau von Kokasträuchern bzw. Schlafmohn oft die einzig sichere Existenzgrundlage dar. Die Ansprüche dieser Pflanzen an die Bodenqualität sind gering, und Ausrüstung, Dünger und Herbizide werden kaum benötigt. Der Transport und die Weiterverarbeitung zu Kokapaste bzw. Opium sind leicht möglich, der Absatz ist sichergestellt und gewährt ein rel. hohes Einkommen. Wegen der jährl. mehrmaligen Ernten von Kokablättern und wegen der guten Konservierbarkeit von Opium bietet der Anbau zudem eine dauerhafte Einnahmequelle.

Angesichts der Schwierigkeiten einer direkten staatlichen Kontrolle der D.-produktion erschien der Ansatz vielversprechend, Anbauverbote mit einer Substitutionspol. zu verknüpfen, die den Bauern ein Einkommen aus dem Anbau alternativer Pflanzen bzw. aus Beschäftigungen in landw. E.-Projekten sichert (→Alternative Entwicklung, →UNDCP). Diese Maßnahmen (seit den 1970er J. im «Goldenen Dreieck» und im NW Pakistans sowie seit Mitte der 1980er J. im Chapare in Bolivien) blieben jedoch lange ohne Erfolg. Erst in den 1990er Jahren wurden einige Erfolge erzielt. In Bolivien konnte die Anbaufläche als Folge des sog. «Dignity plan», der 1997 lanciert wurde, beträchtlich reduziert werden. Auch in Peru sank die Kokaproduktion seit 1992. Pakistan wurde im Jahre 2000 praktisch frei von Schlafmohn und der Anbau von Schlafmohn in Thailand ging ebenfalls zurück.

Die Hauptschwierigkeit für eine erfolgreiche Substitutionspol. besteht in der hohen Rentabilität von D.-anbau und -produktion. Nur bei einem Sinken der Preise für Kokablätter und Opium wären die Bauern bereit, freiwillig zu alternativen Produktionen überzugehen. Solange die Nachfrage nach D. weltweit nicht spürbar zurückgeht, bleiben die Chancen für eine Substitutionspol. gering. Sofern die E.-Projekte auf die Anbaugebiete beschränkt bleiben, besteht zudem die Gefahr, dass mehr Menschen in diese Gebiete zuwandern. Den betreffenden Anbauländern bleibt somit nur die Möglichkeit, durch eine umfassende E. ihrer Volkswirtsch.n, die alle wichtigen Sektoren und e.-trächtigen Regionen einschließt, die formelle Wirtsch. gegenüber der D.-wirtsch. insgesamt zu stärken. Eine solche umfassende Konzeption wird seit kurzem in Bolivien versucht. Ihre Durchsetzung verlangt allerdings nicht nur eine effiziente Bürokratie, sondern auch den Einsatz erheblicher finanz. Mittel, die überwiegend nur durch EZ bereitgestellt werden können. Dabei entsteht jedoch das Problem, dass sich daraus für andere EL ein Anreiz ergibt, durch stillschweigende Duldung bzw. Unterstützung des D.-anbaus Ansprüche auf die Finanzierung von E.-Programmen anzumelden.

5. Eine für die Substitutionspol. günstige Preisentwicklung für Kokablätter und Opium setzt einen drastischen Rückgang der Nachfrage nach D. in den IL voraus. Die in den IL diesbezüglich angewandten Instrumente reichen von der strafrechtlichen Verfolgung des Handels über die Bestrafung des Konsums und die Verhinderung der Geldwäsche bis zu Nachfragesubstitution (Methadon-Programme), Prävention und Therapie. Von regional begrenzten Ausnahmen abgesehen, wurden bisher jedoch durch solche Maßnahmen keine durchschlagenden Erfolge erzielt. Angesichts der geringen Erfolge der Verbotspol. in den Anbau- wie in den Verbraucherländern wird zunehmend die Legalisierung von D. diskutiert. Unter Verbotsbedingungen sind der Preis für Drogen hoch (1 kg reines Kokain kostete im Herstellungsland 1987 3917 US-$, im Verbraucherland 20000–40000 US-$) und Produktion und Handel mit ihnen besonders rentabel, da eine Monopolisierung des Marktes ermöglicht wird. Im Preis für D. ist eine Risikoprämie als Kompensation für die zu erwartenden hohen Strafen und ein Ausgleich für die Ausgaben zur Bestechung und zur Unterminierung der Strafverfolgung enthalten. Die durch diese Faktoren in die Höhe getriebenen Preise können angesichts sehr niedriger Preiselastizitäten der Nachfrage leicht durchgesetzt werden. Andererseits kann nicht ohne weiteres ausgeschlossen werden, dass eine Legalisierung des Konsums von harten D. und die daraus folgende Preissenkung die Nachfrage zumindest bei Süchtigen stark ausweiten könnte. Sofern aber die Gesamtnachfrage nicht übermäßig steigen und die Preise ausreichend sinken würden, wäre die Marktlösung dirigistischen Lösungen überlegen, da ihre sozialen Kosten erheblich geringer ausfallen würden. Insofern Prohibition nicht durchsetzbar ist, fallen bei dirigistischen Lösungen nicht nur Kosten für die Versorgung und Rehabilitation von bereits Süchtigen an, sondern auch Aufwendungen für die Bekämpfung der Schwerstkriminalität (der D.-mafia) und für die Repression der Beschaffungskriminalität. Hinzu kommen die sozialen Kosten eines wachsenden professionellen kriminellen Milieus und der zunehmenden sozialen Desintegration. Eine Teilliberalisierung, die den Verkauf verbietet, den Kauf, Besitz und Konsum jedoch straffrei lässt und diese Regelung mit öfftl. Gratisabgaben an bereits Süchtige verbindet, dürfte auf weniger pol. Widerstände stoßen als eine ökon. eher vertretbare vollständige Freigabe. Fest steht allerdings, dass ohne eine Drosselung der weltweiten Nachfrage nach D. der D.-bekämpfungspol. in den EL keine wirklichen Erfolge beschieden sein werden.

Lit.: G. S. Becker/M. Grossmann/K. M. Murphy, Rational Addiction and the Effect of Price on Consumption, in: American Economic Review 81 (2), 1990, S. 237ff.; I. Dietrich, Die Koka- und Kokainwirtschaft Perus, Frankfurt a. M. 1998; M. J. Dourojeanni, El impacto ambiental del cultivo de coca y producción de cocaína en la cuenca amazónica peruana, La Paz 1990; N. H. Hardinghaus, Die Entwicklung der internationalen Drogenwirtschaft, in: Internationale Politik und Gesellschaft 1/1995, S. 70ff.; IRELA, Latin America, Europe and the Drug Problem: New Forms of Cooperation, Madrid 1991; H. Ladwig, Drogen und das so genannte schmutzige Geld, Frankfurt a. M. 1996; J. Painter, Bolivia and Coca, A Study in Dependency, Boulder and London 1994; R. Shams, Das Koka- und Kokaingeschäft in Bolivien. Ökonomische Relevanz und Drogenbekämpfungspolitik, Hamburg 1992; United Nations Office for Drug Control and Criminal Prevention (UN ODCCP), World Drug Report 2000. rss

Drop-out-Quote Anteil der Kinder an der Gesamtzahl der eingeschulten Kinder einer Altersklasse, die sehr früh in der Schule scheitern, sie verlassen und wieder in den * Analphabetismus zurückfallen. dn

Dschutschee →Korea-Nord

DSE Deutsche Stiftung für Internationale Entwicklung, gegr. 1959, Hauptsitz ab 1. 1. 1997: Bonn (vorher Berlin); Finanzierung durch den Bund, die Bundesländer (Programmausgaben 2001: rd. 27,6 Mio. €) sowie aus Drittmitteln; Mitarbeiter 2001: 424. *Aufgaben:* Vorbereitung dt. Fachkräfte auf Einsatz und Aufenthalt in EL; Aus- und Fortbildungsprogramme für Fach- und Führungskräfte aus den EL auf den Gebieten *Bildungs- und Erziehungswesen, *Gesundheit, öfftl. Verwaltung, int. Wirtsch.-, Finanz- und Sozialpol., gewerbliche Berufsförderung, Landw., *Ernährungssicherung, ländl. E. und Journalismus; Org. von Trainingsprogrammen, Konferenzen, Expertengesprächen für den Erfahrungsaustausch zwischen Führungskräften versch. Länder (Gesamtteilnehmerzahl an den Projekten der EZ 2000: 8741; regionale Verteilung 2000: Afrika südl. der Sahara 23,8 %, LA 16,4 %, Asien + Pazifik 32,1 %, IL 19,3 %, Naher und Mittlerer Osten 4,0 %, *Transformationsländer 4,4 %).
Dezentrale Arbeitsorg. (nach Umstrukturierungen 2001): 1. *Entwicklungspolitisches Forum* (EF), direkt der Geschäftsführung unterstellt. *Aufgabe:* Förderung des *Nord-Süd- und des Süd-Süd-Dialogs in den Schwerpunktbereichen E.-Strategie, wirtsch. Zusammenarbeit und soziokulturelle Bez.; 2. *Zentrum für Bildung, Gesundheit und öfftl. Verwaltung* (ZBGÖV, eh. ZED und ZÖV), Bonn; 3. *Fachzentrum für Int. Wirtsch.-, Finanz- und Sozialpol.* (IWS; eh. ZWS), Berlin; 4. *Zentralstelle für Auslandskunde* (ZA), Lohfelder Str. 128, 53604 Bad Honnef; 5. *Zentralstelle für gewerbliche Berufsförderung* (ZGB), Käthe-Kollwitz-Str. 15, 68169 Mannheim, mit Außenstelle in Magdeburg; 7. *Fachzentrum für Ernährung, ländl. E. und Umwelt* (ZEL), Wielinger Str. 52, 82340 Feldafing, mit Außenstelle in Zschortau. Für Aug. 2002 ist die Fusion der DSE mit der *CDG zur *InWEnt (Int. Weiterbildung und E. gGmbH) vorgesehen.
Die DSE gibt die informative Monatszeitschrift «Entwicklung und Zusammenarbeit» (E + Z) heraus sowie fremdsprachliche Schwesterzeitschriften (D + C). Adresse (Geschäftsführung): Tulpenfeld 5, 53113 Bonn. Internet: www.dse.de dn

DTCD *Department of Technical Cooperation for Development,* Abteilung für techn. EZ des *UN-Sekretariats.

DÜ Dienste in Übersee, gegr. 1960, ist zuständig für die Vermittlung von Fachkräften für E.-Programme in Afrika, Asien und LA. Durch das E.-Hilfegesetz genießt DÜ staatl. Anerkennung, die die Beteiligung der dt. Kirchen am weltweiten ökum. Personalaustausch durch die Entsendung von E.-Helfern begünstigt. Nach Eingliederung in den *EED (1999) hat dieser die Bearbeitung der durch DÜ unterstützten Programme übernommen. vk / mfn

Dualismus(-modell) Das Konzept «Dualismus» wird zur Bezeichnung von Ungleichheiten in der Sozialstruktur sowohl entwickelter als auch unterentwickelter Länder benutzt. In der Anwendung auf E.-Gesellschaften wird im Allg. betont, dass, obgleich die Ursachen für die Herausbildung dualistischer Strukturen umstritten sind, diese temporärer Natur seien und zugunsten einer sozialen Homogenisierung verbunden mit und verursacht durch Entwicklungsfortschritte der EL verschwinden werden.
Das Dualismusmodell beschreibt periphere Gesellschaften als in zwei Sektoren gespaltene. Der eine dieser Sektoren ist modern, dynamisch, in den Weltmarkt integriert und verkörpert damit die E.-Chancen des jeweiligen Landes, der andere ist trad., stagnierend und nicht mit den höher entwickelten Wachstumspolen verbunden. Beide Sektoren entwickeln sich unabh. voneinander und nach ihren eigenen Gesetzmäßigkeiten. Aus der Perspektive e.-pol. Zielvorstellungen erschien es daher folgerichtig, den modernen, den extern gesetzten Imperativen des Weltmarktes folgenden («assoziierten») Sektor zu unterstützen, um dessen weitere Ausdehnung zu ermöglichen.

Der trad. Sektor ist in dieser Perspektive lediglich ein zu modernisierender, dessen Resistenz gegen die Dynamik der kapitalist. Organisation der Produktion Ursache von UE ist. Die Annahmen des Dualismusmodells werden heute durch das Gegenkonzept der * Strukturellen Heterogenität in Frage gestellt. →Modernisierung; →Dependencia-Theorien rs

DÜI Deutsches Übersee-Institut, 1964 als Stiftung bürgerlichen Rechts gegr., fasst die rechtl. selbständigen, regional ausgerichteten Institute: *Institut für Asienkunde* (Rothenbaumchaussee 32, 20148 Hamburg), *Deutsches Orient-Institut* (Mittelweg 150, 20148 Hamburg), *Institut für Iberoamerika-Kunde* (Alsterglacis 8, 20354 Hamburg), *Institut für Afrika-Kunde* (Neuer Jungfernstieg 21, 20354 Hamburg) sowie das stiftungseigene *Institut für Allgemeine Überseeforschung* (Neuer Jungfernstieg 21, 20354 Hamburg) in einem Verband zusammen. *Aufgabe:* Analyse der pol., ökon. und gesellsch. Entwicklungen in der * Dritten Welt (und in den ostasiat. und pazif. IL). Für die wiss., unabh., gegenwartsbezogen und praxisnah angelegte Arbeit ist die Kombination von regionaler Spezialisierung und fächerübergreifendem Ansatz grundlegend. Länderübergreifend-vergleichende Projekte (auch zum Thema * Süd-Süd-Bez.) führt das stiftungseigene IAÜ (Institut für Allgemeine Überseeforschung) meist zusammen mit den Regionalinstituten durch. Das DÜI bemüht sich um eine nichteurozentristische Problemsicht und pflegt daher umfangreiche Kontakte mit Instituten aus EL. Die Übersee-* Dokumentationsleitstelle erschließt für alle vier Regionen in der Bundesrepublik erhältliche Fachlit. (Bücher, Zeitschriftenaufsätze, graue Lit.). Aktuelle Informationsdienste (→Zeitschriftenverzeichnis) bieten eine Auswahl von Presseberichten aus der jeweiligen Region. Zu aktuellen Ereignissen werden spezielle Dokumentationen zusammengestellt.

Das DÜI wird vom Auswärtigen Amt und dem Land Hamburg, darüber hinaus durch Drittmittel von Forschungsförderungseinrichtungen (z. B. DFG, Volkswagen-Stiftung, Thyssen-Stiftung) finanziert. Die (kostenpflichtigen) Dienste des DÜI können von jeder Person in Anspruch genommen werden. Adresse: Neuer Jungfernstieg 21, 20354 Hamburg, Internet: www.rrz.uni-hamburg.de/duei red

Durchführbarkeitsstudie →*feasibility-study*

Dutch Disease Begriff zur Bezeichnung des Zusammentreffens folgender makroökonomischer Daten: tiefe wirtsch. Rezession (Unternehmensrentabilität gleich null), hohe Arbeitslosigkeit und hohes Staatsdefizit. Der Begriff reflektiert die niederl. Wirtschaftslage zu Beginn der 1980er J. dn

DVV Deutscher Volkshochschul-Verband e. V. (* nichtstaatliche Organisation, * VENRO), unterstützt seit 1962 die Erwachsenenbildung (EB.) und nicht-formale * Bildung in den EL. Seit 1969 Kooperation mit Trägern der EB. in den EL über Institut für Internationale Zusammenarbeit. Wichtige Projekttypen: Errichtung von Verbindungsbüros zur Strukturierung der Zusammenarbeit vor Ort mit staatl., privaten und universitären Org. der EB. sowie die Unterstützung regionaler Zusammenschlüsse von Institutionen der EB. in den EL. Die auf die Befriedigung der * Grundbedürfnisse zielenden Maßnahmen des DVV erfolgen v. a. in den Bereichen Aus- und Fortbildung von Lehrpersonal der EB., Lehr- und Lernmaterial, Rundfunkarbeit, Forschung und Entwicklung, Post-* Alphabetisierung, * *Sur-place*-Programme im informellen Sektor und * Berufsbildung. Darüber hinaus betreibt der DVV e.-pol. Bildungsarbeit in der BRD. Publikationen in engl., franz. und span. Sprache; «Volkshochschulen und der Themenbereich Afrika, Asien und Lateinamerika». Fachzeitschrift «Erwachsenenbildung und Entwicklung». Das Institut für internationale Zusammenarbeit erhält seine Mittel vom * BMZ (1999: 8,2 Mio. €). Adresse: Obere Wilhelmstraße 32, 53225 Bonn, Internet: www.dvv-vhs.de red

DWEK Diakonisches Werk der EKD →BfdW

DWHH Deutsche Welt-Hungerhilfe (*nichtstaatl. Organisation, *DPWV), Trägerorganisation des *Bensheimer Kreises, gegr. 1963. Ziele: Verbesserung der Welternährungslage, Förderung der landw. E. durch Hilfe zur Selbsthilfe, ggf. Not- und Katastrophenhilfe. 1963–2000 wurden insg. rd. 900 Mio. € für 3100 Selbsthilfeprojekte, 820 Projekte für Kinder und Jugendliche und 500 Nothilfeprogramme ausgegeben. Die Projekte werden mit int. Org. (z. B. *FAO) abgestimmt und i. d. R. von Partnerorganisationen in EL getragen. Einnahmen (2000): Spenden rd. 34 Mio. €, öffentl. Zuschüsse rd. 60 Mio. €. Verteilung auf die Projekte: E.-Zusammenarbeit 24 Mio. €, Förderungsprogramme für Kinder und Jugendliche 6 Mio. €, Nothilfeprojekte 49 Mio. €. Adresse: Adenauerallee 134, 53113 Bonn, Internet: www.welthungerhilfe.de dn

E

EAAFRO *East African Agriculture and Forest Research Organization,* Ostafrikanische Gesellschaft für Land- und Forstwirtschaft.

EAC Ostafrikanische Gemeinschaft (*East African Community*), Wirtschaftsgemeinschaft von Kenya, Tanzania und Uganda, 1967 gegr. mit dem Ziel der Errichtung eines gemeinsamen Marktes (EACM), zerbrach 1977 aufgrund der anhaltenden pol. Spannungen zwischen den Mitgl.-Ländern. Jan. 1996 Wiedergründung vereinbart, Sekretariat in Arusha eingerichtet, am 30. 11. 1999 wiedergegründet. Internet: www.eachq.org. dn

EAD →Arabische Liga

EADB Ostafrikanische Entwicklungsbank (*East African Development Bank*), ursprgl. 1967 von den Reg. Kenyas, Tanzanias und Ugandas gegr.; 1980 rekonstituiert. *Ziel:* Vergabe von finanz. und techn. Hilfe zur Förderung der ind. E., des Agrarsektors, der Tourismusbranche sowie des Ausbaus der Infrastruktur in den drei Mitgl.-Staaten. *Organe:* Ministerrat; Direktorenkollegium (3–5 Mitgl., dreijähr. Amtszeit); Generaldirektor (fünfjähr. Amtszeit). Adresse: 4 Nile Avenue, Kampala, Uganda. Internet: www.transafrica.org/eadb red

EADI *European Association of Development Research and Training Institutes*, Europ. Vereinigung der E.-Forschungs- und Ausbildungsinstitute; ihr gehören 2002 170 Institute aus 20 Ländern an. *Ziele*: Förderung von Forschung und Ausbildung durch Informationsaustausch und die Anregung interdisziplinärer Studien. Internet: www.eadi.org red

EBWE Europäische Bank für Wiederaufbau und Entwicklung, 1991 gegr., Sitz London, 59 europ. und außereurop. Mitgl. Gezeichnetes Kapital 10 Mrd. ECU (30 % Einzahlungskapital, Rest Haftungskapital). *Aufgabe:* Unterstützung des Übergangs zur Marktwirtsch. in den mittel- und osteuropäischen Ländern, die sich zu den Grundsätzen der pluralistischen *Demokratie und Marktwirtsch. bekennen. 1995: 9 der 25 Einsatzländer sind EL. dn

ECA *Economic Commission for Africa* (auch UNECA), UN-Wirtschaftskommission für Afrika, April 1958 von der *ECOSOC gegründet; derzeit 53 Mitgl. neben assoziierten Mitgl. (*abhängige Gebiete von Frankreich, GB, Spanien in Afrika). Die Mitgliedschaft von Südafrika war zwischen 1963 und 1994 suspendiert. *Aufgaben:* Unterstützung afrik. Staaten bei der wirtsch. Kooperation in Afrika. Förderung einer afrik. Staatengemeinschaft. ECA unterhält vier regionale Büros für Nord-, Zentral-, West- und Ostafrika sowie eine eigene Universität in Nairobi. *Probleme:* pol. und wirtsch. Heterogenität Afrikas, Mangel der Staaten an Personal mit hinreichender Fachausbildung. 1989 legte ECA einen Bericht vor über einen «Alternativen afrikanischen Rahmen für die Strukturanpassungsprogramme», der, ähnlich dem *Nyerere-Bericht, das Konzept eines *«human centered development»* und **self-reliance* ins Zentrum e.-strategischer Überlegungen stellt. Während der 1990er J. reorientierte sich ECA vom nach innen gerichteten E.-Konzept auf eine außen gerichtete E.-Strategie: Ausweitung und Diversifizierung des Handels, Anreize für Auslandskapital etc. →OAU, →AFDB, →MULPOC. Adresse: P. O. Box 3001, Addis Abeba, Äthiopien. Internet: www.uneca.org dn

ECAFE →ESCAP

ECCM *Eastern Caribbean Common Market*, 1968 von den *Associated States, also den «kleinen Acht» der *Westindischen Föderation, gegr., um innerhalb der CARIFTA und später des *CARICOM durch eine engere Zusammenarbeit die Nachteile der extremen Kleinheit zu überwinden. Der Währungsverband des *East Caribbean Dollar* wurde durch den Austritt der wirtsch. stärksten Inseln in der Ostkaribik, Trinidad und Tobago sowie Barbados, geschwächt. Der ECCM fungiert als Interessengruppe der «Kleinen» innerhalb des CARICOM, erzielte aber keine subregionalen Integrationserfolge. fn

ECHO (*European Community Humanitarian Office*) Europäisches Amt für Humanitäre Hilfe, 1992 von der EU eingerichtete Behörde, die Maßnahmen humanitärer Soforthilfe u. a. in Notsituationen für Opfer von Naturkatastrophen und Bürgerkriegen finanziert (seit 1995: über 2000 Projekte in mehr als 82 Ländern). Das Gesamtbudget betrug 2001 544 Mio. €, das wie folgt aufgeteilt wurde: *AKP-Staaten 33 %, Naher Osten/Nordafrika 11 %, Lateinamerika 7 %, Asien 20 %, Balkan 15 %, GUS 11 %, Global 3 %. Internet: europa.eu.int/comm/echo/en/index_en.html →EEP dn/red

ECLA →CEPAL

ecodevelopment Bezeichnung für die Strategie einer umweltgerechten E. der *Dritten Welt im Rahmen des UN-Umweltprogramms (*UNEP). Ziel: harmonische Einfügung von E. in die Umwelt, d.h. vernünftige und nachhaltige Nutzung der Ressourcen und die Erhaltung der Ökosystem-Funktionen. dn

ecofarming Ausgehend von der *ökologischen Benachteiligung tropischer Böden bei der *monokulturellen Produktion von Nahrungsmitteln versucht *ecofarming* (standortgerechter Landbau) in Anlehnung an die trad. Wald-Feld-Wechselwirtsch. (**shifting cultivation*) eine den tropischen Ökosystembedingungen angepasste Landnutzung. Merkmale: 1. Verknüpfung von Baum- und Feldkulturen (z.T. auch Tierhaltung) im Rahmen eines agro-forstlichen Systems; 2. Bodenkonservierung durch pflanzenbauliche Maßnahmen; 3. Steigerung des Humusumsatzes; 4. hohe Biomassenproduktion; 5. Nützlings-Schädlings-Gleichgewicht; 6. Erhaltung der ökophysiologischen Grundfunktionen (Boden, Wasserhaushalt, Nährstoffe); 7. Sicherung der Artenvielfalt in den Biotopen. *Ecofarming* orientiert sich an den Zielen des UN-Umweltprogramms (*UNEP). dn

economic assistance →Entwicklungspolitik der USA

Economic Diversification Index →EDI

economie dominante →Außenhandelstheorie

economies of scale Skaleneffekte, durch Ausdehnung der Produktion erzielte Steigerungen der *Produktivität der eingesetzten Maschinen und der beschäftigten Arbeitskräfte durch Sinken der Kosten je Produkteinheit. Die Produktionserweiterung ist abh. von den Möglichkeiten, den Markt auszudehnen, entweder den Binnenmarkt (Produktion für die Massen) zu erweitern oder auf den ausl. Markt vorzudringen (Exportorientierung). dn

ECOSOC Wirtschafts- und Sozialrat (*Economic and Social Council*) der *UN, 1945 als eines der 6 Hauptorgane der UN gegründet. Der Rat hat eine beschränkte Zahl von Mitgl., die von der Generalversammlung der UN für eine Amtszeit von drei J. (bei Drittelerneuerung jährl.) mit Zweidrittelmehrheit gewählt werden. Die Zahl der Mitgl. betrug ursprgl. 18, 1965: 27 und seit 1973: 54. Die Zusammensetzung entwickelte sich entsprechend der Mitgliedschaft der UN: Überwogen ursprgl. die westl. IL, so stellen seit 1973 die EL mit 37 Mitgl. die Zweidrittelmehrheit (68 %) im ECOSOC; regionale Verteilung: Afrika 14, Asien 11, LA 10, Westeuropa 13, Osteuropa 6.
ECOSOC hat drei Hauptaufgaben: 1. Koordinierung der wirtschafts- und sozialpol. Aktivitäten der UN; 2. Verwaltung der den UN für Zwecke wirtsch. und sozialer E.-Maßnahmen zur Verfügung gestellten Finanzmittel; 3. Forum für die Diskussion wirtsch. und sozialer Fragen der int. E., aus der Berichte, Empfehlungen, Resolutionen hervorgehen können. Dem ECOSOC unterstehen zahlreiche Kommissionen, Ausschüsse, Programme und Nebenorgane: 1. Tagungsgebundene Ausschüsse für die intensive Beratung von Sachfragen während der Tagungen.

Abbildung 1: Der Wirtschafts- und Sozialrat der Vereinten Nationen (ECOSOC)

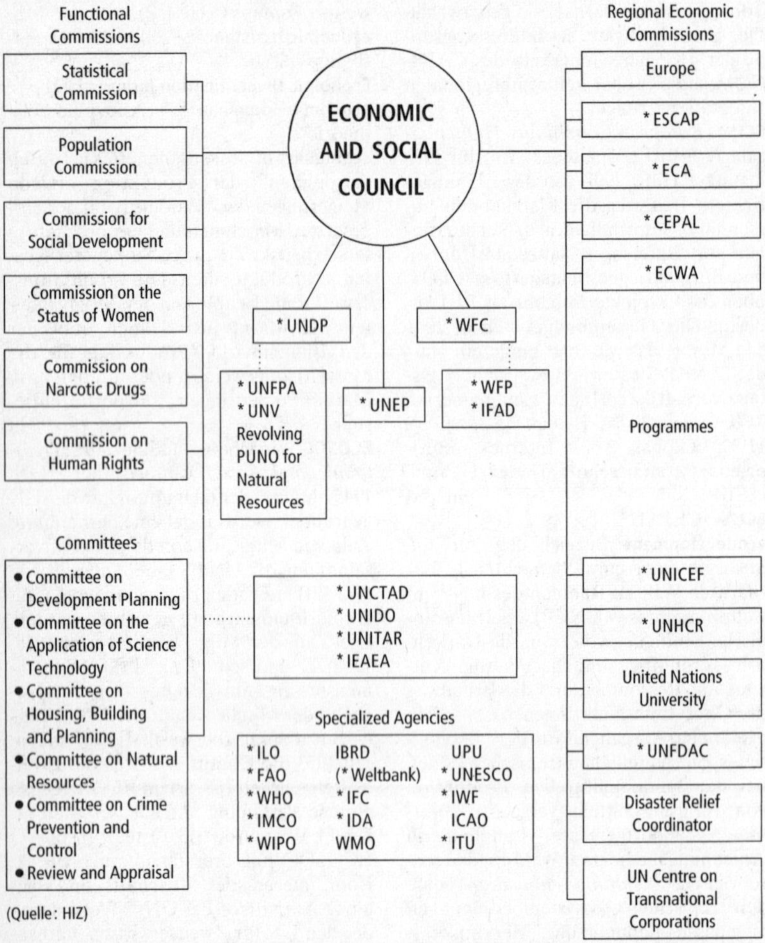

(Quelle: HIZ)

2. *Ad-hoc*-Ausschüsse für bestimmte Aufgaben. 3. Ständige Ausschüsse für bestimmte Aufgabenbereiche (z. B. * Entwicklungsplanung, Koordinierung der Aktivitäten). 4. Regionale Wirtschaftskommissionen. 5. Funktionale Kommissionen zur Lieferung von Daten und Empfehlungen (z. B. Statistikkommission, Bev.-kommission). 6. Hilfsorgane (z. B. TAB-*Technical Assistance Board*, Amt für Technische Hilfeleistung).

Eine wesentliche Aufgabe des ECOSOC besteht in der Koordinierung der Aktivitäten der Sonderorganisationen, die regelmäßig vor dem ECOSOC berichten (z. B. * FAO, * UNESCO). Weitgehende Selbständigkeit gegenüber den UN besitzen * Weltbank und * IWF (siehe Abb. 1).

In den 1950er J. wurden im ECOSOC hauptsächlich Fragen des Wiederaufbaus und der Vollbeschäftigung in den IL sowie Fragen des Ost-West-Konfliktes diskutiert. Da sich die EL im ECOSOC durch die IL dominiert fühlten, versuchten sie, ihren e.-pol. Forderungen gegenüber den IL in neuen Org. Gehör zu verschaffen, deren Gründung (→UNCTAD, →UNIDO) die Funktionen von ECOSOC auszuhöhlen begann (Höhepunkt: Neuinterpretation der UN-Charta vonseiten der EL 1964/65 in dem Sinne, dass für wirtschafts- und sozialpol. Fragen allein die Generalversammlung der UN zuständig sei). Erst der Wandel der Zusammensetzung des ECOSOC hat diese Tendenz wieder umgekehrt und den Rat in die Gruppe jener Organe eingereiht, in und mit welchen die EL ihre Interessen zumindest verbal, in Empfehlungen und Resolutionen, durchzusetzen versuchen. Die mit einfacher Mehrheit herbeigeführten Entschließungen (jedes Ratsmitglied hat eine Stimme) sind jedoch nicht verbindlich. Seit den 1980er J. wird die Reform des ECOSOC bzw. des Wirtschafts- und Sozialbereichs der UN diskutiert. Die Kritik macht sich fest an der Mitgl.-Zahl (als wirksames Entscheidungsorgan ist ECOSOC zu groß, als Repräsentativorgan zu klein), an der mangelnden Beschlussfähigkeit des ECOSOC in Wirtschafts- und Sozialfragen als «Hilfsorgan» der UN-Generalversammlung, an der Zersplitterung der wirtsch.- und sozialpol. Aktivitäten auf mehrere Org. und zahllose Programme, an der im Verhältnis zu *IWF und *Weltbank geringen Entscheidungskompetenz des ECOSOC etc. An Reformvorschlägen herrscht kein Mangel: Sie reichen von der Reform des Sitzungsmodus, der Präzisierung der Aufgaben des ECOSOC und der besseren Koordinierung in der Aufgabenerledigung mit anderen UN-Organisationen, also der inneren Reform des ECOSOC und seiner Einbindung in das UN-System, bis hin zu einer grundlegenden Reform des Wirtschafts- und Sozialbereichs. Bes. Beachtung findet im Rahmen dieser Debatten der Vorschlag von *UNDP, einen Sicherheitsrat für E. (bestehend aus insges. 22 Mitgl.) einzurichten. Dessen Aufgaben sollten im Einzelnen die Bildung eines globalen Systems in allen wichtigen Wirtschafts- und Sozialbereichen, ein globales Budget für E. und ein Koordinatensystem zwischen den int. E.- und Finanzinstitutionen umfassen. Eine tief greifende Reform des ECOSOC ist in die Reform des Gesamtsystems der UN eingebettet, deren Notwendigkeit kaum bestritten wird, jedoch jeweils aufgrund unterschiedlicher Interessenlagen, die wirksame Reformen bislang verhindert haben.

Lit.: R. Wolfrum, Die Reform der Vereinten Nationen, Berlin 1989; K. Hüfner (Hg.), Die Reform der Vereinten Nationen, Opladen 1994; K. Hüfner (Hg.), Agenda for Change: New Tasks for the United Nations, Opladen 1995. dn

ECOWAS Wirtschaftsgemeinschaft westafrikanischer Staaten (*Economic Community of West African States*), 1975 auf Initiative von Togo und Nigeria in Lagos gegründet. 15 Mitgl. (2002): Benin, Elfenbeinküste, Gambia, Ghana, Guinea, Guinea-Bissau, Kapverdische Inseln, Liberia (*de facto* seit 1980 ausgeschlossen), Mali, Niger, Nigeria, Senegal, Sierra Leone, Burkina Faso, Togo. *Ziele:* wirtsch. Zusammenarbeit, *Integration stufenweise angestrebt; langfristige Perspektive: pol. Vereinigung, Vorreiter für afrik. Einheit (→OAU).

Organe: Konferenz der Staatschefs (= höchstes Entscheidungsgremium, besitzt Initiativmonopol); Ministerrat, bestehend aus zwei Vertretern pro Staat, tagt zweimal im Jahr, minimale Entscheidungsrechte; Generalsekretariat mit Sitz in Lagos (reines Exekutivorgan, das alle 4 J. von der Konferenz der Staatschefs bestellt wird), Kritik bezüglich der Entscheidungsstruktur: «Le Traité de Lagos crée une Afrique des Présidents et non une Afrique des Peuples»; Kooperations-, Kompensations- und Entwicklungsfonds (Sitz Lomé), gespeist aus Beiträgen der Mitgl.-Länder, bemessen nach einem Koeffizienten aus BNE und Pro-Kopf-Einkommen (Entscheidungen nach abs. Mehrheit). 1993 wurde die *West African Monetary Agency* (WAMA) gegr., mit der eine einheitl. Währungszone errichtet werden soll.

Probleme: große Strukturunterschiede zwischen den Mitgliedsländern (Übergewicht Nigerias, welches Anziehungspunkt für illegale *Wanderarbeiter aus den Nachbarstaaten ist); koloniale Hypotheken (Zugehörigkeit der Länder zu unterschiedl. Währungszonen; unterschiedliche E.-Strategien der Mitgl.-Länder; Doppelmitgliedschaft in konkurrierenden Organisationen [*CEAO, Mitgl.: Benin, Burkina Faso, Elfenbeinküste, Mali, Mauretanien, Niger, Senegal; *Mano-River-Union [MRU], Mitgl.: Guinea, Liberia, Sierra Leone]). Unpräzise Vertragsbestimmungen, bis Ende der 1970er J. gab es persönliche Eifersüchteleien zwischen dem Exekutivsekretariat und dem Fonds in Lomé, die jedoch Anfang der 1980er J. im Rahmen einer Konferenz der Staatschefs beigelegt werden konnten, wobei der Fonds dem Generalsekretariat untergeordnet wurde, sowie das Misstrauen der in der CEAO zusammengeschlossenen Kerngruppe der frankophonen Staaten vor einer Vormachtstellung Nigerias sind weitere Faktoren, die die regionale Kooperation bislang belasten. Die wirtsch. Krise seit den 1980er J. hat die Verwirklichung der Integrationsprobleme entschieden verhindert.

Ergebnisse: Die Realisierung der Gemeinschaftsprojekte (z.B. 1981 Programm zum Ausbau der Telekommunikation und der Verkehrsverbindungen) verlief zögernd, auch der Handel unter den Mitgl.-Staaten nahm bislang kaum zu. Ein Protokoll über eine gemeinsame Verteidigungspol. wurde im Mai 1981 in Freetown (Sierra Leone) unterzeichnet. Auf dem 6. Gipfeltreffen (Mai 1983) in Conakry (Guinea) veröffentlichte die ECOWAS einen Plan, der die schrittweise Beseitigung der Handelsschranken zwischen den Mitgl.-Staaten vorsah. Die vier weiterentwickelten Länder (Elfenbeinküste, Ghana, Nigeria, Senegal) sollen innerhalb von 4 J. die Zölle für Fabrikate hoher Priorität abschaffen und innerhalb von 6 J. für Fabrikate, die nicht in diese Kategorie fallen. Der Wegfall der Zölle bei der mittleren Staatengruppe (Benin, Guinea, Liberia, Sierra Leone) sollte in 6 bis 8 J. erfolgen, bei den am wenigsten entwickelten Ländern (Gambia, Guinea-Bissau, Kapverdische Inseln, Mauretanien, Niger, Obervolta) war hierfür ein Zeitraum von 8 bis 10 J. geplant. Bis Mitte 1991 waren die Zölle jedoch nur für 90 in der Gemeinschaft produzierte Güter entfallen. Der Binnenhandel verblieb bei etwa 4 % des Außenhandels (1998: 11 %). Pol. bedeutungsvoll wurde die nicht unumstrittene Entsendung einer Friedenstruppe ECOMOG (ECOWAS Monitoring Group) in das seit 1989 von einem Bürgerkrieg heimgesuchte Mitgl.-Land Liberia. An ihr beteiligten sich Gambia, Ghana, Guinea, Nigeria und Sierra Leone, ab 1991 auch Mali und Senegal. Neben währungspol. rückten somit sicherheitspol. Fragen in den Mittelpunkt der ECOWAS-Aktivitäten. Ende der 1990er Jahre begann ECOWAS mit der Entsendung von Wahlbeobachtermissionen zur Überprüfung und Überwachung demokrat. Wahlen. Insges. entsandte ECOWAS bisher 5 solcher Missionen (Liberia: 1997; Niger: 1999; Zambia: 2001; Zimbabwe: 2002; Sierra Leone: 2002).

Lit.: K. Ziemer, ECOWAS, in: HDW II, 4, Hamburg 1982, S. 108 ff.; A. Orimalade/R. E. Ubogu (Hg.), Trade and Development in Economic Community of West African States (ECOWAS), New Delhi 1984; J. O. C. Onyemelukwe, Industrialization in West Africa, London 1984; S. K. B. Asante, ECOWAS/CEAO: Conflict in West Africa, in: R. I. Onwuka/A. Sesy (Hg.), The Future of Regionalism in Africa, London 1985; I. Gambari, Political and Comparative Dimensions of Regional Integration. The Case of ECOWAS, New Jersey 1991; R. Hofmeier, Regionale Kooperation und wirtschaftliche Integration. Afrika, in: A. Boeckh (Hg.), Internationale Beziehungen, München 1994, S. 429–433; E. G. Berman/K. E. Sams, Peacekeeping in Africa, Genf 2000; S. Mair, C. Peters-Berriers (Hg.),

Regionale Integration und Kooperation in Afrika südlich der Sahara, München/Bonn/London 2001. dn

ECU Europäische Währungseinheit (*European Currency Unit*), seit 13. 3. 1979 bis 31. 12. 1998 Währungseinheit im Europäischen Währungssystem (EWS), faktisch identisch mit *ERE. Sein Wert bestimmte sich mittels eines europ. Währungskorbes; die Gewichte der einzelnen Währungen im Währungskorb wurden alle 5 J. oder auf Antrag überprüft, gegebenenfalls neu festgesetzt. Die Parität der einzelnen Währungen zum ECU konnte sich innerhalb eines Schwankungsbereichs von plus/minus 2,25 % bewegen. Zum 1. 1. 1999 löste der *Euro als eigenständige Währung zum Kurs von 1:1 den ECU-Korb ab. dn

Ecuador

Fläche (Tsd. qkm): 283,561
Bev. (Mio.) 2001: 12,9
BNE pro Kopf (US-$) 2000: 1210
BIP (Mio. US-$) 2000: 13607
LE (Jahre) 1999: 70,7
Analphabetenquote (%) 1999: 9
HDI 1999: 0,726 [Rangplatz von 162: 84]

Im Laufe seiner hist. E. erlebte E. mehrere Regimewechsel, wobei jedoch die autoritäre Trad. überwog. Seit 1979 wird E. wieder demokrat. regiert. Trotz innenpol. Konflikte in der Anfangsphase und gravierender wirtsch. Probleme, die ungelöst sind, konnte das demokrat. System im Prinzip bislang aufrechterhalten werden.

1. E. wird durch die Anden in drei Regionen geteilt: die Küste mit den exportorientierten *Plantagen (Bananen, Reis, Zucker, Kakao, Kaffee), die Sierra, wo ca. die Hälfte der Bev. lebt und deren Landw. auf den internen Markt ausgerichtet ist (Getreide, Kartoffeln, Viehzucht), sowie der dünn besiedelte O, der durch die Erdölförderung erheblich an Bedeutung gewonnen hat. Mit der Hs. Quito (ca. 1,2 Mio. Ew.) und der Hafenstadt Guayaquil (ca. 1,5 Mio. Ew.) besitzt E. zwei miteinander rivalisierende Zentren, in denen sich 80 % der in der Ind. Beschäftigten sowie der gleiche Anteil an ind. Betrieben konzentrieren.

2. Von den ca. 11,7 Mio. Ew. leben 55 % in Städten. Die Bev.-Dichte beträgt 38 Ew./qkm, das Bev.-Wachstum durchschn. jährl. 2,6 %. Die *ethnische Zusammensetzung weist einen Anteil von je 40 % Indios und Mestizen auf; Weiße stellen 10 %, Schwarze und Mulatten je 5 % der Bev. Amtssprache ist Spanisch, die Indios der Sierra sprechen meist *Quechua*. Ca. 80 % der Bev. sind kath.

3. Aufgrund der Bevorzugung einer anderen Bananensorte durch die **United Fruit Company* fiel seit Anfang der 1960er J. der Anteil der US-amerik. Abnehmer um ca. 30 Prozentpunkte bis Ende der 1970er J.; der Anteil des einst wichtigsten Exportprodukts am Gesamtexport ging drastisch zurück (1979 nur noch 10,5 %; 1988: 6,6 %). Auch nach dem Ende des Erdölbooms (1983: 70,4 % der Exporterlöse) durch den Ölpreissturz 1986 und einen sechsmonatigen Produktionsausfall durch Erdbebenschäden 1987 blieb Erdöl der wichtigste Devisenbringer und erbrachte 1988 36,6 % der Exporterlöse. Zum wichtigsten neuen Exportprodukt sind in den letzten J. Garnelen avanciert (1988: 18,8 % der Exporterlöse). E. stieg 1988 zum größten Garnelenexporteur der Welt auf. Der Anteil der Landw. am BIP beträgt 15,1 % – der rückläufige Trend hat sich auch in den 1980er J. fortgesetzt. Da ca. ein Drittel der Erwerbstätigen in diesem Sektor beschäftigt ist, bleibt die Landw. von großer Bedeutung. Nur etwa 9,5 % der Gesamtfläche wird agrar. genutzt, ein Großteil des landw. Potenzials ist noch nicht erschlossen. Die Verteilung des Bodens ist durch extreme Ungleichheit gekennzeichnet, woran auch die *Agrarreform von 1972 nichts Wesentliches geändert hat. Nach dem letzten Agrarzensus von 1974 entfielen auf 2,2 % der Betriebe fast 50 % der Anbauflächen, während 66 % aller Betriebe nur über eine Anbaufläche von weniger als 5 ha verfügten. In der Küstenregion war die durchschn. Betriebsfläche je Einheit

mehr als doppelt so groß wie in der Sierra.
4. Die *Indikatoren sozialer Entwicklung E.s liegen im lateinamerik. Vgl. im mittleren bis unteren Bereich. Die Arztdichte liegt bei 773 Ew. pro Arzt, die Zahl der Ew. pro Krankenhausbett bei 550. In den Städten sind ca. 20 % der Bev. ohne Trinkwasserversorgung, auf dem Lande besitzen nur etwa 10 % der Bev. einen Trinkwasseranschluss. Etwa 40 % der städt. Bev. lebt in extremer *Armut, die Unter- und *Mangelernährung zur Folge hat. Trotz einer beginnenden Umweltgesetzgebung haben die Umweltschäden in den Ballungszentren in den 1980er J. stark zugenommen (→Ökologie).
5. 1830 erlangte E. mit der Trennung von Groß-Kolumbien seine pol. Unabh. Wirtschaftshist. folgte auf einen Kautschuk- und Chinarinde-Boom in den 1870er J. ein Kakao-Boom, der bis 1920 anhielt, gefolgt von einem kurzen Aufschwung des Kaffees. Der Niedergang des Kakaos beendete auch die oligarchische Phase, die auf einem pol. Kompromiss der Liberalen der Küste mit den Konservativen des Hochlands basierte. Es folgte eine Zeit wirtsch. und pol. Instabilität (1925–48). Der peruan. Überfall 1941 führte zu einem Verlust von 200000 qkm ecuad. Amazonasgebietes. Der Bananenexport erlebte in den 1950er J. einen Aufschwung, sein Rückgang Anfang der 1960er J. hatte jedoch erneut instabile Verhältnisse zum Ergebnis. Der **caudillo* José M. Velasco Ibarra gelangte während 40 J. sowohl durch Staatsstreiche als auch durch Wahlen immer wieder an die Macht. Als sich 1972 die Populisten unter Assad Bucaram anschickten, die Präs.-Wahlen zu gewinnen, putschten die Militärs. Ihre Reformpol., die sich am peruan. Beispiel orientierte, fand zunächst in der Bev. großen Rückhalt. Der Anstieg der Erdölpreise 1973/74 (seit 1973 ist E. Mitgl. der *OPEC) und die dadurch sprunghaft steigenden Exporterlöse (1974 um 63 %) verschafften dem Militärregime (→autoritäre Regime) günstigste Bedingungen für Reformen, die jedoch kaum genutzt wurden. Am Ende ging es der Mehrheit der Bev. schlechter als vor der Machtübernahme der Militärs. 1976 löste die konservative Militärfraktion die nationalistisch-reformistische Führung unter Rodriguez Lara ab und leitete eine allmähliche *Demokratisierung ein (Referendum im Jan. 1978, neue Verfassung).
6. Aus den Präs.-Wahlen 1978/79 ging Jaime Roldós, Kandidat einer Koalition der Populisten und Christdemokraten, als Sieger hervor. Nach dem Tod von Roldós 1981 übernahm der bisherige Vizepräs., Osvaldo Hurtado, das Präs.-Amt. Der Wahlsieg des Kandidaten der Mitterechts-Parteien, León Febres Cordero, 1984 bedeutete einen Machtwechsel: Die populistisch-christdemokrat. Reg. wurde durch einen rechtsliberalen Präs. abgelöst, der einen orthodoxen Stabilisierungskurs verfolgte. Durch den Verfall der Erdölpreise wurde dieses Konzept zunichte gemacht. In den Wahlen 1988 konnte sich der Kandidat der sozialdemokrat. *Izquierda Democrácia* (ID), Rodrigo Borja, der auch von den Christdemokraten (DP) unterstützt wurde, gegen die Populisten durchsetzen. Seine moderate Sanierungspol. war z.T. erfolgreich (1989 *Standby*-Kredit des *IWF trotz 11,7 Mrd. US-$ Auslandsschuld), die sozialen Folgen der Sparmaßnahmen (bei anhaltend hoher Inflation) führten jedoch zu Protesten. Dem versuchte die Reg. durch eine aktive Sozialpol. (*Alphabetisierung, Wohnungsbau, Verbesserung der med. Versorgung) zu begegnen. Nachdem es unter dem konservativen Präs. S. Durán (1992–1996) zu keinem Reformdurchbruch kam und die Strukturanpassung weiter verschleppt wurde, versuchte der 1996 zum Präs. gewählte Abdalá Bucaram (PRE) eine rigorose Austeritätspol. durchzusetzen, die in diametralem Gegensatz zu seinen *populistischen Wahlkampfversprechen stand. Zusätzlichen Unmut erntete er durch seinen versöhnlichen Kurs gegen-

über Peru, mit dem es Anfang 1995 zu einem bewaffneten Grenzkonflikt gekommen war. Im Febr. 1997 wurde Bucaram aufgrund «mentaler Unzulänglichkeit» durch den Kongress seines Amtes enthoben, ein Schritt, zu dem sein exzentrisches Verhalten Anlass bot. Hinter den Auseinandersetzungen zwischen Exekutive und Legislative sowie innerhalb des Kongresses verbargen sich freilich Gegensätze über Reichweite und Tempo der anstehenden wirtsch. Reformen. Die in dieser Ausnahmesituation unklare Verfassungslage führte zu einem vorübergehenden Machtvakuum, in dem das Militär als wichtigster Machtfaktor im Hintergrund agierte. Die zwischen den zentralen Akteuren vereinbarte Lösung sah nach einer einjähr. Interimsperiode für Febr. 1998 Neuwahlen vor. Nach einer einjähr. Interimsphase veranstaltete Präs.-wahlen sahen 1998 in der zweiten Runde den amtierenden Bürgermeister von Quito, den Christdemokraten J. Mahuad, als knappen Sieger. Unter seiner Reg. erlebte E. die größte Rezession LAs, begleitet von Streiks und Protestwellen. Sept. 1999 geriet es als erstes EL bei den fälligen Zinszahlungen auf *Brady-Anleihen (in Höhe von insg. 96 Mio. US-$) in Rückstand. In dieser Krisensituation agierten die Indigenengruppen unter Führung ihres Dachverbandes CONAIE (Confederación de Nacionalidades Indígenas del Ecuador), andere soziale Bewegungen und Teile des Militärs zusammen, um den Präs. zu stürzen (22. 1. 2000). Die Ausrufung einer «Junta der nat. Rettung» zündete nicht. Vizepräs. Gustavo Noboa Bejarano übernahm am 26. 1. die Präsidentschaft und bot zur Überwindung der wirtsch. Krise im Wesentlichen die Konzepte seines Vorgängers an: Privatisierung von Staatsbetrieben, Öffnung der Erdölind. für private Investoren, Reform der Arbeitsgesetzgebung. Dieses Reformpaket wurde vom Präs. gegen den Kongress durchzusetzen versucht, bis das Verfassungsgericht etliche Artikel des Reformgesetzes für verfassungswidrig erklärte. Noch konfliktiver gestaltete sich die Steuerreform, die mit dem IWF vereinbart war: Anhebung der Mehrwertsteuer, Senkung der Einkommensteuer; ihre Ablehnung vonseiten des Kongresses März 2001 löste drastische Reaktionen des IWF (Nicht-Auszahlung der 2. Kredit-Tranche des Stand-by-Abkommens) und des *Pariser Clubs (Aufkündigung der Umschuldungsgespräche) aus. Eine weitere Maßnahme bestand in der Dollarisierung der e. Wirtsch. Am 9. 9. 2000 wurde der US-$ als offizielles Zahlungsmittel eingeführt mit dem Ziel, das Abgleiten des Landes in eine Hyperinflation zu verhindern, nachdem die Inflation in den zwölf Monaten vorher 102 % betragen hatte.

Die pol. Auseinandersetzungen um die Behebung der Wirtschaftskrise mittels des vom IWF empfohlenen Sparkurses waren begleitet von öfftl. Protesten und landesweiten Streiks (gegen die Verdoppelung des Benzinpreises und die Erhöhung der Beförderungstarife im öfftl. Personenverkehr um 75 %), die eine ethn. Dimension beibehielten, da die CONAIE Zusammenstöße mit den Ordnungshütern nicht scheute. Nach zwischenzeitlicher Verhängung des Ausnahmezustandes Febr. 2001 einigten sich Noboa und der Chef von CONAIE auf eine Verringerung der Preiserhöhungen.

Lit.: A. Abad Franco, Parteiensystem und Oligarchie in Ecuador, Berlin 1974; K. D. Hoffmann, Militärherrschaft und E. in der Dritten Welt. Der Fall Ecuador, Saarbrücken/Fort Lauderdale 1985; K. D. Hoffmann, Ecuador, in: HDW III, 2, 1995, S. 339 ff. hb

EDCS Ökumenische Entwicklungsgenossenschaft (*Ecumenial Development Cooperative Society*), 1977 durch den *WCC gegründete kirchl. Genossenschaftsbank, Sitz Niederlande, Startkapital 1 Mio. US-$, vergibt Kredite an die ärmsten EL zu günstigen Bedingungen. dn

EDF →EEF

EDI Institut für Wirtschaftsentwicklung (*Economic Development Institute*), 1955

in Washington gegr. und der *Weltbank zugeordnet, möchte in EL das Management der Wirtschaftspol. verbessern. Maßnahmen: gezielte Schulung dortiger e.-pol. Entscheidungsträger mittels (in Washington und den EL veranstalteter) Seminare und Lehrgänge sowie seit 1986/87 eines Stipendienprogramms der Weltbank. red

EDI Wirtschaftsentwicklungsindex (*Economic Diversification Index*), umfasst den Anteil der Ind. am *BIP, die Zahl der Beschäftigten in der Ind., den Stromverbrauch pro Kopf und die Exportorientierung der Wirtsch. dn

EED Evangelischer Entwicklungsdienst, 1999 gegr.; Zusammenschluss der ehemals unter dem Dach der Arbeitsgemeinschaft Kirchl. Entwicklungsdienst (*AG KED) kooperierenden ev. Entwicklungsorg. Dienste in Übersee (*DÜ), Evangelische Zentralstelle für Entwicklungshilfe (*EZE), Kirchl. Entwicklungsdienst (KED*) und Teilen des Evangelischen Missionswerks (*EMW). Mitglieder des EED sind die Ev. Kirche in Deutschland (EKD), das Ev. Missionswerk in Deutschland sowie die ev. Landes- und Freikirchen. Der EED fördert Projekte und Programme von kirchl. und nichtkirchl. Partnerorg. in Afrika, Asien, LA und Osteuropa, u.a. in den Bereichen Ernährungssicherung und ländl. E., Gesundheit, Bildung, Menschenrechte, Umwelt- und Ressourcenschutz. Dabei unterstützt der EED die Arbeit seiner Partnerorg. durch staatl. und kirchl. Finanzmittel, durch Beratung und durch personelle Zusammenarbeit, etwa die Vermittlung von Fachkräften. Ziele der geförderten Projekte sind Armutsbekämpfung, Empowerment der Armen und Hilfe zur Selbsthilfe. In Deutschland leistet der EED selbst entwicklungspol. Bildungsarbeit und fördert mit kirchl. Mitteln die entwicklungspol. Bildungsarbeit von Kirchen, kirchl. Gruppen und Nichtregierungsorg. Schließlich setzt sich der EED (etwa in den Bereichen Landwirtsch., Umwelt, Welthandel, Entschuldung, Tourismus, Frieden, soziale Rechte) auf globaler, europ. und nat. Ebene durch Lobbyarbeit und Kampagnen unter dem Leitbild «Gerechtigkeit, Frieden und Bewahrung der Schöpfung» für die Interessen der Armen und Marginalisierten ein. Mit der ev. Entwicklungsorg. *Brot für die Welt erfolgt eine enge Abstimmung der Arbeit. Durch die Gemeinsame Konferenz Kirche und E. (*GKKE), die von EED und der kath. *Deutschen Kommission Justitia et Pax getragen wird, vertreten die kirchl. Werke gemeinsame entwicklungspol. Anliegen gegenüber Pol. und Wirtsch. *Mittelvolumen:* Insg. verfügt der EED für seine Arbeit im Jahre 2002 über 139,3 Mio. €. *Publikationen:* Jahresbericht; der Überblick (zusammen mit Brot für die Welt); Fachpublikationen zu unterschiedlichen Themen; *Adresse:* Ulrich-von-Hassell-Str. 76, 53123 Bonn; *Internet:* www.eed.de mfn

EEF Europäischer Entwicklungsfonds (auch EDF: *European Development Fund*). Der EEF wurde schon im ersten *Assoziierungsabkommen von Yaoundé (1963) zwischen der EWG und den damals 18 «Assoziierten Afrikanischen Staaten und Madagaskar» (AASM) begründet. Er blieb ein Kernelement der Europäischen Entwicklungspol. (*EEP) und v.a. für die afrikan. *LDCs von größerer Bedeutung als die handelspol. Präferenzen der *Lomé-Abkommen, die sie kaum zu nutzen verstanden. Die Verhandlungen über Höhe und Vergabebedingungen des EEF, der nicht aus dem EU-Haushalt, sondern aus den multilateralen Entwicklungsetats der EU-Mitgl. finanziert wird, bildeten deshalb stets Hauptstreitpunkte bei den Verhandlungen über die *Lomé-Abkommen und das Anfang 2000 mit der *AKP-Staatengruppe für eine Laufzeit von 20 Jahren abgeschlossene *Cotonou-Abkommen.

Der 1995 für die zweite Hälfte der 1990er J. (1995–2000) ausgehandelte 8. EEF stellte den damals 71 AKP-Staaten insgesamt 12,8 Mrd. € zur Verfügung, an deren Aufbringung Frankreich mit 24,3 %,

Deutschland mit 23,4 %, GB mit 12,7 % und Italien mit 12,5 % beteiligt waren. Die übrigen EU-Mitgl. teilten sich den Rest. Die finanz. Ausstattung des 9. EEF beträgt für 8 Jahre (2000–2007) insgesamt 25 Mrd. €. Darin enthalten sind allerdings auch Übertragungen in Höhe von 10 Mrd. € aus den letzten Fonds-Perioden, die nicht abgewickelt werden konnten. Die von der EU zugesagten, aber nicht abgerufenen Mittel beliefen sich bis zum Auslaufen der Lomé-Verträge auf rd. 20,5 Mrd. €. Bei einer Verteilung dieser Gesamtsumme auf acht J. und auf 71 AKP-Länder wird die Selbstdarstellung des EEF als «Marshallplan Europas» fragwürdig.

Der Großteil der EEF-Hilfe geht nach Afrika, obwohl die kleinen Inselstaaten in der Karibik und im Südpazifik pro Kopf mehr erhalten. In Afrika behielten die ehem. *AASM die Protektion Frankreichs, das wiederum bei der Auftragsvergabe von EEF-Projekten am meisten profitierte. Der Haushaltsausschuss des Deutschen Bundestages begründete seinen Beschluss von 1995, den Beitrag an den 8. EEF zu kürzen, mit dieser ungleichgewichtigen Auftragsverteilung. Die AKP-Staaten, die den EEF aufgrund seines hohen *Zuschusselements von 97 % schätzen, beklagen nicht nur seine geringe Finanzausstattung, sondern auch ihren Ausschluss aus dem Entscheidungsverfahren über die Mittelvergabe: Sie haben zwar ein Vorschlagsrecht und können im Gemeinsamen Ministerrat und im AKP-Botschafterausschuss über Grundsätze der Vergabepol. mitreden, aber im Beschlussorgan des EEF bleibt die EU unter sich.

Der Dauerkonflikt zwischen der EU und der AKP-Staatengruppe über seine Finanzausstattung eskalierte, als die EU im Lomé IV-Vertrag (1990–2000) und dann wieder im Cotonou-Vertrag pol. *Konditionalitäten (demokrat. Reformen und Achtung der *Menschenrechte als Bedingung der Hilfswürdigkeit) durchsetzte. Der EEF gewann e.-programmatisch kein eigenes Profil, sondern bildete – wie es Art. 130f. des Maastricht-Vertrages forderte – eine Ergänzung der EP der EU-Staaten.

Kritiker des EEF-Managements, das nicht auf eigene Durchführungsorg. zurückgreifen kann und sich deshalb eines Netzwerks von staatl. Org. in den EU-Staaten, *Consultants* und *NGOs bedienen muss, beklagten die bürokratische Schwerfälligkeit, die langen Fristen zwischen Bewilligung und Abfluss der Mittel, die mangelnde Transparenz und pol. Kontrolle der EEF-Operationen. Weil der EEF von den EU-Mitgl.-Staaten finanziert wird, hat das Europ. Parl. nur begrenzte Kontrollrechte. Es ist noch ungewiss, ob die reformierte EU-Entwicklungsverwaltung unter dem Namen EuroAid diese org. Schwachstellen bereinigen kann. Ein neuer bürokratischer Wasserkopf sorgt noch nicht für mehr Effizienz. Außerdem gibt es nicht nur Kompetenzschwierigkeiten innerhalb der EU-Kommission und zwischen versch. Generaldirektionen, sondern auch erhebliche Widerstände innerhalb der EU-Mitgliedsstaaten gegen eine zu starke Europäisierung und Zentralisierung des EEF.

In der Wiss. und in den Medien gab es immer wieder heftige Kritik am Widerspruch zwischen hehren programmatischen Zielen und geringen Erfolgen, besonders bei der Bekämpfung der *Armut und Förderung von **good governance*, Demokratie und *Menschenrechten.

Lit.: s. Lit. zur EEP fn

EEP Entwicklungspolitik der EU. Die EEP meint nicht die Summe der von den EU-Staaten aufgebrachten E.-Hilfe, sondern die vergemeinschaftete und in Brüssel verwaltete EP, die nur etwa 12 % dieser Gesamtleistungen ausmacht. Dieser geringe Anteil signalisiert, wie weit die EU, die sich in den Maastricht-Verträgen das Ziel einer Gemeinsamen Außen- und Sicherheitspol. (GASP) gesetzt hat, noch von einer gemeinsamen EP entfernt ist.

Die in Brüssel verwaltete EEP wird häufig auf die *Lomé-Politik, also auf die

Sonderbez. der EU zu den 71 mit ihr assoziierten *AKP-Staaten, und auf die Operationen des *EEF verengt. Sie umfasst aber wesentlich mehr und seit dem Baubeginn am «gemeinsamen Haus Europa» auch mehr als die herkömmliche Südpol.: 1. die Verdichtung der Handels- und Kooperationsbez. mit den Staaten Mittel- und Osteuropas (MOE) und der GUS-Region (GUS) durch das *PHARE-Programm für die MOE-Staaten und das *TACIS-Programm für die GUS-Staaten; 2. in Ergänzung zur Lomé-Pol. besondere Handels- und Kooperationsbez. zu den Mittelmeer-Anrainerstaaten, denen die EU außerdem die Schaffung einer Kooperations- und Freihandelszone bis zum Jahr 2010 angeboten hat (mit dem Ziel, den Migrationsdruck aus dem Maghreb einzudämmen); 3. den Ausbau der Kooperations- und Handelsbez. mit regionalen Wirtsch.-Gemeinschaften (*ASEAN, *MERCOSUR, *Andenpakt, *MCCA) und wichtigen Staaten in Asien und LA; 4. die mit rund 0,61 Mrd. € p. a. ausgestattete und besonders umstrittene Nahrungsmittelhilfe, die ungefähr die Hälfte der E.-Hilfe aus dem *EEF ausmacht; 5. die vom 1992 gegründeten Büro für Humanitäre Hilfe (*ECHO) organisierte und koordinierte Katastrophen- und Flüchtlingshilfe, deren starker Anstieg in den letzten J. dazu führte, dass die «EH» aus dem EU-Haushalt die Leistungen aus dem EEF überstieg.

Eine Trendanalyse für die Jahre 1991–96 zeigt, dass die weltweite Nahrungsmittel- und Katastrophenhilfe sowie die Leistungen an die südlichen Mittelmeerländer (inkl. Palästina) stark und die Leistungen im Rahmen von PHARE und TACIS rel. stark anstiegen, während die Leistungen an die *AKP-Staaten stark fielen. Die Überwindung des Ost-West-Konflikts hat die geostrategische Funktion der *Lomé-Politik als antikomm. Eindämmungspol. überflüssig gemacht und droht nun die *AKP-Staatengruppe in das interessenpol. Abseits zu verdrängen. Die EEP ist zunehmend global angelegt und dabei, den «kollektiven Klientelismus» gegenüber den ehem. Kolonien aufzukündigen, den v. a. Frankreich hegte und pflegte.

Trotz dieses Bedeutungsverlustes der Sonderbez. zu den *AKP-Staaten betrachtet die EU-Kommission das *Lomé-Vertragswerk, das Anfang 2000 durch den *Cotonou-Vertrag (77 teilnehmende AKP-Staaten) abgelöste wurde, immer noch als «Modell für partnerschaftliche Nord-Süd-Beziehungen». Wie entstand dieses «Modell», was ist an ihm modellhaft, und welche Zukunft hat dieses «Modell», nachdem Deutschland seine Beiträge an den *EEF nach 1995 erheblich kürzte und der Abschluss der *Uruguay-Runde der *AKP-Staatengruppe auch die handelspol. Präferenzen zu nehmen droht?

Bereits die Gründungsverträge der EWG sahen – auf Drängen Frankreichs – die Assoziierung der damaligen Kolonien Frankreichs und Belgiens vor und gaben dieser Anbindung von Kolonien an Europa einen kolonialen Beigeschmack. Mit dem Beitritt GBs zur EWG erweiterte sich der Kreis der Aspiranten erheblich. Die Begriffe *Lomé-Abkommen oder *AKP-Abkommen bezeichnen zwei Tatbestände:

Erstens wurde der Kreis der frankophonen Länder, die 1964 und 1969 in Yaoundé (Kamerun) die ersten beiden *Assoziierungsabkommen mit der EWG abgeschlossen hatten, auf die ehem. brit. Kolonien in Afrika, in der Karibik und im Südpazifik (*AKP) ausgeweitet. Zweitens wurde 1975 in Lomé (Togo) ein regional und inhaltlich erweitertes Abkommen mit den zunächst 46 AKP-Staaten abgeschlossen. Diesem ersten Abkommen Lomé I (1975–80) folgten Lomé II (1981–85), Lomé III (1986–90) und Lomé IV, das mit inzwischen 71 Staaten für zehn Jahre (1990–99) abgeschlossen wurde. Der *Cotonou-Vertrag hat sogar eine Laufzeit von 20 Jahren, der 9. *EEF aber nur eine Laufzeit von acht Jahren (2000–2007).

Drei Angebote begründeten aus Sicht der

EG/EU den Modellcharakter der Lomé-Abkommen: erstens der durch Kredite der Europäischen Investitionsbank (* EIB) ergänzte EEF, der seine E.-Hilfe größtenteils in Form der begehrten nichtrückzahlbaren Zuschüsse (*grants*) vergibt. Aber seine geringe Finanzausstattung demolierte seinen Ruf als «Marshallplan Europas». Zweitens gewährte die EU allen Ind.-Produkten aus den * AKP-Staaten den zollfreien Zugang zu ihrem Markt, ohne die Gegenseitigkeit («Reziprozität») dieses Vorteils zu verlangen. Dieses Zugeständnis hatte freilich mehr symbolischen denn praktischen Wert, weil nur wenige AKP-Länder überhaupt einigermaßen wettbewerbsfähige ind. Fertigprodukte exportieren können. Für viele von ihnen waren deshalb die Sonderregelungen («Protokolle») für Rindfleisch, Bananen, Zucker und Rum wichtiger, die ihnen bestimmte Exportmengen zu EU-Preisen zugestanden. Das Anfang 2001 für alle * LLDCs verkündete EU-Programm «*Everything but Arms*» nahm aber unter dem Druck von Interessengruppen im EU-Raum drei Produkte (Zucker, Reis, Bananen) aus, die für einige * LLDCs sehr wichtig sind. Drittens beanspruchte die Stabilisierung der Exporterlöse durch zwei aus dem EEF finanzierte Ausgleichsfonds Modellcharakter: * STABEX und * MINEX bzw. * SYSMIN. Der Cotonou-Vertrag schaffte diese beiden handelspol. Instrumente ab und visierte nach Überganspserioden den Abschluss von regionalen Freihandelsabkommen an, die nicht mit dem Regelwerk der * WTO konfligieren.

Das von der EU-Kommission Ende 1996 vorgelegte «Grünbuch», das die konzeptionelle Grundlage für den * Cotonou-Vertrag bildete, setzte unter dem Druck verknappender E.-Etats stärker auf «Handel statt Hilfe» und auf die Förderung von Privatinvestitionen, marktwirtsch. und demokrat. Strukturreformen.

Auch die EEP steht vor einer Bewährungsprobe, weil der europ. Multilateralismus mehr Rückschritte als Fortschritte macht. Art. 130u des Maastricht-Vertrages bezeichnete die EEP lediglich als eine «Ergänzung der entsprechenden Pol. der Mitgliedsstaaten». Die Gemeinschaft erhielt also keine erweiterte Regelungskompetenz, sondern lediglich eine erweiterte Koordinationsfunktion. Art. 130y überließ es auch weiterhin den Mitgl.-Staaten, in den int. Org. ihre eigenen Interessen zu vertreten, befreite sie also von dem Einigungsdruck auf eine gemeinsame Position. Gestärkt wurden die Kompetenzen von Brüssel nur bei der Anwendung von Handelspräferenzen und in der Org. von Nahrungsmittel- und Katastrophenhilfe, die der EU keine e.-pol. Gestaltungsfunktion abverlangen. Die EU hat die Chance vertan, eine dritte Säule der * GASP aufzubauen und sich durch eine stärkere Europäisierung der EP das Profil einer Friedensmacht zu verschaffen, die auch ihre * Menschenrechtspol. wirksamer durchsetzen könnte als 15 teilweise miteinander konkurrierende Einzelpolitiken. Eine Gemeinsame Außen- und Sicherheitspol. kann ohne eine Gemeinsame EP in den Nord-Süd-Bez. wenig bewirken. Ein Kernproblem der EEP blieben die mangelnde Koordination zwischen der einzelstaatl. und vergemeinschafteten EP sowie die mangelnde Kohärenz der Entscheidungen innerhalb der EU-Kommission.

→Konvention von Cotonou

Lit.: J. Ravenhill, Collective Clientelism: The Lomé Conventions and North-South Relations, New York 1985; H. Lingnau, Neue Elemente in der Entwicklungszusammenarbeit der EG zu Beginn der 1990er Jahre, Berlin 1991; K. Weidmann, Die EG-Entwicklungspolitik in Afrika, Baden-Baden 1991; F. Nuscheler/O. Schmuck (Hg.), Die Süd-Politik der EG, Bonn 1992; E. Grilli, The European Community and Developing Countries, Cambridge 1993; O. Babarinde, The Lomé Conventions and Development, Aldershot 1994; R. Kappel, Kern und Rand: Postkoloniale Kooperation Europa und Afrika, Münster/Hamburg 1996; F. Breitwieser, Entwicklungspolitisches Engagement der EU, in: Journal für Entwicklungspolitik, 10 (2), S. 101–138; B. Fischer, Die Entwicklungszusammenarbeit der Europäischen Gemeinschaft vor und nach Maastricht, Hamburg (HWWA-Report Nr. 127); S. Schmidt, Aktuelle Aspekte der EU-Entwicklungspolitik, in: ApuZ 19–20/2002, S. 29–38. fn

EIB Europ. Investitionsbank (*European Investment Bank*), tätig seit 1958 aufgrund des EWG-Vertrages; Finanzierungsinstitution der EU, unterstützt u. a. deren * EZ mit über 120 Ländern in Afrika, in der Karibik und im Pazifik (* AKP-Länder), im Mittelmeerraum, in Mittel- und Osteuropa (MOE-Länder) sowie in Asien und LA. *Organe:* Rat der Gouverneure (jeder Mitgliedstaat durch einen Minister vertreten), entscheidet über Kapitalerhöhungen, ernennt Mitgl. der anderen Gremien; Verwaltungsrat; Direktorium (25 ordentliche Mitgl.); Direktorium (1 Präs., 7 Stellvertreter) führt die laufenden Geschäfte. *Aufgaben:* Gewährung von Darlehen und Bürgschaften. 1996 betrug das Finanzierungsvolumen für Finanzierungen außerhalb der EU 2,294 Mrd. ECU.
Die Finanzierung der EIB fußt neben den langfristigen Krediten aus eigenen Mitteln auf Risikokapitalfinanzierungen und Zinsvergütungen aus Haushaltsmitteln der EU. Die Vergütungen werden so eingesetzt, dass der Zinssatz der Darlehen mind. 3 % und höchstens 6 % beträgt. Darlehen an * AKP-Staaten im Zeitraum 1992–96: 1,9 Mrd. ECU. Aufschlüsselung nach Wirtschaftssektoren: Energie 30 %, Ind. 17 %, Verkehr und Telekommunikation 15 %, Wasser 10 %, Globaldarlehen 27 %. Darlehen an Länder in Asien und LA (ALA-Staaten) 1992–96: 900 Mio. ECU. Unterstützung für den Übergang Südafrikas zur Demokratie bis Ende 1996: 300 Mio. ECU. Wachsender Anteil an * Kofinanzierungen (1992–96: 60 % aller Finanzierungen außerhalb der EU) mit multilateralen Finanzierungsinstitutionen (* Weltbank, * BID, * AFDB, * ASDB, * EBWE etc.). Z. Z. sind 70 * AKP-Staaten erfasst; das zweite Finanzprotokoll (1996–2000) sieht Darlehen von 1,7 Mrd. ECU, Risikokapitalmittel von 1 Mrd. ECU und nichtrückzahlbare Hilfen von 12 Mrd. ECU vor.
Adresse (Hauptverwaltung): 100, Boulevard Konrad Adenauer, L-2950 Luxemburg. Internet: www.eib.org dn

Eine Welt für Alle Netzwerk dt. * Nichtregierungsorganisationen

Einkommensverteilung Nachdem die ersten beiden * Entwicklungsdekaden unter dem Zeichen ökon. * Wachstumsstrategien standen, gewannen in den 1970er J. Fragen nach der Verteilung dieses Wachstums mehr und mehr an Bedeutung. In vielen EL zeigte sich, dass trotz z.T. respektabler Wachstumsraten das Problem der Massenarmut zunahm. Die Einkommenszuwächse wurden nahezu exklusiv von der sozioökon. Elite, d. h. den oberen 20 bis 40 % der Einkommensbezieher, vereinnahmt. Ein nennenswerter * *Trickle-down*-Effekt, der die Einkommensposition der unteren 40 % der Bev. hätte erhöhen können, blieb weitgehend aus. Die * Weltbank schätzte 1980 die in abs. * Armut lebenden Menschen weltweit auf 800 Mio., 1998 auf über 1,3 Mrd.
Ein für EL typisches Bild der personellen Einkommensverteilung gibt Tabelle 6 wieder. Die Haushalte sind in Quintilen angeordnet, d. h. in Gruppen von jeweils 20 % der Gesamtbevölkerung. Die unterste Gruppe der Einkommensbezieher (Quintil 1) erhält lediglich 5 % des ges. Einkommens. Die obersten 20 % der Einkommensbezieher hingegen (Quintil 5) erhalten mehr als das Zehnfache, nämlich 53 % des Gesamteinkommens. Die obersten 40 % vereinen 75 % des ges. Einkommens auf sich, die unteren 40 % lediglich 12 %. Sie stellen die Armutsgruppen dar.

Tabelle 6: Typische Einkommensverteilung in EL

Haushalte (Quintile)	1	2	3	4	5
Einkommensanteil in Prozent	5	7	13	22	53

Diese Armutsgruppen sind in EL regional ungleich verteilt: In Afrika leben ¾ der Armen auf dem Lande als Kleinstfarmer, landlose Arbeiter und submarginal produzierende Bauern. ¼ der Armen leben in den Städten als ungelernte und unterbeschäftigte Arbeiter, als selbständige Kleinstunternehmer, als Arbeitslose; aber auch alte und kranke Personen ohne soziale Absicherung zählen dazu. In LA hat die Zahl der abs. Armen v. a. in den Städten zugenommen. Für die ruralen Armutsgruppen liegen die Hauptursachen ihrer ungünstigen Einkommenssituation in den extrem ungleichen Landbesitzverhältnissen, den schlechten Bodenqualitäten des von ihnen bearbeiteten Landes sowie den mangelhaften Möglichkeiten der Vermarktung und des Kreditzugangs. Einkommensverteilungspol. stehen umfassende *Agrarreformen, verbunden mit einer durchgreifenden Veränderung der anderen genannten Rahmenbedingungen, im Zentrum für die Beseitigung der ruralen Armut. In den urbanen Armutsgruppen stehen der Mangel an Beschäftigungsmöglichkeiten und die geringe Ausbildung im Zentrum. Die Weltbank postulierte bereits 1973 aufgrund dieser Analyse eine Strategie des *redistribution with growth*, die zwar weiterhin auf ökon. Wachstum gründet, den Zuwachs jedoch verstärkt den Armutsgruppen zufließen lassen will. Nach dieser Strategie werden zusätzliche *Investitionen gleichmäßiger zwischen dem modernen und dem trad. Sektor aufgeteilt, Agrarreformen unterstützt sowie entsprechende *Infrastrukturmaßnahmen finanziert.

Die IAO (*ILO) entwickelte Beschäftigungsstrategien, die über *angepasste Technologien *arbeitsintensive Produktionen ins Zentrum der E. stellte, um damit auch die Einkommensverhältnisse zu verbessern (*employment and redistribution*). Eine Einkommenserhöhung der unteren Bev.-Gruppen hat zur Folge, dass die Nachfrage nach *Basic needs*-Gütern (→Grundbedürfnisse) wächst. Die Produktion dieser Güter erfolgt typischerweise *arbeitsintensiv und kapitalarm.

Weltbank und IAO haben sich in einem gemeinsamen empirisch-statistischen Projekt auf eine einheitliche Definition des personellen Einkommens verständigt. Sie lautet: Das gesamte verfügbare Einkommen privater Haushalte setzt sich zusammen aus Löhnen und Gehältern, Nettoeinkommen aus selbständiger Beschäftigung, Einkommen aus persönlichen Investitionen einschließlich Naturaleinkommen aus Selbsterzeugung und selbst bewohnten eigenen Häusern sowie Sozial- und Privatversicherungstransfers abzüglich direkter Steuern. Diese Definition deckt nur den Teil sozialer Wohlfahrt ab, der aus Konsum von Gütern und Dienstleistungen resultiert, die üblicherweise auf dem Markt verkauft werden. Staatl. Dienstleistungen sind darin nicht enthalten. Nach der empirischen Erfassung dieser Daten kann die Verteilung der personellen Einkommen nach versch. Methoden gemessen werden (→Lorenz-Kurve, →GINI-Koeffizient). Neben der personellen Einkommensverteilung, die für die ges. Volkswirtsch., für einzelne Regionen oder auch Sektoren berechnet werden kann, gibt es die funktionale Einkommensverteilung, die die Einkommensanteile der einzelnen Produktionsfaktoren am Produktionsergebnis misst (Arbeit, Kapital, Boden).

Mit der U-Hypothese von Kuznets wird die Veränderung der Einkommensverteilung im Zuge des E.-Prozesses (gemessen am durchschn. Pro-Kopf-Einkommen) erklärt. Demzufolge verschärft sich im E.-Prozess zunächst die Einkommensverteilung, um bei höherem durchschn. Pro-Kopf-Einkommen wieder nivellierter zu werden.

Begründet wird dieser Verlauf wie folgt: In einer trad. Gesellschaft ist die Einkommensverteilung bei geringer *Produktivität rel. egalitär. Im Zuge der *Industrialisierung bildet sich ein moderner Sektor heraus, in dem die Produktivität und die daran gebundenen Einkommen höher sind. Dadurch wird die gesamtgesellsch. Einkommensverteilung ungleicher. Erst bei einem hohen E.-Niveau, wenn vom ind. Sektor ausgehende *Spill-over*-Effekte die Beschäftigung erhöhen, wird die Einkommensvertei-

Abbildung 2: Einkommensverteilung

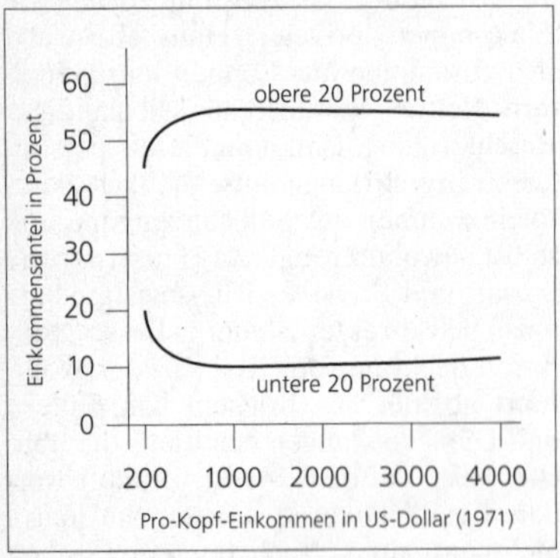

lung sich ihrem ursprünglichen Ausgangswert wieder tendenziell annähern. Vertreter der Wachstumstheorien sehen einen Konflikt zwischen Verteilungs- und Wachstumszielen in EL: Eine ungleiche Einkommensverteilung ist demzufolge Voraussetzung für hohes ökon. Wachstum. Denn die Reichen werden aus ihrem Einkommen einen vergleichsweise großen Anteil Ersparnis bilden, der in produktive Investitionen überführt werden kann, während die armen Bev.-Gruppen ihr Einkommen im Wesentlichen für Konsumzwecke verausgaben. Eine Umverteilung würde mithin nur den kurzfristigen Konsum steigern, aber über eine Reduktion der Ersparnisse zu geringeren Investitionen führen und damit zukünftige Wachstumschancen vermindern.

Diese, auf die Anwendung Keynes'scher Makroökonomie zurückgehende Konfliktthese ist nicht unwidersprochen geblieben: Ein höherer Konsum der Armen wird ihre Arbeitsproduktivität erhöhen, ein geringerer (Luxus-)Konsum der Reichen vermag den Import- und damit Devisenbedarf zu reduzieren und den Kapitalbedarf in der *importsubstituierenden Industrie zu verringern.

Die Nachfrage der Armen richtet sich primär auf arbeitsintensiv zu produzierende *Basic-needs*-Güter. Eine Umverteilung, begleitet von einer Umstrukturierung des Produktionsprozesses, vermag die Effekte der sinkenden Sparraten (in Grenzen) zu kompensieren.

Lit.: I. Adelman/C. Morris, Economic Growth and Social Equity in Developing Countries, Stanford 1973; M. Bohnet/R. Betz, Einkommensverteilung in Entwicklungsländern, München 1975; H. Chenery u. a., Redistribution with Growth, London 1975; Ch. R. Frank/R. C. Webb (Hg.), Income Distribution and Growth in the Less Developed Countries, Washington, D. C. 1977; G. S. Fields, Poverty, Inequality and Development, Cambridge u. a. 1980; T. Paukert/J. Skolka/J. Maton, Income Distribution, Structure of Economy and Employment, London 1981; H. P. Nissen (Hg.), Towards Income Distribution Policies. From Income Distribution Research to Income Distribution Policy, EADI-Book Series, 3, Le Tilburg 1983; World Bank, Implementing the World Banks Strategy to Reduce Poverty, Washington, D. C. 1993. hpn

Einstellung zur Entwicklungspolitik →Öffentliche Meinung und Entwicklungspolitik

Einzelplan 23 Der Einzelplan 23 oder Haushalt des *BMZ umfasst Einnahmen, Ausgaben, Verpflichtungsermächtigungen (VE) sowie die haushaltsgesetzliche Möglichkeit der Übernahme von Gewährleistungen. Die Einnahmen (1996: ca. 0,9 Mrd. €) entstehen aus Zins- und Tilgungsrückflüssen der bilateralen *Finanziellen Zusammenarbeit (FZ), die wiederum zur Finanzierung neuer e.-pol. Vorhaben verwendet werden. Während die Ausgaben des Haushaltsjahres (1997: 3,9 Mrd. €; 1998: ca. 4,1 Mrd.; 1999: 4,0 Mrd.; 2000: 3,6 Mrd.) für die bilaterale *Technische Zusammenarbeit (TZ), FZ, multilaterale Zusammenarbeit und Verwaltungsausgaben aus den sog. Baransätzen bestritten werden, geben die VE den mittelfristigen Ausgaberahmen an. Dieser ist aufgrund des langfristigen Charakters der *Entwicklungszusammenarbeit notwendig. Schwankungen bei den VE sind oft durch die Zusagerhythmen im multilateralen Bereich bedingt. →BMZ as

Eirene Internationaler Christlicher Friedensdienst e. V., 1957 gegr. *nichtstaatliche Organisation (*VENRO). Ausgehend von ihren Prinzipien Frieden, Gewaltfreiheit und Völkerverständigung, leistet E. im Rahmen ihres «Nordprogramms» (aus Spenden finanziert) soziale Dienste mit Partnern v. a. in Westeuropa und den USA. Mit ihrem «Südprogramm» (Etat 1995: 1,7 Mio. €) unterstützt E. in den EL (v. a. mit öfftl. Mitteln) durch Freiwillige (2000: ca. 97 Auslandsmitarbeiter und *Entwicklungshelfer) und finanz. Hilfe v. a. *Genossenschaften, Berufsausbildungsmaßnahmen für Jugendliche und zahlreiche Projekte (Schwerpunkte: Niger, Tschad, Nicaragua) zur Verbesserung der *ländlichen Entwicklung. Gesamtetat 2000: rd. 2,5 Mio. € zu 47,3 % aus öfftl. Mitteln, zu 30,5 % aus Zuschüssen und zu 22,2 % aus Spenden. Adresse: Engerser Str. 74b, 56564 Neuwied. Internet: www.eirene.org red

ejido →Mexiko

EKD →AGEH, Brot für die Welt (BfdW), DÜ, KED, Kirchen-Grundsätze der Entwicklungsarbeit

Elfenbeinküste

Fläche (Tsd. qkm): 322,463
Bev. (Mio.) 2001: 16,30
BNE pro Kopf (US-$) 2000: 660
BIP (Mio. US-$) 2000: 9319
LE (Jahre) 1999: 46,1
Analphabetenquote (%) 1999: 54,0
HDI 1999: 0,426 [Rangplatz von 162: 144]

Das *Entwicklungsmodell der EK (Côte d'Ivoire), das auf eine bewusste Öffnung zum Weltmarkt und ausländ. Kapital gesetzt hatte, galt lange Jahre als Paradebeispiel für eine liberal-kapitalist. Option eines EL. Mit dem Zusammenbruch der Weltmarktpreise für Kakao und Kaffee seit Mitte der 1980er J. geriet jedoch die EK zunächst in eine schwere wirtsch. und dann auch pol. Krise, die in den Putsch und gewalttätige Ausschreitungen in den J. 1999 und 2000 mündete.

1. Der Fläche und der Bev.-Zahl nach gehört die seit 1960 unabh. EK zu den mittelgroßen Staaten Afrikas. Klimatisch und nach Vegetationszonen gliedert sie sich in den ursprgl. von Urwald geprägten S mit Regen- und Feuchtwald und in den in der Sudanzone gelegenen N mit Feucht- und Trockensavannen. Ethn. wie sprachlich ist die EK in über 60 Gruppen aufgesplittert, die ihrerseits – bedingt durch die koloniale Grenzziehung – ihr Zentrum z.T. außerhalb des Landes haben. Trad. besaßen die Baule (23 % der Ew.) eine pol. und ökon. Vorrangstellung in den Kakao- und Kaffeeanbaugebieten des S und SO. Latente Spannungen durch die hohe Zahl von ausl. Arbeitsmigranten (1995: gesch. 5 Mio., jährl. Zuwachsrate 6,3 %), die zu über 90 % aus den benachbarten Sahelstaaten stammen, eskalierten anlässlich der pol. Unruhen 2000 zu lokalen Pogromen.

Die Zahl der den Zwischen- und z.T. auch den Kleinhandel sowie das Bauwesen kontrollierenden Libanesen und Syrer ist hingegen seit den 1980er J. stark zurückgegangen. Auch das Gewicht der frz. Staatsbürger in Ministerien, der Verwaltung und der Privatwirtsch. (Rückzug des frz. Kapitals) ist beträchtlich gesunken, bleibt zahlenmäßig dennoch beeindruckend (1990: 26000). Weiterhin ist in Abidjan eine frz. Militärgarnison mit rd. 500 Soldaten stationiert.

2. Um die E. des Landes nach der Unabh. zu beschleunigen, wurde ausl. Kapital in großem Umfang ins Land geholt. Daneben wurden systematisch staatl. und gemischte Unternehmen mit staatl. Beteiligung aufgebaut. Ergebnis dieser Pol. waren als «afrik. Wirtschaftswunder» apostrophierte Wachstumszahlen des BIP (1960–1970: 8 %, 1970–1979 6,7 % jährl.). Tragende Säule der Exportwirtsch. war der Agrarsektor, in dem drei Produkte (Kaffee, Kakao, Edelhölzer) 4/5 der Exporterlöse erbrachten. Durch Ausdehnung der landw. Anbauflächen und Raubbau bei der Abholzung (300000 ha jährl., seit den 1980er J. stark zurückgehend) ohne Wiederaufforstung ist der Waldbestand von 15,6 Mio. ha zum Zeitpunkt der Unabh. auf heute weniger als 1 Mio. ha geschrumpft (→Ökologie), ohne dass die seit Ende der 1980er J. ein-

geleiteten Aufforstungsprogramme den Abwärtstrend stoppen konnten.
Zwar ist die EK seit Ende der 1970er J. führender Kakao- und drittgrößter Kaffeeproduzent der Welt, doch die Zunahme der Produktion beruhte nicht auf Produktivitätssteigerungen, sondern auf der Ausdehnung der Anbauflächen (Kakao-Ernte 1970: 179 000 t, 1999: 1,17 Mrd. t). Ein seit den 1960er J. eingeleitetes *Diversifizierungsprogramm im Agrarsektor (Palmöl, Baumwolle, Kautschuk, Rohzucker, Ananas) hat wenig an der außenwirtsch. Abh. von den int. Rohstoffmärkten ändern können, da es auch hier zu rapidem Preisverfall kam.
Das Schwergewicht der ind. E. lag auf einer einheim. Rohstoffe weiterverarbeitenden Leichtind., die jeweils nur begrenzte E.-Möglichkeiten bot. Trotz der hohen Zuwachsraten gerade der Ind. (1965–73: 12,5 % Wachstum, 1973–80: 11,7 %) beruhten jedoch die privaten Investitionen im produktiven Bereich bis Mitte der 1970er J. überwiegend auf ausl. Kapital, das die Gewinne retransferierte, während der ivorische Staat die Kosten für die Errichtung der entsprechenden *Infrastruktur (z. B. im Transportwesen) zu tragen hatte. In den 1980er J. fiel die durchschnittl. Wachstumsrate im Ind.-Sektor aufgrund rapiden Rückgangs ausl. Investitionen und der Holzverarbeitung auf 0,3 % und legte das Scheitern der ivorischen Ind.-Strategie offen. Inzwischen sind ehrgeizige Privatisierungsprogramme eingeleitet worden und im Gefolge der F CFA-Abwertung (→Franc-Zone) wurden seit Mitte der 1990er J. wieder zweistellige Zuwachsraten erzielt.
3. Seit der Unabh. der EK war Houphouet-Boigny (1945 bis 1958 Abg. der frz. Nationalversammlung, 1956 bis 1958 frz. Minister) Präs. des Landes. Wie in kaum einem anderen afrik. Staat dominierte und kontrollierte der Präs. die pol. und wirtsch. Geschicke seines Landes. Die Einheitspartei *Parti Démocratique de la Côte d'Ivoire* (PDCI) war bereits vor der Unabh. von Houphouet als Mittel zur Mobilisierung breiter Bev.-Schichten benutzt, danach aber vornehmlich zur Absicherung der Privilegien der sich etablierenden pol.-administrativen Führungsschicht funktionalisiert worden. Diese konnte sich riesige Pfründen im Staatssektor aufbauen, die jedoch mit dem ersten großen Zusammenbruch der Weltmarktpreise für Kaffee und Kakao Ende der 1970er J. nicht mehr zu finanzieren waren. Die Anfang der 1980er J. eingeleiteten pol. Neuerungen (Einheitsliste mehrere PDCI-Kandidaten für ein Parl.-Mandat) und wirtsch. Reformen (Restrukturierung der Staatsbetriebe) konnten jedoch die im sozio-pol. System liegenden Strukturdefekte nicht beseitigen. Obwohl der ivorische Staat den rund 600 000 Pflanzerfamilien, seit der Unabh. Rückgrat des Regimes, über die staatl. Stabilisierungskasse für Agrarprodukte angesichts des Zusammenbruchs der Weltmarktpreise den ursprgl. garantierten Aufkaufpreis für Kaffee und Kakao nicht mehr bezahlen konnte (Halbierung der Produzentenpreise 1989), kam es nicht auf dem Land, sondern in der Hs. Abidjan in Reaktion auf drastische, vom *IWF verordnete Sparmaßnahmen im Jan./Febr. 1990 zu Unruhen, Streiks und Meutereien, die eine pol. Öffnung erzwangen. Bei den ersten Mehrparteienwahlen im Okt./Nov. 1990 setzten sich Houphouet und die PDCI jedoch erneut mit offiziell über 80 % der Stimmen durch. Auch unter Bedié, der Houphouet im Dez. 1993 nachfolgte und bei den Wahlen 1995 bestätigt wurde, wurde die Opposition behindert. Im Gefolge der ökon. Krise kam es zu sozialen und erstmals auch pol. sichtbaren ethn. Spannungen, die die pol. Stabilität, auf dem das «Modell Elfenbeinküste» ruhte, in Frage stellen. Ein Putsch der Militärführung im Dez. 1999, der zunächst Hoffnung auf einen demokrat. Neubeginn weckte, führte aber zu weiteren Unruhen, und der im Okt. 2000 neu gewählte Präs. Gbagbo hatte große Schwierigkeiten, die pol. Kontrolle über die Sicherheitskräfte wiederherzustellen und die int. Gemein-

schaft zur Wiederaufnahme ihrer Zusammenarbeit mit der EK zu bewegen. Obwohl EU und IWF inzwischen ihre Programme wieder aufgenommen haben, bleibt das Ansehen der EK als Investitionsstandort beschädigt.

4. Zwar hat die EK noch immer einen z.T. beträchtlich höheren Lebensstandard als die angrenzenden Staaten, doch ist dieser regional und nach Einkommensgruppen höchst ungleich verteilt. Ein im afrik. Vgl. mit 44 % hoher *Urbanisierungsgrad vergrößert die sozialen Probleme. Seit dem Zusammenbruch der Preise für die wichtigsten Exportprodukte ab 1986 gestaltete sich die ökon. E. geradezu dramatisch: drastischer Rückgang der Exporterlöse (1986–89 um real 48 % bei Kakao und 55 % bei Kaffee), eine exorbitante Auslandsschuld von rd. 19,5 Mrd. US-$ (1996), Rückgang der Realeinkommen zwischen 1986 und 1993 um ein Drittel. Anfang der 1990er J. wurde EK in die Gruppe der *LLDC zurückgestuft und damit die Rückkehr in die afrikanische «Normalität» besiegelt. Die Franc-CFA-Abwertung, die nach sieben Rezessionsjahren 1994 positive Wachstumsraten (1,7 %) ermöglichte, die sich erholenden Rohstoffpreise, neue Öl- und Gasfunde und ein Schuldenerlass, der die Auslandsschuld bis Ende 1999 auf 13,1 Mrd. US-$ senkte, haben die Hoffnung auf einen neuen Wirtschaftsaufschwung genährt (EK als «afrikanischer Elefant», in Anlehnung an die «südostasiatischen *Tiger»), der aber nicht auf solider gewordenen internen Strukturen fußt.

Lit.: Y. A. Fauré/J. F. Medard (Hg.), État et bourgeoisie en Côte d'Ivoire, Paris 1982; K. Ziemer, Demokratisierung in Westafrika? Die politischen Systeme von Senegal, Elfenbeinküste und Togo nach zwei Jahrzehnten Unabhängigkeit, Paderborn 1984; P. David, La Côte d'Ivoire, Paris 1986; B. Contamin/Y. A. Fauré, La bataille des entreprises publiques en Côte d'Ivoire. L'histoire d'un adjustment interne, Paris 1990; T. D. Bakary Akin, La démocratie par le haut en Côte d'Ivoire, Paris 1992; C. Jakobeit, Elfenbeinküste, in: HDW III, 4, 1993, S. 192ff.; D. Bailly, La réinstauration du multipartisme en Côte d'Ivoire ou la double mort d'Houphouet-Boigny, Paris 1995; C. Hartmann, Externe Faktoren im Demokratisierungsprozeß, Opladen 1999. ch

El Salvador

Fläche (Tsd. qkm): 21,041
Bev. (Mio.) 2001: 6,40
BNE pro Kopf (US-$) 2000: 1990
BIP (Mio. US-$) 2000: 13217
LE (Jahre) 1999: 69,5
Analphabetenquote (%) 1999: 22
HDI 1999: 0,701 [Rangplatz von 162: 95]

1992 wurde in ES ein Bürgerkrieg beendet, der 1981 offen ausgebrochen war und insgesamt 75000 Tote forderte. Seither befindet sich das Land in einem schwierigen pol. und sozioökon. Aufbau- und Reformprozess.

1. ES ist das kleinste und am dichtesten besiedelte Land Zentralamerikas. Wichtigste natürliche Ressource sind fruchtbare vulkanische Böden. Die landw. nutzbaren Flächen des Kleinstaates sind jedoch weitgehend erschöpft. Wälder, die zu Beginn des 19. Jh. etwa 60 bis 70 % des Landes bedeckten, sind auf knapp 6 % geschrumpft und durch Raubbau entwertet (→Ökologie). Bodenerosion und Erdbeben schädigten wiederholt die Landw.; mineralische Rohstoffe sind rar und kaum abbauwürdig.

2. Ethn. setzt sich die Bev. aus etwa 90 % Mestizen zusammen; hinzu kommen *indígenas* und Weiße. Die hohe Zahl an *Flüchtlingen und Emigranten verzerrt bestehende Bev.-Angaben: Hunderttausende Salvadorianer verließen in den 1980er J. aus pol. oder wirtsch. Gründen ihr Land. Mit der Landessprache Spanisch konkurrieren örtlich Indio-Mundarten. Das Gros der Bev. ist kath. Protestantische US-Sekten erhielten in den vergangenen Jahren erheblichen Zulauf.

3. Gemeinsam mit den übrigen zentralamerik. Ländern erlangte ES 1821 die Unabh. von Spanien und war vorübergehend Mexiko und dem Zentralamerik. Bund angeschlossen. Eine extreme pol. Instabilität kennzeichnete die innenpol. Lage in ES im 19. Jh., erkennbar in unzähligen Reg.-Wechseln und Staatsstrei-

chen; sie fand zu Beginn des 20. Jh. mit der Monopolisierung der Macht in den Händen einer neu entstandenen Kaffeeoligarchie vorübergehend ihr Ende: Nahezu alle Reg.-Wechsel zwischen 1903 und 1931 erfolgten formal per (pol. bedeutungsarmen) Wahlen. Allerdings entstand durch die extreme, z.T. gewaltsame Expansion der Kaffeewirtsch. auf Kosten bestehender Besitz- und Arbeitsverhältnisse von Klein(st)bauern und Landarbeitern ein enormes soziales Konfliktpotenzial. Verstärkt durch eine ernste Wirtschaftskrise entlud es sich in den Bauernunruhen von 1931/32. Die Armee schlug den Aufstand 1932 blutig nieder.
In den folgenden fünf Jahrzehnten herrschte arbeitsteilig eine milit.-oligarchische Allianz: Während die agroind. Oberschicht die wirtsch. Macht monopolisierte, besetzten Militärs die zentralen pol. Ämter – zunächst in Form der personalistischen Diktatur Hernández Martínez', später in Form formal demokratisch drapierter Militärregime. Nach 1950 fanden (mit Ausnahme der Putsche von 1960, 1961 und schließlich 1979) regelmäßig Reg.-Wechsel zwischen Militärs der offiziellen Regimepartei (PRUD in den 1950er und PCN in den 1960er und 1970er J.) in nicht- oder semikompetitiven Wahlen statt.
Währenddessen verschärften sich die sozialen Probleme: Die Modernisierung und *Diversifizierung (Baumwolle, Zucker) des Agrarexports in den 1950er und 1960er J. führte, verbunden mit hohem Bev.-Wachstum und wenig *arbeitsintensiver *Industrialisierung (→MCCA), zur *Marginalisierung weiter Bev.-Teile. Der Rückstrom salvador. Emigranten aus Honduras infolge des sog. Fußballkriegs (1969) vergrößerte Landknappheit und Bev.-Druck. Das milit.-oligarchische «Herrschaftskartell» vereitelte einen friedlichen Wandel bestehender Besitz- und Machtstrukturen. Als sich in den 1970er J. Wahlsiege zivil-reformistischer Oppositionsbündnisse abzeichneten, reagierte das Regime mit offenem Wahlbetrug und massiven Repressionen. *Guerilla-Gruppen erstarkten, und anhängerstarke Volksorganisationen riefen zu Streiks, Demonstrationen und Landbesetzungen auf.
Am 15. 10. 1979 putschten junge, reformwillige Offiziere, kündeten weitreichende Sozialreformen an und beteiligten Christ- und Sozialdemokraten sowie Kommunisten an der Regierung. Die milit.-zivile Koalition zerbrach drei Monate später an dem Widerstand konservativer Militärs. Auf die innermilit. Entmachtung reformistischer Offiziere und anhaltende Repressionen folgte der Juntaaustritt der Linksparteien und christdemokratischer Dissidenten. Gemeinsam mit Guerilla- und versch. Volksorg. bildeten sie 1980 eine breite Oppositionsfront (FDR-FMLN). Jan. 1981 brach offen der Bürgerkrieg aus. Das nachfolgende pol. Geschehen stand im Zeichen des Bürgerkrieges und einer zähen *Demokratisierung. Die USA nahmen mittels beachtlicher Wirtsch.- und Militärhilfe auf beide Prozesse erheblichen Einfluss. Unter R. Reagan (1981–89) hielten sie an einer Pol. fest, die sowohl auf eine milit. Niederlage der Guerilla (FMLN) als auch auf eine pol. Demokratisierung abzielte. Im Anschluss an versch. milit.-zivile Reg.-Juntas gab das salvad. Militär 1982 zumind. formal die Reg.-Geschäfte an die zivile Übergangsregierung A. Magaña ab. Ab 1984 regierten gewählte Präsidenten: zunächst der Christdemokrat J. N. Duarte (1984–89), anschließend A. F. Cristiani von der rechtsextremen ARENA-Partei – der ersten Partei der Wirtsch.-Oligarchie seit den 1920er J. Aufgrund des langjährigen Wahlboykotts linksoppositioneller Parteien war der über Wahlen ausgetragene Parteienwettbewerb bis Ende der 1980er J. auf das Mitte-rechts-Spektrum beschränkt. Das Militär büßte zwar an pol. Macht ein, besaß jedoch in sicherheitspol. Belangen *quasi* eine Vetomacht. Etwaige Friedensinitiativen wurden bis Ende der 1980er J. erfolgreich torpediert. Menschenrechtsverletzungen der Streitkräfte blieben lange Zeit ein pol. Tabu. Das Fortbeste-

hen autoritärer «Enklaven» (in Gestalt des Militärs) sowie der Krieg und die pol. Gewalt konterkarierten in den 1980er J. die Demokratisierung.
In Anbetracht des allseits sichtbaren milit. Patts und der wachsenden innen- wie außenpol. Isolierung der Kriegsparteien stellte sich diesen Anfang der 1990er J. eine Verhandlungslösung vielleicht nicht als beste, jedoch als passable Option dar. Nach einer Serie von Friedensgesprächen unter Aufsicht der *UN 1990/91 wurde am 16. 1. 1992 ein Friedensabkommen unterzeichnet. Dieses sah u. a. die stufenweise Demobilisierung und Integration der Guerilla vor, eine Reduzierung und Umstrukturierung der regulären Streitkräfte, die Trennung von Militär und Polizei, die Auflösung versch. repressiver Polizeieinheiten, die Auflösung paramilit. Verbände, Reformen der Justiz und des Wahlsystems sowie versch. sozioökon. Reformen. Das Friedensabkommen wurde – trotz zeitlicher Verzögerungen – weitgehend umgesetzt. Probleme bestehen noch bei der Durchführung der Agrar- und Justizreformen, auch mit der juristischen Aufarbeitung der während des Bürgerkriegs begangenen Straftaten (nachdem der Oberste Gerichtshof die 1993 erlassene Generalamnestie aufgehoben hatte). Der FMLN nahm an den Wahlen von 1994 teil und stieg zur stärksten Oppositionspartei auf. Wahlsieger waren die Reg.-Partei ARENA und ihr Präs.-Kandidat A. Calderón Sol. Bei den Parl.-Wahlen 1997 lagen ARENA (28 von 84 Mandaten) und FMLN (27) nahezu gleichauf. Zur drittstärksten Partei avancierte die ehemalige Regimepartei PCN (11). Bei den Präs.- und Parl.-wahlen 1999 ging ARENA als stärkste Partei hervor, gefolgt von FMLN-USC. Der ARENA-Kandidat F. Flores wurde zum neuen Präs. gewählt.
4. ES ist der Prototyp einer Exportlandw.; wenige Agrargüter (Baumwolle, Zucker und v. a. Kaffee) erbringen 2/3 aller Deviseneinnahmen und machen die Wirtsch. extrem abh. von Preis- und Nachfrageschwankungen auf dem Weltmarkt. Die Landw. kennzeichnet der Ggs. zwischen wenigen modernen exportorientierten Großbetrieben und unzähligen Klein(st)- und *Subsistenzwirtschaften, die meist unter unsicheren Pachtverhältnissen und schlechten Anbaubedingungen (minderwertige Böden, Kapitalmangel etc.) Grundnahrungsmittel (Mais, Hirse, Bohnen, Reis) für den Eigen- oder Inlandsbedarf anbauen. In den 1980er J. wurde gegen erhebliche Widerstände eine moderate Agrarreform durchgeführt, welche jedoch die althergebrachten Probleme des Agrarsektors (hohe Konzentration des Landbesitzes, Landmangel etc.) nicht beseitigte und selbst einige Probleme aufwarf (z. B. geringe Landqualität, Mangel an Krediten und techn. Hilfe; Effizienzprobleme von Genossenschaften). Das Agrarkapitel des Friedensabkommens sah weitere Landverteilungsprogramme vor, u. a. den staatl. subventionierten Landverkauf an Ex-Guerilleros, demobilisierte Soldaten und Landbesetzer in den ehem. Konfliktregionen. Die Verteilung von Land an ehemalige Kämpfer verlief sehr langwierig und war 1996 noch immer nicht abgeschlossen. Schwerpunkte der Ind. sind die Nahrungs- und Genussmittelproduktion und die Textilherstellung. Gemeinhin wird die rel. schwache Rolle des Auslandskapitals und die starke Rolle einer kleinen nat. Agrar-, Finanz- und Ind.-Oligarchie betont. Nach Ende des Kriegs verbesserte sich das Klima für ausländische Investitionen. ES war in den 1980er J. hochgradig abh. von US-Hilfe und ist auf den Handel mit den USA angewiesen. Das schwere Erdbeben von Jan. 2001 hat das Land wirtsch. wieder zurückgeworfen. *Weltbank, EU und multilaterale Org. leisteten Aufbauhilfe.
5. Mehr als 2/3 der Bev. sind arm, etwa 50 % verfügen über ein Einkommen unter der Armutsgrenze. Das Bildungs- und Gesundheitswesen, das unter Krieg und Sparmaßnahmen gelitten hat, ist gerade auf dem Land mangelhaft. Das Bil-

dungswesen kann trotz Schulpflicht für Sechs- bis 14-Jährige und Gebührenfreiheit für staatl. Schulen aufgrund Lehrer-, Schul- und Lehrmittelmangel nicht angemessen greifen. Die bislang durchgeführten neoliberalen *Strukturanpassungsprogramme verursachten hohe soziale «Kosten», die ansatzweise über Sozialmaßnahmen abzufedern versucht wurden.

Lit.: E. A. Baloyra, El Salvador in Transition, Chapel Hill 1982; W. Krumwiede, Erfolgreiche Konfliktregulierung in El Salvador, Ebenhausen 1994; M. Krennerich / F. Nuscheler, El Salvador, in: HDW III, Bd. 3, Bonn 1995, S. 85 ff.; H.-M. Krämer, El Salvador: Vom Krieg zum Frieden niedriger Intensität, Köln 1995; M. Krennerich, Wahlen und Antiregimekriege in Zentralamerika, Opladen 1996. mik

embodied technology →Technologietransfer (TT)

employment and redistribution →Einkommensverteilung

empowerment Ziel des *empowerment*-Ansatzes in der EP ist es, benachteiligten Gruppen selbstbestimmtes Handeln zu ermöglichen und ihre gleichberechtigte Teilhabe an Wirtsch., Gesellschaft und Pol. zu befördern (*empowerment of women* [→gender]*; empowerment of the poor*). red

EMRK →Menschenrechte

EMW Evangelisches Missionswerk in Deutschland, Dach- und Fachverband ev. Kirchen, ev. Freikirchen und regionaler Missionswerke sowie einzelner missionarischer Verbände und Einrichtungen für die ökumenische, missionarische und e.-bezogene Zusammenarbeit mit Christen und Kirchen in Übersee. Mitglieder sind zwölf ev. Missionswerke, sechs missionarische Verbände sowie fünf Freikirchen und die Ev. Kirche in Deutschland. Das EMW pflegt partnerschaftliche Bez. zu Kirchen in Übersee, es berät und fördert Projekte ökumenischer Partner und vermittelt entsprechende Erfahrungen in die Kirchen in Deutschland. Für die Entwicklungsarbeit im engeren Sinne zuständige Referate des EMW sind mit Gründung des *EED dort integriert worden. *Publikationen:* EMW-Informationen, Weltmission heute; *Adresse:* Normannenweg 17–21, 20537 Hamburg; *Internet:* www.emw-d.de mfn

encomienda Form der Ausbeutung der Indios unter der Kolonialherrschaft Spaniens in Lateinamerika. Die span. Krone betrachtete das eroberte Land als ihr Eigentum, unterwarf die Indios der Tributpflicht und belohnte besondere Verdienste der Eroberer mit der Verleihung (*mercedes*) von Land, nicht jedoch der Schenkung von oder Belehnung mit Boden. Mit der en. erzwang die Krone die Arbeit der Indios in Bergwerken und *Plantagen, verhinderte aber zugleich die Entstehung eines überseeischen Feudalismus. Das *Latifundium setzte sich erst im 19. Jh. gegen die en. durch. dn

endogen im Inneren entstehend, von innen kommend; im Zusammenhang der Erklärung von UE oder der Hemmnisse zur Überwindung von UE bezeichnen e. Faktoren jene Ursachen bzw. Tatbestände, die intern im jeweiligen EL bestehen, beispielsweise überkommene Strukturen in Wirtsch. und Gesellschaft, mangelnde Reform- oder Leistungsbereitschaft etc. *Modernisierungstheorien und wirtsch. *Wachstumstheorien betonen die Bedeutung e. Faktoren und hinterfragen die Berechtigung einer Unterscheidung von e. Faktoren im Gegensatz zu *exogenen Faktoren. dn

Energie Die Sicherung der Energieversorgung ist eines der entscheidenden Probleme für die E. der gesamten Menschheit. Die ungleiche Verteilung der Produktion von Primärenergieträgern (v. a. Erdöl, Erdgas, Kohle) einerseits und des weltweit wachsenden Energieverbrauchs andererseits bildet angesichts der starken int. Verflechtung des Energiebereichs nach wie vor eine zentrale Dimension des *Nord-Süd-Konfliktes sowie der *Süd-Süd-Beziehungen.

1. Der weltweite Primärenergie(PE)-Verbrauch ist mit dem beschleunigten Wirtsch.-Wachstum seit Beginn des 20. Jh.s rapide angestiegen (1925: 1,5 Mrd. t Steinkohleeinheiten [SKE]; 1970:

7,2 Mrd. t SKE; 1993: 11,5 Mrd. t SKE, 2000: 12,9 Mrd. t SKE). Stärkere Verbrauchssteigerungen wurden in den letzten Jahren aufgrund von Einsparbemühungen in den IL und des Kapitalmangels in Osteuropa verhindert. Obwohl die Wachstumsraten in den 1990er J. im Vgl. zu denen der 1970er J. (3,5 % p. a.) und 1980er J. (2,5 % p. a.) mit jährl. ca. 1 % rückläufig sind und inzwischen beträchtlich unter dem weltweiten Bev.- wie Wirtsch.-Wachstum liegen, ist die Deckung des globalen Energiebedarfs mit großen Problemen verbunden. Der Anteil der fossilen Energieträger (Öl, Gas und Kohle) am weltweiten PE-Verbrauch lag nach Angaben der *UN 1998 bei 89 % (1970: 98 %), wobei sich die Anteile der einzelnen Sektoren unterschiedlich entwickelt haben: Zwischen 1960 und 1998 ging dabei der Anteil der Kohle von 46 % auf 29 % zurück, Erdgas nahm von 14 % auf 26 % zu; Öl stieg von 38 % auf 45 % (1979) und fiel wieder auf 35 % zurück. Der Anteil der Wasserkraft fiel von 5,6 % (1973) auf 3 % (1998), die Kernenergie nahm von 0,8 % auf 7 % zu. Nach aktuellen Schätzungen sind die heute bekannten Vorräte an Erdöl und Erdgas selbst bei gemäßigter Zunahme der Weltbev. und dem Einfrieren des Pro-Kopf-PE-Verbrauchs auf den derzeitigen Stand bald nach 2050 erschöpft. Aufgrund fehlender Alternativen wird die Kohle ab Mitte des nächsten Jh. zum entscheidenden PE-Träger.

Die globale Verteilung der techn. zu erschließenden Lagerstätten fossiler Brennstoffe konzentriert sich in rel. wenigen Regionen: So liegen etwa 30 % der Welterdgasreserven in der Gemeinschaft Unabhängiger Staaten (GUS) und ca. 12 % im Iran, gefolgt von den arab. Staaten Katar, Vereinigte Arabische Emirate und Saudi-Arabien. Weltweit größter Produzent von Steinkohle war 1999 die VR China mit 1050 Mio. t, von Erdöl Saudi-Arabien (412 Mio. t), gefolgt von den USA (355 Mio. t).

Somit hängt die Energieversorgung der IL derzeit entscheidend von Lieferungen aus den EL ab. Gleichzeitig ist der Pro-Kopf-Energieverbrauch, der v. a. von dem jeweiligen wirtsch. und techn. E.-Stand eines Landes abhängt, zwischen den IL und den EL extrem ungleich verteilt. So entfielen 1999 auf Nordamerika und Europa einschl. Russland (17 % der Weltbev.) rd. 60 % des Weltenergieverbrauchs, auf LA mit 8,4 % und Afrika mit 12,3 % der Bev. nur 5,5 % bzw. 2,7 %. Nach jährl. PE-Verbrauch pro Kopf standen 1997 die USA an der Spitze mit einem Wert von 11,5 t SKE, der doppelt so hoch war wie derjenige der Bundesrepublik, jedoch gegenüber Indien über 30-mal höher lag. In diesem Zusammenhang muss allerdings berücksichtigt werden, dass ca. 70 % der Menschen in den EL als wichtigsten Energieträger Holz verwenden, das nicht zur kommerziellen PE zählt. (Da aber erheblich mehr Holz verbraucht wird als nachwächst, ist Brennholzmangel ein zusätzliches, spezifisches Energieproblem der EL. So lebten nach *FAO-Angaben bereits 1980 ca. 1,3 Mrd. Menschen in Holz-Mangelgebieten; im J. 2000 ließ sich ein Anstieg auf rd. 2 Mrd. Menschen verzeichnen.)

2. Die strukturell ungleiche Verteilung von Energieressourcen und -verbrauch war in der Vergangenheit sowohl Auslöser für verschiedene Konflikte auf int. Ebene als auch eine Determinante für die wirtsch. E. der IL wie der EL. Für die IL wurde nach der durch die Preis- und Förderpol. der →OPEC verursachten Ölkrise von 1973/74 die Energieversorgung zu einer zentralen pol. Frage, da zu diesem Zeitpunkt neben dem wirtsch. Wohlstand auch ihre Position im int. System gefährdet schien (Ausdruck dieses Bewusstseins in den IL war etwa die Gründung der *IEA 1974). Während die IL rel. rasch und erfolgreich auf den Ölpreisschock reagierten (Senkung der Ölimporte, Diversifizierung der Energieträger, Erschließung neuer Energiequellen), stiegen die Ausgaben der Erdöl importierenden EL extrem an (1973: 8 Mrd., 1981: ca. 77 Mrd. US-$), was u. a.

kritische *Zahlungsbilanzen, Wachstumseinbußen und eine Inanspruchnahme wachsender Teile des Investitionskapitals für die Ölrechnung zur Folge hatte. Dementsprechend trug die unterschiedliche Situation der Erdöl exportierenden und Erdöl importierenden EL erheblich zur Ausdifferenzierung der *Dritten Welt bei. Vor diesem Hintergrund kam es auch in den Süd-Süd-Bez. zu einer verstärkten Zusammenarbeit auf dem Energiesektor (z. B. 1973 Gründung der *OLADE). Der Ölpreisverfall Mitte der 1980er J. wiederum traf umgekehrt die Erdöl exportierenden EL hart, deren Ölexporterlöse innerhalb eines Jahres um 46 % zurückgingen; die übrigen EL wurden dagegen etwas entlastet.

3. Mit der Entschärfung der ökon. begründeten Konflikte um die Energieversorgung gewannen seit den 1980er J. auch die ökol. Konsequenzen der enormen PE-Erzeugung und des Energiekonsums verstärkt an Aufmerksamkeit. Abgesehen davon, dass die Vorräte der derzeit wichtigsten PE-Träger in absehbarer Zeit zur Neige gehen werden und dass mit einem Ausbau der Kernenergie immense Risiken verbunden sind, kommt der Frage einer für das Ökosystem Erde verträglichen Energienutzung immer größere Bedeutung zu, so etwa im Hinblick auf den drohenden *Treibhauseffekt (→Ökologie), der überwiegend durch das bei fossilen Verbrennungsprozessen frei werdende Kohlendioxid verursacht wird.

Vor diesem Hintergrund wäre es ratsam, weltweit die Energieproduktivität zu erhöhen, d. h. eine möglichst effiziente Energienutzung anzustreben. Um hierbei im Weltmaßstab langfristig durchgreifende Erfolge zu erzielen, wäre heute u. a. ein großzügiger *Technologietransfer von den IL in die EL notwendig. Als eine weitere Lösungsstrategie wird in diesem Zusammenhang auch die Nutzung erneuerbarer (regenerierbarer) Energiequellen diskutiert: Dazu zählen v. a. Biomasse (*energy crops*, pflanzliche und tierische Abfälle, Holz dort, wo der Verbrauch die nachwachsenden Mengen nicht übersteigt), Wasserkraft, Meereswärme, Sonne und Windkraft sowie Erdwärme. In diesem Sektor sind (nach einem rel. langsamen Anstieg bis Mitte der 1980er J.) in der jüngeren Vergangenheit v. a. aufgrund verstärkter staatl. Fördermaßnahmen in vielen Ländern weltweit höhere Wachstumsraten zu verzeichnen (1970: 2,2, 1990: 2,9 %, 1998: 3,2 %). V. a. Biomasse und Wasserkraft haben auch für einige EL bereits heute erhebliche Bedeutung. So gewinnt Brasilien nach Angaben der *UN fast 60 % seiner Energie aus versch. erneuerbaren Energieträgern: Das Land war bereits 1986 weltweit der größte Produzent von «Biosprit» (Äthanol aus Zuckerrohr deckte rd. die Hälfte des bras. Treibstoffbedarfs), der zweitgrößte Brennholzproduzent und verfügte über die viertgrößte installierte Wasserkraftkapazität. Indien z. B. betreibt seit 1985 ein ehrgeiziges Programm zur Nutzung der Windenergie, im J. 2001 konnte damit eine Leistung von rd. 1500 Megawatt (MW) erreicht werden. In einigen EL gibt es inzwischen auch bereits Programme zur Energiegewinnung durch Energieeinsparung. Auch die regenerierbaren Energieträger können allerdings erhebliche ökol. Gefahren mit sich bringen wie z. B. – neben CO_2-Freisetzung – Vernichtung der Tropenwälder, Bodenzerstörung durch Monokulturen (hoher Dünger- und Pestizideinsatz) sowie Entzug von landw. Nutzfläche, Ausbreitung von Krankheiten durch große aufgestaute Seen und Zerstörung von Flusslandschaften.

All diese Probleme wurden seit den 1980er J. auch auf int. pol. Ebene verstärkt aufgegriffen. Neben Kreditprogrammen von *Weltbank, *EEF, *UNDP etc. für alternative Energiequellen etablierten sich u. a. die Weltenergiekonferenz (München 1980, Neu-Delhi 1983, Cannes 1986, Montreal 1989, Houston 1998, Buenos Aires 2001) und das UN-Komitee für die Entwicklung und den Gebrauch neuer und erneuerbarer

Energiequellen. Auf dem *Rio-Gipfel 1992 war die Energieproblematik ebenfalls ein prominentes Thema, mit dem sich inzwischen auch eine ganze Reihe von Kommissionen und Foren im Rahmen regionaler Süd-Süd-Kooperation (z. B. *OLADE; *Council for Petroleum* der *ASEAN; *Asia and Pacific Development Centre*; *Pacific Economic Cooperation Conference*) beschäftigen. In den reichen IL stehen aber einer vorsorgenden, ökol. orientierten Energiepol., die angesichts der rapide ansteigenden (aber noch weitgehend externalisierten) Defensivkosten (für Schadensbekämpfung und nachsorgende Maßnahmen) auch ökon. zumindest längerfristig profitabel wäre, nach wie vor vielfältige kurzfristige wirtsch. und pol. Interessen entgegen. Da alternative Energiequellen (z. B. Solarzellen) mit den derzeit rel. billigen fossilen Brennstoffen nicht marktwirtsch. konkurrenzfähig sind, rechnet auch die *IEA damit, dass der weltweite Energiebedarf noch bis Mitte des 21. Jh.s nach wie vor durch die trad. Energieträger gedeckt wird. Somit müssen die Aussichten für einen raschen qualitativen Wandel der globalen Energieversorgung eher skeptisch beurteilt werden.
Auf der mit Spannung erwarteten Weltgipfelkonferenz für *Nachhaltige Entwicklung («Rio +10») im Sept. 2002 in Johannesburg soll insbes. über den Zugang zu Energie in EL verhandelt werden.

Lit.: J.-C. Debeir/J.-P. Deléage/D. Hémery, Prometheus auf der Titanic. Geschichte der Energiesysteme, Frankfurt/New York 1989; F. Krause/W. Bach/J. Koomey, Energy Policy in the Greenhouse, 2 Bde., Den Haag 1989/1990; J. G. Clark, The Political Economy of World Energy, Chapel Hill/London 1990; J. Bennewitz, Energie für die Zukunft. Analyse des Energiebedarfs der Weltbevölkerung, Düsseldorf 1991; E. U. v. Weizsäcker, Erdpolitik: Ökologische Realpolitik an der Schwelle zum Jahrhundert, Darmstadt 1992; J. Hohensee/M. Salewski (Hg.), Energie – Politik – Geschichte. Nationale und internationale Energiepolitik seit 1945, Stuttgart 1993; B. Mommer, Energiepolitik, internationale, in: A. Boeckh (Hg.), Internationale Beziehungen, Lexikon der Politik, Bd. 6, München 1994, S. 95–103; M. Krennerich, Energiepolitik, in: D. Nohlen (Hg.), Wörterbuch Staat und Politik, Neuausgabe, München 1995, S. 124–129; J. Goldemberg, Energy, Environment and Development, London 1999; BMZ (Hg.), Erneuerbare Energien für nachhaltige Entwicklung und Klimaschutz, Bonn 1999; UNDP (Hg.), World Energy Assessment: Energy and the Challenge of Sustainability, New York 2000. bh/fg

Enklave Ein vom eigenen Staatsgebiet eingeschlossener Teil eines fremden Staatsgebietes; in der EL-Forschung und inzwischen auch im pol. Sprachgebrauch geläufiger Begriff zur Bezeichnung der Teile von Ökonomien in EL, die im Wesentl. nur mit dem Weltmarkt verbunden sind, für diesen produzieren und dabei eine den Weltmarkterfordernissen entsprechende Technologie verwenden, zumeist auch in Händen des Auslandskapitals sich befinden. Wirtschaftsenklaven sind losgelöst von den sie geogr. umgebenden, teilweise vormodernen Teilen der EL-Volkswirtschaften und von den EL-Ökonomien insgesamt, insofern als auch der Gewinn in die *Metropolen abfließt. dn

Entkolonisierung →Dekolonisation

Entschuldungsinitiative →Verschuldung

Entwicklung Begriff, dessen Definition einen guten Teil der Entwicklungsproblematik selbst ausmacht. Er ist weder vorgegeben noch allgemein gültig definierbar noch wertneutral, sondern abh. von Raum und Zeit sowie insb. von individuellen und kollektiven Wertvorstellungen. E. ist folglich ein normativer Begriff, in den Vorstellungen über die gewünschte Richtung gesellsch. Veränderungen, Theorien über die Ursachen von Unterentwicklung, Aussagen über die sozialen Trägergruppen und Ablaufmuster sozioökon. Transformationen, Entscheidungen über das Instrumentarium ihrer Ingangsetzung und Aufrechterhaltung etc. einfließen.
Neben versch. pol. Optionen (z. B. marktwirtsch.-kapitalistische oder planwirtsch.-soz. E.) verursachen auch Differenzen in der Sichtweise des Entwick-

lungsproblems, die zwischen den wiss. Disziplinen bestehen, die Vielfalt des Entwicklungsbegriffs. Dazu trägt ebenfalls bei, dass der Begriff hist. Wandel unterworfen ist. Schließlich berücksichtigt er auch Erfahrungen, die aus den objektiven Entwicklungsprozessen in den EL gezogen werden, insb. seit die E. der *Dritten Welt zu einer int. Aufgabe erklärt wurde. Seither wurden bestimmte, int. formulierte quantitative Vorgaben im Rahmen der Kritik an den gewählten Entwicklungsstrategien auch zum Maßstab der Angemessenheit der diesen zugrunde liegenden Entwicklungsbegriffe. Die Fehlschläge der *Entwicklungspol. sowie neue Problemlagen haben entscheidend zur Weiterentwicklung des Entwicklungsbegriffs beigetragen.

1. Von der älteren *Entwicklungstheorie wurde das wirtsch. Wachstum in den Mittelpunkt des Entwicklungsbegriffs und aller entwicklungsstrategischen Überlegungen gestellt. Die Formel E. = Wachstum (→Wachstumstheorien) findet sich im UN-Bericht von 1951, mit dem die int. Entwicklungspol. einsetzte. Mangelnde Wachstumserfolge und das Ausbleiben der an wirtsch. Wachstum geknüpften sozialen Entwicklungsfortschritte führten zu Beginn der 1960er Jahre im Rahmen der seinerzeit aufkommenden *Modernisierungstheorien dazu, dass der Komponente *sozialer Wandel Eigenberechtigung zugesprochen wurde; die Definition von E. lautete: Wachstum und Wandel. Mit Wandel wurden Veränderungen in den Wertsystemen und Verhaltensweisen der Bev., pol.-institutionelle Modernisierungen in Richtung auf eine größere Leistungsfähigkeit der pol. und administrativen Systeme, aber auch Investitionen im sozialen Bereich (Ernährung, Gesundheit, Bildung etc.) und gerechtere Verteilung (Agrarreform, Einkommensverteilung) angesprochen. Während der 1960er Jahre stellten die Dependenztheorien in Frage, dass E. in der Peripherie in Abh. vom Zentrum möglich sei und betonten, dass Unterentwicklung weniger ein Stadium, welches EL zu durchschreiten hätten, als vielmehr eine Struktur sei und die deformierten EL-Ökonomien nicht ohne ein gewisses Maß an Unabh., an nat. Zuständigkeit für Fragen der Produktion, Diversifikation, Verteilung und des Konsums aus der Sackgasse der «E. der UE» (A.G. Frank) herausgeführt werden könnten. Wachstum, Wandel, Unabh. – dies waren die Elemente des Entwicklungsbegriffs, der die damals konkurrierenden Entwicklungstheorien, Modernisierung und *dependencia, miteinander zu verknüpfen suchte. Zu Beginn der 1970er Jahre wurden entwicklungsstrategisch die *Grundbedürfnisse thematisiert, wobei die Selbstverwirklichung des Menschen als Leitidee diente. Die dazu notwendigen physischen und psychischen Voraussetzungen wurden zum Kern eines vieldimensionalen, an sozialen Werten und qualitativen Errungenschaften orientierten Entwicklungsbegriffs. E. bedeutete danach eine Verbesserung der Lebensbedingungen der Masse der Bev.: Verbesserungen in der Ernährung, der Gesundheit, der Beschäftigung, im Wohnen etc. D. Nohlen/F. Nuscheler erhoben folgende komplementären Aspekte und Ziele von E. zum magischen Fünfeck des Entwicklungsbegriffs: Arbeit/Beschäftigung, wirtsch. Wachstum, soziale Gerechtigkeit/Strukturwandel, *Partizipation sowie pol. und wirtsch. Unabh. Wirtsch. Wachstum wurde eingebunden in ein Geflecht von Entwicklungszielen, die wie die pol. Mitwirkung und die soziale Teilhabe am gesellsch. Fortschritt sogar mehr Eigenwert für sich in Anspruch nehmen können, instrumental jedoch ebenfalls als gleichberechtigt anzusehen sind. Auch wurde nach der Qualität des Wachstums gefragt. Der erste Brandt-Bericht von 1980 betonte: «Wenn die Qualität des Wachstums und soziale Veränderung außer acht gelassen werden, kann man nicht von Entwicklung sprechen.»

2. Im weiteren Verlauf der Debatte um den Entwicklungsbegriff wurden Adjektive vor den Terminus der E. gesetzt. Ba-

sierend auf der Idee der vorrangigen Befriedigung der Grundbedürfnisse wurden im Konzept alternativer E. die nat. Eigenständigkeit (*self-reliance), die Rückbesinnung auf die kulturellen Werte und Trad. der EL, die Süd-Süd-Kooperation (*collective self-reliance) und die Umweltverträglichkeit von E. betont. Der ökol. Komponente wurde zum einen im Konzept der nachhaltigen E. (→sustainable development) noch stärkere Beachtung zuteil. Der Brundtland-Bericht von 1987 führte die intergenerationale Perspektive ein bzw. die Idee der sozialen Gerechtigkeit zwischen gegenwärtig lebenden und zukünftigen Generationen. Bei der nachhaltigen E. handelt es sich – nach der viel zitierten Definition des Berichts – um eine «E., die die Bedürfnisse der Gegenwart befriedigt, ohne zu riskieren, daß künftige Generationen ihre eigenen Bedürfnisse nicht befriedigen können». Der Schutz der natürlichen Lebensgrundlagen der Menschheit wurde zu einen unabdingbaren Entwicklungsziel. Zum anderen wurde die globale Dimension der Entwicklungsproblematik immer entschiedener herausgestellt, d. h. konkret die Ökologieverträglichkeit und Zukunftsfähigkeit der E. in den IL. Damit gelangte der Begriff nachhaltiger E. im Kontext der allg. *Globalisierung zu dem Verständnis einer regulativen Idee neben der des Friedens in einer noch zu entwerfenden Weltordnungs- bzw. Weltinnenpol. (→global governance; Nachhaltigkeit).

Lit.: D. Nohlen/F. Nuscheler, Entwicklungstheorien und Entwicklungsbegriff, in: dies. (Hg.), HDW I, 1, Bonn 1974, S. 13–33; Brandt-Kommission, Das Überleben sichern, Köln 1980; V. Hauff (Hg.), Unsere gemeinsame Zukunft. Der Brundtland-Bericht der Weltkommission für Umwelt und Entwicklung, Greven 1987; D. Nohlen/F. Nuscheler, Was heißt Entwicklung, in: dies. (Hg.), HDW III, 1, Bonn 1992, S. 55–75; F. Biermann u. a. (Hg.), Zukunftsfähige Entwicklung, Berlin 1997; F. Nuscheler (Hg.), Entwicklung und Frieden im 21. Jahrhundert, Bonn 2000. dn

Entwicklungsbanken →multilaterale Entwicklungsbanken

Entwicklungsdekade Von den *UN eingerichtete 10-Jahres-Periode, für die sie eine sog. Dekadenstrategie beschloss, welche Globalziele für die E. der EL in Form eines Katalogs quantifizierter Daten enthält. Die erste E.-Dekade wurde 1961 proklamiert, die zweite umfasste die 1970er J., die dritte die 1980er J., und die «Internationale Entwicklungsstrategie für die vierte Entwicklungsdekade der UN» (IES) wurde auf der Sondertagung der Generalversammlung der UN Dez. 1990 verabschiedet und trat am 1. 1. 1991 in Kraft. Eine fünfte Entwicklungsdekade wurde nicht mehr ausgerufen.

Für die erste E.-Dekade lauteten die Globalziele: JZ des BNE von 5 %, des *Pro-Kopf-Einkommens von 3 %, die Industrieproduktion sollte jährl. um 8,5 % wachsen, die der Landw. um 4 %; die **terms of trade* der EL sollten sich um 10 % verbessern. Hinsichtlich des Wirtschaftswachstums wurden die Zieldaten für die zweite E.-Dekade auf eine JZ des BNE von 6 %, des Pro-Kopf-Einkommens von 3,5 % angehoben. Sektoral sollte die Industrieproduktion jährl. um 8 %, die landw. Produktion um 4 % jährl., der Handel um 7 % (der Export etwas mehr, der Import etwas weniger) jährl. anwachsen. Die interne *Sparquote der EL sollte sich jährl. um 0,5 % erhöhen; die *öffentliche E.-Hilfe der IL sollte 0,7 % des BNE erreichen.

In beiden E.-Dekaden wurden die Zielwerte nicht oder nur mit unbefriedigenden e.-pol. Auswirkungen erreicht (etwa hinsichtlich der Wachstumserfolge von BNE und Industriesektor). Die negativen Erfahrungen der ersten E.-Dekade zeigen *Pearson-Bericht und *Jackson-Bericht auf. Der *Brandt-Bericht kann als vorläufige *Evaluierung der 2. E.-Dekade gelten.

Die Bedeutung der für die E.-Dekaden propagierten Ziele liegt angesichts des nur unverbindlichen Charakters darin, dass die nat. und int. E.-Anstrengungen orientiert und Kriterien ihrer Bewertung geliefert werden, auch wenn zu Recht beklagt wird, dass die e.-pol. Angemessenheit der Maßnahmen allein von den Zieldaten her nicht bewerkstelligt werden kann. Im Übrigen vernachlässigen die Zieldaten den notwendigen Eigenbeitrag der EL etwa in der Form der Herbeiführung struktureller Reformen (*Agrarreform, Umverteilung der *Einkommen). Die Durchsetzung der *Grundbedürfnisse als neuer E.-Strategie Mitte der 1970er J. hat überdies die Kurzsichtigkeit der Dekadenstrategen gezeigt bzw. die Notwendigkeit, im Verlaufe einer E.-Dekade die strategischen Ansätze neu zu bestimmen. Diese Neuorientierung ging in die Zieldaten der dritten E.-Dekade ein, insofern als nicht nur die herkömmlichen Zieldaten fortgeschrieben wurden – Wirtschaftswachstum von 7 %, Steigerung der Agrarproduktion um 4 %, der Industrieproduktion um 9 % –, sondern messbare soziale Zielgrößen bestimmt wurden, u. a. Verringerung der Kindersterblichkeit, Erhöhung der *Lebenserwartung, Verbesserung im Wohnen, in der Ausbildung, des Trinkwassers, Bekämpfung von Unterernährung und Hunger. Die mit Beginn der dritten E.-Dekade einsetzende Weltwirtschaftskrise (Abnahme von Handelsvolumen und Investitionen, *Verschuldung, *Arbeitslosigkeit) hat diese Ziele rasch unrealistisch werden lassen. dn

Entwicklungsdienste Auch Freiwilligendienste, Org. für Freiwillige aus IL und EL, die unter Verzicht auf materielle Vorteile als *Entwicklungshelfer in E.-Projekten für eine bestimmte Zeit, mindestens ein Jahr, tätig werden und Helfen mit Lernen verbinden. ED verstehen sich als Element der *personellen Hilfe, die in ein weites Spektrum e.-pol. Maßnahmen eingebracht wird (*Bildungshilfe, *Gesundheitshilfe, *Technische Hilfe etc.). ED können nach den Trägerorg. und den Herkunftsländern unterschieden werden, in zweiter Linie auch danach, welcher Weltanschauung sie verpflichtet sind, welche Rolle die berufliche Qualifikation spielt, ob sie priv. oder öfftl. sind etc. Allerdings werden auch die priv. bzw. *nichtstaatlichen Organisationen für ED in den IL in der Regel aus öfftl. Geldern mitfinanziert. In der BRD haben Kirchen (ev.: *Dienste in Übersee; kath.: *AGEH), andere nicht staatl. Organisationen (*Lernen und Helfen in Übersee e. V.) und Staat (*DED) ihre eigenen ED. Int. am bedeutendsten sind das US-amerikan. *Peace Corps* (gegr. 1961) und der dem *UNDP angegliederte *UN-Freiwilligendienst *UNV (*UN-Volunteers*). Das US-Peace Corps hat einen Jahresetat von rd. 200 Mio., der japanische Dienst (JOCV) von rd. 130 Mio. und der DED von rd. 70 Mio. €. Als europ. Dachorg. der E.-Dienste fungiert das Europäische Forum für den Entwicklungsdienst. Es umfasst 41 Dienste, 15000 Fachkräfte im Durchschnittsalter von 35 J., Frauenanteil 40 %. Tätigkeit regional: Afrika: 50 %, LA: 25 %, Asien und Pazifik: 18 %, Nahost und Europa: 7 %. Kosten pro E.-Helfer rd. 40000 € p. a., zu 70 % aus staatl. Mitteln finanziert. dn

Entwicklungsexperte Auch Experte, Element der *personellen Hilfe, im Ggs. zum *Entwicklungshelfer hoch vergütete Fachkraft entsprechend der bundesdt. Besoldungsgruppe zuzüglich nach Land und Klimazone variierender Auslandszuschläge. Infolge gewachsener Qualifikationsanforderungen und der Arbeitsmarktlage in der BRD (Problem der *Reintegration) fehlt es an qualifizierten, berufserfahrenen Kräften. dn

Entwicklungsgesetze enthalten Aussagen großräumiger und großzeitlicher Abläufe, i. d. R. über die Weltgeschichte, deshalb auch hist. Gesetze genannt, auf der Grundlage einer Einteilung des Geschichtsablaufs nach Phasen entsprechend der Entfaltung eines diesen bestimmenden Prinzips.

Bekannteste Beispiele sind das Dreistadiengesetz von A. Comte und der Historische Materialismus, in welchem K. Marx die «Bewegungsgesetze der menschlichen Gesellschaft» auf den Begriff zu bringen versuchte. dn

Entwicklungshelfer Nach dem Entwicklungshelfer-Gesetz vom Juni 1969 lautet die Definition: «E.-Helfer ist, wer in EL ohne Erwerbsabsicht Dienst leistet, um in partnerschaftlicher Zusammenarbeit zum Fortschritt dieser Länder beizutragen (Entwicklungsdienst).» Das gleiche Gesetz stellt den E.-Dienst gleichrangig neben Wehrdienst und Zivildienst. E.-Helfer werden von den im *Arbeitskreis Lernen und Helfen in Übersee e.V. zusammenarbeitenden sechs Org. entsandt (*AGEH, *DED, *DÜ, *Eirene, *WFD, *CFI), die sich 1993 zur *AGdD zusammengeschlossen haben. E.-Helfer erhalten ein Unterhaltsgeld und eine spätere Wiedereingliederungsbeihilfe. Vor Ort ist die bei gleicher Qualifikation und vergleichbarer Tätigkeit zum *Entwicklungsexperten sehr unterschiedliche Vergütung nicht unproblematisch. Die Möglichkeiten, die Erfahrungen der E.-Helfer in die e.-pol. Diskussion in der BRD einzubringen, wurden durch entsprechende Bildungsprogramme seit Mitte der 1970er J. wesentlich verbessert.

Lit.: F. Hemedinger, Idealisten, Abenteurer, Weltverbesserer?, Entwicklungshelfer, Frankfurt 1995. dn

Entwicklungshilfe E.-Hilfe ist eine Sammelbezeichnung für e.-bezogene Leistungen staatl. (*öffentliche Entwicklungshilfe) und nicht-staatl. (Wirtsch., *Kirchen u.a.) Akteure aus den IL für EL. Sie wird von einem Land zum anderen (bilateral) oder über int. Org. (multilateral; *Weltbank) gewährt. Nach der Art der Leistungen unterscheidet man die *finanzielle Hilfe (Kredite, Zuschüsse) von der *technischen Hilfe (Entsendung von Experten und Beratern; *Warenhilfe). Die Begriffe «E.-Hilfe» und «EP» werden häufig synonym gebraucht. Der Begriff «E.-Pol.» ist jedoch umfassender und meint alle Mittel, Maßnahmen und Strategien, die von den EL oder den IL im Hinblick auf die wirtsch./soziale E. geplant oder angewandt werden. Ungeachtet des deklarierten Ziels, einen Beitrag zur Überwindung der UE in den Empfängerländern zu leisten, wird E.-Hilfe in der Praxis in hohem Maß durch nat., v.a. außen- und außenwirtschaftspol. Interessenlagen der jeweiligen Geberländer bestimmt. So stellt die finanz. Hilfe häufig eine Flankierungsmaßnahme für privatwirtsch. Aktivitäten (Exporte, Beteiligungen) dar und soll dem Kalkül des Geberlandes zufolge nicht zuletzt der eigenen Volkswirtsch. zugute kommen (z.B. durch *Lieferbindung). Neben der wirtsch.-pol. Instrumentalisierung der Hilfe haben v.a. in der Phase des Kalten Krieges im Ost-West-Konflikt auch strategische außenpol. Geberinteressen zu einer starken Überformung des offiziellen Leitbildes der «E. unterentwickelter Völker» beigetragen.

Die in der *OECD zusammengeschlossenen westl. IL richteten 1961 einen Ausschuss für E.-Hilfe (*DAC) ein, der u.a. für die Erarbeitung von Normen bzw. Zielvorgaben der EP der Mitgl.-Länder zuständig ist und diese auch in regelmäßigen Abständen einer Prüfung unterzieht und dementsprechende Statistiken veröffentlicht. Als öfftl. E.-Hilfe (*Official Development Aid* – ODA) anerkannt werden dabei nur solche Leistungen, die der wirtsch. und sozialen E. der Empfängerländer dienen sollen (Militärhilfe fällt demnach nicht unter ODA, doch musste sich der DAC nach dem *Golfkrieg 1992 den anders lautenden Deklarationen der USA beugen) und deren Konditionen erheblich günstiger sind als bei Leistungen zu Marktbedingungen. Der ODA-Anteil am ges. Ressourcentransfer von den IL zu den EL hat in den vergangenen Jahren stark abgenommen (1987: 66 %; 1995: 28 %; 1999: 21 %), v.a. wegen des starken Wachstums der privatwirtsch. Direktinvestitionen (1987: 19,4 Mrd. US-$; 1995: 53,6 Mrd. US-$; 1999: 145,6 Mrd. US-$). Die abs. ODA-Leistungen der DAC-Länder blieben seit Beginn der 1990er J. beinahe konstant (1987: 43,9 Mrd. US-$; 1991: 58,6; 1995: 60,1; 1996: 55,1; 1999: 53,7; jeweils zu laufenden Preisen).

Die *UN proklamierten 1970 das Ziel, die IL sollten 0,7 % ihres Sozialproduktes für ODA verwenden. Dies wurde erstmals 1975 von Schweden erreicht, das zusammen mit Norwegen, Dänemark und den Niederlanden die Gruppe der Länder bildet, die als einzige der E.-Hilfe den damit geforderten Stellenwert einräumen bzw. diesen Wert überschreiten. In den Niederlanden beispielsweise kommt die der E.-Hilfe zugemessene Bedeutung auch darin zum Ausdruck, dass der Haushalt des Entwicklungshilfeministeriums an die E. des Nationaleinkommens gebunden ist, gesondert vom sonstigen Budget aufgestellt wird und keinen Kürzungen unterliegen darf (→Entwicklungspolitik der Niederlande). Im Durchschnitt gaben die OECD-Länder Mitte der 1990er J. nur ca. 0,3 % ihres BNE für ODA aus. Die Bundesrepublik befindet sich, wie etwa auch Belgien, GB und die Schweiz, in einer Mittelgruppe von Ländern, deren ODA etwa dem Durchschnittswert entspricht, während z. B. die rel. Leistungen der USA (1996: 0,1 %; 2000: 0,1 %) und Japans (1996: 0,2 %; 2000: 0,3 %), den in abs. Zahlen wichtigsten Geberländern, weit unterdurchschnittlich sind (→Entwicklungspolitik der USA; →Entwicklungspolitik Japans). Freilich sagt zunächst weder die abs. noch die rel. Größenordnung der ODA eines Landes etwas über die Qualität der Hilfe aus.

Über den Ertrag der in den dreieinhalb Jahrzehnten geleisteten E.-Hilfe wird eine andauernde Debatte geführt, wobei die Frustration über das anhaltende und sogar zunehmende Wohlstandsgefälle zwischen IL und EL sowie über die Mechanismen und Wirkungen von E.-Projekten und -Programmen mitunter zur Forderung führte, die «tödliche Hilfe» (B. Erler) besser einzustellen. Die bereits Anfang der 1980er J. von renommierten Experten wie G. Myrdal und Lord P. Bauer formulierte Kritik an der seit den 1950er J. betriebenen E.-Hilfe wurde von den offiziellen Org. und Trägern der Hilfe zunächst zurückgewiesen. Anfang der 1990er J. erkannten die großen Institutionen (*Weltbank, regionale E.-Banken, *UNDP) jedoch in selbstkritischen Analysen an, dass man sich über Jahrzehnte hinweg zu sehr auf die Konzeption und finanz. Ausstattung von (großen) Projekten konzentriert und deren Durchführung sowie Probleme der dauerhaften Wirksamkeit vernachlässigt hatte.

In der BRD regte der wiss. Beirat des *BMZ 1996 in Reaktion auf die seit den 1980er J. zunehmend disparaten E.-Tendenzen in der Dritten Welt (neue Wachstumszentren v. a. in Südost- und Ostasien; anhaltende bzw. zunehmende Armut in Afrika südl. der Sahara) und veränderte Bedingungen bei den privatwirtsch. Ressourcenströmen zwischen IL und EL eine grundlegende Neuorientierung der staatl. E.-Zusammenarbeit an. Gegenüber den *LLDCs soll sie sich demnach auf Nahrungs- und Nothilfe konzentrieren. Dies entspreche den Forderungen des moralisch sensibilisierten Teils der dt. Bev. und diene zudem ökologischen und migrations- sowie sicherheitspol. Interessen der BRD. In Bezug auf die EL mit mittlerem Einkommen (*MIC) sollen hingegen nur noch innovative Kooperationsformen im techn.-ind. Bereich gefördert und so die Rahmenbedingungen für private Kapitalflüsse verbessert werden. Ziel dieser neuen Pol. solle es nicht zuletzt sein, ‹ohne schlechtes Gewissen› die int. Wettbewerbsfähigkeit der dt. Unternehmen im Kontext der *Globalisierung zu stärken. Diese Empfehlungen stellen in gewisser Weise ein Eingeständnis des weitgehenden Scheiterns der klassischen, projektbezogenen E.-Zusammenarbeit mit ihrem Anspruch auf eine zielgerichtete Steuerung von E.-Prozessen in den Ländern der Dritten Welt dar. Sie dokumentieren auch, dass der Versuch einer Legitimation staatl. E.-Hilfe nicht ohne Rekurs auf Interessenlagen auskommt, die sich aus der wirtsch. und innenpol. Lage des Geberlandes ergeben.

Kritiker und Verteidiger der E.-Hilfe sind sich weitgehend darüber einig, dass es zu einer tatsächlichen Verbesserung der Lage der EL weit mehr als der E.-Hilfe im engeren Sinn bedarf, dass Veränderungen sowohl der int. Wirtschaftsbez. als auch der gesellsch. und pol. Strukturen in den EL für eine Überwindung von UE unabdingbar sind. Die strategische Begründung sowie die gesellsch.- bzw. ordnungspol. Ausrichtung konkreter E.-Bemühungen bleibt freilich ebenso umstritten wie die vielleicht wichtigste Frage, welche wirtsch. und gesellsch.-kulturellen Veränderungen in den IL selbst notwendig sind, um weltweit eine menschenwürdige und ökol. verträgliche E. zu ermöglichen.

Lit.: OECD, DAC-Grundsätze für wirksame Entwicklungshilfe, Paris 1992; R. Stockmann/W. Goebe (Hg.), Hilft die Entwicklungshilfe langfristig?, Opladen 1993; F. Nuscheler, Lern- und Arbeitsbuch Entwicklungspolitik, 4. erweit. Aufl., Bonn 1995; M. B. Anderson, Do no Harm, how Aid can support Peace, Boulder 1999. bt

Entwicklungsindikatoren (E.-I.) sind *Indikatoren zwecks Operationalisierung des Entwicklungsbegriffs und zwecks Messung des Entwicklungsstands und des Entwicklungsprozesses.

Es gibt keinen einzigen Indikator, der das theoret. Konstrukt *Entwicklung umfassend widerspiegelt. I. d. R. repräsentieren E.-I. nur Teilaspekte (wirtsch., soziale, pol., ökol. etc.) von E. Wie viele und welche E.-I. ausgewählt werden, hängt vom zugrunde gelegten Entwicklungsbegriff ab. Zuerst wird also definiert, dann operationalisiert und schließlich gemessen. Die Entwicklungsindikatorenforschung befasst sich damit, die bestmöglichen Indikatoren herauszufinden, d. h. solche, die das zu repräsentierende Phänomen am besten erfassen. Für Einzelaspekte konnten solche E.-I. gefunden werden (Beispiel: die LE bei Geburt für das Konzept *Gesundheit). Je komplexer der Entwicklungsbegriff, desto mehr E.-I. sind erforderlich. Für Konzepte wie *Armut und menschliche Entwicklung werden bereits Bündel von E.-I. benötigt und rechnerisch in Indexform ausgedrückt, bei deren Erstellung die Berücksichtigung versch. Indikatorentypen (Pro-Kopf-, Verteilungs-, Input-, Output-Indikatoren) wichtig ist. Der UNDP-Index für menschliche Entwicklung (*HDI) z. B. bündelt rechnerisch das BIP pro Kopf nach Kaufkraftparitäten, die LE, die Analphabetenrate und die Einschulungsquote, der UNDP-Entbehrungsindex (CPM) zur Messung von Armut und Unterversorgung (mit Folgen für die Entfaltung produktiver Fähigkeiten von Menschen) bündelt den Anteil der untergewichtigen Kinder, die Geburten ohne fachliche Betreuung und die weibliche Analphabetenrate.

Lit.: D. Nohlen/F. Nuscheler, Indikatoren für Unterentwicklung und Entwicklung, in: dies. (Hg.), HDW III, 1, Bonn 1992, S. 76–108.

Entwicklungsländer LDCs (*Less Developed Countries*). Was ein EL ist, welche Merkmale Grundlage einer Definition sind, ist umstritten. Der bedeutsamste Unterschied in den Definitionsversuchen liegt darin, ob UE als Zustand/Stadium oder als Struktur begriffen wird. EL sind dann entweder durch Kennzahlen wirtsch. und sozialer *Entwicklung oder durch die Struktur ihrer Einbindung in die *internationale Arbeitsteilung und deren interne Konsequenzen begrifflich und pol. bestimmt. Beiden Definitionsperspektiven liegen theoretische Annahmen über die Verursachung und die Bedingungen der Aufrechterhaltung von UE zugrunde, der Ersteren meistens nur implizit, während die zweite bewusst die Definition von EL mit einer kausalen Erklärung von UE verbindet.

Innerhalb theoretischer Annahmen, denen zufolge die EL aufgrund von Merkmalen des geringeren E.-Standes der Produktivkräfte im Vergleich zu den heutigen IL rückständig bzw. zurückgefallen seien, werden von den Wirtschaftswissenschaftlern hauptsächlich ökon., von den Entwicklungssoziologen primär soziokulturelle Kriterien und Bedingungen erfolgreicher wirtsch. E. zur Definition von EL genannt. Es gibt eine Reihe wirtsch. Merkmalskataloge, welche die ökon. Gemeinsamkeiten von EL herausstellen. Die wichtigsten wirtsch. Merkmale sind folgende: 1. niedriges *Pro-Kopf-Einkommen; 2. niedrige

Spar- und Investitionstätigkeit; 3. geringe Kapitalintensität, gemessen am Kapitalaufwand pro Beschäftigten, und geringe *Produktivität der Arbeit; 4. niedriger technischer Ausbildungsstand, mangelndes **Know-how* von Unternehmern und Managern; 5. Vorherrschaft des primären *Wirtschaftssektors in Form a) der Beschäftigung eines überwiegenden Teils der Erwerbstätigen in der Landw. und b) der Dominanz weniger Produkte des Primärsektors in der Produktionsstruktur, teilweise eines Monoprodukts; 6. mangelnde oder nicht ausreichende materielle *Infrastruktur. Wirtschaftswissenschaftler, erst recht Sozialwissenschaftler und int. Gremien, die den Grad der UE eines EL ermitteln wollen, nehmen zur Kennzeichnung von EL soziale *Indikatoren hinzu. Die wichtigsten sind: 1. *Lebenserwartung bei Geburt und Kindersterblichkeitsrate bis zum 4. Lebensjahr für den niedrigen *Gesundheitsstand; 2. Kalorien- und Proteinaufnahme pro Tag für die ungenügende *Ernährung; 3. Anteil des *Analphabetismus unter der erwachsenen Bev. und *Desertionsquote für die unzureichenden Leistungen im Bereich der *Erziehung.

Soziokulturelle Bestimmungsmerkmale von EL finden viel geringeren Konsens als die genannten wirtsch. und sozialen Kriterien. Sie werden auch kaum zur Differenzierung der EL untereinander herangezogen, obwohl nicht zu verkennen ist, dass mit ihnen wesentliche E.-Probleme angesprochen werden. Die geringere Beachtung dieser Merkmale für Definitionszwecke rührt u. a. daher, dass diese Kriterien konzeptuell sehr viel schwerer aufzustellen und auch weniger leicht messbar sind, folglich Ländervergleiche erheblich mehr Schwierigkeiten bereiten. Folgende soziokulturelle Merkmale werden genannt: 1. nicht abgeschlossener **nation-building-process*; 2. geringe soziale Mobilität; 3. Vorherrschen traditionaler Verhaltensmuster, beruhend auf zugeschriebenen Rollen in fest abgegrenzten sozialen Bereichen (Familie, Verwandtschaft, Clan, Sippe, Ethnie) und auf persönlichen Beziehungen, d.h. fehlende Rollenverständnisse und Handlungsformen, die Voraussetzungen für rationales wirtsch. Handeln sind; 4. geringe soziale Differenzierung. Die Möglichkeiten der Befriedigung individueller Bedürfnisse, individuellen Aufstiegs, beliebiger Wahlbeziehungen etc. sind gering.

Gegenüber den im Wesentlichen *endogenen Merkmalen von UE betonen Definitionen von EL, welche UE als Struktur begreifen, die *exogenen Verursachungsfaktoren. EL sind danach Länder, die in asymmetrischer, sie benachteiligender Weise in die int. Arbeitsteilung eingebunden sind, deren Produktionsstruktur auf den Weltmarkt und auf die Befriedigung der Bedürfnisse der IL ausgerichtet ist. Der Wirtschaftskreislauf von EL-Ökonomie ist nicht geschlossen, es fehlen wichtige Sektoren (Konsumgütersektor, Investitionsgütersektor), oder diese sind nur schwach entwickelt. Wirtsch. und Gesellschaft der EL sind *strukturell heterogen (→*Dependencia*-Theorien). Die oben genannten Merkmale von UE als wirtsch. Rückständigkeit werden in dieser Problemperspektive interpretiert und nötigenfalls korrigiert. Ein Land etwa mit einem rel. hohen *Pro-Kopf-Einkommen, das weit über der int. festgelegten Grenze liegt, welche die reichen von den armen Ländern trennt, ist im Rahmen einer strukturalistischen Definition von UE ein EL. Internationale Org. und auch die BRD richten ihre EP gegenüber der Dritten Welt nach solchen quantitativen (und weniger qualitativen) Kriterien aus, etwa wenn Venezuela aufgrund des rel. hohen Pro-Kopf-Einkommens als *OPEC-Staat nicht mehr zu den EL gezählt wird. Die strukturalistische Sicht verneint nicht, zwischen versch. Gruppen von EL zu unterscheiden (→Dritte Welt). →Tabellenwerk im Anhang.

Lit.: B. Fritsch (Hg.), Entwicklungsländer, Köln/Berlin 1968; T. Szentes, Politische Ökonomie der Entwicklungsländer, Frankfurt/Köln 1974; HDW I, 1, Hamburg 1974; K.-G. Riegel, Politische Soziologie unterindustrialisierter Gesellschaften: Entwicklungsländer, Wiesbaden 1976; D. Nohlen/F. Nuscheler, Was heißt Unterentwicklung, in: HDW III, 1, 1992, 31 ff.; F. Nuscheler, Lern- und Arbeitsbuch Entwickungspolitik, 4. erweit. Aufl., Bonn 1995. dn

Entwicklungsländerbezogene Studiengänge An Hochschulen bzw. hochschulähnlichen Einrichtungen (z. B. *DIE) der BRD besteht in Form der Schwerpunktbildung innerhalb einzelner Studienfächer oder im Rahmen interdisziplinärer Aufbaustudien für Studenten die Möglichkeit zu einem an der *Dritte-Welt-Problematik orientierten Studiengang. Informationen über Studieninhalte, Abschlüsse und Berufsmöglichkeiten der entwicklungsbezogenen Studiengänge gibt der von der *DSE herausgegebene *Studienführer Dritte Welt.* ah

Entwicklungsländersteuergesetz aus dem Jahre 1963, gewährte steuerliche Erleichterungen für *Investitionen in EL, unter Federführung des Bundesministeriums der Finanzen mehrfach novelliert mit dem Ziel, das Instrument stärker an die entwicklungspol. Leitlinien der BRD anzupassen (etwa *LLDC-Förderung, Erhöhung der Beschäftigungseffekte). Dez. 1981 zeitlich begrenzt auf die bis dato vorgenommenen Investitionen.
Steuerliche Erleichterungen für Investitionen in EL bezwecken auch a) das Auslandsinvestitionsgesetz (u. a. per steuerfreier Rücklagen) und b) die Doppelbesteuerungsabkommen (DBA), die die BRD mit rd. 40 EL abgeschlossen hat, um deutsche Unternehmen von int. Doppelbesteuerung zu befreien und vor zu hohen steuerlichen Belastungen zu schützen. dn

Entwicklungsmodell (E.-M.) Die E.-Pol. sieht sich vor die Notwendigkeit gestellt, zwischen alternativen Möglichkeiten wirtsch., gesellsch. und pol. E. grundlegende Entscheidungen zu treffen. Diese Entscheidungen berühren beispielsweise die Art der Produktionsstruktur, die Kontrolle über die Produktionsmittel, die räumliche und sektorale Verteilung der Wachstumspole, die Art der Beziehungen zum Weltmarkt, die Art und den Grad der nat. Autonomie, die Verteilung des Nutzens sozioökon. E., Art und Grad der pol. *Partizipation der Bev., die *Nachhaltigkeit etc. Unter E.-M. ist die vom Einzelfall abstrahierende grundlegende Entscheidung in mehreren dieser Problembereiche zugunsten einer Alternative zu verstehen. Ein E.-M. besteht demnach aus einer Verbindung versch. Grundentscheidungen zu einer größeren Zahl von Sachverhalten und weist somit bestimmte Eigenschaften auf, die es von anderen unterscheidet. Konkrete Alternativen sind beispielsweise: Industriesektor – Agrarsektor; Schwerind. – Leichtind.; Wachstum – Verteilung, *kapitalintensiv – *arbeitsintensiv; Exportorientierung – Inlandmarktorientierung; konsumorientiert – investitionsorientiert; weltmarktintegrativ – *dissoziativ; abhängig – autonom/*autozentriert; autoritär/repressiv – demokrat./partizipatorisch etc. Bestimmte Entscheidungen, ihre Kombination und ihre Beziehungsstruktur machen ein E.-M. aus. dn

Entwicklungspole →unbalanced growth

Entwicklungspolitik Unter EP ist die Summe aller Mittel und Maßnahmen zu verstehen, die von EL und IL eingesetzt und ergriffen werden, um die wirtsch. und soziale Entwicklung der EL zu fördern, d. h. die Lebensbedingungen der Bev. in den EL zu verbessern. EP fußt auf best. theoretischen Prämissen und Einsichten in die E.-Problematik, auf pol. Zielsetzungen der nat. und int. öfftl. und privaten Org. und Institutionen, die an ihrer Formulierung und Durchführung beteiligt sind; sie bedarf organisierter Trägergruppen in EL und IL und eines den Zielsetzungen der EP angepassten Instrumentariums. Im Folgenden wird die EP einzelner Länder und Ländergruppen dargestellt. kb

Entwicklungspolitik der Bundesrepublik Deutschland 1. Die EP ist einer der jüngsten Handlungsbereiche innerhalb des Spektrums pol. Aktivitäten. In ihrer

Ausrichtung auf Wirkungen in anderen Ländern und hinsichtlich der Langfristigkeit der anvisierten Ziele unterscheidet sie sich erheblich von anderen Politikbereichen und erfordert daher ganz spezielle Vorgehensweisen. Indem sie vorfindliche E. in helfender Absicht unter Verzicht auf adäquate Gegenleistung fördert, ist sie nur ein Teil der Zusammenarbeit mit EL, nämlich der nach Maßgabe der *DAC-Kriterien der OECD helfende Teil. Dies begründet ihre rel. Eigenständigkeit. Andererseits ist EP Teil der Gesamtpol. und erhält somit ihre entscheidenden Impulse aufgrund nat. Motivierungen. Als grenzüberschreitende Pol. ist sie Bestandteil und bes. Form der Außenpol. (Diplomatie, Außenwirtschaftspol.). Damit ist sie untrennbar mit strategischen, ideol. und außenwirtsch. Motiven, Zielen und Instrumenten der Außenpol. verbunden. Die Profilierung der EP als funktional eigenständiger Politikbereich *sui generis* hängt davon ab, ob es den verantwortlichen Akteuren – und hier v. a. dem zuständigen Bundesmin. für wirtsch. Zusammenarbeit und E. (*BMZ) – gelingt, das Ziel – E. als unterentwickelt definierter Länder – nicht als Unterziel nat. Pol., sondern als eigenständiges Ziel darzustellen, das nur über seine tendenzielle Erreichung nat. Interessen dient.

2. Entsprechend der Pluralität innen- und außenpol. Partikularinteressen, die in die Definition des nat. Interesses einfließen und sich in e.-pol. Ziel- und Begründungszusammenhängen wiederfinden, ist EP als multifunktionales Aufgabensystem zu begreifen. Institutionell-org. zeigt sich die Multifunktionalität der EP in der BRD darin, dass 1) neben dem Staat, vertreten durch die Bundesreg., eine Vielzahl *NRO e.-pol. tätig sind, EP sich somit nicht nur auf der Ebene der int., sondern auch auf der Ebene der transnat. Bez. abspielt; 2) die Verwaltung der EP sich als ein im Laufe der Jahre variabel abgegrenztes System mit geteilter ministerieller und nachgeordneter Verantwortlichkeit beschreiben lässt, wobei die Org.-Struktur und der Entscheidungsprozess als Antwort auf spezifische Theorieangebote sowie auf spezifische gesellsch. und pol. Problemlagen aus dem nat. und int. Umfeld begriffen werden müssen.

3. Die unterschiedliche Gewichtung zwischen einem genuin e.-pol. Rationalitätskalkül und diplomatischen und außenwirtschaftspol. Rationalitätskalkülen spiegelt sich in der bisherigen Geschichte der bundesrepublikanischen EP. Sie lässt sich in vier Phasen einteilen: 1) eine Phase der Improvisation und des Aufbaus: EP als Instrument der Diplomatie und der Außenwirtschaftspol. (von ca. 1956 bis in die zweite Hälfte der 1960er J.); dabei können je nach Akzentsetzung die J. 1965/66 (Rezession), 1968 (Amtsantritt Epplers) bzw. 1969/70 (Beginn der sozialliberalen Koalition, Reorg. des BMZ, Beginn der zweiten *Entwicklungsdekade) als Schnittpunkt Plausibilität beanspruchen; 2) eine Phase der Innovationen: EP als aktive Pol. (1969/70 bis 1973/74); 3) eine Phase der Stagnation und des zunehmenden Pragmatismus: EP als Krisenmanagement (1974 ff.); 4) die Ära der konservativ-liberalen Koalition (ab 1982): EP zwischen kurzfristigem Interessenkalkül und globaler Strukturpol.

4. Die Phase der Improvisation und des Aufbaus: Das erste Jahrzehnt der E.-Kooperation unter den E.-Ministern Scheel (1961–1966) und Wischnewski (1966–1968) stand konzeptionell im Zeichen außenpol. und wirtschaftspol. Instrumentalisierung des neuen Handlungsfelds. Das für die *Technische Hilfe fachlich verantwortliche Auswärtige Amt (AA) begriff EP in erster Linie als weltweites diplomatisches Kampfmittel des Westens gegen das Vordringen des Kommunismus in der *Dritten Welt. Vor dem Hintergrund der dt. Teilung verwandte das AA EP ergänzend im Sinne der Hallstein-Doktrin als Sanktionsinstrument, um die dipl. Anerkennung der DDR durch Staaten der Dritten Welt zu verhindern. Mit der Betonung der Privat-

initiative, export- und rohstoffpol. Interessen und der ordnungspol. Perspektive der sozialen Marktwirtsch. konkretisierte das für die Kapitalhilfe zuständige Wirtschaftsmin. (BMWi) ergänzend die außenpol. Zielvorstellungen. Verstärkt wurde diese doppelte Fremdbestimmung der EP noch durch das Verständnis der beiden ersten E.-Min., die sich den Interpretationen des AA und des BMWi weitgehend anschlossen und auf eine Profilierung der EP weitgehend verzichteten.

Auf der org. Ebene entsprach der konzeptionellen Improvisation und Fremdbestimmung der EP ein System nur schwer überschaubarer und koordinierbarer Verantwortlichkeiten ohne die integrierende Kraft eines voll verantwortlichen Ressorts. Dem 1961 geschaffenen BMZ gelang es erst nach Jahren, sich die für eine funktionale Eigenständigkeit der EP erforderlichen Kompetenzen anzueignen (1964 Übernahme der Technische-Hilfe-Kompetenzen vom AA, 1972 der Kapitalhilfe-Kompetenzen vom BMWi). Der e.-pol. Entscheidungsprozess lag bis 1972 bei einem System interministerieller Ausschüsse, in dem das AA und das BMWi über Veto-Rechte verfügten. Dem Integrationsdefizit des BMZ nach außen entsprach eine weitgehende Desintegration des e.-pol. Organisationsgeflechts (*DSE, *DED, *DEG, *DIE und *CDG), was teils an fehlenden Kompetenzen des BMZ, teils an den labilen Strukturen dieser noch im Aufbau befindlichen nachgeordneten Behörden lag.

Die fehlende funktionale Eigenständigkeit der EP und ihr org. Wirrwarr fanden ihre Entsprechung in einem e.-theoret. Vakuum. Zur theoret. Begründung e.-pol. Handelns griff man auf Elemente einer simplifizierten Modernisierungstheorie zurück.

5. Die Phase der Innovationen: Der Wandel außenpol. (Entspannungspol., Blockbildung der Dritten Welt) und innenpol. Lageparameter (1968 Amtsantritt Epplers, 1969 Beginn der sozialliberalen Koalition) schuf gegen Ende der ersten E.-Dekade die Voraussetzungen für eine Vergrößerung des e.-pol. Handlungsspielraums. Die weltweite und deutsch-deutsche Entspannung stellte die bundesrep. Außenpol. in einen längerfristigen Horizont. Die wirtsch. Prosperität sowie die gestärkte Position der Bundesrep. als zweitgrößte Welthandelsmacht erlaubten auch außenwirtschaftspol. ein Denken in längerfristiger Perspektive. Diese Trends erleichterten es dem neuen E.-Min. Eppler – gestützt auf eine e.-pol. engagierte Teilöffentlichkeit –, die außenpol. Interessen des AA (Friedenspol.) und die außenwirtschaftspol. Interessen des BMWi als kompatibel mit den e.-pol. Interessen des BMZ (EP als Weltinnenpol. bzw. als weltweite Sozialpol.) darzustellen. Begünstigt durch ein allgemeines Reformklima wurde so EP als eine aktive Pol. begriffen, und zwar im doppelten Sinn einer Profilierung der Pol. des BMZ wie als Anspruch einer vorausschauenden, aktiv steuernden und an den Bedürfnissen der EL orientierten EP. Entsprechende Innovationen im Programmbereich waren v. a. die Erarbeitung von Länder- bzw. Regionalstudien, Länderhilfeprogramme und die Forderung nach Verbundprojekten (einer Verbindung von techn. Hilfe mit Kapitalhilfe und Privatinvestitionen). Dem Gewinn an funktionaler Eigenständigkeit der EP entsprach auf der org. Ebene als Ergebnis verstärkter Kontroll- und Prüfaktionen im BMZ und detaillierter Org.-Planungen für den Durchführungsbereich eine Verfestigung des bürokratischen Org.-Geflechts auf ministerieller und nachgeordneter Ebene.

Den konzeptionellen und org. Neuerungen entsprach auf der professionellen Ebene eine größere Verfachlichung – Konsequenz e.-theoret. Fortschritte (Abkehr von naiven Modernisierungsvorstellungen) und eigener Erfahrungen in der Projektarbeit.

6. Die Phase der Stagnation und des Pragmatismus: Die weltweite Wirtschaftskrise im Gefolge des Ölschocks

1973 führte schrittweise wiederum zu einer stärkeren Verankerung der EP in einer primär auf Krisenmanagement abstellenden Außen- und Außenwirtschaftspol. Eppler-Nachfolger Bahr (1974–1976) stellte in der Öffentlichkeitsarbeit seines Ressorts wie in der praktischen Pol. die rohstoffexport- und beschäftigungspol. Eigeninteressen ins Zentrum seiner Argumentation. Der Differenzierung der EL im Gefolge der Energiekrise begegnete er mit einer Differenzierung des e.-pol. Instrumentariums. Danach sollte sich die finanz. und techn. Zusammenarbeit im herkömmlichen Sinn auf die Randländer (*SACs, *LLDCs) konzentrieren (Grundbedürfnisstrategie), während für die neuen Mittelmächte und Gravitationsländer (*Schwellenländer, *NICs) neue bzw. erweiterte Formen einer techn.-wirtsch. Kooperation zum Einsatz kommen sollten. «Gesamtpol.» wurde ein neuer Schlüsselbegriff und EP nicht mehr als funktional eigenständiger Politikbereich (wie in der zweiten Phase), sondern in enger Verflechtung mit Handels-, Wirtschafts- und Außenpol. gesehen. Diese Linie änderte sich auch unter den E.-Ministern Schlei (1976–1978) und Offergeld (1978–1982) nicht wesentlich. Während Schlei sich weitgehend auf die klassischen Formen der E.-Kooperation beschränkte und für ein größeres e.-pol. Engagement im südl. Afrika eintrat, reagierte Offergeld auf den enger werdenden haushaltspol. Spielraum mit der Betonung von Effizienzgesichtspunkten. Eine zusätzliche Akzentverschiebung ergab sich unter Offergeld insofern, als er – trotz Verschärfung des Ost-West-Konflikts und wachsenden Engagements der soz. Staaten in der Dritten Welt (v. a. in Afrika) – zu der von der Reg. Reagan betriebenen *containment*-Pol. auf rel. Distanz ging.

7. EP zwischen liberaler Wirtschaftsphilosophie, pol. Konditionierung und globaler Strukturpol. (1982 ff.): Die EP der konservativ-liberalen Koalition steht unter dem doppelten Gebot, die dt. Interessen wieder stärker ins Spiel zu bringen und gleichzeitig konstruktive Antworten auf den weltweiten pol. und wirtsch. Strukturwandel zu finden. Dabei lassen sich zwei, durch die Epochenwende 1989/90 klar markierte Phasen unterscheiden. Eingebettet in eine neoliberale Wirtschaftsphilosophie (Vertrauen auf die Marktkräfte, «Entstaatlichung»; *Neoliberalismus) und ein konservatives, paternalistisches Politikverständnis (EP als Ordnungspol., als Eindämmungspol.; pol. Dialog), wurde E.-Hilfe in der ersten Phase wiederum vorrangig zum Instrument der Exportförderung (verstärkte *Mischfinanzierung und Lieferbindung; aktive Projektfindung; Beschäftigungswirksamkeit) und als Unterstützung außenpol. Freunde eingesetzt, begründet und ausgesetzt. Parallel erfuhr der e.-pol. Entscheidungsprozess mit der Einführung der Zielorientierten Projektplanung (ZOPP) und institutioneller Reformen wichtige, auf Effizienzsteigerung abzielende Impulse.

Durch den weltpol. Umbruch 1989/90 veränderten sich die Rahmenbedingungen für die dt. Außenpol. grundlegend. Die EP als Teil der Außenpol. reagierte auf diese Veränderungen widersprüchlich. Zum einen wurde die Chance ergriffen, anstelle der bisher dominierenden geostrategischen und sicherheitspol. Erwägungen den Voraussetzungen vor Ort nunmehr größere Beachtung zu schenken. Ausdruck hierfür sind die e.-pol. Leitlinien von 1991 und 1996, wonach neben der Bedürftigkeit die fünf Kriterien: Beachtung der *Menschenrechte, Beteiligung der Bev. am pol. Prozess (→Partizipation), Gewährleistung von Rechtssicherheit, Schaffung einer ‹marktfreundlichen› Wirtschaftsordnung und E.-Orientierung staatlichen Handelns für Umfang und Art dt. E.-Hilfe von zentraler Bedeutung sind (→Vergabekriterien; *good governance*). Dem Leitbild einer global *nachhaltigen Entwicklung soll durch die Konzentration der knappen Mittel auf die Schwerpunktbereiche Armutsbekämpfung, Umwelt- und Res-

Tabelle 7: Leistungen Deutschlands an EL (Nettoauszahlungen in Millionen €)

Leistungsart	1980	1985	1990	1995	1997	1998	1999	2000
I. Öffentliche Entwicklungshilfe (ODA)[1]	3 311,2	4 426,1	5 222,0	5 515,4	5 192,8	5 020,2	5 176,6	5 458,1
1. Bilateral	2 157,1	2 978,8	3 700,9	3 529,5	3 226,0	3 140,0	3 076,3	2 915,3
Zuschüsse	2 095,4	2 146,2	3 738,9	3 219,4	3 019,7	2 982,0	3 036,8	2 925,7
– Technische Zusammenarbeit (TZ)	918,8	1 317,2	1 491,6	1 817,1	1 734,9	1 788,0	1 793,9	1 779,1
– Sonstige Zuschüsse[2]	1 175,7	829,0	2 247,3	1 402,3	1 284,8	1 194,0	1 242,9	1 146,6
Kredite/sonst. Kapitalleistungen	61,7	832,6	–38,0	310,1	206,3	158,0	39,4	–10,4
2. EU[3]	–	–	–	1 145,8	1 168,0	1 104,3	1 236,0	1 342,0
3. Multilateral	1 154,0	1 447,3	1 521,1	840,1	798,8	775,9	864,3	1 200,9
Zuschüsse sowie Einzahlungen auf Kapital- und Fondsanteile	1 147,2	1 453,8	1 530,3	840,1	800,0	777,1	856,6	1 203,8
Kredite	6,9	–6,5	–9,2	–	–1,2	–1,1	–1,3	–2,9
II. Sonstige öffentliche Leistungen (OOF)	585,0	1 014,9	1 743,5	644,4	–427,2	–289,1	–168,2	–494,7
0 1. Bilateral	587,7	1 031,3	1 744,9	849,9	–171,5	–33,4	–40,3	–494,7
Exportkredite (Kreditanstalt f. Wiederaufbau)	175,9	408,3	70,5	237,2	449,3	268,0	334,7	–135,3
Garantieschäden/Umschuldung (Refinanz.)	388,8	603,0	1 658,6	553,4	–699,2	–410,1	–473,5	–248,8
Sonstige Leistungen	23,1	20,1	15,8	59,2	78,4	108,6	98,5	–110,6
2. Multilateral	–2,8	–16,4	–1,4	–205,4	–255,6	–255,6	–127,8	–
III. Private Leistungen zu marktüblichen Bedingungen	5 585,3	2 205,7	3 616,4	8 734,9	11 985,7	14 577,2	12 838,1	7 596,0
1. Bilateral	4 326,5	1 633,2	3 036,7	8 518,0	11 812,2	13 383,6	13 070,2	9 423,2
Investitionen und sonst. Kapitalverkehr	3 036,9	1 280,3	1 736,7	6 162,4	10 452,1	11 564,1	11 975,2	7 819,2
Exportkredite	1 289,6	352,9	1 300,0	2 355,6	1 360,1	1 819,5	1 095,0	1 603,9
2. Multilateral	1 258,8	572,5	579,7	216,9	173,5	1 193,6	–232,1	–1 827,1
IV. Private Entwicklungshilfe[4]	390,6	637,5	625,2	814,9	790,5	874,3	930,9	917,7
Nettoauszahlungen insgesamt	9 872,0	8 284,3	11 207,0	15 709,7	17 541,8	20 182,5	18 777,4	13 477,2
ODA-Anteil am BNE in %	0,22	0,24	0,21	0,31	0,28	0,26	0,26	0,27
BNE in Mrd. €	755,4	938,0	1 240,1	1 791,8	1 862,5	1 915,6	1 961,9	2 017,9

[1] ODA = Zuschüsse sowie Kredite und sonstige Kapitalleistungen zu Vorzugsbedingungen. [2] Vor allem Zuschüsse aus finanz. Zusammenarbeit, humanitäre Hilfe des Auswärtigen Amtes und Leistungen an Flüchtlinge aus EL in Deutschland, Nahrungsmittelhilfe, Schuldenerlasse und Verwaltungskosten. [3] ODA-Leistungen der BRD an den Europäischen Entwicklungsfonds (EEF) und die Europäische Investitionsbank (EIB) sowie ODA-anrechenbarer deutscher Anteil an aus dem EU-Haushalt finanzierten Leistungen. Diese Leistungen werden erst ab 1995 gesondert aufgeführt. [4] Zuschüsse nichtstaatl. Org. (z. B. * Kirchen, Stiftungen, Verbände) aus Eigenmitteln und Spenden

Quelle: Hiz II A 02 23; BMZ

sourcenschutz sowie Bildung und Ausbildung entsprochen werden (→*sustainable development*). «Pol. Konditionierung», «globale Strukturpol.» und «regionale Differenzierung» (auf der Basis entsprechender Regionalkonzepte) sind die neuen Schlüsselbegriffe. Die praktische Umsetzung der konzeptionellen Neuerungen gelang bislang jedoch infolge innenpol. Erfordernisse, außenwirtsch. Interessen und Etat-Kürzungen nur ansatzweise. Stattdessen wird die dt. EP im Sog anderer Politikfelder zunehmend von dem gegenwärtigen (Mode-)Trend der «Verbetriebswirtschaftlichung» erfasst. In der (zumeist trügerischen) Hoffnung auf Kostenersparnis haben Begriffe wie *lean management*, Dienstleistungsfunktion, Kundenorientierung, Dezentralisierung, Privatisierung in der e.-pol. Debatte Konjunktur; sie verstellen jedoch eher den Blick auf die zentrale Herausforderung: auf das E.-Dilemma (zwischen Umwelt und E.), in dem die EP sich selbst zum Problem geworden ist, konstruktive Antworten zu finden.

Die EP der rot-grünen Koalition hat 4 Ziele ins Blickfeld gerückt: 1. die Achtung der Menschenrechte, Förderung demokrat. Grundprinzipien und friedl. Konfliktlösung; 2. die Verbesserung der soz. Lage der Menschen in den EL durch Minderung der *Armut und Schaffung menschenwürdiger Lebensbedingungen; 3. die Förderung nachhaltiger ökol. E., Klimaschutz und Wüstenbekämpfung; 4. die nachhaltige wirtsch. E. der EL.

Nachdem die öfftl. E.-Hilfe in den ersten J. der rot-grünen Koalition leicht anstieg, sank sie 2001 um 1,5 % auf insges. 5,35 Mrd. €. E.-Min. Wieczorek-Zeul kündigte für die kommende Legislaturperiode einen Anstieg der ODA von derzeit 0,27 % auf 0,33 % des BIP an.

(→SPD – entwicklungspolitische Leitlinien, →Bündnis 90/Grüne – entwicklungspolitische Leitlinien)

Lit.: M. Dauderstädt/A. Pfaller, Bestandsaufnahme und Bewertung neuer entwicklungspolitischer Ansätze, München u. a. 1984; K. Bodemer, Programmentwicklung in der Entwicklungspolitik der Bundesrepublik Deutschland, in: F. Nuscheler (Hg.), Dritte-Welt-Forschung. Entwicklungstheorie und Entwicklungspolitik, PVS – Sonderheft 16, Opladen 1985; S. J. Spranger/L. Brock, Die beiden deutschen Staaten in der Dritten Welt, Opladen 1987; BMZ, Neunter Bericht zur Entwicklungspolitik der Bundesregierung, Bonn 1993; R. Tetzlaff, Die deutsche Entwicklungspolitik nach dem Ende des Ost-West-Konflikts, in: J. Betz/St. Brüne (Hg.), Jahrbuch Dritte Welt 1994. Daten, Übersichten, Analysen, München 1993, S. 29–46; U. Holtz/E. Deutscher, Die Zukunft der Entwicklungspolitik. Konzeptionen aus der entwicklungspolitischen Praxis, Bonn 1995; Chr. Weller, Was wird aus der deutschen Entwicklungspolitik?, in: APuZ B 29 (1995), S. 11–19; Entwicklungspolitische Konzeption des BMZ, BMZ aktuell, Oktober 1996; F. Nuscheler, Lern- und Arbeitsbuch Dritte Welt, 4. völlig neu bearb. Aufl., Bonn 1996; Deutsche Entwicklungspolitik – Politik mit Zukunft? Peripherie. Zeitschrift für Politik und Ökonomie in der Dritten Welt, Nr. 72, 18. Jg., Frankfurt a. M. 1998; BMZ, Elfter Bericht zur Entwicklungspolitik der Bundesregierung, Berlin 2001. kb

Entwicklungspolitik der EG/EU →EEP

Entwicklungspolitik der Länder der Bundesrepublik Prinzipiell ist *Entwicklungshilfe als Teil der auswärtigen Beziehungen Angelegenheit des Bundes; doch seit der MP-Konferenz von Mai 1962 beteiligen sich die Länder unter Anerkennung der im Grundgesetz verankerten Bundeskompetenz im Rahmen ihrer Zuständigkeit an der e.-pol. Zusammenarbeit der Bundesrepublik mit den EL. 1962–2000 gaben sie insg. 1,52 Mrd. € für E.-Hilfe aus. Hauptgeberländer waren 2000 Baden-Württemberg (16,3 Mio. €) und Nordrhein-Westfalen (16,9 Mio. €). Die Ausgaben der alten Länder p. a. stiegen in den 1980er J. von 30,9 Mio. € (1980) auf 75,6 Mio. € (1994) an. Seitdem ist der Trend rückläufig. Die Ausgaben aller Länder sanken von 72,5 Mio. € (1995) über 68,7 Mio. € (1997) auf 58,9 Mio. € (2000). Dabei erfassen die Zahlen nicht die mittelbaren Leistungen, die sich den Ländern insb. aus Studienplatzkosten für Studenten aus EL ergeben. Diese wurden 2000 von den Ländern mit

ca. 350 Mio. € berechnet. Auch hier waren Baden-Württemberg (57,8 Mio. €) und Nordrhein-Westfalen (73,6 Mio. €) die Hauptgeberländer.
Die Schwerpunkte der E.-Hilfe sind in den einzelnen Ländern versch. gelagert. Insg. gesehen steht die Fortbildung von Fach- und Führungskräften sowie die Förderung von Studenten und Fachhochschülern aus EL im Vordergrund. Daneben finanzieren sie u. a. Landesstellen der *DSG und Zentralstellen der *DSE mit, unterstützen e.-pol. relevante Forschungsvorhaben und beteiligen sich an Projekten der *technischen Zusammenarbeit (insb. der *GTZ) durch *finanzielle und *personelle Hilfe (Letzteres durch die Beurlaubung von Landesbediensteten für Einsätze in EL insb. im Bereich der *Bildung und der Landw.). Eine besondere Form der e.-pol. Zusammenarbeit stellt die Länder-Partnerschaft zwischen Rheinland-Pfalz und Rwanda dar, in deren Rahmen im Jahr 2000 Projekte im Erziehungs- und Gesundheitswesen im Umfang von mehr als 1,2 Mio. € gefördert wurden.
Die neuen Länder haben 1991 pers. und org. Voraussetzungen für die E.-Zusammenarbeit geschaffen. Hier liegen die Schwerpunkte bei der Unterstützung von nicht-staatl. Einrichtungen und der Förderung von Studenten. In der Regel bestehen e.-pol. und wirtsch. Kontakte nur zu den EL, mit denen die DDR staatliche Kontakte unterhielt. 2000 betrug der Anteil der neuen Länder an der E.-Hilfe insg. 9,5 % bzw. 2,9 % ohne Kosten für Studienplätze (1997: 4,8 % bzw. 2,3 % ohne Studienplatzkosten). →Ausländerstudium

Lit.: U. Reinsch, Vielfältige Initiativen, Entwicklungshilfe der Bundesländer, in: EZ 6, 1983, S. 18 ff.; M. Protz-Schwarz, Handlungsspielräume in der Entwicklungspolitik – am Beispiel des Landes Rheinland-Pfalz, in: M. Glagow (Hg.), Deutsche Entwicklungspolitik, Saarbrücken 1983, S. 121 ff.; W. Schmidt-Streckenbach, Die Länder in der Entwicklungspolitik der Bundesrepublik Deutschland, Frankfurt u. a. 1988. mik/tk

Entwicklungspolitik der Niederlande Die niederländ. EP geht auf die außenpol. Traditionen des Landes – u. a. Bekämpfung der *Armut und Verteidigung der *Menschenrechte – zurück. In der ersten Phase zwischen 1947 und 1962 konzentrierte sie sich auf die Zusammenarbeit mit den ehem. Kolonien Niederländische Antillen, Indonesien und Westindien und beinhaltete hauptsächlich *Technische Hilfe; Kapitaltransfer erfolgte erst ab 1958. Der koloniale Hintergrund sollte Ursprung, Art und Größenordnung der EP positiv wie negativ bestimmen. Zwischen 1963 und 1973 vollzog sich die zweite Phase der EP. Sie war durch eine starke Zunahme der Leistungen (BNE-Anteil 1963: 0,92 %, 1972: 1,42 %) und die geogr. Ausdehnung der Kooperation gekennzeichnet. Der enge Ansatz der *bilateralen Zusammenarbeit mit den ehem. Kolonien wurde zugunsten des multilateralen Ansatzes verlassen. Mit der Einrichtung eines ständigen Rats für E.-Zusammenarbeit und eines selbständigen E.-Min. (1965) wurde die EP systematisch organisiert. Von 1963 bis 1977 erfuhr sie unter dem soz. Min. Jan *Pronk* eine Strukturreform. Nach der Ölpreiskrise und im Zuge der Weltwirtschaftskrise Anfang der 1970er J. zielte die nl. EP auf eine Umverteilung der Macht und des Reichtums in der Welt. Wichtigste Vergabekriterien wurden nun das Vorherrschen von Armut und effektiver Not sowie Eigenanstrengungen der EL. Daneben spielten hist. Bedingungen, Größe und pol. Stabilität des Empfängerlandes, Effizienz bisheriger Vergaben und Respekt für die Menschenrechte eine wichtige Rolle. In den 1980er J. versuchten die NL unter der Regierung *Lubbers* zwar weiterhin zur strukturellen Bekämpfung der Armut in der EL beizutragen; jedoch wurden die Empfängerländer dazu verpflichtet, alle Bereiche ihrer Gesellschaft für den E.-Prozess zu öffnen. Auch wurde den EL nahe gelegt, stärker auf die Wirtsch. der NL zurückzugreifen, sodass der ursprgl. progressive Ansatz verloren ging.

Folgende Oberziele kennzeichneten die nl. EP in der zweiten Hälfte der 1990er J.: Erstens wurden im Rahmen der * 20:20-Initiative (→Weltsozialgipfel) 20 % des Etats für Grundbedürfnisse zur Verfügung gestellt. Entsprechend der Vereinbarung von * Rio zwischen den meisten IL und den EL im Jahr 1992 sollten 0,1 % des Nationaleinkommens zur Verbesserung der Umwelt in den armen Staaten zur Verfügung gestellt werden. Daneben wurde ein Minimum von 22,7 Mio. € jährlich zum Erhalt des Regenwalds zur Verfügung gestellt. Schließlich wurden 0,25 % des Nationaleinkommens für Fonds zur Verfügung gestellt, die den * LLDC-Staaten zugute kommen sollten.

Die NL erfüllten seit Mitte der 1970er J. immer das von den * UN vorgegebene Ziel eines 0,7 %-Anteils für E.-Hilfe am BNE, da dieses Ziel sowohl von den Parteien, der Gesellschaft wie auch der Presse ernst genommen und EP in den 1970er J. als ein Zentralbereich nl. Außenpol. verstanden wurde. Die NL haben ihre Budgetierung der EP inzwischen an die int. Normen angepasst, sodass die nl. * ODA-Werte mit denen der anderen Staaten vergleichbar sind. 1999 legte die zuständige Min. Pläne zur Reform der nl. EP vor. So sollen statt der bisher 78 nur noch 20 Staaten bilateral Zuwendungen erhalten, um die Effizienz der Unterstützung für bedürftige Staaten zu erhöhen. Die Mittel sollen auf dem gleichen Niveau bleiben (1999 bilateral 681 Mio. €, einschließlich der multilateralen Hilfeleistungen 3,1 Mrd. € = 0,8 % des BNE; 2000: 3,7 Mrd. € = 0,84 % des BNE). Auswahlkriterien der Empfängerländer: großes Ausmaß an Armut; * *good governance*; hohes Maß an Bereitschaft des EL, die Armut zu bekämpfen.

Lit.: J. J. Verhoeve, Peace, Profits and Principles – A Study of the Foreign Policy, Den Haag 1979; Development Cooperation Information Department of the Ministery of Foreign Affairs, Aid in progress. Development Cooperation and the review of the Dutch Foreign Policy, Den Haag 1995; R. D. van den Berg, De toekomst van de Nederlands ontwikkelingssamenwerking, Amsterdam 1995. ww

Entwicklungspolitik der UdSSR →Russland und die Dritte Welt

Entwicklungspolitik der USA Die USA leisteten fast ein halbes Jahrhundert lang in abs. Zahlen bei weitem die höchste * Entwicklungshilfe, fielen aber 1993 hinter Japan und seit 1995 auch hinter Frankreich und Deutschland auf den 4. Platz zurück. Japan leistet inzwischen fast doppelt so viel E.-Hilfe wie die USA. Der Anteil der * öffentlichen Entwicklungshilfe (ODA = *Official Development Assistance*) am BNE fiel sogar auf den letzten Platz in der * OECD-Vergleichstabelle. In keinem anderen OECD-Land gab es solche Einbrüche, obwohl die Wirtsch. boomte. Dieser dramatische Rückgang hatte mehrere Gründe:

Erstens war die Auslandshilfe (*Foreign Assistance*), seit sie durch das Punkt-IV-Programm der *Truman-Doktrin* von 1947 eröffnet wurde, immer ein Instrument der Außen- und Sicherheitspol. und wurde in den 1950er J. im Rahmen des *Mutual Security Act* vergeben. Das Ende des Ost-West-Konflikts nahm ihr diese sicherheitspol. Rechtfertigung, die ihr im US-Kongress die notwendigen Mehrheiten verschafft hatte.

Zweitens war schon für die Reagan-Administration jede marktabweichende «Geschenkdiplomatie» ein ordnungspol. Ärgernis. Sie setzte zur Ankurbelung von E. auf Privatinitiative, Privatinvestitionen und Handel. Am Ende ihrer Amtszeit legte die * AID, die dem Außenmin. unterstellte E.-Behörde, ein Strategiepapier vor, das einer Empfehlung zur Selbstauflösung gleichkam, weil es kein nat. Interesse an der Fortsetzung der bisher praktizierten Auslandshilfe erkennen konnte. Präsident Bush setzte eine Kommission (*Ferris-Commission*) ein, die weitreichende Vorschläge zur Verschlankung der AID und des von ihr verwalteten Programms machte. Nach der weltpol. Zeitenwende verflüchtigte sich auch das sicherheitspol. Interesse, wenn man von der für die Ölversorgung des Westens wichtigen Region des Nahen Ostens absieht. Israel und Ägypten erhielten weiterhin ungefähr die Hälfte der gesamten E.-Hilfe.

Drittens fand die Auslandshilfe in der Öffentlichkeit immer wenig Unterstützung, obwohl sie den USA auch ökon. mehr nutzte als kostete. Die in den Herbstwahlen von 1994 siegreichen Republikaner verstärkten unter Führung des erzkonservativen Senators Jesse Helms, des Vorsitzenden des Auswärtigen Ausschusses, ihre populistischen Attacken und forderten in Gesetzentwürfen die Auflösung der AID. Sie fütterten ihre Attacken mit dem pauschalen Vorwurf, dass die Auslandshilfe die Eigeninitiative lähme und vor allem korrupten Diktaturen zugute käme. Präsident Clinton drohte mit dem Veto gegen «die am stärksten isolationistischen Vorschläge, die dem US-Kongress in den letzten 50 J. vorgelegt wurden», konnte sich aber den Forderungen nach einer Kürzung des E.-Etats, auf deren Volumen und Gestaltung der US-Kongress durch den *Foreign Assistance Act* mehr Einfluss nehmen kann als jedes andere Parl., und nach einer Reorg. der AID nicht entziehen. Jeder US-Präs. war mit solchen Kürzungsforderungen konfrontiert, aber keiner beugte sich ihnen am Ende so bereitwillig wie Präs. Clinton.

Viertens gestaltete auch die Clinton-Administration ihre Außenpol. nach dem Prinzip: so viel Unilateralisrnus wie möglich, nur so viel Multilateralismus wie unbedingt nötig. Sie kürzte ihre Leistungen an die *UN-Org., die bei den jährl. Haushaltsberatungen im Kongress mit Hohn und Kritik überschüttet werden, sodass die USA als Hauptfinanzier des UN-Systems längst von Japan überholt wurden. Der größte Teil ihrer multilateralen E.-Hilfe fließt an die multilateralen E.-Banken, in denen sie aufgrund ihres Kapital- und Stimmenanteils noch das Sagen haben und deren marktwirtsch. *Strukturanpassungspolitik sie nachdrücklich unterstützen. Die Clinton-Administration baute zwar die hohen Rückstände bei den Beitragszahlungen an das UN-System ab, lieferte aber weiterhin den übrigen Schuldnern ein Alibi und schlechtes Beispiel.

Bereits vor den Halbzeitwahlen in der ersten Präsidentschaft von Clinton hatte sich das AID-Management zur Rettung der Org. zu einer weitreichenden org. Reform durchgerungen und sich selbst als Laboratorium für den vom Vizepräs. Al Gore geleiteten *National Performance Review* angeboten. Sie schloss 21 der 108 AID-Außenvertretungen, in denen drei Viertel der fast 10 000 «AIDler» beschäftigt waren, zog sich ganz aus *Schwellenländern (wie Chile, Thailand, Tunesien) zurück oder legte kleinere Vertretungen zu Regionalbüros zusammen. Die Reform opferte aber nicht ein Markenzeichen der US-E.-Verwaltung, nämlich die starke Rolle der AID-Missionen vor Ort, denen die Zentrale einen großen Operationsspielraum überließ. Die Effizienzsteigerung verkürzte die Planungszeit für Projekte von durchschn. 27 auf 6 Monate.

Ein anderes Markenzeichen war die starke Einschaltung der Privatwirtsch. und von *NGOs in die Abwicklung der Projekte. 1992 wurden bereits 19 % der ges. *bilateralen E.-Hilfe über NGOs geleitet. Dieser Anteil soll im Zuge der weiteren «Entstaatlichung» auf 40 % gesteigert werden.

Die starke Beteiligung der NGOs ist auch möglich, weil erstens die sektoralen Schwerpunkte in der Förderung der sozialen Grunddienste (*Ernährungssicherung, *Bildungs- und *Gesundheitswesen) liegen, zweitens die ODA größtenteils in Form von Zuschüssen (*grants*) vergeben wird. Das *Zuschusselement der US-ODA liegt bei sehr hohen 99 %. Die im Rahmen des *Economic Support Fund* (ESF) an strategisch wichtige Staaten (Israel, Ägypten, Jordanien) vergebene Zahlungs- und Budgethilfe, die größtenteils liefergebunden ist, stellt zumindest teilweise eine verdeckte Militärhilfe dar, weil sie auch in milit. rel. Infra-

strukturprojekte (Flughafen, Hafenanlagen, Öldepots etc.) investiert wird. Die Vermischung von Wirtsch.- und Sicherheitshilfe findet zwar im US-Kongress Zustimmung, ist aber im *DAC und bei der E.-Lobby umstritten.
Der 1994 von den Demokraten im Kongress eingebrachte Entwurf eines *Peace, Prosperity and Democracy Act*, der den häufig ergänzten *Foreign Assistance Act* von 1961 ablösen sollte, blieb im Gesetzgebungsverfahren stecken. Er nannte vier Kernbereiche: Förderung *nachhaltiger Entwicklung durch größere Investitionen in den Umweltschutz, Förderung von Demokratie und *Menschenrechten, Gesundheitsversorgung und Familienplanung. Neu war allenfalls die stärkere Betonung der *Bevölkerungspol. im Gefolge der Kairoer *Weltbevölkerungskonferenz, nachdem die Reagan-Administration auf Drängen christlicher Gruppen Programme zur Familienplanung eingestellt hatte. Kleine Gruppen in den Bewilligungsausschüssen des Kongresses können solche Kurskorrekturen durchsetzen und eine langfristig angelegte EP torpedieren.
Dass sich die ordnungspol. Leitvorstellungen der Demokraten und Republikaner in der EP nicht substanziell unterscheiden, offenbarte die von Präs. Clinton auf dem G8-Gipfel in Denver (Juni 1997) vorgeschlagene «Initiative für Afrika»: Sie setzte auf Privatinvestitionen und Handel statt mehr E.-Hilfe und deren Zurückschrauben auf unverzichtbare *Katastrophenhilfe. Die Clinton-Administration hat zwar unter dem Druck der Republikaner die erste größere Reform der AID seit ihrer Gründung (1960) durchgesetzt, aber sich gleichzeitig mit der starken Kürzung des E.-Etats mehr der Verantwortung für die Lösung der Weltprobleme entzogen als alle Reg. der Nachkriegszeit.
Die USA leisten zwar – gemessen an ihrer wirtsch. Leistungsfähigkeit – wenig ODA, dominieren aber durch ihr Stimmengewicht in den Bretton-Woods-Institutionen (*IWF und *Weltbank) die multilaterale Agenda. Die Bush-Administration zeichnet sich noch stärker als die Clinton-Administration durch eine Aversion gegenüber multilateralen Problemlösungen aus und setzt auch in diesem Politikbereich auf den Unilateralismus. Viele UN-Programme leiden unter ihrer Zahlungsverweigerung. Präsident Bush kündigte zwar unter dem Eindruck der Terroranschläge vom 11. September 2001 auf dem Weltgipfel *Financing for Development* im mexikan. Monterrey eine Aufstockung der ODA an, bekräftigte aber die Präferenz für Handel und private Direktinvestitionen. Seine Aufforderung an die anderen OECD-Länder, einen höheren Anteil von Krediten durch Zuschüsse (*grants*) zu ersetzen, kam zwar alten Forderungen der EL entgegen, wurde aber auch durch die relativ niedrigen ODA-Leistungen erleichtert. Die USA sind eine weltpol. und weltwirtsch. Hegemonialmacht, die aber im Bereich der EP eine eher negative *global leadership* ausübt.

Lit.: B. May, Reagan und die Entwicklungsländer, München 1987; R. J. Berg/D. F. Gordon (Hg.), Cooperation for International Development. The USA and the Third World in the 1990s, Boulder 1989; J. F. Torres, New Directions for Development in Third World Countries, Aldershot 1993; OECD, Development Cooperation Review Series; B. Claus/M. Schiffler, USA. Entwicklungspolitik im Schatten der Außenpolitik, in: R. E. Thiel (Hg.), Entwicklungspolitiken – 33 Geberprofile, Hamburg 1996, S. 223–232. fn

Entwicklungspolitik der Schweiz Betrachtet man die e.-pol. Aktivität eines Staates als Ausdruck von Solidarität, stellt sich im Fall der Schweiz die Frage nach deren Verhältnis zum obersten außenpol. Prinzip der Neutralität. Während zunächst die Ansicht nahe lag, das Prinzip der Solidarität solle die negative Komponente der Neutralität, nämlich die Isolation im Allg. und die Nichtbeteiligung an den *UN im Besonderen, kaschieren, wurde im Zusammenhang mit der Institutionalisierung der *bilateralen *Entwicklungspolitik (EP) Anfang der 1960er Jahre auf ein Wechselverhältnis hingewie-

sen, innerhalb dessen Neutralität auch Voraussetzung von Solidarität sei. Hierfür ist ferner die Tatsache von Bedeutung, dass die Schweiz keine koloniale Vergangenheit hat.
Während der Phase der wirtsch. Konsolidierung Westeuropas nach 1945 begegnete die Schweiz ihrer durch die Abstinenz von den UN drohenden pol. Isolation durch Maßnahmen wie die Teilnahme am Marshallplan sowie durch finanzielle Beiträge zu den Entwicklungsprogrammen der UN. Historisch lässt sich hierin ein erster Strang sehen, der, durch die auf bilaterale *Öffentliche Entwicklungshilfe (*ODA) hinzielende Initiative privater Organisationen ergänzt, schließlich zu einer bilateralen EP führte. Für deren Beginn im Jahre 1961 steht die Gründung des Dienstes für technische Zusammenarbeit (heute: Direktion für Entwicklung und Zusammenarbeit, s. u.) sowie die Verabschiedung des ersten e.-pol. Rahmenkredites (60 Mio. Fr.).
Waren private und öfftl. Hilfsleistungen anfangs vornehmlich durch die Erwartung motiviert, sich ausweitender wirtsch. Verkehr zwischen IL und EL würde sich zum beiderseitigen Vorteil entwickeln, ist die Aufnahme der bilateralen e.-pol. Aktivität 1961 im Zusammenhang mit internat. Entwicklungen zu sehen. Die Entlassung zahlreicher afrik. Staaten in die Unabh. wurde mit der Gefahr verbunden gesehen, dass diese Staaten in den sowjetischen Einflussbereich geraten könnten. Dass jedoch mit der E.-Hilfe zugleich das schweiz. Wirtschafts- und Gesellschaftsmodell in jene Länder zu exportieren sei, erwies sich bereits Mitte der 1960er Jahre als Fehleinschätzung. Diese Ernüchterung führte zunächst dazu, dass die öfftl. E.-Hilfe quantitativ nicht weiter ausgebaut wurde. Der infolge des 1968 erfolgten Beitritts zum Entwicklungshilfeausschuss der *OECD (*DAC) zunehmende internationale Druck und die Verringerung des innenpol. Widerstandes führten bald jedoch wieder zu einem Ausbau der öfftl. E.-Hilfe. Betrug deren Anteil am *BNE 1961 nur 0,08 %, wurde dieser binnen 15 Jahren auf 0,19 % gesteigert.
Mit dem zunehmenden Einfluss des Volkswirtschaftsdepartements auf die E.-Hilfe in den 1970er Jahren bekam die EP verstärkt außenhandelspol. Färbung und lieferte damit Zündstoff für innenpol. Auseinandersetzungen. Der Widerstand der isolationistisch gesinnten pol. Rechten, insb. gegen die als bürokratisch und der Kontrolle entzogen kritisierte *multilaterale E.-Hilfe, gipfelte in einem erfolgreichen Referendum gegen ein Darlehen in Höhe von 200 Mio. Fr. an die *IDA im Jahre 1976. Dennoch erfuhr die öfftl. E.-Hilfe in den Folgejahren einen weiteren Ausbau, wobei sich das Gewicht zunehmend zugunsten der bilateralen E.-Hilfe verschob. Die Gesamtausgaben für öfftl. E.-Hilfe stiegen in dieser Dekade von 130 Mio. (1970) auf 420 Mio. Fr. (1980).
Die gesetzliche Grundlage für die schweiz. EP wurde mit dem Bundesgesetz über die int. E.-Zusammenarbeit und humanitäre Hilfe (EZG) vom 19. 3. 1976 geschaffen. Die hierin festgelegten Ziele – die EL bei der Verbesserung der Lebensbedingungen zu unterstützen und einen Beitrag zur deren «Entwicklung aus eigener Kraft» zu leisten – wurden 1994 durch den Bundesrat in einem Nord-Süd-Leitbild konkretisiert. Dessen Schlüsselgedanke ist die anzustrebende «Kohärenz» in den schweiz. Südbeziehungen v. a. in den Bereichen Handel, Umwelt und E.-Zusammenarbeit. Ein auf dieser Grundlage erarbeiteter Aktionsplan dient den umsetzenden Stellen als verbindliches strategisches Planungsinstrument.
Mit der Direktion für Entwicklung und Zusammenarbeit (DEZA) im eidgenössischen Departement für auswärtige Angelegenheiten und dem Staatssekretariat für Wirtschaft (seco) im Volkswirtschaftsdepartement sind zwei Bundesämter für die Planung und Verwirklichung der EP verantwortlich, denen als wichtigste Instrumente die *Technische Zusammenarbeit, *Finanzielle Hilfe,

*Humanitäre Hilfe und Maßnahmen der Wirtschafts- und Handelspol. zur Verfügung stehen. Wirtschafts- und Handelsmaßnahmen – wie *Mischfinanzierung, Zahlungsbilanzhilfen und *Handelsförderung – werden im seco festgelegt. Die Gesamtkoordination bei der Verwirklichung von Projekten ist Aufgabe der DEZA, die über 500 Mitarbeiter im In- und Ausland und ein Jahresbudget von 1,2 Mrd. Fr. (2002) verfügt und etwa 80 % der ODA kanalisiert. Bei der Durchführung ihrer Maßnahmen kooperiert die DEZA eng mit *Nichtstaatlichen Organisationen in einem – im Prinzip – subsidiären Verhältnis. So erfolgt die Zusammenarbeit zwischen öfftl. und privater Hand einerseits im Wege von Zahlungen an die Programme der privaten Hilfswerke; diesen werden andererseits vom Bund finanzierte Programme zur Durchführung übertragen; daneben kanalisiert der Bund einen Teil seiner humanitären Hilfe über die privaten Hilfswerke. Nicht zu unterschätzen ist schließlich die e.-pol. Öffentlichkeitsarbeit der großen Organisationen (wie Schweizerisches Rotes Kreuz, Caritas, Helvetas, Swissaid), die in der Bev. bekannter sind als die Behörden.

Bei einer Bilanzierung der schweiz. E.-Hilfe ist das Verhältnis zwischen öfftl. und privatem Anteil bes. auffällig. Bis in das Jahr 1991, als der Anteil der schweizerischen öfftl. E.-Hilfe am BNE erstmals den Durchschnitt der DAC-Länder erreichte, war die Binnenstruktur der ges. Finanzflüsse in die EL durch einen unterdurchschn. Staatsanteil gegenüber überdurchschn. hohen privaten Leistungen (der nicht gewinnorientierten Hilfswerke) gekennzeichnet. Dieses Verhältnis wurde als Ausdruck dafür gewertet, dass in der Schweiz EP eher als karitative und private denn als pol. und öfftl. Aufgabe betrachtet wird. 2001 lag die durch Bund, Kantone und Gemeinden geleistete öfftl. E.-Hilfe (ODA) bei rd. 1,5 Mrd. Franken (1990: 1041,4; 1995: 1280,8; 2000: 1502,1 Mio. Fr.). Der Anteil der ODA am BNE liegt seit 1990 zwischen 0,32 und 0,36 % und erreichte 2001 einen Wert von 0,34 %. Damit liegt die Schweiz zwar oberhalb des DAC-Durchschnitts (2000: 0,22 %), jedoch deutlich unterhalb des Mittels der EU-Mitgliedstaaten (2000: 0,39 %).

Auch wenn eine am BNE gemessene prozentuale Steigerung der Ausgaben für E.-Zusammenarbeit festzustellen ist, wurde der von den UN formulierten Forderung nach einer weiteren Erhöhung des öfftl. Kooperationsvolumens auf 0,7 % des BNE mit dem Hinweis auf den Umfang der privaten Spenden entgegnet, ebenso wie der Kritik am Unterschreiten des in den Leitlinien Nord-Süd festgelegten Ziels von 0,4 %. Die hier angesprochene besondere Binnenstruktur der schweiz. E.-Hilfe kommt auch in den jüngeren Zahlen zum Ausdruck: Während im IL-Durchschnitt seit Mitte der 1990er Jahre jährlich 0,02 bis 0,03 % des BNE für Projekte und Programme der privaten E.-Hilfe investiert wurden, waren dies in der Schweiz 0,06 bis 0,07 % (1990: 0,05 %). Das Volumen der privaten E.-Hilfe hat von 148,6 Mio. Fr. im Jahr 1990 auf 285,4 Mio. Fr. (2000) deutlich zugenommen und entsprach damit am Ende dieser Periode etwa 19 % der öfftl. E.-Hilfe (gegenüber 14,3 % 1990).

Nach einer anfangs größeren Bedeutung multilateraler E.-Hilfe (v. a. Sonderleistungen an *UNDP und *UNICEF sowie Beiträge an die *Multilateralen Entwicklungsbanken) liegt das Gewicht der ODA seit Mitte der 1970er Jahre auf bilateralen Leistungen, für die 2001 71 % des Gesamtvolumens der ODA aufgewendet wurden. Das vergleichsweise geringe Volumen der bilateralen Leistungen wird regional konzentriert und v. a. zugunsten bes. armer Länder eingesetzt: Zehn der siebzehn Schwerpunktländer des Südens gehören zu den *LLCDs, sechs sind *low income countries*, und nur Peru zählt zu den *middle income countries* (*Weltentwicklungsberichte). Da jedoch vier weitere Länder mit Sonderprogrammen sowie die Zusammenarbeit mit Ländern Südosteuropas hinzukommen, verteilt sich die bilaterale E.-Hilfe auf nunmehr 27 Länder, was zu einer Dekonzentration der Mittel zuungunsten der Schwerpunktländer führte (1998: 47 % der bilateralen Leistungen, gegenüber rd. 70 % 1993).

Lit.: F. Bluntschli, Zu den Beziehungen zwischen schweizerischer Aussenwirtschafts- und Entwicklungspolitik, Zürich 1980; D. von Schroetter, Schweizerische Entwicklungspolitik in der direkten Demokratie, München 1981; A. Riklin/H. Haug/R. Probst (Hg.), Neues Handbuch der schweizerischen Aussenpolitik, Bern 1992; M. Hofmann, Die Entwicklungspolitik der Schweiz, in: E + Z 10, 1993, S. 266 ff.; OECD (Hg.), DAC Journal 2000, 1/4: Co-operation Review of Switzerland, 2000; Direktion für Entwicklung und Zusammenarbeit (Hg.), Jahresbericht 2001, Bern 2001. ps

Entwicklungspolitik Frankreichs F. als ehemals zweitgrößte Kolonialmacht setzte in den Verhandlungen über den EWG-Vertrag 1957 durch, dass die *Union Française*, faktisch das frühere Kolonialgebiet, in die Vertragsverhandlungen einbezogen wurde. So wurde durch den EWG-Vertrag ein Kompensationsgeschäft zwischen F. und seinen Überseegebieten und eine Stärkung der Beziehungen untereinander vorgenommen.

Das Mutterland nahm handelspol. Einbußen in Kauf, wohingegen den überseeischen Gebieten neue Absatzmärkte für ihre Produkte eröffnet und darüber hinaus preisgünstige Industriegüter sowie Investitionen aus den EWG-Ländern geboten wurden. Ursprgl. die Umwandlung der Französischen Union in die Große Französische Gemeinschaft anstrebend, betrieb F. am Anfang der 1960er J. eine EP, die zur pol. Unabh. der ehem. Kolonien führen sollte. Um die Bez. auf eine neue Basis zu stellen, mussten folgende vier Veränderungen vollzogen werden: a) Preisgabe des Assimilationsgedankens; b) Aufgabe des Konzepts komplementärer Wirtschaften; c) Beendigung der Ausschließlichkeit der frz. Hilfe; d) Aufhebung der Verwaltungsstrukturen, die zur Unterstützung der wirtsch. E. geschaffen wurden.

F. erhoffte sich durch eine aktive EP ökon. und kulturelle Vorteile mit Hilfe enger Kooperation mit den früheren Kolonien. Konsequenterweise musste seine EP in den Staaten der *Dritten Welt eine ökon. und kulturelle Präsenz F.s zur Folge haben. Im Reg.-Report wurden 1963 folgende Motive frz. EP aufgeführt: Solidarität, Ausstrahlung, Vorteil. Ziel war es zu verhindern, dass in der Dritten Welt Mächtegruppen entstanden, die ihm feindlich gegenüberstanden und sein pol. und gesellsch. System bedrohen könnten. Die EP diente als Teil der gaullistischen Außen- und Sicherheitspolitik. Sie sollte zur Überwindung des O-W-Gegensatzes beitragen, als Instrument zum Kampf gegen den Neoimperialismus, den *de Gaulle* weitgehend durch die USA praktiziert sah, dienen und F.s Anspruch als globale Macht dokumentieren.

Ab Mitte der 1970er J. nahm in *Giscards* «Konzept des Mondialismus» die Dritte Welt aufgrund der Weltwirtschafts- und Energiekrise einen großen Stellenwert ein. F. entwickelte die Idee des N-S-Dialogs – er fand weitgehend ergebnislos in Form des *KIWZ zwischen 1975 und 1977 in Paris statt – und wollte eine Vorreiterrolle bei der Regulierung globaler Probleme zwischen den EL und den IL spielen. In den 1970er J. waren bevorzugte Regionen der frz. EP das tropische Afrika und der Mittelmeerraum vom Maghreb bis zum Nahen und Mittleren

Tabelle 8: Nettobetrag der öfftl. E.-Hilfe (ODA) Frankreichs an EL und multilaterale Stellen

	Durchschnitt 1975–1977	1980	1985	1990	1995	1996	1997	1998	1999	2000
Mio. US-$	2168	4162	3995	9380	8443	7451	6307	5742	5639	4105
in % des BNE	0,60	0,63	0,78	0,79	0,55	0,48	0,45	0,40	0,39	0,32

Quelle: OECD/DAC Jahresberichte

Osten. Trad. Bez. wie auch das Vorhandensein für F. lebenswichtiger Ressourcen (Erdöl) erklären das spezifische Eigeninteresse F.s an dieser Region. Mit seiner Afrikapol. suchte *Giscard* die Bipolarität der Supermächte aufzulockern, ihnen den Zugang nach Afrika zu versperren, durch eine enge frz.-afrik. Kooperation die europ. Position in der int. Pol. zu stärken und schließlich spezifisch frz.-pol., wirtsch. und milit. Interessen zu verfolgen.

Die EP unter dem soz. Präsidenten *Mitterrand* war zunächst rhetorisch sehr stark geprägt durch die Solidarität mit der Dritten Welt. Sie zielte auf die Errichtung einer neuen int. Ordnung, die neben Handel, Währung, Finanzen auch Wiss., Kultur und Information umfassen sollte. Ziel war es, für die Dritte Welt einen weltweit geschützten und akzeptierten Rahmen der Unabh. und Nichtblockgebundenheit zu schaffen, in dem die Länder der Dritten Welt ihre eigene Rolle finden konnten. F. weigerte sich unter *Mitterrand* beharrlich, rein marktwirtsch. Lösungen zu akzeptieren, die die Wettbewerbschancen für die Staaten der Dritten Welt verschlechterten und sie zu erdrosseln drohten. So wurde auf frz. Initiative Ende der 1980er J. ein teilweiser Schuldenerlass, verbunden mit großzügigen Erweiterungen der Tilgungsfähigkeiten und Zinsermäßigungen, beschlossen. Eine neue Dimension erhielt die frz. Dritte-Welt-Pol., indem nachdrücklich auf der Einhaltung der *Menschenrechte insistiert wurde. So verhängte F. 1981 ein Waffenembargo über Südafrika, verurteilte die Invasion der USA 1983 in Grenada und unterstützte die Contadora-Gruppe im mittelamerik. Friedensprozess.

Das Ende des O-W-Konflikts hat auch die Rahmenbedingungen frz. EP verändert, d.h., F.s Handlungsspielraum als selbst ernannter Mittler zwischen den westl. IL und der Dritten Welt – in Spannungszeiten besonders erfolgreich – ist kleiner geworden. Mitte der 1990er J. hat sich F. den allgemeinen e.-pol. Trends angeschlossen und setzt auf die Kräfte des freien Markts. Inzwischen macht auch F. seine finanz. Hilfe von pol. Konditionalität abhängig, d.h. dass in den EL die Menschenrechte ebenso eingehalten werden wie auch demokrat. Reformen durchgeführt werden sollen.

Für franz. EP sind neben altruistischen Motiven heute nach wie vor polit.-strategische, kulturelle, ökon., historische und ideol. Gründe ausschlaggebend. Die überwiegenden Mittel werden bilateral vergeben. Geographisch konzentriert sich die franz. EP auf Nordafrika und das subsaharische Afrika. Nach der 50 %igen Franc-Abwertung in der frz. *Franc-Zone im subsaharischen Afrika 1994 ist aber eine Orientierung auf die Staaten des Maghrebs und der indochin. Halbinsel unübersehbar. Schul- und Berufsbildung, Gesundheitswesen, Landw., Wasserversorgung, Einschränkung der Wüstenbildung und der Schutz der Wälder sind die Schwerpunkte frz. EP, wobei der größte Teil mit einem Viertel aller Mittel für Bildungs- und Kulturmaßnahmen südl. der Sahara zur Verfügung gestellt werden. Reibungsverluste ergeben sich durch die versch. Vergabestellen. So verwaltet das Min. für wirtsch. Zusammenarbeit lediglich 14,7 % aller Mittel, das Außenmin. knapp 9 %, während das Wirtschaftsmin. mit rund 57 % den größten Teil der öfftl. E.-Hilfe an sich gezogen hat. F. leistet jährl. öfftl. E.-Hilfe in Höhe von etwa 6,4 Mrd. €, d.h. etwa 0,64 % seines BIPs. Diese Zahl muss allerdings relativiert werden, da in den Beträgen für die öfftl. E.-Hilfe auch die Ausgaben für die überseeischen Gebiete gezählt werden, die in der zweiten Hälfte der 1990er J. rd. 30 % ausmachten. Das bedeutet, dass sich die bereinigten Mittel der frz. öffentlichen E.-Hilfe nur unwesentlich über dem Durchschnitt der westlichen EL bewegen.

Lit.: A. Bourgi, La Politique française de coopération en Afrique, Paris 1979; W. Woyke, Frankreichs Außenpolitik von de Gaulle zu Mitterrand, Leverkusen 1987; J. Chipman, French Power in Africa, Oxford 1989; Assemblée Nationale, Rapport fait au nom de la commission des finances, de l'économie et du plan sur le projet de loi de finances pour 1997 (no. 2993), Paris 1996; St. Brüne, Die französische Afrikapolitik, Baden-Baden 1996; T. Chafer/B. Jenkins (Hg.), France, From the Cold war to the New World Order, Houndmills/London 1996. ww

Entwicklungspolitik Großbritanniens GB schuf mit dem *Colonial Development Act* von 1929 das erste E.-Gesetz, das schon eine Doppelfunktion der späteren E.-Hilfe signalisierte: die wirtsch. Förderung der Kolonien und damit auch die Förderung der eigenen Exportwirtsch. Die Kolonialgeschichte hinterließ enge wirtsch. und kulturelle Bez. zum anglophonen **Commonwealth*, viel Erfahrung im Umgang mit den afroasiatischen und karibischen Gesellschaften, ein Netzwerk von Institutionen und einen Schatz an wissenschaftlicher Expertise.

Von einer institutionalisierten EP kann erst seit 1964 gesprochen werden, als die *Labour*-Reg. das *Ministry of Overseas Development* schuf und gleichzeitig die Leistungen für *öffentliche E.-Hilfe – trotz schwerer Wirtschaftskrisen – steigerte. Die 1979 gewählte Reg. Thatcher unterstellte nicht nur die *Overseas Development Administration* (ODA) wieder der Leitung eines Staatsmin. im Außenmin., sondern kündigte auch massive Kürzungen des E.-Etats sowie eine programmatische Totalrevision im Sinne ihrer neoliberalen Wirtsch.- und Gesellschafts-Philosophie an, die sich nicht mit einer int. Sozialhilfepol. vertrug. Tatsächlich fielen die Etatkürzungen und programmatischen Korrekturen weit geringer als angekündigt aus. Auch das von der wettbewerbsschwachen Exportwirtsch. geforderte und vom Handelsmin. eingesetzte Instrument der *Mischfinanzierung (*Aid Trade Provisions*) zur Förderung der liefergebundenen Exporte wurde nur auf knapp ein Zehntel der Kapitalhilfe angewandt. Die übrige E.-Hilfe zeichnete sich weiterhin durch ein hohes *Zuschusselement aus. Die Regierung von Tony Blair legte ein «Weißbuch» zur *ODA vor, das ein überzeugendes Konzept der *Armutsbekämpfung entwickelte und die ODA auf diesen strategischen Schwerpunkt ausrichtete. Dieses «Weißbuch» setzte innerhalb der westlichen «Geber-Gemeinschaft» Maßstäbe. Außerdem kündigte die Blair-Reg., entgegen dem OECD-Trend, eine Steigerung der ODA an. Sie beteiligte sich auch bereitwillig an dem vom G8-Gipfel im Sommer 2002 beschlossenen Hilfsprogramm für Afrika, weil dort ein Gros ihrer *Commonwealth-Klientel liegt.

Eine Besonderheit blieb der hohe Anteil der multilateralen E.-Hilfe, der in den 1990er J. fast die Hälfte der gesamten E.-Hilfe ausmachte. Auch deshalb drängte GB zusammen mit Deutschland bei der Halbzeitüberprüfung von *Lomé IV auf Kürzungen der Beiträge an den *EEF, die ohnehin den euroskeptischen Tories ein Dorn im Auge waren. Eine weitere Besonderheit bildet die starke Beteiligung von *nichtstaatlichen Organisationen (NGOs) bei der Abwicklung von Projekten. 1995 erhielten 116 NGOs (unter ihnen so bekannte wie Oxfam) aus dem *Joint Funding Scheme* der ODA Zuschüsse, die insges. fast ein Fünftel der

Tabelle 9: Öfftl. E.-Hilfe GB

	Durchschnitt 1975–1977	1980	1985	1990	1995	1996	1997
in Mio. US-$	968	1854	1530	2647	3202	3199	3433
in % des BNE	0,40	0,35	0,33	0,27	0,29	0,27	0,26
multilat. Anteil[1]	k. A.	31,2	39,8	k. A.	k. A.	k. A.	k. A.

[1] Bezogen auf das jeweilige Doppeljahr, in % der ges. Nettoleistungen

Quelle: OECD/DAC Jahresbericht, zuletzt Jahresbericht 1998

*bilateralen E.-Hilfe ausmachten. Als eine Besonderheit kann auch die dezentralisierte E.-Verwaltung gelten. Das seit einer Organisationsreform dem Außenmin. unterstellte DFID (*Department for International Development*) bedient sich bei der Durchführung und Überwachung von Projekten seiner fünf Regionalbüros und der *«aid sections»* der Botschaften. Etwa zwei Drittel der bilateralen E.-Hilfe gehen in *Commonwealth*-Länder, wobei sich der regionale Förderungsschwerpunkt allmählich von Asien (Indien und Bangladesh) nach dem subsahar. Afrika verlagerte. Auch deshalb ist der *LLDC-Anteil, der für den *DAC als armutsorientiertes Gütezeichen gilt, hoch. Pro Kopf erhalten allerdings die Relikte des Empire – wie die Falklandinseln, St. Helena und Montserrat – die bei weitem höchsten Subsidien aus dem ODA-Topf.
Die letzten DAC-Reviews bescheinigten GB eine gut organisierte E.-Verwaltung, einen hohen LLDC-Anteil und ein hohes *Zuschusselement. Die E.-Wiss. verdankt brit. Forschungsinstituten – wie dem *Institute of Development Studies* – wichtige Beiträge zum e.-theoret. Diskurs. Sie werden vom DFID in innovativen Lerngemeinschaften (*Task Forces*) zur Erarbeitung von Problemlösungen eingesetzt. Von dieser Public-Private Partnership (*PPP) könnten auch andere Geberländer lernen. Diese Lernfähigkeit ist auch ein wesentlicher Grund, warum brit. E.-Wissenschaftler in intern. Org. überrepräsentiert sind und dort erheblichen Einfluss auf das int. Agenda-Setting ausüben.

Lit.: H. Sieberg, Colonial Development, Stuttgart 1985; F. Nuscheler, Die Entwicklungspolitik der Regierung Thatcher (Friedrich Ebert Stiftung, Analysen Nr. 122), Bonn 1986; M. Remmer, Entwicklungspolitik in Großbritannien, Freiburg 1988; DAC, Development Cooperation Review Series; P. J. Bendix, Großbritannien. Vom Weltreich zum mittelgroßen Geber mit Einfluß, in: R. E. Thiel (Hg.), Entwicklungspolitiken – 33 Geberprofile, Hamburg 1996, S. 108–113; ODI, ODI Review, lfd. Berichte. fn

Entwicklungspolitik Japans J. war schon 1989 und ist seit 1993 mit wachsendem Abstand «Weltmeister in E.-Hilfe» und für 30 EL der größte Geber von *öffentlicher Entwicklungshilfe, die auch in J. *ODA genannt wird. Während alle anderen *OECD-Länder seit Beginn der 1990er J. schrittweise ihre E.-Etats kürzten, legte J. dreimal ambitiöse Fünfjahrespläne auf, zuletzt 1999. Mit jährl. Steigerungsraten des ODA-Budgets von 3–4 % (bei Budgetkürzungen in fast allen anderen Politikbereichen) konnten die Zielvorgaben sogar erfüllt werden. Dies ist angesichts der sich in der zweiten Hälfte der 1990er J. verschlimmernden Wirtschaftskrise und der wachsenden Staatsverschuldung bemerkenswert. Die *Medium-Term ODA-Guidelines* von 1999 versuchten aber, die in Parl. und Öffentlichkeit heftig kritisierte «Scheckbuchdiplomatie» per ODA zu beenden und Effizienzkriterien stärker zu beachten.
J. war außerdem schon immer der größte Kapitalgeber der *ASDB, die deshalb auch als *Japan Development Bank* karikiert wird, rückte zum zweitgrößten Geldgeber der *Weltbank und der *UN-Org. auf und avancierte zum größten privaten Kapitalgeber der EL. Die *Export Import Bank of Japan* (*Eximbank*) wurde zur kapitalkräftigen «Surplus-Pumpe» von Transferleistungen, die nicht als ODA anerkannt werden, weil sie kein *Zuschusselement von mind. 25 % enthalten.
Trotz dieser eindrucksvollen Leistungssteigerungen erhielt der «ODA-Weltmeister» weiterhin von vielen Seiten im In- und Ausland viel Kritik, die teilweise auf Erfahrungen der 1980er J. beruhte. Die Gründe sind: Erstens lockerte J. seine im OECD-Vgl. wesentlich härteren Vergabebedingungen nur langsam. Das *Zuschusselement lag Mitte der 1990er J. bei nur 79 % und damit im OECD-Vergleich immer noch auf dem niedrigsten Niveau. Der Grund lag darin, dass J. durch den *Overseas Economic Cooperation Fund* (OECF) mehr Darlehen (*loans*) als Schenkungen (*grants*) vergab.

Erst 1995 überstieg erstmals der *grant*-Anteil den *loan*-Anteil. J. musste sich auch den Vorwurf gefallen lassen, durch diesen hohen *loan*-Anteil die *Verschuldung seiner Kreditnehmer, die schon durch die massive Aufwertung des Yen verschärft wurde, zusätzlich zu vergrößern.

Zweitens gab es immer Kritik an der Vorliebe für kommerziell attraktive und zugleich verwaltungsleichte, aber e.-pol. und ökol. häufig bedenkliche Großprojekte der materiellen Infrastruktur (Verkehrswege, Staudämme, Kraftwerke, Telekommunikation). Aber auch hier zeichnete sich in den 1990er J. eine Wende ab. Der Anteil der Investitionen in die soziale Infrastruktur verdoppelte sich. Umweltgruppen kritisieren, dass J. mehr Tropenholz importiert als die ganze EU und in seiner Projektpol. wenig Rücksicht auf ökol. Belange nimmt. *Menschenrechtsgruppen beklagen, dass fast alle Schwerpunktländer in Ost- und Südostasien von *autoritären oder diktatorischen Regimen beherrscht werden und nicht unter den Druck einer Menschenrechtskonditionalität gesetzt werden.

Drittens wurde J. vorgehalten, seine ODA als Instrument der «Japan AG» zur weltweiten Förderung von Handel und Investitionen zu missbrauchen. Bis tief in die 1980er J. war diese Kritik berechtigt. Aber das Land mit wachsenden Handels- und Zahlungsbilanzüberschüssen brauchte die ODA als Exporthilfe immer weniger, hingegen als Eintrittsgeld für seine weltpol. Führungsrolle mit dem Anspruch auf einen ständigen Sitz im UN-Sicherheitsrat immer mehr.

J. versucht, sich als «int. Staat» zu profilieren, auch mittels seiner ODA. Unter den 30 EL, für die J. das größte Geberland ist, befinden sich neben der Mehrheit der asiatischen EL auch einige Länder in Afrika und LA. Obwohl J. mit Afrika historisch wenig zu tun hat und dessen Rohstoffe auch ohne Subsidien in Form der ODA erwerben kann, erhielt dieser Kontinent aus J. mehr ODA als von der ehem. Kolonialmacht GB. Etwa die Hälfte seiner ODA und das Gros anderer öfftl. Transferleistungen (wie öfftl. verbürgter Exportkredite) sowie der privaten Auslandsinvestitionen waren jedoch weiterhin auf die Nachbarregion Ost- und Südostasien konzentriert, in der sich eine «Fluggänseformation» mit der Leitgans J. gebildet hat. China und Indonesien erhalten aus J. jeweils mehr ODA als ganz Afrika.

Ein weiteres Indiz für die Funktionsverlagerung von der Kommerzialisierung zur Politisierung der ODA bildete die schrittweise Lockerung der *Lieferbindung, obwohl der steigende Yen-Kurs die Exporte erheblich verteuerte. In den 1990er J. lag der Anteil der lieferungebundenen ODA schon über 95 %, 1996 sogar bei 99 %, und damit weit über dem *OECD-Durchschnitt. Das Klischee der Kommerzialisierung und Instrumentalisierung der ODA in Diensten der «Japan AG» ist zählebig, trifft aber inzwischen auf sie nicht mehr zu als auf die E.-Hilfe der anderen OECD-Länder.

J. war auf die Vervielfachung seiner ODA innerhalb eines Jahrzehnts institutionell, personell und konzeptionell nicht vorbereitet. Drei «große» Min. (Außen-, Finanz- und Handelsmin.) sowie die *Economic Planning Agency* (*EPA*) bilden den inneren Org.-Kern eines fragmentierten und zeitraubenden Entscheidungsprozesses. Weitere zwölf Ministerien entsenden auf Zeit Beamte («Fallschirmspringer») in die Durchführungsorg. und Botschaften und vertreten dort Ressortinteressen. Den Vorsitz in den interministeriellen Entscheidungsgremien des «Vier-Ministerien-Systems» führt das Außenmin. (MoFA), das für die *Technische Hilfe und *grant aid* zuständig ist und diese über die 1974 gegr. *Japan International Cooperation Agency* (*JICA*) abwickelt. Seinen e.-pol. Führungsanspruch machen ihm jedoch das mächtige Finanzmin. (MoF) und das MITI (*Ministry of International Trade and Industry*) als interessenpol. Transmissionsriemen der Exportwirtsch. streitig. Das

MoF verwaltet die Zahlungen der Eximbank und hat einen beherrschenden Einfluss auf den OECF, dessen Präs. immer aus seinen Reihen kam. Die 1995 beschlossene und 1999 vollzogene Fusion des OECF, der für die Abwicklung der kreditfinanzierten Projekte zuständig ist, mit der Eximbank in der *Japan Bank for International Cooperation* (JBIC) gibt dem Finanzmin. noch mehr Gewicht, während das MITI seinen früheren beherrschenden Einfluss auf die EP verlor.
Der e.-pol. Entscheidungsprozess ist zugleich in hohem Maße bürokratisiert. Das Parl. verabschiedet Pauschaletats und beschäftigt sich, da es auch keinen Fachausschuss für EP gebildet hat, nur selten mit Zielen und Vollzug der ODA. Die *NGO-Bewegung ist so unterentwickelt wie in keinem anderen *OECD-Land, auch deshalb, weil es in J. keine Kirchen mit einer missionarischen Tradition und Sozialethik der Solidarität gibt. Hier liegen größere Unterschiede zur westl. EP als in der Technokratie der Projektpolitik. Allerdings hat die E.-Verwaltung, die mit dem raschen Wachstum des ODA-Budgets Rechtfertigungsprobleme bekam und mit Medienkritik konfrontiert wurde, die NGOs als Werbekolonnen und Legitimationsbeschaffer entdeckt.
Das Schlüsselproblem der E.-Verwaltung liegt neben dem schwerfälligen Entscheidungsprozess in ihrer personellen Unterausstattung. Während sich der Umfang der ODA im Jahrzehnt 1977–87 mehr als verfünffachte, wurde das Personal nur um das 1,7fache vermehrt. Zusätzlich behinderte das inneradministrative Rotationsprinzip die Ansammlung von Erfahrung und Sachkunde. Die Folgen waren und sind gravierende Qualitätsmängel: Die Bevorzugung von Großprojekten, die das «Mittelabflussproblem» verkleinern; der Stau von *Verpflichtungsermächtigungen in der «Pipeline», eine ungenügende Vor-, Über- und Nachprüfung der Projekte; schließlich auch der große Einfluss von Handelshäusern und Consulting-Unternehmen auf den Projektzyklus.
J. wurde zum «ODA-Weltmeister», ohne ein E.-Gesetz oder auch nur verbindliche Richtlinien zu haben. EP war das exklusive Werk einer mächtigen Ministerialbürokratie, die auch vom Parl. kaum gestört wurde. Erst seit Beginn der 1990er J. geriet sie unter öfftl. Rechtfertigungsdruck. Das Kabinett verabschiedete im Juni 1992 die *Official Development Assistance Charter of Japan* mit dem Gewicht einer reg.-amtlichen Richtlinie. Diese «ODA-Charter» betonte die folgenden vier Prinzipien: das «Tandem» von E.- und Umweltpol. mit der Selbstverpflichtung, mehr für «*nachhaltige Entwicklung» zu tun; die Entschlossenheit, die Verwendung von ODA für irgendwelche milit. Zwecke zu verhindern; die Verweigerung von ODA an Länder mit unangemessen hohen *Rüstungsausgaben, Importen oder Exporten von Waffen oder mit der Herstellung von Massenvernichtungswaffen; die Absicht, mittels ODA die Demokratisierung, Achtung der *Menschenrechte und Durchsetzung marktorientierter Wirtsch.-Reformen zu fördern. Die *ODA-Guidelines* von 1999 bekräftigten diese Vergabeprinzipien und betonten stärker (und ehrlicher) als bisher nat. Interessen. Viele Analysen erkannten einen Strategiewechsel von der Kommerzialisierung zur Politisierung der ODA.
Kritiker konnten in dieser «ODA-Charter» wenig Neues entdecken, allerdings viele Widersprüche in ihrer Anwendung. Beispielsweise vertragen sich ihre Prinzipien kaum mit der Schwerpunktförderung von massiv aufrüstenden Diktaturen (wie China und Indonesien). Das eigentlich Neue lag in der zunehmenden Abkoppelung der EP von der Außenwirtschaftspol. und in ihrem strategischen Einsatz für die *Globalisierung der Außenpol. Neu war auch, dass die ODA, deren Volumen sprunghaft angewachsen war, stärker zum Gegenstand öfftl. Diskussion und Kritik wurde, die sich v. a. an misslungenen Projekten oder

an Korruptionsskandalen entzünden. Es ist gut für die EP, dass sie dem ministerialbürokratischen *arcanum imperii* entzogen wurde; und es ist gut für sie, dass sie nicht mehr zum Instrumentenkasten der «Japan AG» gehört. Sie ist längst besser als ihr int. Ruf, der ihrer E. in den 1990er J. nicht gerecht wurde.

Lit.: B. May, Japans neue Entwicklungspolitik, München 1989; R. M. Orr, The Emergence of Japan's Foreign Aid Power, New York 1990; F. Nuscheler, Japans Entwicklungspolitik, Hamburg 1991; B. M. Koppel/R. M. Orr (Hg.), Japan's Foreign Aid, Boulder/Oxford 1993; A. Rix, Japan's Foreign Aid Challenge, London/New York 1993; A. Foerster, Japans Zusammenarbeit mit der Dritten Welt zwischen Entwicklungsorientierung und außenwirtschaftlichen Prioritäten, Berlin 1994; F. Nuscheler, Japan als «aid leader», in: M. Pohl (Hg.), Japan 1993/94, Hamburg 1994, S. 163–180; D. Arase, Buying Power, Boulder/London 1995; A. Kusano, Japan's ODA in the 21st Century, in: Asia-Pacific Review, vol. 7/2000, S. 38–55; F. Nuscheler/B. Warkentin, From «International Cooperation» to «Development Policy», in: Asia-Pacific Review, vol. 7/2000, S. 66–89. fn

Entwicklungspolitik Österreichs Ö. verfügt über eine Reihe objektiver Voraussetzungen, die seiner EP ausgesprochen förderlich sind: Die Rep. Ö. hat keine koloniale Vergangenheit und verfügt aufgrund ihrer begrenzten *Ressourcen auch nicht über machtpol. Einflussmöglichkeiten bzw. Interessenlagen. Als immer während neutraler Staat (seit 1955) ist Ö. außerdem geradezu prädestiniert, zum Abbau der Spannungen im *Nord-Süd-Konflikt beizutragen; in diesem Sinne können seine «guten Dienste» als neutraler Staat (u. a. Sitz int. Org. und Konferenzen, Vermittlung, Beschickung von *UN-Friedenstruppen) auch als Instrumente zur Aufrechterhaltung des *Nord-Süd-Dialogs verstanden werden. Seit 1989 konzentriert sich Ö. in seiner Außen(wirtschafts-)pol. allerdings einerseits auf die EU-Pol., andererseits auf die östl. Nachbarstaaten.

Nach einigen isolierten Maßnahmen in der Phase 1955 bis 1963 wurde die österr. EP konzeptionell in den «Grundsätzen der ÖVP für die EP» (1963) zusammengefasst und in einem «Interministeriellen Komitee für E.-Hilfe» org., in dem Vertreter von 13 Min. unter dem Vorsitz des Bundeskanzlers zusammengefasst waren. 1970 wandelte die soz. Alleinreg. das Komitee in ein «Ministerkomitee für E.-Hilfe» um. 1973 wurde im Zuge einer Reform des Bundesministeriengesetzes die Haupthilfe dem Bundeskanzleramt (BKA) («Gruppe E.-Hilfe» innerhalb der Sektion IV: Verstaatlichte Betriebe) unterstellt, wo ein eigener Staatssekretär u. a. für wirtsch. Koordination, staatl. Unternehmen und E.-Hilfe zuständig war. Teilbereiche der EP wurden dem Außenmin., Abteilung «E.-Hilfe» in der Sektion III (multilaterale *technische Hilfe), beim Finanzmin. (multilaterale *Kapitalhilfe) und beim Handelsmin. (*GATT, *UNCTAD etc.) zugeordnet. Im Zuge von Kompetenzverlagerungen nach der Regierungsumbildung im Sept. 1984 wurde die sog. Sektion EZ errichtet, die die Koordinationsfunktion der EP der österr. Bundesreg. für das (jeweils) zuständige Bundesmin. wahrnimmt. Unter anderem wurde die Zuständigkeit in Angelegenheiten der E.-Hilfe vom BKA auf das Außenmin. übertragen (öBGBl. 439/84, Art. I, Ziff. 10, VII, Abs. I), wo sie bis 1990 verblieb, um danach wieder in das BKA – als Teil des Staatssekretariats für Europ. Integration und EZ – verlagert zu werden. Im Oktober 1994 wurden die E.-Hilfeagenden vom BKA wieder an das Außenmin. zurückverlagert (Sektion VII: EZ; Koordination der intern. E.-Pol.), wo sie zu Beginn 1995 einem neu gegr. Staatssekretariat unterstellt wurden. Die sog. Osthilfe, d. h. die Hilfe an die Reformstaaten bzw. mittel- und osteurop. Länder (MOE), verblieb allerdings im Kompetenzbereich des BKA. Aus diesem kompetenziellen «Hin und Her» resultierten nicht nur org. Schwierigkeiten, wie z. B. solche aufgrund der Änderung von verantwortlichen Personen oder Dienststellen, sondern es kam naturgemäß auch immer wieder zu einem Wechsel in den inhaltlichen Vorstellungen bezüglich der EZ und ihrem pol. Stellenwert. Beide Faktoren erwiesen sich für eine kontinuierliche Arbeitsweise der Beamten (ca. 45 Mitarbeiter[innen] verwalten über 500 Projekte in über 50 Ländern) als nicht gerade förderlich.

Die gesetzliche Grundlage für die öfftl. E.-Hilfe wurde durch das E.-hilfegesetz 1974 (öBGBl. Nr. 74/474 i. d. g. F. BGBl. Nr. 579/1989) geschaffen, das in seinem § 7 auch einen «Beirat für E.-Hilfe» vorsieht, der 1975 definitiv eingerichtet wurde. Von 1975 bis 1995 hatte der Beirat etwa 50, seit seiner Umstrukturierung ab 1996 verfügt er nur mehr über 26 Mitgl. Er hat die Aufgabe, den Bundeskanzler und den Staatssekretär in Fragen der EP und der E.-Hilfe zu beraten sowie den alle drei J. erforderlichen Bericht für E.-Hilfe an das Parl. vorab zu kommentieren. Aufgrund seiner heterogenen Zusammensetzung (Vertreter von pol. Parteien, Min., Berufsgruppen, Banken, privaten E.-Hilfe-Org. und Experten) agiert der Beirat eher schwerfällig und konnte bislang keine echte Initiativfunktion entfalten.

Das Dreijahresprogramm der österr. EZ ist jährl. fortzuschreiben, und alle drei J. hat der für die EZ und die Koordinierung der EP Regierungsverantwortliche (gegenwärtig der Bundesmin. für Auswärtige Angelegenheiten) dem Nationalrat – z. H. des Entwicklungspol. Unterausschusses des Hauptausschusses – einen Bericht zu übermitteln. Seit 1981 veröffentlicht die Bundesreg. ihr «Dreijahresprogramm» der österr. EP. Als Kommentar dazu veröffentlicht die «Österreichische Forschungsstiftung für EP» (ÖFSE) seit 1984 jährl. eine umfassende Broschüre zur österr. EP. Zur Sammlung der verstreuten Aktivitäten priv. Org. und zur Verbesserung der einschlägigen Öffentlichkeitsarbeit wurde 1979 auf Initiative einer Gruppe von dem christl. Umfeld nahe stehenden Personen der (Österr.) Informationsdienst für E.-Hilfe (*ÖIE) aufgebaut, der in der Folge vom BKA unterstützt wurde. Der ÖIE gab bis 1990 eine kritische Monatsschrift «Entwicklungspol. Nachrichten» heraus, die 1991 in «Südwind-Magazin» umbenannt wurde. Der ÖIE strukturierte sich 1996 um und gab sich ebenfalls einen neuen Namen, nämlich «*Südwind-Agentur». Obwohl rel. viele Österreicher (rd. 25 %) an Nord-Süd-Problemen interessiert sind, ist der tatsächliche Informations- und Bewusstseinsstand in der österr. Öffentlichkeit sehr gering.

Versucht man eine Evaluierung österr. EP, so kann vorab festgestellt werden – was sich ja auch in der oben aufgezeigten (alternierenden) Ressortzuständigkeit des BKA (bis 1984 und zwischen 1990 und 1994) widerspiegelt –, dass sie sich an den Interessen der Export- und Rohstoffsicherungspol. orientiert. Der Zugriff der sozialpartnerschaftlich verfassten Wirtschaftsinteressen auf die öfftl. österr. EP fand schließlich in der administrativen Unterordnung der Sektion E.-Hilfe unter die Sektion IV des BKA «Verstaatlichte Betriebe» seinen bürokratischen Ausdruck. Seit der administrativen Neuordnung der EP 1974 gilt das Prinzip der sog. Entwicklungspartnerschaft, das eine entschiedene Absage an eine uneigennützige, rein altruistische Form der E.-Hilfe beinhaltet: Mit der EP sollen die Länder der *Dritten Welt zu Wirtsch.- und Handelspartnern gemacht werden. Ein weiteres Spezifikum der österr. EP ist die Differenz zwischen programmatischen Erklärungen zur EP einerseits und der e.-pol. Praxis andererseits. Ö. verfehlte in der Vergangenheit die quantitativen Zielsetzungen der *OECD ganz eindeutig und lag am unteren Ende der *DAC-Statistik (1970: 0,07 % des BIP, 1987: 0,17 %, 1990: 0,25 %; damaliger DAC-Durchschn.: 0,35 %), ein Zustand, der sich nicht allein mit mangelnder wirtsch. Leistungskraft rechtfertigen ließ. Darüber hinaus rechnete Ö. einige nicht ganz eindeutige Leistungen in seine E.-Hilfe-Statistik ein, wie z. B. allg. Hochschulkosten, die auf Studenten aus EL entfallen, sowie Kredite der Kontroll-

bank zur Versicherung des Risikos bei Exportgeschäften.
Entgegen der Ankündigung, insb. den *LLDCs mehr Hilfe zu weicheren Konditionen zukommen zu lassen, befanden sich 1995 unter den 18 *ODA-Hauptempfängerländern nur 5 LLDCs (Uganda, Tanzania, Kap Verde, Mozambique, Bhutan). In der Periode 1993–1994 gingen nur 18,9 % der österr. ODA an LLDCs, womit Ö. unter dem DAC-Durchschnitt von 24,2 % lag. Ö. weist im Vgl. mit Ländern ähnlicher Größenordnung (Belgien, Finnland, Schweiz, Norwegen, Schweden etc.) noch immer den weitaus höchsten ODA-Anteil an Krediten auf. 1995 belief sich dieser Anteil auf rd. 41 % der Gesamt-ODA, während der DAC-Durchschnitt knapp 24 % betrug. Die Bedingungen der österr. E.-Hilfe müssen aufgrund dieses hohen Anteils gebundener öfftl. Kredite auch als «harte Konditionierung» bezeichnet werden. Das *Zuschusselement betrug in Ö. im Durchschnitt der J. 1993 und 1994 87,6 %, womit Ö. das von der OECD vorgegebene Mindestziel von 86 % gerade erreichte (durchschn. DAC-Zuschusselement = 90,8 %). Das Zuschusselement der ODA-Kredite lag in Ö. im Durchschnitt 1993/94 bei 52,6 % und war damit niedriger als der DAC-Durchschnitt von 59,9 %.
1995 betrug die ges. österr. öfftl. EZ (*ODA) 560 Mio. €, was einer Steigerung von 3,32 % gegenüber 1994 entsprach. Der Grund dafür waren der EU-Beitritt und die damit verbundenen Zahlungen in Höhe von 62 Mio. € an die EZ im Schoß der EU. Dadurch kam es im multilateralen Bereich zu einer Steigerung von 102 Mio. € (1994) auf 153 Mio. € (1995). Die *bilateralen Leistungen verzeichneten hingegen einen Rückgang von 440 Mio. € (1994) auf 407 Mio. € (1995). Ö. lag 1994 und 1995 mit 0,33 % Anteil der Leistungen der EZ am BIP knapp über dem OECD/DAC-Durchschnitt von 0,25 % und damit an zwölfter Stelle der 21 DAC-Geberländer.
Die Zusammenarbeit zwischen Ö. und den EL erfolgt a) bilateral, b) multilateral und c) durch Beteiligung am Nord-Süd-Dialog. Die bilaterale (*finanzielle und *technische) Hilfe beträgt stets mehr als 2/3 der ges. öfftl. Hilfe und war bis Ende der 1980er J. schwerpunktmäßig auf Afrika gerichtet. Seit Mitte der 1990er J. konzentriert sich die bilaterale EZ auf folgende 5 Schlüsselregionen: Zentralamerika, Sahel-Zone, Ostafrika, südliches Afrika und Himalaja. Durch die doppelte Konzentration auf geogr. und sektorielle Schwerpunkte (*Know-how-Transfer in den Bereichen Basisgesundheitsversorgung, *Energie, *Wasser, Landw., *Bildung und Berufsbildung, Gewerbeförderung, *Tourismus etc.) hofft Ö. seine Ressourcen optimal einzusetzen und zu bündeln. Der verbleibende Anteil an multilateraler (finanz. und techn.) Hilfe wird v.a. über Beteiligungen an *IWF, *Weltbank, *IDA, *ADB und *BID geleistet. Im Nord-Süd-Dialog hat Ö. mit 1. 4. 1972 das *Allgemeine Präferenzsystem (APS) in Kraft gesetzt, mit 1. 1. 1975 erweitert (der Zollentgang wird auf ca. 72 Mio. € jährl. geschätzt) und 1979 die Forderungen der *UNCTAD nach Schuldenerleichterungen teilweise erfüllt (14,8 % der Schuldensumme wurden nachgelassen). Zurzeit (1997) bereitet die österr. Bundesreg. eine neue Entschuldungsinitiative für EL (geplanter Finanzrahmen 72 Mio. €) vor. Darüber hinaus beteiligt sich Ö. an den int. *Rohstoffabkommen und hat für den *Gemeinsamen Fonds 2 Mio. US-$ bereitgestellt.
Durch den Handel mit den EL fließt ein beträchtlicher Teil der österr. E.-Hilfeleistungen in Form von Aufträgen an die heim. Wirtsch. wieder zurück. Der Anteil des Handels mit EL am ges. Außenhandel Ö.s ist in den letzten J. im Zuge einer zunehmenden EU-Orientierung allerdings deutlich zurückgegangen. Während 1980 noch 16,7 % der Exporte und 13,4 % der Importe Ö. mit EL abgewickelt wurden, betrug der Anteil des EL-Handels am ges. Außenhandel 1994 nur noch 7,2 %.

Geltende Regelung: Am 28. 2. 2002 kam es zur Verabschiedung eines neuen Entwicklungszusammenarbeitsgesetzes (EZA-G) (öBGBl. I Nr. 49/2002), mit dem das bisherige E.-hilfegesetz (1974) außer Kraft gesetzt und die Ziele (§ 1 Abs. 3) und die Prinzipien (§ 1 Abs. 4) der österr. EP neu definiert wurden. Gem. § 2 EZA-G umfasst die EZA alle Maßnahmen des Bundes, die Bestandteil der öfftl. Entwicklungsleistungen sind und die an den E.-Hilfeausschuss der OECD gemeldet werden. Diese sind gemäß den im Dreijahresprogramm der österr. EP festgelegten Leitlinien zu gestalten, wobei aber der BMfaA die Koordination im Hinblick auf die EP der EG (Art. 177 ff. EGV) gem. Art. 180 EGV sicherzustellen hat (§ 8). Gemäß § 3 gelten als EL jene Länder und Gebiete, die jeweils im Anhang zum Dreijahresprogramm der österr. EP (§ 9) aufgezählt sind, wobei bei der Auswahl die vom DAC erstellte Liste der EH-Empfänger zu berücksichtigen ist. Zum Zwecke der Beratung des BMfaA auf dem Gebiet der EP ist beim BMfaA ein «Beirat für EP» einzurichten (§ 7), der aus sachkundigen Personen besteht, die vom BMfaA zu ernennen sind. Der Beirat ist mind. zweimal jährl. einzuberufen. Gemäß § 9 ist zur längerfristigen Planung vom BMfaA im BMfF ein Dreijahresprogramm der österr. EP zu erstellen, der Bundes-Reg. vorzulegen und dem Nationalrat zur Kenntnisnahme zu übermitteln. Darin sind auch die Leitlinien für die Mitwirkung des Bundes an der EZ der EU und in den einschlägigen int. Org. festzulegen. Das aktuell gültige «Drei-Jahres-Programm» der österr. EZA (2001–2003) wurde am 19. 12. 2000 vom Ministerrat zur Kenntnis genommen und legt die Ziele und Prinzipien der österr. EP fest. Als oberstes Ziel sind darin * Armutsbekämpfung, Konfliktprävention und Umweltschutz festgeschrieben. Des Weiteren enthält es im Bereich der *bilateralen* EZA ein «Mittelfristiges Kernprogramm der EZA 2001–2003» – aufdifferenziert nach geogr. Konzentration [Ostafrika (Äthiopien, Rwanda, Uganda, Burundi, Kenia, Tanzania), südliches Afrika (Mozambique, Namibia, Zimbabwe, Südafrika), Westafrika-Sahel (Burkina Faso, Kap Verde, Senegal), Zentralamerika (Nicaragua, Costa Rica, El Salvador, Guatemala), Himalaya-Hindukusch (Bhutan, Nepal, Pakistan), Palästina und Südostasien] und betroffenen Sektoren (Dezentralisierung, Landwirtschaft, Mikro-, Klein- und Mittelbetriebsentwicklung, Verkehr und Mobilität, Bildungszusammenarbeit, *Energie, *Wassersektor) – sowie einen «Globalbereich». Daneben enthält es Aussagen zur *multilateralen* EZA und zur «Initiative zur Entschuldung der hoch verschuldeten armen Länder» (*HIPC). Im multilateralen Bereich arbeitet Ö. zum einen in den *UN am Entwicklungsprogramm der UN (*UNDP), am Weltbevölkerungsprogramm (*UNFPA), am Hilfsexpertenprogramm (*JPO), in der *UNIDO, in der UNCTAD sowie an *HABITAT und zum anderen an der EZA in der EU (→EEP) mit. Diesbezüglich hat der Rat der EU im Nov. 2000 eine allg. pol. «Erklärung über die EP der EG» verabschiedet und am 8. 11. 2001 das längerfristige Ziel von 0,7 % des BIP für die ODA der Mitgliedstaaten beschlossen. Gemeinsam soll bis 2006 ein EU-Durchschnittswert von 0,39 % erreicht werden. In die EU-*AKP-Bez. kam durch das das *IV. Lomé-Abkommen ablösende Partnerschaftsabkommen von *Cotonou/Benin vom 23. 6. 2000 eine neue Qualität. Durch das am 18. 9. 2001 unterzeichnete Interne Abkommen zwischen den EU-Mitgliedstaaten im Rahmen des Finanzprotokolls zum Cotonou-Abkommen wurde der IX. Europäische Entwicklungsfonds (*EEF) eingerichtet, zu dem Ö. 366 Mio. € beiträgt. In eigenen Jahresberichten berichtet das BMfaA regelmäßig über den Stand der Österr. EZA (zuletzt BMfaA/Sektion VII-EZA [Hrsg.], Jahresbericht 2000, Wien 2001). Insges. betrug die ODA-Leistung Ö.s im J. 1999 494 Mio. € (= 0,26 % des BNE), womit Ö. zwar über dem OECD-Durchschnitt von 0,24 %, aber unter dem EU-Durchschnitt von 0,31 % lag. 2000 betrug die ODA 459 Mio. €, was 0,23 % des BNE ausmachte (DAC-Durchschnitt = 0,22 %). In Ö. ist aber auch die *private* EZA ein nicht zu unterschätzender Faktor, der immerhin ein Sechstel der ODA beträgt: 1999 betrug sie über 87 Mio. € und 2000 noch immer 80 Mio. €, wobei mehr als die Hälfte der aufgebrachten Mittel auf die EZA-Org. der kath. Kirche entfallen.

Lit.: H. Ornauer, Zur österreichischen Entwicklungshilfe und Entwicklungshilfepolitik, in: Österreichisches Jahrbuch für Politik, 1978, S. 313 ff.; A. Skuhra, Österreich im Nord-Süd-Konflikt während der siebziger Jahre, in: Österreichische Zft. für Politikwissenschaft 3/1978, S. 32 ff.; AGEZ, Soll und Haben – Konturen der österreichischen Entwicklungspolitik 1/1992; AGEZ, Zusammenarbeit – Konturen der österreichischen Entwicklungspolitik 2/1993; BMfaA/Sektion VII-EZA (Hg.), Drei-Jahres-Programm der Österr. EZA 2001–2003, Fortschreibung, Wien 2000; BMfaA/Sektion VII-EZA (Hg.), Jahresbericht 2000, Wien 2001; BMfaA (Hg.), Außenpolitischer Bericht 2001, Wien 2002, S. 137 ff.; ÖFSE (Hg.), Jahresbericht 2001, Wien 2002. wh

Entwicklungspolitik Russlands →Russland und die Dritte Welt

Entwicklungspolitik weiterer europäischer Geberländer →DAC

Entwicklungspolitische Aktionsgruppen →Aktionsgruppen, entwicklungspolitische

Entwicklungspolitische Berichte Berichte der Bundesreg. zur *Entwicklungspolitik, die nach einem Beschluss des Dt. Bundestages seit 1973 zunächst alle zwei bis drei J., ab 1996 alle vier J. dem Parl. vorzulegen sind. Bisherige Berichte: 1973 (BT-Drucksache 7/1236), 1975 (7/4293), 1977 (8/1185), 1980 (8/3582), 1983 (9/2411), 1985 (10/3028), 1988 (11/2020), 1990 (11/7313), 1993 (12/4096), 1995 (13/3324), 2001 (14/6496). Die Berichte bilden die Grundlage für grundsätzliche e.-pol. Debatten und Beschlüsse des Parl. dn

Entwicklungspolitische Informationen →epi

Entwicklungsreferent →WZ-Referent

Entwicklungstheorien Theorien, welche den Entwicklungsprozess der aus der *Dekolonisation hervorgegangenen Staaten der *Dritten Welt in seinen Voraussetzungen, darunter den Ursachen der Unterentwicklung, und in seinen Merkmalen zu erklären versuchen sowie in starker Praxisorientierung in Form von *Entwicklungsmodellen und Entwicklungsstrategien auf Veränderung der gesellsch. Wirklichkeit abzielen (Nohlen/Nuscheler 1993).

1. Die entwicklungstheoret. (e.-th.) Diskussion wurde in den ersten Jahrzehnten von den gegensätzlichen Paradigmen der *Modernisierungstheorie und der *Dependencia strukturiert und dominiert. Diese e.-th. Phase mündete in der sog. Krise der E.-Th., die hauptsächlich zwei Ursachen zugeschrieben wurde. Zum einen den empirischen Tatsachen: Trotz allen e. Bemühungen und Empfehlungen verbesserte sich die Lage der EL, gemessen an *Indikatoren des Wohlstands und seiner globalen Verteilung, nicht wesentlich, sieht man von wenigen Ländern (hauptsächlich in Südostasien) ab. Mit diesem ernüchternden Ergebnis wurden generell die modernisierungstheoret. Annahmen für gescheitert erklärt. Die wenigen Länder freilich, die rel. erfolgreiche Prozesse nachholender E. durchliefen, hatten weltmarktintegrative Entwicklungsstrategien angewandt, welche die Dependenztheorien für kontraproduktiv gescholten hatten. Damit erschien auch die Dependencia generell als Entwicklungsparadigma entwertet. Zum anderen dem Charakter der E.-Th. als Großtheorien; solchen Theorien mangelt es grundsätzlich an Differenzierungsvermögen. Der Homogenität der jeweiligen Zielvorstellungen und Entwicklungsstrategien entsprach keine Homogenität der Ausgangsbedingungen und jener soziokulturellen Orientierungen der einzelnen Entwicklungsgesellschaften und -regionen, welche erheblichen Einfluss auf die Entwicklungschancen und -prozesse nehmen.

Die e.-th. Diskussion war und ist jedoch durch weitere Merkmale ihrer Zeit in gesellschafts- und wissenschaftstheoret. Hinsichten gekennzeichnet. Die besagte Krise der E.-Th. lässt sie in ein Vorher und ein Nachher unterscheiden: (a) Die frühe Entwicklungsdiskussion war eingebettet in die steuerungstheoret. Euphorie der 1960er bis 1970er Jahre, dies bes. markant im dt. Fall nicht zuletzt aufgrund der hierzulande trad. Staatszentriertheit der Gesellschaftstheorie. Dabei wurde die widerborstige Realität komplexer Sozialsysteme zumal eigendynamischer fremder Kulturen unterschätzt. (b) Hinsichtlich der Forschungsmethoden wurde die Fallstudie präferiert, die zu Generalisierung wenig geeignet ist, was jedoch nicht daran hinderte, unzulässig zu verallgemeinern (typischer Titel: Militärherrschaft in der Dritten Welt: Der Fall X). Die größte Resonanz erzielten deduktive Abhandlungen, für die empirische Fälle ausgesucht wurden, welche das Theoriegebäude zu bestätigen versprachen (bemerkenswertestes Programm: Theorie der *Dissoziation von D. Senghaas mit den Fällen VRChina, Albanien, Nordkorea und Kuba). Fast keine Konjunktur hatten komparative Untersuchungen nach den qualitativen Maßgaben der vergleichenden Methode. (c) Der e.-th. Anspruch war sehr hochgeschraubt, insofern als in den großen gesellsch. Alternativen gedacht und auf die Reform des Gesamtsystems abgezielt wurde, deren pol. Voraussetzungen kaum geprüft oder in eurozentrischer Bedenkenlosigkeit (hier leben, dort revolutionieren) für vernachlässigungsfähig gehalten wurden. (d) Die E.-Th. begab sich in eine aufgrund ihrer stark normativen oder kritisch-dialektischen Ansätze verständliche, gleichwohl bedenkliche Nähe zur Pol., so als müsse die Theorie das Geschäft der Pol. bzw. der pol. Akteure selbst betreiben: die Wahl zwischen und die Übernahme der pol. Verantwortung für entwicklungspol. Grundentscheidungen. E.-Th. trumpfte mit entwicklungsstrategischen Imperativen auf (Senghaas 1977). So war es nur verständlich, dass sich die E.-Th. den Misserfolg der EP selbst zuschrieb und bezeichnenderweise jene Entwicklungsforscher am tiefsten in Resignation verfielen, auf die die dargelegten Merkmale der Theorieentwicklung in geradezu idealtypischer Weise zutrafen. Es begann der «Ende von»-Diskurs, am exponiertesten durch U. Menzel (1992) vertreten: das «Ende der Dritten Welt», weil sie sich als Vielfalt erwiesen hatte und sich nicht mehr als Subjekt einer Großtheorie eignete, das «Ende der E.-Th.», weil sie gescheitert sei und mit der Dritten Welt (auch als Ergebnis des Zusammenbruchs des soz. Lagers, als Zweite Welt gezählt) in der «Neuen Weltordnung» ihr Objekt verloren habe. Die Postmoderne, gegen die großen Theorien gerichtet, fügte ihr Übriges zum Klima der Ratlosigkeit und Verunsicherung bei. Der Glaubensverlust an die Erklärungskraft der Großtheorien ist jedoch nicht gleichbedeutend mit einer Krise der E.-Th. allg. (Mürle 1997). Bereits während der Hochphase der e.-th. Kontroverse und der emphatischen Vertretung einer der beiden von ihnen durch ihre jeweiligen Protagonisten wurde der von beiden Seiten erhobene Ausschließlichkeitsanspruch hinterfragt und mit integrierenden Ansätzen gearbeitet (Nohlen/Nuscheler [1]1974, [2]1982, [3]1993). Des Weiteren sind viele der modernisierungstheoret. und der dependenztheoret. Erkenntnisse aus der Entwicklungsforschung nicht mehr wegzudenken. Von ihnen zehrt die E.-Th. heute. Sie sind zu allg. e.-th. Gedankengut avanciert, zumal nach Aufbrechen und Abbau der ideol. Lagermentalitäten, die sich der beiden Großtheorien teilweise bemächtigt hatten. Seitdem macht sich kein Entwicklungstheoretiker mehr ideol. verdächtig, wenn er die Entwicklungsprobleme auf externe und interne Faktoren zurückführt und deren komplexen Wirkungszusammenhang analysiert. Die Aufhebung des Ost-West-Konflikts ist zudem ein auch für die E.-Th. wichtiges Datum. Dieser Einschnitt ermöglichte im Bereich pol. E. manchen Fortschritt. Zu denken ist hier an die * Demokratisierung pol. Systeme (* Systemwechsel) und an die Pol. der Gewährleistung der * Menschenrechte. Auch konnten nun entwicklungspol. einige e.-th. Einsichten in die Praxis umzusetzen versucht werden. Im Konzept des * *good governance* konnte etwa das Problem des schlechten Regierens in den EL, der * Korruption, des * Klientelismus etc. angegangen werden. Zwischen den beiden Phasen veränderten sich also wichtige hist.-pol. Voraussetzungen der wie bereits festgestellt stark praxisorientierten E.-Th.

2. Wie die Dependencia fast spiegelbildlich die Gegenposition zur Modernisierungstheorie einnahm, so kann auch von der neueren E.-Th. gesagt werden, dass sie in vielem als alternativ zur älteren E.-Th. gekennzeichnet werden kann. Der Wandel ist dabei nicht nur als eine Konsequenz aus dem «Scheitern der E.-Th.» zu begreifen, sondern ebenso Ausdruck allg. Veränderungen in der Weltpol., der Entwicklungsproblematik, der Gesellschaftstheorie und wissenschaftsinterner Prozesse. (a) Die jüngere e.-th. Diskussion ist quasi paradigmenlos, entbehrt einer theoret. Gesamtperspektive. Dementsprechend fällt der theoret. Anspruch einzelner Beiträge geringer aus. (b) Es werden nicht nur wie bisher klein dimensionierte Objekte (Länder, Politische Systeme, Politikfelder) untersucht, sondern die e. Ergebnisse auch bewusst diesen zugerechnet; es wird weniger verallgemeinert. Forschungsstrategisch werden einerseits Vergleiche nach Ländergruppen angestellt, die nicht mehr von der grundsätzlichen Ähnlichkeit, sondern von der Verschiedenheit von Ländern und Ländergruppen ausgehen. Mit der Frage, warum gelingt in einigen Ländern nachholende E., in anderen nicht, wurde der An- bzw. Abwesenheit begünstigender bzw. hemmender Faktoren mehr Aufmerksamkeit geschenkt. In der induktiven, hist.-empirischen Vorgehensweise wird der von der Dependencia angemahnten, aber nicht eingelösten hist. Analyse entsprochen. Symptomatisch dafür ist die in der Raumdimension bescheidenere, aber in der Intensität weitaus fruchtbarere Erkenntnis der * Pfadabhängigkeit von Entwicklungsprozessen. (c) Aufgewertet wurde die Bedeutung des Faktors Kultur in der politikwiss. E.-Th. (Engels 1994), wie insb. in der Konfuzianismusdebatte zu den Entwicklungserfolgen südostasiat. Länder deutlich wurde. Auch beginnt das * Sozialkapital (Putnam 1993) in seiner Bedeutung für den Fortschritt und den gesellsch. Wohlstand in den EL erkannt zu werden. (d) In pol. praktischer Hinsicht werden Teilreformen im Rahmen kapitalistischer E. anvisiert, nachdem die große soz. Alternative weggebrochen ist. Damit einher geht eine größere steuerungstheoret. Bescheidenheit der E.-Th., die sich nun auf den Entwicklungsprozess einzelner Länder oder allenfalls von Ländergruppen bezieht. Sie steht im Einklang mit systemischem Denken, d. h. der Anerkennung systemischer Identität der sozialen Systeme der Entwicklungsgesellschaften. (e) In Übereinstimmung mit dem Vorhergehenden wird die stärkere Rolle gesellsch. Akteure im Entwicklungsprozess betont. Damit wird der Einsicht entsprochen, dass die Menschen in den EL Subjekte und Träger von E. sind. In diesem Zusammenhang ist das Konzept des * *Empowerment* aufgekommen. Die Menschen in den Entwicklungsgesellschaften sollen zur Selbstorg. angeregt und zur Aktivierung ihrer eigenen Ressourcen und derjenigen ihrer Sozialsysteme befähigt werden. Neben dem ländl. Sektor und dem städt.-informellen Sektor, auf die immer schon fokussiert wurde, wird nun die Rolle der Frau im Entwicklungsprozess unter dem *Empowerment*-Ansatz hervorgehoben. Im Grunde wurde, erneut einer allg. gesellschaftstheoret. Tendenz folgend, das * Subsidiaritätsprinzip wiederentdeckt, d. h. die Selbststeuerung der im Entwicklungsrückstand sich befindenden Sozialsysteme und die Aktivierung lokalen

Wissens, lokaler Kompetenz. Diese Betonung ist nicht zu verwechseln mit der postmodernistischen Denkrichtung, welche das westl. Modernisierungsverständnis ablehnt, die den wiss. e.-th. Diskurs als «*metanarrativen*» disqualifiziert und vollends auf die Rückbesinnung der EL auf ihre eigene Kultur pocht. Allerdings fügt sich die geforderte Eigenverantwortlichkeit der sozialen Akteure in neoliberales Denken, insofern sie die Selbstzuschreibung von Erfolg oder Misserfolg zum Ergebnis hat, was angesichts struktureller Entwicklungshemmnisse nicht unproblematisch ist.

Im Vgl. der beiden e.-th. Phasen liegt der Schluss nahe, dass die sog. Krise der E.-Th. die eines best. Typus von E.-Th. im Zusammenhang der in seiner Epoche obwaltenden gesellschafts- und wissenschaftstheoret. Überzeugungen war, eine Übergangskrise zu einem anderen Typus von E.-Th., der ebenfalls mit externen gesellschafts- und wissenschaftstheoret. Entwicklungen liiert ist.

3. Indem in der neueren E.-Th. der Mikroebene und dem Kontext mehr Bedeutung beigemessen wird, erreichen auch die abstrakteren bzw. verallgemeinerungsfähigen Konzepte nur mehr eine begrenzte (sektorale) Reichweite. Zu nennen sind hier zwei theoret. Ansätze oder Strategien. Zum einen die regulative Idee des *sustainable development, eine Neuformulierung des Entwicklungsbegriffs mit der impliziten Aufforderung an EL und IL, sämtliche bestehenden Strukturen und Reformen auf *Nachhaltigkeit zu befragen, d. h. daraufhin, ob sie ökologieverträglich und zukunftsfähig sind (→Entwicklung). Zum anderen die *systemische Wettbewerbsfähigkeit, in der steuerungstheoret. Debatte ein Konzept, das aufzeigt, welche Voraussetzungen koordiniert auf miteinander vernetzten Ebenen herbeizuführen sind, um ländereigene Ressourcen per Integration in die Weltwirtsch. erfolgreich für den «Wohlstand der Nationen» nutzen zu können.

4. Seit der Wende in der E.-Th. sind neue Herausforderungen an sie durch *Neoliberalismus und *Globalisierung entstanden, erstens insofern, als beide Phänomene kontrovers diskutiert werden, und zweitens weil mit ihnen eine Problemdynamik verbunden ist, die sich in der Weise kennzeichnen lässt, dass mehr neuartige und komplexere Probleme entstehen, als bekannte und einfachere gelöst werden können. Die Koinzidenz beider Phänomene erschwert entwicklungspol. Maßnahmen, da die Globalisierung mit einem Verlust an nationalstaatl. Kontrolle des Wirtschaftsgeschehens verbunden ist und der Neoliberalismus nicht angetreten ist, dies zu kompensieren, sondern mit ihm durch die Privatisierung zudem wichtige gesellsch. Bereiche der pol. Steuerung entzogen werden.

(a) Gelegentlich wird der Neoliberalismus als neue entwicklungspol. Großtheorie gehandelt. Das Präfix groß rechtfertigt sich allenfalls durch die weltweite Ausdehnung neoliberaler Pol. Eine ökon. Theorie der Ressourcenallokation ohne theoret. Bezug zu den weiteren Dimensionen des Entwicklungsbegriffs, etwa zur sozialen Gerechtigkeit, verfehlt den Kern einer E.-Th. Der Neoliberalismus ist also keine E.-Th., er bietet für die Entwicklungsprobleme keine dauerhafte Lösung, er ist in vielerlei Hinsicht hinzugekommener Teil des Problems. (b) Die Globalisierung zeigt die bereits nachgewiesene Tendenz, die Reichen immer reicher und die Armen immer ärmer werden zu lassen. Sieht man von wenigen EL ab, die ihre Ausbildungskapazitäten in der Informatik voll haben nutzen können und den neuen **brain drain* aufziehen, so sind int. die EL die Globalisierungsverlierer. Innergesellsch. wiederholt sich in den EL der Prozess der ungleichen Verteilung von Nutzen und Kosten der Globalisierung. Von beiden Phänomenen ist e.-th. demnach nichts Gutes zu erwarten. E.-Th. hat sich nun mit der Abfederung ihrer Folgen zu befassen. Denn eine grundlegende Alternative ist nicht in Sicht, auch wenn die Kritik sich schärfer und der Widerstand sich vehementer zu artikulieren beginnen. Einen Ansatz dazu bietet allenfalls die *Global governance*-Konzeption, die in ihrem Forderungskatalog aus e.-th. Perspektive einige dependenztheoret. Momente ordnungspol. Natur wieder aufleben lässt: gerechte Weltsozialordnung, Weltumweltordnung, gerechtes Weltwährungs- und Finanzsystem, Wettbewerbsordnung, gerechte Welthandelsordnung (Messner/Nuscheler 1998: 359f.). Indem Entwicklung und *Frieden, Frieden und Entwicklung in immer stärkerem Zusammenhang gesehen werden, ist im wiss. Diskurs auch eine stärkere Verzahnung von E.-Th. und →Friedensforschung festzustellen.

Lit.: D. E. Apter, The Politics of Modernization, Chicago 1965; D. Senghaas (Hg.), Peripherer Kapitalismus, Frankfurt a.M. 1974; D. Senghaas, Weltwirtschaftsordnung und Entwicklungspolitik, Frankfurt a.M. 1977; F. H. Cardoso/E. Faletto, Abhängigkeit und Entwicklung in Lateinamerika, Frankfurt a.M. 1976 (span. 1971); Nord-Süd-Kommission (Hg.), Das Überleben sichern. Der Brandt-Bericht, Frankfurt a.M. u.a. 1981; L. Mármora/D. Messner, Theorieruinen der Entwicklungsforschung, in: Blätter 1989, 10, 1206–1219; U. Menzel, Das Ende der Dritten Welt und das Scheitern der großen Theorie, Frankfurt a.M. 1992; D. Senghaas (Hg.), Imperialismus und strukturelle Gewalt, Frankfurt a.M. 1992; D. Nohlen/F. Nuscheler (Hg.), HDW I–III, Bd. 1, Hamburg 1973, 1982, Bonn 1993; R. D. Putnam, Making Democracy Work, Princeton 1993; B. Engels (Hg.), Die sozio-kulturelle Dimension wirtschaftlicher Entwicklung in der Dritten Welt, Hamburg 1994; U. Menzel, Geschichte der Entwicklungstheorie, Hamburg 1995, 3. Aufl.; H. Elsenhans, Kein Ende der großen Theorie, in: Asien-Afrika-Lateinamerika 1996, 24 (2), 111–145; R. Tetzlaff, Theorien der Entwicklung der Dritten Welt nach dem Ende der Zweiten (sozialistischen) Welt, in: K. von Beyme/C. Offe (Hg.), Politische Theorien in der Ära der Transformation, Opladen 1996, 69–93; D. Nohlen/P. Waldmann/K. Ziemer (Hg.), Die östlichen und die südlichen Länder (= Lexikon der Politik, Bd. 4), München 1997; D. Messner/F. Nuscheler (Hg.), Global Governance, in: D. Senghaas (Hg.), Frieden machen, Frankfurt a.M. 1997, 337–361; H. Mürle, Entwicklungstheorie nach dem Scheitern der «großen Theorie», INEF-Report 22, Duisburg 1997; D. Messner/F. Nuscheler, Entwicklungspolitik und Globalisierung, in: I. Hauchler u.a. (Hg.), Globale Trends 2002, Frankfurt a.M. 2002; R. E. Thiel (Hg.), Neue Ansätze zur Entwicklungstheorie, 2. Auflage, Bonn 2002. dn

Entwicklungsvölkerrecht (1) Voraussetzungen: Das sukzessive Entstehen einer neuen Staatenmehrheit von weit über 100 EL im Gefolge der *Dekolonisierungsprozesse seit Beginn der 1960er J. hat zu einer Verdreifachung der staatl. Akteure im Völkerrecht seit dem 2. WK geführt. 1945 haben 51 Staaten die *UN gegründet, 1960 gehörten ihr 100 Staaten an, 1990 waren es 160, und 2002 waren es mit dem Beitritt Ost-Timors und der Schweiz bereits 191 Staaten. Insges. gibt es 2002 193 Staaten, von denen 73 % EL, 17 % IL und 10 % *Transitionsstaaten sind. Dieser enorme Zuwachs – vor allem an EL – hat zwangsläufig zu einer Neuorientierung des trad. Völkerrechts in Richtung auf eine prioritäre Berücksichtigung der E.-Probleme geführt. Die «*Dritte Welt» ist damit in der Lage – so sie zu einem gemeinsamen Standpunkt findet, was bei ihrer fehlenden Homogenität aber nicht immer der Fall ist –, in der Generalversammlung der UN jede beliebige Resolution durchzusetzen. Mittels spezieller Blockbildungen – so wurde z.B. 1961 in Belgrad von 25 paktfreien Staaten die Bewegung der *Blockfreien gegründet, 1964 in Genf und 1967 in Algier etablierte sich im Schoß der *UNCTAD die *Gruppe der 77 – versuchten die EL ihre «bargaining position» gegenüber den IL zu verbessern, was ihnen zwar nicht immer gelang, die IL aber trotzdem in Zugzwang brachte. Rezentestes Beispiel dafür ist die 4. Ministerkonferenz der *WTO vom 9.–14. 11. 2001 in Doha, in deren Schlusserklärung (WT/MIN(01)/DEC/W/1) zum einen das Komitee für Handel und E. aufgefordert wurde, alle WTO-Bestimmungen zur speziellen und differenzierten Behandlung von EL zu überprüfen und Verbesserungsvorschläge zu erstellen und zum anderen Initiativen angeregt wurden, um die «Least Developed Countries» (*LDC) bes. zu unterstützen (Hauser, S. 136ff.).

(2) Begriffsalternativen: Eingedenk des Umstandes, dass erst eine sprachlich-begriffliche Fixierung – wie z. B. «Dritte Welt» – in der Lage ist, die mit einem sozio-ökon. Vorgang verbundenen materiellen Probleme zu verbalisieren und damit kenntlich zu machen, kommen den versch. Versuchen, die Depriviertheit der EL durch eine eigenständige Normenmasse des VR konzeptiv zu erfassen, große Bedeutung zu. Sprach man zunächst von einem «Internationalen Wohlfahrts- und Hilferecht» (Schröder, S. 56), so diskutierte man danach den Begriff des «Entwicklungshilferechts» (Petersmann 1972, S. 372) und in der Folge den des «neuen Rechts des Nord-Süd-Handels» (Petersmann 1972, S. 339ff.). Das Konzept des «Entwicklungsvölkerrechts» entstammt ursprünglich dem franz. Rechtskreis («droit international du développement»), wurde von André Philip 1965 eingeführt und noch im selben J. von Michel Virally wiss. vertieft. In der Folge wurde es auch zu einem «droit commercial de développement» (El-Kosheri, S. 89ff.) weiter ausdifferenziert. Innerhalb des engl. Rechtskreises diskutierte man seit 1964 den (engeren) Begriff eines «International Economic Development Law» (Friedmann, S. 176ff.). In der Folge kam es aber zu einer inhaltlichen Ausweitung durch den Begriff des «International law for development» und danach durch den eines «International law of development». Petersmann konsolidierte diese Ansätze und brachte 1973 den Begriff «Entwicklungsvölkerrecht» in die dt. Völkerrechts(VR)-Wiss. ein (Petersmann 1973, S. 268).

(3) Begriffsinhalte: Nach Virally umfasst das E.-VR vier unterschiedliche Regelungsbereiche: (a) das institutionelle Recht der im EH-Bereich tätigen Int. Org., (b) das entwicklungsrelevante Völkervertragsrecht, (c) das Recht der *transnationalen Unternehmen (TNC, Multis) und (d) das Gewohnheitsrecht entwicklungsvölkerrechtl. Regelungen. Petersmann hingegen bestimmt das neue Rechtsgebiet des VR nicht formal als Zusammenfassung einzelner enumerativ aufgezählter Regelungsbereiche, sondern funktional als das «durch die Finalität der Weltwirtschaftreform zugunsten der Dritten Welt definierte ‹Entwicklungsvölkerrecht›» (Petersmann 1972, S. 268). Von diesem engeren Sinn des Begriffs des E.-VR als der Bezeichnung für ein funktional definiertes, am Telos der E.-Förderung ausgerichtetes neues Gebiet des VR zu unterscheiden ist aber das E.-VR im weiteren Sinne: Hierunter wird eine neue Qualität oder Entwicklungsstufe des VR als Ganzem in dem Sinn verstanden, dass damit nicht nur das juristische Phänomen der Entstehung eines neuen VR-Gebietes, sondern die pol. Forderung der EL nach einer grundlegenden Reform des gesamten trad. VR gemeint ist (Odendahl 1998, S. 165). Ebenso wenig darf aber das funktionell verstandene E.-VR im engeren Sinn – als ein «right of development» – mit dem «Recht auf Entwicklung» («right to development») verwechselt werden: Handelt es sich bei Ersterem um einen systematisierenden (formalen) Rechtsbegriff, der ein neues Gebiet des VR begrifflich zu umschreiben versucht, so bezeichnet der (materiellrechtl.) Begriffs des «Rechts auf E.» ein solidarisches, kollektives Menschenrecht und damit ein Grundprinzip des VR [verankert z. B. in der Deklaration über das Recht auf E. der Generalversammlung der *UN (1986) sowie in Art. 22 der Afrikanischen MR-Charta von Banjul (1981)]. Trotzdem besteht zwischen beiden Begriffen ein enger (inhaltlicher) Zusammenhang: das «Recht auf E.» ist nämlich ein zentraler Bestandteil des E.-VR, sodass es in der Literatur auch zutreffend als dessen Basis und Fundament bezeichnet wurde.

(4) E.-VR als «Querschnittsmaterie» des VR: Das E.-VR im engeren Sinne ist integraler Bestandteil des gegenwärtigen VR in Gestalt eines neuen Rechtsgebietes und hat einen komplexen Struk-

tur- und Querschnittscharakter. So finden sich seine Normen in einer Vielzahl von Regelungsmaterien, nicht nur schwerpunktmäßig im sog. «Völkersozialrecht» (Petersmann 1974, S. 146) und dem «Int. Wirtsch.-Recht» bzw. dem «Wirtschaftsvölkerrecht», sondern auch in damit verwandten, einschlägigen Materien.

(5) E.-VR als Instrument zur Veränderung der Struktur und Wertehierarchie des VR: Das E.-VR ist aber nicht nur ein neues Rechtsgebiet im VR geworden, sondern übt auch einen enormen Einfluss auf die E. des bisherigen VR aus. Ganz allg. wird von den EL die konsequente Verwirklichung eines «double standard of morality in international trade» (G. Myrdal) in allen denjenigen Bereichen des Int. Wirtsch.-Rechts gefordert, die bei einer formalrechtl. Gleichbehandlung (*«idem cuique»*) de facto zu einer Diskriminierung der EL führen würden. Dieses Postulat einer materiellen Nichtdiskriminierung der EL (*«suum cuique»*) sowie die Anerkennung eines eigenen «Rechts auf E.» soll *à la longue* zu einer neuen redistributiven *int. Arbeitsteilung zwischen IL und EL führen. Dieser Wandel des Wirtsch.-Völkerrechts im Nord-Süd-Spektrum geht naturgemäß nur mit mehr oder weniger großen Friktionen vor sich. Während die Anpassung des multilateralen Handels- und Währungsvölkerrechts an die E.-Bedürfnisse der Dritten Welt u.a. wegen der großen Hindernisse für eine formelle Revision multilateraler Abkommen (*GATT/*WTO, *IMF etc.) nur langsam voranschreitet, ist im Rahmen der rechtl. Ausgestaltung der *Kapitalhilfe, *Technischen Hilfe, Handelspräferenzen und *Nahrungsmittelhilfe an EL bereits ein umfangreiches «Entwicklungshilferecht» entstanden. Für die Aufbringung, Konditionierung und Verteilung der *E.-Hilfe entstehen aufgrund der *UN-, *UNCTAD- und *DAC-Empfehlungen im Schoß der OECD ebenfalls völkerrechtsrelevante, allg. anerkannte Standards, die mehr und mehr von «soft law» zu «hard core law» zu erstarken beginnen. Obwohl einige für das Wirtsch.-Völkerrecht charakteristische Merkmale dem E.-Völkerrecht ebenso eigen sind, unterscheidet es sich von Ersterem strukturell in vielerlei Hinsicht: durch seinen «double standard of morality in international trade»; durch den Verzicht auf das kommerzielle «do ut des» und das Reziprozitätsprinzip; durch die Abkehr vom absoluten Liberalisierungs- und Freihandelsmodell zugunsten eines die EL begünstigenden Wirtsch.-Lenkungsrechts; durch die Ausarbeitung von Verhaltenskodices für Staaten und *transnationale Unternehmen; durch Kooperations- und Assoziierungsverträge; durch Know-how- und *Technologietransferübereinkünfte etc. Allein daraus ist schon die Aufgabe des E.-VR «als Neu- und Umgestaltungsfunktion im Gestaltwandel des VR» (Benedek, S. 906) zu ersehen. Der größte Impuls geht dabei ohne Zweifel von der E.-Hilfepol. bzw. der *Entwicklungszusammenarbeit der EG aus, die in Art. 177 Abs. 1 EGV vor allem vom Ziel einer «harmonischen, schrittweisen Eingliederung der EL in die Weltwirtschaft» ausgeht. Vor allem der ordnungspol. Paradigmenwechsel von den bisherigen vier *Lomé-Abkommen (1975, 1979, 1984, 1989 bzw. 1995) – Koppelung von EH mit einseitigen, nicht-reziproken Handelspräferenzen und Erlösstabilisierungselementen, verbunden mit einer Institutionalisierung partnerschaftlicher, paritätisch besetzter pol. Instanzen – zum nunmehrigen *Cotonou-Abkommen (2000) – Ersetzung der Präferenzen durch regionale (Regional Economic Partnership Agreements, REPAs) bzw. bilaterale Freihandelsabkommen (FHA) im Sinne von Art. XXIV GATT, die innerhalb von 10 J. errichtet werden müssten – ist hier zu erwähnen, der aber à la longue zu einer ungeschützten Integration der *AKP-Staaten in den Weltmarkt führen würde. Als Alternative – falls die AKP-Staaten die Anpassungskosten für solche FHA nicht übernehmen wollen – bliebe dann nur mehr «der Abstieg in die

‹zweite Liga› des *Allgemeinen Präferenzsystems (APS)» (T. Kneifel).
(6) Rechtsnatur des E.-VR: Das E.-VR vereint als Sammelbegriff ihrer rechtl. Qualität nach heterogene Grundprinzipien und Einzelregelungen, die zum Teil bindenden, zum Teil aber auch unverbindlichen Charakter (Resolutionen, Deklarationen, Empfehlungen etc.) haben (Kaltenborn, S. 87 ff.). Besondere Einordnungsschwierigkeiten hinsichtlich ihrer Rechtsnatur macht in diesem Zusammenhang aber die Kategorie der Normen in statu nascendi, die kategorial als soft law bezeichnet werden. Dazu gehören z. B. das «Prinzip der Solidarität», ein eventuelles ius commercii, letztlich aber auch die Kunstformel eines common heritage of mankind (*Internationales Seerecht).

Lit.: W. Friedmann, The Changing Structure of International Law, London 1964; M. Virally, Vers un Droit International du Développement, in: AFDI 1965, S. 3 ff.; A. El-Kosheri, International Trade Agreements, in: Colloquium 1968 (RdC 1969, S. 89 ff.); D. Schröder, Die Dritte Welt und das Völkerrecht, Hamburg 1970; E.-U. Petersmann, Das neue Recht des Nord-Süd-Handels, in: ZaöRV 1972, S. 339 ff.; E.-U. Petersmann, Struktur und aktuelle Rechtsfragen des Assoziationsrechts, in: ZaöRV 1973, S. 266 ff.; E.-U. Petersmann, Entwicklungsvölkerrecht – Droit International du Développement – International Economic Development Law: Mythos oder Wirklichkeit, in: JIR 1974, S. 145 ff.; E.-U. Petersmann, Die Dritte Welt und das Wirtschaftsvölkerrecht, in: ZaöRV 1976, S. 492 ff.; W. Benedek, Entwicklungsvölkerrecht – neuer Bereich oder neue Perspektive (Gestaltwandel) im Völkerrecht?, in: Reformen des Rechts, FS der Rechtswissenschaftlichen Fakultät der Univ. Graz, Graz 1979, S. 881 ff.; O. Kimminich, Das Völkerrecht und die neue Weltwirtschaftsordnung, in: AVR 1982, S. 2 ff.; M. Silagi, Entwicklungsvölkerrecht und Neue Weltwirtschaftsordnung, in: ÖZöRVR 1981, S. 177 ff.; G. Feuer, Droit international du développement, Paris 1985; W. Kunig, Die «innere Dimension» des Rechts auf Entwicklung, in: Verfassung und Recht in Übersee 1986, S. 383 ff.; K. Ginther, Die «Dritte Welt» und das Völkerrecht, in: Neuhold/Hummer/Schreuer (Hg.), Österr. Handbuch des VR, 2. Aufl., Wien 1991, S. 29 ff.; A. Liebmann, Leitfaden zur europäischen Entwicklungszusammenarbeit, Wien 1993; T. Waelde, A Requiem for the «New International Economic Order». The Rise and Fall of Paradigms in International Economic Law, in: Centre for Energy, Petroleum and Mineral Law and Policy (ed.), The journal, June 1995; G. Verdirame, The Definition of Developing Countries under GATT and other International Law, in: GYIL 1996, S. 164 ff.; H. Scharpenack, Das Recht auf Entwicklung, Wien 1996; G. Odendahl, Das Recht auf Entwicklung – The Right to Development, Herzogenrath 1997; M. Kaltenborn, Entwicklungsvölkerrecht und Neugestaltung der internationalen Ordnung, Berlin 1998; G. Odendahl, Die Grundlagen des Entwicklungsvölkerrechts, in: JA 2/1998, S. 163 ff.; J. McMahon, Negotiating in a Time of Turbulent Transition: The Future of Lomé, in: CMLR 1999, S. 599 ff.; W. Benedek, Die Entwicklungsländer in der WTO, in: ZEuS 2000, S. 41 ff.; J. Huber, The Past, Present and Future ACP-EC Trade Regime and the WTO, in: EJIL 2/2000, S. 427 ff.; B. Martenczuk, From Lomé to Cotonou: The ACP-EC Partnership Agreement in a Legal Perspective, in: Eur. Foreign Affairs Rev. 5/2000, S. 461 ff.; H. Hauser, Die Ministererklärung von Doha: Start zu einer kleinen Marktöffnungsrunde oder zu einer umfassenden Entwicklungsrunde?, in: Außenwirtschaft II/2002, S. 127 ff. wh

Entwicklungszusammenarbeit (EZ) besteht darin, dem Empfängerland zusätzliche Ressourcen zur Verfügung zu stellen, d. h. Ressourcen, die über diejenigen hinausgehen, die es selbst beschaffen kann, sei es im eigenen Lande, sei es durch kommerzielle außenwirtsch. Transaktionen. →Öffentliche Entwicklungshilfe, Bilaterale, multilaterale entwicklungspol. Leistungen hs

epd Evangelischer Pressedienst mit thematisch breitem Spektrum an Publikationen, auch im Bereich EP aktiv und engagiert, beliefert u. a. dt. Tageszeitungen im Rahmen ihres Basisdienstes (Zentralausgabe) mit Nachrichten und Berichten zum Themenbereich «Dritte Welt und Entwicklung». Publikationen: *epd-Entwicklungspolitik,* informiert (14-täglich) mit pol. kritischem Ansatz in Dokumentation und Analyse über e.-bezogene Themen; *epd-Dritte-Welt-Information,* erscheint 12-mal pro Jahr und führt in aktuelle Probleme und einzelne Stichwörter ein. Adresse: epd-Zentralredaktion, Emil-von-Behring-Str. 3, 60394 Frankfurt, E-Mail: epdchef@epd.de red

epi entwicklungspolitische Informationen, epi-Verlag Hans Josef Zimmer; Fachverlag/Presse- und Informationsdienst und Materialservice zum Thema Dritte Welt/EP. Mehrere Publikationen →Zeitschriften. Adresse: Distelfeld 32, 66121 Saarbrücken, E-Mail: epiVerlag@aol.com. red

EPLF →Äthiopien

EPTA →UNDP

Erdgipfel von Rio →Weltumweltkonferenz

ERE Europ. Rechnungseinheit, die vom 1. 1. 1978 gültige Währungseinheit, löste *RE im Zahlungsverkehr innerhalb der EU ab. Ihr Wert bestimmte sich mittels eines europ. Währungskorbes. Das Umrechnungsverhältnis zu den einzelnen nat. Währungen änderte sich börsentäglich. Jan. 1979 betrug 1 ERE ca. 1,33 € (2,60 DM). Nach 1979 faktisch identisch mit *ECU bzw. *Euro. dn

Erfolgskontrolle →Evaluierung

Eritrea

Fläche (Tsd. qkm): 125,00
Bev. (Mio.) 2001: 3,80
BNE pro Kopf (US-$) 2000: 170
BIP (Mio. US-$) 2000: 600
LE (Jahre) 1999: 50,4
Analphabetenquote (%) 1999: 47
HDI 1999: 0,416 [Rangplatz von 162: 148]

Die Aussichten von Er., dem jüngsten Staat Afrikas (unabh. seit 1993), dauerhaft stabile pol. Strukturen auszubilden, werden überwiegend günstig beurteilt. Im Mittelpunkt der wirtsch.-sozialen E.-Problematik stehen anhaltende Folgelasten des 30-jähr. Befreiungskrieges sowie ökol. Gefährdungen.

1. Geogr. gliedert sich Er. in das sich in nord-südl. Richtung erstreckende zentrale Hochland (Höhenlagen zwischen 1000 und 2000 m), das den Großteil der Fläche einnimmt und Hauptsiedlungsgebiet ist (50 % der Bev.); die wüstenartige Küstenebene zum Roten Meer hin im O, zerklüftetes Bergland im NW und eine Tiefebene im SO (Nebelwüste). Die Bev. gliedert sich in acht Sprachgruppen bzw. Ethnien. Tigrinya, Tigre und Kumano stellen zusammen ca. 90 %. Die Zahl der noch im Ausland (v. a. Sudan) lebenden Flüchtlinge aus der Zeit des Befreiungskriegs wurde Ende 1995 auf 300 000 bis ½ Mio. geschätzt. Ihre Repatriierung wird durch Grenzkonflikte mit dem Sudan erschwert. Die Hälfte der Landesfläche ist landw. nutzbar, nur ca. 5 % sind bewaldetes Gebiet. Durch subsistenzwirtsch. Holzeinschlag schreitet die Entwaldung voran. Die Landw. (Viehzucht und in beschränktem Umfang Getreideanbau) leidet unter starker Bodenerosion (Überweidung, Trockenheit). Bodenschätze (u. a. Gold, Nickel, Kupfer) sind nur teilweise erforscht; 1995 vereinbarte die Übergangsreg. mit multinationalen Unternehmen eine Exploration vermuteter Erdölvorkommen vor der Küste (1150 km). Die Infrastruktur, großenteils in der Kolonialzeit (Italien: 1890–1941) aufgebaut, wurde durch den Befreiungskrieg stark in Mitleidenschaft gezogen und bildet einen Schwerpunkt des Wiederaufbauprogramms.

2. Nach dem Ende der Kolonialherrschaft kam Er. zunächst unter brit. Militärverwaltung. 1950 wurde das Land auf Beschluss der *UN Äthiopien angegliedert, faktisch jedoch wurde der Autonomiestatus innerhalb weniger J. durch die äthiop. Zentralgewalt ausgehöhlt. Bereits vor der vollständigen Annexion Er.s durch Äthiopien (1962) formierte sich die *Eritrean Liberation Front* (ELF) und nahm den bewaffneten Kampf um die Unabh. auf. In den 1970er J. ging aus internen Konflikten und mehreren Spaltungen der ELF als stärkste Gruppierung die *Eritrean People's Liberation Front* hervor. Nachdem die Befreiungsbewegungen bereits einen großen Teil des eritr. Territoriums kontrolliert hatten, wurden sie 1978 in das nordwestl. Bergland zurückgedrängt. Von dort aus begann die EPLF erneut mit dem Befreiungskampf, der im Mai 1991 mit der milit. Niederlage der äthiop. Armee endete.

Entsprechend ihrer Zentralforderung leitete die EPLF eine Volksabstimmung über den künftigen Status Er.s ein. Sie fand im April 1993 unter Aufsicht der UN statt und erbrachte eine praktisch einmütige Mehrheit (über 99 %) für die Unabh., die am 24. 5. 1993 proklamiert wurde. Die EPLF wandelte sich zur *Popular Front for Democracy and Justice* (PFDJ) und bildete unter ihrem Chef I. Afewerki eine Übergangsreg. Eine 1994 gebildete Verfassungskommission legte 1996 einen Entwurf vor, der ein Präsidialsystem vorsieht. Im Mai 1997 wurde die Verfassung von Delegiertengesellsch. Org. durch eine Versammlung verabschiedet, trat allerdings bislang (März 2001) nicht in Kraft. Unabh. vom Ergebnis dieses Prozesses wird die Prädominanz der PFDJ auf absehbare Zeit die pol. E. des neuen Staates prägen, zumal während der Übergangszeit keine Parteien zugelassen sind, sodass oppositionelle Gruppen sich im Ausland organisieren müssen; erstmals kam es 2000 jedoch zu offenen Auseinandersetzungen innerhalb der regierenden PFDJ.

Eine Leitmaxime der Übergangsreg. war, dass das Gefühl einer nat. Einheit, das den Befreiungskampf geprägt hatte, fest in den Strukturen des neuen Staates verankert werden müsse. Parteien auf der Basis ethn. Zugehörigkeit wurden nicht zugelassen. Bei der Reform der administrativen Struktur des Landes 1995 spielte neben dem Ziel, Regionen vergleichbaren E.-Potenzials zu schaffen, auch das Bestreben eine Rolle, regionalistische Tendenzen einzudämmen. Den Religionsgemeinschaften (Muslime und orthodoxe Christen sind die etwa gleichgewichtigen Hauptgruppen) wurde jegliche pol. Aktivität verboten, einschließlich der Durchführung von E.-Projekten. Immer wieder neigte die PFDJ-Reg. dazu, oppositionelle Regungen als antinat. zu denunzieren und mit Repressionen zu beantworten. Im Mittelpunkt der Wirtsch.-Pol. standen eine (graduelle) Liberalisierung des Binnenmarktes und der Außenwirtschaftsbez. sowie Bemühungen, die Aufbauhilfe seitens der westl. Geberländer durch privatwirtsch. ausl. Investitionen (*Tourismus, Bodenschätze, Ind.) zu ergänzen. Territorialforderungen und Differenzen in der Wirtsch.-Pol. belasteten das Verhältnis zu *Äthiopien. Mitte 1998 eskalierte der Grenzkonflikt zwischen beiden Ländern zu einem Krieg, der erst im Febr. 1999 durch Vermittlung der *OAU vorläufig beendet wurde. Folge der kriegerischen Auseinandersetzungen wie der jahrelangen Dürre war 2000 eine schwere Hungerkatastrophe. Dez. 2000 schlossen Afewerki und der äthiop. MP Zenawi einen Friedensvertrag, dessen Einhaltung durch die Stationierung einer Friedenstruppe der *UN (→Blauhelme) und die Einrichtung einer Pufferzone, deren endgültiger Verlauf durch einen Schiedsgerichtsbeschluss April 2002 bestimmt wurde, unterstützt wird. Die dennoch bestehenden Unklarheiten könnten weiteren Konflikten Nahrung geben.

3. Er. zählt zu den ärmsten EL (*LDC). Die große Mehrheit der Erw. ist in der Landw. tätig, überwiegend in kleinbäuerlichen Betrieben, die fast ausschließlich im zentralen Hochland angesiedelt sind. Die landw. Produktion reicht bei weitem nicht aus, um den Nahrungsmittelbedarf zu decken, sodass Er. neben Importen stark auf *Nahrungsmittelhilfe angewiesen bleibt.

Lit.: K. Eikenberg, Eritrea, in: HDW III, 5, Bonn 1993, S. 79ff.; R. Fegley, Eritrea, Oxford 1995; R. Iyob, The Eritrean struggle for independence, Cambridge 1995. bt

Erklärung von Bern Ursprünglich Name eines Manifestes zur schweiz. E.-Pol., die 1968 auf Initiative ev. Theologen verfasst und von zahlreichen Personen mit der Verpflichtung unterzeichnet wurde, über drei J. hinweg 1 bis 3 % ihres Einkommens für E.-Projekte abzugeben. Hieraus hervorgegangen ist eine gesamtschweiz., parteipol. und konfessionell ungebundene Org., die e.-pol. Bildungs- und Öffentlichkeitsarbeit mit pol. und sozialer Aktion zu verbinden sucht. Die E. v. B. (Rechtsform: privatrechtl. Verein) finanziert sich aus Mitgl.-Beiträgen (2002 rd. 19000 Mitgl. und Rundbriefabonnenten), Spenden und Materialverkäufen. Die E. v. B. hat einen pol. kritisch-emanzipatorischen Ansatz. bg

Erklärung von Doha →WTO

Ermächtigungsklausel (*enabling clause*) Gemäß Art. XXIV Ziff. 8 *GATT '47 waren als Ausnahme vom Prinzip der allg. Meistbegünstigung (Art. I GATT) regionale Präferenzzonen lediglich in der Form «klassischer» Zollunionen und Freihandelszonen sowie interimistischer Vereinbarungen dazu gestattet. Jedwede andersartig ausgestaltete Präferenzierung bedurfte für ihre GATT-Konformität eines ausdrücklichen *waivers* der Vertragsparteien des GATT gemäß Art. XXV Ziff. 5 GATT. Da diese Regelung eindeutig für regionale Integrationszonen zwischen IL («Nord-Nord»-Präferenzen), nicht aber für solche zwischen EL untereinander («Süd-Süd»-Präferenzen) konzipiert war, versuchten die EL bereits seit der Konferenz von Havanna zur Schaffung der *ITO (1948) eine Reform dieses Regimes zu erreichen, konnten aber lediglich die Teilerfolge der Einfügung des Kap. IV (Handel und E.) in das GATT am 8. 2. 1965 sowie die Gründung eines «Komitees für Handel und E.» im Nov. 1964 verbuchen. Am 25. 6. 1971 kam es zur Einführung des *Allgemeinen Präferenzsystems für EL (APS), aber erst 1979 gelang es den EL, das starre Regime des Art. XXIV Ziff. 8 GATT zu ihren Gunsten zu modifizieren. Am 28. 11. 1979 erließen nämlich die Vertragsparteien des GATT im Rahmen der *Tokio-Runde die «Entscheidung über differenzierte und günstigere Behandlung, Gegenseitigkeit und verstärkte Teilnahme der EL» [sog. Ermächtigungsklausel (*enabling-clause*)], die eine Präferenzierung der EL sowohl im «Nord-Süd»- als auch im «Süd-Süd»-Verhältnis vorsieht. Hinsichtlich einer erleichterten Ausgestaltung regionaler Integrationen im «Süd-Süd»-Verhältnis enthielt die Ermächtigungsklausel folgende spezielle Ausgestaltung (2. Absatz, lit. c): Die Vertragsparteien des GATT können den EL Sonderpräferenzierungen – im Sinne von «regionalen oder weltweiten Vereinbarungen, die weniger entwickelte Vertragsparteien zum gegenseitigen Abbau oder zur gegenseitigen Beseitigung von Zöllen und ... zum gegenseitigen Abbau oder zur gegenseitigen Beseitigung nichttariflicher Maßnahmen auf Erzeugnisse, die diese weniger entwickelten Länder voneinander einführen, schließen» – gewähren (Hummer/Weiss, S. 248, 260). Damit sind regionale Präferenzzonen im Süd-Süd-Verhältnis von den strikten Voraussetzungen des Art. XXIV Ziff. 8, lit. a–c GATT – nämlich unbedingt Zollunionen oder Freihandelszonen ausbilden zu müssen – befreit und die Errichtung von inhaltl. nicht näher präzisierten «Zonen für die Einräumung von Handelspräferenzen» bzw. GATT-konformer wirtsch. Integrationen im «Süd-Süd»-Verhältnis erlaubt. Dementsprechend müssen z. B. regionale «Süd-Süd-Präferenzzonen» nicht unbedingt ihre Binnenzölle völlig beseitigt haben, sondern können durchaus noch das eine oder andere «protektionistische» tarifäre oder nicht-tarifäre Element beinhalten. Es wird dem jeweiligen EL damit möglich, von ihm mühsam aufgebaute eigene *infant industries* vor der Konkurrenz der Zonenpartner entsprechend zu schützen. Das am 15. 7. 1980 gegründete «South Pacific Regional Trade and Economic Agreement» (SPARTECA) (Hummer/Weiss, S. 218) stellte den ersten Anwendungsfall dieses neuen wirtsch. Integrationsregimes zwischen EL dar. Unter den gegenwärtig elf regionalen Präferenzzonen, die ihre Rechtsgrundlage in der «Ermächtigungsklausel» haben – seien sie nun früher abgeschlossen und nachträglich darauf umgestellt, oder aber erst nach In-Kraft-Treten derselben geschlossen worden – verdienen vor allem die wichtigen lateinamerikan. «Süd-Süd-Integrationen», wie die «*Latin American Integration Association» (LAIA/ALADI) (1980), die «*Andengemeinschaft» (1987) sowie der *MERCOSUR (1991) und das asiatische «*ASEAN Free Trade Area» (1991) bes. Erwähnung.

Lit.: Y. Abdulwaki, Differenzial and More Favourable Treatment, in: JWTL 6/1980; J. Huber, The Practice of GATT in Examining Regional Arrangements under Article XXIV, in: JCMS 1982, S. 281 ff.; C. Häberli, Das GATT und die Entwicklungsländer, in: T. Cottier (Hg.), GATT-Uruguay Round, Bern 1995, S. 135 ff.; H. Hauser/K. Schanz, Das neue GATT, München 1995, S. 26 ff.; W. Martin/A. Winters, The Uruguay Round and the developing countries, Cambridge 1996; W. Hummer/F. Weiss, Vom GATT '47 zur WTO '94, Wien 1997, S. 217 ff. wh

Ernährung Nachdem die *Welternährungskonferenz 1974 sich bereits das Ziel gesetzt hatte, innerhalb einer Dekade weltweit den Hunger zu beseitigen, wurde auf der Welternährungskonferenz 1996 vereinbart, bis spätestens zum Jahr 2015 die Zahl der unterernährten Menschen auf die Hälfte des heutigen Stands zu verringern.

Statistiken über das Ausmaß des Ern.-Problems (u. a. von *FAO, *Weltbank, *WFC) differieren erheblich; die empirische Erfassung ist schwierig, und mitunter betreiben die Reg. in EL mit Hungerlisten Pol. Nach laufender Methode ermittelt *FAO den Anteil der unterernährten Bev. anhand der Nahrungsmittelverfügbarkeit (errechnet v. a. auf Grundlage von Daten zur Produktion, Einfuhr und Ausfuhr von Nahrungsmitteln) und einem angenommenen Mindestenergiebedarf. FAO-Erhebungen für die 1990er J. zufolge sind etwa 840 Mio. Menschen chronisch unterernährt. Für einen großen Teil von ihnen ist Hunger lebensbedrohend. Millionen von Menschen, v. a. auch Kinder, sterben jährlich an Hunger und dessen Folgen. Die Entwicklung des Ern.-Problems ist regional sehr verschieden: Während in den Regionen Ostasien (1970: 506 Mio., 1990: 258 Mio.) und Naher Osten/Nordafrika (42 und 24 Mio.) die abs. Zahl unterernährter Menschen in den 1970er und 1980er J. erheblich sank, hat sie sich im subsaharischen Afrika (94 und 175 Mio.) fast verdoppelt. In Südasien (245 und 265 Mio.) und LA/Karibik (54 und 59 Mio.) nahm zwar der Anteil der chronisch Unterernährten an der wachsenden Bev. ab, die abs. Zahl stieg aber – trotz zeitweiliger Rückgänge – leicht an.

Während die Weltproduktion von Nahrungsmitteln entgegen zahlreichen Prognosen der 1970er J. (so u. a. *Club of Rome-Studien, *Global 2000) mit dem Weltbev.-Wachstum noch Schritt hält, erzeugen die meisten EL gemessen an ihrem Bedarf zu wenig Nahrung. Der Grad ihrer Selbstversorgungsfähigkeit nahm in den vergangenen Jahrzehnten z. T. beträchtlich ab (während jener westl. IL stellenweise erheblich anstieg). Dies hing nicht nur mit dem hohen Bev.-Wachstum und mit widrigen natürlichen Bedingungen zusammen, sondern war auch den wirtsch. und pol. Rahmenbedingungen geschuldet, die der Nahrungsmittelproduktion abträglich waren. In vielen EL wurde über Jahrzehnte hinweg der Grundnahrungsmittelsektor stark vernachlässigt. Nat. und int. Ressourcen flossen in den Agrarexportsektor, in die Ind. und/oder in die staatl. Bürokratie ab oder fielen gar den Rüstungsanstrengungen oder dem Bereicherungsstreben der herrschenden Eliten zum Opfer. Eine staatl. Preispol., welche die Preise für Grundnahrungsmittel für städt. Verbraucher niedrig hielt, hohe Kredithürden und/oder unsichere Besitz- und Pachtverhältnisse boten zudem Kleinbauern wenig Anreize, über ihren Eigenbedarf hinaus zu produzieren oder ihre Anbauweise zu modernisieren. Hinzu kamen unzulängliche Lagerungs-, Transport- und Vermarktungsmöglichkeiten. Extern ist u. a. auf e.-pol. fehlgeleitete Kredite der int. Gebergemeinschaft hinzuweisen, welche die *Verschuldung der EL erhöhten, sowie auf negative Folgen des Welthandels. Billigeinfuhren subventionierter Nahrungsmittel aus IL (USA, EG) überschwemmten gerade in den 1980er J. die Absatzmärkte in zahlreichen EL und setzten einheimische Produzenten einem harten

Verdrängungswettbewerb aus. Vielerorts entbehrt der Grundnahrungsmittelsektor bis heute kräftiger Entwicklungsimpulse. *Neoliberale Wirtschaftsstrategien setzen selbst dort, wo sie steuerlichen Belastungen und Preisbindungen für die Landw. entgegenwirken, eher auf die Stärkung moderner, konkurrenzfähiger Agrarexportsektoren als auf die Förderung der oft noch trad. Grundnahrungsmittelsektoren, die sich im Zuge von Weltmarktöffnungen gegen die hoch technologisierte und -subventionierte Nahrungsmittelproduktion der IL behaupten müssen. Vor Standard-Bewertungen sei allerdings gewarnt: Zwar ist es i.d.R. sinnvoll, in einkommensschwachen Nahrungsmitteldefizitländern die Eigenproduktion von Nahrungsmitteln zu erhöhen und die Abh. von Nahrungsmittelimporten zu verringern. Doch nicht überall ist die Strategie einer reinen Selbstversorgung möglich oder ratsam. Aus Exporterlösen finanzierte Nahrungsmittelimporte können eine wichtige ergänzende Funktion bei der Ernährungssicherung spielen. Das e.-pol. sinnvolle Verhältnis zwischen Grundnahrungsmittel- und Agarexportsektoren ist Land für Land auszuloten.

Die ausreichende Verfügbarkeit von Grundnahrungsmitteln ist zudem kein Garant für die Ernährungssicherung der Bevölkerung. Selbst in EL, die ausreichend Nahrungsmittel erzeugen oder sogar exportieren, ist chronische Unterernährung weit verbreitet. Der Kern des Problems ist die *Armut. Das Gros unzureichend ernährter Menschen besitzt weder Land bzw. Produktionsmittel, um Nahrungsmittel zu erzeugen, noch Kaufkraft, um diese zu erstehen. Das Hungerproblem hängt damit unmittelbar mit den Besitz-, Arbeits- und Einkommensverhältnissen zusammen. Selbst schwere Hungersnöte infolge von Dürre oder Überschwemmungen verweisen auf tiefer liegende Strukturen der Armut, denn arme Menschen büßen im Falle von naturbedingten Ernteausfällen und Versorgungsengpässen in kürzester Zeit ihre schmale Existenzgrundlage ein. Hunger ist jedoch nicht nur ein Folgeproblem von Armut, er schreibt Armut auch fort. Chronische Unterernährung beeinträchtigt nachhaltig die Produktivität, die Bildungschancen sowie die Beschäftigungs- und Einkommensaussichten von Menschen. Die Armut von morgen wurzelt, so betrachtet, u. a. bereits in der unzureichenden Ernährungslage von heute. Die Bekämpfung von Hunger und Armut müssen daher Hand in Hand gehen.

Ein Patentrezept für die Lösung der Ern.-Probleme gibt es nicht. Zweifelsohne aber müssen armutsorientierte Ern.-Strategien den wirtsch., soziokult. und pol. Bedingungen der jeweiligen Länder Rechnung tragen und dürfen nicht von der Frage ihrer Durchführbarkeit abgekoppelt werden. Dabei spielen der rechtlich gesicherte Zugang zu bewirtschaftbarem Land, die Vergabe rückzahlbarer Kredite und die Schaffung hinreichend entlohnter Arbeitsplätze eine Schlüsselrolle für die Ern.-Sicherheit. Auch erscheint es sinnvoll, Ern.-Programme zielgruppenorientiert durchzuführen, unter der gestaltenden Beteiligung der jeweiligen Armutsgruppen. Eine wichtige Zielgruppe sind *Frauen, die maßgeblich die Last der Ern.-Sicherung tragen. Notwendig ist auch ein friedliches Umfeld. *Kriege beeinträchtigen nachhaltig die Erzeugung, den Transport und die Vermarktung von Nahrungsmitteln und berauben zahllose Menschen ihrer Überlebensbasis.

*Nahrungsmittelhilfe stellt für sich genommen keine Lösung des Problems dar.

Lit.: J. Collins/F. Lappé, Vom Mythos des Hungers, Frankfurt 1980; P. von Blanckenburg, Welternährung, München 1986; P. Meyns, Hunger und Ernährung, in: HDW III, 1, 1992, S. 197ff.; Deutsche Welthungerhilfe (Hg.), Hunger. Ein Report, Bonn 1993; N. Alexandratos, World Agriculture: Towards 2010. A FAO Study, Chichester 1995; F. Nuscheler, Lern- und Arbeitsbuch Entwicklungspolitik, Bonn 1995; FIAN (Hg.), Food First. Mit Menschenrechten gegen den Hunger, Bonn 1998; U. Kracht/M. Schulz (Hg.), Food Security and

Nutrition – The Global Challenge, Münster 1999. mik

Ernährungssicherungsprogramme →Ernährung →Welternährungskonferenz

ESAF Enhanced Structural Adjustment Facility, *IWF-Fazilität im sozialen Bereich, 1986 eingerichtet, 1996 bis Ende Feb. 1999 erhielten 51 EL Kredite über 9 Mrd. US-$ Sonderziehungsrechte. dn

ESCAP UN-Wirtschafts- und Sozialkommission für Asien und den Pazifik (*Economic and Social Commission for Asia and the Pacific*), vor 1974 ECAFE (UN-Wirtschafts- und Sozialkommission für Asien und den Fernen Osten), Regionalorganisation des *ECOSOC, 1947 gegr., 52 Mitgl. (2002); 1988 Verabschiedung des *Jakarta Plan of Action and Human Resources Development*; bestimmte Arbeitsschwerpunkte bis ins 21. Jh. in von drei einander ergänzenden Dimensionen der E. menschlicher Ressourcen: Beschäftigung und Weiterentwicklung der vorhandenen Arbeitskraft (Humankapital), Erhöhung der Lebensqualität sowie Förderung von Wiss. und Technologie. Adresse: Rajadamnern Avenue, Bangkok 2, Thailand. Internet: www.unescap.org dn

ESCWA UN-Wirtschaftskommission für West-Asien (*Economic and Social Commission for Western Asia*), 1974 gegr., Sitz Beirut, zwischenzeitlich in Amman, Bagdad, wieder Amman. Rückkehr nach Beirut beschlossen. 1979 zunächst 12 Mitgl. (nur arab. Staaten), 1977 Aufnahme der *PLO, später Palästina. *Aufgaben:* Förderung der wirtsch. E. und der Kooperation, insbes. in finanz. Hinsicht. *Schwerpunkte:* Wasserversorgung, *Ernährung, Handel, Technologie sowie *Entwicklungsplanung im Allg. *Adresse:* P. O. Box 92 71 15, Amman, Jordanien. dn

ESF →Entwicklungspolitik der USA

Esquivel Pérez, Adolfo, geb. 1932, Professor für bildende Kunst, der sich in Argentinien für die *Menschenrechte einsetzt. Seit 1977 leitete E. die christl. Friedensorganisation *Servicio, Paz y Justicia*. 1980 wurde ihm der Friedensnobelpreis verliehen. mn

Ethnizität bezeichnet die subjektive Zugehörigkeit zu einer ethnischen Gruppe und gilt in den Staaten der *Dritten Welt als häufige Konfliktursache. Merkmale einer ethn. Gruppe sind kulturelle Gemeinsamkeiten, v. a. Sprache, sowie echte oder vermeintliche hist. Erfahrungen, d. h. eine gemeinsame Tradition (die manipulierbar bleibt). Die Zugehörigkeit zu ethn. Gruppen ist nicht starr, sondern veränderlich; ethn. Loyalitäten können sich auf versch. Ebenen (Chefferie, Clan, Großgruppe) überschneiden und je nach Kontext unterschiedlich aktualisiert werden.

Bedeutung erlangt Ethn. unter pol. (z. B. pol. Domination, Mobilisierung durch Eliten, fehlende *Partizipationschancen), sozialen (*Urbanisierung, ungleiche Bildungschancen) oder wirtsch. Bedingungen (regional ungleiche Entwicklung, rel. Deprivation), unter denen aus kulturellen Affinitäten pol. und sozial handelnde Solidargruppen werden können. Der Kolonialismus verstärkte die Bedeutung von Ethn. noch dadurch, dass er in verschiedenen Regionen flexible Ethnien in starre Verwaltungseinheiten aufteilte und als «Stämme» bezeichnete (*Tribalismus) oder ethn. Gruppen aus administrativen Gründen «erschuf». Obwohl Ethn. in vielen Staaten Afrikas und Asiens auf einer informellen Ebene von zentraler Bedeutung bei der Verteilung pol. Ämter und der Zuweisung staatl. Ressourcen ist, wird sie in ihrer formalisierten Form (etwa dem Auftreten ethn. Parteien) in der Regel bekämpft, da sie als mit dem *nation building* unvereinbar gilt (Gefahr des Separatismus).

Ethn. hat in den vergangenen J. insb. in den Forschungen zur pol. Soziologie Afrikas und Asiens an Gewicht gewonnen, die nach Konfliktursachen und -vermeidung fragen. Daneben wird auch, vor allem seit Einleitung der pol. Reformprozesse Anfang der 1990er J., untersucht, wie Ethn. in pol. Systeme integriert werden könnte. Dabei wird weiterhin oft übersehen, dass Ethn. eine Folge bestimmter pol., wirtsch. und sozialer

Bedingungen ist und weniger ihr struktureller Ausgangspunkt.

Lit.: D. Horowitz, Ethnic Groups in Conflict, Berkeley 1985; P. Waldmann/G. Elwert, Ethnizität im Wandel, Saarbrücken 1989; R. Tetzlaff/C. Peters/R. Wegemund, Ethnizität – eine unterschätzte Realität im nachkolonialen Afrika, in: Afrika-Spektrum 91/1, S. 5–28; T. R. Gurr/B. Harff, Ethnic Conflict in World Politics, Boulder 1994; H. Glickmann (Hg.), Ethnic Conflict and Democratization in Africa, Atlanta 1995; C. P. Scherrer, Ethno-Nationalismus im Weltsystem, Münster 1996; D. Rothermund, Ethnische Konflikte, in: D. Nohlen/P. Waldmann/K. Ziemer (Hg.), Die östlichen und südlichen Länder, Lexikon der Politik, Bd. 4, München 1997, S. 157–166. ch

Ethnomedizin (Medizinethnologie, Kulturvergleichende Medizinische Anthropologie, engl.: Medical anthropology) begreift und befasst sich wiss., je nach Standort der Forscher, mit Krankheits- und Heilkonzepten bzw. mit Medizin als Bestandteil einer Kultur (→Gesundheitsdienste).

Lit.: D. Sich, H. J. Diesfeld, A. Deigner, M. Habermann (Hg.), Medizin und Kultur, Frankfurt a. M. 1993; B. Pfleiderer, K. Greifeld, W. Bichmann, Ritual und Heilung. Eine Einführung in die Ethnomedizin, Berlin 1995. hjd

Ethnozentrismus, ethnozentrisch Unter Eth. wird in der e.-theoretischen Diskussion der Vorrang der Werte und Überzeugungen, beispielsweise der abendländ. (Eurozentrismus), in der Beurteilung sozialer, wirtsch. und pol. Verhältnisse und Prozesse in Ländern anderer Kulturbereiche verstanden. Damit geht die Vorstellung einher, nur eine Orientierung an den Werten, Ist- oder Sollzuständen gesellsch. E. der als vorrangig begriffenen Kultur gewährleiste eine wirkliche E. In der e.-theoretischen Diskussion, die voller ethn. Annahmen steckt, liegt Ethn. weniger Feindlichkeit gegenüber der fremden Kultur als Verständnislosigkeit zugrunde. Während die *Modernisierungstheorien den EL die westl.-kapitalist. Ind.-Gesellschaft als E.-Ziel vorhielten, betonen neuere E.-Theorien – nicht erst seit dem Iran-Debakel – alternative, stärker mit der kulturellen Identität der EL-Gesellschaften übereinstimmende E.-Wege.

Lit.: D. Perrot/R. Preiswerk, Ethnocentrisme et Histoire, Paris 1975. dn

EU-Entwicklungspolitik →EEP

Euro Mit dem In-Kraft-Treten der dritten Stufe der europ. Währungsunion (1. 1. 1999) ist der Euro offizielles Zahlungsmittel in allen Staaten der Europäischen Union mit Ausnahme von GB, Dänemark und Schweden. Neben diesen Staaten sind einige der Gebiete, die mit Staaten der EU staats- und völkerrechtl. verbunden sind, Teil des Euro-Währungsgebietes (Mayonette, St.-Pierre-et-Miquelon; Französisch Guyana, Guadeloupe, Martinique, La Réunion). In Andorra, im Kosovo und Montenegro ist der Euro gesetzliches Zahlungsmittel. Zudem sind die Währungen der 15 afrikan. Länder der CFA-*Franc-Zone nunmehr an den Euro statt an den Franc gebunden (Äquatorial-Guinea, Benin, Burkina Faso, Elfenbeinküste, Gabun, Guinea-Bissau, Kamerun, Kap Verde, Komoren, Mali, Niger, Rep. Kongo, Senegal, Togo, Tschad, Zentralafrikan. Rep.). Es ist zu erwarten, dass die Koppelung der afrikan. Währungen an den Euro zu geringeren *Transaktionskosten beim Handel mit den europ. Staaten und zu einer größeren Stabilität jener Währungen führt, was positive Auswirkungen auf den Export, aber auch auf Investitionen in jenen Staaten haben dürfte. Andererseits müssen diese Staaten die vereinbarten Konvergenzkriterien erfüllen sowie sich den multilateralen Kontrollmechanismen fügen, was neben einer Souveränitätseinschränkung insbes. eine striktere Haushalts- und Finanzpol. bedeutet. Dies aber könnte entsprechend den nat. und globalen Konjunkturschwankungen dazu führen, dass jene Staaten auf soziale Spannungen nicht flexibel und radikal genug reagieren. Der Rückgang des US-Dollar-Anteils an amtlichen, nat. Reserven seit den 1970er Jahren und die Zunahme der Bedeutung ehem. europ. Währungen, insbes. der DM, lassen darauf schließen, dass der Euro zu einer int. Währung (Leitwährung) avancieren könnte. Umrechnungskurs der nat. Währungen: 1 EURO = 13,7603 ATS; 6,55957 FRF; 1,95583 DEM; 166,386 ESP; 1936,27 ITL; 655 957 CFA-F; 419 967 CF. →ECU

Lit.: N. B. Wagner, Von der Deutschen Mark zum Euro, in: Neue Juristische Wochenschrift 51/2001; J. Franke-Viebach, Grundlagen der Europäischen Währungsunion, in: Fragen der Freiheit, 246, 1998, 42–61; H. Müller, Großmacht Euro. Sprengsatz für die Weltwirtschaft, Bonn 1999; W. Nölling (Hg.), Währungsunion und Weltwirtschaft, Stuttgart 1999. my

Euro-Arabischer Dialog →Arabische Liga

Eurokredite Die von europ. Finanzplätzen (London, Luxemburg, Zürich, Paris) betriebenen Kreditgeschäfte in nichteinheimischen Währungen (zu 75 % US-$), die keiner staatlichen Kontrolle unterliegen und von Mindestreserveverpflichtungen befreit sind. Die «Eurobanken» unterhalten sog. * *Offshore*-Finanzplätze, auf denen die Eurokredite abgewickelt werden.

Lit.: D. Lomax/P. T. G. Gutmann, The Euromarkets and International Financial Policies, London 1981; E. L. Versluysen, The Political Economy of International Finance, Westmead, GB 1981. dn

Europäische Entwicklungspolitik →EEP

Europäische Investitionsbank →EIB

Europäische Rechnungseinheit →ERE

Europäische Sozialcharta →Menschenrechte

Europäischer Entwicklungsfonds →EEF

European Community Humanitarian Office →ECHO

Eutrophierung Überfrachtung der Meere mit Nährstoffen durch die Einleitung ungeklärter Abwässer, die zu einem gesteigerten Algenwachstum führt. Absterben und Zersetzung der Algen reduziert den Sauerstoffgehalt des Wassers mit negativen Konsequenzen für die Fischbestände. red

Evaluierung/Erfolgskontrolle Unter Ev. fasst man alle Maßnahmen zusammen, die ergriffen werden, um Auswirkungen eines E.-Projekts oder -Programms zu ermitteln. Mit der quantitativen Ausweitung des e.-pol. Engagements in den 1960er J. und dem damit verbundenen Bedarf an einer Systematisierung des e.-pol. Ablaufprozesses wurde der Begriff der Erfolgskontrolle wegen seines statischen Charakters und seiner Beschränkung auf die Ergebnisphase zunehmend von dem umfassenderen Begriff Evaluierung verdrängt. Ev. sind systematische Untersuchungen laufender oder abgeschlossener Projekte oder Programme oder von Teilbereichen solcher Projekte und Programme durch die verantwortliche Organisationseinheit und i. d. R. unter der Einschaltung externer, d. h. nicht mit der Planung und Durchführung des Projekts/Programms befasster Gutachter. Keine Ev. im vorgenannten Sinn sind demnach Projektprüfungen durch die mit der Durchführung der Projekte beauftragten nachgeordneten Org. (* GTZ; * KfW), ferner Kontakt-, Informations- und Betreuungsreisen oder Projektkurzbesuche (sog. *spot checks*) durch Angehörige der E.-Verwaltung. Nicht zur Ev. zählt auch die durch das Haushaltsrecht vorgeschriebene sog. Verwaltungsprüfung. Zur Rationalisierung des Prüfgeschäfts wird sie jedoch öfters mit Ev. gekoppelt. Nicht als Ev. wird auch die im Rahmen des Projekt- oder Programm-Managements erforderliche laufende Überwachung (Verlaufskontrolle) einschließlich des Reagierens auf Vorschläge oder in der Berichterstattung des Projektpersonals vor Ort aufgezeigter Probleme – im int. Bereich als *monitoring* bezeichnet – angesehen. Als bundesrepublikanische Sonderform der Ev. kann die sog. Inspektion gelten. Sie wird pragmatisch definiert und meint jene Ev., die von dem 1970 eingerichteten Referat für Inspektion und Evaluierung des * BMZ durchgeführt wird. Dabei gilt der Grundsatz, dass für die Inspektionstätigkeit nur solches Prüfpersonal in Frage kommt, das nicht mit den Aufgaben der Planung, Steuerung und Durchführung der zu evaluierenden Maßnahmen betraut ist.

1. Typen der Ev.: a) Unterscheidung im zeitlichen Ablauf: 1. in der Planungspha-

se: die Ex-ante-Ev. Hier bedeutet Ev. Auswahl und Vorprüfung eines Projekts/Programms aus einer Reihe von Alternativen anhand best. Kriterien. Ihr sind die Fragen der Projektfindung, -auswahl und -vorprüfung zuzuordnen; 2. in der Durchführungsphase: (a) die *operational evaluation*, die Wirtschaftlichkeitsprüfung; sie beschäftigt sich mit der Angemessenheit und Korrektheit der administrativen Maßnahmen, der Haushaltskontrolle und Rechnungslegung; (b) die *built-in-evaluation*, die mitlaufende Kontrolle in der Implementationsphase; dabei setzt die auf Effizienz der Projekte/Programme abgestimmte Ev. mittels *Kosten-Nutzen-Analysen die Aufwendungen zu den erzielten Resultaten in Beziehung. Diese Phase ist naturgemäß die wichtigste und quantitativ umfangreichste; auf dem Gebiet der Kapitalhilfe sind hier die Projektprüfung, die Fortschritts- und Verwendungskontrolle sowie Teile der Erfolgskontrolle zu lokalisieren; 3. in der Ergebnisphase: die *impact evaluation*, sie stellt fest, ob die vorgegebenen Zielsetzungen tatsächlich erfüllt werden, und versucht, den Wert der erzielten Resultate für die wirtsch. und soziale E. des betreffenden Bereichs zu beurteilen.

b) Unterscheidung nach dem Prüfgegenstand: Hier wird nach offizieller Sprachregelung unterschieden zwischen (a) Ev. im Rahmen des Managements laufender Projekte und Programme; (b) Analyse grundlegender Probleme (Schlüsselprobleme) von Sektoren, Branchen und Themen mit Zukunftsbedeutung; (c) länderumfassenden Untersuchungen; (d) Untersuchung spezifischer Durchführungsfragen und (e) Untersuchung von Institutionen und Instrumenten.

2. Interne und externe Ev.: Interne Ev. ist Selbstkontrolle derjenigen Organisation, Institution oder Person, die für die Planung und Entscheidung der durchzuführenden Maßnahmen zuständig ist. Externe Ev. bedeutet, dass diese durch Stellen oder Personen durchgeführt wird, die nicht an der Planung, Entscheidung oder am Management der zu prüfenden Maßnahmen beteiligt sind.

Mit fortschreitender Ev.-Praxis wird die idealtypische Gegenüberstellung der beiden Ev.-Arten zunehmend fragwürdig, da auch die Prüfaktivitäten Externer mehr und mehr von der E.-Verwaltung gesteuert und kontrolliert werden.

3. Ziele der Ev.: Die Ziele der Ev. lassen sich ableiten aus der Frage, wer Informationsbedürfnisse hat, die über Ev. zu erfüllen sind. In der Ev.-Praxis der dt. E.-Hilfe dominiert eindeutig das Managementinteresse alle anderen Bedürfnisse. Ev. wird als integraler Bestandteil von Planung, Programmierung und Budgetprozess begriffen. Vorrangig wird sie als interne Ev. angesehen mit der Begründung, dass derjenige, der Managementverantwortlichkeiten hat, sich ständig darüber vergewissern können muss, dass die von ihm entschiedenen Maßnahmen entsprechend seinen Vorstellungen laufen. Im Zentrum des Ev.-Interesses steht die Ergebnisbeurteilung. Sie lässt sich nach dem Ev.-Raster des BMZ in drei Teilfragen zerlegen: (a) die Frage nach der Effektivität (Waren die Methoden, Arbeitsweisen und Techniken der Projektdurchführung wirksam?); (b) die Frage nach der Effizienz (Ist das Verhältnis von Aufwand [Kosten] und Ertrag [Nutzen] zu rechtfertigen?); (c) die Frage nach der Signifikanz (Hat das Projekt einen nachhaltigen/bedeutenden Effekt für die wirtsch. und soziale E. des Landes/der Projektregion/der Zielgruppe?).

4. Gegenstand der Ev.: Ev. können nicht flächendeckend vorgenommen werden. Schon die begrenzte personelle Kapazität der verantwortlichen Stellen zwingt zur Auswahl. Die Prüfaktivitäten konzentrieren sich in erster Linie auf (a) Großprojekte oder -programme; (b) Risikoprojekte oder -programme; (c) komplexe Projekte oder Programme; (d) neuartige Projekte oder Programme; (e) Langzeitprojekte oder -programme; (f) vergleichende Ev. mehrerer Projekte eines Sektors bzw. einer Querschnittsaufgabe (Serien-Ev., Querschnitts-Ev.).

5. Bedürfnisorientierte Ev.: Die bedürfnisorientierte Prüfung von Projekten und Programmen fragt nicht nur, ob Arbeitsplätze geschaffen werden und das Produzierte nachgefragt wird, sondern darüber hinaus, (a) wer beschäftigt wird, (b) wer das Produzierte verbraucht und (c) ob das, was verbraucht, auch gebraucht wird, d. h. ob ein gerechtfertigter Bedarf daran besteht. Zur Ermittlung eines solchen Bedarfs wird ein sog. rationales Budget, das den Bedarf darstellt (konkret: ein Warenkorb von Endverbrauchsgütern), dem Konsum unterschiedlicher Gesellschaftsklassen gegenübergestellt. Der Grundgedanke des rationalen Budgets ist die Ablehnung einer Lebensweise, die darauf beruht, dass manche verschwenden und viele hungern.

6. Methodische Schwierigkeiten in der Ev.-Praxis: (a) Die in jedes E.-Projekt eingehenden Grundannahmen sind oft fragwürdig, weil ihre Gültigkeit bisher nur in unserer eigenen Gesellschaft nachgewiesen wurde; (b) um ein best. Ergebnis mit einiger Sicherheit der e.-pol. Maßnahme zuzuschreiben oder einen bestimmten Misserfolg erklären zu können im Hinblick auf die Modifizierung der Planung, muss die Ev. die wichtigsten Faktoren kennen, die das Ergebnis einer Maßnahme beeinflussen, insb. die Voraussetzungen, auf die eine Maßnahme zu Beginn und im Prozessverlauf trifft, und die Mittel, der sich die Maßnahme selbst bedient; dies ist i. d. R. jedoch nur in Grenzen möglich; (c) die statistischen Grundlagen für eine Analyse der Ausgangssituation und eine kontinuierliche Überprüfung von Projekt- und Umwelteinflüssen sind meistens unvollkommen; (d) quasi-experimentelle Programmdurchführungen sind wegen der Langfristigkeit der Maßnahmen und mit Rücksicht auf die Zielgruppen gerade im sozialen Bereich nicht möglich. Die kausalen Beziehungen zwischen Maßnahmen und Beobachtungsdaten bleiben entsprechend unscharf; (e) Erfolgskriterien müssen einerseits in logischer Übereinstimmung mit den Zielsetzungen einer E.-Maßnahme stehen, andererseits empirisch verifizierbar, d. h. operational definiert sein. Während dies bei wirtsch., techn. und ökol. Variablen rel. leicht möglich ist, ergeben sich bei soziologischen und psychologischen Variablen erhebliche Schwierigkeiten der Messung und Zuordnung zu einer best. Zielsetzung. Diese methodischen Schwierigkeiten sind u. a. dafür verantwortlich, dass die Praxis der Ev. dahin tendiert, schwer objektivierbare soziolog. und psycholog. Auswirkungen von E.-Projekten und nichtwirtsch. Auswirkungen zu vernachlässigen.

7. Von der Effektivität und Effizienz des Einzelprojekts zur *Nachhaltigkeit und Signifikanz: Mit der sukzessiven Einführung neuerer Planungs- (Zielorientierte Projektplanung [ZOPP] u. a.) und Managementinstrumente im e.-pol. Entscheidungsprozess (v. a. der techn. Zusammenarbeit) sowie der wachsenden Aufmerksamkeit für Fragen der Projektwirkungen wurde seit Anfang der 1980er J. dem sachlogischen Zusammenhang von Planung – Implementierung – Evaluierung und Neuplanung zunehmend Rechnung getragen. In Reaktion auf die Ende der 1980er J. im Entwicklungsausschuss (*DAC) der OECD geführten Debatte über die Weiterentwicklung der TZ-Instrumente rückten die Kriterien der Nachhaltigkeit (Überlebensfähigkeit) und Signifikanz (Breitenwirksamkeit) mehr und mehr ins Zentrum der Evaluierungsdiskussion. Vor allem das Signifikanzkriterium war lange Zeit vernachlässigt worden, wohl auch deshalb, weil das Ziel, mit einem Projekt einen spürbaren Problemlösungsbeitrag zu leisten, besonders hohe Anforderungen an den Prozess der Projektfindung, -planung und -durchführung stellt. Empirische Studien legen den Schluss nahe, dass Nachhaltigkeit und Signifikanz häufig in einem Spannungsverhältnis stehen. Auf der einen Seite ist Nachhaltigkeit die Voraussetzung für signifikante Projektwirkungen. Ein Projekt, das scheitert,

kann nicht signifikant sein. Auf der anderen Seite ist Nachhaltigkeit offenbar in wenig komplexen Projekten leichter zu erreichen als in solchen, die auf Signifikanz abzielen. Dies legt die Schlussfolgerung nahe, dass beide Kriterien sich auf unterschiedliche Dimensionen der e.-pol. Wirksamkeit von Projekten beziehen und entsprechend jeweils explizit im Projektzyklus berücksichtigt werden müssen. Einige Sektorpapiere des BMZ, neuere Überlegungen zur Klein- und Mittelind. sowie die wachsende Zahl von Länderkonzepten des BMZ, die stärker als bislang sektorale Schwerpunktsetzungen und programmorientierte Projektpol. betonen, können als Anzeichen dafür gewertet werden, dass die Chancen für eine Neuorientierung der dt. bilateralen EZ in Richtung auf eine stärkere Breitenwirkung durchaus gesehen werden.

Lit.: D. Kantowsky (Hg.), Evaluierungsforschung und -praxis in der Entwicklungshilfe, Zürich 1977; K. Bodemer, Erfolgskontrolle der deutschen Entwicklungshilfe. Improvisiert oder systematisch, Meisenheim 1979; K. Bodemer, Für eine integrierte Evaluierungspolitik. Forderungen aus der Evaluierung von Evaluierungen am BMZ, in: G.-M. Hellstern/H. Wollmann (Hg.): Experimentelle Politik – Reformstrohfeuer oder Lernstrategie. Bestandsaufnahme und Evaluierung, Opladen 1983; E. Oehring, Ex-ante-Evaluierung sozioökonomischer Wirkungen von industriellen Entwicklungsprojekten, Baden-Baden 1980; UNIDO, Guidelines for Project Evaluation, New York 1982; P. Mosley, The Politics of Evaluation: A Comparative Study of World Bank and Ukoda Evaluation Procedures, in: Development and Change 14, Nr. 4, 1983, S. 593 ff.; H. H. Lembke, Project Appraisal in Development Assistance, in: Intereconomics, Jg. 20, 1985, H. 5, S. 239 ff.; D. Schwefel (Hg.), Soziale Wirkungen von Projekten in der Dritten Welt, Baden-Baden 1987; BMZ, Querschnittsanalyse Nachhaltigkeit in der TZ, Bonn 1990; OECD, DAC principles for effective aid. Development assistance manual, Paris 1992; R. Stockmann, Die Nachhaltigkeit von Entwicklungsprojekten. Eine Methode zur Evaluierung am Beispiel von Berufsbildungsprojekten, Opladen 1992; W. Hillebrand/D. Messner/J. Meyer-Stamer: Stärkung technologischer Kompetenz in Entwicklungsländern, Berlin, DIE 1994; R. Stockmann, Die Wirksamkeit der Entwicklungshilfe. Eine Evaluation der Nachhaltigkeit von Programmen und Projekten, Opladen 1996; St. Brüne (Hg.), Erfolgskontrolle in der entwicklungspolitischen Zusammenarbeit, Hamburg 1998. kb

Evangelische Entwicklungsarbeit →Kirchen – Grundsätze der Entwicklungsarbeit

Evangelische Zentralstelle für Entwicklungshilfe →EZE

Evangelischer Pressedienst →epd

EWLP →Alphabetisierung

exogen Außen entstehend, von außen kommend (Ggs. zu *endogen); exogene Faktoren bezeichnen in der Diskussion über die Ursachen und Bedingungen der Aufrechterhaltung von UE jene Gründe, die nicht in Geschichte und Gesellsch. der EL selbst, sondern außerhalb liegen bzw. externer Natur sind. Exogene Faktoren sind z. B. die *internationale Arbeitsteilung, *Kolonialismus und *Imperialismus, die bestehende Weltwirtschaftsordnung. dn

Exporterlösstabilisierung Die Hauptexporte vieler EL bestehen – selbst wenn man vom Erdöl absieht – noch immer zu einem hohen Prozentsatz aus *Rohstoffen. V. a. bei *LIC entfallen häufig über 50 % des Exportwertes auf nur ein oder zwei Rohstoffe. Typischerweise unterliegen die Preise für Rohstoffe und unverarbeitete Agrarprodukte höheren oder zumindest häufigeren Preisschwankungen als Industriegüter. Daraus resultierende Schwankungen der Exporterlöse beeinträchtigen wegen ihrer Devisen- und Budgeteffekte die Fähigkeit der EL, eine kontinuierliche E.-Strategie durchzuführen. Die int. Rohstoffpol. zurückliegender *Entwicklungsdekaden zielte daher darauf ab, Preise sowie Erlöse für Rohstoffexporte zu stabilisieren.

Nach den enttäuschenden Erfahrungen mit marktregulierenden Rohstoffabkommen zeichnet sich die Tendenz zu Übereinkommen zwischen EL und IL ab, die eine bessere Vorausschau der mittelfristigen Preisentwicklung ermöglichen, aber keine direkt preisstabilisierenden Maßnahmen vorsehen. Gegenwärtig existieren Rohstoffabkommen mit preisstabilisierender Zielsetzung (z.B. für Naturkautschuk) sowie Systeme zur Stabilisierung von Exporterlösen; die wichtigsten sind: die *kompensatorische Finanzierung und die *kompensierende Kreditfazilität des *IWF, das *STABEX- und STABEX-ALA-System der EU, verschiedene int. *Rohstoffabkommen, das *integrierte Rohstoffprogramm der *UNCTAD und der zwischen IL und EL vereinbarte *Gemeinsame Fonds. hs

Exportkulturen Agrarerzeugnisse, die ausschließlich oder fast ausschließlich für den Export bestimmt sind. Ein anderer Begriff dafür ist **cash crops*. EK werden meistens auf *Plantagen angebaut, die sich durch moderne Bearbeitungsmethoden (wenig *arbeitsintensive Produktionsmittel) auszeichnen. dn

Exportmodell *Export-Economy-Model* Unter EM versteht man das Muster der Einbindung einer EL-Ökonomie in die Weltwirtsch. Mehr als der Begriff *internationale Arbeitsteilung, der ebenfalls die Struktur des Außenhandels zwischen IL und EL zum Kern hat, hebt EM auf die interne Produktionsstruktur und die sozialen Konsequenzen eines nach außen gerichteten, abh. wirtsch. Wachstumsprozesses ab.

Im *cepalismo und innerhalb der *Dependencia-Theorie wurde problematisiert, dass der Exportsektor, der für die Struktur der Volkswirtsch. entscheidend sei, aufgrund seiner Außenabh. keinen fortschreitenden und dauerhaften Prozess wirtsch. Wachstums tragen könne (koloniales Exportmodell) oder diesen mit höchst problematischen sozialen und pol. Fehlentwicklungen (abh. kapitalistisches Exportmodell) erkaufe. Der Umpolung der Wirtsch. setzten beide Modelle ebenfalls Grenzen. Das kol. EM kann durch folgende Elemente und Folgeprobleme gekennzeichnet werden: 1. Dominanz der Primärgüter und Beschränkung auf wenige Hauptexportgüter (*Monostruktur); 2. Vorherrschaft des Auslandskapitals in *Plantagen- und Bergbauproduktion und im Handel (Export – Import), hoher Konzentrationsgrad des einheim. Eigentums an den restlichen, strategisch zumeist nachgeordneten Unternehmen; 3. Integration des expandierenden Exportsektors in die Weltwirtsch. und Herauslösung (Desintegration) aus der heimischen Ökonomie (*Enklaven, geringe **Linkage*-Effekte), keine Produktion für den Binnenmarkt; 4. minimale Beschäftigungseffekte aufgrund *kapitalintensiver Technologien, extreme Ungleichheiten in der *Einkommensverteilung, *Marginalität; 5. Verwendung der Exporterlöse für Luxuskonsum der Exportoligarchien und für die Aufrechterhaltung des Modells (Finanzierung der Importe technol. *inputs* und des *Schuldendienstes). dn

Exportquote Verhältnis des Wertes der Exporte einer Volkswirtsch. zu deren BIP; zeigt auf, in welchem Maße eine Volkswirtsch. exportabhängig ist, aber auch, welchen Beitrag der Export von Waren und Dienstleistungen zum Volkseinkommen erbringt. dn

Exportveredelungsindustrie →Maquiladora-Industrie

external economies Effekte, die sowohl im Konsumbereich der Haushalte als auch im Produktionsbereich der Unternehmen auftreten können und dazu führen, dass sozialer und privater Nutzen und soziale und private Kosten nicht übereinstimmen. Grundsätzlich gilt es zu beachten, wer die Vorteile/Nachteile verursacht und wer die Vorteile/Nachteile empfängt.

In den *Wachstumstheorien werden insbes. Induzierungseffekte betont, die bei vorgelagerten Industrien (*backward-linkages*, Vorwärtskopplung) oder weiterverarbeitenden Unternehmen (*forward-linkages*, Rückwärtskopplung) neue Produktionsanreize hervorrufen. Ferner können von der physischen *Infrastruktur eines Landes positive externe Effekte für die inländische Produktion ausgehen, die wiederum durch Beschäftigung unausgebildeter Arbeitskräfte Auswirkungen erzielen (*learning by doing effect*). Negative externe Effekte (*external diseconomies*) verursachen soziale Kosten (Umweltverschmutzung), die zum Teil dem Verursacher nicht direkt zuzuordnen sind. Die Übernahmen westlicher Konsummuster durch die EL (*snob-effect*, int. Demonstrationseffekt) können als *external diseconomies* verstanden werden. red

Extraprofite Im Vergleich der Profitraten, die das Kapital in IL und EL erzielt, werden unter EP in der marxistischen Wirtschaftstheorie die Profite verstanden, die über dem Durchschnittsprofit liegen, den das Kapital in den Mutterländern erzielt. dn

EZE Evangelische Zentralstelle für Entwicklungshilfe, gegr. 1962 auf das Angebot der Bundesreg. hin, die E.-Arbeit der Kirchen durch Bundesmittel zu fördern. Die Kooperation besteht im Kern in der Mitfinanzierung wichtiger Projekte durch das *BMZ. Die EZE trifft dabei die Projektauswahl. Zwischen 1962 und 2001 wurden ca. 5100 Projekte gefördert mit einem Gesamtvolumen von etwa 2 Mrd. €. Den größten Teil der ihr vom BMZ zur Verfügung gestellten Mittel vergibt sie auf Grundlage j. Vereinbarungen mit dem BMZ eigenverantwortlich. Die Höhe der BMZ-Mittel am Projektetat der EZE 2001 betrug 76000 € (*KED-Mittel: 7800 €, EU-Mittel: 1700 €). Nach Eingliederung der EZE in den *EED hat dieser die Bearbeitung der vom BMZ bereitgestellten Mittel übernommen. vk/mfn

F

FAD →AFDB, ASDF

Fairer Handel Der Begriff steht für ein gerechtes Miteinander in der Einen Welt, für soziale Verantwortung der Konsumenten in den IL für die Produzenten von Handelswaren in den EL. Ausgehend von der Benachteiligung der EL im Welthandel durch die bestehende *Weltwirtschaftsordnung begreift sich fH als alternatives Konzept eines weltweiten Handels mit Produzenten aus den EL auf partnerschaftlicher und sozialethischer Grundlage. Fair soll der Preis, gerecht das Verhältnis von Leistung und Gegenleistung sein. Faktisch bedeutet dies die Erhebung eines neuen Aufpreises auf die gehandelten Waren. Dieser Aufpreis soll Handwerker und Bauern in den EL in die Lage versetzen, ihre Lebensbedingungen zu verbessern und ihren Lebensunterhalt aus eigener Kraft sicherzustellen. FH orientiert sich des Weiteren am Konzept des *sustainable development und will umweltschonende Produktion, die unter Einhaltung sozialer Mindeststandards erfolgt, mit Wettbewerbsfähigkeit der Erzeugnisse verbinden. In der BRD wird fH von *GEPA und *Transfair angeboten.

Lit.: Misereor, Brot für die Welt, Friedrich-Ebert-Stiftung, Entwicklungspolitische Wirkungen des fairen Handels, Aachen 2000.

dn

Fakt Fördergesellschaft für angepasste Techniken in der Dritten Welt mbH, gegr. 1986 und als gemeinn. anerkannt. Gesellschafter sind *BfdW, *DÜ und die Ev. Landeskirche in Baden und in Württemberg sowie die Arbeitsgruppe assoziierter Berater. Mitarbeiter sind zumeist zurückgekehrte E.-Helfer. FAKT bietet als Beratungsgesellsch. Dienstleist. und Fachberatung in erster Linie für die Partnerorg. der Mitgliedsorg. der *AG KED, aber darüber hinaus auch für andere Institutionen an. Neben der Beratung beim Einsatz angepasster Techniken sowie der Anwendung partizipativer Methoden des Projektmanagements liegt ein Schwerpunkt der Arbeit auf dem gezielten Aufbau von Beratungsorg. im S. Arbeitsbereiche: 1. Erneuerbare Energien, 2. Wasserversorgung und Hygiene, 3. Lebensmittelverarbeitung, 4. Krankenhaustechnik, 5. Berufsbildung und Handwerksförderung. Zusätzlich erstellt FAKT Studien und führt Evaluierungen durch sowie Trainingsprogramme und Seminare zu Spezialthemen. Publikationen: FAKT FOCUS (5x jährl.). Adresse: Gänsheidestr. 43, D-70184 Stuttgart. vk

Faktorproportionentheorem →Außenhandelstheorie

Falkland/Malvinas-Konflikt Der 1982 um die Falklandinseln/Islas Malvinas geführte Krieg zwischen Argentinien (A.) und GB wirkte auf die int. Öffentlichkeit wie ein krasser Anachronismus.

1. Die im Südatlantik etwa 500 km vor der arg. Küste gelegenen Falklandinseln bestehen aus den beiden Hauptinseln (Fläche: ca. 12000 qkm) East und West Falkland, auf denen 1996 2564 Ew. meist brit. Abstammung lebten, sowie etwa 200 kleineren Inseln. Zum brit. Kolonialbesitz in der Region gehören außerdem noch die unbewohnten sog. Falkland-Dependenzen, zu denen u.a. Südgeorgien, die Südshetlands und das antarktische Graham-Land zählen, auf die A. ebenfalls Anspruch erhebt. Wirtsch. interessant ist der außerordentliche Fischreichtum der Region. Trad. stützte sich die Inselökon. jedoch auf Schafzucht und Wollexport, erst seit Mitte der 1980er J. wurde die Vergabe von Fischereilizenzen zur wichtigsten Einnahmequelle, die das *Pro-Kopf-Einkommen der F. zum höchsten in der westlichen Hemisphäre werden ließ. Weder A. noch GB unternahmen allerdings ernsthafte Anstrengungen, die vermuteten umfangreichen Vorräte an Meeresressourcen zu erschließen (*Offshore-Erdöl und -Erd-

gas, Mangan). Die Ursachen für den Ausbruch des Krieges von 1982 lagen weniger im Bereich rivalisierender wirtsch. Interessen. Vielmehr sind die hist. Wurzeln des Konflikts in der brit. und span. Kolonialgeschichte zu suchen; die plötzliche Eskalation 1982 ist freilich v. a. auf interne Faktoren beider Kontrahenten zurückzuführen.

2. Bereits die Entdeckung der Inseln ist umstritten und wird u. a. von GB für sich reklamiert (1592). Zwar nahm 1690 ein Brite die Inseln unter dem Namen *«Falkland Sound»* in Besitz, die erste tatsächliche Okkupation und Besiedlung aber erfolgte nach der Expedition des Franzosen Bougainville 1764, der die Inseln *«Malouines»* nannte. Gleichzeitig entstand eine brit. Siedlung auf der Westinsel. Auf Protest gegen das Eindringen in die span. Kolonialsphäre hin überließen die Franzosen die Inseln Spanien gegen eine Entschädigung. 1771 erkannte GB unter einem Eigentumsvorbehalt die span. Souveränität über die «Malvinas» an. Nach den Auseinandersetzungen um die arg. Unabh. blieben die Inseln zunächst unbesetzt. 1820 wurden die Malvinas von A. in Besitz genommen. Die brit. Eroberung der Inseln 1832/33 wurde dadurch begünstigt, dass die USA nach einem Fischereistreit mit A. Buenos Aires die Unterstützung seiner Ansprüche entzog. Seither befinden sich die Inseln in brit. Besitz.

3. Die bes. völkerrechtl. Problematik des Konflikts liegt in der Überlagerung konkurrierender Rechtsprinzipien. Zentral ist dabei v. a. der Widerspruch zwischen dem Dekolonisationsgebot, das eine Rückgabe der Inseln an A. gebietet, und dem Selbstbestimmungsrecht der Inselbev., die für die Zugehörigkeit zu GB optiert. GB reklamiert zudem Entdeckung und Erstbesiedlung für sich; die daraus resultierenden Rechte habe man mit dem Abzug 1771/74 nicht aufgegeben, und die De-facto-Herrschaft seit 1833 sei ein zusätzlicher Besitztitel. A. als unbestrittener Rechtsnachfolger der span. Kolonialmacht sieht sich dagegen als rechtmäßiger Besitzer der Inseln und beruft sich auf die geogr. Nähe und geologische Verwandtschaft der Inseln mit dem arg. Festland. Der Konflikt ist daher auf völkerrechtl. Ebene nicht zu entscheiden, sondern verlangt eine pol. Lösung.

4. Die Generalversammlung der *UN forderte die beiden Kontrahenten 1965 auf, Verhandlungen aufzunehmen, um eine Lösung des Konflikts unter Berücksichtigung des Dekolonisierungsgebots und des Selbstbestimmungsrechts zu finden. Seit dem Bericht der brit. Shackleton-Kommission von 1976 war GB bereit, über die Souveränitätsfrage zu verhandeln. Als sich die Inselbev. in einer Abstimmung 1981 jedoch klar für die Beibehaltung des *Status quo* aussprach, erklärte die brit. Delegation die Souveränitätsfrage erneut als nicht verhandelbar. Dies verschärfte die Konfrontation erstmals wieder. Innenpol. Gründe, die sich 1981/82 dramatisch verschlechternde wirtsch. Situation A.s, interne Differenzen der Militärjunta, führten schließlich zur arg. Besetzung der Inseln am 2. April 1982. Die Welle nat. Begeisterung in A. schien das Kalkül des Militärs zunächst zu bestätigen. Vollkommen verschätzt hatte man sich jedoch in Bezug auf die brit. Reaktion. Die brit. Reg., die ebenfalls wegen wirtsch. Probleme unter Druck stand, entsandte eine Kriegsflotte. Die USA, die beiden Kontrahenten gegenüber Bündnisverpflichtungen hatten, gaben nach erfolglosen Vermittlungsbemühungen ihre neutrale Haltung zugunsten einer Unterstützung GBs auf. Erst nach mehreren Seegefechten und der brit. Rückeroberung der Hs. Port Stanley endete der Krieg mit der Kapitulation der arg. Inseltruppen am 15. Juni 1982.

5. Während die arg. Niederlage den letzten entscheidenden Anstoß zum Rückzug der Militärs von der Macht gab, hatte der Krieg außenpol. nicht die befürchtete Abkehr A.s vom Westen zur Folge. Auch das demokratische A. beharrte zunächst auf den trad. Ansprüchen. Die Ausdehnung der Sperrzone um die Inseln durch GB im Okt. 1986 führte zu

einer erneuten Konfrontation. Zu einer Wende kam es erst nach Amtsantritt des arg. Präs. Menem 1989: In direkten Verhandlungen erreichte man eine signifikante Entspannung der Situation, die zur Wiederaufnahme der diplomatischen Bez. zwischen beiden Ländern führte und 1995 ein bilaterales Abkommen zur gemeinsamen Nutzung des *\ *offshore*-Erdöls ermöglichte. Diese Fortschritte erzielte man auf der Grundlage der sog. Regenschirm-Formel, wonach die Frage der Souveränität über die Inseln durch die Verhandlungen nicht berührt werden sollte. Der wirtsch. Wandel seit Mitte der 1980er J. veränderte die Konfliktlage insofern, als die Inselbev. mittlerweile ein vitales Interesse an einem tragfähigen Kompromiss zwischen A. und GB hat: Eine stabile Kooperation würde längerfristige Fischereiabkommen anstelle der jährl. zu erneuernden Lizenzvergabe ermöglichen. V.a. aber ist die projektierte Erdölförderung nur unter den Bedingungen einer kooperativen Konfliktbearbeitung lukrativ. Hierbei zeichnen sich Meinungsverschiedenheiten zwischen Falkland und der brit. Reg. ab, die an den zu erwartenden Einkünften beteiligt zu werden wünscht.

Lit.: D. Sabaté Lichtschein: Problemas argentinos de soberanía territorial, Buenos Aires 1979; M. Ehrke, Argentinien und der Krieg im Südatlantik, in: Jahrbuch Dritte Welt I, München 1983, S. 134ff.; J. C. Puig: Malvinas y régimen internacional, Buenos Aires 1983; A. I. Haffa: Beagle-Konflikt und Falkland (Malvinas)-Krieg. Zur Außenpolitik der argentinischen Militärregierung 1976 bis 1983, München/Köln etc. 1987; C. Bluth: The British Resort to Force in the Falklands/Malvinas Conflict, in: Journal of Peace Research, 24 (1), 1987, 5–20; R.-O. Schultze, Falkland-Inseln, in: P. Waldmann (Hg.), Politisches Lexikon Lateinamerika, München 1992, S. 342ff.; C. Mack, Der Falkland (Malvinas)-Konflikt, Frankfurt a.M. etc. 1992; R.-O. Schultze, Falkland/Malvinas-Inseln, in: HDW III, 1995, S. 544–549, Internet: www.falklandmalvinas.com. hb

Familienplanung Unter F. werden bev.-pol. Maßnahmen nat. und int. Org. verstanden, die auf die Kontrolle des *Bev.-Wachstums in den EL abzielen. F. setzt vornehmlich am Geburtenvorgang bzw. an der gezielten Senkung der Fruchtbarkeit (Geburtenkontrolle) an. Die Kleinhaltung der Zahl der Kinder, welche eine Frau zur Welt bringt, hängt jedoch nicht nur ab von den Kenntnissen über Schwangerschaft und ihre Verhütungsmittelpraktiken, welche die Kinderzahl regulieren. Sie hängt auch ab von Einstellungen der betreffenden Gesellsch., sozialer Schichten und Familien zu Fragen der Kinderzahl und ihrer Begrenzung, welche wiederum mit dem ökon. E.-Niveau eines EL zusammenhängen. Insofern ist F. in die allg. E.-Problematik eingebettet und verlangt, ehe sie erfolgreich sein kann, Aufklärungsarbeit und propagandistische Vorbereitung. Die Methoden der Fruchtbarkeitsregulierung werden abgestimmt auf den Aufklärungsgrad: zunächst Hinauszögern aufeinander folgender Schwangerschaften, sodann empfängnisverhütende Mittel (Kontrazeptiva) wie Kondome, Anti-Baby-Pillen, intrauterine Empfängnisverhüter. In fast allen EL gibt es inzwischen F.-Programme. Es wird jedoch noch von einem großen Bedarf an F. ausgegangen. Auf der *Weltbevölkerungskonferenz von Mexico City wurde die Stellung der *Frau in Familie und Gesellschaft für den Erfolg von F. und Bev.-Pol. betont. Die int. Programme werden vom *UNFPA getragen, der über 50 % seiner Ausgaben für E.-Programme in EL tätigt. →Weltbevölkerungskonferenz.

Lit.: J. Heinrichs (Hg.), Familienplanung international, Braunschweig 1991. dn

Fanon, Frantz Theoretiker der antikolonialen Revolution, geb. 1924 in Martinique, bäuerl. Herkunft, studierte in Frankreich Philosophie und Medizin, kämpfte während des 2. Weltkriegs als Partisan. F. ging 1953 als Arzt nach Algerien, gab jedoch 1956 den Posten als Leiter einer psychiatrischen Klinik auf und trat in den Dienst der Nat. *Befreiungsbewegung FLN. Er war zeitweilig Botschafter der provisorischen algerischen Regierung in Accra. F. starb 1961 in New York an Leukämie. F. vertrat eine Philosophie der Gewalt, von der er eine befreiende und integrierende Wirkung auf die unterdrückten und ausgebeuteten Massen erwartete, als Antwort auf ein bestehendes koloniales Gewaltsystem. Hauptwerke: Die Verdammten dieser Erde, Hamburg 1969; Aspekte der Algerischen Revolution, Frankfurt 1969. dn

FAO Ernährungs- und Landwirtschaftsorg. der *UN (*Food and Agricultural Organization of the United Nations*), gegr. 1945 als Sonderorg. der UN. Sitz: bis 1951 Washington, seither Rom; 183 Mitgliedstaaten und die EU als Mitgl.-Organisation.

Aufgaben: Hebung der weltweiten Ernährungs- und Lebensstandards, Steigerung der Produktion und Verteilung land-, forst- und fischereiwirtsch. Erzeugnisse, Verbesserung der Lebensbedingungen der ländl. Bevölkerung; Beseitigung von Hunger.

Tätigkeit: Die FAO sammelt, analysiert und verbreitet Informationen über die landw. und ernährungspol. Probleme der Welt, bes. der EL, und empfiehlt und fördert nat. und int. Maßnahmen zu deren Überwindung. Weiterhin leistet sie *Technische Hilfe, wobei die FAO entweder eigene Projekte umsetzt oder Projekte im Auftrag von anderen Entwicklungsagenturen und int. Geberorg. durchführt oder nat. Projekte berät und unterstützt. Bei Hungerkatastrophen, über die sie mit Hilfe eines globalen Frühwarnsystems informiert, leistet sie auch Notstandshilfe, v. a. mit Nahrungsmitteln des *WFP. In den vergangenen Jahrzehnten hat sich die FAO von einem weltweiten Informations- und Beratungszentrum zu einer wichtigen Entwicklungsagentur entwickelt, die in großem Maßstab Investitionen und technische Hilfe katalysiert oder selbst durchführt (1998/99: 76 Projekte im Wert von 4,6 Mrd. US-$). Weltweite Impulse hinsichtlich der Frage der Nahrungssicherung in EL konnte die FAO u. a. durch die medienwirksame Freiheit-von-Hunger-Kampagne (1960) geben, durch die Mitbegründung des WFP, die *Welternährungskonferenzen (1974, 1996), die Weltkonferenz zu Agrarreformen und ländlicher Entwicklung (1979), die Weltfischereikonferenz (1984) und die (gemeinsam mit der *WHO organisierten) Int. Ernährungskonferenzen (1992, 1996).

Organisation: Die wichtigsten Organe sind: a) die alle zwei J. zusammentretende Konferenz aus Vertretern sämtlicher Mitgl.-Staaten, welche die Richtlinien der FAO-Pol. bestimmt, den vom Generaldirektor vorgelegten Haushalt und Arbeitsplan genehmigt und ggf. Empfehlungen für nat. und int. Maßnahmen ausspricht; b) der mind. einmal pro Jahr tagende FAO-Rat aus Vertretern von 49 Mitgl.-Staaten, der als Exekutivorgan der Konferenz Beschlüsse fasst und Beratungs-, Empfehlungs- und Kontrollfunktionen ausübt; c) der Generalsekretär (seit 1994 Jacques Diouf, 1999 wiedergew.), der, von der Konferenz auf sechs Jahre gewählt, (unter Aufsicht von Konferenz und Rat) die FAO leitet. Außerdem bestehen acht bereichsspezifische Abteilungen. Die FAO ist die größte der mit E.-Fragen befassten Sonderorg. der UN. Sie beschäftigt gut 3700 Mitarbeiter.

Finanzierung: Der ordentliche Haushalt wird über Pflichtbeiträge bestritten, deren Höhe nach Ländern abgestuft ist; er umfasst im Doppeljahr 2000/01 650 Mio. US-$. Daneben erhält die FAO u. a. seitens der *UNDP, weiterer UN-Sonderorganisationen und -organe und v. a. einzelner (in Treuhandfonds freiwillig einzahlende) Mitgl.-Staaten außerordentliche Zuwendungen, die mitunter den ordentlichen Etat übersteigen. Die Feldprogramme werden größtenteils über diesen Sonderhaushalt finanziert.

Adresse: Viale delle Terme di Caracalla, 00100 Rom. Internet: www.fao.org. mik

favelas →Brasilien, Marginalität

F CFA →Franc-Zone

FCFP →Franc-Zone

FCKW →Klima- und Atmosphärenregime; Ökologie; Ozonkonferenz; Welt-Umweltkonferenz

FDCL Forschungs- und Dokumentationszentrum Chile–Lateinamerika, Berlin.

FDP – entwicklungspolitische Leitlinien Der Bundesvorstand der FDP hatte in einem Beschluss der Grundsätze und Schwerpunkte liberaler EP 1986 die Gleichrangigkeit der Nord-Süd-Pol. (neben Europa-, Bündnis- und Entspannungspol.) anerkannt und gefordert, aus e.-pol. Fehlern der Vergangenheit zu lernen. Seit einem Beschluss des 45. Bundesparteitags vom 5. 6. 1994 steht nun die Forderung nach einer globalen EP und Umweltpartnerschaft durch Öffnung aller Märkte sowie pol. und wirtsch. Selbständigkeit der EL im Vordergrund. Besonderer Wert wird auf Eigenverantwortung, Wahrung der Menschenrechte und den freien Welthandel gelegt. Dies findet sich auch in den «Wiesbadener Grundsätzen», die auf dem Bundesparteitag vom 24. 5. 1997 beschlossen wurden. Die von der FDP angestrebte EZ lässt sich in folgenden Thesen zusammenfassen:
1. EP muss darauf drängen, in den EL einen freiheitlichen, rechtsstaatlichen Raum zu schaffen. Dies soll der zentrale Ansatz der EZ sein, da nur in dieser Umgebung wirtsch. Wachstum geschehen kann, welches notwendig für die E. jedes Landes sei. Gefahren für E. werden in relig. und pol. Fundamentalismus sowie in ethn. Konflikten gesehen. 2. Das Bev.-Wachstum in den EL soll eingedämmt werden, da dieses Verteilungskämpfe und Umweltzerstörung verursacht. Hierzu sollen Förderkonzepte für die Familienplanung dienen. 3. Dem freien Welthandel kommt für die E. der einzelnen Länder große Bedeutung zu. Daher soll die Integration der EL in die Weltwirtsch. durch int. Handelsabkommen nach dem Beispiel der *Lomé-Verträge gefördert und verstärkt werden. Der unabdingbare wirtsch. Strukturwandel in EL und in IL darf nicht durch protektionistische Maßnahmen verschleppt werden. Nach dem Beispiel der *Uruguay-Runde der GATT-Verhandlungen sollen Einfuhrzölle abgebaut und EU-Exportsubventionen und Agrarprotektion eingeschränkt werden, um einen verbesserten Marktzugang für die landw. Produkte der EL zu schaffen. 4. Die eigene Wirtsch.-Pol. der EL ist für deren langfristige E. von entscheidender Bedeutung. Die EP soll sich deshalb stärker an Struktur- und Systemveränderungen in den EL orientieren. Durch Selbsthilfe und Eigeninitiative sollen die für eine marktwirtsch. Ordnung notwendigen institutionellen Rahmenbedingungen geschaffen werden. Hier sollen insb. Bildung und Ausbildung, v. a. von Frauen, viel stärker in die E.-Vorhaben einbezogen werden. 5. Ziel und Maßgabe dt. EP soll der Umwelt- und Ressourcenschutz sein. Das bedeutet auf der einen Seite die Förderung von Projekten des gezielten Umweltschutzes in der *Technischen und *Finanziellen Zusammenarbeit, aber auch die Unterstützung von Umweltfonds der *Weltbank. Besonderer Rang kommt der Erhaltung der tropischen Wälder zu. 6. Die Zusammenarbeit mit *nichtstaatlichen Organisationen in der *Dritten Welt soll einen höheren Stellenwert in der EP erhalten. Die *UN sollen in ihren Bemühungen für eine effiziente EZ unterstützt werden, indem eine Straffung und Neugliederung ihrer Unterorganisationen bei einer Umgestaltung int. EP erfolgen soll. 7. Die EP europ. Länder ist besser zu koordinieren und bes. mit der Außen- und Sicherheits-, Agrar-, Ind.-, Handels- und Finanzpol. der EU zu verzahnen. Dazu gehört auch, eine klare Zielsetzung, Durchführung und Auswertung von E.-Projekten zu koordinieren, die Finanzierung des *EEF zu reformieren und eine stärkere Verwendungskontrolle einzuführen. 8. In der Bundesrepublik sollen neue Wege zur Finanzierung von E.-Hilfe, insb. durch verstärkte Mobilisierung privaten Kapitals, beschritten werden. 9. EL mit niedrigen Militärausgaben sollen e.-pol. bevorzugt werden. Staaten, die ein eigenes ABC-Waffenprogramm haben, sollen keine dt. E.-Hilfe mehr erhalten. 10. Zur Bewältigung der Schuldenkrise sind folgende Reformen nötig: bessere

Konditionen für die *Finanzielle Zusammenarbeit, Verbesserung der Umschuldungskonditionen, Unterstützung zur Reduzierung von Bankenschulden im Rahmen von *Weltbank und *IWF, Schaffung eines Schuldenreduzierungsfonds bei der Weltbank, um ärmsten EL den Rücklauf von Bankschulden zu ermöglichen. Adresse: FDP-Bundesgeschäftsstelle, Reinhardtstr. 14, 10117 Berlin. E-Mail: fdp-point@fdp.de; Internet: www.liberale.de dn/tk

FES Friedrich-Ebert-Stiftung, gegr. 1925, älteste der dt. *Politischen Stiftungen, der SPD nahe stehend. Über ihre Abteilung Internationale Zusammenarbeit entfaltet die FES breit gefächerte Aktivitäten in EL. *Tätigkeitsschwerpunkte:* 1. gesellschaftspol. Bildung zur Motivation und Mobilisierung entwicklungsrelevanter Verhaltensweisen bei Einzelnen und Gruppen, Beratung und Unterstützung von Partnern bei der Durchsetzung von demokrat., sozialer und wirtsch. Beteiligung. Zielgruppen sind v.a. *Gewerkschaften (eigenes Referat für Gewerkschaftsförderung), Parteien (solche, die fortschrittliche Positionen im Sinne eines demokrat. Sozialismus vertreten), *Genossenschaften, Jugend- und Frauenverbände, *Community-Development-Organisationen u.a. In einzelnen Fällen arbeitet die FES auch mit staatl. Stellen zusammen. Neben der bilateralen Kooperation (FES-Partner im EL) bemüht sich die FES in ihren gesellschaftspol. Projekten verstärkt auch um die Förderung der Zusammenarbeit zwischen einzelnen EL (→Süd-Süd-Beziehungen), um die in einem Land gemachten Erfahrungen auch den jeweiligen Nachbarländern zugänglich zu machen (Dezentralisierung im südl. Afrika, Bildung in Zentralamerika). Die zivilgesellschaftliche Basis der Demokratie in Osteuropa und Zentralasien zu stärken, entwickelte sich seit Anfang der 1990er Jahre zu einem zentralen Aufgabengebiet. 2. Erwachsenenbildung: Förderung von regionalen Bildungszentren, in denen neben der praxisnahen berufsfachlichen Fortbildung breiter Bev.-Schichten auch die Analyse und Diskussion der gesellsch. und pol. Verhältnisse in den EL Bestandteil der Bildungsprogramme sind, um zur Lösung von Konflikten beizutragen (z.B. in Sri Lanka). 3. Förderung von Unternehmensformen, die wirtsch., sozial und pol. benachteiligten Bev.-Gruppen die Möglichkeit erschließen, stärker am E.-Prozess zu partizipieren (→Genossenschaften, →ländliche Entwicklung). 4. Förderung des Aufbaus e.-relevanter Informations- und Kommunikationssysteme, insb. Massenmedien. 5. Forschung: Die EL-Abteilung unterhält Institute in EL, die den Aufbau wirtsch.- und sozialwiss. Forschungs- und Beratungskapazitäten vorantreiben sollen. Der Abteilung Studienförderung sind Stipendienprogramme für dt. und ausl. Studenten und Graduierte zugeordnet (2001: ca. 1700 Stipendien, davon 1400 an Deutsche und 317 an Ausländer). In über 100 Ländern ist die FES mit Büros vertreten. Regionale Verteilung: westl. IL: 13; Mittel- und Osteuropa: 27; Lateinamerika und Karibik: 19; Mittelost- und Nordafrika: 9; Subsahara-Afrika: 20; Asien und Pazifik: 16 Büros. Insges. werden 93 Auslandsmitarbeiter in ca. 110 Ländern beschäftigt.

Finanzierung: im Wesentlichen aus öfftl. Mitteln, begrenzte frei disponible Mittel (Eigenmittel: Spenden, Treuhandvermögen, Beiträge der Teilnehmer etc. 2000: 4,7 Mio. €). Der Etat der FES betrug für 2000 ca. 113,2 Mio. €. Der Anteil der Mittel für EZ schlüsselt sich bei einem Gesamtvolumen von 1996: 47 Mio. € nach Fachbereichen folgendermaßen auf: Gesellschaftspol.: 39 %; Gewerkschaften: 31 %; Wirtschafts- und Sozialentwicklung: 20 % und Medien: 10 %. Regional verteilten sich 1996 die Mittel wie folgt: Afrika: 36 %; Lateinamerika: 28 %; Asien und Ozeanien: 26 %; kontinentübergreifend: 11 %. Die FES publiziert versch. Schriftenreihen zu Dritte-Welt-bezogenen Themen (u.a.: Analysen aus der Abteilung EL-Forschung; Vierteljahresberichte, seit 1994: Internationale

Pol. und Gesellschaft). Adresse: Godesberger Allee 149, 53170 Bonn. Internet: www.fes.de

Lit.: FES-Jahresberichte, fortlaufend red

FIAN FoodFirst Informations- und Aktions-Network e. V., Int. Menschenrechtsorg. für das Recht, sich zu ernähren, gegr. 1986, Hauptsitz (Int. Sekretariat) in Heidelberg; nat. Sektionen und Koordinationen in 16 Ländern und Einzelmitgl. in über 50 Ländern. *Aufgaben:* Durchsetzung wirtsch., sozialer und kultureller *Menschenrechte, bes. des Rechts auf angemessene Nahrung, Untersuchungen und Dokumentation über staatl. verursachte Hungerursachen – wie Landraub, Vertreibungen, menschenunwürdige Arbeitsbedingungen und mangelnde Organisationsfreiheit –, Unterstützung von Betroffenen in konkreten Fällen von Verletzungen des Rechts auf Nahrung mittels Petitionen (Protestbriefaktionen), Öffentlichkeits- und Lobbykampagnen, Dokumentation der Verletzungen im Menschenrechtssystem der *UN und langfristiger Fallarbeit durch lokale FIAN-Gruppen.

Die Menschenrechtsorg. stützt sich in ihrer Arbeit v. a. auf den Int. Pakt über wirtsch., soziale und kulturelle Menschenrechte (WSK-Rechte), in dem das Recht auf Freiheit von Hunger und auf angemessene Nahrung kodifiziert ist. Zur Stärkung der WSK-Rechte hat FIAN verschiedene int. Kampagnen koordiniert: z. B. seit 1992 eine Kampagne zur Einführung eines Individualbeschwerdeverfahrens bei den UN in Fällen der Verletzung von WSK-Rechten, seit 1993 eine Kampagne zu den Auswirkungen von großen Infrastrukturprojekten auf die Landrechtssituation von Kleinbauern.

Finanzierung: Als Mitgl.-Org. wird FIAN im Wesentlichen durch die Mitgl. finanziert. FIAN ist satzungsgemäß eine pol. und finanz. unabh. *nichtstaatliche Organisation. FIAN hat Beraterstatus beim *ECOSOC und ist auch bei der *OAU entsprechend anerkannt. *Struktur:* Int. Entscheidungsgremium ist der Int. Rat, in den jede Sektion entsprechend ihrer Größe Delegierte entsendet. Dort wird über Programme und Pol. für die kommenden Jahre entschieden sowie ein int. Exekutivkomitee gewählt, das zusammen mit dem Generalsekretär für die tägliche Arbeit und die Auswahl von Interventionen der Org. zuständig ist. Publikation: FoodFirst-Magazin (vierteljährl.). Adresse der dt. Sektion: Overwegstr. 31, 44625 Herne. Internet: www.igc.oig/foodfirst/fian/home.htm

Lit.: FIAN, Soziale Menschenrechte jetzt!, Herne 1996; M. Windfuhr, Ernährungssicherheit und das Recht auf Nahrung, in: Nord-Süd-aktuell, Jg. 10, H. 4/96; FIAN (Hg.), Food First. Mit Menschenrechten gegen den Hunger, Bonn 1998. mw

FIDES *Fonds d'Investissement pour le Développement Économique et Social.* 1946 gebildeter Fonds zur Entwicklung der frz. Überseegebiete, größtenteils aus dem frz. Staatshaushalt finanziert. fn

Fidschi

Fläche (Tsd. qkm): 18,27
Bev. (Mio.) 2000: 0,81
BNE pro Kopf (US-$) 2000: 1830
BIP (Mio. US-$) 2000: 1495
LE (Jahre) 1999: 72,9
Analphabetenquote (%) 1999: 7
HDI 1999: 0,757 [Rangplatz von 162: 67]

Die Inseln F.s (ca. 840, größte Insel Viti Levu [10 429 qkm] mit Hs. Suva) liegen in der Kontaktzone zwischen Melanesien und Polynesien. In der Bev. dominieren die zu den Melanesiern zählenden einheim. Fidschianer (50,7 %) und die Inder (43,5 %). Als Minoritäten kommen Europäer, Rotumas und Chinesen hinzu. Die kolonial bedingte Ausrichtung der Ökon. auf Zucker machen F. von den Schwankungen des Zuckerweltmarktpreises abh., wenngleich F. als *AKP-Staat von den Garantiepreisen der EU profitiert. Die *E.-Planung will durch die *Diversifizierung der Anbauprodukte sowie die Förderung der Forst- und Fischereiwirtsch. die Abh. F.s von der *Monokultur Zucker reduzieren. Ind.-Projekte werden zur Gewinnung von ausl. Investoren durch *incentives* gefördert

dert. Nach den Zucker-Exporterlösen ist der *Tourismus der zweitwichtigste Devisenbringer des Landes (1998: rd. 370000 Auslandsgäste).
Der ethn.-kulturelle Konflikt zwischen den städt. orientierten und das Wirtschaftsleben bestimmenden Indern und den nach Kultur und Sozialorg. verschiedenen sowie ca. 80 % des Bodens besitzenden Fidschianern wird über das ethn. versäulte Parteiensystem (Fidschianer: Konservative *Alliance Party*, Inder: Linksorientierte *Labour Party* und *National Federation Party*) in die Pol. transferiert. Bei den Parl.-Wahlen im April 1987 verlor die seit der Unabh. (1970, zuvor brit. Kronkolonie) F.s unter der Führung von MP R. K. Mara regierende *Alliance Party* die Macht, und die linksgerichtete Koalition *Labour Party/National Federation Party* übernahm unter T. Bavadra die Regierung. MP Bavadra erklärte den Beitritt F.s (Mitgl. des Südseeforums *SPC) zu den *Blockfreien und die Schließung der Häfen für US-Kriegsschiffe mit Atomwaffen. Doch bereits am 14. 5. 1987 wurde er durch einen unblutigen Militärputsch (v. a. Fidschianer) gestürzt, der sich unter der Leitung von Oberst S. Rabuka gegen das Übergewicht der Inder in der neuen Reg. richtete. Die Militärreg. wurde vom Ausland (u. a. Neuseeland, Australien, GB, Einstellung der E.-Hilfe der USA) abgelehnt. Nach internen Machtkämpfen kam eine auf einem Kompromiss beruhende Übergangsreg. (Rabuka/MP, Ganilau/Staatschef) zustande. Die zwischen den beiden Parteiführern Mara und Bavadra erzielte Einigung auf eine zivile Koalitionsreg. wurde am 25. 9. 1987 durch einen erneuten Militärputsch unter Rabuka zunichte gemacht. Rabuka erklärte F. am 6. 10. 1987 zur Rep. (zuvor konst. Monarchie mit Staatsoberhaupt Königin Elizabeth II.). F. wurde deshalb am 17. 10. 1987 aus dem **Commonwealth* ausgeschlossen. Am 5. 12. 1987 löste Rabuka sein *Militärregime auf und ernannte den 17 J. lang das Land reg. Mara zum Premier, den Ex-Generalgouverneur Ganilau zum Präs. der Rep. und sich selbst zum Innenmin. Die bei den Wahlen siegreiche Koalition unter Bavadra war in der neuen Reg. nicht vertreten. Mit dem Rücktritt Rabukas im Jan. 1990 und dem Ende der direkten Beteiligung der Militärs an der Macht kündigte sich eine pol. Öffnung an. Im Juli 1990 wurde eine neue Verfassung verabschiedet, die 37 der 70 Parl.-Sitze für den melanesischen und 27 für den indischen Bev.-Teil reservierte (Rest für andere Ethnien). Aus den Parl.-Wahlen von Mai 1992 ging die von Rabuka geführte *Fijian Political Party* mit 30 Sitzen als stärkste Partei hervor. Rabuka bildete eine Koalitionsreg. mit der (indischen) *Fijian Labour Party* (FLP), die 13 Mandate erhielt. Zum neuen Präs. wurde nach dem Tode Ganilaus im Dez. 1993 der frühere MP Ratu Mara gewählt und am 18. 1. 1994 in sein Amt eingeführt. Der Zusammenbruch der Koalitionsreg. führte im Febr. 1994 zu vorgezogenen Neuwahlen, bei denen es Rabuka gelang, mit Unterstützung der ethnienübergreifenden Partei GVP (*General Voters Party*) sowie zweier unabh. Parlamentarier eine regierungsfähige Mehrheit zu bilden (37 Sitze). Aus den Wahlen im Mai 1999 ging überraschend die bisherige Opposition aus NFP und FLP siegreich hervor, wodurch die trad. dominierende Fidschi-Elite ihre pol. Macht erstmals einbüßte. Nach dem gescheiterten Militärputsch (19. 5. 2000) von Georges Speight, der per Dekret das Parl. am 30. 5. 2000 aufgelöst und zahlreiche Reg.-Mitgl. 56 Tage als Geiseln festgesetzt hatte, kam es Ende Aug. 2001 zu Neuwahlen. Es siegte die SDL (*Fijian United Party*) mit insges. 31 der 71 Sitze vor der FDL, die 27 Sitze gewann. Als neuer Premiermin. wurde Laisenia Qarase, der entgegen der Verfassung die indisch dominierte FLP nicht in sein Kabinett einbezog, am 12. 9. 2001 vereidigt.

Lit.: R. Baehr, Fidschi, in: HDW III, 8, 1994, S. 350ff.; B. Lal, Broken Waves: A History of the Fiji Islands in the Twentieth Century, Honolulu 1992; Ch. Hartmann, Fiji, in: D. Nohlen/F. Grotz/Ch. Hartmann (Hg.), Elections in Asia and the Pacific, Bd. II, Oxford 2001, S. 642–672. ah/red

Finanzielle Hilfe / Finanzielle Zusammenarbeit / auch Kapitalhilfe Durch FH werden den EL Finanzierungsmittel zu günstigen Bedingungen zur Förderung ihrer wirtsch. und sozialen E. zur Verfügung gestellt. Sie ist dem Volumen nach das bedeutendste Instrument der e.-pol. Zusammenarbeit der BRD. Die Konditionen der FH werden der wirtsch. und Leistungskraft der EL angepasst. In den 1970er J. hatten sie folgendes Aussehen: für *LLDCs und *MSACs 0,75 % Zinsen, 50 J. Laufzeit, 10 tilgungsfreie J.; mittlere Gruppe von EL: 2 % Zinsen, 30 J. Laufzeit, 10 tilgungsfreie J.; fortgeschrittene EL bzw. solche mit hohen eigenen Deviseneinnahmen: 4,5 % Zinsen, 20 J. Laufzeit, 5 tilgungsfreie J. In Sonderfällen wurde FH auch als nicht rückzahlbarer Finanzierungsbeitrag geleistet, insbes. für Projekte der sozialen *Infrastruktur in den am wenigsten entwickelten Ländern. 1978 wandelte die BRD dieser Ländergruppe in früheren J. zugesagte Darlehen nachträglich in Zuschüsse um, um damit die *Verschuldung der ärmsten EL zu verringern. Seither gewährt sie den LLDCs FH in Form nichtrückzahlbarer Finanzierungsbeiträge. In den 1990er J. lauten die Konditionen für drei EL-Kategorien: 1. LLDCs, beim BMZ als LCDs geführt, nicht rückzahlbare Zuschüsse; 2. EL, die unter die günstigen *Weltbank-*IDA-Konditionen fallen: 0,75 % Zinsen, 40 J. Laufzeit, 10 Freijahre. Diese Konditionen werden neben den MSAC, d.h. den von int. Preissteigerungen am meisten betroffenen EL, den EL mit einem BIP pro Kopf von z.Z. (1999) 1505 US-$ (Basisjahr 1996) gewährt; 3. Restl. EL: Konditionen 2 % Zinsen, 30 J. Laufzeit, 10 Freijahre. Weitere 20 % der FH können als Zuschüsse an EL vergeben werden, die an sich nur Kredite erhalten können, wenn die Gelder für Maßnahmen zur Armutsbekämpfung, für Garantiefonds für mittelständische Betriebe sowie für Vorhaben der *sozialen Infrastruktur und des Umweltschutzes verwandt werden. Weitere Elemente der FH bilden *Mischfinanzierung, Verbundfinanzierung und *Kofinanzierung.

FH dient hauptsächlich zur (Teil-)Finanzierung von Projekten oder Programmen (→Projekthilfe), von Importgütern (→Warenhilfe), von *Strukturhilfen und zur Refinanzierung von *Entwicklungsbanken. Die Gewährung von FH-Krediten der BRD erfolgt auf der Basis von Reg.-Abkommen zwischen der beantragenden Reg. eines EL und der Bundesreg. Zuständig ist auf dt. Seite das BMZ und für Vergabe und Abwicklung im Auftrag der Bundesreg. die *KfW, insbes. seit 1981 finanz. und *Technische Zusammenarbeit nach dem Grundsatz abgegrenzt wurden, dass Bearbeitung und Betreuung eines Gesamtvorhabens durch *eine* Institution (also KfW oder *GTZ) erfolgt. Seit Beginn der FH (1960) hat die BRD bis einschl. 1998 den EL insges. 48 Mrd. € zugesagt; 39 Mrd. € wurden abgerufen. dn

Finanzsystementwicklung (FE) Bis in die 1980er J. spielte die FE (Gesamtheit aller Finanzinstitute, -märkte und -instrumente, ordnungspol. Rahmenbedingungen und finanzwirtsch. Normen) in der deutschen und int. *Entwicklungszusammenarbeit eine untergeordnete Rolle. Um Finanzmittel an prioritäre Zielgruppen zu leiten, wurden E.-Banken als reine Kanalisierungsstellen benutzt. Die mit dieser Instrumentalisierung verbundene Vernachlässigung von Strukturdefiziten der FE führte zu negativen Erfahrungen mit der trad. Förderung von meist staatl. E.-Banken und letztendlich zum Scheitern dieser Strategie. Seit Ende der 1980er J. hat sich die Einschätzung des Finanzsystems grundlegend geändert: Mit der *Verschuldungskrise traten die Strukturschwächen der FE in vielen EL deutlich zutage. Charakteristisch für viele EL ist die Fragmentierung des Finanzsektors in einen formellen und informellen Finanzmarkt, die kaum miteinander verbunden sind.

Im Unterschied zur früher praktizierten Konzentration auf die Kreditfunktion steht im Mittelpunkt neuer e.-pol. Strategien das Finanzwesen als Systemansatz verbunden mit Reformstrategien zur Schaffung marktfreundlicher Ordnungssysteme und privatwirtsch. Strukturen in EL. Ziel der FE ist es, leistungsfähige und vernetzte Finanzinstitutionen aufzubauen, über die Ersparnisse mobilisiert und in produktive Investitionen geleitet werden können.
Ein weiterer wesentlicher Bestandteil der neuen e.-pol. Strategie ist auch die Orientierung auf Zielgruppen: Die breite Bev. und insb. arme Bev.-Schichten und Frauen sollen individuell oder als Gruppe Zugang zu elementaren Finanzdienstleistungen erhalten. Die Förderung des Finanzwesens soll auf institutioneller Ebene nach dem *Subsidiaritätsprinzip vorgenommen werden: Was die Reg. des EL, die Institution des Finanzwesens, die Privatwirtsch. und der Markt aus eigener Kraft leisten können, soll zuerst ausgeschöpft werden, bevor ausländische Unterstützung gewährt wird.
Das neue Finanzsektorkonzept des BMZ von 1994 sieht vor, dass zum einen in einem Vorgehen von oben (Reform-top-down-approach) durch Liberalisierungsmaßnahmen und institutionelle Reformen die Grundlagen für ein marktwirtsch. Finanzsystem und preiswerte Finanzdienstleistungen im Wettbewerb angeboten werden. Parallell dazu soll das Finanzwesen von unten (Reform-bottom-up-approach) durch die Schaffung neuer Finanzsubsysteme und -institutionen erweitert werden.
→Klein(st)gewerbe, Informeller Sektor, Subsidiarität, Armut

Lit.: BMZ-Sektorkonzept «Finanzsystementwicklung. Förderung von Sparen und Kredit», Sept. 1994. as

FIZ Zentrum für int. Friedenseinsätze, Ausbildungsstätte für Personal für zivile Friedensmissionen der *UN, der *OSZE und der EU. Sitz in Berlin, Juni 2002 eröffnet. dn

Flüchtlinge Als F. gelten Personen, die ihr Heimatland verlassen haben, d. h. aus Gründen der Rasse, Religion, Nationalität oder pol. Meinung verfolgt werden, sich außerhalb ihres Heimatlandes befinden und in ihr Heimatland nicht zurückkehren können. So definiert die Genfer Flüchtlingskommission von 1951 als Flüchtling eine Person, die «aus wohlbegründeter Furcht vor Verfolgung wegen ihrer Rasse, Religion, Nationalität, Zugehörigkeit zu einer bestimmten sozialen Gruppe oder wegen ihrer politischen Überzeugung sich außerhalb des Landes befindet, dessen Staatsangehörigkeit sie besitzt».
Dieser engere Begriff der pol. F. wurde seit Ende der 1960er J. v. a. vonseiten der *Dritten Welt kontinuierlich ausgedehnt. So definierte die *OAU 1969 Personen als F., die «vor äußerer Aggression, Besetzung, Fremdherrschaft oder Ereignissen, die die öffentliche Ordnung ernsthaft stören», fliehen. In diesem Begriff wurden F. auch sozialer Art (Wirtschaftsflüchtlinge) und aufgrund von Katastrophen «entwurzelte Personen» (→Umweltflüchtlinge) eingeschlossen, deren Anerkennung und wirksamer Rechtsschutz als F. im Völkerrecht und im nat. Recht der IL umstritten ist. Die *UN haben sich schon frühzeitig der F. angenommen. In der sie betreffenden Resolution der Generalversammlung vom Febr. 1946 heißt es: 1. Das F.-Problem ist von unmittelbarer Dringlichkeit und von int. Tragweite und Bedeutung; 2. kein F. und keine verschleppte Person soll gegen ihren Willen zur Rückkehr in das Heimatland gezwungen werden, es sei denn in Verfolgung krimineller Straftaten; 3. F. und verschleppte Personen sollen der Obhut einer int. Org. unterstellt werden. Das F.-Problem ist entgegen den damaligen Erwartungen (man dachte seinerzeit an die Lösung des europ. F.-Problems nach dem 2. WK) unverändert von unmittelbarer Dringlichkeit; es verlagerte sich vor 1990 von Europa auf Asien, Afrika und LA. Die Zahl der F. in der Welt wurde vom

*UNHCR für Anfang 2001 auf etwa 21,8 Mio. geschätzt. Nach Kontinenten verteilen sie sich wie folgt: Afrika 6,1; Asien 8,5; Europa 5,6; Nordamerika 1; Lateinamerika und Karibik 0,6; Ozeanien 0,1 Mio. Nach dem Zusammenbruch der soz. Systeme Osteuropas haben die Flüchtlingsströme in Europa wieder stark zugenommen. Massenarmut und Umweltzerstörung lassen ein starkes Ansteigen der Migrationen erwarten. Die int. Bemühungen zur Lösung bzw. Milderung der Probleme der F. (Sicherung der Rechtsstellung als F.; Betreuung in Lagern; Integration in Aufnahmeländern) liefen über die UN-Organisationen *UNHCR und *UNRWA (Letztere für palästinensische F.), wobei zur Absicherung der Rechtsschutztätigkeit bereits Juli 1951 eine F.-Konvention vereinbart wurde, die bislang 67 Staaten ratifiziert haben.

Lit.: F. Nuscheler, Nirgendwo zu Hause. Menschen auf der Flucht, Baden-Baden 1984; Hoher Flüchtlingskommissar der Vereinten Nationen (Hg.), Die Lage der Flüchtlinge in der Welt. UNHCR Report 1994, Bonn 1994; F. Nuscheler, Internationale Migration. Flucht und Asyl, Opladen 1995. dn

FNL / NLF →Befreiungsbewegungen, Vietnam (Nationale Befreiungsfront / Vietkong)

FNLA →Befreiungsbewegungen

FNS Friedrich Naumann Stiftung, 1958 von Theodor Heuss gegr. Eine FDP-nahe *politische Stiftung mit Sitz in Königswinter bei Bonn. In über 80 Ländern Afrikas, Asiens, LAs, Mittel-, Ost- und Südosteuropas sowie in der südl. Mittelmeerregion und in Nahost führt sie dezentral mit Partnerorg. Programme zur Förderung von Menschenrechten, Rechtsstaatlichkeit und Demokratie, von sozialer Marktwirtsch. und Umwelt durch pol. Bildung, Pol.-Dialog und Pol.-Beratung durch. Für diese Aufgabe sind sechs Regionalbüros (Bangkok, Johannesburg, Neu-Delhi, San José, Kairo und Budapest) und drei Dialogprogramme (Brüssel, Gummersbach und Washington) mit 29 Auslandsmitarbeitern verantwortlich. In den sieben Bildungsstätten im Inland organisiert sie Seminare, Tagungen und Expertengespräche zu aktuellen pol., wirtsch. und gesellschaftspol. Themen. Die int. Akademie für Führungskräfte in Gummersbach organisiert jährl. 12 int. Konferenzen für Teilnehmer aus aller Welt. Die FNS fördert regionale und int. Netzwerke und Arbeitsgemeinschaften von liberalen Parteien, Menschenrechts- und Minderheitenorganisationen. Sie ist Mitgl. im Forum Menschenrechte, dem Zusammenschluss von über 30 deutschen *nichtstaatl. Org. Mit ihrem Stipendienprogramm förderte sie 2000 insgesamt 530 Studenten: 431 deutsche und 99 ausländische. Die FNS finanziert ihre Arbeit überwiegend aus öfftl. Mitteln (2000: 36 Mio. € von insg. 20 Mio. € für die int. Zusammenarbeit). Mit privaten Spenden werden Einzelinitiativen und Kampagnen unterstützt. Die FNS wird von einem Kuratorium geleitet. Vorsitzender des Vorstands ist derzeit Dr. Otto Graf Lambsdorff, MdB, Ehrenvorsitzender der FDP. Die Geschäftsstelle der Stiftung in Potsdam wird von Rolf Berndt als Geschäftsführendem Vorstandsmitgl. geleitet. Veröffentlichungen der FNS: Pressemitteilungen, Jahresbericht, Vierteljahresschrift «liberal», die ebenfalls viertelj. erscheinende Programmzeitung mit dem Veranstaltungsangebot der Stiftung und aktuellen Berichten aus der In- und Auslandsarbeit, Jahrbuch zur Liberalismus-Forschung, die Schriftenreihen «Argumente der Freiheit». Geschäftsstelle: Friedrich Naumann Stiftung, Karl-Marx-Straße 15, 14482 Potsdam, Tel. 0031/70190. Internet: www3.fnst.de btl

FONPLATA →La-Plata-Gruppe

Food for Development Program →Entwicklungspolitik der USA

Food for Peace Program →Entwicklungspolitik der USA

Food for Work-Projekte Ernährungssicherungsprogramme. →WFP

foquismo →Guerilla

Fördergesellschaft für angepasste Techniken in der Dritten Welt →FAKT

foreign assistance →Entwicklungspolitik der USA

Formale Bildung →Bildung

Formeller Sektor Im Gegensatz zum *informellen Sektor besitzt in den EL die Beschäftigung im formellen (modernen, geschützten) Sektor folgende Merkmale: gute Bezahlung, hoher gewerkschaftlicher Organisationsgrad, weitgehende Einhaltung der arbeitsrechtlichen Schutzbestimmungen und Konzentration der Aktivitäten auf (oft *transnationale) Großunternehmen, die mit *kapitalintensiver Technologie produzieren und auf oligopolistischen Märkten tätig sind. ah

Forschung und Entwicklung →Technologietransfer, UNCST, Süd-Süd-Beziehungen

Forum Menschenrechte Zusammenschluss von rd. 25 Organisationen, u. a. *ai, DGB, *DWHH, *DGVN, zwecks Erfahrungsaustausch, kritischer Begleitung staatl. *Menschenrechtspolitik und Druck zur Umsetzung des Abschlussdokuments der UN-Menschenrechtskonferenz von 1993. red

Forum Umwelt & Entwicklung 1992 infolge der *Welt-Umweltkonferenz von 35 *nichtstaatlichen Org. gegr. Arbeitsplattform mit den Zielen der öfftl. Information über den Zusammenhang zwischen Umwelt und E. bzw. der Überwachung der *Agenda 21. Finanzierung: Ca. 75 % der Mittel stammen vom Bundesministerium für Umwelt und vom *BMZ. Adresse: Am Michaelshof 8–10, 53177 Bonn. Internet: www.oneworldweb.de/forum red

Forum ZFD →Ziviler Friedensdienst

forward linkages →*external economies, linkage*-Effekte

Franc-Zone (F.-Z.) Gesamtheit der Währungsgebiete, die bis zum 31. 12. 1998 mit dem franz. Franc (FF), seit Einführung des *Euro zum 1. 1. 1999 mit diesem durch Einzelverträge verbunden sind. Nach der Unabh. (1960) von Frankreich (F.) bildeten 1962 Mauretanien, Senegal, Elfenbeinküste, Obervolta (Burkina Faso), Niger, Dahomey (Benin) und Togo die westafrik. Währungsunion (UMOA, seit 1994 *UEMOA) mit eigener Zentralbank (Währung: Franc CFA = *Franc de la Communauté Financière Africaine*). Die Bank der Zentralafrikanischen Wirtschafts- und Währungsunion (*CEMAC) wird getragen von Kamerun, Tschad, der ZAR, der VR Kongo, Gabun (Währung: Franc CFA = *Franc de la Coopération Financière en Afrique*). Eine eigene Zentralbank besitzen die Komoren (Währung: FC = Franc Comorien). Mali, das 1962 aus der F.-Z. ausgetreten war, kehrte 1967 unter harten Auflagen (u. a. Abwertung des *Franc Malien* um 50 %) in die UMOA und damit in die F.-Z. zurück. Mit Äquatorial-Guinea trat der CEMAC zum 1. 1. 1985 der erste nichtfrankophone Staat bei. F. garantiert den afrik. Staaten einen festen Wechselkurs (Parität seit 1948: 1 F CFA = 0,02 FF; seit 1994: 0,01 FF; seit 1999: 1000 F CFA = 1,52449017 €) und unbegrenzte Konvertierbarkeit ihrer Währungen. Die einzelnen Staaten verfügen in Paris über ein «Operationskonto», über das sie ihren ges. Außenhandel abwickeln und auf das sie 65 % (bis 1972/73: 80 %) ihrer Gold- und Devisenvorräte einzuzahlen haben.

Trotz unbestreitbarer Vorteile für F.s Partner wuchs seit den 1960er J. die Kritik daran, dass der freie Geld- und Kapitalverkehr innerhalb der F.-Z. in Krisenzeiten die Flucht einheim. Kapitals ins Ausland (v. a. nach F.) begünstigt und die Kontrolle der Gewinnabflüsse ausl. Unternehmen erschwert. Ferner dominiert F. trotz einer Dezentralisierung in den 1970er J. die Institutionen der F.-Z. weiter, und die afrik. Staaten müssen die Franc-Abwertungen automatisch mitmachen. Seit Ende der 1970er J. ihre Auslandsguthaben erheblich abnahmen, relativierte sich das Argument, der FF profitiere von Handelsüberschüssen der afrik. Mitglieder der F.-Z. Zur Festigung ihrer Unabh. nach außen und innen verließen die F.-Z.: Guinea (1960), Mauretanien (1973) und Madagaskar (1973). Der zunehmend als überbewertet geltende CFA wurde im Januar 1994 um 50 % abgewertet (Komoren CFA um 25 %), was zwar kurzfristig aufgrund der Importverteuerung zu sozialen Spannungen in einigen der betroffenen Länder führte, jedoch gleichzeitig die Konkurrenzfähigkeit ihrer Exportprodukte erhöhte. Mit der Einführung des *Euro als europ. Einheitswährung sind die 3 Währungen der F.-Z. seit 1. 1. 1999 an diesen gebunden. Die Zuständigkeit für Stützungshilfen im Falle von Leistungsbilanzdefiziten und damit einhergehendem Abwertungsdruck liegt jedoch nach wie vor beim franz. Finanzmin., nicht bei der EU als Ganzer.

Lit: A. Neurisse, Le franc CFA, Paris 1987; E. Assoumou Ala, Coopération monétaire: «zone franc», Abidjan 1990; B. Diamé, La dévaluation du F. CFA, Dakar 1994; S. Michailof, Protectionisme ou libre échange en zone franc?, in: Pol. Afr. 58, 1995, 101–126; J.-P. Azam/Sh. Devarajan, The CFA Franc Zone in Africa, Sonderheft des Journal of African Economics 6 (1), 1997. kz/kf

Frankophonie Gruppe Französisch sprechender Länder, 1986 gegr.; auf dem 7. Gipfeltreffen Nov. 1997 in Hanoi 48 Mitgl.-Staaten. Ziel: Ausbau pol., wirtsch. u. kultureller Bindungen zwischen den Mitgl. dn

Französisch Guyana

Fläche (Tsd. qkm): 88,2
Bev. (Tsd.) 2001: 178
BNE pro Kopf (US-$) 1997: HIC [9656 US-$]
BIP (Mio. US-$) 1997: n. b.
LE (Jahre) 1997: n. b.
Analphabetenquote (%) 1997: n. b.

1. Von F abh. Gebiet (Überseedepartement), die Bev. (2001 ca. 178 000 Ew.) hat sich seit 1960 (33 000 Ew.) verfünffacht. Die Zuwachsraten sind v. a. auf Einwanderung (Bürgerkriegsflüchtlinge aus *Surinam, Migranten aus *Haiti und *Brasilien) zurückzuführen. Die Bev. von F. G. ist ethn. stark gemischt: überwiegend Kreolen, ferner Asiaten, Schwarze und Indianer, etwa 30 000 Ausländer. Neben Frz. als Amtssprache wird hauptsächlich die Umgangssprache Patois gesprochen. Knapp die Hälfte der Bev. lebt in der Hauptstadt Cayenne; das von Regenwald bedeckte Landesinnere ist weitgehend unbesiedelt.

2. Fisch und Meerestiere (Krabben) bilden den Hauptanteil (41 %) der Exportgüter, daneben wird Gold (ca. 10 % der Exporte) abgebaut. Die wenigen agrar. Exportgüter beschränken sich auf kleine Mengen von Reis und Zitrusfrüchten. F. G. ist wirtsch. völlig von F abh.: Rd. zwei Drittel der Importe kommen von dort. Das frz. Weltraumzentrum in Kourou bildet eine Enklave für hoch bezahlte europ. Techniker. Im Jan. 2001 wurde die Währung *Euro eingeführt.

3. Erste frz. Kolonialisationsversuche unternahmen zu Beginn des 17. Jh.s private Handelsgesellschaften, scheiterten jedoch am Widerstand der Indianer. Nach der Wiedereroberung 1674 wurde F. G. direkt der frz. Krone unterstellt. Das System der *Plantagenwirtschaft beruhte seit Ende des 17. Jh.s auf der Arbeit der aus Afrika eingeführten Sklaven. Mit der Aufhebung der Sklaverei 1848 brach die Exportwirtsch. in F. G. zusammen, und die Bedeutung der Kolonie nahm ab. Die Aufwertung von F. G. zum frz. Departement 1946 führte zur schrittweisen Übertragung der frz. Sozialgesetzgebung; sie verhalf der letzten Kolonie auf dem lateinamerikan. Festland zu einem rel. hohen, vom Mutterland finanzierten Lebensstandard. Die soziale Infrastruktur (Bildungs- u. Gesundheitswesen) ist besser entwickelt als in den Nachbarstaaten.

4. Seit Beginn der III. Rep. entsendet F. G. Abg. in die Frz. Nationalversammlung (heute: je zwei Vertreter in Nationalversammlung und Senat). Seit 1878 verfügt F. G. über einen Conseil Général (19 Sitze) und seit der Erhebung zur Région 1974 über einen Conseil Régional (31 Sitze). Autonomiebestrebungen blieben in F. G. bisher ohne pol. Einfluss. Nur 5 % der Bev. sprechen sich für die mit wirtsch. Risiken verbundene volle Unabhängigkeit aus (Ziemer 1995).

Lit.: F. Schwarzbeck, Französisch Guyana. Die letzte kontinentale Überseebesitzung in Lateinamerika, Heidelberg 1982; K. Ziemer, Guyana, in: HDW III, 3, 1995, S. 457 ff. www.outre-mer.gouv.fr jl/hf

Französisch Polynesien →Pazifische Inselwelt

Französische Entwicklungspolitik →Entwicklungspolitik Frankreichs

Frauenförderung →Gender

Frauen in der Dritten Welt Frauen haben als Bev.-gruppe in keinem Land der Erde gleichen Zugang zu Einkommen, Vermögen, pol. Beteiligung und persönlicher Freiheit wie Männer. Besonders ausgeprägt ist diese Diskriminierung in der Dritten Welt.

1. Die Lage der Frauen in Afrika, Asien und LA: Frauen stellen in den ländlichen Gebieten den Großteil der Grundnahrungsmittel her; sie sind allein für Ernährung und Erziehung der Kinder zuständig, und das oft in Haushalten ohne männlichen Ernährer; in den Städten arbeiten viele Frauen als fliegende Händlerin, Hauspersonal, Köchin oder Näherin auf eigene Rechnung im *informellen Sektor, andere ergattern schlecht bezahlte Jobs in Handwerk und Ind.; wenige gut ausgebildete Frauen der Mittelschicht haben die Wahl zwischen einem trad. Leben in Muße oder einer anspruchsvollen Karriere, wobei sie für die Haus- und Familienarbeit auf die billigen Dienste eines Hausmädchens zurückgreifen können. Frauenarbeit ist in der Wirtschaftsstatistik zu einem großen Teil unsichtbar. Die Leistungen der großen Mehrheit der Frauen in Haus und Familie gehen bis heute nicht in die Berechnung des Nationaleinkommens ein. Pol. kann die Mehrzahl der Frauen über ihre Lebens- und Arbeitsbedingungen kaum mitbestimmen.

1.1. Pol. Rechte: Von den Staaten der Erde hat gut ein Drittel allgemeines Frauenwahlrecht. In den Reg. der EL saßen 1995 7,7 % Minister weiblichen Geschlechts (IL: 12,6 %). Auf Druck der Vereinten Nationen richteten nach der von den UN ausgerufenen Dekade der Frau (1975–85) 90 % der Mitgliedstaaten ein Büro oder Ministerium für Frauenfragen ein; viele Länder erließen Gesetze zur Gleichstellung der Frauen. Häufig setzte sich die formale Gleichheit zwischen den Geschlechtern aber nicht in gesellschaftliche Realität um.

1.2. Eigentum und Einkommen: a) *Teilweiser Ausschluss vom Erb- und Besitzrecht:* Landbesitz ist in vielen Ländern Afrikas und Asiens nicht an Personen, sondern an Personenverbände (Familien, Clans) gebunden. Frauen können dort kein Land besitzen. Nach den trad. Regeln der Eheschließung in Kenya erwirbt etwa der Mann und sein Clan mit dem Brautpreis das Recht an der Arbeitskraft und Fruchtbarkeit der Frau. Da heute der Brautpreis nur noch selten entrichtet wird, haben Frauen ein Interesse, durch Kindersegen ihren ehelichen Status zu untermauern und dadurch wenn schon nicht Landbesitz, so wenigstens Landnutzungsrechte zu erwerben. In vielen Ländern entmündigt die Frauen ein patriarchalisches Familienrecht. So dürfen nach herkömmlichem Rechtsempfinden in Nigeria, Ghana, Burundi und Rwanda Frauen ohne Zustimmung des Mannes keinen Vertrag schließen, nichts Größeres kaufen oder verkaufen oder ein Bankkonto eröffnen. Das bolivianische Familienrecht erlaubt dem Mann, seiner Frau eine außerhäusliche Erwerbsarbeit zu untersagen. b) *Erwerbstätigkeit:* Die kleinbäuerliche Landw. hat sich feminisiert, weil die Minifundien immer weniger eine Familie ernähren und die Männer auf der Suche nach Einkommensquellen vom Land in die Städte abwandern. Frauen verrichten 70 % aller landw. Tätigkeiten, sind aber als Empfänger landw. Serviceleistungen wie Beratung und Kredite drastisch unterrepräsentiert. Der informelle Sektor: An der Schnittstelle von Subsistenz und Markt verdienen sich Frauen als «Selbstbeschäftigte» ihr karges Brot. In LA erbringen Frauen im informellen Sektor vor allem Dienste für private Haushalte, in Asien arbeiten sie zu gleichen Teilen in Handel, Handwerk und Dienstleistung, in Afrika überwiegend im Handel. Die selbst geschaffenen Jobs bringen bei niedriger Produktivität und geringen

Qualifikationsanforderungen wenig Geld und keinerlei soziale Absicherung ein. Der formelle Sektor: Lohnarbeit galt einst Marx und gilt heute der *Weltbank als Schlüssel zur Emanzipation bzw. zum *empowerment* der Frauen. In vielen Teilen der Welt wächst der Anteil der Frauen an der lohnabh. Arbeitnehmerschaft. In der Ind. betrug ihr Anteil 1990 in den EL 16 % (1960: 9 %), im Dienstleistungssektor 23 % (1960: 15 %). Aber Frauen ziehen aus der Erwerbstätigkeit im formellen Sektor geringeren Nutzen als Männer, da sie häufig nur Teilzeitjobs oder Stellen für gering Qualifizierte haben. Weltweit verdienen Frauen 30 bis 40 % weniger als Männer. Die *Globalisierung der Märkte integriert auch Frauen zunehmend in unterschiedliche Ströme der Arbeitsmigration: Als hoch qualifizierte Arbeitskräfte wandern sie in Länder ab, wo ihre Arbeitskraft besser bezahlt wird (**brain drain*), als ungelernte Arbeitskräfte verdingen sie sich im Ausland als Hausangestellte, Pflegekräfte oder in der Freizeitind. (Rotlichtmilieu).

1.3. Fertilität: Kinder gelten in weiten Teilen LAs, Asiens und Afrikas als willkommene Arbeitskräfte, Zuverdiener und künftige Altersversorgung, darüber hinaus als sichtbares Zeichen für den Segen Gottes oder die Männlichkeit (*machismo*) sowie die Stärke und den Status eines Clans. Alle diese Vorzüge haben nach traditioneller Auffassung vor allem Söhne. Um genügend Söhne zu bekommen und die teilweise hohe Kindersterblichkeit zu kompensieren, wird eine große Kinderzahl angestrebt. In traditional geprägten Regionen können Frauen über die Zahl ihrer Nachkommen kaum bestimmen. In vielen Ländern wird für medizinische Hilfsmittel oder Eingriffe zur Geburtenkontrolle die schriftliche Einwilligung des Mannes verlangt (Mexiko), in anderen Regionen werden Frauen zur Abtreibung oder Vernachlässigung ihrer Töchter gezwungen (Nordindien), was zusammen mit Mitgiftmorden zu einem Frauendefizit von 30 Mio. geführt hat. In Afrika (bes. Ägypten) werden Mio. Mädchen zur Kontrolle ihrer Sexualität beschnitten, was schmerzhafte Langzeitfolgen und Komplikationen bei der Geburt mit sich bringt. Die Tradition der kinderreichen Familie wird jedoch durch zweierlei Trends gebrochen: *a) Zunehmende außerhäusliche Erwerbstätigkeit und steigende Schulbildung von Frauen.* In den meisten Weltregionen (außer der *Sahel-Zone) schließt sich die Lücke zwischen lesekundigen Männern und Frauen, am größten (über 20 %) ist sie noch in Afrika südl. der Sahara, den arab. Staaten und SO-Asien (1996). Mit dem durch Bildung bewirkten Wertwandel und dem Beitrag von Frauen zum Familienbudget durch Erwerbstätigkeit steigt das Heiratsalter und verringert sich die Kinderzahl (z. B. in Bangladesh). *b) Nationale und internationale Kampagnen zur Geburtenkontrolle.* Die Angst der IL vor der «Bev.-Explosion» im armen S und die Erkenntnis vieler EL-Reg., dass das Bev.-Wachstum erzielte E.-Erfolge auffrisst, ehe sich der Wohlstand für alle mehrt, haben zur Propagierung von Familienplanung und Bereitstellung der notwendigen Mittel geführt. Häufig wurde die Bevölkerungspol. allerdings mit Zwang durchgeführt (Zwangssterilisationen, vor allem von Männern, in Indien durch die Gandhi-Reg., Zwangsabtreibungen in China). Tatsächlich hat sich das Bev.-Wachstum verlangsamt, von 1,72 % jährlich zwischen 1975 und 1990 auf 1,48 % p. a. von 1990–1996.

2. Promotoren von Gleichheit und Ungleichheit: Bisher waren die Frauen häufig Modernisierungsverlierer. Dass dies so bleibt, bezweifeln verschiedene theoretische und empirische Ansätze: a) Die *Lenski-Kurve*: Sie behauptet einen kurvilinearen Zusammenhang zwischen sozialer Ungleichheit und gesellsch. E., d. h., am Anfang der Entwicklung war die Ungleichheit gering, mit fortschreitender E. wächst sie an, und in reifen Industriegesellsch. geht sie zurück. b) Der int. und historisch orientierte *Vergleich*: Ihm zu-

folge wird der Abbau von geschlechtsspezifischer Ungleichheit gefördert durch eine expansive und starke kapitalistische Ökon., durch wahlpolit. Kalküle konkurrierender Parteien, durch eine säkularisierte pol. Kultur (bzw. das Vorherrschen einer das Individuum betonenden Religion wie des Protestantismus) und Diffusionsprozesse, die von int. Org. ausgehen (Schmidt 1993). c) Die *These von der Annäherung* der Länder Ostasiens an den demokratischen Verfassungsstaat und die Einhaltung der Menschenrechte als zwangsläufige Konsequenz ihres E.-Erfolgs: In Ländern, in denen breitenwirksame E.-Erfolge auf absehbare Zeit nicht zu erwarten sind, findet allerdings eine Betonung traditioneller Werte statt, sei es im Rahmen des Islam (Iran), des Hinduismus (Indien) oder des Buddhismus (Sri Lanka), mit entsprechenden Rückschlägen für Frauenrechte (Senghaas 1995, Huntington 1996). d) Die These von der *Diffusion von Frauenrechten* durch Int. Org.: Seit der Ausrufung des «Jahrs der Frau» 1975 hat die UNO vier *Weltfrauenkonferenzen organisiert (1975 in Mexiko, 1980 in Kopenhagen, 1985 in Nairobi, 1995 in Peking). Dabei wurden Forschungsstrategien zur Verbesserung der Erfassung von Frauendiskriminierung entwickelt, wirksamere Frauenförderung in der E.-Zusammenarbeit angemahnt und Dokumente über Frauenrechte verabschiedet, die Reg. zwar nicht binden, sie aber auf die Anerkennung von Rechten festlegen. Darüber hinaus entstand im Umfeld der Konferenzen eine int. Frauenbewegung und Frauenlobby.

Lit.: G. Lenski, Power and Privilege – A Theory of Social Stratification, New York u. a. 1966; C. Wichterich, Frauen der Welt. Vom Fortschritt der Ungleichheit, Göttingen 1990; M. G. Schmidt, Erwerbsbeteiligung von Frauen und Männern im IL-Vgl., Opladen 1993; D. Rothermund (Hg.), Indien. Kultur, Geschichte, Politik, Wirtschaft, Umwelt, München 1995; D. Senghaas: Über asiatische und andere Werte, in: Leviathan 1, 1995, S. 5–12; UNESCO, World Education Report, Oxford 1995; S. P. Huntington: The Clash of Civilizations and the Remaking of World Order, New York 1996; J. Townsend, Gender Studies: Whose Agenda?, in: F. J. Schuurman (Hg.), Beyond the Impasse. New Directions in Development Theory, London 1996, S. 169–186; UNDP, Human Development Report, New York 1996. uw

Freedom House unabh. Institut mit Sitz in New York, 1941 von Eleanor Roosevelt und Wendell Willkie gegr., führt Programme durch zur weltweiten Beobachtung der *Menschenrechtssituation, zur Unterstützung demokrat. und marktwirtsch. Reformen sowie zur Förderung einer engagierten, internationalistischen Außenpol. der USA. Bezüglich der letztgenannten, trad. Zielsetzung ist F. H. um den Aufbau eines gegen isolationistische Tendenzen gerichteten Konsenses in den USA bemüht. Die Menschenrechtsprogramme umfassen u. a. Wahlbeobachtungsmissionen sowie *fact-finding-missions* in einer Reihe von EL und ex-soz. Ländern. Jährl. veröffentlicht F. H. Berichte über die globale Situation menschlicher Freiheit, darunter den Bericht «Freedom in the World», über die Menschenrechte und einen Bericht über die wirtsch. Freiheit (der Eigentumsverhältnisse, Handelsfreiheit und gewerkschaftliche Rechte überprüft). «Freedom in the World» präsentiert ein *ranking* von 191 Ländern und 58 abh. Territorien gemäß dem Grad der tatsächlichen (nicht bloß deklaratorischen) Respektierung der liberalen Schutz- (*civil liberties*) und Partizipationsrechte (*political rights*). Die Liste wird mittels eines zweistufigen Verfahrens erstellt, das die Länder zunächst in drei Grobkategorien (*free, partially free* und *not free*) unterteilt, die dann durch eine Reihe von qualitativen Kriterien verfeinert werden. (→amnesty international; →Carleton/Stohl-Konzept; →Menschenrechte; →Demokratisierung).
Internet: www.freedomhouse.org hb

Frei Montalva, Eduardo Präs. Chiles 1964–1970, bedeutendste Führungsfigur der Christdemokratie LAs. Frei wurde am 16. 1. 1911 in Santiago de Chile geboren und entstammte einer mittelständischen Familie Schweizer Abstammung. Er studierte Jura an der Kath. Universität Chile, dort wirkte er später als Professor für Arbeitsrecht. Zusammen mit anderen jungen kath. chilen. Politikern gründete er 1937 die sozialchristl. Partei *Falange Nacional*, aus der 1957 die Christdemokrat. Partei Chiles hervorging. Bei den Wahlen von 1964 erhielt Frei 56,1 % der Stimmen und wurde so zum ersten christdemokratischen Präs. LAs; bei der Wahl von 1970 konnte er nicht wieder kandidieren, wurde unter Allende zum Führer der bürgerlich-demokrat. Opposition, unter der *Pinochet*-Diktatur bis zu seinem Tode Jan. 1982 zur wichtigsten Persönlichkeit der demokratischen Opposition. Im int. Rahmen konzentrierte er seine Aktivitäten sowohl auf die Christdemokrat. Bewegung (Vizepräs. der CDWU) als auch auf den Bereich der Kooperation und Entwicklung. 1977–1979 war er ständiges Mitglied der *Nord-Süd-Kommission. mfb

Freie Produktionszonen Standorte der weltmarktorientierten ind. Produktionsstätten in EL, die sich der neuen *internationalen Arbeitsteilung einzugliedern versuchen. Mit ihrer Einrichtung erbringen die EL erhebliche Vorleistungen für eine profitable Produktion, die den Anreiz bietet für die Auslagerung von Unternehmen oder Branchen in die EL: Zu diesen Vorleistungen zählen (empfohlen von der *UNIDO): 1. volle Befreiung von Zöllen und Abgaben für einen bestimmten Zeitraum; 2. Befreiung von Einkommensteuern für 5 bis 10 J. und zeitweilige Befreiung oder Senkung der Sätze von anderen direkten oder indirekten Steuern oder Abgaben, die inländische Unternehmen zu entrichten haben; 3. Verzicht auf Kontrolle des int. Zahlungsverkehrs und Garantie eines solchen Status auch für die Zukunft; freie Repatriierung der erwirtschafteten Profite bis zu einem bestimmten fixierten Satz; 4. finanz. Vergünstigungen, Bereitstellung von kurz-, mittel- und langfristigen Krediten zu Vorzugsbedingungen; 5. Vorzugstarife für Transportleistungen und andere Dienstleistungen; 6. Bereitstellung der materiellen *Infrastruktur.

Lit.: F. Fröbel u. a., Die neue internationale Arbeitsteilung, Reinbek 1977. dn

Freie Träger →Nichtstaatliche Organisationen

Freire, Paolo →Pädagogik der Befreiung

Freiwilligen-Dienste →Entwicklungsdienste

FRELIMO →Befreiungsbewegungen, Mozambique

FRETELIN →Indonesien, →Ost-Timor/Ost-Timor-Konflikt

Frieden/Friedenspädagogik Der weit greifende Gegensatz von Arm und Reich als Grundmerkmal des Verhältnisses von Nord und Süd bildet *die* dringende friedenspol. Aufgabe unserer Zeit. Ihre Verwirklichung ohne Gewalt und Krieg muss das Leitmotiv bleiben. Abgesehen davon, dass die in den EL anzutreffende abs. *Armut bereits von kaum tolerierbaren Unfriedensstrukturen im Sinne der *strukturellen Gewalt zeugt, ist mit zunehmender Bewusstheit dieses Zustands auch mit Gegengewalt zu rechnen. Neben dem N-S-Gefälle als globaler Konfliktdimension gibt es mehrere Konfliktfelder in der Dritten Welt, die ebenfalls Gegenstand für die friedenspädagogische Reflexion werden müssen. Infolge der Grenzziehungen, durch die ehemaligen Kolonialmächte häufig nach machtpol. Gesichtspunkten vorgenommen, wurden Ethnien getrennt, die aufgrund gemeinsamer Kultur und Sprache auf Wiedervereinigung drängen und somit für einen permanenten Konflikt sorgen. Ein drittes gewichtiges Konfliktpotenzial bilden die Bestrebungen um eine kulturelle Autonomie, wie sie in Gestalt der Afrikanisierung, Arabisierung und Islamisierung seit den 1960er J. verstärkt auftreten. Sie vergegenwärtigen den Versuch, die Überfremdung der eigenen, organisch gewachsenen Kultur durch westl. Einflüsse abzuwehren. Alle diese Konfliktfelder haben ihre Eigendynamik, die nur durch das umgreifende Motiv des Weltfriedens zu stabilisieren sind. In der Mehrzahl der Fälle werden sie als bisher unerfüllte hist. Ziele verstanden, die erst vor dem Hintergrund der *Dekolonisation realisierbar erscheinen und somit die Voraussetzungen für eine dauerhafte Friedensordnung schaffen sollen. Fundamental wichtig ist es daher, dass der übergreifende und verpflichtende Aspekt einer neuen Weltordnung als Fundament für einen stabilen Weltfrieden von Anbeginn das Leitmotiv bildet.

Der Weltfriede wird nur sicherer durch die Lösung der sozialpol. Probleme im int. Feld, durch vertrauensvolle Kooperation zwischen den reichen und armen Ländern. Nat. und int. Sicherheit sind in einer weltinnenpol. Ära so eng miteinander verknüpft, dass die Missachtung eines dieser Prinzipien die weitere E. leicht gefährden kann. Nur durch Verhandlungen, vertrauensbildende Maßnahmen und durch auf *Selbsthilfe abgestellte Hilfsaktionen kann eine weltumgreifende Solidarität entwickelt werden, die auch in Krisenzeiten stabilisierend wirkt. Die Länder der *Dritten Welt müssen in jedem Falle in dieses Konzept einbezogen werden. Einmal können sie nach der Beendigung des Ost-West-Konfliktes im Prozess der Verlagerung der Macht auf mehrere Zentren je nach geostrategischer Lage zu einem gewichtigen Sicherheitsfaktor werden. Zum anderen ist der Weltfriede nur zu wahren, wenn der im Rahmen der *Zentrum-Peripherie-Modelle sich immer schärfer abzeichnende *Nord-Süd-Konflikt durch globale Strategien pol. und wirtsch. schrittweise begrenzt wird und schließlich seine Lösung findet.

Die sich notwendigerweise ergebende Frage muss dem Verhältnis von *Entwicklung und Frieden gelten. Ist Friede in dem In-sich-Ruhen beschlossen, so wie es unter ethnohist. und -pol. Voraussetzungen geschichtlich gewachsen ist? E. würde dann in ihrer Rhythmik in diesem vielfältig vorbestimmten Lebensumkreis beschlossen sein, sodass Friede und menschliches Glück erst in der Meisterung dieser E.-Aufgaben zu entfalten wären. Eine von außen eingreifende E. läuft Gefahr, dieses innere Gefüge in seiner Auswirkung auf Stammes- und Familienstruktur zu stärken und somit den Keim des Unfriedens, des Zerfalls hist. gewachsener Formen und der mit ihnen verbundenen Sitten herbeizuführen.

Diese vorgegebenen Interdependenzen wollen gesehen und berücksichtigt werden, wenn das durch E. organisch Gewachsene, das die innere Geformtheit der Menschen und ihrer sozialen Systeme ausmacht, nicht einer neuen Art des Denkens, Planens und Wirtschaftens geopfert werden soll. Eine *Entwicklungspolitik, die zu ausschließlich von der *lex* und *pax oeconomica* bestimmt ist, läuft Gefahr, E. durch Aufpfropfverfahren zu ersetzen und daher Unfrieden statt Frieden zu bereiten. Ein Teil der westl. E.-Pol. kann von diesen – häufig gut gemeinten, aber fehlerhaften – Konzepten nicht völlig freigesprochen werden. Dennoch bleibt die Überwindung der permanenten Hungersnöte in weiten Teilen der Dritten Welt eine zentrale Aufgabe jeglicher Friedenspol. Der weltpol. Aspekt der *Entwicklungshilfe und ihr unmittelbarer Beitrag zur Konsolidierung des Weltfriedens ist nicht immer bewusst genug gesehen worden. Allzu oft bleibt die E.-Hilfe eine nat. Initiative der früheren Kolonialmächte, die eine wirtschaftspol. Kooperation unter neuen, liberalisierten Voraussetzungen anstreben, weil die gemeinsame Sprache sowie verwandte Wirtschafts- und Administrationsformen sie nahe legen.

Diese neokolonialistischen Unterströmungen (→Neokolonialismus) im Rahmen der E.-Hilfe, die in den jeweils vorherrschenden wirtschaftspol. Bestrebungen entsprechend mehr oder minder stark zur Geltung kommen, sind zu Recht kritisiert worden. Auf dem Hintergrund dieser Kritik wird seit dem *Pearson-Bericht die Stärkung der *multilateralen E.-Hilfe und eine Unterstützung des partnerschaftlichen Prinzips gefordert. Die int. Org. vermögen am ehesten neokoloniale Motive und nationalpol. Bevormundung aufseiten der Geberländer zu überwinden. Vom übernat. Ansatz ist darüber hinaus hinsichtlich der vielfältigen Rivalitäten zwischen den EL zu erwarten, dass eine ausgleichende Wirkung erzielt wird, die die Voraussetzungen für eine regionale Kooperation oder gar *Integration sichert. Eine int. orientierte E.-Pol. wird Maßnahmen im Rahmen eines überregional abgestimmten E.-Planes der Länder, in dem vor allem der eigene Reformwille artikuliert wird, als Antriebskraft zur Ausbildung eines eigenständigen sozial- und wirtschaftspol. infrastrukturellen Systems verstehen.

In der e.-pol. Konzeption der BRD wird die int. Orientierung und die friedenssichernde Zielsetzung aller e.-pol. Maßnahmen stark betont. Nach dieser Auffassung können E.-Pol. und insb. *Bildungshilfe erst dann gelingen, wenn sie an die organisch gewachsenen Lebensweisen in den EL anschließen.

Dazu gehören in erster Linie die erzieherischen Sozialisationsformen, wie sie sich zur Traditionsstiftung und -sicherung auf der Stammesebene entfaltet haben. Sie bilden letztlich den Schlüssel zum Verständnis des Lebensverhältnisses der von ihnen geprägten Menschen, ihrer Denkformen und Daseinserwartung. Dass die E.-Pol. der BRD, deren erklärtes Ziel sozialer Fortschritt und Friede ist, dennoch – in einer schwer abwägbaren Mischung von Geben und Nehmen – zwielichtig geblieben ist, muss gerade in der praktischen Umsetzung selbstkritisch gesehen werden, wenn nicht falsche Vorstellungen von Abh., neokolonialer Ausbeutung oder aber einseitiger Hilfe aufkommen sollen (vgl. Böll 1973, S. 254).

Der Gedanke einer «int. Sozialpol.», der das im innenpol. Rahmen bewährte Konzept des Helfens, Fürsorgens, Vermittelns auf das int. Feld – insbesondere hinsichtlich der armen Länder der Dritten Welt – zu übertragen trachtet, hat realpol. wenig Resonanz gefunden. Ein Gemeinwohl der Weltgemeinschaft als Ziel der Interdependenztheorie ist bisher mehr weltpol. Ideologie geblieben, als dass sie die Weltwirklichkeit umgestaltet hätte. Die Nutzung von **Peace Corps*, *DED u. a. als Friedenskorps, wie es in der amerik. Namensgebung glücklich zum Ausdruck kommt, ist eine Aufgabe der Motivierung und Zielstellung. Der *Entwicklungsdienst als *Friedensdienst hat über die technol., agrartechn. und infrastrukturelle Hilfe hinausgehend die sozialerzieherische Einstellung in allen Bev.-Kreisen und Altersstufen sowie das Verantwortungsbewusstsein für die Erhaltung und Gestaltung eines gemeinsamen Friedens zu schärfen. Dazu ist es wichtig, dass vor allem auch die Jugend des eigenen Landes gemeinsam mit den Angehörigen der IL in den praktischen Lebenssituationen die Möglichkeiten rationaler Klärung von Konflikten tagtäglich lernt.

Alle diese Menschen erwerben durch die int. Kooperation eine Weltaufgeschlossenheit und -erfahrung, die für ihre spätere Entwicklung im eigenen Lande fundamental wichtig ist. Auf diese Weise entstehen kontinuierliche Kontakte und Patenschaften, die als lebendiges System int. Kommunikation und Kooperation außerordentlich wirksam für die Friedenssicherung sein können.

Im Kontext der Erfahrungen in und mit der Dritten Welt ergibt sich hinsichtlich der IL die Möglichkeit, die recht besehen eine Notwendigkeit ist, ein neues Verhältnis zum eigenen Lebensraum zu finden. Der ganz anders geartete Bezug der Menschen der Dritten Welt zu Raum, Zeit, Arbeit, Besitz und Leben kann durchaus ein Anstoß zu einer Reflexion über die eigene Lebenseinstellung sein, die allzu oft bloßer Ausdruck von Konvention und Pression ist, aber weniger der eigenen Planung entspringt. Damit ist nochmals im konkreten e.-pol. Kontext die friedenspol. Aufgabe ausgesprochen: Herauslösung aus Abh. in wechselseitigem Bemühen und Stiften einer neuen weltpol. Verantwortung, die die Erhaltung des Friedens als oberstes Gebot anerkennt. Dauerhaftigkeit und Folgerichtigkeit erlangt eine derartige E.-Pol. aber nur, wenn sie von der gesamten Öffentlichkeit verständnisvoll und teilnehmend mitgetragen wird. Das wird aber erst möglich, wenn sie in der Bildungsarbeit in IL und EL ihre Grundlegung – insbesondere in friedenserzieherischer Motivation – findet. Die einzuleitenden Reflexionen sollten aber stets zugleich ein «Aufruf zum Handeln» sein. Daher kann die Bildungsarbeit viel an beispielhafter Anschaulichkeit gewinnen, wenn Kontakte zwischen Schulen bzw. Klassen aus IL und EL gestiftet werden. Dass diese Kontakte sich weitgehend auf einen Briefwechsel begrenzen, ist kein Grund, sie als bloß Geschriebenes und daher nur emotional Wirkendes abzulehnen. Wer je erlebt hat, welches Ereignis ein derartiger Brief in einer Klasse der Dritten Welt darstellen kann, weil er ein Anzeichen dafür ist, Glied einer größeren Gemeinschaft zu sein, der wird über dieses Verfahren nicht gering denken. Soweit er von dem Austausch von Aufmerksamkeiten, wie Sendung eines Berichts, eines Buches, einer Zeichnung, einer Werkarbeit ergänzt wird, kann es zu einem Gedankenaustausch kommen, der die großen Worte der int. Verständigung bereits auf der Schulebene beispielhaft durch erste bescheidene Ansätze einzulösen vermag.

Wichtig ist allerdings, dass auch Schulen des Landesinneren (80 % der Menschen leben dort) und nicht nur der Metropolen einbezogen werden. Durch diese bescheidene, aber reale Form der Partizipation am int. Leben könnte zugleich das gesichert werden, was der **Club of Rome* in seinem «Bericht für die 1980er J.» Partizipation und Antizipation der Zukunft (Peccei, 1981, S. 61) genannt hat. Sie könnten Konkretion gewinnen, wenn die Schulgemeinde, wie es in einzelnen Fällen beispielhaft geschieht, diesen Gedanken aufgreift und durch gemeinsame Aktionen fortführt, die zum Ankauf eines Krankenwagens, von Medikamenten, einer (den lokalen Verhältnissen angepassten) Schulküche u. a. führen. Derart personal orientierte Hilfsaktionen könnten bildungstheoretisch zweierlei bewirken: Abgesehen davon, dass der erd- und sozialkundliche Unterricht eine völlig neue Motivationsbasis erhalten würde, wären außerdem wichtige Impulse für die sozialethische Arbeit zu erwarten. Die Krise der sozialethischen Unterweisung besteht gerade darin, dass es an realen Verantwortungsverhältnissen mangelt, die die Kinder ansprechen und die die globale Dimensionierung unserer modernen Lebenseinstellung berücksichtigen. Leider ist die E.-Hilfe bisher vorwiegend eine administrative Aktion auf nat. Ebene geblieben, die ebenso wenig wie die Nachrichten über die Dritte Welt eine Identifikationsbasis für den Einzelnen gewährt. Den «Frieden lernen» wäre die angemessene Thematik für dieses Vorhaben, das der Bildungsarbeit in der ganzen Welt hinsichtlich der lokalen und der int. Probleme einen innovativen Grundzug vermitteln könnte.

Lit.: R. Röhrs, Schule und Bildung im internationalen Gespräch, Frankfurt 1966; ders., Erziehung zum Frieden, Stuttgart 1971; B. V. Röling, Krieg ist kein Schicksal, 2. Aufl. Neukirchen-Vluyn 1971; W. Böll, Revision der Industriekultur?, in: H. v. Nussbaum (Hg.), Die Zukunft des Wachstums. Kritische Antworten zum «Bericht des Club of Rome», Düsseldorf 1973, S. 247ff.; M. Mushkat, Underdevelopment: A Threat to International Security, in: Die Dritte Welt 2, 1973, S. 145ff.; H. Röhrs, Die Friedenspädagogik im Modell der Internationalen Gesamtschule, Hannover 1975; ders., Bildungsstrategische Interdependenzen zwischen Industrie- und Entwicklungsländern, in: Vereinte Nationen 2, 1977, S. 46ff.; ders./V. Lenhart, Deutsche Entwicklungshelfer in der Lehrerausbildung Afghanistans, Meisenheim 1978; A. Peccei (Hg.), Zukunftschance Lernen. Club of Rome. Bericht für die achtziger Jahre, 4. Aufl., Wien u. a. 1981; I. Illich, Das Recht auf würdiges Schweigen, in: M. Gronemeyer/G. Gronemeyer (Hg.), Frieden vor Ort, Frankfurt 1982, S. 153ff.; H. Röhrs, Friede – eine pädagogische Aufgabe, Braunschweig 1983; J. Calließ/R. E. Lob (Hg.), Praxis der Umwelt- und Friedenserziehung, Düsseldorf 1987.

hr

Friedensdienst «Eine ohne materielle Gewinnabsicht freiwillig geleistete und von öfftl. Großinstitutionen möglichst unabh. Arbeit, die zur Verwirklichung von Frieden (oder doch zur Sensibilisierung für diese Aufgabe) beiträgt» (Warneck 1979). Wirkungsebenen: Gewaltverweigerung (Kriegsdienstverweigerung), Hilfsdienst, Arbeit an gesellsch. Alternativen.

→Ziviler Friedensdienst (ZFD)

Lit.: W. Warneck, Friedensdienst – Sandkastenübung oder Element politischer Alternative, in: APuZ 2/1979, S. 30–53; U. Jäger/E. Senghaas-Knobloch, Friedensdienste: Neue Aufgaben in einer veränderten Welt, in: Jahrbuch Frieden 1996, München 1995, S. 201–213. dn

Friedensdividende Unter F. werden die Einsparungen verstanden, die aufgrund des Einfrierens bzw. Reduzierens der Militärausgaben als Folge der weltweiten Entspannung gewonnen werden könnten. Dabei wurde von der Vorstellung ausgegangen, dass weniger Geld für die Rüstung mehr Geld für die E. bedeute. Von einer zehnprozentigen Reduzierung der Militärausgaben der westl. IL wurde nach Berechnungen der *SEF eine Verdoppelung der E.-Hilfe erhofft. Die Erwartungen, die durch das Ende des Ost-West-Konflikts beflügelt wurden, erwiesen sich jedoch als unrealistisch, sowohl im Westen als auch erst recht im Osten. Zwar konnten die Militärausgaben (nach Angaben der *Weltbank von 1997) weltweit von 1990: 4 % auf 1995: 2,4 % des BIP gesenkt werden. Doch die Beziehungen zwischen Militärausgaben und Wachstum, geschweige denn mit E., waren nicht so eng wie angenommen. Die an Wachstum orientierte Bilanz der *Weltbank bewertete das Vertrauen des Investors in ein EL als Faktor höher denn den Rückgang der Militärausgaben. Die Konversion (d.h. die Umstrukturierung von Streitkräften, Rüstungsind., Forschungs- und Entwicklungslabors sowie die Entsorgung überschüssiger Waffensysteme) geriet zudem in den ehem. Warschauer-Pakt-Staaten zu einer Last und birgt erhebliche soziale Sprengkraft für die neuen Demokratien.

Lit.: Stiftung Entwicklung und Frieden: Globale Trends 1991, Bonn 1991; G. Pfeiffer, Friedensdividende: Schlagwort oder Perspektive, in: E + Z 12/1991, S. 19ff.; H. Wulf, Friedenslast statt Friedensdividende. Die schwierige Konversion des Militärapparates in Mittel- und Osteuropa, in: IPG 2/95, S. 181–189; BICC (Bonn International Center for Conversion), Conversion Survey 1996, Oxford 1996 (erscheint jährl., Bezug: BICC, An der Elisabethkirche 25, 53115 Bonn). dn

Friedensforschung 1. Mit F. werden interdisziplinäre Bemühungen (v.a. der Pol.-Wiss., Psychologie, Pädagogik, Theologie etc.), bezeichnet, die sich der systematischen Erforschung der Bedingungen, Hemmnisse und Voraussetzungen des Friedens und dessen Abwesenheit zwischen und innerhalb von Gemeinwesen verschrieben haben. Eine abweichende Lesart begreift die F. darüber hinaus als «reformierte» Wissenschaft der int. Bez. (E. O. Czempiel). Berührungspunkte und Überschneidungen bestehen zur Konflikt- und Kriegsursachenforschung sowie sicherheitspol. Studien, wobei Letztere aber im Ggs. zur F. eher konservativ dominiert werden.

2. Der in der F. zentrale Friedensbegriff ist Gegenstand akademischer Diskussion. Einer rein negativen Definition von Frieden (= Nichtkrieg) steht eine positive Definition gegenüber, die über die schiere Gewaltlosigkeit auch das Fehlen von Bedrohung, sozialer Gerechtigkeit etc., mitunter also eine gerechte Gesellschaft an sich, als Merkmal(e) eines (positiven) Friedens postuliert. Einen weitgehenden Ansatz stellt diesbezüglich die Forderung nach Abwesenheit *struktureller Gewalt* (J. Galtung) dar, die andererseits aber der F. – nicht völlig zu Unrecht – den Vorwurf der wenig präzisen Universalwissenschaft eingetragen hat.

3. Zwar hat sich die Menschheit seit alters mit den Phänomenen Krieg und Frieden befasst (z. B. I. Kant: «Zum ewigen Frieden»), von einer F. im eigentlichen Sinne kann aber erst seit dem 2. WK gesprochen werden. Das zentrale Anliegen der F. war zunächst die systematische Eruierung der Kriegsursachen; erstes Standardwerk wurde Quincy Wrights *«A Study of War»* (1942). Lange Jahre stand die F. daraufhin unter dem Eindruck des Ost-West-Ggs.,

der angesichts seiner (nicht nur) atomaren Hochrüstung als «organisierte Friedlosigkeit» (D. Senghaas) begriffen wurde. Mit der wachsenden Bedeutung des *Nord-Süd-Konflikts gelangte das Verhältnis von IL und EL ins Blickfeld der F. Im Sinne eines positiven Friedensbegriffs sind auch jene innovativen Fragestellungen zu verorten, die sich z. B. ökol. und feministischer Problematiken annahmen. Gleichzeitig kam es aber auch unter dem Eindruck der wachsenden Entspannung im Ost-West-Verhältnis zu einer Rückbesinnung auf das eigentliche Anliegen der F.: der Erforschung der Bedingungen eines dauerhaften Friedens, der Kriegsursachen und -verhütung und Rüstungsdynamik (→Rüstung). Schien das Ende des Ost-West-Konflikts auch das «Ende der Geschichte» eingeläutet zu haben, so wendete sich die F. zunehmend dem Studium von wirtsch., ökol. und gesellsch. E. als Phänomenen zu, die den äußeren und inneren Frieden gefährden könnten. Verstärkt beachtet wurde daneben auch das Problem der Weiterverbreitung von ABC-Waffen. Z. Z. rückt der *Nationalismus als Kriegsursache in den Mittelpunkt des Interesses, wodurch insbes. Geschichte, Kultur sowie soziale und psychische Strukturen Beachtung finden, die Problematik der Rüstungsdynamik tritt dahinter zurück.

4. Wichtige Organisationen bzw. Institutionen der v. a. in den westl. IL betriebenen F. sind die *International Peace Research Association* (IPRA; gegr. 1964) und das renommierte *Stockholm International Peace Research Institute* (SIPRI; gegr. 1966). Wichtigstes Periodikum ist neben dem *Journal of Peace Research* das *SIPRI Yearbook of World Disarmament and Armament*. In der Bundesrepublik sind die *Hessische Stiftung für Friedens- und Konfliktforschung* (*HSFK*; Periodikum: *Friedensforschung Aktuell*) und das *Institut für Friedensforschung und Sicherheitspolitik an der Universität Hamburg* (*IFSH*; Periodikum: *Hamburger Informationen zur Friedensforschung und Sicherheitspolitik*) zu nennen. Bekannte Vertreter der F. sind etwa J. Galtung, D. Senghaas und E.-O. Czempiel.

Lit.: Q. Wright, A Study of War, Chicago/London 1942; D. Senghaas, Abschreckung und Frieden, Frankfurt a. M. 1972; J. Galtung, Peace. Peace-Education-Action, Essays in Peace Research, Bd. 1, Kopenhagen 1975; E.-O. Czempiel, Friedensstrategien, Paderborn, 1986; E.-O. Czempiel, Der Stand der Wissenschaft der internationalen Beziehungen und der Friedensforschung in der Bundesrepublik Deutschland, in: K. v. Beyme (Hg.), Politikwissenschaft in der Bundesrepublik, PVS-Sonderheft 17, Opladen 1986; U. C. Wasmuth, Friedensforschung, Darmstadt 1991; E. Jahn, Frieden, in: D. Nohlen (Hg.), Wörterbuch Staat und Politik, München 1995, S. 173 ff.; E. Jahn, Friedensforschung, in: D. Nohlen (Hg.), Wörterbuch Staat und Politik, München 1995, S. 178 ff. mb

Friedensgutachten, seit 1987 jährl. erstelltes Gutachten der drei großen dt. Friedensforschungseinrichtungen, der Hessischen Stiftung Friedens- und Konfliktforschung, des Instituts für Friedensforschung und Sicherheitspol. an der Universität Hamburg sowie der Forschungsstätte der Evangelischen Studiengemeinschaft (FEST) in Heidelberg. dn

Friedensnobelpreis Seit 1901 jährl. von der Nobelstiftung (gegr. vom schwed. Chemiker Alfred Nobel) verliehener Preis an führende Persönlichkeiten des öfftl. Lebens für besondere Verdienste um den Frieden. Die Empfänger des F. werden vom Nobelkomitee des norweg. Parl. ausgewählt; überreicht wird die Ehrung vom norweg. König. 1997 wurde der mit 0,87 Mio. € dotierte Preis an Vertreter der Kampagne zum Verbot von Personenminen (ICBL) verliehen. Gewürdigt wurde ein jahrelanges Engagement für einen weltweiten Bann der *Landminen. →Belo, Carlos F. X.; Aung San Suu Kyi; Tutu, Desmond; Menchú, Rigoberta; Esquivel Pérez, Adolfo; Arias Sánchez, Oscar; Mandela, Nelson; Arafat, Yassir. mn

Friedenspädagogik →Frieden

Friedrich-Ebert-Stiftung →FES

Friedrich Naumann Stiftung →FNS

FROLINAT →Befreiungsbewegungen, Tschad

Frontstaaten (auch «Konfliktrandstaaten» oder «Frontlinienstaaten»). Das informelle Bündnis entstand 1974 zunächst als Interessengruppe innerhalb der Organisation für Afrikanische Einheit (*OAU), arbeitete letztlich jedoch außerhalb deren Org.-Struktur. Die Initiatoren der Gruppierung, die Staatspräsidenten *Nyerere (Tanzania) und *Kaunda (Zambia, Vorsitzender seit 1985), reagierten so auf die außenpol. Offensive des südafrik. Staatschefs Vorster zur Durchbrechung der Isolierung seines Landes in Schwarzafrika. Zambia, Botswana und Mozambique schlossen sich noch 1974, Angola 1976 und Zimbabwe (nach Ablösung der Smith-Reg. in Rhodesien/Zimbabwe) 1980 dem Bündnis an, das sich zunächst mittels Ad-hoc-Konferenzen um Strategien zur Befreiung Rhodesiens und Namibias (anfänglich auch Angolas) bemühte. Ziel der F. war die Beseitigung der Rassentrennung (→Apartheid) in Südafrika. rs

FTAA (*Free Trade Area of the Americas*) Gesamtamerik. Freihandelszone, Sitz in Panama Stadt. US-Präs. G. Bushs *Initiative for the Americas* zielte 1990 zuerst auf die Bildung der FTAA, hatte dann aber lediglich die Schaffung einer nordamerik. Freihandelszone (*NAFTA) zum Ergebnis. Die Idee einer gesamthemisphärischen Freihandelszone, an der sich alle amerik. Nationen außer Kuba beteiligen, wurde beim 1. Gipfeltreffen aller amerik. Regierungschefs in Santiago de Chile 1994, auf die Initiative von US-Präsident B. Clinton hin, wieder aufgegriffen. Die Integrationsbestrebungen der USA sind zum einen als Reaktion auf die sich herausbildenden Wirtschaftsblöcke in Europa und Asien zu verstehen und basieren zum anderen auf der Erkenntnis, dass die Probleme der mittel- und südamerik. Nationen und die damit möglicherweise verbundene Instabilität in den einzelnen Ländern negative Auswirkungen für den ganzen Kontinent haben können. Die FTAA, die mit ihren 850 Mio. Konsumenten weltweit die größte regionale Präferenzzone wäre, soll bis Jan. 2005 implementiert werden und im Dez. 2005 in Kraft treten. Sie wäre nach der NAFTA das 2. umfassende wirtsch. Abkommen, dem sowohl IL als auch EL angehören und somit eine neue Form der Kooperation zwischen N und S darstellen würde.

Ziel ist es, *tarifäre und nicht-tarifäre Handelshemnisse abzubauen. So finden, den *WTO-Abkommen (→GATS, GATT, TRIMS, TRIPS) folgend, im Rahmen von ständig tagenden Komitees wegbereitende Verhandlungen in den Bereichen Handel, Investitionen, Dienstleist., Streitschlichtungsverfahren, Landw., Wettbewerbspol. und geistige Eigentumsrechte statt. Der Stellenwert der Verhandlungen wird durch die zusätzlich einmal jährl. stattfindenden intergouvernamentalen Treffen auf Ministerialebene aufgewertet. Zwei Besonderheiten in den Verhandlungsrunden sind zu nennen: Zum einen wird den asymmetrischen wirtsch. Strukturen der Mitgl. durch ein Beratungsgremium (*Consultive Group on Smaller Economies*), das die Interessen wirtsch. schwächerer Mitgl. vertritt, Rechnung getragen und zudem den schwächeren Mitgl. techn. Assistenz gewährleistet; zum anderen werden Teile der *Zivilgesellschaft (vornehmlich Unternehmer-, Arbeitnehmerverbände, Akademiker und umweltpol. Org.) einbezogen. Der Verhandlungsprozess wird von der *OAS, dem *BID und der *CEPAL organisiert und unterstützt. Außerdem soll der Integrationsprozess zugunsten der FTAA durch *bilaterale Rahmenabkommen vorangetrieben werden.

Lautstarker Kritik ist das FTAA-Projekt insb. seitens zivilgesellschaftl. Akteure ausgesetzt. In den – im Vergleich zum N – weniger entwickelten mittel- und südamerik. Staaten hat sich eine beträchtliche außerparlamentarische Opposition gegen die FTAA gebildet. Sie führte zur Gründung mehrerer gesamtamerik. *NGOs, wie z. B. «*Stop the FTAA*», die sich im Sinne der *Globalisierungskritiker gegen die FTAA wendet, weil sie ein weiterer neoliberaler Schritt im Globalisierungsprozess sei. Internet: www.ftaa-alca.org

Lit.: IRELA, Constructing the Free Trade Area of the Americas, Madrid 1997; R. T. Devlin, From Miami to Cartagena: Nine Lessons and Nine Challenges of the FTAA, in: Revista de Economía Política, Bd. 18, 4/1998, S. 22–38; G. Anderson, Hemispheric Integration in the Post-Seattle Era: The Promise and Problems for the FTAA, in: International Journal, Bd. 56, 2/2001, S. 205–233; G. Schulze Zumkley, Das Projekt einer panamerikanischen Freihandelszone ALCA/FTAA, in: Verfassung und Recht in Übersee, Bd. 35, 1/2002, S. 108–119. jl

Funds in Trust →Treuhandprojekte

FZ →Finanzielle Hilfe/Zusammenarbeit

G

Gabun

Fläche (Tsd. qkm): 267,700
Bev. (Mio.) 2001: 19,7
BNE pro Kopf (US-$) 2000: 3180
BIP (Mio. US-$) 2000: 4932
LE (Jahre) 1999: 52,6
Analphabetenquote (%) 1995: 36,8
HDI 1999: 0,617 [Rangplatz von 162: 109]

Auch nach der Unabh. (1960) unter massivem wirtsch. und pol. Einfluss Frankreichs, galt G. aufgrund seiner liberal-kapitalist. Wirtschaftsordnung als ein Land mit optimalen, in den letzten J. nur wenig beschnittenen Gewinn- und Transfermöglichkeiten für ausl. Investoren. Die Erdöl-Hausse der 1970er J. brachte dem *OPEC-Mitgl. zwar erhöhte Einnahmen, doch wuchs aufgrund von Prestigeinvestitionen, Luxuskonsum und Verschwendung der korrupten Führungsschicht gleichzeitig die *Verschuldung des Staates. Pol. Reformen Anfang der 1990er J. erbrachten die Einführung eines Mehrparteiensystems; eine Ablösung der patrimonialen Machtstruktur unter Präs. Bongo gelang jedoch nicht.

1. G., das sich auf einer Fläche von 267700 qkm erstreckt, ist zu ca. 75 % von tropischem Regenwald bedeckt. Lediglich im SO, auf dem Plateau von Batéké, findet sich Feuchtsavanne. Der Lage des Landes beiderseits des Äquators entsprechend hat G. ein feucht-heißes Klima und verfügt über zahlreiche natürliche Ressourcen (Holz, Mangan, Uran, Eisen etc.). Agrar. Potenzial ist vorhanden, wird jedoch kaum genutzt. Die bekannten Erdölreserven lagen 1990 bei ca. 200 Mio. t. Die Infrastruktur ist sehr schwach entwickelt, das Landesinnere kaum erschlossen. Der Großteil der Bev. lebt im schmalen Küstenstreifen, wo sich auch die beiden wichtigsten Orte, die Hauptstadt Libreville (420000 Ew.) und Port Gentil, befinden. Der *Urbanisierungsgrad betrug 1995 50 %. Etwa 60 % der Bev. sind kath., 30 % Animisten und je 5 % Protestanten und Muslime. Die zahlenmäßig größte der etwa sieben Volks- und Sprachgruppen (mit je zahlreichen Untergruppen) des Landes bilden die auch wirtsch. und pol. dominierenden Fang (ca. 30 % der Ew.) vor den Eshira (20 %), Mbede (15 %) u. a. Trotz einer im Primarschulbereich inzwischen fast vollständigen Scholarisation – einer der höchsten Quoten in Schwarzafrika überhaupt – besteht weiter ein gravierender Mangel an Fachkräften, der zusammen mit dem Wirtschaftsboom der 1970er J. die Anwesenheit von 100000 Ausländern, darunter 25000 Franzosen (1960: 4800) erklärt. Letztere nehmen weiterhin in der Wirtsch., in der Verwaltung und insb. im Schulwesen eine Schlüsselstellung ein. Amtssprache ist Französisch.

2. Die überwiegend der Selbstversorgung dienende Landw. spielt im Gegensatz zu anderen afrik. Staaten für die Wirtsch. G.s nur eine untergeordnete Rolle und wurde seit dem Erdölboom der 1970er J. weiter vernachlässigt (1995: 2 % der Gesamtfläche bebaut, ca. 50 % der Lebensmittel werden eingeführt). Nach der Elfenbeinküste ist G. noch immer der größte afrik. Exporteur tropischer Edelhölzer (v. a. Okumé, 1991: 10 % der Exporteinnahmen, 2,6 % des BIP; 1998: 8,2 % der Exporte), doch bildet heute der Erdölsektor die bei weitem wichtigste Einnahmequelle (1991: 40 % des BIP). Von Bedeutung ist ferner der Export von Mangan (viertgrößter Produzent der Welt 1994: 1,32 Mio. t) und Uran, dessen Abbau gegenwärtig unter der geringen Nachfrage der IL leidet. G. besitzt in den entsprechenden Unternehmen in der Regel nur 25 % des Kapitals (auch im Erdölsektor; Hauptanteile: v. a. frz. Gesellschaften). Die Rohstoffeinnahmen ermöglichten enorme Wachstumsraten und machten G. zum wohlhabendsten Land des subsahar. Afrika. Zwischen 1960 und

1985 (Höhepunkt der Ölpreisentwicklung) stieg das BIP um das 53fache und der Wert der Exporte um das 74fache. Das explosionsartige Anwachsen der Staatseinnahmen (Staatshaushalt 1960: 4,6 Mrd. F CFA; 1986: 700 Mrd. F CFA) zog eine Reihe negativer Konsequenzen nach sich: Gigantische Investitionen wurden wenig koordiniert, verschärften regionale Strukturunterschiede und erhöhten die Abh. von Lebensmittelimporten. Extrem verzerrt wurde auch die *Einkommensverteilung, die die pol. Führung in ihrem Interesse vornahm: Weniger als 2 % der Bev. verfügen über ca. 75 % des BIP. Damit zählt die Verteilungsstruktur G.s zu den ungerechtesten der Erde. Das Privatvermögen des Bongo-Clans und seiner engsten Weggefährten soll Anfang der 1990er J. ca. 15 Mrd. FF betragen haben. Parallel zum Ölboom akkumulierte die öfftl. Hand enorme Schulden (1993: ca. 3,9 Mrd. US-$). Mit dem Einbruch der Ölpreise 1986–88 fielen die Staatseinnahmen um 61 %; der Schuldendienst musste eingestellt werden. Voraussetzung für mehrere Umschuldungsabkommen seit Mitte der 1980er J. waren *Strukturanpassungsprogramme zur Sanierung der Staatsfinanzen: Liquidierung bzw. Privatisierung von Staatsbetrieben, Entlassungen im öfftl. Dienst etc.

3. Wesentliche soziale Basisindikatoren zeigen, dass G. seine ökon. Ausnahmestellung auf dem afrik. Kontinent nicht in den Aufbau einer leistungsfähigen sozialen Infrastruktur investierte. Entsprechend kam G., dessen nominales Pro-Kopf-Einkommen 1995 über dem der Tschechischen Republik lag, in der Rangfolge des *HDI erst auf Rang 120 von 174 (1999: 109 von 162). Kein anderes Land (außer dem Emirat Oman) hat einen ähnlichen Abstand zwischen HDI und Pro-Kopf-Einkommen aufzuweisen. Die Kindersterblichkeit lag 1994 bei 15 %.

4. Vormals frz. Kolonie, wurde G. 1946 Teil der Französischen Union und 1960 unabh. Erster Präs. wurde der franzosenfreundliche Léon Mba, dessen Herrschaft sich auf in Libreville stationierte frz. Truppen stützte. Nach dem Tod Mbas wurde der von ihm protegierte Vizepräs. Omar Bongo Staatschef.

Im Verlauf seiner Herrschaft hat Präs. Omar Bongo eines der personalisiertesten neopatrimonialen Herrschaftssysteme Afrikas aufgebaut. Formal existierte in G. seit der Unabh. eine präs. Demokratie; durch die Bildung der Einheitspartei PDG (*Parti Démocratique Gabonais*) 1968 wurde eine formale Klammer geschaffen, die den Legitimationsbedürfnissen des Regimes innerhalb der Nationalversammlung Genüge tat sowie dem klientelistischen System einen strukturellen Rahmen gab. Damit konnte Bongo seine Machtfülle im Vgl. zu seinem Vorgänger Präs. Léon Mba (1960–1967) noch erweitern. Wie Mba arbeitete Bongo trotz gelegentlicher Spannungen eng mit dem Westen, v. a. mit F., zusammen, auch und gerade im milit. Bereich z. B. bei Interventionen in Afrika. Bongo hat immer auf eine Ideologisierung seiner Herrschaft verzichtet und seine pol. Botschaft auf ökon. Pragmatismus reduziert. Nach einer wochenlangen Protestwelle im Febr./März 1990, die durch die vom *IWF verordneten Sparmaßnahmen ausgelöst wurde, sah sich der Präs. zu einer Liberalisierung des pol. Systems gezwungen. Im März 1991 erfolgte die Verabschiedung einer neuen Verfassung und die Einführung eines Mehrparteiensystems. Bei den ersten Präs.-Wahlen im Dez. 1993 siegte unter Wahlfälschung der autoritäre Amtsinhaber Omar Bongo. Auch bei den Parl.-Wahlen 1996 und 2001 sowie den Präs.-Wahlen 1998 konnte das «System Bongo» seine Machtposition behaupten. Die rasche «Demokratisierung» hat den Kern der neopatrimonialen Ordnung – den arbiträren Zugriff auf Ressourcen und klientelistische Abstützung nach unten – unangetastet gelassen. Häufige Parteispaltungen und wechselnde Koalitionen innerhalb der neu entstandenen Parteienlandschaft zeigen die bisher vergeblichen Versuche, Oppositionsbündnisse gegen die homogene Staatsklasse zu bilden.

Lit.: J.F. Barnes, Gabon, Aldershot 1989; E. Hillebrand, Gabun, in: HDW III, 4, 1993, S. 433ff.; E: Hillebrand, Demokratisierung als Elitenrecycling: das Beispiel Gabuns, Afrika-Spektrum, 28 (1), 1993, S. 73–92.

kz/hf

gains from trade →Außenhandelstheorie

Gambia

Fläche (Tsd. qkm): 11,300
Bev. (Mio.) 2000: 1,30
BNE pro Kopf (US-$) 2000: 330
BIP (Mio. US-$) 2000: 396
LE (Jahre) 1999: 53,2
Analphabetenquote (%) 1999: 64
HDI 1999: 0,398 [Rangplatz von 162: 149]

Das keilförmig in den Senegal hineinragende, an der Westküste Afrikas gelegene G. (Hs. Banjul, früher Bathurst; 1,3 Mio. Ew., 1999) ist das kleinste Land Afrikas. Die Bev. gliedert sich ethn. in Mandinge (40 %), Wolof und Fulbe (je 12 %), Djola und Sarakole (je 7 %) sowie Senegalesen (rd. 22000) und Europäer (rd. 600). In Form von trad. Häuptlingswesen und Dorfgruppierungen (mit Kastensystem) besitzt G. rel. stabile Sozialstrukturen. Ein ausgeprägtes Stadt-Land-Gefälle in der med. Versorgung und im Bildungswesen kennzeichnen zusammen mit dem rasanten Bev.-Wachstum (1990–2000: 3,3 %) die soziale E.-Problematik. Kapitalmangel, Dürrekatastrophen (→Sahelzone) und die Enge des Binnenmarkts sind ökon. E.-Hemmnisse. Die landw. Produktion wird durch die *Monokultur Erdnuss bestimmt. Eine *Diversifizierung der Agrarproduktion und der Aufbau einer Konsumgüterind. durch *Importsubstitution wird angestrebt. In Kooperation mit Senegal und Guinea wird im Rahmen der OMGV (*Organisation pour la Mise en Valeur du Fleuve Gambie*) die wasser- und elektrizitätswirtsch. Nutzung des Gambia-Flusses vorangetrieben. Die Landw. und der *Tourismus (nach Erdnussexport wichtigster Devisenbringer) bieten nach dem durch den Putsch 1994 ausgelösten wirtsch. Niedergang künftige E.-Perspektiven. Haupthandelspartner und E.-Hilfe-Geber ist die EU (→Konvention von Cotonou, →Lomé, →STABEX).

Bis zur Unabh. 1965 wurde das Territorium von der brit. Kolonialverwaltung im Rahmen der **indirect rule* regiert. Als Staatsform des unabh. G. wurde zunächst eine konstitutionelle Monarchie im Westminsterstil errichtet, die 1970 in eine parl. Rep. umgewandelt wurde. Dominiert wurde das pol. System des Landes bis 1994 duch die *People's Progressive Party* (PPP) und deren Führer Sir D. K. Jawara, der fast 25 J. das Amt des (bis 1982 vom Parl. gewählten) Präs. ausübte. Oppositionsparteien blieben aber legal und zogen – freilich ohne großen Einfluss – regelmäßig ins Parl. ein. Die ursprgl. auch von Jawara bzw. der PPP befürwortete Idee einer Konföderation mit Senegal wurde am 1. 2. 1982 vertraglich in die Tat umgesetzt, jedoch bereits sieben J. später von G. im Sept. 1989 einseitig aufgekündigt. Die so auf einem Tiefpunkt angekommenen *bilateralen Bez. konnten aber mit der Unterzeichnung eines Freundschaftsvertrages im Mai 1991 wieder verbessert werden.

Galt G. lange als eine der wenigen funktionierenden Mehrparteiendemokratien in Schwarzafrika, so wurde auch G. das Schicksal vieler anderer afrikan. Länder zuteil, als die Reg. Jawara 1994 von Lt. Jammeh durch einen Militärputsch gestürzt wurde, welchen dieser – nicht völlig zu Unrecht – mit der *Korruption und Selbstbereicherung führender Angehöriger des Jawara-Regimes begründete. Zwar kündigte der neue Machthaber eine baldige Rückkehr zur Demokratie an, tatsächlich verschlechterte sich die *Menschenrechtslage jedoch erheblich; auch die Präs.- und Parl.-Wahlen von 1996 bzw. 1997, die von Jammeh und verbündeten Parteien gewonnen wurden, fanden unter kaum freien und fairen Bedingungen statt, sodass der Fall G. als ein weiterer «breakdown of democracy» bezeichnet werden muss. Offiziell endete die Militärdiktatur Jan. 1997 mit der Einsetzung einer neuen Verfassung. Nach einem gescheiterten Putschversuch Jan. 2000 und blutig niedergeschlagenen Studentenprotesten wurde Jammeh bei den Präs.-Wahlen Okt. 2001 mit 53 % der Stimmen für weitere fünf J. im Amt bestätigt; in den von der Opposition boykottierten Parl.-Wahlen Jan. 2002 konnte Jammeh seine Machtposition noch konsolidieren. Die Menschenrechtsfrage ist nach wie vor virulent.

Lit.: Ch. Schmittlein/M. Meier, Gambia, in: HDW III, 4, 1993, S. 212 ff.; A. Hughes/D. Perfect, Political History of the Gambia, 1816–1992, London 1993. mb

gamonal(ismo) Synonym für Kazique (*Caciquismo*), bezeichnet den lokalen oder regionalen Machthaber bzw. die lokalen oder regionalen Machtverhältnisse, die informeller Natur sind. Der *gamonal* und die seiner Herrschaft Unterworfenen stehen in einer wechselseitigen und asymmetrischen Bez. zueinander. Nach Mariategui (*Siete ensayos de interpretación de la realidad peruana*, Ed. Amauta, Lima 1969, S. 59–63) liegt der *gamonalismo* in der agrarischen Sozialstruktur begründet. Er ist das Ergebnis vorkapitalistischer Besitzverhältnisse, der Herrschaft des Großgrundbesitzes über die eingeborene Bevölkerung. dn

Gandhi, Mahatma (1869–1948) lieferte den entscheidenden Beitrag zur Unabh. Indiens. Nehru äußerte über ihn: «G. brachte Indien die Freiheit (...) Er zeigte uns, wie man Furcht und Haß überwindet, verkündete uns Eintracht, Gleichheit und Brüderlichkeit, die Aufrichtung der Unterdrückten, die Würde der Arbeit und den Vorrang der geistigen Dinge.» G. studierte Rechtswissenschaften in London, praktizierte 10 J. als Anwalt der indischen Minderheit in Südafrika und begann 1915 nach seiner Rückkehr nach Indien seine Pol. des gewaltlosen Widerstands gegen die brit. Kolonialherrschaft. Er stemmte sich freilich erfolglos gegen die pol. Teilung des Subkontinents (Pakistan). Die Bedeutung G.s liegt neben seiner hist. Rolle als ind. Freiheitskämpfer in der (heute mit seinem Namen verbundenen) Methode pol. Kampfes: passiver Widerstand, ziviler Ungehorsam, Gewaltlosigkeit. Er selbst wurde in den Kämpfen zwischen Hindus und Moslems ein Opfer der Gewalt.

Lit.: B. Mann, Die pädagogisch-politischen Konzeptionen Mahatma Gandhis und Paulo Freires. Eine vergleichende Studie zur entwicklungsstrategischen politischen Bildung in der Dritten Welt, Frankfurt 1979; G. Gold/R. Attenborough, Gandhi. Eine bebilderte Biographie, Bergisch Gladbach 1983; P. S. S. Nehru, Mahatma Gandhi. Sein Leben und Werk, Bergisch Gladbach 1983. dn

GATE (*German Appropriate Technology Exchange*) Deutsches Zentrum für Entwicklungstechnologien, im Juni 1978 als Arbeitseinheit innerhalb der *GTZ eingerichtet, unterstützt das *BMZ und das Bundesmin. für Forschung und Technologie in Fragen des *Technologietransfers und der Technologie-E. in der *Dritten Welt. Aufgaben im Einzelnen: (1) Technologieaustausch (Ermittlung von technol. Bedarf, Vermittlung von vorhandenen oder speziell zu entwickelnden Technologien); (2) E. von Informationsbausteinen (sog. «Modulen»); (3) Forschungs- und E.-Projekte (Planung, Durchführung und Überwachung von entsprechenden Projekten und Programmen der *Technischen Zusammenarbeit); darin (4) Projekte zur Nutzung regenerativer *Energiequellen in ausgewählten EL. Über den ISAT (Informationsdienst für die Anpassung und Verbreitung von Technologien) fördert es mittels *nichtstaatlicher Organisationen von EL in gegenwärtig 42 EL den Transfer von angepassten Technologien. Publikation: Vierteljahresschrift gate. Adresse: →GTZ dn

GATS Allgemeines Abkommen über den Handel mit Dienstleistungen (*General Agreement on Trade in Services*). Das GATS ist das erste multilateral ausgehandelte Abkommen mit rechtlich durchsetzbaren Regeln, das für den Handel mit Dienstleist. abgeschlossen wurde. Es wurde im Rahmen der *Uruguay-Runde des GATT (1986–1993) erarbeitet

und ist mit der Gründung der neuen Welthandelsorganisation (*WTO) am 1. 1. 1995 in Kraft getreten.
Neben dem Warenhandel, dem trad. Regelungsbereich des GATT, hat in den letzten J. der Handel mit Dienstleist. erheblich an Bedeutung zugenommen. Er überschritt 1994 zum ersten Mal die Grenze von 1000 Mrd. US-$ und macht inzwischen etwa 30 % des Warenhandels aus. 1999 betrug der Wert des Weltdienstleistungshandels nach WTO-Angaben 1340 Mrd. US-$. Wie im Bereich nat. Wirtsch. gewinnt der grenzüberschreitende Austausch von Dienstleist. wachsende Bedeutung für die Weltwirtsch. Zu Dienstleist. gehören ein weites Set von Produkten, wie *Tourismus, Banken- und Versicherungsleistungen, Ingenieurdienstleist., der Verkauf von Filmen und Fernsehrechten, Telekommunikations- und Finanzdienstleist. etc. Nach Art. I können vier Erbringungsarten des Dienstleistungshandels unterschieden werden, die alle im GATS erfasst werden sollen: (1) grenzüberschreitende Lieferungen, (2) der Konsum von Dienstleistungen im Ausland (z. B. Tourismus), (3) die kommerzielle Präsenz im Ausland (z. B. einer Versicherung, einer Bank), (4) die zeitweise Migration von Dienstleistungserbringern (Arbeitskräften bzw. *Consultants* etc.).
Angesichts der Breite der Themen gestalteten sich die Verhandlungen über das GATS ausgesprochen schwierig. Von Beginn der Uruguay-Runde an waren die GATS-Verhandlungen vom Rest der Verhandlungen getrennt worden, um bei einem möglichen Scheitern der Dienstleist.-Verhandlungen nicht die Ergebnisse der Verhandlungen für andere Bereiche des Welthandels zu gefährden. Die Schwierigkeiten bei den GATS-Verhandlungen begannen bereits bei der Definition der jeweiligen Dienstleist.-Bereiche. Hinzu kommt, dass manche Dienstleist. besonders von EL als nat. sensible Bereiche angesehen werden, in denen eine Liberalisierung besonders schwer fällt. Hierzu gehören vor allem die Bereiche Telekommunikation, Funk-, Fernseh- und Bankendienstleist. Von verschiedenen EL (z. B. Indien) wurde zu Beginn der GATS-Verhandlungen vor einem Verlust nat. Souveränitätsrechte in diesen Bereichen gewarnt. Um diesen Sorgen Rechnung zu tragen, hat das GATS eine dreiteilige Struktur erhalten, die eine allmähliche Ausdehnung der Abkommensregeln auf neue Dienstleist.-Sektoren in Zukunft leichter macht.
Das GATS ist deshalb vorrangig ein Rahmenabkommen, das, sehr ähnlich dem GATT für den Warenhandel, generelle Regeln und Disziplinen für den Handel mit Dienstleist. enthält. Ihm liegt das Hauptziel einer Liberalisierung des Dienstleist.-Handels zugrunde. Das Abkommen enthält drei versch. Teile: Im ersten (Teil I + II des Textes) werden generelle Regeln für den Dienstleist.-Handel formuliert, wie Transparenz, die Verpflichtung, durch techn. Standards und Lizenzierungsverfahren keine unnötigen Handelshemmnisse aufzubauen, sowie Ausnahme- und Sicherheitsklauseln. Die wichtigste Bestimmung ist im Art. II des Abkommens enthalten, eine dem GATT vergleichbare *Meistbegünstigungsklausel, die alle Mitgl. verpflichtet, die einem Land gewährten Handelsvorteile allen anderen Mitgl. ebenfalls einzuräumen. Im zweiten Teil (Teil III + IV) des Textes werden bes. Verpflichtungen der Mitgl.-Länder benannt. Hierzu gehören vor allem Verpflichtungen für einen verbesserten Marktzugang für ausl. Dienstleist.-Anbieter und für eine Gleichbehandlung ausl. Anbieter mit nat. Konkurrenten (*national treatment*), zumindestens für die Dienstleist.-Bereiche, die das jeweilige Land im Rahmen der GATS-Verhandlungen in Listen für weitere Liberalisierungsschritte gebunden hat. Die Aufnahme von bestimmten Dienstleist.-Bereichen in Listen entspricht der Praxis des Zollabbaus beim GATT. Durch die Aufnahme von bestimmten Produkten in Listen verpflichten sich die Länder, für diese Produkte einen bestimmten Marktzugang zu gewähren und ausl. An-

bieter nicht zu diskriminieren (*national treatment*). Dadurch konnten mehr Länder zu einer Zustimmung zum GATS bewegt werden, da die allg. Bestimmungen des Abkommens nicht automatisch für alle Dienstleist. angewendet werden müssen, sondern nur für listengebundene. Im dritten Teil sind dem GATS versch. Annexe (auch Protokolle genannt) beigegeben. Im ersten Annex werden Ausnahmen von der Meistbegünstigungsklausel des Art. II geregelt. Der zweite Annex enthält Bestimmungen über die Bewegungsfreiheit natürlicher Personen, die Dienstleist. anbieten oder von einem Dienstleist.-Anbieter beschäftigt werden. Der dritte Annex enthält sektorspezifische Regelungen für Finanzdienstleist., Telekommunikation, Luft- und Seetransport.

Die Angebote und Forderungen für Liberalisierungen im Dienstleistungsbereich müssen bis März 2003 von allen WTO-Mitgliedern vorgelegt werden. Dabei zeichnet sich derzeit ab, dass IL wie die Mitgliedsstaaten der EU weite Bereiche für eine Liberalisierung vorsehen, während Entwicklungsländer tendenziell eine geringere Zahl von Bereichen in die Listen aufnehmen. Allerdings wird mit Fortschreiten der Verhandlungen der Druck auf alle Länder steigen, möglichst viele Sektoren in die Listen aufzunehmen.

Das GATS-Abkommen kann als erster Schritt zur Liberalisierung des Dienstleist.-Sektors bewertet werden. Den WTO-Mitgl. war beim Abschluss klar, dass entscheidende Verhandlungsschritte nach der Uruguay-Runde weiterentwickelt werden müssen. Das Rahmenabkommen soll in den weiteren Verhandlungen im Rahmen der Ministerkonferenzen der WTO und einer Arbeitsgruppe zu den GATS-Regeln vervollständigt werden. Die Verhandlungen wurden zu Beginn des J. 2000 aufgenommen und wurden bei der vierten Ministerkonferenz der WTO in Doha in das Gesamtverhandlungspaket der Doha-Runde integriert. Die Doha-Runde soll bis zum 1. 1. 2005 abgeschlossen werden. Die Themen für die weiteren Verhandlungen umfassen die Aufnahme einer Sicherheitsklausel, Regeln für den Umgang mit Subventionen für den Dienstleist.-Sektor (z. B. nat. Filmförderung) und das öfftl. Beschaffungswesen sowie die Ausarbeitung von Regeln für nat. Standards im Dienstleist.-Bereich. Hierzu wurde 1995 eine bes. Arbeitsgruppe eingerichtet (*Working Party on Professional Services*). Parallel wird nach Abschluss der Uruguay-Runde über weitere Zugeständnisse beim Marktzugang zunächst für vier Bereiche des Dienstleist.-Handels verhandelt: im Bereich von Finanzdienstleist., Telekommunikation, Seetransporten und der Freizügigkeit von natürlichen Personen, wozu der Transfer von ausl. Firmenmitarbeitern gehört. Die Durchsetzung und Weiterentwicklung des GATS wird vom Rat für Dienstleist. der WTO überwacht.

Von bes. Bedeutung für die Zukunft des Abkommens ist die Interpretation des Artikel VI über innerstaatl. Regulierungen, da diese nat. Anbieter von Dienstleist. bevorzugen können bzw. nat. Anbieter in der Regel leichter Subventionen erhalten als ausl. Anbieter. Artikel VI garantiert zwar allen Staaten das Recht, die Erbringung von Dienstleist. nach ihren pol. Zielen zu regulieren. Wenn ein Land allerdings einmal Liberalisierungspflichten für Dienstleistungssektoren übernimmt, dürfen diese nicht eingeschränkt werden. Unklar ist bislang, ob öfftl. Dienste, die der Befriedigung grundlegender gesellsch. Bedürfnisse (*Gesundheitsvorsorgung, *Bildung, Infrastruktur etc.) dienen, zukünftig durch handelsbezogene Maßnahmen geschützt werden können. Zwar gilt grundsätzlich im GATS, dass Dienstleist., «in Ausübung hoheitlicher Gewalt erbracht», von der Liberalisierung ausgenommen werden (Art. I). Ob dieser Art. aber auch für Bereiche gilt, in denen auch private Anbieter in Konkurrenz zu öfftl. Anbietern stehen (z. B. Bildung, Gesundheit), muss noch geklärt werden. Für die Klä-

rung solcher Fragen wurde 1999 eine «Arbeitsgruppe für innerstaatl. Regulierung» im GATS-Rat eingesetzt. Das GATS-Abkommen wird in den letzten J. verstärkt öfftl. wahrgenommen und kritisiert, da die *Globalisierungskritiker im GATS-Abkommen ein Einfallstor für die weitere Privatisierung öffentlicher Güter sehen und besondere Kritik an der Liberalisierung von Sektoren wie Bildung und Gesundheit formulieren.
Seit Beginn der neuen GATS-Verhandlungen im J. 2000 wurden zunächst Richtlinien und Prozeduren entwickelt, die im März 2001 im GATS-Rat der WTO angenommen wurden und die weiteren Verhandlungen bestimmen. Bis März 2003 sollen die Verhandlungen über Angebote und Forderungen nach Marktöffnungen abgeschlossen werden. Die fünfte Ministerkonferenz der WTO im J. 2003 soll für eine erste Evaluierung genutzt werden. Das Endergebnis der GATS-Verhandlungen soll dann mit dem geplanten Abschluss der Doha-Runde zu Beginn des J. 2005 vorliegen.

Lit: S. Page/M. Davenport, World Trade Reform, Do developing countries gain or lose?, London 1994; R. Senti, Die neue Welthandelsordnung für Dienstleistungen. Institut für Wirtschaftsforschung der ETH Zürich, Materialien 94/2, Zürich; World Bank, Global Economic Prospects for Developing Countries 2001, Washington 2001; T. Fritz, Die Bewertung der GATS-Verhandlungen im Rahmen der Wissensgesellschaft, Berlin 2002; WTO, Economic Effects of Service Liberalization, Genf 1998; WTO, Annual Report 2002, Genf 2002. mw

GATT Allgemeines Zoll- und Handelsabkommen (*General Agreement on Tariffs and Trade*); *Entstehung:* 1947 im Rahmen der Verhandlungen über eine Int. Handelsorg. ITO (Havanna-Charta, 1947). Der ITO-Vertrag und damit die ITO wurde allerdings nie in Kraft gesetzt, da der Kongress der USA die Ratifizierung verweigerte. Stattdessen trat zum 1. 1. 48 das Allgemeine Zoll- und Handelsabkommen GATT in Kraft. Das GATT war als handelspol. Teil des Abkommens über die ITO konzipiert worden und sollte umfangreiche Zollsenkungen zwischen den verhandelnden Staaten ermöglichen.
Durch strikte Befolgung der GATT-Prinzipien – *Meistbegünstigung, d. h., die Handelserleichterungen, die einem Land gewährt werden, müssen auch allen anderen eingeräumt werden, Nicht-Diskriminierung ausl. Waren auf Inlandsmärkten und Gegenseitigkeit der gewährten Erleichterungen (Reziprozität) – sollten folgende *Ziele* erreicht werden: Erhöhung des Lebensstandards, Vollbeschäftigung, Erhöhung der Realeinkommen, Steigerung der effektiven Nachfrage auf weltweiter Basis und volle Erschließung der natürlichen *Ressourcen der Weltwirtsch.
Wichtigstes Instrument des GATT zur Durchsetzung der Liberalisierung sind insb. *Zollsenkungsrunden.* Im Rahmen der ersten sieben GATT-Runden konnten Staaten durch gegenseitige Angebote an Handelsliberalisierungen einen bedeutenden Abbau von Zöllen für den Warenhandel erreichen. Allein in der 6. Runde, der *Kennedy-Runde von 1964–67, konnte eine durchschn. Zollsenkung von 36 % und in der 7. Runde, der *Tokio-Runde (1973–79), eine weitere Senkung um über 30 % vereinbart werden. Die Ergebnisse der 8. Runde, der *Uruguay-Runde, im Bereich der Zollsenkungen für den Warenhandel betragen zusätzlich rund 37 %. Mit der abnehmenden Bedeutung von Zöllen im int. Warenhandel wuchs parallel vor allem in den 1980er J. die Tendenz bei den meisten Staaten, so genannte *Nicht-tarifäre Handelshemmnisse (NTHH) einzusetzen, mit deren Hilfe die im GATT angestrebte Gleichbehandlung in- und ausl. Waren zunehmend wieder untergraben wurde. Wurden 1979 zur Zeit des Abschlusses der Tokio-Runde etwa 60 % des Welthandels nach GATT-Regeln gehandelt, lag der Anteil im Jahr 1987/88 nach Angaben des GATT-Sekretariates nur noch bei etwa 40 %, ein deutliches Zeichen für die Zunahme des *Protektionismus. Lange Zeit war dieser Protek-

tionismus vor allem im Handel zwischen IL und EL sehr bedeutend. Seit den 1980er J. nahm er aber auch im Handel zwischen den IL schnell zu.
Der stetigen Zunahme der Bedeutung so genannter NTHH seit den 1970er Jahren wurde durch die Aufnahme neuer Verhandlungsgegenstände in der siebten GATT-Runde, der Tokio-Runde von 1973–1979, Rechnung getragen. Durch die Schaffung von einigen Sonderabkommen versuchten die Vertragsparteien dem wachsenden nichttarifären Protektionismus vorzubeugen. In der Tokio-Runde wurden so z. B. ein Subventionskodex, ein Übereinkommen über techn. Handelshemmnisse, ein Übereinkommen über das öfftl. Beschaffungswesen und ein Übereinkommen über Einfuhrlizenzen geschaffen. NTHH umfassen eine große Zahl unterschiedlicher Regelungen, Gesetze, Verwaltungsvorschriften etc., die mit dem Ziel ergriffen oder erlassen werden, den Warenverkehr zwischen Ländern zu beschränken. Dazu können die folgenden gehören: alle Formen *mengenmäßiger Einfuhrbeschränkungen* (Importquoten, Kontingente, die zeitlich befristet oder unbefristet erlassen werden können); *finanz. Beschränkungen* durch Devisenbelastungen, Kreditbeschränkungen etc.; *diskriminierende Einfuhrhindernisse* wie z. B. komplizierte Verwaltungsformalitäten und -regelungen; *Standards jeglicher Art,* wie pflanzenschutz- und veterinärpolizeiliche Bestimmungen, techn. Normierungen etc.; *Förderung von Exporten* durch Ausfuhrsubventionen; so genannte *freiwillige Einfuhrbeschränkungen*, die starke Handelspartner wie die EU oder die USA mit anderen Anbieterstaaten abschließen können. Die besondere Schwierigkeit, befriedigende Regelungen für den Umgang mit NTHH zu finden, liegt in dem doppelten Charakter vieler diesen Handelsbeschränkungen zugrunde liegender pol. Zielsetzungen begründet. Eine veterinärpolizeiliche Bestimmung wie z. B. ein Importverbot bestimmter vom Rinderwahnsinn möglicherweise betroffener Rindfleischmengen aus GB zum Schutz der Verbraucher in Deutschland (wie 1994 geschehen) kann sowohl aus Gesundheitsschutzerwägungen ergriffen werden (dt. Argumentation) als auch u. U. ausschließlich dem Ziel dienen, heim. Hersteller von Rindfleisch vor kostengünstiger Konkurrenz aus dem Ausl. zu schützen (brit. Argumentation). Zur Klärung solcher und anderer handelspol. Streitigkeiten wurde im GATT ein Streitschlichtungsverfahren (*Dispute Settlement Procedure*) etabliert, in dem handelspol. Experten die ergriffenen Maßnahmen im Hinblick auf ihre GATT-Kompatibilität überprüfen. Auch die 8. Verhandlungsrunde, die *Uruguay-Runde, sollte entscheidende Verbesserungen im Umgang mit der steigenden Zahl von NTHH bringen, da viele Verhandlungsgruppen der Runde sich speziell mit Standards beschäftigten. Das Abkommen zum Abschluss der Uruguay-Runde enthält z. B. die Ergebnisse der Arbeitsgruppe zu «techn. Handelshemmnissen», ein «Abkommen über sanitäre und phytosanitäre Maßnahmen» und ein «Abkommen über Verfahren der Vergabe von Importlizenzen».
Ein weiterer wichtiger Vertragsbereich des GATT sind die *Ausnahmeregeln*: Ausnahmen der Zollzugeständnisse bilden die Schutzklausel bei sektoraler Marktstörung; der Grundsatz der Meistbegünstigung gilt nicht für best. Zollpräferenzen, die bei In-Kraft-Treten des GATT bestanden, ferner besteht das Recht zum Zusammenschluss zu Zollunionen und Freihandelszonen. Mengenmäßige Einfuhrbeschränkungen sind bei Zahlungsbilanzschwierigkeiten erlaubt; zugunsten der EL wurde das Prinzip der Reziprozität durch Aufnahme des Teils IV des GATT eingeschränkt (1966).
Das GATT hatte während der Uruguay-Runde 110 Mitgl. und 30 weitere Mitgl., die das GATT auf *de-facto-Basis* anwenden. Die *Organe* des GATT waren die Vollversammlung aller ordentlichen Mitgl., jedes Land 1 Stimme, jährl. ta-

gend; Rat der Mitgl.-Länder, erledigt laufende Geschäfte; Sekretariat mit Generaldirektor, Sitz in Genf. Im Rahmen der Uruguay-Runde wurde das neue org. Dach der Welthandelsorganisation *WTO geschaffen und die alten Organe entsprechend modifiziert. Der WTO liegen als Vertragsgrundlage das GATT von 1947 sowie die im Rahmen der Uruguay-Runde erzielten Erweiterungen (GATT 94) zugrunde. Neben den Regelungen über den Warenhandel umfasst das erweiterte GATT auch Regeln für den Schutz geistigen Eigentums (*TRIPS, *Trade Related Aspects of Intellectual Property Rights*) und über handelsrelevante Investitionsmaßmahmen (*TRIMS, *Trade Related Investment Measures*). Zudem wird auch der Welthandel mit Dienstleist. geregelt. Die dafür nötigen Bestimmungen wurden in der Uruguay-Runde im *GATS, *General Agreement on Trade in Services,* geschaffen. Im Nov. 2001 wurde in Doha (Katar) eine neue Verhandlungsrunde beschlossen, welche die erste im Rahmen der WTO darstellt und besonders Belange von EL berücksichtigen soll (→WTO).

Lit.: R. Senti, GATT-WTO, Institut für Wirtschaftsforschung der ETH Zürich, Zürich 1994; M. J. Trebilcock/R. Howse, The Regulation of International Trade, London 1995; I. Goldin u.a., Trade Liberalisation: Global economic implication, Paris: OECD und Washington, D. C. World Bank; N. Grimwade, International Trade Policy, London/New York 1996; H. Sander/A. Inotai (Hg.), World Trade after the Uruguay-Round, London 1996; WTO (Hg.), Annual Reports, Genf 2002; WTO (Hg.), International Trade Statistics, Genf 2002. mw

GAWI →GTZ

Gaza-Streifen →Nahostkonflikt

GCA *Global Coalition for Africa,* 1990 gegr. pol. Forum zur Diskussion und Erarbeitung von Politikempfehlungen zur Überwindung der E.-Krise im subsahar. Afrika. Es setzt sich aus Spitzenpolitikern und E.-Experten (aus Reg.- und Privatsektor) der int. Gemeinsch. zusammen. Bisher fanden zwei Plenarkonferenzen statt (1990 und 1995, die dritte ist für 2000 geplant). Jährl. tagt das sog. *Global Coalition Policy Forum* (bis 1995: *Advisory Committee*), das allen afrik. Ländern offen steht, die sich zu demokrat. Reformen und nachhaltiger E. (→*sustainable development*) bekennen.

Lit: R. Bartheit, Die «Global Coalition for Africa», in: E + Z 37 (2), 1996, S. 53f. dn

GCC Golfrat (*Gulf Cooperation Council*), aufgrund der Gefährdung von Erdölanlagen durch den *iran-irak. Krieg 1981 in Er Rijad von sechs Golfstaaten (Bahrain, Katar, Kuwait, Oman, Saudi-Arabien, Vereinigte Arab. Emirate) gegr. und vom Willen getragen, weder vom Irak noch vom Iran dominiert zu werden. Im Rahmen der Koordinierung von Außen-, Sicherheits- und Erdölpol. sind innenpol. Stabilisierung durch Eindämmung der schiitischen «islam. Revolution» und kollektive Verteidigung des Pers. Golfes gegen ausl. Interventionen die wichtigsten Ziele dieser Organisation. Doch die kuwaitische Okkupation durch den Irak im Aug. 1990 legte das Unvermögen der GCC offen, den Schutz ihrer Mitgl. zu gewährleisten. Daher unterzeichneten die GCC-Mitgl., Ägypten und Syrien unmittelbar nach dem Ende des *Golfkrieges am 6. 3. 1991 die sog. Damaskus-Erklärung mit dem Ziel, ein regionales Sicherheitssystem zu errichten, das die Sicherheit und territoriale Integrität der arabischen Staaten in der Golfregion gewährleisten sollte. Dieses Projekt ist allerdings aufgrund des unterschiedlichen Sicherheitsbedürfnisses und -strebens der Mitgl. sowie ungelöster Territorialkonflikte zwischen ihnen Ende 1993 endgültig gescheitert. Die GCC-Staaten sind seither bestrebt, ihre Sicherheit entweder durch den Abschluss von milit. Beistandspakten (USA–Kuwait) oder enorme Rüstungskäufe zu wahren.

Lit.: U. Braun, Der Kooperationsrat arabischer Staaten am Golf, Baden-Baden 1986. maf

GEB Gesellschaft für entwicklungspolitische Bildung e.V., 1977 gegr. gemeinnütziger Verein mit dem Ziel der Information über pol., wirtsch., soziale und ökologische Probleme in der Dritten Welt (Schwerpunkt: LA). Tätigkeit: Organisation von Tagungen, Hg. von Loseblattmappen zur e.-pol. Bildung. Adresse: c/o Claus Kittsteiner, Ringstr. 83, 12203 Berlin. red

Gebundene Hilfe Auflage des E.-Hilfe-Gebers an den Nehmer, den E.-Hilfe-Kredit für den Warenbezug aus dem Geberland einzusetzen (*tied aid*), häufig *uno acto* (Lieferantenkredit) oder implizit: Der Nehmer kauft im Geberland, um das Klima für weitere E.-Hilfe zu erhalten. Dies hat zum Vorwurf der Abh. geführt, da die Bindung an einen bestimmten Geber int. Ausschreibungen und die Wahrnehmung des günstigsten Angebots verhindert. →Lieferbindung. wpz

Geburtenkontrolle →Familienplanung

Geburtenrate Auch Fruchtbarkeitsrate, Maßzahl für den Pro-Tausend-Anteil der Geburten an der Gesamtbev. in einer bestimmten Periode; sie lässt den Vergleich der Fruchtbarkeit (Fertilität) verschiedener *Bevölkerungen zu; Ansatzpunkt für bev.-pol. Maßnahmen insbesondere in EL (*Familienplanung). dn

GEF (*Global Environmental Facility*) Globale Umweltfazilität der *Weltbank, 1990 von 24 Ländern beschlossene Einrichtung zur Förderung von E.-Projekten mit globalem Umweltbezug (etwa Artenvielfalt, Gewässerschutz, Reduzierung klimawirksamer Gase, Schutz der Ozonschicht). Weltbank, *UNDP und *UNEP verwalten die Fazilität in gemeinsamer Treuhänderschaft. red

Gefangene, politische →amnesty international (ai)

Gegengipfel Parallel zu Gipfeltreffen wie G7, *Welt-Umweltkonferenz, *Weltfrauenkonferenz etc. stattfindende Gegenveranstaltungen von *NGOs mit dem Ziel, die Beratungen der Reg.-Vertreter kritisch zu begleiten und Alternativkonzepte vorzustellen. In den letzten J. stießen die G. zunehmend auf Interesse von Medien und Öffentlichkeit. Bei der Istanbuler Konferenz *Habitat II (1996) wurden die NGOs erstmals in das offizielle Gipfeltreffen integriert. mn

Gemeinsame Konferenz der Kirchen für Entwicklungsfragen →GKKE

Gemeinsamer Fonds Element des *Integrierten Rohstoffprogramms zur Finanzierung der *Rohstoffabkommen bzw. der in diesen vorgesehenen **bufferstocks** (Ausgleichslager) für Rohstoffe. Ausgehend von den Beschlüssen von *UNCTAD IV, die zwischen IL und EL umstritten blieben, einigten sich beide Ländergruppen im Vorfeld von UNCTAD V im März 1979 auf die Grundelemente des GF. Er sollte ein reines Finanzierungsinstrument sein und die Maßnahmen finanzieren, die in den separaten Rohstoffabkommen vorgesehen sind. Der GF sollte zwei Schalter haben: Über den ersten Schalter sollten die *bufferstocks* finanziert werden, über den zweiten andere rohstoffbezogene pol. Maßnahmen, v. a. zugunsten der ärmeren Länder (z. B. Forschung und Entwicklung, Produktionssteigerung, *Diversifizierungs- und Vermarktungshilfen etc.). Die unterschriftsreife Vereinbarung über den GF wurde Juni 1980 in Genf erzielt. Der Vertrag sollte in Kraft treten, sobald mindestens 90 der UNCTAD-Mitgl.-Staaten den Vertrag ratifiziert und 2/3 der Direktbeiträge aufgebracht hatten. Die ursprgl. auf den 31. 3. 1982 festgesetzte Frist zur Ratifizierung wurde mehrfach verlängert. Erst auf UNCTAD VII 1987 kam durch die Zeichnung des GF vonseiten der SU und weiterer Mitgl.-Staaten ein In-Kraft-Treten in Sicht. Der Vertrag trat schließlich 1989 in Kraft. Insgesamt traten ihm 106 Staaten bei. Er ist mit 470 Mio. US-$-Direktbeiträgen der Mitgl. ausgestattet. Problematisch entwickelten sich die einzelnen und einzeln zu vereinbarenden Rohstoffabkommen, die allein dem GF beitreten können. Ihre Zahl nahm ständig ab, sodass der GF letztendlich funktionslos wurde. dn

Gemeinsamer Mittelamerikanischer Markt →MCCA

gender Der aus dem Engl. stammende Begriff bedeutet Geschlecht im Sinne von sozialen Rollen, die Männern und Frauen in einer bestimmten Gesellsch.

zu einer bestimmten Zeit zugeordnet werden. Der Gender-Ansatz in der *Technischen Zusammenarbeit (TZ) entspricht einem gesellsch.-pol. und systemischen E.-Verständnis: Er beleuchtet das Rollenverhältnis zwischen Frauen und Männern, die durch die *soziokulturellen, wirtsch., rechtl. und pol. Rahmenbedingungen ihrer Gesellsch. geprägt sind. Geschlechterrollen sind verbunden mit unterschiedlichen Lebensrealitäten (etwa Arbeitsteilung) und Denkweisen, aus denen sich unterschiedliche Bedürfnisse von Frauen und Männern ableiten (gender needs). *Frauen in der Dritten Welt erfüllen im Allg. eine reproduktive, produktive und (unbezahlte) gemeinschaftliche Management-Rolle, während von den Männern eher eine (bezahlte und mit Status versehene) gemeinschaftliche pol. Rolle wahrgenommen wird.

Im Unterschied zur Frauenförderung in der TZ, die darauf abzielt, die ökon. und soziale Lage von Frauen in der Dritten Welt direkt oder indirekt zu verbessern durch frauenspezifische Maßnahmen, die Integration von Frauenbelangen in Programme und *Projekte sowie die Förderung von sog. *national machineries* (org. Struktur auf zentraler nat. Ebene, verantwortlich für Frauenförderung), geht der G.-Ansatz davon aus, dass es für die Erreichung der Gleichstellung der Frau in der Gesellsch. wirksamer ist, sich nicht nur auf eine Veränderung der Situation der Frauen zu konzentrieren, sondern auf die Veränderung des Verhältnisses der Geschlechter zueinander. Hierbei geht es also nicht nur um die Beteiligung von Frauen. Vielmehr müssen Frauen *und* Männer gleichermaßen entsprechend ihren spezifischen Bedürfnissen an den E.-Maßnahmen und Gestaltungsprozessen in ihrer Gesellsch. einbezogen werden. Nur so können bestehende Geschlechterdisparitäten überwunden und kann der untergeordnete Status der Frau gegenüber dem Mann langfristig beseitigt werden (*empowerment*). Insofern hat das Thema Frauenförderung in der TZ in den letzten Jahren eine Akzentverschiebung hin zum geschlechterdifferenzierten Ansatz erfahren. Der G.-Ansatz wird als methodisch-theoretischer Beitrag zur Frauenförderung verstanden.

Der G.-Ansatz geht somit über additiv, an laufende Projekte angehängte Frauen-Komponenten hinaus. Für die Durchführung von Projekten bedeutet dies, dass von Anfang an (von der Identifizierung und Konzipierung von Neuvorhaben bis zum Projektmonitoring) Frauen und Männer aktiv beteiligt sein müssen. Dabei stehen die selbst artikulierten Bedürfnisse, Interessen und Handlungspotenziale der Beteiligten im Mittelpunkt der Kooperation. Dieses partizipative Vorgehen bedeutet eine veränderte Konzeption der E.-Vorhaben und ist eine Voraussetzung für die *Nachhaltigkeit der Projekte. Gleichzeitig erfordert die *Partizipation der Betroffenen ein prozesshaftes Vorgehen. Nach der bisherigen Konzentration des G.-Themas auf lokale Projekte werden neuerdings sektorübergreifende und strukturwirksame Programme und Politikberatung zunehmend wichtiger (z.B. in den Bereichen Landnutzung, Regionalplanung, Rechtsberatung, Armutsminderung), die zu einer Veränderung der Rahmenbedingungen beitragen können. Im Instrumentarium der *GTZ ist der G.-Ansatz fest verankert: So wird jedes Projekt entsprechend seiner Relevanz für Frauen (Betroffenheit, Wirkung etc.) einer Kategorie zugeordnet. Die Einstufung hat eine bestimmte Vorgehensweise bei der Planung und Implementierung des Projekts oder Programms zur Folge.

Spätestens die *Weltfrauenkonferenz 1995 in Peking hat viele Länder veranlasst, eine Gleichstellungspol. zu entwickeln und sie in relevanten Politikbereichen umzusetzen. In der EP hat die Gleichstellung der Geschlechter als Voraussetzung für den ges. E.-Prozess an Stellenwert gewonnen: Denn etwa 70 % der Armen sind Frauen; Frauen sind Schlüsselpersonen im Umgang mit natürlichen Ressourcen und damit für den

Weg einer nachhaltigen E.; die Verbesserung ihrer Lebensgrundlagen ist daher essenziell für jeden Versuch der Armutsminderung. Der G.-Ansatz in der dt. TZ unterstützt das *BMZ bei der Umsetzung des Aktionsplanes der Weltfrauenkonferenz.

Lit.: BMZ 1997: Gender-Konzept; BMZ Forschungsbericht Nr. 115; F. Bliss/K. Gaesing/S. Häusler/S. Neumann: Ansätze der Frauenförderung im internationalen Vergleich; D. Eade, Development with Women, Oxford 1999; R. Klingebiel/S. Randeria (Hg.), Globalisierung aus Frauensicht, Bonn 1998; U. Ruppert, Frauen- und Geschlechterpolitik, in: I. Hauchler u. a. (Hg.), Globale Trends 2002, Frankfurt a. M. 2001, S. 113–131. as

General Agreement on Tariffs and Trade →GATT

General Agreement on Trade in Services →GATS

Genossenschaft G.en sind weltweit in den verschiedensten Bereichen der Wirtsch. tätig. Besondere Erwartungen werden an sie in den EL geknüpft; diese wurden bisher jedoch nur teilweise erfüllt.

1. *Wesensmerkmale/interne Struktur*: Die G. ist eine Personengemeinschaft, deren Mitgl. durch ein von ihnen gemeinsam getragenes und demokratisch kontrolliertes Unternehmen ihre ökon. und soziale Situation zu verbessern suchen. Diese Definition gibt den problematischen, aber auch vorteilhaften Doppelcharakter der G. wieder. Sie ist eine Personengemeinschaft und eine Unternehmung. Zudem ist die Zielsetzung eindeutig festgelegt auf die Verbesserung der Mitgl.-Situation. Schließlich gibt sie einen wesentlichen Unterschied zu Kapitalgesellschaften an: In G.en herrschen demokratische Spielregeln (1 Mensch – 1 Stimme, regelmäßig stattfindende Wahlen, Mehrheitsprinzip, Nichtdiskriminierung von Minderheiten).

Das ökon. bedeutsamste Definitionselement ist das Identitätskriterium: Die Mitgl. sind gleichzeitig Eigentümer und Nutzer (Kunden, Lieferanten, Arbeitnehmer) ihres Unternehmens. Den ideellen Hintergrund geben eine Reihe von teils doktrinär, teils pragmatisch bestimmten «Genossenschaftsprinzipien», die auf den Leitlinien der «Pioniere von Rochdale» basieren (z. B.: pol. und relig. Neutralität, demokratische Leitung und Kontrolle, Barverkauf zu Marktpreisen und Überschussverteilung nach Umsatz, unbegrenzte Mitgl.-Zahl, genossenschaftliche Ausbildung). Daneben sind weltweit als G.-Initiatoren bekannt: R. Owen, Ch. Fourier, L. Blanc, H. Schultze-Delitzsch, F. W. Raiffeisen. Die G. hat mindestens folgende vier Organe: 1. Mitgl.-Versammlung (MV): An ihr können alle Mitgl. teilnehmen. Sie sollte wenigstens einmal im J. stattfinden. In ihr werden die Entscheidungen über die für die Gruppe besonders bedeutsamen Sachverhalte (Satzung, Wahl der Führungsgremien, Beschluss über das Jahresergebnis etc.) nach dem 1-Mensch-1-Stimme-Prinzip getroffen. 2. Vorstand (V): Er besteht aus mindestens fünf Mitgl. der G., die von der MV meist für ein J. (besser für drei J.) gewählt werden. Ihnen obliegt es, die Führungsentscheidungen für die Personengruppe und die Unternehmung vorzubereiten oder zu fällen. 3. Aufsichtsrat: Er besteht aus mindestens drei Mitgl. der G., die i. d. R. von der MV (in Ausnahmefällen vom V) gewählt/bestimmt werden. Sie sollen im Interesse der Mitgl. die Geschäftsführung und die Entscheidungen des Vs kontrollieren. 4. Geschäftsführung: Der Geschäftsführer kann, muss aber nicht Mitgl. der G. sein. Er ist im Auftrag des Vs tätig und diesem (nicht direkt der MV) verantwortlich. In der Praxis wird der Geschäftsführer aufgrund seines betriebswirtsch. Sachverstands vielfach zum eigentlichen Leiter der Genossenschaft. Daneben gibt es viele Möglichkeiten, die Mitgl. an den sozialen und unternehmerischen Entscheidungen zu beteiligen (Komitee für Kredite, für Disziplin, für Lagerbau, für Transportfragen etc.). Zudem wird von den G.en in EL zunehmend die Möglichkeit genutzt, die Wirtschaftsprüfung an eine externe Institution (Verband, Buchprüfergesellschaften) zu delegieren.

2. *Genossenschaftstypen*: Es gibt Agrar-, Konsum-, Spar- und Kredit-, Handwerks-, Ind.-, Wohnungsbau-, Versicherungs-, Elektrifizierungs-, Wasserversorgungs-, Erziehungs-, Erholungs-G.en und viele Arten mehr. Sie erfüllen drei grundlegende wirtsch. Funktionen für die Mitgl.: Beschaffung, Absatz und/oder Produktion (Verarbeitung) von Gütern und Leistungen. Vielfach werden diese Funktionen gleichzeitig ausgeübt (z. B. Agrar-G.en: Beschaffung von Saatgut, Dünger, Krediten, Konsumgütern, Vermarktung der Agrarprodukte, gemeinsame Produktion der Mitgl. und/oder Weiterverarbeitung der Produkte der Mitgl., Annahme von Spareinlagen: «Multiaktive G.en»).

Neben dieser funktionellen Unterscheidung gibt es die nach der Verantwortung (auf die Kapitaleinlage beschränkte oder alle Vermögenswerte der Mitgl. erfassende unbeschränkte Haftung), nach der Offenheit (generell für alle Interessierten möglicher Beitritt oder auf eine abgegrenzte Zielgruppe – z. B. Kleinbauern – beschränkte Mitgliedschaft), nach der gegenseitigen Abh. von Mitgl. und G.-Unternehmen (zwischen völlig autarker Gruppe und jeweiligen nicht-gruppenbezogenen Aktivitäten), nach dem Integrationsniveau (Primär-G. mit natürlichen Personen als Mitgl. und Sekundär-G. mit Primär-G. als Mitgl.). Das Verhalten der Mitgl. zueinander, zu den Führungsgremien und zu ihrer G.-Unternehmung ist je nach den Typen graduell versch. bezüglich der Gruppensolidarität, Beteiligung an Kommunikations- und Entscheidungsprozessen, Inanspruchnahme der G.-Unternehmung. Auch die Erfolgschancen der unterschiedlichen G.-Typen sind nicht einheitlich zu beurteilen.

3. *E.-Erwartungen und Erfolgsfaktoren*: Speziell die int. E.-Agenturen haben hohe Erwartungen in den Beitrag der G.en zum E.-Prozess gesetzt. Zu verweisen ist auf folgende E.-Funktionen: 1. Ökon. Besserstellung der Mitgl. durch höhere Preise beim Absatz (niedrigere beim Bezug); Zugang zu Krediten; gesicherter Absatz; Bezug höherwertiger Güter; produktivitätsgerechte Entlohnung etc. Eine «Ausbeutung» der Mitgl. durch ihre G.-Unternehmung ist aus Gewinnmotiven nicht gegeben (eventuell wegen ineffizienter Administration). 2. Soziale Besserstellung der Mitgl. durch Absicherung in der Gruppe, soziale Integration, sozialer Aufstieg. 3. Kulturelle Besserstellung durch den (erforderlichen) internen Kommunikations-, Informations- und Ausbildungsprozess. 4. Makroökon. und *sozialer Wandel durch die Belebung des Wettbewerbs zugunsten der ärmeren Bev. (daraus folgende Einkommensumverteilung, Aufbau eines Mittelstandes, Anreize für das Wirtschaftswachstum, mehr ökon. und soziale Gerechtigkeit sowie soziale Aufstiegschancen, wodurch das Potenzial an Führungspersönlichkeiten für den E.-Prozess besser genutzt werden kann).

In den EL ist vielfach eine große Diskrepanz zwischen theoretisch möglichen und tatsächlich erreichten Ergebnissen der G.-Arbeit festzustellen. Dies liegt im Wesentlichen daran, dass folgende Erfolgsfaktoren zu wenig beachtet werden: 1. soziale Offenheit der G.en und Bereitschaft zu einer aktiven Expansionspol.; 2. Innovationsbereitschaft der G.-Leitung; 3. intensive Kommunikation zwischen Führungsgremien und Mitgl.; 4. Ausschöpfung des Eigenfinanzierungspotenzials durch Anreize zur Anlage; 5. Sanktionen bei Außenseiterverhalten; 6. permanente Aus- und Weiterbildung der Mitgl.; 7. Rotation in den Führungsämtern; 8. realitätsnahe Planziele; 9. Integration (Kooperation) mit anderen G.en; 10. Beeinflussung des Staates hinsichtlich einer neutral-wohlwollenden Haltung.

Ebenso wie eine Einzelperson wird auch eine G. zu schwach sein, um den E.-Prozess entscheidend zu beeinflussen, daher bedarf es einer Stärkung der heute schon überall gegebenen horizontalen und vertikalen Integrationsstrukturen. E.-pol. Unterstützung ist vorteilhaft, sollte sich aber auf ökon., operationalisierbare

Maßnahmen beschränken und nicht ein «fertiges Modell» zu exportieren versuchen, um der Landesangemessenheit der Kooperation – bei allen weltweiten Gemeinsamkeiten der G. – Rechnung zu tragen.

Lit.: D. W. Benecke, Kooperation und Wachstum in den Entwicklungsländern, Tübingen 1973; E. Boettcher, Kooperation und Demokratie in der Wirtschaft, Tübingen 1974; E. Boettcher, Die Genossenschaft in der Marktwirtschaft, Tübingen 1980; R. Hettlage, Genossenschaftstheorie und Partizipationsdiskussion, 2. Aufl., Göttingen 1987; R. Hettlage, Cooperatives beckon in times of crisis: On the origins and sociopolitical significance of the sociological theory of cooperatives, in: I. Wallimann/M. Dobrowski (Hg.), Research in Inequality and Social Conflict. A Research Annual 1, S. 95–130. db

Gentechnologie Unter dem Begriff GT wird die Gesamtheit der Methoden verstanden, mit denen genetisches Material isoliert wird, neue Kombinationen gebildet sowie neu kombiniertes Erbmaterial wieder eingeführt und vermehrt werden kann. Für die EL ist die GT insofern von Bedeutung, als zum einen Standortvorteile genutzt werden können (Verfügbarkeit von Rohstoffen, leichter Zugang zu Forschungsfeldern) und zum anderen konkrete Probleme direkt tangiert sind (*Ernährung und *Gesundheit, *Energieversorgung, wirtsch. E., Umweltschutz).

In versch. EL wurde begonnen, eine eigene gen- und biotechnol. Forschung zu betreiben. Hinzu kommen *bilaterale e.-pol. Projekte sowie eine *multilaterale Zusammenarbeit bei der GT in landw. Forschungszentren der EL.

Befürworter der GT verweisen darauf, dass durch ihre Einführung in die EL Infektions-, insb. Tropenkrankheiten, wirksamer bekämpft werden können. Zudem wird eine Verstärkung regenerativer Energiequellen durch die Substitution von Öl, Benzin und Kohle erwartet, der Abbau chemischer Altlasten (insb. Nitrate) und hochgiftiger Pflanzenbehandlungsmittel angestrebt sowie eine Steigerung der Nahrungsmittelproduktion versprochen und damit die Bekämpfung des Welthungers. Kritiker der GT befürchten hingegen eine verstärkte Abh. der EL von den Genbanken der IL, v. a. bei privatrechtl. geschützten Patenten *transnationaler Konzerne. Sie weisen außerdem darauf hin, dass die genetische Vielfalt in der Tier- und Pflanzenwelt abnehmen wird, die Probleme der *Ökologie durch landw. Produktion in *Monokulturen zunehmen, eine Resistenzvermehrung durch die neuen Agrokulturen möglich ist und insg. die *Verschuldung der EL mit neuen Produktions- und Anbaumethoden anwächst. Hinzu kommen noch unabsehbare Risiken bei der Nutzung der GT: Resistenzen gegen Unkrautgifte und Insektenbefall, irreversible Schädigungen des Erbguts durch die Veränderungen bei biologischen Abbaumechanismen, das Aussterben lokaler Pflanzen und natürlicher Bestände sowie die Monopolstellung großer Firmen aus den IL auf dem Saatgutmarkt.

Eine Bewertung der GT führt zu Kontroversen zwischen IL und EL, zwischen NGOs, den Agro- und Chemikalienfirmen sowie zwischen den int. Org. selbst. Die mittel- und langfristigen Auswirkungen der GT für die biologische Vielfalt sind noch nicht in allen Facetten hinreichend erforscht, und die Sicherheitsstandards bei der Forschung und Entwicklung der Biotechnologien sind – nicht zuletzt aufgrund des *brain drain – nicht von IL auf EL übertragbar. Auseinandersetzungen zwischen IL und EL über die Rolle der GT gibt es bei der Aushandlung und Umsetzung der Biodiversitäts-Konvention (1992 in Rio de Janeiro unterzeichnet, 1993 in Kraft getreten; →Weltumweltkonferenz). Von bes. Bedeutung ist das 1995 in Jakarta ausgehandelte Biosafety-Protokoll, bei dem die EL hohe Schutzauflagen und umfassende Transferregelungen anstrebten, während die IL unter dem starken Druck der Chemieind. nur einen möglichst unverbindlichen Vertrag wollten. Die USA, der größte Produzent von GT-Produkten, hat die

Verträge und das Protokoll weder unterzeichnet noch ratifiziert. Bei der «Biodiversität» geht es nicht nur um die bekannten, von Vernichtung bedrohten Tier- und Pflanzenarten, sondern auch um das noch unbekannte und potenziell zugängliche genetische Reservoir in der Biosphäre. IL und EL sind beide interessiert am Schutz der genetischen Vielfalt, sei es als öfftl. Gut, sei es als ökon. Ressource. Die biologische Vielfalt ist direkt bedroht durch die Verschmutzung und Zerstörung von Lebensräumen durch *Industrialisierung und *Urbanisierung. Indirekte Ursachen für den Verlust an Biodiversität ergeben sich durch Luft-, Wasser- und Bodenverschmutzung sowie durch globale Klimaveränderungen. Als Ergebnis ist ein besorgniserregend rascher und irreversibler Artenverlust festzustellen sowie ein Schwund der Biodiversität bei pflanzlichen und tierischen Genen und Populationen.

Eine bes. Nachfrage hiernach besteht in IL in den Forschungs- und E.-Abteilungen der Agrar- und Pharmaind. Die EL ihrerseits verfügen in ihren Habitats über eine zwar schwindende, aber immer noch große Biodiversität: Umstritten ist zwischen EL und IL die Erkundung, der Zugang, die Sammlung, Aufbereitung und ind. Nutzung von genetischen Ressourcen. Den indigenen Völkern kommt eine besondere Funktion aufgrund ihres Wissens und ihrer Erfahrungen über die Wirkungen von Nutz- und Heilpflanzen zu. Die IL ihrerseits sind interessiert an für sie kostengünstigem Zugang zu dem genetischen Material, an exklusiven Patentrechten und profitablen Produktions- und Vermarktungsstrategien, einem unbehinderten Marktzugang und einem globalen Vertriebsnetz.

Die Biodiversitätskonvention stellte einen Kompromiss dar: Die EL bekamen finanz. und technol. Transferleistungen durch die IL eingeräumt. Biodiversität gilt zwar als globales Gut, doch blieb es den Nationalstaaten überlassen, den Zugang zu den eigenen genetischen Ressourcen zu regeln. Hierzu gab es Instrumente der Vorteilsbeteiligung sowie finanz. Kompensationen und Rechtsschutzklauseln für die indigene Bevölkerung. Den IL wurde freie Hand gelassen bei der Nutzung des vor Abschluss der Konvention gesammelten genetischen Potenzials in Genbanken, botanischen und zoologischen Gärten. Mit der Fortentwicklung des Biosafety-Protokolls ergeben sich eine Reihe von Streitpunkten. Sie betreffen die ökon. Vorteile der Nicht-Vertragsstaaten, die Informationspflicht der Exporteure gegenüber den Importstaaten, Regulierungslücken bei illegalen Importen, die Vertraulichkeit der Geschäftsinformationen, die Gefährdungshaftung nach dem Verursacherprinzip, der Umfang der Risikoprüfung und die Partizipation der Importstaaten beim Handel mit neuen Technologien. Eine weitere Kontroverse entzündete sich bei dem *UNDP-Bericht über die menschliche Entwicklung aus dem J. 2001. Hier wurde die Nutzung «grüner GT» für die wirksame Bekämpfung des Hungers propagiert. Experten von *NGOs wie Greenpeace oder Brot für die Welt sowie die *Globalisierungsgegner von *GATT, *WTO und *Weltbank kritisieren hieran einen naiven Machbarkeitsglauben, einen deplatziert wirkenden Technologieenthusiasmus sowie eine starre Orientierung am Agrobusiness und an den Großbauern mit Gunstböden sowie die Vernachlässigung der Interessen von verarmten Kleinbauern mit einem nur geringen finanziellen Handlungsspielraum. Zudem widerspräche der Einsatz von GT, Chemieeinsatz und künstlichen Bewässerungssystemen den Forderungen nach nachhaltiger und landw. angepasster E.

Lit.: C. Correa, Intellectual Property Rights, the WTO and Developing Countries, London/NY 2000; C. v. Weizsäcker, Warum ist das Biosafety-Protokoll so wichtig?, in: R. Kreibich/U. E. Simonis (Hg.), Global Change – Globaler Wandel, Berlin 2000, S. 223–235; Wiss. Beirat der Bundesreg., Globale Umweltveränderungen, Welt im Wandel, Jahresgutachten 1999, Berlin/Heidelberg/New York 2000; Brot für die Welt (Hg.), Ernährung sichern,

Frankfurt a. M. 2001; DGVN / UNDP, Bericht über die menschliche Entwicklung 2001, Bonn 2001; EPD-EP 15/16/2001, S. 18–43; G. Klaffenböck u. a. (Hg.), Biologische Vielfalt, Frankfurt / Wien 2001. Internet: www.biodiv.org / conv / pdf www.grain.org. ms

Geopolitik →Doktrin der nationalen Sicherheit

Georgien

Fläche (Tsd. qkm): 69,7
Bev. (Mio.) 2001: 5,20
BNE pro Kopf (US-$) 2000: 590
BIP (Mio. US-$) 2000: 3048
LE (Jahre) 1999: 72,9
Analphabetenquote (%) 1995: 1
HDI 1999: 0,742 [Rangplatz von 162: 76]

G., das von 1918 bis zum Einmarsch der Roten Armee 1921 und der darauf folgenden Eingliederung in die SU ein souveräner Staat gewesen war, wurde nach dem Zerfall der UdSSR Ende 1991 unabh. Seitdem durchlief die bis dahin prosperierende Ex-Sowjetrep., die seit 1993 der Gemeinschaft Unabhängiger Staaten (GUS) angehört, eine tiefe ökon. und pol. Krise, weswegen sie seit 1. 1. 1994 vom *DAC als EL geführt wird.

1. Das an Russland, Aserbaidschan, Armenien und die Türkei grenzende Land (Hs. Tiflis mit ca. 1,3 Mio. Ew.) gliedert sich geogr. in drei Großregionen: Dem Kaukasusmassiv im N und dem «Kleinen Kaukasus» im S steht eine subtropische, niederschlagsreiche Zone an der Küste des Schwarzen Meeres gegenüber, wo Tee-, Obst- und Weinanbau betrieben wird. Zu den wichtigsten natürl. *Ressourcen des Landes zählen die Mangan- und Baritlagerstätten, die jeweils zu den größten der Welt zählen; die Förderung von Bodenschätzen ist allerdings in den 1990er J. stark zurückgegangen.

Die Bev., deren Wachstum Mitte der 1990er J. stagniert bzw. v. a. durch Abwanderung zurückgeht, setzt sich ethn. aus Georgiern (ca. 70 %), Armeniern (8,1 %), Russen (6,3 %), Aseris (5,7 %), Osseten (3,0 %) und Abchasen (1,8 %) zusammen. Knapp 90 % der Bev. sind Christen, ca. 8 % gehören dem Islam an. Als pol. Einheit weist G. insofern eine Besonderheit auf, als bereits zu sowj. Zeiten drei autonome Gebietskörperschaften innerhalb des Territoriums geschaffen wurden: die ehem. autonome Rep. Abchasien an der Schwarzmeerküste (1989: 525 000 Ew., davon nur 93 000 Abchasen) und Adscharien (380 000 Ew.) sowie das autonome Gebiet Südossetien (96 000 Ew., davon 64 000 Osseten). Die Autonomie- bzw. Sezessionsbestrebungen in Abchasien und Südossetien bilden die wesentlichen innenpol. Konflikte des jungen Staates und hatten höchst negative Auswirkungen auf die wirtsch. und pol. E. seit 1992.

2. In dem trad. Agrarland wurde in der arbeitsteilig organisierten sowj. Planwirtsch. zwischen 1928 und 1953 eine ausgedehnte Schwerind. aufgebaut (Metall-, Stahl-, Erdölverarbeitung sowie Flugzeug- und Schiffbau), die von den Rohstoffen aus anderen Rep. abh. war. Der transformationsbedingte Mangel an Energieimporten bzw. an der Einfuhr von unverarbeiteten Produkten, der durch den Nichteintritt G.s in die GUS verschärft wurde, führte in Verbindung mit der innenpol. Krise zu einer starken wirtsch. Rezession und einem drastischen Rückgang des Lebensstandards: Das BIP von 1995 betrug lediglich 28 % des Niveaus von 1989; die durchschn. monatl. Nominaleinkommen entsprachen 1994 nur mehr dem Gegenwert von 1 $, 1999 lebten 60 % der Bevölkerung unter der Armutslinie (1997: 44,4 %), d. h., sie mussten von weniger als 2 US-$ im Monat leben. Auch der trad. starke *Tourismus kam durch die *Systemtransformation und die Bürgerkriegswirren weitgehend zum Erliegen.

Nachdem die Inflationsrate der 1993 eingeführten Währung Kupon aufgrund einer expansiven Geldpol. extrem gestiegen war (1990–1995: ca. 3310 %), wurde 1994 von der Reg. unter Mithilfe des *IWF ein Stabilisierungsprogramm eingeleitet, das bald darauf erste Erfolge zeitigte: Die Inflation der seit Sept. 1995 gültigen Währung Lari betrug 2000 4,1 % (1996–2000: 8,3 %); das BIP, das zwischen 1990 und 1994 kontinuierlich abgenommen hatte, verzeichnete 1996 und 1997 eine Zuwachsrate von 11,4 % bzw. 11,3 % gegenüber dem Vorjahr. Zu beachten ist jedoch, dass dieses Wachstum von einem sehr geringen Ausgangsniveau erfolgt und sich seit 1998 wieder deutlich verlangsamt hat (1996–2002 durchschn. 5,8 %). Die größten wirtsch.-pol. Herausforderungen sind weiterhin der Aufbau einer konkurrenzfähigen Ind. und die Modernisierung des Agrarsektors, wohingegen die Reform der Staatsfinanzen Fortschritte macht – die Steuereinnahmen machten 2000 rd. 15,3 % des BIP aus (1996: 7 %), das staatl. Budgetdefizit sank auf 3 % (1996: 5,6 %). Negative Folgen für die E. haben auch die große Zahl von Flüchtlingen aus Abchasien (250000) und die weitverbreitete Korruption und Kriminalität. Hoffnungen für eine positive wirtsch. E. ruhen bes. auf der Transitfunktion des Landes für das kaspische Erdöl und -gas (Pipeline Baku–Ceyhan).

3. G. zählte neben den baltischen Staaten zu denjenigen sowj. Rep., in denen seit Ende der 1980er J. Forderungen nach staatl. Unabh. bes. stark artikuliert wurden. Entsprechend erhielt bei den ersten freien Parl.-Wahlen 1990 das nationalistische Wahlbündnis «Runder Tisch – Freies Georgien» eine Stimmenmehrheit von 54 %. Am 9. 4. 1991 erklärte das Parl. die Unabh., ehe der regimeoppositionelle Swiad Gamsachurdia einen Monat später mit 87 % der Stimmen zum Präs. gewählt wurde. Gamsachurdia schlug jedoch in der Folgezeit einen radikalen Kurs nicht nur gegenüber seinen innenpol. Gegnern und nat. Minderheiten ein, sondern betrieb auch außenpol. eine kompromisslose Abkoppelung von Russland, die die Wirtsch. G.s enorm belastete und eine verstärkte Unterstützung Moskaus für die um staatl. Unabh. kämpfenden Abchasen provozierte. Im Jan. 1992 wurde Gamsachurdia durch einen Militärputsch gestürzt. An die Spitze des Staates trat daraufhin der ex-sowj. Außenmin. E. Schewardnadse, der bereits von 1972 bis 1985 georg. Parteichef gewesen war und im Okt. 1992 zum Parl.-Präs. gewählt wurde. Als die innenpol. Konflikte durch die Kämpfe in Abchasien und den bewaffneten Widerstand der Gamsachurdia-Anhänger zunehmend eskalierten, konnte Schewardnadse durch einen anfänglich russlandfreundlicheren außenpol. Kurs den staatl. Zusammenbruch verhindern (Waffenstillstandsabkommen in Abchasien im Mai 1994). Mit der Russländischen Föderation kommt es jedoch immer wieder zu Konflikten über die milit.-pol. West- und Türkeiorientierung des Landes sowie G.s Rolle im Tschetschenienkonflikt.

Im Aug. 1995 wurde vom Parl. eine neue Verfassung verabschiedet, nach der der Präs. – im Ggs. zum bisherigen parl. System – eine große Machtfülle auf sich konzentriert. Im Nov. 1995 wurde Schewardnadse mit 70 % der Stimmen zum Präs. gewählt, die von ihm unterstützte Bürgerunion ging bei den gleichzeitig abgehaltenen Parl.-Wahlen wie auch in den Wahlen im Nov. 1999 als stärkste Kraft hervor. Die Präsidentschaftswahlen im April 2000 entschied Schewardnadse mit 82 % erneut klar für sich. Seit seinem Machtantritt war zeitweise eine gewisse pol. Stabilisierung des Landes zu verzeichnen, wobei die Abchasien- und die Ossetienfrage immer noch nicht gelöst ist und auch das Verhältnis zur armenischen Minderheit nicht frei von Spannungen ist. Ein großes Problem stellt allerdings die Frage der Nachfolge Schewardnadses dar, insbesondere vor dem Hintergrund der extrem starken Fragmentierung der pol. Landschaft. Im Mai 1999 wurde Georgien in den Europarat aufgenommen.

Lit.: J. Gerber, Die politische Entwicklung in Georgien, in: B. Meissner/A. Eisfeld (Hg.), Die GUS-Staaten in Europa und Asien, Baden-Baden 1995, S. 107–122; R. Götz/U. Halbach, Politisches Lexikon GUS, 3. Aufl., München 1996. fg/rm

GEPA Gesellschaft zur Förderung der Partnerschaft mit der Dritten Welt mbH

(Hauptgesellschafter: *Misereor, *AG KED), 1975 gegr., importiert und vertreibt Waren von *Selbsthilfegruppen, *Genossenschaften und sozial engagierten Privatunternehmen. Der Verkauf der Waren erfolgt über ca. 700 engagierte *Weltläden und 6000 Aktionsgruppen sowie über den Einzelhandel und an Großverbraucher, wie z. B. Tagungshäuser und Firmenkantinen. Ziel der gepa ist es, mit dem fairen Handel die Lebensbedingungen der Menschen in den EL nachhaltig zu verbessern, die aufgrund regionaler und nat. Wirtschafts- und Sozialstrukturen sowie der Weltwirtsch. benachteiligt sind. Die Produzenten sollen ihren Lebensunterhalt aus eigener Kraft erwirtschaften können. Dazu trägt die gepa wesentlich bei: durch die Zahlung höherer Preise, langfristige Zusammenarbeit und Beratung der Produzenten bei der Qualitätssicherung und der E. neuer Produkte. 1998/99 erhielten die Handelspartner rund 16 Mio. € für ihre Waren und 2,5 Mio. als Mehrpreis für Sozialmaßnahmen (u. a. Bildung, Gesundheit, Hausbau). Die gepa arbeitet z. Z. mit 150 Handelspartnern in Latein- und Nordamerika, Asien und Afrika zusammen. Kaffee hat einen Anteil von 60 % am Einkaufsvolumen, sonstige Lebensmittel 25 % und Non-Food-Artikel 15 %. Die gepa arbeitet nach wirtschaftlichen Prinzipien, verfolgt mit ihrem fairen Handel aber entwicklungspol. und ökolog. Ziele. Im Geschäftsjahr 1998/99 belief sich ihr Umsatz auf rd. 30 Mio. €. 1999 beschäftigte die gepa 97 Mitarbeiter. Adresse: Gewerbepark Wagner, Bruch 4, 42279 Wuppertal. Internet: www.gepa3.de. cg

GEPLACEA →SELA

German Pharma Health Fund e. V. →GPHF

Germanwatch e. V. 1991 von Wissenschaftlern, Mitarbeitern e.-pol. Org. und Publizisten gegr. dt. *nichtstaatliche Organisation, die sich für E.-Interessen und *Menschenrechte in der Dritten Welt sowie für eine Bewusstseinsbildung globaler Zusammenhänge einsetzt und dementsprechend auf Entscheidungsträger in Pol. und Wirtsch. Einfluss zu nehmen sucht (Mitgl. 1999: 426). Adresse: Budapester Str. 11, 53111 Bonn. E-Mail: germanwatch@germanwatch.org. red

Gesellschaft für bedrohte Völker, dt., österr. und Schweizer Sektion von *Survival International*. Als zweitgrößte dt. Menschenrechtsorg. (→amnesty international) setzt sich die Gesellschaft (seit April 1993 beratender Status im *ECOSOC) insb. für bedrohte *Minderheiten ein (u. a. durch Pressekonferenzen für deren Sprecher, Projektunterstützung, Hilfe für Asylbewerber). In der BRD bestehen 21 Regionalgruppen; die sich v. a. (Budget 2001: 1,9 Mio. €) aus Mitgliederbeiträgen (0,6 Mio. €) und Spenden (1,1 Mio. €) finanzieren. Publikationen: «pogrom» (6-mal j.). Adresse: Postfach 2024, 37010 Göttingen. Internet: www.gwdg.de/mfritz/gfbv.htm. red

Gesellschaft für entwicklungspolitische Bildung e. V. →GEB

Gesellschaft für Internationale Entwicklung →SID

Gesellschaft für Medizin und Forschung in Afrika →AMREF

Gesellschaft zur Förderung der Partnerschaft mit der Dritten Welt →GEPA

Gesundheit *Definition:* G. ist nach einer *WHO-Definition nicht nur die Abwesenheit von Krankheit, sondern, positiv als Naturrecht formuliert, vollständiges körperliches, seelisches und soziales Wohlbefinden, dem pol. Handeln (sei es gesundheits-, sozial- oder entwicklungspol.) dienen soll. G. ist nicht nur die Abwesenheit von Störungen, sondern auch die Kraft, mit ihnen zu leben.

Determinanten von G.: Die *Grundbedürfnisdiskussion hat – wie schon 100 J. zuvor die der Hygiene – die Zusammenhänge zwischen sozioökon., pol. sowie ökol. Rahmenbedingungen und G. deutlich gemacht. Als sensibler E.-*Indikator bedeutet G. auch Abwesenheit krankheitsfördernder Faktoren. Gesundheit wie Krankheit wird durch innere (genetische) und äußere Faktoren bestimmt, wobei beide über das Verhalten des Einzelnen und der Gesellsch. in Wechselbeziehung stehen. Der Großteil

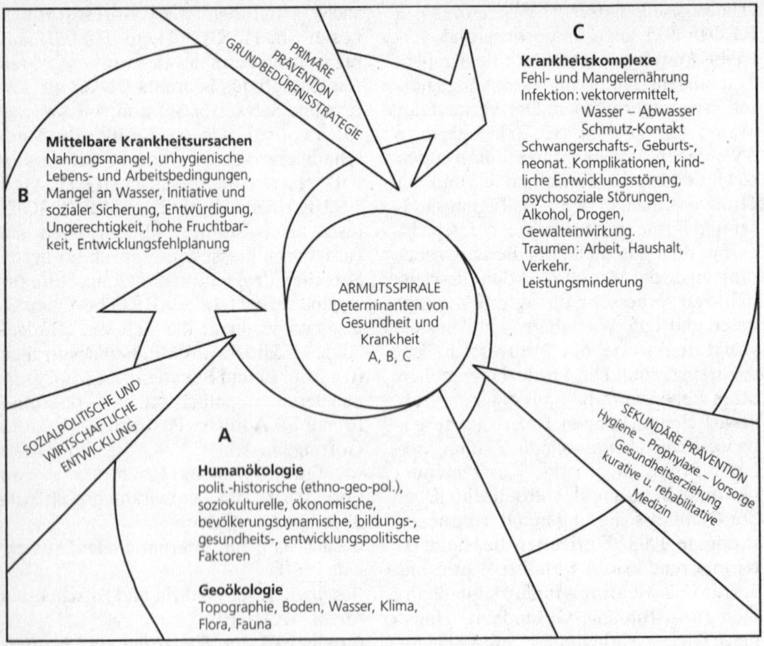

Quelle: Diesfeld 1982

der Krankheiten (nicht nur der infektionsbedingten) ist insbes. durch Bekämpfung der * Armut verhütbar. Möglichkeiten ihrer Vermeidung und Verminderung sind bekannt. Mittelbare Krankheitsursachen sind u. a. (Abb. 3) * Arbeitslosigkeit, * Bildungsmangel, mangelnde soziale Sicherheit, Unterdrückung der * Frau, Unfreiheit, Entwürdigung, systematische Gewalt, Flüchtlingselend, hohe Bev.-Dichte und hohe Fruchtbarkeit (→Familienplanung), pol. Katastrophen, Umweltzerstörung, aber auch E.-Fehlplanung. Ihre Beseitigung ist Aufgabe einer grundbedürfnisorientierten Pol.: Primäre Krankheitsvorbeugung (Prävention) liegt im Vorfeld med. Maßnahmen durch die Reduzierung gesundheitlicher Risikofaktoren. Im Bereich der Präventivmedizin liegen die Vorsorge-, Früherkennungs- und Impfmaßnahmen sowie Ernährungs- und Gesundheitsberatung. Diese haben jedoch nur Sinn, wenn die Erkennung von Risiken zu entsprechenden Interventionen führt. Krankenversorgung ist in diesem Sinne tertiäre Prävention: Wiederherstellung von Gesundheit oder Abwendung von Komplikationen und gesundheitlichen Folgeschäden an Individuum, Familie und Gesellschaft. Die Wechselwirkung von Krankheit und Armut und die Verhinderung von E. durch Krankheit wurde im WHO-Kommissionsbericht «*Macroeconomics and Health*» 2001 bes. hervorgehoben.

Situation in der Dritten Welt: Die Gesundheitssituation lässt sich durch * Gesundheitsindikatoren nur unzureichend beschreiben, zumal sie von der Qualität und Dichte der * Gesundheitsdienste und der Zuverlässigkeit ihrer statistischen Angaben abhängt. Aus der Tatsache, dass 4 von 5 Kindern in EL leben und 25 % der Bev. Frauen im gebärfähigen Alter ausmachen, ergibt sich, dass ein Großteil der Erkrankungen spezifisch für diese Gruppen ist. Im Vordergrund stehen Krankheiten der *Armut. 40 % aller Sterbefälle betreffen die Altersgruppe unter fünf Jahren. Trotz erheblicher Verbesserungen der Situation im Vergleich zu den 1960er und 1970er J.en sterben in EL immer noch 100-mal mehr Frauen im Kindbett, 100-mal mehr Kinder unter 1 J. und 20-mal mehr Kinder unter 5 J. als in IL. Pneumonien, Durchfallerkrankungen, Malaria, durch Impfungen verhütbare Erkrankungen, wie Masern, Keuchhusten, Neugeborenen-Tetanus und Tuberkulose, gingen seit den 1980er Jahren beachtlich zurück, fordern jedoch immer noch jährl. 6 Mio. Kinderleben. Ein Großteil dieser Todesfälle nach banalen Erkrankungen wird durch begleitende *Mangelernährung ausgelöst. Lediglich bei Kinderlähmung wurden durch das Globale Polio-Ausrottungsprogramm der WHO erhebliche Fortschritte erzielt. 2002 wurden 85 % aller Poliofälle aus nur noch 10 Ländern, vor allem in Südasien und Afrika, gemeldet. Eine Reihe von Tropenkrankheiten, deren Erreger und Überträger an tropische und subtropische Klimabedingungen gebunden sind, nehmen zu, insbes. die durch Insekten übertragenen Erkrankungen wie Malaria, Leishmaniosen, afrik. Schlafkrankheit, Gelbfieber, Denguefieber, Pest oder Filariosen. Beachtliche Erfolge lassen sich jedoch bei der Bekämpfung der Lepra, Chagaskrankheit, Onchozerkose und Drakunkulose erkennen, während andererseits neue hämorrhagische Viruserkrankungen wie Ebola u. a. hinzugekommen sind. Die erneute Ausbreitung der Cholera in Afrika und seit den 1990er J. in LA weist auf die katastrophalen Wasser- und Abwasserverhältnisse in den Städten und auf dem Land hin. Ein außerordentliches Problem stellt die *Aids-Pandemie dar. Eine wichtige Rolle bei der Verbreitung der Infektionskrankheiten spielen Migration, Reiseverkehr, Land- und Arbeitssuche, Flüchtlingskatastrophen sowie die zunehmende Siedlungs- und Bev.-Dichte vor allem im *Urbanisierungsprozess. Subsahara-Afrika hat während der letzten 30 Jahre, nicht zuletzt auch infolge der HIV/AIDS-Pandemie, einen chronischen Rückgang des Lebensstandards hinnehmen müssen. Schwere Krankheitsbürde und ihre vielfältigen Effekte auf Produktivität, demographische Entwicklung, *Bildung und Erziehung spielen hierbei eine wesentliche Rolle.

Lit.: Weltbank, Weltentwicklungsbericht 1993, Investition in Gesundheit, Bonn 1993; UNICEF, Zur Situation der Kinder in der Dritten Welt, 1994–2001, Wuppertal 1994 ff.; World Health Organization, The World Health Report 1996–2001, Genf 1996 ff.; World Health Organization, Macroeconomics and Health: Investing in Health for Economic Development, Genf 2001; H. J. Diesfeld/G. Falkenhorst/O. Razum/D. Hampel (Hg.), Gesundheitsversorgung in Entwicklungsländern, Berlin [2]2001. hjd

Gesundheitsdienste In EL findet sich ein Pluralismus med. Versorgungssysteme. Jede Kultur und Zivilisation, die westl. eingeschlossen, hat auf der Grundlage ihrer Vorstellungen von *Gesundheit, Krankheitsursachen und Heilung ihr eigenes Medizinsystem entwickelt. Gesundheitssystemforschung und kulturvergleichende med. Anthropologie (*Ethnomedizin) befassen sich wiss. mit diesen Fragen. Im Allg. bezeichnet man das westl.-naturwiss. geprägte Krankenversorgungssystem als Gesundheitsdienst; es befasst sich jedoch vorrangig mit kurativer Medizin und weniger mit gesund erhaltenden, vorbeugenden Maßnahmen. In EL findet sich je nach sozioökon. Rahmenbedingungen ein ausgeprägter *Dualismus im Versorgungsgrad mit moderner Medizin. 50–70 % der Bev. haben keinen oder nur sehr beschränkten Zugang zu angemessener moderner med. Versorgung. Der meist staatl. Gesundheitsdienst ist in einer Pyramide hierarchisch organisiert, mit wenigen Schwerpunkt- und Referenzkrankenhäusern an der Spitze, einer mittleren Ebene der Distriktkrankenhäuser und einer breiten Basis der Gesundheitszentren und Erste-Hilfe-Posten. Zwei Drittel des nat. Gesundheitsbudgets gehen in die Referenzkrankenhäuser, die bestenfalls 10–20 % des Bedarfs ausmachen und deren Qualität in den *LDC zu wünschen übrig lässt, während ein Drittel des Budgets für 80 % des Bedarfs in der Peripherie ausreichen muss. Seit den 1980er J. wird der Gemeindeebene in der primären med. Versorgung ein wichtiger Rang zuerkannt (Dorfgesundheitshelfer u. Hebamme →*Primary Health Care*). Daneben gibt es je nach Land einen mehr oder weniger ausgeprägten frei-gemeinnützigen med. Versorgungssektor meist kirchl. Träger, der in manchen Ländern über 50 % der med. Versorgung ausmacht. Bestimmte Zielgruppen in Ind., Bergbau, Agroind. oder Militär werden durch einen para-staatl. med. Sektor versorgt, der meist besser als der staatl. ausgestattet ist. Das staatl. Gesundheitsbudget umfasst i.d.R. 4–7 % des öfftl. Haushalts. Davon gehen 60 % in den Personalsektor. Die katastrophale wirtsch. Lage und die Folgen der *Strukturanpassungsprogramme der *Weltbank lassen in den LDC die med. Versorgung immer schlechter werden. Es bestehen zunehmende Engpässe im techn. und v. a. im Arzneimittelbereich. Die seit 1993 einsetzende, weitgehend von der Weltbank und int. Gebern erzwungene und finanziell unterstützte Gesundheitssektorreform setzt auf Reorg. der Gesundheitsbürokratie, Dezentralisierung der Entscheidungen, Implementierung und Finanzierung von Leistungen sowie stärkere Privatisierung im Gesundheitsbereich. Hierdurch sowie im Zuge der Liberalisierung der Wirtsch. in vielen EL wird dem privaten, gewinnorientierten med. Sektor zunehmende Freizügigkeit zugestanden, der dementsprechend wächst, wobei Auswüchse und Qualität schwer zu kontrollieren sind. hjd

Gesundheitshilfe G. orientiert sich an den Determinanten von *Gesundheit und findet insofern mittelbar in mehreren e.-pol. relevanten Bereichen statt. G. im engeren Sinn, d. h. med. E.-Hilfe, hat einen vergleichsweise geringen Stellenwert von nie mehr als 3 % der gesamten staatl. Hilfe im Bereich der *Technischen und *Finanziellen Zusammenarbeit (2000: 3,4 %). Entsprechend den e.-pol. Grundlinien der BRD wird Gesundheitsförderung und Zugang zu Gesundheitsversorgung als Element der Armutsbekämpfung begriffen. Sie umfasst das Konzept der **Primary Health Care*, Basisgesundheitsdienste und ihre Referenzstrukturen (Landkrankenhäuser, Labor, Arzneimittellogistik, orthopädische Rehabilitation); auch Familiengesundheit und reproduktive Gesundheit, Bev.-pol. und *Familienplanung, Prävention und Kontrolle von Tropen- und armutsbedingten Krankheiten werden gefördert. Wegen des kompetenten Engagements im Gesundheits- und Sozialsektor werden von jeher den *nichtstaatlichen Organisationen (2000: über 390 Mio. € = 7 % der ODA) und den int. Org. (z. B. *UNFPA, *UNDP, *UNHCR *UNAIDS, *WHO 2000 779 Mio. €) reguläre und Sonderprogrammmittel zur Verfügung gestellt. Entsprechend ihrem Engagement im Gesundheitsbereich beanspruchen die programmführenden Stellen wie *DED oder *DSE etwa 10 % der Mittel des Gesundheitssektors des *BMZ. Zunehmendes Gewicht und int. Bedeutung gewinnen Org. wie «Ärzte ohne Grenzen», die von einer rein privaten Nothilfeinitiative zu einem int. gesundheitspol. Leistungserbringer und Meinungsbildner geworden ist.

Lit.: BMZ, Sektorpapier Gesundheit, Bonn 1994; BMZ, Journalisten-Handbuch Entwicklungspolitik 1998, Bonn 1998. Gesundheit, Hilfe und Entwicklungszusammenarbeit 2002: http://www.bmz.de hjd

Gesundheitshilfe Dritte Welt →GPHF

Gesundheitsindikatoren Gesundheits-*Indikatoren sind med., biologische oder sozialwiss. Messgrößen, die den Gesundheitszustand eines Individuums oder einer Gruppe oder Bev. zu messen versuchen. Sie sind mehr oder weniger exakt bestimmbar und häufig mit unbekannten

Messfehlern behaftet. Demographische Kennzahlen wie Säuglings-, Kinder-, Mütter- oder alters- und geschlechtsspezifische Sterblichkeits- oder Krankheitsziffern (Mortalität, Morbidität), Fruchtbarkeit oder LE sind Indikatoren des Gesundheitszustandes einer Bev. Krankheits-, Seuchen- oder Krankenhausstatistiken geben nur sehr bedingt Auskunft über das Krankheitsvorkommen in einer Bev.
Indirekte Gesundheitsindikatoren sind Kennzahlen zur Präsenz, Verteilung und Leistungsfähigkeit von Gesundheitsdiensten: z. B. Arztdichte, Krankenhausbettenzahl, Pflegekraftdichte, Impfabdeckung in einer Bev. Alle diese meist hoch aggregierten Zahlen geben keinen Einblick in regionale und schichtspezifische Unterschiede. Ökon., soziale, bildungspol. Messgrößen sind ebenfalls indirekte Hinweise auf den damit oft formal korrelierten Gesundheitszustand einer Bev. G. werden vor allem von den int. Org. wie *UNICEF, *UNFPA, *UNDP, *Weltbank oder *WHO zur Darstellung und Bestätigung ihrer Aktivitäten und pol. Entscheidungen verwendet. Die Einführung der DALY (*Disability-adjusted life years*) durch die Weltbank in den 1990er J. zur Schätzung der ges. Krankheitsbürde einer Bev. auf der Grundlage letztlich unzuverlässiger Daten führt infolge des Gewichts der Weltbank u. U. zu fragwürdigen gesundheitspol. Entscheidungen.

Lit.: World Bank, World Development Report 1993, Investing in Health, World Development Indicators, Oxford 1993; WHO, World Health Report, 2001, Genf 2001, Annex Tab. 3, S. 150ff. hjd

Gewerkschaften (in der Dritten Welt) 1. *Entstehungsbedingungen, Entwicklung und Funktion der Gewerkschaften*: Die Herausbildung von G. ist eng mit dem Prozess der Durchsetzung der kapitalistischen Produktionsweise verbunden. In der zweiten Hälfte des 19. Jh. wurden in Europa und den USA mit der Ausbreitung des Industriekapitalismus immer größere Kontingente von Arbeitskräften in Lohnarbeitsverhältnisse einbezogen. Die dadurch entstandene, zahlenmäßig starke und in sich rel. homogene Arbeiterklasse war die soziale Basis der G. in den IL.
Das Muster der *internationalen Arbeitsteilung verhinderte in der *Dritten Welt eine vergleichbare Entwicklung. Nur wenige EL durchliefen in den 1930er J. im Rahmen der *importsubstituierenden Industrialisierung einen nennenswerten *Industrialisierungsprozess (Argentinien, Brasilien, Mexiko). Ansonsten beschränkten sich moderne, kapitalistische Strukturen auf die exportorientierten Wirtschaftssektoren (Export-*Enklaven). Seit den 1960er J. kam es infolge verstärkter Auslandsinvestitionen von *transnationalen Unternehmen zu Industrialisierungsschüben in der Dritten Welt, v. a. im südostasiat. Raum, in Indien, Südafrika und in Brasilien. Weiterhin verbleibt jedoch ein beträchtlicher Teil der EL-Gesellschaften – v. a. in Afrika und Teilen Asiens – in nicht-kapitalistischen Produktionsweisen, die gew. Organisierung *a priori* ausschließen: so Kleinbauern, Pächter, von Grundherren Abhängige, Dorf- und Stammesgemeinschaften, Klein- und Straßenhändler, Familienarbeiter, Hausangestellte etc. Auch in den Wirtschaftssektoren, wo gew. Organisierung grundsätzlich möglich wäre (Ind., Dienstleistungen, Bergbau, Agro-Business), wird diese oft durch sozioökon., pol. und soziokulturelle Faktoren erschwert. Dazu zählen strukturell hohe *Arbeitslosigkeit, ausgeprägte Differenzierung der Lohnabhängigen untereinander in Bezug auf Einkommen, Bewusstsein, Ausbildung und Arbeitsplatzsicherheit, staatl. Verbots- und Repressionsmechanismen, spezifisch kulturelle Traditionen und hist. geprägte Gesellschaftsideologien. Die Vielzahl struktureller Hemmnisse bedingte, dass sich nur in wenigen stärker industrialisierten EL, v. a. in LA und in einigen Ländern Afrikas und Asiens (z. B. Südafrika und Indien), bedeutende G.-Bewegungen herausbilden konnten. Ansonsten entstanden relevante G. fast

nur in EL mit wichtigen Exportenklaven. Doch gerade wegen der zentralen Funktion dieser Enklaven für die instabilen, krisengeschüttelten Volkswirtsch. verfügen hier G. u. U. über eine bedeutende Verhandlungsmacht: Längerfristige Streiks der meist bes. gut org. und oft sehr militanten G. waren in der Vergangenheit durchaus in der Lage, das gesamte pol. System ins Wanken zu bringen (z. B. Streiks in Bergbau, Erdölsektor, Plantagenwirtsch.).

Die Art, wie G. ihre Stellung in den versch. EL einsetzen, ist jeweils abh. vom gesellsch. Kontext und soziokulturellen Traditionen. Hinsichtlich solcher strukturellen und funktionalen Differenzen lassen sich die G.-Sektoren der Dritten Welt folgendermaßen untergliedern: (a) Ein eher europ. geprägtes G.-Verständnis findet man v. a. in LA, wo in einigen Ländern gew. Traditionen seit ca. einem Jh. fortbestehen. (b) In einer Reihe von EL mit einem geringen Industrialisierungsgrad (v. a. in Schwarzafrika) schotten sich die G., die sich aus Kleingruppen qualifizierter Arbeiter und Angestellter mit rel. hohem Einkommen und Sozialstatus rekrutieren, z. T. nach «unten» ab. G. bilden hier mithin eine Gemeinschaft von «Arbeitsplatzbesitzern», die ihre rel. privilegierte Stellung gegen Nichtmitgl. verteidigen und somit als «ständische Interessengruppe» fungieren. (c) In einigen EL werden G. oft von Reg. gesteuert: Insb. in *autoritären Regimen wurden und werden G. für die systemkonforme Massenmobilisierung instrumentalisiert und deswegen oft von staatl. Seite strukturiert bzw. eng mit den jeweiligen Einheitsparteien verbunden (z. B. in Singapur, Indonesien, Irak und Syrien). (d) Umgekehrt haben G. in der Dritten Welt zumindest zeitweise Funktionen übernommen, die weit über ihre trad. Rolle als Interessenvertretung der Arbeitnehmer hinausgehen. Das Vorenthalten sozialer und pol. Rechte für den Großteil der Bev., die strukturelle Schwäche pol. Parteien (→Parteiensysteme) und der rückläufige Lebensstandard der Unterschichten waren die Hauptgründe dafür, dass G. eine führende Rolle im Kampf für demokrat. Rechte und gegen eine weitere Verschlechterung der Lebensbedingungen der breiten Bev. einnahmen. In vielen Ländern LAs kultivierten G. ein dezidiert pol. Selbstverständnis und fungierten während der autoritären Herrschaft als org. Rahmen der Regimeopposition. Diese «Überpolitisierung» der G. setzte sich in den Demokratisierungsprozessen einiger Länder fort (→Demokratisierung). So gewann etwa der Vorsitzende des G.-Verbandes in Zambia, Chiluba, bei den Präs.-Wahlen im Okt. 1991 gegen den langjähr. Amtsinhaber Kuanda; auch in Südafrika traten nach Ende der *Apartheid 1994 Vertreter des *ANC-nahen G.-Verbands COSATU wichtige Reg.-Ämter an; dennoch spielten Gewerkschaften (ähnlich wie andere Interessengruppen) im Rahmen der «dritten Welle der Demokratisierung» eine eher untergeordnete Rolle. Generell lässt sich festhalten, dass die weltwirtsch. Veränderungen seit den 1980er J. die pol. Position der G. nicht nur in den IL, sondern auch in den EL geschwächt haben. So ist etwa mit der Durchführung *neoliberaler Wirtsch.-Strategien in LA seit den 1990er J. nicht nur ein Rückzug des Staates aus den Arbeitsbez. erkennbar; die damit einhergehenden Deregulierungstendenzen bedeuteten meist auch einen Abbau von Schutzmaßnahmen für Arbeitnehmer, den die G. angesichts des zunehmenden int. Wettbewerbs (→Globalisierung) und dem damit verbundenen Problem der Arbeitsplatzsicherung nur in beschränktem Maße aufhalten konnten. Umgekehrt ist ökon. Erfolg kein Garant für eine E. des G.-Sektors: In asiatischen Staaten mit hohen Wachstumsraten (Südkorea, Taiwan) konnten die G. aufgrund staatl. und gesellsch. Rahmenbedingungen ihre Handlungsspielräume bislang nicht wesentlich erweitern.

2. *Internationale Gewerkschaftsorganisationen in der Dritten Welt*: Ein Teil der nat. G.-Verbände der EL ist an einen der

drei int. Verbände bzw. an deren Regionalorg. angeschlossen. Zudem bildeten sich in einigen Teilen der Welt unabh. regionale Zusammenschlüsse (so in Afrika 1973 – auf Initiative der nat. Arbeitsmin. – die *Organization of African Trade Union Unity*, OATUU). Auch nach Rekonstituierung der G.-Strukturen in den exkomm. Ländern Osteuropas wird die int. G.-Pol. eindeutig von den westeurop. und US-amerik. G.-Verbänden dominiert, die über große Mitgliederzahlen, gute Org., umfangreiche Finanzmittel und oft auch staatl. Unterstützung verfügen.

(a) Der Internationale Bund Freier Gewerkschaften (IBFG), auch *International Confederation of Trade Unions* (ICFTU), Sitz in Brüssel, entstand 1949 aus der Spaltung des Weltgewerkschaftsbundes und ist heute die führende int. G.-Organisation. Zu seinen 225 Mitgl.-Org. aus 148 Ländern mit insg. rund 157 Mio. Mitgl. (2002) zählen fast alle westeurop. G. (mit Ausnahme einiger komm. und christlich beeinflusster Dachverbände) und seit 1982 wieder die US-amerik. Gewerkschaftszentrale AFL–CIO (*American Federation of Labour–Congress for Industrial Organization*), die 1969 aus dem IBFG ausgetreten war. Regionalorg. des IBFG sind die APRO mit Sitz in Singapur (Asien), die AFRO mit Sitz in Nairobi / Kenya (Afrika) sowie die ORIT (*Organización Regional Interamericana de Trabajadores*) mit Sitz in Caracas / Venezuela (Amerika). Die ORIT, der so mitgliederstarke Org. wie die mex. CMT und die venezolan. CTV angehören, wurde bis Anfang der 1980er J. fast ausschließlich vom US-Dachverband AFL–CIO kontrolliert und verfolgte lange Zeit US-Interessen, was zu seiner Diskreditierung bei großen Teilen der lateinamerik. G.-Bewegung führte. Seit einigen J. versucht die ORIT, durch ein auch e.-pol. Engagement ihr Ansehen in LA aufzubessern.

(b) Der Weltverband der Arbeitnehmer (WVA), Sitz in Brüssel und 144 Mitgl.-Org. in 116 Ländern (2002: über 26 Mio. Mitgl.), entstand aus der christlichen G.-Bewegung und ist die Nachfolgeorg. des 1920 gegr. Internationalen Bundes der christl. Gewerkschaften. Nach einer anfänglichen Begrenzung auf Europa dehnte sich der Verband 1954 auf LA aus, wo die – heute bedeutendste – Regionalorg. CLASC (*Confederación Latinoamericana de Sindicalistas Cristianos*; seit 1971 CLAT: *Central Latinoamericana de Trabajadores*) gegr. wurde, die traditionell enge Bez. zu Bauern- und *Befreiungsbewegungen unterhält. Es folgten die afrik. Regionalorg. ODSTA (*Organisation Démocratique Syndicale des Travailleurs Africains*) und die asiat. BATU (*Brotherhood of Asian Trade Unionists*).

(c) Der Weltgewerkschaftsverband (WGB; *World Federation of Trade Unions*), Sitz in Prag, wurde 1945 auf Initiative eines britisch-sowj. G.-Ausschusses im Rahmen des gemeinsamen Kampfes gegen das Hitlerregime gegründet. Daran beteiligten sich die Dachverbände des Ostblocks, der weitaus größte Teil der westeurop. Org. sowie der US-Verband CIO. 1949 kam es zur Spaltung zwischen komm. und nicht-komm. Org., wobei letztere zusammen mit dem US-amerik. AFL den IBFG gründeten. Den größten Teil der Mitgl. im WGB stellten in den 1980er J. die Ostblock-G., nachdem Chinesen, Jugoslawen und 1978 auch die italien. CGIL ausgetreten waren. Aus Westeuropa verblieben an bedeutenden Verbänden nur die franz. und portug. CGT. In LA bildete die CPUSTAL, die einige bedeutende Dachverbände (Kuba, Peru, Nicaragua) umfasst, *de facto* die Regionalorg. des WGB. Nach dem Zusammenbruch der realsoz. Regime in Osteuropa und der damit verbundenen Pluralisierung der dortigen G.-Strukturen hat der WGB seit Beginn der 1990er J. auch in den EL massiv an Bedeutung verloren.

Eine gewisse Bedeutung kommt auch den int. Gewerkschaftszusammenschlüssen auf Branchenebene zu, z. B. bei Metallarbeitern, Bergarbeitern, öfftl. Angestellten etc. Am wichtigsten und dynamischsten in diesem Bereich sind die Internationalen Berufssekretariate (IBS), die eng mit dem IBFG kooperieren.

Lit.: S. Mielke (Hg.), Internationales Gewerkschaftshandbuch, Opladen 1983; F. J. Harper, Trade Unions of the World, London 1987; P. D. Devi, Leadership and Democracy among the Trade Unions, New Delhi 1991; H. Grewe/M. Mols (Hg.), Staat und Gewerkschaften in Lateinamerika, Paderborn 1994; H. Thomas (Hg.), Globalization and Third World Trade Unions, London 1995; F. Ansprenger et al., Gewerkschaften, in: D. Nohlen et al. (Hg.), Die östlichen und südlichen Länder, München 1997; W. Merkel/E. Sandschneider (Hg.), Systemwechsel 4, Die Rolle von Verbänden im Transformationsprozeß, Opladen 1999. aw/fg

Gewerkschaften – entwicklungspol. Leitlinien Die Anerkennung des Rechts der Arbeitnehmer in den EL, sich gewerkschaftl. zusammenzuschließen und Forderungen für die Masse der Bev. zu erheben und durchzusetzen, muss als wesentlicher Bestandteil des Begriffs *Entwicklung und als Voraussetzung für eine erfolgreiche E.-Pol. begriffen werden. Diese Grundposition vertritt der Deutsche Gewerkschaftsbund (DGB), der sich in seinen entwicklungspol. Vorstellungen eng an die von ihm mitgestalteten Leitlinien des Int. Bundes Freier Gewerkschaften (IBFG) anlehnt. Der IBFG, dem der DGB als Gründungsmitglied angehört, beschloss bereits im Mai 1978 in Hamburg eine «Entwicklungscharta». Wichtigste Leitideen: 1. Wiederbelebung der Weltwirtsch. durch geplantes Wachstum, da EL noch stärker als IL von der Rezession betroffen sind. 2. Reform des Welthandels: Liberalisierung bei Anerkennung von bes. Präferenzzöllen für EL. Stabilisierung der Rohstoffpreise durch Schaffung eines *Gemeinsamen Fonds. 3. Kontrolle der *transnationalen Konzerne durch zwischenstaatl. und nat. Gesetzgebung. Aufbau von Gegenmacht der G. auf int. Ebene. 4. Reform des Weltwährungssystems, insb. Maßnahmen zum Abbau der *Verschuldung der EL. 5. Anhebung der *Öffentlichen Hilfe an EL auf mindestens 1 % des BNE. 6. Orientierung der e.-pol. Maßnahmen an den *Grundbedürfnissen, deren Befriedigung zum Kern der dritten *Entwicklungsdekade erhoben werden soll; enge Verknüpfung zwischen *Industrialisierung und *ländlicher Entwicklung; gerechte Verteilung von Einkommen und Wohlstand. Die G. betonen die Notwendigkeit einer weltweiten Beschäftigungspol. und folgen darin den Konzepten der *ILO. Im Zusammenhang mit den Wandlungen der *internationalen Arbeitsteilung verlangen sie, dass die *Globalisierung von angemessenen Lohn-, Arbeits- und Sozialbedingungen begleitet wird. dn

Ghana

Fläche (Tsd. qkm): 238,537
Bev. (Mio.) 2001: 19,7
BNE pro Kopf (US-$) 2000: 350
BIP (Mio. US-$) 1999: 5419
LE (Jahre) 1999: 57,9
Analphabetenquote (%) 1999: 30
HDI 1999: 0,542 [Rangplatz von 162: 119]

G. war einst – als erstes schwarzafrik. Land, das die Unabh. erreichte – Glanzlicht im antikolonialistischen Aufbruch; später geprägt von wirtsch. Niedergang, *Korruption und pol. Umbrüchen. Seit 1983 gilt G., das 1992 zur Mehrparteiendemokratie zurückkehrte, als «Musterland des *IWF».

Das an Togo im O, Burkina Faso im N und Elfenbeinküste im W grenzende G. lässt sich in fünf wirtsch.-geograph. Regionen gliedern, die ein hohes E.-Gefälle zwischen N und S aufweisen. Wirtsch. bedeutend sind vor allem die Küstenebenen (Low Plains), in denen sich ein Gutteil der mineralischen Vorkommen (Gold, Diamanten, Mangan und Bauxit) finden und ein großer Teil der Nahrungsmittel für den heimischen Markt produziert werden, sowie das sich im N anschließende Ashanti-Hochland, das als Hauptanbaugebiet für Kakao lange Zeit das Rückgrat der ghan. Exportökon. bildete. Die infrastrukturelle Erschließung konzentriert sich weitgehend auf das Städtedreieck im S westl. des Voltaflusses zwischen Accra, Kumasi und Sekondi-Takoradi, in dem 60 % der Bev. leben. Binnenwanderung verstärkt regionale

Disparitäten und trägt zum Entstehen marginalisierter urbaner Sektoren bei; der *Urbanisierungsgrad beträgt 33 %. G.s zu 98 % schwarze Bev. gehört fast ausschließlich den Sudangruppen an. Die Akan-Völker (Ashanti, Fanti, Brong) stellen ca. 45 % der Bev., gefolgt von den Mole-Dagbani (16 %), den Ewe (13 %) und den Ga-Adangbe (8 %). Amts- und allg. Verständigungssprache ist Englisch. Es wird von ca. 60 % der Ghanaer verstanden, die meist mehrere der über 70 existierenden trad. Sprachen und Dialekte sprechen. Etwa 38 % der Bev. sind Anhänger trad. Religionen, 12 % sind Moslems, ca. 40 % Christen. Das staatl. dominierte Schulsystem schreibt eine allg. Schulpflicht vom 6. bis 16. Lebensjahr vor. Die einst hohen Einschulungsquoten sind rückläufig; das im afrik. Vergleich in den 1970er J. beispielhafte Schulsystem erlebte mit der Wirtsch.-Krise einen Niedergang. Die staatl. Bildungsausgaben sanken von 6,4 % des BIP (1976) auf 1,3 % (1995) und stiegen bis 1997 wieder auf 4,2 % an. Auch das Gesundheitswesen hat sich drastisch verschlechtert. Zwischen 1981 und 1986 ist die Hälfte der Ärzte ausgewandert (1981: 7200 Ew./Arzt, 1990: ca. 14900 Ew./Arzt). Die ländl. Gebiete sind weitgehend ohne ärztliche Versorgung. Staatl. Sparmaßnahmen im Zuge der *Strukturanpassung treffen v. a. das Erziehungs- und Gesundheitssystem.

G. baut für den Eigenbedarf Bananen, Getreide, Knollengewächse und Gemüse an. Neben der dominanten Kakaokultur (auf 45 % der landw. Nutzfläche) haben noch Kaffee, Kopra, Kolanüsse, ferner Kautschuk, Jute, Palmöl und Tabak eine gewisse Bedeutung für die absatzorientierte Erzeugung. Das Rückgrat der Volkswirtsch. ist nach wie vor die Landw.: Ihr Beitrag zum BIP betrug 1999: 36 % (Ind. 25 %, Dienstleist. 39 %). 57,4 % der aktiven Erwerbsbev. finden in der Landw. Beschäftigung (1998). Davon sind 42 % selbständig (Bauern, Farmer, Kleinpächter/sog. *holders*). 50 % von ihnen produzieren **cash crops* (überwiegend Kakao). Die Agrarwirtsch. ist kleinbäuerlich strukturiert (unter 0,8 ha: 30,6 % aller Betriebe, über 20 ha: 1,8 %) und außerhalb des «Kakaogürtels» *subsistenzorientiert, wenig entwickelt und wird zu 90 % mit trad. Methoden betrieben. Seit 1995 hat Gold (44,6 %; 1999: 38 %) den Kakao (26,1 %; 1999: 26,6 %) als wichtigsten Devisenbringer abgelöst. Das Wirtsch.-Wachstum lag nach einer Dekade drastischer Einbrüche seit 1986 bei durchschnittl. 4 %. Die deutlich über dem afrik. Vergleich liegenden Wachstumsraten werden den mit *Weltbank und *IWF seit 1983 vereinbarten *Strukturanpassungsprogrammen zugeschrieben. Nach Wirtschaftsdaten war das SAP erfolgreich: Das BIP zeigte hohe Wachstumsraten (1983–89 durchschn. 6 %; 1990–94: 4,3 %; 1990–99: 1,6 %); die Agrarproduktion und der Export tropischer Hölzer vervielfachten sich; die Export-Reaktivierung gelang. Die infrastrukturelle E. des vernachlässigten N hat eine Rückmigration aus dem S bewirkt: Dort hat sich die Situation der breiten, meist staatsbeschäftigten Arbeiterschaft durch Inflation, Entlassungen, Lohnstopp und Preiserhöhungen dramatisch verschlechtert. Zur Abmilderung sozialer Härten haben Reg., *Weltbank und *IWF im Feb. 1988 ein soziales Auffangprogramm, PAMSCAD (→Kompensatorische Maßnahmen der Strukturanpassung), initiiert, das mit 85 Mio. US-$ und 23 Großprojekten 45000 entlassenen Beamten helfen soll. Unterdessen haben die Finanzzuflüsse der letzten J. zu einer extrem hohen Schuldendienstbelastung geführt. Seit 1988 muss G. die bis 1999 auf 6,9 Mrd. US-$ aufgelaufenen Schulden bedienen. Dies kann nur über eine massive Ausbeutung der Exportressourcen gelingen, von denen 25 % in den Schuldendienst gehen. Trotz anhaltender Schwierigkeiten in der Währungsstabilisierung und Initiierung einer nachhaltigen E. konnte G. bisher sein Image als Musterland der Strukturanpassung aufrechterhalten. 2001 konnte ein

umfangreiches Entschuldungsprogramm mit dem IWF und der Weltbank unterzeichnet werden.
Seit der Unabh. durchlief das pol. instabile Land eine Reihe von Regimetypen: 1. Ein parl. Mehrparteiensystem (*Westminstermodell), geprägt von der Vorherrschaft der von *Nkrumah geführten *Convention People's Party* (CPP) (1957–1960/61). 2. Ein repressives, verbalsoz., wirtsch. bankrottes, diktatorisches Einparteiensystem, das von einer Clique um Nkrumah kontrolliert wurde (1960/61–Febr. 1966). 3. Ein durch einen Staatsstreich an die Macht gelangtes, antisoz. und prowestl. orientiertes Militärregime des *National Liberation Council* (NLC) (1966–Sept. 1969). 4. Ein frei gewähltes Mehrparteiensystem unter Führung der bürgerl.-konservativen, *tribalistischen und anti-nkrumahistischen *Progressive Party* (PP) des Staatschefs K. A. Busia (Sept. 1969–Jan. 1972). 5. Das nach einem Putsch installierte, aus höheren Militärs zusammengesetzte *National Redemption Council* (NRC); ab 1975: *Supreme Military Council* (SMC) unter Führung des Obersts Acheampong, dann General Akuffo, eine *populistische Erziehungsdiktatur, die sich außenpol. zu *Blockfreiheit und **self-reliance* bekannte, aber über einen gewissen Wirtsch.-Pragmatismus hinaus keine pol. Programmatik entwickelte (1972–Juni 1979). Wirtsch. Schwierigkeiten und Druck aus der Bev. zwangen das Regime zur Rezivilisierung. 6. Durch einen Umsturz mittlerer Dienstgrade um den Fliegerleutnant Jerry John Rawlings kam dieser für ein viermonatiges Intermezzo an die Macht (Juni bis Sept. 1979). Einziges Ziel: Säuberung des Staates (insbes. des Militärs) von seinen korrupten Exponenten (Hinrichtung dreier früherer Staatschefs: Akuffo, Acheampong, Afrifa). Danach kam es zur planmäßigen Machtübergabe an eine gewählte Zivilregierung. 7. In seiner III. Rep. präsentierte sich G. wieder als ein präs. Mehrparteiensystem (ab 24. 9. 1979). Die *People's National Party* (PNP) erreichte bei den Parl.-Wahlen mit 71 von 140 Sitzen eine knappe abs. Mehrheit. Ihr Führer Hilla Limann setzte sich bei den Präs.-Wahlen durch. 8. Zum Jahreswechsel 1981/82 übernahm J. J. Rawlings erneut durch einen Putsch die Macht, die er in den folgenden Jahren an der Spitze des *National Democratic Congress* (NDC) erfolgreich behaupten konnte. Im Mai 1991 entschloss sich das Regime, zunehmend destabilisiert durch zahlreiche Putschversuche und Proteste der Bev. angesichts der repressiven Pol., wenige Tage vor der Geberkonferenz in Paris, die Mehrparteiendemokratie wiederherzustellen; ein entsprechender Verfassungsentwurf mit starken Anleihen am US-amerik. Reg.-System wurde in einem Referendum im April 1992 mit großer Mehrheit (92 %) bei allerdings geringer Wahlbeteiligung (43 %) angenommen. Rawlings errang bei den 1992 und 1996 angesetzten Präs.-Wahlen bereits im ersten Wahlgang die abs. Mehrheit (58 bzw. 56 %). Wahlboykotte begünstigten die Siege seiner NDC bei den Parl.-Wahlen. 1992 und 1996. Ausschlaggebend für die Wahlsiege Rawlings' bzw. der NDC war neben einigen Unregelmäßigkeiten offenbar der starke Rückhalt außerhalb der Ashanti-Bevölkerung, die von der Anpassungspol. der vergangenen J., insbes. den periodischen Produzentenpreiserhöhungen, am nachhaltigsten profitiert hatte. Nachdem sich durch den Übergang zur Zivilreg. die *Menschenrechtslage verbessert hatte, kam es 2000 auch zum demokrat. Machtwechsel: J. Kufour von der *National Patriotic Party* (NPP) siegte im zweiten Wahlgang gegen den Vizepräs. J. Mills (NDC), der nach dem Verzicht Rawlings' angetreten war. Mit 100 von 200 Sitzen bei den Parl.-Wahlen verpasste die NPP knapp die abs. Mehrheit bei den Parl.-Wahlen 2000/2001.

Lit.: F. Ansprenger/H. Traeder/R. Tetzlaff, Die politische Entwicklung Ghanas von Nkrumah bis Busia, München 1972; P. Langer, Ghana, in: F. Nuscheler/K. Ziemer u. a., Politische Organisation und Repräsentation in Afrika, Bd. 1, Berlin/New York 1978, S. 749 ff.; D. Pellow/N. Chazan, Ghana: Coping with Uncertainty, Boulder (Col.) 1986; D. L. Ray, Ghana: Politics, Economics and Society, Boulder (Col.) 1986; Z. Yeebo, Ghana: The Struggle for Popular Power. Rawlings: Saviour or Demagogue, London 1991; T. Siebold, Ghana, in: HDW III, 4, 1993, S. 227 ff.; C. Lenz, Ethnizität: Die Konstruktion von Ethnizität in Ghana, Köln 1998. bg/hf

GINI-Koeffizient Der GK ist das am häufigsten verwendete Maß, um die personelle *Einkommensverteilung eines Landes oder einer Region in einem einzigen *Indikator auszudrücken. Die Berechnung des GK erfolgt aufgrund der *Lorenz-Kurve. Der GK ist definiert als das Verhältnis der Fläche zwischen der Lorenz-Kurve und der Diagonalen zur gesamten Fläche unterhalb der Diagonalen. Bei abs. Gleichverteilung beträgt der GK null, da die Lorenz-Kurve dann identisch ist mit der Diagonalen. Bei vollständig ungleicher Verteilung erreicht der GK einen max. Wert von 1. In diesem Fall ist die Lorenz-Kurve identisch mit den Achsen, der GK liegt zwischen 0 und 1.

Der GK erfüllt das Pigou-Dalton-Kriterium: Eine Umverteilung von einem ärmeren Einkommensbezieher auf einen reicheren erhöht den numerischen Wert von G. Verschiedene Verteilungssituationen können allerdings zu identischen numerischen Werten von GK führen.

Die beiden Lorenz-Kurven a) und b) bilden mit der Diagonalen gleich große Flächeninhalte, sodass auch die GK identisch sind. Dennoch sind die zugrunde liegenden Verteilungssituationen nicht identisch. Die Situation a) zeigt an, dass die Einkommensverteilung im unteren Bereich gleichmäßiger ist (von 0 bis 70), im oberen Bereich hingegen ungleicher (von 70 bis 100). Aus der Verteilungssituation b) wird deutlich, dass die unteren Einkommensbezieher (im Vergleich zu a) erheblich geringere Einkommensanteile erhalten, im oberen Bereich ist die Verteilung hingegen nivellierter.

Andere Verteilungsmaße versuchen, diesen Nachteil des GK zu vermeiden. Doch bleibt das Grundsatzproblem bestehen,

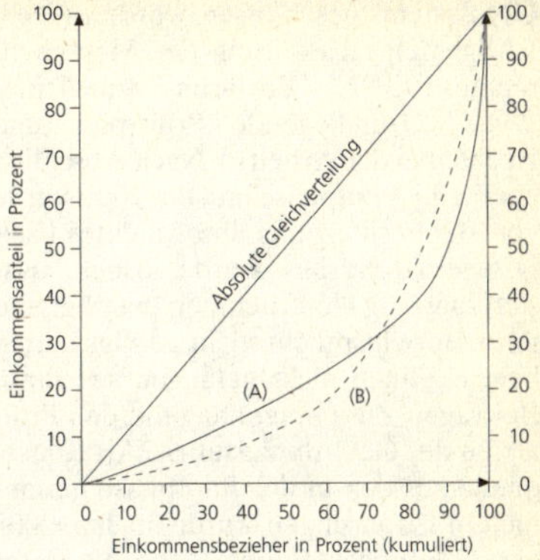

dass Verteilungsmessungen auf der Berechnung von Differenzen fußen und keine Akkumulation gleicher additiver Größen darstellen wie z. B. die Berechnung des *BNE. Daraus resultiert das Problem, dass globale Verteilungsmessziffern implizit gewisse Werturteile enthalten. hpn

GKKE Gemeinsame Konferenz der Kirchen für Entwicklungsfragen; in der GKKE arbeiten *AG KED und die *Deutsche Kommission Justitia et Pax (ehemals KAEF) zusammen, v. a. in Stellungnahmen und Memoranden zu wichtigen entwicklungspol. Themen (z. B. *UNCTAD). Insofern kann man die GKKE als gemeinsames Sprachrohr der Kirchen auf dem Felde der *Entwicklungshilfe bezeichnen. dn

Gleichgewichtiges Wachstum →*balanced growth*

Global Coalition for Africa →GCA

Global Compact Im J. 2000 von UN-Generalsekretär Kofi *Annan ins Leben gerufenes Lern- und Dialogforum zwischen den *UN und privatwirtsch. Akteuren, insbes. transnationalen Konzernen. Ziel ist die Weitergabe von positiven Erfahrungen und Beispielen (*good practice*) zur Vermittlung und Durchsetzung int. geteilter Werte. Diese kommen durch neun, den G. C. konstituierende Prinzipien zum Ausdruck und fußen auf zentralen int. Abkommen, die innerhalb des

UN-Systems geschlossen wurden (1948: «Allgemeine Erklärung der Menschenrechte»; 1992: «Erklärung von Rio»; 1998: «Grundlegende Prinzipien und Rechte bei der Arbeit»). Nach Abschluss einer einj. Pilotphase im Okt. 2001 wurde von Beobachtern ein ambivalentes Fazit gezogen. Kritisiert wurde insbes., dass sich zu wenig Unternehmen beteiligt und ihrer Berichtspflicht nicht genügt hätten bzw. es ihnen nicht gelungen sei, ihren Beitrag in Zusammenhang mit den Prinzipien des G. C. darzustellen. Als Konsequenz aus den in der Pilotphase gesammelten Erfahrungen wurde im Jan. 2002 ein 17-köpfiger Beirat (zehn Vertreter aus der Wirtsch., zwei aus Gewerkschaften und fünf aus Wiss. und *NROs) für den G. C. eingerichtet. Der Beirat (*advisory council*) hat zur Aufgabe, die Standards der Mitgliedschaft zu überprüfen, die Effizienz der Projekte zu steigern und in beratender Funktion tätig zu werden.

Anders als vielfach von NRO-Seite gefordert, stellt der Pakt keinen Verhaltenskodex für *Transnationale Konzerne dar, da er keine verpflichtenden Regeln enthält, sondern auf freiwilligen Vereinbarungen und Selbstverpflichtungen beruht. Aufgrund dessen sollte er nicht dem völkerrechtl. *soft law* zugerechnet werden. →PPP

Lit.: B. Hamm (Hg.), Public-Private Partnership und der Globale Compact der Vereinten Nationen, INEF Report 62/2002, Duisburg 2002. js

global governance Begriff, der mit dem Bericht der *Commission on Global Governance* von 1995 bekannt geworden ist und am besten mit Weltordnungspol. übersetzt werden kann. Angesichts wachsender Handlungsdefizite der Staatenwelt im Globalisierungsprozess weist der Begriff g. g. auf die Notwendigkeit einer neuen Ordnungspol. hin, bei der auch andere Akteure als Nationalstaaten, wie *nichtstaatliche Organisationen, Bürgerbewegungen, *transnationale Unternehmen, Finanzmärkte und Medien, beteiligt sind. Begrifflich ist g. g. unterschieden von *global government* und Weltinnenpol., da eine Weltreg. kein realisierbares Ziel darstellt und viele Autoren sie auch nicht für wünschenswert halten. Eine feste, gewachsene Form int. Ordnungspol. ist allerdings noch nicht entstanden und auch kaum zu erwarten, wie die *Commission on Global Governance* feststellte: «Es gibt weder ein einziges Modell oder eine einzige Form der Weltordnungspol., noch existiert eine einzige Ordnungsstruktur oder eine Gruppe solcher Strukturen.»

Die von Willy Brandt mitinitiierte *Commission on Global Governance* legte ihren Abschlussbericht im Frühjahr 1995 vor. Sie sollte über die tief greifenden Strukturveränderungen in der Welt-Gesellschaft nachdenken, in der die klassischen Instrumente der Außenpol. sich in wachsendem Maße als unzureichend für die Lösung globaler Probleme erweisen. G. g. reflektiert verschiedene Tatbestände, Trends und Dimensionen der *Globalisierung, wie die Vermehrung und Verdichtung grenzüberschreitender Interaktionen verschiedener Akteure. Dazu gehören eine vertiefte Verflechtung der Weltwirtsch., erkennbar an der wachsenden Bedeutung des Welthandels, der globalen Finanzmärkte und der Internationalisierung der Produktion. Mit der Globalisierung von Wirtsch., Kommunikation und Transportsystemen geht nach Ansicht der *Commission on Global Governance* auch eine Internationalisierung der Fehlentwicklungen wie *Arbeitslosigkeit, *Armut, Kriminalität, *Drogen und Umweltzerstörung einher. Parallel zu den Globalisierungstendenzen bestehen – so die Befürchtung der *Commission* – auch Fragmentierungsprozesse. Manche Regionen bzw. Sektoren innerhalb von Gesellsch. werden wirtsch. und pol. marginalisiert. Angesichts dieser entfesselten Kräfte des «Casino- und Spekulationskapitalismus» sind neue *governance*- bzw. ordnungspol. Strukturen nötig, da die Eingriffskapazitäten des Nationalstaates schwinden.

Der Begriff g. g. lehnt sich damit an die

Beschreibung der Interdependenztheorie im Bereich Int. Bez. an. Czempiel hatte bereits 1991 auf den Übergang von der Staatenwelt zur Gesellschaftswelt verwiesen. G. g. ist auf ein neues Verständnis von Pol. und Souveränität bezogen, einen, wie es die *Commission on Global Governance* formuliert hat, «breit angelegten, dynamischen und komplexen Prozeß interaktiver Entscheidungsfindung», an dem möglichst viele Akteure beteiligt sind.

Der Begriff g. g. ist in den meisten Darstellungen bislang vor allem ein heuristisches Konzept zur Erfassung von Veränderungen in der Welt nach dem Ende des Ost-West-Konflikts und wird ähnlich weit und ungeschützt verwendet wie der Begriff der «nachhaltigen Entwicklung». G. g verweist im negativen Sinn auf die fehlende «*Governance*»-Instanz, wenn der Nationalstaat Steuerungs- bzw. Regulierungsmöglichkeiten verlieren sollte. Eine weiter gehende Operationalisierung des Begriffs g. g. bieten Messner/Nuscheler (1996): An der neuen Weltordnungspol. müssen alle Akteursgruppen (staatl. und nichtstaatl.) auf den verschiedenen Ebenen beteiligt werden: Kommunen und Regionen unterhalb des Nationalstaats, der Nationalstaat selbst, die verschiedenen Formen int. Kooperation, in Form von int. Regimen, int. Org. und regionalen Kooperations- und Integrationsbündnissen.

Ordnungspol. als Gestaltung der Welt-Marktwirtsch. muss dabei in fünf Bereichen beginnen: Die Säulen der Welt-Ordnungspol. beinhalten die E. einer Welthandelsordnung, einer int. Wettbewerbsordnung, einer leistungsfähigen Weltwährungs- und Finanzordnung, eine Weltsozialordnung und eine Weltumweltordnung.

Lit.: R. Knieper, Nationale Souveränität. Versuch über Ende und Anfang einer Weltordnung, Frankfurt a. M. 1991; E. O. Czempiel, Weltpolitik im Umbruch, München 1993; W. Hein, Umbruch in der Weltgesellschaft. Auf dem Wege zu einer ‹Neuen Weltordnung›?, Hamburg 1994; Commission on Global Governance: Nachbarn in Einer Welt, SEF, Bonn 1995; I. Hauchler (Hg.), Globale Trends 1996, Frankfurt 1995; J. N. Rosenau, Governance in the Twenty-first Century, in: Global Governance, No. 1, 1995; E. Altvater, B. Mahnkopf, Grenzen der Globalisierung, Münster 1996; D. Messner/F. Nuscheler, Global Governance. Herausforderungen an die deutsche Politik an der Schwelle zum 21. Jahrhundert, Bonn, SEF-Policy Paper No. 2, 1996; R. Tetzlaff (Hg.), Weltkulturen unter Globalisierungsdruck, Bonn 2000; I. Hauchler, D. Messner, F. Nuscheler, Perspektiven für Global Governance, in: dies. (Hg.), Globale Trends 2002, Frankfurt a. M. 2001, S. 9–45. mw

Global 2000 Die vom damaligen US-Präs. J. Carter in Auftrag gegebene und von Reg.-Stellen der USA (*Council on Environmental Quality, State Department*) erarbeitete, 1980 erschienene Studie analysiert ähnlich wie andere *Weltmodelle die voraussichtlichen globalen E.-Tendenzen in den Bereichen *Bevölkerung, *Ernährung, *Ressourcen und Umwelt (*Ökologie). Ausgehend von der Fortschreibung bereits heute erkennbarer E.-Trends in die Zukunft und unter der Annahme, dass die bisherigen globalen Politiken fortgeführt werden, prognostizierte die Studie für das J. 2000 weltweite Probleme von alarmierenden Dimensionen. Seit Erscheinen dieser Studie haben verschiedene staatl. und nichtstaatl. Stellen begonnen, regelmäßige Fortschreibungen von E.-Trends im Hinblick auf die in Global 2000 behandelten Probleme anzufertigen. Am bekanntesten ist hierbei der jährlich erscheinende Bericht «Zur Lage der Welt» (*State of the World*) des **Worldwatch-Instituts* in Washington und im dt. Raum der zweijährlich erscheinende Bericht «Globale Trends» der *Stiftung Entwicklung und Frieden.

Lit.: Global 2000. Der Bericht an den Präsidenten, Frankfurt 1981; A. Bechmann/G. Michelsen (Hg.), Global Future. Es ist Zeit zu handeln, Freiburg 1981; Bundesministerium für Forschung und Technologie, Bericht der Bundesregierung zu «Global 2000» und den darin aufgezeigten Problemen, Bonn 1982; Worldwatch (Hg.), Zur Lage der Welt, Frankfurt a. M., jährl.; Stiftung Entwicklung und Frieden,

Globale Trends, Frankfurt a. M., zweijährlich (zuletzt Globale Trends 2000, Frankfurt a. M. 1999). mw

Globalisierung Mit dem Begriff G. werden Tendenzen einer zunehmenden weltweiten wirtsch., pol. und kulturellen Verflechtung beschrieben, die weitreichende Veränderungen der Rahmenbedingungen nat. wie int. Politik zur Folge haben. Zentrales Element des Begriffs ist die Annahme eines aktuellen und rasanten Prozesses zunehmender ökon. Interdependenz, in dessen Verlauf die etablierten Strukturen gesellsch. Steuerung – die Volkswirtsch., der Nationalstaat, nat. oder regionale Kulturen – auf nat. wie int. Ebene einem enormen Anpassungsdruck ausgesetzt sind und dabei ihren trad. Einfluss einbüßen bzw. in Auflösung begriffen sind. Es wird dabei angenommen, dass die Menschen heute in einer quantitativ und/oder qualitativ neuen Ära leben, in der ein wachsender Teil des sozialen Lebens von globalen Prozessen dominiert wird.

Inhalt und Verwendung des Begriffs variieren stark und sind auf unterschiedlichste Phänomene der int. Bez. bezogen. Das Tempo und die Qualität der Veränderungen durch die G. werden sehr unterschiedlich bewertet. Einige Autoren betrachten ausschließlich ökon. Veränderungsprozesse, andere haben einen weitreichenden Prozess sozialen und pol. Wandels im Blick. Die beschriebenen bzw. erwarteten Veränderungen können einerseits zu einem qualitativen (epochalen) Wandel führen oder werden lediglich als quantitative Erweiterungen schon lange existierender Prozesse hin zu wachsender int. Interdependenz bewertet. Vergleichbar sehen einige Autoren einen qualitativen Wandel in der int. Politik hin zu einer globalisierten Gesellsch., der einhergeht mit dem Verlust nationalstaatl. Steuerungskompetenz, während andere Autoren diese Trends lediglich als quantitative Ausdehnung bereits vorhandener Integrations- und Interdependenzbez. bewerten. Dementsprechend wird das Konzept G. als unterschiedlich hilfreich bewertet. Während einige Autoren es als das Konzept sehen, mit dem die großen Veränderungen an der Schwelle des dritten Jahrtausends angemessen analysiert werden können (*Waters* 1995), stellt es für andere Autoren lediglich einen Mythos dar (*Hirst/Thompson* 1996). Die große Resonanz des Begriffs ist zum einen darauf zurückzuführen, dass G. von verschiedenen Wissenschaften als neuer Leit- oder Modebegriff verwendet wird – in den Wirtsch.-Wissenschaften, der Soziologie, der Politikwiss., der Geographie und im Völkerrecht –, er zum anderen gleichzeitig von Journalisten und Politikern als Schlagwort aufgegriffen und zahlreich eingesetzt wird. In einer ersten Welle von Publikationen wurde v. a. der Begriff entwickelt und das konzeptionelle Vokabularium etabliert. Inzwischen sprechen Autoren von einer zweiten Welle der Begriffsverwendung, da die Studien und Analysen zur G. sich spezifischeren Tatbeständen und Auswirkungen des G.-Prozesses zuwenden (*Kofman/Youngs* 1996).

I. Tatbestände der Globalisierung: G.-Prozesse werden in den verschiedensten Bereichen identifiziert: von der sich verdichtenden globalen Kommunikation, der wachsenden Mobilität, einer entstehenden globalen Kultur bis hin zur E. einer globalen Ökonomie. Als wichtigster Indikator für den G.-Prozess wird v. a. die rasche Zunahme der weltwirtsch. Verflechtung seit Mitte der 1980er J. beschrieben, die in diesem Umfang und in dieser Qualität erst durch die E. im Bereich der Kommunikationstechnol. und der elektronischen Datenverarbeitung möglich wurde. Erst die modernen Dienstleistungstechnol. erlauben es, hochkomplexe Produktions- und globale Vermarktungsmöglichkeiten zu steuern und geldwirtsch. abzusichern.

(1) Das Wachstum des Welthandelsvolumens liegt seit mehreren Jahrzehnten über dem Wachstum der weltweiten Produktion von Gütern. Seit 1985 hat sich das Tempo allerdings erhöht. Das Welt-

handelsvolumen wächst seitdem zweieinhalbmal so schnell wie die Produktion (durchschn. über 6 % während der 1990er J.). Knapp 70 % des Handels mit Gütern wird von IL getätigt. Der Anteil der EL am Welthandel ist in den 1990er J. von 20 auf rund 27 % gestiegen. Fast die Hälfte davon entfällt auf die in den WTO-Statistiken neuerdings ausgewiesene Gruppe der sechs südostasiatischen *«Traders»* (Hongkong, Malaysia, Singapur, Südkorea, Taiwan und Thailand). Leicht rückläufig ist der Welthandelsanteil für LA. Die Welthandelsanteile Afrikas, des Nahen Ostens und der östl. Länder sind stark gesunken. Der Rückgang ist besonders drastisch für die osteurop. *Transitionsländer, deren Welthandelsanteil bei verarbeiteten Produkten von 8,1 % 1985 auf 3,1 % 1995 zurückgegangen ist. Dieser rückläufige Trend ist für diese Ländergruppe 1995 allerdings zum Stillstand gekommen. Unterstützt wird dieses Wachstum des Welthandels durch eine pol. begleitende Liberalisierung des Welthandels. Das 1947 vereinbarte Allgemeine Zoll- und Handelsabkommen (*GATT), in dessen Rahmen sich eine Gruppe von wichtigen Handelsnationen auf die Einhaltung wichtiger Prinzipien für den Warenaustausch geeinigt hatte, wurde in der *Uruguay-Runde (1986–1994) erweitert, in seiner Wirksamkeit gestärkt und in eine neue Welthandelsorg. (*WTO) überführt. Neben dem Handel mit verarbeiteten Gütern wird nun auch der Handel mit Dienstleist. wie der Agrarhandel den GATT-Prinzipien und Regeln untergeordnet. Das Dienstleistungsabkommen *GATS wird seit dem J. 2000 weiterverhandelt. Im Rahmen der WTO wurde im Nov. 2001 der generelle Start einer neuen Verhandlungsrunde vereinbart.

(2) Als bes. wichtiger Indikator der G. der Weltwirtsch. wird häufig das Wachstum der grenzüberschreitenden Kapitalinvestitionen gesehen. Diese haben von rd. 60 Mrd. US-$ im Jahr 1985 auf über 1300 Mrd. US-$ im Jahr 2000 zugenommen und sind schneller gewachsen als der Welthandel. Der Anteil der EL an den ADI, der in den 1980er J. zurückgegangen war, stieg seit 1990 von 30 auf über 40 % (1995) und ist inzwischen wieder auf 19 % gefallen. Bei diesem Rückgang handelt es sich aber nur um einen anteiligen Rückgang, die ADI in EL in abs. Zahlen haben im J. 2000 240 Mrd. US-$ erreicht. Verantwortlich für den prozentualen Rückgang in der zweiten Hälfte der 1990er J. war einerseits die Asienkrise und andererseits die Tatsache, dass ein großer Teil der Firmenaufkäufe in EL im Rahmen von Privatisierungen staatl. Firmen stattfand (Telekommunikation, Banken etc.) und inzwischen viele ehemals staatl. Firmen bereits privatisiert sind. Die positive E. der Auslandsinvestitionen für EL seit Mitte der 1980er J. steht im Zusammenhang mit den Deregulierungsmaßnahmen in den meisten Ländern sowie dem Trend zur Auslagerung der Produktion und dem Aufbau weltweiter Vertriebsnetze. Die ausl. *Direktinvestitionen werden im Wesentlichen von *transnationalen Konzernen (TNCs) getätigt. Nach Angaben der *UN gibt es zurzeit etwa 60000 Konzerne mit 800000 Tochterunternehmen. Auf sie entfallen ein Drittel der weltweiten Ind.-Produktion. Auf ein Drittel des Welthandels beziffert die WTO den Anteil des konzerninternen Handels. Ein weiteres Drittel des Welthandels umfasst der Handel von TNCs mit anderen Akteuren. Die TNCs haben neue Aufgabenfelder übernommen. Neben den trad. ressourcennahen Sektoren sind sie inzwischen in technol.- und beratungsintensiven Sparten aktiv.

(3) Im Zusammenhang mit den Direktinvestitionen wird zugleich auf das schnelle Wachstum int. Kapitalströme als Indikator der G. verwiesen. Der Gebrauch dieses Indikators ist allerdings umstritten, da ein großer Teil der Kapitalströme spekulativen Transaktionen zuzuordnen sind und nicht einer globalisierten Produktionserweiterung dienen. Die Möglichkeiten der Spekulation werden von anderen Autoren dagegen als bes. rele-

vante G.-Indikatoren gewertet, da sie durch ihren enorm gestiegenen Umfang nat. Versuche autonomer Geld- und Fiskalpol. schwächen bzw. aufheben kann. Zitiert werden in diesem Zusammenhang immer wieder die Umsatzzahlen der weltweiten Kapitalmärkte, auf denen täglich bis zu 2 Bio. US-$ umgeschlagen werden. Der Umfang der int. Wertpapieremissionen lag 1995 mit 2,8 Bio. US-$ höher als das BNE Deutschlands, der der Auslandsforderungen int. Geschäftsbanken bei 7,9 Bio. und derjenige der derivaten Finanzinstrumente bei 27 Bio. US-$. Die kurzfristig angelegten Finanzmittel machen derzeit ein Vielfaches der privaten Direktinvestitionen aus. Der Umfang der Neuemissionen ist nach den Terror-Anschlägen auf das World Trade Centre in New York am 11. 9. 2001 in Zusammenhang mit der allg. Abkühlung der Weltwirtsch. und mit einer gestiegenen Skepsis gegenüber der Börse – geschürt durch zahlreiche Börsenskandale (ENRON, WorldCom) zurückgegangen. Zahlreiche Neuemissionen sind dabei aber nur um kurze Zeit oder ein oder zwei J. verschoben worden.

(4) Die gestiegenen Werte für Auslandsinvestitionen und das schnelle Wachstum des Welthandels verweisen auf ein weiteres Merkmal der G. der Weltwirtsch., die G. der Produktion. Für Auslandsbeteiligungen bzw. die Übernahme von auswärtigen Unternehmen ist der Kapitaltransfer Voraussetzung. Vor den heute in den meisten Ländern vollzogenen Liberalisierungen waren Investitionen von Genehmigungen abh., die Bestandteil der Industrialisierungspol. der Aufnahmeländer waren. I. d. R. wurden diese Genehmigungen mit Auflagen wie dem Prozentsatz zu verwendender nat. Rohstoffe oder der Beschäftigungsquote von einheimischen Arbeitnehmern etc. verknüpft. Handelspol. Gründe für die Verlagerung ergaben sich lange Zeit v. a. aus der Absicherung bzw. Erschließung ausl. Absatzmärkte, deren Zugang durch handelspol. Barrieren erschwert wurde. Dies war z. B. bei der Importsubstitutionspol. vieler EL in den 1960er J. der Fall. Die in diesem Rahmen entstandenen Tochterunternehmen zur Belieferung lokaler Märkte waren org. oft nur lose mit den Muttergesellschaften verflochten. Auch die Auslandsinvestitionen der 1970er J. führten zu rel. einfachen Zulieferbez. zwischen Mutterkonzernen und Tochterunternehmen. Sie wurden v. a. getätigt, um besonders günstige Produktionsfaktoren, wie billige Arbeitskräfte oder wichtige Rohstoffe, zu nutzen. Zu diesen Investitionsformen gehören auch die Anlagen in sog. *Freihandelszonen, die in den 1970er J. als neue *internationale Arbeitsteilung interpretiert wurden. Neben diesen Vorteilen stehen heute bei Auslandsinvestitionen andere Aspekte im Mittelpunkt: der Zugang zu technol. Wissen (→Technologietransfer) und internen Märkten sowie der Aufbau effektiver Vertriebsnetze und Zulieferkontrakte. Durch Investitionen in produktionsbezogene Dienstleist. und kapital- und technol.-intensiven Branchen sind Verflechtungsbez. entstanden, die nicht mehr als Billiglohnverlagerung bezeichnet werden können, sondern als tatsächliche Internationalisierung der Produktion. Firmen können sich für die verschiedenen Funktionen im Rahmen der Produktions- und Wertschöpfungskette die jeweils günstigsten Standorte weltweit aussuchen. Dies war in den 1980er J. ein wichtiger Grund dafür, dass die Investitionen in EL zunächst zurückgingen und Investitionen bes. in der EG und Nordamerika im Mittelpunkt standen. Mit den Liberalisierungen in vielen EL und der wachsenden Bedeutung der Märkte dieser Länder wird seit Anfang der 1990er J. auch diese Ländergruppe für Direktinvestitionen und Verlagerungen technol.- und kapitalintensiver Produktionen interessant. Die getätigten Investitionen in EL sind heute i. d. R. genauso wissens- und kapitalintensiv wie die Investitionen in den IL. Diese E. trifft vergleichbar auf die östl. Transitionsländer zu. Die Auslandsinvestitionen beschränken sich dabei allerdings auf sehr wenige

Länder in SO-Asien und LA. Beschaffung, Produktion, die Erstellung produktionsbezogener Dienstleist. wie auch das Marketing und der Absatz lassen sich von TNCs inzwischen weltweit optimieren. Im Ggs. zu früheren Internationalisierungswellen werden Länder des Südens nicht mehr nur als Rohstofflieferanten oder Absatzmärkte in die weltwirtsch. Arbeitsteilung einbezogen, sondern als Teil des globalen Produktions- und Absatzverbundes.

Umstritten ist allerdings die Interpretation dieser Wachstumsraten int. Wirtsch.-Verflechtungen. Verschiedene Autoren verweisen darauf, dass die Integrationsraten der Weltwirtsch. zwar enorm gestiegen seien, die Handels- und Kapitalverflechtungen aber bereits vor dem 1. WK ein vergleichbares Intergrationsniveau erreicht hatten. Die Tätigkeit vieler TNCs habe sich zwar internationalisiert, so die These, doch gebe es nur wenige tatsächlich transnat. operierende Konzerne, die frei von nat. Bindungen global nach optimalen Produktionsstandorten suchen könnten. Die meisten Konzerne seien immer noch nat. verankert und würden nur im wachsenden Umfang int. vermarkten (*Hirst/Thompson* 1996). Andere Autoren betonen dagegen, dass die heutige G. sich in den wesentlichen Strukturmerkmalen von früheren Perioden dadurch unterscheide, dass die Breite und Tiefe der Integration von Produktion, Finanzen und Kommunikation eine neue Qualität angenommen habe. Wichtig ist die Bewertung dieser ökon. Verflechtungen v.a. für die Beurteilung einer der Hauptannahmen der G.-These, dem Verlust nationalstaatl. Steuerungsfähigkeiten. Der steigende Wettbewerb nicht nur einzelner Produkte auf Teilmärkten, sondern von Standorten mit ihrer jeweiligen spezifischen, pol., sozialen und ökol. Ausstattung wird von vielen Autoren als der eigentliche qualitative Sprung der G. angesehen. Auch auf den Märkten, die nicht der Produktion für den Weltmarkt dienen und die nur eine lokale Nachfrage bedienen, wirken die Kräfte neuer wirtsch. eventuell günstiger Fernalternativen auf die Kalkulationen der Akteure. Die nat. Volkswirtsch. hört im trad. Sinne auf zu existieren, da eine Fülle von jenseits der Grenzen liegenden Einflussfaktoren und Entscheidungsparametern die Wirtsch. nicht mehr mit nat. Instrumenten steuerbar erscheinen lassen.

Im Bereich der ökon. Globalisierung werden zu Beginn des neuen Jahrhunderts v.a. zwei Themen bes. diskutiert. (a) Aufgrund der Krisen auf den Finanzmärkten (Asienkrise, Argentinien etc.) wird vielfach eine pol. Regulierung der globalen Finanzmärkte gefordert. Neben den Finanzmärkten ist v.a. das GATS breiter analysiert worden, da im Rahmen dieses Abkommens über die Rahmenbedingungen fast aller Dienstleistungsbereiche verhandelt wird. Der deutsche Bundestag hat in seiner 14. Wahlperiode eine eigene Enquete-Kommission zum Thema «Globalisierung der Weltwirtsch.» eingesetzt, die sich bes. mit diesen beiden Themen beschäftigt hat (*Dt. Bundestag* 2002).

Neben den ökon. Bereichen der G. verwenden versch. Autoren den Begriff auch für andere Tatbestände raschen sozialen und pol. Wandels. Diese E.en werden i.d.R. zwar als eigenständige G.-Prozesse beschrieben, doch können sie auch als Folgeerscheinungen der technol. und ökon. Globalisierung erfasst werden:

(5) Hierzu gehören kulturelle E.en, zu denen z.B. die Erweiterung von Kommunikations- und Entscheidungshorizonten von Individuen gehört. Der Wandel stellt sich für Einzelne als qualitativer Prozess dar, der mit einem erweiterten Optionsraum an Kommunikationsmöglichkeiten einhergeht. Hierzu zählen nicht nur erweiterte Formen der räumlichen Mobilität und der Arbeitsorg. (*Wiesenthal* 1996), sondern z.B. auch neue elektronische Kommunikationsnetze. Die Universalisierung sozialer Kommunikation führt dabei nach Ansicht verschiedener Autoren zwar zur Erweiterung individueller Optionen, aber auch zu einer Universalisierung sozialer An-

sprüche. Ein globaler Medien- und Kommunikationsgütermarkt sowie ein sich weltweit standardisierendes Angebot an Gütern und Dienstleist. leisten einer kulturellen G. Vorschub, die bereits in Schlagworten wie dem der «McDonaldisierung der Gesellschaft» beschrieben worden sind (*Ritzer* 1993) und als Universalisierung und Uniformierung von Lebensstilen gekennzeichnet werden.

(6) Die Deregulierungen und die Liberalisierung, verbunden mit den rasant gestiegenen neuen Kommunikationsmöglichkeiten, haben auch die Voraussetzung für eine G. weltweiter Probleme geschaffen. Hierzu werden von Autoren die Ausdehnung des *Drogenhandels und der organisierten Kriminalität ebenso gezählt wie die Ausdehnung von *Armut und *Arbeitslosigkeit. Schätzungen für 1993 gehen davon aus, dass etwa 500 Mrd. US-$ aus illegalen Aktivitäten «gewaschen» wurden. Etwa die Hälfte dieser Summe wird dem int. Drogenhandel zugerechnet.

(7) *Globale ökol. Problemlagen* werden inzwischen ebenfalls als Teil der G.-Prozesse erfasst. Umweltprobleme werden dabei nicht mehr nur als rein lokale oder grenzüberschreitende Prozesse beschrieben, sondern als Probleme, die durch einzelstaatl. Maßnahmen oder Maßnahmen regionaler Kooperation kaum mehr adäquat bearbeitet werden können. Zu diesen globalen Umweltproblemen gehören der *Treibhauseffekt, die Zerstörung der *Ozonschicht, Ausdehnung von Wüste (→Desertifikation), Verlust der Artenvielfalt.

(8) Gleichzeitig wird von vielen Autoren auf die wachsende Bedeutung *int. Kooperation* hingewiesen. Die Zahl der int. Org. ist ebenso stark angestiegen wie die Zahl der *internationalen Regime zur Regelung von Staatenverhalten in bestimmten Politikfeldern. Parallel hat sich die Zahl transnat. Akteure, die neben Staaten auf der int. Bühne als pol. Akteure auftreten, besonders in der letzten Zeit vervielfacht. Nach Angaben der Union Internationaler Assoziationen gibt es weltweit mehr als 15000 *nichtstaatliche Organisationen (NGOs), die in mehr als drei Ländern tätig sind (*Weiss/Gordenker* 1996).

II. Regionalisierung und gegenläufige Tendenzen: Neben den G.-Tendenzen lassen sich im ökon. wie im pol. Bereich auch Regionalisierungstendenzen feststellen, die in den letzten Jahren eine hohe Dynamik entfaltet haben. Hierzu gehört die Ausbildung starker regionalisierter Wirtschaftsintegrationsräume, wie der EU, des Nordamerikanischen Markts (*NAFTA) und des asiatischen Wirtschaftsraums (*ASEAN, *APEC). In allen drei Regionen ist ein stärkeres Wachstum des intra-regionalen Handels feststellbar als des interregionalen Fernhandels. Auf die EU entfallen gut 40 % des weltweiten Waren- und Dienstleist.-Verkehrs. Davon sind allerdings 70 % intraregionaler Handel. Im asiatischen Raum stieg dieser Anteil von knapp über 40 % 1990 auf über 50 % 1995 an. Auch in Nordamerika ist der Anteil des intraregionalen Handels gestiegen. An diesem Wachstum hatte auch Mexiko Anteil, das seine Exporte in die NAFTA-Region steigern konnte. In der lateinamerik. Region ist der Anteil des intraregionalen Handels zwar noch gering, aber von 1990–1995 von knapp 17 auf über 20 % gestiegen. Lediglich für Afrika und die Transitionsländer Osteuropas lässt sich ein umgekehrter Trend feststellen. Der ökon. Regionalisierungstrend stärkt die G.-Prozesse so lange, wie in seinem Rahmen die Wettbewerbskräfte innerhalb einer Region gestärkt werden sollen. Bei den genannten regionalen Integrationsräumen ist – ebenso wie beim *MERCOSUR – eine solche Ausrichtung der Zusammenarbeit feststellbar. Die *de facto* stattfindende ökon. Regionalisierung wird wie die *De-jure*-E. der regionalen pol. Abkommen deshalb von den meisten Autoren nicht als gegenläufiger Prozess zur G. bewertet.

Der G.-Prozess hat den sozioökon. Differenzierungsprozess der EL enorm beschleunigt. Während einige Regionen eine starke Integration in die Weltwirtsch. zur Teilhabe an der wachsenden weltwirtsch. Verflechtung nutzen konnten und dadurch hohe und lang anhaltende wirtsch. Wachstumsraten erzielen konnten, ist die E. anderer Regionen stagnierend, teilweise sogar rückläufig. Von den privaten Direktinvestitionen in EL wird der größte Teil (etwa 70 %) in Asien getätigt. Etwa 80 % aller Investitionen in EL konzentrieren sich auf 12 Länder (40 % allein auf China). Die Direktinvestitionen in LA sind nach Weltbankangaben noch sehr stark auf Firmenaufkäufe im Zuge der Privatisierungsmaßnahmen dieser Länder zurückzuführen. Dem stehen Tendenzen für andere Regionen gegenüber, die es erlauben, von einer teilweise Abkoppelung aus der Weltwirtsch. zu sprechen. Afrikas Anteil am Welthandel ist von 4 % 1985 auf knapp über 2 % 2000 gefallen.

Diese regionale Differenzierung lässt verschiedene Autoren bei der Beurteilung des qualitativen Wandels durch G.-Prozesse vorsichtig werden. Sie bewerten diese Differenzierungsprozesse z.T. als Fragmentierungsprozesse der Weltwirtschaft. Verbunden mit kulturellen Gegenbewegungen zur Universalisierung und Uniformierung von Lebensstilen ist in einigen Regionen eine fundamentalistische Gegenbewegung zu einer G. von Demokratie und Marktwirtschaft zu beobachten. Thesen wie die des *«Clash of Civilizations»* von Samuel Huntington legen eine Betrachtungsweise der Hauptentwicklungsprozesse in den int. Bez. nahe, die der G.-These zumindestens teilweise entgegenlaufen. Eine Fragmentierung wird deshalb von einigen Autoren nicht nur für den Bereich der Wirtsch. für möglich gehalten, sondern auch im Bereich kultureller Spannungen und neuer Formen von Konflikten z.B. im Bereich von ethnischen Spannungen oder beim Zugang zu knapp werdenden Umweltgütern wie →Wasser.

III. Neue Formen von «Governance» unter veränderten Rahmenbedingungen: Die Hauptannahmen der verschiedenen G.-Konzepte kumulieren in der These, dass die anstehenden Transformationsprozesse die Tiefenstrukturen der Gesellsch. weitgehend verändern werden; hierbei bes. die Handlungsfähigkeit der Nationalstaaten. Auf der souveränen Aktionsfähigkeit des Nationalstaats baut nicht nur das System des Völkerrechts auf, sondern auch die Analyse int. Bez. Der Nationalstaat wurde immer als wichtigster Akteur auf der int. Bühne gesehen. Die Aushandlungsprozesse im int., von Anarchie (fehlender Zentralgewalt) und Machtpol. geprägten System wurden entweder hegemonial oder interdependent gedacht. Die wachsende wirtsch. und pol. Integration wurde zwar seit langem konzediert und dementsprechend theoretisch als Zunahme von Verwundbarkeiten nat. Staaten in den int. Bez. beschrieben, doch blieb der Nationalstaat wichtigster Akteur, um mögliche kooperative Lösungen für das Dilemma der Verwundbarkeit in Form von mehr oder weniger rechtl. fixierten Kooperationsformen zu suchen. Die Dynamik der Weltwirtsch. – und darin liegt die Bedeutung von Beschreibungen des G.-Prozesses, die von einem kategorialen Wandel ausgehen –, verbunden mit dem Verlust einer hegemonialen Struktur und eines das int. System strukturierenden Leitkonflikts, droht aber die zentralen Koordinaten der bisherigen Erfassung int. Bez. zu verschieben. Es müssen nicht nur neue Akteure wie transnat. Konzerne und NGOs zusätzlich in der Analyse berücksichtigt werden – dies geschieht bereits seit einiger Zeit im Rahmen von Interdependenzanalysen –, sondern die Grundlage einer «Weltkultur der Nationalstaaten» ist in Frage gestellt (*Messner/Nuscheler* 1996). Zur Erfassung dieser Veränderung bedarf es ebenso neuer Analysekategorien wie einer Suche nach neuen pol. Steuerungspotenzialen (→*global governance*).

Längst nicht alle Autoren teilen allerdings die Einschätzung, dass der G.-Prozess einen epochalen Wandel darstellt und dass dadurch die Steuerungspotenziale der trad. Akteure weitgehend entwertet worden wären. Der Nationalstaat hat dieser Auffassung zufolge noch keineswegs ausgedient, auch wenn seine Steuerungsmöglichkeiten einem Wandel unterliegen. Der globale Markt ist ebenfalls noch nicht alleiniges Zentrum und Motor des Weltsystems geworden, der weiter gehende int. Regelungen ausschlösse. Hiergegen spricht allein schon die geringe zeitliche Dauer des G.-Prozesses (*Hirst/Thompson* 1996), dessen Voraussetzungen wie die Liberalisierung des Außenhandels und der Dienstleist. immer noch sehr neu, erheblich umstritten und pol. nicht bewährt sind.

Zukünftige Studien zur G. müssen die Beantwortung der Leitfrage, ob es sich bei diesem Prozess um einen kategorialen Wandel oder nur um eine Zunahme von Interdependenzen im Rahmen einer langfristigen E. handelt, beinhalten. Dies wird nur im Rahmen vertiefter Detailstudien untersucht werden können.

Lit.: G. Ritzer, The McDonaldisation of Society, Newbury Park, California 1993; Commission on Global Governance, Our Global Neighbourhood, Oxford 1995; D. Held, Democracy and the Global Order, Cambridge 1995; H. H. Holm/G. Sörensen (Hg.), Whose World Order?, Boulder/San Francisco/Oxford 1995; M. Waters, Globalization, London 1995; E. Altvater/B. Mahnkopf, Grenzen der Globalisierung. Ökonomie, Ökologie und Politik in der Weltgesellschaft, Münster 1996; P. Hirst/G. Thompson, Globalization in Question, Cambridge/Oxford 1996; R. O. Keohane/H. V. Milner (Hg.), Internationalization and Domestic Politics, Cambridge/New York 1996; E. Kofman/G. Youngs (Hg.), Globalization. Theory and Practice, London 1996; D. Messner/F. Nuscheler, Global Governance. Herausforderungen an die deutsche Politik an der Schwelle zum 21. Jahrhundert, Bonn 1996, Stiftung Entwicklung und Frieden, Policy Paper 2; Th. G. Weiss/L. Gordenker (Hg.), NGOs, the UN & Global Governance, Boulder/London 1996; H. Wiesenthal, Globalisierung. Soziologische und politikwissenschaftliche Koordinaten eines unbekannten Terrains, in: Berliner Debatte INITIAL 5/1996, 37–53; U. Beck, Was ist Globalisierung, Frankfurt a. M. 1997; R. Zugehör, Die Globalisierungslüge, Bad Honnef 1998; D. Messner, Die Zukunft des Staates und der Politik, Bonn 1998; M. Zürn, Regieren jenseits des Nationalstaates, Frankfurt a. M. 1998; U. Beck, Politik der Globalisierung, Frankfurt a. M. 1998. R. Klingebiel/S. Randeria (Hg.), Globalisierung aus Frauensicht, Bonn 1998; I. Kaul/I. Grunberg/A. Stern, (Hg.), Globale öffentliche Güter, Internationale Zusammenarbeit im 21. Jahrhundert, New York/Oxford 1999; M. Albert/L. Brock u. a., Die Neue Weltwirtschaft, Frankfurt a. M. 1999; R. Tetzlaff (Hg.), Weltkulturen unter Globalisierungsdruck, Bonn 2000; Weltbank (Hg.): Globalization, Growth and Poverty, Washington, D. C., 2002; WTO (Hg.), Statistics on Globalization 2001, Genf 2001; Dt. Bundestag: Schlussbericht der Enquete-Kommission: Globalisierung der Weltwirtschaft – Herausforderungen und Antworten, Drs. 14/9200/v. 12. 6. 2002. mw

Globalisierungsgegner →Globalisierungskritiker

Globalisierungskritiker Int. Neue Soziale Bewegung in N und S, die sich gegen eine rein wirtsch. und dem *Neoliberalismus verpflichtete *Globalisierung wendet. Die Bezeichnung «Globalisierungsgegner» lehnen die G. strikt ab, weil sie nicht gegen die Globalisierung als solche kämpfen und mehrheitlich keine Alternative zur herrschenden Wirtsch.- und Gesellschaftsordnung proklamieren. Im Blickfeld haben sie sowohl globale Strukturen und deren Negativfolgen als auch lokale Brennpunkte. Forderungen der G. sind: 1. demokrat. Legitimierung der Globalisierungsprozesse wie z. B. Beteiligung zivilgesellsch. Akteure; demokrat. Kontrolle des *IWF; 2. Ausweitung der Globalisierung zugunsten der EL, wie z. B. durch Öffnung der IL-Märkte für EL; 3. flankierende Maßnahmen der wirtsch. Globalisierung wie z. B. *Tobin-Steuer, Schließung von Steueroasen, Kontrolle der Finanzmärkte; Einführung von Sozial-, Umwelt- und Demokratiestandards in int. Handelsabkommen; 4. kein neoliberaler Freihandel, so z. B. keine weitere WTO-Liberalisierungsrunde; kein Handelsabkommen zum Schutz geistigen Eigentums (→TRIPS). Ihre Geburtsstunde hatte die Bewegung im Jahr 1999 in Seattle, wo Tausende G. eine *WTO-Tagung zum

Anlass nahmen, gegen den Freihandel zu protestieren. Seitdem machten die G. bei Treffen der int. Finanzinstitutionen IWF und *Weltbank (Prag 2000), der Regierungsspitzen (G8 im Juli 2001 in Genua; EU-Gipfel im Mai 2001 in Göteborg) und Finanzeliten (jährl. *World Economic Forum* in Davos, *WEF) durch medienwirksame Protestaktionen mit Tausenden Teilnehmern auf ihre Forderungen effektiv aufmerksam. Seit Januar 2001 organisieren die G. parallel zum WEF jährl. das *World Social Forum* (*WSF; 2001 in Porto Alegre, Brasilien, mit 4700 Teilnehmern). Die G. sind nicht einheitlich organisiert, sondern setzen sich aus unterschiedlichsten Gruppen und *NGOs aus N und S zusammen und weisen daher einen hohen Fragmentierungsgrad auf. Kath., linksextreme und indigene Gruppen sind gleichermaßen als G. aktiv. Das *Internet erleichtert ihre globale Vernetzung und Mobilität. Der stete Zuwachs an G. spiegelt das steigende gesellsch. Bedürfnis wider, sich gegen die Negativfolgen des Neoliberalismus außerhalb etablierter Org. und durch ein flexibles Engagement aufzulehnen. Derzeit stellt *ATTAC den weltweit größten org. Zusammenschluss an G. dar. jl

Globalverhandlungen, auch Globale Verhandlungen (*Global Negotiations*): Konzept von EL (Initiative 1979 seitens der *Blockfreien, dann von der *Gruppe der 77 aufgegriffen und mit Unterstützung der *Nord-Süd-Kommission an die IL herangetragen). Als Gegenstrategie zur Zersplitterung der int. Konferenzszene im Nord-Süd-Dialog und dem Trend, das komplexe Nord-Süd-Problem in Teilproblemen an versch. spezialisierte Org. zu verweisen (*UNIDO, *FAO, *GATT, *UNCTAD, *IWF), forderten die EL zentralisierte, globale Verhandlungen mit dem Ziel, über eine ganzheitliche Lösung eine *Neue Weltwirtschaftsordnung herbeizuführen. Die Versuche der Durchführung scheiterten v. a. an dem Streit über Verhandlungsart und Entscheidungsträger. Während die Gruppe der 77 nur in der UN-Vollversammlung oder einem vergleichbaren, noch zu schaffenden UN-Gremium verhandeln wollte (Mehrheit der EL), votierten die IL für Verhandlungen innerhalb der UN-Sonderorg. (*IWF, *Weltbank, *GATT), in denen sie die Stimmenmehrheit besitzen.

Seit Mitte der 1980er J. ist eine substanzielle Schwächung der gemeinsam von EL vorgetragenen Forderungen nach einer *Neuen Weltwirtschaftsordnung festzustellen. Viele EL mussten im Rahmen ihrer Bewältigung der *Verschuldungskrise wirtsch.-pol. Veränderungen vornehmen bzw. Auflagen im Rahmen der *Strukturanpassungsprogramme befolgen. Parallel hat die wirtsch. Differenzierung zwischen EL die Formulierung gemeinsamer Positionen in int. Verhandlungen schwieriger gemacht. Bei der *Uruguay-Runde des GATT divergierten die Positionen von EL bei vielen Themen stark. Im Gesamtrahmen der spezialisierten Org. haben gleichzeitig der *IWF, die *Weltbank und die neu gegründete *WTO einen erheblichen Bedeutungsgewinn zu verzeichnen. Die UN-Konferenz für Handel und Entwicklung, *UNCTAD, hingegen hat an Einfluss verloren. Auf der UNCTAD-Konferenz von 1996 in Südafrika wurden die zukünftigen Funktionen von UNCTAD vor allem im Bereich der wirtsch. und techn. Beratungs-, Service- und Studienleistungen bestimmt. Allerdings haben EL die Serie der *Weltkonferenzen der UN während der 1990er J. verschiedentlich nutzen können, gemeinsame Forderungen zu formulieren. mw

Goethe-Institut 1951 gegr. und im Rahmen der *Auswärtigen Kulturpolitik des Auswärtigen Amtes für die Pflege der dt. Sprache im Ausland und die Förderung der int. kulturellen Zusammenarbeit zuständig. →Goethe-Institut Inter Nationes red

Goethe-Institut Inter Nationes Im Jan. 2001 fusionierten *Goethe-Institut und *Inter Nationes zur größten Mittlerorg. dt. *Auswärtiger Kulturpolitik, die mit 3100 Mitarbeitern in 144 Kulturinstituten in 77 Ländern vertreten ist. *Ziele:* 1. die dt. Sprache im Ausland zu fördern; 2. die int. kulturelle Zusammenarbeit voranzutreiben und 3. ein umfassendes Deutschlandbild durch Informationen über das kulturelle, gesellsch. und pol. Leben zu vermitteln. In den EL bietet es v. a. * Bildungshilfe, pädagogische Verbindungsarbeit und Maßnahmen im Medien- und Informationsbereich an. Darüber hinaus vergibt es Stipendien an Studierende aus den EL zum Erlernen der dt. Sprache. Das *Budget* setzt sich aus Mitteln des Auswärtigen Amtes und des Bundespresseamtes, aus Sponsorengeldern und Eigenmitteln zusammen (2001: 242 Mio. €). Adresse: Dachauer Straße 122, 80637 München, E-Mail: zv@goethe.de, Internet: www.goethe.de jl

Golfkrieg 1. Am 2. 8. 1990 besetzten irakische Truppen Kuwait (K.). Die völkerrechtswidrige Invasion und formelle Annexion des Emirats als «19. Provinz» des Irak (I.) wurde von massiven Menschenrechtsverletzungen begleitet. Die Motive für den Überfall sind sowohl in der wirtsch. Situation des I. nach dem * iran.-irak. Krieg (Ausl.-* Verschuldung von ca. 80 Mrd. US-$; Kontroverse über Ölpreispol. mit den konservativen Golfstaaten) als auch im Expansionsdrang des Regimes Saddam Husseins zu suchen: Im Streben nach einer regionalen Vormachtstellung wäre eine Verfügung über die kuw. Ölquellen zusätzlich zu den beachtlichen irak. Ölvorkommen eine bedeutende ökon. Ausgangsbasis gewesen und hätte hinsichtlich der Festsetzung des Ölpreises ein Erpressungspotenzial dargestellt. Einem dadurch möglichen weiteren Ausbau der irak. Militärmacht hätten die Golfanrainerstaaten wenig entgegenzusetzen gehabt. Der Versuch der Herstellung eines Zusammenhangs der Golfkrise mit dem * Nahostkonflikt durch Saddam Hussein erfolgte erst in Funktion der Auseinandersetzung mit den Forderungen des * UN-Sicherheitsrats. Auch der beabsichtigten Ideologisierung des Konfliktes (als islam. «Heiliger Krieg», als Krieg der westl. IL gegen die arab. Nation, als Krieg armer arab. Völker gegen die reichen Ölscheichtümer) mangelte es an Glaubwürdigkeit. Als Aggressor gegenüber einem arab. Staat konnte Saddam Hussein auch nicht zum Führer eines erneuerten panarab. Nationalismus werden, obwohl er damit einige Mobilisierungserfolge, v. a. unter den Palästinensern in Jordanien und den israelisch besetzten Gebieten, erzielen konnte.

2. Bereits wenige Stunden nach der Invasion verabschiedete der UN-Sicherheitsrat die Resolution 660, in der ein bedingungsloser Rückzug des I. gefordert wurde. Auf Ersuchen der exilierten kuw. Reg. und der Reg. Saudi-Arabiens begannen die USA einen beispiellosen Transfer milit. Macht in die Golfregion, zunächst zum Schutz Saudi-Arabiens, wo schließlich rd. 430000 US-Soldaten stationiert waren. Neben dem UN-Sicherheitsrat, der am 6. 8. ein totales Wirtsch.-Embargo beschloss (Res. 661), verurteilten auch die EG und die Arabische Liga den I. Nach 11 Resolutionen zur Kuwait-Krise setzte der Sicherheitsrat am 29. 11. dem I. für die Räumung K.s ein Ultimatum zum 15. 1. 1991 bei Androhung «aller notwendigen Mittel». Die Geschlossenheit auf UN-Ebene und das Zustandekommen einer breiten int. Koalition gegen den I. (Beteiligung von 38 Staaten, davon 25 milit.) war nur vor dem Hintergrund der neuen, partnerschaftlichen Bez. zwischen den beiden Supermächten möglich.

3. Nach dem Scheitern letzter dipl. Initiativen eröffneten alliierte Verbände am 17. 1. 1991 die Luftangriffe auf Einrichtungen der irak. Infrastruktur und die irak. Truppen in K. und errangen durch Ausschaltung der gegnerischen Aufklärungssysteme binnen weniger Tage die Lufthoheit. Die milit. und dipl. Reaktion Saddams zielte v. a. auf die Weltöffentlichkeit (glaubwürdige Drohung mit Eskalation der milit. Mittel, z. B. mit chemischen Waffen; ökologische Kriegführung durch Einleitung großer Mengen von Rohöl in den Pers. Golf) und die Spaltung der int.

Koalition (Versuch, Israel durch irak. Raketenangriffe in den Krieg hineinzuziehen, um dadurch panarab. Solidarität zu mobilisieren; Annäherung an den Iran und die UdSSR). Der Verzicht Israels auf einen milit. Gegenschlag und die Bereitschaft der arab. Alliierten, v. a. Ägyptens und Syriens, den Krieg trotz wachsender innenpol. Spannungen fortzusetzen, durchkreuzte diese Ziele. Eine sowj. Initiative führte zwar zur Annahme der UN-Res. 660 durch Bagdad am 15. 2., den von den USA ultimativ bis zum 24. 2. geforderten Beginn des Rückzugs aus K. verweigerte Saddam indessen. Daraufhin begann eine alliierte Bodenoffensive, die die irak. Truppen in weniger als 100 Stunden aus K. vertrieb. Entscheidend war dabei die geringe Kampfbereitschaft der irak. Truppen, die, durch die wochenlangen Luftangriffe (insg. 106000 Einsätze) zermürbt, massenhaft desertierten. Das Vordringen der US-Truppen auf irak. Gebiet nährte int. den Verdacht, die USA verfolgten über die UN-Res. hinausgehende Ziele (Absetzung Saddams, Zerschlagung der territorialen Integrität I.s). Am 28. 2. erklärte Präs. Bush eine Waffenruhe; mit der Annahme aller 12 UN-Resolutionen durch den I. am 2. 3. wurde ein vorläufiger Waffenstillstand geschlossen.

4. Der G. löste eine heftige Kontroverse um die Legitimität der Kriegführung der USA und ihrer Verbündeten, ihre Kriegsziele sowie die dahinter stehenden Interessen (Widerstand gegen die Aggression eines Unrechtsregimes, Garantie der Erdölversorgung der IL) aus. Der Krieg wurde darüber hinaus zum Anlass für eine grundsätzliche Debatte um Fragen der Weltordnungspol. nach dem Ende des Ost-West-Konfliktes (*«new world order»*). Diese Debatte verlief je nach Land unterschiedlich, wobei in Deutschland die Möglichkeit künftiger *out-of-area*-Einsätze der Bundeswehr erhöhte Aufmerksamkeit beanspruchte.

Lit.: B. Nirumand (Hg.), Sturm im Golf, Hamburg 1990; Die Golfregion in der Weltpolitik, Der Bürger im Staat 41 (1), 1991; G. Hellmann, Der Krieg um Kuwait: Katalysator einer «neuen Weltordnung» oder Vorbote neuer Konflikte?, in: APuZ 7–8, 1991, S. 12ff.; G. Krell/ B. W. Kubbig (Hg.), Krieg und Frieden am Golf. Ursachen und Perspektiven, Frankfurt a. M. 1991; P. Salinger/E. Laurent, Krieg am Golf, Frankfurt a. M. 1991; B. Tibi, Der Irak und der Golfkrieg, in: APuZ 7–8, 1991, S. 3 ff.; Arbeitsgruppe Friedensforschung, Tübingen (Hg.), Analysen zum Golfkrieg, Tübingen 1991; Institut für Friedens- und Konfliktforschung, Berlin (Hg.), Modellfall Golfkrieg? Zur Ambivalenz politischer Vernunft, Frankfurt a. M. 1991; B. J. Trautner, Eigendynamik, regionale Einbindung und Internationalisierung zwischenstaatlicher Konflikte im Nahen und Mittleren Osten: Erster und zweiter Golfkrieg, Heidelberg 1992. hb

Golfrat →GCC

good governance Unter dem Stichwort g. g. werden bestimmte Kriterien subsumiert, an deren Umsetzung die Vergabe von E.-Hilfe seitens int. Institutionen (*Weltbank) und der IL gebunden werden. Im Ggs. zu früheren e.-pol. Konditionalitäten, die unter rein ideolog. oder ökon. Prämissen standen, wird seit Anfang der 1990er J. die EP fast aller Geber an pol.-strukturelle bzw. verfahrenstechnische Reformen in den entsprechenden EL gekoppelt, die insg. die Qualität der Staatstätigkeit (*governance*) steigern sollen. Ursächlich für diesen grundlegenden Wandel in der e.-pol. Konzeption war neben der Tatsache, dass mit dem Ende des Ost-West-Konflikts rein ideolog. motivierte Unterstützungsleistungen für *autoritäre Regime in der Dritten Welt obsolet wurden, die bisherige Erfahrung der Weltbank mit den *Strukturanpassungsprogrammen in Afrika, deren Implementierung v. a. an der fehlenden Kompetenz und der mangelnden Qualität der Regierungstätigkeit gescheitert waren.

Obwohl inzwischen die wichtigsten Geberländer g. g. zum basalen Kriterium ihrer EP gemacht haben, können im Einzelnen jeweils spezifische Akzentuierungen des Begriffsverständnisses festgestellt werden: Während die BRD und die USA mit g. g. eher auf die Gewährleistung einer unabh. und fest institutionali-

sierten Rechtsprechung abheben, setzt Schweden primär auf die Effizienzsteigerung der öfftl. Verwaltung; die brit. EP verbindet mit g. g. dagegen in erster Linie die Rechenschaftspflicht der Reg. gegenüber anderen staatl. Institutionen und der Gesellschaft.
Da für die Weltbank, die «gutes Regierungshandeln» als zentrale Bedingung für den intendierten wirtsch. Erfolg sieht (World Bank 1991), *Demokratie und *Menschenrechte in diesem Zusammenhang v. a. als Mittel und nicht als Ziele der EP fungieren, hat deren Konzept von g. g. nicht nur Kritik bei den betroffenen Reg., sondern auch bei etlichen Intellektuellen in der Dritten Welt hervorgerufen, die sich gegen eine instrumentelle Verbindung von Demokratieförderung und marktliberalen Strategien (→Neoliberalismus) aussprechen. →Positivmaßnahmen, →Vergabekriterien.

Lit.: World Bank (Hg.), World Development Report: The Challenge of Development, Washington 1991; G. Crawford, Promoting Democracy, Human Rights and Good Governance Through Development Aid: A Comparative Study of the Policies of Four Northern Donors, University of Leeds 1995; M. Windfuhr, Soziale Menschenrechte in der Entwicklungszusammenarbeit, Heidelberg 1997; Th. Fuster, Die «Good Governance»-Diskussion der Jahre 1989–1994, Bern u. a. 1998; R. Frey u. a. (Hg.), Entwicklungszusammenarbeit mit autoritären Regimen, Berlin 1999. fg

GPHF *German Pharma Health Fund e. V.* 1985 von forschenden Arzneimittelherstellern gegr. Verein, der in Kooperation mit den Behörden in den betreffenden EL, der *WHO und der *AMREF Modellprojekte zur Gesundheitsversorgung initiiert, z. B. Eindämmung von Infektionskrankheiten oder Arzneimittelaufklärung. Adresse: Kennedyallee 111, 60596 Frankfurt red

Grameen Bank «Ländliche Bank», für die Armen Modell-Bank, in Bangladesh von R. Muhammad Yunus 1976 entwickelt, stellt Kleinkredite an arme Landarbeiter zur Verfügung und organisiert Gruppen von Kreditnehmern, die unter sozialer Kontrolle aller ihrer Mitgl. eine hohe Rückzahlungsrate des individuell abgeschlossenen Kredits von über 98 % gewährleisten. 94 % der Kreditnehmer sind arme Frauen.
Seit Mitte der 1980er Jahre hat sich die Grameen Bank sprunghaft entwickelt, ist in mehr als der Hälfte der Dörfer des Landes tätig. M. Yunus fordert, das Recht auf produktiv zu nutzenden Kredit in den Menschenrechtskatalog der UN aufzunehmen.
Internet: www. citech co.net/grameen dn

grant element →Zuschusselement

Greenpeace e. V. Umweltorg. mit Sitz in Amsterdam, z. Z. etwa 2,6 Mio. Fördermitgl. in über 100 Ländern, in D. rd. 500 000 Mitgl. *Organe:* Vollversammlung, bestehend aus Trustees, die von den jeweiligen nat. Büros ernannt wurden. Sie wählt den siebenköpfigen Aufsichtsrat (*Supervisory Board of Directors*), der den Chef von G., den *International Executive Director*, wählt sowie auch die Strategie von G. und den Haushaltsplan bestimmt. *Finanzen:* Einnahmen fast ausschließlich Spenden und Schenkungen, 2001 insg. 144 Mio. €. *Aktionen:* G. organisiert nat. und int. umweltpol. Kampagnen und Aktivitäten globaler ökol. Tragweite: Verbot von Giftmülltransporten in die Dritte Welt, Rettung der Tropenwälder, Verzicht auf Kernenergie etc. Bestandteil spektakulärer Aktionen (1995 Verhinderung der Versenkung der Ölplattform Brent Spar in der Nordsee) ist die Öffentlichkeitsarbeit (15–20 % der Ausgaben); eigene Kamerateams bedienen Fernsehanstalten in aller Welt. Internet: www.greenpeace.org dn

Grenada

Fläche (Tsd. qkm): 0,345
Bev. (Tsd.) 2000: 100
BNE pro Kopf (US-$) 2000: 3520
BIP (Mio. US-$) 2000: 387
LE (Jahre) 1999: 77,6
Analphabetenquote (%) 1999: 2,0
HDI 1995: 0,851 [Rangplatz von 174: 51]

Südlichste der Windward Islands (→Karibik), seit 1974 unabh. (ehem. brit. Kolonie), gelangte Okt. 1983 durch die Militärintervention der USA ins Rampenlicht der Weltöffentlichkeit. Vorausgegangen war die Machtübernahme (1979) durch das soz. orientierte *New Jewel Movement* (NJM) unter M. Bishop, in dessen Folge G. in den O-W-Konflikt geriet. Die USA unterstellten, dass G. zu einem Satelliten Kubas ausgebaut werde (u. a. Anlage eines Großflughafens), und nahmen den blutigen Umsturz gegen MP Bishop zum Anlass, die Insel zu besetzen. Formell stützten sie sich auf einen Beschluss der Regionalorg. * OECS. Seit 1984 fanden alle 5 Jahre Parl.-Wahlen statt, bis im Dez. 1998 das Parl. wegen des Rücktritts von 8 der 15 Abg. aufgelöst wurde. Bei den außerplanmäßig anberaumten Parl.-Wahlen 1999 gingen die ehemal. Oppositionsparteien NDC und GULP leer aus. Die New National Party (NNP) des MP K. Mitchell gewann alle 15 Sitze.

Lit.: A. Payne u. a., Grenada: Revolution and Invasion, New York 1984; J. Ferguson, Grenada: Revolution in Reverse, London 1990; F. Nuscheler, Grenada, in: HDW III, 1995, S. 405–422. jl/dn

Grundbedürfnisse, grundbedürfnisorientierte Entwicklungsstrategien Die formale Urheberschaft an dem Konzept g.-orientierter E.-Strategien wird der * ILO zugewiesen, die der Weltbeschäftigungskonferenz (Genf) im Juni 1976 ein Aktionsprogramm «Beschäftigung, Wachstum und Grundbedürfnisse» vorgelegt hat. Die programmatische Forderung, wirtsch. E. mit sozialer E. zu verbinden, wurde jedoch schon zu Beginn der 1970er J. von verschiedenen anderen Seiten vertreten (* Pearson-Bericht, D. Nohlen / F. Nuscheler, * Cocoyoc-Erklärung, * Weltbank). Hauptziel g.-orientierter E.-Strategien ist die Befriedigung der G. (*basic needs*) für die größtmögliche Zahl von Menschen innerhalb eines pol. akzeptablen Zeithorizonts. E.-Strategien, die auf die Befriedigung von G. abzielen, sollen zwei wesentliche Komponenten umfassen: 1. die Gewährleistung einer Mindestausstattung mit Gütern des privaten Verbrauchs, vor allem angemessene Ernährung, Kleidung und Wohnung sowie best. Haushaltsgegenstände und Möbel; 2. die Bereitstellung grundlegender öfftl. Dienstleistungen wie Trinkwasserversorgung, sanitäre Entsorgung, Transport, Gesundheits-

Hierarchie elementarer Lebensziele		Komponenten eines grundbedürfnisorientierten Güterbündels
Überleben bei Befriedigung materieller und immaterieller Grundbedürfnisse	↑	Güter, die die Teilhabe an «durchschnittlichen» Konsumgewohnheiten ermöglichen
		Partizipation an Entscheidungen, die die eigenen Lebens- und Arbeitsbedingungen betreffen
Produktives Überleben		Zugang zu Produktionsmitteln (insbesondere Land)
		Funktionale Basiserziehung
		Zusätzliche Nahrungsmittel
		Schutz gegen schwächende Krankheiten
Fortdauerndes Überleben		Hinreichende Wohnung
		Schutz gegen tödliche Krankheiten
Bloßes Überleben		Nahrungsmittel, Trinkwasser (physiologischer Minimalinput)

dienste und Bildungseinrichtungen. G.-orientierte E.-Strategien sollen darüber hinaus die als immaterielles G. verstandene pol. *Partizipation der Zielgruppen beinhalten. Zielgruppe(n) g.-orientierter E.-Strategien sind diejenigen Personen(-gruppen) einer Bev., deren individueller und/oder gruppenspezifischer Konsum privater und/oder öfftl. Grundbedarfsgüter einen abs. oder rel. Standard nicht erreicht. Kriterien für die Abgrenzung von Zielgruppen sind Umfang und Struktur der Güterausstattung, die Art des Ressourcenzugangs, Nutzungsschranken von Produktionsfaktoren sowie soziale Merkmale.

Als begrifflicher Rahmen für die konkrete Ausgestaltung g.-orientierter E.-Strategien lässt sich eine Hierarchie elementarer Lebensziele konzipieren, innerhalb deren die Spezifizierung und Quantifizierung der privaten und öfftl. Güter erfolgen kann, die zur Befriedigung der G. einer Zielgruppe zur Verfügung stehen sollten bzw. zu denen der Zielgruppe der Zugang zu ermöglichen ist. Die im ILO-Konzept aufgeführten G. werden prinzipiell als ubiquitär bestehend anerkannt; die konkrete Feststellung abs. oder rel. Standards privaten und/oder kollektiven Güterkonsums, die durch g.-orientierte E.-Strategien erreicht werden sollen, kann aber nur im je gegebenen pol., kulturellen und gesellsch. Kontext einer Bev.-Gruppe erfolgen, insofern (Grund-)Bedürfnisse als subjektive Mangelempfindungen verstanden werden.

G.-orientierte E.-Strategien sollen mehr beinhalten als «internationale Armenfürsorge» und sollen auch über die Gewährleistung eines objektivierbaren Existenzminimums hinauszielen. Denn die Befriedigung von G. wird nicht als Endziel von E. verstanden, sondern als ein (erster) Schritt zur Befriedigung der menschlichen Bedürfnisse. Das (Zwischen-)Ziel der G.-Befriedigung – umfassend verstanden als das Vorhandensein körperlichen, sozialen und mentalen Wohlbefindens in einer lebenswerten Umwelt und dies wiederum verstanden als notwendige Voraussetzung für Selbstverantwortlichkeit (**self-reliance*) und Partizipationsfähigkeit der Menschen – resultiert aus einer sozialethischen und sozialemanzipatorischen Auffassung von Entwicklung. Aber das Ziel der G.-Befriedigung hat zugleich auch einen funktional-instrumentellen Charakter, insofern *Gesundheit, *Bildung und *Ernährung sowie die Erfüllung anderer G. als ökon. Bedingungsfaktoren der menschlichen Produktivität verstanden werden.

G.-orientierte E.-Strategien wurden von verschiedenen int. Org. – zumindest vorübergehend – zum Programm erhoben, wenngleich teilweise auch nur als Formelkompromiss (*UNICEF: Strategie für Grunddienste, 1976/77; *WHO: Gesundheit für alle bis zum Jahre 2000, 1978; *UN: Internationale Entwicklungsstrategie für die Dritte Entwicklungsdekade, 1980; UN-Sonderkonferenz für die am wenigsten entwickelten Länder 1981). Auch die Reg. der Bundesrepublik Deutschland hatte Ende der 1970er J. das Konzept der G.-Befriedigung in ihre Leitlinien der *multi- und *bilateralen e.-pol. Zusammenarbeit aufgenommen. Von vielen Reg. der EL wurde die Betonung des G.-Konzeptes in den e.-pol. Strategieentwürfen int. Org. skeptisch bis ablehnend beurteilt, da sie darin einen Versuch der westl. IL erblickten, von den Forderungen nach einer *Neuen Weltwirtschaftsordnung abzulenken und die eigenen Programme der *Industrialisierung zu behindern. Seit Mitte der 1980er J. haben wichtige Geberländer und multilaterale Mittlerorg. G.-orientierte Strategien wieder aufgegeben zugunsten des Rekurses auf wachstumsorientierte E.-Konzepte. Dieses Abrücken von der G.-Orientierung wird u. a. mit unzureichender theoretischer Fundierung und mangelnder Operationalität begründet.

In dem Maße, in dem die theoretischen und pol. Implikationen des G.-Konzeptes deutlicher herausgearbeitet wurden,

verstärkte sich der e.-pol. Widerstreit um dieses Konzept. Denn g.-orientierte E.-Strategien bleiben eng mit übergreifenden Theorien von UE und E. verknüpft. Folglich können sie die Bekämpfung der *Armut oder den Abbau von Defiziten der G.-Befriedigung unterschiedlich angehen: als sozialpol. Aufgabe, als Umverteilung von Einkommen, Waren und Dienstleistungen, als Pol. der Förderung des wirtsch. Wachstums und/oder der Produktivität. Über technokratische Lösungen zur Befriedigung der materiellen G. hinauszielende Strategieentwürfe beziehen auch *Partizipation, individuell-seelische und kulturelle Bedürfnisse in ihr Kalkül mit ein.
Eine hinreichend differenzierte Theorie der G.-Befriedigung in EL, die unmittelbare Handlungsanweisungen für die e.-pol. Praxis liefern könnte, ist nicht verfügbar, aber umfangreiches Detailwissen über Einzelaspekte der G.-Befriedigung, allerdings mit weithin ungeklärten Kausalrelationen. G.-orientierte E.-Strategien sollten insofern Teil des e.-pol. Diskurses bleiben, als sie zumindest die Einsicht in die Möglichkeit und Notwendigkeit selbstbestimmter E. offen halten. Denn nach dem derzeitigen Wissensstand gibt es keine physikalischen oder techn. Gründe, welche die Befriedigung der materiellen G. für die gesamte Weltbev. in der vorhersehbaren Zukunft ausschließen.

Lit.: Internationales Arbeitsamt (ILO), Beschäftigung, Wachstum und Grundbedürfnisse, Genf 1976; S. J. Burki/M. Ul Haq, Meeting Basic Needs: An Overview, in: World Development, Bd. 9, 1981, S. 167–182; P. Streeten et al., First Things First: Meeting Basic Human Needs in the Developing Countries, Oxford 1981; W. Lütkenhorst, Zielbegründung und Entwicklungspolitik. Das Grundbedürfnisziel in methodologisch-theoretischer Perspektive, Bochum 1982; ILO, Target Setting for Basic Needs, Genf 1982; F. Nuscheler, «Befriedigung der Grundbedürfnisse» als neue entwicklungspolitische Lösungsformel, in: HDW II, 1, Hamburg 1982, S. 332–358; F. Stewart, Basic Needs in Developing Countries, Baltimore 1985; P. Abel/H. Sangmeister, Modellierungsprobleme des Grundbedürfniskonzeptes, in: Jahrbuch für Sozialwissenschaften, Bd. 37, 1986, S. 40–61; H. Sangmeister, Grundbedürfnisorientierte Entwicklungsstrategien, in: O. Gans/J. Evers (Hg.), Handbuch der volkswirtschaftlichen Beratung, Baden-Baden 1990, S. 42–47.
hs

Grundbildung In dem Begriff G. (*basic education*, im Ggs. zum früheren *fundamental education*) bündelt sich spätestens seit der Weltkonferenz «Bildung für alle» (Jomtien, Thailand 1990) ein Großteil der bildungsbezogenen e.-pol. Debatte. Die *UNESCO hatte schon mit Verabschiedung ihres zweiten mittelfristigen Planes (1984–1989) G. zu ihrem Arbeitsschwerpunkt schlechthin gemacht, die Bundesreg. hatte 1992 ein neues Sektorpapier zur Förderung dieses Bereiches in der E.-Zusammenarbeit vorgelegt. Jenseits eines weitgehend akzeptierten Kerns wird der Begriff in unterschiedlichen Nuancierungen gebraucht. Die Jomtien-Konferenz verabschiedete einen «Aktionsrahmen zur Befriedigung grundlegender Lernbedürfnisse» (Deutsche UNESCO-Kommission 1991) und ordnete den Begriff damit der *Grundbedürfnisstrategie zu. Bei den «grundlegenden Lernbedürfnissen» wurde eine personale und soziale Dimension sowie ein formal werkzeugbezogener und ein inhaltsbezogener Aspekt unterschieden. «Jede Person, ob Kind, Jugendlicher oder Erwachsener, muß in der Lage sein, Bildungschancen entsprechend ihren grundlegenden Lernbedürfnissen wahrzunehmen. Dazu gehören sowohl die wichtigsten Lehrmittel (Lesen, Schreiben, mündlicher Ausdruck, Rechnen und das Lösen von Problemen) als auch grundlegende Lerninhalte (Kenntnisse, Fertigkeiten, Werte und Haltungen). All dies braucht der Mensch für sein Überleben, die volle Entfaltung seiner Fähigkeiten, für ein menschenwürdiges Leben und menschenwürdige Arbeitsbedingungen, seine uneingeschränkte Beteiligung an der Entwicklung sowie der Fortsetzung des Lernens» (ebd.). Der auf dem World Education Forum 2000 beschlossene Handlungs-

rahmen (Dakar Framework 2000) bekräftigte wie der Weltbildungsbericht 2000, dass gerade G. ein fundamentales Menschenrecht ist.
G. ist für Kinder in Primarschulen und unteren Sekundarschulen, für Jugendliche (ab 15 J.) und Erwachsene meist in nonformalen Programmen, insb. *Alphabetisierungsprojekten, institutionalisiert. Förderansätze der dt. EZ sind im ersten Bereich: «Bemühungen um die Reform bestehender Systeme und effizientere Nutzung verfügbarer Ressourcen ...; Qualifizierung von Personal; Curriculumentwicklung; Beteiligung von Mädchen und Frauen; Integration von Bildungskomponenten in grundbedürfnisorientierte E.-Vorhaben, z. B. der Gemeinwesenentwicklung, der ländlichen Regionalentwicklung oder der Basisgesundheitsversorgung einschließlich Familienplanung». Für den zweiten Bereich werden u. a. genannt: «Auf- und Ausbau der Datenbasis zur Planung, Durchführung und Evaluierung von G.-Programmen; arbeit- und umweltbezogene Alphabetisierungs- und Nach-Alphabetisierungsprogramme ...; kompensatorische, beschäftigungsorientierte Programme für 10- bis 14jährige, die die Schule nicht besucht oder vorzeitig abgebrochen haben ...; Programme für Arme, Unterprivilegierte und Marginalisierte, die auch der Motivierung und Befähigung zur Selbsthilfe dienen» (BMZ-Sektorkonzept 1992, S. 17 f.).

Lit.: Meeting Basic Learning Needs. A Vision for the 1990s. Background Document. World Conference on Education for all. 1990 Jomtien/Thailand, New York 1990; Dakar Framework for Action. UNESCO 2001; Deutsche UNESCO-Kommission (Hg.), Weltdeklaration «Bildung für alle» und Aktionsrahmen zur Befriedung grundlegender Lernbedürfnisse, Bonn 1991; I. Neu-Altenheimer/B. Sandhaas, Grundbildung. UNESCO-Schwerpunkt der neunziger Jahre, Bonn 1991; Bundesministerium für Wirtschaftliche Zusammenarbeit, Sektorkonzept Förderung der Grundbildung in Entwicklungsländern, Bonn 1992; World Education Report 2000, Paris 2000. vl

Grundrechte →Menschenrechte

Grundstoffe Stoffe mit niedrigem Verarbeitungsgrad, neben Rohstoffen z.T. auch Halbfertig- und Fertigwaren (z. B. neben Baumwolle auch Chemiefaser). Dienen der Weiterverarbeitung zu ind. Erzeugnissen, gliedern sich nach Warenart, ind. oder landw., sowie nach Herkunft, in- oder ausländisch. dn

GRÜNE →Bündnis 90/Grüne – entwicklungspolitische Leitlinien

Grüne Revolution Unter GR wird die Steigerung der *Produktivität in der Landw. durch neue Anbaumethoden verstanden, also nicht *Agrarreform, sondern kapital- und betriebskostenintensivere Produktionsform durch besseres Saatgut, das höhere Erträge garantiert und mehrmalige Ernten im J. ermöglicht, durch Verwendung größerer Mengen *Wasser, *Energie, Düngemittel und Pflanzenschutzmittel und durch Mechanisierung. Mit der GR wird die E. der in Mexiko und auf den Philippinen gezüchteten, hoch ertragreichen Weizen- und Reissorten verbunden, sichtbare Ergebnisse der int. Agrarforschung, die in 16 großen int. Forschungszentren betrieben und von der Beratungsgruppe für int. Agrarforschung *CGIAR unterstützt wird. Kritik an der GR hat angesetzt an der Begünstigung reicher Bauern bei der Kreditbeschaffung, an der Freisetzung von Arbeitskräften, an der Verschärfung der Einkommensunterschiede und an der Steigerung der Importe (Ausrüstungsgüter und Auslandskapital). In der Tat ist die Produktionssteigerung der GR vor allem auf die Gebiete mit geregelter Bewässerung, in denen die hoch ertragreichen Saatsorten sowie Kunstdünger eingesetzt werden konnten, beschränkt geblieben. Der bessere Zugang zu Kapital (Kredite) und Technologie begünstigte die marktnahen Unternehmen einer bestimmten Betriebsgröße, sodass die rel. Rückständigkeit der Kleinbetriebe und insb. der Subsistenzbauern zunahm. Statt einer Agrarreform wurden Besitzkonzentration sowie regionale und individuelle Einkommensdifferenzen noch gefördert.

Seit dieser Kritik konzentriert sich die int. Agrarforschung stärker auf die Erzeugnisse, die in Kleinbetrieben angebaut werden können, nicht produktionsmittelintensiv und resistent sind gegenüber einer Reihe von Pflanzenkrankheiten sowie in Trockenlandschaften gedeihen. Eine neue Richtung nahm die int. Agrarforschung mit der *Biotechnologie, von der eine neue GR ausgehen könnte, deren Chancen und Risiken noch weitaus umstrittener sind.

Lit.: World Bank, Agricultural Biotechnology: The next «Green Revolution»?, Washington, D. C. 1991; K. M. Leisinger, Gentechnik für die Dritte Welt, Basel 1991; J. Spangenberg, Das grüne Gold der Gene. Vom Angriff der Gentechnik auf die Dritte Welt, Wuppertal 1992; FAO, World Agriculture: Towards 2010, Rom 1995. dn

Gruppe der Acht 1. 1987 gegr. Zusammenschluss der Staaten, die sich Mitte der 1980er J. in der *Contadora- und deren Unterstützergruppe um eine pol. Lösung des *Zentralamerika-Konflikts bemüht hatten: Kolumbien, Mexiko, Panama, Venezuela sowie Argentinien, Brasilien, Peru und Uruguay. Ziel: Verstärkte Kooperation zwischen den Mitgl.-Ländern auf Basis regelmäßiger Konsultationen und Förderung von Integrationsbemühungen (z. B. des interregionalen Handels). 2. G8, Gruppe der führenden Industrienationen (G7) plus Russland, das 2006 Vollmitgl. wird. red

Gruppe der Drei Informeller Zusammenschluss von Kolumbien, Mexiko und Venezuela (1990 gegr.) mit dem Ziel ihrer pol. und wirtsch. Annäherung sowie der Förderung der *Integration in Zentralamerika und der Karibik. Die G3-Staaten sind Mitgl. der *ACS. Seit 1995 besteht zwischen ihnen ein Freihandelsabkommen, das bis 2005 einen völlig freien Markt vorsieht. dn

Gruppe der 15 Die G-15 wurde als jährlich tagende Konferenz von 15 EL Afrikas, LAs und Asiens 1989 ins Leben gerufen. Gründungsmitgl. waren Brasilien, Mexiko, Argentinien, Peru, Jamaica, Indien, Indonesien, Ägypten, Algerien, Senegal, Zimbabwe, Venezuela, Nigeria, Malaysia und das damalige Jugoslawien als einziger europäischer Staat. Ziele: Ausbau der Süd-Süd-Kooperation, verstärkte Zusammenarbeit der IL und EL sowie ein gemeinsames Vorgehen zur Lösung der *Verschuldungs- und der globalen Umweltproblematik. red

Gruppe der 77 Zusammenschluss von EL, der auf das Jahr 1964 (*UNCTAD I) zurückgeht und offiziell 1967 in Algier erfolgte. Die Gruppe zählte seinerzeit 77 Mitgl., seit dem 1. 1. 1982 125 Mitgl., 1995 131 und 2002: 133 Mitgl. Sie stimmten sich bes. vor UNCTAD-Konferenzen auf gemeinsame Grundpositionen ab. Von Tagungen der Gd77 gehen wichtige Impulse für die Pol. der EL gegenüber den IL aus. Bezeichnend dafür ist die auf der Tagung vom Febr. 1979 in Tanzania verabschiedete Arusha-Erklärung. Zusammenhalt und Solidarität der Gd77 werden jedoch durch die wachsenden Unterschiede zwischen EL und vor allem Gruppen von EL (*OPEC, *LLDC, *MSAC, *Binnenländer, *Schwellenländer) in Frage gestellt, die auch die Verhandlungsmacht der EL, um deren Stärkung die Gd77 als Org. bemüht ist, bedrohen. www.g77.org

Lit.: K. P. Sauvant (Hg.), The Collected Documents of the Group of 77, New York 1981 ff., seit 1989 zus. mit J. W. Müller; M. Williams, Third World Cooperation. The Group of 77 in UNCTAD, London/New York 1991. dn

Gruppe der 20 →G-20

GSP →Allgemeines Präferenzsystem

GTZ Deutsche Gesellschaft für Technische Zusammenarbeit (GmbH), gegr. 1974 durch Vereinigung der 1969 gegr. Bundesstelle für Entwicklungshilfe (BfE) mit der Deutschen Förderungsgesellschaft für EL GAWI (Garantie- und Abwicklungsgesellschaft). Im Aufsichtsrat der GTZ sitzen Vertreter des *BMZ, BMF, BMWI, Auswärtigen Amtes und der Consultingwirtsch. Damit gelangten Durchführungskompetenz (BfE) und Abwicklung (GAWI) von Projekten in eine Hand.

Die GTZ übernimmt Aufträge des BMZ

u. a. Bundesressorts zur fachlichen und techn. Planung und Durchführung von Vorhaben der *bilateralen staatl. *Technischen Hilfe/Zusammenarbeit (TH/TZ; sog. gemeinnütziger Bereich). *Tätigkeitsfelder:* 1. Beratung von Org. in den Partnerländern bei der Planung und Durchführung von Projekten und Programmen; 2. Entsendung und Finanzierung von Fachkräften für die vereinbarten Projekte sowie von Beratern, Ausbildern, Sachverständigen, Gutachtern und Kurzzeitexperten; 3. Lieferung von Ausrüstung und Material für die Ausstattung der geförderten Einrichtungen, von gewerbl. und landw. Produktionsmitteln, Bereitstellung von Dienst- und Werkleistungen; 4. Planung und Durchführung der Aus- und Fortbildung; 5. Koordinierung der Aus- und Fortbildung einheimischer Fach- und Führungskräfte im EL selbst, in anderen EL, in der BRD oder in anderen IL; 6. Zuschüsse zu den Kosten für Ausbildungsmaßnahmen, die von Unternehmen in EL durchgeführt werden; 7. Finanzierungsbeiträge zu Projekten und Programmen leistungsfähiger Träger in EL. Not- und Flüchtlingsprogramme sowie die Förderung privatwirtsch. Aktivitäten in den Partnerländern sind weitere Felder der Zusammenarbeit. Die GTZ kann mit Zustimmung des BMZ Aufträge von Dritten entgegennehmen und gegen Bezahlung durchführen (sog. Drittgeschäft, TZ gegen Entgelt) sowie Eigenmittel für e.-pol. Maßnahmen einsetzen (= Eigenmaßnahmen). Das Drittgeschäft hielt 2000 einen Anteil von 11,4 % am Gesamtvolumen der GTZ-Maßnahmen.

Kooperationen bestehen mit zahlreichen E.-Org.: *KfW, *DEG, *DSE, *CDG, *DAAD etc. sowie mit der dt. Privatwirtsch. Als Arbeitseinheiten innerhalb der GTZ fungieren *CIM und *GATE. Auftragsvolumen und öfftl. Mittel haben seit Beginn der 1980er J. stark zugenommen. Im Rahmen einer org.-internen Dezentralisierung werden seit 1996 Verantwortungen und Aufgaben aus der Zentrale in Eschborn in die Partnerländer verlagert. Ein verändertes Projektverständnis hat auch zu neuen methodischen Ansätzen in der GTZ geführt. So stehen heute anstelle der Förderung von Einzelprojekten stärker Programmansätze; anstelle der Förderung eines einzelnen (meist staatl.) Trägers steht ein Trägerpluralismus (*Trägerdiversifizierung) im Vordergrund. Neue Reformen der GTZ sind auch die Beratung von Veränderungsprozessen, Prozessbegleitung, Systemberatung, die Gestaltung des institutionellen, org. und rechtl. Rahmens (Institutionen- und Organisations-E.), Politikberatung u. a. *Personelle Hilfe bildet nach wie vor einen Schwerpunkt der TZ. Gesamtzahl der entsandten GTZ-Fachkräfte: 1982: 1445; 1987: 1711; 1996: 1566; 2000: 1433. Davon entfielen auf das Drittgeschäft 1987: 279, 1996: 117 und 2000: 139 Fachkräfte. Adresse: Dag-Hammarskjöld-Weg 1–5, 65760 Eschborn. Internet: www.gtz.de

Lit.: J. Köhler, Mittler zwischen den Welten, GTZ – Ein Unternehmen in Entwicklung, Opladen 1994. dn

Guadeloupe →Karibik

Guatemala

Fläche (Tsd. qkm): 108,889
Bev. (Mio.) 2001: 11,70
BNE pro Kopf (US-$) 2000: 1690
BIP (Mio. US-$) 2000: 19041
LE (Jahre) 1999: 64,9
Analphabetenquote (%) 1999: 32
HDI 1999: 0,626 [Rangplatz von 160: 108]

Im Dezember 1996 wurde in G. einer der längsten Bürgerkriege des zentralamerikan. Subkontinents beendet. Seither steht G. vor der Herausforderung, die Probleme einer Nachkriegsgesellschaft zu meistern und mittels pol., rechtl. und sozio-ökon. Reformen die Grundsteine für eine dauerhafte friedliche E. zu legen.

1. G. ist zwar nur das drittgrößte, aber das bev.-reichste Land Zentralamerikas. Während knapp die Hälfte der Fläche Tiefland an der karibischen Küste einnimmt, durchziehen Gebirgsketten (*Sierra de Madre*, *Sierra de los Cuchamontas* etc.) den Kernraum Guatemalas. Agri-

kulturell werden etwa 30 % des Landes genutzt. Die Waldbestände sind innerhalb der vergangenen 40 J. von etwa 2/3 auf 1/3 der Gesamtfläche geschrumpft. G. verfügt über beachtliche Bodenschätze, von denen bisher nur Erdöl (seit 1976) in größeren Mengen gefördert wird.

2. G. gehört zu den Ländern LAs mit einem ausgesprochen hohen indigenen Bev.-Anteil. Etwa 60 % der Bev. sind *indígenas* (indianische Lebensweise und Sprache), gut 30 % *Ladinos (moderne Lebensformen, meist Span. sprechend). Hinzu kommen Weiße und Bev.-Teile afrik. Abstammung. In den 1980er J. verließen Hunderttausende *Flüchtlinge und Binnenflüchtlinge ihre angestammten Siedlungsgebiete; nur ein Teil wurde bislang wiederangesiedelt. Die Mehrheit der Bev. ist kath.; der Anteil ev. Sektenmitglieder nimmt seit den 1980er J. stark zu.

3. Als Kerngebiet des Maya-Reiches und als Sitz des Generalkapitanats G. während der span. Kolonialzeit, von dem aus die mittelamerik. Provinzen verwaltet wurden, kommt G. hist. eine Schlüsselbedeutung für Zentralamerika zu. Nach der Unabh.-Erklärung von 1821, dem kurzzeitigen Anschluss an Mexiko und dem Scheitern der Zentralamerik. Föderation ist G. seit 1839 selbständiger Staat. Nach langer Vorherrschaft konservativer Diktaturen leitete 1871 die sog. liberale Revolution eine Periode *caudillistischer, «liberaler» Diktaturen ein (Anbindung an den Weltmarkt über den Aufbau der Kaffee- und Bananenproduktion). Bis in die 1940er J. blieb die Vorherrschaft der Großgrundbesitzer und der **United Fruit Company* (UFCO) ungebrochen. 1944 leitete die sog. guatem. Revolution eine zeitweilige Wende ein. Die Verfassung von 1945 ermöglichte substanzielle Reformen: u. a. freie Wahlen (Präs.: J. J. Arévalo) sowie Enteignung ausl. Besitzes und inländischer *Latifundien; unter dem Nachfolger Arévalos (J. Arbenz Guzmán) wurde u. a. die UFCO enteignet und eine *Agrarreform erlassen, die die Enteignung brachliegender Ländereien erlaubte. 1954 putschte Castillo Armas mit Unterstützung des US-Geheimdienstes CIA und der guatem. Oligarchie und stellte die alte Besitzverteilung wieder her. Die Verfassung wurde suspendiert, Linksparteien (und -gewerkschaften) aufgelöst. 1954 bis 1986 regierte de facto ein Machtkartell aus Militär und Agraroligarchie, zumeist hinter einer demokratischen Fassade (Wahlen, Verfassung) (→autoritäre Regime). Die Militärs stellten – ausgenommen das Zwischenspiel von J. C. Mendez Montenegro 1966 bis 1970 – die Regierung. Wahlen dienten dem Erhalt des Status quo, notfalls per Wahlmanipulation (1974, 1978, 1982). Mit dem Aufkommen von Guerilla-Verbänden in den 1960er J. entwickelte sich der Staatsterror zum zentralen Bestandteil des *«Counterinsurgency State»*. Nach ihrer zeitweiligen Zerschlagung erstarkte die Guerilla in den 1970er J. wieder, woraufhin General R. Lucas García (1978–82) die Aufstandsbekämpfung blutig vorantrieb; selbst gemäßigte Oppositionelle in Parteien, Gewerkschaften und Selbsthilfeorg. wurden systematisch verfolgt und ermordet. Unter den Nachfolgern Lucas Garcías – den Generälen E. Ríos Montt und O. H. Mejía Victores – verschärfte sich die **counterinsurgency* auf dem Lande. Gleichzeitig wurde in den Städten eine pol. Öffnung eingeleitet. Auf die Wahlen zur Verfassunggebenden Versammlung von 1984 folgten 1985 Präs.-Wahlen, aus denen der Christdemokrat V. Cerezo Arévalo siegreich hervorging. Der Handlungsspielraum der gewählten Reg. blieb jedoch angesichts der Macht von Militärs und Unternehmern äußerst eng. Mit der Amtsübernahme des 1990/91 gewählten rechtskonservativen J. Serrano fand der erste Reg.-Wechsel zweier ziviler Präs. in diesem Jh. statt. Nach dem Sturz Serranos infolge dessen missglückten «Selbstputsches» (*autogolpe*) im Mai/Juni 1993 wählte das Parl. den parteilosen R. de León Carpio (vormals Menschenrechtsbeauftragter) übergangsweise zum Präsidenten. Mangels

pol. Rückhalts waren dessen Reform- und Friedensbemühungen nur bedingt erfolgreich, führten aber immerhin zu einer «Selbstreinigung» des Parl. (Wahlen eines Übergangsparlaments 1994) und zum Abschluss einer Reihe von Teilabkommen mit der Guerilla. A. Arzú Irigoyen, der 1995/96 zum Präs. gewählt wurde und dessen rechtsliberale Unternehmerpartei *Partido de Avanzada Nacional* (PAN) bei den Parl.-Wahlen von 1995 eine deutliche parl. Mehrheit erlangte, brachte die Friedensverhandlungen zu einem erfolgreichen Ende. Nach der Unterzeichnung der Friedensverträge am 29. 12. 1996 steht G. vor der großen Aufgabe, die Guerilla-Kämpfer zu integrieren und die Einzelpunkte des Abkommens umzusetzen. Pol. motivierte Gewalt bleibt noch immer ein ernsthaftes Problem, wie etwa die Ermordung des Weihbischofs J. G. Conedera, eines bekannten Menschenrechtsaktivisten, Ende April 1998 auf drastische Weise zeigte. Im 2. Wahlgang der Präs.-wahlen vom 26. 12. 1999 siegte mit ca. 68 % A. Portillo von der rechtspopulistischen Republikanisch-guatemaltekischen Front des Exdiktators E. Ríos Montt. Unter seiner Reg. wurde von den drängenden Problemen kaum eines gelöst. Die Umsetzung des Friedensabkommens steht unverändert aus (u. a. eine Land- und Justizreform, die Kontrolle der Streitkräfte, Maßnahmen zur Verbesserung der Lage der Maya-Indios), die Aufarbeitung der Menschenrechtsverletzungen kommt nur schleppend voran. Immerhin wurde Juni 2001 von elf Indiogemeinschaften eine Klage wegen Völkermordes eingereicht und erstmals die strafrechtl. Verfolgung von Menschenrechtsverletzungen während der Militärdiktatur 1982/83 vor einem guatem. Gericht beantragt. Gewalt, Kriminalität und gewalttätige Übergriffe der Polizeikräfte haben zugenommen, Korruption unterminiert den Rechtsstaat und die öfftl. Ordnung.

4. G.s Landw. erwirtschaftet etwa 1/4 des BIP, beschäftigt aber mehr als die Hälfte der erwerbstätigen Bev. Sie gliedert sich in wenige mod. *Plantagen, extensiv bewirtschaftete *Latifundien und unzählige *Minifundien; die Klein- und Kleinstbetriebe, im Hochland oft *Subsistenzwirtschaften, erzeugen weitgehend Grundnahrungsmittel (v. a. Mais und Bohnen) für den Inlandsbedarf und sind durch trad. Anbaumethoden, Mangel an Düngemitteln und Kapital, schlechte Transportverh. und z.T. minderwertige Böden gekennzeichnet. Großbetriebe produzieren v. a. Exportgüter (Kaffee, Zucker, Bananen, Kardamom etc.). G.s Wirtsch. ist stark vom Agrarexport und damit von Nachfrage- und Preisschwankungen des Weltmarktes abhängig. Der ind. Sektor erwirtschaftet knapp 20 % des BIP. Im verarbeitenden Gewerbe dominieren Nahrungs- und Genussmittel- sowie Textilindustrien. Wichtigster Handelspartner sind mit Abstand die USA. Die schwierige Wirtsch.-Lage ließ das Parl. im Dez. 2000 den US-$ als Zweitwährung neben dem Quetzal einführen.

5. Das *Gesundheitswesen konzentriert sich v. a. auf die Hs.; weite Teile des Landes entbehren ärztlicher Betreuung. Sanitäre Missstände (fehlender Wasser- und Kanalisationsanschluss) sowie Unter- und *Mangelernährung forcieren das Auftreten von (Infektions-)Krankheiten. Das *Bildungswesen ist v. a. auf dem Lande noch völlig unterentwickelt. Die Analphabetenrate zählt zu den höchsten LAs; in ländlichen Regionen liegt sie bei über 80 %. Binnenwanderung und die sprachliche Sonderstellung der *indígenas*, die über 20 untersch. Sprachen bzw. Dialekte sprechen und Spanisch als Fremdsprache erlernen müssen, setzen den Ausbildungsmöglichkeiten Grenzen. In den vergangenen J. wurde die zweisprachige Erziehung gefördert.

Lit.: M. Solórzano, Guatemala: autoritarismo y democracia, San José 1987; S. Jonas, The Battle for Guatemala, Boulder 1991; P. Bendel, Guatemala, in: HDW III, 3, Bonn 1995, S. 117 ff.; P. Bendel, Parteiensysteme in Zentralamerika, Opladen 1996; M. Krennerich: Wahlen und Antiregimekriege in Zentralamerika, Opladen 1996.

mik

Guerilla G. (span.: kleiner Krieg) bezeichnet den Kampf irregulärer einheim. Truppen oder bewaffneter Gruppen gegen eine feindliche Armee bzw. Besatzungsmacht oder gegen die eigene Reg. Der G.-Krieg (Partisanenkrieg) ist eine rel. alte Kampfform, die im Zuge der *Befreiungsbewegungen nach 1945 mit neuen ideolog. Komponenten aufgeladen wurde. Quantitativ, auch nach der Zahl der Opfer, stellen G.-Kriege seit 1945 eine der wichtigsten Kriegsformen in der Dritten Welt dar.
Die Methoden der Konfliktaustragung im G.-Krieg als «die natürliche Kampfform des zunächst Schwächeren» reichen, je nach Grad der Org., von terroristischen Akten kleiner Gruppen bis zum Ziel der Ausbildung regulärer Armeen. Bes. Bedeutung haben der Maoismus und das rotchinesische G.-Modell der pol.-milit. Eroberung der Staatsmacht auch für nicht-marxistisch orientierte G.-Bewegungen in den EL erlangt: Ziel der maoistischen G.-Strategie ist es, dem Gegner Ort und Zeit des Kampfes aufzuzwingen, durch einen «lang andauernden Volkskrieg», in dessen Zentrum die «befreiten Gebiete» eine Gegenstaatlichkeit aufbauen, die den Alleinvertretungsanspruch des Regimes in Frage stellt. Hauptressource des G.-Krieges ist dabei die Unterstützung der G. durch die Bev.: «Der Guerillero muss sich im Volk bewegen wie der Fisch im Wasser.» Der G.-Krieg wird als Erscheinungsform und Medium der *Revolution verstanden, in dem die pol. Gemeinschaft entsteht.
Das Erwachsen einer nat. Identität durch den G.-Krieg spielte insb. bei den kriegerischen Auseinandersetzungen im Zuge der antikolonialen Befreiungsbewegungen eine große Rolle; im Zuge des Kalten Krieges und der damit verbundenen hohen Außeneinmischung verstärkte sich die ideolog. Polarisierung. G.-Kriege im Rahmen zwischenstaatl. Konflikte waren etwa der Kampf der Kommunisten und KMT gegen die japanische Besetzung *Chinas (1927–1949), der Krieg der Vietcong zunächst gegen das koloniale Frankreich, später gegen die USA (1946–1975) in *Vietnam, in *Kambodscha der der *Roten Khmer* und in *Laos von *Pathet Lao* (1975), in *Algerien der der FNL gegen Frankreich (1954–1962) sowie der Befreiungsbewegungen in den portugiesischen Kolonien Afrikas (*Guinea-Bissau, *Mozambique, *Angola).
*Kuba (1959) war neben *Nicaragua (1979) der einzige Fall, in dem eine lateinamerik. G.-Bewegung die Macht erringen konnte. Die castristische G. betonte das Gewicht kleiner bewaffneter Gruppen, die als Kern (*foco*) der *Befreiungsbewegung den Kampf vom Lande aus initiieren. Der in den Schriften von Che *Guevara theoret. erarbeitete *foquismo* und die Hoffnungen auf eine kontinentale Revolution in LA führten ab den 1960er Jahren zu zahlreichen Aufstandsbewegungen (in *Argentinien, *Brasilien, *Bolivien, *Kolumbien, der *Dominikan. Republik, *Ecuador, *Paraguay und *Peru), die aufgrund der von Kuba unterschiedlichen Strukturbedingungen zu ebenso vielen Niederlagen führten. Die Schwierigkeiten der G., ländl. Basen in LA gegen die zahlenmäßig und techn. überlegenen staatl. Militärapparate (→*Counter-Insurgency*) zu halten, führten zur Entstehung von Stadt-G., die auf die Revolutionsbereitschaft der urbanen Unterschichten setzten (z.B. Tupamaros in Uruguay, ERP [*Ejército Revolucionario del Pueblo*] in Argentinien, ALN [*Aco Libertadora Nacional*] in Brasilien).
Seit den 1980er J. zeigt sich, dass die vorherrschende Identifikation von G. und Revolution auf der Grundlage der von Mao und Guevara vorgenommenen Definition nicht mehr tragfähig ist. Die ideolog. Ausrichtung der Gruppen, die sich der Taktik des G.-Kampfes bedienen, differenzierte sich insbes. nach dem Ende des Ost-West-Konfliktes aus. Neben aktuell weiterbestehenden «traditionellen» G.-Bewegungen, wie *Sendero Luminoso und Tupac Amaru in *Peru sowie EPL, M-19 und FARC in *Kolumbien, übernahmen auch konservative

Gruppen die Taktik des G.-Krieges wie die Contras gegen die sandinistische Reg. in *Nicaragua oder die UNITA in *Angola. Neue Bedeutung gewann der Islamismus, wie bei den *Mujahiddin und *Taliban-Milizen in Afghanistan oder der FIS und GIA in *Algerien. Die EZLN in *Mexiko, die sich selbst als G.-Bewegung bezeichnet, hat sich vom Ziel der Eroberung der Staatsmacht verabschiedet und setzt nach eigener Definition Gewalt als ein Mittel ein, um den pol. Diskurs zu eröffnen. →Terrorismus

Lit.: Mao Tse-tung, Theorie des Guerillakrieges oder Strategie der Dritten Welt, Reinbek 1966; R. Debray, Revolution in der Revolution, München 1967; P. Waldmann, Vergleichende Bemerkungen zu den Guerillabewegungen in Argentinien, Guatemala, Nicaragua und Uruguay, in: K. Lindenberg (Hg.), Lateinamerika, Bonn 1982, S. 103 ff.; ders., Alte und neue Guerilla in Lateinamerika – Folgen und Folgerungen aus der Revolution in Nicaragua, in: VRÜ 16 (1983), S. 407 ff.; H.-E. Gross (Hg.), Ernesto Che Guevara: Guerillakampf und Befreiungsbewegung, Köln 1986; P. Waldmann, Guerillabewegungen in Lateinamerika. Das Beispiel des Sendero Luminoso (Peru), in: D. Langewische (Hg.), Revolution und Krieg, Paderborn 1989; H. Münkler (Hg.), Der Partisan, Opladen 1990; J. G. Castañeda, Utopia Unarmed. The Latin American Left after the Cold War, New York 1993. hf

Guevara, Che Ernesto «Che» G. wurde am 14. 6. 1928 in Rosario/Argentinien geboren. Von 1948 bis 1953 studierte er an der Universität Buenos Aires Medizin. Ende 1953 reiste er nach Guatemala, um die sozialen Reformen der Reg. J. Arbenz Guzmán zu unterstützen. Nach dem von den USA unterstützten Putsch gegen Arbenz 1954 floh G. nach Mexiko, wo er 1955 mit Fidel *Castro und einer Gruppe von Exilkubanern zusammentraf. Im Nov. 1956 brach er mit Castro u. a. Guerillakämpfern nach Kuba auf, wo er sich an dem dreijähr. siegreichen Guerillakrieg gegen Batista beteiligte. 1960 wurde G. zum Präs. der Nationalbank und 1961 zum Ind.-Minister ernannt. Ab 1963 begünstigte G. in Kuba die Einführung eines von den anderen soz. Ländern unterschiedlichen Wirtsch.-Systems, des «Haushaltsmäßigen Finanzierungssystems». Der Aufbau einer soz. Gesellschaft bedeutete für ihn gleichzeitig die Erziehung der Menschen zu solidarischem und menschlichem Verhalten in einer befreiten Welt. Er verzichtete daher im Mai 1965 auf seine Ämter und die kuban. Staatsangehörigkeit und beteiligte sich als *Guerillero* an Befreiungskämpfen im Kongo und in LA, wo er am 9. 10. 1967 bei einem Gefecht in Higueras/Bolivien von einem Offizier der bolivian. Armee erschossen wurde.

Lit.: →Guerilla ks

Guinea

Fläche (Tsd. qkm): 246
Bev. (Mio.) 1999: 8,0
BNE pro Kopf (US-$) 2000: 450
BIP (Mio. US-$) 1999: 3693
LE (Jahre) 1999: 48,5
Analphabetenquote (%) 1995: 64,1
HDI 1999: 0,397 [Rangplatz von 162: 150]

Die Republik G., die 1958 gegen den Willen de Gaulles als erstes Land des frz.-sprachigen Schwarzafrika die Unabh. gewählt hatte, galt aufgrund ihres pol. und wirtsch. Systems lange Jahre als ein Musterland für einen «sozialistischen» bzw. «progressistischen» E.-Weg in Schwarzafrika. Nach dem Tod des Staatsgründers Sékou Touré, der mit einer Einheitspartei regiert hatte, bestimmte von 1984 bis 1990 eine gemäßigte Diktatur des Militärs das Land. Die von Präsident Conté eingeleitete Transition kam jedoch wegen Repressionsmaßnahmen und drastischen Menschenrechtsverletzungen gegenüber der Opposition nur wenig voran.

1. Das Land gliedert sich in vier geogr.-klimatisch und ethnisch versch. Regionen: Die Küstenebene mit ihren extrem hohen Niederschlägen, die reiche Möglichkeiten für die Landw. bieten, wird überwiegend von Sussu bewohnt (rund 16 % der Bev.), deren Sprache sich allmählich zu einer auch überregional verstandenen **lingua franca* entwickelt, u. a. weil die Hauptstadt Conakry (1995: ca. 1,5 Mio. Ew.) an der Küste liegt. Die im bergigen Fouta-Djallon lebenden

Peul (Fulbe) stellen mit rd. 40 % der Gesamtbev. die größte ethn. Gruppe G.s. In dem sich anschließenden Savannenplateau Oberguineas sind Angehörige der Mande, v. a. Malinke (30 %), beheimatet. Am weitesten von der guin. Küste entfernt ist die Wald-Region, die ethnisch heterogen (Kissi, Kpelle, Toma u. a.) und aufgrund geogr. Gegebenheiten und der bisherigen Verkehrswege wirtsch. stärker auf die Nachbarländer Sierra Leone und Liberia hin ausgerichtet ist.

2. Der guin. E.-Weg, bestehende externe Abh.-Strukturen durch eine begrenzte, pol. kontrollierte Kooperation mit den IL zu überwinden und intern basisdemokratische Strukturen zu errichten, die zugleich die Gewinnung landw. Autarkie erleichtern sollten, wurde in mehreren Etappen formuliert. Nach der Wahl der Unabh. durch G. (mit 92,5 % der Stimmen im Referendum von 1958) wollte de Gaulle durch den Abbruch jeglicher Beziehungen F.s mit G. beweisen, dass es ohne frz. Hilfe nicht lebensfähig sei. Ein Minimum an staatl. Funktionen wurde v. a. von der einzigen landesweiten Org., dem PDG (*Parti Démocratique de Guinée*), gewährleistet. Unter Führung des Gewerkschafters Sékou Touré (Jahrgang 1922) war dem PDG nach einem landesweiten Streik 1953 eine sich bis zur Unabh. noch steigernde Massenmobilisierung gelungen (außer in Teilen des Fouta-Djallon), der die durch Zusammenarbeit mit F. diskreditierten anderen Parteien nichts entgegenzusetzen hatten. Die Zielsetzung der PDG-Führung im gesellsch. Bereich orientierte sich z.T. an idealisierten Vorstellungen einer vorkolonialen, von Basisdemokratie und sozialer Solidarität geprägten Gesellschaft («Kommunokratie»).

3. Obwohl noch Anfang 1959 nur 6,2 % der damals auf rund 2,9 Mio. geschätzten Bev. in Orten über 2500 Ew. lebten (davon die Hälfte in Conakry) und 52,9 % des BIP noch von der Wirtsch. (Landw. und Handwerk) erbracht wurden (weitere 9,2 % von der für den Export produzierenden Landw.: Bananen, Erdnüsse, Kaffee u. a., die Ende der 1950er J. mit ca. 60 % der Exporterlöse mit Abstand wichtigster Devisenbringer war), wurde das Schwergewicht der *E.-Planung auf den extraktiven Sektor gelegt, der die zumal nach Verlassen der *Franc-Zone 1960 dringend benötigten Devisen erwirtschaftete. G. besitzt die größten gegenwärtig bekannten Bauxitvorkommen der Erde, die seit Mitte der 1950er J. abgebaut werden. Die Ausbeutung von Bauxitlagern in Fria und Boké wurde von **joint ventures* vorgenommen, in denen der Staat 49 % der Anteile besaß, den Verwaltungsratsvorsitzenden stellte und 65 % der Gewinne erhielt. Anfang der 1990er J. stellte der Bergbau noch immer 85 % der Exportanteile. Im Rahmen eines mit der *Weltbank 1995 erarbeiteten Programms soll der Staatsanteil am Bergbau reduziert werden; ferner sollen bürokrat. Hemmnisse abgebaut, Steuervergünstigungen gewährt und höherer Gewinntransfer erzielt werden. Auch die Goldexploration wurde 1995 wieder aufgenommen. Der 1994 begonnene Bau des Garafiri-Wasserkraftwerks soll die Hauptenergie für den Bergbau liefern; freilich zog sich die Weltbank aus wirtsch., sozialen und ökolog. Bedenken aus dem Bauprojekt zurück.

Die Landw., die noch Ende der 1970er J. 80 % der aktiven Bev. beschäftigte, wurde seit der Unabh. v. a. zugunsten des Bergbaus stark vernachlässigt. Mehrere jeweils mit großem Propagandaaufwand verkündete Versuche zu *Agrarreformen führten in der Praxis dazu, dass das Verfügungsrecht über den Boden an den örtlichen Parteichef überging und diejenigen, die landw. Arbeitskräfte bezahlen können (Großgrundbesitzer, Kaufleute), ihre Besitzverhältnisse festigen konnten; z.T. fehlte damit – auch aufgrund der niedrigen (staatl.) Aufkaufpreise – für die Masse der Bauern ein Anreiz zu gesteigerter Produktion, z.T. wandern beträchtliche Mengen der guin. Agrarerzeugnisse (Reis, Mais, Erdnüsse, Palmprodukte, Kaffee, Bananen usw.) auf Schmuggelwegen in die sechs Nachbar-

länder, wo höhere Preise dafür gezahlt werden. G. ist daher seit Jahren zur Sicherung seiner Lebensmittelversorgung auf umfangreiche Einfuhren (v.a. Reis aus den USA) angewiesen.
Bereits bis Anfang der 1960er J. wurden Banken u. Versicherungen (diese waren überwiegend in frz. Hand) sowie Binnen- und Außenhandel verstaatlicht. Die Versorgung der Bev. mit Verbrauchsgütern (einschließlich Lebensmittel) wurde zu einem großen Teil über den schwarzen Markt abgewickelt, was die Behörden stillschweigend duldeten, solange keine aus Staatsbetrieben entwendeten Erzeugnisse angeboten wurden. Die trostlose Versorgungslage bildete 1977 den Anlass für massive pol. Protestkundgebungen. Letztere waren mitverantwortlich für eine Teilreprivatisierung des Einzelhandels und eine Neuregelung der Investitionsbestimmungen, die ausl. Kapital Anreize zur Anlage in G. schaffen sollte.
Positiver war lange Zeit die Bilanz im Bildungswesen. Von 1957/58 bis 1977/78 stieg die Zahl der Primarschüler von 42500 auf 272000, in allen Schularten von 45000 auf 378000. Konsequenter als andere afrik. Staaten versuchte G., sich bei den Curricula von den frz. Vorbildern zu lösen und die Lehrinhalte den Erfordernissen der guin. Gesellsch. anzupassen, was durch die Einführung afrik. Sprachen im Unterricht der unteren Klassen unterstrichen wurde. Durch die fehlende materielle Ausstattung hat das Bildungswesen jedoch schwere Rückschläge erlitten. 1988 soll aus diesem Grund die Einschulungsquote nur noch bei etwa 25 % gelegen haben. Nach 1984 wurde Frz. wieder als Unterrichtssprache in den Grundschulen eingeführt.
4. Im pol.-institutionellen Bereich wurde nach der Unabh. die dominierende Rolle des PDG so weit verstärkt, dass Partei und Staat zur unlösbaren Einheit (*Parti-État*) erklärt wurden. Hatten dem PDG in der Phase «nat. Demokratie» (1958–1964) über die Hälfte der erwachsenen Bev. als nominelle Mitgl. angehört, so erklärte S. Touré 1964, als die Existenz von Klassengegensätzen nicht mehr zu leugnen war, den PDG von einer «Massenpartei» zur «revolutionären Avantgardepartei», in der die «revolutionäre Mehrheit» gegen die «konterrevolutionäre Minderheit» organisiert sei. Aufgrund des «Rahmengesetzes von 1964» wurde die Mitgl.-Zahl des PDG auf 1/6 der Bev. (in Conakry 30000) festgelegt. Angehörige des Partei- und Verwaltungsapparats mussten Rechenschaft über die Herkunft ihres seit der Unabh. erworbenen Vermögens geben, was heftigste Gegenwehr vonseiten der Betroffenen auslöste.
Die Artikulation abweichender Meinungen war im PDG, der als die bestgefestigte Partei der Region galt, nicht möglich. Schonungslose Verfolgung tatsächlicher oder vermeintlicher Oppositioneller war Bestandteil des pol. Systems, was G. den Ruf eines «Gulag der Tropen» einbrachte. Aufgrund des Axioms eines «permanenten Komplotts» führte die Staats- und Parteiführung mehrfach meist blutige «Säuberungen» ihr jeweils gefährlich erscheinender gesellsch. Gruppen durch: 1960 gegen Teile der Peul-Chefferie, 1961 gegen die marxist. Lehrergewerkschaft, 1965 gegen Kaufleute, 1969 gegen die Armee, am brutalsten nach der mit portug. Unterstützung von Exilguineern 1970 versuchten Invasion und 1976 erneut gegen führende Peul. 1/3 bis 1/4 der Ew. G.s sind aus pol., v.a. aber wirtsch. Gründen in die Nachbarländer emigriert.
Außenpol. trat S. Touré von Beginn der Unabh. an für die Einheit Afrikas ein, schloss sich zunächst eng an die «progressistischen» Regime von Mali und Ghana an, geriet nach deren Sturz aber in eine weitgehende außenpol. Isolation, die durch ständige Konflikte mit dem Nachbarstaat Elfenbeinküste noch verschärft wurde. Ende der 1970er J. versuchte G. erneut eine Annäherung an den W (Motiv: *Kapitalhilfe und *Technologietransfer) bei gleichzeitiger Zusammenarbeit mit dem O (aufgrund der «ideolog. Nähe»). Bereits zu dieser Zeit konnte die

guin. E.-Strategie als gescheitert gelten. Die Abh. von außen hat nach 1958 durch die Verlagerung des Exports auf ein einziges Produkt (Bauxit) noch zugenommen; der Bergbausektor stellt eine extrem auf das Ausland gerichtete *Enklave mit nur sehr geringen Verbindungen zu anderen Bereichen der Wirtsch. dar. Das Ziel einer landw. Autarkie konnte bei weitem nicht erreicht werden. Durch die Notwendigkeit regelmäßiger umfangreicher Importe von US-Reis waren auch einer tendenziell antiwestl. Außenpol. gewisse Grenzen gesetzt.

Das von S. Touré geprägte pol. und sozioökon. System überlebte dessen Tod 1984 nur um eine Woche. Nach der Machtübernahme des Militärs unter General Lansana Conté, bei der der scheinbar fest gefügte PDG-Staat in sich zusammenbrach, wurde schrittweise der Übergang zu einer marktwirtsch. orientierten Wirtsch.-Pol. vollzogen. Bis 1992 wurden acht Staatsbetriebe privatisiert (westeurop. und saudiarab. Kapital), das Bankensystem reformiert und eine neue Agrarpol. eingeleitet, die die Bauern durch größere materielle Anreize zu Produktionssteigerungen veranlassen, dadurch die hohen Nahrungsmittelimporte reduzieren und langfristig die Basis für eine Agrarerzeugnisse weiterverarbeitende Ind. legen soll. Bescheidene Erfolge wie ein Wirtsch.-Wachstum von 6 % 1987 (1995: 4 %) und eine Senkung der Inflationsrate von 78 auf 13 % (1994: 4,1 %) wurden zwar erreicht. Doch führte der – von der *Weltbank und anderen int. Organisationen mit einer Reihe von Krediten honorierte – Austeritätskurs zu gravierenden sozialen Spannungen. 1996 revoltierten Soldaten wegen ausstehender Soldzahlungen; ein Putschversuch wurde vereitelt.

Den Forderungen nach pol. Liberalisierung entsprach die Reg. durch das Abhalten eines Referendums im Dez. 1990, in dem sich die Bev. für eine neue Verfassung und die Übergabe der Reg.-Gewalt an eine Zivilreg. aussprach. *Politische Parteien wurden 1992 erneut legalisiert. 1993 und 1998 ließ sich Präsident Conté in Wahlen bestätigen; erst 1995 jedoch fanden erstmals in der Geschichte des Landes Mehrparteienwahlen statt, bei denen die Partei des Präs. *Parti de l'unité et du progrès* (PUP) einen überwältigenden Sieg erzielte und die von der Opposition als gefälscht angeprangert wurden. In der Grenzregion zu Sierra Leone und Liberia kam es 2000 zu bewaffneten Auseinandersetzungen, für die die Reg. inl. und sierra-leonische Rebellen und Rebellenorg. verantwortlich machte. Zur Hilfeleistung an die zwischen die Fronten geratenen Flüchtlinge (ca. 180000) wurde das *UNHCR aktiv. Es gelang 2001, einen Sicherheitskorridor zwischen Sierra Leone und G. zu etablieren und einen Großteil der Flüchtlinge zu evakuieren. Außenpol. setzt die Reg. auf eine Diversifizierung ihrer Bez.; eine Annäherung an die arab. und islam. Länder zeichnet sich ab. Sept. 2000 wurde der Oppositionsführer A. Condé wegen angeblicher Vorbereitung eines Staatsstreichs zu 5 J. Haft verurteilt, Mai 2001 auf int. Druck wieder freigelassen.

Lit.: W. Schneider-Barthold, «La grande ouverture de Guinée». Außenpolitische Neuordnung und Wirtschaftsreform oder Rückkehr zum Stand der frühen sechziger Jahre, in: Afrika Spectrum 2/1979, S. 177ff.; I. B. Kake, Sékou Touré. Le Héros et le tyran, Paris 1987; U. Schmidt, Guinea, in: HDW III, 4, 1993, S. 243ff. kz/pb

Guinea-Bissau

Fläche (Tsd. qkm): 36,125
Bev. (Mio.) 2001: 1,20
BNE pro Kopf (US-$) 2000: 180
BIP (Mio. US-$) 2000: 225
LE (Jahre) 1999: 44,0
Analphabetenquote (%) 1999: 62
HDI 1999: 0,339 [Rangplatz von 162: 156]

1. Das westafrik. Land mit den vorgelagerten Bissagos-Inseln liegt zwischen Guinea und Senegal und verfügt über eine 350 km lange atlantische Küste. Die Bev. G.-B.s (Hs. Bissau) teilt sich in über 30 in Westafrika ansässige ethn. Gruppen. Am stärksten vertreten sind die Balante (30 %), die Fula (20 %), die Mand-

jako (14 %), die Mandingo (13 %) und die Pepel (7 %). Europäer und Mulatten stellen weniger als 1 % der Bev. Die Staatssprache ist Portugiesisch, als Verkehrssprache wird aber ein portug.-afrik. «Crioulo» gesprochen. Die Glaubensgemeinschaften sind vertreten durch 54 % Anhänger von Naturreligionen, 38 % Muslime sowie eine christl. Minderheit (8 %, v. a. Katholiken). Obwohl lediglich 11 % des Landes anbaufähig sind, ist der Agrarsektor der dominierende Wirtsch.-Zweig (zusammen mit Fischfang BIP-Anteil 1998: 62 %; 83,3 % der Beschäftigten). Palmöl, Cashew-, Kokos- und Erdnüsse bilden 98 % des Exports. Reis und Maniok werden in *Subsistenzwirtschaft angebaut.

2. G.-B. wurde 1446 von Nuno Tristão erkundet und in portug. Besitz genommen. Die Küstengebiete dienten ab dem 16. Jh. bevorzugt als Handelsplätze für den Sklavenhandel. Nach dem int. Verbot des Sklavenhandels wurde der Großanbau von Erdnüssen (*Monokultur) von einheim. *Subsistenzbauern betrieben. 1951 wurde G.-B. Überseeprovinz, erhielt aber erst 1973 eigene Finanz- und Verwaltungsautonomie. Die 1956 von intellektuellen *assimilados* unter der Führung A. *Cabrals gegr. *Befreiungsbewegung PAIGC (*Partido Africano da Independência da Guiné e de Cabo Verde*) erreichte durch pol. Mobilisierung der Bauern und ab 1963 durch Guerilla-Krieg die Unabh. des Landes (10. 9. 1974).

3. In dem Land, das nur über eine stark mangelhafte Infrastruktur verfügt, sind 5 % der Erw. in Ind., Handel und Dienstleist. beschäftigt und 5 % im öfftl. Dienst. Der Dienstleist.-Sektor trägt zu 25 % zum BNE bei (1998). Die Sicherung der *Ernährung der von Nahrungsmittelimporten abh. Bev. ist ein e.-pol. Grundproblem. Die durchschn. Inflationsrate betrug 1990–99 37,6 %. Die Außenverschuldung erreichte 1999 mit 913 Mio. US-$ das Vierfache des BNE. Die E.-Hilfe beläuft sich auf 100 Mio. US-$ p. a. (1995), was 75 % des Staatshaushaltes entspricht. Schweden, Frankreich und Portugal gehörten 1995 zu den Hauptgeberländern.

4. G.-B. versuchte mit einer Pol. der **self-reliance* einen soz. E.-Weg (kuban. Militär- und Zivilberater mit Unterstützung der ehem. SU). Der Aufbau der zerstörten Landw. zur Versorgung der Bev. mit Nahrungsmitteln erhielt abs. Priorität. Außenpol. wurden Antiimperialismus und *Blockfreiheit zu Grundprinzipien. Misserfolge der Agrarpol. und Dürre (→Sahelzone) und die Änderung der Verfassung (1980) der Rep. (Abschaffung des Amtes des Premiers, Stärkung des Präs.) führten zum Putsch von MP Vieira gegen Präs. L. Cabral. Ihm wurden *Korruption, Massenmorde von pol. Gefangenen und v. a. die Benachteiligung der Guineer gegenüber den im öfftl. Dienst bevorzugt beschäftigten Kapverdianern vorgeworfen.

Von 1980 bis 1984 wurde das Land von einem Revolutionsrat unter Staats- und Reg.chef J. B. Vieira regiert. Die Kooperation mit den Kapverd. Inseln kam weitgehend zum Erliegen, und mit der Gründung der kapverd. *Partido Africano da Independência de Cabo Verde* (PAICV) zerfiel auch die Einheit der PAIGC. Die nach den Regeln der neuen Verfassung (1984: Staatsrat, Nationalversammlung mit 150 Abg., 4 Provinzen) durchgeführte Wahl zur wieder eingesetzten Nationalversammlung bestätigte die Einheitspartei PAIGC (96 % der Stimmen).

Seit 1985 begann ein Öffnungsprozess G.-B.s gegenüber dem Westen, infolge dessen 1986 ein von der *Weltbank und vom *IWF unterstütztes Programm zum wirtsch. Aufbau und zur Neustrukturierung des Landes initiiert wurde. Im Zuge der wirtsch. Liberalisierung wurde 1991 ein Mehrparteiensystem eingeführt. Parl.- und Präs.-Wahlen wurden am 30. 7. 1994 durchgeführt. Die PAIGC erreichte die Mehrheit der Sitze, und Präs. Vieira gelang ein knapper Wahlsieg.

Einem Putsch durch die Armeeführung im Juni 1998 widerstand Präs. Vieira nur mit Hilfe einer umstrittenen *ECOWAS-

Militärintervention, bei der es innerhalb kurzer Zeit zu Hungersnot und zu Evakuierungsbemühungen der zivilen Bev. seitens Portugal kam. Nach Vorwürfen der verfassungswidrigen Verhängung des Ausnahmezustandes und der Einwilligung zur Stationierung ausl. milit. Truppen während der Junikrise erreichte eine Mehrheit von mehr als 2/3 der Abg. im Nov. 1998 die Amtsenthebung Vieiras und seine strafrechtl. Verfolgung. Die während des Putsches einberufene milit. Junta unter der Führung von Ansumane Mané sollte das Land bis zu den Parl.- und Präs.-Wahlen am 28. 11. 1999 regieren. Mit 72 % der Stimmen wurde Kumba Yala (PRS Partido para a Renovação Social) in der Stichwahl vom 23. 1. 2000 mit großem Abstand gegen Malam Bacai Sanhá (PAIGC) in das Präs.amt gewählt. Nach der Wahl der Legislative (PRS 37 von 102 Sitzen, RGB [Resistência da Guiné-Bissau] 27, PIGC 25, Aliança Democrática 4, União para a Mudança 3, sonstige 6) wurde Caetano N'Tchama (PRS) am 25. 1. 2000 als MP vereidigt. Im Nov. kam es zu erneuten Machtkämpfen zwischen der Reg. und Teilen des Militärs nach der Selbsternennung Manés zum Oberhaupt der Streitkräfte. Die Spaltung der Armee und die darauf folgende bewaffnete Konfrontation endete mit der Erschießung von Mané. Nach dem Rückzug der RGB von der Regierungskoalition kam es zum Zerfall der seit 1999 regierenden Koalition und nach einem weiteren misslungenen Putschversuch wurde der seit Januar 2000 amtierende MP N'Tchama (PRS) entlassen und Faustino Imbali am 21. 3. 2001 als Nachfolger vereidigt. Nach versch. Korruptionsskandalen und einem weiteren Putschversuch am 3. 12. 2001 seitens Anhängern des ehem. Präs. Vieiras wurde Alamara Nhassé von Präs. Yala zum neuen MP vereidigt.

7. Die Entdeckung reicher Erdölvorkommen vor der Küste G.-B.s führte zu einem lang andauernden Disput zwischen G.-B. und Senegal um die Festlegung der Grenzen der territorialen Gewässer beider Staaten. 1989 wurde das Anliegen beim Genfer Gerichtshof vorgetragen. Nach der Entscheidung zuungunsten von G.-B. bestätigte 1993 der Internationale Gerichtshof (*IGH) in Den Haag den Schiedsspruch. 1995 unterzeichneten beide Länder ein Abkommen über die Nutzung der **offshore*-Erdölvorkommen. Die Erträge daraus entfallen nach dem festgesetzten Schlüssel zu 85 % auf Senegal und zu 15 % auf G.-B. Dem Abkommen nach sollen die Fischbestände je zur Hälfte von beiden Ländern genutzt werden.

Durch Entlassungen von Beamten, Verringerung von dipl. Vertretungen, Vergabe von Fischfangrechten an die EU (1995) und die Zusage zur Verlagerung der US-Stützpunkte von Liberia nach G.-B. versuchte die Reg., die sich am Rande der Zahlungsunfähigkeit befindet, den harten Vorgaben der Geberländer nachzukommen. G.-B. ist 1994 dem *GATT beigetreten und ist Gründungsmitgl. der *WTO. Der Beitritt zur *Franc-Zone (Mai 1997) und somit zur *UEMOA sind als Erfolge der Außen- und Wirtschaftspol. von G.-B. zu sehen.

Lit.: B. Davidson, Die Befreiung Guineas, Frankfurt 1970; D. Nohlen/R. Witzel, Guinea-Bissau, in: F. Nuscheler/K. Ziemer, Politische Organisation und Repräsentation in Afrika, Berlin/New York 1978, S. 847 ff.; U. Schiefer, Guinea-Bissau zwischen Weltwirtschaft und Subsistenz, ISSA, Bonn 1986; R. Galli, Guinea-Bissau, Compendium, London 1990; P. Meyns (Hg.), Demokratie und Strukturreform im portugiesischsprachigen Afrika, Saarbrücken 1992; G. Achinger, Guinea-Bissau, in: HDW III, 4, 1993, S. 253–265; MAI et al., I. Encontro Eleitoral, Vol. 3: Guiné-Bissau, Lissabon 1994; A. C. Clemente-Kersten, Guinea-Bissau, in: D. Nohlen/M. Krennerich/B. Thibaut, Elections in Africa: A Data Handbook, Oxford 1999, S. 461 ff. acc

Guyana

Fläche (Tsd. qkm): 214,969
Bev. (Mio.) 2000: 0,86
BNE pro Kopf (US-$) 2000: 770
BIP (Mio. US-$) 2000: 718
LE (Jahre) 1999: 53,4
Analphabetenquote (%) 1999: 2
HDI 1999: 0,704 [Rangplatz von 162: 93]

Die *Cooperative Republic* G. versuchte einen nicht-kapitalistischen E.-Weg, der auf *Genossenschaften und *Selbsthilfe (*self-help*) aufbaute. Das Scheitern dieses *Dritten Weges war Ende der 1980er J. angesichts der ökon. Probleme des Landes und der Pol. des repressiven Machterhalts der PNC-Reg. manifest. Der demokrat. Machtwechsel von 1992 und anhaltende günstige Konjunkturdaten 1992–97 eröffneten G. eine Chance zur pol. und wirtsch. Konsolidierung.

1. 85 % der ehem. brit. Kolonie G. (1814–1966) sind von trop. Regenwald bedeckt. Agrarisch genutzt wird nur der Küstenstreifen G.s, wo v. a. Zucker (das wichtigste landw. Exportgut; 1998: 24 % des Ausfuhrwertes) und Reis angebaut werden. Im Landesinnern wurden eine Reihe von Bodenschätzen nachgewiesen bzw. werden dort vermutet. Wichtigste Exportgüter sind das Gold (23 %) und das Bauxit (14 % des Ausfuhrwertes).

2. Aus der *Gewerkschaftsbewegung der 1920er und 1930er J. (1922 Gründung der *Guiana Labour Union*, der ersten Gewerkschaft der Karibik) ging 1950 die *People's Progressive Party* (PPP) des Inders Cheddi Jagan hervor, die ursprgl. die versch. ethn. Gruppen des Landes integrierte. Im Sog des Kalten Krieges geriet Jagan unter Kommunismusverdacht (und entsprechenden außen- und innenpol. Druck), worauf sich eine Gruppe von PPP-Mitgl., geführt von dem ehem. Erziehungsmin. des von 1953 bis 1964 regierenden Jagan, dem Afrikaner Forbes Burnham, von der PPP abspaltete und den PNC (*People's National Congress*) bildete. Ideolog. Trennlinien wurden somit durch Rassengegensätze noch verschärft bzw. überdeckt. Aus Sorge, der Marxist Jagan könne, gestützt auf den ind. Bev.-Anteil von 50 % und begünstigt durch das rel. Mehrheitswahlsystem, erster MP eines unabh. G.s werden, verschob GB auf Druck der USA die Gewährung der Unabh. für das Land von 1963 auf 1966 und schrieb für die Wahlen 1964 die der brit. Trad. fremde Verhältniswahl vor. Dadurch gelang es Burnham, an der Spitze einer antiindischen Koalition MP zu werden, was er bis zu seinem Tod im Jahre 1985 aufgrund weiterer Wahlerfolge (unter Zuhilfenahme von Wahlmanipulationen) und innenpol. Repressionsmaßnahmen blieb. Burnham führte G. in den ökon. Ruin. Sein Nachfolger, der neue PNC-Vorsitzende Desmond Hoyte, der sich durch manipulierte Wahlen im Dez. 1985 im Amt bestätigen ließ, vollzog bis Ende der 1980er J. v. a. aufgrund der wirtsch. desolaten Lage G.s einen pol. Kurswechsel: innenpol. vom Kooperativensozialismus zur privaten Marktwirtsch., außenpol. von der *Blockfreiheit zur Annäherung an die USA.

3. Die Bev. G.s konzentriert sich auf den Küstenstreifen und mehr und mehr auf die Städte (Hs. Georgetown 1992 ca. 200000 Ew.), wobei die ethn. Gruppen sich entsprechend ihrer Wirtsch.-Tätigkeit verteilen (Inder im Agrarsektor, Afrikaner in den Städten). Ca. 51 % der Bev. sind Inder, 33 % Schwarze, 4 % Indianer, 2 % Weiße, 0,7 % Chinesen, 9,3 % Mischlinge. 1996 waren ca. 34 % der Erw. in der Ind., 39 % im Primärsektor und 27 % im Dienstl.-Sektor beschäftigt.

4. Die Bauxitförderung (Arbeitsplätze für nur 3,5 % der Erw.) ist der bedeutendste Ind.-Zweig des Landes. 1971 wurden die Niederlassung von ALCAN und 1975 die Anlagen von *Reynolds* (gegen Entschädigungen) verstaatlicht. G. blieb jedoch weiter von den Nachfrageschwankungen des Weltmarktes bzw. der Vermarktungsstrategie des kanad. ALCAN-Konzerns abh., der G.s Bauxit zum größten Teil verarbeitet. Bauxit hat aber nur zeitweise in seiner Bedeutung das Hauptexportgut Zucker abgelöst (Verstaatlichung der Zuckerind. 1976). Insges. kontrollierte der Staat bis Mitte der 1980er J. ca. 80 % der Wirtsch.-Tätigkeit. In ausl. Hand blieben die Vermarktung der Zucker- und Bauxitexporte sowie der Finanzsektor.

5. Die soziale Struktur G.s ist durch die Überlagerung ethn. und sozialer Kon-

fliktlinien gekennzeichnet. Am unteren Ende der gesellsch. Pyramide rangieren die Arbeitslosen in den Städten (1993: 12 %) und die Arbeiter auf den Zuckerplantagen. Die besten Löhne beziehen die Minenarbeiter, ausschließlich Afrikaner. Afrikaner dominieren auch den Staatsapparat. Der Staat, wichtigster Arbeitgeber des Landes, benachteiligt bei der Vergabe von Arbeitsplätzen systematisch die indische Bev.

6. Die koloniale Vergangenheit G.s hat eine relig. (54 % Christen, vorwiegend Protestanten, 33 % Hindus, 8 % Muslime) und sprachliche Vielfalt (9 Stammesdialekte, Patois, Hindi, Urdu und indian. Sprachen, Amtssprache Englisch) hervorgebracht. Im Erziehungswesen wirkten die Konsequenzen des ehem. christlichen Ausbildungsmonopols v. a. in dem überproportionalen Anteil der Inder an der Zahl der Analphabeten (1900 insg. 20 %) und deren geringeren Karrierechancen (Unterrepräsentation in Verwaltung, Erziehungs- und Gesundheitswesen) fort. Das Bildungsgefälle zwischen den Rassen entspricht dem Stadt-Land-Gefälle, da sich die höheren Schulen in den Städten konzentrieren. Die Gesundheitsversorgung der Bev. wurde verbessert, hält aber mit der wachsenden Bev. nicht Schritt.

7. G. ist seit 1970 *Cooperative Republic* mit einer seit 1980 (manipuliertes Referendum über neue Verfassung) auch institutionell abgesicherten Herrschaft des PNC. Für G. wurde langfristig als Ziel gesetzt, sich zu einer nichtkapitalistischen Gesellsch. (seit 1973 begriff sich der PNC als soz. Partei) fortzuentwickeln (dies ergab eine ideolog. Nähe zur PPP). *Genossenschaften sollten die staatl. und privatkapitalist. Wirtsch.-Sektoren verdrängen. Bis Mitte 1972 waren etwa 15 % der Bev. in mehr als 1000 Genossenschaften organisiert. Deren Mehrzahl dient der Kapital- und Kreditmobilisierung, ein Drittel der Agrarproduktion, der Viehhaltung und der Vermarktung, die übrigen haben versch. Aufgaben der *self-help* (Slogan der Kooperativen). Der wirtsch.-pol. Kurs des PNC zeichnete sich im Ergebnis aber v. a. durch Missmanagement, Verfall der Infrastruktur, anhaltende schwere Rezession sowie massive *Korruption aus. Dabei diente der weitgehend verstaatlichte wirtsch. Sektor dem PNP-Regime v. a. zur Absicherung seiner Macht durch ein ausgedehntes Patronagesystem. Durch den Preisverfall bei Bauxit und Zucker wurde die Lage noch erheblich verschärft. 1982 musste die Reg. Burnham dann den Staatsbankrott eingestehen, 1985 wurde G. für kreditunwürdig erklärt (Auslandsschuld 1999: 1527 Mio. US-$, über 245 % des BIP). Auf Druck der USA erfolgte die marktwirtsch. Öffnung G.s und das Versprechen des PNP, demokratische Wahlen zuzulassen, unter dem Zwang, wieder pos. Bez. zum *IWF herzustellen, sowie auch auf massiven innenpol. Druck. Nach Verschiebungen fanden am 5. 10. 1992 schließlich Wahlen statt, die von ausl. Beobachtern insges. als fair bewertet wurden. Nach 28 J. in der Opposition erzielte die PPP einen knappen Wahlsieg (52,3 % der Stimmen; 35 von 65 Sitzen). Jagan, der sich bereits seit längerer Zeit vom Marxismus losgesagt hatte, wurde Präs. Er gab den eingeleiteten wirtsch. Reformen Kontinuität (infrastrukturelle Besserung der exportorientierten Landw. und des Bergbaus [Goldminen] und Privatisierungen öfftl. Unternehmen), was zu einem seit 1992 anhaltenden ökon. Aufschwung führte. Nach dem Tode Jagans (März 1997) wurde verfassungsgemäß Samuel Hinds (Vizepräs.) sein Nachfolger. Die 77-jährige Witwe, Janet Jagan, wurde zur MP ernannt und konnte sich mit dem Wahlbündnis aus Progressiver Volkspartei (PPP) und Bürgerpartei (CIVIC/C) bei den Präs.-Wahlen im Dez. 1997 gegen den ehem. Präs. Hoyte durchsetzen. Nach andauernden gewalttätigen Straßendemonstrationen wegen angeblicher Unregelmäßigkeiten bei der Wahl unterzeichneten im Januar 1998 Präs. Jagan und der Oppositionsführer Hoyte (PNC) ein Abkommen – unter Vermittlung der *CARICOM –,

wonach sie sich auf eine Verfassungsreform verpflichteten, mit dem Ziel, innerhalb von drei Jahren Neuwahlen durchzuführen. Im August 1999 ist Janet Jagan aus gesundheitl. Gründen von ihrem Amt zurückgetreten. Zum Nachfolger wurde der Finanzminister Bharrat Jagdeo ernannt. Im Januar 2001 sind die Parl.-Wahlen vom 15. 12. 1997 vom Obersten Gerichtshof annulliert und Neuwahlen für den 19. 3. 2001 angesetzt worden. Die regierende PP wurde mit 53,1 % der Stimmen und 34 der 65 Parl.-Sitze wiedergewählt und bekam somit die dritte Amtszeit in Folge. Außenpol. sorgte der Konflikt zw. G. und Surinam über das an Ölvorkommen reiche Küstengewässer für Schlagzeilen. Lediglich durch die Bemühungen beider Staatspräs. konnte die mil. Eskalation 2001 entschärft, jedoch nicht gelöst werden.

Lit.: C. Jagan, The Economic Crisis in Guyana, Georgetown 1978; K. R. Hope, Development Policy in Guyana: Planning, Finance and Administration, Boulder (Col.) 1979; G. K. Danns, Domination and Power in Guyana: A Study of the Police in a Third World Context, New York 1982; R. Chandisingh, Guyana's New Constitution and the Elections of 1980: A Case of People's Power?, in: Verfassung und Recht in Übersee 15, 1982, S. 145 ff.; W. Rodney, A History of the Guyanese Working Class, 1881–1905, London 1982; Latin America Bureau, Guyana: Fraudulent Revolution, London 1984; Ch. Singh, Guyana: Politics in a Plantation Society, New York 1988; Ch. Jagan, Forbidden Freedom. The Story of British Guiana, London 1989; P. Mars, Ethnic Conflict and Political Control: The Case of Guyana, in: Social and Economic Studies, 39, 2, 1990, S. 65 ff.; B. Hillebrands, Guyana, in: D. Nohlen (Hg.), Handbuch der Wahldaten Lateinamerikas und der Karibik, Opladen 1993, S. 389 ff.; H. Henn, Guyana, in: HDW III, 3, Bonn 1995, S. 423 ff. rs/acc

G-20 (Gruppe der 20) Im Sept. 1999 geschaffenes Gesprächsforum zwischen den 7 großen IL (G-7), Russland, *IWF, *Weltbank sowie den wichtigsten *Schwellenländern (u. a. Brasilien, VR China, Indien, Indonesien, Mexiko, Südkorea). Ziel dieses informellen Forums ist es, «die *Globalisierung zum Nutzen aller Völker in jeder Weltgegend gestalten zu können». Hierzu wurden auf dem konstituierenden Treffen im Dez. 1999 vier Kooperationsschwerpunkte in den Bereichen Wirtsch.- und Finanzpol. vereinbart, die bei der Folgekonferenz im Herbst 2000 weiter konkretisiert wurden. red

H

Haager Erklärung →Ökologie

HABITAT *UN-Siedlungszentrum (ehemals UNCHS = *United Nations Centre for Human Settlements*). Erste HABITAT-Konferenz zum Thema menschliches Wohnen im Mai 1976 in Vancouver. Die hier verabschiedete *Deklaration von Vancouver* forderte die Planung und Durchführung staatlicher Wohnungspol. unter Beteiligung der Betroffenen mit dem Ziel, allen Menschen, gleichermaßen in Stadt und Land, «menschenwürdigen» Wohnraum zur Verfügung zu stellen. Eine Reform des Bodenrechts sollte den entsprechenden Zugang zu Bauland erleichtern. Bei neuen Bauvorhaben sollten vor allem heimische Materialien und angepasste Technologien genutzt werden. Institutionalisiert wurden diese Ziele durch die Einrichtung des HABITAT-Zentrums mit Hauptsitz in Nairobi. HABITAT beschäftigt hier etwa 160 Mitarbeiter und etwa 60 weitere auf den einzelnen Kontinenten. HABITAT untersteht der UN-Kommission für menschliche Siedlungen, die seit 1978 auf ihren Jahreskonferenzen Rechenschaft über die Aktivitäten zur weltweiten Bekämpfung von Wohnungsnot gibt und neue Initiativen anregt. HABITAT II fand im Juni 1996 in Istanbul statt und hatte die wachsende globale Verstädterung zum Thema; diskutiert wurde schwerpunktmäßig das Recht auf menschenwürdiges Wohnen und über Wege zur umweltgerechten E. der Städte. Mit der *Istanbul-Deklaration über menschliche Siedlungen* wurde *das Recht auf angemessenen Wohnraum* festgeschrieben, das erstmals als Menschenrecht fixiert wurde. Erstmals wurden *NROs an der Formulierung der Agenda (ohne Stimmrecht) beteiligt. Angesichts fehlender konkreter Verpflichtungen in Richtung nachhaltiger Stadtentwicklung und der allg. Finanznot mit besonders negativen Auswirkungen für die EL wurden jedoch Zweifel an der aktuellen und langfristigen Wirksamkeit von HABITAT II geäußert. 2001 veröffentlichte HABITAT einen Weltbevölkerungsbericht, der vor allem das starke Wachstum der Großstädte und die damit einhergehende Polarisierung von Arm und Reich in unmittelbarer Nachbarschaft problematisiert.
Internet: www.habitat.org

Lit.: →Wohnen red

hacienda Die trad. h. ist ein auf Selbstversorgung orientierter landw. Betrieb, der sich auf das Monopol am Boden, zum Teil auch Wasser, und die Leibeigenschaft der um sie herum wohnenden Bev. gründet. Bewirtschaftet wird – bei Abwesenheit des Besitzers vertritt ihn ein *mayordomo* – nur ein kleiner Teil des Landes mit der Arbeitskraft der *colonos* (*inquilinos* in Chile, *yanaconas* in Peru etc.), die eine Parzelle Land zur Eigenversorgung mit der Verpflichtung erhalten, 3 bis 5 Tage in der Woche für den *hacendado* zu arbeiten. Die h. stellt ein komplettes System wirtsch., sozialer und pol. Beziehungen zwischen der Person des Patrons und dem der Ausbeutung und Knechtschaft unterworfenen Landarbeitern dar. Es ist jedoch – nicht zuletzt durch das Modernisierungserfordernis der Landw. – im Schwinden begriffen. Auf dem Lande setzen sich auch im *Latifundium und erst recht in der *Plantage Lohnverhältnisse durch.

Lit.: G. Siebenmann (Hg.), Die lateinamerikanische Hacienda, Diessenhofen (Schweiz) 1979. dn

Haiti

Fläche (Tsd. qkm): 27,750
Bev. (Mio.) 2001: 8,30
BNE pro Kopf (US-$) 2000: 510
BIP (Mio. US-$) 2000: 3826
LE (Jahre) 1999: 69,8
Analphabetenquote (%) 1999: 51
HDI 1999: 0,467 [Rangplatz von 162: 134]

1. Die Rep. H. liegt im westl. Drittel der zweitgrößten Insel der Großen Antillen.

11 800 qkm werden landw. genutzt, v. a. die fruchtbaren Küstenebenen (Anteil der Landw. am BIP 1998: 30 %, Anteil der Landw. am Export wegen Stagnation und Aufbau einer exportorientierten, von Auslandskapital getragenen Ind. seit den 1970er J. rückläufig). Hauptexportprodukte in der Landw.: Kaffee (4 % des ges. Exports), Sisal, Zucker, ätherische Öle. Neben den Agrargütern verfügt H. über zahlreiche Holzbestände und z.T. unzureichend erforschte mineralische Rohstoffreserven. Nur Bauxit und Kupfer werden durch ausl. Konzerne kommerziell ausgebeutet und exportiert. Seit der in den 1970er J. eingeleiteten abh. *Industrialisierung H.s hat die Ind. zunehmend an wirtsch. Bedeutung gewonnen. Allerdings trägt die Industrialisierungsstrategie, die gerade das besonders niedrige Lohnniveau, die bestehende ind. Reservearmee und soziale Ungleichheit zur Grundlage hat und wegen ihrer Kapitalintensität (→kapitalintensiv) nur wenig Arbeitsplätze schafft (9 % der erwerbsfähigen Bev. waren 1991 in der Ind. beschäftigt), kaum zur Verbesserung der sozialen Lage der Bev. bei.

2. H. war bis 1804 frz. Kolonie. Das Wirtsch.- und Gesellschaftssystem beruhte auf der Ausbeutung afrik. Sklaven. Nach einem 13-jähr. Befreiungskrieg der Sklaven und Mulatten erlangte H. 1804 die pol. Unabh. von Frankreich und durchbrach das trad. koloniale Agrar-*Exportmodell. Die Verstaatlichung (66–90 %) der landw. genutzten Fläche wurde in den folgenden Jahrzehnten mit der Verteilung der Ländereien an hohe Militärs und Staatsfunktionäre wieder rückgängig gemacht; es wurden feudale Agrarstrukturen mit verschiedenen Pacht- und Abh.-Verhältnissen geschaffen. Seit 1883 geriet das Feudalregime zunehmend in eine Krise, und der weitere Zerfall der pol. Ordnung nach 1907 führte zur Besetzung H.s durch die USA (1915–1934), die eine Teilmodernisierung (Schaffung einer *Infrastruktur) und Vorrangstellung des US-Kapitalinteresses (Gesetze zur Erleichterung des Kapitalimports, US-Investitionen in der Landw.) zur Folge hatte. Die ungleichen sozialen Strukturen wurden nicht nur aufrechterhalten, vielmehr verschärfte sich die soziale Lage der Bauern durch Landvertreibung. Seit der US-Invasion ist die Wirtsch. H.s weitgehend von dem Haupthandelspartner USA abhängig.

3. Die Bev. H.s wurde 1999 auf 7,8 Mio. Ew. geschätzt, die Bev.-Dichte auf 244 pro qkm. Der *Urbanisierungsgrad beträgt 32 % (1995). Hs. Port-au-Prince: 0,8 Mio. Ew. (1996 gesch.). Wegen der Überbev. und mangelnder Beschäftigungsmöglichkeiten auf dem Lande halten der Urbanisierungstrend sowie eine hohe Emigrationsrate (1987 insges. ca. 1 Mio.) an. *Ethnische Zusammensetzung der Bev.: über 60 % Schwarze, 35 % Mulatten und 5 % Weiße.

4. Einer kleinen Oligarchie stehen über 90 % Bauern, Landlose und Marginalisierte (→Marginalität) gegenüber; Mittelschichten haben sich kaum entwickelt. Starke Heterogenität des Agrarsektors: ausl. *Enklaven (Kaffee, Kakao, Sisal, Zucker, Bananen) verfügen über 7 % der agrar. Nutzfläche (hohe Produktivität, ca. 30 % der landw. Produktionswerte). 91 % der landw. Betriebe unter 3 ha besitzen 62 % der landw. Nutzfläche (v. a. *Subsistenzproduktion). 62 % der Erwerbstätigen sind im Primärsektor beschäftigt. Ein großes Problem ist die Verelendung der Landbev. sowie eine hohe *Arbeitslosigkeit und Unterbeschäftigung. Die durchschn. Arbeitslosenquote wurde 1997 auf 70 % gesch. Die med. Versorgung und die Ausbildung der Bev. v. a. auf dem Lande ist völlig unzureichend. Zwei Drittel der Bev. lebt unter der Armutsgrenze, 62 % der Bev. ist unterernährt, Trinkwasser steht lediglich 1/4 der Bev. zur Verfügung und die elektrische Versorgung ist auf einige Stunden am Tag beschränkt.

5. Offiziell sind ca. 80 % der Hait. kath. und 10 % protestantisch, wobei der Voodoo-Kult von ca. 70 % Bev. ausgeübt wird, Amtssprache ist Frz. Die Oberschicht ist an der Verbreitung und Pflege

der frz. Kultur und Sprache orientiert, während die Masse der Bev. kaum mit diesen Werten in Berührung kommt und ihnen ablehnend gegenübersteht bzw. sich diese als Mittel des Aufstiegs zu Eigen macht. Mit der Ausübung ihrer eigenen Kulte (Voodoo-Kult, ein westafrik. Kult, der mit christl. Elementen verschmolzen ist), ihrer eigenen Sprache (Kreolisch) und eigenen Lebensweise (*marronnage*) reagiert sie auf ihre Weise auf die Unterdrückung und Ausbeutung in der Gesellschaft.

6. Der auf Druck der USA und anhaltender sozialer Unruhen erfolgte Sturz des hait. Diktators J. C. Duvalier setzte der 30-jähr. Diktatur der Familiendynastie Duvalier am 9. 2. 1986 ein Ende. Nach der Flucht Duvaliers übernahm ein mehrheitlich aus Militärs gebildeter Nationaler Reg.-Rat unter der Präsidentschaft des Generals Namphy die pol. Macht. Eine neue Verfassung wurde im März 1987 verabschiedet und durch ein Referendum bestätigt. Sie sieht alle 5 J. direkte Präs.- und Parl.-Wahlen vor. Das Parl. besteht aus zwei Kammern. Erstmals seit 30 J. wurden in H. wieder mehrere *politische Parteien, einschließlich der KP, zugelassen. Die für den 27. 11. 1987 anberaumten freien Präs.- und Parl.-Wahlen mussten allerdings nach blutigen Übergriffen Duvalier-treuer Militäreinheiten abgebrochen werden. Die Verfassung wurde bis März 1989 außer Kraft gesetzt. Den Militärs wurde daraufhin die Kontrolle über die Wahlen zugesichert, und im Jan. 1988 wurden erneut Wahlen durchgeführt, die von den Oppositionsparteien und der Kirche wegen Manipulation boykottiert wurden. Aus diesen Wahlen ging L. Manigat als neuer Präs. hervor. Der somit stark eingeschränkte Demokratisierungsprozess H.s wurde bereits am 19. 6. 1988 durch einen Militärputsch unterbrochen.

Am 10. 3. 1990 wurde die Militärreg. unter Prospero Avril durch eine demokrat. Massenbewegung von der Macht vertrieben. Durch die weitere Verschärfung der sozialen Situation geriet die Übergangsreg. in Konflikt mit der demokrat. Opposition. Auf Druck der USA fanden am 16. 12. 1990 freie Wahlen statt. Auf dem neuen Präs. J.-B. Aristide, dem ersten durch faire Wahlen legitimierten Präs. in der Geschichte H.s (66,7 % der Stimmen), ruhten die Hoffnungen auf einen pol. Neubeginn. Doch Okt. 1991 wurde der neue Hoffnungsträger von der Armee gestürzt, was einen neuen Flüchtlingsstrom auslöste und eine int. pol. und wirtsch. Isolierung Haitis nach sich zog. Unter dem Druck der Militärs wählte das Parl. J. Nevrette zum neuen Staatspräs. Vereinbarungen, die, worauf die int. Gemeinschaft (*OAS, *UN) drängte, eine Rückkehr von Aristide ins Präs.-Amt vorsehen (Washington, Febr. 1992 und Febr. 1993), scheiterten am Widerstand des Militärs unter Gen. Cédras. Unter dem Druck einer gewaltsamen US-Invasion war dieser Sept. 1994 schließlich bereit, der Redemokratisierung zuzustimmen.

Die Wahl von Préval (17. 12. 1995) zum Präs. (88 % der Stimmen) steht für die Stärkung der Bez. zu den USA und der EU sowie für die Wiederaufnahme der Bez. zu Kuba und zur Dominikanischen Republik. Nach der Gewaltwelle im August 1996 beschloss der UN-Weltsicherheitsrat auf Ersuchen von Präs. Préval die Tätigkeit der UN-Mission in H. bis 31. 7. 1997 zu verlängern (Resolution 1086); nach dem Abzug der Blauhelme im Nov. 1997 bleibt noch eine int. Polizeitruppe für ein weiteres J. im Land. Die paralysierte hait. Wirtsch. und Pol. lassen in naher Zukunft auch auf keinen wirtsch. Aufschwung H.s hoffen, der die soziale Lage der verarmten hait. Bev.-Mehrheit verbessern könnte. Am 12. 1. 1999 löste Präs. Préval das Parl. auf und beauftragte J. E. Alexis mit der Bildung einer neuen Reg. Im Juli 1998 zeichnete Alexis einen pol. Erfolg mit der Unterzeichnung von zwei Finanzierungsabkommen mit der EU f. ein landwirt. und ein bildungspol. E.-Programm über 27 Mio. €. J.-B. Aristide (FL) erhielt bei der Präs.-Wahl vom 26. 11. 2000 91,7 % der

Stimmen, bei den Teilneuerungswahlen des Senats (1 Drittel der Senatoren) gewann die Familie Lavalas alle neun zu vergebenden Sitze und bei der Wahl zum Abgeordnetenhaus gewannen die Kandidaten der Lavalas 16 von 83 Wahlkreisen. Die Wahlen fanden in einem Klima des Terrors und der Angst statt. Die Convergence Démocratique (CD), ein Bündnis aus den Oppositionsparteien, beanstandete die Wahlen und warf der FL Wahlbetrug vor. Die EU kritisierte in einer Erklärung die Bedingungen des Urnengangs und fror gemeinsam mit weiteren Geberländern ihre Entwicklungshilfezahlungen ein. Nachdem Gespräche mit der FL gescheitert waren, erklärte die CD den Menschenrechtsaktivisten G. Gourgue zum Gegenpräs., dieser musste aber im März 2001 aus dem Land fliehen, um einer Verhaftung zu entkommen. Premiermin. des Kabinetts von Aristide wurde J.-M. Chérestal. Anfang Juni 2001 kündigte Aristide, auch mit Blick auf die eingefrorene finanz. Unterstützung der EU, Neuwahlen für 2002 an.

Lit.: W. Donner, Haiti. Naturraumpotential und Entwicklung. Eine Länderkunde, Tübingen 1980; R. Nonnenmann, Haiti – Probleme der Wirtschaftsentwicklung in einem Land der Dritten Welt, München 1981; C. Mose, Constitutions et luttes de pouvoir en Haiti (1804–1987), 2 Bde., Montreal 1990; U. Fleischmann, Haiti, in: HDW III, 3, Bonn 1995, S. 437 ff. ks/acc

Halbindustrialisierte Länder →Schwellenländer

Hamas (*Harakat al-Muqawama al-Islamiya*) Bewegung des Islam. Widerstands (auch arab. Akronym für «Eifer»), erlangte mit Beginn der *Intifada* (→Nahostkonflikt) 1987 v. a. im von Israel besetzten paläst. Gazastreifen als Abspaltung der von Scheich *Ahmad Yassin* geführten paläst. Muslimbruderschaft signifikante Bedeutung und erfreute sich zunächst des Wohlwollens der israel. Besatzungsbehörden. U. a. finanziert durch Saudi-Arabien, bieten die paläst. Islamisten (→Islamischer Fundamentalismus) neben hohen org. Kapazitäten in der Sozialfürsorge und in der Bildung seit den 1980er J. mit dem Rekurs auf islam. kulturelle Symbole auch eine Alternative zum Legitimationssystem der *PLO an, der die H. nicht angehört. Vor dem Hintergrund der H.-Charta vom 18. Aug. 1988, die *Palästina als islam. Besitz bezeichnet, der nicht geteilt werden darf (Art. 11), lehnte die H. sowohl den mit der Friedenskonferenz von Madrid im Okt. 1991 eingeleiteten israel.-arab./paläst. Verständigungsprozess als auch die seit Sept. 1993 zwischen Israel und der PLO bzw. der Paläst. Nationalbehörde erzielten Abkommen ab. Die zunehmende Verschlechterung der soz. und ökon. Verhältnisse in Gazastreifen und Westjordanland sowie die Verschärfung der Konfrontation mit der israel. Besatzungsmacht, aber auch mit *Arafats Interimsreg., führte zur Radikalisierung der H., deren milit. Flügel (*Izz al-Din al-Kassem-Brigade*) – ähnlich wie Jihad Islami – seit 1996 mit Anschlägen im israel. Kernland den israel.-paläst. Verhandlungsprozess torpediert. Die H. nahm an den paläst. Wahlen im Jan. 1996 nicht teil, forcierte zu diesem Zeitpunkt jedoch keine innerpaläst. Auseinandersetzung. Im Zuge der Konflikteskalation (seit Sept. 2000) ist die Sympathie der paläst. Bev. für Selbstmordanschläge und Attentate von Extremisten gewachsen, die inzwischen auch aus säkularen Gruppen rekrutiert werden. Daher ist Präs. Arafat Israel gegenüber gezwungen, nicht nur die milit. Einheiten der Islamisten, sondern auch Extremisten in den eigenen Reihen zu bekämpfen. →Terrorismus

Lit.: U. Sunderbrink, Die PLO in der Krise?, Münster/Hamburg 1993; Z. Abu-Amr, Islamic Fundamentalism in the Westbank and Gaza, Muslim Brotherhood and Islamic Jihad, Bloomington 1994; K. Maas, Hamas und die palästinensische Teilautonomie. Zwischen ideologischer Ablehnung und pragmatischem Arrangement, in: Inamo 1, Erlangen 1995; B. Schoch, The Islamic Movement. A Challenge for Palestinian State Building, Jerusalem 1999; G. Rotter/S. Fathi, Nahostlexikon. Der israelisch-palästinensische Konflikt von A–Z, Heidelberg 2001; W. Weiss (Hg.), Dumonts Handbuch Islam, Köln 2002. mr

Handelsbilanz →Zahlungsbilanz

Handelshemmnisse Zu unterscheiden sind tarifäre und nicht-tarifäre H. Unter tarifären H. sind Zölle zu verstehen, also Abgaben, die der Staat auf die Einfuhr, die Ausfuhr oder auch den Transit von Waren erhebt. Nicht-tarifäre H. umschließen alle Regelungen, Gesetze, Verwaltungsvorschriften und -praktiken, die neben Zöllen den Warenverkehr zwischen Ländern beschränken, wie mengenmäßige Einfuhrbeschränkungen (Importquoten, Importkontingentierung), devisenmäßige Belastungen, Kreditbeschränkungen, pflanzenschutz- und veterinärpolizeiliche Bestimmungen, komplizierte Verwaltungsformalitäten etc. →Außenhandelspolitik. dn

Handwerksförderung Die Förderung von Handwerk und Kleingewerbe in EL ist in den vergangenen Jahren zunehmend zum Schwerpunkt der *Technischen und *Finanziellen Hilfe geworden. Angesichts der geringen zusätzlichen Beschäftigungsmöglichkeiten in der Landw. werden häufig im Rahmen von Programmen der *Ländlichen Entwicklung Maßnahmen zur Schaffung zusätzlicher, nicht-landw. Arbeitsplätze auf der Ebene mittlerer und kleinerer Handwerksbetriebe durchgeführt. Damit soll eine Devisen sparende, *arbeitsintensive und marktnahe Produktion zur Deckung von *Grundbedürfnissen gefördert und die *Landflucht in die überlasteten Ballungsgebiete abgebremst werden. pb

Hanns-Seidel-Stiftung →HSS

Harrod-Domar(-Modell) →Wachstumstheorie und -strategie

Haushaltskredit E.-Hilfekredit von Reg. zu Reg., der nicht an bestimmte Verwendungsauflagen gebunden ist und dem Budgetausgleich dient. wpz

Havanna-Charta →GATT

HBSt Heinrich-Böll-Stiftung, gegr. 1988, den GRÜNEN nahe stehende Stiftung, die seit der Bundesdelegiertenkonferenz von Bündnis 90/Die Grünen zum 1. 1. 1997 die alte HBSt mit Buntstift, Frauen-Anstiftung und Stiftungsverband Regenbogen zur neuen HBSt verschmolz. EL betreffende Tätigkeitsschwerpunkte liegen in pol. Bildungs- und Projektarbeit insbes. im Bereich der Förderung von Menschenrechten und Demokratie, Frauenprojekten, Ökologie, Kunst und Kultur. Finanziert sich aus Globalmitteln des Bundesmin. des Inneren sowie aus Projektmitteln versch. Ministerien (Finanzmittel 1996: 25; 1998: 31; 2000: 36 Mio. €). Die HBSt unterhält auch ein Stipendienprogramm. 2001 insges. 434 Stipendiaten, davon 309 weibliche (71 %). Adresse: Rosenthalerstr. 40/41, 10178 Berlin. Internet: www.boell.de.

Lit.: H. Fülle, Himmel auf Erden? Entstehung, Struktur und Arbeitsweisen der grün-nahen politischen Stiftungen, Dortmund 1992; HBSt, Jahresbericht 2000, Berlin. red

HDI *Human Development Index*, erstmals 1990 im von der *UNDP publizierten *Human Development Report* (HDR) vorgeschlagener Index, der sich aus *Indikatoren für «wesentliche Elemente des Lebens» zusammensetzt und den Stand menschlicher Entwicklung (*human development*, HD) aufgrund angemessenerer Kriterien als die bis dahin vorherrschende Bewertung nach dem *Pro-Kopf-Einkommen (PKE) bestimmen soll. Die den HDI konstituierenden Komponenten sind LE, Wissen und Lebensstandard. LE wurde ausgewählt, da es sich um einen übergreifenden Indikator handelt, in den eine Reihe von Gesundheitsindikatoren wie z. B. Kindersterblichkeit eingehen. Wissen wurde anfangs nur anhand der Alphabetisierungsrate gemessen, inzwischen setzt sich diese HDI-Komponente zu zwei Dritteln aus der Alphabetisierungsrate und zu einem Drittel aus dem Schulbesuch zusammen. Somit geht es hierbei eher um den Bildungsstand der breiten Bev. als um die Kontrolle über strategisches technol. Wissen. Der Lebensstandard wird durch die reale Kaufkraft pro Kopf (*Purchase Power Parities*) gemessen, die das herkömmlich abs. gemessene PKE im Hinblick auf die konkreten Lebensbedingungen des jeweiligen Landes relativiert. Die Werte von 162 Ländern (1999) werden für diese Indikatoren auf eine Skala von 0 bis 1 projiziert. Das Problem, dass die drei Komponenten jeweils unterschiedlich gemessen werden (LE in Jahren, Bildung in Alphabetisierungsrate in % und durchschn. Schulbesuch in Jahren, Einkommen in PPP-$), wird dadurch gelöst, dass jeweils ein Teilindex konstruiert wird. Dabei wird mittlerweile so vorgegangen, dass der reale Wert in jeder der drei Komponenten als Abweichung von einem konstant gehaltenen rel. Minimalwert und einem rel. Maximalwert (Analphabetisierungsrate 0 und 100 %; LE: 25 und 85 Jahre; PPP: 100 US-$ und 40000 US-$) ermittelt wird. Aus den drei Teilindices eines Landes wird dann das arithmetische Mittel berechnet. Der HDI zeigt an, wie stark dieser Durchschnitt vom Maximalwert 1 abweicht. Vergleicht man die so ermittelte Rangfolge mit der sich aus der Messung des PKE ergebenden, so sind z.T. große Rangunterschiede festzustellen. Anhand der ermittelten Indikatoren werden dann die 162 Länder den drei folgenden Entwicklungskategorien zugeordnet: *high human development* (HDI zwischen 0.8 und 1.0), *medium human development* (HDI zwischen 0.5 und 0.8) und *low human development* (HDI unter 0.5). Kritik am HDI ist teils pol., teils empirisch und teils methodisch begründet. So wurde bemängelt, dass der HDI die *Menschenrechtssituation in den Ländern nicht berücksichtige. Zudem handelte es sich bei den Sozialindikatoren LE und Alphabetisierung um vergleichsweise «billige» E.-Fortschritte. Weiterhin wird kritisiert, dass die ökon. Dimension insofern zu kurz komme, als die Wettbewerbsfähigkeit der Länder keine Berücksichtigung finde. Die UNDP sucht teilweise, dieser Kritik zu entsprechen. Die HDR weisen mittlerweile neben dem globalen HDI auch nach Bev.-Gruppen disaggregierte und nach Region (*region sensitive*) angepasste HDI, die für die drei Komponenten des HDI jeweils noch zusätzliche Indikatoren einbeziehen sowie den *Human Poverty Index for Developing Countries* (HPI-1), *den Human Poverty Index for Selected OECD Countries* (HPI-2), den *Gender-related Development Index* (GDI), die *Gender Empowerment Measure* (GEM) und einen Index zu einem aktuellen entwicklungsrelevanten Thema (z.B. HDR 2001: Kriminalität) aus. Als Stärke des HDI werden seine Flexibilität, etwa die Möglichkeit der Anpassung an bestimmte Erfordernisse, und seine besondere Tauglichkeit für den synchronen und diachronen Vgl. hervorgehoben. Beim diachronen Vgl. ist jedoch zu beachten, dass die Berechnungsverfahren des HDI kontinuierlich verändert wurden. Internet: www.hdr/undp.orghb/ →TAI

Lit.: New York; I. Kaul, Der Index der menschlichen Entwicklung, in: E + Z 37, 1996, S. 298–300; E. Neumayer, The human development index and sustainability: A Constructive Proposal, in: Ecological economics, Bd. 39 (2001), 1; S. 101–114; UNDP (Hg.), Human Development Reports 1990–2001. hb/jl

HDR *Human Development Report*, Bericht über menschliche Entwicklung des *UNDP, zuerst 1990 (HDR 1990), seither jährlich. Der HDR versucht u.a., E. zu quantifizieren und über Länder und Zeiten zu vergleichen. Er bedient sich dazu des von ihm entwickelten kombinierten Indikators *HDI. →Weltberichte dn

Heckscher-Ohlin →Außenhandelstheorie, Wachstumstheorien und -strategie

Helms-Burton-Gesetz US-amerikanisches Gesetz vom 12. 4. 1996, das Kapitalinvestitionen in Kuba zu verhindern trachtet, indem es ausl. Investoren in Kuba mit Gerichtsverfahren und Reisebeschränkungen in den USA bedroht. Mit dem *«Cuba Liberty and Democratic Solidarity Act»* (offiz. Name) wird die Absicht verfolgt, durch wirtsch. Druck ein schnelles Ende der Diktatur herbeizuführen. Kanada, Mexiko, die anderen lateinamerik. Länder und die EU lehnen die US-amerik. Sanktionspol. gegenüber Kuba entschieden ab. dn

Helsinki-Paket →Lieferbindungen

Hermann-Gmeiner-Fonds Deutschland e. V. 1963 gegr. *nichtstaatliche Organisation (*VENRO, *DPWV), hat zum Ziel, SOS-Kinderdörfer zu verbreiten und zu fördern. In weltweit rund 423 SOS-Kinderdörfern wachsen in sog. Kinderdorffamilien (10–15 pro Dorf) jeweils fünf bis acht elternlose oder verlassene Kinder unter der Obhut einer einheimischen SOS-Mutter auf. Entgegen der Kritik an der Kinderdorfkonzeption («isolierte Oasen der Menschlichkeit») bemüht sich der Fonds nach eigenen Angaben, SOS-Kinder in ihr kulturelles Umfeld zu integrieren und nicht isoliert zu erziehen und auszubilden. Neben Kinderdörfern finanziert er u. a. Schulen, Sozialzentren, Lehrwerkstätten, Spitäler. Der Verein arbeitet mit offiziellen Stellen in EL zusammen und gehört dem Dachverband SOS-Kinderdorf International in Innsbruck an. Die Einnahmen (2001: 101 Mio. €) resultieren aus Spenden, Nachlässen und (Patenschafts-)Beiträgen. Publikation: SOS-Kinderdorf International; Adresse: Menzinger Str. 23, 80638 München. red

Hermes-Bürgschaften / -Garantien Bundesdeutsches Exportkreditversicherungssystem, das dt. Unternehmen gegen die mit Exporten und Investitionen in EL verbundenen wirtsch. (Zahlungsunfähigkeit) und pol. Risiken absichert. Unterschieden wird zwischen Ausfuhrgarantien (wenn der ausl. Vertragspartner des dt. Exporteurs ein insolvenzfähiges, privatrechtl. organisiertes Unternehmen ist) und Ausfuhrbürgschaften (wenn der ausl. Vertragspartner oder Garant der Forderung ein Staat, eine Gebietskörperschaft oder eine vergleichbare Institution ist). Dt. Exporteure können die Risiken sowohl vor Versand (Fabrikationsrisikodeckungen) als auch nach Versand (Ausfuhrdeckungen) durch Ausfuhrgewährleistungen absichern. Zusätzlich wird eine Vielzahl von Sonderdeckungen – beispielsweise für Leasing-Geschäfte – angeboten. Die sich aus den Ausfuhrgewährleistungen ergebenen Ansprüche können mit Zustimmung der Bundesreg. zu Refinanzierungszwecken an Banken oder andere Kreditinstitute abgetreten werden. Das Bundesmin. für Wirtsch. und Technologie trifft die Entscheidungen über Anträge auf Übernahme von Ausfuhrgewährleistungen mit Zustimmung des Bundesmin. der Finanzen, des Auswärtigen Amtes und des BMZ im Interministeriellen Ausschuss für Ausfuhrgarantien und Ausfuhrbürgschaften. Ein Mandatarkonsortium (HERMES Kreditversicherungs-AG und PwC Deutsche Revision AG Wirtschaftsprüfungsgesellschaft) ist von der Bundesreg. beauftragt und ermächtigt, alle die Ausfuhrgewährleistungen betreffenden Erklärungen namens, im Auftrag und für Rechnung der BRD abzugeben und entgegenzunehmen. Exportfinanzierende Kreditinstitute haben die Möglichkeit, Ausfuhrgewährleistungen in Form von gebundenen Finanzkreditgarantien bzw. -bürgschaften zu erhalten. Ein weiteres Instrument des bundesdt. Exportversicherungssystems ist die Verbriefungsgarantie, mit der die Konditionen einer Finanzkreditdeckung verbessert werden können, wenn eine Bank zur Finanzierung dt. Exports einen gebundenen Finanzkredit einem ausl. Schuldner auslegt und die Darlehensforderung nutzen will, um sich entweder am Kapitalmarkt oder bei einem Realkreditinstitut zu refinanzieren. Die Entgeltzahlung des dt. Exporteurs oder Investors für Hermes-Bürgschaften und -Garantien sind nach Land und Risiko differenziert.

Der Ermächtigungsrahmen des Bundes für das Exportkreditversicherungssystem ist von 0,3 Mrd. € (1950) auf 76,7 Mrd. € (1980), 81,8 Mrd. € (1990) bis 117,6 Mrd. € (2001) gestiegen. Die zu leistenden Schadenszahlungen gingen in der Summe in den letzen J. zurück (1997: 1469,6 Mio. €; 1999: 798,0 Mio. €; 2001: 880,8 Mio. €) bei nach Schadensarten differenziertem Verlauf: Für pol. Schäden wurde 1997 noch der Großteil der Ausgaben aufgewendet (1220,8 Mio. €), 2001 waren es nur noch 275,8 Mio. €. Gleichzeitig stiegen die Zahlungen aufgrund von wirtsch. Schäden von 206,3 Mio. € (1997) auf 599,9 Mio. € (2001) an. Internet: www.hermes-kredit.com

Lit.: R. Kapernik/M. Kulessa (Hg.), Der Deutsche Hermes in der Einen Welt (*GKKE), Bonn 1994. kt

Hilfswerk der deutschen Lions e.V. (*nichtstaatliche Organisation, *VENRO), dem *Lions Club International* angeschlossen, der weltweit rd. 1,41 Mio. Mitgl. hat. In D ca. 39000 Mitgl. in 2000: 1164 Clubs. Einnahmen durch Spenden und *fundraising*-Aktionen der Mitgl., fördert ohne konkrete e.-pol. Zielsetzung E.-Projekte der *Gesundheits- und *Bildungshilfe, teilfinanziert durch *BMZ-Zuschüsse. Partner: insb. in EL ansässige Lions-Clubs. Adresse: Luisenstr. 19, 65185 Wiesbaden. red

HIPCs hoch verschuldete arme EL (*Highly Indebted Poor Coutries*) →Verschuldung →IWF

Ho Chi Minh Ho wurde (angeblich) am 19. 5. 1890 im Dorf Kim Lien bei Vinh (im N.-Vietnam) als Sohn eines nationalistischen Verwaltungsbeamten geboren. Nach einem Aufenthalt in London, wo er mit den Ideen der Fabier in Berührung kam, ging er 1917 nach Harlem, um die Rassenproblematik zu studieren. Von 1918 an lebte er in Paris, wo er u. a. Tschou En-lai und Léon Blum kennen lernte, mit deren Hilfe er die «Interkoloniale Union» aus Nationalisten der Kolonien bildete. Am 30. 12. 1920 war Nguyen Ai Quoc (= N. der Patriot), wie er sich damals nannte, Gründungsmitgl. der KPF. 1924 ging er nach Moskau. In der Folgezeit arbeitete er für die Komintern in Asien und wurde häufig inhaftiert. 1930 gründete er die *Viet Nam Dang Lao Dong*, die «Arbeiterpartei Vietnams», Keimzelle der späteren KP Indochinas, und 1941 die *Vietminh*, die «Unabh. Bewegung für Vietnam». 1944 rief er die «Provisorische Republikanische Reg. Vietnams» aus und nannte sich künftig Ho Chi Minh (= H., der Erleuchtung sucht). 1946 übernahm er die Ministerpräsidentschaft und das Außenmin. der Demokrat. Rep. Vietnam (DRV). Im 1. und 2. Indochinakrieg war er die führende Persönlichkeit auf nordvietnam. Seite und eine Symbolfigur des antiimp. Kampfes für die Jugend in den Metropolen. Bei seinem Tode am 3. 9. 1969 im Alter von 79 Jahren war Ho Präs. der DRV und Vorsitzender des ZK der 1951 gegr. «Partei der Werktätigen Vietnams». rs

Homelands Bezeichnung für Gebietsteile, die hufeisenförmig das industrialisierte und entwickelte Kernland der Republik Südafrika umgaben und rund 14 % (171000 qkm) der Staatsfläche einnahmen. Sie waren nach dem Willen des Apartheidsregimes in Südafr. ausschließlich der Besiedlung und Nutzung durch Schwarze vorbehalten und sollten über das Zwischenstadium interner Autonomie zu pol. wie wirtsch. selbständigen Staaten mit eigener Staatsangehörigkeit entwickelt werden. Kernziel war die Existenzsicherung der weißen Minderheit. Zuletzt existierten zehn weitgehend autonome, sich selbst verwaltende staatsähnliche Einheiten auf ethn. Grundlage. Nach der Reg.-Übernahme durch den ersten schwarzen Präs. Nelson *Mandela und mit dem In-Kraft-Treten der neuen südafrikan. Verfassung am 4. 3. 1997 wurden jedoch alle H. abgeschafft und in die neun neuen Provinzen integriert.

Lit.: L. Harding, Homelands, in: HDW II, 5, Hamburg 1982, S. 452 ff.; A. J. Halbach, Südafrika und seine Homelands, Köln 1988. ah

Honduras

Fläche (Tsd. qkm): 112,088
Bev. (Mio.) 2001: 6,60
BNE pro Kopf (US-$) 2000: 850
BIP (Mio. US-$) 2000: 5932
LE (Jahre) 1999: 69,8
Analphabetenquote (%) 1999: 26
HDI 1999: 0,634 [Rangplatz von 162: 107]

Hist. über den Export von Bananen in den Weltmarkt integriert, war H. lange Zeit ökon., pol. und militärisch weitgehend von den USA abhängig. Aufgrund seiner geostrategischen Lage «avancierte» H. in den 1980er J. zur milit. Plattform der USA in der Region und erlangte so vorübergehend int. Bedeutung. Die gleichzeitige innenpol. Öffnung stieß dagegen int. auf wenig Beachtung. Derweil konnten stetige Fortschritte im Demokratisierungsprozess verbucht werden. Auch in der juristischen Aufarbeitung von Menschenrechtsverletzungen unter der Militärdiktatur kam man voran.

1. Landschaftlich gliedert sich H. in ein Mittelgebirge im Westen, ein zentrales Bergland und das karibische Tiefland. Rd. 1/6 des (landw. überwiegend nicht nutzbaren) Landes ist Ackerland, knapp 1/3 Wiesen und Weiden. Die Waldbestände (knapp 1/3 der Fläche) werden insb. im NO (tropischer Regenwald) durch Raubbau (extensive Landnutzung für Viehzucht) geschädigt (→Ökologie). Hauptexportprodukte: Bananen und Kaffee. H. ist reich an Bodenschätzen, deren Vorkommen jedoch kaum erschlossen sind. US-Unternehmen bauen in geringen Mengen Gold, Silber, Blei, Zink und Antimon ab. Die schwach entwickelte Ind. verarbeitet insb. Erzeugnisse der heimischen Land- und Forstwirtschaft.

2. Die JZ der h. Bev. betrug 1990–99 durchschn. 2,9 %. Die Bev.-Dichte (1999: 56 Ew. je qkm) ist im Vgl. zu den Nachbarländern ebenso wie der Urbanisierungsgrad (53 %) niedrig. Etwa 90 % der Bev. sind Mestizen, rd. 7 % *indígenas* und 1 % Weiße. Die Bev. afrik. Abstammung (knapp 2 %; Muttersprache: Englisch) lebt vorwiegend im karibischen Tiefland und auf den vorgelagerten Inseln. Landessprache ist Spanisch. Der kath. Anteil der Bev. liegt zwar noch über 80 %, nimmt jedoch zusehends zugunsten ev. Sekten aus den USA ab.

3. Die Geschichte des unabh. Staates H. (seit 1838) ist gekennzeichnet durch gescheiterte Föderationsversuche, Grenzkonflikte, unzählige gewaltsame Reg.-Wechsel und – im 20. Jh. – milit. Interventionen der USA (allein 1903 bis 1937: siebenmal); die USA verteidigten durch ihr Eingreifen v. a. die Interessen von **United Fruit*, deren Bananen-*Enklaven die Wirtsch. H.'s dominierten. Nach einer Phase ziviler Präsidentschaften (1949–1963) stand H. – abgesehen von dem Intermezzo einer nat.-liberalen Zivilreg. 1971/72 – im Zeichen der Militärherrschaft (→autoritäre Regime). 1981 ließen die Militärs eine pol. Öffnung zu, in deren Rahmen eine Verfassung (1982) verabschiedet und eine Serie technisch zunehmend korrekter Wahlen durchgeführt wurde (1980, 1981, 1985, 1989, 1993, 1997). Sechs zivile Präs. alternierten in Folge (R. Suazo Córdova, 1982–1985; J. Azcona Hoyo, 1986–1990; R. L. Callejas Romero, 1990–1994; C. R. Reina, 1994–1998; C. R. Flores Facussé, 1998–2002; R. Maduro, seit 2002). Freilich steckten in den 1980er J. noch die USA und die hond. Streitkräfte weitgehend den Handlungsspielraum der jeweiligen Reg. ab. Seither gelang es unter günstigen int. wie nat. Bedingungen in Ansätzen, die Macht des wegen Menschenrechtsverletzungen, *Korruption, und *Drogenhandel stark diskreditierten Militärs zu begrenzen (Abschaffung der in der Praxis durch Zwangsrekrutierungen gewährleisteten Wehrpflicht, ziviles Mandat für die Polizei bis zum Jahr 2000, Sühnung der Menschenrechtsverbrechen der Vergangenheit. Festnahme des ehem. Mitglieds der dreiköpfigen Militärjunta 1978–80, Ex-General A. Zelaya, Sept. 2000). Explosionsartig angestiegen ist die Gewaltkriminalität, woraufhin im J. 2000 die überforderten regulären Polizeikräfte durch 4000 abkommandierte Angehörige der Streitkräfte verstärkt wurden. Der Polizei wird jedoch vorgeworfen, sie kooperiere mit ultrarechten Todeskommandos, denen die Ermordung zahlreicher Straßenkinder zur Last gelegt wird. Die Zahl der Straßenkinder in H. wird auf insges. 10000 geschätzt.

4. Die hond. Wirtschaftsstruktur ist trad. landw. geprägt. Obwohl der Agrarsektor nur 1/4 des BIP erwirtschaftet (Dienstleist.: 50 % des BIP), beschäftigt er die Mehrheit der Erwerbstätigen. Die Landw. teilt sich in einen großen trad. Sektor (*Minifundien, extensiv bewirtschaftete *Latifundien) und einen mod., mechanisierten Sektor (Bananenenklaven, ein Teil der Kaffeeplantagen, Vieh-

zucht). Über 2/3 aller landw. Betriebe sind *Subsistenzwirtschaften. V.a. in Kleinbetrieben werden die Grundnahrungsmittel (Mais, Reis, Bohnen) produziert, die für die Bev. H.'s (eine der ärmsten LAs) existenziell sind (→Ernährung). Der mod. Sektor der Landw. ist völlig auf den Weltmarkt orientiert und von dessen Nachfrageschwankungen abhängig. Die Wirtschaftskrise der 1980er J. in H. wurde u.a. durch den Preisverfall seiner Agrarexportprodukte verursacht. H. wurde auch von den europäischen Einfuhrbeschränkungen für Bananen hart getroffen. Die Reg. bemühten sich seitdem verstärkt um eine Ausweitung der Exportpalette um nicht-trad. Produkte, v. a. im Agrarsektor (Zucker, Baumwolle, Tabak, Kokosnüsse, Zitrusfrüchte usw.). Im Zuge der Agrarreform der 1970er J. entstand überdies ein kleiner reformierter Sektor, in dem Produktionsgenossenschaften sowohl für den Inlandsbedarf als auch für den Export produzieren. Anfang der 1990er J. kam es quasi zu einer Umkehr der Agrarreform, als ein Gesetz «zur Modernisierung des Agrarsektors» den Bauern den Verkauf von zugeteiltem Genossenschaftsland ermöglichte und den Staat aus der Regulierung der Landw. zurückzog. Aus Finanznöten verkauften Kooperativen häufig unter Preis. Die USA dominieren die Wirtsch. und sind mit Abstand H.'s wichtigster Handelspartner. Der überwiegende Teil ausl. *Direktinvestitionen entfällt auf die ansässigen US-Bananengesellschaften. Im schwach entwickelten ind. Sektor herrscht ausl. Kapital vor. Ständige Umschuldungsverhandlungen mit den int. Finanzorg. bestimmten in den 1980er und 1990er J. die Wirtschaftspol. Mit den bes. unter der Callejas-Reg. ab 1990 streng durchgeführten *Strukturanpassungsprogrammen verpflichtete sich die Reg. u.a., drastische Einsparungen im öfftl. Dienst vorzunehmen. Die Pol. der Anpassung führte zunächst zu einer Rezession; die Reallöhne sanken deutlich, die Binnennachfrage war rückläufig. Die Wirtsch.-Hilfe der USA fiel drastisch, ist aber weiterhin von großer Bedeutung für die hond. Wirtsch.

5. Die *Infrastruktur des Landes ist primär auf die Bedürfnisse des Bananenexports und der Städte zugeschnitten. Zwischen Stadt und Land besteht zudem ein starkes Bildungsgefälle. Maßnahmen zur Verbesserung des Bildungswesens scheitern v. a. an Lehrermangel und der existenzbedrohenden *Armut der Bev.-Mehrheit (Abgang meist nach drei J. Schulzeit). Das Gesundheitswesen außerhalb großer Städte (und betriebseigener *Gesundheitsdienste der US-Konzerne) ist völlig unterentwickelt. Seit 1990 wurden Notprogramme zur «Abfederung» der durch die Strukturanpassung verursachten sozialen Kosten (*Fondo Hondureño de Inversión Social*) eingerichtet, kamen jedoch oft nicht den bedürftigen Bev.-Gruppen zugute. Infolge des Hurrikans Mitch Ende 1998 erlitt das Land gravierende Entwicklungsrückschläge und sah sich auf massive humanitäre Hilfe vom Ausland angewiesen.

Lit.: J. A. Morris, Honduras: Caudillo Politics and Military Rulers, Boulder/London 1984; R. Lapper, Honduras: State for Sale, London 1985; M. Oseguera De Ochoa, Honduras hoy, Tegucigalpa 1987; A. Acker, Honduras: The Making of a Banana Republic, Boston 1988; J. Arancibia, Honduras: un estado nacional?, Honduras 1988; W. Dietrich, Honduras, Heidelberg 1988; P. Bendel, Honduras, in: HDW III, Bd. 3, Bonn 1995, S. 147ff.; K. Norsworthy/T. Barry, Inside Honduras, Albuquerque/Mexiko 1993. Weitere Lit.: →Zentralamerika-Konflikt. mik/pb

Hongkong

Fläche (Tsd. qkm): 1,045
Bev. (Mio.) 2001: 7,0
BNE pro Kopf (US-$) 2000: 25 950
BIP (Mio. US-$) 2000: 163 261
LE (Jahre) 1999: 79,7
Analphabetenquote (%) 1999: 7
HDI 1999: 0,880 [Rangplatz von 162: 24]

Ehem. von GB *abhängiges Gebiet (Kronkolonie), seit dem 1. 7. 1997 wieder integraler Bestandteil der VR China, allerdings laut brit.-chin.-Vertrag vom 19. 12. 1984 im Status einer Sonderverwaltungsregion (*special administrative re-*

gion), mit der Folge, dass das bisherige Wirtsch.-, Gesellsch.- und Rechtssystem (auf 50 J.) beibehalten wird. Die VR China hat die Wiedereingliederung von H. mit der Losung «ein Land – zwei Systeme» verbunden. Fraglich ist, inwieweit die zugesicherte innere Autonomie, insb. der pol. Pluralismus und die indiv. Freiheitsrechte, tatsächlich aufrechterhalten bleibt. Parlament: Legislativrat mit 60 Mitgl. (24 direkt gewählt, 36 von Standesorganisationen und Wahlausschuss ernannt). H. entsendet 36 Vertreter in den Volkskongress der VR China. Parteien: Democratic Party (DP) mit knapper Mehrheit gegenüber prochin. Democratic Alliance for the Betterment of Hongkong (DAB). Daneben Liberal Party (LB), Hongkong Progressive Alliance (PA), Frontier Party (FP), New Century Forum (NCF). Wahlen Sept. 2000: DP 12 Sitze, DAB 11, LP 8, PA 4, FP 3, NCF 2. 20 Unabhängige. →VR China dn

HSS Hanns-Seidel-Stiftung, der *CSU nahe stehende *Politische Stiftung, gegr. 1967. Von drei der fünf Abteilungen der HSS gehen e.-pol. relevante Tätigkeiten aus.

Das Institut für Auswärtige Beziehungen (IAB) veranstaltet in Kontakt mit christl.-demokrat. und konservativen Parteien des europ. und außereurop. Auslands int. Fachtagungen mit dem Ziel, int. Verständigung und Meinungsaustausch zu fördern. Schwerpunktthemen dieser Tagungen sind nach eigener Darstellung u. a. Demokratie, Rechtsstaatlichkeit und soziale Marktwirtsch. in Mittel-, Ost- und Südosteuropa, int. Zusammenarbeit zur Bekämpfung von *Terrorismus und organisierter Kriminalität sowie die EU-Osterweiterung.

Das Förderungswerk unterstützt mit einem eigenen Stipendienprogramm ausl. Akademiker bei Forschungsvorhaben, Fortbildungen und Aufbaustudien (1995: 95 Stipendiaten, v. a. aus Asien; 2001: 102 Stipendiaten aus 32 Ländern).

Die im engeren Sinne e.-pol. Arbeit der HSS obliegt dem 1977 eigens dafür gegr. Institut für int. Begegnung und Zusammenarbeit (IBZ). Das IBZ unterstützt v. a. E.-Projekte im Bereich des Verwaltungs- und Managementtrainings sowie der gesellschaftspol. und beruflichen Bildung und ist bei Strukturreformen im pol., wirtsch. und gesellsch. Bereich beratend tätig. Bei der Durchführung der Projekte arbeitet das IBZ mit privaten und staatl. Partnern in den EL zusammen, v. a. mit nahe stehenden pol. Parteien, *Gewerkschaften, Unternehmerverbänden, *Genossenschaften und Bildungs- und Forschungseinrichtungen.

Diese projektbezogene E.-Arbeit der HSS wurde seit 1977 (ein Projekt) rasch ausgeweitet (1982: 28 Projekte in 21 EL, 1995: 69 in 72, 1999: 67 in 55, 2001: 60 in 57).

Regionaler Schwerpunkt der Projektarbeit ist Asien/Ozeanien (2001: 24,2 % der Mittel), gefolgt von subsahara Afrika (2001: 19,5 %; 1995: 26 %), Mittel-, Ost- und Südosteuropa (2001: 15,2 %; 1995: 16 %), LA (2001: 15,0 %; 1995: 17 %), Maghreb und Naher Osten (2001: 12,3 %; 1995: 17 %). Für regionenübergreifende Projekte wurden 13,8 % (2001) der Mittel aufgewendet. Projekte der gesellschaftspol. und beruflichen Bildung wurden 2001 mit 27,7 % bzw. 20,8 % der Gelder gefördert. 36,9 % der Mittel gingen in die Bereiche Managementtraining und Verwaltung (davon 6,2 % Managementtraining im privaten Sektor) und kommen damit armen Bev.-Teilen höchstens mittelbar zugute. 14,6 % der Mittel flossen in den Bereich *Infrastruktur und ländl. E.

Publikationen: Zft. «Politische Studien» (alle zwei Monate), versch. Schriftenreihen des IBZ und des IAB. Adresse: Lazarettstraße 33, 80636 München. Internet: www.hss.de. red

Huasipungo, Huasipunguero Als *Huasipungo* bezeichnet man in Ecuador das Stück Land auf einem *Latifundium. Es wird von einem *Huasipunguero* (mit Familienmitgl.) bearbeitet und dient der *Subsistenz des Indio-Landarbeiters. Als Gegenleistung für die Gewährung eines *Huasipungo* (und möglicherweise weiterer Rechte: Wasser, Weideland, Holz etc.) stellt der *Huasipunguero* einen Teil seiner Arbeitskraft (nicht mehr als vier Tage) unentgeltlich oder gegen einen geringen Lohn dem Latifundisten zur Verfügung. fn

human capital Humankapital, das in einer Volkswirtsch. vorhandene bzw. erzeugte Wissen. In wirtsch. *Wachstumstheorien der zum Sachkapital hinzutretende Faktor, der Ertragszuwächse erklären bzw. bewirken kann. Mit dem Begriff wird betont, dass gute Ausbildung eine lohnende Investition ist. →Ressource.

Lit.: E. Gundlach, Humankapital als Motor der Entwicklung, in: E + Z 36 (10), S. 261–266. dn

Human Development Index →HDI

Humanitäre Hilfe Unter h. H. versteht man die schnelle, unmittelbar einsetzende Hilfe zur Beseitigung oder Linderung der Folgen akuter Notlagen, z. B. bei Hungersnot, Erdbeben, Überschwemmungen, Seuchen, Dürrekatastrophen. Die *bilateral und *multilateral (z. B. *UNHCR, *UNICEF) geleistete Hilfe kommt unmittelbar der betroffenen Bev. zugute. dn

Humanitäre Intervention Unter h. I. wird ein milit. Eingriff in die Souveränitätsphase eines Staates verstanden zum Schutz von Menschen, die sich in einer humanitären Notlage befinden, sofern der betroffene Staat nicht fähig oder willens ist, diesen Schutz zu bieten. H. I. im engen und eigentlichen Sinne bezieht sich hierbei auf den Schutz der einheim. Bev. eines fremden Staates und nicht auf den Schutz eigener Staatsangehöriger im Ausland (humanitäre Rettung). Hinsichtlich der Akteure einer h. I. kreist die heutige Diskussion weniger um die milit. Intervention eines einzelnen Staates als um kollektive, vom *UN-Sicherheitsrat autorisierte Sicherheitsmaßnahmen. Ansatzpunkt der völkerrechtlichen Debatte um eine h. I. ist das allgemeine Gewaltverbot, das in Art. 2 (4) der UN-Charta kodifiziert und vertrags- oder gewohnheitsrechtl. allgemein bindend ist. Das milit. Eingreifen der UN zu humanitären Zwecken ist völkerrechtl. nur dann zulässig, wenn die Menschenrechtsverletzungen bzw. die humanitäre Notlage in einem Staat (das auslösende Moment der h. I.) vom UN-Sicherheitsrat (gemäß Art. 39 der UN-Charta) als Bruch oder Bedrohung des Weltfriedens erklärt wird – und der Sicherheitsrat (auf Grundlage von Art. 42 der UN-Charta) den Einsatz militär. Gewalt beschließt, weil er sie – unter Berücksichtigung des Rechtsgrundsatzes der Verhältnismäßigkeit – als geeignet erachtet, den Weltfrieden und die int. Sicherheit zu bewahren bzw. herzustellen. Zur Zeit des *Ost-West-Konflikts stellten aus pol. Gründen kollektive UN-Sicherheitsmaßnahmen die Ausnahme dar. In großer Zahl scheiterten entsprechende Anträge am Veto im UN-Sicherheitsrat. Soweit die UN Truppen in einen Staat entsandten, geschah dies im Rahmen friedenserhaltender Missionen mit (bisweilen etwas «künstlicher») Zustimmung der Konfliktparteien (→Blauhelme). Nach Ende des Ost-West-Konflikts gewann die Frage einer h. I. an pol. Brisanz. Der erste Fall einer h. I. war Somalia, wo autorisiert durch den UN-Sicherheitsrat 1992 ein int. Truppenkontingent (UNITAF) landete, um milit. ein sicheres Umfeld für *Humanitäre Hilfe zu errichten. Um die Erfolgschancen von Blauhelmeinsätzen zu erhöhen, wurde in den 1990er J. das nicht unumstrittene Konzept des «robusten» *peacekeepings* entworfen. Im Rahmen solcher Missionen ist es den Blauhelmtruppen gestattet, nicht nur zur Selbstverteidigung, sondern auch notfalls zur Erfüllung ihrer Missionsziele Waffengewalt anzuwenden. →Menschenrechte und int. Schutzverfahren

Lit.: V. Matthies, Frieden durch Einmischung?, Bonn 1992; K. O. Nass, Grenzen und Gefahren humanitärer Interventionen, in: Europa-Archiv 1993, 10, 279 ff.; O. Kimminich, Der Mythos der humanitären Intervention, in: Archiv des Völkerrechts 1995, 4, 430 ff.; V. Matthies, Krisenprävention, Opladen 2000. mik

Hunger →Agrarreform, Ernährung, FAO, WFP

HWWA Institut für Wirtschaftsforschung; Forschungsinstitut, das sich insb. auch mit die EL betreffenden Fragen befasst: *Entwicklungspolitik und int. Währungspol., int. Rohstoffpol. und *Integrationspolitik. Schwerpunkte der Abtl. EL: *Entwicklungstheorie, Strukturprobleme der EL und E.-Prozess, Handelspol., Kapitaltransfer und *Technologietransfer. Dokumentationszentrum zur Weltwirtsch., etliche Schriftenreihen, u. a.: Wirtschaftsdienst, Finanzierung und Entwicklung, *Intereconomics*. Adresse: Neuer Jungfernstieg 21, 20347 Hamburg. Internet: www.hwwa.de dn

IACESC →OAS

IACHR →OAS

IAEA Int. Atomenergie-Org. (*International Atomic Energy Agency*), gegr. 1956. Mitgl. 133 (2002), unabh. int. Org., der *UN zugeordnet, Berichterstattung gegenüber der Vollversammlung jährl.; *Aufgaben:* Erforschung, E. und praktische Beratung zur Verwendung der Atomenergie für friedliche Zwecke; Überwachung der Einhaltung des Vertrages über die Nichtweitergabe von Atomwaffen; Standardisierung von Sicherheitsvorschriften, Schutz vor Missbrauch nuklearen Materials. Adresse: Postfach 100, A-1400 Wien-Ost. Internet: www.iaea.or.at dn

IAH →Arbeiterwohlfahrt

IAO →ILO

IBA Int. Bauxit-Vereinigung (*International Bauxit Association*), gegr. 1974, Sitz: Kingston/Jamaica, Mitgl. 11: Australien, Dominik. Rep., Ghana, Guinea, Guyana, Haiti, Indonesien, Jamaica, Jugoslawien, Sierra Leone, Surinam. *Aufgabe:* Informationsaustausch zwischen den Mitgl.-Ländern, gemeinsame Preispol. im Export von Bauxit und Aluminium. dn

IBD →BID

IBFG →Gewerkschaften (in der Dritten Welt)

IBRD →Weltbank

IBS →Gewerkschaften (in der Dritten Welt)

ICAITI →MCCA

ICAP →CIAP

ICC *International Crime Court*, Internationaler Strafgerichtshof, dessen Einrichtung am 1. 7. 2002 in Den Haag jahrelange Verhandlungen und die Ratifizierung des Römischen Statuts (s. unten) durch 60 Staaten (Juli 2002: 76 Staaten) vorausgingen. Unterzeichnet wurde das Statut von 139 Staaten. Als ständiger int. Gerichtshof tritt er institutionell neben den für zwischenstaatl. Streitigkeiten zuständigen *IGH. *Ziele*: 1. Beendigung von Straflosigkeit bei Völkermord, Verbrechen gegen die Menschlichkeit, Kriegsverbrechen und Verbrechen der Aggression (bis zur noch ausstehenden Definition des Verbrechens der Aggression und der Rolle des UN-Sicherheitsrates bei der Feststellung des Vorliegens einer Aggression übt der Gerichtshof keine Rechtsprechung über diesen Tatbestand aus); 2. Verhinderung künftiger Taten durch Abschreckung. Vor dem ICC sollen Individuen (auch Staatsoberhäupter) für in den Zuständigkeitsbereich des Gerichts fallende, nach dem 1. 7. 2002 begangene Verbrechen nach dem Grundsatz individueller strafrechtl. Verantwortlichkeit belangt werden. Als selbständiges Völkerrechtssubjekt ist der ICC kein Organ der *UN, jedoch von deren System nicht völlig losgelöst (Möglichkeit der Aktivierung und Blockade durch Sicherheitsrat mit Mehrheit, inklusive aller ständigen Mitgl.).

Das Römische Statut enthält neben einer Nennung der Straftatbestände, allg. Grundsätzen des Völkerstrafrechts, den zur Verfügung stehenden Strafen und Grundzügen einer völkerrechtl. Strafprozessordnung auch Bestimmungen über die Versammlung der Vertragsstaaten des Statuts; es regelt außerdem Zuständigkeit und Finanzierung des Gerichtshofs sowie die Zusammenarbeit von Staaten und ICC. Der Komplementaritätsgrundsatz legt den Vorrang nat. Gerichtsbarkeit fest: Eine Verfolgung von Verbrechen durch den ICC ist nur möglich, wenn Staaten hierzu nicht willens oder in der Lage sind. Entsprechend dem Grundsatz der automatischen Jurisdiktion erkennt ein Staat mit der Ratifizierung des Gründungsvertrags die Gerichtsbarkeit des ICC für die im Statut aufgeführten Verbrechen an. Vertragsstaaten verpflichten sich zu vollständiger Kooperation und Unterstützung des Gerichts in allen Phasen seiner Arbeit und zur Respektierung int. rechtsstaatl. Standards hinsichtlich der Rechte von Opfern, Verdächtigen und Angeklagten.

Voraussetzung für die *Zuständigkeit* des Gerichtshofes ist das Vorliegen einer Situation, in der eine der folgenden Bedingungen erfüllt ist: a) das Verbrechen wird auf dem Hoheitsgebiet eines Mitgl.-Staates begangen, b) der Angeklagte ist Staatsangehöriger eines Vertragsstaats, c) ein Nicht-Vertragsstaat erkennt per Ad-hoc-Anerkennung die Gerichtsbarkeit des ICC für ein best. Verbrechen, das auf seinem Territorium oder durch einen seiner Staatsangehörigen begangen wurde, an. Diese Bedingungen finden keine Anwendung, wenn der UN-Sicherheitsrat dem Chefankläger eine Situation im Rahmen von Kap. VII der UN-Charta übermittelt, also eine Bedrohung oder den Bruch des Weltfriedens oder eine Angriffshandlung feststellt. Der Gerichtshof kann tätig werden, wenn dem Ankläger eine Situation durch einen Vertragsstaat oder den Sicherheitsrat vorgetragen oder der Ankläger (mit Zustimmung mind. zweier Richter eines Dreier-Kollegiums) selbst initiativ wird. Vermittels des Legalitätsgrundsatzes können int. oder nat. *NROs durch Präsentation von Ergebnissen gezielter Recherche und Datenaufbereitung gegenüber dem Ankläger eine Untersuchung von Vorkommnissen erzwingen.

Finanzierung: Beiträge der Vertragsstaaten (gemäß dem von den UN angelegten Beitragsschlüssel), int. Org., Individuen, Körperschaften und anderer Einheiten. *Organe:* Präs., drei Gerichtskammern, Anklagebehörde, Kanzlei, Versammlung der Vertragsstaaten. Die Vertragsstaaten wählen den Ankläger, der wie die Richter strengen Anforderungen genügen muss, in geheimer Abstimmung. Die von den Vertragsstaaten für eine einmalige Amtszeit von 9 J. zu bestimmenden 18 Richter (nicht zwei aus demselben Land) sind gewählt, wenn sie die höchste Stimmenzahl und eine Zweidrittelmehrheit der anwesenden und abstimmenden Staaten erreichen. Der Gerichtshof verfügt nicht über eigene Vollzugsorgane und ist zur Festnahme von Verdächtigen, Beweisaufnahme u. a. auf die Unterstützung der Vertragsstaaten angewiesen.

Reg. und Menschenrechtsorg. sehen in der Einrichtung des ICC einen Durchbruch für den int. *Menschenrechtsschutz. Problematisch ist die Nicht-Anerkennung des ICC durch die USA, die dauerhafte Immunität für ihre bei UN-Missionen eingesetzten Soldaten fordern und jegliche Zusammenarbeit mit dem ICC ablehnen. →Entwicklungsvölkerrecht, IGH, Menschenrechte und int. Schutzverfahren. Internet: www.un.org/law/icc

Lit.: K. Ambos, «Verbrechenselemente» sowie Verfahrens- und Beweisregeln des Internationalen Strafgerichtshofs, in: Neue Juristische Wochenschrift, 6, 2001, S. 405–410; K. Ambos, La nueva justicia penal supranacional, Bogotá 2002; B. Fassbinder, Der Internationale Strafgerichtshof, in: APuZ, 27/28, 2002, S. 32–38. kf

ICDC →Süd-Süd-Beziehungen

ICFTU →Gewerkschaften (in der Dritten Welt)

ICSID Int. Zentrum für die Beilegung von Investitionsstreitigkeiten der *Weltbank-Gruppe, 1996 gegr.; bis Mitte 1995 waren 119, bis Mitte 2001 149 Länder dem ICSID beigetreten. dn

IDA Internationale Entwicklungsorganisation (*International Development Association*), Tochtergesellschaft der *Weltbank (IBRD), gegr. 1960. Für ihre Einrichtung war maßgebend, dass die *bilaterale und *multilaterale Auslandsverschuldung vieler (asiat.) EL Ende der 1950er J. bereits ein Ausmaß angenommen hatte, das weitere Kreditaufnahmen dieser Länder zu kommerziellen Bedingungen nicht mehr tragbar erscheinen ließ. Mit der IDA wurde deshalb auf amerik. Initiative ein Finanzierungsinstitut geschaffen, das *Kapitalhilfe zu «weichen», d. h. zu wesentlich günstigeren Bedingungen gewährt, als sie von einer sich bankmäßig refinanzierenden

Org. wie der Weltbank angeboten werden kann.
Die IDA erhält ihr Geld über periodische Wiederauffüllungen (replenishments) durch die reicheren Mitgliedsstaaten; im 12. replenishment belief sich der zur Verfügung gestellte Betrag auf ca. 20 Mrd. US-$. Im J. 2002 wurde die 13. IDA-Wiederauffüllung vereinbart (für den Zeitraum von 2002 bis 2005 ca. 25,8 Mrd. US-$), nachdem für das J. 2001 6,8 Mrd. US-$ für die ärmsten Länder zugesagt worden waren. 50 % dieser Mittel flossen ins Afrika südlich der Sahara, um dort Projekte zur Linderung der HIV/AIDS-Krise, Anpassungen an Ölpreiserhöhungen und Wiederaufbau nach Kriegen zu finanzieren. Wie stark sich die IDA als größte Kreditbank für arme EL (Pro-Kopf-Einkommen unter 885 US-$) gewandelt hat, zeigt sich an den neuen Investitions- und Förderungsfeldern. Wurden in den ersten beiden Entwicklungsdekaden vor allem Infrastrukturmaßnahmen (Straßen-, Staudamm- und Eisenbahnbau) gefördert, danach landw. Entwicklungsprojekte, so wurden im Fiskalj. 2001 30 % der zugesagten 6,8 Mrd. US-$ für «*human development*» (einschließlich HIV/AIDS-Programme) bereitgestellt – neben 14 % für die E. des Privatsektors, 14 % für Verkehrs-, Wasser- und andere Infrastrukturprojekte und 11 % für die Reformierung des öfftl. Sektors. Die restlichen 15 % wurden für diverse Vorhaben, wie etwa Stadtentwicklung und Energiesysteme, verausgabt.
Im J. 2001/2002 erfüllen 79 EL. mit 2,5 Mrd. Ew., davon 1,1 Mrd. «abs. Arme» (tägliches Einkommen unter 1 US-$), die Voraussetzungen zum Erhalt der günstigen IDA-Kredite (zinslos mit Laufzeiten von 30–40 J.n). Seit 1960 hat die IDA insg. 107 Mrd. US-$ an 106 Länder vergeben.
Selbst wenn es nach wie vor im Einzelnen viel zu kritisieren gibt, so haben heute auch die linken Kritiker der Weltbank ihre Fundamentalkritik eingestellt. Aus der Sicht der Armutsländer gibt es keine realistische Alternative zu den IDA-Projekten. →Weltbank
Internet: www.worldbank.org/html/extr/ida.html rt

IDB →BID

IDCA →Entwicklungspolitik der USA

IDE *Institutional Development in Environment*, neuerer Ansatz im Rahmen ökol. E.-Strategien mit dem Ziel, lokale, nat. und int. Politikebenen zu vernetzen, wobei insbes. auf die E. von Handlungskompetenzen auf lokaler Ebene und ein sektorübergreifendes Vorgehen abgezielt wird.
Lit.: K. Bruckmeier, Strategien globaler Umweltpolitik, Münster 1994. dn

IEA Internationale Energieagentur (*International Agency of the* **OECD*), gegr. 1974 in Paris infolge der Ölkrise, dient allen OECD-Mitgliedsländern (außer Neuseeland und der Republik Korea) als energiepol. Forum, in dem auch die Kommission der EU vertreten ist. In Zusammenarbeit mit EL werden Forschungs- und E.-Projekte im Energiebereich (Geothermik, Kohle, Kernenergie etc.) unternommen. Regelmäßige Publikationen über Energieversorgung und -verbrauch, Preise und Steuern, Adresse: IEA, 2, Rue André Pascal, F-75775 Cedex 16, Paris. red

IEFR *International Emergency Food Reserve*, Notstands-Nahrungsmittelreserve der *UN, 1975 durch einen Beschluss der Generalversammlung geschaffen. Die Verteilung der Nahrungsmittel erfolgt durch das *WFP. red

IES →Entwicklungsdekade

IETC *International Environmental Technology Centre*, von *UNEP gefördertes Technologiezentrum in Japan, für *Technologietransfer im Bereich des Umweltmanagements für Wasseraufbereitung und Abfallbeseitigung in EL. dn

IfA Institut für Auslandsbeziehungen, trägt im Rahmen der Ziele der *Auswärtigen Kulturpolitik durch Kultur- und Informationsaustausch zur int. Verständigung bei, u. a. durch «Kulturimport» aus der Dritten Welt (Kunst, Ausstellungen, Literatur). Es unterhält umfassende einschlägige Bibliotheksbestände. U.a. in Kooperation mit dem *Institut für wissenschaftliche Zusammenarbeit mit EL werden Fachkongresse abgehalten und Publikationen zu Dritte-Welt-bezogenen Themen herausgegeben. Adresse: Charlottenplatz 17, 70173 Stuttgart. Internet: www.ifa-ev.de. red

IFAD Internationaler Agrarentwicklungsfonds (*International Fund for Agricultural Development*), Sonderorg. der *UN, auf Initiative der *Welternährungskonferenz von 1974 errichtet. Das IFAD-Gründungsdokument trat am 30. 11. 1977 in Kraft. *Organe:* Gouverneursrat (alle Mitgl.-Staaten; 2002: 162); Exekutiv- oder Verwaltungsrat (18 Mitgl. und ihre Stellvertreter); Präs. (1993–2001: Fawzi Hammad Al-Sultan, Kuwait; seit 2001 Lennart Båge, Schweden) und sein Sekretariat. *Ziel* des IFAD ist die Mobilisierung zusätzlicher Finanzressourcen für die landw. E. in unterentwickelten Mitgl.-Staaten. Finanziert über freiwillige Mitgliedsbeiträge, die regelmäßig erneuert werden, vergibt IFAD Kredite, die nach drei Kategorien unterschieden werden: Kredite zu besonders günstigen Bedingungen (*highly concessional terms*), Kredite zu marktüblichen Bedingungen (*ordinary terms*) und Kredite, die zwischen beiden Kreditformen angesiedelt sind (*intermediate terms*). Der Löwenanteil der Ressourcen wird für Kredite zu bes. günstigen Bedingungen bereitgestellt. Finanziert werden Projekte bzw. Programme, die auf die Steigerung der Nahrungsmittelerzeugung in den ärmsten EL und auf die Verbesserung der Versorgungslage und der Lebensbedingungen der ärmsten ländl. Bev.-Gruppen abzielen. Zwischen 1978 und 2000 (1996) genehmigte IFAD Kredite mit einem Verpflichtungsvolumen von knapp 7,3 (4,9) Mrd. US-$ für 578 (461) Projekte in 115 (110) EL (sowie West Bank und Gaza), 37 % davon für 258 Projekte in *LLDCs. Die Gesamtkosten der bis 2000 (1993) – zumeist kofinanzierten – Projekte umfassten rund 20,7 (13,2) Mrd. US-$. Die meisten Projekte wurden in Afrika südl. der Sahara durchgeführt (201 Projekte in 24 Ländern); danach folgten Asien und Pazifik: 147 (21), LA und Karibik: 103 (28), Naher Osten und Nordafrika: 92 (22). Bei der fünften Wiederauffüllung (2001–03) ging die Höhe der zur Verfügung gestellten Mittel erneut zurück (451 Mio. US-$; 1997–99: 460 Mio. US-$; ca. 2/3 durch IL, 1/3 durch EL). Adresse: 107 Via del Serafino, 00142 Rom (Italien). Internet: www.ifad.org. mik

IFC Internationale Finanzgesellschaft (*International Finance Corporation*), Tochtergesellschaft der *Weltbank, 1956 gegr., 175 Mitgl. (2001), Entscheidungsstruktur wie bei der Weltbank; org. Besonderheiten bestehen insofern, als die IFC einen eigenen, von Weltbank und *IDA getrennten Mitarbeiterstab und einen eigenen geschäftsführenden Vizepräs. hat. Die Bank beschäftigte 2001 1951 Mitarbeiter aus 130 Ländern.

Ziel: Stimulierung von produktiven Privatinvestitionen in EL durch Investitionen und Darlehensvergabe in diese Unternehmen, Vermittlung zusätzlichen in- und ausl. Kapitals, Beratungsleistungen und *technische Hilfe (Multiplikatoreneffekt und Katalysatorrolle der IFC). Im Ggs. zur Weltbank vergibt die IFC ihre Mittel ohne Rückzahlungsgarantie einer Reg.

Seit 1956 hat die IFC mehr als 31 Mrd. US-$ eigene Finanzmittel sowie 20 Mrd. US-$ für Beteiligungen an 2636 Privatunternehmen in 140 EL bereitgestellt, um die privatwirtsch. Aktivitäten global zu fördern. Jährl. werden etwa 200 neue Projekte in Angriff genommen, die in der Regel stets in Kofinanzierung mit anderen Investoren unterstützt werden. Im Geschäftsj. 2001 wurden erstmals Investitionen in Armenien, Tschad, Saudi-Arabien und Syrien vorgenommen, aber auch in Mozambique und Russland sowie anderen Ländern mit hohem Investitionsrisiko ist die IFC tätig, als Beraterin und Investorin. Inzwischen hat sich das regionale Profil der IFC gewandelt; sie ist zu einer multilateralen Institution mit globaler Präsenz geworden. Im Geschäftsj. 2001 (mit einem Investitionsvolumen von 3,931 Mrd. US-$) gingen 26 % der Mittel nach LA und in die Karibik, 24 % in den Mittleren Osten und nach Nordafrika, 20 % nach Asien und in den Pazifik, 16 % nach Afrika südl. der Sahara und 13 % nach Europa und Zentralasien. Was die sektorale Verteilung der Mittel anbelangt, so sind die Tätigkeiten im Finanzbereich, einschließlich des Risikomanagements, mit 30 % führend, gefolgt von Investitionen im Transport- und Dienstleist.-Sektor (21 %) und im stark erweiterten Informations- und Kommunikationsbereich (18 %). Wem diese privatwirtsch. Aktivitäten letztlich zugute kommen, inwiefern sie die Verschuldung von EL vorantreiben oder ob sie – im Gegenteil – zur Dynamisierung von Wachstumsmärkten beitragen, darüber ist wenig bekannt geworden. Auch für diese Projekte gibt es keine unabh. Evaluierungen. →Weltbank. Adresse: 1818 H-Street, N. W. Washington, D. C., 20433, USA. Internet: www.ifc.org.

Lit.: IFC, Annual Reports (weitere Lit.: →Weltbank). rt/red

Ifo Institut für Wirtschaftsforschung, Forschungsinstitut zu wirtsch.-theoret. und wirtsch.-pol. Problemen. Schwerpunkte in den 1980er J. u. a.: Probleme der Verlagerung *arbeits- und rohstoffintensiver Industrien in EL, Analyse von E.-Plänen, *ländliche Entwicklung, *Integration und *Assoziierung, *Ökologie in der *Dritten Welt und Regionalstudien; in den 1990er J. Auswirkungen der *Globalisierung und Marktintegration auf die Umweltsituation und auf umweltpol. Entscheidungen; instrumentelle Umsetzung des Leitbildes nachhaltig umweltgerechter Entwicklung. Schriftenreihe: Afrika-Studien, Forschungsberichte, Ifo-Studien zur Entwicklungsforschung, alle München, Weltforum Verlag. Adresse: Poschingerstr. 5, 81679 München. Internet: www.ifo.de dn

IfW Institut für Weltwirtschaft an der Universität Kiel, Düsternbrooker Weg 120, 24105 Kiel. dn

IGH Internationaler Gerichtshof, Sitz: Den Haag, Hauptrechtsprechungsorgan der *UN, vor dem (nur) Staaten als Parteien um Recht streiten. Der IGH ist zuständig in zwischenstaatl. Rechtsstreitigkeiten und in int. pol. Streitfällen, jedoch nicht gegen den Willen einer Partei. Er entscheidet nach dem Völkerrecht und mit einfacher Mehrheit. →ICC

Lit.: M. Haedrich, Die Stärkung des Rechts: 50 Jahre Internationaler Gerichtshof, in: Jahrbuch Frieden 1996, München 1995, S. 44–55. dn

IIF →Internationales Finanzinstitut

IINA →OIC

IIS →KAS

IITA →Grüne Revolution

IKRK →Rotes Kreuz

ILA Informationsstelle Lateinamerika e. V., Ziel: Verbreitung von Informationen aus und über LA, Analyse und Kritik des entwicklungspol. Engagements der BRD in LA und Solidaritätsarbeit (pol. und materielle Unterstützung des lateinamerik. Widerstands und aller fortschrittlichen Volksbewegungen). Des Weiteren: Kontaktpflege zu pol. verfolgten Lateinamerikanern in ihren Exilländern, Zusammenarbeit mit Solidaritätsgruppen, Hilfsaktionen für Gefangene. Publikation: ila. Adresse: Oscar-Romero-Haus, Heerstr. 205, 53111 Bonn. red

ILEP →DAHW

Illich, Ivan →Pädagogische Theorien in der Dritten Welt

ILO Int. Arbeitsorganisation (*International Labour Organization*; dt. Abk. IAO), bereits 1919 gegr., seit 1946 enge Zusammenarbeit mit den *UN und als deren Sonderorg. eingerichtet, 1986 150, 1997 174 Mitgl.-Länder. Neben den Reg. sind auch Arbeitgeber und Arbeitnehmer in allen Organen vertreten. In die Vollversammlung, die einmal jährl. zusammentritt, entsendet jedes Land zwei Reg.-, einen Arbeitgeber- und einen Arbeitnehmervertreter (Prinzip der Dreigliedrigkeit). Verwaltungsrat: 56 Mitgl. (28 Reg.-, 14 Arbeitgeber- und 14 Arbeitnehmervertreter); Generalsekretariat mit Generaldirektor (Michel Hausenne); daneben Regionalkonferenzen, Ausschüsse, Beratergruppen sowie das Int. Institut für Arbeitsfragen/Genf und das Int. Zentrum für berufl. und fachl. Fortbildung/Turin. Aufgaben: Beseitigung von *Armut und *Arbeitslosigkeit, Befriedigung der *Grundbedürfnisse der Allerärmsten, Verbesserung der Arbeits- und Lebensbedingungen der Menschen (neue Arbeitswelt); speziell: Forschung zu arbeits- und sozial-pol. Problemen (Arbeitszeit, Unfallschutz, Sozialversicherung, Frauenarbeit, berufl. Ausbildung etc.); Gesetzgebung (Annahme int. Kernkonventionen, Konventionen [seit 1919: 180] und Empfehlungen [seit 1919: 176], die allerdings von den nat. Entscheidungsträgern ratifiziert werden müssen); *Technische Hilfe (Transfer von Erfahrungen und Fertigkeiten von IL in EL zur besseren Verwendung der Arbeitskräfte, besseren berufl. Ausbildung, besseren *Partizipation der Bev. am E.-Prozess). Unter den E.-Studien ragen das Weltbeschäftigungsprogramm von 1969 (→Beschäftigung) und die 1976 auf der ILO-Konferenz über *Beschäftigung, *Einkommensverteilung und sozialen Fortschritt vorgelegte Untersuchung «Beschäftigung, Wachstum und Grundbedürfnisse» heraus. Beide Dokumente enthalten wesentliche Elemente einer an den *Grundbedürfnissen der armen Bev.-Mehrheit in den EL orientierten E.-Strategie, deren theoretische Grundlegung und pol. Propagierung vor allem durch die ILO erfolgte.

Der zeitweilige Austritt der USA (1978/79; Begründung u.a.: Politisierung, Kompetenzüberschreitung) bedeutete für die aus Mitgl.-Beiträgen finanzierte ILO erhebliche Einnahmeverluste (rd. 20 %). In den 1990er J. steht die universelle Durchsetzung der sieben Kernkonventionen (u.a. Koalitionsfreiheit, Verbot von Zwangs- und Kinderarbeit, von Diskriminierung), d.h. die Schaffung eines weltweit gültigen Basis-Sozialnetzes, im Vordergrund der ILO-Arbeit. Die aufstrebenden EL in LA und Asien wenden sich im Übrigen gegen allzu weitgehende multilaterale soziale Vorgaben, welche ihre jeweilige nat. wirtsch.-pol. Freiheiten einschränken könnten. Auf der 85. Weltarbeitskonferenz (2000 Delegierte) vom Juni 1997 wurden eine Reihe von EL bezichtigt, gegen die Kernkonventionen zu verstoßen. Der Doppelhaushalt 1988/89 betrug etwa 350 Mio. US-$, für 1998/99 wurden 481,1 Mio. US-$ veranschlagt. Gegenwärtig werden Reformen der Regeln und Verfahren sowie die Straffung der normativen Vorgaben zwecks Erhöhung der Durchschlagskraft der ILO diskutiert. Publikationen u.a.: International Labour Review, Bulletin of Labour Statistics, Yearbook of Labour Statistics; Women at Work (jeweils mehrmals pro J.). Adresse: 4, Route de Mourillons, CH-1211 Genf; Bonner Büro: Hohenzollernstr. 21, 53173 Bonn. Internet: www. ilo.org

Lit.: UN, Report on the World Social Situation, New York 1993; ILO, World Labour Report 1995, Genf 1995. dn

ILPES Lateinamerik. Institut für wirtsch. und soziale Planung (*Instituto Latinoamericano de Planificación Económica Social*), auf Initiative der *CEPAL gegründet und für diese tätig im Bereich der Ausbildung nat. Verwaltungen, die sich mit *Entwicklungsplanung befassen; stellt auch Beraterstäbe für die lateinamerik. Regierungen. Adresse: Casilla 1567, Santiago de Chile. dn

ILRAD *International Laboratory for Research on Animal Diseases*, Internationales Laboratorium zur Erforschung von Tierkrankheiten (Kenya).

IMF →IWF

Immiserizing growth →Außenhandelstheorie

impact evaluation →Evaluierung

Imperialismus(-theorien) Unter I. ist die Pol. eines Staates zu verstehen, die darauf ausgerichtet ist, Macht und Kontrolle außerhalb der eigenen Staatsgrenzen über Völker auszuüben – direkt (durch Vergrößerung des Staatsgebietes) oder indirekt (durch pol., ökon., milit., kulturelle Dominanz) –, die sich diesem Druck und Einfluss nicht zu unterwerfen

bereit sind bzw. deren Eigeninteresse von der imp. Macht ignoriert wird.
Zur Erklärung des Expansionsdranges von Staaten wurde eine Reihe theoret. Ansätze entwickelt, die häufig allerdings nur Teilaspekte des I.-Problems oder einzelne hist. Phasen des I. thematisieren.
1. Das machttheoret. Erklärungsmodell des I. versteht imp. Pol. als Resultat des Eroberungsdranges machthungriger Individuen, einflussreicher gesellsch. Gruppen oder Staaten. So definiert Schumpeter den I. als «objektlose Disposition eines Staates zu gewaltsamer Expansion ohne angebbare Grenze».
Angewandt auf die Länder der *Dritten Welt, würde dies den Versuch bedeuten, deren «Entdeckung» und koloniale Vereinnahmung lediglich der Böswilligkeit und dem Machthunger ihrer Kolonialherren anzulasten. Dies führte zu absurden Urteilen über die innere Verfasstheit der damaligen Kolonialmächte über Jahrhunderte hinweg und könnte erfolgreiche Einflussnahme ohne staatl. Unterwerfung (z.B. *British East Indian Company*) nicht erklären.
2. Politpsychol. Erklärungsmodelle weisen auf die von der neueren Forschung zur int. Pol. allg. akzeptierte These der engen Verbindungen zwischen Innen- und Außenpol. hin. Der I. hat in dieser Perspektive primär eine innenpol. Funktion. Er wird «bewusst als Ventil für sozialen Druck» (Ansprenger) im Innern verstanden, der angestaute Aggressionen, Unmut gegen eine ungerechte Sozialordnung, nach außen lenkt.
Neben psychol. hat dies für die so mobilisierten Unterschichten auch materielle Konsequenzen. Die wirtsch. Prosperität des sich imp. ausdehnenden Landes wird gesichert, und die Loyalität der sozial Unzufriedenen kann durch «Bestechung» erkauft werden. In diesem Zusammenhang haben Vertreter der *Third-Worldism*-Schule immer wieder Kritik an der «Arbeiteraristokratie» der IL geübt.
3. Kulturphilosophische Modelle sind eher Rechtfertigungs- als Erklärungsmodelle des I. Sie betonen die «Segnungen», die die imp. Beherrschung durch entwickelte Länder den weniger entwickelten Ländern v.a. auch auf kulturellem Gebiet bringen. Diese Rechtfertigungsideol., die es als «Bürde des weißen Mannes» (Kipling) ansah, den «Wilden» der Dritten Welt humanitäre und relig. Werte zu vermitteln, ist eng mit der Blütezeit des brit. I. am Ende des 19. Jh. verknüpft und wurde z.T. genährt von einem naiven Glauben an eine sich durch *Industrialisierung ausdrückende kulturelle Überlegenheit. Die Länder der Dritten Welt haben aufgrund dieses teilweise gelungenen Versuchs der Oktroyierung fremder Wertvorstellungen beim Erlangen ihrer Unabh. meist mit mehr oder weniger Erfolg versucht, eigene Traditionen, eigene Sitten, eigene Sprachen, kurz: ihre in den Hintergrund gedrängte Identität mit neuem Leben zu füllen.
4. Das in der Diskussion um eine theoret. Erklärung des I. vorherrschende Modell ist das politökon. Mit ihm wird versucht, den Voluntarismus machttheoret. Modelle zu überwinden und die «objektiven» Grundlagen des I. herauszuarbeiten, wenn auch häufig dabei Erscheinungen des Kulturimp. zu wenig Beachtung geschenkt wird. Die ökon. Ursachen des I. wurden zuerst von der kritischen «bürgerlichen» Theorie um die Jahrhundertwende herausgearbeitet. C. A. Conant und v. a. J. A. Hobson (auf dessen Schrift sich Lenin später in seinen Ausführungen zum I. wesentlich stützte) gingen davon aus, dass die mit dem erreichten E.-Stand des Kapitalismus mögliche übermäßige *Akkumulation von Kapital im Inland als Folge des zu niedrigen Einkommens breiter Bev.-Schichten und einer unzureichenden Nachfrage nach Waren entstanden sei. Der I. ermöglichte durch *Investitionen auf überseeischen Märkten die Lösung der heim. Absatz- und Kapitalanlageschwierigkeiten. Zweierlei vermag eine solche I.-Theorie jedoch nicht zu erklären: a) die Verbindung von staatl. Expansionspol. und Auslandsinvestitionen (Auslandsinvesti-

tionen sind auch ohne Erweiterung des Staatsgebietes möglich); b) die Tatsache, dass vor dem 1. WK nur knapp die Hälfte der Auslandsinvestitionen GB.s in den Dominions und Kolonien getätigt wurden, nur 5 % der franz. Auslandsinvestitionen und gar nur 2 % der deutschen.
Lenin knüpfte an die so argumentierende Theorie an. Seine Schrift «Der Imperialismus als höchstes Stadium des Kapitalismus» von 1916, die sich auf die Vorarbeiten Bucharins, Hilferdings, Kautskys und Luxemburgs stützen konnte, ist zum Standardwerk marx. I.-Theorie geworden. Seine Thesen werden nicht nur in den soz. Ländern, sondern auch von einem Teil der westl. Linken (Boccara, Mandel, Nehls) als heute noch gültig angesehen.
Nach Lenin ist der I. gekennzeichnet durch: a) «Konzentration der Produktion und des Kapitals, die eine so hohe E.-Stufe erreicht hat, daß sie Monopole schafft, die im Wirtsch.-Leben die entscheidende Rolle spielen»; b) «Verschmelzung des Bankkapitals mit dem Ind.-Kapital und Entstehung einer Finanzoligarchie auf der Basis dieses ‹Finanzkapitals›»; c) «der Kapitalexport, zum Unterschied vom Warenexport, gewinnt besonders wichtige Bedeutung»; d) «es bilden sich int. monopolistische Kapitalistenverbände, die die Welt unter sich teilen»; e) «die territoriale Aufteilung der Erde unter die kapitalist. Großmächte ist beendet».
Die Theorie des staatsmonopolist. Kapitalismus fügt dem Lenin'schen Merkmalskatalog noch als Ziel des I. kapitalist. Länder das Zurückdrängen des Sozialismus in der Welt hinzu.
In der Kritik an Lenins Thesen wurde darauf hingewiesen, dass seine Liste der Kriterien des I. nicht erklären kann, wieso sich die Investitionsströme beispielsweise in den 1970er J. auf ein Verhältnis 30:70 (EL:IL) einpendelten, der Kapitalexport in die Kolonien bzw. die Staaten der Dritten Welt also nicht die angenommene überragende Bedeutung hat; dass weiterhin, wie bei der Kritik an Hobson unter b) angedeutet, die «Aufteilung der Erde» unter die kapitalist. Großmächte pol. einem Prozess der *Dekolonisation Platz machte und dass schließlich der I., nach Lenin «höchstes Stadium des Kapitalismus» und «sterbender Kapitalismus», keineswegs am Ende ist.
Hervorzuheben ist, dass eine I.-Theorie, die den I. an die E. des Kapitalismus knüpft, soz. Länder von vornherein vom I.-Vorwurf ausnimmt. Dieser v. a. von der UdSSR vertretenen These hat die VR China durch Rückgriff auf den machttheoret. definierten I.-Begriff widersprochen. Sie sieht in der Außenpol. der UdSSR im Wesentlichen ein Streben nach Hegemonie, die es als typisches Produkt des sowjet. Sozialimp. zu bekämpfen gilt.
5. Die nichtmarxist. Geschichtswissenschaft bezeichnet die Zeit von 1870 bis 1918 aus historisch-deskriptiver Perspektive als «Zeitalter des I.». V. a. England begründete seit der Mitte des 19. Jh.s sein koloniales Weltreich. Afrika wurde unter England, Frankreich, Portugal, Belgien und Deutschland aufgeteilt, im Fernen Osten eroberten England und Frankreich Hinterindien, Japan behauptete seine Einflusssphäre in der Mandschurei gegen Russland (Krieg 1904/05), China wurde seit 1900 zum Spielball europ. Kolonialmächte.
Verbindet man so den Begriff des I. mit dem des *Kolonialismus, so ist es leicht möglich, diesen auf einen bestimmten Zeitraum einzugrenzen. Zu fragen ist aber, ob die Triebkräfte, die den I. hervorbrachten, und deren hauptsächlich ökon. Bedingungsgeflecht im Prozess der Dekolonisation einfach verschwinden, I. also nur direkte staatl. vermittelte Dominanz meint, oder ob der I. nicht nur teilweise sein Erscheinungsbild gewandelt hat und heute in der Form des *Neokolonialismus weiterbesteht.
6. Konstanz und Wandel des I. wurden u. a. von der *Dependencia-Theorie neu thematisiert. J. Galtung hat versucht, Erkenntnisse der *Friedensforschung mit

der I.-Kritik der Dependenztheorie in einer «strukturellen Theorie des I.» zu verbinden.

Galtung begreift die Abh.-Beziehungen der Länder der Dritten Welt von den IL als Ausdruck *struktureller Gewalt in den int. Beziehungen. I. wird von Galtung jedoch nicht allein auf der Ebene zwischenstaatl. Beziehungen verortet, er analysiert auch die Interessenlagen innerhalb der Nationen im Zentrum und innerhalb der Nationen an der Peripherie (*Zentrum-Peripherie-Modell). Nach seiner Definition ist I. «eine Beziehung zwischen einer Nation im Zentrum und einer Nation an der Peripherie, die so geartet ist, daß a) Interessenharmonie zwischen dem Zentrum in der Zentralnation und dem Zentrum in der Peripherienation besteht, b) größere Interessendisharmonie innerhalb der Peripherienation als innerhalb der Zentralnation besteht, c) zwischen der Peripherie in der Zentralnation und der Peripherie in der Peripherienation Interessendisharmonie besteht». Galtungs Modell, das in den Zentren der Peripherienationen «*Brückenköpfe» der imp. Zentren identifiziert, macht es möglich, den Fortbestand des I. auch nach der formalen Unabh. der EL zu erklären. Er beschränkt dieses auch nicht auf ökon. Abh.-Beziehungen und unterscheidet fünf Typen des I.: a) ökon. I.; b) pol. I.; c) militär. I.; d) Kommunikations-I.; e) kultureller I. Da es Galtung nicht gelingt, deren rel. Gewicht jeweils genauer zu bestimmen, liegt in der bloßen Auflistung auch eine Schwäche seines Ansatzes.

Lit.: J. A. Hobson, Der Imperialismus, Köln/Berlin 1968; W. I. Lenin, Der Imperialismus als höchstes Stadium des Kapitalismus, in: LW 22, S. 189 ff.; W. J. Mommsen, Das Zeitalter des Imperialismus, Frankfurt 1969; D. Senghaas (Hg.), Imperialismus und strukturelle Gewalt, Frankfurt 1972; H. U. Wehler, Bibliographie zum Imperialismus, Göttingen 1977; A. Mack/D. Plant/V. Dayle, Imperialism, Intervention and Development, London 1979; A. Brewer, Marxist Theories of Imperialism. A Critical Survey, London 1980; A. Szymanski, The Logic of Imperialism, New York 1981; M. Mamdani, Citizen and Subject, London 1996; W. Reinhard, Kolonialismus/Imperialismus, in: D. Nohlen/P. Waldmann/K. Ziemer (Hg.), Die südlichen und östlichen Länder, München 1997, S. 284 ff. rs

Importsubstitution *Industrialisierung durch I. war die erste Strategie, welche einige EL (insbes. in LA) zur *Diversifizierung ihrer inl. Produktionsstruktur einschlugen. Sie war wenig geplant, reagierte vielmehr auf die Auswirkungen der Weltwirtschaftskrise, den Rückgang der Exporterlöse und die daraus resultierenden Importengpässe. Der Aufbau einer heimischen Ind. folgte dem Muster der bislang importierten Konsumgüter eines beschränkten einheim. Marktes, war also weder verbunden mit dem Aufbau einer Investitionsgüterind. noch mit Produktion für die breite Bev., noch mit einer solchen für den Export. Das hatte zur Folge, dass 1. ein Importsog für *Investitionsgüter, Rohstoffe und Halbfertigwaren entstand (unveränderte Belastung der Devisenbilanz), 2. die nachgefragte Menge (Skalenerträge) so gering blieb, dass im Vergleich zum Weltmarkt nur kostenungünstig produziert werden konnte, sodass die importsubstituierenden Ind. vor ausl. Konkurrenz durch hohe Zölle und Devisenkontrollen geschützt werden mussten. Dies wiederum begünstigte die zu kleinen, unproduktiven und mit zu hohen Kosten arbeitenden Betriebe und beeinflusste deren techn. Fortschritt angesichts bereits bestehender geringer Kapazitätsauslastungen negativ. Die aus heutiger Sicht wohl nachteiligsten Folgen hatte die Pol. der I. für die Einkommensverteilung. Durch die hohen Zollschutzmauern zugunsten der inl. Ind. wurden die inl. rel. Preise zum Vorteil der Ind. und zum Nachteil der Landw. verschoben. Die Strategie der I. hat zwar in einigen EL Wachstumseffekte erzielt und die Krise trad. vorherrschender Wirtschaftssektoren (Bergbau, Landw.) gesamtwirtsch. aufzufangen vermocht. Sie barg jedoch bereits im Konzept selbst jene Begrenzungen, die sie als Industrialisierungsstrategie allenthalben scheitern ließen. dn

INCB *International Narcotics Control Board* →UNCPD

Inclusive Development Integration und Förderung der Behinderten im E.-Prozess. Zentrale Idee ist, dass Behindertenrechte *Menschenrechte sind, dass Behinderung im Zusammenhang der Anerkennung von Verschiedenheit/Differenz folglich auf die Tagesordnung von E. gehört. Die Einbeziehung behindertenpol. Belange wird damit als Querschnittsaufgabe der EP gesehen.
Unter dem Motto «*Nothing about us, without us*» fordern int. Behindertenorg. ihre Integration in den pol. Entscheidungsprozess. In allen behinderten- und e.-relevanten Vorhaben sollten die Behinderten ihre Rechte selbst vertreten, für sich selbst sprechen und über das entscheiden, was sie selbst betrifft bzw. was auf sie selbst bezogen zu entscheiden ist.
Lit.: VENRO, Entwicklung ohne Ausgrenzung: Menschen mit Behinderung als entwicklungspolitisches Querschnittsthema im Kontext der Menschenrechte, Berlin 2002. dn

Income terms of trade Spezielles Konzept der **terms of trade*. Ins Verhältnis gesetzt werden dabei der Index der Exporterlöse und der Index der Importpreise in der Absicht, die Veränderung der Importkapazität eines Landes zu bestimmen. dn

Indexierung In der int. Rohstoffpol. Verfahren zur Sicherung der Rohstofferlöse rohstoffexportierender EL. Zwei Konzepte:
direkte I.: Anbindung der Rohstoffpreise an die Preise der importierten Industriegüter, sodass sich die realen Austauschverhältnisse, die **commodity terms of trade*, nicht verschlechtern;
indirekte I.: Ergänzungsfinanzierung vonseiten der IL an rohstoffexportierende EL zur Aufrechterhaltung der Importkapazität bzw. der **income terms of trade*, sodass Veränderungen in den Exportmengen die Erlössituation der EL nicht verschlechtern.
Lit.: J. A. Cuddy, International Price Indexation, Farnborough/Lexington 1976; St. Baron u. a., Internationale Rohstoffpolitik, Tübingen 1977. dn

Indien

Fläche (Tsd. qkm): 3288
Bev. (Mio.) 2001: 1025,10
BNE pro Kopf (US-$) 2000: 460
BIP (Mio. US-$) 2000: 479404
LE (Jahre) 1999: 65,7
Analphabetenquote (%) 1999: 44
HDI 1999: 0,571 [Rangplatz von 162: 115]

I. gehört zu den armen EL. Zugleich verfügt es über eine bedeutende Ind. und eine beachtliche technol. Kapazität. Die entscheidenden E.-Probleme liegen weniger in der Struktur der Volkswirtsch., sondern primär in der Sozialordnung.
1. Als siebtgrößter Staat der Erde ist I. etwa so groß wie Westeuropa. Wie kaum ein anderes Land ist es von extremen topographischen und klimatischen Ggs. gekennzeichnet. Fruchtbare Schwemmlandebenen am Ganges kontrastieren mit Wüsten- und Trockengebieten im westl. (Rajasthan) und Zentralindien und mit trop. Regenwäldern im O (Assam) und S (Kerala). Während im Himalaja in den Höhen subpolares Klima herrscht, finden wir im W trocken-heißes Wüstenklima, im NO feucht-warmes, im größten Teil des Landes Monsun- (feucht-warmer Sommer, trockener kühler Winter und trocken-heißes Frühjahr) und im S Tropenklima. Entsprechend der jährl. Niederschlagsmenge lassen sich 4 Vegetationstypen feststellen: über 2000 mm Niederschlag im J. immergrüner Regenwald, 1000–2000 mm Monsunwälder, 500–1000 mm Übergang von Monsunwäldern in offene Dornbuschsteppe, unter 500 mm Dornbuschsteppe. Die natürliche Vegetation ist aber über den größten Teil I.s durch menschliche und tierische Einwirkung (Ackerbau und Beweidung) zerstört, zumindest verändert worden. Die Gangesebene und Assam sind heute fast ausnahmslos eine offene Agrarlandschaft. Der Dekkan ist weitgehend landw. genutzt, Monsunwälder bedecken nur noch die Gebirge am nördl. und östl. Rand des Dekkan, immergrüne Regenwälder sind in den westl. Randgebirgen und im NO I.s anzutreffen. Im Ganges-Brahmaputra-Tiefland

und in den Fluss-Deltas des Dekkan bestehen Möglichkeiten der Kanalbewässerung durch Ableiten von Wasser aus den ganzjährig Wasser führenden Flüssen durch ein weitverzweigtes Kanalsystem bis auf die Felder, die Speicherung der Niederschläge bzw. des Flusswassers in Teichen (*tanks*) und Rückhaltebecken und die Nutzung der Grundwasserreserven durch Pumpen. Setzt die Schneeschmelze im Himalaja im Frühjahr bzw. der Monsun zu spät ein, oder sind die Niederschläge zu gering, reichen die Bewässerungsmöglichkeiten nicht aus, und es kommt zu erheblichen Ernteeinbußen. Zu Hochwasserkatastrophen kommt es, wenn Schneeschmelze und Monsun zusammentreffen.

I. verfügt über beträchtliche Bodenschätze und Wasserkraft, die erst z.T. genutzt werden. Kohle und Eisenerz kommen vor allem im O (Bihar/Orissa) vor, was den Aufbau einer Schwerind. begünstigte. Im Vgl. zu den Kohle- und Eisenerzvorkommen sind die Erdöl- und Erdgasvorkommen geringer; in den letzten J. wurden neue entdeckt (Bombay High). 20 % des Energieverbrauchs werden (1998) mit traditionellen (Brennholz, Reisig, Kuhdung etc.), 24 % mit importierten Energieträgern (Mineralöl) gedeckt.

Die bedeutenden Manganvorkommen erlauben einen umfangreichen Export; bei Glimmer ist I. der weltgrößte, bei Mangan der sechstgrößte Produzent. Weitere wichtige Rohstoffe sind Chromerz und Bauxit, Kalkstein, Steinsalz und Kupfer. Ferner gibt es Blei, Zink, Asphalt, Kali, Antimon, Molybdän, Kobalt und Nickel, Zinn, Gold, Thorium und Beryllium.

2. Die Bev. I.s ist in ethn., sprachlicher und relig. Hinsicht extrem heterogen: Es werden über 1600 Sprachen und Dialekte gesprochen, und alle großen Religionen der Welt sind vertreten. Durch die regionale Konzentration der einzelnen Gruppen gibt es in I. die verschiedenartigsten *Minderheitenprobleme, die die staatl. Einheit belasten. 34 % der Bev. sind jünger als 15 J. Die jährl. Bev.-Wachstumsrate ist in den letzten Jahren beständig gesunken und dürfte 2001 bei 1,65 % liegen (1995–97 gab es p. a. durchschn. 27,7 Geburten und 9,0 Todesfälle je 1000 Ew.). Die Bev.-Dichte (ohne Jammu und Kashmir) lag 2001 bei 324 Ew./qkm (1971: 167 Ew./qkm), wobei sie in einzelnen Regionen mehr als doppelt so hoch war (Kerala, Bengalen). Der Anteil der Analphabeten (2001: 35 %) ist zwar rückläufig, aber – bes. unter den Frauen (46 %) – immer noch hoch. 67 % der Bev. leben in ländl. Gebieten; die *Landflucht sorgt für die schnell wachsende städt. Bev.: In den 35 Mio.-Städten (2001) leben 108 Mio. Ew., darunter in Groß-Mumbai (Bombay) 16,4 Mio., Kolkata (Kalkutta) 13,2 Mio., Delhi 12,8 Mio. Die überwiegende Mehrheit der Bev. sind Hindus (1991: 83 %), 11 % (v.a. in N-I.) Moslems, davon ca. 3/4 Sunniten und 1/4 Schiiten, ferner Christen (2,4 %), davon mehr als die Hälfte Katholiken, Sikhs (1,9 %, v.a. im Punjab), Buddhisten (0,7 %) und Jainas (0,5 %), ca. 120000 Parsen, etliche Bahai und eine kleine jüdische Gemeinde. Über die ethn. Herkunft liegen keine Zahlenangaben vor, doch überwiegen Bev.-Gruppen mit indoeurop. (Hindi, Urdu, Bengali etc. 72 %) Sprachen gegenüber solchen mit drawidischen (Telugu, Tamil etc. 25 %).

Zur Mitte des 19. Jh.s war ganz I. im brit. Einflussbereich. Nicht alle Gebiete wurden erobert und der brit. Verwaltung direkt unterstellt. In vielen Fällen blieb die formale Unabh. der Fürstenstaaten oder Stammesgebiete erhalten. 1857 kam es zum ersten großen Aufstand gegen die Herrschaft der brit. Ostindien-Kompanie (*Mutiny*- oder *Sepoy*-Aufstand), der blutig unterdrückt wurde; danach zog die Krone die Reg. an sich (1858), die brit. Königin wurde zur Kaiserin von Indien in der Nachfolge der Mogul-Kaiser erklärt. Neben der territorialen Macht der Briten nahmen auch ihre wirtsch. Aktivitäten zu. Hatte am Anfang die Kontrolle des Indien-Handels im Vordergrund gestanden, so waren es später Steuern und Abgaben und im 19. Jh. die Manufakturen, der Bergbau, die Eisenbahnen, *Plantagen (Indigo, Kaffee, Tee, Kautschuk) und schließlich die aufkommende (Jute- und Baumwoll-)Ind. I. stellte billige Rohstoffe und Arbeitskräfte und zugleich einen Absatzmarkt. Dies reflektiert auch den Einfluss unterschiedlicher brit. Gruppen in I.: Nach den Kaufleuten und Abenteurern waren es im 19. Jh. vermehrt junge Adelige (Armee und Verwaltung). Im Ggs. zu den brit. Kolonien in Afrika, Amerika und Australien wurde I. keine Siedlerkolonie. Außer einigen Plantagen hatten die Briten nie große Anteile am Landbesitz; gemessen an der ind. Bev. war die Zahl der in I. lebenden Briten immer gering.

Seit dem Ende des 19. Jh.s nahm die Unabh.-Bewegung zu (Kongresspartei, *Gandhis Bewegung der Gewaltlosigkeit und des zivilen Ungehorsams). Die beiden WK stärkten gleichermaßen das pol. und wirtsch. Gewicht der Kolonie, wie sie das des Mutterlandes schwächten; nachdem 1919 (Dyarchie) bzw. 1935 innere Selbstverwaltung gewährt wurden, war die Unabh. nicht mehr aufzuhalten. Schwierigstes Problem war dabei die Org. des Zusammenlebens von Hindus und Moslems, vor allem in N-I., wo es wechselseitig starke Minderheiten gab. Aus Furcht vor der Majorisierung durch die Hindus setzten die Moslems schließlich die Teilung Indiens durch, am 15. 8. 1947 wurde Indien unabh., an Pakistan fielen die Gebiete im Nordwesten sowie O-Bengalen.

Die Teilung kam in dieser Form unerwartet und führte zu drei Kriegen mit Pakistan (1947/48, 1965, 1971) und der Verfolgung und Vertreibung relig. Minderheiten in beiden neuen Staaten. Innenpol. stellten sich zuerst das Problem der Konsolidierung, der Integration der Fürstenstaaten, die Verfassungsdiskussion und der Sprachenstreit, der zu einer Neuordnung I.s in inzwischen 29 sprachlich determinierte Bundesstaaten und 6 Unionsterritorien führte. Die ersten 30 J. stellte die Kongress-Partei als führende pol. Kraft die Regierung. Erst als es durch die wachsende Unzufriedenheit mit der Pol. der Reg. Indira Gandhi (der Tochter des ersten MP Jawaharlal Nehru) wegen ihrer forcierten Wachstums- und *Industrialisierungspol., der Verletzung der *Menschenrechte (Ausnahmezustand, Pressezensur, Verhaftung Oppositioneller) und der Zwangssterilisierung zu einem Wahlbündnis der Opposition (einschl. Splittergruppen der Kongress-Partei) kam, wurde sie 1977 gestürzt. Mit seiner relig.-konservativen Pol. konnte sich ihr Nachfolger Morarji Desai nicht durchsetzen.

Die Neuwahlen 1980 konnte Indira Gandhi überlegen gewinnen. Innen- wie außenpol. knüpfte sie an ihren alten Kurs an: Stärkung der Zentralmacht im Innern, Betonung der Unabh. gegenüber den USA (trotz deren umfangreicher Nahrungsmittellieferungen während der 1950er und 1960er J.) und Anlehnung an die SU als Gegengewicht im Dauerdisput mit Pakistan und China (Grenzkrieg 1962).

Die sowj. Invasion in Afghanistan führte zu einer zaghaften Revision der ind. Außenpol.: An einer weiteren sowj. Expansion und dem Verschwinden Pakistans als Pufferstaat konnte I. nicht gelegen sein. Auf Initiative des Präs. von Bangladesh, Zia-ur-Rahman, kam es zu einer Annäherung der südasiat. Staaten in der *South Asian Association for Regional Cooperation* (*SAARC). Gleichzeitig verschärften sich die innenpol. Spannungen, und 1983 brachen regionale Konflikte in Assam und Punjab aus. Während sich die Ausschreitungen in Assam vor allem gegen Bengalen und Moslems richteten, beanspruchten militante Sikhs weitestgehende Autonomie für den Punjab und verschanzten sich schließlich in ihrem Goldenen Tempel in Amritsar, der vom Militär nach heftigen Kämpfen gestürmt wurde. Diese als Entehrung ihres Heiligtums empfundene Intervention führte 1984 zur Ermordung von MP Indira Gandhi durch ihre (Sikh-)Leibwäch-

ter. Zum Nachfolger als MP wurde Rajiv Gandhi, ihr Sohn, gewählt und in den Wahlen mit überwältigender Mehrheit der Kongress-Partei bestätigt. Seine Pol. der Liberalisierung und Modernisierung der indischen Wirtsch. führte zu stärkerem Wirtschaftswachstum; dank der (seit Mitte der 1960er J.) Pol. der **self-reliance* hatte I. genügend Vorräte angelegt, um mehrere schlechte Erntejahre ohne Hungersnot oder massive Wachstumseinbrüche zu überstehen. Außenpol. verfolgte Rajiv Gandhi wie seine Mutter die Pol. einer regionalen Ordnungsmacht: 1987 marschierten ind. «Friedenstruppen» zur Beilegung des Bürgerkriegs zwischen Tamilen und Singhalesen in Sri Lanka ein, 1988 beendeten sie einen Putschversuch auf den Malediven. Die Wahlen 1989 brachten einen Machtwechsel: Ein breites Wahlbündnis aller wichtigen Oppositionsparteien unter Einschluss der konservativen Volkspartei (BJP), muslimischen Parteien und der Kommunisten verdrängte die Kongresspartei von der Macht. MP V. P. Singh konnte sich nicht auf eine formelle Koalition stützen und regierte mit wechselnden Mehrheiten. Nachdem eine Quotenregelung im öfftl. Dienst (Mandal Commission) zugunsten benachteiligter Kasten und der Streit um die Babri-Moschee in Ayodhya, die einem Rama-Tempel weichen sollte, Unruhen bzw. muslimisch-hinduistische Konflikte zur Folge hatten, wurde Singh durch ein Misstrauensvotum im Nov. 1990 abgelöst. Nachfolger wurde Chandra Shekar, der im März 1991 aufgrund von Spannungen innerhalb des Kabinetts und Auseinandersetzungen mit dem Führer der Kongresspartei, Rajiv Gandhi, zurücktrat.
Staatspräs. Ramaswami Venkataraman setzte für Mai 1991 Neuwahlen an, aus denen die Kongresspartei nach dem Mord an Rajiv Gandhi als stärkste Kraft hervorging. Der neue MP, P. V. Narasimha Rao, hatte mit Spannungen im Punjab und in Kaschmir umzugehen sowie wirtschaftspol. Maßnahmen zu steuern, die verstärkt Auslandskapital nach I. locken sollten. Unter seinem Finanzmin. Manmohan Singh wandte sich I. vom soz. Wirtsch.-Modell ab und begann mit einer Privatisierung der Staatsbetriebe. Zu einer Einigung im schon lange schwelenden Konflikt mit Bangladesh über den Tin-Bigha-Korridor kam es durch die Unterzeichnung eines Zugangsberechtigungsabkommens am 27. 3. 1992. Nach einer Anklage wegen der Annahme von Parteispenden trat Rao zurück, die Wahlen vom April/Mai 1996 gewann die hinduistische Bharatiya Janata Party (BJP); sie konnte aber nur eine Minderheitenreg. unter Atal Behari Vajpayee stellen, die bereits nach 12 Tagen wieder zurücktreten musste, weil sie für die Zerstörung der Babri-Moschee in Ayodhya 1992 mitverantwortlich gemacht wurde, die Indien an den Rand eines Bürgerkrieges brachte, und keine Unterstützung bei den anderen Parteien fand. Der BJP folgt im Juni 1996 eine Koalition von Links- und Regionalparteien unter H. D. Deve Gowda; dieser musste bereits im März 1997 zurücktreten, nachdem ihm die Kongresspartei die Unterstützung entzogen hatte. Nach einer weiteren Minderheitsreg. unter Inder Kuamr Gujral (April – Nov. 1997) brachten die vorgezogenen Parl.-Wahlen im Frühjahr 1998 die BJP und Vajpayee zurück an die Macht. Im Mai 1998 zündete Indien mehrere Atomsprengsätze und unterstrich damit seinen Anspruch als neue Großmacht. Noch im selben Monat antwortete Pakistan mit eigenen Atomversuchen. Die Spannungen zwischen beiden Ländern (Aufstand in Kaschmir seit 1989) konnten bei einem Treffen der Regierungschefs in Lahore im Febr. 1999 (Lahore Declaration) kurzfristig abgebaut werden; wenige Monate später kam es zu heftigen Artilleriegefechten im Raum Kargil in Kaschmir, wo pak. Einheiten (nach pak. Lesart kaschmirische Freiheitskämpfer und pak. Freischärler) bereits im Winter auf der «indischen» Seite Stellung bezogen hatten. Bis zum Aug. breiteten sich die Kämpfe entlang der sog. Kontrolllinie aus und wurden erst

beendet, nachdem China und die USA Pakistan zum Einlenken zwangen. Nach Anschlägen erst auf das Parl. in Srinagar und dann in New Delhi (13. 12. 2001) verschärften sich die Spannungen; selbst die Option eines nuklearen Erstschlages wurde nicht ausgeschlossen. Dies ungehindert der Tatsache, dass Indien wie Pakistan in der «Allianz gegen den *Terrorismus» nach den Anschlägen in den USA vom 11. Sept. 2001 verbunden waren. Bis zum Sommer 2002 konnte die seit 1971 ernsthafteste Krise zwischen den beiden Ländern entschärft, aber nicht beigelegt werden.

3. Während nach *UNDP-Schätzungen aus dem Jahr 2001 44 % der Bev. nach int. Standards (Einkommen von weniger als 1 US-$ Kaufkraft pro Kopf und Tag) und 45 % nach ind. Standards in *Armut leben, insges. mehr als in jedem anderen Land der Welt, und das BNE zu den niedrigsten der Welt gehört, stand I. in der Ind.-Produktion 1999 bereits an 14. Stelle; als Software-Entwickler gehört I. heute zu den int. führenden Ländern; die entspr. Exporte dürften 2002 10 Mrd. US-$ erreichen; bei den IT-Exporten insgesamt rangiert Indien aber noch immer hinter China. Der nach wie vor dominierende Sektor ist die Landw. I. steht int. bei Tee, Milch und Butter an erster, bei Reis, Weizen, Tabak und Zucker an zweiter Stelle. Die Landw. trägt ein knappes Drittel zum *Nationaleinkommen und ein Viertel zu den Exporten bei. 59 % der 107 Mio. landw. Betriebe hatten 1990/91 weniger als 1 ha, sie bewirtschafteten zusammen 15 % der Flächen aller Betriebe. Von 298 Mio. ha Landfläche wurden 1998 162 Mio. ha als Ackerland genutzt (dazu 8 Mio. ha Dauerkulturen, 11 Mio. ha Wiesen und Weiden, 69 Mio. ha Wald und 48 Mio. ha sonstige Flächen), einschl. des Mehrfachanbaus gab es 1997/98 eine Erntefläche von 190 Mio. ha. Getreide beansprucht mit 101 Mio. ha die meiste Fläche, vor allem Reis (43 Mio. ha) und Weizen (27 Mio. ha), Hülsenfrüchte (22,8 Mio. ha) und Ölsaaten (26,2 Mio. ha) folgen in der Bedeutung. 1996/97 wurden 73 Mio. ha Erntefläche künstlich bewässert gegenüber 23 Mio. 1951/52. 2000/2001 wurden 19,4 Mio. t Reindünger ausgebracht gegenüber 2 Mio. t 1969/70. Auch der Einsatz von Hochertragssorten konnte ausgedehnt werden: auf (1998/99) 88 % der Anbauflächen von Weizen, 74 % von Reis und 59 % von Mais. Getreide, Hülsenfrüchte, Ölsaaten, Obst und Gemüse und Tabak werden für den örtlichen Verbrauch angebaut. Für den Export sind Tee und Gewürze bedeutend.

I. ist einer der größten Tierproduzenten der Welt: 57 % aller Büffel und 16 % aller Rinder werden in I. gehalten; 18 Mio. Menschen verdienen so ihr Einkommen, häufig in *Subsistenzwirtschaft.

Mit einer Förderung von 2000/2001 323 Mio. t Kohle und 78 Mio. t Eisenerz gehört I. zu den größten Förderländern der Welt. Die Elektrizitätserzeugung (2000/2001: 500 Mrd. kWh) ist zwar für ein EL bedeutend; der Pro-Kopf-Energieverbrauch (1998, ohne tierische Zugkraft) ist mit 16 Gigajoule (Deutschland: 168) einer der niedrigsten der Welt. Die Ind. befindet sich überwiegend in privatem Besitz, im Grundstoffbereich ist vor allem der Staat tätig, es werden praktisch alle Konsum- und auch die meisten *Investitionsgüter hergestellt. Dazu verfügt I. über eine leistungsfähige Nuklear-, Weltraum- und Rüstungsind. Durch den z.T. hohen technol. Stand der Ind. und die durch den großen Inlandsmarkt gegebene Kosten senkende Massenproduktion hat sich I. auch auf den int. Märkten zu einem leistungsfähigen Wettbewerber entwickelt. Die abs. Größe der ind. Industrie darf aber nicht darüber hinwegtäuschen, dass I. von der Pro-Kopf-Versorgung mit Industrieprodukten her gesehen immer noch zu den am wenigsten entwickelten Ländern gehört. Seit den 1980er J. hat sich I. (Bangalore) zum zweitgrößten Software-Exporteur entwickelt.

4. Im deutlichen Ggs. zu diesen wirtsch. Wachstumserfolgen steht die soziale E. als Folge einer relig. fundierten hierar-

chischen Sozialordnung (Kastensystem), die durch erblichen Beruf, Endogamie, Solidarität gegenüber der eigenen und deutlicher Abgrenzung gegenüber anderen Gruppen gekennzeichnet ist, stoßen Versuche, tragfähige soziale und wirtsch. Org. aufzubauen, die quer durch die relig. Gruppen oder Kasten (*jati*) gehen (z. B. bei der Gründung einer Dorf-* Genossenschaft), auf große Widerstände. Neben den Angehörigen der «eingetragenen» Kasten, den sog. Unberührbaren, d. h. den Hindus, die keiner der vier *varnas* (*Brahmanen* = Priester, *Kshatriyas* = Krieger, *Vayshas* = Kaufleute, Handwerker, Bauern, *Sudras* = Landarbeiter, Dienstboten, Händler) angehören, nimmt auch die Stammesbev. (NO- und Zentralindien) eine Sonderstellung ein. Das Problem der Kasten ist außerdem nicht auf die Hindus beschränkt; besonders wenig geachtete Gruppen, die «unreine» Tätigkeiten ausüben (z. B. alle Arten des Säuberns, Lederbearbeitung etc.), gibt es auch bei den ind. Moslems und Christen. Eine Sonderstellung hat die kleine, pol. und wirtsch. aber einflussreiche Gruppe der Parsen.

Bei einer Erwerbsquote von (1999/2000) 41 % werden jedes J. 10 Mio. Arbeitsplätze zusätzlich benötigt. Sie werden v. a. von der Landw. oder dem bereits überbesetzten Dienstleistungssektor bereitzustellen sein. Der «organisierte» Bereich (Betriebe mit zehn und mehr Beschäftigten) umfasst 28,1 Mio., davon 8,7 Mio. in staatl. Einrichtungen.

Über das Ausmaß der * Arbeitslosigkeit fehlen verlässliche Angaben, es bestehen auch Abgrenzungs- und Messungsprobleme (saisonale Arbeitslosigkeit, Unterbeschäftigung). Offiziell gelten nur 9 Mio. als arbeitslos; aber immer noch 26,1 % (1999/2000) der Bev. werden von der ind. Planungskommission als arm eingestuft, ein Ergebnis von Arbeitslosigkeit und Unterbeschäftigung; Armut ist auch die Hauptursache für die verbreitete Kinderarbeit und für die immer noch anzutreffende Schuldknechtschaft (*bonded labour*). Die rel. * Einkommensverteilung I.s (* Gini-Koeffizient 0,38) hat sich nach Einschätzung der * Weltbank verschlechtert; sie war lange der Deutschlands ähnlich, jedoch auf viel niedrigerem Einkommensniveau.

5. Aufgrund seiner Bodenschätze, seines Energiepotenzials und seiner Infrastruktur sind die E.-Perspektiven für I. nicht ungünstig. Die Ind. ist weniger als die anderer EL vom * Technologietransfer abh. I. bietet im Rahmen der * TCDC anderen EL Technologie an. Probleme, die in der ind. Sozialordnung und Geschichte liegen, sind für das Ausbleiben weiterer E.-Erfolge verantwortlich zu machen. Das Nebeneinander von extremem Reichtum und großer * Armut ist bereits in vorbrit. Zeit zu beobachten; den Briten ist anzulasten, dass sie diese Diskrepanz noch verstärkt haben; dem brit. Einfluss ist auch die Zerstörung des Handwerks zuzuschreiben und die Polarisierung durch weitgehende Vernichtung des Mittelstandes. Die Verwaltung wie das Erziehungswesen wurden an den Bedürfnissen der Kolonialmacht, das Land mit möglichst wenig Personal zu verwalten und einen möglichst hohen Gewinn zu erzielen, orientiert. Dies hat zur fast völligen Auflösung tragfähiger pol. Organisationen auf unterer Ebene geführt. * Bildung hatte (und hat) einen elitären Charakter, insbes. wurde die techn. und naturwiss. Ausbildung völlig vernachlässigt. Nach der Unabh. hat I. dieses Verwaltungssystem übernommen; pol. Entscheidungen wurden nur zögernd an untere pol. Einheiten (Dorf, Distrikt) delegiert.

Die soziale Org. erfolgt in der Familie, der Sippe oder Kaste, im pol. Bereich führt dies zur Entstehung von * Klientelen. Da sich die versch. sozialen Gruppen (Kasten) auf lokaler Ebene bewusst voneinander abgrenzen, können diese Strukturen kaum bzw. nur langsam überwunden werden. Dies bedeutet aber, dass sich zunehmend sozialer Konfliktstoff ansammelt, der dann in Krisensituationen (Überschwemmung, Dürre, relig. Auseinandersetzungen) zu pol. Konflikten führt. Gelingt es, diese zu vermeiden, bestehen gute Chancen für ein Anhalten des seit 1991 in Schwung gekommenen Wirtschaftswachstums.

Lit.: G. Myrdal, Asian Drama. An Inquiry into the Poverty of Nations, New York 1968; H. Iyer/C. Krüger, Indien – Wirtschaftsmacht der Zukunft, Lugano 1981; H. Kulke/D. Rothermund, Geschichte Indiens, Stuttgart 1982; D. Rothermund, Indiens Wirtschaftsgeschichte, Paderborn 1985; D. Kantowsky, Indiens Gesellschaft und Entwicklung, Frankfurt 1986; J. Wiemann, Indien – Selbstfesselung des Entwicklungs-Potentials, Berlin 1988; D. Rothermund, Indien, in: HDW III, 7, 1994, S. 205–243; W.-P. Zingel, Struktur- und Entwicklungsprobleme Südasiens, in: HDW III, 7, 1994, S. 14–53; D. Rothermund (Hg.), Indien, München, 1995; B. Kuhn, Participatory Development in Rural India, New Delhi 1998; W. Draguhn (Hg.), Indien, Hamburg 2000. wpz

Indikator Beobachtbarer bzw. messbarer «Anzeiger» für bestimmte als unbeobachtbar geltende Sachverhalte oder theoret. Konstrukte. Soziale I.en sollen «Anzeiger» für gesellsch. Verhältnisse sein. Beispiel: der Grad der *Alphabetisierung einer Bev. als I. für das Bildungsniveau, oder: die durchschn. Lebenserwartung in Jahren bei der Geburt (LE) als I. für die med. Versorgung der Bev. bzw. für deren *Ernährungsstatus. Ein I. ist demnach mehr, als er unmittelbar misst; I.en sind mehr als Daten oder statistische Informationen. Ein I. weist auf etwas anderes hin, was er selbst nicht oder nur partiell ist. Um diese Diskrepanz zwischen I. und Konstrukt möglichst weitgehend zu überwinden, ist eine begriffliche Adäquation erforderlich, die das «eigentlich Gemeinte» mit den empirisch fassbaren statistischen Einheiten, Merkmalen und Modalitäten der Einzel-I.en und ihrer Gesamtheit einander möglichst nahe bringt. Je besser diese Adäquation gelingt, desto besser kann dann auch die «semantische Rekolorierung» der Daten erfolgen. E.-I.en (wirtsch., soziale, pol. I.en) sind Variablen, die im Idealfall für wohl definierte Teilaspekte der E.-Prozesse repräsentativ sind. Es gibt keinen I., der geeignet wäre, E. im umfassenden Sinne messbar zu machen, obwohl dem BSP pro Kopf in der Vergangenheit vielfach diese Eigenschaft unterstellt wurde. Welche E.-I.en ausgewählt werden, um Aussagen über den E.-Stand und den E.-Prozess zu machen, hängt von dem E.-Begriff ab, den man zugrunde legt. «Die Anwendung von I.en stellt den Versuch dar, eine Konzeption oder Definition von Entwicklung zu quantifizieren» (McGranahan).

Die I.en-Forschung befasst sich mit dem Problem, die bestmöglichen I.en zu bestimmen, d. h. solche, die das zu repräsentierende Phänomen am besten erfassen (Beispiel: LE gilt als besserer Gesundheits-I. als die Zahl der Ew. pro Arzt). Bei der Bestimmung von E.-I.en ist zunächst zu klären, ob die einzelnen Konstrukte durch nur einen I. hinreichend beschrieben werden können oder ob die Komplexität der Konstrukte eine mehrdimensionale Beschreibung durch ein Bündel von I.en erforderlich macht. Zweckmäßigerweise wird zwischen Input-I.en (Beispiel: Einschulungsquote) und Output-I.en (Beispiel: Alphabetisierungsquote) unterschieden, wobei outputorientierte grundsätzlich als aussagekräftiger gelten.

Die rechnerische Zusammenfassung mehrerer I.en kann in Indexform erfolgen, deren Konstruktion wirft allerdings Probleme der zeitlichen und sachlichen Auswahl sowie der Gewichtung auf. So fasst z. B. der *Physical Quality of Life Index* (PQLI) von Morris die gleich gewichteten Output-I.en Säuglingssterblichkeitsziffer, LE und Alphabetisierungsquote der Erwachsenen zu einem normativen E.-Index zusammen. Ein E.-Index soll folgenden Anforderungen genügen: Unabh. vom jeweils gegebenen Wirtschafts- und Gesellschaftssystem, keine Ethnozentriertheit, Outputorientierung, Sensitivität für Verteilungsaspekte, einfache Erhebungsmöglichkeit und Verständlichkeit, int. Vergleichbarkeit. Sind für E.-I.en in EL nur «weiche» Daten mit geringem Autonomiegrad verfügbar, dann kommen für ihre statisti-

Abbildung 5: Indikatormodell für vier Grundbedürfnis-Bereiche

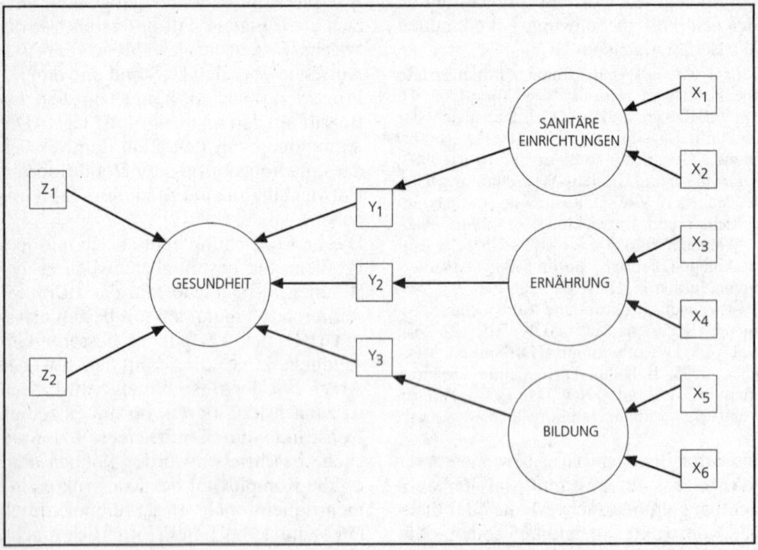

X_1 = städtische Bevölkerung in % der Gesamtbevölkerung
X_2 = Anteil der Bevölkerung mit Zugang zu einwandfreiem Wasser
X_3 = durchschnittlicher Index der Nahrungsmittelproduktion pro Kopf
X_4 = Kalorienverbrauch pro Tag und Kopf in % des Bedarfs
X_5 = Primareinschulungsrate, Jungen
X_6 = Primareinschulungsrate, Mädchen
Y_1 = Säuglingssterblichkeitsrate (0–1 Jahr)
Y_2 = Lebenserwartung bei Geburt
Y_3 = Alphabetisierungsrate (Erwachsene)
Z_1 = Einwohner je Arzt
Z_2 = BSP pro Kopf

sche Verarbeitung lediglich entsprechend adaptive Verfahren in Frage, wie z. B. hermeneutische Mustererkennung, Pfadanalyse oder *soft modelling*-E. →Pro-Kopf-Einkommen

Lit.: D. McGranahan, Entwicklungsindikatoren und Entwicklungsmodelle, in: HDW I, 1, Hamburg 1974, S. 208 ff.; G. Addicks, Aussagefähigkeit wirtschaftlicher und sozialer Indikatoren der Entwicklungsmessung, Augsburg 1977; M. D. Morris, Measuring the Condition of the World's Poor: the Physical Quality of Life Index, New York 1979; H.-J. Hoffmann-Nowotny (Hg.), Soziale Indikatoren im internationalen Vergleich, Frankfurt 1980; M. Bunge, Development Indicators, in: Social Indicators Research 9 (1981), S. 369–385; D. McGranahan/E. Pizarro/C. Richard, Measurement and Analysis of Socio-economic Development, UNRISD, Geneva 1985; UNDP, Human Development Report, New York jährlich (seit 1990); Stiftung Entwicklung und Frieden, Globale Trends, Bonn 1991; D. Nohlen/F. Nuscheler, Indikatoren von Unterentwicklung und Entwicklung, in: HDW III, 1, 1992, S. 76 ff.; H. Sangmeister, Soziale Indikatoren, in: J. Kriz/D. Nohlen/R.-O. Schultze, Politikwissenschaftliche Methoden, Lexikon der Politik, Bd. 2, München 1994, S. 422–426. hs

Indirect rule Das v. a. von brit. Kolonialtheoretikern entwickelte Prinzip der i. r. sah in der Theorie vor, dass die Kolonialmacht sich auf eine Art «Oberhoheit» über ein Gebiet beschränkt, die betroffene Gesellschaft jedoch ihre pol. und sozialen Systeme (einschl. des trad. pol.

Führungspersonals) beibehält und sich in ihrer weiteren E. weniger am kolonialen «Mutterland» als an der autochthonen Zivilisation orientiert. Diese weniger in philanthropischen als in Zweckmäßigkeitsüberlegungen (v. a. Kostenersparnis) begründeten Leitsätze wurden in der Praxis nur selten (z. B. in den Emiraten Nordnigerias) voll angewandt. Da die brit. Verwaltung sich häufig auch in die «inneren» Angelegenheiten der autochthonen Gesellschaften einmischte (z. B. durch Ein- und Absetzung von Häuptlingen), ähnelte ihre Praxis stark dem frz. System der «direkten» Kolonialverwaltung. Durch die i. r. konnten die Briten jedoch diejenigen lokalen Herrscher und sozialen Schichten stützen, die ein Interesse am Fortbestand des (kolonialen) Status quo hatten, während die unter der Kolonialherrschaft entstehenden «modernen Eliten» nicht in das System der i. r. integriert werden konnten.

Lit.: R. von Albertini, Europäische Kolonialherrschaft 1880–1940, Zürich 1976; F. Nuscheler/K. Ziemer, Politische Herrschaft in Schwarzafrika, München 1980. kz

Indonesien

Fläche (Tsd. qkm): 1905
Bev. (Mio.) 2001: 214,8
BNE pro Kopf (US-$) 2000: 570
BIP (Mio. US-$) 2000: 153255
LE (Jahre) 1999: 71,1
Analphabetenquote (%) 1999: 14
HDI 1999: 0,677 [Rangplatz von 162: 102]

1. Das Hoheitsgebiet der Rep. I. nimmt ca. 7 Mio. qkm ein. Die Landfläche der insg. rd. 13000, z. T. weit voneinander entfernten Inseln (nur 931 bewohnt) zwischen Ind. und Pazif. Ozean beträgt dagegen nur 1,9 Tsd. qkm. Die flächenmäßig von der Größe Frankreichs bis hin zum kleinen Atoll reichenden Inseln werden in die Großen Sundainseln (Java, Madura, Sumatra, Kalimantan Sulawesi), die Kleinen Sundainseln, die Molukken, Irian Jaya und Timor unterteilt. Fruchtbare vulkanische Böden und tropisches Klima bieten günstige Grundlagen für die Land- und Forstwirtsch. Erschwerend für die E. des Landes wirken sich die häufigen Erdbeben aus. Seine Vorkommen an Bodenschätzen (Erdöl, Zinn, Nickel, Bauxit, Kupfer), unter denen Erdöl (1/5 aller Weltreserven) wirtsch. die größte Bedeutung besitzt, machen I. gemessen an seinem Ressourcenpotenzial zu einem der reichsten Länder der Erde.

2. Nach der Übernahme der das Land ausbeutenden niederl. Vereinten Ostindien-Kompanie durch den niederl. Staat und einem kurzen, liberaleren brit. Interregnum wurde bis zur zweiten Hälfte des 19. Jh.s die alte merkantile Monopolpol. fortgesetzt. Kennzeichen dieser Periode des Kultivationssystems (*Cultuur Stelsel*) waren Zwangsbewirtschaftung mit Exportprodukten (Kaffee, Gummi, Zucker), *Plantagenwirtschaft mit Lohnarbeit, Erhebung von Exportzöllen und hohen Steuern für die lokalen Farmer. Mit dieser Pol. wurden die Grundlagen für die heutige dualistische Wirtsch.- und Gesellschaftsstruktur I.s und seine *monostrukturelle Abh. von den int. Rohstoffmärkten geschaffen. Während der Periode des Wirtschaftsliberalismus entstanden durch ausl. Initiative auf Java und NO-Sumatra exportorientierte Plantagen sowie zahlreiche Unternehmen im Bergbausektor und in der Forstwirtschaft. Der *Dualismus von gewinnorientiertem westl. Verarbeitungs-, Bergbau- u. Handelssektor und der bäuerl. Kleingewerbewirtsch. wurde durch die Konzentration der wirtsch. Aktivität und der *Infrastruktur auf Java und die Küstenregionen von bis heute spürbaren räuml. E.-Disparitäten begleitet. Europ. kontrollierte Verwaltung und Exportwirtsch., der von den Chinesen bestimmte Handel und das Fehlen eines unternehmerischen indones. Mittelstandes waren weitere koloniale Hypotheken, die zusammen mit raschem Bev.-Wachstum, ethn.-sozialen, relig. Gegensätzen sowie *Armut, Analphabetismus und wirtsch. Stagnation I. 1949 in die Unabh. begleiteten. Spannungen zwischen Zentralismus und Regionalismus, Autonomiebestrebungen einzelner Landesteile

und relig., intra-islam. Kontroversen gefährdeten zwischen 1949 und 1958 die für eine E. erforderliche innenpol. Stabilität. 1959 brach die schwache parl. Demokratie zusammen, und Staatspräs. *Sukarno begann im Rahmen der «gelenkten Demokratie» mit der Rückkehr zum Präsidialsystem und weitgehender Reglementierung der Wirtsch. einen *autozentrierten E.-Weg. Innenpol. Schwierigkeiten mit separatistischen Bewegungen, die außenpol. Konfrontation anlässlich der Vereinigung Malaysias und letztlich auch die rigiden Maßnahmen gegen Holländer und Chinesen führten zu wirtsch. Zerrüttung und weiterer Verarmung der Landbev. Nach einem gescheiterten komm. Putschversuch (1965) begann unter Gen. Suharto die Pol. der «Neuen Ordnung», deren technokratisch-wirtsch. E.-Ansatz dem *modernisierungstheoretischen Leitbild verpflichtet ist. Ausbau der *Infrastruktur, Eindämmen der Inflationsrate, Rücknahme der *Nationalisierungen, Förderung ausl. *Direktinvestitionen und die Liberalisierung des Außenhandels und des Devisenverkehrs sind neben stetigem Wirtsch.-Wachstum die allg. Zielvorstellungen.

3. Das Bev.-Wachstum konnte zwar gegenüber den 1960er und 1970er Jahren (JZ 2,3 %) auf 1,6 % (1985–94) bzw. 1,7 % (1990–99) gesenkt werden, dennoch stellt es aufgrund der extremen Unterschiede in der regionalen Bev.-Verteilung nach wie vor eines der größten Probleme I.s dar. Auf Java, Madura und Bali (7,2 % der Landfläche) sind bei einer Bev.-Dichte von 440 bis 900 Ew./qkm 64 % der Bev. konzentriert (dagegen für ganz I. nur 108 Ew./qkm). Dieser Bev.-Druck, gekoppelt mit abnehmenden Beschäftigungs- und *Subsistenzmöglichkeiten im Agrarsektor, führt zur Migration erwerbsloser Landbev. in die überfüllten Slums der Mio.-Städte (Hs. Jakarta 1995: 11,5 Mio. Ew.). Etwa 40 % der Bev. sind unter 15 J., 2000 betrug die Arbeitslosigkeit ca. 4 %, bei hoher Unterbeschäftigung (ca. 1/3 der Erw.). Trotz einiger Erfolge stößt *Familienplanung im Verhalten der Bev. (Kinderreichtum als Alters- und Sozialversicherung) an eine nur allmählich überwindbare Grenze. Im Rahmen des *Transmigrasi*, dem größten Umsiedlungsprogramm der Welt, sind mit finanz. und materiellen Anreizen inzwischen rund fünf Mio. Menschen in dünn besiedelte und kaum erschlossene Gebiete geschickt worden, wo durch Brandrodung des Tropenwaldes neue Anbauflächen gewonnen werden sollen, die aufgrund *ökologischer Benachteiligung allerdings für kontinuierliche landw. Nutzung kaum geeignet sind. So wird am Erfolg dieser Umsiedlung gezweifelt (hohe Rückwanderungsquote). Die rassische, ethn. -kulturelle und soziale Vielfalt I.s (360 Ethnien) erschwert ebenfalls die innere Konsolidierung und sozioökon. E. des Staates. Die Mehrheit der Bev. gehört der malaiisch-polynesischen Völkerfamilie an, die durch drei Mio. Chinesen als wichtigste Minorität verstärkt wird. Ihr wirtsch. Erfolg im Handel und ihr spezifisch gruppenkonzentriertes Verhalten haben immer wieder zu Spannungen mit der malaiischen Bev. geführt. Nach schweren antichines. Ausschreitungen militanter Moslems Ende 1980 wurde am 22. 4. 1981 eine Verschwörung islam. Moslems (Kommando Jihad) aufgedeckt, deren Ziel es war, die Reg. Suharto zu stürzen und eine islam. Rep. zu errichten. Das «Anti-Java-Syndrom» der übrigen Regionen und separatistische Bewegungen wie die Organisation «Freies Papua» auf Irian Jaya und vormals die FRETELIN auf dem seit Mai 2002 unabh. Ost-Timor zeigen, dass *Ethnozentrismus und Regionalismus noch immer die nat. *Integration hemmen. Entsprechend der ethn. Vielfalt sind in I. der Islam (87 % der Bev.), Buddhismus, Hinduismus (Bali) und Christentum durch relig. Synkretismus von alten indones. Stammesreligionen geprägt. Das Bemühen um nat. Integration spiegelt die aus dem Hochmalaiischen entwickelte Staatssprache «Bahasa Indonesia» wider.

4. Zwar arbeiteten 1997 noch immer 41 % der Beschäftigten im Agrarsektor, der Holz, Kautschuk, Palmöl, Kopra, Kaffee, Tabak und Gewürze für den Export und Reis als Grundnahrungsmittel produziert, doch mit 20 % Anteil am BIP (1999) steht die Landw. hinter Ind. (45 %) und Dienstleist. (35 %) unter diesem Aspekt erst an dritter Stelle. Im Industriesektor sind rentenkapitalistische Praktiken, das Vorherrschen von Kleinbetrieben (durchschn. unter 2 ha) und Kapitalmangel limitierende Faktoren für die Produktionssteigerung. Der Abbau fossiler Brennstoffe hat mit 18,2 % Exportanteil (1999) v. a. durch die Erdölförderung großen Einfluss auf die wirtsch. Entwicklung, was eine Abh. von Ölpreisschwankungen mit sich bringt. Förderungsschwerpunkte in den E.-Plänen der Reg. sind Industrien, die den Ausbau der Agrarproduktion unterstützen, die regionale E. (noch immer ca. 80 % aller Unternehmen auf Java) vorantreiben und einheim. Rohstoffe verarbeiten. Da die Verbrauchsgüterind. nur langsam wächst, besteht nach wie vor ein hoher Importbedarf an Konsum- und Investitionsgütern; Reis hingegen muss nicht mehr importiert werden, da I. seit 1985 einen Überschuss dieses Grundnahrungsmittels produziert. Die seit 1967 genehmigten ausl. Wirtschaftsprojekte (**joint ventures*) haben bisher das Arbeitsplatzangebot kaum vergrößert, sondern eher zur Verdrängung einheim. Betriebe geführt. In den 1980er J. geriet I. aufgrund des Verfalls der Rohstoffpreise in eine wirtsch. Krise. Präs. Suharto versuchte, der ökon. ungünstigen E. mit einer Reduzierung der öfftl. Ausgaben zu begegnen (Steuererhöhungen, Einfrieren von Löhnen, Subventionsabbau bei Nahrungsmitteln), was die Wachstumsraten bis Mitte der 1990er J. wieder steigen ließ (jährl. BIP-Zuwachs 1970–80: 7,8 %; 1980–86: 3,4 %; 1990–94: 7,6 %; 1990–99: 3,0 %). E.-pol. Ziele sind v. a. die Gewährleistung der Nahrungsmittelversorgung, die weitere Nutzung der reichen Bodenschätze und die Förderung in- und ausl. Investitionen im Ind.-Sektor.

5. Bei den Wahlen zum indones. Parl., dem Repräsentantenhaus (der «Volkskongress», bestehend überwiegend aus Regierungsanhängern, tagt nur alle fünf J. zur Wahl des Präs.), vom April 1987 konnten die regierenden «Funktionalen Gruppen» (Golkar) mit 299 Sitzen gegenüber anderen Gruppierungen (muslim. *Partai Persatuan Pembangunan*/PPP: 63; nationalistisch-christl. *Partai Demokrasi Indonesia*/PDI: 38; komm. Partei seit 1966 verboten) ihre Führungsposition erhalten. Innenpol. stützte sich das *autoritäre Regime Suhartos v. a. auf das Militär. Ferner sollte die Staatsphilosophie des *Pancasila* die Stabilität des pol. Systems sichern, die durch den Islam als dem Sammelbecken der nat. Opposition gefährdet war. Auch innerhalb der Golkar ist die Forderung nach *Demokratisierung des Landes erhoben worden; dabei stand das Bestreben im Vordergrund, die innenpol. Stabilität nach einem Ende der Ära Suharto zu sichern. Seit dem Bruch mit der VR China unter Suharto orientierte sich I. außenpol. am Westen (v. a. an Japan und den USA). Bei der regionalen Kooperation im Rahmen der *ASEAN war I. eine treibende Kraft. Die Menschenrechtsverletzungen in Indonesien rückten im Okt. 1991 wieder auf die int. Tagesordnung, nachdem bei einer Demonstration der Nationalen Befreiungsfront Ost-Timors das Militär ein Blutbad angerichtet hatte. Die pol. Führung sah sich durch int. Kritik und Sanktionen mehrerer westl. Staaten dazu gezwungen, Umbesetzungen in der Armee vorzunehmen.

Bei den am 9. 6. 1992 abgehaltenen Parl.-Wahlen in I. erhielt die Golkar-Partei 68,1 %, die PPP 15 % und die PDI 14,9 % der abgegebenen Stimmen. Die 6. Wiederwahl Suhartos vollzog der Golkar im März 1993 per Akklamation. Suharto setzte seine autoritäre Pol. fort und bewirkte im Juni 1996 die Absetzung der populären Oppositionsführerin Megawati Sukarnoputri (Tochter des früheren Präs. Sukarno), die für demokrat. Reformen eintrat und als mögliche Gegenkandidatin Suhartos bei den für 1998 angesetzten Präs.-Wahlen galt. Nachdem die Polizei die von Megawati-Anhängern besetzte PDI-Zentrale in Djakarta gestürmt hatte, kam es zu den schwersten Unruhen seit dem Putschversuch von 1965.

Im Herbst 1997 wurde auch I. von der südostasiat. Finanzkrise ergriffen. Zu dem mit dem *IWF, der *Weltbank und der *ASDB vereinbarten Reformprogramm gehörten Schritte zur Deregulierung von Handel und Landw., die Reduktion von Importtarifen und Reformen im Bankensektor. Die ökon. Krise führte im Mai 1998 zum Rücktritt von Präs. Suharto, der sein Amt an J. Habibie weitergab. Dieser versprach pol. und wirtsch. Reformen, stellte *Ost-Timor die Unabh. in Aussicht (die 1999 widerwillig gewährt wurde) und reduzierte den Einfluss des Militärs in der Pol. Vor dem Hintergrund schwerer Unruhen zwischen den ethn. und relig. Gruppen des Landes fanden im Juni 1999 Parl.-Wahlen statt, die mit einem Sieg der Opposition unter M. Sukarnoputri (PPP 36 %, Golkar 20 %) endeten. Eine Mehrheit im Parl. war der Opposition jedoch nicht sicher. Bei der Wahl des Präs. schien die Entscheidung zwischen der Sukarno-Tochter und Habibie zu liegen und von General Wiranto abzuhängen. Es setzte sich allerdings der gemäßigte Islamist A. Wahid durch. Im Mai 2001 wurde Wahid wegen Korruption und Inkompetenz durch das Parl. abgesetzt und durch die Vize-Präs. Sukarnoputri abgelöst. Ethn. Konflikte sowie Vorwürfe wegen Korruption gegen den Sukarno-Clan und die Aufarbeitung von Menschenrechtsverletzungen indon. Sicherheitskräfte bei den Unabh.-Wahlen in Ost-Timor 1999 bestimmen derzeit die pol. Lage.

Lit.: B. Dahm, Emanzipationsversuche von kolonialer Herrschaft in Südostasien. Die Philippinen und Indonesien. Ein Vergleich, Hamburg 1974; W. Röll, Indonesien, Entwicklungsprobleme einer trop. Inselwelt, Stuttgart 1979; W. Müller, Bibliographie deutschsprachiger Literatur über Indonesien, Hamburg 1979; H. Dürste/M. Fenner, Zwanzig Jahre «Neue Ordnung» in Indonesien – Entstehung, Entwicklung, Perspektiven, in: Internationales Asienforum, H. 3/4, 1986, S. 273ff.; D. Kebschull, Transmigrasi – das indonesische Umsiedlungsprogramm, in: Internationales Asienforum, H. 1/2, 1987, S. 95ff.; M. Fremerey, Indonesien, in: HDW III, 7, 1994, S. 384ff.; K. Schreiner, Feuer in der Regenzeit. Im Kampf um die Suharto-Nachfolge ..., in: südostasieninformation 1/97. ah/ef

INDUC →Gewerkschaften in der Dritten Welt

Industrialisierung Zu den wesentlichen entwicklungspol. Zielen der EL gehört die I., die als Voraussetzung dafür begriffen wird, den Lebensstandard der IL zu erreichen. Hist. wurden die heutigen EL in eine *internationale Arbeitsteilung hineingenommen, welche ihnen die Rolle als Rohstofflieferanten und Absatzmärkte der in den heutigen IL hergestellten Fertigwaren zuwies. Vernünftigerweise kann heute den EL das Recht, ihre Volkswirtsch. zu industrialisieren, nicht mehr bestritten werden. So wollen denn auch die IL den EL beim Aufbau einer verarbeitenden Industrie helfen. Andererseits verbietet sich eine I. nach dem Vorbild der IL. Eine solche Zielsetzung findet eine natürliche Grenze in der außerordentlichen Beanspruchung der *Ökologie: Der Energieverbrauch pro Kopf würde auf das 10fache des heutigen Wertes ansteigen. Vor einer derartigen E. warnen insbesondere auch Stimmen aus der Dritten Welt, etwa Ivan Illich.

Mit der I. sind versch. Fragen verbunden. Weltwirtsch. geht es um den Anteil der EL an der Weltindustrieproduktion, der sich 1987 auf etwa 13 % (unter Einschluss der VR China ca. 18 %) belief. Er hat steigende Tendenz, da die Industrieprod. in den EL schneller wächst als in den IL – eines der wenigen Felder, in denen die Kluft zwischen EL und IL geringer zu werden scheint. Die EL beschlossen auf der *UNIDO II das sog. Lima-Ziel eines 25 %-Anteils der EL an der Weltindustrieprod., das in den IL auf Widerstand stieß (v. a. die mit diesem Ziel einhergehenden Forderungen nach Ressourcentransfer) und in den folgenden Jahrzehnten auch nicht erreicht wurde. Volkswirtsch. und pol. geht es um die Wahl einer I.-Strategie. Hier bieten sich Alternativen an, zu denen bereits hist. Erfahrungen vorliegen: 1. *Importsubstitution oder I. nach dem klassischen *Exportmodell. Die entwicklungspol. Ergebnisse beider Strategien sind überwiegend negativ. 2. Am potenziellen einheim. Markt, d. h. an der Versorgung der einheim. Bev. mit einfachen Gütern orientierte I. (zur Befriedigung der *Grundbedürfnisse) oder weltmarktintegrative wettbewerbsfähige I. 3. *Kapitalintensive oder *arbeitsintensive I. Mit dieser Alternative sind mehrere Probleme angesprochen. In welcher Weise und in welchem Umfang soll die einheim. Arbeitskraft in Wert gesetzt werden und damit der Faktor, über den die EL verfügen? In welchem Umfang und unter welchen Bedingungen wird auf Auslandskapital zurückgegriffen und damit ein Faktor ersetzt, über den die EL (von einigen *OPEC-Ländern abgesehen) nicht verfügen? Die Beschäftigungseffekte haben Einfluss auf die E. des einheim. Marktes und natürlich der sozialen und pol. Struktur eines EL. 4. Schwer- oder Leichtind., *Investitionsgüter- oder Konsumgüterind. Diese Alternative entfällt für die meisten EL, da das Kapitalvolumen für den Aufbau einer Schwer- und *Investitionsgüterindustrie nicht aufgebracht werden kann. Nur wenige EL bringen die Voraussetzungen der VR China, Brasiliens, Venezuelas, Nigerias, Indiens etc. mit. 5. Modernste oder *angepasste Technologie. Eine Alternative, die mit den Punkten 1 bis 4 in Verbindung steht und letztendlich danach zu entscheiden ist, welche entwicklungspol. Funktion I. haben soll. 6. Die letzte Alternative ist die einer Verbindung oder Nichtverbindung von I. mit anderen Wirtschaftssektoren, insbes. mit der Landw. Es ist auch die Frage nach den *forward* und *backward* **linkages* und dem allg. E.-Impuls, der von I. ausgeht. Der Industrieentwicklungsrat *IDB der UNIDO hat 1986 folgende Schwerpunkte vorgeschlagen: 1) Rehabilitierung und Wartung bestehender Industrieanlagen; 2) Förderung kleiner und mittlerer Industrien; 3) Förderung der Partnerschaft zwischen Industrieunternehmen aus IL und EL; 4) verstärkte Aktivitäten auf dem Gebiet der Ausbildung (*Human Resources*).

Nach der e.-pol. Konzeption der BRD werden im Rahmen der *Grundbedürfnisstrategie Klein- und Mittelbetriebe gefördert, entsprechend dem Konzept der *angepassten Technologie und zur Bekämpfung des E.-Gefälles zwischen Stadt und Land die ländl. Industrialisierung bevorzugt. An den Erfolgen der südostasiatischen *Schwellenländer orientierte E.-Pol.en setzen auf technol. wettbewerbsfähige, exportorientierte, Wachstum und Umverteilung zugleich fördernde I.-Strategien.

In fortgeschrittenen Wirtsch., darunter auch einigen EL, sind Prozesse der «Deindustrialisierung» zu verzeichnen. Unter Deindustrialisierung versteht man den Prozess, in welchem der Anteil der in der verarbeitenden Ind. Beschäftigten sinkt, während jener im Dienstleistungssektor zunimmt. In den USA ist dieser Prozess mit einer Zunahme der Lohndifferenzen verbunden, in Europa mit wachsender Arbeitslosigkeit. Erklärt wird die Deindustrialisierung mit der gestiegenen Produktivität im Industriesektor, die zudem wesentlich schneller steige als jene im Dienstleist.-Bereich außerhalb des Kommunikationssektors. Diese Erklärung ermöglicht eine positive Bewertung der Deindustrialisierung als unvermeidbar im Prozess wirtsch. Wachstums. →Systemische Wettbewerbsfähigkeit

Lit.: B. Warren, Imperialism and Capitalist Industrialization, in: New Left Review, 81/1973, S. 3 ff.; F. Fröbel u. a., Die neue internationale Arbeitsteilung, Reinbek 1977; K. Eßer, Lateinamerika. Industrialisierungsstrategien und

Entwicklung, Frankfurt 1979; W. Hein, Industrielle Entwicklung in der Dritten Welt, Jahrbuch Dritte Welt 1995, München 1994, S. 64–74; H. Stein (Hg.), Asian Industrialization and Africa, London 1995. dn

industrialization by invitation «Einladung» an das Auslandskapital durch Bereitstellung von *Infrastruktur, Industriezonen sowie durch Prämienangebote (Steuer- und Zollerleichterungen, freier Kapitaltransfer etc.). Dieses sog. Puerto-Rico-Modell, das die meisten karib. Inseln nachzuahmen versuchten, kostete die Gastländer hohe Vorleistungen, ohne sie entsprechend am Nutzen zu beteiligen, zumal auch der Beschäftigungseffekt der Auslagerungsind. gering blieb. fn

Industrieländer Mit dem Begriff sind in der e.-pol. Diskussion in der Regel die westl. Industrieländer (IL) gemeint, das waren nach der Einteilung der *Weltbank die *OECD-Mitgl.-Länder ohne Griechenland, Portugal, Spanien und die Türkei. Die EU-Mitgl.-Länder wird man in den 1990er J. zu den IL zählen dürfen, hingegen nicht die seit 1994 in die OECD aufgenommenen EL.

Lit.: M. G. Schmidt (Hg.), Die westlichen Länder (= Bd. 3, Lexikon der Politik), München 1992. dn

Informale Bildung →Bildung

Informationsstelle Lateinamerika →ILA

Informationsstelle Südliches Afrika →ISSA

Informationszentrum Dritte Welt / Aktion Dritte Welt e. V. (iz3w) Gegr. 1968, unterhält ein öfftl. zugängliches Zeitungs- und Zeitschriftenarchiv sowie eine Leihstelle mit Unterrichtsmaterialien. Das iz3w organisiert Informationsveranstaltungen und Seminare. Publikationen: Blätter des iz3w (achtmal jährl.); Veröffentlichungen zu Themen wie *Energie, *Tourismus u. a. Adresse: iz3w, Kronenstr. 16, Postfach 5328, 79020 Freiburg. Internet: www.rolf.de / iz3w. red

Informeller Sektor Teil des *Beschäftigungsproblems in den EL ist die (Unter-) Beschäftigung im sog. informellen (trad. ungeschützten) Sektor. Merkmale: *arbeitsintensive Produktion, einfache Technologie, geringe oder gar nicht vorhandene Qualifikation der Arbeitskräfte, schlechte Bezahlung, geringer gewerkschaftlicher Organisationsgrad, das Fehlen von Kranken- und Altersversicherung sowie die Umgehung von Arbeitsschutzbestimmungen. Die meisten der im informellen Sektor Tätigen arbeiten im Handels- und Dienstleistungsbereich. Beispiele: Schuhputzer, Laufburschen, *Kinderarbeit in der Teppich- und Textilproduktion etc. →formeller Sektor. ah

Infrastruktur Unter I. versteht man im engeren Sinne der materiellen I. die «materiellen Voraussetzungen der wirtschaftlichen Entwicklung im Sinne der Verfügbarkeit von Basisdaten wie Verkehrsverbindungen, Energieversorgung, Abwasserentsorgung und Nachrichtenwesen» (Jochimsen 1966). I. im weiteren Sinne umfasst auch die soziale I., das sind Krankenhäuser, Schulen, Wohnungen, Sozialversicherungen etc.

Lit.: R. Jochimsen, Theorie der Infrastruktur, Tübingen 1966. dn

Inkatha-Bewegung →Buthelezi

Input-Mix Bildungspol. Maßnahmenkatalog der *Weltbank, der sich auf die Prinzipien «schrittweise Anpassung», «Wiederbelebung» und «selektive Ausweitung» des Bildungssystems stützt, um bildungspol. Fernziele mit den begrenzten finanz. und humanen Ressourcen der EL in Übereinstimmung zu bringen. Den Reg. wird empfohlen, den Bildungsetat auf 4–5 % der staatl. Einnahmen anzuheben, wobei Erhaltungsinvestitionen generell Vorrang gegenüber Neuinvestitionen eingeräumt werden sollte. Aus Kostengründen werden Methoden des Fern- und Selbststudiums favorisiert. Fehler wie das Übergewicht der Hochschulbildung sollen korrigiert werden, u. a. auch durch schärfere Zulassungsbeschränkungen für Studenten. hb

inquilinos →*hacienda*

Institut für Afrika-Kunde →Deutsches Übersee-Institut

Institut für Allgemeine Überseeforschung →Deutsches Übersee-Institut

Institut für Asien-Kunde →Deutsches Übersee-Institut

Institut für Auslandsbeziehungen →IfA

Institut für Iberoamerika-Kunde →Deutsches Übersee-Institut

Institut für Wirtschaftsentwicklung →EDI

Institut für Wirtschaftsforschung →HWWA, IFO

Institut für wissenschaftliche Zusammenarbeit mit Entwicklungsländern (IWZ) 1966 gegr. *nichtstaatliche Organisation, informiert EL im Rahmen der *Wissenschafts- und *Bildungshilfe über Forschungsergebnisse und -arbeiten in der Bundesrepublik Deutschland. Umgekehrt werden wiss. Ergebnisse der EL an wiss. Institutionen der BRD (v. a. in Baden-Württemberg) vermittelt. Regionale Schwerpunkte der Zusammenarbeit sind LA und der islam. Orient. Das durch das Land Baden-Württemberg grundfinanzierte IWZ ist Träger der «Tübinger Gespräche zu Entwicklungsfragen» zur wiss. Fundierung der Diskussion in der Bundesrepublik über EL. Adresse: Landhausstr. 18, 72074 Tübingen. red

INTAL →BID

Integration Der Begriff I. wird in der EL-Forschung in unterschiedlichen Zusammenhängen verwandt. Man kann grob unterscheiden zwischen nat., globaler und regionaler Integration. 1. Unter nat. I. versteht man den **Nation-building*-Prozess, die Herausbildung von Nationen innerhalb der vielfach durch die Kolonialmächte gezogenen territorialen Grenzen eines Landes, dessen Bev. ethn. gespalten ist (→Ethnizität, Tribalismus), den Wechsel des Loyalitätsbezuges von Dorf/Sippe/Stamm auf das Gemeinwesen. 2. Unter globaler I. versteht man die Einbeziehung der EL in den Weltmarkt, in die *internationale Arbeitsteilung. Das Muster der weltwirtsch. I. der EL wird innerhalb der e.-theoret. und e.-strategischen Debatte problematisiert (→Dependencia-Theorien, Peripherer Kapitalismus, Zentrum-Peripherie-Modell). 3. Unter regionaler I. werden staatenübergreifende Zusammenschlüsse recht unterschiedlichen Charakters und unterschiedlicher Zielsetzung verstanden. Eine gültige Definition von regionaler I. liegt nicht vor, ist wohl auch nicht zu erreichen, da I. als Begriff, der sich auf versch. Teilbereiche beziehen kann (wirtsch. I., pol. I.), als in Gang befindlicher Prozess, als Stadium (erreichtes Ergebnis des Einigungsprozesses) und auch als Ziel verstanden wird und unterschiedliche I.-Formen umschließt (Freihandelszone, Zollunion, Gemeinsamer Markt, Wirtschaftsunion, supranationale Union), die man als Stufen des I.-Prozesses verstehen kann, was jedoch nicht zwingend ist (beispielsweise kann ein I.-Prozess sofort auf die Errichtung eines Gemeinsamen Marktes hinauslaufen). Regionale Wirtschaftsintegration (RWI) wird in den EL als eine wesentliche E.-Perspektive betrachtet und in der Praxis umzusetzen versucht (→ALALC, →MCCA, →CARICOM, →Andenpakt, →EAC, →ECOWAS, →ASEAN; →MERCOSUR etc.). Die Impulse gingen von den europ. Integrationsbestrebungen aus, theoret. auch für die EL in Betracht gezogen und pol. propagiert zunächst durch die *CEPAL, später durch andere UN-Wirtschaftskommissionen. Theorien der RWI orientieren sich jedoch im Wesentlichen an der europ. I. und damit an den spezifischen Voraussetzungen, Funktionen und Zielsetzungen von RWI in westl. IL. Erst nach den Fehlschlägen von RWI in IL, die freilich auch in anderen Ursachen zu suchen sind, setzte sich langsam die Erkenntnis durch, dass EL aufgrund der anderen Voraussetzungen, insbes. der Probleme auf den beiden anderen I.-Ebenen, der nat. (→Marginalität) und globalen (→strukturellen Abhängigkeit), einer angepassten I.-Strategie bedürften. Während es einer I.-Theorie für IL darum gehe, Aussagen über die bestmögliche Zuordnung aller bereits vorhandenen Güter und Produktivkräfte zu machen, habe eine revidierte, für die EL verwendbare I.-Theorie sich nicht nur zu diesem Bereich zu äußern, sondern auch über solche Güter und Produktivkräfte, die noch nicht vorhanden sind, aber innerhalb einer bestimmten Zeit produziert werden müssen. In eine solche RWI-Theorie müssen auch die Unterbeschäftigten, die *Arbeitslosen und die Angehörigen des *Subsistenzsektors miteinbezogen werden. RWI nach der trad. I.-Theorie bewirkte im Ggs. dazu nur die Ausweitung bestehender Märkte, nutzte also im Wesentlichen denen, die bereits eine Marktstellung innehaben (als Anbieter oder Käufer), nutzte folglich v. a. den Unternehmen im modernen Sektor, deren Kapitalgrundlage in hohem Maße ausl. ist, die ihre vertikale I. in den Weltmarkt durch eine horizontale I. unter EL erweiterten. Derartige RWI kann dazu beitragen, notwendige Strukturreformen im Innern der EL (*Agrarreform, gerechte *Einkommensverteilung) zur Ausweitung des inländ. Marktes zu umgehen. Die Hoffnung auf **Spill-over*-Effekte hat sich als trügerisch erwiesen.

Die neue Wirtschaftspol. in den meisten EL, die Abkehr von der Binnenmarktorientierung (Strategie der *Importsubstitution) und die Öffnung zum Weltmarkt haben die Voraussetzungen für I. in der Dritten Welt grundlegend verändert und wesentlich verbessert. *MERCOSUR, *NAFTA, *APEC sind Ausdruck neuer I.- bzw. Kooperationsbemühungen mit dem Ziel, größere (sub-) regionale Märkte zu schaffen.

Lit.: D. Dorner, Probleme der weltwirtschaftl. Integration der EL, Tübingen 1974; W. v. Urff (Hg.), Integration der EL in eine stabile Weltwirtschaft, Berlin 1976; M. Mols (Hg.), Integration und Kooperation in Lateinamerika, Paderborn 1981; OECD, Regional Integration and Developing Countries, Paris 1993; M. Mols u. a. (Hg.), Regionalismus und Kooperation in Lateinamerika und Südostasien, Münster/Hamburg 1993; K. Eßer, Lateinamerika. Wettbewerbsorientierung und Integrationsdynamik, DIE, Berlin 1994. dn

Integrierte Fachkräfte Im Rahmen der *Technischen Zusammenarbeit im weiteren und der *Personellen Zusammenarbeit im engeren Sinn fördert die Bundesreg. die Vermittlung von dt. bzw. europ. Fachkräften. Im Unterschied zu entsandten Fachkräften (z. B. durch *GTZ und *Politische Stiftungen) und zu E.-Helfern (z. B. durch *DED, *DÜ, *AGEH, *WFD, *EIRENE), treten IF unmittelbar in ein Arbeitsverhältnis mit öfftl. oder privaten Einrichtungen in einem Partnerland: Indem sie einen Arbeitsvertrag mit einem einheimischen Träger schließen und von diesem ein ortsübliches Gehalt beziehen, integrieren sie sich arbeitsrechtl. in das Gastland. Das für die Durchführung der Programme *Integrierte Fachkräfte* und *Rückkehrer als Integrierte Fachkräfte* verantwortliche *CIM bezahlt den vermittelten Experten Zuschüsse zum Ortsgehalt und zur sozialen Sicherung sowie andere Nebenleistungen. Die Vermittlung und Bezuschussung durch CIM öffnet Arbeitgebern in EL und Ländern Mittel- und Osteuropas den Zugang zum dt. bzw. europ. Arbeitsmarkt. Gleichzeitig behält die einheimische Institution die Initiative und Verantwortung. Sie entscheidet – nach der Vorauswahl durch CIM – über die Einstellung der Fachkraft, die Inhalte der Tätigkeit und die Dauer des Einsatzes. Insb. werden aus Partnerländern Ingenieure und Techniker, Dozenten und Ausbilder, Ärzte und med. Personal, Land- und Forstwirte sowie Volks- und Betriebswirte angefordert. Zu den Aufgaben von IF gehört es vor allem, angemessene und angepasste Lösungen in ihren Arbeitsfeldern zu finden. IF sind Langzeitfachkräfte, die einen Beitrag zum *Know-how-Transfer leisten. Nach Beendigung ihrer auf max. sechs Jahre befristeten Vertragszeit im Gastland soll gewährleistet sein, dass ihre Aufgaben von lokalen Fachkräften weitergeführt werden können. Insofern hat ihre Tätigkeit immer auch eine Ausbildungskomponente. 1996 arbeiteten insgesamt 727, 2000: 735 Integrierte Fachkräfte weltweit. gk/as

Integriertes Rohstoffprogramm Das IRP war der Versuch einer umfassend konzipierten Rohstoffpol. zwischen EL und IL. Es wurde in seinen Grundlinien Mai 1976 von *UNCTAD IV in Nairobi entworfen und von den EL gefordert. In das IRP sollten 18 Rohstoffe aufgenommen werden: 10 sog. Kernrohstoffe: Kakao, Kaffee, Tee, Zucker, Baumwolle und Baumwollgarn, Jutefasern und Jutefertigprodukte, Sisalfasern und Sisalfertigprodukte, Kautschuk, Kupfer und Zinn. Hier sollten **Bufferstock*-Abkommen vereinbart bzw. fortgeschrieben werden. 8 weitere Rohstoffe: Bananen, Pflanzenöle (einschließlich Olivenöl), Ölsaaten, trop. Hölzer, Fleisch, Eisenerz, Mangan und Phosphat. Die Kernrohstoffe machten drei Viertel des Exportwerts der EL bei den vorgesehenen 18 Rohstoffen aus. Folgende Ziele sollten mit IRP angestrebt werden: 1. Stabilisierung der *Rohstoffpreise auf einem Niveau, das «lohnend und gerecht» für die EL, fair für die IL ist (*Indexierung der Rohstoffpreise); 2. *Exporterlösstabilisierung; 3. Erweiterung der Rohstoffverarbeitung in den EL; 4. Verbesserung des Marktzugangs für unverarbeitete und weiterverarbeitete Rohstoffe der EL auf den Märkten der IL; 5. Verbesserung der Wettbewerbsfähigkeit der natürl. Rohstoffe gegenüber den synthetischen Ersatzprodukten; 6. Verbesserung der Absatz-, Verteilungs- und Transportsysteme für die Rohstoffe der EL. Die Forderungen der EL nach dem IRP scheiterten am Widerstand der IL, die davon ein Ansteigen der Inflationsraten, eine Zunahme dirigistischer Einflussnahmen auf den Welthandel und eine einseitige finanz. Belastung befürchteten. Sie stimmten nur einer kleineren Lösung zu, dem *Gemeinsamen Fonds.

Lit.: St. Baron u. a., Internationale Rohstoffpolitik, Ziele, Mittel, Kosten, Tübingen 1977; D. Kebschull u. a., Das integrierte Rohstoffprogramm, Hamburg 1977. dn

Inter Nationes Bis Januar 2001 Mittlerorg. der dt. *Auswärtigen Kulturpolitik; *Aufgaben*: Versorgung der *Goethe-Institute und Presseattachés, auslandsbezogene kulturelle und pol. Öffentlichkeitsarbeit zur Vertiefung der Kenntnisse über D mittels Herstellung und Verbreitung von Medien (Film, Tonband, Buch, Pressematerialien) im Ausland sowie die Beantwortung von Anfragen (Wissenschaftler, Lehrer etc.), die Org. von Studien- und Vortragsreisen für ausl. Besucher der BRD und die Veröffentlichung dt. Literatur in versch. Fremdsprachen. →Goethe-Institut Inter Nationes red

Inter Press Service →IPS

Interamerikanische Entwicklungsbank →BID

Interamerikanische Kommission für Menschenrechte →Menschenrechte

Interamerikanischer Gerichtshof für Menschenrechte →Menschenrechte

intermedica *Nichtstaatliche Organisation (*VENRO); Ziel: Verbesserung der Arzneimittelversorgung mittelloser Bev.-Schichten in EL insb. auf Basis von Sachspenden (Medikamente, Verbandstoffe und Praxisbedarf), 1996 in Höhe von ca. 0,5 Mio. €. Die Hilfe konzentriert sich auf SOS-Kinderdörfer, Hospitäler und Slumstationen. Zusammenarbeit mit anderen NGOs (z. B. *Hermann-Gmeiner-Fonds, *DWHH). Die Organisation hat sich 1998 aufgelöst. Publikation: intermedica post. red

International Council for Adult Education →Alphabetisierung

International Council for Educational Development →Grunderziehung

International Emergency Food Reserve →IEFR

International Institute for Adult Literacy Methods →Alphabetisierung

International Institute for Educational Planning →Alphabetisierung

International Program for the Development of Communication →IPDC

International Security and Economic Cooperation Program →Entwicklungspolitik der USA

Internationale Arbeitsgemeinschaft für soziale und wirtschaftliche Entwicklung der katholischen Entwicklungshilfe →CIDSE

Internationale Arbeitsorganisation →ILO

Internationale Arbeitsteilung Unter IA wird die Aufteilung verschiedener Funktionen im Prozess der Verwertung und *Akkumulation des Kapitals auf verschiedene Länder und Ländergruppen im Weltmaßstab verstanden. Die IA ist jedoch kein statisches Etwas, sondern ein Prozess. Historisch lassen sich unterschiedliche Typen von IA finden. Die klassische IA war die über Jh.e ausgebildete Aufteilung der Länder nach Rohstofflieferanten und Kapital- und Konsumgüterproduzenten, die identisch ist mit der Aufgliederung der Welt in EL und IL. Die heutigen EL wurden durch *Kolonialismus und *Imperialismus in diese IA vielfach hineingezwungen (Bsp. Zerstörung der indischen Textil-Ind.). Die IL ließen in den EL nur die Produktion von Waren der verarbeitenden Ind. zu.

Bedingungen eines Wandels der klassischen IA eröffneten sich durch die Weltwirtschaftskrise von 1929 und die darauf folgende *Industrialisierung verschiedener EL nach dem *Importsubstitutionsmodell. In den EL entstanden Konsumgüterind. (teilweise unter ausl. Kapitalinvestitionen), die sich – angeregt durch die *Nationalisierungsforderungen der EL im Rohstoffsektor – immer mehr auf den Ind.-Sektor verlagerten, hauptsächlich zur Versorgung des einheimischen Marktes.

Für die sog. neue IA wurden neue Rahmenbedingungen der Verwertung und Akkumulation des Kapitals bestimmend: Verfügbarkeit billiger Arbeitskräfte in den EL, Zerlegbarkeit der Fertigungsprozesse von Gütern, Fortschritte in der Transport- und Kommunikationstechnol. etc. Damit wurde die Auslagerung von Produktionsstätten, die Ind.-Güter für den Export in die EL herstellen, in den EL profitabel. Indem einige EL auf die strukturellen Änderungen der Weltökon. mit Anpassung ihrer E.-Strategie reagierten (Einrichtung von *freien Produktionsbedingungen, Investitionsanreize, verschärfte soziale und pol. Kontrolle über die einheimischen Arbeitskräfte, [repressive] Stabilisierung der pol. Systeme), wurde durch Verlagerung wachsender Teile der Ind.-Produktion für den Weltmarkt in die EL die klassische IA durchbrochen.

Pro-Argumente: Die e.-pol. Zielsetzung exportorientierter Industrialisierung der EL im Konzept der neuen IA wurden in der *UNIDO wie folgt umrissen: 1. Schaffung neuer Arbeitsplätze und damit Verringerung der *Arbeitslosigkeit in EL. 2. Verbesserung der Deviseneinnahmen, Ausgleich der *Zahlungsbilanz. 3. Ausbildung der Arbeiterschaft in den EL und Zugang zu modernen Ind.-Techniken.

Contra-Argumente: 1. Zweischneidige Beschäftigungseffekte: Einseitigkeit der Beschäftigungsstruktur, Abzug aus Produktionszweigen, die für den Binnenmarkt produzieren, schwankende, vom Weltmarkt abh. Beschäftigungsnachfrage. 2. Deviseneinnahmen sind abh. von den unternehmensinternen Verrechnungen zwischen Tochterunternehmen und Konzernzentrale; ihnen stehen hohe Devisenbelastungen, insbes. bei Einrichtung und Aufrechterhaltung *freier Produktionszonen (Infrastruktur), gegenüber. 3. Weltmarktorientierte Produktion bleibt binnenwirtsch. (nat.) desintegriert, zeigt kaum **Linkage*-Effekte. 4. Die EL konkurrieren um Ind.-Ansiedlung auf Kosten der einheim. Arbeitskraft, deren Verbilligung die *Ultima Ratio* der neuen IA ist. 5. Neue IA verschärft *abh. und ungleiche E.

Lit.: F. Fröbel u. a., Die neue internationale Arbeitsteilung, Hamburg 1977; A. Schmidt (Hg.), Internationale Arbeitsteilung und ungleicher Tausch, Frankfurt 1980; F. Fröbel/J. Heinrichs/O. Kreye, Umbruch in der Weltwirtschaft, Hamburg 1986. dn

Internationale Atomenergieorganisation →IAEA

Internationale Bauxitvereinigung →IBA

Internationale Berufsbildung →Strategien internationaler Berufsbildung

Internationale Energieagentur →IEA

Internationale Entwicklungsorganisation →IDA

Internationale Regime bezeichnen nach der häufig zitierten Definition von S. D. Krasner Zusammenhänge von expliziten oder impliziten Prinzipien, Normen, Regeln und Entscheidungsverfahren in

einem ausgewählten Politikbereich (*issue area*). K. D. Wolf/M. Zürn ergänzen zum Zwecke einer trennscharfen Begriffsbildung die drei zusätzlichen Kriterien Dauerhaftigkeit, Unabhängigkeit und Effektivität. Der Bezug auf ein abgegrenztes Problemfeld ist konstitutiv für die Begriffsbildung, da I. R. anders als *Internationale Organisationen keine eigene Akteursqualität besitzen (gleichwohl können sie einen ähnlich hohen Grad an Formalität erreichen).
Die Regimetheorie, die sich in den 1970er J. in den USA als Reaktion auf den Verlust der amerik. Hegemonie in der Weltwirtsch. entwickelte, konzentrierte sich zunächst sowohl in ihrer liberalen als auch in ihrer realistischen Variante auf deskriptive Forschungsfragen. Primäres Interesse galt der Suche nach Bedingungen und Möglichkeiten int. Zusammenarbeit in einer anarchisch strukturierten – d. h. durch die Abwesenheit einer Zentralgewalt charakterisierten – Staatenwelt. Im Mittelpunkt der Debatten standen daher Fragen über die Ursachen der Entstehung, des Wandels und des Zerfalls Int. Regime. V. a. zur Beantwortung der wichtigen Frage nach der von den beteiligten Akteuren befolgten Rationalität wurde auf eine Reihe spieltheoretischer Modelle des *rational choice*-Ansatzes zurückgegriffen (u. a. *prisoner's dilemma*, *battle of the sexes*).
Innerhalb der deutschen Regimeforschung, die sich Anfang der 1980er J. vor dem Hintergrund des sich verschärfenden «Ost-West»-Antagonismus entfaltete, erlangten zunächst normative Fragestellungen (*«do regimes matter for peace»*) verstärkte Aufmerksamkeit. In Anlehnung an S. Haggard/B. A. Simmons identifizieren M. Efinger et al. insges. sechs «Familien» von Forschungsansätzen, deren sich die Regimeanalyse bislang bediente. Neben den in den USA prominenten systemischen, spieltheoretischen, funktionalen und kognitiven Ansätzen treten für den deutschsprachigen Raum normativ-institutionelle und problemstrukturelle Ansätze hinzu.
Die empirischen Arbeiten konzentrierten sich in den 1990er J. auf die Analyse der Regimebildung innerhalb der *policy*-Bereiche Sicherheit (→Abrüstung und Entwicklung, Rüstung), Wirtschaft (→GATT, Neue Weltwirtschaftsordnung, Integriertes Rohstoffprogramm, Lomé-Abkommen), Umwelt (→Klima- und Atmosphärenregime, Kyoto-Konferenz, Internationales Seerecht) und Menschenrechte (→Menschenrechte und Internationale Schutzverfahren).

Lit.: S. D. Krasner (Hg.), International Regimes, Ithaca 1983; R. O. Keohane, After Hegemony, Princeton 1984; K. D. Wolf/M. Zürn, «International Regimes» und Theorien der Internationalen Politik, in: PVS 27/1986, S. 201–221; M. Efinger et al., Internationale Regime und Internationale Politik, in: V. Rittberger (Hg.), Theorien der Internationalen Beziehungen, PVS Sonderheft 21, 1990, S. 263–285; B. Kohler-Koch (Hg.), Regime in den internationalen Beziehungen, Baden-Baden 1989; V. Rittberger (Hg.). Regime Theory and International Relations, Oxford 1995. js

Internationaler Fonds für landwirtschaftliche Entwicklung →IFAD

Internationaler Gerichtshof →IGH

Internationaler Seegerichtshof (ISGH, ITLOS) Bislang wurden seerechtl. Streitigkeiten entweder vor Schiedsgerichten bzw. Streitschlichtungskommissionen [z. B. I-am-alone-Fall (1929: Kanada/USA)] oder vor dem Internationalen Gerichtshof (IGH) in Den Haag [z. B. Korfu-Kanal-Fall (1949: GB/Albanien), Nordsee-Festlandsockel-Fälle (1969: DK/NL/BRD), Fischerei-Fall (1951: GB/Norwegen), Isländische Fischerei-Fälle (1974: GB/BRD/Island)] verhandelt. Nachteile dieser Verfahren waren zum einen die (fakultative) Unterwerfungsbedürftigkeit unter diese (Schieds-)Gerichte und zum anderen der Ausschluss nichtstaatl. Streitparteien von diesen Verfahren. So mussten sich z. B. die beiden Streitparteien im berühmten I-am-alone-Fall noch einer Schiedskommission unterwerfen und Greenpeace konnte – wegen der Versenkung seines Flaggschiffs Rainbow Warrior im Hafen von Auckland/Neuseeland durch französische Agenten – Frankreich nicht vor dem *IGH verklagen, da sie als Int. *NRO nur ein Privatrechtssubjekt darstellt, dem keine Aktivlegitimation vor dem IGH zukommt. Eingedenk dieser prozeduralen Schwächen einer staatenorientierten und bloß fakultativen (Schieds-)Gerichtsbarkeit suchte man in den Verhandlungen zur *III. Seerechtskonvention der UN (SRK) – die 1973 begannen und am 10. 12. 1982 mit der Unterzeichnung derselben endeten (die SRK trat in der Folge erst am 16. 11. 1994 in Kraft) – ein obligatorisches Streitbeilegungssystem einzurichten.

Dementsprechend wurde in Art. 287 Abs. 1 der SRK (1982) ein originelles verbindliches Regelwerk verankert, das nach dem sog. «cafeteria approach» funktioniert: Die Vertragsstaaten der SRK können sich, um einen Streit auf der Grundlage der SRK justizförmig klären zu lassen – gewissermaßen wie am Tresen einer Cafeteria –, ihren bevorzugten Spruchkörper selbst bestellen, wobei ihnen die Wahl zwischen vier Rechtsprechungskörpern offen steht, nämlich dem Internationalen Seegerichtshof (ISGH) (International Tribunal for the Law of the Sea, ITLOS), dem IGH, einem Schiedsgericht gem. Anlage VII und einem bes. Schiedsgericht nach Anlage VIII der SRK. Liegt keine Erklärung einer Partei vor, oder konnten sich die Parteien nicht auf das gleiche Verfahren einigen, dann ist gem. Art. 287 Abs. 3 bzw. 5 subsidiär ein Schiedsgericht gem. Anlage VII einzusetzen. An der damit möglichen Alternative, einen Fall entweder vor den IGH oder den ISGH zu bringen, wurde vor allem vom bisherigen und vom neuen Präs. des IGH (Shigeru Oda und Gilbert Guillaume) vehement Kritik geübt, da man Judikaturdivergenzen befürchtet. Deren Vorschlag, eine diesbezügliche Letztkompetenz des IGH einzurichten, geht aber zu weit, da er die Eigenständigkeit des ISGH verkennt. Die Gefahr einer kollidierenden Rechtsprechung ist aus folgenden Überlegungen aber durchaus gegeben: Zum einen hat der IGH seine seerechtl. Fälle bislang stark am völkerrechtl. Gewohnheitsrecht ausgerichtet und steht nunmehr vor der Frage, sich an der Judikatur des ISGH als Vertragsanwendungsorgan der SRK orientieren zu müssen. Zum anderen musste sich der ISGH in seiner bisherigen Rechtsprechung nicht nur mit Fragen des Seerechts, sondern auch mit solchen des allg. Völkerrechts (VR) befassen, die unter Umständen in der Judikatur des IGH bereits behandelt wurden. Ob der IGH bzw. der ISGH willens sind, einen diesbezüglichen judicial restraint zur gegenseitigen Angleichung ihrer Judikatur vorzunehmen, bleibt abzuwarten.

Errichtung, Privilegien und Immunitäten, Lokalisierung: Der ISGH/ITLOS konstituierte sich am 1. 10. 1996 und am 18. 10. fand die feierliche Angelobung der 21 Richter statt. Das Statut des ISGH, der als int. Vertragsanwendungsorgan über eigene Privatrechtsfähigkeit verfügt, ist in der Anlage VI der SRK enthalten und verleiht den Richtern des ISGH während ihrer Amtsausübung diplomatische Immunitäten und Privilegien (Art. 10). In Ergänzung des Statuts des ISGH unterzeichneten die Vertragsstaaten der III. SRK am 1. Juli 1997 das «Übereinkommen über die Privilegien und Immunitäten des ISGH», das in der Folge am 30. 12. 01 in Kraft getreten ist und das dem ISGH selbst absolute Immunität und Unverletzlichkeit (Art. 5) und seinen Mitgl. bei der Ausübung ihres Amts die dipl. Immunitäten und Privilegien zuweist, die Chefs dipl. Missionen gewährt werden (Art. 13). Bereits vor dem Abschluss eines eigenen Amtssitzabkommens erließ die dt. Bundesreg. – in Übereinstimmung mit dem Abkommen über die Vorrechte und Befreiungen der Sonderorganisationen der *UN vom 21. November 1947 – am 10. 10. 1996 eine Verordnung über die Vorrechte und Immunitäten des ISGH (dBGBl 1996 II, 2517).

Bereits während der Verhandlungen

über die SRK erhielt die BRD am 21. 8. 1981 für die Freie und Hansestadt Hamburg – in Konkurrenz zu Jugoslawien, Portugal, Fidschi, Jamaica und Malta – den Zuschlag für den Sitz des ISGH, der auch ausdrücklich im Konventionstext verankert wurde (Anlage VI Art. 1 Abs. 2 SRK). Damit wurde u. a. der langen see(handels)rechtl. Trad. der alten Hansestadt Rechnung getragen: Bereits 1643 wurde die Hamburgische Admiralität, das erste «Hamburgische Schifffahrtsgericht», eingerichtet und das Hanseatische OLG Hamburg verfügt seit seiner Errichtung im J. 1879 über einen speziellen Senat für Rechtsstreitigkeiten auf dem Gebiet des Seehandelsrechts. Daneben ist die Seeschiedsgerichtsbarkeit der Hansestadt nicht nur weltweit anerkannt, sondern auch herkömmlich ein fester Bestandteil der hamburgischen Gerichtstrad.

Zusammenarbeit mit den UN: Der ISGH ist kein Organ der UN, wenngleich zwischen ihm und den UN enge Beziehungen bestehen. So gewährte die Generalversammlung der UN 1996 mittels Res. 51/204 dem ISGH bei sich Beobachterstatus und 1997 unterzeichneten der Generalsekretär der UN und der Präs. des ISGH die Übereinkunft über die Zusammenarbeit und die Bez.n zwischen den UN und dem ISGH, die 1998 in Kraft trat und einen Mechanismus der Zusammenarbeit zwischen beiden Institutionen errichtete. 2001 wurde eine weitere Übereinkunft zwischen den UN und dem ISGH geschlossen, um die Kompetenzen des UN-Verwaltungsgerichts auf das Personal des ISGH auszuweiten. Das Budget des ISGH, das nicht von den UN, sondern von den Vertragsstaaten der SRK aufgebracht wird, betrug für das Haushaltsj. 2002 7,8 Mio US-$, der Beitrag der EU dazu machte z. B. 77 000 US-$ aus.

Organisation: Die institutionelle Struktur des ISGH ist in Annex VI der SRK (Statut) geregelt. Die Organe des ISGH sind: (a) der Präs., (b) der Vizepräs., (c) der Kanzler (Registrar, Greffier), (d) das Plenum und (e) versch. Kammern. Das Kollegium des ISGH besteht aus 21 Richtern, die von den Mitgliedstaaten der SRK auf neun J. gewählt werden. Für die erste Wahl galt allerdings, dass jeweils ein Drittel der Richter nach drei bzw. sechs J. auszuscheiden hatte. Um diesen Turnus zu beginnen, bestand für nur 7 Richter die volle neunj. Amtsdauer, während für weitere 7 Richter die Amtsperiode bereits nach 3 J. endete und für weitere 7 diese nach 6 J. im J. 2002 enden wird. Die letztgenannten 14 Richter wurden unmittelbar nach Abschluss der ersten Wahl vom Generalsekretär der UN mittels Los bestimmt. Turnusgemäß endete nach drei J. (1999) auch die Amtszeit des Präs. (Mensah), des Vizepräs. (Wolfrum) und des Präs. der Kammer für Meeresbodenstreitigkeiten (Akl). Bei der Bestellung der Richter war auf eine entsprechende geogr. Streuung zu achten. Eine Streitpartei, die nicht durch einen Richter ihrer Nationalität im ISGH vertreten ist, kann einen Ad-hoc-Richter beantragen, womit sich die Richterbank auf 22 Richter erhöht. Im ISGH überwiegen eindeutig Richter aus EL: Nur 4 der 21 Richter kommen aus westl. IL, hingegen 14 aus Afrika, Asien und LA sowie 3 aus mittel- und osteurop. Staaten. Das Richterkollegium wählt den Präs., den Vizepräs. und ernennt den Kanzler des ISGH. Nur der Präs. des ISGH hält sich permanent in Hamburg auf, die anderen 20 Richter reisen lediglich zu Verhandlungsterminen und regelmäßig zweimal im J. zu regulären Arbeitssitzungen an.

Der ISGH kann sowohl im Plenum von 21 Richtern tagen, wobei ein Präsenzquorum von mind. 11 Richtern erforderlich ist. Bisher entschied der ISGH seine Fälle stets im Plenum aller 21 Richter. Der ISGH verfügt aber regulär auch über 4 Kammern und kann – falls eine rasche Erledigung erforderlich ist – zusätzlich eine Kammer für summarische Verfahren von 5 Richtern einsetzen, die auch einstweilige Anordnungen treffen kann. Für spezielle Angelegenheiten können sog. spezielle Kammern (special chambers) – gegenwärtig sind zwei ständige spezielle Kammern, nämlich eine für Fischereiangelegenheiten und eine weitere für die Meeresumwelt in Funktion – eingerichtet werden, die bereits bei Anwesenheit von mind. 3 Richtern beschlussfähig sind. Als spezialisiertes Streitbeilegungsorgan ist die Einrichtung einer Kammer für Meeresbodenstreitigkeiten (Teil XI Abschnitt 5 SRK und Art. 14 des Statuts des ISGH) vorgesehen, der 11 Richter angehören, die aber auch als Ad-hoc-Kammer von drei Richtern entscheidungsbefugt ist. Daneben können noch Ad-hoc-Kammern eingerichtet werden.

Kompetenzen: Grundsätzlich sind in diesem Zusammenhang zwei unterschiedliche Stränge zu unterscheiden, nämlich der eine für (a) die Auslegung und Anwendung der SRK insges. und der andere – als Bestandteil des Meeresbodenregimes – speziell für (b) Meeresbodenstreitigkeiten. Der ISGH ist gem. Art. 288 SRK für jede Streitigkeit über die Auslegung und Anwendung der III. SRK zuständig, die ihm unterbreitet wird, ebenso wie auch für die Auslegung und Anwendung eines jeden damit zusammenhängenden sonstigen völkerrechtl. Vertrags. Im Wesentlichen handelt es sich dabei um Fragen, die die Ausübung küstenstaatl. Rechte im Bereich der ausschließlichen Wirtschaftszone von 200 Seemeilen (Art. 59 SRK) betreffen (Freiheit der Schifffahrt, Fischerei, Bebunkerung durch Schiffe dritter Flaggen, Durchsetzung von Zollvorschriften, Recht auf Nachteile, Wissenschaftliche Meeresforschung, allgemeine Nutzung des Meeres, Nutzung und Ausbeutung des Tiefseebodens etc.). Des Weiteren ist der ISGH zwingend zuständig für die umgehende Freilassung (prompt release) – innerhalb von max. 10 Tagen – festgesetzter Schiffe (arrest oder detention) und deren Besatzung, allerdings erst nach Hinterlegung einer entsprechenden Kaution. Dieses Freigabeverfahren ist zwar grundsätzlich ein zwischenstaatl. Verfahren, Private können aber dabei nach entsprechender Ermächtigung durch den Flaggenstaat on behalf tätig werden, sodass auch (private) Charterer und Reeder vor dem ISGH auftreten können, was eine Novität im Recht der int. Streitbeilegung darstellt.

Die Kammer für Meeresbodenstreitigkeiten stellt einen eigenständigen Rechtskörper innerhalb des ISGH dar und ist gem. Art. 187 SRK für Streitigkeiten (obligatorisch) zuständig, die sich aus der Ausbeutung des *Meeresbodens (sea bed) und des Meeresuntergrundes (ocean floor) – die beide im *gemeinsamen Erbe der Menschheit stehen und deren Bewirtschaftung der *Internationalen Meeresbodenbehörde [International Sea-bed-Authority (ISBA)] übertragen ist (Schürf- und Konzessionsverträge etc.) – ergeben. Als Besonderheit können hierbei nicht nur die Vertragsstaaten der SRK, sondern auch staatlich beauftragte Unternehmen und Privatpersonen sowie auch Int. Org. (Anlage IX Art. 1 SRK) – wie die EG – gegen Akte der ISBA klagen. Die Kammer für Meeresbodenstreitigkeiten kann auch – allerdings nur auf Rechtsfragen beschränkte – Gutachten erstatten (Art. 191).

Verfahren: Der ISGH, dem die SRK nur das Statut vorgab, gab sich in der Folge eine Verfahrensordnung, zu der noch Richtlinien für die Vorbereitung bzw. Vorlage von Anträgen sowie eine Resolution über seine interne Praxis und eine weitere über die Behandlung und Beratung von Fällen hinzukamen. Das Statut des ISGH unterscheidet folgende vier Verfahrensarten: (a) die normalen Hauptsacheverfahren (Art. 288 SRK); (b) die Verfahren der Schiffsfreigabe (Art. 292 SRK); (c) die Verfahren der einstweiligen Anordnung (Art. 290 SRK) und die (d) Verfahren vor der Kammer für Meeresbodenstreitigkeiten (Art. 187 SRK). An vorrangigen prozeduralen Einreden kennt die SRK die Einrede der rechtsmissbräuchlichen Klageerhebung und der offensichtlichen Unbegründetheit der Klage (Art. 294 SRK); dazu kommt noch die Rüge der nicht vollen Ausschöpfung der nat. Rechtsmittel (exhaustion of local remedies) (Art. 295 SRK) sowie der Einwand, dass dipl. Vorverhandlungen (Art. 280) nicht in ausreichendem Maß stattgefunden haben. Die Verfahren werden in einer der beiden Gerichtssprachen (Englisch oder Französisch) geführt und sehen nach der Grundregel des Art. 59 VerfO genaue Fristen – 6 Monate für die Klagebegründung (memorial) durch den Kläger, 6 Monate für die Erwiderung (counter-memorial) durch den Beklagten, 6 Monate für eventuelle Repliken (response) und Dupliken (reply) – vor. Das schriftliche Verfahren kann daher im Regelfall 2 J. in Anspruch nehmen. Die mündliche Verhandlung, die gem. Art. 69 VerfO innerhalb von 6 Monaten nach Abschluss des schriftlichen Verfahrens angesetzt werden muss, ist strikt kontradiktorisch, sodass auch die Vernehmung der Zeugen nicht durch den ISGH selbst, sondern durch die Streitparteien in Form eines Kreuzverhörs erfolgt. Nach Schluss der mündlichen Verhandlung haben die Richter vier Tage Zeit, um zu einem Urteil zu gelangen, das durch einen fünfköpfigen Redaktionsausschuss redaktionell vorbereitet wird. Der ISGH entscheidet mit Stimmenmehrheit der anwesenden Richter, in Pattsituationen entscheidet die dirimierende Stimme des Vorsitzenden. Sowohl separate opinions als auch dissenting opinions sind dabei zulässig. Das Urteil des ISGH ist endgültig und entfaltet mit dem Tag seiner Verkündung gegenüber den Streitparteien Bindungswirkung. Trotzdem kann ein Urteil gegen den unterlegenen Staat, der ihm nicht nachkommt, nicht vollstreckt werden. Der obsiegenden Partei stehen allerdings (gewaltfreie) Maßnahmen, wie z.B. ein Wirtschaftsboykott bzw. eine Repressalie, zur Verfügung. Lediglich die Urteile der Meeresbodenkammer sind sanktionsbewehrt: Kommt ihnen ein Staat nicht nach, dann kann die ISBA entweder eine bereits bewilligte Schürflizenz vorübergehend suspendieren oder sogar endgültig aufheben. Falls das Urteil der Meeresbodenkammer eine Zahlungsverpflichtung auferlegt, ist es im Hoheitsgebiet der Vertragsstaaten vollstreckbar.

Um es auch ärmeren Mitgliedstaaten zu ermöglichen, vor dem ISGH vorstellig zu werden, wurde durch Res. 55/7 der GV der UN in Zusammenhang mit dem Abkommen vom 18. Dezember 1997 über die Zusammenarbeit und die Beziehungen zwischen den UN und dem ISGH ein eigener Treuhandfonds für den ISGH eingerichtet. Dieser Treuhandfonds soll dazu dienen, in Härtefällen das Prozessrisiko abzufangen.

Bisherige Judikatur: Von 1996 bis 2002 hatte der ISGH in zehn Fällen zu entscheiden, wobei es sich in fünf Fällen [M/S Saiga-Fall (Nr. 1) (St. Vincent und die Grenadinen/Guinea); Camouco-Fall (Panama/Frankreich); Monte Confurco-Fall (Seychellen/Frankreich); Grand Prince-Fall (Belize/Frankreich) und Chaisiri Reefer 2-Fall (Panama/Yemen)] um «Schiffsfreigabeverfahren», in zwei Fällen [Südl. Blauflossen-Thunfisch-Fall (Neuseeland und Australien/Japan) und MOX-Fabrik-Fall (Irland/Großbritannien)] um einstweilige Anordnungen, in einem Fall [M/S Saiga-Fall (Nr. 2)] um ein Hauptsacheverfahren und in einem weiteren Fall [Schwertfischstreit (Chile/EG)] um die Errichtung einer Spezialkammer handelte. Damit war der ISGH in sechs J. nur mit einem einzigen (!) Hauptsacheverfahren befasst, was ihm auch entsprechende Kritik eintrug.

Bei den Schiffsfreigabeverfahren handelte es sich um die Freigabe arretierter Schiffe «billiger Flaggen», die zum einen fremde Fischereiboote in der ausschließlichen Wirtschaftszone ohne Erlaubnis des Küstenstaates (Guinea) bebunkert hatten [M/S Saiga (1)], und zum anderen um Fischfangschiffe, die in den überseeischen franz. Süd- und Antarktisgebieten (Camouco, Monte Confurco, Grand Prince) bzw. in unbekannten Gebieten (Chaisiri Reefer 2, aufgebracht in Mukalla/Yemen) unerlaubte Fänge getätigt hatten. Bei den einstweiligen Anordnungen handelte es sich zum einen um die sofortige Limitierung des Fanges von Südlichem Blauflossen-Thunfisch durch Japan, das seine Fisch-Quote durch ein «wiss.» experimentelles Fangprogramm ausweiten wollte, und zum anderen um die Blockade der Inbetriebnahme einer Anlage zur Herstellung von Mischbrennstäben (MOX) innerhalb der brit. atomaren Wiederaufbereitungsanlage Sellafield. Der Schwertfischstreit wiederum begann bereits 1991, als Fischereifahrzeugen unter der Flagge eines EU-Mitgliedstaates das Anlaufen chilenischer Häfen verboten wurde, was seitens der EU als Verstoß gegen das Recht auf freien Transit gem. Art. V bzw. der Einfuhr von Schwertfisch nach Chile gem. Art. IX GATT 94 qualifiziert wurde. Die vom ISGH eingesetzte Spezialkammer musste aber nicht meritorisch entscheiden, da ihrem Präs. von den Streitparteien mitgeteilt wurde, dass sie am 25. Januar 2001 eine entsprechende Übereinkunft erzielt hätten, die EU-Schiffen Zugang zu den drei chilenischen Häfen Arica, Iquique und Punta Arenas gewährt. →Internationales Seerecht

Lit.: International Tribunal for the Law of the Sea, Basic Texts 1998, The Hague/Boston/London 1999; http://www.itlos.org/documents_publications/doc_doc_en.shtml; Text der SRK 21 ILM 1982, S. 1261 ff.; Statut des ISGH auf S. 1345 ff.; Wasum, Der Internationale Seegerichtshof im System der obligatorischen Streitbeilegungsverfahren der Seerechtskonvention, München 1984; S. Rosenne, Establishing the International Tribunal for the Law of the Sea, in: AJIL 1995, S. 806 ff.; T. Treves, The Law of the Sea Tribunal: Its Status and Scope of Jurisdiction after November 16, 1994, in: ZaöRV 1995, S. 421 ff.; J. Charney, The implications of expanding international dispute settlement systems: the 1982 Convention on the Law of the Sea, in: AJIL 1996, S. 69 ff.; R. F. Wegelein, Das Streitbeilegungssystem im neuen Seerecht – Der Seegerichtshof (1996), www.seerecht.org/wegelein/isgh-text.htm; R. Wolfrum, Der Internationale Seegerichtshof in Hamburg, in: UN 6/1996, S. 205 ff.; J. Akl, The Sea-Bed Disputes Chamber of the International Tribunal for the Law of the Sea, in: Ind. JIntl.L 1997, S. 435 f.; R. Wolfrum, Provisional Measures of the International Tribunal for the Law of the Sea, in: Ind. JIntl.L 1997, S. 420 ff.; P. Chandrasekhara Rao, The ITLOS and its Guidelines, in: Ind. JIntl.L 1998, S. 371 ff.; G. Eiriksson, The Special Chambers of the International Tribunal for the Law of the Sea, in: Ind. JIntl.L 1998, S. 429 ff.; G. Jaenicke, Prompt Release of Vessels – the M/V Saiga case, in: Max Planck Yearbook of United Nations Law 1998, S. 387 ff.; S. Oksaar, Der Internationale Seegerichtshof (1998), http://www.dnjv.org/seege.htm; K. Schillhorn, Rechtssache M/V Saiga – der erste Fall des Internationalen Seegerichtshofs, in: NJW 1998, S. 2955 f.; T. Treves, The Rules of the International Tribunal for the Law of the Sea, in: Ind. JIntl.L 1998, S. 381 ff.; R. Wolfrum, Verfahren zur Freigabe von Schiffen vor dem Internationalen Seegerichtshof, in: R. Lagoni/M. Paschke (Hg.), Seehandelsrecht und Seerecht, Hamburg 1999, S. 567 ff.; R. Wolfrum, Der Internationale Seegerichtshof – eine erste Bilanz, UN 4/2000, S. 127 ff.; S. Talmon, Der Internationale Seegerichtshof in Hamburg als Mittel der friedlichen Beilegung seerechtlicher Streitigkeiten, in: JuS 2001, S. 550 ff. wh

Internationaler Strafgerichtshof →ICC

Internationaler Terrorismus →Terrorismus

Internationaler Währungsfonds →IWF

Internationales Finanzinstitut (IIF = *Institute of International Finance*), 1983 von 35 Großbanken aus den USA, Europa, Japan und LA als Reaktion auf die immer brisanter werdende int. *Verschuldung gegr. (Sitz: Washington). Ziel: Durch Verbesserung des Informationsflusses zwischen Kreditgebern in IL und -nehmern in EL sowie durch wirtschaftspol. Beratung will das IIF dazu beitragen, künftig Überschuldungssituationen zu vermeiden. Das IIF bietet seinen Mitgl. Daten über die finanz. Lage und die wirtschaftspol. Ziele der Kreditnachfrager, diesen wiederum werden Kontakte zu Banken vermittelt. Eine Beurteilung der Kreditwürdigkeit eines Nehmerlandes nimmt das IIF, das mit *IWF, *Weltbank und *BIZ zusammenarbeitet, nicht vor. ah

Internationales Komitee für Migration →IOM

Internationales Rotes Kreuz →IRK

Internationales Seerecht 1. Grundfragen des Int. Seerechts: Das Meer wird vielfach genutzt: zum einen als Verkehrsfläche und zum anderen als Quelle lebender und nichtlebender Ressourcen; es dient ferner als Forschungsobjekt, als Abfalllagerstätte und als Bereich milit. Auseinandersetzungen etc. Es bedeckt ca. 72 % der Erdoberfläche und gliedert sich hinsichtlich seiner Nutzung in den küstennahen Bereich mit ca. 90 % der lebenden Ressourcen sowie ca. 95 % der maritimen Kohlenwasserstoffe (im Kontinentalsockel bzw. Shelf) und in den küstenfernen Bereich, wo auf dem Tiefseeboden neben Erzschlämmen die an Mangan, Kupfer, Kobalt und Nickel reichen Manganknollen lagern. Das Seevölkerrecht regelt die Rechtsverhältnisse auf dem und im Meer, in dem darüber befindlichen Luftraum und auf dem Meeresboden und -untergrund. Bis nach dem 2. WK hat es sich rel. langsam und vorwiegend gewohnheitsrechtl. entwickelt und fußte auf dem tragenden Prinzip des von Grotius im 17. Jh. entwickelten Prinzips der Meeresfreiheit, das allen Staaten gestattete, das Meer und seine Ressourcen frei zu nutzen. Daneben entstand das Konzept eines Küstenmeeres, über das die Küstenstaaten zu ihrem Schutz ihre territoriale Souveränität erstreckten und das in einer Breite von 3 Seemeilen (sm) in etwa der Reichweite eines Kanonenschusses entsprach. Nach dem 2. WK nahmen – aufgrund der zunehmenden Fischerei und der Entdeckung von Ölvorkommen im küstennahen Meeresboden – immer mehr Küstenstaaten die Ausübung bestimmter Hoheitsrechte in den an ihre Küsten angrenzenden Gebieten der Hohen See und auf dem Festlandsockel in Anspruch. Vor diesem Hintergrund kam es erstmals im Rahmen der I. UN-Seerechtskonferenz (United Nations Conference on the Law of the Sea, UNCLOS I) am 28. 4. 1958 zur Kodifizierung des Seerechts in den vier Genfer Seerechts-Übereinkommen über (a) das Küstenmeer und die Anschlusszone, (b) die Hohe See, (c) die Fischerei und die Erhaltung der lebenden Schätze der Hohen See und (d) den Festlandsockel. Offen blieben dabei die Fragen der Festlegung der Küstenmeerbreite und der Errichtung von Fischerei- bzw. ausschließlichen Wirtschaftszonen, wozu – ab Mitte der 1960er Jahre – noch die Nutzung des Meeresuntergrundes hinzukam. Die zur Lösung dieser Fragen einberufene II. UN-Seerechtskonferenz 1960 (UNCLOS II) scheiterte, und es war erst der III. UN-Seerechtskonferenz (UNCLOS III) (1973–1982) vorbehalten, eine Lösung herbeizuführen. 2. Die Seerechtskonvention der UNO (SRK) (1982): Erster Anstoß für die Ausarbeitung einer SRK war 1967 die Rede des damaligen maltesischen UN-Delegierten Arvid Pardo, in der dieser die Erklärung des Meeresbodens zum «gemeinsamen Erbe der Menschheit» (common heritage of mankind) forderte. Ferner hielt die * Gruppe der 77 die Ergebnisse der ersten beiden Seerechtskonferenzen von 1958 und 1960 in Genf für zu konservativ und verlangte eine möglichst umfassende Kodifikation des Seerechts, um damit eine gerechtere Wirtschaftsordnung herbeizuführen. Nach einer sechsj. Vorbereitungszeit (1967 bis 1973) und neunj. Verhandlungen (1973 bis 1982) konnte die III. Seerechtskonferenz der UN (UNCLOS III) die SRK mit einer eindeutigen Mehrheit (130 Pro-, 4 Gegenstimmen [USA, Israel, Türkei und Venezuela] und 17 Enthaltungen) am 30. 4. 1982 in New York verabschieden. Die feierliche Unterzeichnung der SRK durch 119 Staaten erfolgte am 10. 12. 1982 in Montego Bay/Jamaica. Die SRK verlangte für ihr In-Kraft-Treten 60 Ratifikationen, die erst 1993 erreicht wurden, sodass die SRK gem. ihrem Art. 308 am 16. 11. 1994 in Kraft treten konnte. Der Grund für diese überlange Abschlussdauer von 12 J. war der Streit um eine Modifizierung des Tiefseebergbauregimes in Teil XI der SRK, der erst durch ein eigenes Durchführungsübereinkommen des Teils XI der SRK vom 28. 7. 1994 (in Kraft seit 28. 7. 1996) beigelegt werden konnte, das eine Reihe von substanziellen Änderungen am Teil XI der SRK – Einräumung einer

Sperrminorität für IL, faktische Garantie eines Sitzes in der Meeresbodenbehörde für die USA, Russland und die wichtigsten Investorstaaten, Entfall der nach 20 J. möglichen Überprüfungsmöglichkeit des Teils XI etc. – vornahm. Durch eine eigene Bestimmung (Art. 305 Abs. 1 iVm Art. 1 u. 2 Anlage IX) konnten auch einschlägige Int. Org. die SRK unterzeichnen, eine Ermächtigung, von der zunächst die E(W)G am 7. 12. 1984 Gebrauch machte. Die EG ist nämlich auf einer Reihe von Bereichen, die von der SRK geregelt werden, ausschließlich (z. B. Fischerei) bzw. gemeinsam mit ihren Mitgliedstaaten (sog. «parallele» Zuständigkeit, die zu einem «uneigentlichen Ratsbeschluss» bzw. einem «gemischten Vertragsschluss» führen kann), zuständig. Seit 16. 11. 1994 wendet die EG Teil XI der SRW vorläufig an (ABl. 1994, Nr. L 215, S. 9 ff.). Nachdem die Mehrheit der EU-Mitgliedstaaten Vertragsparteien der SRK geworden waren, trat die EG am 23. 3. 1998 sowohl der SRK (1982) als auch dem Durchführungsübereinkommen zu Teil XI (1994) bei (ABl. 1998, Nr. L 179, S. 1 ff., 3 ff.). Die EG sah dabei allerdings zunächst davon ab, ein bes. Streitbeilegungsverfahren gem. Art. 287 Abs. 1 SRK zu wählen. Durch eine vertragsrechtl. komplizierte Verkoppelung sind künftige Vertragstaaten verpflichtet, die SRK und das Durchführungsübereinkommen zu ihrem Teil XI (1994) gleichzeitig als «Paket» in Kraft zu setzen. Die SRK besteht aus 17 Teilen (320 Artikel) und 9 Annexen mit insgesamt 436 Artikeln und stellt damit das bislang umfangreichste völkerrechtl. Abkommen dar, das je ausgearbeitet wurde. Derzeit sind 135 Staaten Mitgl. der SRK. D ist als erster EU-Mitgliedstaat der SRK am 14. 10. 1994 beigetreten. Am 4. 12. 1995 wurde ein weiteres SRK-Implementierungsübereinkommen über die Erhaltung und Bewirtschaftung weit wandernder und grenzüberschreitender Fischarten zur Zeichnung aufgelegt, das durch D bereits am 28. 8. 1996 unterzeichnet wurde. Die EG trat diesem Abkommen 1998 bei (ABl. 1998, Nr. L 189, S. 17 ff.). Hinsichtlich der rechtl. Grundkonzeptionen konkurrieren in der SRK vier Ordnungsvorstellungen: Freiheit (Schifffahrt, Überflug der Hohen See etc.), Aufteilung (Ressourcenregelung im Küstenvorfeld), Regionalisierung (Kooperation von Anrainerstaaten von Randmeeren in der Fischerei, Erhaltung von Fischarten etc.) und Internationalisierung (Ausbeutung der mineralischen Rohstoffe des Tiefseebodens). An pol. Ordnungsvorstellungen wurden in ihr vor allem die Konzepte der Entmilitarisierung, *Dekolonisation und der *Neuen Weltwirtschaftsordnung (NWWO) verfolgt. Zu den wichtigsten Detailregelungen der SRK zählen: Die Küstenmeerbreite wird auf max. 12 Seemeilen festgelegt, und den Küstenstaaten wird das Recht eingeräumt, eine 200 sm breite «Ausschließliche Wirtschaftszone» (AWZ) zu proklamieren, in der ihnen ausschließliche Nutzungsrechte bzgl. der lebenden und mineralischen Ressourcen zustehen (bis zum In-Kraft-Treten der SRK hatten bereits 84 Staaten eine AWZ und 15 Staaten eine gleich breite Fischereizone proklamiert). Die Festlandsockelabgrenzung wurde gegenüber dem Regime der Genfer Festlandsockelkonvention 1958 neu definiert (und dabei ausgedehnt) und für Streitigkeiten aus diesem Regime auch ein eigenes Organ, nämlich die Festlandsockelabgrenzungskommission, mit Sitz in New York, eingesetzt. Für die nunmehr erheblich verkleinerte Hohe See gilt weiterhin der Grundsatz der Meeresfreiheit, wobei aber Schifffahrt und Fischerei verschiedenen Beschränkungen zur Sicherung des Bestands- und Umweltschutzes unterworfen wurden. Pol. besonders umstritten war das neue Tiefseebergbauregime in Teil XI der SRK. Das dafür in Dienst genommene Ordnungsprinzip des «Gemeinsamen Erbes der Menschheit» ist organisatorisch in der Weise umgesetzt worden, dass der Abbau der Manganknollen unter der Aufsicht der sog. Internationalen Meeresbodenbehörde (*International Seabed Authority*, ISBA mit Sitz in Kingston/Jamaica) erfolgt, die die Gewinne unter besonderer Berücksichtigung der EL gerecht zu verteilen hat. Der Tiefseebergbau selbst unterliegt einem sog. Parallelsystem, dem zufolge sowohl lizenzierte Privatunternehmen (die ersten 6 sog. Pionierinvestoren waren: Frankreich, Indien, Japan, Russland, China und das ehem. Osteuropäische Konsortium «Interoceánmetal») als auch der operative Arm der Meeresbodenbehörde, die sog. *Enterprise*, nebeneinander schürfen können. Die konzessionierten Privatunternehmen müssen nicht nur Produktionsbeschränkungen hinnehmen, sondern auch hohe Gebühren an die Meeresbodenbehörde abführen und unter bestimmten Voraussetzungen auch ihre *Technologie an EL weitergeben. In Art. 287 der SRK ist ein komplexes System einer obligatorischen Streitbeilegung eingerichtet, das den Konventionsstaaten die Wahl zwischen einem Verfahren vor dem *Internationalen Seegerichtshof (ISGH, ITLOS), mit Sitz in Hamburg, vor dem *IGH oder vor einem allg. (Anlage VII der SRK) oder bes. Schiedsgericht (Anlage VIII der SRK) belässt. Der ISGH konstituierte sich 1996 und hatte bis 2002 in zehn Fällen zu entscheiden, die vordringlich «Schiffsfreigabeverfahren» arretierter Schiffe betrafen oder in denen einstweilige Anordnungen ergingen. In diesen sechs J. seiner Tätigkeit kam es lediglich zu einem einzigen Hauptsacheverfahren vor dem ISGH (M/S-Saiga-Fall [Nr. 2]).

3. Bewertung der SRK (1982): Die SRK stellt nicht nur eine wichtige Zäsur in der E. des Int. Seerechts dar, sondern wurde sogar als «die 3. Aufteilung der Welt» bezeichnet (Gierloff-Emden). Die Aufteilung der Randzonen der Meere um die Kontinente und Inseln führt zu großen Flächenzugewinnen der rund 45 Küstenstaaten (die 200-sm-Wirtschaftszonen umfassen weltweit eine Fläche von 120 Mio. qkm) und damit zu einer Einschränkung des Grundsatzes der «Freiheit der Meere», wie er noch in Art. 2 des Genfer Übereinkommens über die Hohe See 1958 enthalten war. Auch die vorgesehenen kollektiven Nutzungsregime der *Ressourcen des Meeresuntergrundes verstärken den Trend zu einer «Parzellierung» der Ozeane bzw. der «Terranisierung des Meeres» (Graf Vitzthum), der sich sowohl zulasten der (weltweit ca. 40) *Binnenländer als auch der meisten EL auswirken wird. Damit wurden die Forderungen der EL frustriert, die sich durch die SRK einen ersten Schritt zur Verwirklichung der von ihnen geforderten *NWWO erwartet hatten. Die SRK als «Resultante im Parallelogramm weltweiter Verteilungskämpfe» (Graf Vitzthum) bestätigt den Trend der Ausweitung küstenstaatl. Rechte über Meereszonen und -ressourcen, der insbes. von den zahlreichen souveränitätshungrigen jungen EL getragen wird, der allerdings eindeutig zulasten der Binnen- und geogr. benachteiligten Staaten geht, die um ihre Fischerei-, Erdöl- und Gasförderrechte gebracht werden. Die USA erhalten durch die SRK die größte und wertvollste Wirtschaftszone der Welt, etwa 40 % der Antarktis fallen an Russland, und nur die *Schwellenländer Brasilien und Indonesien gehören zu dem Club der 10 Staaten, die nahezu 55 % des oben genannten Gebiets der «Ausschließlichen Wirtschaftszone» erhalten. Die Abh. der benachteiligten EL von den anderen Ländergruppen wird vertieft werden, da die vorgesehenen Kompensationsmechanismen, realistisch gesehen, nicht greifen werden. Neben der SRK als lex generalis regeln aber eine Reihe von leges speciales spezielle seerechtl. Regime wie z. B. die am 2. 11. 2001 von der Allgemeinen Konferenz der UNESCO mit 87 Pro-, 4 Nein-Stimmen und 15 Enthaltungen (Carducci, S. 420) angenommene «Convention on the Protection of Underwater Cultural Heritage» (41 ILM 2002, S. 40ff.), die seit 1994 ausgearbeitet wurde und deren Art. 3 die grundsätzliche Beachtung der Bestimmungen der SRK postuliert.

Lit.: Text der SRK 21 ILM 1982, S. 1326ff.;

A. Studier, Die neue Weltmeeresordnung, in: Jahrbuch Dritte Welt, München 1983; G. Jaenicke, Die Dritte Seerechtskonferenz der Vereinten Nationen, in: NJW 1983, S. 1936 ff.; J. Delbrück (Hg.), Das neue Seerecht. Internationale und nationale Perspektiven, Berlin 1984; S. Wasum, Der internationale Seegerichtshof im System der obligatorischen Streitbeilegungsverfahren der Seerechtskonvention, München 1984; C. Duisberg, Perspektiven der Seerechtsentwicklung, in: EA 12, 1985, S. 373 ff.; M. Ederer, Die EWG und die Seerechtskonvention der VN von 1982, München 1988; R. Platzöder / H. Grunenberg, Internationales Seerecht, München 1990; R. Platzöder (Hg.), The Law of the Sea, Documents 1983–1992 (1990 ff.); M. Berenbrok / P. Nussbaum, In-Kraft-Treten des Seerechtsübereinkommens der Vereinten Nationen, in: RIW 1994, S. 911 ff.; W. Knittel, Der Schutz der maritimen Interessen in der Europäischen Union, in: AVR 1994, S. 291 ff.; R. Lagoni, Umwelt und Schiffssicherheit im Völkerrecht und im Recht der Europäischen Gemeinschaften, in: AVR 1994, S. 382 ff.; R. Wolfrum, Die Europäische Gemeinschaft als Partei seerechtlicher Verträge, in: AVR 1994, S. 317 ff.; A. Marffy-Mantuano, The Procedural Framework of the Agreement implementing the 1982 United Nations Convention on the Law of the Sea, in: AJIL 1995, S. 814 ff.; D. König, Seerechtskonferenz der VN, in: U. Andersen / W. Woyke (Hg.), Handwörterbuch Int. Org., 2. Aufl., Opladen 1995, S. 388; R. Platzöder (Hg.), The 1994 United Nations Convention on the Law of the Sea: basic documents with an introduction, Dordrecht 1995; G. Hafner, Das internationale Seerecht, in: Neuhold / Hummer / Schreuer (Hg.), Österr. Handbuch des Völkerrechts, 3. Aufl., Wien 1997, S. 382 ff.; J. Basedow, Perspektiven des Seerechts, in: JZ 1999, S. 9 ff.; B. Dubner, Recent Developments in the International Law of the Sea, in: International Lawyer 1999, S. 627 ff.; R. Wolfrum, Welt-Seerecht, in: H. Benke (Hg.), Die Zukunft des Weltmeeres, Meer und Museum, Bd. 15, Rostock 1999, S. 37 ff.; G. Carducci, New Developments in the Law of the Sea: The UNESCO Convention on the Protection of Underwater Cultural Heritage, in: AJIL 2002, 2, S. 419 ff. wh

Internet in der Dritten Welt 1. Auf dem I. als einem globalen, dezentralen interaktiven und egalitären Kommunikations- und Informationsinstrument ruhen weitreichende Erwartungen, die Bev. der EL gleichberechtigt in die «Weltinformationsgesellschaft» zu integrieren (→Neue Weltinformationsordnung) und damit die Probleme der EL lösen zu können. Im J. 2000 trat das I. unter dem Stichwort «e-velopment» verstärkt auf die Agenda der int. Org. (→UNCTAD X, →UNDP-Agenda for Action 2000, InfoDev-Programm und GCIT-Department der *Weltbank). Einsatzfelder des I. sind laut dieser Programme *Armutsreduzierung und wirtsch. Wachstum, *Bildung und *Gesundheit sowie Stärkung der *Zivilgesellschaft und *Demokratie.

2. Die Vernetzungsstrukturen in den EL spiegeln allerdings bisher v. a. die wirtsch. und kulturelle Ausrichtung vieler EL auf die IL, sowie einen enormen technol. Abstand wider. Von den 2001: 110 Mio. I.-Hosts befanden sich 84,7 % in den G7-Staaten (12 % der Weltbev.), 1 % in China, Indien, Brasilien und Nigeria zusammen (48 % der Weltbev.). In den IL war 2001: →der Bev. online, in den EL weniger als 2 % (China: 1,3 %, Indien: 0,5 %, Nigeria: 0,08 %, Brasilien: 5 %). Die techn. Voraussetzungen für einen Zugang (Stromanschluss / Telefonleitung) sind in den meisten EL nur in den Städten gegeben; die Investitionskosten (Computer, Modem) sind hoch. Für die Nutzung von Telezentren fehlt es einer Mehrheit an Kaufkraft, die größte Zugangshürde bildet der *Analphabetismus (EL, 1999: 28,4 %). Gleichwohl hat sich im Laufe der 1990er J. die Anzahl der I.-Nutzer in den EL exponentiell erhöht.

3. Als wirtsch. E.-Chance gilt der E-Commerce, der im I. ein Fenster für die EL zum globalen Markt öffnen soll. Ob der I.-Handel überhaupt Gewinne erbringt, ist selbst in den IL umstritten (B2C, 2001: 0,5 % des Umsatzes); kommerziell genutzt wird IT bisher weniger von Anbietern aus den EL als durch outsourcing von Büroarbeit und Dienstleist. aus den IL, bei denen niedrige Löhne als *komparativer Kostenvorteil genutzt werden. Eine Vorreiterrolle spielt hier *Indien, wo 1999 40 exportorient. Technologie-Parks 280 000 Mitarbeiter be-

schäftigten. Laut Weltbank stärkt IT in den EL freilich v. a. die städt. Regionen und erhöht mittelfristig die soziale Ungleichheit. Im J. 2000 hatten Investitionen im IT-Bereich keine Auswirkungen auf das Wirtsch.-Wachstum in den EL, da die Gewinne im N abgeschöpft wurden. Die «egalitären» Kommunikationswege des I. bilden also bisher die ungleichen int. Austauschbeziehungen und strukturellen Barrieren der Weltwirtsch. ab.

4. Fortschritte sind in der Vernetzung von Wiss. und Forschung gemacht worden, wo Wissenschaftler in den EL der Zugriff auf aktuelle Information erleichtert wird; dies gilt insbesondere für die med. Forschung. Netzwerke für med. Veröffentlichungen und öfftl. Gesundheitsversorgung unterhält z. B. die *WHO. Bes. die Weltbank setzt auf die so gen. Wissensgesellschaft und hat u. a. ein Global Development Gateway geschaffen; bis 2002 kamen jedoch nur 30 % der Zugriffe von außerhalb der USA. Das Egalisierungspotenzial des I. im Bildungsbereich beschränkt sich so auf die Eliten in den EL. Ein Kostenvorteil von computergestütztem Unterricht ergibt sich laut Jahresbericht 1999 des World Links for Development-Programms der Weltbank erst ab einem BIP von 7300 US-$ pro Kopf.

5. Insbes. die *NRO sehen im I. ein Mittel, um weltweit *zivilgesellsch. Prozesse und *Demokratisierungsbewegungen zu stärken. Das I. bietet dezentralisierten Basisgruppen die Möglichkeit, sich zu koordinieren und sich der Öffentlichkeit in den IL bekannt zu machen, aber auch direkte und effiziente Kontakte zu Geberorg. zu pflegen. Die Integration von Basisgruppen durch kommunikative Vernetzung wird v. a. in autoritären Regimen zunehmend als Informationsalternative genutzt, untergräbt staatl. Zensur und ermöglicht int. Öffentlichkeit. Bekannte Beispiele sind die E-Mail-Reporte vom Massaker am Platz des Himmlischen Friedens in Peking 1989, die I.-Konferenzen des Subcomandante Marcos aus Chiapas oder der Einsatz von I.-Technologie bei den Wahlen in *Zimbabwe 2001 durch die Opposition. Autoritäre Staaten sind folglich oft nicht an der Förderung öfftl. I.-Zugänge interessiert oder versuchen, das Dilemma zwischen gewünschter Modernisierung und Kontrolle durch Restriktion aufzulösen; so müssen sich in China seit 1996 alle I.-Nutzer polizeilich registrieren lassen. Bes. die int. NRO arbeiten mit der dezentralen Vernetzung ihrer Aktivitäten an der Idee einer int. Zivilgesellschaft als ein Korrektiv gegenüber den *transnationalen Konzernen und einer globalisierten Weltwirtsch. So hatten 1998 int. NRO über das I. erfolgreich gegen die geheimen *MAI-Verhandlungen mobilisiert; seit 2000 entwickelt sich *ATTAC, gegr. als Initiative zur Einführung der *Tobin-Steuer, zu einer I.-gestützten int. soz. Bewegung gegen eine *neoliberale *Globalisierung.

Lit: B. Thomaß/W. Gries/H. J. Kleinsteuber, Medien und Wissensgesellschaften, in: I. Hauchler u. a. (Hg.), Globale Trends 2002, Frankfurt 2001, S. 182–197; www.bridges.org, E-Readiness as Tool for ICT Development, Washington, D. C., 2000 www.infodev.org (Aufruf 22. 5. 2002); F. Rodriguez/E. Wilson, Are Poor Countries Losing the Information Revolution?, InfoDev Working Paper, www.infodev.org (Aufruf 22. 5. 2002); World Links for Development: Accomplishments and Challenges, Monitoring and Evaluation Annual Report 1999–2000, www.worldbank/worldlinks/ (Aufruf 22. 5. 2002); U. Afemann, e-velopment, Vor- und Nachteile des Internet für die Entwicklungsländer, 2002, www.home.uni-osnabrueck.de/uafemann/ (Aufruf 22. 5. 2002).

hf

Intifada →Nahostkonflikt

Investitionen In der Volkswirtschaft gibt es verschiedene Begriffe:

Bruttoinvestitionen: Summe aller Neu- und Reinvestitionen;

Nettoinvestitionen: Zuwachs der Produktionsmittel und Lagerbestände;

Reinvestitionen: Ersatz der durch die Produktion verbrauchten Produktionsmittel. Dieser Begriff wird jedoch häufig in dem Sinne gebraucht, dass von ausl. Unternehmen erzielte Gewinne nicht transferiert, sondern in demselben Toch-

terunternehmen oder auch in anderen Betrieben des Gastlandes investiert werden. Reinvestition steht hier also im Ggs. zu Abzug bzw. Repatriierung der Gewinne.
Investitionsrate: Anteil der Bruttoinvestitionen am BNE;
Investitionsquote: Anteil der Nettoinvestitionen am Netto-Nationaleinkommen. dn

Investitionsgüter Genauer Anlageinvestitionsgüter, auch Kapitalgüter, innerhalb der ind. Produktion diejenigen Güter, die für die Anlageinvestitionen (Sachanlagen) bestimmt sind, also für Aufbau, Erhaltung, Erweiterung oder Verbesserung der Produktionsausrüstung (Maschinen, Transporteinrichtungen etc.). dn

InWEnt Internationale Weiterbildung und Entwicklung gGmbH. Als dritte Säule der dt. EZ 2002 aus der Fusion von *DSE und *CDG hervorgegangene Institution der personellen EZ (neben *TZ und *FZ). Mit rd. 900 Mitarbeitern und einem Etat von rd. 140 Mio. € hofft die neu gegr. Gesellschaft auf über 40000 Programmteilnehmer p. a. Adresse (Geschäftsführung): Tulpenfeld 5, 53113 Bonn. kf

IOM Die 1951 als *Intergovernmental Committee for Migration* (ICM) gegründete und 1989 in *International Organization for Migration* (IOM) umbenannte int. Org. befasst sich mit Fragen der int. Flüchtlings- und Arbeitsmigration. Bis heute hat die Org. im Rahmen ihrer unterschiedlichen Migrationsprogramme (Programme für *Flüchtlinge, Arbeitsmigranten, freiwillige Repatrianten, Ein-, Aus- und Weiterwanderer) über 11 Mio. Menschen betreut. Die Programme haben das Ziel, den Bedarf an Fach- und Führungskräften in EL zu decken und damit die soziale und wirtsch. E. zu fördern. Im Vordergrund steht die Unterstützung von Rückkehrern aus LA (sog. LARAP-Programm) und Afrika (*Programm Return of Qualified African Nationals*), die in Europa und den USA ausgebildet wurden oder gearbeitet haben, sowie aus Bosnien-Herzegowina, die einen Beitrag zum Wiederaufbau des Landes leisten wollen. Die Leistungen von IOM umfassen die Beratung der Fachkräfte, die Unterstützung bei der Arbeitsvermittlung und ihrer beruflichen Wiedereingliederung, Zuschüsse zu Reise- und Übersiedlungskosten, Gehalts- und Wiedereingliederungszuschüsse. Die Org. mit Zentrale in Genf umfasst 91 Mitgliedsstaaten (darunter die BRD) sowie ein weltweites Netz von ca. 75 Missionen; 42 Staaten und int. Organisationen haben Beobachterstatus bei den Ratssitzungen. Insg. arbeiten für IOM 1000 Mitarbeiter/-innen weltweit. Über Verbindungsbüros in den verschiedenen Ländern unterhält IOM Kontakt zu möglichen Arbeitgebern und staatl. Stellen. In Deutschland arbeitet IOM eng mit Bundes- und Länderministerien, der *ZAV und der Bundesanstalt für Arbeit u. a. zusammen. Vom *BMZ und als Direktbeiträge von Mitgliedsreg. kommen Mittel zur Durchführung der Reintegrationsprogramme. *Organisationsstruktur:* Die Organe von IOM sind der Rat, Exekutivausschuss und die von einem Generaldirektor geleitete Verwaltung. Der Haushalt setzt sich aus einem administrativen und operationalen Teil (freiwillige Zahlungen von Staaten, Org. und Verbänden) zusammen. →CIM, →ZAV as

IPCC *Intergovernmental Panel on Climate Change,* zwischenstaatl. Institution mit Sitz in Genf, gegr. 1988 durch die *World Meteorological Organization* (WMO) und die *UNEP, um wiss. Erkenntnisse über die weltweiten Klimaveränderungen zu erstellen, zu sammeln und zu publizieren, die relevant für die Formulierung nat. wie int. *policies* sein können. Das IPCC untergliedert sich in drei Arbeitsgruppen: Gruppe 1 widmet sich der Klimaforschung, während Gruppe 2 sich urspr. mit den konkreten Auswirkungen des Klimawandels befasste und Gruppe 3 Reaktionsmöglichkeiten untersuchte. Nach einer Umstrukturierung 1993 sind die Bestandsaufnahme der Auswirkungen sowie die Analyse von Optionen der

Anpassung und Gegenmaßnahmen bei Gruppe 2 zusammengefasst, Gruppe 3 beschäftigt sich seither mit den ökon. Implikationen sowohl des Klimawandels selbst als auch der Gegenstrategien (z. B. mit den Kosten der Emissionsreduzierung). 1996 wurde zudem eine *Task Force* eingerichtet, die für eine verbesserte Interaktion zwischen den an Klimamodellen arbeitenden Experten und den mit den *impacts* befassten Forschern sorgen soll. Während der Vorsitzende des IPCC-Büros als Person berufen wird, handelt es sich bei den übrigen Mitgl. um Ländervertreter und Repräsentanten der sechs Weltregionen. Der erste umfassende *Assessment Report* des IPCC wurde 1990 veröffentlicht. Es folgten ein ergänzender Bericht 1992, ein spezieller Bericht über Strahlungsfolgen 1994, ein zweiter *Assessment Report* 1995 sowie eine 1996 begonnene Serie von techn. *papers*, die der Nachfrage nach kurzfristigen Antworten auf Teilaspekte des Problemkomplexes Klimawandel gerecht werden sollen. Das erste dieser *Technical Papers* wurde auf Anfrage der *Ad-hoc*-Gruppe des Berliner Mandats der Klimarahmenkonvention (→Klima- und Atmosphärenregime) angefertigt und stellte einen Beitrag zur Evaluierung der vom IPCC vorgeschlagenen *policies* dar. 1997 arbeitete das IPCC u. a. an 4 Spezialberichten: regionale Klimaveränderungen, Anpassungsstrategien, wirtsch. Auswirkungen der Maßnahmen der sog. Annex-1-Länder (→Klima- und Atmosphärenregime), Erstellung integrierter Modelle. 2001 wurde der dritte *Assessment Report* veröffentlicht, der die weltweiten Umweltveränderungen im Kontext einer nachhaltigen Entwicklung beleuchtet. Hierbei werden insb. Empfindlichkeit, Anpassungsfähigkeit und Störanfälligkeit natürlicher und von Menschen geschaffener Systeme gegenüber klimatischen Veränderungen und die potenziellen Konsequenzen des Klimawandels untersucht. Internet: www.unep.ch/ipcc/

Lit.: IPCC, The IPCC Scientific Assessment, Genf 1990; IPCC, Radiative Forcing of Climatic Change. The 1994 Report of the Scientific Assessment Working Group of IPCC, o. O. 1994. IPCC, The Third Assessment Report: Climate Change 2001, Cambridge University Press 2001. hb

IPDC Internationales Programm für die Entwicklung der Kommunikation (*International Program for the Development of Communication*), wurde 1980 auf der 21. Generalkonferenz der *UNESCO beschlossen. *Ziel:* im Zuge einer *Neuen Weltinformationsordnung v. a. die E. von Kommunikationsinfrastrukturen in EL zu verstärken und hierfür int. Hilfe zu mobilisieren und abzustimmen. *Organe:* Direktor, Sekretariat und Zwischenstaatlicher Rat aus 35 Vertretern der Mitgl.-Länder (gewählt von der UNESCO-Generalversammlung auf Grundlage einer geogr. ausgewogenen Verteilung und nach dem Rotationsprinzip). Der Zwischenstaatl. Rat trat erstmals 1981 zusammen und koordiniert das Programm. Seit 1980 wurden 500 Projekte in 100 Ländern für über 50 Mio. US-$ unterstützt. Davon befinden sich 30 % in Afrika, 25 % in Asien, 22 % in LA und der Karibik, 6 % sind interregionale Projekte. Bisher unterstützte IPDC insb. die Errichtung von Nachrichtenagenturen in EL – z. B. die Pan-Afrikanische Nachrichtenagentur (PANA) und die lateinamerikanische Agentur für spezielle Informationsdienste (ALASEI) –, konnte sich bislang aber weder als Koordinationsforum int. Medienhilfe noch als *multilaterales Finanzierungsinstrument etablieren. red

IPPF (*International Planned Parenthood Federation*) Dachverband nichtstaatlicher Familienplanungsorganisationen, London. red

IPS *Inter Press Service,* 1964 von lateinamerik. und italien. Journalisten in Rom als *Genossenschaft gegr. Nachrichtenagentur, verfügt als weltweit fünftgrößtes Nachrichtennetzwerk in über 100 Ländern über feste Korrespondenten oder freie Mitarbeiter. IPS tritt für eine *Neue Weltinformationsordnung ein, berichtet (in 10 Sprachen) vorrangig über E.-Prozesse in der *Dritten Welt und kooperiert mit rund 50 nationalen Nachrichtenagenturen (etwa 40 davon in EL), int. Org. (*UNDP, *UNESCO etc.) und hat beratenden Status als *NRO beim *ECOSOC. Die Agentur hat zwei Tochtergesellschaften: *IPS-Communications* berät Nachrichtenagenturen in EL über moderne Kommunikationstechnologie; *IPS-Projects* führt kleinere Projekte durch mit dem Ziel, die int. Kommunikation zu demokratisieren. Unterstützt von der *FES, richtete IPS 1981 in Bonn einen deutschsprachigen Dienst ein. Adresse: Pressehaus II/205–209, Heussallee 2–10, 53113 Bonn. Internet: www.ips.org.

Lit.: D. Salamanca-Orrego, Inter Press Service (IPS) und die Süd-Süd-Kommunikation, in: medium 2/1987, S. 24ff. red

Irak

Fläche (Tsd. qkm): 438,32
Bev. (Mio.) 2001: 23,60
BNE pro Kopf (US-$) 2000: LMIC [756–2995 US-$]
BIP (Mio. US-$) 2000: n. b.
LE (Jahre) 1999: 59,2
Analphabetenquote (%) 1999: 45
HDI 1995: 0,538 [Rangplatz von 174: 127]

Der das Gebiet des antiken Zweistromlandes umfassende I. wird durch ein soz.-nat. Einparteiregime beherrscht. Unumstrittener Diktator ist seit 1979 Saddam Hussein el-Takriti. Innerhalb des vergangenen Jh.s führte I. zwei verlustreiche Kriege, in denen er den erreichten E.-Stand einbüßte. Seit Ende des Golfkriegs ist es mit int. Sanktionen belegt, welche die E.-Möglichkeiten des Landes empfindlich einschränken.

1. Die Bev. des I. besteht zu 77 % aus arabischen Irakern. Arabisch ist die Muttersprache von 81 % der Bev. Über 50 % der Bev. bekennen sich zum sunnitischen Islam, etwa 46 % sind Schiiten, die v. a. im S des Landes leben. Von den 443000 Christen versch. Konfessionen sind ca. 200000 kath. Größte ethn. Minderheit sind die Kurden, des Weiteren existieren türkische (2 %) und iranische Bev.-Gruppen. Die Urbanisierung liegt bei 70 %. In der Hs. Bagdad lebten 1992 3,8 Mio. Ew., in Basra 617000, in Mossul 571000. Die Bev. wächst mit einer JZ von 2,5 % (1990–2000; 1980–90: 3,6 %).

Der immer wieder bewaffnet ausgetragene Konflikt der Zentralgewalt mit der kurdischen Minderheit ist bislang ungelöst. Im Vertrag von Algier 1975 einigte sich die Reg. mit dem Iran, der die kurdische *Guerilla bis dahin unterstützt hatte, auf Kosten der kurdischen Bev.: Beiderseits der Grenze, in den angestammten Siedlungsgebieten der Kurden, wurde eine 30 km breite «Sicherheitszone» eingerichtet, d. h., die Bev. wurde in sog. Musterdörfer zwangsumgesiedelt, ihre landw. Lebensgrundlagen (Wein, Oliven) systematisch zerstört. Da sich die Kurden der Arabisierungspol. weiterhin widersetzten und sich im Krieg gegen den Iran z. T. auf dessen Seite stellten, führte das Regime mit chem. Waffen im März 1988 einen Vernichtungsschlag gegen die kurd. Stadt Halabja, bei dem mind. 5000 Menschen getötet wurden. 1989 folgten weitere Zwangsumsiedelungen.

2. Wichtigster wirtsch. Faktor des I. ist das Erdöl, das einen Anteil von über 95 % am Gesamtexport ausmacht. Die Erdölvorräte des I. gelten mit 13,5 Mrd. t als die zweitgrößten der Welt nach Saudi-Arabien und vor Kuwait. Die Förderung betrug 1988 2,6 Mio. bpd. Dies entspricht einem Anteil an der gesamten Weltproduktion von 4,6 % und der Weltreserve von 11,3 %. 1972 wurde der gesamte Erdölsektor verstaatlicht. Im Nahrungsmittelbereich blieb der I. zu 75 % von Importen abh. Die Landw. hielt 1989 einen Anteil von 13,9 % am BIP, die Ind. machte 35 % aus. Verlässliche Wirtsch.- und Sozialdaten existieren im Allg. nur für die Zeit vor dem *Golfkrieg.

3. Im 1. WK besetzten brit. Truppen nach und nach den I. (1914 Basra, 1917 Bagdad, 1918 ganz I.). Nach dem Ende des Osm. Reichs wurde der I. durch ein Mandat des Völkerbundes (1920) zum Protektorat GBs. Die Briten setzten den aus Syrien vertriebenen Faisal Ibn al-Hussein,

ein Sohn des Scherifen von Mekka, 1921 zum König des I. ein. Ab 1927 wurde Erdöl in kommerziell relevanter Menge durch die *Iraq Petroleum Company*, die von *British Petroleum* kontrolliert wurde, gefördert. Milit. diente der I. als brit. Stützpunkt zwischen Ägypten und Indien. 1932 wurde der I. unabh. Während der folgenden Jahrzehnte wurde das Militär zum wichtigsten innenpol. Machtfaktor. Im Juli 1958 setzte eine antiimperialistische Militärfraktion unter General Kassim der Monarchie ein Ende. Nach einer kurzlebigen Herrschaft der panarabisch-soz. *Baath*-(Auferstehungs-)Partei 1963 folgte eine weitere Phase pol. Instabilität. Am 17. 7. 1968 ergriffen die Baathisten unter General Hassan al-Bakr erneut die Macht.

4. Die Verstaatlichung des Erdölsektors 1972 wurde von den westl. IL mit einem vorübergehenden Embargo beantwortet, worauf sich der I. eng mit der SU verband, die sich verpflichtete, eine Mindestmenge irak. Erdöls zu den jeweiligen Weltmarktpreisen abzunehmen. Das pol. Projekt der *Baath*-Partei sah eine rasch nachholende Modernisierung nach soz. Prinzipien vor, wobei alle anderen pol. Strömungen, relig. und ethnischen Minderheiten rigoros unterdrückt wurden. Die hohen Erdöleinnahmen ermöglichten in den 1970er und 1980er J. eine umfassende Modernisierungspol. (Ausbau der Infrastruktur, sozialer Wohnungsbau, aber auch Aufblähung des Beamtenapparates). Besondere Anstrengungen wurden im Bildungsbereich unternommen (Analph.: 29 %; 1999: 45 %). Der Einfluss des Islam auf die Gesellschaft wurde zurückgedrängt, eine Gleichstellung der Frau angestrebt. Oberstes Organ (Legislative und Exekutive) im Staat ist der Revolutionsrat. Er setzt die Reg. ein, seine Beschlüsse besitzen Gesetzeskraft. Seine namentliche Zusammensetzung wird geheim gehalten. Seit 1980 existiert ein Parl., das jedoch keine Gesetzesvorschläge im Bereich der Militär- und Finanzpol. vorlegen darf und gegen den Beschluss des Revolutionsrats kein Gesetz verabschieden kann. Seit der Machtübernahme von Saddam Hussein 1979 war eine zunehmende Personalisierung des Einparteiregimes zu beobachten. Der Diktator brachte einen wachsenden Anteil der Volkswirtschaft in den Besitz seiner eigenen Familie. Das Regime stützte sich v. a. auf den Parteiapparat, die Elitetruppe der «Republikanischen Garde» und die weitverzweigte Geheimpolizei.

5. Der Angriff auf den Iran im Sept. 1980 entsprang einerseits der Furcht vor einem «Export» der schiitischen Revolution, andererseits einem Vormachtstreben (Eroberung eines verbesserten Zugangs zum Meer). Außer dem Rivalen Syrien, durch einen verfeindeten Flügel der *Baath*-Partei regiert, stellten sich alle Nachbarstaaten auf die Seite des I., ebenso die westl. IL und die UdSSR. Am Ende des Krieges war der I. mit ca. 80 Mrd. US-$ im Ausl. verschuldet, die Behebung der Kriegsschäden wurde auf 30 Mrd. US-$ gesch., eine hohe Inflation zeichnete sich ab. Wohnraum und Konsumgüter wurden spürbar knapp. Der rel. niedrige Ölpreis, vor allem auf den Einfluss der konservativen Golfstaaten zurückgehend, entsprach deshalb nicht den irak. Interessen. Mit der Invasion und versuchten Annexion Kuwaits im Aug. 1990 wurde der expansive Charakter des Regimes Saddam Husseins erneut deutlich: Die Verfügung über den Großteil der Ölvorräte der Region hätte den I. endgültig als regionale Vormacht etabliert und zu einem höchst gewichtigen Faktor bei der Festsetzung des globalen Erdölpreises werden lassen. Erst die milit. Niederlage im * Golfkrieg 1991 veranlasste Saddam Hussein zum Rückzug aus Kuwait. Die Kriegsfolgen für den I. können nur als verheerend bezeichnet werden: Laut einem Bericht des UN-Sonderbeauftragten M. Ahtisaari wurde das Land in ein «vorindustrielles Zeitalter» zurückgeworfen. Durch die weitgehende Zerstörung der Infrastruktur war die Versorgungslage (Nahrung, sauberes Trinkwasser) prekär, ein Ausbrechen

von Seuchen drohte. Trotz der katastrophalen Niederlage konnte sich Saddam Hussein vorerst an der Macht halten. Schiitische Aufständische im S und kurdische Rebellen im N des Landes verzeichneten zunächst Erfolge. Das Regime Saddam Husseins setzte sich jedoch milit. durch. Der massive Einsatz milit. Gewalt gegen die Zivilbev. hatte eine Massenflucht der Kurden und Schiiten sowie die Einrichtung von Flugverbotszonen für irak. Flugzeuge nördlich des 36. und südlich des 32. Breitengrades am 27. 8. 1992 zur Folge. Die Zonen werden von GB, Frankreich und den USA militärisch überwacht und dienen dem Schutz der Bevölkerung. Im kurdischen Teil des Irak wurden durch den int. Schutz ermöglichte Präs.- und Parl.-Wahlen abgehalten.
Die andauernden Zwischenfälle und Behinderungen der irakischen Behörden bei UN-Inspektionen und die nur teilweise Erfüllung der Resolutionen des Weltsicherheitsrates führten zu scharfen Auseinandersetzungen mit der UNO und den USA. Im Laufe des Jahrzehnts bombardierten die USA immer wieder Raketenstellungen in der nördl. und südl. Sicherheitszone sowie Ziele in der Nähe von Bagdad. Auch wurden die Wirtschaftssanktionen infolge der irak. Verweigerungshaltung aufrechterhalten, was zu schwerwiegenden Engpässen und Versorgungsproblemen der Bev. im I. führte. Lebensmittel wurden rationiert und deckten 1996 nur etwa 40 % des Kalorienbedarfs. *Mangelernährung und fehlende Medikamente ließen die Kindersterblichkeit ansteigen. Im Mai 1996 erlaubte die UNO eine begrenzte Wiederaufnahme des irak. Erdölexports (700000 bpd; vor dem Golfkrieg ca. 3 Mrd. bpd), dessen Erlös für Hilfsgüter bestimmt war. Russland drängte im UN-Sicherheitsrat auf eine gänzliche Beendigung der Sanktionen und hielt, wie auch versch. UN-Organe, die Frage nach Kosten und Wirkungen der Wirtschaftssanktionen wach. Getroffen würde viel weniger das Regime als die Not leidende Bev.; sie schienen Ursache von Menschenrechtsverletzungen. Unter diesen Gesichtspunkten vollzog sich eine schleichende Unterhöhlung des UN-Sanktionsregimes (Wiedereröffnung des kommerziellen Flugverkehrs, Export von Rohöl außerhalb der UN-Genehmigung u. a.). Im April 2002 verlängerte und reformierte der Sicherheitsrat die Sanktionen gegenüber dem I. Das Rüstungsembargo wurde weiter gestrafft, während der Export ziviler Güter in den I. erleichtert wurde.
Wieder aggressivere Töne Husseins, seine starre Haltung in der Inspektionsfrage, seine vermutete Unterstützerrolle des int. *Terrorismus zugleich mit der US-amerikan. Grundhaltung, in ihm das Böse schlechthin zu sehen, bestimmen die Konfliktintensität, welche die Chancen auf E. des I. entscheidend eingrenzt.

Lit.: A. Kelidar (Hg.), The Integration of Modern Iraq, London 1979; R. Nyrop (Hg.), Iraq. A Country Study, Washington 1979; T. Niblock, Irac. The Contemporary State, London 1982; M. Farouk-Sluglett/P. Sluglett, Iraq since 1958, London 1987; M. A. Ferdowsi, Irak, in: P. J. Opitz (Hg.), Das Weltflüchtlingsproblem. Ursachen und Folgen, München 1988, S. 179 ff.; Samir al-Khalil, Republic of Fear, Univ. of California 1989; Die Golfregion in der Weltpolitik, Der Bürger im Staat 41 (1), 1991; F. Ibrahim, Irak, in: HDW III, 6, 1993, S. 310 ff. hb

Iran

Fläche (Tsd. qkm): 1648
Bev. (Mio.) 2001: 71,40
BNE pro Kopf (US-$) 2000: 1630
BIP (Mio. US-$) 2000: 98990
LE (Jahre) 1999: 71,1
Analphabetenquote (%) 1999: 24
HDI 1999: 0,714 [Rangplatz von 162: 90]

1. Ca. 4½-mal so groß wie die Bundesrepublik, ist Iran (I.) (bis 1934 Persien, ab 1979 Islamische Republik) einer der größten Staaten des Nahen und Mittleren Ostens, eingebettet zwischen Zentralasien und dem Kaspischen Meer im N sowie der Region des Arabisch-Persischen Golfes im S. Im W grenzt I. an die Türkei und an den Irak, im O an Afghanistan und Pakistan. Angesichts dieser geogr.-strategischen Lage im Schnittpunkt verschiedener Kulturen und Völ-

ker stellt das Land ein Bindeglied zwischen Zentralasien, dem ind. Subkontinent, der arab. Welt und der türk. Einflusssphäre dar.
Neben rd. 50 % Persern und verwandten iran. Völkern (Kurden, Belutschen) stellen osttürk. Aserbaidschaner, Araber, Turkmenen, Armenier und andere Gruppen rd. 15 % der Bev. Die iran. Amtssprache, Farsi, ist Umgangssprache für etwa 2/3 der Bev. 10 % sprechen verwandte Sprachen wie Belutschi und Kurdisch, etwa 20 % eine Turksprache. Bedeutendste Religionsgemeinschaft I.s ist der Islam (1987: 90 % der Bev., wovon ca. 95 % Personen der schiitischen und 3 % der sunnitischen Glaubensrichtung angehören). Die Proklamierung der Islamischen Rep. hat dazu geführt, dass sich die Zahl der Angehörigen von nichtislamischen Konfessionsgruppen infolge von Auswanderung verringert hat.
Die Bev. ist seit dem letzten Zensus im Sept. 1986 (49,4 Mio.) bis 2001 auf 71,4 Mio. Ew. (ca. 43,3 Ew./qkm) gewachsen. Verantwortlich hierfür war nicht zuletzt die Pol. der neuen Führung, die alle Maßnahmen zur Geburtenkontrolle bekämpft und Frühehe und Familie gefördert hatte. Doch die daraus entstehenden wirtsch. Probleme zwangen Reg. und religiöse Führer erst in jüngster Zeit, Maßnahmen zur Familienplanung einzuleiten (Ziel: Drei-Kinder-Familie), sodass die JZ von 4 % in den 1980er J. heute auf 1,6 % gesunken ist.
Durch die ungünstigen natürlichen Bedingungen sind von der ges. Fläche des Landes nur ca. 11,6 % landw. nutzbar. Davon wiederum entfällt 40 % auf intensiv nutzbares Bewässerungsland. Unter den bergbaulich genutzten Ressourcen sind Erdöl und Erdgas mit Abstand die volks- wie weltwirtsch. bedeutendsten Rohstoffe des Landes: I. gehört zu den führenden Produzenten und Exporteuren von Erdöl und Erdgas auf der Welt und verfügt derzeit über etwa 10 % der bekannten Weltvorräte an Erdöl und über 12 % der nachgewiesenen Reserven an Erdgas.

2. Die Geschichte des Staates Persien reicht bis auf die Regierungszeit Kyros I. (558–528 v. Chr.) zurück. Nach den Dynastien der Achämeniden, der Araskiden (Parther/250 v. Chr.–224 n. Chr.) und Sassaniden wurde das Land 636 n. Chr. von arab. Eroberern islamisiert. Erst im 9. Jh. bildeten sich wieder Ansätze einer neben dem arab.-islam. Einfluss auch auf persischer Tradition und Sprache beruhenden nationalen Kultur heraus. Nach den Einfällen der Mongolen (1220) und Tataren (Timur Leng 1370–1405) bildete sich erst in der zweiten Hälfte des 15. Jh. unter den von turkmenischen Stämmen dominierten einflussreichen Gruppen in der Region eine Konstellation heraus, in der aus heutiger Sicht die Schöpfung eines iran. Nationalstaates gelang. Nach dem Niedergang der Safawidenherrschaft (1722) setzten sich schließlich die ebenfalls turkstämmigen Qadscharen als neue Herrscher durch (1796–1925). I. fand sich in dieser Periode zum ersten Mal in den Kampf um die kolonialistische Vorherrschaft Europas in Asien verstrickt, was wechselvolle Auseinandersetzungen v. a. mit Russland und GB zur Folge hatte. Die wachsende pol. Abh. führte insbes. anlässlich der Vergabe der Tabakkonzession 1890 an einen Engländer zu ersten Massenprotesten, in denen sich die Geistlichkeit, Modernisten, städt. Bev., Liberale und die Basaris gegen die Reg. verbünden.
Fünf große Ereignisse haben seit Beginn des 20. Jh.s das pol. System I.s geprägt:
a) die «Konstitutionelle *Revolution» von 1905 bis 1911; eine demokrat., antifeudale und antiimp. Bewegung, getragen von liberalen Kräften des Adels, der Geistlichkeit und des Großgrundbesitzes gegen die abs. Monarchie.
b) Putsch von Reza Khan am 21. 2. 1921, der sich 1925 zum König ernannte und die 1979 gestürzte Pahlawi-Dynastie begründete. Dem Putsch gingen Jahre des Aufschwungs nat.-demokrat. Kräfte voraus, die durch den Sieg der russ. Oktoberrevolution gefördert wurden.

c) Annullierung der Erdölverträge als Maßnahme zur Erlangung der nat. Unabh. Unter dem Druck der Massen musste das Parl. 1951 die *Nationalisierung des Erdöls beschließen. MP Mossadegh, Führer der nat. Front, wollte tief greifende Reformen durchführen, stürzte jedoch 1953 durch einen Putsch.
d) Installierung des Schah-Regimes, gestützt auf die USA, dem Auslandskapital Tür und Tor öffnend. Die innenpol. Opposition wurde unterdrückt und verfolgt.
e) *Revolution vom 12. 2. 1979 und Umwandlung der Staatsform per Referendum in die Islam. Rep. I.
3. Obwohl die 1962–72 durchgeführte Landreform auf dem von Großgrundbesitz geprägten Hinterland einen tief greifenden Wandel initiierte, hatte sie weder die Erwartungen hinsichtlich einer erhöhten Agrarproduktion noch die sozialen Reformerwartungen der Bauern erfüllt. Dies lag zum einen an der Halbherzigkeit der im Rahmen der Weißen Revolution 1962/63 durchgeführten Reformen, die es den Großgrundbesitzern erlaubten, durch Sonderregelungen die Gesetze zu umgehen. Weitaus gravierender für die landw. E. waren zum anderen die gleichzeitig gebildeten landw. Aktiengesellschaften und agro-ind. Kombinate, die die Produktion steigern sollten, tatsächlich aber die möglichen Erfolge der Reformen wieder in Frage stellten: Während 1976 nur ganze 4 % der Produktion von mechanisierten Großbetrieben beigesteuert wurden, stammten etwa 77 % der vermarkteten landw. Erzeugnisse aus mittleren und kleineren Betrieben mit trad. Produktionsweise. Angesichts der durch die Landreform ausgelösten Probleme blieb die Agrarproduktion pro Kopf nach der Landreform weit hinter der bisherigen Pro-Kopf-Produktion zurück. Die unzureichende Förderung der Kleinbauern sowie die wachsenden sozialen Disparitäten zwischen Stadt und Land beschleunigten die Landflucht (*Urbanisierungsgrad 1956: 31; 1966: 38; 1976: 47). Der Beitrag des Agrarsektors zum BIP fiel von 23 % (1966) auf 9,6 % (1976), wobei allerdings die Steigerung der Erdöleinnahmen den Zahlenvergleich verzerrt.
Mit dieser Pol. gelang es dem Schah-Regime zwar, seine Zielvorstellung von einer modernen Ind.-Gesellsch. zu verwirklichen; zugleich wurde jedoch eine Steigerung der Nahrungsmittelimporte erforderlich. Vor diesem Hintergrund suchte die Geistlichkeit, die 1963 zusammen mit den Großgrundbesitzern vehement gegen die Landreform opponiert hatte, die Bev. für die Ziele der Revolution zu gewinnen, indem sie den Bauern im Fall einer Machtübernahme eine bessere Zukunft versprach. Unmittelbar nach dem Sturz des Schahs kam es daher zu spontanen Landbesitznahmen, die z.T. von den Revolutionskomitees sanktioniert wurden. Wegen massiver Proteste von Großgrundbesitzern und eines nicht geringen Teils des Klerus wurde schließlich im Okt. 1986 ein Gesetz beschlossen, wonach Flächen, die nach dem Sieg der Revolution bis Ende 1981 von Nichteigentümern angeeignet wurden, mittellosen Bauern unter bestimmten Bedingungen überlassen werden.
4. Die Industrialisierungspol. unter dem Schah-Regime konzentrierte sich auf eine massive staatl. Investitionstätigkeit, die günstige Startbedingungen für das in- und ausl. Privatkapital schaffen sollte und mit den wachsenden Einnahmen aus dem Erdölexport finanziert wurde. Doch diese Pol. scheiterte u. a. deshalb, weil der Monarch aufgrund seiner Großmachtambitionen die Kräfte des Landes überschätzte, was zu kostspieligen Fehlplanungen führte und zudem die trad. Landw., Kleinind., das Handwerk und den Kleinhandel marginalisierte.
Die E.-Strategie der Isl. Rep. war somit eine Reaktion auf die vom Schah-Regime verfolgte Modernisierungsstrategie. So versuchte die Revolutionsregierung, aus den Traditionen des Islam ein eigenes E.-Konzept abzuleiten und demgemäß den Staat zur Befriedigung der menschlichen Bedürfnisse im E.-Prozess zu verpflichten (Verfassung Art. 4, 43). Diese grundbe-

dürfnisorientierte EP weist frappierende Ähnlichkeiten mit der im Westen diskutierten Theorie der *autozentrierten Entwicklung auf (Abkehr von der forcierten Industrialisierung der Schah-Zeit und Förderung der Klein- und Mittelind. und der Landw.; Binnenorientierung der ges. Volkswirtsch. und so weit wie möglich Abkoppelung von den int. Finanzmärkten; verstärkte ökon. Zusammenarbeit mit den EL).
Nach dem Waffenstillstand im *iranisch-irakischen Krieg 1988 begann erneut eine Diskussion um den E.-Weg. Dabei deutete einiges darauf hin, dass sich die einflussreichsten Kräfte I.s zur Übernahme der exportorientierten Wirtsch.-Konzeptionalisierung bekennen (Aufhebung der Blockade alter Projekte, Hinwendung zur exportorientierten Produktion).
5. Trotz aller Beteuerungen, sich vom westl. Ausland unabh. machen zu wollen, ist der Außenhandel des Iran nach wie vor in hohem Maße vom Weltenergiemarkt abh., da etwa 83–90 % aller Exporte aus Rohölverkäufen bestehen. Die deutlich zurückgegangene Nachfrage nach Erdöl und der Preisverfall auf dem Weltmarkt sowie Produktions- und Verladebeeinträchtigungen durch den Krieg haben die Reg. zu einer *Diversifizierungsstrategie der Exportstruktur veranlasst, was allerdings bislang keine sichtbaren Erfolge gezeitigt hat. Die Nichterdölexporte konzentrieren sich weiterhin auf einige wenige Produkte (Teppiche, Pistazien). Bei den Importen stellen Maschinenbau- und elektronische Erzeugnisse sowie Fahrzeuge weiterhin wertmäßig den größten Anteil. Das im J. 2000 unter dem Schlagwort «Rehabilitation der Wirtsch.» verabschiedete Wirtschaftsprogramm sieht bis Ende 2005 die Auflösung der Monopole und die Privatisierung der Staatsbetriebe vor. Die dadurch erzielten Einnahmen sollen in andere Wirtschaftszweige investiert werden, um so jährlich 750000 neue Arbeitsplätze zu schaffen. Doch der Verwirklichung des Plans stehen zwei Hindernisse im Wege: zum einen der Umstand, dass 80 % der iran. Wirtsch. in den Händen des klerikalen Establishments, vor allem der «religiösen Stiftungen» liegt, deren geschätzter Anteil am Staatshaushalt zwischen 25–58 % variiert. Zum anderen und erschwerend kommen die 1996 von Präsident Clinton verhängten und im Sept. 2001 von George W. Bush um weitere 5 J. verlängerten Sanktionen gegen solche US-amerik. und int. Firmen hinzu, die Geschäfte im Öl- und Gassektor im Wert von mehr als 20 Mio. Dollar mit dem I. machen.
6. Die Lebensbedingungen der Bev.-Mehrheit haben sich in den 1990er J. als Folge der Arbeitslosigkeit von offiziell 9,1 % (real 40 %) drastisch verschlechtert, sodass beinahe die Hälfte aller Iraner unterhalb der Armutsgrenze lebt. Denn die Reallohnentwicklung hat nicht mit der Inflationsrate von 20 % Schritt gehalten. Hinzu kommt, dass jedes Jahr zusätzlich etwa 800000 Jugendliche auf den Arbeitsmarkt drängen. Die Perspektivlosigkeit und Frustrationen haben in den letzten J. nicht nur bei den Studenten, sondern auch bei den Armen und von der Verarmung bedrohten Bev.-Schichten zu teilweise blutigen Protesten geführt.
7. Die sichtbarsten Folgen der Revolution waren im kulturellen Bereich v. a. die Abschaffung von Säkularismus und Modernismus westl. Prägung. So wurde das Tragen des *Tschadors* (Schleier) wieder eingeführt, begleitet vom Badeverbot für Frauen, der Schließung von Kinos und einer Islamisierung von Funk und Fernsehen. Gravierende Veränderungen haben sich seit der Revolution im Bereich der Ausbildung und Erziehung vollzogen. Unliebsame Lehrer wurden entlassen und eine Überarbeitung der Schulbücher in Angriff genommen. Die Einführung eines von außen kaum zu durchschauenden Vergabe- und Quotierungssystems für die Universitäten führte dazu, dass 95 % der Studienplätze unabh. von der Befähigung der Kandidaten an ehem. Revolutionswächter, Kriegsteilnehmer bzw. an Familienangehörige von Kriegsopfern, Führungskadern etc. vergeben werden.

Rigoros ging die herrschende Machtoligarchie auch gegenüber der Opposition und pol. Andersdenkenden vor. Gestützt auf die Verfassung und ihr Machtmonopol sowie auf die von ihnen beherrschten Massenmedien und Justiz, erließ die Reg. nach und nach gegen alle nichtislamischen Org. und Parteien Verbotsverfügungen. Aufgrund dieser Verbote setzte ein Exodus der Intelligenz ein, zu der auch die engsten pol. Berater und Mitarbeiter Khomeinis aus dem Exil und der ersten Phase der Revolution zählten.

Ein Gutteil dieser E. ist wohl die logische Konsequenz der Verfassung der Isl. Rep., die auf dem islamisch-schiitischen Glauben beruht und eher ein Gemisch aus Glaubensbekenntnis, Parteiprogramm und Grundgesetz als eine Verfassung im herkömmlichen Sinn darstellt: Das auf die Person Khomeinis zugeschnittene Prinzip der Regentschaft des Rechtsgelehrten (*Wilayat-e faqih*) bestimmt, dass dieser mit allen Machtmitteln ausgestattete relig. Führer allein Gott verantwortlich ist. Die pol. Rolle des Volkes wurde darauf beschränkt, ein Parl. zu wählen, das nicht Gesetze, sondern Vorschriften erlässt. Allerdings werden selbst diese Erlasse und Vorschriften von einem Wächterrat auf ihre Vereinbarkeit mit den relig. Vorschriften geprüft. Obwohl dem Parl. eine Reihe von wichtigen Funktionen (z. B. Kontrollrecht über Reg. und Staatshaushalt sowie die Amtsenthebung des Staatspräs.) zugestanden wurde, konnten wichtige Vorhaben nicht verwirklicht werden, weil sie am Veto des Wächterrates scheiterten. Vor diesem Hintergrund lag eine Änderung der Verfassung nahe. Da die Verfassung selbst kein Änderungsverfahren vorsah, veranlasste Khomeini im April 1989 die Bildung einer 20 Mitgl. umfassenden Kommission, die eine Reform der Verfassung prüfen und binnen zwei Monaten Verbesserungsvorschläge hinsichtlich acht wesentlicher Bereiche der Verfassung machen sollte. Ende Juli 1989 wurden die Vorschläge der Kommission gleichzeitig mit der Wahl des neuen Präs. dem Volk zur Abstimmung vorgelegt und mit einer Mehrheit von 97,3 % angenommen.

Die Verfassungsänderung hat allerdings an den realen Machtverhältnissen kaum etwas geändert, wie die E. seit der überwältigenden Wahl des Reformpräsidenten Chatami 1997 mit 70 % und seine Wiederwahl 2001 mit 69 % der Stimmen gezeigt hat. Trotz des starken Mandats der Bev., die mehr bürgerliche Freiheiten, Geltung des Rechts und Transparenz in der Staatsführung will, sind seine Befugnisse und Spielräume selbst bei unscheinbar wirkenden Feldern der Pol. beschränkt. Die Reg. ist nach wie vor nur eines von mehreren Machtzentren innerhalb des Staates. Über ihr steht nach wie vor der Revolutionsführer und als weitere Organe der pol. Willensbildung der Wächterrat – eine Art von Verfassungsgericht –, der Experten- und schließlich der neu eingerichtete Feststellungsrat. Weder der Präs. noch das seit den Wahlen von 2000 von den Reformern dominierte Parl. haben die Macht, ihre Ideen, die auf eine Demokratisierung und Modernisierung der Gesellschaft abzielten, durchzusetzen.

Gleichwohl war und ist I. selbst zur Zeit der Säuberungen und Massenhinrichtungen der 1980er Jahre oder der Repressionswelle, die 1994 einsetzte und bis zu den Präsidentenwahlen 1997 währte, die Intellektuellenmorde 1998, der Niederschlagung der Studentenproteste im Herbst 1998 und der Schließung aller kritischen Tageszeitungen im Vorfeld der Parlamentswahlen im Frühjahr 2000 keine Rep. ohne Widerworte. Zu beobachten ist auch eine wachsende Selbstkritik unter religiösen Fundamentalisten, die auf eine radikale Trennung von Staat und Religion hinausläuft. So hat eine vom Kultusministerium unlängst durchgeführte offizielle Umfrage nach iranischen Presseberichten ergeben, dass nur etwa ein Viertel der Befragten mit dem gegenwärtigen pol. System einverstanden ist. Ein Viertel wäre dafür, die Rolle der Religion in der iran. Pol. zu verringern, und etwa die Hälfte der Befragten stimmte für die Trennung von Religion und Pol.

8. Im Ggs. zu den innenpol. Problemen schien sich die von der Reg. verfolgte Pol. der Öffnung im außenpol. Bereich positiv zu entwickeln. Hierfür sprach zum einen das neutrale Verhalten der Reg. während des *Golfkrieges um Kuwait 1991, obwohl innerhalb der Machtoligarchie ein Streit darüber entbrannte, ob I. sich aktiv zugunsten Iraks am Kriegsgeschehen beteiligen sollte. Vor allem ist es Präsident Chatami gelungen, mit seinen Maximen *«Détente»* und «Dialog zwischen den Zivilisationen» eine deutliche Zäsur zur früheren Außenpol. zu setzen. Neben der Annäherung zu den arab. Nachbarn, v.a. Saudi-Arabien (1999), standen die Bemühungen um eine Öffnungspol. gegenüber dem Westen. Ihren sichtbarsten Ausdruck fand sie in Chatamis Besuch in Rom (März 1999), dem ersten Europabesuch eines iran. Präs., dem weitere Staatsbesuche in Deutschland (2000 und 2002) und Österreich (2002) folgten. Allerdings stellen sich die iran. Bez. zum Westen noch immer als Dreieck dar, bei dem die Verbindungslinie zwischen I. und Europa durch das Fehlen der offiziellen Beziehungen zur USA geschwächt wird. Hieran wird sich wohl auch in naher Zukunft nichts ändern, denn die Einstufung I.s in die «Achse des Bösen» durch Präs. Bush jr. hat nicht nur Initiativen innerhalb des iran. Parl. zur Aufnahme von Gesprächen mit den USA zunichte gemacht, sondern hat den Radikalen neuen Auftrieb verliehen und denen, die eine Annäherung zum Westen wollen, praktisch unmöglich gemacht, weitere Schritte in diese Richtung zu unternehmen.

9. Die Ausgangsbedingungen für die weitere E. des Landes sind heute insg. erheblich ungünstiger als zu Beginn der Revolution. Die Verheißungen der Revolution zur Errichtung eines gerechten islamischen Wirtschaftssystems blieben auch 23 J. nach der Revolution unerfüllt. Das deutlichste Indiz dafür, dass dem theokratischen Staatsmodell die Gesellschaft abhanden gekommen ist, sind die Ergebnisse der Wahlen seit Ende der 1990er Jahre. Denn nach den Kommunalwahlen des Jahres 1999 und den Parlamentswahlen von 2000 haben die Wähler durch die Wiederwahl des «Reform»-Präsidenten Mohammed Chatami im Juni 2001 erneut signalisiert, dass sie sich eine friedliche und schrittweise Umwandlung der pol. und gesellsch. Struktur des Landes, ja eine Revision der an den eigenen Widersprüchen gescheiterten Revolution von 1979 wünschen.

Lit.: F. Halliday, Iran: Analyse einer Gesellschaft im Entwicklungskrieg, Berlin 1979; D. Gholamasad, Die Entstehung der ‹Islamischen Revolution›, Hamburg 1985; H.-G. Ebert/H. Fürtig/H.-G. Müller, Die Islamische Republik Iran, Köln 1987; M. A. Ferdowsi, Iran, in: HDW III, 6, Bonn 1993, S. 340–364; A. Ehteshami, After Khomeini, London 1995; A. Schirazi, The Constitution of Iran, London 1997; W. Buchta, Ein Haus mit vielen Herren: divergierende Machtzentren in der Islamischen Republik Iran, in: Orient, Heft 1/1998, S. 73–76; P. Gatter, Khomeinis Erben: Machtpolitik und Wirtschaftsreformen im Iran, Hamburg 1998; R. Kreile, Islamischer Internationalismus oder realpolitischer Pragmatismus? Zwei Jahrzehnte Außenpolitik der Islamischen Republik, in: Aus Politik und Zeitgeschichte B 19/1999, S. 39–46; J. Reissner, Iran unter Khatami, Ebenhausen 1999; R. Chimelli, Die Revolution mehrt ihre Kinder, Wien 2000; W. Buchta, Die sechsten iranischen Parlamentswahlen vom Februar und Mai 2000. Etappensieg der Reformer oder politische Wende? In: Konrad-Adenauer-Stiftung (Hg.): KAS/Auslandsinformation 2/2000, S. 4–31; N. Kermani, Iran – Die Revolution der Kinder, München 2001. maf

Iranisch-irakischer Krieg Der Krieg begann am 23. 9. 1980 mit einer Blitzoffensive Iraks und endete mit der Annahme der Resolution 598 des UN-Sicherheitsrates vom 20. 7. 1987 durch den Iran am 20. 7. 1988 und dem Beginn der Waffenstillstandsverhandlungen am 20. 8. 1988 nach fast acht J. Er ist nicht nur einer der längsten konventionellen Kriege des Jh., sondern mit 500000 Toten und ca. 1 Mio. Verwundeten auch einer der grausamsten und, mit Kriegskosten von ca. 350

Mrd. US-$, der zerstörerischste Krieg nach dem 2. WK.

Sosehr auch dieser Krieg bislang auf einen Kampf des laizistischen Baath-Regimes gegen die schiitische Gottesstaatsideologie zurückgeführt oder als die Wiederauflage prähist. Gegensätze zwischen Persern und Arabern interpretiert wurde, ist der Ausbruch des Krieges doch letztlich die gewaltsame Manifestation eines seit 1823 «verschleppten» Konflikts um die Grenzziehung am Schatt-al-Arab, der bereits mehrmals Gegenstand von Auseinandersetzungen war: zunächst zwischen dem Osmanischen Reich und Persien (1823 und 1912/13) und nach dem 1. Weltkrieg zwischen Irak und Iran (1924, 1935/37, 1957/58 und 1969).

Nur die massive Einmischung der Großmächte Russland und England und deren Fortführung nach dem 2. WK – wenn auch nunmehr die USA als Gegenspieler der SU fungierten – verhinderte eine Eskalation des Konflikts zu einem heißen Krieg. Diese Mächtekonstellation behinderte aber auch eine gütliche Regelung der Grenzstreitigkeiten. Der Iran hatte zwar 1975 mit dem Vertrag von Algier den Irak zum Einlenken und zur Anerkennung seiner Grenz- und Machtansprüche am Golf gezwungen, doch die Umstände der Konfliktbeilegung deuteten schon damals darauf hin, dass bei einer Umkehrung der Kräfteverhältnisse der Konflikt neu entflammen würde.

Die Erwartungen bestätigten sich, als der Irak kurz nach der iran. *Revolution von den neuen Machthabern die Anerkennung seiner Souveränität im Gebiet des Schatt-al-Arab forderte und sich nach der kategorischen Ablehnung dieser Forderung durch die iran. Reg. wohl zu einem «Blitzkrieg» entschloss. Diese Entscheidung wurde begünstigt durch die außenpol. Isolation des Iran im Gefolge der «Geisel-Affäre» wie auch durch die nach der Revolution erfolgte Zerschlagung der iran. Armee. Ermöglicht wurde der Krieg aber in erster Linie durch die Machtverschiebungen seit Ende der 1970er J., einerseits aufgrund der Lösung Irans vom Bündnis mit den USA, andererseits durch die Abkühlung der irak.-sowj. Bez. nach der Machtübernahme Saddam Hussains im Irak 1979.

Ebenso dürfte eine Rolle gespielt haben, dass der Irak sich von dem Krieg eine Schwächung oder gar Beseitigung der iran. Revolutionsreg. erhoffte. Damit hätte der Irak sich nicht nur den konservativen arab. Monarchien als Stütze empfehlen können, die ihre Herrschaft vor dem Überspringen des revolutionären Funkens sichern wollten, sondern auch der Weltöffentlichkeit als Garanten für die Sicherheit der Region. Auch für den Iran war der Krieg ein «Geschenk des Himmels», bot er doch die Möglichkeit, alle bestehenden wirtsch. und sozialen Missstände zu rechtfertigen, die revolutionären Energien nach außen zu lenken. Der Verlauf des Krieges hat allerdings nicht nur die Hoffnungen Iraks, sondern auch alle Prognosen über eine baldige Niederlage des Iran zunichte gemacht. So konnte der Iran – nach anfänglichen Niederlagen – seine besetzten Gebiete wieder befreien (Mai 1982) und in späteren Offensiven sogar irak. Gebiet besetzen. Nach vergeblichen Versuchen, sein verlorenes Terrain wiederzugewinnen, ging der Irak dazu über, den Erfolg auf See zu suchen. Der so genannte Tankerkrieg zielte wohl nicht nur auf die «Austrocknung» der finanz. Quellen des Iran, er wollte den Iran auch zum Wahrmachen seiner Warnungen provozieren, die Straße von Hormuz für alle Erdölexporte zu schließen, falls die iran. Erdölexporte blockiert würden. Dann hätten die USA auf der Grundlage der Carter-Doktrin von 1980 die darin eingegangene Verpflichtung erfüllen müssen, die Freizügigkeit der Schifffahrt auf den Tankerrouten im und am Golf zu gewährleisten. Damit wäre der Konflikt zweifellos internationalisiert worden, wovon sich insb. der Irak eine Beendigung des Krieges erhoffte. Trotz der großen Zahl angegriffener und beschädigter Schiffe (546 Fälle genannt) haben sich diese Erwartungen nicht erfüllt. Ironie der Geschichte: Erst die Zerstörung der amerik. Fregatte «Stark» am 17. 5. 1987 durch den Irak veranlasste die USA und einige westeurop. Staaten zu stärkerem milit. Engagement und zur Entsendung von Kriegsschiffen. Der Irak verstärkte erst seit Anfang 1988 seine Bemühungen, durch die massive Bombardierung iran. Städte, Erdölförder- und Industrieanlagen den Iran an den Verhandlungstisch zu zwingen – offensichtlich nicht ohne Erfolg. In seiner Rede vom 20. 7. 1988 legitimierte der Revolutionsführer *Khomeini die Annahme der UN-Waffenstillstandsresolution mit den Worten, «diese Entscheidung zu treffen war bitterer, als Gift zu nehmen», und es spricht einiges für die Annahme, dass eine Fortführung des Krieges nicht nur eine weitere Verschlechterung der wirtsch. Lage bedeutet hätte, sondern möglicherweise auch einen Bürgerkrieg, der den Bestand der Islam. Rep. gefährdet hätte. So heißt es in der Erklärung weiter: «Ich hatte geschworen, bis zum letzten Blutstropfen und bis zum letzten Atemzug zu kämpfen. Die heutige Entscheidung gründet sich auf das Interesse der Islamischen Republik.»

Lit.: A. Malanowski/M. Stern (Hg.), Iran–Irak, Reinbek 1987; M. A. Ferdowsi, Determinanten des iranisch-irakischen Krieges, in: J. Siegelberg (Red.), Die Kriege 1985 bis 1990, Münster 1991, S. 289–311; H. Fürtig, Der irakisch-iranische Krieg 1980–88, Berlin 1992.

maf

IRO *International Refugee Organization*, Internationale Flüchtlingsorganisation.

IsDB Islam. Entwicklungsbank (*Islamic Development Bank*), 1974 auf der 2. Finanzmin.-Konferenz der *OIC gegr. *Ziel:* Förderung der ökon. und sozialen E. ihrer Mitgl.-Staaten (2001: 53) sowie aller moslemischen Gemeinschaften in Übereinstimmung mit dem islam. Recht (*Scharia*). Faktisch vergibt die IsDB an ihre Mitgl. u. a. zinslose Kredite und leistet techn. Hilfe; 1983 wurde zudem ein wirtsch.- und finanzwiss. Forschungs- und Trainingsinstitut (IRTI) eingerichtet. *Organe:* Direktorenrat, in dem alle Mitgl.-Staaten durch einen Repräsentanten vertreten sind; Exekutivrat, bestehend aus 14 Mitgl. (sieben davon aus den Ländern mit den meisten Bankanteilen, sieben vom Gouverneursrat auf drei J. gewählt); Präsident, vom Gouverneursrat auf fünf J. gewählt. *Publikationen: Annual Report of the Bank; Annual Report of IRTI.* Adresse: P. O. Box 5925, King Khalet Street, Jeddah 21432, Saudi-Arabien. Internet: www.imf.org/external/np/sec/decdo/isdb.htm →Arabische Entwicklungshilfe an Afrika, UNIDO.

red

ISF →OIC

Islamische Konferenz →OIC

Islamischer Fundamentalismus (IF) Die unter versch. Vorzeichen (Islamismus, Integrismus, Fundamentalismus) erfolgte Aktivierung des Islam und die damit verknüpfte Rückbesinnung auf die Religion als Maßstab individuellen Verhaltens, gesellsch. Ordnung und pol. Orientierung führte seit Ende der 1970er J. dazu, dass die Konflikte in Teilen der islamischen Welt zunehmend in der islam. Dimension ausgefochten werden: So ermordeten im Okt. 1981 ägyptische Aktivisten der Muslimbruderschaft Präs. Anwar el-Sadat und steigerten seit 1992 ihren Kampf gegen das Regime zu einem bürgerkriegsähnlichen Zustand; im Sudan gelangte 1989 die «Nationale Islamische Front» (NIF) durch einen Putsch verbündeter Offiziere an die Schalthebel der Macht; in Algerien gewannen die Vertreter der islam. Bewegung Front Islamique du Salut (FIS) bei den allg. Parl.-Wahlen im Dez. 1991 nach offiziellen (aber umstrittenen) Angaben 48 % der Stimmen und hätten legal die Macht übernommen, hätten sie Armee und Reg. nicht daran gehindert und damit einen blutigen Bürgerkrieg ausgelöst; im palästinensischen Selbstverwaltungsgebiet und in Israel versuchen militante Aktivisten der *Hamas und des Islamischen Jihad, im Libanon die militante schiitische Hisbollah, den seit Sept. 1993 eingeleiteten Nahost-Friedensprozess aufzuhalten (→Palästina, Nahostkonflikt). Die Auseinandersetzung zwischen Staat, Gesellsch. und islam. Bewegung verläuft aber nicht überall gewalttätig. In Jordanien erkennen die Islamisten das haschemitische Königshaus ausdrücklich an; in Pakistan, Jemen und insbes. in der Türkei, wo die türk.-islamistische Wohlfahrtspartei (Refah) bei den Parl.-Wahlen vom Dez. 1995 mit 21,3 % der Stimmen die stärkste Fraktion stellt, nehmen sie am pol. Spiel teil.

Obwohl relig. Erneuerungen eine weltumspannende Erscheinung sind, die sich durch alle relig. und ethn.-kulturellen Weltbilder hindurchzieht, gilt der IF nicht nur als stärkste Bedrohung des int. Friedens, sondern wird in Hinblick auf seine sicherheitspol. Sprengkraft mit dem Nationalsozialismus bzw. dem Faschismus der 1930er J. und mit dem Kommunismus in den 1950er J. gleichgesetzt. Die Ängste vor einem Islam als einigender Kraft von 1,2 Mrd. Moslems der Welt, die in einen Kulturkampf mit dem christl. Abendland eintreten könnten, erhielten 1993 höhere Weihen durch einen Aufsehen erregenden Artikel des renommierten amerikan. Strategieforschers Samuel P. Huntington. Unter dem Titel «The Clash of Civilizations» plädierte Huntington dafür, Staaten nicht mehr allein nach ihrer pol. oder ökon. Struktur oder ihrer wirtsch. E.-Stufe, sondern aufgrund ihrer kulturellen und zivilisatorischen Stellung einzuordnen. In dieser Argumentation wurde der «islamischen Zivilisation» besondere Aufmerksamkeit geschenkt, deren Militanz seit über 1300 Jahren die westl. von der islam. Welt trenne und die derzeit neuen Aufschwung erfahre.

Ein solches Szenario drängt sich zwar angesichts der pol. E. einiger islam. Staaten auf, eine unvoreingenommene Betrachtung zeigt allerdings, dass der Islam keine geschlossene Einheit ist und die Islamisierungstendenzen weder überall gleich stark noch inhaltlich identisch sind. Wie etwa eine genauere Betrachtung der Ideologie dieser Bewegungen – ob nun iranisch-schiitischer, ägyptisch-muslimbrüderschaftlicher, saudisch-wahabitischer oder algerisch-integristischer Provenienz – zeigt, handelt es sich hierbei um Phänomene in versch. Gesellsch. mit ganz versch. hist. Hintergründen: Pol., die sich relig. Begriffe oder Mythen lediglich zu pol. Zwecken bedient; relig. Konservatismus, der sozial oft von einem relig. Establishment getragen wird und schließlich Volksreligion bzw. -religiosität, die man auch als Alltagsreligiosität bezeichnen könnte und die weitgehend unabh. von pol. oder theologischen Debatten existiert. Unterschieden werden müsste auch zwischen dem IF bzw. Islamismus einerseits und den durch sozioökon. und pol. Krisen ausgelösten Protestbewegungen andererseits, die sich des Islam als Legitimation und als Waffe bedienen. Die revivalistischen Tendenzen seit den 1970er J. sind Ausdruck von E.-Krisen und des völligen Versagens der herrschenden Regime. Ob republikanisch, monarchisch, soz., kapitalistisch, progressiv oder konservativ, nirgends gelang ihnen der Aufbau eines funktionsfähigen pol. und wirtsch. Systems, das die wichtigsten sozioökon. E.-Probleme einer Lösung näher gebracht hätte.

Die sog. Re-Islamisierung – im Iran unter dem Schah-Regime ebenso wie in Ägypten, Algerien – lässt sich auf die folgenden Ursachen zurückführen: 1. Enttäuschung über die Ergebnisse der nach mehr oder weniger langen Kämpfen errungenen staatl. Unabh.; 2. Bedrohung der Existenz des städt. Kleinbürgertums durch techn. *Modernisierung und *Industrialisierung; 3. zunehmende Landflucht und Verelendung der Landbev. in den Städten; 4. Enttäuschung über die Diskrepanz zwischen den ökon. Erwartungen und den tatsächlich erzielten Ergebnissen, und 5. kam hinzu, dass die Früchte dieser ökon.-techn. Modernisierung entgegen allen Versprechungen und Erwartungen nur einer winzigen Modernisierungselite zugute kamen.

Die Frage, warum es gerade den Islamisten gelang, sich an die Spitze dieser «Protestbewegungen» zu setzen, hat viele Gründe. Sie hängt zum einen mit dem Tatbestand zusammen, dass keine alternativen Gruppierungen vorhanden waren, um die Führung beim Erneuerungsprozess der Systeme zu übernehmen, da die oppositionellen Gruppierungen – Nationalisten ebenso wie Sozialdemokraten und Liberale – in den meisten Staaten das primäre Ziel staatl. Repression waren und schon deshalb zu schwach, um eine echte Alternative zu den herrschenden Regimes darzustellen. Blieben also die Islamisten mit ihrer Infrastruktur, ihrer persönlichen Integrität, denen in den allerwenigsten Fällen eine regierungsnahe, korrumpierende Position vorgeworfen werden konnte.

Zum anderen wesentlich für die Mobilisierung der Massen sind die Formen des Protests der Islamisten. In vielen Fällen fungieren die Religion und insb. ihre Ausdrucksformen als ein «Vehikel» des Protests. Eine Instrumentalisierung der Religion in der islam. Welt lag insofern nahe, als die Domäne der Religion selbst unter totalitären Staaten ein unantastbares *sacrum* blieb. Ferner weil sie die einzige Sprache bietet, in der man sich ungestraft äußern kann. So blieb es nicht aus, dass vielfach der Islam als die Alternative, als die Lösung für Armut, Abh. und Fehlentwicklung angesehen wurde. Nur die Rückkehr zum Islam und die «Anwendung der Scharia», der islam. Rechts- und Werteordnung, werde, so die Botschaft, die Probleme überwinden, soziale Gerechtigkeit herstellen und den Muslimen ihre Selbstachtung, Würde und Stärke zurückgeben.

Obgleich es eine Zeit lang so schien, als ob es den Islamisten im →Iran zum ersten Mal gelungen wäre, im Sinne ihrer Zielsetzungen umfassende Erfolge zu verbuchen, zeigt die bisherige E., dass selbst unter diesen spezifischen hist.-kulturellen Bedingungen noch nicht erkennbar ist, worin die «islamische alternative Ordnung» etwa im Bereich der Wirtsch.- und Sozialpol. liegen soll. «Re-islamisiert» wurden allenfalls jene Bereiche, in denen Umstrukturierungen rel. leicht zu erzielen und wo verhältnismäßig klare Richtlinien der relig. Tradition zu entnehmen waren, etwa im Zivil- und Strafrecht, beim Alkoholverbot und bei Kleidungsvorschriften wie z. B. dem Schleierzwang für Frauen. Ansonsten aber betrieb das «Mullah-Regime» allzu schnell eine Restauration einer Nationalkultur, die Schaffung einer neuen schiitisch-iranischen Kollektiv-Identität und eine hegemoniale Außenpol., ähnlich derjenigen des Schah-Regimes. Doch kaum beachtet von einer größeren Öffentlichkeit haben sich seit Beginn der 1990er Jahre im – etwas zu unkritisch und simpel als «Gottesstaat» bezeichneten Iran – die säkularen Bestrebungen verstärkt. Es ist eine wachsende Selbstkritik unter relig. Fundamentalisten zu beobachten, die auf eine radikale Trennung von Staat und Religion hinausläuft. Theologen und relig. Intellektuelle wie Abdolkarim Sorusch und Mohammad Schabestari, die sich selbst als «relig. Aufklärer» sehen, wehren sich dagegen, den Islam für ideol. und pol. Zwecke zu vereinnahmen, und predigen die Rückkehr zur apolitischen Religiosität. Das ist keine Absage an die Religion, sondern es ist der Versuch zu ihrer Erneuerung. Die «relig. Aufklärer» sehen die Religion durch die Pol. kontaminiert und geschwächt. Zu seiner ursprgl. Reinheit und Kraft wird der Islam nur zurückfinden, wenn er nicht länger Handlanger des Staates und Erfüllungsgehilfe der Pol. ist. Sie stellen den ideol. Kern der Islamischen Republik, nämlich das Verständnis vom Islam als Staatsdoktrin in Frage, indem sie darauf hinweisen, der Koran gebe lediglich vor, dass die pol. -gesellsch. Ordnung gerecht sein solle – mehr aber nicht. Aus den allgemeinen ethischen Prinzipien, die er enthält, könne man daher keine Staatsphilosophie ableiten, wie von den herrschenden Konservativen behauptet wird. Weil der Koran kein konkretes System vorgegeben hat, dürfen die Menschen laut Vertreter der «relig. Aufklärer» selbst entscheiden, in welcher Ordnung sie leben wollen. Sie plädieren für Demokratie, mit einem wichtigen relig. Argument: Nur ein Glaube, zu dem man in Freiheit gefunden hat, sei ein wahrhafter und gottgefälliger Glaube, und in der Demokratie sei das Prinzip der Freiheit am besten verwirklicht. Auch dass der Prophet selbst relig. und pol. Führer in einer Person war, ist für die Aufklärer kein Argument gegen ihr Plädoyer für eine Trennung von Staat und Religion. Denn diese Tatsache sei zwar Teil der islam. Heilsgeschichte, dürfe aber nicht abs. gesetzt werden. Damit widerlegen sie nicht nur die Islamisten, sondern auch westl. Betrachter, die deren Argument übernehmen. Auch sie behaupten ja, der Islam schreibe die Einheit von Religion und Staat unabdingbar vor, und verweisen zum Beleg auf die Frühzeit des Islams. Ähnlich verhält sich auch die Diskussion über das Tragen eines Kopftuchs. Obwohl die «relig. Aufklärer» im Gegensatz zu einigen anderen Religionsgelehrten daran festhalten, dass der Koran es den Frauen gebietet, ihre Haare zu bedecken, sind sie der Überzeugung, dass niemand als die Frauen selbst entscheiden dürfe, ob sie sich an dieses relig. Gebot halten. Das Kopftuch gesetzlich zu verbieten, wie unter Schah Reza Pahlawi, oder es zu verordnen, wie es nach der Revolution geschah, ist für sie gleichermaßen eine Anmaßung und überschreite die Kompetenzen des Staates. Da die islam.-fundament. Gruppierungen bislang nirgends in der Lage waren, erfolgreiche Lösungsvorschläge auszuarbeiten und jene sozioökon. Krisen zu entschärfen, die für die Entstehung dieser Bewegungen ursächlich waren, werden sie als Alternative zu vorherrschenden Verhältnissen an Resonanz verlieren und daher scheitern. Das gilt auch für Versuche, durch «panislamistische» Bewegungen eine alle Muslime umfassende Gemeinschaft (*Umma*) zustande zu bringen. Denn bei näherer Betrachtung zerfällt der «islamische Koloss» in lauter kleine Stücke, die sich kaum zusammenfügen lassen. Die kuwaitische Besetzung durch den Irak und die aus wohl überlegten nat. Interessen heraus erfolgte Beteiligung einer Reihe von arabischen Staaten am *Golfkrieg 1991 hat diese Tendenz ebenso verdeutlicht wie die Fülle der Systemkonflikte innerhalb der islam. Welt. Die Vision von einer Restauration des islam. Kosmopolitismus in Form von «Umma» wird aller Wahrscheinlichkeit nach eine «Fata Morgana» bleiben. →Terrorismus

Lit.: M. Riesebrodt, Fundamentalismus als patriarchalische Protestbewegung, Tübingen 1990; G. Kepel, Die Rache Gottes. Radikale Moslems, Christen und Juden auf dem Vormarsch, München 1991; J. Hippler / A. Lueg (Hg.), Feindbild Islam, Hamburg 1993; A. Hottinger, Islamischer Fundamentalismus, Paderborn / München 1993; H. Halm, Der schiitische Islam. Von der Religion zur Revolution, München 1994; G. Rotter (Hg.), Die Welten des Islams, Frankfurt am Main 1993; M. Lüders (Hg.), Der Islam im Aufbruch?, München 1994; S. P. Huntington, Kampf der Kulturen. Die Neugestaltung der Weltpolitik im 21. Jahrhundert, München 1996; N. Kermani, Iran. Die Revolution der Kinder, München 1999; G. Kepel, Das Schwarzbuch des Dschihad. Aufstieg und Niedergang des Islamismus, München 2002. maf

Isoplan Institut für Entwicklungsforschung, Wirtschafts- und Sozialplanung GmbH, unabh. Dienstleistungsunternehmen, das sich auf wirtsch.- und sozialwiss. Forschung, Planung und Beratung im Auftrag der öfftl. Hand und der freien Wirtsch. spezialisiert hat. Arbeitsschwerpunkte sind: Marktforschung und empirische Sozialforschung; Unternehmensplanung und -beratung; E.-Forschung; Finanzierung und Rechtsgeschäfte. Adresse: Martin-Luther-Str. 20, 66111 Saarbrücken kg

Israelisch-Arabischer Konflikt →Nahostkonflikt

Israelisch-Palästinensischer Konflikt →Nahostkonflikt

ISSA Informationsstelle Südliches Afrika e. V., 1971 von Dritte-Welt-Gruppen, Wissenschaftlern, Journalisten sowie E.-Hilfe-Org. und Mitarbeitern der Ev. Kirche in Deutschland gegründet. Aufgabe: Analyse der Entwicklungen und Konflikte im südl. Afrika, Unterstützung der

Ziele der Völker im südl. Afrika nach nat. Unabh., Selbstbestimmung und sozialer Emanzipation sowie Berichte über *Befreiungsbewegungen (u.a. auch Publikation ihrer Dokumente), über die Länder des südl. Afrika und über die Beziehungen der IL zu Südafrika. Die ISSA finanziert sich überwiegend durch Einnahmen aus ihrer Publikations- und Recherchetätigkeit (2001: rd. 56000 €) sowie aus gebundenen Zuschüssen (2001: 26000 €), Spenden und Mitgliedsbeiträgen (2001: 20000 €). Publikation: Informationsdienst südliches Afrika, afrika süd, sadec-brief. Adresse: Königswinterer Str. 116, 53227 Bonn. red

IStGH →ICC

Itaipú Das größte bilaterale Projekt, das im Rahmen der wirtsch. Zusammenarbeit der *La-Plata-Gruppe vereinbart wurde, ist das brasilianisch-paraguayische Abkommen über die Errichtung des Itaipú-Staudammes am Oberlauf des Paraná, des damals größten Staudamms der Welt. Die ersten Turbinen wurden im Herbst 1982 in Gang gesetzt, volle Inbetriebnahme seit 1989 mit derzeit jährl. 75 Mrd. kWh, das Siebenfache des Staudamms von Assuan/Ägypten. Die gewonnene Energie teilen sich anteilsgleich beide beteiligten Länder. Da Paraguay jedoch über ausreichend Energie verfügt, verkauft es seinen Anteil zu Brasilien begünstigenden Bedingungen an den Partner.

Lit.: D. Nohlen/M. Fernández Baeza/O. Bareiro (Hg.), Kooperation und Konflikt im La-Plata-Becken, Saarbrücken/Fort Lauderdale 1986; G. Kohlhepp, Itaipú – Socio-economic and Ecological Consequences of the Itaipú Dam, Braunschweig/Wiesbaden 1987. dn

ITO →GATT

ITU *International Telecommunication Union*, Internationale Fernmelde-Union der *UN mit Sitz in Genf; ihr gehören 172 Mitgliedstaaten an. red

IUCN *International Union for Conservation of Nature and Natural Ressources*, heute WCU, *World Conservation Union.*

IWF auch IMF (*International Monetary Fund*), Int. Währungsfonds.

1. *Entstehung, Aufgaben, Organisation.* Die Gründung des IWF war das Ergebnis der Währungs- und Finanzkonferenz, die Juli 1944 in Bretton Woods, USA, stattfand. Die 45 Teilnehmerstaaten strebten eine Neuordnung der int. Wirtschaftsbez. nach dem Krieg an, die eine Ausweitung des Welthandels auf der Basis fester Wechselkurse zwischen konvertiblen Währungen ermöglichen und so eine Wiederholung der Handelskonflikte der Zwischenkriegszeit verhindern sollte. Das Übereinkommen über den IWF, das am 27. 12. 1945 in Kraft trat, trug den Charakter eines Kompromisses zwischen amerik. und brit. Vorstellungen, bei dem die USA ihre Interessen stärker hatten durchsetzen können, da sie sich bei Kriegsende in einer konkurrenzlosen weltwirtsch. Machtstellung befanden. Als oberstes Ziel wurde die Ausweitung des Welthandels und die damit einhergehende int. Wohlfahrtssteigerung formuliert. Die Ausweitung des Welthandels sollte dabei durch die Schaffung fester Wechselkurse zwischen konvertiblen Währungen erleichtert werden. Im Falle vorübergehender Zahlungsbilanzdefizite sollten aus den Mitteln des Fonds den betroffenen Ländern Überbrückungskredite gewährt werden. Diese Bereitstellung von Liquidität sollte es den Ländern ermöglichen, ohne Eingriffe in den Handel und den Zahlungsverkehr eine Anpassung der *Zahlungsbilanz zu erreichen. Die Mitgl.-Staaten verpflichteten sich, ihren Wechselkurs durch Interventionen am Devisenmarkt innerhalb einer Bandbreite von 1 % ober- und unterhalb der dem IWF gegenüber angemeldeten, in Gold oder US-$ fixierten Parität zu halten. Jedem Land wurde zugestanden, seinen Wechselkurs bis zu 10 % der Anfangsparität im Falle eines fundamentalen Ungleichgewichts in der Zahlungsbilanz zu ändern. Dabei bestand eine Konsultationspflicht gegenüber dem IWF. Im Interesse einer Liberalisierung des Handels wurden Devisenverkehrsbeschränkungen auf Dauer nur für Kapitalbewegungen gestattet. Im Falle vorübergehen-

der Zahlungsbilanzdefizite sollten aus den Mitteln des Fonds den betroffenen Ländern Überbrückungskredite gewährt werden. Diese Bereitstellung int. Liquidität sollte es dem Defizitland erleichtern, die Anpassung der Zahlungsbilanz ohne Rückgriff auf Beschränkungen des Handels- und Zahlungsverkehrs oder stark deflatorische Maßnahmen zu leisten.

Die Summe der Quoten, von denen die Höhe der Einzahlungsverpflichtung (Subskription), die Höhe der Kreditrechte und das Stimmrecht jedes Mitgl. abhängen, wurde damals auf 8,8 Mrd. US-$ festgesetzt. Davon entfielen auf die USA 31,3 %, auf GB 14,8 %, auf die UdSSR 13,6 %, auf China 6,3 % und auf Frankreich 5,1 %. Bei der Festlegung der Quoten spielten – wie leicht erkennbar – neben wirtsch. Kriterien macht- und prestigepol. Erwägungen eine bedeutende Rolle. Hinsichtlich der Stimmrechte wurde der hochgradig oligarchischen Quotenstruktur ein egalitäres Element beigefügt, indem jedes Land einen Sockelbetrag von 250 Stimmen erhielt, was insgesamt 11 % der Stimmen ausmachte. Nach 9 allg. und mehreren selektiven Quotenerhöhungen betrug die Quotensumme der 179 Mitgl.-Länder Ende Juni 1997 145,3 Mrd. *Sonderziehungsrechte (SZR). Von den gesamten Stimmrechten entfielen auf die USA 1997 18,25 %, die BRD und Japan je 5,67 %, GB und Frankreich je 5,10 % und Saudi-Arabien 3,53 %. Von den ehem. RGW-Ländern sind inzwischen mit Ausnahme von Rest-Jugoslawien alle Mitgl. im IWF geworden. Die Schweiz wurde 1992 nach einem Referendum Mitgl. im IWF (Stimmrecht 1997 = 1,70 %).

Das oberste Entscheidungsgremium ist der Gouverneursrat, in den jedes Land einen Gouverneur und einen Stellvertreter entsendet. Er tagt gewöhnlich einmal im J. und trifft zentrale Entscheidungen, so z. B. über die Aufnahme neuer Mitgl., Quotenänderungen usw. Das eigentliche Leitungsgremium, das die laufenden Geschäfte führt, ist das Exekutivdirektorium (24 Mitgl.). Fünf Exekutivdirektoren werden von den Mitgl. mit den höchsten Quoten ernannt – USA, BRD, Japan, Frankreich und GB – und 19 von den zu Staatengruppen zusammengefassten übrigen Mitgl. gewählt (VR China, Russland und Saudi-Arabien bilden je eine eigene Gruppierung). Die Exekutivdirektoren wählen auf 5 J. den Geschäftsführenden Direktor als Vorsitzenden. Dieser ist gleichzeitig Chef des IWF-Mitarbeiterstabs. Sitz des IWF ist Washington, D.C.

Der IWF im Bretton-Woods-System. Nach der Gründung folgte für den IWF und die *Weltbank zunächst eine Zeit begrenzter Bedeutung, da im Rahmen des Marshall-Planes große Teile der für den Wiederaufbau Europas benötigten Geldmittel getrennt abgewickelt wurden. Erst mit der Suezkrise (1956) begann die Bedeutung des IWF wieder zu wachsen. Das Liquiditätsmedium Reservewährungen lag damals außerhalb der Kontrolle des IWF. Ausl. Zentralbanken gingen dazu über, US-Dollars als Reservemedium zu benutzen, da aufgrund der hohen amerik. Goldbestände und der (auf dem *Gold Reserve Act* von 1934 beruhenden) Goldeinlösungsgarantie des US-Schatzamts der Dollar so gut wie Gold und überdies verzinslich war. Weil die Goldproduktion beim Preis von 35 US-$ pro Unze Feingold nicht ausreichte, um die mit dem Welthandel rasch wachsenden Bedürfnisse an int. Liquidität zu decken, wurde diese primär über die Reservewährung US-$ ausgeweitet. Dies geschah dadurch, dass die USA Zahlungsbilanzdefizite eingingen, die sie – dies ist das Privileg der Reservewährung – mit der Notenpresse finanzieren konnten. Mit Zunahme der Dollarreserven bei ausl. Zentralbanken verschlechterte sich das Verhältnis zwischen den Dollarbeständen der Gläubiger-Länder und den amerik. Goldbeständen. Ende der 1950er J. begann nicht nur die Periode des normalen Funktionierens des Bretton-Woods-Systems, nachdem die Suezkrise (1956) mit zu einer Wiederbelebung des IWF beigetragen hatte (Stützungskredite an GB und Ägypten) und 12 europ. Länder Ende 1958 zur Ausländerkonvertibilität übergegangen waren; es kündigten sich auch schon die Vorboten einer Vertrauenskrise gegenüber dem Dollar an. Als die USA 1973 aufgrund der schnellen Zunahme des amerik. Zahlungsbilanzdefizites die Goldeinlösegarantie des Dollars aufheben mussten und der Dollar damit als int. Reservewährung an Funktion verlor, wurde der IWF teilreformiert. Seitdem ist die Kunstwährung des IWF, die so genannten SZR (Sonderziehungsrechte), zum Hauptreservemedium des int. Währungssystems geworden. Die von dem Zehnerklub, d. h. den zehn währungsstärksten Mitgl.-Staaten, initiierten Verhandlungen über eine Reform des int. Währungssystems (1963 bis 1968) führten 1969 zur Schaffung des neuen int. Liquiditätsmediums, den Sonderziehungsrechten (SZR). Als revolutionäre Neuerung gefeiert, blieb ihre Rolle als Reservemedium bescheiden. Die im Dez. 1978 beschlossene SZR-Zuteilung von 12 Mrd. SZR für 1979–1981 brachte die Gesamtsumme von SZR-Zuteilungen auf 21,4 Mrd. SZR. Seit 1981 haben keine SZR-Zuteilungen mehr stattgefunden.

2. *Reform des internationalen Währungssystems.* Vorschläge für eine Neuordnung der int. Währungsbez. auszuarbeiten, hatte sich der im Sommer 1972 gebildete Zwanziger-Ausschuss des Gouverneursrats zum Ziel gesetzt. Im Zentrum der Beratungen dieses Gremiums standen die Verbesserung des Mechanismus zur Anpassung der Zahlungsbilanzen, die Fortentwicklung der SZR zum Hauptreservemedium und die Rückkehr zu festen, aber anpassungsfähigen Wechselkursen. Die von dem Ausschuss im Juni 1974 vorgelegte Reformskizze (*Outline of Reform*) wurde durch die Realität der Ölkrise und die dadurch ausgelösten Verschiebungen in den Zahlungsbilanzen überholt. Der Ausschuss beschloss deshalb einige dem Krisenmanagement dienende Sofortmaßnahmen wie z. B. die Schaffung der *Ölfazilität und der Erweiterten Fondsfazilität. Nachdem das Konzept einer Fundamentalreform begraben worden war, brachte das Abkommen von Kingston / Jamaica (Januar 1976) die Einigung über eine Stückwerksreform, die in einer Neufassung des Übereinkommens über den IWF, im April 1976 vom Gouverneursrat beschlossen, niedergelegt wurde. Danach wurde die Praxis floatender (flexibler) Währungen legalisiert. Zwar verpflichteten sich die Mitgl.-Länder auf eine Reihe von Prinzipien der Wechselkurspol. (z. B. die Vermeidung erratischer Kursausschläge), doch sind sie bei der Wahl des konkreten Wechselkursregimes weitgehend frei. Die Entscheidungsstruktur des Fonds wurde in der Weise modifiziert, dass alle wichtigen Beschlüsse einer Mehrheit von 85 % der Stimmen bedürfen. Damit verfügen die USA ebenso wie die EU-Länder zusammen über eine Sperrminorität. Das SZR ist nach wie vor weit davon entfernt, Hauptreservemedium zu werden. Die Ausweitung int. Liquidität ist seit Anfang der 1970er J. weitgehend ungesteuert erfolgt. Die instabile Kursentwicklung des Dollars veranlasste eine Reihe von Zentralbanken, ihre Währungsreserven zu diversifizieren.

3. *IWF und Dritte Welt.* Die von den EL seit Mitte der 1960er J. geforderte Koppelung zwischen SZR und E.-Finanzierung wurde zwar vom Zwanziger-Ausschuss des IWF wieder erörtert und in Form zweier Modell-Vorschläge in die Reformskizze aufgenommen, doch scheiterte die Verwirklichung dieser Vorschläge am Widerstand einiger IL, insb. der USA und der BRD. Die EL begründeten ihre Forderung nach einer im Verhältnis zur jeweiligen IWF-Quote überproportionalen Zuteilung von SZR damit, dass dadurch diejenigen Länder, die oft die größten Schwierigkeiten beim Zahlungsbilanzausgleich haben, dringend benötigte Reserven erhielten, die ungleiche Verteilung der Währungsreserven dadurch teilweise korrigiert und der Welthandel be-

lebt würde. Seitens der IL wurde dem entgegengehalten, dass durch einen solchen Ressourcentransfer die int. Inflation angeheizt und das Vertrauen in die SZR gesenkt würde. Die bisher beschlossenen SZR-Zuteilungen (s. o.) dürften indessen kaum nennenswerte Inflationswirkungen gehabt haben, verglichen mit der durch die amerik. Zahlungsbilanzdefizite erzeugten Schöpfung int. Liquidität. Da das IWF-Übereinkommen von 1976 eine Privilegierung der EL bei der Zuteilung von SZR nicht zulässt, wäre eine von den Quoten abweichende Zuweisung nur nach einer Änderung des IWF-Übereinkommens durchzuführen.

Die EL zeigten sich auch deshalb an einer Stärkung der SZR interessiert, weil sie nur über sehr geringe Goldbestände verfügen. Von einer effektiven Demonetarisierung des Goldes, wie sie durch die Beschlüsse von 1976 angestrebt wurde, kann angesichts der E. auf dem Goldmarkt und des Verhaltens wichtiger Zentralbanken kaum die Rede sein. Dies gilt, obwohl oder vielleicht gar weil der IWF selbst ein auf J. angelegtes Goldverkaufsprogramm abgewickelt hat, bei dem ein Drittel der Goldbestände von 50 Mio. Unzen zur Hälfte zum Preis von 35 US-$ pro Unze an Mitgl.-Länder rückverkauft, die andere Hälfte auf Goldauktionen versteigert wurde, deren Gewinn teils als Vorzugsdarlehen an *LLDCs vergeben, teils direkt an EL verteilt wurde.

Die Erlöse aus den IWF-Goldauktionen ergänzten die Sonderfazilitäten, die zur Bewältigung bes. Zahlungsbilanzprobleme dienten, mit denen häufig EL konfrontiert waren. Diese Fazilitäten stehen gemäß dem *Diskriminierungsverbot prinzipiell allen Mitgl. offen. Hierzu zählen:

– die Fazilität zur kompensierenden Finanzierung von Exporterlösschwankungen (seit 1963);

– die Fazilität zur Finanzierung von *bufferstocks* (seit 1969), aus der Kredite an Länder gewährt werden, die sich an int. *Rohstoffabkommen beteiligen;

– die 1974 eingeführte Erweiterte Fondsfazilität, die mittelfristige Zahlungsbilanzhilfen mit einer Laufzeit von bis zu 10 J. bei rel. strikten wirtschaftspol. Auflagen (Konditionalität) vorsieht (sie setzt ein auf 3 (in Ausnahmefällen 4) J. angelegtes Programm zur Behebung struktureller Zahlungsbilanzungleichgewichte voraus;

– die als Reaktion auf die Ölpreissteigerungen von 1973 geschaffene *Ölfazilität (1974), die inzwischen ausgelaufen ist;

– die Zusätzliche Finanzierungsfazilität (Witteveen-Fazilität), die im Febr. 1979 mit dem Zweck aktiviert wurde, Mitgl. mit bes. gravierenden Zahlungsbilanzdefiziten zusätzliche Mittel bereitzustellen (ausgelaufen 1984).

IWF und Verschuldungskrise. Ein weiteres Mal verändert hat sich die Bedeutung der int. Finanzinstitutionen mit der Zuspitzung der *Verschuldungskrise der EL. Als 1982 Mexiko ankündigte, die Rückzahlung der Auslandskredite einzustellen, wurde der Weltöffentlichkeit schlagartig deutlich, dass sich mit der wachsenden Auslandsverschuldung der EL ein gewaltiges ökon. Krisenpotenzial entwickelt hatte. Seitdem kommt IWF und Weltbank eine bes. Rolle zu, da sie die Bedingungen für die Gewährung weiterer Kredite (bzw. deren Umschuldung) mit den jeweiligen Ländern aushandeln. Zur Krisenbewältigung wurde dabei das *Strukturanpassungskonzept entwickelt. Die Finanzierung von Zahlungsbilanzdefiziten über die Euromärkte hatte viele EL während der 1970er J. dazu veranlasst, sich auflagenfrei und zu negativen Realzinsen zu verschulden. Als sie durch steigende Zinsen, sinkende Exporterlöse und die ineffiziente Verwendung von importiertem Kapital an die Grenze ihrer Kreditwürdigkeit gelangten, mussten sie wieder den IWF in Anspruch nehmen und sich der Disziplin der Konditionalität unterwerfen. Die Schuldenkrise der 1980er J. hat die Stellung des IWF somit gestärkt. Sowohl Geschäftsbanken als auch Gläubigerstaaten machen *Umschuldungen und die Gewährung neuer Kredite meist von einer Einigung des Schuldnerlandes mit dem IWF über ein Stabilisierungsprogramm abh. Als Koordinator der finanz. Stützungsoperationen von Reg., Notenbanken und Geschäftsbanken hat der IWF vielfach Zusagen neuer Bankkredite zur Vorbedingung für die Gewährung von Bereitschaftskrediten gemacht, um zu verhindern, dass die Banken sich aus ihrem Engagement gegenüber den betreffenden EL zurückziehen, während IWF-Kredite zur Bedienung der Schulden verwendet werden.

Im März 1986 richtete der IWF eine sogenannte Strukturanpassungsfazilität (SAF) ein, um Ländern mit niedrigem Einkommen und langwierigen Zahlungsbilanzproblemen zusätzliche Beihilfen unter besonders günstigen (weichen) Konditionen anzubieten. Die Gewährung dieser Fazilität ist allerdings an die Einhaltung zahlreicher nat. Politikveränderungen gekoppelt, die sicherstellen sollen, dass Misswirtsch. und staatl. Eingriffe in die Wirtsch. minimiert werden. Aus dem ursprgl. rein techn. Gremium des IWF ist auf diese Weise ein eminent wichtiges pol. Gremium geworden, das für die Politikausrichtung vieler Länder eine außerordentliche Bedeutung erhalten hat.

Die SAF gehört zu den konzessionären Zahlungsbilanzhilfen für EL mit niedrigem Einkommen und wird derzeit zusammen mit der Erweiterten Strukturanpassungsfazilität in Form von Darlehen bereitgestellt. Die Erweiterte Strukturanpassungsfazilität (ESAF) wurde Ende 1987 eingerichtet und im Febr. 1994 verlängert. Die Bedingungen sind besonders weich: 0,5 % Zinsen p. a. bei einer Laufzeit von 10 J. bei 5,5 tilgungsfreien J. Die anspruchsberechtigten Länder (derzeit 79) können die SAF bis zu 70 % ihrer Quoten, die ESAF im dreijähr. Programmzeitraum bis zu 190 %, in außergewöhnlichen Fällen sogar bis 255 % ihrer Quote in Anspruch nehmen. Bis Febr. 1997 waren insgesamt 5,3 Mrd. SZR im Rahmen von 62 ESAF-Abkommen an 45 EL ausgezahlt worden. 1,8 Mrd. SZR waren unter SAF-Abkommen vergeben worden.

Mittel aus beiden Fazilitäten sind mit der Auflage verbunden, dass vom Empfängerland mit Unterstützung der Stäbe des IWF und der Weltbank ein wirtschaftspol. Rahmenkonzept entwickelt wird. Zusammen mit dem IWF und der Weltbank entwickeln die Reg. der betroffenen Länder ein *Policy Framework Paper* (PFP), in dem die Pol.-Orientierung für makroökon. und Strukturpol. für die nächsten drei J. festgeschrieben werden. Die Strukturanpassungprogramme (SAPs) beinhalten i.d.R. ein festes Set von Anpassungsmaßnahmen, zu denen die Abwertung der Inlandswährungen gehört (Exporte verbilligen und steigern, gleichzeitig Importe verteuern und senken), die Kürzung der Staatsausgaben, Maßnahmen zur Inflationsbekämpfung (z. B. Lohnerhöhungen unterhalb der Inflationsrate) und ordnungspol. Maßnahmen wie die Privatisierung von Staatsbetrieben oder die Aufhebung von Handels- und Kapitalverwertungskontrollen. Die Verbindung der Kreditgewährung mit wirtschaftspol. Auflagen (Konditionalität) ist Ausdruck des für die int. Währungspol. konstitutiven Gläubiger-Schuldner-Gegensatzes und gilt beim IWF als unabdingbare Voraussetzung einer erfolgreichen Zahlungsbilanzsanierung.

An der Ausrichtung der SAPs und der mit ihnen einhergehenden sozialen Folgen entzündete sich vehemente Kritik, sowohl von Reg. der EL als auch von *NRO. Die Konzentration der Ausrichtung der SAPs auf Zahlungsfähigkeit und Kreditwürdigkeit wurde massiv kritisiert, da die Hauptlast der IWF-Sanierungsprogramme vor allem schwächere Bev.-Gruppen in den EL zu tragen hatten. Bes. betroffen waren Lohnarbeiter sowie alle Gruppen, die durch die Kürzungen von staatl. Subventionen für Grundnahrungsmittel, Schulen und Gesundheitsvorsorge z.T. kaum noch in der Lage waren, diese Leistungen in Anspruch zu nehmen. Deutlich kritisiert wurden diese sozialen Auswirkungen der SAPs durch den Weltgipfel für soziale Entwicklung der UNO in Kopenhagen März 1995 (→Weltsozialgipfel). In vielen Ländern brachten die SAPs zudem nicht den gewünschten Erfolg. Hierfür war einerseits die Tatsache verantwortlich, dass die handelspol. Empfehlungen nicht für alle Länder funktionierten. Gerade bei rohstoffexportierenden EL war es schwer, die Exporte zu steigern, da auf den Rohstoffmärkten Preisnachlässe nicht immer zu Steigerungen der Exporte führen, da bei Rohstoffen die Nachfrage ein wichtigerer Marktindikator ist als der Preis. Zum Zweiten verteuerten sich oft die Importe für Ersatzteile, Vorprodukte oder Düngemittel. Zum anderen funktionierten viele SAPs besonders in afrik. Ländern nicht, da – wie es eine Weltbank-Evaluierung von 1989 beschrieb – keine ausreichend funktionierende Verwaltung in diesen Ländern besteht, sondern *Korruption und *Klientelismus die Effekte der Programme z.T. wieder aufhoben. Die Weltbank stellte in ihrem Jahresbericht 1989 zudem fest, dass einige SAPs zu Rückschritten in elementaren Lebensbereichen geführt hatten.

IWF und die Weltbank reagierten mit verschiedenen Instrumenten auf die Kritik und ausbleibende Erfolge: Im Hinblick auf die sozialen Folgen wurden z.T. in Zusammenhang mit NRO verwaltete soziale Nothilfefonds (→kompensatorische Maßnahmen der Strukturanpassung) in versch. Ländern ins Leben gerufen. Bis 1994 wurden 1,3 Mrd. US-Dollar für diese Programme zur Verfügung gestellt. Um die Aufnahmefähigkeit und Kapazität der Reg. für SAPs zu erhöhen, entwickelte die Weltbank das Konzept verantwortlicher Regierungsführung (→*good governance*) als zusätzliches Konditionalitätskriterium. Für die Länder, die besondere Schwierigkeiten haben, an der wirtsch. E. teilzunehmen und ihre externe Schuldenlast zu bedienen (vor allem Rohstoffexportländer), haben IWF und Weltbank 1996 eine besondere Schuldeninitiative entwickelt. Die so genannten *HIPC (*Heavily Indebted Poor Countries*) sollen zusätzliche Finanzmittel und angepasste SAPs erhalten. Die meisten der HIPC liegen in Afrika südl. der Sahara. Ihre Schwierigkeiten der Schuldenbedienung sind auf verschiedene Faktoren zurückzuführen, wie externe Schocks (z.B. Preisentwicklung bei Rohstoffen), Bürgerkriegssituationen, Schwierigkeiten, die SAPs administrativ umzusetzen, zu hohe private Schulden etc. Im Febr. 1997 beschloss das Exekutivdirektorium des IWF die Einrichtung eines besonderen *ESAF-HIPC-Trust*, der für diese Ländergruppe zusätzliche Mittel enthalten soll. Seit März 1993 gibt es eine zusätzliche Fazilität für die östl. *Transformationsländer, die noch keine anderen IWF-Fazilitäten in Anspruch nehmen können: die System-Transformationsfazilität.

Eine tatsächliche Entlastung für die hoch verschuldeten Länder ist bis heute noch nicht erfolgt. Die Summe der Schulden der EL ist seit Anfang der 1980er J. kontinuierlich gestiegen. Der Gesamtschuldenstand der EL liegt über 2,1 Billiarden US-$. Für viele EL ist der Schuldendienst der größte Posten im nat. Budget, weit größer als die Ausgaben für Soziales oder für Infrastruktur.

Angesichts des hohen und wachsenden Bestands an Schulden wird kontinuierlich über neue Lösungsansätze diskutiert und neue Vorschläge entwickelt. Ende der 1990er J. entstand zudem mit der Erlassjahr-2000-Kampagne ein breites zivilgesellsch. Bündnis in IL und EL, das sich unter Bezugnahme auf biblische Erlassjahrverpflichtungen für einen neuen Schuldenerlass einsetzte. Der hohe öfftl. Druck trug mit dazu bei, dass auf dem *G8-Gipfel in Köln 1999 eine neue Initiative (HIPC II) gestartet wurde, um den hohen Schuldenstand gerade der ärmsten EL abzubauen. Da die HIPC-Entlastungen zu langsam umgesetzt worden waren, wurde ein neues und schnelleres Verfahren vorgeschlagen, das

Schuldenerlass zudem an die Anforderung koppelt, die eingesparten Mittel direkt für die Reduktion von Armut einzusetzen. Die hoch verschuldeten ärmsten Länder können in den Genuss einer umfassenderen Entschuldung kommen, wenn sie Strategiepapiere zur Armutsreduktion vorlegen (*Poverty Reduction Strategy Papers*/PRSPs). Die PRSPs sollen nicht nur für die erlassenen Schulden gelten, sondern insges. die Ausrichtung des Haushaltes umfassen. Die PRSPs sollen im Rahmen von mehreren Monaten unter bes. Beteiligung der Zivilgesellschaft entwickelt und verabschiedet werden. Erst danach können die HIPC-Länder in den Genuss der Schuldenerleichterung kommen. Die alte ESAF-Fazilität wurde deshalb konsequenterweise in «*Poverty Reduction and Growth Facility*» (PRGF) umbenannt.

Eine bes. Herausforderung für den IWF stellten die *Asienkrise* 1997/98 und die gravierenden haushalts- und finanzpol. Probleme einer Reihe von EL in den letzten J. dar, die sich bes. an den Empfehlungen des IWF orientiert hatten, wie Argentinien. Bei der Asienkrise hatte eine gezielte Spekulation gegen die Währungen von Thailand und Südkorea am Anfang gestanden. Die üblichen Empfehlungen des IWF nach Haushaltsdisziplin und Inflationsbekämpfung griffen nicht mehr, sondern verstärkten eine Krise, in der in kurzer Zeit ein großer Bestand an ausl. *Direktinvestitionen und Krediten aus der Region abgezogen wurde. Die schnelle Öffnung der Finanzmärkte der asiat. Länder hatte die Voraussetzung für den dramatischen Kapitalabzug in wenigen Wochen, oft Tagen gelegt. Die Krise wirft angesichts globalisierter Finanzmärkte und der Finanzkraft einzelner Spekulateure grundsätzliche Fragen nach dem Einsatz und der Wirkung von währungs- und finanzpol. Eingriffsinstrumenten von Staaten auf. Aufgrund des Ausmaßes dieser Finanzmarktkrisen, die mit erheblichen pol., ökon. und sozialen Kosten in den Ländern verbunden waren, muss diskutiert werden, inwieweit diese Krisen nicht nur Folge einer verfehlten Pol. der betroffenen Länder sind, sondern möglicherweise auf systemimmanente Funktionsmängel der Finanzmärkte verweisen, die bei der Entstehung und Ausbreitung von int. Finanzkrisen eine erhebliche Rolle spielen. Die Tatsache, dass selbst die dynamisch wachsenden Volkswirtsch. Ostasiens von der Krise betroffen waren, deutet an, dass auch Volkswirtsch. mit solider Makropol. in eine schwere Krise kommen können. Die Krisenphänomene wurden verstärkt durch Marktineffizienzen, wie das Herdenverhalten der Investoren, die alle gleichzeitig ihr Kapital abziehen, aber auch durch die schnelle und weitreichende Deregulierung der Kapitalmärkte aller beteiligten Länder auf Empfehlung des IWF. Die skizzierten Probleme haben sowohl bei zivilgesellsch. Gruppen als auch bei Regierungsvertreten die Frage aufkommen lassen, inwiefern der IWF und das Weltfinanzsystem einiger grundlegender Reformen bedürfen. Diskutiert werden unter dem Stichwort der «pol. Gestaltung der Finanzglobalisierung» beispielsweise Forderungen nach der Einführung von Frühwarnsystemen, nach der Einführung einer Transaktionssteuer für Devisenspekulation (*Tobin-Steuer), nach der Einführung eines Insolvenzrechtes für Staaten, vergleichbarer ähnlicher Regeln für Gebietskörperschaften im US-Insolvenzrecht, für eine neue Bankenregulierung etc. Ein damit verbundenes Problem ist, dass die Bereitstellung von Krisenfinanzmitteln des IWF bislang zwar funktioniert hat, der Privatsektor sich dadurch aber nicht an der Bewältigung der Folgekosten beteiligen musste («*bail out*»).

Auf der im März 2002 in Monterrey in Mexiko org. Konferenz der UN (*Financing for Development*) wurden insges. zwei Themen behandelt, die von bes. Bedeutung für den IWF sind. Hinsichtlich des Themas «Auslandsverschuldung» wurde betont, dass die erweiterte HIPC-Initiative unverzüglich umgesetzt werden soll und bei der Beurteilung der Schuldentragfähigkeit von Ländern in Zukunft auch verschlechterte Wachtumsaussichten und * *Terms of Trade* zu berücksichtigen sind. Das zweite Thema von Relevanz waren die so genannten «systemischen Fragen». Die EU und die USA widersetzten sich bis zuletzt Forderungen nach konkreten institutionellen Reformen im int. Finanzsystem und verwiesen auf die Zuständigkeit des IWF und anderer Finanzinstitutionen. Übrig blieben Appelle, die EL stärker in die Entscheidungsprozesse der int. Finanzinstitutionen einzubeziehen und die UN, hier vor allem die Generalversammlung und den Wirtschafts- und Sozialrat (* ECOSOC), zu stärken. In Zukunft sollen v. a. die gemeinsamen Frühjahrstreffen zwischen ECOSOC und Bretton-Woods-Institutionen sowie der alle zwei J. stattfindende «Hochrangige Entwicklungsdialog» der Generalversammlung dafür genutzt werden. Neu ist, dass in Monterrey der Generalversammlung ausdrücklich die Kompetenz zugewiesen wurde, sich auch mit der entwicklungspol. Kohärenz und Konsistenz des int. Währungs-, Finanz- und Handelssystems zu befassen. Dies wurde von der * G77 als Stärkung der UN bewertet, während insges. der Monterrey-Konsens eher als kleinster gemeinsamer Nenner für Fragen der Entwicklungsfinanzierung bewertet werden muss, auch wenn das BMZ einen Quantensprung «vom * Washington-Konsensus der 1990er zum Monterrey-Konsensus» der nächsten Jahre diagnostizierte. Im Laufe des Schuldenkrisenmanagements der 1980er Jahre haben sich auch die Grenzen zwischen Zahlungsbilanzfinanzierung und E.-Hilfe, die Trennungslinien zwischen den Aufgabenbereichen des IWF und der Weltbank, verwischt. Bereits 1979 hat die Weltbank begonnen, Strukturanpassungskredite zu vergeben. Diese sind – ähnlich wie Bereitschaftskredite des Fonds – für Mitgl.-Länder bestimmt, die mit ernsten Zahlungsbilanzschwierigkeiten zu kämpfen haben. Die zunehmende Überlappung der Aufgaben führt zu einem sich intensivierenden Erfahrungsaustausch zwischen Länderspezialisten beider Org. und der Koordinierung finanz. Hilfen. Bei der Abstimmung von IWF- und Weltbankprogrammen gegenüber einzelnen Ländern soll zwar erklärtermaßen eine sog. Überkreuzkonditionalität i. S. einer wechselseitigen Vetomöglichkeit vermieden werden, doch liegt die Vermutung nahe, dass die engere Kooperation der Bretton-Woods-Institutionen ihre Verhandlungsmacht gegenüber Empfängerländern erhöht. Dennoch kommt es zwischen den Institutionen bei Abstimmungen ihrer wirtschaftspol. Empfehlungen immer wieder zu ernsten Konflikten. Adresse: 19th H.-Street, N. W. Washington, D. C. 20431, USA. Internet: www.imf.org.

Lit.: H. Dieter, Die Asienkrise, Ursachen, Konsequenzen und die Rolle des Internationalen Währungsfonds, Marburg 1998; W. Bello/N. Bullard/K. Malhotra (Hg.), Global Finance, London 2000; J. Stiglitz, Die Schatten der Globalisierung, Berlin 2002; Weltbank, Global Economic Prospects for Developing Countries, Washington, D. C. 2002; Weltbank, Weltentwicklungsbericht 2002, Washington, D. C. 2002; IWF, Jahresberichte jährl., Washington, D. C. mw

IWP →FAO

iz3w →Informationszentrum Dritte Welt

J

Jackson-Bericht Von dem *UNDP in Auftrag gegebene Studie an den Australier R. Jackson über die Zusammenarbeit der *UN-Organisationen untereinander und mit anderen int. Institutionen, die eine Reihe von Mängeln aufdeckte. Jackson regte an, ein «integriertes Entwicklungssystem» zu schaffen, gestützt auf zwei zentrale Institutionen: das UNDP für die Koordination der *Techn. Hilfe und ihrer Vorbereitung in Projektstudien, die *Weltbank für die *Kapitalhilfe. Das UNDP hat sich in dem vorgeschlagenen Sinne entwickeln können.

Lit.: Jackson, United Nations, A Study of the Capacity of the United Nations Development System, 2 Bde., Genf 1969. dn

Jamaica

Fläche (Tsd. qkm): 10,991
Bev. (Mio.) 2001: 2,60
BNE pro Kopf (US-$) 2000: 2440
BIP (Mio. US-$) 2000: 6892
LE (Jahre) 1999: 80,6
Analphabetenquote (%) 1999: 14
HDI 1999: 0,738 [Rangplatz von 162: 78]

1. J. gliedert sich in drei Regionen: a. Die Gebirgslandschaft im Innern des Landes. b. Die Karst- und Kalksteinhügel und Hochebenen (*Cockpit Country*), Lagerstätten des wichtigsten Exportguts Bauxit. Sie zählen zu den größten der Erde (Reserven zwischen 700 und 1000 Mio. t). c. Die Küstenniederungen und die Täler im Landesinnern, in denen dank des maritimen tropischen Klimas Landw. möglich ist. Aufgrund der exportorientierten Produktionsstruktur (Großbetriebe zur Erzeugung von Zucker, Bananen und Zitrusfrüchten) muss ein Großteil der Nahrungsmittel eingeführt werden.

2. Nach Kolumbus' Landung auf J. während seiner zweiten Amerikareise 1494 wurde die Insel nach und nach von den Spaniern in Besitz genommen. Nach der Ausrottung der Arawake-Indianer, der Ureinwohner J.s, Mitte des 16. Jh.s begannen die span. Landbesitzer 1517 Afrikaner als Sklaven für die extensive Viehzucht und den Nahrungsmittelanbau einzuführen. Die Eroberung J.s durch die Engländer 1655 integrierte die Insel nachfolgend in den Weltmarkt. Drei Phasen struktureller *Abhängigkeit kennzeichnen ihre weitere E.: a. 1655 bis 1833: J. wird zum Zentrum der Zucker- und Rumproduktion des brit. Weltreichs, ermöglicht durch die Einfuhr von Sklaven aus Afrika (J. ist Zentrum des Sklavenhandels in der Karibik). b. 1834 bis 1952: Rückgang der Zuckerproduktion und zeitweilige Dominanz der von US-Konzernen (**United Fruit*) betriebenen Bananenproduktion. c. Seit 1952: Neben dem Export von Agrarprodukten (Zucker drittgrößter Devisenbringer) treten – verbunden mit einer weiteren Orientierung hin zu Nordamerika – die Bauxitausbeutung (Exportanteil 1999: 54 %) und der *Tourismus (1998: 1,8 Mio. Auslandsgäste, überwiegend aus den USA) an die erste und zweite Stelle der Staatseinnahmen.

3. Die Bev.-Dichte (236 Ew. pro qkm) ist die zweitgrößte der Großen Antillen hinter Puerto Rico. J. ist gekennzeichnet durch starke Binnenwanderung und *Urbanisierung (städt. Bev. 1999: 56 %). Die Mehrheit der städt. Bev. lebt in der Hs. Kingston (1995: 538100 Ew.). Eine Konsequenz der rel. Überbev. ist die nur durch Einwanderungsrestriktionen anderer Länder begrenzte Emigration (Höhepunkt 1962: 39000; in GB leben rd. 200000 Jamaicaner). Die Zusammensetzung der Bev. ist Resultat der Kolonialzeit. Der ethnischen Zusammensetzung nach stellen die Schwarzen (76 %) die größte Gruppe, es folgen Mulatten (15 %), Inder (1,3 %), Chinesen und Weiße (je 0,2 %). Die Inder, heute meist Kleinbauern, gelangten nach Aufhebung der Sklaverei (1833) als Kontraktarbeiter auf die Insel.

4. Der Wandel der wirtsch. Basis J.s seit den 1950er J. hat die Beschäftigungsmöglichkeiten verbreitert. 1997 waren immer noch 21,8 % der Erw. in der Landw. tätig (8 % des BNE), die oft nur zur Ernte Arbeit bietet und deshalb vielfach mit Unterbeschäftigung verbunden ist (*Beschäftigung). Die Bodenbesitzstruktur ist geprägt durch das Nebeneinander von Groß- und Kleinbetrieben. Die Kleinbetriebe sind Resultat bäuerlicher Siedlung nach der Sklavenbefreiung und splittern sich aufgrund der Realteilung bei wachsender Bev. weiter auf. Bergbau, Ind. und Energiewirtsch. beschäftigten 1997 33 % der Erw. Im tertiären Sektor arbeiteten 59,3 %, hauptsächlich in der Tourismusind., die inzwischen 59 % des BNE (1999) ausmacht. *Arbeitslosigkeit (1999: 15,7 %), Gewaltkriminalität sowie unausgeglichene Zahlungsbilanzen, die Staatsverschuldung und Inflation (durchschn. 1990–1999: 27,6 %; 2000: 6,1 %) sind die dringendsten Probleme des Landes. Die *Einkommensverteilung ist durch krasse regionale, soziale und rassische Ungleichheiten gekennzeichnet (Stadt-Land-Gefälle, *Marginalisierung von Teilen der Stadtbev., Benachteiligung der Schwarzen). Wenige Familien kontrollieren die Großunternehmen und Banken, 10 % der Bev. verfügen über nahezu die Hälfte des Nationaleinkommens.

5. Die Landessprache J.s ist Englisch neben dem jam. Creole *Patois*. In J. besteht Schulpflicht vom 6. bis 15. Lebensjahr, der allerdings infolge von Raum- und Lehrermangel nicht immer nachgekommen werden kann. Das Gesundheitswesen (staatl. und ärztliche Versorgung) ist i. d. R. kostenlos. Seit 1966 besteht ein nat. Versicherungssystem (Alters-, Witwen-, Waisen- und Unfallrenten). 56 % der Bev. gehören protestantischen Bekenntnissen an (Katholiken 5 %, daneben Hindus und Muslime) und 39 % afrik. Kulten. Einfluss vorwiegend unter den marginalisierten Schwarzen hat die afrik. Identität in den Vordergrund stellende Bewegung der *Rastafarians* gewonnen.

6. J. ist seit 1962 ein unabh. Staat mit einer parl. Monarchie (Verfassung 1962) und Mitgl. des *Commonwealths. Das Zwei-Kammer-Parl., bestehend aus Repräsentantenhaus (60 gewählte Mitgl.) und Senat (13 vom Generalgouverneur und 8 vom Oppositionsführer ernannte Mitgl.), wird alle 5 J. neu gewählt. Staatsoberhaupt ist der brit. Monarch, der den Gouverneur ernennt. Im jam. Zweiparteiensystem lösten sich bis 1997 die beiden großen Parteien JLP (*J. Labour Party*) und PNP (*People's National Party*) jede zweite Wahl an der Spitze des nach brit. Vorbild aufgebauten Staates ab. War die erste Phase der EP J.s durch die von JLP und PNP gleichermaßen betriebene Strategie der **industrialization by invitation* bestimmt, so hat deren Scheitern v. a. in der PNP die Problematik neokolonialer Abh. (→Neokolonialismus) thematisiert. Im Rahmen des von MP Manley (PNP) 1974 gestarteten Versuchs, einen demokratischen *Sozialismus (Prinzipien: christliche Nächstenliebe, **self-reliance*) zu verwirklichen, wurde eine Reihe sozialpol. Reformen durchgeführt, zu deren Finanzierung die ausl. Bauxitunternehmen in **joint ventures* mit jam. Mehrheitsbeteiligung umgewandelt wurden. Das inländische (Kapitalflucht, Abwanderung der finanzkräftigen Oberschicht) und ausl. Kapital (Rückgang der *Investitionen, Boykott der Insel durch US-Touristen) reagierte darauf mit einer Destabilisierungsstrategie. Die von 1977 bis 1980 unternommenen Versuche, fehlende Staatseinnahmen durch Kredite beim *IWF auszugleichen, scheiterten an der Weigerung der Reg. Manley, die Wirtsch. J.s auf Kosten der Ärmsten zu sanieren. Die durch die *Verschuldung J.s im Ausland entstandene ökon. Krise hatte 1980 dramatische Ausmaße angenommen: Das Land stand vor dem Staatsbankrott, die Inflationsrate betrug 30 %, gewaltsame Auseinandersetzungen waren an der Tagesordnung. Bei den Wahlen 1980 siegte die JLP unter Edward Seaga, der sofort alles daransetzte, das Land durch eine Pol. der engen Anlehnung an die

US-Reg. Reagan und Maßnahmen im Sinne der IWF-Vorschläge zur Stabilisierung der Wirtsch. nach puerto-ricanischem Vorbild (→Puerto Rico) int. erneut kreditwürdig und profitabel für ausl. *Direktinvestitionen zu machen. Nach einem kurzen, vom Wachstum der nat. Konsumnachfrage getragenen Boom 1981/82 schlitterte das Land allerdings in eine dauerhafte Zahlungsbilanzkrise, die Abwertungen der Landeswährung und eine stetige Verschärfung der vom IWF vorgeschriebenen Sparpol. (Steuererhöhungen, Reduktion des öfftl. Dienstes, Kürzungen der Sozialausgaben, Preiserhöhungen durch Verteuerung der Importe) zur Folge hatte. 1985 entlud sich der Unmut der Bev. über die fortwährende Verschlechterung ihrer Lebensbedingungen in sozialen Unruhen und dem ersten Generalstreik seit der Unabh. des Landes. Nachdem die vorzeitigen Wahlen von 1983 von der PNP boykottiert worden waren, da die JPL die 1980 vereinbarte Aktualisierung der Wählerlisten verweigert hatte, siegte bei den Parl.-Wahlen von 1989 wiederum der frühere Reg.-Chef Manley (PNP). Im Ggs. zu den Erwartungen setzte er den neoliberalen Kurs seines Vorgängers fort. Nach seinem Rücktritt im März 1992 aus gesundheitlichen Gründen trat Percival James Patterson an seine Stelle, dessen PNP sowohl bei den Wahlen vom März 1993 als auch im Dez. 1997 überlegen siegte. Er führte die ökon. Reformen weiter im Sinne des im März 1997 verstorbenen Manley, J. zu einer regionalen Wirtschaftsmacht zu machen: Patterson senkte die Zölle, privatisierte staatl. Unternehmen und gab die Preise teilweise frei, wodurch es zum Anstieg der Inflationsrate auf 25,5 % kam (1995). Infolge des Zusammenbruchs des jam. Bankensystems 1996 und der anschließenden Übernahme der Sanierungskosten seitens des Staates stieg die Auslandsverschuldung 1999 auf 3913 Mio. US-$ und erreichte 2000 120 % des ges. Exportvolumens. Die Gesamtverschuldung der öfftl. Haushalte lag bei 144 % des BNE. Neben den wirtsch. Problemen J.s stellt die Gewaltkriminalität eine weitere Herausforderung für die Reg. dar. Der drastische Anstieg der Todesfälle von 1999: 547 auf 2000: 870 führte zu konkreten Überlegungen seitens der Reg. Patterson, die Todesstrafe erneut einzuführen.

Lit.: T. Lacey, Violence and Politics in Jamaica, 1960–70, Manchester 1977; C. Stone, Democracy and Clientelism in Jamaica, Eastbourne 1981; M. Kaufman, Jamaica under Manley, London 1985; E. H. Stephens/J. D. Stephens, Democratic Socialism in Jamaica, Basingstoke/London 1986; A. J. Payne, Politics in Jamaica, London 1988; C. Stone, Politics versus Economics. The 1989 Elections in Jamaica, Kingston 1989; R. Sturm, Jamaika, in: D. Nohlen (Hg.), Handbuch der Wahldaten Lateinamerikas und der Karibik, Opladen 1993; R. Sturm/B. Hillebrands, Jamaika, in: HDW III, 3, Bonn 1995, S. 457 ff. rs/acc

Jemen

Fläche (Tsd. qkm): 528
Bev. (Mio.) 2001: 19,10
BNE pro Kopf (US-$) 2000: 380
BIP (Mio. US-$) 2000: 8667
LE (Jahre) 1999: 56,0
Analphabetenquote (%) 1999: 55
HDI 1999: 0,468 [Rangplatz von 162: 133]

Im Mai 1990 kam es zur staatl. Vereinigung Nord- und Südjemens, der nur ein rel. kurzer Prozess der Annäherung vorausgegangen war. Externe Faktoren waren die weitgehende Einstellung der sowj. Finanzhilfe für Südjemen und die Aufgabe bisheriger Einwände Saudi-Arabiens gegen eine Vereinigung. Gegen die Einheit wandten sich allein islam. Fundamentalisten v. a. im N. Die Gegensätze zwischen N und S bestanden jedoch fort und kulminierten 1993 in einem Bürgerkrieg. Die pol. wie wirtsch. E. wird seither durch den N bestimmt, der sich milit. gegen den Sezessionsversuch des S durchsetzte.

1. Die Republik J. liegt im SW der arab. Halbinsel. Die Ew. sind Südaraber mit z.T. schwarzafrikan. Einflüssen. Hs. ist Sana (972 000 Ew.), zweitgrößte Stadt ist Aden (ca. 562 000 Ew.), Urbanisierung ca. 25 %. Die Bev. wächst mit der JZ 3,9 % (1990–2000). Die med. Versor-

gung ist nach regionalen Maßstäben mangelhaft (Ew. pro Arzt: 5531). Die Kindersterblichkeit wurde für 1999 mit 11,9 % ausgewiesen. Sprache ist Arabisch, die Religion von über 95 % der Bev. der Islam. Die Alphabetisierungsrate wurde für 1999 mit 55 % angegeben; bei Frauen (76 %) liegt sie wesentlich höher als bei Männern (33 %). Im S des Landes wird ca. 1/6 der Fläche landw. genutzt (künstl. Bewässerung). Wichtig für den Export war der Fischreichtum der angrenzenden Meere. Erst seit Beginn der 1980er J. wird im W und S Erdöl gefördert, seit 1987 exportiert. Erdöl und -produkte machten 1999 94 % der Exporte aus. Da sich J. im *Golfkrieg auf die Seite des Irak schlug, stellten Saudi-Arabien (mit dem überdies ein anhaltender bilateraler Grenzdisput besteht) und Kuwait die Hilfszahlungen ein, was die angestrebte Modernisierung der Erdölförderung beeinträchtigt. Der Beitrag der Wirtsch.-Sektoren zum BNP betrug 1999: Landw. 17 %, Ind. 49 %, Dienstleist. 34 %. Die Landw. absorbiert noch 53 % der Erw.

2. J., im Altertum Zentrum des Fernhandels zwischen Indien und dem Mittelmeerraum, wurde 630 Teil des islam. Weltreiches und im 16. Jh. des Osmanischen Reiches. 1839 besetzten die Briten Aden, womit sie den wichtigsten Handelspunkt der Region und nach dem Bau des Suez-Kanals 1869 den Seeweg nach Indien kontrollierten. 1937 wurde Aden brit. Kronkolonie und das übrige Südjemen brit. Protektorat. Der Rest des Landes blieb bis 1918 Teil des Osmanischen Reiches. 1918 wurde dort unter Imam Yahia eine zentrale Verwaltung mit Steuerhoheit und unter Geltung des islam. Rechts (*Scharia*) geschaffen. Yahia (ermordet 1948) und sein Sohn Ahmad (bis 1962) herrschten autokratisch und isolierten das Land. Der Bruch Ahmads mit *Nassers Ägypten in den 1950er J. bestärkte die Opposition gegen den Imam, v.a. seitens der urbanen Intellektuellen, der Armee und des Handels. 1962 brach nach einem Militärputsch gegen Ahmads Nachfolger al-Bakr ein Bürgerkrieg aus. Ägypten unterstützte die republikanische Opposition, GB und Saudi-Arabien dagegen die Fraktion des Imam. Währenddessen kämpften seit 1963 in Südjemen *Befreiungsbewegungen gegen die brit. Kolonialherrschaft. Im N wurde nach Abzug der ägypt. Interventionstruppen 1967 ein pol. Kompromiss zwischen Republikanern und Royalisten möglich, der Südjemen erklärte sich am 30. 11. desselben J. unabh.

Im *Nordjemen* (ehem. Arabische Republik Jemen, ARJ) fand der innenpol. Kompromiss seinen Ausdruck in einer Verfassung, die Vertreter beider Lager an der Reg. beteiligte. 1974 löste das Militär diese instabile Reg. ab und versuchte unter Oberst al-Hamidi, die Zentralgewalt gegenüber den Stämmen zu stärken. Nach al-Hamidis Ermordung 1977 wurde Oberstleutnant Ali Abdallah Saleh Präs. Außenpol. war die ARJ am Westen und an Saudi-Arabien orientiert. In der weniger ethnisch als klientelistisch und relig. geprägten Stammesstruktur verteilte sich die Bev. etwa je zur Hälfte auf sunnitische Schafiiten und schiitische Zaiditen. Die Stämme verfügten v.a. im N und NO über die volle Loyalität ihrer Mitgl. («tribale Ökonomie») und behaupteten eine gewisse Autonomie gegenüber der Zentralgewalt.

Im *Südjemen* (ehem. Demokratische Volksrepublik Jemen, DVJ) wurde der Versuch unternommen, eine trad. arabische Gesellschaft nach marxistisch-leninistischen Prinzipien umzuformen. Die Hs. Aden war ein wichtiger Stützpunkt der UdSSR. Seit der Unabh. 1967 war die Innenpol. immer wieder durch Machtkämpfe innerhalb der pol. Elite geprägt. Bei internen Richtungskämpfen in der NLF setzte sich 1969 deren linke Fraktion durch, entwickelte die Gruppierung zur zentralen pol. Kraft und soz. Avantgardepartei Nationale Front (NF) und begann eine Pol. radikaler Reformen (u.a. *Agrarreform, *Nationalisierungen). 1978 wurde ein Versuch des amtierenden Präs., sich bei internen Macht-

kämpfen milit. durchzusetzen, niedergeschlagen und die NF in *Yemeni Socialist Party* (YSP) umbenannt. 1986 kam es erneut zu gewalttätigen Auseinandersetzungen um die pol. Führung; der bis dahin amtierende Präs. Muhammad wurde gestürzt und durch den dem linken Flügel der YSP zugehörigen, aber als gemäßigt geltenden Abu Bakr al-Attas ersetzt.
3. Die Abkehr der südjem. Führung vom Marxismus/Leninismus ermöglichte die Vereinigung des S mit dem trad.-islamisch geprägten N. Dabei ging die staatliche Einigung dem wirtsch. Zusammenschluss voran. Der bisherige Präs. des N, Ali Abdullah Saleh, wurde Staatschef, der bisherige Präs. des S, Bakr al-Attas, wurde MP. Für eine Übergangsperiode übernahm ein paritätisch besetzter Präsidentschaftsrat exekutive und legislative Funktionen. Nach einer Generalamnestie für alle pol. Gefangenen in beiden Staaten und der Grenzöffnung vom 22. 1. 1990, der Entmilitarisierung der beiden Hs. sowie der Abschaffung der Sicherheitsdienste wurde die Vereinigung am 22. 5. 1990 formell vollzogen. Nach den Wahlen vom April 1993 brach der Machtkampf zwischen Staatspräs. Ali Abdullah Saleh aus dem Nordj. und seinem Stellvertreter Salim Baidh aus dem Südj. aus. Aus den Wahlen war Saleh mit dem von ihm geführten Allgemeinen Volkskongress mit 121 Sitzen als stärkste Kraft hervorgegangen, gefolgt von der ebenfalls nordj., islamistischen Islah (62 Sitze). Die südj. Sozialistische Partei des Vizepräs. war mit 56 Sitzen nur auf dem dritten Platz gelandet. Diese drei Parteien bildeten eine Koalitionsreg. In seiner ersten Sitzung beschloss das neue Parl., die Verfassung von 1991 dahin gehend zu ändern, dass die islam. *Scharia* zur alleinigen Grundlage des Rechts erhoben wurde. Baidh legte nach einem fehlgeschlagenen Attentat im Aug. 1993 seine Amtsgeschäfte nieder und zog sich nach Aden zurück. Im Febr. 1994 schlossen Saleh und Baidh ein Versöhnungsabkommen, in welchem dem Südj. weitgehende Verwaltungs- und Finanzautonomie zugestanden wurde. Von ihrer Verwirklichung machte Baidh die Wiederaufnahme seiner Amtsgeschäfte abhängig. Ende Febr. begannen erste bewaffnete Konflikte zwischen Saleh ergebenen Truppen und solchen aus dem Süden. Im Mai brach schließlich der Bürgerkrieg zwischen beiden Landesteilen aus; am 21. 5. erklärte der Südj. die Sezession des Landesteils und rief die Demokratische Republik Jemen aus. Die Truppen des Nordens rückten in den folgenden Wochen in den Süden vor, nahmen Aden am 7. 7. ein und erklärten das Ende der Kampfhandlungen. Unter nordj. Dominanz wird ein neuer Versuch unternommen, die Einheit der beiden Landesteile herzustellen. Das Land hat sich bislang noch kaum von den Schäden des Bürgerkriegs erholt (ca. 7000 Tote, materielle Kosten gesch. 8 Mrd. US-$). Davon betroffen ist v. a. der S, wo überdies die Arbeitslosigkeit ca. 50 % beträgt. Die Parl.-Wahlen vom April 1997, die von den meisten Oppositionsparteien boykottiert wurden, sanktionierten den Ausgang des Bürgerkrieges, indem sie die vom Präs. eingesetzte Reg. bestätigten. Präs. Saleh wurde am 23. 9. 1999 mit 96,3 % der Stimmen gewählt – demokrat. Zustände verhießen die Wahlen nicht! Eine neue Verfassung wurde am 20. 2. 2001 von 81 % der Stimmen angenommen. Sie erhöht die Amtszeit des Präs. von 5 auf 7 J., die Wahlperiode des Parl. von 4 auf 6 J. Im Kampf gegen den int. *Terrorismus schwenkte J. auf die US-Linie ein. U. a. wurden die rd. 1400 relig. Privatschulen am 8. 5. 2001 dem Erziehungsmin. unterstellt, um über die Kontrolle der Lehre den islamistischen Einfluss auf die Gesellschaft zu verringern.

Lit.: M. el-Azzazi, Die Entwicklung der Arabischen Republik Jemen, Tübingen 1978; W. Daum, Jemen. Das südliche Tor Arabiens. Eine Länderkunde, Tübingen 1981; M. A. Zabarah, Yemen. Traditionalist vs. Modernity, New York 1982; V. Stenzel, Marxismus in Arabien. Der Südjemen nach zwanzig Jahren Unabhängigkeit, in: Außenpolitik, Nr. 39 (1988), S. 270 ff.; Th. Koszinowski, Jemen, in: HDW III, 6, 1993, S. 365 ff.

rs/hb

Johannesburg-Konferenz («Rio + 10») Dreißig J. nach Stockholm und zehn J. nach Rio fand im Aug./Sept. 2002 die dritte *UN-Weltumweltkonferenz in Johannesburg statt. Ziel des in Johannesburg verabschiedeten Aktionsprogramms ist die wirksame Umsetzung der bereits in Rio vereinbarten *Agenda 21. Der Aktionsplan enthält u. a. Maßnahmen für eine Verbesserung der sanitären Versorgung der Ärmsten (bis 2015 soll die Zahl derjenigen halbiert werden, die über keine funktionierende Abwasserentsorgung verfügen), zur Verminderung der Gefahren durch chemische Schadstoffe (Chemikalien, die negative Auswirkungen auf Gesundheit und Umwelt haben, sollen bis 2020 minimiert werden) und zum Schutz der biologischen Artenvielfalt (bis 2010 soll die Geschwindigkeit des Tier- und Artensterbens deutlich reduziert werden). Im Bereich des Klimaschutzes scheiterte der insbes. von der EU forcierte Vorschlag, den Anteil erneuerbarer Energien bis zum J. 2010 auf 15 % festzuschreiben (→Kyoto-Konferenz). Im Bereich der Handelsfragen konnte im Anschluß an die Vereinbarungen der vierten *WTO Min.-Konferenz von Doha (Nov. 2001) eine grundsätzliche Einigung über den Abbau umweltgefährdender Subventionen erreicht werden. Neben der Unverbindlichkeit der getroffenen Vereinbarungen, bzw. den äußerst vagen Formulierungen bezüglich der Ziele und Zeitpläne, wurde v. a. die Organisationsform der bisher größten UN-Konferenz (rd. 40000 Teilnehmer, darunter mehr als 100 Staats- und Regierungschefs) kritisiert. Zweckmäßiger als derlei Mammutkonferenzen, auf denen sich alle mit allen über alles einigen müssen, erscheinen manchem Beobachter problem- bzw. regionenspezifische Sachkonferenzen. js

joint venture Partnerschaftsunternehmen mit inländischen und ausl. Anteilseignern am Unternehmenskapital aus IL und EL, wobei das inländische Kapital meist staatl. Ursprungs ist, das ausl. privatwirtsch. Kapital darstellt. Neue Form des Kapitaltransfers, der die negativen Folgen der *Direktinvestitionen auszuschalten sucht. dn

Jordanien

Fläche (Tsd. qkm): 90,650
Bev. (Mio.) 2001: 5,10
BNE pro Kopf (US-$) 2000: 1680
BIP (Mio. US-$) 2000: 8340
LE (Jahre) 1999: 64,8
Analphabetenquote (%) 1999: 11
HDI 1999: 0,714 [Rangplatz von 162: 88]

Das zu den gemäßigten, westl. orient. arab. Staaten gehörende J. spielt aufgrund geogr., hist. und pol. Faktoren eine wichtige Rolle im →Nahostkonflikt.

1. Bis zum 1. WK gehörte J. als Teil Großsyriens zum Osmanischen Reich, das auf der Grundlage des geheimen Sykes-Picot-Abkommens (1916) im Friedensvertrag von Sèvres (1920) zwischen F und GB aufgeteilt wurde. GB trennte von seinem Mandatsgebiet *Palästina das Emirat Transjordanien ab und setzte 1921 Emir Abdallah Ibn Hussein als Herrscher unter brit. Mandatsverwaltung ein. Nach schrittweiser Souveränitätserweiterung wurde Transjordanien 1946 formell unabh. Königreich, annektierte nach dem ersten israel.-arab. Krieg das Westjordanland sowie Ost-Jerusalem und nahm 1950 den Namen Haschemitisches Königreich Jordanien an. Nach der Ermordung Abdallahs (1951) in Ost-Jerusalem gelangte dessen Enkel Hussein II. auf den Thron.

Die Besetzung des Westjordanlands und Ost-Jerusalems durch Israel im Junikrieg 1967 (Sechstagekrieg) hatte für J. tief greifende ökon., pol. und soz. Folgen. Der Verlust des Gebietes westlich des Jordans bedeutete den Wegfall großer Anteile der Wirtsch.-Produktion in allen Sektoren und die zusätzl. Belastung durch ca. 1 Mio. palästinensische Flüchtlinge. Im sog. *Schwarzen September* 1970 kam es zwischen Hussein und der von J. aus operierenden *PLO zu bürgerkriegsähnl. Auseinandersetzungen, bei der die PLO unter dem Vorsitz von Yassir *Arafat von der königstreuen jord. Armee in den Libanon vertrieben wurde. Die daraus resultierende Isolierung J.s in der arab. Staatenwelt wurde 1974 abgebaut, als Hussein sich dem Votum der arab. Gipfelkonferenz beugte, die die PLO als einzige legitime Vertretung der Paläst. bestimmte.

2. Die Wirtsch. J.s, im Wesentlichen auf den Markt und private, staatl. unterstützte Initiative bauend, entwickelte sich seit Mitte der 1970er J. dynamisch, wurde aber in den 1980er J. im Zuge der allg. Krise in der Region wieder mit E.-Problemen konfrontiert, obwohl das Land als Handelsplatz und Ind.-Standort sowohl vom *iranisch-irakischen Krieg als auch vom liban. Bürgerkrieg wirtsch. profitierte. Die nat. *Entwicklungsplanung zielt in der Landwirtschaft v. a. auf die Erschließung von Wasserressourcen, um die bislang zu 90 % im Regenfeldbau erwirtschaftete Produktion zu stabilisieren, die seit Mitte der 1970er J. zwar im Verhältnis zur Bev.-Entwicklung gesteigert werden konnte, aber hinter den Zielen zurückblieb. Die Auswirkungen des *Golfkriegs 1991 und das Embargo gegen den *Irak belasteten die jordan. Wirtsch. immens. Mit der pol. Distanzierung vom Irak 1996 verringerte sich auch das jord. Exportvolumen.

3. Nach der Verfassung von 1952 ist J. eine konstitutionelle Erbmonarchie. Die pol. Stabilität des Landes wird auf das pol. Geschick und die Persönlichkeit Husseins, v. a. aber auf die unbedingt loyale Armee zurückgeführt. Innerhalb der arab. Welt hat sich die Stellung des Landes gefestigt. J. betrieb als Mitgl. der *Arabischen Liga die Wiederaufnahme *Ägyptens und unterstützte im *iranisch-irakischen Krieg den Irak. Der Anteil der Paläst. an der jord. Bev. beträgt ca. 60 %; daher ist jegliche außenpol. Maßnahme J.s gegenüber Israel und der PLO bzw. den Paläst. im Westjordanland und Gazastreifen auch von hoher innenpol. Bedeutung. Insbes. Ost-Jerusalem spielt für das haschemitische Königshaus nach wie vor eine religiöse Legitimationsrolle.

Im Golfkrieg 1991 blieb J. offiziell neutral, unterstützte *de facto* jedoch den Irak. Als in den 1980er J. auch in J. Islamisten als stärkste pol. Kraft (→Islamischer Fundamentalismus) in Erscheinung traten, gefährdeten diese aufgrund ihrer Einbindung anders als in *Algerien oder *Ägypten bisher nicht das pol. System J.s. Bei den ersten Mehrparteien-Parlamentswahlen seit 1956 siegten im Nov. 1993 die Königstreuen (59 von 80 Sitzen), die eine arab.-israel. Aussöhnung befürworten, über die neu gebildete *Islamische Aktionsfront*, der im Wesentl. Muslimbrüder (MB) angehörten (Schwesterorg. →*Hamas*).

Die Parl.-Wahlen von 1997, von der Opposition mehrheitlich boykottiert, bestätigten diese Kräftekonstellation. Seit dem 28. 9. 2000 ist Ali Abu al-Ragheb MP. Das Parl. wurde zum Ende der Legislaturperiode im Juni 2001 aufgelöst. Bis zu den voraussichtlichen Neuwahlen im Sept. 2002 regieren König Abdullah und Abu al-Ragheb durch Dekrete. Pol. Ziel innerhalb dieser Übergangsperiode ist die zügige Umsetzung wirtsch. Reformen (Einrichtung mehrer Freihandelszonen).

J. unterzeichnete am 26. Okt. 1994 als zweiter arab. Staat einen Friedensvertrag mit Israel. Ende Okt. 1995 war J.s Hs. Amman Ort des zweiten nahöstl. Wirtschaftsgipfels, um J.s Beteiligung an der erwarteten «Friedensdividende» sicherzustellen. Mehrere – v. a. wirtsch. – Vereinbarungen wurden auch mit der Paläst. Regierungsbehörde getroffen. Vor dem Hintergrund der paläst. Bev.-Mehrheit hat die Regelung des israel.-paläst. Konflikts und die mit wirtsch. Aufschwung einhergehende Normalisierung der Beziehungen zu Israel für J. essenzielle Bedeutung; nicht zuletzt deshalb betätigte sich König Hussein im Frühjahr 1997 angesichts der Krise des Nahost-Friedensprozesses als Vermittler zwischen der Paläst. Regierungsbehörde und der israel. Reg.

Lit.: G. Krämer, Jordanien, in: HDW III, 6, 1993, S. 381–398; K. Salibi, The Modern History of Jordan, London 1993; J. Renger, Wasserkrise und Staat in Jordanien, in: S. Libiszewski (Hg.), Wasserkonflikt und Wassermanagement im Jordanbecken, Deutsches Institut für Entwicklungspolitik, Berlin 1996, S. 28–37.

bt/mr

JUNAC →Andenpakt

K

KAEF →Deutsche Kommission Justitia et Pax

Kambodscha

Fläche (Tsd. qkm): 181,04
Bev. (Mio.) 2001: 13,40
BNE pro Kopf (US-$) 2000: 260
BIP (Mio. US-$) 2000: 3207
LE (Jahre) 1999: 53,7
Analphabetenquote (%) 1999: 61
HDI 1999: 0,541 [Rangplatz von 162: 121]

UN-organisierte Wahlen, die neue Verfassung von 1993 und die Rückkehr Kg. Norodom Sihanouks brachten für K. noch nicht den ersehnten Frieden und pol. Stabilität.

1. Mehr als 50 % der Fläche K.s (181 000 qkm) sind mit Wäldern bedeckt. K. hat den größten Süßwasserfischbestand Südostasiens. In der Regenzeit bildet der über die Ufer tretende Mekong zusammen mit den Abflüssen des großen Sees ein ausgedehntes Überschwemmungsgebiet. Die fruchtbaren Schlammablagerungen ermöglichen einen intensiven Reisanbau. Diesem land- und forstwirtsch. Potenzial K.s steht heute die schreckliche Verelendung, die ständige Bedrohung aller Kambodschaner durch den Hunger gegenüber.

2. Das Bev.-Wachstum lag 1985–94 bei 5,1 %; 1990–2000 bei 2,7 %. Hs. ist Phnom Penh. Ethn. setzt sich die Bev. aus 92 % Khmer, 5–7 % Vietnamesen, 2 % Chinesen, 100 000 Thais und versch. Gruppen malaiischer Herkunft zusammen. Verteilung nach Religionen: Buddhisten 88,4 % (Buddhismus ist Staatsreligion), Rest schafiitische Sunniten sowie kleine relig. Minderheiten (u. a. Christen).

3. In keiner Periode seiner überlieferten Geschichte, die mit dem Reich von Funan (3. bis 6. Jh.) beginnt und die ihren kulturellen Höhepunkt im 12. u. 13. Jh. hatte, als K. zur führenden Macht im kontinentalen Südostasien aufstieg (Königsstadt Angkor), war das Volk der Khmer so existenziell gefährdet. Perioden der Fremdherrschaft begannen 1431 mit der Eroberung Angkors durch die Thais und der Verlegung des Königshofes nach Phnom Penh. In den folgenden Jh.en ständig von W und O bedroht, stand K. um die Mitte des 19. Jh.s faktisch unter thailänd.-vietnames. Doppelherrschaft. Der erzwungene Protektoratsvertrag mit Frankreich von 1864 und die Eingliederung in die *Union Indochinoise* 1887 entzogen K. zwar der vietnames. Bedrohung und erlaubten das Überleben des Khmer-Königreiches, machten das Land aber zum frz. Kolonialgebiet. «Nach der Besetzung Indochinas durch die Japaner im 2. WK proklamierte der 1941 vom frz. Generalgouverneur zum Herrscher bestimmte König Norodom Sihanouk 1945 die Unabh. K.s, ein Akt, der nach der Kapitulation Japans von den zurückgekehrten Franzosen annulliert wurde. 1949 wurde K. als assoziierter Staat der Frz. Union formal in die Unabh. entlassen, doch behielt sich Frankreich die Hoheit über Justiz, Streitkräfte, Währung und Außenpol. vor» (Kreile 1982). Starker antifrz. und antimonarchischer Widerstand veranlassten Sihanouk zu einer dipl. Offensive und – vor dem Hintergrund der sich abzeichnenden frz. Niederlage in Vietnam – zur Verkündung der vollständigen Unabh. K.s 1953. 1955 dankte Sihanouk zugunsten seines Vaters als König ab und gründete die *Sangkum Reastr Niyum* (Soz. Volksgemeinschaft), die von nun an sämtl. Sitze in der Nationalversammlung, der neuen legitimatorischen Basis des personalistischen Regimes Sihanouks, gewann.

4. Von Sihanouk in Gang gesetzte gesellsch. Wandlungsprozesse, wie die in den 1960er J. vorgenommenen Verstaatlichungen weiter Bereiche der Wirtsch., änderten allerdings wenig an der starken sozialen Polarisierung K.s. Der Masse

der meist auf *Subsistenzniveau wirtschaftenden Kleinbauern stand eine bürokratische Elite (einschl. des Königshauses) gegenüber, die über einen beträchtl. Teil des Großgrundbesitzes verfügte. Handwerk und Handel wurden vorwiegend von ethn. Minderheiten (v. a. Chinesen) kontrolliert.

5. Zur Zeit des Vietnamkrieges auftretende ökon. Probleme verstärkten die Opposition gegen Sihanouk von rechts (*Khmer Serai*) und von links (*Khmer Rouge*). Der Sturz Sihanouks im März 1970 durch rechte Militärs unter der Führung Lon Nols beendete eine jahrzehntelange erfolgreiche Neutralitätspol. und zog K. binnen kurzem aufseiten der USA in den Sog des Zweiten Indochinakrieges: Bis 1975 warfen die USA über K. 685000 t Bomben ab – ungefähr halb so viele wie über Deutschland im 2. WK –, 700000 Tote und 3,4 Mio. *Flüchtlinge waren die furchtbare Bilanz bei Kriegsende. Im April 1975 fiel die Hs. Phnom Penh (1985 ca. 650000 Ew.) an die *Befreiungsbewegung Rote Khmer, Schlusspunkt eines schon fünf J. andauernden Bürgerkrieges. Sihanouk, der sich im Exil mit den Roten Khmer zusammengetan hatte (*Front Uni National Kampuchéa*), wurde wiederum – dieses Mal von den eigenen Verbündeten – entmachtet. Die Roten Khmer begannen unter Führung Pol Pots, gewaltsam einen Agrarkommunismus zu verwirklichen, der auf radikaler Entvölkerung der Städte, auf Abschaffung des Geldwesens, des Privateigentums und öfftl. Dienstleistungen sowie auf reiner Tausch- und Verteilungswirtsch. beruhte. Die Schreckensherrschaft hatte rd. eine Mio. Tote und einen katastrophalen wirtsch. Niedergang zur Folge. Sie wurde durch Invasion Vietnams im Dezember 1978 und Machtübernahme durch den ehem. Roten Khmer Heng Samrin beendet. Ein Sonderbeziehungsvertrag mit Vietnam leitete im Febr. 1979 eine umfassende Vietnamisierung der kamb. Innenpol. ein. Die neue Reg. versuchte, in der Nahrungsmittelproduktion einen größeren Grad an Unabh. zu gewinnen. Dafür wurden Privatinitiativen der Bauern gefördert und freie Märkte garantiert. Die Selbstversorgung konnte allerdings nicht sichergestellt werden. Von 1980 an wurde mit Hilfe der SU ein ind. Wiederaufbauprogramm betrieben, um für den Eigenbedarf Düngemittel, Zement und Papier herzustellen. Veredelung und Export von pflanzlichen Rohstoffen sollten die Außenhandelsbilanz stützen. Auch im Bildungswesen (*Alphabetisierungsrate 1980: 52 %) und im Gesundheitswesen (1984: ein Arzt je 36400 Ew.) wurden, v. a. mit Hilfe von *UN-Org., große Anstrengungen unternommen. Relativ gesehen stellten diese Ergebnisse – angesichts der Kriegszerstörungen – große Erfolge dar. Die wesentlichen Gebiete K.s standen unter Kontrolle der von Vietnam unterstützten Reg. Samrin, in den Grenzgebieten hingegen hielt sich hartnäckig der vom Westen und der VR China unterstützte und von der *UN als einzig legitime Vertretung anerkannte Widerstand des sog. Demokratischen K. (DK), das sich aus Anhängern des ehem. Reg.-Chefs Sihanouk, aus der *Guerillabewegung Rote Khmer (nach außen repräsentiert durch Khieu Samphan und Son Sen, während Pol Pot im Hintergrund noch immer die Fäden in Händen hielt) und aus der bürgerlich-antikommunistischen KPLNF unter Son Sann zusammensetzte. Diese äußerst heterogene Koalition des DK stützte ihre Macht auf Streitkräfte, die sich v. a. aus UN-finanz. Flüchtlingslagern längs der thailänd. Grenze rekrutierten. Ihr Hauptziel bestand im Sturz der vietnamtreuen Reg. in Phnom Penh. Vietnam, selbst im Indochinakrieg durch die Guerillataktik siegreich, musste seinerseits nun mit vertauschten Rollen gegen die Guerilla des DK ankämpfen, ohne aber entscheidende Erfolge erzielen zu können. Darüber hinaus wurde Vietnam der Unterhalt eines bis zu 150000 Mann starken Heeres auf kamb. Boden zu kostspielig. Schließlich förderte auch die Annäherung der beiden Großmächte UdSSR und China

eine Lösung der K.-Frage. Ende Sept. 1989 zog Vietnam aus K. ab. Im Jan. 1990 stellten die USA die Unterstützung für die Widerstandskoalition Sihanouks und der Roten Khmer ein. Ein Friedensplan des *UN-Sicherheitsrates, der u. a. eine Entwaffnung der Konfliktparteien, die Bildung einer prov. Legislative aus Vertretern aller Gruppen und schließlich freie Wahlen vorsah, fand zunächst nur eine begrenzte Akzeptanz. Am 24. 6. 1991 vereinbarten die Parteien jedoch einen Waffenstillstand und einigten sich auf die Bildung eines Obersten Nationalrates (ONR) als Übergangsreg. mit Sitz in Phnom Penh. Ein Friedensabkommen in Paris wurde am 23. 8. 1991 geschlossen und Prinz Norodom Sihanouk vom ONR zum Präs. gewählt. Am 16. 10. 1991 startete die UNO mit der *United Nations Transitional Authority in Cambodia* (UNTAC) ihre bisher umfassendste pol. und milit. Hilfsaktion. Mehr als 21 000 Personen bilden in K. maximal 18 Monate lang eine Art Übergangsstaat. Bei den von der UN organisierten und überwachten Wahlen siegten im Mai 1993 (Wahlbet. 90 %) die Royalisten (FUNCINPEC 58 Sitze) vor den Kommunisten (CPP 57 Sitze). Im Sept. 1993 wurde Prinz Sihanouk erneut zum König gekürt. Die Verf. vom 23. 9. 1993 sieht zwei MP vor: Die Posten wurden von einem Royalisten und einem Kommunisten besetzt. Die Roten Khmer, die die Wahlen boykottierten, setzten ihren Kampf fort, verloren aber im Laufe des J. 1996 an Kampfkraft. Interne Auseinandersetzungen führten 1997 zur Absetzung Pol Pots und zu seiner Verurteilung zu lebenslanger Haft durch ein Gericht der Roten Khmer. Machtkämpfe innerhalb der Reg. endeten Juli 1997 in der Entmachtung des ersten MP (Prinz Norodom Sihanouk) durch den zweiten MP Hun Sen. Auch die Parl.-Wahlen vom Juli 1998 konnten die innenpol. Blockade zwischen den vormals verfeindeten pol.-milit. Gruppen nicht auflösen. CPP (64 Sitze) und FUNCINPEC (43) bildeten eine Koalitionsregierung. 2001 konnte nach Zustimmung aller Verfassungsorgane ein Int. Gerichtshof zur Aburteilung der Hauptverantwortlichen am Völkermord unter dem Roten-Khmer-Regime eingerichtet werden.

Lit.: W. Shawcross, Schattenkrieg, Frankfurt 1980; P. Schier, (K)eine Lösung für Kambodscha?, in: Jahrbuch Dritte Welt, Hamburg 1983, S. 185ff.; O. Weggel, Indochina: Vietnam, Kambodscha, Laos, München 1987; P. Schier, Kambodscha, in: HDW III, 7, 1994, S. 416ff.; D. Weidemann, Kambodscha: innere und äußere Aspekte einer Konfliktregelung, Pfaffenweiler 1998. rs/red

Kamerun

Fläche (Tsd. qkm): 475,400
Bev. (Mio.) 2001: 15,20
BNE pro Kopf (US-$) 2000: 570
BIP (Mio. US-$) 2000: 8687
LE (Jahre) 1999: 50,9
Analphabetenquote (%) 1999: 25,0
HDI 1995: 0,506 [Rangplatz von 162: 125]

1. Die im Übergangsbereich zwischen West- und Zentralafrika gelegene Rep. K. stellt mit ihren großen geogr.-klimatischen (von Regenwald im S bis zu Trockengebieten im N) und bev.-mäßigen Unterschieden ein «Afrika im Kleinen» dar. *Ethnisch gliedert sich K. in über 200 Sprach- und Volksgruppen. Rund 30 % leben im N, wo die Emirate der islam. Fulbe erst nach der Unabh. ihre dominierende pol. Machtstellung verloren. Im S überwiegen Bantu- und Semibantu-Gruppen, Beti, Bamun, Bassa u. a. Wegen ihrer wirtsch. Dynamik bes. bedeutsam sind die aufgrund der Überbev. ihrer Heimatregion sich über ihr Stammesgebiet im SW hinaus ausbreitenden Bamileke (ca. 20 % der ges. Bev.). Diese ethn. Gegensätze werden überlagert von der aus der Kolonialzeit herrührenden Trennung in einen minoritären anglo- und einen frankophonen Bev.-Teil. Die Hs. Jaunde zählte 2000 ca. 1372 Mio. Ew., die wichtigste Hafenstadt, Duala, rund 1,448 Mio. Ew.; knapp 70 % der Bev. leben jedoch in Orten unter 5000 Ew. Entsprechend sind von den Erwerbstätigen zwischen 60 und 70 % in der Landw. tätig.

2. Die Landw., die weitgehend auf klei-

nen Familienunternehmen aufbaut, stellte trad. den bei weitem wichtigsten Wirtsch.-Sektor dar, wird aber seit Ende der 1970er J. durch das Haupt-Exportgut Erdöl (45 %, daneben Kaffee, Kakao und Holz, das seit 1993 zweitwichtigste Exportgut) ergänzt. Die Agrarstruktur ist landesweit relativ *diversifiziert (Erdnüsse, Baumwolle u. a.), regional z.T. aus ökol. Gründen (→Ökologie) aber von *Monoprodukten abhängig. Landw. ist K. weitgehend autark; weniger als 10 % der Importe bestehen aus Grundnahrungsmitteln. Empfindliche Einnahmeverluste verursachte der Zusammenbruch der Weltmarktpreise für Rohstoffe ab 1984 sowohl bei den wichtigsten **cash crops* als auch insb. bei Erdöl (hier bis Ende 1987 ein Einnahmerückgang um 60 %), dessen Förderung im Küstenbereich 1977 aufgenommen worden war und 1985 mit 9 Mio. t den Höhepunkt erreichte, seither aber leicht zurückgeht (1997: 5,59 Mio. t). Seit Beginn der 1980er J. hatte der Staat versucht, durch gezielte Investitionen die Industrialisierung des Landes zu beschleunigen, ohne die Dominanz des ausl. Kapitals in den wirtsch. Schlüsselbereichen zu gefährden.

Zählte K. bis 1984/85 dank des Erdöls (43 % der Staatseinnahmen) zu den relativ prosperierenden Staaten Afrikas (positive Handels- und *Zahlungsbilanz, Schuldenhöhe von nur 20 % des BIP, Schuldendienst 8 % der Exporte, Auslandsguthaben von 170 Mrd. F CFA), so hat sich dies seither grundlegend gewandelt. Wenige Krisenjahre reichten, um das durchschnittl. Pro-Kopf-Einkommen auf den Stand Mitte der 1970er J. zurückfallen zu lassen. Die Auslandsschulden betrugen 1995 9,346 Mrd. US-$ (126 % des BIP). Nach Auflagen von *IWF und *Weltbank für weitere Kredite wurde die Teilliquidierung bzw. Privatisierung der angeschlagenen Unternehmen des staatl. und parastaatl. Sektors (30 %-Anteil am BIP) und der Banken, das Einfrieren der Beamtengehälter, die Senkung der Zahl der im öfftl. Dienst Beschäftigten und der Abbau sozialer Leistungen notwendig. Die staatl. geförderte Ind. wich dem informellen Sektor. Die Abwertung des F CFA (→Franc-Zone) hat die Wettbewerbsfähigkeit der Agrarprodukte erhöht, für positive Wachstumsraten gesorgt, zugleich aber auch die sozialen und wirtsch. Bedingungen der städt. Bev. weiter verschlechtert. Trotz versch. Umschuldungen betrugen die Auslandsschulden Ende 1999 immer noch 9,443 Mrd. US-$. Die trad. Rolle Frankreichs als wichtigster Handelspartner K.s, Hauptinvestor und Fürsprecher bei den int. Finanzorg. ist trotz der Aufnahme Kameruns in das *Commonwealth (1995) und verstärkte US-amerikan. Investitionen nicht wirklich relativiert worden.

3. Das seit 1884 dt. «Schutzgebiet» K. wurde nach dem 1. WK zwischen Frankreich und GB, das den kleineren westl. Teil erhielt, als Völkerbundsmandat geteilt. Referenden im brit. Teil K.s ergaben 1961 im N eine Mehrheit für den Anschluss an Nigeria, während im S die Furcht vor den wirtsch. dominierenden Ibo ein Votum für den Anschluss an das bereits unabh. K. bewirkte. Nachdem Präs. Ahidjo bis 1964 seine *Union Camerounaise* (UC) de facto zur einzigen Partei Ostkameruns gemacht und die in Westkamerun noch bestehenden Parteien 1966 zur Verschmelzung mit der UC zur Einheitspartei *Union Nationale Camerounaise* (UNC) veranlasst hatte, konnte er mit der Auflösung der seit dem 1. 10. 1961 bestehenden beiden Bundesstaaten 1972 das letzte Gegengewicht zur allumfassenden Machtfülle des Präs. beseitigen. Als Ahidjo, der jegliche Opposition unterdrückt hatte, im Nov. 1982 überraschend zurücktrat (Nachfolger verfassungsgemäß der aus dem S stammende MP Paul Biya), den UNC-Vorsitz aber kurz darauf zum Ansatzpunkt für die Rückkehr zur Macht nutzen wollte, kam es zum offenen Machtkampf, den Biya für sich entschied. Er löste die UNC auf und gründete mit dem *Rassemblement du Peuple Camerounais* (RPC) eine

eigene, neue Einheitspartei. Kompetitive Wahlen innerhalb der Partei sowie zu den Parl.n auf nat. und lokaler Ebene (mit der mittelfristigen Perspektive eines Mehrparteiensystems) brachen die Macht des bisherigen pol. *Establishments* und festigten zunächst Biyas Position.
Die Demokratisierungswelle in der Region führte Anfang der 1990er J. nicht nur zur Einführung eines Mehrparteiensystems, sondern auch zur Wiederbelebung föderalistischer Forderungen. Die Hauptoppositionspartei SDF (*Social Democratic Front*) hatte im anglophonen Teil des Landes ihre Hochburgen und forderte nicht nur die Demokratisierung des Regimes, sondern auch eine Neudiskussion der Staatsstruktur. Bis zum Ende der 1990er J. gelang es Biya, durch geschicktes Ausspielen der pol. Gegner und dank frz. Unterstützung, zuletzt bei den Präs.- und Parl.-Wahlen 1997, sein Amt und seine Mehrheit im Parl. zu behaupten. Die Widerstände im anglophonen Teil Kameruns sind freilich durch die pol. Öffnung des Landes wesentlich verstärkt worden (teilweise auch offen sezessionistische Bestrebungen), obwohl sie in der 1995 vom Parl. verabschiedeten neuen Verfassung keinerlei Echo gefunden haben.
Seit Dez. 1993 eskalierte ein Grenzkonflikt Kameruns mit Nigeria über die Halbinsel Bakassi, die bereits in den 1970er und 1980er J. Gegenstand völkerrechtl. Streitigkeiten gewesen war, in eine milit. Auseinandersetzung mit periodisch wiederkehrenden Gefechten. Kamerun suchte um frz. Unterstützung nach und rief den *IGH an, innerhalb der *OAU kam es zu wiederholten Vermittlungsversuchen, die bisher keinen dauerhaften Waffenstillstand garantieren konnten. Der IGH begann im März 1998 mit seinen Anhörungen, vereinzelt kam es weiterhin zu milit. Auseinandersetzungen.

Lit.: J. F. Bayart, L'État au Cameroun, Paris 1979; I. W. Zartman/M. G. Schatzberg (Hg.), The Political Economy of Cameroon, New York 1986; M. W. de Lancey, Cameroon, Aldershot 1989; E. Hillebrand/A. Mehler, Kamerun, in: HDW III, 4, 1993, S. 444 ff.; A. Mehler, Kamerun in der Ära Biya. Bedingungen, erste Schritte und Blockaden einer demokratischen Transition, Hamburg 1993; M. Krieger, Cameroon's Democratic Crossroads, 1990–4, Journal of Modern African Studies 32 (1994), S. 605 ff.; C. Hartmann, Der Konflikt zwischen Nigeria und Kamerun um die Bakassi-Halbinsel, in: F. Pfetsch (Hg.), Globales Konfliktpanorama 1990–95, Münster 1996, S. 91 ff. ch

Kammer der EKD für Entwicklung und Umwelt, 1969 als Kammer für kirchl. Entwicklungsdienst vom Rat der Ev. Kirche in Deutschland (EKD) als Beratungsgremium in Angelegenheiten der kirchl. Mitverantwortung in der EZ gegründet. 1998 wurde der Aufgabenbereich der Kammer in Umsetzung der Erkenntnisse der *Rio-Konferenz über Umwelt und E. erweitert, sie heißt seitdem Kammer für E. und Umwelt. Die Geschäftsführung liegt beim Kirchenamt der EKD in Hannover. Die 1973 veröffentlichte Denkschrift «Der Entwicklungsdienst der Kirche – Ein Beitrag für Frieden und Gerechtigkeit in der Welt» ist das bis heute grundlegende Dokument der ev. Kirchen EKD zur E.-Problematik. Die Kammer, der Persönlichkeiten aus Pol., Kirche und Wiss. angehören und die eng mit den kirchl. Entwicklungsorg. *EED und *Brot für die Welt zusammenarbeitet, hat zuletzt eine Studie zum Thema Ernährungssicherung und Nachhaltige E. veröffentlicht. Adresse: Kirchenamt der EKD, Herrenhäuserstr. 12, 30419 Hannover. vk/mfn

Kapitalbilanz →Zahlungsbilanz

Kapitalgüter →Investitionsgüter

Kapitalhilfe →Finanzielle Hilfe/Zusammenarbeit

kapitalintensiv Als k. werden Technologien oder Produktionen bezeichnet, bei welchen ein hoher Anteil von Sachkapital (Maschinen) zur Herstellung von Gütern eingesetzt wird, aber nur wenig (und meist dann nur sehr spezialisierte) menschl. Arbeitskraft benötigt wird. Gegensatz: *arbeitsintensiv. dn

Kap Verde

Fläche (Tsd. qkm): 4,033
Bev. (Mio.) 2000: 0,44
BNE pro Kopf (US-$) 2000: 1330
BIP (Mio. US-$) 2000: 556
LE (Jahre) 1999: 68,6
Analphabetenquote (%) 1999: 26
HDI 1999: 0,708 [Rangplatz von 162: 91]

1. Die Inselgruppe ist ca. 500 km von der westafrik. Küste (Senegal, Mauretanien) entfernt und umfasst zwei Inselgruppen: Barlavento (Santo Antão, São Vicente, Santa Luzia, São Nicolau, Sal, Boa Vista) und Sotavento (Maio, Santiago, Fogo, Brava). Die Hauptinsel Santiago (48 % der Bev. K.V.s) mit Hs. Praia beherbergt die pol. Institutionen, São Vicente fungiert als int. Hafen. Der *Tourismus konzentriert sich auf Sal. Die zu 95 % röm.-kath. Bev. spricht neben der Staatssprache Portugiesisch ein afrik.-portug. «Crioulo» und gliedert sich ethn. in Mulatten (71 %), Schwarze (28 %) und Weiße (1 %). 70 % der Bev. wohnt auf dem Lande, und 24,4 % aller Erw. sind im Primärsektor (*Subsistenzwirtschaft) tätig (21 % des BIP). Mit einer durchschn. Arbeitslosigkeit 1995 von 25 % sind 29 % im Dienstleist.-Sektor und 14 % in der Ind. tätig. Das Fischereipotenzial (Thunfisch und Langusten) ist nicht vollkommen ausgelastet und macht 50 % der Exporte aus, hinzu kommen Salz, Bananen und Pflanzenöle. Hauptabnehmer sind Portugal (59 %), Großbritannien (15 %) und Spanien (14 %). 90 % der Nahrungsmittel müssen importiert werden (1995). Die wenig entwickelte Ind. (1995: 17 % des BNE) beschränkt sich auf die Verarbeitung von Fisch- und Agrarprodukten. Die Wirtsch. ist dienstleist.orientiert (1995: 70 % des BNE) und ist zum einen von Geldsendungen (85 Mio. US-$, 20 % des BIP) der ca. 700000 im Ausland lebenden Kapverd. (USA, Portugal, Frankreich, Luxemburg) und zum anderen von int. finanz. Unterstützung abh. K. V. ist eines der ärmsten EL. Der Anteil der Auslandshilfe beläuft sich auf 70 % des BNE. Die Auslandsverschuldung betrug 1999 284 Mio. US-$. Größtes E.-Hemmnis des zur *Sahel-Zone gehörenden K. V. ist der akute Wassermangel (Dürrekatastrophen).

2. Die unbewohnten Inseln wurden 1460 von Diogo Gomes entdeckt und wegen ihres ausschließlich geostrategischen Interesses kolonisiert. Die Inseln erlebten ab 1580 aufgrund anhaltender Dürreperioden versch. Hungerkatastrophen, die regelmäßig bis 1947–48 wiederkehrten. Anfangs waren die Inseln ein wichtiger Umschlagplatz für den Sklavenhandel und nach Abschaffung des Sklaventums im 19. Jh. Versorgungsstützpunkt für die interkontinentale Seeschifffahrt. Die von den portug. Lehnsherren mit Sklaven betriebene exportorientierte Plantagenwirtsch. (Kakao, Baumwolle, Sisal) verfiel durch Bodenerosion und Dürreperioden Mitte des 19. Jh.s immer mehr, sodass viele Bewohner K.V.s nach den USA, Brasilien und Portugal emigrierten.

3. Nach der Abtrennung des bislang vom portug. Gouverneur K.V.s mitverwalteten Guinea-Bissau (1878) begann unter dem Salazar-Regime (1926) eine neue Besiedlungspol., in deren Verlauf die einheim. Bauern und Großgrundbesitzer ihr Land an die Banco Nacional Ultramarino verloren. 1951 wurde eine Umstrukturierung der Kolonienverwaltung vorgenommen und K. V. zu einer Überseeprovinz erklärt. In der Folge des Umsturzes in Portugal (1974) übernahm ein port. Hoher Kommissar im Dez. 1974 die Übergangsreg. bis zur Durchführung von allg. Wahlen zur Verfassunggebenden Versammlung (30. 6. 1975). Die von A. *Cabral gegr. *Befreiungsbewegung von Guinea und Kap Verde PAIGC (Partido Africano da Independência da Guiné e de Cabo Verde) konnte sich durchsetzen und das Land in die Unabh. (5. 7. 1975) führen. Bei den ersten Parl.-Wahlen (Dez. 1980) seit der Unabh. hat sie als Einheitspartei alle 56 Sitze erhalten. Ziel der PAIGC, die in Guinea-Bissau und auf K. V. regierte, war die Föderation der beiden Staaten, doch führte der Putsch (Nov. 1980) in Guinea-Bissau zur weitge-

henden Einstellung der Kooperationsbemühungen. 1981 konstituierte sich auf Anregung des Staatspräs. A. Pereira der kapverd. Flügel der Partei zur PAICV (Partido Africano da Independência de Cabo Verde). Die neue Einheitspartei berief sich auf die ursprgl. Ideen A. *Cabrals (*Agrarreform 1982). K. V. führte außerordentlich gute Bez. sowohl zu östl. als auch zu westl. Ländern und konnte somit aufgrund int. Unterstützung wirtsch. überleben.

4. Die von der pol. Führung eingeleitete *Demokratisierung führte zu den ersten kompetitiven Wahlen (13. 1. 1991) und zur gewaltfreien Ablösung der PAICV durch das breite Oppositionsbündnis Movimento para a Democracia (MpD), das 56 der 79 Parl.-Sitze erhielt. Bei der darauf folgenden Präs.-Wahl (17. 2. 1991) erreichte der MpD-Kandidat António Mascarenhas Monteiro die abs. Mehrheit. Die revidierte Verfassung (1992) verstärkte die Rolle der Exekutive und führte die Marktwirtsch. ein. 1993 kam es zu einer Spaltung innerhalb der MpD und zur Gründung der PCD (Partido da Convergência Democrática), die in den darauf folgenden Wahlen 1995 1 Sitz in der Nationalversammlung erhielt, die PAICV bekam 21 von 72 Sitzen und die MpD 50. Präs. Monteiro wurde im Febr. 1996 als alleiniger Kandidat mit einer Wahlbeteiligung von 43,5 % im Amt bestätigt. Ende 1999 kam es zu einer weiteren pol. Krise innerhalb der MpD, woraufhin MP Veiga zwei Min. entließ. Im Aug. 2000 trat Veiga zurück und bestimmte António Gualberto do Rosário zu seinem Nachfolger. Die hierdurch ausgelöste Verfassungskrise wurde erst im Okt. mit der Bestätigung im Amt durch Präs. Monteiro beendet. Nach den Parl.-Wahlen vom 14. 1. 2001 erhielt die PAICV 40 von 72 Sitzen, die MpD lediglich 30 und die ADM (Aliança Democrática para a Mudança) 2. Die PCD verlor ihren einzigen Sitz. Pedro Pires (PAICV, ehem. MP bis zu den ersten freien Wahlen 1991) gewann mit nur 17 Stimmen Vorsprung gegenüber dem früheren MP Vieira die Stichwahl um die Präs.-Wahl am 25. 2. 2001. José Maria Neves (PAICV) ist seit 1. 2. 2001 Regierungschef.

5. Privatisierung nat. Unternehmen und Ausweitung des Luxustourismus (11 Mio. US-$ Einnahmen 1996 und 57000 Besucher 1998) gehören seit Ende der 1990er J. zu den Prioritäten der kapverd. Wirtschaftspol. Lebensmittelknappheit ist Mitte 2002 wieder Alltag auf Kap Verde, teils als Folge von Ernteeinbußen von 50 % in den Jahren 2000–2002 im Vergleich zu 1999. Dazu kommt die Untätigkeit der pol. Klasse, die sich seit Dez. 2001 wegen der Haushaltsplanung in einer Verfassungskrise befindet. Möglicherweise steht eine Verfassungsänderung bevor, nach der die jetzige parlam. 2/3-Mehrheit für die Bewilligung des Haushaltsbudgets entfallen würde.

Lit.: A. Carreira, Cabo Verde, Lissabon 1984; A. Lima, Grundzüge des politischen Reformprozesses in Kap Verde, in: P. Meyns (Hg.), Demokratie und Strukturreformen im portugiesischsprachigen Afrika, Freiburg 1992, S. 287–303; B. Degioanni, Le Cap-Vert, terre d'exil, in: Le Monde diplomatique, Mai 1993, Paris, S. 15; P. Meyns, Kap Verde, in: HDW III, 4, 1993, S. 266–277ff.; MAI et al., I. Encontro Eleitoral, Vol. 2: Cabo Verde, Lissabon 1994; A. C. Clemente-Kersten, Cape Verde, in: D. Nohlen/M. Krennerich/B. Thibaut, Elections in Africa: A Data Handbook, Oxford 1999, S. 189ff. acc

Karibik 1. *Fläche:* Bahamas, ca. 700 Inseln, 20 bewohnt, und 300 Korallenbänke und Felsklippen, 13935 qkm; Dominica, 790 qkm; Barbados, 430 qkm; Grenada, 305 qkm; St. Christopher und Nevis (St. Christopher, Kitts genannt, 168 qkm; Nevis, 93 qkm), 262 qkm; Anguilla, 91 qkm; Antigua und Barbuda, 442 qkm; St. Lucia, 603 qkm; St. Vincent und die Grenadinen, 389 qkm; Turks- und Caicos-I. (8 Turks, 2 bewohnt, 24 Caicos, 6 bewohnt), 430 qkm; Cayman-I., 3 Inseln: Grand C., C. Brac, Little C., 259 qkm; Jungfern-I., 174 qkm; Montserrat, 84 qkm; Guadeloupe, 1779 qkm; Martinique, 1102 qkm; *Franz. Guyana, 91000 qkm; Niederl. Antillen, 5 Inseln: Über dem Winde =

Saba (13 qkm), Sint Eustatius (21 qkm), Sint Maarten (34 qkm), Unter dem Winde = Bonaire (288 qkm), Curaçao (443 qkm), 989 qkm; Aruba (190 qkm); US-Jungfern-I., 3 Inseln: St. Croix (212 qkm), St. Thomas (83 qkm), St. John (49 qkm), 344 qkm.
Durch die Kolonialwirtsch. wurde das Landschaftsbild der Karibik meist verändert und den Erfordernissen agrar. *Monokulturen angepasst. Auch heute sind Teile der Karibik hauptsächlich vom Export landw. Produkte abh.
Dominica: Bananen; Barbados: Zucker; Grenada: Kakao, Bananen, Muskatnuss (= 1/3 der Welterzeugung); St. Christopher und Barbuda: Zucker; Nevis: Baumwolle; Antigua: Zucker, Baumwolle; St. Lucia: Bananen; St. Vincent: Zucker, Bananen, Pfeilwurz (Monopol); Turks- und Caicos-I.: Meerestiere.
Strategische wirtsch. Bedeutung hat der *Tourismus, v. a. aus den USA, gewonnen. Ohne den Tourismus auf Kreuzfahrtschiffen steigerten sich die Besucherzahlen zwischen 1980 und 1986 um 22 %. Die reichsten karib. Länder sind heute diejenigen mit der bedeutendsten Tourismusind., wie die Bahamas (1993: 3,68 Mio. Auslandsgäste, davon 90 % aus den USA) oder die Cayman-Inseln. Von den kleineren Karibikinseln wurden nur Curaçao und Aruba in nennenswertem Umfang industrialisiert. Sie verdanken dies ihrer geogr. Nähe zu den Ölfeldern Venezuelas, die sie zeitweise als Standort für Raffineriekapazitäten geeignet machte.
2. Für Europa entdeckt wurden fast alle Karibikinseln von Kolumbus auf seinen vier Amerikareisen. Die Spanier erweiterten in ihren neu gewonnenen Kolonien die wirtsch. Aktivitäten, die auf Fischfang und Jagd beschränkt waren, durch den Import von Haustieren (Viehzucht) und Nutzpflanzen (Zuckerrohr, Bananen, Orangen). Da die zur Arbeit gezwungenen einheim. Indianer großen Widerstand leisteten und in der Gefangenschaft rasch starben, begann man bald, Afrikaner als Sklaven auf die Inseln zu holen (16. Jh.). Spanien versuchte, den gewinnbringenden Handel mit seinen Kolonien durch Zugangsverbote für ausl. Schiffe (außer portug.) zu monopolisieren, was aber den sich in Piraterie (Willis, Morgan) und Eroberungsversuchen (im 17. Jh. besetzten GB: St. Kitts, Nevis, Jamaica, Bahamas, Barbados u. a., Frankreich: Guadeloupe, Martinique, die Niederl.: andere Antilleninseln) manifestierenden Widerstand der großen europ. Mächte hervorrief. Das 18. Jh. ist die Blütezeit des Dreieckshandels: Afrika (Sklaven) – Karibik (Zucker u. a.) – Europa. Mit der Aufhebung der Sklaverei (brit. Kolonien: 1833; frz.: 1848; niederl.: 1863; span.: Puerto Rico 1873, Kuba 1898), der wachsenden Konkurrenz des europ. Rübenzuckers und der Bodenzersplitterung infolge der Landnahme durch frühere Sklaven (v. a. auf Jamaica, Trinidad, Windward Islands) sinkt die Bedeutung der Karibik im Welthandel. Die Basis der Wirtschaftstätigkeit verändert sich von der Mitte des 19. bis zum Beginn des 20. Jh.s durch die Kontraktarbeit (Indentur, bis 1917) und ein gewandeltes, allerdings immer noch exportorientiertes Spektrum landw. Erzeugnisse. Seit dem 2. WK entstand in einigen karib. Gebieten eine neue Dependenzstruktur. Sie ist Folge der Funde von Bodenschätzen (Öl: Trinidad, Curaçao, Aruba; Bauxit: Jamaica, Guyana) und der damit verbundenen *Industrialisierung (Abh. von Anlagen- und *Technologieimporten) sowie der touristischen Nutzung der Inselwelt. Die Bindung an die alten Kolonialmächte wurde weitgehend durch die Dominanz der USA (Penetration durch *transnationale Konzerne, Einfluss nordamerik. Kultur etc.) abgelöst.
3. Der durch die *Plantagenökonomie verursachte Zustrom indischer, v. a. aber afrik. Arbeitskräfte führte dazu, dass diese Ethnien heute die überwiegende Mehrheit der karib. Bevölkerung ausmachen. Der Anteil der Kinder und Jugendlichen an der Gesamtbev. ist hoch.
Bev.-Zahlen (in Tsd. 2000): Bahamas:

300; Dominica: 70; Barbados: 270; Grenada: 100; St. Christopher (Kitts) und Nevis: 40; Anguilla: 11; Antigua und Barbuda: 70; St. Lucia: 160; St. Vincent und die Grenadinen: 120; Turks- und Caicos-I.: 16; Cayman-I.: 39; Jungfern-I.: 20; Montserrat: 5, Guadeloupe: 422; Martinique: 381; Aruba: 93; Niederl. Antillen: 215 (Bonaire: 15, Curaçao: 153, Saba: 1, Sint Eustatius: 3, Sint Maarten: 36); US-Jungfern-I.: 120.

4. Auch nach der Aufhebung der Sklaverei blieb in der Karibik die pol. und ökon. Macht in der Hand der Weißen und der kreolischen Elite. Für die schwarze und farbige Bev.-Mehrheit bedeutete dies im 19. Jh. die Beschränkung auf den Status des kleinen Landbesitzers, des ungelernten und niedrig bezahlten städt. Landarbeiters oder des Arbeitslosen. Die soziale Struktur folgte damit eng rassischen Trennungslinien und verfestigte diese ihrerseits ideol. und kulturell. Funde von Bodenschätzen, Industrialisierung und pol. Unabh. erforderten insbes. seit dem 2. WK in geringerem Umfange angelernte und Facharbeiter (Ablösung *arbeitsintensiver landw. Arbeit durch Arbeit in *kapitalintensiven Ind.), Akademiker und Reg.-Personal. Dies ermöglichte das Entstehen der sog. schwarzen Bourgeoisie und der indischen Mittelklasse, die sich aber im Prozess ihrer Etablierung kulturell und pol. verwestlichten. So wurden weder die krassen Einkommensunterschiede noch rassistische Denkweisen überwunden. Hauptprobleme der karib. Bev. bleiben weiterhin *Arbeitslosigkeit, durch die Zuwanderung in die Subzentren wachsende *Marginalisierung und der Zwang zur Emigration.

5. Sprache, Religionszugehörigkeit, Bildungs- und soziale Einrichtungen der karib. Länder sind geprägt von ihrer unterschiedlichen kolonialen Vergangenheit und Gegenwart. Abgesehen von Restbeständen afrik. bzw. asiat. Kultur dominieren in Territorien des – aus hist. Sicht – brit. Einflussbereichs die engl. Sprache und der Protestantismus, in Territorien des span. und frz. Einflussbereichs die entsprechenden Idiome und der Katholizismus.

6. In keinem anderen Gebiet der Erde besteht eine derart kleinräumige Aufsplitterung in Territorien mit unterschiedlichem pol. Status wie in der Karibik. Wenn auch Unabh.-Bestrebungen heute an Bedeutung gewinnen, wird dieser weiterhin entscheidend durch die Zuordnung zur jeweiligen Kolonialmacht und deren Intentionen bestimmt.

1) Der brit. Einflussbereich. Neben zwölf unabh. Staaten, die Mitgl. im *Commonwealth* sind, gehören zu ihm fünf Kronkolonien mit beschränkter innerer Selbstverwaltung (Anguilla, Cayman-I., Jungfern-I., Montserrat, Turks- und Caicos-Inseln). Die Reg.-Mehrheit in der Exekutive wird von der Mehrheitspartei im gesetzgebenden Gremium gebildet. Ihr Parteiführer wird von dem u. a. mit der Polizeigewalt ausgestatteten Gouverneur zum Reg.-Chef ernannt, wobei die Befugnis zur letzten Entscheidung in zentralen pol. Fragen (Verfassung, Außen- und Sicherheitspol.) in GB liegt.

Unabh. Staaten (neben *Belize, *Guyana, *Jamaica, *Trinidad und Tobago) von N nach S: Seit 1973: *Bahamas:* Zwei-Kammer-Parl., Senat aus 16 ernannten, *House of Assembly* aus 40 gewählten Mitgl. Nach Wahlen 1997 MP Hubert Alexander Ingraham (*Free National Movement*), daneben: *Progressive Liberal Party.* Seit 1981: *Antigua* und *Barbuda:* Zwei-Kammer-Parl., Senat aus 17 ernannten, Repräsentantenhaus aus 17 gewählten Mitgl. Nach der Wahl von 1994: MP Lester Bryant Bird (*Antigua Labour Party*), daneben: *United Progressive Party, Barbuda People's Movement.* Seit 1978: *Dominica*: Ein-Kammer-Parl. *House of Assembly* aus 21 gewählten Mitgl. und fünf vom Reg.-Chef sowie neun durch die Opposition ernannten Senatoren. Staatsoberhaupt ist seit 1998 Vernon Lorden Shaw (*United Workers Party*). Nach Wahlen 2000: MP Pierre Charles (*Dominica Labour Party*), daneben: *Dominica Freedom Party.* Seit 1979:

St. Lucia: Zwei-Kammer-Parl., Senat aus 9 ernannten, *House of Assembly* aus 17 gewählten Mitgl. Nach Wahlen 1997: MP Kenny Anthony (*St. Lucia Labour Party*), daneben: *United Workers Party.* Seit 1979: *St. Vincent*: Ein-Kammer-Parl. aus 15 gewählten Mitgl. und sechs ernannten Senatoren. Nach Wahlen 2001: MP Ralph Gonsalves (United Labour Party), daneben: *St. Vincent Labour Party, United People's Movement, New Democratic Party.* Seit 1966: *Barbados:* Zwei-Kammer-Parl., Senat aus 21 ernannten, *House of Assembly* aus 28 gewählten Mitgl. Nach Wahlen 1994: MP Owen S. Arthur (*Barbados Labour Party*), daneben: *Democratic Labour Party, National Democratic Party.* Seit 1974: **Grenada:* Zwei-Kammer-Parl., Senat aus 13 ernannten, *House of Representatives* aus 15 gewählten Mitgl. Nach Wahlen 1995 und 1999 im Amt bestätigt: MP Keith Mitchell (*New National Party*), daneben *Grenada United Labour Party* und *National Democratic Congress.* Seit 1983: *St. Christopher* und *Nevis*: Ein-Kammer-Parl. aus 11 gewählten und 3 ernannten Mitgl. Nach Wahlen 1995 und 2000 im Amt bestätigt: MP Sir Denzil Douglas (*Labour Party*), daneben: *Nevis Reformation Party, People's Action Movement* und *Concerned Citizens' Movement.*

2) Der frz. Einflussbereich. **Franz. Guyana* sowie *Guadeloupe* und *Martinique* sind seit 1946 frz. Departements. Letztere entsenden je 4 Abg. in die frz. Nationalversammlung, *Guyana* hat 1 Mandat. Ihr Parteienspektrum entspricht weitgehend dem französischen. Daneben gibt es kleinere Gruppierungen, die für die Unabh. der Inseln eintreten, z.B. *Patriotes Martiniquais.*

3) Der niederl. Einflussbereich. Die *Niederländischen Antillen* sind als Föderation mit innerer Selbstverwaltung ein Teil der NL. Ein von der Krone auf unbestimmte Zeit ernannter Gouverneur vertritt das Staatsoberhaupt und ernennt die Reg., die des Vertrauens des Repräsentantenhauses («*Staten*», 22 Mitgl., davon Curaçao: 14, Bonaire: 3, Sint Maarten: 3, Saba: 1, Sint Eustatius: 1) bedarf. Nach den Wahlen von 1998: MP Miguel Arcangel Pourier (*Partei der Neustrukturierten Antillen*) in Koalition mit der *Patriotischen Allianz Sint Maarten*, der *Demokratischen Partei Bonaire*, der *Demokratischen Partei Sint Eustatius* und *Windwards Islands People's Movement. Aruba* erhielt 1986 als eigenständiger Teil der NL innere Selbstverwaltung. Die Reg., von einem MP geführt, geht aus der Mehrheit des Parl. (*Staten*, 21 Mitgl.) hervor. Reg.-Chef nach den Wahlen von 1994: Jan Hendrik Eman von der *Volkspartei Arubas* (10 Mandate) in Koalition mit der *Organisación Liberal Arubiano* (9 Sitze), daneben: *Movimiento Electoral di Pueblo* (zwei Sitze). Aufgrund mangelnder Viabilität wurde die Frage der Trennung von den NL (v.a. auf Curaçao und Aruba zuvor propagiert) Anfang der 1990er J. in den Hintergrund gedrängt; so wurde die für 1996 vereinbarte Unabh. Arubas auf unbestimmte Zeit verschoben.

4) Der US-amerik. Einflussbereich. Die US-*Jungfern-Inseln* (USA-Besitz) wählen einen Gouverneur, der dem US-Innenmin. verantwortlich ist. Er hat Vetorecht gegenüber dem mit legislativen Befugnissen ausgestatteten Insel-Parl. (15 Mitgl.). Nach den Wahlen von 1998: Gouverneur Charles Turnbull (Dem.).

7. Bisher wurden keine Versuche unternommen, zu einer gemeinsamen EP aller karib. Staaten zu kommen. Selbst im brit. Einflussbereich, in dem es intensive, z.T. vom Mutterland geförderte *Integrationsanstrengungen gab und gibt (*Westindische Föderation, 1958 bis 1961: Barbados, Trinidad und Tobago, Jamaica, Grenada, St. Lucia, St. Kitts-Nevis, Montserrat, Antigua, Dominica, St. Vincent und – mit diesen u.a. Staaten – 1968 CARIFTA, 1973 *CARICOM, 1970 CDB: Sitz Barbados), werden sie durch nat. Rivalitäten, unterschiedlichen E.-Grad (1968: Zusammenschluss der CARICOM-Kleinen – «*The little eight*» – in *ECCM) und die dominierenden Weltmarkteinflüsse ständig in Frage gestellt. Durchgesetzt hat sich eine auf *Enkla-

ven beschränkte Modernisierung (Öl, Zucker, Bananen etc., Tourismus), beschleunigt durch die großzügige Gewährung steuerlicher, zollpol. und anderer Vorteile. Die Bahamas wurden durch entsprechend günstige Gesetze sogar zur bevorzugten Niederlassung von Briefkastenfirmen.
Die von ausl. Kapital durchdrungenen *kapitalintensiven Sektoren (US-Hotelketten, Agrobusiness-Unternehmen, Ölkonzerne) dominieren die Ökonomien der Region. Die *Produktivität der trad. Landw. ist aufgrund der verwandten veralteten *Technologie gering. Sie reicht nicht aus, die wachsende Bev. auf dem Lande zu ernähren, die in die prosperierenden Subzentren abwandert, wo sie das Heer der Arbeitslosen und Marginalisierten vergrößert. Wegen der Orientierung der Agrarproduktion am Export müssen Nahrungsmittel in beträchtlichem Umfang eingeführt werden. Ihre hohen Preise verstärken inflationäre Tendenzen und vergrößern die krassen Unterschiede der Konsumptionsniveaus. In allen karib. Staaten besteht eine Tendenz zur Verschärfung der sozialen Gegensätze, die in der Vergangenheit auch schon zu sozialen Unruhen führte. Die Region ist als «Hinterhof» der USA in zweierlei Hinsicht in den 1980er J. in den Vordergrund gerückt: 1) als Transfer- und teilweise auch Produktionsort von *Drogen für den amerik. Markt bzw. als Ort der Abwicklung mit dem Drogenhandel verbundener Finanzgeschäfte; 2) als Ort der amerik. Offensive gegen den Kommunismus unter der Reg. Reagan. Die vom amerik. Präs. nach der Grenada-Invasion angekündigte Karibik-Initiative zur ökon. E. der Region durch Öffnung des amerik. Marktes für die Inselstaaten ab 1984 erwies sich als Fehlschlag, weil gerade die Hauptausfuhrgüter der Karibikanrainer von den Freihandelsregeln ausgeschlossen wurden. Einigen Staaten gelang es allerdings, zum Standort für verarbeitende Ind. zu werden, die von den niedrigen Arbeitslöhnen und der angebotenen Steuerbefreiung bei freiem Zugang zum US-Markt profitieren. Mit dem Ende des Kalten Krieges verlor die Region Ende der 1980er J. für die USA an Relevanz. Besonders die handelspol. Annäherung an Kuba bewirkte die Reduzierung der US-Hilfeleistungen (1984: 104,6 Mio. US-$; 1995: 4 Mio. US-$). Die nordamerikan. Freihandelszonen (*NAFTA und *Canada-US Free Trade Agreement*) gaben dem Integrationsprozess in der K. einen neuen Aufwind. Inzwischen wurde die elfte Stufe des gemeinsamen Außenzolls umgesetzt, der nun höchstens 25 % betragen darf. Auf den Gipfelkonferenzen der CARICOM im März und Juni 1996 wurde u. a. der Übergang zu einer Währungsunion (*CARICOM Single Market and Economy*, CSME), der Verzicht auf Einstimmigkeit bei gemeinschaftspol. Fragen sowie die Möglichkeit des NAFTA-Beitritts verhandelt. Ein Karibischer Investitionsfonds (*Caribbean Investment Fund*, CIF) ist geplant.
Im Juli 1999 trafen sich die Reg.-Chefs der 14 Staaten zum 20. Gipfel der *CARICOM (Haiti bemüht sich um die Aufnahme als Vollmitgl.). Hugo Chavés Frias, *Venezuelas Präs., nahm als Gast teil und setzte sich für die Gründung einer Universität der Karibik ein und offerierte, die ges. Region zu einem Vorzugstarif mit Erdöl zu versorgen, um die Integrationsbemühungen dieser Hemisphäre zu stärken. Von einigen Staaten ist die Schaffung eines offenen Binnenmarktes angedacht. Erste Schritte in diese Richtung wären die Abschaffung von Hindernissen bei Geldüberweisungen, die Erteilung von regionalen Handelslizenzen und der uneingeschränkte Zugang zum regionalen Arbeitsmarkt und zur Gründung von Unternehmen.

Lit.: M. Wöhlcke, Die Karibik im Konflikt entwicklungspolitischer und hegemonialer Interessen, Baden-Baden 1982; F. Ambursley/R. Cohen (Hg.), Crisis in the Caribbean, Kingston etc. 1983; R. Sturm, Bahamas, Barbados, Trinidad und Tobago, in: S. Mielke (Hg.), Internationales Gewerkschaftshandbuch, Opladen 1983, S. 229 ff., 238 ff., 1094 ff.; A. Payne/

P. Sutton/T. Thorndike, The Rise and Fall of the Grenada Revolution, London 1984; J. Thesing, Wandel im karibischen Raum, in: APuZ 13/1984, S. 37 ff.; C. Stone, Power in the Caribbean Basin, San Francisco 1985; P. Sutton, Dual Legacies in the Contemporary Caribbean, London 1986; M. Will, Revolution or Order? The Politics of Change and Institutional Development in the Caribbean Basin, Boulder (Col.) 1986; R. Tardanico (Hg.), Crises in the Caribbean Basin, London 1987; F. Gewecke, Die Karibik. Zur Geschichte, Politik und Kultur einer Region, Frankfurt 1988; R. Ramsaran, The Commonwealth Caribbean in the World Economy, London/Basingstoke 1989; K. McAfee, Storm Signals. Structural Adjustment and Development Alternatives in the Caribbean, London/Boston 1991; F. Nuscheler, Struktur- und Entwicklungsprobleme der Karibik, in: HDW III, 3, Bonn 1995, S. 278 ff. rs/acc

Karibische Gemeinschaft →CARICOM

KAS Konrad-Adenauer-Stiftung, der *CDU nahe stehende, 1964 gegr. *politische Stiftung, in die versch. bereits vorher bestehende Einrichtungen der pol. Bildung und E.-Hilfe integriert wurden. Die e.-pol. Aktivitäten der KAS gehen v. a. von folgenden Arbeitsbereichen der Stiftung aus:

Der Arbeitsbereich Internationale Zusammenarbeit fördert v. a. Institutionen, Programme und Projekte der pol. Bildung in EL. Maßgebliche *Ziele* sind, in den betreffenden Ländern das Bewusstsein für soziale Gerechtigkeit zu vertiefen, Selbsthilfewillen und Privatinitiative zu fördern, eine breite Schicht informierter und demokrat. verantwortlich handelnder Staatsbürger zu bilden und Verbesserungen der pol. Partizipation zu erreichen sowie bei der Durchsetzung legitimer kultureller, sozialer, wirtsch. und pol. Interessen zu ermutigen. *Hauptpartner* in den EL sind gesellschaftspol. Bildungsinstitute, *pol. Parteien, Parl. und Reg., Verbände der Klein- und Mittelind., *Gewerkschaften, *Genossenschaften, Medien, Frauen- und Jugendverbände sowie Org. zur Förderung der ländl. E. und wiss. Forschungseinrichtungen. Die KAS entsendet auch eigene Mitarbeiter in die EL (2000: 52; 1999: 58). Im J. 2002 unterstützte die KAS mehr als 300 Projekte in über 120 Ländern, v. a. in den Bereichen pol. Bildung (2000: ca. 35 % der Ausgaben), Pol.- und Rechtsberatung (35 %), Wirtschafts- und Ordnungspol. (5 %), Öfftl. Verwaltung und Kommunalordnung (4 %), Regionale Strukturförderung und ländl. E. (4 %), interkultureller Dialog, Wissenschaftsprogramme und Medien (4 %), Gewerkschaftsarbeit (3 %), Klein- und Mittelunternehmerförderung (2 %) sowie Frauenarbeit (2 %) und Umweltschutz. Regional verteilt wurden die Mittel 2000 auf LA (31 %; 1999: 40 %), Asien (18 %; 1999: 26 %), Afrika (14 %; 1999: 16 %) und Naher Osten und Türkei (10 %; 1999: 18 %). Nach Europa und Nordamerika flossen 20 % der Mittel. 2000 wurden mit ca. 58 Mio. € gut 50 % der Gesamtausgaben der KAS für int. Zusammenarbeit eingesetzt (1985: 32 Mio. €, 1992: 48 Mio. €, 1996: 53 Mio. €).

Der Arbeitsbereich Begabtenförderung vergibt Studienstipendien an dt. und ausl. Bewerber. 2000 kamen insges. 256 (1996: 266) Stipendiaten aus EL (vorwiegend Asien). Der Arbeitsbereich pol. Bildung mit zentralem Bildungswerk in Eichholz betreibt u. a. e.-pol. Öffentlichkeitsarbeit durch e.-pol. Fachtagungen, Vortragsveranstaltungen und Seminare. Die KAS unterhält aus Spendenmitteln einen «Hilfsfonds Internationale Solidarität», aus dem Menschen unterstützt werden sollen, die aufgrund ihres Eintretens für die Menschenrechte und ihres demokrat. Engagements verfolgt werden und in existenzieller Not sind. Der *Etat* der KAS (2000: rd. 103 Mio. €; 1996: 110 Mio. €) wird zu ca. 95 % aus öfftl. Mitteln finanziert; Zuwendungen des Bundes 2000: 96 Mio. € (1996: 104 Mio. €).

Publikationen: Forschungsberichte (unregelmäßig); Zft.: Die Politische Meinung; Zeitschrift für pol. Bildung (Eichholz Brief); Die Frau in unserer Zeit, viertelj.; KAS-Auslandsinformationen, seit 1984 mtl. Adresse: Rathausallee 12, 53757 St. Augustin. Internet: www.kas.de red

Kasachstan

Fläche (Tsd. qkm): 2717,3
Bev. (Mio.) 2001: 14,841
BNE pro Kopf (US-$) 2000: 1190
BIP (Mio. US-$) 2000: 18264
LE (Jahre) 1999: 64,8
Analphabetenquote (%) 1999: n. b.
HDI 1999: 0,742 [Rangplatz von 162: 75]

Das mittelasiat. Kasachstan, das 1936 den Status einer Unionsrep. innerhalb der UdSSR erlangte, wurde nach dem Zerfall der SU Ende 1991 zu einem völkerrechtl. souveränen Staat. K., das von der *OECD seit Okt. 1992 als EL geführt wird, ist Mitgl. der Gemeinschaft Unabh. Staaten (GUS) sowie Gründungsmitgl. der Schanghaier Org. für Zusammenarbeit.

1. Die Rep. K. erstreckt sich vom Tiefland an der unteren Wolga und dem Kaspischen Meer über rd. 3000 km nach O bis hin zu den Gebirgszügen des Altai, sie reicht vom südlichen Ural und westsibirischen Tiefland rd. 1700 km nach S bis zum Aralsee, zum Kyzylkum und zu den Nordketten des Tien-Schan. Der W und S des Landes umfasst Tiefländer und niedrige Plateaus mit Wüsten und Halbwüsten. Im N dehnt sich ein 150–300 km breiter Steppenstreifen des sibirischen Tieflandes aus. Im O befinden sich weite Gebirgszüge. Die Hälfte der Landoberfläche von K. ist mit Wüsten bzw. Halbwüsten, ein Drittel mit Steppe bedeckt; nur 4 % der Fläche sind bewaldet. Das Klima ist extrem kontinental-trocken, mit großen breitenabhg. Unterschieden und starken Winden. K. hat gemeinsame Grenzen mit Russland, Turkmenistan, Usbekistan, Kirgisien und China. Im trockenen S K.s werden bei künstlicher Bewässerung v. a. Reis, Baumwolle und Tabak angebaut; die Getreideerträge schwanken stark mit den jeweiligen Witterungsbedingungen (1992: 29,8 Mio. t; 1994: 16,4 Mio. t). Das Land verfügt über enorm reiche Rohstoffvorkommen, v. a. Kohle, Erdöl, Erdgas und Uranerz.

Bei einer Siedlungsdichte von 5,5 Ew./qkm betrug das gesch. Bev.-Wachstum 2001 0,03 %. Hs. des Landes ist Astana (319000 Ew.). Der *Urbanisierungsgrad betrug 2000 56,4 %. K. weist die geringste ethn. Homogenität unter den Nachfolgestaaten der UdSSR auf: Unter den ca. 120 Nationalitäten bilden nach den Kasachen, deren Anteil aufgrund der starken Auswanderungsbewegung anderer Bev.-Gruppen stetig zunimmt (1999: 53,4 %), die Russen die größte Ethnie des Landes (1999: ca. 30 %). Aus dieser Konstellation eines «Zwei-Nationen-Staates» wurde für das unabh. K. ein enormes Konfliktpotenzial prognostiziert. Da die Kasachen jedoch in soziokultureller Hinsicht regional große Unterschiede aufweisen, ist es bislang zu keinen ernsthaften interethn. Konflikten gekommen. Staatssprache ist Kasachisch, als Verkehrssprache wird in weiten Teilen Russisch verwendet. Im Dez. 1996 wurde die endgültige Umstellung auf Kasachisch als einzige offizielle Sprache bis 2006 festgelegt. Knapp über die Hälfte der Bev. verfügt über einen islam. Glaubenshintergrund, die andere Hälfte über einen christl.

2. K. wies in den ersten J. nach seiner Unabh. stark negative Wachstumsraten auf (1992: –13,0 %; 1994: –25,0 %), wie sie für die meisten sowj. Nachfolgestaaten typisch waren. Bis zum Einbruch im Gefolge der russ. Krise 1998 war ein moderates Wachstum zu beobachten. Die Wirtsch. konnte sich 1999 (2,7 %) und 2000 (9,6 %) wieder deutlich erholen, wobei sich für die Zeitdauer 1990–2000 noch immer ein durchschn. Negativwachstum von –4,1 % pro Jahr mit allerdings deutlicher Verbesserungstendenz ergibt. Auch die nach der Freigabe der Preise 1992 sprunghaft angestiegene Inflation (1994: ca. 2000 %) ist durch die Einführung der neuen Währung Tenge im Nov. 1993 und durch eine restriktive Geld- und Fiskalpol. seit 1995 eingedämmt worden, sodass die Inflationsrate 2000 bereits unter 10 % lag. Für 1998 schätzt man eine Arbeitslosenrate von 13,7 % der gesamten Erwerbsbev. (8,8 Mio). Während Kohle- und Erdgasförderung stark rückläufig sind, ist die Wirt-

schaftspol. der Reg. v. a. auf eine Steigerung der Rohölproduktion (2000: über 50 % der Exporteinnahmen durch Erdöl- und Erdölprodukte) ausgerichtet. So wird mit Hilfe westl. Konsortien u. a. eine Pipeline über Aserbaidschan zum Schwarzen Meer gebaut.

Die Privatisierungspol. ist in großen Teilen der Wirtsch. schon weit vorangeschritten. Ausl. Investoren sind v. a. im Bergbausektor und bei der Erdöl- bzw. Erdgasförderung beteiligt. Allerdings ist die Privatisierung der z. T. hoch verschuldeten landw. Kollektivbetriebe noch wenig fortgeschritten. Die auf rasche Liberalisierung der Wirtsch. ausgerichtete Wirtschaftspol. hat im Vergleich zur auf allmählichen Wandel gerichteten Pol. Usbekistans zumindest mittelfristig zu deutlich schlechteren Ergebnissen geführt, was aber auch mit der jeweiligen Ind.- und Außenhandelsstruktur zusammenhängt. So hatte K. 1999 nur 63 % des BIP von 1991 erreicht, Usbekistan hingegen 96 %.

3. Nursultan Nasarbajew, der seit April 1990 als Präs. amtierte, wurde nach der Unabh.-Erklärung (16. 12. 1991) durch Volkswahl mit 98 % der Stimmen in seinem Amt bestätigt. Da Nasarbajew als Anhänger der Gorbatschow'schen Reformen den konservativen Moskauer Putsch im Aug. 1991 von Beginn an verurteilt hatte und die Komm. Partei nach seinem Austritt aufgelöst wurde, schien K. Anfang der 1990er J. im zentralasiat. Raum die besten Voraussetzungen für eine Demokratisierung zu bieten. Angesichts der schwierigen ökon. Situation löste Nasarbajew jedoch Ende 1993 das Parl. (Oberster Sowjet) auf und übernahm dessen Kompetenzen, die in der Verfassung vom Jan. 1993 festgelegt waren. Im März 1994 fanden Parl.-Wahlen statt, die ein J. später wegen Unregelmäßigkeiten vom Verfassungsgericht für ungültig erklärt wurden. Im April 1995 ließ Nasarbajew nach dem Vorbild der Präs. Usbekistans und Turkmenistans seine Amtszeit durch ein Referendum, bei dem angeblich 95 % der Wähler zustimmten, bis 2000 verlängern. Die nächsten Präs.-Wahlen, deren Verlauf die OSZE scharf kritisierte, wurden aber bereits Jan. 1999 abgehalten und führten zu einer weiteren Verlängerung der Amtszeit Nasarbajews (mit 81 % der gültigen Stimmen), diesmal für sieben J. Im Aug. 1995 wurde auch eine neue Verfassung per Referendum angenommen, die ein Zwei-Kammer-Parl. und stark erweiterte Kompetenzen des Präs. gegenüber den anderen Verfassungsorganen vorsah. Im J. 2000 verabschiedete das Parl. ein Gesetz, das für Präs. Nasarbajew weitreichende Kompetenzen auf Lebenszeit vorsieht. Von den im Dez. 1995 abgehaltenen Parl.-Wahlen, die von int. Wahlbeobachtern stark kritisiert wurden, waren ernsthaft oppositionelle Gruppierungen faktisch ausgeschlossen. Die Wahlen von 1999 genügten ebenso wenig int. Standards und sicherten dem Präs. die erwartete überwältigende Mehrheit. Seitens der Reg. wurden die zunehmend autoritären Tendenzen mit dem Verweis auf die notwendige Stabilität des Staates gerechtfertigt. Angesichts der zunehmenden ökon. und sozialen Krise in K. ist es jedoch seit Ende 1995 vermehrt zu öfftl. Protesten gekommen. Im April 1996 wurde die Bewegung *Azamat* gegründet, die im Ggs. zu allen bisherigen regimeoppositionellen Kräften über ethn. Grenzen hinweg organisiert ist.

4. Trotz der jüngsten positiven makroökon. E. K.s – u. a. verzeichnet das Land seit Mitte der 1990er J. einen stetigen, rel. hohen Zufluss an ausl. *Direktinvestitionen (1989–98: 5,661 Mrd. US-$; 1999: ca. 1,6 Mrd. US-$, 2000: 1,25 Mrd. US-$) – hat sich der Lebensstandard der breiten Bev. seit der Unabh. deutlich verschlechtert: So sank z. B. die Lebenserwartung der männlichen Bev. bis 1998 auf 59 J. (Usbekistan 66 J.), was teilweise mit den stark gesunkenen Sozialausgaben zusammenhängt. Somit wird die Dauerhaftigkeit der Herrschaft von Nasarbajew, der wie andere pol. Führer Zentralasiens eine enorme Machtfülle um seine Person konzentriert hat, mit davon ab-

hängen, inwieweit das Regime den zunehmenden Protest gegen die gegenwärtige ökon. Situation kanalisieren kann. Größtes ökol. Problem K.s ist die starke radioaktive Verseuchung weiter Landstriche, verursacht durch den Uranabbau und die sowj. Atomversuche auf dem Testgelände bei Semipalatinsk. Katastrophale Folgen für die Gesundheit der Bev. und das gesamte Ökosystem haben auch die Austrocknung des Aralsees und die Luftverschmutzung in den Industriezentren.

Lit.: R. Kadyrshanow, Die ethnopol. Situation im multinat. K. Bericht des Bundesinstituts für ostwiss. und int. Studien Nr. 4/1996, Köln; B. Dave, Opposition Finds a Voice in K., in: Transition 3/2 (1997), S. 88f.; M.-C. v. Gumppenberg, Staats- und Nationsbildung in Kasachstan, Opladen 2002. fg/rm

Kastensystem →Indien

Katar

Fläche (Tsd. qkm): 11,00
Bev. (Mio.) 2000: 0,59
BNE pro Kopf (US-$) 2000: HIC (≥ 9266 US-$)
BIP (Mio. US-$) 1995: 9193
LE (Jahre) 1999: 74,6
Analphabetenquote (%) 1999: 19
HDI 1999: 0,801 [Rangplatz von 162: 48]

1. Das Emirat K. (Fläche 11 000 qkm) liegt auf der gleichnamigen Halbinsel (S-N-Ausdehnung ca. 180 km), die von der arab. Halbinsel aus in den Persischen Golf ragt. In der Wüste, aus der K.s Oberfläche besteht, gedeiht dank des geringen Winterregens eine spärliche Vegetation, die lediglich eine weidewirtsch. Nutzung des Landes zulässt. Auf K. und **offshore* im Pers. Golf gibt es große Erdöl- und Gaslager, deren Förderung den Charakter K.s als Ölland (99 % des Ausfuhrwertes = Erdöl) bestimmen. Grenzstreitigkeiten mit Bahrain und Saudi-Arabien konnten März 2001 beigelegt werden.

2. Die von Teilen nomadisierender Stämme gebildete Bev. K.s stand bis zum 19. Jh. unter der Vorherrschaft unterschiedlicher Stammesführer. Erst 1872 (die Türken errichten ihre östlichste Garnison in Doha) und entscheidend 1916 (Vertrag des Scheichs der einheimischen al-Thani-Dynastie mit GB, der die Verteidigung und außenpol. Vertretung K.s der brit. Reg. in Indien überträgt = Protektorat) intervenierten ausl. Mächte in K. 1971 gab GB seine vertraglichen Verpflichtungen auf, und K. wurde unabh.

3. Die Bev. K.s betrug 2000 rd. 590 000 Ew. (1994 rd. 610 000 Ew.; Hs. Doha 392 000), wobei gesellsch. Konflikte dadurch strukturell angelegt sind, dass nur ca. 1/4 der Bev. Einheimische sind. Der Ölboom führte seit den 1950er J. zu einem raschen, v. a. durch Zuwanderungen aus Pakistan, Indien, Iran, den arab. Nachbarländern und den arab. Mittelmeerstaaten hervorgerufenen Bev.-Wachstum. Die gesamte einheim. Bev. bekennt sich zum Islam (Sunniten mit starker Neigung zu der wahabitischen Bewegung Saudi-Arab.). Die Kultur des Landes wird von den Stammestrad. und dem islam. Recht (*Scharia*) bestimmt.

4. Der staatl. Reichtum hat die soziale Situation der Bev. verändert. Die Reg. ermöglicht: kostenlose Erziehung (Schulpflicht, Aufbau einer Universität), Wirtschaftsförderung (Begünstigung einheim. Firmen), veränderte Umwelt (Steinhäuser, Hochhäuser, Elektrizität, fließendes Wasser im Haus, Straßen, Telefon, Hilfe beim Erwerb von Häusern), staatl. Dienstleistungen (Impfungen, freies Gesundheitswesen, Mütterberatung, sozialer Wohnungsbau, billige Kredite).

5. Über den Reichtum des Landes verfügt allein der Emir, dessen Macht sich nach der Verfassung von 1972 innerhalb der al-Thani-Familie vererbt. Er ernennt den MP und das Kabinett des Landes. Für die 30 Mitgl. zählende Beratende Versammlung, die das Recht zur Gesetzesinitiative hat, sind Frauen nicht wahlberechtigt. Parteien im westl. Verständnis gibt es nicht. Die Möglichkeit der persönlichen Vorsprache beim Regenten oder die Interessenvertretung durch Vertreter (z. B. Stammesälteste) stellt ein partizipatorisches Element im ansonsten patriarchalisch-autokratischen Regie-

rungssystem K.s dar. Am 27. 6. 1995 wurde Scheich Chalifa ibn Ahmed ath-Thani während eines Auslandsaufenthaltes von seinem Sohn, dem bisherigen Kronprinzen und Verteidigungsminister Hamad ibn Chalifa ath-Thani, im Zuge einer Palastrevolte entmachtet. Per Dekret regelte der neue Emir die Erbfolge und ernannte seinen Sohn Jassem ibn Hamad ath-Thani zum neuen Thronfolger. Am 3. 10. 1996 wurde die Regierung umgebildet. Scheich Abdullah ibn Chalifa ath-Thani, der Bruder des Herrschers und bisheriger Vizepremier, übernahm das Amt des MP. Die neue Reg. kündigte als Maßnahme zur Überwindung der Differenzen im bilateralen Verhältnis zwischen K. und Bahrain im März 1997 die Aufnahme diplomatischer Beziehungen an. Bei dem 2001 durch Schiedsspruch des *Int. Gerichtshof in Den Haag beigelegten Territorialkonflikt ging es vor allem um die Zugehörigkeit der Insel Hawar, deren Untergrund möglicherweise reiche Erdöl- und Erdgasvorkommen enthält. Sie wurde Bahrain zugesprochen, K. erhielt den Landstreifen von Zubara. Als ersten Schritt auf dem Weg einer pol. Liberalisierung erlaubte der Emir die freie Wahl von Lokalräten im März 1999, bei denen erstmals auch Frauen das aktive und passive Wahlrecht zuerkannt wurde.
6. Die Ölwirtsch., deren Förderpol. nach Verstaatlichungen (gegen Kompensationen) von Entscheidungen des Staates bestimmt wird, ist fast die ausschließliche Einnahmequelle K.s. Zur besseren Nutzung der Bodenschätze strebt die Reg. ein weitreichendes Industrialisierungsprogramm an (Eisen-, Stahl- und Düngemittelproduktion, Gasverflüssigung, petrochem. Ind.), wobei v. a. die Gasreserven des Landes als Energiequelle dienen sollen.

Lit.: D. E. Long, The Persian Gulf. An Introduction to its People, Politics and Economics, Boulder (Col.) 1978; Middle East Economic Digest, Quatar, London 1981, 1982; W. Ritter, Katar, in: HDW III, 6, 1993, S. 399. rs/red

Katastrophenhilfe *E.-Hilfe als Soforthilfe im Katastrophenfall, meist als Geschenk und vielfach als *Warenhilfe etwa durch Org. wie das *Rote Kreuz. wpz

Katholischer Arbeitskreis Entwicklung und Frieden →Deutsche Kommission Justitia et Pax

Kaunda, Kenneth, 1964–1991 Staatspräs. Zambias, geb. 1924, gründete nach Aktivitäten innerhalb des *African National Congress* Nordrhodesiens 1958 eine radikalere Unabh.-Bewegung, die 1960 den Namen *United National Independence Party* (UNIP) annahm. 1964, im Jahr der Unabh. Zambias, wurde K. Staatspräsident. Unter dem Namen «Zamb. Humanismus» versucht K., in Zambia einen von soz. Gedanken geprägten E.-Weg zu verwirklichen (→Zambia). Int. trat er für einen Schuldenerlass für die afrik. Länder ein und unterstützte als Vorsitzender der *Frontstaaten die Anti-Apartheid-Bewegungen in Rhodesien/Zimbabwe und Südafrika. Vor allem wirtsch. Misserfolge riefen Ende der 1980er J. zunehmend Kritik an den autoritären Zügen seiner Herrschaft hervor. 1990 leitete K. demokrat. Reformen ein und öffnete den Weg für freie Präs.- und Parl.-Wahlen, die er im Okt. 1991 gegen den Oppositionsführer Frederick Chiluba verlor. Da seine Eltern nicht, wie von der zu Manipulationszwecken geänderten Verfassung gefordert, aus dem Gebiet des heutigen Zambias, sondern aus Nyasaland (heute: Malawi) stammten, blieb ihm 1996 eine erneute Präsidentschaftskandidatur verwehrt.

Lit.: K. D. Kaunda, Humanism in Zambia and a Guide to its Implementation, Lusaka 1968. red

KED Kirchlicher Entwicklungsdienst, gegr. 1968 durch Beschluss der Synode der Ev. Kirche in Deutschland (EKD). Die Aufgaben des KED (im Wesentlichen die ökumenische Zusammenarbeit bei multilateralen E.-Programmen, die Stärkung kirchl. Trägerstrukturen in Übersee und die Förderung e.-pol. Bildungsarbeit und Publizistik in Deutschland) sind mit der Integration des KED in den *EED (1999) auf diesen übergegangen. vk/mfn

Kennedy-Runde Von 1964 bis 1967 im Rahmen des *GATT geführte Zollsenkungsverhandlungen von 17 Teilnehmerstaaten, die insbes. der Beseitigung von Exporthindernissen für die EL vonseiten der IL dienen sollten – ohne Gegenleistung der EL. Die K.-R. brachte einen Zollabbau von 35 % und war damit wesentlich erfolgreicher als alle vorherigen Zollsenkungsrunden (Annecy 1949: 2 %; Torquay 1950/51: 3 %; Genf 1955/56: 2 %, Genf 1961/62: 7 %). Die IL gewährten *tarifäre Handelserleichterungen bei 70 % ihrer zollpflichtigen ind. Importe. Im Ind.-Sektor senkten die Hauptimportländer (USA, EG, Japan) ihre Zölle um 1/3. Das Ziel eines 50 %igen Abbaus wurde jedoch nicht erreicht. Bei Agrargütern machten die IL Konzessionen hauptsächlich in der Gruppe tropischer Produkte. Die Nullzollsätze wurden im Agrarbereich von 11 % auf 19 %, bei Halbfertig- und Fertigwaren von 5 % auf 7 % erhöht. Die höchsten Zollsenkungen betrafen freilich Güter, die v. a. zwischen den IL gehandelt werden. *UNCTAD beurteilte die Ergebnisse der K.-R. als günstiger für den Handel der IL als den der EL. Die K.-R. hat jedoch das Bewusstsein für die Handelsprobleme der EL im GATT verstärkt. →Uruguay-Runde, →Tokio-Runde, →WTO. dn

Kenya

Fläche (Tsd. qkm): 582,600
Bev. (Mio.) 2001: 31,30
BNE pro Kopf (US-$) 2000: 360
BIP (Mio. US-$) 2000: 10410
LE (Jahre) 1999: 47,7
Analphabetenquote (%) 1999: 19
HDI 1999: 0,707 [Rangplatz von 162: 123]

Wenngleich K. zu den wirtsch. erfolgreichsten und pol. stabilsten Ländern Afrikas zählt, mehrten sich seit Beginn der 1990er Jahre die Krisensymptome: wirtsch. Stagnation, Probleme bei der Umsetzung wirtsch. Reformen, chronische Korruption und Verzögerungen in der pol. Liberalisierung.

1. K. ist arm an mineralischen Ressourcen, und nur ein geringer Teil des ges. Territoriums ist landw. nutzbar (v. a. das nördl. u. westl. der Hs. Nairobi gelegene «Weiße Hochland»). Das von W nach O in Stufen ansteigende (Mt. Kenya 5200 m) und von N nach S vom ostafrik. Grabenbruch durchquerte Land besitzt alle denkbaren Vegetations- und Klimazonen. Die vielfältige Landschaft und eine reiche Tierwelt machen K. zu einem attraktiven *Tourismus-Ziel.

Die regionale Verteilung der Bev. wird im Wesentlichen durch die klimatischen Gegebenheiten bestimmt; am Viktoriasee im zentralen Hochland ist die Bev.-Dichte am höchsten. 98,5 % der Bev. sind Afrikaner, die sich in 42 ethn. Gruppen mit 30 Einzelsprachen und über 100 Dialekten gliedern. Kikuyu (20 %), Luo (13,8 %), Luhya (13,1 %), Kamba (10,8 %) und Kelenjin (10,8 %) sind die wichtigsten Volksgruppen. Zwei Drittel der Bev. sind Christen protestantischer oder römisch-kath. Glaubensrichtung, ca. ein Viertel Anhänger von Naturreligionen. Das rel. hohe Bev.-Wachstum von ca. 2,4 % (durchschn. 1990–2000 p. a.) schürt angesichts der Knappheit des Ackerlandes die *Landflucht (Urbanisierungsgrad 1970: 10 %; 1995: 28 %; 2000: 33 %), die ihrerseits den Druck auf die längst überlasteten städt. Arbeitsmärkte erhöht.

2. Der Schwerpunkt der Wirtsch. K.s liegt bei der Produktion und Weiterverarbeitung agrarischer Erzeugnisse. Mehr als drei Viertel der Erwerbstätigen sind in der Landw. tätig, deren Beitrag zum BIP 1999 bei 27 % (1979: 34 %) lag. Der Dualismus zwischen kleinbäuerlichen Betrieben des *Subsistenzbereichs und *kapitalintensiven, exportorientierten Großbetrieben der *Plantagenwirtschaft, die sich z.T. noch in europäischer Hand befinden, ist ein Erbe der Kolonialzeit. Nach der Unabh. wurde durch *Agrarreform und Siedlungsprogramme eine stärkere Beteiligung der Afrikaner an der Marktproduktion angestrebt. Die Produktion von Mais (Hauptnahrungspflanze), Weizen, Hafer und Süßkartoffeln sowie die Milch- und Viehwirtsch. sind auf den einheimischen Markt ausge-

richtet. Die Selbstversorgung des Landes mit Nahrungsmitteln wurde seit den 1980er J. durch das rasche Bev.-Wachstum, dürrebedingte Ernteeinbrüche sowie die rel. geringen Preisanreize für die Erzeuger in Frage gestellt, sodass K. zunehmend auf Nahrungsmittelimporte und -hilfe (1992/93: 278000 t) angewiesen ist. Tee und Kaffee sind die wichtigsten Exportprodukte. Neuerdings werden auch Obst, Blumen und Gemüse in den Wintermonaten per Luftfracht nach Europa exportiert. Unter den ostafrik. Staaten verfügt K. über den am weitesten entwickelten Ind.-Sektor (1993: 19 % des BIP; 1999: 16 % des BIP). In überwiegend kleinen Betrieben werden v. a. Konsumgüter produziert und Nahrungsmittel weiterverarbeitet. Aufgrund des Mangels an eigenen Primärenergiequellen sind Industrialisierungsfortschritte mit einem steigenden Bedarf an Energieimporten verknüpft. Der Ausbau der Tana-River-Wasserkraftwerke und die Nutzung von Erdwärme soll die chronisch defizitäre Energiebilanz K.s verbessern. Wichtigste Handelspartner K.s sind die Staaten der ehem. Ostafrikan. Gemeinschaft (Tanzania, Uganda) (→EAC), der EU (1994: 47 % der Exporte) sowie die USA und Japan. Der Tourismus, der seit der Unabh. kontinuierlich ausgeweitet wurde (Besucherzahlen 1980: 360000; 1992: 697000), ist noch vor Tee und Kaffee wichtigster Devisenbringer. In den Wildreservaten, der Hauptattraktion für ausl. Besucher, droht die zunehmende Bandenkriminalität zu einem abschreckenden Faktor zu werden.

K. war stets eine **mixed economy*. Im Zuge der Afrikanisierungspol. übernahm der Staat nach der Unabh. wachsende Aufgaben der E.-Planung und Wirtschaftssteuerung, ohne jedoch an der liberal-kapitalist. Grundorientierung des Wirtsch.-Systems zu rütteln. Die formal-rechtl. und infrastrukturellen Bedingungen für private Investitionen waren stets rel. günstig. Allerdings führten das zunehmende unternehmerische Engagement des Staates in der Ind. und im Dienstleistungsbereich (z. B. Banken) und die starke Regulierung des Handels zu bürokratischen Verkrustungen und klientelistischen Verflechtungen, die vor dem Hintergrund der ethnisch unausgewogenen Einparteiherrschaft zur Verstärkung von E.- und Wohlstandsdisparitäten zwischen verschiedenen Regionen sowie Sozialgruppen beitrugen und seit den 1980er J. Gegenstand von Reformforderungen seitens potenzieller Investoren und der int. Finanzorg. wurden. Besonderen Druck übten *IWF und *Weltbank in der Korruptionsbekämpfung aus. Die auf sie Dez. 1997 zurückgehende Anti-Korruptionsbehörde (KACA) konnte jedoch nicht viel ausrichten und wurde zudem Dez. 2000 per Gerichtsbeschluss für illegal erklärt. Da die gesamtwirtsch. Dynamik K.s stark von konjunkturellen E. bei den Hauptexportprodukten bestimmt wird und in der zweiten Hälfte der 1980er J. auf dieser Seite eher günstige Bedingungen vorherrschten, wurde der Reformbedarf von der Reg. erst im Zuge der scharfen Rezession Anfang der 1990er J. anerkannt. Die 1994 eingeleiteten, mit IWF und Weltbank abgestimmten Liberalisierungs- und Privatisierungsmaßnahmen zeitigten rasch makroökon. Erfolge, ohne jedoch Aussicht auf eine Lösung drängender gesellsch. Probleme, insb. der starken Unterbeschäftigung und Arbeitslosigkeit (offene städt. AL 1994: ca. 35 %), zu bieten und versandeten schließlich im Reformstau. Neben der Förderung eines beschäftigungsintensiven Wirtsch.-Wachstums war nach der Unabh. der Bildungsbereich ein Schwerpunkt der Staatstätigkeit. Dabei wurden beeindruckende Erfolge erzielt (Senkung der Analphabetenrate von 1962: 86 % auf 1990: 31 %; 1999: 19 %). Seit Ende der 1980er J. ist der Anteil des Bildungssektors an den ges. Staatsausgaben stark rückläufig (1987: ca. 24 %; 1995–97: 16,7 %).

3. Nachdem die Portugiesen gegen Ende des 15. Jh.s Handelsstützpunkte gegründet hatten, beherrschten bis zum Beginn des brit. Einflusses im 19. Jh. die Araber

die ostafrik. Küste. Die Fertigstellung der Eisenbahnlinie von Mombasa zum Viktoriasee markiert den Beginn der inneren Erschließung K.s als Teil des brit. Ostafrika-Protektorats. Das fruchtbarste Land wurde durch europ. Siedler besetzt, die ursprgl. selbständigen einheimischen Bauern (Luo, Kikuyu) ihres Bodens beraubt und vielfach als abh. Lohnarbeiter zwangsverpflichtet. Bis Ende der 1940er J. beherrschten die Siedler die Kolonialverwaltung und kontrollierten die Wirtsch. Bereits nach dem 1. WK formierte sich H. Thukus *Young Kikuyu Association* gegen Landraub, Pass- und Arbeitszwang (Hütten- und Kopfsteuer) auf den Farmen des «Weißen Hochlands». Nach der Mau-Mau-Rebellion (1952 bis 1960) wurde die Dekolonisation von der KANU (*Kenya African National Union*) vorangetrieben. Neben der von den Kikuyu, Luo und Kamba getragenen, zentralistisch orientierten KANU entstand die von kleineren Stämmen getragene, regionalistisch eingestellte KADU (*Kenya African Democratic Union*). Unter der Führung *Kenyattas erlangte das Land 1963 die Unabh. Innerhalb der KANU setzte sich – durch die Selbstauflösung der KADU 1964 gestärkt – der konservative Flügel (Kenyatta, Mboya) durch, der eine prowestl. Pol. vertrat. Kenyatta sicherte nicht nur den Einfluss seines Familienclans und seiner pol. Basis (Kiambu-Gruppe innerhalb der Kikuyu), sondern unterdrückte mit Härte jegliche Opposition.

Nach dem Tod Kenyattas (22. 8. 1978) wurde verfassungsmäß Vizepräs. D. arap Moi Staatschef und Vorsitzender der KANU. Obgleich kein Angehöriger der Kikuyu-Machtelite, sondern ein Vertreter der Kalenjin-Minderheit, konnte Moi mit einer geschickten Pol., die sowohl Kontinuität (Motto: *Nyayo*; Kiswahili = Fußstapfen) als auch eine Beseitigung der Missstände (Korruption, Landzuteilung an Parteianhänger) der Kenyatta-Ära versprach, seine Position stabilisieren. Gleichwohl bestimmten regionale und ethn. Machtkämpfe sowie ökon. Schwierigkeiten (Versorgungsprobleme bei Nahrungsmitteln) zunehmend die innenpol. Entwicklung. Nach einem von Teilen der Luftwaffe unternommenen Putschversuch veranlasste Moi 1982 im Parl. eine Verfassungsänderung, mit der der bis dahin formal existierende Parteienpluralismus abgeschafft und die *de facto* bereits seit den 1960er J. bestehende Einparteiherrschaft der KANU formal festgeschrieben wurde. Die zunehmend autokratische Herrschaft Mois, der anfängliche Hoffnungen auf eine am Ausgleich zwischen den Volksgruppen orientierte Pol. enttäuschte, stieß Anfang der 1990er J. auf wachsende Opposition (Gründung der FORD-Partei durch den alten Gegenspieler Kenyattas, J. O. Odinga; Rebellionen in verschiedenen Landesteilen). Nicht zuletzt auf Druck der westl. Geberländer wurde im Dez. 1991 die Verfassungsklausel, die das Einparteisystem festgeschrieben hatte, aufgehoben. Die im Dez. 1992 erfolgten Mehrparteienwahlen standen freilich unter dem Eindruck einer umfassenden Kontrolle der KANU über den administrativen Apparat und über die Medien und waren nur eingeschränkt kompetitiv. Der Wahlsieg Mois (37,2 % der Stimmen) und der KANU (112 von 200 Sitzen) war jedoch in erheblichem Maß auch auf die innere Zerstrittenheit der Opposition zurückzuführen. Hoffnungen auf eine weiter gehende Demokratisierung K.s wurden in der Folgezeit nicht erfüllt. Der formale Übergang zu einem Mehrparteiensystem in K. hat nichts am autoritären Charakter des Regimes geändert. Versammlungsverbote, Medienzensur, fragwürdige Gerichtsverfahren und im Zweifelsfall offen gewaltsame Polizeieinsätze gegen oppositionelle Gruppen bestimmten die Pol. der Machterhaltung Mois, der auch ethnische Konflikte instrumentalisierte, um seine Reg. als Garant der nat. Einheit zu präsentieren. Die Präs.- und Parl.-Wahlen vom Dez. 1997 konnte er unter diesen Bedingungen gegen versch. Oppositionsparteien (Democratic Party/DP; National Development Party / NDP; Forum for the Restauration of Democracy – Kenya / FORD-Kenya; u. a.) erneut für sich und die KANU entscheiden. Juni 2001 ernannte Präs. Moi 4 Mitgl. der NDP zu Min., sodass erstmals seit 1963 die KANU eine Koalition einging.

Lit.: D. Berg-Schlosser, The Social and Economic Bases of Politics in Kenya, Berkeley 1979; R. Hofmeier, Kenya, in: HDW III, 5, Bonn 1993, S. 88ff.; S. Mair, Kenias Weg in die Mehrparteiendemokratie, Baden-Baden 1994; B. Thomas-Slayter / D. Rocheleau, Gender, environment, and development in Kenya: a grassroots perspective, Boulder 1995; B. A. Ogot, Decolonization and Independence in Kenya, London 1995. bt

Kenyatta, Jomo (Kikuyu = Brennender Speer), geb. 1891, Sohn eines Kikuyu-Bauern, gründete 1945 in GB zusammen mit K. *Nkrumah die *Pan African Federation*. Nach seiner Rückkehr nach Kenya wurde er beschuldigt, maßgeblich an der Mau-Mau-Rebellion (1952–1960) beteiligt zu sein, und 1953 für sieben J. von den Briten inhaftiert. Als Führer der KANU (*Kenya African National Union*) wurde er nach seinem Wahlsieg 1963 (im J. der Unabh. Kenyas) MP Kenyas. Seit 1964 Staatspräs., transformierte er 1969 Kenya zu einem Einparteistaat, in dem er als populärer Präs. mit weitreichenden Sondervollmachten autoritär regierte. Die Bevorzugung von Angehörigen des Kikuyu-Stammes bei der Vergabe wichtiger Positionen führte zu wachsender Kritik an K., der als Verbündeter des Westens Kenya zu einem der pol. und wirtsch. stabilsten Staaten Ostafrikas werden ließ. K. starb am 22. 8. 1978. ah

KfW Die Kreditanstalt für Wiederaufbau (auch KW) ist die für die *öffentliche Entwicklungshilfe der BRD wichtigste Organisation (E.-Bank des Bundes). Sie wurde 1948 als Körperschaft des öfftl. Rechts gegr.; Grundkapital: 511 Mio. € (80 % Bund, 20 % Länder). Neben der Förderung der dt. Wirtsch. («Wiederaufbau», d. h. Investitionen im Inland) gewährt die KfW Darlehen für Exporte dt. Unternehmen, insb. in EL. Die KfW vergibt im Auftrag und in Abstimmung mit der Bundesreg. im Rahmen der *Finanziellen Hilfe Darlehen und Zuschüsse an die EL, entweder deren Reg. oder lokalen und *regionalen Entwicklungsbanken. Sie finanziert einzelne Investitionsprojekte, Struktur- oder Sektoranpassungsprogramme, leistet Warenhilfe und übernimmt ergänzende Maßnahmen (Beratung, Ausbildung, Einsatz von *Entwicklungsexperten).

Im Rahmen des Technologieprogramms werden Kredite an dt. Unternehmen vergeben, um neue Technologien in **joint ventures* in EL für bedarfsgerechte Produkte und / oder den örtlichen Verhältnissen angepasste neue Verfahren umzusetzen. Die KfW wickelt etwa 1/3 der ges. öfftl. Hilfe der BRD ab. Die Finanzierung erfolgt neben öfftl. Mitteln durch Aufnahmen aus dem Kapitalmarkt. Entsprechend versch. Vergabebedingungen: Kredite; (seit 1973) Zuschüsse. Insb. für *LLDCs (1987: 24 % des ges. Zusagevolumens). 2000 hat die Kreditanstalt 59 EL Kredite und Zuschüsse bei einem ges. Zusagevolumen von 0,93 Mrd. € gewährt. Zusagevolumen 1995: 2,7; 1996: 2,1; 1998: 1,3 Mrd. €. Publikation: Jahresberichte. Adresse: Palmengartenstr. 5–9, 60325 Frankfurt a. M. Internet: www.kfw.de. dn

Khomeini, Ayatollah Ruhollah, geb. am 24. 9. 1902, entstammte einer alten islam. Gelehrtenfamilie. Im Alter von 19 J. übersiedelte er von seinem Geburtsort Khomein nach Arak (Iran), um dort bei einem der bedeutendsten islam. Theologen, Ayatollah Haieri, seine Ausbildung fortzusetzen. 1922 begleitete er seinen Lehrer nach Qom und half ihm, die Stadt zum «Zentrum für islam. Studien» aufzubauen. Bereits mit 30 J. erreichte Kh. den höchsten theologischen Rang, den Grad eines *Ijtihad*.

Obzwar sich Kh. bereits 1941 in seinem ersten Buch «Entschleierte Geheimnisse» äußerst kritisch mit der Diktatur Reza-Khans auseinander setzte, trat er erst 1963, im Zusammenhang mit dem «Khordad-Aufstand» gegen die «Weiße Revolution» des Schahs, an die pol. Öffentlichkeit, was seine Verbannung in die Türkei (Nov. 1964) zur Folge hatte. Von dort emigrierte er nach Nadjaf (Irak), einem schiitischen Wallfahrtsort, bis er 1978 auf Druck des Schah-Regimes von der irak. Regierung ausgewiesen wurde. Im Exil in Neauphle-le-Château, einem Vorort von Paris, führte er als Symbolfigur und charismatischer Führer des Widerstandes den Kampf des iran. Volkes gegen das Schah-Regime. Nach der Rückkehr in den Iran (1. 2. 1979) und der Errichtung der Islam. Rep. Iran wurde Ayatollah Imam Kh. auch verfassungsrechtlich Führer der Islam. Revolution und erhielt nach Grundsatz 5 der Verfassung von Nov. 1979 während der Abwesenheit des entrückten 12. Imam die *welayat-e-Amr* (Führungsbefugnis). Bis zu seinem Tod (4. Juni 1989) blieb Kh. die zentrale pol. und relig. Autorität Irans.

Lit.: B. Nirumand / K. Daddjou, Mit Gott für die Macht. Eine politische Biographie des Ayatollah Chomeini, Reinbek 1987; U. Encke, Ayatollah Khomeini, München 1989. maf

Kim-Il-Sungismus →Korea-Nord

Kinderarbeit Werden Kinder durch Arbeit über das ihrem jeweiligen Alter entsprechende physische und psychische Leistungsvermögen hinaus beansprucht und somit in ihrer E. nicht gefördert, sondern behindert, spricht man von Kinderarbeit. Sie ist meist verbunden mit überlangen Arbeitszeiten (mehr als 15 Std. am Tag) und Niedrigstlöhnen (z. T. weniger als 0,51 € täglich); die schlimmsten Formen der K. sind Sklaverei und Prostitution. Allg. Konsequenzen: fehlender oder unregelmäßiger Schulbesuch, schlechte bzw. fehlende Berufschancen, Schädigungen der * Gesundheit (Frühinvalidität, geringe LE: 30 bis 40 J.).

Nach Schätzungen der * ILO (1996) und * UNICEF (1999) sind ca. 250 Mio. Kinder im Alter von fünf bis 14 J. von K. betroffen (1981: 75 Mio.; 1988: 200 Mio.). Davon arbeiten 153 Mio. Kinder in Asien, 80 Mio. in Afrika und 17,5 Mio. in LA, die Hälfte (73 Mio.) von ihnen Vollzeit. Die Mehrzahl der Kinder arbeitet im * informellen Sektor, i. d. R. illegal unter Umgehung von Arbeitsschutzbestimmungen und Versicherungsschutz. Da in vielen EL Kinder zur Sicherung der Existenz ihrer Familien beitragen müssen, lässt sich die menschenunwürdige K. letztlich nur durch gezielte Maßnahmen zur Bekämpfung der * Armut reduzieren. Während der Anteil der K. in SO-Asien aufgrund steigender Pro-Kopf-Einkommen, rückläufiger Familiengrößen und verbesserten Bildungswesens zurückgeht, hat er sich insges., als Folge der wirtsch. Krise der 1980er J., fehlender staatl. Mittel und in Afrika aufgrund von Bürgerkriegen deutlich erhöht.

Die UN-Konvention gegen K. von 1976 wurde wegen ihrer weitreichenden Forderungen lediglich von 49 Ländern ratifiziert; die Konvention über die Rechte des Kindes, die 1989 von der Generalversammlung der UN verabschiedet wurde, hat allerdings gute Aussichten, als erste Menschenrechtskonvention universal gültig zu werden; lediglich zwei Länder haben bisher nicht ratifiziert: die USA und Somalia. Die Konvention schützt Kinder u. a. vor ökon. und sexueller Ausbeutung, Kinderhandel und Teilnahme an bewaffneten Konflikten bis zum 15. Lebensj. →Weltkindergipfel.

Lit: Exploring alternative approaches to combating child labour – case studies from developing countries, Innocenti Occasional Papers, Nr. 8, UNICEF 1994; UNICEF, Implementing the Convention on the Rights of the Child: Ressource mobilization in low-income countries, Boston 1995; C. Grootaert / R. Kanbur, Child labour: a review (Policy research working paper), Washington, D. C.: World Bank 1995. ah / hf

Kindernothilfe e. V. 1959 gegr. * nichtstaatliche Organisation (* VENRO), größte Patenschafts-Org. in der BRD. Durch * Kinderpatenschaften, verbunden mit Spenden, und (seit 1987) Projektpartnerschaften, ermöglicht K. Kindern und Jugendlichen in der * Dritten Welt insb. die Aufnahme in Tagesstätten, Internaten und Heimen dortiger Kirchen; in geringerem Umfang fördert sie Rehabilitations-, Jugend- und Ernährungszentren sowie Berufsausbildungsprogramme und

vergibt Schulstipendien. Die Finanzierung (1995: 41,4, 1998: 42,6, 2001: 45,8 Mio. €) erfolgte 2001 zu 89,9 % über Spenden, insb. Patenschaftsbeiträge (33,4 Mio. €).
Adresse: Postfach 281143, 47249 Duisburg. Internet: www.Kindernothilfe.de.
red

Kirchen – Grundsätze der Entwicklungsarbeit Ende der 1950er J. begannen die beiden großen Kirchen in Deutschland mit der E.-Arbeit. Nach dem Ende des Zweiten Weltkrieges und einer Phase des kirchl. Engagements bei der Bekämpfung der Not im eigenen Land und beim Wiederaufbau entdeckten kirchl. Org. und Repräsentanten Hunger und Not in Ländern des Südens.
1. Die Ev. Kirche in Deutschland (EKD) und die ev. Freikirchen entschlossen sich 1959, eine einmalige Spendenaktion *Brot für die Welt zugunsten der Menschen in der *Dritten Welt durchzuführen, deren großer Erfolg sie in den kommenden J. zu einer ständigen Institution werden ließ. 1960 kam der Personaldienst *DÜ und 1962 die *EZE als Org. der ev. E.-Arbeit hinzu. Zunächst ging es darum, möglichst viel Geld zu beschaffen, um möglichst viele Projekte im S unterstützen zu können und somit möglichst viel Leid in der Welt zu lindern. Erst 1968 wurde eine Arbeitsgruppe beauftragt, sich mit konzeptionellen und theoret. Fragen der E.-Problematik auseinander zu setzen. 1969 berief der Rat der EKD die Kammer der EKD für kirchl. E.-Dienst. Diese erstellte die 1973 erschienene Denkschrift «Der Entwicklungsdienst der Kirche – ein Beitrag für Frieden und Gerechtigkeit in der Welt», die das erste umfassende, noch heute gültige und 1986 von der EKD-Synode bestätigte Grundlagendokument der EKD zur E.-Arbeit darstellt. In dieser Denkschrift wird die E.-Arbeit der ev. Kirche als Folge und zugleich als Realisierung des Glaubens gesehen. Der E.-Dienst stellt eine entscheidende Bewährungsprobe für den Glauben dar, er ist Teil der Entfaltung des Gesamtauftrages, den die Kirche in der Nachfolge Jesu Christi vom Neuen Testament ableitet. Ökumenische Solidarität ist ein wesentl. Merkmal des kirchl. E.-Dienstes, die die N-S-Bez. als int. soziale Frage begreift. Der E.-Dienst der ev. Kirche ist eingebunden in die e.-pol. Diskussion der weltweiten Ökumene. Auch dort stehen die theol.-ethischen Begründungen für den E.-Dienst im Vordergrund: Diakonia (Liebesdienst), ökumenische Solidarität im Kampf für Frieden und Gerechtigkeit für die Armen. Mit größerem Gewicht betonen die ökumenischen Institutionen die pol. Motive der E.-Arbeit. Maßgeblich für die Ökumene ist das Konzept der gerechten, partizipatorischen Gesellsch. und die Bewahrung der Schöpfung (*Justice, Participation, and Integrity of Creation*). Als ein neues wichtiges Element im Zuge des *Demokratisierungsprozesses in vielen EL ist die Wahrung der *Menschenrechte und die Stärkung der *Zivilgesellschaft ein besonderes Anliegen geworden. Aufbauend auf der EKD-Denkschrift und eingebunden in die Diskussion der Ökumene, sind entsprechend die Kriterien und Grundsätze der kirchl. E.-Arbeit weiterentwickelt worden. Beeinflusst auch von den *UN-Konferenzen, orientiert sich die EZ der Ökumene am Leitbild der nachhaltigen sozialen E. (→*sustainable development*) und insbes. der Förderung der Stellung der Frauen (→gender) in der Gesellschaft. Gleichzeitig ist die Überzeugung gewachsen, dass Armutsbekämpfung mit Hilfe der Projektförderung nur ein begrenztes Instrument darstellt, um einen Beitrag zur Beseitigung der Ursachen sozialer Ungerechtigkeit, *Armut und Hunger in EL zu leisten. Vielmehr ist es notwendig, die strukturellen Rahmenbedingungen auf nat. und int. Ebene zu verändern. Die Übernahme öfftl. Verantwortung (*advocacy*) ist daher ein immer wichtigerer Bestandteil der kirchl. E.-Arbeit geworden. Umgesetzt wird dieses Ziel sowohl durch die Beteiligung an Kampagnen als auch durch Stellungnahmen der Kammer der EKD für kirchl. E.-

Dienst sowie der Studien und Dialoge der Gemeinsamen Konferenz Kirche und E. (*GKKE), die von *AG KED und der *Katholischen Kommission Justitia et Pax getragen wird. Die versch. Institutionen des kirchl. E.-Dienstes versuchen, als Anwalt der Armen eine *Lobby-Funktion sowohl gegenüber der eigenen Reg. als auch multilat. Institutionen, wie z. B. der EU und der *Weltbank, zu übernehmen. In wachsendem Maße wird versucht, diese Arbeit gemeinsam mit Partnern in EL umzusetzen. Wesentlicher Bestandteil der E.-Arbeit der Ev. Kirche ist der Dialog mit den Partnerorg. und die Respektierung ihrer Autonomie. Dazu gehören auch die Bemühungen, Entscheidungskompetenzen auf die Partner im Sinne des Abbaus der Dominanz des Geldgebers (*transfer of power*) zu verlagern.

2. Die kath. Kirche in der BRD beschloss im August 1958, die versch. bereits existierenden Initiativen (insb. der kath. Verbände) zur Bekämpfung des weltweiten Hungers in einer umfassenden, bischöflich geleiteten «Aktion der dt. Katholiken gegen Hunger und Krankheit in der Welt» unter dem Namen *Misereor zusammenzuführen. Dieser Gründung folgten die Personaldienste «Arbeitsgemeinschaft für E.-Hilfe» (*AGEH) sowie der Kath. Akademische Auslandsdienst (*KAAD). 1967 wurde die *«Coopération Internationale pour le Développement et la Solidarité»* (*CIDSE) mit Sitz in Brüssel gegr., in der heute die kath. E.-Org. aus 13 Ländern Europas und Nordamerikas kooperieren.

Kath. Soziallehre: Eine erste explizite Beschäftigung mit der E.-Problematik findet sich in der Enzyklika «Mater et magistra» (1961). Aus dem II. Vatikanischen Konzil (1962–65) ist bes. die Konstitution «Kirche in der Welt von heute» von Bedeutung; sie verbindet die kirchl. Öffnung zur Welt der Moderne mit einer Konzentration auf die «Armen und Bedrängten». Die «Magna Charta» kirchl. E.-Arbeit wurde die Enzyklika «Populorum progressio» (1967): Sie definiert die soziale Frage als eine weltweite Frage, konzentriert sich auf die strukturellen Ursachen der Verarmung, begreift E. als Humanisierung (statt bloß als Wachstum) und prägt die Formel: «E. ist der neue Name für Frieden.» 1987 erscheint *«Sollicitudo rei socialis»*, die den Begriff der Solidarität ins Zentrum der E.-Problematik stellt. Sie bietet eine Theologisierung der sozioökon. Verhältnisse («Strukturen der Sünde»). Wichtige Beiträge liefern zudem die Dokumente kontinentaler Bischofsversammlungen, besonders aus LA (Medellín 1968, Pueblo 1979, Santo Domingo 1992), sowie die Beiträge der «Dritte-Welt-Theologien».

Im Bereich der Fachdiskussion der kirchl. E.-Org. bildeten sich drei Handlungsbereiche heraus: *Direkte Hilfe:* In ihrer 1995 veröffentlichten ethisch-theol. Positionsbestimmung formuliert die CIDSE resümierend eine «grundlegende Intuition» der kirchl. E.-Arbeit, in der der Einfluss insb. der lateinamerik. Theologien mit ihrer Option für die Armen deutlich zum Ausdruck kommt: «Es sind die Armen selbst, die ihre Armut überwinden. Die solidarische Sorge um sie ist keine Fürsorge, sondern unterstützt sie darin, für sich selbst zu sorgen.» Mit diesem Ansatz verbunden ist ein Setzen auf die Kompetenz vor Ort, woraus sich eine dreigliederige Struktur der E.-Arbeit gebildet hat: Hilfswerke in den IL; (kirchl. und nichtkirchl.) Partnerorg. in den EL und deren Zielgruppen. *Strukturveränderungsarbeit:* Dabei liegt das Hauptaugenmerk auf der Beseitigung der Ursachen von Verarmung. Org. Selbsthilfe leistet hier wichtige Arbeit, aber es bedarf darüber hinaus eigener pol. Aktivitäten der Einflussnahme auf nat. Ebene in den EL, bei int. Org. und im eigenen Land. Diese Aktivitäten spielten bei den Partnerorg. in den EL schon früh eine wichtige Rolle, als Aufgaben der Akteure in den IL sind sie erst in den 1980er J. verstärkt in Angriff genommen worden. *Inlandsarbeit:* Seit den 1970er J. wird der e.-pol. Arbeit im eigenen Land verstärkte Aufmerksamkeit gewidmet. Wichtige Schwerpunkte: Information über die Situation in den EL und e.-pol. Themen, Motivation und Inspiration solidarischen Handelns, anwaltschaftl. Vertretung der Interessen der Armen der EL, Diskussion von ökol.-pol. Veränderungen im eigenen Land zugunsten der Armen in den EL («Zukunftsfähiges Deutschland»), Fachbeiträge zur e.-pol. Debatte. Innerhalb der kath. Kirche in der BRD sind wichtige e.-pol. Grundsätze v. a. in zwei Dokumenten festgehalten: In dem Beschluss der Synode von 1975, in dem die kath. Kirche ihren Beitrag für E. und Frieden umreißt, werden drei Bereiche e.-pol. Handelns beschrieben: die Lage bewusst zu machen, Anwalt für die Interessen der Völker in den EL zu sein sowie materielle wie personelle Hilfe zu leisten. Das Ende 1991 unter dem Titel «Gerechtigkeit für alle. Zur Grundlegung kirchl. E.-Arbeit» verabschiedete Dokument der *Deutschen Kommission Justitia et Pax bietet eine Auswertung dieser Arbeit und ausführliche Handlungsperspektiven, die nach Handlungsträgern und Handlungsfeldern differenziert sind und sowohl die EL als auch die IL ins Auge fassen.

3. *Zusammenarbeit mit staatl. Stellen.* 1962 unterbreitete die Reg. Adenauer den Kirchen das Angebot, deren E.-Arbeit aus öfftl. Mitteln zu fördern; es wurde von beiden Kirchen nach teilweise heftigem internem Meinungsstreit angenommen. Während die ev. Kirche mit der ev. Zentralstelle für E.-Hilfe in Bonn eine eigenständige Einrichtung schuf, arbeitet die kath. Zentralstelle für E.-Hilfe im institutionellen Rahmen des Bischöflichen Hilfswerks Misereor. Beide Zentralstellen einigten sich mit dem Staat (*BMZ) auf drei Grundsätze, die Geschäftsgrundlage der gemeinsamen Zusammenarbeit darstellen: 1. Die Zentralstellen treffen die Auswahl der zu fördernden Projekte und sind in ihrer Programmgestaltung unabh.; 2. mit der Gewährung der Bundesmittel sind keine pol. Auflagen verbunden, und 3. Projekte mit missionarischem Charakter scheiden aus der Förderung aus. Über diese grundsätzl. Vereinbarung hinaus erließ die Bundesreg. Richtlinien, die die Zusammenarbeit zwischen Kirchen und Staat genauer regeln. Diese räumen dem BMZ zwei Kontrollmöglichkeiten ein: 1. Es prüft, ob die von den Zentralstellen geplanten Vorhaben den gemeinsam vereinbarten e.-pol. Zielsetzungen entsprechen, und 2., ob gegen die Projekte außenpol. Bedenken bestehen. Darüber hinaus hat das BMZ das Recht, im beiderseitigen Einvernehmen eine *Evaluierung von geförderten Projekten durchzuführen. Das langjährige Verfahren, dem BMZ einzelne Projektanträge zur Genehmigung vorzulegen, ist seit 1991 durch ein vereinfachtes Verfahren ersetzt worden, das den Zentralstellen im Rahmen einer Programmzusage (Globalbewilligung) des BMZ die Kompetenz einräumt, selber über einzelne Vorhaben zu entscheiden. Für bestimmte Länder müssen die Anträge jedoch weiterhin dem BMZ vorgelegt werden. Dieses Verfahren, das den Zentralstellen ein rascheres Eingehen auf die Bedürfnisse der Partnerorg. ermöglicht, ist auch Ausdruck eines gewachsenen Vertrauens in die kirchl. EZ. Diese Zusammenarbeit erstreckt sich auch auf die Beteiligung der Zentralstellen an den Länder- und Sektorgesprächen des BMZ sowie an der Mitarbeit im Arbeitskreis «Armutsbekämpfung durch Hilfe zur Selbsthilfe staatl. und nichtstaatl. Institutionen der EZ».

Lit.: Brot für die Welt, Den Armen Gerechtigkeit, Stuttgart 1989; Deutsche Kommission Justitia et Pax, Gerechtigkeit für alle. Zur Grundlegung kirchlicher Entwicklungsarbeit, Bonn 1991; BMZ/EZE/KZE (Hg.), Gemeinsam Zukunft sichern – Die entwicklungspolitische Zusammenarbeit zwischen der Bundesregierung und den Kirchen, Bonn 1997; M. Windfuhr, Soziale Menschenrechte in der Entwicklungszusammenarbeit. Eine Herausforderung für die Kirchen, Hamburg 1997. vk/pr

Kirchlicher Entwicklungsdienst →KED

Kirgisien

Fläche (Tsd. qkm): 198,5
Bev. (Mio.) 2001: 5,00
BNE pro Kopf (US-$) 2000: 270
BIP (Mio. US-$) 2000: 1304
LE (Jahre) 1999: 67,3
Analphabetenquote (%) 1999: n. b.
HDI 1999: 0,707

Das mittelasiatische K., dessen Territorium bereits seit dem 19. Jh. größtenteils unter russischer Herrschaft gestanden hatte und das 1936 zu einer vollwertigen Rep. innerhalb der SU geworden war, wurde mit der Auflösung der UdSSR Ende 1991 zum ersten Mal in seiner Geschichte zu einem unabh. Nationalstaat und hat seit dem 1. 1. 1993 den offiziellen Status eines ELs. K. ist Mitgl. der Gemeinschaft Unabh. Staaten (GUS) und der Schanghaier Org. für Zusammenarbeit.

1. Fast ganz K. gehört zu dem Gebirgssystem des Tienschan. Bis 1500 m Höhe bedecken Wüsten, Halbwüsten, Gras- und Buschsteppen das gebirgige Land, oberhalb ziehen sich trockene Bergsteppen die Hänge hinauf; für den zentralen Tienschan zwischen 3000 und 4000 m sind ausgedehnte Kältewüsten typisch. K. hat gemeinsame Grenzen mit Tadschikistan, Usbekistan, Kasachstan und China, wobei ein Grenzziehungsabkommen mit China erst 2002 vom k. Parl. ratifiziert wurde. Der Süden des Landes mit seinem Zentrum Osch, der zweitgrößten Stadt des Landes, ist Teil des Ferganabeckens mit einer alten, vom Islam dominierten Oasenkultur. Hier spielt die usbekische Volksgruppe eine bedeutende Rolle. Das Klima ist ausgeprägt kontinental und trocken. Wegen der überwiegenden Hochgebirgslage sind 85 % der landw. Nutzfläche Weiden und Wiesen, auf denen Viehzucht betrieben wird. Auf den größtenteils künstlich bewässerten Anbauflächen wird neben Tabak, Obst und Gemüse v. a. Baumwolle angebaut, deren Ertrag (2000: 88000 t) aus klimatischen Gründen nicht gesteigert werden kann. Die Getreideernte (2000: 1,569 Mio. t) reicht nicht zur Ernährung der Bev. aus. Das Land verfügt über eine Reihe von Bodenschätzen: Neben geringen Erdgas- und Erdölvorkommen befinden sich v. a. Marmor-, Kohle-, Uran-, Gold- und die größten Quecksilber- bzw. Antimonlagerstätten der ehem. SU auf dem Territorium K.s.

Das Bev.-Wachstum betrug Ende der 1990er J. ca. 1,5 %. Hs. des Landes ist Biškek (590000 Ew.). Der *Urbanisierungsgrad sinkt seit dem Ende der SU und beträgt 34,8 % (1999; 1989: 38,15 %). Die größte Ethnie stellen die Kirgisen dar, deren Anteil in den letzten J. stetig gewachsen ist (1979: 47,9 %, 1999: 64,9 %), die sich jedoch in kultureller Hinsicht regional unterscheiden: Während die k. Bev. im N des Landes unter dem Einfluss der russischen Sprache und Kultur steht, ist der S stärker durch die Affinität zur usbekischen Minderheit (1999: 13,8 %) und zum Islam geprägt. Die trad. größte Minderheit waren die Russen, deren Anteil jedoch aufgrund des größeren Bev.-Wachstums unter den Kirgisen einerseits und einer seit der Unabh. zunehmenden Auswanderungsbewegung andererseits kontinuierlich abnimmt (1979: 25,9 %; 1989: 21,5 %; 1999: 12,5 %). Unter den kleineren Minderheiten sind Dunganen (1999: 1,1 %), Ukrainer (1999: 1,0 %) und Uiguren (1999: 1,0 %) die wichtigsten. Der Anteil an Deutschen hat stark abgenommen (1989: 2,4 %, 1999: 0,4 %). Die Mehrheit der Bev. hängt dem sunnitisch-islam. Glauben an.

Trotz der in den 1930er J. begonnenen sowj. Industrialisierungspol., die die k. Sozialstruktur nachhaltig veränderte, ist der Großteil der Bev. ländl. geprägt; wegen der hohen Wachstumsraten unter der Landbev. hat der Anteil der in Land- und Forstwirtsch. Beschäftigten in den letzten J. stark zugenommen (1990: 32,7 %; 2000: 53,1 %, die 39,4 des BIP erwirtschaften). Der Anteil der Beschäftigten in Ind. und Bauwirtsch., wo die gut bezahlten Arbeitsplätze weiterhin häufig v. a. von Russen besetzt werden, ist dagegen stark rückläufig (1992: 25,2 %; 2000:

10,5 %). Weiterhin waren 2000 32,8 % der Beschäftigten im Dienstleistungsbereich tätig.
2. K. ist die einzige unter den zentralasiat. Republiken der ehem. SU, in der die staatl. Wirtsch.-Planung vollständig abgeschafft worden ist: Die Privatisierung des Einzelhandels ist weitgehend abgeschlossen, der Anteil der Privatwirtsch. am BNE macht mittlerweile ca. 60 % (2000) aus. Die neuen Unternehmer sind dennoch weiterhin eng mit der staatl. Bürokratie verbunden. Wegen der ökon. Umstrukturierung ist das BIP stark gesunken (1992: –25,0 %; 1994: –27,0 %), wobei sich der Trend inzwischen umgekehrt hat (1990–2000 im Jahresdurchschnitt: –4,1 %; 2000: 5 %). Vom ges. Arbeitskräftepotenzial (2,9 Mio.) sind derzeit ca. 7,5 % (2000) ohne Beschäftigung, wozu ein erhebliches Maß an Unterbeschäftigung gerechnet werden muss. Trotz der drastischen Verschlechterung des Lebensstandards der k. Bev. hat es bislang – von wenigen Demonstrationen abgesehen – keine Massenproteste gegeben. Die Inflationsrate der im Mai 1993 eingeführten Währung Som, die sich aufgrund der Auflagen des *IWF Mitte 1990er J. stabilisiert hatte, stieg infolge der russischen Wirtschaftskrise Ende 1998 wieder an, um dann erneut zu sinken (Schätzung 2001: 9,1 %). Auch das staatl. Budgetdefizit sinkt nach den neuesten Zahlen allmählich (2001: 4,9 % des BIP). Ein Problem für die wirtsch. E. K.s ist die stetig wachsende multilaterale wie bilaterale Auslandsverschuldung, insb. an die Russländische Föderation und an Usbekistan, von dessen Erdgaslieferungen die k. Ind. abhängt. Die Gesamtverschuldung beträgt inzwischen 131 % des BIP (2000). Positive Effekte hinsichtlich der Sanierung der Staatsfinanzen erhofft man sich von der 1996 begonnenen Ausbeutung der Goldlagerstätten bei Kumtor, die zu den weltweit größten zählen.
Zu den größten ökol. Problemen des Landes zählt neben den gesundheitsschädlichen Auswirkungen der Baumwoll-Monokultur im Fergana-Tal die starke radioaktive Verseuchung der zentralen Gebirgsregion, verursacht durch den sowj. Uranabbau zwischen 1945 und 1968, wie auch die Folgen des Goldabbaus.
3. K. gehörte zusammen mit den anderen zentralasiat. Republiken zu den konservativsten der SU, bis Askar Akajew im Okt. 1990 von dem aus halbfreien Wahlen hervorgegangenen Parl. (Oberster Sowjet) zum k. Präs. gewählt wurde. Von Beginn seiner Amtszeit an verfolgte der Wirtsch.-Wissenschaftler Akajew einen Reformkurs gegen den komm. Staatsapparat. Das Scheitern des reaktionären Putsches in Moskau im Aug. 1991, gegen den sich Akajew von Anfang an gestellt hatte, wirkte als Beschleunigungsfaktor für die k. Staatswerdung und Demokratisierung. Am 31. 8. 1991 erfolgte die k. Souveränitätserklärung. Im Okt. 1991 wurde Akajew als einziger Kandidat in direkten Wahlen im Präs.-Amt bestätigt und konnte nach der Unabh. durch Verwaltungsreformen auf zentraler und lokaler Ebene seinen Einfluss gegenüber anderen Staatsorganen ausbauen. Nach längerem Konflikt zwischen dem komm. dominierten Obersten Sowjet und dem Präs. wurde im Mai 1993 eine neue Verfassung verabschiedet, die Gewaltenteilung festschrieb und ein verkleinertes Parl. vorsah. Auf Initiative Akajews wurden 1994 zwei Referenden abgehalten, die seinen Kurs bestätigten und die Einführung eines Zwei-Kammer-Parl. ermöglichten. Nach Auflösung des Obersten Sowjets im Sept. 1994 fanden Parl.-Wahlen im Febr. 1995 statt. In den Präs.-Wahlen im Dez. 1995 setzte sich Akajew gegen zwei andere Bewerber durch und konnte im Febr. 1996 durch eine per Referendum bestätigte Verfassungsänderung seine Kompetenzen weiter ausdehnen. Die Parl.- und Präsidentschaftswahlen im Jan. und Okt. 2000 zeichneten sich durch die Verletzung demokrat. Standards aus, was Ausdruck einer zunehmend autokratischen Staatsführung durch den Präs. ist. Kennzeichnend für das pol. Leben in K. ist der

Gegensatz zwischen Nord- und Südk., wobei hier regionalistische Interessen wie relig. Gegensätze zum Tragen kommen. *Pol. Parteien spielen im öfftl. Leben – mit Ausnahme der reorganisierten Komm. Partei – bislang nur eine marginale Rolle. Nach dem Sturz des Taliban-Regimes gehören die bewaffneten Einfälle der Islam. Bewegung von Usbekistan aus Afghanistan ins Ferganatal wie im Sept. 2000 wohl vorläufig der Vergangenheit an. Allerdings schlägt sich der Gegensatz zwischen N.- und S.-K. zunehmend in gewaltsamen Auseinandersetzungen nieder.

4. K. hatte trotz der immensen wirtsch. und gesellsch. Probleme, die im Verlauf der *Systemwechselprozesse seit der Unabh. auftreten, scheinbar die besten Chancen unter den zentralasiatischen Nachfolgestaaten der UdSSR, einen Übergang zu Marktwirtsch. und Demokratie erfolgreich zu vollziehen. Positiv wirken sich hierbei die relativ stabilen pol. Verhältnisse und die wirtschaftspol. Reformfreudigkeit der Reg. aus. Trotz des zunehmend autoritären Verhaltens Akajews gilt K. immer noch als das freiheitlichste Land in Zentralasien. Auch ist es – von wenigen gewalttätigen Auseinandersetzungen zwischen Kirgisen und Usbeken 1990 abgesehen – zu keinen größeren interethn. Konflikten gekommen. So ist es auch zu erklären, dass das Land im regionalen Vergleich ein hohes Ausmaß an Auslandsinvestitionen bzw. int. Finanzhilfe (*ASDB, *Weltbank) aufweist, wobei sich die geogr. Lage des Landes, die vergleichsweise geringen natürlichen Ressourcen und der desolate Zustand des Staatsapparats zunehmend negativ auswirken.

Lit.: U. Halbach, Die zentralasiatischen Republiken, in: HDW III, 6, 1993, S. 122ff.; G. Reinecke, Politische Entwicklung im nachsowjetischen Mittelasien: Demokratisierung in Kirgisien. Bericht des Bundesinstituts für ostwissenschaftliche und internationale Studien Nr. 57/1995, Köln; B. Pannier, President Acquires More Power in Kyrgystan, in: Transition 3/2, 1997, S. 94f. fg/rm

Kiribati →Pazifische Inselwelt

KIWZ Konferenz über Int. Wirtsch.-Zusammenarbeit (auch CIEC = *Conference on International Economic Cooperation*), Tagungsort Paris, Dez. 1975 bis Juni 1977, Teilnehmer 8 IL, 19 EL (darunter 7 *OPEC-Länder, kein *LLDC). Versuch, außerhalb des Rahmens der *UN in 4 Bereichen (*Energie, Rohstoffe, E.-Pol., Finanzfragen) einvernehmliche Lösungen zu erarbeiten. Neben einigen Übereinstimmungen (Bejahung eines *Gemeinsamen Fonds als Schlüsselinstrument eines *Integrierten Rohstoffprogramms; besserer Zugang der EL zum privaten Kapitalmarkt, Unterstützung von *CDC durch die int. Organisationen, verstärkte Hilfe für LLDCs, verstärkte Förderung der *Industrialisierung der EL etc.) keine Einigung über *Exporterlösstabilisierung, Energieversorgungsbeitrag der EL, freier Zugang von Industriewaren aus den EL zu den Märkten der IL. Beide Seiten konnten für wesentliche Teile ihrer Forderungen kein Gehör finden. dn

Klein(st)gewerbeförderung (KF) *Bedeutung:* Handwerkliche und kleinere Unternehmenseinheiten sind ein wichtiger Bestandteil jeder Wirtschaftsstruktur: Von ihrer E. gehen Wachstums- und Beschäftigungsimpulse sowie Anstöße zur Festigung marktwirtsch. Strukturen aus. Heute wird die KF nicht mehr nur als Beitrag zur Beschäftigungs- und Einkommenssicherung der Menschen in EL, sondern in ihrer Bedeutung für die E. einer diversifizierten und konsolidierten Wirtschaftsstruktur gesehen. Die stärkere Beteiligung am Wirtschaftsprozess ermöglicht den Menschen aber auch eine stärkere Mitwirkung an pol. Entscheidungen. KF kann somit indirekt auch einen Beitrag zur Förderung von Demokratie leisten. Gleichzeitig ist das Kleingewerbe in EL einer Vielzahl interner (z.B. mangelnde unternehmerische Kompetenz, unzureichende Qualifizierung der Arbeitskräfte, niedrige Kapitalausstattung, veraltete Technologien, mangelnder Zugang zu Finanzdienstleis-

tungen) und externer Engpässe (inkonsistente und intransparente Regelwerke, Marktverzerrungen zugunsten von Großunternehmen, begrenzter Zugang zu Informationen über Technologien, Know-how und Märkte etc.) ausgesetzt. *Ziel* der KF ist daher die wirtsch. und sozial ausgewogene E. des Sektors durch die Entfaltung unternehmerischer Kompetenz, die Befähigung leistungsfähiger und professioneller Selbsthilfeorg. und Dienstleistungsanbieter sowie die Schaffung eines günstigen wirtsch.-pol. Umfelds. Darüber hinaus ist KF eng mit der e.-pol. Querschnittsaufgabe Armutsminderung verbunden: Für sie kann KF einen zentralen unmittelbaren (Schaffung von Arbeitsplätzen, Einkommen, Versorgung mit Gütern und Dienstleistungen) und mittelbaren (Verbesserung der Einkommensverteilung, Veränderung der Wirtsch.- und Sozialstruktur) Beitrag leisten.
Bisherige und neuere Ansätze: In der Vergangenheit lag aufgrund des Verständnisses vom Staat als Motor der E. der Schwerpunkt der *TZ beim Aufbau und der Stärkung staatl. und halbstaatl. Institutionen. Aufgrund der Erkenntnis, dass kleineren Unternehmenseinheiten beim Aufbau nachhaltiger Wirtschaftsstrukturen eine Schlüsselrolle zukommt, kam es zu einer Neuorientierung bei der Projekt- und Programmgestaltung. Der Schwerpunkt der deutschen EZ liegt seit den 1980er J. auf der Förderung von Selbsthilfeinstitutionen. Bei der Planung von Unterstützungsmaßnahmen muss deshalb gefragt werden, ob (Dienst-) Leistungen zur Unterstützung von Klein(st)unternehmen nicht besser von privaten Trägern und Selbsthilfeorg., die näher an den Zielgruppen sind, erbracht werden können als von (halb)staatl. Stellen (*Subsidiaritätsprinzip). Zielgruppen der KF sind daher insbes. auch Selbsthilfegruppen von Existenzgründern und Klein(st)gewerbetreibenden, Selbsthilfeorg. der Wirtsch. (Kammern, Verbände, Innungen) sowie private Anbieter von Dienstleistungen. *Instrumente* der KF sind: 1. Politikberatung, die auf die Schaffung günstiger Rahmenbedingungen zugunsten privatwirtsch. Initiative hinwirkt; 2. Organisations-E.: Mittels Beratungs- und Schulungsmaßnahmen sollen die institutionellen und professionellen Kompetenzen der Mittlerorg. (Kammern, Verbände etc.) gestärkt werden; 3. Aus- und Fortbildung auf einzelbetrieblicher Ebene: Existenzgründungskurse und Unternehmerfortbildung (sog. CEFE-Ansatz); 4. Netzwerkbildung zwischen Klein(st)gewerbetreibenden und Selbsthilfeeinrichtungen sowie mit größeren Betrieben (Zulieferverhältnisse) und 5. Kammerpartnerschaften. →Informeller Sektor

Lit.: BMZ-Sektorkonzept: Förderung von Klein- und Kleinstgewerbe in Entwicklungsländern, Jan. 1997. as

Kleinstmaßnahmen →TZ-Kleinstmaßnahmen

Klientelismus (auch politischer Klientelismus) Der Begriff ist in der pol. Soziologie der EL in den letzten J. stark in den Vordergrund getreten. Er setzt das Vorhandensein einer personalen Beziehung zwischen zwei Akteuren (oder Gruppen von Akteuren) voraus, wobei der Klient in einem Abh.-Verhältnis zum Patron («Herrn») steht. Beide verfügen über ungleiche Mittel, setzen diese jedoch zum wechselseitigen Nutzen ein. Die Anwendungsgebiete, in denen Klientelstrukturen analysiert werden, reichen von *pol. Parteien, Interessengruppen, Bürokratien, Politikerkarrieren und pol. Integration (in der Dritten Welt z. B. das Verhältnis zwischen der pol. Zentralinstanz und Klientelherren, ohne deren «Mittlerrolle» die «modernen» Zentralinstitutionen die Masse der Bev. v. a. auf dem Lande kaum erreichen könnten) bis zu außenpol. Dependenzbeziehungen. Durch diese breite Auffächerung droht der Begriff jedoch an Präzision zu verlieren.

Lit.: S. N. Eisenstadt/R. Lemarchand (Hg.), Political Clientelism, Patronage and Development, Beverly Hills/London 1981; M. Caciagli, Klientelismus, in: D. Nohlen/P. Waldmann/K. Ziemer (Hg.), Die östlichen und südlichen

Länder, Lexikon der Politik, Bd. 4, München 1997, S. 291 ff. kz

Klimarahmenkonvention →Welt-Umweltkonferenz, →Kyoto-Konferenz

Klimaschutzkonvention →Klimarahmenkonvention

Klima- und Atmosphärenregime Multilateral ausgehandelte, zwischenstaatl. Vereinbarungen zur Begrenzung des Schadens, den Weltklima und Erdatmosphäre aufgrund weltweiter umweltschädlicher Emissionen genommen haben bzw. der in absehbarer Zukunft zu erwarten steht.

1. Dem Protokoll von Montreal vom Sept. 1987, das bis 1999 eine Reduktion der FCKW-Emissionen um 50 % vorsah und von 23 Staaten unterzeichnet wurde, folgten weitere Abkommen und Erklärungen. Die Umweltkonferenz von Noordwijk vom Nov. 1989 und die Weltklimakonferenz in Genf im Nov. 1990 erzielten erstmals Übereinstimmung in der Problemanalyse und in der integrierten Betrachtung der Bedeutung von Kohlenstoffemissionen und Kohlenstoffspeichern. Emissionsreduktion und Walderhaltung bzw. Wiederaufforstung wurden als gleichberechtigte Ziele formuliert. Mit den Beschlüssen von Kopenhagen 1992 wurden die Bestimmungen des Montrealer Protokolls verschärft: Seit 1. 1. 1996 dürfen keine der im Protokoll genannten FCKWs mehr produziert werden, für EL gilt eine zehnj. Übergangsfrist. Außerdem wurde ein multilateraler Ozonfonds eingerichtet, dessen Exekutivausschuss paritätisch mit Vertretern von IL und EL besetzt ist und der bei der bestimmungsgemäßen Verwendung der Mittel mit der *Weltbank und UN-Unterorg. zusammenarbeitet.

2. Die im Rahmen der UN ausgehandelte Klimarahmenkonvention (KRK) über die Reduktion von CO_2 und anderen, nicht durch das Protokoll von Montreal erfassten Treibhausgasen lag bei der *UNCED-Konferenz von Rio 1992 zur Unterzeichnung aus. Nachdem 150 Staaten sie unterzeichnet und 30 Staaten sie ratifiziert hatten, trat die KRK am 21. 3. 1994 in Kraft. Ihr Ziel ist die Stabilisierung der Treibhausgaskonzentration in der Atmosphäre auf einem Niveau, das unbedenklich für das Klimasystem der Erde ist. Um dieses Ziel zu erreichen, akzeptieren alle Vertragsstaaten allgemeine, die IL sowie die Länder Mittel- und Osteuropas (sog. Annex-1-Staaten) besondere Verpflichtungen, womit diese ihre Verantwortung als Hauptverursacher anerkennen. Diese besonderen Verpflichtungen bestehen in einer Reduktion der Treibhausgasemissionen auf das Niveau von 1990. Eine von der EU geforderte konkrete Zeitvorgabe hierfür wurde durch den Einspruch der USA verhindert. Völkerrechtl. innovativ ist die Möglichkeit der gemeinsamen Umsetzung der Konventionsverpflichtungen durch IL und EL (*joint implemetation*), wenn diese Kooperationen kostengünstiger als einzelstaatl. Maßnahmen sind. Auf der ersten Folgekonferenz der KRK-Signatarstaaten in Berlin 1995 wurde ein Mandat für ein Protokoll zur Verschärfung der Verpflichtungen der Annex-1-Staaten beschlossen. Sitz des Sekretariats der KRK ist seit Mitte 1996 Bonn (→IPCC).

3. Auf der Sondersitzung der Generalversammlung der UN im Juni 1997 in New York, die dazu dienen sollte, 5 Jahre nach der Rio-Konferenz eine Zwischenbilanz vorzulegen und insbes. die Umsetzung der Agenda 21 zu begutachten, kam aufgrund von Differenzen zwischen der EU und den USA über die Reduzierung der Emission von Treibhausgasen sowie zwischen IL und EL über die Implikationen umweltpol. Maßnahmen für das Ziel einer globalen *nachhaltigen Entwicklung keine gemeinsame Abschlusserklärung zustande. Entgegen dem Drängen der EU, die sich auf das Ziel einer Verminderung der klimarelevanten Emissionen auf 15 % unterhalb des Niveaus von 1990 bis zum Jahr 2010 festlegte, sperrten sich die USA, die die Auflagen von Rio zur Emissionsreduzierung nicht eingehalten hatten, bis zur *Kyoto-Konferenz gegen konkrete zeitliche und inhaltliche Festlegungen. Auf ihrer 3. Vertragsstaatenkonferenz im Dez. 1997 in Kyoto ei-

nigten sich die Teilnehmerstaaten auf ein Protokoll, welches zum ersten Mal verbindliche Emissionsbegrenzungen von treibhauswirksamen Gasen vorsieht. Für die teilnehmenden IL beinhaltet das Protokoll eine Verpflichtung, Emissionen von sechs Schlüssel-Treibhausgasen bis zum J. 2010 um 5,3 % zu senken (Referenzj.: 1990). Das Kyotoprotokoll tritt in Kraft, wenn es von 55 Staaten ratifiziert wird, auf die 1990 55 % des Kohlendioxid-Ausstoßes entfielen. Nach dem Ausstieg der USA im März 2001 einigten sich die verbliebenen Staaten auf ihrer 7. bzw. 8. Vertragsstaatenkonferenz in Berlin bzw. Marrakesch (beide 2001) nach zähen Verhandlungen, an deren Ende Sonderkonditionen für Russland und Japan standen, auf eine Ratifizierung des Kyoto-Protokolls bis spätestens Sept. 2002. Obwohl bis Mitte Juni 2002 insges. 74 Staaten, darunter die EU und Japan, das Protokoll ratifiziert haben, wird es, aufgrund der bislang nicht erfolgten Ratifikation Russlands, nicht fristgerecht in Kraft treten, da die Unterzeichnerstaaten bislang für lediglich 36 % der Kohlendioxidemissionen des J. 1990 verantwortlich waren. →Kyoto-Konferenz

Lit.: E. U. v. Weizsäcker, Umweltstandort Deutschland. Argumente gegen die ökologische Phantasielosigkeit, Basel 1994; Th. Gehring, Dynamic International Regimes, Frankfurt a. M. 1994; P. Hayes/K. Smith, The global greenhouse regime. Who pays? Science, economics and North-South politics in the Climate Change Convention, Tokyo/New York/Paris 1994 (2. Aufl.); Enquête-Kommission Schutz der Erdatmosphäre des Deutschen Bundestages, Mehr Zukunft für die Erde. Nachhaltige Energiepolitik für dauerhaften Klimaschutz, Bonn 1995; R. Gelbspan: Der Klima-Gau, München 1997; M. Mwandosya, Survival Emissions, Dar es Salaam 1999. hb

Klub von Dakar 1974 gegr. Vereinigung von etwa 100 unabh. Persönlichkeiten aus EL und IL; Forum für Diskussionen über die Zusammenarbeit zwischen IL und EL, unter EL und über die * Industrialisierung der EL. Organisiert Tagungen zu entwicklungspol. Themen. dn

Know-how (engl. – wissen wie); der aus der amerik. Geschäftssprache stammende Begriff bezeichnet die Gesamtheit aller theoret. Erkenntnisse und praktischen Erfahrungen eines Unternehmens, die bei der Fertigung von Gütern, im Absatzbereich, bei Management-, Planungs- und Arbeitsorganisationsprozessen und dergleichen gewonnen werden. Ähnlich wie bei Lizenzen kann im Rahmen von Verträgen das rechtlich nur unvollkommen schützbare *Know-how* durch Verkauf an andere Unternehmen weitergegeben werden. ah

Kofinanzierungen Gemeinsame Finanzierung von E.-Maßnahmen durch mehrere Geber (Länder und Org.), i. d. R. auch mit Beteiligung der EL. Hierbei ist normalerweise nur * öffentl. E.-Hilfe (ODA) gemeint. In Einzelfällen im int. Bereich meint K. (*Co-Financing*) auch die Kombination von öfftl. und privatwirtsch. E.-Finanzierung. Beispiel * Weltbank: Kombination von ODA, Export- und priv. Bankkrediten. In der bundesdeutschen Terminologie fällt dies unter den Begriff * *Mischfinanzierung*. Vorteile gegenüber der herkömmlichen Finanzierung: Finanzierbarkeit von Projekten, deren Umfang die Leistungskraft eines einzelnen Gebers übersteigt; Bündelung von Kapital und Erfahrung; Arbeitsteilung bei Prüfung und Durchführung; Verteilung möglicher Risiken; hohe * OPEC-Beteiligung, daher sinnvolle Anlage (*Recycling*) der Ölgelder in EL sowie zusätzliche Lieferchancen für IL, da die OPEC ihre finanzierten Leistungen nicht selbst beliefern kann.

Die BRD beteiligt sich an K. seit 1973 und hat bis 2000 jeweils ca. 25 % der * Finanziellen Zusammenarbeit (FZ) der BRD für K. ausgegeben. Die Zusagen für K.-Projekte laufen über die * KFW und werden auch von ihr abgewickelt. Die wichtigsten Partner der BRD bei K.-Projekten sind die Weltbank, * regionale Entwicklungsbanken, die EU (→EEF) sowie die USA, GB und Frankreich. bg/tk

Kolonialismus K. bezeichnet den Prozess der Ausdehnung der europ. Macht- und

Einflusssphäre in den außereurop. Ländern. Träger des K. können sowohl Staaten als auch ökon. oder relig. Gruppen sein, deren Vordringen in bislang «unbekannte» Gebiete meist Schutzgarantien der «Mutterstaaten» nach sich zog.

Vor dem Aufkommen des *Imperialismus Ende des 19. Jh.s beschränkte sich der K. zumeist auf die Errichtung und milit. Absicherung von Handelsstationen, die, ergänzt durch eine Kette strategischer Stützpunkte, die Randzonen der neu entdeckten Kontinente in die Handels- und Einflusssphären der Kolonialmächte einschloss. Die koloniale Beherrschung außereurop. Länder erfüllte v. a. den Zweck, durch Ausbeutung der Kolonien den Reichtum des Mutterlandes, die Staatseinnahmen, zu vergrößern (Merkantilismus). Als besonders profitabel erwies sich dabei der Abbau und Raub von Edelmetallen in Südamerika und der von GB beherrschte Dreieckshandel zwischen Afrika, Amerika und GB. Billig eingekaufte afrik. Sklaven wurden in Amerika als Arbeitskräfte verkauft. Von dort wurden Zucker, Gewürze, Rum, Baumwolle etc. nach GB gebracht und zu hohen Preisen auf dem heimischen und europ. Markt veräußert.

Die einseitige Nutzung des kolonialen Austauschs zugunsten der Europäer wurde neben der Tatsache ihrer milit. Überlegenheit v. a. durch ihr Transportmonopol in der Seeschifffahrt gesichert. Daneben sorgte der Mythos von der anthropologischen Minderwertigkeit der Farbigen dafür, deren Behandlung als bloße Objekte europ. Interesses zu rechtfertigen. Zu der wirtsch. Ausbeutung gesellte sich relig. und humanistischer Missionseifer, der die Zerstörung der Identität der außereurop. Völker mit der Überwindung des Barbarentums gleichsetzte. Damit wurde die Grundlage für die heute, wenn auch in der konkreten Erscheinungsform gewandelten, grundsätzlich aber ebenso einschneidend gebliebenen gesellsch. Deformationen der Länder der *Dritten Welt gelegt. Die asymmetrische Interaktion zwischen den Kolonialmächten und ihren Kolonien wurde auch vom Liberalismus, der den Merkantilismus als außenpol. Doktrin ablöste, propagiert. David Ricardos (1772–1823) Theorie der *komparativen Kosten wird noch heute zur Begründung einer Pol. herangezogen, die die Wirtschaftstätigkeit der Länder der Dritten Welt deshalb auf die Rohstoffproduktion (oder auf banale Fertigungsprozesse) begrenzen will, weil sie diese am billigsten bewerkstelligen können. Vergessen wird dabei, dass die wirtsch. Strukturen, die dies ermöglichen, Resultat des K. sind. Der Liberalismus führte diesen mit anderen Mitteln fort. Wenn auch im 19. Jh. die Sklaverei abgeschafft wurde, so blieb der Zugang zu den Märkten und Rohstoffen der Kolonien für die Europäer doch weiterhin offen. Die Konkurrenz billiger europ. Fertigprodukte und das Fehlen schützender Zollschranken verhinderten den Aufbau nat. Industrien und perpetuierten die einseitige, oft *monokulturelle Ausrichtung der Kolonien. Gegen Ende des 19. Jh.s verband sich der K. mit der Doktrin des *Imperialismus. Nicht nur die Beherrschung von Märkten, sondern die Beherrschung von Territorien rückte nun in den Mittelpunkt kolonialist. Interesses. 1914 standen mehr als die Hälfte der Weltbev. unter direkter kolonialer Herrschaft; dazu sind die formell souveränen, in hohem Grade allerdings pol. kontrollierten und wirtsch. abh., nach Interessengebieten aufgeteilten Territorien wie China, Persien und die Türkei miteinzubeziehen.

Auch nach dem Einsetzen des Prozesses der *Dekolonisation, der v. a. nach dem 2. WK zu einem sprunghaften Anstieg der Zahl souveräner Staaten führte, blieben, wie die häufig zu beobachtende ökon., milit., kulturelle und pol. Anbindung ehem. Kolonien an ihre einstigen Mutterländer zeigt, die Abh.-Strukturen, die sich auf die durch den K. hervorgerufenen gesellsch. Deformationen der EL gründen, weiterbestehen. Die Frage wurde deshalb aufgeworfen, ob die staatl. Unabh. von Kolonien den K. automatisch beendet oder ob nicht vielmehr alle Anzeichen darauf hindeuten, dass der K., solange sich die pol. Verfasstheit der IL oder der EL nicht grundlegend ändert bzw. auf der int. Ebene der kapitalistische Weltmarkt das entscheidende Medium der Bez. zwischen IL und EL bleibt, in gewandelter Form als *Neokolonialismus weiterbesteht.

Lit.: F. Ansprenger, Auflösung der Kolonialreiche, München 1966; F. Fanon, Die Verdammten dieser Erde, Frankfurt 1966; E. Williams, Capitalism and Slavery, 10. Aufl., New York 1966; R. von Albertini, Europäische Kolonialherrschaft 1880–1940, Zürich/Freiburg 1976; E. Galeano, Die offenen Adern Lateinamerikas, Wuppertal 1977; J.-H. Grevemeyer (Hg.), Traditionelle Gesellschaften und europäischer Kolonialismus, Frankfurt 1981; K. Hammer, Weltmission und Kolonialismus. Sendungsideen des 19. Jahrhunderts im Konflikt, München 1981; D. K. Fieldhouse, The Colonial Empires, London und Basingstoke 1982; R. v. Albertini, European Colonial Rule, 1880–1940: The Impact of the West in India, Southeast Asia and Africa, Oxford 1983; W. Reinhard, Geschichte der europäischen Expansion, 4 Bde., Stuttgart 1983 ff. rs

Kolonien →Abhängige Gebiete

Kolpingwerk Sozial- und Entwicklungshilfe des Kolpingwerks e.V. (NGO, *VENRO), fördert *Selbsthilfebewegungen zur ganzheitlichen Ausbildung des arbeitenden Menschen in städt. und ländl. Regionen in EL. Ausgehend von den Kolpingfamilien als Ziel- und Trägergruppe der Hilfe, konzentrieren sich die Maßnahmen auf den Bereich der beruflichen *Bildung und die Gewerbeförderung. Die Projektarbeit wird v. a. über Spenden (1995: 2,0; 2000: 2,4 Mio. €) und Zuschüsse (1995: 6,7; 2000: 5,5 Mio. € von BMZ und EU) finanziert. Adresse: Kolpingplatz 5–11, 50667 Köln. Internet: www.kolping.de. red

Kolumbien

Fläche (Tsd. qkm): 1138,914
Bev. (Mio.) 2001: 42,8
BNE pro Kopf (US-$) 2000: 2080
BIP (Mio. US-$) 2000: 82 849
LE (Jahre) 1999: 70,3
Analphabetenquote (%) 1999: 9
HDI 1999: 0,765 [Rangplatz von 162: 62]

In K. koexistierten in den 1980er J. eine günstige Wirtschaftslage mit gesellsch. Zersetzung und einem wachsenden Chaos der Gewalt. Während seither die Wirtsch. stagnierte, setzten linke Guerillas, rechte Todesschwadronen und die Killer der Kokainkonzerne in weiten Teilen des Landes das staatl. Gewaltmonopol außer Kraft. Bei der männlichen Bev. ist Mord z. Z. die häufigste Todesursache.

1. Im Andenkomplex (mit Magdalena- und Caucatal) konzentrieren sich drei Viertel der Bev. K.s. Wichtigstes Agrar- und Exportprodukt ist der Kaffee. Die expandierende Gold-, Kohle- (70 % der Reserven LAs) und Ölförderung spielen im Außenhandel eine zunehmend wichtige Rolle. Daneben verfügt K. über wenig genutzte Eisenerz-, Kupfer-, Blei-, Silber- und Platinvorkommen sowie über die weltgrößte Smaragdproduktion. Allerdings werden immer noch 75 % der Exporte mit Agrarprodukten (neben Kaffee zunehmend Südfrüchte und Schnittblumen) bestritten.

2. Die JZ K.s ist klar rückläufig und beträgt (1950–1991) noch 2,1 %. Jeder Zweite lebt bereits in einem Ort mit 20000 oder mehr Ew.; die Landbev. stagniert durch Abwanderung in die Städte. Ethn. setzt sich die Bev. zur Hälfte aus Mestizen, zu rd. 25 % aus Mulatten, zu ca. 20 % aus Weißen zusammen (Schwarze 5 %, Indios 2 %). Die Staatssprache Spanisch hat sich fast überall durchgesetzt; 2 % der Bev. sprechen Indianersprachen. Die Kolumbianer sind zu 98 % katholisch.

3. Im J. 1819 führte Simón *Bolívar die Armee einer heterogenen antispan. Sammlungsbewegung zum Sieg gegen die Besatzungsmacht und ermöglichte so die Gründung Groß-K.s. Entgegen Bolívars Intention blieben im neuen Staat die kolonialen Strukturen intakt (Sklaverei, rassistische Indianergesetze, koloniale Steuern); die kreolische Oligarchie übernahm die Rolle der Spanier. Die pol. Macht blieb auf Jahrzehnte hinaus zwischen regionalen Hacendado-Gruppen

umkämpft. Im Zuge dieses Konflikts spalteten sich 1830 das heutige Venezuela und Ecuador von Groß-K. ab; das Restterritorium blieb bis Ende des Jh.s ein loser («föderalistischer») Zusammenschluss weitgehend autonomer Regionen. 1849 wurden die Liberale und die Konservative Partei gegründet, die seitdem das pol. Leben in K. dominieren: Beide sind heterogene Bündnisse regionaler und sozialer Interessengruppen. Die Liberalen regierten von 1849 bis 1885, in der Zeit des Tabakbooms, und orientierten sich an der Freihandelsdoktrin. Es folgte die konservative *Regeneración* (1886 bis 1930), in deren Verlauf der Zentralstaat gestärkt, dem US-Kapital der Weg in den Rohstoffsektor (Bananen, Öl) geebnet, aber auch die nat. Manufaktur gegen ausl. Konkurrenz geschützt und gefördert wurde. Die Gewinne des Kaffee-Booms (ab 1887), der 1. WK und die Weltwirtschaftskrise begünstigten die interne Akkumulation.

Ab 1930 (bis 1946) setzten die Liberalen den Industrialisierungskurs fort, leiteten unter López Pumarejo eine weitgehende Reform- und Sozialpol. ein und dehnten den legalen Spielraum von *Gewerkschaften und Linksopposition aus. Diese Pol. wurde zur Gefahr für die Hegemonie der trad. Parteien in Gestalt der linksliberalen Bewegung Gaitáns. 1946 übernahmen die Konservativen die Reg., lösten den Kongress gewaltsam auf, besetzten die Verwaltung mit ihren Parteimitgliedern, verboten die Linksopposition und marginalisierten die Liberalen. Letztere Gruppierungen organisierten *Guerillas gegen das «illegitime» Regime, die bald Eigendynamik gewannen. K. versank 10 J. lang in einem Bürgerkrieg (violencia), der 200000 bis 300000 Menschenleben kostete und die polit. Existenz beider Traditionsparteien bedrohte. Gegen den Militärdiktator Rojas Pinilla (1953 bis 1957) verbündeten sich deshalb Liberale und Konservative in der «Nationalen Front» und teilten sich ab 1958 paritätisch Regierung und Posten in der Bürokratie. Dieses System der Machtaufteilung blieb, obwohl bis 1974 befristet, bis zur Wahl von Virgilio Barco zum Präsidenten (1986) intakt.

4. Um 1900 verlagerte sich der geogr. Schwerpunkt des Kaffeeanbaus ins Dept. Antioquia, wo in den vorangegangenen Jahrzehnten im Zuge der Andenkolonisierung eine breite Schicht unabhängiger Klein- und Mittelbauern entstanden war. Seitdem teilen sich Plantagen und Kleinbauern die Produktion des wichtigsten Agrar- und Ausfuhrprodukts K.s, das zeitweise bis 85 % der Exporterlöse einbrachte. Heute verfügen drei Viertel der insg. 300000 Kaffeebetriebe über weniger als 4 ha (Produktionsanteil 35 %); 42 % sind *Minifundien mit weniger als 1 ha. Seitdem es in jüngster Zeit gelang, die Rohstoffexporte (Gold, Kohle, Öl) deutlich zu steigern, das Angebot exportierbarer Agrarprodukte zu diversifizieren und auch Manufakturwaren auf dem Weltmarkt abzusetzen, ging der Kaffeeanteil im Außenhandel auf (je nach Weltmarktpreis) 30 bis 50 % der Exporte zurück. Insg. stellt die Landw. bei einem BIP-Anteil von 20 % ein Drittel der Arbeitsplätze (Ind. 30 %/14 %). Die Produktion von Grundnahrungsmitteln reicht zur Versorgung des Binnenmarkts nicht aus (Lebensmitteleinfuhren um 10 %). Nach wie vor ist die Agrarstruktur durch eine starke Besitz- und Einkommenskonzentration geprägt; nach dem letzten Zensus verfügen 0,7 % der Betriebe über 41 % der Flächen, während sich 60 % der Betriebe auf 4 % der Flächen zusammendrängen und die Hälfte der Landbev. keinen Zugang zu Land hat. K. bezahlt seine Fortschritte bei der Agrarmodernisierung mit wachsender Landflucht.

Die E. der kolumb. Wirtsch. insg. stand und steht in engem Zusammenhang mit der Kaffeekonjunktur. Ab 1900 und verstärkt ab 1920 war es die Handelsbourgeoisie, die ihre Gewinne aus versch. Kaffee-Booms in den Aufbau von importsubstituierenden Konsumgüterind. investierte. Doch erst der Rückgang der konkurrierenden Importe im Verlauf der

Weltwirtschaftskrise ermöglichte eine Auslastung der Kapazitäten, rasches ind. Wachstum und die Ausdehnung der Produktion in den Zwischengüterbereich. Bis Ende der 1940er J. trieben allein nationale Investoren die *Industrialisierung voran. Dann setzte ein massiver Zustrom von US-Kapital und damit die Denationalisierung der Ind. ein. Heute werden von den 100 größten Firmen 91 ganz oder über Beteiligungen von Ausländern kontrolliert; 27 dieser Firmen realisieren 15 % der Industrieproduktion. Von wachsender Bedeutung ist die illegale Parallelwirtsch. (Schmuggel, Marihuanaanbau und -export, Kokainproduktion), deren Umsatz den Wert der Kaffee-Exporte übersteigt. Aus den illegalen Wirtschaftszweigen ging eine neue Fraktion der Oberschicht (clase emergente) hervor, die zusehends in die legale Wirtsch. und in die Pol. vordringt.
5. Die *Einkommensverteilung in K. ist stark ungleich. Zwei Drittel der Bev. müssen sich mit weniger als 300 US-$ p. a. begnügen: 40 % der Gesamtbev. und ca. 65 % der Landbev. leben unterhalb der offiziellen Armutsgrenze von 150 US-$ im J. Die reichsten 5 % bringen 40 % des Volkseinkommens an sich. Die Gesundheitsversorgung insb. der Armen und der Landbev. ist mangelhaft: Auf 10000 Ew. kommen 6 Ärzte, von denen 90 % in den Städten praktizieren. Die Ernährungslage und Wohnsituation sind für das Gros der kolumb. Bev. schlechter als im lateinamerik. Durchschnitt, Armutskrankheiten wie Tuberkulose weit verbreitet. Offiziell arbeitslos sind 15 %, unterbeschäftigt ca. 30 % und sozialversichert lediglich 16 %. 3 Mio. Kinder zwischen 5 und 14 J. müssen sich gegen Hungerlöhne verdingen, um einen Beitrag zum Lebensunterhalt der Familie zu leisten. Entsprechend beträgt die Einschulungsrate nur 77 %, auf dem Land 60 % (Analphabetismus 8,7 %). Die städt. Armut (und damit die Elendsviertel und der informelle Dienstleistungssektor) wächst kontinuierlich durch *Landflucht aus den überbelegten Minifundien. Die Absorptionsfähigkeit der Ind. für neue Arbeitskräfte ist gering. Von insgesamt 200000 Stellungssuchenden p. a. finden nur 40000 einen Arbeitsplatz.
6. Auch nach der neuen Verfassung von 1991, welche die alte von 1886 ablöste, ist K. eine präsidiale Rep. mit einem Zwei-Kammer-Parlament (Repräsentantenhaus und Senat) und allgemeinem Wahlrecht. Die Verfassungswirklichkeit haben 130 J. lang abwechselnd und oft gemeinsam die Liberale und die Konservative Partei geprägt. Mag das duale Parteiensystem auch lange Zeit ausgereicht haben, um divergierende Oberschichtinteressen aufeinander abzustimmen (noch heute sind die beiden Traditionsparteien mit den Unternehmerverbänden eng verflochten) und populistisch oder repressiv durchzusetzen, ist es spätestens seit der Entstehung der org. Arbeiterbewegung und der Linksparteien nicht mehr in der Lage, soziale und gesellschaftliche Konflikte pol. zu verarbeiten. Dies umso weniger, als neue pol. Kräfte verboten und verfolgt sowie neuen Akteuren der Zugang zum pol. System, nicht selten durch Wahlbetrug, Stimmenkauf und Beeinflussung der Medien, verstellt wurde. Der Preis waren abnehmende Legitimität und Integrationskraft staatl. Pol. sowie zunehmende Politikverdrossenheit der Bev. (die Wahlbeteiligung lag und liegt auch heute selten über 50 %). Eine neue pol. Geschäftsgrundlage durchzusetzen gelang weder Dissidenten in den beiden Traditionsparteien noch den Protestbewegungen der 1970er J. Die große Streikbewegung von 1977 blieb ohne Konsequenzen. Die linke Sammlungsbewegung FIRMES, die versuchte, sich innerhalb des traditionellen Systems als pol. Alternative zu etablieren, bewegte nur wenig. Das Erstarken der im Lande operierenden Guerillabewegungen war Ende der 1970er J. deshalb nicht zuletzt Folge einer Pol., die auf der Bewahrung von Privilegien für die Klientel der Traditionsparteien beharrte.
Nachdem diverse Reg. erfolglos versucht hatten, den Guerillas durch erbarmungs-

lose Verfolgung und den Abbau demokratischer und pol. Rechte beizukommen, lancierte der konservative Präs. Betancur (1982–1986) einen Friedensplan, der im August 1984 ein Abkommen mit den Guerillaverbänden FARC (aktiv seit 1966), EPL (aktiv seit 1968) und M-19 (aktiv seit 1970) ermöglichte. Der liberale Präs. Barco (1986–90) bemühte sich neben der Fortsetzung des Dialogs mit der Guerilla um die Ausweitung der pol. Partizipationsmöglichkeiten. 1988 fanden erstmals Direktwahlen der Bürgermeister statt. Ende der 1980er Jahre stellte der Kampf gegen die Drogenmafia, die einen erheblichen Anteil der Wirtsch. (rd. 60 Mrd. US-$ Vermögen) und ganze Landstriche kontrollierte, das vorrangige Problem dar: Im Selbstbehauptungskampf des Staates gegen die Herausforderung der Drogenbarone starben von 1986 bis 1990 86000 Menschen. Zum neuen Präs. wurde Mai 1990 der liberale César Gaviria gewählt, der mittels einer neuen Verfassung die Guerilla zu reintegrieren versuchte, was nur zum Teil gelang. Der M-19 war bei Wahlen relativ erfolgreich, ihr Chef A. Navarro wurde Minister. Mit der CGSB liefen 1992 Friedensgespräche. Bei den Wahlen von März 1994 stellte sich das trad. Zweiparteiensystem wieder her. Präs. wurde Ernesto Samper (Liberale P.). Als Präs. Samper sowie mehreren Reg.-Funktionären und Abgeordneten vorgeworfen wurde, im Wahlkampf von 1994 Gelder von der Drogenmafia angenommen zu haben, geriet K. 1995 in eine schwere innenpol. Krise: Im Mai 1996 wurde Samper aus Mangel an Beweisen vom zuständigen Parl.-Ausschuss freigesprochen.

Bei den von Gewalttaten überschatteten Parl.-wahlen vom 8. 3. 1998 siegten die Liberalen, die 54 % der Mandate im Abgeordnetenhaus und 56 % im Senat erreichten. Mit weitem Abstand folgte die Konservative Partei, die rd. 27 % der Mandate im Unterhaus und 24,5 % im Senat auf sich vereinigte. Bei den Präs.-wahlen siegte am 21. 6. 1998 in der zweiten Runde der Konservative A. Pastrana mit 54 % der Stimmen. Pastrana versuchte, die FARC in einen Friedensprozess einzubinden, indem er ihnen ein etwa 42000 Quadratkilometer großes Areal im Süden des Landes überließ, in welchem sie unbehelligt ihre Macht ausüben konnten. Pastrana löste diese Zone im Februar 2002 wieder auf, als die Gewalttätigkeiten der FARC wieder zunahmen und unter seiner Präsidentschaft keine Fortschritte mehr zu erwarten waren. Bei den Wahlen vom 26. 5. 2002 siegte der Unabhängige (ehem. Liberale) A. Uribe, der mangels eines eigenen Kandidaten auch von der Konservativen Partei unterstützt wurde, mit 53,04 % der Stimmen bereits im ersten Wahlgang. Uribe kündigte einen härteren Kurs gegenüber der FARC an, die auf Drängen der kol. Regierung von der EU auf die Liste der gefährlichen Terror-Organisationen gesetzt wurde, zugleich aber auch seine Gesprächsbereitschaft.

7. Mit einer Strategie der Exportdiversifizierung hat K. im Durchschnitt der 1980er J. die höchsten Wachstumsraten (auch des BNE pro Kopf) in LA erzielt. Die *Verschuldung im Ausland war vergleichsweise gering. Das Exportangebot konnte durch Modernisierung der Agrarproduktion und Erschließung neuer Rohstoffquellen erweitert, die Abh. vom Kaffee-Export verringert werden. 1990 wurde ein umfassendes Reformprogramm in Gang gesetzt, das die kol. Wirtsch. nach außen öffnete und eine Wachstumsphase (v. a. im Bau-, Öl- und Finanzsektor) einleitete. Öl ersetzte in den letzten Jahren Kaffee als Hauptexportprodukt. Die in Verbindung mit den illegalen Drogengeschäften erzielten Einkünfte blieben allerdings der wahrscheinlich wichtigste Wirtschaftsfaktor. Das Vertrauen der Investoren hat durch das Verfahren gegen Präs. Samper gelitten: 1996 und 1997 wurde K. von der US-Reg. von der Liste der bei der *Drogenbekämpfung kooperativen Länder gestrichen mit der Folge einer drastischen Reduzierung der US-amerikanischen E.-

Hilfe. Insg. blieb die wirtsch. Prosperität mit tief greifenden sozialen Problemen verbunden: extrem ungleiche Einkommensverteilung; Zerstörung von Überlebensmöglichkeiten im Subsistenzbereich und wachsende städt. Armut.

Lit.: K. Meschkat/P. Rohde/B. Töpper, Kolumbien. Geschichte und Gegenwart eines Landes im Ausnahmezustand, Berlin 1980; H. W. Krumwiede/R. Stockmann, Kolumbien, in: HDW III, 2, 1995, S. 383ff.; R. Sevilla/Ch. von Haldewang/E. Pizarro (Hg.), Kolumbien. Land der Einsamkeit?, Bad Honnef 1999.

dd/ml

Kommission zur Entwicklung des Tschad-Sees →CBLT

Kommunalismus In der Literatur widersprüchlich verwandter und/oder bewerteter Begriff. Bezeichnet einerseits den Rückgriff auf kooperative Prinzipien der traditionalen afrikan. Dorfgemeinschaft, die im Rahmen von **community development*, *Genossenschaften und *ländl. E. wiederbelebt werden sollen (→*ujamaa, fokonolona* →Madagaskar). Andererseits wird unter K. ein an ethnischen, relig. und/oder kulturellen Phänomen orientiertes Verhalten verstanden. Damit hebt der Begriff auf Konflikte zwischen ethnisch, relig. und kulturell bestimmten gesellsch. Gruppen ab (u.a. →Tribalismus). dn

Komoren

Fläche (Tsd. qkm): 2,23
Bev. (Tsd.) 2000: 42,80
BNE pro Kopf (US-$) 2000: 380
BIP (Mio. US-$) 2000: 202
LE (Jahre) 1999: 60,6
Analphabetenquote (%) 1999: 41
HDI 1999: 0,510 [Rangplatz von 162: 124]

Die Inselgruppe der K. umfasst die zwischen Madagaskar und dem afrik. Festland gelegenen Inseln Grande Comore (1148 qkm/Hs. Moroni), Anjouan (424 qkm), Mohéli (220 qkm) und Mayotte (374 qkm). Die eigenständige Staatlichkeit der K. erstreckt sich nur auf die drei erstgenannten Inseln, während Mayotte nach wie vor unter der Verwaltungshoheit F.s steht. Anjouan und Mohéli erstrebten die Unabh. von Grande Comore, scheinen sich aber mit einer föderalistischen Lösung zufrieden zu geben. Die Inseln sind vulkanischen Ursprungs, arm an natürlichen Ressourcen und durch tropisches Klima geprägt. Mit Ausnahme von Mohéli sind sie überaus dicht besiedelt. Das Bev.-Wachstum ist mit mehr als 3 % p. a. rel. hoch. Mehr als 4/5 der Ew. sind islam. (die Bev. von Mayotte ist überwiegend kath.). Der Islam beherrscht das Erziehungswesen (Koranschulen). Die ökon. E. wird durch den Export von Vanille, Parfümessenzen, Sisal, Kopra, Kakao und Gewürznelken bestimmt. Der Export, der einst völlig in der Hand von frz. *Plantagen-Gesellschaften (*Société Bambao*) lag, wird heute von arab. Großgrundbesitzern kontrolliert. Das Fortbestehen trad. islam. Feudalstrukturen und ein hoher Anteil der von der *Subsistenzwirtschaft lebenden Bev. sind typisch für die Landw. (1993: 39 % des BIP, 78 % der Erw.). Stark ist die Importabh. bei Nahrungsmitteln und Erdöl. Wichtigste Abnehmerländer der Exporte des *AKP-Staates sind die USA (1995: 28,4 %), F. (36,5 %) und die übrige EU sowie die ostafrik. Länder und Madagaskar. Der *Tourismus ist seit den 1980er J. ein wichtiger Devisenbringer, der die chronischen Defizite der Handelsbilanz etwas auszugleichen vermag. Die wenig entwickelte und v.a. im Bereich der größeren Betriebe staatl. kontrollierte Ind. (BIP-Anteil unter 10 %) ist neben der Konsumgüterproduktion für den einheim. Bedarf (Möbel) auf die Weiterverarbeitung der landw. Plantagenerzeugnisse (v.a. Ylang-Ylang-Blüten) konzentriert. Die Sozialstruktur ist durch den Gegensatz zwischen einer kleinen, die Staatsfunktionen weitgehend kontrollierenden Schicht äußerst wohlhabender Grundbesitzer und Kaufleute und der großen Mehrheit der in krasser Armut lebenden einfachen Bev. mit geringen pol. Artikulationsmöglichkeiten geprägt.

Bis 1947 waren die K. zusammen mit Madagaskar, danach allein frz. Überseeterritorium. 1961 wurden die Selbstverwal-

tungsrechte der Inselgruppe ausgebaut, 1968 die volle innere Autonomie gewährt. Nach einem Referendum (1974), bei dem sich mit Ausnahme der Insel Mayotte, die für den Verbleib bei F. votierte (64 %), ca. 90 % der Bev. für eine Unabh. ausgesprochen hatten, proklamierte der seit 1972 amtierende Chef der Regionalreg., Ahmed Abdallah, am 6. 7. 1975 einseitig die Unabh. der K. Bereits einen Monat nach der Unabh.-Erklärung wurde Abdallah von einem Söldnerkommando gestürzt; ein ‹Nationaler Revolutionsrat› bestimmte Anfang 1976 Ali Soilih zum Staats- und Reg.-Chef. Sein Versuch, Staat (Dezentralisierung der Verwaltung) und Gesellsch. (Abbau des Feudalsystems) tief greifend umzustrukturieren und Restbestände des frz. Einflusses auf den K. vollends abzubauen, endete 1978 in einem erneut von Söldnern durchgeführten Putsch. Abdallah wurde wieder Präs., und F. nahm die während der Soilih-Reg. eingestellte Wirtsch.-Hilfe wieder auf.
Die Verfassung von 1978 etablierte eine föderale islam. Republik (*Republique fédérale islamique des Comores*), die jedoch durch einen faktischen Zentralismus gekennzeichnet blieb, wobei seit 1982 Abdallahs *Union Comorienne pour le Progrès* (UCP) als Einheitspartei die Macht ausübte und den Aufbau eines islam.-demokratischen Soz. propagierte. Nach einer Verfassungsänderung, die Abdallah eine weitere Amtszeit sichern sollte, wurde er am 26. 11. 1989 durch die von ausl. Söldnern geführte Präs.-Garde gestürzt und ermordet. Der vereinte Druck F.s und Südafrikas zwang die Putschisten jedoch nach kurzer Zeit zum Rückzug, der Vorsitzende der Nationalversammlung, S. M. Djohar, wurde zunächst Interimspräs. und nach Abschaffung des Einparteisystems am 11. 3. 1990 bei formal freien Präs.-Wahlen im Amt bestätigt. 1992 etablierte eine neue Verfassung ein semipräs. Reg.-System nach frz. Muster. Im Rahmen des neuen Parteienpluralismus, der in erheblichem Maß durch Familien- bzw. Clanstrukturen bestimmt ist, war die Innenpol. in der Folgezeit im Kontext einer schweren wirtsch. Krise (Preiseinbruch beim Hauptexportprodukt Vanille) durch häufig wechselnde Bündnisse und entsprechende Schwierigkeiten der Reg.-Bildung bestimmt (Parl.-Auflösung und vorzeitige Neuwahlen 1993). Im Sept. 1995 wurde Präs. Djohar durch einen, wie ‹üblich› von Söldnern geführten, Putsch zunächst entmachtet, auf Intervention F.s jedoch kurze Zeit später wieder als Präs. mit allerdings beschränkten Vollmachten eingesetzt. Die eigentlichen Reg.-Funktionen waren nach dem gescheiterten Putsch an den MP Yachroutou übergegangen. Die Präs.-Wahlen vom März 1996 gewann im zweiten Wahlgang M. Taki Abdoulkarim, der 1990 Djohar unterlegen war. Das ihn unterstützende Parteienbündnis erzielte bei den Parl.-Wahlen vom Dez. 1996, die wie bereits die Wahlen von 1993 von Teilen der Opposition boykottiert, von int. Beobachtern aber als frei und fair eingestuft wurden, 36 von 43 Mandaten. Auf Anjouan und Mohéli artikulierte sich seit 1997 Widerstand gegen die Reg. Takis in Form von Separationsbewegungen, die einen Wiederanschluss an Frankreich forderten und einseitig die Unabh. erklärten. Im April 1999 putschte General Azali Assoumani, löste die Bundesversammlung auf und bekämpfte die Sezessionisten. Er schloss mit dem Militärmachthaber der sezessionistischen Insel Anjouan, S. Abeid, ein Abkommen, das die Bildung einer Föderation vorsah. Diese Lösung wurde von der pol. Opposition wie auch von der *OAU abgelehnt. Unter Vermittlung u. a. der EU schlossen Reg., Separatisten und Opposition Feb. 2001 ein Friedensabkommen, das den separatistischen Inseln eine weitreichende Autonomie einräumte. Die Verhandlungen zur institutionellen Reform (Verfassungsreform, allg. Wahlen) gerieten jedoch immer wieder ins Stocken. Aug. 2001 wurde bei einem Putsch S. Abeid abgesetzt und durch den Militärrat die Fortsetzung neuer Gespräche

angekündigt. Nach erneuten Putschversuchen im Nov. und Dez. 2001 sprachen sich in einem Referendum am 28. 12. 2001 77 % der Bevölkerung der drei Inseln Grande Comore, Anjouan und Mohéli für eine neue föderalistische Verfassung aus. Am 13. 4. 2002 gewann General Azali Assoumani, bei einer Wahlbeteiligung von 15 %, die 1. Präs.-Wahl der Union der K. mit 75 % der Stimmen. Die Opposition hatte wegen Unregelmäßigkeiten zum Boykott der Wahl aufgerufen. Eine UN-Kommission erklärte am 8. 5. 2002 Azali Assoumani zum Wahlsieger. Am 21. 5. 2002 gewann der Oppositionskandidat Abdou Soulé Elbak mit 63 % der Stimmen die Wahlen auf der Insel Grande Comore.

Lit.: K. Ziemer, Komoren, in: F. Nuscheler/K. Ziemer u. a., Politische Organisation und Repräsentation in Afrika, Berlin/New York 1978, Bd. 2, S. 979 ff.; ders., Komoren, in: HDW III, 5, 1993, S. 228 ff.; P. Perri, Comores: Les nouveaux mercenaires, Paris 1994. bt

Komparative Kostenvorteile Das Theorem der K. K., das auf D. Ricardo zurückgeht, gilt noch heute als einer der fundamentalen Lehrsätze der Außenwirtschaftslehre. Es erklärt, welche Nationen mit welchen Gütern vorteilhaft int. Handelsbez. unterhalten (sollten), und erlaubt damit, Aussagen über die Produktions- und Handelsstruktur und den Außenhandelsgewinn zu treffen. Es kommt dabei nicht (wie noch A. Smith meinte) auf die Existenz abs. Kostenunterschiede an, etwa derart, dass das Land 1 das Gut A kostengünstiger produzieren kann als das Land 2 und dieses dafür das Gut B kostengünstiger produziert als das Land 1, beide Länder sich folglich auf die jeweils abs. kostengünstigste Produktion spezialisieren und entsprechende Gütermengen miteinander austauschen, sodass das Konsumniveau nach Aufnahme des int. Handels in beiden Ländern höher ist als zuvor. Die zentrale Aussage des Theorems der K. K. besteht darin, dass es selbst dann für beide Seiten zu vorteilhaftem Handel kommt, wenn z. B. Land 1 sowohl das Gut A als auch das Gut B kostengünstiger produzieren kann als Land 2, die Kostendifferenzen jedoch unterschiedlich hoch sind. Das Land 1 muss sich auf den Export solcher Güter spezialisieren, die es mit den geringsten rel. Kosten produzieren kann, ebenso das Land 2.

	Produktionskosten pro Einheit	
Land	**Gut A**	**Gut B**
1	80	100
2	120	200

In dem Beispiel geben die Zahlen die Höhe der Kosten pro produzierte Einheit der Güter A, B in den Ländern 1, 2 an. Es zeigt sich, dass das Land 1 sowohl in der Produktion des Gutes A als auch in der Produktion des Gutes B über einen abs. Kostenvorteil verfügt. Dieser ist jedoch rel. am höchsten bei der Produktion des Gutes B. Umgekehrt ist der abs. Kostennachteil des Landes 2 rel. am geringsten bei der Produktion des Gutes A. Nach Aufnahme des int. Handels spezialisiert sich das Land 1 auf die Produktion und den Export des Gutes B, das Land 2 entsprechend auf das Gut A. Wie sich die Außenhandelsgewinne auf die Länder aufteilen, lässt sich aus dem Theorem der K. K. nicht ableiten.

Auf der Logik dieses Theorems, das den int. Handel allerdings ausschließlich von der Angebotsseite her erklärt, baut ein großer Teil der Weiterentwicklung der neoklassischen Außenwirtschaftstheorie auf, indem sie die zugrunde liegenden Prämissen wie auch die Ursachen der Kostendifferenzen hinterfragt. Die int. Handelspol., insoweit sie den Freihandel postuliert (*GATT, *WTO), basiert auf diesem Theorem. Die Handelsbez. zwischen IL und EL werden größtenteils durch K. K. erklärt, insb. für den Handel von Ind.-Produkten gegen Rohstoffe (sog. Ricardo-Güter). Das Theorem der K. K. ist statisch, d. h., es bezieht sich auf K. K. zu einem bestimmten Zeitpunkt. Im E.-Prozess kann sich die Struktur der

K. K. verändern, weshalb es sinnvoll sein kann, z. B. zeitweise eine Schutzzollpol. zu betreiben und damit gegen die herrschenden K. K. zu verstoßen. hpn

Kompensatorische Finanzierung Methode zum Ausgleich von Erlösschwankungen von Rohstoffexporten; im Unterschied zur indirekten *Indexierung sieht KF vor, dass EL finanzielle Zuwendungen erhalten, wenn die Exporterlöse unter ein bestimmtes Referenzniveau sinken, und die zurückzuzahlen sind, wenn die Exporterlöse über das Referenzniveau ansteigen. →STABEX, SYSMIN dn

Kompensatorische Finanzierungsfazilität Es handelt sich bei der KF um Kredite, die der *IWF seinen Mitgliedsländern zusätzlich zu den allgemeinen Ziehungsrechten einräumt, wenn bestimmte Voraussetzungen erfüllt sind: Ein Kreditbedarf kann dann geltend gemacht werden, wenn der Rückgang der Exporterlöse vorübergehender Natur und von dem Land nicht zu vertreten ist. Die Fazilität wurde vom IWF 1963 erstmals eingerichtet, die Bedingungen zur Inanspruchnahme der Kredite sowie die Höhe des Kreditvolumens wurden mehrfach verändert. hpn

Kompensatorische Maßnahmen der Strukturanpassung 1. Bezeichnung für die sozial flankierenden Maßnahmen zur sozialen und pol. Abfederung der *Strukturanpassungsprogramme (SAP), die viele EL seit den 1980er J. durchführen. Im Wesentlichen handelt es sich um Interventionen in den Gebieten Beschäftigung, Gesundheit, Bildung und Ernährungssicherung. Sie werden entweder als Einzelprogramme organisiert, etwa Beschäftigungsprogramme für entlassene Arbeitskräfte; Ernährungsprogramme, die zielgruppenorientierte Nahrungssubventionen sowie direkte Nahrungsmittelgewährung für die verletzbareren Gruppen erfassen, oder als multisektorale Programme, die mehrere Aktionen unter ein programmatisches und institutionelles Dach in Form eines Sozialnothilfefonds (*emergency social fund*) bringen.

2. Hintergrund: Zu Beginn der 1980er J. beschränkten sich die ersten SAP von *Weltbank und *IWF im Wesentlichen auf ein wirtschaftspol. Konzept, welches sich darauf richtete, das wirtsch. Gleichgewicht möglichst schnell wiederherzustellen. Man ging davon aus, dass die Programme von relativ kurzer Dauer sein würden und dass nach wenigen Jahren ein stetiges, durch steigende Exporte gesichertes Wirtschaftswachstum eingeleitet werden könnte. Inzwischen wurde aber deutlich, dass der Reformprozess länger dauern würde. Zwar wurde erkannt, dass die SAP soziale Kosten verursachen würden, sie wurden jedoch als kurzfristiges, vorübergehendes Phänomen in Kauf genommen. Daher haben Erwägungen zur Reduzierung bzw. Bewältigung der sozialen Folgen der Anpassung bei der Programmatik der int. Finanzinstitutionen in der ersten Hälfte der 1980er Jahre keine bzw. nur eine marginale Rolle gespielt.

Ausgebliebene bzw. bescheidene Wachstumsergebnisse der ersten Phase der SAP und die zunehmend stärker zutage getretenen Armutswirkungen haben kritische Fragen und Bedenken innerhalb und außerhalb der finanzierenden Institutionen in den späten 1980er J. hervorgerufen. Im Mittelpunkt der Kritik standen insb. die negativen Folgen der Anpassungsmaßnahmen für die armen Bev.-gruppen: Sparmaßnahmen im Erziehungs- und Gesundheitswesen verschlechterten die Versorgung mit sozialen Leistungen; die Einführung von Benutzergebühren im sozialen Dienstleistungssektor sowie der Abbau von Subventionen und die steigenden Preise für Nahrungsmittel und Grundbedarfsgüter träfen die Bevölkerungsgruppe mit niedrigen Einkommen besonders hart; durch Entlassungen im öfftl. Sektor steige die Arbeitslosigkeit. Darüber hinaus befürchtete man, dass die in einigen Ländern z. T. verheerenden sozialen Folgen die pol. Akzeptanz der ganzen Strukturanpassungspol. gefährden könnten. Die Notwendigkeit, die wirtschaftspol. Anpassungsprogramme um ein Konzept zur

Abfederung ihrer negativen sozialen Effekte zu erweitern, wurde immer offensichtlicher. Kompensatorische Maßnahmen wurden als «Standardkomponenten» in die von der Weltbank finanzierten SAP zahlreicher Länder in den späten 1980er J. integriert, von denen →Boliviens sozialer Nothilfefonds (*Emergency Social Fund*, ESF) und →Ghanas Aktionsprogramm zur Linderung der sozialen Anpassungskosten (*Programme of Action to Mitigate the Social Costs of Adjustment, PAMSCAD*) am bekanntesten sind.

3. Ziele: Erstes Ziel der kompensatorischen Maßnahmen war folglich, die sozialen Kosten der Anpassung zu verringern und für die Betroffenen entsprechend zu kompensieren. Damit sollten sie auch ein zweites Ziel verfolgen, nämlich zu einer breiteren pol. Akzeptanz von SAP und zur Gegensteuerung ihrer potenziell destabilisierenden pol. Wirkung beizutragen. Inzwischen hat ein drittes Ziel der Kompensationsmaßnahmen zunehmend an Bedeutung gewonnen. Sie sollen nämlich über die kurzfristig soziale Kompensation hinaus allgemein zur Armutsreduzierung beitragen (→Armut). Daher richten sie sich nicht mehr nur an die sozialen Gruppen, die von den Auswirkungen von Anpassungsmaßnahmen unmittelbar betroffen sind (die sog. neuen Armen), sondern sie beziehen alle Armutsgruppen eines Landes als Zielgruppe mit ein. In diesem Sinne werden heute die Kompensationsmaßnahmen immer mehr unter der Bezeichnung «Sozialsicherheitsnetze» (*social safety nets*) erfasst.

4. Kritik: Obwohl manche dieser Maßnahmen einige Erfolge erzielen konnten, haben Kritiker auf ihren kompensatorischen, vorübergehenden und begrenzten Charakter hingewiesen. Die abzumildernden negativen Effekte der Anpassung würden z. T. durch die inhärente Logik der Anpassungspol. selber verstärkt. Statt mit kompensatorischen Mechanismen an den Folgen anzusetzen, könnten SAP prinzipiell von Anfang an sozialverträglicher formuliert werden. Außerdem bleibt unklar, ob diese Programme überhaupt ein wirksames Instrument zur Armutsbekämpfung oder pol. Legitimation darstellen, da sie einerseits die Ärmsten der Armen nicht erreichen, aber andererseits die potenziell konfliktfähigsten Gruppen (diejenigen, die durch Anpassung unmittelbar beeinträchtigt wurden, etwa *Gewerkschaften, staatl. Angestellte, Lehrer) von den Maßnahmen kaum erfasst werden. Darüber hinaus wurden nicht selten die Mittel der Programme machtpol. instrumentalisiert. Allgemein ist zu bemerken, dass sozialpol. Einzelprogramme in einen kohärenten sozialpol. Rahmen eingebettet sein sollten, um effektiv zur Armutsbekämpfung beitragen zu können.

Lit.: H. Ribe / S. Carvalho, World Bank Treatment of the Social Impact of Adjustment Programs, Working Paper Nr. 521, Policy, Research and External Affairs, Washington, D. C. 1990; P. Glaessner u. a., Poverty Alleviation and Social Investment, World Bank Discussion Papers No. 261, Washington, D. C. 1994; C. Graham, Safety Nets, Politics and the Poor, Transitions to Markt Economy. Washington, D. C.: The Brookings Institution 1995; A. Marc u. a., Social Action Programs and Social Funds, World Bank Discussion Papers Nr. 274, Washington, D. C. 1995; K. Stahl, Soziale Kompensationsmechanismen der Strukturanpassung in LA, in: J. Betz (Hg.), Pol. Restriktionen der Strukturanpassung in EL, Hamburg 1995, S. 85–107; J. Vivian, Social Safety Nets and Adjustment in Developing Countries, Geneva 1995. sus

Konditionalität →politische Konditionalität

Konferenz über Internationale Wirtschaftliche Zusammenarbeit →KIWZ

Konfessionalismus →Libanon

Kongo, Demokratische Republik (Ex-Zaire)

Fläche (Tsd. qkm): 23 448,86
Bev. (Mio.) 2001: 52,50
BNE pro Kopf (US-$) 1998: 100
BIP (Mio. US-$) 1998: 5584
LE (Jahre) 1999: 45,8
Analphabetenquote (%) 1999: 40,0
HDI 1999: 0,429 [Rangplatz von 162: 142]

Der ressourcenreiche Staat K. (*AKP, *CEPGL), vormals Zaire, hat unter dem seit den 1960er J. regierenden Staatschef Mobutu einen beispiellosen sozialen und pol. Niedergang erlebt, der seit den 1980er J. zunehmende Anzeichen der völligen staatl. und gesellsch. Desintegration offenbarte. Die schwindende geopol. Bedeutung Zaires nach dem Ende des *Ost-West-Konflikts und veränderte regionale Konstellationen führten 1997 zum überraschenden Kollaps des Mobutu-Regimes vor den anrückenden Truppen einer ursprgl. ost-zairischen Rebellenarmee, brachte dem Land aber keine pol. Stabilität.

1. Die Demokrat. Rep. K., im zentralafrikan. Kongobecken gelegen, ist der drittgrößte afrik. Staat. Das Land erstreckt sich über versch. Klimazonen. Abgesehen von kleinen Gebieten ist K. landw. nutzbar (landw. genutzte Fläche etwa 25 %, Waldfläche um 50 %). Etwa die Hälfte der landw. genutzten Fläche dient dem Anbau der vornehmlich für die *Subsistenz notwendigen Produkte (Maniok, Mais, Reis, Bananen). *Plantagen, v. a. im NO und O des Landes, liefern den Großteil der agrar. Exportgüter wie Palmöl, Baumwolle, Kaffee und Kautschuk. Wichtigster Wirtsch.-Sektor ist jedoch der Bergbau im S und SO (Kasai, Shaba). K. ist einer der größten Kobalt- und Industriediamantenproduzenten der Welt. Diese und andere Ressourcen wie Kupfer, Zinn-, Mangan- und Zinkerze, Uran, Kohle oder Erdöl werden nur z.T. ausgebeutet.

2. K. gehört zu den volkreichen Ländern Afrikas, doch ist die Bev.-Dichte mit 13 Ew./qkm recht gering. Weite Teile des K.-Beckens, aber auch Shaba, sind nur dünn besiedelt. Demgegenüber weisen die Randzonen im S und N bis zu 150 Ew./qkm und die Provinz Bas-Zaire mit der Hs. Kinshasa etwa 60 Ew./qkm auf. Der *Urbanisierungsgrad liegt bei 39 % und hat sich im Laufe des letzten Vierteljh. mehr als verdoppelt.

Die Bev. gliedert sich in die fünf *ethnischen Obergruppen der Bantu, Sudan-Völker, Niloten, Hamiten und Pygmäen. Die ungefähr 140 Bantu sprechenden Stämme machen 70 % der Bev. aus, die Sudanvölker im O und NO rund 20 %, Niloten und Hamiten (Tutsi) im O weniger als 10 % und die Pygmoiden im trop. Regenwald des K.-Beckens unter 1 %. Neben einer Vielzahl von Lokalsprachen haben sich Suaheli, Kikongi, Tshiluba und Lingala als die großen Verkehrssprachen durchgesetzt. Letztere hat sich als Militärsprache in ganz K. verbreitet. Amtssprache war bis zum Machtwechsel 1997 Frz., das nur von einer kleinen Minderheit beherrscht wird. Die Masse der Bev. sind *Subsistenzbauern, Hilfskräfte und städt. *Arbeitslose. Der potenzielle Reichtum des Landes steht in scharfem Kontrast zur Armut seiner Bev., die gemessen an ihrem Pro-Kopf-Einkommen und den gängigen Sozialindikatoren in einem der rückständigsten Staaten der Erde lebt. Die im afrik. Vgl. hohe *Alphabetisierung (1995: 77 %) wird zumeist noch auf die intensive Missionstätigkeit auch im ländl. Bereich zurückgeführt, ist aber in den letzten Jahren durch Staatsverfall und Bürgerkrieg stark zurückgegangen (1999: 60 %).

3. Die sich seit dem 18. Jh. verstärkende Penetration des zentralafrik. Raumes durch europ. Kaufleute und christl. Missionare fand im späten 19. Jh. ihren Abschluss in der Durchquerung des Kongobeckens durch H. Stanley. Er gründete i. A. des belg. Königs europ. Handelsniederlassungen, ehe 1885 das Territorium als «Freistaat Kongo» quasi Privatbesitz von König Leopold II. wurde. Er vererbte seinen Besitz 1908 als *Congo belge* an den belg. Staat. Die im Kongo praktizierte Variante der Kolonialherrschaft erwies sich nicht nur als besonders ausbeuterisch, sondern schloss bis in die 1950er J. eine pol. *Partizipation der afrikan. Bev. völlig aus. Der belg. K. ging insofern völlig unvorbereitet in die pol. Unabh., die nach dem Ausbruch von Unruhen in einigen urbanen Zentren K.s 1958 und einer zweijährigen Hinhaltetaktik der belg. Verwaltung zum 1. Juli 1960 wirksam wurde. P. E. Lumumba, Führer des linksorientierten *Mouvement National*

Congolais, wurde zum MP der «Demokrat. Republik Kongo» gewählt. Als die Kupferprovinz Shaba (Katanga), deren Wirtsch.-Kraft rund 60 % des kongol. Haushalts deckte, ihre Sezession erklärte, stand die junge Rep. vor ihrer Auflösung. Die internen Konflikte (weitere Sezessionsforderungen und Rebellionen) und die Anwesenheit von zeitweise fast 20000 *UN-Truppen in K. führten dazu, dass das Land bis Mitte der 1960er J. einen ständigen pol. Krisenherd bildete. Die ersten Maßnahmen der 1965 an die Macht gekommenen Militärs unter Mobutu zielten auf die territoriale Sicherung der nat. Einheit, eine innenpol. Stabilisierung und die Schaffung eines für westl. Investoren günstigen Klimas. Die Demokrat. Volksrepublik Kongo wurde in Zaire umbenannt. Mobutu sicherte schrittweise seine pol. und wirtsch. Macht, v. a. durch Errichtung eines Einparteisystems des *Mouvement Populaire de la Révolution* (MPR), den Aufbau paralleler Sicherheitsdienste und ein ausgeklügeltes System der Rentenabschöpfung. Durch Unterstützung des westl. Auslands blieb seine Herrschaft bis in die 1990er J. unangefochten. Seit 1990 kam es auch in Zaire zu Forderungen nach Demokratie und dem Aufflammen ethn. Unruhen in versch. Landesteilen bzw. erneuten Sezessionsforderungen aus den rohstoffreichen Gebieten Kasai und Shaba. Mobutu behielt zunächst genug Macht, um alle Versuche der Opposition, sein Herrschaftsmonopol zu brechen, wirkungsvoll zu sabotieren. Auch die zeitweise Ächtung durch die westl. Entwicklungshilfegeber vermochte daran nichts zu ändern, zumal die frz. Reg. im Gefolge der Flüchtlingskrise in *Rwanda erneut auf Mobutus Unterstützung für die pol.-milit. Stabilisierung der Region baute und int. humanitäre Org. bei der Versorgung von 2 Mio. rwandesischen Flüchtlingen auf die Zusammenarbeit mit Zaire angewiesen waren. Die Verwicklung in die Krise im Gebiet der Großen Seen (v. a. durch Unterstützung der vormaligen Hutu-Reg.-Milizen) erwies sich jedoch mittelfristig als Bumerang. Von Rwanda unterstützte Tutsi-Rebellen (Banyamulenge) im Osten Zaires unter der Führung von L. Kabila erkämpften ab Okt. 1996 mit Unterstützung anderer pol.-milit. Fraktionen Zaires (v. a. aus Kivu, Shaba und Kasai) immer weitere Teile des Territoriums und zogen schließlich im Mai 1997 ohne wirkliche milit. Gegenwehr in Kinshasa ein. Mobutu hatte sich nach vom südafrik. Staatschef Mandela initiierten, aber letztlich gescheiterten Friedensgesprächen mit Kabila ins Exil zurückgezogen. Auch die neue Reg. Kabilas sah sich jedoch schon bald mit einer von Uganda und Rwanda unterstützten Rebellion im O des Landes konfrontiert. Die milit. Intervention mehrerer Staaten des südl. Afrika an der Seite Kabilas führte endgültig zur Internationalisierung des Konflikts, in dessen Folge seit 1996 ca. 2,5 Mio. starben. Mit dem Abkommen von Lusaka 1999 wurde die Entsendung einer UN-Friedensmission (MONUC) beschlossen. Nach der Ermordung Kabilas im Jan. 2001 wurde sein Sohn Joseph Kabila rasch vom Militär als neuer Staatschef eingesetzt. Hoffnungen auf eine pol. Liberalisierung und einen Erfolg bei den int. Friedensverhandlungen unter der Führung des früheren Präs. Botswanas, Masire, haben sich bislang nicht erfüllt.

4. Der nach der Massenflucht der europ. *Colons* und im Verlauf des Bürgerkriegs (1960–1965) eingetretene Niedergang der landw. Produktion und des Agrarexports hat sich in den folgenden J. verstärkt (Rückgang der landw. Produktion 1970–1985 ca. 15 %, seitdem stabil). Heute muss K. Nahrungsmittel importieren, um die städt. Bev. zu versorgen, während sich ein Teil der Kleinbauern auf *Subsistenzwirtschaft (ca. 60 % der Agrarproduktion) beschränkte. Die verstaatlichten Bergbauunternehmen, v. a. der Kupferkonzern *Gecamines*, trugen bis in die 1980er J. noch ca. 50 % zu den Gesamteinnahmen des Staates bei. Seitdem sind Industriediamanten (bis 1986 weltgrößter Produzent, 1987 8,2 Mio. Ka-

rat, 1998: 26,0 Mio. Karat) zum wichtigsten Exportgut geworden, vor Kupfer, Kobalt, Kaffee und Erdöl (Prod. seit 1975). An der Abh. vom Weltmarkt hat sich nichts geändert. Seit Mitte der 1990er J. waren die Staatsfinanzen trotz mehrjähr. *Strukturanpassungsprogramme völlig zerrüttet. Unter dem neuen Präs. J. Kabila wurde der Diamantenmarkt im April 2001 vollständig liberalisiert. Die Auslands-*Verschuldung betrug Ende 1998 ca. 15,8 Mrd. US-$, einschließlich Zahlungsrückständen von 5,5 Mrd. US-$ (mehr als 200 % der Deviseneinnahmen). Der pol. Zerfallsprozess hat seit Mitte der 1990er J. auch den bis dahin ertragreichen Bergbausektor in Mitleidenschaft gezogen. In weiten Teilen des Landes brach die formale Ökonomie völlig zusammen, ein Großteil der zairischen Produkte gelangte durch Schmuggel außer Landes, zumal große Teile des Territoriums durch Rebellen und befreundete Staaten milit. kontrolliert werden.

Lit.: C. Braeckman, Le Dinosaure, Paris 1992; J.-C. Willame, L'automne d'un despotisme. Pouvoir, argent et obéissance dans le Zaire des années quatre-vingt, Paris 1992; P. Körner, Zaire, in: HDW III, 4, 1993, S. 503 ff.; W. Leslie, Zaire. Continuity and Change in an Oppressive State, Boulder 1993; H. Weiss, Zaire. Collapsed Society, Surviving State, Future Policy, in: I. W. Zartman (Hg.), Collapsed States, Boulder 1995, S. 157 ff.; D. Stroux, Zaires sabotierter Systemwechsel, Hamburg 1996; A. Hochschild, Schatten über dem Kongo, Stuttgart 2000. ch

Kongo, Republik

Fläche (Tsd. qkm): 342
Bev. (Mio.) 2001: 3,10
BNE pro Kopf (US-$) 2000: 630
BIP (Mio. US-$) 2000: 2689
LE (Jahre) 1999: 48,2
Analphabetenquote (%) 1999: 21
HDI 1999: 0,502 [Rangplatz von 162: 126]

1. K.s Fläche teilt sich in mehrfacher Hinsicht in eine je deutlich verschiedene N- bzw. S-Hälfte auf: Geogr.-klimatisch: im N das in der Nähe der Hs. Brazzaville beginnende savannenartige Hochland der Bateke sowie die oft nur schwer zugänglichen Regenwälder und Sumpfgebiete der Zuflüsse des Ubangi und des Kongo, im S die fruchtbare Niari-Hochebene. Demographisch lassen sich über 70 Ethnien unterscheiden, unter denen im N die M'Boschi (16 %) dominieren, während im S Angehörige der Kongogruppen (Bakongo, Basundi, Balali u. a.) gut 40 % der Gesamtbev. ausmachen. 60 % der Bev. leben allein entlang der Eisenbahnlinie Pointe Noire – Brazzaville, über die rd. 90 % des Außenhandels abgewickelt werden, während die Regenwälder des N kaum bewohnt sind (ca. 30000 Pygmäen). Der *Urbanisierungsgrad betrug 2000: 62 %. 50 % der Bev. sind kath., ca. 40 % hängen Naturreligionen an, daneben existieren protestantische und muslimische Minderheiten.

2. Zur wichtigsten Einnahmequelle der Wirtsch. entwickelte sich in den 1970er J. im Küstenbereich gefördertes Erdöl (1991 rd. 90 % der Exporterlöse, 75 % der Steuereinnahmen und 50 % des BIP). Die Einkünfte wurden jedoch kaum genutzt, um eine Diversifizierung der Wirtsch. zu erreichen, sondern im Bildungsbereich und zur weiteren Ausdehnung des Staatsapparats verwendet (1960: 3300; 1979: 54000; 1990: 80000 Beschäftigte), was eine breite bürokratische Mittelschicht hervorbrachte. Der seit 1970 verkündete «sozialistische» Kurs der Wirtschaftspol. beschränkte sich im Wesentlichen auf die Verstaatlichung etlicher ausl. Unternehmen. Die Dominanz der rd. 200 frz. Betriebe, insbes. der maßgebliche wirtsch. und pol. Einfluss der frz. Ölgesellschaft ELF-Aquitaine (→Transnationale Konzerne) sowie die wirtsch. und außenpol. Ausrichtung auf Frankreich blieben dabei prägend erhalten. Mindestens die Hälfte des Staatshaushalts wird seit den 1970er J. von ELF erwirtschaftet. Der Verfall der Ölpreise und der gleichzeitig sinkende Dollarkurs verursachten ab Ende der 1970er J. wachsende Defizite, welche die *Verschuldung auf 2000: 4,6 Mrd. anschwellen ließen. Die Ausgaben für den staatl. Sektor stellten dabei die größte Problemlast dar. Den unter dem Druck

von *Strukturanpassungsprogrammen des *IWF erfolgten Lohnsenkungen und Entlassungen aus dem Staatsdienst standen 1995 bereits Gehaltsrückstände von bis zu 14 Monaten gegenüber. Mit dem in den 1990er J. entbrannten Bürgerkrieg, der den bisherigen Tiefpunkt der sozioökon. E. des K. definiert, wurde das Strukturanpassungsprogramm 1997 ausgesetzt: Während in den 1980er J. das BNE jährl. um 5 % gestiegen war, schrumpfte es in den 1990er J. durchschn. um 4 %. Erst 2000 wuchs das BNE aufgrund eines IWF-finanzierten Wiederaufbaukredites wieder um 7,9 %.

3. Der seit der Unabh. 1960 regierende Staatspräs. F. Youlou wurde 1963 durch einen Generalstreik gestürzt. Die nachfolgenden Einparteiensysteme (ab 1964 Mouvement National de la Révolution = MNR, ab 1970 Parti Congolais du Travail = PCT) mit einem hohen Anteil an milit. Personal schlugen innen- wie außenpol. einen vornehmlich verbal radikalen Linkskurs ein. Den bemerkenswertesten Ausdruck fanden die von faktionalen Konflikten belasteten Regime der 1960er und 1970er Jahre unter den Präs. Massamba-Débat, Ngouabi und Yhombi-Opango auf dem Gebiet der konstitutionellen Experimente (Verfassungen von 1963, 1970, 1973, 1977, 1979 und der gleichen Anzahl von Grundgesetzen), welche die Volkssouveränität ab 1970 der zeitweise weniger als 200 Mitgl. starken Einheitspartei übertrugen und 1970 bis 1973 sowie 1977 bis 1979 das Parl. abschafften. In eine Phase der Stabilität trat K. in den 1980er J. unter Führung von D. Sassou-Ngeusso ein, als mit der umfassenden Ausweitung des staatl. *Patronagesystems die Versorgungsansprüche einer wachsenden Mittelschicht befriedigt wurden.

4. Als dieses System Anfang der 1990er J. aufgrund rückläufiger Erdölpreise kollabierte, war die Reg. gezwungen, den Rückzug aus der pol. Macht anzutreten. Eine 1991 organisierte Nationalkonferenz von 30 Parteien und über 100 zivilgesellsch. Org. bereitete mit der Formulierung einer demokrat. Verfassung (semi-präs. Reg.-System nach frz. Vorbild), welche im März 1992 in einem Referendum mit 96 % der Stimmen bestätigt wurde, den Übergang zur Mehrparteiendemokratie vor. In den folgenden Präs.-Wahlen setzte sich der Führer der Union panafricaine pour la démocratie (UPADS), P. Lissouba, im 2. Wahlgang durch, konnte aber bei den Parl.-Wahlen mit 37 % der Sitze keine eigene Mehrheit sichern und war auf eine Koalitionsbildung angewiesen. Mit der Einsetzung einer Reg.-Koalition aus PCT (14 % der Sitze) und UPADS und der Bildung einer Oppositionskoalition unter der Ägide von B. Kolelas vollendete sich eine friedliche demokrat. Transition.

5. Unfähigkeit zum Kompromiss und der Kampf um Dominanz zwischen den drei pol. Bewegungen führte indes bereits innerhalb eines Jahres zur Blockade des pol. Systems und sich zuspitzenden gewaltsamen Auseinandersetzungen. Die vorgezogene Parl.-Wahl 1993, welche die wechselseitige Obstruktion von Präs. und Nationalversammlung lösen sollte, bot den großen pol. Parteien Anlass zur Rekrutierung eigener Milizen. Bewaffnete Zusammenstöße zwischen Parteimilizen und einer in pol.-regionale Fraktionen zerfallenden Armee eskalierten nach einigen gescheiterten Friedenspakten im Juni 1997 vor geplanten Präs.-Wahlen zu einem Bürgerkrieg zwischen den milit. Kräften des amtierenden Präs. Lissouba und Expräs. Sassou Nguesso. Letzterer setzte sich schließlich milit. durch und übernahm am 16. 10. 1997 nach der Eroberung der Hauptstadt Brazzaville die Macht. Die Rückkehr zu einer konstitutionellen Reg. vollzog sich mit der Einsetzung einer Verfassung (Präs. Reg.-System) per Referendum sowie Präs. und Parl.-Wahlen im J. 2002. Die pol. Opposition war nicht an der Rekonstitutionalisierung beteiligt; Kolelas und Lissouba waren von den Wahlen ausgeschlossen. So wurde D. Nguesso bei einer Wahlbeteiligung von 74,7 % mit 89,7 % der Stimmen zum Präs. gewählt.

Lit.: H. Bertrand, Le Congo, Paris 1975; G. N. T. Hung, Agricultural and Rural Development in the People's Republic of Congo, Boulder 1986; V. T. LeVine, Military Rule in the People's Republic of Congo, in: J. W. Harbeson (Hg.), The Military in African Politics, New York 1987, S. 123–140; C. Allen/M. Radu, Benin and the Congo, London 1989; U. Schmidt, Kongo, in: HDW III, 4, 1993, S. 461 ff.; Clark, John F., Elections, Leadership and Democracy in Congo, in: Africa Today, 1994, 41(3), 3rd quarter, S. 41–60. kz/hf

Konrad-Adenauer-Stiftung →KAS

Kontereffekte →Außenhandelstheorie

Kontingentierung →GATT

Konvention über die Rechte des Kindes →Weltkindergipfel, →Kinderarbeit

Konvention von Cotonou Das Partnerschaftsabkommen von Cotonou (23. 6. 2000) zwischen der EG und 77 *AKP-Staaten (Kuba als 78. Mitgl. nimmt nicht teil) tritt an die Stelle des im Februar 2000 ausgelaufenen Lomé-IV-Abkommens. Es hat eine Laufzeit von insges. 20 J. (bei Überprüfung alle 5 J.).

Die für die EP der EU richtungsweisende Konvention, die maßgeblich aus der in den 1990er J. geäußerten Kritik an den Lomé-Vereinbarungen hervorgeht, beruht auf fünf Säulen: Vertiefung der pol. Kooperation, intensivierte Bekämpfung der *Armut, Einbeziehung privater Akteure (→NROs, transnationale Unternehmen), mittelfristige Konformität der Vereinbarungen mit den *WTO-Prinzipien und individuelle Programmabwicklung. Gegenüber den *Lomé-Abkommen fällt v. a. eine verstärkte Politisierung und Konditionalisierung der EZ auf. Die Mittel-Vergabe ist wesentlich stärker als bislang an die Verwirklichung von Demokratie, *Menschenrechten und **good governance* gebunden. Ebenso neu ist die Pluralisierung der Kooperation auf der Akteursebene durch die Einbeziehung des privaten Sektors bei der Projektplanung und -durchführung sowie der Versuch, die EZ mittels *wavier* innerhalb des laufenden Abkommens den WTO-Prinzipien anzupassen (bis 2008). Mittels einer – verglichen mit den Lomé-Vereinbarungen – reformierten Programmabwicklung (u. a. individuelle Behandlung der Teilnehmerstaaten: *Single Country Support Strategy*) wird die Effektivität der Projektarbeit zu steigern versucht. Das wichtigste Ziel der Zusammenarbeit bleibt weiterhin die Bekämpfung von Armut.

Institutionell brachte die Konvention keine nennenswerten Neuerungen. Zentrales Organ der Kooperation bleibt der paritätisch zusammengesetzte Ministerrat, daneben existiert weiterhin als Arbeitsgremium das permanente Botschafterkomitee und die ebenfalls paritätisch zusammengesetzte, v. a. in der Menschenrechtspol. aktive AKP-EU-Parlamentarierversammlung. Die finanz. Mittel belaufen sich insges. auf 25,1 Mrd. €. Zusammensetzung: 9.*EEF (2000–2007): 13,5 Mrd. €; Kreditvolumen der *EIB: 1,7 Mrd. € sowie 9,9 Mrd. € Restbeträge aus vorherigen EEFs. →EEP, Lomé-Abkommen

Lit.: S. Brüne, Die Konvention von Cotonou, in: Nord-Süd aktuell, Nr. 2/2001, S. 338 ff.; S. Schmidt, Aktuelle Aspekte der EU-Entwicklungspolitik, in: ApuZ B19–20/2002, S. 29 ff. js

Korea-Nord (NK)

Fläche (Tsd. qkm): 120,54
Bev. (Mio.) 2001: 22,4
BNE pro Kopf (US-$) 2000: LMIC [756–≤2995 US-$]
BIP (Mio. US-$) 2000: n. b.
LE (Jahre) 1999: 60,2
Analphabetenquote (%) 1990: 5
HDI 1995: 0,766 [Rangplatz von 174: 75]

Die Demokratische Volksrepublik Korea (DVRK), von Vertretern der *Dissoziation bis in die 1980er J. oft als ein gelungenes Beispiel einer *autozentrierten Entwicklung betrachtet, ist nach dem Zusammenbruch des Ostblocks int. isoliert und von internen Versorgungsproblemen erschüttert.

1. NK umfasst ca. 55 % der Landfläche der korean. Halbinsel. 4/5 der Fläche sind mit Wald bedeckt, 20 % des Landes (bei jedoch schwierigen Klima- u. Bodenbed.) landw. nutzbar. Der Reichtum NKs an mineralischen und metallischen

Rohstoffen (u. a. Eisenerze, Aluminium, Kupfer, Nickel, Blei, Gold) bot eine gute Basis für die rasche *Industrialisierung des Landes und den Handel mit China und der SU. Allerdings war NK immer auf Lieferungen fossiler Brennstoffe aus diesen Ländern angewiesen und hat nun in diesem Bereich Versorgungslücken.

2. Bei einem jährl. Bev.-Wachstum von 1,4 % (nach UN-Schätzungen für 1990–99) leben in NK 34 % der Ew. der korean. Halbinsel. Die Bev. ist ethn. homogen und durch familiäre Bez. stark mit der Bev. Südkoreas (SK) verbunden. Der im Verlauf der *Industrialisierung gewachsene Anteil an städt. Bev. beträgt 60 % (1999), die Hs. Pjöngjang hat ca. 2,7 Mio. Ew.

3. Korea, trad. im chines. Hegemonialbereich, wurde 1945 von 35-j. japanischer Kolonialherrschaft von der SU im N und den USA im S befreit. Der 38. Breitengrad sollte vorübergehend die Einflusszonen abgrenzen. Im Zuge des beginnenden Ost-West-Konflikts vertieften sich jedoch die gesellsch. Spannungen zwischen linken und rechten Gruppierungen. In NK übernahm mit sowj. Unterstützung die 1946 aus versch. linken Strömungen gebildete Partei der Arbeit Koreas (KAP) unter Kim Il Sung die Führungsrolle. Weil gemeinsame Wahlen nicht zustande kamen, wurde 1948 in SK (mit Unterstützung der USA) die Rep. Korea mit dem Konservativen Rhee als Präs. ausgerufen. NK reagierte mit der Gründung der DVRK (9. 9. 1948) mit Kim Il Sung als MP. In einer von beiden Seiten aufgeheizten Stimmung überschritt NK im Juni 1950 den 38. Breitengrad und löste damit den Koreakrieg (1950–1953) aus, in dem auf südkor. Seite US- und UN-Truppen, auf nordkor. Seite chines. Freiwilligenverbände eingriffen. Der stark verlustreiche Krieg endete 1953 mit dem bis heute gültigen Waffenstillstandsabkommen und der Teilung des Landes am 38. Breitengrad.

4. Wirtsch. setzte NK nach dem Koreakrieg (mit sowj. Hilfe) auf eine Modernisierung der Landw. und einen starken Ausbau der Schwer-Ind. 1958 wurde die völlige Verstaatlichung abgeschlossen und eine rigorose Planwirtsch. eingeführt. Bei den günstigen Rohstoffbedingungen und einer enormen Mobilisierung der Arbeitskraftreserven (mit Kampagnen wie der Tschomilla-Bewegung in den 1960er J., die eine rasche Industrialisierung propagierte) expandierte die Wirtsch. bis in die 1960er J. und machte NK im Lager der *Blockfreien zu einem angesehenen Modell der *self-reliance unter Abkoppelung vom westl. Weltmarkt. Ab den 1970er J. mehrten sich jedoch die Krisenzeichen: Planziele wurden deutlich verfehlt, die Industrieanlagen waren veraltet, die Produkte minderer Qualität, die *Infrastruktur (v. a. im Transportwesen) mangelhaft. Die Planwirtsch. erwies sich als überfordert, zumal die nötigen Devisen für Investitionen fehlten. In der Landw. führte die jahrelange Überdüngung zu einer Verschlechterung der Bodenqualität; ineffiziente Arbeitsmethoden, Lager- und Transportprobleme der Agrarind. trugen weiterhin zu einer Stagnation der landw. Produktion bei. Erst nach dem Zusammenbruch des Ostblocks (und einer distanzierten Haltung Chinas) wurde jedoch das wahre Ausmaß der wirtsch. Misere deutlich. Nachdem mehrere Missernten die strukturellen Probleme der Landw. potenziert haben (die Getreideprod. sank von 8,1 Mio. t 1989 auf 4,9 Mio. t 1995), ist NK seit 1995 mit einer katastrophalen Nahrungsmittelknappheit konfrontiert, die int. Hilfeleistungen nötig macht.

5. Das gesellsch. Leben wird in NK völlig von Staat und Partei dominiert. Trotz der egalitären Ideologie gibt es eine stark privilegierte Elite aus KAP, Armee und Staatsbetrieben. Für die Bev. sind Nahrungsmittel und Konsumgüter rationiert, wobei Partei- und Armeemitgl. (beide Org. etwa 3 Mio. Mitgl.) bevorzugt werden. Die soziale Absicherung wird vom Staat übernommen, dem Erziehungswesen wird mit einer gut ausgebauten Kinderbetreuung und einer zehnj. Schul-

pflicht hohe Bedeutung zugemessen. Eine qualitative Einschätzung der sozialen Standards ist aufgrund der tief greifenden Versorgungskrise allerdings problematisch.

6. Kim Il Sung (1912–1994) konnte seinen abs. Führungsanspruch über NK immer wieder gegen rivalisierende Parteifraktionen (etwa die Yenan-Gruppe in den 1950er und 1960er J.) durchsetzen, einen starken Personenkult einführen und seine Verwandten in zentralen Machtpositionen platzieren. Seine Vorherrschaft fand Ausdruck in der soz. Verfassung von 1972, die dem Staatspräs. ein enormes Maß an pol. Macht zuschrieb, die durch seine Positionen als Generalsekretär der KAP und oberster Armeechef noch verstärkt wurde. Kim Il Sung gilt als Verfasser der nordkor. Juche-Ideologie, die, unter Führung der Partei, eine autonome wirtsch. u. pol. E. NKs zum Kommunismus propagiert. Ab 1980 versuchte Kim Il Sung seinen Sohn Kim Jong Il (geb. 1941) als seinen Nachfolger, und damit die erste soz. Dynastie, zu etablieren. Kim Jong Il übernahm ab Mitte der 1980er J. weite Teile der Staatsführung, sein Vater zögerte jedoch mit der Machtübergabe, da die Position des Sohnes bei der Armeespitze und dem technokrat. Flügel der KAP ungesichert schien. 1994 starb Kim Il Sung, wurde aber 1998 zum «ewigen Präsidenten» erklärt. Kim Jong Il regiert seitdem faktisch mit den Vollmachten des Staatspräs. und Parteichefs. Umfassende Personalwechsel in der Staats- u. Parteiführung (1988/89, 1992/93, 1997), die auf interne Machtkämpfe hindeuten, sowie die Absetzung des langjährigen Chefideologen Hwang nach SK (1997) können als Anzeichen einer pol. Krise gewertet werden.

7. Die korean. Wiedervereinigung ist seit 1972 offiz. Ziel der Außenpol. NKs. Sie soll durch friedl. Mittel ohne äußere Einmischung erreicht werden und fordert daher den Abzug der US-Truppen aus SK. Zu Beginn der 1990er J. zeichnete sich eine Entspannung zwischen NK und SK ab, die in das Grundlagenabkommen von 1992 mündete. Mit der Konfrontation mit den USA um die Kontrolle seiner Atomanlagen (1993/94) verließ NK diesen kooperativen Kurs jedoch wieder. Offenbar aufgrund anhaltender, schwerwiegender Hungersnöte seit 1996 war NK aber auch um außenpol. Mäßigung bemüht, um sich int. Hilfe zu sichern. Das hist. Treffen zwischen dem südk. Staatschef Kim Dae-Jung und Kim Jong Il in NK Juni 2000 führte zwar zu einigen Erleichterungen im innerkor. Verhältnis, allerdings blieben bislang zahlreiche Zugeständnisse (Familienbegegnungen; N-S-Eisenbahnlinie) uneingelöst. Nachdem US-Präs. Bush NK wegen des Besitzes von Massenvernichtungswaffen im Jan. 2002 in die «Achse des Bösen» einreihte – und aufgrund des erratischen und bizarren Charakters des Regimes –, sind die Aussichten auf eine Wiedervereinigung Koreas derzeit völlig ungewiss.

Lit.: R. Machetzki/M. Pohl (Hg.), Korea, Stuttgart 1988; P. Schaller, Nordkorea. Ein Land im Banne der Kims, Böblingen 1994; M. Pohl, Koreanische Volksdemokratische Republik, in: HDW III, 8, 1994, S. 139ff.; ders., Atompoker und wirtschaftlicher Niedergang: Nordkorea nach dem Tode Kim Il Sungs, in: Jahrbuch Dritte Welt 1996, München 1995, S. 230ff.; P. Köllner, Die jüngsten Spannungen auf der koreanischen Halbinsel, in: Jahrbuch Dritte Welt 1997, München 1996, S. 268ff. kd

Korea-Süd (SK)

Fläche (Tsd. qkm): 99,143
Bev. (Mio.) 2001: 47,10
BNE pro Kopf (US-$) 2000: 8910
BIP (Mio. US-$) 2000: 457219
LE (Jahre) 1999: 72,9
Analphabetenquote (%) 1999: 2
HDI 1999: 0,875 [Rangplatz von 162: 27]

Die tief greifende Finanzkrise von 1997, die eine Kreditaufnahme von 57 Mrd. US-$ beim *IWF erforderlich machte, hat die positive Einschätzung des südkorean. Wegs der exportorientierten *Industrialisierung, die dem Land zum **take-off* verhalf (→Schwellenländer), gedämpft. Restrukturierungen des Unternehmens- und Finanzsektors stehen unverändert auf der Tagesordnung. Die verstärkte *Demokratisierung des pol.

Systems hat indes mit dem Wahlsieg des Oppositionellen Kim Dae-Jung ihr Gütesiegel erhalten.

1. In SK sind nur 23 % des oft kargen Bodens bisher landw. genutzt, 67 % sind Waldgebiete und 10 % sind Wiesen und Siedlungsflächen. SK ist außerordentlich dicht bevölkert (1996: 457 Ew. pro qkm; 1999: 472 Ew. pro qkm – vgl. Niederlande: 429 Ew. pro qkm). Parallel zur * Industrialisierung hat in den letzten 20 J. eine rapide * Landflucht und Verstädterung stattgefunden. In der Förderung regionaler Zentren spiegeln sich Dezentralisierungsbemühungen der Reg., die durch * Urbanisierung entstandenen * Infrastrukturproblemen entgegentreten will. In der Hs. Seoul und den umliegenden Siedlungsbezirken (10,7 Mio. Ew.) wohnt fast 1/4 der Bev. SKs.

2. SK ist eines der wenigen EL, die über eine * ethnisch und sprachlich homogene Basis verfügen. Die alte Kultur und eigene Schrift sind ein wichtiges Bindeglied der nat. Identität und Geschichte. In seiner Vergangenheit wurde SK fast immer von seinem mächtigen Nachbarn China dominiert. Gegen äußere Einflüsse wehrte sich das Königreich durch Isolation und galt daher als «Einsiedler-Königreich». Erst das Erstarken des Kaiserreichs Japan (J.) löste K. aus dem chines. Hegemoniebereich, aber nur, um 1910 zu einer Kolonie (Generalgouvernement, ab 1942 Provinz) J.s zu werden. 26 J. jap. Kolonialherrschaft (bis 1945) haben die pol. Kultur und Wirtschaftsstruktur von K. entscheidend geprägt. Japan entwickelte das Land (Landw., Ind., Infrastruktur) einseitig auf seine eigenen Bedürfnisse hin. So wurde K. z. B. in den 1930er J. gezwungen, ca. die Hälfte seiner Reisproduktion nach J. zu liefern, damit dort die Ind.-Arbeiter billig ernährt werden konnten. Hinzu kam eine der * Apartheid ähnliche Pol. der Japaner auf dem Bildungssektor, die Koreanern nur in Ausnahmefällen Hochschulbildung oder eine leitende Stellung in der Verwaltung ermöglichte. Selbst die korean. Sprache und Schrift wurden von der Kolonialmacht verboten. Im Jahre 1948 kam in SK mit starker amerik. Unterstützung Dr. Syngman Rhee an die Macht, im Norden – auf die Kommunisten gestützt – Kim Il Sung (→Korea-Nord). Der Koreakrieg (1950 bis 1953), der als Bürgerkrieg begann und seine Dimension erst durch das Eingreifen ausl. Mächte erhielt, spaltete das Land entlang dem 38. Breitengrad. Hinfort wurde Antikommunismus und die Ideologie vom Marsch nach Norden im Süden K.s zum wichtigsten ideolog. Bindemittel, mit dem auch die innere Repression bis heute legitimiert wird. Im April 1960 wurde Syngman Rhee im Verlauf von Studentendemonstrationen gestürzt, es folgte ein kurzlebiges demokratisches Kabinettsystem unter dem von den USA protegierten John Chang als MP. Bereits im Mai 1961 wurde die erste korean. Zivilregierung von einer Gruppe junger Offiziere unter der Führung des späteren Präs. Park Chung Hee abgesetzt. Es folgten 18 J. wachsender pol. Unterdrückung, ehe Park im Okt. 1979 von seinem eigenen Chef des Geheimdienstes ermordet wurde.

3. Unter der Alleinherrschaft Park Chung Hees, dem die Yushin-Verfassung von 1972 keine Beschränkung setzte, hat sich die Wirtschaftsstruktur SKs radikal verändert. Aus dem rückständigen Agrarland der 1950er J., dessen Reg. ihre Existenz v. a. amerik. Hilfslieferungen verdankte, wurde in weniger als zwei Jahrzehnten ein sog. * Schwellenland, das eine rapide Industrialisierung und herausragendes Wachstum zu verzeichnen hatte (Wachstumsrate 1980–1993: 11,4 %).

Das «Wirtschaftswunder» ist umso erstaunlicher, als SK über eine große Bev., aber kaum über wesentliche natürliche * Ressourcen verfügt. Die Erklärung für diese Erfolge liegt in der rigorosen Einbeziehung SKs in die * internationale Arbeitsteilung begründet (d. h. hier besonders in der Überausbeutung der reichlich vorhandenen Arbeitskraft). Aufgrund der mit Gewalt niedrig gehaltenen Löhne und strenger Kontrolle der

* Gewerkschaften gelang es der südkorean. Reg., Auslandskapital und Kredite ins Land zu holen und so eine abh. Industrialisierung einzuleiten, die vorrangig auf den Weltmarkt hin orientiert ist. Die Folge dieser «Export um jeden Preis»-Pol. war nicht nur die Zementierung des sehr niedrigen Lohnniveaus (aus Konkurrenzgründen), sondern auch die systematische Vernachlässigung der Landw. mit den Folgeproblemen * Landflucht, Slumbildung, Unterernährung (→Ernährung), * Arbeitslosigkeit und Abh. von den Schwankungen des Weltmarkts. In den letzten Jahren sind die Löhne jedoch überdurchschn. gestiegen, und die Rolle der Gewerkschaften hat sich verstärkt.

Von den Erwerbstätigen arbeiteten 1998 in der Landw. und Fischerei 12,2 % (1965: 58,6 %; 1995: 25 %), in der Ind. 27,8 % (1965: 10,4 %; 1995: 31 %), im Dienstleistungsbereich 60 % (1965: 31 %; 1995: 44 %). Die forcierte Umstrukturierung hatte hohe Folgekosten: So sank z. B. der Selbstversorgungsgrad an Nahrungsmitteln und erreichte 1974 mit 65 % den Tiefstand. Die Vernachlässigung der Landw. ist inzwischen auch von der korean. Reg. als der schwächste Punkt der E.-Pol. erkannt worden. Trotz einer umfassenden * Agrarreform im J. 1949 (parallel zur Bodenumverteilung im N. des Landes) sind viele kleinere Bauern wieder in Pachtabhängigkeit geraten (ca. 35 % der Landbev.), und der Lebensstandard der bäuerlichen Bev. lag lange weit unter dem der Städter.

4. Lange Zeit galt SK als Lehrbuchbeispiel für den **circulus vitiosus* einer vom Ausland abh. * Industrialisierung, die nicht auf die * Grundbedürfnisse der Bev. und auf den einheim. Markt zugeschnitten ist. Denn um überhaupt exportieren zu können, muss das rohstoffarme Land zuerst die zur Weiterverarbeitung bestimmten Rohmaterialien teuer einkaufen und sich auch die zur Verarbeitung nötige Technologie und Energie (Öl, Kohle) im Ausland beschaffen. Ein großer Teil der Schlüsselind. und die gesamte Ölversorgung sind in ausl. Händen (v. a. Japan und den USA) oder müssen mit ausl. Krediten finanziert werden. Die im Land gemachten Gewinne fließen größtenteils wieder ab (z. B. als Kapitalzinsen) oder werden in Form von **joint ventures* neu investiert. Die ländl. Produkte werden durch staatl. festgesetzte Aufkaufpreise künstlich niedrig gehalten, um die Industriearbeiterschaft mit billigen Grundnahrungsmitteln zu versorgen und so den Lohnanteil der erzeugten Produkte möglichst gering und diese dadurch auf dem Weltmarkt konkurrenzfähig zu machen. Aufgrund des hohen Importgehalts der exportierten Produkte sind die Einfuhren (auch Luxusgüter) nach SK in den letzten 20 J. schneller gestiegen als die Ausfuhren. Dadurch nahm die * Verschuldung SKs gegenüber dem Ausland gewaltig zu (1993: 48 Mrd. US-$; Schuldendienstrate: 14 %), was die Aufnahme von Krediten noch schwieriger machte. Der Zinsanstieg der letzten Jahre und Billigexporte aus China haben auf SK wie ein Schock gewirkt und den Anreiz zur Spezialisierung und weiteren Intensivierung der Produktion (auf Kosten der Arbeitskraft) gegeben.

5. Die zu Beginn der 1980er J. aufkommende Diskussion über * Schwellenländer würdigte die ind. * Diversifizierung, die ihren Ausdruck in einer Abkehr von Schwerindustrialisierung und Hinwendung zu Elektronik, Mikroelektronik und Informationstechnologie fand. SK fungiert somit nicht mehr nur als Billiglohnland, sondern war durch seine entwickelte Ind.-Struktur und das teilweise hohe Qualifikationsniveau der Beschäftigten in der Lage, auch Kooperations- und Auftragsproduktionen durchzuführen.

Die als Folge ungleicher * Einkommensverteilung aufkommenden Widerstände, Streiks und Demonstrationen werden zunehmend weniger repressiv kontrolliert: Gab es noch zu Beginn der 1980er J. Menschenrechtsverletzungen, Verfolgung der Opposition und Pressezensur (z. B. Aufstand von Kwangju im Sommer

1980), so haben sich inzwischen auf der Ebene des pol. Systems bedeutende Veränderungen vollzogen. Forderungen der Opposition nach *Partizipationsrechten gipfelten im Juni 1987 in einer hauptsächlich von radikalisierten Studenten getragenen landesweiten Demonstrationswelle gegen das Regime des 1980 in einem Militärputsch an die Macht gekommenen Chun Doo-Hwan und seines designierten Nachfolgers Roh Tae-Woo. Angesichts der breiten Unterstützung der Studenten durch die südkorean. Bev. und mit Blick auf die für Sept./Okt. 1988 angesetzten Olympischen Spiele stimmte Roh überraschend und vorbehaltlos den Forderungen der Opposition zu. In einer von int. Beobachtern als relativ fair beschriebenen direkten Präsidentschaftswahl im Dez. 1987 konnte der Regimekandidat Roh eine rel. Mehrheit von 36,6 % der abgegebenen Stimmen auf sich vereinigen und die beiden wichtigsten Oppositionskandidaten, Kim Young-Sam und Kim Dae-Jung, die sich nicht auf ein gemeinsames Vorgehen hatten einigen können, besiegen. Bei den Parl.-Wahlen vom April 1988 erreichte die Reg.-Partei erstmals in der Nachkriegsgeschichte nicht die parl. Mehrheit. Ihre Fusion mit zwei Oppositionsparteien zur Demokratisch-Liberalen Partei nach japan. Vorbild verschaffte der Reg. jedoch im Jan. 1990 wieder eine Zweidrittelmehrheit. Studentenunruhen im April 1991 rückten die Innenpol. SKs erneut ins Blickfeld der int. Pol. Das brutale Vorgehen der Sicherheitskräfte einte auch die Oppositionsparteien, die am 4. 5. die Freilassung aller pol. Gefangenen und die Abschaffung der Sicherheitsgesetze verlangten. MP Ro Jai Bong übernahm die pol. Verantwortung für die Unruhen und trat Ende Mai zurück; Nachfolger wurde Chung Wong Sikh. Die Parl.-Wahlen ergaben am 24. 3. 1992 bei 67,1 % Wahlbeteiligung 39 % für die Demokrat.-Liberale Partei und 17 % der Stimmen für die erst im Februar gegründete Nationale Vereinigungspartei.

In den Präs.-Wahlen von 1997 konnte sich Kim Dae-Jung mit 40,3 % der Stimmen knapp durchsetzen, womit zum ersten Mal seit 1948 die Opposition den Präs. stellt. Kim Dae-Jung profitierte von einer Spaltung im Regierungslager, das durch eine Reihe von Korruptionsprozessen, v. a. aber aufgrund der schweren Finanzkrise im Zuge rapider Kursverfälle im Dez. 1997 unter Druck geraten war. Um kurzfristig fällig gewordene Auslandsschulden zu begleichen, musste SK mit einem IWF-Kredit von 57 Mrd. US-$ gestützt werden. Als Preis für das Krisenpaket musste sich SK zu einem umfassenden Reformprogramm verpflichten, das eine Restrukturierung des Finanzsektors, die Entflechtung von Pol. und Großbetrieben sowie die Liberalisierung der Handels- und Kapitalströme umfasst. Während die Wirtsch. wieder auf den Wachstumspfad zurückfand (BIP 1999: 10,7 %, 2000: 8,8 %; 2001: 3 %), blieb das Reformprogramm weit hinter den Erwartungen zurück, sodass die *OECD Juli 2001 im Kontext einer Konjunkturabschwächung eine Intensivierung der strukturellen Reform des Unternehmens- und Finanzsektors anmahnte.

Lit.: Du-Yul Song, Wachstum, Diktatur und Ideologie in Korea, Bochum 1980; H. U. Luther, Südkorea – (k)ein Modell für die Dritte Welt?, München 1981; U. Menzel, In der Nachfolge Europas. Autozentrierte Entwicklung in den ostasiatischen Schwellenländern Südkorea, Taiwan, Nördlingen 1985; H. Maull u. a., Korea, München 1987; M. Pohl, Südkorea 1987/88: Der schwierige Weg zur Demokratie, in: Jahrbuch Dritte Welt 1989, S. 278ff., München 1988; D. Messner, Republik Korea (Südkorea), in: HDW III, 8, 1994, S. 168ff.; A. Croissant, Republic of Korea, in: D. Nohlen/F. Grotz/Ch. Hartmann (Hg.), Elections in Asia. A Data Handbook, Oxford 2001. hul

Korruption wird allg. definiert als missbräuchliche Inanspruchnahme eines öfftl. Amtes für private Zwecke. Dabei ist die Skala ihrer Erscheinungsformen breit. Sie beginnt als K. im kleinen Stil (*petty corruption*) mit der individuellen Bezahlung staatl. Leistungen durch Extrahonorare, Prämien und Bestechung auf administrativer Ebene und setzt sich

fort als Vermischung priv. und öfftl. Interessen bei der Wahrnehmung pol. Ämter und dem unkontrollierten Zugriff von Staatseliten auf öfftl. Kassen (*big corruption*).
Während einige Untersuchungsansätze positive Impulse von K. beschreiben (wachstumsförderndes «Schmiermittel»; fördert effizientes unternehmerisches Verhalten in Bereichen, in denen marktförmige Steuerung nicht vorgesehen ist), werden doch v. a. negative Auswirkungen von K. auf die Staatstätigkeit und die Effizienz administrativen Handelns (→*good governance*) genannt: 1. K. erhöht die Preise und verzerrt die Vergabe (→Klientelismus) von Gütern und Dienstleistungen, verteuert die Bürokratie und führt so zu einer Verschlechterung der allg. Versorgung. 2. Verzerrende Effekte stellen sich auch bei der k. Besetzung von Ämtern (Ämterhandel, Ämterpatronage) ein, die eine hohe Durchmischung der Administration mit unqualifiziertem Personal und somit Ineffizienz und Funktionsuntüchtigkeit im öfftl. Sektor zur Folge hat. 3. K. produziert illegale Einnahmen und erzeugt Fluchtkapital, das keine investitionsfördernden Impulse gibt. 4. Sie schwächt Privatinitiative und Produktivkraft, da permanent Energie auf das Aushandeln außergesetzlicher Abmachungen aufgewendet werden muss. 5. K. unterläuft so die Zielsetzungen staatl. Regelungen und unterminiert die Legitimität staatl. Institutionen aufgrund fehlender Transparenz und Zuverlässigkeit. 6. Sie führt zu kurzfristig angelegten Entscheidungen und Planungen und erschwert damit auch die Durchsetzung e.-pol. Zielsetzungen.
In vielen EL, insbes. dort, wo patrimoniale Strukturen (→Patrimonialismus) dies begünstigen, entwickelte die K. Systemcharakter, d. h. ein hierarchisches System der Vergabe von Lizenzen: Im jeweiligen Handlungsbereich dürfen von Untergebenen und Klienten priv. Gebühren eingezogen werden und können die Lizenzen auf Unterlizenznehmer gegen Gebühr aufgeteilt werden. So sind kleine und große K. auf das engste miteinander verknüpft, was zu einer kontinuierlichen Ressourcenverteilung von unten nach oben führt (*trickle-up-* statt **trickle-down*-Effekt). E.-Strategien, mit denen ein großes Maß an Regulierung öfftl. und wirtsch. Aktivitäten und eine große wirtsch. Machtstellung staatl. Instanzen als Träger und Motoren von E.-Prozessen einhergeht, machen diese durch zahllose Ansatzpunkte und damit Anreizmöglichkeiten für Vorteilsnahme anfällig (→*rent-seeking*). Mit der Außenöffnung der Ökomomien vieler EL hat in den letzten J. das Problem der int. K. an Bedeutung gewonnen: *Transnationale Konzerne konkurrieren in den EL oftmals mit den Mitteln der K. um Marktzugänge, Produktionsbedingungen etc., was aufgrund der materiellen Dimension (und des Abschöpfungspotenzials für die einheim. Eliten) erhebliche verzerrende Auswirkungen auf die soziale, ökon., ökol. und pol. Entwicklung den EL hat.
Erste, wenig erfolgreiche Anläufe zur Lösung des Problems int. K. im Rahmen der UN unternahm 1972 die UNCTAD mit der Erarbeitung eines Verhaltenskodex für *transnationale Konzerne. Es blieb bei der deklarativen allg. Verurteilung von K. in der Resolution 3514, die von der UN-Versammlung 1975 verabschiedet wurde. Lediglich die USA stellten 1977 mit dem *Foreign Corrupt Practices Act* Bestechungszahlungen US-amerik. Firmen im Ausl. unter Strafe. Seit Anfang der 1990er Jahre zeichnete sich int. ein wachsendes Interesse an Maßnahmen zur Eindämmung der K. ab: Die *OAS verabschiedete 1996 eine Konvention gegen K. (22 Unterzeichnerstaaten), welche die Bestechung ausl. Beamter unter Strafe stellt. Der *ECOSOC und die UN-Generalversammlung verabschiedeten ebenfalls 1996 eine «Deklaration gegen Korruption und Bestechung in int. Wirtschaftstransaktionen», die weiterführende Maßnahmen innerhalb verschiedener UN-Org. vorsieht. Die *OECD verabschiedete 1999 eine Konvention zur Bekämpfung der K. im inter-

nationalen Geschäftsverkehr. Die Konvention verpflichtet die OECD-Mitgliedstaaten dazu, die Bestechung und K. unter Strafe zu stellen und die steuerliche Absetzbarkeit von Bestechungsgeldern im Ausland abzuschaffen. →Transparency International.

Lit.: A. J. Heidenheimer et al., Political Corruption. A Handbook, New Brunswick/London 1989; R. F. J. Pritzl, Korruption und Rent-Seeking in Lateinamerika, Freiburg 1996; K. A. Elliott (Hg.), Corruption and the Global Economy, Washington 1997; R. Provera, Fighting Corruption in Development Aid, Mailand 1998; W. van Harn, Transparency International, Berlin 1998; M. Pieth/P. Eigen (Hg.), Korruption im internationalen Geschäftsverkehr, Neuwied 1998; G. Cremer, Korruption begrenzen, Freiburg 2000. hf

Kosten-Nutzen-Analyse (KNA, häufig auch englisch: *cost benefit analysis*), volkswirtsch. Verfahren zur Bewertung öfftl. *Investitionen, das sowohl bei der *Entwicklungsplanung als auch der *Evaluierung von Bedeutung ist. Prinzipiell liefert eine KNA Informationen darüber, ob eine bestimmte öfftl. Maßnahme einer oder mehreren bestimmten Alternativen unter dem Gesichtspunkt wirtsch. Effizienz vorzuziehen ist. Die KNA entspricht im Prinzip der betriebswirtsch. Kosten-Ertrags-Rechnung, ersetzt aber den exakten Begriff des (betrieblichen) Gewinns durch den wenig exakten Begriff des (gesamtgesellsch.) Nutzens. Sie besteht im Wesentlichen in der Erfassung und Quantifizierung aller erwartbaren Kosten und Nutzen eines Projekts und ihrer gegenseitigen Verrechnung zur Ermittlung des Nettonutzens. Der Bezugspunkt der Begriffe ‹Kosten› und ‹Nutzen› ist nicht das zur Frage stehende Einzelprojekt, sondern die gesamte Volkswirtsch., d. h., dass möglichst alle externen Effekte einer Investition in die Analyse einbezogen werden sollten. Nutzen sind Wohlfahrtsgewinne, Kosten sind Wohlfahrtsverluste, aber auch entgangene Gewinne. Die der KNA zugrunde liegende Annahme, dass staatl. Handeln sich letztlich am Prinzip ökon. Effizienz orientieren und unter mehreren Alternativen diejenige wählen sollte, die einen maximalen Wohlfahrtsgewinn ermöglicht, verweist auf fundamentale analytische und normative Probleme: Zum einen bedeutet die Operationalisierung von ‹Nutzen› und ‹Wohlfahrt›, die meist über den gesamtwirtsch. Konsum, also das Nationaleinkommen, läuft, eine, wenn man so will, ‹ökonomistische› Verkürzung dieser Begriffe, zum andern wird zumindest in der ursprgl. Form nicht gefragt, welche Effekte eine fragliche Maßnahme auf die Verteilung welcher Güter hat; gerade in EL sind aber Verteilungsfragen oftmals von zentraler Bedeutung (→Strukturelle Heterogenität, →Einkommensverteilung).

Das methodische Instrumentarium der KNA ist nicht zuletzt aufgrund der Kritik an der Konzentration auf das Effizienzprinzip ständig verfeinert worden. Man hat Verfahren entwickelt, die es prinzipiell ermöglichen, auch Verteilungsaspekte oder etwa den Risikogehalt von öfftl. Projekten zur Bewertung heranzuziehen. Gerade in EL bleiben aber auch ganz praktische Probleme bei der Beschaffung zuverlässiger und zureichender Daten. Der im Prinzip einleuchtende Ansatz der KNA, öfftl. Investitionsentscheidungen auf eine rationale Grundlage zu stellen, ist auch im Lichte von Erfahrungen bei der Projektevaluierung relativiert worden; häufig bleibt man auch bei der Messung der Effizienz von öfftl. Investitionen in EL auf qualitative Verfahren angewiesen.

Lit.: E. J. Mishan, Elemente der Kosten-Nutzen-Analyse, Frankfurt 1975; P. C. van den Noort, Costs and benefits of agricultural policies and projects, Kiel 1990; T. F. Nas, Cost-benefit analysis: theory and application, Thousand Oaks 1996. bt

Kriege in der Dritten Welt Schon die vorkolonialen, nicht staatlich verfassten Gesellschaften und organisierten Hochkulturen der heutigen *Dritten Welt führten Kriege. Der *Kolonialismus und die seit dem 18. Jh. zunehmend auch außerhalb Europas geführten europ. Kriege

haben das Phänomen Krieg internationalisiert.
Seit Ende des 2. WK hat sich der Schauplatz milit. Konflikte beinahe ausschließlich in die Dritte Welt verlagert. Über 90 % der 208 Kriege, die zwischen 1945 und 1999 gezählt wurden, fanden in den Regionen der Dritten Welt statt.
Im 20. Jh. können neben den (v. a. in der ersten Jh.-Hälfte geführten) *antikolonialen Befreiungskriegen* idealtypisch *zwischenstaatliche* Kriege von *innerstaatlichen* milit. Konflikten unterschieden werden. Letztere machen als Antiregimekriege oder als Stammes-, Religions- oder Separationskriege das Gros der milit. Auseinandersetzungen seit 1945 aus, wobei allerdings meistens wegen der Beteiligung Dritter (EL oder IL) von «internationalisierten Bürgerkriegen» gesprochen werden muss.
Aus den zahlreichen Gründen für milit. Gewaltausbrüche verallgemeinerbare Ursachen herauszufiltern ist problematisch; allzu leicht stellen sich Kriege dann als unausweichliche Notwendigkeiten dar. Dennoch können die einzelnen o. g. Kriegstypen z.T. auf wiederkehrende Entstehungsmuster bezogen werden.
Innerstaatliche Kriege werden oftmals auf strukturelle Basiskonflikte in EL zurückgeführt, die in einer häufig extrem ungleichen Verteilung von Einkommen, Vermögen und Lebenschancen (→Strukturelle Gewalt) oder auch (bes. in Asien und Afrika) im hist. Prozess der aus dem Kolonialismus resultierenden Staatsbildung (oftmals willkürlich, ohne Rücksicht auf ethnische und kulturelle Vielfältigkeiten abgesteckte Territorien) begründet sind (→Ethnizität). Zwischenstaatliche Kriege werden meist als Konflikte um Macht, Territorien und/oder Rohstoffe begriffen oder aber mit innergesellsch. Faktoren (Herrschaftsgruppen versuchen, mit Hilfe eines Krieges ihre Position zu stabilisieren) erklärt.
Die meisten milit. Konflikte in der Dritten Welt verweisen auf hist. (→Imperialismus, Kolonialismus) und heutige Formen der * Abhängigkeit der EL (→Nord-Süd-Konflikt). Nach dem 2. WK wurden Kriege in der Dritten Welt deutlich durch den Ost-West-Konflikt geprägt (indirekte oder direkte Hilfe für Krieg führende EL oder gar Intervention vonseiten der Supermächte bzw. Stellvertreter). Die int. Dimension dieser Kriege hat sich in Krisengebieten wie Indochina und dem Nahen Osten immer wieder auch zur Gefahr einer Ausweitung und nuklearen Eskalation zugespitzt (sog. Sarajevo-Effekt). Int. Faktoren wie der Ost-West- oder der Nord-Süd-Konflikt können aber nicht allein für milit. Gewalt in oder zwischen EL verantwortlich gemacht werden. Seit Beginn der 1970er J. sind Beteiligungen von IL an Kriegen in der Dritten Welt zurückgegangen, in einigen Fällen wirkte sich das neue, partnerschaftliche Verhältnis der Supermächte zu Beginn der 1990er J. pazifizierend auf einstige Stellvertreterkonflikte aus (→Russland und die Dritte Welt). Mittlerweile wurden einige EL Interventionsmächte (u. a. VR China, Indien, Syrien, Libyen, Marokko). Die genannten regionalen und nat.-pol., sozialen und kulturellen Faktoren und nicht zuletzt die immens hohen Ausgaben für * Rüstung verweisen auch auf die Mitverantwortung pol. Führungen in den EL für eine traurige Kriegsstatistik, hinter deren Zahlen sich unvorstellbares Leid für Hunderte Millionen von Menschen verbirgt (Tote, Versehrte, * Flüchtlinge, Kinder des Krieges, Hunger, Zerstörung von Naturräumen); ganz abgesehen von der gigantischen Verschwendung von Ressourcen, die zur Überwindung der UE dringend benötigt werden. →Befreiungsbewegungen, →Nahost-Konflikt, →Iranisch-irakischer Krieg, →Golfkrieg, →Zentralamerika-Konflikt, →*counterinsurgency*

Lit.: V. Matthies, Kriegsschauplatz Dritte Welt, München 1988; R. Hofmeier/V. Matthies (Hg.), Vergessene Kriege in Afrika, Göttingen 1992; J. Siegelberg, Kapitalismus und Krieg, Münster/Hamburg 1994; K. J. Gantzel/T. Schwinghammer, Die Kriege nach dem Zweiten Weltkrieg bis 1992, Münster/Hamburg 1995; V. Matthies (Hg.), Vom Krieg zum

Frieden, Bremen 1995; M. Krennerich, Wahlen und Antiregimekriege in Zentralamerika, Opladen 1996; K. Schlichte, Krieg und Vergesellschaftung in Afrika, Münster/Hamburg 1996. bt

Kritisches Minimum →*balanced growth*

Kuba

Fläche (Tsd. qkm): 110,861
Bev. (Mio.) 2001: 11,20
BNE pro Kopf (US-$) 2000: LMIC [786–3125 US-$]
BIP (Mio. US-$) 2000: n. b.
LE (Jahre) 1999: 76,3
Analphabetenquote (%) 1999: 3
HDI 1999: [Rangplatz von 162: n. b.]

K. hat seit der *Revolution große E.-Anstrengungen unternommen und v. a. im sozialen Bereich erhebliche Fortschritte erzielt. Die Weltwirtschaftskrise, hohe Auslandsschulden, interne org. Probleme sowie die ökon. Auswirkungen der wirtsch. Liberalisierung des ehem. Ostblocks wie auch der Zerfall der SU stellen das Land erneut vor gravierende Probleme. Deren eigenständige Lösung wird durch die Ablehnung pol. Reformen und die damit verbundene anhaltende Wirtschaftsblockade der USA erschwert.

1. K. ist die größte Insel der Großen Antillen. Wichtigster Sektor ist die Landw. (ca. 50 % des Landes können landw. genutzt werden). Sie konzentriert sich auf das Hauptexportprodukt Zucker (wegen des trop. Klimas günstige Anbaubedingungen, aber auch Wetterabh.: Trockenperioden, Wirbelstürme). Der Anteil des Zuckers am kub. Export beträgt noch 70–85 %, die Exporteinnahmen aus diesem Sektor sind jedoch wegen des anhaltenden Preisverfalls von Zucker rückläufig. Der *monokulturelle Anbau von Zuckerrohr erforderte im vorrevolutionären Kuba hohe Nahrungsmittelimporte (30 % des Gesamtimports), die heute durch eine *Diversifizierung der Landw. zur Deckung des Eigenbedarfs abgebaut werden: verstärkter Anbau von Mais, Reis, Bohnen, Hirse, auch Tabak, Kaffee, Zitrusfrüchten (für den Export); Ausbau der Viehwirtsch. (zweitwichtigster Sektor nach Zucker), Milchproduktion und Fischerei, Kultivierung zusätzlicher Anbauflächen.

K. besitzt im SO nicht unbedeutende Vorkommen an Erzen. Der Bergbau und die ind. Verarbeitung der Bodenschätze konzentrierten sich v. a. auf die Nickelproduktion. Aufgrund fehlender eigener Energiereserven und Rohstoffe wurde der nach der Revolution forcierte Ausbau einer Schwerind. nicht fortgesetzt (Abh. von Rohölimporten aus der UdSSR seit 1959). Stattdessen orientiert sich der ind. Aufbau K.s an den Bedürfnissen der Landw.: Ausbau der Zucker- und Nahrungsmittelind. (Fleisch, Fisch), ind. Verarbeitung von Agrarerzeugnissen (Bier, Rum, Tabak), Verarbeitung von Nebenprodukten des Zuckerrohrs (Papier, Viehfutter), Ausbau der chem. Ind. (Kunstdünger, Kunstfasern), Herstellung landw. Maschinen, Zement. Als Devisenquelle gewinnt der *Tourismus seit Beginn der 1980er J. zunehmend an Bedeutung.

2. K. wurde 1511 in das span. Kolonialsystem eingegliedert. Gemäß der feudalen Tradition Spaniens bildete sich eine von Spanien pol. und ökon. abh. Kolonialgesellschaft heraus, die als span. Handelsknotenpunkt und Versorgungsbasis diente und deren Wirtsch. bis ins 18. Jh. auf extensiver, in *Latifundien betriebener Viehwirtsch. (Export von Häuten) und kleinbäuerlicher Tabakproduktion basierte (später auch Sklavenhandel). Die Zuckerwirtsch. nahm erst im 19. Jh. einen enormen Aufschwung (Ausfall Haitis als Zuckerproduzent, Gründung der USA, Liberalisierung der span. Handelspol. 1918). In K. setzte sich die monokulturelle *Plantagenproduktion von Zucker durch, die auf der Ausbeutung importierter afrik. Sklaven basierte und für den Bedarf des span., später des US-Marktes produzierte. Nach dem zweiten Unabh.-Krieg gegen Spanien (1895 bis 1898) erlangte K. die pol. Unabh., die aber aufgrund des Eingreifens der USA in den Krieg (wirtsch. Interessen) und der darauf in der kub. Verfassung zugesicherten Interventionsrechte der USA

(*Platt Amendment*) eingeschränkt wurde. In der Folgezeit vollzog sich K.s endgültige Umwandlung zur Zuckerinsel, deren ökon. E. der Weltzuckerkonjunktur und Exportschwankungen unterworfen war. Diese neue Phase pol. und struktureller Abh. K.s von den USA und die damit verbundene UE dauerte bis 1959 (Durchdringung der kub. Wirtsch. mit US-Kapital: 1958 produzierten 13 US-Zuckergesellschaften 40 % des Zuckers; da zudem US-amerik. Kapital 36 % der Ländereien, 90 % des Bergbaus und die ges. Energieversorgung kontrollierten, verhindeten nicht zuletzt die Gewinntransfers in die USA eine eigenständige E.).

Der Sieg der kub. Revolution 1959 unter Führung Fidel *Castros beendete das strukturelle Abh.-Verhältnis K.s von den USA. Das Handelsembargo der USA (seit 1960), der von den USA unterstützte Ausschluss K.s aus der *OAS und der Wirtsch.-Boykott der OAS-Staaten zwangen K. zu intensiven Handelsbez. mit den soz. Ländern (v. a. der UdSSR). Gleichzeitig radikalisierte sich die anfangs radikal-demokrat., antiimp. Revolution (v. a. nach dem von den USA unterstützten Invasionsversuch kub. und US-amerik. Söldner in K.). Mit Hilfe v. a. sowj. Kredite wurde die ökon. E. und soz. Umgestaltung K.s eingeleitet. 1972 wurde K. Mitglied des Rats für gegenseitige Wirtschaftshilfe (COMECON). Als Haupthandelspartner, Kreditgeber und Zuckerabnehmer hatte die UdSSR quantitativ den Platz eingenommen, den vor 1959 die USA innehatten. Die neue Abh. K.s hatte sich allerdings nicht als neue strukturelle *Abhängigkeit erwiesen, vermittelt über sowj. Subventionen wurde soziale E. ermöglicht. Dennoch darf auch die neue Abh., wie die derzeitige Wirtschaftskrise K.s verdeutlicht, nicht unterbewertet werden.

3. Die Bev. K.s umfasste 2001 11,2 Mio. (Bev.-Dichte: 98 Ew. pro qkm; Urbanisierungsgrad 75 %; Hs. La Habana (1995) 2,2 Mio. Ew.). Die vor der Revolution verbreitete *Landflucht ist mit dem Ausgleich des Stadt-Land-Gefälles zurückgegangen. Durch den Ausbau des Gesundheitswesens seit der Revolution ist u. a. die LE stark gestiegen und die Kindersterblichkeitsrate gesunken. Die nach der Revolution einsetzende, pol. motivierte Emigrationswelle (1959 bis 1962: ca. 200000; 1966: 56408; 1972: 19455) erreichte 1980 mit ca. 147000 Emigranten und 1994 mit Zehntausenden von Flüchtlingen neue Höhepunkte. Die ethnische Zusammensetzung der Bev. spiegelt ebenso wie Sprache und Religion die Kolonialzeit wider: Weiße ca. 70 %, Mulatten und Mestizen 15 bis 17 %, über 12 % Schwarze, Chinesen 0,5 %. Ca. 90 % der Bev. sind katholisch, die Landessprache ist Spanisch.

4. Die kub. Rev. hat die sozioökon. Strukturen K.s grundlegend verändert. Vor der Revolution: Ausrichtung der Wirtschaftstätigkeit (Investitionen, Infrastruktur) auf die Bedürfnisse des hypertroph ausgebildeten, exportorientierten Zuckersektors; fehlende, am Binnenmarkt orientierte nat. Ind.; Errichtung einiger ausl. (v. a. aus den USA stammender) *kapitalintensiver Industriebetriebe, die als ausl. *Enklaven nicht in den nat. Wirtschaftskreislauf integriert waren und kaum Arbeitsplätze schufen; höchste Bodenkonzentration in LA: 7 % des Bodens entfielen auf 2,8 % der landw. Betriebe, 15 % des Bodens auf 78,5 % der Betriebe. Soziale Konsequenzen: hohe Arbeitslosenquote und Unterbeschäftigung (saisonales Beschäftigungsangebot, abh. von der Zuckerernte); 1956 waren während der Ernte 9 % arbeitslos, nach der Ernte 21 %; extrem ungleiche Einkommensverhältnisse (benachteiligt v. a. die *Subsistenzbauern und Landarbeiter [32 %] und die städt. *marginalen Schichten [23 %]); hohes Stadt-Land-Gefälle.

Nach der Revolution wurden in K. eine zentrale Planwirtsch. errichtet und die Produktionsmittel weitgehend verstaatlicht. Die beiden *Agrarreformen von 1959 und 1963 verstaatlichten allen Grundbesitz über 67 ha (63 % der landw.

Betriebe). Verstärkte Kampagnen zur freiwilligen Kollektivierung ab 1986 sollen den Anteil der verbliebenen Privatbetriebe weiter reduzieren. Bis 1968 wurde die gesamte nat. und ausl. Ind., der Handel, das Bank-, Verkehrs-, Gesundheits- und Bildungswesen ebenfalls verstaatlicht. Gleichzeitig wurden drastische Umverteilungsmaßnahmen unternommen zulasten der ehem. privilegierten Schichten (Oligarchie, Mittelschichten). Eines der größten wirtsch. Probleme vor der Revolution, die *Arbeitslosigkeit, wurde beseitigt. Mit der ab 1978 eingeleiteten Rationalisierung der Betriebe und Bürokratie tritt erstmals wieder das z.T. durch Schaffung unproduktiver Tätigkeiten verdeckte Problem der Arbeitslosigkeit offen zutage.

Nach der Planungsdebatte 1963/64 setzte sich ein stark zentralisiertes Planungs- und Leitungssystem durch: «Haushaltsmäßiges Finanzierungssystem» (zentrale Betriebsleitung, zentrale Zuweisung von Geldmitteln, Maschinen und Ressourcen, Rückfluss erwirtschafteter Erträge und Gewinne an die zuständige zentrale Behörde). Parallel dazu sollte ein moralisches Anreizsystem (Abbau des Stücklohns und der Überstundenbezahlung, Zeitlohn, freiwillige, unbezahlte Mehrarbeit) die Arbeitsproduktivität steigern und Einkommensunterschiede abbauen. Für die Planung des ges. Produktions- und Distributionsprozesses und die Festlegung der Jahrespläne ist die zentrale Planungsbehörde JUCEPLAN zuständig. Landw. Privatbetriebe werden über die Kleinbauernorg. ANAP in den Plan einbezogen. Mangelnde Berücksichtigung wirtsch. Rentabilität und Kostenrechnung, Überzentralisation, bürokratische Leitung und fehlende Einbeziehung unterer Ebenen in die Planerstellung, mangelnde Koordination der Einzel- und Spezialpläne führten u. a. zu unrealistischen Planzielen, wirtsch. Desorganisation und einem Absinken der Arbeitsproduktivität.

Nach der Krise von 1970 wurde damit begonnen, die Überzentralisation des Planungs- und Leitungsapparats abzubauen und die Wirtsch. nach Effektivitäts- und Rentabilitätskriterien zu organisieren. 1978 wurde das sowj. «System der wirtsch. Rechnungsführung» eingeführt, das neben der finanz. Autonomie und einer begrenzten autonomen Produktion der Betriebe Markt- und Ware-Geld-Beziehungen zwischen den Betrieben und eine Produktion nach Gewinn und Rentabilität einschließt. Materielle Arbeitsanreize (Entlohnung entsprechend dem Quantum der geleisteten Arbeit, Akkordarbeit) und die Einführung differenzierter Lohnskalen entsprechend dem Grad der Qualifikation und pol. Verantwortung sollten die Arbeitsproduktivität heben, haben allerdings auch die Einkommensunterschiede v. a. zugunsten leitender Funktionäre und techn. qualifizierten Personals wieder verstärkt. 1980 wurden zur Verbesserung des Konsumgüterangebots erstmals wieder freie Märkte zum Verkauf von Überschussprodukten zugelassen. Die schnelle E. einer privatkapitalistischen Parallelwirtsch., die dem staatl. Sektor z.T. durch Korruption und Unterschlagung zunehmend Ressourcen entzog, das Entstehen einer neuen kapitalistischen Schicht von Spekulanten, sinkende Arbeitsmoral und fortgesetzte Planungsmängel sowie die anhaltende Wirtschaftskrise haben 1986 mit der Pol. der «*rectificación*» zu einer neuen Kurskorrektur geführt, die im Ggs. zu den ökon. Reformen der sowj. Pol. der *Perestroika* stand. Die freien Märkte wurden verboten, die Anwendung kapitalistischer Mechanismen beim Aufbau des *Sozialismus verurteilt und die Notwendigkeit moralischer Arbeitsanreize hervorgehoben. Heute praktiziert K. jedoch eine kontrollierte ökon. Liberalisierungspol., um ausländische Investoren anzuziehen.

5. Die Maßnahmen, die nach dem Sieg der Revolution zur Veränderung der Sozialstruktur, ihres sektoralen und regionalen Ungleichgewichts eingeleitet wurden, erzielten eine zunehmende Egalisierung der Gesellschaft. Beispielsweise wurden die Mieten auf 10 % des Ein-

kommens gesenkt und ein einheitliches Sozialversicherungssystem geschaffen (Alter, Krankheit, Invalidität). Auch das Schul- und Gesundheitswesen wurde in quantitativer und qualitativer Hinsicht ausgebaut und ist kostenlos.
Erster Schritt war die *Alphabetisierungskampagne 1961, die den Analphabetismus von 23,6 % auf 3,9 % senkte. Daran anschließend wurde die Erwachsenenbildung systematisch ausgebaut (Arbeiter-und-Bauern-Fakultäten, techn. Fortbildungskurse, Abendschulen). Um die *Frauen in den allg. Bildungs- und Arbeitsprozess zu integrieren, wurden Kindergärten und -tagesstätten eingerichtet. Zur Beseitigung des regionalen Ungleichgewichts wurden v. a. auf dem Lande neue Schulen und Ausbildungsmöglichkeiten geschaffen. Zu den Ausbildungsformen gehören auch eine praxisbezogene Ausbildung (Verbindung von Unterricht und produktiver Arbeit) und die Verlagerung der Lehrinhalte auf techn.-naturwissenschaftliche Bereiche. Für Schüler und Studenten sind Lehrmittel, Unterkunft, Verpflegung und Kleidung kostenlos, Studenten erhalten Stipendien. Die med. Versorgung wurde v. a. auf dem Lande ausgebaut, wo vor der Revolution nur ein Krankenhaus bestand. Es wurden zahlreiche medizinische Ausbildungsstätten eingerichtet, der Bereich der med. Vorsorge wurde ausgebaut. Massenkrankheiten wie Polio, Gastroenteritis, Malaria und Typhus wurden eingedämmt, die Krankheits- und Sterblichkeitsrate ist zurückgegangen.
Trotz der Konsumgüterrationierungen, die in den 1960er J. für fast alle Produkte eingeführt wurden, haben sich der Lebensstandard und die materielle Lage der früher unterprivilegierten Mehrheit des kub. Volkes spürbar verbessert. Dennoch wird bes. nach Abschaffung der freien Märkte und aufgrund der gegenwärtigen Wirtschaftskrise mit weiteren Versorgungsengpässen und einer Anhebung der niedrigen Preise für staatl. Dienstleist. (z. B. Transportsystem) zu rechnen sein. Mit dem Wegfall der sowj. Subventionen und Kredite, mit deren Hilfe das kostspielige Sozialsystem finanziert wurde, ist die Aufrechterhaltung der sozialen Errungenschaften der Revolution aber unmittelbar gefährdet.
6. Nach dem Unabh.-Krieg (1895–1898) wurde die pol. E. K.s durch die Vorherrschaft der USA bestimmt. Eine funktionsfähige bürgerlich-parl. Demokratie konnte sich nicht entwickeln (häufig wechselnde, von den USA abh. Regierungen, Korruption, Diktaturen, pol. Unterdrückung). Der Militärputsch Batistas 1952 und seine anschließende korrupte und blutige Diktatur war auslösendes Moment für die Entwicklung der kub. revolutionären Bewegung, die in der Tradition der Unabh.-Kriege und des Volksaufstands 1933 gegen den Diktator Machado stand. 1959 gelang unter der Führung Fidel Castros nach dreijährigem *Guerillakrieg durch einen Generalstreik der Sturz Batistas. Die Verfassung von 1940 wurde außer Kraft gesetzt und die gesetzgebende Kompetenz an den Ministerrat übertragen. Alle pol. Parteien wurden verboten, die mit Batista kollaboriert hatten.
Die pol. Struktur des revolutionären K. blieb bis 1976 in einem Volksreferendum durch den geringen Grad der Institutionalisierung und Formalisierung pol. Herrschaft gekennzeichnet. Institutionelle Ansätze bestanden im Aufbau der Kommunist. Partei (PCC) und in den Massenorganisationen. Die soz. Verfassung von 1976 hob das institutionelle Vakuum auf. Oberstes gesetzgebendes Organ der Staatsmacht ist die indirekt gewählte Nationalversammlung, die den Staatsrat (31 Mitgl.) wählt, die Minister ernennt und die Mitgl. des Obersten Gerichts; die Trennung von Staat und Reg. wird durch die Bildung eines Ministerrats als oberstes Exekutivorgan impliziert; der Staatsratsvorsitzende (Präs., seit 1976 von Castro besetzt) ist gleichzeitig Staats- und Regierungsoberhaupt und Oberbefehlshaber über die Streitkräte. Volksgewählte Gemeindever-

sammlungen bilden als Organe der Staatsmacht die unterste Ebene des Staatsaufbaus; die Mitgl. der übergeordneten Provinzversammlungen und der Nationalversammlung gehen seit der Wahlrechtsreform von Dez. 1992 auch aus direkten Wahlen hervor. Die Verfassung legt außerdem den Status der PCC als führende Kraft in Staat und Gesellsch. fest und sichert die Rechte der Massenorganisation ab. Bis 1970 bewahrte sich K. trotz wirtsch. Abh. von der UdSSR eine weitgehende pol. Selbständigkeit. Außenpol. fand sie v. a. in der Ablehnung der sowj. Pol. der friedlichen Koexistenz, der Verurteilung des UdSSR-China-Konflikts, der Kritik an der Pol. der orthodoxen KPs und der Unterstützung der lateinamerikan. Guerillabewegungen ihren Ausdruck, ideol. v. a. in der Theorie des gleichzeitigen Aufbaus von Sozialismus und Kommunismus und der damit verbundenen innenpol. Maßnahmen zur Egalisierung der Gesellsch. sowie in der Ablehnung der pol. und ökon. Organisationsstruktur der bestehenden soz. Länder (v. a. der UdSSR). Mit dem Scheitern der erhofften lateinamerik. Revolution hat sich K. in den 1970er J. pol. und ideol. zunehmend an die UdSSR angeglichen. Die 1986 eingeleitete Pol. der «*rectificación*» und die damit verbundene Kritik an der sowj. *Perestroika* hat die alten pol.-ideolog. Gegensäze erneut aufbrechen lassen. Im Ggs. zur pol. Liberalisierung in den ehem. sozialist. Staaten Osteuropas hält K. an der Ein-Partei-Herrschaft fest. Am 18. 4. 2001 verurteilte die UN-Menschenrechtskommission in Genf K. wegen fortwährender pol. Unterdrückung.

7. Trotz des Fortbestehens wirtsch. Probleme und außenwirtsch. Abh. ist es K. gelungen, die für unterentwickelte und abh. Länder typischen sozialen und strukturellen Probleme zu beseitigen und eine homogene Wirtsch.-E. einzuleiten. Schwerpunkt der agro-ind. E.-Strategie und bedeutendster Sektor der kub. Wirtsch. wird auch weiterhin die Landw. (v. a. der Zuckersektor) und damit die Außenwirtschaft bleiben. Die heutige tiefe Wirtschaftskrise K.s zeigt allerdings die Verwundbarkeit des kub. E.-Modells, das auf der mittelfristigen extremen Abh. von einem landw. Exportprodukt als Leitsektor wirtsch. E. und von einem Handelspartner basierte. Für die ökon. E. K.s und die Aufrechterhaltung der sozialen Errungenschaften der Revolution waren die Bez. zur Ex-UdSSR (Kredite, Vorzugspreise etc.) von zentraler Bedeutung. Die heutigen GUS-Staaten und Russland, selbst krisengeschüttelt, haben die Subventionen an die kub. Wirtsch. in dem bisherigen Ausmaß eingestellt (die sowj. Unterstützung der kub. Wirtsch. wurde auf 1 bis 3 Mio. US-$ pro Tag geschätzt; →Russland und die Dritte Welt). Angesichts des Ausfalls der trad. Handelspartner war K. bemüht, seine Beziehungen zu den lateinamerik. Staaten und zu anderen Ländern der *Dritten Welt auszubauen. Neben *bilateralen Kooperationsabkommen verfolgte K. eine Pol. des gemeinsamen Handels (z. B. Schuldeninitiativen, kub. E.-Hilfe in 36 EL, Unterstützung von Befreiungsbewegungen in Afrika, Nicaragua, Mitgliedschaft im *CARICOM). Gleichzeitig knüpfte K. engere Wirtsch.-Bez. zu China, die allerdings die bisherigen Beziehungen zur ehem. SU nicht ausfüllen konnten. K. setzt derzeit auf das chinesische Modell: erneute wirtsch. Liberalisierung, Bemühen um ausländische Investitionen bei gleichzeitigem Festhalten am Soz. und der Verweigerung einer pol. Liberalisierung. Dies gestaltet die Bez. zu den westl. IL schwierig, zumal die USA ihren Wirtschaftsboykott gegen K. verschärften und Sanktionen gegen solche Staaten androhten, die ihre Wirtsch.-Bez. mit K. ausbauen wollen (→Helms-Burton-Gesetz). Ab 2001 ist allerdings der Verkauf von US-amerikan. Lebensmitteln und Medikamenten an K. wieder erlaubt. 1998 besuchte Papst Johannes Paul II. zum ersten Mal K. Mai 2002 warb der ehem. US-Präs. J. Carter in K. öfftl. für polit. Pluralismus. Staats- und Parteichef

Castro, am 24. 2. 1998 als Vorsitzender des Staatsrates für weitere fünf Jahre bestätigt, blieb von solchen Appellen unberührt.

Lit.: H. Thomas, Cuba or The Pursuit of Freedom, London 1971; J. I. Dominguez, Cuba. Order and Revolution, Cambridge (Mass.)/London 1978; H. Fabian, Der kubanische Entwicklungsweg, Opladen 1981; K. Stahl, Kuba – eine neue Klassengesellschaft?, Heidelberg 1987; D. Nohlen/K. Stahl, Kubas Kurs der Kurswechsel, in: R. Rytlewski (Hg.), Politik und Gesellschaft in sozialistischen Ländern, Opladen 1989, S. 489 ff.; B. Hoffmann, Wirtschaftsreform in Kuba, Frankfurt a. M. 1994; K. Stahl, Kuba, in: HDW III, 3, 1995, S. 479 ff. ks

Kübel-Stiftung *Nichtstaatliche Organisation, gegr. 1976. Fördert familienorientierte *Selbsthilfe-Programme in der BRD und in Indien, v. a. integrierte ländl. E.-Programme im Bereich *Bildungs- und *Gesundheitswesen; koordiniert den *Bensheimer Kreis, übernimmt e.-pol. Bildungs- und Öffentlichkeitsarbeit. Finanzierung durch Eigenmittel, Zuwendungen des *BMZ und der Kommission der EU. Adresse: Darmstädter Str. 100, 64625 Bensheim. dn

Kulturelle Entwicklung →Weltkulturdekade

Kulturpluralismus-Ansätze →Ethnizität

Kulturpolitik →Auswärtige Kulturpolitik

Kulturrevolution →Algerien/China VR/Libyen

Kulturwandel Nach R. F. Behrendt bedeutet K. die Veränderung der überlieferten Verhaltens- und Verfahrensweisen in irgendeinem Kulturbereich, sofern sie die Struktur oder das Funktionieren von Gesellschaften beeinflusst. K. kann sich erstrecken auf: 1. Werthaltungen, geistige Interessen, relig. Vorstellungen, Methoden und auch Institutionen der Erziehung und *Bildung; 2. techn. und wirtsch. Verfahrensweisen und Produktionsfähigkeit; 3. Ausdrucksformen der bildenden Kunst, Musik, Dichtung, des Tanzes; 4. Weite und Intensität der zwischenmenschlichen Beziehungen; Zahl, Dichte und Verteilung der Bev.; Formen der Arbeitsteilung; Wirtschafts- und Beschäftigungsstruktur; soziale Schichtung und die Bedeutung der grundlegenden Sozialgebilde wie Familie, Sippe, Gemeinde, Staat etc. K. kann *endogen (intrakulturell, durch Schöpfer) oder *exogen (interkulturell, durch *Akkulturation) ausgelöst werden. Als zentrales E.-Problem macht die mit dem Begriff K. arbeitende E.-Soziologie den gelenkten, dynamischen K. aus, d. h. Schaffung bestimmter seelischer, geistiger und gesellsch. Voraussetzungen für E., Erlernen von Neuerungen, Annahme zweckrationaler Gewohnheiten des Denkens und Handelns, des Arbeits- und Sparethos, der planmäßigen Lebensgestaltung im Individuellen und Kollektiven, des Leistungsprinzips. E.-Hilfe habe vorrangig die E.-Bereitschaft, die aktiv-dynamische *Akkulturation und die Fähigkeit der Verhaltensänderung zu fördern.

Lit.: R. F. Behrendt, Soziale Strategie für EL, Frankfurt a. M. 1968; K. Zapotoczky/H. Griebl (Hg.), Kulturverständnis und Entwicklungschance, Frankfurt a. M. 1995; U. Simon, Kultur und Entwicklung, Zürich 1998; R. Tetzlaff (Hg.), Weltkulturen unter Globalisierungsdruck, Bonn 2000; J. Hippler, Kultur und Wissen: Trends und Interdependenzen, in: I. Hauchler u. a. (Hg.), Globale Trends 2002, Frankfurt a. M. 2001, S. 136–155. dn

Kuwait

Fläche (Tsd. qkm): 17,818
Bev. (Mio.) 2001: 2,00
BNE pro Kopf (US-$) 1996: 19 020
BIP (Mio. US-$) 1999: 29 674
LE (Jahre) 1999: 76,6
Analphabetenquote (%) 1999: 18
HDI 1999: 0,812 [Rangplatz von 162: 43]

Aufgrund seiner Erdölvorkommen war das *OPEC-Land K., gemessen an seiner Bev.-Zahl, bis 1990/91 eines der reichsten Länder der Welt. Der gescheiterte Versuch der Annexion K.s durch den Irak 1990 (*Golfkrieg) hatte katastrophale humane, demographische, ökol. und ökon. Folgen.

1. Das Emirat K. (Fläche 17 818 qkm) liegt an der NW-Küste des Pers. Golfs. Da Trinkwasser knapp ist und durch Meerwasserentsalzung gewonnen werden muss, ist Ackerbau nur bei hohen

Kosten (Bewässerung) möglich. Der Anteil der Landw. ist mit 0,5 % des BIP und 1 % der Erwerbstätigen äußerst niedrig. Die Fischereiwirtsch. wurde seit Mitte der 1980er J. ausgebaut. K.s Existenzgrundlage ist das Erdöl. Seine Vorräte sind die weltweit drittgrößten (gesch. 13 Mrd. t, d. h. ca. 10,7 % der gesamten Weltvorräte; Produktion 1,2 Mio. bpd). Der gesamte Erdöl- und Erdgassektor wurde 1975/77 verstaatlicht. Die Ölexporterlöse halten stets einen Anteil von 75–80 % an den Staatseinnahmen, gefolgt von den Einkünften aus Auslandsanlagen der Ölgewinne. Diversifizierungsbemühungen zielten v. a. auf den Ausbau der Ind. (45 % des BIP), in erster Linie der Etablierung einer eigenen Erdöl und Erdgas verarbeitenden Ind. Mit 14,5 % war 1990 der Anteil der verarbeitenden Ind. der höchste aller *OPEC-Länder. Zudem wurde der tertiäre Sektor ausgebaut (80 % des außerhalb des Erdölsektors erwirtschafteten BIP).

2. Die Bev. K.s betrug 1990 2,1 Mio., sank infolge des Golfkriegs kurzfristig auf 397 000 (1991) und stieg seitdem wieder an (1996: 1,5 Mio. Ew.; 2001: 2,0 Mio. Ew.). Während die JZ 1980–1990 mit 4,4 % sehr hoch lag, was auf die verbesserte med. Versorgung (1990 Sterbeziffer 0,3 %, Geburtenziffer 3,3 %) sowie die durch den Ölreichtum ausgelöste Zuwanderung zurückging, stagnierte die Ew.-Zahl Mitte der 1990er J. bzw. war 1995 mit –0,5 % sogar leicht rückläufig. Ein Großteil der Bev. stammt aus dem benachbarten Ausland (arab. Länder, Iran, Indien, Pakistan). Diese sog. *Expatriates* stellten 1990 86 % aller Erwerbstätigen. Die Palästinenser, mit ca. 400 000 Ew. vor dem Golfkrieg die größte Gruppe der ausl. Erwerbstätigen, wurden aufgrund der proirakischen Haltung der PLO 1992/93 des Landes verwiesen. Die Bev. konzentriert sich in den Städten (Urbanisierung 2000: 98 %; Hs. Kuwait-Stadt 170 000 Ew.). Die vorwiegend arab. Bev. K.s bekennt sich zu 93 % zum Islam (70 % Sunniten, 30 % Schiiten), es gibt eine christl. Minderheit (87 000, davon 50 000 kath.). Der Ölreichtum wurde Grundlage umfassender Sozialleistungen: Steuerfreiheit, staatl. Subvention von (überwiegend importierten) Grundnahrungsmitteln, kostenloses und gut ausgebautes Bildungs- und Gesundheitswesen: 1995: 515 Ew. pro Arzt; 8 J. Schulpflicht; Gründung der Univ. 1966. Das Gesundheitswesen, das in den 1980er J. fast IL-Standard erlangt hatte, erreichte bis Mitte der 1990er J. wieder 80 % des Vorkriegsstandes.

3. Anfang des 18. Jhs. wanderten Beduinen aus dem N in das zuvor weitgehend unbesiedelte K. ein und gründeten 1756 K.-Stadt. Zur Herrscherfamilie wurden die as-Sabah, die bis heute die Macht innehaben. Um sich vor den Angriffen der Wahabiten zu schützen, unterstellte sich K. 1829 osman. Oberhoheit bei Wahrung weitgehender Autonomie. Die Rückkehr der Osmanen nach ihrer vorübergehenden Vertreibung aus der Region 1871 hatte eine formal festere Einbindung K.s in das Reich zur Folge (als Teil des Verwaltungsbezirks Basra). Als eine weitere Einschränkung der kuw. Selbständigkeit drohte, schloss K. 1899 ein Schutzabkommen mit GB; enge bilaterale Bez. bestanden schon vorher (brit. Hilfe gegen die Wahabiten 1791). 1913 garantierte die Hohe Pforte in einem Vertrag mit GB die Selbständigkeit K.s und akzeptierte seinen Status als brit. Protektorat. Im Abkommen von Uquair 1922 wurden die Grenzen zwischen K., Irak und Saudi-Arabien festgelegt. Der Irak erkannte die Grenze zu K. 1932 und 1963 an. Eine neutrale Zone zwischen K. und Saudi-Arabien wurde 1969 einvernehmlich zwischen diesen aufgeteilt. 1961 entließ GB sein Protektorat K. in die pol. Unabh. Nach der Wiederherstellung der territorialen Integrität Kuwaits verlegte eine beauftragte UN-Kommission im April 1992 die Grenze K.s zum Irak auf eine Länge von 25 km um 600 Meter nach Norden. Dadurch gingen mehrere Erdölvorkommen des Irak in kuw. Besitz über. Die Grenzziehung wird vom Irak nicht

anerkannt. Die irakische Invasion am 2. 8. 1990 und die versuchte Annexion als «19. Provinz des Iraks» stellt einen der tiefsten Einschnitte in der jüngeren Geschichte des Landes dar. Nach einer Massenflucht, Deportationen und der gezielten Vernichtung von zentralen Einrichtungen der kuw. Infrastruktur (u. a. Sprengung von Meerentsalzungsanlagen, Anzünden von ca. 600 Ölquellen, d. h. ein Verbrennen von ca. 6 Mio. bpd) durch die irak. Truppen bei ihrem Rückzug Ende Februar 1991 waren die ökon. und ökol. Lebensgrundlagen K.s erheblich beeinträchtigt. Die Kapazitäten der Erdölförderung und der petrochem. Ind. konnten zwar bis Mitte der 1990er J. wieder auf den Vorkriegsstand gebracht werden, die Schäden und Kosten des Golfkriegs waren gleichwohl immens (gesch. 150 Mrd. US-$ für Wiederinstandsetzung der Infrastruktur und der Ölförderung, Zahlungen an die Alliierten etc.) und warfen K. wirtsch. deutlich zurück.

4. K. ist eine konstitutionelle Monarchie, die Herrschaft des Emirs ist allerdings gemäß der Verfassung von 1962 parl. Kontrolle weitgehend entzogen. Das Wahlrecht ist auf Männer (Mindestalter 21 J.) beschränkt, die selbst oder deren Vorfahren seit 1920 im Lande leben. Seit 1977 setzt Emir Dschaber al-Ahmed as-Sabah die lückenlose Folge von Herrschern des Hauses as-Sabah fort. Das Parlament wurde 1986 aufgelöst, vorgeblich aus Gründen der nat. Sicherheit (*iranisch-irakischer Krieg). Aufgrund des Drucks seitens der USA und ihrer Verbündeten im Golfkrieg sagte die Herrscherfamilie eine *Demokratisierung für die Zeit nach der Befreiung von der irak. Okkupation zu. Nach anfänglicher Verzögerung wurde zunächst im Okt. 1992 (und erneut im Okt. 1996 und im Juli 1999) ein Parl. gewählt, das der Verfassung entsprechende Befugnisse besaß. Allerdings waren weiterhin nur ca. 5 % der Bev. wahlberechtigt. Das Einkammerparl. besteht aus 50 Abg. und bis zu 16 Min. (die as-Sabah sind auf diesem Weg im Parl. vertreten). Neben unabh. Abgeordneten kristallisierten sich 6 Gruppierungen der rel. und säkularen Opposition heraus, die z.T. grundlegende Reformen, wie z. B. die Einführung des Frauenwahlrechts, forderten. Eine entsprechende Initiative des Emirs, das aktive und passive Wahlrecht für Frauen per Dekret einzuführen, scheiterte 2000 am Parl., wenig später auch eine Klage auf Einführung des Frauenwahlrechts vor dem Verfassungsgericht. Die Islamisten, die seit dem Widerstand gegen die irak. Besatzung über einen deutlich höheren Rückhalt in der Bev. verfügen und den Untergrund verlassen haben, gelten als rel. gemäßigt. Die Außen- wie die Innenpol. des Landes ist weitgehend vom Trauma der irak. Invasion geprägt (Priorität milit. Sicherheit). Die Anwesenheit von ca. 18000 US-amerik. und brit. Soldaten und Militärangehörigen zehn Jahre nach der Invasion setzt freilich das Land islamistischen Aktionen aus.

Lit.: M. M. Khouja/P. G. Sadler, The Economy of Kuwait, Development and Role in International Finance, London/Basingstoke 1979; Y. S. F. Al-Sabah, The Oil Economy of Kuwait, London 1980; S. Y. Alessa, The Manpower Problem of Kuwait, London 1981; H. U. Schedler, Kuwait, in: U. Steinbach/R. Robert (Hg.), Der Nahe und Mittlere Osten, Bd. 2, Opladen 1988, S. 232ff.; G. Hellmann, Der Krieg um Kuwait: Katalysator einer neuen Weltordnung oder Vorbote neuer Konflikte?, in: APuZ 7/8 1991, S. 12ff.; R. Hermann, Kuwait, in: HDW III, 6, 1993, S. 412ff. hb

Kyoto-Konferenz (KK) Im Dez. 1997 in Kyoto/Japan abgehaltenes Treffen der Mitgl.-Staaten der *Klimarahmenkonvention, die auf der *Welt-Umweltkonferenz in Rio 1992 unterzeichnet worden war. Hauptziel der KK war es, konkrete Verpflichtungen für die IL hinsichtlich der Emission von CO_2 und anderen Gasen auszuhandeln, die als Hauptverursacher des *Treibhauseffekts gelten.

In dem Kyotoer Schlussprotokoll verpflichteten sich die wichtigsten IL, den Ausstoß der betreffenden Gase bis 2012 um 6 %–8 % zu verringern (Japan: 6 %;

USA: 7 %; EU: 8 %). Hierbei besteht laut dem Abkommen die Möglichkeit, innerhalb der sog. Annex-I-Länder (IL und ehem. Ostblockstaaten) nicht benötigte Emissionsquoten anderer Staaten zu kaufen bzw. sich die Teilnahme an Emissionsreduktionsprojekten im Ausland anrechnen zu lassen. Als «Abnehmer» in diesem sog. Emissionshandel dürften in erster Linie die USA infrage kommen, deren Emissionen aufgrund des ökon. Wachstums bis 2010 um ca. 30 % steigen werden. Als «Geberländer» werden von dieser Regelung v. a. Transformationsstaaten wie Russland und die Ukraine profitieren, welche infolge der wirtsch. Umstrukturierung in den 1990er J. einen deutlichen Rückgang an Ausstoß von Treibhausgasen aufweisen.

Das Ergebnis der KK löste konträre Reaktionen aus: Während es in den USA von Senat, Ind. und Gewerkschaften als ökon. Standortnachteil scharf kritisiert wurde, blieb es gleichzeitig weit unter den Forderungen vieler staatl. und nichtstaatl. Akteure (u. a. Umweltorg.; Brasilien; Inselstaaten; EU), die darin keine wirksame Maßnahme gegen die zunehmende Erderwärmung sehen.

Vor dem Hintergrund dieser prinzipiellen Interessenunterschiede überrascht es kaum, dass die Umsetzung des Kyotoer Protokolls äußerst schleppend verläuft. Nachdem in den ersten beiden Folgejahren noch kein IL das Abkommen ratifiziert hatte, bestand das wesentliche Ziel der Bonner Klimakonferenz vom Okt. 1999 nur in der Vorbereitung von verbindlichen Beschlüssen hinsichtlich der Messung und Verrechnung von Emissionsreduktionen sowie der rechtl. Sanktionierung von Verstößen. Die entsprechenden konkreteren Regelungen sollten erst auf der nächsten Klimakonferenz verabschiedet werden, die im Nov. 2000 in Den Haag stattfand. Die 6. Vertragsstaatenkonferenz in Den Haag wurde nach harten Auseinandersetzungen zwischen der EU und den USA ergebnislos vertagt. Hauptstreitpunkte waren neue Handlungsverpflichtungen für EL, die Ausgestaltung der Kyoto-Mechanismen, die Einbeziehung von CO_2-Senken in nat. Emissionsbilanzen und die Frage von Sanktionen bei Nichteinhaltung der Verpflichtungen. Nach dem Ausstieg der USA im März 2001 vereinbarten die verbliebenen Staaten auf ihrer 6. Vertragsstaatenkonferenz in Bonn (Juli 2001), den Kyoto-Prozess auch ohne die USA fortzusetzen und eine Inkraftsetzung bis zum Weltumweltgipfel in *Johannesburg im Sept. 2002 zu erreichen. Auf der Folgekonferenz in Marrakesch (Nov. 2001) wurde nach zähem Ringen eine Verringerung der CO_2-Emissionen um durchschn. 5,2 % bis 2010, auf der Basis der Emissionen des J. 1990, vereinbart, Böden und Wälder sind allerdings bis zu 3,5 % als CO_2-Senken anrechenbar. Obwohl Russland als zweitgrößter Kohlendioxid-Verursacher Sonderkonditionen aushandelte, verweigerte das russische Parl. bislang die Ratifikation des Protokolls. Dies hatte zur Folge, dass das Protokoll nicht fristgerecht bis Sept. 2002 in Kraft trat, da es zwar 74 Staaten ratifizierten, die allerdings nur für 36 % des CO_2-Ausstoßes 1990 verantwortlich waren. Damit das Protokoll in Kraft tritt, müssen es 55 Staaten, die 1990 insges. 55 % der Kohlendioxidemissionen verursachten, ratifizieren.

Auf der Konferenz für nachhaltige Entwicklung in Johannesburg bekräftigten die am Kyoto-Prozess beteiligten Staaten ihren Willen zur Umsetzung des Protokolls und forderten die bislang nicht beteiligten Staaten nachdrücklich auf, ihrem Beispiel in absehbarer Zeit zu folgen. Im Laufe der Konferenz stellten sowohl Kanada, Australien, China als auch Russland eine baldige Ratifizierung des Kyoto-Protokolls in Aussicht. Als Ersatz für den v. a. am Widerstand der USA, Japans, Australiens und der OPEC-Staaten gescheiterten Vorschlag, den Anteil erneuerbarer Energien bis zum J. 2010 auf 15 % festzuschreiben, kündigten die EU-Staaten in Johannesburg eine eigene Initiative zur Förderung von Wind- und

Sonnenenergie an, der sich bis Konferenzende zahlreiche Staaten anschlossen.

→Klima- und Atmosphärenregime

red

L

Ladinos Als *Ladinos* werden Menschen indianischer und afrik. Abstammung bezeichnet, die Spanisch sprechen, die Sitten und Gebräuche der Spanier angenommen haben und durch ihre Imitationsfähigkeit hervorstechen. Der Begriff ist auch gebräuchlich für indoeurop. Mischlinge. Es hat dann die gleiche Bedeutung wie *Mestize, *Cholo* oder *Caboclo*. Der Prozess der Ladinisierung führt zur Orientierung an der herrschenden Kultur mit den entsprechenden sozialen und pol. Begleiteffekten. fn

LAFTA →ALALC

Lagos Plan of Action Der von der *ECA vorbereitete und von der *OAU-Wirtschaftsgipfelkonferenz in Lagos (1980) verabschiedete Aktionsplan, der ganz im Zeichen von **collective self-reliance* stand und folgende Schritte vorsah: zunächst Schaffung zollfreier Wirtschaftszonen (*preferential trade areas*), Vergrößerung des innerafrik. Handelsaustausches und bis zum Jahr 2000 die Gründung einer kontinentalen Wirtschaftsgemeinschaft. Schwere Wirtsch.-Krisen und Bürgerkriege verhinderten Fortschritte. Unter dem Druck der weltwirtsch. Marginalisierung unternahm die OAU in den 1990er J. ohne Erfolg neue Anläufe zur Verwirklichung der 1980 anvisierten Ziele. fn

La-Habana-Gipfel →Blockfreiheit, Blockfreienbewegung

Landflucht L. bezeichnet die Binnenwanderung in EL, die den Prozess übersteigerter *Urbanisierung ausgelöst und nur selten zur Kolonisierung bisher unerschlossener Landesteile geführt hat. Motive für L. liegen in den extrem schlechten Lebensverhältnissen auf dem Lande, welche eine Reihe von Ursachen haben: Überholte Besitzstrukturen an Boden und Wasser, niedrige *Produktivität, geringe Absorption vorhandener Arbeitskraft (→Arbeitslosigkeit), Vernachlässigung des Agrarsektors und chronische Benachteiligung der ländl. gegenüber der städt. Bev. (hinsichtlich Einkommen, med. Versorgung, Ausbildung etc.). L. ist mit der zumeist vergeblichen Hoffnung auf Arbeit und besseres Entgelt in den Städten verbunden. Die Folgen sind Entwurzelung und Leben in Elendsvierteln der Städte. Die urbane *Marginalität wird jedoch in aller Regel noch als eine Verbesserung gegenüber den Verhältnissen auf dem Lande begriffen, wo trotz Migration die ländl. Bev. abs. wächst. *Ländliche Entwicklung, *Agrarreformen und Grundbedürfnisstrategien scheinen am ehesten geeignet, das Problem an der Wurzel zu fassen und die L. zu mildern. dn

Ländliche Entwicklung Seit Mitte der 1970er J. forcierte E.-Strategie, die zur Rückbesinnung auf die Landw. (statt ausschließlicher Konzentration auf die *Industrialisierung) auffordert und im engen Zusammenhang steht mit der Ausarbeitung des *Grundbedürfniskonzepts. L. E. soll die wirtsch. In-Wert-Setzung des in den EL im Überfluss vorhandenen Produktionsfaktors Arbeit herbeiführen. 80 % der arbeitslosen und unterbeschäftigten Bev. in den EL lebt auf dem Land, wobei der *Urbanisierungsgrad von bev.-reichen EL sehr gering ist (1999): Indien 28 %, Indonesien 40 %, Bangladesh 24 %. L. E. zielt auf Erhöhung der Produktion, Einbeziehung von Klein- und Kleinstbetrieben (*Subsistenzsektor) in den Wirtschaftskreislauf, Schaffung von Einkommen (und ihrer besseren Verteilung) und von Kaufkraft zur Befriedigung der Grundbedürfnisse. Die BRD hat bereits lange, bevor das Konzept aufkam, der L. E. durch gezielte Agrarhilfen Priorität eingeräumt. Sie verspricht sich folgende Effekte: 1. Erhöhte Nahrungsmittelproduktion; 2. Rohstoffsicherung von Naturprodukten; 3. Ausweitung von *Beschäftigung; 4. Verbesserung der Grundlagen der gewerblichen Wirtsch.; 5. *Diversifizierung der Volkswirtsch.; 6. Verbesserung der Handels- und Zahlungsbilanz; 7. Raumordnungseffekte, Verringerung von *Landflucht und *Urbanisierung.

Lit.: DIE, Grundbedürfnisorientierte ländliche Entwicklung, Berlin 1980; H. Gsänger, Überlegungen zur Zukunft ländlicher Entwicklung, Berlin 1991; K. M. Leisinger/K. Schmitt (Hg.), Überleben im Sahel, Basel 1992; T. Rauch, Ländliche Regionalentwicklung im Spannungsfeld zwischen Weltmarkt, Staatsmacht und kleinbäuerlichen Strategien, Saarbrücken 1996. dn

landlocked countries →Binnenländer

Landminen Weltweit sind ca. 110 Mio. L. verlegt, vornehmlich in (ehemaligen) Bürgerkriegsgebieten der *Dritten Welt. Zwischen 25000 und 30000 Menschen werden jährl. durch die Explosion von L. getötet oder verletzt. Ungeräumte L. machen ganze Landstriche unbewohnbar und beeinträchtigen nachhaltig den Wiederaufbau von Nachkriegsgesellsch., indem sie die Rückkehr von Vertriebenen und *Flüchtlingen, die Bewirtschaftung von Agrarflächen, die Instandsetzung von *Infrastrukturen und die Lieferung von Hilfsgütern stark behindern. In Staaten wie Angola, Mozambique, Somalia, Irak, Afghanistan und Kambodscha sind Zivilisten einem besonders hohen Risiko ausgesetzt. In etlichen Staaten sind Minenräumprogramme im Gang, die z.T. von der *UN (1995: 50,1 Mio. € für 14 Länder) unterstützt werden. 1994 wurden ca. 100000 Minen beseitigt. Die Räumungskosten belaufen sich auf ein Vielfaches der Herstellungskosten der Minen. Zu den Hauptproduzenten von L. gehörten trad. die USA, China, die frühere SU und Italien. Mittlerweile werden jedoch auch in vielen EL Minen hergestellt, oft mit Lizenz der Hersteller aus den IL. In den 1990er J. stieß die L.-Problematik auf verstärktes öfftl. Interesse, nicht zuletzt dank int. und nat. NGO-Kampagnen. In der BRD wurden entsprechende Initiativen von NGOs aus den Reihen der Friedensbewegung und der konfessionellen und nicht-konfessionellen E.-Hilfe getragen. Gefordert wurde u. a. das weltweite Verbot der E., Herstellung, Ausfuhr und des Einsatzes aller Formen von L. In abgeschwächter Form knüpften versch. Staaten an diese Forderungen an. Völkerrechtl. Ansatzpunkt für multilaterale Versuche, den Einsatz von L. völlig zu verbieten oder zumindest stärker einzuschränken, ist das «Übereinkommen über das Verbot oder die Beschränkung des Einsatzes bestimmter konventioneller Waffen, die übermäßige Leiden verursachen oder unterschiedslos wirken können» von 1980, kurz: das UN-Waffenübereinkommen, einschließlich seiner drei Zusatzprotokolle. Die BRD hat das Übereinkommen 1981 unterzeichnet und 1992 ratifiziert. 1995/96 fand eine dreiphasige Überprüfungskonferenz des UN-Waffenübereinkommens statt. Sie mündete u.a. in einer revidierten Fassung des Minenprotokolls (Protokoll II), die zwar verschärfte Einsatzbeschränkungen von Antipersonenminen vorschrieb, versehen aber mit einer Reihe stark abschwächender Vorbehalte und Ausnahmeklauseln. Die BRD verhängte 1994 ein dreijähr. Exportmoratorium, das sie 1996 ohne zeitliche Begrenzung verlängerte. Am 1. 12. 1997 wurde in Ottawa/Kanada von 121 Staaten ein Vertrag zum Verbot und zur Ächtung von L. unterzeichnet, worunter sich allerdings nicht die Haupterzeugerländer (VR China, USA, Russland) befanden. Vertreter der Kampagne zum Verbot von L. erhielten 1997 den *Friedensnobelpreis.

Lit.: J. Goldblat, Land-mines and Blinding Laser Weapons, in: SIPRI-Yearbook 1996, Oxford 1996; F. Solms, Landminen – eine humanitäre Katastrophe, in: Friedensgutachten 1996, Münster 1996, 295ff. mik

Landreform →Agrarreform

Laos

Fläche (Tsd. qkm): 236,800
Bev. (Mio.) 2001: 5,40
BNE pro Kopf (US-$) 2000: 290
BIP (Mio. US-$) 2000: 1709
LE (Jahre) 1999: 54,2
Analphabetenquote (%) 1999: 54,2
HDI 1999: 0,476 [Rangplatz von 162: 131]

In den letzten J. vollzog sich im Gefolge der sowj. Perestroika eine vorsichtige pol. und (v. a. gegenüber den *Schwellenländern der Region) wirtsch. Öffnung des seit 1975 kommunistisch regierten Landes.

1. Die Demokratische Volksrepublik L. ist ein rel. dünn besiedeltes *Binnenland. Es hat wegen seiner lang gestreckten Form und mangelnder *Infrastruktur (keine Eisenbahnen, wenige Allwetterstraßen) große Verkehrs- und Transportprobleme, was seine Verwaltung, aber auch die Verteilung von Nahrungsmitteln und Hilfsgütern sehr erschwert.

2. Beherrschendes Merkmal der Bev. von L. ist die ethn. Vielfalt, die einer wirklichen nat. Einigung im Wege steht. Nur etwa die Hälfte der Bev. zählt zu den «Flachlandlaoten», der Rest sind Bergstämme (Lao Theung, Yao Ka und H'mong, auch «Meo» genannt) sowie die Minoritäten der Thai, Mon-Khmer und Shan. Demnach besteht mehr als die Hälfte der Bev. aus kulturellen *Minderheiten mit insges. 47 Sprachgruppen und sehr unterschiedlicher Religion und Gebräuchen. Viele dieser Minderheitsvölker erkennen die Oberherrschaft des laot. Staates nur formell an, pochen aber auf ihre trad. Autonomierechte und stehen Eingliederungsversuchen bzw. der Besteuerung durch die Zentralregierung meist feindlich gegenüber.

3. Das erst im 14. Jh. geeinte laot. Königreich Lan Xang («Millionen Elefanten») erreichte im 17. Jh. seinen Höhepunkt und wurde danach Stück für Stück zur Beute der stärkeren Thais (im S und W) und der ebenfalls expandierenden Vietnamesen (entlang der östl. Grenzen). Im 19. Jh. war L. schließlich auf einen tributpflichtigen Vasallenstaat der Thais zusammengeschrumpft, doch als Frankreich L. 1893 zu seinem Protektorat erklärte, sicherte es ihm damit wenigstens die territoriale Integrität. Die frz. Kolonialzeit trug nur sehr wenig zur E. des Landes bei, da L. kaum Rohstoffe (außer Zinn) besaß, die sich leicht erschließen ließen. Dem Aufbau einer *Plantagenwirtschaft (wie im südl. Vietnam) stand die Bodenbeschaffenheit entgegen. Im Rahmen der Genfer Konferenz von 1953 erhielt L. zwar seine formale pol. Unabh., doch inzwischen war das kleine Königreich durch Fraktionskämpfe der Oberklasse hoffnungslos aufgespalten. Während eine prowestl. Gruppierung den engen Anschluss L.' an Thailand und die USA suchte, verfolgte die Fraktion um den Prinzen Souvanna Phouma einen neutralistischen Kurs, und der «rote Prinz» Souvanna Vong schloss sich den prokommunistischen, von Vietnam unterstützten Pathet Lao (gegr. 1956) an. Jede der drei Fraktionen stützte sich im Vielvölkerstaat L. auf eine andere Volksgruppe. Das Land geriet wider Willen in den Strudel des zweiten Indochinakriegs, und bald war die geringe Infrastruktur durch die US-Luftwaffe zerbombt. Aus dem Waffenstillstandsabkommen vom Febr. 1973 ging eine neue Koalitionsreg. hervor, deren stärkste Kraft jedoch (wie schon 1957) die Pathet Lao waren. Als im Dez. 1975 die Demokratische Volksrepublik L. ausgerufen wurde, blieb der «rote Prinz» Souvanna Vong an der Spitze und wurde ihr erster Präs. Doch der Versuch der Reg., einen pol. und wirtsch. eigenständigen E.-Weg einzuschlagen, scheiterte an den katastrophalen Voraussetzungen und an der Pol. des mächtigen Vietnam.

Nach 1975 stationierten die Vietnamesen eine «Schutztruppe» im Land und nahmen pol. «Säuberungen» vor, in deren Folge viele Mitgl. der pol. Elite in Umerziehungslager gesteckt wurden oder nach Thailand fliehen mussten (noch Ende 1996 gab es in thailänd. Lagern ca. 20000 laot. Flüchtlinge).

4. Den E.-Anstrengungen der laot. Reg. sind enge Grenzen gesetzt. Es fehlt an einem effizienten und landesweiten Verwaltungssystem, das die Versorgung der Bev. und die Verteilung von med. Hilfe sichern könnte. Krankheiten (Malaria, Dysenterie, Tuberkulose) sind verbreitet, Ärzte und Krankenhäuser kaum vorhanden. Zwar haben sich die Verhältnis-

se seit dem Regimewechsel von 1975 verbessert, aber immer noch bleibt die Relation von durchschn. einem Arzt auf 4500 Einwohner (1996) unbefriedigend.
L. hat außer einigen Sägewerken, Bergwerken, Nahrungsmittelindustrien und einer Brauerei kaum verarbeitende Ind. Das produzierende Gewerbe trägt nach Schätzungen des *IWF lediglich 13 % zum BIP bei und beschäftigt lediglich 10 % der insges. 2,5 Mio. laot. Erwerbstätigen. ¾ der Beschäftigten sind in der Land- und Flusswirtschaft tätig. Ausreichende Selbstversorgung mit Nahrungsmitteln zur Deckung der *Grundbedürfnisse ist das oberste E.-Ziel der laot. Reg. und wurde angeblich 1981 durch Ausdehnung der agrar. Flächen und der Bewässerungsanlagen erreicht.
Nur noch 45 % des Landes besteht aus Waldgebieten. Größte Einnahmequelle ist der Verkauf von Edelhölzern und von Hydroenergie aus dem mit ausl. Hilfe erbauten Nam-Ngum-Staudamm, vor allem an Thailand. Mit der Neuprospektierung der Bodenschätze haben vietnam. und austral. Ingenieure inzwischen begonnen.
E.-Hilfe kommt aus Japan und den westl. Staaten, während Thailand der wichtigste Handelspartner blieb (1998: 68,7 % der Importe). Die Bundesrepublik ist der zweitgrößte Geber nach Japan und vor Australien. Da L. nur wenig exportiert und Konsumgüter fast vollständig importiert werden müssen, entsteht dem Land ein hohes Handelsbilanzdefizit (1999: 204 Mio. US-$), das bis Ende der 1980er J. durch Kredite aus dem Ostblock gedeckt wurde. Die Auslandsverschuldung betrug 1999 2527 Mio. US-$.
5. Nachdem eine Kollektivierungskampagne und eine hohe Agrarbesteuerung fehlgeschlagen waren, versucht die Reg. seit Anfang der 1980er J., eine «sanfte» Revolution zu propagieren und die Produktion für «freie Märkte» sowie den Grenzhandel zu ermutigen. Im Gefolge der sowj. Reformwelle und in enger Anlehnung an den vietnam. Nachbarn scheint sich seit Mitte der 1980er J. eine *Liberalisierung im pol. und wirtsch. Bereich durchzusetzen: Ein im April 1988 erlassenes Wahlgesetz sowie Wahlen auf Kreis- und Provinzebene im Juni 1988 sind Schritte, die in diese Richtung weisen. Seit April 1989 fanden erneut Wahlen auf nat. Ebene statt (zuletzt im Nov. 1997), bei denen jedoch kein echter pol. Wettbewerb zugelassen war. Die Laotische Revolutionäre Volkspartei (LPRP) gewann 98 von 99 Sitzen. Die Gewährung von rel. Betriebsautonomie Ende 1985 ermöglicht größere Eigenverantwortlichkeit und Flexibilität der Betriebsleitungen. Ein **joint venture*-Gesetz vom Juli 1988 schafft günstige Bedingungen für ausl. *Direktinvestitionen in L. (z. B. Erlaubnis von 100 % ausl. Anteilen an Unternehmen), sofern sie die Infrastruktur verbessern bzw. den *Tourismus oder die Exportwirtsch. fördern.
Außenpol. konnte sich L. in den letzten Jahren durch Verhandlungen mit Thailand, China und den USA wieder größeren Spielraum verschaffen und seine pol. Isolation und einseitige Abh. vom vietnam. Nachbarn verringern. Das Beispiel von L. zeigt die Schwierigkeiten beim Aufbau einer soz. Gesellschaft auf dem Fundament einer *Subsistenzwirtschaft. Auch wenn die E.-Chancen begrenzt bleiben werden, kündigen sich doch Umverteilungen im regionalen Kräftegleichgewicht an.

Lit.: H. U. Luther, Socialism in a Subsistence Economy, Bangkok 1983; O. Weggel, Indochina: Vietnam, Kambodscha, Laos, München 1987; H. U. Luther, Laos, in: HDW III, 7, 1994, S. 436 ff.; Ch. Hartmann, Laos, in: D. Nohlen/F. Grotz/Ch. Hartmann (Hg.), Elections in Asia and the Pacific, Bd. 2, Oxford 2001, S. 129 ff. hul

La-Plata-Gruppe Umfasst die Länder Argentinien (34 %), Bolivien (19 %), Brasilien (17 %), Paraguay (100 %) und Uruguay (80 %), die mit den angegebenen Anteilen ihres Territoriums im La-Plata-Becken liegen und April 1969 in Brasilia den La-Plata-Vertrag unterzeichneten. Er sollte der harmonischen E. und physischen Integration der Region dienen,

war jedoch als Alternative zu den gescheiterten *Integrationsbemühungen der *ALALC zu sehen.
Das La-Plata-Becken (*Cuenca del Plata*) ist das Einzugsgebiet des Flusssystems des Rio de la Plata (290 km Länge) und seiner großen Zuflüsse Paran (4000 km), Paraguay (2500 km), Uruguay (2200 km) mitsamt deren Nebenflüssen. Mit 3,2 Mio. qkm ist es eines der größten Stromtäler der Erde; hier lebten bei Vertragsabschluss etwa 80 Mio. Menschen. Wirtsch. bedeutend sind seit jeher die landw. Nutzflächen für den Agroexport; durch die südwestl. Stoßrichtung des brasilian. Wirtsch.-Wachstums in Verbindung mit dem Standort der argentin. Ind. ist das Becken auch ein ind. Wachstumspol Südamerikas. Bes. vielversprechend sind die hydroelektrischen Energieressourcen der großen Flüsse, deren Wasser auch der Landw. und dem Verkehr dienen.
Die integrationspol. Zielsetzung des La-Plata-Vertrages war demnach auf Maßnahmen physischer Integration (Staudämme, Straßen, Brücken, Ausbau der Kommunikation) beschränkt; die meist bilateralen Kooperationsabkommen waren auf spezifische Projekte gerichtet. Die ersten binationalen Projekte nach dem Vertrag bezogen sich auf die Nutzung der Ströme zur Energiegewinnung (*Itaipú, Yacyret, Corpus), andere Vorhaben (z.B. Brücke über den La Plata zwischen Montevideo und Buenos Aires) wurden diskutiert. Zu Beginn der 1980er J. war ein deutlicher Rückgang in den Aktivitäten des La-Plata-Systems zu verzeichnen. Mit dem Aktionsprogramm der 17. Außenministerkonferenz von 1987 sollte die La-Plata-Becken-Kooperation konkretere Gestalt annehmen: Vorwarnsystem für Überschwemmungen in der Region, gemeinsame Qualitätskontrolle für Trinkwasser, Bewahrung natürl. Ressourcen, Schifffahrt und Transport auf den gemeinsamen Flüssen sowie Zusammenarbeit an den Grenzen. Gleichzeitig wurde die Unterstützung des Finanzierungsfonds FONPLATA beschlossen, der die erfolgreichste Institution des La-Plata-Systems war.
Spätestens seit der Gründung von *Mercosur, dem neben Bolivien alle La-Plata-Staaten angehören, ist es um Aktivitäten im Rahmen des Vertrags still geworden. Die konkreten Kooperationserfahrungen haben aber wohl zu dem mit Mercosur verbundenen Aufbau der wirtsch. Kooperation beigetragen.

Lit.: D. Nohlen/M. Fernandez/O. Bareiro (Hg.), Kooperation und Konflikt im La-Plata-Becken, Saarbrücken/Fort Lauderdale 1986; D. Nohlen/M. Fernández/A. Klaveren (Hg.), Demokratie und Außenpolitik in Lateinamerika, Opladen 1991. dn

Lateinamerikanische Energieorganisation →OLADE

Lateinamerikanische Freihandelszone →ALALC

Lateinamerikanische Integrationsassoziation →ALADI

Lateinamerikanisches Institut für wirtschaftliche und soziale Planung →ILPES

Latifundium (Latifundismus) Der Begriff L. wird verwandt für landw. Großgrundbesitz, der sich von der *Plantage durch hohe Bodenkonzentration und niedrige Produktivität unterscheidet. Das L. steht jedoch begrifflich in enger Verbindung zur Plantage und zur **hacienda*, wenn die sozialen und pol. Auswirkungen der Kontrolle weniger über den Boden betrachtet werden. Der Großgrundbesitzer (*patrón*) beherrscht seine regionale Umwelt und übt auch auf nat. Ebene, gestützt auf Status und Einkommen, welche ihm das L. einbringen, großen Einfluss aus. Latifundismus bezeichnet nicht nur Bodenbesitzstrukturen, sondern v. a. die darauf gegründeten pol. und gesellsch. Machtverhältnisse. Ein derartiges Verständnis des Begriffs deutet an, warum es in den EL, insbes. LA, bisher kaum gelungen ist, in durchgreifenden *Agrarreformen die entwicklungsfeindlichen Bodenbesitzstrukturen zu verändern. dn

LDC *Less Developed Countries,* ursprgl. Bezeichnung für die EL allg., abgegrenzt von den am wenigsten entwickelten EL, den *LLDCs (*Least Developed Coun-*

tries). Diese Unterscheidung wird von einigen UN-Organisationen nicht verwandt. Sie kürzen die Least Developed Countries als LDCs ab. sr

learning by doing effect →*external economies*

Lebenserwartung (LE) Durchschn. LE bei Geburt, in Jahren angegeben, ist ein wichtiger, wenn nicht der beste *Indikator für das Niveau der *Ernährung und *Gesundheit einer Bev. (Population); LE gehört zur Gruppe der Indikatoren, die den Grad der Befriedigung der *Grundbedürfnisse einer Bev. anzeigen. Die LE ist in den letzten drei Jahrzehnten um rd. ein Drittel gestiegen. In 23 EL liegt sie bei über 70 J. Die Unterschiede nach Ländern (→Tabelle 4 im Anhang) und Ländergruppen (s. Tabelle 10) sind jedoch nach wie vor beachtlich. In Afrika stagniert sie oder ist sogar rückläufig; in Uganda ist sie als Folge von *Aids (10 % der ugand. Bev. sind mit dem HIV-Virus infiziert) und wieder zunehmender Infektionskrankheiten von 1993: 45 J. auf 1999: 42 J. gesunken. dn

Lesotho

Fläche (Tsd. qkm): 30,350
Bev. (Mio.) 2001: 2,10
BNE pro Kopf (US-$) 2000: 540
BIP (Mio. US-$) 2000: 913
LE (Jahre) 1999: 44,6
Analphabetenquote (%) 1999: 17
HDI 1999: 0,541 [Rangplatz von 162: 120]

1. Das Königreich L. zählt zu den kleinsten Staaten Afrikas. In dem Bergland bilden 2,1 Mio. Sothos (auch Basothos od. Basutos) der Südbantugruppe eine ethn. homogene Bev., zu denen sich wenige Tsd. Weiße und Asiaten gesellen. Die JZ (1985–94: 2,7 %; 1990–2000: 2,2 %) ist rel. gering; die Siedlungsdichte mit durchschn. 69 Ew./qkm dagegen sehr hoch. Besonders dicht besiedelt ist das westl. Tiefland, das einzig landw. nutzbare Gebiet, wo sich das Gros der Bev. auf 1/4 der Gesamtfläche konzentriert. Der Einfluss christl. Missionen hat deutliche Spuren hinterlassen: Rund 45 % der Basotho sind Katholiken und 30 % Protestanten. Primar- und Sekundarschulen sind überwiegend in kirchl. Trägerschaft. Amtssprachen sind Englisch und Sesotho.

2. Eingangs des 19. Jh.s vereinte Häuptling Moshoeshoe I. die vormals eigenständigen Sotho-Clans zur Basuto-Nation. Durch das Besetzen zentraler Positionen mit Angehörigen des eigenen Clans (*Place-System*) schuf Moshoeshoe die Häuptlingsoligarchie der *Sons of Moshoeshoe*, die bis heute fester Bestandteil der nat. Elite L.s ist. Nach der Annexion (1868) wurde das Land 1884 brit. Kronkolonie. Die Einrichtung von Vertretungsorganen leitete Ende der 1950er J. durch die Formierung pol. Parteien die *Dekolonisation ein (Unabh.: 4. 10. 1966). Bei den ersten allg. Wahlen (1965) siegte die vom westl. Ausland und den christl. Missionen unterstützte konservative und südafrikafreundliche *Basutoland National Party* (BNP) unter Häuptling Leabua Jonathan, der sich in der Folge zunächst gegen den auf trad. Herrschaftsrechte beharrenden König Moshoeshoe II. (Constantine Bereng Seeiso) durchsetzte und dann gegen die

Tabelle 10: Lebenserwartung (in J.)

	1950	1980	1990	2000
Subsahara/Afrika	39	49	52	55
Nordafrika/Nahost	38	56	61	63
LA-Karabik	49	65	70	71
Asien (ohne China/Indien)	44	58	62	64
China	48	63	69	71
Indien	42	55	58	61

Quelle: Weltentwicklungsbericht, div. Jahrgänge

Opposition der soz., südafrikafeindlichen *Basutoland Congress Party* (BCP).
3. Die spezielle geogr. Lage des allseitig von der Rep. Südafrika umschlossenen *Binnenlandes hat beträchtlichen Einfluss auf die sozioökon. Struktur des Landes. Südafrika spielt nicht nur für den Außenhandel L.s. eine zentrale Rolle, sondern beschäftigt auch mehr als die Hälfte der erwerbstätigen Männer L.s., vor allem in der Bergbauind. Die zurückgebliebenen Frauen der *Wanderarbeiter, die auf dem südafrik. Arbeitsmarkt weitaus schlechtere Chancen haben, tragen die Last von Erziehung, Haushalt und Feldarbeit (als ergänzende Einkommensquelle). L.s Landw., nur auf 12 % der Fläche möglich, gehört zu den am wenigsten entwickelten der Welt (sehr kleine Betriebseinheiten, geringe Mechanisierung) und ist mehr subsistenz- als marktorientiert. Ihr Anteil am BIP ist von 65 % (1965) auf 10 % (1995) gesunken. Außer geringen Diamantenvorkommen besitzt L. kaum Rohstoffe. Der hohe BIP-Anteil der Ind. (47 %) ist insb. dem Baugewerbe geschuldet, das durch ein gigantisches Wasserbauprojekt angekurbelt wurde. Das *Lesotho Highland Water Project*, das von den größten EU-Ländern, der *Weltbank und südafrik. Handelsbanken finanziert wird, soll die südafrik. Großregion Johannesburg mit Wasser versorgen. 2001 gewährte Kredite des *IWF (32 Mio. US-$) und der Weltbank (28 Mio. US-$) sollen zur Verbesserung der Infrastruktur, der Telekommunikation und zur Förderung der Privatwirtsch. dienen. Die verarbeitende Ind. (Nahrungsmittel, Textilien etc.) ist vorwiegend im Besitz ausländ. Firmen (SA, Taiwan etc.).
4. Nach der Unabh. baute Jonathan seine Machtposition mit Notstandsgesetzen sowie Korrumpierung und Einbindung oppositioneller Kräfte rücksichtslos aus. Als sich dennoch bei den Wahlen von 1970 ein BCP-Sieg abzeichnete, annullierte er die Wahl, suspendierte die Verfassung, ließ die BCP-Führer verhaften und den anschließenden Aufstand niederschlagen. Erst 1985 gab es wieder (von der Opposition boykottierte) Parl.-Wahlen, die BNP gewann alle 60 Sitze. Ab Beginn der 1980er J. erlebte das Land angesichts bewaffneter Guerilla-Aktionen der LLA (*Lesotho Liberation Army*) und (semi-)staatl. Terrors bürgerkriegsähnliche Zustände.
Außenpol. kooperierte die Reg. Jonathan zunächst eng mit Südafrika, schlug in den 1970er J. aber eine gegen Südafrika gewandte Pol. ein, die ihren Ausdruck in einer wachsenden Kritik an der *Apartheid und in einer verbal-moral. Unterstützung für *ANC und *PAC fand. 1986 kam es zur südafrik. Blockade L.s. Wenig später wurde MP Jonathan am 20. 1. 1986 von Offizieren gestürzt. Dem in seine Rechte wieder eingesetzten König Moshoeshoe II. wurde ein «beratender», aber de facto machthabender Militärrat zugeordnet, der zunächst von Major-General J. Lekhanya angeführt wurde. Außenpol. versuchte sich die Militärreg. mit dem südafrik. Regime zu arrangieren und schlug mit dem Okt. 1986 unterzeichneten Abkommen über das Staudamm-Großprojekt ein neues Kapitel wirtsch. Kooperation auf. Innenpol. wurde die Opposition unterdrückt (Verbot pol. Parteibildungen, Ausnahmezustand etc.) und führten die pol. Ambitionen des Königs zu Machtkonflikten mit dem Militärrat. Moshoeshoe II. ging ins Exil (März 1990–Juli 1992); Nachfolger wurde sein Sohn Mohato Bereng Seeiso, der im Nov. 1990 als König Letsie III. vereidigt wurde und fast ausnahmslos repräsentative Funktionen innehatte. Die Militärreg. Lekhanja wurde am 30. 4. 1991 durch einen Putsch gestürzt, der Oberst E. Phitsoane Ramaema an die Macht brachte. Unter ausländ. Druck ließ dieser im März 1993 Wahlen zu, aus denen die von N. Mokhele geführte BCP siegreich hervorging. Die BCP gewann alle, die BNP mit einem Viertel der Stimmen nicht eines der 65 Mandate. Nach Militär- und Poli-

zeiunruhen in den Jahren 1993/94 kam es am 17. 8. 1994 – ausgelöst durch Konflikte um die Wiedereinsetzung des Ex-Königs Moshoeshoe II. – zu einem vier Wochen währenden Staatsstreich durch den König. Infolge landesweiter Streiks und int. Drucks setzte der König am 14. 9. 1994 die Reg. Mokhele wieder ein, wobei die erneute Thronbesteigung von Moshoeshoe II. ausgehandelt wurde. König Letsie III. dankte im Jan. 1995 zugunsten seines Vaters ab, bestieg den Thron aber wieder nach dessen Unfalltod am 15. 1. 1996. Die Parl.-Wahlen vom Mai 1998 erbrachten bei rel. Mehrheitswahl in Einerwahlkreisen einen Erdrutschsieg des *Lesotho Congress for Democracy* (LCD; 78 von 80 Mandaten), der sich von der BCP abgespalten hatte. Streitigkeiten über die Fairness dieser Wahlen führten zu Unruhen, die erst durch eine Militärintervention der *SADC-Staaten im Sept. 1998 beendet werden konnten. Die für März/April 2001 vorgesehenen Wahlen wurden verschoben, da man sich nicht über das Verfahren der Wählerregistrierung und das Wahlsystem einigen konnte. Für die Wahlen vom 25. 5. 2002 wurde schließlich die Zahl der Mandate von 80 auf 118 erhöht, von denen 38 nach Verhältniswahl vergeben wurden. Die LCD kam mit 54,8 % der Stimmen auf 77 Sitze, die BNP erhielt mit 22,4 % 21 Mandate.

Lit.: C. Murray, Families Divided. The Impact of Migrant Labour on Lesotho, Boulder 1981; J. E. Bardill/J. H. Cobbe, Lesotho. Dilemmas of Dependence in Southern Africa, Boulder/Col. 1985; G. Baumhögger, Lesotho, in: R. Hofmeier/Institut für Afrika-Kunde (Hg.), Afrika-Jahrbuch (jährlich), Opladen 1988ff.; U. Post, Lesotho, in: HDW III, 5, 1993, S. 352ff.; U. Engel, Parlamentswahlen in Lesotho (27. 3. 1993), in: ders. et al. (Hg.), Wahlbeobachtung in Afrika, Hamburg 1993, S. 109ff.; U. Engel, Lesotho, in: D. Nohlen/M. Krennerich/B. Thibaut (Hg.), Elections in Africa, Oxford 1999, S. 495ff. mik

Libanon

Fläche (Tsd. qkm): 10,40
Bev. (Mio.) 2001: 3,60
BNE pro Kopf (US-$) 2000: 3750
BIP (Mio. US-$) 2000: 16584
LE (Jahre) 1999: 70,2
Analphabetenquote (%) 1999: 14
HDI 1999: 0,758 [Rangplatz von 162: 65]

Seit Mitte der 1970er J. war der L. ein Brennpunkt der Konflikt- und Krisenkonstellationen im Nahen Osten und durch Bürgerkrieg und milit. Intervention der Nachbarländer verheerenden Zerstörungen ausgesetzt. Seit Mitte der 1990er J. vollzieht sich unter extrem schwierigen Bedingungen der pol. und wirtsch. Wiederaufbau.

1. Das Gebiet der Libanesischen Rep. wird im W vom Mittelmeer, im N und O von Syrien und im S von Israel begrenzt. Ca. 360000 ha sind landw. nutzbare Fläche, v. a. der südl. Teil der Bekaa-Ebene im Landesinnern (Getreide im Bewässerungsfeldbau) und der schmale Küstensaum (Zitrusfrüchte, Datteln, Bananen). Der L. hat keine bedeutenden Rohstoffvorkommen; das E.-Potenzial des Landes wird daher wesentlich durch seine verkehrsgünstige Lage als Umschlagplatz im Handel zwischen Europa und der arab. Welt bestimmt.

2. Mehr als 50 % der lib. Bev. leben im Großraum der Hs. Beirut (*Urbanisierungsgrad 1996: ca. 78 %). Die Bev.-Struktur ist durch einen sehr hohen Anteil ausl. Ew. gekennzeichnet. Im L. leben ca. 375000 palästinensische *Flüchtlinge, weitere große Einwanderergruppen werden von Syrern und Kurden gebildet.

3. Seit 1516 Teil des Osman. Reiches, blieb der L. von einer sozialen und pol. Ordnung geprägt, die Drusen (eine aus der muslim. Schia hervorgegangene esoterische Sekte) und Maroniten (eine kath. Religionsgemeinschaft) auf der Basis von Herkunftsgemeinschaft, Patriarchat und gegenseitiger Kontrolle schon zuvor ausgebildet hatten. Bis zum 19. Jh. konnten die in engen Handelsbez. mit dem kath. Europa – v. a. mit Frankreich –

stehenden Maroniten ihre Position gegenüber den Drusen (Großgrundbesitz) ausbauen. Fortan traten ausl. Mächte als Schutzherren der versch. Religionsgemeinschaften auf, und der L. kam unter den Einfluss der europ. Großmachtrivalität in den Levantestaaten. Die Auseinandersetzungen zwischen Drusen und Maroniten nahmen die europ. Großmächte 1860 zum Anlass für eine milit. Intervention und zur Schaffung der autonomen Provinz *Mount Liban*. Dieses zu 75 % von Christen bewohnte Territorium wurde im Zuge der Aufteilung des Osman. Reiches nach dem 1. WK 1920 durch Einbeziehung vorwiegend muslim. besiedelter Gebiete von F zum *Grand Liban* erweitert und später vom Völkerbund zum frz. Mandatsgebiet erklärt. Nach Gründung der lib. Republik (1926), der Entstehung konfessionell geprägter Parteien in den 1930er J. und dem Abschluss eines Nationalpakts zwischen dem maronit. Staatspräs. und dem sunnit. MP verstärkte sich der Druck auf die Mandatsmacht, den L. in die Unabh. (22. 11. 1943) zu entlassen (frz. Abzug im Dez. 1946).

4. Das beherrschende Strukturprinzip der lib. Gesellsch. ist der Konfessionalismus, verbunden mit einem hohen Grad der Bindung des Einzelnen an die Herkunftsgemeinschaft. Migrationsbewegungen im Zusammenhang mit relig. Konflikten haben schon vor der Jahrtausendwende eine relig. und soziokulturelle Vielfalt im L. hervorgebracht, die bis heute in hohem Maß soziale Konfliktkonstellationen, den pol. Prozess und alle wichtigen Lebensbereiche prägt. Die wichtigsten Religionsgruppen verteilen sich nach Schätzungen (2002) auf 60 % Muslime (darunter 32 % Schiiten, 21 % Sunniten, 7 % Drusen) sowie 40 % Christen (darunter 25 % Maroniten, 7 % griechisch-orthodoxe, 5 % griechisch-kath. und 4 % armenisch-kath. bzw. -orthodoxe Christen).

Das lib. Staatswesen ist nach dem Prinzip des Konfessionsproporzes aufgebaut, das allen anerkannten Religionsgemeinschaften einen ihrer Zahlenstärke entsprechenden Anteil an öfftl. Ämtern und Positionen garantiert. Dieses Gewohnheitsrecht beruht auf dem Nationalpakt von 1943 und garantiert den Christen eine Mehrheit im Parl. sowie das Recht auf die Besetzung des Präs.-Amtes durch einen Maroniten (1989–98: E. Hrawi; seit 1998: Émile Lahoud), während die Sunniten den MP (R. Hariri, 1996 wiedergewählt) und die Schiiten den Parlamentspräs. stellen. Dieses der Idee nach pluralistische und kompromissfördernde pol. System (Konkordanzdemokratie) wird in der Realität von wenigen mächtigen Familien dominiert (→Klientelismus), in dem die *politischen Parteien keine eigenständige Rolle entwickeln konnten.

5. Im Zuge der raschen sozioökon. E. seit der Unabh. wurden relig. Spannungen zunehmend durch regionale (*Zentrum/Peripherie) und soziale Konflikte ergänzt. So führte die prowestl. Modernisierungspol. von Präs. C. Chamoun (1952–58) zum Widerstand der vom *Nasserismus erfassten Muslime und 1958 zu einem kurzen Bürgerkrieg, der durch eine Intervention der USA beendet wurde. Während die Konflikte unter der starren Decke des Konfessionsproporzes aber weiterschwelten, wurden sie durch den Zustrom paläst. Füchtlinge seit 1967 noch verschärft (→PLO), weil die lib. Christen durch die Integration der Palästinenser den Verlust ihrer Mehrheitsmacht befürchteten. Deren milit. Auseinandersetzungen mit Israel ließen außerdem die südl. Teile des seit 1949 (Waffenstillstandsabkommen mit Israel) de facto neutralen L. zu einem Schauplatz des *Nahostkonflikts werden. Während bis Mitte der 1970er J. im L. zunehmend private Milizen aufgebaut wurden, führte u. a. auch die Veränderung der Proporzregelung im März 1975 zum Ausbruch des Bürgerkrieges.

6. Der Libanonkonflikt war keineswegs nur Bürgerkrieg, sondern ist auch Brennpunkt der regionalen Spannungslinien im Nahen Osten. Die wichtigsten exter-

nen Einflusskräfte werden einerseits durch Syriens arab. Führungsanspruch repräsentiert, andererseits durch Israels offensives Sicherheitsinteresse gegenüber vom L. aus operierenden *Guerilla-Gruppen und den arab. Staaten. Im innerlib. Kampf um die Kontrolle von Wohngebieten und Landesteilen standen sich in wechselnden Allianzen und Konstellationen christl., muslim. und drusische Truppen und Milizen gegenüber. Die in versch. Fraktionen zerstrittene PLO versuchte ebenfalls, in wechselnden Allianzen ihre Stellung im L. und gegenüber Israel zu behaupten.

Ein unter syr. Vorsitz in Damaskus ausgehandelter innenpol. Kompromiss zwischen Christen und Muslimen führte 1976 zur Spaltung der regulären lib. Armee und im Libanongebirge zu einer Konfrontation von drusischen Milizen und muslim. Armeeteilen auf der einen und Christenmilizen auf der anderen Seite. Infolge eines Waffenstillstandsabkommens – das im Herbst 1976 de facto zur Besetzung wichtiger strategischer Positionen im L. durch Syrien führte – verlagerte sich der Konflikt in den Süd-L., der sich dort nach einer israel. Offensive im März 1978 zwischen der (vorwiegend christl., aber auch schiit.) südlib. Armee und den Palästinensern weiter verschärfte.

Nach der israel. Invasion im Juni 1982, die nach der Belagerung Beiruts zu dem von int. Truppenkontingenten kontrollierten Abzug der PLO unter *Arafat führte, waren christl. Milizen mit Duldung der israel. Armee für Massaker in den paläst. Flüchtlingslagern Sabra und Shatila verantwortlich. Israels Versuch, zusammen mit Präs. A. Gemayel (Nachfolger des ermordeten Bruders B. Gemayel) den L. in seinem Sinne zu befrieden (lib.-israel. Abkommen 1983), fand zwar die Unterstützung der USA, scheiterte aber an Syriens erfolgreichen Bemühungen, eine breite innerlib. Abwehrfront zu mobilisieren.

Im Laufe des wechselhaften Bürgerkriegsgeschehens, in das Syrien immer stärker eingriff, erwies sich das Nachbarland als die stärkste ausl. Macht, ohne deren Beteiligung eine Beendigung der Konflikte im Nahen Osten nicht möglich war. Der von Saudi-Arabien, Algerien und Marokko am 14. 9. 1989 vorgeschlagene *Friedensplan von Taif*, der eine Reform der liban. Verfassung mit dem langfristigen Ziel vorsieht, den pol. Konfessionalismus zu überwinden, stieß auf den entschiedenen Widerstand des christl. Generals M. Aoun. Nach syrischer milit. Intervention gelang jedoch im Dez. 1990 die Bildung einer Reg. der Nationalen Einheit, in deren Folge im Febr. 1991 die lib. Armee in den S des Landes vorrückte und später die meisten Milizen aufgelöst wurden.

Im April 1992 fanden die ersten Parl.-Wahlen seit 1972 statt. Die untereinander rivalisierenden Muslime haben aber bisher ihre Forderungen nach *Demokratie ohne Sonderrechte für Minderheiten nicht durchsetzen können. Vielmehr haben die zweiten lib. Parl.-Wahlen 1996 gezeigt, dass das *Taif-Abkommen* von 1989 durch die Umgehung seiner Vereinbarungen das «provisorische» konfessionelle Proporzsystem – nicht zuletzt zur Förderung syrischer Interessen – wiederbelebt hat, wenn auch mit reduziertem christl. Einfluss. Zwar konnten seit 1991 rasche Fortschritte bei der Befriedung des L. erzielt werden, jedoch nur um den Preis einer weitgehenden syrischen Einflussnahme und unter Ausschluss des südlib. Grenzgebiets, in dem die Auseinandersetzungen zwischen Israel und den lib. Widerstandsorganisationen – v. a. der islamistischen *Hizbullah* (→Islamischer Fundamentalismus) – andauern. Mit der israel. Strafaktion «Früchte des Zorns» gegen antiisrael. Operationen der *Hizbullah* wurde der von Israel besetzte «Grenzstreifen» im Süd-L. im April 1996 erneut zum Kriegsschauplatz, in dem fast ausschl. Zivilisten getötet wurden. Während der im Okt. 1991 begonnene arab.-israel. Verhandlungsprozess stagniert, bleibt für die weitere innenpol. E. im L. die wichtigste Frage, ob sich Syrien und Israel für einen Abzug ihrer Truppen entscheiden und damit den Stellvertreterkrieg auf lib. Boden beenden werden. Die Wahlen vom 27. 8. und 3. 9. 2000, an denen nach Rückzug der israelischen Truppen Mai 2000 die beiden Provinzen des Südlibanon teilnahmen, erbrachten wie üblich die feste Quotierung nach Religionsgruppen (128 Sitze, davon maronitische Katholiken 34, sunnitische Muslime 27, schiitische Muslime 27, Griechisch-Orthodoxe 14, Drusen 8, Armenisch-Orthodoxe 5, Alaviten 2, armenische Katholiken 1, Protestanten 1, Sonstige 1), in zweiter Linie 86 Unabh., die sich nach ihrer Wahl mit anderen Abgeordneten zu einer Block-Mehrheit für Rafik al-Hariri zusammenfanden (107 Abgeordnete bei dessen Wahl zum Premiermin.). Hariri machte sich die Forderung oppositioneller Gruppen und von Medien zu Eigen, die syrische Militärpräsenz (von 30000 Soldaten) zu verringern. Gegen antisyrische Kundgebungen ließ er freilich das Militär einsetzen und ein Verbot aussprechen. Syrien verlegte schließlich Juni 2001 6000 in Beirut stationierte Soldaten hinter die syrisch-libanesische Grenze. Im Verhältnis zu Syrien geht es langfristig um die Wiederherstellung der vollen Souveränität. Zur Ausübung ebendieser Souveränität im Grenzgebiet zu Israel, wo Hizbullah-Milizen Mai 2000 die Rolle einer pol. und milit. Ordnungsmacht übernommen hatten, musste L. durch die UN erst aufgefordert werden mit dem Ziel, durch Verlegung der lib. Truppen bis zur Grenzlinie die Aktionen der Hizbullah gegen Israel zu unterbinden. Die UN Interim Force in Lebanon (UNIFIL) operiert auf Mandat des Sicherheitsrats im Grenzgebiet.

7. Vor dem Bürgerkrieg hielt der L. im Hinblick auf viele *Indikatoren der E. eine Spitzenstellung im Nahen und Mittleren Osten. 1973 lag die Einschulungsquote im Grundschulbereich bei etwa 98 %, weniger als 20 % der Bev. waren zu diesem Zeitpunkt Analphabeten. Die Wirtsch. des L. blieb bis 1982 rel. stabil, und das Land konnte, nicht zuletzt aufgrund der Devisenüberweisungen lib. *Gastarbeiter in den Golfstaaten, eine positive *Zahlungsbilanz verbuchen. Ende der 1980er J. war von der wirtsch. und sozialen Basis des L. wenig übrig geblieben. Stärkster Zweig war 1994 der Dienstleistungssektor mit 70 % (Landwirt. 16 %, Ind. 14 %). Sein Anteil am BIP ließ 1999 auf 66 % nach, während sich jener der Ind. auf 33 % erhöhte. In den 1990er J. wurde im Prozess des Wiederaufbaus ein Zuwachs des BIP von 7,7 % (1990–98) erzielt, der weitaus höher hätte ausfallen können, wenn nicht weiterhin v. a. Israels «Strafexpeditionen» und die wachsenden reg. Spannungen seit dem Wahlsieg B. Netanyahus (Mai 1996) den Aufschwung gebremst hätten.

Lit.: V. Perthes, Libanon, in: HDW III, 6, 1993, S. 431–449; V. Perthes, Der Libanon nach dem Bürgerkrieg. Vom Ta'if zum gesellschaftlichen Konsens?, Baden-Baden 1994; A. Rieck, Libanon, in: U. Steinbach u. a. (Hg.), Politisches Lexikon. Nahost/Nordafrika, 3. Aufl., München 1994, S. 159–174; S. Rosiny, Islamismus bei den Schiiten im Libanon. Religion im Übergang von Tradition zur Moderne, Berlin 1996; A. Rieck, Libanon 1996, in: Deutsches Orient-Institut (Hg.), Nahost-Jahrbuch 1996, Opladen 1997, S. 108–113; Th. Scheffler, Lebanon, in: D. Nohlen/F. Grotz/Ch. Hartmann (Hg.), Elections in Asia and the Pacific, Bd. 1, Oxford 2001, S. 169 ff. bt/mr

Liberia

Fläche (Tsd. qkm): 97,75
Bev. (Mio.) 2001: 3,10
BNE pro Kopf (US-$) 2000: LIC
BIP (Mio. US-$) 1999: n. b.
LE (Jahre) 1999: 47,2
Analphabetenquote (%) 1999: 47
HDI 1993: 0,311 [Rangplatz von 174: 158]

1. L. (Hs. Monrovia), an der tropischen Küste Westafrikas gelegen, ist einer der ältesten Staaten Afrikas (Unabh. 1847). Nach Ende des verheerenden Bürgerkriegs (1990–1996) wird das Land nach allg. Wahlen 1997 erneut von gewaltsamen Unruhen heimgesucht.

2. Im J. 1822 wurde L. als US-amerikan. Kolonie gegründet. Rasch wurden frei-

gelassene Sklaven aus den USA und den Westindischen Inseln – die sog. Ameriko-Liberianer – angesiedelt, die mit Hilfe von US-Truppen die indigene afrikan. Bev. unterwarfen. 1847 wurde L. eine formal unabh. Republik, die mit Ausnahme eines föderalen Elements konstitutionell dem US-amerikan. Vorbild nachgeformt war. Unter dem Druck des brit. und frz. Kolonialismus büßte L. im Laufe der folgenden Jahrzehnte trotz US-Protektion ein Drittel seines Territoriums ein. Das pol. System L.s wurde bis 1980 von der Vorherrschaft der ameriko-liberian. Minderheit (ca. 3–5 % der Bev.) geprägt, die sich mit der *True Whig Party* (TWP, seit 1878 an der Macht) ein wirkungsvolles Herrschaftsinstrument schuf. Zwar waren Oppositionsparteien erlaubt, diesen gelang es aber weder bei den regelmäßig seit 1847 stattfindenden Wahlen, im Kongress Sitze zu erringen, noch die TWP-Präsidentschaftskandidaten in Gefahr zu bringen, sodass für diese Periode von einer De-facto-Einparteiherrschaft gesprochen werden kann. Nachdem Präs. Tubman über 40 J. bis zu seinem Tod 1971 regiert hatte, begann die Vorherrschaft der TWP bzw. der Ameriko-Liberianer unter dessen Nachfolger Tolbert zu bröckeln. Infolge der Erhöhung des Reispreises («rice-riots») 1979 eskalierten soziale Spannungen und mündeten schließlich in einen Militärputsch von unteren Dienstgraden der lib. Armee, der von Master Sergeant Samuel K. Doe, einem Angehörigen der indigenen Krahn-Ethnie, angeführt wurde.

Dessen Regime bedeutete in jeder Hinsicht eine Wende zum Schlechteren; bald regierten Terror, Misswirtsch. und Korruption das Land. Waren Konflikte innerhalb der indigenen Bev. vor Doe wegen des gemeinsamen Ggs. zur herrschenden ameriko-liberian. Elite fast unbekannt gewesen, so gelang es Doe durch die Bevorzugung seiner und verbündeter Ethnien rasch, Zwietracht zu säen. Auch ein Versuch der (Re-)*Demokratisierung (Verfassungsreferendum 1984, allg. Wahlen 1985) muss aufgrund zahlreicher Benachteiligungen der Opposition und Wahlfälschung als gescheitert betrachtet werden – gleichwohl wurde er von der Reagan-Administration, die Doe auch mit Militärhilfe unterstützte, anerkannt. Der Bürgerkrieg begann 1989, als eine damals noch kleine Gruppe von Freischärlern (ca. 150 Pers.) der NPFL (*Nat. Patriotic Front of Liberia*) unter der Führung von Charles Taylor aus der benachbarten Elfenbeinküste einsickerte und einen Grenzposten überfiel. Rasch eskalierten die Kampfhandlungen, und bereits im Juli 1990 drangen die Rebellen in die Vororte der Hs. ein. In einem Versuch, den Konflikt zu befrieden, entsandte die Westafrikanische Wirtschaftsgemeinschaft (*ECOWAS) unter Führung Nigerias eine Friedenstruppe (ECOMOG), die ihr Ziel aber verfehlte. Im Sept. 1990 wurde Doe in Monrovia von Mitgl. der INPFL (Independent NPFL), einer Abspaltung der NPFL, brutal ermordet. In der Folgezeit wuchs die Zahl der von Warlords angeführten Bürgerkriegsparteien dramatisch an (1996 über 5), was de facto eine Mehrfach-Teilung des Landes nach sich zog. Zahlreiche Initiativen der UN (seit 1993 Beobachtermission UNOMIL) und der ECOWAS in den folgenden J., den Konflikt einer vertraglichen, nachhaltigen Lösung zuzuführen, scheiterten. Zwar kamen eine Reihe von Abkommen zum Abschluss, und eine Interimsreg. in Monrovia – unter Beteiligung der Kriegsparteien – wurde eingesetzt, der Bürgerkrieg flammte jedoch jeweils nach kurzen Waffenstillständen wieder auf. Abgesehen von den wirtsch. Folgen sind die Humankosten des Kriegs enorm: Schätzungen reichen bis zu 95 % der Bev. an Flüchtlingen im In- und Ausland und 200000 Toten. Ende 1995 wurde ein weiterer Friedensvertrag in Abuja/Nigeria abgeschlossen, der die Entwaffnung der Bürgerkriegsparteien und die Durchführung demokrat. Wahlen vorsah. Aus diesen Präs.- und Parl.-Wahlen im Juli 1997 gingen Taylor und seine NPFL als deutliche Sieger hervor. Nach einer rel. Periode der Ruhe kam es 1999 zu Spannungen mit GB und den USA, die Taylor der Unterstützung der Rebellen in Sierra Leone und des Handels mit Blutdiamanten beschuldigten. Im Mai 2001 verhängte der Sicherheitsrat deshalb ein Waffenembargo gegen L. (verlängert Mai 2002). Dies erschwerte den Abwehrkampf gegen offenbar von Guinea unterstützte Rebellen, die im Frühjahr 2002 die strategisch wichtige Stadt Gbarnga einnahmen und bis ca. 25 km an die Hauptstadt heranrückten.

3. Auch in wirtsch. Hinsicht lässt sich kein positives Bild zeichnen. Dieser Befund hat seine Ursachen nicht nur in der jüngeren Vergangenheit: Hatten die herrschenden Ameriko-Liberianer im 19. Jh. zunächst v. a. Kaffee und Palmkerne für den Export bzw. den US-amerikan. Markt angebaut, so setzte mit dem Ausbau der Automobilind. ab 1925 eine neue Ära ein, da L. über ausgezeichnete Bedingungen für die Produktion von Gummi/Kautschuk verfügte. 1926 erwarb der US-amerikan. Reifenkonzern *Firestone Company* ca. 40 % des ges. Landes als Konzessionsgebiet, was in eine massive Abh. mündete und L. folgerichtig den Zweitnamen *Firestone Country* eintrug. Erst mit dem Abbau von Eisenerz (ab 1950) wurde diese einseitige Ausrichtung der Ökonomie gemildert. Seit dem Ende des 2. WK betrieb man unter Präs. Tubman eine Pol. der «Offenen Tür», die zu rel. stabilen ökon. Eckdaten führte, aber letzlich ein «Wachstum ohne E.» nicht verhüllen konnte; die *strukturelle Heterogenität der Ökonomie, ein kleiner leistungsfähiger Exportsektor einerseits und eine auf niedrigem Niveau verharrende Restökonomie andererseits, führte Mitte der 1970er J. zu wachsenden Turbulenzen, die mit Beginn der Doe-Administration verschärft wurden. Ein bald appliziertes *SAP der *Weltbank und des *IWF, von Doe nur halbherzig umgesetzt, verschaffte keine Abhilfe. Der Bürgerkrieg komplettierte den schon zuvor begonnenen Ruin der Volkswirtsch. Die Infrastruktur ist in weiten Teilen zerstört, die modernen Exportenklaven (z. B. Kaffee-, Kautschuk- und Kakaoplantagen, Goldproduktion, Eisenerzabbau) mussten ihre Tätigkeit weitgehend einstellen. Immer mehr qualifizierte Kräfte haben das Land verlassen. Der zur Finanzierung der zahlreichen Bürgerkriegsfraktionen verstärkt praktizierte Raubbau an Edelhölzern (der allerdings schon in den 1970er J. begonnen hatte) hat zudem im einst vollständig von Regenwald bedeckten L. zu ernsten ökol. Problemen geführt.

Lit.: M. Clower et al., Growth without Development, Evanston 1966; A. Sawyer, Effective Immediately, Dictatorship in Liberia, 1980 bis 1990, Bremen 1987; R. Kappel/W. Korte, Liberia, in: HDW III, 6, Bonn 1993, 278 ff.; M. Basedau, Liberia, in: D. Nohlen/M. Krennerich/B. Thibaut (Hg.), Elections in Africa. A Data Handbook, Oxford 1999, 507–522.

mb

LIBOR Die *London Interbank Offer Rate* bezeichnet den variablen Zinssatz, wie er sich am Bankplatz London für kurzfristige Kredite bis zu sechs Monaten Laufzeit einstellt. Die EL haben in den 1970er J. und verstärkt in den 1980er J. einen wachsenden Anteil ihrer Auslandsverschuldung zu LIBOR-Konditionen aufgenommen. Je nach Bonität des Gläubigers werden auf den LIBOR-Satz noch Zinsaufschläge berechnet (*Spreads*). →Verschuldung hpn

LIBSA →ANC

Libyen

Fläche (Tsd. qkm): 1759,54
Bev. (Mio.) 2001: 5,40
BNE pro Kopf (US-$) 2000: UMIC
BIP (Mio. US-$) 1997: 37570
LE (Jahre) 1999: 70,8
Analphabetenquote (%) 1999: 21
HDI 1999: 0,770 [Rangplatz von 162: 59]

1. L. bildet den Übergang vom semitisch-berberischen Nordafrika zum negroiden Schwarzafrika. Diese geogr. Lage spiegelt sich in der hist. Zerrissenheit L.s in drei Regionen wider: die maghreb-orientierte Provinz Tripolitanien, die ägypt. beeinflusste Provinz Cyrenaika mit Zentrum Benghazi und die Südprovinz Fezzan mit Zentrum Sebha und einem grö-

ßeren Anteil negroider Bev. Die Landesfläche besteht zu 95 % aus unfruchtbarer Wüste. 5 % sind landw. nutzbar, davon 125000 ha bewässert. Nur in einem zwischen 30 und 50 km breiten Gürtel Tripolitaniens und der nördlichen Cyrenaika ist Landw. auf Regenbasis möglich (Oliven-, Mandel-, Zitrusbäume und Getreidekulturen); im Fezzan findet sich ausschließlich Bewässerungslandw. (Dattelpalmen, Zitrusfrüchte, Bodenkulturen: v. a. Melonen, Tomaten, Bohnen). Insges. liefert die Landw. wegen geringer Produktivität, Wassermangel, ungenügenden Betriebsgrößen, geringem Lohnniveau und der dadurch verursachten *Landflucht nur rd. 40 % der Grundnahrungsmittel, sodass L. auf Importe angewiesen ist. Die von inzwischen sesshaft gemachten Nomaden betriebene Viehzucht findet gute Absatzmöglichkeiten in den fast ausschließlich in der Küstenregion lokalisierten Städten. Dominiert wird die Wirtsch.-Tätigkeit vom Erdölsektor: Nach ersten Erdölfunden im Sirtebecken 1959 stieg L. innerhalb von 10 J. zum int. viertgrößten Erdölproduzenten auf. Die Erdölreserven betragen z. Z. ca. 3,2 Mrd. t, die Erdgasreserven ca. 800 Mrd. m^3. Die jährl. Fördermenge wurde nach einer max. Menge von 160 Mio. t (1970) auf 72 Mio. t (1973) abgebaut und lag seither konstant unter 100 Mio. t. Die damit erzielten Devisenerlöse stellen unbeschadet der *UN-Sanktionen (s. u.) die Finanzmittel für die benötigten Importe an Nahrungsmitteln, Verbrauchsgütern und Ersatzteile für die Erdölind. und große Projekte sicher. Die in jüngster Zeit wieder gestiegenen Einnahmen (1993: 7,6 Mrd., 1996: 9,2 Mrd., 1998: 6 Mrd., 1999: 7,8 Mrd., 2000: 12,95 Mrd. US-$) infolge höherer Erdöl-Weltmarktpreise ermöglichten nach dem Verfall der Einnahmen zu Beginn der 1990er J. einen Konjunkturaufschwung: reales Wachstum (1994: -5 %, 1995: -4 %; 1996: 3,5 %, 1997: 0,6 %, 1998: -1 %, 1999: 5,4 %, 2000: 6 %, Inflation: 1994: 50 %, 1996: 30 %, 2000: 12 %). Außer Erdöl (99 % des Exportwerts) besitzt L. nur unwesentliche Bergbauprodukte.

2. 80 % der Bev. L.s (hohe JZ: 2,4 % im J. 2001) konzentrieren sich im schmalen Küstenstreifen bei einer raschen *Urbanisierung (Rate 1999: ca. 87 %). Aus dem hohen Anteil der Jugendlichen an der Ges.-Bev. (1996: 48 %) erwachsen große Probleme für das Bildungssystem. Bereits 1973 waren 96,7 % der Ew. sesshaft, 2,9 % Halb- und 0,4 % Vollnomaden. Die Tendenz zur Sesshaftigkeit resultiert aus der Entwertung des Kamels als Transportmittel und aus dem Angebot lukrativer Arbeitsmöglichkeiten in den Küstenstädten, bes. nach Beginn der Erdölförderung und dem daraus folgenden Wachstum im Bau- und im Handelssektor sowie in der Verwaltung. Die Bev. ist islam.-sunnitisch, der Islam Staatsreligion; ethn. bildet sie heute ein nicht mehr zu unterscheidendes Gemisch von Berbern und Arabern, lediglich im S gibt es ein deutlich hervortretendes negroides Element und im W noch einige rein berberische Stämme. Im Jahr 1999 wiesen rassistisch motivierte Unruhen in den großen Küstenstädten auf die Schattenseiten der in den letzten Jahren unkontrollierten und im Rahmen des lib. Afrikaengagements z.T. ideol. motivierten Immigration hin.

3. L.s sozioökon. und pol. E. wurde nach der Unabh. (24. 12. 1951) durch zwei Ereignisse bestimmt: 1. die 1959 beginnende Erdölförderung, 2. die Machtübernahme durch die Militärs im Sept. 1969. Während L. vor der Unabh. – ohne Ind. und mit einer vom Klima stark abh. Landw. (wobei vor dem 2. WK die besten Böden von den italien. Agrarkolonisten bewirtschaftet wurden) – zu den ärmsten Ländern der Erde zählte und auch nach 1951 bis zu den Erdölfunden nur dank int. Finanzhilfe und brit.-amerik. Subsidienzahlungen (im Austausch gegen die Benutzung von Militärstützpunkten) als Staat überlebensfähig war, änderte sich die Situation nach 1959 grundlegend. Der plötzliche Kapitalüberschuss aus einem Wirtsch.-Sektor mit weniger als

1 % der Beschäftigten, der jedoch nach und nach einen größeren Anteil des BNE ausmachte (1980: 60 %, bis 1987 auf 27 % zurückgegangen), traf auf eine trad. Gesellschaft, deren Fähigkeit zur Steuerung des neuen Reichtums völlig unzureichend war. Zwar wurden Mittel für den Straßenbau (z. B. die Straße in das 800 km südl. gelegene Sebha) verwendet, Schulen, Krankenhäuser und neue Wohnsiedlungen errichtet, doch waren dies mehrheitlich Projekte zur Geldausgabe ohne vernünftigen E.-Rahmen. Die sozialen Konsequenzen des neuen, ungleich verteilten Reichtums kamen hinzu: *Landflucht, Rückgang der Agrarproduktion, Entstehen von Elendsvierteln um die Küstenstädte Tripolis, Benghazi, Derna etc., gravierende soziale Spannungen. Das Herrschaftssystem des Sanusi-Königs Idris, dessen Träger die trad. Stammeselite war, erwies sich als unfähig, die sozioökon. Probleme zu bewältigen. Nach der Septemberrevolution (1969) versuchte die neue Reg. zu einem ausgeglichenen Wirtsch.-Wachstum zu kommen und die sozialen Spannungen zu beseitigen. Die E.-Ausgaben erhielten eine neue Struktur, ihr Einsatz wurde auf den Aufbau einer eigenen Ind. (wichtig für die Zeit nach der Erdölära), Steigerungen der Agrarproduktion (u. a. durch Ausdehnung der landw. Nutzfläche: 1996 wurde die 2. Phase des «Großen künstlichen Flussprojekts» in der Cyrenaika eingeweiht, das L. der Nahrungsmittelselbstversorgung näher bringt) und eine verstärkte Wohnungsbautätigkeit in Verbindung mit enormen Bildungsanstrengungen konzentriert. Maßnahmen wie die *Nationalisierung der in L. operierenden ausl. Unternehmen, die Nationalisierung des Banken- und Versicherungssektors, die Überführung der Erdölfirmen in **joint ventures* mit mindestens 51 % lib. Beteiligung (z. T. sogar 100 %) sollten das lib. Volk wieder in seine alten Rechte einsetzen und die Abh. vom Ausland reduzieren, während die Garantie eines Mindestlohns, kostenlose Gesundheitsfürsorge, das Recht auf Arbeit und ein progressives Steuersystem auf die Überwindung der sozialen Spannungen abzielten. Nach 1973 (1. Dreijahresplan 1973–1975) wurde die Staatstätigkeit in allen Bereichen der Wirtsch. ausgedehnt und umfassende Mitbestimmungsrechte der Arbeitnehmer in den Betrieben sowie ein beispielhaftes Sozialversicherungssystem eingeführt. Das in der Vergangenheit große Problem des Fachkräftemangels, das zur Anstellung von Fachkräften v. a. aus Ägypten, Palästina, Ost- und Westeuropa und Süd- u. Ostasien (1980 waren 35 % aller Erw. Ausländer) geführt hatte, wurde im Zuge der 1980er u. 1990er J. weniger virulent, sodass L. in den letzten Jahren immer wieder Gastarbeiter auswies und auch an Lukrativität für ausl. Erw. eingebüßt hat.

4. Die jahrhundertelange Unterdrückung der Libyer durch Türken, Italiener, die brit. und frz. Militärverwaltung und die überragende Rolle der westl. Mächte nach der Unabh. bis 1969 hatten eine Identitätskrise zur Folge, die durch eine Rückkehr zu den trad. Werten des Islam und dem arab. Erbe in Verbindung mit der Ablehnung aller ausl. Einflüsse (ob westl.-kapitalistisch oder östl.-komm.-atheistisch) überwunden werden soll. Das Verbot von Alkohol, Prostitution, Glücksspielen, der lateinischen Schrift, die Wiedereinführung des islam. Rechts in das Strafgesetzbuch, die Erhebung der islam. Almosensteuer etc. sind ebenso unter diesem Aspekt zu sehen wie die Suche nach einem eigenen E.-Weg, die ihren Niederschlag in der von Muammar al-Gaddafi 1973 verfassten ‹Dritten Universalen Theorie› gefunden hat. Ihre Hauptinhalte: die Forderung nach arab. Einheit, Sozialismus i. S. sozialer Gerechtigkeit bei der Produktion und Verteilung sowie Garantie von (spezifisch verstandener) Freiheit und Demokratie sind in das zwischen 1976 und 1979 in drei Teilen erschienene ‹Grüne Buch› eingeflossen. Das Bildungssystem wurde nach der *Revolution großzügig ausgebaut und erfasst inzwischen alle Jungen und

Mädchen im schulpflichtigen Alter. Dennoch gibt es auch heute noch rd. 21 % Analphabeten in L., ein Resultat mangelhafter Bildungseinrichtungen während der Kolonial- und Nachkriegszeit. Allerdings wurden gerade bei der Erwachsenenbildung erhebliche Anstrengungen unternommen. In der Gesundheitsfürsorge hat die Revolution ebenfalls beachtliche Erfolge erzielt: Gründung neuer Krankenhäuser oder Hilfsstationen fast im ges. Land, Senkung der Sterberate bereits 1974 auf 0,8 %.

5. Die ersten Maßnahmen nach der Rev. 1969 galten der Beseitigung der brit. und amerik. Militärbasen auf lib. Territorium und der Öffnung gegenüber den arab. Nachbarn. Daraus resultierte die Föderation Arabischer Republiken (1971), der Versuch einer totalen Verschmelzung mit Ägypten (1973) und Tunesien (1974). Im Innern versuchte die von einem anfangs zwölfköpfigen revolutionären Kommandorat (RKR) (Vorsitz: Oberst Gaddafi) und dem vom RKR ernannten Ministerrat gebildete pol. Führung die Bev. für die Realisierung der vom RKR geplanten sozialen und ökon. Transformation der lib. Gesellsch. zu mobilisieren. Allerdings wurde dabei nicht auf das 1969 aufgelöste Parl. oder die Gründung *politischer Parteien herkömmlicher Art zurückgegriffen – die nach Ansicht Gaddafis wesentlich zu innenpol. Schwächung unter der Monarchie, ja zur Spaltung der arab. Nation beigetragen haben –, sondern zunächst auf das ägypt. Modell: eine «Union der aktiven Volkskräfte», in Form der Arabischen Sozialistischen Union (ASU), bestehend aus Bauern, Arbeitern, Soldaten, Intellektuellen, und «nichtausbeuterischen» Unternehmern. Da die ASU wegen ihres elitären Charakters nicht den erhofften Mobilisierungserfolg brachte, initiierte Gaddafi im April 1973 eine Volks- und Kulturrevolution, deren wichtigstes Element die Schaffung von Volkskomitees in den Verwaltungen von Betrieben, Schulen, Krankenhäusern, Rundfunk und Lokaladministrationen war. 1975 wurden nach der Wiederbelebung der ASU die heutigen pol. Grundstrukturen geschaffen: die Basiseinheiten der ehem. ASU wurden zu sog. Basisvolksfrontkonferenzen (BVK) umgestaltet, die sich ein Führungskomitee wählen; dessen Vertreter nehmen (mit imperativem Mandat) in der Allgemeinen Volkskonferenz (AVK) auf nat. Ebene die Interessen der Basis wahr. Der AVK gehören ferner Vertreter der lokalen Volkskomitees und der Nebenorg. (Studenten-, Frauenunion, Arbeitervereinigung) an. Die Volkskomitees der Schulen, Krankenhäuser und der Lokaladministrationen verantworten ihre Aktivitäten gegenüber den BVKs und sind die lokalen Exekutivorgane des sog. Allgemeinen Volkskomitees, das auf nat. Ebene die Funktionen eines Kabinetts ausübt und von der AVK in der Regel jährl. gewählt wird. Auf einer außerordentlichen Sitzung der AVK März 1977 wurde dieses System als sog. Volksherrschaft verfassungsmäßig verankert, der RKR aufgelöst und für L. die Bezeichnung Sozialistische Libysche Arabische Volksjamhiriya (Land, in dem die Massen herrschen) eingeführt.

Trotz Auflösung des RKR nimmt das Militär (d. h. dieselbe Personengruppe wie vordem: Gaddafi, Jallud u. a.) die dominierende Position im Staate ein: Von 1977 bis 1979 als Generalsekretariat der AVK, seit 1979 als sog. Führung der Revolution, unterstützt von den überall im ganzen Land gebildeten Revolutionskomitees (Mobilisierungsfunktion).

6. Eine innen- u. wirtsch.-pol. Neuorientierung zeigt sich seit 1987, hauptsächlich bedingt durch die negativen Effekte des Tschadkrieges und die ideolog. verursachte Strangulation der Wirtsch. (z. B. Abschaffung des privaten Binnenhandels ab 1980): die Stärkung der privaten Wirtsch.-Tätigkeit (Sept. 1992 vollständige Privatisierung zugelassen). Weitere strukturelle Anpassungsimpulse durch die Ende 1996 eingeleiteten Reformmaßnahmen (erste Privatbank zugelassen, stufenweise Einstellung der kostenlosen med. Behandlung, Preisanhebun-

gen für Stromkonsumenten, Ankündigung einer Liberalisierung des Handels und Annäherung des Wechselkurses an reale Marktgegebenheiten). Pol. Liberalisierungsmaßnahmen (1988: Freilassung pol. Gefangener, Verabschiedung einer Menschenrechtscharta, Aufhebung von Ausreisebeschränkungen etc.) und die straffere Kontrolle der Revolutionskomitees haben zur innenpol. Stabilisierung beigetragen. Innenpol. bedeutsam wurden in den 1990er J. gewaltsame Auseinandersetzungen mit islam.-fundamentalistischen Gruppen. Gemeinsame Anstrengungen, etwa mit Algerien, Tunesien etc., mittels bilateraler Abkommen den *Terrorismus einzudämmen. Parallel dazu versucht das Regime seit Mai 1996 durch eine umfangreiche Anti-Korruptions-Kampagne (auf der Basis des 1994 verabschiedeten «Säuberungsgesetzes»), die insbes. Militär und Revolutionskomitees miteinbezieht, die Bev. gegen die islamistische Systemopposition zu mobilisieren und so ihre Legitimationsbasis zu verbreitern. In diesem Zusammenhang entstanden seit 1994 zusätzlich zu den vorhandenen Institutionen Komitees der *People's Social Leadership* (PSL), die 1996 in einer nat. PSL zusammengeführt wurden.

Außenpol. führte die Annäherung an die SU nach 1974 und der radikale Anti-*Imperialismus (finanz., logistische und milit. Unterstützung terroristischer Aktivitäten in den IL) zum Konflikt mit den USA, dessen Höhepunkte die Bombardierung strategischer Ziele in Tripolis durch die US-Luftwaffe im April 1986 und die von den USA, GB und Frankr. im UN-Sicherheitsrat am 15. 4. 92 durchgesetzten Sanktionen (u.a. Luftembargo) zur Auslieferung der sog. Lockerbie-Attentäter darstellen. Die Aufhebung dieser Sanktionen bildete in den 1990er J. ein zentrales Anliegen der lib. Außenpol., bei dem L. Unterstützung innerhalb der Regionalorg. (→Arabische Liga, →Arabische Maghreb-Union, →OAU) erhielt. 1999 erreichte L. durch die Auslieferung der mutmaßlichen Lockerbie-Attentäter (April 1999) und die Absage an Terrorismus als Mittel der Pol. die erneute Integration in die int. Staatengemeinschaft und die Aufhebung der Wirtsch.-Sanktionen. Deren Gesamtschaden beläuft sich nach lib. Schätzungen (2000) auf 33,6 Mrd. US-$ (u.a. infolge von mangelnden Exportmöglichkeiten, Verlusten im Bergbau- u. Ind.-Sektor) sowie zahlreiche Todesopfer (seit 1992 ca. 3700), denen wegen ausgebliebener Soforthilfe im Ausl. nicht geholfen werden konnte. Seit 1999 stärkte L. deutlich seine Beziehungen zu Schwarzafrika mit dem Endziel einer Union afrikanischer Staaten. In diese Richtung zielten neben der Institutionalisierung der 1998 begründeten Sahel- und Saharagemeinschaft (L., Mali, Niger, Tschad, Sudan, seit 2000 zusätzl. Burkina Faso, Gambia, Eritrea und Zentralafrikan. Rep.) insbes. Gaddafis Konfliktlösungsinitiativen (insbes. Horn von Afrika, Große Seen) sowie verstärkte bilaterale Kontakte. Außenwirtsch. ist die enge Verzahnung mit Westeuropa kennzeichnend; Italien und Deutschland nehmen z. B. 50 % des Erdöls ab und bestreiten 50 % der Investitions- und Konsumgüterimporte. In Zusammenhang mit vermuteten libyschen Projekten einer Giftgasanlage (in den 1980er J. in Rabta, neuerdings in Tarhuna) wurden dt. Exporte nach L. wiederholt in der Weltöffentlichkeit kritisiert. Nach dem Ende der Wirtschaftssanktionen ist L. angesichts eines aufgestauten Investitionsbedarfs von rd. 40 Mrd. US-$ wieder ein interessanter Geschäftspartner für europ. Firmen.

Lit.: R. Badry, Die Entwicklung der Dritten Universaltheorie (DUT) Muammar al-Quaddafis in Theorie und Praxis, Frankfurt 1986; H. Mattes, Die innere und äußere islamische Mission Libyens, Mainz/München 1986; Chr. Opperschall/Ch. Teuber, Libyen. Die verkannte Revolution, Wien 1987; T. Koszinowski/H. Mattes (Hg.), Nahost-Jahrbuch 1987ff. (jährl.), Opladen 1988ff.; H. Mattes, Demokratie und Menschenrechte in Libyen zwischen Ideologie und Pragmatismus, in: S. Faath/ders. (Hg.), Demokratie und Menschenrechte in Nordafrika, Hamburg 1992, S. 289–364;

H. Mattes, Libyen, in: HDW III, 6, 1993, S. 217ff.; D. Vandewalle, Libya since Independence: Oil and State-building, Ithaca, N. Y. 1998; K. Schliephake (Hg.), Libyen und nordwestliches Ägypten: Aktuelle Elemente der räumlichen Entwicklung, Würzburg 1999.
hpm/da

LIC *low income countries* →Weltentwicklungsberichte

Lieferbindung Vertragliche Bindung von *Kapitalhilfe (*öffentliche Hilfe) an Lieferungen und Leistungen aus dem Geberland. EL fordern lieferungebundene Kredite, da sie diese zur Ausschöpfung von Preisvorteilen auf dem Weltmarkt einsetzen können. Auch können Kredite ohne L. zur Verstärkung des Handels unter EL beitragen. Der Anteil liefergebundener Kredite an der *bilateralen öfftl. Hilfe der BRD lag 2000 bei 6,8 %. Mitte der 1990er J. lag der Anteil noch bei rd. 40 %. Verantwortlich für den rapiden Rückgang, der sich auch in anderen Geberstaaten findet (*DAC-Durchschnitt: 1996: 26,5 %; 2000: 16,2 %), war v. a. öfftl. Kritik (→NRO). Auf ihrer Min.-Konferenz Mai 2001 einigten sich die *OECD-Staaten gegenüber den am wenigsten entwickelten Ländern (*LDC), künftig auf liefergebundene Kredite zu verzichten (Ausnahmen: Nahrungsmittelhilfe, *technische Zusammenarbeit). Diese Empfehlung wurde auf der im Mai folgenden dritten *UN-Konferenz für LDCs unter dem Stichwort *deliverables* verabschiedet. dn

ligas campesinas →Selbsthilfe(-Organisationen)

Lima-Ziel →UNIDO

LIMIC-Konditionen Umschuldungsbedingungen des *Pariser Clubs für Länder mittleren Einkommens. dn

lingua franca Ursprünglich Bezeichnung für das mit arab. Elementen durchsetzte Italienisch, das zur Zeit der venezianischen und genuesischen Herrschaft in der Levante als Verkehrssprache benutzt wurde. Allgemein auch Bezeichnung für jede künstlich oder natürlich entstandene Verkehrs- bzw. Umgangssprache eines größeren, mehrsprachigen Raumes. Beispiele in EL: Suaheli (Ostafrika), Hausa (Westafrika), Hindustani (Indien), Pidginenglisch (Westpazifik) etc. ah

link Koppelung von *Sonderziehungsrechten (SZR) mit *Entwicklungshilfe, Forderung der EL, die SZR in den Dienst der E.-Hilfe zu stellen und Teile der SZR-Zuteilungen an die EL abzuspalten. →Internationaler Währungsfonds dn

Linkage-Effekte Fähigkeit von *Direktinvestitionen und importierter *Technologie, weitere Investitionen bzw. zusätzliche Investitionssequenzen auszulösen. Man unterscheidet: 1. *backward-linkages* (Rückwärtskoppelung): Anregung zu weiteren Investitionen im Zulieferbereich infolge einer Industrietechnologie, welche die Nutzung einheimischer Rohstoffe ermöglicht; 2. *forward-linkages* (Vorwärtskoppelung): Anregung zu weiteren Investitionen in nachgelagerten Produktionsstufen, einheim. Weiterverarbeitung von Produkten aus den vom Auslandskapital getragenen Fertigungsstätten. dn

Linowitz-Report Bericht und Empfehlung zur US-Außenpol. gegenüber Lateinamerika (LA) in zwei Teilen (Okt. 1974/Dez. 1976) an den US-Präs., betont (im Gegensatz zu seinem Vorgänger *Rockefeller-Report): a) die Interdependenz von den USA und LA im Kontext des globalen int. Systems; b) die Notwendigkeit, demokratische Formen des Zusammenlebens in LA zu fördern, v. a. auf die Einhaltung der *Menschenrechte zu dringen, normalere Beziehungen zu Kuba zu entwickeln; c) bessere Zugangsmöglichkeiten von LA-Produkten zum US-Markt und einen zwischen den USA und LA vereinbarten Verhaltenskodex für Auslandskapital; d) Rüstungsbegrenzung und Abbau der Militärhilfe der USA. dn

LLDC *Least Developed Countries,* Gruppe von EL, die nach Beschluss der *UN-Vollversammlung vom 18. 11. 1971 als *am wenigsten entwickelte Länder* gelten. Das Doppel-L steht dabei für den Superlativ *Least* und dient zur Unterscheidung der

LLDC von den *LDC (*Less Developed Countries* = alle EL). Einige UN-Organisationen kürzen die *least developed countries* jedoch als LDC ab und machen sich die sinnvolle Unterscheidung nicht zu Eigen, die nach wie vor im deutschen Schrifttum gebräuchlich ist.
Die Zuordnung von EL zu den LLDC (bzw. LDC) erfolgte zunächst nach drei Indikatoren: BIP pro Kopf unter (seit 1989) 473 US-$ (ursprünglich: 100 US-$), Industriequote am BIP unter 10 %, *Alphabetisierungsquote (Altersgruppe über 15 J.) unter 20 %. Eigentlich sollten LLDCs alle Kriterien erfüllen. Es hat sich aber von Anfang an eine pol. bedingte abweichende Praxis durchgesetzt. So wurden EL, die mind. zwei der drei Schwellenwerte unterschritten und dem dritten nahe kamen, vom sog. Timbergen-Ausschuß, *Committee for Development Planning/Policy* (CDP), als LLDC eingestuft (CDP-Liste). Unter Praktikern galt die Liste als «etwas starr». Ihre Brauchbarkeit war v. a. eingeschränkt, weil sich die Streichung von Ländern wie z. B. Botswana, die der LLDC-Kategorie zwischenzeitlich entwachsen waren (und nur noch ein Kriterium erfüllen), pol. nicht durchsetzen ließ. Deshalb verzichtete z. B. die *Weltbank auf ihre Anwendung und entwickelte stattdessen eine eigene Kategorie (LICs = Low Income Countries). 1971 zählten 25 Länder zu den LLDCs. Die Liste wurde mehrfach erweitert (1975: 28; 1981: 31; 1987: 44 Länder). Im Auftrag der 2. UN-Konferenz über die LLDC von 1990 legte das CDP neue Kriterien vor: 1. ein Pro-Kopf-Einkommen von 600 US-$; 2. Stand des *Human Ressource Development*, gemessen mit dem Index *AIQLI; 3. Grad der *Industrialisierung, gemessen mit dem Index *EDI; 4. eine Bev. unter 75 Mio. Ew. Nach diesen Kriterien umfasste die LLDC-Liste 1991 47 EL, 1998 48 EL, 2002 49 EL. Ein neuer Kriterienkatalog ist in Arbeit und dürfte in naher Zukunft verabschiedet werden.
Pol. bedeutend wurde die LLDC-(bzw. LDC-)Kategorie, als nach einem Beschluss der UN-Vollversammlung vom Dez. 1979 und einer gleich lautenden *UNCTAD-V-Empfehlung vom Juni 1979 massive Sonderprogramme für LLDCs gefordert wurden mit dem Ziel, dort ein Minimum an *Grundbedürfnisbefriedigung zu erreichen. Daraufhin veranstaltete die UNO eine groß angelegte LLDC-Sonderkonferenz (Paris, Sept. 1981), an der über 100 Geberländer und -Org. teilnahmen. Sie blieb aber fast ebenso ergebnis- und wirkungslos wie schon ein UNCTAD-Sofortprogramm (1979 bis 1981) zuvor. Die im *Substantial New Programme of Action* (SNPA) enthaltenen EL-Forderungen lauteten: Verdoppelung des ges. Mitteltransfers (öfftl. und privat) bis Mitte der 1980er J.; Verdreifachung der öfftl. E.-Hilfe (*ODA) bis 1984, Vervierfachung bis 1990; 0,15 % des BNE als ODA für LLDCs, 0,20 % ab 1986; in jedem Fall aber eine LLDC-Quote von mind. 30 % bei allen EZ-Programmen. Dies wurde von den meisten IL nur prinzipiell, aber nicht mit einem verbindlichen Zeitplan akzeptiert. Eine harte Linie verfochten insbes. die BRD, GB und die USA.

Lit.: UNCTAD, The Least Developed Countries 1998 Report, New York/Genf 1998; UNCTAD, The Least Developed Countries Report, New York/Genf 2002 (erscheint seit 1984 jährl.; Bezug: UNO-Verlag, Poppelsdorfer Allee 55, 53115 Bonn). hs/dn

Lobby Seit Ende der 1980er Jahre betreiben einige *NRO in Deutschland (*FIAN, *Germanwatch, *Urgewald, *WEED) intensive Lobbyarbeit, um auf diese Weise die *Entwicklungspolitik kritisch zu begleiten. Dies beinhaltet u. a. die Erarbeitung, Vorstellung und persönliche Diskussion von Alternativkonzepten der E.-Zusammenarbeit im Allg. sowie die Beurteilung von Einzelprojekten in Zusammenarbeit mit Partner-NROs aus den EL. Ansprechpartner sind hierbei Entscheidunsträger z. B. in den *Entwicklungsbanken und im *BMZ sowie Abgeordnete des Bundestages und des Europaparl. Das «Druckmittel» dieser

Lobbyarbeit ist die Öffentlichkeit (Presse). mn

Lohnquote →Einkommensverteilung

Lohnveredelungsindustrie →Maquiladora-Industrie

Long term contract-Verfahren →Rohstoffabkommen

Lomé-Abkommen Verträge zwischen EG/EU und den *AKP-Staaten, zuerst 1975 in der togolesischen Hs. Lomé abgeschlossen, bisher vier, die ersten drei mit einer Laufzeit von fünf Jahren; sie legen Ziele und Mittel der Zusammenarbeit der beiden Staatengruppen in den Bereichen Handel, Ind. und Landw. (seit Lomé II), bei der Stabilisierung der Rohstofferlöse sowie den Umfang der *Finanziellen und *Technischen Hilfe der EU für die AKP-Staaten fest (→Entwicklungspolitik der EU).

Lomé I wurde am 25. Febr. 1975 unterzeichnet (EG und 46 AKP-Staaten) und lief vom 1. April 1975 bis 1. März 1980. Die EG stellte über die *EIB und den *EEF 3,5 Mrd. *ERE an finanz. Mitteln zur Verfügung. Neben der Einrichtung gemeinsamer Organe (EG-AKP-Ministerrat, beratende Versammlung von EG- und AKP-Parlamentariern) enthielt das Abkommen v. a. folgende wichtige Bestimmungen: 1. Handel: freier Zugang fast aller Waren (99,5 %) aus den AKP-Staaten zum EG-Markt; umgekehrt: Einräumung der *Meistbegünstigung vonseiten der AKP-Staaten für Waren aus der EG, Abnahme- und Preisgarantie für Zuckerexporte aus den AKP-Staaten zu jährl. neu festgesetzten Preisen; 2. Rohstoffe: Errichtung des *STABEX-Fonds, einer Art Versicherungssystem zur Stabilisierung der Exporterlöse der AKP-Länder bei Agrarprodukten; 3. Industrie: Die EG unterstützt die Ziele der AKP-Staaten nach beschleunigter *Industrialisierung durch Ausbau und *Diversifizierung des Ind.-Sektors und langfristige Verlagerung von Ind.-Projekten/-Branchen aus den IL in die Dritte Welt, um dort homogenere Wirtschaftsstrukturen aufzubauen, Gründung eines *Center for Industrial Development* (CID) in Brüssel zur Förderung der *Investitionen in den AKP-Staaten.

An Lomé I wurden hohe Erwartungen geknüpft; die AKP-Staaten betrachteten das Abkommen als ersten Schritt zu einer Neugestaltung der Wirtsch.-Bez. zwischen IL und EL und erhofften sich wesentliche E.-Impulse. Die Bilanz von Lomé I war demgegenüber enttäuschend. Der Handel blieb sowohl dem rel. Umfang als auch der Struktur nach vom alten Muster der *Internationalen Arbeitsteilung geprägt, auch Industrialisierungseffekte waren kaum zu verzeichnen.

Lomé II wurde am 31. 10. 1979 abgeschlossen (58 AKP-Länder) und trat am 1. 4. 1980 für wiederum fünf J. bis 28. 2. 1985 in Kraft. Das Abkommen blieb weit hinter den Forderungen und Erwartungen der AKP-Länder nach fundamentalen Verbesserungen bes. bei der Ind.-Förderung und der Rohstoffpol. zurück. Es enthielt kaum substanzielle Neuerungen, sondern strebte den Ausbau von Lomé I an. Die EG stellte über EIB und EEF 5,6 Mrd. ERE zur Verfügung. Zentrale Bestimmungen: 1. Fortsetzung des einseitigen Abbaus von Handelshemmnissen (hier freier Marktzugang, dort Meistbegünstigung), Förderung des Handels zwischen den AKP-Ländern (→Süd-Süd-Beziehungen); 2. Ausbau von STABEX, u. a. durch Einbeziehung von mehr Rohprodukten; Maßnahmen zur Erhaltung und E. der Produktionskapazitäten im Bergbau der AKP-Länder (u. a. Kupfer, Kobalt, Phosphate, Zinn, Bauxit) durch a) Errichtung von *SYSMIN, einem Fonds, der die AKP-Länder gegen unkontrollierbare Risiken beim Export mineralischer Rohstoffe versichert (wobei die Auszahlungen im Unterschied zu STABEX maßnahmengebunden sind), und b) Verstärkung der techn. und Kapitalhilfe (Darlehen, Zuschüsse, Investitionshilfen für europ. Anleger) zur Exploration und zum Abbau mineralischer Rohstoffe; 3. leichte Erhöhung zinsverbilligter EIB-Darlehen für Ind.-Projekte. Der von den AKP-

Staaten geforderte Industrialisierungsfonds wurde von der EG abgelehnt, die ihrerseits verbindliche Regelungen zum Investitionsschutz nicht durchsetzen konnte; 4. Maßnahmen im Bereich der *ländlichen Entwicklung: Förderung von Kleinproduzenten und *Genossenschaften, Errichtung eines Zentrums für Zusammenarbeit im Bereich der Agrarforschung und -technik. In den einzelnen Bereichen ging die EG stärkere Verpflichtungen gegenüber den 35 Ländern des AKP-Raums ein, die zu den am wenigsten entwickelten EL gerechnet werden (darunter drei *Binnenländer und 19 Inseln).

Auch Lomé II brachte weder beim Handel (Mitte der 1980er J. lag der Anteil der AKP-Länder am EG-Handel wie schon 10 J. zuvor bei 7 %) noch für die ind. E. spürbare Verbesserungen, sondern konnte allenfalls verhindern, dass sich die Lage der AKP-Länder noch weiter verschlechterte. U. a. erwiesen sich die für STABEX und SYSMIN zur Verfügung gestellten Mittel aufgrund des Preisverfalls bei Rohstoffen 1980/81 als viel zu gering; weniger als die Hälfte der berechtigten Kompensationsforderungen von AKP-Ländern konnten ausgezahlt werden.

Lomé III wurde am 8. 12. 1984 abgeschlossen (65 AKP-Staaten) und trat am 1. 3. 1985 mit Laufzeit bis 28. 2. 1990 in Kraft. Die finanz. Ausstattung des Abkommens durch die EG betrug 8,5 Mrd. *ECU, was angesichts der Inflation eine reale Stagnation bedeutete, obwohl angesichts der schlechten weltwirtsch. Rahmenbedingungen für die E. der AKP-Länder (*Verschuldung, Verfall der Rohstoffpreise) eine Steigerung des Kapitalflusses dringend erforderlich gewesen wäre.

Während Lomé I und II den e.-strategischen Akzent auf Industrialisierung und Infrastruktur legten, vollzog Lomé III einen deutlichen Schritt in Richtung einer auf ländl. Entwicklung und Befriedigung der *Grundbedürfnisse abzielenden Strategie. Zentrale Inhalte des Vertrages waren: 1. Die Verbesserung der Ernährungssituation und des Selbstversorgungsgrades der AKP-Länder mit Hilfe von Programmen für ländl. E. und Maßnahmen bei der Verarbeitung und Vermarktung landw. Produkte wurden zum wichtigsten Ziel der Zusammenarbeit erklärt und zu diesem Zweck verbindliche Regelungen über einen sog. e.-pol. Dialog getroffen. Einen weiteren Schwerpunkt bildete die langfristig angelegte Bekämpfung von Dürre und *Desertifikation (→Sahel-Zone); 2. Weiterentwicklung des einseitigen *Präferenzabkommens durch eine Regelung, die auch AKP-Industrieprodukten mit rel. hohem Anteil an Verarbeitungselementen, die nicht aus dem AKP-Raum kommen, den freien Zugang zum EG-Markt einräumt. 3. Finanz. Ausbau von STABEX und SYSMIN, Senkung der Auslöseschwellen bei STABEX; 4. Förderung von Klein- und Mittel-Ind., Verbesserung der Zusammenarbeit zwischen europ. und AKP-Unternehmen, Anreize für verstärkte *Direktinvestitionen durch ein Grundsatzbekenntnis zum bilateralen Investitionsschutz und durch verbesserten Informationsaustausch.

Am 15. 12. 1990 wurde Lomé IV mit einer Laufzeit von 10 J. unterzeichnet. Ziel war die Konsolidierung des in Lomé III erreichten Standards bei selektiven Verbesserungen unter stark zuungunsten der AKP-Staaten veränderten Rahmenbedingungen. Entstehende nachteilige Folgen der Harmonisierung nat. Importregelungen im Zuge des EG-Binnenmarktes sollten gemildert werden. Die Finanzhilfe wurde um real 20 % gesteigert, durch die Erhöhung der AKP-Mitgl. und das Bev.-Wachstum war der Anstieg pro Kopf jedoch weit geringer. Das Abkommen enthielt erstmals eine Vereinbarung zur Strukturanpassung: Entsprechende Finanzmittel wurden auch ohne IWF- und Weltbank-Gütesiegel gewährt. Die Halbzeitüberprüfung 1994/95 besaß einen grundsätzlicheren Charakter als üblich, da einige der weitreichenden Beschlüsse eine Änderung des Abkommens nach sich zogen. So wurde eine Demokratieklausel, die die Bedeutung von **good governance, civil society* (→Zivilgesellschaft) und *Partizipation hervorhebt, in den Lomé-Vertrag eingefügt (Art. 5, Abs. 1). Von der →politischen Konditionalität wurde in einigen Fällen (z. B. Haiti, Zaire) Gebrauch gemacht. Damit wurde der seit Jahren anhaltenden und sich jüngst verstärkenden Kritik Rechnung getragen, die E.-Pol. der EU komme kleptokratischen Eliten und autoritären Regimen zugute. Ferner wurde die Auszahlung der Mittel in zwei Tranchen ausgeführt, wobei die noch 30 % des Gesamtvolumens umfassende zweite Tranche erst nach einer Überprüfung ausgezahlt wurde. Damit wurde erstmals ein Leistungskriterium eingeführt. Kritik an den Lomé-Abkommen machte sich jedoch weiterhin daran fest, dass kaum *performance*-Kriterien angewandt werden und Projektplanung sowie -evaluierung unzureichend seien. Demgegenüber wurde betont, dass es sich dabei eher um suboptimale Nutzung vorhandener Instrumente und Verfahren handele, während Vertragscharakter, Partnerschaftlichkeit, Langfristigkeit und hoher Zuschussanteil der Lomé-Kooperation nach wie vor beispielhaft seien. Vorwiegend aufgrund der sich wandelnden außenwirtsch. wie außenpol. Interessenlage der EU (Verlagerung des Schwerpunkts auf Ostmitteleuropa und Mittelmeerregion; Erschließung attraktiver Märkte in Lateinamerika und Asien) wurde aber der gesamte Lomé-Komplex offen in Frage gestellt. In den Verhandlungen über einen Nachfolgevertrag favorisierte die EU liberalisierte, mit den *WTO-Regeln vereinbarte Handelsabkommen; die AKP-Staaten drangen hingegen darauf, als eine Handelsregion mit einem WTO-Sonderstatus behandelt zu werden. Zudem wollte die EU die Bedeutung von *good governance* noch weiter anheben.

Lomé IV, das im Feb. 2000 auslief, wurde durch das am 23. 6. 2000 in Cotonou (Benin) zwischen 77 AKP-Staaten und 15 EU-Migl. unterzeichnete Partnerschaftsabkommen abgelöst. →Konvention von Cotonou

Lit.: E. Frey-Wouters, The European Community and the Third World. The Lomé Convention and its Impact, New York 1982; Mir. A. Ferdowsi (Hg.), Die Verträge von Lomé zwischen Modell und Mythos, München 1983; D. Frisch, Lomé III – Das neue Abkommen zwischen der EG und den AKP-Staaten, in: EA 13 (1985), S. 57–68; J. Natzold/K. Frhr. von der Ropp, Lomé III: Neubeginn der Kooperation EWG/AKP, in: Außenpolitik, 36 (1985), S. 173–188; J. Betz, Das neue AKP-EG-Abkommen («Lomé IV»), in: Jahrbuch Dritte Welt 1991, München 1990, S. 104–115; F. Nuscheler/O. Schmuck (Hg.), Die Süd-Politik der EG, Bonn 1992; S. Wolf (Hg.), The Future of EU-ACP Relations, Frankfurt a. M. 1999; S. Schmidt, Aktuelle Aspekte der EU-Entwicklungspolitik, in ApuZ 19–20, 2002, 29–30. dn/hb

Lorenz-Kurve Die LK ist ein weitverbreitetes Diagramm zur Darstellung der personellen *Einkommensverteilung. Auf der horizontalen Achse werden die Einkommensbezieher nach Höhe ihrer Einkommensanteile geordnet, aber nicht ihre abs. Anzahl, sondern ihr kumulierter Prozentanteil (s. Abbildung 6).

Auf der vertikalen Achse wird der korrespondierende prozentuale Einkommensanteil abgetragen. Die Diagonale

Abbildung 6: Lorenz-Kurve

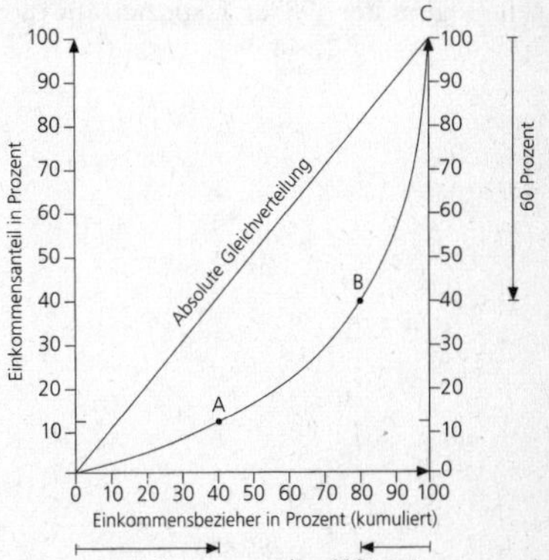

0C ist die Linie abs. Gleichverteilung: Z. B. 20 % / 40 % / 60 % der Bevölkerung erhalten jeweils 20 % / 40 % / 60 % des ges. Einkommens. Die LK 0ABC gibt die tatsächliche Verteilungssituation wieder (hier eine typische Verteilung für EL). Der Punkt A gibt an, dass die unteren 40 % der Einkommensbezieher 12 % des ges. Einkommens erhalten. Der Punkt B gibt an, dass der Einkommensanteil der unteren 80 % der Einkommensbezieher 40 % des Einkommens beträgt (respektive die oberen 20 % über einen Anteil von 60 % verfügen). Je weiter sich die LK von der Diagonale entfernt, desto ungleicher ist die Einkommensverteilung. Der zur Diagonale entgegengesetzte Extremfall ist erreicht, wenn die LK mit dem Achsenverlauf OE und EC zusammenfällt. In dieser Situation erhielte eine Person das ges. Einkommen und der Rest der Bev. nichts: ein hypothetischer Grenzfall vollständig ungleicher Einkommensverteilung. Alle real existierenden Verteilungssituationen werden durch LK abgebildet, deren Verlauf zwischen Diagonale und Achsen liegt. Anhand der LK werden viele Einkommensverteilungsmaße errechnet. Der am häufigsten verwendete ist der *GINI-Koeffizient. hpn

low-intensity warfare, auch
low intensity conflict (LIC), ist eine milit.-pol. Konzeption, die von den USA seit Beginn der 1980er J. speziell für die *Dritte Welt entwickelt wurde. Elemente des «Konflikts auf niederer Ebene» sind v. a.: **counterinsurgency*, Contra-Operationen, d. h. die Organisierung von Subversion und Aufständen, *counterterrorism*, als offensive, auch milit. *Terrorismusbekämpfung sowie eng begrenzte Militäroperationen unterhalb eines konventionellen Krieges, dessen zunehmend hohe innen- wie außenpol. Kosten und Risiken vermieden werden sollten. Ziel der LIC-Strategie waren nicht milit. Eroberungen, sondern die soziale Kontrolle instabiler Regionen der Dritten Welt, die den USA z. B. als Rohstofflieferanten oder in pol. Hinsicht als strategisch wichtig galten. Nach dem Ende des Ost-West-Konflikts sowie in der Folge des *Golfkrieges begann in den USA eine Umorientierung der Einsatzplanung hin zu Kriegführungsoptionen: mit Hilfe hochmobiler und flexibler Eingreifverbände sollen künftig auch mehrere regionale Konflikte gleichzeitig militärisch beherrschbar werden.

Lit.: J. Hippler, Krieg im Frieden – Amerikanische Strategien für die Dritte Welt. Counterinsurgency and low-intensity warfare, Köln 1986; L. Brock, Die Dritte Welt im internationalen System, in: HDW III, 1, Bonn 1992, S. 446 ff. bh

Lusaka-Gipfel →Blockfreiheit, Blockfreienbewegung

M

Macau

Fläche (qkm): 16,5
Bev. (Mio.) 2000: 0,44
LE (Jahre) 1999: 77,9
Analphabetenquote (%) 1997: 7,7

An der Mündung des chin. Perlflusses in das südchin. Meer gelegen, erstreckt sich M. westl. von Hongkong auf einer 5 km langen und bis 1,8 km breiten Halbinsel und umfasst zwei Inseln, Taipa und Coloane. Klimatisch ist M. der Zone tropisch heißer Feuchtklimate zuzuordnen. Die Bev. besteht zu 95 % aus Chinesen, daneben 3 % Portugiesen und 2 % Andere. Portugiesisch und Chinesisch sind Amtssprachen; Kantonesisch ist Verkehrssprache der Wirtsch., im Tourismus herrscht Englisch vor. Der Hauptteil der Bev. (2000: 445594 Ew.) lebt in der Hauptstadt Santo Nome de Deus de Macau; 50 % der Bev. bekennen sich zum Buddhismus, 15 % sind kath.

Das stetige Wirtsch.-Wachstum M.s setzte Ende der 1960er J. mit dem Aufbau einer exportorientierten Textilind. ein und hat sich in den 1970er J. durch die Diversifizierung der Exportwirtsch. (v. a. Spielzeug und Elektroerzeugnisse) sowie durch infrastrukturfördernde Maßnahmen v. a. seit Beginn der 1980er J. beschleunigt. Seit 1997 hat M. eine positive Außenhandelsbilanz. Im Zuge der wirtsch. Öffnung *Chinas entwickelte sich der *Tourismus zunehmend dynamisch (Ankünfte 1997: 7 Mio., 2000: 9 Mio.). Vor allem Spielcasinos erwirtschafteten 1998 rd. 60 % der Haushaltseinnahmen.

Seit 1557 eine portugiesische Niederlassung, wurde M. 1887 von China an Portugal abgetreten und portug. Souveränität unterstellt. Seit 1976 genoss M. innere Autonomie mit einem Konsultativrat (10 Mitgl., davon 5 gewählt, 5 vom Gouverneur ernannt) sowie einem Parl. (23 Mitgl., davon 8 direkt gewählt, 7 vom Gouverneur ernannt, 8 indirekt über Verbände bestellt). 1979 wurde M. als chinesisches Gebiet unter portug. Verwaltung deklariert, gemäß der 1987 von China und Portugal unterzeichneten «Gemeinsamen Erklärung» fiel M. am 20. Dez. 1999 als chin. Sonderverwaltungsgebiet an China zurück. Die «Gemeinsame Erklärung» setzte fest, dass das aktuelle Wirtsch.- und Gesellschaftssystem nach dem Prinzip «one country – two systems» für weitere 50 J. aufrechterhalten werden soll. Wirtsch. soll M. weiterhin als Freihafen und unabh. Zollregion mit freiem Kapitalfluss, eigenem Finanzwesen sowie eigener konvertierbarer Währung bestehen bleiben. Pol. behält M. als Sonderverwaltungsregion wie *Hongkong autonome exekutive, legislative und judikative Rechte. Neben dem von China bestellten Verwaltungschef (seit 1999: E. Ho Monday) wurde eine Legislativversammlung eingesetzt (von 27 Mitgl. 10 direkt gewählt, 10 indirekt über Verbände bestellt, 7 vom Verwaltungschef ernannt). 2 der direkt gewählten Sitze gingen 2001 an die New Democratic Macau Association, 4 an Pro-Peking-Kandidaten und vier an Wirtschaftsrepräsentanten. hf

Machismo →Frauen in der Dritten Welt

Madagaskar

Fläche (Tsd. qkm): 587
Bev. (Mio.) 2001: 16,40
BNE pro Kopf (US-$) 2000: 260
BIP (Mio. US-$) 2000: 4020
LE (Jahre) 1999: 54,3
Analphabetenquote (%) 1999: 34
HDI 1999: 0,462 [Rangplatz von 162: 135]

M., die viertgrößte Insel der Welt, hat ein reichhaltiges E.-Potenzial, ist jedoch mit ernsten ökol. Problemen konfrontiert. Der zu Beginn der 1990er J. vollzogene Übergang von der Diktatur zur Demokratie hat sich bislang trotz starker innenpol. Konflikte und enormer wirtsch.-sozialer Probleme als bestandsfähig erwiesen.

1. Die Besiedlung M.s geht auf mehrere Einwanderungswellen aus dem südostasiat. Raum und aus Afrika zurück. Dementsprechend vielfältig ist die Bev.-Struktur, deren soziale Gliederung und pol. Org. jedoch nur bedingt durch ethn. Unterschiede bestimmt ist. Merina (26 %) und Betsileo (12 %) im Hochland, Betsimisaraka (15 %) an der Ostküste und die negritischen Sakalava an der Westküste sind die wichtigsten Volksgruppen. Nur ca. 1 % der Bev. sind Ausländer (Franzosen, Inder, Chinesen). Das malaiisch-polynesische Malagasy ist neben Frz. offizielle Landessprache. 50 % der Bev. sind Animisten, 25 % Katholiken, 20 % Protestanten und 5 % Moslems.

M. ist ein Agrarland. Das trop. Klima M.s begünstigt zusammen mit den fruchtbaren Böden die Landw., die in der Wirtsch. des Landes eine zentrale Rolle spielt (1999: 30 % des BIP; 1997 75,5 % der Erw.). Reis, Maniok, Mais und Hülsenfrüchte werden für die *Subsistenz und den Binnenmarkt angebaut. Mehr als drei Viertel der Exporte bestehen aus landw. Primärgütern (Kaffee: ca. 45 %, Vanille: 20 %, Gewürznelken, Zucker), die v. a. nach Frankreich und in weitere EU-Staaten geliefert werden. Die Produktion des Hauptnahrungsmittels Reis bleibt weit hinter dem einheimischen Bedarf zurück, sodass M. auf Nahrungsmittelimporte angewiesen ist. Ausweitung der Anbauflächen, Steigerung der Hektar-Erträge und Verbesserungen im Absatzbereich sind Hauptziele der nat. EP. Ca. 75,5 % der Erwerbsbev. sind in der Subsistenzlandw. tätig. Die Ind. (Nahrungsmittelverarbeitung, Textilien) trägt nur 14 % zum BIP bei (1999) und beschäftigt lediglich einen kleinen Bruchteil der Erwerbstätigen. Insges. verfügen nur knapp 4 % der Erwerbstätigen über Lohnarbeit. Die Ausbeutung der Minerallagerstätten (Chromerze, Graphit, Glimmer) wird durch die unzureichende Verkehrserschließung erschwert. Neben dem Erdöl im NW M.s bietet sich das große, noch weitgehend ungenutzte hydroelektrische Potenzial der mit starken Gefällstrecken nach O mündenden Flüsse zur Energiegewinnung an.

2. Bevor M. 1896 in das frz. Kolonialreich eingegliedert wurde, standen ca. 2/3 des Territoriums von M. unter der pol. Kontrolle des Königreichs der Merina. Die Aufrechterhaltung der Ordnung gewährleisteten die von Familienoberhäuptern geleiteten Generalversammlungen (*fokonolona*). Während der frz. Kolonialzeit wurde die Wirtschaftsstruktur M.s durch *Infrastrukturmaßnahmen (Banken, frz. Handelshäuser), agrarische *Diversifizierung (neu: Kaffee, Vanille) und den Vorrang frz. Importe auf die Bedürfnisse Frankreichs orientiert. Die rechtl. und soziale Ungleichheit zwischen Madegassen und Franzosen führte zu nationalistischen Bewegungen, die von den Franzosen mit Gewalt unterdrückt wurden. Im Zuge des Unabh.-Prozesses (1956–1960) entwickelte sich der zunächst in den Küstenregionen verankerte gemäßigt nationalistische *Parti Social Démocrate* (PSD) unter Ph. Tsirana zur hegemonialen pol. Kraft des Landes. Tsirana, Vertreter eines westl. orientierten *Sozialismus, wurde erster Präs. des Landes und setzte gegen den Widerstand der radikalen, marxistischen Hochland-Partei (AKFM) die Kooperation mit Frankreich fort. Alte interethnische, mit Klassengegensätzen gekoppelte Konflikte zwischen Merina (Führungsschicht) und Küstenstämmen (Bauern) mündeten 1972 in pol. Unruhen, die Tsirana zum Rücktritt zwangen.

Aus Machtkonflikten innerhalb der pol.-milit. Elite des Landes ging 1975 Admiral D. Ratsiraka als neuer Präs. hervor, der mit Hilfe seiner 1976 gegr. *Avantgarde de la Révolution de Malagasy* (AREMA) ein autokratisches Regime errichtete, das ideologisch auf einer Verknüpfung soz. und nationalistischer Ziele beruhte. Die E. des Agrarsektors und der Agroind. mit dem Ziel der Nahrungsmittelselbstversorgung, «basisdemokratische» Dezentralisierung der ökon., sozialen und pol. Entwicklung im Rahmen des neu konzipierten *Fokonolona*-Systems (Vorbild **Ujamaa*), Reduzierung sektoraler/regionaler Einkommensdisparitäten, staatl. Kontrolle der Schlüsselind., *malgachisation* des Erziehungssystems sowie die Mobilisierung von Jugend, Frauen und Armee standen im Mittelpunkt der Reg.-Pol. Nach einer Phase eher antiwestlicher, von offensiver *Blockfreiheit geprägter Außenpol. wurden seit Ende der 1970er J. aufgrund des starken Bedarfs an ausl. Wirtsch.-Hilfe (Frankreich, EG) die Bez. mit dem Westen wieder intensiviert. Ideolog. Richtungskämpfe, ethnische bzw. regionale Rivalitäten sowie durch eine tief greifende ökon. Krise ausgelöste soziale Unruhen blieben in den 1980er J. Konstanten der innenpol. Entwicklung. 1991 gelang es einem Bündnis verschiedener Oppositionsgruppen, eine pol. Öffnung des ökon. gescheiterten Ratsiraka-Regimes zu erzwingen und einen verhandelten Übergang zur Demokratie herbeizuführen. Im Aug. 1992 trat eine neue demokrat. Verfassung in Kraft, die ein semi-präs. System nach frz. Muster errichtete.

Bei den ersten Präs.-Wahlen unter der neuen Verfassung setzte sich im Febr. 1993 der Oppositionsführer, A. Zafy, im zweiten Wahlgang gegen Ratsiraka durch, und ein friedlicher Machtwechsel wurde vollzogen. Bei den Parl.-Wahlen Juni 1993 erzielte das Parteienbündnis der ehem. Regimeopposition *Forces Vives* eine Mehrheit, zerfiel jedoch anschließend rasch in zahlreiche Splittergruppen. In der Folgezeit wurde die junge Demokratie durch Konflikte zwischen Zafy und dem von der parl. Mehrheit ins Amt gehobenen MP F. Ravony über den wirtschaftspol. Kurs der Reg. belastet. 1995 setzte Zafy über ein Referendum eine Verfassungsreform durch, die seine Befugnisse im Hinblick auf die personelle Zusammensetzung der Reg. gegenüber dem Parl. ausweitete, verschärfte damit jedoch gleichzeitig den Widerstand der parl. Mehrheit gegen seine Pol. Im Sept. 1996 wurde er in einem *impeachment*-Verfahren durch eine 2/3-Mehrheit des Parl. abgesetzt. Die anschließenden (regulären) Präs.-Wahlen vom Dez. 1996 gewann der ehem. Diktator Ratsiraka im zweiten Wahlgang knapp gegen Zafy. Bei versch. innenpol. Konflikten, an denen in den vergangenen J. die Demokratie zu scheitern drohte, übte das Verfassungsgericht weitgehend erfolgreich eine Schlichtungsfunktion aus. Dies gelang kaum bei der durch den Ausgang der nach Ansicht int. Beobachter manipulierten Präs.-Wahlen vom 16. 12. 2001 ausgelösten pol. Krise. Oppositionskandidat M. Ravalomanana warf der Reg. Wahlbetrug vor, beanspruchte für sich die abs. Mehrheit bereits im ersten Wahlgang und ernannte sich nach nochmaliger Stimmauszählung, deren Ergebnis von Präs. Ratsiraka nicht anerkannt wurde, Febr. 2002 zum Präs. Die *OAU erkannte keinen der beiden an, sondern forderte eine Übergangsreg. und Neuwahlen. Aus der starken Zersplitterung der Parteienlandschaft und aus den erratischen Ausschlägen der Reg.-Pol. zwischen rigorosen wirtsch.-pol. Reformen (Liberalisierung) und einem populistischen Festhalten an den überkommenen Strukturen des etatistischen E.-Modells gehen weiterhin starke Belastungen für die pol. wie ökon.-soziale E. des Inselstaates hervor.

Lit.: R. Archer, Madagascar depuis 1972. La Marche d'une Révolution, Paris 1976; H. D. Sick, Madagaskar, Darmstadt 1979; M. Covell, Madagaskar, London u. a. 1987; A. Mahefa, Madagaskar, in: HDW III, 5, Bonn 1993, S. 238 ff.; B. Thibaut, Madagaskar, in: D. Nohlen/M. Krennerich/B. Thibaut (Hg.), Elections in Africa, Oxford 1999, S. 531 ff. bt

Maghreb-Union →Arabische Maghreb-Union

MAI Multilaterales Investitionsabkommen (*Multilateral Agreement on Investment*), im Rahmen der *OECD vorhandener Schutz ausl. Kapitalanlagen (Liberalisierung, Nichtdiskriminierung), der meist über den in der *WTO gewährleisteten Investitionsschutz (Zulässigkeit von Gewinntransfers, Entschädigungs-

pflicht bei Einteilungen etc.) hinausgeht.
→TRIMS

Lit.: R. Gerster, Unangemessenes OECD-Investitionsabkommen, in: E + Z 38, 1997, S. 124–125. dn

Malawi

Fläche (Tsd. qkm): 118,500
Bev. (Mio.) 2001: 11,6
BNE pro Kopf (US-$) 2000: 170
BIP (Mio. US-$) 2000: 1692
LE (Jahre) 1999: 39,5
Analphabetenquote (%) 1999: 41
HDI 1999: 0,397 [Rangplatz von 162: 151]

M., eines der ärmsten Länder der Erde, wählte 1994 den bisherigen Staatsführer Hastings K. Banda, der das Land 30 J. lang autokratisch-patrimonial regiert hatte, in den ersten freien Wahlen seit der Unabh. 1964 ab. Die schlechte wirtsch. und sozialpol. Situation des Landes stellt die größte Herausforderung für die Stabilisierung der jungen Demokratie dar.

1. Das im SO Afrikas gelegene kleine *Binnenland erstreckt sich über rd. 800 km in N-S-Ausrichtung, ist aber nur 70 bis 170 km breit; Klima und Vegetation sind infolge rel. großer Höhenunterschiede und der langen N-S-Ausdehnung sehr unterschiedlich. 1/5 der Fläche des Landes entfallen auf Binnengewässer, insb. auf den Malawisee.

Mit einer Bev. von 11,6 Mio. weist das Land ein Bev.-Wachstum von 1990–99: 2,4 % (1985 bis 94: 4,5 %) und einen Anteil der städt. Bev. von 25 % (2000) auf. Ca. 50 % der Bev. leben in der Südregion des Landes, 395 500 davon in der Hauptstadt Lilongwe.

In M. werden 13 Kultur- und Sprachgruppen unterschieden, wobei die Chewa (28 %) und die Nyanja (15 %) die beiden größten Gruppen (andere sind: Lomwe: 12 %; Yao: 11 %; Ngoni: 9 %) darstellen. Lediglich 0,1 % der Bev. sind Europäer oder Asiaten, die interethn. Situation ist stabil. 75 % der Bev. sind Christen (58 % protest., 17 % kath.), etwa 10 % hängen Naturreligionen an, daneben gibt es Minderheiten von Muslimen und Bahai. Amtssprache ist Englisch und Chichewa.

2. M. hat eine für *Infrastrukturmaßnahmen ungünstige Topographie und ist ressourcenarm. Die Erschließung der geringen Mineralvorkommen (Monaxit, Graphit, Asbest) ist techn. schwierig und meist unwirtsch. Lediglich Kalkstein und Tonerde werden in nennenswertem Umfang abgebaut. Zentralressource ist die Landw., die auf ca. 50 % der überaus fruchtbaren Böden möglich ist und von der 80 % der Bev. abhängen. Sie trug 1994 31 % zum BIP und ca. 90 % zu den Exporten bei. Wichtigste Exportprodukte sind Tabak (1994: 70 %), Tee (7 %) und Zucker (7 %). Etwa 85 % der Agrarerzeugnisse werden von Kleinbauern (geringe Mechanisierung) überwiegend für den Binnenmarkt oder zur *Subsistenz produziert. Die Exportproduktion kommt zu 75 % aus der *Plantagenwirtsch. (auf 13 % der Gesamtfläche). Der Anteil der Ind. ist gewachsen (1999: 18 % am BIP), ihr Beschäftigungseffekt bleibt jedoch minimal.

Die rel. schlechten sozialen Indikatoren verweisen auf ein hohes Maß an Armut: Die Kindersterblichkeitsrate ist mit 1999: 21,1 % eine der höchsten der Welt; das Gesundheitswesen ist wenig ausgebaut (1990: ca. 50 000 Ew./Arzt); das Bildungssystem zielte bisher auf Elitenförderung. Es besteht keine Schulpflicht, der Unterricht ist gebührenpflichtig. Die Einschulungsquote beträgt bei Primarschulen rd. 50 %, bei (als priv. Internaten geführten) Sekundarschulen 5 % und bei Universitäten 0,01 %. Christl. Missionsstationen mit angeschlossenen Gesundheitszentren, Hospitälern und Schulen sind von großer Bedeutung. 1980–90 lebten 82 % der Bev. in abs. Armut; der Landdruck des dicht besiedelten Agrarlandes ist mit einer durchschnittl. Parzellengröße unter 1 ha hoch.

3. 1891 proklamierte GB das *Central Africa Protectorate* (1907 in Njassaland umbenannt). Es diente der Kolonialmacht v. a. als Reservoir billiger Arbeitskräfte für die Minen und Plantagen Rhodesiens und Südafrikas. 1953 wurde es gegen den Willen der Afrikaner mit Süd-

und Nordrhodesien (heute Zimbabwe und Zambia) zur Zentralafrik. Föderation zusammengeschlossen. Alsbald forderte die antikoloniale Bewegung des *Njassaland African Congress* (NAC) die Auflösung der von den weißen Siedlern Rhodesiens dominierten Föderation und rief 1958 Dr. H. K. Banda (ein ehem. *Wanderarbeiter, der in den USA studiert und in Ghana als Arzt praktiziert hatte) an ihre Spitze. Unter seiner Führung gewann der Widerstand schnell an Dynamik und brachte die Kolonialverwaltung in Bedrängnis. Die als Folgeorg. gegr. *Malawi Congress Party* (MCP) unter Bandas Führung errang bei den ersten allg. Wahlen 1961 22 der 28 Sitze im Parl. 1963 erfolgte der Austritt aus der Föderation, am 6. 7. 1964 wurde das Land (nun M. genannt) unabh. und erklärte sich 2 J. später als Einparteistaat zur präsidialen Rep. innerhalb des brit. **Commonwealth.*

4. Das pol. System war in der Folge durch das Machtmonopol der MCP und ihrer Unterorganisationen (z. B. *Womens League*, v. a. aber die militant-loyale *Youth League*, YL) und zuvorderst von der selbstherrlich-autoritären Repressionsherrschaft Bandas geprägt. Der *Ngwazi* (d. h. Erlöser, Messias), nach eigenem Verständnis gestrenger, aber gerechter, allwissender «Vater der Nation» (*Kamazu knows best*), degradierte Parteitag und Nationalversammlung zu reinen Akklamationsstätten, bei den allg. Wahlen wurden die von ihm nominierten Kandidaten als gewählt verkündet; *Partizipation fand nicht statt. Bereits 1971 ließ er sich seine allumfassende Macht per Verfassung absichern (er ließ sich zum «Präsidenten auf Lebenszeit» ausrufen) und war darüber hinaus MCP-Präs. (auf Lebenszeit), Premiermin. sowie Min. für Äußeres, Landw., Justiz, Bodenschätze, Versorgung und öfftl. Arbeiten. Außenpol. führte die enge wirtsch. Kooperation mit den weißen Eliten im südl. Afrika zeitweise zu einer vollständigen Isolierung M.s in Afrika und der *OAU. Gespannte Bez. bestanden v. a. aufgrund M.s Unterstützung der südafrik. Destabilisierungspol. und Unterstützung der *RENAMO zu den *Frontstaaten.

Die E.-Strategie Bandas, dessen Regime außenpol. strikt westl. und antikomm. war, zielte auf maximale Nutzung von M.s *komparativen Kostenvorteilen in einem nach außen offenen Wirtsch.-System: billige Arbeitskraft (staatl. Niedriglohnpol., Streikverbot) kombinierte er mit einer Förderung des Agrarsektors (v. a. Kleinbetriebe), die ländl. Infrastruktur wurde ausgebaut, auf *kapitalintensive Projekte verzichtet. Mit dieser E.-Strategie gelangen in den ersten 15 J. nach der Unabh. beachtliche wirtsch. Wachstumserfolge. Im Zeitraum 1965–79 stieg das Pro-Kopf-Einkommen in realen Werten um durchschn. 5,5 % p. a. an, gleichzeitig konnte die Inflation begrenzt werden. Die Auswirkungen der zweiten Ölpreiskrise und eine starke Dürre sorgten Ende der 1970er J. jedoch für einen massiven wirtsch. Einbruch; die Verschlechterung der *Terms of Trade und gestiegene Zinsen für int. Kredite führten zu massiven Leistungsbilanzdefiziten. Zur Bekämpfung der Wirtsch.-Krise initiierte die Reg. 1981 ein von *IWF und *Weltbank unterstütztes *Strukturanpassungsprogramm. M. hat seit 1981 eine Auslandsverschuldung von insg. 2,7 Mrd. US-$ (1999) angehäuft.

5. Mit der verstärkten Gewichtung des Konzepts der pol. Konditionalität in der E.-Zusammenarbeit Anfang der 1990er J. sah sich Banda zunehmend unter Druck gesetzt, eine stärkere Beachtung der Menschenrechte und pol. Reformen umzusetzen. Unter dem Druck der Einstellung von Kapitalhilfe leitete Banda 1992 eine *Demokratisierung ein; im Juni 1993 stimmten in einem Referendum 2/3 der Wähler für ein Mehrparteiensystem. Im Okt. 1993 legalisierte Banda die Opposition und verzichtete auf seine Präsidentschaft auf Lebenszeit. Aus den Präs.-Wahlen vom 17. 5. 1994 ging schließlich der Oppositionspolitiker Bakili Mu-

luzi von der *United Democratic Front* (UDF) mit 47 % der Stimmen als Sieger hervor (Banda 33 %); in den Parl.-Wahlen verfehlte die UDF die Mehrheit mit 85 von 177 Sitzen knapp und ging mit der *Alliance for Democracy* (AFORD, 36 Sitze) eine Koalition ein, sodass die ehemalige Einheitspartei MDC mit 56 Sitzen nun die Opposition stellt. Bei den Präs.-Wahlen im Juni 1999 wurde Muluzi mit 52 % der Stimmen in seinem Amt bestätigt, auch wenn die Opposition Unregelmäßigkeiten beklagte.
Die neue Reg. steht mit einem Pro-Kopf-Einkommen von 170 US-$ pro Kopf, weitverbreiteter Armut und einer großen Konzentration ökon. Ressourcen bei den Parteigängern des Banda-Regimes vor großen wirtsch. und sozialpol. Herausforderungen. Im Frühjahr 2002 drohte aufgrund Missmanagements und schlechter Witterungsbedingungen eine Hungersnot in M. Die Sozialstruktur M.s wurde seit der Unabh. durch die Herausbildung einer Staatsoligarchie bestimmt, in der Beamte, Politiker und priv. Unternehmer, die sich Banda gegenüber loyal zeigten, durch Vergünstigungen belohnt wurden. Größter Unternehmer M.s war Banda selbst. Neben mehreren ertragreichen Tabakplantagen gehörte dazu v. a. sein Privatunternehmen *Press Holding Ltd.*, dessen 28 Tochterunternehmen in allen wichtigen Branchen vertreten sind und diese oft dominieren (Umsatz 1994: 215,8 Mio. US-$, ca. 17 % des BNE). Banda transferierte alle Aktien von *Press Holding* in eine Stiftung (*Press Trust*), die er 1982 auf Verlangen der Weltbank zugunsten der mal. Bev. gegründet hatte, um so in den Genuss von Weltbankkrediten zu gelangen.

Lit.: C. Linau, Geographie eines unterentwickelten Landes, Darmstadt 1981; G. Taube, Malawi, in: HDW III, 5, 1993, S. 368 ff.; J. L. Lwanda, Kamuzu Banda of Malawi. A Study in Promise, Power and Paralysis, Glasgow 1993; H. Meinhardt, Transition und Demokratisierung in Malawi, Hamburg 1996. hf

Malaysia

Fläche (Tsd. qkm): 329,750
Bev. (Mio.) 2001: 22,60
BNE pro Kopf (US-$) 2000: 3380
BIP (Mio. US-$) 2000: 89 321
LE (Jahre) 1999: 72,3
Analphabetenquote (%) 1999: 13
HDI 1999: 0,774 [Rangplatz von 162: 56]

1. M. ist das künstliche Produkt der brit. Kolonialherrschaft in Südostasien. So umfasst die 1963 entstandene mal. Föderation mit West-M. und Ost-M. zwei räumlich ca. 600 km voneinander entfernt liegende Gebiete, getrennt durch die südchines. See: die Halbinsel Malaysia, die bereits 1957 in die Unabh. entlassen wurde, und den sich von W nach O erstreckenden Streifen im N der Insel Borneo außer dem erdölreichen Sultanat Brunei (brit. Protektoratsverwaltung endete 1983), d. h. Sarawak und Sabah. Die Halbinsel Malaysia grenzt südl. der Landenge von Kra an Thailand und ist an der Südspitze durch einen Eisenbahn- und Straßendamm mit dem Stadtstaat Singapur verbunden, der in den J. 1963 bis 1965 ebenfalls M. angehörte. In West-M. leben auf nur 40 % der Staatsfläche über 80 % der Gesamtbev.
M.s Klima ist äquatorial-tropisch und wird durch die Insellage und den Monsun beeinflusst. Die Durchschnittstemperaturen liegen bei 23 bis 30 Grad Celsius mit einer durchschn. rel. Luftfeuchtigkeit von 82 bis 86 % und ganzjähr. hohen Niederschlagsmengen.
Noch über die Hälfte der Landmasse M.s ist mit tropischem Regenwald (viertgrößtes Gebiet der Erde) bedeckt. Gegen den extensiven Holzeinschlag v. a. in Ost-M. (von dort stammt ca. 1/4 des Weltexports an Hartholz), der diese *Ressource und Devisenquelle zu erschöpfen droht und große Umweltgefahren (→Ökologie) birgt, hat die Reg. seit 1980 eine Senkung der Exportquote für Rundholz sowie Ausfuhrverbote für 16 tropische Holzarten verfügt. Gleichzeitig bestehen Pläne, die Holzproduktion durch Anpflanzen schnell wachsender Holzarten erheblich zu steigern. Aufgrund der tropischen Kli-

mabedingungen besitzen die Böden nur geringe Qualität. Sie eignen sich in ihrer agrar. Nutzung hauptsächlich für Dauerkulturen und den Reisanbau. Neben dem Landpotenzial, das zur Errichtung einer exportorientierten *Plantagenwirtschaft mit den Hauptprodukten Kautschuk, Ölpalme, Zuckerrohr, Ananas und Kakao genutzt wird, verfügt M. über bedeutende Vorkommen an Bodenschätzen. Aufgrund einer rel. erfolgreichen *Diversifizierungspolitik wurde M. einer der größten Exporteure von Erdöl und -gas, Kautschuk, Zinn und Palmöl.

2. Die heutige sozioökon. Struktur M.s ist das hist. Ergebnis des Zusammenspiels von ökol. Ausgangsbedingungen, geogr. Lage, Einwanderung und massiver Intervention äußerer Kräfte.

Der dichte Regenwald begrenzte die natürliche Besiedlung des Landes zunächst auf die Flussläufe und hielt so die Bev.-Zahl auf einem sehr niedrigen Niveau. Ein nennenswertes Bev.-Wachstum setzte erst durch die Zuwanderung von Angehörigen fremder *Ethnien ein, die die Ureinwohner fast vollständig verdrängten. Von ihnen, den Orang Asli, leben nur noch ca. 50000 auf der mal. Halbinsel. Der Verlauf der Zuwanderung (erst durch den 2. WK abrupt beendet) lässt sich in drei Phasen gliedern: Während sich die erste Malaiisierungsphase der Zuwanderung von den heutigen indones. Inseln des mal. Archipels in der Frühzeit als regionale Wanderbewegung erklären lässt, sind die beiden folgenden Phasen der Einwanderung von Chinesen (aufgrund des Zinnbergbaus) und Indern (zu den Kautschukplantagen) eng mit der kolonialen Eroberung M.s verbunden und durch die Einbeziehung des Exportsektors in die Weltmarktbez. bei gleichzeitigem Arbeitskräftemangel ausgelöst worden. So betrug bereits 1911 der chines. Bev.-Anteil 30 %, der indische ca. 10 %, was auch etwa dem heutigen Niveau entspricht. Der Anteil der Malaien als der größten ethn. Bev.-Gruppe stieg bis Ende der 1990er J. auf 58 % an, v.a. aber deshalb, weil ihnen aus pol. Gründen die Urbev. hinzugerechnet wurde.

Allein zwischen 1970 und 1980 hat die Bev. M.s um 34 % zugenommen, die JZ (1990–2000: 2,5 %) geht seither langsam zurück. Unter Verweis auf den beschränkten Binnenmarkt als entscheidendes Hindernis für durchgreifendes wirtsch. Wachstum propagiert die Reg. aber inzwischen wieder die kinderreiche Familie. Die Altersstruktur ist durch einen hohen Anteil an Jugendlichen geprägt, die LE liegt recht hoch. Der deutlich vorherrschende agrar. Charakter M.s spiegelt sich auch in der rel. geringen *Urbanisierung wider: 57,4 % (2000) der Bev. leben in Städten; die Hs. Kuala Lumpur einschließlich ihres Großraumes hat eine vergleichsweise geringe Ew.-Zahl (2000: 1,3 Mio.).

3. Die mal. Sozialstruktur wird entscheidend durch die Identität von ethn. Zugehörigkeit und Beschäftigung geprägt (Malaien als Kleinproduzenten von Reis und Kautschuk, Chinesen und Inder in Zinnbergbau und *Plantagenwirtschaft), die bisher nur z.T. durchbrochen werden konnte. So leben weiterhin über 80 % der Malaien, aber nur knapp 40 % der Chinesen auf dem Lande, wo ein sehr großer Teil der Bev. unterhalb der *Armutsgrenze existiert. Obwohl die Einkommen auch innerhalb der ethn. Gruppen extrem ungleich verteilt sind, ist ein Klassenbewusstsein kaum vorhanden. Die gesellsch. Konfliktlinie verläuft u.a. zwischen den Ethnien, die jeweils einen eigenen soziokulturellen Lebensbereich besitzen. Aufgrund ihrer unterschiedlichen Normengefüge, der Sprache und der Religion grenzen sie sich stark voneinander ab (*Kommunalismus), und es findet kaum gesellsch. Assimilation statt. Der Islam ist zwar Staatsreligion, aber die freie Religionsausübung (Buddhismus, Hinduismus, Christentum) wird verfassungsrechtl. gewährleistet. In dem rel. gut ausgebauten Grundschulbereich wird sowohl in mal. als auch in chines. und tamilischer Sprache unterrichtet. Aber in Zukunft soll die Nationalspra-

che *Bahasa Malaysia* auch an den höheren Schulen und den Universitäten Englisch als Unterrichtssprache ersetzen. Aufgrund dieser Malaiisierungspol. des Bildungssektors wurde auch die Einrichtung einer chinesisch-sprachigen Universität verboten.

4. M. zählt zu den *Schwellenländern und weist eine intern extrem ungleiche E. auf. Die hohen realen wirtsch. Wachstumsraten der 1970er J. (ca. 8 % p. a.) konnten in der ersten Hälfte der 1980er J. v. a. aufgrund der Weltmarktrezession und des Verfalls der Rohstoffpreise (**terms of trade*: 1980 = 100; 1986 = 64) nicht erreicht werden. Aufgrund ausl. *Direktinvestitionen und eines Anstiegs der Exporte wegen wieder verbesserter Rohstoffpreise wurden Ende der 1980er bis Mitte der 1990er J. jedoch wieder hohe Wachstumsraten (1989: 8,5 %; 1990–1994: 8,4 %) erreicht. Der ind. Sektor, dessen E. seit den 1970er J. von der *Importsubstitution auf die Exportindustrialisierung mit Hilfe eines Bündels staatl. Anreize für das Auslandskapital (z. B. Einrichtung *freier Produktionszonen) umorientiert wurde, konzentriert sich vor allem auf Konsumgüter, Elektronik, Textilien, Holzbearbeitung; mit dem Aufbau einer eigenen Autoind. wurde begonnen. Mittlerweile hat der Primärsektor seine einstige Dominanz weitgehend an die Ind. (1999: Anteil von 44 % am BIP) abgegeben. Seit 1990 machen Industrieprodukte den Hauptanteil des Exportes aus (1999: 58 % Elektronikerzeugnisse und elektrische Maschinen); mit Kupfer- und Eisenerz sowie tropischen Hölzern und landw. Produkten (v. a. Pfeffer u. a. Gewürze) besitzt M. so eine recht breite Palette von Exportprodukten. Wichtigste Devisenquelle ist der *Tourismus (1998: 5,6 Mio. Auslandsgäste). Bei leicht gestiegener Inflationsrate (1985 bis 1994 durchschn. 3,2 %) kam es bis zur Asienkrise angesichts der wirtsch. Probleme über eine entsprechend gestiegene staatl. Investitionstätigkeit zu wachsender externer *Verschuldung (1996: 39 % des BIP); die Arbeitslosigkeit fiel (bei extremen regionalen Unterschieden) von 9,1 % (1987) auf 2,8 % (1995). Mitte 1997 wurde auch M. von der schweren Wirtsch.-Krise in SO-Asien erfasst. Anders als in den Nachbarländern gelang es der Reg., den drohenden sozioökon. Konsequenzen durch ein eigenes Stabilitätsprogramm entgegenzusteuern und eine Intervention des *IWF zu vermeiden (→Tigerstaaten).

5. M. besteht aus 13 Bundesstaaten (darunter 9 Sultanate, 2 Bundesterritorien) mit einer parl. Wahlmonarchie und einem legislativen Zweikammersystem. M. (Mitgl. im *Commonwealth und der *ASEAN) wird pol. von einem Elitenbündnis der drei Ethnien beherrscht. Diese pol. Struktur, die die zumindest formale Repräsentanz aller im Lande lebenden Ethnien gewährleisten soll, basiert auf einem mit der Kolonialmacht GB ausgehandelten Herrschaftskompromiss, der den Malaien (Bumiputras) verfassungsmäßig verankerte Sonderrechte und damit eine eindeutig führende pol. Position garantiert und im Gegenzug die rel. starke wirtsch. Stellung der Chinesen unangetastet ließ. Diese Formel kam zustande, nachdem der antikoloniale Guerillakrieg der *Malayan Communist Party* (MCP) während der als *Emergency* bezeichneten Periode 1948 bis 1960 niedergeschlagen worden war. Gleichzeitig wurde die hauptsächlich von chin. Arbeitern gebildete starke Gewerkschaftsbewegung, die die Basis der MCP bildete, als pol. Machtfaktor der mal. Innenpol. ausgeschaltet. Damit war der Weg frei für das Bündnis von mal. Bürokratie, die sich in der *Malayan National Organization* (UMNO) zusammenschloss, und chin. Geschäftsleuten, die sich in der *Malaysian Chinese Association* (MCA) organisierten. Gemeinsam mit dem *Malaysian Indian Congress* (MIC) bildeten sie die Allianz, die 1974 durch die Integration von einigen Oppositionsparteien zur «National Front» (*Barisan Nasional*) ausgedehnt wurde. Bis 1969 waren die Führer der UMNO meist Adelige, so

auch Prinz Tunku Abdul Rahman, der erste MP. Die Koalitionen verfügten im Parl. jeweils über mehr als 2/3 der Mandate. Die Kontinuität dieses Elitenbündnisses, formal durch Wahlen legitimiert, wurde nicht unerheblich durch eine repressive und diskriminierende Pol. gegenüber *Gewerkschaften und Oppositionsparteien mit Hilfe des *Internal Security Act* abgesichert. Als Reaktion auf die fortdauernde Verschlechterung der realen Lebenssituation eines Großteils der ländl., aber auch der städt. Bev. konnten sowohl die mal. *Partai Islam* (PI) als auch die chin. Oppositionspartei *Democratic Action Party* (DAP) bei den Wahlen vom Mai 1969 erhebliche Stimmengewinne verzeichnen, was ein Grund für die folgenden heftigen Rassenunruhen war. Nach einer zweij. Notstandsphase bis 1971 war der Elitenwechsel innerhalb der Reg.-Koalition vollzogen: Tunku Abdul Rahman und seine aristokratische Reg. wurde durch Tun Abdul Razak ersetzt, der die Herrschaftsbedrohung mit einem neuen E.-Konzept der *New Economic Policy* (NEP) beantwortete, die mit Beginn des 2. M.-Plans (1971 bis 1975) implementiert wurde. Die Ziele der NEP waren: 1. die Beseitigung der abs. *Armut und 2. Umverteilung des Produktivvermögens bis 1990 nach dem Schlüssel: Malaien (30 %), andere Malaysier (40 %) und Ausland (30 %). Zentrale Instrumente der NEP: Kapitalbeteiligungs- und Beschäftigungsquoten für Malaien, Steigerung des mal. Besitzanteils am Produktivvermögen durch Aufbau von Staatsunternehmen. 1987 kündigte der seit 1981 regierende Mahathir Mohamad die Verlängerung der NEP über 1990 hinaus an. Mahathir wurde die Verschärfung der ethn. Konflikte durch eine einseitige Pol. zugunsten der mal. Bev. vorgeworfen, außerdem zunehmend *Korruption und Misswirtsch. sowie sein autoritärer Führungsstil. So konnte Mahathir sich im April 1987 bei UMNO-internen Wahlen nur knapp als Parteivorsitzender und damit als Reg.-Chef behaupten. Ende 1987 ging er anlässlich der anhaltenden Konflikte zwischen Malaien und Chinesen verschärft gegen Regierungskritiker vor (Verhaftungen, Versammlungsverbot, Verbot mehrerer Zeitungen). Auf Betreiben oppositioneller Kräfte innerhalb der UMNO wurde die Partei am 5. 2. 1988 vom Obersten Gerichtshof aus formalen Gründen (ungesetzliche Vorstandswahlen) für illegal erklärt. Als dann die von Mahathir (er blieb Reg.-Chef) neu gegr. Partei, UMNO *Baru*, nicht die benötigte Mitgliederzahl erreichte, hob er u. a. die Kompetenz der Gerichte, Gesetze auf ihre Verfassungsmäßigkeit zu prüfen, auf und entließ den Obersten Richter. Zwar ging Mahathir gestärkt aus dieser Situation hervor, aber die Auseinandersetzungen mit oppositionellen Kräften dauerten an. Darüber hinaus erhöhte die wachsende Kluft zwischen der städt. mal. «Bumiputra-Elite» und den in abs. Armut lebenden mal. Bauern, die kaum von der NEP profitierten, das Konfliktpotenzial in M. weiter. Dennoch gewann Mahathir auch die Wahlen von 1990. Auch in M. zeigt sich in einzelnen Teilstaaten eine Tendenz zur verstärkten Islamisierung (→Islamischer Fundamentalismus). So gibt es seit 1992 eine Kapitalflucht aus der Rep. Kelanthan, wo seit 1990 eine Reg. die Islamisierung des öfftl. Lebens betreibt, was für die Gesellschaft in ganz M. die Gefahr ethn.-relig. Konflikte und ökon. Rückschläge birgt. Außenpol. stellt sich M. gegen den Einfluss v. a. der USA in der Region und boykottierte aus diesem Grund auch das *APEC-Treffen von 1993; seit 1990 besteht die auf Initiative M.s gegr. EAEC (*East Asian Economic Caucus*), die nur asiat. Mitgl. zulässt. Bei den Parl.-Wahlen vom April 1995 erhielt die Nationale Front nach einem staatl. kontrollierten Wahlkampf 162 der 192 Sitze, die größte Oppositionspartei DAP konnte nur 9 Sitze (1990: 20 Sitze) erringen. Auch in den Parl.-Wahlen vom 26. 4. 1999 konnte sich der seit nunmehr 20 J. regierende Mahathir durchsetzen. Die Nationale Front erreichte 148 von 193 Sitzen, die Alternative Front, ein Oppositionsbündnis aus insges. drei Parteien (darunter DAP), kam auf 42 Sitze.

Lit.: R. S. Milne/D. K. Mauzy, Politics and Government in Malaysia, Singapur 1978; W. Senftleben, Background to Agricultural Land Policy in Malaysia, Wiesbaden 1978; B. Andaya/L. Andaya, A History of Malaysia, London/Basingstoke 1982; D. Snodgrass, Inequality and Economic Development in Malaysia, Oxford 1982; V. Kasch, Agrarpolitik in Malaysia. Zur Rolle des Staates im Entwicklungsprozeß, Baden-Baden 1984; K. A. Pretzell, Malaysias 5. Entwicklungsplan und der 6. Entwicklungsplan Thailands. Vergleichende Notizen, in: Südostasien aktuell, H. 1, 1987, S. 70ff.; R. Sielaff, Malaysia, in: HDW III, 7, 1994, S. 457ff.; K. Y. Tan, Malaysia, in: D. Nohlen/F. Grotz/Ch. Hartmann (Hg.), Elections in Asia and the Pacific, Bd. II, Oxford 2001, S. 143–184. vk/ef

Malediven

Fläche (Tsd. qkm): 0,298
Bev. (Mio.) 2000: 0,28
BNE pro Kopf (US-$) 2000: 1460
BIP (Mio. US-$) 2000: 435
LE (Jahre) 1999: 67,9
Analphabetenquote (%) 1999: 4
HDI 1999: 0,739 [Rangplatz von 162: 77]

1. Der asiat. Inselstaat M. mit der Landessprache Dihevi liegt ca. 400 Seemeilen südwestl. von Sri Lanka und etwa ebenso weit von der Südküste Indiens entfernt. Von den je nach zugrunde gelegtem Maßstab ca. 1200 bis 2000 Inseln sind nur etwa 200 bewohnt. Die kargen Kalkböden (Korallenriffe) des Landes, Wassermangel und schlechte Verkehrsbedingungen behindern die Zunahme der landw. Produktion (v. a. Kokospalmen, Hirse, Knollenfrüchte). Fisch und Fischprodukte machten 1996 83 % des Exports aus, der *Tourismus (1999: 429666) hat sich zum dynamischsten Wirtschaftszweig und zur wichtigsten Einnahmequelle der M. entwickelt, die – sie sind *LLDC – mit der Aufgabe des brit. Flottenstützpunktes in Gan 1976 (die M. gelten auch heute noch als strategisch relevant) wichtige Deviseneinkünfte verloren haben.

2. Die Briten waren die letzten in einer Reihe von Kolonialherren, die die seit der sunnitischen Islamisierung (1153) herrschenden Sultane unterworfen hatten. Für Europa entdeckt wurden die M. von den Portugiesen (1507 bis 1573), denen die Holländer folgten (1656 bis 1796). Das brit. Protektorat M. erhielt 1965 die Unabh. Staatschef war bis 1978 A. I. Nasir, der das Land wie einen Familienbetrieb autoritär und zu seinem privaten Nutzen regierte. Sein Nachfolger M. A. Gayoom (1983, 1988, 1993 und 1998 mit über 90 % der Stimmen wiedergewählt) hat die Pol. der M. nach innen liberalisiert und das Land nach außen geöffnet, dabei jedoch eine strikt neutrale Pol. verfolgt. Im Nov. 1988 erfolgte gegen Gayoom der bereits dritte Putschversuch, der von zu Hilfe gerufenen indischen Truppen niedergeschlagen wurde. Als Motiv gelten gegensätzliche Interessen der trad. aristokratischen Führungsschicht, der der ehem. Staatschef Nasir angehört, und einer mit dem ökon. Aufschwung der letzten J. neu entstandenen Wirtschaftselite. Das trad. Kastenwesen war bereits durch den Einfluss des islam. Rechts einer auf wirtsch. Stellung beruhenden Einteilung in soziale Klassen gewichen.

3. Die M. sind einer der am dichtesten bevölkerten Staaten Südasiens, wobei die Bev. sehr ungleich auf die verschiedenen Inseln verteilt ist (städt. Bev. 26 %). Allein die Hs. Malé zählte 1995 rd. 63000 Ew. Die soziale Lage der Bev., insb. auf den kleineren Inseln, ist durch Unterversorgung im *Gesundheits- und Bildungsbereich gekennzeichnet, deren Überwindung durch die jeweils geringe Bev.-Zahl (60 % der Inseln haben weniger als 500 Ew.), rel. große Entfernungen zwischen den Inseln und ungünstige Verkehrsverhältnisse erschwert wird sowie durch mangelhafte *Ernährung. Aufgrund großer Anstrengungen des Staates und Unterstützung durch die *WHO konnten in den letzten J. beachtliche Erfolge erzielt werden. So stieg die LE von 47 J. (1983) auf 65 J. (1999). Das Bildungswesen basiert trotz Modernisierungsbemühungen noch immer auf der trad. Koranschule. Bei rel. hoher *Alphabetisierung fehlen

v.a. Einrichtungen der höheren *Bildung.

4. Die M. sind eine präsidiale Rep.; der Islam ist Staatsreligion. Im Einkammerparlament sind 48 auf 5 J. gewählte und 8 vom Präs. ernannte Abg. vertreten. Frauen sind nicht wahlberechtigt. Zur Ausbildung pol. Parteien kam es bisher nicht. Es lassen sich jedoch drei Gruppierungen unterscheiden: die Fraktion um den Präs. (seit 1978: M. A. Gayoom) herum, jene der Unternehmer (business elite) und jene der fundamentalistischen Islamisten. Die umfassenden Rechte des Präs. (u.a. kann er den Ausnahmezustand auf Zeit erklären) sichern dessen dominierende Position. *Amnesty International berichtet von pol. Gefangenen.

Lit.: W. Senftleben, Die Republik Malediven, in: Zft. für Wirtschaftsgeographie I, 1977, S. 20ff.; World Bank, The Economy of the Maldives, Washington 1980; J. Pernetta/G. Sestini, The Maldives and the Impact of Expected Climatic Changes, Nairobi 1990; J. Metzner, Malediven, in: HDW III, 7, 1994, S. 244ff.; P. Lehr, Maledives, in: D. Nohlen/F. Grotz/Ch. Hartmann (Hg.), Elections in Asia and the Pacific, 1. Bd., Oxford 2001, S. 585ff. rs/ef

Mali

Fläche (Tsd. qkm): 1240
Bev. (Mio.) 2001: 11,7
BNE pro Kopf (US-$) 2000: 240
BIP (Mio. US-$) 2000: 2345
LE (Jahre) 1999: 42,6
Analphabetenquote (%) 1999: 60
HDI 1999: 0,378 [Rangplatz von 162: 153]

1. Die Rep. M. (bis 1960: Franz. Sudan) erstreckt sich zu gut einem Viertel ihres Staatsgebiets in die Sahara, während 65 % des teils ebenen, teils mittelgebirgigen Landes auf Savannenlandschaften entfallen.

2. In der südl. Hälfte M.s ist die Bev.-Dichte teilweise 100-mal höher als im N, wo nur noch vereinzelt Nomaden (Tuareg, einige T. Mauren) leben, die etwa 10 % der Bev. ausmachen. Da die Reg. M.s die Dürrekatastrophe in der *Sahelzone zu Beginn der 1970er J. offenbar dazu nutzte, den Tuareg eine Revolte aus den Jahren 1963/64 mit der Verweigerung jeglicher Hilfsleistungen zu vergelten, dürfte deren Zahl durch die dadurch erreichte Dezimierung und einen Massenexodus nach Niger weit niedriger als 7 % (in den 1960er J.; derzeit ca. 10 %) der Bev. liegen (JZ 1985–1994: 2,8 %). Eine gewaltsame Erhebung der Tuareg Anfang der 1990er J. konnte 1995 durch ein Friedensabkommen weitgehend beendet werden. Die früher ebenfalls nomadischen Peul (Fulbe, ca. 17 %) sind heute weitgehend sesshafte Viehhalter; vorwiegend Ackerbauern sind die Völker der Mande (ca. 50 %: Bambara, Malinke, Sarakole), die Songhai (6 %), Senufo u. a. Die überkommene, sich nur allmählich wandelnde Gesellschaftsstruktur war bei den meisten Ethnien extrem hierarchisiert: bis in die Kolonialzeit Sklaven- (erbliche Berufs-) Kasten wie Schmiede und Barden, Gemeinfreie (Mehrheit der Bev.: Ackerbauern und pol. z.T. einflussreiche Kaufleute), Aristokratie. Trotz Wanderungen in die Städte während der Dürre im Sahel leben noch immer 70 % der Bev. auf dem Lande. Amtssprachen sind neben Frz., das nur von 10 % der Bev. (90 % islam., Rest überwiegend animistisch, 1 % Christen) verstanden wird, Bambara (80 %), Songhai, Pulaar sowie Tamashek, Soninké und Dogonson. Die letzteren drei Sprachen wurden 1994 auch in den Schulen eingeführt.

3. Der von dem *Union Soudanaise-Rassemblement Démocratique Africain*-(US-RDA-)Einparteiregime unter Modibo Keita nach dem Zerbrechen der nur zwei Monate dauernden Föderation mit Senegal ab Sept. 1960 propagierte «soz. E.-Weg» (u.a.: unpopuläre Kollektivierungspol. in der Landw., Aufbau unrentabler Staatsbetriebe) scheiterte. 1967 kehrte M. unter harten Bedingungen in die *Franc-Zone zurück, die das Regime Keitas 1962 verlassen hatte, um innenpol. (v.a. gegen die Kaufleute) und außenpol. größeren Handlungsspielraum zu gewinnen. Auch das Militärregime (→autoritäre Regime) unter Präs. Moussa Traoré setzte nach 1968 seine Ziele zu hoch an: Die Wirtsch.-Pläne wurden nur zu 50 %

erfüllt und waren zudem zu über 90 % fremd finanziert. Die wirtsch. E. leidet unter der Binnenlage (→Binnenländer) des Landes (Importgüter verteuern sich durch Transportkosten um 50 %), den Bedingungen der Wüsten- und Halbwüstenlage und der schlechten Verkehrsinfrastruktur. Wirtsch. Aktivitäten konzentrieren sich weitestgehend auf die Gebiete um den Niger.

Das Rückgrat der Wirtsch. bildet der Agrarsektor (1976: 60 % des BIP, 1986: 50 %, 1996: 41 %, 1999: 47 %), der 82 % der Arbeitskräfte bindet. Baumwolle erbrachte trotz eines Kursverfalls von 50 % Ende der 1990er J. 49 % der Exporterlöse. Zentrale Punkte der künftigen staatl. Landw.-Pol. stellen eine Neuordnung der Wasserwirtsch. (neue Staudämme zur Ausdehnung der landw. Nutzfläche) sowie der Ausbau von Plantagen mit Gummi-Akazien-Bäumen dar, die aus ökol. (Schutz vor weiterer *Desertifikation), ökon. und Handelsgründen gefordert werden. Durch die Dürrekatastrophen der 1970er und 1980er J., durch Wasser- und Weidemangel ist der Viehbestand von früher 5,3 Mio. Rindern, 11,2 Mio. Schafen und Ziegen, 220000 Kamelen und 145000 Pferden um 80 % dezimiert worden, was zahlreiche Nomaden zwang, sesshaft zu werden, und neue Probleme und Konflikte hervorrief. Die nur schwach entwickelte Ind. (Anteil am BIP 1987: 15 %, 1996: 15,4 %, 1999: 17 %), die v. a. auf die Verarbeitung landw. Erzeugnisse angelegt ist, ist zu 3/4 in der Nähe der Hs. Bamako (1996: 810000 Ew.) konzentriert und war lange Zeit überwiegend in Staatsbesitz. Ihr Aufbau leidet unter der Konkurrenz des *informellen Sektors, dessen Anteil an der ges. Wirtschaftstätigkeit auf 50 % geschätzt wird. In die Ausbeutung der Bodenschätze, v. a. Gold und Diamanten, investierte in den 1990er J. ein Großteil int. wie nat. Unternehmer (1999: Exportanteil Gold 36 %). Nach dem Scheitern eines 1979 eingeleiteten Versuchs zur Sanierung des Staatssektors (60 % der Staatsausgaben verschlingen die Gehälter des öfftl. Dienstes) und dem dramatischen Anwachsen der Auslandsverschuldung (1987: 101 % des BIP, Schuldendienst 43 % der Exporterlöse, Anteil der int. Finanzhilfe am BIP 30 %) musste die Reg. 1988 den Forderungen von *Weltbank und *IWF nach grundlegenden Strukturreformen nachkommen und über 80 % der Staatsunternehmen liquidieren oder privatisieren, was Entlassungen unausweichlich machte. Nach einer Kontraktionsphase 1992/93 zeichnete sich Mitte der 1990er J. eine positive E. des Außenhandels- und Haushaltsdefizits ab; der IWF bewertete die Wirtsch.-Pol. der demokrat. legitimierten Reg. seit 1992 insg. als positiv. Die Reg. drängte jedoch auf soziale Abfederungsmaßnahmen der *Strukturanpassung.

4. Das Militärregime versuchte sich durch eine autoritäre Verfassung 1974, die Gründung der Einheitspartei *Union Démocratique du Peuple Maileu* (UDPM) 1979 sowie die Abhaltung nicht-kompetitiver Wahlen einen institutionellen Unterbau zu verschaffen. Anfang 1991 kam es zu Massenkundgebungen, die eine *Demokratisierung forderten. Trotz blutiger Repression, die Hunderte von Opfern forderte, gelang es dem Regime nicht, die Demokratiebewegung zum Schweigen zu bringen. Am 25. 3. 1991 wurde Traoré durch einen Putsch einer reformbereiten Militärfraktion unter Gen. A. Touré gestürzt. Diese arbeitete eine neue Verfassung aus, die in einem Referendum im Jan. 1992 angenommen wurde. Aus den anschließenden Kommunal- (Jan. 1992) und Parl.-Wahlen (Febr./März 1992) ging die *Allience pour la démocratie au Mali – Parti africain pour la solidarité et la justice* (ADEMA/PASJ) als stärkste Kraft hervor (79 der 129 Sitze in der Nationalversammlung). Zum Staatspräs. wurde im April 1992 der Generalsekretär der ADEMA/PASJ Alpha Oumar Konaré gewählt, der sich im Mai 1997 mit nur einem Gegenkandidaten zur Wiederwahl stellte und mit 95,9 % der Stimmen siegte. Mehrere Oppositionsparteien

hatten zum Wahlboykott aufgerufen. Nach der Entspannung im Tuareg-Konflikt 1995 verbesserten sich auch die Bez. zu Algerien, wo ca. 35000 von insg. 120000 *Flüchtlingen lebten. Bei den Präs.-Wahlen im April/Mai 2002 siegte in der zweiten Runde der eh. Gen. A. Touré (ADEMA) mit 64,4 % der Stimmen, nachdem Konaré wie von der Verfassung vorgesehen auf eine dritte Amtsperiode verzichtet hatte.

Lit.: H. K. Barth, Mali: eine geographische Landeskunde, Darmstadt 1986; D. Cissoko, La fonction publique en Afrique noire: le cas du Mali, Rouen 1987; G. Broetz, Mali, in: HDW III, 4, 1993, S. 298 ff.; R. Wegemund, Mali 1995, in: Institut für Afrika-Kunde/R. Hofmeier (Hg.), Afrika Jahrbuch 1995, Opladen, S. 132–135. kz/pb

Malthusianismus Lehre des Thomas R. Malthus, der in einer 1798 veröffentlichten Studie (Kurztitel «Essays») zu belegen versuchte, dass die Bev. in einer geometrischen Reihe (1, 2, 4, 8, 16 ...) wachse, während die Nahrungsmittelproduktion nur in einer arithmetischen Reihe (1, 2, 3, 4, 5) zunehme. Er folgerte aus dieser gesetzmäßig gedachten Verknappung von Nahrungsmitteln, dass Hungersnöte, Epidemien und Kriege unvermeidlich seien, falls die Menschen nicht durch Geburtenbeschränkung und sexuelle Enthaltsamkeit wieder ein Gleichgewicht zwischen Bev. und Nahrungsmittelproduktion herstellen sollten. Er hielt dieses Entkommen aus der Bev.-Falle aber für unwahrscheinlich, weil nach seinem «Gesetz» jede Verbesserung der Versorgung mit Nahrungsmitteln wieder das Bev.-Wachstum anregt. fn

Malvinen →Falkland/Malvinas-Konflikt

Mandatsgebiete →Abhängige Gebiete

Mandela, Nelson Rolihlahla, geb. 18. 7. 1918 nahe Umtata in der Transkei, besuchte nach seinem Schulabschluss das Fort Hare University College, wo er erste pol. Interessen entwickelte und Freundschaft mit dem späteren *ANC-Führer Oliver Tambo schloss. Wegen Beteiligung an einem Studentenstreik wurde er 1940 von der Universität verwiesen und setzte seine Studien in Johannesburg fort. 1944 gründete er zusammen mit Sisulu und Tambo die *African National Congress League*, deren Präs. er 1950 wurde. 1952 eröffnete Mandela zusammen mit O. Tambo die erste schwarze Rechtsanwaltspraxis in Südafrika. Im selben Jahr wurde er wegen Verdachts auf kommunistische Betätigung und erneut 1956 zusammen mit anderen pol. Führern verhaftet und des Hochverrats angeklagt, 1961 nach viereinhalbjähriger Verhandlung freigesprochen. Mandela ging nach seiner Entlassung in den Untergrund und gründete 1961 den milit. Flügel des ANC (*Umkhonto we Sizwe*). 1962 verließ er heimlich Südafrika, trat in Addis Abeba vor der *Pan-African Freedom Movement Conference* auf, erhielt eine kurze Guerilla-Ausbildung in Algerien und traf sich zu pol. Gesprächen mit der Labour-Opposition in London. Nach Südafrika zurückgekehrt, wurde er am 5. 8. 1962 wegen illegaler Ausreise festgenommen und zu fünf J. Gefängnis verurteilt.

Die Aushebung des geheimen ANC-Hauptquartiers während seiner Gefangenschaft und die Entdeckung revolutionärer Dokumente führten zur erneuten Anklage wegen Hochverrats 1963. Am 12. 6. 1964 wurden Mandela und sieben Mitangeklagte zu lebenslanger Haft verurteilt und in das Gefängnis auf Robben Island gebracht. Mehr als 25 J. inhaftiert, wurde Mandela zur Symbolfigur des schwarzen Widerstands Südafrikas. Am 11. 2. 1990 wurde M. auf Anordnung von Präs. de Klerk freigelassen. Als zentrale Integrationsfigur der südafrik. Opposition wurde M. zum Partner der weißen Reg. in dem Bemühen, den Reformprozess stabil zu gestalten, forderte dabei jedoch die rasche Bildung einer Übergangsreg. mit Beteiligung der Schwarzen. Er befürwortete zunächst eine Lockerung der int. Sanktionen gegen Südafrika, forderte jedoch Anfang 1992 angesichts des Stockens im Reformprozess deren Wiederaufnahme. Am 5. 7. 1991 wurde M. auf dem ersten Nationalkongress des ANC auf südafrik. Boden zum Präs. der Org. und Nachfolger Oliver Tambos gewählt. M. erhielt 1993 zus. mit Präs. de Klerk den *Friedensnobelpreis. Bei den ersten freien Wahlen errang M.s ANC 62,6 % der Stimmen. Am 7. 5. 1994 wurde M. zum Präs. Südafrikas gewählt. Aufgrund seines hohen Ansehens bei allen Bevölkerungsgruppen konnte er in erheblichem Maße zur nat. Versöhnung sowie zur Konsolidierung des neuen Südafrikas beitragen. Juli 1999 zog sich M. aus der Pol. zurück.

Lit.: A. Sampson, Nelson Mandela, Stuttgart 1999. hb

Mangelernährung – eines der wesentlichen E.-Hemmnisse des Individuums, der Familie und der Gesellschaft. M. betrifft unter den entsprechenden sozioökon. und pol. Rahmenbedingungen wie Bürgerkrieg, Vertreibung oder Naturkatastrophen alle Altersgruppen einer Bev. M. der Schwangeren wirkt sich auf die Entwicklung des Kindes aus. Vor allem im Kindesalter führt M. zu körperlicher und geistiger Retardierung, Infektanfälligkeit, Abwehrschwäche, Verschlimmerung von Krankheitsverläufen, erhöhter Mortalität und senkt die Arbeitsproduktivität. Energie- und Protein-(Eiweiß-) Mangel mit seinen klassischen polaren klinischen Bildern: Marasmus (Säuglingsdystrophie) und Kwashiorkor (Proteinmangel), betreffen das Säuglings- und Kleinkindalter. Weitere wichtige Mangelzustände betreffen Vitamine, v. a. Vit. A und D, essenzielle Aminosäuren und Fettsäuren, Eisen, Jod und andere Spurenelemente. Ursache sind nicht nur abs. Nahrungsmangel, sondern ungleiche Verteilung in Gesellschaft und Familie, Veränderungen der Ernährungsgewohnheiten im Zuge der *Globalisierung und des *Kulturwandels, Nahrungstabus. Sicherungsmaßnahmen zur *Ernährung von außen können nur bedingt und kurzfristig hilfreich sein. hjd

Mano-River-Union 1973 von Sierra Leone und Liberia gegründete Organisation zur Förderung der wirtschaftlichen Zusammenarbeit. Sitz: Freetown (Sierra Leone). 1980 Beitritt Guineas und Absichtserklärung, eine Zollunion aufzubauen. 1981 Abkommen über zwischenstaatl. Handel. Durch finanz. Schwierigkeiten und pol. Spannungen unter den Mitgl.-Ländern verlor die MRU in den letzten J. an Bedeutung. fn

manpower approach →Bildungsökonomie

Mao Zedong führte die chinesische Revolution an und prägte die ersten 25 J. der →China VR als Staatspräs. (1949–59) und Parteichef (1945–76). Als bedeutendster marxistischer Theoretiker Chinas entwickelte er die «Mao-Zedong-Ideen» (Maoismus), die auf eine Vielzahl pol. Bewegungen in der Dritten Welt prägenden Einfluss nahmen (→Guerilla). M. wurde am 26. 12. 1893 als Sohn eines wohlhabenden Bauern in dem Dorf Shaoshan, Provinz Hunan, geboren. Während der Revolution von 1911 schloss er sich einer Armee zum Sturz der kaiserlichen Dynastie an. Enttäuscht von westl. Liberalismus, wandte sich M. dem Marxismus zu und nahm 1921 am Gründungskongress der KPCh teil, der den Direktiven der sowj. Berater folgend die städt. Arbeiterbewegung zum Schwerpunkt der Parteiarbeit erklärte. Von dieser Strategie abweichend, organisierte M. seit 1926 als einer der ersten Kommunisten im S Chinas Bauernbünde. M. war überzeugt, dass nicht das städt. Proletariat, sondern die Masse der Bauern die wichtigste revolutionäre Kraft darstellen, womit er zunächst auf Ablehnung innerhalb der Zentrale der KPCh stieß. 1927 zog er sich in das südöstl. Jinggang-Gebirge zurück. Ende 1927 hatten die Nationalisten (KMT) die komm. Arbeiterbewegung in deren Hochburg Shanghai zerschlagen, woraufhin sich die Bewegung in Abkehr von der Kominternstrategie von den «Städten auf die Dörfer» verlagerte. Während des «Langen Marsches» (VR →China) stieg M. zu einem der wichtigsten Militärs und in den Folgejahren zur pol. und ideolog. Führungsfigur des neu errichteten Stützpunktgebietes (Yan'an) in der nordwestl.

Provinz Shaanxi auf. Nach über 20-jähr. Kampf rief M. am 1. Okt. 1949 die VR China aus. Unter der Führung M.s wurde die Modernisierung des Landes nach sowj. Vorbild vorangetrieben und die ideolog. Disziplinierung der Bev. durch «Massen- bzw. Säuberungskampagnen» forciert. Nach dem Fehlschlag des «Großen Sprungs» musste M. sein Amt als Staatspräs. niederlegen. Mit der «Kulturrevolution» trat M. auf die pol. Bühne zurück, der Personenkult um M. erreichte einen neuen Höhepunkt, und die «Mao-Zedong-Ideen» wurden zur allein gültigen Heilslehre erhoben. Nach M.s Tod (1976) konnte sich →Deng Xiaoping gegen die maoist. Fraktion durchsetzen und marktwirtsch. Reformen einleiten. M. erfuhr 1981 eine offizielle Neubewertung durch die KPCh, in der eingeräumt wurde, dass M. im Alter folgenschwere Fehler begangen habe, dass er jedoch weiterhin als Revolutionsführer unangefochten bleibe und seine Pol. bis 1965 als positiv zu bewerten sei. vw

Maquiladora-Industrie (M. bedeutete im span. Kolonialreich das Mahlgeld, das der Müller für seine Arbeit erhielt) Der Gedanke der Teilarbeit, die in einen größeren andernorts gesteuerten Produktionsprozess integriert ist, steckt noch heute in dem Begriff. M. bezeichnet weltmarktorientierte Produktionsstätten in den EL, in denen ausschließlich arbeitsintensive Teilfertigung durchgeführt wird. Insbesondere in der Textil- (Zentralamerika) und Elektroind. (Südostasien) sowie neuerdings auch bei der Dateneingabe (Karibik) wurden arbeitsintensive und kapitalextensive Arbeitsschritte in Billiglohnländer verlagert. Im Zuge der *Globalisierung der Weltwirtschaft und der sich verändernden *internationalen Arbeitsteilung entstanden M. zuerst in *freien Produktionszonen, oft als Produktionsstätten *transnationaler Konzerne. Durch die von *Strukturanpassungsprogrammen verordnete Weltmarktöffnung der EL gibt es immer mehr M. außerhalb von freien Produktionszonen, die nun überwiegend Zulieferbetriebe transnationaler Konzerne sind. Entscheidend für die Ansiedlung von M. sind nicht nur gesetzliche Anreize, wie weitgehende Befreiung von Zöllen oder Steuern, sondern niedrige Lohnkosten, ein Wettbewerbsvorteil, um den die EL gegeneinander konkurrieren. Der *IBFG und die *ILO beklagen durch das Sozialdumping einen Abbau von Arbeitsrechten, von dem die überwiegend weiblichen Arbeitskräfte (→Frauen in der Dritten Welt) der M. betroffen sind. rw

Marginalität Der Begriff der M. bezog sich ursprgl. auf die Bev.-Sektoren, die im Zuge der *Landflucht und *Industrialisierung in Elendsvierteln an der Peripherie der großen Städte entstanden (*callampas, favelas, poblaciones, villas miserias*). Er wurde in den 1960er J. zunehmend auf die «strukturell gegenüber der Restgesellschaft von stabilen Arbeitsverhältnissen bei vernünftiger Produktivität und vernünftigem Einkommen ausgeschlossenen Bev.-Sektoren» angewandt (A. Cordova 1973, S. 13f.). Diese Begriffsbestimmung unterstellt, dass die Ursachen von M. in der mangelnden Aufnahmefähigkeit der EL-Ökonomien für die einheim. Arbeitskraft liegen, was als Folge der weltwirtsch. Abh. der EL betrachtet wurde. DESAL (1969) verstand M. enger als fehlende aktive (Beteiligung an Entscheidungsprozessen) und passive (Nicht-Erhalt sozialer Leistungen) *Partizipation aufgrund interner Desintegration, Atomisierung und Solidaritätsmangels der betreffenden Sektoren. In *Dependenztheorien gehören die Marginalisierten zu den ausgebeuteten Bev.-Schichten in Stadt und Land. A. Cordova unterschied drei Typen von M.: 1. Bev.-Gruppen, die unter vorkapitalistischen Bedingungen leben: alle Arten von nicht entlohnter Arbeit, insbes. die *Subsistenzlandw.; 2. die nicht oder unter ihrer Qualifikation beschäftigte Bev., die sich nicht in den Produktionsprozess integrieren kann; 3. die bereits integrierten Arbeitskräfte, die aus dem Produktionsprozess wieder aus-

gestoßen werden. Die drei Typen scheinen geeignet, die versch. Situationen von M. in zeitlicher und räumlicher Dimension zu umfassen.
Eine weitere Unterscheidung ist die zwischen rel. M. (aufgrund rassischer, pol., sozialer und kultureller Unterdrückung) und abs. M. (Beschneidung jeglichen Zugangs zu ausreichendem und stabilem Einkommen). Die abs. M. verweist auf Analyse und Reform der *exogen vermittelten Mechanismen, die den Zugang breiter Bev.-Sektoren zu ausreichendem Einkommen aufgrund der strukturellen Begrenztheit der verfügbaren Produktionsmittel verhindern.

Lit.: DESAL, Marginalidad en América Latina. Un ensayo de diagnóstico, Santiago de Chile/Barcelona 1969; A. Cordova, Strukturelle Heterogenität und wirtschaftliches Wachstum, Frankfurt 1973; V. Bennholdt-Thomsen, Marginalität in Lateinamerika – Eine Theoriekritik, in: Lateinamerika, Analysen und Berichte 3, 1979, S. 45–85; D. Nohlen/F. Nuscheler, Was heißt Unterentwicklung, in: HDW II, 1, Hamburg 1982, S. 25–47. dn

Marokko

Fläche (Tsd. qkm): 458,730
Bev. (Mio.) 2001: 30,40
BNE pro Kopf (US-$) 2000: 1180
BIP (Mio. US-$) 2000: 33364
LE (Jahre) 1999: 67,2
Analphabetenquote (%) 1999: 52
HDI 1999: 0,596 [Rangplatz von 162: 112]

1. M. ist flächenmäßig nach Tunesien das kleinste nordafrik. Land, rangiert aber der Bev.-Zahl nach hinter Ägypten und vor allen anderen arab. Staaten. Den größten Teil M.s nehmen Gebirge ein. Während das nördl. und zentrale M. größere Regenmengen erhält und ein mildes Klima besitzt, herrscht im S Wüstenklima vor, und der O. M.s, im Regenschatten des Atlas-Gebirges, weist ebenfalls schon deutlich aride Klimabedingungen auf. Das Land verfügt über große mineralische Bodenschätze: Am bedeutendsten sind die Phosphatvorkommen (50 % der Weltreserven), wichtig die Lagerstätten von Eisen, Mangan, Zink, Kobalt, Salz, Kupfer, aber auch steigende Bedeutung der Erdöl- und Erdgasfelder. Rohstoffe werden mangels eigener Verarbeitungsmöglichkeiten exportiert und somit (bes. Rohphosphat) zu wichtigen Devisenbringern (Erlös 2000: 1,6 Mrd. US-$). Nach wie vor bedeutend ist die Landw., die zwischen 1975 und 1987 durchschn. 20 % des BIP (2000: 16 %) erbrachte und 2000 immer noch mind. 40 % aller Erw. beschäftigt. Rd. 70 % der Bev. sind wegen der großen Familien und einer chronischen Unterbeschäftigung von der Landw. abhängig. Die ges. landw. Nutzfläche M.s (rd. 84000 qkm) verteilt sich auf etwa 30 % Ackerland, 65 % Weideflächen und 5 % Dauerkulturen (Zitrusfrüchte, Mandel-, Olivenbäume, Gemüseanbau), die wegen ihrer Bedeutung für den Export bes. wichtig sind.
2. Infolge der rapide sinkenden, jedoch immer noch hohen JZ (1996: 2,1, 2001: 1,7 %) hat sich die Bev. M.s seit der Unabh. mehr als verdreifacht (1951/52: 9,81 Mio. Ew., 2001: 30,40 Mio.). Der rasche Bev.-Anstieg wird durch die rel. gute med. Infrastruktur weiter gefördert. Die Bev.-Dichte nimmt von den Küstenzonen zum Landesinneren hin stark ab. Mehr als 2/3 der Bev. leben auf 1/10 der Fläche. Mit der *Urbanisierung (1999: 55 %) ist das Entstehen von riesigen Elendsvierteln verbunden, hauptsächlich in der Peripherie von Casablanca und Rabat, wo derzeit schätzungsweise 800000 Wohnungen fehlen. Größte Stadt M.s ist mit über 3,1 Mio. Ew. (2000) Casablanca, gefolgt von der Hs. Rabat mit ca. 1,9 Mio. Ew. (einschl. Salé). Die hohe Arbeitslosigkeit (2000 ca. 14 % der Erwerbsfähigen) fördert die Arbeitsemigration (ca. 1 Mio.), bes. nach Frankreich, aber z. B. auch Libyen. Die ethn. Zusammensetzung zeigt deutlich die ehem. berberische Grundschicht, denn noch über 40 % der Bev. sind reine Berber. Der Einfluss der arab. Invasionen im 7. und 11. Jh. schlägt sich heute in einem etwa 50 %igen Anteil an Arabern oder Arabo-Berbern nieder. Sprachlich ist das Arab. dominierend, es wird von 70 % der Bev. gesprochen. Die Zahl der v. a. während der frz. Protektoratszeit eingewan-

derten (größtenteils röm.-kath.) Europäer (1952: 0,5 Mio. = 5,2 % der Bev.) verringerte sich nach der Unabh. stetig, und ihr wirtsch. Einfluss nahm entsprechend ab. Die Marokkaner sind fast durchweg malekitische Sunniten (Islam ist Staatsreligion).

3. Die Wirtsch. M.s ist auch nach der Unabh. von einem krassen Gegensatz zwischen trad. und modernen (Agrar-)Sektoren geprägt, wenn auch seit 1956 (bes. intensiv seit 1973) die ausl. Dispositionsgewalt über den modernen Sektor durch die sog. Marokkanisierung zurückgedrängt wurde. Dieser Prozess beinhaltete die Verteilung des bisher von ausl. *colons* bewirtschafteten Agrarlands an königstreue städt. Kaufleute und eine (seit 1956 entstandene) ländl. Agrarbourgeoisie, die neben der abs. königstreuen Armee zur wesentlichen Stütze des Herrschaftssystems wurde. Die sozioökon. Struktur wurde damit jedoch nicht verändert, vielmehr die ökon. Stagnation M.s verfestigt. Der trad. Agrarsektor mit über 1 Mio. *Minifundien konnte bisher kaum modernisiert werden, da die ländl. Aristokratie als Verwalter des kollektiven Stammeslandes oder als Grundeigentümer eine Demokratisierung der Produktionsentscheidungen und die Bildung von *Genossenschaften sabotierte, selbst aber Nutznießer aller *Agrarreformen war. Mit dem Beginn der *Entwicklungsplanung 1960 wurde – aufbauend auf der von den Franzosen hinterlassenen Basis – eine rasche *Industrialisierung mit hoher Staatsbeteiligung angestrebt. Das von der Reg. Ibrahim angestrebte staatl. Engagement wurde jedoch von der Agrarbourgeoisie abgelehnt (das Königshaus ist selbst der größte Ind.- und Grundeigentümer M.s), die Privatinvestitionen bevorzugte. Das Industrialisierungskonzept des ersten Fünfjahresplans blieb bis 1973 bedeutungslos, als infolge wachsender Arbeitslosigkeit und mangelnder *Investitionen der Privatind. erneut die Industrialisierung zum obersten Planziel aufrückte. Der Lebensstandard der städt. wie der ländl. Bev. wurde jedoch trotz Zunahme der *Pro-Kopf-Einkommen seit Beginn der Wirtsch.-Planung aufgrund der starken Inflation und der Monopolisierung des Mehrprodukts durch die herrschende Schicht keineswegs verbessert. Pol. äußerte sich diese Misere in den Krisen nach 1970 (Attentate auf den König 1971/72, Komplott 1973). Statistisch zeigt sich die ökon. Stagnation bes. im arbeitsintensiven Agrarsektor, wo die Nahrungsmittelerzeugung pro Kopf der Bev. (bei schwankender abs. Produktion) ständig zurückgegangen ist und steigende Importe erforderlich macht. Die Ind. (hoher Anteil von ausl. Kapital, ausgerichtet auf die Ausnutzung von billiger Arbeitskraft oder anderer Standortvorteile) wuchs von 1960 bis 1968 mit 5 % jährl., im Zuge forcierter Industrialisierung erhöhte sich der Index der ind. Produktion rasch von 1970 (100) bis 1977 (155), in der Folgezeit verlangsamte sich dieser Anstieg aber unter den Belastungen des Westsaharakrieges. Die Saharaannexion (→Westsahara) bzw. der kostenreiche Kampf gegen die dort operierende Befreiungsbewegung POLISARIO hat die Wirtsch.-Lage M.s seit 1977 verschlechtert und die *Verschuldung stieg von 9,7 Mrd. US-$ (1980) auf rd. 21,5 Mrd. US-$ (1996). In den letzten Jahren sank die Verschuldung aufgrund der konsequenten Austeritätspol. der Reg.: Ende 1999: 18 Mrd. US-$, Ende 2000: 15,3 Mrd. (Hauptgläubiger 1999: *Weltbank (3,3 Mrd. US-$), Frankreich (2,5 Mrd.), *AFDB (1,4 Mrd.) und USA (1 Mrd.)). Als Folge der Konsolidierung sank der Schuldendienst von 57 % (1984) auf 35 % (1996) und auf ca. 23 % (2000). Angesichts der schlechten Wirtsch.-Lage (1981/82 blutige Unruhen in Casablanca) initiierte M. seit 1983/84 unter dem Druck des *IWF *Strukturanpassungsmaßnahmen, die in den 1980er J. mit erheblichen sozialen Härten verbunden waren. Maßnahmen wie die Erhöhung der staatl. festgelegten Preise für Grundnahrungsmittel wurden nach den sog. Brotrevolten (1984, 1990) ausgesetzt, änderten aber nicht prinzipiell die Pol. der

finanz. Konsolidierung. Nach dem Auslaufen der Umstrukturierungsphase 1993 stand in den 1990er J., wenn auch zögerlich, die Wirtschaftspol. M.s im Zeichen der verstärkten Integration in die Weltwirtsch. (u.a. Anpassung der Wirtschaftsgesetzgebung an int. Standards). Seit 1995 ist Marokko durch ein Assoziierungsabkommen im Rahmen der «euromediterranen Partnerschaft» enger mit der EU verbunden; ein Antrag auf direkte Mitgliedschaft in der EU war jedoch 1987 abschlägig beschieden worden. Das Assoziierungsabkommen sieht insbes. die Errichtung einer Freihandelszone bis 2012 vor. Auf makroökon. Ebene zeigen sich in jüngster Zeit Erfolge des Austeritätskurses: Haushaltsdefizit: 12 % des BIP (1982), 2,2 % (1993); Währungsreserven 2000: 53,15 Mrd. Dirham (Dh.), 1999: 59,5 Dh. Zugleich erwies sich das Wirtschaftswachstum M.s auch weiterhin insbes. infolge klimatischer Unwägbarkeiten als schwankend: −2 % (1997), 6,3 % (1998), −0,5 % (1999), 0,7 % (2000). Durch die verstärkte Privatisierung von Staatsbetrieben entwickelte sich M. am Ende der 1990er J., mit erheblichen Schwankungen, nach Ägypten zum wichtigsten Empfängerland ausl. Direktinvestitionen in der Region (1995: 300 Mio. US-$, 1998: 400 Mio., 1999: 850 Mio.). Die Pol. des «starken Dirham» (Inflation: 10,5 % (1982), 5,2 % (1993), 2,5 % (2000)) erweist sich jedoch inzwischen als nicht zu unterschätzende Belastung für den Export: Außenhandelsdefizit: 9,5 % des BIP 1999. Die Armut stieg von 13 % der Bev. (1991) auf 19 % (1999).

4. Nach der Unabh. hat die Abwanderung vieler Franzosen und Spanier (bes. Lehrer, Techniker, Ärzte) v.a. die *Bildungs- und *Gesundheitssituation in M. kurzfristig verschlechtert. Die allg. Schulpflicht wurde erst nach 1963 eingeführt. Nach Schätzungen besuchten 1979 nur 30 % der 6- bis 13-Jährigen eine Schule, 1984 waren es immerhin 63 %. Die Analphabetenquote liegt mit 53 % (1999) noch immer recht hoch. Die Versorgung mit Bildungseinrichtungen ist durch starke regionale Disparitäten zuungunsten der ländl. Gebiete geprägt, eine Struktur, die auch für das Gesundheitswesen kennzeichnend ist. Die Arzt-Ew.-Relation erreichte erst 1976 mit 1:12400 wieder den Stand von 1965 und lag 1985 bei 1:6200. Der minimale hygienische Standard auf dem Land und in den städt. Elendsvierteln verursacht nach wie vor eine hohe Kindersterblichkeit (1998: 4,9 %). Krasse Einkommensunterschiede sowie die Inflationsschädigung der unteren Einkommen bei allg. niedrigen Löhnen haben bei vielen Marokkanern zu einer Kalorienunterversorgung geführt (→Ernährung).

5. M. wurde gemäß dem im Nov. 1955 mit F. geschlossenen Vertrag am 2. 3. 1956 unabh.; Sultan Muhammad, der spätere König Muhammad V., institutionalisierte ein Herrschaftssystem, in dem der Monarch abs. Macht ausübte. Diese Macht wurde – trotz verbaler Demokratisierungsversprechen wie in der *Charte Royal* 1958 – bisher in allen Verfassungen M.s verankert (1961, 1970, 1972, modifiziert 1980, 1992, 1996). Sie stützte sich trad. auf die sozial dominierende Schicht der Agrarbourgeoisie, die dem König ergebene Verwaltung und die loyale Armee. Zwar entsprach der König 1956 dem Druck der pol. Kräfte, die bewaffnet oder durch sonstige Aktionen die Unabh. M.s erreicht hatten, und enteignete einige ländl. Notabeln, die offensichtlich mit den frz.-span. Kolonialmächten kollaboriert hatten, aber er verhinderte, dass die antikolonialistischen Kräfte die Nachfolge der Franzosen und Spanier im Verwaltungsapparat antraten, und besetzte die Stellen mit Gefolgsleuten aus der ländl. Bourgeoisie. Polizei und Militär übernahmen die Funktion der Herrschaftssicherung und wurden angesichts dieser Position so privilegiert, dass innerhalb kurzer Zeit eine gegenseitige Verflechtung der Interessen eintrat. Die Offiziere (bes. die Generäle) entstammen fast ausschließlich der Agrarbourgoisie. Zwei Gruppierungen standen sich seit

der Unabh. gegenüber: 1. Die Gruppe der Königstreuen, häufig sog. unabh. Kandidaten, verteilt sich neuerdings auf drei Gruppierungen: a) den 1978 gegr. *Rassemblement National des Indépendants*, b) den 1981 gegr. *Parti National Démocrate*, c) die 1983 gegr. *Union Constitutionelle*. 2. Auf der Oppositionsseite spielen heute v. a. die *Istiqlâl*-Partei, die «Soz. Union der Volkskräfte», USFP (1974 als linker Teil der UNFP gegr.), und die ‹Sozialistische Fortschrittspartei›, OADP, eine Rolle. Gerade die Dominanz der königstreuen Kräfte (mobilisiert bei nat. Aktionen wie dem Friedensmarsch in die *Westsahara, den auch die legale Opposition unterstützte) ist für die Blockierung der sozialen Transformation verantwortlich. Die sich verschlechternde wirtsch. Lage der Bev., die zunehmend auch die Mittelklasse erfasst und im Dez. 1990 zu einem Generalstreik mit nachfolgenden Unruhen bes. in Fes und Tanger führte, hat die bislang weitgehend loyale Opposition radikalisiert und zu einer sich seit 1991 zuspitzenden pol. Konfrontation zwischen Reg.-Parteien und den sich Nov. 1991 im sog. Demokratischen Block zusammenschließenden und von den Gewerkschaften CDT und UGTM unterstützten Oppositionsparteien (*Istiqlâl*, USFP, *Parti du Progrès et du Socialisme* [PPS, ex-kommunistisch] und OAPD) geführt. Der Demokrat. Block fordert eine weitreichende Demokratisierung des pol. Systems, eine Forderung, der König Hassan mit der zugestandenen Verfassungsrevision vom Sept. 1992 nur unvollkommen nachkam. Ebenso trat in den letzten Jahren ein islamistisch-fundamentalistisches Protestpotenzial in der marokk. Gesellschaft hervor (z. B. Studentenunruhen in Fes 1994) mit lediglich begrenztem Rückhalt in der Bev.

Bei den Parl.-Wahlen vom 25. 6. 1993 siegte bei den 222 direkt gewählten Abg. die Opposition, bei den 111 indirekt gewählten Abg. das Regimelager, das damit insg. die Mehrheit erreichte. Aufgrund massiver Oppositions-Proteste infolge der 1993er Wahlen versuchte König Hassan zunehmend, die Parteien des oppositionellen Demokratischen Blocks (*Kutla*), bestehend aus USFP, Istiqlâl, PPS, OADP, in die Reg. zu integrieren, auch um mit neuen Gesichtern in der Reg. die von *IWF und *Weltbank angemahnten Wirtsch.-Reformen anzugehen. Das Angebot einer Reg.-Beteiligung lehnte die Opposition 1994 ab und forderte eine liberalere Verfassung. Am 13. 9. 1996 wurde per Volksentscheid eine neue Verfassung angenommen, für deren Annahme sich – ein Novum – auch der Kutla-Block stark gemacht hatte. Diese institutionalisierte ein Zweikammerparl., eine direkt auf fünf (bisher sechs) J. zu wählende Repräsentantenkammer und eine indirekt durch die lokalen Körperschaften und die Berufsverbände zu wählende Beraterkammer. Zur Vorbereitung der Wahlen unterzeichneten am 28. 2. 1997 elf Oppositions- und Reg.-Parteien die «Charta zur Festigung der demokrat. Reg. auf der Grundlage der Monarchie». Darin verpflichtete sich die Reg. insbes., faire Wahlen zu garantieren, die Opposition dazu, die Resultate anzuerkennen. Bei den Parl.-Wahlen am 14. 11. 1997 erhielten der Kutla-Block, der rechtsnat. Wifaq-Block (u. a. UC) sowie das Zentrum (u. a. RNI) jeweils ca. 30 % der Sitze in der Repräsentantenkammer; in der Beraterkammer stellen dagegen Zentrum und konservativer Wifaq die Mehrheit. Im Februar 1998 ernannte Hassan II. den USFP-Vorsitzenden und langjährigen Oppositionellen Abderrahman Yousoufi zum Regierungschef einer Vielparteienkoalition. Mohammed VI., der seinem Vater Hassan II. am 27. 7. 1999 offiziell auf dem Thron nachfolgte, versprach eine weitere Öffnung des Landes, trennte sich von einflussreichen Beratern seines Vaters (u. a. dem langj. Innenmin.) und erlaubte prominenten Exilanten die Rückkehr in das Königreich. Außenpol. ist Marokko in den vergangenen Jahren verschiedentlich durch Vermittlungsbemühungen im →Nahost-Konflikt hervorgetreten. Gespannt bleibt das Verhältnis

zu Algerien wegen der fortgesetzten alg. Unterstützung für die POLISARIO-Front →Westsahara-Konflikt (1994 Visumspflicht für alg. Staatsbürger, Ende 1995 Lähmung der *Arabischen Maghreb-Union).
Angesichts der marokk. Versuche, eine eigene Fischfangflotte aufzubauen bestand mit der EU in den 1990er Jahren konstant ein latenter Konflikt um die Erneuerung insbes. spanischer Fischereirechte in marokk. Gewässern.

Lit.: S. Faath, Marokko, Hamburg 1987; T. Koszinowski / H. Mattes (Hg.), Nahost-Jahrbuch 1987ff., Opladen 1988ff.; S. Faath / H. Mattes (Hg.), Marokko. Wuqûf Bd. 4–5, Hamburg 1991; S. Faath, Rechte und Freiheiten der Bürger im Hassanismus, in: dies. / H. Mattes (Hg.), Demokratie und Menschenrechte in Nordafrika, Hamburg 1992, S. 365–432; J. Wolff, Marokko, in: HDW III, 6, 1993, S. 238ff.; Z. Chattou, Migrations marocaines en Europe, Paris 1998; A. Layachi, State, Society and Democracy in Morocco: the Limits of Associative Life, Washington 1998; M. Tozy, Monarchie et islam politique au Maroc, Paris 1999; Y. Zoubir, North Africa in Transition: State, Society, and Economic Transformation in the 1990s, Gainesville, FL 1999. hpm / da

marronage →Haiti

Marshall-Inseln →Pazifische Inselwelt

Martí, José Kuban. Dichter und Nationalheld (1853–1895), fiel im Kampf um die Unabh. Kubas gegen die span. Kolonialmacht, den er in seinen Reden und Schriften gepredigt hatte. Den Befreiungskrieg vermochte M. zwar zu organisieren (1892: Gründung des *Partido Revolucionario Cubano*), den Sieg 1898 erlebte er allerdings nicht. Sein literarisches Werk ist v. a. in Texten präsent, die vertont zur besten int. Folklore gehören (*Guantanamera, Cuando salí de Cuba* etc.). Auf M. beriefen sich später – mit mehr oder weniger Recht – lateinamerik. und insbes. kuban. Politiker, am entschiedensten Fidel *Castro. Neben dem Anti-*Kolonialismus waren für M.s pol. Denken folgende Zielsetzungen zentral: 1. Abwehr einer Annexion Kubas durch die USA; 2. Konzentration auf die E. der Landw. / *Agrarreform; 3. Hebung des Bildungsniveaus der Bauern; 4. Abschaffung des Monopolkapitals; 5. Zusammenfassung aller pol. Kräfte zur Erreichung gesteckter Ziele, insbes. der pol. Unabh. dn

Martinique →Karibik

Mauretanien

Fläche (Tsd. qkm): 1026
Bev. (Mio.) 2001: 2,70
BNE pro Kopf (US-$) 2000: 370
BIP (Mio. US-$) 2000: 935
LE (Jahre) 1999: 53,9
Analphabetenquote (%) 1999: 58
HDI 1999: 0,437 [Rangplatz von 162: 139]

Die Islamische Republik M., geographisch wie ethnographisch Bindeglied zwischen Nord- und Schwarzafrika (Land der *Sahelzone), wurde von den Dürrekatastrophen der 1970er und 1980er J. schwer getroffen. Expansionsbestrebungen (→Westsahara) konnten ökon. und pol. nicht verkraftet werden. Die makroökon. Ergebnisse der von *IWF und *Weltbank geförderten *Strukturanpassungsprogramme wurden insges. positiv bewertet. E.-pol. liegt der Schwerpunkt bei der integrierten E. der Landw., die v. a. den Bewässerungsbau fördert. Die 1991 erfolgte Errichtung demokrat. Institutionen und die Zulassung eines Mehrparteiensystems haben das Regime bisher nicht zu einer Abkehr von autoritären Praktiken bewegt.
1. Das seit 1960 unabh. M. liegt zu 70 % in einer zur Sahara gehörenden Wüstenebene. Rund 3/4 der Bev. (davon leben über 80 % im südl. Viertel des Landes) sind Mauren (davon etwa 40 % Mischlinge aus Berbern, Arabern und Schwarzen), der Rest schwarzafrik. Ethnien (Tukulör, Sarakolle u. a.), die in der Kolonialzeit im Ggs. zu den Mauren europ. Schulen besuchten und deshalb lange Jahre in postkolonialen Führungspositionen überproportional vertreten waren.
Zwar ist fast die gesamte Bev. moslemisch, doch bestehen bis heute ethn. Konflikte, deren Wurzel in der Abwehr der wachsenden pol. und kulturellen Dominanz der Mauren durch die Schwarzafrikaner liegt. Nach jahrelangen, oft von

schweren Unruhen begleiteten Auseinandersetzungen wurde 1968 Arabisch als gleichberechtigte Amtssprache neben Frz. eingeführt, dessen ab 1985 vorgesehene Herabstufung zur «obligatorischen ersten Fremdsprache» aber bisher immer weiter verschoben wurde. Wolof ist ebenfalls Amtssprache.

2. Formal war M. seit der Unabh. präsidiale Republik mit einer der V. Frz. Rep. nachgebildeten Verfassung, doch war die Regierungspartei PPM (*Parti du Peuple Mauritanien*) seit 1965 auch de jure Einheitspartei. Präs. Mokhtar Ould Daddah (Regierungschef 1957–78) versuchte zu Beginn der 1970er J., durch Maßnahmen, die eine Lockerung der Abh. von Frankreich signalisieren sollten (u. a. 1972 Austritt aus der *Franc-Zone, neue Währung: Ouguiya, von arab. Staaten garantiert; 1974 *Nationalisierung der *transnationalen Konzerne: v. a. frz. Unternehmen im Bergbau), der sich in Unruhen der Schüler (Einschulungsquote Mitte der 1980er J. allerdings erst 33 %; 1999: 58 % der Erwachsenen Analphabeten) und ständigen Querelen mit den *Gewerkschaften (zahlreiche Streiks im Bergbau) äußernden Kritik entgegenzukommen. Die nach dem Abkommen mit Spanien und Marokko, das seinerseits bis Ende der 1960er J. territorialen Anspruch auf das ganze M. erhoben hatte, 1975/76 vorgenommene Annexion des Südteils der Westsahara überstieg jedoch die Kapazitäten M.s. Präs. Ould Daddah wurde 1978 vom Militär gestürzt. Die angekündigte «Rezivilisierung» des pol. Systems kam unter Oberst Maaouya Ould Sid'Ahmed Taya (seit 1984 Präs.) zu Beginn der 1990er J. in Gang. Im Juli 1991 wurde in einem Referendum einer neuen Verfassung zugestimmt, die *pol. Parteien zulässt, den Präs. aber mit umfassenden Vollmachten ausstattet (Parl.-Auflösung, Verhängung des Ausnahmezustandes). Durch die von der Opposition boykottierten Präs.-Wahlen vom 24. 1. 1992 und 12. 12. 1997 wurde Taya in seinem Amt bestätigt. Bei den ebenfalls aufgrund mangelnder Garantien für einen fairen Wahlablauf stets von einzelnen Oppositionsparteien boykottierten Parl.-Wahlen vom März 1992, Okt. 1996 und Okt. 2001 ging die Reg.-Partei *Parti républicain démocrate et social* (PRDS) siegreich hervor und errang jeweils nahezu die Gesamtheit der zu vergebenden Mandate. Der ethn. Konflikt zwischen arab. Mehrheit und schwarzer Minderheit kam 1989/90 zur Eruption. Hintergrund war der Streit um das fruchtbare Land am Senegalfluss zwischen schwarzen Bauern und arab. Viehzüchtern, die vor der *Desertifikation fliehen. Die Vertreibung von ca. 65000 Schwarzen durch Reg.-Truppen nach Mali und in den Senegal führte zu Spannungen mit dem südl. Nachbarn (Grenzgefechte, Abbruch der dipl. Bez.). Bis heute ist das Problem der Rückführung der ausgewiesenen oder geflohenen schwarzafrik. Mauretanier ungelöst, da diese die von ihnen eingeforderte kollektive Rückführung durch den *UNHCR ebenso wenig erzielen konnten wie die rechtl. und sozioökon. Voraussetzungen für eine Wiederansiedlung. Zumindest mit Mali wurde 1995 ein Rückführungsabkommen geschlossen. Allgemein verbesserten sich in den 1990er J. die Bez. zu den südlichen Nachbarn Senegal und Mali deutlich und führten u. a. zur Zus.-Arbeit in der Flussentwicklungsorg. OMVS (gemeinsamer Bau des Wasserkraftwerks Manantali/Mali, angepeilte Schiffbarmachung des Senegal). Außenpol. manövrierte sich M. durch die offene Parteinahme für Saddam Hussein im Golfkonflikt 1990/91 in die Isolation, Seit Mitte der 1990er Jahre kühlten sich die Beziehungen zum Irak ab (Abbruch der dipl. Bez. am 4. 11. 1999), insbes. durch das Vorgehen der Reg. gegen Teile der panarab. ausgerichteten Opposition sowie durch die wirtsch. motivierte dipl. Annäherung an Israel (Aufnahme direkter dipl. Beziehungen im Nov. 1995, Austausch von Botschaftern am 28. 10. 1999). M. ist seit 1973 Mitgl. der *Arab. Liga und gehörte 1989 zu den Gründungsmitgl. der *Arab. Maghreb-Union (AMU). Im Rahmen

der AMU-Mitgliedschaft strebt M. einen festen Platz in der Mittelmeer-Initiative der EU anstelle seines Status als Mitglied in der * AKP an. In diesem Sinne ist auch der am 26. 12. 2000 vollzogene Austritt M.s aus der * ECOWAS zu deuten.
3. Um 1960 produzierte das in der rel. kurzen Kolonialzeit ökon. kaum veränderte M. im Senegaltal etwa 100000 t Hirse jährl., auf den Oasen etwa 15000 t Datteln. Die Mehrheit der bis zu Beginn der 1970er J. zu über 2/3 nomadischen Bev. lebte von Viehzucht (damals 23 % des BIP). Freilich bewogen Dürreperioden viele Nomaden und Subsistenzbauern in den 1960er und 1970er J., in die Städte, insbes. in die Hauptstadt Nouakchott (1998: 670000 Ew.), zu ziehen. Zum wichtigsten Devisenbringer, der bereits Mitte der 1960er J. für eine positive Handelsbilanz sorgte, wurde der kurz vor der Unabh. begonnene Abbau von Bodenschätzen in den Wüstengebieten (Eisenerz, in geringem Umfang Kupfer). Dieser * kapitalintensive extraktive Sektor beschäftigte damals jedoch nur 4000 Personen (davon 20 % Europäer) und blieb v. a. ohne jede Verbindung zur Landw. Nachdem Angriffe der POLISARIO auf die bis heute einzige, nur dem Erztransport dienende Eisenbahnlinie von Zouérate nach Nouadhibou (650 km), dem wirtsch. Zentrum M.s, die Exporte weitgehend zum Erliegen gebracht hatten, konnten diese nach dem 1979 zwischen M. und der POLISARIO ausgehandelten Verzicht auf die Westsahara zwar wieder aufgenommen werden. Doch führte nun die Krise des int. Stahlmarkts (95 % der Erzexporte gehen nach Europa) zu einem drastischen Rückgang der Einnahmen, der durch den Verfall des Dollar-Kurses noch verschärft wurde; erst Mitte der 1990er J. erzielte M. wieder gute Exportergebnisse bei Erz (Exporterlöse 1991: 206 Mio. US-$) und Gold, sodass die Handelsbilanz wieder positiv zeichnete. Wichtigstes Exportprodukt ist heute Fisch (Exporterlöse 1991: 215 %, 18 % des BIP, 25 % der Budgeteinnahmen, 60 % des Exportwerts, 54 % werden nach Japan ausgeführt); die Überfischung durch Ausländer, insbes. durch die EU, deren Fischfangflotte Marokko in seinen Gewässern seit 1995 Restriktionen auferlegt, droht diese Ressource jedoch zurückzudrängen. Im Ind.-Sektor zieht sich nach Auflagen von Weltbank und IWF der Staat zugunsten von Privatunternehmen zurück. Das drängendste soziale Problem ist der durch die Dürrekatastrophen verursachte explosionsartige Anstieg der * Urbanisierung, die von 9 % im Jahr 1964 auf 36 % (1977) und 56 % (1999) schnellte, was u. a. eine statistisch kaum fassbare * Arbeitslosigkeit (1991 gesch.: 20 %) nach sich zog. Die Infrastruktur der Hs. Nouakchott ist diesem Ansturm bis heute kaum gewachsen. Die für 15000 Ew. geplante Hs. Nouakchott zählte 1999 rd. 670000 Ew., von denen die meisten in Zelten und Blechhütten an der Peripherie leben. M. bleibt extrem von Auslandshilfe, insbes. vonseiten Frankreichs und der EU, abhängig. Die Auslandsverschuldung M.s belief sich 1990 auf 2,1 Mrd. US-$ und stieg bis 1998 auf ca. 2,39 Mrd. US-$, d. h. 213 % d. BIP. 1998 einigte sich M. mit Weltbank und IWF auf ein ehrgeiziges Programm zur Reduzierung der Armut als Vorbedingung zum Erlass seiner multilateralen Schulden im Rahmen der Weltbank-Initiative zugunsten «hoch verschuldeter armer Länder» (→Verschuldung; * HIPC, M. zugelassen zur Initiative am 10. 2. 2000). Nach dem Abkommen mit dem * Pariser Club am 16. 3. 2000 kann M. in den nächsten Jahren mit dem Erlass von 1,1 Mrd. US-$ von insges. 2,4 Mrd. rechnen. Dank der Strukturanpassungshilfe von Weltbank und IWF wuchs die Wirtsch. M.s in jüngster Zeit kontinuierlich (1995–1997: durchschn. 4,4 %, 1998: 3,5 %, 1999: 4,5 %, 2000: rd. 5 %) bei gleichzeitig moderater Inflation (1999: 4 %; 2000: 3,5 %).

Lit.: Centre de Recherches et d'Études sur les Sociétés Méditerranéennes/Centre d'Étude d'Afrique Noire (Hg.), Introduction à la Mauritanie, Paris 1979; K. Ziemer, Mauretanien, in:

S. Mielke (Hg.), Internationales Gewerkschaftshandbuch, Opladen 1983; U. Clausen, Länderartikel ‹Mauretanien›, in: T. Koszinowski/H. Mattes (Hg.), Nahost-Jahrbuch 1987 ff. (jährl.), Opladen 1988 ff.; P. R. Baduel (Hg.), Mauritanie entre arabité et africanité, in: Revue du Monde Musulman et de la Méditerranée, Bd. 54, Paris 1989; U. Clausen, Demokratie und Menschenrechte in Mauretanien unter ziviler und militärischer Herrschaft, in: S. Faath/H. Mattes (Hg.), Demokratie und Menschenrechte in Nordafrika, Hamburg 1992, S. 433–486; R. Wegemund, Mauretanien, in: HDW III, 4, 1993, S. 315 ff.; S. Yatera, Immigration et développement dans la vallée du fleuve Sénégal, Paris 1997; U. P. Ruf, Ending slavery: hierarchy, dependency and gender in Central Mauritania, Bielefeld 1999. pb/da

Mauritius

Fläche (Tsd. qkm): 1,865
Bev. (Mio.) 2001: 1,20
BNE pro Kopf (US-$) 2000: 3800
BIP (Mio. US-$) 2000: 4501
LE (Jahre) 1999: 70,8
Analphabetenquote (%) 1999: 16
HDI 1999: 0,765 [Rangplatz von 162: 63]

1. Die Republik M. besteht aus der gleichnamigen Hauptinsel (Fläche 1865 qkm) sowie den Inseln Rodrigues, St. Brandon sowie den Agalegainseln und ihren Nebeninseln. Im Ind. Ozean 1800 km vor der afrikan. Küste gelegen, sind die Inseln vulkanischen Ursprungs und werden in den Wintermonaten von tropischen Stürmen (Zyklonen) heimgesucht. Die Bev. gliedert sich ethn. in Inder (69 %), Kreolen (27 %), Chinesen (3 %) und Weiße (3 %). Religionen: Hindus (50 %), Katholiken (26 %), Moslems (17 %), Protestanten (3 %) und Buddhisten (0,6 %); mit 554 Ew./qkm ist M. eines der am dichtest besiedelten Länder der Erde (1990–2000: JZ 1,2 %). Sprachen: Englisch (Staatssprache), kreol. Französisch und indische Sprachen.

2. Der *AKP-Staat M. hat mit 3800 US-$ ein rel. hohes *Pro-Kopf-Einkommen und weist mit 0,765 den höchsten *HDI-Wert im subsahar. Afrika auf. 99 % der Bev. besitzen Zugang zu sauberem Trinkwasser. Seit 1968 war M. ein unabh. Staat innerhalb des *Commonwealth, seit 12. 3. 1992 Republik. M. war wirtsch. vom Export der *Monokultur Zucker abh. Dem stand eine Importabh. bei Konsumgütern, Nahrungsmitteln und Erdöl gegenüber.
Seit der Unabh. vollzog das Land jedoch eine bemerkenswerte E. Die Bemühungen um eine volkswirtsch. *Diversifizierung zeigen sich u. a. in einem sinkenden BIP-Anteil des Agrarsektors und einem Anstieg des Ind.-, v. a. aber des Dienstleistungssektors. Das seit Mitte der 1980er J. anhaltende Wirtsch.-Wachstum wird von einer Tendenz zu einer ausgeglicheneren Einkommensverteilung begleitet: Der *GINI-Koeffizient sank von 0,445 (1981/82) auf 0,379 (1991/92). Im Agrarsektor (BIP-Anteil 1998: 9 %) gelang es, die Palette der Exportgüter gezielt zu diversifizieren (Tabak, Tee, Blumen) und die Abh. vom Zucker zu reduzieren (BIP-Anteil 1995: 5,6 %). Ferner wird die Nahrungsmittelerzeugung (Kartoffeln, Gemüse, Geflügel) intensiviert. Eine zwar für den Export und von Großfangflotten (v. a. Japan, UdSSR bzw. Russland) ausgebeutete, zur Eiweißversorgung der Bev. aber erst wenig genutzte E.-Ressource ist der Fischreichtum der Gewässer um M. Der ind. Sektor (BIP-Anteil 1998: 33 %) wurde mit den *freien Produktionszonen (EPZ = *Export Processing Zones*), die ausl. Investoren (v. a. aus asiat. Ländern, Rep. Südafrika) für die Produktion von Textilien Anreize (u. a. Steuerbefreiung, Billiglöhne) offerieren, ausgebaut. Die Ausfuhren der EPZ (Textilien, Unterhaltungselektronik) lösten mit einem Anteil von 74 % am Gesamtexport das trad. Exportprodukt Zucker (Anteil 1999: 21 %) ab. Freilich schafft die *enklavenartige, rein weltmarktorientierte Ind. in Form der EPZ eine starke Außenabh. Dynamisch entwickelte sich der Dienstleistungssektor (BIP-Anteil 1998: 58 %). Wachstumsbranchen sind v. a. der *Tourismus (Einnahmen 1998: 502 Mio. US-$, 1999: 578 100 Besucher) sowie die Finanzdienstleistungen (*offshore-banking*).

3. M., zuerst im Besitz der holländ. Ostindien-Kompanie (1558), später der frz. In-

dischen Handelsgesellschaft, die auf M. (1715 Name *Île de France*) mit afrik. und madegass. Sklaven * Plantagenwirtschaft (Kaffee, Gewürze, Baumwolle) betrieb, wurde 1810 von GB besetzt und unter Einsatz von Sklaven, später von indischen Kontraktarbeitern auf die monokulturelle Zuckerproduktion orientiert. Nach der Gewährung der inneren Autonomie (1966) waren die pol. Gruppen in der Frage der pol. Unabh., des Verbleibs bei GB oder der Reorientierung nach Frankreich, gespalten. Die *Mauritian Labour Party* (MLP oder *Parti Travailliste*), die unter der Führung von S. Ramgoolam die Interessen der kreol. und indischen Kleinbauern und Arbeiter vertrat, sprach sich für die totale Unabh. von GB aus. Die *Parti Mauricien Social Démocrate* (PMSD), die einerseits die Interessen der Zuckerbarone und kreol. Elite repräsentierte, unter der Führung von G. Duval seit 1963 aber auch bei den kreol. Unterschichten wachsende Unterstützung fand, war aus Angst vor dem Verlust des * Commonwealth-Zuckermarktes und zum Schutz vor «Hindu-Domination» (1965 Rassenunruhen zwischen Hindus und kreol. Arbeitern) für ein weiteres Verbleiben der Insel bei GB. Mit dem Sieg der *Independence Party*, einem Bündnis aus *Labour*, muslimischen und hinduistischen Parteien, bei den Wahlen von 1967 wurde schließlich am 12. 3. 1968 die Unabh. für M. durchgesetzt. Zuvor ließ sich GB allerdings die Insel Diego García als Flottenstützpunkt abtreten, der 1976 an die USA verpachtet wurde. Von der brit. Kolonialmacht übernahm M. das Westminster-Modell. Nach der Unabh. entwickelten sich ein funktionierender Parlamentarismus, Pluralismus und Rechtsstaatlichkeit, die freilich während der 1970er J. durch die Herausforderung seitens der sozialrevolutionären Bewegung *Mouvement Militant Mauricien* (MMM) und den Versuch, diese zu unterdrücken, vorübergehend bedroht schienen. In den 1980er J. gelang die Einbindung des MMM in das System. Den konservativen Kabinetten unter Seewoosagur Rangoolam, über drei Jahrzehnte hinweg pol. Führungsfigur des Landes, folgten seit 1982 linke Koalitionsreg., seit 1991 unter Einschluss des MMM. Die Parl.-Wahlen im Dez. 1995 brachten den Sieg der Oppositionsallianz unter Führung der MLP und führten so zum zweiten Machtwechsel in der Geschichte des Landes. Sept. 2000 siegte erneut der MMM im Bündnis mit dem *Mouvement Socialiste Mauritien* (MSM). Die neue Reg. erklärte die Korruptionsbekämpfung zu einer ihrer vordringlichsten Aufgaben.

Hinsichtlich des Mitte der 1980er J. eingeschlagenen E.-Wegs einer weltmarktorientierten Diversifizierung besteht freilich ein hoher Konsens im Lande. Ein anhaltend hohes Wirtsch.-Wachstum, niedrige Inflationsraten und quasi Vollbeschäftigung (Arbeitslosenquote 1995: 1,8 %) sowie eine Verbesserung der sozialen Indikatoren, insbes. der gesundheitl., stehen für den Erfolg der E.-Strategie, die über pol.-ideol. wie ethn. Gegensätze hinweg Zustimmung findet. Der Strukturwandel von einer arbeitsintensiven zu einer kapitalintensiven Produktion sowie eine gezielte Reduzierung der trad. (Zucker) wie neuen (Tourismus, EPZ) Außenabh. sind die anstehenden Zukunftsaufgaben. Die leidenschaftlich diskutierte und 1992 bejahte Frage, ob M. eine Rep. werden solle, war demgegenüber eher symbolischer Natur.

Lit.: S. Keller/F. Nuscheler, Mauritius, in: HDW III, 5, Bonn 1993, 257ff.; UNDP, Report Mauritius 1997. hb

mayordomo →*hacienda*

MCCA Gemeinsamer mittelamerik. Markt, nach Vorstudien der * CEPAL im Dez. 1960 zwischen Guatemala, El Salvador, Honduras und Nicaragua abgeschlossen; Costa Rica trat 1962 bei; ab 1970 Honduras nur noch Beobachterstatus. *Ziele:* Schaffung eines gemeinsamen Marktes innerhalb von 5 J. und einer Zollunion; Förderung der * Industrialisierung. *Organe:* Wirtschaftsrat (CEC), bestehend aus den Wirtschaftsmin.; Exekutivrat (CETG), bestehend aus stellvertretenden Wirtschaftsmin. und hohen Personen der SIECA; ständiges Sekretariat (SIECA); Zentralamerik. Bank für Wirtschaftsintegration (BCIE). *Ergebnisse:* Steigerung des intrazonalen Handels und des Wirtsch.-Wachstums in den 1960er J.; erhebliche Zunahme ausl. *Investitionen in den MCCA-Ländern, v. a. im Ind.-Sektor; Verlangsamung des Wachstums- und Integrationsprozesses in den 1970er J., kennzeichnend dafür der sog. Fußballkrieg zwischen Honduras (das sich im MCCA benachteiligt fühlte) und El Salvador; Verschärfung der Dependenzsituation und *strukturellen Heterogenität (erhöhte Profite des Auslandskapitals, wachsende interne Einkommensdifferenzen). Der Krise des MCCA (1969) sind in den 1970er J. Versuche der Neuorientierung gefolgt, die über den Handel hinaus stärker E.-Aspekte betonten. Die geplante Ratifizierung einer Mittelamerikanischen Wirtschafts- und Sozialgemeinschaft (CESCA) wurde jedoch von den revolutionären Unruhen in Nicaragua und El Salvador überrollt. Durch den *Zentralamerika-Konflikt der 1980er J. kam die wirtsch. und soziale Integration Zentralamerikas zunächst völlig zum Erliegen. Im Zuge der zentralamerik. Friedensbemühungen traten freilich Ende der 1980er J. die (nun zivilen) Reg. in der Region näher zusammen und trieben Anfang der 1990er J. das Projekt einer gemeinsamen Wirtschafts- und Sozialgemeinschaft voran. Die Weigerung Costa Ricas, sich pol. zu integrieren, bedeutete einen herben Rückschlag. Die Tragweite der mitunter kurzlebigen institutionellen Neuerungen ist kaum abzuschätzen (→SICA). Der Schwerpunkt der Integrationsbemühungen liegt zunächst eindeutig auf dem Handel. Diesbezüglich wichtig sind die Verträge zwischen den Ländern des sog. Zentralamerikanischen Norddreieckes (Guatemala, Honduras und El Salvador) zum Aufbau einer Freihandelszone ab 1. 1. 1993. An die übrigen Staaten der Region (einschl. Panama und Belize) erging die Aufforderung, sich dem laufenden Integrationsprozess anzuschließen. dn

MDBs →Multilaterale Entwicklungsbanken, →bilateral, →multilateral, →Refinanzierung

Médecins Sans Frontières → Ärzte ohne Grenzen

Medico International *Nichtstaatliche Organisation (*VENRO), leistet in EL *Gesundheitshilfe. Schwerpunkte: neben Soforthilfemaßnahmen für *Flüchtlinge **community development* und Aufbau basisorientierter *Gesundheitsdienste, Kooperation u. a. mit *WHO, *UNHCR sowie staatl. und nichtstaatl. Organisationen der EL. Adresse: Obermainanlage 7, 60314 Frankfurt a. M. Internet: www.medico.de red

Meistbegünstigung(sklausel) Die M. verpflichtet einen Staat zur handelspol. Gleichbehandlung seiner Handelspartner. Sie stellt die wichtigste und wirkungsvollste Norm des Allgemeinen Zoll- und Handelsabkommens *GATT dar, gilt aber z. T. auch im Rahmen bilateraler und anderer multilateraler Handelsabkommen. Werden einem Land best. handelspol. Erleichterungen (alle Vorteile, z. B. Zollvorteile, Vergünstigungen, Vorrechte oder Befreiungen) eingeräumt, müssen sie auch allen anderen Ländern, mit denen M. vereinbart ist, eingeräumt werden. Die M. verbietet die handelspol. Schlechterstellung einzelner Länder (M. = Diskriminierungsverbot). Globales Ziel hinter der M. ist die Ausweitung von Welthandel und *Internationaler Arbeitsteilung.

In *bilateralen Verträgen wird zwischen unbeschränkter/abs. und beschränkter/rel. M. (Ausschluss best. Erleichterungen und/oder Vereinbarung von *Reziprozität) unterschieden, in *multilateralen Verträgen zwischen unbedingter (automatische Vorteilsgewährung an alle Drittstaaten) und bedingter (Vorteilsgewährung abh. von Gegenleistungen, z. T. volle Reziprozität).

Im größten multilateralen Vertragswerk, dem GATT/*WTO, sind alle Mitgl.-Staaten auf abs. und unbedingte M. verpflichtet. Ausnahmen: Zollunionen (z. B. EU), Freihandelszonen (z. B. *NAFTA) und Sonderregelungen für EL. Seit 1964 wurde von der *Gruppe der 77 die Einführung eines *Allgemeinen Präferenzsystems (APS) für den Handel mit Produkten aus EL gefordert und auf der *UNCTAD II in Neu-Delhi 1968 durchgesetzt. Für die Anerkennung des APS als Ausnahme von der M. war eine besondere Regelung im GATT notwendig. 1971 wurde zunächst eine befristete Ausnahmegenehmigung in Form eines *waiver* (Verzichts- bzw. Ausnahmeregeln des GATT nach Art XXV:5 des GATT) eingeführt. 1979, zum Abschluss der *Tokio-Runde des GATT, wurde die Anerkennung durch die Einführung der so genannten *enabling clause* ohne Zeitbindung verlängert. So gewährt die EU allen nicht *assoziierten EL im Rahmen ihres APS Handelsvorteile und den assoziierten sog. *AKP-Ländern gemäß dem *Lomé-Vertrag – zumindest de jure – völlig freien Marktzugang (Ausnahmen möglich: z. B. Agrarprodukte unter Marktordnungen).

Das Ersetzen der M. durch EL-Präferenzen hat potenziell für EL positive Effekte (besserer Marktzugang), die aber in der Praxis häufig durch mengenmäßige Beschränkungen (Kontingente, Plafonds), Sonderklauseln und *Selbstbeschränkungsabkommen (insb. in der EU-Handelspol.) erheblich eingeschränkt werden. Durch die erfolgreichen Abschlüsse der siebten und achten Runde des GATT wurden die Zölle durchschn. so weit gesenkt, dass die Bedeutung der Präferenzabkommen abnimmt (Präferenzerosion). mw

MENA-Staaten Gruppe von 20 Ländern in *Middle East North Africa*, die Wirtsch.-Konferenzen abhalten (3. Konferenz im Nov. 1996 in Kairo: 3000 Teilnehmer aus 85 Ländern) und prüfen, inwieweit die pol. E. einen ökon. Aufschwung, mehr Kooperation und Prozesse der Herausbildung eines regionalen Marktes begünstigen. dn

Menchú, Rigoberta, geb. 1959, zugehörig zu dem Volk der Quiché, die im guatemaltekischen Hochland leben, erhielt 1992 den *Friedensnobelpreis für ihre Bemühungen friedlicher Organisation der unterdrückten Mehrheit und Einsicht bei den Unterdrückern. Nachdem einige Familienangehörige durch die Militärregierung ermordet worden waren, entschloss sich M. 1981, nach Mexiko ins Exil zu gehen. Als Vorsitzende des Komitees für die Einheit der Bauern (CUC) unterstützte sie von dort aus die Opposition Guatemalas. Seit 1983 ist M. Mitarbeiterin der UN-Menschenrechtskommission in Genf, seit 1986 Mitglied des Rates der UN für die Rechte der Indios, 1990 erhielt sie den Unesco-Preis für die Erziehung zum Frieden. mn

Menschen für Menschen e. V., 1981 von dem Schauspieler K.-H. Böhm gegr. *Nichtstaatliche Organisation, leistet in Äthiopien *Katastrophen- und *Projekthilfe, Letzteres in Form eines landw. E.-Projektes und zweier Siedlungsprogramme. *Ziel*: Hilfe zur *Selbsthilfe. Gesamtausgaben seit der Gründung rd. 183,4 Mio. € (Stand: 2001). MfM finanziert sich über Spenden (2001: 15,3 Mio. €). Zusammenarbeit mit dem offiziellen äthiop. Hilfswerk RRC (*Relief and Rehabilitation Commission*) und dem äthiop. Landw.-Ministerium. Die Hilfe von MfM muss im Kontext der brisanten pol. Lage und Ernährungssituation in Äthiopien sowie der (umstrittenen) Umsiedlungsaktionen der dortigen Reg. gesehen werden. Adresse: Brienner Straße 46, 80333 München. Internet: www.menschenfuer-menschen.de →Äthiopien red

Menschenrechte und internationale Schutzverfahren 1. *Begriff und Abgrenzung:* Der Begriff Menschenrechte (MR) stammt aus der aufgeklärten Naturrechtslehre des 18. Jh. und bezeichnet die dem Menschen aufgrund seiner Würde zustehenden (präpositiven) unverletzlichen und unveräußerlichen Rechte, deren Bestand nicht von staatl. Anerkennung abhängt. Mit der Positivierung und Sanktionierung in den einzelnen Verfassungen wurden die MR zu Grundrechten

(GR). Bürgerrechte wiederum sind jene GR, die lediglich den eigenen Staatsbürgern – und nicht auch Fremden – zustehen. Der Inhalt der MR bzw. GR hängt von der jeweiligen gesellsch. und pol. Ordnung ab (Absolutismus, Polizeistaat, liberal/bürgerlicher Rechtsstaat, Sozialstaat etc.), sodass sich eine Reihe von unterschiedlichen GR feststellen lassen: a) zivile Rechte (Grundfreiheiten), b) pol. und bürgerliche, c) wirtsch., d) soziale und e) kulturelle Rechte. Hist. bildeten sich im absolutistischen Staat zunächst die «klassischen» MR (MR der 1. Generation) als pol. und bürgerliche MR im Sinne einer demokrat. Partizipation an der Staatswillensbildung heraus, danach im Wohlfahrtsstaat der Daseins- und Leistungsvorsorge die wirtsch., sozialen und kulturellen MR (MR der 2. Generation). Zurzeit wird verstärkt die Verankerung von solidarischen MR der 3. Generation (Recht auf int. Solidarität, auf E., *Bildung, saubere Umwelt, *Abrüstung, ausreichende *Ernährung etc.) gefordert, die allerdings größtenteils noch Postulate der pol. Moral und keine positiven Normen des Völkerrechts darstellen. Wenngleich z. B. in einzelnen Fällen ein Recht auf int. Solidarität bereits anerkannt ist (Rettung von Schiffbrüchigen, *Flüchtlingen, Astronauten etc.), ist der Weg noch weit, bis Armen, Opfern von Hunger bzw. Naturkatastrophen etc. ein allg. Anspruch auf int. Solidarität im Sinne kollektiver MR zusteht.

Durch ihre eurozentristische Entstehungsweise im christl.-abendländischen Weltbild warfen die MR im Ost-West- und im Nord-Süd-Verhältnis große Probleme auf, da dem *individualistischen* Menschenbild des Westens ein *kollektivistisches* Menschenbild des Ostens gegenüberstand; beide Konzepte kontrastierten wiederum mit dem Menschenbild in den EL, in denen pol., relig., wirtsch., soziale und kulturelle Verschiedenheiten eine differente MR-Konfiguration hervorgebracht haben. Sowohl die Stoßrichtung als auch die Ausprägung und Wertigkeit der einzelnen MR wird demgemäß von Kulturkreis zu Kulturkreis und von pol. Ideologie zu Ideologie unterschiedlich sein. Es wird daher immer schwieriger, z. B. christl.-abendländische Traditionen mit islam.-fundamentalistischen Wertvorstellungen (Scharia) zur Deckung zu bringen. Aus dieser Disparität der Werthaltungen geht aber eindrücklich die Problematik einer *universellen Geltung* der MR in den heutigen pluralistischen Staaten- und Gesellschaftssystemen hervor, an der aber von der Staatengemeinschaft noch immer festgehalten wird (3. Wiener UN-MR-Konferenz 1993).

2. *Vom nat. zum int. MR-Schutz*: Mit der Positivierung der MR in den Verfassungen und ihrer Umgestaltung zu GR wurden die MR staatl. Recht. Die Gewährleistung und der Schutz der MR/GR wurde daher als Ausfluss seiner Personalhoheit zu einer der wesentlichen inneren Angelegenheiten des (Heimat-)Staates des verletzten Individuums und blieb es grundsätzlich bis zum 2. WK. Ausnahmen waren lediglich das völkerrechtl. Fremdenrecht und die Humanisierung des Kriegsrechts, die das Individuum bereits früher mit völkerrechtl. Rechten (und Pflichten) ausgestattet hatten. Es bedurfte aber erst der Erfahrung mit den Diktaturen der Zwischenkriegszeit und den Gräueln des 2. WK, um zu erkennen, dass der MR-Schutz nicht allein dem (Heimat-)Staat überlassen bleiben könne, sondern dass dafür die ges. Staatengemeinschaft verantwortlich sei. Den Heimatstaat des Verletzten, der ja gerade der Verletzer war, zum MR-Schützer zu machen, heißt ja gerade, den «Bock zum Gärtner» zu machen. Diese Erkenntnis der notwendigen *Internationalisierung* des MR-Schutzes kollidierte aber dogmatisch mit dem aus dem Souveränitätsprinzip fließenden Interventionsverbot (Art. 2 Ziff. 7 *UN-Satzung): Vorwürfe, die ausl. Mächte oder int. Org. wegen behaupteter MR-Verletzungen an die Adresse repressiver Reg. richteten, wurden von diesen i. d. R. mit dem Gegenvorwurf der unerlaubten Einmischung in

ihre inneren Angelegenheiten zurückgewiesen. Kulminationspunkt dieser Problematik ist die Frage der Erlaubtheit sog. *Humanitärer Interventionen – sowohl in «klassischer Form» im Sinne einer begrenzten Kommandoaktion zugunsten eigener Staatsangehöriger (z. B. Geiselbefreiungsaktionen in Entebbe, im Iran, in Mogadischu, in Tirana etc.) sowie auch zur Rettung des eigenen *staffs* von IO (z. B. die *NATO-Extraction Force* in Mazedonien zur Evakuierung der *Kosovo Verification Mission* der OSZE) als auch in Form der «modernen» humanitären Intervention (in großem Ausmaß und zugunsten fremder Staatsbürger zum Schutz vor deren physischen Vernichtung, wie z. B. im Irak, in Somalia, Haiti, Bosnien-Herzegowina, Osttimor, Kosovo bzw. Bundesrep. Jugoslawien) –, die trotz ihres «humanitären Beweggrundes» wegen des Bruchs des Gewaltverbotes in Art. 2 Abs. 4 UN-Charta von der herrschenden Lehre nach wie vor als rechtswidrig angesehen wird. Trotz des heute vorherrschenden Trends zur Internationalisierung des MR-Schutzes liegt die Hauptverantwortlichkeit für den Schutz der MR aber nach wie vor in den Händen der Staaten, und der int. MR-Schutz kann nur nach Erschöpfung der innerstaatl. zur Verfügung stehenden Rechtsbehelfe (*exhaustion of local remedies*) aktiviert werden (Subsidiarität des int. MR-Schutzes).

3. *Schutzverfahren*: Der (formelle) int. MR-Schutz kann auf zweierlei Art erfolgen: a) durch multilaterale Staatsverträge (sog. Menschenrechtsschutz-Konventionen) und b) durch int. Org. (universelle, regionale, supranationale, zwischenstaatl.). Hinsichtlich der einzelnen Techniken der int. Sicherungsverfahren lassen sich – je nach kompetenzieller Ausstattung des Kontrollorgans – a) pol., b) quasi-gerichtliche und c) gerichtliche Schutzverfahren unterscheiden, die wiederum auf zwei Arten ausgestaltet sein können: a) genereller Rechtsschutz (das Rechtsschutzorgan wird *ex officio* tätig) und b) individueller Rechtsschutz (auf Antrag des verletzten Individuums oder seines Heimatstaates; Individual- oder Staatenbeschwerde). Daneben gibt es eine Reihe informeller Schutzverfahren, die vor allem von int. *NGOs aktiviert werden und denen immer größere Bedeutung zukommt.

4. *Universeller MR-Schutz*: Was den universellen MR-Schutz im Rahmen der UN betrifft, so kam es am 10. 12. 1948 zur Verabschiedung der *Universal Declaration of Human Rights*, der als Resolution der Generalversammlung der UN keine bindende Wirkung zukam. Erst im Dez. 1966 wurden der Int. Pakt über wirtsch., soziale und kulturelle Rechte (UN-Pakt I) und der Int. Pakt über pol. und bürgerliche Rechte (UN-Pakt II) (samt Fakultativprotokoll) angenommen, die beide aber erst 1976 in Kraft treten konnten. Die Rechtsschutzsysteme der beiden Pakte, die bindende völkerrechtl. Verträge darstellen, die von Staaten des W, des O und auch des S ratifiziert wurden, sind nicht sehr effizient ausgestaltet und enthalten nur schwache Kontrollmechanismen, obwohl eigene Organe (UN-MR-Kommission in Pakt I, UN-MR-Ausschuss in Pakt II) damit betraut wurden. Im Schoß der UN wurden noch weitere int. Abkommen zum Schutz der MR abgeschlossen, die sich u. a. gegen folgende MR-Verletzungen richten: Völkermord, Folter, Rassendiskriminierung, Diskriminierung der *Frau, Diskriminierung von Behinderten, Streikverbote, Sklaverei, Todesstrafe. Neben dem universellen MR-Schutz innerhalb der UN kam es im Bereich homogener Staatengruppen auch zur Ausbildung regionaler MR-Schutz-Instrumente in Europa bzw. den GUS-Staaten, Amerika, Afrika und im arab. Raum.

5. *Regionaler MR-Schutz*: a) Der regionale MR-Schutz in *Europa* fußt auf der Europäischen Konvention zum Schutz der MR und Grundfreiheiten (EMRK) vom 4. 11. 1950 (samt zwölf Zusatzprotokollen), die am 3. 9. 1953 in Kraft getreten ist. 1961 wurde die EMRK durch die Europäische Sozialcharta (samt drei Zu-

satzprotokollen 1988, 1991, 1995) ergänzt, die am 26. 2. 1965 in Kraft trat. 1996 kam es zu einer umfassenden Revision der ESC. Im Bereich der GUS-Staaten wurde in Ausführung von Art. 33 des GUS-Statuts am 24. 9. 1993 die MR-Kommission der GUS-Staaten eingerichtet und am 26. 5. 1995 die Konvention der GUS-Staaten über MR und Grundfreiheiten unterzeichnet. Da einige der GUS-Staaten bereits Ratifikanten der EMRK sind, ergeben sich – falls die GUS-MR-Schutzkonvention in Kraft tritt – aus der Doppelmitgliedschaft in beiden MR-Schutzkonventionen schwierige Abgleichungsfragen.

b) Der regionale MR-Schutz in (beiden) *Amerikas* fußt auf der Amerik. Deklaration der Rechte und Pflichten des Menschen, die 1948 im Schoße der *OAS proklamiert wurde. Daneben wurde 1960 eine Inter-Amerik. Kommission für MR eingerichtet, die 1967 sogar zu einem Hauptorgan der OAS wurde. Faktisch gelang der Durchbruch aber erst mit der Unterzeichnung der Amerik. Konvention für MR (sog. Pakt von San José) am 22. 11. 1969, die am 18. 7. 1978 in Kraft getreten ist und bis Ende 2001 von 24 Mitgl. der OAS ratifiziert wurde. Mit Inkrafttreten der Konvention wurden 1979 die Inter-Amerik. Kommission für MR und ein Inter-Amerik. Gerichtshof für MR als feste Organe eingerichtet. Obwohl sich bereits 21 Staaten der Gerichtsbarkeit des Gerichtshofs und 10 der Staatenbeschwerde unterworfen haben, weigerten sich einige *autoritäre Regime LAs, die Jurisdiktion des MR-Gerichtshofs anzuerkennen bzw. sich der (fakultativen) Staatenbeschwerde zu unterwerfen. Dennoch wurden bis 2001 92 Urteile bzw. Gutachten vom Inter-Amerikanischen MR-Gerichtshof erlassen.

c) Der regionale MR-Schutz in *Afrika* wird innerhalb der *OAU vorangetrieben; am 19. 1. 1981 einigten sich deren Mitgl. auf den Entwurf einer Afrikanischen Charta der MR und Rechte der Völker (Banjul-Charta), die am 21. 10. 1986 in Kraft trat. Als Organe sieht sie die Errichtung einer Afrik. MR-Kommission und die Schaffung eines Afrik. MR-Gerichtshofs (errichtet durch ein eigenes Zusatzprotokoll) vor. Trotz Übernahme wichtiger Teile der EMRK ist die Banjul-Charta eigenständig ausgestaltet und auf die speziellen Erfordernisse des MR-Schutzes in Ländern der *Dritten Welt hin konzipiert (Sicherung kollektiver Rechte der Völker, Pflichten des Einzelnen gegenüber der Gemeinschaft, wechselseitige Bedingtheit von MR und E. etc.). 1969 wurde im Schoß der OAU noch eine Afrikan. Flüchtlingskonvention verabschiedet, die 1974 in Kraft trat und die eine regionale Ergänzung zur universellen Genfer Flüchtlingskonvention 1951 darstellt. 1990 wurde auch noch eine Afrikan. Charta über die Rechte und das Wohlergehen von Kindern unterzeichnet. Im Febr. 1990 wurde in Arusha die *African Charter for Popular Participation in Development and Transformation* (Charta von Arusha) durch über 500 Vertreter von afrikan. NGOs angenommen. In ihr ist die Mitbeteiligung der afrikan. Bev. an den Entwicklungsanstrengungen in Afrika verankert.

d) Der regionale MR-Schutz im *arabischen Raum* scheiterte bisher an Meinungsverschiedenheiten über den *islamischen Fundamentalismus bzw. die Vereinbarkeit vom MR-Schutz und Scharia (irdisches Recht, das im Koran und in der Sunna unabänderlich vorherbestimmt ist). 1981 wurde durch den Rat des Islam für Europa die Universelle Islam. MR-Deklaration proklamiert. 1990 wurde von der Islam. Weltkonferenz die Kairoer Deklaration über MR und Islam angenommen, die 1989 von 25 arab. Staaten ausgearbeitet worden war. Im Gegensatz zu diesen beiden mehr oder weniger privaten Kodifikationen kam es 1994 erstmals zur offiziellen Verabschiedung einer Arabischen MR-Charta durch die *Arabische Liga.

6. *Informeller MR-Schutz durch INGOs*: Sowohl als *grassroot*-Org. im Sinne von Selbsthilfegruppen von Opfern von MR-

Verletzungen als auch in Form komplexer organisierter int. NGOs (*amnesty international, *Human Rights Watch, Int. Juristenkommission etc.) wirken diese Organisationsformen der *civil society* (→Zivilgesellschaft) in vielfältiger Form am MR-Schutz mit, und zwar in folgenden Formen: (a) Mitwirkung an der int. pol. Diskussion (*agenda setting*) bzw. an der int. Rechtssetzung (*standard setting*): Int. NGOs besetzen des Öfteren ein MR-Thema, verbalisieren es und machen es so überhaupt erst zu einem «Problem». Dies geschieht in der Regel durch sog. «Kampagnen», wie z. B. im Falle der Antifolter-Konvention (1984/1987), der Kinderrechts-Konvention (1989), der Antipersonenminen-Konvention (1997) und des «Rom-Statutes» über den *Internationalen Strafgerichtshof (1998); (b) Mitwirkung an der Kontrolle der Einhaltung von MR-Standards (*monitoring*): Insb. an den «vertraglichen» Schutzverfahren (Hummer [BdGVR 2000], S. 169ff.) wirken int. NGOs maßgeblich mit, indem sie den jeweiligen MR-Ausschüssen der einzelnen UN-MR-Konventionen ihre Expertise zur Verfügung stellen. Vor allem spielen int. NGOs auf den Tagungen der UN-MR-Kommission eine wichtige Rolle, da sie durch spezifische «Mitteilungen», die sie an dieses Gremium richten, Verfahren nach den ECOSOC-Res. 1235 (XLII) und 1503 (XLVIII) auslösen können. Ganz besonders wichtig ist ihre Mitwirkung an der EMRK, bezüglich derer Art. 48 Abs. 1 lit. e) in der Fassung des IX. ZP (1994) int. NGOs nunmehr eine entsprechende Aktivlegitimation zur Einleitung eines Verfahrens vor dem EGHMR eröffnet; (c) Mitwirkung an der int. Judikatur: Je nach Permissivität der Verfahrensordnung der einzelnen völkerrechtl. (Schieds-)Gerichte können die int. NGOs als Partei, Nebenintervenient, *amicus curiae*, Sachverständiger oder Zeuge auftreten.

7. *Neueste Entwicklungen im MR-Schutz*: Von den vielfältigen aktuellen Entwicklungen im MR-Schutz seien nur folgende drei kurz hervorgehoben: (a) MR-Schutz in einem *self contained regime* (EU); (b) MR-Schutz durch Strafverfolgung; (c) Immunität von Staatschefs bzw. Regierungsmitgliedern wegen schwerer MR-Verletzungen als offizielle Regierungspol.

(a) Die Idee, die MR durch das Strafrecht zu schützen, ist im VR nicht neu. Sie trug früher ein kriegs- und humanitätsrechtl. Vorzeichen, wie etwa in den Kriegsverbrecherprozessen von Nürnberg und Tokio 1945 oder in den detaillierten Verfolgungs-, Straf- bzw. Auslieferungsverpflichtungen der Genfer Rotkreuz-Konventionen von 1949. Bereits in der Genozid-Konvention aus dem J. 1948 findet sich aber bereits eine nicht mehr kriegsorientierte Verpflichtung der Vertragsstaaten, Täter vor staatl. Gerichte zu stellen bzw. an ein int. Gericht auszuliefern. Einen hohen Stellenwert nimmt die Strafverfolgung auch in der UN-Folterkonvention aus dem Jahr 1984 ein. Auch die jüngst erfolgte Errichtung int. Strafgerichtshöfe steht in engem Zusammenhang mit dem Recht der bewaffneten Konflikte. So richtete der Sicherheitsrat (SR) der UN in den J. 1993 und 1994, gestützt auf Kap. VII UN-Charta, die beiden int. Strafgerichtshöfe für Ex-Jugoslawien (SR-Res. Nr. 827 vom 25. 5. 1993) und Rwanda (SR-Res. Nr. 995 vom 8. 11. 1994) ein. In der Folge kam es am 17. Juli 1998 in Rom auch noch zur Unterzeichnung eines Vertrags zur Errichtung eines (ständigen) *Internationalen Strafgerichtshofs (International Criminal Court, ICC), der nach Erreichung der 60. Ratifikation am 1. 7. 2002 in Kraft getreten ist. Ein wesentliches Merkmal der int. Strafgerichtsbarkeit ist die Eigenständigkeit des Strafanspruchs, der neben jenem der Staaten besteht. Wurde aber dem Jugoslawien- und dem Rwanda-Tribunal noch eine primäre Jurisdiktion eingeräumt, so besitzt der ICC nur komplementäre bzw. subsidiäre Strafgewalt im Verhältnis zu seinen Mitgliedstaaten.

(b) Diese E. im Bereich einer zentralisierten int. Strafverfolgung hat ein Pendant im dezentralisierten – d. h. staatl.– Bereich, nämlich bei den staatl. Strafgerichten. Gerade die schwersten MR-Verletzungen, die im Gefolge einer offiziell angeordneten Regierungspol. begangen wurden, blieben in der Regel immer straffrei, da sie im eigenen Staat aus pol. und faktischen Gründen nicht verfolgt wurden und die Verantwortlichen sich im Ausland bisher immer erfolgreich auf ihre Immunität berufen konnten. Es kam auch immer wieder zu nat. «Pardonierungsgesetzen» – wie z. B. in Argentinien nach dem Regime der Militärjunta (1976–1983) in Form des sog. «Gehorsamsgesetzes» (*Ley de obediencia debida*) (1986) sowie des sog. «Schlusspunktgesetzes» (*Ley de punto final*) (1987) –, mit denen (rechtswidrig) versucht wurde, auf den Strafanspruch des Staates zu verzichten, obwohl dieser aus einem völkerrechtlichen Titel entsprang. Die wenigen im J. 1985 bestraften ranghöheren Juntamitgl. wurden 1990 von Präs. Carlos Menem begnadigt. Diese beiden Gesetze wurden allerdings am 6. 3. 2001 vom argentin. Bundesrichter Gabriel Cavallo für verfassungswidrig erklärt (Aufhebung der Amnestiegesetze in Argentinien, in: NZZ vom 7. 3. 2001, S. 2). Am 10. 7. 2002 erließ der Bundesrichter Claudio Bonadio Haftbefehl gegen 30 Militärs, denen das «Verschwindenlassen» von Personen Mitte der 1970er Jahre vorgeworfen wurde. Unter den Betroffenen befindet sich auch Ex-Juntachef Leopoldo Galtieri, der das Land von 1981 bis 1982 diktatorisch regiert hat. Auch Chile leitete keine Strafverfolgungen wegen der Verbrechen ein, die während der siebzehnj. Amtsperiode von Präs. Pinochet begangen wurden. Es verbot auch die Einreise ausl. (Untersuchungs-)Richter, die das «Verschwinden» eigener Staatsangehöriger während der Militärdiktatur untersuchen wollten, wie z. B. im Falle des franz. Richters Roger Le Loire, dem der Oberste GH Chiles am 6. 1. 2000 die Einreise nach Chile verweigerte.

Im Bereich der Immunität von Staatsoberhäuptern, Regierungsmitgl. oder Diplomaten – funktionale Immunität *ratione materiae* für deren hoheitliches Handeln (auch nach dem Ausscheiden aus dem Amt) bzw. persönliche Immunität *ratione personae*, die allerdings mit dem Ausscheiden aus dem Amt erlischt – kam es im Gefolge der Causa Pinochet zu einem wahrhaften Paradigmenwechsel. Pinochet wurde nach seinem Ausscheiden aus dem Amt als Präs. Chiles am 11. 3. 1990 Senator auf Lebenszeit. Während seiner Amtszeit 1973–1990 kam es zu willkürlichen Tötungen, Folterungen und zum «Verschwindenlassen» oppositioneller Chilenen in großem Maßstab. Als sich Pinochet 1998 nach Großbritannien begab, um sich ärztlich behandeln zu lassen, wurde ihm ein Haftbefehl zugestellt, der auf Betreiben eines span. Auslieferungsbegehrens ausgestellt war. Der Haftbefehl wurde zunächst aus Gründen der Staatenimmunität aufgehoben. Die *Law-Lords* im *House of Lords* bestätigten am 24. 3. 1999 mit 6:1 Stimmen die Auslieferung nach Spanien, die aber letztlich wegen des hohen Alters und der daraus resultierenden Haftunfähigkeit Pinochets nicht erfolgte. Da Senator Pinochet zum Zeitpunkt des Auslieferungsbegehrens kein amtierendes Staatsoberhaupt mehr war, stand ihm allenfalls funktionelle Immunität als Ausfluss der Staatenimmunität seines Landes zu. Da die Ratifikation der Folterkonvention (FK) durch Chile als Immunitätsverzicht gewertet wurde und sich die Staaten gem. Art. 5 Abs. 2 der FK verpflichtet haben, Folterer strafgerichtlich zu verfolgen, gab es ein sachliches Argument gegen die Immunität: Die Folter wird definitionsgemäß von Trägern staatl. Macht ausgeübt, denen für ihre amtliche Tätigkeit vor fremden Gerichten an sich funktionelle Immunität zusteht. Damit würde aber die FK ins Leere gehen, da Folterer ja in der Regel auch nicht von heimischen staatl. Gerichten verurteilt werden. Die Konsequenz kann dann aber nur lauten, dass die funktionale Immunität hier zwangsläufig ausscheidet. Ein noch amtierendes Staatsoberhaupt würde sich freilich – so die herrschende Auffassung – auf seine absolute Immunität *ratione personae* berufen können. Das wesentliche Ergebnis dieses Spruchs des *House of Lords* besteht darin, dass es einem ehemaligen Staatsoberhaupt angesichts von Foltervorwürfen versagt wurde, sich hinter seiner funktionellen Immunität zu verschanzen. Da ihm nach dem Ausscheiden aus dem Amt aber auch keine abs. Immunität *ratione personae* mehr zusteht, konnte auf Pinochet gegriffen werden.

Dieser Spruch des *House of Lords* wurde anfänglich als beinahe «revolutionär» empfunden, machte in der Zwischenzeit aber Schule: So bereitet nicht nur der span. Untersuchungsrichter Baltasar Garzón, der bereits die Pinochet-Causa ausgelöst hatte, eine Reihe weiterer int. Haftbefehlen vor, sondern auch ein belg. Untersuchungsrichter – unter Berufung auf ein belg. Gesetz «betreffend die Bestrafung schwerer Verletzungen des Humanitären Völkerrechts» (sog. «Genozid-Gesetz») vom 16. 6. 1993 in der Fassung vom 10. 2. 1999, das eine universelle Jurisdiktion belg. Gerichte für die Ahndung schwerer MR-Verletzungen vorsieht – stellte einen int. Haftbefehl gegen den damaligen kongolesischen Außenmin. Abdulaye Yerodia Ndombasi aus, worin diesem schwere Verletzungen des humanitären VR einschließlich Verbrechen gegen die Menschlichkeit angelastet wurden. Daraufhin verklagte die Demokrat. Rep. Kongo am 17. 10. 2000 Belgien vor dem IGH (Pressemitteilung des IGH 2000/32 vom 17. 10. 2000: Democratic Republic of the Congo v. Belgium [Arrest Warrant of 11 April 2000]) und warf Belgien vor, sowohl die dipl. Immunität des Außenmin. als auch – in seiner Person – die Staatenimmunität des Kongo verletzt zu haben. In seinem Urteil vom 14. 2. 2002 gab der IGH der Demokrat. Rep. Kongo Recht, indem er feststellte, dass der Erlass eines int. Haftbefehls gegen einen amtierenden Außenmin. (völkergewohnheitsrechtl.) gegen die abs. Immunität und Unverletzlichkeit desselben vor der staatl. (belg.) Strafgerichtsbarkeit verstoße. Dementsprechend sei auch die Zirkulation des Haftbefehls rechtswidrig und sofort zu widerrufen (Pressemitteilung des IGH 2002/04 vom 14. 2. 2002). In der Zwischenzeit sind aber nicht weniger als 28 Klagen gegen frühere und amtierende Staats- und Regierungschefs – von Ariel Sharon über Yassir Arafat bis Fidel Castro – bei belg. Gerichten anhängig gemacht worden. Juni 2001 waren erstmals vier Personen wegen Beteiligung am Völkermord in Rwanda durch ein Brüsseler Gericht zu langj. Haftstrafen verurteilt worden. Ein Brüsseler Berufungsgericht hatte in diesem Zusammenhang aber die Klagen gegen Sharon und Yerodia mit der Begründung abgewiesen, dass mutmaßliche Kriegsverbrechen nur dann geahndet werden können, wenn sich die betroffenen Personen auf belg. Staatsgebiet aufhalten. Im Lichte dieses Judikats und dem des vorerwähnten Urteils des IGH in der Causa Yerodia versucht die belg. Reg. Guy Verhofstadts nunmehr zwar das «Genozid-Gesetz» (1993) beizubehalten, es aber entsprechend zu modifizieren, um es völkerrechtskonform zu stellen (Universelle Jurisdiktion belg. Gerichte, in: NZZ vom 20./21. 7. 2002, S. 4).

Lit.: F. Hartung, Die Entwicklung der Menschen- und Bürgerrechte von 1776 bis zur Gegenwart, Göttingen 1972; C. Ritterband, Universeller Menschenrechtsschutz und völkerrechtliches Interventionsverbot, Bern 1982; A. Barthel, Entwicklung und Menschenrechte, Aachen 1986; W. Heinz, Menschenrechte in der Dritten Welt, München 1986; E. Riedel, Theorie des Menschenrechtsstandards, Berlin 1986; W. Benedek, Durchsetzung von Rechten des Menschen und der Völker in Afrika auf regionaler und nationaler Ebene, ZaöRV 1994, S. 150ff.; G. Seidel, Handbuch der Grund- und Menschenrechte auf staatlicher, europäischer und universeller Ebene, Baden-Baden 1996; F. Hoffmeister, Menschenrechts- und Demokratieklauseln in den vertraglichen Außenbeziehungen der Europäischen Gemeinschaft,

Berlin 1998; G. Schubert (Hg.), Menschenrechte in Ostasien, Tübingen 1999; W. Hummer, Internationale nichtstaatliche Organisationen im Zeitalter der Globalisierung, in: BdGVR 2000, S. 45 ff.; W. Hummer, Grundrechte in der EU, in: W. Karl/U. Brandl (Hg.), Völkerrecht und Europarecht 1999. Akten des XXIV. Österr. Völkerrechtstages, Wien 2000, S. 269 ff.; U. Kriebaum, Warum Pinochet nicht immun ist, in: W. Karl/U. Brandl (Hg.), Völkerrecht und Europarecht 1999, Wien 2000, S. 51 ff.; H.-C. Krüger/J. Polakiewicz, Vorschläge für ein kohärentes System des Menschenrechtsschutzes in Europa, in: EuGRZ 2001, S. 92 ff.; L. Wildhaber, Der vollamtliche Europäische Gerichtshof für Menschenrechte nach seinem ersten Jahr, in: ZSR 2000, S. 123 ff.; W. Hummer, Demokratiesicherungsklauseln in regionalen Präferenzzonen – Europäische versus lateinamerikanische Praxis, in: JRP 2001, 3, S. 185 ff.; W. Hummer, Der Status der EU-Grundrechtecharta, Bonn 2002; W. Hummer, Menschenrechte in der französischen Revolution, in: H. Reinalter (Hg.), Die Französische Revolution und das Projekt der Moderne, Wien 2002, S. 307 ff.; W. Karl, Aktuelle Entwicklungen im Internationalen Menschenrechtsschutz, in: W. Hummer (Hg.), Paradigmenwechsel im Völkerrecht zur Jahrtausendwende, Wien 2002, S. 275 ff. wh

MERCOSUR Der *Mercado Común del Sur* (Gemeinsamer Markt des Südens) fußt auf dem Vertrag von Asunción, der am 26. 1. 1991 von Argentinien, Brasilien, Paraguay und Uruguay unterzeichnet wurde. Ziel ist die Einrichtung eines gemeinsamen Marktes, in dem wirtsch. Güter, Dienstleist., Kapital und Arbeit frei gehandelt werden können. Eine (noch nicht ganz vollständige) Zollunion erstreckt sich bereits über eine Fläche von 11,8 Mio. qkm mit einer Bev. von über 219 Mio. und einem BIP von über 900 Mrd. US-Dollar. Vier Hauptinstrumente wurden vorgesehen, um das Ziel des gemeinsamen Markts zu verwirklichen: ein Handelsliberalisierungsprogramm; ein gemeinsames Außenzollabkommen; die Koordinierung makroökon. Politiken und sektorale Verträge. Der Gedanke des M. geht auf eine Reihe v. a. bilateraler Bemühungen um wirtsch. Integration und Kooperation zurück (insbes. zwischen Argentinien und Brasilien: *Programa de Integración y Cooperación Económica*, 1986; *Acta de Buenos Aires*, 1990; *Acuerdo de Alcance Parcial de Complementación Económica* – ACE – n° 14, 1990). M. ist seit 1991 als ein multilaterales Abkommen in der *ALADI registriert.

Am 17. 12. 1994 wurde der *Protocolo de Ouro Preto* unterzeichnet, der den institutionellen Rahmen des M. festlegte. M. erhielt damit den Status einer juristischen Person im Internationalen Recht. Höchstes Organ ist der *Consejo del Mercado Común* (Rat der Außen- und Wirtsch.-Min. der jeweiligen Länder, der sich mit den pol. Aspekten des Integrationsprozesses beschäftigt); das Exekutivorgan, *Grupo Mercado Común* (GMC), besteht aus vier Delegationen (zwei für Wirtsch. und je eine für Zoll- und Außenbez.); als Kontroll- und Konfliktschlichtungsorgan fungiert die *Comisión de Comercio*, die dem GMC beigestellt ist. Die Entscheidungen dieser drei Organe müssen durch Konsens und in der Anwesenheit aller getroffen werden; weitere Organe sind die *Comisión Parlamentaria Conjunta* (Forum der parl. Vertreter), der *Foro Consultivo Económico Social* (Forum der Vertreter der wirtsch. und gesellsch. Sektoren) und die *Secretaría Administrativa* (operative Unterstützung, mit Sitz in Montevideo). Die von den M.-Organen verabschiedeten Verordnungen haben in den Mitgl.-Ländern ohne weitere Bestätigung Gültigkeit; sie werden in einer offiziellen Schrift veröffentlicht.

Die Zollunion trat am 1. 1. 1995 in Kraft. Hinsichtlich der Abschaffung der tarifären und nicht-tarifären Barrieren zwischen den M.-Ländern wurden für einige Produkte im Rahmen eines ‹Anpassungsregimes› Ausnahmen vorgesehen; in Bezug auf die Einführung eines gemeinsamen Außenzolls gelten vorläufig ebenfalls ‹Ausnahmelisten› (er wurde für insg. 80 % der Produkte bei max. 20 % festgesetzt). M. wurde aufgrund der unterschiedlichen Größen der Volkswirtschaften von Argentinien und Brasi-

lien einerseits und Paraguay und Uruguay andererseits als Integrationsprojekt der zwei Geschwindigkeiten konzipiert. Die Zollunion für Argentinien und Brasilien besteht bereits seit 1. 1. 2001, ab 1. 1. 2006 soll sie auch für Paraguay und Uruguay ausnahmslos gelten.
Im Juni 1996 wurde eine Vereinbarung mit Chile getroffen, welche eine Liberalisierung des Handels von wirtsch. Gütern (keine Dienstleist.) zwischen Chile und M. festlegte. Chile wurde damit dem Handelsblock über Freihandelsverträge assoziiert (Chile verbleibt außerhalb des gemeinsamen Außenzollsystems). Eine ähnliche Vereinbarung wurde in Dez. 1996 mit Bolivien getroffen. Im Juni 1997 begann eine Verhandlungsrunde mit Peru; mit den übrigen Ländern der *Andengemeinschaft stehen Gespräche vor der Tür. Darüber hinaus wurde am 15. 12. 1995 in Madrid ein Rahmenabkommen einer interregionalen Freihandelszone zwischen M. und EU unterzeichnet, die spätestens 2006 in Kraft treten soll.
Die Handelsbez. innerhalb des M. haben sich seit 1991 dynamisch entwickelt, wobei deren Wachstum für Paraguay und Uruguay im Vergleich weniger ausgeprägt war. Gleichzeitig fiel die Intensivierung der Handelsbez. innerhalb des M. bisher stärker aus als mit der restlichen Welt. Die Gesamtausfuhren der M.-Länder auf den Weltmarkt verzeichneten auch im Vgl. zu den zwei vergangenen Jahrzehnten (Ausnahme: Argentinien) eine negative E. Zwischen 1991 und 1994 stellten Betriebsstoffe den dynamischsten Sektor in den gesamten M.-Handelsbez. dar; gefertigte Erzeugnisse rangierten auf dem zweiten Platz (in Paraguay und Uruguay allerdings auf Platz drei), während Lebensmittel und Agrarprodukte den dritten und Mineralien und Metalle den vierten Rang belegten. Der Intra-M.-Handel beträgt 18 % des Gesamthandels des M. Nach den verfügbaren Daten kann nicht eindeutig festgestellt werden, ob die dynamische E. der Handelsbeziehungen im M. ein permanentes oder ein eher konjunkturelles Phänomen darstellt, das auf den Rückgang der Handelsbez. in den 1980er J. zurückzuführen ist. Darüber hinaus deuten die Daten auf eine Verlagerung der Handelsbez. weg vom Weltmarkt hin zu den M.-Ländern: Da diese eine niedrige Beteiligungsrate in int. Handel, Produktion und Investitionen aufweisen und daher vom int. Markt im bedeutenden Maß abh. sind, kann diese Verlagerung der Handelsbez. zum Problem werden, wenn sie zu einer dauerhaften Vernachlässigung der Integration in den Weltmarkt führt. Es herrscht unter den M.-Partnern dennoch Konsens darüber, dass die Intensivierung der regionalen Handelsbeziehungen im Sinne eines ‹offenen Regionalismus› (*CEPAL, 1994) dazu dienen sollte, jene Bedingungen zu schaffen, die sowohl wirtsch. Wachstum als auch eine dynamische Integration in den Weltmarkt erlauben. Wichtigste Handelspartner des M. sind der NAFTA und die EU (jeweils 25 %). Knapp 60 % der Direktinvestitionen im M. sind europ. Ursprungs. Seit Nov. 1999 zielen Verhandlungen (bereits sieben Runden) zwischen der EU und dem M. darauf ab, ein interregionales Assoziationsabkommen zu erreichen.
Von den oben genannten vier Hauptinstrumenten zur Verwirklichung des gemeinsamen Markts wurden v. a. hinsichtlich der gemeinsamen Zolltarife und des Handelsliberalisierungsprogramms in rel. kurzer Zeit große Fortschritte erreicht. Von einer Koordinierung der makroökon. Politiken sind die M.-Mitgl. weiter entfernt denn je, wie die Finanzkrisen Brasiliens Anfang 1999, Argentiniens Ende 2001 und Uruguays Mitte 2002 zeigten, die zu einer Abwertung der jeweiligen Währungen gegenüber dem US-$ führten und in einigen Fällen Einfuhrbeschränkungen als Folge hatten. Der Gemeinsame Markt wird von den Partnern jedoch für notwendig gehalten, um die Verhandlungsposition des M. in der Diskussion um die Schaffung einer kontinentalen Freihandelzone gegenüber den USA zu stärken. Nach der para-

guayischen Demokratiekrise von 1996 beschlossen die Außenmin. der M.-Länder, eine ‹Demokratie-Klausel› einzuführen, welche die Existenz eines demokrat. Regierungssystems zur *conditio sine qua non* für die M.-Mitgliedschaft erklärte. Der demokrat. Kompromiss der Mitgl.-Länder wurde mit dem Protocolo de Ushuaia (Argentinien, Juli 1998) wiederholt festgesetzt.

Auf dem Gipfeltreffen in Buenos Aires (Febr. 2002) bestätigten die Mitgl.-Länder – inmitten der kritischen regionalen Konjunktur – ihre Integrationsbereitschaft. Im *Protocolo de Olivos* legten sie drei Handlungsachsen zur Vertiefung des Integrationsprozesses fest: 1) Institutionelle Vestärkung: Das Verwaltungssekretariat soll ausgebaut und die Notwendigkeit der Schaffung einer Währungsinstitution untersucht werden. Entschieden wurde die Errichtung des *Tribunal Permanente de Revisión de Controversias*. 2) Dynamisierung des produktiven Sektors: Es wird gesucht, die Kompetitivität der Volkswirtschaften zu steigern und die (vertikale) Ergänzung der Produktionsprozesse zwischen den Mitgl.-Ländern zu vertiefen. 3) Int. Projekt: Unter den Bedingungen einer multipolaren Welt setzt der M. auf regionale Integration und Integration in den Weltmarkt («konvergierender Parallelismus»). Internet: www.mercosur.org.uy.

Lit.: H. Sangmeister, Auf dem Weg in den Weltmarkt: Regionale Wirtschaftsintegration im Cono Sur, in: D. Junker u. a. (Hg.), Lateinamerika am Ende des 20. Jhs., München 1994; W. Klein, Der Mercosur. Wirtschaftliche Integration, Unternehmer und Gewerkschaften, Freiburg; IRELA, La Unión Europea y el MERCOSUR: ¿hacia una nueva relación económica?, doc. de base, Madrid 1996; M. Izam, Evolución, análisis y perspectivas del Mercado Común del Sur, CEPAL 1997; St. A. Schirm, Kooperation in den Amerikas: NAFTA, MERCOSUR und die neue Dynamik regionaler Zusammenarbeit, Baden-Baden 1997; K. Esser, Globalisierung, Regionalisierung und interregionale Beziehungen. Anforderungen an den MERCOSUR und eine EU-MERCOSUR-Partnerschaft, Berlin 2000. ml/cz

Mestize Abkömmling von Eltern unterschiedlicher Rassen, vornehmlich von Europäern und Indios. dn

Metropole Griech. Ursprungs, zunächst gebräuchlich für Hauptstadt und damit Ausdruck für das innerstaatl. Verhältnis von Hauptstadt (etwa Paris) und Provinz, dann übertragen auf das Verhältnis von Ländern und Ländergruppen zueinander, wobei in den Begriff nicht nur die E.-Differenzen (modern/dynamisch/attraktiv – rückständig/statisch/provinziell) eingegangen sind, sondern auch Vorstellungen über die Verursachung der E.-Differenzen: Ausbeutung durch die metropolitanen Länder, die mit den westl. IL, insbesondere mit ihren führenden Wirtschaftsmächten, identisch sind. →Dependencia dn

Mexiko

Fläche (Tsd. qkm): 1958,201
Bev. (Mio.) 2001: 100,40
BNE pro Kopf (US-$) 2000: 5080
BIP (Mio. US-$) 1999: 474951
LE (Jahre) 1999: 72,1
Analphabetenquote (%) 1999: 9
HDI 1999: 0,790 [Rangplatz von 162: 51]

Als Folge der 1910 ausgebrochenen, gewaltsamen *Revolution veränderte sich das Gesicht M.s grundlegend. Mit der Liberalisierung und Öffnung der Wirtsch. sowie der *Demokratisierung des pol. Systems befindet sich das Land seit den 1980er J. in einem neuartigen, weitgehend friedlichen Transformationsprozess mit vermutlich noch tiefer greifenden Konsequenzen für seine künftige E., als es der Wahlsieg des Oppositionskandidaten V. Fox Quesada 2000 nach über 70-jähriger PRI-Herrschaft zum Ausdruck gebracht hat.

1. M. ist das drittgrößte Land LAs. Ca. 80 % der Landfläche nehmen trockene und halbtrockene Gebiete ein, die ohne künstliche Bewässerung ackerbaulich nicht nutzbar sind. Trotz fortgeschrittener Industrialisierung ist M. noch ein Agrarland; die Landw. bildet die Lebensgrundlage für rd. die Hälfte der Bev.; ca. die Hälfte der ges. Fläche wird landw. genutzt. Im feuchtheißen S werden Kaf-

fee, Kakao, Bananen und Tabak angebaut; im trockenen N wird eine extensive Viehwirtsch. betrieben. Trotz versch. staatl. Förderprogramme gelang es bisher nicht, die Schwierigkeiten im Agrarsektor (v. a. durch veraltete Bewirtschaftungsmethoden, unzureichende Bewässerung, mangelhafte Infrastruktur, Besitzzersplitterung und *Landflucht) zu beheben. So müssen auch Grundnahrungsmittel in erheblichem Umfang importiert werden. Die äußerst ergiebigen Fischgründe in den mex. Hoheitsgewässern werden bisher aufgrund zu geringer Fang- und Verarbeitungskapazitäten nur wenig genutzt. M. zeichnet sich durch großen Reichtum an Bodenschätzen aus. Es ist ein führender Produzent v. a. von Silber, Flussspat, Zink, Mangan, Blei, Kupfer und Schwefel. Mit Abstand die größte Bedeutung erlangte in den 1970er J. das Erdöl (1992: 65 Mrd. *barrel* nachgewiesene Reserven); doch der Anteil der Erdölprodukte am Export (1982: 77,6 %) ist in den 1990er J. stark gesunken (1995: 11 %; 2000: 7 %).

2. Nach Bev.-Zahl ist M. die größte spanischsprachige Nation und nach Brasilien das volkreichste Land LAs. Die Ew.-Zahl hat sich in den letzten 20 J. verdoppelt. Die Bev.-Explosion ist v. a. eine Folge der im Gesundheitswesen erzielten Fortschritte. Seit 1972 gibt es eine staatl. geförderte *Familienplanung, die beschränkte Erfolge erzielen konnte. Über 92 % der Bev. bekennen sich zum Katholizismus. Der rückläufige Anteil der indianischen Bev. wird auf etwa 10 % geschätzt. Bis auf eine äußerst kleine Minderheit rein Weißer besteht die übrige Bev. aus Mestizen. Die Indios machten bereits 1970 nur noch 2,1 % der Bev. aus. *Bevölkerungsexplosion und *Landflucht haben den Prozess der *Urbanisierung stetig verschärft (2000: 74 % städt. Bev.). Allein im Großraum der Hs. Mexiko-Stadt lebten Ende der 1990er J. ca. 19 Mio. Menschen (weitere Mio.-Städte: Guadalajara, Puebla und Monterrey, Nuevo León). Seit den 1980er J. sind die Reg. (bisher mit geringem Erfolg) bemüht, der inzwischen dramatischen Umweltbelastung in den Ballungsräumen entgegenzutreten.

3. Die erste große Revolution des 20. Jh.s beendete 1910 die über 30 J. andauernde Diktatur des Generals Porfirio Díaz, der im Zusammenspiel mit dem Auslandskapital, das zwischen 1900 und 1910 rd. 2/3 der Gesamtinvestitionen ausmachte, die wirtsch. Modernisierung des Landes betrieb. Während des Porfiriats wurden die *campesinos* mit allen möglichen Mitteln genötigt, ihr Land abzutreten, und gerieten auf den expandierenden *Latifundien in Schuldknechtschaft. Schließlich waren über 90 % der Bauern landlos. Ursprgl. eine Erhebung liberaler bürgerl. Kräfte gegen das repressive und personell verkrustete Regime, wurde die Revolution immer mehr zum Aufstand der besitzlosen Bauern. Die alte Oligarchie wurde liquidiert. Nach Abflauen des Bürgerkrieges, in dem über 1 Mio. Mexikaner umkamen, wurde 1917 die noch heute gültige Verfassung verabschiedet. Sie verfügte erstmals direkte Wahlen und untersagte die Wiederwahl des Präs. Von nationalistischer und antiklerikaler Inspiration, enthielt sie auch detaillierte, seinerzeit richtungweisende Bestimmungen für eine umfassende *Agrarreform und den Schutz der Arbeiter. In den folgenden Jahren bestimmten z.T. gewaltsame Machtkämpfe der *jefes revolucionarios* das pol. Geschehen. Nachdem 1928 der unbestrittene **caudillo* Obregón von einem relig. Fanatiker ermordet worden war, nahm der scheidende Präs. Calles die Krise zum Anlass, um die aus der Revolution hervorgegangenen neuen Kräfte in einer Partei zu vereinen und damit weiteres Blutvergießen zu vermeiden. Mit der Gründung der Revolutionspartei 1929, seit 1946 *Partido Revolucionario Institucional* (PRI), wurde Stabilität ein maßgebliches Merkmal des mex. pol. Systems.

4. 20 J. nach Ausbruch der Revolution waren ihre zentralen Postulate wie die Aufteilung der großen **haciendas* und die Wiedergewinnung der nat. Souveränität über die Rohstoffvorkommen nur

ansatzweise verwirklicht. Mit dem Amtsantritt des Präs. Cárdenas (1934–1940) fand ein Kurswechsel statt. Es wurde eine weitreichende Agrarreform zugunsten der *ejidos*, der auf Gemeinschaftsbesitz beruhenden Landkommunen, durchgesetzt. Cárdenas ließ mit rd. 18 Mio. ha – über 9 % der ges. Landfläche M.s – mehr Land verteilen als alle seine Vorgänger zusammen. 1938 wurde die im ausl. Besitz befindliche Erdölind. verstaatlicht. Die darauf folgenden US-amerik. Import- und Kreditrestriktionen verursachten Kapitalflucht und Preisanstieg und brachten das Land in wirtsch. Schwierigkeiten. Die nachfolgenden Reg. steuerten einen insg. deutlich konservativeren Kurs (feste Wechselkurse, Öffnung für ausl. Investitionen, Schutz des Binnenmarktes für die nat. Unternehmen). Ziel war die Industrialisierung des Landes mittels *Importsubstitution. Begünstigt durch die infolge des 2. WK gestiegene Nachfrage setzte in M. ein enormes Wirtsch.-Wachstum ein, das bis in die 1970er J. durchschn. über 6 % p. a. betrug. Auch in sozialer Hinsicht konnten Erfolge vermeldet werden: Die Analphabetenrate etwa wurde von 58,0 % (1940) auf 23,8 % (1970) gesenkt. Doch geriet das «mex. Entwicklungswunder» bei komplexeren Investitionsgütern ins Stocken. Es kam auch zu Außenhandelsdefiziten und zu einer Verschärfung der regionalen und sektorialen Disparitäten. Die Einkommensunterschiede nahmen zu; die 10 % Reichsten steigerten ihren Anteil am Gesamteinkommen von 35,7 % (1958) auf 39,2 % (1970), während der Anteil der Ärmsten 10 % von 2,3 % auf 1,4 % absank.

Diese Situation veranlasste die Reg. Echeverría Álvarez (1970–1976) zu einer wirtsch.-pol. Kursänderung. Die durch kostspielige infrastruktur- und verteilungsorientierte Maßnahmen gekennzeichnete staatl. Reformpol. konnte aber die Engpässe und Strukturprobleme nicht beseitigen; vielmehr wuchsen die Staats- und Auslandsverschuldung, das Außenhandelsdefizit und die lange zurückgestaute Inflation rasch an. Die Unternehmer transferierten riesige Geldmengen ins Ausland. 1976 erlebte das postrevolutionäre M. seine erste große Wirtsch.-Krise (Rückgang der JZ der BIP von 7,6 % 1973 auf 1,7 % 1976; erste Abwertung des Peso seit 22 J.). Mit einer Beschleunigung der Erdölförderung und einer unternehmerfreundlichen Pol. erzielte die Reg. López Portillo (1976–1982) erneut ein hohes Wirtsch.-Wachstum, aber Inflation und Auslandsverschuldung hielten unvermindert an. Eine kohärente E.-Strategie fehlte völlig. Trotz fortschreitender *Industrialisierung waren Ende der 1970er J. noch knapp 40 % der mex. Erwerbstätigen in der Landw., die nur rd. 9 % zum BIP beitrug, beschäftigt. Die landw. Produktion blieb hinter dem raschen Bev.-Wachstum zurück.

Der Einbruch des Erdölpreises 1981/82 machte die problematische E. noch deutlicher. Die in der Boomphase gewaltig gestiegene Auslandsverschuldung (1976: 19,6; 1982: 58,9 Mrd. US-$) spitzte sich im Kontext eines steigenden int. Zinsniveaus derart zu, dass M. im August 1982 gezwungen war, seinen Schuldendienst einzustellen. Angesichts der somit ausgelösten finanz. und wirtsch. Krise konzentrierte sich die Reg. de la Madrid in Übereinstimmung mit dem *IWF auf ein striktes Sanierungsprogramm. Die Inflationsrate konnte bis 1984 auf ca. 60 % gesenkt, das Haushaltsdefizit halbiert und im Außenhandel hohe Überschüsse erzielt werden. 1984 konnten rel. günstige Konditionen für die *Refinanzierung der Auslandsschulden erreicht werden. Dann ging die Reg. dazu über, das Land für Auslandskapital zu öffnen und die Beteiligung des Staates an der Wirtsch. abzubauen. So wurde schrittweise eine neue Wirtsch.-Pol. erkennbar, die v. a. wegen ihrer negativen sozialen Folgen (50 % Reallohnverlust zw. 1982 und 1990) nicht nur bei der linken Opposition, sondern auch innerhalb des PRI auf deutliche Ablehnung stieß.

Präs. Salinas de Gortari (1988–1994) betrieb die *neoliberale E.-Strategie noch prononcierter weiter: Rückzug des Staates aus der Wirtsch., Reprivatisierung der Banken; Öffnung des Marktes; kontrollierte Abwertung des Peso (u. a. durch Kooperation mit Unternehmen und Gewerkschaften); restriktive Sanierung des Staatshaushalts; Flexibilisierung der Arbeitsbez. Erst gegen Ende der 1980er J. verbesserten sich die wirtsch. Eckdaten merklich: Das Haushaltsdefizit konnte entscheidend gesenkt (1992: leichter Überschuss), die staatl. Auslands- und Inlandsverschuldung gestoppt werden; das BIP begann wieder leicht zu steigen; die Inflation wurde unter Kontrolle gebracht (1993: 7,7 %). Seit Anfang der 1980er J. verschob sich auch die Akzentsetzung der mex. Außenpol.: Die frühere überaus aktive LA-Pol. wurde durch eine realpol. Wende nach N ergänzt. M. orientiert sich seither weitaus stärker an den IL: Unter Präs. Salinas bildete M. 1992 zusammen mit den USA und Kanada die *NAFTA und trat 1994 der *OECD bei. Neben wirtsch. und außenpol. Erfolgen hinterließ Salinas jedoch seinem Nachfolger, Ernesto Zedillo (1994–2000), nicht nur erhebliche soziale Defizite, sondern v. a. mit einer negativen Zahlungsbilanz auch eine schwere Hypothek: Ende 1994 kam es zu einer dramatischen Währungskrise, in deren Verlauf der Peso über 60 % seines Wertes verlor. Die erhebliche finanz. Hilfe vonseiten der USA (deren außergewöhnliche Hilfsbereitschaft nicht zuletzt auf M.s Mitgliedschaft in der NAFTA zurückging), anderen IL sowie der *BIZ und des *IWF, das Austeritätsprogramm (strikte Geld- und Haushaltspol.) von Präs. Zedillo und die durch die NAFTA-Mitgliedschaft eröffnete Möglichkeit, einen Teil der zusammenbrechenden Binnennachfrage durch Ausfuhren zu ersetzen, machten es M. möglich, die Krise schneller als zunächst angenommen zu überwinden. 1996 hatte die Reg. die Inflation wieder im Griff, die Wirtsch. verzeichnete positive Zuwachsraten. Die Hauptlast bei der Bewältigung der Krise hatte bisher die Bev. in Form von erheblichen Realeinkommenseinbußen zu tragen, was die soziale Situation stark belastete.

5. Das hegemoniale Parteiensystem M.s war zwischen 1929–1988 durch die unangefochtene Vorherrschaft des PRI gekennzeichnet, der in ununterbrochener Folge alle Staatspräs., bis 1988 die Gouverneure aller Bundesstaaten und nahezu alle Bürgermeister der rd. 2400 Munizipien stellte. Der PRI ist in drei Sektoren untergliedert (*sector agrario, sector obrero, sector popular*), die im Wesentlichen mit den Dachverbänden der Landarbeiter und Kleinbauern, der *Gewerkschaften und der mittelständischen Vereinigung identisch sind. Über die Parteisektoren werden die Forderungen der gesellsch. Gruppen kanalisiert. Offene Konkurrenz findet im innerparteilichen Willensbildungsprozess nicht statt. Der jeweilige Staatspräs. übt die eigentliche Parteiführung aus. Er darf zwar nicht wiedergewählt werden, doch während seiner sechsjährigen Amtszeit ist er mit einer nahezu abs. Machtfülle ausgestattet. U. a. trifft er – vermutlich unter Heranziehung eines engen Führungszirkels – die wichtige Auswahl des Präs.-Kandidaten des PRI, d. h. seines Nachfolgers. Oppositionsparteien wurden ab den 1960er J. verstärkt in das pol. System einbezogen; mit Hilfe eines ständig perfektionierten ausgeklügelten Parteien- und Wahlrechts wurden sie vom Regime kooptiert bzw. kontrolliert. Durch ihre Teilnahme an den Wahlen trugen sie zur Legitimation des durch staatskorporatistische Strukturen gekennzeichneten pol. Systems bei und wurden dafür mit einer begrenzten Anzahl von Mandaten entlohnt.

Die Grundlagen des pol. Machtmonopols des PRI gerieten erst mit der von Präs. de la Madrid eingeführten wirtsch. Liberalisierung und der darauf folgenden Beschleunigung der gesell. Pluralisierung ernsthaft ins Wanken. Die Wahlergebnisse der 1980er J. signalisierten einen fallenden Stimmenanteil des PRI bei steigender Wahlenthaltung. Die Bedeutung der Oppositionsparteien nahm zu: Der *Partido Acción Nacional* (PAN), die 1939 gegr. Partei des kath. orientierten städt. Mittelstandes, die für eine liberale Wirtsch.-Pol. und konservativ-kath. Moralvorstellungen eintritt, avancierte zur zweitstärksten pol. Kraft. 1987 fusionierte der *Partido Comunista Mexicano* (PCM) mit anderen kleineren Parteien zum *Partido Mexicano Socialista,* der in den Wahlen von 1988 die aussichtsreiche Kandidatur von Cuauhtémoc Cárdenas, Sohn des ehem. Präs., unterstützte. Nach der Wahl entstand aus diesem Bündnis der populistisch und sozialdemokratisch ausgerichtete *Partido de la Revolución Democrática* (PRD), bis dato die wichtigste linke Partei. Bei den Wahlen von 1988 erreichte der Präs.-Kandidat des PRI, Salinas de Gortari, 50 % der abgegebenen Stimmen. Cuauhtémoc Cárdenas (31,1 % der Stimmen) sah sich jedoch durch massive Wahlfälschung um den Sieg betrogen. Der PRI konnte nur knapp seine abs. Mehrheit im Abgeordnetenhaus verteidigen; mit 1/5 der Sitze stellte der PAN die stärkste Oppositionspartei dar und gewann zum ersten Mal einen Gouverneursposten. In den Parl.-Wahlen von 1991 erzielte der PRI mit über 60 % der Stimmen ein gutes Resultat, das weitgehend mit den Leistungen des Präs. verbunden wurde.

Bei den Präs.-Wahlen von 1994 war das Vertrauen in saubere Wahlen aufgrund der Arbeit des *Instituto Federal Electoral* gestiegen, doch die Chancengleichheit der Parteien bei der Ressourcenausstattung blieb kaum gewahrt. Im Wahlkampf sorgten die Ermordung des PRI-Präs.-Kandidaten, Luis Donaldo Colosio, und der Aufstand von Chiapas für dramatische Höhepunkte. Der nach der Ermordung von Colosio zum PRI-Präs.-Bewerber gekürte Ernesto Zedillo, ein Technokrat ohne Erfahrung in Wahl- und Parteiämtern, triumphierte mit 48,8 % vor dem PAN-Kandidaten, Fernández de Cevallos (26,7 %). Cárdenas erlitt mit 16,6 % eine deutliche Niederlage. Das gestiegene Vertrauen in den Wahlprozess schlug sich in einer höheren Wahlbeteiligung nieder (1988: 51,2 %; 1994: 77,8 %). Die Zwischenwahlen von 1997 können als ein entscheidender Schritt im Demokratisierungsprozess angesehen werden: Erstmals fanden nämlich die Wahlen unter der Aufsicht einer unabh. Wahlbehörde statt; dabei kämpften die Parteien weitgehend mit gleichen Ressourcen um die Wählergunst. Der PRI erzielte in den Wahlen zum Abgeordnetenhaus 238 der 500 Mandate und verlor damit zum ersten Mal die abs. Mehrheit (PRD: 125; PAN: 122). Der PRD konnte sich um fast 10 Prozentpunkte im Vgl. zu 1994 steigern. Im Senat behielt der PRI die abs. Mehrheit. Mit diesem Wahlresultat erhielt die Opposition im Abgeordnetenhaus ein Veto im Gesetzgebungsprozess. Bei der ersten direkten Wahl des Bürgermeisters in Mexiko-Stadt konnte sich der Kandidat des PRD, Cuauhtémoc Cárdenas, mit großem Abstand durchsetzen. Mit dem ruhigen und offensichtlich fairen Verlauf der Wahlen und der raschen Anerkennung des Ergebnisses durch alle Seiten wuchs die Überzeugung, dass ein Machtwechsel die pol. Stabilität des Landes nicht mehr in Frage stellen dürfte. In den Präs.-Wahlen vom 2. 7. 2000 siegte Vicente Fox Quesada vom PAN mit 42,5 % und beendete damit die 71 J. andauernde Vorherrschaft der PRI, dessen Kandidat auf 36,1 % der Stimmen kam. Der scheidende Präs. Zedillo, den der PRI für die Wahlschlappe verantwortlich machte, erklärte, dass nun nicht mehr bezweifelt werden könnte, dass M. eine Demokratie sei. Der neue Präs. nahm sofort einige grundlegende Reformen in Angriff, sah sich aber einem Kongress gegenüber, in dem er über keine Mehrheit verfügte. So scheiterte die geplante Steuerreform. Im Chiapas-Konflikt, der seit 1994 schwelt, gelang ihm zwar eine Übereinkunft mit den Zapatisten vom EZLN (Ejército Zapatista de Liberación Nacional), nachdem er den einseitigen Rückzug von 18000 Soldaten aus der Konfliktregion Chiapas angeordnet hatte. Doch das Gesetz zur Gewährung von Autonomierechten an die Indio-Bev., das die

Reg. Zedillo bereits ausgehandelt, aber nicht verabschiedet hatte, dem der Kongress am 28. 4. 2001 zustimmte, wurde in einigen Punkten verwässert, sodass es den EZLN und den Nat. Indio-Kongress (CNI) der 62 Indio-Völker M.s nicht zufrieden stellte. Außenpol. lehnte sich Mexiko mehr an die USA an, sichtbar v.a. in der Abkehr von der traditionell kubafreundlichen Pol., die März 2002 beim OAS-Treffen in Monterrey eine scharfe Konroverse zwischen beiden Ländern auslöste.

Lit.: W. Grabendorff, Bestimmungsfaktoren und Dimensionen der Außenpolitik Mexikos, Ebenhausen 1977; V. G. Lehr, Der mexikanische Autoritarismus, München 1981; M. Mols, Mexiko im 20. Jahrhundert, Paderborn u. a. 1981; E. Durán, Mexiko unter Präsident de la Madrid, in: EA 10/1985, S. 297ff.; H. Lauth, Mexiko zwischen traditioneller Herrschaft und Modernisierung, Münster/Hamburg 1991; D. Briesemeister/K. Zimmermann (Hg.), Mexiko heute, Frankfurt a.M. 1992; H. Stamm, Krise und Anpassung in Mexiko, Saarbrücken/Fort Lauderdale 1992; R. Sevilla/A. Azuela (Hg.), Mexiko – die institutionalisierte Revolution?, Unkel 1993; D. Nohlen/H. Lauth, Mexiko, in: HDW III, 3, Bonn 1995, 172ff.; D. Valadés, La transición del sistema presidencial mexicano, in: D. Nohlen/M. Fernández (Hg.), El presidencialismo renovado, Caracas 1998. vgl/ml

MGM Stiftung Menschen gegen Minen, 1992 gegr., *nichtstaatliche Organisation mit der zentralen Aufgabe der Minenräumung →Landminen. Adresse: Moltkestr. 1, 47799 Krefeld, E-Mail: www.mgm.org dn

MIC *middle income countries* →Weltentwicklungsberichte

MIGA Multilaterale Investitions-Garantie-Agentur (*Multilateral Investment Guarantee Agency*), am 12. 4. 1988 gegr. Tochtergesellschaft der *Weltbank. Ihre Mitgl.-Zahl hat sich von 52 (1989) auf 132 (1996, davon 19 IL) erhöht.

Ziel: Verbesserung des Investitionsklimas für ausl. *Direktinvestitionen in EL. Dazu dienen ein *Investment Guarantee Program* sowie Beratungs- und Hilfsdienste für EL-Reg. Das *Investment Guarantee Program* versichert ausl. Beteiligungsinvestitionen, Dienstleist.- und Managementverträge, Lizenz- und Franchiseabkommen in EL sowie andere Abmachungen, die den **know-how-* und *Technologietransfer aus IL in EL enthalten, gegen verschiedene Formen kommerzieller Risiken (Einschränkung von Kapitaltransfer, Enteignung, Krieg, Revolution, pol. Unruhen und best. Fälle von Vertragsbruch durch das Gastland).

Organe: MIGA wird durch einen Gouverneursrat (in dem jedes Mitgl.-Land vertreten ist), einen Aufsichtsrat (z. Z. 14 Direktoren, davon sind elf gleichzeitig Exekutivdirektoren der Weltbank) und einen geschäftsführenden Vizepräs. verwaltet. Der Präs. ist gleichzeitig Präs. der Weltbank.

Finanzierung: MIGA verfügt über ein autorisiertes Kapital von 1,065 Mrd. US-$, von dem am 3. 6. 1997 1,1 Mrd. US-$ (103,01 %) gezeichnet waren. Mitgl.-Länder zeichnen ihren Betrag proportional zu ihrer Kapitalbeteiligung an der Weltbank; bar müssen sie nur 10 % des Betrags in frei konvertierbarer bzw. 25 % in nicht-konvertierbarer Währung erbringen, der Rest bleibt bei Bedarf abrufbar. Die Laufzeit der Versicherungen beläuft sich im Allg. auf drei bis 15 J., die Versicherungshöhe auf max. 90 % vom Investitionsbetrag des Versicherten. Ersetzt werden (ausgenommen bei Krieg, pol. Unruhen etc.) nicht nur der völlige, sondern auch der teilweise Investitionsverlust. Höhe der Versicherungsprämien: i.d.R. 0,3–1,5 % der Versicherungssumme pro Jahr und Risikogruppe bzw. 0,6–3 % für alle Risikoformen p. a. Adresse: 1818 H-Street, N. W. Washington, D. C., 20433 USA. Internet: www. miga.org mik/red

Migration Unter M. lassen sich alle Flucht- und Wanderungsbewegungen verstehen, die mit einer räumlichen Verlagerung des Lebensschwerpunktes von Menschen einhergehen. Im Hinblick auf Ursprung und Ziel ist die int. M. von der Binnenmigration zu unterschieden, die ihrerseits die Land-Land-M., die Land-Stadt-M. (→Landflucht, →Urbanisie-

rung) sowie die M. zwischen und innerhalb von Städten umfasst.
Die grenzüberschreitende M. ist zwar vom Umfang her weniger bedeutsam als die Binnenmigration, erlangt aber aufgrund ihrer int. Dimensionen und Auswirkungen weltweit größere Aufmerksamkeit, insb. in den westl. IL. Schon bald nach dem 2. WK waren die wirtsch. prosperierenden Regionen Nordamerika, Westeuropa und Australien Ziel großer M.-Ströme. Engpässe auf dem dortigen Arbeitsmarkt wurden gezielt durch ausl. Arbeitskräfte behoben, die zwar zunächst vorwiegend aus Europa stammten, zusehends aber auch aus Ländern der *Dritten Welt kamen. Infolge der durch die Ölkrise von 1973/74 ausgelösten wirtsch. Rezession stoppten zwar zahlreiche IL, insb. jene Westeuropas, die gelenkte Zuwanderung von Immigranten und Gastarbeitern und bemühten sich um deren Rückführung, doch nahmen die zusehends unkontrollierten M.-Bewegungen in die IL weiter zu. Zudem gesellten sich zu den trad. Migrationszielen auch die Öl-Staaten des Nahen Ostens, die wirtsch. Boomländer Ost- und Südostasiens und einzelne rel. wohlhabende Staaten ärmerer Weltregionen (z. B. Südafrika). Inzwischen ist die int. M. ein weltweites Phänomen. Der *ILO zufolge weisen mehr als 100 Staaten hohe Einwanderungs- oder Auswanderungsquoten auf, wobei rund ein 1/4 dieser Staaten sowohl Herkunfts- als auch Zielländer von Migranten sind, was die trad. Unterscheidung zwischen Einwanderungs-, Auswanderungs- und Transitländern problematisch macht.
Die Zahl der im Ausland lebenden Menschen ist Schätzungen der *UNHCR zufolge binnen der letzten 35 Jahre von 75 Mio. (1965) auf 150 Mio. (2001) gestiegen. Formell anerkannte *Flüchtlinge, deren Zahl im gleichen Zeitraum von unter 2 Mio. auf etwa 12 Mio. anwuchs, machen lediglich einen Teil der weltweiten M. aus. Allerdings sind die Grenzen zwischen Flüchtlingen und anderen Migranten verwischt. Die eindeutige Trennung zwischen herkömmlichen Fluchtursachen und Migrationsdruck ist äußerst schwierig. «Flüchtlinge sind heute mehr denn je Teil eines komplexen Migrationsphänomens, bei dem pol., ethn., wirtsch., ökol. und die *Menschenrechte betreffende Faktoren als Ursachen für Bev.-Bewegungen sich bündeln» (UNHCR 1995: 216 f.). Selbst im Falle jener Menschen, die vorrangig aus materiellen Gründen ihr Land verlassen, kann ihre sozioökon. (Not-)Lage in pol., sozialer oder religöser Diskriminierung und Verfolgung begründet liegen. Zudem bilden sich zusehends «gemischte» Formen der M. heraus, bei denen Menschen sowohl Zuflucht im Ausland suchen als auch einen höheren Lebensstandard anstreben. Allg. lässt sich feststellen, dass Schub- und Sogfaktoren (*push*- und *pull*-Faktoren) von M. häufig ineinander fließen. Schubfaktoren stellen unbefriedigende oder bedrohliche Bedingungen im Herkunftsgebiet dar, die Menschen zur Migration veranlassen oder zwingen, etwa in Form von Kriegen, pol. Instabilität, Verfolgung, Diskriminierung, sozialer Notlage, wirtsch. Perspektivlosigkeit oder auch von Naturkatastrophen und Umweltzerstörungen (→Umweltflüchtlinge). Sogfaktoren stellen hingegen positive Anreize dar, die, verstärkt durch die E. moderner Kommunikationstechnol., vom Zielgebiet ausgehen.
Es ist davon auszugehen, dass trotz Abschottungstendenzen in den IL die int. Migrationsbewegungen auch künftig anhalten und eine Reihe von Problemen bergen werden – sowohl für die Herkunftsländer, denen *Humankapital entzogen wird (**brain drain*), als auch für jene Zielländer, in denen der Arbeitsmarkt überlastet ist, soziale Verteilungskonflikte an Schärfe gewinnen und, z.T. geschürt durch Massenmedien und Pol., sich Bedrohungsängste vor «neuen Völkerwanderungen» ausbreiten. Fernab überzogener Bedrohungs- und Horrorszenarien ist festzuhalten, dass die int. M. zu einem «Weltordnungsproblem ersten Ranges» (Nuscheler 1995: 25) geworden

ist, dessen Bewältigung die int. Staatengemeinschaft, aber auch einzelne Staaten vor große Herausforderungen stellt.

Lit.: D. Meissner u. a., Internationale Migration, Bonn 1993; F. Nuscheler, Internationale Migration, Opladen 1995; UNHCR-Report 1995/96: Zur Lage der Flüchtlinge in der Welt, Bonn 1995; P. J. Opitz, Flucht, Vertreibung, Migration 1945 bis 1995, in: APuZ, B44–45/96, 1996, 3–16. mik

Mikronesien →Pazifische Inselwelt

Militärregime →autoritäre Regime

Military Assistance Program →Entwicklungspolitik der USA

Minderheit Der Begriff der M. wird mehrdeutig verwandt: als allg. zahlenmäßig geringere Gruppe, als Gegenbegriff zur Mehrheit (im Hinblick auf repräsentative Körperschaften, Verbände, Parteien); für die *Dritte Welt bedeutsam ist jedoch v. a. das Verständnis von M. als einer beständigen Gruppe von Menschen, die sich rassisch, kulturell (-sprachlich) und/oder relig.-konfessionell von der Mehrheit der Population oder anderen Bev.-Teilen eines Landes unterscheiden. Ebenso werden benachteiligte oder sich benachteiligt fühlende gesellsch. Gruppen als M. bezeichnet, die rein zahlenmäßig durchaus in der Mehrheit sein können, i. d. R. aber Randgruppen (→Marginalität) darstellen.

Hist. gesehen traten Forderungen nach Anerkennung als *ethnische, relig. oder nat. M., nach Rechtsschutz oder Gewährung von Sonderrechten, sozialer Gleichstellung etc. im Zusammenhang mit der Nationalstaatsbildung (→Nationalismus) auf. In den meist multiethnischen Staatsnationen der Dritten Welt fand die Grenzziehung im Rahmen der *Dekolonisation ohne Rücksicht auf die Siedlungsräume der Völkerschaften statt. Häufig führt hier die Privilegierung oder aber die Marginalisierung ethnischer Gruppen zu internen Konflikten, die auch durch die Bemühungen, den Minderheitenschutz als Grundrecht in den Verfassungen zu verankern, nicht verhindert werden konnten. Nur selten wurden föderalistische Lösungen gefunden, da sich diese mit den meist zentralistischen Verwaltungstraditionen der Staaten in der Dritten Welt nicht vereinbaren ließen. Int. Org. (Völkerbund, *UN) befassen sich mit dem Problem in Deklarationen, Minderheitsschutzverträgen und Maßnahmen zur Linderung der Not von M. (etwa von *Flüchtlingen).

Lit.: F. Ermacora, Minderheitenschutz in der Arbeit der Vereinten Nationen, Wien 1964; W. Lindig (Hg.), Völker der Vierten Welt, Reinbek 1981; D. L. Horowitz, Ethnic Groups in Conflict, Berkeley 1986; K. Eikenberg, Ethnische Konflikte in der Dritten Welt, in: Jahrbuch Dritte Welt 1987; G. Elwert, Nationalismus und Ethnizität, in KZfSS 41, 1989, S. 440–464; K. Dicke, Die UN-Deklaration zum Minderheitenschutz, in Europa Archiv 48, 1993, S. 107–116; H.-J. Heintze, Selbstbestimmungsrechte und Minderheitenrechte im Völkerrecht, Baden-Baden 1994; M. Brems, Die politische Integration ethnischer Minderheiten, Frankfurt 1995; H. Gading, Der Schutz grundlegender Menschenrechte durch militärische Maßnahmen des Sicherheitsrates – Das Ende staatlicher Souveränität, Berlin 1996; H.-J. Heintze (Hg.), Moderner Minderheitenschutz, Bonn 1998. dn

MINEX →SYSMIN

Minifundium/Minifundismus Unter M. versteht man einen landw. Klein- oder Kleinstbetrieb. Das M. steht meist in engem Wechselverhältnis zum *Latifundium; man spricht von einem Komplex Latifundium–Minifundium. Die Bodenkonzentration gestattet dem *campesino* nur, kleine, abgelegene, minderwertige Böden zu erhalten. Eine andere Entstehungsursache ist die Erbteilung. Zwar gibt es für spezielle Kulturen auch einen marktorientierten *Plantagen-Minifundismus (z. B. Kaffee in Kolumbien), doch verbindet sich mit M. in der Regel *Subsistenzwirtschaft. Technologische Fortschritte sind durch Ausbildungs- und Informationsmangel, Kapitalknappheit, Beschränkungen bei der Kreditaufnahme und die Begrenztheit der Bewirtschaftungsfläche behindert. dn

minimum learning needs →Grunderziehung

Mischfinanzierung Kombinierte Projektfinanzierung durch *öffentliche Entwicklungshilfe (ODA) und privatwirtsch.-unternehmerisches Engagement. In der BRD: kombinierter Einsatz von Mitteln der *Finanziellen Zusammenarbeit (FZ) und Kapitalmarktmittel der *KfW. Diese Finanzierungen stehen entweder als Mischfinanzierungen oder als Verbundfinanzierungen zur Verfügung. Die M. beinhaltet im Rahmen der EP Ausfuhrbürgschaften zugunsten dt. Unternehmen für förderungswürdige Projekte in der *Dritten Welt und ist damit an dt. Lieferungen und Leistungen gebunden.

Die CDU/FDP-Reg. hatte bis 1992 die M. verstärkt. Von 1978–1992 wurden 152 Projekte mit insges. 6,75 Mrd. € gefördert. Von den 1992 zugesagten 0,51 Mrd. € waren 60 % öfftl. und 40 % privat finanziert. Seit einem OECD-Konsensus von 1992 kann liefergebundene Finanzierung nur noch bei einem Zuschusselement von über 80 % oder für kommerziell nicht tragfähige Vorhaben eingesetzt werden. Ausnahmen sind Kredite für *LLDC. 2000 wurden 33 Mio. € (1999: 153 Mio. €) eingesetzt.

Mit den Verbundfinanzierungen (V.) wurde 1994 ein neues e.-pol. Instrument geschaffen («Zweites Fenster»), mit dem sowohl liefergebunden als auch lieferungebunden finanziert werden kann. Über einen e.-pol. orientierten Bürgschaftsrahmen werden v.a. risikomäßig überdurchschn. gut beurteilte Partnerländer bevorzugt. Der Unterschied zur M. liegt darin, dass die KfW Marktkredite in die V. einbringt. Der FZ-Anteil des Verbundkredits wird, in unterschiedlichem Mischungsverhältnis (mindestens 25 % der V.), stets zu IDA-Konditionen eingesetzt. Im Haushaltsgesetz 2001 wurde für die Indeckungnahme des Marktanteils der Verbundkredite ein Deckungsrahmen von 1,6 Mrd. € eingerichtet.

Im Zeichen weltweit sinkender öfftl. E.-Hilfe kann die in den meisten Geberländern steigende M. ergänzende und z.T. zusätzliche Finanzierungspotenziale erschließen. Die Anwendbarkeit ist aber auf Bereiche beschränkt, die Erträge erwarten lassen. Seit dem OECD-Konsensus kommen traditionelle Bereiche der M. wie Telekommunikation, Energie und Ind. kaum mehr in Frage. Deshalb hat die Bundesregierung seit 1994 versucht, das Volumen der V. – insb. für diese Bereiche – zu erhöhen.

Anfang der 1980er J. zeigte die M. auch im int. Bereich starke Expansionstendenzen. Insb. die *Weltbank betreibt schon seit etlichen J. M. aus ODA-Mitteln, privaten Exportkrediten und Krediten von Geschäftsbanken. 1983 schuf die Weltbank die Position eines speziell für M. zuständigen Vize-Präs. und installierte neue M.-Instrumente. V. a. soll sich die Weltbank neben einem selbst vergebenen (ODA-)Kredit an parallel laufenden Krediten kommerzieller Institute (mit 15 bis 20 %) beteiligen, um so die Kreditkonditionen des kommerziellen Kredits für das EL zu verbessern. Zu beachten ist, dass bei Weltbank und einigen anderen int. Agenturen das Instrument der M. – abweichend von der BRD-Terminologie – unter dem Titel *Kofinanzierung (*Co-Financing*) läuft. →PPP

bg/tk

Misereor Bischöfl. Werk «gegen Hunger und Krankheit in der Welt», gegr. 1958. Im Spektrum der weltkirchl. Werke soll M. keine Missions- oder Pastoraltätigkeit fördern (→Adveniat, →Missio), sondern sich auf die Unterstützung der Armen «ungeachtet von Rasse, Geschlecht, Religion und Nation» (Statut 1.1) konzentrieren. M. ist «Fachstelle» für die E.-Arbeit der kath. Kirche in Deutschland; 1991 wurde die kath. E.-Initiative «Not in der Welt» aus der ehem. DDR mit M. vereinigt. Projektarbeit: M. fördert Selbsthilfeprojekte; arbeitet mit kirchl. und nichtkirchl. Partnerorg. in den EL, bei denen die Hauptverantwortung für Konzeption und Durchführung der Projekte liegt, wobei diese wiederum eine möglichst hohe Selbstverantwortung der Zielgruppen ermöglichen sollen. Arbeitsschwerpunkte im Inland: Öffentlichkeitsarbeit, Motivation und Inspiration solidarischen Handelns, pol. Lobby-

ing, Dikussion ökol.-pol. Veränderungen in der BRD zugunsten der EL («Zukunftsfähiges Deutschland»). M. finanziert sich durch Spenden (2000: 44,2 Mio. €) und Kirchensteuermittel (13,5 Mio. €). Die Mittel aus öfftl. Haushalten werden über die Katholische Zentralstelle für E.-hilfe e. V. vergeben. (78 Mio. € vom BMZ und 2,9 Mio. € von der Europ. Kommission).
Publikationen: Misereor-Jahresberichte. Adresse: Mozartstr. 9, 52064 Aachen. Internet: www.misereor.de; www.zentralstelle-ez.de pr

Missio Pastoralhilfe der kath. Kirche für Afrika und Asien, Sitz in Aachen und München. →Adveniat dn

mixed economy Gemischtwirtsch. Ordnung der Volkswirtsch., in der die Kapitalanteile der Unternehmen teilweise bei der Privatwirtschaft, teilweise bei der öfftl. Hand liegen. In EL ist in aller Regel zwischen drei Anteilseignern zu unterscheiden: dem privaten nat., dem staatl. nat. und dem Auslandskapital. dn

MNLF →Befreiungsbewegungen, Philippinen.

Modernisierungstheorien Eine grobe Unterscheidung der Problemperspektiven, die lange Zeit in der E.-Theorie vorherrschten, führt zur Alternative der konkurrierenden Theorien Modernisierung und **Dependencia*. Theoriegeschichtlich ist diese Eingruppierung der versch. Teiltheorien und Erklärungsansätze von UE in zwei Theorierichtungen sicherlich problematisch. Für die unter M. subsumierten Theorien (*Wachstumstheorien, Theorien des *sozialen Wandels etc.) ist dies dadurch gerechtfertigt, dass die verschiedenen Theorien alle von einem Prozess der Nachahmung und der Angleichung unterentwickelter Gesellschaften an die entwickelten Gesellschaften der westl. IL ausgehen. Für den Modernisierungsprozess markieren die Begriffe Tradition und Moderne Ausgangspunkt und Endpunkt des Weges, den die EL-Gesellschaften zu durchlaufen haben. Im Laufe dieses Prozesses, der von außen, *exogen, in Gang gesetzt wird, werden die trad. Werte, Denk- und Verhaltensweisen, gesellsch. Strukturen dynamisiert und modernisiert. Einzelne Bereiche der Pol. und verschiedene wiss. Disziplinen haben es mit den Teilbereichen des Modernisierungsprozesses zu tun (kulturelle, wirtsch., gesellsch., pol.-institutionelle, technolog. Modernisierung), den die Modernisierungstheoretiker sich ursprünglich uniform (für alle EL gleich) und unilinear (nur geradlinig auf eine gesellsch. Zielvorstellung zulaufend) vorstellten. Von dieser sehr engstirnigen Bestimmung, die sich u. a. auf die Fragwürdigkeit der Schlüsselbegriffe gründete (unter Tradition wurde alles das verstanden, was nicht modern war, und die Modernität der westl. IL-Gesellschaften als Leitbild der E. verabsolutiert), sind die M. inzwischen abgekommen. Die Vielfalt alternativer E.-Wege wird anerkannt.
Für die M. sind folgende Vorstellungen und Grundannahmen kennzeichnend: 1. Theoretische Verortung des Problems: UE ist ein frühes Stadium gesellsch. Entwicklung. Unterentwickelte Gesellschaften entsprechen Übergangsgesellschaften auf dem Wege von der Tradition zur Moderne; 2. Entstehung des Problems: Die Frage der Verursachung von UE wird von den M. kaum gestellt. M. gehen vom Tatbestand UE aus und fragen nach den Faktoren, welche *sozialen Wandel hindern, wobei diese Faktoren hauptsächlich *endogen verortet werden. M. betonen die internen Bedingungen von UE. Externe Einflüsse erhalten im wesentl. positive Funktionen (als Vorbild, dynamische Elemente, *inputs*) und werden nicht danach befragt, inwieweit sie UE mit verursachten bzw. mit aufrechterhalten; 3. Definition des Beziehungsmusters zwischen EL und IL: Für die M. bilden die IL das Vorbild und Ziel des E.-Prozesses als Nachahmung; 4. Konzeptualisierung der internen Strukturprobleme unterentwickelter Gesellschaften: Die interne Struktur der EL ist dualistisch. Es gibt moderne und traditionelle Sektoren (Räume, Branchen etc.) und

Verhaltensweisen. Sie existieren rel. beziehungslos nebeneinander; 5. Konzeptualisierung des Entwicklungsprozesses: Die heute unterentwickelten Länder vollziehen die E. der heute entwickelten Länder in vergleichbaren Schritten nach, wobei Unterschiede in der Faktorenausstattung (*Ressourcen, Kapital, Arbeit) und ihrer Inwertsetzung das Tempo des E.-Prozesses bestimmen (Messbarkeit anhand von sozialen *Indikatoren). Durch *Akkulturation, Ausdehnung der städt. Kultur, des modernen Sektors auf die trad. Segmente und Räume, per Durchkapitalisierung der Volkswirtschaft und das Erreichen des **take-off* wird der interne *Dualismus und damit UE überwunden.

Im Rahmen der M. gingen Forschungen neben Fragestellungen wirtsch. Wachstums und sozialen Wandels, die schon vor Aufkommen der M. bearbeitet wurden und sich problemlos in die modernisierungstheoretische Perspektive integrieren ließen, von folgenden Ansätzen aus: 1. sozialpsychologische Ansätze: Studien zur Leistungsmotivation, mobilen Persönlichkeit und mobilen Gesellschaft, angewandt v. a. auf gesellsch. Eliten zur Erforschung ihrer Fähigkeit, Innovationen (Neuerungen) einzuleiten; Begriffe der Empathie: die Fähigkeit, sich selber in der Situation eines anderen zu sehen; 2. kommunikationstheoretische Ansätze: Studien zum Kommunikationswandel in trad. und modernen Gesellschaften; Wandel von personaler, direkter Kommunikation zu über Medien (Presse, Rundfunk, Fernsehen) vermittelter, indirekter Kommunikation etc.; 3. **Nation-building*-Ansätze: Studien zur Nationwerdung von EL und Übertragung lokal gebundener (parochialer) Loyalitäten auf das Gemeinwesen, d. h. Schaffung eines nat. Bewusstseins; 4. *Political-culture*-Ansätze: Studien zur strukturellen Anpassung pol. Systeme an moderne Erfordernisse hinsichtlich versch. notwendiger Fähigkeiten bzw. Leistungskriterien: Handlungskapazität, Beteiligungskapazität, Wohlfahrts- und Umverteilungskapazität etc. Innerhalb der versch. Ansätze wurden unterschiedl., sich mitunter widersprechende Teiltheorien der Modernisierung aufgestellt, was hier nicht weiter behandelt werden kann. Ein Beispiel bildet der Problembereich pol. *Partizipation, für den einerseits festgestellt wurde, dass pol. Beteiligung mit zur notwendigen Ausdifferenzierung pol. Systeme im Modernisierungsprozess gehört, andererseits von S. Huntington die These vorgebracht wurde, dass, wenn pol. Partizipation der pol. Institutionalisierung zu weit voranschreitet, pol. Instabilität und Militärregime (›autoritäre Regime) die Folge sind. Militärregime ihrerseits widersprechen einerseits der pol. Kultur westl. Demokratien, die dem Modernisierungsprozess der EL als Leitbild dient; andererseits wird das Militär von L. W. Pye als Modernisierungselite bezeichnet. Die Kontroversen der Teiltheorien stehen jedoch auf dem Boden eines von allen Modernisierungstheoretikern geteilten empirisch-analytischen Wissenschaftsverständnisses. Die Theorierichtung der M. hebt auf mikrosoziologische und behavioristische Forschung ab – im Gegensatz zur Dependencia, die makrosoziologisch und auf Strukturfragen hin orientiert ist.

An den M. wurde im Wesentlichen kritisiert: 1. Fixiertheit des Modernitätsleitbildes auf die westl.-kapitalist. Industriegesellschaft; 2. analytisch fehlgreifende Definition von Tradition in doppelter Hinsicht: zum einen als Sammelbegriff (Residualkategorie) für alles Nicht-Moderne und damit Einordnung höchst unterschiedlicher soziopol. Verhältnisse und sozialer Verhaltensweisen unter einen Begriff; zum anderen Nichtberücksichtigung kolonialer Deformationen der EL-Gesellschaften; 3. Konzentration der Problemperspektiven auf die internen Strukturen und *endogenen entwicklungshemmenden Faktoren; Ausblenden der int. Dimension und externer entwicklungshemmender Faktoren; 4. Konzentration der einzelnen Ansätzen verpflichteten Arbeiten auf partielle Faktoren;

etwa Fehlen von Leistungsmotivation als UE erklärender Faktor in sozialpsychologisch argumentierenden Studien, d.h. Tendenz zu monokausalen Erklärungsmustern; 5. Scheitern in der Praxis infolge realitätsfremder Überwindungsstrategien von UE, etwa Strategie der *Integration in den Weltmarkt auf der Basis der neoklassischen *Außenhandelstheorie ohne Berücksichtigung der asymmetrischen Struktur der Wirtschaftsbeziehungen zwischen EL und IL (→internationale Arbeitsteilung).
Demgegenüber sei kursorisch auf einige Vorzüge der M. hingewiesen. Marxistisch orientierte Theorien, die an der Dialektik von Produktivkräften und Produktionsverhältnissen und an der von Engels festgelegten Sequenzenabfolge (von der klassenlosen Urgesellschaft über die verschiedenen Etappen der Klassengesellschaft bis zum vollendeten Sozialismus) festhalten, sind offensichtlich nicht in der Lage, sowohl der Mannigfaltigkeit der tatsächlichen *Entwicklungsmodelle in der heutigen Dritten Welt als auch der Rolle der außerökonomischen Faktoren gerecht zu werden. Gerade die Geschichte in den Ländern des sozialistischen Lagers hat einen von den marxist. Evolutionsgesetzen divergierenden Verlauf genommen: Zum einen folgte sie der von der marxist. Orthodoxie angenommenen Periodisierung nicht, und zum anderen hat sie die Bedeutsamkeit (und Zählebigkeit) elitärer Führungsgruppen unabhängig vom sozioökon. Inhalt des jeweiligen Regimes aufs Neue bestätigt. Die Zertrümmerung der alten herrschenden Klassen und die Verstaatlichung der wichtigsten Produktionsmittel (sowohl in Osteuropa als auch in zahlreichen Ländern der Dritten Welt) hat nicht die angestrebte Gleichheit aller und die erwartete Demokratisierung aller Lebensbereiche mit sich gebracht, sondern die Einführung neuartiger Herrschaftsverhältnisse, deren Nutznießer bürokratische, technokratische und milit. Eliten sind. Nach der M. ist diese Entwicklung ebenso notwendig wie unvermeidlich, da der Geschichtsverlauf nicht von einer feudalen bzw. kapitalist. Ordnung in Richtung auf Sozialismus schreitet, sondern von einer agrarisch geprägten, statischen und relig. beeinflussten Etappe zu einer ind. geprägten, dynamischen und weitgehend säkularisierten Gesellschaftsordnung; für diesen Übergang ist die leitende, dynamisierende und innovative Funktion einer sich an modernen Paradigmata orientierenden Elite unerlässlich.
Die M. unterstreichen die Rolle der oft nicht ökonomischen Vorbilder, die die Tätigkeit jener Eliten anregen soll, sowie der soziokulturellen Dimension, innerhalb deren der gesellsch. Wandel geschieht. Verschiedene modernisierungstheoretische Studien, die die Wertorientierung des sozialen Wandels zum Inhalt haben, heben die Relevanz kultureller, religiöser und sogar mythologischer Momente für die Gesamtgestaltung der jeweiligen soziopol. Verfassung hervor; innerhalb komplexer Strukturen kommt der wirtsch. E. zwar eine bedeutende Rolle zu, aber nicht immer die entscheidende, da die allgemeine Richtung hist. Prozesse von mehreren miteinander verwobenen Variablen bestimmt wird. In Anlehnung an M. Weber haben einige M. bedeutende Untersuchungen über die Funktion des religiösen Glaubens in den EL durchgeführt, insb. über die Rolle, die verweltlichte Frömmigkeit, säkularisierte Dogmen und massenhaft «geglaubte» Mythen im Übergang von der traditionellen zur modernen Ordnung spielen. Fragen der «kollektiven Identität» (*Eisenstadt*), der nationalistischen Heilslehren und der revivalistischen Bewegungen (Wiederauffrischen einer für glänzend und vorbildlich gehaltenen Vergangenheit), die lange Zeit in den Sozialwissenschaften ein Schattendasein führten, sind von den M. aufs Neue ins Zentrum ideologiekritischer, vergleichender und hermeneutischer Forschung gerückt worden. Relevant sind diese Ansätze angesichts der Re-*Islamisierung, des verstärkten Bedürfnisses

nach einer als positiv erachteten Nationalidentität und der Wiederbelebung autochthonistischer Tendenzen in sehr vielen EL geworden.

M. haben sich auch als nützlich bei der Behandlung von Problemen erwiesen, die im Grenzbereich zwischen Soziologie, Anthropologie und Sozialpsychologie liegen. Die Übernahme von Technologie und Verhaltensweisen aus den IL hat bei den Entwicklungsgesellschaften Phänomene der Kulturanomie (*Durkheim, M. Mies*), der Defensiv-Kultur (*R. König, B. Tibi*) und des pol.-institutionellen Verfalls (*Eisenstadt, Huntington*) vielfach hervorgerufen. Jene Übernahme moderner Standards in der Produktions- und Konsumptionssphäre der EL (= teilweise Verwestlichung) fällt regional und schichtenmäßig sehr unterschiedlich aus. Die Folgen sind Loyalitätskonflikte, kollektive Ambivalenzgefühle gegenüber der metropolitanen Zivilisation, Akkulturationsprobleme verschiedener Intensität und Bildung soziokultureller Verteidigungsmechanismen.

Ein weiterer Vorzug der M. dürfte in der jetzt zutage getretenen Schwierigkeit anderer Theorien liegen, die geschichtlich-gesellschaftliche Wirklichkeit der EL mittels Begriffen und Kategorien nachzuvollziehen und zu interpretieren, welche als eurozentrisch (→ethnozentrisch) gelten und die oft eine verzerrte Vision der EL bewirken. Die M. vermeiden Begriffe und Zuordnungskategorien (wie Proletariat, Bourgeoisie, Klassenkampf, Feudalismus, Kapitalismus usw.), die von ihrem westeuropäischen Ursprung nicht zu trennen sind und deren auch noch so differenzierte Anwendung auf eine völlig anders geartete Realität nur eine eurozentrisch entstellte Interpretation der jeweils analysierten Gesellschaft zur Folge haben könnte. Zumindest ein Teil der M. bietet einen kategorialen Rahmen an, der bloß allgemeine Bezugspunkte der Evolution (Traditionalität/Modernität) markiert. Die Hauptbegriffe der M. sind als relativ anpassungsfähig und als weit genug zu bezeichnen, um sehr unterschiedliche Entfaltungsprozesse in den EL zu erfassen. Dieser Bezugsrahmen schreibt keine allgemein gültige und obligatorische Sequenzenabfolge vor, legt deshalb keine bestimmte Überwindungsstrategie nahe und macht trotzdem auf die Tatsache aufmerksam, dass diverse sozioökon. und pol.-kulturelle Modelle der EL eine gewisse Nachahmung metropolitanischer Paradigmata betreiben.

Lit.: G. A. Almond/J. S. Coleman, The Politics of the Developing Areas, Princeton 1960; D. E. Apter, The Politics of Modernization, Chicago 1965; S. P. Huntington, Political Order in Changing Societies, New Haven und London 1968; W. Zapf (Hg.), Theorien des sozialen Wandels, Köln/Berlin 1971; S. N. Eisenstadt/S. Rokkan, Building States and Nations, 2 Bde., Beverly Hills und London 1973; P. Flora, Modernisierungsforschung, Opladen 1974; H.-U. Wehler, Modernisierungstheorie und Geschichte, Göttingen 1975; H. C. F. Mansilla, Entwicklung als Nachahmung, Meisenheim 1978; S. N. Eisenstadt, Tradition, Wandel und Modernität, Frankfurt 1979; D. E. Apter, Rethinking Development, London 1987; G. Hauck, Zurück zur Modernisierungstheorie, in: Das Argument 168, 1988, S. 235–247; H. C. F. Mansilla, Partielle Modernisierung und politische Kultur des Autoritarismus in der Peripherie, in: IPG 1/95, S. 19–28; E.-J. Lee, Das unheilige Wechselspiel: östliche Modernisierung und westliche Theorie, in: IPG 3/95, S. 243–254. dn/hcfm

MOE-Staaten, Staaten Mittel- und Osteuropas →Transitionsstaaten

Monetarismus Der M. verkörpert die «Gegenrevolution in der Geldtheorie», die gegen den Keynesianismus gerichtet ist. Sie hat sich unter der geistigen Führung von Milton Friedman in der sog. Chicago-Schule entwickelt. Im Ggs. zu Keynes wird in dieser Theorie der Bedeutung der Geldmenge ein viel stärkeres Gewicht gegeben. Die Argumentation der Monetaristen erfolgt vor dem theoretischen Hintergrund der neueren Quantitätstheorie, die eine enge Korrelation zwischen den Größen Geldvolumen und Geldwert postuliert. Eine Vergrößerung des Geldvolumens ist mit

einer Verminderung des Geldwertes verbunden. Diese, in den IL entwickelte und mit empirischem Material aus den USA abgesicherte – aber nicht unbestritten akzeptierte – Theorie wird von den Monetaristen zur Analyse des Inflationsphänomens in EL analog angewendet, denn aus ihr folgt, dass «Inflation immer und überall ein monetäres Phänomen ist, in dem Sinne, daß sie nur durch ein rascheres Wachstum der Geldmenge relativ zum Output geschaffen werden kann und wird».
Die Gründe für monetäres Wachstum können sehr verschiedener Art sein, doch die Hauptursachen der Inflation in EL liegen nach Ansicht der Monetaristen in einer undisziplinierten Fiskalpol., die das entwicklungspol. gewünschte Wachstum des *Nationaleinkommens mit Hilfe hoher Budgetdefizite zu erreichen versucht und diese nicht durch eine Kreditaufnahme beim Publikum deckt, sondern mit Hilfe einer expansiven Geldpol. finanziert. Das Ziel des ökon. Wachstums sehen die Monetaristen durch die Inflation gefährdet, denn nach ihrer Ansicht sind inflationäre Tendenzen mit negativen Wirkungen auf den Wachstumsprozess verbunden: a) Die Inflation verringert die für heimische *Investitionen zur Verfügung stehenden *Ressourcen, da sie die Einkommensbezieher veranlasst, potenzielle Ersparnisse in aktuelle Konsumerhöhungen zu transformieren. Darüber hinaus stimuliert sie Kapitalexporte und schreckt Kapitalimporte ab. b) Die verbleibenden Ressourcen werden statt in e.-pol. relevante Investitionen, die risikobehaftet sind, zunehmend stärker in Verwendungen geführt, die sich an der Wertsicherung orientieren und unproduktive Anlagen darstellen (z. B. Grund und Boden), oder auch in solche, die ausgesprochen spekulationsorientiert sind (wie z. B. in Euro-Dollar-Anlagen). c) Diejenigen Mittel, die tatsächlich produktiven Verwendungen zugeführt werden, tendieren dazu, ökon. ineffiziente Ind. aufzubauen, da die «unsichtbare Hand» des Preismechanismus und der Inflationsbedingungen keine optimale Allokation der Ressourcen garantieren kann. Aus dieser Analyse ergibt sich für die Monetaristen die Schlussfolgerung, dass das e.-pol. Ziel nach größerem Wachstum verfehlt wird, wenn zuvor das Stabilitätsziel nicht erreicht ist. Nur bei Preisniveau-Stabilität ist die Gewähr gegeben, dass die erwähnten Fehlallokationen der Ressourcen vermieden werden und größere Wachstumsspielräume eröffnet werden können. Als Aufgabe der wirtschaftspol. Entscheidungsträger wird daher formuliert, dass sie das Budget ausgeglichen und möglichst niedrig halten sollen, dass sie große Kreditexpansionen vermeiden, eine freie und konvertible Währung einführen müssen und möglichst einen einheitlichen und konstanten Wechselkurs garantieren sollten, um schließlich dem freien marktwirtsch. System eine Chance zum Funktionieren zu geben, was nur bei rel. stabilen Preisen möglich ist. Aus dem ursprgl. reinen geldtheoretischen Erklärungsansatz werden mithin wirtschaftspol. Konsequenzen deduziert, die mit dem *Neoliberalismus viele Elemente gemeinsam haben. Der freien Marktwirtsch. und der unsichtbaren Hand des Preismechanismus soll wirtschaftspol. auf breiter Front zum Durchbruch verholfen werden. Die mit einer solchen Pol. verbundenen sozialen Kosten, die sich insb. in einer Verschärfung der *Einkommensverteilung niederschlagen, bleiben unberücksichtigt. Im Zentrum der EP steht die Erreichung eines möglichst hohen und gleichmäßigen Wachstumsziels bei weitgehender Preisniveaustabilität. Markante empirische Erfahrungen mit dieser Pol. liefern Chile unter Pinochet und Brasilien.

Lit.: M. Friedman, Inflation – Causes and Consequences, London 1963; W. Baer/ J. Kerstenetzky (Hg.), Inflation and Growth in Latin America, Homewood (III.) 1964; P. Kalmbach, Der Neue Monetarismus, München 1973.

hpn

Mongolei (ehem. Mongolische Volksrepublik)

Fläche (Tsd. qkm): 1566
Bev. (Mio.) 2001: 2,60
BNE pro Kopf (US-$) 2000: 390
BIP (Mio. US-$) 2000: 975
LE (Jahre) 1999: 66,6
Analphabetenquote (%) 1999: 38
HDI 1999: 0,569 [Rangplatz von 162: 116]

1. Das Klima und die Oberflächenform (Gebirge, Wüste Gobi, Steppe) der zwischen Russland und der VR China gelegenen M. ermöglichen Landw. nur auf einem kleinen Teil des Landes. 11 % des Landes sind mit Wald bedeckt, 80 % besteht aus Weideflächen. Die trad. Viehzucht, die seit Abschluss der Kollektivierung von 1958 vorwiegend in *Genossenschaften betrieben wird, ist der dominierende Wirtschaftszweig des Landes. Die M. verfügt über zahlreiche Vorkommen versch. Bodenschätze (u. a. Eisen-, Blei-, Kupfererz, Gold und Silber), deren Förderung allerdings aufgrund der enormen Distanzen und der schlechten Infrastruktur noch am Anfang steht, jedoch bereits einen bedeutenden Anteil am Export hat.

2. Bei einer geringen Siedlungsdichte (1,5 Ew./qkm) weist die M. seit den 1960er J. ein sehr hohes Bev.-Wachstum auf, das allerdings aufgrund der schlechten ökon. Lage seit Beginn der 1990er J. wieder im Rückgang begriffen ist (durchschn. JZ 1990–2000: 1,3 %). 88,5 % der Bev. sind Mongolen (daneben: Turkvölker, Chinesen, Russen). Der größte Teil der Mongolen lebt außerhalb der M. (ca. 5,5 Mio. in der VR China, 820000 in der russ. Rep. Burjatien). Hs. des Landes ist Ulan Bator (2000: 739500 Ew.).

Unter der sowj. Vorherrschaft wurde die auf Herdenviehhaltung basierende trad. Sozialordnung nachhaltig verändert: Von 1940 bis 1993 sank der Anteil der Landw. am BIP von 61 % auf 21 % (1998 wieder bei 33 %), der des produzierenden Gewerbes stieg dagegen von 9 % auf 45 % (1998: 28 %; stark expandierter Dienstleist.-Sektor, 1998: 40 %). In dieser Phase haben sich sowohl das durchschn. Einkommen als auch die Versorgungslage im Gesundheitswesen (Rückgang der Kindersterblichkeit) und im Bildungssektor (Einführung der allg. Schulpflicht 1960; hohe Alphabetisierungsrate) erheblich verbessert. Dieser E.-Erfolg gründete sich jedoch weniger auf die – großenteils ineffiziente – Ind. als vielmehr auf die massive Unterstützung des soz. Rats für gegenseitige Wirtschaftshilfe (COMECON), über den noch Mitte der 1980er J. 95 % des m. Außenhandels abgewickelt wurde. So kam es 1991, nachdem die SU sämtliche E.-Hilfeleistungen und Investitionen eingestellt und die Reg. mit der Aufnahme der M. in *IWF und *Weltbank die Umstellung des Außenhandels auf Weltmarktpreise veranlasst hatte, zu einem drastischen Rückgang des BNE (1991: 10 %; 1992: 8,5 %), bei gleichzeitigem Anstieg der Inflation und der Arbeitslosigkeit. Ende der 1990er J. verbesserten sich zwar die makroökon. Daten, der Umbau der Wirtsch. ist jedoch noch nicht abgeschlossen.

3. Hist. bes. einflussreich war das m. Volk im 12. und 13. Jh. (Dschingis Khan), als seine Groß-Khane eines der mächtigsten Reiche der Erde beherrschten. Nach dem Niedergang dieses Großreichs geriet die M. bis in das 20. Jh. unter chin. Oberhoheit. Durch Unterstützung sowj. Truppen wurde das Land 1921 unabhängig. Die Mongol. Revolutionäre Volkspartei (MPRP) errichtete 1924 in der M. eine Volksdemokratie nach dem Moskauer Modell. Parallel zu den Öffnungsprozessen in der SU wurden von dem seit 1986 amtierenden Staats- und Parteichef Batmönh Reformen eingeleitet, die 1989/90 in eine *Demokratisierung mündeten. Bei den Parl.-Wahlen vom 29. 7. 1990 konnte die komm. MPRP ihre Mehrheit bewahren. Die mit Beteiligung dreier früherer Oppositionsparteien gebildete Koalitionsreg. bezeichnete als ihr wichtigstes Ziel den Übergang zur Marktwirtschaft. Im Febr. 1992 trat eine neue Verfassung in

Kraft, in der das nun Mongolei genannte Land zu einem demokrat. Rechtsstaat mit Gewaltenteilung und einem marktwirtsch. System erklärt wird. Auch bei den demokrat. Parl.-Wahlen vom 28. 6. 1992 konnte die MPRP ihre Vormachtstellung behaupten (57 % der Stimmen bzw. über 90 % der Mandate). Die erste Direktwahl des Präs. gewann der Amtsinhaber P. Ochirbat am 6. 6. 1993 mit 58 % der Stimmen. Bei den Parl.-Wahlen im Juli 1996 siegte dagegen aufgrund der verschlechterten ökon. Situation das Oppositionsbündnis Demokrat. Union, das für einen raschen Übergang zur Marktwirtsch. eintrat. Ebenfalls mit den hohen sozialen Kosten der ökon. Transformation ist es zu erklären, dass MP E. Enhsaihan im April 1998 zurücktrat. Eine pol. Stabilisierung zeichnete sich erst mit der Konstituierung einer Reg. unter J. Narantsatsralt Anfang 1999 ab, dem im Juli 1999 R. Amarjargal nachfolgte. Bei den Parl.-Wahlen vom Juli 2000 siegte erneut die postkomm. MPRP (bei rel. Mehrheitswahl in Einerwahlkreisen) mit überwältigender Mehrheit (72 von 76 Sitzen).

4. Mit Beginn der *Perestroika* in der SU änderten sich seit Mitte der 1980er J. die Bez. der M. zu Moskau grundlegend (→Russland und die Dritte Welt): War mit dem milit. Beistandspakt von 1966 die M. zu einem strategischen Aufmarschgebiet der SU gegen China geworden, so zogen bis Sept. 1992 die ca. 70000 in der M. stationierten russ. Soldaten ab. Durch einen Freundschafts- und Kooperationsvertrag mit Russland im Jan. 1993 wurde die Neutralität der M. festgeschrieben, ein Abkommen vom Mai 1995 sah sogar eine gleichberechtigte Zusammenarbeit bei der Bekämpfung von Drogenkriminalität und Waffenhandel vor. Problematischer gestaltet sich dagegen das Verhältnis zur VR China, die den m. Demokratisierungsprozess mit Skepsis betrachtet: Die starke Zunahme an chin. Einwanderern und an über Mittelsmänner vorgenommenen chin. Investitionen in der M. rufen in den letzten J. Ängste vor einer neuen Fremdherrschaft hervor.

Lit.: A. J. K. Sanders, Mongolia: Politics, Economics and Society, London 1987; K. Fritsche, Mongolei, in: HDW III, 8, 1994, S. 212–229; B. Johann, Im Geiste neuer Nachbarschaft: Rußland und die Mongolei nach dem Ende des Sozialismus, in: K. Fritsche (Hg.), Rußland und die Dritte Welt, Baden-Baden 1996, S. 209–222; P. M. Gluchowski / F. Grotz, Mongolia, in: D. Nohlen / F. Grotz / Ch. Hartmann (Hg.), Elections in Asia and the Pacific, 2. Bd., Oxford 2001, S. 481–523. bh/fg

monitoring →Evaluierung

Monokultur / Monostruktur Unter M. wird die Ausrichtung der Landw. / Volkswirtsch. auf im Wesentlichen ein (Rohstoff-)Erzeugnis verstanden, welches den Export bestimmt. Viele EL sind von M. gekennzeichnet (Beispiele: Zambia Kupfer über 85 % des Exports, Burundi bis 90 % Kaffee, Kuba bis 85 % Zucker, Gabun 85 % Erdöl), teilweise, weil sie nur über eine wesentliche *Ressource verfügen, teilweise, weil sie von den Kolonialmächten in die koloniale *internationale Arbeitsteilung hineingezwungen wurden. Entgegen dem Theorem der *komparativen Kosten erweist sich M. für die EL gegebenenfalls als E.-Falle. Gegen M. sind die e.-pol. Maßnahmen der *Diversifizierung und *Industrialisierung gerichtet. In der Theorie *autozentrierter Entwicklung wurde die Herstellung vollständiger Wirtschaftskreisläufe in den EL-Ökonomien empfohlen. dn

Monroe-Doktrin Botschaft des amerik. Präs. J. Monroe an den Kongress vom 2. 12. 1823, in der er sich gegen die Interventionsabsichten der ehem. europ. Kolonialmächte in den unabh. lateinamerik. Republiken richtete; sie betraf jedoch nicht die noch bestehenden Kolonien. Eine offensive Durchsetzung des Prinzips «Amerika den Amerikanern» bzw. der kompletten Trennung von Alter und Neuer Welt lag noch außerhalb der Macht der USA. Mit der M., zunächst missverstanden als Kooperationsangebot der USA an die lateinamerik. Nachbarn (Panamerik. Initiativen), im Laufe des

19. Jh.s radikal umgewendet in einen Vorherrschaftsanspruch der USA in der westl. Hemisphäre (Roosevelt-Erklärung 1904), begannen die schwierigen US-lateinamerik. Beziehungen.

Lit.: H. U. Wehler, Der Aufstieg des amerikanischen Imperialismus, Göttingen 1974; L. Brock, Entwicklungsnationalismus und Kompradorenpolitik, Meisenheim 1975. dn

Monrovia-Gruppe Nach einer 1961 in Monrovia (Liberia) abgehaltenen Konferenz von 20 afrik. Staaten benannt. Teilnehmer: die 12 Mitglieder der **Brazzaville-Gruppe* als Kern, ferner: Togo, Kongo-Léopoldville (Ex-Zaire), Nigeria, Sierra Leone, Äthiopien, Somalia, Tunesien und Liberia. Konservative Gruppierung, deren Konzept sich bei der *OAU-Gründung durchsetzte, Gegenstück zur «radikalen» **Casablanca-Gruppe*. fn

Montserrat →Karibik

Mozambique

Fläche (Tsd. qkm): 802
Bev. (Mio.) 2001: 18,60
BNE pro Kopf (US-$) 2001: 210
BIP (Mio. US-$) 2000: 3812
LE (Jahre) 1999: 43,1
Analphabetenquote (%) 1999: 57
HDI 1999: 0,323 [Rangplatz von 162: 157]

M. steht seit Mitte der 1980er J. als Opfer südafrik. Destabilisierungspol. im Brennpunkt. Die größtenteils von Südafrika gesteuerte Rebellenarmee der RENAMO hat durch einen mit extremer Brutalität gegen die Zivilbev. geführten Krieg die einst blühende Kolonie an den Rand des Abgrunds gebracht. Der mit der Unterzeichnung des Friedensabkommens zwischen der moz. Reg. und den Rebellen (RENAMO) eingeleitete Demokratisierungsprozess führte zur Abhaltung von freien und kompetitiven Wahlen im Okt. 1994. Die einst orthodox marx. Volksrep. M. hat ihre soz. E.-Strategie revidiert und Marktwirtsch. eingeführt. Der Erhalt des Friedens wird auch in Zukunft von ausl. Unterstützung abhängig sein, aber auch von der Fähigkeit der Reg., die Dezentralisierung und die Zusammenarbeit mit den versch. pol. Gruppierungen fortzuführen.

1. M., im SO Afrikas gelegen (Fläche 799380 qkm), bietet ausnehmend gute landw. Anbaumöglichkeiten, v. a. in den Tälern des Zambesi und des Limpopoflusses. Die vielfältigen Bodenschätze sind wenig erforscht und kaum erschlossen. Bedeutend sind die Steinkohlevorkommen bei Moatize in der Provinz Tete (Reserven über 6 Mrd. t). M. hat große Wasserkraftreserven und verfügt am Zambesistaudamm von Cabora Bassa über das größte Wasserkraftwerk Afrikas, dessen Überlandleitungen während des Krieges mehrmals gesprengt wurden (seit 1995 wieder im Einsatz). Die Kapazität von über 2000 MW ist das 30fache von M.s Bedarf (der Strom sollte ursprgl. südafrik. Minen im Transvaal beliefern). Ein großes Wirtsch.-Potenzial ergibt sich aus M.s verkehrstechn. günstiger Lage. Mit seinen Straßen, Eisenbahnen und den wichtigen Häfen Maputo, Beira und Nacala ist es für den Transitverkehr und den Zugang zum Indischen Ozean für die Binnenstaaten des südl. Afrikas (Malawi, Zambia und Zimbabwe) von entscheidender Bedeutung. Doch auch nach Kriegsende sind noch nicht alle Verkehrswege von Landtretminen geräumt worden, was Handel und Versorgung in großem Maße erschwert.

2. Bereits im 10. Jh. errichteten arab. Händler ihre Handelskolonien in M. Nach der Entdeckung im Jahre 1498 durch Vasco da Gama besetzten die Portugiesen die Handelsstadt Sofala (1506) und drangen in M. ein. Im 17. Jh. entwickelte sich der Sklavenhandel für den brasilian. Bedarf. Portugal initiierte um 1890 die Ausdehnung auf das Hinterland durch die Unterwerfung der moz. Stämme im Landesinnern, deren Widerstand bis 1920 anhielt. Die afrik. Bev. wurde durch die Einführung von Kopfsteuern, Zwangsarbeit und die Errichtung von *Latifundien für die Exportproduktion wirtsch. ausgebeutet. M. wurde anfänglich als Teil des portug. Indiens verwaltet und erhielt erst 1951 eine eigenständige Verwaltung als Überseeprovinz.

3. 2001 hat M. eine gesch. Ew.-Zahl von

18,6 Mio., davon leben in der Hs. Maputo ca. 1,00 Mio. (1997). Mit einer Dichte von 22 Ew./qkm zählt M. zu den dünn besiedelten Staaten Afrikas. Kriegsbedingte *Landflucht und *Flüchtlinge ließen den Urbanisierungsgrad auf gesch. 40 % ansteigen (1980: 9 %). Die zu über 90 % afrik. Bev. (Bantuvölker) ist in 15 größere Sprachgruppen geteilt; von den einst 250000 portug. Siedlern sind nur wenige Tsd. verblieben, 20000 Asiaten kommen hinzu. Portugiesisch blieb auch nach der Unabh. M.s als Amtssprache bestehen. Im N und an der Küste ist der Islam verbreitet (10 % der Bev.), 50 % der Bev. sind Animisten, 30 % Christen.

Zur Unabh. 1975 hatte M. mit 95 % die höchste Analphabetenquote Afrikas. Damals verließen fast alle Lehrer und Ärzte M. Mit hohen Sozialbudgets hat die moz. Reg. nach 1975 ein flächendeckendes Basisgesundheitssystem zunächst überaus erfolgreich aufgebaut. Der Krieg hat indes alle Erfolge zunichte gemacht.

4. Die Landw., der Schlüsselsektor der Wirtsch. in den 1980er J., stand 1993 nur noch auf 75 % des Produktionsniveaus von 1981 (BIP-Anteil 1993: 33 %) und beschäftigte 90 % der Erwerbsbev. Nach den Dürreperioden der letzten J. ist M. zum Import von Nahrungsmitteln gezwungen, obwohl M.s Agrarexportstruktur prinzipiell sehr differenziert (Zucker, Tee, Sisal, Baumwolle, Kopra, Cashew u. a.) ist. Als Kriegsfolge liegt aber die Exportwirtsch. größtenteils brach; so ist z. B. die Cashewausfuhr heute bedeutungslos, einst war M. weltgrößter Erzeuger. 80 % der im Agrarsektor Beschäftigten betreiben in Familienbetrieben überwiegend *Subsistenzwirtschaft. Nur 6 % arbeiten in *Genossenschaften, 14 % in Staatsfarmen. Dieser Schlüsselrolle priv. Kleinbauern wird die Reg. erst seit ihrer außen- und wirtschaftspol. Neuorientierung Mitte der 1980er J. gerecht.

Der Beitrag des extraktiven und produzierenden Sektors betrug 1993 12 %, bleibt auch hinsichtl. Ertrag und Beschäftigung in der Realität fast unbedeutend. Stahl- und Maschinenbau, Nahrungsmittelverarbeitung und Textilbranche haben seit der Unabh. einen beispiellosen Niedergang erlebt (Exodus portug. Experten, Kapitalmangel wegen fehlender Auslandsinvestitionen). Der Krieg tat ein Übriges. Auf dem Tiefpunkt 1986/87 war man auf dem Land zur *Subsistenzwirtsch., in den Städten zu Kriegswirtsch. übergegangen. Fabriken liefen auf durchschn. 10 % (1993: 20–40 %) ihrer Kapazität, wenn sie nicht stillstanden.

5. 1962 wurde die *Frente de Libertaçâo de Moçambique*, FRELIMO (Front zur Befreiung Mozambiques), unter der Führung von Eduardo Mondlane gegr., und zwei J. später ging sie in den bewaffneten Kampf gegen die portug. Kolonialherrschaft über. Nach dem milit. Umsturz in Portugal 1974 wurde der Entkolonisierungsprozess eingeleitet (Unabh. von Portugal 25. 6. 1975). Die anfänglich ideol. nicht festgelegte FRELIMO wandte sich nach der Ermordung Mondlanes (1969) immer mehr dem Ostblock zu. Durch massive Unterstützung der ehem. UdSSR gegen Überlassung von Hafenrechten wurde die FRELIMO zur soz. Bewegung, und so erklärte 1977 Samora Machel, der erste Präsident M.s, das Land zur marx.-soz. Volksrepublik. Die FRELIMO wurde Einheitspartei nach Moskauer Vorbild. Im Okt. 1986 kam Machel bei einem Flugzeugabsturz über Südafrika zu Tode. Seither führt Joaquim Alberto Chissano das Land (Staats- und Parteipräs.).

6. Im Gegensatz zu den Bürgerkriegen in anderen ehem. portug. Kolonien bekämpften sich in M. nicht zwei rivalisierende *Befreiungsbewegungen. Die RENAMO (*Resistência Nacional Moçambicana* oder engl. MNR, *Movement of National Resistance*) wurde 1975 vom rhodes. Geheimdienst gegründet, um den sich in M. formierenden zimb. Befreiungskampf zu zerstören. Die aus pol. Dissidenten, moz. Deserteuren und ehem. Geheimpolizisten rekrutierte RENAMO blieb indes völlig bedeutungslos,

bis 1979 der südafrik. Geheimdienst sie finanzierte, bewaffnete und trainierte. 1979 hatte die RSA die Doktrin der «Totalen Nationalen Strategie» als Reaktion auf die geopol. Umwälzungen der Region seit 1975 entwickelt. Vor 1975 war die RSA durch einen Gürtel «weißer Pufferstaaten» (Namibia, Rhodesien, Portug.-Angola und Mozambique) geschützt. Danach waren Portugals Kolonien soz. regiert, und M. fungierte als Basis für die zimb. Guerilla und den ANC. Spätestens mit der Unabh. Zimbabwes (1980) sah Südafrika eine «Totale Bedrohung» (*Total Onslaught*). Als Antwort wurde eine das ges. südl. Afrika betreffende Destabilisierungsdoktrin entwickelt (*Total National Strategy*). Neben Angola sollte dabei v. a. M. (wegen seiner drei wichtigen Häfen) das Schlüsselland sein. Deshalb sollte die RENAMO M.s Wirtsch. und das Transportsystem funktionsuntüchtig halten. Die Rebellen kontrollierten fast das gesamte ländl. M., versuchten aber nicht wie andere *Befreiungsbewegungen, in sog. befreiten Gebieten ein pol. Konzept durchzusetzen. Die RENAMO bekannte sich als radikal antikomm., hatte aber keinerlei pol. Programm entwickelt. Mit Büros in Washington und Lissabon sowie Kontaktleuten in Kanada, Südafrika, Kenia, Brasilien und der BRD wurde sie durch ultrarechte Kreise finanziert. 1986 kam eine Studie des U.S.-State Departments zu dem Schluss, die RENAMO richte «systematisch und koordiniert Gewalt gegen Zivilisten; inkl. Erschießungen, Exekution mit Messern, Äxten und Beilen, Verbrennen bei lebendigem Leib, Erschlagen, Ersticken, Verhungernlassen und Ertränken».

7. Mit dem 4. FRELIMO-Kongress 1983 begann eine wirtsch.- und außenpol. Neuorientierung. 1984 trat das Land der *Weltbank, dem *IWF und dem *Lomé-Abkommen bei. Ende 1984 schlossen Südafrika und M. das Abkommen von Nkomati, wonach M. den ANC und die RSA die RENAMO nicht mehr unterstützen sollten. Während der südafrik. Sicherheitsapparat in «kooperativer Privatinitiative» die RENAMO weiter stützte und steuerte, bemühte sich Südafrikas Reg. seit 1988 um dipl. Annäherung.

Ein *Programm zur Rehabilitation der Wirtschaft* (PRE) hat per Sanierungsprogramm (im Stil des IWF) die moz. Landeswährung mehrfach drastisch abgewertet, Schwarzmarktdominanz reduziert, die Subventionierung städt. Versorgung (Bezugsscheine) eingeschränkt, gleichzeitig die Agrarankaufspreise für Privatbauern (allein 1988 um das 10fache) erhöht. Privatinitiative wurde ermutigt, ein Zurück-aufs-Land-Programm initiiert, Privatunternehmer sollten mit Billigkrediten und Technikberatung unterstützt werden. 1987 bis 1990 hat das PRE die Versorgung der sicheren Zonen (Städte) deutlich verbessert, blieb aber auf dem Land (80–85 % der Staatsfläche) kriegsbedingt wirkungslos.

8. M.s Wirtsch.-Krise ist sowohl extern (Südafrikas Destabilisierungspol. via RENAMO) wie intern verursacht. Aus Angst vor dem FRELIMO-Soz. verließen kurz vor der Unabh. 90 % der 250 000 Portugiesen fluchtartig das Land, darunter Lehrer, Ingenieure und Manager. Sie waren unersetzbar, da Portugal keine moz. Fachkräfte ausgebildet hatte. Hunderte von Fabriken wurden zerstört, oder die Besitzer nahmen wichtige Unterlagen mit. Schaden hat auch der 1975 eingeschlagene orthodox-soz. E.-Weg angerichtet. Verlassene *Plantagen wurden in ostblock-typische Staatskollektive verwandelt, deren Leiter wenig vom Management eines Großbetriebes verstanden. Hunderttausende wurden in Gemeinschaftsdörfer zwangsumgesiedelt. Kirchen wurden geschlossen, Stammesführer entmachtet, Dissidenten in «Umerziehungszentren» gesperrt. Ein unbeweglicher Apparatschik-Soz. verbot jeglichen Privathandel. Schon wer eine Ziege über Provinzgrenzen zog, wurde als «*candongueiro*» (Schwarzmarkthändler) verhaftet.

Der fortgesetzte Bürgerkrieg ruinierte die Wirtsch. des Landes, und die anhaltende Dürre bewirkte in den 1990er J. eine Hungersnot. Das BIP betrug 1990 nur noch 1320 Mio. US-$, die Einnahmen aus der öfftl. E.-Hilfe beliefen sich auf 65,7 % des BNE. 1990 musste man 416000 t Getreide einführen, was die Auslandsschuld von 5 Mrd. US-$ noch vergrößerte.

9. Nach grundsätzlichen Reformen seitens der pol. Führung (Abkehr vom Marxismus-Leninismus, marktwirtsch. Orientierung, verfassungsrechtl. Abschaffung der Einheitspartei) kam es zu Verhandlungen mit den RENAMO-Rebellen unter Vermittlung der ital. Regierung und des Vatikans. Die in Rom (Juli 1990) begonnenen Gespräche zwischen Präs. Chissano und RENAMO-Chef Dhlakama führten zur Unterzeichnung eines Friedensvertrages im Oktober 1992. Im Vertrag wurden der Waffenstillstand, die Freilassung der Kriegsgefangenen, die Demobilisierung und Zusammenführung der Truppen sowie freie und kompetitive Wahlen verankert. Die unter int. Beobachtung durchgeführten Wahlen (27.–29. Okt. 1994) gaben sowohl der Reg.-Partei FRELIMO (129 v. 250 Sitzen) als auch Präs. Chissano (53,3 % der Stimmen) einen knappen Sieg. Der RENAMO-Führer Dhlakama nahm – wider Erwarten – die Niederlage an und ging in die Opposition. Obwohl die RENAMO nach den Wahlen einige Regionen des Landes zu kontrollieren vermochte, wiederholte sich Dez. 1999 der Wahlsieg der FRELIMO (48 %; RENAMO 38 %) und von Präs. Chissano (52 %; Dhlakama 47 %).

Mit dem Frieden bemühten sich nun verstärkt ausl. Investoren (USA, Deutschland, Japan, Frankreich und Spanien) um Konzessionen in Fischerei, *Tourismus, Ind., Verkehrswesen, Dienstleist. und Handel (meist in Joint Ventures). Besonders die Ausbeutung der natürlichen Gas-Ressourcen in Pande durch die USA führten zur diplom. Auseinandersetzung, bis hin zur Androhung der Streichung amerik. E.-hilfegelder. Die RSA, die in den 1990er J. von der Destabilisierungspol. abgekommen ist, geht jetzt aber mit großen Investitionsplänen im Transport-, Energie- und Landw.-Sektor in die wirtsch. Offensive. Besonders die lang geheim gehaltene Mosagrius-Übereinkunft zwischen Chissano und Mandela über die Bereitstellung großer Ländereien (10 % der Fläche M.s) nördl. des Zambesi für Agrar- und Tourismusprojekte bereitet der Reg. Probleme mit der Opposition, da hier die versteckte Errichtung von Homelands für Buren unter dem Deckmantel der E.-Hilfe für moz. Bauern vermutet wird.

Weitere E.-Probleme M.s sind die gesellsch. Eingliederung der psychisch und sozial traumatisierten Kinder-Soldaten, die Versorgung von 1,6 Mio. Flüchtlingen, die aus Malawi, Zimbabwe und Südafrika zurückgeführt wurden, die erzwungene Rückkehr von 65 Tsd. Arbeitern aus der ehem. DDR und die anhaltende Dürre im Zentrum und im Süden des Landes, die bereits zu Hunger, Wassermangel und Cholera führte. Über die Hälfte der Bev. lebt in *Armut in einem Land, in dem die Gegensätze zwischen Armut und Luxus immer krasser werden. Im Nov. 1995 ist M. als einziges nicht anglophones Land dem *Commonwealth beigetreten. Bei einem durchschn. Wirtschaftswachstum von 3,8 % (1990–99) lag das BNE pro Kopf 2001 weiterhin bei nur 210 US-$, laut *UN-Statistik zählt M. zu den vier ärmsten Ländern der Erde (→LDC, LLDC). Wegen seiner erfolgreichen Wirtsch.-Pol. wurde das Land jedoch von der *Weltbank Ende der 1990er J. verstärkt gefördert.

Lit.: P. Meyns, Befreiung und Nationaler Wiederaufbau von Mozambique, Hamburg 1979; E. Adam, Mosambik: Reformpolitik – Weg aus der Krise?, in: AP 39 (1988), S. 186ff.; J. Becker, Angola, Mosambik und Zimbabwe. Im Visier Südafrikas, Köln 1988; G. Braun, Pretorias Totale Strategie im südlichen Afrika, in: Afrika-Spektrum 1988, Nr. 5, S. 5 ff.; E. Adam, Mozambique, in: HDW III, 5, 1993, S. 384ff. bg/acc

MPLA →Angola, Befreiungsbewegungen

MSAC *Most Seriously Affected Countries*, Gruppe der EL, die nach Festlegung des

*UN-Generalsekretariats von der Krise der Weltwirtsch. im Anschluss an die Verteuerung der *Energie am meisten betroffen wurde. Für sie hatte die 6. UN-Sondergeneralversammlung im Mai 1974 ein spezielles Programm beschlossen. Als Kriterien für die Zuordnung von EL zu MSACs wurden bestimmt: niedriges *Pro-Kopf-Einkommen; scharfer Preisanstieg bei wichtigen Importen im Vergleich zu den Exporten; gestiegene Transport- und Transitkosten; Schwierigkeiten, ausreichende Exporterlöse zu erzielen; hoher Schuldendienst (→Verschuldung); niedrige Währungsreserven; rel. große Bedeutung des Außenhandels für den E.-Prozess. Aufgrund der gegenüber der *LLDC-Liste weicheren Kriterien erhöhte sich die Zahl der MSAC rasch. Ursprgl. standen 28 EL auf der MSAC-Liste; ihre Zahl stieg über 33 und 42 auf 1976: 45. Im Laufe der 1980er J. nahm die Bedeutung dieser Länderkategorie ab und wurde seit Beginn der 1990er J. nicht mehr geführt. →Entwicklungsländer, →LLDC. dn

Mujahiddin (Plural von arab. *mujahid* = Kämpfer im heiligen Krieg), islam. fundamentalistische Freiheitskämpfer, z. B. in Afghanistan in den 1980er J. gegen die komm. Reg. und sowj. Invasionstruppen. wpz

MULPOC *Multinational Programming and Operational Centres*. Von der *ECA in den fünf Großregionen eingerichtete Zentren (für Nordafrika in Tanger, für Westafrika in Niamey, für Zentralafrika in Yaoundé, für *CEPGL in Gisenyi, für östl. und südl. Afrika in Lusaka), die die regionale Kooperation und Integration, im Besonderen die von der *ECA angestrebten Präferenzzonen, durch engere Handels- und Verkehrsbez. vorantreiben sollen. fn

Multi-Faser-Abkommen Das MFA regelt seit 1974 den int. Handel mit Textilien und Bekleidung zwischen IL und EL. Das MFA ersetzte 1974 das Baumwolltextilabkommen, das 1961 abgeschlossen wurde. Das MFA wurde ursprgl. für die begrenzte Periode von fünf J. eingeführt, um der Textil- und Bekleidungsind. der IL eine Anpassung an die steigende Wettbewerbsfähigkeit der EL zu ermöglichen, und hatte das Ziel, die Liberalisierung des Textilhandels zu fördern. Entgegen der eigentlichen Zielsetzung wurde es alle fünf Jahre verlängert und erfasste immer mehr Produkte und Länder und wurde dadurch in steigendem Maße ein protektionistisches Instrument für die IL. Das Abkommen war im Rahmen des *GATT geschlossen worden und legte Höchstmengen für Textil- und Bekleidungsimporte der einzelnen IL aus bestimmten EL fest. Das MFA enthält folgende offizielle Zielsetzungen: 1. ausgewogene E. und Ausweitung des Textilhandels; 2. Verringerung von Handelsrestriktionen; 3. Vermeidung von Störungen in den Export- und Importländern; 4. Sicherung eines größeren Anteils der EL am Welttextilhandel und damit eine Steigerung ihrer Exporterlöse aus Textilien. Die reale Zuwachsrate der Textilexporte der EL wurde zunächst auf jährl. 6 % festgelegt.

Der verschärfte Wettbewerb aus den lieferstarken *Schwellenländern (Korea, Taiwan, Hongkong und Macau) führte ab den 1960er J. zu erheblichen strukturellen Anpassungsproblemen in der Textil- und Bekleidungsind. der IL, verbunden mit einem Beschäftigungsrückgang von über 40 % innerhalb eines Jahrzehnts. Die MFA wurden daher zunehmend protektionistischer gehandhabt: Die Zuwachsraten der Exporte aus EL wurden drastisch reduziert und nach ihrem Sensibilitätsgrad differenziert. 1986, vor Beginn der *Uruguay-Runde des GATT, wurden insgesamt 70 % der Bekleidungsimporte aus EL vom Abkommen erfasst. Die Kosten des MFA wurden in einer *UNCTAD-Studie 1986 mit ca. 25,6 Mrd. € für die EL und 18,9 Mrd. € für die IL angegeben. Bis Anfang der 1990er J. haben sich die Verluste der EL angesichts der Dynamik des Textilsektors noch einmal erhöht und dürften nahezu dem Umfang der gesamten öfftl. E.-Hilfeleistungen der IL entsprechen (Jackson 1992).

Der Beschluss, den Textil- und Bekleidungssektor innerhalb von 10 J. in das GATT zu integrieren und damit das MFA auslaufen zu lassen, kann als einer der wichtigsten Erfolge der EL aus der *Uruguay-Runde des GATT angesehen werden (*Agreement on Textiles and Clothing*, ATC). Das MFA soll in vier Schritten in das GATT überführt werden. Dazu müssen am 1. 1. 95 19 %, 1998 17 %, 2002 18 % und im Jahre 2005 die restlichen 49 % des Textilhandels unter den Regeln des GATT, ohne Quoten, gehandelt werden. Die Auswirkungen der Liberalisierung im Textilhandel auf die EL werden unterschiedlich ausfallen. Das MFA hatte die trad. Textil- und Bekleidungsexporteure unter den EL bevorzugt, da sie feste Lieferquoten mit den IL aushandeln konnten. EL, die erst in den 1970er und 1980er J. versuchten, eine eigenständige Textil- und Bekleidungsind. aufzubauen (z. B. Bangladesh, Nepal), hatten dagegen kaum Chancen, im Abkommen die notwendigen Quoten zu erhalten.

Viele EL haben bereits während der Uruguay-Runde die Sorge geäußert, dass die eigentliche Liberalisierung im Textilbereich erst im Jahre 2005 stattfinden werde und das ATC damit indirekt einer Verlängerung des MFA gleichkomme. Zudem enthält das GATT eine selektive Sicherheitsklausel, die es allen Ländern erlaubt, im Falle einer Marktzerrüttung bei bestimmten Produkten die Importe zu begrenzen. Damit könnten IL ihre Anpassungsfristen für eine Liberalisierung im Textil- und Bekleidungsbereich u. U. über 2005 hinaus ausdehnen. Die Überwachung der verschiedenen Abkommen des GATT ist Aufgabe der neuen Welthandelsorganisation *WTO.

Lit.: C. B. Hamilton (Hg.), Textile Trade and the Developing Countries – Eliminating the MFA in the 1990s, Washington, World Bank, 1990; I. Trela / J. Whalley, Internal quota allocation schemes and the costs of the MFA, UNCTAD / MTN / RAS / CB. 7, Genf 1990; B. Jackson, Threadbare, London 1992; P. Madden / J. Madeley, Winners and Losers – The Impact of the GATT-Uruguay-Round on Developing Countries, London, Christian Aid, 1993. hpn / mw

MULTIFERT →SELA

multilateral *Entwicklungshilfe / -zusammenarbeit wird als mult. bezeichnet, wenn sie über int. Organisationen und E.-Banken (etwa *Weltbank, *UNDP, *regionale E.-Banken) vergeben wird. →bilateral dn

Multilaterale Entwicklungsbanken, auch *Multilateral Development Banks* (MDB), zu ihnen zählen die weltweit operierende Weltbankgruppe (*Weltbank, *IDA, *IFC) und die drei regionalen Entwicklungsbanken (*AFDB, *ASDB, *BID). Die an der Befriedigung von *Grundbedürfnissen orientierten Darlehensprogramme konzentrierten sich in den letzten J. auf die Bereiche Landw. und *ländliche Entwicklung, *Energie und soziale *Infrastruktur. →Regionale Entwicklungsbanken ah

Multinationale Konzerne →Transnationale Konzerne (TNC)

Mutual Security Act →Entwicklungspolitik der USA

Myanmar →Birma

Myrdal, G. →Außenhandelstheorie, *terms of trade, unbalanced growth*

N

nachhaltige Entwicklung →sustainable development

Nachhaltigkeit Konzept bzw. Prinzip aus der *Entwicklungstheorie, welches den Umweltverbrauch unter generationalen Gerechtigkeitsaspekten einzudämmen fordert. In der klassischen Definition des *Brundtland-Berichts besagt N., dass der Ressourcenverbrauch zur Befriedigung der Bedürfnisse der Gegenwart nur so hoch sein darf, dass die Möglichkeit zukünftiger Generationen, ihre Bedürfnisse zu befriedigen, nicht (durch Überausbeutung oder Erschöpfung solcher Naturschätze) eingeschränkt wird. In der inzwischen diffusen Verwendungspraxis des Begriffs spielt seine Herkunft aus dem Ökologischen kaum noch eine Rolle. N. ist (noch) so positiv besetzt, dass der Begriff von jedermann gemocht und mit unterschiedlichem Inhalt gebraucht wird. So kann n. dauerhaft heißen und mit jedem beliebigen Substantiv verbunden werden (n. Wirtsch., n. Fiskalpol., n. Heidelberg). Aufgrund seiner inhaltlichen Ausdehnung und Vagheit verlagerte sich im Konzept der n. E. die normative Kontroverse über E. auf den Begriff der N. In der Tat fügen sich in ihm die vorab im Entwicklungsbegriff strittig diskutierten Komponenten Ökon., Soziales und Ökol. aufs Neue zusammen, wobei je nach Interessengruppe ex ante eine unterschiedliche Prioritätensetzung erfolgt. Eine mittlere Position verficht die Gleichrangigkeit der Nachhaltigkeitsdimensionen, dargestellt im sog. Drei-Säulen-Modell der N. (1) Ökol. N.: Verbesserung der Umweltqualität, Verringerung des Rohstoffverbrauchs, Verringerung des Energieverbrauchs, Schutz der biologischen Vielfalt, Risikovermeidung für Mensch und Umwelt; (2) soziale N.: selbstbestimmte Lebensführung durch eigene Arbeit, umweltverträgliche Befriedigung der *Grundbedürfnisse, Chancengleichheit und gesellsch. Grundsicherung, soziale Innovationen und Arbeitsgestaltung, aktive gesellsch. Teilhabe im Rahmen von Nachhaltigkeitsstrategien; (3) ökon. N.: Funktionsfähigkeit des Wirtschaftssystems, Vollbeschäftigung und soziale Sicherung, ökon. Leistungsfähigkeit und Innovationskompetenz, intergenerationeller Ausgleich, int. wirtsch. Stabilität. Betont werden des Weiteren der Prozesscharakter der Konsensbildung und Entscheidungsfindungen in konkreten Projekten sowie pragmatische Anpassungen des ökon.-sozial-ökol. Gleichrangigkeitspostulats an die spezifischen Gegebenheiten, sodass einer Dimension zeitweilig und/oder in bestimmten Bereichen durchaus stärkeres Gewicht eingeräumt werden kann (WZB 2000). Auf dem Weltgipfel über nachhaltige Entwicklung in *Johannesburg vom 26. 8.–4. 9. 2002 hat n. E. das Leitbild (die regulative Idee) für die pol. Gestaltung der *Globalisierung abgegeben, für eine E. weltweit, die «in wirtsch. erfolgreiche, ökol. verträgliche und sozial gerechte Bahnen gelenkt» wird (G. Schröder im Dt. Bundestag, 16. 5. 2002). →Entwicklung, →sustainable development.

Lit.: Süd-Kommission, Die Herausforderung des Südens, Bonn 1991; WZB, Nachhaltigkeit und Diskurs. Von der Vision zum politischen Konzept, in: WZB Mitteilungen 2000 (89), 23–26; A. Schmitz, Sustainable Development: Paradigma oder Leerformel, in: D. Messner/F. Nuscheler (Hg.), Weltkonferenzen und Weltberichte, Bonn 1996, 103–119; J. Minsch u. a., Institutionelle Reformen für eine Politik der Nachhaltigkeit, Berlin 1998; U. Petschow u. a., Nachhaltigkeit und Globalisierung, Berlin u. a. 1998; Board on Sustainable Development, Our Common Journey. A Transition Toward Sustainability, Washington 1999; C. von Braunmühl, Nachhaltigkeit, in: C. Leggewie/R. Münch (Hg.), Politik im 21. Jahrhundert, Frankfurt a. M. 2002, S. 186–194. dn

NAFTA *North American Free Trade Agreement* (Nordamerikanisches Freihandelsabkommen). Am 1. 1. 1994 trat das zwischen den USA, Kanada und Mexiko unterzeichnete Freihandelsabkommen in Kraft. Die NAFTA erwirtschaftet ein BIP von mehr als 8800 Mrd. US-$ (1998) in einem Wirtschaftsraum von über 400 Mio. Verbrauchern auf einer Fläche von rund 21,7 Mio. qkm und stellt somit die weltweit größte Freihandelszone dar.

1. Nachdem das Freihandelsabkommen zwischen den USA und Kanada CUSFTA (*Canada-U. S. Free Trade Agreement*) am 1. 1. 1989 in Kraft getreten war, wurden die Verhandlungen zur NAFTA im Juni 1990 im Rahmen von G. Bushs *Initiative for the Americas* aufgenommen. Die CUSFTA- und die NAFTA-Verträge gelten als Reaktion der USA auf die Integrationsbemühungen und Bildung von Wirtschaftsblöcken in Europa und im asiatischen Raum. Besonders nachdem die *GATT-Verhandlungen in der →Uruguay-Runde ins Stocken geraten waren, war es notwendig, ein handelspol. Gegengewicht zu Europa und Asien zu schaffen.

2. Die USA zielen, neben der Gewinnung eines großen Absatzmarktes für ihre Produkte, auf die wirtsch. Stabilität Mexikos und erhoffen sich, dadurch die Migration und den *Drogenhandel zu reduzieren und gleichzeitig den bisher verfassungsrechtl. geschützten Zugriff auf mex. Erdgas- und Erdölreserven zu sichern. Durch die Mitgliedschaft in einem regionalen Handelsabkommen versuchen die USA ihre (ehemals hegemoniale) wirtsch. Position zu stärken und neu zu definieren. Regional- und sicherheitspol. gewinnt die Förderung und Erhaltung der pol. Stabilität in den Ländern, mit denen die USA im Norden und Süden mehrere tausend km gem. Grenzen haben, an Bedeutung. Mexiko, das erst 1986 dem GATT und 1994 der *OECD beigetreten ist und bis dahin wirtsch. *Protektionismus betrieben hatte, erhofft sich hiermit den Eintritt in die Erste Welt und die Sicherung des Zugangs zum US-Markt. Kanada erhofft sich einen großen Absatzmarkt in Mexiko für seine Agrar- und Fischereiprodukte, Telekommunikationsgeräte, Holz und Papier. Auch der Ausbau des Flugverkehrs sowie transnat. Straßen- und Eisenbahnnetze sollen das Speditions- und Transportwesen sowie die Dienstleist. fördern.

3. Die NAFTA stellt eine neue Form der Kooperation zwischen N und S dar. Es ist das erste Mal, dass IL mit einem EL ein so umfassendes Freihandelsabkommen abgeschlossen haben. Dabei wird eine wirtsch. Kooperation und keine pol. (Modell EFTA) angestrebt. NAFTA gilt einerseits als Modell für die IL/EL-Zusammenarbeit mit pol. Unabh. (verlangt weder Anerkennung gem. Entscheidungsprozesse noch Übernahme eines *acquis communautaire*) und andererseits als Kooperationsform zwischen wirtsch. versch. starken Partnern. Sie ist in die *WTO eingebettet, was zur Einhaltung der Prinzipien des *GATT führt: Inländergleichbehandlung, *Meistbegünstigung, Markttransparenz u. a. Im Sinne einer wirtsch. Integration Amerikas wurden seit 1991 auf bilateraler Ebene versch. Rahmenabkommen mit Ländern LAs und der Karibik abgeschlossen, um die FTAA vorzubereiten. Derzeit wird über einen möglichen Beitritt Chiles und Venezuelas verhandelt. Vom Wundermittel *Neoliberalismus verführt, hoffen lateinamerik. Länder, dadurch aus dem Teufelskreis der *Verschuldung herauszukommen, und beenden ihre trad. antinordamerik. Haltung, nicht ohne eine gewisse Sorge vor einer neuen Form der *Monroe-Doktrin.

4. Aufbauend auf den drei Säulen des *FTAA-Konzepts (Handel, Privatinvestitionen und Abbau der →Verschuldung) sind die Ziele der NAFTA: Ausweitung des Welthandels, Abbau von Handelshemmnissen, Stärkung der Konkurrenzfähigkeit der Partner, Intensivierung der Innovation in Produktion und Vertrieb, Schaffung neuer Arbeitsplätze und Betreibung einer nachhaltigen Umweltschutzpol.

In 10 bzw. 15 Jahren sollen zwischen den drei Partnern alle Zölle, Quoten und Einfuhrlizenzen aufgehoben und somit eine hemisphärische Freihandelszone geschaffen werden. Der ausgehandelte Zollabbau beschränkt sich auf Produkte, die in den Vertragspartnerstaaten ihren Ursprung haben (Ursprungsbestimmung) oder durch Verarbeitung eine andere Zollklassifizierung erhalten (über 50 % der Produkte). Alle von der Zollbefreiung betroffenen Waren und Dienstleist. wurden in einem Katalog aufgelistet und die flankierenden Bestimmungen im Detail festlegt. Der Freihandelsraum erfasst neben dem Güterhandel auch die grenzüberschreitenden Dienstleist., die *Energie, die Auslandsinvestitionen, das öffentliche Beschaffungswesen und die geistigen Eigentumsrechte. In der Textilind. ist die Abschaffung von Quoten und die Reduzierung der Einfuhrzölle in die USA um 20 % vorgesehen.

5. Institutionen: Die Kommission mit wechselndem Vorsitz besteht aus Vertretern der Min.-Ebene, welche einstimmige Beschlüsse treffen. Das Sekretariat besteht aus Sektionen mit Vertretungen in den Partnerstaaten. Drei Formen von Streitschlichtungsverfahren werden berücksichtigt: ein spezielles für Wettbewerbsfragen (Subventionen, Dumping), ein allgemeines (Handel, Zölle) und eines zur Behandlung von Finanzdienstleist. und Investitionsfragen. Institutionelle Konfliktlösungsmechanismen (Handelskommissionen, Regierungskonsultationen, wiss. Beratungen, und Arbeitsgruppen, *panels*) sorgen für einen reibungslosen Ablauf durch Umgehung nat. Instanzen. Ein weiterer Weg ist die Zuweisung auf WTO-Konfliktschlichtungsverfahren.

6. Am Tage des In-Kraft-Tretens der NAFTA kam es zum Aufstand der Zapatisten (→Guerilla, Mexiko) in Chiapas (SO Mexikos), der auf die Realität der vernachlässigten und verarmten ländl. Indiobev. und auf fehlende Begleitmechanismen zur bevorstehenden Öffnung der mex. Wirtsch. (u. a. die Überflutung des mex. Marktes mit billigen landw. Produkten aus den USA) aufmerksam machte. Da gemeinsame Regelungen der Arbeitsmarktfragen und des Umweltschutzes nicht im NAFTA-Hauptvertrag verankert, sondern lediglich Bestandteil zweier Nebenabkommen sind, sehen Kritiker eine Gefahr in der übermäßigen Stärkung der **maquiladora*-Ind., die mit der Verfügung über vergleichsweise billige mex. Arbeitskräfte und die niedrigeren Umweltschutzstandards zu erheblichen Umweltschäden und sozialem Dumping führen.

Bereits nach den Wahlen 1994 in Mex. kam es zur 12,7 %igen Abwertung des mex. Pesos (20. 12. 1994), das BIP sank folglich in der ersten Hälfte von 1995 um 7 % (stärkster Einkommensrückgang seit den 1930er J.). Die Inflationsrate stieg auf 51 % (1994: 7 %), eine Mio. Mex. verloren ihren Arbeitsplatz, und die Erw. sahen ihre Reallöhne sinken. Erst 1996 konnte die mex. Wirtsch. durch straffe Geld- und Fiskalpol. und finanz. Unterstützung der int. Gemeinschaft (50 Mrd. US-$) stabilisiert werden. Hierzu dienten die Einkünfte aus der Ölproduktion als Garantie. Von der NAFTA profitierte bisher hauptsächlich die exportorientierte mex. Ind. (83 % Anstieg des Exportes in die USA). Davon konzentrieren 300 meist *transnationale Unternehmen nun 70 % des ges. mex. Exports auf sich. Die Gewinne für Mexiko und die USA werden auf etwa 15 Mrd. US-$ pro J. geschätzt.

Insbes. die Finanz- und Dienstleistungssektoren sowie die kapitalintensive Ind. profitieren von der NAFTA. Nachteilig wirkt sich die NAFTA hingegen auf Handelspartner aus Drittländern (Diskriminierungseffekte) aus.

Lit.: H. J. Lauth, Auf dem Weg zur Nordamerikanischen Freihandelszone, in: Vierteljahresberichte, 129, 1992, S. 265 ff.; R. Senti, NAFTA Nordamerikanische Freihandelszone, Zürich 1996; M. Zellmer, Die «Enterprise for the Americas»-Initiative, Freiburg 1994; St. A. Schirm, Kooperation in den Amerikas, Ebenhausen 1996; St. A. Schirm, Globale Märkte, nationale Politik und regionale Kooperation in Europa und den Amerikas, Baden-Baden 1999. acc

Nahostkonflikt Im Zentrum des NOK steht der Streit zweier Völker um ihr jeweiliges Recht auf das Land *Palästina. Im Zuge der israel.-arab. Kriege seit 1948 wird er durch staatl.-territoriale Konflikte zwischen Israel und seinen arab. Nachbarstaaten überlagert bzw. ergänzt. Die hist. Wurzeln des NOK liegen im Europa des 19. Jh.s, wo im Rahmen europ. *Nationalismen und in Reaktion auf den wachsenden Antisemitismus die *Zionistische Bewegung* entstand, deren Ziel es war, eine nat. jüd. Heimstätte in Palästina innerhalb des damaligen Osman. Reiches zu schaffen. Parallel dazu bemühten sich auch die europ. Großmächte, in Palästina Fuß zu fassen (→Imperialismus). Während GB den Arabern als Kriegsvereinbarung die Unabh. zugestand (*Hussein-McMahon-Briefwechsel* von 1915) und sich im *Sykes-Picot-Abkommen* von 1916 mit F über Einflusssphären einigte, gewann GB, das sich 1917 (*Balfour-Erklärung*) auch für die Errichtung einer «nat. Heimstätte» für die Juden ausgesprochen hatte, erst mit dem Ergebnis des 1. WK, der Indienstnahme des Zionismus und dem damit verbundenen Völkerbundmandat die exklusive Kontrolle über Palästina.

GB förderte bis 1939 die Einwanderung der Zionisten, die v. a. durch systematische Bodenkäufe und durch einen hohen Organisationsgrad die arab.-paläst. Bev. zunehmend verdrängten. Arab.-paläst. Proteste gegen das brit. Mandat und den Zionismus unterdrückte GB zunächst, reduzierte dann jedoch die jüd. Immigration, v. a. um die bereits unabh. arab. Staaten vor einer Parteinahme für die Achsenmächte abzuhalten. Die nun illegale jüd. Einwanderung führte in den 1940er J. zu einer brit.-jüd. Auseinandersetzung, die den gewalttätigen Konflikt zwischen paläst. Arabern und Zionisten überlagerte. Nach dem Ende des 2. WK gab GB angesichts arab. Bestrebungen zur *Dekolonisation und des Bekanntwerdens des Ausmaßes der Ermordung der europ. Juden durch die Nationalsozialisten das Mandat zurück. Am 29. Nov. 1947 beschlossen die *UN die Teilung Palästinas in einen jüd. und einen arab. Staat mit Jerusalem als int. Zone. Während die arab. Seite den Plan ablehnte, folgte der Proklamation des Staates Israel (14. Mai 1948) der erste israel.-arab. Krieg, in dessen Verlauf Israel sein Gebiet um 5700 qkm vergrößern konnte und 750 000 Paläst. zu Flüchtlingen wurden. Ägypten besetzte den paläst. Gazastreifen, Jordanien annektierte das Westjordanland. Der neue *status quo* wurde zum Gegenstand zwischenstaatl. israel.-arab. Konfrontation, wobei die paläst.-israel. Dimension als Kern des NOK bis 1967 auf die Flüchtlingsfrage reduziert blieb und die arab. Staaten ihr Einheitsverständnis (→Pan-Bewegungen) v. a. aus der Feindschaft gegen den jüd. Staat schöpften, der sich zur Unterstützung seiner existenziellen Interessen am Westen orientierte und im Suezkrieg von 1956 an der brit.-frz. Militäraktion gegen Ägypten teilnahm.

Ab Mitte der 1950er J. entwickelte sich der NOK zu einem Brennpunkt des O-W-Konflikts, in dem nun die USA aufseiten Israels und die SU mit Hilfe der soz. orient. arab. Staaten (v. a. Ägypten und Syrien) versuchten, ihre global-strateg. Interessen zur Geltung zu bringen.

Im Junikrieg (Sechstagekrieg) 1967 besiegte Israel Ägypten, Jordanien sowie Syrien und besetzte die ägypt. Sinai-Halbinsel, das Westjordanland, Ost-Jerusalem (Annexion 1980) und die syrischen Golanhöhen. In der Folge begannen die Paläst., mit Hilfe des *Guerilla-Kampfes und in organisatorischer Gestalt der *PLO ihren Anspruch auf das nun gänzlich unter israel. Kontrolle stehende Palästina in eigener Regie zu vertreten und bes. das Flüchtlingsproblem in den Blick der Weltöffentlichkeit zu rücken.

Um die Grundlage für eine pol. Regelung des NOK zu schaffen, forderte der UN-Sicherheitsrat im Nov. 1967 von Israel den Rückzug aus allen besetzten Gebieten. Die Resolution 242, die gleichzeitig allen Staaten im Nahen O das Recht auf eine unbedrohte Existenz in sicheren

Grenzen einräumt, war seither ein Kernelement zahlreicher Friedensbemühungen. Israel, in seiner ablehnenden Haltung von den Terroraktionen paläst. Gruppen Anfang der 1970er J. noch bestärkt, begann mit der Errichtung von jüd. Siedlungen in den besetzten paläst. Gebieten.

Die Distanzierung Ägyptens von der SU nach dem Tod *Nassers 1970, der Oktoberkrieg 1973 und die UN-Resolution 338 (Okt. 1973) führten zu Kräfteverschiebungen auf der int. und auf der regionalen Ebene des NOK, die Ende der 1970er J. eine pol. Regelung möglich erscheinen ließen. Der Einsatz der «Ölwaffe» (1973/74) durch die *OPEC und die wachsende int. Anerkennung der PLO unter Yassir *Arafat veränderten das weltpol. Meinungsbild zuungunsten Israels. Die USA konnten eine Vermittlerrolle übernehmen (Genfer Nahostkonferenz Dez. 1973, Truppenentflechtungsabkommen zwischen Israel einerseits und Ägypten/Syrien andererseits 1974/75). Höhepunkt war nach einer Friedensinitiative des ägypt. Präs. Sadat (Reise nach Israel 1977) das *Abkommen von Camp David* (Sept. 1978), das Grundlage für eine umfassende Regelung sein sollte, tatsächlich aber in eine neue Verschärfung des NOK mündete. Es enthielt zum einen Grundsätze eines bilateralen Friedensvertrags zwischen Israel und Ägypten und zum anderen erstmals einen Rahmenplan für eine «Autonomie»-Regelung der Palästinafrage: Die besetzten paläst. Gebiete sollten ohne konkrete territoriale Zugeständnisse den Paläst. zurückgegeben werden, während über den endgültigen Status verhandelt würde. Nur der erste Teil der Vereinbarungen wurde mit dem israel.-ägypt. Friedensvertrag März 1979 und dem Rückzug Israels von der Sinai-Halbinsel bis April 1982 verwirklicht. Die Regelung der im eigentlichen Zentrum des NOK stehenden Palästinafrage scheiterte, v. a. weil die rechtsnat. israel. Reg. unter MP Begin gegenüber den Paläst. zu keinerlei Zugeständnissen bereit war und die radik. arab. Kräfte (v. a. Syrien, Libyen, PLO) die Camp-David-Vereinbarung von vornherein ablehnten, was Ägypten den Boykottbeschluss der *Arabischen Liga einbrachte. In Reaktion auf die Revolution im Iran (1979), den sowj. Einmarsch in Afghanistan und den Ausbruch des →Iranisch-irakischen Krieges (1. Golfkrieg 1980) stellten die USA ihre globalen Interessen wieder ins Zentrum ihrer NO-Pol. und rückten deshalb näher an Israel (*strategic consensus*). Zum Kernproblem entwickelte sich auf der einen Seite die Frage, ob die allmähliche Konkretisierung der Forderung nach paläst. Eigenstaatlichkeit mit der Existenz Israels zu vereinbaren sei, und auf der anderen Seite die israel. Weigerung, weder die PLO als Konfliktpartei anzuerkennen noch die paläst. Forderungen als legitim zu betrachten.

Juni 1982 wurde der *Libanon zu einem zentralen Schauplatz des NOK, als die israel. Armee im S einmarschierte, um die von dort aus operierende PLO endgültig zu zerschlagen. Die wochenlange Belagerung Beiruts endete nach langen Verhandlungen unter US-Vermittlung mit dem geschützten Abzug der PLO-Kämpfer.

Eine Initiative des US-Präs. Reagan (Sept. 1983) strebte die Regelung der Palästinafrage und des Flüchtlingsproblems im Rahmen einer jordanisch-paläst. Konföderation an. Die Staaten der Arab. Liga legten im selben Monat einen Friedensplan (*Acht-Punkte-Erklärung von Fez*) vor, der neben den arab. Forderungen zum vollständigen Rückzug Israels aus allen besetzten Gebieten und der Schaffung eines paläst. Staates mit Hs. Ost-Jerusalem erstmals auch eine indirekte Anerkennung Israels und die Bereitschaft zu einer pol. Regelung des NOK enthielt. Israel lehnte beide Pläne ab. Sein Versuch, durch ein Abkommen mit dem christl. liban. Präs. A. Gemayel (1983) den Libanon unter israel. Vorzeichen zu befrieden, führte zu einer Verschärfung des dortigen Bürgerkriegs, in dessen Verlauf die radik. arab. Kräfte und islamistische Gruppen mit syrischer Hilfe ihre Position ausbauen konnten. Dabei kam es auch zu einer Radikalisierung und 1984 zum inneren Bruch der PLO, der erst 1987 aufgehoben wurde, nachdem der gemäßigte PLO-Chef Arafat sich wieder zu alten maximalistischen Positionen bekannt hatte (z. B. Ablehnung einer Zweistaaten-Lösung).

Der Ende 1987 einsetzende Aufstand der paläst. Zivilbev. im Westjordanland und im Gazastreifen (*Intifada*) und ein Schritt des jordan. Königs führten dazu, dass Anfang 1989 aufseiten der Paläst. die Voraussetzungen für eine pol. Zweistaatenregelung des Palästinakonflikts gegeben waren.

Juli 1988 verzichtete König Hussein endgültig auf die jordan. Ansprüche auf das Westjordanland, womit die dort lebenden Paläst. staatenlos wurden, und sprach sich gleichzeitig für die Schaffung eines unabh. paläst. Staates unter Führung der PLO aus. Am 15. Nov. 1988 erklärte der Paläst. Nationalrat (PNR, paläst. Exilparlament) in Algier die Gründung eines paläst. Staates auf dem Boden Palästinas mit Hs. Ost-Jerusalem. Gleichzeitig formulierte der PNR eine direkte Anerkennung Israels sowie eine Absage gegen alle Formen des *Terrorismus und erklärte die Bereitschaft der PLO, im Rahmen einer int. Friedenskonferenz in direkte Verhandlungen mit Israel einzutreten. Unter dem Eindruck der *Intifada* hatten sich die pragmat. Kräfte um Arafat durchgesetzt.

Der Zusammenbruch der SU und der 2. *Golfkrieg veränderten die Struktur des NOK nachhaltig und setzten einen Verhandlungsprozess in Gang: Mit der Friedenskonferenz von Madrid im Okt. 1991 wurde der Rahmen für die ersten bi- und multilateralen Verhandlungen zwischen Israel und seinen arab. Nachbarn (Syrien, Libanon sowie eine jordan.-paläst. Delegation) unter der Schirmherrschaft der USA und Russlands geschaffen. Daneben ermöglichte der israel. Regierungswechsel im Juni 1992 (Mitte-links-Reg. unter Yitzhak Rabin) direkte Gespräche mit der PLO. Während die offiziellen Nahostverhandlungen in Washington (Fortsetzung von Madrid) bis zur elften Runde im Aug. 1992 jedoch fast zum Stillstand kamen, führten Geheimgespräche zwischen Vertretern Israels und der PLO unter norwegischer Vermittlung zu einer Vereinbarung, der zufolge die gegenseitige Anerkennung sowie die Einrichtung einer Paläst. Nationalbehörde im Gazastreifen und in Jericho die Vorbedingungen eines endgültigen Abkommens bilden würden. Die entsprechende Prinzipienerklärung wurde am 13. Sept. 1993 in Washington unterzeichnet; das gemäß dem Stufenplan folgende Oslo-I-Abkommen vom 4. Mai 1994 (Kairo-Abkommen, *Gaza-Jericho-Abkommen*) ermöglichte den Paläst. nach 27 J. israel. Besatzung erstmalig die Errichtung einer beschränkten Selbstverwaltung im Gazastreifen und in Jericho. Das Abkommen förderte auch die israel.-jordan. Verhandlungen und führte am 24. Okt. 1994 zum Friedensvertrag zwischen Israel und Jordanien. Der vorgesehene Zeitplan zur Verwirklichung der zweiten Phase der Oslo-Vereinbarungen verzögerte sich jedoch aufgrund von Streitigkeiten der Vertragsparteien: Erst am 28. Sept. 1995 unterzeichneten die israel. Reg. und Arafat das Taba-Abkommen (*Oslo-II-Abkommen*, *Interimsabkommen*) über die erweiterte paläst. Selbstverwaltung, das eine Einteilung des Westjordanlands in drei Zonen vorsieht, in dessen Folge aber nur die großen paläst. Städte als Zone A (fast) vollständig der Paläst. Nationalbehörde übergeben wurden.

Nach der Ermordung Rabins (4. Nov. 1995) forcierte die rechts-national-religiöse israel. Regierung unter MP Benyamin Netanyahu (1996–1999) entgegen den Oslo-Vereinbarungen offen ihre Siedlungskampagne und gefährdete damit die Fortführung der Verhandlungen (v. a. zur Jerusalem- und Flüchtlingsfrage) bzw. die weitere Umsetzung der Abkommen (Hebron-Abkommen erst am 15. Jan. 1997 auf Druck Jordaniens).

Während die UN-Generalversammlung (Resolutionen im April und Juli 1997) die israel. Siedlungspol. mit großer Mehrheit verurteilte und die int. Öffentlichkeit zu vermitteln versuchte, war die Paläst. Nationalbehörde nach ihren Wahlen von 1996 zunehmend gezwungen, militante paläst. Extremisten v. a. aus den Reihen der *Hamas und von Jihad Islami im Zaum zu halten.

Mit dem Wye-Abkommen (Wye I, Wye-Plantation-Memorandum) vom 23. Okt. 1998, das den Rückzug aus den besetzten Gebieten präzisierte, und der Wahl des Arbeitspartei-Kandidaten Ehud Barak zum israel. MP (Mai 1999) gewann der Osloer Verhandlungsprozess wieder kurz an Dynamik. So beinhaltete das im ägyptischen Sharm el-Sheich unterzeichnete Zusatzabkommen (Wye-II-Abkommen, 5. Sept. 1999) einen neuen Fahrplan für den endgültigen Rückzug aus den besetzten Gebieten, die Einrichtung von zwei sicheren Verbindungsstraßen zwischen Gazastreifen und Westjordanland, die weitere Freilassung von paläst. Gefangenen und den Abschluss eines umfassenden und alle noch offenen Fragen regelnden Abschlussvertrags (spätestens 13. Sept. 2000). Die parallel erstmals nach vier Jahren wieder stattfindenden Verhandlungen mit Syrien (Dezember 1999) wurden jedoch nach drei Monaten abgebrochen, gefolgt vom Rückzug Israels aus dem Südlibanon (Mai 2000), der eine Offensive der Hizbollah und den Kollaps der Südlibanesischen Armee (SLA) zur Folge hatte.

Im Juli 2000 blieb der erneute Versuch von US-Präs. Bill Clinton die beiden Entscheidungsträger Barak und Arafat auf einem Nahostgipfel (Camp David II) zur Wiederaufnahme der Endstatusverhandlungen zu bewegen, ohne Ergebnis. Hauptstreitpunkte der Verhandlungen waren der künftige Status Jerusalems und die Flüchtlingsfrage. Ende Sept. 2001 löste der Besuch des national-konservativen Likud-Vorsitzenden Ariel Sharon auf dem Jerusalemer Haram esh-Sharif (Tempelberg), auf dem sich der Felsendom und die Al-Aqsa-Moschee befinden, eine Explosion und Welle der Gewalt und Gegengewalt aus (2. Intifada, Al-Aqsa-Intifada). Als direkte Folge des siebenj. Verhandlungsprozesses erhielt der NOK damit eine neue Dimension, die nicht als bloßer Ausbruch pol. Frustration erklärt werden kann. Aktuell (Juni 2002) erstreckt sich die Gewaltspirale über vollständige Blockaden und Besetzungen paläst. Städte und Ortschaften, Selbstmordanschläge und Attentate paläst. Extremisten, milit. Offensiven und Vergeltungsschläge der israel. Armee sowie gezielte Tötungen von mutmaßlichen Extremisten und pol. Führern.

Versch. Bemühungen zur Beendigung der Gewalt (Gipfeltreffen in Sharm el-Sheich im Okt. 2000, Taba-Verhandlungen im Jan. 2001, Mitchell-Plan im Mai 2001, Tenet-Plan im Juni 2001) brachten keine Resultate. Bereits kurz nach der Direktwahl Sharons zum neuen israel. MP (6. Febr. 2001), dessen Kabinett auch «Oslo-Architekt» Shimon Peres als Außenmin. angehört, sprachen viele Beobachter vom endgültigen Scheitern des Verhandlungsprozesses. Während die Arabische Liga ihre Mitgl. zum Abbruch aller pol. Kontakte mit Israel aufrief, kehrte die neue US-Reg. unter George W. Bush im Mai 2001 und verstärkt nach den Anschlägen in Washington und in New York (11. Sept. 2001) zu einer aktiven Nahostpol. zurück, die aber weder in der arab. Welt noch in Europa ungeteilte Zustimmung findet.

Lit.: B. Tibi, Konfliktregion Naher Osten, Regionale Eigendynamik und Großmachtinteressen, 2. Aufl., München 1991; C. Schmid, Der Israel-Palästina-Konflikt und die Bedeutung des Vorderen Orients als sicherheitspolitische Region nach dem Ost-West-Konflikt, Baden-Baden 1993; P. Pawelka, Der Vordere Orient und die Internationale Politik, Stuttgart/Berlin/Köln 1993; H. Becker u. a., Der israelisch-arabisch-palästinensische Konflikt, Gütersloh 1994; E. Said, Frieden in Nahost, Heidelberg 1997; L. Watzal, Feinde des Friedens. Der endlose Konflikt zwischen Israel und den Palästinensern, Berlin 2001; G. Rotter/S. Fathi, Nahostlexikon. Der israelisch-palästinensische Konflikt von A–Z, Heidelberg 2001; M. Beck, Der Friedensprozess im Nahen Osten, Wiesbaden 2002. mr

Nahrungsmittelhilfe Lieferung von Nahrungsmitteln zu Vorzugsbedingungen. N. wird in der Statistik häufig von der * Warenhilfe abgegrenzt. Sie ist – außer im Katastrophenfall – e.-pol. keineswegs neutral, da sie in den Geberländern dazu beiträgt, strukturelle Agrarüberschüsse auf den Weltmarkt und damit in die EL zu lenken (v. a. die Hilfe der USA und der EU), wo sie – unabh. davon, ob sie kostenlos oder gegen Entgelt abgegeben wird – tendenziell zum Absinken von Preisen, Angebot und Agrareinkommen führt. In einem * *circulus vitiosus* folgt somit auf N. eine verstärkte * Landflucht, und diese wiederum macht neue N. erforderlich. Die mit der N. angestrebte Subventionierung der Verbraucher begünstigt zudem eher die untere Mittelklasse als die ärmste. Die ländl. (landlosen) Armen erreicht sie meist nicht. wpz

Namibia

Fläche (Tsd. qkm): 824
Bev. (Mio.) 2001: 1,80
BNE pro Kopf (US-$) 2000: 2050
BIP (Mio. US-$) 2000: 3479
LE (Jahre) 1999: 50,0
Analphabetenquote (%) 1999: 19
HDI 1999: 0,601 [Rangplatz von 162: 111]

N. wurde am 21. 3. 1990 als letztes Land Afrikas unabh. Seitdem wird das Land von der ehemaligen Befreiungsbewegung *South West African People's Organization* (SWAPO) regiert, mit dem langjährigen SWAPO-Chef Sam Nujoma als Staatspräs. an der Spitze. Trotz der Dominanz der SWAPO und der Schwäche der parl. Opposition werden N. gute Aussichten für eine demokrat. E. bescheinigt.

1. Die Bev. N.s setzt sich überwiegend aus Bantu-Völkern zusammen. Größte Ethnie sind die Ovambo, die etwa die Hälfte der Bev. stellen. Es folgen: Kavango (ca. 9 %), Herero (7 %), Damara (7 %), Nama (5 %), Caprivian (4 %), «Buschmänner» (3 %), Basters (2 %) und Tswana (0,5 %). Hinzu kommen Weiße (ca. 7 %, rd. 20000 dt. Abstammung) und Mischlinge (7 %). Die JZ der Bev. lag 1990–2000 bei 2,5. Offizielle Sprache ist Englisch. Gebräuchlicher ist jedoch Afrikaans. Auch Deutsch ist verbreitet. Hinzu kommen zahlreiche indigene Sprachen (Oshivambo, Herero, Nama etc.). 80–90 % der Bev. gehören dem christlichen Glauben an.

2. Der Wassermangel des ariden Landes setzt der E. von Landw., Ind. und Bergbau enge Grenzen. Eine ökon. Schlüsselrolle besitzt der von * transnationalen Konzernen beherrschte Bergbau, der rund die Hälfte der Exporterlöse erwirtschaftet. Diamanten, Buntmetalle und Uran werden v. a. nach Westeuropa und Südafrika exportiert. Auch die Viehzuchtprodukte der extensiven und ökol. bedrohten Weidewirtsch. (Verbuschung) sind für den Export und v. a. die Beschäftigung von Bedeutung. Mehr als die Hälfte der wirtsch. aktiven Bev. arbeitet in der Landwirtschaft. Der kommunalen Landw. mit ihren trad. Nutzungsrechten stehen einige tausend kommerzielle Großfarmen in Privatbesitz gegenüber, die vor der Unabh. massiv unterstützt wurden. Nach der Unabh. förderte die Reg. auch den zuvor völlig vernachlässigten kommunalen Sektor. Durch Überfischung des planktonreichen Meeres gerieten Fischfang und Fischind. zeitweise in die Krise.

Größtes E.-Problem war die strukturelle * Apartheid. Trotz der Rücknahme einiger Apartheid-Gesetze (Wohngebiete, Arbeitsplätze, «Blutschande») bestand die ethnische und regionale Ungleichheit zwischen Schwarzen und Weißen v. a. in den Bereichen der Gesundheitsversorgung, des Bildungswesens und der Erwerbstätigkeit fort. Nach der Unab. bemühte sich die Reg., die sozialen Probleme in den Griff zu bekommen. Obwohl die Einschulungsraten noch vergleichsweise niedrig und die Schulabbruchraten hoch sind, sind doch die Bildungsmöglichkeiten deutlich gestiegen. Die med. Grundversorgung wurde verbessert, lokale Krankenstationen wurden gebaut und staatl. Mittel in zuvor vernachlässigte Gebiete gelenkt. Allerdings entbehren noch immer große Teile der Bev. eine angemessene medizinische Versorgung. Im Unterschied zu vielen afrik. Staaten verfügt N. über eine staatl. finanz. Rentenversorgung, die für viele Haushalte eine wichtige Einkommensquelle darstellt und die Armut lindert, in der fast 40 % der Haushalte leben. Ein gravierendes Problem ist die ungleiche Landverteilung (52 % des Landes lagen zu Beginn der Unabh. in «weißen Händen»). Die Landreform sollte sich am Prinzip des freiwilligen Verkaufs und der Entschädigung orientieren, doch blieb die Aktion weit hinter den angepeilten Zielen zurück. Eine Beschleunigung der Umverteilung ist pol. dringend geboten, da sich die Forderungen nach Besetzung weißer Farmen (nach dem Beispiel *Zimbabwes) mehren und sich das innenpol. Klima an der Landfrage zuzuspitzen droht. März 2000 beschloss die Reg., 12,4 Mio. US-$ in den nächsten 5 J. für den Wiederaufkauf von Farmland zur Verfügung zu stellen.

3. N. erlangte erst am 21. 3. 1990 die Unabh. Vorausgegangen war ein Jh. kolonialer Fremdherrschaft, zunächst als Kolonie Deutsch-Südwestafrika (1884/1890 bis 1915), später unter südafrik. Besetzung (ab 1915). Die Südafrik. Union verwaltete das Land zunächst auf Grundlage eines 1920 verliehenen Mandats des Völkerbundes. Ab 1946 widersetzten sich die südafrik. Regierungen den Bemühungen der *UN, Südwestafrika dem UN-Treuhandsystem zu unterstellen. Südafrika (S. A.) trieb selbst dann noch die völkerrechtswidrige Integration des Landes in den südafrik. Staat (inkl. der Ausdehnung der *Apartheid) voran, als die UN-Generalversammlung ihm 1966 endgültig das Mandat über Südwestafrika (1968 auf UN-Beschluss in «Namibia» umbenannt) entzog, der *IGH 1971 die Illegalität der südafrik. Verwaltung N.s bestätigte und der UN-Sicherheitsrat 1971 die Fortführung der Verwaltung als int. Unrechtsakt verurteilte. 1973 erkannte die UN-Generalversammlung die bewaffnete Befreiungsbewegung SWAPO als «einzige und authentische Repräsentation des namib. Volkes» an.

Dem wachsenden int. Druck setzte S. A. eine Pol. der «internen Lösung» entgegen, eine von Südafrika kontrollierte eigenstaatl. Entwicklung N.s. Auf der 1975 eingesetzten «Turnhallenkonferenz» unter Ausschluss der SWAPO trieb S. A. die Entwicklung einer Verfassung für N. voran, während die Westmächte mit Zustimmung der UN einen Unabh.-Plan erarbeiteten. Trotz der Verhandlungen der fünf westl. Staaten mit S. A., der SWAPO und den *Frontstaaten verschärfte sich der Krieg in N. und Südangola. 1977 wurde ein südafrik. Generaladministrator eingesetzt; die UN-Resolution 435 (Vorbereitung der Unabh., freie, allg. Wahlen unter UN-Aufsicht, Waffenstillstand zwischen SWAPO und südafrik. Truppen) wurde von S. A. abgelehnt. Im Dez. 1978 führte S. A. in N. Wahlen zur Verfassunggebenden Versammlung durch, die von der SWAPO boykottiert und vom UN-Sicherheitsrat nicht anerkannt wurden. Wahlsieger war die «Demokrat. Turnhallenallianz» (DTA) unter D. Mudge, ein heterogenes, aus «ethnisch» (im Sinne südafrik. Klassifikationskriterien) strukturierten Parteien zusammengesetztes Bündnis. Nach dem Rücktritt eines faktisch mit exekutiven Rechten ausgestatteten Ministerrats unter Mudge (1980–1983) setzte S. A. 1985 eine aus mehreren Parteien bestehende Übergangsreg. ein, der jedoch die int. Anerkennung verweigert wurde.

Mit dem im Dez. 1988 abgeschlossenen Friedensvertrag zwischen Angola, Kuba und S. A. (das den Abzug kuban. Soldaten aus Angola zur Bedingung für seinen Rückzug aus N. gemacht hatte) wurde unter UN-Kontrolle der Unabh.-Prozess N.s in Gang gesetzt. Kernstück des Prozesses waren die freien Wahlen zur Verfassunggebenden Versammlung vom 7.–11. 11. 1989, die unter UN-Aufsicht stattfanden. Die SWAPO gewann mit

57 % der Stimmen, die DTA erhielt 28 %. Binnen kurzer Zeit wurde eine neue, ausgesprochen liberale Verfassung erarbeitet und am 9. 2. 1990 von der Verfassunggebenden Versammlung verabschiedet. Diese wandelte sich am 16. 2. 1990 zum Parl. um und wählte SWAPO-Präsident Nujoma zum Staatspräs., der am Unabh.-Tag (21. 3. 1990) von UN-Generalsekretär Perez de Cuellar vereidigt wurde. Die pol. Geschicke im unabh. N. werden von der SWAPO bestimmt, welche die Reg. stellt und die Parteienlandschaft dominiert. Bei den Wahlen von 1994 baute die SWAPO ihre Vormachtstellung aus und erlangte mit 53 von 72 weit mehr als die für Verfassungsänderungen notwendige 2/3-Mehrheit im Parl. Bei den direkten Präs.-Wahlen wurde Nujoma mit 76 % der gültigen Stimmen wiedergewählt. Für eine dritte Amtsperiode (2000–2005) Nujomas wurde eine Verfassungsänderung notwendig. Nujoma siegte Dez. 1999 mit 77 %, die SWAPO mit 76 % der Stimmen.

Lit.: A. J. Halbach, Grundlagenstudie Namibia, München 1989; V. Kandetu et al. (Hg.), Perspektiven für Namibia, Bonn 1990; F. Ansprenger, Freie Wahlen in Namibia. Der Übergang zur staatlichen Unabhängigkeit, Frankfurt a. M. 1991; H. Melber, Namibia, in: HDW III, 5, 1993, S. 401 ff.; L. Cliffe et al., The Transition to Independence in Namibia, Boulder/London 1994; H. Weiland/M. Braham (Hg.), The Namibian Peace Process, Freiburg 1994; H. Weiland, Wahlen in Namibia: Lackmustest der Demokratisierung?, in: africa spectrum 30: 1, 1995, 63 ff. mik

Nasser, Gamal Abdel, wurde am 15. 1. 1918 als Sohn eines oberägyptischen Postbeamten geboren. Schon als Gymnasiast nahm er 1935/36 aktiv an antibrit. Demonstrationen teil. Nach einem Semester Jurastudium trat er 1937 als Kadett in die ägypt. Armee ein, etwa zur gleichen Zeit wie fast alle Mitgl. der späteren Gruppe der «Freien Offiziere», nachdem seit 1936 die Offizierslaufbahn auch Nichtmitgl. der grundbesitzenden Oberschicht offen stand. Nach der «Revolution vom 23. Juli» 1952 wurde zunächst der populäre General Nagib Vorsitzender des Revolutionsrates sowie Staats- und Regierungschef. Nach pol. Auseinandersetzungen mit Nagib trat N., führender Kopf der «Freien Offiziere», 1954 selbst an die Spitze von Revolutionsrat und Staat. Durch seine betont antikoloniale bzw. antiimperalistische Pol. der nat. Unabhängigkeit wurde N. nicht nur zum anerkannten nat. Führer Ägyptens und zur Symbolfigur des Strebens nach nat. Einheit in der gesamten arabischen Welt, sondern auch zur pol. Führungsfigur der Dritten Welt, insbes. durch seine Aktivitäten im Rahmen der *Blockfreienbewegung. N. starb am 28. 9. 1970. →Nasserismus red

Nasserismus Der N. gehört zu den zahlreichen Theorievarianten eines *Dritten Weges zwischen Kapitalismus und Kommunismus. Charakteristisch für den N. ist, dass die Theorie auf die pol. Aktion folgte. Eine gesellsch. Gruppe, die «Freien Offiziere», ergriff die pol. Macht mit der Zielsetzung, «der Tyrannei und der Korruption ein Ende zu setzen und ein freies und starkes Ägypten zu schaffen». Erst im Zuge der Konsolidierung der eigenen Macht wurde die Notwendigkeit erkannt, diese Macht ideol. abzusichern. Mit seiner «Charta der Nationalen Aktion», 1962 vom «Volkskongreß der fortschrittlichen Kräfte» verabschiedet, gelang es Nasser, einen einigermaßen kohärenten ideol. Rahmen zu schaffen. Nasser definierte diese säkular-nationalistische und zugleich religiös-panarabische Ideologie als Sozialismus, mit der Begründung, «der Islam ist nicht nur eine Religion, sondern auch ein weltliches System, das auf Erden Gerechtigkeit walten läßt, Gleichheit und gleiche Chancen für alle garantiert». Durch seine Berufung auf die islam. Trad. und dem Islam immanente soz. Elemente grenzte er sich allerdings nachdrücklich sowohl gegen den Marxismus als auch gegen die europäische Variante des Sozialismus ab und suchte mit dem seit 1957 propagierten «Demokrat. kooperativen Sozialismus» einen «Dritten Weg».

Weitaus schlüssiger als der «Arab. Sozialismus ägypt.-nasserischer Prägung», den man unter N. verstehen kann, sind die außenpol. Elemente des N., die sich in den Zielsetzungen Antiimp. und «Positive Neutralität» im Sinne der *Blockfreienbewegung ausdrücken.

Lit.: S. Hanna/G. Gardner (Hg.), Arab Socialism, A Documentary Survey, Leiden 1969.

maf

Nationalisierung Unter N. wird die Überführung der in privater ausl. Hand befindlichen Produktionsmittel (Sachkapital) und *Ressourcen (Grund und Boden, Rohstoffvorkommen) in die Verfügungsgewalt nat. Entscheidungsträger verstanden. N. fußt auf staatl. Maßnahmen, kann verhandelt, aber auch revolutionär durchgeführt werden. In aller Regel ist die Änderung der Eigentumsverhältnisse mit dem Aufbau oder der Erweiterung eines staatl. oder sozialisierten Sektors der Wirtsch. verbunden (→*mixed economy*), in den die strategischen Zweige und Unternehmen in das Eigentum der öffentl. Hand überführt werden, sodass auch privates nat. Kapital im Wege der Verstaatlichung betroffen sein kann. In der Literatur wird vielfach zwischen N. und Verstaatlichung nicht unterschieden. Auch werden beide Begriffe mit Vergesellschaftung, Sozialisierung vielfach synonym verwandt, Termini, die sich v. a. auf die Org.-Form (genossenschaftlich-staatsbetrieblich), d. h. die Frage, welche Instanzen die Kontrolle über das enteignete Unternehmen besitzen, beziehen. Immer ist die Frage der Entschädigung von großer pol. Tragweite. Ihr angefügt ist das Problem, ob nat. oder int. Recht bei der N. anzuwenden sei. Die EL verfechten die Position der Anrechnungsfähigkeit von *Extraprofiten der ausländ. Unternehmen auf die Entschädigungssumme und grundsätzlich die Zuständigkeit nat. Entscheidungsinstanzen. Die gegen die westl. IL verabschiedete *Charta der wirtsch. Rechte und Pflichten der Staaten von 1974 anerkennt in Art. 2 das Recht eines jeden Staates, ausländ. Eigentum zu nationalisieren, und zwar nach innerstaatl. Recht: «Ist die Entschädigungsfrage im Einzelfall umstritten, so wird sie nach innerstaatl. Recht des nationalisierenden Staates und von seinen Gesetzen geregelt ...» Demgegenüber beharren die IL auf der Gültigkeit int. Rechts und fairer Regelung der Entschädigung in Höhe und Verfahren, eine Position, die sie durch ihr Droh- und Kreditverweigerungspotenzial in den int. Kreditinstitutionen *Weltbank und *IWF wenn nicht unmittelbar, so doch noch Jahre später durchzusetzen vermögen, wie einige Beispiele aufzeigen (Chile, Peru).

Motive für N. liegen in den EL v. a. in der Verhinderung von Kapitaltransfers aus den EL in die IL durch ausl. Unternehmen, in der Überführung von Entscheidungsgewalt und Kontrolle über Produktion und Preise in einheim. Hände, in der Nutzbarmachung der Unternehmensgewinne für Ziele nat. sozioökon. E., in der Verbesserung der Rahmenbedingungen nat. *Entwicklungsplanung und in der e.-pol. für notwendig erachteten Neustrukturierung der Wirtsch. zugunsten eines ausgedehnten staatl. Sektors.

In der pol. Diskussion überwiegen zumeist ideolog. Motive (Anti-*Imperialismus, Anti-*Neokolonialismus). In der Praxis zeigt die Pol. der N. in den EL, die nach Anfängen in den 1930er J. ihren Höhepunkt zu Beginn der 1970er J. erlebte, e.-pol. durchaus zweischneidige Ergebnisse. Sieht man von den *OPEC-Ländern ab, die aufgrund einer seinerzeit gut funktionierenden Kartellpol. ihre Preispol. und N. erfolgreich durchsetzen konnten, so hat für andere Rohstoffe N. keinen Durchbruch beinhaltet; verschiedentlich wurde sie wieder aufgeweicht oder gänzlich rückgängig gemacht. In etlichen Fällen erreichten die Unternehmen nach der N. nicht mehr die frühere Rentabilität; wo pol.-ideolog. Motive die ökon. verdrängten sowie N. und Verstaatlichungen ungeordnet erfolgten, belastete der staatl. Sektor bald die öffentl. Hand. E.-pol. bedeutsam sind v. a. die Fälle erfolgreicher N.; das sind zunächst einmal solche, in denen erhebliche Erlöse nun den EL-Gesellsch. verblieben. Hier zeigt sich jedoch, dass der neue Reichtum nach den überkommenen sozialen Strukturen verteilt wurde und sich der früher bestehende Abstand zwischen Arm und Reich noch vergrößerte. Dann bedeutet N. nur den Transfer bereits vorhandener Ressourcen von ausl. Besitz auf eine einheimische Bourgeoisie. Wenn N. jedoch nicht der Stabilisierung der herrschenden Eliten in den EL dienen soll, so ist die Forderung nach N. e.-strategisch mit derjenigen nach grundlegenden Strukturreformen im Innern der EL zu verbinden. Im Rahmen der neuen weltbankintegrativen Strategien hat die N. entschieden an Bedeutung eingebüßt. dn

Nationalismus Der Begriff des N. ist wiss. äußerst umstritten. Einigkeit besteht eigentlich nur darüber, dass es nicht möglich ist, eine für alle Fälle gültige Begriffsdefinition zu geben. Eine Minimaldefinition könnte lauten, dass unter N. diejenige Pol. zu verstehen ist, die sich die Durchsetzung nat. Ziele zur Aufgabe gemacht hat. Weiter gehende Festlegungen fallen auch hinsichtlich des N. in der *Dritten Welt schwer. Wenn es auch hier Bemühungen um staatenübergreifende Solidarität gab und gibt (*Pan-Bewegungen), so bezieht sich nationalistische Pol. i. d. R. doch auf die durch den *Dekolonisationsprozess souverän gewordenen staatl. Einheiten.

Nationalismen in der Dritten Welt können unterschieden werden in Bezug auf die Zielrichtung des N. (Modernisierung, Anti-*Kolonialismus, nationale Befreiung, *Sozialismus) oder seine sozialen Träger (*Populismus, N. ethnischer Gruppen, N. nationaler Oligarchien). Nach innen macht nationalistische Pol. den Versuch des **nation-building*; sie bemüht sich, trotz weitgehend noch regionaler bzw. einseitig mit dem Weltmarkt verknüpfter Märkte, trotz *Tribalismus, trotz geringer innerstaatl. Kommunikationsmöglichkeiten (keine auf die Bedürfnisse des Landes ausgerichteten *Infrastruktur-Einrichtungen) und trotz eines wenig entwickelten Ausbildungssektors, eine gemeinsame staatl.-nat. Tradition zu schaffen. Maßnahmen zur *Nationalisierung der Volkswirtschaften in Ländern der Dritten Welt oder die bewusste Auswechslung pol. Eliten nichteinheim. Herkunft (Afrikanisierung etc.) sollen dazu dienen, den *Neokolonialismus zu überwinden und nach der pol. Unabh., die völkerrechtlich dem Grundsatz des Rechts auf nat. Selbstbestimmung entspricht, auch die ökon. Unabh. der jeweiligen Länder zu erkämpfen. Nach außen ist der N. die adäquate Reaktion der EL in einer Welt der Nationalstaaten, wobei es den Ländern der Dritten Welt um die Vertretung staatl. Interessen (*Neue Weltwirtschaftsordnung, *Neue Weltinformationsordnung u. a.) auf int. Ebene geht.

Die Politisierung nat. Identität in der Dritten Welt ist allerdings kein problemloser Vorgang: «Trotz aller Beteuerungen nat. Eigenständigkeit, trotz aller Distanzierungen von den ‹imperialistischen› Mächten, trotz aller Wiederbelebung eigener Werte und Traditionen erweist sich heutzutage, am Anfang des 21. Jh.s, eine einzige Form der Daseinsbewältigung als erstrebenswert: die techn.-ind. Zivilisation, die in der Dritten Welt noch nichts von ihrem Faszinationsvermögen verloren hat – im Gegensatz zum jetzigen Krisen- und Problembewußtsein in den Metropolen» (Mansilla).

Lit.: K. W. Deutsch/R. L. Merritt, Nationalism and National Development, Cambridge (Mass.) 1970; B. Tibi, Arab Nationalism, London/Basingstoke 1980; T. V. Sathyamurty, Sociology of Nationalism, London 1982; H. A. Winkler (Hg.), Nationalismus in der Welt von heute, Göttingen 1982; B. Anderson, Imagined Communities, London 1983; J. Blaschke, Von der Modernisierung durch Nationenbildung zu den Folgen industrialisierter Arbeitsteilung, in: Peripherie 18/19 (1985), S. 24ff.; H. C. F. Mansilla: Die Trugbilder der Entwicklung, Paderborn u. a. 1986. rs

Nation-building Der *Nation-building*-Ansatz wird in der wiss. Literatur v. a. auf die Arbeiten K. W. Deutschs zurückgeführt. Deutsch hat versucht, gestützt auf die hist. Erfahrungen Westeuropas, diejenigen gesellsch. Entwicklungen herauszuarbeiten, die zur Herausbildung nat. Einheiten geführt haben. *Industrialisierung und ökon. Wachstum werden von ihm als entscheidende Variablen zur Ingangsetzung von Prozessen des *sozialen Wandels, der wachsenden innergesellsch. Kommunikation, der verstärkten sozialen Mobilisierung der Bev. und der gesellsch. Modernisierung identifiziert, deren Ergebnis die heutige Gesellschaftsstruktur der IL ist. Die Übertragung des *Nation-building*-Ansatzes auf die EL geschah im Kontext der *Modernisierungstheorien. Erwartet wurde m.a.W., dass sich die gesellsch. E. der EL, wenn auch zeitverschoben, analog zu den westl. IL vollziehen würde, eine Annahme, die von der tatsächlichen Entwicklung widerlegt und v. a. im Rahmen der *Dependencia-Theorie kritisiert wurde.

Lit.: K. W. Deutsch/W. J. Foltz (Hg.), Nation-Building, New York 1963; K. W. Deutsch, Nationenbildung, Nationalstaat, Integration, Düsseldorf 1972; S. N. Eisenstadt/S. Rokkan, Building States and Nations, 2 Bände, Beverly Hills und London 1973. rs

Nauru →Pazifische Inselwelt

Neapel-Konditionen Umschuldungsbedingungen des *Pariser Clubs, Ende 1994 beschlossen, u.a. für die ärmsten hoch verschuldeten EL eine Schuldenerlasskomponente von 67 %. dn

Négritude Von frz.-sprachigen afrik. und afroamerik. Schriftstellern Ende der 1930er J. geprägter Begriff, der – z.T. als Reaktion auf die rigorosen Assimilierungsversuche der frz. Kolonialmacht – die Rückbesinnung auf die Werte altafrik. Kultur fordert. Wichtig für das Selbstverständnis einer ganzen Generation afrik. Intellektueller, denen sie eine als befreiend empfundene kulturelle Identitätsfindung und eine Rückgewinnung ihrer Selbstachtung ermöglichte, verfällt die N. nicht in einen umgekehrten Rassismus, sondern hebt auf einen von Grundwerten afrik. Kultur getragenen Humanismus ab, der auch mit ihm zu vereinbarende Elemente anderer Kulturen aufnimmt («assimilieren, nicht assimiliert werden»). Die wichtigsten Vertreter der N. sind L. S. *Senghor und der von Martinique stammende Schriftsteller und Politiker Aimé Césaire (Jahrgang 1913).

Lit.: M. Beti/O. Tobner, Dictionnaire de la négritude, Paris 1989; M. Sephocle, Die Rezeption der «Négritude» in Deutschland, Stuttgart 1991; P. Ngandu Nkashama, Négritude et poétique: une lecture de l'œuvre critique de Leopold Sédar Senghor, Paris 1992. kz

Neo-Faktorproportionentheorem →Außenhandelstheorie

Neoklassische Theorie →Außenhandelstheorie

Neokolonialismus Den westl. IL wird von den Ländern der *Dritten Welt häufig eine neokolonialistische Pol. vorgeworfen. Gemeint ist damit zunächst, dass sich die Haltung der ehem. Kolonialmächte gegenüber ihren früheren Kolonien, aber auch gegenüber anderen EL im Grunde nicht geändert habe, dass Letztere heute zwar pol. unabh. seien, diese pol. Unabh. aber in Wirklichkeit nicht mehr als eine formale Scheinunabh. sei. N. ist damit eine Ausprägung des *Imperialismus. Die direkte Beherrschung der Länder der Dritten Welt in der Kolonialzeit wurde durch eine umso wirkungsvollere, sich nicht auf staatl. Ebene allein vermittelnde und deshalb weit schwieriger anzuprangernde Pol. indirekter Beherrschung abgelöst.

Die *Mechanismen* des N. folgen v.a. den vom kapital. Weltmarkt diktierten Spielregeln für die Interaktion zwischen IL und EL. Die führende Wirtschaftsmacht der Welt, die USA, wird auf staatl. und nichtstaatl. Ebene nach dem 2. Weltkrieg zum Meistbegünstigten des Systems der neokolonialen Ausbeutung. Der N. kann zahlreiche Formen annehmen und sich durch viele unterschiedliche gesellsch. Gruppen vermitteln. Die Durchsetzung des N. wird erleichtert, wenn die Ind.-Staaten in dem betreffenden EL eine einheimische Oberschicht vorfinden, die bereit ist, das Land gemäß den Erforder-

nissen des Weltmarkts zu führen. Welche Formen der N. auch immer annimmt, letztendlich wirkt er sich so aus, dass sich die rel. Position der EL zu den IL verschlechtert. Mechanismen des N. sind:
a) *militärische:* Ausbildung der Offiziere, der Polizei und des Militärs eines EL im IL und die daraus meist folgende Bereitschaft dieser, sich für den internen *status quo* und die «Werte» ihres Ausbildungslandes einzusetzen. Belieferung der EL mit Waffen (Abh. von Ausbildern und Ersatzteilen). Tätigkeit von Geheimdiensten in EL.
b) *politische:* Aufbau von Einflusszonen und int. Organisationen durch westl. IL v. a. angesichts des Ost-West-Konflikts (Gegenbewegung der Länder der Dritten Welt: Bewegung der *Blockfreien).
c) *kulturelle:* Missionstätigkeit in den EL, die ebenso wie kommerzielle, von den IL aufgebaute Radio- und Fernsehstationen sowie Kinos die kulturelle Identität des jeweiligen EL schwächen (→Neue Weltinformationsordnung). Hollywood-Helden ersetzen als soziale Orientierungspunkte trad. Werte. Seltener: Einflussnahme der IL beim Aufbau des Bildungswesens.
d) *kommunikative:* Aufbau eines Post- und Fernmeldewesens und einer Fluglinie durch ein IL im EL (Abh. von Ersatzteilen und Ausbildern). Weltweit kontrollieren die IL das transkontinentale Transportwesen und andere kommunikative Einrichtungen (z. B. Satelliten).
e) *technologische:* Abh. der EL vom **Know-how* und Technologieimport entwickelter Länder.
f) *soziale:* **brain drain* von Akademikern und Facharbeitern, Abwanderung in die IL. Bemühen der Oberschicht der EL, den Lebensstandard der IL zu erreichen und deren Lebensgewohnheiten nachzuahmen.
g) *finanzielle:* Die Abh. der EL von Krediten und Entwicklungshilfegeldern (und -leistungen) führt zu Versuchen finanz. Kontrolle. Besonders zu nennen sind hier die int. Finanzierungsinstitutionen wie die *Weltbank oder der *IWF, die Gelder nur dann an EL vergeben, wenn deren Wirtschaftspol. den von ihnen gesetzten und überwachten Bedingungen entspricht.
h) *wirtschaftliche:* Die Ausbeutung der Dritten Welt durch *transnationale Konzerne, die weit mehr Kapital aus den EL in ihre Herkunftsländer retransferieren, als sie in ersteren investieren. Der über ungerechte **terms of trade* vermittelte *ungleiche Tausch zwischen IL und EL, der letzteren weit weniger Gegenleistung für ihre Rohstoffe zuweist als den IL für ihre Fertigprodukte.
Systematisch wurden diese Zusammenhänge in der Dritten Welt erstmals von Kwame *Nkrumah thematisiert. Nkrumah sieht im N. das letzte Stadium des *Imperialismus. Das Wesen des N., so Nkrumah, besteht darin, dass der neokolonialistisch beherrschte Staat theoretisch unabh. und mit allen Merkmalen eines unabh. Staates ausgestattet ist, in Wirklichkeit aber sein Wirtschaftssystem und damit seine Pol. von außen gelenkt wird. Nkrumah sieht in der Teilung Afrikas in Kleinstaaten eine Strategie, die die neokolonialistische Beherrschung des Kontinents erleichtert. Er setzte sich für ein vereinigtes Afrika ein. Mit Hilfe der soz. Länder, so meint Nkrumah, sollte es auf der Basis afrik. Einigungsbestrebungen möglich sein, die sich im N. herausbildende neue Erscheinung des Klassenkonflikts, dessen Frontlinien nicht mehr innerhalb der Ind.-Nationen, sondern zwischen den reichen und armen Ländern verlaufen (die Arbeiter der Ind.-Nationen profitieren vom N.), zum Vorteil der afrik. EL auszutragen.
Die wiss. Systematisierung des N.-Begriffes, beispielsweise von Nkrumahs Analyse ausgehend, ist kaum versucht worden. Haupthindernis für eine solche Weiterentwicklung des N.-Begriffes ist der polemische Gebrauch von N. als Schlagwort der pol. Auseinandersetzung, der auch dazu beitrug, dass der Ende der 1960er, Anfang der 1970er J. in Mode gekommene Begriff heute nur noch selten in Studien zur EL-Forschung verwendet wird.

Lit.: K. Nkrumah, Neo-Colonialism, London/Idadan/Nairobi 1965; J. Käkönen (Hg.), The Mechanics of Neo-Colonialism, Mänttä 1974; P. Friedländer/G. Liebscher, Neokolonialismus in der Krise, Berlin (Ost) 1978; T. Mende, De l'aide à la recolonisation, Paris/Frankfurt/New York 1982. rs

Neoliberalismus 1. Im engeren Sinne bezieht sich der Begriff des N. auf eine pol. Wirtschaftslehre, im weiteren Sinne ist er als ein ordnungspol. Programm zu verstehen. Im ersten genannten Sinne werden unter dem Begriff des N. jene wirtsch. Maßnahmen verstanden, die auf makroökon. Stabilität (bzw. Preisniveau-Stabilität), Wirtschaftswachstum, Privatisierung, Deregulierung und Liberalisierung gerichtet sind. Damit wird eine weit offene Wirtsch. angestrebt, die auf der Basis von wettbewerbsfähigen Exporten in den Weltmarkt integriert ist. Im zweiten Sinne eines ordnungspol. Programms stehen v.a. die Reduzierung der Rolle des Staates in Wirtsch. und Gesellsch., die Errichtung des Marktes als zentrales Allokations- und Regelungsmuster und die Aufwertung der Rolle des privaten Sektors im Mittelpunkt.

2. Der N. basiert insbes. auf der antiinterventionistischen Wirtschaftstheorie, die als Reaktion auf den in den IL praktizierten Interventionismus keynesianischer Prägung in der Wirtschaftskrise von 1973/75 entstanden ist. Dieser Ansatz wird v.a. durch *Milton Friedman* und den sog. *Monetarismus bzw. eine «angebotsorientierte Wirtschaftspol.» repräsentiert und näherte sich der seit den 1940er Jahren von *F. A. von Hayek* beeinflussten E.-Linie des N. und einem erneuerten Neokonservatismus der 1970er und 1980er J. immer mehr an. Dieser Kurswechsel in der Wirtschaftspol. in Richtung einer «Renaissance der Neoklassik» schlug sich auch in der E.-Ökonomie nieder. Bei der Verbreitung des neolib. Ansatzes im Bereich der E.-Ökonomie hatte die Position der sog. *free traders* in den 1970er Jahren (etwa *Little, Balasa, Krueger*) großen Einfluss. Sie äußerten sich kritisch gegenüber dem Modell binnenorientierter, importsubstituierender Industrialisierung und traten für die Liberalisierung des Außenhandels und eine exportorientierte Strategie für die EL ein, wobei die Erfolgsbeispiele der neu industrialisierten Länder SO-Asiens oft als Beweis gegen die binnenorientierte Strategie angeführt wurden. Seitdem gewannen diese Ansätze in der Programmatik int. E.- und Finanzinstitutionen zunehmend an Bedeutung, nicht zuletzt gerade aufgrund der Schlüsselpositionen, die die o. g. Ökonomen bei diesen Institutionen hatten.

3. Seit der *Verschuldungskrise zu Beginn der 1980er Jahre wurden in vielen EL wirtsch. *Strukturanpassungsprogramme (SAP) implementiert, die als Ausgangspunkt für den Vormarsch des N. als neue hegemonische E.-Strategie gesehen werden können. Allerdings war der wirtschafts- und e.-pol. Paradigmenwechsel in den wenigsten Fällen das bewusst kalkulierte Ergebnis rationaler Entscheidungen der wirtschaftspol. Akteure. Vielmehr hat sich dieser Kurswechsel im Zuge der Verschuldungskrise und aus den mit makroökon. und pol. Auflagen verbundenen Strukturanpassungskrediten der int. Finanzinstitutionen (vor allem *IWF und *Weltbank) zwangsläufig ergeben.

4. Da die neolib. Umstrukturierung nicht nur rein wirtsch. Natur ist, bringt sie bedeutende Umwandlungen hinsichtlich des Beziehungssystems zwischen Staat, Wirtsch. und Gesellsch. mit sich. Daher sind die Transformationsprozesse nach neolib. Muster mit dem Widerstand vielfältiger Interessengruppen konfrontiert, die aus pol. oder wirtsch. Gründen von den Reformen betroffen sind: einerseits, weil die neolib. Pol. in der Praxis überkommene wirtsch. und machtpolit. Strukturen auflöst (**Rent-seeking*, *Klientelismus, Korporativismus), andererseits wegen der sozialen Kosten der SAP und ihrer regressiven Einkommensverteilungswirkungen, die in überdurchschnittl. Maße von den relativ einkommensschwachen Bev.-Gruppen übernommen werden.

5. Als Risiken der neolib. E.-Strategie sind hier u. a. die Verstärkung der Konzentrations- und Exklusionstendenzen des Marktes zuungunsten sozialpolit. Ziele und eine wegen der Fixierung auf das Ziel des wirtsch. Wachstums unregulierte Ausbeutung natürlicher Ressourcen zu nennen. Außerdem steht das nach neolib. Sicht anzustrebende Ziel der Reduzierung der Rolle des Staates im Widerspruch zu den notwendigen staatl. Steuerungskapazitäten, die die Komplexität der Veränderungsprozesse erfordert. Da die mit dem N. verbundene Umstrukturierung nicht nur in den EL vonstatten geht, sondern auch mit dem weltweiten Trend zur *Globalisierung kapitalistischer Marktwirtsch. in Zusammenhang steht, ist eine Abkoppelung der EL von ihrer Dynamik kaum denkbar, ohne sich selbst von der int. E. auszuschließen.

Lit.: R. Prebisch, Dialogue on Friedman and Hayek, in: CEPAL Review Nr. 15 (1981), S. 153–174; A. Krueger (Hg.), Export Oriented Development Strategies, Boulder 1985; T. Schiller, Neo-Liberalismus, in: D. Nohlen/R. O. Schulze (Hg.), Politikwissenschaft: Theorien – Methoden – Begriffe, München 1989, S. 599 f.; M. Kahler, Orthodoxy and its Alternatives: Explaining Approaches to Stabilization and Adjustment, in: J. Nelson (Hg.), Economic Crisis and Policy Choice, Princeton 1990, S. 33–62; O. Sunkel/G. Zuleta, Neo-structuralism versus neo-liberalism in the 1990s, in: CEPAL Review Nr. 42 (1990), S. 35–51; L. Mármora/D. Messner, Jenseits von Etatismus und Neoliberalismus – Zur aktuellen Steuerungsdiskussion am Beispiel Argentinien und Südkorea. Institut für Iberoamerika-Kunde, Hamburg 1992; R. Tetzlaff, Strukturanpassung – das kontroverse e.-pol. Paradigma in den N-S-Bez., in: HDW III, 1, 1993, S. 420–445. sus

NEPAD *New Partnership for Africa's Development,* Neue Partnerschaft für Afrikas Entwicklung. Unter Federführung des südafrikan. Präs. T. Mbeki von den 5 Reg.-Chefs Ägyptens, Algeriens, Nigerias, Senegals und Südafrikas aus versch. Programmen hervorgegangene, unter dem Dach der *OAU/*AU ins Leben gerufene und am 11. 7. 2001 in Lusaka, Zambia beschlossene Initiative. Ziel ist die Überwindung von *Armut und *Marginalisierung durch *nachhaltige Entwicklung im Rahmen einer Partnerschaft der afrikan. Staaten mit den IL auf der Grundlage geteilter Prinzipien, wechselseitiger Interessen und Verantwortlichkeit. Instrument zur angestrebten Förderung von Demokratie, Stabilität und guter Reg.-Führung (→*good governance*) ist u. a. ein Selbstbeobachtungsmechanismus (*African Peer Review Mechanism*, APRM), im Rahmen dessen in gegenseitiger Einschätzung und Unterstützung Bemühungen um gute Reg.-Führung beurteilt, die Einhaltung vereinbarter Richtlinien zur Haushaltsdisziplin oder fiskalischer Transparenz überprüft sowie die jeweiligen Wirtsch.-Leistungen gemessen werden sollen. Veränderte pol., ökon. und soziale Rahmenbedingungen sollen die Attraktivität des afrikan. Kontinents für ausl. Privatinvestoren (→Direktinvestitionen) sowie – auf der pol. Ebene – das Ansehen der afrikan. Staaten als selbstbewusste Akteure in den int. Beziehungen erhöhen. Von der *AFDB erhält NEPAD in den Bereichen Infrastruktur und Standards der Finanzierung und des Bankenwesens techn. und beratende Hilfeleistung. Der auf dem Kananaskis-Gipfel Juni 2002 von der *G8 verabschiedete Afrika-Aktion-Plan unterstützt die Initiative u. a. durch die Förderung des APRM sowie von Strukturen afrikan. Krisenprävention und Konfliktbearbeitung. Kritische Stimmen befürchten, dass NEPAD aufgrund der Interessen afrikan. Staatschefs wirkungslos bleiben wird, zumal die Finanzierung der Initiative, die v. a. aus der Mobilisierung eigener Ressourcen geleistet werden soll, fraglich ist und gesellsch. Akteure zu wenig einbezogen seien. Struktur: Gipfeltreffen der Staats- und Reg.-Chefs der AU; Ausführendes Komitee mit im 4-Monats-Turnus stattfindenden Treffen der Staatschefs von 15 Mitgl.-Ländern (*implementation committee*: Ägypten, Algerien, Äthiopien, Botswana, Gabun, Kamerun, Mali, Mauritius, Mozambique, Nigeria, Rwanda, São

Tomé und Princípe, Senegal, Südafrika, Tunesien); monatl. tagender, von den 5 Gründungsmitgl. gebildeter Lenkungsausschuss (*steering committee*), dem Leitung und Koordinierung obliegen; Sekretariat (Sitz: Pretoria, Südafrika), zuständig für Projekt-, Programm- und pol. Koordinierung, Verwaltungsaufgaben sowie Öffentlichkeitsarbeit. Adresse: NEPAD-Sekretariat, PO Box 1234, Midrand, Halfway House, South Africa. Internet: www.nepad.com kf

Nepal

Fläche (Tsd. qkm): 141
Bev. (Mio.) 2001: 23,60
BNE pro Kopf (US-$) 2000: 220
BIP (Mio. US-$) 2000: 5450
LE (Jahre) 1999: 58,2
Analphabetenquote (%) 1999: 60
HDI 1999: 0,480 [Rangplatz von 162: 129]

1. Das Königreich N. gliedert sich in die an Nordindien grenzende Ebene (Terai), eine Mittelgebirgsregion mit fruchtbaren Flusstälern (z. B. Kathmandu) und die Himalaja-Hauptkette (u. a. Mount Everest). Bisher fand man in N. (*LLDC) kaum Bodenschätze.

2. Die staatl. Tradition N.s geht auf das 18. Jh. zurück, als Kathmandu von der aus Indien stammenden Shah-Dynastie erobert wurde. Zu Beginn des 19. Jh.s kam es zu Auseinandersetzungen mit Brit.-Indien, die jedoch Mitte des Jh.s beigelegt wurden, nachdem ein Angehöriger der probrit. Rana-Dynastie 1846 die Macht ergriffen hatte. Bis zum Ausbau des *Tourismus in der 2. Hälfte des 20. Jh.s bildete die Entlohnung der Gurkha-Söldner der brit. Armee den größten Positivposten der Zahlungsbilanz N.s. N. ist Mitglied der *SAARC.

3. Die Bev., die zu 2/3 in der Mittelgebirgsregion lebt (rel. Überbev. und Hungersnöte führten zur verstärkten Abwanderung ins Terai), ist v. a. in der Landw. (1998: 93,2 % der Erw.) tätig. Exportiert werden vor allem Teppiche u. Textilien; die Hauptabnahmeländer sind Deutschland, Indien und die USA.

4. Von 1972 bis zu seiner Ermordung durch den Sohn Diprendra 2001 war Maharajadhiraja Birendra Bir Bikram Sháh König. Der jüngere Bruder Birendras, Prinz Gyanendra, wurde im Juni 2001 inthronisiert. Die Panchayat-Verfassung von 1962 sah direkte Wahlen auf Gemeindeebene (*village councils*), indirekte Parl.-Wahlen, totales Vetorecht und alleinige Entscheidungsgewalt des Monarchen bei der Reg.-Ernennung vor. Auf Druck einer demokrat. Massenbewegung, die sich auch durch das gewaltsame Vorgehen der Sicherheitskräfte nicht einschüchtern ließ, kam es 1990 zu einer pol. Liberalisierung (Verfassungsreform, Legalisierung der Parteien). Am 12. 5. 1991 fanden erstmals seit 30 J. kompetitive Parl.-Wahlen statt, die die Kongresspartei mit 39,5 % der Stimmen gewann. Bei den vorgezogenen Neuwahlen am 15. 11. 1994 erhielten die Vereinigten Marxisten-Leninisten (CPN-UML) unter Man Mohan Adhikari mit 34,4 % die meisten Stimmen. Im September 1995 wurde Adhikari durch ein Misstrauensvotum gestürzt, und Sher Bahadur Deuba von der Kongresspartei folgte ihm im Amt des MP. Doch auch Deuba wurde im März 1997 nach innen- und außenpol. Erfolglosigkeit durch ein Misstrauensvotum abgesetzt. Neuwahlen im Mai 1999 führten zum überraschenden Sieg der Kongresspartei, die mit 37,2 % der Stimmen 54 % der Mandate gewann. Der immer zahlreichere Opfer fordernde Kampf gegen die seit 1996 aktive maoistische Untergrundbewegung CPN-M, die Kritik eines Teils der Opposition an den verschärften Sicherheitsmaßnahmen, eines anderen Teils an zu weichem Vorgehen, die Erfolglosigkeit von Friedensbemühungen sowie Korruptionsvorwürfe führten jedoch zur Reg.-Instabilität und zu Rücktritten versch. Premiermin., ehe der Expremiermin. S. B. Deuba Juli 2001 wieder die Reg.-Geschäfte übernahm. Die blutigen Kämpfe gegen die Rebellen, die in den vergangenen sechs J. insges. 4000 Opfer forderten, konnten bislang (Juni 2002) auch unter der neuen Reg. nicht beendet werden und dauern an.

5. 1999 lebten 12 % der Bev. in Städten.

Relig. und gesellsch. dominiert heute die Volksgruppe der Chettri-Brahmanen, die im 12. Jh. auf der Flucht vor der muslimischen Eroberung aus Indien in N. eindrangen. Auf sie geht die Landessprache (Nepali), die Staatsreligion Hinduismus (89,5 % der Bev.) und die Bewertung und entsprechende Besetzung von Berufen nach den Maßstäben der Kastengesellschaft zurück. Obwohl seit Mitte der 1970er J. der kostenlose Grundschulbesuch eingeführt wurde, sind das Bildungswesen und auch das Gesundheitswesen (ca. 30000 Ew. pro Arzt) N.s nach wie vor kaum entwickelt.

Lit.: W. Donner, Nepal. Raum, Mensch und Wirtschaft, Wiesbaden 1972; T. Hagen/J. T. Scholz, Nepal, Profile of a Himalayan Kingdom, London 1981; H. C. Rieger, Nepal, in: HDW III, 7, 1994, S. 288ff.; K.-H. Krämer./R. Pradhan, Erneuter Machtwechsel in Nepal: Analyse und Perspektiven, in: Südasien 2/97, S. 54ff.; K.-H. Krämer, Nepal, in: D. Nohlen/F. Grotz/C. Hartmann (Hg.), Elections in Asia and the Pacific, Bd. 1, Oxford 2001, S. 621ff. rs/ef

Nettoinlandsprodukt →Bruttoinlandsprodukt, →Nettonationaleinkommen

Nettoleistungen bzw. finanzielle Nettoleistungen; Begriff zur Erfassung der Nettobeträge von Kapitalhilfe; vom Gesamtvolumen jährl. Leistungen der IL (oder eines IL) an die EL werden die Tilgungszahlungen auf frühere Kredite sowie das in die IL zurückgeflossene Kapital abgezogen, um die finanz. Nettoleistungen zu erhalten. dn

Nettonationaleinkommen bzw. Primäreinkommen ergibt sich aus dem *Bruttonationaleinkommen nach Abzug der Abschreibungen. hs

Nettoressourcentransfer Statistisches Maß zur deskriptiven Erfassung makroökonom. Auswirkungen externer Verschuldungsprozesse. Der N. ergibt sich als Saldo aus den externen (Netto-)Finanzierungsbeiträgen, die einem Land in Form von (Netto-)Krediten, *Direktinvestitionen sowie Finanzierungszuschüssen aus dem Ausland zufließen, und den Zinszahlungen sowie Gewinnüberweisungen an das Ausland (vgl. Abb. S. 603). Negativer N. bedeutet, dass knappe inländische Ressourcen an das Ausland transferiert werden und daher die internen konsumtiven und/oder investiven Verwendungsansprüche an das BIP *ceteris paribus* eingeschränkt werden müssen. N. in signifikanter Größenordnung aus den verschuldeten *EL in die Gläubigerländer bildet den e.-pol. brisanten Kern des Verschuldungsproblems. (→Verschuldung) hs

Nettosozialprodukt →Sozialprodukt

Neue Weltinformationsordnung (NWIO), auch Neue Internationale Informationsordnung (NIIO) und *New World Information and Communication Order* (NWICO); wurde 1976 erstmals nachdrücklich von den *Blockfreien Staaten gefordert und 1980 von der *UNESCO-Generalversammlung in einer Resolution als Ziel formuliert. Bis Mitte der 1980er J. war sie ständiger Zündstoff int. Diskussionen. Die Konzeption einer NWIO/NWICO wurzelt v. a. in der Kritik an dem Einbahnstraßencharakter des weltweiten Informationsflusses und den krassen Unterschieden der Kommunikationsstrukturen von IL und EL: Nachrichten, TV-Programme, Kinofilme, Musik- und Videoaufzeichnungen, Bücher, Werbung, aber auch wiss., techn. und wirtsch. Informationen etc. fließen vorrangig von N nach S. Der Informationsaustausch zwischen und innerhalb der EL ist begrenzt. Mitte der 1980er Jahre wurde es um das Konzept der NWIO ruhig. Fehlende Mittel zur Durchführung von konkreten Maßnahmen zur Umsetzung der Resolution von 1980 haben die NWIO mehr zu einem rhetorischen Referenzpunkt für Debatten über den Einfluss neuer globaler Medien in den 1990er J. werden lassen. Forderungen nach fairem Informationsfluss und gleichberechtigtem Zugang zu Medien für EL werden allerdings immer wieder mit Bezug auf die NWIO-Debatte der 1970er und 1980er Jahre vorgebracht.

Die IL besitzen weitgehend die Verfügungsgewalt über Massenmedien (Presseagenturen, TV-Stationen, Medienkon-

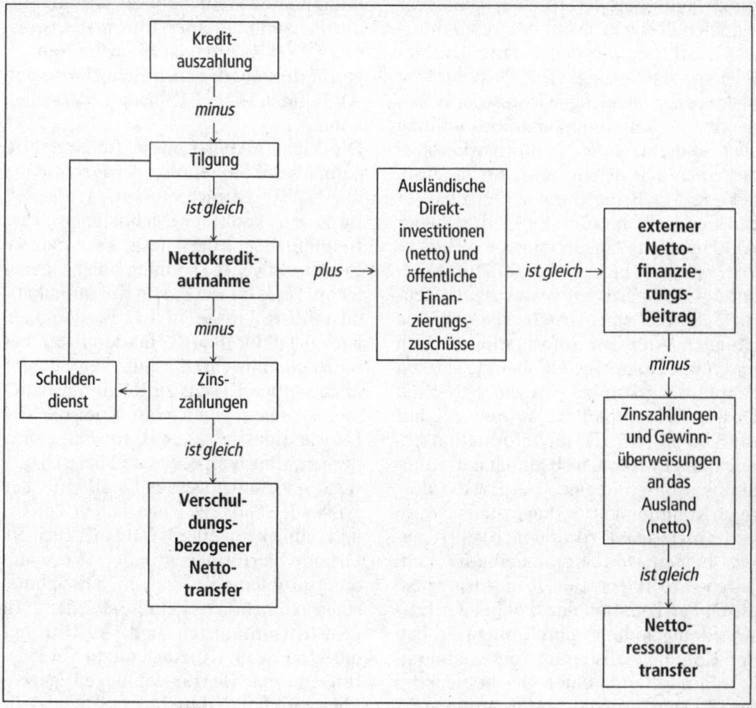

zerne) und moderne Kommunikationstechnologie (Satelliten- und Computertechnologie, Überseekabel, Telefon- und Telexkontingente etc.) und damit weitgehend über ein Monopol, Informationen herzustellen und zu verbreiten. Die Diskussion um eine NWIO thematisierte (im Lichte des *Nord-Süd-Konflikts) damit primär die extreme Außenabh. der EL im Informationsbereich und ihre Folgen z. B. für die kulturelle Integrität, die nat. Souveränität und wirtsch. E. der EL. Die Forderung nach einer NWIO hing eng mit deren Streben nach einer *Neuen Weltwirtschaftsordnung (NWWO) zusammen, da sie zugleich als Element und Voraussetzung der NWWO gedacht wurde, denn einerseits stellt Information eine spezielle ökon. Ressource dar, andererseits setzt jeglicher wirtsch. Austausch Kommunikation voraus.

Die Anfang der 1970er J. beginnende Kritik an der bestehenden Informationsordnung wurde insb. von den Blockfreien Staaten erarbeitet und in int. Foren getragen. 1973 ansatzweise und 1976 explizit von ihnen gefordert, wurde sie in der UNESCO heftig diskutiert. Während die IL geschlossen die Doktrin des freien (d. h. über den Markt geregelten) Informationsflusses (*free flow of information*) vertraten, verlangten die EL (unterstützt von soz. Ländern) einen freien und ausgewogenen Informationsfluss (*free and balanced flow of information*). Das Instrument hierzu: u. a. staatl. Eigenkontrolle der Medien. Die IL sahen und sehen hierin den Versuch, Pressefreiheit zu untergraben und staatl. Zensur zu legitimieren, verkürzen damit aber tendenziell das Problem des freien Informationsflusses auf den Schutz der Medien vor staatl. Eingriffen. Dass darüber hinaus das Ungleichgewicht in der bestehenden Weltkommunikationsordnung auch einem freien Informationsaustausch entgegensteht, verdeutlichte insb. der sog. MacBride-Bericht. Der 1980 auf der Generalkonferenz der UNESCO per Akklamation angenommene Bericht überwand die bis dato festgefahrene Debatte – Pressefreiheit versus staatl. Zensur – durch eine strukturelle Analyse globaler Abh. im Informationsbereich und mündete in einen 82 Punkte starken Empfehlungskatalog via einer NWIO. Dessen Hauptpfeiler waren: a) auf die Unabh. der EL im Informationsbereich hinzuwirken, insb. durch nat. Kommunikationsstrategien, Ausbau dortiger Kommunikationskapazitäten sowie konzentrierte int. Aktionen; b) die sozialen Folgen von Kommunikation v. a. durch ihre Integration in E.-Strategien, durch Partizipation der Bev. bei der Entscheidungsfindung, durch einen Abbau der Kommerzialisierung von Kommunikation und durch einen gleichberechtigten Zugang zu techn. Informationen e.-adäquat zu lenken; c) die Bedingungen für einen freien, verantwortungsbewussten Journalismus sowie eine vollständige und tatsachengetreue Verbreitung von Informationen über andere Länder zu schaffen; d) die Demokratisierung der Kommunikation anzustreben, i. S. eines umfassenden, individuellen und kollektiven Rechts zu kommunizieren; e) eine gleichberechtigte int. Zusammenarbeit im Informationsbereich zu entwickeln und zu intensivieren. Der Bericht betonte, dass nicht nur das Recht, Informationen zu erhalten, sondern auch, sie zu suchen und zu verbreiten, wichtige Anforderungen an eine verbesserte Informationsordnung darstellen. In diesem Sinne sollte die NWIO (a) zu einer gerechteren und gleichberechtigten Balance über den Fluss und Inhalt der Informationen führen, (b) das Recht auf nat. Selbstbestimmung in der Medienpol. sichern und (c) die Herstellung eines Informationsflusses in zwei Richtungen zwischen N und S gewährleisten, der auch Bedürfnisse und Aktivitäten der EL besser darstellen könnte.

Die Generalkonferenz in Belgrad 1980 kann als der Höhepunkt der Debatte um die NWIO betrachtet werden; die EL forderten konkrete Maßnahmen. Ihre Bemühungen trugen insg. eher magere Früchte: Die IL konnten über finanztechn. Hilfe für die E. von Kommunikationsinfrastrukturen in EL Forderungen nach strukturellen Veränderungen des *status quo* abwehren. Heute betonen nur noch wenige EL das zu Recht umstrittene Instrument einer staatl. Kontrolle des Informationsflusses, das sowohl e.-fördernd als auch repressiv und herrschaftssichernd genutzt werden kann. Mitte der 1980er J. nahm das Engagement der EL im Hinblick auf eine NWIO merklich ab. Gründe hierfür liegen in der *Verschuldungsproblematik und in Disziplinierungsmaßnahmen einflussreicher IL (Austrittsdrohungen und Austritt aus der UNESCO, Kürzungen und Verzögerungen von Beitragszahlungen gegenüber versch. UN-Org.).

Die rasche *Globalisierung neuer Medien und neuer Informationstechnol. wie Satelliten-TV, Mobiltelefone und *Internet führte in den 1990er J. zu einer Neubelebung der Debatte über Strukturen und Defizite int. Medienverteilung. Ein wichtiger Strang der Diskussion ist die Bedeutung des freien Zugangs zu Informationen für die *Demokratisierung und die Durchsetzung von *Menschenrechten. Die *UNESCO hat seit Anfang der 1990er J. regionale Seminare zur Förderung von unabh. und pluralistischen Medien in allen Teilen der Welt veranstaltet, in denen direkt auf Art. 19 der Allgemeinen Erklärung der Menschenrechte Bezug genommen wurde, in der die Meinungsfreiheit eines jeden Bürgers festgeschrieben ist.

Parallel wird ebenfalls wieder über die e.-pol. Bedeutung von Telekommunikation und der Nutzung neuer Medien gestritten (→Internet in der Dritten Welt). Während manche Analysen darauf verweisen, dass die e.-pol. Förderung von Telekommunikationstechnologien den Zugang von Armen zu dieser Infrastruktur kaum gefördert hat (Hill 1990), verweisen andere Autoren auf die Chancen der Informationsgesellschaft auch für arme Bev.-Gruppen, vorausgesetzt eine Reg. verfolge eine Pol. des breiten Zugangs zu Telekommunikation. Nach wie vor ist der Prozentsatz der Menschen mit Zugang zu Telekommunikationseinrichtungen in EL extrem niedrig; in der zweiten Hälfte der 1990er J. kamen in einem Viertel der Staaten auf einen Telefonanschluss mehr als hundert Personen. 1998 kamen 88 % der Internet-Nutzer aus IL, die weniger als 15 % der Welt-Bev. beherbergen; dagegen lag der südasiat. Anteil an Nutzern bei unter 1 % (Anteil an der Welt-Bev. mehr als 20 %). Im Hinblick auf die menschenrechtl. und die e.-pol. Bedeutung von Medien werden neue Informationstechnologien deshalb auch sehr unterschiedlich bewertet. Während einige Autoren in Internet und E-Mail neue Chancen einer unkontrollierbaren demokrat. Informationsvermittlung sehen, verweisen andere auf den sehr begrenzten Zugang gerade armer Bev.-Gruppen zu solchen Medien. Der Aufstieg einer globalen *NRO-Gemeinschaft während der Weltkonferenzen der 1990er J. wäre allerdings kaum ohne diese neuen Technologien möglich gewesen. In der Literatur zur «globalen Kommunikation» wird entsprechend darüber gestritten, ob bereits eine globale Kultur am Horizont zu erkennen sei, die einhergeht mit einem Triumph des unabh. Journalismus und der Dominanz der engl. Sprache (Stevenson 1994), oder ob die neuen Kommunikationsmedien alte Abh. vertieft haben (Galtung/Vincent 1992). Entsprechend unterschiedlich fallen die Empfehlungen für eine zukünftige Gestaltung der globalen Kommunikation aus. Galtung und Vincent fordern z. B. bessere *media terms of trade* für EL (mehr Nachrichten über EL in den IL und weniger über IL in den EL) sowie einen besseren Zugang zu produktiven Investitionen in Kommunikationstechnol. in EL. Einige asiatische Schwellenländer (z. B. Indien, Indonesien und Malaysia) investieren in diesem Sinne bereits intensiv in Satellitentechnol.

Zu einem wichtigen Thema wurde die Telekommunikation während der 8. Verhandlungsrunde des *GATT, in der über eine Liberalisierung der Telekommunikationsmärkte im Rahmen der Verhandlungen über den Handel mit Dienstleist. (*GATS) verhandelt wurde. Die große Dominanz gerade der US-amerik. Medienunternehmen (z. B. im Filmgeschäft) wurde von anderen IL (Frankreich) und EL (z. B. Indien und Malaysia) heftig kritisiert; die allg. Ausrichtung des GATS-Abkommens in Richtung Deregulierung und Liberalisierung der Kommunikationsmärkte wurde dadurch allerdings nicht beeinträchtigt.

Die klassische Vernachlässigung von Ereignissen aus Ländern des S durch globale Nachrichtenagenturen (z. B. auch CNN) wird in den letzten Jahren wieder verstärkt kritisch beobachtet. Allerdings fanden im Nachrichtenbereich wichtige E. statt: Das viel kritisierte Monopol der Weltagenturen *Associated Press* (AP), *United Press* (UP), *Reuters* und *Agence France Press* (AFP) weicht auf: Mittlerweile besitzt fast jedes EL eine nat. Nachrichtenagentur, und jede geogr. Region der *Dritten Welt verfügt über mind. ein regionales Nachrichtenaustauschsystem. Die meisten dieser Initiativen wurden von Reg. oder der *UNESCO ergriffen oder zumindest vorbereitet; dagegen sind Nicht-Regierungsinitiativen – wie z. B. *IPS – rar.

Die Themen der NWIO haben in den letzten Jahren angesichts der Revolution im Bereich neuer Informationstechnologien und der nach wie vor krass ungleichen Zugangschancen wieder verstärkt Beachtung gefunden. Die Umsetzung der Forderungen von 1980 ist allerdings seit J. nicht mehr auf der int. Tagesordnung und wäre techn. zudem bereits überholt. Der Human Development Report 1999 hebt die Bedeutung von Informations- und Kommunikationstechnologien für EL hinsichtlich Informationszugang, Stärkung zivilgesellsch. und staatl. Akteure, Produktivitätssteigerung und der Möglichkeit der Umgehung von Zensur hervor. Gemäß ihrem Mandat, freien Zugang zu Informationen und Wissen zu fördern, arbeitet die UNESCO unter Einbeziehung von Fachorg. und zivilgesellsch. Akteuren an Konzepten zur Überwindung bestehender Barrieren. Für den UN-Weltgipfel zur Informationsgesellschaft (*World Summit on Information Society, WSIS*), dessen erste Phase Dez. 2003 in Genf abgehalten wird, steht die Beschäftigung mit Themen wie Infrastruktur-E. in EL, Erhaltung kultureller Vielfalt, freier Zugang zu öfftl. Information, Meinungsfreiheit in der und Bildung in und für die Informationsgesellschaft auf dem Programm. →TAI

Lit.: Viele Stimmen – eine Welt. Bericht der Internationalen Kommission zum Studium der Kommunikationsprobleme unter dem Vorsitz von Sean MacBride an die UNESCO, Konstanz 1981; R. Dill, Zwischen Freiheit und Gleichgewicht, in: Vereinte Nationen 31 (1983), S. 179 ff.; M. Pendakur, The New International Information Order after the MacBride Commission Report: an International Powerplay Between the Core and the Periphery Countries, in: Media Culture and Society 5/1983; United Nations Educational, Scientific and Cultural Organization, World Communication Report, Paris 1989; J. Hill, The Telecommunications Rich and Poor, in: Third World Quarterly, 12, 2 (April 1990), S. 71–90; J. Galtung/R. Vincent, Global Glasnost: Towards a New World Information and Communication Order?, Cresskill, N. J., 1992; United Nations. Department of Public Information, World Media Handbook, New York 1992; H. H. Frederick, Global Communication and International Relations, Belmont, Cal., 1993; G. Gerbner/H. Mowlana/K. Kordenstreng (Hg.), The Global Media Debate: Its Rise, Fall and Renewal, Norwood, N. J., 1993; G. Reeves, Communications and the Third World, London and New York 1993; Canadian International Development Agency, Information, Mass Media and the Developing World, in: Development Express, No. 94–01, Jan. 1994; W. O. Dizard, Old Media, New Media: Mass Communication in the Information Age, New York 1994; R. L. Stevenson, Global Communication in the Twenty-First Century, New York & London 1994; UNDP, Human Development Report 1999, Globalization with a Human Face, New York/Oxford 1999. mik/mw

Neue Weltwirtschaftsordnung (NWWO) Seit *UNCTAD III von Santiago de Chile 1972 ist die Forderung der EL nach einer NWWO das beherrschende Thema der int. Konferenzen, insbes. im Rahmen des *UN-Systems. Der *Begriff* selbst meint im Wesentlichen, dass die bisherigen int. Wirtschaftsbez. zwischen EL und IL, welche die IL begünstigen, durch Reformen so verändert werden müssen, dass die EL stärker am Nutzen der Weltwirtsch. teilhaben. Die Vorstellung beinhaltet nicht unbedingt, dass die Ordnung der Weltwirtsch. grundlegend zu verändern sei, was radikale Positionen fordern und konservative bzw. liberale Positionen befürchten.

Die Forderung nach einer NWWO mündete 1974 in die Verabschiedung zweier Erklärungen durch die UN-Vollversammlung: Erklärung und Aktionsprogramm zur Errichtung einer NWWO vom 9. 5. 1974 und *Charta über die wirtsch. Rechte und Pflichten der Staaten vom 12. 12. 1974 (Texte dt. in: Jonas/Tietzel). Sie begründet sich im Wesentlichen mit zwei Argumenten: 1. Die IL müssen zu einem Ausgleich der Schäden bereit sein, die sie in den EL durch *Kolonialismus und *Neokolonialismus, durch Ausbeutung während und ungerechte Handelsbez. nach der Kolonialherrschaft angerichtet haben; 2. Partnerschaft und Gleichberechtigung zwischen IL und EL setzen voraus, dass die EL nicht durch *Handelshemmnisse benachteiligt werden, welche die IL errichten, und dass die IL den EL in ihrer E. durch *Ressourcentransfer helfen bzw. zur Übertragung von Kapital, Technologie etc. verpflichtet sind.

Einer Zusammenstellung des *BMZ zufolge enthält der Forderungskatalog der

EL nach einer NWWO folgende Einzelpunkte: 1. *Globale Politik:* Anerkennung der EL als vollwertige und gleichberechtigte Partner der int. Gemeinschaft; Anerkennung des Rechts eines jeden Staates auf einen eigenen E.-Weg; Anerkennung der vollen Souveränität eines jeden Staates über seine Bodenschätze, einschließlich des Rechts der *Nationalisierung ausländ. Eigentums nach nationalstaatl. Regelungen; 2. *Handel und Wirtschaft:* Änderung der *internationalen Arbeitsteilung, um den EL einen größeren Anteil an der Weltind.-Produktion zu sichern (→UNIDO) und es ihnen zu ermöglichen, ihren Bedarf zu decken; Abbau *protektionistischer Maßnahmen; Zugang zu den Märkten der IL für Halb- und Fertigwaren aus den EL; Abschaffung von tarifären und nichttarifären *Handelshemmnissen; *Präferenzabkommen für EL im Handel und in anderen Bereichen; Regelung und Kontrolle der Tätigkeit *transnationaler Konzerne (Verhaltenskodex); Förderung der Zusammenarbeit der EL untereinander (*ECDC, *TCDC, **collective self-reliance*); 3. *Rohstoffe:* Vereinbarung von *Rohstoffabkommen für einzelne Rohstoffe als Bestandteile eines *Integrierten Rohstoffprogramms; Förderung der Weiterverarbeitung von Rohstoffen in den Erzeugerländern und dadurch Erhöhung ihres Wertes; Billigung von *Rohstoffkartellen; Verbesserung der Wettbewerbsfähigkeit von Naturprodukten gegenüber synthetisch hergestellten Erzeugnissen; Verhinderung der Vergeudung natürlicher Ressourcen; angemessener Zugang der EL zu den Erträgen des Tiefseebergbaus (→Seerechtskonferenz); 4. **Industrialisierung:* Steigerung der *Investitionen im Ind.-Sektor, um einen höheren Anteil der EL an der Weltind.-Produktion zu erreichen (Lima-Ziel von 25 % bis zum Jahre 2000); 5. **Energie und Technologie:* Einsicht in die Begrenztheit von Erdöl- und Erdgasvorkommen; Sicherung der Kaufkraft der Einkünfte aus dem Energieexport; E. neuer Energie-Quellen (regenerative und umweltfreundliche Energien); Förderung der E. *angepasster Technologien für die EL; *Technologietransfer aus den IL zu Vorzugsbedingungen (Patente, Lizenzen etc.); 6. *Dienstleistungen:* Erhöhung der Beteiligung der EL am Seetransport, am Versicherungswesen sowie am *Tourismus; 7. *Landwirtschaft:* Hebung und *Diversifizierung der Agrarproduktion der EL zur Deckung ihres Nahrungsbedarfs (→Ernährung); Erhöhung der Finanzhilfen für die E. der Landw.; Verbesserung der bestehenden Nahrungsmittel-Hilfsprogramme (→WFP); 8. *Währung und Finanzen:* Berücksichtigung der Interessen der EL bei der Neuordnung des Weltwährungssystems; besserer Zugang der EL zu den Kapitalmärkten; mehr Mitbestimmung der EL in den int. Finanzorg., besonders im *IWF, und Verzicht auf Detail-Kontrollen bei der Verwendung von Mitteln dieser Org. zu Sanierungsmaßnahmen; Steigerung der Finanzmittel für den Ausgleich der *Zahlungsbilanz; Maßnahmen zum Schutz der EL gegen die Folgen der Inflation; neue Maßnahmen zur Milderung der Situation der *Verschuldung der EL; 9. **Entwicklungshilfe:* Verwirklichung der E.-Hilfe-Ziele seitens der IL (0,7 % des BNE an *öffentlicher Hilfe); Anpassung und Erleichterung der Vergabebedingungen von E.-Hilfe; Erhöhung der Finanzmittel für die int. E.-Hilfe-Org. (nach Journalisten-Handbuch Entwicklungspolitik, 1988, S. 246ff.).

V. Matthies zog folgende Zwischenbilanz des Streits um die NWWO: «Trotz der zahlreichen Konferenzen und Verhandlungen der letzten Jahre blieben – gemessen an dem Umfang und der Reichweite des Forderungskatalogs der EL – die materiellen Ergebnisse der bisherigen Bemühungen um eine Verwirklichung der NWWO relativ gering. Nach jahrelangen ergebnislosen Verhandlungsrunden gelang es den Kontrahenten immerhin, im Vorfeld der V. UNCTAD-Konferenz in Manila einen Kompromiß über grundlegende Elemente des *Gemeinsamen Fonds zur Finanzierung des *Integrierten Rohstoffprogramms zu erzielen (März 1979). Doch wird es nach diesem ‹Durchbruch› in den rohstoffpol. Verhandlungen zwischen EL und IL noch weiterer langwieriger Debatten bedürfen, bevor das projektierte Rohstoffprogramm – in weit bescheideneren Dimensionen als ursprgl. geplant – lebendige Gestalt annehmen kann. Im Vergleich zu der euphorischen Aufbruchstimmung auf seiten der EL und der hektischen pol. Nervosität auf seiten der IL im Jahre 1974 werden heute allenthalben eher Ermüdungs- und Abnutzungserscheinungen sichtbar.»

Neue Tendenzen in den Bez. zwischen IL und EL in den vergangenen Jahren: Neuorientierung e.-pol. Unterstützungsmaßnahmen auf die *Grundbedürfnisse sowie die Bemühungen vieler EL, durch tief greifende Wirtsch.-Reformen ihre Volkswirtsch. an die sich verändernden weltwirtsch. Rahmenbedingungen anzupassen.

Bisher wurde keine der Forderungen der EL realisiert oder nur in sehr revidierter Form. Die Idee der NWWO wurde jedoch nicht fallen gelassen (→Nyerere-Bericht). Überlegungen zu einer neuen Initiative innerhalb der UN kreisen um folgende Maßnahmen: 1) Fixierung der Rohstoffpreise durch einen Unterausschuss des *ECOSOC; 2) Rohstoffweiterverarbeitung im Produktionsland; 3) Indexierung des zulässigen Rohstoff- und Energieverbrauchs an Bevölkerungszahl; 4) weltweite Vorgaben zum Erhalt von Waldzonen bzw. zur Wiederaufforstung.

Lit.: K. Domer, Probleme der weltwirtschaftlichen Integration der EL, Tübingen/Basel 1974; R. Jonas/M. Tietzel (Hg.), Die Neuordnung der Weltwirtschaft, Bonn-Bad Godesberg 1976; V. Matthies, Neue Weltwirtschaftsordnung. Hintergründe, Positionen, Argumente, Opladen 1980; W. Ochel, Die EL in der Weltwirtschaft, Köln 1982; H. Elsenhans, Nord-Süd-Beziehungen. Geschichte – Politik – Wirtschaft, 2. Auflage, Stuttgart 1987. dn

Neukaledonien →Pazifische Inselwelt

NGO (*Non Governmental Organisation*) →Nichtstaatliche Organisationen

NIC →Schwellenländer

Nicaragua

Fläche (Tsd. qkm): 130,000
Bev. (Mio.) 2001: 5,20
BNE pro Kopf (US-$) 2000: 420
BIP (Mio. US-$) 2000: 2397
LE (Jahre) 1999: 68,6
Analphabetenquote (%) 1999: 32
HDI 1999: 0,635 [Rangplatz von 162: 106]

1990 gaben die Sandinisten in int. überwachten Wahlen die pol. Macht ab, die sie infolge der *Revolution von 1979 milit. erlangt hatten, und es wurde der Contra-Krieg beendet, der das Land in den 1980er J. überzog. Die ausgeprägte Polarisierung zwischen Sandinisten und Antisandinisten bestimmt bis heute das Verhalten der pol. Akteure und beeinträchtigt ihre Fähigkeit, die gewaltigen gesellsch. Probleme des Landes zu lösen: die wirtsch. Misere, die erdrückende Armut, gravierende rechtsstaatl. Defizite und das hohe Maß an Gewalt.

1. N. ist der größte der zentralamerik. Kleinstaaten. N. ist potenziell ein reiches Land. Es besitzt fruchtbare Böden, die z.T. nur extensiv bewirtschaftet werden, und große Landreserven. Die Erschließung landw. Nutzflächen erfolgte in den vergangenen Jahrzehnten allerdings auf Kosten der Waldbestände. Der Waldanteil von etwa 54 % (1952) sank auf 26 % (1992). Anbauprodukte umfassen Exportgüter (wie Kaffee, Bananen, Zucker, Baumwolle) und Grundnahrungsmittel (wie Reis, Mais, Bohnen und Hirse); große Bedeutung hat auch die Viehwirtschaft. Das Land verfügt über etliche Rohstoffvorkommen, die aber nur ansatzweise erschlossen sind. Abgebaut werden u.a. Gold und Silber. Im verarbeitenden Gewerbe dominieren Agro- und Textilindustrien.

2. Die Bev. ist sehr ungleich über das Land verteilt: Etwa 2/3 der Bev. leben an der Pazifikküste auf 15 % der Staatsfläche; die Zentralregion ist mäßig, die Atlantikregion nur dünn besiedelt. Der Urbanisierungsprozess verläuft rasch und

stetig. Ethnisch gliedert sich die Bev. in rd. 60–70 % Mestizen, jeweils 10–15 % Weiße und Bev.-Gruppen afrikan. Abstammung sowie etwa 5 % Indígenas. Mit der Landessprache Spanisch konkurrieren an der Atlantikküste Englisch und einige Indianer-Sprachen. Die große Mehrheit der Bev. gehört dem kath. Glauben an. Ev. Kirchen und Sekten haben einen wachsenden Zulauf.

3. Nach der Eroberung durch die Spanier (1522–1524) stand die Pazifikküste N.s im Zeichen span. Kolonialpol. Die Atlantikküste entwickelte sich de facto eigenständig; zeitweilig existierte dort ein von Spanien unabh. *Mosquitia*-Staat und ein engl. Protektorat. 1821 erlangte N. (zusammen mit dem übrigen Zentralamerika) die Unabh.; nach dem Austritt aus der zentralamerik. Föderation (1839) entstand der «Staat» N., dessen Reg. jedoch erst unter Präs. Zelaya (1893 bis 1909) über das ges. Staatsgebiet Kontrolle erlangte. Die postkoloniale Zeit prägten Bürgerkriege rivalisierender Oligarchien, Interventionen von US-Söldnern sowie «konservative» und «liberale» Diktaturen. Die exportorientierte Wirtsch.-Struktur N.s wurzelt bereits in der Expansion von Kaffeekulturen Ende des 19. Jh., deren Anbau unter Zelaya forciert wurde (Aufbau von *Infrastrukturen, finanz. Anreize).

4. 1912 intervenierten die USA milit. und hielten bis 1933 (ausgenommen 1925/26) das Land besetzt; US-Kapital kontrollierte nun neben einzelnen *Plantagen v. a. das Transport-, Bank- und Zollwesen. Pol. sicherten sich die USA ihre Interessen durch Marionettenreg. und den Aufbau einer Nationalgarde (1927). Nicht zuletzt aufgrund des milit. Drucks aufständischer Truppen unter dem Freiheitskämpfer A. C. Sandino zogen die USA 1932/33 ihr Militär ab, nachdem sie J. B. Sacasa als Präs. und A. Somoza García als Oberkommandanten der Nationalgarde eingesetzt hatten. Sandino stimmte einem Frieden zu; 1934 wurden er und die Führungskräfte seiner (aufgelösten) Armee von Nationalgardisten ermordet.

5. 1936 gelangte Somoza an die Macht und begründete die bis 1979 dauernde Diktatur der Somoza-Dynastie: Während deren Herrschaft entwickelte sich N. außenpol. zum treuen Verbündeten der USA, innenpol. – gestützt auf Nationalgarde und US-Hilfe sowie lange Zeit geduldet von der trad. Oligarchie – zum Inbegriff pol. Reaktion. Die wirtsch. Tätigkeit (*Investitionen, Infrastrukturaufbau, Kreditvergabe) nach dem 2. WK konzentrierte sich auf die Expansion, *Diversifizierung und Modernisierung des Agrarexportsektors und (im Rahmen der *Importsubstitutions-Strategie des *MCCA) auf die *Industrialisierung; der Anbau von Grundnahrungsmitteln wurde dagegen vernachlässigt (Mangel an Krediten, unterstützenden staatl. Dienstleistungen und produktivitätssichernden bzw. -steigernden *inputs*). Die Folgen: beachtliches Wirtsch.-Wachstum bis in die 1970er J. zum Preis verschärfter *struktureller Heterogenität, krasser sozialer Gegensätze sowie extremer Ausl.-Abhängigkeit. Hohe *Arbeitslosigkeit und Unterbeschäftigung folgten auf die *Marginalisierung ländl. Bev.-Schichten (v. a. Kleinbauern in der Pazifik- und Zentralregion), Saisonarbeit und *kapitalintensive Industrialisierung. Die extreme Land- und Besitzkonzentration v. a. in Händen der Somoza-Familie kontrastierte mit der *Armut in der breiten Bevölkerung. Verbunden mit der pol. Desintegration neuer (durch den sozioökon. Wandel entstandener) sozialer Gruppen (Lohnarbeiter, städt. Mittelschichten etc.) und der brutalen Repression gegenüber sozialreformistischen Bestrebungen in den 1970er J. radikalisierte dies große Bev.-Teile und führte zur breiten Unterstützung sozialrevolutionärer Kräfte in Form der 1962 gegr. Sandinistischen Befreiungsfront (FSLN). Der wirtsch. Druck des somozistischen Machtmonopols sowie immer dreistere Bereicherungsmethoden der Somoza-Familie bewirkten überdies den Bruch zwischen Somoza und dem nat. Unternehmertum, dem es jedoch nicht

gelang, eine reformistische Alternative zu Somoza anzubieten. Es kam zum Volksaufstand unter milit. Führung des FSLN, unterstützt von Kirche und Unternehmertum. Am 19. 7. 1979 stürzte das Somoza-Regime.

6. Nach der Revolution kontrollierte der FSLN die pol. Institutionen bis 1990. Weitreichende pol. Entscheidungen fielen de facto innerhalb der FSLN-Führung, deren *comandantes* zentrale Staatsämter einnahmen. Pol.-institutionell war die Macht zunächst in einer mehrheitlich sandinistischen Reg.-Junta konzentriert, der ein Kabinett und ein Staatsrat (mit legislativen Befugnissen) zur Seite standen. 1984 wurde ein Präs. (D. Ortega, FSLN) und ein Parl. (FSLN: 2/3 der Mandate) gewählt. Außerhalb der pol. Institutionen versuchte das Regime, mittels (pro-)sandinistischer Massenorg. gesellsch. Rückhalt zu erlangen und die Bev. für sozialrevolutionäre Ziele zu mobilisieren. Das innenpol. Klima nach der Revolution prägten insb. der offene Bruch zwischen bürgerlichen und sandinistischen Kräften und der von den USA initiierte und finanzierte *Contra*-Krieg. Infolge des Hegemonieanspruchs der Sandinisten und des Krieges war der Spielraum der pol. Opposition phasenweise stark eingeschränkt, wobei das Regime (v. a. bei seiner Verhaftungspraxis) nicht streng zwischen legitimer Opposition und *Contra*-Unterstützung zu unterscheiden vermochte. Eine systematisch betriebene Pol. des Mordens und «Verschwindenlassens» seitens staatl. Kräfte (wie seinerzeit z. B. in El Salvador und Guatemala) gab es jedoch im sandinistischen N. nicht.

Die sandinistische Reg.-Zeit endete mit den int. überwachten (*UN, *OAS) Wahlen von 1990, aus denen V. Barrios de Chamorro, getragen von einem breiten antisandinistischen Bündnis (UNO), als Siegerin hervorging. Der *Contra*-Krieg wurde noch im selben Jahr beendet. Die pol. Lage blieb jedoch instabil. Während gemäßigte Kräfte des Reg.-Bündnisses und der sandinistischen Opposition mitunter kooperierten, verharrten radikale Kräfte beider Seiten in extremen antagonistischen Positionen. Die Polarisierung zwischen Sandinisten und Antisandinisten bestimmte auch die Wahlen von 1996, die der erklärte Antisandinist A. Alemán und seine *Alianza Liberal* vor D. Ortega und dem FSLN gewannen. Bei den Regionalwahlen 1998 verzeichnete die Liberale Allianz doppelt so viele Stimmen wie der FSLN.

7. Zentrales Ziel der Revolution war die Beseitigung extrem ungleicher Besitzverhältnisse und sozialer Missstände im Rahmen eines wirtsch. Wiederaufbaus. Im Mittelpunkt stand hierbei der Agrarsektor, der während der sandinistischen Phase – infolge von Enteignungen und *Agrarreformen – in drei Bereiche untergliedert war: den Staats-, den Genossenschafts- und den herkömmlichen Privatsektor. Bei der Land- und Kreditvergabe wurden zunächst *Genossenschaften, später jedoch auch private Kleinbauern berücksichtigt. Teile der Ind. sowie das inländische Bankwesen und der Außenhandel wurden verstaatlicht. Im Rahmen einer **mixed economy* versuchten die Sandinisten einen pol. regulierten Markt aufzubauen. Dabei waren die an den Grundbedürfnissen der Bev. orientierte Produktion, eine (allzu) großzügige Kredit- und Subventionspol., das Verbot ausbeuterischer Pacht- und Arbeitsformen, die Reformen des Arbeitsrechtes, die Landumverteilung etc. untrennbar mit sozialpol. Maßnahmen verknüpft, die Missstände in den Bereichen *Gesundheit, *Bildung und *Wohnen zu beseitigen versuchten. Die grundbedürfnisorientierte Wirtschafts- und Sozialpol. scheiterte jedoch an der ökon. Misere, die N. ab Mitte der 1980er J. durchlebte. Steile Inflationsraten und damit erhebliche Reallohnverluste sowie gravierende Versorgungsmängel senkten den allg. Lebensstandard drastisch. Hohe Auslandsverschuldung, Handels- und Haushaltsdefizite waren Ausdruck der Krise. Intern trugen fehlende Produktionsanreize, Mängel im zentralisierten

staatl. Verteilungssystem sowie Investitionsboykott und Kapitalflucht seitens nat. Unternehmer zur Krise bei. Extern lag sie insb. im Verfall der int. Rohstoffpreise sowie in der wirtsch. Blockadepol. der USA begründet: Kredit- und Importsperren; Druck auf *IWF, *Weltbank und *IDA, *multilaterale Kredite auszusetzen, das Handelsembargo von 1985 und insb. der durch die USA finanzierte *Contra*-Krieg. Immense Kriegsschäden, ein gigantisches Verteidigungsbudget und die Rekrutierung wichtiger Arbeitskräfte belasteten N.s Wirtsch. sehr. Hinzu kamen Unwetter-Schäden, z. B. durch das Hochwasser 1982, die Dürre 1987 sowie den Hurrican «Joan» im Sept. 1988. Einzig die massive Wirtschafts- und Militärhilfe soz. Staaten (allen voran der UdSSR) bewahrten in den 1980er J. das sandinistische Regime vor dem Zusammenbruch. Durch den Amtsantritt der Reg. Chamorro veränderten sich die Bedingungen wirtsch. Entwicklung. Der *Contra*-Krieg sowie die Blockadepol. der USA wurden beendet, und westliche IL traten wieder als Kreditgeber auf. Die Staaten des ehemaligen Ostblocks fielen als Geberländer aus. Die Reg. Chamorro führte ein neoliberales Stabilisierungs- und Sparprogramm durch und leitete eine umfassende Privatisierung von Staatsbetrieben ein. Die Reg. A. Alemán setzte die *neoliberale Politik unter den Bedingungen sinkender Auslandshilfe rigide fort. Ende 1998 verursachte Hurrikan Mitch katastrophale Schäden, für deren Beseitigung die int. Kreditgeber N.s Dez. 2000 im Rahmen der *HIPC-Initiative drei Viertel seiner Auslandsschulden (4,5 Mrd. US-$) erließen. Die frei werdenden Mittel sollten für *Gesundheit und Erziehung sowie für weitere wirtsch. Reformen verwandt werden. Während bei den Kommunalwahlen Nov. 2000 in der Mehrzahl der Bezirke und Provinzhauptstädte der FSLN siegte, setzte sich bei den Präs.-Wahlen Nov. 2001 der Kandidat des PLC, der ehem. Vizepräs. E. Bolaños, mit 56,3 % der Stimmen durch.

Lit.: M. Rediske, Umbruch in Nicaragua, Berlin 1984; F. D. F. Niess, Das Erbe der Conquista, Köln 1987; D. Close, Nicaragua, London 1988; W. Dietrich, Nicaragua, 3. Aufl., Heidelberg 1988; Ch. Links, Sandinismus, Köln 1992; M. Krennerich, Nicaragua, in: HDW III, 3, Bonn 1995, S. 208ff.; V. Wünderich, Sandino, Wuppertal 1995; M. Krennerich, Wahlen und Antiregimekriege in Zentralamerika, Opladen 1996. mik

Nichtregierungs-Organisationen →Nichtstaatliche Organisationen

Nichtstaatliche Organisationen Im Bereich der EP der BRD gehören zu den autonomen NGOs (*Non Governmental Organizations*; auch NRO = Nicht-Regierungs-Organisationen) die *Kirchen, die *pol. Stiftungen und sonstige private Träger von E.-Hilfe, deren wichtigste sich zunächst im *Bensheimer Kreis, seit 1996 im *VENRO zusammengeschlossen haben.

Ihre Unterstützung sieht die Bundesreg. als wesentl. Element der bundesdt. EP an. 2000 hat sie den NGOs im *Einzelplan 23 ca. 391,5 Mio. € für entwicklungswichtige Vorhaben zur Verfügung gestellt (s. Tabelle 11); hiervon gingen ca. 38 % an die pol. Stiftungen und 36 % an die Kirchen. 7,6 % der Mittel erhielten NROs für die Förderung der wirtsch., gesellsch. und demokrat. E. in den Mittel- und Osteuropäischen Staaten sowie den Nachfolgestaaten der ehem. Sowjetunion, 5,7 % für Programme der Ernährungssicherung und der Humanitären Hilfe; mit 2,1 % wurden entwicklungswichtige Vorhaben der dt. Wirtsch. unterstützt. Mit 917,8 Mio. € (2000) übertreffen die eigenen Leistungen der NGOs (1980: 390,6 Mio. €; 1990: 625,2 Mio. €; 1995: 814,9 Mio. €) die öfftl. Zuschüsse fast um das Dreifache und werden zum größten Teil von den kirchl. Stellen aufgebracht.

Die staatl. Förderung priv. E.-Hilfe-Org. wird damit begründet, dass nichtstaatl. Träger geeignet seien, gesellsch. Zielgruppen in den EL direkt anzusprechen und mit ihnen zusammenzuarbeiten. Es wird auch betont, dass sie den *Selbsthilfe-Willen der Bev. im EL besser mobili-

Tabelle 11: Zuwendungen des Bundes an NGOs für entwicklungsrelevante Aufgaben 1962 bis 2000 in Mio. €

	1962	1970	1975	1980	1985	1990	1995	2000
Kirchen	17,54	34,87	56,24	75,67	107,68	139,79	150,32	140,65
pol. Stiftungen	0,07	12,38	31,48	61,69	77,09	107,34	117,19	148,23
andere		13,38	21,41	32,38	55,60	124,53	138,37	102,71
insgesamt	17,61	60,63	109,13	169,74	240,37	371,66	405,88	391,55

Quelle: BMZ.
Der Anteil der NGOs am Einzelplan 23 lag 1980 bei 6,15 %, 1990 bei 9,24 % und 2000 bei 10,65 %.

sieren und mit gesellsch. Gruppen zusammenarbeiten können, die zu den Unterprivilegierten gehören oder in *Marginalität dahinvegetieren. Nicht unwichtig ist, dass die dt. Träger durch den unmittelbaren Zugang zu den Menschen in den EL sich den pol. und sozialen Problemen der EL aufgeschlossener zeigen und auf das pol. Bewusstsein in der BRD zurückwirken können. Die NGOs haben seit Mitte der 1970er J. die e.-pol. Bildungsarbeit in der BRD verstärkt. Seit auf Initiative der *GKKE 48 NGOs Mai 1983 in Bonn ein erstes gemeinsames Symposium abhielten, das u. a. dem Ziel diente, den NGO-spezifischen e.-pol. Ansatz darzustellen, haben die NGOs kontinuierlich an Bedeutung für die EZ gewonnen. Eine Studie der *EZE von 1997 sieht in der E.-Arbeit der NGOs einen «Beitrag zu einer sozial gerechten, ökol. verträglichen und partizipatorischen Gesamtentwicklung eines Landes». Wirkungsstudien machten deutlich, dass NGOs «nicht unbedingt besser sind als staatl. Org. sondern über anders gelagerte Handlungs- und Gestaltungsmöglichkeiten verfügen, die ihnen spezifische Vorteile verschaffen». Wachsende Bedeutung gewinnen die NGOs als Teilnehmer an int. Konferenzen und durch int. organisierte Kampagnen, so z. B. die «*Jubilee 2000*»-Kampagne im Vorfeld des *G7-Gipfels 1999, auf dem die Entschuldungsinitiative für die ärmsten Länder ausgeweitet wurde (→Verschuldung). NGOs der EL, d. h. Org. der *Zivilgesellschaft, spielen als Partner der EZ aufgrund der Kritik an den Reg.-Stellen eine immer größere Rolle. Dies hat den *DAC dazu bewogen, allgemeine Kriterien für die Zusammenarbeit von NGOs der EL sowohl untereinander als auch mit den Geberorg. aufzustellen. In einer *policy note* werden genannt: Unabh. vom Staat; demokrat. und transparente Org.-Struktur; breite Basis in der Bev.; offene Mitgliedschaft; verantwortliches, leistungsfähiges Management; klare und konkrete Ziele; Bereitschaft zur Zusammenarbeit und zur Mitwirkung an Reformen. Die Arbeit der NGOs wird im strategischen Ziel verortet, die strukturellen Ursachen der *Armut zu überwinden.

Lit.: Jahrbuch Frieden 1997, Im Brennpunkt: Powern ohne Macht? Die friedenspolitische Rolle von Nicht-Regierungsorganisationen, München 1996, S. 9–111; U. Brand u. a., Nichtregierungsorganisationen in der Transformation des Staates, Münster 2001; W. Eberlei, Entwicklungspolitische Nicht-Regierungsorganisationen in Deutschland, in: APuZ, B 6–7, 2002, S. 23–28. dn

Nichttarifäre Handelshemmnisse →Außenhandelspolitik, Handelshemmnisse

Niederländische Antillen →Karibik

Niger

Fläche (Tsd. qkm): 1267
Bev. (Mio.) 2001: 11,20
BNE pro Kopf (US-$) 2000: 180
BIP (Mio. US-$) 2000: 1861
LE (Jahre) 1999: 45,7
Analphabetenquote (%) 1999: 85
HDI 1999: 0,274 [Rangplatz von 162: 161]

Die Republik N. (*LDC, *MSAC, *AKP) ist eines der ärmsten Länder der Welt; e.-pol. ist sie im Wesentlichen von einer Ressource abh.: Uran.

1. N., seit 1960 von Frankreich unabh. und in seiner heutigen Gestalt Resultat willkürlicher kolonialer Grenzziehungen, liegt geogr. wie ethnographisch in der Übergangszone zwischen Nord- und Schwarzafrika. Die Sahara (→Sahelzone) bedeckt drei Viertel der Fläche N.s (im N weniger als 0,1 Ew. pro qkm) und dehnt sich weiter nach S aus, im südl. Viertel konzentrieren sich rund 85 % der zu 85 % auf dem Lande lebenden Bev. (JZ 3,3 %, ein Programm zur Geburtenkontrolle wird vorbereitet). Die nomadischen Tuareg (vor der Dürrekatastrophe zu Beginn der 1970er J. 11 % der Ew.) und die inzwischen sesshaften Peul (Fulbe, 14 %) gelten als «Weißafrikaner». Mit der übrigen Bev. verbindet sie der Islam (90 % Moslems, 8 % Animisten, 2 % Christen). Angesichts ihrer Marginalisierung in der nigrischen Gesellsch. kam es zu Beginn der 1990er J.e zu milit. Auseinandersetzungen mit Reg.-Truppen, die aber mit mehreren Friedensabkommen (zuletzt: Nov. 1997) vorerst beendet werden konnten. Die 45 % der Ew. umfassenden Haussa sprechenden Völker, deren Sprache fast überall im N verstanden wird, dominieren den Handel, während die in der Hs. Niamey (1990: ca. 550000 Ew.) lebenden Djerma und Songhai (21 % der Bev.) bis heute die unter der Kolonialherrschaft erworbenen pol. Schlüsselpositionen verteidigen.

2. In der Kolonialzeit wurde die sozioökon. *Infrastruktur des rd. 700 km von der nächsten Küste abgeschnittenen und für die Franzosen wirtsch. wenig interessanten N. kaum entwickelt, sodass noch zu Beginn der 1980er J. die Befriedigung der *Grundbedürfnisse der Bev. völlig ungenügend war: Zugang zu sauberem Wasser für 27 % der Bev., ein Arzt für 45000 Ew. etc. Noch heute liegt die Einschulungsrate für die 6- bis 11-Jährigen bei lediglich 24 % (1997) und gar nur 9 % (1997) im Sekundarschulbereich (die 1971 gegr. Universität Niamey zählt 3000 Studenten). 70 % der Bev. leben von der Landw., weitere 16 % von der Viehzucht. Beide Bereiche erlitten schwere Verluste durch die Dürrekatastrophen der 1970er und 1980er Jahre. Die Landw. erbringt heute etwa 25 % des BIP, die Viehzucht ca. 15 %. Die Bedeutung der bescheidenen verarbeitenden Ind. ist in den letzten Jahren durch eine verfehlte Steuerpol., v. a. aber durch den wachsenden Anteil des Parallelmarkts mit Waren aus Nigeria weiter zurückgegangen (1972: 10,3 % des BIP, heute 2 bis 3 %).

3. Das 1958 noch von den Franzosen installierte Regime Diori Hamanis (ab 1960 Staatspräs.) offenbarte sich bald als immobil und korrupt. Zudem zeigte sich die Einheitspartei PPN (*Parti Progressiste Nigrien*) unfähig, der durch die Dürre in der Sahelzone verursachten ökon. Probleme Herr zu werden. Nach dem Putsch von 1974, angeführt von S. Kountché, folgte eine Periode der Militärregentschaft, die 1987/88 in eine formal zivile Herrschaft unter der Einheitspartei MNSD überführt wurde. Zu Beginn der 1990er J. erreichte die pol. Aufbruchsstimmung in ganz Afrika auch den N. Eine Nationalversammlung arbeitete ab Nov. 1991 eine neue und semipräs. demokrat. Verfassung aus, die im Dez. 1992 per Referendum bestätigt wurde. Im Febr. 1993 fanden so erstmals seit der Unabh. freie Parl.-Wahlen statt, aus denen die ehem. Einheitspartei MNSD als stärkste Kraft hervorging, die abs. Mehrheit aber gegenüber einer Acht-Parteien-Allianz der Opposition verfehlte. Bei den Präs.-Wahlen vom 27. 3. 1993 setzte sich in der Stichwahl der Kandidat der Opposition, Mahamane Ousmane, durch. Die Oppositionsallianz zerbrach jedoch bald. So wurden Neuwahlen im Jan. 1995 nötig, die vom MNSD und verbündeten Parteien gewonnen wurden. Die Folge war eine Kohabitation von Präsident Ousmane und Premier Amadou (MNSD), die aufgrund von Kompetenzstreitigkeiten zu einer Lähmung der Staatsgeschäfte führte, was im Jan. 1996 schließlich – unter dem Beifall weiter Teile der Bev. – das Militär mit einem erneuten Putsch auf den Plan rief. Aufgrund westl. Proteste und der Einstellung

der Auslandshilfe beeilte sich dessen Führer Ibrahim Maïnassara Barré, einen Redemokratisierungsplan zu erstellen, der im Juli und Nov. 1996 zu nicht-kompetitiven Präs.- und Parl.-Wahlen führte. Nach der Ermordung Maïnassaras Anfang 1999 etablierte sich erneut ein Militärregime, das bereits im selben Jahr Wahlen durchführen ließ, aus denen Tandja Mamadou (MNDS) als neuer Präsident hervorging. Unstimmigkeiten in der fragilen Regierungskoalition und eine defizitäre Menschenrechtslage lassen die Zukunft der jungen nigrischen Demokratie ungewiss erscheinen.

4. Nach dem Beginn der Uranförderung und dem Ansteigen der Weltmarktpreise Anfang der 1970er J. erhöhte das *Militärregime den nigr. Staatsanteil an den Uranunternehmen von 16 auf 33 %. Der Export von Uranerz erbrachte dem sechstgrößten Produzenten der Welt 1979 40 % seiner Einfuhrerlöse. Auch nach dem Verfall des Uranpreises in den 1980er J. macht Urankonzentrat weiterhin über 75 % der Exporteinnahmen aus (Uranerz 8 %). Grundlegend neu orientiert wurde die Landw.-Pol. Die Anbaufläche für **cash crops* (wichtigstes landw. Exportprodukt früher Erdnuss, heute Baumwolle) wurde drastisch reduziert, diejenige für die Selbstversorgung verdoppelt (Investitionsanteil der Landw. am Fünf-Jahr-Plan 1987–91: 40 %), wobei durch Ausfall der früher üblichen Brache die Bodenqualität allerdings erheblich vermindert wurde. Das Ziel landw. Selbstversorgung konnte bisher allenfalls in den ganz seltenen J. mit ausreichenden Niederschlägen annäherungsweise erreicht werden. Die wirtsch. Strukturdaten und Maßnahmen entsprachen Ende der 1990er J. den wirtsch. Eckdaten der Nachbarstaaten: eine Auslandsverschuldung von 1,621 Mrd. US-$ (1999), mehrere multilaterale *Umschuldungsabkommen (→Pariser Club, Verschuldung, IWF, Weltbank), die auf eine Förderung des privatwirtsch. Sektors und die Liquidierung bzw. Privatisierung staatl. und parastaatl. Unternehmen abzielten etc. N., das gerade auf den die offiziellen Wirtschaftsdaten stark relativierenden Parallelmärkten das Gewicht seines übermächtigen Nachbarn Nigeria verspürt, bleibt auf absehbare Zeit auf das Wohlwollen seiner Wirtschaftspartner und v. a. auf ausreichende Niederschläge für seine Ernten angewiesen.

Lit.: J. Triaud, L'Islam et l'État au Niger, in: Le Mois en Afrique 192/93, 1981, S. 19–26 und 194/95, 1982, S. 35–48; R. Charlick/J. Thomson, Niger, Aldershot 1989; D. Robert, Niger, in: HDW III, 4, 1992, S. 328ff. kz/mb

Nigeria

Fläche (Tsd. qkm): 924
Bev. (Mio.) 2001: 116,90
BNE pro Kopf (US-$) 2000: 1861
BIP (Mio. US-$) 2000: 41 248
LE (Jahre) 1999: 47,5
Analphabetenquote (%) 1999: 37
HDI 1999: 0,455 [Rangplatz von 162: 136]

Die Bundesrep. N. (*OPEC, *AKP) entwickelte sich aufgrund ihrer Erdölerlöse in den 1970er J. zur ökon. und pol. Führungsmacht Schwarzafrikas. Die Folgen des Erdölbooms (Vernachlässigung des Agrarsektors, *Landflucht, Inflation, Versorgungsengpässe) haben sich seit dessen Rückgang durch die schlechte Marktlage noch verschärft; hinzu kommt die chronische innenpol. Instabilität (Zersplitterung durch *Ethnizität, versch. *Religionen, fünf Staatsstreiche seit der Unabh.).

1. N. ist das bevölkerungsreichste Land Afrikas. Ethnisch ist die ehemals brit. Kolonie, die am 1. Okt. 1960 unabh. wurde, äußerst komplex (434 ethn. Gruppen). Die drei größten Völker Haussa-Fulbe (21,3 %) im N, Yoruba (21,2 %) im SW und Ibo (18,4 %) im SO stellen knapp 60 % der Gesamtbev. und dominieren eindeutig ihre Regionen. Die brit. Kolonialpol., die dem islam. Norden innere Selbstverwaltung und kulturelle Nichteinmischung im Rahmen der **indirect rule* garantierte, während der staatl. weniger organisierte S unter dem Einfluss christl. Missionen rel. schnell durchdrungen wurde, führte zu einem bedeu-

tenden Bildungsgefälle und trug wesentlich zum Nord-Süd-Gegensatz bei, der gemeinsam mit dem interethn. Konkurrenzdenken zur entscheidenden Triebfeder des pol. Prozesses in N. wurde. Ethn. Rivalitäten und ein den *Tribalismus begünstigender Verfassungsrahmen waren Voraussetzungen für Unruhen, Machtübernahme der Militärs und einen dreij. Bürgerkrieg (Sezession des Ibostaates Biafra 1967 bis 1970). Der Wiederherstellung der Demokratie im Okt. 1979 nach 13-jähriger Militärherrschaft (→autoritäre Regime) folgte 1983 erneut ein milit. Staatsstreich. 1985 übernahm ein reformorientierter Flügel des Militärs die Macht. Auch das *corrective government* von General Babangida, das anfänglich den Dialog mit den oppositionellen Gruppen suchte, entpuppte sich bald als korrupt und repressiv.

2. Mit einer mittleren Bev.-Dichte von 134 Ew./qkm zählt N. zu den am dichtesten besiedelten Ländern Afrikas. Die JZ der Bev. wird für 1990–2000 auf 2,8 % (1980–1989: 3,3 %) geschätzt. Fast die Hälfte der Bev. ist jünger als 15 Jahre. Die LE erhöhte sich von 34 J. (1960) auf 52 J. (2000). Eine anhaltende Landflucht, der die Reg. seit Beginn der 1980er J. entgegenzuwirken versucht, hat die Städte rapide anwachsen lassen. Die bisherige Hs. Lagos wuchs von 665000 Ew. (1963) auf 1,74 Mio. Ew. (mit Vororten 5,7 Mio.) an. Der Urbanisierungsgrad beträgt 44 % (2000).

3. Die nig. Wirtschaftsstruktur ist durch die nicht-integrierte Einlagerung eines modern organisierten, monetär-wirtsch. Exportsektors in die autochthone Wirtsch. bestimmt. Mehr als 2/3 der erwerbstätigen Bev. arbeitet noch in kleinbäuerlichen Betrieben (zum größten Teil *Subsistenzproduktion), während der am Niveau der IL orientierte und an *Kapitalintensität weiterhin zunehmende Industriesektor nur etwa 7 % der Erwerbspersonen beschäftigt. Der Anteil der agrar. Produktion (Baumwolle, Kakao, Erdnüsse, Palmprodukte, Kautschuk) an der Gesamtausfuhr fiel von 61,8 % (1965) auf 3 % (1984). In den regenreichen Savannen wären erhebliche Steigerungen etwa der Getreideproduktion möglich, doch beschränkt sich die Förderung der Reg. im landw. Bereich auf die Großplantagen, während den Kleinbauern keine Produktionsanreize geboten werden. Die Erzeugung von Grundnahrungsmitteln bleibt weit hinter der Nachfrage zurück, sodass ein erheblicher Teil durch Importe gedeckt werden muss. Der Außenhandel N.s wird trotz der Bemühungen um einen Ausbau von Ind. und Landw. weiter in hohem Maße von der E. auf dem Erdölmarkt dominiert (rd. 90 % der Exporteinnahmen); die Ölfördermenge ging zwischen 1980 und 1986 um ca. 75 % zurück. Die im nat. E.-Plan bis 1985 vorgesehene *Diversifizierung der nig. Ind. (Konsumgüterind., Kfz-Montage) und der Aufbau einer Grundstoffind. (Eisen, Stahl, Petrochemie) wurden durch den großen Mangel an Fachkräften (nach den Ausweisungen ausl. Arbeiter 1983 und 1985 noch verschärft) und infrastrukturelle Schwächen erschwert. Die auf einem hohen Ölpreis basierende Wirtsch.-E. brach mit dem Niedergang der Weltmarktpreise in den 1980er J. zusammen. Das Strukturanpassungsprogramm von 1986, Voraussetzung für Umschuldung und Kapitalzufluss, scheiterte, da die Privatisierung verschleppt und die Deregulierung durch *Korruption und Schmuggel (Benzin) unterlaufen wurde. 1993 stellte N. die Bedienung der Auslandsschulden vorübergehend ein. Das Abacha-Regime schaffte den freien Devisenmarkt ab, wertete die Währung um 100 % auf und widmete sich dem Bau von Prestigeprojekten (Stahl, Petrochemie) – eine Wirtsch.-Pol., gegen die die Weltbank öffentlich protestierte. Mittelfristig bezieht N. noch 90 % seiner Devisen aus dem Ölsektor. Die staatl. Erdölgesellsch. NNPC ist jedoch hoch verschuldet, die technische Ausstattung desolat. Gegen die ökol. Folgen der mangelhaft gesicherten Ölförderung haben sich Protestgruppen gebildet, die z.T. mit milit. Gewalt niedergeschlagen wurden.

4. Sprachenvielfalt und der Einfluss der Religionen stehen der nat. Integration entgegen. Die wichtigsten Sprachen sind die der drei großen Ethnien: Haussa, Yoruba, Ibo und Englisch als integrative Amtssprache. Während das Christentum besonders im Süden verbreitet ist, bestimmt der Islam die Sozialstruktur des Nordens. Etwa 45 % aller Nigerianer bekennen sich zum Islam, 38,4 % zum Christentum, und der Rest verteilt sich auf zahlreiche afrik. Religionen. Die Analphabetenziffer konnte von 84,6 % (1962) auf 37 % (1999) gesenkt werden. Erst 1976 wurde die kostenlose allg. Schulpflicht eingeführt, jedoch aufgrund personeller und finanz. Beschränkungen mit unterschiedlichem Erfolg in den einzelnen Bundesstaaten.

5. Die nig. Unabh.-Verfassung war weitgehend am brit. *Westminster-Modell orientiert. Hauptmerkmale waren ein Zweikammerparl. auf Bundes- und Regionalebene, eine parl. verantwortliche Reg. sowie die rel. Mehrheitswahl in Einerwahlkreisen. Die unausgewogene föderative Struktur – drei Regionen N, W und O – führte zur Herausbildung regionaler Parteien, die in der pol. Tradition der jeweiligen Majoritätsethnien wurzelten. Das Wahlsystem führte zur Verfestigung von Einparteisystemen in den Regionen und behinderte die nat. Integration. Angesichts der wirtsch. UE und der E.-Differenzen zwischen den Regionen leitete dies gemeinsam mit einer Pol. der Zuspitzung ethn. Gegensätze den Niedergang der «afrik. Musterdemokratie» ein. Nach dem zweiten Militärputsch des Jahres 1966 wurde die alte Föderalstruktur zerschlagen. Legislative und Exekutive wurden von Streitkräften kontrolliert. Auf die Wiederherstellung der Demokratie 1979 (am US-amerik. Vorbild orientierte Verfassung mit präsidialdemokrat. Reg.-System, klarer Gewaltenteilung, 19 Bundesstaaten), die die nat. Integration mittels überregionaler Verbreitung der Parteien und Vertretung mind. eines Ministers aus den Gliedstaaten im Bundeskabinett zu stärken suchte, folgte 1983 ein Staatsstreich höherer Offiziere. Die repressive Reg.-Pol. des Generals Muhammed Buhari (Verbot der bestehenden Parteien, der Pressefreiheit und der öfftl. pol. Diskussion) führte am 27. Okt. 1985 zu dessen Sturz durch einen erneuten, unblutigen Putsch. Unter dem Präs. und Oberbefehlshaber der Streitkräfte, General Ibrahim Babangida, bemühte sich die Militärreg. unter Konsultation aller Bev.-Teile um eine pol. Neuordnung und die Ausarbeitung einer eigenständigen, nicht an ausl. Modellen orientierten Verfassung. Symbolisch für den Versuch, die pol., ethn. und relig. Zersplitterung zu überwinden, war der Aufbau der neuen Hs. Abuja. Im Juli 1992 erfolgten Wahlen für beide Kammern des Parl., bei denen die Bev. die Auswahl zwischen zwei vom Präs. gegründeten Parteien, der *Social Democratic Party* (SDP) und der *National Republican Convention* (NRC), hatte, wobei die SDP in beiden Häusern die abs. Mehrheit erhielt. Die Wahlen waren nicht geheim. Bei der Präs.-Wahl vom 12. 6. 1993 zeichnete sich ein Wahlsieg des sozialdem. Kandidaten Moshood Abiola ab, bevor der oberste Gerichtshof die Veröffentlichung der Ergebnisse verbot und die Militärreg. die Wahl annullierte. Der dann von Babangida ernannte Interimspräs. Shonekan wurde im Nov. 1993 durch einen neuen Staatsstreich von Gen. S. Abacha gestürzt. Weder nat. Proteste noch int. Sanktionen konnten die extrem repressive Militärreg. Abacha 1995 an der Hinrichtung des Menschenrechtlers Ken Saro-Wiwa hindern. Erst der Tod Abachas im Juni 1998 und die Amtsübernahme von General A. Abubakar machten den Weg zur lange angekündigten *Demokratisierung des pol. Systems frei. Aus den Parl.- und Präs.-Wahlen im Febr. 1999 gingen der vormalige Militärherrscher Obasanjo bzw. seine Partei siegreich hervor. Neben massiver *Korruption und den politisierten Militärs sieht sich Obasanjo v. a. durch den anhaltenden, auch gewaltsamen Gegensatz zwischen Nord und Süd heraus-

gefordert, der durch die umstrittene Einführung der islam. Rechtsprechung in einigen nördl. Bundesstaaten auch eine religiöse Komponente aufweist.

Lit.: E. M. Joye/K. Igweike, Introduction to the Nigerian 1979 Constitution, London and Basingstoke 1982; H. Bergstraesser, Nigeria, in: HDW III, 4, 1993, S. 344 ff.; L. Diamond, Nigerias Search for a New Political Order, in: Journal of Democracy 2/2 (1991), S. 54–69; R. T. Suberu, The Travails of Federalism in Nigeria, in: Journal of Democracy 4/4 (1993), S. 39–53; H. Bergstraesser, Nigeria: Militärherrschaft ohne Ende?, in: Jahrbuch Dritte Welt 1995, München 1994; C.-D. König, Zivilgesellschaft und Demokratisierung in Nigeria, Hamburg 1994; J. Ihonvbere/O. Vaughan, Nigeria, democracy and civil society, 1985–1993, in: J. A. Wiseman (Hg.), Democracy and Political Change in Sub-Saharian Africa, London 1995; A. Jega (Hg.), Identity Transformation and Identity politics under Structural Adjustments in Nigeria, Uppsala 2000. pb

NIIO →Neue Weltinformationsordnung

Nkrumah, Kwame Erster Regierungschef eines unabh. schwarzafrikan. Staates, des 1957 unabh. gewordenen Ghana (früher Goldküste). 1909 geboren, studierte er ab 1935 zehn Jahre in den USA mit Examina in Soziologie, Theologie, Erziehungswissenschaften und Philosophie und schloss daran ein Jurastudium an der *London School of Economics* an. Bereits in den USA unter den afrikan. Studenten pol. aktiv, entwickelte er seine panafrikan. und sozialist. Ideen in GB weiter, organisierte dort die 6. Konferenz des Pan-Afrikan. Kongresses und nahm 1947 den an ihn ergangenen Ruf der Unabh.-Bewegung in der Goldküste an, den Kampf gegen die Kolonialmacht zu führen. N. gründete 1949 die *Convention People's Party* (CPC), die er mit Hilfe seiner charismatischen Fähigkeiten zur Mehrheitspartei machte. Nach Erreichen des Unabh.-Ziels errichtete N. ein äußerst repressives Regime, ideolog. begründet durch den Kampf gegen den *Neokolonialismus. Sich selbst ließ er in einer Verbindung magischer und relig. Vorstellungen als Messias verehren. Ihm gelang es jedoch weder, seine panafrikan. Ideen zu verwirklichen, noch sein innenpol. Programm radikaler Strukturreformen zum Erfolg zu führen. Sein Sturz (1966) war Ausdruck seines Scheiterns. dn

NKV Neue Kreditvereinbarung, 2000 auf 46 Mrd. US-$ geschätzt, erweiterte Kreditlinie des *AKV, die der *Zehnerclub (plus Schweiz und Saudi-Arabien) sowie 13 weitere Länder (Australien, Dänemark, Finnland, Hongkong, Korea, Kuwait, Luxemburg, Malaysia, Norwegen, Österreich, Singapur, Spanien und Thailand) dem *IWF als Krisenfonds zur Verfügung stellen, der mit Zustimmung der NKV-Mitgl. aktiviert werden kann. Die AKV bleibt innerhalb des NKV als selbständige Gruppe bestehen, weil die Zehnergruppe im Rahmen der *BIZ währungspol. Sonderaufgaben wahrnimmt. dn

nonformale Bildung →Bildung

Nordkorea →Korea-Nord

Nord-Süd-Kommission «Unabh. Kommission für int. Entwicklungsfragen» (auch «Brandt-Kommission») unter Vorsitz von Willy Brandt, auf Anregung des Präs. der *Weltbank, R. McNamara, gegr., um Lösungsvorschläge für die dringendsten Nord-Süd-Probleme zu erarbeiten, nachdem die Verhandlungen im *Nord-Süd-Dialog ins Stocken geraten waren. 18 Kommissionsmitgl. (10 aus den EL, 8 aus den IL; u. a. E. *Frei/Chile, E. Heath/GB, A. Malik/Indonesien, O. Palme/Schweden), 2-jährige Beratungen, 10 Sitzungen in 9 versch. Ländern (Dez. 1977 bis Dez. 1979). März 1980 wurde der *Brandt-Bericht vorgelegt. Nach der Veröffentlichung des Brandt-Berichts gab es auf Einladung der nat. Reg. bzw. der EG-Kommission fünf weitere Treffen: Den Haag (1980), W-Berlin (1980), Kuwait (1982), Brüssel (1982) und Ottawa (1982). Aufgrund des enttäuschenden Verlaufs des Nord-Süd-Gipfels in *Cancún beschloss die Kommission bei ihrem Treffen in Kuwait, insb. auch angesichts der weltweiten wirtsch. Rezession, ein neues Memorandum auszuarbeiten, das zu Dringlichkeitsmaßnahmen zugunsten der Länder der *Dritten Welt aufrufen sollte. Dieses Memorandum, der zweite

Brandt-Bericht, wurde in Ottawa verabschiedet und 1982 veröffentlicht. In der Tradition der Nord-Süd-Kommission arbeitet die sog. Brundtland-Kommission (*Brundtland-Bericht), eine unabh. UN-Sonderkommission.

Lit.: W. Brandt (Hg.), Hilfe in der Weltkrise. Ein Sofortprogramm. Der 2. Bericht der Nord-Süd-Kommission, Reinbek 1983. dn

Nord-Süd-Konflikt bezeichnet jenes strukturelle Konfliktverhältnis, das sich aus den unterschiedlichen wirtsch., sozialen und pol. E.-Chancen von EL einerseits und IL andererseits ergibt und das zu einem der zentralen Probleme der int. Bez. im letzten Drittel des 20. Jh. geworden ist. Es handelt sich zunächst und ursprgl. um einen außenwirtsch. und verteilungspol. Interessenkonflikt. Zunehmend ins Blickfeld gerückt sind in den letzten Jahren auch ökol., demographische und sicherheitspol. Aspekte der Nord-Süd-Beziehungen.
Die geographische Bezeichnung der Konfliktparteien ist zweifellos ungenau: Weder zählen alle Südländer zu den EL, noch liegen alle EL auf der Südhalbkugel der Erde. Das unterstellte Konfliktverhältnis besteht eigentlich zwischen den kapitalistischen Ind.-Gesellsch. (*OECD-Länder) und den EL Afrikas, Asiens und LAs, sodass es sich eigentlich um einen West-Süd-Konflikt handelt, in den bis Ende der 1980er J. der Ost-West-Konflikt aber entscheidend einwirkte.
Die Perzeption der Konfrontation zwischen IL und EL als «Nord-Süd-Konflikt» drang mit der sog. Erdölkrise zu Beginn der 1970er J. ins öfftl. Bewusstsein. Die Erdölkrise ging von einer einseitigen Erhöhung der Erdölpreise durch die Erzeugerländer in der *Dritten Welt aus, die sich in der *OPEC zusammengeschlossen hatten. Die pol. bedingte Knappheit der bedeutenden *Energieressource führte den IL ihre Rohstoffabhängigkeit drastisch vor Augen und wurde von vielen Ländern der Dritten Welt als Beispiel für die Erfolgsträchtigkeit einer auf der Solidarität der Rohstofflieferanten beruhenden Drohstrategie wahrgenommen. In der Ölkrise manifestierte sich der konfliktive Charakter der Nord-Süd-Bez. Die Dritte Welt war über Nacht als neuer Machtfaktor in die Weltpol. eingetreten mit dem Ziel, Strukturunterschiede durch neue int. Ordnungen zu beseitigen. In der Folgezeit rückte die Forderung nach einer *Neuen Weltwirtschaftsordnung (NWWO) in den Mittelpunkt der Auseinandersetzungen zwischen EL und IL im Rahmen des *UN-Systems. Im NWWO-Konzept kulminierten zahlreiche Einzelforderungen der Drittweltstaaten nach Reformen der int. Wirtsch.-Bez. in Bezug auf Handelsfragen (u. a. Abbau von Handelshemmnissen seitens der IL), die Rohstoffpol. (u. a. Förderung von Rohstoffkartellen, Einrichtung eines Fonds zur Stabilisierung der Rohstoffpreise auf «gerechtem» Niveau), den finanz. und technol. Ressourcentransfer (u. a. Steigerung der *Entwicklungshilfe, Schuldenerleichterungen, Vorzugsbedingungen beim *Technologietransfer, Ind.-Förderung) sowie in Bezug auf die Entscheidungsprozesse in jenen Org. (v. a. *IWF und *Weltbank), die Steuerungsfunktionen in den int. Wirtsch.- und Finanzbez. wahrnehmen (mehr Mitbestimmungsrechte für die EL; stärkere Berücksichtigung des E.-Aspekts). Generell zielten die Forderungen darauf ab, marktorientierte Verteilungsmechanismen in den int. Austauschbez. durch stärker pol.-regulative Mechanismen zu ersetzen, um die Ressourcenströme zugunsten der Länder des Südens zu stabilisieren.
1974 verabschiedete die UN-Vollversammlung eine Erklärung und ein Aktionsprogramm zur Errichtung einer Neuen Weltwirtschaftsordnung (9. 5. 1974) sowie die Charta über die wirtsch. Rechte und Pflichten der Staaten (12. 12. 1974). Ungeachtet kleiner Fortschritte in Teilbereichen scheiterten in der Folgezeit jedoch die Versuche, die Weltwirtsch. zugunsten der Dritten Welt neu zu ordnen. Der Nord-Süd-Gipfel in Cancún 1981 und die sechste UN-Konferenz für Handel und Entwicklung in Belgrad

1983 zogen faktisch einen Schlussstrich unter das Konzept der NWWO, und auch auf den anderen Ebenen des Nord-Süd-Konfliktes erreichten die EL ihre Reformziele nicht oder nur sehr unvollständig (Brock 1992).

Die weltwirtsch. und pol. E.en der 1980er J. brachten im Nord-Süd-Verhältnis die Wiederherstellung der Dominanz der IL. Unter den zahlreichen Gründen für diese Trendwende ragen die *Verschuldung zahlreicher EL und die damit z.T. verknüpfte sozioökon. Differenzierung und pol.-org. Schwächung der Dritten Welt heraus.

Die bereits seit den 1960er J. zunehmende sozioökon. Differenzierung des Südens spaltete die Dritte Welt in den 1980er J. in Wachstums- und Krisenregionen und löste die Aktionseinheit der EL gegenüber den IL auf. Während die große Mehrheit der EL, insbes. in Afrika und LA, eine schwere Rezession erlebte, konnten v.a. die südostasiatischen *Schwellenländer weitere Wachstumserfolge verbuchen. Die Verschärfung der E.-Probleme in der übrigen Dritten Welt setzte anstelle des Mythos einer durchsetzungsstarken Solidargemeinschaft der EL die nat., allenfalls subregionale Interessenwahrnehmung. Der dramatische Verfall der Rohstoffpreise und die Verschuldungskrise führten einerseits zu einer unfreiwilligen Abkopplung zahlreicher EL vom Weltmarkt und andererseits dazu, dass die individuelle Anpassung an die Bedingungen des Weltmarktes als einzige e.-strategische Option übrig blieb. Die Verschuldungskrise nahm den EL nicht nur den machtpol. Hebel aus der Hand, die int. Wirtschaftsorg. im Sinne ihrer pol. und wirtsch. Interessen zu reformieren, sondern steigerte umgekehrt den Einfluss dieser Org. auf die Wirtsch.-Pol. der Drittweltländer. Konträr zur Grundidee des NWWO-Konzepts mussten die einzelnen Schuldnerländer sich darauf verpflichten, ihre Volkswirtsch. entsprechend den von Weltbank und IWF vorgegebenen Richtlinien an die Bedingungen des Weltmarktes anzupassen. Die markante Schwächung der Konfliktfähigkeit des Südens zeigte sich auch auf der Ebene der UN, wo Nord-Süd-Verhandlungsforen wie die *UNCTAD oder die *UNESCO an Bedeutung verloren oder von wichtigen IL gar boykottiert wurden. Jene institutionellen Arenen im Rahmen des UN-Systems, in denen das Prinzip der Gleichheit souveräner Staaten die Verhandlungsposition der Dritten Welt begünstigte, wurden für den Norden mehr oder weniger verzichtbar, während jene Institutionen, die nicht auf der Basis des Gleichheitsprinzips aufgebaut sind (Weltbank und IWF), enorm an Einfluss gewannen.

Die Verschärfung der E.-Probleme in weiten Teilen der Dritten Welt und das Ende des Ost-West-Konflikts haben den Themenkatalog der Nord-Süd-Bez. seit Beginn der 1990er J. erweitert. Die mit der Auflösung des ehemaligen Ostblocks verbundenen Veränderungen im int. System drücken sich für die Dritte Welt insbes. darin aus, dass sie ihre Bedeutung als Austragungsort des Systemwettkampfes verloren hat. Damit entfallen auf pol.-milit. Ebene sowohl konfliktschürende Potenziale als auch konfliktverdeckende Zwangsordnungen in und zwischen zahlreichen EL. Die wichtigste ökon. Konsequenz dieses Wandels besteht darin, dass viele EL auf ihre wirtsch. Funktion innerhalb des Weltmarktes zurückgeworfen werden und keine Möglichkeit mehr haben, ihre geostrategische Lage in ökon. Vorteile umzumünzen.

Neue Themen im Nord-Süd-Verhältnis ergeben sich nun einerseits daraus, dass die immer krassere Asymmetrie der Lebensverhältnisse in IL und EL zunehmend globale Folgen zeitigt, denen sich der Norden auf die Dauer kaum entziehen kann. Auf der anderen Seite sehen sich nach dem Ende des Ost-West-Systemkonflikts die Reg. der Länder des Südens im Hinblick auf die Einhaltung der *Menschenrechte und die Anerkennung demokrat. Verfassungsprinzipien einem

zunehmenden pol. Druck seitens der westl. IL ausgesetzt.
Migrations- und Flüchtlingsbewegungen haben in den 1980er J. v. a. in Regionen der Dritten Welt enorm zugenommen. 1990 umfassten die weltweiten Wanderungsbewegungen nach Schätzungen der Weltbank insgesamt ca. 100 Mio. Menschen. Unter den zahlreichen Ursachen dieser Migration verweisen koloniale Hinterlassenschaften wie willkürlich gezogene Staatsgrenzen und die daraus resultierenden inner- und zwischenstaatl. Konflikte sowie Bev.-Wachstum und Massenarmut auf historisch-pol. und ökon. Probleme im Nord-Süd-Verhältnis zurück. Die Flüchtlingsströme bewegen sich bislang zu über 90 % innerhalb des Südens, die damit verbundenen gesellsch. und ökon. Belastungen werden also v. a. von EL getragen. Gleichwohl nimmt der Migrationsdruck auf die IL zu. In den USA wuchs der Anteil der Menschen aus EL an den Einwanderern 1960–69 und 1980–89 um ca. 50 % auf über 80 %; in der BRD von ca. 25 auf ca. 50 %, in Kanada von unter 25 auf ca. 70 %. In den 1980er J. wanderten ca. jeweils 10 Mio. Menschen aus EL in die USA und nach Europa ein. Die Bekämpfung der Migrationsursachen in den Ursprungsländern und -regionen avanciert vor diesem Hintergrund im Prinzip zum genuinen Eigeninteresse der IL. Bislang besteht die vorherrschende Reaktion des Nordens auf die demographische «Bedrohung» aus dem Süden allerdings darin, die Zuwanderungsmöglichkeiten zu beschränken.
Dass aus dem Zusammenspiel und Wechselverhältnis von Wohlstand und Massenkonsum im Norden und Armut und Massenelend im Süden globale Gefährdungen erwachsen, wird insbes. auf der Ebene ökol. Problemlagen immer deutlicher. Eine Verallgemeinerung der heutigen ind.-gesellsch. Lebensweise im Sinne einer nachholenden E. in der Dritten Welt würde die ökol. Belastungsfähigkeit der Erde überfordern. Die Möglichkeiten, ökol. Folgekosten des E.-Prozesses zu externalisieren, das heißt anderen Ländern bzw. Regionen aufzubürden, verknappen zusehends. Die aus dieser Erkenntnis resultierenden Versuche der IL, int. Umweltstandards durchzusetzen, werden von den Ländern der Dritten Welt als Einschränkung ihrer eigenen E.-Optionen begriffen (z. B. FCKW-Produktion). Dementsprechend weisen Vertreter der Dritten Welt den IL die Hauptverantwortung für den globalen Umweltschutz zu und fordern eine umfassende finanz. und technol. Unterstützung entsprechender Maßnahmen in den EL ein. Die Glaubwürdigkeit der IL im Streit um int. Umweltstandards leidet auch darunter, dass viele von ihnen (darunter auch die BRD) die auf der *Weltumweltkonferenz in Rio de Janeiro 1992 gemachten Zusagen, den eigenen Schadstoffausstoß in definierten Schritten zu reduzieren, schon jetzt nicht einhalten.
Auch die regional begrenzten Umweltzerstörungen in der Dritten Welt sind in mancher Hinsicht strukturell mit dem Nord-Süd-Verhältnis verknüpft. Oftmals handelt es sich um armutsbedingte Umweltzerstörungen (z. B. Erosionsschäden infolge des Holzeinschlags zur Brennstoffgewinnung) oder um Schäden, die von den IL (in ihrer Eigenschaft als Kapitalgeber, als Konsumenten im Raubbau gewonnener Produkte, als Lieferanten von Giftmüll usw.) direkt mitverursacht werden. Der Raubbau natürl. *Ressourcen wird in einigen EL auch durch die Art der Weltmarkteinbindung und den verschuldungsbedingten Zwang zur Steigerung der Exporterlöse verstärkt. Wenngleich die jeweiligen nat. Verantwortlichkeiten für Umweltzerstörungen in der int. Debatte allzu häufig unterschlagen werden (Wöhlcke 1992, S. 11), lässt sich die enge Verbindung globaler wie regionaler ökol. Probleme mit den wirtsch. Ungleichgewichten im Nord-Süd-Verhältnis nicht leugnen.
Auf sicherheitspol. Ebene wurde das Nord-Süd-Verhältnis in den letzten Jahren v. a. von Befürchtungen der IL bezüglich der (weiteren) Verbreitung von Mas-

senvernichtungswaffen und modernen Trägersystemen in der Dritten Welt bestimmt (→Rüstung). Teilweise im Schatten des Ost-West-Konflikts sind eine ganze Reihe von EL zu gewichtigen Militärmächten herangewachsen. Dem nicht zuletzt auf ökon.-strategischen Interessen (z. B. im Nahen Osten) beruhenden Verlangen der westl. IL nach einer strikten Kontrolle der Rüstungsprozesse stehen die Souveränitäts- und Machtansprüche dieser EL entgegen. Gleichzeitig sind die IL an den auch unter e.-pol. Gesichtspunkten beklagten Hochrüstungen in der Dritten Welt als Waffenexporteure in erheblichem Umfang selbst beteiligt. Mit der Auflösung der SU hat sich die Problematik der Kontrolle von Exporten und des *Technologietransfers v. a. in Bezug auf Nuklearwaffen erheblich verschärft.

Seit dem Ende des Ost-West-Konflikts hat die Frage der *Menschenrechte in der Agenda der Nord-Süd-Bez. stark an Bedeutung gewonnen. Der konfliktive Charakter dieses Themas offenbarte sich inbes. bei der UN-Menschenrechtskonferenz im Juni 1993 in Wien. In der Perspektive des Nord-Süd-Verhältnisses stand dabei der individualistischen, stark auf demokrat. Normen abhebenden Konzeption der westl. Länder v. a. die Forderung der Dritten Welt nach einem «Recht auf E.» gegenüber. Reg.-Vertreter der westl. Länder betonten – in einem kaum übersehbaren Kontrast zur eigenen Praxis pol. und wirtsch. Bez. mit Dritte-Welt-Staaten –, dass die Gewährleistung individueller Freiheitsrechte im Rahmen demokrat. Institutionen eine notwendige Voraussetzung und Bedingung von E. sei. Dieser Position stellten Reg.-Vertreter von Dritte-Welt-Staaten die Auffassung entgegen, dass Armut und UE eine inhärente Verletzung der Menschenrechte der Völker des Südens bedeuteten, ihre Überwindung also vordringlichste Aufgabe einer an den Menschenrechten orientierten Pol. sei. Insbes. südost- und ostasiatische Staaten (VR China, Singapur) – bemüht, Menschenrechtsverletzungen im eigenen Land zu kaschieren oder zu legitimieren – beharrten darauf, dass individuelle Freiheitsrechte den Imperativen des Fortschritts und der jeweiligen kulturellen Ordnung untergeordnet werden müssten.

Die Interessenkonflikte zwischen Dritter Welt und westl. IL, die bei den neuen Themen der Nord-Süd-Bez. zum Ausdruck kommen, stellen sich in erster Linie als Konflikte zwischen Reg. dar. Ein charakteristisches Merkmal der int. Bez. im Bereich dieser Themen besteht jedoch in der zunehmenden Präsenz von *nichtstaatlichen Organisationen (NGOs) aus IL wie auch EL. Die Weltumweltkonferenz in Rio 1992 und die UN-Menschenrechtskonferenz in Wien 1993 wurden von Parallelkonferenzen der NGOs begleitet, die darauf abzielten, die Interessen gesellsch. Gruppen gegenüber den Reg. der IL und der EL zu vertreten. Auch bei der Weltbevölkerungskonferenz in Kairo 1994, beim Weltsozialgipfel in Kopenhagen 1995, bei der Weltfrauenkonferenz in Peking 1995 und späteren Konferenzen traten zahlreiche NGOs auf. Sowohl in umwelt- als auch in menschenrechts- und bev.-pol. Fragen gibt es in mancher Hinsicht Übereinstimmungen zwischen NGOs aus den EL und den offiziellen Positionen westl. Reg. – andererseits gibt es Allianzen zwischen NGOs des Südens und des Nordens mit den Reg. und Org. der EL, und schließlich Gegensätze zwischen offizieller Pol. und gesellsch. Forderungen. Die Struktur der Nord-Süd-Bez. ist in diesem Sinn also deutlich komplexer geworden.

Die Behandlung der neuen Themenfelder im Nord-Süd-Verhältnis hat bislang kaum die Form manifester Konflikte angenommen, und es ist unwahrscheinlich, dass dies in absehbarer Zeit geschieht. Dafür lassen sich mehrere Gründe ausmachen. Die aus den neuen Globalproblemen resultierende «Chaos-Macht» des Südens gegenüber dem Norden (Senghaas 1988, S. 170) bedeutet kaum eine Steigerung der Konfliktfähigkeit der

Dritten Welt. Weder Bev.-Wachstum und Migration noch ökol. Gefahren sind gezielt einsetzbare Druckmittel, zumal die direkten Folgen von Problemverschärfungen in beiden Bereichen int. ungleich, und zwar zulasten der EL, verteilt sind. Die Rüstungstendenzen laufen eher auf verstärkte Regionalkonflikte innerhalb des Südens hinaus als auf eine milit. Machtverschiebung im Nord-Süd-Verhältnis. Hinzu kommt zum einen die anhaltende org. und programmatische Schwäche der Aktionseinheit der EL und zum andern die rel. Verhandlungsstärke, die den IL aus den weltwirtsch. und weltpol. Veränderungen der vergangenen Jahre erwachsen ist.

Die neue Machtposition des Nordens äußert sich nicht zuletzt in der zunehmenden Bedeutung *politischer Konditionalität in der EP. Die Verschuldungskrise der 1980er J. und der Zusammenbruch der realsoz. Systeme haben westl. IL bzw. den von ihnen dominierten int. Org. die Möglichkeit verschafft, in verstärktem Maß auf wirtschaftspol. Entscheidungen der EL Einfluss zu nehmen. So wurde im Rahmen der Weltbank **good governance* zu einem Kriterium der Beurteilung von E.-Prozessen in Ländern der Dritten Welt und zu einem Maßstab für die Vergabe von Krediten. Seit Beginn der 1990er J. wurde diese Art Konditionierung von EZ von der Mehrzahl der Geberländer im Sinne von Menschenrechts- und *Demokratisierungsfragen weiter ausgedehnt. Ungeachtet der Tatsache, dass die entsprechenden Kriterien im Zweifelsfall wirtsch. oder pol. Interessen geopfert werden, offenbart das Konzept der pol. Konditionalität die Absicht – und zum Teil das Vermögen – der IL, in verstärktem Maß die pol. Entscheidungsprozesse in den EL mitzusteuern. Man darf die Steuerungsmöglichkeiten der IL freilich nicht überschätzen. Trotz der Dominanz der IL im Nord-Süd-Verhältnis, die heute wahrscheinlich größer ist als jemals zuvor seit der Entkolonialisierung, wird sich der Norden den «neuen Risiken aus dem Süden» durch Einsatz wirtsch. oder gar milit. Machtmittel auf die Dauer nicht entziehen können. Umso mehr drängen auch die «alten» Themen des Nord-Süd-Konflikts wieder an die Oberfläche. Die Forderung nach einer am Prinzip der fairen Kooperation und des Interessenausgleichs orientierten Neuordnung der wirtsch. und pol. Bez. zwischen IL und EL hat insofern nichts an Aktualität eingebüßt.

Lit.: A. G. Friedrich, Der Nord-Süd-Dialog zu Beginn der 1980er Jahre, Baden-Baden 1982; G. Braun, Nord-Süd-Konflikt und Entwicklungspolitik, Opladen 1985; H. Elsenhans, Nord-Süd-Beziehungen, Geschichte – Politik – Wirtschaft, Stuttgart 1987 (2. Aufl.); D. Senghaas, Konfliktformationen im internationalen System, Frankfurt a. M. 1988; M. Wöhlcke, Risiken aus dem Süden, Ebenhausen 1991; L. Brock, Die Dritte Welt im internationalen System. Bedrohungsvorstellungen und Konfliktpotentiale im Nord-Süd-Verhältnis, in: HDW III, 1, Bonn 1992, S. 446–466; V. Matthies (Hg.), Kreuzzug oder Dialog. Die Zukunft der Nord-Süd-Beziehungen, Bonn 1992; M. Wöhlcke, Der ökologische Nord-Süd-Konflikt, Ebenhausen 1992; F. Nuscheler, Lern- und Arbeitsbuch Entwicklungspolitik, Bonn 1995 (4. Aufl.); D. Messner/F. Nuscheler (Hg.), Weltkonferenzen und Weltberichte, Bonn 1996. dn/bt

NRO →Nichtstaatliche Organisationen

NWIO →Neue Weltinformationsordnung

NWWO →Neue Weltwirtschaftsordnung

Nyerere, Julius Kambarage (1922–1999), wurde in Butiama am Viktoriasee geboren. Nach Lehrerausbildung und einigen J. beruflicher Tätigkeit studierte er 1949–1952 in Edinburgh (Schottland). Nach seiner Rückkehr gründete er 1954 die *Tanganyika African National Union* (TANU) und wurde 1960 der erste MP Tanganyikas. Von 1964 bis zu seinem Rücktritt 1985 war N. Präs. Tanzanias, als der er die Stabilität und Kontinuität des Landes verkörperte. 1990 legte er auch den Vorsitz der tanz. Einheitspartei CCM nieder. Durch seine Ideen zur **self-reliance* und sein Konzept eines auf die Verhältnisse afrikan. EL zugeschnittenen Sozialismus (* *Ujamaa*) erlangte N. int. Bedeutung als einer der führenden

Köpfe der Emanzipationsbewegung der EL. Sein Einfluss blieb auch nach dem praktischen Scheitern seiner E.-Vorstellungen im eigenen Land ungebrochen. Int. übernahm er Aufgaben innerhalb der *Blockfreienbewegung (Vorsitz der Süd-Kommission 1987) und wurde bei versch. innerafrik. Konflikten als Vermittler berufen.

Lit.: J. K. Nyerere, Afrikanischer Sozialismus, Frankfurt a. M. 1976; ders., Freiheit und Entwicklung, Frankfurt a. M. 1976; ders., Bildung und Befreiung, Frankfurt a. M. 1977; D. Gakunzi / A. Obe (Hg.), Rencontres avec Julius K. Nyerere, Paris 1995. bt

Nyerere-Bericht Bericht der Süd-Kommission, am 3. 8. 1990 in Caracas vorgelegt, die von der *Blockfreienbewegung auf ihrem Gipfel in Harare (1986) eingesetzt wurde und aus 26 hochrangigen Vertretern aus Pol., Wirtsch., Wiss. und gesellsch. Org. bestand. Sämtl. Mitgl. stammten aus der Dritten Welt (und Jugoslawien). Den Vorsitz führte der ehem. Präs. von Tanzania, Julius *Nyerere. Der Bericht wurde als «Stimme des Südens» betrachtet (u. a. wird die Forderung nach einer *Neuen Weltwirtschaftsordnung wieder aufgegriffen und den EL **collective self-reliance* empfohlen); er steht freilich hinsichtlich Ursachenanalyse der UE und e.-strategischen Folgerungen in der Tradition der *Cocoyoc-Erklärung, des *Brandt-Berichts und des *Brundtland-Berichts und mündet im Kontext des →*sustainable development.*

Lit.: Süd-Kommission, Die Herausforderung des Südens, Bonn 1991. dn

O

OAMCAF *Organisation Africaine et Malgache du Café*, Afrikanisch-madegassische Kaffee-Organisation mit Sitz in Paris. Mitgl.: Benin, Elfenbeinküste, Gabun, Kamerun, Kongo, Madagaskar, Togo, Zentralafrikanische Republik.

OAMCE →Brazzaville-Gruppe

OAPEC *Organization of Arab Petroleum Exporting Countries*, gegr. 1968 in Beirut (Libanon) von Saudi-Arabien, Kuwait und Libyen (damals noch ebenso Monarchie wie die beiden anderen Staaten) mit dem Ziel einer regionalen Kooperation bes. im Erdöl- und Energiesektor (Forschung, Ind.-Planung, Transport); Sitz: Kuwait. Mitgl.-Länder 2001: Ägypten, Algerien, Bahrain, Irak, Katar, Kuwait, Libyen, Saudi-Arabien, Syrien, Tunesien (seit 1986 ruhende Mitgliedschaft), Ver. Arab. Emirate. *Organe:* Rat der Erdölminister (tagt mind. zweimal jährl.); Exekutivbüro; Generalsekretär; Schiedsgericht, das in Erdölfragen zwischen den Mitgl. entscheidet und zusätzlich beratende Funktion hat. In den 1970er J. waren die Mitgl.-Staaten daran interessiert, die OAPEC mit den Mitteln der Erdölpol. zum Instrument einer abgestimmten arab. Außenpol. im Zusammenhang mit dem *Nahostkonflikt zu machen und somit über die rein wirtsch. Aspekte der Zusammenarbeit hinauszugehen. Das gemeinsame Bekenntnis zur islam.-arab. Einheit kann allerdings in der OAPEC ebenso wenig wie in der *Arabischen Liga die z.T. erheblichen pol.-ideolog. Differenzen zwischen einzelnen Mitgl.-Ländern verdecken. Adresse: Fahad Al-Salem Street, Safat 13066, Kuwait. Internet: www.imf.org / external / np / sec / decdo / oapec.htm

Lit.: OAPEC (Hg.), Sources and Problems of Arab Development, Kuwait 1980; S. el-Gebali, Die OAPEC als Organisation zur Interessenvertretung der arab. Ölländer, Frankfurt/Bern 1981; K. J. Gantzel/H. Mejcher (Hg.), Oil, the Middle East, North Africa and the Industrial States, Paderborn u. a. 1984. bt

OAS Organisation Amerikanischer Staaten (auch OEA, *Organización de los Estados Americanos*), wurde als erste regionale Mehrzweckorganisation der *UN 1948 auf der IX. Interamerik. Konferenz in Bogotá begründet. Bereits ein J. zuvor hatten sich die USA und die lateinamerik. Staaten – angesichts des aufziehenden Kalten Krieges – im Rio-Pakt zum kollektiven Beistand gegenüber Angriffen extrakontinentaler Mächte verpflichtet (*Tratado interamericano de asistencia recíproca*, TIAR). Diese Verpflichtung wurde in die Charta der OAS aufgenommen. Als Ziele der Org. wurden formuliert: Stärkung des Friedens und der Sicherheit; Verteidigung von Souveränität und Integrität der Mitgl.-Staaten; solidarische Aktionen bei einer Aggression von außen oder untereinander (einschließlich Streitschlichtung); Sanktionen bei Nichtanerkennung von Schlichtungsverfahren (u. a. 1982 im *Falkland-Krieg), wirtsch., soziale und kulturelle Zusammenarbeit.

Oberstes Organ der OAS ist die jährl. tagende Vollversammlung; mit dem Ständigen Rat und dem Generalsekretariat ist Washington der Hauptsitz der OAS. Weitere Organe sind der Wirtschafts- und Sozialrat, der Rat für Erziehung, Wissenschaft und Kultur (IACESC), die Interamerik. Kommission für *Menschenrechte, seit 1979 ein Interamerik. Gerichtshof für Menschenrechte (IACHR), seit 1986 die Interamerik. Kommission zur Kontrolle des Drogenmissbrauchs sowie die 1993 eingerichtete Kommission für Telekommunikation. Von der Gründung der OAS versprachen sich die Staaten LAs eine weitere Förderung ihrer wirtsch. E.; ihre Forderungen kamen jedoch kaum zum Zuge; stattdessen wurde die OAS immer mehr zu einem Instrument zur Abwehr linksgerichteter Aktivitäten. Angesichts der kuban. Revolution wurde 1962 der Marxismus-Leninismus für unvereinbar mit dem Interamerik. System erklärt und Kuba aus der OAS ausgeschlossen. Nach ihrer Invasion in die Dominikan. Rep. 1965 gelang es den USA durch die Billigung der OAS, ihre Besatzungstruppen mittels Hinzufügung einiger lateinamerik. Soldaten zur interamerik. Streitmacht zu erklären. 1969 formulierten die Staaten LAs in dem OAS-Sonderausschuss *CECLA erstmals eine einheitliche und USA-kritische Grundsatzerklärung zur *internationalen Arbeitsteilung. In den folgenden J. betrieben sie innerhalb der OAS eine immer selbstbewusstere Interessenvertretung gegenüber den USA und ließen deren Versuch von 1974, in einem sog. Neuen Dialog Gegensätze informell zu behandeln, scheitern. In den 1980er J. verschärften sich die Widersprüche zwischen den USA und den Ländern LAs in der OAS, v.a. im Zusammenhang des *Falkland- und des *Zentralamerika-Konflikts. So stellten sich die USA während der kriegerischen Auseinandersetzungen um die Falklands/Malvinas nicht auf die Seite des OAS-Partners Argentinien, sondern nahmen offen Partei für den NATO-Verbündeten GB. In LA wurden die Bemühungen verstärkt, außerhalb der OAS – unter Ausschluss der USA, aber unter Einschluss Kubas – neue Kooperationsformen und -institutionen zu entwickeln. Reaktionen auf problematische Entwicklungen in ihrem Einzugsbereich zeigte die OAS 1991 beim Putsch der Militärs gegen den gewählten Präs. Jean-Bertrand Aristide auf Haiti. Sie beschloss Sanktionen gegen Haiti und forderte dessen Wiedereinsetzung. Auch zur Außerkraftsetzung der Verfassung in Peru bezog die OAS Mai 1992 kritisch Stellung. Mit der Rückkehr zur Demokratie rückten Sicherheitsfragen vor ökon. und institutionellen Problemstellungen in den Hintergrund. Neben der Bekämpfung von *Drogenanbau und -konsum, der Förderung des Ausbaus der Telekommunikation und der wirtsch. Integration stellt die OAS seit 1995 die Stärkung der Demokratien in das Zentrum ihrer Aktivitäten. Die 1990 als ein Teil des Generalsekretariats eingerichtete *Unit for the Promotion of Democracy* (UPD) übernimmt hier Aufgaben in der Beratung und *Technische Hilfe in Prozessen der Wahl- und Institutionenreform. Zudem tritt die OAS immer häufiger in die Vermittlerrolle bei lateinamerik. Grenzkonflikten (z.B.: Honduras/Nicaragua; Guatemala/Peru).

Auf ihrer XXXII. Gipfelkonferenz im Juni 2002 in Bridgetown (Barbados) verabschiedeten die 35 Mitgliedstaaten eine Konvention für ein gemeinsames Vorgehen im Kampf gegen den internationalen *Terrorismus (*Interamerican Convention against Terrorism*). Adresse: Pan American Union Building, 17 St. and Constitution Ave., Washington, D.C. 20006. Internet: www.oas.org vgl/hf

OATUU →Gewerkschaften (in der Dritten Welt)

OAU Organisation für Afrikanische Einheit (*Organization of African Unity*), größte Regionalorg. der Welt. Ihr gehören alle unabh. Staaten Afrikas an; 1994 trat Südafrika als 53. Mitgl. bei. Eine Besonderheit bildet die 1982 erfolgte Aufnahme der Demokratischen Arabischen Republik Sahara (→Westsahara), was 1984 zum Austritt Marokkos führte.

Im Mai 1963 wurde die OAU nach zwei vergeblichen Anläufen (Accra 1958, Addis Abeba 1960) von den damals 30 unabh. Staaten Afrikas gegründet. Dem Gründungsakt waren langwierige und kontroverse Auseinandersetzungen über die geeignete Form einer den gesamten Kontinent umfassenden Org. vorausgegangen, die die unterschiedlichen pol. Lager in der Dekolonialisierung widerspiegelten. Hier standen sich im Wesentlichen zwei Gruppen gegenüber: Die so genannte *Casablanca-Gruppe* vertrat eine militant progressive, soz. und antikoloniale Position und wollte, angeführt von Kwame *Nkrumah (Ghana) und Sékou Touré (Guinea), eine supranationale

Org. mit bundesstaatl. Konzept («Vereinigte Staaten von Afrika»). Die konservative *Brazzaville-Gruppe, die sich eng an Frankreich anlehnte und 1961 die Vorläuferorg. der heutigen →OCAM gründete, forderte dagegen einen losen pol. Zusammenschluss. Einige moderate Staaten vermochten die Brazzaville-Gruppe einzubinden – daraus entstand die sog. *Monrovia-Gruppe. Die drohende Spaltung Afrikas in konträre ideolog. Lager konnte durch die Gründung der OAU verhindert werden; die als Kompromiss akzeptierte OAU-Charta sah eine lockere Org. mit begrenzten, v. a. pol. Aufgabenstellungen vor. Entgegen panafrikan. Vorstellungen wurden als zentrale Grundprinzipien die Wahrung der nat. Souveränität und die Nichteinmischung in interne Angelegenheiten von Mitgl.-Staaten formuliert.

Ziele (lt. Charta): 1. Einheit und Solidarität zwischen den afrikan. Staaten; 2. Koordinierung der innerafrikan. und weltweiten Zusammenarbeit; 3. Verteidigung ihrer Souveränität, ihrer territorialen Integrität und Unabh. (kein Verteidigungsbündnis); 4. Beseitigung aller Formen des *Kolonialismus; 5. Förderung der int. Zusammenarbeit auf der Grundlage der UN-Charta und der Erklärung der *Menschenrechte.

Organe: Jährl. Gipfelkonferenz der Staats- und Reg.-Chefs mit jährl. wechselndem Vorsitz am Gründungsort Addis Abeba. Für Entscheidungen in Sachfragen (rechtl. nicht bindend) gilt Zweidrittelmehrheit, de facto hat sich das Konsensprinzip durchgesetzt. Weitere Organe: Ministerrat, v. a. der pol. bedeutende Außenministerrat (Vorbereitung der Gipfelkonferenzen, Umsetzung von Beschlüssen, Behandlung wichtiger Einzelfragen), mindestens zweimal im J. tagend; das Generalsekretariat, mit wenig Funktionsgewalt ausgestattet und vom Ministerrat bestellt, koordiniert die OAU-Aktivitäten zwischen den Konferenzen; die Vermittlungs- und Schlichtungskommission für innerafrik. Streitfälle; seit 1993 wurde zusätzl. ein *African Mechanism Apparatus for Preventing, Managing and Resolving African Crisis* eingerichtet, der eine stärkere präventive Einschaltung bei aufkommenden Konflikten ermöglichen soll. Das OAU-Befreiungskomitee zur finanz. und milit. Unterstützung von *Befreiungsbewegungen wurde mit der Reg.-Übernahme des ANC in Südafrika aufgelöst. Eine 1987 eingerichtete Menschenrechtskommission hat die Aufgabe, die Einhaltung der Afrikan. Charta der *Menschen- und Völkerrechte zu überprüfen und gegen Verletzungen vorzugehen. Außerdem gibt es eine Reihe der OAU locker angegliederter Sonderagenturen für Wirtsch. und Soziales, Erziehung und Kultur, Gesundheit, Hygiene und Ernährung, Verteidigung, Verkehrs- und Fernmeldewesen, Wiss. und Technologie sowie Rechtswesen.

Das erfolgreichste Arbeitsfeld der OAU ist die Außenpol. Auf afrik. Bühne oft uneins, zeigte sie hier – v. a. in der UN-Vollversammlung – Solidarität, schuf sich rasch ein Forum mit bedeutender Öffentlichkeit, brachte spezifisch afrikan. Probleme (Kolonialismus, Rassismus) konsequent zur Sprache, arbeitete dabei erfolgreich mit anderen E.-Regionen – v. a. mit Asien und Arabien (Doppelmitgliedschaft OAU / *Arabische Liga) – zusammen und nutzte die dank ihrer zahlenmäßigen Stärke enorme Stimmgewalt (UN: ca. 30 %, *Blockfreie: ca. 55 %, *Gruppe der 77: ca. 40 %) als zentrales Instrument. Auf OAU-Initiative finden heute im Vorfeld praktisch aller bedeutenden int. Konferenzen afrikan. Vorkonferenzen zur Abstimmung und Koordinierung statt. Beispielhaft ist auch das OAU-koordinierte Auftreten Afrikas gegenüber der EU bei den *Lomé-Verhandlungen.

In der Frühphase der OAU war die Befreiung der noch unter kolonialer Herrschaft stehenden Bruderstaaten (durch pol., ideolog. und materielle Unterstützung des Befreiungskampfes) das zentrale Aktionsfeld. Dies betraf v. a. die ehem. portugiesischen Kolonien, Zimbabwe, Namibia und Südafrika. Die Phase der

Befreiungspol. ging mit den Wahlen in Südafrika im April 1994 zu Ende. Der Beitrag der OAU zur Beilegung zwischen- und innerstaatl. Konflikte in Afrika ist äußerst begrenzt geblieben, da in den meisten Fällen weder ein eindeutiges pol. Mandat noch faktische Eingreifkapazität gegeben waren. Schwierig gestaltete sich die Stellungnahme insbes. bei innerstaatl. Konflikten, denen die Grundprinzipien der Nichteinmischung in interne Angelegenheiten und die Unverletzlichkeit der nat. Grenzen entgegenstanden. So beschränkten sich die Aktivitäten der OAU vornehmlich auf dipl. Vermittlung; seit Beginn der 1990er J. wurde dies zwar deutlicher kritisiert, und es wurden Vorschläge zu neuen Vorgehensweisen, wie der Aufstellung einer afrikan. Friedenstruppe, gemacht, allerdings wurde davon bisher nichts umgesetzt.

Neben den im Vordergrund stehenden außenpol. Fragen befasste sich die OAU lange Zeit nur in nachgeordneter Weise mit der ökon. E. und überließ dies weitgehend der →ECA (ein dem *ECOSOC unterstelltes UN-Organ). Die Zusammenarbeit zwischen OAU und ECA schlug sich zunächst in der 1979 beschlossenen *Monrovia-Strategie für wirtsch. E. in Afrika* nieder sowie in dem 1980 bei einem OAU-Sondergipfel verabschiedeten *Aktionsplan von Lagos*, der eine verstärkte Regionalkooperation und eine Afrikanische Wirtschaftsgemeinschaft zum Ziel hatte. Während der 1980er J. bemühte sich die OAU erfolglos um Sonderregelungen für eine Lösung der afrik. Schuldenkrise. Zu Beginn der 1990er J. wurde die Zusammenarbeit von OAU, ECA und →AFDB in wirtsch. Fragestellungen weiter intensiviert, das vorläufig wichtigste Ergebnis war die Verabschiedung des Vertrages über eine *African Economic Community* (→AEC) 1991. Nach Ratifizierung durch 2/3 der Mitgl. trat der Vertrag drei Jahre später in Kraft; in einem sechsstufigen Prozess soll das Endziel einer Wirtsch.-Gemeinschaft des gesamten Kontinents bis 2025 erreicht sein.

Dem in den 1990er J. zunehmend an Bedeutung gewinnenden Thema der Demokratisierung und des pol. Wandels stellte sich die OAU zunächst mit großer Zurückhaltung. Auf dem OAU-Gipfel 1999 wurde beschlossen, in Zukunft keine Staatschefs und Regierungen zu den Gipfeln mehr zuzulassen, die über einen Putsch an die Macht gekommen sind. Die betroffenen Staaten erhielten ein Jahr Zeit, zur Demokratie zurückzukehren; andernfalls würden sie aus der OAU ausgeschlossen. Im Juli 2001 beschlossen die OAU-Staaten auf ihrer Gipfelkonferenz in Lusaka die Umwandlung der OAU in die Afrikan. Union (→AU). Internet: www.oau-oua.org.

Lit.: G. J. Naldi, The Organization of African Unity. An Analysis of its Role, London/New York 1989; P. F. Gonidec, L'OAU trente ans après, Paris 1993; F. Nuscheler/P. Meyns, Struktur und Entwicklungsprobleme von Subsahara-Afrika (mit ausführlicher landesübergreifender Bibliographie), in: HDW III, 4, Bonn 1993, S. 13ff.; Peacekeeping in Africa, Genf 2000. hf

Obervolta →Burkina Faso

OCAM Gemeinsame Afrikanisch-Madegassische Organisation (*Organisation Commune Africaine et Malgache*), 1961 von den Mitgl. der *Brazzaville-Gruppe gegr. Org. zur wirtsch., sozialen, kulturellen und techn. Zusammenarbeit. Die OCAM wurde 1985 aufgelöst; der Garantiefonds blieb jedoch in veränderter Form unter dem Namen *Fonds Africain de Garantie et de Coopération Économique* (FAGACE) erhalten. fn

OCAS →ODECA

OCBN *Organisation Commune Bénin-Niger des Chemins de Fer et des Transports,* Gemeinsame Organisation Benin-Niger für das Eisenbahn- und Transportwesen

ODA →öffentliche Entwicklungshilfe

ODCA →Organisation Christl.-Demokrat. Parteien Amerikas (*Organización Demócrata Cristiana de América*), 1947 in Montevideo gegr., Sitz: Caracas, Mitgl. der Christlich-Demokratischen Weltunion (CDWu). dn

ODECA (*Organization for the Development of Central Americas*) Organisation Zentralamerikanischer Staaten (auch OCAS, *Organization of Central American States*). 1951 von Costa Rica, El Salvador, Guatemala, Honduras und Nicaragua und Panama (1991) gegr., im Rahmen zentralamerik. Integrationsbemühungen (→MCCA). *Ziel:* Herstellung der pol. Einheit Zentralamerikas. Über verbale einzelstaatl. Beteuerungen mangels pol. Willens nicht hinausgekommenes Projekt; in den 1990er J. reaktiviert (*SICA).

Lit.: R. Zimmerling, Regionale Integration, in: P. Bendel (Hg.), Zentralamerika, Frankfurt a. M. 1993, 185–206. dn

ODM →Entwicklungspolitik Großbritanniens

OEA →OAS

OECD Organisation für wirtsch. Zusammenarbeit und Entwicklung (*Organization for Economic Cooperation and Development*). 1961 gegr., Sitz: Paris, bis 2001 30 Mitgl.: Australien (seit 1971), Belgien, Dänemark, BRD, Finnland (1969), Frankreich, Griechenland, GB, Irland, Island, Italien, Japan (1964), Kanada, Republik Korea (1996), Luxemburg, Mexiko (1994), Neuseeland (1973), Niederlande, Norwegen, Österreich, Polen (1996), Portugal, Schweden, Schweiz, Slowakei (2000), Spanien, Tschechische Republik (1995), Türkei, Ungarn (1996), USA (Jugoslawien hat derzeit Beobachterstatus). Koordinierungsinstrument der Wirtsch.-Pol. der westl. IL. *Ziele:* hohes Wirtsch.-Wachstum, hoher Beschäftigungsstand, finanz. Stabilität in den Mitgl.-Ländern; Steigerung des Welthandels; Unterstützung der EL (handelspol. Maßnahmen, Kredithilfe, insges. über 4/5 der weltweiten *Entwicklungshilfe). *Organe:* Rat, bestehend aus allen Mitgl.; tagt einmal jährl., Vorsitz jährl. neu gewählt; Generalsekretär; Ausschüsse, u. a. E.-Hilfe-Ausschuss, *DAC; 1974 Gründung der Int. Energie-Agentur (*IEA) zur Überwindung von Schwierigkeiten in der Energieversorgung und der *Zahlungsbilanz. Laufende Veröffentlichungen von Kommuniqués und Leitsätzen zur int. Zusammenarbeit und EP, u. a. OECD-Leitlinien für *Multinationale Unternehmen/Juni 1976. Publikationen der OECD (Erscheinungsort Paris): DAC-Report 1982; Geographical Distribution of Financial Flows to Developing Countries 1982 (Disbursements – Commitments – External Debt – Economic Indicators); OECD-Economic Outlook 2002; OECD-Economic Surveys; OECD Employment Outlook 1988; OECD in Figures 2001, Report by the Secretary-General; OECD-Nachrichten (Bonn). Adresse: 2, rue André Pascal, F-75 Paris. OECD-Informationsbüro in der BRD: Schedestr. 7, 53113 Bonn. Internet: www.oecd.org

Lit.: H. Hahn/A. Weber, Die OECD, Baden-Baden 1976; D. Menke, Die OECD, in: Bankinformationen 9, 1980, S. 43 ff. M. G. Schmidt (Hg.), Die westlichen Länder (= Band 3, Lexikon der Politik, hg. von D. Nohlen), München 1992. dn

OECS Organisation der Staaten der Ostkaribik (*Organization of Eastern Caribbean States*). Die sieben Inselstaaten der Ostkaribik – Antigua, Barbuda und Redonda, Dominica, Grenada, Montserrat, St. Kitts-Nevis, St. Lucia, St. Vincent und die Grenadinen – schlossen sich bereits 1968 im Gemeinsamen Markt der Ostkaribik (*ECCM) zusammen und formten damit einen subregionalen wirtsch. Integrationsraum im Rahmen der *CARIFTA (1968) bzw. deren Nachfolgeorg. *CARICOM (1973) bzw. *CCM (1973). Auch auf pol. Gebiet bestanden Ansätze subregionaler Kooperation, zum einen in der *Westindischen Föderation (1958 bis 1962) und dem 1965 gescheiterten Projekt einer «Ostkaribischen Föderation», zum anderen im Rahmen der «Assoziierten Staaten Westindiens» (1967). Zur weiteren Vertiefung ihrer subregionalen Zusammenarbeit gründeten die Staaten/Territorien der Ostkaribik – durch den Vertrag von Basseterre (St. Kitts-Nevis) – am 18. 6. 1981 die «Organisation der Staaten der Ostkaribik» (OECS), die am 2. 7. 1981 in Kraft trat und der sich Mitte der 1980er J. die brit. Jungfern-Inseln und Anguilla als «assoziierte Mitglieder» anschlossen (Anguilla, Antigua & Barbuda und Redonda, British Virgin Islands (36 Inseln, die größte davon ist Tortola), Commonwealth of Dominica, Grenada, Montserrat, St. Kitts & Nevis, St. Lucia und St. Vincent & Grenadines). Die OECS umfasst damit 9 unabh. Mitgliedstaaten sowie drei brit. Überseeterritorien. Sie ist eine Int. Org. mit eigener Völkerrechtssubjektivität, mit Sitz in Castries/St. Lucia, und steht allen Staaten der karibischen Region zum Beitritt offen. *Ziele:* Harmonisierung der Außenpolitiken, Förderung der wirtsch. *Integration und der infrastrukturellen Kooperation zwischen den Mitgliedstaaten. Seit 1986 wird die Bildung einer pol. Union zwischen den OECS-Staaten diskutiert. Innerhalb der OECS – nämlich zwischen Anguilla, Antigua & Barbuda, Commonwealth of Dominica, Grenada, Montserrat, St. Kitts & Nevis, St. Lucia und St. Vincent & The Grenadines – ist auch eine Währungsunion («Eastern Caribbean Currency Union») (ECCU) ausgebildet, die auf dem «Eastern Caribbean Dollar» (EC-$) (1 US-$ = 2,7 EC-$) als gemeinsamer Währung beruht und durch eine eigene «Eastern Caribbean Central Bank» (ECCB) administriert wird. Die ECCB wurde durch ein in Port-of-Spain am 5. 7. 1983 abgeschlossenes Übereinkommen dieser acht Mitgliedstaaten (Eastern Caribbean Central Bank Agreement Act) gegründet, die ihre Tätigkeit Okt. 1983 aufnahm. Gem. Art. 17 Abs. 2 des Übereinkommens hat die ECCB auch die Letztverantwortung für den Wechselkurs des EC-$. *Organe:* Behörde der Reg.-Chefs der Mitgliedstaaten als oberstes Organ; Komitees für auswärtige Angelegenheiten, für Verteidigung und Sicherheit und für wirtsch. Belange; jeweils ein Sekretariat für pol. (St. Lucia) bzw. wirtsch. (Antigua) Angelegenheiten. Daneben ist noch eine Vergleichskommission zur friedlichen Streitbeilegung und ein gemeinsamer Oberster Gerichtshof (bereits 1967 durch den West Indies Associated States Supreme Court, Order No. 223 gegründet) als zentrale Appellationsinstanz eingerichtet. Die Behörde der Reg.-Chefs autorisierte u. a. die Teilnahme der OECS (Truppenkontingente wurden von Antigua, Dominica, St. Lucia und St. Vincent gestellt) an der milit. Intervention der USA in Grenada (an der auch die beiden CARICOM-Staaten Barbados und Jamaica teilnahmen) am 25. 10. 1983. Im Rahmen der umfassenderen pol. und wirtsch. Integrations- und Kooperationsmechanismen der CARICOM (die OECS ist eine sog. «Assoziierte Institution» der CARICOM) und des CCM kommt der subregionalen OECS eine wichtige Funktion für die Stärkung der *bargaining power* ihrer sieben Mitgl. (Gesamtfläche: 1150 Quadratmeilen; 600000 Einwohner) zu. Diesen Umstand bewiesen sie bereits als Initiatoren der am 24. 7. 1994 unterzeichneten Gründungsurkunde der «Vereinigung karibischer Staaten» (*Association of Caribbean States*, ACS) durch 37 Mitgl. (25 Insel- und Anliegerstaaten der Karibik sowie 12 abh. Territorien), durch die die Handelsbez. intensiviert und vertiefte Kooperationen im pol., kulturellen und technol. Bereich herbeigeführt werden sollen. Die OECS nahm auch im Rahmen der *«Caribbean Basin Initiative»* (1982) bzw. des *«Caribbean Basin Economic Recovery Act»* (1984) der USA – mit einer Laufzeit bis 2007 – eine initiative Stellung ein. Die Eastern Caribbean States (ECS) – ohne Grenada, die über eine eigene dipl. Vertretung verfügt – sind über eine gemeinsame Ständige Vertretung bei der EU in Brüssel akkreditiert. Die OECS ist Mitgl. der Gruppe der *AKP-Staaten, die mit der EG Juni 2000 das *Cotonou-Abkommen abgeschlossen haben, das das IV. Lomé-Abkommen ersetzt und eine Laufzeit von 20 J. hat.

Lit.: E. Tempro, An overview of the financial system in the ECCB area, http://www.eccb-centralbank.org / Rsch_Papers / Rpann92.pdf; W. Hummer, Organisation der Staaten der Ostkaribik, in: V. Andersen/W. Woyke (Hg.),

Handwörterbuch Internationale Organisationen, 2. Aufl., Opladen 1995, S. 332 ff.; W. Hummer, Integrationszonen als Elemente der politischen, wirtschaftlichen und völkerrechtlichen Wirklichkeit beider Amerikas in den neunziger Jahren, Österr. Lateinamerika-Institut/Wien (Hg.), Information 2/3–1995, S. 2 ff.; F. van Beek et. al. (Hg.), The Eastern Caribbean Currency Union: institutions, performance, and policy issues, Occasional paper/IMF 195, Washington May 2000; WTO/TPRB, Organization of Eastern Caribbean States (OECS) 5 and 7 June 2001, W. T. A. M. 13, 2001, 5, S. 15 ff. wh

OERS →OMVS

Öffentliche Entwicklungshilfe Int. übliche Abkürzung ODA (*Official Development Assistance*); nach der *DAC-Definition werden unter ODA alle Mittelzuflüsse von staatl. Stellen einschließl. der von Ländern und Gemeinden oder ihren Vertretungen an EL und multilaterale Institutionen für wirtsch. E. und die Verbesserung der Lebensbedingungen in den EL verstanden, die grundsätzlich zu vergünstigten Bedingungen vergeben werden (bei Darlehen und Krediten mit einem *Zuschusselement von mindestens 25 %). ODA grenzen sich ab gegen Leistungen der priv. Wirtsch. und solchen öfftl. Leistungen, die nach Marktbedingungen erfolgen. Im letzten Jahrzehnt hat sich das Verhältnis beider Komponenten des Kapitalzuflusses in die EL zulasten der öfftl. E.-Hilfe verschoben (s. Tab. 12, 13); →Direktinvestitionen, Entwicklungshilfe, Entwicklungspolitik.

Lit.: OECD, DAC-Grundsätze für wirksame Entwicklungshilfe, Paris 1992; Th. Wissing, Die gegenwärtige Diskussion bei der Vergabe staatlicher Entwicklungshilfe, Frankfurt 1994; R. E. Thiel (Hg.), Entwicklungspolitiken. 33 Geberprofile, Hamburg 1996. dn

Öffentliche Meinung und Entwicklungshilfe Die Einstellung der Bev. zur E.-Hilfe wird seit den 1970er J. in nahezu allen Geberländern von versch. Institutionen per Meinungsumfragen meist unregelmäßig untersucht. Die Umfragen unterscheiden sich jedoch in Konzeption, Umfang und Repräsentativität derart, dass Vorbehalte hinsichtlich ihrer Validität (Messen die Fragen wirklich das, was sie messen sollen?) angebracht sind. Die Aussagen müssen im Einzelfall anhand der Rahmendaten überprüft werden.

In der BRD ermittelte das Institut «Infratest Sozialforschung» zwischen 1975 und 1993 im Auftrag des *BMZ alle zwei J. über eine Repräsentativerhebung die öfftl. Meinung zur E.-Hilfe. Danach standen für weitere Untersuchungen keine finanz. Mittel mehr zur Verfügung. Seitdem können nur noch Daten aus Umfragen der EU-Kommission zur Ermittlung eines Trends herangezogen werden. In der Umfrage des BMZ von 1993 wurden die Ergebnisse aus Ost- und Westdeutschland getrennt veröffentlicht. Dabei ließ sich im Allg. feststellen, dass die Unterstützung wie auch das Interesse an E.-Hilfe im Osten geringer war als im Westen. Die Struktur der öfftl. Meinung (d. h. das Einstellungsprofil differenziert nach z. B. Bildung oder Alter) ist jedoch in Ost- wie in Westdeutschland fast gleich. Den Umfragen zufolge erwies sich das persönliche Interesse in der Bev.

Tabelle 12: Kapitalzufluss in die EL

Jahr	**1993**	**1995**	**1996**	**1997**	**1998**	**1999**
			(in Mrd. US-$)			
Betrag	166	264	350	320	229	251
Anteil			(in %)			
öffentl. E.-Hilfe	50	33	21	23	39	34
Eportkredite	−2	2	1	2	4	2
priv. Kapitaltransfers	52	65	78	75	57	64

Quelle: OECD

an E.-Fragen insb. seit 1981 als weitgehend stabil.
Die Ansichten darüber, ob generell E.-Hilfe geleistet werden sollte, sind vergleichsweise stabil (1999: 70 % Zustimmung). Das Einstellungsprofil korreliert hierbei mit dem pol. Interesse und dem Bildungsgrad der Befragten. Unter Personen mit Abitur oder Studium liegt der Anteil der Befürworter stets über 85 %. Mit dem Grad der (formalen) Bildung sinkt er. Zuverlässiger als die direkt gestellte Frage ist die sog. Statement-Analyse, bei der sich die Befragten zu 39 die E.-Hilfe betreffenden Aussagen äußern, die sich alle auf die Grundkategorien «pro» und «contra» reduzieren lassen. Hiernach sprechen sich rund zwei Drittel eher für, rund ein Drittel eher gegen E.-Hilfe aus.
Hauptinformationsquellen der Bundesbev. zu Fragen der E.-Hilfe sind die Medien, insb. das Fernsehen; daneben greifen Personen mit einem hohen Bildungsabschluss in signifikantem Maße auch auf überregionale Tageszeitungen zurück. Insges. muss von einem ungenügenden Informationsstand ausgegangen werden. Stichproben in Form von *multiplechoice*-Fragen der Infratest-Studie sowie die EU-Studien ergaben: Das Gros der Bev. schätzt den Stellenwert der öfftl. E.-Hilfe im Kontext der ges. Außenwirtschaftsbez. zu hoch ein, die Anzahl der vom Export in EL abh. Arbeitsplätze hingegen zu niedrig.
Die Ansichten zur E.-Hilfe generell und zur EP der BRD müssen streng getrennt werden. Nimmt man die Umfrage von 1979 aus, befürworteten stets weniger als 50 % der Befragten die E.-Hilfe der Bundesreg. 1993 bewerteten zum ersten Mal genauso viele der Befragten die E.-Hilfe der Bundesreg. mit «eher negativ» wie mit «eher positiv» (37 %). In den Umfragen der EU-Kommission finden sich diese Fragen nicht mehr wieder.
Int. vergleichbare Daten im größeren Umfang lieferten 1983 und 1987 Studien des frz. Instituts *Faits et Options* im Auftrag der EU-Kommission. Darauf aufbauend wurden Umfragen in den Ländern der EU unternommen, welche die Meinung der EU-Bürger zu E.-Hilfe generell und zur E.-Hilfe der EU im Besonderen untersuchten. Dazu wurden von versch. Meinungsforschungsinstituten in den jeweiligen Ländern der EU Befragungen unternommen. Diese Umfragen, veröffentlicht 1997 und 1999, skizzieren folgendes Bild von der Meinung der EU-Bürger: Im Allg. wird E.-Hilfe als wichtig angesehen, allerdings ist die Zustimmung in den letzten J. gesunken (EU-Durchschnitt: 76 %). 1999 befürworten nur noch 59 % der EU-Bürger einen Anstieg des E.-Hilfe-Etats der EU (1997: 82 %). Hier können nur 55 % der Deutschen zustimmen (1997: 73 %), auf der anderen Seite aber z. B. 79 % der Griechen (1997: 97 %). Wenn es um die Zustimmung zu einem Anstieg im E.-Hilfe-Etat der eigenen Reg. geht, liegt Deutschland mit 40 % Zustimmung im unteren Drittel der EU-Länder (EU-Durchschnitt: 51 %).
In Verbindung mit diesen Fragen wurde auch nach den Meinungen zum Zusammenhang von E.-Hilfe und Außenhandel gefragt. Im Allg. ist es dabei für die EU-

Tabelle 13: Anteil ODA am BIP

	1980		1995		1990		1995		2000	
	Mrd. US-$	%	Mrd. US-$	%	Mrd. US-$	%	Mrd. US-$	%	Mrd. US-$	%
OECD	27,3	0,35	29,4	0,34	63,3	0,34	58,9	0,27	53,7	0,22
USA	7,1	0,27	9,4	0,24	11,4	0,21	7,4	0,10	10,0	0,10
BRD	3,6	0,44	2,9[a]	0,47	6,3	0,42	7,5	0,31	5,0	0,27

[a] niedriger abs. Wert Folge des hohen Dollarkurses
Quelle: Weltbank, OECD

Bürger schwierig, das Ausmaß von EU-Handelsbez. mit EL einzuschätzen. Afrika scheint für die meisten die Region zu sein, der die EU am besten helfen könnte. Aber obwohl die Mehrheit der Befragten E.-Hilfe realistisch und positiv sieht, ergibt auch diese Befragung, dass es in allen EU-Ländern ein allgemeines Informationsdefizit in Bezug auf E.-Pol. gibt. bg/tk

offshore Der in den Geowiss. und der Erdölgewinnung verwendete Begriff bezeichnet die Erdöl- und Erdgaslagerstätten, die sich in den der Küste vorgelagerten und bis zu ca. 200 m Wassertiefe hinabreichenden Schelfmeerbereichen befinden. Beispiele hierfür sind zahlreiche Lagerstätten im Persischen Golf sowie im Golf von Mexiko. (Festländische Erdöl- und Erdgaslagerstätten werden dementsprechend als *onshore* benannt.) • ah

Offshore-Finanzplätze Unter *Offshore*-Finanzplätzen versteht man Gebiete, die in nennenswertem Umfang int. Banken gewinnen konnten, dort Niederlassungen zu gründen, um Finanzaktivitäten zu entfalten, die sich ausschließlich auf Fremdwährungstransaktionen beschränken, d.h., es werden ausl. Einlagen an ausl. Kreditnehmer transferiert. Die inl. Währungsordnung des Gastlandes (des Finanzplatzes) bleibt davon unberührt. Gegenüber den trad. Finanzzentren wie z.B. London und New York bestehen in den neuen Finanzplätzen besondere Anreize für die Banken: Die Anforderungen an Eigenkapital sind gering, der Zugang zur Bankniederlassung ist rel. leicht, und die Bankplätze sind praktisch steuer- und abgabenfrei. Auch bestehen keine Mindestreserveverpflichtungen.

Neben Luxemburg haben insb. zahlreiche EL erfolgreich *Offshore*-Finanzplätze gegründet: z.B. Bahamas, Bahrain, Cayman-Inseln, Hongkong, Kenya, Libanon, Panama, Philippinen, Singapur, Vereinigte Arabische Emirate. Das Einlagen- und Kreditvolumen verzeichnete in den 1970er und 1980er J. überdurchschn. Zuwachsraten. Diese Finanzplätze haben zu einem großen Anteil die Aufgabe übernommen, die sog. Petro-Dollars als Einlagen anzunehmen und in Kredite (*Eurokredite) zu verwandeln (*recycling*).

Lit.: R. C. Effros (Hg.), Emerging Financial Centers Legal and Institutional Framework. IMF Washington 1982; weitere Lit. s. Eurokredite. hpn

ÖFSE Österreichische Forschungsstiftung für Entwicklungshilfe

Ogaden-Konflikt →Äthiopien, Somalia

OIAC *Organisation Interafricaine de Café* Interafrikanische Kaffee-Organisation

OIC Islamische Konferenz (*Organization of the Islamic Conference*), Mai 1971 in Djidda/Saudi-Arabien gegr. Konferenz, der 2001 57 Mitgl.-Länder (einschl. der *PLO) angehörten. Die Mitgliedschaft Afghanistans war zeitweilig während der Besetzung durch sowj. Truppen suspendiert. *Zielsetzungen:* Förderung der islam. Solidarität unter den Mitgl.-Ländern und Schutz des islam. Glaubens; Kampf gegen Rassendiskriminierung und *Kolonialismus, Unterstützung für die PLO; Zusammenarbeit auf wirtsch., sozialem, wiss. und kulturellem Gebiet. *Organe:* Islam. Gipfelkonferenz (unregelmäßig), Außenministerkonferenz (Exekutivorgan, tagt mindestens einmal jährl.), Generalsekretariat (Sitz: Djidda/Saudi-Arabien), Int. Islam. Gerichtshof (seit 1987, Sitz: Kuwait); Unterorg. sind u. a. die 1972 gegr. IINA (*International Islamic News Agency*), die *ISDB und der 1974 gegr. Islamische Solidaritätsfonds ISF. *Aktivitäten:* Jerusalem-Ausschuss (Geheimprogramm zur Befreiung der Stadt und der von Israel besetzten Gebiete), Mekka-Deklaration (Wiederherstellung der nationalen Rechte der Palästinenser, Rückzug der UdSSR aus Afghanistan), Vermittlungsbemühungen im *Iranisch-irakischen Krieg sowie Hilfsprogramme für die *Sahelzone. Die OIC unterhält Kontakte zur *Arabischen Liga und zu den *Blockfreien.

Internet: synergy.uchicago.edu/munuc/REG-Committees/OIC.html dn

ÖIE Österreichischer Informationsdienst für EP. Von 1979 bis 1997 gab es im Gegensatz zur BRD, Schweiz und vielen anderen Ländern in Ö. 1979 mit dem Verein ÖIE eine gesamtösterr., zentrale Service- und Koordinationsstelle für e.-pol. Bildungs- und Öffentlichkeitsarbeit. 1997 wurde der Verein in * Südwind-Entwicklungspolitik umbenannt. →Entwicklungspolitik Österreichs. tk

Ökologie Nach dem Zoologen E. Haeckel bedeutet Ökol. die «Wechselbeziehung aller Organismen», also die Ökonomie der Natur (1866). In einem modernen Verständnis von Ökol. geht es um Eingriffe in die Natur und «Öko-Schäden», die vom Menschen verursacht sind. Diese können definiert werden als «nachhaltige Störung des Naturhaushaltes infolge physikalischer, chemischer und biologischer Veränderung von Wasser, Boden und Luft» (G. Hartkopf). Unter «pol. Ökologie» ist ein Interaktionsgefüge zwischen Gesellschaft und Umwelt zu verstehen, das sowohl den *Input* wie auch den *Output* der Arbeits- und Wirtschaftsprozesse umfasst (B. Glaesner). Ein systematischer Zugriff auf die eng vernetzten ökol. Krisen eröffnet die Einteilung der Natursphäre in ihre versch. Bereiche, der Atmosphäre (→Energie, Ozon, Treibhauseffekt), der Hydrosphäre (→Internationales Seerecht, Wasser), der Biosphäre (→Artenschutzkonvention, Bevölkerung, Landwirtschaft, Urbanisierung) und der Lithosphäre/Pedosphäre (→Desertifikation, Landflucht, Ressource). Ökol. ist ein Thema, das regionale und nat. E. betrifft, das aber auch eine globale Dimension beinhaltet. Auf int. Ebene entfachten die Umweltkrisen der letzten 30 J. besondere Aktivität im Bereich der politikfeldspezifischen Regimebildung (→Internationale Regime, Klima- und Atmosphärenregime, Kyoto-Konferenz). Ort der Zusammenkunft zwischen Vertretern aus IL und EL sowie zwischen staatl. und nicht-staatl. Akteuren bilden die von der * UN org. Weltkonferenzen, die sich sowohl allg. (→Welt-Umwelt-Konferenz, Rio-Konferenz, Johannesburg-Konferenz, Weltsozialgipfel) als auch spezifischen (→UNCOD) ökol. Problemlagen widmen. * NROs (→*Worldwatch*, *Germanwatch*, *Greenpeace*, *WEED*), die auf diesen Konferenzen mit Beobachterstatus teilnehmen und traditionell über kein Stimmrecht verfügen, versuchen insbes. im Bereich des *agenda-settings* ihren Einfluss geltend zu machen.

Auf der ersten * Welt-Umwelt-Konferenz (1972) zeigten sich die EL noch zurückhaltend gegenüber einer ökol. Betrachtungsweise und favorisierten nat. E.-Wege ohne Berücksichtigung möglicher negativer Folgen für Mensch und Natur. Hingegen weist die Weltkommission für Umwelt und Entwicklung (* Brundtland-Kommission) in den 1980er J. dezidiert nach, dass Umwelt und E. sowie * Armut, Ungleichheit und Umweltzerstörung miteinander zusammenhängen (→*sustainable development*). Künftige Generationen werden in ihrem Leben durch Umweltzerstörung in den IL ebenso gefährdet wie durch die Umweltvernichtung in der * Dritten Welt. Demnach müssen gemeinsame Lösungen zur Bewältigung der globalen E.-, Energie- und Klimaprobleme gesucht werden.

→alternativer Nobelpreis, IPCC, UNEP, UNDP

Lit.: V. Hauff (Hg.), Unsere gemeinsame Zukunft, Weltkommission für Umwelt und Entwicklung, Greven 1987; M. Wöhlcke, Umweltzerstörung in der Dritten Welt, München 1987; A. Gore, Wege zum Gleichgewicht: ein Marshallplan für die Erde, Frankfurt a. M. 1992; E. Altvater, Der Preis des Wohlstands oder Umweltplünderung und neue Welt(un)ordnung, Münster 1992; J. Vogler, Globale Umweltpolitik, in: U. Beck (Hg.), Perspektiven der Weltgesellschaft, Frankfurt a. M. 1998, S. 293–331; I. Kaul/I. Grunberg/M. A. Stern (Hg.): Global Public Goods. International Cooperation in the 21st Century, New York/Oxford 1999; F. Biermann, Trends und Interdependenzen in der Weltumweltpolitik, in: I. Hauchler u. a. (Hg.), Globale Trends 2002, Frankfurt a. M. 2001, S. 314–335; Worldwatch Institute Report, Zur Lage der Welt 2002, Washington, D. C. 2002. ms/js

Ökologische Benachteiligung der Tropen Aus der kombinierten Wirkung von tropischen Klimabedingungen, Wasserhaushalt, Bodenbildungsprozessen, Nährstoffkreislauf in Vegetation sowie geomorphologischen Formungsprozessen ergeben sich für die agrarische Nutzung im tropischen Regenwald natürliche Standortnachteile, die eine Nahrungsmittelproduktion in Form von großflächigen *Monokulturen kurzlebiger Getreide- oder Knollengewächse limitieren und auf ein Niveau fixieren, das erheblich unter dem vergleichbarer Anbauregionen in den Mittelbreiten und Subtropen liegt. Da im tropischen Klima bei der allitischen Verwitterung die Tonminerale Illit, Chlorit und Montmorillonit kaum neu gebildet werden und die kieselsäurearmen Tonminerale Kaolinit und Gibsit dominieren, besitzen die Böden nur eine geringe Kationenaustauschkapazität (Fähigkeit des Bodens, zugeführte Nährstoffe zu speichern und an das Nährwurzelsystem abzugeben). Versuche, den natürlichen Nährstoffmangel tropischer Böden durch künstliche Nährstoffzufuhr (Düngung) auszugleichen, scheitern deshalb, der größte Teil des Düngers wird vom Boden nicht verwertet, sondern durch Auswaschung als ökol. bedenkliche Düngung den tropischen Flüssen zugeführt.

Die Aufgabe, als Nährstoff-Fallen (*nutrient traps*) zu wirken und die Mineralverbindungen in eine für die Pflanzen erst verwertbare Substanz zu transferieren, wird in den tropischen Böden durch Bodenpilze (*Mycorrhizae*) im Einzugsbereich der Baumwurzeln erfüllt. Durch das großflächige Abholzen des Regenwaldes werden diese für das Ökosystem entscheidenden Bodenpilze zerstört. Der Verlust der oberflächennahen Humussubstanz und die erhöhte erosive Mineralabfuhr aus dem nun vor tropischen Starkregen ungeschützten Boden sind weitere Konsequenzen. Die neu angepflanzten Monokulturgewächse erlauben keine Neubildung der Bodenpilze, die allein den Nährstoffverlust stoppen könnte. Die trad. Busch-Feld- oder Wald-Feld-Wechselwirtschaft (**shifting cultivation*) ist dagegen eine den spezifischen Ökosystembedingungen des tropischen Regenwaldes angepasste Nutzungsform und dient auch neueren Ansätzen der Agrarentwicklung in den Tropen (**ecofarming*) als Anregung.
ah

Ökonomische Entwicklungstheorien →Außenhandelstheorie, *balanced growth, big push, unbalanced growth*, Wachstumstheorien

Ökumenische Entwicklungsgenossenschaft →EDCS

OLADE Lateinamerik. Energieorganisation (*Organización Latinoamericana de Energía*), 1973 in Lima gegr. Org. mit dem Ziel verstärkter Zusammenarbeit und regionaler Integration im Energiebereich zwischen den lateinamerik. und karibischen Mitgl.-Staaten (1995: 25; 2001: 26). Konkrete Maßnahmen sind u. a. gemeinsame Erschließung grenzübergreifender Energielagerstätten, die Energieversorgung peripherer Regionen sowie Analyse der Auslandsverschuldung des Energiesektors in den betreffenden Staaten. Organe: Ministerkonferenz, beraten durch ein Expertengremium; ständiges Sekretariat. Publikation (u. a.): *Latin America and Caribbean Energy Update* (viertelj.). Adresse: Sector San Carlos, Quito, Ecuador. Internet: www.imf.org/external/np/sec/decdo/olade.htm red

OLAS Organisation Lateinamerikanischer Solidarität (*Organisación Latino-Americana de la Solidaridad*), 1966 gegr., Org. zur Unterstützung revolutionärer *Befreiungsbewegungen in LA bzw. des Exports der kuban. Revolution. Seit Ende der 1960er J., zusammenfallend mit dem Scheitern der *Guerilla in LA, ohne Aktivität. dn

OLDEPESCA →SELA

Ölfazilität Sonderkonto des *IWF, das im Anschluss an die Preiserhöhungen des Erdöls 1974 eingerichtet wurde. Von den 3,05 Mrd. *Sonderziehungsrechten (SZR) wurden 2,6 Mrd. von den *OPEC-Ländern eingezahlt. Aus der

Ölfazilität konnten EL und IL Kredite zu einem Zinssatz von 6–7 % und einer Laufzeit von höchstens 7 J. ziehen. Sie wurde jedoch hauptsächlich von EL in Anspruch genommen und ist inzwischen ausgelaufen. dn

Oman

Fläche (Tsd. qkm): 212,500
Bev. (Mio.) 2001: 2,60
BNE pro Kopf (US-$) 1995: 4940 (2000: UMIC)
BIP (Mio. US-$) 1998: 14962
LE (Jahre) 1999: 73,0
Analphabetenquote (%) 1999: 30,0
HDI 1999: 0,747 [Rangplatz von 162: 71]

O. ist ein strategisch höchst bedeutsames Gebiet. Zum einen kann von hier aus die Straße von Hormuz beherrscht werden, die eine der wichtigsten Öltankerrouten der Welt ist, zum anderen hat O. 1980 den USA vertraglich die Benutzung seiner Militärinstallationen für die amerik. Golf-Eingreifreserve (*Rapid Deployment Force*) zugestanden und ist damit potenzieller Ausgangspunkt kriegerischer Aktionen. Als Mitgl. des *GCC war O. im *Golfkrieg 1991 an der int. Allianz gegen den Irak beteiligt.

1. Das Gebiet des Sultanats O. im SO der arab. Halbinsel umfasst das Kerngebiet Muscat und Oman, die an den Jemen angrenzende südl. Provinz Dhofar und die Halbinsel Musadam an der Straße von Hormuz, die durch das Territorium der Vereinigten Arab. Emirate vom Rest des Landes getrennt ist. Der größte Teil des Landes (80 % Wüste, 15 % Gebirge) kann nicht dauerhaft landw. genutzt oder bewohnt werden. Beduinen betreiben insbesondere im Süden O.s Wanderviehwirtsch. (Rinder, Ziegen, Schafe, Kamele), auf ca. 2 % der Fläche (Küstenebenen, Oasen) werden v. a. Datteln, Zitronen, Bananen, Tomaten und Getreide angebaut. O. besitzt – relativ bescheidene – Erdölvorkommen und andere Rohstoffe (v. a. Kupfer und Gas). Mit japan., koreanischer und neuseeländischer Hilfe nutzt O. den Fischreichtum seiner Gewässer.

2. Die Geschichte O.s war ab dem 17. Jh. geprägt vom Konflikt zwischen dem, von den Stämmen im inneren O., unterstützten Imam (geistl. Oberhaupt der ibaditischen Glaubensrichtung des Islam) und dem Sultan von Muscat (al Said-Dynastie). Das Sultanat war ab dem 17. Jh. eine regional bedeutende Seehandelsmacht, die mit zahlreichen Besitzungen u. a. im afrik. Sklavenhandel aktiv war. Mit dem Verfall des oman. Handelsimperiums im 19. Jh. wurde das Sultanat immer mehr von brit. Unterstützung abh., mit deren Hilfe sich der Sultan mehrmals und endgültig (1954–59) gegen den Imam durchsetzte. In seinem Streben nach Machtsicherung und größerer Unabh. von GB führte Sultan Said (reg. 1932–70) O. in Isolation und Stagnation. Er wurde 1970 von seinem Sohn Qabus gestürzt, der das Land bis heute zu einer starken Modernisierung führte. Seit 1970 ist das Sultanat O. ein souveräner Staat, die engen Bez. zu GB bestehen jedoch weiter.

3. Bei einem jährl. Bev.-Wachstum von 4,4 % (1985–94; Ausländeranteil ca. 20 %) leben nur 14 % der Ew. in den – allerdings rasch wachsenden – Städten (in der «Capital area» um die Hs. Muscat ca. 250000 Ew.). Die Mehrheit der Bev. gehört der ibadist. Richtung des Islam (1992: 56 % Ibaditen, 19 % Sunniten) an.

4. Bei der ethn. Zusammensetzung O.s wird grob zwischen Omanis (70 % der Ew.) und Nicht-Omanis (30 %) unterschieden. Zur ersten Gruppe zählen die Angehörigen der zahlreichen einheim. Stämme sowie die Nachfahren der Rückkehrer aus den ehem. ostafrik. u. arab. Besitzungen O.s. Die Omanis stellen mit den Stammeshäuptlingen, den höheren Beamten und der wirtsch. Elite die Oberschicht des Landes; einige ihrer Teilgruppen, v. a. die Nachfahren negroider Sklaven, gehören jedoch neben den asiat. Gastarbeitern zur sozial diskriminierten Unterschicht. Die Nicht-Omanis setzen sich aus den alteingesessenen indischen Händlerfamilien, den westlichen und arab. Experten, die seit den 1970er J. ins Land geholt wurden, und den für einfachste Tätigkeiten eingesetzten, meist asiat. Gastarbeitern zusammen. Im Zuge der Modernisierung unter Sultan Qabus

wurde das Gesundheits- und Erziehungswesen sowie die *Infrastruktur des Landes deutlich verbessert. Die durchschn. Lebenserwartung stieg von 1970 bis 1990 um 18,5 J.; im selben Zeitraum erhöhte sich die Zahl der Schulen von 3 auf 722, 1986 wurde die erste Universität des Landes eröffnet. Pol. Ziel der Bildungsinvest. ist die «Omanisierung» der Wirtsch., die bislang stark von ausl. Experten gelenkt wird. Frauen haben von der Liberalisierung des Landes besonders profitiert und sind in Erziehung und Beruf ins öffentl. Leben integriert.

5. Der Motor der Modernisierung O.s waren die seit Beginn der 1970er J. boomenden Erdöleinnahmen, die zur Realisierung ehrgeiziger E.-Pläne reinvestiert wurden. Der Ölsektor ist mit 43 % des BNE (1989) immer noch die dominante wirtsch. Kraft, aber die ungünstige Preisentwicklung und die allmählich versiegenden Ölquellen lassen eine *Diversifizierung der Wirtsch. dringend nötig erscheinen. O. will die einseitige Erdölabh. durch ein ambitioniertes *Industrialisierungsprogramm (v. a. Erschließung von Erzvorkommen) und die Steigerung privater Investitionen (v. a. in *freien Produktionszonen) überwinden. Als Zeichen der wirtsch. Öffnung trat O. 2000 der WTO bei.

6. O. ist gemäß der von Sultan Qabus 1996 in Kraft gesetzten ersten Verfassung des Landes eine absolutistische Erbmonarchie. Qabus ist seit seiner Machtübernahme 1970 auch Premier, Außen-, Finanz- und Verteidigungsminister in seiner eigenen Reg. Parteien und Gewerkschaften existieren nicht. Qabus verstand es durch materielle Zuwendungen nicht nur, den vom Südjemen unterstützten Aufstand in der Provinz Dhofar (1965–75) zu beenden, sondern auch die Unterstützung der trad. mächtigen Stammesführer (bei gleichzeitiger Schwächung ihrer Autonomie) zu gewinnen. Seine Macht gilt als konsolidiert, auch wenn 1994 mit der Zerschlagung einer islam. Geheimorg. erstmals die Gefahr einer fundamentalistischen Opposition gegen das liberale Regime offenbar wurde. Seit 1981 besteht in O. ein Konsultativrat, der gegenüber der Reg. bestimmte Mitsprache- u. Kontrollrechte besitzt. Der Rat besteht aus einem Unterhaus, dessen 83 Mitgl. (darunter nach der letzten Wahl 2000 2 Frauen) von einem begrenzten Elektorat (2000: 175000 Wähler) gewählt und anschließend vom Sultan ernannt werden, sowie einem Oberhaus, dessen 48 Mitgl. vom Sultan auf Empfehlung regionaler Eliten als Vertreter der 59 Provinzen bestimmt werden.

7. Außenpol. kooperiert O. eng mit den westl. Mächten, die milit. Stützpunkte unterhalten. Die letzten Jahre waren gekennzeichnet durch die Befriedung latenter Grenzstreitigkeiten (v. a. mit dem Jemen) und der verstärkten Aufnahme dipl. Beziehungen.

Lit.: F. A. Clement, Oman. The Reborn Land, London/New York 1980; W. Zimmermann/F. Scholz, Oman, in: U. Steinbach/R. Robert (Hg.), Der Nahe und Mittlere Osten, Bd. 2, Opladen 1988, S. 293 ff.; J. Janzen/F. Scholz, Oman, in: HDW III, 6, 1993, S. 450 ff.; D. Ferchl, Jemen und Oman, München 1995. rs/kd

OMDKRB *Organization for the Management and Development of the Kagera River Basin*, Organisation zur Verwaltung und Entwicklung des Kagera-Flussbeckens. Mitgl.: Tanzania, Burundi, Rwanda, Uganda.

OMVG →Gambia

OMVS (*Organisation pour la Mise en Valeur du Fleuve Sénégal*) Diese 1972 von Senegal, Mauretanien und Mali gegr. Org. zur Nutzbarmachung des Senegalflusses, deren Vorläuferin OERS (*Organisation des États Riverains du Fleuve Sénégal*) auch Guinea angehört hatte, beschloss 1974 ein auf 40 J. angelegtes E.-Programm, in dessen Mittelpunkt der Bau der beiden Staudämme von Mantali und Diama stand. Sie sollten den Fluss ganzjährig schiffbar machen, Strom erzeugen und v. a. die Bewässerungsflächen erweitern. Mehrere Evaluierungsberichte stellten dem mit bi- und multilateraler E.-Hilfe errichteten Großprojekt kein gutes ökon. und ökol. Zeugnis aus. Die hohe Sonneneinstrahlung beschleunigte die Versalzung der bewässerten Flächen, auf denen es außerdem zu Konflikten zwischen schwarzafrik. Ackerbauern aus dem Senegal und maurischen Viehhaltern aus Mauretanien kam. Die OMVS galt lange als erfolgreiches regionales Kooperationsprojekt in Westafrika. Inzwischen gilt sie als Beispiel für eine schlecht geplante, unrentable und ökol. fatale «Kathedrale in der Wüste». fn

OPEC Organisation Erdöl exportierender Länder (*Organization of the Petroleum Exporting Countries*), 1960 in Bagdad von Iran, Irak, Kuwait, Saudi-Arabien und Venezuela gegr., Hauptsitz in Kuwait. Beitritte: Katar 1961, Indonesien und Libyen 1962, Abu Dhabi 1967 (ab 1974 VAE), Algerien 1969, Nigeria 1971, Ecuador 1973, Gabun 1975 (jeweils Datum der Vollmitgliedschaft), insges. 13 aktive Mitgl., bis Ecuador 1992 austrat und Gabun 1996 seine Mitarbeit einstellte. In den OPEC-Staaten befinden sich mehr als 3/4 der weltweiten Rohölvorkommen. *Organe:* Konferenz, bestehend aus den Delegationen der Mitgl.-Länder, höchstes Organ, tagt zweimal im J., jedes Land hat eine Stimme, Entscheidungen erfordern Einstimmigkeit, bei Neuaufnahmen 3/4-Mehrheit der Vollmitgl. und Einstimmigkeit der Gründungsmitgl. (Kriterium für Aufnahme: Rohölexport muss die hauptsächliche Wirtschaftsgrundlage darstellen). Gouverneursrat, bestehend aus den von den Mitgl. vorgeschlagenen und von der Konferenz bestätigten Gouverneuren. Unter seiner Kontrolle werden die Entscheidungen der Konferenz vom Sekretariat ausgeführt, dem ein Generalsekretär vorsteht, Amtszeit 2 Jahre, rotierend nach Mitgl.-Ländern entsprechend Datum des Beitritts. Das Sekretariat hat seinen Sitz seit 1965 in Wien. *Zielsetzung* der OPEC laut Statut: Koordination und Vereinheitlichung der Ölpol. der Mitgl.-Länder sowie Schutz ihrer individuellen und kollektiven Interessen; Stabilisierung der Erdölpreise auf den int. Märkten; Sicherung der Einkommen für die Förderländer, der ausreichenden und regelmäßigen Versorgung für die Verbraucherländer und der fairen Verzinsung ihres Kapitals für die ausl. Investoren.

Im ersten Jahrzehnt nach ihrer Gründung ging es der OPEC im Wesentlichen um Preisstabilisierung für Rohöl und um eine Steigerung des Anteils der Förderländer an den Einnahmen aus dem Energieträger, den ausl. Unternehmen förderten, exportierten, vermarkteten etc. Die Erfolge der Kartellpol., welche harte Auseinandersetzungen mit den Ölkonzernen beinhalteten, stellten sich hauptsächlich erst zu Beginn der 1970er J. ein. Stiegen die jährl. durchschn. Einnahmen der OPEC-Mitgl. von 1962 auf 1970 um 13,5 %, so erhöhten sie sich von 1970 auf 1971 um 55,3 %, obwohl die Exportmengen von 1962 auf 1970 jährl. durchschn. um 12,9 %, von 1970 auf 1971 hingegen nur um 7,4 % zunahmen. Diese Erfolge und Veränderungen auf dem Ölmarkt, insb. die Verknappung des Erdöls als Folge des Teilembargos der arab. Förderländer, führten zur raschen Durchsetzung weiter reichender Ziele der OPEC-Länder, die Ende der 1960er J. zu formulieren begonnen wurden. Sie bestanden zunächst in der Beteiligung am Aktienkapital der auf Konzessionsbasis in den Förderländern arbeitenden int. Ölfirmen, wobei die geforderten Beteiligungssätze schwankten. Als wirksames Konzept der Beteiligung wurde nach 1971 allein eine Partizipation von 51 % der Aktien begriffen, d. h. eine Mehrheitsbeteiligung, welche die Entscheidungsgewalt über die Produktion in die Hände der Förderländer legt. In sog. **Joint Venture*-Unternehmen sollten Kooperationen mit den über Kapital und Technologie verfügenden Ölfirmen gesucht werden und Profitmöglichkeiten für das int. Kapital gegeben bleiben. Sozialrevolutionäre Reg. gingen in den nachfolgenden Jahren über diese noch gemäßigten Zielsetzungen hinweg und setzten die vollständige *Nationalisierung der Erdölind. durch (Algerien 1970,

Irak 1972, Libyen 1973; auch Venezuela 1975). Damit gelangte die Kontrolle über das Erdöl hinsichtlich Produktion und Preis in die Hände der OPEC-Länder, die in den folgenden Jahren praktisch den Weltmarktpreis für Erdöl bestimmten.

Die OPEC galt danach als Modell eines erfolgreichen *Rohstoffkartells; sie entwickelte sich zu einem Wortführer der Dritten Welt, ungeachtet der großen Unterschiede, die ihre Mitgl. hinsichtlich ihrer pol. Systeme und ihrer gesellschaftspol. Zielvorstellungen auszeichnen, und ungeachtet der fortgesetzten Spannungen zwischen ihnen über die zu verfolgende Erdölpol. (Preispol. und Bevorratungspol.). Mit Beginn der 1980er Jahre nahm die Einigungsfähigkeit der OPEC-Mitgl. auf eine gemeinsame Erdölpol. rapide ab. Die Gründe dafür lagen u. a. in der Veränderung von Angebot (neue Anbieter von Erdöl auf dem Weltmarkt: GB, Norwegen, Mexiko) und Nachfrage (Einsparung von Rohöl in den Verbraucherländern und Rückgriff auf andere Energieträger bzw. deren E.) sowie in den internen Gegensätzen zwischen volkreichen OPEC-Ländern mit Zahlungsbilanzproblemen (z. B. Indonesien, Nigeria, Venezuela) und bevölkerungsarmen mit hohen Devisenüberschüssen (Saudi-Arabien, VAE, Kuwait). Die negativen Auswirkungen ihrer Preispol. auf die Energie importierenden EL a) durch direkte Preiserhöhungen im Energieimport und b) durch indirekte Preiserhöhungen im Import von Fertigwaren suchen die OPEC-Länder durch bilaterale Kreditvereinbarungen, die 2/3 der Nettoauszahlungen ihrer *öffentl. Entwicklungshilfe ausmachen, sowie nat. und multilat. Fonds (Kuwaitischer Fonds 1961, Abu Dhabi-Fonds 1971, [Saudi-] Arabischer Fonds 1972, *OPEC-Fonds 1976) für zinsgünstige Darlehen zu mildern, deren Volumen (1980: 9,1, 1981: 7,8, 1984: 4,5 Mrd. US-$) den Entzug von Kapital als Folge der Preissteigerung allerdings nur zu etwa 70 % wettmachen konnte und als Folge der verschlechterten Marktlage des Erdöls und von Zahlungsbilanzproblemen einiger Mitgl.-Länder in den folgenden Dekaden sank. Der OPEC-Anteil an der ges. *ODA betrug seinerzeit: 1970: 4,7; 1975: 28,9; 1980: 24,3; 1985: 9,7. Die arab. OPEC-Länder trugen 1980: 97,5 % der E.-Hilfe der OPEC-Länder, Saudi-Arabien allein bestritt 44 %, 1986 entfielen auf Saudi-Arabien und Kuwait 94 % der OPEC-ODA. Die OPEC-Länder leisteten damals auch erhebliche Beiträge zur Finanzierung multilateraler Stellen wie *Weltbank und *IWF, allerdings zu kommerziellen Konditionen. Im Sept. 2000 traten die OPEC-Staaten aus Anlass ihres 40-jährigen Bestehens zu ihrer ersten Gipfelkonferenz seit 1975 in Caracas zusammen. In der «Erklärung von Caracas» fordert die OPEC die IL auf, die Steuern auf Benzin und Diesel zu senken, da diese hauptverantwortlich für die hohen Verbraucherpreise seien. Adresse: Obere Donaustr. 93, A-1020 Wien. Internet: www.opec.org dn

OPEC-Fonds für Internationale Entwicklung (OFID) Bedeutendste Institution der *öffentlichen Entwicklungshilfe der *OPEC an *multilaterale Stellen und einzelne EL in Form von ODA-Krediten und *grants.* 1976 gegr. mit einem Anfangskapital von 800 Mio. US-$, spätere Aufstockungen. Finanzleistungen (Nettoauszahlungen) 1991: 2,66; 1992: 1,05; 1998: 2,62 Mrd. US-$.

Lit.: OECD, Leistungen der OPEC-Länder an die Staaten der Dritten Welt, in: HIZ III D 10, 20 (Juli) 1988; M. E. Ahrari, OPEC and patterns of cooperation and discord, in: Conflict, 11, 3, 1991, 185 ff. dn

open-door policy →Liberia

operational evaluation →Evaluierung

Opportunitätskosten →Außenhandelstheorie

ORDOK →Dokumentationsleitstellen

Organisation Amerikanischer Staaten →OAS

Organisation Erdöl exportierender Länder →OPEC

Organisation für Afrikanische Einheit →OAU

Organisation für wirtschaftliche Zusammenarbeit und Entwicklung →OECD

Organisation Lateinamerikanischer Solidarität →OLAS

Organisation Zentralamerikanischer Staaten →ODECA

Organisation zur Entwicklung des Senegalflusses →OMVS

ORIT →Gewerkschaften

ORT Deutschland e. V.: *Organization-Reconstruction-Training,* 1921 in Berlin eingerichtetes jüdisches Hilfswerk (*Nichtstaatliche Organisation, *VENRO), gehört dem internat. Dachverband World ORT Union (Hauptsitz: Camden Town, London), der weltweit größten nichtstaatl. Bildungsorganisation (Finanzvolumen 1996: ca. 270 Mio. US-$), an. ORT fördert in den EL im Rahmen des ORT-*Technical Assistance Program* und durch eigene Fachschulen und Lehrwerkstätten Projekte der beruflichen Ausbildung (insges. ca. 260000 Auszubildende in 60 Ländern). Adresse: Hebelstr. 6, 60318 Frankfurt. Internet: www.ortnet.ort.org.

red

Ostafrikanische Gemeinschaft →EAC

Ostafrikanische Wirtschaftsgemeinschaft →EACC

Österreichische Entwicklungspolitik →Entwicklungspolitik Österreichs

Österreichischer Informationsdienst für Entwicklungshilfe →ÖIE

Ostkaribischer Gemeinsamer Markt →ECCM

Ost-Timor / Ost-Timor-Konflikt Die widerrechtl. Besetzung der ehem. portugiesischen Kolonie OT. durch indonesische Streitkräfte im J. 1975 und das gewaltsame Vorgehen gegen die Widerstand leistenden Timoresen hat immer wieder zu int. Protesten, u. a. der *UN, geführt. Nach gewaltsamer Zuspitzung des Konflikts in der Folge eines für die Unabh. ausgegangenen Referendums intervenierten die *UN, übernahmen die Verwaltung, org. Wahlen und entließen das Gebiet Mai 2002 in die Unabh. Mit einem BIP pro Kopf von 478 US-$ ist OT. das ärmste Land Asiens.

1. Timor (T.) liegt ca. 500 km nordwestlich von Australien und ist die größte und östlichste der Kleinen Sundainseln. Die Autochthonen setzten sich aus malaiischen, papua-melanesischen und polynesischen Bev.-Teilen zusammen. Seit 1520 wurde T. von den Portugiesen beherrscht, die jedoch ab 1613 von der niederländischen Ostindien-Kompanie verdrängt wurden und sich lediglich im O T.s halten konnten. Wirtsch. bedeutsam war T. für die Kolonialmächte v. a. durch den Handel mit Sandelholz und Sklaven und die von den Portugiesen angelegten Kaffeeplantagen. Der Haager Gerichtshof entschied 1914 die Teilung der Insel, die Grenzziehungen zwischen trad. Fürstentümern auf T. berücksichtigte und von beiden Kolonialmächten akzeptiert wurde: Der östl. Teil T.s samt den Inseln Atauro und Jako sowie der Enklave Ocussi im W T.s (insg. ca. 15000 qkm) kamen dabei als OT. unter portugiesische Verwaltung, West-T. wurde Teil Niederländisch-Indiens. Die unter diesem Namen zusammengefassten Inseln erlangten (mit Ausnahme West-Neuguineas) 1949 als «Indonesien» die Unabhängigkeit. Die O.-Timoresen mussten eine Kopfsteuer entrichten, die mitunter durch Zwangsarbeit abgegolten werden musste. Die Aufstände in den J. 1911 und 1959 wurden blutig niedergeschlagen.

2. Nach dem Militärputsch in Portugal vom 25. 4. 1974 wurde der Rückzug Portugals aus seinen Kolonien vorangetrieben. Fortan trafen verschiedene Vorstellungen von der Zukunft OT.s aufeinander: Innerhalb OT.s strebte die UDT (Demokrat. Union Timors) eine Föderation mit Portugal an, die FRETELIN (*Frente Revolucionaria de Timor Leste Independente*) befürwortete die sofortige Beteiligung der Timoresen an der Verwaltung und die Unabh. OT.s nach einer fünfjährigen Übergangszeit, und die APODETI (*Associaco Popular Democratica de Timor*) trat dafür ein, OT. als autonome Provinz in Indonesien zu integrieren. Im August 1975 scheiterte ein Putschversuch der UDT gegen die FRETELIN, die die Kommunalwahlen

einen Monat zuvor gewonnen hatte. Nach dem darauf folgenden dreiwöchigen Bürgerkrieg, dem 2000 Menschen zum Opfer fielen, zogen sich die Portugiesen auf die Insel Atauro zurück, die proindonesischen Kräfte flohen nach West-T. Die FRETELIN übernahm die Verwaltung OT.s und rief am 28. 11. 1975 die Unabh. aus, die aber nur von vereinzelten Staaten der Dritten Welt anerkannt wurde. Die MRAC (Antikommunistische Bewegung), die sich aus nach West-T. geflohenen Anhängern der ADT und der APODETI zusammensetzte, verkündete daraufhin am 30. 11. 1975 die Integration OT.s in Indonesien. Portugal erkannte keine der beiden Proklamationen an, war aber milit. zu schwach, um seine Herrschaft wiederherzustellen. Im Dez. 1975 besetzten indonesische Streitkräfte OT. Bereits in den ersten drei Wochen der Besatzungszeit, in denen das Militär in das Landesinnere vordrang, kamen etwa 10 000 Ost-Timoresen ums Leben; dennoch konnte Indonesien nur die Kontrolle über die Küstenregionen gewinnen. Proteste des UN-Entkolonisierungsausschusses und Resolutionen des Sicherheitsrates gegen das Vorgehen Indonesiens blieben wirkungslos. Im Juli 1976 erklärte das indonesische Parl. OT. offiziell zur 27. Provinz des Landes. Um das gesamte Gebiet OT.s und die etwa 750 000 Ost-Timoresen unter ihre Kontrolle zu bringen, isolierte die indonesische Reg. die Insel, was den Export von z. B. Kaffee unmöglich machte, vernichtete Ernten und Felder und führte Zwangsumsiedlungen durch. Immer wieder wurden Massaker an der Zivilbev. verübt, die allein bis 1978 100 000 bis 250 000 Ost-Timoresen das Leben kosteten.

3. Während sich Ende der 1970er J. die Mehrheit der Bev. OT.s in ihr Schicksal fügte, konnte die FRETELIN Anfang der 1980er J. ihren Widerstand reorganisieren. Ein mit dem Oberbefehlshaber der in OT. stationierten Truppen ausgehandelter Friedensplan wurde von der indonesischen Reg. nicht angenommen. Seit 1975 sprach sich die UN-Vollversammlung jährl. für das Selbstbestimmungsrecht der Bev. OT.s aus; durch die Vermittlung des UN-Generalsekratärs Pérez de Cuéllar kam es zu Gesprächen zwischen Indonesien und Portugal, die jedoch ergebnislos blieben. Ende der 1980er J. überwanden die FRETELIN und die UDT ihre Differenzen und schlossen sich zum Nationalen Widerstandsrat der Maubere zusammen (CNRM). Das Massaker auf dem Santa-Cruz-Friedhof von Dili am 12. Nov. 1991, das indonesische Soldaten an unbewaffneten Demonstranten anrichteten, brachte den OT.-Konflikt erneut ins Bewusstsein der Weltöffentlichkeit. Nach Angaben von Menschenrechtsorg. starben ca. 270 Menschen; selbst im Krankenhaus wurden verletzte Augenzeugen von Soldaten ermordet. Den teils heftigen Reaktionen westl. IL Rechnung tragend, setzte die indonesische Reg. eine Untersuchungskommission ein und nahm Umbesetzungen im Militär vor. Dass sich jedoch die indonesische Haltung nicht änderte, zeigte auch die Verhaftung und Verurteilung der Führer der osttimoresischen Widerstandsbewegung, Xanana Gusmão (1992) und Gomes da Costa (1993). Auf Druck Indonesiens verbot der philippinische Präs. Ramos Ende Mai 1994 Ausländern die Teilnahme an einer in Manila geplanten Konferenz zur OT.-Problematik.

4. Seit Herbst 1994 können zwei gegenläufige Tendenzen ausgemacht werden: Einerseits trafen am 6. Okt. 1994 erstmals der indonesische Außenmin. Ali Alatas und Vertreter der Widerstandsbewegung zu direkten Gesprächen zusammen, und vom 3. bis 5. 6. 1995 fand in Österreich ein Treffen von 30 Vertretern osttimoresischer Gruppen (*«All-Inclusive Intra-Timorese Dialogue»*) statt, die sich für die Fortsetzung des Dialogs und der Verhandlungen zwischen Indonesien und Portugal aussprachen. Andererseits wurde immer wieder von gewalttätigen Zusammenstößen zwischen Timoresen und indonesischen Soldaten sowie von Bot-

schaftsbesetzungen Schutzsuchender berichtet. Zusätzliches Gewicht erhielt die OT.-Problematik durch die Verleihung des *Friedensnobelpreises 1996 an zwei Vertreter der osttimoresischen Widerstandsbewegung, Bischof Carlos Ximénes *Belo und José Ramos-Horta. Nach dem durch schwere Unruhen ausgelösten Rücktritt Suhartos am 21. 5. 1998 erschien der Weg frei für eine friedl. Konfliktlösung. Am 30. 8. 1999 wurde ein von den UN org. Referendum abgehalten, bei dem sich 78,5 % der Wähler für die staatl. Unabh. aussprachen. Als proindonesische Milizen daraufhin ihren Terror verstärkten, verließen die UN OT., d. h., sie überließen die fliehende Bev. den mörderischen Milizen und den sie unterstützenden indonesischen Militäreinheiten. Auf int. Druck hin, v. a. dem des IWF, Portugals, der USA, GBs und Australiens, akzeptierte Indonesien Mitte Sept. eine *humanitäre Intervention der UN, als deren Folge die UN die Verwaltung OT.s übernahmen (UN Transitional Authority for East Timor, UNITEAT). Die UNITEAT ernannte ein 36-köpfiges Übergangsparl. (National Council), zu dessen Präs. der frühere Rebellenführer X. Gusmão gewählt wurde. Am 2. Jahrestag des Referendums, am 30. 8. 2001, wurden Wahlen zu einer verfassunggebenden Versammlung abgehalten, aus der eine provisorische Regierung hervorging, die den Weg in die Unabh. vorbereitete. Am 20. 5. 2002 entließen die UN OT. offiziell in die Unabh. Erster Präs. wurde der am 14. 4. 2002 mit 82,7 % gewählte X. Gusmão.

Lit.: K. Marquardt, Osttimor. Entwicklung einer peripheren Region oder interner Kolonialismus?, Göttingen 1987; P. Hilpold, Der Osttimor-Fall. Eine Standortbestimmung zum Selbstbestimmungsrecht der Völker, Frankfurt a. M. 1996; K. Ludwig, Osttimor. Der zwanzigjährige Krieg, Reinbek 1996; T. Bruha, Kosovo und Ost-Timor, Bonn 2000. acc

Ost-West-Konflikt →Blockfreiheit, Kriege in der Dritten Welt, Nord-Süd-Konflikt, Rüstung

Otto-Benecke-Stiftung 1965 auf Initiative der dt. Studentenverbände von Otto Benecke in der Technischen Universität Berlin gegr.; *Nichtstaatliche Organisation, die im Auftrag der Bundesreg. im nat. und int. Bereich der Ausbildungsförderung tätig ist. Vorrangige Zielgruppen sind anerkannte (zurückgekehrte) *Flüchtlinge und Migranten im Ausland (Vocational Training- und Reintegrationsprogramme in Afrika und Palästina), Spätaussiedler, Asylberechtigte und Kontingentflüchtlinge in der BRD (Ausbildungs- und Eingliederungsmaßnahmen wie Studien und studienvorbereitende Maßnahmen). Weitere Projekte sind Weiterbildung für Fachkräfte der Jugend- und Bildungsarbeit (Sibirien), Multiplikatoren zum Abbau von Fremdenfeindlichkeit bei Jugendlichen in der BRD sowie Seminare und Fachtagungen. In Abh. vom jeweiligen Programmbereich stellen untersch. Ministerien die entsprechenden Mittel zur Verfügung; die Programme in Afrika und Palästina werden vom *BMZ finanziert. Annähernd 4000 Stipendiaten wurden 2001 im Rahmen von Ausbildungs- und Integrationsmaßnahmen in diesen Ländern gefördert. Die Förderung von Flüchtlingen aus EL für Studien in der BRD ist programmmäßig nicht mehr möglich.
Adresse: Kennedyallee 105–107, 53175 Bonn. Internet: www.obs-ev.de red

Ownership in der *EZ besagt, dass die Verantwortung für die E.-Vorhaben beim jeweiligen Partner im *EL liegt. Denn die Verantwortung der Partnerseite ist unerlässliche Voraussetzung für eine nachhaltige E. (→*sustainable development*). So müssen die Akteure im E.-Prozess in der Vorbereitung und Durchführung von E.-Vorhaben möglichst viel Verantwortung übernehmen und Einfluss ausüben können, weil die erforderlichen Veränderungen letztlich nur von ihnen selbst herbeigeführt werden können. Deshalb spricht man heute nicht mehr von «unseren» bzw. «deutschen Projekten», sondern vom «Projekt des Partners». Die TZ-Maßnahme kann dabei immer nur ein Beitrag zu den E.-Anstrengungen der Zielgruppen, Betroffenen und Partner sein. as

Ozon O. (O_3) ist eine energiereiche Modifikation des Sauerstoffs, die sowohl in der Stratosphäre bei einem Konzentrationsmaximum in 20–25 km Höhe als auch in der Troposphäre (bodennahes O.) vorkommt:

a) stratosphärisches O. absorbiert die kurzwellige Solarstrahlung (UVB, UVC) und wirkt so als Schutzschild. Seit den 1970er J. wird ein Abbau stratosphärischen O.s registriert, der zu den Polen hin zunimmt und sich über der Antarktis im Frühsommer zu dem sog. Ozonloch, d. h. einem Abfallen der O.-Konzentration um teilweise 50–70 %, steigert. Im März 1995 wurden erstmals über der Arktis ähnlich hohe O.-Verluste gemessen, über Grönland, Westsibirien und Skandinavien war im Frühjahr 1996 ein O.-Abbau von 20–30 % im Monatsmittel festzustellen. Über den Tropen (95 % des Ozons wird hier gebildet) und Subtropen findet bisher kein erkennbarer Ozonabbau statt, im globalen Mittel jedoch betrug der Ozonabbau in der Stratosphäre zwischen 1970 und 1995 10 %. Als Ursachen sind anthropogene Faktoren anzunehmen: Die Emission von chlor-, brom- oder fluorhaltigen (halogenierten) Kohlenwasserstoffen (u. a. FCKW, Halone, HFCKW) und Distickstoffoxid (N_2O) führt in der Stratosphäre unter Sonneneinwirkung zur Bildung von Chlor- und Bromatomen. Diese wiederum bauen in einer Kettenreaktion O. ab. Der Wiener Konvention zum Schutz der Ozonschicht 1985 folgte das «Montrealer Protokoll über Stoffe, die zu einem Ozonabbau führen» (1986), das bis zum Treffen Sept. 1997 153 (2001: 175) Staaten ratifiziert hatten und dessen Bestimmungen zur Emissionsbeschränkung der betreffenden Stoffe auf den jährl. abgehaltenen Folgekonferenzen stetig verschärft wurden. In den IL sind die Produktion und Verwendung von Halogenen seit Anfang 1994, die von FCKW, Tetrachlorkohlenstoff und Methylchloroform seit Anfang 1996 verboten. HFCKW (Ersatzstoff für FCKW mit geringerem Potenzial zum Ozonabbau) darf noch bis 2030 verwendet werden, Methylbromid bis 2010. Die EL haben sich verpflichtet, ab 2010 auf FCKW, Halone und Tetrachlorkohlenstoff, ab 2015 auf Methylchloroform und ab 2040 auf HFCKW zu verzichten. Um die EL bei der Einhaltung ihrer Verpflichtungen zu unterstützen, wurde 1990 der «Multilaterale Fonds zur Umsetzung des Montrealer Protokolls» eingerichtet, der bislang viermal aufgestockt wurde (1991–1993: 240 Mio. US-$, 1994–1996: 455, 1997–1999: 466, 2000–2002: 440).

b) O. wirkt in hohen Konzentrationen toxisch. Für den Menschen ist O. ab einer Konzentration von 160 $\mu g/m^3$ schädlich für die Lunge, bei Pflanzen können sich bereits 80 $\mu g/m^3$ negativ auswirken. Die Zunahme troposphärischen O.s hat ihre Ursache v. a. in vermehrtem Ausstoß der O.-Vorläufersubstanzen Stickoxid (NO_X) und flüchtigen organischen Verbindungen (VOC) (Hauptquelle: Straßenverkehr), Methan (CH_4) und Kohlenmonoxid (CO). Pol. Maßnahmen beschränken sich in den IL bisher v. a. auf die Einschränkung des Straßenverkehrs bei akut hoher O.-Konzentration («Sommersmog»). Auf int. Ebene sieht das Sofia-Protokoll von 1988 eine Reduktion der NO_{X1}-Emissionen vor, das Genfer Protokoll von 1991 eine Reduktion der VOC.

Lit.: →Ökologie ef

P

PAC *Pan-Africanist-Congress,* rivalisiert mit dem weitaus bekannteren *ANC, von dem er sich 1959 abspaltete. Der PAC wurde (wie der ANC) 1960 von der südafrik. Reg. verboten. In der kurzen Zeit seiner legalen Existenz gewann er mit seiner radikalen Rhetorik erhebliche Unterstützung. Nach seiner Ideologie gehört →Südafrika den Schwarzen; die Weißen werden lediglich als Siedler betrachtet. Im Ggs. zum nicht-rassistischen ANC, der Südafrikanern aller Hautfarben offen steht, hat der PAC nur schwarze Mitglieder. Wegen interner Flügelkämpfe und org. Mängel verlor der PAC nach seinem Verbot rasch an Bedeutung, machte in den 1980er J. aber durch seine *Guerilla-Aktivitäten wieder von sich reden. Nach seiner Legalisierung am 2. 2. 1990 und Gesprächskontakten mit der weißen Reg. ab Juni 1990 bildete der PAC im Okt. 1991 zusammen mit dem ANC und weiteren 90 Org. die «Patriotische Front», die für die Verfassunggebende Versammlung zur Herstellung eines demokratischen Südafrika eintrat. Nach den Wahlen von 1994 kommt dem PAC mit 1,3 % (1999: 0,7 %) der Stimmen nur mehr marginale Bedeutung zu. red

Pädagogik der Befreiung / Pädagog. Theorien in der Dritten Welt Die pädagog. und sozialwiss. Theorien aus modernen, hoch technisierten westl. Ländern können nicht kritiklos von Pädagogen der Dritten Welt übernommen werden.

Obwohl auch vergleichbare Fragestellungen bestehen und methodologische und methodische Standards pädagog. Forschung sich aufeinander zubewegen, gibt es für pädagog. Theorien in EL spezifische Aufgaben. Von höchster Priorität ist es, unter der Bedingung permanenten sozialen Wandels auf die Frage kultureller Identität einzugehen, die sich im Spannungsfeld sich überlagernder trad. und moderner Werte herausbildet. Die einflussreichsten pädagog. Theorien der *Dritten Welt sind als Pädagogik der Befreiung zu verstehen, so problem- und landesspezifisch diese Theorien auch sind, und stammen von dem brasil. Rechtsanwalt und Pädagogen Paolo Freire (1921–1997), dem lange in Mexiko wirkenden Priester Ivan Illich (geb. 1926), dem senegalesischen Staatspräs., Dichter und Philosophen Léopold S. *Senghor (geb. 1906), dem Staatspräs. von Tanzania und früheren Lehrer Julius K. *Nyerere (geb. 1922), dem indischen Unabh.-Kämpfer und Hinduisten Mohandas K. (genannt Mahatma, «große Seele») *Gandhi (1869–1948). Pädagog. Wirken ist bei diesen Persönlichkeiten jeweils in einem breiteren pol. Handlungszusammenhang aufgehoben.

Paulo Freires *Alphabetisierungskampagnen in den Slums und Landarbeitersiedlungen Brasiliens (1961 bis 1964 unter der Reg. Goulart) richten sich gegen jede Form der «Domestizierung», der «inneren Unterwerfung der unterdrückten Bev.». Leidenschaftlich kritisiert er eine *educão bancaria*, durch die nur Fremdherrschaft verinnerlicht werde, und setzt ihr sein Modell der *educão problematizadora* als Alternative entgegen, durch die eine Bewusstmachung (*consientização*) von Herrschaftsverhältnissen bewirkt werden soll. Schon das Auffinden des Lernstoffs, der sog. generativen Wörter und generativen Themen (Schlüsselwörter und Grunderfahrungen, die die Welterfahrung der Lernenden erschließen), dient dazu, die Lebenssituation der Schüler und ihre Erfahrung von dieser Situation bewusst zu machen. Als Methode seiner kulturellen Aktion in befreiender Absicht scheidet jede Form der Ideologie vermittelnden Agitation, Manipulation oder «kulturellen Invasion» von vornherein aus, denn seiner angestrebten konsequenten Humanisierung entsprechen ausschließlich dialogische und auf Selbsthilfe gerichtete Bildungsformen. Nachdem Freire fast 20000 «Kulturzirkel» ins Leben gerufen hatte, in denen Analphabeten in kurzer Zeit nicht nur lesen und schreiben lernten, sondern auch ein neues Selbstbewusstsein gewannen, wurde er nach dem Militärputsch 1964 aus Brasilien ausgewiesen, war ab 1973 auch in Chile unerwünscht und wirkte danach u. a. in Guinea-Bissau. Die Freire'sche Pädagogik hat sich auf verschiedene pädagog. und sozialarbeiterische Ansätze der Ersten Welt maßgeblich ausgewirkt.

Auch Ivan Illichs provozierende Thesen von der notwendigen Entschulung der Gesellschaft sind Ausdruck eines radikalen Humanismus. Er hält eine rein schulzentrierte *Bildung für nutzlos, weil sie nicht die proklamierte Chancengleichheit schafft, sondern seiner Meinung nach vielmehr die soziale Kluft zwischen einer randständigen Mehrheit und einer durch Schulbildung legitimierten Elite besonders in der Dritten Welt immer mehr vergrößert. Schulen graduieren nicht nur, sie degradieren auch und fördern daher pol. Formen der Diskriminierung. Illich (1960 bis 1975 auch Leiter des weltbekannten *Centro Intercultural de Documentación* in Cuernavaca) verweist in seiner pädagog. Theorie auf Lernmöglichkeiten in außerschulischen Bildungseinrichtungen, wie dem Produktionsprozess, der Erwachsenenbildung, den informellen Lernprozessen in Familien. Freilich müssten auch diese Institutionen erst eine radikale Veränderung erfahren, um ihrem Bildungsauftrag gerecht zu werden.

Einen anderen Weg beschreibt die pädagog. Theorie L. Senghors. Senghor ist eine Persönlichkeit, die sich kritisch mit der selbst erlebten trad. Erziehung auseinander setzt und dem die Erfahrungen während der frz. Kolonialzeit als Abgeordneter in der frz. Nationalversammlung (1945 bis 1948) auf dem Erziehungssektor gut bekannt sind. Er bemühte sich einerseits um eine Assimilation an die frz. Kultur, suchte aber andererseits immer einen eigenständigen Weg afrik. Kultur und Zivilisation. Seine Vorstellung von «Erziehung» nähert sich der geisteswiss.-philosophischen Bedeutung von «Bildung» in Europa an. Die «bewusst gestaltende Erziehung» ist nicht als radikale Systemveränderung konzipiert, die sich an Konflikten und Antagonismen im Bildungsgeschehen orientiert, sondern als eine ständig fortschreitende Bereicherung des Einzelnen gedacht. Dieser Prozess soll nicht zu einer bloßen Individualisierung führen, sondern letztlich ist Erziehung ein Beitrag zum Aufbau einer «Zivilisation des Universellen», in der Ausgleich und Harmonie die tragenden Prinzipien des Zusammenlebens von Menschen darstellen. Senghors Forderung nach «permanenter Erziehung» zielt daher auf ständige Offenheit des Menschen für kulturelle und humane Entwicklung.

J. K. Nyerere baute bei der E. eines spezifischen, tanzanischen Verhältnissen angepassten Soz. wesentlich auf Erziehung und den Ausbau des Bildungswesens. Ziele des «**Ujamaa*-Sozialismus» sind z. B., die einseitigen Abh. vom Ausland durch die Mobilisierung der landeseigenen *Ressourcen zu beseitigen, die *Partizipation der Bev. an allen pol. Entscheidungen zu erhöhen, Privateigentum an Produktionsmitteln aufzuheben, den Agrarsektor zu entwickeln, Wirtsch. und Gesellsch. zu demokratisieren und soziale Ungleichheit abzubauen. Die Verwirklichung dieser **Self-reliance*-Strategie ist an den kontinuierlichen Abbau des Analphabetentums gebunden. N. betont daher die besondere Notwendigkeit, die Elementarerziehung auszubauen, und weist der Erziehung auch die Funktion zu, ein – über Stammesgrenzen hinweg – nat. solidarisches Bewusstsein der Bürger zu fördern. Die Lehrinhalte in Schulen oder Universitäten orientieren sich an praxisnahen und der E. des Landes nützlichen Fragestellungen. Erziehung ist für ihn ein lebenslanger Prozess, der sich auch informell als symmetrische Auseinandersetzung zwischen den Generationen in den Dörfern vollzieht.

Gandhis pädagog. Wirkung gründet sich auf seinen unbeugsamen pol. Idealismus, der es ihm ermöglichte, die Methode des gewaltlosen Kampfes nicht nur zu propagieren, sondern beispielhaft vorzuleben. Seine moralische Autorität, gegründet auf Selbstlosigkeit, Ausdauer und Disziplin, die durch das Dulden des indischen Volkes zur unermesslichen Wirkungskraft gesteigert wurde, war einer der Gründe, die die Engländer zwangen, ihre Herrschaft über Indien aufzugeben. Die Methode des waffenlosen Kampfes beruhte wesentlich auf Nichtbeteiligung an brit. Institutionen und auf zivilem Ungehorsam. Gandhi, eine Persönlichkeit von tiefer Religiosität und hohem pol. Geschick, war der hinduistischen Gedankenwelt eng verbunden, er strebte aber eine Überwindung des trad. Kastendenkens und die Hebung des Lebensstandards der Unterschichten an. In den Kämpfen zwischen Hindus und Moslems wurde er selbst ein Opfer der Gewalt.
Theorie und Praxis, Handeln und Reflexion gehören für die besprochenen Vertreter einer «Pädagogik der Befreiung» eng zusammen. Ihre Lehren existieren daher nicht nur als pädagog. Theorien, sondern fanden ihren jeweils spezifischen Ausdruck in groß angelegten Volksbildungsbewegungen.

Lit.: M. Gandhi, Die Geschichte meiner Experimente mit der Wahrheit, Wien 1960; J. K. Nyerere, Freedom and Unity, Nairobi/Dar-es-Salaam 1965; H. Rau, Mahatma Gandhi in Selbstzeugnissen und Bilddokumenten, Reinbek 1970; I. Illich, Entschulung der Gesellschaft, Reinbek 1972; ders., Schulen helfen nicht, Reinbek 1972; P. Freire, Pädagogik der Unterdrückten. Bildung als Praxis der Freiheit, Reinbek 1973; I. Illich u. a., After Deschooling, What?, New York 1973; F. Axt, Léopold Sédar Senghor und die Erziehungspolitik der Republik Senegal, Frankfurt 1979; R. Bendit/A. Heimbucher, Von Paulo Freire lernen, München 1979; E. A. Yoloye, Paradigms of Educational Research in Africa, in: Yoloye/Flechsig, Educational Research for Development, Bonn, D. S. E. 1980, S. 21–40; weitere Lit. →Bildung. rti

PAIGC →Cabral, Guinea-Bissau, Kap Verde

Pakistan

Fläche (Tsd. qkm): 796,095
Bev. (Mio.) 2000: 138
BNE pro Kopf (US-$) 2000: 470
BIP (Mio. US-$) 2000: 61 673
LE (Jahre) 1999: 63
Analphabetenquote (%) 1999: 55
HDI 1999: 0,498 [Rangplatz von 162: 127]

Die Islam. Republik P. (*MSAC) wurde 1998 zur Atommacht. Der Dauerkonflikt mit Indien und chronische pol. Instabilität kennzeichnen ihre Entwicklung.
1. P. bildet den nordwestl. Teil des indopakistan. Subkontinents und den Übergang zu Südwestasien (Iranisches Hochland). P. ist mehr als doppelt so groß wie die BRD. Die Hälfte des Staatsgebiets entfällt auf unfruchtbares Bergland im W sowie auf die Wüsten und Wüstensteppen entlang der ind. Grenze (Thar), weitere Gebiete sind nur als Weideland nutzbar. Der größte Teil der landw. Produktion findet auf dem verbleibenden Viertel des Territoriums entlang des Indus und seiner Nebenflüsse im Fünfstromland (Punjab) statt; hier wohnen auch drei Viertel der Bev. und befinden sich fast alle größeren Städte. Die Bev.-Dichte ist dort entsprechend höher als die durchschn. von 179 Ew./qkm; der Anteil städt. Bev. beträgt 37 %. Hs. ist Islamabad (250 000 Ew.), größte Stadt Karachi (über 10 Mio.; 1981: 5,2 Mio. Ew.). Die JZ begann zwar zu sinken, wird aber 1999–2015 immer noch 2,5 % betragen. Der E.-Stand P.s ist dem Indiens ähnlich; die *Einkommensverteilung ist ungleich. 31 % der Menschen haben ein Einkommen mit einer Kaufkraft von weniger als 1 US-$ und gelten nach UNDP als arm, 34 % gelten nach den Standards des Landes als arm; 55 % der Bev. über 15 J. sind Analphabeten. 88 % der Bev. haben Zugang zu aufbereitetem Trinkwasser, und 61 % benutzen sanitäre Anlagen, 1 Arzt versorgt 1754 Ew. (viele der Ärzte arbeiten im Ausland).
2. Die E. in Iran und Afghanistan hat wiederholt die geopol. Bedeutung P.s gezeigt: P. trennt sowohl die ehem. SU (abgesehen von einem schmalen afghan.

Landstreifen) als auch China vom Indischen Ozean und sieht sich territorialen Ansprüchen seiner Nachbarn Indien (Kaschmir) und zuweilen auch Afghanistan (Paschtunistan) ausgesetzt. Gute Beziehungen hat P. dagegen mit den beiden anderen Nachbarländern: Mit dem Iran verbindet P. das Problem einer Baluchi-Minderheit im Grenzgebiet und zeitweise auch die betont konservative Haltung in relig. Fragen. In dem mit Indien verfeindeten China sieht P. einen natürlichen Verbündeten; China finanzierte und baute auch eine Straßenverbindung von Rawalpindi nach Sinkiang (Karakorum).

3. Pol. und Religion sind für P. seit jeher bestimmend gewesen: Vor seiner Unabh. gehörte P. zu Brit.-Indien, bildete aber keine eigene pol. oder verwaltungsmäßige Einheit. Auch in vorkolonialer Zeit waren die einzelnen Teilgebiete entweder selbständig oder unterstanden den Großreichen der Region, zuletzt dem Moghul-Reich (→Indien) bzw. nach dessen Eroberung durch Nadir Shah (1739) den Afghanen (ab 1747), die aber keine wirksame Kontrolle ausübten. Die de facto autonomen Staaten im Sind, Baluchistan und das Sikh-Reich im Punjab wurden von den Briten in der letzten Phase ihrer territorialen Expansion (1836 bis 1846) erobert, die Stammesgebiete entlang der afghan. Grenze wurden nie völlig unterworfen und genossen weitgehende Autonomie, die teilweise auch heute noch von der pak. Reg. anerkannt wird. Obwohl die Briten in dieser Region ursprgl. von strategischen Überlegungen geleitet wurden, begannen sie sehr bald mit der wirtsch. Erschließung des Indus-Tals durch den Bau von Kanälen (1859) und Eisenbahnen (1860), der Punjab und Sind wurden zu einem wichtigen Lieferanten landw. Rohstoffe (Baumwolle, Weizen, Reis), die dort aber nicht verarbeitet wurden.

Aus Furcht vor einer Majorisierung durch die Hindus nach der in ganz Indien angestrebten Unabh. entstand die Forderung nach einem eigenen Moslem-Staat (Pakistan-Resolution 1940), dessen territoriale Abgrenzung dadurch Probleme hervorrief, dass außer in Baluchistan und der NW-Grenzprovinz keine Gebiete rein islam. waren; in ganz Nordindien lebten Moslems und Hindus (im Punjab auch Sikhs) mit wechselnden Mehrheiten nebeneinander. Der Staat, der schließlich am 14. 8. 1947 (zugleich mit Indien) unabh. wurde, bestand schließlich aus zwei über 1500 km auseinander liegenden und durch indisches Territorium getrennten Teilen: im W bestehend aus Baluchistan, der NW-Grenzprovinz, Sind und dem westl. Teil des Punjab und im O aus dem östl. Teil Bengalens (→Bangladesh).

4. Mit der Anlehnung an die USA wurde nach einer ersten Dekade der pol. Konsolidierung und wirtsch. Stagnation (Eingliederung bzw. Ersatz der Flüchtlinge, Auflösung der Fürstenstaaten, Verfassungsdiskussion) und der Machtübernahme durch das Militär (Ayub Khan) ein Kurs des forcierten wirtsch. Wachstums verfolgt, der auf *Importsubstitution und Exportdiversifikation bei Verarbeitungsprodukten landw. Erzeugnisse (Baumwolltextilien) basierte. Nach anfänglichen Erfolgen, die P. den Ruf eines «Modells» für EL einbrachten, stellten die westl. IL nach Ausbruch des Krieges mit Indien (1965) ihre E.-Hilfe ein – ein Schlag, von dem sich die pak. Ind. nur langsam erholte. Dafür führte der Einsatz von Hochertragssorten in der Landw. (Weizen) zu einem sprunghaften Anstieg der Produktion (*Grüne Revolution), sodass P. (West-P.) während der 1960er J. wirtsch. Wachstumsraten von bis zu 8 % aufweisen konnte. Unzufriedenheit mit der sozialen E., Verschleißerscheinungen der Militäradministration und pol. Unterdrückung führten zum Sturz Ayub Khans (1969) durch das Militär unter General Yahya Khan, der – in der Einsicht, dass das Militär durch die Reg. überfordert und korrumpiert würde – die ersten allg. und freien Wahlen zum Parl. ausschrieb, die im W von Zulfikar Ali Bhutto und seiner *People's Party* mit einem Programm des «Islamischen So-

zialismus» und im O von Sheikh Mujibur Rahman und seiner *Awami-Liga*, die eine weitestgehende Autonomie für Ost-P. anstrebte, gewonnen wurden. Aufgrund des fast totalen Wahlsiegs Mujiburs in Ost-P. und des 55 %igen Bev.-Anteils Ost-P.s wären die Parlamentsmehrheit und die Reg. erstmals an Ost-P. gefallen. Die Weigerung Bhuttos und des Militärs, die Regierung an Mujibur zu übergeben und die Autonomie Ost-P.s hinzunehmen, führte zum Bürgerkrieg und schließlich zum Verlust Ost-P.s, das mit indischer Hilfe selbständig wurde (Bangladesh). P. besteht seither nur aus dem ehem. westl. Landesteil.
Wirtsch. und pol. führte der Bürgerkrieg zur int. Isolation P.s, aus der es Bhutto durch eine Anlehnung an China, den Iran und die arab. Staaten, eine rasche Einigung mit Indien, die Anerkennung der Unabh. Bangladeshs und die Annahme sowj. Wirtschaftshilfe (Stahlwerk Karachi) löste. Seine *Nationalisierungspol. (Großind., Banken, Versicherungen) führte jedoch zu einer Lähmung der Wirtsch., die verkündeten sozialen Programme (allg. Grundschulausbildung, *Familienplanung, *Agrarreform) kamen über Anfänge nicht hinaus. Lediglich die wieder angelaufene umfangreiche Wirtsch.-Hilfe der westl. IL und seit 1973 auch des Iran und der arab. Staaten sowie die Überweisungen der pak. Arbeiter im Ausland (v. a. in Saudi-Arabien, Kuwait und den Vereinigten Arab. Emiraten) ermöglichen P. eine wachsende Güterversorgung durch Importe, die die Exporte bei weitem übertreffen. Während sich die Wirtsch. Mitte der 1970er J. zu erholen begann, nahmen die pol. Schwierigkeiten zu. Bhutto stützte sich auf seine große Popularität v. a. unter der Landbev., den Ind.-Arbeitern und einem Teil der Bürokraten und Intellektuellen. Die um sich greifende Günstlingswirtschaft innerhalb der Partei, die Bespitzelung durch den Geheimdienst und Übergriffe der Polizei führten – zusammen mit steigenden Preisen und der allg. Enttäuschung über den Misserfolg des sozialpol. Programms – zur wachsenden Unzufriedenheit und zu einem Zusammenschluss der Opposition, die die im März 1977 abgehaltenen Parl.-Wahlen (ursprünglich gedacht zur Stärkung von Bhuttos Position) zwar verlor, mit ihrem Vorwurf der Wahlmanipulation aber einen so großen Widerstand mobilisierte, dass es zu bürgerkriegsähnlichen Unruhen und – am 5. 7. 1977 – zu einem Militärputsch unter General Zia-ul-Haq kam, der, gestützt auf den islam. Klerus und die orthodoxe *Jamaat-i-Islam*, eine Pol. der *Islamisierung begann, einschließlich der Einführung islam. Rechts und einer «islam. Wirtsch.-Ordnung» (relig. Einkommens- und Vermögenssteuern, Abschaffung des Zinses).
Wegen der undemokrat. Herrschaft, der islamistischen Pol. (Brand der amerik. Botschaft 1979) und der Weigerung P.s, den Atomwaffensperrvertrag zu unterzeichnen und seine Atomanlagen einer int. Kontrolle zu unterwerfen, wurde P. 1979 von der amerik. Wirtschaftshilfe ausgeschlossen. Die Haltung der USA änderte sich aber grundlegend nach der sowj. Invasion in Afghanistan im Dez. desselben J.s: Pakistan wurde zum «Frontstaat» und zur Etappe für die afghan. **Mujahiddin*, die den Bürgerkrieg in Afghanistan von P. aus organisierten. Im Genuss einer wieder reichlich fließenden Militär- und E.-Hilfe des Westens, der islam. Staaten und Chinas, hoher Heimüberweisungen pakistan. Arbeiter im Ausland (bis zu 3 Mrd. US-$ im Jahr) und von der Witterung begünstigt, konnte P. über ein Jahrzehnt jährl. Wachstumsraten des Sozialprodukts von über 6 % verbuchen. Trotz aller Liberalisierungsbeteuerungen der Reg. blieb die Wirtsch. stark reglementiert, die Reprivatisierung der verstaatl. Betriebe ging nur zögernd vonstatten; auf die «Islamisierung» der Wirtsch. reagierte vor allem das Ausland abwartend. Nach Experimenten mit einer beratenden *shoora* (Parl.) und Wahlen ohne Parteien und unter Ausschluss der maßgebenden Oppositionspolitiker ließ sich Zia 1984 in

einem Referendum seinen Kurs bestätigen und überführte P. nach grundlegenden Verfassungsänderungen 1985 in eine gelenkte Demokratie. Erst die Unterzeichnung des Genfer Abkommens über den Abzug der sowj. Truppen aus Afghanistan im April 1988 – wohl gegen seinen Willen – leitete das Ende seiner Herrschaft ein: Im Aug. desselben J.s kam Zia zusammen mit der milit. Führung und dem US-Botschafter unter mysteriösen Umständen bei einem Flugzeugabsturz ums Leben. Sein Nachfolger, der zivile Präs. Ishaq Khan, legalisierte die Parteien. Aus den Wahlen im Nov. ging die PPP unter Benazir Bhutto, der Tochter Zulfikar Ali Bhuttos, als klare Siegerin hervor, mit ihr wurde zum ersten Mal in der neueren Geschichte eine Frau Reg.-Chefin eines islam. Landes; Ishaq wurde als Präs. bestätigt. Zum Wahlsieg trugen erhebliche Zugeständnisse gegenüber dem Militär bei. Am 6. 8. 1990 wurde die Reg. Bhutto von Präs. Ishaq entlassen; die (manipulierten) Neuwahlen am 24. 10. 1990 verlor die PPP, neuer MP wurde Nawaz Sharif von der *Islamic Patriotic Alliance*. Der Rücktritt von Staatspräs. Khan und Premier Sharif wegen unvereinbarer Standpunkte machte Benazir Bhutto zur Nutznießerin: Sie gewann bei den Neuwahlen vom 7. 10. 1993 eine knappe Mehrheit im Parl., gestützt auf ihre PPP und Koalitionspartner. Mit Farooq Leghari wurde ein PPP-Politiker Staatspräs., der sich aber mit der PM überwarf und am 15. 11. 1996 Benazir Bhutto aus ihrem Amt entließ, die Nationalversammlung und die Provinzparl. auflöste und Mairaj Khalid als Übergangs-MP einsetzte; die Wahlen vom Februar 1997 endeten mit einem überraschend klaren Sieg von Nawaz Sharif, der sofort – zusammen mit der Opposition – den von Zia eingeführten Achten Verfassungszusatz strich, der dem Präs. die Handhabe bot, die Reg. zu entlassen und das Parl. aufzulösen. Seine Macht wird allerdings durch den von Präs. Leghari eingesetzten Nationalen Sicherheitsrat begrenzt, der den Militärs Mitsprachemöglichkeiten bietet. Auf seine Entlassung durch MP Sharif reagierte der Heereschef Gen. Pervaiz Musharraf am 14. 10. 1999 mit einem Putsch und erklärte sich zum «Exekutivchef der Republik» und später zum Präs. Am 30. 4. 2002 ließ Musharraf seine Präsidentschaft unter Protesten der Opposition und ausl. Kritik an starken Unregelmäßigkeiten im Verlauf einer Volksabstimmung bestätigen. Die Juli 2002 in Abwesenheit wegen Korruption zu 3 J. Haft verurteilte B. Bhutto kann wegen des Urteils entgegen ihrem Vorhaben nicht bei den für Okt. 2002 angesetzten Parl.-Wahlen antreten.

In der «Allianz gegen den *Terrorismus» nach den Anschlägen auf das World Trade Center und US-Pentagon vom 11. Sept. 2001 bekam P. eine Schlüsselstellung als Nachbar Afghanistans und zeitweise wichtigster Verbündeter der dort herrschenden Taliban. Nach wie vor ungelöst ist der Kaschmir-Konflikt mit Indien; seitdem beide Länder über Atomwaffen (Tests im Mai 1998) und Mittelstreckenraketen verfügen, droht bei jeder Eskalation (1999, 2002) des seit J. andauernden Grenzkriegs entlang der sog. Kontrolllinie eine nukleare Auseinandersetzung.

5. Nach wie vor ist die Landw. P.s der dominierende Sektor (26 % des BIP). Das hier gegebene Produktionspotenzial ist bei weitem nicht voll genutzt. Dies erfordert Einsatz von verbesserten Sorten, Düngemitteln, Pflanzenschutz, verbesserter Information und Beratung und einen Ausbau der Vermarktungswege sowie des Agrarkredits. Eine Ausweitung der Anbaufläche ist nur noch auf Böden vergleichsweise geringer Ertragskraft möglich; dies macht die verstärkte Rekultivierung von Flächen, die durch unzureichende bzw. unsachgemäße Bewässerung (Versalzung, Vernässung, Erosion) unfruchtbar geworden sind, sowie Maßnahmen zur Verhinderung des Verlusts weiterer landw. Flächen notwendig. Maßgeblich dafür ist der weitere Ausbau des Bewässerungssystems, das sich praktisch über das ganze Tal des In-

dus und seiner Nebenflüsse erstreckt und zu den größten der Welt gehört. Da in den letzten Jahrzehnten große wasserbauliche Anlagen entstanden sind (Tarbela, Mangla) und das Land von z.T. mehreren hundert Kilometer langen Kanälen durchzogen wird, liegen die Probleme der Zukunft vor allem im Hochwasserschutz, in weiteren Verteilungskanälen und Pumpen (zur Nutzung des Grundwassers) und einer Neuordnung des Wasserrechts. Nicht weniger erforderlich sind Maßnahmen im institutionellen Bereich, vor allem durch eine neue Landreform, da die bisher durchgeführten (1959, 1972, 1977) leicht umgangen werden konnten und wenig wirksam waren, vor allem im Sind.

Besonders kritisch ist dabei die Einbeziehung der landlosen Landarbeiter; die virulente *Landflucht führt zu einer Verlagerung des Problems der *Arbeitslosigkeit und Unterbeschäftigung in die Städte. Karachi zählt zu den am schnellsten wachsenden Städten der Welt (1998: 9,3 Mio. Ew.). Bei dem niedrigen E.-Stand der pak. Ind. ist ihre Aufnahmefähigkeit für die rasch wachsende Zahl der Erwerbsfähigen zu gering. Nach wie vor liegt das Schwergewicht bei der Textilind., der Aufbau einer eigenen Grundstoffind. erfolgt nur schleppend.

Langfristig stehen P. das erst zum Teil genutzte Wasserkraftpotenzial und die umfangreichen Erdgasvorkommen für die Energieversorgung sowie offensichtlich beträchtliche Vorkommen an Kupfer (Abbau der Vorkommen in Chagai mit chin. Hilfe geplant) und Chrom für die Verhüttung und Verarbeitung zur Verfügung; die Vorkommen an Kohle und Eisenerz sind dagegen qualitativ zu schlecht bzw. liegen in verkehrsmäßig kaum erschlossenen Gebieten.

Das Regionalproblem ist je nach int. pol. Konstellation von unterschiedlicher Brisanz, da es in Baluchistan und Sind starke sezessionistische Bewegungen gibt. Das Übergewicht der Punjabi, die fast 60 % der Bev. stellen, ist eklatant. Zu Beginn der 1990er J. kam es zu bürgerkriegsähnlichen Spannungen in Karachi, da die Flüchtlinge aus Indien, die seit der Unabh. P.s die Mehrheit der Bev. in der ehem. Hs. des Landes stellen, sich von Zuwanderern aus anderen Regionen und einer die Sindhis, die Mehrheitsgruppe der Provinz, bevorzugenden Pol. gefährdet sehen. Im Gefolge des Afghanistan-Krieges wurde P. zu einer Drehscheibe des int. Waffen- und Rauschgifthandels. Die überragende Bedeutung des Militärs im pol. und wirtsch. Leben P.s ist seit Beginn der erneuten Machtübernahme (1999) evident: In manchen J. verschlingt der Militärhaushalt mehr als die Hälfte der laufenden Einnahmen der Zentralreg., E.-Maßnahmen können deshalb fast nur durch eine zunehmende *Verschuldung im In- und Ausland durchgeführt werden. P.s Abh. vom Ausland ist in den letzten Jahren noch gewachsen, eine Finanzierung der hohen Importüberschüsse wäre zeitweise ohne die Überweisungen der pak. Arbeiter im Ausland gar nicht möglich gewesen; seit dem Beginn des «Krieges gegen den Terrorismus» genießt P. wieder Auslandshilfe und Handelserleichterungen in großem Umfang. Die regionalen Spannungen überlagern aber nur die sozialen, die zum Ausbruch kommen können, sobald das Ventil der Auswanderung in die Staaten des Nahen Ostens etwa bei einer Furcht dieser Staaten vor Überfremdung oder einer allg. int. Rezession geschlossen wird und der pol. Druck in P. steigt. Die Stationierung amerik. Streitkräfte in P., die Verfolgung der El-Kaida-Terroristen auf pak. Territorium, vor allem in den Stammesgebieten der Paschtunen entlang der afghan. Grenze, und das Vorgehen der Reg. Musharraf gegen die Islamisten haben zu einer Reihe von Attentaten nicht nur gegen die Reg., sondern auch gegen Ausländer, namentlich US-Bürger, im Lande geführt.

Lit.: M. U. Malik/M. Schimmel, Pakistan – Das Land und seine Menschen, Tübingen/Basel 1976; W.-P. Zingel/S. Zingel-Avé Lallement (Hg.), Pakistan in its fourth Decade, Hamburg 1983; S. J. Malik, Islamisierung in Pakistan

1977–84, Stuttgart 1989; D. Conrad/W.-P. Zingel (Hg.), Pakistan, Stuttgart 1992; S. Zingel-Avé Lallement/W.-P. Zingel (Hg.), Neuere deutsche Beiträge zu Geschichte und Kultur Pakistans, Bonn 1993; W.-P. Zingel, Pakistan, in: HDW III, 7, 1994, S. 302 ff.; K. Klennert, Oligarchische Gesellschaft und demokratischer Staat?, in: Int. Politik und Gesellschaft 1/1995, S. 29–45; W.-P. Zingel, Pakistan: Militärherrschaft ohne Ende?, in: Jahrbuch Dritte Welt 2001, München 2000, S. 116–130. wpz

Palästina

Fläche (Tsd. qkm) Westbank bzw. Westjordanland und Gaza, WBG: Westjordanland gesamt 5,8; Gazastreifen 0,365 (paläst. Selbstverwaltung 0,210)
Paläst. Bevölkerungszahl (Mio.) 2000: 3,0
BNE (Mrd. US-$) 2000: 4,9
BIP (Mrd. US-$) 2000: 4,4
LE 2000: 72,1
LMIC [BNE pro Kopf 756 – ≤2995 US-$]

Hauptgegenstand des →Nahostkonflikts und ursprgl. Bezeichnung des vom Völkerbund offiziell im Juli 1922 zugewiesenen brit. Mandatsgebiets im Vorderen Orient, aus dem Trans-Jordanien 1921 und die Golanhöhen 1923 abgetrennt wurden und dessen Umfang heute dem Staatsgebiet Israel und dem paläst. Westjordanland plus Gazastreifen entspricht. Zu Beginn des Konflikts um P., der sich gegen Ende des 19. Jh. durch den Zusammenstoß von arab.-paläst. Bewohnern und den aus Europa einwandernden Juden entwickelte, war P. Teil des Osmanischen Reiches. Gemäß der *UN-Resolution 181 vom 23. Nov. 1947 sollte P. in einen jüd. und einen arab. Staat geteilt werden. Seit dem israel.-arab. Junikrieg 1967 wurde P. mit Israel und den von ihm besetzten paläst. Gebiete umschrieben, wobei Israel und die *PLO als paläst. Vertretung die jeweiligen territ. Ansprüche geltend machten. Mit der im Sept. 1993 begonnenen Verständigung der Konfliktparteien wurden frühere Maximalforderungen aufgebrochen. Die bisherige Umsetzung der Oslo-Abkommen ermöglichte den Paläst. die Errichtung einer Nationalbehörde sowie einer durch Israel beschränkten Selbstverwaltung im Gazastreifen und in Teilen des Westjordanlands mit *Arafat als paläst. →Präs. (*Nation-building*). Als völkerrechtl. Subjekt und mit zunehmender Akzeptanz des Teilstaatskonzepts wird P. heute auch als Bezeichnung für die der Paläst. Nationalbehörde unterstellten Gebiete in Gazastreifen und Westjordanland verwendet, wobei v. a. die *Flüchtlings-* und *Jerusalemfrage* – beide Parteien beanspruchen Jerusalem als Hs. – und der endgültige Status und Umfang des paläst. Staatswesens bis zum vorgesehenen Ende der Interimsphase 1999 geklärt werden sollten. Als direkte Folge des Oslo-Prozesses bleibt seit dem Ausbruch der sog. Al-Aqsa-Intifada im Sept. 2000 und der darauf folgenden Konflikteskalation (im Juni 2002 andauernd) die endgültige Regelung ohne neue Rahmenbedingungen unbestimmt. →Arafat, →Nahost-Konflikt, →PLO

Lit.: D. Neuhaus/Ch. Sterzing (Hg.), Die PLO und der Staat Palästina, Schriftenreihe des DIAK, Frankfurt a.M. 1991; H. Mejcher (Hg.), Die Palästina-Frage 1917–1948, Paderborn u. a., 2. Aufl., 1993; M. Darwisch, Palästina als Metapher, Heidelberg 1998; M. Asseburg, Blockierte Selbstbestimmung: Palästinensische Staats- und Nationenbildung während der Interimsperiode, Baden-Baden 2000; D. Herz/J. Steets, Palästina. Gaza und Westbank. Geschichte, Politik, Kultur, München 2001; G. Rotter/S. Fathi, Nahostlexikon. Der israelisch-palästinensische Konflikt von A–Z, Heidelberg 2001; G. Krämer, Geschichte Palästinas, München 2002; K. Jäger/R. Zimmer-Winkel (Hg.), Was nun, Palästina? Kleine Schriftenreihe AphorismA, Trier 2002. mr

PANA →PAU

Panafrikanismus →Kenyatta, Nkrumah, PAN-Bewegungen

PANAFTEL →OAU

Panama

Fläche (Tsd. qkm): 75,517
Bev. (Mio.) 2001: 2,90
BNE pro Kopf (US-$): 3260
BIP (Mio. US-$) 2000: 9911
LE (Jahre) 1999: 73,9
Analphabetenquote (%) 1999: 8
HDI 1999: 0,784 [Rangplatz von 162: 52]

Die Geschichte der Republik P. ist untrennbar mit dem Panamakanal verbunden – und damit auch mit den USA, welche die E. des Kleinstaates bis heute mitbestimmen. Ende der 1990er J. wurden die Weichen dafür gestellt, welche Rolle die USA nach Rückgabe der Kanalzone am 1. 1. 2000 in Panama spielten.

1. P. liegt am südl. Ende und schmalsten Teil der mittelamerik. Landenge. Der Kanal teilt das Land in einen Ost- und einen Westteil; mehrere Gebirgsketten trennen den immerfeuchten karibischen N (v. a. Urwald) und den pazifischen S mit seinem tropischen Wechselklima (v. a. landw. Nutzfläche). Über 40 % des Landes bedeckt noch Wald, doch schreitet dessen Abbau rasch voran (ca. 1,7 % p. a.). P.s wichtigste Ressource ist seine Lage – als Transitweg zwischen beiden Weltmeeren ist P. Schnittpunkt versch. Handelsströme –, die v. a. durch den Panamakanal genutzt wird, eine der wichtigsten künstlichen Wasserstraßen der Erde. P. dient als Warenumschlagplatz (Freihandelszone Colón). Unter der «Billigflagge» P. ist eine der größten Flotten der Welt registriert. Die Lage P.s förderte in den 1970er J. die E. eines int. Finanzzentrums. Daneben stellt der Boden ein natürliches E.-Potenzial dar. Hauptanbau- und Exportprodukte sind Bananen, Rohrzucker, Kaffee. Für den Binnenmarkt werden u. a. Reis, Mais und Bohnen angebaut. Ferner gewinnen die Viehwirtsch. (Binnenmarkt) und der Fischfang (Export von Schalentieren) an Bedeutung. P. besitzt erhebliche Bodenschätze (u. a. Kupfer, Bauxit, Antimon, Kalkstein, Eisen, Molybdän, Nickel, Zinn, Kaolin, Wolfram, Zink). Angesichts von Infrastrukturmängeln und des hohen Investitionsbedarfs wurden diese bislang nicht abgebaut.

2. Die Bev. ist sehr ungleich über das Land verteilt und ballt sich im wirtsch. Zentrum um die Kanalzone. Der Anteil der Landbev. nimmt seit Jahrzehnten ab (*Urbanisierungsgrad etwa 56 %). Ethnische Zusammensetzung: etwa 65 % Mestizen, 13 % Schwarze und Mulatten, 10 % Weiße (Kreolen), über 8 % Indígenas (u. a. 5,3 % Guayami, 2 % Kuna, 0,6 % Emberá) und 2 % Asiaten. Offizielle Landessprache ist Spanisch, die Amtssprache der Kanalzone Englisch, das auch in P. als Verkehrssprache von Bedeutung ist. Der Anteil der Katholiken (noch über 80 %) nahm – unter dem Einfluss ev. Sekten aus den USA – in den vergangenen Jahren zugunsten von Protestanten (ca. 15 %) ab. Die *indígenas* konnten sich dank Isolierung ihre eigenen Sprachen, Religionen und Bräuche mitunter erhalten.

3. P. wurde 1502 von Kolumbus entdeckt und für Spanien erobert. Die strategisch wichtige Lage P.s (schon in der Kolonialzeit besaß die Landenge Transitfunktion für den Handel) prägte seine weitere Geschichte und begünstigte das Entstehen einer Handelsoligarchie als dominierende herrschende Klasse. 1821 wurde P. als Provinz in den Freistaat Kolumbien integriert, aus dem es sich 1903 unter Einfluss der USA löste und pol. unabh. wurde. Die Abtrennung P.s von Kolumbien geht auf das Interesse der USA und der span. Handels- und Großgrundbesitzeroligarchie am Bau eines Kanals zwischen Atlantik und Pazifik zurück. Der Kanalvertrag von 1903 sicherte den USA zeitlich unbegrenzte Nutzungs- und Hoheitsrechte über den Kanal und eine 10 Meilen breite Kanalzone zu. Zur Verteidigung des Kanals errichteten die USA Militärbasen in der Kanalzone. Wachsende span. und int. Kritik führte 1936 zu einer Revision des Vertrags (Aberkennung der US-Interventionsrechte, Erhöhung der Pachtgebühren), 1960 zur nominellen Anerkennung der Souveränität P.s über die Kanalzone, 1963 als Folge des Flaggenstreits zum Abbruch der dipl. Bez. zwischen P. und den USA und 1979 zur Ratifizierung eines neuen Vertrags, der u. a. die Übergabe des Hoheitsrechts über den Kanal und die Kanalzone an P. bis zum Jahr 2000 vorsah. 1982 wurde P. die juristische Hoheitsgewalt über den Kanal übergeben. Am 1. 1. 2000 ging die Verantwortung für den Betrieb des Kanals an die pan. Reg. über.

4. 1968 gelangte General Omar Torrijos

durch einen unblutigen Staatsstreich an die Macht und löste die Präsidialdemokratie sowie mittels einer Allianz aus Militärs und Teilen der Arbeiter, Bauern, Studenten und Unternehmer die pol. Instabilität ab, die bis dato in P. geherrscht hatte. Durch persönliches Charisma, *nationalistische Rhetorik sowie sozioökon. Reformen verankerte sich Torrijos in der Bev. Die Verfassung von 1972 übertrug Torrijos für die Dauer von sechs J. Sondervollmachten, institutionalisierte eine Militärreg. und schuf Volksmachtorgane und versch. Formen der Bürgerbeteiligung bei der Vorbereitung pol. Entscheidungen (**poder popular*). Die Nationalgarde unter Oberbefehl Torrijos' fungierte als Garant der «Revolución Panameña». Ende der 1970er J. leitete Torrijos eine pol. Öffnung ein (Rückkehr von Exilpolitikern, Wiederzulassung von Parteien, Teil-Wahlen), die nach seinem Tod 1981 (vermutlich Anschlag) ins Stocken geriet. Die zivilen Präs. dienten dem Militär fortan als demokratische Fassade, als Sündenbock für unpopuläre Maßnahmen, als Verhandlungspartner für int. Kredite und als «Vorzeigedemokraten» gegenüber dem westl. Ausland. Insb. nach 1983 konzentrierte sich die Macht bei den Militärs bzw. ihrem einzigen General, dem 1983 eingesetzten M. A. Noriega; 1984 wurden die ersten allg. Präs.-Wahlen zugunsten des Noriega-Günstlings N. Ardito Barletta manipuliert. Die regimetragende Allianz Torrijos' zersetzte sich zunehmend. Konflikte zwischen einer starken, organisierten Arbeiterschaft und dem Handels- und Finanzsektor, zwischen Militär und ziviler (US-freundlicher) Opposition sowie zwischen dem in Waffen- und Drogengeschäfte verwickelten Noriega und den USA brachen Mitte der 1980er J. aus und spitzten sich rasch zu. Als Noriega die Präs.-Wahlen von Mai 1989, in denen die Opposition erstmals die Mehrheit der Bev. gegen das Regime vereinte, annullieren ließ, zwei Putschversuche gegen Noriega erfolglos blieben und dieser sich im Dez. 1989 auch formell zum Staatschef proklamieren ließ, intervenierten am 20. 12. 1989 die USA milit., nahmen Noriega gefangen und setzten den mutmaßlichen Wahlsieger von Mai 1989, Guillermo Endara, als Präs. ein. Die Intervention stieß v. a. in LA auf Kritik. Die Reg. Endara leitete eine Reorganisation und Dezimierung des Militärs ein. Ein Verfassungsreferendum, das u. a. die Abschaffung der alten Streitkräfte und die Neuorganisation des Sicherheitsapparates vorsah, scheiterte jedoch 1992 an der wachsenden Unpopularität der Reg. Aus den Wahlen vom 8. 5. 1994 ging der Kandidat der ehemaligen Noriega-Partei, E. Pérez Balladeres, als Sieger hervor. Bei den Wahlen am 2. 5. 1999 wurde mit M. Moscoso (Arnulfista Partei), der Witwe von A. Arias, zum ersten Mal eine Frau als Präs. des Landes gewählt.

5. Merkmal der panam. Wirtsch. ist der hoch entwickelte Tertiärsektor, der durch den Aufbau eines int. Handels-, Finanz- und Dienstleistungszentrums seit Anfang der 1970er J. vorangetrieben wurde und über 70 % der Wertschöpfung stellt. Die expansive E. des Finanz- und Handelsplatzes ist auf versch. Faktoren zurückzuführen: P.s geogr. Lage, den Kanal und eine ausgebaute *Infrastruktur, auf sehr liberale Bank- und Finanzgesetze, die pol. Stabilität unter Torrijos, die milit. Dauerpräsenz der USA in der Kanalzone sowie auf die Tatsache, dass P.s Währung der US-$ ist; der panam. *Balboa* existiert lediglich als voll konvertierbare, symbolische Münze. Die Landw. trägt nur noch 10 % zum BIP bei (1960: ca. 23 %), beschäftigt aber rd. 1/4 der Erwerbspersonen und stellt die Hälfte aller Exporte. Der Ind.-Sektor (1990: 9 % des BIP) entwickelte sich erst in den 1950er J. mit Schwerpunkt auf der Nahrungs- und Genussmittelind. (Binnenmarkt). Trotz erheblicher Zuwachsraten in den 1990er J. ist er noch rel. schwach entwickelt, was u. a. in der geringen Inlandsfrage nach Produkten des verarbeitenden Gewerbes und in der Konzentration auf den Handels- und Dienstleistungssektor begründet liegt.

6. Das Sozialgefüge P.s ist – nicht zuletzt aufgrund des sektorialen wie regionalen Wirtschaftsgefälles – ausgesprochen heterogen. Seit den 1960er J. konnten wichtige sozialpol. Fortschritte erzielt werden (etwa Ausbau des Gesundheits- und Bildungswesens sowie der Strom- und Trinkwasserversorgung auf dem Lande), die freilich durch Phasen der Rezession und handfeste Wirtschaftskrisen (insb. in den 1980er J.) abgedämpft wurden. Ungeachtet des Stadt-Land-Gefälles sind im lateinamerik. Vgl. allgemein die Sozialindikatoren hoch und das Gesundheits- und Bildungswesen rel. weit entwickelt.

Lit.: A. Schubert, Panama: Geschichte eines Landes und eines Kanals, Berlin 1978; St. C. Ropp, From Guarded Nation to National Guard, New York 1983; W. LaFeber, The Panama Canal, New York u. a. 1989; T. Barry, Panama. A Country Guide, Albuquerque 1990; M. E. Scranton, The Noriega Years, London 1991; J. Weeks/P. Gunson, Panama. Made in the USA, London 1991; A. Zimbalist/J. Weeks, Panama at the Crossroads, Berkeley 1991; M. Falcoff/R. L. Millett, Searching for Panama. The U.S.-Panama Relationship and Democratization; K.-D. Hoffmann, Panama, in: HDW III, 3, 1995, S. 243 ff. mik

Pan-Bewegungen Als P. werden solche pol. Kräfte bezeichnet, die in sprachlich oder rel.-kulturell einheitlichen, aber durch pol. Grenzen zergliederten Räumen auf die enge Zusammenarbeit und letztlich auf die Vereinigung der verschiedenen Staaten hinarbeiten. P. haben ihren hist. Ursprung im 19. Jh. Der erste *panamerikanische* Kongress fand 1826 in Panama statt. Grundlegend waren die Ideen *Bolívars für eine lateinamerik. Konföderation. Panlatein-(bzw. ibero-) amerik. Zielsetzungen wiesen auch das *APRA-Programm und der Indigenismus auf, der überwiegend literarisch auf die Belange der Indios individuell und kollektiv einging. Der von den USA vertretene Panamerik. strebte hingegen – auf der Grundlage der *Monroe-Doktrin – nach hemisphärischer Zusammenarbeit. Diese Konzeption setzte sich hist. (*OAS, *Allianz für den Fortschritt) durch, wurde aber in den 1970er J. mehr und mehr in Frage gestellt und seither im lateinamerik. Bewusstsein in regionalen Org. und wirtsch. *Integrationsversuchen gestärkt (→CECLA, →ALALC, →Andengemeinschaft, →SELA, →MCCA, →CARICOM, →Mercosur). *Panafrikanische* Ideen konzentrierten sich zunächst auf die *négritude* und die schwarzafrik. Problematik. Sie waren gegenwärtig, als mit der ehem. Goldküste 1958 der erste schwarzafrik. Staat unabh. wurde und damit die pol. Landkarte des heutigen Afrika sich auszuprägen begann. Der Verkünder des Panafrik., K. *Nkrumah, versuchte, ihn in die E. der unabh. afrik. Staatengemeinschaft einzubringen. Auch wenn die *OAU ihre Pol. an den von Kolonialmächten gezogenen pol. Grenzen orientierte, sind aus ihrer Entstehungsgeschichte die panafrik. Ideen nicht wegzudenken. *Panarabismus* und *Panislamismus* wurden zu wirkungsvollen Bewegungen durch die den Nahen Osten bestimmenden Konflikte. →Nahostkonflikt, →Arabische Liga, →Islamisierung dn

Papua-Neuguinea

Fläche (Tsd. qkm): 462,840
Bev. (Mio.) 2001: 4,90
BNE pro Kopf (US-$) 2000: 760
BIP (Mio. US-$) 2000: 4011
LE (Jahre) 1999: 58,4
Analphabetenquote (%) 1999: 36
HDI 1999: 0,738 [Rangplatz von 162: 80]

1. Der pazif. Staat P.-N. besteht aus dem Ostteil der Insel Neuguinea (85 % der Fläche) und über 600 weiteren Inseln, von denen New Britain, der Bismarckarchipel und Bougainville zu den größten zählen. Rd. 70 % P.-N.s sind von Wald bedeckt. Ca. 3/4 aller Erwerbstätigen arbeiten in der Landw. (Plantagen und Kleinbetriebe; *Subsistenzwirtschaft rückläufig), die 1997 aber nur noch rd. 20 % der Gesamtexporte (1984: 45 %) erwirtschaftete, v. a. mit Kaffee, Kakao, Kopra, Palmöl und Holz. P.-N. ist reich an Bodenschätzen (v. a.: Kupfer, Gold, Öl, 1992 ca. 70 % der Exporterlöse).

2. Im 16. Jh. kamen erstmals europ. Seefahrer nach P.-N.; im 19. Jh. geriet P.-N.

z.T. unter deutsche, z.T. unter britische Kolonialherrschaft. 1905 traten die Briten ihren Besitz an Australien ab, das nach dem 1. WK die ehem. deutschen Gebiete als Völkerbundmandat mitverwaltete. 1946 wurde P.-N. von den *UN Australien als Treuhandgebiet unterstellt. 1975 wurde das Land unabhängig. Australien leistet weiterhin Budgethilfe (ca. 20 % des Staatshaushalts), stellt Führungspersonal in Verwaltung, Wirtsch., Bildungs- und Gesundheitswesen und kontrolliert teilweise die Exploration der Rohstoffe.

3. Bei einem durchschn. jährl. Bev.-Wachstum in den 1990er Jahren von 2,2 % (2001: 4,9 %) ist über die Hälfte der Bev. P.-N.s jünger als 20 J. Etwa 18,4 % der Bev. lebten 2000 in den rasch wachsenden Städten (Hs. Port Moresby 1994 rd. 250 T. Ew.). In P.-N. gibt es etwa 1000 Völkerschaften (mehrheitl. Melanesier), die über 600 versch. Sprachen (ohne Dialekte) verwenden. Amts- und Unterrichtssprache ist Englisch. Zur Verständigung zwischen den Volksstämmen dient vorwiegend das «Neo-Melanesiana» (aus dem Engl. abgeleitet). Trotz erheblicher staatl. Anstrengungen sind *Infrastruktur, Bildungs- und Gesundheitswesen (bes. Probleme in ländl. Gebieten: Malaria- und Seuchenbekämpfung) noch unterentwickelt. 95 % der Bev. P.-N.s bekennen sich zu dem von lutherischen und katholischen Missionaren verbreiteten christl. Glauben, Naturreligionen herrschen jedoch in der Bev. vor (Cargo-Kult u. a.).

4. Seit Beginn der 1980er J. versucht P.-N. seine sozioökon. E. durch die Konzentration auf wenige regionale (v. a. Städte) und sektorale (v. a. Bergbau und Forstw.) Wachstumszentren zu forcieren. Damit verbunden sind jedoch nicht nur weitgehende ökol. Schädigungen (Raubbau, Vergiftung von Böden u. Gewässern), sondern auch soziale Verwerfungen. Die Zerstörung ländl. Lebensräume u. trad. Stammesgemeinschaften, das wachsende Wohlstandsgefälle, *Landflucht, zunehmende urbane Kriminalität und gewaltsame ethn. Konflikte sind Indikatoren des sozialen Konfliktpotenzials. Auf der Insel Bougainville entzündete sich die Unabh.-Bewegung an der ökol. Zerstörung durch die Kupferproduktion, von der die einheimische Bev. nicht profitierte. Seit 1988 kämpft die BRA (Bougainville Revolutionary Army) für die Sezession von P.-N. und beruft sich dabei auf die ethn. Zugehörigkeit zu den nahen Salomon-Inseln. Die Armee P.-N. versuchte mehrmals vergeblich, den Konflikt milit. zu lösen. 1997 stürzte die Reg. P.-N.s unter Premier Khan über die Pläne, mit einer ausländ. Söldnertruppe die Aufständischen zu besiegen.

5. P.-N. ist Mitglied des brit. *Commonwealth, die brit. Königin ist Staatsoberhaupt. Das parl. System P.-N.s wird von rel. instabilen Parteienkoalitionen und somit häufigen Reg.-Wechseln (seit der Unabh. überstand keine Reg. eine gesamte Legislaturperiode) bestimmt. Auch der 1997 gewählte MP B. Skate konnte sich auf keine stabile Koalition im Parl. stützen und wurde wegen der umstrittenen Anerkennung Taiwans vom Parl. 1999 durch M. Morauta ersetzt. Morauta konnte die Beziehungen zu *Weltbank und *IWF, die 1995 bereits eine Zentralisierung des Landes trotz der ethn. Heterogenität erwirkt hatten, durch Austeritätsversprechen verbessern, sah sich aber weiter Grenzproblemen mit Indonesien (s. u.) und der Unzufriedenheit von Teilen des Militärs gegenüber. Der Beginn der Parl.-Wahlen im Jun. 2002 war von Warnungen vor Manipulationen begleitet.

6. Außenpol. hat sich P.-N. in den letzten Jahren stärker nach Asien hin orientiert (seit 1993 Mitgliedschaft bei der *APEC, Mitarbeit im Regionalforum der *ASEAN). Das Verhältnis zu Indonesien ist durch den sezessionistischen Konflikt in West-Neuguinea (*Irian Jaya) belastet, da sich die Rebellen oft in den Ostteil der Insel (P.-N.) zurückziehen. Andererseits gibt es starke Spannungen mit den Salomon-Inseln, die von P.-N. der Unterstüt-

zung der Rebellen auf Bougainville beschuldigt werden.

Lit.: F. Steinbauer, Das unabhängige Papua-Neuguinea, Wiesbaden 1976; D. Woolford, Papua New Guinea, Initiation and Independence, Brisbane 1976; G. Rath, Papua-Neuguinea, 2000, Hamburg 1989; R. Seib, Papua-Neuguinea, in: HDW III, 8, 1994, S. 410 ff. rs/kd

Paraguay

Fläche (Tsd. qkm): 406,752
Bev. (Mio.) 2001: 5,60
BNE pro Kopf (US-$) 2000: 1450
BIP (Mio. US-$) 2000: 7680
LE (Jahre) 1999: 70,0
Analphabetenquote (%) 1999: 7
HDI 1999: 0,707 [Rangplatz von 162: 80]

Im Ggs. zu anderen lateinamerik. Ländern verfügt P. nicht über demokratische hist. Erfahrungen, sondern wurde stets mehr oder weniger autoritär regiert. Mit der Absetzung des Diktators General Alfredo Stroessner Febr. 1989 endete eines der langlebigsten *autoritären Regime in der Geschichte LAs (seit 1954). Seit 1992 verfügt P. über eine demokratische Verfassung. Als förderlich für die schwierige Konsolidierung der Demokratie erwies sich die Mitgliedschaft des Landes im *Mercosur (seit dessen Gründung 1991). Doch es mangelt der pol. Elite an lösungsorientierter pol. Kultur.

1. Die *Ressourcen des *Binnenlandes P., das nur über das Flusssystem des Paraguay eine Verbindung zum Meer besitzt, beschränken sich auf agrarische und forstw. Güter und den Fischfang sowie einige wenige Bodenschätze (Mangan, Eisen, Kupfer), deren Ausbeutung jedoch von geringer Bedeutung ist.

2. Mit einer Bev.-Dichte von 10,2 Ew./qkm gehört P. zu den am dünnsten besiedelten Ländern LAs. Der Urbanisierungsgrad beträgt 56 %. Die Hs. Asunción hat etwa eine halbe Mio. Ew. Mit durchschn. 2,6 % pro J. (1990–2000) ist das Bev.-Wachstum eines der höchsten in LA. 1985 waren über 40 % der Bev. jünger als 15 J. Die geogr. Verteilung der Bev. ist höchst unausgeglichen: Während im Großraum Asunción etwa 75 % der Gesamtbev. konzentriert sind, leben in der Westregion Gran Chaco, die ca. 3/5 der Gesamtfläche einnimmt, nur 3 % der Bev. Die Bev. P.s ist *ethnisch rel. homogen: Zu über 95 % besteht sie aus Mestizen; Weiße und Indios stellen Minderheiten dar. Etwa 50 % der Bev. beherrschen die Amtssprache Spanisch; gebräuchlicher ist Guaran. 90 % der Bev. sind kath., 2 % Protestanten.

3. Die Landw. – v. a. Viehzucht (7 % des BIP), Baumwolle und Sojabohnen, aber auch Mais, Maniok, Weizen, Fisch und Holz – ist mit 26 % des BIP und 48 % der Erw. nach wie vor der wichtigste Wirtschaftssektor. Nahezu der ges. Export besteht aus landw. Produkten. Etwa 90 % der landw. Produktion werden in der Ostregion des Landes, v. a. im La-Plata-Becken, erzeugt. Landw. Großbetriebe unter starker Beteiligung ausl. Kapitals sind vorherrschend. 1981 wurde ermittelt, dass nur 0,9 % der Betriebe über mehr als 1000 ha verfügen, diese jedoch 78,5 % der Gesamtanbaufläche bewirtschaften. Eine *Agrarreform hat zwar eine verstärkte Integration der Kleinbauern in den 1970er Jahren, v. a. in der Baumwoll- und Sojaproduktion bewirkt, an den großen Besitzunterschieden jedoch nichts Grundsätzliches geändert. Fast die Hälfte des Landes ist bewaldet, 90 % davon befindet sich in Privatbesitz. Kahlschlag ohne Wiederaufforstung wird dabei langfristig zum ökol. Problem. Die wichtigsten Exportprodukte sind Baumwolle, Soja (zusammen über 80 % der Exporterlöse) sowie Holz. Die Exporte waren seit 1985 rückläufig, was die seit J. negative Handelsbilanz weiter ins Defizit brachte. Der Schmuggel (u. a. Kokain) soll nach Schätzungen mehr als 50 % des registrierten Handelsvolumens betragen. Auch intern ist die Schattenwirtsch. bedeutsam, v. a. in der Bauwirtschaft. P. ist eines der am wenigsten industrialisierten Länder LAs: Der produzierende Sektor (22 % des BIP) besteht hauptsächlich aus verarbeitenden Betrieben für Agrarprodukte. 70 % der Industriebetriebe konzentrieren sich auf den Raum Asunción. Der Bau von Kraftwer-

ken (v. a. des Wasserkraftwerks *Itaipú) brachte Wachstumsimpulse für die Bauwirtsch. und den Tertiärsektor. Die Mitgliedschaft im *Mercosur ist von langfristiger Bedeutung für die weitere wirtsch. E. Paraguays: Die im Rahmen des regionalen Integrationsprozesses erforderlichen Anpassungs- und Modernisierungsleistungen sind geeignet, die wirtsch. Strukturen P.s tief greifend zu transformieren.

4. Die Sozialstruktur P.s ist von extremer Ungleichheit geprägt. Große Teile der Bev. leben auf dem *Subsistenzniveau. Bei den Sozial-*Indikatoren schneidet P. im lateinamerik. Vergleich relativ schlecht ab. Im Gesundheitswesen ist eine Konzentration auf den Raum Asunción festzustellen (75 % aller Krankenhausbetten, im Landesdurchschnitt bedeutet das 1045 Ew./Krankenhausbett). Die durchschn. Arztdichte liegt bei 1800 Ew. pro Arzt.

5. 1536 wurde Asunción zur Hs. der span. Kolonie Rio de la Plata. Seine Unabh. erkämpfte P. im Krieg gegen Argentinien und Spanien 1811–13. Seine heutigen Grenzen resultieren aus dem Krieg gegen die von GB finanzierte Allianz Argentinien, Brasilien und Uruguay (1865–70), in dem P. etwa 2/3 seiner Bev. und weite Gebietsteile verlor, sowie aus dem Chaco-Krieg (1932–35) gegen Bolivien, das 2/3 des umstrittenen Gebiets P. überlassen musste. Mit der Integration P.s in den Weltmarkt nach 1870 bildeten sich pol. Parteien, die die versch. Fraktionen der Oligarchie widerspiegelten (*Colorados*; Liberale/*Azules*), aber nicht in der Lage waren, stabile Regierungen zu bilden. Während der sog. konstitutionellen Phase (1870–1936) war die Opposition immer wieder Repressionen ausgesetzt, die manipulierten Wahlen gingen stets zugunsten der staatstragenden Parteien aus, deren einzelne Fraktionen sich z. T. gewaltsam bekämpften. Der Versuch des nationalistischen «febreristischen» Regimes (Putsch im Februar 1936), soziale Reformen durchzuführen, scheiterte bereits 1937 an einem erneuten Staatsstreich der oligarchischen Liberalen. Diese delegierten die Macht an das Militär, das seiner Herrschaft mit der Verfassung von 1940 einen konstutionellen Anstrich gab. 1947 kam es zu einem blutigen Bürgerkrieg zwischen den versch. Militärfraktionen und den pol. Parteien, aus dem die *Colorados* siegreich hervorgingen. Es folgte eine Einparteiherrschaft der *Colorados* (offiz.: *Asociación Nacional Republicana*). Als das Land sich erneut am Rande eines Bürgerkriegs befand, ergriff der Oberbefehlshaber des Heeres, General Stroessner, 1954 die Macht. Grundlage seiner Macht wurde der erzwungene *pacto político-militar*. Die Befehlshaber des Militärs traten geschlossen der *Colorado*-Partei bei, Stroessner wurde Parteichef. Das System konnte sich auf Traditionen wie Scheinkonstitutionalismus, Wahlbetrug, Partei-*Klientelismus und dominierende Stellung des Militärs stützen. 1967 fand auf Druck der USA (*Allianz für den Fortschritt) eine Reform statt, an die die Opposition zunächst große Hoffnungen knüpfte, die jedoch nur den Ausbau des Scheinkonstitutionalismus zum Ergebnis hatte: Die Permanenz des Ausnahmezustands stellte die Einhaltung der *Menschenrechte in das Belieben des Staatsapparats. Ein Teil der Parteien wurde legalisiert und beteiligte sich an den alle fünf. J. stattfindenen Präs.- und Parl.-Wahlen, indem sie Zählkandidaten stellten; die übrigen Parteien blieben verboten und operieren nach wie vor aus dem Untergrund und dem Exil und sind heute großteils im *Acuerdo Nacional* (AN) zusammengeschlossen. Der Sieg der *Colorados* war mehrfach abgesichert. Die Partei mit der rel. Mehrheit der Stimmen erhielt zwei Drittel der Parlamentssitze. Abgesehen davon, dass sich die reale Opposition an den Wahlen nicht beteiligen konnte, wurde das Wahlergebnis stets offensichtlich manipuliert.

6. Das durch ein hohes Maß an sozialer Kontrolle gekennzeichnete Regime geriet in den 1980er J. aufgrund der wirtsch. Stagnation (Auslands-*Verschuldung

1988: 2,5 Mrd. Dollar), der int. Isolation und des allmählichen Autoritätsverfalls des alternden Diktators, der sich zu keiner Nachfolgeregelung entschließen konnte, in wachsende Schwierigkeiten. Die in den J. zuvor gemilderte Repression wurde wieder verschärft. Die Kirche nahm eine regimekritische Haltung ein. Im Aug. 1987 brach in den Reihen der *Colorados* ein offener Gegensatz zwischen den *Militantes* und den Stroessner-kritischen *Tradicionalistas* aus. Die trotz aller Härte nicht mehr einzudämmenden internen Auseinandersetzungen führten schließlich zum Putsch vom 3. Febr. 1989, bei dem etwa 500 Menschen ums Leben kamen. General A. Rodríguez, der unter Stroessner selbst zur Führung des Regimes gehörte, setzte den Diktator ab. Der neue Präs. hob die Pressezensur auf, versöhnte sich mit der Kirche, setzte ein neues Kabinett ziviler Technokraten ein und nahm einen Dialog mit der Opposition auf. 1992 verabschiedete eine demokr. gewählte verfassunggebende Versammlung eine neue Verfassung. Zu einer der stärksten Oppositionskräfte avancierte ein neu gegr. Bündnis verschiedener Bürgerbewegungen («Allianz der nationalen Bewegung», *Alianza Encuentro Nacional*, AEN); die trad. Oppositionsparteien verloren hingegen an Gewicht. Innerhalb der reg. *Colorado*-Partei setzten sich die Auseinandersetzungen zwischen Reformern und Stroessner-Anhängern fort. Zum Präs. der Republik wurde 1993 der zum Reformflügel zählende J. C. Wasmosy gewählt, der sich zuvor in seiner eigenen Partei nur knapp durchgesetzt hatte. 1996 scheiterte ein Putschversuch von General L. Oviedo. In den Wahlen vom 10. 5. 1998, die ohne Zwischenfälle verliefen, siegten die Colorados: R. Cubas, ein Strohmann Oviedos, wurde zum Präs. gewählt. Präs. Cubas wurde 1999 im Rahmen chaotischer Zustände, in deren Verlauf Vizepräs. Argaña ermordet wurde, vom Parl. abgesetzt und durch den Parlamentspräs. L. González Macchi von der *Colorado*-Partei ersetzt. Bei den Direktwahlen zum Vizepräsidenten setzte sich wider Erwarten J. C. Franco Gómez von der Oppositionspartei *Partido Liberal Radical Auténtico* (PLRA) durch, sodass erstmals Präs. und Vizepräs. verschiedenen Parteien angehören, Letzterer der wichtigste innenpol. Gegenspieler des Präs. ist. In der pol. Blockadesituation von Präs. und Parl., Präs. und Vizepräs. sind die pol. Reformvorhaben des Präs. González Macchi im Wirtschafts- und Sozialbereich gescheitert. Der Druck der Verhältnisse, Verschlechterung der wirtsch. Lage und wachsende *Armut, hat bislang nicht ausgereicht, um die pol. Akteure zu lösungsorientiertem Verhalten zu bewegen.

Lit.: F. Schmelz, Paraguay im 19. Jahrhundert. Ein früher Fall dissoziativer Entwicklung, Heidelberg 1981; D. Nohlen/M. Fernández Baeza/O. Bareiro (Hg.), Kooperation und Konflikt im La-Plata-Becken, Saarbrücken/Fort Lauderdale 1986; O. Bareiro/H. Barrios, Paraguay, in: HDW III, 2, 1995, S. 421 ff.; S. Sottoli, Paraguay nach Stroessner: Fortschritte und Probleme des Demokratisierungsprozesses, in: Jahrbuch Dritte Welt 1997, München 1996, S. 215 ff.; P. Lambert/R. A. Nickson (Hg.), The Transition to Democracy in Paraguay, Basingstoke

Tabelle 14: Umschuldungen im Pariser Club

Jahr	Anzahl der Umschuldungen insgesamt	Umschuldungsvolumen insgesamt (in Mrd. US-$)
1983	17	10,8
1985	22	17,6
1990	18	15,4
1995	18	20,8
2000	20	33,9
2001	16	18,0

u. a. 1997; Potthast, B. (Hg.), El espacio interior de América del Sur: geografía, historia, política, cultura, Frankfurt a. M. 1999. hb

Pariser Club Bezeichnung für die Gruppe westl. Gläubiger-IL, die seit 1956 in Adhoc-Sitzungen bei *Schuldendienst-Problemen von EL multilaterale *Umschuldungen organisieren. Neu verhandelt werden öfftl. und öfftl. garantierte Kredite (s. Tabelle 14 auf S. 657). dn

Pariser Erklärung Erklärung der 2. UN-Konferenz der ärmsten EL von Sept. 1990, in der die besonderen Probleme der *LDC (früher LLDC) behandelt wurden und insbes. eine Steigerung der finanz. Mittel der Geberländer zu Sonderkonditionen gefordert wird. dn

Parität International (PI) Arbeitskreis des *DPWV von (1994) 56 offiz. *NROs. red

Parteiensysteme Die theoret. Überlegungen zum funktionalen Stellenwert pol. Parteien, die anhand westl. Industriegesellschaften entwickelt wurden, haben auch für *EL an Relevanz gewonnen, die im Zuge der «dritten Demokratisierungswelle» seit Ende der 1970er J. einen *Systemwechsel vom Autoritarismus zur Demokratie vollzogen haben. Zwar gab es auch unter den meisten *autoritären Regimen Afrikas, Asiens und LAs Parteiensysteme, die in gewissem Maße Vermittlungsfunktionen zwischen Staat und Gesellschaft wahrnahmen. Diese Parteien waren jedoch von den autoritären Machthabern oktroyiert oder zumindest stark kontrolliert. Sie hatten vor allem die Funktion, einen eng begrenzten «Pluralismus» aufrechtzuerhalten und so den autokratischen Herrschaftsverhältnissen eine demokrat. Fassade zu verleihen. Mit Einführung freier Wahlen hat sich die Rolle der Parteien grundsätzlich gewandelt: Unter den Bedingungen eines formal-demokrat. Wettbewerbs sehen sie sich vor die Notwendigkeit gestellt, auf gesellsch. Interessen- und Problemlagen zu reagieren und ihre Organisationsstruktur und Programmatik daran anzupassen. Im Laufe des Demokratisierungsprozesses kann sich ein pluralistischer Wettbewerb zwischen den Parteien herausbilden, der die in der Gesellschaft vorhandenen Konflikte aufgreift und auf die Ebene des Regierungssystems überträgt. Mithin kommt dem Parteiensystem – dem strukturellen Gefüge der relevanten Parteien in einem Staat – ein entscheidender Einfluss auf die Konsolidierung junger Demokratien zu. Allerdings haben Parteien in neuen Demokratien häufig mit den Hinterlassenschaften der autoritären Regime zu kämpfen, die ihnen die Wahrnehmung ihrer Repräsentationsfunktion erschweren. Gemeinsamkeiten und Unterschiede kompetitiver Parteiensysteme in der *Dritten Welt lassen sich anhand von drei Strukturdimensionen erfassen: der Zahl der Parteien, den zwischenparteilichen Interaktionsmustern sowie der «Institutionalisierung» des parteipol. Wettbewerbs.

1. Zahl der Parteien. Anzahl und Stärke der Parteien (Fragmentierung) galten in der westeuropabezogenen Politikforschung lange Zeit als wichtigstes Kriterium für die Stabilität eines Parteiensystems, ja sogar der ges. Demokratie. Auch für die Dritte Welt wurde lange die These vertreten, dass pol. Instabilität mit der Anzahl der Parteien zunehme. Samuel P. Huntington zufolge erwiesen sich EL mit Vielparteiensystemen als äußerst anfällig für Militärputsche, da sich die Streitkräfte – so Huntingtons nicht unumstrittene Begründung – besonders dort zum Eingreifen in die Pol. berufen fühlten, wo die Parteien allein wegen ihrer großen Anzahl Kooperationsprobleme hatten.

Die reale Fragmentierung der Parteiensysteme in jungen Demokratien Afrikas, Asiens und LAs liegt jedoch insges. nicht über dem westeurop. Niveau (Bendel/Grotz 2001). Zwar gibt es darunter eine Reihe zersplitterter Parteiensysteme (Benin, Bolivien, Brasilien, Venezuela). In den meisten anderen Ländern finden sich jedoch moderat fragmentierte Vielparteiensysteme, ja sogar Zweiparteiensysteme (Honduras, Nepal, Mongolei). Daneben existieren einzelne «prädominante» Parteiensysteme, in denen eine Partei eine dauerhafte Vormachtstellung besitzt, wie die *Kuomintang* (KMT) in Taiwan, die SWAPO in Namibia oder der ANC in Südafrika. Anzahl und Mandatsstärke der parl. Parteien sind mithin kein aussagekräftiges Kriterium, um die faktischen Unterschiede zwischen Parteiensystemen in alten und jungen Demokratien zu erfassen.

Auch sagt die bloße Fragmentierung eines Parteiensystems wenig über den Stand der demokrat. E. aus. So ist die hohe Anzahl parl. Parteien in Venezuela im Zusammenhang mit dem Kollaps seines über 20 Jahre stabilen Zweiparteiensystems zu sehen und verweist damit auf ein zentrales Strukturproblem der dortigen Demokratie. Für Mexiko hingegen drückt sich in der Zunahme der effektiven Parteienzahl seit Mitte der 1990er Jahre die eigentliche Demokratisierung des pol. Systems aus, nachdem der PRI seine jahrzehntelange Hegemonialstellung verloren hat. Und selbst für Länder, in denen die Fragmentierung auf niedrigem Niveau stabil bleibt, ist diese nicht immer ein Indiz für demokrat. Stabilität. So stehen sich im «Zweieinhalbparteiensystem» Bangladeshs die beiden großen Parteien – die *Awami League* und die *Bangladesh Nationalist Party* – in antagonistischer Distanz gegenüber; hier werden die Regierbarkeitsprobleme durch die geringe Parteienzahl nicht aufgehoben, sondern tendenziell verschärft.

2. Zwischenparteiliche Wettbewerbsmuster. Angesichts der beschränkten Aussagekraft der Fragmentierungsdimension wandte sich die vergleichende Parteiensystemforschung seit den 1970er J. verstärkt der Analyse der zwischenparteilichen Wettbewerbsstruktur zu. Der diesbezügliche Schlüsselbegriff hieß Polarisierung (Sartori 1976). Mit Hilfe dieser Kategorie wurden «Vielparteiensysteme» in «gemäßigt pluralistische» und «polarisierte» unterteilt. Der entscheidende Unterschied zwischen diesen Typen bestand darin, dass nur im polarisierten Pluralismus, in dem die pol. Extrempositionen stark besetzt waren und die gemäßigten Mitteparteien an Rückhalt verloren, ein destabilisierender Einfluss auf die Demokratie gesehen wurde. Diese Einschätzung wurde auch von vielen Autoren geteilt, die zu Ländern der Dritten Welt arbeiteten. Allerdings lassen sich die Struktur- und Entwicklungsprobleme junger Demokratien Asiens, Afrikas und LAs durch eine Positionierung der Parteien auf dem bekannten Links-rechts-Spektrum nur begrenzt erfassen. In vielen EL prägen andere soziale und pol. Konfliktlinien (*cleavages*) das Verhalten von Wählern und Eliten weit stärker als etwa die Frage, wie sich die Parteien zum Thema Privatbesitz stellen. Darüber hinaus schlagen sich programmatische Distanzen zwischen Parteien nicht notwendigerweise in deren Interaktionsmustern nieder. Häufig besteht zwischen ideol. ähnlichen Parteien, die um dieselbe Wählerklientel konkurrieren, ein gespanntes Verhältnis, umgekehrt kommen auch Bündnisse zwischen ideologisch entfernten Parteien zustande, wenn es etwa um die Lösung pol. Krisensituationen oder schlicht um das eigene «pol. Überleben» geht.

Ein Blick auf die jungen Demokratien in der Dritten Welt stützt diese Überlegungen (Bendel / Grotz 2001). Nur in einigen Ländern LAs sowie auf den Philippinen und in Nepal verlaufen die dominanten *cleavages* entlang der Rechts-links-Achse – und dies seit Ende des Ost-West-Konflikts in nur abgeschwächter Form. In anderen Ländern existieren weitere soziostrukturelle *cleavages*: In Benin und Malawi bestehen je drei ethn. segmentierte Regionen, die das Wahlverhalten der Bevölkerungsmehrheit nachhaltig bestimmen. Noch häufiger finden sich pol. Konfliktlinien, deren Prägekraft sich aus der unmittelbaren Vorgeschichte der demokrat. Periode erklärt. Dieser sog. «Transformationskonflikt» hat unterschiedliche Erscheinungsformen. Dazu zählen insb. ehem. Bürgerkriegsländer, in denen die einstige Zugehörigkeit zu den Kriegsparteien die pol. Einstellungen stark beeinflusst (Nicaragua, Mozambique, El Salvador), aber auch das Post-Apartheids-Regime Südafrikas oder die post-komm. Mongolei. In LA überlappt sich der Rechts-links-Gegensatz häufig mit der Streitfrage um die Ausrichtung des pol. Systems, wobei dieser Regimekonflikt in manchen Fällen der Frage «radikale Reform oder Gradualismus» gewichen ist. Einzig dort, wo der Transformationskonflikt mit anderen *cleavages* zusammenfällt (z. B. in Taiwan mit dem subethn. Konflikt zwischen Festlandchinesen und Taiwanesen), scheint sich das Parteiensystem entlang solcher Linien zu verfestigen. Weiterhin ist festzustellen, dass gesellsch. Konfliktlinien das Verhalten der parteipol. Eliten nicht zwangsläufig determinieren. In Südafrika, Namibia und Mozambique ist der pol. Wettbewerb zwar grundsätzlich vom Transformationskonflikt geprägt, allerdings sind in den ersten beiden Ländern die Interaktionsmuster eher konsensual, in Mozambique dagegen höchst konfliktiv. Ähnliche Unterschiede im Elitenverhalten zeigen sich zwischen Benin (konsensorientiert) und Malawi (konfliktorientiert). Dies kann pol.-kulturelle Ursachen haben, wie im Fall Benins, wo pol. Konflikte trotz ethn. Gegensätze traditionell gewaltfrei und überwiegend konsensual gelöst werden. Kooperationsbereitschaft in konfliktiven Kontexten kann aber auch Resultat pol. Lernens sein. So haben in El Salvador die Bürgerkriegsparteien durch Zusammenarbeit an «runden Tischen» die Erfahrung gemacht, dass der (Bürgerkriegs-)Feind von einst zum pol. Gegner von heute geworden ist, mithin als Verhandlungspartner durchaus akzeptabel ist. Schließlich ist zu beachten, dass nicht alle Parteiensysteme klar strukturierte Wettbewerbsmuster aufweisen. In einigen Staaten gibt es überhaupt keine dominante Konfliktlinie, wie in Thailand oder Mali. Oft konstituieren sich Parteien in EL weniger um pol. Ideen als um Führungsfiguren. Mitunter kommt es auch vor, dass sich gesellsch. vorhandene Konflikte nicht in die pol. Arena übersetzen, da die Parteien nicht die Funktion übernehmen, diese Probleme zu artikulieren. Häufig sind auch die Parteien in org. Hinsicht zu wenig gefestigt: In einigen lateinamerikan. Staaten gehören Partei- und Fraktionswechsel zum pol. Alltag (Brasilien, Ecuador, Guatemala, Venezuela).

3. Institutionalisierung der Parteiensysteme. «Institutionalisierung» bezeichnet den Grad der Verfestigung des parteipol. Wettbewerbs in einer Demokratie. Im westeurop. Kontext war diese Strukturdimension kaum von Bedeutung, da sich hier der Parteienwettbewerb in einem langen hist. Prozess anhand gesellsch. Konfliktlinien herausbildete. In anderen Weltregionen war dies jedoch keine Selbstverständlichkeit. Giovanni Sartori (1976) stellte für einige afrikan. Länder fest, dass die dortigen Parteiensysteme gleichsam «im Fluss» seien, mithin nicht mit den Kriterien Fragmentierung und Polarisierung adäquat beschrieben werden könnten. Die «dritte Demokratisierungswelle» hat diese Aussage im Wesentlichen bestätigt. In vielen jungen Demokratien Asiens, Afrikas und LAs waren die Muster des zwischenparteilichen Wettbewerbs zunächst äußerst instabil. Parteien waren keine fest gefügten Org., verfügten weder über ein klares programmatisches Profil noch über feste Wählerbindungen. Keineswegs in allen Demokratisierungsstaaten waren sie die pol. Hauptakteure, sondern sahen sich mit Vetogruppen (Militärs u. a.) konfrontiert, welche die Macht der durch Wahlen legitimierten Amtsträger untergruben. Von daher wurde das Kriterium der Institutionalisierung zunächst vor allem in der lateinamerikabezogenen Forschung zur Schlüsselvariable vergleichender Parteiensystemanalysen (Bendel 1993; Mainwaring/Scully 1995; Bendel 1996) und später auf andere Transformationsregionen übertragen (Mainwaring 1999; Grotz 2000).

Institutionalisierung stellt ein komplexes Phänomen dar, das schwer zu fassen ist. Ein erster Zugang erfolgt meist über den

Indikator der Wählerfluktuation (*Volatilität*), der über die Stärke der aggregierten Wählerwanderungen unter den Parteien zwischen zwei aufeinander folgenden Wahlen informiert. Ein empirischer Vergleich ergibt, dass die Volatilitätswerte in den meisten jungen Demokratien der Dritten Welt klar über dem westeurop. Durchschnitt liegen (Bendel/Grotz 2001). Doch auch zwischen den Parteiensystemen Afrikas, Asiens und LAs gibt es in dieser Dimension erhebliche Unterschiede. In allen drei Kontinenten finden sich sowohl «fluide» Parteiensysteme (Benin, Südkorea, Brasilien, Philippinen) als auch solche mit deutlich geringeren Volatilitätswerten (Malawi, Bangladesh, Honduras).

Im diachronen Vgl. zeigt sich, dass die Volatilität häufig von Wahl zu Wahl abnimmt, was auf eine sukzessive Stabilisierung des bestehenden Parteiensystems schließen lässt (Argentinien, Chile). Allerdings finden sich auch Fälle, in denen die aggregierte Wählerfluktuation seit den ersten freien Parlamentswahlen gestiegen ist. Eine (phasenweise) Instabilität der parteipol. Wählerverteilung ist jedoch nicht mit einer De-Institutionalisierung des Parteiensystems gleichzusetzen. Zwar gilt dies für Venezuela oder Peru, wo die Parteien infolge gesellsch. Diskreditierung in den 1990er J. geradezu «kollabierten». Für die Mongolei dagegen resultierte die hohe Volatilität zwischen der zweiten und dritten Wahl auch aus dem Kooperationsverhalten der antikomm. Parteien, die zu einer Wahlallianz fusionierten und dadurch 1996 den ersten demokrat. Machtwechsel in der Geschichte des Landes herbeiführten. Dieser sprunghaft gestiegene Volatilitätswert indizierte somit eine Restrukturierung des pol. Spektrums hin zu einem zweipoligen Parteiensystem.

Soll im Sinne des Institutionalisierungsbegriffs nicht nur die formale Stabilität des Parteiensystems, sondern auch die Ausprägung der parteipol. Wählerbindungen erfasst werden, bedarf es zusätzlicher Messlatten. Die «Verwurzelung» von Parteien in der Gesellschaft lässt sich insbesondere daran ersehen, ob sie von den Bürgern als legitime Interessenvertreter wahrgenommen werden bzw. inwiefern sie Bez. zu den wichtigsten Interessengruppen unterhalten. Eine gewisse Stabilisierung der parteipol. Interaktionsmuster und Organisationsformen ist sicherlich förderlich für die Funktionsfähigkeit eines post-autoritären Parteiensystems. Allerdings sagt org. Stabilität wenig über die demokrat. Qualität der Institutionalisierung aus. In vielen Ländern der Dritten Welt basiert affektive Parteibindung auf einer Orientierung an personalistischen Strukturen – und damit auch an der Fähigkeit von Parteien, wirtsch. oder gesellsch. Vorteile zu vergeben. In diesem Zusammenhang sind klientelistische Strukturen, wie sie in vielen ehem. Einparteiregimen Afrikas bestehen, ein höchst ambivalentes Erbe für ein formal-demokrat. Parteiensystem. Einerseits lässt sich beobachten, dass Bürger in jungen Demokratien über Klientelismus zunächst an das neue System gebunden werden. Der pol. Gestaltungs- und v. a. der Innovationsfähigkeit stehen klientelistische Strukturen jedoch auf längere Sicht entgegen. Je mehr sich Parteien als Patronageorg. verstehen, desto mehr vernachlässigen sie ihre Funktion, gesamtgesellsch. relevante Interessen zu artikulieren, zu bündeln und in effektive Politiken umzusetzen. Insbesondere in sozioökon. Krisensituationen können solche Abhängigkeitsbez. zwischen Parteien und ihrer Klientel zu einer ernsthaften Krise der Demokratie führen, etwa wenn im Zuge neoliberaler *Strukturanpassungsprogramme die Möglichkeiten zum Verteilen von Posten und Pfründen abnehmen. Auch führen Klientelstrukturen u. U. zur «Verkrustung» von Parteiorg., da «alte Kader» häufig den Aufstieg innovationsfreudiger Eliten verhindern. Ferner muss auch die Art und Weise, wie die pol. Parteien im Staat verankert sind, auf ihre «Demokratietauglichkeit» hin geprüft werden. Einerseits ist hier an «autoritäre Enklaven» in Form von Vetoakteuren zu denken, welche die Entscheidungsfähigkeit der durch Wahlen legitimierten Eliten einschränken und dadurch die Institutionalisierung eines demokrat. Parteiensystems verhindern. Dies gilt vor allem für die fortdauernde Macht der Militärs in lateinamerik. Ländern während der Transitionsphase. Hier sicherten sich die ehem. Machthaber wichtige pol. Einflussmöglichkeiten, die z.T. verfassungsrechtl. verbrieft wurden (Chile, El Salvador, Guatemala, Honduras). Erst allmählich gelang es hier, die Streitkräfte umzustrukturieren bzw. zu entpolitisieren. Andererseits ist auch eine «*partidocracia*», die parteipol. Durchsetzung der Staatsorgane, höchst problematisch für die Demokratie, da pol. Parteien hier ebenfalls nur bedingt ihrer Repräsentationsfunktion nachkommen.

4. Parteiensysteme und demokratische Konsolidierung in der Dritten Welt. Mit Blick auf die Verfestigung der Demokratie in der Dritten Welt ist der «Optimalfall» sicherlich ein hochgradig institutionalisiertes und wenig polarisiertes Parteiensystem mit kooperativem Elitenverhalten. Die Institutionalisierung von Parteiensystemen ist in diesem Zusammenhang von bes. Bedeutung: Sie bestimmt maßgeblich darüber, inwieweit gesellsch. vorhandene Konflikte pol. artikuliert und aggregiert werden, ob und in welchem Maße die gewählten Parteien auch faktisch die pol. Macht ausüben und schließlich, inwieweit Parteien überhaupt in der Lage sind, die gesellsch. Forderungen in effiziente Politiken umzusetzen – kurz eine Leistungsfähigkeit beweisen, die für die Legitimität nicht nur einzelner Reg., sondern der Demokratie als ganzer essenziell ist. Eine starke parteipol. Polarisierung kann der Konsolidierung einer Demokratie entgegenstehen, ist allerdings nicht *per se* ein Handicap, wenn gesellsch. Konflikte auf die pol. Ebene übertragen und damit innerhalb des Regierungssystems «kanalisiert» werden können, statt außerhalb der demokrat. Institutionen mit gewaltsamen Mitteln ausgetragen zu werden. Negativ wirkt eine hochgradige Polarisierung erst, wenn sie mit konfliktorientiertem Elitenverhalten einhergeht, es mithin zu Blockaden des Reg.-Systems kommt, die nicht nur zu Schwierigkeiten bei der pol. Entscheidungsfindung, sondern auch zur Delegitimierung der Demokratie führen können. Unbestritten ist, dass der Aufbau funktionsfähiger Parteiensysteme in jungen Demokratien Zeit braucht, insbesondere in Ländern, die über keinerlei demokrat. Tradition bzw. über wenig Erfahrung im Umgang mit demokrat. Mustern des Konfliktaustrags verfügen.

Viele Stimmen, die von einer Krise der Parteien in der Dritten Welt sprechen, sehen die Lösung der pol. Partizipations- und Repräsentationsprobleme in der Existenz von gesellsch. Org., die unter dem oft diffus verwendeten Begriff *Zivilgesellschaft subsumiert werden. Ein Großteil dieser Parteienkritik ist sicherlich berechtigt. Ein regerer Austausch zwischen Parteien und gesellsch. (Basis-)Org. ist allemal wünschenswert, damit die demokrat. Institutionen mit Leben erfüllt werden. Der Ruf nach einer Stärkung zivilgesellsch. Org. als einzig wahrer Form demokrat. Repräsentation läuft jedoch Gefahr, mit den Parteien diejenigen Org. zu unterminieren, die in jungen Demokratien gerade erst ins Zentrum der pol. Entscheidungsfindung gerückt sind. Auch sollte nicht vergessen werden, dass es unter den gegenwärtigen Bedingungen der Demokratisierung um die Möglichkeiten der Parteien, ihre Bedeutung im pol. Prozess zu festigen, besser steht als je zuvor. Freilich liegt es auch und gerade an den parteipol. Akteuren selbst, vorhandene Spielräume zu nutzen und Bemühungen um eine Institutionalisierung des demokrat. Wettbewerbs zu intensivieren. →Systemwechsel, Transitionsstaaten

Lit.: G. Sartori, Parties and Party Systems, Cambridge 1976; P. Bendel, Partidos políticos y sistemas de partidos en Centroamérica, in: D. Nohlen (Hg.), Elecciones y sistemas de partidos en América Latina, San José/Costa Rica 1993, S. 315–355; S. Mainwaring/T. R. Scully (Hg.), Building Democratic Institutions, Stanford 1995; P. Bendel, Parteiensysteme in Zentralamerika, Opladen 1996; H. Fleischhacker/M. Krennerich/B. Thibaut, Demokratie und Wahlen in Afrika und Lateinamerika, Bilanz der neunziger Jahre, in: Jahrbuch Dritte Welt 1997, München 1996, S. 93–107; S. Mainwaring, Rethinking Party Systems in the Third Wave of Democratization, The Case of Brazil, Stanford 1999; D. Nohlen/M. Krennerich/B. Thibaut (Hg.), Elections in Africa, Oxford 1999; F. Grotz, Politische Institutionen und post-sozialistische Parteiensysteme in Ostmitteleuropa, Opladen 2000; P. Bendel/A. Croissant/F. Rüb (Hg.), Hybride Regime, Opladen 2001; P. Bendel/F. Grotz, Parteiensysteme und Demokratisierung. Junge Demokratien in Afrika, Asien und Lateinamerika im Vergleich, in: Nord-Süd Aktuell 15/1 (2001), S. 70ff.; D. Nohlen/F. Grotz/C. Hartmann (Hg.), Elections in Asia and the Pacific, 2 Bde., Oxford 2001; D. Nohlen (Hg.), Elections in America, Oxford 2003. pb/fg

Participatory Appraisal Partizipative Analyse- und *Planungsmethoden: Participatory *Rural* Appraisal wird in der *TZ insbes. auf Dorfebene zur Erfassung der Lebenssituation der ländl. Bev. angewandt. Dabei werden mit den versch. sozialen Gruppen ihre unterschiedliche Problemwahrnehmung, E.-Prioritäten und Problemlösungsvorschläge erarbeitet. Analog gibt es die Methode Participatory *Urban* Appraisal, mit deren Hilfe zielgruppenorientierte Vorhaben mit Stadtteilbewohnern analysiert und geplant werden, sowie die Methode Participatory *Organisational* Appraisal zur Charakterisierung einer Org. unter Beteiligung ihrer Mitgl. und Nutznießer.
→Partizipation as

Partizipation Für den Begriffsbereich der P. ist zuallererst zwischen pol. P. im Sinne der Mitwirkung am pol. Prozess und P. im Sinne der Teilhabe an materiellen und kulturellen Gütern einer Gesellsch. zu unterscheiden. In neueren *Entwicklungstheorien und neueren Versuchen, den Begriff von *Entwicklung zu definieren, werden beide Aspekte von P. in engster Verbindung zueinander gesehen. Auch in *UN-Dokumenten herrschen seit Mitte der 1970er J. Definitionen von P. vor, welche pol. Mitwirkung und soziale Teilhabe verknüpfen und noch um einen dritten Aspekt, den der aktiven Beteiligung der Bev. am E.-Prozess, erweitern. So bestimmte etwa eine Studie des UN-Sekretariats 1976 P. als einen «Handlungsprozeß, der die Bev. einbegreift in a) die pol. Entscheidungsfällung …, b) die Beteiligung an den E.-Anstrengungen, c) die gerechte Verteilung der erwirtschafteten Güter». Die e.-strategisch wohl begründete Mehrdimensionalität des P.-Begriffs zieht freilich einige analytische Probleme nach sich. Wenn beispielsweise gerechte Verteilung bereits per Definition Bestandteil von P. ist, droht damit die Frage, ob eine stärkere pol. Beteiligung der Bev. die Verteilungsmuster wesentlich verändern kann, nicht mehr als Problem begriffen zu werden. Diese Frage ist umso berechtigter, je weniger sich der P.-Begriff auf das Verhältnis der arbeitenden Bev. zu den Produktionsmitteln bezieht. Andererseits schließt der mehrdimensionale Begriff Fehlentwicklungen nach der Art jener Konjugation aus, die Mai 1968 an den Wänden der Pariser Sorbonne zu lesen war: *«je participe, tu participes … vous participez, ils profitent».* Eine nur formal bleibende pol. Beteiligung kann den entwicklungspol. Anforderungen an den P.-Begriff nicht gerecht werden.

Diese Aussage fußt auf den Erfahrungen, die bei der Übertragung westl. Demokratievorstellungen auf die EL in der Dritten Welt gemacht wurden. Wahlfreiheit und pluralistische Organisationsfreiheit, neben der lokalen Mitwirkungschance in formellen und informellen pol. Institutionen die Kernelemente des P.-Begriffs bei Adelman/Morris, stärkten keineswegs wirtsch. Wachstum und *sozialen Wandel entsprechend den Annahmen der sog. Diffusionisten europ. Demokratievorstellungen. Die daraus gezogene Konsequenz bestand theoret. in der nun verkündeten Gegensätzlichkeit von P. oder westl. Demokratie und Freiheit einerseits und wirtsch. Wachstum andererseits. R. Löwenthal formulierte: «Jeder Grad an Freiheit wird mit etwas Verlangsamung der Entwicklung, jeder Grad an Beschleunigung mit etwas Verlust an Freiheit bezahlt.» Und S. Huntington konstruierte das E.-Dilemma von Institutionalisierung pol. Herrschaft und pol. Partizipation: Sei der Grad pol. Partizipation höher als der Grad der Institutionalisierung des pol. Prozesses, d. h. der Anerkennung verbindlicher Spielregeln, so seien pol. Instabilität und sog. prätorianische Gesellschaften die Folge, in denen das Militär als Entwicklungselite die pol. Macht ergreift. Die *Modernisierungstheorien gaben partizipatorische Vorstellungen – auch wenn diese nur auf den formalen Aspekt begrenzt waren – zugunsten von Stabilitäts- und Wachstumszielen weitgehend auf. Empirisch folgte aus der gegensätzlich begriffenen Alternative Wachstum oder Demokratie in den meisten EL eine Pol. der Zerschlagung der Institutionen formeller und informeller, direkter und indirekter P. und der Versuch, die soziale Mobilisierung wieder rückgängig zu machen. Diese Pol. nahm besonders repressive Formen an, wenn die bisher unterprivilegierte Bev. sich mit pol. P. im formalen Sinne nicht mehr zufrieden gab und entsprechend einem umfassenderen P.-Begriff strukturelle Veränderungen im Herrschaftssystem und soziale Umverteilung forderte. Die Machtfrage zu stellen und neu zu beantworten – unabdingbare Voraussetzung vielfach wirklicher P. der Masse der Bev. – kostete in einer Reihe von EL, die ein rel. gut funktionierendes liberal-pluralistisches Institutionensystem besaßen (wie beispielsweise Chile, Uruguay), den Verlust der demokrat. Grundfreiheiten.

In der neueren e.-pol. Debatte wird den pol. Beteiligungsrechten wieder ein höherer Stellenwert eingeräumt, zumal innerhalb von Konzepten des *human development*, zu dem auch der *political freedom* gezählt und mittels Indikatoren zu operationalisieren versucht wird (*HDR 1992). In diesem Rahmen haben Wahlen, Parteienwettbewerb und Wahlfreiheit an e.-theoret. Bedeutung gewonnen. Zu berücksichtigen ist des Weiteren, dass innergesellsch. und regionale Befriedungsprozesse (*Zentralamerika-Konflikt, Namibia, Angola, Kambodscha etc.) über die pol. Beteiligung in der Form von fairen Wahlen eingeleitet bzw. herbeigeführt wurden.

In der e.-strategischen Debatte bilden **self-reliance* und *Grundbedürfnisstrategien mit ihrer Betonung der Eigenanstrengungen und des Vertrauens auf die eigenen Kräfte, der Beschäftigung, *arbeitsintensiver Technologie, *ländlicher Entwicklung etc. einen angemessenen Ansatz für umfassendere P.; sie sprechen die unmittelbare Lebens- und Arbeitswelt des Menschen an. Hier können sich neue Motivationen und Formen der P. ergeben. Das pragmatische Abwägen notwendiger P., welche Planung und Durchführung von E.-Maßnahmen erleichtert, und gegenläufiger Wirkungen, die dabei erzielten Lerneffekte, der gesellsch. Aufbau von unten nach oben etc. geben inzwischen der P. einen anerkannt hohen Stellenwert in der int. Pol., sichtbar in der Zugehörigkeit ihrer Kriterien zu der *pol. Konditionalität. «Bringing the state closer to people», größere *accountability* (pol. Verantwortung) und *responsiveness* (das Eingehen auf die Bedürfnisse der Bev. durch P.) gibt die Richtung an, in welcher auch die Weltbank denkt.

Lit.: R. Löwenthal, Staatsfunktionen und Staatsform in den Entwicklungsländern, in: ders. (Hg.), Die Demokratie im Wandel der Gesellschaft, Berlin 1973, S. 180 ff.; I. Adelman/C. T. Morris, Die Messung institutioneller Merkmale von Nationen, in: HDW I, 1, Hamburg 1974, S. 286 ff.; F. Nuscheler/K. Ziemer u. a., Politische Organisation und Repräsentation in Afrika, 2 Bde., Berlin/New York 1978; D. Nohlen/F. Nuscheler, Was heißt Entwicklung, in HDW III, 1, 1992, S. 55 ff.; D. Nohlen (Hg.), Handbuch der Wahldaten Lateinamerikas und der Karibik, Opladen 1993; H. Oberreuter/H. Weiland (Hg.), Demokratie und Partizipation in Entwicklungsländern, Paderborn u. a. 1994; M. Krennerich, Wahlen und Antiregimekriege in Zentralamerika, Opladen 1996; D. Nohlen/M. Krennerich/B. Thibaut (Hg.), Elections in Africa, Oxford 1999; H.-J. Lauth/U. Liebert (Hg.), Im Schatten der Legitimität, Informelle Institutionen und politische Partizipation, Opladen 1999. dn

Patrimonalismus «Herrschaftsform, deren Legitimationsgrundlage trad. Loyalitäten und materielle Leistungen bilden ... Im Mittelpunkt des politischen Systems steht ein Herrscher, der alle politischen Entscheidungen durch ein Netz personaler Beziehungen lenkt. Die führenden Politiker und Beamten sind direkt oder indirekt von der Person des Herrschers abhängig» (P. Pawelka). Da das Verhalten des jeweiligen Machtinhabers eine außerordentliche Rolle spielt, verändern sich je nach Herrscherfigur dessen personale Beziehungen zu den pol. Eliten und den Klientelsystemen in deren jeweiligen Zuständigkeitsbereichen (Staatsbürokratie, öfftl. Wirtschaftssektor). Einzelne Elitengruppen stehen in Konkurrenz zueinander und um die Gunst des Machtinhabers. Dessen Fähigkeit, die Machtbalance zu erhalten (d. h. keine Gruppe zu sehr erstarken zu lassen), erweist sich als wesentlicher Stabilitätsfaktor des patrimon. Herrschaftssystems. (→Autoritäre Regime)

Lit.: P. Pawelka, Herrschaft und Entwicklung im Nahen Osten: Ägypten, Heidelberg 1985. dn

Pazifische Inselwelt

1. Auf den pazif. Inseln (Landfläche rd. 985 000 qkm) lebten Ende der 1990er J. ca. 9,3 Mio. Menschen. Hier werden etwa 1200 Sprachen und noch mehr Dialekte gesprochen; religiös herrscht aufgrund starker Missionstätigkeit nominell das Christentum vor. Die gesamte Region umfasst ca. 2000 bewohnte Inseln auf 8 Mio. qkm mit sehr unterschiedlichem pol. Status (unabh. Staaten, assoziierte Gebiete, *abhängige Territorien). Einige der Ministaaten, die sich z.T. über riesige Entfernungen erstrecken, haben weniger Ew. als eine kleine Provinzstadt. Vielfach beherrschen trad. Eliten das soziale und pol. Leben, sind jedoch z.T. mit Demokratisierungsbewegungen, etwa im Königreich Tonga, konfrontiert. Die e.-pol. Bilanz fällt zwiespältig aus: Trotz erheblicher Probleme (geograph. Isolation, territoriale Zerstreuung mit regionalen Disparitäten, koloniale *Exportökonomien mit Monokulturen, Ressourcenarmut) ist der generelle Lebensstandard der Bev. (etwa gemessen am Pro-Kopf-Einkommen, Sozialindikatoren des Bildungs- u. Gesundheitswesen) höher als in anderen Regionen der Dritten Welt. Eine besondere Rolle spielt dabei die Abh. von den (ehem.) Kolonialmächten durch E.-Hilfe, finanz. Unterstützung von Migranten etc., die insb. in den Staaten mit Assoziationsverträgen institutionalisierte Form erhielt. Eine besondere Rolle im südpazif. Raum spielen Fragen der *Ökologie. Nicht nur verheerende Naturkatastrophen bedrohen die Existenz der Inselwelt, auch die Eingriffe der Menschen haben z.T. katastrophale Folgen (Phosphatabbau auf Banaba und Nauru, Pazifik als Testfeld für Nuklearwaffen und als Atommülldeponie, drohender Anstieg des Meeresspiegels durch die globale Klimaerwärmung). Die regionale Kooperation der Inselstaaten (unter Einbeziehung von Australien u. Neuseeland) im *Südpazifischen Forum (SPF) und ihren zahlreichen Suborganisationen hat in den letzten Jahren auch durch solche Fragen an Bedeutung gewonnen. Der bislang größte Erfolg des SPF war die Durchsetzung des «South Pacific Nuclear Free Zone Treaty» (Rarotonga-Vertrag 1985), der das Stationieren, Testen und Einsetzen von Atomwaffen in der Region untersagt. Dem Abkommen waren 1996 alle fünf Atommächte beigetreten.

2. Ethnisch-kulturell unterscheidet man drei pazif. Großräume: I. MELANESIEN (die schwarzen Inseln, Fläche: ca. 956 000 qkm, Bev.: ca. 7,1 Mio.): 1. *Fidschi. 2. Neu-Kaledonien (Fläche: 19 100 qkm, Bev. 2000: 204 000, Hs. Nouméa: 80 000, frz. Übersee-Territorium, seit den 1980er J. Unabh.-Konflikt, 1998 teilweise

Souveränität). 3. Vanuatu (Fläche: 14763 qkm, Bev. 1999: 180000, Hs. Vila: 17000, unabh. seit 1980). 4. Salomon-Inseln (Fläche: 29788 qkm, Bev. 1999: 392000, Hs. Honiara 1985: 26000, unabh. seit 1978). 5. *Papua-Neuguinea. 6. Irian Jaya (Fläche: 412800 qkm, Bev. über 1 Mio., indonesische Provinz). II. MIKRONESIEN (die kleinen Inseln, Fläche: ca. 3300 qkm, Bev.: ca. 538000): 1. Kiribati (Fläche: 690 qkm, Bev. 2001: 83000, Hs. Bairiki 1983: 2100, unabh. seit 1979). 2. Guam (Fläche: 549 qkm, Bev. 2001: 157000, Hs. Agaña 1991: 30000, US-Territorium mit Selbstverwaltung). 3. Belau (Fläche: 487 qkm, Bev. 2001: 19000, Hs. Koror: 10000, unabh. seit 1980). 4. Vereinigte Staaten von Mikronesien (Fläche: 721 qkm, Bev. 1999: 134000, Hs. Palikir 1980: 5550, unabh. seit 1982). 5. Nördl. Marianen (Fläche: 473 qkm, Bev. 2001: 74600, Hs. Saipan, assoziiert mit den USA, Selbstverwaltung). 6. Marshall-Inseln (Fläche: 181 qkm, Bev. 2001: 59500, Hs. Majuro, assoziiert mit den USA, Selbstverwaltung). 7. Nauru (Fläche: 21,4 qkm, Bev. 2001: 11300, Hs. Yaren, unabh. seit 1968). III. POLYNESIEN (die vielen Inseln, Fläche: rd. 25500 qkm, Bev. ca. 1,8 Mio.): 1. Cook-Inseln (Fläche: 240,6 qkm, Bev. 2000: 20000, Hs. Avarua, assoziiert mit Neuseeland, Selbstverwaltung). 2. Oster-Insel (Fläche: 165 qkm, Bev. 1990: 2100, Hauptort: Hangaroa, chilen. Territorium). 3. Franz. Polynesien (Fläche: 3941 qkm, Bev. 2000: 180000, Hs. Papéete 1983: 78813, frz. Übersee-Territorium, seit den 1960ern Unabh.-Bestrebungen), 4. Hawaii (Fläche: 16705 qkm, Bev. 1998: 1186000, Hs. Honolulu: 365000, 50. US-Bundesstaat). 5. Niue (Fläche: 259 qkm, Bev. 1991: 2100, Hauptort Alofi: 3000, assoziiert mit Neuseeland, Selbstverwaltung). 6. Pitcairn (Fläche: 4,6 qkm, Bev. 1996: 47, brit. Territorium). 7. Amerikanisch-Samoa (Fläche: 197 qkm, Bev. 2000: 244000, Hauptort Pago Pago 1980: 3075, US-Territorium mit Selbstverwaltung). 8. West-Samoa (Fläche: 2935 qkm, Bev. 1999: 169000, Hs. Apia 1984: 36000, unabh. seit 1962). 9. Tokelau-Inseln (Fläche: 10 qkm, Bev. 2001: 1450, Hauptort Fakaofo, neuseeländ. Territorium). 10. Tonga (Fläche: 747 qkm, Bev. 2001: 101000, Hs. Nuku'alofa 1986: 28900, unabh. seit 1970). 11. Tuvalu (Fläche: 24 qkm, Bev. 2001: 10500, Hs. Vaiaku 1991: 3800, unabh. seit 1978). 12. Wallis und Futuna (Fläche: 274 qkm, Bev. 2000: 15500, Hauptort Mata Utu, frz. Übersee-Territorium). 13. Norfolk-Insel (Fläche: 34 qkm, Bev. 1996: 1900, austral. Territorium mit Selbstverwaltung). 14. Torres-Strait-Inseln (Fläche: 70 qkm, Bev. 1996: 6300, Hauptinsel Thursday Island, austral. Territorium mit Selbstverwaltung).

Lit.: W. Wagner (Hg.), Strukturwandel im Pazifischen Raum, Bremen 1988; F. von Krosigk, Struktur- und Entwicklungsprobleme der südpazifischen Inselwelt, in: HDW III, 8, 1994, S. 298ff. rs/kd

PBI →Peace Brigades International

PCCM *Permanent Consultative Committee of the Maghreb* (Ständiges Konsultativkomitee des Maghreb), Sitz in Tunis; oberstes Organ ist die Konferenz der Wirtschaftsmin.; vorrangige Ziele sind die Koordinierung des Transportwesens, die Harmonisierung der Exportpol. und die Regulierung des Stroms von Arbeitskräften. Der 1967 beschlossenen Errichtung eines «Gemeinsamen Nordafrikan. Marktes» folgten wenig konkrete Schritte. Die 1989 gegr. *Arabische Maghreb-Union hat sich u. a. ähnliche Ziele wie das PCCM gesetzt. fn

PDS – entwicklungspolitische Leitlinien Grundlage der EP der PDS ist ein Weltbild, in dem die IL durch Ausbeutung und Unterdrückung die sozialen, wirtsch. und kulturellen Verhältnisse der Welt bestimmen. EP muss für die PDS daher gesamtgesellsch. und globale Veränderungen bedeuten. Die Veränderung von Herrschafts-, Produktions- und Konsumtionsstrukturen ist daher bestimmendes Element der e.-pol. Vorstellungen der PDS. Im Parteiprogramm von 1993 findet sich dies in folgenden – allerdings eher pragmatisch orientierten – Leitlinien: 1. Schuldenerlass für die von der UN als «Länder mit niedrigem Einkommen» eingestuften EL (→LDC, LLDC). 2. Erhöhung des E.-Hilfe-Anteils am BNE der Bundesrep. auf 0,7 %. 3. Abrüstung in den IL, sodass mind. ein Drittel der durch die Abrüstung eingesparten Mittel in die armen Länder geleitet werden kann. 4. Durchsetzung einer neuen Weltwirtschaftsordnung, die auf regionalisierter Wirtschaftsentwicklung und Abbau der wirtsch. Abh. zwischen EL und IL beruht.

In der Programmdebatte innerhalb der PDS konkurrieren mehrere Programmentwürfe unterschiedlicher Gruppierungen der PDS, die sich in Bezug auf die e.-pol. Leitlinien kaum unterscheiden. Graduelle Unterschiede gibt es in der Betrachtung von ursächlichen Zusammenhängen zwischen Kapitalismus und *Armut in den EL: In einem Entwurf bestimmen allg. die kapitalistischen Produktions- und Konsumtionsstrukturen die wirtsch. und pol. Verhältnisse, in zwei anderen Entwürfen werden int. Großkonzerne sowie *IWF und *WTO als Verursacher der Armut in den EL gesehen. Als Konsequenz aus dieser Sichtweise ergeben sich in allen Entwürfen außer der allg. Forderung nach einer Änderung der Weltwirtschaftsordnung nur drei konkrete Forderungen: 1. Schuldenerlass für die EL, 2. eine institutionalisierte Kontrolle der int. Finanzmärkte und 3. drastische Reduzierung von Militärausgaben, um eingesparte Mittel für E.-Hilfe-Zwecke nutzen zu können. Die Forderung nach einer «Institutionalisierung einer sozialen und ökol. Gegenmacht zum Kapitalismus» bleibt diffus. Gemeinsam ist allen Betrachtungen die Forderung nach einer demokrat. Kontrolle der Produktionsmittel sowie die int. Ausrichtung der soz. Pol.

Adresse: Bundesgeschäftsstelle der PDS, Kleine Alexanderstr. 28, 10178 Berlin. E-Mail: bundesgeschaeftsstelle@pds-online.de; Internet: www.pds-online.de tk

Peace Brigades International (PBI) Internationale Friedensbrigaden. Um weltweit zum Abbau von Spannungen und Gewalt beizutragen, entsendet die Nichtregierungsorganisation PBI auf Anfrage int. Freiwilligen-Teams in Konfliktgebiete. PBI bietet durch int. Präsenz und die Einbindung in ein int. Netzwerk Schutz für bedrohte Menschen und unterstützt Versöhnungsinitiativen, Vermittlungen und Verhandlungen. Int. PBI-Teams arbeiten derzeit u. a. in Kolumbien (seit 1994), Mexiko (seit 1999) und Indonesien / Ost-Timor (seit 1999). Der deutsche Zweig der Int. Friedensbrigaden informiert über Projekte, offeriert Seminare und Trainings für Freiwillige. mr

Peace Corps →Entwicklungsdienste, Friedensdienst

Pearson-Bericht Von der * Weltbank einer Expertengruppe unter Leitung des ehem. kanadischen Außenministers Lester Pearson in Auftrag gegebene Untersuchung über die Resultate von 20 Jahren * Entwicklungshilfe, begangene Fehler und bessere Methoden für die Zukunft. Der 1969 vorgelegte Bericht, der die Erfahrungen nur derjenigen Länder auswertete, die westl. E.-Hilfe erhielten und der * Modernisierungsstrategie folgten, kam u. a. zu folgenden Ergebnissen und Empfehlungen: Förderung von * Direktinvestitionen in den EL; Verbesserung des Investitionsklimas in den EL; günstigere Bedingungen für * öffentliche Hilfe an die EL (Reduzierung der Zinssätze, längere Laufzeiten, Abbau der * Lieferbindung); Erhöhung der E.-Hilfe der IL auf 1 %, der öfftl. Hilfe auf 0,7 % des BNE (bis 1975); Zahlungserleichterung für EL-* Schuldendienst. Die IL begrüßten den Bericht, während er in den EL überwiegend skeptisch aufgenommen wurde.

Lit.: L. Pearson, Partners in Development, Report of the Commission on International Development, New York, Washington, London 1969. dn

Peripherer Kapitalismus Der **dependencia* zuzuordnende Theorie, die in den 1970er Jahren vor allem von Dieter Senghaas vertreten wurde und für die typisch war, dass sie UE als «ein historisch sich entfaltendes integrales Moment des von kapitalistischen Metropolen dominierten int. Wirtschaftssystems und damit der int. Gesellschaft» begriff. Dem Strukturwandel in den IL entspreche ein durch den Weltmarkt vermittelter Wandel in den EL, die E. der Ersten und die UE der Dritten Welt seien komplementär.

Die Theorie des p.K. distanziert sich damit von *modernisierungstheoretischen Modellvorstellungen, unterscheidet sich aber auch von jenen Dependenztheoretikern, die die «Entwicklung der Unterentwicklung» (Frank) als einen wachsenden Transfer des Mehrprodukts der Länder der Dritten Welt in die IL charakterisieren, was Erstere in ihrer E. immer weiter zurückwerfen muss. Brasilien ist ein Beispiel für ein EL mit einer am Wachstum des BNE ablesbaren ökon. Dynamik. Die Theorie des p.K. betont jedoch, dass wirtsch. Wachstum in der Dritten Welt durch deren Einbindung in den kapitalistischen Weltmarkt deformiertes Wachstum ist:

a) rel. stagnierende *Produktivität im nicht-exportorientierten landw. Sektor (Unterversorgung); b) Fehlen bzw. stagnative E. der Produktion von Massenkonsumgütern im Unterschied zu der zum Teil florierenden Produktion von Luxuskonsumgütern (Spiegel der Einkommensstruktur); c) Fehlen bzw. stagnative E. eines eigenständigen Produktionsgütersektors, der die Ausrüstungsgüter für die Produktion von Konsumgütern, von Zwischenprodukten und Produktionsmitteln bereitstellen würde (technol. Abh.); d) als Resultat a–c: mangelnde Rückkopplung einer Produktion von Produktionsgütern mit einer Produktion von Massenkonsumgütern unter Eingliederung des landw. Sektors.

Während der Kapitalismus der Metropolen sich innerhalb einer kohärenten Reproduktionsstruktur entwickelt, also Bedürfnissen folgt, die sich aus der Logik und dem Gleichgewicht der eigenen Produktionsstruktur ergeben, trägt der p.K. nicht den Bedürfnissen der Länder der Dritten Welt, sondern denen der IL Rechnung. *Strukturelle Heterogenität ist die gesellsch. Konsequenz in den EL. Zu ihrer Überwindung und damit der UE empfahl Senghaas den Ländern der Dritten Welt eine Strategie der *Dissoziation vom kapitalistischen Weltmarkt. Dadurch soll es ihnen ermöglicht werden, ihre strukturelle Abhängigkeit zu überwinden und einen E.-Weg gemäß ihren eigenen Bedürfnissen (*autozentrierte Entwicklung) zu gehen.

Lit.: D. Senghaas (Hg.), Peripherer Kapitalismus, Frankfurt 1974; ders., Weltwirtschaftsordnung und Entwicklungspol., Frankfurt 1977; ders.: Von Europa lernen, Frankfurt 1982.

rs

Peronismus →Argentinien

Persien →Iran

Personelle Zusammenarbeit, Teil der *Bilateralen Zusammenarbeit, umfasst die Entsendung von Fachkräften (*Entwicklungsexperten, *Integrierten Fachkräften, *Entwicklungshelfern) in EL; die Aus- und Fortbildung von Personen/Fachkräften aus den EL; die Unterstützung von Maßnahmen der *Reintegration. P. Z. zielt auf die Vermittlung von *Know-how* in den verschiedensten Bereichen, z.B. Landw., Ind., Bildung und Wiss., materielle und soziale *Infrastruktur etc. Die BRD betont unter dem Grundsatz des geringsten Eingriffs: 1. Aus- und Fortbildung von Fachkräften möglichst im gegebenen sozialen und kulturellen Raum, sprich jeweiligen EL; 2. Einsatz deutscher Fachkräfte unter Rücksichtnahme auf die sozialen und kulturellen Gegebenheiten des EL und nur, wenn keine einheim. Fachkraft zur Verfügung steht. Die Abwicklung der p.Z. erfolgt je nach Typ der Fachkraft und danach, ob Ausbildung, Entsendung oder Reintegration vorliegt, über versch. Stellen, u.a. Entwicklungsexperten: *GTZ, *ZAV, *CDG, *DSE, *Politische Stiftungen, *Kirchen; Integrierte Experten: *CIM, *DAAD; Entwicklungshelfer: *DED, *AGEH, *DÜ, *WFD, *Eirene.

Lit.: D. Mezger/H. Warth, Instrumente der

personellen Zusammenarbeit und ihre Eignung für die Beschäftigung einheim. Fachkräfte, Köln 1994. dn

Peru

Fläche (Tsd. qkm): 1285,216
Bev. (Mio.) 2001: 26,10
BNE pro Kopf (US-$) 2000: 2100
BIP (Mio. US-$) 2000: 53882
LE (Jahre) 1999: 68,7
Analphabetenquote (%) 1999: 10
HDI 1999: 0,743 [Rangplatz von 162: 73]

Die * Demokratisierung P.s in den 1980er J. mündete im * autoritären Regime Fujimori, dessen Konsolidierung trotz der unbestreitbaren Erfolge in der Bekämpfung des maoistischen * Terrorismus aufgrund interner Widersprüche, Korruption und krimineller Machenschaften von Amtsträgern nicht gelang. Mit der Amtsenthebung Fujimoris, einer Übergangsreg. und Neuwahlen erhielt P. eine zweite Chance.

1. P. gliedert sich topographisch in drei Großräume: die Küste (*Costa*), die sich aus Wüsten und fruchtbaren Flussoasen zusammensetzt und wo auf nur 12 % des Staatsgebietes mehr als die Hälfte der Bev. lebt, ein großer Teil davon in der Hs. Lima; das Hochland (*Sierra*), das aus dem parallel zur Küste verlaufenden Andenmassiv und seinen Ausläufern besteht und auf 30 % der Landesfläche etwa 36 % der Bev. beheimatet; das östl. gelegene Tiefland (*Selva*), das die trop. Regenwaldregion des Amazonas und seiner Nebenflüsse sowie die angrenzenden Gebiete umfasst und nur dünn besiedelt ist (58 % der Fläche, 12 % der Bev.). Agrarwirtsch. genutzt werden v.a. die Flussgebiete der Küstenregion (Exportgüter und Nahrungsmittel) und das Hochland als trad. Siedlungsgebiet von *indígenas*, die zur Subsistenz oder zur Belieferung lokaler Märkte Landw. und Viehzucht betreiben. P. verfügt vornehmlich in der Sierra über bedeutende Vorräte an Metallen und Mineralien, die in bedeutendem Maße abgebaut und z.T. im Land verarbeitet werden. Bei Silber, Zink, Blei und Kupfer gehört P. zu den weltgrößten Förderländern. Abgesehen vom Bergbau konzentrieren sich Ind.- und Dienstleistungsbetriebe weitgehend auf die Küstenregion und dort auf den Großraum Lima. Ethnisch gliedert sich die Bev. in etwa 45–50 % Indianer, rd. 35 % Mestizen, zwischen 10 % und 15 % Weiße sowie kleine schwarze, mulattische und asiat. Minderheiten. Die Amtssprache ist Spanisch, die von einem Teil der indigenen Bev. jedoch nicht beherrscht wird. Vorherrschende Indianersprachen sind Quechua und Aymara. Die große Mehrheit der Bev. gehört dem kath. Glauben an.

2. Die span. Eroberer errichteten Anfang des 16. Jh.s ihr Kolonialreich auf den Trümmern des kulturell hoch stehenden und wirtsch. prosperierenden Inkastaates, der vom heutigen Chile bis Ecuador reichte. Die binnenorientierte Selbstversorgungswirtschaft der Inkas wandelten sie in eine Ökonomie um, deren Grundpfeiler der exportorientierte Bergbau (Silber, Gold) und das den internen Markt mit Lebensmitteln versorgende * Latifundium bildeten. Nach der Unabh. (1821) versorgte P. den Weltmarkt mit Guano und Salpeter; die Gewinne dieses Exportbooms (1840 bis 1880) wurden in den Aufbau von Agrar- und Bergbau-Exportenklaven investiert. Zwar ging die Weltnachfrage nach Guano zurück, und die Salpetervorkommen fielen im Pazifikkrieg (1879 bis 1884) an Chile, doch die bereits rel. diversifizierte Exportstruktur ermöglichte in der «aristokratischen Republik» (1895 bis 1919) erneut einen exportorientierten Akkumulationszyklus. Das pol. System wurde von einem «oligarchischen» Block von Oberschichtgruppen (Exporteure, Handelsbourgeoisie, präkapitalistisch produzierende Großgrundbesitzer) beherrscht, die nach der Jh.-Wende US-Kapital die Übernahme des devisenträchtigen Bergbau- und Ölsektors ermöglichten. Die Unfähigkeit des oligarchischen Staates, die Forderungen der wachsenden städt. und ländl. Unter- und Mittelschichten nach pol. * Partizipation und sozialen Reformen zu erfüllen, führte an-

gesichts einer starken antioligarchischen und antiimperialistischen Massenbewegung (organisatorischer Ausdruck: die von Mariátegui gegr. Soz. Partei und die bedeutendere *populistische *APRA) zum Rückgriff der Herrschenden auf Diktaturen (Leguía: 1919 bis 1930, Sánchez Cerro: 1930 bis 1933, Benavides: 1933 bis 1939, Odíra: 1948 bis 1956). Während einiger «demokratischer» Zwischenspiele (unter den Regierungen Prado, 1939 bis 1945, Bustamante, 1945 bis 1948, und der *Convivencia* [gemeinsame Reg.] APRA-Prado, 1956 bis 1962) vollzog die APRA eine Rechtswendung und verhalf den Vertretern oligarchisch-bürgerlicher Interessen durch ihre Unterstützung zum Wahlsieg.

3. Nach dem 2. WK setzte unter starker Beteiligung von US-Kapital ein Prozess *importsubstituierender *Industrialisierung ein. Bauernrevolten, Migration der Landbev. in die Städte, Radikalisierung von Teilen der Mittelschicht und Entstehen einer nat. Bourgeoisie ließen reformistische Optionen erstarken, die sich pol. jedoch nicht durchsetzen konnten. Ein Putsch der Militärs, die 1968 die reformunfähige Reg. Belaúnde absetzten, leitete den Versuch der Streitkräfte ein, durch Strukturreformen die Bedingungen für eine kapitalistische Modernisierung des Landes zu schaffen. Dabei wurde die Oligarchie entmachtet, der Staat avancierte zu einem wichtigen Wirtschaftsfaktor und die *Gewerkschaften sowie die Linke zu einflussreichen pol. Akteuren. Ab Mitte der 1970er J. geriet das Land in eine tiefe, anhaltende Wirtschaftskrise. Das Scheitern des Reformvorhabens der Militärs führte zur Rückkehr zum *Exportmodell und zur *Demokratie. Die demokratisch gewählte Reg. Belaúnde (1980–85) schaffte viele der Reformen der Militärs ab und setzte weitgehend erfolglos auf *neoliberale, durch den *IWF inspirierte Sanierungskonzepte. Die Wahlen von 1985 brachten erstmals seit der Parteigründung (1924) die APRA an die Macht. Die «heterodoxe» Wirtschaftspol. des neuen Präs. und Hoffnungsträgers Alan García (Nachfrageausweitung, Produktionsanreize, Schuldenmoratorium etc.) kurbelte kurzfristig die Wirtsch. an, doch der Aufschwung stieß mangels Modernisierungen und Neuinvestionen rasch an seine Grenzen. 1987 setzte eine rasante wirtsch. Talfahrt ein. Die Hyperinflation und der verschärfte Guerilla-Krieg des **Sendero Luminoso* (und des weit weniger bedeutenden *Movimiento Revolucionario Tupac Amáru*, MRTA) erlangten im Bewusstsein vieler Peruaner existenzbedrohende Ausmaße. Im Kontext einer katastrophalen wirtsch. und sozialen Lage, der völligen Diskreditierung der trad. *politischen Parteien und des anhaltenden Guerilla-Kriegs wurden die Präs.-Wahlen von 1990 von Alberto Fujimori gewonnen, einem pol. Außenseiter, der sich mit seiner eigens gegr. Partei (*Cambio 90*) gegen den Schriftsteller Mario Vargas Llosa durchsetzte. Nach seinem Amtsantritt leitete Fujimori mit einem neoliberalen «Schockprogramm» just jene Wende in der Wirtsch.-Pol. ein, die Vargas Llosa propagiert hatte. Er geriet dabei jedoch zunehmend mit dem Parl. in Konflikt. Im April 1992 putschte Fujimori mit Unterstützung der Militärs. Der von ihm selbst gesteuerte Redemokratisierungsprozess begann im Nov. 1992 mit (z.T. boykottierten) Wahlen zu einer Verfassunggebenden Versammlung. 1994 wurde eine neue, auf Fujimori zugeschnittene Verfassung (1994) verabschiedet. Sie stärkte die Stellung des Präs. und erlaubte seine Wiederwahl. Bei den Wahlen von 1995 gewann Fujimori gegen den ehemaligen UN-Generalsekretär J. Pérez de Cuéllar. Fujimori verfügte zeitweise über eine beachtliche Popularität, die u. a. auf der Eindämmung der Inflation (1990: 7657 %, 1995: 10 %) und auf spektakulären Erfolgen bei der Bekämpfung der Guerilla beruhte. Allerdings wurde der autoritäre Führungsstil des Präs. seiner Popularität zusehends abträglich. Seine wichtigste Machtstütze blieb der Rückhalt des Militärs.

Nachdem die Opposition durch einen

Volksentscheid eine Wiederwahl Fujimoris verhindern wollte, erklärte 1998 das Oberste Gericht seine Kandidatur für eine dritte Amtszeit für rechtmäßig. Durch Wahlmanipulation gelang Fujimori im zweiten Wahlgang die Wiederwahl, nachdem der Gegenkandidat Alejandro Toledo sich aus der Stichwahl zurückgezogen hatte. Durch eine Videokassette, die die Bestechungspraktiken des Regimes durch den Sicherheitschef Vladimiro Montesinos dokumentiert, wurde Fujimoris Position unhaltbar. Er setzte sich nach der Teilnahme am *APEC-Gipfel in Brunei nach Japan ab. Der Kongress wählte am 22. 11. 2000 Valentín Paniaguía zum Präs. mit der Aufgabe, P. zur Demokratie zurückzuführen. Aus den sauberen Neuwahlen vom 8. 4. 2001 ging A. Toledo von *Peru Posible* als Sieger hervor (1. Wahlgang 36,5 %; 3. 6. Stichwahl 53,1 % der Stimmen). Das kurze Gedächtnis der peruan. Wähler kam in dem hohen Stimmenanteil für den Ex-Präs. Alan García zum Ausdruck, dessen verheerende Reg.-Leistung Fujimori an die Macht gebracht hatte. Die zweite Chance der Demokratisierung bewirkte eine allg. Aufbruchstimmung, die sich angesichts des rapiden Autoritätsverfalls Toledos sowie erheblicher Koordinierungs- und Akzeptanzprobleme seiner Pol. rasch verflüchtigte. Mitte 2002 spitzte sich die Krise mit regionalen Aufständen gegen die Pol. der wirtsch. Reformen zu.

4. Die Exportpalette Perus setzte sich bis in die 1960er J. fast ausschließlich aus sog. traditionellen Exportprodukten zusammen (Kupfer, Gold, Zink, Blei, Silber, Erdöl sowie Kaffee, Zucker, Baumwolle und Fischmehl). Ab den 1970er J. kamen staatl. gefördert auch nicht-trad. Exportprodukte hinzu (verarbeitete Güter wie Textilien und Halbfabrikate), die zu Beginn der 1990er J. schon fast 1/3 der Exporte stellten. Die peruan. Wirtsch. hat sich bis zur Importsubstitutionsphase der 1950er J. ausschließlich und danach in hohem Maße in Abh. von den Exportsektoren entwickelt. Wegen ihrer starken Außenverflechtung ist die peruan. Ökon. gegen Preisschwankungen auf dem Rohstoffweltmarkt empfindlich. Periodische Einnahmeeinbrüche und dadurch verursachte Handels- und Zahlungsbilanzdefizite können heute nicht mehr durch In-Wert-Setzung leicht erschließbarer Rohstofflager und Ausdehnung der exportorientierten Agrarproduktion ausgeglichen werden. Immer wieder nahmen Reg. deshalb Zuflucht zu Krediten, was die peruan. Außenverschuldung hochgetrieben hat. Ausl. Kapital spielt in P. traditionell eine dominierende Rolle. Nach der Jh.-Wende löste US-Kapital das bis dahin vorherrschende brit. (Schwerpunkt: Handel, Finanzen, Transport) ab und konzentrierte seine Investitionen in produktiven Bereichen (Minen, Öl, Landw.). An der importsubstituierenden Industrialisierung der 1950er J. partizipierten Ausländer massiv. Zwischen 1968 und 1980 suchte ein reformistisches Militärregime nach einem «*Dritten Weg» zwischen Kapitalismus und *Sozialismus, zwischen Reduzierung der Abh. und Weltmarktintegration. Im Zuge der Industriereform der Militärs wurde zwar nicht die Dominanz des Auslandskapitals gebrochen, sein Handlungsspielraum aber deutlich reduziert (Verstaatlichung ausl. Ölfirmen, Bergbauunternehmen und Grundstoffindustrien). Staatl. bzw. nat. Kontrolle über den Akkumulationsfonds, Vermaschungsimpulse und Ausbau der *Infrastruktur sollten ein selbst tragendes, nach innen gerichtetes Wachstum ermöglichen; eine weitgehende *Agrarreform und die Subventionierung des Grundkonsums sollte die soziale Lage der armen Mehrheit verbessern und Partizipationschancen eröffnen. Das Projekt scheiterte in der zweiten Hälfte der 1970er J. an Richtungskämpfen im Militär, zivilem Widerstand und einer schweren Wirtschaftskrise, welche auch noch die Reg.-Zeit Belaúndes und Garcías überschattete.

Von der Landw. lebt 1/3 der Bev. Ihr mit 7 % (1994) geringer Beitrag zum BIP ist

Hinweis auf niedrige Produktivität. (Die Ind. stellt 17 % der Arbeitsplätze und erwirtschaftet 37 % des BIP.) Die Agrarreform der Militärs hat zwar die Besitzverhältnisse partiell verändert und die alte Landoligarchie entmachtet. Aber nur 1/4 der Bauern erhielten Land oder einen festen Arbeitsplatz. Durch die Boden- und Agrarpol. der 1980er J. hat sich das Agrarproblem wieder verschärft und der Migrationsstrom in den informellen Sektor der Städte verstärkt.

5. Ein krasser Gegensatz zwischen Reichtum und Armut kennzeichnet die Einkommensverteilung in Peru. 1991 verbrauchten die untersten 10 % der Bev. lediglich 2 % des Konsums, die obersten 10 % hingegen 31 %. Hinzu kommt ein deutliches Stadt-Land-Gefälle. Die Sozialausgaben pro Kopf waren in den 1970er und 1980er J. rückläufig und lagen 1991 unter einem Drittel des Niveaus von 1970. Mittels spezieller Sozialprogramme wurden in den 1990er J. die sozialen Kosten der makroökon. Anpassungsprogramme abzufedern versucht, indem nat. und int. Ressourcen in die Finanzierung dezentraler Projekte u. a. in den Bereichen * Ernährung, * Gesundheit, * Bildung geleitet wurden. Die soziale Situation der Bev. ist gerade in ländlichen Regionen prekär.

Lit.: U. Wachendorfer, Bauernbewegungen in Peru, Heidelberg 1984; A. Wachendorfer, Gewerkschaft und Militärs in Peru 1968–1978, Heidelberg 1989; A. Faust, Armut und Wohlstand im ländlichen Peru, Freiburg 1991; J. Merz, Peru: Die Logik des Autoritarismus, Münster/Hamburg 1992; J.-M. Rodrigo, Der dritte Sendero, Zürich 1993; H. Fuhr/M. Hörmann, Peru, in: HDW III, 2, Bonn 1995, S. 441 ff.; Fujimoris Peru – eine «Demokratie neuen Typs»?, Lateinamerika. Analysen – Daten – Dokumentation 29, Hamburg 1995; E. v. Oertzen, Peru, München 1996. dd/mik

Petrolatin Multinationales Unternehmen, Mitte 1982 im Rahmen des * SELA von den verstaatlichten Erdölgesellsch. Brasiliens, Mexikos und Venezuelas gegr.; Ziel: bessere Nutzung der regionalen Ressourcen. Petrolatin war der vorläufige Schlusspunkt einer Reihe von lateinamerik. Kooperationsbemühungen im Energiesektor, aus denen bereits 1965 das Übereinkommen über den gegenseitigen Beistand hinsichtlich staatl. Erdölförderung und -verteilung (ARPEL) und 1973 * OLADE hervorgegangen war.

wh

Pfadabhängigkeit Der im Wesentlichen auf Paul A. David zurückgehende Begriff bezeichnet ursprgl. eine Eigenschaft von ökon. Allokationsprozessen. Pfadabh. sind Prozesse, deren Verfahrensgeschichte eine dauerhafte Auswirkung auf die Ergebnisse späterer Allokationen besitzt, ohne deswegen deterministisch zu sein. Die dynamischen Eigenschaften eines solchen Verfahrens bewirken die Persistenz einzelner, kontingenter Ereignisse. Nichtvorhersagbarkeit, Inflexibilität und potenzielle Ineffizienz sind die drei wesentlichen Eigenschaften eines solchen Prozesses. Die Nichtvorhersagbarkeit drückt dabei die Bedeutung kleiner, persistenter Ereignisse in der Geschichte aus, die Inflexibilität den *lock-in*-Effekt, also einen Selbstverstärkungseffekt einmal getroffener Entscheidungen, und die potenzielle Ineffizienz die mangelnde reinrationale Allokation, aufgrund tradierter Pfade, denen der Prozess folgt. Dieses Konzept der Innovationsökon. wurde auch auf pol. Prozesse übertragen (s. Schultze 2002). Im Bezug auf EL wird die Bedeutung der jeweiligen Historie für den Prozess der pol. und makroökon. Erneuerung betont, wobei manchmal eine pessimistische Konnotation der irreversiblen Entwicklungen, die spontane und rationale Aktionen unwahrscheinlich machen, mitschwingt. Auf die Zukunft bezogen, betont dieses Konzept die Bedeutung unscheinbarer, innovativer Ereignisse, deren Auswirkungen kaum im Voraus zu berechnen sind, welche aber durch ein Klima der langfristigen Zukunftsorientierung und Innovationsfreudigkeit verstärkt auftreten können. Im Zusammenhang mit dem globalen Wettbewerb kann dieses Konzept sowohl die begünstigte Position der bereits entwickelten Länder ausdrücken, deren Produkte sich durchgesetzt haben und die darauf aufbauend neue Produkte auf den Markt bringen können, ebenso aber die Chance für die Länder der * Dritten Welt, von festgefahrenen Denk- und Produktionsweisen der entwickelten Staaten zu profitieren, indem sie völlig neue, potenziell zukunftsfähige Produkte und Produktions- sowie Vermarktungsweisen forcieren. Ob dann jene wirtsch.-techn. E. – wie etwa in einigen asiat. Ländern (* Tigerstaaten) – ebenfalls die verkrusteten pol. und gesellsch. Strukturen zu durchbrechen vermag, ist abzuwarten.

Lit.: D. Bohle, Der Pfad in die Abhängigkeit? Eine kritische Bewertung institutionalistischer Beiträge in der Transformationsdebatte, Berlin 1999; R. Ackermann, Pfadabhängigkeit, Institutionen und Regelreform, Tübingen 2001; R.-O. Schultze, Pfadabhängigkeit, in: D. Nohlen/R.-O. Schultze (Hg.), Lexikon der Politikwissenschaft, München 2002, S. 643 f. my

PFI *Political Freedom Index*, Index zur Messung der Verwirklichung der Menschenrechte, den * UNDP 1992 in Ergänzung zum * HDI vorgeschlagen hat. Der * HDR 1992 stellte eine «Checkliste von Indikatoren» für fünf grundlegende Konzepte auf: Sicherheit der Person, Rechtsstaatlichkeit, Meinungsfreiheit, pol. Beteiligung, Chancengleichheit. dn

PHARE Programm finanz. und techn. Hilfe der EU bei der Umgestaltung zur Marktwirtsch. in Form von nicht rückzahlbaren Zuschüssen an die MOE-Transformationsländer, ursprgl. für Polen und Ungarn eingerichtet (daher: *Poland and Hungary Action for Restructuring of the Economy* = PHARE). dn

Philippinen

Fläche (Tsd. qkm): 300
Bev. (Mio.) 2001: 77,10
BNE pro Kopf (US-$) 2000: 1040
BIP (Mio. US-$) 2000: 75 186
LE (Jahre) 1999: 68,9
Analphabetenquote (%) 1999: 5
HDI 1999: 0,749 [Rangplatz von 162: 70]

1. Die 7107 Inseln der P. bilden den größten Archipel der Erde. Dessen Hauptinseln sind von N nach S: Luzon (mit der Hs. Manila), die Inselgruppe der Visayas und Mindanao. Bergketten durchsetzen das Land. An ihren Hängen und in den Ebenen ist Landw. möglich. Die P. sind reich an trop. Edelhölzern, Kupfer-, Gold-, Silber-, Eisenerz- und Zinkvorkommen.

2. 1521 wurden die P. durch Magalhães entdeckt. Der spanischen Herrschaft (1565–1898), gegen die sich die Filipinos in Befreiungskämpfen seit 1870 zur Wehr setzten, folgte 1899 die gewaltsame Annexion des Landes durch die USA als Resultat des span.-amerik. Krieges. Unterbrochen wurde die amerikanische Herrschaft nur durch die japan. Besetzung im 2. WK. Die Entlassung der P. in die Unabh. (1946) wurde von den USA mit einer Reihe von Bedingungen verbunden, wie der Gewährung von Pachtrechten für die beiden größten US-Militärstützpunkte im Pazifik, der Garantie weitgehender Sonderrechte für US-Bürger (bis 1974 waren US-Unternehmen einheimischen gleichgestellt) und Vetorechten in der phil. Außenhandelspol. Nachdem ein neuer Pachtvertrag zwischen den P. und den USA am 16. 9. 1991 im Senat abgelehnt worden war, endete die US-Militärpräsenz auf den P. mit der Räumung der Subic Bay am 31. 12. 1992.

3. Rund 58 % der Bev. lebt in den Städten (1999), und der Zustrom vom Lande hält an. Allein in Manila leben 8 Mio. Menschen, nahezu 1 Mio. als * Marginalisierte in den Slums. Wegen der vielen unterschiedlichen ethn. Gruppen ist die Sprachvielfalt groß. Von 76 indigenen Sprachen werden nur sieben von jeweils ca. einer Mio. Menschen gesprochen. Die Staatssprache Filipino spricht mehr als die Hälfte der Bev. (in Städten 3/4), Englisch sprechen fast 45 %. Über 80 % der Bev. des Landes sind kath. Der Analphabetismus konnte durch beträchtliche Anstrengungen im Bildungswesen auf 5 % (1999) gesenkt werden. Auch die gesundheitliche Versorgung wurde verbessert.

4. Die 1934/35 ausgearbeitete, bis 1972 gültige Verfassung der P. lehnte sich stark an das amerik. Vorbild an: Präsident, Le-

gislative aus zwei Kammern (Repräsentantenhaus, Senat), zwei Parteien (Liberale, *Nacionalistas*), die um die staatl. Macht konkurrierten, alle vier J. getrennte Wahlen zur Präsidentschaft und zu den legislativen Körperschaften. Demokratische Entscheidungsprozesse wurden allerdings durch den Einsatz privater Schlägertrupps, Wahlbetrug und Korruption im Interesse einzelner Fraktionen der Oligarchie stark beeinträchtigt. Mit dem Aufschwung von *Guerilla-Bewegungen Ende der 1960er und Anfang der 1970er J. und ökon. Krisenerscheinungen im Lande sah der seit 1965 regierende Präs. F. E. Marcos sowohl das pol. System als auch seine persönliche Herrschaft bedroht. Er verhängte 1972 den bis 1981 andauernden Ausnahmezustand gegen den Widerstand von Teilen der Oligarchie und begleitet von Protesten der kath. Kirche. Das Kriegsrecht ermöglichte Marcos zusammen mit seiner Frau eine diktatorische Herrschaft, die er als Weg zu einer «Neuen Gesellschaft» ideologisch zu verbrämen suchte.

5. Mit der Schaffung einer Freihandelszone zwischen den USA und den P. (1909/1913) wurde die phil. Wirtsch. strukturell in den Weltmarkt eingegliedert. Im Agrarsektor wurden neben mehr Reis und Mais für den internen Markt zunehmend **cash crops* (Zuckerrohr, Kokosnüsse, Abacá-Fasern, Tabak) angebaut. Über die Einführung bisher unbekannter Landtitel sowie über Verschuldungsprozesse wurden die Bauern zu Pächtern, die meist 50 % ihrer Ernte an die Landbesitzer abzuliefern haben, oder zu landlosen Arbeitern. Proletarisierung und Verarmung weiter Teile der Landbev. wurden durch das Bev.-Wachstum beschleunigt. Das ehemalige Rohstoffexportland exportiert heute v. a. elektronische Geräte und Bauteile (2000: 61,7 % Exportanteil), des Weiteren Bekleidung, Mineralien, Obst und Gemüse. In der Landw. waren 2000 dennoch 39,5 % der Erwerbstätigen tätig (1993: 46 %), im Dienstleistungsbereich 45,2 % (38 %), in der Ind. 15,3 % (16 %). Nach dem 2. WK versuchte der phil. Staat, durch Importkontrollen, selektive Zollpol., Steuererleichterungen und billige Kredite eine *importsubstituierende *Industrialisierung zu ermöglichen. Diese Pol. kam allerdings v. a. den finanzstarken Landbesitzern und der Handels- u. Finanzbourgeoisie zugute und scheiterte insbes. an der geringen Aufnahmefähigkeit des inneren Marktes. Die Ind. vermochte nicht in genügendem Umfang die in der Landw. freigesetzten Arbeitskräfte zu absorbieren, wenngleich beispielsweise die Produktion von Halbleitern (1982: 14,8 % des Gesamtexports) und Textilien erheblich anstieg. Der tertiäre Sektor wurde personell aufgebläht. Die Krise des Agrarsektors hatte auch Auswirkungen auf den urbanen Bereich, wo die durchschn. *Produktivität, die Löhne und – durch die steigenden Agrarpreise – auch die Realeinkommen sanken. Das Volkseinkommen in den P. ist heute stark ungleich verteilt. 4 % der Gesamtbev. verfügt über die Hälfte des Volksvermögens.

6. Die «Kumpanei-Wirtschaft» (Hanisch) des Marcos-Regimes beruhte zum Ersten auf der Entmachtung der bisher regierenden Agraroligarchie und zentraler Steuerung durch unpol. Technokraten; zum Zweiten auf ausgedehnten und wachsenden *Klientel- und Patronageleistungen durch Verteilung privatwirtsch. und staatl. *Ressourcen; zum Dritten auf der Garantie, Ruhe und Ordnung aufrechtzuerhalten (Bedrohung durch die seit 1969 verstärkt auftretende kommunistische *Guerilla der *New People's Army*; Bürgerkriegssituation aufgrund des Konflikts Moslems – Christen auf Mindanao seit 1972). Mit abnehmenden Wachstumsraten und zunehmender Auslandsverschuldung musste Marcos auf Veranlassung des *IWF Strukturreformen (Reduzierung der Staatsausgaben und des Haushaltsdefizits) in Angriff nehmen, die den Nerv des Regimes (abnehmende Kapazität, sich Massenloyalität gegen Gewährung von Vorteilen und Vergünstigungen zu er-

kaufen) trafen. Die Koalition aus Technokraten und der Regime-Klientel wurde brüchig, als der IWF Erstere als Ansprechpartner suchte, während Letztere ihre Interessen durch die Reformen direkt gefährdet sahen. Parl.-Wahlen (1978) und die Aufhebung des Kriegsrechts (1981) konnten die Dauerkrise nicht beenden. Der Oppositionspol. Benigno Aquino wurde im Aug. 1983 bei seiner Rückkehr aus dem amerikanischen Exil in Manila von regimetreuen *hardliners* erschossen. Die hieraus resultierende Spaltung und Polarisierung innerhalb der phil. Gesellschaft wurde noch verstärkt durch Massenentlassungen, Rückgang des Wirtsch.-Wachstums und sinkende Einkommen. Die Parl.-Wahlen vom Mai 1984 endeten mit Erfolgen der Opposition (61 Mandate; 1978: 16) gegenüber der Reg. (122 Mandate; 1978: 135). Zur Wiederherstellung seiner Legitimität (u. a. mit Rücksicht auf die USA) kündigte Marcos für Febr. 1986 vorgezogene Präs.-Wahlen an. Eine breite Massenmobilisierung unterstützte die Oppositionskandidatin Corazon Aquino, Witwe des ermordeten Oppositionsführers, während ihres Wahlkampfes. Erst die Anerkennung des Wahlsiegs Aquinos durch Teile der Streitkräfte besiegelte den endgültigen Sturz Marcos' (Februar 1986) und den Übergang zu einem demokratischen Regime, das durch Verfassunggebung (Ende 1986) und neuerliche Parl.-Wahlen (Mai 1987) institutionell stabilisiert wurde. Am 16. 6. 1992 wurde der Kandidat Fidel Ramos zum Sieger im Wahlgang um die Präsidentschaft erklärt und am 22. 6. 1992 vom Kongress zum neuen Präs. erklärt. Im September 1996 unterzeichneten Ramos und der Führer der MNLF (*Moro National Liberation Front*), Nur Misuari, einen Friedensvertrag, der den Guerilla-Krieg mit dem Ziel, einen eigenen muslimischen Staat zu errichten, beendete, indem die Zentralreg. 14 Provinzen auf der Insel Mindanao der MNLF in Teilautonomie als Autonome Region Muslimisches Mindanao (ARMM) überließ. Das Oberste Gericht der P. entschied im Juni 1997, Ramos bei den 1998 stattfindenden Präs.-Wahlen keine Kandidatur für eine zweite Amtszeit zu gestatten. Aus diesen Wahlen (Mai 1998) ging Joseph Estrada mit 46 % der Stimmen als Sieger hervor. Gegen ihn wurden schwere Korruptionsvorwürfe erhoben und richteten sich Massendemonstrationen mit der Forderung nach Rücktritt, der besiegelt war (20. 1. 2001), als die Militär- und Polizeiführung Estrada ihre Unterstützung entzog. Das Parlament bestellte die Vizepräs. Gloria M. Arroyo als Nachfolgerin, der Oberste Gerichtshof bestätigte sie am 2. 3. 2001 als rechtmäßige Präs. Bei den Parl.-Wahlen vom 14. 5. 2001 erweiterte Arroyo ihre Machtbasis. Innenpol. galt ihr Hauptaugenmerk den Guerilla-Gruppen. Mit der separatistischen Moro Islamic Liberation Front (MILF) unterzeichnete sie (auf Vermittlung Libyens) am 23. 6. ein Waffenstillstandsabkommen und am 7. 6. (auf Vermittlung Malaysias) einen Rahmenvertrag als Vorstufe eines Friedensabkommens. Er sieht vor, die autonome Region ARMM um weitere Gebiete auf Mindanao und versch. Inseln zu erweitern. Gegen die Abu-Sayyaf-Rebellen, die Geisel-nehmenden Terroristen auf der Insel Jolo, ging Arroyo – mehr oder weniger erfolgreich – mit militärischen Mitteln vor.

Lit.: J. Rüland, Die Philippinen: Zwischen Repression und Widerstand, Freiburg 1982; R. Hanisch, Die Regierung Aquino zwischen Militärputsch und kommunistischer Rebellion, in: APuZ 25–26/88, S. 31 ff.; ders., Philippinen, München 1989; U. Nimsdorf, Anatomie einer Revolution. Herrschaft, Krise und Umbruch in den Philippinen, Saarbrücken/Fort Lauderdale 1989; R. Hanisch, Philippinen, in: HDW III, 7, 1994, S. 476 ff.; Ch. Hartmann u. a., Philippines, in: D. Nohlen/F. Grotz/Ch. Hartmann (Hg.), Elections in Asia and the Pacific, Bd. 2, Oxford 2001, S. 185–238. rs/ef

Physical-Quality-of-Life-Index →Armut

Physikalisch-Technische Bundesanstalt →PTB

pipeline →Verpflichtungsermächtigungen

Pitcairn →Pazifische Inselwelt

PKK Arbeiterpartei Kurdistans, deren Tätigkeit in der Bundesrepublik Nov. 1993 verboten wurde. red

PL 480 Gesetz (*Public Law*) Nr. 480, nach dem die USA Nahrungsmittel an EL unter Vorzugsbedingungen liefern können; vielfach besteht die Möglichkeit, in eigener Währung zurückzuzahlen, ein Teil dieser Gegenwertmittel (*counterpart funds*) dient dem Unterhalt amerik. Einrichtungen in den EL (Botschaften, Forschungsprogramme) bzw. wird für E.-Projekte eingesetzt. wpz

place-system →Lesotho

Plan International Deutschland e. V., 1937 zunächst als eine Org. zur Betreuung von Flüchtlingskindern gegr., vermittelt heute als eines der größten Kinderhilfswerke der Welt (Hauptsitz New York) Kinderpatenschaften. Das seit 1989 existierende P. I. Deutschland betreut 150000 von 2002 weltweit 1,3 Mio. Patenschaften, über die Kinder in Selbsthilfeprojekten unterstützt werden.
Die Hilfsprogramme von P. I. zielen auf *Grundbedürfnisbefriedigung und umfassen die Bereiche Gesundheit, Ernährung, Bildung / Ausbildung, Dorfentwicklung / Umwelt, Verbesserung der Wohnsituation und einkommenschaffende Maßnahmen. In 43 EL unterhält P. I. 185 Projektbüros mit ca. 6200 Mitarbeitern. P. I. finanziert sich aus Patenschaftsbeiträgen; von den 303 Mio. US-$ Gesamteinnahmen, mit denen P. I. weltweit das Geschäftsjahr 2001 abschließen konnte, entfielen auf P. I. Deutschland 34,5 Mio. €. Davon standen 82 % der Projektarbeit zur Verfügung.
Adresse: Pestalozzistr. 14, 22305 Hamburg. Internet: www.plan-international.de red

Plantage(nwirtschaft) Unter P. wird diejenige agrarwirtsch. Betriebsform in den EL verstanden, bei der *arbeitsintensiv und / oder *kapitalintensiv in rationeller Produktionsweise zumeist *Monoprodukte für den Weltmarkt erzeugt werden. In aller Regel sind Anlagen zur Verarbeitung der angebauten Erzeugnisse Bestandteil einer P., sodass sie auch als landw. und ind. Großbetrieb bezeichnet werden kann.
Typische *Cash-crop*-Erzeugnisse der P. sind: Baumwolle, Zuckerrohr, Kaffee, Tee, Kakao, Tabak, Erdnüsse, Bananen, Kautschuk. P. wurden historisch von den Europäern in den heutigen EL zur Befriedigung der europ. Nachfrage aufgebaut, wobei sie den komparativen Vorteil (Klima, Boden) in Übersee nutzten und die bestehenden Arbeitskräfteprobleme über Versklavung (Neger) oder Anwerbung von Menschen (Asiaten) lösten.
Vorteil: moderner, auf dem Weltmarkt konkurrenzfähiger Großbetrieb; Deviseneinkünfte; abnehmende Arbeitsintensität der Produktion. Nachteil: Weltmarktintegration zulasten der nat. *Integration und Versorgung; Auslandskapital. dn

Planungskontrolle →Evaluierung

Plattform (EU) Koordinierungsstelle von (1994) 49 dt. *Nichtregierungsorganisationen zur kritischen Begleitung der *Entwicklungspolitik der EU. red

PLO Palästinensische Befreiungsorganisation (*Palestine Liberation Organization*), 1964 v. a. auf Betreiben *Nassers in Ost-Jerusalem gegründete Dachorg. fast aller paläst. *Guerilla-Gruppen, Repräsentativorgan der Paläst. (Mitgl. der *Arabischen Liga und der *Blockfreienbewegung, UN-Beobachterstatus), seit 1969 unter der Führung von Yassir *Arafat. Ihr Maximalziel, die Errichtung eines demokrat. und weltlichen Staates in den Grenzen *Palästinas vor 1948, in dem Muslime, Juden und Christen gleichberechtigt nebeneinander leben können (*National Charta*, Art. 2 und 19), war unvereinbar mit der Existenz eines jüd.-zionistischen Staates Israel. Zur Durchsetzung der Ziele der PLO lassen sich grob drei erfolgte Strategien unterscheiden: 1. kriegerische Auseinandersetzung mit Israel; angesichts der milit. Niederlagen der arab. Länder wenig erfolgreich; Israel konnte vielmehr weiteres paläst. Land besetzen; 2. *Guerilla-Aktivitäten; lenkten zwar die Weltöffentlichkeit auf das Palästinaproblem, konnten Israel jedoch nicht in die Knie zwingen und waren teilw. kontraproduktiv; 3. pol. Regelungen, die die Verwirklichung des paläst. Selbstbestimmungsrechts durch Verhandlungen in den von Israel besetzten Gebieten im Westjordanland und im Gazastreifen ermöglichen sollen.

Seit 1973 war die E. der PLO durch interne Konflikte über den Stellenwert von pol. Regelungen geprägt. Während die radik. PLO-Gruppen («Volksfront für die Befreiung Palästinas», «Demokratische Volksfront» u. a.) in einer sog. Ablehnungsfront dagegen opponierten, hatte eine Mehrheit in den 1970er und 1980er J. stets für ein Nebeneinander von pol. Regelungsversuchen und milit. Druck plädiert und eine kleinstaatl. Lösung als günstige Ausgangsposition für die Verwirklichung eines gesamtpaläst. Staates begriffen. Die Haltung der arab. Länder im *Nahostkonflikt hat die pol. Linie der PLO stets erheblich beeinflusst und nach 1973 unter den gemäßigten Kräften um Arafat zu einer stärkeren Orientierung an pol. Regelungen geführt, was der PLO zunehmend auch int. Anerkennung einbrachte.

Spätestens seit Anfang der 1980er J. ließen vereinzelte Erklärungen aus dem Umfeld Arafats darauf schließen, dass die PLO eine Koexistenz mit Israel akzeptieren könnte. Innerhalb der Org. führte dies zu erheblichen Spannungen, da solche Überlegungen für die strikt am Maximalziel festhaltende Ablehnungsfront unakzeptabel waren. Nachdem die – ausdrücklich am Ziel einer Zerschlagung der PLO orientierte – israel. Invasion im Libanon 1982 mit der milit. Niederlage und dem Rückzug der PLO-Kämpfer aus ihrem damaligen Hauptquartier Beirut nach Tunis geendet hatte, führten die internen Strategiekonflikte in der Folge zur faktischen Spaltung der PLO. Arafat suchte die Zusammenarbeit mit den gemäßigten arab. Kräften (Ägypten, Jordanien), während die z.T. im Libanon verbliebenen radikalen Gruppen in ihrer kompromisslosen Haltung von Syrien unterstützt wurden. Arafat wurde zwar 1983 vom Paläst. Nationalrat (PNR, paläst. Exilparlament) als Vorsitzender der PLO bestätigt, aber schon auf der nächsten PNR-Tagung im Nov. 1984 (Algier) dokumentierte sich die Spaltung der Org. im Fernbleiben der radik. Gruppen. Die Gegensätze verschärften sich noch, als Arafat – zunehmend auch innerhalb seiner eigenen Gruppe, der Al-Fatah, umstritten – im Febr. 1985 mit dem jordan. König Hussein im Abkommen von Amman vereinbarte, die Verwirklichung des Selbstbestimmungsrechts der Palästinenser innerhalb einer paläst.-jordan. Konföderation über int. Friedensverhandlungen unter Beteiligung aller Parteien (also einschließlich Israel) anzustreben. Erst umfassende Koalitionsverschiebungen im arab. Lager ermöglichten eine Aussöhnung zwischen den verfeindeten Fraktionen. Febr. 1986 kündigte König Hussein im Rahmen einer (vorübergehenden) Entspannung zwischen Jordanien und Syrien das Amman-Abkommen, das ohnehin weder von der *Arabischen Liga noch von Israel positiv aufgenommen worden war. Der im selben J. im Libanon beginnende Lagerkrieg zwischen Paläst. und den von Syrien unterstützten Amal-Milizen weckte auch bei den radikalen Gruppen wieder das Bedürfnis nach Einheit innerhalb der PLO. Nachdem Arafat das Amman-Abkommen selbst annulliert und sich wieder zu alten, harten PLO-Positionen bekannt hatte, wurde er auf der PNR-Tagung April 1987 («Versöhnungskongress») als PLO-Vorsitzender wiedergewählt. In der Folgezeit wurde die Einheit der PLO insb. durch den (1987 nicht von ihr initiierten) Aufstand der paläst. Zivilbev. (Intifada →Nahostkonflikt) in den von Israel besetzten paläst. Gebieten gefördert. Während Israel vergeblich versuchte, den Aufstand unter Kontrolle zu bringen, rückte die PLO in eine Schlüsselposition, als König Hussein Juli 1988 zugunsten eines neu zu schaffenden Palästinenserstaates endgültig auf das Westjordanland verzichtete.

Nov. 1988 erklärte daraufhin der PNR in Algier die Gründung eines «unabh. Palästinenserstaates auf dem Boden Palästinas» und gleichzeitig den Willen, mit Israel über eine Zweistaatenregelung zu verhandeln, sowie die Bereitschaft der PLO, künftig auf jeglichen *Terrorismus zu verzichten. Damit hat sich der gemäßigte Kurs Arafats, gleichzeitig aber auch der Einheitsgedanke in der PLO durchgesetzt. Unter dem Eindruck dieser Beschlüsse kamen auch die USA nicht umhin, die PLO als Gesprächspartner anzuerkennen (Dez. 1988). Durch ein Treffen Arafats mit Saddam Hussein während des 2. *Golfkriegs verlor die PLO jedoch an int. Glaubwürdigkeit. Nach der Spaltung des arab. Lagers infolge des Krieges begannen im Okt. 1991 auf der int. Friedenskonferenz von Madrid Verhandlungen zwischen Israel und versch. arab. Staaten, an denen eine von der PLO-Führung ernannte Abordnung paläst. Politiker aus den besetzten Gebieten als inoffizielle Vertretung teilnahm.

Nach dem Sieg der Mitte-links-Koalition unter Yitzhak Rabin bei den israel. Parlamentswahlen (Juni 1992) wurde das israel. Kontaktsperregesetz, das seit 1982 den Kontakt zwischen Israelis und PLO-Vertretern unter Strafe stellte, im Jan. 1993 aufgehoben. Aber erst die offizielle gegenseitige Anerkennung zwischen Israel und der PLO und die Osloer Prinzipienerklärung vom 13. Sept. 1993 brachten der PLO den Status des offiziellen israel. Verhandlungspartners ein. Parallel dazu nahm die seit langem anhaltende Kritik am Führungsstil Arafats besonders unter den paläst. Delegierten bei den offiziellen Friedensgesprächen zu, die sich (insbes. in der Jerusalemfrage) übergangen fühlten und eine grundlegende Reform der PLO sowie eine demokrat. Führung forderten. Nach mehreren Rücktritten und trotz starker Spannungen sprach sich der PLO-Zentralrat im Okt. 1993 dennoch für die ausgehandelte erste Teilautonomie im Gazastreifen und in Jericho aus, deren Umfang mit dem Oslo-I-Abkommen im Mai 1994 festgelegt wurde. Während die Popularität von Arafats Al-Fatah durch die Fortschritte im Verhandlungsprozess wuchs (Oslo-II- bzw. Taba-Abkommen, Sept. 1995), verlor v. a. die islamistische *Hamas an Einfluss. Mit ihrem Verzicht, zum Boykott der ersten paläst. Wahlen (Jan. 1996) aufzurufen, zeigte die Hamas Bereitschaft zur Integration in den pol. Prozess. Nach der Serie von Anschlägen militanter Hamas-Aktivisten in Israel (Frühjahr 1996) geriet jedoch die PLO bzw. die Paläst. Nationalbehörde, der verstärkt autoritäre und polizeistaatl. Züge zugesprochen werden, zunehmend unter Druck. Spannungsreich blieb auch das Verhältnis Arafats zu den lokalen Politikern, deren «unabhängiges» Engagement die PLO-Führung und Arafats Behörde mit Argwohn betrachteten. Im April 1996 beschloss der PNR die Änderung seiner Charta. Die Verpflichtung zur Streichung der Passagen, welche die Vernichtung Israels forderten, war Teil des Oslo-I-Abkommens. Unter MP Benyamin Netanyahu (ab Mai 1996) wurde der Verhandlungsprozess weiter zurückgeworfen und setzte die gemäßigten Kräfte innerhalb der PLO zunehmend der Radikalisierung v. a. islamistischer Gruppen aus. Im Juli 2000 scheiterte der Versuch von US-Präs. Bill Clinton, den israel. MP Ehud Barak und Präs. Arafat zur Wiederaufnahme der Endstatusverhandlungen zu bewegen. Nach dem Beginn der sog. Al-Aqsa-Intifada (Sept. 2000) und der Wahl von MP Ariel Sharon (Febr. 2001) kam der Verhandlungsprozess vollständig zum Stehen. Die im Verlauf der Konflikteskalation von Israel praktizierten gezielten Tötungen von mutmaßlichen paläst. Extremisten und pol. Führern v. a. aus den Reihen der Al-Fatah hatten eine weitere Radikalisierung des gesamten PLO-Spektrums zur Folge. →Arafat, Nahostkonflikt, Palästina

Lit.: A. Frangi, PLO und Palästina, Frankfurt 1982; U. Rombach, Die Palästinenser und die PLO, Pfaffenweiler 1987; H. Baumgarten, Befreiung in den Staat. Die palästinensische Nationalbewegung seit 1948, Frankfurt a. M. 1991; D. Neuhaus/Ch. Sterzing (Hg.), Die PLO und der Staat Palästina, Schriftenreihe des DIAK, Frankfurt a. M. 1991; U. Sunderbrink, Die PLO in der Krise?, Münster/Hamburg 1993; S. Ortlieb, Palästinensische Identität und Ethnizität, Köln 1995; A. Grünert, Der längste Weg heißt Frieden. Die Frauen im ersten palästinensischen Parlament, München 1998; M. Asseburg, Blockierte Selbstbestimmung: Palästinensische Staats- und Nationenbildung während der Interimsperiode, Baden-Baden 2000; G. Rotter/S. Fathi, Nahostlexikon. Der israelisch-palästinensische Konflikt von A–Z, Heidelberg 2001. mr

poblaciónes →Marginalität

poder popular Das Konzept des *poder popular* (dt.: Volksmacht) hat in einigen populistischen bzw. soz. orientierten Ländern LAs, v. a. Kuba, seinen Ursprung, fand aber auch in einigen EL außerhalb LAs, z. B. Angola, Anwendung.
Im allg. Sinne umfasst *poder popular* den Aufbau eines Systems der Volksmacht durch Errichtung staatl. Institutionen mit basisdemokratischem Charakter. Ziel der Basisorgane ist es, die Partizipationschancen der bisher unterprivilegierten Bevölkerungsmehrheit am pol. Willensbildungs- und Entscheidungsprozess zu erhöhen sowie diese Schichten zur Artikulation ihrer Interessen und aktiven pol. *Partizipation zu erziehen. dn

POLISARIO →Mauretanien, Westsahara

Politische Konditionalität Bindung der *E.-Hilfe an pol. Auflagen: *Menschenrechte, *Demokratisierung, **good governance* (Korruptionsbekämpfung); spielt seit Ende des Ost-West-Konflikts eine wachsende Rolle als Vergabekriterium. →Vergabekriterien dn

Politische Parteien →Parteiensysteme

Politische Stiftungen In der BRD arbeiten sechs pol. Stift. im e.-pol. Feld. Es sind dies die den sechs Parteien nahe stehenden Stift. Friedrich-Ebert-Stiftung (*FES), Konrad-Adenauer-Stiftung (*KAS), Friedrich-Naumann-Stiftung (*FNS), die Hanns-Seidel-Stiftung (*HSS), die Heinrich-Böll-Stiftung (*HBS), bis 1995 Stiftungsverband Regenbogen (SVR), und die Rosa-Luxemburg-Stiftung (*RLS). Sie gehören zu den von staatl. Seite unterstützten *Nichtstaatlichen Organisationen, die E.-Hilfe leisten. Sie arbeiten eng mit gesellsch. und pol. Gruppen in den EL zusammen, die für die soziale und pol. E. von großer Bedeutung sind: *politische Parteien, *Gewerkschaften, *Genossenschaften, *Selbsthilfe-Organisationen, Jugend- und Frauenverbände; sie kooperieren auch mit Ausbildungseinrichtungen (v. a. im Medienbereich) und Forschungsinstituten, wobei einige Institutionen staatl. oder halbstaatl. Charakter haben. Aus dem Bundeshaushalt (*Sozialstrukturhilfe) erhielten die p. Stift. für ihre Arbeit in EL 1978: 63,4 Mio. €, 1985: 151,3, 1990: 155,4, 1994: 156,8. Unter Einschluss der MOE-Länder beliefen sich die Zuwendungen an die p. Stift. 1997 auf rd. 179 Mio. €, 2001 auf rd. 150 Mio. €. Im J. 2000 waren 240 (1979: 193, 1981: 274, 1990: 298, 1993: 345, 1997: 273) *Entwicklungsexperten der p. Stift. in EL tätig.
In der Öffentlichkeit ist wenig über die Auslandsaktivitäten der p. Stift. bekannt. Die Stift. selbst messen der Öffentlichkeitsarbeit nur geringe Bedeutung zu, was Raum schafft für allerlei Spekulationen und Enthüllungsjournalismus. Die Gemeinsame Entwicklungspol. Konferenz der Stift. vom Sept. 1981 in Bonn war ein erster Versuch, dem entgegenzusteuern. Die Stift. betonen grundlegende Übereinstimmungen in den (freilich sehr vagen) e.-pol. Zielsetzungen. Sie konkurrieren nicht miteinander, kooperieren auch nicht in gemeinsamen Projekten, stehen aber in informellem Erfahrungsaustausch in D und an den Einsatzorten ihrer Auslandsmitarbeiter. Ihre Tätigkeit fällt in den Konsensbereich der Parteien in der BRD, der durch Wahlen und Reg.-Wechsel nicht tangiert wird.
Im Unterschied zur offiziellen E.-Hilfe der BRD können die Stift. in eigener Verantwortung mit gesellsch. Gruppen aus den EL zusammenarbeiten, die nicht

Teil der bestehenden Herrschaftsstruktur zu sein brauchen. Pol. Stift. haben somit einen größeren Handlungsspielraum als die staatl. EP. Sie verstehen sich z.T. als pol. E.-Agenturen, die transnat. Zusammenarbeit an den Reg. vorbei organisieren. Ihre Projekte bedürfen freilich der Abstimmung mit dem Auswärtigen Amt, sodass letztlich doch von einem Primat der Außenpol. gegenüber der EP der Stift. gesprochen werden kann. Das Verhältnis zum Staat in der *Dritten Welt gestaltet sich im Einzelfall unterschiedlich. In der Regel wird die Tätigkeit der Stiftungen durch vertragliche Regelungen mit den jeweiligen Staaten abgesichert; Kooperationspartner vor Ort sind zivilgesellsch., je nach Projekt auch staatl. Akteure. Dass die Stift. manchmal – in Konkurrenz zu den Botschaften – die einflussreicheren Vertreter der BRD in den EL stellen, zeigt Erfolge und zugleich Gefahren der pol. Arbeit der Stift. auf. Hervorzuheben ist ihr Beitrag zur Erforschung der EL und E.-Problematik durch den Unterhalt von Forschungsinstituten in Übersee und Stipendienprogramme. Große Verdienste kommen hier insbes. der FES zu.

Lit.: H. von Vieregge, Parteistiftungen, Baden-Baden 1977; C. Werner, Der Auslandsbereich der Parteistiftungen der Bundesrepublik, hekt., FU Berlin 1982; epd, Stiftung und Wahrheit (Beiträge von T. Evers, D. Nohlen u. a.), 5/1983; R. Kress, Die politischen Stiftungen in der Entwicklungspolitik, Bochum 1985; S. W. Pogorelskaja, Die parteinahen Stiftungen als Akteure und Instrumente der deutschen Außenpolitik, in: APuZ, B 6–7, 2002, S. 29–38. dn

Populismus, populistisch P. ist ein viel verwandter Begriff für ausgesprochen unterschiedliche pol. Bewegungen in Raum und Zeit. Als Kernelemente können gelten: 1. Bei P. handelt es sich um pol. Bewegungen mit Massenbasis, nicht um pol. Parteien. Die Zugehörigkeit zu ihnen ist nicht formal bestimmt, die Organisation ist locker, die Bindung oft personenzentriert (Personalismus). 2. Pop. Bewegungen entstehen in Phasen raschen gesellsch. Wandels, in denen sich die bisherigen trad. und/oder autoritären Herrschaftsstrukturen auflösen bzw. diese zumindest in die (Hegemonie-)Krise geraten. Aber nicht jede Krise oder jeder Reformprozess gebiert pop. Bewegungen. 3. P. ist kein klassenspezifisches Phänomen, vielmehr besteht seine soziale Basis aus verschiedenen Schichten bzw. Sektoren sozialer Schichten; deren Gewicht (städt./ländl., Mittelschichten/proletarisch) kann wechseln und muss im Einzelfall bestimmt werden. 4. Träger sind jedoch i. d. R. solche sozialen Schichten, die durch die bestehende gesellsch. und pol. Ordnung benachteiligt sind und bessere E.-Möglichkeiten und eine ihrer (möglicherweise wachsenden) wirtsch. Bedeutung angemessenere Beteiligung an den pol. Entscheidungsprozessen fordern (allg. Wahlrecht). Den unterprivilegierten Schichten schließen sich jedoch zumeist Splitter höherer Schichten an, die ebenfalls gegen die Beschränkung durch die bestehende Ordnung opponieren, und bilden vielfach die Führer und Kader pop. Bewegungen. 5. Die programmatischen Forderungen des P. lassen sich auf *Nationalismus (deshalb auch vielfach Nationalpopulismus) und wirtsch. E. (*Wachstum) als dem ideolog. Kern reduzieren. P. lässt sich für LA wie folgt näher bestimmen: zeitlich nach 1929, durch die Weltwirtschaftskrise und den *Industrialisierungsprozess ausgelöst, getragen hauptsächlich von urbanen Sektoren, die in wachsendem Maße das pol. System bestimmten. dn

Positivmaßnahmen sind Projekte zur Förderung von *Menschenrechten (MR) und *Demokratie (D.). Mit staatl. Institutionen umfassen diese v. a. die Förderung der drei Bereiche Legislative, Exekutive und Judikative. Sie zielen insbes. auf die Sensibilisierung von Mitarbeitern/innen des öfftl. Dienstes (Polizei, Sicherheitskräfte, Militär, Justiz, Richter, Gefängnispersonal) für MR. Aber auch die Förderung von *NGOs, die im Bereich MR und D. arbeiten, die Förderung eines unabh. Journalismus sowie die Zusammenarbeit mit besonders gefährdeten Gruppierungen gehören zum Katalog der Positivmaßnahmen. Die Förderung von D. und MR ist ein neuer und gleichzeitig sensibler Bereich der EZ, der lange Zeit als Einmischung in die inneren Angelegenheiten souveräner Staaten galt. Damit ist die EZ, die sich lange Zeit eher auf technische Bereiche konzentrierte, heute auch pol. geworden. Die 1991 vom *BMZ verkündeten *Vergabekriterien verknüpfen u. a. die Höhe und Zusammensetzung von E.-Hilfe mit Fortschritten der Partnerländer in der Verbesserung der Regierungsführung (*good governance) in D.- und MR-Fragen (sog. pol. Konditionalität). →Vergabekriterien as

poverty-Index →Einkommensverteilung

PPP (*public-private partnership*) bezeichnet strategische Partnerschaften zwischen dem öfftl. Sektor und der Privatwirtsch. zur Durchführung entwicklungspol. Projekte. PPP-Projekte können in D derzeit mit bis zu 130 000 € gefördert werden. Der Vorschlag für ein Projekt muss dabei fünf vom *BMZ erstellten Kriterien genügen (Vereinbarkeit mit entwicklungspol. Zielvorgaben der Bundesreg.; Komplementarität der öfftl. und privatwirtsch. Beiträge; *Subsidarität; Wettbewerbsneutralität; wesentlicher Eigenbeitrag der Wirtsch.). Mit der Durchführung der Projekte sind u. a. die *GTZ, die *DEG, die *KfW und der *SEQUA betraut. Bis Ende 2000 konnten insges. 272 PPP-Projekte gefördert werden (privatwirtsch. Beitrag 57 Mio. €, öfftl. Beitrag 37 Mio. €). Während man sich von Regierungsseite v. a. einen Zufluss investiven Kapitals und einen Beitrag zur sozialen und wirtsch. E. des Partnerlandes erhofft, stehen für die Unternehmen Profitmaximierung, Marktzugang und Imagepflege im Vordergrund ihres Engagements. Aufgrund der ökon. Funktionslogik der Zusammenarbeit besteht die Gefahr, dass wirtsch. weniger rentable Regionen von vornherein unberücksichtigt bleiben und dadurch weiter marginalisiert werden. Umso wichtiger erscheint es, dass PPP nicht als Substitut, sondern als Ergänzung staatl. Entwicklungshilfe gesehen wird. Auf int. Ebene stellt der von UN-Generalsekretär Kofi *Annan initiierte *Global Compact den Versuch einer multilateralen PPP dar. Der Pakt soll als Lern- und Dialogforum fungieren. Ziel ist die Vermittlung von *good practice*, d. h. die Einhegung globaler Märkte durch die Durchsetzung int. – zumindest formell – geteilter Werte.

Lit.: T. Brühl/T. Debiel/B. Hamm/H. Hummel, Die Privatisierung der Weltpolitik, Bonn 2001. js

PQLI →Armut, Indikator

Präferenzabkommen Nach Ländern oder Ländergruppen differierende Behandlung von Importen, wie sie beispielsweise im *Lomé-Abkommen der EG mit den *AKP-Staaten oder in regionalen P. (*Preferential Trade Area for Eastern and Southern African States*, *PTA, 1981) vereinbart wurde. Die präferenzielle Behandlung verstößt zwar gegen den Grundsatz der *Meistbegünstigung, ist jedoch im *GATT vorgesehen. Beurteilungsmaßstab von P. sind die sog. handelsschaffenden oder handelsablenkenden Effekte, die erzielt werden. Verdrängen Präferenzen einheim. kostenungünstige Produkte durch kostengünstige importierte Produkte, so bezeichnet man dies als Handelsschaffung. Handelsablenkung kommt zustande, wenn ein kostengünstiger Hersteller aus einem nicht präferierten Land durch einen weniger kostengünstigen Produzenten aus einem präferierten Land verdrängt wird. Weltwirtsch. gesehen wird Handelsschaffung als positiv, Handelsablenkung als negativ bewertet, wenn zum Maßstab die bestmögliche Allokation der *Ressourcen erhoben wird; →Allgemeines Präferenzsystem, →WTO. dn

Prebisch/Singer-These →Außenhandelstheorie

pre-feasibility study →*feasibility study*

Primary Health Care (PHC) Primäre Gesundheitspflege, einschneidendes weltgesundheitspol. Konzept, beschlossen auf der von *WHO und *UNICEF organisierten int. Konferenz in Alma-Ata (ehem. SU; heute *Kasachstan) 1978. Dieses *grundbedürfnisorientierte Konzept umfasste unter den Prinzipien der Ursachen- und Zielgruppenorientierung, Gemeinwesenbeteiligung, Eigenverantwortung, der Dezentralisierung und intersektoralen Zusammenarbeit acht gesundheitsrelevante Aktionsbereiche: Erziehung zur Erkennung, Vorbeugung und Bekämpfung der örtl. vorherrschenden Gesundheitsprobleme; Nahrungsmittelversorgung und Sicherstellung der *Ernährung; Trinkwasserversorgung und sanitäre Maßnahmen; Mutter-und-Kind-Gesundheitsfürsorge einschließlich *Familienplanung; Impfung gegen vorherrschende Infektionskrankheiten; Verhütung und Bekämpfung der örtl. endemischen Erkrankungen; Behandlung der gewöhnlichen Krankheiten und Verletzungen mit angemessenen, einfachen Mitteln; Versorgung mit einer Auswahl wesentlicher Arzneimittel. Mittels PHC sollten bis zum J. 2000 alle Menschen eine angemessene gesundheitliche Versorgung erhalten (WHO-Strategie: *Health for all by the year 2000*, HFA 2000). Diesem partizipatorischen, integrierten, umfassenden «horizontalen», e.-orientierten Ansatz (*comprehensive PHC*) stellte *UNICEF eine krankheitenorientierte, nicht-partizipatorische «vertikale», von außen abh. Strategie (*selective PHC*) entgegen. Dieser, sieben Einzelmaßnahmen umfassende, längst bekannte Ansatz wird als revolutionäre Errungenschaft propagiert und finanz. unterstützt: GOBIFF *G*ewichtsüberwachung der Kleinkinder, *o*rale Rehydrierung bei Durchfall, *B*rusternährung der Säuglinge, *I*mpfungen, *F*amilienplanung, *F*rauenbildung, *F*ood [Nahrungsmittel] Substitution). Eine Wirksamkeit dieser kurzfristigen Einzelaktionen ist ebenso schwer nachweisbar wie bei dem e.-orientierten, langfristigen PHC-Ansatz. Obwohl «HFA 2000» auch über das Jahr 2000 hinaus Standard-Lippenbekenntnis der int. Gesundheitspol. blieb, hat sich die Gesundheitssituation in den EL keineswegs gebessert. Das Entwicklungs- und gesundheitspol. Konzept von PHC ist relevanter denn je, jedoch fehlt weitgehend der pol. Wille zur Umsetzung. Im Bericht «*Macroeconomics & Health*: Investing in Health for Economic Development» trug eine von der WHO eingesetzte Kommission 2001 Material zu den ökon. Aus- und Wechselwirkungen von Gesundheit/Krankheit zusammen. Mit dem Konzept des «close-to-client» (CTC-System) goss sie die PHC-Idee, ohne es explizit zu benennen, in «neue Schläuche».

Lit.: WHO, Macroeconomics & Health: Investing in Health for Economic Development, Kommissionsbericht unter Vorsitz von Jeffrey D. Sachs, Dez. 2001. hjd

Produktionskontingent →Produktionsquote

Produktionsquote Auch Produktionskontingent, bezeichnet Produktionsmengen, auf die sich die Erzeugerländer und Exporteure bestimmter Güter als Reaktion auf Überangebotssituationen einigen, um ein Überangebot des Produkts auf dem Weltmarkt und damit einen nach dem freien Marktmechanismus fast unvermeidlichen Preisverfall zu verhindern. dn

Produktivität Unter P. ist das Verhältnis des Produktionsertrags (*output*) zum Einsatz (*input*) an Produktionsfaktoren (Arbeit, Kapital etc.) zu verstehen. Gemessen wird, wie viel mit einem bestimmten Faktoreinsatz (aller Einsatzmengen = globale P.; eines bestimmten Faktors = faktorbezogene P., etwa Kapitalproduktivität) hergestellt wird. Die Einsatzmenge des Faktors Arbeit wird mit der Anzahl der Beschäftigten und der von ihnen insgesamt geleisteten Arbeitszeit bemessen. dn

Produktzyklus Modell zur Erklärung des int. Handels mit modernen Industriegütern, wonach sich in drei Phasen die *komparativen Kostenvorteile der Produktion von IL auf EL verschieben. Grundvoraussetzung ist die Existenz eines technol. *gap* und eines *time lag* für den *Technologietransfer zwischen IL und EL. Innovation und Produktion neuer Güter erfolgen in der Phase 1 typischerweise in der Nähe der großen Absatzmärkte der IL. Diese Produkte sind im Innovationsprozess forschungsintensiv, im Herstellungsprozess * *know-how*-intensiv. Die Phase 2 ist durch ein starkes Wachstum der Produktion sowie der heimischen Nachfrage gekennzeichnet. In dieser zweiten Phase wird der Produktionsprozess auf * kapitalintensive *large scale production* umgestellt. Sie übersteigt die inl. Nachfrage und drängt auf Exportmärkte u. a. in EL. Produktionsverfahren und Gütertypus werden im Laufe der Zeit weitgehend standardisiert. Nunmehr kann in der Phase 3 die Produktion im Ausland aufgenommen werden (* transnationale Unternehmungen produzieren in Weltmarktfabriken, oder EL übernehmen den Produktionsprozess durch Import der entsprechenden * Investitionsgüter und produzieren im Lizenzverfahren). Nach erfolgreicher * Importsubstitution können diese Länder selbst auf Exportmärkte vordringen und ihre komparativen (Arbeits-)Kostenvorteile bei der Produktion standardisierter Güter nutzen. Das ehemalige Innovationsland wird zum Importeur. Neben der außenwirtsch. Relevanz der Produktzyklustheorie zeigt sie einen Zusammenhang auf zwischen technol. Produktionsstruktur und gesellsch. Entwicklung. hpn

Programmhilfe Spezielle Form der * Projekthilfe im Bereich der * Finanziellen Hilfe/Zusammenarbeit, beinhaltet die Förderung sektoral und regional abgrenzbarer Investitionsvorhaben. Sie dient der (Teil-)Finanzierung vollständiger E.-Programme und hat den Vorteil, die Förderungsmittel koordinierter einzusetzen. Zugleich ergeben sich Möglichkeiten, entsprechend notwendige Mittelumschichtungen im Programmablauf vorzunehmen. Man unterscheidet integrierte Sektor- oder Regionalprogramme (Beispiel: Verkehrswege plus * Agrarreform, Bewässerung, Kreditversorgung etc.) und Parallelprogramme (Beispiel: Krankenhäuser, Schulen). dn

Projekthilfe Auch projektgebundene Hilfe, Teil der * Kapitalhilfe an EL, welche die Finanzierung von E.-Vorhaben, die zeitlich, techn. und ökon. abgrenzbare Investitionen, beinhaltet. Beispiele: eine Straße von A nach B, eine Brücke, eine Düngemittelfabrik. dn

Pro-Kopf-Einkommen Einer der wichtigen * Indikatoren wirtsch. E. im Ländervergleich, auch wenn die Aussagekraft begrenzter ist, als vielfach bei seiner Verwendung angenommen wird. Das Pro-Kopf-Einkommen entsteht durch die Division des BIP oder BNE (→Nationaleinkommen) durch die Anzahl der Bev. eines Landes. Es wird verwandt als Kernindikator für den E.-Stand eines Landes in eigentlich sämtl. Versuchen, EL zu gruppieren, so v. a. für die Reihung der EL nach dem E.-Stand (*ranking*) der * Weltbank. Wirtsch. Wachstum wird vor allem an den JZen des Pro-Kopf-Einkommens festgemacht.

Auch nachdem das Pro-Kopf-Einkommen kaum noch als einziger Indikator für E. herangezogen wird, wie dies in den ökon. * Wachstumstheorien weitgehend der Fall war, bleibt Kritik am Indikator Pro-Kopf-Einkommen bestehen. Da das Nationaleinkommen nur marktwirtsch. bewertete Güter und * Dienstleistungen misst, ist es insbes. in EL unvollständig, in denen ein Teil der Produktion und der Befriedigung von Bedürfnissen (Nahrung, * Wohnen) in * Subsistenzwirtschaft, d. h. nicht über den Markt, erfolgt. Aus der Unvollständigkeit folgen Fehlbewertungen von E.-Prozessen, die mit Hilfe des Einkommens anzugeben versucht werden. Ergeben sich Steigerungen der Versorgung und der Lebensbedingungen eines Großteils der Bev., so bleibt dies für die Berechnung des Nationaleinkommens unberücksichtigt. Ergeben sich hingegen Produktivitätssteigerungen in den Sektoren und Unternehmen, die für den Markt und insbes. den Weltmarkt produzieren, so schlägt sich dies in Form des Wachstums des Nationaleinkommens nieder, ohne dass sich die Lebensbedingungen der Bev. entsprechend verändert hätten. Bedenkt man zudem die Struktur der *Einkommensverteilung im EL, so misst das Nationaleinkommen im wesentl. Einkommen und Einkommenssteigerung der oberen 40 % der Bev., auf die etwa 75 bis 80 % des BNE entfallen. dn

Protektionismus Außenhandelspol., die die inl. Produzenten gegenüber ausl. Konkurrenten durch Zölle, Kontingentierungen etc. schützt. Gegensatz: Freihandel. P. wird als E.-Hemmnis begriffen, insofern er die Exportanstrengungen von EL, die häufig über nur geringe Diversifizierungsmöglichkeiten und Anpassungsflexibilitäten verfügen, behindert, die Lösung von *Verschuldungsproblemen erschwert und *Direktinvestitionen entmutigt. →Handelshemmnisse, →GATT, →Meistbegünstigung, →Präferenzabkommen dn

PTA *Preferential Trade Area for Eastern and Southern African States*, Zollpräferenzgebiet für Ost- und südl. Afrika, gegr. Dez. 1981 durch Zambia, Kenya, Uganda, Somalia, Äthiopien, Malawi, Mauritius, Djibouti und die Komoren. PTA umfasste 19 Mitgl., ehe es im Oktober 1994 in *COMESA umgewandelt wurde. dn

PTB Physikalisch-Technische Bundesanstalt, führt in Sonderfällen im Auftrag der Bundesreg. wie die *GTZ Maßnahmen der *Technischen Zusammenarbeit durch. Adresse: Bundesallee 100, 38116 Braunschweig. Internet: www.ptb.de dn

PTC →UN

Puerto Rico

Fläche (Tsd. qkm): 8,90
Bev. (Mio.) 2001: 4,00
BNE pro Kopf (US-$) 1997: 8230
BIP (Mio. US-$) 1997: 47624
LE (Jahre) 1999: 75,9
Analphabetenquote (%) 1999: 7

P. R. erhielt 1952 den Status eines mit den USA frei assoziierten Staates (Estado Libre Asociado) und ist wie ein US-Staat den US-Bundesgesetzen und der US-Reg. unterworfen. Man spricht von «Puertoricanisierung», wenn man die Art und Weise bezeichnen will, wie lateinamerik. Länder zunächst wirtsch., sodann pol. unter die Dominanz der USA fallen können.

1. P. R. ist die kleinste und östl. Insel der Großen Antillen (Fläche: 8897 qkm) mit tropisch-marinem Klima. Die Bev. (2001: 3937316 Ew.) setzt sich ethn. aus einer weißen Mehrheit spanischer Abstammung (75 %), Mulatten und Mestizen (20 %) und Schwarzen (5 %) zusammen. Der span. Einfluss der Kolonialzeit schlägt sich in Religion (85 % kath.) und Sprache nieder. Alleinige Amtssprache ist seit 1991 Spanisch.

2. P. R. war bis 1899 span. Kolonie. Im 19. Jh. entstanden v. a. in den Küstenebenen Zuckerrohrlatifundien, die für den Export nach Europa produzierten. Unter dem Einfluss der USA folgten versch. Phasen *strukturell abh. Entwicklung. Mit dem Eindringen von US-Kapital verstärkte sich zunächst die monokulturelle *Plantagenproduktion von Zucker. Ab 1940 setzte unter dem sozialreformerischen Präs. Luis Muñóz Marín eine rapide ind. E. ein. Der Aufbau einer verarbeitenden Ind. überwand die *monokulturelle Zuckerproduktion, jedoch nicht die weiterhin auf die USA ausgerichtete Wirtsch.-Struktur. Zollfreier Zugang zum US-Markt und Steueranreize führten seit den 1950er J. zu kontinuierlich wachsenden Investitionen US-amerik. Firmen in P. R. Die sozioökon. E. folgte den wirtsch. Konjunkturen: Als Folge raschen Wirtschaftswachstums und verbesserter sozialer Leistungen setzte in den 1950er J. eine Bev.-Explosion ein, die zunächst aufgrund mangelnder Besch.-Möglichkeiten in der Landw. zu einer Emigrationswelle in die USA führte.

3. Die Ansiedlung *arbeitsintensiver Ind. ließ in der Folge breite Mittelschichten entstehen. Bedingt durch höheres Bildungsniveau und steigende Löhne wanderten arbeitsintensive Produktionen seit den 1970er J. auf andere Karibikinseln ab und sorgten zugleich mit einem Trend hin zu *kapitalintensiver Produk-

tion für steigende * Arbeitslosigkeit und * Marginalisierung eines Teiles der Bev.
4. Seit den 1980er J. haben sich die Schwerpunkte ind. Fertigung auf pharmazeutische und elektronische Weiterverarbeitung und Call-Center-Dienstleist. verlagert. Seitdem ist die * Arbeitslosigkeit (1993: 17 %, 2000: 9,5 %) gefallen, Import und Export haben sich zwischen 1987 u. 1997 (1999: Export 34 Mrd. $, Import 23 Mrd. $) verdoppelt. Die * NAFTA verstärkt P.R.s Wettbewerbsvorteile im Pharma- und Hi-Tech-Bereich gegenüber * Mexiko genauso wie seine Wettbewerbsnachteile im arbeitsintensiven Textilbereich. Im Agrarsektor (2000: 1 % des BNE) hat Milch- und Fleischproduktion die Zuckerproduktion als wichtigstes Produkt überholt. * Tourismus (2000: 7 % des BNE) ist ein wichtiger Wirtsch.-Sektor. 77 % der Arbeitsplätze lagen 2000 im Dienstleist.-Sektor, 20 % in der Ind. und nur noch 3 % im Agrarsektor. Gleichwohl ist die Wirtsch. P.R.s immer noch von den Industrialisierungsprogrammen und Steuervergünstigungen der USA abh. Obwohl das BNE pro Kopf das höchste in der Karibik ist, rangiert P. R. hinter dem ärmsten US-Bundesstaat Mississippi.
5. Die Verfassung von 1952 sieht die US-Staatsbürgerschaft für alle Puerto-Ric. vor. Alle vier Jahre wählt P. R. einen *Comisionado Residente*, der P. R. im US-Kongress vertritt, aber kein Stimmrecht besitzt. P. R. kann daher nicht an der Präs.-Wahl teilnehmen und es zahlt keine US-Bundessteuern. In P. R. wird ein Gouverneur und Kongress (bestehend aus Senat und Repräsentantenhaus) für vier J. gewählt. Diese pol. Institutionen sind u. a. für Polizei, Schulwesen, Gerichtswesen und Kommunikation zuständig. Die in den 1950er J. noch starke Unabh.-Bewegung hat angesichts der wirtsch. E. ihren Einfluss weitgehend eingebüßt. 1967 entschieden sich in einem Referendum 60,5 % der Puerto-Ric. für den gegenwärtigen Status, 38,9 % für eine Integration in den US-Staatenbund und 0,6 % für die Unabh. P. R.s. Die größeren pol. Parteien P. R.s nehmen unterschiedliche Standpunkte zum pol. Status des Landes ein. Der *Partido Popular Democrático* (PPD), der unter R. Hernández Colón bei den Wahlen 1984 und 1988 stimmstärkste Partei war, tritt für eine Beibehaltung des gegenwärtigen Status P.R.s ein, während der *Partido Nuevo Progresisto* (PNP) die Eingliederung P.R.s. in den Staatenbund der USA als 51. Bundesstaat anstrebt. Der PNP errang bei den Wahlen 1992 und 1996 mit jeweils 36 Sitzen die abs. Mehrheit und stellte mit Pedro Rosselló den Gouverneur. Im Dez. 1991 sprachen sich bei einer Wahlenthaltung von 40 % rund 55 % der Wahlberechtigten erneut gegen die Unabh. aus. Der Versuch P. Rossellós, den Status des Landes im Sinne der Eingliederung in die USA zu ändern, scheiterte im Referendum vom 13. 12. 1998 bei einer Beteiligung von 71,3 % knapp mit 50,3 % Gegenstimmen. Seit Nov. 2000 stellt wieder der PPD unter S. M. Calderón die Mehrheit in beiden Häusern des Kongresses.

Lit.: L. J. Dietz, Imperialism and Puerto Rico, in: Monthly Review 29 (4), 1978; R. A. Johnson, Puerto Rico, Commonwealth or Colony?, New York 1980; A. Morales Carrión, Puerto Rico. A Political and Cultural History, New York 1983; D. Nohlen, Puerto Rico, in: HDW III, 3, 1995, S. 642 ff. ks/hf

Putsche →autoritäre Regime

Q

Quotensystem Festsetzung von Produktions- und Exportvolumen von Rohstoffen durch int. Abkommen. Q.e dienen der Preisstabilisierung von Rohstoffen. →Rohstoffabkommen, →*bufferstocks*, →Integriertes Rohstoffprogramm.

dn

Quotenverfahren →Rohstoffabkommen

R

Rassismus →OAU, Apartheid

Rastafarians →Jamaica

Rat für Arabische Wirtschaftseinheit →CAEU

RCD Regionale Kooperation für E. (*Regional Cooperation for Development*, auch *Coopération Régional de Développement*), lockerer Zusammenschluss von Pakistan, dem Iran und der Türkei seit 1964, ursprgl. als ziviles Pendant zur *CENTO konzipiert. Nach dem Sturz des Schahs im Iran kaum aktiv, 1985 von der *Economic Cooperation Organisation* abgelöst, der neben den drei RCD-Mitgl. Afghanistan sowie die sechs islam. Rep. der ehem. SU (Aserbaidschan, Turkmenistan, Tadschikistan, Usbekistan, Kirgisistan, Kasachstan) beigetreten sind. wpz

RE Rechnungseinheit, int. Währungsschlüssel unabh. von den nat. Währungsschwankungen, an die Goldparität (0,88867 g Feingold, d. h. ein US-$) gebunden (1976: 1 RE = 1,57 € [3,08 DM]). Nach Aufgabe der Bindung des Dollars an die Goldparität abgelöst durch die *ERE. →ECU, SZR dn

redistribution with growth →Einkommensverteilung, Wachstumstheorie, Weltbank

Refinanzierung Fachbegriff aus dem Bereich der Geldpol. und des Bankgeschäfts. Allg.: Geld zur Durchführung von Projekten, insbesondere Kreditaufnahmen von Banken zur erneuten Vergabe von Darlehen aller Art an Dritte. Bei kommerziellen Banken (im nat. Bereich) gilt: Bis zu einem best. Betrag muss die Vergabe von Krediten durch Eigenmittel (aus Spareinlagen etc.) gedeckt sein. Darüber hinaus muss sich die Geschäftsbank erst refinanzieren, d. h. die Mittel beschaffen (im nat. Bereich: durch Kreditnahme bei der Zentralbank im Wege des Wertpapierverkaufs, des Lombards und der Rediskontierung von Wechseln). R. der Bank und Konditionen des vergebenen Kredits stehen in unmittelbarem Zusammenhang. Dieser Mechanismus hat in der EP (genauer: in der int. E.-Finanzierung) erhebliche Bedeutung und betrifft alle int. Institutionen, die bankähnliche Tätigkeiten – Mittelbeschaffung und Kreditvergabe – verrichten. Dies sind neben einigen kleineren Fonds und den immer wichtiger werdenden *Multilateralen Entwicklungsbanken (*ADB, *AFDB etc.) v. a. die mit Abstand größten Finanzinstitute der *Weltbankgruppe. Immer wieder haben diese Banken beachtliche R.-Schwierigkeiten, wie z. B. in den 1980er J. während der damaligen angespannten int. Finanzlage (hohes Zinsniveau, Haushaltsnöte und Sparzwänge in den Geberstaaten). V.a. die *IDA ist von den Sparzwängen der Geberstaaten immer wieder betroffen. Während sich die *Weltbank überwiegend zu marktüblichen Bedingungen auf den int. Kapitalmärkten refinanziert und ihre Kredite dementsprechend rel. harte Konditionen aufweisen, bezieht die IDA einen Großteil ihrer (für die EL sehr günstigen) Kredite aus vertraglich fixierten Beitragszahlungen der Mitgl.-Länder. Die z. T. drastischen, pol. motivierten Beitragszurückhaltungen der USA seit der Reg. Reagan haben der IDA bereits in den 1980er J. einen Fehlbetrag verursacht. Bei der 11. IDA-Wiederauffüllung für 1996–1998 gingen die Mittel stark zurück. Die fehlenden Mittel der USA führten zu Nachzieheffekten anderer IL. Insges. gingen die Mittel für diese Kredite für die ärmeren Länder um 45 % zurück: Statt 19 Mrd. US-$ bei der 10. Auffüllung standen nur noch 10,5 Mrd. US-$ zur Verfügung. In der 12. Auffüllung für den Zeitraum 1999 bis 2002 wurden diese Kreditmittel wieder auf 15,25 Mrd. *SZR aufgestockt (entspricht rd. 19,3 Mrd. US-$ am 30. 4. 2001). An den Verhandlungen zur 13. Wiederauffüllung, in deren Zentrum der Vorschlag der

USA stand, anstelle von Krediten künftig nach erbrachter Leistung durch private Träger Zuschüsse zu vergeben, nahmen zum ersten Mal auch Vertreter der EL sowie lokaler *NRO kontinuierlich teil. Für die Jahre 2003–2005 werden ca. 25,8 Mrd. US-$ bereitgestellt, davon erstmals 18–21 % als nicht-rückzahlbare Zuschüsse. mw

Regionale Entwicklungsbanken gehören zu den *multilateralen Entwicklungsbanken (MDBs), wurden zur Förderung der wirtsch. *Entwicklung in LA (*BID), Afrika (*AFDB) und Asien (*ASDB) gegründet und bilden zusammen mit ihren Sonderfonds (FOE, ADF und ASDF) heute wichtige Instrumente der E.-Finanzierung, insbes. im System multilateraler *Entwicklungshilfe. *Aufgaben:* Finanzierung (Beschaffung und Vergabe von Finanzierungsmitteln), Integration (regional ausgewogenes wirtsch. Wachstum), Mobilisierung (privaten und öfftl. Kapitals), Koordinierung (der E.-Politiken und *Entwicklungsplanung der Mitgl.-Länder), Techn. Hilfe. Zu den Mitgl.-Ländern der reg. E.-Banken zählen auch nicht der Region angehörende Länder; die zur Verfügung gestellten Mittel bleiben jedoch hinsichtlich ihres Einsatzes regional gebunden. Die Vergabekonditionen variieren zwischen Schenkungen, zinsgünstigen Krediten und kommerziellen Bedingungen, sodass sie nicht sehr verschieden sind von denen der *Weltbank auch hinsichtlich der org. Aspekte (Bildung von Tochterinstituten und speziellen Fonds, die günstigere Kreditkonditionen einräumen können). Durch Vergabepol. können entwicklungsstrategische Akzente gesetzt werden, u. a. durch Begünstigung der *LLDCs, durch Förderung von *Investitionen im Bereich der Befriedigung von *Grundbedürfnissen und zur *ländlichen Entwicklung. Während der BID sich in LA zur Hauptquelle auswärtiger öffentl. Finanzierung entwickelt hat, gehen von AFDB und ASDB noch nicht ähnliche entwicklungspol. Impulse aus. Mängel zeigten sich (v. a. bei der AFDB) im Management (Ineffizienz und *Korruption), in geringer *Zielgruppenorientierung, in hohen Ausfallraten bei den Endkrediten. Der Entzug von Mitteln vonseiten der Geber erzwang in den 1990er J. institutionelle Reformen. dn

Regionale Kooperation für Entwicklung →RCD

Regionale Wirtschaftsintegration →Integration

Reintegration Unter R. wird die Wiedereingliederung von ausl. Absolventen deutscher Fach- und Hochschulen und qualifizierter Arbeitskräfte in ihre Heimatländer verstanden. Die entwicklungspol. Zielsetzung der Förderung von R., für die die BRD gezielte R.-Hilfen bereitstellt, ist, bessere Voraussetzungen für die aktive Beteiligung rückkehrwilliger Fachkräfte an der sozialen und wirtsch. E. ihrer Heimatländer zu schaffen. →*brain drain* dn

rent-seeking Das Konzept des rs geht ursprgl. auf wettbewerbs- und regulierungstheoret. Vorstellungen zurück und basiert auf einer wohlfahrtstheoret. Analyse der sozialen Kosten von Zöllen, Kontingenten und Monopolen. Als Rente werden Zahlungen an den Rechtsinhaber einer Ressource definiert, die über dem Einkommen liegen, die in der nächstbesten Verwendung der Ressource erzielt werden können (Pritzl 1996). Sie entstehen v. a. dort, wo staatl. Eingriffe und Regulierungen direkt oder indirekt zu künstlichen Wettbewerbs- oder Preisverzerrungen und somit zu staatl. gewährten Renteneinnahmen oder staatl. Transferzahlungen führen. In dieser Weise begründen staatl. Eingriffe (durch Politiker oder Bürokraten) vielfältige neue Eigentumspositionen und schaffen so privilegierte und staatl. geschützte Rentenpositionen. rs stellt die Bemühung dar, solche Renten systematisch zu suchen und sich diese anzueignen. Da es beim rs jedoch – gesamtgesellsch. betrachtet – nicht um eine Zunahme von produktiven Leistungen, sondern vielmehr um eine Umverteilung des bisher Produzierten geht, erweisen sich rs-Aktivitäten als gesellsch. unproduktiv.

Lit.: J. M. Buchanan/R. D. Tollison/G. Tullock (Hg.), Toward a Theory of the Rent-Seeking Society, College Station/Texas 1980; R. D. Tollison, Rent-Seeking: A Survey, in: Kyklos, Vol. 35 (4), 1982; R. F. J. Pritzl, Korruption und Rent-seeking in Lateinamerika, Freiburg 1996. hf

Ressource Im allg. Verständnis: Hilfsmittel, Hilfsquellen. In der E.-Ökon. werden unter R. alle Mittel verstanden, die für die Produktion von Gütern und Dienstleist. und die wirtsch. und soziale E. eines Landes geeignet sind, insbes. Bodenschätze/Rohstoffe, landw. nutzbarer Boden, hydroelektrisch verwertbare Wasserläufe, Kapital, Ausbildungsstand der Bev. (*human capital*), Arbeitskraft etc.

Lit.: World Ressources Institute u. a., World Ressources 1996/97, Oxford 1996 (erscheint seit 1986 alle 2 J.). dn

Réunion

Fläche (Tsd. qkm): 2,51
Bev. (Mio.) 2000: 0,71
BNE pro Kopf (US-$) 2000: HIC
BIP (Mio. US-$) 2000: n. b.
LE (Jahre) 1999: 74,5
Analphabetenquote (%) 1997: 14,3

1. Die durch ein bis zu 3069 m hohes Bergmassiv mit einem noch tätigen Vulkan in versch. Klimazonen (von trop. feucht bis gemäßigt kühl) geteilte Insel R. (2512 qkm) ist seit ihrer Besiedelung durch Franzosen im 17. Jh. auf den Export von *Monokulturen ausgerichtet (zunächst Kaffee, seit Anfang des 19. Jh.s Zucker). Die Nachkommen der in mehreren pol. (1848 Aufhebung der Sklaverei, seinerzeit 60000 Sklaven bei 50000 Freien) und wirtsch.-konjunkturell begründeten Phasen nach R. (bis 1848: Ile Bourbon) gebrachten Arbeitskräfte verleihen der Insel eine große ethn. Vielfalt: Neben den v. a. im 18. und Mitte des 19. Jh.s eingewanderten Weißen (ca. 1/4 der Ew.) bilden Madegassen und Afrikaner, Inder und Chinesen sowie zahlreiche Mischlinge die Mehrheit der Ew., die ein mit Eigenausdrücken durchsetztes Frz. sprechen und zu 86 % kath. sind. Die nach dem 2. WK einsetzende Bev.-Explosion ließ die Bev.-Zahl von 1946: 241000 auf 2000: 710000 emporschnellen, was die in wirtsch. E. begründeten (*Landflucht aufgrund von Konzentrationsprozessen im Zuckerrohranbau) sozialen Probleme verschärfte.

2. Die Wirtsch. R.s ist trad. auf Zucker und Zuckerprodukte (Rum, Melasse) ausgerichtet (durchschn. 85 % der Exporte), kann die Importe aber nur zu einem geringen Anteil ausgleichen. Zur Bekämpfung der hohen Arbeitslosigkeit hat die Reg. die *Tourismusindustrie in den letzten Jahren gefördert, die inzw. 73 % der Arbeitsplätze stellt. Die großen Einkommensunterscheide zwischen der weißen und indischen Oberschicht, die europ. Lebensstandard erreicht, und den arbeitslosen Armen (60 % der Bev. sind von Sozialhilfe abh.) führt zu starken sozialen Spannungen, die sich zuletzt 1991 in gewalttätigen Auseinandersetzungen niederschlugen.

3. Seit 1946 ist R. frz. Übersee-*Département* (fünf Abgeordnete in der frz. Nationalversammlung, drei im Senat). Die sozio-ökon. sozialen Spannungen spiegeln sich im konfliktiven Verhältnis zwischen rechten und linken Parteien (in etwa dem Parteienspektrum Frankreichs entsprechend), wobei die frz. Verwaltung die Konservativen bis 1981 massiv begünstigte. Seit Beginn der 1970er Jahre forderte die Mehrheit der Linken unter Führung des KP-Chefs P. Vergès die Autonomie (Ablösung des Präfekten durch einen gewählten Präs.) für R., die mit dem Dezentralisierungsgesetz von 1983 (1984 modifiziert) eingeleitet wurde. Seitdem wählt R. einen Conseil Général (47 Mitgl./4 J.) sowie einen Conseil Régional (47 Mitgl.:/6 J.), welche jeweils einen Präs. und verschiedene Verwaltungskommissionen einsetzen.

Lit.: A. Scherer, La Réunion, 2. Aufl., Paris 1985; K. Ziemer, Réunion, in: HDW III, 5, Bonn 1995, S. 517 ff.; D. Vaxelaire, Le grand livre de l'histoire de la Réunion, Orhie 1999, www.cg974.fr, www.region-reunion.com

kz/hf

Revolution Der pol. Sprachgebrauch verwendet den Begriff R. wenig differenziert. Aber auch in der Wiss. herrscht keine Einigkeit über den Begriffsinhalt. Verständigung wird noch am ehesten darüber erzielt, dass es sich bei einer R. um die grundlegende Veränderung des pol. Systems und der Gesellschaftsordnung handelt. Das Ausmaß des pol. und gesellsch. Wandels ist damit der wichtigste Bestimmungsgrund. Je intensiver und umfassender die Umwälzung ist, desto berechtigter ist die Verwendung des Begriffs R. Palastrevolten, Putsche oder Staatsstreiche, die keine oder nur minimale Veränderungen in der sozioökon. Struktur eines Landes auslösen und nur die Personengruppen auswechseln, welche die pol. Herrschaftspositionen einnehmen, fallen somit aus dem Begriff heraus. Umstritten ist, inwieweit die Gewaltanwendung Merkmal einer R. ist, fraglich auch, ob eine R. abrupt zu verlaufen habe. Es handelt sich dabei um die Verlaufsform von R.en, die gewaltsam und blutig sowie spontan und radikal vonstatten gehen, aber auch rel. friedlich und über eine längere Periode ablaufen können. Neuere revolutionstheoret. Ansätze warnen vor der Überbetonung des Gewaltaspekts. Auch zeigt sich eine Tendenz, R.en als eine Subgruppe von Erscheinungen sozialen und pol. Wandels zu begreifen.

Beide jüngeren Vorstellungen zum R.-Begriff erhöhen seine Anwendbarkeit auf die EL, heute ohnehin diejenige Staatengruppe, in der revolutionäre Erscheinungen/Prozesse am ehesten auftreten bzw. zu erwarten sind. In der Tat bilden R.en in vielen Fällen die unabdingbaren Voraussetzungen für durchgreifende E.-Fortschritte. Sie richten sich gegen die bestehenden ausbeuterischen Gesellschaftsstrukturen und pol. Herrschaftsverhältnisse, welche UE intern zementieren. Die westl. IL verschlossen in der Vergangenheit vielfach die Augen vor solchen gesellsch. und pol. Verhältnissen in den EL und halfen – auf der Basis sehr kurzsichtig definierter Eigeninteressen – diesen Regimen, sich an der Macht zu halten. Nach Ende des Ost-West-Konflikts werden in der weltweiten Menschenrechtskonvention und in der Konditionalisierung der *Entwicklungshilfe vonseiten der IL autoritäre Herrschaftsverhältnisse in den *EL problematisiert.

R.-Theorien machen Aussagen über die Ursachen von R.en, denen sich die R.-Forschung zuwendet. Strittig ist hier, ob jeweils einzigartige hist. Bedingungen in den Ländern vorliegen, in denen R.en stattfinden, oder ob vergleichbare Ähnlichkeit der Bedingungen besteht. Die empirische R.-Forschung, die von der Ähnlichkeit ausgeht, hat sich v. a. mit der Frage befasst, wann R.en auftreten, unter welchen sozialen und pol. Bedingungen insbes. die gewaltsamen und abrupten Veränderungen stattfinden bzw. wahrscheinlich sind. Ein Ergebnis dieser Untersuchungen ist, dass R.en sich weniger dann ereignen, wenn die sozialen Verhältnisse die Menschen dazu zwingen, sich zuallererst um die Sicherung ihrer Existenz und ihres Überlebens zu kümmern (→Marginalität), sondern in Zeiten des wirtsch. und sozialen Aufschwungs, der jedoch den von ihm ausgelösten Erwartungen nicht standhält. Die wachsende Differenz zwischen gesellsch. Ansprüchen und den Leistungen erhöht das R.-Potenzial. Diesen Zusammenhang erfasst in gewisser Weise die auf die *Dritte Welt gemünzte These von der R. der steigenden Erwartungen.

R.en können danach unterschieden werden, welche gesellsch. Klasse/Schicht das revolutionäre Substrat bildet, gegen welche gesellsch. und pol. Verhältnisse sie sich richten, mit welchen gesellschaftspol. Zielvorstellungen die Umwälzung unternommen wird. Diese Kriterien führen zu den beiden Typen der bürgerlich-demokrat. und der soz. R. Die Kontroverse darüber, welche der beiden in den EL angesichts der vormodernen, vorind. Strukturen ihrer Gesellsch. auf der Tagesordnung der Geschichte stehe, hat einen großen Teil der Debatten und

Fraktionskämpfe unter der pol. Linken bestimmt. Unterschieden werden kann schließlich auch zwischen einer gesamtgesellsch. R. und grundlegenden Umwälzungen in Einzelbereichen der Gesellschaft. So wird berechtigterweise von ind. R., Agrar-R. oder technol. R. gesprochen. Dieser Sprachgebrauch verweist noch einmal auf durchaus friedlich verlaufende Umwälzungen, die mit dem Begriff R. belegt werden können.

Lit.: H. Arendt, Über die Revolution, München 1963; K. Lenk, Theorien der Revolution, München 1973; K. von Beyme (Hg.), Empirische Revolutionsforschung, Opladen 1973; G. Chaliand, Revolution in the Third World, Harmondsworth 1978; T. Skocpal, States and Social Revolution, Cambridge 1979; E. Zimmermann, Krisen, Staatsstreiche und Revolutionen, Opladen 1981. dn

Revolvierende Fonds →Refinanzierungen

Reziprozität Die Reziprozitätsklausel (R.-Prinzip) ist ein – oft in Handelsverträgen fixierter – fester Grundsatz im int. Handelsverkehr. Danach ist eine vereinbarte *Meistbegünstigung(sklausel) nur dann gültig, wenn auch das Vertragspartnerland die entsprechende Gegenleistung erbringt. bg

Rhodesien →Zimbabwe

Rio-Bericht →Club of Rome

Rio-Gruppe, vormals →Gruppe der Acht, nahm 1990 den neuen Namen Rio-Gruppe an und zählte 2000 19 Mitgl.: Argentinien, Bolivien, Brasilien, Chile, Costa Rica, Dominikanische Republik, Ecuador, El Salvador, Guatemala, Guyana, Honduras, Kolumbien, Mexiko, Nicaragua, Panama, Paraguay, Peru, Uruguay, Venezuela. dn

Rio-Konferenz →Welt-Umweltkonferenz

Rio-Pakt →OAS

RLS Rosa-Luxemburg-Stiftung Gesellschaftsanalyse und Politische Bildung, gegr. 1990, der PDS nahe stehende Stiftung. Die pol. Bildungs- und Projektarbeit der RLS zielt nach eigener Darstellung auf soziale und demokrat. E. Gefördert werden Projekte, die «Menschen gleichen Zugang zu grundlegenden gesellsch. Gütern wie demokrat. Mitbestimmung, Frieden und Gewaltfreiheit, Erwerbsarbeit, Bildung, Gesundheit, soziale Sicherheit sowie eine lebenswerte Umwelt» ermöglichen. Die Auseinandersetzung mit dem Phänomen der *Globalisierung, der europ. Einigungsprozess, Gewaltprävention und Frieden sowie die Integration marginalisierter Gruppen stellen zentrale Themenfelder dar. Projektpartner sind Gewerkschaften, Frauenorg., soziale Bewegungen, wiss. Einrichtungen, int. Org. und Parteien. Seit 1999 kann die RLS wie die anderen *politischen Stiftungen auf der Grundlage von Mitteln aus dem Bundeshaushalt arbeiten. Seit 2000 werden Projekte der Auslandsarbeit durch Mittel des *BMZ und des AA finanziert. Insges. standen der Stiftung 2000 Finanzmittel in Höhe von ca. 5 Mio. € zur Verfügung, davon flossen ca. 0,28 Mio. € in die int. Zusammenarbeit, vornehmlich in EL. Adresse: Franz-Mehring-Platz 1, 10243 Berlin. Internet: www.rosaluxemburgstiftung.de kf

roas →São Tomé und Príncipe

Rockefeller-Report Bericht und Empfehlung zur US-Außenpol. gegenüber Lateinamerika (LA), am 30. 10. 1969 Präs. Nixon überreicht, betont: a) spezielle Beziehungen zwischen den USA und LA; b) Notwendigkeit pragmatischer Beziehungen ohne Rücksicht auf die pol. Herrschaftsverhältnisse in den LA-Staaten und Pol. der Isolierung gegenüber Kuba; c) Förderung des Handels und der *int. Arbeitsteilung in der Hemisphäre, von US- und *Direktinvestitionen ohne Einschränkungen in den LA-Ländern; d) militärstrategische Bedeutung von LA für die USA und die Ausweitung der Militärhilfe. →Linowitz-Report dn

Rohstoffabhängigkeit Im Begründungszusammenhang von *Entwicklungshilfe spielt die Rohstoffabhängigkeit (RA) der IL von den EL eine beachtliche Rolle. So hieß es bereits in der vom *BMZ herausgegebenen Broschüre «Politik der Partner» (1981, S. 128): «Nicht nur bei der Versorgung mit Erdöl, Erdgas und Kernbrennstoffen ist die BRD von Im-

porten abhängig. Sie ist auch auf Importe von mineralischen und pflanzlichen Rohstoffen angewiesen. Es liegt in unserem Interesse, daß die Rohstoffbasis der dt. Wirtsch. auch für die Zukunft gesichert bleibt. Dies ist nur durch Zusammenarbeit zwischen IL, Erdöl-, Rohstoff- und anderen EL möglich. Konfrontationen nützen niemand.»
Die westl. IL verfügen jedoch über versch. Möglichkeiten, die RA zu mildern und damit auch die Chancen der EL für eine erfolgreiche Pol. der *Rohstoffkartelle zu untergraben. Dazu zählen 1. stärkere Ausbeutung der Lagerstätten in den IL; 2. Verbrauchssenkung mittels Einsparung durch techn. Neuerungen; 3. Substitution durch künstliche Produkte (etwa bei Jute, Sisal: in vollem Umfang durch Kunstfaser ersetzbar); 4. Wiederaufbereitung von Alt- und Abfallmaterial. Andererseits bedeutet die Anwendung der Strategien 2 und 4 eine Verlangsamung der Ausbeutung nichtregenerierbarer Rohstoffvorkommen und damit eine Streckung der Vorräte für künftige Generationen. dn

Rohstoffabkommen Vereinbarungen zwischen Erzeuger- und Verbraucherländern über Produktionen, Export und Preis von Rohstoffen. Als Rohstoff-Exporteure sind EL an R. zur *Exporterlösstabilisierung interessiert, da sie die EL vor kurzfristigen Preisschwankungen ihrer Exportprodukte sowie langfristigem Preisverfall (→*terms of trade*) schützen können: Allerdings gelingt dies den unterschiedlichen Verfahren nicht im gleichen Umfang. Zu unterscheiden ist zwischen: 1. Quoten- oder Kontingent-Verfahren, Vereinbarungen über das Volumen der Produktion und des Exports von Rohstoffen; 2. *Long-term-contract*-Verfahren, langfristige vertragliche Abnahmegarantien zu bestimmten Preisen; 3. **bufferstock*-Verfahren, Schaffung von Marktausgleichslagern.
Umfassen die R. lediglich die Lieferländer, wird i.d.R. versucht, über Exportquoten die Mengen und über die Mengen die Preise zu beeinflussen. Ein solches Kontingentsystem wurde in früheren Zucker- und Kaffee-Abkommen angewandt. Gemeinsame Abkommen zwischen Liefer- und Abnehmerländern fixieren in der Regel max. und minimale Preise, zu denen eine best. Menge angeboten bzw. abgenommen werden muss. Die max. Preissetzung darf von den Exporteuren nicht überschritten und die minimale Preissetzung von den Importeuren nicht unterboten werden. Weizenabkommen wurden nach dieser Art multilateraler Kontrakte abgeschlossen. Bei *bufferstock*-Abkommen werden ebenfalls Höchst- und Mindest-Preisniveaus festgelegt. Zur Verteidigung des Höchstpreisniveaus muss der *bufferstock* über einen Lagerbestand verfügen, um durch eigene Verkäufe den Preis an der Obergrenze halten zu können. Zur Verteidigung des Mindestpreisniveaus muss das Abkommen mit einem Finanzfonds ausgestattet sein, um das überschüssige Angebot aus dem Markt nehmen zu können. Der Rohstoff muss also prinzipiell lagerfähig sein und sollte möglichst geringe Lagerkosten verursachen. Für den *bufferstock*-Manager ergibt sich das grundsätzliche Problem, zukünftige Preisentwicklungen richtig zu prognostizieren. Da sowohl die Lagerbestände als auch die Finanzmittel begrenzt sind, können sie nur rel. kurzfristige Fluktuationen glätten.
Bei lang anhaltenden Ungleichgewichten zeigt sich regelmäßig ihre begrenzte Wirksamkeit. Die bisherigen Erfahrungen mit einzelnen *bufferstock*-Abkommen sind daher auch nicht überzeugend. Bereits die Festsetzung der Preisober- und -untergrenze führt regelmäßig zu Interessenkonflikten zwischen Anbieter- und Nachfragerstaaten. Auch bewirkt die Stabilisierung der Preise nicht notwendigerweise eine Stabilisierung der Erlöse. Preisfluktuationen, die durch Veränderungen des Angebots verursacht werden, wirken sogar tendenziell erlösstabilisierend, während Preisfluktuationen aufgrund von Nachfrageveränderungen, die im Wesentlichen durch den Kon-

junkturverlauf in den IL bedingt sind, die Erlöse stark destabilisieren. Verfahren, die direkt bei der Erlösstabilisierung ansetzen, sind aus diesem Grunde vorzuziehen. Auch werden sie von den IL bevorzugt, da sie die Mechanismen des Weltmarktes unangetastet lassen und lediglich deren Auswirkungen im Nachhinein korrigieren. Für die marktwirtsch. orientierten IL war dieser Gesichtspunkt stets ein wichtiger Verhandlungsgegenstand. 2001 bestand nur ein R. (für Naturkautschuk, seit 1979) mit preisstabilisierender Zielsetzung; Kaffee (seit 1963), Kakao (seit 1975) schieden 1989 bzw. 1990 aus. R. mit der Zielsetzung Markttransparenz und Informationsaustausch existierten für: Olivenöl (seit 1963), Rindfleisch (seit 1980), Weizen (seit 1949), Jute (seit 1984), Tropenholz (seit 1985), Zucker (seit 1984). dn

Rohstoffkartelle R. sind Rohstofferzeugerorg. (nicht nur von EL) mit dem Ziel, den Erzeugern die Kontrolle über die Rohstoffpreise zu gestatten und die Verkaufserlöse zu erhöhen. Die EL versprechen sich von ihnen zudem eine höhere Beteiligung an Verarbeitung (vertikale Diversifizierung) und Vermarktung der Rohstoffe.

Das epochemachende Beispiel für ein erfolgreiches R. war die *OPEC. Im Anschluss an die Ölkrise versuchten Anbieter anderer Rohstoffe auf dem Weltmarkt eine an dem Vorbild der OPEC orientierte und teilweise von OPEC-Mitgl. finanziell unterstützte Kartellpol. bei Phosphat, Kaffee, Bauxit (*IBA), Bananen (*UPEB), Quecksilber, Kakao (*COPAL), Kupfer (*CIPEC), Eisenerz, Kautschuk (*ANRPC), Wolfram, die teilweise schon in den 1960er J. einsetzte (CIPEC). Für einige Rohstoffe (Kaffee, Holz und Holzprodukte) kamen nur regionale Vereinigungen zustande. Die Kartellfähigkeit eines R.s ist an bestimmte Voraussetzungen geknüpft: Homogenität, Lagerfähigkeit, eingeschränkte Substituierbarkeit des Produkts, Monopolisierungsgrad des Angebots etc., die im Falle der weiteren Rohstoffe nicht gegeben waren. Zudem fehlte es auch an Solidarität unter den EL – wobei zu bedenken ist, dass R. die Einkommensunterschiede zwischen einigen EL und den IL verringern mögen, diese jedoch unter den EL zunehmen – sowie an Konzessionsbereitschaft der IL, dem Druck der EL nachzugeben, sodass das primäre Ziel der Kartellierung, die Erhöhung der Verkaufserlöse für die exportierten Rohstoffe, nicht erreicht wurde. Mai 1978 wurde eine Dachorganisation aller Vereinigungen von Rohstoffproduzenten und -exporteuren (APEC) gegründet. Die Charta erkennt allen Staaten das Recht zu, sich zu Rohstofferzeugerorg. zusammenzuschließen. dn

Rotes Kreuz Die auf Anregung des schweizer. Schriftstellers Henri Dunant 1863 gegr. größte freiwillige Hilfsorg. der Welt (Sitz: Genf) leistet in den EL über die Int. Föderation der Rotkreuz- und Rothalbmond-Gesellschaften, das Internationale Komitee vom Roten Kreuz (IKRK) und die nat. Rotkreuz-Gesellschaften (*DRK) v. a. *Katastrophenhilfe und *Nahrungsmittelhilfe. Im Sinne der langfristigen *E.-Hilfe will die Int. Föderation durch den Aufbau von Rotkreuz- bzw. Rothalbmond-Gesellschaften in Ländern der *Dritten Welt die med. *Infrastruktur verbessern und so die Befriedigung des *Grundbedürfnisses *Gesundheit ermöglichen. Das Rote Kreuz bemüht sich außerdem, durch Projektarbeit weltweit die Katastrophenschutzvorkehrungen bei Schwestergesellschaften auszubauen, um die Rotkreuzbewegung in der Katastrophenhilfe leistungsfähiger zu machen. Auch im Bereich von Rehabilitationsmaßnahmen nach Katastrophen findet Projektarbeit statt. Vor dem Hintergrund der veränderten Weltordnung nach dem Ende des O-W-Konfliktes ist innerhalb des IKRK im Sept. 1996 eine Grundsatzdiskussion über strukturelle Reformen in Gang gekommen. Die enorme Ausdehnung der humanitären Hilfeleistungen hat die Genfer Org. veranlasst, zunehmend nichtschweizer. Staatsangehörige als Delegierte einzusetzen bzw. aus Sicherheitsgründen die Leitung einer Mission den einheim. Mitarbeitern (z. B. in →Liberia, →Somalia) zu übergeben. In diesem Zusammenhang wurde jenseits der Kooperation auch über eine mögliche org. Fusion des IKRK mit der Int. Föderation der RK- und Rot-Halbmond-Gesellsch. nachgedacht. Die voneinander unabh. Körperschaften IKRK, Föderation und nat. Gesellschaften bilden zusammen die Int. Rotkreuz- und Rothalbmond-Bewegung (Int. Rotes Kreuz). Adresse: P. O. Box 372, CH-1211 Genf. Internet: www.ifrc.org red

Rückwärtskopplung →*external economies*, *linkage*-Effekte

Russland und die Dritte Welt Nach dem 2. WK bildete die SU nicht nur einen der beiden Pole des O-W-Konflikts, sondern war als Exponent des soz. E.-Weges ein entscheidender Bezugspunkt für die Dritte Welt im int. System. Die Auflösung der UdSSR Ende 1991, aus der die Russische Föderation (RF) als wichtigster Nachfolgestaat hervorging, führte auch zum Zusammenbruch der EZ Moskaus. Seit Amtsantritt von Präs. Putin (1999) wurden die Initiativen zur (Wieder-)Belebung der Kooperationsbez. mit ausgewählten Drittweltländern verstärkt; ein e.-pol. Gesamtkonzept der RF ist allerdings auch Anfang der 2000er J. nicht erkennbar.

1. Bis Mitte der 1980er J. waren die Bez. der SU zu den EL durch ideolog. Orientierungsmuster geprägt. Gemäß der «Theorie nicht-kapitalistischer E.», seit 1961 integraler Bestandteil des KPdSU-Programms, wurde die Dritte Welt nach (am sowj. Vorbild gemessener) «Sozialismusnähe» in drei Ländergruppen eingeteilt: (I) fest im soz. Lager stehende EL, die zugleich Mitglieder in der soz. Wirtschaftsorg. *RGW (Rat für gegenseitige Wirtschaftshilfe; engl.: COMECON) waren (Vietnam, Kuba, Mongolische VR), (II) EL «soz. Orientierung» (u. a. Algerien, Angola, Äthiopien, Syrien) sowie (III) «EL im kapitalistischen Lager». Obwohl die sowj. EP stets strategischen Interessen untergeordnet war (→Kriege in der Dritten Welt) und die mittlere Kategorie in den 1970er J. aus ideolog. Gründen (Negierung eines *Dritten Weges) gestrichen wurde, war eine deutliche Stufung der E.-Hilfe nach dem Dreierschema zu erkennen: Noch 1984 entfielen etwa 70 % der sowj. Zahlungen auf die RGW-Mitglieder Kuba, Mongolei und Vietnam, rd. 12 % wurden an andere komm. EL (Afghanistan, Kambodscha, Nordkorea, Laos) vergeben (OECD 1988). Diese finanz. Leistungen dienten hauptsächlich der Förderung des ind. Bereichs; mittelfristiges Ziel war hierbei, die betreffenden EL in die «int. soz. Arbeitsteilung» einzubinden, die auf der Gleichheit aller Partner basieren sollte. Die so verstandene EP zeigte insofern Wirkung, als bis Mitte der 1980er J. ein beträchtlicher Anstieg sowj. Importe aus der Dritten Welt zu verzeichnen war (1974: 12 %; 1986: 47,5 %). Der überwiegende Teil dieser Waren bestand indes nicht aus Industrieprodukten, sondern aus Rohstoffen und Nahrungsmitteln; mithin unterschied sich die «int. soz. Arbeitsteilung» in materieller Hinsicht nicht grundsätzlich von der *internationalen Arbeitsteilung westl. Prägung.

2. Mit Amtsantritt Gorbatschows (1985) und der darauf folgenden Perestroika-Phase wurde die Dritte-Welt-Pol. der SU einem tief greifenden Wandel unterzogen. Angesichts der innersowj. Wirtschaftskrise und des milit. Scheiterns in Afghanistan setzte sich zunehmend eine pragmatische Orientierung in den Bez. zu den EL durch. Außenpol. bedeutete dies v. a. eine Sicherung der unter Breschnew gewonnenen Einflusszonen nicht mehr mit milit., sondern mit diplomatischen Mitteln. Dies trug nicht zuletzt zur Lösung regionaler Konflikte bei (→Afghanistan, →Angola, →Kambodscha, →Nicaragua). Wirtsch.- und handelspol. wurde eine «Ökonomisierung der Dritte-Welt-Pol.» nach Effizienzkriterien sowie eine prinzipielle Gleichbe-

handlung der EL propagiert, wobei EL «soz. Orientierung» zunächst noch bevorzugt behandelt wurden. Aufgrund dieser neuen Strategie gab die SU auf der *UNCTAD VII (1987) erstmals den Forderungen der EL nach Handelserleichterungen statt. Zudem konzentrierte sich der sowj. Außenhandel auf die weiterentwickelten regionalen Großmächte in Afrika, Asien und LA, um sowohl zusätzliche *Ressourcen für die eigene wirtsch. E. als auch neue Absatzmärkte für die sowj. Exporte zu gewinnen. Nicht zufällig erhielten daher Indien (2,1 Mrd. US-$) und Brasilien (0,3 Mrd. US-$) noch 1986 größere Unterstützungsleistungen, als die SU angesichts zunehmender Haushaltsengpässe ihre e.-pol. Kredite und Zuwendungen bereits stark zurückgefahren hatte.

3. Nach Auflösung der SU setzte die RF als deren Rechtsnachfolgerin die unter Gorbatschow begonnene Pol. gegenüber den EL fort. In einer ersten Phase (1991–1993), die durch eine unklare Kompetenzverteilung zwischen Reg., Außenmin. und Präsidialapparat sowie durch einen drastischen Rückgang des Staatsbudgets gekennzeichnet war, konnte man weder programmatisch noch realpol. eine konsistente EP der RF ausmachen. Deutlich war einzig der starke Rückzug Moskaus aus der Dritten Welt. 1992 wurden allein im subsahar. Afrika neun ex-sowj. Botschaften geschlossen. Zudem kam es nicht nur zur vollständigen Einstellung der E.-Hilfeleistungen, die im Vgl. zur *ODA der IL immer schon rel. gering waren, sondern es wurde auch die rasche Begleichung der Schulden angemahnt (1993 für Afrika südl. der Sahara: 19 Mrd. US-$). Bes. stark von den russ. Tilgungsforderungen betroffen waren RGW-Länder wie →Vietnam, das der kurzfristige Abbruch der Handelsbez. mit der RF an den Rand einer wirtsch. und sozialen Katastrophe brachte.

In einer zweiten Phase (1993–1999) veränderten sich mit dem innenpol. Bedeutungszuwachs nationalistischer Kräfte und der außenpol. Distanzierung von den westl. Ländern auch die Bez. Russlands zu den EL. Im Rahmen einer neuen außenpol. Strategie (1994), der ein Stufenmodell von Einflusssphären zugrunde lag (Aufrechterhaltung der Vormachtstellung im nahen Ausland, Wiederaufnahme der Kontakte zu trad. Verbündeten, Gewinnung von neuen Partnern), wurde auch die Dritte-Welt-Lobby gestärkt. In diesem Zusammenhang stand nicht nur das geostrategisch motivierte Engagement der RF in den zentralasiatischen GUS-Staaten (z. B. im Bürgerkrieg →Tadschikistans), sondern auch die Intensivierung bzw. Neuaufnahme der Bez. zu bestimmten EL (seit 1992: Südafrika; seit 1994: Indien), die primär ökon. Interessen (Ausbau von Absatzmärkten, Abnehmer für Waffenexporte) folgte.

In der dritten Phase post-sowj. Dritte-Welt-Pol., deren Beginn 1999 mit Ablösung Präs. Jelzins durch Wladimir Putin angesetzt werden kann, ist bislang eine Fortführung des «neuen Pragmatismus» erkennbar. Den raschen Staatsbesuchen Präs. Putins bei ehemaligen Bündnispartnern (China, Nordkorea, Kuba, Vietnam) kam in diesem Zusammenhang eher symbolische Bedeutung zu – im Ggs. zu seiner Indienreise, die Vereinbarungen über Rüstungsexporte von insges. 5 Mrd. US-$ nach sich zog. Im Gefolge des 11. Sept. 2001 und der damit verbundenen Öffnung der russ. Außenpol. gegenüber den westl. IL zeichnet sich eine Konsolidierung des ökon. und sicherheitspol. motivierten Kurses auch in den Bez. zur Dritten Welt ab. Die (Neu-)Konzeptionalisierung einer «Moskauer EP» erscheint dagegen unwahrscheinlich.

Lit.: K. v. Beyme, Die SU in der Weltpolitik, 2. Aufl., München 1985; OECD, Development Cooperation, Paris 1988; H. Adomeit u. a. (Hg.), Die SU unter Gorbatschow, Stuttgart u. a. 1990; K. Fritsche (Hg.), Rußland und die Dritte Welt, Baden-Baden 1996; G. Wacker, Von der Supermacht zur Großmacht zweiter Klasse: Russland im asiatisch-pazifischen

Raum, in: BIOst (Hg.), Rußland in Europa, Wien 2000, 269ff.; K. Fritsche, Bemühungen um verlorenes Terrain – Rußland und die Dritte Welt, in: Osteuropa 51/4–5 (2001), 599ff.; J. Matz, Constructing a Post-Soviet International Political Reality. Russian Foreign Policy Towards the Newly Independent States 1990–95, Uppsala 2001. fg

Rüstung R. und R.-Wettlauf waren nach dem 2. WK weltweite Erscheinungen, von denen auch die *Dritte Welt nicht verschont blieb. Im Gegenteil: Sie hatten die EL insbes. seit der zweiten *Entwicklungsdekade erfasst. Milit. Konflikte (Kriege, Grenzkriege, Befreiungskriege, Kämpfe um nat. Autonomie) traten v. a. in der Dritten Welt auf (→Kriege in der Dritten Welt). Auch der Ost-West-Konflikt wurde mit kriegerischen Mitteln hauptsächlich im S ausgetragen (Vietnam, Afghanistan). Zugleich hatte sich das Bedürfnis nach nat. Sicherheit (nach innen und außen) der EL erhöht (→Doktrin der nationalen Sicherheit), zumal unterhalb des atomaren Patts der Supermächte kriegerische Verwicklungen mit konventionellen Waffen ausgetragen wurden. Etwa zeitgleich mit dem Fall des «Eisernen Vorhanges» begann eine insges. elf J. (1987–1998) andauernde Phase weltweit kontinuierlich sinkender Militärausgaben. Dieser Trend drehte sich 1998 mit einer Zuwachsrate von 2 % um. Seitdem stiegen die weltweiten staatlichen Militärausgaben auf zuletzt 839 Mrd. US-$ (2001) kontinuierlich an. Eine erneute Umkehr dieses Trends ist v. a. in Anbetracht der Ereignisse nach dem 11. 9. 2001 nicht in Sicht, da allein die USA ihren Militärhaushalt für 2003 um 48 Mrd. US-$ aufstockte. Der Vergleich zu den 2000 etwa 54 Mrd. US-$ an *öffentlicher Hilfe durch die OECD-Staaten macht verständlich, weshalb insbes. den e.-pol. Engagierten R. als enorme Ressourcenverschwendung vorkommt.

Der Prozess der Aufrüstung in den EL fußte im Wesentlichen auf Rüstungstransfers (Rüstungsgüter, →Technologien, Berater) aus den westl. IL und den soz. Ländern. Er verstärkte die technol. Abh. und schlug sich auch außenwirtsch. für die EL negativ nieder. Seit Beginn der 1970er J. werden jedoch Rüstungsproduktionsanlagen in den EL errichtet. Einige EL (Indien, VR China, Brasilien, Taiwan, Nordkorea, Südkorea, Argentinien) haben leistungsstarke Rüstungsind. aufgebaut und exportieren z.T. ihre Waffen in andere EL.

Neben konventioneller R. wurden in den EL auch Anstrengungen zum Erwerb von atomaren, biologischen und chemischen Waffen (ABC-Waffen) nebst Trägermitteln unternommen. Außer dem etablierten Kernwaffenstaat (KWS) VR China werden im Zusammenhang mit der nuklearen Proliferation – nach ihren Atomtests zumal – die EL Indien und Pakistan (sowie Israel) als *de-facto*-KWS bezeichnet; Südafrika vernichtete zu Beginn der 1990er J. sieben produzierte Kernsprengköpfe. Argentinien, Brasilien, Südkorea und Taiwan stellten begonnene Programme ein, der Irak unter Kontrolle der UN infolge des *Golfkrieges. Atomwaffenprogramme unterhalten möglicherweise auch Nordkorea, Libyen und der Iran. Die Liste der mutmaßlich im Besitz biologischer und chemischer Waffen befindlicher EL umfasst nahezu alle in Konflikte involvierten Staaten (z.B. Iran, Libyen, Nordkorea, Vietnam).

Während im Bereich der nichtkonventionellen, bes. der nuklearen R. erhebliche Bemühungen um Rüstungskontrolle unternommen wurden (z.B. Atomwaffensperrvertrag, Exportbeschränkungen bei sensitiver Technologie, Kontrolle der Nuklearwaffen der auseinander gebrochenen UdSSR), steht Ähnliches, trotz einschlägiger pol. Initiativen (z.B. Verbot von *Landminen), für die herkömmliche R. in der Dritten Welt weitgehend aus. Zwar hat sich der Umfang der Rüstungsexporte in die EL, nachdem sie in den Jahrzehnten zuvor erheblich angestiegen waren, nach dem Ende des Kalten Krieges in den 1990er J. erheblich vermindert; allerdings verbleiben sie weiterhin auf einem hohen Niveau. Denn: Rüstungsexporte (in die Dritte Welt) werden von den Reg. fast aller waffenproduzierenden Staaten (zu den wichtigsten Lieferländern vgl. Tab. 15) nach wie vor als nützliches und legitimes Instrument der Außenpol. betrachtet – von innenpol.-wirtsch. Motivationen (Interesse der Ind., Arbeitsplätze) ganz zu schweigen. →Abrüstung und Entwicklung

Lit.: M. Brzoska, Rüstung und Dritte Welt. Zum Stand der Forschung, München 1981; P. Lock/H. Wulff, Zum Zusammenhang von Aufrüstung und UE, in: HDW II, 1, Hamburg 1981, S. 257 ff.; Aufrüstung und UE. Aus den Berichten der Vereinten Nationen, Reinbek 1983; L. Köllner, Rüstung und Entwicklung, München u.a. 1986; M. Ferdowsi: Zum Zusammenhang von Aufrüstung und Krieg in der Dritten Welt. Versuch der Zerstörung einer Legende, in: Österreichische Zft. für Politikwissenschaft 1/1990, S. 70 ff.; Z. S. Davis/B. Fraenkel (Hg.), The Proliferation Puzzle. Why Nuclear Weapons Spread and What Results, London 1993; R. S. Litwak/M. Reiss, Nuclear Proliferation after the Cold War, Washington 1994; H. Hummel/H. Wulf, Rüstung und Sicherheit, in: I. Hauchler u.a. (Hg.), Globale Trends 2002, Frankfurt a.M. 2001, S. 422–443; SIPRI (Hg.), Armaments, Disarmament and International Security, New York 2001. dn/js

Rwanda

Fläche (Tsd. qkm): 26,300
Bev. (Mio.) 2001: 7,90
BNE pro Kopf (US-$) 2000: 230
BIP (Mio. US-$) 2000: 1,762
LE (Jahre) 1999: 40,0
Analphabetenquote (%) 1999: 34,0
HDI 1999: 0,395 [Rangplatz von 162: 152]

1. Das zur Gruppe der abs. ärmsten Staaten zählende R. ist das drittkleinste Land Afrikas, weist jedoch die höchste Bev.-Dichte (2001: 300 Ew./qkm) auf. Die Versorgung der rapide wachsenden Bev. mit Nahrungsmitteln bleibt vor dem Hintergrund andauernder pol. Instabilität im Land seit 1994 das größte E.-Problem. Die Bev. gliedert sich *ethnisch in Hutu (90 %), Tutsi (9 %) und pygmoide Twa (1 %).

Ständige Übernutzung der Böden durch den Anbau der *Subsistenzprodukte und Grundnahrungsmittel (Bohnen, Bananen, Maniok) und die extensive Viehzucht (Watussi-Rinder, Schafe, Ziegen) haben zusammen mit der Abholzung der Wälder (ursprgl. 80 % der Landfläche, heute noch 5 %) für die Brennholzgewinnung in den letzten J. zu Bodenerosi-

Tabelle 15: Exporte von konventionellen Großwaffen 1991–2000 nach Herkunftsländern (in Mio. US-$; Preise von 1990)

Land	1991	1993	1995	1998	1999	2000
USA	12 568	12 804	9 894	12 970	10 374	5 489
UdSSR/Russland	4 657	3 631	3 905	1 595	3 719	4 443
Deutschland	2 520	1 686	1 964	1 201	1 228	1 235
Großbritannien	1 143	1 213	1 663	1 037	1 044	1 035
Frankreich	1 071	1 368	815	3 370	1 450	1 040
VR China	1 104	1 284	868	285	196	54
Niederlande	306	385	448	579	318	138
Italien	346	451	324	347	439	177
Tschechische Republik*	69	267	326	20	65	87
Israel	172	246	317	136	115	212
Schweiz	386	51	132	31	58	60
Kanada	15	166	301	140	132	85
Nordkorea	138	423	48	–	–	–
Ukraine	16	120	74	615	446	67
Andere	1 308	649	1 718	667	1 270	1 211
Total	25 819	24 744	22 797	22 993	20 854	15 333

* bis 1992 ČSFR; Quelle: SIPRI Yearbook 1996, 1998; 2001

on und einer dramatischen Verschlechterung der Bodenfruchtbarkeit geführt. Auch die geogr. isolierte Lage (ca. 1700 km vom Meer entfernt) ist für die weitere E. dieses *Binnenlandes eine belastende Hypothek. R. muss fast seinen ges. Warenverkehr unter hohen Transportkosten über die beiden Exporthäfen Daressalam (Tanzania) und Mombasa (Kenya) abwickeln. Mögliche E.-Potenziale R.s werden neben den agrar. Anbauprodukten (Kaffee, Tee, Pyrethrum) in den mineralischen Bodenschätzen (Kassiterit 330 t 1996, Wolfram 43 t 1996) und einer Ausbeutung der Methangasvorkommen (des Kivu-Sees) gesehen. Da der Export von mineralischen Rohstoffen seit 1998 stark ansteigt, u. a. auch Gold und Diamanten (obwohl R. überhaupt keine natürlichen Vorkommen hat), handelt es sich mit großer Wahrscheinlichkeit um aus der DR Kongo geschmuggelte Bodenschätze, wo die r. Armee nach wie vor einen Teil des Territoriums kontrolliert.

2. Mit einer Quote von ca. 91 % (1989) an der erwerbstätigen Bev. dominiert die Landw. gegenüber Ind. und *Tourismus, die bis 1994 schwach entwickelt waren. Wegen seines Subsistenzcharakters erwirtschaftet der Agrarsektor dennoch lediglich einen Anteil von 39 % am BIP (1997). Die von *UNIDO geförderte Gewinnung des Insektizids Pyrethrin (Pyrethrumpflanzen) könnte künftig durch Bekämpfung von Viehseuchen und die Steigerung der Ernteerträge die *Ernährungssituation verbessern. Nach Expertenschätzungen können auch bei optimaler Nutzung die landw. Ressourcen für nicht mehr als 5 Mio. Menschen eine gesicherte Ernährungsbasis bieten. Der Subsistenzsektor ist durch geringe Flächenproduktivität und veraltete Produktionsmethoden gekennzeichnet. Die Bekämpfung der Bodenerosion durch integrierte acker-, forst- und viehwirtsch. Programme wird vom *UNDP gefördert. Die Ind. (10 % des BIP 1999) beschränkt sich bislang auf die Verarbeitung agrar. Produkte (Grundnahrungsmittel, Bananenbier, Häute, Kaffee) und ist regional auf den Raum um die Hs. Kigali konzentriert. Bis zum Ausbruch des Bürgerkriegs 1990 waren bescheidene Fortschritte im Bildungs- und Gesundheitswesen des stark ländl. geprägten Landes (*Urbanisierungsgrad 1990: 8 %) erzielt worden.

3. Die hist. Entwicklung des 1962 unabh. gewordenen R. (1918 bis 1946 Völkerbundmandat und 1946 bis 1962 *UN-Treuhandgebiet unter belgischer Verwaltung) war stets von den ethn.-sozialen Konflikten zwischen den Tutsi (nilot.-hamit. Viehzuchtnomaden) und den Hutu (Bantu-Ackerbauern) geprägt. Der Widerstand der Hutu, die in dem Feudalsystem der von den Belgiern gestützten Tutsi-Monarchie unterdrückt wurden, entlud sich 1959 im Bahutu-Aufstand, der neben Massakern an Tausenden von Menschen die Vertreibung von ca. 150 000 Tutsi in die Nachbarstaaten zur Folge hatte. 1961 wurde die von G. Kayibanda geführte PARMEHUTU (*Parti de Mouvement de l'Émancipation Hutu*) bei den Parl.-Wahlen stärkste Partei und Kayibanda erster Staatspräs. der neuen Rep. Das Fortdauern der ethn. Konflikte führte intern zur Abschaffung des Parteienpluralismus und außenpol. zur Auflösung (1964) der Wirtschafts- und Währungsunion mit Burundi, von wo aus die Tutsi wiederholt Invasionsversuche in R. unternommen hatten. Ein Massaker unter den in Burundi lebenden Hutu vonseiten der dort herrschenden Tutsi führte 1973 in R. zum Sturz des Präs. Kayibanda. Nach einem Militärputsch wurde J. Habyarimana neuer Staatspräsident. Habyarimana, der zur Gruppe der gemäßigten Hutu gehörte, bemühte sich zunächst um eine Versöhnung zwischen den Ethnien und versuchte ab 1975 mit der Einheitspartei MRND (*Mouvement Révolutionaire Nationale pour le Développement*) die Machtposition der nördl. Hutugruppen, die sich weiterhin auf das Militär stützte, auf eine neue Legitimationsbasis zu stellen.

Ein milit. Umsturzversuch von aus ehem.

Flüchtlingen rekrutierten Tutsi-Rebellen aus ugand. Exil 1990/91 konnte zunächst nur mit frz. Unterstützung zurückgeschlagen werden. Als nach drei J. die Friedensverhandlungen unter int. Beteiligung zu einer Machtteilung und Etablierung einer Übergangsreg. geführt hatten, wurde Habyarimanas Flugzeug am 6. 4. 1994 abgeschossen. Ein von langer Hand vorbereiteter Plan zur Ausschaltung der Tutsi-Führungsschicht und der demokrat. Hutu-Opposition stürzte R. in das fürchterlichste Blutbad seiner Geschichte und besiegelte zugleich das Schicksal des Habyarimana-Regimes: Mind. 500000 Tote und rd. 2 Mio. *Flüchtlinge waren die Bilanz weniger Monate grausamen Mordens, das weder eine Friedensmission der Vereinten Nationen noch eine humanitäre Operation der frz. Reg. im SW des Landes (Operation Turquoise) verhindern konnten. Nach dem milit. Sieg der Tutsi-Rebellen und der Etablierung eines neuen Regimes stand R. vor der Herausforderung, den Staat mit int. Unterstützung pol. und wirtsch. zu rekonstruieren und eine Friedensordnung zu errichten. Die Inlandsbev. war durch Tod und Flucht binnen weniger Monate auf 4,5 Mio. gesunken. Da die nach Zaire geflohenen Reste der ursprgl. Regierungsarmee zahlreiche Flüchtlinge an der Rückkehr hinderten, schuf erst der Bürgerkrieg im ehem. Zaire (→Kongo, Demokratische Republik), in dessen Verlauf diese Milizen besiegt wurden, seit Okt. 1996 die Bedingungen für eine vollständige Wiedereingliederung der Hutu-Flüchtlinge, deren Loyalität gegenüber dem neuen Regime unter Präsident P. Bizimungu als unwahrscheinlich gelten muss. Autoritäre Tendenzen und Menschenrechtsverletzungen verstärkten sich seit 1999. Bizimungu trat im März 2000 zurück, woraufhin der starke Mann des Regimes seit 1994, der Tutsi P. Kagamé, auch formal für den Rest der Übergangsperiode bis 2003 zum Präs. gewählt wurde. Zentrale Herausforderungen für das Land bleibt die juristische Aufarbeitung des Völkermordes (mit 125000 seit 1994 inhaftierten Verdächtigten, Einrichtung des internationalen Strafgerichtshofs für R. in Arusha 1995), der Aufbau einer demokrat. legitimierten Reg. und Verwaltung (Kommunalwahlen im März 2001), die große Zahl von Flüchtlingen in und außerhalb des Landes und die Verwicklung in den kongoles. Bürgerkrieg.

4. Die Bereitschaft der int. Gemeinschaft zur Unterstützung des Landes war bis Anfang der 1990er J. groß, R. galt gerade in den Reihen e.-pol. *nichtstaatlicher Organisationen als ‹Musterknabe›. Die strukturellen Probleme pol. und wirtsch. Art wurden durch diese Art der basisorientierten *Projekthilfe tendenziell verdrängt. 1990, als die Schuldenbelastung 866 Mio. US-$ erreichte, wurde auch in R. ein *Strukturanpassungsprogramm eingeleitet. Die Flüchtlingskatastrophe und der Bürgerkrieg haben die int. Anstrengungen in eine pol.-humanitäre Richtung gelenkt und die Bemühungen um eine Rehabilitation des Agrar- und ind. Sektors zurücktreten lassen. Trotz int. Kritik am Vorgehen r. Truppen in Kongo und fehlender Rechtsstaatlichkeit in R. selbst erhält die Reg. nach wie vor umfassende int. Hilfsleistungen (u. a. Aufnahme in die *HIPC-Liste) von bi- und multilateralen Gebern.

Lit.: P. Becker, Rwanda, in: HDW III, 5, 1993, S. 114ff.; C. Braeckman, Rwanda: histoire d'un génocide, Paris 1994; H. Dießenbacher, Bürgerkrieg und Völkermord in Ruanda, in: APuZ 31/1994, S. 14ff.; H. Asche, Rwanda – Zur Pathogenese eines Völkermordes, in: Afrika-Jahrbuch 1994, Opladen 1995, 26ff., P. Uvin, Aiding Violence. The Development Enterprise in Rwanda, West Hartford 1998.

ch

RWI = Regionale Wirtschaftsintegration, →Integration

S

SAAFA →Arabische Entwicklungshilfe an Afrika

SAARC (*South Asian Association for Regional Cooperation,* südasiatischer Verband für regionale Zusammenarbeit), im Rahmen der *Süd-Süd-Beziehungen einzuordnender regionaler Zusammenschluss, der einzige auf dem asiatischen Kontinent, der nur *blockfreie Länder zusammenschließt. Er umfasst rd. ein Fünftel der Weltbev., die zu den Ärmsten der Armen gehören.

1. Mitgl.: Indien, Pakistan, Bangladesh, Sri Lanka, Nepal, Bhutan, Malediven. Der Vorschlag zu einer regionalen Zusammenarbeit in S-Asien ging 1980 von Präs. Zia ur-Rahman (Bangladesh) aus und wurde außer von Indien und Pakistan sofort angenommen. Indien fürchtete zunächst einen kollektiven Versuch der kleinen Staaten, Druck auf Indien auszuüben («*to gang up against India*»), um die eigene Situation zu verbessern. Pakistan sah zunächst in dem Regionalverband eine Verstärkung der indischen Dominanz und befürchtete eine Verschlechterung seiner pol. Position in der ungelösten Kaschmir-Frage. Doch seit 1981 kamen, unter Hinweis auf die gemeinsame hist. und kulturelle Vergangenheit und auf den Vorteil der Kooperation statt Rivalität, Konsultationstreffen der sieben Staatssekretäre zustande. Sie mündeten 1983 in einem Treffen der Außenmin. (Neu-Delhi), auf dem eine Erklärung zu *South Asian Regional Cooperation* (SARC) verabschiedet wurde. Zusammenarbeit wurde zunächst auf nicht kontroversen Gebieten gesucht. Auf der ersten Gipfelkonferenz (Dez. 1985) in Dhaka wurde die Zusammenarbeit institutionalisiert. Die Teilnehmer unterzeichneten die SAARC-Charta, die die Prinzipien der friedlichen Koexistenz zur Grundlage hat.

2. Zielsetzung: Beschleunigung der ökon., sozialen und kulturellen E. in den einzelnen Ländern; Förderung der **collective self-reliance*; Erweiterung des intra-regionalen Handels; Zusammenarbeit in den Bereichen Landw., Wiss. und Technologie, Gesundheitswesen / *Familienplanung, Transport, Post, Kommunikationswesen, *Terrorismus- und *Drogenbekämpfung; Förderung des Friedens und der Stabilität in der Region; Abbau von Misstrauen untereinander und langfristig pol. Annäherung; verstärkte Kooperation mit anderen EL; Zusammenarbeit in int. Foren hinsichtlich gemeinsamer Interessen, Eindämmung des Einflusses der Supermächte in der Region. Die regionale Zusammenarbeit soll bi- und multilaterale Kooperation nicht ersetzen, sondern ergänzen. Entscheidungen sollen auf der Basis der Einstimmigkeit gefällt werden, bilateral strittige Punkte sind von den Überlegungen auszuklammern.

3. Organe: 1. Jährl. Treffen der Staatsoberhäupter; 2. Ministerrat, formuliert die Ziele der Org.; 3. Ständiger Ausschuss, entscheidet über Prioritäten bei der Projektauswahl, koordiniert Programme, legt Finanzmodalitäten fest; 4. Techn. Ausschüsse, arbeiten Programme aus, organisieren Treffen von Experten und Wissenschaftlern; 5. Aktionsausschüsse, Durchführung und Betreuung von Projekten, die mehr als zwei, aber nicht alle Mitgl.-Länder betreffen müssen; 6. SAARC-Sekretariat, ist für Administration und Org. zuständig, wurde erst 1986 eingerichtet (Sitz: Kathmandu). Die Beteiligung an den Kosten der SAARC-Projekte ist freiwillig, Fremdbeteiligung kann bei Zustimmung des Ständigen Ausschusses eingeworben werden.

4. Probleme: Pol. Dissonanzen, die ihre Wurzeln in den unterschiedlichen pol. Systemen S-Asiens haben; Vielzahl ungelöster bilateraler Probleme, die auf die Dauer nicht ausgeklammert werden können; Dominanz Indiens in der Region,

Ungleichgewicht in ökon. und milit. Hinsicht; Indien verfügt über 73 % der SAARC-Fläche, stellt 77 % der Bev., erwirtschaftet 69 % des regionalen BNEs und wickelt 65 % des ges. Außenhandels ab; nicht uniformer Prozess des **nation-building* (Indien am weitesten vorangeschritten); keine Komplementärwirtsch. mit folglich geringen Wachstumschancen des intraregionalen Handels; unterschiedliche strukturelle Verbindung zum Weltmarkt; Grenzprobleme; ethn. Konflikte (Tamilen); Rivalität zwischen den beiden «Erzfeinden» Indien und Pakistan (v. a. Kaschmir-Konflikt).

5. Ergebnisse: Seit Gründung der SAARC sind bislang wenige Ergebnisse erzielt worden; das *South Asian Preferential Trade Agreement* (SAPTA, seit dem 7. 12. 1995 in Kraft), das Zollvergünstigungen zwischen den SAARC-Ländern vorsieht, ist eines davon. Auf dem achten Gipfeltreffen im Mai 1995 in Neu-Delhi setzten sich die Mitgl. das Ziel, die *Armut in der Region bis 2002 zu besiegen und den grenzüberschreitenden Terrorismus zu bekämpfen – Ziele, die (allerdings ohne zeitlichen Rahmen) bereits auf dem zweiten Gipfeltreffen in Kathmandu 1987 ins Auge gefasst worden waren. Durch die Konzentration auf wirtsch., soziale, kulturelle und technol. Fragen versuchen die SAARC-Mitgl. eine vorsichtige Annäherung, die jedoch pol. Spannungen weitestgehend ausklammert. Die Kritik, die Gipfelkonferenzen erschöpften sich fast ausschließlich in rhetorischem Wohlwollen, bezieht sich v. a. auf Indien und Pakistan, von deren Verhandlungsbereitschaft die Zukunft der SAARC wesentlich abhängt. Dem mehrmaligen Ersuchen Afghanistans um Aufnahme wurde bisher nicht entsprochen.

Lit.: W.-P. Zingel, Südasien auf dem Weg zu einer wirtschaftlichen Kooperation?, in: APuZ B/26, 1983, 14–27; S. D. Muni/A. Muni, Regional Cooperation in South Asia, New Delhi 1984; B. Sen Gupta, ASEAN-SAARC, Prospects and Problems of Interregional Cooperation, New Delhi 1988; B. Sen Gupta, South Asian Perspectives, New Delhi 1988. red

SABA →Buthelezi

SAC →UN

SACU (*Southern African Customs Union*) Dieser Zollunion, der zunächst Südafrika, dessen **Homelands* und die sog. BLS-Staaten (Botswana, Lesotho, Swaziland) angehörten, schloss sich 1990 das völkerrechtl. unabh., aber weiterhin stark von Südafrika abh. Namibia an. Der Versuch des Apartheid-Regimes, die in die SACU eingebundenen BLS-Staaten zur dipl. Anerkennung der **Homelands* zu zwingen und sich durch die verspätete Auszahlung der Zolleinnahmen Vorteile zu verschaffen, führte in den 1980er J. wiederholt zu Spannungen. red

SADC (*Southern African Development Community*), regionale Org., die die Intensivierung der wirtsch. und pol. Zusammenarbeit im südl. Afrika zum Ziel hat. Gegr. 17. 8. 1992 in Windhuk. Die von den inzwischen 14 Mitgl.-Staaten (Angola, Botswana, Demokrat. Rep. Kongo, Lesotho, Malawi, Mauritius, Mozambique, Namibia, Seychellen, Südafrika, Swaziland, Tanzania, Zambia und Zimbabwe) getragene Org. ersetzt die 1980 gegr. Konferenz zur E.-Koordinierung im südl. Afrika (SADCC). Ziele: 1. Angleichung der Volkswirtschaften der Mitgl.-Länder, E. und wirtsch. Wachstum; 2. E. gemeinsamer pol. Werte, Systeme und Institutionen; 3. Förderung und Verteidigung von Frieden und Sicherheit im südl. Afrika; 4. Koordinierung der nat. und regionalen Strategien und Programme; 5. gemeinsame Linie bei außenpol. Themen. Die allg. Richtung folgt weiterhin den Konzepten der SADCC (**collective self-reliance* und *Süd-Süd-Beziehungen), wobei sich das Ziel abzeichnet, die SADC zu einer der EU vergleichbaren supranat. Org. zu entwickeln. Fortschritte in diese Richtung brachte u. a. die auf dem Sondergipfel im März 2001 in Windhuk beschlossene Institutionenreform. Internet: www.sadc.int

Lit.: H. Brandt u. a. (Hg.), Ansatzpunkte zur Förderung der Regionalisierung in der Southern African Development Community (SADC), Berlin 2000. red

SAEMU *Southern African Economic and Monetary Union,* Südafrikanische Wirtschafts- und Währungsunion.

SAF *Structural Adjustment Facility,* Strukturanpassungsfazilität →IWF

Sahelzone Von der afrik. W-Küste bis nach Sudan reichende und südl. an die Sahara anschließende, mehrere hundert km breite Zone, die in den Jahren 1968 bis 1973 sowie 1977/78 von schweren Dürrekatastrophen heimgesucht wurde. Zu dieser Zone zählen v.a. die von der Dürre am stärksten betroffenen sog. Sahelstaaten: Mauretanien, Senegal, Mali, Obervolta, Niger und Tschad. Die für die Dürre verantwortliche und in dieser Zone häufig auftretende Niederschlagslosigkeit hat ihre Ursachen in den spezifischen Bedingungen des tropischen Makroklimas. Wandert im nordhemisphärischen Sommer das St.-Helena-Hochdruckgebiet weniger weit äquatorwärts oder das Azoren- bzw. Libyen-Hochdruckgebiet weniger weit nach Norden als im Normalfall, wird die zwischen den beiden Hochdruckgebieten gelegene, äquatoriale Konvergenz- und Tiefdruckzone (ITC) in ihrer Verlagerung nach Norden behindert. Die während der sommerlichen Regenzeit (Mai bis Okt.) aus dem St.-Helena-Hoch in die ITC einströmenden, Regen bringenden Luftmassen des SW-Monsuns können in diesem Fall die Sahelzone nicht mehr erreichen. Ob der Treibhauseffekt (→Ökologie) zu höheren oder geringeren Niederschlägen in der Zone führen wird, ist heute noch nicht vorauszusagen.

Die trad. Acker- und Viehwirtschaft (v.a. nomadisierend) in der Sahelzone war an die dortigen klimatischen Bedingungen angepasst, nur ca. 10 bis 20 % des Bodens wurden durch extensive Wechselwirtschaft mit zwischengeschalteten Brachejahren genutzt (Dürste/Fenner 1981: 10). Erst die seit der Kolonialzeit einsetzenden Veränderungen in der wirtsch. Nutzung mit ihren zerstörerischen Konsequenzen für das Ökosystem führten dazu, dass die Dürre zur Katastrophe (z.B. Viehsterben, Hungertod) wurde und der Prozess der *Desertifikation ständig voranschreitet. Natürliche Faktoren (z.B. Wanderdünen) sind kaum dafür verantwortlich, dass immer mehr Gebiete des Sahel veröden und ein allg. Rückzug der Vegetation zu verzeichnen ist, sondern nahezu ausschließlich menschliches Einwirken.

Durch die koloniale Kopfsteuer wurden die Bauern zur marktorientierten Produktion von **cash crops* (v.a. Erdnuss) gezwungen, und mit der damit verbundenen Vernachlässigung der Nahrungsmittelproduktion für den Eigenbedarf wurde der Sahel von Nahrungsmittelimporten abh.; diese wirtsch. Grundstruktur blieb wegen der Abh. von den Exporteinnahmen durch *cash crops* in den Sahelstaaten auch nach der Unabh. unverändert erhalten. Die Notwendigkeit zur Produktionssteigerung – auch infolge des Bev.-Drucks – führte zur Verkürzung der Brachezeiten und zur intensiven Nutzung bislang extensiv genutzter Flächen. Auslaugung der Böden und die z.T. durch die Brennholzgewinnung forcierte Wind-Erosion des Bodens waren die ökol. Folgen. Ausdehnung des Weidelandes auf Kosten des Ackerlandes, Überweidung und Absenkung des Grundwasserspiegels sind die zerstörenden Konsequenzen einer gesteigerten Fleischproduktion in der Viehwirtschaft, eine Entwicklung, die durch Brunnenbau und tiermed. Fortschritte gefördert wurde.

Seit Anfang der 1970er J. ist die Sahel-Problematik Gegenstand int. Diskussion (*UNCOD, *UNSO), und im Rahmen der regionalen Kooperation in der *CILSS bemühen sich die Sahelstaaten um eine Lösung des Dürre- und Desertifikationsproblems. Solange die herrschenden einheim. Eliten die E.-Projekte (z.B. Bewässerung) im Sahel v.a. auf exportorientierte Großplantagen konzentrieren und die Selbstversorgung mit Nahrungsmitteln auf der Grundlage einer kleinbäuerl. und ökol. angepassten Produktion vernachlässigen, scheint in absehbarer Zeit eine Lösung der Sahel-Problematik fraglich.

Lit.: D. Klaus, Klimatologische Aspekte der Dürre im Sahel, in: H. Schiffers, Nach der Dürre. Die Zukunft des Sahel, Afrika-Studien des IFO-Instituts, München 1976, S. 43ff.; H. Dürste/M. Fenner, Die Sahel-Zone. Strategien gegen die Dürre, Bonn (FES) 1981; E + Z 10/1983, S. 26ff.; L. Timberlake, Krisenkontinent Afrika, Der Umwelt-Bankrott. Ursachen und Abwendung, Bonn 1985; T. Krings, Struktur- und Entwicklungsprobleme der Sahelländer, in: HDW III, 4, 1993, S. 130ff. ah

Saint Christopher und Nevis →Karibik
Saint Lucia →Karibik
Saint Vincent und die Grenadinen →Karibik
Salomonen →Pazifische Inselwelt
Samoa →Pazifische Inselwelt
Sandinistas →Nicaragua

São Tomé und Príncipe

Fläche (Tsd. qkm): 0,96
Bev. (Mio.) 2000: 0,15
BNE pro Kopf (US-$) 2000: 290
BIP (Mio. US-$) 2000: 47
LE (Jahre) 1999: 64,7
Analphabetenquote (%) 1990: 40
HDI 1999: 0,563 [Rangplatz von 162: zwischen 109 u. 110]

1. Die beiden vor der Küste Gabuns gelegenen Inseln (S. T.: 836 qkm, P.: 128 qkm) besitzen aufgrund der Höhendifferenzierung des Klimas, des Wasserreichtums und der fruchtbaren vulkanischen Böden günstige E.-Ressourcen für die trop. Landw. Die zu 46 % (2000) städt. Bev. besteht neben Mulatten und einer portug. Restgruppe vorwiegend aus z. T. vom benachbarten Festland stammenden Schwarzen. Die Bev. ist zu 93 % kath., 3 % sind protest. Neben der Amtsprache Portugiesisch wird Crioulo, ein auf Portugiesisch basierendes Kreol, gesprochen.

2. Mit der Unabh. im Jahr 1975 übernahm S. T. u. P. eine auf Kakaomonokultur (bis heute ca. 90 % der Exporte) basierende *Plantagenwirtschaft (roas); in geringem Maße wird Kaffee, Kopra und Palmöl angebaut. Langfristiges Ziel der 1975 mit der *Nationalisierung aller ausl. Plantagen eingeleiteten *Agrarreform war die Sicherung der Versorgung mit Grundnahrungsmitteln, deren Import (90 % aller Nahrungsmittel) die Devisen noch immer aufzehrt. Das abrupte Absinken der Preise für Kakao auf dem int. Markt (ab 1980) und die drohende Hungersnot wegen anhaltender Dürre bewirkten zwar eine Forcierung des trad. Fischfangs und eine Stärkung des Dienstleistungssektors, die bish. E.-Strategie galt jedoch als gescheitert: Seit 1985 setzt die Reg. auf *Strukturanpassungsprogramme und wirtsch. Außenöffnung. Zunächst wurden Managementverträge für die Kakaoplantagen an ausl. Firmen übergeben, seit dem Machtwechsel 1991 ist die Privatisierung der Landw. ein vorrangiges Ziel der Wirtschaftspol. des Landes. Das seit 1987 mit Unterstützung von *IWF und *Weltbank begonnene Strukturanpassungsprogramm erbrachte bisher jedoch nicht die gewünschten Erfolge: Bei einem durchschn. Wirtsch.-Wachstum von 1,5 % (2000: 2,9 %) jährl. und einem Bev.-Wachstum von 2,5 % ging das BNE pro Kopf von 450 US-$ (1990) auf 350 US-$ (1995) bzw. 290 US-$ (2000) zurück. Die Preise für Grundnahrungsmittel stiegen um 65,7 % an. Die aufgrund hoher Pro-Kopf-Verschuldung und geringen wirtsch. Potenzials schwachen E.-Aussichten wurden 2001 durch die mittelfristige Möglichkeit der Erdölförderung in S.-T.-u.-P.-Hoheitsgewässern aufgewertet.

3. Die 1471 von portug. Seefahrern entdeckten Inseln waren Drehscheibe des Sklavenhandels mit Nord- und Südamerika. Seit der Besiedlung (1486) mit Strafgefangenen, Juden und Negersklaven begannen die Portugiesen auf den Großplantagen anfangs mit Sklaven, später mit – ihrer realen Situation nach sklavenähnlichen – Kontraktarbeitern aus Angola, Mozambique und den Kapverdischen Inseln zunächst mit dem Anbau von Zuckerrohr, dem Ende des 18. Jh.s Kaffee und seit 1822 Kakao folgten. Nachdem S. T. u. P. 1955 den Status einer portug. Überseeprovinz erhalten hatte, gewährte Portugal unter dem Druck der Befreiungskämpfe in seinen Kolonien 1974 die innere Autonomie und nach

Verhandlungen mit der von Gabun aus operierenden Befreiungsbewegung MLSTP (*Movimento de Libertao de São Tomé e Príncipe*) am 12. 7. 1975 die Unabh.

4. Die MLSTP, zunächst Kaderpartei marxist.-leninist. Typs mit einem oft von Fraktionskämpfen (1979 Verhaftung von MP M. Trovoada) geprägten Entscheidungsprozess, beherrschte das pol. Geschehen des Einpartei-Staates seit der Unabh. Der Führer der MLSTP, M. Pinto da Costa, war seit der Unabh. bis 1991 Staatsoberhaupt. 1985 leitete Pinto da Costa im Zuge der wirtsch. Reformen auch einen pol. Liberalisierungsprozess in S. T. u. P. ein (Anerkennung von Fraktionen innerhalb der Partei, unabh. Listen für das Parl. und die Wiedereinführung der Institution des MP). Am 29. 1. 1988 wurde eine neue Übergangsreg. (MP C. Rocha da Costa) gebildet, der auch der bisherige Führer der Oppositionsfraktion angehörte. Die pol. *Partizipation der Bev., welche u.a. durch die einseitige Medienlandschaft (keine Zeitung, ausschließlich Radiosendungen) eingeschränkt war, erfuhr schließlich durch die Verabschiedung einer Verfassung (1990 durch Referendum mit 95,3 % der Stimmen bestätigt), mit der direkte Wahlen und ein Mehrparteiensystem eingeführt wurde, eine demokrat. Grundlage. In den ersten direkten Parl.-Wahlen am 20. 1. 1991 löste die neu gegründete PCD-GR (*Partido da Convergência Democrática – Grupa de Reflexo*) die MLSTP als stärkste Kraft ab und stellte den MP; am 3. 3. 1991 wurde der aus dem Exil zurückgekehrte M. Trovoada ohne Gegenkandidaten zum Präs. gewählt und 1996 gegen Pinto da Costa bestätigt. Ihm folgte am 29. 7. 2001 F. de Menezes im Amt, der sich mit 56,3 % ebenfalls gegen Pinto da Costa durchsetzte.

Seit den Gründungswahlen ringt S. T. u. P. um die Konsolidierung seiner demokratischen Strukturen. Kompetenzstreitigkeiten zwischen MP und Präs. lösen immer wieder lähmende Verfassungskrisen aus, die 1994 und 2002 zu vorgezogenen Parl.-Wahlen führten. Unzufriedenheit mit der wirtsch. und sozialen Leistungsbilanz der Reg. führte 1995 zu einem kurzfristigen Putsch, der allerdings auf int. Druck hin entschärft werden konnte. Dennoch stabilisierte sich die MLSTP als eine konstante pol. Kraft, konnte nach der Sicherung einer Mehrheit bei den Parl.-Wahlen 1994 ihre Mehrheit 1998 noch ausbauen, verlor diese jedoch 2002 knapp und bildet nun unter dem MP Pinto da Costa eine Koalitionsreg. mit der PCD.

Lit.: M. Schümer, Demokratisierung in São Tomé und Príncipe, in: Peter Meyns (Hg.), Demokratie und Strukturreformen im portugiesischsprachigen Afrika, Freiburg 1992, S. 208–234; ders., São Tomé und Príncipe, in: HDW III, 4, 1993, S. 473 ff.; Eyzaguirre, Pablo B., The Independence of São Tomé and Príncipe and Agrarian Reform, in: Journal of Modern African Studies, Vol. 27/4, 1989, S. 671 ff.; G. Seibert, Colonialism, Socialism and Democratization in São Tomé and Príncipe, Leiden 1999. ah/hf

SAP Structural Adjustment Program der *Weltbank

SAPRI *Structural Adjustment Participatory Review Initiative,* 1997 gemeinsam von *Weltbank und int. *NROs gegründete Initiative, um die Auswirkungen der *Strukturanpassung(sprogramme; SAP) zu untersuchen. Der 2002 vorgelegte Bericht, von dem sich die Weltbank bereits im Vorhinein distanzierte, gelangte zu einem vernichtenden Urteil: Die SAP hätten die *Armut in den 10 untersuchten Ländern gesteigert, durch die Exportorientierung die Grundlagen eigenständiger E. geschmälert, durch die Privatisierung die Versorgung der Bev. mit preiswerten Gütern verschlechtert, die öff. Ausgaben für *Bildung und *Gesundheit verringert. dn

SAPTA *South Asian Preferential Trade Agreement,* im Dez. 1995 in Kraft getretene Handelspräferenzvereinbarung der *SAARC. Die Zahlungsvergünstigungen für einen Teil der Güter des intraregionalen Handels wurden als erster Schritt zur Schaffung einer Freihandelszone *SAFTA (*South Asian Free Trade Area*) begriffen. dn

Saudi-Arabien

Fläche (Tsd. qkm): 2150
Bev. (Mio.) 2001: 21,00
BNE pro Kopf (US-$) 1999: 6900
BIP (Mio. US-$) 1999: 139383
LE (Jahre) 1999: 72,2
Analphabetenquote (%) 1999: 24
HDI 1999: 0,754 [Rangplatz von 162: 68]

Das über die größten Ölreserven der Erde verfügende S.-A. verbindet eine in einigen Bereichen außerordentlich moderne Wirtsch. mit traditionalistisch geprägten pol. Strukturen. Sinkende Öleinnahmen stellen seit einigen Jahren hergebrachte Mechanismen pol. Legitimation durch vielfältige staatl. Wohlfahrtsleistungen in Frage, und fundamentalistische islam. Bewegungen (→Islamischer Fundamentalismus) rütteln an der Stabilität des prowestl. orientierten Regimes.

1. Das Königreich S.-A. umfasst den Hauptteil der Arabischen Tafel, die im W entlang dem Roten Meer durch Grabeneinbrüche von Afrika getrennt und, steil gegen die Küstenebene (Tihana) abgesetzt, von bis zu 3000 m hohen Gebirgen (im N Hochland von Hedschas, im S Asir) begrenzt wird. Das sich nach O bzw. SO abdachende Land ist, abgesehen von den randlichen Hochgeb. im W und der Tihana mit aufgrund höherer Niederschläge günstigem Agrarpotenzial (Regenfeldbau/Asir, Bewässerungsfeldbau/Tihana), vorwiegend vegetationsarme Halb- und Vollwüste.

2. Aufgrund der starken Prägung der Gesellsch. durch den Islam ist die Bev.-E. durch eine hohe, in den 1990er J. allerdings signifikant gesunkene Zuwachsrate (1980–1989: 5,1 %; 1990–2000: 2,7 %) gekennzeichnet. Die Bev. konzentriert sich auf die städtischen Zentren der Ölwirtsch. (Urbanisierungsrate 2000: 85,7 %, Hs. Er Rijad 1998 rd. 3,1 Mio. Ew.) und auf die durch Wasservorkommen begünstigten Gebiete (Asir, Oasen). Der Ölboom hat zu einer starken Zuwanderung durch nicht und hoch qualifizierte *Gastarbeiter aus den arab. Nachbarstaaten, aus asiat. Ländern und aus den IL geführt. Der Ausländeranteil an der Gesamtbev. wird auf 27 % (1992) geschätzt; in Bezug auf die Erwerbsbev. liegt er vermutlich bei ca. 60 %. Man nimmt an, dass ca. 1/3 der einheimischen Bev. halb oder voll nomadisierende Beduinen sind. 99 % der Saudis bekennen sich zum Islam, die große Mehrheit davon zum Sunnismus, ca. 15 % sind Schiiten.

Die Erdöleinnahmen sind neben *Investitionen im Bereich der wirtsch. *Infrastruktur auch für erhebliche Verbesserungen im Gesundheits- und Bildungswesen verwendet worden. 1998 kamen auf einen Arzt 588 Ew. (1970: 5366 Ew. pro Arzt; 1990: 784 Ew. pro Arzt). Allerdings ist nach wie vor ein erhebliches Versorgungsdefizit in den ländl. Regionen zu verzeichnen. Die saud. Bildungspol. zielt darauf ab, durch den Ausbau höherer Bildungseinrichtungen (Fach-/Hochschulen, Forschungsstätten) und durch Programme der Erwachsenenbildung das einheim. Arbeitskräftepotenzial zu mobilisieren und die Anzahl der ausl. Arbeitskräfte zu reduzieren. Der Anteil der Analphabeten an den über 15-Jährigen ist von 1980: 75 % und 1990: 37 % auf 1999: 24 % gesunken.

3. Anfang des 16. Jh.s wurde die Arab. Halbinsel Teil des Osman. Reiches. Im 18. und Anfang des 19. Jh.s gelang es Abd al-Aziz Ibn Saud II., auf der Grundlage der streng am Koran orientierten islam. Erneuerungsbewegung der Wahhabiten, große Teile der Arab. Halbinsel zu erobern und die Beduinenstämme zu einigen. Trotz Rückschlägen im Verlauf des 19. Jh.s kontrollierte die Saud-Dynastie mit Hilfe ihrer aus den Beduinenstämmen rekrutierten Milizen nach und nach die ganze Halbinsel. 1926 ließ sich Ibn Saud zum König des Naschd und Hedschas ausrufen. 1932 wurde das Land in Königreich S.-A. umbenannt. Mit der Vergabe der ersten Förderkonzession an die *Standard Oil Company of California* setzte 1933 die moderne E. des Landes ein, wenngleich die Erdölförderung im großen Stil erst nach dem 2. WK begann.

4. Die tragende Säule der saud. Volks-

wirtsch. sind die reichen und hochwertigen Erdölvorkommen, die etwa ein Viertel der z. Z. weltweit bekannten Reserven ausmachen. Über die Ölwirtsch. ist S.-A. in den Weltmarkt integriert wie kaum ein anderes Land der *Dritten Welt und dementsprechend der Preisentwicklung auf dem Rohölmarkt in bes. Weise ausgesetzt. Die *Arabian American Oil Company* (ARAMCO) war seit 1944 maßgeblich am Aufbau der Ölwirtsch. und der Infrastruktur des Landes beteiligt und wurde 1979 verstaatlicht. 1981 leistete sie mit 3,51 Mrd. *barrel* im Wert von 99,18 Mrd. US-$ mehr als 98 % der ges. Jahresölförderung S.-A.s, die in diesem J. ihre bisherige Höchstmenge erreichte. Die Erlöse aus dem Ölexport (90 % der Gesamtexporte) machen ca. 75 % der ges. Staatseinnahmen aus. In den 1960er J. begann die Reg., die *Diversifizierung und *Industrialisierung der saud. Wirtsch. voranzutreiben. Die *E.-Planung zielt darauf ab, den Lebensstandard im Land zu verbessern, gleichzeitig aber die trad. relig.-kulturellen Grundlagen der Gesellsch. zu erhalten. Der Staat sieht seine Aufgabe darin, durch den Aufbau des Verkehrs- und Bildungswesens und die Errichtung großer, *kapitalintensiver Ind.-Anlagen (Raffinerien, Erdgassammel- und -verteilungsstellen, Petrochemie) sowie durch wirtschaftspol. Anreize die Voraussetzungen für eine marktorientierte, auf privater Initiative beruhende wirtsch. E. des Landes zu schaffen. Die rückläufige Ölpreisentwicklung der 1980er J. war für S.-A. weniger folgenreich als für viele andere Ölländer, da die meisten großen Infrastrukturprojekte abgeschlossen waren. Die Rezession führte aber zu einer rückläufigen E. der ges. Wirtsch. (Veränderung des BIP/Kopf 1980–93: –3,6 % p. a.) und hat starke Kürzungen bei den Staatsausgaben notwendig gemacht.

Ein zweiter Schwerpunkt der saud. E.-Planung liegt in der Förderung der Landw., die 1998 mit 7 % zum BIP beitrug (1988: 4 %). Der Ölboom hat zu einer starken Abwanderung aus dem Agrarsektor geführt. Noch 1950 waren ca. 90 % der Erwerbsbev. in der Landw. (vorwiegend auf *Subsistenz-Basis) tätig, 1990 nur noch knapp 10 %. Haupthindernisse für die E. der landw. Produktion sind die extremen klimatischen Bedingungen, der Wassermangel, aber auch überkommene Wasser- und Bodenrechte. Nur ca. 1 % der Fläche S.-A.s sind Ackerland. Mit Hilfe von modernen Bewässerungsanlagen und Mechanisierungsprogrammen versucht die Reg. mit einigem Erfolg, die Anbaufläche zu vergrößern und die Produktion zu intensivieren. Die Projekte der *ländlichen Entwicklung sind z.T. mit Ansiedlungsprogrammen für Beduinen verbunden. Durch eine Verdopplung der Nahrungsmittelproduktion innerhalb weniger Jahre erreichte S.-A. 1987 bei Weizen, Geflügel und versch. Gemüsesorten die Selbstversorgung und konnte sie seither aufrechterhalten.

5. Die saud. Monarchie kennt keine förmliche Verfassung. Eine am 1. 3. 1992 per Gesetz verabschiedete «Grundordnung» wurde zunächst als erster Schritt hin zur Etablierung eines konstitutionellen Systems gedeutet, bedeutete faktisch jedoch eine weitgehende Bestätigung der hergebrachten pol. Strukturen. Parteien sind nicht zugelassen, die Mitgl. des gesetzgebenden Konsultativrats (seit 1992) werden ebenso vom König ernannt wie die Reg.-Mitgl., Wahlen finden nicht statt. Der König ist geistiges und weltliches Staatsoberhaupt und höchster Stammesfürst (Scheich der Scheiche) sowie auch formale Spitze der Recht sprechenden Gewalt. Die Königsfamilie Saud legitimiert ihre Herrschaft seit dem Pakt zwischen Muhammad Ibn Saud und dem relig. Führer Muhammad Ibn Abd al-Wahhab 1745 und durch die strenge Bindung an das aus Koran und *Sunna* (Sprüche und Taten des Propheten) abgeleitete islam. Recht (*Scharia*), das auch Richtschnur für das Gesellschaftsleben und das individuelle Verhalten ist. In wichtigen Angelegenheiten muss sich der König auch mit den pol. Kräften des

Landes abstimmen, auf deren Loyalität er angewiesen ist. Im modernen S.-A. gehören dazu neben den trad. Gruppen der Stammesfürsten, der *Ulema*-Geistlichen (sie interpretieren die *Scharia*) und der Vertreter wirtsch. Interessen (v. a. Kaufleute) auch die Technokraten, die die zunehmend komplizierte Verwaltung des Landes in Händen halten. Seit 1982 wird S.-A. von König Fahd regiert.

Die Stabilität des saud. Regimes wurde bislang trotz einiger potenzieller Unruheherde nicht ernstlich gefährdet. Die in der Armee vorhandenen arab.-nationalistischen Kräfte werden durch die loyale Nationalgarde im Zaum gehalten. Eine bes. nach der Revolution im Iran hervorgetretene islam.-fundamentalistische Opposition (1979: gewalttätige Besetzung der Großen Moschee in Mekka) rekrutiert sich z.T. aus den saud. Schiiten, die lange Zeit von der sunnit. Mehrheit unterdrückt wurden. Bemühungen, dieses Destabilisierungspotenzial durch gezielte E.-Programme in der von den Schiiten bewohnten Ostprovinz einzudämmen, waren nur begrenzt erfolgreich. Zunehmende fiskalische Engpässe, die Mitte der 1990er J. erstmals zu massiven Kürzungen bei zahlreichen direkten und indirekten Wohlfahrtsleistungen zwangen (Erhöhung des stark subventionierten Wasser- und Strompreises; Wegfall der Gratisversorgung bei der Telekommunikation) sowie der Wertkonflikt zwischen islam. Tradition und der westl. Orientierung des Königshauses (dessen führenden Mitgl. eine relig. anstößige Lebensführung nachgesagt wird) stellten in den vergangenen Jahren einen Nährboden für die fundamentalistische Opposition dar, die mehrfach mit Terroranschlägen auf US-amerik. Einrichtungen int. Aufmerksamkeit erregte; die meisten der Attentäter vom 11. 9. in New York stammten aus S.-A.

Um eine weitere Expansion der iran. Revolution zu verhindern, unterstützte S.-A. im *Iranisch-irakischen Krieg das irak. Baath-Regime. Innerhalb der *Arabischen Liga (AL) und als Mitgl. des *GCC ist S.-A., das sich aus ökon. und aus sicherheitspol. Gründen eng am Westen (v. a. den USA) orientiert, um eine Stärkung der gemäßigten Kräfte in der arab. Welt bemüht. Nach der Invasion Kuwaits durch den Irak erbat König Fahd am 8. 8. 1990 den Schutz islam. und multinat. Truppen. Im *Golfkrieg 1991 war S.-A. einer der Träger der Operation *Desert Storm*, deren entscheidende milit. Aktionen von saudi-arab. Territorium aus erfolgten. Als wichtiger Verbündeter der USA und wirtsch. Machtfaktor kommt S.-A. bei der Etablierung einer regionalen Friedensordnung eine Schlüsselrolle zu. Ein mit großer Hoffnung aufgenommener Friedensplan für den Nahen Osten Anfang 2002 – er sah Sicherheitsgarantien für Israel für die Räumung aller besetzten Gebiete vor –, den S.-A. vorschlug, blieb freilich bislang ohne Einfluss.

Lit.: W. Kopf, Saudi-Arabien – Insel der Araber, Stuttgart 1982; J. D. Anthony, Saudi Arabias Influence in the Arab World, New York 1982; H.-J. Philipp (Hg.), Saudi Arabia, Bibliography on Society, Politics and Economy, Heidelberg 1984; R. Knauerhase, Saudi-Arabien, in: U. Steinbach/R. Robert (Hg.), Der Nahe und Mittlere Osten, Bd. 2, Opladen 1988, S. 329ff.; T. Koszinowski/H. Mattes (Hg.), Nahost-Jahrbuch 1987ff., Opladen 1988ff.; J. Reissner, Saudi-Arabien, in: HDW III, 6, 1993, S. 470ff. bt

Schmidt-Bericht Bericht einer Experten-Gruppe der *UNCTAD zur Frage der Steigerung der Finanzströme in die Dritte Welt, die unter dem Vorsitz von Altbundeskanzler Helmut Schmidt tagte. Der am 1. 6. 1989 vorgelegte Bericht empfahl: Verdoppelung der *ODA innerhalb von 5 J.; vorrangige Vergabe der Finanzmittel an die EL, die Programme der Armutsbekämpfung, *Familienplanung und eine Pol. der Erhaltung der Umwelt durchzuführen und weniger als 2 % des BNE für Militärausgaben aufzuwenden. dn

Schuldendienst Zins- und Tilgungsleistungen auf gewährte Kredite. Der S. wurde seit den 1970er J. zu einem für viele *EL und einige *Schwellenländer

Tabelle 16: Schuldendienstquotient der EL (Tilgung und Zinsen in % der Exporte)

	1980	1995	2000
Afrika südlich der Sahara	9,8	14,5	10,2
Ostasien und Pazifik	11,5	12,8	10,8
Südasien	11,7	24,6	13,8
Nordafrika und Vorderer Orient	5,7	14,9	10,5
LA und Karibik	36,3	26,1	38,7
* LICs	9,6	15,4	k. A.
* MICs	13,6	17,4	k. A.
EL insgesamt	13,0	17,0	24,0

Quelle: Weltentwicklungsbericht 1997; 2001/2002

(v. a. in LA), insbes. die Gruppe der ärmsten EL, nicht mehr lösbaren Problem. Das Ausmaß lässt sich bestimmen mit Hilfe des Schuldendienstquotienten, der den Schuldendienst auf die öfftl. *Verschuldung in % der Exporte von Gütern und *Dienstl. angibt. Den grundlegenden Trend zeigen die Zuwachsraten des Schuldendienstes und der Exporteinnahmen auf. Während der Schuldendienst der EL in den 1960er J. um jährl. 9 % wuchs, erhöhten sich die Exporteinnahmen um jährl. 7,5 %. Diese Schere zwischen den Wachstumsraten öffnete sich für die meisten EL in den 1970er und 1980er J. dramatisch weit. Der Schuldendienstquotient (auch Schuldendienstquote oder -relation) lag im Durchschnitt aller EL 1977 noch bei 17 %; 1986 erreichte er 26 % bei starker regionaler Differenzierung. Der gesamte Schuldendienst der EL betrug für das Jahr 1990: 143 Mrd. US-$. Im Vergleich dazu belief sich die *öffentliche Entwicklungshilfe aller Gebergruppen zusammen (*OECD, *OPEC, *COMECON) im gleichen J. auf ca. 80,1 Mrd. US-$, sodass dieser Transfer nur für etwa die Hälfte der Zinszahlungen ausreichte. Im Zuge von *Umschuldungen, (Teil-)Schuldenerlassen u. a. Maßnahmen konnte der Schuldendienstquotient Mitte der 1990er J. im Vergleich zu den Spitzenjahren 1985–90 gesenkt werden. Er stieg allerdings bereits gegen Ende der 1990er Jahre wieder auf 24 % an, sodass sich im längerfristigen Vergleich (s. Tab. 16) die Gesamtsituation für die EL seit der Verschuldungskrise nicht verbessern konnte. Lösungs- bzw. Linderungsmöglichkeiten liegen in *Umschuldungen und in Verbesserungen der Struktur der Kredite (mehr öfftl. Hilfe, weniger Bankkredite zu marktüblichen Konditionen), neben einer Vielzahl anderer e.-pol. Maßnahmen, die u. a. den *Welthandel und das int. Finanzierungssystem betreffen müssten. →Pariser Club dn

Schwellenländer Die synonym gebrauchten Begriffe Schwellenland (SL) und *Newly Industrializing Country* (NIC) tauchten seit Mitte der 1970er J. zunehmend in der e.-pol. Debatte sowie in Analysen zur Dynamik der weltwirtsch. Arbeitsteilung auf. Ausgangspunkt der SL-Diskussion waren ökon. Ausdifferenzierungsprozesse innerhalb der Gruppe der EL, die Anfang der 1970er J. deutlich wurden. Der lange Aufschwung in den IL und die dynamische E. des Welthandels zwischen 1950 und 1970 gingen einher mit einem zunehmenden Bedeutungsverlust der EL in der Weltwirtsch. Ihr Anteil am Weltexport sank (von 1950 31 % auf 1973 18 %), ihr Beitrag zur Weltind.-Produktion war ebenfalls rückläufig, und die *Transnationalen Unternehmen, die vor dem 2. Weltkrieg etwa 50 % ihrer *Direktinvestitionen in den armen Ländern getätigt hatten, transferierten im Verlauf der 1970er J. nur noch 25 % ihrer Auslandsinvestitionen in die EL. Diese Trends schienen die von der *Dependenztheorie vertretene pessimistische These von der sich beschleunigenden «Entwicklung der Unterentwicklung» in den Ländern des S zu bestätigen.

Von diesen Marginalisierungsprozessen waren jedoch einige EL, die dann als SL bezeichnet wurden, nicht betroffen. Die NICs schienen einen erfolgreichen Prozess nachholender ind. E. zu durchlaufen, also an der Schwelle zum IL zu ste-

hen. *Modernisierungstheoretiker und Kritiker der Dependenztheorie fühlten sich von diesen Erfolgsfällen in ihrem E.-Optimismus bestätigt.
Ein wichtiges Ergebnis der SL-Diskussion war, dass sie den Blick auf die Heterogenität innerhalb der «Entwicklungsländerwelt» öffnete. Von der bequemen Vorstellung, die *Dritte Welt sei eine homogene Gruppe von Ländern mit identischen Problemlagen sowie gleich gerichteten oder zumindest sehr ähnlichen Interessen, musste in der e.-pol. Öffentlichkeit und der E.-Forschung Abschied genommen werden. Der Begriff bündelte wahrgenommene Hierarchisierungsprozesse in der Dritten Welt, und er bürgerte sich zur Bezeichnung solcher Länder ein, die über Chancen verfügen, sich dem wirtsch. und gesellsch. Profil der IL anzunähern.
Die Diskussion über die dynamischen EL mündete zunächst nicht in einem einheitl. SL-Konzept. Je nachdem, welche Abgrenzungskriterien und Erfolgsindikatoren verwendet wurden, lag in den Studien der 1970er J. die Zahl der zu SL deklarierten Staaten zwischen sieben und mehr als 40. Zur unumstrittenen Kerngruppe der SL gehörten Argentinien, Brasilien und Mexiko sowie die vier «ostasiatischen *Tiger» Südkorea, Taiwan, Hongkong und Singapur. Oft genannt wurden südeuropäische Länder (Griechenland, Jugoslawien, Malta, Zypern, Portugal, Spanien), die in den 1980er J. keine Berücksichtigung mehr in der SL-Debatte fanden, einige weitere lateinamerik. Länder wie Chile, Costa Rica und Venezuela sowie arab. Ölexportländer, denen man eine fortschreitende *Industrialisierung zutraute. Zuweilen wurden, mit Verweis auf die geostrategische Bedeutung, die Größe der Länder und das Gewicht ihrer Ökon. in einzelnen Segmenten des Weltmarktes, auch Indien und China zu der Gruppe der SL gerechnet. In einer Reihe von Klassifizierungen tauchten zudem Länder wie Ecuador, Jamaica oder gar Nicaragua auf, die heute sicher niemand mehr den SL zuordnen würde.
Die in den jeweiligen SL-Studien verwendeten Kriterien verdeutlichen, weshalb, vor welchem Hintergrund und mit welcher Zielrichtung die Diskussionen geführt wurden. Relativ einheitlich wurde der Grad der Industrialisierung (Anteil der Ind. am BNE) als *Indikator verwendet. Darüber hinaus sind deutliche Unterschiede in der Auswahl der Erfolgsindikatoren festzustellen. Für die *Weltbank war das wesentliche Unterscheidungskriterium das Pro-Kopf-Einkommen. Das *BMZ und der *BID betonten demgegenüber stärker sozioökon. E.-Indikatoren (z.B. Alphabetisierungsquote, *LE, Proteinverbrauch pro Kopf, Einschulungsrate) und Kriterien, die Komponenten umschreiben, die mit Industrialisierungsprozessen in Zusammenhang stehen (z.B. Anzahl der Studenten je 100000 Ew., Anteil der Schüler auf höheren Schulen, Investitions- und Sparquote). Die Verwendung der skizzierten Kriterien reflektiert unterschiedliche e.-strategische Orientierungen. Für die Weltbank galten Wachstum und das Pro-Kopf-Einkommen als hinreichende Erfolgsindikatoren, während andere Institutionen und Theoretiker einerseits nach den strukturellen Voraussetzungen für dynamische wirtsch. E. fragten sowie andererseits die Auswirkungen von Wachstum auf die Lebensqualität der Menschen berücksichtigten.
Die SL-Diskussion war jedoch nicht nur eine e.-pol. Debatte. Von den IL wurden die dynamischen NICs als zukünftig interessante Wirtschaftspartner, aber – vor dem Hintergrund der Energie- und Wirtschaftskrise von 1973–75 – auch als neue Konkurrenten auf dem Weltmarkt wahrgenommen. Die *OECD legte 1979 eine Studie vor, in der die SL zu internen und externen Anpassungen aufgefordert (intern: Reallohnsteigerungen; extern: Handelsliberalisierung) wurden, da nur so ein ruinöser Wettbewerb in der Weltwirtsch. verhindert werden könne. Die *EU benutzte die neue Länderkategorie, um die *EZ deutlich auf die ärmeren Länder zu konzentrieren und um erfolg-

reiche EL mit dem Ziel zu identifizieren, deren bis dahin präferenzielle Behandlung (z. B. bei Importquoten und -zöllen) abzubauen.
Die *Verschuldungskrise der 1980er J. markiert einen Wendepunkt in der SL-Diskussion. Externe Kredite konnten nicht mehr oder nur noch um den hohen Preis drastisch sinkender Importe und Investitionen, Rezession, Kürzungen der Staatshaushalte und zunehmender *Arbeitslosigkeit bedient werden. Von der Verschuldungskrise waren gerade auch die lateinamerik. SL Argentinien, Brasilien und Mexiko betroffen. Die Investitionsdynamik dieser Ökon. verlangsamte sich drastisch: In der 1980er Dekade sank die Investitionsquote in Argentinien von 22 % auf 10 %, in Brasilien von 23 % auf 17 % und in Mexiko von 25 % auf 18 %. Infolgedessen verringerte sich im gleichen Zeitraum in allen drei Ländern das Pro-Kopf-Einkommen (in Argentinien um etwa 25 %, in Brasilien um 5 % und in Mexiko um 10 %). Zudem verloren die lateinamerik. SL als Standorte für ausl. Unternehmen zunehmend an Bedeutung, nachdem sie in den 1960er und 1970er J. zu den wichtigsten Empfängern von *Direktinvestitionen in den EL gehört hatten. Die lateinamerik. «Hoffnungsträger» der 1970er J. mussten sich seit den 1980er J. den orthodox wirtschaftslib. *Strukturanpassungsprogrammen von Weltbank und *IWF unterziehen und gerieten in eine E.-Sackgasse.
Der Abstieg der lateinamerik. SL kontrastierte scharf mit einem sich weiter beschleunigenden Wachstum in den ostasiatischen NICs. Trotz wirtsch. Krisenerscheinungen in den IL waren die vier Tigerstaaten in der Lage, weiterhin zweistellige Exportzuwachsraten zu erzielen, ihre Position in der Weltwirtsch. nachhaltig zu verbessern und zugleich ihre Binnenmärkte zu dynamisieren. Auf der Grundlage hoher Investitionsraten gelang in Südkorea, Taiwan, Hongkong und Singapur der Übergang von der arbeitsintensiven Ind. auf der Basis von Niedriglöhnen hin zu wertschöpfungs- und technol.-intensiver Produktion bei gleichzeitig steigenden Reallöhnen. Die beiden Stadtstaaten konnten sich insbesondere als wichtige Dienstleistungszentren in der Weltwirtsch. etablieren. Aus den *Newly Industrializing Countries* wurden *Newly Industrialized Countries*.
Seit Ende der 1980er J. ließen sich zudem – vor allem in Südkorea und Taiwan – pol. Liberalisierungs- und *Demokratisierungsprozesse beobachten. Den Tigerstaaten gelang es damit innerhalb von nur drei Dekaden, einen erfolgreichen Prozess aufholender (wirtsch. und pol.) E. zu durchlaufen und sich dem IL-Profil anzunähern. Dies war umso erstaunlicher, als sich der Wachstumsprozess mit einer – insb. im Vergleich zu den lateinamerik. Ländern – relativ ausgewogenen Einkommensverteilung verband.
Die deutliche Differenzierung innerhalb der SL-Gruppe im Verlauf der 1980er J. in erfolgreiche ostasiatische und stagnative lateinamerik. Länder ging einher mit dynamischen wirtsch. E.-Prozessen einiger südostasiat. Länder (Malaysia, Thailand, Indonesien, später auch Vietnam) sowie beachtlichen Wachstumsprozessen in einigen Regionen Chinas. In der Literatur wird mit Blick auf diese Ökon. oft von der «zweiten SL-Generation» gesprochen.
Seit Mitte der 1980er J. waren in der asiat. Region infolge der wirtsch. Dynamik in Japan sowie in den Ländern der ersten und der zweiten SL-Generation deutliche regionale Integrationstendenzen zu erkennen. Während die Exportdynamik in den asiat. Erfolgsökon. bis Ende der 1970er J. auf Ausfuhroffensiven in die USA und nach Westeuropa basierte, vertiefte sich nun zunehmend die Arbeitsteilung innerhalb der ost- und südostasiat. Region und ergänzte die Weltmarktorientierung der Ökon. Der intraregionale Wirtschaftsaustausch wurde für die neuen und alten SL zur wichtigsten Wachstumsquelle. Die regionale ökon. Verdichtung war jedoch auch die Hauptursache dafür, dass sich die schwe-

re Finanzkrise, die im Juli 1997 in Thailand begann, innerhalb kürzester Zeit über ganz SO-Asien ausbreiten konnte. Davon waren auch die bislang als Modellfälle geltenden SL wie Südkorea stark betroffen, dessen Wirtsch. 1998 um 7,5 % schrumpfte. dm

SDA *Social dimensions of Adjustment Program,* Initiative, die Mitte 1988 von der *Weltbank (zusammen mit *UNDP und der *AFDB) für die afrik. Länder südl. der Sahara gegründet wurde. Die SDA-Initiative richtete sich zunächst darauf, die sozialen Kosten der Strukturanpassung (SAP) zu mildern bzw. zu kompensieren (→kompensatorische Maßnahmen der Strukturanpassung). Schwerpunkte von SDA waren daher, die statistische Erfassung von sozialen Grunddaten in den SAP-Ländern zu verbessern und damit die Auswirkungen der makroökon. Anpassungsmaßnahmen auf die Armen festzustellen. Nach einigen J. erweiterte sich die SDA konzeptionell zu einem eher umfassenden Ansatz, welcher anstrebte, bedürftige Gruppen (*vulnerable groups*) einerseits vor den negativen Auswirkungen der Anpassung zu schützen und andererseits in die wirtsch. E. einzubeziehen, d. h. nicht nur die sozialen Effekte der Anpassung zu verringern, sondern generell zur Armutsreduzierung beizutragen. Die SDA erfasste vielerlei Komponenten, die die sozialen Dimensionen in die Formulierung und Durchführung des Anpassungsprozesses integrieren sollten: erstens die Verbesserung des Managements von Makro- und Sektorpol. u. a. durch die Einbeziehung von sozioökon. Analysen und Indikatoren in die Policy-Formulierung und durch zielgruppenorientierte Umschichtungen der Staatsausgaben (→Zielgruppenorientierung), zweitens die Durchführung von sozialen Aktionsprogrammen und -projekten, drittens die Verbesserung nat. Informationssysteme und viertens Institutionenaufbau und Ausbildung. Unter den afrik. Ländern hat sich Ghana als eines der ersten Länder dem SDA-Programm für Afrika angeschlossen und Anfang der 1980er J. das bekannte *Programme of Action to Mitigate the Social Costs of Adjustment* (PAMSCAD) eingeführt.

Lit.: AfDB/UNDP/Weltbank, The Social Dimensions of Adjustment in Africa. A Policy Agenda, Washington, D. C. 1988; UNDP, The Social Dimensions of Adjustment Project: An Interim Evaluation, New York, UNDP, Central Evaluation Office 1990; C. von Monbart, Die Strategie der Weltbank zur Bekämpfung der Armut und die soziale Dimension der Anpassung, in: M. von Hauff/W. Heinecke (Hg.), Strukturanpassungspolitik der Weltbank, Ludwigsburg 1992, S. 53–68. sus

SDR →Sonderziehungsrechte

SEAMEO →ASEAN

SEATO Südostasien-Pakt (*South-East Asia Treaty Organization*), 1954 in Manila gegr., Mitgl.: USA, Frankreich, GB, Australien, Neuseeland, Pakistan, Thailand, Philippinen; Zielsetzung: Abwehr des Kommunismus in der Region; Aufbau eines der NATO vergleichbaren Bündnisses. Nachdem Frankreich sich 1967 de facto zurückgezogen hatte und Pakistan 1972 ausgeschieden war, löste sich das Bündnis im Juni 1977 infolge des Scheiterns der angestrebten Ziele auf. dn

Seerechtskonferenz →Internationales Seerecht

SEF *Stiftung Entwicklung und Frieden* Die im Herbst 1986 auf Initiative von Willy Brandt gegr. und seinem Vermächtnis verpflichtete Stiftung ist nach Stiftungsrecht organisiert. In ihren Leitungsgremien (Vorstand und Kuratorium) sind neben Vertretern der pol. Parteien die vier Stiftungsländer Berlin, Brandenburg, NRW und Sachsen vertreten. Das Land NRW ist ihr Hauptfinanzier. Die SEF hat sich laut Gründungsstatut zum Ziel gesetzt, durch Schriften (u. a. *Globale Trends*, Reihe *Eine Welt*), Konferenzen und *Policy Papers* auf die friedens- und e.-pol. Meinungs- und Willensbildung einzuwirken. Organisatorisch wird sie durch eine Geschäftsstelle in Bonn, wissenschaftlich durch einen Wiss. Beirat (unter Leitung von D. Senghaas) und durch das an der Universität Duisburg angesiedelte *Institut für Ent-*

wicklung und Frieden (unter Leitung von F. Nuscheler) unterstützt. Adresse: Gotenstr. 152, 53175 Bonn. Internet: sef-bonn.org fn

sektoral, Sektoren →Wirtschaftssektoren

SELA Lateinamerik. Wirtschaftssystem (*Sistema Económico Latinoamericano*), initiiert von den mexikan. und venezolan. Staatspräs. Echeverría und Pérez, Gründungsdatum 17. 10. 1975: Unterzeichnung des Panama-Vertrags (*Convenio de Panamá*) nach nur 16-monatiger Verhandlungsphase. Gründungsmitgl.: 23 Staaten des lateinamerik. und erstmalig auch des karibischen Raums; derzeit: 28 Mitgl. Der Ausschluss der USA und die Einbeziehung Kubas (im Ggs. zur * OAS und * CECLA) zeigt die pol. Stoßrichtung des SELA; Bekenntnis zum ideolog. Pluralismus. *Zielsetzung:* 1. Förderung der regionalen Zusammenarbeit, 2. Koordinierung der bestehenden regionalen Integrationsprozesse, 3. Förderung von wirtsch. und sozialen E.-Projekten, 4. Koordinierung der Standpunkte und Erarbeitung einer gemeinsamen Position ganz LAs gegenüber den IL und vor int. Organisationen, 5. Förderung der weniger entwickelten Länder innerhalb der Region. Im Vgl. zu vorangegangenen Zusammenschlüssen lateinamerik. * Integration liegt der SELA ein pragmatischerer und flexiblerer Ansatz zugrunde. *Organe und Arbeitsebenen:* 1. Lateinamerik. Rat: Jedes Land ist durch einen Min. (meist Wirtschaftsmin.) vertreten. Die einmal jährl. in Caracas stattfindenden Ratssitzungen werden auf Expertentreffen vorbereitet. Beobachter lateinamerik. und int. Organisationen können an ihnen teilnehmen. Kompetenzen: u. a. die Festlegung der SELA-Pol., Wahl des Sekretariats, Verabschiedung des Haushalts. In wichtigen Fragen ist Einstimmigkeit, sonst Zweidrittelmehrheit erforderlich. Die Ämter des Ratsvorsitzenden und seines Stellvertreters wechseln turnusgemäß in alphabetischer Reihenfolge.

Ständiges Sekretariat: Sprachrohr und Verhandlungspartner der Mitgl. nach außen; Sitz in Caracas. Zu seinen Aufgaben gehört die Unterbreitung von Vorschlägen an den Rat, die Ausführung der Ratsbeschlüsse, Koordinierung von Aktionskomitees, Org. von Expertentreffen, Kontaktpflege mit anderen regionalen und int. Org. Der an der Spitze stehende Sekretär (seit: 1999 Otto Boye Soto) und sein Stellvertreter, die unterschiedlicher Nationalität sein müssen, werden auf 4 J. vom Rat gewählt.

Aktionskomitees (AK): Sie sind dezentralisierte und für eine best. Zeitdauer bestehende Zusammenschlüsse interessierter Staaten (vorzeitiger Austritt möglich) zur Vorbereitung und Durchführung gemeinsamer Projekte. Als flexibles und pragmatisches Instrument sind sie die für SELA spezifische Form der intraregionalen und * multilateralen Kooperation. Mind. drei Länder bilden ein AK, dessen Sitz jeweils die Hs. eines beteiligten Landes ist. Jedes AK hat sein Sekretariat und bestreitet die Finanzierung des Projekts selbst. Aufgabenfeld sind E.-Projekte im landw., ind., techn. und sozialen Bereich. Ziele: Nutzung der eigenen * Ressourcen, Befriedigung der * Grundbedürfnisse, Unterstützung weniger entwickelter und Not leidender Regionen, Verringerung der * Abhängigkeit. Neben AK lateinamerik. Solidarität (Erdbebenhilfe für Guatemala, Wiederaufbau Nicaraguas und Unterstützung Argentiniens nach dem * Falkland-/Malvinas-Konflikt) bestanden bisher AK für kunsthandwerkliche Produkte, Meeres- und Süßwasserprodukte, * Tourismus, sozialen Wohnungsbau, zur Errichtung eines lateinamerik. technol. Infomationsnetzes, staatl. Unternehmensverbände für Außenhandel und zur LA-Informationsagentur, in jüngerer Zeit auch zu Themen wie Dienstleist. und * Verschuldung.

Aus AK gingen u. a. hervor: 1. die Gründung regionaler Kooperationsinstanzen wie die lateinamerik. Org. zur Entwicklung des Fischfangs OLDEPESCA, die seit 1982 mit gutem Erfolg arbeitet, die lateinamerik. Exportbank BLADEX

(seit 1977), die Nachrichtenagentur ALASEI (1983), das lateinamerik. technol. Informationsnetz RITLA (1983), die lateinamerik. Org. für Wohnungsbau und menschliche Verpflegung (*Organización Latinoamericana de los Asentamientos Humanos,* 1984), die lateinamerikanische Kommission für Wissenschaft und Technologie (COLCYT), das Programm für regionales Kunsthandwerk (PLACAR) und für Handelsinformation und Unterstützung des Außenhandels (PLACIEX); 2. lateinamerik. *multinationale Konzerne wie MULTIFERT (multinat. Unternehmen für Düngemittelankauf, seit 1980), COMUNBANA (multinat. Bananenhandel), GEPLACEA (Gruppe lateinamerik. und karib. Zuckerexporteure), NAMUCAR (multinat. Schifffahrtsgesellschaft, seit 1975) und *PETROLATIN (multinat. Erdölunternehmen, seit 1975). – Die Aktivitäten von SELA lassen sich in eine interne und eine externe Strategie untergliedern. Zur internen gehört die Zusammenarbeit mit regionalen Institutionen (*BID, *CEPAL, *SIECA, *OLADE, *INTAL) und mit anderen Integrationsmechanismen (*Andenpakt, *MCCA, *CARICOM, *ALADI, MERCOSUR, Grupo Andino, G 3, Association of Caribbean States ACS, NAFTA), die Arbeit der Aktionskomitees sowie die Schaffung lateinamerik. und multinat. Unternehmen. Zur externen Strategie zählen die Kontakte zu int. Org. (*EG, *FAO, *IWF, *UNIDO, *Weltbank, *WTO), wobei SELA die einzige regionale lateinamerik. Org. ist, die bei int. Konferenzen anwesend ist (seit *KIWZ) und Beobachterstatus hat (z.B. bei *UNCTAD-Konferenzen seit 1976). Dort tritt es als Sprecher LAs auf. SELAs Bez. zu den USA war in der Vergangenheit durch Konfrontation gekennzeichnet, zunehmend wird jedoch der Wunsch nach Verbesserung der Bez. bekräftigt, so u. a. bei der Vorbereitung der für das Jahr 2005 angestrebten Freihandelszone der Amerikas (AFTA). Eine Verringerung der wirtsch. Abh. von den USA sucht SELA auch durch eine verstärkte Bez. zur EU (Vorwürfe: Vernachlässigung LAs im Vergleich zu den *AKP-Staaten und Protektionismus, bes. in der Agrarpol.).
Mit den zwei Strategien, dem Versuch der qualitativen Neugestaltung der Nord-Süd-Beziehung und der Intensivierung der *Süd-Süd-Beziehungen, folgte SELA dem Konzept der **collective self-reliance*. Im Gegensatz zu den Aktivitäten der Koordination und Konsultation haben sich die Bemühungen um intraregionale Kooperation als wenig erfolgreich erwiesen. Gründe hierfür liegen in der Einstellung der Mitgliedsländer, die zwar das gemeinsame Handeln als Notwendigkeit begreifen, andererseits aber Kompromisslösungen ablehnen, sobald diese die eigene nat. Souveränität berühren. Internet: www.sela.org

Lit.: R. K. Furtak, Das Sistema Económico Latinoamericano: Kooperation im Zeichen kollektiven Selbstvertrauens, in: Jahrbuch für Geschichte, Köln / Wien 1979, S. 407–435; E. Garzón Valdés, SELA – Eine Organisation der Lateinamerikanischen Entwicklungspol., in: Die Dritte Welt, Neustadt 1980, S. 86–101; M. Mols, Das Lateinamerikanische Wirtschaftssystem SELA, in: ders. (Hg.), Integration und Kooperation in Lateinamerika, Paderborn 1981, S. 249 ff.; F. Salazar Santos, SELA: antecedentes y realizaciones, in: Integración Latinoamericana, 108 / 1985, S. 3–27; SELA-Publikationen (fortlaufend): Revista Capítulos del SELA, Boletín Antena del SELA en Estados Unidos, Boletín Notas Estratégicas, Boletín sobre Integración de América Latina y del Caribe. pb

Selbstbeschränkungsabkommen (*Voluntary Export Retraint = VER*) Nichttarifäre, quantitative Handelsbeschränkungen; weitverbreitetes protektionistisches Instrument der Außenhandelspol., z.T. Form des versteckten *Protektionismus. S. sind bilaterale Abkommen, bei denen ein Exportland (Reg. oder Ind.) einer Reduktion oder Beschränkung der Exporte zustimmt, ohne dass das Importland andere Handelshemmnisse (z.B. Quoten, Zölle oder Importkontrollen) ergreifen muss. In der USA werden S. meist unterschieden danach, ob es sich um Abkommen zwischen Reg. (OMA = *orderly marketing arrangements*) oder um Abkommen mit Ind.-Beteiligung handelt (VRA = *voluntary restraint agreement*). I. d. R. sind S. diskriminierende, d. h. gegen ein Land/Ind. gerichtete Maßnahmen zum Schutz von Herstellern auf dem Binnenmarkt. Ein an der Begrenzung der Einfuhr eines best. Gutes interessierter Staat zwingt seine(n) oft wirtsch. schwächeren Handelspartner unter (mehr oder minder subtiler) Androhung von Zwangsmaßnahmen (Importstopp, auch Erhebung oder Erhöhung von Zöllen und Kontingenten) dazu, ein sog. freiwilliges Exportselbstbeschränkungsabkommen abzuschließen, das dem Lieferland zwar seine Exportmöglichkeit lässt, ihm aber gleichzeitig mengenmäßige Beschränkungen auferlegt.

Die Zahl der S. ist v. a. in der ersten Hälfte der 1980er J. schnell angestiegen. Mit dem Erfolg der ersten sieben *GATT-Runden beim Abbau von Zöllen nahm v. a. nach der *Tokio-Runde des *GATT generell der Gebrauch von nichttarifären *Handelshemmnissen zum Schutz der heimischen Wirtsch. zu. Das GATT enthielt zwar eine Schutzklausel, die bei schwerwiegenden Marktstörungen auf dem Heimatmarkt durch Importe zum Einsatz kommen konnte (Art. 19 des GATT), doch hatte dieses Instrument zwei Nachteile, die seine Einsatzmöglichkeiten begrenzten. Die Schutzklausel durfte nur nichtdiskriminierend angewendet werden, d. h. nicht ausschließlich gegen ein Land gerichtet sein, und sah unter bestimmten Bedingungen eine Zahlung von Kompensationsgeldern an den gegnerischen Handelspartner vor. Beide Gründe führten dazu, dass viele Länder S. als bessere Möglichkeit zum Schutze heimischer Ind. ansahen als den Gebrauch der Schutzklausel. Die für den Einsatz von S. nötige Handelsmacht liegt ausschließlich bei IL. Exportländer stimmen den S. meist zu, da dies, verglichen mit einem völligen Importstopp, für das Lieferland aus versch. Gründen – hohe Verluste bei plötzlichem Importstopp (z. B. bei nicht lagerfähigen Agrarprodukten), Rechtsverbindlichkeit, Planbarkeit, ggf. Ausweichmöglichkeit auf Ersatzmärkte – meist das geringere Übel bedeutet; wirkliche «Freiwilligkeit» (etwa aus pol. Rücksichten) ist selten gegeben. Diese Art Protektionismus ist in allen Bereichen des Außenhandels verbreitet (jap. Pkw-Exporte in die BRD, europ. Stahlexporte in die USA, *Multi-Faser-Abkommen etc.), trifft aber EL-Ökonomien wegen ihrer hohen Abh. vom Export meist weniger Güter besonders hart. Insbes. die Handelspol. der EU (weltweit größter EL-Absatzmarkt) hat dieses Instrument häufig genutzt. Zu Beginn der *Uruguay-Runde 1986 waren 137 S. in Kraft, davon allein 52 vonseiten der EU und 45 vonseiten der USA. Betroffen von S. bei den Exportländern sind bes. die neuen IL (*NIC), auf die 54 S. entfielen (gegenüber 56 S., die sich gegen Importe anderer IL richteten).

Während der Uruguay-Runde des GATT wurde versucht, der schleichenden Unilateralisierung der Handelspol. durch solche Maßnahmen eines «Grau-Zonen-Protektionismus» entgegenzuwirken, v. a. durch eine Neuformulierung des Schutzklauselsystems. Das neue Schutzklauselsystem hebt die alten Schwächen auf und beschreibt wesentlich genauer, unter welchen Bedingungen eine Schutzklausel angewendet werden kann. Grau-Zonen-Maßnahmen wie die S. müssen zudem innerhalb von vier J. (nach 1994) abgebaut werden. Das Abkommen erlaubt nur die Beibehaltung einer S. bis zum 31. 12. 1999. Im Falle der EU wird dies die Selbstbeschränkung Japans beim Autoexport sein.

Lit.: J. Bhagwati, Protectionism, Cambridge, Mass, 1988; N. Grimwade, International Trade Policy, London 1996; M. Kostecki, Export-restrain arrangements and trade liberalisation, in: World Economy, Vol. 10, No. 4; M. J. Trebilcock, R. Howse, The regulation of international trade, London 1996. mw

Selbsthilfe(-Organisationen) Unter S. ist die aktive Teilnahme von Bev.-Gruppen an der Gestaltung der unmittelbaren Lebensbedingungen und der wirtsch. und sozialen E. jeweiliger EL zu verstehen. S. durch *E.-Hilfe zu fördern kann bewirken, Eigeninitiativen anzuregen sowie humane und materielle Reserven einer Gruppe von Menschen freizusetzen (Mobilisierung), die Lebensverhältnisse der an einer S. Beteiligten individuell und kollektiv zu verbessern, ihnen durch Org. stärkeres pol. Gewicht zu verschaffen und damit verbesserte Möglichkeiten der *Partizipation am pol. Entscheidungsprozess.

Lit.: BMZ, Zweiter Bericht über die Armutsbekämpfung in der Dritten Welt durch Hilfe zur Selbsthilfe, Bundestags-Drucksache 13/3995, Bonn 1995. dn

Selektive Teilnahme Bezeichnet die teil- und wahlweise Partizipation der EL am Weltmarkt, als E.-Strategie vom *Dag-Hammarskjöld-Bericht 1975 vorgeschlagen. Zielsetzungen: «Abh. soweit wie möglich zu verringern. Unabh. soweit wie möglich zu vergrößern und gegenseitige Abh. so ausgewogen wie möglich zu erreichen». dn

self-employment →Berufsbildung

self-reliance In der kritischen Auseinandersetzung mit westlich-kapitalistischen E.-Strategien entstandenes E.-Konzept, das – ausgehend vom Vertrauen auf die eigenen Kräfte – die eigenen *Ressourcen zur Befriedigung der menschlichen *Grundbedürfnisse einsetzen will und dies per Massenmobilisierung, Konzentration auf den Binnenmarkt und *Partizipation der Bev. an den pol. Entscheidungen auf den verschiedenen Ebenen zu erreichen trachtet. s.-r. ist verbunden mit der Suche nach einem eigenen, den jeweiligen Traditionen eines EL angepassten E.-Weg und wird als Alternative zu wachstums- und weltmarktorientierten E.-Strategien begriffen. dn

self-sustained growth →*take-off*

Sendero Luminoso (dt. «Leuchtender Pfad»; vollständig: «Kommunistische Partei Perus für den Leuchtenden Pfad José Carlos Mariateguis» [PCP-SL]) *Guerilla-Org. marxistisch-leninistischer und maoistischer Ideologie in Peru. 1970 gegr. und zunächst vorwiegend von Intellektuellen getragen. SL versuchte anfangs, die Landbev. der Hochlandprovinz Ayacucho für die (friedliche) pol. Auseinandersetzung zu mobilisieren. Nach der *Demokratisierung Perus 1980 nahm sie den bewaffneten Kampf auf. Neben der weiteren Verarmung der Landbev. führten auch der ethn. Konflikt (Indios vs. Weiße) und der Ggs. zwischen Peripherie und Zentrum (→Zentrum-Peripherie-Modell) dazu, dass der SL ein beachtliches Rekrutierungspotenzial unter der Landbev. vorfand. Die Zahl der Guerilleros wurde zeitweise auf 5000 geschätzt. 1983 wurde dem Militär die Bekämpfung des SL übertragen, zusammen mit der pol. Kontrolle über die betroffenen Gebiete der Zentralanden; 1992/93 standen 66 von 189 Provinzen (27 % der Landesfläche) unter Ausnahmezustand. Nachdem sich der Konflikt anfangs auf die armen Hochlandprovinzen konzentriert hatte, wurde die rurale Strategie seit 1988 durch Aktivitäten in den urbanen Zentren (Unterwanderung sozialer Bewegungen, Gewerkschaften, Volksküchen) ergänzt. Auf dem Land kam es vorwiegend zu einer Allianz mit Drogenhändlern (v. a. im Alto-Huallaga-Tal). Die generelle Akzeptanz des SL in der Bev. ging jedoch eher zurück, auch in den armen ländl. Gebieten, wo SL zunehmend Zwangsrekrutierungen vornahm und als Ordnungsmacht auftrat. Nach der Festnahme des Gründers Abimael Guzmán 1992 sowie weiterer Personen der Führungsspitze nahm die strategische Handlungsfähigkeit des SL offenbar ab, die terroristischen Aktionen wurden allerdings fortgesetzt. Die Bilanz 1980–1994: 27 500 Tote und ein volkswirtsch. Schaden von gesch. 20 Mrd. US-$.

Lit.: E. v. Oertzen, Peru, München 1988; H. Fuhr/M. Hörmann, Peru, in: HDW III, 2, S. 441 ff. hb

Senegal

Fläche (Tsd. qkm): 196,700
Bev. (Mio.) 2001: 9,70
BNE pro Kopf (US-$) 2000: 500
BIP (Mio. US-$) 2000: 4372
LE (Jahre) 1999: 52,4
Analphabetenquote (%) 1999: 64
HDI 1999: 0,423 [Rangplatz von 162: 145]

Die Republik S. (*MSAC, *AKP) ging aus der ältesten frz. Kolonie in Schwarzafrika hervor. S. besitzt seit dem 19. Jh. eine ununterbrochene Erfahrung mit «modernen» pol. Institutionen. Die wirtsch. E. ist durch eine Krise des dominanten Wirtschaftsfaktors Erdnuss und drohenden Staatsbankrott gekennzeichnet. Im Süden des Landes (Casamance) kämpft die Rebellenbewegung MFDC um die Unabhängigkeit.

1. S. teilt sich in vier Hauptklimazonen: die *Sahelzone im N, die fruchtbaren Gebiete im nördl. Küstengebiet und im O sowie die «grüne Waldzone» in der Casamance im S, die durch Gambia vom übrigen Senegal etwas getrennt ist. Wichtigster Anziehungspunkt zahlreicher Migrationen ist die Halbinsel Cap Vert mit der Hs. Dakar (über 1 Mio. Ew.), wo auf 0,28 % der Gesamtfläche rd. 23 % aller Ew. leben (jährl. Zuwachsrate 5,4 %, S. insges. 2,6 %), während der O (30,4 % der Fläche) nur 7,1 % der Ew. zählt. Rd. 85 % der Bev. (Wolof ca. 35 %, Peul und Tukulör 18 bzw. 9 %, Serer 17 % u. a.) bekennen sich zum Islam, dessen Bruderschaften (Tidjania, Mouridiya, Quadriya) großen pol. und wirtsch. Einfluss besitzen. 5 % sind Christen, der Rest (v. a. in der Casamance) Animisten.

2. Das bis zu Beginn des 20. Jh.s landw. in etwa autarke Gebiet wurde in stillschweigender Zusammenarbeit zwischen frz. Unternehmen und der Kolonialverwaltung einerseits und den Führern der Mouriden, die heute etwa die Hälfte der Ernte kontrollieren, andererseits ganz auf Erdnussanbau umgestellt, der die Bedeutung einer *Monokultur erlangte (Erdnuss und Erdnussprodukte machten über Jahrzehnte den Löwenanteil der Exportwerte aus). Nach der Unabh. von 1960, der eine nur zwei Monate dauernde Föderation mit dem heutigen Mali vorausging, wurden zwar fast alle Bauern in *Genossenschaften zusammengefasst. Doch eigneten sich statt der privaten Händler nun Angehörige der korrupten *Staatsklasse die Gewinne an. Die staatl. Vermarktungs-Monopolorganisation ONCAD musste 1980 mit einem Defizit von rund 330 Mio. € aufgelöst werden.

Nachdem Präs. *Senghor Ende 1962 die Machtprobe mit MP M. Dia durch Militäreinsatz zu seinen Gunsten entschieden hatte, dominierte in der Praxis eindeutig eine privatwirtsch. orientierte *E.-Pol. Dies wurde noch deutlicher in den 1980er J., als die Regierungspartei PS aufgrund von Auflagen des *IWF Maßnahmen zustimmte, die sie in innerparteilichen Dokumenten zu Rechtfertigungen angesichts ihres marktwirtsch. Kurses zwangen. Der Staat hat sich zwar aus landw. Agenturen zurückgezogen. Doch auch nach Proklamierung der «Neuen Agrarpolitik» (NPA) 1985, die durch Anreizpreise im Agrarsektor die landw. Produktion steigern sollte, hat gerade die E. der Weltmarktpreise für Erdnuss die Agrarpol. nicht mehr finanzierbar werden lassen. S. ist heute der weltweit größte Exporteur von Erdnuss, weshalb paradoxerweise Rekordernten in S. wie 1987/88 (950000 t) den Weltmarktpreis drücken. Lagen in den 1960er und 1970er J. die Aufkaufpreise für die senegalesischen Produzenten um 50–70 % unter dem Weltmarktpreis, so erreichten sie im Mai 1988 ein Niveau von 50 % darüber, was die senegalesische Reg. veranlasste, den Aufkaufpreis von 90 auf 70 Franc CFA für die nächste Erntesaison zu kürzen. Im sekundären Sektor kontrolliert weiterhin frz. Kapital einen Großteil der *importsubstituierenden und landw. Produkte verarbeitenden Betriebe. Neben Erdnuss (1/4 des Umsatzes in der Ind. entfällt auf Ölmühlen) stehen dabei die Erzeugnisse des in den 1960er J. im Küstenbereich errichteten, vorwiegend exportorientierten Agrobusiness (Gemüse, Obst, Reis), aber auch Textil- und Chemieind. sowie der Fischfang (100000 Arbeitsplätze) im Vordergrund. Nach der Erhöhung der Weltmarktpreise Mitte der 1970er J. hat die Phosphatausfuhr an Bedeutung gewonnen. Der Aufbau einer «industriellen Freihandelszone Dakar» seit 1976 hat bei weitem nicht die erhofften Ergebnisse gebracht. Einen Aufschwung zeigt dagegen der *Tourismus. Das Handelsdefizit ist chronisch. Frankreich bleibt weiterhin der wichtigste Handelspartner. 35 % der Einnahmen des Staatshaushalts (1990/91) werden durch Zuschüsse von dritter Seite und Auslandsanleihen erbracht. Rigorose *Strukturanpassungsmaßnahmen seit 1983 und die Privatisierung von Betrieben des stark defizitären parastaatl. Sektors sind in ihrer Wirkung ambivalent: Zwar hat sich der Staatshaushalt ausgleichen lassen, die Umschuldungen bzw. Schuldenerlasse haben die Lage entspannt, und die Inflationsrate ging zurück. Doch blieben die Wachstumsraten hinter den Erwartungen zurück (1990: 4 % BNE bei nur 1 % Wachstum des Pro-Kopf-Einkommens). Weder kam es zu Investitionen in dem erwarteten Ausmaß noch zu einer Produktivitätssteigerung. Zumindest aber konnten Erfolge bei der Exportdiversifizierung verbucht werden. Die sozialen Kosten der Programme bestanden v. a. in einer verstärkten Ungleichheit in der Einkommensverteilung. Von den Anpassungsprogrammen waren zusehends die städt. Mittelschichten betroffen. Dies hat in den Städten zum Anwachsen geradezu explosiver Spannungen geführt, die sich vor und nach den Wahlen von 1988 in Unruhen entluden, die zur zeitweiligen Verhängung des Ausnahmezustands führten.

3. In der sozialen E. ist die Landbev. (rund 2/3 der Bev. sind Bauern) deutlich benachteiligt: Die Diskrepanz der Einkommen von Bauern und Staatsbeamten lag Anfang der 1970er J. bei 1:32. Der Abbau von Arbeitsplätzen im öfftl. Sektor hat seit den 1980er J. die ehemals starke städt. Mittelschicht getroffen. Die Arbeitslosigkeit in den Städten wird auf 40 % geschätzt. Med. Versorgung (1998: Arzt pro 1000 Ew.: 0,1), Schulwesen (Einschulungsrate 1998: 59 %) u. a. konzentrieren sich auf das Cap Vert und die Städte, die ländl. Bev. ist unterversorgt. Franzosen haben im höheren Schul- und im Hochschulwesen sowie in der Wirtsch. weiterhin Schlüsselstellungen inne; die libanesische und syrische Minderheit kontrolliert v. a. den Zwischenhandel.

4. Die pol. Kultur S.s ist geprägt durch die über 100-jährige Erfahrung mit Wahlen und Parl. (1848 und ab 1876 in den «4 Küstenstädten» Wahl eines Abg. in die frz. Nationalversammlung, Territorial- und Kommunalparl.) und das Bestehen sich ständig neu formierender pol. *«clans»*, das auch in Zeiten des Einparteisystems eine rege, öfftl. ausgetragene innerparteiliche Konkurrenz bewirkte. Pol. Parteien bestanden seit den 1930er J., doch konnte sich die Partei L. S. Senghors und M. Dias bis zur Unabh. 1960 als dominierende Partei durchsetzen und entwickelte sich über Absorption von Parteien, Parteiverbote und klientelistische Mechanismen zur Hegemonialpartei, die verschiedentlich allein kandidierte. In den 1970er J. wurden zunächst ideol. restriktiv drei Parteien zugelassen; erst in den 1980er J. entwickelte sich ein Mehrparteiensystem ohne ideol. Beschränkungen. Doch auch bei den freien Wahlen 1993 wurde kein Reg.-Wechsel erzielt. Bei den Gewerkschaften hat sich erneut ein Pluralismus ausgebildet. Senghor, seit 1960 Staatspräs. und Chef der dominierenden Partei (jetzt: *Parti Socialiste*, seit 1976 Mitglied der Sozialistischen Internationale), trat 1980 als erster Staatschef Schwarzafrikas freiwillig zurück. Nachfolger wurde verfassungsgemäß der bisherige MP Abdou Diouf, der 1993 mit 58 % (1988: 73 %, 1983: 83 %) der Stimmen wiedergewählt wurde. Oppositionsführer Abdoulaye Wade (PDS) kam auf 33 % (1988: 26 %, 1983: 14,7 %) der Stimmen. Dank z.T. massiver Wahlfälschungen gewann der PS 1988 mit 73,4 % der Stimmen die absolute

Mehrheit im Parl. (103 von 120 Mandaten), die wichtigste Oppositionspartei PDS kam auf 22,2 % der Stimmen und 17 Sitze. 1993 und erneut 1998 konnte der PS seine Mehrheit bei den jetzt freieren Parl.-Wahlen behaupten. Bei den Präs.-Wahlen im Feb./Mär. 2000 führte der Sieg von A. Wade (PDS) in der zweiten Runde jedoch zum ersten demokrat. Machtwechsel in S. Auch bei den Parl.-Wahlen im Apr. 2001 siegte eine Oppositionskoalition unter Einschluss der PDS (*coalition sopi*), die 89 der 120 Mandate errang. Trotz eines Waffenstillstandes von 1991 schwelt der Konflikt um die Autonomie der Casamance, wie sie vom *Mouvement des Forces Démocratiques* gefordert wird, auch 2002 fort. Der Versuch einer wirtsch. und sozialen Konföderation mit Gambia (Senegambia), die nach einer milit. Intervention S.s in Gambia 1982 in Kraft getreten war, schlug fehl; schon 1989 wurde das Bündnis wieder aufgelöst. S. bemüht sich erfolgreich, seinen pol. Einfluss innerhalb Afrikas auszudehnen.

Lit.: Ch. Coulon, Le marabout et le prince: islam et politique au Sénégal, Paris 1981; K. Ziemer, Demokratisierung in Westafrika? Die politischen Systeme von Senegal, Elfenbeinküste und Togo nach zwei Jahrzehnten Unabhängigkeit, Paderborn 1984; G. Hesseling, Histoire politique du Sénégal: Institutions, droit et société, Paris/Leiden 1985; R. Fatton, The Making of a Liberal Democracy: Senegal's Passive Revolution 1975–1985, London 1987; E. Stetter, Senegal, in: HDW III, 4, 1993, S. 364 ff. kz/pb

Senghor, Léopold Sédar Als Sohn wohlhabender afrik. Eltern 1906 in Joal (Senegal) geboren, in Missionsschulen und in F. erzogen, bestand S. nach dem Besuch der Sorbonne als erster Afrikaner das Examen für das höhere Lehramt und blieb bis 1945 als Studienrat in Frankreich. S. formulierte maßgeblich die **Négritude* mit, betonte die Eigenart und die Würde der Afrikaner und ihrer Kultur und versuchte einen Brückenschlag zwischen afrik. und europ. Kultur. Er ist zeitlebens ebenso sehr Philosoph und Dichter wie Staatsmann geblieben (1968 Friedenspreis des Dt. Buchhandels). 1945 bis 1958 seneg. Abgeordneter in der frz. Nationalversammlung (zeitweise auch frz. Staatssekretär) und 1959/60 Präs. der Bundesversammlung der kurzlebigen Mali-Föderation, war der Katholik von 1960 bis 1980 Präs. des überwiegend islam. Senegal. 1948 gründete er eine pol. Partei, die rasch dominierend und von 1966 bis 1974 Einheitspartei war. Seit der Ausschaltung Mamadou Dias 1962 unbestritten mächtigster Politiker Senegals, hat S. trotz Phasen stärkerer Repression (in sozioökon. und pol. Krisensituationen wie 1968) ein von seinem frz.-westl. Verfassungsverständnis geprägtes, im Kontext der Region bemerkenswert liberales Regime etabliert. Als erster Präs. Schwarzafrikas ließ er die schrittweise Umwandlung eines Einpartei- in ein Mehrparteiensystem zu, trat mit seiner Partei (1976: *Parti Socialiste*) der Sozialistischen Internationale bei und verzichtete Ende 1980 aus Altersgründen zugunsten seines verfassungsmäßigen Nachfolgers Abdou Diouf vorzeitig auf die Präsidentschaft.

Lit.: I. L. Markovitz, Léopold Sédar Senghor and the Politics of Negritude, London 1969; L. S. Senghor, Liberté III. Négritude et Civilisation de l'Universel, Dakar/Paris 1977. kz

Senior-Experten-Service Aus dem aktiven Berufsleben ausgeschiedene, qualifizierte Fach- und Führungskräfte der dt. Wirtsch. und Verwaltung stellen im Rahmen des SES den Ländern der *Dritten Welt ihre Sachkenntnis in Kurzzeiteinsätzen ohne Honorar zur Verfügung.

Nach einer Gründungsinitiative des *BMZ vom Dez. 1979 und einer dreij. Trägerschaft des Deutschen Industrie- und Handelstages (DIHT) besteht der SES seit 1. 1. 1986 als gemeinnützige GmbH (Gesellschafter: Carl Duisberg Fördererkreis, DIHT, Bundesverband der deutschen Industrie und Zentralverband des deutschen Handwerks zu gleichen Teilen). Im Jan. 1983 wurde der SES in den Dienst der *EP der BRD gestellt (*Personelle Zusammenarbeit im Rahmen der *Technischen Hilfe). Der SES arbeitet rein bedarfsorientiert (Entsendung nur auf EL-Antrag) und richtet sich insb. an den Unternehmersektor in der Dritten Welt, wo v. a. in Klein- und Mittelbetrieben mit wachsender *Industrialisierung in den letzten J. der Bedarf an Kurzzeitberatungen im ökon.-technischen Bereich stark gestiegen ist. Mit einem Pool von ca. 5600 abrufbaren Experten (durchschn. zw. 60 und 70 Jahre alt, 6,7 % Frauen) leistete der SES 2001 1107 Einsätze und arbeitet kostendeckend; u. a. dank Spenden der dt. Ind. für hiesige Verwaltungskosten und niedriger Einsatzkosten (durchschn. unter 3700 € pro ca. zweimonatigem Einsatz). Insg. über 10285 Einsätze waren bis Ende 2001 in 145 Ländern durchgeführt. Der SES gilt als erfolgreich, seine Mitarbeiter als motiviert und unabh. In 13 weiteren westl. Ländern gibt es (z.T. schon seit den 1960er J.) ähnliche Dienste. Adresse: Postfach 2262, 53113 Bonn, Tel. 0228/260900. Internet: www.ses-bonn.de/

Lit.: R. Schuster, Der Senior Experten-Service, in: Die Betriebswirtschaft, 2/88, S. 211 ff.

red

SEPA →Bildung

SEQUA Stiftung für wirtsch. E. und berufliche Qualifizierung, gemn. Tochtergesellschaft des Deutschen Ind.- und Handelstages (DIHK), des Zentralverbandes des Deutschen Handwerks (ZDH) und der Bundesvereinigung der Deutschen Arbeitgeberverbände (BDA) zur Unterstützung weltweiter E.-Aktivitäten der Deutschen Wirtsch. Als Serviceorg. zur Förderung und Durchführung privatwirtsch. Projekte (seit 1991 über 200) vermittelt SEQUA zwischen Zuwendungs- und Auftraggebern sowie dt. und ausl. Projektpartnern. Schwerpunkte der Projektarbeit bilden die Unterstützung v. a. kleiner und mittlerer Unternehmen, der Aufbau von Selbstverwaltungseinrichtungen der Wirtsch. sowie die Förderung von Aus- und Weiterbildung in den Partnerländern. Finanzierung durch öfftl. und private Mittel (u. a. *BMZ, *KfW, *GTZ, div. Stiftungen). Seit 2001 fördert die SEQUA Projekte der deutschen Privatwirtsch. im Rahmen des *PPP-Programms des *BMZ (→Global Compact). Publikation: SEQUA-forum (viertelj.). Adresse: Mozartstr. 4–10, 53115 Bonn. Internet: www.sequa.de js

Seuchen →FAO

Seychellen

Fläche (Tsd. qkm): 0,45
Bev. (Mio.) 2000: 0,08
BNE pro Kopf (US-$) 2000: 7310
BIP (Mio. US-$) 2000: 654
LE (Jahre) 1999: 72,0
Analphabetenquote (%) 1990: 12
HDI 1999: 0,795 [Rangplatz von 162: zwischen 49 u. 50]

1. Die im westl. Indischen Ozean verstreut liegenden 92 kleinen Inseln der S.-Gruppe bilden mit nur 290 qkm Landfläche den kleinsten Staat Afrikas. Auf den 56 bewohnten Inseln leben 2002 ca. 79715 Menschen (1983: 68000), davon fast 90 % auf der Hauptinsel Mahé (143 qkm), ca. 25 % in der Hs. Victoria. Die *Seychellois*, Nachkommen frz. Siedler und deren Sklaven (90 % kath., 8 % anglikanisch), sprechen ein stark frz. geprägtes Kreolisch (seit 1981 Nationalsprache). Seit etwa 1900 wurde jede ethn. Klassifizierung aufgegeben, es gibt lediglich kleine Minderheiten von einigen hundert Chinesen und Indern sowie eine kleine weiße Insel-Oligarchie alteingesessener Pflanzerfamilien (*Grand Blond Set*), die 3/4 des Landes besitzt und bis heute die nat. Elite stellt.

2. Der Abgeschiedenheit der ehem. rein agrar. strukturierten Inseln – die Bev. betrieb mehrheitl. *Subsistenzwirtschaft oder Fischfang – setzte die Eröffnung des int. Flughafens 1971 ein Ende und leitete eine rigorose Umstrukturierung der insularen Volkswirtsch. ein. Binnen weniger J. wurde der Ferntourismus zum dominanten Wirtsch.-Bereich: 1971: 3175 Touristen, 1980: 71760, 2000: 138000. Er trägt heute rd. 80 % zu den Deviseneinnahmen und knapp 30 % zum BIP bei. V. a. wegen dieser importierten Wirtsch.-Dynamik rangieren die S. mit einem BNE pro Kopf von 2001: 7310 US-$ (1979: 1400 US-$) in der afrik. Spitzen-

gruppe. Die Exporte sind unbedeutend. Die geringen Mengen Zimt, Zimtöl, Kopra und Kokosnüsse decken gerade 20 % der Importe ab, von denen die S. bei fast allen Produkten (auch Nahrungsmitteln) stark abh. sind. Die Anteile von Landw. am BNE (1980: 6,8 %, 2001: 3 %) sind rückläufig, die Anteile der Ind. (1980: 15,6, 2001: 21 %) angestiegen. Angesichts fehlender Rohstoffe und geringer Ind.-Möglichkeiten wirft der *Tourismus als zentrales E.-Potenzial das Problem struktureller Außenabh. auf. Schwankungen der Besucherzahlen (Anfang der 1980er J. Einbrüche wg. weltwirtsch. Rezession, Anfang der 1990er J. wg. Golfkrieg) bestimmen direkt oder indirekt das Einkommen eines Großteils der Bev. und ebenso, via Steuern und Abgaben, den Umfang des (zu 1/3 auslandsfinanzierten) Staatsbudgets. Auch wirtsch. Liberalisierung u. *Diversifizierung während der 1990er J. durch einen expandierenden Bausektor und Thunfisch-Verarbeitung konnten eine Verringerung der BNE um 3 % im J. 1999 aufgrund schwächerer Touristenzahlen nicht ausgleichen. Nach einer Dekade rapiden Wachstums des BNE um durchschn. 6 % p. a. in den 1980ern erholte sich das Wirtsch.-Wachstum 2000 mit 1,2 %. Trotz hoher Außenabh. und zeitweiliger Wirtsch.-Probleme wurde ein formelles *Strukturanpassungsprogramm bisher nicht notwendig.

3. Die sozialen Basisdaten der S. sind insbes. im afrik. Vgl. gut: Das Gesundheitswesen ist hoch entwickelt und für die Bev. kostenlos. Die Analphabetenrate konnte von 1971: 42 % auf 2000: 12 % gesenkt werden; seit 1979 ist die allg. Schulpflicht für einen gebührenfreien Grundschulbesuch eingeführt. Im Hinblick auf die Befriedigung der *Grundbedürfnisse aller Bev.-Gruppen wurden beträchtliche Erfolge erzielt. Nach dem *HDI liegen die S. hinter Mauritius an zweiter Stelle in Afrika mit deutlichem Abstand vor allen anderen Ländern, dennoch aber mit einer hohen negativen Abweichung gegenüber ihrer Rangstelle nach dem Pro-Kopf-Einkommen; ein Indiz dafür, dass trotz soz. Transferleistungen (5 % des BNE) die soz. Gegensätze beträchtlich sind.

4. Der im 16. Jh. von Vasco da Gama entdeckte, bis dahin unbewohnte Archipel gelangte nach vorübergehender frz. Okkupation (1756–1810) 1914 zusammen mit Mauritius in brit. Besitz und wurde 1903 zur Kronkolonie erklärt. Die S. wurden erst spät (1976) unabh. Mit der Dekolonisation kam es zur Etablierung eines bis heute die Pol. des Landes bestimmenden Gegensatzes zweier *politischer Parteien: Die von France-Albert René 1964 gegr. *Seychelles People's United Party* (SPUP) mit soz. Orientierung erhob erstmals – von Tanzania und der *OAU unterstützt – den Ruf nach baldiger Unabh. Die eine Woche später von James Mancham als Interessenvertretung des insularen Besitzstandes ins Leben gerufene *Seychelles Democratic Party* (SDP) setzte dem die Forderung nach enger Anlehnung an das koloniale Mutterland entgegen. Hieran verlor aber GB mit Beginn der 1970er J. das Interesse und forcierte die *Dekolonisation (1970 Verfassungsreform, 1975 innere Autonomie, 1975/76 Londoner Verfassungskonferenzen, 29. 5. 1976 völkerrechtl. Unabh.).

Die heftigen Kontroversen nach den 1974er Wahlen (SDP: 52,4 %/13 der 15 Mandate; SPUP: 47,6 %/nur 2 M.) wurden erst unter brit. Druck durch Bildung einer großen Koalition – in einem präs. System wurde Mancham Staatspräs., René, als Juniorpartner, MP – vordergründig beigelegt. Diese instabile Reg.-Konstellation fand ihr Ende, als im Mai 1977 eine kleine Gruppe bewaffneter SPUP-Anhänger den im Ausland weilenden Mancham stürzte und René die Staatsführung übernahm. Nach dem prowestl. orient. Mancham bemühte sich René um einen am tanzanischen Modell orientierten «sanften Weg zum Sozialismus». Im Juni 1978 wurde die SPUP in SPPF (*Seychelles People's Progressive Front*) umbenannt, zur soz. Einheitspartei ausgebaut, im März 1979 mit einer neuen Verfassung

als Staatspartei abgesichert; bei den Wahlen im Juni 1979 wurde sie mit 97,9 % der Stimmen bestätigt und besetzte alle 25 Sitze der Volksversammlung.
Außenpol. aktiv, bemühte sich René innerhalb der *Blockfreien (bei fortbestehenden guten Beziehungen zum Westen) auch um engere Kontakte und wirtsch. Kooperation mit ehem. Ostblockstaaten und der VR China. Innenpol. wurde neben sozialpol. Maßnahmen (Lohnanhebungen, Förderung des sozialen Wohnungsbaus und des Erziehungswesens) eine umfassende *Agrarreform und stärkere staatl. wirtsch. Kontrolle des fast völlig von ausl. Kapital kontrollierten *Tourismus-Sektor angekündigt. Massive Eingriffe in Land- und Einkommensverteilung blieben allerdings aus. Insges. war die Reg. eher bemüht, das Vertrauen ausl. Investoren zu erhalten und diesen im Rahmen der generellen Richtlinien ein freies Operationsfeld zu garantieren. Konflikte entstanden eher mit der einheim. Ober- und Unternehmerschicht. Erst ab 1990 zeigte die Reg. verstärkt Bereitschaft, der einheim. Privatwirtsch. durch Lockerung der ökon. Kontrolle und Liberalisierung des Marktes entgegenzukommen.
5. Seit dem Umsturz von 1977 bestand eine beträchtl. pol. Opposition gegen die Einparteiherrschaft der SPPF fort, die sich aus den Kreisen der alten Großgrundbesitzer und des begüterten Mittelstandes nährte und mehrfach den gewaltsamen Umsturz versuchte; gleichzeitig nahm das Regime im Lauf der J. autoritärere Züge mit einer starken Machtkonzentration beim Präs. an. Dennoch geriet die Reg. angesichts wirtsch. Erfolge und des pragmatischen Arrangements mit dem Unternehmertum nicht ernsthaft in Bedrängnis. Erst gegen Ende der 1980er J. kam es zu einer schrittweisen pol. Liberalisierung. Nach einem bei Distriktwahlen deutlich gewordenen Vertrauensverlust beschloss der Parteikongress 1991 die Wiederherstellung eines Mehrparteiensystems und kündigte eine Verfassungsrevision an. Ex-Präs. Mancham kehrte 1992 zur Wahl einer verfassunggebenden Versammlung aus dem Exil zurück, bei der die SPPF bei einer Wahlbeteiligung von 85 % eine deutliche Mehrheit von 58 % verbuchen konnte. Nachdem ein erster Verfassungsentwurf, der von den Oppositionsparteien abgelehnt wurde, im Referendum nicht die notwendigen 60 % der Stimmen erreicht hatte, fanden nach einer zweiten Verhandlungsrunde und Referendum 1993 Parl.- und Präs.-Wahlen statt, bei denen die Reg. bestätigt wurde. Bei den zweiten freien Präs.- und Parl.-Wahlen im März 1998 konnte sich René mit 66,7 % der Stimmen bzw. die SPPF mit 88 % der Mandate behaupten. Bei den um 2 J. vorgezogenen Präs.-Wahlen 2001, die bei sinkenden Popularitätswerten Renés offensichtlich ein letztes Mandat von 5 J. (eine weitere Kandidatur ist per Verf. ausgeschlossen) sichern sollten, gewann René noch einmal mit deutlich schlechterem Ergebnis (54,2 %). Gleichzeitig deutete sich mit dem Stimmanteil von 44,9 % für seinen Herausforderer W. Ramkalawan und der Seychelles National Party die Formierung einer neuen polit. Kraft für die Parl.-Wahlen 2003 an.

Lit.: F. Nuscheler, Seychellen, in: ders./K. Ziemer, Politische Organisation und Repräsentation in Afrika, Berlin/New York 1978, S. 871 ff.; K. Vorlaufer, Die Seychellen. Tourismus als Entwicklungsoption für einen insularen Kleinstaat, in: Afrika Spectrum, 1991, 26 (2), 221 ff.; R. Hofmeier, Seychellen, in: HDW III, 5, 1995, S. 273 ff. bg/hf

share cropping (= Teilpacht/Anteilspacht) Pachtsystem, bei dem die Ernte zwischen dem Landarbeiter/Pächter und dem Eigentümer/Verwalter/Zwischenpächter nach festen Anteilen, meist *in natura* (Naturalpacht) aufgeteilt wird. Die Anteile variieren, je nachdem, ob der Verpächter außer dem Boden auch noch Wasser, Zugkraft, Saatgut oder andere Betriebsmittel (Düngemittel, Pflanzenschutz, Kredit, Maschinen etc.) beisteuert; der Pächter liefert im Extremfall nur seine Arbeitskraft. *Share cropping* ist erfolgsabh. und wirkt innovationshemmend – allerdings auch risikomindernd für den Pächter. Es setzt eine leicht teilbare und kontrollierbare Produktion voraus und beeinflusst damit die Produktionsstruktur (v. a. Getreideanbau). Es herrscht z. B. in Südasien vor und macht dort eine sinnvolle Unterscheidung von Eigentümerbauern, Pächtern und Landarbeitern so gut wie unmöglich. wpz

shifting cultivation Trad., düngerlose Wald-Feld-Wechselwirtsch. (Wanderackerbau) in den tropischen Regenwaldgebieten, bei der nach Rodung und Abbrennen (Aschendüngung) kleiner Areale (ca. 0,5 ha) rings um eine landw. Siedlung mehrere Felder in zeitlicher Versetzung bebaut werden. Trotz zwischengeschalteter Brachezeiten (6–8 J.) sinken auf allen Feldern mit wachsender Zahl der Ernten die Erträge, die landw. Siedlung wird verlegt (*shifting away*) und der Anbau an anderer Stelle neu begonnen. Im Gegensatz zu * monokulturellen, großflächigen Dauer-Feld-Nutzungssystemen ist die flächenaufwendige, ertragsarme und * arbeitsintensive *shifting cultivation* dem Ökosystem des Regenwaldes angepasst und wird in neueren Ansätzen der Agrarentwicklung in den Tropen (* *ecofarming*) aufgegriffen. Dilemma: Brachezeitverkürzungen und großflächige Abholzungen infolge des hohen Bev.-Drucks in den EL haben in vielen Regionen bereits zur Zerstörung des * ökologischen E.-Potenzials geführt. ah

SHO →Selbsthilfe(-Organisationen)

SICA Zentralamerikan. Integrationssystem (*Sistema de la Integración Centroamericana*), Dez. 1991 im Rahmen der * ODECA gegr.; 7 Mitgl.: Belize, Costa Rica, El Salvador, Guatemala, Honduras, Nicaragua und Panama sowie die Dominikanische Rep. mit Beobachterstatus. Internet: www.sgsica.org dn

SID Gesellschaft für Internationale Entwicklung e. V. (*Society for International Development*), gegr. 1957 in Washington, ist eine int. * nichtstaatliche Organisation von Personen unterschiedlichster Berufsgruppen, die sich in Theorie und Praxis mit Fragen der E.-Pol. beschäftigen (1995: 100 Mitgl.; 1997: 6000 Mitgl. in 115 Ländern; 2002: über 3000 Einzelmitgl. in 125 Staaten, 55 Mitgliedsorg. und 65 lokale Abteilungen).
Als weltweit organisiertes Diskussionsforum bezieht SID im Rahmen von Regional- oder Weltkonferenzen öfftl. Stellung zu aktuellen Problemen der E.-Pol. Der von SID veranstaltete «*Nord-Süd-Round-Table*» beschäftigt sich mit den Themen * Energie, * Ernährung, Ressourcentransfer und * Globalverhandlungen. Schwerpunkt des dt. Zweigs der SID ist die Unterstützung priv. Aktivitäten zur * E.-Hilfe. Publikation: *Development*. Adresse: Dr. Brigitte Fahrenhorst, Holsteinerstr. 44, 10717 Berlin. Internet: www.sidint.org ah/red

SIECA →MCCA

Sierra Leone

Fläche (Tsd. qkm): 71,740
Bev. (Mio.) 2001: 4,60
BNE pro Kopf (US-$) 2000: 130
BIP (Mio. US-$): 654
LE (Jahre) 1999: 37,4
Analphabetenquote (%) 1995: 69
HDI 1999: 0,258 [Rangplatz von 162: 162]

S. L. zählt zu den ärmsten Ländern der Welt. Über 60 % der Bev. arbeiten in der Landw. (vorwiegend * Subsistenzwirtschaft); Hauptprodukt des Landes sind Diamanten (Exporteinnahmen ca. 30 Mio. US-$ pro J.), deren Förderung die Wirtsch.-Struktur S. L.s prägt (über die Hälfte des Ausf.-Werts). Daneben werden Bauxit, Rutil und Eisenerz abgebaut. Die * IWF- und * Weltbank-Programme zur Stabilisierung der Wirtsch. brachten einige positive Effekte für das Haushaltsdefizit und die Inlandsverschuldung; Kapitalinvestitionen nahmen gleichwohl ab, und die Sozialausgaben mussten drastisch reduziert werden. Die wirtsch. Infrastruktur kollabierte nicht zuletzt infolge des seit 1991 schwelenden Krieges der *Revolutionary United Front* (RUF) gegen die jeweilige Reg. in der Hs. Freetown: Wichtige Einnahmequellen des Militärregimes unter Strasser (seit 1992) fielen aus, Rohstofflager wurden von den Rebellen besetzt. Die sozialen Auswirkungen waren verheerend; die jährl. Todesrate allein unter Kindern wurde auf 54 000 geschätzt. Seit 1996 versucht die gewählte zivile Reg. von A. T. Kabbah das Land pol. und wirtsch. zu stabilisieren.

2. S. L. wurde 1808 der brit. Krone unterstellt. Erst 1890 bis 1896 dehnte GB seine Herrschaft mit milit. Gewalt auf das Hinterland aus. Das Protektorat S. L. wurde gemäß der brit. Kolonialpol. (*indirect rule*) von den trad. Fürsten verwaltet. Hauptexportprodukte waren Palmkerne und -öl. In den 1930er J. des 20. Jh.s begann der Abbau von Eisenerzen und Diamanten. Über den Bergbausektor wurde S. L. in den Weltmarkt integriert und ist bis heute von dessen Nachfrageschwankungen abhängig. Auch die 1961 erreichte Unabh. des Landes unter Führung der *S. L. People's Party* (SLPP) hat an dieser Situation nichts geändert. Nach gewaltsamen Auseinandersetzungen wurde die SLPP 1968 vom *All People's Congress* (APC) als Reg.-Partei abgelöst. Seit 1978 war S. L. Einparteistaat unter Führung des APC. Trotz zahlreicher Gefährdungen regierte bis 1985 S. Stevens, danach Major-General J. S. Momoh, der im selben J. als ziviler Präs. bestätigt wurde. Im April 1992 ergriffen die Militärs unter Hauptmann Valentine Strasser die Macht; schwerwiegende Menschenrechtsverletzungen beider Kriegsparteien gegen die Zivilbev. führten zu Flüchtlingswellen. Int. pol. Druck, v. a. durch GB und die USA, führte zur Aufhebung des 1992 verhängten Parteienverbots 1995 und zur Durchführung von Präs.- und Parl.-Wahlen, die Kabbah – gegen den Widerstand eines Teils der Militärs – gewann. Nach dem Putsch von 1997, mittels dessen sich Major Johnny Paul Koromah an die Spitze eines mit Armee- und RUF-Offizieren sowie mehreren Zivilisten besetzten «Revolutionären Rates der Streitkräfte» setzte, erwirkte die *OAU mittels einer von Nigeria angeführten Intervention die Wiedereinsetzung von Präs. Kabbah in sein Amt (März 1998). Dennoch konnte die pol. Stabilität nicht wiederhergestellt werden; eine UN-*peace-keeping*-Truppe von 17 500 Soldaten – ab Nov. 1999 im Land – geriet zwischen die Fronten. Zahlreiche *Blauhelme wurden von Rebellen entwaffnet und gefangen gesetzt. Erst eine Intervention brit. Truppen (800 Mann) im Mai 2000 machte den Weg frei für eine Entwaffnung der mind. 45 000 Rebellen der versch. Gruppen, die im Mai 2001 begann. Nachdem im Jan. 2002 der Krieg für offiziell beendet worden war, siegten Kabbah und seine SLPP (*Sierra Leone People's Party*) bei den Präs.- und Parl.-Wahlen im Mai 2002 mit überwältigender Mehrheit (70,1 bzw. 69,9 % der Stimmen). Die friedliche Zukunft S. L.s bleibt allerdings weiter ungewiss.

3. Die Bev. S. L.s wächst rasch (JZ 1996: 4,4 %) und konzentriert sich entsprechend den E.-Polen des Landes: breite, fast städt. Konzentration in Diamantenschürfgebieten, mittelstädt. Besiedlung an Verkehrs- und Handelszentren und die großstädt. Agglomeration der Hs. Freetown (ca. 1,3 Mio. Ew.). Probleme regionaler E. werden von ethnischen Rivalitäten verstärkt. Die größten ethnischen Gruppen sind die Mende und die Temne (je 30 %), daneben: Soso, Kuranko, Limba. In allen gesellsch. Bereichen ist die kleine Gruppe der Kreolen (2 %) weit überproportional vertreten. Ihre Sprache, das dem Englischen entstammende Krio, ist *lingua franca* geworden (Amtssprache: Englisch). Die Mehrzahl der Bev. sind Muslime (60 %), Naturreligionen hängen 30 % an, 10 % sind Christen.

4. Die Landwirtsch. S. L.s erbringt fast die Hälfte des BIPs. Hauptnahrungsmittel und Hauptprodukt der Landw. ist Reis, wobei die Inlandserzeugung den Bedarf jedoch nicht zu decken vermag, Hauptexportprodukte sind Kaffee und Kakao. Nur rd. 6 % der Erwerbstätigen sind in Betrieben mit mehr als fünf Beschäftigten tätig. Der Agrarsektor und die nicht-agrarischen Kleinbetriebe sind mit dem «modernen» Wirtschaftssektor

(v. a. Bergbau) nicht verknüpft und erhalten auch vom Staat nur geringe E.-Impulse.

5. Ungenügende Ernährung, unhygienische Verhältnisse und mangelhafte Wasserversorgung beeinträchtigen die *Gesundheit der Bev. (Malaria, hohe Säuglingssterblichkeit). Bereits die strukturellen Daten für den Gesundheits- und Bildungssektor sind entmutigend: 2/3 der Ärzte und die Mehrheit der Krankenhäuser konzentrieren sich in Freetown (insges. 1 Arzt auf 17000 Ew.). Etwas mehr hat S. L. für das Bildungswesen getan; der Anteil der Analphabeten ist jedoch nach wie vor hoch. Das Ausbildungssystem leidet ohnehin unter dem regional stark unterschiedlichen Bildungsangebot und dessen unzureichender Ausrichtung auf die Bedürfnisse des Landes; die Ausdehnung des Krieges auf beinahe das ges. Land war für die Zivilbev. jedoch verheerend. Etwa 1,4 Mio. Menschen begaben sich auf die Flucht; darunter nach *UNICEF-Schätzungen überwiegend Kinder. Trotz int. humanitärer Hilfe brachen in den Flüchtlingslagern im Landesinnern wie auch in Guinea und Liberia Seuchen aus. 1995 wurde die Gesamtzahl der HIV-Infizierten mit offiziell 14800 Personen beziffert (→Aids in der Dritten Welt).

6. Angesichts dieser Entwicklungen ist eine E.-Planung, wie sie zuvor zwar angestrebt, aber mit der Folge konkreter Verbesserungen für die Mehrheit der Bev. nie erreicht worden war, obsolet. IWF und Weltbank halten dennoch an einer Sanierungspol. fest.

Lit.: G. Williams, A Bibliography of Sierra Leone 1925–1967, New York 1971; H. Harbach, Soziale Schichtung und Mobilität in Freetown, Münster 1973; A. P. Kup, Sierra Leone, Newton u. a. 1975; F. Mühlenberg, Sierra Leone, in: HDW III, 4, 1993, S. 384 ff.; P. Körner, Sierra Leone 1995, in: Institut für Afrika-Kunde/R. Hofmeier (Hg.), Afrika Jahrbuch 1995, S. 169–173. pb

SIFIDA →MCCA

SILICS *Severely indebted low-income countries,* Gruppe von (2001) 34 EL mit niedrigem Pro-Kopf-Einkommen (2000: <755 US-$), die von der Weltbank als ernstlich verschuldet klassifiziert werden. hs

SIMICS *Severely indebted middle-income countries,* Gruppe von (2001) 10 EL mit mittlerem Pro-Kopf-Einkommen (2000: zwischen 756 und 9265 US-$), die von der Weltbank als ernstlich verschuldet klassifiziert werden. hs

Singapur

Fläche (Tsd. qkm): 0,622
Bev. (Mio.) 2001: 4,10
BNE pro Kopf (US-$) 2000: 24740
BIP (Mio. US-$) 2000: 92252
LE (Jahre) 1999: 72,7
Analphabetenquote (%) 1999: 8
HDI 1999: 0,876 [Rangplatz von 162: 26]

Die Republik S. ist ebenso wie Hongkong unter den E.-Ländern ein Sonderfall. Aufgrund der geringen Fläche war S. gezwungen, sich voll in die *internationale Arbeitsteilung zu integrieren. Die postkoloniale E. des Stadtstaates ist darüber hinaus ein markantes Beispiel für das enge Zusammenwirken wirtsch. und pol. Faktoren im Prozess beschleunigten, exportorientierten Wachstums.

1. Die Inselfläche von S. ist mit 622 qkm kleiner als Hamburg. Die JZ 1980–91 betrug 1,7 %, 1990–2000: 2,8 %. Nur 9,5 % des Bodens können landw. genutzt werden, 51 % sind Siedlungsflächen mit z. T. sehr hoher Bev.-Dichte (6101 Ew./qkm). S. verfügt über keine Bodenschätze oder sonstige natürliche *Ressourcen außer einer günstigen geogr. Position auf dem Handelsweg nach Fernost und Australien (weshalb die Handelsmacht GB seit 1819 S. zum Stützpunkt ausbaute), guten Hafenanlagen und der Arbeitskraft seiner Bevölkerung. Bis zur pol. Unabh. 1965 (seit 1959: innere Selbstverwaltung; 1963 bis 1965: Bestandteil von Malaysia) lebte der größte Teil der Bev. von Hafenarbeit, dem Umschlag und der Verarbeitung von Gütern aus dem malaiischen Hinterland und Indonesien sowie von Kleinind. und Dienstleistungen (Hotels) als den Aktivitäten im Rahmen einer kolonialen Arbeitsteilung. Durch den Ab-

zug der brit. Truppen (1976) verlor S. seine Einkünfte aus der Flottenbasis und durch die Unabh. von Malaysia und Indonesien auch einen Teil des Zwischenhandels, da beide EL eigene Häfen und Verarbeitungskapazitäten aufbauten. Für das von Malaysia abgetrennte S. blieb nur der Weg einer rapiden *Industrialisierung und der weitere Ausbau des Stadtstaates zu einem int. Reparatur-, Handels- und Dienstleistungszentrum. Da es dazu an einheim. Kapital und moderner Technologie fehlte, mussten ausl. Investoren ins Land geholt werden, um die Lebensfähigkeit des Inselstaats in dieser Form weiterhin zu sichern. Voraussetzung dafür wiederum waren Niedriglöhne und andere Vorleistungen S.s, insb. die Bereitschaft, die Produktion nicht an den Bedürfnissen der Mehrheit der einheim. Bev. (mangelnde Kaufkraft, kleiner innerer Markt), sondern am Weltmarkt auszurichten.

2. Dem abh. Ind.-Modell folgend, hat S. seit 1960 eine gewaltige Umstrukturierung von Wirtsch. und Pol. erlebt. Die Bev. wuchs um 2,5 Mio. Ew., von den Erwerbstätigen sind Mitte der 1990er J. weniger als 1 % in der Landw. und Fischerei beschäftigt (1957: 6,9 %), 30 % arbeiten im Ind.-Sektor (1957: 14,3 %) und knapp 70 % im Dienstl.-Sektor; davon allein 21 % im staatl. Bereich (1957: 73 %). Zugenommen hat demnach v.a. die Beschäftigung in der «angelagerten» (Textil- und Elektro-)Ind., was das Problem der *Arbeitslosigkeit vollständig gelöst hat. In wirtsch. Boomphasen und um die einheim. Löhne zu drücken, werden *Gastarbeiter aus den Nachbarländern geholt, die jedoch den S.er Arbeitern rechtlich nicht gleichgestellt sind. Der Hafen von S. wurde zum zweitgrößten Warenumschlagplatz der Welt ausgebaut (Zwischenhandel und Reparaturhafen), riesige Wohnsilos entstanden: So lebten 1996 86 % der Bev. in von der Reg. gebauten und vermieteten Wohnungen (hohe soziale Kontrolle). Die Hotelkapazität stieg um das 15fache. Innerhalb von 20 J. entwickelte sich aus der *colonial city* eine moderne *global city*, das bedeutendste Investitions- und Bankenzentrum der Region.

3. Das beachtliche ökon. Wachstum (1990–99: 8,0 %) hat zu dem Aufbau eines sehr guten Bildungs- und Gesundheitswesens beigetragen, steht jedoch auf einem schmalen Sockel, da die wirtsch. Zukunft des Inselstaates weitgehend von äußeren Faktoren (Weltmarkt) abh. ist. Spektakulären Konjunkturaufschwüngen (BIP-Wachstum 2000: 9,9 %) können abrupte Rezessionen folgen (Minuswachstum 2001). S. ist hinsichtlich der Trinkwasserversorgung direkt von Malaysia abh. Die geogr. Position ist durch den Plan eines Kanaldurchstichs bei Krah (Süd-Thailand) bedroht. Hinzu kommen die sozialen und pol. Kosten ungleicher E. Angesichts einer sehr heterogenen Bev.- und Einkommensstruktur (77 % Chinesen, 14 % Malaien, 8 % Inder, Pakistanis, Sri Lanker u. a.) gibt es häufig Probleme wie *Kommunalismus und soziale Unzufriedenheit, die von der Reg. mit aller Macht unterdrückt, aber nicht gelöst werden. Im Zuge der Industrialisierung kam es einerseits zur Bildung einer neuen Mittelklasse, andererseits hat sich die Einkommenssituation der unteren 70 % kaum verbessert (unter den Malaien gibt es die meisten Arbeitslosen und Unterbeschäftigten). Daher können Familien nur durch die Mitarbeit fast aller Mitgl. die steigenden Kosten für den Lebensunterhalt einigermaßen decken. Aufgrund des insges. niedrigen Lohnniveaus durch die Konkurrenz anderer Billiglohnländer (Hongkong, Taiwan, Südkorea, China und Indien) konnte nur ein geringer realer Kaufkraftzuwachs entstehen. Darüber hinaus ist die Industrialisierung von S. im weitesten Sinne als abh. zu bezeichnen, da vor Ort kaum Innovationen und techn. Verbesserungen entstehen und die meisten Gewinne sofort wieder abfließen. So spielt z. B. die Einfuhr, Verarbeitung und Ausfuhr von Petroleum eine große Rolle in der Handelsbilanz; der Bev. von S. bleibt davon jedoch

außer enormer Umweltverschmutzung recht wenig. Diese Verwundbarkeit der Wirtsch. S.s kam besonders im Krisenjahr 1985 zum Ausdruck, als infolge weltwirtsch. Schwankungen Außenhandel und Einfuhren um jeweils über 3 % schrumpften. 1995 wies die Handelsbilanz ein Defizit von 11 Mrd. US-$ auf. S. macht zu Beginn des 21. Jh. alle Anstrengungen, durch Liberalisierung des Bankensektors Hongkong den Rang als erster Finanzplatz Südostasiens abzulaufen.

Einen Weg aus diesem Dilemma sucht die Reg. von S. mit dem Programm einer *second industrial revolution*, d. h. durch technol. Aufwertung und Intensivierung von Produktion (und Arbeitsdisziplin). Parallel zum wirtsch. Wachstum lässt sich in S. eine zunehmende Entpolitisierung der Bev. beobachten sowie die Herausbildung eines staatl. Wirtschaftssektors und einer *Staatsklasse von privilegierten Beamten, Politikern und Technokraten, die den Inselstaat in Form einer Zivildiktatur verwaltet. Das pol. System ist geprägt von einem schwachen Parl. und der Vorherrschaft einer der pol. Elite ergebenen Partei, der *People's Action Party* (PAP), die von 1959 bis 1982 bei Wahlen alle Mandate erringen konnte. Die strengen pol. und sozialen Kontrollen (z. B. staatl. kontrollierte *Gewerkschaften, Pressezensur, willkürliche Verhaftungen von Oppositionellen usw.) werden von der Reg. mit den oben erwähnten sozioökon. Sachzwängen begründet und als Bedingung für die Lebensfähigkeit S.s zu legitimieren versucht. Massenloyalität und die Existenz der Staatsklasse ist aber nur dann gewährleistet, wenn es gelingt, das Erreichte zu sichern bzw. E.-Ziele zu verwirklichen. Bei vorgezogenen Neuwahlen am 31. August 1991 konnten die Oppositionsparteien 4 Mandate erringen. Trotz erheblicher Stimmeneinbußen blieb die Machtstellung des MP Goh Chok Tong ungebrochen. Nach der Verfassungsänderung von 1991 erhielt der Präs. exekutive Vollmachten und wird seither direkt gewählt. Im Aug. 1993 siegte der bisherige Vizepräs. Ong Teng Cheong (PAP) mit 58,7 % der Stimmen. Auch Ende der 1990er J. scheint sich das Bild eines Quasi-Einpartei-Staates zu erhalten: Bei Parl.-Wahlen im Jan. 1997 wurden neben 81 PAP-Abg. (65 % der Stimmen) nur 2 Oppositionsabg. gewählt, die nach den Wahlen mit Verleumdungsklagen überhäuft wurden. Bei den Wahlen von Nov. 2001 errang die PAP mit 73,7 % der Stimmen 82 von 84 Mandaten. Auf die Singapore Democratic Alliance (SDA) entfielen 11,8 % der Stimmen. Nur in 29 Wahlkreisen war es ihr gelungen, Kandidaten aufzustellen.

Lit.: H. U. Luther, Ökonomie, Klassen und Staat in Singapur, Frankfurt 1980; T. Schönenberger, Der britische Rückzug aus Singapur 1945–76, Zürich 1981; W. Holtgrave, Industrialisierung in Singapur, Frankfurt/New York 1987; B. Reddies, Singapur, in: HDW III, 7, 1994, S. 505 ff. hul

SIP Sektorinvestitionsprogramme (*Sector Investment Program*), 1995 von der *Weltbank entwickeltes Konzept für die ärmsten EL (v. a. in Subsahara-Afrika), das ein koordiniertes Vorgehen der int. Geber vorsieht, das alle Investitions- und Konsumangaben in einen Sektor erfasst, auf die lokale Beteiligung bei der Formulierung des SIP und seine Steuerung durch einheim. Experten setzt, wobei der Aufbau administrativer Kapazitäten ein wesentl. Bestandteil des Programms selbst ist. dn

SIPRI →Rüstung

SIS Stiftung für internationale Solidarität und Partnerschaft, 1993 als Nachfolgeorg. der Initiative «Hilfe zur Selbsthilfe» unter der Schirmherrschaft von Leonardo Boff (→Theologie der Befreiung) gegr. *nichtstaatliche Org. (Mitgl. im *DPWV, Kooperation u. a. mit dem *DED), die das operative Geschäft mit dem 1. 1. 2002 an den Weltfriedensdienst (*WFD) übergeben hat, sah ihr Ziel v. a. in der unmittelbaren Armutsbekämpfung. 2001 (1995) wurden von der SIS insg. 47 (62) Projekte in 13 (8) Ländern in Afrika, Asien und LA mit ca. 1,8 Mio. € (0,5 Mio.) gefördert. red

Skaleneffekte →*economies of scale*

Slums →Wohnen
Snob-Effect →*external economies*
SNPA →LLDC
social demand approach →Bildungsökonomie
Somalia

Fläche (Tsd. qkm): 637,657
Bev. (Mio.) 2001: 9,20
BNE pro Kopf (US-$) 2000: LIC [755 US-$]
BIP (Mio. US-$) 1993: 900
LE (Jahre) 1999: 47,8
Analphabetenquote (%) 1990: 76
HDI 1993: 0,221 [Rangplatz von 174: 172]

Gemessen an dem *HDI gehört S. zu den drei Ländern mit dem niedrigsten Lebensstandard der Welt. Zu Beginn der 1990er J. war S. Schauplatz von pol. Chaos, Bürgerkriegswirren und menschl. Leid, das die int. Staatengemeinschaft schließlich durch eine *humanitäre Intervention und den Einsatz von *Blauhelmen zu lindern versuchte. Nach Abzug der letzten UN-Truppen im März 1995 ließ das int. Interesse an dem von Clan- und Fraktionskämpfen zerrissenen Land stark nach.

1. Die Landesnatur S.s (Hs. Mogadischu) ist durch Niederschlagsarmut und hohe Temperaturen geprägt, die in den meist von Trockensavannen eingenommenen Landesteilen lediglich nomadische und halbnomadische Viehzucht ermöglichen. Nur die Bewässerungsgebiete an der Küste und zwischen den einzigen beständig Wasser führenden Flüssen (Juba, Shebelle) im S erlauben die *Plantagenwirtschaft (Bananen, Zucker). Außer Eisenerzen, Gips-, Kalk- und Berylliumlagerstätten ist S. arm an abbauwürdigen mineralischen Ressourcen.

2. Die Bev. zeichnet sich durch einen hohen Anteil an Nomaden (über 40 %) und durch ethn.-kulturelle Homogenität aus. 95 % der Bev. gehören zu kuschitischen Somalstämmen (Digil, Dir, Issas, Hawiya etc.), hinzu kommen negride Bev.-Anteile (ca. 100000 Bantu), 30000 Araber sowie indische, pakist., brit. und ital. Minderheiten. Seit 1972 ist Somalisch Amtssprache, Arab., Ital. und Engl. dienen als Handelssprachen. Staatsreligion ist der sunnitische Islam (ferner einige Tsd. Christen, meist Katholiken).

3. Die Landw. dominiert die Wirtsch. des Landes. Sie erwirtschaftet den Löwenanteil des BIP, ist mit Abstand der größte Arbeitgeber und stellt die Exportbasis des Landes (Viehzuchtprodukte, Bananen, Gemüse, Holz, Baumwolle etc.). Die *Industrialisierung steckt noch in den Anfängen und ist bislang über die Vermarktung einheimischer Agrarprodukte nicht weit hinausgekommen. Die landw. Produktion wurde zu Beginn der 1990er J. durch Dürren und Bürgerkriegswirren erheblich in Mitleidenschaft gezogen und mündete in einer Hungersnot. Insb. im fruchtbaren SW des Landes waren ortsansässige und geflüchtete Bev.-Gruppen den Zerstörungen, Raubzügen und Plünderungen marodierender Banden und rivalisierender Kriegsherren ausgesetzt, die im Kampf um Macht, Ressourcen und die Kontrolle wichtiger und einträglicher Landesteile und Verkehrsinfrastrukturen den Hungertod Hunderttausender Landsleute in Kauf nahmen. Die *humanitäre Intervention durch UN-Truppen konnte zwar die schlimmsten Auswüchse der Hungersnot beenden, nicht aber die pol. Bedingungen herstellen, die für den wirtsch. Wiederaufbau des Landes nötig waren. Die soziale Lage weiter Bev.-Teile, insb. auch von Binnen- und repatriierten *Flüchtlingen, ist nach wie vor prekär. Gravierende Sicherheitsprobleme, aber auch die wachsende Gebermüdigkeit haben nach dem Abzug der UN-Truppen zu einem erheblichen Rückgang int. Hilfe geführt.

4. Der Staat S. entstand am 1. 7. 1960 aus der Vereinigung des brit. Protektorats Somaliland (unabh. 26. 6. 1960) und des ital. Treuhandgebiets Somalia (unabh. 1. 7. 1960), die ihrerseits auf die Aufteilung des vom Somali-Volk bewohnten Gebietes durch GB, Italien, Frankreich und Äthiopien Ende des 19. Jhs. zurückgingen. Das in der Verfassung von 1961 festgelegte Ziel, das durch die Grenzen zu Äthiopien (Ä.) und Kenya (K.) in drei

Teile gespaltene Volk der Somali in einem Staat wiederzuvereinigen, war Ursache für ständige Auseinandersetzungen mit Ä. und K. Innenpol. Probleme ergaben sich aus dem Ggs. zwischen dem sehr rückständigen, ehemals brit. N und dem weiter entwickelten, ehemals ital. S des Landes und der (trotz ethn.-kult. Gemeinsamkeiten) starken Zersplitterung der Somaligesellschaft in Clans. Das ausgeprägte Clanwesen bestimmt seit der Unabh. die pol. E. des Landes. Zunächst kanalisiert im Rahmen eines ausgeklügelten Clan-Proporzes, unterminierten ausufernde Clan-Interessen zusehends das parl. Mehrparteiensystem der 1960er J. (Referendum: 1961, Wahlen: 1964 und 1969) und lösten in Verbindung mit Unruhen nach den Wahlen und der Ermordung von Präs. Shermarke einen Militärputsch (21. 10. 1969) unter General Mohammed Siyad Barre aus. Der Staat wurde in «Demokratische Rep. Somalia» umbenannt. Unter dem Banner von Revolution und wiss. *Sozialismus leitete der Oberste Revolutionsrat tief greifende Veränderungen der pol. und sozioökon. Strukturen ein (Parteienverbot, Verstaatlichungen im Ind.- und Agrarsektor etc.) und führte soz. Erziehungs- und E.-Kampagnen durch, ohne jedoch das Clanwesen und die Vetternwirtschaft beseitigen zu können. Barre vereinigte in hohem Maße die pol. Macht in seiner Person, war 1969–76 Vors. des Obersten Revolutionsrates und ab 1976 Staatspräs., Reg.-Chef und Generalsekretär der im selben Jahr gegr. soz. Einheitspartei *Somali Revolutionary Socialist Party* (SRSP).

Außenpol. intensivierte S. bei gleichzeitiger Anlehnung an die arab. Staaten zunächst die Bez. zum soz. Lager. Die UdSSR erhielt für ihre Flotte Hafenrechte und rüstete die somal. Armee zu einer der besten in Schwarzafrika auf. 1977 erfolgte die außenpol. Kehrtwende. Während somal. Truppen die Westsomalische Befreiungsfront (WSLF) im Kampf um Äthiopiens Ogadengebiete unterstützten, standen die UdSSR und Kuba auf der Seite Ä.s. Die freundschaftlichen Bez. zur UdSSR zerbrachen, und S. näherte sich an die konservativen arab. Staaten (Saudi-Arabien, V. Arab. Emirate) und an die USA an. Innerhalb S.s löste die Niederlage im Ogadenkrieg nicht nur einen massiven Flüchtlingszustrom aus den Ogaden aus, sondern führte auch zu einer Legitimationskrise des Militärregimes und einem gescheiterten Putschversuch. Mittels einer Mischung aus Liberalisierungsansätzen (Referendum 1979, Wahlen: 1979, 1985 und 1986) und Repression konnte sich Barre noch ein Jahrzehnt an der Macht halten, bis Ende der 1980er J. das Militärregime im Kontext eines eskalierenden Guerilla-Krieges zusammenbrach. Der Staatsapparat zerfiel, die Reg.-Armee löste sich auf, und der Diktator floh im Jan. 1991 aus Mogadischu (gestorben: 2. 1. 1997 in Nigeria). Mit der Ausweitung der Kämpfe und dem Zerfall staatl. Institutionen hatte sich de facto der somal. Staat in die Herrschaft verfeindeter Clans und Clanfamilien aufgelöst, die um die Macht und die Kontrolle von Ressourcen (auch int. Hilfsgüter) kämpften. Fast 1 Mio. Menschen flohen ins Ausland, etwa 300000 starben an Hunger, Hunderttausenden stand der Hungertod noch bevor. Marodierende Truppenteile und bewaffnete Milizen behinderten die Versorgung der Bev., die angesichts der Hungerkatastrophe zur Sache int. Hilfe wurde. Nach einem ausgehandelten Waffenstillstand (1992) entsandte die UN *Blauhelme nach Somalia (UNOSOM), die sich erfolglos um die Sicherheit von Hilfsgüterlieferungen bemühten. Auf Initiative des US-Präs. George Bush und auf Beschluss des UN-Sicherheitsrates erfolgte am 12. 10. 1992 eine milit. Intervention durch ein 35000 Mann starkes int. Truppenkontingent (UNITAF) unter Führung der USA, um ein sicheres Umfeld für die humanitären Hilfsmaßnahmen zu schaffen und die Hungersnot abzuwenden. Die UNITAF-Mission wurde im Mai 1993 beendet und erneut in einen friedenserhaltenden Einsatz von anfänglich

30000 UN-Blauhelmen übergeführt (UNOSOM II). Ohne das ambitionierte Ziel des Wiederaufbaus eines stabilen somal. Staats erreicht zu haben, zogen die letzten UNOSOM-Truppen vom 27. 2.–2. 3. 1995 ab – und mit ihnen viele Hilfsorganisationen. Das Land ist weiterhin von gewaltsamen Clan- und Fraktionskämpfen zerrissen und entbehrt – trotz aller Selbsternennungen zum «somal. Präsidenten» seitens einzelner Milizenführer – einer anerkannten und funktionsfähigen nat. Reg. Der im Aug. 2000 von einem Übergangsparl. für drei J. gewählte Präs. A. Salat Hassan, der innerhalb dieser Zeit eine Verfassung entwerfen und Wahlen abhalten soll, rang mit der Anerkennung durch die regionalen Clanchefs und Oppositionsführer. Von Reg.-Seite und von der Opposition wurden Initiativen zu Versöhnung und nat. Einheit unternommen, begleitet von Kämpfen zwischen den Milizen der verfeindeten Gruppen. Präs. Salat Hassan nahm Juli 2001 an der Konferenz der *OAU in Lusaka teil, die damit die Anerkennung der Übergangsreg. vollzog. Febr. 2002 stellte die Übergangsreg. ein neues 31-köpfiges Kabinett vor, das jedoch nach wie vor nur ein begrenztes Territorium kontrolliert.

Lit.: V. Matthies, Der Grenzkonflikt Somalias mit Äthiopien und Kenia, Hamburg 1977; A. M. Aves/K. Bechthold, Somalia im Wandel, Tübingen 1987; M. Bongartz, Somalia im Bürgerkrieg, Hamburg 1991; Th. Labahn, Somalia, in: HDW III, 5, 1993, S. 134ff.; W. Michler, Somalia. Ein Volk stirbt, Bonn 1993; V. Matthies, Die UNO in Somalia: Operation Enttäuschte Hoffnung, in: APuZ 31/1994, S. 3 ff.; M. Weber, Der UNO-Einsatz in Somalia, Denzlingen 1997. mik

Sonderkommission für Lateinamerikanische Koordinierung →CECLA

Sonderziehungsrechte (SZR) Die auf der *IWF-Tagung in Rio de Janeiro 1967 beschlossene Einführung von SZR (*Special Drawing Rights*, SDR) als zusätzliches Reservemedium (gleichwertig neben Gold, Devisen, Fondsoptionen) trat 1969 in Kraft. Dabei handelt es sich um ein durch int. Vertrag geschaffenes synthetisches Weltgeld, das auf Sonderkonten beim IWF gehalten und nur im Zahlungsverkehr zwischen den Zentralbanken verwendet wird. Die SZR wurden in den 1960er J. eingeführt, um einer möglichen Verlangsamung des damaligen Wirtsch.-Wachstums durch fehlende Währungsreserven entgegenzuwirken. Die damaligen Hauptreservequellen Gold und US-$ konnten nicht in ausreichender Menge für eine große Zahl von Ländern bei robuster wirtsch. E. zur Verfügung gestellt werden, um das angestrebte Ziel sicherzustellen, Währungsreserven für einige Monate der regelmäßigen Zahlungsverpflichtungen vorrätig zu haben. Die SZR, die jedem IWF-Mitgl. eingeräumt werden, stellen Bezugscheine dar, die, nach bestimmten Quoten zugeteilt, auf befristete Zeit zum Erwerb konvertibler Währungen berechtigen, d. h. konvertible Währungen gegen Abgabe von SZR zu «ziehen». Die SZR sind somit Kredit- und Zahlungsmittel gleichzeitig und stellen im Ggs. zu den übrigen Ziehungsrechten zusätzliche Währungsreserven für die einzelnen Staaten dar. Wenn SZR beschlossen und zugeteilt werden, kann jedes Land sie ohne Erlaubnis und weitere Auflagen in Anspruch nehmen. Innerhalb eines limitierten Zeitraumes müssen sie jedoch zumindest teilweise mittels konvertibler Währungen wieder zurückgekauft werden. Während ursprünglich das SZR in Gold bewertet wurde und ein SZR einem US-$ entsprach, wurde nach 1972 der Wert des SZR täglich auf der Basis eines «Korbes» der 16 wichtigsten Währungen der IWF-Mitgl. berechnet, wobei die Gewichtung der einzelnen Währungen je nach Bedeutung der betreffenden Länder abgestuft war. Bis 1981 wurden den Mitgl. in zwei Zuteilungen insg. 21,4 Mrd. SZR zugeteilt. Mit der Ratifizierung der zweiten Änderung des Fonds-Übereinkommens 1978 wurde der offizielle Goldpreis abgeschafft, und die IWF-Mitgl. verpflichteten sich, das SZR zum hauptsächlichen Reservemedium zu machen. Die SZR wurden zur Rechnungseinheit des IWF. Seit Jan. 2001 werden die SZR auf der Basis eines Bewertungskorbes aus US-$, Euro, japan. Yen und Pfund Sterling berechnet. 2001 standen 21,4 Mrd. SRZ mit einem Gegenwert von ca. 27 Mrd. US-$ (1997: fast 31 Mrd.) zur Verfügung. Da mehr als 20 % der IWF-Mitgl. bis 1997 keine SZR-Zuteilung erhalten hatten (Beitritt nach 1981), schlug der Gouverneursrat des IWF eine einmalige SZR-Sonderzuteilung vor, wodurch die kumulierten SZR-Zuteilungen auf 42,87 Mrd. SZR verdoppelt würden. Dieser Vorschlag tritt in Kraft, wenn ihn 3/5 der 110 IWF-Mitgl., die zusammen über mind. 85 % der gesamten Stimmrechte verfügen müssen, annehmen. mw

Soziale Sicherungssysteme (social safety nets) →Kompensatorische Maßnahmen der Strukturanpassung

sozialer Wandel In der wiss. Literatur häufig verwandter, aber kaum einheitlich definierter Begriff. T. Parsons versteht unter s.W. die Veränderung der Struktur sozialer Systeme, andere Autoren sprechen von Veränderungen der Sozialstruktur, wieder andere beziehen den Begriff auf «Veränderungen des Personals in den Führungspositionen von Herrschaftsverbänden» (R. Dahrendorf), auf Veränderungen «der institutionellen Struktur eines sozialen Systems» (D. Lockwood) oder auf die «sozial-kulturellen Aspekte des wirtschaftlichen Wandels» (B. Hoselitz). F. Berendt hat s.W. eng mit dem Begriff der Mobilität verknüpft. Er sieht s.W. «in der Mobilität der Gesellschaftsstruktur, in ihrer wachsenden Differenzierung in bezug auf Rollen und Funktionen ihrer Mitgl. und in der wachsenden Ausweitung sowohl der horizontalen (geogr.) wie der vertikalen (schichtungsmäßigen) Mobilität». Er grenzt s.W. gegenüber techn. und wirtsch. Wandel ab und räumt s.W. eine vorrangige Bedeutung ein, da es sich um «Wandlungen grundlegender und gewöhnlich tief verwurzelter Leitideen, Verhaltensweisen und Institutionen (handelt), von denen die Entscheidung über die Ziele wirtsch. und gesellsch. Betätigung und über den Einsatz techn. und wirtsch. Faktoren abhängt».
Das Forschungsinteresse an s.W. in EL ging zunächst von der Fragestellung aus, welche sozialen und kulturellen Prozesse Folge der wirtsch. Entwicklung zu höherer *Produktivität seien. Als die *Wachstumstheorien versagten, verlagerte sich das Forschungsinteresse auf die Frage, inwieweit s.W. möglicherweise Voraussetzung dafür sei, dass wirtsch. E. eingeleitet werden bzw. dauerhaft stattfinden könnte. Unter s.W. wurden sodann die wachstumsnotwendigen Wandlungen in der Sozialstruktur der EL (W. G. Hoffmann) verstanden. E. wurde dementsprechend als wirtsch. E. und s.W. begriffen und die Forderung nach einer sozialen E.-Strategie erhoben, die sich an den Begriffen *Kulturwandel und *Akkulturation festmachte. Die aufkommenden *Modernisierungstheorien erweiterten den Ansatz, der – bei zutreffender Problematisierung der soziokulturellen Probleme importierter Moderne – seine entscheidende Begrenzung darin hat, den exogenen Faktoren (als dynamische) allein positive Funktionen zuzuschreiben. Rückbesinnung, die Suche nach kultureller Identität, war die Antwort vieler EL auf eine von Anmaßung nicht freie Pol. des s.W. vonseiten der IL. dn

Sozialismus Der Begriff S. erfuhr in der *Dritten Welt einen weit gefächerten Bedeutungsinhalt. Er lässt sich kaum auf einige wesentliche allg. verbindliche Begriffselemente reduzieren. Wesentliche Bestimmungsgründe dafür waren: 1. Die unterschiedlichen gesellsch. Voraussetzungen und E. in den Ländern der Dritten Welt (u.a. Fehlen von Feudalismus, zurückbleibende *Industrialisierung, Dominanz des Agrarsektors, d.h. Ungleichzeitigkeit von Basis und Überbau). 2. Der Anspruch von EL auf eigene *Dritte Wege zwischen Kapitalismus und Kommunismus, d.h. die Ablehnung der von den europ. Nationen geprägten gesellsch. Leitbilder. 3. Der Versuch, das vorkoloniale gesellsch. und kulturelle Erbe mit S. zu verknüpfen bzw. die vorkolonialen gesellsch. Verhältnisse zu Leitideen soz. E. zu erklären. 4. Spezifische, durch Anti-*Kolonialismus, Anti-*Imperialismus und Befreiungskampf um nat. Unabh. von EL gesetzte Akzente und gemachte Erfahrungen. 5. Durch strukturelle *Abhängigkeit und UE bedingte Konfliktstrukturen und pol. Zielsetzungen zur Veränderung der Bez. zwischen EL und IL und dadurch ausgelöste unterschiedliche interne Umgestaltungen von Wirtsch., Staat und Gesellschaft. 6. Die ideolog. Konfrontation unterschiedl. Sozialismen auf Weltebene, insb. der unterschiedl. E.-Wege der im ex-sozialist. Lager dominierenden Pole (UdSSR, VR China). 7. Die konkrete Erfahrung soz. Systeme in EL und deren Rückwirkung auf die Konzeption von S. in den Ländern der Dritten Welt.

Letztlich bilden somit die Begriffsinhalte von S. in der Dritten Welt Antworten auf die je besonderen Herausforderungen gesellsch. und pol. Emanzipation, denen sich die verschiedenen EL in den vergangenen Jahrzehnten in unterschiedlichen Phasen ihrer E. gegenübersahen. Vor diesem Hintergrund entwickelten sich unterschiedl. Theorien und Varianten von S. (arabischer, afrikanischer, islamischer, kubanischer, chilenischer, burmesischer etc. S.; siehe dazu die Länderbeiträge dieses Lexikons sowie →Nasserismus, →*Ujamaa* sowie →Russland und die Dritte Welt), denen gegenwärtig kaum noch Bedeutung zukommt.

Lit.: G. Grohs (Hg.), Theoretische Probleme des Sozialismus in Afrika, Hamburg 1971; R. Debray/S. Allende, Der chilenische Weg, Neuwied u.a. 1972; B. Tibi, Militär und Sozialismus in der Dritten Welt, Frankfurt 1973; J. K. Nyerere, Afrikanischer Sozialismus, 2. Aufl., Stuttgart 1974; D. Senghaas, Sozialismus. Eine entwicklungsgeschichtliche und entwicklungstheoretische Betrachtung, in: Leviathan 8/1980, S. 10ff.; D. Lösch, Sozialismus in Afrika, Hamburg 1990; J. Slovo, Has Socialism Failed?, in: South Africa Labour Bulletin, 14 (6), 1990, S. 11ff.; R. Cohen/H. Goulbourne (Hg.), Democracy and Socialism in Africa, Boulder/Oxford 1991; C. Leggewie, Sozialismus: I. Dritte Welt, in: D. Nohlen/P. Waldmann/K. Ziemer (Hg.), Die südlichen und östlichen Länder, München 1997, 501–507. dn

Sozialkapital Nach der geläufigen Definition von R. D. Putnam «die Merkmale einer sozialen Org. wie Vertrauen, Werte und Netzwerke» (1993: 167), kurz Bürgertugenden (civic virtues), die sich in sozialem Engagement, in der Mitgliedschaft in Vereinen und Verbänden, in ehrenamtlichen Aktivitäten niederschlagen.

Seit das Konzept Mitte der 1980er Jahre zunächst bei P. Bourdieu (1985) auftauchte, hat es eine steile Karriere gemacht. Bourdieu unterschied drei Typen von Kapital, das die sozialen Akteure zu kontrollieren und zu akkumulieren trachten: das ökon. Kapital, das kulturelle Kapital (durch Schulbildung und Entwicklung des «guten Geschmacks» aneignungsfähig) und das soziale Kapital, worunter er das verstand, was man gemeinhin mit Beziehungen bezeichnet, die ein Akteur in gegebener Situation zu seinen Gunsten spielen lassen kann. Während Bourdieu sich auf die analytische Unterscheidung beschränkte, stellte der an Bourdieu anknüpfende J. S. Coleman in der Weise einen Zusammenhang zwischen den Kapitalformen her, dass er das S. zu einer unabh. Variablen für die anderen Kapitalformen erklärte. Das S. manifestiere sich «in the structure of relations between actors and among actors», sei eine informelle soziale Ressource und verringere die *Transaktionskosten. Man könne es als ein öffentliches Gut bezeichnen, dessen sich – im Ggs. zum ökon. Kapital – niemand bemächtigen, aus dem jedoch jeder Einzelne Nutzen ziehen könne, auch wenn einzelne Akteure nicht in gleicher Weise zu seiner Entstehung beigetragen hätten. Ein höheres S. wirke sich günstig auf die Bildung der anderen Kapitalformen, v. a. des *Humankapitals, aus. Von dieser Hypothese ausgehend entwickelte Coleman sozialtechnol. Überlegungen zur Steigerung des S.s und verwies insb. auf

Primärinstitutionen wie die Familie, die Schöpfer und Träger der S.e seien.
Putnam brachte das Konzept des S.s stärker mit der Idee institutioneller Voraussetzungen für eine aktive und partizipative Demokratie in Verbindung. Ihm zufolge sind die Effektivität von Gesellschaften und das Funktionieren einer Demokratie von der Höhe des S.s abhängig. In seiner viel beachteten Italienstudie erklärt er die Differenz im Entwicklungstand zwischen Nord- und Süditalien durch den Unterschied in den zivilen Tugenden beider Landesteile. In der S. vergegenwärtigen sich die Traditionen einer zivilen Gemeinschaft, die das Ergebnis eines langen hist. Prozesses sei. Es kristallisiere sich im sozialen Vertrauen, in den auf Gegenseitigkeit beruhenden Werthaltungen und den Netzwerken zivilen Engagements. Das S. könne zunehmen, aber auch abschmelzen. In seinen Studien zu den USA stellte Putnam (1995) einen empirisch überzeugend belegten Rückgang des S.s fest.
Im letzten Jahrzehnt hat das Konzept in vielfältige Erklärungszusammenhänge Eingang gefunden. Nicht nur die vielfach diagnostizierte Abnahme der Effektivität des Regierens (auf der Systemebene) wird auf den Schwund des S.s zurückgeführt, sondern auch die wachsende Politikverdrossenheit (auf der individuellen Ebene). Diese und andere etablierte kausale Annahmen auf und zwischen den genannten Ebenen sowie hinsichtlich einzelner Aspekte von S. sind indes keineswegs eindeutig; auch sind sie kaum in identischer Form in verschiedenen Kontexten zu belegen. So ergibt sich, dass sich mit der Verwendung des Konzepts die eigentlichen Forschungsfragen erst stellen, wenn sie sich nicht auf die triviale Aussage beschränken soll, dass ein Mehr an Bürgertugenden eine florierendere Demokratie ermöglicht.

Lit.: P. Bourdieu, Questions de sociologie, Paris 1984; J. S. Coleman, Social Capital in the Creation of Human Capital, in: The American Journal of Sociology 1988, 94, 95–120; R. D. Putnam, Making Democracy Work, Princeton 1993; R. D. Putnam, Bowling Alone: America's Declining Social Capital, in: Journal of Democracy 1995, 6, 65–78; F. Fukuyama, Trust, New York/London 1996; S. Haug, Soziales Kapital, Arbeitspapier 15 des Mannheimer Zentrums für Europäische Sozialforschung, München 1997; A. B. Seligman, The Problem of Trust, Princeton 1997; M. Hartmann/C. Offe (Hg.) Vertrauen, Frankfurt a.M./New York 2001; R. D. Putnam (Hg.), Gesellschaft und Gemeinsinn, Gütersloh 2001. dn

Sozialklausel In int. Handelsabkommen eingefügte Sonderbestimmung, die die Herstellung eines Produkts an gewisse soziale Standards bindet, deren Nichteinhaltung es dem importierenden Land gestattet, den Marktzugang dieses Produkts zu erschweren oder zu verwehren. Die S. bildet einen neuen Streitpunkt zwischen N und S. Die IL wollen sich vor Billigimporten und darauf gründende Arbeitslosigkeit schützen, die EL vermuten einen *Protektionismus neuer Art. Der Streit dürfte v. a. die *WTO beschäftigen. dn

Sozialnothilfefonds (emergency social fund) →Kompensatorische Maßnahmen der Strukturanpassung

Sozialprodukt Das SP wurde in älteren Systemen der Volkswirtsch. Gesamtrechnung (VGR) als aggregiertes Maß für das Ergebnis der (hauptsächlich marktvermittelten) ökon. Aktivitäten einer Volkswirtsch. in einer gegebenen Periode verwendet. Es entspricht dem Wert aller in einer Periode – zumeist in einem J. – produzierten Güter (Waren und Dienstleist.) abzüglich des Wertes der Güter, die in derselben Periode wieder in den inl. Produktionsprozess eingesetzt werden. Das SP soll anzeigen, welche Wertschöpfung im Verlauf eines best. Zeitraumes von den einzelnen Wirtschaftssektoren erbracht wurde, was den Produktionsfaktoren zugeflossen ist und für den privaten und staatl. Konsum, die Investition und den Export zur Verfügung steht. Entstehungs-, Verteilungs- und Verwendungsrechnung des SP bildeten die zentralen Grundlagen der älteren Systeme der VGR nach dem Inländerkonzept, bei dem die Wertschöpfung der inl. Wirtschaftseinheiten erfasst wird, unabh. von deren geogr. Einsatzort. In dem neuen int. Standard der VGR wird die gesamtwirtsch. Wertschöpfung nach dem Inlandskonzept erfasst, d. h. innerhalb der Grenzen einer Volkswirtsch. unter Einbeziehung auch der ausl. Produktionsfaktoren (→Bruttoinlandsprodukt).

Zu unterscheiden sind: 1. *Bruttosozialprodukt zu Marktpreisen* (BSP), welches sich aus der Addition des privaten und staatl. Konsums, den Bruttoinvestitionen und dem Saldo aus Export und Import (Außenbeitrag) ergibt (neu: *Bruttonationaleinkommen). 2. *Nettosozialprodukt zu Marktpreisen* (NSP) = BSP minus Abschreibungen (neu: Nettonationaleinkommen bzw. Primäreinkommen). 3. *Volkseinkommen* = NSP minus indirekte Steuern plus Subventionen. Die versch. SP-Größen können zu jeweiligen Preisen oder auch zu Preisen eines Basisjahres, zu realen und konstanten Preisen berechnet werden. Das *Pro-Kopf-Einkommen setzt das BSP in ein Verhältnis zur Bev. eines Landes. Die Wiedergabe der Leistungen einer Wirtschaftsgesellschaft in SP-Größen ist in den letzten Jahrzehnten immer stärker hinterfragt worden. Die herkömmliche VGR wird daher durch soziökon. und umweltökon. Gesamtrechnungen erweitert, um Tatbestände wie die Verteilung von Gütern und Einkommen, Chancengleichheit, soziale Sicherheit, Gesundheitsstand einer Population, Umweltfaktoren etc. einzubeziehen. Für die EL-Gesellschaften ist die Kritik an den herkömmlichen ökon. Kennzahlen der VGR umso berechtigter, als mit diesen Kennzahlen die nicht marktvermittelte Wertschöpfung nur teilweise erfasst wird (→Subsistenz) und die mit der Wertschöpfung verbundenen sozialen Kosten sowie die Verminderung des nicht erneuerbaren Naturkapitals weitgehend unberücksichtigt bleiben. Der E.-Problematik werden rein monetäre Größen, die auch im wirtsch. Bereich nur eine eingeschränkte Aussagekraft besitzen, weder als Zieldaten noch zur *Evaluierung von E. gerecht. dn/hs

Sozialstrukturhilfe Maßnahmen zur Förderung von *Genossenschaften, *Selbsthilfe-Organisationen, **community development*, Sozialarbeit, Radio- und Fernsehschularbeit, Jugendarbeit etc., also ein breites Gebiet entwicklungspol. Tätigkeiten, deren Finanzierung im Titel Sozialstrukturhilfe des Bundeshaushalts ausgewiesen wird. dn

SPA *Special Program of Assistance for Africa*, Sonderhilfsprogramm der *Weltbank für Afrika. dn

Sparquote Prozentualer Anteil des Volkseinkommens (→Sozialprodukt), der nicht dem sofortigen Konsum zugeführt, sondern gespart wird. Die S. ist ein *Indikator für die Kapitalbildung eines Landes und damit seine Fähigkeit zu produktiven *Investitionen. In EL ist aufgrund des niedrigen Einkommensniveaus die Sparquote niedrig, ihre Steigerung eine wesentliche Voraussetzung für die Zunahme der einheim. Kapitalbildung und Verringerung der Abh. von Kapitalimporten. dn

SPARTECA Südpazifisches Abkommen über regionale Handels- und Wirtsch.-Kooperation (*South Pacific Regional Trade and Cooperation Agreement*), von den Mitgl.-Staaten der *SPEC beschlossen und 1981 ratifiziert. Das Abkommen soll den Exporten der südpaz. Inselstaaten den zollfreien und nicht-reziproken Zugang zu den beiden größten regionalen Märkten in Australien und Neuseeland ermöglichen. fn

SPC Sekretariat der Pazifischen Gemeinschaft (*Secretariat of the Pacific Community*), bis 1998: Südpazifische Regional-Kommission (*South Pacific Regional Commission*), 1947 von den ehem. (und teils noch präsenten) Kolonial- und Mandatsmächten zur Koordinierung ihrer Kolonialinteressen innerhalb der süd-*pazifischen Inselwelt gegründet. Das jährl. tagende Gremium, dem 27 Staaten/Territorien angehören, wurde bislang nicht zum org. Kern einer auf regionale Autonomie hinzielenden Kooperationspol., da in ihm die Großmächte nicht nur den Großteil des Etats aufbringen, sondern auch pol. den Ton angeben. Internet: www.spc.org.nc fn

SPD – entwicklungspolitische Leitlinien Bereits im Godesberger Programm von 1959 hat die SPD den Anspruch der EL auf «großzügige und uneigennützige Hilfe» vonseiten der IL anerkannt. 1977 beschloss der SPD-Parteitag Leitlinien zur EP, die als Pol. der Friedenssicherung begriffen wurde. Auf den Parteitagen von 1979 und 1982 wurden die e.-pol. Grundsätze weiterentwickelt, 1984 auf einem Nord-Süd-Forum zusammengefasst und vom «Aktionskreis Nord-Süd der SPD» als «Thesen zur Nord-Süd-Politik» veröffentlicht. Diese wurden grundlegend bearbeitet und 1994 als «Thesen zur Nord-Süd-Arbeit» herausgegeben. Anfang 1996 wurde von der SPD das «Forum Eine Welt» eingerichtet, das sich aus rund 40 Persönlichkeiten von NROs, der Wiss. und der SPD zusammensetzt. Zusammen mit dem Aktionskreis Nord-Süd sollte es v. a. auf Probleme der Globalisierung und die Effektivität von NROs eingehen. Jetzt berät es die SPD kontinuierlich in e.-pol. Fragen. Aus den Beschlüssen und Empfehlungen dieser Arbeitsgruppen ergibt sich ein Orientierungsrahmen für die Nord-Süd-Zusammenarbeit, der sich an *Grundbedürfnissen, der Beseitigung der *Armut, Internationalismus, *Globalisierung sowie der Friedenssicherung orientiert.

Im Einzelnen lässt sich sozialdemokrat. EP wie folgt charakterisieren: 1. E.-Hilfe ist Hilfe zur Selbständigkeit der EL, d. h., die inneren Potenziale der EL sollen gefördert werden, um eine nachhaltige Entwicklung (→*sustainable development*) zu erreichen. Dabei sollen alle Abh.en abgebaut werden. Dies bedeutet insb. Verwirklichung der *Menschenrechte, Stärkung der Rolle der Frau in der Gesellschaft und Förderung der Fähigkeit der EL, *Grundbedürfnisse durch eigene Arbeit abzudecken sowie natürliche Ressourcen und kulturelle Reichtümer zu schützen. 2. E. kann nur durch die Integration in eine gerechte Weltwirtschaftsordnung erfolgen. Deshalb sollen *Subventionen und Zollschranken in den IL abgebaut, Schutzzölle aufseiten der ärmeren Länder hingegen toleriert werden. Das Welthandelssystem (→WTO) soll stärker als bisher sozialen und ökol. Aspekten Rechnung tragen. 3. Eine Reform der int. Währungs- und Finanzinstitutionen ist notwendig, um die extreme Verschuldung der EL einzudämmen. Dazu müssen die Entscheidungsstrukturen in den Institutionen zugunsten der EL verändert werden (z. B. Stimmenanteile der EL beim *IWF). Außerdem sollen soziale Gruppen (z. B. Gewerkschaften, Interessengruppen) ein stärkeres Mitspracherecht erhalten. Kredite aus der öfftl. E.-Zusammenarbeit sollen erlassen und staatlich garantierte Exportkredite stärker kontrolliert werden. 4. EP heißt auch int. Umweltpol., insb. Ressourcenschutz. Dazu bedarf es – insb. in den IL – einer Änderung der Konsum- und Produktionsmuster. Konkret sollen die E. neuer Umwelttechnologien gefördert und neue Kommunikations- und Verkehrskonzepte erarbeitet werden, damit die CO_2-Emissionen verringert werden. Zudem sollten die IL die EL im Umweltschutz stärker unterstützen. 5. Die Instrumente der e.-pol. Zusammenarbeit müssen effektiver gestaltet werden. Die *bilaterale und multilaterale E.-Hilfe ist demgemäß zu verstärken, bes. die leistungsstarken IL sollten ihren Beitrag erhöhen, wobei aber auf *Lieferbindung verzichtet werden soll. Das 0,7 %-Ziel *öfftl. Hilfe am *BNE ist ernstlich anzustreben und endlich zu realisieren. Ressortinteressen, insb. von Auswärtigem Amt, Finanz- und Wirtschaftsministerium, sollen sich bei e.-pol. Maßnahmen unterordnen. Ein «Entwicklungskabinett» unter Vorsitz des Bundeskanzlers soll die E.-Verträglichkeit von Maßnahmen anderer Ressorts kontrollieren. 6. Ein zentrales Problem der EL sind immer noch die hohen *Rüstungsausgaben. In Hinblick auf die veränderten weltpol. Rahmenbedingungen (Ende des O-W-Konflikts) sind auch die IL verantwortlich, hier Veränderungen herbeizuführen. Dies gilt insb. für Rüstungsexporte, die, falls sie in Länder mit Menschenrechtsverletzungen gehen, verboten werden sollen. Zu den notwendigen Reformen gehören auch ein weltweiter Atomteststopp, ein Verbot der Weitergabe militärischer Technologie und die staatl. Unterstützung der EL bei der Umstellung der Waffenproduktion auf zivile Produkte. 7. EP bedeutet immer auch supra-staatl. Zusammenarbeit. Deshalb soll innerhalb der EU die EP besser koordiniert sowie eine einheitliche und verbindliche Konzeption geschaffen werden. Insb. die europ. Agrarpol. muss besser auf e.-pol. Leitlinien abgestimmt werden. Darüber hinaus müssen auch die *UN mehr e.-pol. Verantwortung übernehmen. Dazu sollen die Aufgabenfelder ihrer einzelnen E.-Org. deutlicher definiert bzw. klarere Entscheidungsstrukturen geschaffen werden. 8. Unterhalb der staatl. Ebene sollen Länder und Kommunen verstärkt in die EP eingebunden werden. Dies gilt insb. für die Bereiche Bildung und Ausbildung. Dadurch soll EP mehr Bürgernähe erhalten, damit eine breite Unterstützung für E.-Hilfe entsteht.

Adresse: SPD-Parteivorstand, Abteilung Internationale Politik, Wilhelmstr. 141, 10963 Berlin. E-Mail: einewelt@spd.de; Internet: einewelt.spd.de tk

SPEC Südpazifisches Büro für Wirtschaftskooperation (*South Pacific Bureau for Economic Cooperation*), 1973 vom *SPF gegr., will zwischen den Staaten des Südpazifiks die Zusammenarbeit in den Bereichen Verkehr, Handel, *Tourismus und Fischerei intensivieren. Gemeinsame Projekte: *Pacific Forum Line, South Pacific Trade Commission* (in Australien), *Association of South Pacific Airlines* (Koordinierung des regionalen Flugverkehrs), *South Pacific Fisheries Agency* (1977 Schaffung einer 200-Seemeilen-Wirtschaftszone), *South Pacific Regional Disaster Fund* und *South Pacific Regional Environment Programme.* fn

SPF Südpazifisches Forum (*South Pacific Forum*), als Konsequenz der in den 1960er J. fortschreitenden Unabh.-Bewegung und aus Protest gegen die Außensteuerung der *SPC 1971 von den damals schon handlungsfähigen südpazif. Inselstaaten gegründet. Mitgl.: Australien, Neuseeland, Cook-Inseln, Fidschi, Kiribati, Nauru, Niue, Palau, Papua-Neuguinea, Tonga, Samoa, Salomonen, Tuvalu, Vanuatu, Marshall-Inseln, Vereinigte Staaten von Mikronesien. Neben der Kritik an Kolonialpol. und Atomwaffentests in der Region, vom SPF durch zahlreiche Resolutionen geäußert, kam es 1973 auch zur Gründung des *SPEC als weiterem Gremium der südpazif. Kooperation. Die Kooperationspol. im Rahmen von SPF und SPEC wird durch int. Org. (*ESCAP, *ADB, *EU) unterstützt. Im Zuge der Bildung der «Melanesischen Speerspitzen-Gruppe» 1988 (Vanuatu, Papua-Neuguinea, Salomonen) wurde Kritik laut, dass subregionale Zusammenschlüsse den Zusammenhalt der Staatengruppe gefährden könnten. fn

Spill-over-Effekt (engl. Übergreifen o. Ä.) bezeichnet die Übernahme von Zielen, Verhaltensweisen, Produktionstechniken, Leistungen etc. eines Sektors, einer Branche, eines Betriebs etc. durch andere Einheiten. Von Bedeutung ist das Konzept des *spill-over* in Theorien, die von Ungleichgewichten ausgehen und diese als funktional betrachten für Fortschritte in anderen Sektoren, welche aufgrund sachlich gegebener Interdependenzen mit Angleichung an das Niveau des entwickelteren Sektors reagieren. →Wachstumstheorien, →*unbalanced growth.* dn

spot checks →Evaluierung

spread effects →Außenhandelstheorie

SPREP (*South Pacific Regional Environmental Programme*) 1980 auf Initiative der *SPC, der *SPEC des *ESCAP und der *UNEP gegr. zwischenstaatl. Org. für Umweltfragen in der Südpazifikregion.

Konkrete Maßnahmen, die sich an der Agenda 21 des *Rio-Gipfels orientieren, umfassen u. a. den Schutz bzw. einen ökol. verträglichen Gebrauch der regionalen *Ressourcen, den Erhalt der regionalen Ökosysteme (Artenschutz) sowie die Vermeidung von Umweltverschmutzung. Mitgl. (2002): 22 pazifische Inselstaaten und -territorien sowie Australien, Frankreich, Neuseeland und die USA. Sitz: Apia/Westsamoa (seit 1992). Internet: www.sprep.org.ws red

SPTDP *South Pacific Telecommunication Development Programme*, regionales Programm der Mitgl.-Staaten der *SPEC zur Entwicklung der Telekommunikation, 1983 in Canberra/Australien beschlossen.

squatters Siedler, die ohne Rechtstitel Land (illegal) besetzen und eine Bleibe errichten.
Die Behausungen sind in aller Regel äußerst primitiv, ohne Wasser- und Elektrizitätsversorgung, ohne Müllabfuhr, sodass eine Tendenz zur *Slum-Bildung entsteht. Squatters gehören im Allg. zu den ärmsten Bev.-Schichten. dn

Sri Lanka

Fläche (Tsd. qkm): 65,600
Bev. (Mio.) 2001: 19,10
BNE pro Kopf (US-$) 2000: 870
BIP (Mio. US-$) 2000: 16 402
LE (Jahre) 1999: 70,6
Analphabetenquote (%) 1999: 9
HDI 1999: 0,735 [Rangplatz von 162: 81]

1. Die Demokratische Sozialistische Republik SL, bis 1972 Ceylon, seit 1948 unabh. Mitgl. im **Commonwealth* und Gründungsmitgl. der *SAARC, ist ein Agrarland mit großen Problemen, die Eigenversorgung der Bev. sicherzustellen. Neben der E. der Landw. wird heute die *Industrialisierung im Rahmen marktwirtsch. Orientierung und Exportförderung angestrebt, u. a. um der *Arbeitslosigkeit entgegenzuwirken (SL gehört zu den *MSACs). Der Tamilenkonflikt mit bürgerkriegsähnlichen Unruhen ist weiterhin äußerst brisant.

2. Die vor der SO-Spitze Indiens gelegene Insel SL gliedert sich in drei größere Regionen: die feuchten Tiefebenen an der SW-Küste, dem Hauptwirtschafts- und Siedlungsgebiet (50 % der Bev. auf 20 % der Landesfläche), die Gebirgsregion im Inneren der Südhälfte (Teekulturen) und das trockene Tiefland an der Küste im NW, O und SO (ca. 60 % SLs mit nur etwa 20 % der Bev.). SL ist rel. arm an Bodenschätzen, verfügt jedoch in Land- und Forstwirtschaft aufgrund der klimatischen Gegebenheiten über ein beträchtliches E.-Potenzial. Das Schwergewicht der Landw. liegt seit der brit. Kolonialzeit (ab 1796; zuvor portug.: 1505 bis 1658, holländ.: 1658 bis 1796) im Bereich der exportorientierten *Monokulturen (Tee, Kautschuk, Kokosprodukte; außerdem Gewürze), womit die folgenreiche Außenorientierung der ceylon. Wirtsch. herbeigeführt wurde. Man vernachlässigte die bäuerliche Landw., zur Eigenversorgung musste (bis heute) Reis eingeführt werden. *Plantagen und Banken, Export- und Importhandel lagen zunächst allein in europ. Hand.

3. Die Bev. weist einen hohen Anteil Jugendlicher (1990: 33,5 % unter 15 J.) auf, dagegen eine rel. geringe JZ (1985–94: 1,3 %; 1990–2000: 1,3), die v. a. durch die 1964 einsetzende Rückwanderung von Indien-Tamilen nach Südindien und rel. erfolgreiche Maßnahmen der *Familienplanung bedingt ist. Die *Urbanisierung SLs ist mit einem Anstieg zwischen 1963 und 2000 von 19,1 % auf 23,6 % (1994: 22 %) rel. gering, dies u. a. wegen der nach der Unabh. geförderten *ländlichen Entwicklung. Ca. ein Fünftel der Stadtbev. lebt in der Hs. Colombo (1992: gesch. 1,9 Mio. Ew.), davon rd. 60 % in *slums* (→Wohnen).
Beherrschendes Merkmal der ceylon. Gesellschaft ist die ethn., relig., sprachliche und regionale Segmentierung. Die Singhalesen (1981: 74 %) stellen die dominante Bev.-Gruppe, gefolgt von den Tamilen, die in zwei Gruppen gespalten sind: Die ca. 30 % aller Tamilen umfassenden SL-Tamilen (12,7 %) im N und O des Landes und – als die Allerärmsten SLs – die Indien-Tamilen (5,5 %; seit

dem letzten Jh. als Billigstarbeitskräfte aus Südindien auf die Plantagen des Hochlandes gekommen). Daneben stellen die Moors («Mohren»; Nachkommen arab. Händler) mit 7,1 % noch eine rel. starke Minderheit (im O der Insel) dar. Die relig. Gliederung entspricht in etwa der ethn.; 1992: 69,1 % Buddhisten (Singhalesen), 15,5 % Hindus (Tamilen), 7,6 % Moslems (Moors) und 7,6 % Christen (6,9 % kath.). Singhalesisch und Tamil (seit dem Reg.-Wechsel 1977 wurde die von Präs. Bandaranaike betriebene Ausschaltung der tamil. und engl. Sprache zurückgenommen) sind Nationalsprache.

4. Die Landw. stellt in SL noch immer einen wichtigen ökon. Faktor dar. (1998: ca. 40 % der Erw. (1988: 52 %), 21 % des BIP (1988: 26 %); 2000: 18,7 % der Exporte). Allerdings leidet die Landw. unter Überalterung der Bestände (bei Tee und Kautschuk) sowie Ernteeinbußen aufgrund von Dürre (v. a. bei Reis und Kokosnüssen). Der ind. Sektor gewann nach 1977, dem Ende der Reg. Bandaranaike, die eine soz.-kollektivistische Strategie betrieben hatte, zunehmend an Bedeutung. Die Liberalisierung des Außenhandels und die Wiederbelebung privater Unternehmerinitiative gaben der Wirtsch. neue Impulse. 1994 betrug der Anteil der Ind.-Erzeugnisse am Export SLs 73,6 %; 2000: 77,1 %. Mit der Einrichtung von Exportproduktionszonen (→Enklave) bemüht sich die Reg. durch steuerliche u. a. Anreize auch um ausl. Investitionen. Der *Tourismus ist v. a. aufgrund des Tamilenkonflikts rückläufig. Eine wichtige Devisenquelle sind die zahlreichen im Ausland beschäftigten Arbeitskräfte. Die Exportbedingungen am Weltmarkt haben sich für SL v. a. aufgrund der gestiegenen Weltmarktpreise für Tee rel. günstig entwickelt. Die *Arbeitslosigkeit stellt eines der gravierendsten sozialen Probleme dar (1994: 13 % bei extrem hohem Anteil von Jugendlichen mit Sekundarschulabschluss [2000 durchschn. 7,5 %]). Über 1/4 der Bev. lebt unter der *Armutsgrenze. Als Folge des Bürgerkriegs verschlechtert sich die Lage und nimmt die Massenarmut zu. SL hat eine der niedrigsten Analphabetenraten Asiens, Ergebnis u. a. der seit 1951 kostenlosen Schulbildung. SL verfügt auch über eine rel. gute und kostenlose Gesundheitsversorgung (1991: 6609 Ew. pro Arzt). Von A. Ariyaratne wurde in SL die *Sarvodaya-Shramadana*-Bewegung gegr., die auf der Grundlage der buddhist. Philosophie und Lebenseinstellung in ländl. Gebieten die «Hilfe zur *Selbsthilfe» fördern will.

5. In den Verfassungen von 1948 und 1972 folgte SL weitgehend dem *Westminster-Modell; 1978 wurde ein präsidiales Reg.-System nach frz. Vorbild eingeführt (1. Präs.: J. R. Jayawardene) und die rel. Mehrheits- durch die Verhältniswahl ersetzt.

Von der Unabh. an lösten sich die konservative, westl. orientierte, multiethn. *United National Party* (UNP: 1948 bis 1956, 1960, 1965 bis 1970, seit 1977) und die singhales., nationalistische, buddhist., soz. *Sri Lanka Freedom Party* (SLFP: 1956 bis 1960, 1960 bis 1965, 1970 bis 1977) in der Reg. ab. 1977 errang die UNP mit Jayawardene einen erdrutschartigen Wahlsieg (50,9 % der Stimmen, aber 83,3 % der Mandate) über die SLFP Frau Bandaranaikes (29,7 %; 4,8 %). Stärkste Oppositionspartei wurde die nach Separation des tamilischen N und O strebende *Tamil United Liberation Front* (TULF: 6,7 %; 10,7 %). Zur Konsolidierung der unangefochtenen Vormachtstellung der UNP ließ Präs. Jayawardene bereits im Dez. 1982 ein Referendum durchführen, wodurch die 1983 endende Amtsdauer des Parl. bis 1989 ausgedehnt wurde.

Der ethn. Konflikt zwischen Singhalesen und tamil. Minderheit, der seit 1956 zu zahlreichen Unruhen geführt hatte, verschärfte sich 1983 nach schweren anti-tamil. Ausschreitungen und dem Ausschluss der TULF aus dem Parl. zu einer bürgerkriegsähnlichen Situation. Dabei wurde der tamil. Widerstand ab 1983 von indischem Gebiet aus organisiert und zumindest indirekt von Indien (v. a. aber von Politikern und der Bev. im südind. Tamil Nadu) unterstützt. Präs. Jayawardene begann 1984 mit der Aufrüstung der schlecht ausgebildeten Armee SLs und bemühte sich um Unterstützung durch Indien nicht bes. wohlgesinnter Länder (als sicher gilt milit. Hilfe u. a. aus Pakistan und Israel). Neben der milit. Schwäche war die Reg. allerdings schon aus innenpol. Gründen nicht in der Lage, eine harte, ausschließlich milit. Lösung des Konflikts zu verfolgen, sondern verhandelte gleichzeitig mit den tamil. Separatisten über eine Teilautonomie. Eine Wende im Konflikt trat am Beginn des J. 1987 ein, als die *Guerilla-Org. *Liberation Tigers of Tamil Eelam* (LTTE) mit dem Aufbau der pol. Selbstverwaltung auf der Jaffna-Halbinsel begann. Als im Mai 1987 die Armee SLs eine Offensive zur Rückeroberung Jaffnas startete, setzte Indien (wie SL bedeutendes Mitgl. der *Blockfreien) mit Militärmaschinen, die in den Luftraum SLs eindrangen und im N und O Lebensmittel abwarfen, ein deutliches Zeichen. Die ind. Zentralreg. wollte v. a. die Internationalisierung des Konflikts verhindern und die Rolle Indiens als regionale Ordnungsmacht demonstrieren, gleichzeitig wurde ein Übergreifen der pol. sezessionistischen Tendenzen von Jaffna auf das eigene Territorium befürchtet. So kam es am 29. 7. 1987 zu einem Vertrag zwischen Indien und SL, der u. a. vorsah: Erhalt der Einheit SLs; Provinzreform zugunsten tamil. Teilautonomie; zur Gewährleistung des Vertrages Entsendung einer ind. Friedenstruppe (PKF), an die die LTTE ihre Waffen abgibt; Amnestie für die Guerilla. Nach dem Scheitern der Umsetzung des Vertrages verstärkte Indien sein PKF-Kontingent von 6000 auf (gesch.) bis zu 100 000 Soldaten (was einer Invasion SLs gleichkam) und brachte mit einer Großoffensive Jaffna unter seine Kontrolle. Dies führte aber nicht zur Befriedung SLs, die Guerilla konnte sich im O des Landes halten. Es kam v. a. im S zu Terroranschlägen der tamil. LTTE und der radikalen singhal.-nationalistischen *Janata Vimukti Peramuna* (JVP), die seit dem Vertrag mit Indien v. a. gegen Mitgl. der damals regierenden UNP wütete.

Bei den Präs.-Wahlen im Dez. 1988 (im Wahlkampf wurden ca. 650 pol. Morde verübt) siegte der bisherige Reg.-Chef Premadasa (UNP) knapp mit 50,4 % über Frau Bandaranaike (44,9 %), die der Reg. Wahlbetrug vorwarf. Bedingt durch die Terrorakte lag die Wahlbeteiligung nur bei 55 %. Die Parl.-Wahlen vom Febr. 1989, wiederum von schweren Gewaltakten geprägt, brachten erneut eine Mehrheit für die UNP (125 der 225 Sitze). Nach dem Reg.-Wechsel in Indien wurden die ind. Truppen im März 1990 abgezogen. Daraufhin wurde der N und O des Landes erneut weitgehend von der LTTE kontrolliert, die im Juni 1990 den bewaffneten Kampf wieder aufnahm. Inzwischen ist die Reg. von SL dazu übergegangen, eine ethn. Befriedung vor allem mit wirtsch.-pol. Mitteln zu versuchen. Eine ind.-srilankanische Kommission trat im Jan. 1992 erstmalig zusammen, um die Repatriierung tamilischer Flüchtlinge sowie eine Liberalisierung des Handels herbeizuführen. Bei den Wahlen vom August 1994 siegte die Opposition unter Frau Chandrika Bandaranaike Kumaratunga. Während des Präs.-Wahlkampfes wurden am 24. 10. 1994 der Vorsitzende der UNP, Dissanayake, und weitere 56 Menschen bei einem Bombenanschlag getötet. Die Wahlen am 9. 11. 1994 gewann Frau Kumaratunga mit 62 % der Stimmen. Sie begann eine Friedenspol. gegenüber der LTTE, die während der Verhandlungen die Waffen ruhen ließ.

Der Tamilen-Konflikt eskalierte jedoch erneut seit der zweiten Hälfte des Jahres 1995. Im Mai 1996 eroberten die Regierungstruppen wieder die Jaffna-Halbinsel; bei einem Selbstmordattentat in Colombo im Januar 1996 wurden 80 Menschen getötet und über 1200 verletzt. Präs. Kumaratunga verhängte am 8. 4. den Ausnahmezustand über ganz SL. Im Juli und Aug. kam es zu heftigen Kämpfen um den strategisch wichtigen Militärstützpunkt Mullaitivu und die Stadt Kilinochchi. Bis 1999 forderte der Sezessionskrieg etwa 50000 Menschenleben (weitere 30000 Menschen sind «verschwunden»). Die Opposition wies im Juli 1996 den Friedensplan zurück, den Kumaratunga im Januar vorgelegt hatte und der weitreichende Vollmachten für die Provinzen vorsah. Die Kritik der tamilischen Parteien richtete sich gegen die Möglichkeit, dass die Zentralreg. unter bestimmten Bedingungen eine Provinzreg. auflösen könne. Am 3. 4. 1997 wurde eine Vereinbarung zwischen Kumaratunga und dem Führer der UNP bekannt gegeben, bei der pol. Lösung des Tamilen-Konflikts zusammenzuarbeiten. Es gelang jedoch nicht, die pol. Patt-Situation aufzulösen, weshalb Frau Kumaratunga vorgezogene Präs.-Wahlen für den 21. 12. 1999 ausschrieb. Nachdem sie ein Attentat knapp überlebte, verhalf ihr der Sympathiebonus mit 51 % der Stimmen zu einem ebenso knappen Wahlsieg. Bei den wieder von Gewaltaktionen und wohl auch Wahlunregelmäßigkeiten überschatteten Parl.-Wahlen vom 10. 10. 2000 verlor Frau Kamaratungas «People's Alliance» (PA) die abs. Mehrheit der Mandate, behauptete sich aber mit 45,1 % der Stimmen. Von Premier R. Wickramanayake wurde eine Koalitionsreg. aus PA, der gemäßigten Tamilenpartei EPDP und der National United Alliance (NUA) gebildet. Kumaratunga hielt an einer Autonomieregelung für die tamilischen Gebiete fest und arbeitete an einer neuen Verfassung, die sie einem Referendum unterwerfen wollte. Als Folge des Übertritts von Min. R. Hakim des Sri Lanka Muslim Congress (SLMC) und einiger Abg. Juni 2001 zur Opposition verlor Präs. Kumaratunga die Parl.-Mehrheit. Dem von der Opposition unter Führung der UNP vorbereiteten Misstrauensvotum versuchte sie durch Vertagung des Parl. zu entgehen, was gewaltsame Proteste auslöste. Der Mehrheitswechsel wurde in den Parl.-Wahlen Dez. 2001 mit dem Sieg der UNP bestätigt. Die nun von Premiermin. R. Wickremansinghe geführte Reg. und die LTTE unterzeichneten Feb. 2002 ein unbefristetes Waffenstillstandsabkommen; der Beginn der eigentlichen Friedensverhandlungen wurde jedoch weiter verschoben.

Lit.: J. Spencer (Hg.), Sri Lanka: History and Roots of Conflict, London 1990; J. Donner/ B. Thibaut, Sri Lanka, in: HDW III, 7, 1994, S. 336ff.; Walter Keller, Zur Lage der Menschenrechte, in: Südasien 2/97, S. 12ff.

bh/ef

SSA →Entwicklungspolitik der USA

SSIP Sozialwiss. Studienkreis für internationale Probleme e. V., 1960 gegr., Hauptaufgaben: 1. Förderung sozialwiss. Studien int., insb. sozialer und kultureller Probleme; 2. Auswertung der Ergebnisse solcher Studien im Hinblick auf die Praxis; 3. durch Publikationen, Tagungen, Beratungen, Informationsaustausch und andere Maßnahmen zur Lösung int. Probleme beizutragen; 4. Förderung des wiss. Nachwuchses sowie des Einsatzes junger Sozialwissenschaftler auf dem Gebiet der int. Bez. Publikationen: SSIP-Bulletin, viermal p. a. SSIP-Mitteilungen. Adresse: SSIP-Geschäftsstelle Mettmanner Str. 105, 40721 Hilden. kg

Staatshandelsländer Länder mit staatl. Monopol des Außenhandels; in den int. Statistiken waren dies: Albanien, Bulgarien, VR China*, DDR, DVR Korea*, Kuba*, Polen, Rumänien, SU, Tschechoslowakei und Ungarn. Die mit * versehenen Länder verbleiben noch (Stand 2002). dn

Staatsklasse Die grundlegende Befunde der *Dependenztheorie weiterentwickelnde e.-theoretische Diskussion der 1970er und 1980er Jahre gab sich mit der Erklärung von *Unterentwicklung als Konsequenz der strukturellen *Abhängigkeit der EL vom Weltmarkt nicht zufrieden. Sie fragte nach dem pol. und administrativen Vermittlungsprozess dieser Abh.-Beziehungen. Folgerichtig wurde das Verhältnis von Staat und *Entwicklung in den EL thematisiert. Da man dem peripheren Staat nun eher relative

Autonomie und pol. Entscheidungsspielraum einräumte, richtete sich die Aufmerksamkeit auf die Träger von Entscheidungsprozessen, die Akteure im Staatsapparat und ihre bes. Funktionen, die sich von denen der Amtsträger in IL qualitativ unterscheiden. Die S.-Theorie nach H. Elsenhans besagt Folgendes: Zentrale Führungsgruppe in den EL ist die S., zu der allerdings nicht alle öfftl. Bediensteten zählen. Entsprechend der Marx'schen Definition von Klassen gehört zur S. nur, wer «kraft Amtes an der Aneignung von Mehrprodukt als Einkommen des Apparats, an der Verteilung von solchem Mehrprodukt auf Konsum und *Investitionen, an Investitionsentscheidungen und an der Lenkung von Arbeit teilnimmt bzw. andere leitende Aufgaben im Staatsapparat, den staatlichen Betrieben und den in den Staat integrierten politischen und gesellschaftlichen Organisationen wahrnimmt» (Elsenhans 1981, S. 122). Der Übergang von der S.-Zugehörigkeit zur «organischen Klientel» der von der S. abh. übrigen Beschäftigten im Staatssektor ist fließend. Klarer als die personelle Zusammensetzung der S. lassen sich ihre Funktionen abgrenzen. Eingezwängt zwischen Erwartungen eines wachsenden Lebensstandards und dem Faktum von Verelendungsprozessen in den EL, ergibt sich für die staatstragenden Schichten die Notwendigkeit, ihre Privilegien zu legitimieren. Bloße Repression reicht auf Dauer zur Systemstabilisierung nicht aus. Die Privilegierten sehen sich gezwungen, mit eigener Prioritätensetzung in den Prozess der *Akkumulation von Kapital einzugreifen und entwicklungsstrategische Investitionen zu tätigen. Sie tun dies nicht als Privatpersonen, sie privatisieren nicht die *Ressourcen des Staates, weshalb die synonym mit S. verwendeten Begriffe Staats- oder administrative Bourgeoisie von Elsenhans abgelehnt werden, sondern als Klasse von Bürokraten, die sich das gesellsch. Mehrprodukt kollektiv aneignet. Nur pol. Überlegungen, keine Marktkonkurrenz zwingen sie zu investieren, weshalb Luxuskonsum oder die Errichtung entwicklungspol. sinnloser, propagandistisch aber nützlicher Prestigeobjekte durchaus mit ihren Zielen vereinbar sind. Ihr Entscheidungsrahmen wird lediglich durch den Wunsch nach Selbstprivilegierung auf der einen und die periodisch sich einstellenden Legitimationszwänge auf der anderen Seite begrenzt.

Als problematisch an der S.-Theorie erschien v. a. ihre geringe Sensibilität für die Ausdifferenzierung pol. Strukturen und Institutionen bis hin zur Subsystembildung in versch. EL, insb. den nichtafrik., als Ergebnis einer begrenzten Elitenkonkurrenz. So ist im Falle der Demokratien LAs gerade die allzu kurze Verweildauer von Reg.-Chefs und Min. sowie der sehr weit gehende, nicht nur auf der zentralstaatl. Ebene vollzogene Elitenaustausch bei jedem Reg.-Wechsel als eine Ursache der pol. Instabilität festgestellt worden.

Lit.: T. Evers, Bürgerliche Herrschaft in der Dritten Welt, Köln/Frankfurt 1977; H. Elsenhans, Abhängiger Kapitalismus oder bürokratische Entwicklungsgesellschaft. Frankfurt/New York 1981; R. Hanisch/R. Tetzlaff (Hg.), Staat und Entwicklung, Frankfurt/New York 1981; H. Elsenhans, Staatsklasse, Umverteilung und die Überwindung von Unterentwicklung, in: Peripherie (1986), Nr. 22/23, S. 149–165. rs

Staatsquote Die S. ist ein einfaches Maß für die Bedeutung des Staates als Akteur in der Wirtsch. eines Landes. Es gibt versch. S.n, die das staatl. Engagement im Hinblick auf versch. Ebenen der Wirtschaftstätigkeit zu erfassen versuchen. Die Staatsausgabenquote z. B. gibt den Anteil der Staatsausgaben am *Nationaleinkommen eines Landes an, die Staatsbeschäftigtenquote den Anteil der im öfftl. Sektor Beschäftigten an der Gesamtzahl der Erwerbstätigen. In der Höhe der S. in EL kommen i. d. R. weniger grundsätzlich-ideolog. Entscheidungen für ein best. Wirtschaftssystem (Kapitalismus versus *Sozialismus) zum Ausdruck als vielmehr die Reaktionen der pol. Führung auf grundlegende E.-Probleme bei *Industrialisierung und/oder *Beschäftigung. bt

STABEX System und Fonds für die *Stab*ilisierung der *Ex*porterlöse der *AKP-Staaten bei landw. *Grundstoffen im Handel mit der EU. Das im Rahmen der *Lomé-Abkommen geregelte STABEX kann mit einer Versicherung gegen schlechte Jahre verglichen werden. AKP-Staaten konnten die Leistungen des Fonds in Anspruch nehmen, wenn sie bei einem von STABEX erfassten Produkt in einem J. durch Produktionsausfälle, Preisrückgänge o. ä. Vorgänge Einbußen bei den Exporterlösen erfuhren. Dabei galten zwei Regeln: 1. Das Produkt musste mit einem Mindestanteil zum ges. Export des Landes beitragen (sog. Abhängigkeitsschwelle). 2. Die Einbußen mussten einen best. Anteil der durchschn. Erlöse für das Produkt im Vgl. zu den vier vorhergehenden J. überschreiten (sog. Auslöseschwelle).

STABEX sollte somit für bestimmte Exportprodukte einer bestimmten Ländergruppe die nominalen Erlöse stabilisieren, nicht jedoch die realen. Dafür wäre eine *Indexierung der Rohstoffpreise erforderlich gewesen, was die IL ablehnten. Zunächst wurden 29 Produkte von STABEX erfasst (Lomé I). Die Liste wurde 1979 auf 34, in Lomé II (1980) auf 44, in Lomé III (1985) auf 48 und in Lomé IV auf 51 Produkte ausgeweitet. Die Mittel zur Finanzierung von STABEX betrugen für Lomé I 382 Mio. *ERE und wurden 1979 auf 550 Mio. ERE, in Lomé II auf 557 Mio., in Lomé III auf 925 Mio. und in Lomé IV (1990) für den Zeitraum bis 1995 auf 1500 Mio. *ECU aufgestockt.

Abhängigkeits- und Auslöseschwelle lagen anfänglich bei 7,5 % und wurden dann parallel gesenkt: auf 6,5 % in Lomé II (Sisal 5 %), 6 % in Lomé III (Sisal 4,5 %) und 5 % in Lomé IV. Für die *LLDCs unter den AKP-Staaten liegen die Schwellen erheblich tiefer: in Lomé I bei 2,5 %, Lomé II: 2 %, Lomé III: 1,5 %, Lomé IV: 1 %. Diese Länder, auf die ca. 42 % der Bev. der AKP-Staaten entfallen, erhielten die STABEX-Mittel stets als Zuschüsse, während die anderen EL sie bis Lomé IV als zinsfreie Kredite bekamen. Seit 1990 waren STABEX-Mittel generell Zuschüsse. Die Verwendung der ausgezahlten STABEX-Mittel war frei (im Unterschied zu *SYSMIN, das in Lomé II für Bergbauprodukte eingeführt wurde). In Lomé III wurde aber eine Regelung getroffen, die die EL verpflichtete, vorweg die Verwendungsabsichten bekannt zu geben und innerhalb eines Jahres nach der Auszahlung einen entsprechenden Bericht zu veröffentlichen. In Lomé IV wurde vereinbart, die Mittelverwendung durch Rahmenvereinbarungen zwischen der EU-Kommission und den jeweiligen AKP-Staaten vorab zu regeln, um sicherzustellen, dass die Gelder auch für E.-Zwecke verwendet wurden.

Die Erfahrungen bis 1981 zeigten, dass 88 % der STABEX-Transfers auf nur drei Produkte (Kaffee, Kakao und Erdnüsse) entfielen und dass 73 % der Mittel in fünf (der damals 46 berechtigten) AKP-Länder flossen. STABEX II (1980–85) erwies in dramatischer Weise, dass die bereitgestellten Mittel viel zu knapp waren, um die Folgen des Preisverfalls auf den Rohstoffmärkten 1980/81 (bes. Kaffee und Kakao) auch nur annähernd aufzufangen. Trotz Aufstockung des Fonds 1981 um 70,7 Mio. ERE konnten nur 46,5 % der berechtigten Forderungen der LLDCs und nur 41,9 % der Ansprüche der übrigen EL ausgezahlt werden. Im *Cotonou-Abkommen wurde STABEX als eigenständiges Instrument der EU-Entwicklungspol. aufgegeben. dn/bt

Stabilisierung der Exporterlöse →STABEX

Städtepartnerschaften Einige dt. Städte und Gemeinden leisten durch Patenschaften bzw. Partnerschaften mit Gemeinden in EL kommunale *Entwicklungshilfe. Die Leistungen der dt. Partner konzentrieren sich auf Fördermaßnahmen und materielle Hilfen im *Bildungs- und *Gesundheitswesen und auf die Vermittlung von Erfahrungen in der Kommunalverwaltung, indem dt. Fachkräfte in die Partnerkommune entsandt oder Verwaltungspraktiker aus dem EL in der BRD aus- bzw. fortgebildet werden, wobei freilich oftmals Schwierigkeiten bei der Reintegration der EL-Stipendiaten entstehen. Bislang haben nur wenige dt. Kommunen Partnerschaften mit Gemeinden in EL. red

Standby-Kredite →IWF

Ständiges Konsultativkomitee des Maghreb →PCCM

St. Christopher (St. Kitts) und **Nevis** →Karibik

Sterblichkeitsrate / Sterberate Maßzahl für den Pro-Tausend-Anteil der Sterbefälle (Mortalität) an der Gesamtbev. in einer bestimmten Periode. Bestimmt zusammen mit der *Geburtenrate – wenn wir von Migrationen absehen – die Wachstumsrate der Bev. und die Bev.-Dynamik. dn

Stiftung Entwicklung und Frieden →SEF

Stiftung für internationale Solidarität und Partnerschaft →SIS

Stiftung Kinder in Afrika 1984 gegr. Org. mit dem Ziel der Verbesserung der med. Versorgung und der Bildung von Kindern und Jugendlichen in Afrika und Osteuropa. 2001 wurden mit einem Etat von ca. 2,1 Mio. € 11 Projekte in 10 Ländern betrieben. Adresse: Holsteiner Str. 12c, 21465 Reinbek. Internet: www.kinder-in-afrika.de red

Stiftung Menschen gegen Minen →MGM

Stiftung Nord-Süd-Brücken 1994 gegründete Stiftung, die das Vermögen des ehem. «Solidaritätskomitees der DDR» von ca. 17,9 Mio. € übernahm und vornehmlich Projekte ostdt. *NROs unterstützt. dn

Stiftung Wissenschaft und Politik →SWP

Stiftungsverband Regenbogen e. V. →HBSt (Heinrich-Böll-Stiftung)

Stiglitz, Joseph, geb. 1943, Wirtschaftswiss., Professor an der Columbia Business School New York, Nobelpreisträger für Ökon. 2001, Ex-Chefökon. und Vize-Direktor der *Weltbank (1997–2001), Gründer des *Initiative for Policy Dialogue* (IPD); nach vielen Schriften veröffentlichte er 2001 das Buch *Globalisation and Its Discontents* (dt.: Die Schatten der Globalisierung), in welchem er eine scharfe Kritik am *IWF und an der Politik der *Strukturanpassung übte. Im Rahmen des IPD entwickelt er in Dialogen mit jeweiligen EL-Akteuren alternative Reformprogramme, die auf die jeweiligen Landesbedingungen abgestimmt sind (*Country Dialogues*).

Lit: J. Stiglitz, Die Schatten der Globalisierung, Berlin 2002. dn

Strategien internationaler Berufsbildung / Berufsbildungshilfe Die Strategien int. Berufsbildung / Berufsbildungshilfe legen heute mehr Wert auf die Qualität der Ausbildung, damit eine größere Flexibilität der Arbeitnehmer / -innen erreicht wird und Letztere auch in späteren beruflichen Bildungsprozessen lebensbegleitenden Lernens ihre Kenntnisse und Fertigkeiten den neuen Anforderungen anpassen können. Dabei wurde immer deutlicher, dass die Pol. des Exports eines spezifischen Bildungs- oder Berufsbildungssystems auf gewachsene nat. und regionale Strukturen in den EL stößt. Ein bloßer Transferansatz, der ein erfolgreiches System der beruflichen Bildung von einem Land in ein anderes transferieren will, ist heute obsolet. Stattdessen wird eine starke Hinwendung zu einem Ansatz der Berücksichtigung nat. und regionaler Gegebenheiten unter Einbezug int. Erfahrungen favorisiert. Dialog und Gleichberechtigung, wechselseitiges Lernen voneinander sind wichtige Merkmale einer erfolgsorientierten E. int. Berufsbildung. Zahlreiche Projekte haben die Annäherung zwischen Betrieb und Schule als Ziel, andere dagegen präferieren einen Ansatz einer forcierten schulischen Allgemeinbildung und eines dann rel. unkoordiniert anknüpfenden *on-the-job-training*. Allerdings ist es zunehmend Konsens, dass Gesellschaften, die in der Weltwirtsch. einen führenden Rang einnehmen, eine hohe Teilnehmerquote in der allg. bzw. techn.-wirtsch. höheren Sekundarbildung und in den verschiedenen Bereichen tertiärer Bildung benötigen. Die inhaltliche und org. Sequenzierung beruflicher Bildung kann sehr unterschiedlich ausgestaltet sein, z. B. in mehr oder minder betrieblicher, schulischer oder dualer Form, mehr oder minder staatl. oder privater Form, mehr allgemein bildend und stärker arbeitsmarktorientiert. Das zentrale Problem der besseren Abstimmung von Schule und Beruf wurde nach einer angebotsorientierten Phase (*demand-driven-era*) in den 1980er J. verändert, denn nun wurden pädagogische Feinabstimmungen von Schule und Beruf angestrebt (u. a. Verberuflichung der Sekundärbildung). Die «Verberuflichung» der Sekundärausbildung hat aber nicht die erwarteten Resultate erbracht. Weder finden die Schulabgänger aus verberuflichten Schulen leichter Jobs, noch sind sie in ihren späteren Tätigkeiten zufriedener, noch wird das Problem des *under-employment* (also der realen Berufseinmündung unterhalb des legitimen Anspruchsniveaus) befriedigend gelöst.

Bei der zunehmend dezentralen Planung beruflicher Bildung wird immer stärker von einer interdependenten Beziehung von Bildung und Arbeit ausgegangen: Die Ausbildung muss auf den Qualifikationswandel des Beschäftigungssystems, der seinerseits in erster Linie durch neue Formen der Arbeitsorg. und den techn. Wandel beeinflusst ist, beispielsweise durch Curriculumrevision und durch Fortbildung des pädagogischen Personals, reagieren. Andererseits können die funktionalen und sozialen Kompetenzen der Schulabgänger, also die im Bildungssystem hervorgebrachten Qualifikationen, in den Betrieben eine Nachfrage nach solchem, zunächst neuem Qualifikationsangebot auslösen (*supply-created-demand*). Insges. erfahren Strategien int. Berufsbildung / Berufsbildungshilfe seit den späten 1980er J. eine größere int. Aufmerksamkeit. Verbesserungen in diesem Bereich werden durch die Erfahrungen herausgefordert, dass in vielen Ländern techn. und berufliche Bildung einen unangemessen niedrigen sozialen Status haben, dass die Kosten in diesem Bereich vielfach als sehr hoch eingeschätzt werden und dass viele junge Menschen berufliche Bildung meiden. Konsens ist auch, dass eine partnerschaftliche Zusammenarbeit aller in der beruflichen Bildung Beteiligten, also privater, staatl., semi-staatl. (oder non-gouvernementaler) Einrichtungen und Institutionen eine Voraussetzung für die bessere E. der beruflichen Bildung ist. Die neueren Konzepte sind eine Absage an Positionen, die allg. Bildung in der Sekundarstufe und reines *on-the-job-training* separieren und zeitlich nacheinander kombinieren wollen. Der bereits erwähnte interdependente Zusammenhang zwischen beruflicher Ausbildung und Arbeit kann sich nur entwickeln, wenn sich beide Bereiche nicht voneinander isoliert gestalten. Zur Förderung der int. Berufsbildungshilfe werden derzeit institutionelle Netzwerke entwickelt (z. B. UNEVOG). In diesem Bereich soll die int. Kooperation erheblich gesteigert werden, wobei sich als bes. Problembereiche herauskristallisieren: Management der beruflichen und techn. Bildung auf der nat. Makro-Ebene, der regional-lokalen Meso-Ebene und der institutionellen Mikro-Ebene; Aus- und Fortbildung des Ausbildungspersonals (*training the trainers*); stärkere Betonung des Einflusses von nichtstaatl. Anbietern beruflicher und techn. Bildung; Qualitätskontrolle und Evaluation beruflicher Bildung (formaler, nonformaler und informaler Bildung); berufliche Beratung und Förderung der Ausbildung für Frauen und Mädchen. Die staatl. Finanzkrisen in vielen EL haben zu einer drastischen Bedrohung der pädagogischen Versorgung auch im Berufsbildungsbereich geführt: Lehrmaterial ist knapp, Gebäude sind in schlechtem Zustand, Absentismusraten von Lehrern und Schülern / Auszubildenden sind angestiegen, Ausbildungsabbruch ist alltäglich, und unregelmäßiger und niedriger Lohn der Lehrer führt zu Mehrarbeit durch Fremdbeschäftigung und auch zu Demotivierung. Auf diese Probleme wird derzeit durch eine Strategie der Partizipation, Entflechtung der Entscheidungshierarchien, der institutionellen Autonomie von Bildungseinrichtungen geantwortet. Dies kann als Bestandteil einer allg. Modernisierungsstrategie bewertet werden, allerdings einer Strategie, die nicht als entfremdete, aufgestülpte Modernisierung missverstanden werden darf, denn bei der Aus- und Fortbildung des pädagogischen Personals, bei der Implementierung grundlegender Konzepte der Bildungsplanung ist immer der ökon., pol. und kulturelle Kontext eines Landes vorrangig zu berücksichtigen.

Lit.: F. Caillods, Educational planning for the year 2000, IIEP Contributions No. 4, Paris 1991; O. Bertrand, Planning human resources: methods, experiences and practices, 41, UNESCO: IIEP, Paris 1992; J. Lauglo, Vocational training: analysis of policy and modes, IIEP, Paris 1993; V. Lenhart, Bildung für alle, Darmstadt 1994; K. Schaack / R. Tippelt, Strategien der internationalen Berufsbildung, Frankfurt a. M. u. a. 1997. rti

Strukturanpassung Bezeichnung für die neoliberalen wirtschafts- und finanzpol. Kurskorrekturen, die viele EL seit den 1980er J. unter dem Druck der Schuldenkrise (→Verschuldung) vornahmen. Im Einzelnen handelte es sich insb. um folgende Maßnahmen: «Entstaatlichung» der Wirtsch. und Zurückdrängen des Staates auf hoheitliche Ordnungsaufgaben (*law and order*); Schaffung von Investitionsanreizen für in- und ausl. Privatkapital (*Direktinvestitionen); Deregulierung und Liberalisierung der Märkte, u. a. durch Aufhebung von Preiskontrollen; Öffnung der nat. Ökonomien gegenüber dem Weltmarkt durch Lockerung von Import- und Kapitalverkehrskontrollen; Abwertung der häufig künstlich überbewerteten Landeswährungen, um die Exporte zu verbilligen und damit anzukurbeln sowie die Importe zu verteuern und damit zu verringern; Stabilisierung der Staatsfinanzen durch Personalentlassungen im öfftl. Dienst, Streichung von Subventionen (v. a. bei Grundnahrungsmitteln), Kürzungen im Sozialbudget (v. a. bei den Bildungs- und Gesundheitsaufgaben) und Erhöhung der Preise für öfftl. Dienstleist. (Bildung, Gesundheit, Energie, Transport). Ziel der von *IWF und *Weltbank unterstützten und häufig mitkonzipierten Strukturanpassungsprogramme war und ist es, kurzfristig die Zahlungsfähigkeit und Kreditwürdigkeit der betroffenen EL wiederherzustellen und mittel- bzw. langfristig ihre Wachstumschancen durch Orientierung am Weltmarkt zu verbessern. Wegen der hohen sozialen Kosten waren und sind sie meist heftig umstritten; erst seit Ende der 1980er J. wurde die Notwendigkeit einer sozialen Flankierung zunehmend anerkannt (z. B. *SDA). →Kompensatorische Maßnahmen der Strukturanpassung fn

Strukturelle Gewalt Der Begriff der s.G. wurde von dem Norweger Johan Galtung im Kontext der Diskussion um eine kritische *Friedensforschung entwickelt. Nach Galtung liegt G. dann vor, «wenn Menschen so beeinflußt werden, daß ihre aktuelle somatische und geistige Verwirklichung geringer ist als ihre potentielle Verwirklichung». G. ist also Ursache für die Diskrepanz zwischen den Möglichkeiten des Menschen und deren Verwirklichung. Galtung unterscheidet u. a. zwischen «personaler» und s.G. Während bei ersterer G. auf konkrete Akteure zurückzuführen ist, ist das im zweiten Fall unmöglich geworden. Die G. ist in das gesellsch. System eingebaut und äußert sich in ungleichen Machtverhältnissen und folglich ungleichen Lebenschancen (z. B. Ungleichheit der *Einkommensverteilung, der *Bildungschancen etc.). Galtung gebraucht den Begriff der s.G. synonym mit dem Begriff «soziale Ungerechtigkeit». Hier trifft sich Galtungs Analyse mit der Kritik am Kapitalismus in den EL. Sie legitimiert den Kampf gegen sozial ungerechte Systeme (→Guerilla etc.), auch wenn diese weitgehend auf direkte Unterdrückung verzichten. Die Kritik am Begriff der s.G. wendet sich gegen den umfassenden Vorwurf an pol. Systeme, mit ihren Institutionen und Gesellschaftsformen gleichzeitig Gewaltverhältnisse zu begründen, und glaubt, dass soziale Ungerechtigkeit reformistisch, also ohne grundlegenden Strukturwandel, beseitigt werden kann.

Lit.: J. Galtung, Feudal Systems, Structural Violence and the Structural Theory of Revolutions, in: Proceedings of the International Peace Research Association, Third General Conference, Assen 1970, S. 207 ff.; J. Galtung, Gewalt, Frieden und Friedensforschung, in: D. Senghaas (Hg.), Kritische Friedensforschung, Frankfurt 1971, S. 55 ff. rs

Strukturelle Heterogenität Das Konzept «strukturelle Heterogenität» (SH) ist ein Schlüsselbegriff der Analyse unterentwickelter Gesellschaften. In die theoret. Diskussion wurde es zu Beginn der 1950er J. durch die Ökonomen der * CEPAL eingeführt. Im Rahmen des von ihnen unter der Ägide von * Raúl Prebisch entwickelten * Zentrum-Peripherie-Modells wiesen sie mit dem Konzept der SH auf die grundlegenden Unterschiede in wirtsch., sozialer, pol., technol. und kultureller Hinsicht hin, die zwischen den entwickelten Zentren und den unterentwickelten Peripherien bestehen. Von einer beschreibenden Kategorie, die geeignet sein soll, die realen sozioökon. Verhältnisse in der * Dritten Welt mit den modelltheoret. Annahmen der klassischen Volkswirtschaftslehre zu konfrontieren, avancierte das Konzept Mitte der 1960er J. innerhalb der * Dependenztheorien zu einer zentralen analytischen Kategorie. Im Konzept der SH versinnbildlicht sich am besten der Paradigmenwechsel in der E.-Theorie: Erstens verstand es sich als Gegenkonzept zur * Dualismusvorstellung und rückte damit die internen E.-Unterschiede zwischen einem entwickelten modernen Sektor und einem sog. traditional rückständigen Sektor in eine neue Problemperspektive; zweitens lenkte es mit der Frage nach den Ursachen von SH die Aufmerksamkeit auf die asymmetrischen Bez. zwischen kapitalistischen Zentren und kapitalistischen Peripherien und ließ damit die bislang aus der e.-pol. Debatte ausgeblendeten externen Verursachungsfaktoren von UE zum analytischen Problem werden.

Ein großer Teil der Definitionen von SH griff zur Identifizierung der damit beschriebenen Gesellsch.-Formation auf die Unterscheidung zurück, dass strukturell heterogene Gesellsch. im Ggs. zu strukturell homogenen Gesellsch. nicht nur auf einer, sondern auf mehreren nebeneinander existierenden und in bes. Weise einander zugeordneten Produktionsweisen (unterschieden werden: Urgemeinschaft, Clan / Stammesgemeinschaft, asiatische Produktionsweise, Feudalismus, Kapitalismus und Sozialismus) beruhen.

Die theoret. Bemühungen um die E. und Präzisierung des Konzepts der SH zielten i. d. R. auf die Ausarbeitung und Begründung e.-theoret. Folgerungen. Sie bestanden in der strukturalistischen Schule lateinamerik. Ökonomen in einer Reihe strukturverändernder Reformen: extern des Welthandels zum Zwecke der Aufhebung der die EL belastenden * *terms of trade* (Aufgabe des Theorems der * komparativen Kosten); intern in Maßnahmen wie * Agrarreform, * Diversifizierung der Produktionsstruktur, * Industrialisierung, Steigerung des * Beschäftigungsniveaus, unter starker staatl. Beteiligung (Aufgabe des Konzepts des freien Spiels der Marktkräfte).

Einige Dependenztheoretiker folgerten aus der Analyse der sich neu und vertiefend reproduzierenden Strukturen der UE die Notwendigkeit gewaltsam-revolutionärer Veränderung. Die Wirkungen der kuban. Revolution und der von ihren Theoretikern propagierten * Guerilla-Strategien auf dieses Denken können kaum überschätzt werden. Die von der Theorie des peripheren Kapitalismus vertretene Grundüberzeugung, dass die Integration der EL in den Weltmarkt unausweichlich deren strukturelle Abh. und damit binnengesellsch. SH hervorrufe, präjudizierte die strategische Schlussfolgerung der * Dissoziation.

Ausgehend von der Annahme, dass die ökon. und soziale Struktur eines peripher-kapitalistischen Landes – Ergebnis externer Faktoren – eine gewisse Autonomie erlangt hat, die sie selbst zur Grundlage und Determinante der Form macht, wie sich ein EL in den Weltmarkt integriert, konzentrierte sich die Prebisch-Analyse des peripheren Kapitalismus hingegen auf die internen Bedingungen der Aufrechterhaltung der deformierten Strukturen in Wirtsch., Gesellsch. und Pol. und steuerte mit konkreten Vorschlägen Reformen der internen Strukturen an. Diese Fragen öffneten den Weg zur Debatte über Reformpol. von den Bereichen innergesellsch. Reformen (die SH betreffend) bis hin zu den Problemen einer Neustrukturierung der Weltwirtsch. (→NWWO).

Lit.: A. Córdova, Strukturelle Heterogenität und wirtschaftliches Wachstum, Frankfurt 1973; D. Senghaas/U. Menzel, Multinationale Konzerne und Dritte Welt, Opladen 1976; H. Elsenhans, Die Überwindung von Unterentwicklung durch Massenproduktion für den Massenbedarf, in: HDW II, 1, Hamburg 1982, S. 152 ff.; D. Nohlen/R. Sturm, Über das Konzept der strukturellen Heterogenität, in: HDW II, 1, Hamburg 1982, S. 92 ff.; D. Senghaas, Autozentrierte Entwicklung, in: HDW II, 1, Hamburg 1982, S. 359 ff. dn/rs

Strukturhilfe Im Rahmen der *Finanziellen Zusammenarbeit 1987 von der Bundesreg. geschaffenes Instrument, mit Hilfe dessen Strukturanpassungsmaßnahmen der EL unterstützt werden sollen, entsprechend ähnlichen Programmen der *Weltbank und in Zusammenarbeit mit ihr. Im Unterschied zur *Warenhilfe erwartet die Bundesreg. bei S. Gegenleistungen des EL in Form konkreter und überprüfbarer Reformanstrengungen. 1987–2000 insg. ca. 798 Mio. € (2000: ca. 24 Mio. €). dn

Studenten aus der Dritten Welt →Ausländerstudium

Studiengänge zur Dritte-Welt-Problematik →Entwicklungsländerbezogene Studiengänge

Studien- und Fachkräftefonds werden für die 1. Vorbereitung von *TZ-(aber auch *FZ-)Vorhaben, 2. unvorhergesehene Kurzzeitmaßnahmen zur Unterstützung laufender und Abrundung abgeschlossener Vorhaben, 3. sonstige Studien und Gutachten einschließlich solcher zur Unterstützung der Privatind. in Partnerländern, 4. andere TZ-Maßnahmen geringen Umfangs (z. B. Materiallieferungen), sofern all diese Aufgaben nicht aufgrund ihres Umfangs (über 250000 €) oder ihrer Eigenständigkeit als eigene Projektbeiträge durchgeführt werden. Studien- und Fachkräftefonds zugunsten einzelner Länder oder regionaler Zusammenschlüsse sind Aufträge mit zunächst einer allg. Zweckbestimmung, die erst durch aus den Fonds finanzierte Einzelmaßnahmen konkretisiert werden. Die Einzelmaßnahmen bedürfen jeweils der Zustimmung des *BMZ. Der Vorteil dieser Fonds ist, dass der dringliche Bedarf an Studien, Gutachten oder Beratungsleistungen relativ unbürokratisch und rasch befriedigt werden kann. 2001 erteilte das BMZ 550 Aufträge zur Durchführung von TZ-Vorhaben in Höhe von insges. 517 Mio. €. as

Subsidiarität Subsidiaritätsprinzip (SP) bedeutet einmal eine arbeitsteilige Aufgabenverteilung zwischen Staat (Verwaltung, staatl. und halbstaatl. Institutionen) und privatem Sektor (Selbstverwaltungsorg., Verbände, Untenehmen), zum anderen die Delegation von Aufgaben vom Staat auf den Privatsektor. Nach dem SP sollte die wirtsch. E. von der privaten Eigeninitiative ausgehen, während der Staat sich auf die Schaffung günstiger Rahmenbedingungen für ihre Entfaltung konzentrieren sollte.

Subsidiarität in der E.-Zusammenarbeit (EZ) bedeutet: 1. Was die Reg., Institutionen, Privatwirtsch. und der Markt des EL aus eigener Kraft leisten können, ist zuerst auszuschöpfen, bevor über ausl. EZ Unterstützung gewährt wird (Vorrang lokaler Initiative vor ausl. Hilfe). 2. Bei der Planung von Unterstützungsmaßnahmen muss gefragt werden, ob (Dienst-)Leistungen nicht besser von privaten Trägern und Selbsthilfeorg. erbracht werden können als von staatl. oder halbstaatl. Institutionen. Maßnahmen sollten nur dort ansetzen, wo Bedarf existiert, der Markt bzw. private Anbieter und Selbsthilfeorg. jedoch (noch) keine Lösungen anbieten. So liegt etwa großes Potenzial in Verbänden und Wirtschaftskammern, die in der EZ zunehmend als Alternative zu staatl. Partnern gesehen werden (Vorrang der Förderung privater vor staatl. Träger). 3. Statt zentralisierter Einrichtungen wird der Aufbau effizienter dezentraler Strukturen unterstützt, die näher an den Zielgruppen sind (Vorrang der Unterstützung dezentraler vor zentralistischen Strukturen). Auch im staatl. Bereich wird kleineren Einheiten der Vorrang vor den größeren gegeben (Unterstützung der pol. und administrativen Dezentralisierung, Aufbau lokaler und regionaler Selbstverwaltungen, Programme der Regional- und Kommunalentwicklung). 4. Auch bei der Rolle der ausl. Durchführungsorg. sollte in Bezug auf die Verantwortung des einheimischen Partners das Prinzip der S. gelten (*ownership). 5. S. heißt auch Prinzip des geringstmöglichen Eingriffs, d. h. Vorrang lokaler vor externer *Ressourcen (etwa Vorrang lokaler vor ausl. Fachkräften): Nur in dem Maße, in dem die im Bereich der Zusammenarbeit notwendigen Kenntnisse und Fähigkeiten oder Finanzmittel im Partnerland nicht vorhanden sind oder aufgebracht werden können, sollten sie extern beschafft bzw. finanziert werden. 6. EZ zielt darauf ab, die potenziellen Selbsthilfekräfte zu stärken. Insbes. die *Armutsminderung wird als «Hilfe zur Selbsthilfe» verstanden, indem die schöpferischen und produktiven Kräfte der Armen in EL mobilisiert werden sollen.

Lange Zeit war die EZ eine von Staat zu Staat geleistete Hilfe und konzentrierte sich überwiegend auf staatl. Träger in Partnerländern. Mit der wachsenden Krise des Staats in vielen EL und der Einsicht in die begrenzte Leistungsfähigkeit staatl. Träger erlangte das SP in der EZ immer mehr an Bedeutung. →Ownership, →Nichtstaatliche Organisationen, →Klein(st)gewerbe

Lit.: K. Bodemer (Hg.), Subsidiaritätsprinzip, Dezentralisierung und local Government, Hamburg 2000; A. Waschkuhn, Was ist Subsidiarität?, Opladen 1995. as

Subsistenzwirtschaft Landw. Produktion, die primär oder völlig der Eigenversorgung und nicht bzw. nur in geringem Maße der Belieferung von Märkten dient. Sie verbleibt außerhalb des monetären Kreislaufs bzw. der Volkswirtsch. eines EL. Entgegen einem weitverbreiteten Missverständnis wird S. jedoch schätzungsweise für die Berechnung des *Nationaleinkommens erfasst. S. bedeutet ein Leben auf dem Subsistenzniveau, ja vielfach ist die Subsistenzfähigkeit in Frage gestellt. S. bietet also – entgegen einem weiteren Missverständnis industriegesellsch. Kritik in den IL – keine sinnvolle normative Perspektive. Die Subsistenzbauern – zu ihnen gehört ein großer Teil von Landarbeitern ohne eigenen Besitz – bilden einen erheblichen Teil der armen ländl. Bev., die in den Entwicklungsprozess noch nicht einbezogen wurden. Ihre Aktivierung ist jedoch aufgrund verfestigter Strukturen (Trad., Bildung, Agrarstruktur etc.) nicht einfach. dn

Südafrika (Republik Südafrika: RSA)

Fläche (Tsd. qkm): 1221
Bev. (Mio.) 2001: 50,10
BNE pro Kopf (US-$) 2000: 3020
BIP (Mio. US-$) 2000: 125 887
LE (Jahre) 1999: 48,5
Analphabetenquote (%) 1999: 15
HDI 1999: 0,702 [Rangplatz von 162: 94]

Die Reg. der Nat. Einheit von Präs. Nelson *Mandela hat behutsam den Umbau von Gesellsch. und Staat eingeleitet, die über Generationen hinweg durch eine Pol. der Rassentrennung geprägt worden waren. Unter dem Leitbild der «Einheit in der Unterschiedlichkeit» steht die «Regenbogennation» vor der Aufgabe, die tiefe gesellsch. Spaltung zu überwinden.

1. Die RSA nimmt den ges. S des afrik.

Kontinents von der Atlantikküste der Kapprovinz im W bis zu den Niederungen Natals am Indischen Ozean im O ein. Das Landesinnere bietet das Erscheinungsbild einer nur wenig gegliederten beckenartigen Hochfläche (mehr als 1000 m Seehöhe) mit einzelnen Inselbergen und niedrigen Höhenzügen. Nach N senkt sich das Hochland zum abflusslosen Kalahari-Becken und zum Limpopo ab, im O, W und S steigt es bis zur sog. Großen Randstufe (*Great Escarpment*) an, die in den Drakensbergen über 3600 m Seehöhe erreicht und dann in mehreren Stufen zu den Küstenebenen abfällt. Das subtropische Klima ist von durch die Höhenlage gemilderten Temperaturen und langen Trockenzeiten (6–8 Monate) gekennzeichnet. Die Niederschläge sind nicht nur regional, sondern auch von J. zu J. sehr unterschiedlich. Ihrer Verteilung entsprechend herrscht im trockenen Hochland das Erscheinungsbild einer Busch- und Steppenlandschaft vor, während die Vegetationsdichte in den feuchteren Küstenzonen bis zur Bildung eines immergrünen Regenwaldes zunimmt. Das Hochland ist Teil des geologisch sehr alten afrik. Festlandsockels und durchweg sehr reich an Bodenschätzen.

2. Die RSA verfügt über eine sehr heterogene Bev.-Struktur. Weitaus stärkste Volksgruppe sind Schwarzafrikaner, die mit 30,9 Mio. (1994) Menschen 76,1 % der Gesamtbev. (1994: 40,6 Mio.) ausmachen und mit Ausnahme von Western Cape und Northern Cape in allen Provinzen die große Bev.-Mehrheit stellen. Es folgen Weiße mit 5,2 Mio. (12,8 %), Farbige (*Coloureds*) mit 3,5 Mio. (8,5 %) und Asiaten (vor allem Inder) mit 1,0 Mio. (2,6 %). Weiße sind überdurchschn. stark in den Provinzen Gauteng (30,8 %) und Western Cape (23,9 %) vertreten, Farbige in Western Cape (57,4) und Northern Cape (53,5) und Asiaten in kwaZulu/Natal (9,3 %). Entsprechend der heterogenen Bev.-Struktur herrscht in der RSA eine große Sprachenvielfalt vor. Afrikaans ist für ca. 15 % der Bev. die Muttersprache, v. a. für Weiße holländ. Ursprungs (Buren) und für den überwiegenden Teil der Farbigen. Weiße engl. Herkunft und Inder sprechen Englisch (9 %). Die Muttersprachen der meisten Südafrikaner sind jedoch isiZulu (22 %) und isiXhosa (18 %), die Sprachen der beiden größten schwarzen Volksgruppen (Zulu, Xhosa). Insges. lassen sich vier afrik. Hauptsprachengruppen in der RSA unterscheiden: Nguni-Sprachen (isiZulu, isiXhosa, siSwati, isiNdebele), Sotho-Sprachen (Sesotho, Sesotho sa Leboa, Setswana), Xitsonga und Thsivenda, die alle – neben den auch von vielen Schwarzen beherrschten Amtssprachen Afrikaans und Englisch – in der Übergangsverfassung von 1993 und der neuen Verfassung von 1996 zu offiziellen Sprachen erhoben wurden. Die große Mehrheit der Bev. gehört christlichen Kirchen an (unabh. schwarze Kirchen, die *Nederduitse Gereformeerde Kerk*, Katholiken, Methodisten und Anglikaner u. a.); Hindus, Moslems und Juden sind in der Minderheit.

3. Als Geburtsstunde des heutigen Südafrika gilt das Jahr 1652 mit der Landung von Jan van Riebeeck, der in Kapstadt eine Proviantstation für die Schiffe der Niederländ. Vereinigten Ostindienkompanie gründete. Allerdings lebten schon zuvor San («Buschmänner»), Khoikoi («Hottentotten») und versch. Nguni-Völker auf dem Gebiet der heutigen RSA. Sie wurden Opfer (Tod, Vertreibung, Zwangseingliederung) der europ. Besiedlung, die zunächst auf die Kapregion beschränkt blieb, sich aber im 18. Jh. auf das Landesinnere auszudehnen begann und auf militanten Widerstand v. a. der Xhosa und Zulu stieß. Ende des 18. Jhs. übernahm GB die Kontrolle über die Kapkolonie. Als Protest gegen die brit. Verwaltung fanden sich ab 1835 in mehreren Gruppen einige tausend Buren zum ‹Großen Treck› nach NO zusammen, in dessen Folge die unabh. Burenrepubliken Natal (1839), Transvaal (1852) und Oranje-Freistaat (1854) entstanden. Während GB noch Natal annektierte (1845) und später zur separaten

Kronkolonie erklärte (1856), erkannte es die beiden anderen Burenrepubliken an. Die Entdeckung der Diamanten- und Goldvorkommen in den 1870er und 1880er J. forcierte das ökon. Interesse an Südafrika und zog eine starke Einwanderung aus Europa nach sich. Eskalierende burisch-brit. Konflikte führten 1899 zum Ausbruch des Burenkrieges. Nach Friedensschluss (1902) erhielten auch die Burenrepubliken den Status brit. Kronkolonien. Am 31. 5. 1910 kam es zur Gründung der Südafrikan. Union mit den vier Teilgebieten Kapprovinz, Transvaal, Oranje-Freistaat und Natal. Damit war erstmals ein de facto unabh. südafrikanischer Staat entstanden. Er beruhte auf der Versöhnung zwischen Buren und Briten und auf der Wahrung ihrer Interessen gegenüber der nicht-weißen Bev.-Mehrheit, die vom pol. Leben praktisch ausgeschlossen blieb. Von 1910 bis 1948 bekleideten drei ehem. Burengeneräle das Amt des Reg.-Chefs, von denen sich Botha (1910–1919) und Smuts (1919–1924; 1939–1948) um Ausgleich mit den Briten bemühten, während Hertzog (1924–1939) für eine kulturelle und wirtsch. Eigenständigkeit der Buren eintrat. Von 1948 bis 1994 stellte die (1914 von Hertzog gegründete) *Nasionale Party* (NP) die Reg. Unter der Bezeichnung *Apartheid trieb die NP den systematischen Ausbau der Rassentrennung in Südafrika voran. Aufgrund scharfer int. Proteste verzichtete Südafrika 1961 auf seine Zugehörigkeit zum **Commonwealth* und wurde am 31. 3. 1961 in die Rep. Südafrika (RSA) umgewandelt.

Versuche schwarzafrikan. Bev.-Gruppen, die Rassendiskriminierung auf friedlichem Wege abzubauen, gehen auf das Jahr 1912 zurück, als sich der lange Zeit noch sehr gemäßigte schwarze Widerstand im *South African Native National Congress* organisierte, aus dem bald der *African National Congress* *ANC hervorging. Nach einer Serie von gewaltsam unterdrückten Massenprotesten in den 1940er und 1950er J. endete eine Kampagne gegen die Passgesetze 1960 mit dem Massaker von Sharpeville (67 Tote) und dem Verbot des ANC und des radikaleren *PAC, der sich bereits 1959 vom ANC abgespalten hatte. ANC und PAC agierten fortan im Untergrund. In den 1970er J. wurde der Widerstand vorübergehend durch die *black consciousness*-Bewegung verstärkt, deren wichtigster Wortführer, Steve Biko, in Polizeihaft an den Folgen von Misshandlungen starb. Angesichts ständig aufflackernder Unruhen und wachsenden int. Drucks leitete die südafrik. Reg. unter P. W. Botha ab Ende der 1970er J. eine «Modernisierung» des Apartheidsystems ein, die auf einer Mischung von Reformen und Repression beruhte. Die Reformen bestanden in einem schrittweisen Abbau der sozialen Apartheid und der Verfassungsreform von 1983/84 zur Kooptierung von Farbigen und Asiaten, denen im Rahmen eines Dreikammer-Parl. eingeschränkte pol. Mitwirkungsmöglichkeiten eingeräumt wurden, während die schwarze Bev.-Mehrheit unberücksichtigt blieb. Auf massive Proteste gegen die Verfassungsreform reagierte die Reg. mit Repression, dem Ausbau des Polizeistaates und mit der Verhängung des landesweiten Ausnahmezustands (1986–90). Die verschärfte Repression, die int. Sanktionen nach sich zog, konnte den schwarzen Widerstand nicht brechen. Er wurde vornehmlich vom exilierten ANC und mit ihm kooperierender Protestgruppen getragen, die sich schließlich im *Mass Democratic Movement* (MDM) zusammenschlossen. Die «weißen» Wahlen von 1989 fanden inmitten eines Generalstreiks statt.

Nach der Ablösung Bothas leitete der neue Präs. Frederik W. de Clerk 1989 weitreichende pol. Reformen ein, die u. a. die Freilassung Mandelas und die Legalisierung von ANC, PAC, komm. Partei und weiteren Widerstandsorg. im Febr. 1990 umfassten. Als der Oppositionsführer mit der größten Integrationskraft wurde Mandela zum Ansprechpartner der Reg. bei dem Versuch, den Reformprozess stetig zu gestalten. Gefährdet wurde dies zum einen durch gewaltsame Auseinandersetzungen zwischen Anhängern der verschiedenen Schwarzenorg., in deren Kontext die Gespräche zwischen ANC und Reg. zeitweise ins Stocken gerieten. Zum andern brachten weiße Reformgegner de Klerk in Bedrängnis, der sich jedoch im Febr. 1992 in einem Referendum die Unterstützung der weißen Bev. für den Reformkurs sichern konnte. Dabei sprach sich eine Mehrheit von rd. 69 % für die Aufhebung der Apartheid aus. Im Febr. 1993 einigten sich der ANC und die NP-Reg., die beiden wichtigsten Akteure der Transition, auf den Modus für den Übergang zu einem demokratischen Südafrika. Die Übergangsverfassung vom 22. 12. 1993 setzte dem Apartheidstaat ein Ende.

4. Grundlage der Wirtsch. Südafrikas sind bis heute seine reichen Bodenschätze, darunter an erster Stelle Gold, gefolgt von Diamanten, Platin, Kohle, Kupfer, Eisenerz, Mangan, Chrom, Uran u. v. a. Die bis in die zweite Hälfte des 19. Jh. hinein nur von Ackerbau und Viehzucht (Schafe, Rinder) bestimmte Wirtsch.-Struktur änderte sich schlagartig, als 1871 in Kimberley die ersten Diamanten und 1884 am Witwatersrand die Goldvorkommen entdeckt wurden. Die sich entwickelnde Bergbauwirtsch. wurde weiter diversifiziert, als während der beiden WK und nach 1945 eine gezielte, vorwiegend auf *Importsubstitution beruhende Ind.-Pol. einsetzte, die zu einer weiteren Transformation der Wirtschaftsstruktur führte. Der Beitrag des Agrarsektors zur inländischen Wertschöpfung nahm ständig ab und belief sich Ende der 1990er J. auf 4 %. Auch arbeitsmarktpol. fällt die Landw. mit einem Erwerbstätigenanteil von ca. 10,3 % nicht mehr groß ins Gewicht. Allerdings kommt ihr noch eine wichtige Bedeutung für die Selbstversorgung des Landes und selbst für den Export zu. Der ind. Sektor der RSA gilt als einer der entwickeltsten in Afrika. Der Beitrag der Ind. an der inländischen Wertschöpfung liegt mit 32 % im afrikan. Vgl. hoch, fiel allerdings in den 1980er J. erheblich ab (1980: 50 % des BIP). Den größten Beitrag leistet gegenwärtig der Dienstleistungssektor mit rund 64 % des BIP.

5. Die RSA weist – ebenso wie Gabun und Mauritius – im afrikan. Vgl. ein auffällig hohes Pro-Kopf-Einkommen auf, das jedoch sehr ungleich verteilt ist. Grundcharakteristikum der südafrik. Sozialstruktur ist die außerordentlich komplexe Verflechtung ethn., kultureller, relig., ökon. und sozialer Elemente, die sich im Rahmen einer extrem dualistischen Rassen- und Klassengesellschaft herausgebildet hat. Zum «Erbe der Apartheid» gehören Probleme der Landverteilung, resultierend aus dem lange Zeit reservierten Landzugang für Weiße und aus Vertreibungen und Zwangsumsiedlungen. Hinzu kommen gravierende, insb. die schwarze Bev.-Mehrheit betreffende Mängel in den Bereichen Gesundheit, Bildung und Wohnen, welche die Reg. der Nat. Einheit (seit 1994) gezielt zu beheben versucht. Ein gravierendes Problem ist die sich in den letzten Jahren dramatisch ausbreitende Aids-Epidemie (→Aids in der Dritten Welt). 1998 war bereits jede 5. Frau, die zum ersten Mal ein Kind erwartet, mit dem HIV-Virus infiziert. Die Arbeitslosigkeit lag Haushaltsbefragungen zufolge Mitte der 1990er Jahre bei 33 %. Schwarzafrikaner lagen mit 41 % über dem Durchschnitt, Farbige (23 %), Asiaten (17,1 %) und Weiße (6,4 %) darunter. Im Rahmen einer *Affirmative Action*-Pol. werden stark unterrepräsentierte Gruppen, v. a. Schwarze, bei der Vergabe von Führungspositionen in Staat, Wirtsch. und Gesellsch. bevorzugt. Die Arbeitsbez. wurden durch ein neues Arbeitsgesetz (1996) umgestaltet (geschütztes Streikrecht etc.).

6. Die ersten freien Wahlen (26.–29. 4. 1994) markieren den Beginn einer neuen, demokrat. Ordnung in Südafrika. Der ANC ging mit rund 63 % der Stimmen und Mandate als klarer Sieger hervor, deutlich vor der NP (20 %) und *Buthe-

lezis *Inkatha Freedom Party* (IFP, 11 %). Mandela übernahm am 10. 5. 1994 das Amt des Staatspräs. und bildete eine auf fünf J. angelegte Reg. der Nat. Einheit, der ursprgl. neben dem ANC und seinem komm. Bündnispartner auch die NP und die IFP angehörten. Die NP trat im Juni 1996 aus der Reg. aus. Unter hohem Erwartungsdruck begann die Reg., die rechtl. und institutionellen Grundlagen für den Umbau von Staat und Gesellschaft zu schaffen, bemühte sich aktiv um Wahrheitsfindung und Aussöhnung und brachte zahlreiche Reformen auf den Weg mit dem Ziel, die gesellsch. Ungleichheit abzubauen, die wirtsch. E. voranzutreiben und die sozialen Missstände insb. schwarzer Bev.-Gruppen zu beheben. Die neue, fortschrittliche Verfassung von 1996, die unter großer Beteiligung der Öffentlichkeit erarbeitet wurde, enthält einen umfassenden Grundrechtskatalog (inkl. eines Umweltartikels und vieler sozioökon. Rechte) und umschreibt unter dem Leitbild einer «kooperativen Regierung» eine föderale Staatsstruktur mit einer kompetenzreichen Zentralgewalt. Bei den Parl.-Wahlen im Juni 1999 konnte der ANC mit 66 % der Stimmen seine Mehrheit leicht ausbauen. Die Inkatha erreichte 10 %, sodass die bestehende Koalition unter dem neuen Präs. T. Mbeki fortgeführt werden konnte. Unter Mbeki wird eine stärkere Profilierung Südafrikas im außenpol. Bereich erwartet. Irritationen erregte Mbeki, als er den Zusammenhang von HI-Virus und der Krankheit Aids in Frage stellte. Größte Herausforderungen sind nun neben dem Aids-Problem die hohe Kriminalitätsrate sowie der anhaltende Exodus der Weißen, der unter Umständen negative wirtsch. Folgen haben könnte.

Lit.: H. W. Maull, Südafrika, Opladen 1990; S. Schmidt, Die Rolle der schwarzen Gewerkschaften im Demokratisierungsprozeß Südafrikas, Hamburg 1992; R. Wilke-Launer/W. Kühne, Südafrika, in: HDW III, 5, 1993, S. 417 ff.; H. Brandt, Der letzte Treck: Südafrikas Weg in die Demokratie, Bonn 1994; C. Wenzel, Südafrika-Politik der Bundesrepublik Deutschland: 1982–1992, Wiesbaden 1994; U. Engel, Südafrika im Jahr Eins nach dem Ende der Apartheid, Hamburg 1995, P. Drechsel/B. Schmidt: Südafrika, Opladen 1995; M. Behrens/R. von Rimscha (Hg.), Südafrika nach der Apartheid, Baden-Baden, 2. Aufl. 1996. mik

Sudan

Fläche (Tsd. qkm): 2505,81
Bev. (Mio.) 2001: 31,80
BNE pro Kopf (US-$) 2000: 320
BIP (Mio. US-$) 2000: 11 169
LE (Jahre) 1999: 55,5
Analphabetenquote (%) 1999: 43
HDI 1999: 0,439 [Rangplatz von 162: 138]

Die pol. und sozioökon. E. des S. wird seit der Unabh. (1956) durch den Konflikt zwischen dem arab.-islam. N und dem schwarzafrik. S geprägt, der mittlerweile zu einem der längsten Bürgerkriege in der Dritten Welt geworden ist.

1. Der S. ist das größte Land Afrikas. Außerhalb des Niltals, Lebensgrundlage für einen Großteil der Bev., bieten die ariden Gebiete im nördl. (Wüste) und mittleren S. (Ausläufer der *Sahelzone: *Goz*) nur geringe landw. Nutzungsmöglichkeiten. Südl. der *Goz*-Zone besteht in den Überschwemmungsgebieten des Nil, in denen neben kleinbäuerlicher Viehwirtsch. Bewässerungsfeldbau (Baumwolle für den Export, Mais und Hirse für den Eigenbedarf) betrieben wird, ein beträchtliches landw. Potenzial. Nur etwa 15 % der landw. nutzbaren Fläche werden tatsächlich genutzt. Das Land verfügt zwar über eine Fülle mineralischer Bodenschätze (u. a. Eisen, Chrom, Kupfer, Gold, Ölfunde Anfang der 1980er J.), sie sind aber meist schwer erschließbar. Hoffnungen auf eine bessere wirtsch. Zukunft richten sich auf umfangr. Ölvorkommen, die sich aber z.T. im Bürgerkriegsgebiet befinden. 1999 begann der S. mit dem Export von Rohöl.

2. Die Bev.-Struktur des S. ist durch eine außerordentliche ethn.-kulturelle (450 ethn. Gruppen, 19 größere Völker) und dementsprechende sprachliche Vielfalt gekennzeichnet (19 Sprachen werden

von mehr als 100000 Menschen gesprochen, Amtssprache ist Arab.). Im N und NO leben arab. bzw. arabisierte Gruppen und Nubier, im W die Nuba, und im S gliedert sich die Bev. v. a. in Sudaniden, Niloten und Nilohamiten. Während die Bev. des N beinahe ausschließlich sunnitisch-islam. Glaubens ist (ca. 70 %), dominieren im S Naturreligionen (ca. 25 %) und das Christentum (5 %). Da der Islam Staatsreligion ist, führen die ethn.-relig. Unterschiede zu großen sozialen und pol. Spannungen, die unmittelbar nach der Unabh. und dann wieder 1983 zum Bürgerkrieg eskalierten. Ca. 10 % der Bev. sind Nomaden. Außerdem leben im S. noch ca. 450000 (Stand 1994) *Flüchtlinge aus Nachbarländern (v. a. Äthiopien, Eritrea und Tschad). Die Städte sind in einem raschen Wachstum begriffen. Innerhalb von fünfundzwanzig J. stieg die Urbanisierungsrate von 20,4 (1975) und 29,4 (1985) auf 36,1 % (2000).
3. Die Wirtsch.-Struktur weist den S. als weltmarktabhängiges Agrarland aus. Die weitgehend staatl. dominierte Landw. erbringt rd. ein Drittel des BIP (1999), beschäftigt zwei Drittel der Erwerbspersonen und stellt rd. 90 % der Exportgüter des Landes. **Cash crops*, v. a. Baumwolle, Erdnüsse und Sesam, sind die wichtigsten Ausfuhrgüter; infolgedessen ist die Wirtsch. des S. von den Preisbewegungen dieser Produkte auf dem Weltmarkt und von klimatisch bedingten Ertragsschwankungen in hohem Maße abhängig. Die Ind. ist aufgrund von *Infrastrukturproblemen, Mangel an Kapital und qualifizierten Arbeitskräften sowie Binnenmarktenge wenig entwickelt (1998: 18 % des BIP) und durch eine starke Konzentration auf Konsumgüter (Nahrungs- und Genussmittel, Textilien, Leder), Import-Abh. und regionale Konzentration (Hs.-Bereich: 75 % der Betriebe) gekennzeichnet. Der Kapitalstock ist veraltet, seit Beginn der 1980er J. erfolgten kaum noch Investitionen im Ind.-Sektor.
4. Seit 1821 unter türkisch-ägypt. Herrschaft, geriet der S. mit der Eröffnung des Suez-Kanals (1869) zunehmend unter europ. Einfluss. 1885 erlangte unter der theokratischen Führung von Mohammed Ahmed al-Mahdi die antieurop., relig.-nationalistische Erneuerungsbewegung der Mahdisten die Herrschaft im Sudan. Nachdem die Briten die Mahdisten milit. besiegt hatten, wurde der S. 1898 anglo-ägypt. Kondominium. Damit kam das Land faktisch unter brit. Kolonialverwaltung, deren Auswirkungen (großflächige Baumwoll-*Monokulturen im Gebiet des Zusammenflusses von Blauem und Weißem Nil, Verwaltung nach dem Prinzip der **indirect rule*, pol.-kulturelle Separierung der nördl. und südl. Landesteile) die weitere E. des S. nachhaltig prägten. Nach der ägypt. *Revolution und langen Auseinandersetzungen über die Sudanfrage schuf ein brit.-ägypt. Abkommen 1953 die Voraussetzungen für die völkerrechtl. Unabh. des Landes, die 1956 hergestellt wurde. Die aus der nat. Bewegung hervorgegangenen Parteien (*Umma*: probrit., landw. Interessen vertretend; *National Union Party*/NUP: Interessen des Handelskapitals) konnten die wirtsch. Probleme und die Konflikte im Südsudan nicht lösen, wo die schwarze Bev. aus relig.-kulturellen Gründen die Autonomie gegenüber dem muslim. Nord-S. forderte. Praktisch zeitgleich mit der Unabh. weiteten sich die Unruhen zum Bürgerkrieg aus. Bereits 1958 putschte die Armee gegen die erste parl. Regierung. Nach dem Scheitern des Militärregimes folgte 1965 bis 1969 eine Periode instabiler Koalitionsreg. zwischen *Umma* und NUP.
Dem 1969 durch einen unblutigen Staatsstreich an die Macht gekommenen Oberst Numeiri gelang es 1972, den Bürgerkrieg durch das Abkommen von Addis Abeba zu beenden, das dem Süden in kultur- und regionalpol. Fragen eine gewisse Autonomie garantieren sollte. Grundlagen des Numeiri-Regimes waren neben diesem Abkommen die 1972 gegr. Einheitspartei *Sudanese Socialist Union* (alle anderen Parteien waren seit 1969 verboten) und die im März 1973 verab-

schiedete «permanente» Staatsverfassung. Diese Verfassung verlieh Numeiri als Präs. und Oberhaupt der Streitkräfte praktisch uneingeschränkte Macht, die er mit Dekreten und Notverordnungen autokratisch ausübte. Die dem Süden zugestandenen Autonomierechte ermöglichten der dortigen Bev. keine wirkliche *Partizipation, sodass der innersudan. Nord-Süd-Konflikt weiter schwelte. Zumal die wirtsch. und sozialen Verhältnisse sich ständig verschlechterten, kam das Land pol. nicht zur Ruhe.

Als Numeiri 1983 im Zuge seiner ‹Dezentralisierungspolitik› die Verwaltungseinheit des Südens gegen den ausdrücklichen Willen der dortigen Bev. in drei getrennte Provinzen auflöste und außerdem mit einer rigorosen Islamisierung des S.s begann (Sept. 1983: Einführung des islam. Rechts, *Scharia*), eskalierten die pol. Spannungen im Süden unter Führung der oppositionellen *Sudan People's Liberation Army* wieder zum Bürgerkrieg. Am 6. 4. 1985 wurde Numeiri von der Armee gestürzt. Ein Jahr später fanden Wahlen zu einer verfassunggebenden Versammlung statt, im Mai 1986 übergaben die Militärs die Reg. an eine Koalition aus *Umma* (MP: Sadiq al-Mahdi), *Democratic Unionist Party* (DUP) und versch. südsudan. Parteien, die mit dem Ziel antrat, die Islamisierungspolitik Numeiris rückgängig zu machen, um den Bürgerkrieg zu beenden. Die ursprgl. geplante Rücknahme des islam. Rechts (unabdingbare Voraussetzung für eine Beendigung des Bürgerkriegs) scheiterte jedoch an koalitionsinternen Streitigkeiten und am Widerstand der militanten *National Islamic Front*.

Im Jan. 1989 putschte sich eine islamistisch orientierte Militärjunta an die Macht. Bereits seit 1987 waren im Kontext eines immer wieder neu verhängten Ausnahmezustands Parteien und Gewerkschaften verboten und die Grundrechte außer Kraft gesetzt worden. Im Febr. 1991 wurde die *Scharia* wieder eingeführt und die *Islamisierung des öfftl. Lebens vorangetrieben. Anhaltende wirtsch. Probleme, fortgesetzter Bürgerkrieg (ca. 1,5 Mio. Tote seit 1983), Hungerkatastrophen und Flüchtlingselend (mehr als 3 Mio. *internally displaced persons*) prägten die innenpol. E. der 1990er Jahre. Der Revolutionsrat setzte Okt. 1993 den Juntachef al-Bashir als Präs. ein, der 1996 in einem plebiszitären Wahlakt ohne Gegenkandidaten im Amt bestätigt wurde. Der Versuch des islamistischen Regimes, die südsudan. Befreiungsbewegung militärisch zu bezwingen, scheiterte ebenso wie die z.T. von Nachbarstaaten initiierten Ansätze einer verhandlungsförmigen Lösung des Konflikts. 1997 verbündete sich die SPLA mit der nordsudanischen Opposition gegen das Islamisten-Regime und erlangte die milit. Kontrolle über weite Teile des Südens. Nach internen Spannungen im Regime – die graue Eminenz H. al-Turabi verlor den Machtkampf mit Bashir – deutete sich eine Liberalisierung im S. an, die auch 1998 zu einem Verfassungsreferendum und im Dez. 2000 zu Präs.- und Parl.-Wahlen führte, die aber ohne Beteiligung aussichtsreicher Oppositionskandidaten von Bashir und seinem *National Congress* (NC) mit überwältigenden Mehrheiten gewonnen wurden. In vom Sondergesandten des US-amerikan. Präs. angeregten Gesprächen vereinbarten Reg. und SPLA Jan. 2002 eine zunächst sechsmonatige Waffenruhe, die Hilfe für die Not leidende Zivilbev. ermöglichen soll. Eine Verlängerung ist im Abkommen vorgesehen.

5. Unter dem Regime Numeiris galt der S. als loyaler Partner des Westens. Für die USA war das Land aufgrund seiner geopol. Lage ein wichtiger Bündnispartner. Innerhalb der Region pflegte Numeiri v. a. die Bez. zu Ägypten. Die Bez. zum Westen kühlten sich im Laufe der 1980er J. ab. Nach der Machtübernahme der Islamisten stellte sich der S. 1990/91 im *Golfkrieg auf die Seite des Irak, der inzwischen zum wichtigsten Waffenlieferanten avanciert war. 1998 wurde der S. von den USA mit Marschflugkörpern angegriffen; eine Vergeltungsmaßnahme

für die angebl. Beteiligung des S.s an den Terroranschlägen auf US-Botschaften in Tanzania und Kenia. Die Machtübernahme der säkularistischen Befreiungsbewegungen in den Nachbarstaaten Äthiopien und Eritrea führte zu Spannungen mit diesen beiden Staaten, die das sudan. Regime, ebenso wie Tanzania und Uganda, beschuldigt, die SPLA zu unterstützen. In der Nähe der Kriegsgefahr befand sich der S. mehrfach mit Ägypten, nachdem ein Attentat 1995 auf den ägypt. Präsidenten offenbar vom S. unterstützt worden war. →Islamischer Fundamentalismus

Lit.: Ev. Missionswerk im Bereich der Bundesrepublik Deutschland und West-Berlin (Hg.), Religion und Staat im Sudan, Hamburg 1986; H. Mattes, Sudan, in: HDW III, 5, 1993, S. 156ff.; R. Tetzlaff, Staatswerdung im Sudan, Hamburg 1993; P. N. Kok, Governance and Conflict in the Sudan, Hamburg 1996. bt

Süd-Kommission→Nyerere-Bericht

Südkorea →Korea-Süd

Süd-Süd-Beziehungen 1. Die beginnenden 1970er J. waren geprägt durch das Aufeinandertreffen dreier großer int. Krisen: einer Krise der *Entwicklung (Verschärfung von UE und *Armut), einer Krise der *Entwicklungspolitik (Misserfolg herkömmlicher *Entwicklungshilfe, Fehlschlag des Konzepts «Hilfe durch Handel», *aid by trade*) und einer Krise der int. Wirtschaftsbez. (Zusammenbruch des Bretton-Woods-Systems; →Weltbank). Eine Antwort auf diese mehrfache Krise war die Forderung nach einer verstärkten Süd-Süd-Kooperation, d. h. der Zusammenarbeit der EL untereinander (*cooperation among developing countries* = CDC).

2. *Konzeptionell* stand diese Diskussion in engem Zusammenhang mit der Idee der «kollektiven Eigenständigkeit der EL», **collective self-reliance* (CSR). Damit wurde a) die Vorstellung einer über die bisherige *bilaterale Kooperation und regionale *Integration hinausreichenden Intensivierung der wirtsch., pol., wiss.-techn. und kulturellen Bez. der EL untereinander verbunden. Durch Verstärkung der horizontalen Zusammenarbeit auf gleichberechtigter Basis und unter Gewährleistung des Vorteilsausgleichs unter den Kooperationspartnern (symmetrische Kooperation) sollten die eigenen *Ressourcen besser genutzt und dadurch die asymmetrischen und abh. Bez. zu den IL verringert werden (*cooperation against poverty approach*). Zum anderen sollte b) durch gemeinsames Handeln nach dem Muster der *OPEC eine stärkere Gegenmacht gegenüber den IL auf dem Weltmarkt aufgebaut und die eigene Marktposition verbessert werden (*trade union approach*).

3. *Inhaltlich* und org. wurde die CDC ausdifferenziert in die wirtsch. Kooperation (*ECDC) und die wiss.-techn. Kooperation (*TCDC), wobei aus dem Bereich der ECDC bisweilen die ind. Zusammenarbeit (ICDC) und die Kooperation im Agrarbereich als gesonderte Teilgebiete ausgegliedert wurden. ECDC als der zweifellos wichtigste Kooperationstypus wurde als Programm erstmals 1970 auf der dritten Außenministerkonferenz der *Blockfreien in Lusaka im Rahmen der Strategie der CSR artikuliert. Der Wandel von allg.-grundsätzlichen zu konkret-aktionsorientierten Formulierungen vollzog sich auf der Außenministerkonferenz der Blockfreien in Georgetown (1972) mit der Verabschiedung des Aktionsprogramms für wiss. Zusammenarbeit der Blockfreien.

Nach mehreren Konferenzen (u. a. ECDC-Konferenz in Mexico City im Sept. 1976) wurde schließlich auf dem Ministertreffen der *Gruppe der 77 in Arusha (1979) ein umfassendes Aktionsprogramm mit folgenden Schwerpunkten beschlossen: 1. Errichtung eines *Allgemeinen Präferenzsystems (APS) für den Handel unter den EL; 2. Zusammenarbeit staatl. Handelsorg. der EL; 3. monetäre und finanzpol. Zusammenarbeit zwischen den EL (Verrechnungs- und Kreditabkommen, Währungsunion, Gründung globaler Finanzierungsinstitutionen, z. B. einer Bank für EL, Aufbau eines multilateralen Exportkreditgarantiesystems); 4. Förderung von multinat. Produktionsgesellsch. (*joint ventures*); 5. Verstärkung der sub-regionalen, regionalen und interregionalen Wirtschaftsintegration und -kooperation; 6. spezielle Maßnahmen für bes. benachteiligte Länder (*LLDCs). Seit Arusha standen v. a. die Bereiche: Präferenzsystem, Kooperation zwischen den Staatshandelsunternehmen und Gründung von *multinationalen Marketing-Unternehmen im Vordergrund des Interesses.

4. Die IL standen den Bemühungen um eine verstärkte Süd-Süd-Kooperation grundsätzlich positiv gegenüber. Neben dem sicherheitspol. Moment einer konfliktmindernden Funktion dieser Zusammenarbeit erhofften sie sich stimulierende Wirkungen für den Warenexport und *Technologietransfer. In Detailfragen der Konzeption und der praktischen Umsetzung meldeten sie jedoch eine Reihe von Bedenken an. Streitpunkt zwischen den IL und der Gruppe der 77 bezüglich der ECDC war v. a. die extensive Auslegung der Bemühungen um die Förderung der ECDC durch die Gruppe der 77, die die Mitarbeit nur Gruppenmitgl. und nicht der Allgemeinheit zugestehen wollte, während die kapitalistischen IL (Gruppe B) sowie die soz. IL (Gruppe D) auf der Universalität der Institutionen beharrten. Vor allem die westl. IL weigerten sich, eine bloße «Zahlmeisterrolle» zu spielen, ohne die Möglichkeit zu haben, an der Gestaltung der ECDC mitzuwirken.

5. In der Bilanz der Süd-Süd-Beziehungen ist zu unterscheiden zwischen einem überhöhten Anspruch, festgemacht am CSR-Konzept und der Substitution der Nord-Süd-Beziehungen, der nicht eingelöst werden konnte, und jenen Initiativen, v. a. regionaler Kooperation, die nach den schwierigen 1980er J. (*Verschuldungskrise) im Zuge der Liberalisierung der EL-Ökon. in den 1990er J. einige e.-pol. Erfolge (makroökon. Stabilisierung und Wirtschaftswachstum) aufweisen. Auch wenn der Anteil der EL am Welthandel nicht zunahm, konnte sich der Süd-Süd-Handel ausdehnen. Neue Systeme regionaler Kooperation entstanden (u. a. *SAARC, *MERCOSUR), die freilich an der Nord-Süd-Grenze nicht Halt machten (*NAFTA, *APEC). Die verstärkte Süd-Süd-Kooperation ist in gleicher Weise wie der seit Beginn der 1990er J. auftretende «offene Regionalismus» als Weg zur intensiveren Integration der EL in die Weltwirtsch. zu verstehen.

Lit.: K. M. Khan / V. Matthies (Hg.), Collective self-reliance – Programme und Perspektiven der Dritten Welt, München 1978; K. M. Khan (Hg.), Self-reliance als nationale und kollektive Entwicklungsstrategie, München und London 1980; V. Matthies, Süd-Süd-Beziehungen, Zur Kommunikation und Kooperation zwischen Entwicklungsländern, München 1982; K. V. Beck / A. J. Halbach, Rohstoffverarbeitung und Rohstoffvermarktung in der Süd-Süd-Kooperation, München 1986; L. Brock, Die Dritte Welt im internationalen System, in: HDW III, 1, Bonn 1992, S. 446–466; K.-A. Pretzel / D. Rothermund / R. Zimmerling, Regionale Kooperation und wirtschaftliche Integration, in A. Boeckh (Hg.), Internationale Beziehungen, München 1994, S. 429–449; S. Oglesby (Hg.), Cooperation South. UN 50th Anniversary Issue, New York 1995; K. Sridharan, G-15 and South-South Cooperation, in: Third World Quarterly, 19 (3), 1998, S. 357–373; M. Boas u. a., The Weave-World: Regionalisms in the South in the New Millennium, Third World Quarterly, 20 (5), 1999, S. 1061–1070.

kb/dn

Süd-Süd-Kommission →Süd-Süd-Beziehungen

Südostasien-Pakt →SEATO

Südpazifische Regional-Kommission →SPC

Südpazifisches Abkommen über regionale Handels- und Wirtschaftskooperation →SPARTECA

Südpazifisches Büro für Wirtschaftskooperation →SPEC

Südpazifisches Forum →SPF

Südwind Seit 1997 trägt der *ÖIE den Namen «Südwind – Verein für entwicklungspol. Bildungs- und Öffentlichkeitsarbeit». Beinahe alle in der e.-pol. Bildungsarbeit tätigen Org., aber auch *Aktionsgruppen und Einzelpersonen sind

Mitgl. des S.s oder arbeiten eng mit ihm zusammen. In allen Bundesländern gibt es verschieden finanzierte und strukturierte Regionalstellen. Der int. als vorbildlich geltende, vom Staat geförderte, aber unabh. Verein hat einen pol. kritisch-emanzipatorischen Ansatz. *Ziele:* Die globalen Zusammenhänge in der EP deutlich machen. Im Gegensatz zu früher wird dabei verstärkt auf damit verbundene Probleme in Österr. eingegangen (wie z. B. Verlagerung von Arbeitsplätzen, Klimaproblematik, Rassismus). Zum Verein S. gehört die Südwind-Agentur GesmbH als org. Basis, die u. a. für den Online-Dienst (www.oneworld.at) verantwortlich ist. Außerdem ist S. Miteigentümer der Südwind-Buchwelt, ein auf EP fokussierter Buchhandel. *Aufgaben:* Erstellung von Materialien und e.-pol. Bildungsarbeit in den Bereichen Medien, Schule, Hochschule und Jugendarbeit; Durchführung von Aktionen und Kampagnen. *Publikation:* monatliche Herausgabe des Südwind-Magazins (früher: EPN – Entwicklungspolitische Nachrichten). *Adresse:* Südwind-Agentur, Laudongasse 40, A-1080 Wien. Ein Verzeichnis der Regionalstellen findet sich im Internet unter: www.suedwind-agentur.at.

tk

Sukarno (1901–1970), einer der wichtigsten Führer der Dritten Welt im Kampf um die pol. Unabh., wurde unter der niederl. Kolonialherrschaft zum Symbol indones. Einheit und nat. Befreiung. Nach der Unabh. 1949 Präsident Indonesiens, vereinte er – nicht zuletzt durch die Zerstrittenheit der pol. Parteien – immer mehr Macht auf sich. S. formulierte das Konzept einer «gelenkten Demokratie» und den E.-Weg über *Nationalisierungen und Verstaatlichungen (nat. und demokrat. Phase) zu einer soz. Wirtsch. Wachsende wirtsch. Probleme, die Beteiligung der Kommunisten an der Macht und der Konfrontationskurs gegenüber Malaysia riefen 1965 einen Militärputsch hervor. Die Verdrängung S.s aus sämtlichen Ämtern folgte erst zwei J. nach seiner Entmachtung.

Lit.: B. Dahm, Sukarnos Kampf um Indonesiens Unabhängigkeit, Frankfurt/Berlin 1966.

dn

SUNFED *Special United Nations Fund for Economic Development*, Spezialfonds der *UN für wirtschaftliche Entwicklung

Surinam

Fläche (Tsd. qkm): 163,820
Bev. (Mio.) 2000: 0,42
BNE pro Kopf (US-$) 1998: 1350
BIP (Mio. US-$) 1998: 808
LE (Jahre) 1999: 70,2
Analphabetenquote (%) 1995: 7,0
HDI 1999: 0,758 [Rangplatz von 162: 64]

1. 80 % der Fläche (163265 qkm) von S. sind von trop. Regenwald bedeckt. Die hier mögliche Gewinnung und Verarbeitung von Holz hat jedoch im letzten Jahrzehnt wegen steigender Produktionskosten und Absatzproblemen an Bedeutung verloren. Landw. genutzt (potenzielle Nutzfläche 40 % des Landes) wird nur der fruchtbare Küstenstreifen (80 % Ackerland, 20 % Weideland). Zahlreiche Rohstoffe werden in S. vermutet bzw. wurden nachgewiesen. Die Wirtsch. S.s beherrscht der Bauxitabbau (inklusive Produkten aus seiner Verarbeitung rd. 80 % des Exports). Die einzige heim. Energiequelle ist die Wasserkraft (Kraftwerk Brokopondo).

2. 1667 eroberten die Niederländer S. (bestätigt durch Frieden zu Breda gegen Abtretung von Neu-Amsterdam, dem späteren New York, an GB) und machten es aufgrund ihres technol. Vorsprungs in der Zuckerrohrverarbeitung und der Deichbautechnik auf der Grundlage von Sklavenarbeit und *Plantagenwirtschaft zur blühendsten Plantagenkolonie der Karibik. In der 2. Hälfte des 19. Jh. ökon. Niedergang S.s: Verbot der Sklaverei (1863); Verfall der Weltmarktpreise für Zucker; Öffnung des Suezkanals (Ostindien für *Investitionen lohnender); Verlust des technol. Vorsprungs. Die zu Beginn des 20. Jh.s gefundenen Bodenschätze leiteten eine Umorientierung der Wirtsch. des Landes auf das Hauptexportgut Bauxit ein. 1954 erhielt die Kolonie S. (im «Königreichsstatut») innere

Selbstverwaltung, 1975 die volle Unabhängigkeit. In juristischen Angelegenheiten betrachtet sich die ehem. Kolonialmacht jedoch noch als zuständig. So entschied der oberste Gerichtshof der Niederlande Nov. 2000, wegen Menschenrechtsverletzungen Anklage gegen den früheren Militärmachthaber Daysi Bouterse zu erheben.

3. Die 1994 auf 418000 Ew. geschätzte Bev. S.s (2,6 Ew./qkm) konzentriert sich auf das Küstengebiet und die Städte (etwa 75 % der Gesamtbev. wohnen im Umkreis der Hs. Paramaribo). Die JZ der Bev. wurde durch Emigration in die Niederlande und Flucht vor dem Bouterse-Regime in das benachbarte Frz. Guyana verringert. Die Zusammensetzung der Bev. spiegelt die Etappen kolonialer Pol. wider. Nachkommen der Negersklaven (35 % der Bev. sind Kreolen) und Nachkommen der nach dem Verbot der Sklaverei eingeführten Kontraktarbeiter aus Indien (34 % der Bev.) und Java (15 %) bilden die drei größten Gruppen.

4. Die Wirtsch.-Struktur S.s ist bestimmt durch ein hohes Maß externer Abh. und sektoraler Ungleichgewichte. Der dynamische, für den Export produzierende externe kapitalistische Sektor, bestehend aus trad. Plantagenwirtschaft und Bauxitproduktion und -verarbeitung (SURALCO, Tochtergesellschaft des US-Konzerns ALCOA) und BILLITON (Shell-Tochter), koexistiert mit einem intern-kapitalistischen Sektor aus Kleinind., Handels- und Dienstleistungsbetrieben und der nichtkapitalistischen Landw. der indischen und javanischen Reisbauern (Reisanteil am Agrarexport über 50 %, 74 % besitzen 26,5 % der Nutzfläche). Seit 1995 ist S. Vollmitglied der *CARICOM.

5. Die Oberschicht des Landes setzt sich aus den ausl. Leitern und Teilhabern in S. operierender *transnationaler Konzerne, wenigen einheim. Industriellen, einer Gruppe von Großhändlern und Freiberuflern sowie Spitzenfunktionären des Staates zusammen. Die Mittelschicht wird von mittleren Beamten, Führungskräften im Handels- und Dienstleistungssektor und Facharbeitern bei den ausl. Unternehmen gebildet. Arbeitslose und Arbeiter in der einheim. Kleinind. und den landw. Staatsbetrieben bilden die Unterschicht.

6. S.s koloniale Vergangenheit ist auch für die relig. (37 % Christen, 33 % Hindus, 22 % Moslems) und sprachliche Vielfalt (neben den Dialekten der ethn. Gruppen sprechen 78 % Sranang [«Negerenglisch»], 40 % die Staatssprache Niederländisch, Englisch ist Geschäftssprache) verantwortlich. Die Gesundheitsfürsorge S.s ist öfftl. (seit 1960 staatl. Krankenkasse). Die Ausbildung folgt niederl. Vorbild. Die Grundschulbildung ist gebührenfrei.

7. Das pol. System S.s ist durch eine Überlagerung sozialer durch ethn. Konfliktlinien gekennzeichnet. Die Funktionsfähigkeit des parl. Regierungssystems wurde jahrelang durch die Kooperation der Spitzen der gegenseitig rel. abgeschlossenen ethn. Gruppen hergestellt. Es entstand ein «Elitenkartell», das einen kreolisch-javanischen Kompromiss auf Kosten des indischen Bev.-Teils verkörperte, aber sich als unfähig erwies (*Korruption, Ämterpatronage), ernsthaft die E.-Probleme des Landes anzupacken. 1980 putschte das Militär. 1982 übernahm der starke Mann des Landes, Oberstleutnant Daysi Bouterse, auch formal die Macht. Sein blutiges Regime führte zur Einstellung der niederl. Finanzhilfe und zu einer zunehmenden Isolierung des Landes, das auch unter dem Verfall der Bauxitpreise (Exportanteil 80 %) zu leiden begann. Ende 1986 erhoben sich die Buschneger unter der Führung von Ronny Brunswick gegen den Kreolen Bouterse. Angesichts des innenpol. Chaos, der Finanzprobleme des Landes und auf int. Druck ließ Bouterse 1987 ein Referendum über eine neue Verfassung zu, wodurch der Weg zu freien Wahlen geebnet wurde. Das Oppositionsbündnis «Front für Demokratie und Entwicklung» errang 85 % der Stimmen, Bouterse erhielt 15 %. Im Januar 1988 wurde der Zivilist Ramsewak Shankar für

eine Amtsperiode von fünf J. zum neuen Staatspräs. gewählt. Am 24. 12. 1990 wurde die demokratische E. durch einen blutigen Militärputsch («Weihnachtsputsch») erneut unterbrochen. Bei der Parl.-Wahl am 25. 5. 1991, die unter Bewachung der OAS stattfand, gewann das Parteienbündnis «Neue Front» 30 der 51 Sitze. Nach langwierigen Verhandlungen wählte die Vereinigte Volksversammlung (VVV), die sich aus Mitgl. des Parl., der Distrikts- und Gemeinderäte zusammensetzt, Ronald Venetiaan zum neuen Präs. Bei der Wahl der neuen Legislative am 23. 5. 1996 verlor die bisher regierende Neue Front die abs. Mehrheit, doch auch die von den Niederlanden befürchteten Gewinne der nationaldemokrat. Bouterse-Partei NDP blieben aus. Das nun aus vier Parteien bestehende Reg.-Bündnis der NF (Nationale Partei Surinams, NPS/Indische Fortschrittliche Reformpartei, VHP/Javanische Partei für Einheit und Harmonie, KTPI/Arbeiterpartei Surinams, SPA) entsandte 24 Abgeordnete ins Parl., Wahlgewinner waren kleinere Parteien, die bisher nicht verteten waren: die linksorientierte javanische Partei «Pendawalima», die linksnationalistische Splitterpartei der NPD «Allianz» und die «Demokratische Alternative 91». Wie bereits 1991 konnte im Parl. die erforderliche Zweidrittelmehrheit nicht erzielt werden, und so musste die 869 Mitgl. zählende VVV am 5. 9. 1996 erneut über die Wahl des neuen Präs. entscheiden. Der Zerfall des Regierungsbündnisses mit dem Austritt der KTPI kurz vor dem dritten Wahlgang war für den Sieg des NDP-Kandidaten, Jules Albert Wijdenbosch mit 438 Stimmen gegen Roland Venetiaan (401 Stimmen), entscheidend. Die dank niederländ. Entwicklungshilfe und ausländ. Investitionen herbeigeführte Besserung der wirtsch. Lage führte 1998/99 zu einer gewissen Entspannung zwischen den Bev.-gruppen und innenpol. Stabilität. Bei den Wahlen vom 25. 5. 2000 setzte sich die Neue Front mit 32 von 51 Sitzen gegenüber dem vom NDP dominierten Bündnis Millenium Combatie (MC) mit 10 Sitzen und zwei weiteren kleineren Bündnissen durch. Zum Präs. wurde erneut R. Venetiaan gewählt.

Lit.: H. E. Chin/H. Buddingh, Surinam. Politics, Economics and Society, London 1987; P. Hoebink, Surinam, in: HDW III, 3, 1995, S. 550–568. rs/red

Sur-place-Programme Im Bereich der *Bildungshilfe Förderung von Personen aus EL in EL, d. h. in den jeweiligen Heimatländern oder in benachbarten Drittländern. Sur-place-Programme sind den örtlichen Gegebenheiten in EL stärker angepasst: Sie finden in der einheim. Sprache statt (Wegfall der kostspieligen Sprachausbildung); es entfallen Probleme der Anrechnungsfähigkeit (Äquivalenz) der Schul- und Hochschulzeugnisse und ebenso solche der *Reintegration. *CDG, *DAAD, *Goethe-Institute und *WUS wickeln Sur-place-Programme ab. kg

surplus S. ist der Überschuss einer Produktion nach Abzug des Existenzbedarfs der produzierenden Menschen und nach Abzug des Ersatzes verbrauchter Produktionsmittel. Der S.-Begriff beinhaltet die Frage nach Bildung, Aneignung und Verwendung dieses Überschusses auf zwei Ebenen: 1. nat.: die Frage nach denjenigen, die im jeweils gegebenen ökon. System von diesem profitieren. 2. int.: die Frage nach Ausbeutungsbeziehungen zwischen IL und EL. Wie T. Hurtienne feststellte, gab es v. a. in den 1960er J. in der EL-Diskussion die Tendenz, die Ursachen von UE im «ständigen S.-Transfer von den letzten Satelliten über die abh. *Metropolen in die Hauptmetropolen» zu sehen (Baran/Sweezy, Frank u. a.). Je stärker die Abh. eines EL, desto geringer wären nach dieser These seine E.-Chancen.

Gegen die These, dass sich die EL wegen des ständigen Transfers ihres volkswirtsch. Überschusses in die IL nicht entwickeln können, wurde eingewandt: 1. Der Umfang des S.-Transfers ist nicht empirisch belegt. 2. Konzentriert man die Aufmerksamkeit auf den (Teil-)Abzug des S., vernachlässigt man die tatsächliche Org. der jeweiligen nat. Produktion, deren E.-Stand jeweils deutlich unterschiedlich ist.

Lit.: P. Baran, Pol. Ökonomie des Wachstums, Neuwied/Berlin (West) 1966 (zuerst engl. 1957); P. Baron/P. Sweezy, Monopolkapital, Frankfurt a.M. 1966; A. G. Frank, Kapitalismus und Unterentwicklung in LA, Frankfurt a.M. 1968; T. Hurtienne, Zur Ideologiekritik der lateinamerik. Theorien der Unterentwicklung und Abhängigkeit, in: Probleme des Klassenkampfs 14/15 (1974), S. 213 ff. rs

Survival International →Gesellschaft für bedrohte Völker

Sustainable development (engl. für verschiedene Übersetzungen: dauerhafte, nachhaltige, langfristig tragfähige, zukunftsfähige E.), meint die (nach der Definition des *Brundtland-Berichts von 1987: XV) E., «die den Bedürfnissen der heutigen Generation entspricht, ohne die Möglichkeiten künftiger Generationen zu gefährden, ihre eigenen Bedürfnisse zu befriedigen und ihren eigenen Lebensstil zu wählen». Neben dieser intergenerativen Gerechtigkeit sollten die *Grundbedürfnisse der Armen die überwiegende Priorität haben und bei Beschränkungen «der Technologie und sozialer Organisation» die Umweltverträglichkeit gegenwärtiger wie zukünftiger Bedürfnisse beachtet werden.

Das Konzept des s. d., das sich – fußend auf dem Bericht des *Club of Rome (Grenzen des Wachstums) von 1972 und verschiedenen alternativen Entwicklungsansätzen (*Ecodevelopment-Ansatz, *Cocoyoc-Erklärung von UNEP und UNCTAD 1974, *Dag-Hammarskjöld-Bericht 1975) – schrittweise herausgebildet hat, impliziert eine Kritik an dem bisherigen wachstumszentrierten, ressourcenverschlingenden und -vernichtenden *Entwicklungsmodell in den IL und an der Strategie nachholender E. in den EL, verweist auf die Globalität des Zusammenhangs von Wachstum, Unterentwicklung und Über- bzw. Fehlentwicklung, Ressourcenverbrauch und Umweltbelastung und bereitet den Weg für globale Umweltbilanzen. Innerhalb des Konzepts kann zwischen zwei Strömungen unterschieden werden: (1) ökol. Modernisierung, die zur Lösung der Umweltprobleme auf techn. Innovationen, E. von Ersatzstoffen, Recycling und präventive Umweltmaßnahmen setzt und folglich eine langfristige Kompatibilität von kontinuierlichem Wachstum sowie Ressourcen- und Umweltschonung unterstellt; (2) ökol. Strukturwandel. Diese Strömung postuliert tief greifende strukturelle Veränderungen von Wirtsch., Gesellschaft und Verhaltensmustern in den IL als zwingende Voraussetzung für eine weltweite dauerhafte E. Sie betont eine Über- oder Fehlentwicklung in den IL («verschwenderischen oligarchischen Überkonsum») und debattiert Grenzen des maximalen Lebensstandards (ceiling), die nicht überschritten werden dürfen.

Kritiker monierten, dass bei der ursprgl. Definition der Brundtland-Kommission unkritisch ein rasches quantitatives Wirtschaftswachstum in IL und EL gefordert wurde, ohne die ökol. Folgeschäden in Betracht zu ziehen. Zudem sei die Strategie der Grundbedürfnisbefriedigung mit hohen energieintensiven Verbrauchsstandards ökol. kontraproduktiv. Eine einseitige Konzentration auf die Höhe des Bev.-Wachstums in EL verkenne, dass Bev.-Wachstum und ökol. Raubbau nicht die Ursache, sondern die Folge von *Armut und materiellem Elend sei.

In den 1990er J. wurde versucht, das Konzept s. d. für einzelne Politikfelder zu operationalisieren: Sozial-, Wirtschafts- und Handelspol., Raumplanung und Stadtentwicklung, Landw.-Pol., Energieversorgung, Bildungs-, Frauen- und Familienpol. Hinzu kam der Versuch, s. d. für einzelne Umweltmedien in eine zeitliche Abfolge einzuordnen und nach dem Kriterium der *Nachhaltigkeit eine Bilanzierung der bisher getroffenen Maßnahmen vorzunehmen, etwa beim Klimaschutz, dem Zustand der Wälder (→Wald), des Grund und →Bodens, der Gewässer und Meere (→Wasser) und der

Luftreinhaltung. Hierbei zeigte sich, dass eine globale Weltordnungspol. (→*global governance*) mit der Prioritätensetzung s. d. erst am Anfang steht. Um den vorgegebenen Zielsetzungen näher zu kommen, wurde vorgeschlagen, mittel- und langfristige Aktionspläne aufzustellen, die die Zukunftsfähigkeit und Ökologieverträglichkeit der E. in den IL behandeln und stoff- bzw. produktionsbezogene Nachhaltigkeitsstrategien beinhalten. Das Konzept hielt Einzug in die Arbeit Internationaler Organisationen wie *FAO, *Weltbank, *IWF, *UNDP, *UNEP. Hinzu kam das Projekt Agenda 21, nach dem auf regionaler und lokaler Ebene Elemente einer nachhaltigen Umwelt- und Energiepol. eingeführt werden sollen. Hierzu galt es Aktivitäten der *NROs zu fördern und Runde Tische mit Bürgerinitiativen und Stadtverwaltungen einzurichten. Hinzu gesellten sich transnat. Vernetzungen mit Städten, die konkrete Nachhaltigkeitsstrategien verfolgten. Hingegen blieben die Ergebnisse nach der *Welt-Umweltkonferenz in Rio (1992) bei den Nachfolgekonferenzen in Berlin (1996), *Kyoto (1997) und Johannesburg (2002) hinter den Erwartungen und den in Rio ausgehandelten Verträgen zurück. Zu groß waren auf den Klimagipfeln die Differenzen zwischen den versch. Staatengruppen: zwischen EU, mittel- und osteurop. Staaten, Nordamerika/Japan/Australien, den *OPEC-Staaten, der *Gruppe der 77 und der Allianz der tief liegenden Küsten- und Inselstaaten.

Außerhalb der int. Konferenzdiplomatie und einer global koordinierten Umweltpol. im Zeichen des s. d. sind jene pol. Strategien von IL und EL angesiedelt, die den Ausstieg aus dem ressourcenzerstörenden und energieintensiven fossil-nuklearen Zeitalter vorantreiben. Sie beziehen sich auf die Erforschung, E. und Einführung regenerativer Energiequellen (Sonne, Wind, Wasser, Biomasse, Erdwärme). Für die EL eröffnet sich hierdurch die Möglichkeit, eine dezentralisierte, mittel- und langfristig kostengünstige und arbeitsintensive Energiegewinnung voranzutreiben und eine nachhaltige und zukunftsfähige E. zu unterstützen.

Lit.: Brundtland-Bericht, Weltkommission für Umwelt und Entwicklung: Unsere gemeinsame Zukunft, Greven 1987; F. Biermann u. a. (Hg.), Zukunftsfähige Entwicklung, Berlin 1997; H. E. Daly, Wirtschaft jenseits von Wachstum. Die Volkswirtschaftslehre nachhaltiger Entwicklung, Salzburg 1999; S. Oberthür/H. E. Ott, Das Kyoto-Protokoll, Opladen 2000; L. D. Blasi u. a. (Hg.), Konzept Nachhaltigkeit – Vom Leitbild zur Umsetzung, München 2001; Deutscher Bundestag (Hg.), Enquete-Kommission Nachhaltige Energieversorgung unter den Bedingungen der Globalisierung und Liberalisierung, Drucksache 14/9200 v. 12. 6. 2002. ms

SWAPO →Namibia

Swaziland

Fläche (Tsd. qkm): 17,36
Bev. (Mio.) 2000: 1,05
BNE pro Kopf (US-$) 2000: 1290
BIP (Mio. US-$) 2000: 1286
LE (Jahre) 1999: 46,3
Analphabetenquote (%) 1999: 21
HDI 1999: 0,583 [Rangplatz von 162: 113]

1. S. (90 % Swazi; Hs. Mbabane), im SO Afrikas gelegen, gehört zu den afrikan. Kleinststaaten und wird – abgesehen von einem schmalen Grenzstreifen mit Mozambique – von Südafrika umschlossen. Seine wirtsch. und pol. E. wird durch diese geopol. Lage entscheidend beeinflusst.

2. S. gehört zu den wenigen Staaten mittleren Einkommens in Afrika. Rückgrat der Wirtsch. bildet bis heute die Landw.: 1998 waren dort 35,0 % der arbeitenden Bev. beschäftigt. Ökon. ist S. bes. vom Export von landw. Produkten abh. (Rohzucker, seit Mitte der 1980er J. auch Coca-Cola-Konzentrat). Der nach Südafrika gehende Anteil der Exporte (1996 58 %) verdeutlicht die enorme Bedeutung des großen Nachbarn. Bis in die späten 1970er J. konnte S. aufgrund massiver Investitionen und günstiger Rohstoffpreise hohe Wachstumsraten erzielen. Dieser Boom fand durch Rohstoffpreisschwankungen, einen verheerenden Wirbelsturm (1984)

und den Wertverlust des Lilangeni (1983–1985) ein Ende. Ab 1986, begünstigt durch eine Rekordernte, setzte eine neue Wachstumsphase ein, die den Realzuwachs des BNE auf bis zu 8,5 % hochschnellen ließ. Die recht günstigen ökon. Daten täuschen jedoch über die reale soziale Lage in S. hinweg, da hiervon lediglich 1/3 der Bev. profitieren kann. Die verbleibenden 2/3, v. a. Subsistenzbauern und ungelernte Arbeiter, fristen in Squatter-Siedlungen ein Schattendasein. Ein Hauptproblem des Landes ist die hohe JZ der Bev. (1990–1998: 3,6 %), die alle makroökon. Erfolge zunichte macht. Sofern die JZ in Zukunft nicht verlangsamt werden kann, ist mit einem weiteren Anstieg der Unterbeschäftigung (1999: 20 %) zu rechnen. 1991/92 stürzte eine verheerende Dürreperiode das Land in weitere Probleme. Zu den Aktivposten gehört in den letzten Jahren der wachsende *Tourismus. Die größte soz. Herausforderung wird in den nächsten Jahren die HIV/Aids-Problematik sein, die auch in S. besorgniserregende Ausmaße anzunehmen beginnt (Infektionsrate: 34 %).

3. Nach einem Jh.e lang andauernden Prozess der Migration, Abspaltung und Staatenbildung der Nguni-Völker entstand im 19. Jh. der moderne Swazi-Staat. Unter der Regentschaft der Könige Sobhuza I. und Mswati I. entwickelten sich die Swazi rasch zu einer auch für die vorrückenden Buren bedeutsamen milit. Kraft. Nach dem Sieg der Briten im Burenkrieg (1899–1902) war der Weg zum brit. Protektorat schließlich geebnet. Bis zur Unabh. 1968 wurde S. mittels **indirect rule* kontrolliert, wobei man sich der trad. Swazi-Monarchie der Dlamini-Dynastie bediente. Nach seiner Unabh. ist S. ein prowestl. Land geblieben. Dabei spielte bes. seine geogr. Nähe zum übermächtigen Nachbarn Südafrika eine herausragende Rolle. Mitte der 1970er J. rückte S. jedoch von Südafrika ab und näherte sich den Positionen der *OAU und den sog. *Frontstaaten an und wurde eine wichtige Basis für den bewaffneten Kampf des *ANC gegen die *Apartheid. Wenig später kam es aber unter dem Eindruck der Destabilisierungspol. Südafrikas und des *constructive engagement* der USA zu einem erneuten Schwenk der Außenpol., zumal von Südafrika (allerdings nie vollzogene) Grenzrevisionen i. S. eines Großswaziland in Aussicht gestellt wurden und ideolog. Differenzen zum ANC zunahmen. S. nahm dipl. Bez. zu Südafrika auf und gestattete eine systematische Verfolgung des ANC auf seinem Territorium. Gegenwärtig sieht man sich erneut – allerdings sehr mäßigem – südafrik. Druck ausgesetzt, der nun auf innenpol. Reformen drängt.

4. Nach der Unabh. 1968 etablierte man eine Verfassung nach dem *Westminster-Modell; monarchisches Staatsoberhaupt wurde der Swazi-König Sobhuza II. 1973; ein J. nachdem die Oppositionspartei NNLC (*Ngwane National Liberatory Congress*) 3 Mandate (von insges. 24) im Parl. gewonnen hatte, löste dieser das Parl. auf, suspendierte die Verfassung, verbot alle Parteien und regierte bis 1978 per Dekret. 1978 wurde eine auf den trad. Stammesversammlungen, den Tinkhundlas, basierende Verfassung eingeführt, wobei aber weder das Parl. direkt gewählt noch das Parteienverbot aufgehoben wurde. Nach dem Tod Sobhuzas II. 1982 kam es während eines 4-jähr. Interregnums zu einem Machtkampf innerhalb des herrschenden Dlamini-Clans, der 1986 mit der Krönung des 18-jähr. Königs Mswati III. beendet wurde. Direkte Wahlen zum Parl. fanden 1993 und 1998 statt; Parteien blieben aber weiterhin verboten. Nach mäßigem int. Druck aus dem Westen und Südafrika sowie bislang erfolglosen, anhaltenden zivilges. Protesten durch die Gewerkschaften und die lediglich geduldete PUDEMO (*People's United Democratic Movement*) blieben Hoffnungen auf *Demokratisierung S.s bis dato unerfüllt.

Lit.: J. S. M. Matselbula, A History of Swaziland, Cape Town 1988; J. R. Ayee, Swaziland and the IMF, in: VRÜ, No. 1, 1991, 52ff.; H. Mayer, Swaziland, in: HDW III, 5, Bonn

1993, 464ff.; J. Boloro: The Development of Swaziland's Constitution. Monarchial Responses to Modern Challenges, in: Journal of African Law, No. 1, 1994, 19ff. mb

SWP Stiftung Wissenschaft und Politik, 1962 gegr. gemn. Stiftung, seit Jan. 2001 mit Sitz in Berlin, der der Dt. Bundestag 1965 beigetreten ist. Die SWP bildet den Rahmen für das unabh. «Deutsche Institut für Internationale Politik und Sicherheit» (hervorgegangen 2001 aus dem Zusammenschluss mit dem Bundesinstitut für ostwiss. und int. Studien), das im Wesentlichen aus Bundesmitteln finanziert wird, die nicht projektgebunden sind (2001: ca. 8,2 Mio. €). Die SWP, in deren Stiftungsrat neben Wiss. und Wirtsch. Fraktionen des dt. Bundestages, das Bundeskanzleramt sowie versch. Min. vertreten sind, orientiert sich v. a. an den Forschungsanliegen der praktischen Pol. im Bereich der int. Bez. Der Forschungsbereich ist in zehn interdisziplinäre Forschungsgruppen gegliedert: 1. europäische Integration; 2. Erweiterungsperspektiven der EU; 3. Westlicher Balkan; 4. Sicherheitspol.; 5. Rüstung und Rüstungskontrolle; 6. Amerika; 7. Russ. Föderation; 8. Naher/Mittlerer Osten und Afrika; 9. Asien; 10. globale Fragen. Neben zahlreichen Einzelveröffentlichungen gibt die SWP mit z. Z. etwa 150 ständigen Mitarbeitern die Publ.-Reihen «Internationale Politik und Sicherheit» sowie «Aktuelle Materialien zur Internationalen Politik» heraus. Adresse: Ludwigkirchplatz 3–4, 10719 Berlin; Internet: www.swp-berlin.org. red

Syrien

Fläche (Tsd. qkm): 185,18
Bev. (Mio.) 2001: 16,6
BNE pro Kopf (US-$) 2000: 990
BIP (Mio. US-$) 2000: 16485
LE (Jahre) 1999: 69,5
Analphabetenquote (%) 1999: 26
HDI 1999: 0,700 [Rangplatz von 162: 97]

Seit Ende der 1970er J. stieg S. im Zuge der versch. Krisen im Nahen Osten (→Libanon, →Nahostkonflikt, →iranisch-irakischer Krieg, →Golfkrieg) zu einer pol. Schlüsselmacht in der Region auf. Seit Beginn der 1990er J. hat es seine offensiv vertretenen Machtansprüche zugunsten einer wirtsch. und pol. Westorientierung abgeschwächt.

1. Etwa ein Drittel der ges. Fläche der Arab. Republik S. ist kultivierbares Land. Es wird größtenteils im Regenfeldbau bewirtschaftet, weshalb die syr. Agrarproduktion von schwankenden klimat. Bedingungen (Dürreperioden) stark abh. ist. Die wichtigsten Bodenschätze sind Erdöl (1984 wurden neue Vorkommen entdeckt) und Phosphat.

2. Ca. 54 % der rasch wachsenden Bev. (1990–2000: 2,8 %) lebt in den Städten der Küstenregion. Die Zentren der ind. Produktion und des Handels sind die Hs. Damaskus (1995: 1,4 Mio. Ew.) und Aleppo (1995: 1,2 Mio. Ew.). Die meisten Ew. (ca. 80 %) sind sunnitische Muslime. Die Alewiten stellen mit einem Bev.-Anteil von 10–12 % die größte relig. *Minderheit, gefolgt von Christen (ca. 6 %) und Drusen (2 %). Mehr als 95 % der Ew. sind syr. Araber; Kurden und Armenier bilden ethn. Minderheiten, außerdem leben ca. 383000 (2000) *Palästina-*Flüchtlinge in S., davon 94000 in Lagern, die von der *UNRWA betreut werden.

3. Das heutige Staatsgebiet S.s entspricht nur einem Teil der ehem. osman. Provinz S., zu der auch die jetzigen Staaten Jordanien, Israel und alle von Israel besetzten Gebiete sowie die der Paläst. Regierungsbehörde unterstellten Gebiete gehörten. Die syr.-arab. Nationalbewegung erhoffte sich nach dem 1. WK von der arab. Waffenhilfe für GB gegen die Türkei als Gegenleistung die Unabh. Im Zuge der Aufteilung des Osman. Reiches in brit. und frz. Interessensphären wurde S. jedoch 1920 frz. Mandatsgebiet. Libanon und Palästina wurden von der ehem. osman. Provinz abgetrennt. Der in der Folgezeit wachsende Widerstand gegen die frz. Besetzung führte 1945 zu einem nat. Aufstand. Mit dem Abzug der letzten frz. Soldaten im April 1946 wurde S. unabh.

4. Nach einer von wirtsch. Instabilität und häufigen Reg.-Wechseln bzw. Mili-

tärputschen geprägten Phase bildete S. 1958 in der Vereinigten Arab. Republik eine Union mit Ägypten. Das ägypt. Übergewicht in der Allianz führte jedoch schon bald zu heftigem innenpol. Widerstand, und nach einem Militärputsch schied S. 1961 wieder aus der Union aus. Zum bis heute einschneidendsten Ereignis wurde der Militärputsch vom 8. März 1963, der die *Baath*-Partei an die Macht brachte. Nach versch. Flügelkämpfen innerhalb der *Baath*, die u. a. auch zur bis heute bestehenden Spaltung zwischen syrischer und irakischer *Baath* führten, übernahm der von Hafiz al-Assad, dem heutigen Präs., geführte milit. Flügel der *Baath*-Partei 1970 die Reg. und leitete unter der Bezeichnung «Korrekturbewegung» eine Pol. begrenzter innen- und wirtschaftspol. Liberalisierung ein. Seit 1972 regiert die von der *Baath*-Partei dominierte «Progressive Nat. Front», der neben der *Baath* die «Syrische Arab. Sozialistische Union», die «Organisation Sozialistische Unionisten», die «Bewegung der Arab. Sozialisten» und die KP angehören. Nach der Verfassung von 1973 ist S. eine Volksdemokratie, die sich durch die starke Stellung des Präs. auszeichnet. Bis zu seinem Tod im Juni 2000 wurde Assad in regelmäßigen Abständen (zuletzt im Feb. 1999) per Referendum im Amt bestätigt. Nachfolger Assads im Präsidentenamt wurde dessen Sohn Baschar al-Assad. Von ihm scheinen vorsichtige Impulse für eine beschränkte pol. Öffnung und wirtsch. Liberalisierung auszugehen.

5. Nach der Machtübernahme durch die *Baath*-Partei kam die Wirtsch. S.s im Lauf der 1960er J. weitgehend unter staatl. Kontrolle. Mit ihrer *Entwicklungsplanung versuchte die pol. Führung zum einen die *Industrialisierung des Landes voranzubringen, zum andern durch Erweiterung der Kulturfläche die landw. Produktion zu steigern. Das größte Projekt der bisherigen E.-Planung ist der 1978 fertig gestellte Euphratdamm. Die landw. Produktion, nach mehreren *Agrarreformen überwiegend in privaten Händen (70 % der Fläche), bildet mit 30 % des BIP (1995) immer noch die Grundlage der syr. Wirtsch. und verzeichnete 1996 eine Rekordernte. Anfang der 1990er J. wurde die Wirtsch. durch begrenzte Liberalisierungsmaßnahmen und durch die Finanzhilfe der Golfstaaten, die S. für die Beteiligung an der Anti-Irak-Koalition belohnten, kurzzeitig angekurbelt. 2001 erstmals veröffentlichte realistische Daten zur wirtsch. und sozialen E. verweisen auf einen enorm hohen Staatsanteil an den Erwerbstätigen (25 %) und eine dramatisch hohe Arbeitslosigkeit (45 % in den Städten, 55 % auf dem Lande). Die Wiederzulassung privater Bankinstitute Dez. 2000 gibt die Richtung des Reformwegs an.

6. Gleichzeitig erlangte S., das bislang führend zu den radikalen arab. Kräften gehörte, die alle pol. Lösungsvorschläge im Nahostkonflikt ablehnten, sowohl regional-, außen- und innenpol. eine stabilere Position. Als einziges arab. Land, das nach 1973 in direkter milit. Konfrontation mit Israel stand (1982 im Libanon), verfolgt S. seine von den ideologischen Prinzipien des arab. *Nationalismus (→Nasserismus) geleiteten regionalen Machtansprüche unter hohen Kosten (Armeestärke 1995: 423000 Soldaten, davon 35000 im Libanon stationiert). Die fortgesetzte Feindschaft zum *Baath*-Regime des Irak ließ S. zu einem der wichtigsten Verbündeten der von den USA geführten Allianz im *Golfkrieg werden. S. beteiligte sich mit 20000 Soldaten an den Kampfhandlungen. Am 23. 11. 1990 traf Assad mit US-Präs. Bush in Genf zusammen. Ende 1989 war es bereits zur Wiederaufnahme dipl. Bez. mit Ägypten gekommen. Mit dem im Mai 1991 geschlossenen syr.-liban. Vertrag stellte S. seinen Einfluss im Libanon sicher, dessen südl. Teil von Israel kontrolliert wird. Während die mit der Friedenskonferenz von Madrid im Okt. 1991 eingeleiteten Friedensverhandlungen im Sommer 1993 in Washington ohne Ergebnis endeten, wurden mit den israel.-

paläst. Geheimverhandlungen von Oslo neue Realitäten geschaffen, die auch König Hussein von *Jordanien zum Handeln veranlassten. Syrien und der Libanon gerieten dabei pol. ins Abseits. Vor dem Hintergrund des Regionalmachtanspruchs S.s einerseits und einer Arbeitslosenquote von fast 20 % andererseits waren 1995 die Friedensverhandlungen mit Israel Vorbedingung: vollständiger israel. Rückzug von den Golanhöhen in S. das zentrale Thema, das wirtsch. und innenpol. Fragen verdrängte. Nach dem Amtsantritt des israel. MP Peres im Nov. 1995 schienen die Gespräche zwischen Israel und S. erfolgversprechender, wurden aber infolge einer Attentatsserie im israel. Kernland (Frühjahr 1996) unterbrochen. Febr. 1997 äußerte Assad die Bereitschaft, auf der Basis der UN-Resolution 242 («Land gegen Frieden») die Verhandlungen fortzusetzten, deren Wiederaufnahme bislang an der Weigerung der rechts-national-religiösen israel. Reg. unter MP Netanyahu scheiterte, die inoffiz. Verhandlungsergebnisse der israel. Vorgängerreg. anzuerkennen.

Lit.: R. Seale, Asad of Syria: The Struggle for the Middle East, London 1988; V. Perthes, Syrien, in: U. Steinbach u. a. (Hg.), Politisches Lexikon. Nahost/Nordafrika, 3. Aufl., München 1994, S. 258–270; T. Koszinowski, Syrien 1996, in: Deutsches Orient-Institut (Hg.), Nahost-Jahrbuch 1995, Opladen 1997, S. 152–157.

mr

SYSMIN System zur Stabilisierung mineralischer Exporterlöse (auch Minex Mineralien – Exporterlösstabilisierungs-System). In *Lomé II eingeführtes Finanzierungssystem für die Bergbauerzeugnisse, das *STABEX ergänzte; letztes Anwendungsjahr war 2000. Beide Instrumente wurden nicht in die *Konvention von Cotonou übernommen, sondern durch indikative Pauschaldotationen ersetzt, welche die negativen Auswirkungen der Labilität der Ausfuhrerlöse auffangen sollen. Das System sollte die *AKP-Länder, die mineralische Rohstoffe produzieren und in die EU exportieren, in die Lage versetzen, ihre Produktionsanlagen und Ausfuhrkapazitäten auch bei Preis- und Erlösrückgängen zu erhalten. Das System war mit Finanzmitteln in Höhe von ca. 411 Mio. € ausgestattet. Diese standen zur Finanzierung für folgende Rohstoffe bereit: Kupfer, Kobalt, Bauxit, Aluminium, Mangan, Zinn, Phosphate, Eisenerz und Schwefelkiesabbrände. Zur Inanspruchnahme von SYSMIN durch ein *AKP-Land mussten folgende Voraussetzungen erfüllt sein: 1. Der Rohstoff, für den Finanzmittel beansprucht werden, musste mindestens 15 % der Gesamtausf. abdecken, für die am wenigsten entwickelten AKP-Länder und die AKP-Binnen- und Inselstaaten galt 10 % als Abhängigkeitsschwelle. 2. Aufgrund eines starken Rückgangs der Ausfuhrerlöse musste die Gefahr gegeben sein, dass das Produktionspotenzial um mind. 10 % zurückzugehen drohte (Auslöseschwelle). Waren beide Voraussetzungen gegeben, konnte das betreffende Land von der Gemeinschaft einen Finanzierungsbeitrag beantragen, den es aber (anders als bei STABEX) nicht als Budgetzuschuss erhielt, sondern zweckgebunden zur Finanzierung von Vorhaben und Programmen, die darauf abzielten, die Produktions- und Exportkapazität zu erhalten. Die Finanzierungsbeiträge wurden grundsätzlich als Darlehen gewährt mit einer Verzinsung von 1 % und einer Laufzeit von 40 J. bei 10 Freijahren. →EEF, EEP. hpn

Systemische Wettbewerbsfähigkeit Im Rahmen der «Neuen Steuerungstheorie» liefert das Konzept der s. W. analytische Ansätze für die Gestaltung der Bestimmungsfaktoren von Wettbewerbsfähigkeit als Voraussetzung selektiver Weltmarktintegration, dem strategischen Ziel neoliberaler *Strukturanpassung. Da binnenmarktorientierte E.-Strategien in den meisten EL weitestgehend gescheitert sind und auch passive Weltmarktintegration auf der Grundlage von Rohstoff- und Agrarexporten kaum zu einer breitenwirksamen E. beiträgt, lautet die Alternative: wettbewerbsori-

entierte *Industrialisierung und aktive *Integration in diejenigen Segmente des Weltmarktes, in denen die Anbieter wettbewerbsfähig sind.
Die Kernthesen des Konzeptes der s. W. lauten: 1. Dauerhafte ind. Wettbewerbsfähigkeit entsteht nicht allein durch die Schaffung marktkonformer Anreizstrukturen und makroökon. Stabilisierung; eine stabilitätsorientierte Makropol. ist zwar eine notwendige, jedoch keine hinreichende Voraussetzung für erfolgreiche ind. E. 2. Erfolgreiche ind. E. baut auf der Schaffung eines Umfeldes auf, das die Anstrengungen der einzelnen Unternehmen oder Gruppen von Unternehmen unterstützt und multipliziert. Nur jene Unternehmen können im globalen Wettbewerb erfolgreich bestehen, die von kollektiven Lernprozessen profitieren. 3. Die Schaffung eines leistungsfähigen Umfelds ist eine Aufgabe, die nicht allein dem Staat zukommt, sondern bei deren Erfüllung verschiedene – auch nichtstaatl. – Akteure (z. B. Unternehmensverbände, *Gewerkschaften) eine wichtige Rolle spielen. Angesichts der neuen technol. und weltwirtsch. Anforderungen verlangt s. W. einen Staat, der als Impulsgeber, Moderator und Kommunikator zwischen Unternehmen, deren Verbänden, Gewerkschaften und Wiss. agiert.
S. W. entsteht durch ein Wechselspiel zwischen Elementen und Faktoren auf vier unterschiedlichen Ebenen; neben den üblicherweise betrachteten Makro- und Mikroebenen werden zwei weitere Analyseebenen eingeführt: die Metaebene und die Mesoebene. Auf der *Metaebene* sind gesellsch. Strukturbildung und Strategiefähigkeit pol. Akteure die entscheidenden Faktoren; in vielen EL gilt es daher zunächst, die gesellsch. Fragmentierung zu überwinden und die Lernfähigkeit zu verbessern, v. a. die Fähigkeit, auf Anpassungsanforderungen rasch und effektiv zu reagieren. Auf der *Makroebene* ist die Sicherung stabiler makroökon. Rahmenbedingungen durch Geld-, Budget, Steuer-, Währungs-, Außenhandels- und Wettbewerbspol. entscheidend. Auf der *Mesoebene* sind es hauptsächlich gezielte, selektive Politiken (Infrastruktur-, Bildungs- und Technologiepol.) zur Schaffung eines leistungsfähigen institutionellen Umfelds, das die Herausbildung spezifischer Wettbewerbsvorteile unterstützt. Auf der *Mikroebene* sind die Qualifikation der Beschäftigten und die Kompetenz des Managements sowie die Integration in technol. Netzwerke entscheidend für die Wettbewerbsfähigkeit eines Unternehmens, das in der Lage sein muss, durch Interaktion zwischen Zulieferern, Produzenten und Kunden innovative Impulse zu aktivieren. Die Orientierung am Weltmarkt und an der Leistungsfähigkeit der Weltmarktkonkurrenten erfordert zielgerichtete und ineinander greifende Politiken sowie ein mehrdimensionales Steuerungskonzept aus Wettbewerb, Dialog und gemeinsamer Entscheidungsfindung, in das die wichtigsten Akteursgruppen auf der Makro-, Meso- und Mikroebene eingebunden sind. Stabilisierung des Makrorahmens, Konsensbildung und Mesopolitiken stellen hohe Anforderungen an die Organisationsfähigkeit von Gesellschaften, ihr pol.-administratives System und die intermediären Institutionen; die Schwierigkeit, diesen Anforderungen zu genügen, gilt in dem Konzept der s. W. als ein zentrales Merkmal ind. Rückständigkeit. Da s. W. kein Synonym für soziale E. ist, muss sie durch eine armutsorientierte Sozialpol. ergänzt werden.

Lit.: C. I. Bradford Jr., The New Paradigm of Systemic Competitiveness: Why it Matters, What it Means and Implications for Policy, in: ders. (Hg.), The New Paradigm of Systemic Competitiveness: Toward More Integrated Policies in Latin America, Paris 1994, S. 41–65; K. Eßer et al., Systemische Wettbewerbsfähigkeit. Internationale Wettbewerbsfähigkeit der Unternehmen und Anforderungen an die Politik, Berlin 1994. hs

Systemwechsel Allg. der Prozess des Übergangs von einem Regimetyp zu einem anderen, insbes. jener von einer Diktatur, von einem *autoritären Re-

gime oder vom Totalitarismus (als Regimetyp) zur Demokratie.
In der Literatur sind für denselben Vorgang auch die Begriffe Transition (→Transitionsstaaten), Regimewechsel, Transformation und *Demokratisierung gebräuchlich, wobei letzterer eindeutig die Entwicklungsrichtung angibt. Für den Vice-versa-Prozess hingegen ist der Terminus Zusammenbruch der Demokratie (breakdown of democracy) geläufig. Hist.-konkret werden unter S. primär die demokrat. Transitionen in Südeuropa, LA, Afrika und Asien im letzten Viertel des 20. Jh.s verstanden, die auch unter dem Label der «dritten Welle der Demokratisierung» (Huntington 1991) geführt werden. Der S. ist vollzogen, wenn die Institutionen der repräsentativen Demokratie errichtet sind und das pol. System in freien Wahlen und pluralistischem Parteienwettbewerb, also entspr. den Minimalkriterien des Demokratiebegriffs von R. Dahl (1971), funktioniert.
1. In den 1970er Jahren gelang die Rückkehr zur Demokratie in den *OECD-Ländern Griechenland, Portugal und Spanien. Seit Ende der 1970er Jahre, aber hauptsächlich in den 1980er Jahren, wurden in LA bis auf Kuba die autoritären Regime überwunden. Seit Ende der 1980er Jahre brach sich in Mittel-, Ost- und Südosteuropa (kurz Osteuropa) die Demokratie Bahn. Etliche Fälle von S. konnten auch in Afrika und in Asien beobachtet werden. Nicht alle der für die Jahre zwischen 1974 und 1998 gezählten 78 S. sind jedoch in die Errichtung einer Demokratie gemündet.
Der S. war in den meisten Fällen gekennzeichnet durch eine beachtliche Uniformität in der Zielvorstellung pol. E.: die Etablierung einer pluralistischen Demokratie. In diesen Fällen vollzog er sich über allg. Wahlen und einen offenen Parteienwettbewerb um die Besetzung der öfftl. Ämter. Nicht überall wurde der Übergang zur Demokratie angestrebt, mitunter gelang er einfach nicht. In Afrika und Asien blieb es häufig bei Wahlen, die manipuliert wurden und der Verschleierung weiterbestehender oder neuer autoritärer Herrschaftsverhältnisse dienten. Auch LA blieb von Involutionen nicht verschont. In Peru wurde 1992 durch Selbstputsch des Präsidenten Fujimori ein neoautoritäres Regime etabliert, das zwar in Wahlen bestätigt wurde, nicht aber als Demokratie. Ganz unterschiedlich waren die wirtsch., sozialen und pol. Ausgangsbedingungen und Begleitprozesse; v. a. umfasste der S. nach Ländergruppen unterschiedlich viele Dimensionen. In Südeuropa betraf er eigentlich nur die pol.-institutionelle Ebene mitsamt der Wiederherstellung der Rechtsstaatlichkeit. Die damit erreichte Annäherung an und letztlich Integration in die Europäische Union verschaffte den Ländern die von der Demokratisierung erhofften wirtsch. Vorteile. In LA wurde der S. auf der pol.-institutionellen Ebene von der Notwendigkeit begleitet, einen Wechsel in der E.-Strategie vorzunehmen. Im Jahrzehnt der *Verschuldungskrise hatte die seit den 1930er Jahren verfolgte E.-Strategie *importsubstituierender Industrialisierung sich endgültig erschöpft. Die jungen Demokratien standen unter dem Druck, das makroökon. Gleichgewicht wiederzugewinnen, und setzten auf *Strukturanpassung und *Neoliberalismus. Eine weitere, kaum zur Kenntnis genommene Dimension bestand und besteht hier in der Reform des Staates, seines Verhältnisses zur Gesellschaft, in der Überwindung vormoderner Strukturen und Verhaltensmuster von Paternalismus und *Klientelismus. In Osteuropa umfasste der S. konsubstanziell die pol. und die sozioökon. Ebene. Nicht nur das pol. System, sondern auch das durch spezifische Produktions- und Eigentumsverhältnisse bestimmte Gesellschaftssystem hatte transformiert zu werden. Hier war der Doppelcharakter des S.s für jedermann sichtbar. Für Afrika und Asien ergab sich hinsichtlich der Dimensionen des Transformationsprozesses regional keine Uniformität, vielmehr verteilten sich die vor-

her genannten Modelle auf einzelne Länder.

2. Die Politikwiss. hat in dem sich rasch etablierenden Forschungszweig der Transitionsforschung zunächst eine Phasenunterteilung des Prozesses in Liberalisierung, Demokratisierung (Transition) und Konsolidierung vorgenommen und die jeweiligen spezifischen pol. Bedingungen und Kräftekonstellationen untersucht. Verschiedene Transitionstypen wurden an der Sequenz von Liberalisierung und Demokratisierung, v. a. aber am Kriterium des Kräfteverhältnisses zwischen Regimeeliten und Reformkräften im Transitionsprozess entwickelt: S. als Ergebnis (a) einer Steuerung von oben, durch die alten pol. Eliten, (b) eines Kompromisses zwischen alten und neuen pol. Eliten, und (c) der Implosion des autoritären Regimes und der Ersetzung der alten pol. Eliten durch jene der demokrat. Opposition (Huntington 1991, von Beyme 1994).

Hinsichtlich der Erklärung der S. erlangten akteurszentrierte Ansätze bes. Aufmerksamkeit, letztendlich auch deshalb, weil sich die in der Theorie pol. E. als Vorbedingungen (prerequisites) für Demokratie genannten sozio-ökon. Verhältnisse nirgends eingestellt hatten (Ausnahme: Spanien). Dominant waren die internen Akteure; nur für Afrika und auch für Osteuropa (dort jedoch in der bisherigen Forschung kaum thematisiert) erlangten die externen Faktoren Gewicht, freilich stets vermittelt über interne Akteure (Hartmann 1999). Allg. wurde der *Zivilgesellschaft große Bedeutung für den S. zugewiesen, v. a. im Zusammenhang mit Fragen der *Menschenrechte, mit denen die autoritären Regime seit der Menschenrechtspol. des US-Präsidenten J. Carter konfrontiert wurden. Im Transitionsprozess selbst, v. a. dort, wo er verhandelt wurde, übernahmen die Parteien wieder die Führerschaft. Schon früh wurde die Relevanz des Typs autoritären Regimes für den S. erkannt (Nohlen 1982). Die wirtsch. Depression (→Verschuldungskrise) ist ein weiterer struktureller Faktor, dessen Bedeutung insofern hoch zu veranschlagen ist, als allg. festgestellt werden kann, dass ökon. Krisen S. in jedweder Richtung begünstigen (Linz/Stepan 1996). Große Aufmerksamkeit wurde auch den institutionellen Wahlentscheidungen (institutional choices) der pol. Akteure in den Alternativen von Präsidentialismus und Parlamentarismus einerseits und Mehrheitswahl und Verhältniswahl andererseits zuteil, insofern als gemutmaßt wurde, von ihnen würde die Konsolidierung der jungen Demokratien abhängen. Die Erwartung einflussreicher Politikberatung wurde – von wenigen Ausnahmen (u. a. Rep. Südafrika) abgesehen – enttäuscht. In der Praxis waren die institutionellen Entscheidungen häufig von ebenjenen Kräftekonstellationen und Machtperspektiven der pol. Akteure abhängig, die sich im Transitionstypus widerspiegelten (vgl. Nohlen/Kasapovic 1996). Im Übrigen wurde sehr viel taxonomisch, d. h. an Begriffssystemen und Klassifizierungskriterien gearbeitet; die vergleichende empirische Analyse, welche die Komplexität und Individualität der Fälle berücksichtigt, kam vielfach zu kurz.

3. War der S. in der Phase der Transition von viel Euphorie begleitet, so stellten sich anschließend bald Skepsis und auf Distanz zu den jungen Entwicklungen gehende Kritik ein. Es wurde wahrgenommen, dass hinsichtlich der Konsolidierung der Demokratie wieder jene strukturellen wirtsch., sozialen und soziokulturellen Hemmnisse zählen, die der Verwirklichung der Demokratie in einem nun weiter gefassten Verständnis (Lauga 1998) im Wege stehen. Dabei wurden gelegentlich normative Maßstäbe an die jungen Demokratien angelegt, denen selbst Industriestaaten kaum genügen.

In dem konzeptionell noch wenig geordneten Gelände lassen sich grob zwei Ansätze unterscheiden: Der erste bezieht sich praktisch auf alle S., differenziert also nicht zwischen nicht-demokrat. und demokrat. Systemen und versieht den Begriff Demokratie mit verschiedenen Adjektiven (etwa delegative oder defekte Demokratie), um die nicht-demokrat. Systeme zugleich mit jenen, die Mängel in der Qualität demokrat. Regierens aufweisen, typologisch zu erfassen (vgl. Linz 2000: XL). Dabei werden sowohl institutionelle Strukturprobleme thematisiert (etwa mangelnde horizontale Gewaltenkontrolle und accountability von Regierung und Verwaltung) als auch die den jungen Demokratien als inhärent betrachtete mangelnde Rechtsstaatlichkeit. Insgesamt wird die Qualität der Demokratie in Frage gestellt und damit in Formulierungen wie «ohne Rechtsstaat keine Demokratie», mit denen gewiss auch etwas Richtiges ausgesagt wird, die Demokratie selbst. Dies bewirkt letztendlich die Hinzufügung von Adjektiven. Der zweite Ansatz unterscheidet zwischen nicht-demokrat. und demokrat. Systemen; er anerkennt letztere als Demokratien ohne Adjektiv, wenn sie die Dahl'schen Minimalkriterien erfüllen (also Wahlergebnisse vorweisen, die rechtsstaatl. zustande gekommen sind), und thematisiert die Qualität des Regierens unter den spezifischen Bedingungen der Entwicklungsländer. Er verkennt nicht institutionelle Strukturprobleme in den jungen Demokratien, sieht manche Probleme jedoch entwicklungsgeschichtl. bedingt (etwa das Nachhinken in der Durchsetzung des Rechtsstaats) und betont die Tatsache, dass die pol.-institutionelle Entwicklung meist weiter vorangeschritten ist als die sozio-ökon. E. und die pol. Kultur. Verwaltung, Justiz, Militär, Polizei reagieren kaum auf die pol. Vorgaben der demokrat. Regierungen, ihnen fehlt es häufig an einem positiven Verhältnis zu liberalen Werten. Rechtsstaatl. Anspruch und Rechtswirklichkeit klaffen weit auseinander. Aufgrund dieser und anderer Qualitätsmängel des «anomischen Staates» (P. Waldmann) erblickt der zweite Ansatz deshalb das Konsolidierungsproblem primär in der Konfrontation der Demokratie mit demokratiewidrigen Umweltbedingungen. Als wichtiges weiteres Konsolidierungshemmnis sieht er die mangelnde soziale E. und den damit einhergehenden Legitimitätsverlust demokrat. Institutionen an.

Lit.: R. A. Dahl, Polyarchie. Participation and Opposition, New Haven 1971; D. Nohlen, Regimewechsel in Lateinamerika, in: K. Lindenberg (Hg.), Lateinamerika, Bonn 1982, S. 63–86; G. O'Donnell u. a. (Hg.), Transitions from Authoritarian Rule, Baltimore/London 1986; S. P. Huntington, The Third Wave. Democratization in the Late Twentieth Century, Norman/London 1991; K. von Beyme, Systemwechsel in Osteuropa, Frankfurt a.M. 1994; W. Merkel u. a. (Hg.), Systemwechsel, 5 Bde., Opladen 1994–2000; K. von Beyme/D. Nohlen, Systemwechsel, in: D. Nohlen (Hg.), Wörterbuch Staat und Politik, 4. Aufl., München 1996, S. 765–776; J. J. Linz/A. Stepan, Problems of Democratic Transition and Consolidation, Baltimore 1996; D. Nohlen/M. Kasapovic, Wahlsysteme und Systemwechsel in Osteuropa, Opladen 1996; L. Whitehead, Comparative Politics: Democratization Studies, in: R. E. Goodin/H. D. Klingemann (Hg.), A New Handbook of Political Science, Oxford u. a. 1996, S. 353–371; L. Diamond u. a. (Hg.), Consolidating the Third Wave Democracies, Baltimore 1997; M. Lauga, Demokratietheorie in Lateinamerika, Opladen 1998; Ch. Hartmann, Externe Faktoren im Demokratisierungsprozeß, Opladen 1999; W. Merkel, Systemtransformation, Opladen 1999; J. J. Linz, Totalitäre und autoritäre Regime, Berlin 2000. dn

System zur Stabilisierung von mineralischen Exporterlösen →SYSMIN

SZR →IWF, Sonderziehungsrechte, Weltbank

T

TAB →ECOSOC

TAC *Technical Assistance Committee,* Technischer Beratungsausschuss der UN

TACIS *Technical Assistance to the Commonwealth of Independent States,* Programm *technischer Hilfe in Form nicht rückzahlbarer Zuschüsse der EU zur Unterstützung der wirtsch. Stabilisierung und des Reformprozesses in den Nachfolgestaaten der UdSSR und in der Mongolei. Vorgesehene Mittel für den Programmzeitraum 2000–2006: 3,138 Mrd. €. Schwerpunkte sind: Milderung der sozialen Auswirkungen des wirtsch. Übergangs, Reform des Gesundheitssektors, Umweltprojekte, E. des *Humankapitals, Umstrukturierung und E. von Unternehmen, *Infrastruktur, *Energie (inkl. Nuklearsicherheit), Nahrungsmittelproduktion, Verarbeitung und Verteilung. dn

Tadschikistan

Fläche (Tsd. qkm): 140,6
Bev. (Mio.) 2001: 6,10
BNE pro Kopf (US-$) 2000: 170
BIP (Mio. US-$) 2000: 987
LE (Jahre) 1999: 68,6
Analphabetenquote (%) 1999: 1
HDI 1999: 0,660 [Rangplatz von 162: 103]

Das zentralasiatische Tadschikistan, seit 1929 vollwertige Rep. innerhalb der UdSSR, wurde nach dem Zerfall der SU Ende 1991 zu einem völkerrechtl. souveränen Staat. Seit Okt. 1992 führt die *OECD die ehemals ärmste Sowjetrep., die Mitgl. der Gemeinschaft Unabh. Staaten (GUS) ist, als EL. Wenige Monate nach der Unabh. begann zwischen alt-komm. Eliten und islamisch geprägten Anti-Regime-Gruppierungen ein blutiger Bürgerkrieg, der erst 1997 beendet wurde und von dem sich das Land nur zögerlich erholt.

1. T. grenzt an Usbekistan, Kirgisien, China und Afghanistan. Das Klima des z.T. schwer zugänglichen Hochgebirgslandes ist trocken kontinental und variiert reliefbedingt (subtropisch in tiefen Tälern, gemäßigt warm in mittleren Höhen und kalt im Hochgebirge). Da nur ca. 6 % der ges. Fläche landw. nutzbar sind, müssen Lebensmittel in großen Mengen eingeführt werden. T. verfügt über reiche Bodenschätze, v.a. über Kohle, Erdöl, Erdgas, Gold und die nach den USA zweitgrößten Silberlagerstätten der Erde (gesch. Reserven: 51,2 Mio. t). Bei einer Siedlungsdichte von 41 Ew./qkm lag das Bev.-Wachstum in den 1990er J. bei 1,8 %. Hs. des Landes ist Duschanbe (ca. 610000 Ew.). Der Urbanisierungsgrad beträgt 28 % (1999). Mit Blick auf die ethn. Zusammensetzung stellt die «Titularnation» der Tadschiken mit 69,1 % (1998) die größte Bev.-Gruppe, vor den Usbeken (1998: 25,0 %); die russische Minderheit, die 1989 noch einen Anteil von 7,6 % ausmachte, ist größtenteils ausgewandert (1998: 2,7 %). Staatssprache ist seit Juli 1989 Tadschikisch (Farsi), als Verkehrssprache wird auch Russisch verwendet. Die Bev.-Mehrheit gehört dem Islam an (95 %, davon 97 % sunnitischer und 3 % ismaelitischer Glaubensrichtung); laut Verfassung ist T. ein säkularer Staat.

2. Bereits vor 1991 war T. auf umfangreiche Transferzahlungen der Moskauer Zentralreg. angewiesen, die bis zu 25 % des t. BIP ausmachten. Infolge von Unabh. und Bürgerkrieg kam es zum Zusammenbruch der Außen- wie Binnenwirtsch. Bis Mitte der 1990er J. sank das BIP um etwa zwei Drittel, seit Ende des Krieges sind leichte Wachstumsraten zu verzeichnen (1997: 1,7 %, 1998: 5,3 %). Von der ges. Erwerbsbev. (1,8 Mio.) waren 1998 59 % im Agrarsektor, 10 % in der Ind. sowie 3 % in der Transport- und Kommunikationsbranche tätig. Seit sowj. Zeit ist Baumwolle das landw. Haupterzeugnis. In den 1990er J. ging die Baumwollproduktion ähnlich drastisch zurück wie die Gewinnung von Primär-

energieträgern. Auch nach Kriegsende wird nur wenig Kohle, Erdöl und Erdgas gefördert. Von den wenigen Auslandsinvestitionen (1999: 6,6 Mio. US-$) fließt der Großteil (70 %) in die Erschließung der reichen Gold- und Silbervorkommen, in die Bereiche Landw. und Bildung dagegen nur etwa 4 %. Die Arbeitslosenquote betrug laut offiziellen Angaben 3,2 % (1998), real dürfte sie erheblich höher liegen. Laut * Weltbank leben 85 % der Bev. unterhalb der Armutsgrenze. Von den ehem. staatl. Handelsunternehmen T.s sind mehr als die Hälfte formal privatisiert. Auch im Agrarsektor leitete die Reg. 1996 eine Abkehr von der Staatswirtsch. ein: 2001 wurde bereits mehr als ein Drittel der landw. Nutzfläche (261 800 ha von 720 000 ha) privat bewirtschaftet, Grund und Boden bleiben jedoch weiterhin Staatseigentum. Als einziges GUS-Mitgl. hat T. 1992 eine Währungsunion mit Russland versucht, musste jedoch wegen Devisenmangels bereits 1995 eine Übergangswährung (t. Rubel) einführen, die im Oktober 2000 durch eine neue Währung (Somoni) ersetzt wurde.

3. Der gescheiterte Moskauer Putsch vom Aug. 1991 markierte für die pol. E. der konservativ-komm. Sowjetrep. einen Wendepunkt, als Kachar Machkamow, seit 1985 erster Sekretär der Komm. Partei (KP) und seit 1990 Präs. T.s, von seinem Amt zurücktrat. Unter dessen Nachfolger Kadreddin Aslonow erklärte das 1990 gewählte Parl. (Oberster Sowjet) am 9. 9. 1991 die Unabh. T.s. Nachdem Aslonow allerdings Oppositionsparteien legalisiert und die KP verboten hatte, wurde er von konservativen Machteliten aus der nördlichen Region Chudshand (Leninabad) gestürzt. An seine Stelle trat der ehem. KP-Sekretär Rahman Nabijew, der trotz Protesten der islam.-demokrat. Opposition bei direkten Präs.-Wahlen vom Nov. 1991 im Amt bestätigt wurde. Wegen anhaltender Demonstrationen, bei denen es zu blutigen Zusammenstößen kam, wurde im Mai 1992 eine «Reg. der nat. Versöhnung» unter Beteiligung der Opposition gebildet. Im Juni 1992 brach ein offener Krieg zwischen Reg. und islam.-demokrat. Kräften aus. Im Sept. 1992 musste Nabijew zurücktreten, zwei Monate später wählte der Oberste Sowjet seinen Vorsitzenden Emomali Rachmanow, Führer der aus der Südprovinz Kulab stammenden Eliten und Mitgl. der komm. «Volksfront», zum neuen Staatschef. In der Folgezeit konnte Rachmanow seine Machtposition innerhalb des Reg.-Systems konsolidieren. Alle Parteien (mit Ausnahme der KP) wurden wieder verboten. Im Nov. 1994 gewann er die von der Opposition boykottierten Präs.-Wahlen; gleichzeitig wurde eine neue Verfassung per Referendum angenommen, die dem Staatsoberhaupt umfangreiche Kompetenzen zuerkannte. Auch die formal kompetitiven Parl.-Wahlen vom Febr. 1995 fanden unter Ausschluss der wichtigsten Oppositionsparteien statt und wurden daher von der Europ. Union und der * OSZE bereits im Vorfeld als undemokrat. eingestuft. Militärisch brachte die Volksfront bis Mitte der 1990er J. mit Unterstützung usbekischer und russischer Einheiten große Teile des Landes unter ihre Kontrolle. Die islamischen Oppositionskräfte führten indes den Kampf von Afghanistan aus weiter und konnten dabei immer wieder Teilerfolge erzielen. Seit Frühjahr 1994 trafen sich die Kriegsparteien kontinuierlich zu Verhandlungsrunden, die dabei vereinbarten Waffenstillstandsregelungen wurden jedoch wiederholt gebrochen. Unter Vermittlung der Vereinten Nationen kam schließlich am 27. 6. 1997 ein Friedensabkommen zwischen der Reg. und der von Abdullo Nuri geführten Vereinigten T. Opposition (OTO) zustande. Dieser Vertrag schrieb eine sukzessive Einbindung der OTO in das Reg.-System fest: Auf ein Referendum im Sept. 1998, in dem die Bürger substanzielle Verfassungsänderungen mit überwältigender Mehrheit annahmen, folgten wenige Wochen später Präs.-Wahlen, in denen Amtsinhaber Rachmanow klar bestätigt

wurde. Auch in den Parl.-Wahlen vom Febr. 2000 siegten die Reg.-Parteien; trotz Unregelmäßigkeiten, die auch von der OSZE bemängelt wurden, erkannte jedoch die Opposition das Wahlergebnis an. Sieht man von einzelnen Attentaten auf Spitzenpolitiker beider Lager ab, hat sich die innenpol. Situation Anfang der 2000er J. weiter beruhigt; die GUS-Friedenstruppe, seit Jan. 1993 im Land, konnte im Juni 2000 abgezogen werden.

4. Der Bürgerkrieg, in dem mehr als 50000 Menschen getötet und über 600000 zur Flucht gezwungen wurden, bildet auch fünf Jahre nach seinem Ende eine schwere Hinterlassenschaft für die wirtsch. und soziale E. des ärmsten Nachfolgestaats der SU. Der 11. Sept. 2001 ist in diesem Zusammenhang insofern von Bedeutung, als T. dadurch von einer «vergessenen Weltgegend» zur strategischen Basis der int. «Allianz gegen den Terror» avancierte. Ob die Solidaritätserklärung Präs. Rachmanows mit der westl. Staatengemeinschaft nach Ende des Afghanistankriegs eine effektive Steigerung der *bi- und multilateralen EZ nach sich zieht, ist derzeit noch nicht erkennbar.

Lit.: G. Fedtke, Der fast vergessene Krieg, in: Osteuropa 46/3 (1996), S. 255ff.; R. Götz/U. Halbach, Pol. Lexikon GUS, 3. Aufl., München 1996; J. Anderson, The International Politics of Central Asia, Manchester 1997; D. Lynch, Russian Peacekeeping Strategies in the CIS: the Cases of Moldova, Georgia and Tajikistan, Basingstoke 2000; F. Grotz, Tajikistan, in: D. Nohlen/F. Grotz/C. Hartmann (Hg.), Elections in Asia and the Pacific, Bd. I, Oxford 2001, 455–469; K. Abdullaev/S. Akbarzadeh, Historical Dictionary of Tajikistan, London 2002. fg

TAI *Technology Achievement Index*, erstmals 2001 in dem von *UNDP publizierten *Human Development Report* (HDR) vorgeschlagener Index zur vergleichenden Messung der Innovations- und Technologieneigung von Ländern. Der TAI soll messen, wie gut ein Land Technologie entwickelt und verbreitet und wie die Einwohner dieses Landes für die E. und Verbreitung neuer Technologien qualifiziert sind. In dem TAI soll sich die Fähigkeit eines Landes widerspiegeln, an den technol. Innovationen des globalen Netzwerkzeitalters zu partizipieren. Der TAI ist ein zusammengesetzter Index, der vier Dimensionen der Kapazität eines Landes erfasst, an technologischen Innovationen zu partizipieren: (i) E. neuer Technologie; (ii) Verbreitung von Innovationen; (iii) Verbreitung älterer Innovationen; (iv) Qualifikation der Bev. Der TAI misst nicht, ob ein Land in der weltweiten technol. E. führend ist, sondern wie gut dieses Land im globalen Netzwerkzeitalter an der Entwicklung und Anwendung von Technologie partizipiert. Der TAI erreichte 2001 den höchsten Wert für Finnland (0,744) und den niedrigsten Wert für Mozambique (0,066). hs

Taiwan

Fläche (Tsd. qkm): 36
Bev. (Mio.) 2000: 22,26
BNE pro Kopf (US-$) 2000: 3630
BIP (Mio. US-$) 2000: 80355
LE (Jahre) 1994: 75
Analphabetenquote (%) 1999: 5

Das dem chin. Festland vorgelagerte Taiwan (auch Nationalchina genannt; Hs. Taipeh) ist in seiner pol. und ökon. Situation durch zwei Aspekte besonders geprägt: die fortgesetzte Auseinandersetzung mit der VR China – auch heute noch u. U. existenzbedrohend – und eine beachtliche wirtsch. E., die T. neben Südkorea, Singapur und Hongkong die Bezeichnung «*Tigerstaat» eingetragen hat.

1. Zwischen dem ostasiatischen Festland, Japan und den malaio-polynesischen Archipelen gelegen, wurde T. von mehreren Einflüssen geprägt. Im J. 1590 stießen portugiesische Seefahrer auf die von malaiischen Ureinwohnern besiedelte Insel, welche sie «Ilha Formosa» nannten. Um 1622 errichtete die Ostindische Kompanie einen Handelsstützpunkt auf der Insel – etwa in diese Zeit fällt auch eine verstärkte chin. Einwanderung – und setzte T. mit dem Anbau von Zuckerrohr, Reis, Weizen und Tabak in Wert, bis sie 1661

von sich vom Festland zurückziehenden chin. Truppen der Ming-Dynastie vertrieben wurden. 1683 eroberte die Qing-Reg. die Insel und erklärte sie ein J. später zur Präfektur der Provinz Fujian. Erst 1886 wurde T. zur eigenständigen Provinz Chinas. Nach der chin. Niederlage von 1895 fiel T. an Japan. Die Taiwanesen leisteten Widerstand gegen die Abtretung; ihr Versuch, eine eigene Republik T. zu etablieren (ab März 1895), wurde aber von Japan im Oktober desselben J. niedergeworfen. In der Folgezeit baute Japan T. zu einer Militärbasis aus, womit auch umfangreiche infrastrukturelle Modernisierungsmaßnahmen (Eisenbahn- und Straßennetz, Bewässerungssystem, Gesundheitswesen) verbunden waren. Nach der japanischen Kapitulation im Sep. 1945 wurde T. wieder chin. Provinz. Als im chin. Bürgerkrieg die Kommunisten die Oberhand gewannen, zog sich die National- (Kuomintang KMT; →China) Reg. nach T. zurück. Mit ihr kamen zwei Mio. Menschen – v. a. Militärs, Teile der technokratischen Elite und Unternehmer –, die am späteren Wirtschaftswunder einen erheblichen Anteil haben sollten.

2. Außenpol. ist die Situation T.s v. a. durch einen scharfen Gegensatz zur VR China gekennzeichnet, da beide Länder einen Alleinvertretungsanspruch für ganz China erhoben haben. In den 1950er J. kam es zu drei Kriegen um die Insel zwischen beiden Staaten, in denen sich T. aber mit Unterstützung der USA die Unabh. bewahren konnte. Als Folge der US-amerikan. Öffnung zur VR China Mitte der 1970er J. erfuhr das ohnehin dipl. isolierte T. int. und regional einen weiteren Isolationsschub. Der 1954 geschlossene Beistandspakt mit den USA lief 1980 aus, wurde jedoch von den USA durch den *Taiwan Relations Act* (1979) ersetzt, der im Angriffsfall «angemessene» Maßnahmen verspricht. So entsandten die USA, als die VR China 1996 durch Raketentests und Flottenmanöver vor T. eine Krise heraufbeschwor, zwei Flugzeugträger in die Region. Dieser konfliktiven E. im Verhältnis der beiden Staaten stehen aber seit Beginn der 1990er J. auch einige positive Tendenzen gegenüber (z. B. Investitionen von Taiwanesen in der VR China, Gespräche über die Wiedervereinigung auf Basis der Konzeption «Ein Land – zwei Systeme» analog zu →Hongkong).

3. In sozioökon. Hinsicht kann T. als Paradebeispiel einer erfolgreichen weltmarktorientierten E. angesehen werden. Erschien T. einigen E.-Theoretikern (z. B. U. Menzel) lange als «krasses» Beispiel eines US-hörigen *peripheren Kapitalismus, so exemplifiziert das Land heute neben den anderen Tigerstaaten (Hongkong, Singapur, Südkorea) die Unhaltbarkeit einer allgemeinen Anwendung von *dependenztheoretischen *Dissoziationsmodellen. Da die KMT T. zunächst als Ausgangsbasis für die Rückeroberung des Festlandes betrachtete, wurde die ökon. E., auch mit finanz. Unterstützung der USA, von Staats wegen massiv vorangetrieben. Grob lässt sich diese E. in drei Phasen einteilen: Nach der Periode des Wiederaufbaus (bis 1952), in der noch die Landw. eine große Rolle gespielt hatte, wurde der Ausbau der Energie-Infrastruktur und der Leichtind. (Nahrungsmittelverarb., Textilien) von 1953–1964 in Angriff genommen. Mit der Produktion von dauerhaften Konsumgütern (Bekleidung, Fahrräder, Elektroartikel), der Modernisierung von Kapitalgüterind. und der Errichtung von grundstoff- und technologieintensiven Ind. trat man 1965–1972 in den Weltmarkt ein. Im Hinblick auf Exportchancen förderte die dritte Stufe (1973–1981) die kapital- und technologieintensiven Schwerind. (Fahrzeug-, Werkzeug-, Elektro- und Präzisionsmaschinenind.). Durch zehn Schlüsselprojekte wurde die Infrastruktur verbessert. Darüber hinaus wurden drei spezielle *Export Processing Zones* (EPZ) eingerichtet. Dies war überaus erfolgreich: Das Pro-Kopf-Einkommen (1952 = 100 NT-$) stieg von 277,2 (1960) über 769,3 (1970) und 4178,2 (1980) auf 12 727,2 NT-$ (1992). In außen-

wirtsch. Hinsicht steht T. bezogen auf seine Exporte an 12. Stelle, bezogen auf die Bev. sogar an der Spitze. Auch nach der Asienkrise von 1997, die das Land anders als etwa Südkorea weitgehend verschonte, (und dem Erdbeben von 1999) erscheinen die E.-Perspektiven des Landes – allerdings nur, solange der Konflikt mit der VR China nicht eskaliert – als rel. positiv. Auch hinsichtlich vieler wichtiger sozialer Indikatoren zeigt T. ein positives Profil. Das rasante Wachstum führte nicht zu krassen Einkommensungleichheiten, sondern kann als *growth with equity* bezeichnet werden. Arbeitslosigkeit blieb ein weithin unbekanntes Phänomen, das Gesundheits- und Bildungswesen wurde substanziell modernisiert. Die E. der Bev. glich sich westeurop. Trends an; die Geburtenrate sank, die Kleinfamilie setzte sich immer mehr durch. Die rapide ökon. E. forderte allerdings auch ihren Preis: Die Umweltverschmutzung ist in T. zu einem ernsten Problem geworden (z. B. Verseuchung zahlreicher Flüsse und Böden, zunehmende Erosion aufgrund von Monokulturen etc.).

4. Lange wurde T. von der nationalistischen KMT und deren Führer, dem Generalissimus *Jiang Jeshie* bzw. *Chiang Kai-Shek* (gest. 1974), und dessen Sohn *Jiang Jinguo* bzw. *Chiang Chingkuo* (gest. 1988) mittels des seit 1948 geltenden Ausnahmezustandes (bis 22. 3. 1991) autoritär regiert. Seit 1987 setzte eine zunächst allmähliche Liberalisierung ein, die dann in einen Demokratisierungsprozess mündete: Nachdem bereits 1991 relativ freie und faire Wahlen zum Exekutivyüan (= Parlament) stattgefunden hatten, wurde 1995 erneut das Parl. gewählt und 1996 der Staatspräs. erstmals in einer direkten Wahl ermittelt. Zwar konnten hier die KMT bzw. deren Kandidaten *Li Denghui* bzw. *Lee Teng-Hui* – mit Letzterem lenkt erstmals keiner der lange dominierenden Festlandschinesen die Geschicke des Landes – die Mehrheit erringen; Oppositionsparteien wie die DPP (*Democratic Progressive Party*), die noch wenige Jahre zuvor illegal im Untergrund operieren musste, erzielten jedoch beachtliche Zugewinne. Da Letztere ebenso wie ein Flügel der KMT auch die formale Sezession befürwortet, hat dies für die Zukunft Implikationen für das Verhältnis zu der nach Wiedervereinigung strebenden VR China. Der Kandidat der DPP, Chen Shui-bian, gewann März 2000 mit 39,3 % der Stimmen die Präs.-Wahlen, musste mit dem weiterhin von der KMT dominierten Parl. zusammenarbeiten, das seine Pol. in der Folgezeit blockierte. Ex-Präs. Lee Teng-Hui unterstützte seinen Nachfolger im Konflikt beider Institutionen, was Konflikte innerhalb der KMT und die Abspaltung zweier neuer Parteien heraufbeschwor: Ex-Gouverneur James Soon rief 2000 die konservative People First Party (PFP) ins Leben; die für die Unabh. eintretende, Chen-inspirierte Taiwan Solidarity Union (TSU) gründete sich 2001. Bei den Parl.-Wahlen vom 1. 12. 2001 musste die KMT (68 Sitze), deren Stimmverluste TSU (13 Sitze) und PFP (46 Sitze) zugute kamen, ihre Mehrheit an die DPP (87 Sitze) abgeben. Premiermin. Y. Schyikun bildete eine DPP-dominierte Koalitionsreg. Derzeit scheint man in T. die Beibehaltung des staatsrechtl. Schwebezustandes (Verzicht auf offizielle Unabh.-Erklärung) in Verbindung mit der faktischen Unabh. für die beste Lösung zu halten. Der *WTO-Beitritt T.s am 1. 1. 2002 liegt auf dieser Linie und wird engere wirtsch. Beziehungen zwischen der VR China, das dem WTO kurz vorher (11. 12. 2001) beitrat, und T. ermöglichen.

Lit.: J. Frey et al., Growth with Equity. The Taiwan Case, New York 1979; O. Weggel, Die Geschichte Taiwans. Vom 17. Jahrhundert bis heute, Köln u. a. 1989; E. Louven: Taiwan, in: HDW III, Bonn 1993, S. 230 ff.; G. Schubert, Taiwan. Die chinesische Alternative. Demokratisierung in einem ostasiatischen Schwellenland 1986–1994, Hamburg 1994; M. Rinza, Taiwan, in: D. Nohlen/F. Grotz/Ch. Hartmann (Hg.), Elections in Asia and the Pacific, Bd. 2, Oxford 2001, S. 525–570. mb

take-off Schlüsselbegriff der e.-theoret. Diskussion der 1950er und 1960er J., bezeichnet die zentrale Phase wirtsch. Wachstums im zunächst Drei-Stadien-, dann Fünf-Stadien-Modell von Walt W. Rostow, die in Analogie zum Abheben eines Flugzeugs eine Volkswirtsch. zu sich selbst tragendem Wachstum (*self-sustained growth*) führt. Die einzelnen Stadien lauten: 1. traditionale Gesellschaft; 2. Schaffung der Voraussetzungen des *take-off*; 3. *Take-off*-Phase; 4. Weg zur wirtsch. Reife; 5. Zeitalter des Massenkonsums. Rostow nennt drei Bedingungen zur Erreichung der *Take-off*-Phase: 1. Anstieg produktiver *Investitionen von 5 % oder weniger bis auf 10 % oder mehr des Volkseinkommens; 2. E. eines oder mehrerer wesentlicher ind. Sektoren mit einer hohen Wachstumsrate; 3. Vorhandensein oder schnelles Entstehen eines pol., sozialen und institutionellen Rahmens. *Contra-Argumente:* Allzu starrer E.-Fahrplan, aus der histor. E. der IL gewonnen, unterstellt Übertragbarkeit auf heutige EL, lokalisiert die E.-Hemmnisse im Wesentlichen intern; geringe kausale Erklärungskraft und geringe Prognosefähigkeit.

Lit.: W. W. Rostow, The Process of Economic Growth, New York 1952; Ders., Stadien wirtschaftl. Wachstums, Göttingen 1960. dn

Taliban-Milizen →Afghanistan

Tanzania

Fläche (Tsd. qkm): 945
Bev. (Mio.) 2001: 36,00
BNE pro Kopf (US-$) 2000: 280
BIP (Mio. US-$) 2000: 9316
LE (Jahre) 1999: 45
Analphabetenquote (%) 1999: 25
HDI 1999: 0,436 [Rangplatz von 162: 140]

Zu den ärmsten Ländern der Erde zählend, galt T. lange als ein Modell eigenständiger E. und repräsentierte unter Führung des Staatsgründers *Nyerere gewissermaßen den E.-Weg des afrik. *Sozialismus. Seit Ende der 1980er Jahre befindet sich das Land in einem Prozess tief greifender Reformen, die auf eine Stärkung marktwirtsch. Prinzipien hinauslaufen und mit erheblichen sozialen Problemen verbunden sind, auf pol. Ebene aber ungeachtet der Abschaffung des langjährigen Einparteiregimes die hergebrachten Macht- und Herrschaftsverhältnisse bislang nicht grundlegend in Frage stellen.

1. Von der ostafrik. Küste und den vorgelagerten Inseln von Sansibar und Pemba steigt das Land ins Landesinnere hin an, wo Hochflächen, Bergländer (*Southern Highlands*, Kilimandscharo) und der ostafrik. Grabenbruch die Reliefgestalt prägen. Dementsprechend besitzt T. vielfältige Vegetations- und Klimazonen, wobei die ungleichmäßige Verteilung der fruchtbaren, regenreichen und für Landw. nutzbaren Gebiete mit der Bev.-Verteilung korreliert. Mehr als 2/3 der Bev. leben auf 1/10 der Fläche; den dicht besiedelten Landesteilen (Kilimandscharo, Küste, Binnenseen) stehen fast menschenleere Gebiete gegenüber. Die afrik. Bev. auf dem Festland besteht zu über 90 % aus Bantu, die sich in ca. 100 Stammesgruppen gliedern. Hinzu kommen neben Massai *Minderheiten arab., europ. sowie indisch-pakistan. Herkunft. Seit 1967 ist Kisuaheli Landessprache, Engl. fungiert weiterhin als Handels- und Bildungssprache. Die Religionsgruppen gliedern sich in Moslems (1992: 35 %; auf Sansibar: 95 %), Christen (ca. 45 %), Hindus und Animisten (Bantu-Stämme). Das anhaltend rasche Bev.-Wachstum (1985–1994: 3,1 %; 1990–2000: 2,8 %) geht mit einer noch geringen, aber wachsenden *Urbanisierung (städt. Bev.: 1960 ca. 5 %; 1994: 24 %; 1999: 32 %) einher. Knapp die Hälfte der Bev. ist jünger als 15 Jahre (Erwerbsquote 1995: ca. 46 %).

2. Dominierend innerhalb der tanz. Wirtsch. ist die Landw., die 1999: 48 % (1996 noch 58 %) der gesamtwirtsch. Wertschöpfung und ca. 85 % der Exporterlöse ausmacht. Ein großer Teil der Agrarproduktion entfällt auf die *Subsistenz; die Marktproduktion wird in *Genossenschaften, in Staatsfarmen, durch Großbauern und in exportorientierten *Plantagen erbracht. Kaffee, Baumwolle, Mineralien und Cashewnüsse sind die wichtigsten Ausfuhrgüter. Die

im Rahmen des *Ujamaa-Konzepts ab 1967 betriebene Förderung der *ländlichen Entwicklung vermochte nicht, die *Ernährung der Bev. aus eigener Produktion dauerhaft zu sichern. Insbesondere in den 1970er und frühen 1980er Jahren musste T. wegen zu geringer Produktionssteigerungen Nahrungsmittel importieren. Die mangelnde Attraktivität der staatl. festgesetzten Preise und das Fehlen von Konsumgütern als Kaufanreiz auf dem Land hielten die Bauern auch von einer effektiven Vermarktung ihrer Produkte ab. Ökologische Probleme in einigen Regionen (Bodenerosion), z.T. zwangsweise Umsiedlungen der verstreut lebenden Bev. in zentrale Dörfer und ein exzessiver Bürokratismus der Genossenschaften trugen ab Mitte der 1970er Jahre zur fortschreitenden Misere der landw. Produktion bei. Die wirtsch.-pol. Reformen seit 1986 (Rücknahme der Zwangsumsiedlungen; abnehmende Intervention des Staates in Produktion und Vermarktung) führten rel. rasch zu einer Steigerung der Produktion und Versorgungssituation, allerdings um den Preis wachsender sozialer Ungleichheit auf dem Lande wie in den Städten.

Der langsam wachsende ind. Sektor (BIP-Anteil 1995: 8 %; 1999: 14 %) konzentriert sich auf die Verarbeitung einheim. Rohstoffe und die Produktion einfacher Konsumgüter. Ab Ende der 1960er Jahre wurden die wichtigsten ausl. Ind. verstaatlicht und unter die Kontrolle der *National Development Corporation* (NDC) gestellt; ausl. *Direktinvestitionen unterlagen erheblichen Restriktionen. Die staatl. Überregulierung der gewerblichen Produktion, die der Grundidee des tanz. E.-Konzeptes nach in den Dienst sozialer E.-Ziele gestellt werden sollte, erwies sich als Hemmschuh der *Industrialisierung. Insgesamt fand bis Anfang der 1990er Jahre kaum eine Ausweitung der «modernen» Wirtschaftsbereiche statt (Hofmeier 1993, S. 186). Die in vielen Bereichen auf den Import von Vorprodukten angewiesenen Betriebe produzierten häufig weit unterhalb ihrer Kapazitäten. Ab Ende der 1980er Jahre wurden unter dem Druck der bereits seit den 1970er Jahren anhaltenden Wirtschaftskrise Maßnahmen zur Erleichterung von Investitionen eingeleitet und die direkte staat. Kontrolle zurückgeschraubt. In der Folgezeit wurden erhebliche Produktionssteigerungen um bis zu 10 % pro Jahr verzeichnet, der erhoffte Zustrom ausl. Kapitals hielt sich jedoch in Grenzen. Das Land besitzt reiche Vorkommen an Mineralien, die noch nicht vollständig erforscht sind (Gold, Uran, Nickel, Kupfer, Eisenerz, Phosphat, Kohle, Erdgas) und deren Ausbeutung in der jüngeren Vergangenheit zugenommen hat.

Wichtigste Handelspartner T.s sind mit weitem Abstand die EU-Länder, ferner Japan und Indien. Die regionale ökon. *Integration mit Kenya und Uganda kam durch die Auflösung der *EAC 1977 ins Stocken. Ab Ende der 1960er J. verschlechterte sich die Außenhandelssituation fortlaufend. Die einseitige Einbindung T.s in den Weltmarkt (Exportkonzentration auf wenige Agrargüter, deren Preise v. a. in den 1980er Jahren sanken; hoher Importbedarf der Landw. und Ind. an Betriebsmitteln) verschärfte die binnenwirtsch. Rezession. Die seit 1986 betriebenen *Strukturanpassungsprogramme zielten darauf ab, die Außenhandelsbilanz zu verbessern und den stark defizitären Staatshaushalt auszugleichen. Verstärkte Exportanstrengungen (überwiegend trad. Güter), Drosselung der Einfuhren (v. a. im Konsumgüterbereich) und Sparmaßnahmen der öfftl. Hand vermochten freilich nur begrenzt Abhilfe zu schaffen. Das Land blieb in hohem Maß auf externe Zuflüsse aus der E.-Zusammenarbeit angewiesen. Die entsprechenden Mittel machten in der ersten Hälfte der 1990er Jahre jeweils rd. 1/3 des BIP aus. Mit einer Auslandsverschuldung von ca. 5,4 Mrd. US-$ (Ende 1994) und Schuldendienstverpflichtungen, die 1995–97 nominell ca. 50 % der Exporterlöse beanspruchten, zählt T. zu den besonders hoch verschuldeten EL (*HIPC).

3. 1967 wurde mit der *Arusha-Erklärung das weitgehend vom Präs. und Parteivorsitzenden Nyerere entwickelte Modell des *Ujamaa*-Sozialismus entworfen, das durch Verbindung von Wirtschaftswachstum, Abbau von einseitiger Auslandsabh., Demokratisierung von Wirtsch. und Gesellschaft und Ausgleich sozialer Unterschiede den Aufbau eines den spezifisch tanz. Verhältnissen angepassten soz. Staates anstrebte. Das auf **self-reliance* abzielende *Ujamaa*-Konzept beruhte auf der Idee einer im Wesentlichen *ländlichen E. durch Kollektivierung der Agrarproduktion, umfassende Versorgung der Landbev. mit sozialen Dienstleist. und ihre Erziehung zur *Partizipationsfähigkeit an allen Entscheidungsprozessen. Für die Lenkung und Kontrolle des geplanten Strukturwandels wurden zahlreiche staatl. und halbstaatl. Institutionen eingerichtet, deren Ausuferung, Schwerfälligkeit und *Korruption sich im Hinblick auf die Intentionen der *self-reliance* freilich als kontraproduktiv erweisen. Große Erfolge v. a. im Erziehungswesen und in der Gesundheitsversorgung (ca. 90 % der Bev. finden im Umkreis von weniger als 10 km einfachste med. Versorgung) konnten an der ablehnenden Haltung der Landbev. gegenüber den bürokratischen Entwicklungsmaßnahmen «von oben» wenig ändern; viele soziale Errungenschaften fielen letztlich der wirtsch. Krise und dem Zwang zur *Strukturanpassung seit den 1980er Jahren zum Opfer. Rapide zunehmende soziale Ungleichheiten und gesellsch. Spannungen waren Begleiterscheinungen der e.-strategischen Wende.

4. Vor Beginn des europ. Einflusses (16. Jh.) wurde die ostafrik. Küste von den Arabern kontrolliert. Im Gebiet des heutigen T. konnten sich infolge der mit Sklavenhandel und Bev.-Bewegungen verbundenen kriegerischen Konflikte bei den Stämmen Kriegshäuptlinge durchsetzen. Die während der Kolonialzeit im Rahmen der dt. und brit. **indirect rule* gestärkte Position der Häuptlinge, die durch starke Abh. von der Kolonialverwaltung bei der Bev. allmählich an Ansehen verloren, wurde mit der Abschaffung des Häuptlingssystems nach der Unabh. beseitigt. Nach dem 1. Weltkrieg wurde das seit 1891 als Deutsch-Ostafrika vom Deutschen Reich beherrschte Gebiet von GB als Völkerbundsmandat übernommen. Der bereits von den Deutschen initiierte Anbau von Exportprodukten wurde von den Briten fortgesetzt; ihr koloniales Engagement war aber im Ggs. zu Brit.-Ostafrika (Kenya) wegen der unsicheren Rechtslage Tanganyikas (Tg.) als *Mandatsgebiet/UN-Treuhandgebiet gering. Hierdurch begünstigt konnte durch die Unabh.-Bewegung TANU (*Tanganyika African National Union*) unter der Führung von Nyerere 1961 auf friedliche Weise die Unabh. Tg.s erreicht werden. Sansibar (S.), das nach dem Helgoland-Sansibar-Vertrag seit 1890 als brit. Protektorat durch arab. Sultanat regiert wurde, erreichte 1963 die Unabhängigkeit. Araber und Asiaten hatten während der brit. Kolonialzeit ihre trad. Position als Sansibars pol. und wirtsch. Elite wahren können und verwehrten den Afrikanern jegliche Aufstiegsmöglichkeiten. Nach jahrelanger Unterdrückung durch arab. beherrschte Parteien, die bei Wahlen durch Wahlkreismanipulationen ihre Stimmenminderheit stets in eine Mandatsmehrheit umwandeln konnten, putschte 1964 die afrik. Interessen vertretende ASP (*Afro Shirazi Party*). Bis 1977 wurde S. von ASP despotisch regiert.

1964 erfolgte der Zusammenschluss von Tg. und S. zur Vereinigten Rep. von Tanzania. Unter dem Nachfolger Karumes (1972 ermordet), Jumbe, schlossen sich ASP und TANU zur neuen Einheitspartei CCM (*Chama Cha Mapinduzi* = Partei der Revolution) zusammen. Trotz des bei den Eliten der beiden Landesteile gemeinsamen afrik. Bewusstseins war die Integration T.s durch zahlreiche Gegensätze (z. B. Tg.: christl./ländl. – S.: muslim./städt.) stark erschwert (sezessionistische Bewegung auf S. Anfang der

1980er J.). Jumbe legte 1984 seine Ämter nieder; sein Nachfolger wurde Ali Hassan Mwinyi. Dieser führte wirtsch. und pol. Liberalisierungen durch und passte durch mehrere Verfassungsänderungen das pol. System und das Parteiensystem an die Einparteidemokratie der Union an. Die CCM spielte innerhalb des starken Präsidialsystems als Impulsgeberin für die gesellschaftspol. Zielvorstellungen und E.-Konzeptionen eine dominierende Rolle und wurde in der neuen Verfassung von 1977 formal dem Parl. und der Reg. übergeordnet. Mit einer Verfassungsänderung, die die Präsidentschaft auf zwei Amtsperioden begrenzt, wurde 1980 der von Nyerere selbst gewünschte Amtswechsel in der Präsidentschaft anvisiert und im Jahr 1985 vollzogen. Sein Nachfolger wurde Mwinyi, der 1990 auch das Amt des Parteivorsitzenden übernahm. Im Juli 1992 wurde per Verfassungsänderung ein Mehrparteiensystem zugelassen. Die rasch formierten Oppositionsparteien vermochten zunächst jedoch nicht am Machtmonopol des CCM zu rütteln. Insbesondere in den ländl. Gebieten wirkten fest verwurzelte Mechanismen pol. und sozialer Kontrolle fort. Bei den Wahlen von 1995, deren Kompetitivität durch die massive administrative und organisatorische Überlegenheit der Reg.-Partei und auf Sansibar auch durch direkte Manipulationen beeinträchtigt wurde, siegte der CCM-Kandidat B. W. Mkapa mit 61,8 % der Stimmen, der CCM gewann, begünstigt auch durch das Mehrheitswahlrecht, vier Fünftel der Parl.-Sitze. Bei den Wahlen von Okt. 2000 ergab sich ein ähnliches Bild. B. W. Mkapa wurde im Präs.-Amt bestätigt. Bei den Parl.-Wahlen siegte der CCM, die Oppositionspartei Civic United Front (CUF) sprach von Wahlbetrug und forderte eine Wiederholung der Wahl. Die Nat. Wahlkommission konzedierte Wahlwiederholung in nur 16 Wahlkreisen auf Sansibar. Die CUF boykottierte daraufhin die Parlamentssitzungen und büßte März 2001 ihre parl. Vertretung (31 Abg.) offiziell ein.

5. Die tanz. Außenpol. war seit der Unabh. durch Unterstützung der nat. *Befreiungsbewegungen im südl. Afrika, Panafrikanismus, *Blockfreiheit und die Forderung nach einer stärkeren Rolle der EL bei der Gestaltung der *Neuen Weltwirtschaftsordnung gekennzeichnet. V.a. das int. Prestige Nyereres (u.a. Sprecher der *Frontstaaten, 1984/85 Vorsitzender der *OAU, zahlreiche Berufungen als Vermittler bei innerafrik. Konflikten) gaben T. ein die Wirtschaftskraft des Landes weit übersteigendes Gewicht im afrik. Staatensystem. Die großen pol. Unruhen in Nachbarländern wie Rwanda, Burundi und Zaire (T. beherbergt ca. 750000 *Flüchtlinge) führten in den vergangenen Jahren wiederholt zu außenpol. Spannungen und vereinzelten Grenzkonflikten.

Lit.: J. Nyerere, Die Arusha-Deklaration 10 Jahre danach, Verlag Internat. Solidarität 1977; W. Pfennig/K. Voll/H. Weber (Hg.), Entwicklungsmodell Tansania: Sozialismus in Afrika, Frankfurt 1980; R. Hofmeier, Tanzania, in: HDW III, 5, 1993, S. 178ff.; J. Lugalla, Adjustment and poverty in Tanzania, Münster 1995; P.-G. Rösch, Der Prozeß der Strukturanpassung in Tanzania, Hamburg 1995; T. P. Ofcansky/R. Yeager (Hg.), Historical dictionary of Tanzania, 2. Aufl., Lanham 1997. bt

Targeting →Zielgruppenorientierung

Tarifäre Handelshemmnisse →Außenhandelspolitik, Handelshemmnisse

TASF →ASDB

TCDC Technische Zusammenarbeit zwischen EL (*Technical Cooperation among Developing Countries*); im Rahmen der *Süd-Süd-Beziehungen auf das Konzept der **collective self-reliance* gestützte E.-Strategie, die in der zweiten *Entwicklungsdekade in den Blickpunkt von den von EL initiierten e.-pol. Bemühungen rückte. Ausgangspunkt war zum einen ein wachsendes Bewusstsein für die Rolle der Technologie im E.-Prozess, zum anderen die Kritik an den e.-pol. problematischen Folgen des (vertikalen) *Technologietransfers in Gestalt von direkten und indirekten Kosten (Verschärfung des Beschäftigungsproblems, Reproduktion der technol. *Abhängigkeit, geringe

Lerneffekte, «umgekehrter Technologietransfer»: der sog. **brain drain*).
Wegen der vorrangigen Befasstheit mit wirtsch. Fragen der Süd-Süd-Kooperation, der sog. *ECDC, gelang jedoch erstmals 1978 auf der TCDC-Konferenz von Buenos Aires eine Einigung auf eine umfassende Definition von TCDC. Indem man Techniken als Produkte soziokultureller Gegebenheiten begriff, distanzierte man sich von einem mechanistischen Verständnis, wie es für die trad. techn. Zusammenarbeit charakteristisch ist. Gleichzeitig wurde der enge Zusammenhang von Wiss. und Technik einerseits, ökon. E. andererseits betont. TCDC wurde demnach definiert als umfassende Kooperation auf versch. Gebieten mit dem Ziel der Förderung einer weitgehend selbstbestimmten E. in den Ländern der *Dritten Welt. Als oberstes Ziel wurde der Grundsatz der «aktiven Solidarität bei der Verwirklichung gemeinsamer Interessen» genannt.
Der in Buenos Aires verabschiedete Aktionsplan zur Förderung und Implementierung der TCDC blieb jedoch – trotz seiner Signalwirkung – hinter den Erwartungen weit zurück. Dies war nicht zuletzt eine Konsequenz der widersprüchlichen Positionen der EL und des begrenzten Interesses der IL an einer verstärkten Süd-Süd-Kooperation. Die Bedeutung von TCDC nahm im Laufe der 1980er J. im Kontext von *Verschuldungskrise und neoliberaler Reform kontinuierlich ab. Konzept und Strategie spielten in den 1990er J. praktisch keine Rolle mehr.

Lit.: K. Bodemer, Technische Zusammenarbeit zwischen Entwicklungsländern. *FES-Analysen Nr. 94, Bonn 1981. kb/dn

TCP *Technical Cooperation Program*, Technisches Kooperationsprogramm (1976) für Soforthilfen kleinerer und kurzfristiger landwirtsch. und ländl. E.-Projekte im Rahmen der FAO. red

TDB →UNCTAD

Technische Hilfe/Zusammenarbeit (TH.) Neben der *Finanziellen Hilfe das wichtigste Instrument der EP. TH. zielt darauf ab, techn., wirtsch. und org. Kenntnisse und Fähigkeiten den EL zu vermitteln und die Voraussetzungen ihrer Anwendung zu verbessern. So jedenfalls erläutert das *BMZ die TH. und bietet folgende, unentgeltliche Leistungen an: Entsendung und Finanzierung von Beratern, Ausbildern, Sachverständigen, Gutachtern und sonstigen Fachkräften (→Personelle Hilfe); Lieferung von Ausrüstung und Material; Lieferung von ind. und landw. Produktionsmitteln (→Warenhilfe); Bereitstellung von Dienst- und Werkleistungen; Finanzierungsbeiträge zu Projekten und Programmen einheim. Träger (→Projekthilfe). TH. erfolgt nach dem Grundsatz des geringsten Eingriffs: 1. Eigeninitiative und -verantwortlichkeit stärken oder wecken; 2. deutsche Experten nur insofern, als keine einheim. Fachkräfte zur Verfügung stehen; 3. Übertragung unangepasster Vorstellungen, Problemlösungen und Technologien vermeiden. TH. wird im Rahmen der entwicklungspol. Leitlinien der Bundesregierung über die *GTZ abgewickelt.

Lit.: A. Mehler/C. Ribaux, Krisenprävention und Konfliktbearbeitung in der Technischen Zusammenarbeit, Wiesbaden 2000. dn

Technische Zusammenarbeit unter Entwicklungsländern →TCDC

Technologietransfer (TT) Technol. und wirtsch. E. sind untrennbar miteinander verknüpft – dauerhaftes wirtsch. Wachstum entsteht insbes. durch die Steigerung der Effizienz der *Inputs*, d.h. durch die Einführung neuer, besserer Maschinen, durch org. Verbesserungen sowie durch erfolgreiche Lernprozesse und zunehmende Qualifikationen, kurz: durch technol. Fortschritt. Diese Einsicht hat die e.-theoret. Diskussion und die e.-pol. Praxis seit jeher geprägt. In der Letzteren erschien der TT neben dem Kapitaltransfer als zentraler Ansatzpunkt zur Überwindung von UE. Dieses Ziel ist bislang nur in wenigen Ländern erreicht worden; in den meisten EL wurden die mögliche Geschwindigkeit technol. Lernprozesse überschätzt und die ökon. Anreizstrukturen, die technol. Verhaltensweisen prägen, ignoriert. Technolo-

gie (T.) beinhaltet die Gesamtheit der *Hardware*, Org. und Wissen, bezogen auf Produktionsprozess und Produkt. Die Diskussion um T. und E. bewegte sich meist im Spannungsfeld zwischen zwei Elementen: zwischen TT, d. h. der Übertragung einzelner T.-Komponenten (*Know-how* und in Maschinen geronnenes Wissen) aus den IL in die EL, und der Stärkung der technol. Kompetenz in den EL (*capacity building*). Tatsächlich handelt es sich hier allerdings nicht um Alternativen – T. und Stärkung techn. Kompetenz sind komplementäre Prozesse.
1. In den ersten *Entwicklungsdekaden wurde stärker auf TT als auf Stärkung technol. Kompetenz gesetzt. Insofern war es durchaus folgerichtig, dass die EL seit den 1970er J. die Forderung nach einer Verringerung des technol. N-S-Gefälles durch freien, am besten auch kostenlosen TT. aus den IL erhoben. Dies wurde von den IL abgelehnt. Bis zur Mitte der 1980er J. forderten EL in int. Org. ferner die Verabschiedung eines Verhaltenskodex (*code of conduct*). Damit sollte Missbrauchspraktiken beim Transfer, z. B. überhöhten Lizenzgebühren, ein Riegel vorgeschoben werden. Heute hingegen wird nicht mehr diskutiert, wie man den TT kontrollieren, sondern wie man ihn stimulieren könnte. Dies reflektiert Veränderungen in den technol. N-S-Bez., denn in der Praxis schien der T.-Zugang für EL in den 1980er J. schwieriger zu werden. Der technol. Wandel beschleunigte sich, und die Verfügbarkeit von T. und die Fähigkeit zu ihrer raschen Nutzung für neue Prozesse und Produkte wurden zu einem zentralen Wettbewerbsfaktor. T. wurde überdies immer mehr im Privatsektor entwickelt. TT wurde von privaten Akteuren entsprechend ihren Interessen gesteuert. Dies heißt nicht, dass der Zugang auch zu ganz aktueller T. für EL generell unmöglich geworden wäre; Unternehmen aus Südkorea und Taiwan beispielsweise waren durchaus in der Lage, Prozess- und Produkt-*know-how* für Mikrochips zu erwerben. Instabile wirtsch. und unberechenbare rechtl. Rahmenbedingungen, ökon. Krisenerscheinungen und schwache Empfangsstrukturen ließen die weitaus meisten EL allerdings als wenig attraktive Empfänger für privatwirtsch. organisierten TT erscheinen. Zugleich reduzierte die *Verschuldungskrise die finanz. Kapazität der meisten EL zum Erwerb von T. – ein Problem, das ungelöst ist und noch durch einen offensichtlichen Anstieg der Lizenzgebühren verschärft wird.
Zugleich üben die IL einen starken Druck auf teilindustrialisierte Länder aus, damit letztere ein dem N entsprechendes Niveau des Schutzes von Patenten und Urheberschutzrechten implementieren. Freilich stellen sich die Auswirkungen der *GATT-Regelungen als weniger dramatisch dar als ursprgl. befürchtet. Die →TRIMs werden im Zuge allgemeiner Liberalisierung und zur Verbesserung der Attraktivität für ausl. Investoren in vielen Ländern ohnehin zurückgenommen. Die →TRIPs-Regelungen lassen Spielräume für pol. Interventionen offen; das Abkommen gestattet beispielsweise Zwangslizenzen, wenn der Inhaber der Schutzrechte sich weigert, patentierte T. zu «vernünftigen Bedingungen» zu lizenzieren. Überdies vollziehen sie nach, was viele teilindustrialisierte Länder bereits implementiert haben – aufgrund ausl. Drucks, aber auch im wohlverstandenen Eigeninteresse, d. h. zum Schutz eigener Innovationsanstrengungen.
Überdies resultiert aus der Diskussion um Umwelt und E. ein Gegentrend gegen restriktive Tendenzen im int. Umfeld. Mit dem Montrealer Übereinkommen (über die Verringerung der FCKW-Produktion) wurde 1987 ein Fonds geschaffen, aus dem die EL bei ihren Umstellungsanstrengungen unterstützt werden sollen. Die 1992 verabschiedete Klimarahmenkonvention postuliert weitgehende, allerdings nicht hinreichend präzise Regelungen über die Verpflichtung der IL, einen umweltfreundlichen TT in EL zu stimulieren.

2. TT erfolgt auf unterschiedliche Weisen. Quantitativ am bedeutsamsten sind konventionelle, marktgesteuerte Mechanismen, bei denen der T.-Geber eine aktive (ausl. Direktinvestitionen und *joint ventures*, Lizenzverträge, Ingenieurdienstleistungen und der Verkauf schlüsselfertiger Anlagen) oder eine passive Rolle (Maschinenkäufe) spielen kann. Daneben haben insbes. erfolgreiche *Schwellenländer bestimmte nicht-konventionelle Mechanismen genutzt; dazu gehören etwa Imitation (*reverse engineering*) und der vertraglich nicht geregelte TT zwischen einem Unternehmen und seinem Auftraggeber (*learning by exporting*, z. B. bei Subkontraktproduktion). Der quantitativ bedeutsamste Mechanismus ist der Transfer von T., die in Maschinen und Anlagen gebunden ist. Der zweitwichtigste Bereich ist der TT im Rahmen von ausl. Direktinvestitionen bzw. *joint ventures*; es wird geschätzt, dass Zahlungen für Lizenzen nur 5–10 % der Größenordnung erreichen, die insges. für firmeninterne Transfers verrechnet wird. In ausl. Direktinvestitionen wird neben der T. auch Organisations-*Know-how* transferiert, und ausl. Unternehmen bemühen sich häufig stark um den Aufbau der notwendigen Qualifikationen im Gastland. Eine Reihe von Untersuchungen zeigt, dass ausl. Investoren die im Heimatland genutzten Produktionstechnologien und Organisationsmuster übertragen, ohne größere Adaptionen an die jeweilige Umwelt vorzunehmen. Sie versuchen eher, die Umwelt – etwa durch den Aufbau von Zuliefernetzen – an ihre Bedürfnisse anzupassen. Hierin kann ein wichtiger E.-Beitrag (etwa durch den Transfer moderner Produktionstechnologien zu nat. Zulieferunternehmen) bestehen; nicht selten jedoch erweist sich dieses Verhalten letztlich als e.-hemmend. Anstrengungen zur Anpassung beschränken sich vorwiegend auf die Verringerung der Produktionskapazität. Ausl. Unternehmen richteten bisher (abgesehen von kleinen Einheiten, die den effektiven Einsatz der transferierten T. sicherstellen sollen) nur selten Forschungs- und Entwicklungs(FuE)-Abteilungen bei Tochterunternehmen in EL ein. Dies ändert sich langsam in dem Maße, in dem in fortgeschrittenen EL leistungsfähige wissensch.-technol. Infrastrukturen und Unternehmenscluster entstehen.

Der Modus des TT, insbes. die Verfügbarkeit von T. für nicht-verbundene Unternehmen, ist hauptsächlich von vier Faktoren abhängig: (1) der Position des Technologiegebers im Wettbewerb (T.n, über die nur wenige Firmen verfügen, werden selten nach außen gegeben); (2) der Bedeutung der T. für den Technologiegeber (je weniger wichtig die T. für die Marktposition ist, umso eher wird sie nach außen gegeben); (3) dem Alter der T. (je älter eine T. ist, umso eher wird sie nach außen gegeben); (4) dem Charakter der T. (Transaktionen zwischen verbundenen Unternehmen betreffen insbes. Hochtechnologie). Es ist mithin davon auszugehen, dass bei weitem nicht jede transferierbare T.-Komponente tatsächlich übertragen wird, weder zwischen IL noch zwischen IL und EL.

Kritische Faktoren für den Erfolg von TT sind (1) die Dauerhaftigkeit der Bez. zwischen Technologiegeber und -nehmer; (2) der Transfer von Komponenten jenseits der techn. *Hardware*; (3) das Training des Technologieempfängers; (4) die Erfahrung des Technologiegebers mit T. und Operationen im Ausland; (5) ein angemessener technol. E.-Stand des Empfängers. Mit dem TT sind bestimmte grundlegende Probleme verbunden, denn T. ist niemals vollständig in Blaupausen oder Ausrüstungsgütern spezifiziert; sie kann nicht ohne weiteres kopiert werden, sondern der Vorgang der Imitation erfordert die Fähigkeit zum Experimentieren und somit technol. Kompetenz. Erfolgreicher TT setzt eine Reihe von Faktoren voraus, deren Existenz nicht in allen EL vorausgesetzt werden kann. TT aus dem Ausland kann nicht der Ausgangspunkt der E. technol. Kompetenz sein, sondern steht zu dieser in einem komplementären Verhältnis.

3. Technol. Kompetenz ist auf der Ebene eines Landes mehr als die Summe der Kompetenz von Individuen, Unternehmen und Institutionen. Sie entsteht auf nat. Ebene durch die Interaktion zwischen vier Säulen:
a. Innovationspotenzial auf der Unternehmensebene. Die Existenz von technol. Kompetenz in einer Volkswirtsch. steht und fällt mit der Existenz von innovationsfähigen Unternehmen; ohne diese sind die drei anderen Säulen wirkungslos. Innovations- bzw. imitationsfähige Unternehmen bauen im Idealfall auf drei Elemente: (1) die Förderung des Innovationspotenzials im Produktionsprozess, d. h. die Stimulierung des kreativen Potenzials der Mitarbeiter auf allen Ebenen; (2) FuE-Anstrengungen, die in engem Kontakt zu den produktions- und absatzorientierten Abteilungen stattfinden; (3) innovationsfreundliche Managementstrukturen, die durch ein geringes Maß an Hierarchisierung und bürokratischer Verkrustung gekennzeichnet sind.
Ein wichtiges Element ist technol. Lernen, d. h. die Beherrschung und daran anschließend die kontinuierliche Verbesserung von Produktionsprozessen in (landw. oder ind.) Betrieben. Eine wichtige Voraussetzung für Lernprozesse ist ein enger Kontakt zwischen einem T.-Produzenten und seinen Kunden bzw. zwischen einer Agentur der E.-Zusammenarbeit oder einer Angewandte-Technologie(AT)-Org. und ihrer Zielgruppe.
b. Innovationsfördernde Rahmenbedingungen. In vielen Ländern hat sich trotz der Existenz mancher Voraussetzungen kaum technol. Kompetenz herausgebildet, weil dazu keine ausreichenden Anreize bestanden. Viele EL haben in der Vergangenheit eine Strategie *importsubstituierender Industrialisierung (ISI) verfolgt. Hinter hohen Zollschranken bestand mangels innerem und äußerem Wettbewerb kaum Druck zur kontinuierlichen Verbesserung von Effizienz und Qualität, d. h. zum technol. *upgrading.* Unternehmen konnten ihre T.-Wahl häufig nach beliebigen Kriterien treffen, und technol. Forschungsinstitute konnten ihre Schwerpunkte willkürlich festlegen, weil die potenziellen Nutzer ihrer Ergebnisse an diesen nicht interessiert waren. Importierte T.n wurden an den engen Binnenmarkt angepasst.
Um technol. Kompetenz zur Lösung drängender nat. Probleme bzw. zur Herstellung int. Wettbewerbsfähigkeit aufzubauen, bedarf es allerdings nicht allein stabiler, wettbewerbsfördernder wirtsch.-pol. Rahmenbedingungen (funktionsfähiges Preissystem, Wettbewerbs- und Handelspol., Finanzsystem). Hinzu kommen sollten (1) institutionell-pol. Rahmenbedingungen, die den Informationsfluss zwischen den gesellsch. Akteuren und damit kontinuierliches gesellsch. Lernen ermöglichen; (2) eine explizite, häufig sektorspezifische FuE-Pol. und ihre instrumentelle Umsetzung in Programme, die den techn. Fortschritt in Unternehmen fördern (einschl. steuerlicher und finanz. Anreize); (3) Umweltschutzbestimmungen, Ressourcenpol. und Preise, welche die Bewahrung und die effiziente Nutzung von Ressourcen sichern und deshalb technol. Verbesserungen stimulieren; (4) ein angemessener Schutz von geistigen Eigentumsrechten, der der Verbreitung von Innovationen nicht im Wege steht und gleichzeitig endogene Innovationen stimuliert; (5) Verbraucherschutzbestimmungen, die den *performance*-Druck auf Unternehmen erhöhen; (6) Arbeitsschutzbestimmungen und geeignete Rahmenbedingungen für die Konfliktaustragung zwischen Arbeitnehmern und Arbeitgebern, um die Durchsetzung moderner Strukturen auf der Unternehmensebene zu unterstützen.
c. Technologieorientierte Institutionen. Die Innovationsfähigkeit von Unternehmen wird gestützt und gefördert durch staatl. Institutionen, intermediäre Org. und spezialisierte Dienstleistungsunternehmen: (1) Technologieinformations- und -verbreitungsinstitutionen (dazu zählen auch *extension services* oder AT-

Org.) sowie Branchentechnologiezentren, die Informationsdienste oder Datenbanken bereitstellen und Branchenseminare organisieren; (2) Ingenieur-, Management- und Informations-Consultingfirmen; (3) Institutionen im Bereich Messwesen, Normung, Prüfwesen und Qualitätssicherung (MNPQ); (4) Org. zum Schutz von Patenten und Markenzeichen, damit einmal existierende Mechanismen zum Schutz geistigen Eigentums auch implementiert werden; (5) Institutionen der wiss.-technol. Infrastruktur, d. h. Forschungszentren in Universitäten und FuE-Institute, insbes. branchenspezialisierte FuE-Einrichtungen, die sowohl in öfftl. als auch in privater Trägerschaft sein können; (6) Institutionen zur Finanz. von Forschung und technol. E. sowie technologieorientierten Unternehmensgründungen (Wagniskapitalfinanzierung); (7) Institutionen zum Informationsaustausch über Möglichkeiten, Kosten und Modalitäten des TT aus dem Ausland; (8) Koordinationsstellen für Technikfolgenabschätzung.

d. Technologieorientierte Bildungsinstitutionen. Eine unverzichtbare Voraussetzung für den Aufbau von technol. Kompetenz ist ein Bildungssystem mit den Komponenten (1) breite Basiserziehung, welche die Grundlage für lebenslanges Lernen legt; (2) Ausbildungsgänge, deren Absolventen neue T. nutzen, adaptieren und in einigen Bereichen entwickeln können (berufliche Bildung, Techniker- und Ingenieurschulen); (3) Hochschulen mit einer Schwerpunktsetzung auf naturwiss. und technol. Fachrichtungen, die für die wirtsch. Spezialisierungsbereiche wichtig sind; (4) Fortbildung von Managern, Forschern und Lehrkräften im FuE-Bereich; (5) Verknüpfung von inner- und überbetrieblicher Aus- und Fortbildung.

Das eigentlich Wichtige ist nicht die schiere Existenz derartiger Institutionen, sondern ihre Einbindung in technol. Netzwerke, z. B. in Form eines engen Austauschprozesses mit möglichen Anwendern von T., und damit letztlich die Entstehung eines nat. Innovationssystems. Hier weisen die meisten EL gravierende Defizite auf. Das Kernelement zum Aufbau technol. Kompetenz ist daher der enge Verbund zwischen den vier Säulen.

Lit.: L. K. Mytelka, Transfer and Development of Technology in Least Developed Countries: An Assesment of Major Policy Issues. UNCTAD, Genf 1990; J. L. Enos, The Creation of Technological Capability in Developing Countries, London/New York 1991; UNCTAD, Transfer and Development of Technology in a Changing World Environment: The Challenges of the 1990s, Genf 1991; B.-A. Lundvall (Hg.), National Systems of Innovation. Towards a Theory of Innovation and Interactive Learning, London 1992; OECD, Technology and the Economy. The Key Relationships, Paris 1992; W. Bierter, Technologie-Praxis «Angepaßte Technologie». Ein Status-Report, Braunschweig/Wiesbaden 1993; W. Hillebrand/D. Messner/J. Meyer-Stamer, Stärkung technologischer Kompetenz in Entwicklungsländern. Deutsches Institut für Entwicklungspolitik, Berlin 1993; J. Meyer-Stamer, Technologie und industrielle Wettbewerbsfähigkeit: Allgemeine Überlegungen und Erfahrungen aus Brasilien, Köln 1996; H. Fleisch, Weltbevölkerung und Verstädterung, in: I. Hauchler u. a. (Hg.), Globale Trends 2002, Frankfurt a. M. 2001, S. 290–309. jms

Teilpacht →*share cropping*

Terms of Trade Die *terms of trade* (ToT) eines Landes sind definiert als Verhältnis des Exportgüterpreisindexes zum Importgüterpreisindex. Sie geben an, wie viele Mengeneinheiten an Importgütern ein Land für eine Mengeneinheit der Exportgüter im int. Tausch erwerben kann. Dieses reale Austauschverhältnis wird auch als *commodity terms of trade* bezeichnet, wobei man die Preisindizes auf den reinen Güterverkehr (*net barter terms of trade*) oder zusätzlich auch auf die Dienstleist. und Kapitalerträge (*gross barter terms of trade*) beziehen kann. Den Indizes liegen Preise «frei Grenze» zugrunde, d. h. bei den Importen die Preise einschließlich Versicherungs- und Transportkosten bis zur Grenze (c. i. f. = *cost, insurance, freight*), bei den Exporten die Preise einschließlich Transportkosten bis zur Grenze (f.o.b. = *free on board*). Aussagekräftiger als die *commodity terms of trade* sind die *income terms of trade*, die neben der E. der Import- und Exportpreise auch die Exportmengen berücksichtigen und somit Auskunft über die Kaufkraft-E. bzw. Importkapazität der Akteure geben. Für die Beurteilung der rel. Einkommensposition der EL in der Weltwirtsch. ist nicht das reale, sondern das faktorale Austauschverhältnis (*factoral terms of trade*) entscheidend. Wenn außer der Preis- auch die Produktivitäts-E. nicht nur im Exportsektor des EL (*single factoral terms of trade*), sondern beider Länder berücksichtigt wird, handelt es sich um *double factoral terms of trade*. Der *employment-weighted double factoral terms of trade*-Indikator trägt dem Beschäftigungsgrad Rechnung. Dieser als auch die *factoral terms of trade* finden jedoch wegen schwieriger Datenlage bei der Messung des Beschäftigungsgrades im Exportsektor bzw. der Produktivitäts-E. wenig Anwendung.

Die verschiedenen Berechnungen der ToT versuchen die durch den Außenhandel entstehende Wohlstandssteigerung bzw. -minderung und int. Wettbewerbsfähigkeit eines Landes bzw. von Ländergruppen zu messen. Ihre besondere e.-theoret. bzw. -pol. Bedeutung erhielten die ToT durch die von dem argentinischen Nationalökonomen und langjährigen Vorsitzenden der * CEPAL, Raúl Prebisch, erstmals 1950 formulierte «Theorie der säkularen Verschlechterung der ToT» zuungunsten der EL. Prebisch versucht, diese mit dem Verlauf der *commodity terms of trade* Englands (zwischen 1876 und 1946) zu belegen, dessen Exportstruktur er als komplementär zu derjenigen der EL ansieht. Er bestreitet die Gültigkeit der neoklassischen * Außenhandelstheorie für die Erklärung der Wohlstandseffekte des int. Handels, indem er einen langfristigen rel. Preisverfall der aus den EL exportierten Primärgüter gegenüber den von den IL exportierten Industriewaren behauptet.

Die ungünstigen ToT der EL erklärt Prebisch mit zwei strukturellen Unterschieden: mit der niedrigen Einkommenselastizität der Nachfrage nach Primärgütern in den IL und der hohen Einkommenselastizität der Nachfrage nach Industriegütern in den EL einerseits und andererseits auf der Angebotsseite mit der sektoral unterschiedlichen Rate des techn. Fortschritts, der in den IL alle Wirtschaftszweige gleichmäßig erfasse, während er in den EL mehr oder weniger auf den Exportsektor beschränkt bleibe. Aus dem Zusammenspiel beider Faktoren leitet Prebisch ab, dass angesichts der rel. Arbeitskräfteknappheit in den IL der starke Produktivitätszuwachs bei der Industrieproduktion von den ebenso rasch steigenden Löhnen aufgefangen werde und somit nicht sinkende Preise zur Folge habe, während sich Produktivitätssteigerungen in EL wegen der strukturellen Arbeitslosigkeit und der schwachen Gewerkschaften nicht in entsprechenden Lohnerhöhungen niederschlagen, sondern in sinkenden Preisen. Diese kämen allein den IL zugute, die somit in der Lage seien, die Früchte des techn. Fortschritts für sich zu monopolisieren. Der Verfall der ToT bedeute daher einen Realeinkommenstransfer aus den EL in die IL, der in einen ursächlichen Zusammenhang mit den E.-Problemen vieler EL gebracht wird: mit dem chronischen Devisenmangel und den * Zahlungsbilanzdefiziten und damit verbunden mit der sinkenden Importkapazität. Die skizzierte Theorie erfüllte in der e.-pol. Diskussion zwei Funktionen: Sie diente zur Erklärung der Benachteiligung der EL durch den int. Handel und erschütterte nachhaltig die in der nicht-marxistischen Außenhandelstheorie nachgerade zum Dogma erhobene Annahme vom allseitigen Nutzen eines ungehinderten Welthandels im gegenwärtigen System der * Internationalen Arbeitsteilung; darüber hinaus bildete sie im Bemühen der EL um eine * Neue Weltwirtschaftsordnung (→UNCTAD) eine argumentative Grundlage für handels- und rohstoffpol.

sowie finanz. Forderungen der EL an die IL.
In der wiss. Diskussion hat sie sowohl die Unterstützung namhafter Ökonomen gefunden (G. Myrdal, W. A. Lewis) als auch vielfältige Kritik unterschiedlicher Reichweite. Die empirische Beweisführung von Prebisch sei aus mehreren Gründen zu kritisieren. Prebisch erfasse Strukturveränderungen im Außenhandel nur unzureichend, stelle Qualitätsverbesserungen der Fertigprodukte nicht in Rechnung und berücksichtige Transportkosten lediglich bei der Ermittlung der Importgüterpreise. Der wichtigste Einwand bestehe darin, dass die Struktur des britischen Außenhandels keineswegs als repräsentativ für den Handel zwischen IL und EL angesehen werden könne. Ferner könne keineswegs bei allen Rohstoffen ein Verfall der ToT nachgewiesen werden, was sowohl die universelle Wirksamkeit der von Prebisch für den Verfall der ToT namhaft gemachten Faktoren (s. o.) in Frage stelle wie auch universelle Aussagen über die ToT der EL verbiete. Heterogenen Export- und Importstrukturen der einzelnen EL werde auch keine Rechnung getragen. Auf der theoret. Ebene wurde vor allem von amerikanischen Ökonomen auf verschiedene Unstimmigkeiten in der theoret. Konstruktion verwiesen, die es verböten, die Schlussfolgerungen hinsichtlich des Ausbeutungscharakters der Austauschbeziehungen zwischen EL und IL zu akzeptieren. Von marxistischer Seite wurde versucht, die Theorie von der Ebene der Preise auf die Ebene der marxistischen Arbeitswertlehre zu transformieren und damit zu einem Vergleich von nat. Arbeitsquanta und zu einer Theorie der nat. und int. Wertbildung zu kommen (*ungleicher Tausch).
Während Prebisch bei dem Beleg seiner These auf statistisch unbefriedigendes Datenmaterial (statistische und methodische Mängel von ToT-Ermittlungen wie z.B. unterschiedliche Ausgangsjahre, Probleme der Indexberechnung, unterschiedliche ToT-Konzepte) rekurrieren musste, liegen heute zuverlässigere Zahlenreihen über die Entwicklung der ToT der EL vor. Die ToT der EL sind eher langfristigen Wellenbewegungen als einer säkularen Verschlechterung unterworfen.
Die Erwartung, dass sich nach Überwindung der Ölpreisschocks (1974/75 und 1979/80) die ToT wieder verbessern würden, erfüllte sich nicht. Die Verschlechterung der ToT kann daher zwar als einer der Auslöser der Schuldenkrise der 1980er J. gelten. Sie hat sie jedoch nicht verursacht, da die problematische Außenhandelssituation vieler EL in deren unzureichenden, der weltwirtsch. E. zu wenig angepassten Güterangebotsstruktur begründet ist. Diese mangelnde Anpassung ist aber nicht nur auf pol. Versäumnisse in den EL zurückzuführen, sondern z.T. auch auf den Protektionismus in den IL, welcher den EL den Zutritt zu Märkten erschwert, auf denen diese Länder aufgrund komparativer Produktionskostenvorteile sehr wohl konkurrenzfähig wären.

Lit.: R. Prebisch, The Economic Development of Latin America and Its Principal Problems, New York 1950; H. Sieber, Die realen Austauschverhältnisse zwischen EL und Industriestaaten, Tübingen 1968; J. B. Donges, Außenwirtschafts- und EP, Heidelberg 1981; W. Ochel, Die EL in der Weltwirtsch., Köln 1982; R. Kappel, Terms of Trade in der e.-pol. Diskussion, in: Peripherie 53 (1994), S. 54–74; N. Wagner/M. Kaiser, Ökonomie der EL, Stuttgart 1995. ab/ps

Terre des hommes Kinderhilfsorg. (*Nichtstaatliche Organisation, *VENRO), ursprgl. in der Schweiz 1959, in der BRD 1967 gegr., leistet v.a. mit Spendenmitteln *Projekthilfe zugunsten Not leidender Kinder in EL (und ausl. Kinder in der BRD) in den Bereichen *Gesundheit, *Ernährung, *Bildung sowie Rehabilitation kranker und kriegsverletzter Kinder. Leitender Anspruch ist, die Kinder möglichst in ihrem kulturellen und sozialen Umfeld zu belassen. Der am Einzelfall orientierte Ansatz der Anfangszeit ist seit den 1970er J. einer projektbezogenen Zusammenarbeit mit

*Selbsthilfeorg. in EL gewichen, die durch eine kritische e.-pol. Öffentlichkeitsarbeit in der BRD ergänzt wird. Einnahmen 2001: rd. 17,7 Mio. € (79 % aus Spenden, Rest öfftl. Zuschüsse); 81 % der ges. Ausgaben für Projektarbeit. Publikation: Zeitung *terre des hommes*, sechsmal jährl.; Adresse: Ruppenkampstraße 11a, 49084 Osnabrück; Internet: www.oneworldweb.de/tdh/ dn

Terrorismus In der Literatur werden «Terror» und «Terrorismus» (T.) häufig synonym verwendet. Es erscheint jedoch zweckmäßig, den Begriff Terror der vom Staat ausgehenden, willkürlich und systematisch zur Einschüchterung der Bürger ausgeübten Gewalt vorzubehalten. Dementsprechend ist T. spiegelbildlich als eine Gewaltstrategie zu definieren, die primär durch die Verbreitung von Furcht und Schrecken (daneben bei einigen Gruppen auch durch das Werben um Schadenfreude und Sympathie) das bestehende Herrschaftssystem auszuhöhlen und eine mehr oder weniger grundlegende pol.-gesellsch. Umwälzung herbeizuführen sucht.

T. kann sowohl der Ausgangspunkt einer beginnenden als auch das Endstadium einer gescheiterten, ausklingenden Guerillakampagne sein; dennoch sind beide Vorgehensweisen analytisch klar voneinander zu trennen. Handelt es sich bei der *Guerilla um eine milit. Strategie, die, nicht anders als ein regulärer Krieg, letztlich auf die physische Vernichtung des Feindes abzielt, so müssen sich t. Gruppen, die aus dem Untergrund heraus agieren, mit einer symbolischen Strategie begnügen. Oder wie es F. Wördemann ausgedrückt hat: Guerilla muss den Raum besetzen, Terroristen wollen dagegen das Denken besetzen (Wördemann 1977: 53). Ihre Aktionen versuchen, einen allg. Zustand der Angst, Nervosität und Hysterie zu erzeugen, sodass der angegriffene Staat in einer Überreaktion dazu verleitet wird, das zu tun, was die Terroristen außerstande sind, selbst zu tun, nämlich einen allg. Aufstand zu provozieren. Gewaltanschläge auf despotische Herrscher hat es immer gegeben. Die Entstehung des T. als kontinuierliches Phänomen und systematischer Angriff auf Reg. hängt jedoch zum einen mit der Verbreitung demokrat. und nationalistischen Ideengutes seit der Franz. Revolution, zum anderen mit der Erfindung des Dynamits und dem Aufkommen der Massenpresse ab Mitte des 19. Jh. zusammen. Unter den t. Bewegungen der zweiten Hälfte des 19. Jh. sind vor allem die russ. Sozialrevolutionäre (*Narodnaja Volja*, Volkswille) und die über ganz Europa verbreiteten anarchistischen Gewalttäter erwähnenswert («Propaganda der Tat»). Es gibt keine Variante t. Anschläge, die zu jener Zeit nicht bereits gedanklich durchgespielt und praktisch erprobt worden wäre. Zwischen den WK schwenkte das Pendel vom Links- zum Rechts-T. (man denke etwa an die Freikorps zu Beginn der Weimarer Rep.), dieser blieb jedoch im Schatten der polit. Massenmobilisierungen ein untergeordnetes Phänomen. Nach dem 2. WK gingen entscheidende Impulse für die Wiederentdeckung des T. als Waffe der Schwachen gegen mächtige Reg. von der *Dritten Welt, insb. LA, aus. Dort gewann nach dem Scheitern der Landguerilla in mehreren Ländern ab Mitte der 1960er Jahre die eng mit dem T. verschwisterte Stadtguerilla an Bedeutung. Diese lieferte das Vorbild für bes. militante Gruppen der Studentenbewegung in Nordamerika und Westeuropa («Tupamaros»). Zugleich führten Palästinensergruppen wie etwa «Schwarzer September» vor, wie man durch äußerst wagemutige und geschickt geplante Gewaltaktionen mit einem Schlag die gesamte Weltöffentlichkeit auf sich aufmerksam machen kann.

Legt man die Motivation und die unterschiedlichen Zielsetzungen der Gewaltgruppen zugrunde, so lassen sich vier Hauptformen des T. erkennen, zwischen denen es allerdings Überschneidungen gibt (Waldmann 1998: Kap. 5 u. 6).

1. Sozialrevolutionärer T. (RAF; Bewegung 2. Juni; Rote Brigaden;* *Action di-*

recte). Durchweg in der zweiten Hälfte der 1960er Jahre im geistigen Umfeld der «Neuen Linken» entstanden, stellten sozialrevolutionäre Terrorgruppen nicht nur eine ernsthafte Herausforderung für die jeweiligen Reg., sondern darüber hinaus auch eine Bewährungsprobe für die gesamte rechtsstaatl. Ordnung der betroffenen Länder dar. Ihre Anschläge sollten einer grundlegenden Umwälzung der Besitz- und Herrschaftsverhältnisse, vor allem in den hoch industrialisierten Ländern, den Weg bereiten, ein Ziel, das sie durchweg verfehlten. In den 1980er Jahren merklich geschwächt, büßten sie nach dem Zusammenbruch des soz. Blocks jegliche Bedeutung ein. Gegenwärtig gibt es nur noch in LA marxistisch inspirierten T.

2. Ethn.-nationalistischer T. Hinter ihm stehen militante Org. von *Minderheitspopulationen, die sich oft durch eine eigene Trad. und Sprache, vor allem jedoch durch ein spezifisches Identitätsbewusstsein, das mit dem Anspruch auf ein bestimmtes Gebiet gekoppelt ist, von der jeweiligen Mehrheitsbev. des betreffenden Nationalstaates abheben. Wie in Europa das Beispiel der Basken und Nordiren, der Korsen, Südtiroler, Bretonen und vieler anderer beweist, haben Regionalismus und Minderheitenprobleme trotz Modernisierung nichts von ihrer Virulenz eingebüßt. Nach dem Zusammenbruch des realen Sozialismus sind auch im Osten Separatismus und *Nationalismus zu sprengenden kollektiven Kräften geworden. Sie verdanken ihre Bedeutung nicht zuletzt dem Fehlen zugkräftiger alternativer Formeln pol. Mobilisierung und Org.

3. Relig. T. In den vergangenen Jahrzehnten hat vor allem der durch fundamentalistische Strömungen gespeiste relig. T. von sich reden gemacht. Man begegnet ihm sowohl bei radikalen protestantischen Sekten (Anschlag von Oklahoma, 1995) als auch vonseiten islamischer Splittergruppen in Algerien, im Libanon und bei den Palästinensern (→islamischer Fundamentalismus). Einige Experten schätzen diese jüngste (und zugleich älteste) Variante t. Bewegungen als bes. gefährlich ein. Unter Verweis zunächst auf die japan. Aum-Sekte, die durch das Versprühen von Giftgas in der Untergrundbahn von Tokio 1995 zehn Menschen tötete und vielen weiteren ernsthafte Gesundheitsschäden zufügte, argumentieren sie, relig. Terroristen schreckten vor nichts zurück, auch nicht vor dem Einsatz sog. ABC-Waffen (= atomar, biologisch, chemisch). Denn sie hätten aufgrund ihres relig. Fanatismus bereits die Brücken zu dieser Welt abgebrochen, weshalb sie sich nicht scheuten, diese dem Untergang preiszugeben. Bei solchen Überlegungen handelt es sich zunächst nur um Spekulationen, da man viel zu wenig über Hintergründe und Ziele des relig. T. weiß. So beeindruckend und «effizient» einerseits relig. motivierte Selbstmordattentate (etwa der palästinensischen *Hamas) nach außen hin erscheinen, so wäre es andererseits voreilig zu glauben, sie entbehrten jeglichen Maßes und jeglicher Kontrolle.

4. Vigilantistischer T. Hier handelt es sich um keine genuine Form des T., sondern um eine Mischform von «Terror» (von oben) und «Terrorismus» (von unten). Der vigilantistische T. zielt mit seinen Gewaltaktionen nicht darauf ab, die staatl. Autorität zu untergraben, sondern will diese im Gegenteil stärken. Allerdings auf eine spezifische Art und Weise, nämlich indem er die Gesetze verletzt, auf denen staatl. Autorität und Ordnung beruhen. Beispiele für vigilantischen T. sind die parapolizeilichen und paramilitärischen Todesschwadronen in einigen lateinamerikan. Ländern (etwa in Guatemala und Kolumbien).

Eigentlich stellt der sog. internat. T. keine eigenständige Form des T. dar. Der reichlich schillernde Begriff bezieht sich weniger auf eine bestimmte Motivation als auf ein spezifisches Procedere. Der Bedeutungsgehalt von «international» reicht vom Ausweichen einer t. Organisation auf externes Territorium über ihre Unterstützung durch externe Quellen bis hin zu generell transnat. agierenden t. Verbänden oder der Entstehung einer internat. Koordinationsstelle t. Aktivitäten. Der islam.-fundamentalistisch motivierte internat. T. des *El-Kaida*-Terrornetzwerks unter Osama bin Laden kommt den letztgenannten Merkmalen am nächsten. Er verkörpert am ehesten die Dynamik des T. und seine Anpassungsfähigkeit an neue internat. Konfliktlinien und veränderte Rahmenbedingungen. Im Zuge der *Globalisierung, unter Nutzung der ihr eigenen Ressourcen, agiert auch der T. global: Der neue internat. T. hat seine Basen und Operationsgebiete weltweit.

Es ist schwer, das Ausmaß t. Gefahr oder Bedrohung realistisch einzuschätzen. Über Umfang und Häufigkeit t. Anschläge berichten gewiss eine Reihe von Institutionen, unter ihnen eine Abteilung des *State Department* der USA sowie ein Institut an der *St. Andrews*-Universität in Schottland. Ihre Aufmerksamkeit gilt aber ausschließlich dem internat. T., in den als Täter und/oder Opfer Menschen unterschiedlicher Nationalität involviert sind. Dies ist verständlich, da die Angehörigen der IL, v.a. US-Bürger, zu den Hauptzielscheiben des internat. T. zählen. Doch spricht viel für die Annahme, dass der internat. T. nur einen Bruchteil, nämlich etwa 10 %, aller t. Anschläge ausmacht. Über die restlichen 90 % sind wir weit weniger gut unterrichtet. In manchen Nationen, etwa in Nordirland und in Spanien bzw. im Baskenland, hat man genau verfolgt, wie viele Tote und Verletzte der T. bisher gekostet hat. Je weiter man sich von Westeuropa und den USA entfernt, desto prekärer wird jedoch die Datenlage. Hinsichtlich des vom «Leuchtenden Pfad» in Peru ausgehenden T. findet man noch Zahlenangaben. Auch hinsichtlich der Gewaltfolgen versch. Terrorgruppen in Kolumbien gibt es einigermaßen verlässliche Daten. Doch wer vermag wirklich zu sagen, wie viele Menschen dem T. der Tamil Tigers auf Sri Lanka oder einer x-beliebigen Rebellengruppe in Afrika zum Opfer gefallen sind? Der internat. T. hingegen ist ziemlich lückenlos erfasst. Zwei Feststellungen sind zu treffen: Erstens hält sich die Zahl der hierzu zählenden Überfälle und Anschläge in Grenzen. Es handelt sich um mehrere Hunderte Tatbestände im J., von denen das Gros auf die Beschädigung öfftl. Symbole und Gebäude sowie auf die vorübergehende Entführung von Touristen oder Angestellten *transnationaler Konzerne entfällt. Zweitens ist seit den späten 1980er J., in denen ein Maximalwert von 665 Anschlägen pro J. (1987) erreicht wurde, eine rückläufige Tendenz zu beobachten. 1996 wurden nur noch 296 Anschläge, also weniger als die Hälfte des Höchstwertes, gezählt, im J. 2000 waren es 423 Anschläge. Die regionale Verteilung dieser 423 Anschläge war die folgende: Westeuropa 30, Nordamerika 0, Naher Osten 16, LA 193, Eurasien 31, Asien 98, Afrika 55. Parallel zur zunächst abnehmenden und dann wieder ansteigenden Frequenz hat sich allerdings die Zahl der Opfer stetig erhöht. Dieser schon in den 1970er und 80er Jahren feststellbare Trend setzte sich in den 1990er J. fort und steigerte sich 2001 mit den Anschlägen vom 11. Sept. auf das World Trade Center in New York und das Pentagon in Washington, D. C. in ungeahntem Ausmaß. Bis dato hatte es seit dem 2. WK nur zwölf Anschläge gegeben, bei denen mehr als 100 Personen umkamen, sodass der T. zu den pol. Gewaltformen mit rel. begrenzten «Kosten» (in Form von Sachschäden und Menschenopfern) gezählt hatte. In der Tat sind bei Erhebungen größeren Ausmaßes, bei Guerilla oder gar Bürgerkriegen, ungleich mehr Tote zu beklagen. Den neuen internat. T., den relig. motivierten oder Weltanschauungs-T., kennzeichnet freilich eine größere Bereitschaft zu höheren Opferzahlen unter Unbeteiligten.

Lit.: W. Laqueur, Terrorismus, Kronberg 1977; F. Wördemann, Terrorismus. Motive, Täter, Strategien, München 1977; P. Waldmann, Terrorismus, München 1998; P. Heine, Terror in Allahs Namen, Freiburg 2001; B. Hoffman,

Terrorismus – der unerklärte Krieg, Frankfurt a.M. 2001; K. Hirschmann, Das Phänomen ‹Terrorismus›: Entwicklungen und neue Herausforderungen, in: Bundesakademie für Sicherheitspolitik (Hg.), Sicherheitspolitik in neuen Dimensionen, Hamburg u.a. 2001, S. 453–482. pw

Teufelskreis →*circulus vitiosus*

TFAP (*Tropical Forestry Action Plan*) 1986 von der *FAO ins Leben gerufener Aktionsplan zur Erhaltung der tropischen Wälder. Ziele: Verbesserung der Lebensbedingungen der ländl. Bev. in den EL, Intensivierung der Nahrungsmittelproduktion, Sicherstellung der nachhaltigen Nutzung der Wälder und Erhöhung der Verfügbarkeit von Brennmaterialien. red

Thailand

Fläche (Tsd. qkm): 513
Bev. (Mio.) 2001: 63,60
BNE pro Kopf (US-$) 2000: 2010
BIP (Mio. US-$) 2000: 121 927
LE (Jahre) 1999: 68,6
Analphabetenquote (%) 1999: 5
HDI 1999: 0,757 [Rangplatz von 162: 66]

1. Die Ebene des Mae Nam Chao Phraya in der Zentralregion ist T.s Reiskammer. In höheren Lagen werden auch Mais (stark ausgeweitet), Maniok, Zuckerrohr, Hanf, Baumwolle und in der Nähe von Bangkok Obst und Gemüse angebaut. Aus dem S und SO des Landes kommen v.a. Kautschuk und Zinn. Zunehmend werden Vorkommen an Braunkohle, Erdgas und -öl erschlossen.

2. T. ist der einzige von kolonialer Herrschaft frei gebliebene Staat SO-Asiens. Seine Geschichte beginnt mit der Etablierung des Königreichs Sukothai im 13. Jh. Das Thaireich erreichte im 17. Jh. die größte Flächenausdehnung und den Höhepunkt seiner Macht. Im Laufe der Kolonialisierung der thail. Nachbarstaaten erhöhte sich in der Folgezeit der Druck der europ. Mächte auf Siam (erstmals umbenannt in T. 1939 und erneut 1947). T. musste eine Reihe ungleicher Verträge schließen, das Land für die von China ausgehende Arbeitskräftewanderung öffnen, etwa 1/3 des Hoheitsgebiets an frz. und brit. Kolonien abtreten und v.a. als Reislieferant für die Versorgung der Bev. dieser einseitig auf *Exportkulturen ausgerichteten Kolonien fungieren. 1782 wurde die heute noch regierende Chakri-Dynastie durch Rama I. begründet. Seit der Mitte des 19. Jh.s leitete das Herrscherhaus einen Modernisierungsprozess ein: Die Sklaverei wurde abgeschafft; nach westl. Muster wurden Bank-, Bildungs- und Gesundheitswesen aufgebaut und die Verwaltung reorganisiert. Durch die *Revolution von 1932 wurde T. von einer absoluten zu einer konstitutionellen Monarchie. Dies war jedoch nur der Beginn der Machtkämpfe zwischen den konkurrierenden Gruppen: Führungskader der Streitkräfte, Finanzkapital, technokratische, bürokratische und gesellsch. Eliten. Zahlreiche Regierungsstürze und -umbildungen waren die Folge. Die Perioden parl. Demokratie waren ungleich kürzer als die der Herrschaftsausübung des Militärs. Im Herbst 1977 wurde ein «Nationaler Politischer Rat» gebildet, der de facto die pol. Entscheidungsgewalt erhielt. Nach der neuen Verfassung vom Dez. 1978 besteht ein Zweikammerparl. aus Senat (Mitgl. vom König ernannt, v.a. hohe Offiziere und Beamte) und Abg.-Kammer mit 347 Sitzen. Als die Reg.-Koalition auseinander zu brechen drohte, löste Ex-General Prem Tinsulanonda als MP (vom Parl. gewählt, aber v.a. auf das Vertrauen des Militärs und des Königs angewiesen) das Parl. auf und ließ am 24. 7. 1988 Neuwahlen abhalten. Da Prem eine weitere Amtsperiode ablehnte, einigte sich eine Fünf-Parteien-Koalition aus *Chart Thai* (87 Sitze), Soziale Aktionspartei (54), Demokratische Partei (48), *Rasadorn* (31) und Vereinigte Demokratische Partei (5) auf den *Chart Thai*-Vorsitzenden Ex-Generalmajor Chatichai Choonhavan als neuen Reg.-Chef.

3. Die Bev. T.s (1999: Bev.-Dichte: 117 Ew./qkm), die einen hohen Anteil Jugendlicher aufweist (1991: 32,4 % unter 15 J.), konzentriert sich in den landw. nutzbaren Gebieten. Der *Urbanisie-

rungsgrad ist insg. gering (1991: 23 %; 1999: 21 %), jedoch leben knapp 30 % der Bev. im einzigen Ballungszentrum T.s, der Hs. Bangkok (1992: 5,6 Mio.; 2000: 6,3; über 1/4 in Slums). Die Bev. T.s besteht zu 80 % aus Thaivölkern, v. a. Siamesen, Schan und Lao, außerdem der Herkunft nach Chinesen: 12 %, Malaien: 4 %, Khmer: 3 %. Der Hinajana-(Theravada-)Buddhismus, dem 93 % der Bev. angehören, ist Staatsreligion. Eine entsprechend große Rolle spielen die Klöster und die buddh. Lebensregeln in der Gesellschaft T.s. Andere Religionen des Landes sind der Islam (3 bis 4 %, Malaien im S) und das Christentum (0,5 %, v. a. Katholiken). Die ersten öfftl. Schulen T.s wurden 1878 gegr., seit 1921 besteht allg. Schulpflicht. Amtssprache ist T'hai (Siamesisch), Handelssprache ist Englisch. Der öfftl. Gesundheitsdienst hat Krankenhäuser in Bangkok, in sämtlichen Provinzhauptorten und einigen Städten. Das ges. Land ist einbezogen in ein Netz öfftl. Gesundheitsstationen.

4. T. ist Gründungsmitgl. der *ASEAN, der *APEC, der *AFTA und des *ARF. In den 1980er J. hatte T. ein beachtliches Wirtsch.-Wachstum von durchschn. 10 % zu verzeichnen, das sich Anfang der 1990er J. leicht abgeschwächt fortsetzte und das Land zu den *Schwellenländern aufrücken ließ. Zum BIP (realer Zuwachs 1990–1994 durchschn. 8,2 %; 1990–1999 durchschn. 4,7 %) trug 1998 die Landwirtschaft 11 % (1997: 50,3 % der Beschäftigten), die Ind. 41 %, der Dienstleistungssektor 48 % bei. Der *Tourismus ist weiterhin die wichtigste Devisenquelle (1995 ca. 6,95 Mio.; 1998 7,8 Mio. Besucher), der Sextourismus aus den IL eingeschlossen. Bedeutsam blieb neben dem Export von Ind.-Erzeugnissen und Maschinen auch der Nahrungsmittelexport (vor allem Reis und Mais) und die Ausfuhr von Rohstoffen und Vorerzeugnissen wie Zinn, Kautschuk und Jute. Nach schweren Überschwemmungen, die auf Entwaldung zurückgeführt wurden, erließ die Reg. 1989 ein Exportverbot für Holz. Die **terms of trade* haben sich für T. v. a. aufgrund der für das Land gestiegenen Importpreise verschlechtert. In den letzten J. wird der Aufbau weiterer Industriezonen forciert, um den Ballungsraum Bangkok zu entlasten. So wird das verarbeitende Gewerbe (v. a. Textilien und Bekleidung, Möbel, Elektronik, Fischprodukte sowie Aufbereitung von Erdgas und -öl) zunehmend erweitert. Die Landw. ist mittel- bis kleinbäuerlich strukturiert. Ca. 58 % der Betriebe sind kleiner als 6 ha. Ihnen fehlt meist das Geld für wettbewerbsorientierte Investitionen. Die *Arbeitslosigkeit konnte bis 1992 auf 3,1 % gesenkt und dort gehalten werden (2000: 3,1 %), die Inflationsrate betrug 1980–88 durchschn. nur 3,1 %, erhöhte sich bis Mitte der 1990er J. auf durchschn. 8 % und sank dann wieder (1990–1999: 4,6 %; 2000: 2,5 %). Kritisch bleiben für T. das chronische Leistungsbilanzdefizit (1996: 7,9 % des BIP) sowie die Außenverschuldung (43 % des BIP), die nach der Freigabe des Wechselkurses am 2. Juli 1997 zu einer Währungskrise (Wertverlust gegenüber dem US-$: 30 %) führten, welche die Aufnahme eines Notkredits des *IWF von 15 Mrd. US-$ notwendig machte.

5. Eine Waffenstillstandsvereinbarung beendete im Feb. 1988 die aufgrund von Grenzstreitigkeiten im Nov. 87 ausgebrochenen kriegerischen Auseinandersetzungen zwischen Thailand und Laos. Am 8. 4. 94 konnte die von Australien finanzierte «Brücke der Freundschaft» als einzige außerchinesische Brücke über den Grenzfluss Mekong eröffnet werden. Bis heute bestimmen häufige Reg.-Wechsel das pol. Leben in T. Ex-Generalmajor Chatichai Choonhavan wurde, nachdem er ein rel. hohes Maß an pol. Öffnung in T. zugelassen hatte, 1991 durch einen unblutigen Militärputsch gestürzt. Das Parl. wurde aufgelöst, die Verfassung außer Kraft gesetzt. Eine Junta unter General Suchinda Kraprayoon übte nun de facto die Macht aus. Die Wahlen am 22. März 1992 brachten eine knappe Mehrheit für die militärfreundlichen Parteien. Der

Versuch Suchindas, sich als MP einsetzen zu lassen, führte jedoch zu Massenprotesten, in deren Verlauf im Mai 1992 das Militär unter unbewaffneten Demonstranten in Bangkok ein Massaker anrichtete. Nach Intervention des Königs Bhumibol Adulyadej, der 1996 den 50. Jahrestag seiner Thronbesteigung feierte, wurde der parteilose Zivilist Anand Panyarachun Interims-MP. Aus den Wahlen vom Sept. 1992 ging der Chef der Demokratischen Partei, Chuan Leekpai, als Sieger hervor. Auf sein Bestreben hin wurde am 4. 1. 1995 eine Verfassungsreform verabschiedet: U.a. soll der vom Militär dominierte Senat verkleinert werden, der MP muss künftig einer im Parl. vertretenen Partei angehören, die Gleichberechtigung von Mann und Frau soll vorangetrieben werden. Eine Landreform, bei der Land an unterprivilegierte Thais verteilt wurde, verlief rel. erfolgreich. Den Abschluss zweijähriger Verhandlungen zwischen Kambodscha, Laos, T. und Vietnam bildete der Vertrag über die Vertiefung der Zusammenarbeit und die gemeinsame Nutzung des Mekong vom 5. 4. 1995. Aufgrund von Auflösungserscheinungen der Reg. Chuan kam es am 2. Juni 1995 zu vorgezogenen Neuwahlen, aus denen die oppositionelle Nationalpartei Chart Thai als stärkste Partei hervorging. Ihr Vorsitzender, Banharn Silapaarcha, wurde MP in einer 7-Parteien-Koalitionsreg. Bereits am 22. 9. 1996 trat er jedoch wieder zurück und rief Neuwahlen aus, bei denen die *New Aspiration Party* unter dem ehem. Verteidigungsminister General Chavalit Yongchai die meisten Stimmen bekam. Chavalit, der den Militärs nahe steht, wurde am 22. 11. 1996 zum neuen MP ernannt. Wie in den vorangegangenen J. war auch dieser Wahlkampf von Stimmenkauf und Ermordung mehrerer Wahlbewerber geprägt. Nach Verabschiedung einer neuen Verfassung gewann die Wahlen vom 6. 1. 2001 nach professionalisiertem populistischem Wahlkampf die erst 1998 gegr. Partei Thai Rah Thai («Thai lieben Thais», TRT) des Medienmoguls und ehem. Vizepremiers Thaksin Shinawatra. Er bildete eine Koalitionsreg., sah sich freilich sofort mit einem Korruptionsverfahren vor der von der neuen Verfassung eingerichteten Korruptionsbehörde konfrontiert und als Opfer einer Verschwörung. Das Verfassungsgericht sprach den MP März 2001 mit einer Mehrheit von 8 zu 7 frei. Ein Mordanschlag auf ihn wurde der Drogenmafia zugeschrieben, der er den Kampf angesagt hatte. Thaksin will T. modernisieren und wie ein Unternehmen führen.

Lit.: K. E. Weber, Thailand Research Bibliography, 3 Bde., Südasien-Institut der Universität Heidelberg, Heidelberg 1970, 1971, 1974; K. Wenk, Thailand, Heidelberg 1977; J. Hohnholz (Hg.), Thailand, Tübingen 1980; K. A. Pretzell, Malaysias 5. Entwicklungsplan und der 6. Entwicklungsplan Thailands. Vergleichende Notizen, in: Südostasien aktuell, H. 1, 1987, S. 70ff.; W. Donner, Thailand: räumliche Strukturen und Entwicklung, Darmstadt 1989; J. Rüland, Politischer und sozialer Wandel in Thailand 1973–1988, in APuZ 44/1989, S. 3 ff.; ders., Diktatur oder Demokratie? Powerplay in Bangkok, in: APuZ 27/1992, S. 40ff.; ders., Thailand, in: HDW III, 7, 1994, S. 528ff.; G. Reinecke, Neuwahlen in Thailand: Chavalit macht seinen Traum wahr, in: südostasien information, 4, 1996, S. 28ff.; M. H. Nelson, Thailand, in: D. Nohlen/F. Grotz/Ch. Hartmann (Hg.), Elections in Asia and the Pacific, Bd. 2, Oxford 2001, S. 261–320. bh/ef

Theologie der Befreiung Mitte der 1960er J. entstandene Richtung versch. lateinamerik. Theologen, die sich als Reflexion auf die Praxis der Befreiung der unterdrückten Menschen in LA versteht. Daraus leiten sich ab das Primat der Orthopraxie vor der Orthodoxie und die vorbehaltlose Option für die Armen. Die T.d.B. versteht die sozialwiss. Analyse als konstitutiven Bestandteil der Theologie und geht v. a. von der *Dependencia-Theorie aus. Sie wendet sich gegen die Trennung von profaner und Heilsgeschichte und betont die pol. Bedeutung der Kirche unter dem generellen Vorbehalt von Gewaltlosigkeit; Gewalt wird nur in extremen Situationen gerechtfertigt. Der Begriff der Befreiung erhält drei Bedeutungsebenen: 1. die Befreiung von Ursachen, die strukturelle Abh. erzeugen (wirtsch., soziale, pol., kulturelle Befreiung), 2. die Befreiung des Menschen im Lauf des Geschichtsprozesses unter bes. Betonung der Rolle von *Erziehung und 3. die Befreiung von der Sünde. Nach dem Modell der «Kirche des Volkes» (E. Dussel) orientiert sich das praktische Handeln an so gen. Basisgemeinden, innerhalb deren eine Demokratisierung der Kirche von unten betrieben werden soll. In vielen Regionen wurden diese zu Trägern von Selbstorganisationen (*Gewerkschaften, Volksbewegungen wie der Landlosenbewegung). Der Konflikt um die T. d. B. verschärfte sich bes. in den Jahren 1983 und 1984; neben dem Vorwurf der marxistischen Infiltration standen Probleme der kirchlichen Strukturen, das Verhältnis von pol. Befreiung und biblischer Erlösung und die pol. Konsequenzen der «Option für die Armen» im Mittelpunkt der öfftl. Diskussion. Hauptvertreter der T. d. B. finden sich in einem Spektrum, das die konfessionellen Grenzen überschreitet: R. Alves, H. Assmann, C. Boff, L. Boff, E. *Cardenal, L. F. Castillo, E. Dussel, J. R. García-Murga, L. Gera, G. Gutiérrez, J. C. Scanono, J. L. Segundo.

Lit.: G. Gutiérrez, Theologie der Befreiung, München 1973; L. Boff, Aus dem Tal der Tränen ins gelobte Land, Düsseldorf 1982; E. Dussel, Herrschaft und Befreiung. Ansatz, Stationen und Themen einer lateinamerikanischen Theologie der Befreiung, Fribourg 1985; N. Greinacher (Hg.), Konflikt um die Theologie der Befreiung. Diskussion und Dokumentation, Zürich 1985; R. F. Fornet Betancourt, Verändert der Glaube die Wirtschaft?, Freiburg 1991; H. Goldstein, Kleines Lexikon zur Theologie der Befreiung, Düsseldorf 1991; H. Brand, Gottes Gegenwart in Lateinamerika, Hamburg 1992. pb

Theorem des Faktorpreisausgleichs →Außenhandelstheorie

Third-Worldism (Tiersmondismus) →Imperialismus

TIAR →OAS

Tigerstaaten Bezeichnung für asiat. *Schwellenländer, deren Wirtsch. seit Mitte der 1960er J. (Hongkong, Singapur, Südkorea, Taiwan) bzw. Ende der 1980er (Indonesien, Malaysia, Philippinen, Thailand) rapide wuchs (mehr als 5 % p. a.). Insbes. durch eine exportorientierte Produktion (Hauptabsatzmarkt: USA) sowie staatl. gelenkte *Modernisierungsmaßnahmen in der Landw., der Ind. und im Finanzsektor wurde eine beschleunigte *Industrialisierung dieser Länder ermöglicht. Diese ging mit der Beibehaltung schlechter Arbeitsbedingungen, Repressionen gegen Gewerkschaften und einer starken Umweltbelastung einher. Dennoch fand in einigen der Tigerstaaten angesichts *Partizipationsforderungen neuer Mittelschichten eine *Demokratisierung statt. Mit dem Ausweichen japan. Unternehmen in die Billiglohnländer Asiens sowie der Liberalisierung der Finanzmärkte entwickelten sich ab Ende der 1980er J. neben den Volkswirtsch. der klassischen T. auch insbes. die Indonesiens und Malaysias. Dieselbe Finanzliberalisierung sowie die Fixierung der nat. Wechselkurse gegenüber dem US-$ zu Beginn der 1990er J. führten zum Import von Spekulationskapital, welches insbes. im überblähten Finanz-, Grundstücks- und Immobiliensektor investiert wurde. Das Zusammenbrechen dieser Märkte und die Flucht jenes Kapitals führte Anfang 1997 zur asiat. Finanzkrise, die auch andere asiat. Staaten sowie die Weltwirtsch. in Mitleidenschaft zog. Es ist abzuwarten, ob die einstigen T. unter dem Druck der *Globalisierung ihre exportorientierte Wirtschaftsweise aufrechterhalten werden und ihre nat. Volkswirtsch.en sich von den Auswirkungen der Krise erholen können.

Lit.: U. Menzel, Nachholende Modernisierung in Ostasien in entwicklungstheoretischer Perspektive, in: HDW III, 8, Bonn 1994, 14–31; H. S. Rowen, Behind East Asian Growth – the Political and Social Foundations of Prosperity, London 1998; W. Draguhn (Hg.), Asienkrise. Politik und Wirtschaft unter Reformdruck, Hamburg 1999; OECD Centre for Co-operation with Non-Members (CCNM), Structural Aspects of the East Asian Crisis, Paris 1999. my

Tito, J. Broz Geb. am 25. 2. 1892 als Kleinbauernsohn in Kumrovec (Kroatien), seit 1937 Generalsekretär der KP Jugoslawiens, nahm nach 1944 führende Partei- und Staatsfunktionen ein. 1948 brach die KPJ mit Moskau. Innenpol. war damit der Weg für ein eigenes jugoslaw. Modell des *Sozialismus (Arbeiterselbstverwaltung) geebnet. Außenpol. suchte Tito einen Weg zwischen den von den USA bzw. der UdSSR angeführten Blöcken. Zusammen mit führenden Politikern der Dritten Welt (*Nasser, Nehru) gründete er 1961 die «Bewegung der *Blockfreien», deren 1. Gipfelkonferenz in Belgrad stattfand. Als Vermächtnis des am 4. 5. 1980 verstorbenen T. gelten neben der Einigung der Nationalitäten im Vielvölkerstaat Jugoslawiens eigener Weg und das Prinzip der Blockfreiheit. rs

Tobin-Steuer Vom US-amerikan. Wirtschaftswissenschaftler und Nobelpreisträger James Tobin vorgeschlagenes System einer int. Devisenumsatzsteuer. Dabei würde eine Steuer weltweit auf alle Devisenkassa- und Devisentermingeschäfte erhoben. Tobin selbst schlug zunächst eine Steuer in Höhe von 1 % vor, heute werden jedoch allg. niedrigere Sätze zwischen 0,05 und 0,5 % diskutiert.

Hintergrund für die T.-S. ist die Annahme sehr hoher und extrem schneller Kapitalmobilität. Auf den Devisenmärkten treten nicht nur Im- und Exporteure von Waren auf, sondern auch Kapitalanleger. Diese suchen sich int. unter Berücksichtigung von Zinsunterschieden und Wechselkursänderungserwartungen die renditestärkste Anlagemöglichkeit.

Durch die geringen *Transaktionskosten ist der Anteil spekulativ bedingter Kapitalströme sehr hoch und der Anlagehorizont der Akteure sehr gering. Dadurch kommt es zu starken Schwankungen der Wechselkurse (Volatilität). Die Wechselkurse können sich durch eine sich selbst verstärkende Spekulation (sog. *bubbles*) von den (realwirtsch.) Fundamentaldaten entfernen. Dabei antizipieren Anleger Kursveränderungen und verhalten sich entsprechend, wodurch die Veränderungen tatsächlich eintreten. Eine T.-S. würde die Transaktionskosten des Devisenhandels erhöhen und damit wie «Sand im Getriebe» wirken. Der Anlagehorizont der Spekulanten würde sich verlängern und der Anteil der spekulativen Transaktionen ginge zugunsten der realwirtsch. bedingten zurück. Ein *round trip* – also der Kauf und anschließende Verkauf einer Fremdwährung – würde bei einem angenommenen Steuersatz von 0,1 % bei täglicher Ausführung im J. allein rd. 50 % der Anlagesumme an Steuern kosten, bei wöchentlicher Ausführung 10 % und bei monatlicher Ausführung immerhin noch 2,4 %. Die Befürworter der T.-S. versprechen sich auch eine erhöhte geldpol. Autonomie der Länder. Das «Trilemma» moderner Ökon. ist nämlich, dass von den drei wirtschaftspol. Zielen: offene Kapitalmärkte, monetäre Autonomie und stabile Wechselkurse, immer nur zwei zur selben Zeit erreicht werden können. Die T.-S. entspräche einer Einschränkung der Kapitalmobilität und die Zinsniveaus könnten int. leicht voneinander abweichen.

Seit den 1990er J. werden neben dem wirtschaftspol. Ziel immer häufiger auch die zu erwartenden Steuereinnahmen als Argument für die Einführung einer T.-S. genannt. Vertreter dieser Linie sind u. a. das *UNDP (vgl. Human Development Report 1994) und die Globalisierungskritiker von *ATTAC. Die Einnahmen könnten – so die Vorstellung – für entwicklungspol. Ziele eingesetzt werden.

Die T.-S. ist unter Wirtschaftswissenschaftlern umstritten. Sie würde v. a. zu Effizienzverlusten auf den Devisenmärkten führen, die auch nicht-spekulative Transaktionen beträfen. Es ist umstritten, ob die T.-S. zu einer spürbaren Verringerung der Liquidität auf den Devisenmärkten führen würde. Eine geringere Liquidität könnte die Volatilität erhöhen und somit das genaue Gegenteil des beabsichtigten Ziels bewirken. Der geringe Steuersatz der T.-S. würde zudem

nichts ausrichten, wenn die Wechselkursänderungserwartungen – und damit die erwarteten Gewinne – groß genug sind, so wie dies meist bei Attacken und Krisen der Fall ist. Transaktionskosten von 1 % für einen *round trip* würden keine Spekulanten abschrecken, die eine kurzfristige Änderung des Wechselkurses von 3 % erwarten.
Weitere Probleme bereitet die dezentrale Struktur des Devisenmarktes, bei der Transaktionen meist über mehrere Stationen abgewickelt werden und somit die Steuer mehrfach anfiele. Neben den Devisenkassamärkten müssten zudem auch alle engeren Derivate erfasst werden, um zu verhindern, dass Wirtschaftssubjekte die Steuer umgehen. Weitere Probleme sind der Kontroll- und Verwaltungsaufwand sowie die Tatsache, dass weltweit alle Länder die T.-S. einführen müssten, damit sie wirksam würde.

Lit.: J.Tobin, A Proposal for International Monetary Reform, in: Eastern Economic Journal 4/1978, S. 153–159; M. ul Haq/I. Kaul/I. Grunberg (Hg.), The Tobin Tax, Oxford 1996; P. Arestis/M. Sawyer, How Many Cheers for the Tobin Transaction Tax?, in: Cambridge Journal of Economics 21/1997, S. 753–768; P. Davidson, Are Grains of Sand in the Wheel of International Finance Sufficient to do the Job When Boulders are Often Required?, in: Economic Journal 107/1997, S. 671–686; J. Grieve Smith, Exchange Rate Instability and the Tobin Tax, in: Cambridge Journal of Economics 21/1997, S. 745–752; C. Buch/R. Heinrich/Chr. Pierdzioch, Globalisierung der Finanzmärkte, Kiel 2001. mc

Togo

Fläche (Tsd. qkm): 56,600
Bev. (Mio.) 2001: 4,70
BNE pro Kopf (US-$) 2000: 300
BIP (Mio. US-$) 2000: 1281
LE (Jahre) 1999: 49,1
Analphabetenquote (%) 1999: 44
HDI 1999: 0,489 [Rangplatz von 162: 128]

Die Republik T. (*AKP-Staat) gehört zu den kleinsten, zugleich aber auch zu den am dichtesten besiedelten Staaten Afrikas. Wegen seiner pol. Stabilität und westl. Orientierung lange gelobt, ist seit Beginn der 1990er J. durch wiederholte polit. Unruhen auch die wirtsch. und soziale E. negativ beeinflusst worden.
1. Die Bev. T.s ist ethn. – je nach den zugrunde gelegten Kriterien – in 18 bis 40 Gruppen zersplittert, unter denen die Ewe im S (44 % der Gesamtbev.) deutlich vor der Kabyé-Gruppe (23 %) in Mittel- und Nord-T. dominieren. Knapp 30 % der Ew. sind Christen, etwa 15 % Moslems, rund 55 % praktizieren trad. Religionen. An der Küste und ihrem unmittelbaren Hinterland werden überwiegend Mais und Maniok, Öl- und Kokospalmen angebaut. In der sich anschließenden Hochebene gedeihen Kakao, Kaffee und Baumwolle, noch immer die wichtigsten agrar. Exportprodukte. Während Zentral- und Nord-T. (trockene, hügelige Savannensteppe mit allmählichem Übergang zur *Sahelzone) dünn besiedelt sind, ist die Region um Lama Kara fast ebenso übervölkert wie das Küstengebiet. Der bereits in der deutschen Kolonialzeit (1884 bis 1914) angelegte N-S-Gegensatz im Bereich von Wirtsch. (Aufbau einer *Plantagenwirtsch.) und sozioökon. *Infrastruktur (Schulwesen, Erschließung von Verkehrswegen) wurde nach dem 2. WK politisiert und ist bis heute von großer Bedeutung.
2. Seit Anfang der 1970er J. bildet der Phosphatexport die wichtigste Einnahmequelle T.s (1985: 20 % der Staatseinnahmen, 38 % des Exportwerts, 10 % des BIP). Nach der Verfünffachung der Weltmarktpreise 1974 wurde das Phosphatunternehmen verstaatlicht und in der bis dahin vorwiegend *importsubstituierenden und verarbeitenden Ind. (ausländisches, v.a. frz., und Staatskapital, fast ganz im S konzentriert) ein *kapitalintensives, aber rel. wenige Arbeitsplätze schaffendes Investitionsprogramm in Gang gesetzt, dessen Großprojekte für das Land z.T. überdimensioniert waren. Nach einem ersten Einbruch der Phosphatpreise um 50 % ab 1976 wurde zwar das Schwergewicht der Investitionen auf den bis dahin vernachlässigten Agrarsektor gelegt (1977 Proklamation der *«Grünen Revolution»), doch erhöhte

sich die Verschuldung v.a. wegen der weiter drastisch fallenden Rohstoffpreise auf dem Weltmarkt bis 1999 auf 1,5 Mrd. US-$. Die Schuldendienstquote konnte nur durch mehrmalige Umschuldungen seitens des *Pariser Clubs und massive externe Unterstützung unter 20 % gehalten werden.

Durch Schließung von 10 % und Privatisierung (vorwiegend an ausl. Kapital) von weiteren rund 40 % der meist hoch defizitären Staatsbetriebe Ende der 1980er J. konnte der Staatshaushalt zunächst entlastet werden. Mitte der 1990er J. zeichnete sich jedoch das Scheitern einer weiter gehenden, von *IWF und *Weltbank geforderten Teilprivatisierung der für das Regime profitablen Vermarktungsgesellschaften (Phosphat, Baumwolle) ab. In der Landw. wurden seit Ende der 1970er J. zwar beträchtliche Produktionssteigerungen erreicht, die angestrebte Autarkie bei Nahrungsmitteln jedoch verfehlt. Seit der Fertigstellung der asphaltierten N-S-Straßenverbindung (650 km) hat sich die Bedeutung des Tiefseehafens von Lomé (Umschlag bei der Eröffnung 1968: 40000 t, 1987: 1,85 Mio. t) auch für die benachbarten *Binnenstaaten erhöht.

3. Das heutige T. wurde ab 1914 von Frankreich verwaltet, der westl. Teil der vormals deutschen Kolonie T. fiel an GB und später an Ghana. In Wahlen unter *UN-Aufsicht siegte 1958 die zuvor wegen antifrz. Tendenzen diskriminierte Ewe-Partei, deren Führer S. Olympio nach der Unabh. 1960 auch Staatschef wurde und bei zunehmend repressiverem Regime ein Einparteisystem aufbaute. Nach seiner Ermordung am 13. 1. 1963 durch tog. Soldaten, die aus der frz. Armee entlassen und in die tog. nicht aufgenommen worden waren, versuchten die wiedergegründeten vier Hauptparteien unter Präs. Grunitzky vergeblich, sich über die Grundlagen eines zivilen Reg.-Systems zu einigen. Am 13. 1. 1967 übernahm die Armee definitiv die Macht. Unter dem neuen Präs. Eyadéma wurden die bestehenden Parteien verboten und 1969 eine Einheitspartei (RPT/*Rassemblement du Peuple Togolais*) gegründet, die ab Mitte der 1970er J. bei wachsender Repression eine Ideologie zur Massenmobilisierung und die Rückkehr zu afrik. «Authentizität» propagierte. Ende 1979 wurde durch Referendum eine neue Verfassung verabschiedet, die das RPT als Einheitspartei bestätigte. Auch die am 13. 1. 1980 proklamierte «III. Republik» beruht auf einer Koalition zwischen Militärs, Bürokratie und Agrarbourgeoisie. Schrittweise sicherten sich dabei aus dem N des Landes stammende Gruppen um Eyadéma die milit., wirtsch. und pol. Kontrolle des Staates.

Nach städt. Protesten im April 1991 wurde das Einparteisystem aufgegeben. Der Übergang zum Mehrparteiensystem, in dem zwischenzeitlich die oppositionellen Kräfte die Überhand zu behalten schienen, endete nach mehreren Interventionen der Militärs mit der faktischen Restauration der autoritären Kräfte um Präsident Eyadéma. Präs.-Wahlen 1993 und 1998 bzw. Parl.-Wahlen 1994 und 1999, zum Teil von der Opposition boykottiert, vermochten Eyadéma und der RPT kein demokrat. Mandat zu sichern. Gewalttätige Auseinandersetzungen führten 1992/93 zur Flucht von schätzungsweise 300000 Togolesen in die benachbarten Länder Ghana und Benin, von wo aus sich auch die tog. Opposition zu formieren versucht. Mehrere Generalstreiks legten zeitweilig praktisch das gesamte Wirtschaftsleben lahm, da auch der Rohstoffexport blockiert wurde. Die Phosphatprod. ging bis 1993 auf 1,4 Mio. t zurück. Die int. Gemeinschaft, die die E.-Zusammenarbeit 1992/93 eingestellt hatte, kehrte auf frz. Druck 1995 wieder nach Lomé zurück. Bei den Präs.- und Parl.-Wahlen 1998 bzw. 1999 siegten erneut Eyadéma und seine RPT, teils durch Wahlmanipulation, teils wegen Wahlboykott der Opposition. Eine gemeinsame Untersuchungskommission der *UN und der *OAU stellte 2001 fest, dass es vor, während und nach den Wahlen 1998 zu schwerwiegenden Menschenrechtsverstößen mit zahlreichen Todesopfern gekommen war.

Lit.: K. Ziemer, Demokratisierung in Westafrika? Die politischen Systeme von Senegal, Elfenbeinküste und Togo nach zwei Jahrzehnten Unabhängigkeit, Paderborn 1984; C. Toulabor, Le Togo sous Eyadéma, Paris 1986; C. Adick, Togo, in: HDW III, 4, 1993, S. 404 ff.; J. R. Heilbrunn, Social origins of national conferences in Benin and Togo, in: Journal of Modern African Studies 31 (1993), S. 277 ff.; J. R. Heilbrunn / C. Toulabor, Une si petite démocratisation pour le Togo, in: Politique Africaine 58 (1995), S. 85 ff. ch

Tokio-Runde Die 7. Zollsenkungsrunde im *GATT, die im Frühjahr 1975 aufgenommen und im April 1979 abgeschlossen wurde. Die IL machten den EL Zugeständnisse bei tarifären und nicht-tarifären *Handelshemmnissen. Außerdem wurden den *LLDCs Vorzugsbehandlungen über die *Meistbegünstigungsklausel des GATT eingeräumt sowie den EL Subventionen ihrer eigenen Industriegüterexporte ermöglicht. dn

Tonga →Pazifische Inselwelt

Tourismus Der Anteil des T. in EL am ges. int. Tourismus hat sich in den letzten beiden Jahrzehnten, bedingt durch zunehmende ökon. und zeitliche Reserven der Reisenden sowie durch die Überlastung der Fremdenverkehrsgebiete in den IL, stetig erhöht (1978: 18,5; 1993: 53,9; 1997: 183,9 Mio.). Es finden sich vielfältige Typen von T., so etwa der Geschäfts-, Pauschal-, Abenteuer-, Bildungs- oder Sex-Tourismus. Bei sich ausdifferenzierender Motivation ist mit weiter wachsenden Anteilen des Dritte-Welt-T. zu rechnen, der weltweit 1997: 30 % der Ankünfte umfasste, jedoch mit sehr unterschiedlicher regionaler Verteilung. Der südostasiatische Raum verzeichnete in den 1980er und 90er J. einen erheblichen Zuwachs; auch in LA kamen neue tourist. Zielgebiete hinzu (Dom. Rep., Costa Rica, Kuba). Innerhalb der Entwicklungsregionen konzentrieren sich die Ankünfte auf eine sehr begrenzte Zahl von Ländern. Bei der E. des T. und der Schaffung der notwendigen *Infrastruktur sind in den EL öfftl. Institutionen, aber auch private Träger und *Transnationale Unternehmen maßgeblich beteiligt. Bes. in den 1960er J. wurde der T. in EL wegen seiner angeblichen wirtsch. Vorteile (Devisen-, Beschäftigungs-, Einkommens-, Multiplikatoreffekte) als ein wichtiger Bereich innerhalb der E.-Förderung betrachtet. Eine Einschätzung der Formen und Folgen des T. sollte jedoch sowohl die wirtsch. als auch die soziale und ökol. Dimension kritisch beleuchten:

1. Trotz mangelnden Datenmaterials lässt sich bezüglich der Deviseneffekte feststellen, dass nur etwa 30–35 % der Bruttodeviseneinnahmen dem Urlaubsland zugute kommen; ein weitaus größerer Teil verbleibt bei Reiseorg. außerhalb des Landes. Meist ist es notwendig, Investitionsgüter zum Aufbau der «T.-Industrie» und Versorgungsgüter zu importieren. Ausgaben für Werbung und Auslandskredite verhindern außerdem eine weitgehende Nutzung der Devisenerträge. Je besser ein Zielland jedoch im Verlauf der Branchen-E. seine Wirtschaftsstrukturen vernetzt, je mehr einheimisches Kapital im T. investiert wird, je stärker einheimische Fachkräfte eingesetzt werden können, desto höher werden die Gewinne ausfallen. Zu fragen ist, welcher gesellsch. Schicht die erwirtschafteten Devisen im EL zugute kommen. Auch wenn der Anteil transnat. Unternehmen rückläufig ist, profitieren meist nur einzelne Räume und Gesellschaftsgruppen vom T.

2. Die beschäftigungsschaffende Wirkung des T. ist sehr unterschiedlich. Neben direkten Beschäftigungseffekten (Hotels, Transport, Agenturen) sind indirekte Arbeitsplätze im Agrar-, Ind.- und Dienstleistungssektor sowie investitionsbedingte Beschäftigungen von Belang. In einzelnen EL liegt der Beschäftigungseffekt bei einem Arbeitsplatz pro Hotelbett (Fidschi, Tahiti). Aber die Frage nach der Quantität muss ergänzt werden durch die nach der Qualität der Arbeitsplätze, d. h. nach der Sicherheit («Saisonabhängigkeit»), Verteilung

(z. B. Vergabe von leitenden Positionen an höher qualifizierte, besser bezahlte Personen aus IL, Anwerben von «billigen» Arbeitskräften aus Nachbarländern). Veränderungen der Nachfrage in IL und neue T.-Konzepte schützen z. T. vor saisonalen Schwankungen (Bsp.: Karibik, Seychellen, Kenya), nicht aber vor touristischen «Moden» in IL und anderen Einbrüchen. Vernetzungen setzen auch Anreize für vorgelagerte Sektoren des T. voraus, was jedoch die Planungsfähigkeit vieler EL überfordert.

3. Als «Chance interkultureller Begegnung» oft idealisiert, ist die Verfestigung von Klischees oft die realistische Auswirkung von T. Das Freizeitverhalten der Menschen aus IL stößt auf das Arbeitsverhalten und die Existenzsicherung der Menschen in EL (BMZ 1993). Dennoch kann T. auch zu einer Rückbesinnung auf die eigene kulturelle Herkunft und Identität führen, zu einer Aufwertung des Kulturerbes (Ägypten, Mexiko). Auch die Diskussion um den Folklorismus verdeutlicht die Doppeldeutigkeit der kulturellen T.-Effekte. Gefordert wird eine stärkere Einbeziehung der «Bereisten» in Planung und Durchführung von T.-Vorhaben. Auf der Seite der IL ist bei der Bildungsarbeit angesetzt worden (*Code of Ethics*, Kampagnen gegen Sextourismus, Verweise auf Menschenrechtsverletzungen in Zielländern). Insb. bei Großprojekten des Tourismus werden Konsequenzen für die *Ökologie wie exzessive Nutzung v. a. der *Energie- und Wasserver- und -entsorgung, Umweltverschmutzung durch zunehmenden Verkehr und Verunreinigung der Strände mit gesundheitlichen Schäden (→Gesundheit) als Folge verbucht. Eine einseitige Förderung monofunktioneller t. Zentren muss daher als Maßnahme der E.-Hilfe verworfen werden. Vielmehr sollte T.-Förderung eingebettet werden in umfassendere planungspol. Konzeptionen. Andererseits können bestimmte Formen des T. zu einer ökol. und ästhetischen Aufwertung von Natur und Landschaft führen, wenn Naturschutzgebiete eingerichtet werden, die Nutzung von natürlichen *Ressourcen eingeschränkt wird, Umweltschutzgesetze verabschiedet und Umweltverträglichkeitsprüfungen durchgeführt werden, um letztlich den T. selbst zu sichern.

4. Praktische Konsequenzen aus einer zusehends differenzierteren T.-Kritik ziehen u. a. nat. und int. Netzwerke von *NROs, lokale Selbsthilfeorg. der «Bereisten», Natur- und Umweltinitiativen. Sie fordern eine höhere Partizipation der einheim. Bev. sowie einen besseren Schutz der Umwelt. Die Empfänglichkeit von Touristen aus IL für diese Belange hat deutlich zugenommen. Aber auch E.-Politiker haben Handlungsbedarf erkannt (vgl. BMZ 1993). Indem sie Planungs- und Investitionshilfen, Forschungsprojekte und -institutionen in den Empfängerländern von E.-Hilfe im T. fördern, können sie zu sozial- und umweltverträglichen E.en beitragen. Im Norden kann Bildungsarbeit das Verständnis fremder Kulturen entwickeln. Aufseiten der EL erfordert nachhaltige T.-Entwicklung die Erforschung neuer Marktsegmente, entsprechende Vermarktungsstrategien, höhere Aus- und Weiterbildung einheimischen Personals sowie u. U. freiwillige Selbstbeschränkungen. Auch die Bildung von Netzwerken zwischen Integrationspartnern einer Region kann spezialisierter T.-Förderung zuträglich sein. Auf der siebten Konferenz der *CSD wurde April 1999 ein Aktionsprogramm für *nachhaltigen Tourismus verabschiedet.

Lit.: R. Siebert, Ferntourismus als Entwicklungshilfe? Soziale und wirtschaftliche Folgen des verstärkten Touristenstroms in Entwicklungsländer, Bensheim 1980; C. Scherrer, Dritte-Welt-Tourismus, Entwicklungsstrategische und kulturelle Zusammenhänge, Berlin 1986; M. Maurer u. a., Tourismus und Dritte Welt – Ein kritisches Lehrbuch mit Denkanstößen, Bern 1992; Bundesministerium für wirtschaftliche Zusammenarbeit und Entwicklung (BMZ), Tourismus in Entwicklungsländer, Materialien No. 88, Bonn 1993; N. Häusler u. a., Unterwegs in Sachen Reisen. Tourismusprojekte und Projekttourismus in Afrika,

Asien und Lateinamerika, Saarbrücken/Göttingen 1993; G. F. Pfäfflin, Tourismus und Entwicklung (Zentrum für Entwicklungsbezogene Bildung, ZEB), Leinfelden-Echterdingen 1993; J. Hammelehle (Hg.), Zum Beispiel: Tourismus. Systematische Einführung – Analysen und Prognosen, Opladen 1995; Studienkreis für Tourismus und Entwicklung (Ammerland): Sympathie-Magazine (fortlaufend); B. Rauschelbach (Hg.), (Öko-)Tourismus: Instrumente für eine nachhaltige Entwicklung? Tourismus und Entwicklungszusammenarbeit, Heidelberg 1998; P. Stephan, Tourismus und Nachhaltigkeit, in: I. Hauchler u. a. (Hg.), Globale Trends 2000, Bonn 1999, S. 345–367; P. Aderhold u. a., Tourismus in Entwicklungsländer, Ammerland 2000; World Tourism Organization/UNCTAD, Tourism in the Least Developed Countries, Madrid 2001. pb

Tourism Watch 1975 als Teil des *ZEB und der *KED gegr. Org. mit Engagement in der Bildungs- und Solidaritätsarbeit im Bereich →Tourismus. Tätigkeitsschwerpunkte: int. Kampagnen in Verbindung mit Partnerorg. in EL, E. eines umwelt- und sozialverträglichen Tourismus, Informationsarbeit in Deutschland. Zeitschrift: *TourismWatch*. Adresse: Postfach 100340, 70747 Leinfelden-Echterdingen. Internet: www.tourism-watch.de red

Trade Related Aspects of Intellectual Property Rights →TRIPS

Trade Related Investment Measures →TRIMS

Transaktionskosten Wirtschaftswiss. Begriff für diejenigen Kosten, die bei der Übertragung von Gütern und Forderungen zwischen Wirtschaftssubjekten anfallen, z. B. Kosten für einen Vertragsabschluss, Transport- oder Wartezeitkosten. Eine Zahlungs- und Rechtssicherheit gewährende staatl. Ordnung (→good governance) – in EL häufig nicht gegeben – senkt die Transaktionskosten der wirtsch. Akteure und bietet somit einen Anreiz für *Investitionen. kf

Transfair Verein zur Förderung des fairen Handels mit der «Dritten Welt» e. V. 1993 von 36 gemn. Org. (u. a. *Misereor, *BfdW, *DWHH, *UNICEF, *FES) gegr. Verein, der über einen gleichberechtigten Handel mit Erzeugern in insg. 35 EL Kaffee, Tee, Süßigkeiten, Honig, Kakao, Bananen und Orangensaft nach Deutschland importiert und unter einem Gütesiegel vetreibt. Mit den Gewinnen werden v. a. kleinbäuerliche *Genossenschaften (z. B. durch selbstbestimmte Sozialprogramme) gefördert. 2002 lag der Umsatz der Org. bei ca. 2,2 Mio. €. Bemühungen um eine Verbesserung der int. Zusammenarbeit (Max Havelaar Stiftungen, Fairtrade Foundation) waren April 1997 mit der Gründung von *Fair Trade Labelling Organisations International* (FLO), in der sich Initiativen aus 17 Ländern (2002) zusammengeschlossen haben, erfolgreich. Adresse: Remigiusstr. 21, 50937 Köln. Internet: www.transfair.org. red

Transitionsländer →Transitionsstaaten

Transitionsstaaten, auch Transformationsstaaten, jene Staaten, die sich im Übergang von einem autoritären zu einem demokrat. System befinden. Als formell vollendet gilt die Transition mit der Etablierung demokrat. Spielregeln. Der Begriff wird v. a. angewandt auf jene Staaten, die im Laufe der 3. Welle der Demokratisierung einen *Systemwechsel vollzogen. In den int. Statistiken werden unter den T. in engerem Sinne die ehem. soz. Länder Asiens und Osteuropas aus dem ehem. Staatsverband der Sowjetunion verstanden: Armenien, Aserbaidschan, Estland, Georgien, Kasachstan, Kirgisien, Lettland, Litauen, Moldovia, Mongolei, Russland (→Russland und die Dritte Welt), Tadschikistan, Turkmenistan, Ukraine, Usbekistan und Weißrussland. Häufig werden auch die Staaten des ehem. Rats für gegenseitige Wirtschaftshilfe (*RGW oder COMECON) als T. bezeichnet, wobei zwischen den europ. Staaten (auch MOE-Staaten: Mittel- und Osteuropa) und den asiatischen und transkaukasischen Staaten der Gemeinschaft Unabhängiger Staaten (GUS) unterschieden wird. Während den MOE-Staaten die Mitgliedschaft in der EU offen steht, werden Letztere den EL zugerechnet (und auch in diesem Band behandelt). →Systemwechsel, Parteiensysteme

Lit.: G. A. O'Donell/P. C. Schmitter/L. Whitehead (Hg.), Transition from Authoritarian Rule, Baltimore 1986; D. Nohlen, Mehr Demokratie in der Dritten Welt, in: APuZ, B 25–26/1988; W. Merkel, Systemtransformation, Opladen 1999; P. Bendel/A. Croissant/F. W. Rüb (Hg.), Zwischen Demokratie und Diktatur, Opladen 2002. dn/js

Transnationale Konzerne Mit TNK (auch Multinationale K./Multis/Int. K./Multinat. Unternehmen/Transnat. Unternehmen) werden im allg. Verständnis Weltkonzerne wie Exxon, Shell, Texaco, BP, General Motors, Ford, Daimler-Chrysler, Volkswagen, Toyota, General Electric, IBM, ITT, Philips, Siemens, Hoechst, BASF usw. beschrieben. Wann ein Konzern als transnat. oder int. tätig bezeichnet werden soll, ist umstritten. Eine Minimaldefinition könnte lauten, dass jeder Konzern als transnat. gelten kann, der in mehr als einem Staat abh. Unternehmen besitzt, unabh. also von der Größe oder dem Umsatz des jeweiligen Konzerns. Die aktuelle Zahl der TNK wird von UNCTAD mit 60000 Konzernen angegeben, die über 800000 Tochterunternehmen im Ausland haben.
Die Bedeutung von TNKs ist in der letzten Dekade enorm gewachsen, was am besten an der rapiden Zunahme von ausl. *Direktinvestitionen (ADI) abgelesen werden kann. Die ADI sind von 1985–2000 von rund 60 Mrd. US-$ auf ca. 1300 Mrd. US-$ um mehr als das Zwanzigfache gestiegen. Zu dieser E. haben versch. Ursachen beigetragen. Die Revolution in den Kommunikationstechnologien hat, verbunden mit neuen Informationstechnologien, die techn. Voraussetzungen geschaffen, globale Produktionsprozesse, mit auf mehreren Ländern verteilten Fertigungs-, Zuliefer- und Vertriebsnetzen, überhaupt steuern zu können. Parallel haben viele Länder, IL wie EL, ihre nat. Auflagen für Auslandsinvestitionen liberalisiert. Hauptantriebskraft für die Zunahme der ADI sind aber Firmenkäufe oder Erwerbungen von Aktienanteilen. Der Anteil der EL an den ADI, der in den 1980er J. zurückgegangen war, stieg seit 1990 von 30 auf über 40 % 1995 und ist inzwischen wieder auf 19 % gefallen. Bei diesem Rückgang handelt es sich aber nur um einen anteiligen: Die ADI in EL in abs. Zahlen haben im J. 2000 240 Mrd. US-$ erreicht. Verantwortlich für den prozentualen Rückgang in der zweiten Hälfte der 1990er Jahre waren einerseits die Asienkrise und andererseits die Tatsache, dass ein großer Teil der Firmenaufkäufe in EL im Rahmen von Privatisierungen staatl. Firmen stattfand (Telekomunikation, Banken etc.) und inzwischen viele ehemals staatl. Firmen bereits privatisiert sind.
Die Verteilung der ADI auf EL ist allerdings sehr asymmetrisch. 2000 gingen 143 Mrd. US-$ an ADI für EL nach Asien. China allein erhielt 41 Mrd. US-$. LA erhielt im J. 2000 nur noch 86 Mrd. US-$, Afrika lediglich 9,1 Mrd. US-$. Während die Zahl der Länder ansteigt, die ADI erhalten, sind viele Länder dennoch nur gering an dem Investitionsfluss beteiligt: Der Anteil der am wenigsten entwickelten Länder (*LDCs) an allen ADI ist mit weniger als einem halben Prozent (0,3 %) außerordentlich gering.
Lange Zeit sahen Analysen von TNK die Motive für Direktinvestitionen (DI) in den EL vorwiegend in den Bereichen Sicherung von *Rohstoffquellen, Senkung von Nebenkosten (Transport, Zölle, Umweltschutz etc., Ansiedelung in *Freien Produktionszonen) und Lohnkostenersparnis (Niedriglohnländer). Die neueren Investitionen von TNK dienen derzeit allerdings häufig der Sicherung von Absatzmärkten und der direkten Produktion vor Ort für schnell wachsende Märkte. Die Investitionen sind heute vielfach ebenso kapitalintensiv wie Investitionen im Mutterland, zumal TNKs angesichts der Bekanntheit ihrer Markennamen zunehmend auf einheitliche Qualitätsstandards ihrer Produkte setzen.
Der Bestand des Auslandskapitals allein der führenden 100 TNK wird auf über 3000 Mrd. US-$ geschätzt (1995). Zwei

Drittel des Welthandels wird inzwischen von TNK abgewickelt, die Hälfte davon als konzerninterner Handel zwischen Mutter- und Tochterfirmen. Lange Zeit wurden TNK trotz der Internationalität ihrer Geschäftstätigkeit als nat. hinsichtlich ihres Stammkapitals, ihrer Konzernzentrale und ihrer Interessenpol. bewertet. Diese Einschätzung trifft nach wie vor für viele, v.a. mittelständische Firmen zu, die in wenigen Ländern Investitionen getätigt haben. Für die großen der TNK, die weltweit in vielen Ländern aktiv sind, ist eine solche Definition z.T. nicht mehr zutreffend. Weder das Stammkapital noch das Steueraufkommen, noch die Investitionstätigkeit oder die Interessenpol. halten sich an nat. Grenzen. Gemessen am Weltumsatz dominieren nach wie vor US-amerik. Konzerne, gefolgt von den TNK Japans, GB und Ds.

Aus der Sicht der EL wurde in den 1970er und 1980er J. häufig Kritik an der als *Neokolonialismus charakterisierten Tätigkeit der TNK geübt. Diese Art fundamentaler Kritik wird heute von Reg.-Seite der EL kaum noch vorgebracht. Seit der *Verschuldungskrise ist die Bereitschaft der privaten Banken, EL neue Kredite zur Verfügung zu stellen, sehr gering geworden; umso größer ist das Interesse der EL an DI geworden. Die *Strukturanpassungsprogramme von *Weltbank und *IWF haben das Ihrige dazu beigetragen, dass inzwischen in den meisten EL eine wirtsch.-pol. Orientierung überwiegt, die versucht, das nat. Investitionsklima für DI freundlich zu gestalten. Marktöffnung, Abbau von Schutzzöllen, Liberalisierung von Investitionsauflagen, Anerkennung von Patenten und Nutzungsrechten sind die Stichworte der Diskussion, die nicht nur in der *Uruguay-Runde des *GATT Niederschlag gefunden haben, sondern auch in den Verhandlungen über die *NAFTA, der Neugestaltung des *Andenpaktes seit 1993 etc.

Heftige Kritik wird allerdings vonseiten der *Nichtstaatlichen Organisationen (NRO) an dem wachsenden Einfluss der TNK geübt. Während die Kritik in den IL sich auf die demokrat. nur schwer zu kontrollierenden Einflussmöglichkeiten von TNK auf nationalstaatl. Pol. und die Dominanz eines an kurzfristigen Gewinnen orientierten Denkens konzentriert (Korten 1995), werden bes. in LA Auslandsinvestitionen von TNK, gerade wenn es um Beteiligungen an Firmen geht, oft als Ausverkauf nat. Werte angeprangert.

Die e.-pol. Auswirkungen des Engagements von TNK in EL kann man überprüfen, indem man die Folge der Investitionen von transnat. Unternehmen an den drei volkswirtsch. Zielsetzungen misst, die die meisten EL mit den Aktivitäten transnat. Unternehmen verknüpften: positive Beschäftigungseffekte, Transfer von technol. *Know-how* und eine Entlastung der *Zahlungsbilanz. Generell ist zunächst festzustellen, dass TNK in ihrem Handeln nicht unwesentlich durch den gesetzl. Rahmen und die operative Pol. des jeweiligen Gastlandes betroffen sind.

Zur Beurteilung der Beschäftigungseffekte muss zwischen direkten (unmittelbar beim ausl. Unternehmen beschäftigten Arbeitnehmern) und indirekten Beschäftigungswirkungen (positive: Arbeitsplätze bei Zulieferern, Abnehmern und Konkurrenten; negative: Verdrängungswettbewerb für einheim. Firmen) unterschieden werden. Nach Schätzungen der *IAO in Genf von Mitte der 1990er J. lassen sich die direkten Beschäftigungseffekte auf etwa 7 Mio. Beschäftigte beziffern, weniger als 1 % der ökon. aktiven Bev. der *Dritten Welt. Bei allen Schwierigkeiten mit Schätzungen im Hinblick auf indirekte Beschäftigungswirkungen geht das int. Arbeitsamt davon aus, dass die indirekt induzierte Beschäftigung eine dem direkten Effekt vergleichbare Größenordnung aufweist (zusätzlich 7 Mio. Menschen), ein Ergebnis, das von weiteren Studien bestätigt wird. Zwei Trends haben die Beschäftigungswirkung von DI seit Anfang der 1980er J.

geschwächt: Zum einen werden wachsende Teile der DI inzwischen als Beteiligungen oder Aufkäufe von Firmen in EL getätigt, die keine oder kaum positive Beschäftigungseffekte haben. Zum anderen kommt es seitdem verstärkt zur Einführung modernster Technologien, mit der die Unternehmen auf den angesichts stagnierender Märkte sich verschärfenden Wettbewerb reagieren. In den freien Produktionszonen sind weniger als 0,2 % der Arbeitnehmer beschäftigt. Allerdings konzentrierten sich die Beschäftigungseffekte vor allem auf fünf Staaten (60 %): Hongkong, Südkorea, Singapur, Taiwan und Mexiko. Angesichts der direkten und indirekten Beschäftigungswirkung, die nach IAO-Angaben kaum 1,5 % der Gesamtbeschäftigung der Dritten Welt überschreitet, bleibt festzuhalten, dass die Beschäftigungswirkungen von DI im Hinblick auf die Größe des Arbeitsbedarfs begrenzt sind.

Die Erwartung der EL, mit Hilfe vor Ort ansässiger TNK den Anschluss an das technol. Niveau der IL zu halten, wird durch ADI zunehmend erfüllt. Dies gilt v. a. für diejenigen Staaten, in denen sich ausl. Unternehmen in größerem Umfang angesiedelt haben. Allerdings hat diese Teilindustrialisierung keineswegs dazu beigetragen, die technol. Abh. der EL von TNK zu reduzieren. In der Hauptsache erfolgt ein Transfer von materialisierter Technologie durch die Installation von Maschinen und Ausrüstungen.

Im Hinblick auf die Auswirkungen der Aktivitäten von TNK auf die *Zahlungsbilanz kann man festhalten, dass die Zunahme der Exporte in der Regel einen leicht positiven Beitrag für die Zahlungsbilanz der betroffenen Länder leistet.

Das enorme Wachstum der DI ist v. a. auf pol. Entscheidungen zurückzuführen. Auf nat. Ebene waren dies die Deregulierung und Privatisierung seit den 1980er J. sowie der Abbau von Kapitalverkehrsbeschränkungen. Auf *bi- und multilateraler Ebene wurde der Prozess durch versch. Ereignisse und Abkommen gefördert. Seit 1990 wurden allein mehr als 2000 bilaterale Investitionsschutzabkommen (BITs) abgeschlossen. Zudem gingen vom Abschluss der *Uruguay-Runde des *GATT und der Etablierung der *WTO erhebliche Impulse für die Expansion der DI aus, denn zum einen animieren offene Gütermärkte, wie sie die Uruguay-Runde durch Liberalisierungen des Handels ausbaute, zu DI, und zum anderen enthalten versch. Teilabkommen der WTO ausdrücklich Vereinbarungen zum Abbau von Beschränkungen ausl. Investitionen.

Versch. IL hatten bereits Ende der 1980er J. versucht, Verhandlungen über ein multilaterales Investitionsabkommen auf die Agenda der achten Verhandlungsrunde des GATT zu setzen. Als dies scheiterte, gab der *OECD-Ministerrat 1991 eine Studie in Auftrag, alternative Möglichkeiten zu entwickeln. Die Studie des Ausschusses für int. Investitionen und TNK empfahl den OECD-Staaten ein eigenes Investitionsabkommen, das auch für Nicht-OECD-Mitgl. offen sein sollte. Das Unterfangen, ein solches Multilaterales Investitionsabkommen (MAI) zu entwickeln, scheiterte allerdings an öfftl. Widerständen, aber auch an der geplanten Reichweite des Abkommens. Seitdem wird über das Thema v. a. in der WTO unter dem Stichwort *TRIMS (*Trade Related Investment Measures*) wieder verhandelt.

Der Bedeutungsgewinn von TNK im Rahmen der *Globalisierung hat seit einigen J. zu neuen Versuchen der Regulierung von Konzernverhalten geführt. Die möglichen Auswirkungen des Konzernverhaltens z. B. auf Arbeitnehmer und die Umwelt sind in den letzten J. verstärkt thematisiert worden. Zu Beginn waren es zivilgesellsch. Gruppen, die Missstände bei einzelnen Firmen öfftl. wirkungsvoll aufgriffen. Inzwischen ist das Problem verantwortlicher Unternehmensführung auch zu einem zwischenstaatl. Thema geworden, zu dessen Bearbeitung zahlreiche Initiativen gestartet worden sind. Die Regulierungsversuche können danach unterschieden werden,

ob sie durch staatl. Stellen initiiert und / oder kontrolliert werden, oder ob es sich um private Initiativen von Firmen selbst oder von Firmen in Zusammenarbeit mit NROs handelt.
Firmen und NROs haben in den letzten J. mehrere hundert Verhaltenskodizes für TNK entwickelt. Diese Verhaltenskodizes variieren in Reichweite und Umfang. Manche dieser Kodizes beziehen sich nur auf einzelne Firmen, andere auf ganze Produktionsprozesse und alle Zulieferbez. einer Firma. In manchen werden als grundlegende Standards nur wenige Normen der IAO herangezogen, andere Kodizes setzen in umfassenderem Ausmaße Kriterien für verantwortliches Firmenverhalten fest. Noch gibt es kaum einheitliche Qualitätsstandards für Verhaltenskodizes. Die Qualität der Überwachung dieser neuen Sozial- und Umweltlabel variiert ebenfalls stark. In einigen europ. Ländern sind inzwischen Dialogforen zw. Staat, Unternehmen, *Gewerkschaften und NROs entstanden, die über eine zukünftige Qualitätssicherung von Verhaltenskodizes beraten. In D wird ein entsprechender Runder Tisch vom *BMZ moderiert.
Zu den neuen Versuchen, das Verhalten von TNK durch Verträge oder staatl. Richtlinien zu beeinflussen, gehören die «Richtlinien für Multinationale Konzerne» der OECD. Diese waren zuerst 1976 entwickelt worden, wurden lange Zeit wenig beachtet, erfuhren in den letzten J. eine Überarbeitung und wurden im J. 2000 in neuer Form verabschiedet. Mit den Richtlinien werden in allen OECD-Ländern staatl. Kontaktpunkte installiert, bei denen betroffene Gruppen bei Verstößen gegen die Richtlinien Beschwerde einreichen können. Der Generalsekretär der *Vereinten Nationen, Kofi *Annan, hat 1999 einen **global compact* initiiert. In Rahmen des *global compact* verpflichten sich die unterzeichnenden Unternehmen zur Einhaltung von neuen Standards aus dem Bereich der *Menschenrechte und des Umweltschutzes. Die Einhaltung wird im Bereich des *global compact* allerdings nicht kontrolliert. Seit 1992 wurde gerade von Gewerkschaften wiederholt versucht, soziale Mindeststandards in das int. Handelsrecht zu integrieren. Die wiederholte Ablehnung, das Thema in der WTO zu behandeln, hat zumindest dazu geführt, dass das Thema statt in der WTO nun in der IAO einen neuen Stellenwert erhalten hat. Die IAO hat beispielsweise im J. 1998 eine neue *«Declaration on Fundamental Principles and Rights at Work»* angenommen, in der acht zentrale Normen aus IAO-Konventionen noch einmal bekräftigt werden und ein neuer Überwachungsmechanismus installiert wird.
Zusätzlich hat in den letzten J. eine int. Debatte über die Einführung und Durchsetzung eines neuen Verständnisses von sozial verantwortlicher Unternehmensführung begonnen. Am weitesten ist die Debatte inzwischen in der EU gediehen. Die Kommission hat Sommer 2001 ein eigenes Grünbuch für *«corporate social responsibility»* erarbeitet, in dem Vorschläge für eine zukünftige Gestaltung des Politikbereichs enthalten sind.

Lit.: D. Korten, When Corporations Rule the World, London 1995; Recent Trends in Foreign Direct Investment, in: Financial Market Trends, Jg. 64, June 1996, S. 37–61; WTO, Annual Report 1996, Special Topic: Trade and Foreign Direct Investment, Genf 1996; ILO, Your Voice at Work, Geneva 2000; OECD, International Trade and Core Labour Standards, Paris 2000; Europäische Kommission, Grünbuch: Europäische Rahmenbedingungen für die soziale Verantwortung von Unternehmen, Brüssel 2001; Guidelines for Multinational Enterprises, Paris 2001; Ch. Scherrer/Th. Greven, Global Rules for Trade, Codes of Conduct, Social Labeling, Workers' Rights Clauses, Münster 2001; M. Windfuhr, Mindestsozialstandards und Beschäftigungsförderung im Rahmen der Entwicklungszusammenarbeit, Bonn 2001; OECD, UNCTAD (Hg.), World Investment Report 2002, Genf 2002; OECD, International Direct Investment Statistics Yearbook, Paris jährl. mw

Transnationale Unternehmen →Transnationale Konzerne

Transparency International wurde 1993 mit Unterstützung von * GCA, * UNCTC und * GTZ als int. * Nichtregierungsorg. (INRO) mit der Zielsetzung gegründet, die * Korruption auf int. und nat. Ebene zu bekämpfen und * *good governance* zu fördern. TI nimmt dabei eine unparteiische Position ein, um die Zusammenarbeit mit allen Interessierten (Reg.en, Unternehmen, E.-Organisationen, NROs) zur Bildung breiter Antikorruptionskoalitionen zu gewährleisten; der Schwerpunkt der Arbeit liegt auf der Prävention von Korruption und strukturellen Reformen, Einzelfälle werden nicht angeklagt.
Kernstück der Arbeit ist ein Verhaltensstandard, um dessen Einhaltung durch Selbstverpflichtung bei int. Geschäftstransaktionen sich TI bemüht. Unterstützt werden alle Beteiligten im int. Wirtsch.- und E.-Bereich durch Expertisen und Beratung; TI leistet Öffentlichkeitsarbeit zum Thema Korruption, dient als Informationsbörse (*Clearing House*), organisiert Expertentreffen und bietet Reg. * techn. Hilfe in den Bereichen Verwaltung, Buchhaltung, Gesetzgebung und Strafverfolgung. Neben der Hauptgeschäftsstelle in Berlin, die als Koordinationsstelle dient und die int. Aufgabengebiete von TI wahrnimmt, unterhält TI nat. Sektionen (2002 Afrika: 27, Amerika: 23, Asien und Pazifik: 24, Europa: 37, Mittlerer Osten und Nordafrika: 10) sowie drei Regionalgruppen (Lateinamerika, Südasien und Zentral- und Osteuropa), die Aufgaben auf nat. Ebene (Bildung lokaler Antikorruptionsnetzwerke, Öffentlichkeitsarbeit, techn. Hilfe) wahrnehmen. TI finanziert sich durch Zuwendungen nat. Träger der EZ, int. Org., Projektmittel von Stiftungen und priv. Spenden. 2000 betrug das Gesamtbudget 3,8 Mio. US-$; priv. Spender dürfen nicht mehr als 5 % des Gesamtbudgets finanzieren. TI unterhält u. a. Arbeitskontakte zu * Weltbank, * GCA, *International Chamber of Commerce,* * OECD, * UNDP, * Commonwealth, * OAS sowie versch. int. Finanzinstitutionen. TI veröffentlicht Einzelstudien, einen vierteljährl. *Newsletter* sowie das *TI National Integrity Source Book*, ein in fünf Sprachen laufend aktualisiertes Handbuch der Korruptionsprävention, sowie jährl. in Zusammenarbeit mit der Universität Göttingen einen Korruptionsindex. Adresse: Otto-Suhr-Allee 97, 10585 Berlin. Internet: www.transparency.org

red

Treibhauseffekt Unter T. versteht man in der umweltpol. Debatte in der Regel den anthropogenen bzw. zusätzlichen Treibhauseffekt, der über den natürlichen T. hinaus die Wärmeabstrahlung der Erdoberfläche verhindert und so zu einer Klimaerwärmung führt. Der natürliche T., der eine Weltmitteltemperatur von 15,5° C bewirkt, wird durch eine bestimmte Konzentration von Wasserdampf (62 %), Kohlendioxid (22 %), Methan (9 %), bodennahem →Ozon (7 %) und anderen Gasen in der Atmosphäre verursacht. Seit Beginn der Industrialisierung erhöhen langlebige Treibhausgase die Konzentration in der Atmosphäre und überlagern so die natürlichen Konzentrationsschwankungen. Ursachen sind v. a. der CO_2-Ausstoß, den auch 2000 noch ein Fünftel der Menschheit in den IL zu 60 % produzierte (1990: 71 %), und Methan-Emissionen, die v. a. aus Tierhaltung, Nassreisanbau, Öl- und Gasförderung, Mülldeponien und dem Kohlebergbau stammen. Die Abholzung großer Waldflächen wirkt sich zusätzlich negativ auf die Regulierung des CO_2-Haushaltes aus. In den letzten 100 J. ist die Weltmitteltemperatur um 0,3 bis 0,6° C gestiegen, was mit einem Anstieg des Meeresspiegels um 10–25 cm einherging. Bei einer weiteren Erwärmung (das von den * UN beauftragte Wissenschaftsgremium IPCC rechnet bis 2100 mit einem Temperaturanstieg von 1–3,5° C und einem Anstieg des Meeresspiegels um 15–95 cm) werden erhöhte Verdunstung und demzufolge stärkere Regenfälle, ein Schmelzen von Polen und Gletschern und die thermisch bedingte Ausdehnung der Ozeane befürchtet. Demzufolge könnten die Tropen und die gemäßigten Zonen feuchter, die Subtropen hingegen trockener werden, was Probleme wie *Desertifikation und Bodenerosion (→Boden) erhöhen würde. Das mögliche Tauen gefrorenen Tundrabodens würde zu großflächigen organischen Verrottungen führen, wobei wiederum Treibhausgase freigesetzt würden. Die Erhöhung des Wasserspiegels würde neben allen Küstenregionen auch einzelne Staaten (z. B. Bangladesh, Malediven) in ihrer Existenz bedrohen. Als globales Problem verlangt der Treibhauseffekt nach globalen Lösungen (→*global governance*). Ein Versuch hierzu ist die *Klimaschutzkonvention, die 1994 in Kraft trat und bis Mai 2000 von 184 Staaten ratifiziert wurde. Ziel der Konvention ist die Stabilisierung der Treibhausgaskonzentration in der Atmosphäre unterhalb eines das Leben auf der Erde bedrohenden Niveaus. →Kyoto-Konferenz.

Lit.: →Ökologie; K. Kaiser/H.-P. Schwarz (Hg.), Die neue Weltpolitik, Bundeszentrale für Politische Bildung, Bonn 1995. ef

Treuhandprojekte (*Funds in Trust*) werden von versch. *UN-Einrichtungen treuhänderisch, d. h. in eigenem Namen, aber in fremdem Auftrag (eines Geberlandes) abgewickelt und durchgeführt. Finanzierung: durch sog. zweckgebundene Sonderbeiträge der jeweiligen Geber. Aus der Zweckbindung der Treuhandmittel ergibt sich für das Geberland die Möglichkeit, die Pol. der multilateralen E.-Org. direkt zu beeinflussen.

In der BRD machten die Treuhandmittel im Jahr 2000 mit 243,2 Mio. € etwa 20 % der *ODA-Leistungen an multilaterale Einrichtungen aus (1997: mit 26,4 Mio. € ca. 3,3 %). Folgende Bereiche bildeten die inhaltlichen Schwerpunkte der T. (in Klammern die verantwortlichen Org.): Kinderhilfsprogramme (*UNICEF); Drogenbekämpfung; Erziehungs- und Bildungsprogramme (*UNESCO); Industrialisierungsvorhaben (*UNIDO); Flüchtlingshilfe (*UNHCR) und Sonderprogramme der *WHO. →bilateral/multilateral bg/tk

Tribalismus T. bezeichnet das Denken und Handeln in Stammeskategorien. V. a. auf Afrika bezogen, war T. zunächst ein wiss. Konzept, von dem ausgehend die ges. soziopol. Realität (Parteienorganisation, Reg.-Bildung, *Korruption, soziale und pol. Konflikte) Afrikas interpretiert wurde. Mit der Infragestellung des Stammesbegriffs (Definitionsprobleme: Kriterien wie Autonomie, *Subsistenzwirtschaft, rel. Egalität treffen seit der Kolonialzeit nicht mehr oder nur teilweise zu; der Begriff bezieht sich nur auf kleine, überschaubare Gruppen; er schließt Veränderbarkeit aus usw.) verlor das T.-Konzept an Erklärungswert. Die neuere Literatur ist dazu übergegangen, «Stamm» durch den Begriff «ethnische Gruppe» bzw. «T.» durch den Begriff *«Ethnizität» zu ersetzen.

Der T.-Begriff wird weiterhin als pol. Erklärungsmuster oder Kampfbegriff verwendet; zum einen in den westl. Massenmedien als einfache Erklärung für komplexe Zusammenhänge, wobei auf seit der Kolonialzeit bestehende Vorurteile gebaut wird («Stamm» = Primitivität). Zum anderen benutzen afrik. Regime den T.-Vorwurf als Machterhaltungsstrategie: Entweder wird Opposition aus Angst vor ‹tribalistischen Exzessen› ganz verboten, oder oppositionelle Kräfte werden ‹tribalisiert›, sobald sie eine ethnische Verankerung erkennen lassen, und der vermeintlichen Verfolgung des nat. Interesses durch die Herrschenden gegenübergestellt, die sich nur in den seltensten Fällen auf eine tatsächlich multiethnische oder nicht-ethnische Koalition stützen können.

Lit.: K. Eickenberg, Mythos Tribalismus, in: Blätter des iz3W 176 (1991), S. 29ff. ch

Trickle-down-Theorie Durchsicker-Theorie; Annahme, dass die durch Kapitaltransfer (*öffentliche Hilfe, *Direktinvestitionen) in den EL ausgelösten Wachstumsprozesse (→Pro-Kopf-Einkommen) durchsickern und somit nicht nur den Lebensstandard der sozialen Elite erhöhen, sondern auch die Lebensverhältnisse der Masse der Bev. verbessern. dn

TRIMS Das Abkommen über handelsrelevante Investitionsmaßnahmen (*Trade Related Investment Measures*) ist Teil der Ergebnisse der *Uruguay-Runde des *GATT 94 und damit Vertragsgrundlage der *WTO. Ziel des Abkommens ist, neben der Förderung des Welthandels und der Stärkung der Liberalisierung in der Weltwirtsch., die Schaffung von positiven Rahmenbedingungen für grenzüberschreitende Investitionen (Ausländische *Direktinvestitionen, ADI). Bereits seit 1982 drängten die USA darauf, TRIMS auf die Agenda der nächsten GATT-Runde zu setzen. Seit längerem hatten die USA damals bereits gegen die Investitionspol. Kanadas protestiert, in der Auflagen für ausl. Investoren festgeschrieben wurden, in denen z. B. bestimmt wurde, wie viel Prozent ihrer Einkäufe ausl. Investoren in Kanada tätigen mussten (*local purchasing and manufactoring requirements*) und wie groß der Anteil der kanadischen Wertschöpfung in der Produktion der Investoren sein musste (*local content provisions*). 1986 wurde die TRIMS als drittes neues Thema (neben *GATS und *TRIPS) in die Verhandlungen der Uruguay-Runde aufgenommen.

Die Bedeutung des Abkommens ergibt sich besonders aus dem schnellen Wachstum von ADI in der letzten Dekade. Die ADI haben sich von 1985–2000 von rd. 60 Mrd. US-$ auf rd. 1300 Mrd. US-$ mehr als verzwanzigfacht. Zu dieser E. haben versch. Ursachen beigetragen. Die Revolution in den Kommunikationstechnol. haben verbunden mit neuen Informationstechnol. die techn. Voraussetzungen geschaffen, globale Produktionsprozesse mit auf mehreren Ländern verteilten Fertigungs-, Zuliefer- und Vertriebsnetzen überhaupt steuern zu können. Parallel haben viele Länder, IL wie EL, ihre nat. Auflagen für Auslandsinvestitionen liberalisiert. Auf nat. Ebene geschah dies durch die Deregulierung und Privatisierung seit den 1980er J. sowie den Abbau von Kapitalverkehrsbeschränkungen. Auf *bi- und multilateraler Ebene wurde der Prozess durch versch. Ereignisse und Abkommen gefördert. Seit 1990 wurden allein mehr als 2000 bilaterale Investitionsschutzabkommen (BITs) abgeschlossen.

Das TRIMS-Abkommen bezieht sich ausschließlich auf Investitionsvorhaben im Bereich der Produktion von Gütern und ist Teil des GATT 94. Investitionsmaßnahmen im Bereich von Dienstleist. werden vom Allgemeinen Abkommen über Dienstleist. (*GATS) der WTO erfasst und sind dort Teil der generellen GATS-Regel, die besagt, dass die Vorschriften des GATS sich nur auf die Dienstleist. beziehen, die in einer nat. Liste von dem entsprechenden Land festgeschrieben wurden.

Das TRIMS-Abkommen bezieht sich demgegenüber auf alle Investitionsmaßnahmen im Bereich der Güterproduktion. Es hat drei Hauptcharakteristika: Zum einen enthält es eine Liste mit Beispielen von Auflagen für ausl. Investoren, die gegen GATT-Bestimmungen verstoßen. Hierzu gehören *local content*-Vorschriften und Auflagen zum Ausgleich von Handelsbilanzen (z. B. Begrenzungen von Exportmöglichkeiten der im Land produzierten Produkte). Ausnahmen von diesen Regeln können nur EL im Falle von *Zahlungsbilanzschwierigkeiten geltend machen. Die TRIMS-Regeln gelten ebenfalls für nat. Unternehmen.

Zum Zweiten verlangt das Abkommen, dass alle Maßnahmen von WTO-Mitgl., die den GATT-Verpflichtungen der Inländergleichbehandlung (*national treatment,* Art. III des GATT) und dem Abbau sämtlicher quantitativen Handelsbeschränkungen (Art. XI des GATT) widersprechen und durch keine Ausnahmebestimmung des GATT gerechtfertigt werden können, innerhalb von 90 Tagen nach In-Kraft-Treten des TRIMS gemeldet und in den kommenden zwei J. abgebaut werden (fünf J. für EL, sieben J. für *LLDCs).

Zum Dritten verpflichtet das Abkommen die Mitgl. nach fünf J. zur Revision des Abkommens, bei der überlegt werden soll, ob weiter gehende Regeln im Hinblick auf nat. Investionspol. aufgenommen werden sollen und wettbewerbsrechtl. Fragen im Rahmen des TRIMS behandelt werden sollen.
Weitere Teile des Abkommens enthalten die Verpflichtung zu größtmöglicher Transparenz. Alle Verstöße gegen Bestimmungen des TRIMS können Gegenstand des WTO-Streitbeilegungsverfahrens werden. Das Abkommen wird durch ein speziell eingerichtetes Komitee für handelsrelevante Investitionsmaßnahmen überwacht.
Versch. IL reichten die Ergebnisse des TRIMS-Abkommens im Rahmen der WTO nicht aus. Sie drängten deshalb auf ein eigenständiges multilaterales Investitionsabkommen. Im Rahmen der *OECD hatten die IL deshalb inzwischen mit der Ausarbeitung eines multilateralen Investitionsabkommens (*MAI) begonnen, das zunächst für OECD-Staaten gelten, aber auch für Nicht-OECD-Mitglieder offen sein sollte. Aufgrund mangelnder Transpranz und zu weit reichender Liberalisierungsbestrebungen scheiterten die Verhandlungen in der OECD. Verschiedene OECD-Staaten versuchen seitdem, Elemente des MAI zu Verhandlungsgegenständen der kommenden Verhandlungen der WTO zu machen.
Da viele Staaten während der Uruguay-Runde noch nicht bereit waren, einem weitreichenden Abkommen zur Liberalisierung von Investitionsmaßnahmen zuzustimmen, sieht das TRIMS nur begrenzte Maßnahmen vor. Generell ist festzuhalten, dass vom Abschluss der Uruguay-Runde des GATT und der Etablierung der WTO erhebliche Impulse für die Expansion der Direktinvestitionen ausgehen; denn zum einen animieren offene Gütermärkte, wie sie die Uruguay-Runde durch Liberalisierungen des Handels ausbaute, zu Direktinvestitionen, und zum anderen enthalten versch. Teilabkommen der WTO wie das TRIMS-Abkommen ausdrücklich Vereinbarungen zum Abbau von Beschränkungen ausl. Investitionen.
Bei der vierten Ministerkonferenz in Doha konnte keine Einigung über ein spezifisches Verhandlungsmandat erreicht werden. Es wurden v. a. zwei Ergebnisse festgehalten: (1) Für diejenigen EL, die Schwierigkeiten haben, alle nat. TRIMs innerhalb der angestrebten 90 Tage abzubauen, wurde die Umsetzungsphase verlängert. Argentinien, Kolumbien, Malaysia, Mexiko, Pakistan, die Philippinen, Rumänien und Thailand wurden durch den *WTO-Council for Goods* die ursprgl. fünfjährige Übergangsphase bis 2003 verlängert. (2) Verhandlungen zu dem Themenbereich «Handel und Investitionen» sollen ebenso wie zu den Bereichen «Handel und Wettbewerbspol.» und «Transparenz im öfftl. Beschaffungswesen» erst bei der fünften Ministerkonferenz der WTO im J. 2003 begonnen werden. Bis dahin soll bes. EL die Möglichkeit gegeben werden, sich intensiver mit den Themen vertraut zu machen und Forschungs- und Beratungsarbeit v. a. mit *UNCTAD aufzunehmen. Bis zum J. 2003 soll versucht werden, die Verhandlungen auf der Basis einer Konsensentscheidung zu beginnen. Die Verhandlungen sollen dann ebenfalls bis zum 1. Januar 2005 abgeschlossen und in das Gesamtpaket der Doha-Runde integriert werden. Die Verhandlungen sollen vergleichbar den Verhandlungen im Dienstleistungsbereich auf der Grundlage einer «Positivliste» stattfinden, d. h., die Mitgliedsländer legen eine Liste von Wirtschaftsbereichen vor, für die diese Regelungen gelten sollen. Das MAI hatte demgegenüber eine generelle Liberalisierung verlangt, die nur Ausnahmebereiche im Sinne einer «negativen Liste» erlaubt hätte.

Lit.: R. E. Caves, Multinational Enterprises and Economic Analysis, Cambridge U. K. 1996; N. Grimwade, International Trade Policy, London/New York 1996; UNCTAD (Hg.), World Investment Report 2000, New

York/Genf 2000; UNCTAD (Hg.), World Investment Report 2001, Promoting Linkages, New York/Genf 2001; WTO (Hg.), Annual Report 2002, Genf 2002; OECD (Hg.), International Direct Investment Statistics, Yearbook, Paris jährlich. mw

Trinidad und Tobago

Fläche (Tsd. qkm): 5,182
Bev. (Mio.) 2001: 1,30
BNE pro Kopf (US-$) 2000: 4,980
BIP (Mio. US-$) 2000: 7083
LE (Jahre) 1999: 72,6
Analphabetenquote (%) 1999: 6
HDI 1999: 0,798 [Rangplatz von 162: 49]

1. T. u. T. (Trinidad: 4828 qkm, in 34 km N-O-Entfernung Tobago: 300 qkm) sind die südlichsten Inseln der Kleinen Antillen. Die agrar. Produktion konzentriert sich auf die Hauptexportprodukte Zucker (westl. Tiefland) und Kakao (Hügel- und Bergland Tobago). Daneben gibt es Export von Kaffee, Zitrusfrüchten, Kokosnüssen und Anbau von Reis, Bananen, Maniok u. a. für den eigenen Verbrauch (wegen der Orientierung der Produktion am Export muss aber etwa die Hälfte der Nahrungsmittel importiert werden). Dominiert wird die Wirtsch.-Tätigkeit von der Erdöl- und Erdgasförderung (*onshore* seit 1909, **offshore* seit 1954) und -verarbeitung (Rohölreserven [gesch.]: 700 Mio. *barrels*, Erdgasreserven [gesch.]: insges. 31,2 Mio. *cubic feet*, förderbar 16,6 bcf.; BIP-Anteil 1999: 48 %; 43 % des ges. Exports).

2. In der Kolonialzeit war T. u. T. Gebiet monokultureller Plantagenproduktion im brit. Empire, v. a. von Kakao und Zucker. Diese agrar. Abh. des Landes vom Weltmarkt konnte auch die Aufhebung der Sklaverei (1833) nicht verändern (Ablösung durch *apprenticeship* und Indentur: Von 1845 bis 1917 kamen ca. 145 000 meist hindisprachige Inder), wenn auch die wachsende Konkurrenz (Anteil der europ. Rübenproduktion am brit. Zuckerimport 1853: 14 %, 1896: 75 %) und Überproduktion die ökon. Bedeutung der agrar. Prod. verringerte. Eine neue, bis heute andauernde Phase struktureller *Abhängigkeit, verbunden mit der allmählichen Hinwendung zu den USA (Ölmultis: AMOCO, TEXACO), begann mit den Ölfunden am Anfang des 20. Jh.s.

3. Die Ew. T. u. T.s leben v. a. an der Westküste Trinidads (Golf von Paria), z. T. in den beiden größeren Städten San Fernando (1991: 30 100 Ew.) im S und der Hs. Port of Spain (1991: 51 100 Ew.), überwiegend aber unverändert in dörflichen Siedlungen. Die Bev. hat sich seit 1945 verdoppelt, u. a. wegen der durch das höchste *Pro-Kopf-Einkommen der Karibik stimulierten Immigration (*ethnische Zusammensetzung der Bev. 1995: 43 % afrik., 40 % indischer, 14 % gemischter, 3 % europ. und sonstiger Abstammung; auf Tobago leben fast nur Schwarze).

4. Erdöl- und Erdgasind. (weniger als 4 % der Beschäftigten produzierten 1993 44,5 % des BIP) und die mit ihr verbundene Teil-*Industrialisierung (1998: 27,8 % der Beschäftigten in Bergbau/Ind.) konnten den Rückgang der Beschäftigungsmöglichkeiten in der Landw. (1955: 28,3 % der Beschäftigten, 1998: 8,2 %, die ca. 2 % des BIP produzieren) nicht auffangen. Der Dienstleist.-Sektor trägt zu 51 % zum BIP bei und beschäftigt 63,9 % der Erw.

Die durchschn. Arbeitslosigkeit betrug 2000 12,5 %, demgegenüber steht ein Mangel an Fachkräften, die bei den *transnationalen Konzernen Spitzenlöhne beziehen. In den Städten vergrößert sich (u. a. als Folge der sich verschärfenden Lohnunterschiede zwischen Stadt und Land) die Zahl der *Marginalisierten. Es besteht eine Kluft zwischen der Minorität wohlhabender Ausländer und Einheimischer und der weitaus größeren Zahl armer Bev.-Teile.

5. T. u. T.s Landessprache ist Englisch, daneben werden als Umgangssprache Spanisch, ein frz. *Patois* und Hindimundarten gesprochen. 29,4 % der Bev. sind Katholiken, 23,8 % Hindus, 10,9 % Anglikaner, 5,8 % Muslime und 10 % anderen Glaubens. In T. u. T. besteht Schulpflicht vom 6. bis 12. Lebensj. Die meisten Schulen werden nach dem Dualsys-

tem geführt, wobei die Reg. mit Kirchen, Erdölgesellschaften u. a. zusammenarbeitet. Als Folge der raschen Industrialisierung entstanden soziale Probleme, deren Bewältigung zum großen Teil noch aussteht: u. a. Preissteigerungen, Wohnungsnot, *Infrastrukturprobleme (Mangel an Wasser, Strom, Telefonen), Vernachlässigung der *Gesundheitsversorgung der Landbev. und der Marginalisierten. 1972 wurde ein Pflichtversicherungssystem eingeführt (Rente, Krankheit, Invalidität, Mutterschaft), und seit 1976 wird ein Mindestlohn garantiert.

6. Die pol. Institutionen T. u. T.s entsprechen dem brit. Modell des *responsible government*: Das Parl. besteht aus Senat (z. Z. 31 Mitgl.; vom Präs. ernannt: auf Vorschlag des Premiers 16, des Oppositionsführers sechs und neun direkt) und Repräsentantenhaus (seit 1966 36 Mitgl. für max. fünf J. nach rel. Mehrheitswahl gewählt). Seit 1980: Regionalparl. auf Tobago (15 Mitgl.).

*Dekolonisation: Trinidad 1498 bis 1797 span., 1797 brit. Kolonie, 1802 erste Kronkolonie; Tobago ab 1498 span., im 17. u. 18. Jh. wegen seiner strategischen Lage umkämpft, nacheinander holl., frz., span., 1814 brit. Kolonie; 1889 Vereinigung von T. u. T. zur Kronkolonie, 1958 bis 1961 Mitgl. der Westindischen Föderation, 1962 (31. Aug.) unabh., 1976 (1. Aug.) Republik. Das formal offene Parteiensystem tendierte de facto zur Einparteiherrschaft des PNM (*People's National Movement*), dominiert von 1956 bis 1981 von Dr. Eric E. Williams als Reg.-Chef. Nach dessen Tod rückte George Chambers in seine Position als Premier- und Finanzmin. Bei den Wahlen vom Dez. 1986 verlor die PNM, die nur noch drei Sitze im Parl. erhielt, die Reg.-Macht. Neuer Reg.-Chef wurde der von der Oppositionsallianz (*National Alliance for Reconstruction*) unterstützte Arthur Napoleon Raymond Robinson. Die Allianz erwies sich aber als pol. fragil. Robinson, Chef des auf Tobago dominierenden, von Schwarzen beherrschten *Democratic Action Congress*, entließ 1988 seinen Außenmin. indischer Herkunft, der die *United Labour Front* (ULF) leitet, die aus den linken Gewerkschaften der Erdöl- und Zuckerind. hervorging. Weiter unterstützt wurde Robinson von der von schwarzen Geschäftsleuten gebildeten *Organisation for National Reconstruction* und dem *Tapia House*, einem Club der Akademiker der *University of the West Indies*. Bisher ist es allerdings gelungen, ein Eskalieren der mit der Zurücksetzung der indischen Bev. verbundenen ethn. Spannungen zu verhindern.

7. Das Scheitern des Konzepts der **industrialization by invitation* führte nur teilweise zu dessen Rücknahme. Gestiegene Staatseinnahmen durch die Vervierfachung der Ölpreise seit der Ölkrise 1973 (T. u. T. ist nicht in der *OPEC) sollten es ermöglichen, die Wirtsch. neu zu strukturieren, ohne in Konflikt mit den *transnationalen Konzernen zu geraten. Die gleiche Strategie der Anerkennung der bestehenden Besitzverhältnisse wurde auch in der Agrarpol. verfolgt. Sie beschränkte sich weithin auf die Neusiedlung und Vergabe von Land aus dem in Trinidad 35 % ausmachenden Staatsbesitz. Mit dem Ende des Ölbooms Mitte der 1980er J. wurde ein Kurswechsel in Richtung Austeritätspol. erforderlich. Es wurden Wirtsch.-Reformen (Marktwirtsch., Privatisierung nat. Unternehmen) eingeleitet, die seit 1994 zum stetigen Wirtsch.-Wachstum führten. Die starke Abh. von der Erdölförderung und -verarbeitung ist aber nur zu umgehen durch den mittelfristig angesetzten Übergang zu einer *diversifizierten Wirtsch.-Struktur.

Im Aug. 1990 scheiterte ein Putschversuch der schwarzen Moslemgruppe *Dschamaat el Muslimin*, die tagelang Reg.-Chef Robinson und 30 Geiseln gefangen hielt, um Neuwahlen zu erzwingen, an der Intervention des Militärs. Die für die gravierenden sozialen Folgen der *IWF-Auflagen verantwortlich gemachte NAR musste in den Wahlen vom Dez. 1991 schwere Niederlagen hinnehmen (PNM: 21 Sitze; *United National Congress* [ehem. ULF]: 13; NAR: 2). Nach der Wahl 1995 (PNM und UNC jeweils 17 Sitze und NAR 2) bildeten UNC und NAR eine Reg.-Koalition, geführt von MP Panday (UNC). Im Febr. 1997 wurde Robinson (NAR) vom Parl. zum Präs. gewählt, nachdem Hassanali nach zehnjähr. Amtszeit zurückgetreten war. Bei der Parl.-Wahl vom 10. 12. 2000 erreichte die UNC wieder die Mehrheit der Sitze im Parl. MP Panday wurde in seinem Amt bestätigt.

Lit.: E. Williams, Capitalism and Slavery, Chapel Hill 1944; S. D. Ryan, Race and Nationalism in Trinidad and Tobago, Toronto 1982; R. Sturm, Trinidad und Tobago, Länderbeitrag, in: S. Mielke (Hg.), Internationales Gewerkschaftshandbuch, Opladen 1983, S. 1094 ff.; F. Nuscheler / R.-O. Schultze, Trinidad und Tobago, in: HDW III, 3, Bonn 1995, S. 569 ff.; B. Hillebrands, Trinidad und Tobago, in: D. Nohlen (Hg.), Handbuch der Wahldaten Lateinamerikas und der Karibik, Opladen 1993, S. 719 ff. rs / acc

TRIPS Abkommen über handelsrelevante Aspekte geistigen Eigentums (Trade Related Aspects of Intellecutal Property Rights). Das TRIPS-Abkommen ist eines der drei zentralen Abkommen, die im Rahmen der * Uruguay-Runde des * GATT verhandelt wurden und zur Vertragsgrundlage der neuen Welthandelsorganisation (* WTO) geworden sind. Es trat zusammen mit der WTO am 1. 1. 1995 in Kraft. Das Abkommen ist nach einer allg. Frist von einem J. nach dem Inkrafttreten des WTO-Abkommens für die Mitgl. anzuwenden. EL wird eine Frist von vier J. und den * LLDCs eine Frist von 10 J. zugestanden. Die Initiative dazu, diesen Themenkomplex im Rahmen des GATT zu verhandeln, ging von den IL, insbes. den USA, aus. Der Anteil an der Wertschöpfung von Produkten, die auf * *know-how*, Design etc. zurückgehen, wächst beständig. Die USA wiesen zu Beginn der * Uruguay-Runde auf hohe Verluste (mehrere hundert Mrd. US-$) ihrer Ind. aufgrund von geistigem Diebstahl und Produktpiraterie v. a. im Bereich von Raubkopien von Software und Musik-CDs, aber auch bei Imitaten von Medikamenten hin. Die Anerkennung von Schutzrechten für geistiges Eigentum und exklusiven Nutzungsrechten für Erfindungen in diesem Bereich wird generell als wichtige Motivation für Erfindungen bewertet. Jedes Abkommen zum Schutz von Erfindungen (Patentrechtssysteme, Sortenschutzabkommen in der Landw.) muss deshalb versuchen, einerseits dem Erfinder gesicherte Nutzungsrechte zu gewähren und andererseits sicherzustellen, dass die Erfindung gesellsch. zu vertretbaren Kosten genutzt werden kann. Die EL wehrten sich zunächst gegen die Aufnahme des Themas in die GATT-Verhandlungen. Zum einen verwiesen sie auf die Kompetenzen der Weltorg. für geistiges Eigentum (WIPO, *World Intellectual Property Organization*), zum anderen äußerten sie die Befürchtung, dass durch einen umfassenden Schutz geistiger Eigentumsrechte der * Nord-Süd-Konflikt verschärft würde, da sich der Zugang zu Spitzentechnologien für EL verteuern würde. Dieser Widerstand wurde schließlich aufgegeben, da im Verhandlungsverlauf deutlich wurde, dass ohne die Einbeziehung des Themas geistige Eigentumsrechte die Uruguay-Runde nicht abgeschlossen werden könnte. Dadurch wäre das multilaterale Handelssystem insgesamt gefährdet worden – und damit auch die Handelsliberalisierungen, an denen den EL besonders gelegen war – insbes. in den Bereichen Textilien und Landw. Im TRIPS-Abkommen selbst wird der Begriff geistiges Eigentum nicht definiert. Eine Definition bietet Art. 2 des Übereinkommens zur Errichtung der WIPO, in dem unter geistigem Eigentum der Bestand an Wissen und Erfahrungen angesehen wird, der unmittelbar Gegenstand eines rechtl. Schutzes ist oder zumind. einer rechtl. legitimierten faktischen Dispositionsbefugnis einzelner Rechtssubjekte unterliegt. Damit wird geistiges Eigentum von ungeschütztem, allg. zugänglichem Wissen unterschieden. Schutzrechte können folgende Formen umfassen: Patente,

Gebrauchsmuster, Sortenschutzrechte, Marken, Urheberrechte, gewerbliche Muster und Modelle sowie *know-how*. Schutzrechte gewähren dem Schutzrechtsinhaber für einen jeweils unterschiedlichen Zeitraum die ausschließliche Nutzung. Der Gebrauch durch Dritte ist in der Regel nur über Lizenzverträge rechtens. Art. 27 regelt mögliche Ausnahmen von der Patentierbarkeit, zu denen der Schutz der öfftl. Ordnung und der guten Sitten berechtigt sowie der Schutz von Leben und Gesundheit von Menschen, Tieren und Pflanzen und die Vermeidung einer ernsten Schädigung der Umwelt. Darüber hinaus können Patente für diagnostische, therapeutische und chirurgische Verfahren zur Behandlung von Menschen und Tieren von der Patentierung ausgeschlossen werden sowie von Pflanzen und Tieren. Soweit Länder allerdings Ausnahmen von der Patentierbarkeit von Erfindungen bei Pflanzensorten vornehmen, sind sie verpflichtet, ein Patenten vergleichbar wirksames System von Schutzrechten zu etablieren. Die WTO-Mitgl. waren gehalten, solche vergleichbaren Systeme bis 1999 der WTO zur Überprüfung vorzulegen. Mit dem TRIPS-Abkommen sind alle WTO-Mitgl. verpflichtet, int. verbindliche Standards zum Schutz geistigen Eigentums zu etablieren, die im Vergleich zu den Pflichten des WIPO-Abkommens verschärft sind. Viele Details der Ausgestaltung des Abkommens werden allerdings erst in den weiteren Verhandlungen des WTO-Rates für geistiges Eigentum verhandelt werden müssen. Die Bestimmungen des TRIPS-Abkommens unterliegen dem allg. Streitschlichtungsverfahren der WTO. Das Abkommen wird vom Rat für geistiges Eigentum der WTO überwacht, der zu Beginn seiner Tätigkeit zunächst mit einer Bestandsaufnahme nat. Gesetzgebung zum Thema begonnen hat. Der Rat soll zudem mit der WIPO ein Abkommen über gegenseitige Zusammenarbeit aushandeln.
Das TRIPS-Abkommen ist seit Abschluss der Uruguay-Runde eines der am meisten debattierten Abkommen der WTO. Hohe Öffentlichkeit erhielt das Thema «Schutz geistiger Eigentumsrechte» v. a. durch ein Gerichtsverfahren in Südafrika, bei dem Pharmaunternehmen gegen die Gewährung von Zwangslizenzen bei HIV/Aids-Medikamenten klagten. Mittels Zwangslizenzen kann ein Land einheim. Herstellern das Recht einräumen, patentgeschützte Arzneimittel nachzuahmen (Generika) und zu produzieren. Das TRIPS-Abkommen erlaubt Zwangslizenzen unter sehr restriktiven Bedingungen. Das Verfahren aus Südafrika verweist auf den Grundkonflikt des Schutzes geistiger Eigentumsrechte zwischen Schutzrechten der Hersteller und, im Falle von Medikamenten, den Erfordernissen öfftl. Gesundheitspol. (Zugang vieler Betroffener zu bezahlbaren Medikamenten). In der Folge des Gerichtsverfahrens in Südafrika wurde bei der vierten Min.-Konferenz der WTO in Doha das Recht aller Länder anerkannt, im Sinne von öfftl. Gesundheitsanliegen agieren zu können. In Doha wurde dies im Rahmen einer bes. Erklärung zum Thema «TRIPS und öfftl. Gesundheit» verabschiedet, in der festgehalten wird, dass das TRIPS-Abkommen in einer Weise ausgelegt werden soll, dass der Zugang zu Medikamenten sichergestellt werden soll, während gleichzeitig auch die Erfindung neuer Medikamente abgesichert werden soll. Hauptinterpretationsrichtung des Abkommens soll allerdings die Achtung der Fähigkeit von Reg. sein, die nötige Gesundheitspol. zu ergreifen. Bis Ende 2002 soll ein Bericht erarbeitet werden, wie Länder Zugangsprobleme zu Medikamenten lösen können, die das Instrument der Zwangslizenzierung nicht nutzen können, da sie keine eigene nat. Pharmaproduktion haben.
Der zweite Bereich, in dem das TRIPS-Abkommen in den letzten J. starke int. Beachtung erhalten hat, ist die Frage der Patentierbarkeit von Lebewesen, genauer von pflanzen- und tiergenetischen Ressourcen. Ursprgl. sollte bis Ende 1999 eine verbindliche Interpretation des ent-

sprechenden Artikel 27.3 (b) des TRIPS gefunden werden. Zwei Überprüfungsrunden der entsprechenden Bestimmung fanden bis Ende 2001 statt, ohne dass eine endgültige Interpretation entwickelt worden wäre. In Doha wurde nun entschieden, dies in den kommenden Verhandlungen zu erreichen (bis 2005) und dabei v. a. das Verhältnis des TRIPS-Vertrages und der im Rahmen der *UN verhandelten Konvention für Biologische Vielfalt (CBD) zu diskutieren. Die im Rahmen der CBD erreichten Ergebnisse zur Patentierbarkeit von pflanzen- und tiergenetischen Ressourcen stehen z.T. in Konflikt mit den Bestimmungen im TRIPS-Vertrag (→Gentechnologie).
In Doha wurde zudem den *LDC eine verlängerte Umsetzungsperiode für den TRIPS-Vertrag bis 2016 gewährt, da die Einführung und Unterhaltung von Schutzsystemen geistiger Eigentumsrechte teuer und zeitaufwendig ist. Die Doha-Entscheidung wurde im Juli 2002 vom allg. GATT-Rat bestätigt. Bis zur nächsten Min.-Konferenz der WTO im J. 2003 sollen die Verhandlungen über geogr. Herkunftsbezeichnungen zu einem Ergebnis kommen. Die allg. TRIPS-Verhandlungen sollen bis zum 1. 1. 2005 im Rahmen der Doha-Runde der WTO abgeschlossen werden.

Lit.: C. M. Correa, The GATT-Agreement on Trade related Aspects of Intellectual Property Rights, in: EIPR 1994, S. 327; M. Flitner, Sammler, Räuber und Gelehrte. Die politischen Interessen an pflanzengenetischen Ressourcen 1895–1995, Frankfurt/New York 1995; A. Schäfers, Normsetzung zum geistigen Eigentum in internationalen Organisationen: WIPO und WTO – ein Vergleich, in: GRUR int., 1996, S. 763; P. Katzenberger, Geistiges Eigentum und Urheberrecht im Zeichen der Globalisierung, Gutachten für die Enquete-Kommission «Globalisierung der Weltwirtschaft» des Dt. Bundestages, Berlin 2000; K. Liebig, Der Schutz geistiger Eigentumsrechte in Entwicklungsländern, DIE, Bonn 2000. mw

Tropenkrankheiten →Gesundheit
Tropical Forest Action →Ökologie
Tropischer Regenwald →Ökologie, ökolog. Benachteiligung der Tropen

Tschad

Fläche (Tsd. qkm): 1284
Bev. (Mio.) 2001: 8,10
BNE pro Kopf (US-$) 2000: 200
BIP (Mio. US-$) 2000: 1,408
LE (Jahre) 1999: 48,5
Analphabetenquote (%) 1999: 59,0
HDI 1999: 0,359 [Rangplatz von 162: 155]

1. Die Rep. T. leidet wie die meisten anderen Staaten der *Sahelzone bis heute unter den Folgen der unsinnigen kolonialen Grenzziehung. Das Territorium erstreckt sich von der Wüste im N bis zu den Waldsavannen im S, wo sich die Mehrheit der Bev. konzentriert (bis zu 30 Ew./qkm), während in der nördlichsten Region (46 % der Fläche) nur 1,9 % der Bev. leben (ca. 0,2 Ew./qkm). Die machtpol. Verhältnisse zwischen den in der Präkolonialzeit dominierenden islam., häufig nomadischen Tibbu und Kanuri (ca. 10 % der Ew.) im N, Haussa-Gruppen im Gebiet des Tschadsees (ca. 10 %) und Gruppen der Sudan-Araber (ca. 30 %) einerseits und den sesshaften Sudan-Negern (v. a. Sara) und äthiopischen Gruppen im S (Animisten, z.T. christianisiert) andererseits hatten sich bis zur Unabh. (1960) umgekehrt, da insbes. die Sara in die frz. Kolonialverwaltung eintraten und bis in die 1970er J. die pol. Schlüsselpositionen fast monopolisierten.

2. Der *Binnenstaat T. gehört zu den 15 ärmsten Staaten der Erde. Seine Einschulungsrate war (bei einem drastischen S-N-Gefälle) bereits 1972 mit 35 % eine der niedrigsten in Afrika. Nach mehr als 20 J. Krieg und Bürgerkrieg (mit mehr als 200000 Toten) musste ab Ende der 1980er J. die soziale und wirtsch. Infrastruktur, die in einigen Landesteilen ohnehin nur rudimentär vorhanden gewesen war, fast vollständig neu aufgebaut werden. Die Kriegswirren und die Dürre 1982–85 lösten Migrationen größten Ausmaßes aus (500000 Personen aus dem N nach dem S, Flüchtlingsströme in die Nachbarländer). In den im S liegenden Städten (Hs. N'Djamena 1993 531000 Ew.) lebten 1993 knapp 18 % der Bev. (in den 1970er J. 15 %). Die nur im S

mögliche Landw. (Hirse, Sorghum, Maniok, Süßkartoffeln u. a.; bei entsprechenden klimatischen und pol. Voraussetzungen landw. Autarkie möglich) und Viehzucht (durch die Dürre 80 % Verlust des Viehbestandes, große Nachfrage nach Fleisch in den Nachbarländern, aber fehlende Verarbeitungs- und Transportmöglichkeiten) bilden trad. das Rückgrat der Wirtsch. Ackerbau und Viehzucht beschäftigen ca. 76 % der aktiven Bev. und erwirtschaften 36 % des BIP (1999). Bemühungen der Reg. um die * Diversifizierung des landw. Sektors und den Kampf gegen das Vordringen der Wüste (→Desertifikation) sind bisher erfolglos geblieben.
Wichtigstes Exportprodukt ist Baumwolle, von deren Erlös rund 20 % der Bev. abh. sind. Die für 2004 in Aussicht gestellte Erdölförderung in der Region Doba durch frz. und amerikan. Konzerne hat große Hoffnungen auf einen wirtsch. Aufschwung geweckt, der Bau einer Pipeline zum kamerunischen Hafen Kribi war aber 2002 noch ungewiss. Nicht erschlossen sind zudem Uran-, Zinn-, Wolfram- (jeweils im N) und Bauxitvorkommen (im S). Nachdem ab 1979/80 der Außenhandel und die ind. Produktion fast völlig zusammengebrochen waren, bleibt das Gewicht der * importsubstituierenden und einheim. Agrarprodukte verarbeitenden Ind. (10–12 % des BIP) gering. 1992 wurde die Privatisierung der 25 überwiegend defizitären Staatsbetriebe beschlossen. Der Investitionshaushalt wird durch E.-Hilfeleistungen der IL und multilateraler Org. bestritten. Erheblich belastet wird die * Zahlungsbilanz durch die langen Transportwege für flüssige Brennstoffe, die das Vierfache des Preises an der westafrik. Küste kosten. Allerdings konnte die * Verschuldung in Maßen gehalten werden. Die seit Ende der 1980er J. eingeleiteten * Strukturanpassungsprogramme, die Abwertung des F CFA (→Franc-Zone) sowie die Erholung der Baumwollpreise auf dem Weltmarkt führten ab 1994 zu einem leichten wirtsch. Aufschwung.

3. Die in den demographischen, religiösen, geogr.-wirtsch. und soziopol. Gegensätzen angelegte N-S-Spannung verschärfte sich dramatisch, als das Einparteiregime unter Präs. Tombalbaye Mitte der 1960er J. den trad. Herrschern schrittweise Kompetenzen entzog – was v. a. den N betraf – und die primär aus Sara bestehende «moderne» Verwaltung sich im N wie ein Besatzungsregime aufführte. Nach mehreren lokalen Revolten versuchte seit 1966 von Libyen aus der Arzt Dr. Abba Siddick, den disparaten Widerstand im FROLINAT (*Front de Libération Nationale du Tchad*) zu koordinieren. Nach dem Zusammenbruch der Verwaltung im N rief Tombalbaye 1968 frz. Truppen zu Hilfe, deren logistische Überlegenheit die Rebellen rasch zurückdrängte. Tombalbayes zunehmend despotischeres Regime, dessen * Korruption in der Dürrekatastrophe besonders deutlich hervortrat, konnte auch durch eine «Authentizitäts»-Kampagne (obligatorischer Ersatz europ. Vornamen durch afrik., Umbenennung von Städten und Straßen etc.) und die Ersetzung der bisherigen Einheitspartei durch eine neue (1973) keinen größeren Rückhalt in der Bev. gewinnen. 1975 putschte das Militär, das jedoch den zunehmenden Auflösungsprozess des Staates nicht verhindern konnte.
Nach dem Zerfall des FROLINAT wuchs die Zahl der gegen den Staat kämpfenden, aber auch untereinander rivalisierenden bewaffneten Gruppen auf elf. Die wichtigsten Akteure waren – bei z.T. wechselnden Koalitionen – der aus dem N stammende Goukouni Oueddei, der 1980 10000 Mann libyscher Truppen ins Land rief; der mächtigste Mann des S, der frühere Chef der Gendarmerie, Oberstleutnant Kamougué, und Hissène Habré, der nach dem Abzug der libyschen Truppen (die aber den 114000 qkm umfassenden Aouzou-Streifen im N besetzt hielten, wo Uranvorkommen vermutet werden) im Juni 1982 die Hs. eroberte und die Präsidentschaft übernahm.

Damit lösten die zumeist pol.-milit. Fraktionen aus dem N die seit der Unabh. dominierenden Süd-Eliten ab. Im Laufe der folgenden J. kam es zu schwerwiegenden Menschenrechtsverletzungen im christl. S des Landes, bei denen es allein bis 1990 40000 Opfer gegeben haben soll. Nach einer mit libyscher Unterstützung vom N aus vorgetragenen Offensive Goukounis entsandte Frankreich, das den Einfluss Gaddafis in seiner trad. Einflusssphäre mit Hilfe der USA einzudämmen versuchte, im Sommer 1983 erneut Truppen in den T., der bis 1987 de facto in eine frz. kontrollierte südl. und eine libysch kontrollierte nördl. Hälfte geteilt war. Nach einem ersten Waffenstillstand vom Sept. 1987 (Rückzug der libyschen Truppen) einigte man sich im Aug. 1989 darauf, den Territorialkonflikt um den Aouzou-Streifen dem *IGH vorzulegen. Dieser wies 1994 die libyschen Ansprüche zurück, eine Entscheidung, die auch von libyscher Seite offiziell anerkannt wurde. Während ein frz. Militärkontingent im Land war, wurde Habré im Okt. 1990 durch einen Putsch seines Weggefährten Idris Déby abgelöst. Dadurch änderte sich nichts an der Dominanz der nördl. Ethnien und der Unterdrückung der reichen Südregionen. Wie sein Vorgänger hatte Déby zudem weiterhin mit verschiedenen milit. Rebellenfraktionen zu tun, die im N, W und O des Landes aktiv blieben. Ein vom Präs. kontrollierter Prozess der pol. Liberalisierung führte 1995 zur Verabschiedung einer neuen Verfassung und 1996 zur Bestätigung Débys und seiner pol. Bewegung in Wahlen, deren Legitimität nat. und int. umstritten blieb. Bei den Präs.- und Parl.-Wahlen im Mai 2001 und April 2002 wurden Déby und seine Partei erneut bestätigt, das Regime hatte aber seit 1998 mit erneuten Rebellionen im N des Landes (Tibesti) zu kämpfen.

Lit.: M. P. Kelley, Chad: Conditions of the State's Survival, Boulder 1986; A. Dadi, Tchad: l'État retrouvé, Paris 1988; H. Mattes, Tschad, in: HDW III, 4, 1993, S. 488ff.; R. Buijtenhuis, La conférence nationale souveraine de Tchad, Paris 1993; Y. Rabier, Le règlement du contentieux territorial tchado-libyen sur Aozou, in: Politique Africaine 55 (1994), S. 140ff.; W. Miles, Tragic Trade-offs: Democracy and Security in Chad, in: Journal of Modern African Studies 33 (1995), S. 53ff. ch

Tschollima-Bewegung →Korea-Nord (NK)

Tunesien

Fläche (Tsd. qkm): 163,610
Bev. (Mio.) 2001: 9,60
BNE pro Kopf (US-$) 2000: 2090
BIP (Mio. US-$) 2000: 19462
LE (Jahre) 1999: 72,5
Analphabetenquote (%) 1999: 30
HDI 1999: 0,714 [Rangplatz von 162: 89]

Trotz der im regionalen Kontext beispielhaften ökon. E. und einiger Erfolge im Bildungswesen und bei der *Familienplanung bleiben *Arbeitslosigkeit, die unbefriedigende *Produktivität der Landw., klimatische Unwägbarkeiten sowie die strukturelle Abhängigkeit vom *Tourismus weiterhin wichtige E.-Probleme. Nach der Absetzung des Staatspräs. H. Bourguiba durch den heutigen Präs. Zine el-Abidine Ben Ali am 7. 11. 1987 ist es zu einer begrenzten, oberflächlichen Liberalisierung gekommen. Im Laufe der 1990er Jahre ging das Regime jedoch zunehmend repressiv gegen interne Kritik vor.

1. T. gliedert sich in die mediterran feuchte Nordregion des «Tell» (Binnenraum/Getreideanbau, mediterrane Kulturen/Küstensaum), die Steppen- und Wüstensteppenregion (Weidewirtsch.) mit mediterran beeinflusster Küste (Gartenbau, Ölbaumkulturen/Sahel von Sousse und Sfax; Zarzis, Djerba) und den sahar. Wüstenraum mit Sanddünen (*Grand Erg Oriental*) und Salztonebenen (*Schott Djerid*). Neben den reichen Bodenschätzen (Erdöl, Phosphat, Blei, Kupfererze) sind die landschaftlichen und kulturellen Reize (*Tourismus) wichtigste E.-Ressource.

2. Der starken Konzentration der Bev. auf den N (Hs. Tunis mit 1999 ca. 674100 Ew., Großraum rd. 2 Mio.) und die östl. Küstengebiete (Sousse, Sfax) stehen die

außerhalb der Oasen nur von wenigen Nomaden bewohnten Steppen- und Wüstengebiete gegenüber. Der Anteil der städt. Bev. nimmt durch Binnenwanderung ständig zu und liegt bei 65 % (1999). Der Geburtenüberschuss der Bev. (JZ 2001: 1,15 %) wurde bislang durch die Auswanderung von *Gastarbeitern gemindert. Nach der Wirtsch.-Krise in den Zielländern (v.a. Frankreich) kam sie aber weitgehend zum Stillstand, was zu einer Erhöhung der Arbeitslosigkeit (2000: ca. 15 %) führte. Erfolgreich war man im Bildungswesen. Der Besuch der nach frz. Vorbild aufgebauten Bildungseinrichtungen ist unentgeltlich. Rund 17 % der Ausgaben des Staatshaushaltes fließen derzeit in diesen Sektor. Neben der arab. Staatssprache ist Frz. weiterhin Handels- und Bildungssprache. Die Bev., die sich zu 98 % zum sunnitischen (malektischen) sowie ibaditischen Islam bekennt, besteht größtenteils aus Arabern und arabisierten Berbern; hinzu kommen eine kleine jüdische Gemeinde (Djerba, Tunis), frz., italien. und maltes. *Minderheiten sowie die z.T. noch in geschlossenen Stammesverbänden lebenden Berbergruppen.

3. Für die tunes. Wirtsch. besitzt die Landw. (Export: Datteln, Oliven, Wein, Obst, Zitrusfrüchte, Getreide), auf die mehr als 50 % der Landesfläche entfallen, nach wie vor große Bedeutung (1999: 14 % des BIP, 1995 ca. 22 % der Erw.), wenngleich die Ind. in den letzten J. deutlich an Gewicht gewinnen konnte (1999: 32 % des BIP, 1995 23 % der Erw.). Hauptabnehmer der Exporte (neben Agrarerzeugnissen [1999: 12 %] v.a. Erdöl, Bekleidung, Phosphate, Elektroprodukte) sind die EU (1999: Deutschland 28 % der Exp., Frankreich: 22 %, Italien: 17 %) und die USA. Seit 1972 wird die ind. Entwicklung durch Einrichtung von *freien Produktionszonen gefördert, die ausl. Investoren für die Ansiedlung exportorientierter Industriezweige (v.a. Textilien, Bekleidung) vielfältige Anreize anbieten. Stand beim 8. E.-Plan (1992–96) der Abbau der regionalen Disparitäten im Mittelpunkt, so stehen im 9. (1997–2001) und 10. Plan (2002–2006) der weitere Aufbau der Infrastruktur, die gesteigerte Konkurrenzfähigkeit von Ind. und Landw. (Programm der *mise à niveau*) sowie der Aufbau der Telekommunikation (Mobil/Internet) im Vordergrund. Das Wirtsch.-Wachstum erwies sich in den letzten Jahren v.a. aufgrund guter Ernten, eines guten Absatzes der exportorientierten verarbeitenden Textil- und Lederind. und Elektrotechnik (Wachstum der Gesamtexporte Tunesiens 1997: 14,7 %, 1998: 8 %, 1999: 7 %) und dem boomenden Tourismus-Sektor als konstant dynamisch (1995: 3,5 %; 1996: 7 %; 1997: 5,4 %; 1998: 5,0 %; 1999: 6,2 %; 2000: 5 %), bei gleichzeitig sinkender Inflation (1995: 6,3 %; 1996: 3,7 %; 1998: 3,1 %; 1999: 2,7 %; 2000: 3 %). Neben der Erdölproduktion, dem Bergbau (T. ist fünftgrößter Phosphatproduzent der Welt), den steigenden ausl. *Direktinvestitionen (1992–1995: insges. ca. 1,5 Mrd. US-$, 1996: 200 Mio., 1997: 355 Mio., 1998: 697 Mio.) und den Gastarbeiterüberweisungen (1995: 500 Mio. US-$) ist der ständig zunehmende Tourismus ein wichtiger Devisenbringer (ausl. Gäste: 1994: 3,86 Mio., 1998: 4,5 Mio., 2000: 5 Mio.; Einnahmen aus dem Tourismus 1995: ca. 1 Mrd. US-$, 1998: 1,3 Mrd.) und Arbeitgeber. Diese Einnahmen sind notwendig, um das chronische tun. Handelsbilanzdefizit (1997: 1,95 Mrd. US-$, 1998: 2,15 Mrd.) auszugleichen. 1990 waren 50000 Personen direkt im Tourismus beschäftigt; nimmt man Zuliefer-Sektoren (Handwerk, Bauind., Nahrungsmittelind. etc.) hinzu, waren ca. 200000 Arbeitsplätze vom Tourismus abhängig. Juli 1995 schloss Tunesien als erster Mittelmeeranrainerstaat im Rahmen der euromediterranen Partnerschaft ein Partnerschaftsabkommen mit der EU, das bis 2008 zum vollständigen Abbau der wechselseitigen Handelsschranken führen soll. Vor diesem Hintergrund kommen in den nächsten J. weitere schmerzhafte Strukturanpassungen auf das Land zu.

4. 1574 bis 1871 war T. Teil des Osmanischen Reiches und besaß unter der Dynastie der Husseiniten eine rel. Autonomie. 1871 wurde T. frz. Protektorat, wobei die Dynastie zwar erhalten blieb, die Reg.-Gewalt aber völlig in den Händen der Franzosen lag. Die Einführung der frz. Sprache als Voraussetzung für den Zugang zur Kolonialverwaltung, die Etablierung europ. Rechtsnormen (v. a. Eigentumsrecht) und die Veränderung der trad. vorkapitalistischen Produktionsweise durch die kapitalistische Bewirtschaftung des konfiszierten Bodens waren die wichtigsten Konsequenzen der Kolonialherrschaft. Mit dem Ziel, die Unabh. T.s durch eine gemäßigte Strategie der «kleinen Schritte» (1954 innere Autonomie) zu erreichen, gründete H. Bourguiba 1934 die *Néo-Destour*-Partei.

1956 wurde T. unabh. und Bourguiba Staatspräs. (ab 1976 auf Lebenszeit). Die nach frz. und amerik. Vorbild konzipierte Verfassung gab dem Präs. eine außerordentliche Machtfülle, die im Falle Bourguibas durch dessen charismatische Führerschaft und Verankerung im Volk verstärkt wurde. Die letzten Jahre der Präsidentschaft Bourguibas waren von einer tiefen Wirtschaftskrise, regimeinternen Kabalen um die Nachfolge des greisen Staatschefs und durch die zunehmende Konfrontation zwischen den islam. Fundamentalisten (u. a. *Mouvement de la Tendance Islamique*/MTI) und dem Bourguiba-Regime geprägt. Der Anfang Okt. 1987 noch von Bourguiba selbst zum MP ernannte bisherige Innenmin. Zine el-Abidine Ben Ali wurde am 7. 11. 1987 als amtierender MP automatisch Staatspräs., nachdem man dem greisen, 85 J. alten Bourguiba mit einem med. Gutachten die geistigen und körperlichen Voraussetzungen für die weitere Ausübung des Staatspräs.-Amtes abgesprochen hatte. Ben Ali amnestierte im Dez. 1987 fast 800 pol. Gefangene (v. a. Mitgl. des MTI, Oppositionsführer A. Mestiri). Im Juli 1988 folgte eine Verfassungsrevision, und mit dem Parteigesetz vom April 1988 und dem Wahlgesetz vom 23. 12. 1993 wurde ein Mehrparteiensystem institutionalisiert und eine (letztlich künstliche) parl. Repräsentation der kaum über Rückhalt in der Bev. verfügenden legalen Opposition garantiert.

Die Einheitspartei *Parti Socialiste Destourien* (PSD, früher *Néo-Destour*, seit Febr. 1988 unter dem Namen *Rassemblement Constitutionnel Démocratique*/RCD) beherrscht auch nach der von Präs. Ben Ali initiierten begrenzten Liberalisierung insbes. das pol. Leben T.s. Bei den Parlamentswahlen von 1989 erhielt sie aufgrund der rel. Mehrheitswahl in Mehrpersonenwahlkreisen jeweils alle 125 Sitze. Auch bei den Wahlen vom 20. 4. 1994 bzw. 24. 10. 1999 errang der RCD jeweils alle (nunmehr) 144 bzw. 148 Direktmandate. Durch die Einführung von 19 bzw. 34 für Oppositionsparteien reservierten und nach Proporz zu vergebenden Mandaten kamen die kleineren Oppositionsparteien auf folgende Mindestzahlen: *Mouvement des Démocrates Socialistes* (MDS): 1994: 10 (1999: 13); *Mouvement Ettajdid:* 4 (5); *Union Démocrate Unioniste* (UDU): 3 (7); Parti d'Unité Populaire (PUP): 2 (7); Parti Social Libéral (PSL) 0 (2). Diese Ergebnisse spiegeln trotz der vorhandenen Wahlmanipulationen die bisher rel. schwache Verankerung der legalen Opposition in der Bev. wider. Bei den gleichzeitig mit den Parl.-Wahlen abgehaltenen Präs.-Wahlen wurde Präs. Ben Ali, der 1994 als einziger Kandidat auch von den legalen Oppositionsparteien unterstützt wurde, mit 99,91 % (Wahlbeteiligung 94,89 %) für fünf J. im Amt bestätigt. Bei den ersten pluralen Präsidentschafts-Wahlen von 1999 setzte sich Amtsinhaber Ben Ali mit 99,44 % gegen Abderrahmane Tlili (UDU) und Mohamed Bel Hadj Amor (PUP) durch, deren Kandidatur per Wahlgesetzänderung erst vor den Wahlen ermöglicht wurde.

Die legale Opposition und die großen ges. Org. (wie der Gewerkschaft UGTT, Frauenorg.) stehen dem von Präs. Ben Ali seit 1987 in Gang gesetzten Liberalisierungsprozess prinzipiell kooperativ gegenüber. Die Erneuerung der RCD-Kandidaten bei den Wahlen von 1994/1999 sowie die innerparteiliche Verjüngung des RCD und die damit verbundene stärkere Einbeziehung von Frauen (angestrebte innerparteiliche Frauenquote von 20 %) haben dabei den Rückhalt der Reg. zweifellos erhöht.

Trotz der innenpol. Stabilität hat das tun. Regime, das abschreckende Beispiel *Algeriens vor Augen, auch weiterhin ein extrem starkes Kontrollbedürfnis. Aufgrund fortdauernder Gängelung von Oppositionsparteien, teilweise peniblen Einschränkungen im Informationsbereich (1995 gesetzliche Einschränkung des Gebrauchs von Parabolantennen, zeitweise Importverbot von ausl. Zeitungen) und Berichten von ungerechtfertigten Festnahmen oppositioneller Politiker (MDS-Präs. Mohamed Moadda etwa, 1996 unter dem Vorwurf der Spionage zu 11 J. Haft verurteilt, kam erst auf int. Druck wieder frei) können die prinzipiell gewährte Meinungs- u. Pressefreiheit nur als eingeschränkt verwirklicht gelten.

Außenpol. ist T. prowestl. orientiert (Beistandsabkommen mit den USA und Frankreich, Zoll-Präferenz-Abkommen mit der EU). Durch die Verlagerung des Sitzes der *Arabischen Liga von Kairo nach Tunis (1979–90) und die Aufnahme der *PLO-Führung wuchs das Ansehen T.s in der arab. Welt. Die Bez. mit Libyen (1974 scheiterte ein Vereinigungsversuch beider Staaten) waren bislang äußerst ambivalent. Die besseren libysch-tun. Bez. nach der Absetzung Bourguibas (tun. Engagement für Aufhebung der UNO-Sanktionen gegen Libyen) erleichterten die Gründung der *Arabischen Maghreb-Union (17. 2. 1989). Im Rahmen dieses Gremiums und aufgrund seiner trad. engen Bez. zu Europa (Juli 1995: Partnerschaftsabkommen mit der EU) versucht T., die «euro-mediterrane Partnerschaft» im Sinne des Gipfels der EU-Mittelmeeranrainer voranzubringen (Gipfel von Barcelona 27.–28. 11. 1995).

Lit.: H. Mensching, Tunesien. Eine geographische Landeskunde, 3. Aufl., Darmstadt 1979; K. Schliephake (Hg.), Tunesien. Natur, Geschichte, Kultur, Gesellschaft, Staat, Politik, Wirtschaft, Tübingen 1981; V. Behr, Auswirkungen der Arbeitsemigration auf die wirtschaftliche Entwicklung Tunesiens, Frankfurt 1984; S. Faath, Tunesien. Die politische Entwicklung seit der Unabhängigkeit 1956–1986, Deutsches Orient-Institut, Hamburg 1986; S. Faath, Herrschaft und Konflikt in Tunesien. Hamburg 1989; T. Koszinowski/H. Mattes (Hg.), Nahost-Jahrbuch 1987 ff. (jährl.), Opladen 1988 ff.; M. Dridi, Tunesien, in: HDW III, 6, 1993, S. 274 ff.; E. Murphy, Economic and Political Change in Tunisia: from Bourguiba to Ben Ali, Basingstoke 1999; Y. Zoubir, North Africa in Transition: State, Society, and Economic Transformation in the 1990s, Gainesville, FL 1999. ah/da

Tupamaros →Guerilla, Uruguay

Turcs- und Caicosinseln →Karibik

Turkmenistan

Fläche (Tsd. qkm): 488,1
Bev. (Mio.) 2001: 4,80
BNE pro Kopf (US-$) 2000: 840
BIP (Mio. US-$) 2000: 4404
LE (Jahre) 1999: 66,1
Analphabetenquote (%) 1995: 2
HDI 1999: 0,730 [Rangplatz von 162: 83]

Das zentralasiat. Turkmenistan, das bereits 1925 in seinen heutigen Grenzen aus Teilen der ehem. Chanate von Buchara und Chiwa Unionsrep. der UdSSR geworden war, wurde nach dem Zerfall der SU Ende 1991 völkerrechtl. unabh. T., das von der *OECD seit Okt. 1992 als EL geführt wird, gehört neben seiner Mitgliedschaft in der Gemeinschaft Unabh. Staaten (GUS) u. a. auch der *OSZE und den *UN an und erklärte sich zum neutralen Staat.

1. Die Rep. T. wird in weiten Teilen von der Tiefebene einer gewaltigen Sandwüste (Karakum) eingenommen, an deren Rändern sich Gebirgsketten erheben. Im SW des Landes liegen die Niederungen am O-Ufer des Kaspischen Meeres. T. hat gemeinsame Grenzen mit Kasachstan, Usbekistan, Afghanistan und dem Iran. Das extrem kontinentale Klima des Landes ist durch große Trockenheit und hohe Temperaturschwankungen

gekennzeichnet. Da nur ca. 2–3 % der Fläche landw. nutzbar sind, kann Ackerbau und Viehzucht nur in rel. geringem Umfang betrieben werden. Das Land verfügt allerdings über einen großen Reichtum an natürlichen *Ressourcen: Neben Erdöl und Erdgasvorkommen, die zu den weltweit größten zählen, wurden 1995 auch umfangreiche Kohlelagerstätten entdeckt. Auf dem landw. Sektor wird neben Getreide (1998: 1,245 Mio. t), Gemüse (1994: 300000 t) und Obst v. a. Baumwolle angebaut; hier zählt T. mit 0,7 Mio. t (1998) zu den weltgrößten Produzenten.

T. ist das bevölkerungsärmste unter den zentralasiat. GUS-Ländern (Siedlungsdichte: 9,8 Ew./qkm). Allerdings weist es im regionalen Vergleich mit 2,8 % (JZ 1990–2000) das höchste Bev.-Wachstum auf. So ist derzeit mehr als die Hälfte der Bev. jünger als 20 J. Der hohen Geburtenrate steht eine der höchsten Kindersterblichkeitsraten unter den GUS-Staaten (2000: 33/1000 Geburten) gegenüber. Hs. des Landes ist Ašchabat (1999: ca. 0,6 Mio. Ew.). Der *Urbanisierungsgrad beträgt 44,8 % (2000). T. weist mit 77 % Turkmenen, 9,2 % Usbeken, 6,7 % Russen, und 7,1 % kleinerer Minderheiten (Kasachen, Tataren) eine rel. hohe ethnische Homogenität auf. Im Ggs. zu den anderen asiat. Nachfolgestaaten der SU wird der russischen Minderheit die doppelte Staatsangehörigkeit zugestanden. Die Mehrheit der Bev. (90 %) gehört dem sunnitisch-islam. Glauben an.

2. Wie in den anderen Nachfolgestaaten der UdSSR ist T.s BIP in den letzten J. stark gesunken, die negativen Wachstumsraten, die Mitte der 1990er J. ca. –15 % betrugen, lagen jedoch noch erheblich über dem regionalen Durchschnitt. Von ihrem annähernden Zusammenbruch 1997–98 begann sich die Wirtsch. seit 1999 mit z.T. hohen Wachstumsraten allmählich zu erholen (2000: 17,6 %). Vom gesamten Arbeitskräftepotenzial (2000: 2,3 Mio.) waren 1994 ca. 19 % ohne Beschäftigung. Die Mitte der 1990er J. extrem hoch liegende Inflationsrate der im Sept. 1993 eingeführten Währung Manat mit ca. 1400 % (1995) konnte inzwischen auf 8 % (2000) gesenkt werden. Die ökon. Krise hängt zu einem großen Teil mit der bereits zu Sowjetzeiten vorgenommenen extremen Spezialisierung auf die Rohstoffe Öl, Gas und Baumwolle zusammen, die auch die Hauptausfuhrgüter ausmachen. In T. existiert mit Ausnahme der seit Ende der 1990er J. allmählich ausgebauten Textilind. immer noch keine nennenswerte weiterverarbeitende Ind.: So wurden z. B. 1994 85 % der Baumwolle, die ca. 50 % des landw. Produktionswertes und ca. 5 % des BIP ausmacht, unverarbeitet exportiert (1998: 22 % der Exporte). Das Land ist stark vom Handel v. a. mit Russland und den GUS-Staaten abh., was besonders beim Öl- und Gasexport zu starken Zahlungs- und Absatzproblemen führt. Die künstlich bewässerten Baumwollmonokulturen führen zudem dazu, dass T. den weltweit größten Wasserverbrauch pro Kopf aufweist, dass es zugleich aber den Großteil seiner Nahrungsmittel importieren muss. Der Ausbau der mangelhaften Transport- und Leitungssysteme, die die Grundlage für zukunftsweisende Gasexporte darstellen, wird zwar verstärkt betrieben, stößt aber u. a. auf pol. Schwierigkeiten: So konnte z. B. der Bau einer über den Iran nach Europa führenden Pipeline von den USA bis 1998 verhindert werden. Wegen der andauernden pol. Instabilität in Afghanistan kann der seit langem geplante Bau von Gasleitungen über Afghanistan nach Pakistan sowie der Ausbau des bestehenden Netzes in Richtung China in naher Zukunft nicht realisiert werden.

Negativ auf die wirtsch. E. T.s wirkt sich auch das Festhalten der pol. Führung an den alten Strukturen bzw. an einer eigenständigen E.-Strategie aus. Zwar existiert seit 1994 ein Privatisierungsgesetz; aufgrund von administrativer und steuerrechtl. Unübersichtlichkeit ist die bisherige Aktivität im privatwirtsch. Sektor nur sehr gering. Die drastisch zurückgegangenen Staatseinnahmen haben Präs.

Nijasow allerdings im Dez. 1995 veranlasst, ein vom *IWF vorgeschlagenes Reformprogramm zu akzeptieren, das u. a. Maßnahmen zur Inflationsbekämpfung und Preisliberalisierung vorsieht. Eine Privatisierung der staatseigenen Gas-, Öl- und Baumwollind. ist jedoch noch nicht abzusehen.

3. Saparmurad Nijasow, der bereits seit 1985 als erster Parteisekretär T.s amtierte, wurde im Okt. 1990 für das neu geschaffene Amt des Präs. der Unionsrep. direkt gewählt. Unter seiner Führung erfolgte die Unabh.-Erklärung T.s am 27. 10. 1991, nachdem die Bev. in einem Referendum im März 1991 noch mit 95 % für den Erhalt der SU, im Okt. 1991 jedoch mit 95 % für die staatl. Eigenständigkeit gestimmt hatte. Die Umbenennung der Komm. Partei in Demokrat. Volkspartei im Dez. 1991 war allerdings nur formaler Natur. De facto ist es Nijasow durch die Unterstützung der alten komm. Kader gelungen, ein autoritäres Präsidialregime zu etablieren. Nachdem vom damaligen Parl. (Oberster Sowjet) im Mai 1992 eine neue Verfassung verabschiedet worden war, in der dem künftigen Parl. (*Medschlis*) nur sehr vage Kontrollbefugnisse gegenüber dem Präs. und einem von ihm geleiteten Exekutivrat (*Chalk Maslachati*) zuerkannt werden, wurde Nijasow bei Präs.-Wahlen im Juni 1992 als einziger Kandidat in seinem Amt bestätigt. Ende 1994 wurde seine Amtsdauer in einem Referendum bis 2002 verlängert, wobei angeblich 99,9 % der Wähler mit einer Beteiligung von 99,9 % zustimmten. Kurz vor dem Ablauf seiner Regierungszeit ließ sich Nijasow vom Parl. einstimmig zum Präs. auf Lebenszeit wählen. Auch die Parl.-Wahlen vom Dez. 1994 waren nicht kompetitiv, da die 50 Mandate über eine Einheitsliste gewählt wurden, in den Wahlen vom Dez. 1999 kandidierten zwar 104 Bewerber, die aber alle dem Präs. nahe standen.

Zwar wurde mit der Bäuerlichen Gerechtigkeitspartei im Juni 1992 von offizieller Seite eine regimeinterne «Opposition» ins Leben gerufen; fast alle ernsthaft oppositionellen Kräfte sind jedoch inzwischen in die Emigration gegangen, sind aber auch dort vor Nachstellungen durch das t. Regime nicht völlig sicher. Geringste Ansätze zu öfftl. Protesten, wie z. B. eine Demonstration in Aschabat im Juli 1995, wurden sofort niedergeschlagen. Neben den Medien kontrolliert das sultanistische Regime seit April 1994 durch einen präsidialen Religionsrat auch die relig. Institutionen des Islam. Von Regierungsseite wird die antipluralistische Einstellung mit dem Verweis auf die Gefahr ethn. Konflikte (→Tribalismus) und den notwendigen Erhalt der «nat. Einheit» gerechtfertigt. Um Nijasow hat sich ein regelrechter Führerkult entwickelt: Nach dem *Türkmenbashi* («Vater der T.») werden Straßen, Kanäle, Berge und Städte benannt.

4. Sowohl nach *ai als auch nach *Freedom House zählt das gegenwärtige Regime T.s zu den repressivsten der Welt. Auch die wirtsch. E. ist mit vielfältigen Problemen verbunden, die ihren Ursprung großenteils in der sowj. Vergangenheit haben. Dazu zählt nicht zuletzt in ökol. Hinsicht die wachsende *Desertifikation, die durch die zunehmende Versalzung der künstlich bewässerten landw. Nutzflächen ausgelöst wird.

Lit.: R. Götz/U. Hallbach, T.: Informationen über eine unbekannte Republik. Bericht des Bundesinstituts für ostwissenschaftliche und internationale Studien Nr. 42/43/1995, Köln; B. A. Brown, Autoritarismus in den neuen Staaten Zentralasiens. Bericht des Bundesinstituts für ostwissenschaftliche und internationale Studien Nr. 46/1996, Köln; M. Wehner, Im Reich des großen Führers. Turkmenistan – eine zentralasiatische Despotie, in: Osteuropa Nr. 2, Jg. 52 (2001), S. 127–34. fg/rm

Tutu, Desmond Mpilo Geb. am 7. 10. 1931 in Klerksdorp/Südafrika, war von 1955–1958 als Lehrer tätig und absolvierte darauf eine theologische Ausbildung. 1961 wurde er zum Priester geweiht, worauf er in den J. 1962–1966 seine theologischen Studien in London fortsetzte. Tutu lehrte als Theologieprofessor an der University of Roma in Lesotho, bevor er 1972 zum Dekan der anglikanischen Kathedrale von Johannesburg und 1976 zum Bischof von Lesotho ernannt wurde. Von 1977 bis 1984 übte er das Amt des Generalsekretärs des Südafrikanischen Kirchenrats aus; seit 1984 war er Führer der anglikanischen Kirche seines Landes und von 1986–96 Erzbischof der Diözese Kapstadt. In Würdigung seiner Rolle als Führer der Bewegung zur gewaltlosen Überwindung der *Apartheid erhielt er 1984 den *Friedensnobelpreis. 1995–1998 war T. Vorsitzender der sog. Wahrheits- und Versöhnungskommission, die die Menschenrechtsverletzungen aus der Apartheid-Zeit aufklären sowie Amnestie und Entschädigung gewähren sollte. Kirche und Pol. waren und sind bei ihm immer eng miteinander verknüpft, nach der Regierungsübernahme durch den *ANC in Form der Kritik an den Machthabenden. mn

Tuvalu (vormals Ellice-Inseln) →Pazifische Inselwelt

TZ →Technische Hilfe / Zusammenarbeit

TZ-Kleinstmaßnahmen Finanz. nicht aufwendige, lokal und schnell wirksame Maßnahmen, besonderes Instrument dt. *Entwicklungspolitik im Rahmen der *Technischen Zusammenarbeit, gemäß einer Übereinkunft zwischen *BMZ und Auswärtigem Amt von den Deutschen Botschaften in der *Dritten Welt durchgeführt. Gefördert werden nur Maßnahmen, die a) Hilfe zur *Selbsthilfe leisten; b) im Interesse und Einverständnis der EL-Reg. liegen; c) in sich geschlossen sind, d. h. keine weiter gehenden Verpflichtungen induzieren; d) mit laufenden Projekten e.-polit. Zusammenarbeit nicht zusammenhängen; e) die einheimischen Projektträger (z. B. *Genossenschaften, *Kirchen, örtliche Behörden) nicht allein, sondern nur teilweise finanzieren können; f) nur bei sofortiger Durchführung sinnvoll sind; g) die Sachgüter aus dem EL (oder einem Nachbarland) verwenden; h) deren Mittelbedarf 7500 € je Einzelfall, in begründeten Ausnahmefällen 12 500 € (und 30 000 € pro Land und J.) nicht übersteigt. Gefördert wird so etwa die Anlage eines Brunnens, der Kauf eines landw. Geräts, die Mobiliarausstattung einer Schule. Volumen 1981: 0,77 Mio.; 1988: 3,5 Mio.; 1996: 5,1 Mio.; 2001: 5,3 Mio. €. bg / as

U

UAM →Brazzaville-Gruppe

UAMBD *Union Africaine et Malgache de Banques pour le Développement*, Afrikanisch-madegassische Union der Entwicklungsbanken.

UDEAC (*Union Douanière et Économique de l'Afrique Centrale*) Zentralafrik. Zoll- und Wirtschaftsunion, Kern der *CEEAC; Mitgl.: Gabun, Kamerun, Kongo, Tschad, Zentralafrikan. Republik und Äquatorialguinea. red

UDEAO *Union Douanière Économique de l'Afrique de l'Ouest*, Zoll- und Wirtschaftsunion der westafrikan. Staaten; sie wurde von der →CEAO abgelöst. red

UEAC *Union des États de l'Afrique Centrale*, Union Zentralafrikanischer Staaten.

UEMOA *Union Économique et Monétaire Ouest-Africaine*, Westafrikanische Wirtschafts- und Währungsunion. Nach der 50 %igen Abwertung des Francs CFA (11. 1. 1994) gründeten die 7 westafrikan. Staaten Benin, Burkina Faso, Elfenbeinküste, Mali, Niger, Senegal und Togo die UEMOA. Sie trat am 1. 8. 1994 in Kraft und ersetzt somit die *CEAO und die *UMOA. Guinea-Bissau kam im Mai 1997 hinzu. Die ca. 70 Mio. Ew. umfassende UEMOA agiert unabh. im Bereich der Wirtschaftsintegration und verfügt über Sanktionsmechanismen. Der Prozess zur Vereinheitlichung der versch. Wirtschaftsbereiche beinhaltet die Senkung der Zölle, die Einrichtung einer Freihandelszone mit einem gemeinsamen Außenzoll (TEC *tarif extérieur commun*) und einen gemeinsamen Markt mit Niederlassungsfreiheit sowie Verkehrsfreiheit für Personen, Güter, Dienstleist. und Kapital. Die Wirtschaftsunion zielt auf die Konvergenz der Wirtschaftspol. der Mitgl.-Staaten sowie die Harmonisierung und Rationalisierung der nat. Gesetzgebung. Internet: www.uemoa.int; →Franc-Zone dn/acc

Uganda

Fläche (Tsd. qkm): 236
Bev. (Mio.) 2001: 24,0
BNE pro Kopf (US-$) 2000: 310
BIP (Mio. US-$) 2000: 6400
LE (Jahre) 1999: 42,1
Analphabetenquote (%) 1999: 34,0
HDI 1999: 0,435 [Rangplatz von 162: 141]

Nach 15 J., in denen U. wegen seines Bürgerkriegs und der massiven Menschenrechtsverletzungen traurige Berühmtheit erlangte, hat seit der Machtübernahme Yoweri Musevenis 1986 ein Prozess der wirtsch. und pol. Rekonstruktion begonnen, der U. sogar zum Vorbild für andere Staaten der Region (Rwanda, Eritrea) werden ließ.

1. U. ist ein *Binnenland. Sein trop. Klima bedingt, vom trockenen NO (extensive, halb nomadische Viehzucht) abgesehen, ein günstiges Agrarpotenzial (Kaffee, Tee, Baumwolle, Erdnüsse). Dem Fischreichtum der Seen und den großen Reserven an Wasserkraftenergie (v. a. am Nil) stehen bislang nur wenige abbauwürdige mineralische Ressourcen (Kupferprod. 1978 eingestellt) gegenüber. Die Bev., von der etwa 14,4 % in Städten (Hs. Kampala) leben, konzentriert sich auf die Anbaugebiete um den Victoriasee. Eine hohe HIV-Infektionsrate (schätzungsweise 10 % 1997), geringe LE, Analphabetismus (1977: 52 %, 1985: 42,7 %, 1995: 38,2 %, 1999: 34,0 %) und ein hoher Anteil an Jugendlichen kennzeichnen die E.-Problematik. Im Gesundheitswesen ist die Situation auch 15 J. nach Beendigung des Bürgerkriegs immer noch sehr schlecht. Die Kindersterblichkeit ist hoch, und Massenkrankheiten (v. a. Malaria und *Aids) sind weit verbreitet (→Gesundheit). Die Demobilisierung Tausender Soldaten und Rebellen seit Anfang der 1990er J. hat die sozialen Probleme weiter verschärft.

Mit ca. 40 unterscheidbaren Gruppen ist die ethn. Struktur eine der heterogensten in Afrika. Neben sudan., nilot. und hamit. Gruppen sowie indischen *Minderheiten überwiegen die Bantu (50 % der Bev.). Mit 18 % der Bev. stellen die Baganda die pol. und ökon. bedeutsamste Ethnie. Der Anteil der in Handel, Gewerbe und höher qualifizierten Berufen dominierenden ursprgl. ca. 50000 Inder wurde unter Amin durch die Ausweisung der «U.-Asiaten» 1972 praktisch ausgelöscht, seit Beginn der 1990er J. sind viele Inder in ihre ursprgl. Positionen zurückgekehrt, nachdem GB und die *Weltbank entsprechenden Druck auf die Reg. U.s ausgeübt hatten. Wichtigste Sprachen sind Engl., im N Kisuaheli, im S und der Hs. Kampala Luganda; ca. 70 % der Bev. gehören christl. Kirchen an, daneben gibt es eine bedeutende muslimische Minderheit.

2. Der kleinbäuerliche Agrarsektor bildet die wirtsch. Basis des Landes. Auf ihn entfallen fast 99 % aller Ausfuhrerlöse (95 % Exportanteil Kaffee, seit Anfang der 1990er J. auf 65 % zurückgegangen), und mehr als 80 % der Bev. sind von ihm abh. Bei recht unterschiedlichen Anbausystemen und Bodenrechtsverhältnissen der einzelnen Ethnien werden ca. 40 % der Agrarprodukte für die *Subsistenz (v. a. Kochbanane, Hirse) erwirtschaftet, die die Ernährung der Bev. sicherstellen. Durch die Förderung von Frischgemüse, Früchte- und Kakaoanbau wird über Staatsfarmen und Auslandshilfe eine *Diversifizierung der Agrarproduktion (bisher neben Kaffee Tee und Baumwolle) angestrebt. Neben der Viehzucht (Zeburinder) und der durch den Krieg fast völlig zusammengebrochenen Forstwirtsch. eröffnen v. a. die reichen Süßwasserfischreviere günstige Zukunftschancen. Der öfftl. Sektor und die staatl. Beteiligungen in privatwirtsch. Unternehmen waren seit der Vertreibung der Asiaten zunächst stark angestiegen. Die Teeplantagen und acht größten Handelsunternehmen waren bis 1973 verstaatlicht, der plötzliche Rückzug der Inder führte jedoch mittelfristig zum völligen Zusammenbruch der Produktion. Der Kollaps der ostafrik. Wirtschaftsgemeinschaft (*EAC) und anhaltende pol. Konflikte mit Kenya schwächten die E.-Möglichkeiten der Ind., die sich weitgehend auf die Verarbeitung einheim. Agrarprodukte und regional auf Kampala und Jinja konzentriert. Seit den 1970er J. grassierte ein unter dem Namen *Magendo* bekanntes System aus *Korruption, Schmuggel und Schwarzmarkt. 1990 lag der Anteil der Ind., die sich nur langsam vom Bürgerkrieg erholte, bei 7 % des BIP. 1999 erreichte er wieder 17,8 %.

3. 1896 wurde U., das unter der Führung des Königreichs Buganda aus mehreren Herrschaftsgebieten bestand, brit. Protektorat. Die wichtigste Hinterlassenschaft der brit. **indirect rule*-Pol. waren die Ausrichtung U.s auf den Tee- und Kaffee-Export für den Weltmarkt, eine rel. gute Verkehrsinfrastruktur und der Aufstieg der Asiaten, die ursprgl. für den Eisenbahnbau ins Land geholt wurden, zur Führungsschicht in Wirtsch. und Handel. Die bestehende ethn. Differenzierung (vier trad. Königreiche im S und SW, nomadische Gruppen im N), die partikularistischen Tendenzen einzelner Regionen, v. a. aber die Differenzen zwischen Buganda und den anderen Gebieten, die sich im Parteiensystem (kath. *Democratic Party* DP, *Uganda People's Congress* UPC/M. Obote) und einem verfassungsrechtl. abgesicherten, semiföderalen Sonderstatus Bugandas niederschlugen, belasteten U.s Weg in die Unabh. (1962). Obote, zunächst MP in einer parl. Demokratie, entmachtete 1966 die trad. Baganda-Elite und setzte ein Einparteisystem (E.-Ideologie des *Move to the Left*) zum Aufbau einer soz. Gesellschaft durch. Seine Ideen, niedergelegt in der an der *Arusha-Erklärung *Nyereres orientierten *Common Man's Charter*, fanden weder bei den wohlhabenden ländl. und städt. Mittelschichten noch bei Kleinbauern Anklang und stießen vor allem in Buganda auf offenen Widerstand. 1971 begann nach einem Militärputsch die brutale Diktatur I. Amins; ca. 500000 Menschen sollen der Lynchjustiz

eines zerfallenden Staatsapparats zum Opfer gefallen sein. Das Land versank im wirtsch. Chaos und geriet auch innerhalb Afrikas immer mehr in die außenpol. Isolation. 1979 eroberten *Guerillaeinheiten von Exil-Ugandern zusammen mit tanz. Truppen U. und zwangen Amin zur Flucht ins arab. Ausland. Der von Obote-Anhängern und Baganda gleichermaßen akzeptierte Y. Lule, Vorsitzender der *Uganda National Liberation Front* (UNLF), übernahm kurzfristig die Führung der provisorischen Reg., wurde aber 1979 von G. Binaisa abgesetzt. 1980 kam durch einen Putsch die Militärkommission der UNLF (Vorsitzender Muwanga, Vize Museveni) an die Macht, die die ersten Wahlen nach der Unabh. durchführten. Präs. wurde der aus dem Exil zurückgekehrte Obote (UPC). Vorwürfe der Manipulation zulasten der DP und kleinerer Parteien führten zur Bildung versch. Guerillagruppen, die durch ihre milit. Aktivitäten zwischen 1981 und 1985 eine Konsolidierung der Herrschaft Obotes verhinderten. Die Massaker, die regierungstreue Milizen und die Armee dabei, vor allem in Buganda, verübten, forderten erneut mind. 300000 Opfer. Spaltungen zwischen verschiedenen ethn. Fraktionen innerhalb der Armee führten im Juli 1985 zum Sturz Obotes. Die Armee unter dem zum Präs. ernannten General Okello erwies sich jedoch als unfähig, den Bürgerkrieg zu beenden.

Der 1985 zwischen der *National Resistance Army* (NRA) Musevenis und dem Militärrat in Nairobi geschlossene Friedensvertrag konnte den milit. Sieg der NRA nicht mehr aufhalten, die am 21. 1. 1986 die Hs. stürmte und Museveni als neuen Präs. einsetzte. Dem neuen Regime gelang es bis 1989, die meisten im N agierenden Guerillagruppen durch Friedensverträge einzubinden, relig. motivierte Rebellen der *Lord Resistance Army* (LRA), die seit 1992 auch von der sudanesischen Reg. milit. unterstützt wurden, verhinderten weiterhin eine Befriedung des N. Wegen des Fortdauerns dieser milit. Konflikte, in die seit Mitte der 1990er J. auch in Buganda und an der Grenze zum ehem. Zaire (→Kongo, Demokratische Republik) operierende pol.-milit. Widerstandsbewegungen eingriffen, blieb die Menschenrechtssituation weiterhin kritisch. Die Armee nimmt weiterhin eine dominierende Rolle im pol. Prozess ein. Als pol. Besonderheit U.s gilt das *Movement*-System, in dem die hist. Parteien formell existieren, aber nicht in der pol. Willensbildung aktiv werden dürfen. Trotz int. Drucks verankerte eine verfassunggebende Versammlung dieses System auch in der 1995 verabschiedeten neuen Verfassung. Präs.- und Parl.-Wahlen 1996 und 2001 bestätigten Museveni im Amt und sicherten den mit ihm verbündeten pol. Akteuren eine sichere Mehrheit im Parl.

4. Die unter der zweiten Präsidentschaft Obotes eingeleiteten, mit dem *IWF abgestimmten wirtsch. Reformprogramme zeigten erst in der zweiten Hälfte der 1980er J. unter Museveni Erfolge, der nicht nur für die Rückkehr der Inder, sondern durch eine konsequente Liberalisierungs- und Reformpol. (Privatisierung und Begrenzung öfftl. Ausgaben) auch für beeindruckende Wachstumsraten (1994: 10 %) sorgte. 1989 lag das Pro-Kopf-Einkommen mit 250 US-$ bereits doppelt so hoch wie im benachbarten Tanzania. U. galt Mitte der 1990er J. als ein Musterschüler der int. Finanzinstitutionen, war allerdings bei einer *Verschuldung von 3,4 Mrd. US-$ (1995) auch auf int. Unterstützung angewiesen. U. profitierte von mehreren Entschuldungsprogrammen und konnte seine Schulden bis Ende 1999 auf 1,7 Mrd. US-$ senken. Int. ist Uganda seit Beginn der 1990er J. zu einem der wichtigsten Verbündeten der USA im Kampf gegen den *islamischen Fundamentalismus geworden. Musevenis Rolle als führender Vertreter einer neuen, e.-orientierten Generation afrik. Staatsmänner und die Nachahmung seines pol.-wirtsch. Reformprogramms in anderen Staaten der Region hat in den Hintergrund treten lassen, dass Museveni als regionaler Akteur

auch milit. Widerstandsbewegungen im Südsudan, in Rwanda (1990–1994) und in Ostzaire (seit 1996) massiv unterstützt hat.

Lit.: T. V. Sathyamurthy, The Political Development of Uganda, 1900–1986, Aldershot 1986; A. Omara-Otunnu, Politics and the Military in Uganda: 1896–1985, London 1987; H. B. Hansen/M. Twaddle (Hg.), Uganda now: Between decay and development, London 1988; K. Rupesinghe (Hg.), Conflict Resolution in Uganda, Oslo/London 1989; H. B. Hansen/M. Twaddle (Hg.), Changing Uganda. The Dilemmas of Structural Adjustment and Revolutionary Change, London 1991; P. Mutibwa, Uganda since Independence. A Story of Unfulfilled Hopes, London 1992; R. Hofmeier, Uganda, in: HDW III, 5, 1993, S. 201 ff.; H. B. Hansen/M. Twaddle (Hg.), From Chaos to Order. The Politics of Constitution-Making in Uganda, Kampala 1994; G. Prunier/B. Calas (Hg.), L'Ouganda contemporain, Paris 1994. ch

U-Hypothese →Einkommensverteilung

UIP →UNESCO

Ujamaa Auf Suaheli «wie eine Familie leben», ideolog. Grundlage des tanzanischen *Sozialismus. Anknüpfend an die idealtypisch verklärten Elemente der nach J. K. *Nyerere klassenlosen traditionalen afrik. Bauerngesellschaft (gemeinsames Eigentum, gemeinsame Arbeit, gerechte Güterverteilung, gegenseitige Achtung) sind die wichtigsten Ziele des *Ujamaa*-Sozialismus: Vergesellschaftung der Produktionsmittel, gleiche *Einkommens- und Vermögensverteilung, Einbeziehung der gesamten Bev. in den E.-Prozess, Beendigung der Abh. und Ausbeutung, **self-reliance*, freiwillige Annahme des Sozialismus durch das Volk. →Arusha-Erklärung, Tanzania dn

UMOA *Union Monétaire Ouest-Africaine*, Westafrikanische Währungsunion; wurde von der →UEMOA abgelöst.

Umschuldung Unter U. versteht man die vertraglichen Neuvereinbarungen zwischen EL und Gläubigerländern über günstigere Rückzahlungsbedingungen der aufgenommenen Kredite. U. sind Folge der →Verschuldung der EL und zunehmender Probleme, dem *Schuldendienst nachzukommen. Multilaterale Vereinbarungen über die U. öfftl. und öfftl. garantierter Forderungen werden im Rahmen des *Pariser Clubs getroffen. Der Londoner Club verhandelt die U. zwischen EL und privaten, nicht verbürgten Krediten. dn

Umwelt →Ökologie

Umweltflüchtlinge sind Personen, die aufgrund natürlicher oder anthropogener Umweltschäden gezwungen sind, ihre angestammte Umgebung vorübergehend oder dauerhaft zu verlassen, da ihre Lebensqualität existenzbedrohend beeinträchtigt wird. U. sind häufig Binnenflüchtlinge («Displaced Persons») in einer Region, die nicht identisch sein muss mit territorialen Grenzziehungen. Sie unterschieden sich daher von jenen pol. Flüchtlingen, die nach der Genfer Flüchtlingskonvention von 1951 als Personen definiert werden, die sich aus der begründeten Furcht vor Verfolgung ihrer Rasse, Religion, Nationalität, Zugehörigkeit zu einer bestimmten sozialen Gruppe oder wegen ihrer pol. Überzeugung außerhalb des Landes befinden, dessen Staatsangehörigkeit sie besitzen. Der umstrittene völkerrechtl. Status der Umweltflüchtlinge bedingt, dass sie nicht den Schutz der Flüchtlingskommission der Vereinten Nationen (*UNHCR) genießen, sondern in akuten Fällen vom Katastrophenhilfe-Programm der UN (UNDRO) betreut werden. Aufgrund der verschiedenartigen Definitionen, die Umweltflüchtlinge von Wirtsch.-, Kriegs- oder pol. Flüchtlingen abheben, gibt es unterschiedliche quantitative Angaben. Sie schwanken zwischen 10 und 30 Mio. Umweltflüchtlingen p. a., bei ansteigender Tendenz. Für indigene Völker, deren natürliche Umgebung zerstört ist und die zur Migration gezwungen werden, kann nach dem UNHCR-Bericht der Verlust ihrer Umwelt sogar als Kriegswaffe interpretiert werden, was einen völkerrechtl. relevanten Schutzanspruch der UN konstituieren könnte.

Neben «natürlichen» Katastrophen, wie Hurrikans, Vulkanausbrüchen, Erdbeben, Erdrutschen, Tropenstürmen,

Überschwemmungen und Taifunen, liegen zusätzliche Ursachen der Umweltflüchtlingsströme in von Menschen verschuldeten Umweltzerstörungen. Bisweilen gibt es zwischen den beiden Ursachenbündeln auch eine Wechselwirkung. Bei den anthropogenen Komponenten ist die Beschädigung und Zerstörung von Weide- und Ackerland anzuführen, etwa durch Überweidung, Chemikalieneinsatz und unangemessene Bewirtschaftungsmethoden. Als Folge treten, insb. in afrik. Ländern, Dürre und Ausbreiten der Wüsten (*Desertifikation) auf. Die Abholzung und Vernichtung der tropischen und subtropischen Wälder verändern die Subsistenzgrundlage der ansässigen Bev. (→Wald), befördern Unfruchtbarkeit und die Versteppung der Böden (→Boden) und gefährden die Artenvielfalt. Zudem tragen sie mit bei zum Treibhauseffekt und den globalen Veränderungen des Klimas, verursacht vor allem durch Emissionen von CO_2, FCKW und Methan. Bei Inseln und tief liegenden Küstengebieten führt dies zu regelmäßig wiederkehrenden Überschwemmungen und Veränderungen der Biosphäre. Verstärkt wird die Problematik der Umweltflüchtlinge durch rasche und unkontrollierte Verstädterung und Metropolenbildung, durch weitverbreitete Armut und ein stark ausgeprägtes Bev.-Wachstum in bestimmten E.-Regionen. Regionalkonflikte und gewalttätige milit. Aktionen führen zu Kriegsfolgeschäden, die ebenfalls die Anzahl der Umweltflüchtlinge erhöhen. Präventionsstrategien sollten Naturzerstörung und Umweltschäden als Ursache und Folge von umweltbedingt verursachter Migration berücksichtigen und eine weitere Eskalation von Gewalt und Verfolgung abwenden helfen.

Lit.: M. Wöhlcke: Umweltflüchtlinge – Ursachen und Folgen, München 1992; G. Bächler (Hg.), Umweltflüchtlinge – Das Konfliktpotential von morgen?, Münster 1994; Die Lage der Flüchtlinge in der Welt, UNHCR-Report 1994, Bonn 1994; Enquete-Kommission «Schutz der Erdatmosphäre» des Deutschen Bundestags (Hg.), Schutz der Grünen Erde, Bonn 1994. F. Biermann, Umweltflüchtlinge, APuZ, B12, S. 24–29, 2001. ms

Umweltverträglichkeitsprüfung (UVP), wichtiges Instrument des vorbeugenden Umweltschutzes in der deutschen *EZ, 1972 eingerichtet. 1983 entwickelte das *BMZ einen Leitfaden für die Klassifizierung der Umweltbedeutsamkeit von Vorhaben. 1988 wurde das Konzept der UVP vertieft. Die UVP soll sicherstellen, dass Projekte, wie der Bau von Staudämmen, Ind.-Anlagen, Verkehrswegen oder die Intensivierung der landw. Produktion, keine unvertretbaren Belastungen der Umwelt verursachen. Ökol. Kriterien beeinflussen die Förderungsentscheidung und die Durchführungssteuerung der E.-Projekte. Auf Projektebene gewährleistet die UVP auch die Umweltinteressen betroffener Gruppen und leistet einen Beitrag zum Aufbau institutioneller Kapazitäten für nachhaltige Entwicklung.

Lit.: K. Bruckmeier, Strategien globaler Umweltpolitik, Münster 1994; K.-D. Osswald/ B. Peter, Globale und regionale Umweltprobleme als Herausforderung für die deutsche Entwicklungszusammenarbeit, in: APuZ B24/25 (1996), S. 36–44. dn

UN Vereinte Nationen (*United Nations*): Die Charta der Org. der Vereinten Nationen (*United Nations Organization*, UNO) wurde am 24. Juni 1945 in San Francisco auf einer Konferenz der Siegerstaaten des 2. WKs verabschiedet und trat offiziell am 24. Oktober 1945 in Kraft (Tag der Vereinten Nationen). Gründungsmitgl. waren 51 souveräne Staaten. Im Laufe der Zeit traten den UN immer mehr Mitgl. bei, insbes. afrikan. und asiatische Staaten im Zuge der *Dekolonisation sowie so genannte Transitionsstaaten infolge des Zusammenbruchs des Kommunismus nach 1990. Die Mitgl.-Zahl von EL entwickelte sich wie folgt: 1945: 29, 1950: 36, 1960: 64, 1970: 89, 1975: 103, 1982: 115, 1988: 117, 1996: 139; die der UN insg.: 1945: 51, 1950: 60, 1960: 99, 1970: 127, 1975: 144, 1980: 154, 1985: 159, 1990: 159, 1995: 185, 2000: 189. Im Mai 2002 trat Ost-Timor als bisher jüngstes Mitgl. den UN bei. Mit dem Beitritt der Schweiz (Sept. 2002) ist die Mitgliederzahl auf 191 gestiegen. Die UN umfassen alle z. Z. souveränen Staaten der Erde. Die UN werden dann eine wirklich universale Org. sein. Seit den 1960er J. stellen die EL die überwältigende Mehrheit der Mitgl. (2002: Afrika 53, Asien 51, Amerika 34, Europa 49). Der Wandel der Mitgliedschaft ist nicht ohne Auswirkungen auf die Struktur der UN geblieben (neue Mehrheitsverhältnisse, Einrichtung neuer Organe) und hat zu einem rel. Bedeutungsverlust der Generalversammlung gegenüber dem Sicherheitsrat geführt. Auch die Themen, mit denen sich die versch. Organe beschäftigen, haben sich seit der numerischen Vorherrschaft der EL stark gewandelt (→Neue Weltwirtschaftsordnung). Im Wesentlichen unverändert blieb allein die Charta der UN, in der die Zusammensetzung und die Funktionen der 6 Hauptorgane der UN geregelt sind: 1. Generalversammlung (GV), setzt sich aus den Mitgl.-Staaten zusammen, tagt j. am Hauptsitz der UN in New York. Die GV entscheidet über die Zusammensetzung der anderen Hauptorgane, übt die Kontrolle über den Haushalt und die Verwaltung der UN aus. Sie hat das Recht, alle Fragen und Angelegenheiten zu erörtern, die im Rahmen der Charta liegen oder die Befugnisse und Funktionen jedes anderen Organs betreffen und entsprechende Empfehlungen an die UN-Mitgl., den Sicherheitsrat oder an beide richten; 2. Sicherheitsrat (SR), bestehend aus 5 ständigen (VR China, Frankreich, GB, SU bzw. seit 1992 Russland, USA) und 10 nichtständigen Mitgl., die von der GV aus ihrer Mitte für 2 J. gewählt werden; 3. *ECOSOC (Wirtschafts- und Sozialrat); 4. Treuhandrat, zusammengesetzt aus den 5 ständigen Mitgl. des SR, zuständig für Fragen der *Dekolonisation, heute praktisch irrelevant; 5. Int. Gerichtshof *IGH mit Sitz in Den Haag; 6. Sekretariat mit dem Generalsekretär als höchstem Verwaltungsbeamten der UN an der Spitze, der aber auch pol. Funktionen gegenüber den anderen Hauptorganen, insbesondere der GV und dem SR, ausübt (→Annan, Kofi). Er wird auf Vorschlag des SR von der GV für eine Amtsperiode von 5 J. gewählt. Zum UN-System gehören Ausschüsse, die GV und SR einrichten können; Kommissionen, die der ECOSOC bestellen kann; Spezialorgane, die von der GV eingesetzt werden, u. a. *UNCTAD, *UNCDF, *UNDP, *UNEP, *UNHCR, *UNICEF, *UNIDO, *UNITAR; Sonderorg., die aufgrund zwischenstaatlicher Übereinkünfte auf den Gebieten der Wirtsch., des Sozialwesens, der Kultur, der Erziehung und der Gesundheit gegründet und durch bes. Abkommen mit den UN in Verbindung gebracht werden. Zu den gegenwärtig 14 Sonderorg. gehören: *FAO, *ILO, *Weltbank, *IFC, *IDA, *IWF, *UNESCO, *WHO. *IAEA und *WTO nehmen eine rechtl. Sonderstellung ein. Das starke org. Wachstum des UN-Systems in Form von Organen, Programmen und Konferenzen ist der Aufrechterhaltung der Entscheidungs- und Problemlösungskapazität nicht nur förderlich gewesen. Zwar haben die Erwartungen vor allem der EL an die UN immer weiter zugenommen und haben die UN immer mehr Aktivitäten entfaltet. Auch haben die UN ihre Rolle als Forum der Interessenartikulation und -aggregation nicht schlecht erfüllt. So dienen die int. Konferenzen immer wieder als wichtige Impulsgeber für die Bewältigung int. Probleme (*Bevölkerung, Überalterung, *Entwicklungshilfe, *Klimaschutz) und erlauben es vor allem kleineren und ärmeren Ländern, int. Aufmerksamkeit für ihre Bedürfnisse zu erlangen. In Fragen der Umsetzung von konkreten *policies* in den versch. Aufgabenfeldern fehlt es den UN aber oft an Kompetenzen und Finanzen. Die Resolutionen der GV, des ECOSOC und ihrer Kommissionen sind nicht bindend. Ihre Nichtbeachtung kann deshalb auch keine rechtl. Konsequenzen haben. Aber auch Sicherheitsratsbeschlüsse, die int. Recht setzen, werden

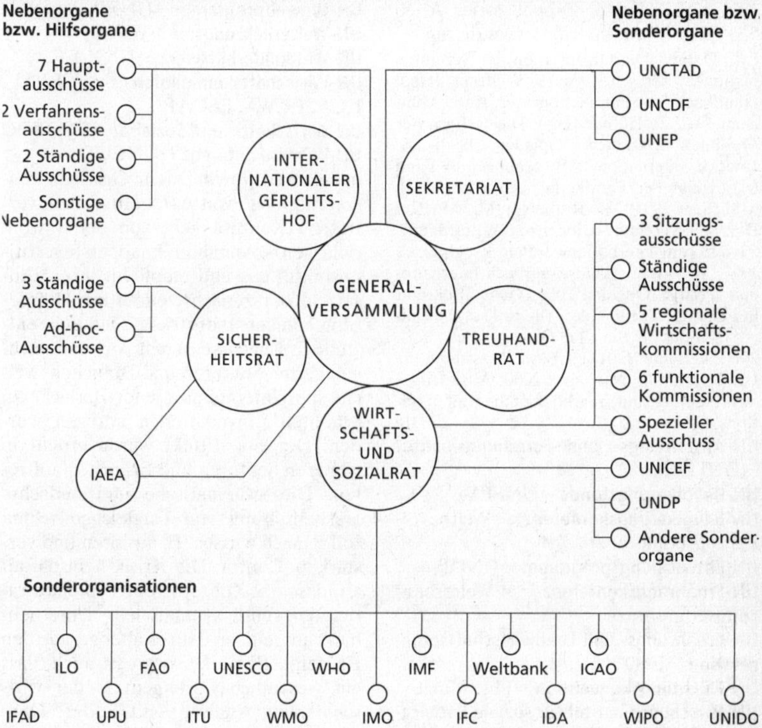

häufig nur unzureichend von den Mitgliedsländern beachtet, da die UN über keine wirksamen Überwachungs- und Sanktionsmittel verfügen, um eine Nichtumsetzung effektiv ahnden zu können. Nur wenn die mächtigsten Mitgliedsländer selbst bereit sind, die Beschlüsse konsequent zu implementieren, ist ihre Wirksamkeit garantiert. Des Weiteren leiden die UN an einer chronischen Finanzkrise, die durch steigende Kosten für *Blauhelmeinsätze ausgelöst und durch die Weigerung einiger Länder, ihre Pflichtbeiträge regelmäßig und pünktlich zu zahlen, noch verschlimmert wird. Vor allem die Rückstände der USA (2001: ca. 700 Mio. US-$) sind hier zu nennen, da die USA offiziell für 22 % des ges. regulären UN-Haushaltes aufkommen müssen (Japan: 20,57 %, Deutschland: 9,85 %). Die Begleichung der Schulden macht seit der Verabschiedung des *Helms-Biden*-Gesetzes durch den US-Senat 1999 einige Fortschritte, ist aber an eine Reform der UN gebunden (→Entwicklungspolitik der USA). Einige Fortschritte wurden in diesem Bereich bereits erzielt (z. B. Schaffung des Postens eines Vize-Generalsekretärs). Auch das Budget wächst langsam; eine tief greifende Reform, die vor allem die Mitgliederzahl und Abstimmungsverfahren des Sicherheitsrats neu bestimmen müsste, ist jedoch noch nicht abzusehen.
Im Jahr 2001 erhielten die UN gemeinsam mit ihrem Generalsekretär Kofi Annan den *Friedensnobelpreis.
Publikationen der UN erhältlich bei der

*DGVN. Adresse: Poppelsdorfer Allee 55, 53115 Bonn. Internet: www.un.org

Lit.: D. Frei, Die Organisation der Vereinten Nationen, Grüsch 1990; R. Wolfrum (Hg.), Handbuch Vereinte Nationen, 2. Aufl., München 1991; K. Hüfner (Hg.), Die Reform der Vereinten Nationen, Opladen 1994; A. Boeckh, Internationale Beziehungen (= Band 6 Lexikon der Politik, hg. von D. Nohlen), München 1994; V. Rittberger/M. Mogler/B. Zangl, Vereinte Nationen und Weltordnung. Zivilisierung internationaler Politik?, Opladen 1997; W. Woyke, Handwörterbuch internationale Politik, Opladen 2000; Generalsekretär der UN, We The Peoples. The Role of the United Nations in the 21st Century, New York 2000; Vereinte Nationen, Basic Facts about the United Nations, New York 2000; Auswärtiges Amt Neu-Seeland, Yearbook of the United Nations, Canberra 2002. dn/sta

UN-Ausbildungs- und Forschungsinstitut →UNITAR

UN-Bevölkerungsfonds →UNFPA

UN-Bevölkerungskonferenz →Weltbevölkerungskonferenz

UN-Entwicklungsprogramm →UNDP

UN-Ernährungskonferenz →Welternährungskonferenz

UN-Ernährungs- und Landwirtschaftsorganisation →FAO

UN-Flüchtlingskonvention →Flüchtlinge

UN-Forschungsinstitut für soziale Entwicklung →UNRISD

UN-Freiwilligenprogramm →UNV

UN-Hilfswerk für Palästina-Flüchtlinge →UNRWA

UN-Kapital- u. Entwickl.fonds →UNCDF

UN-Konferenz für Welthandel und Entwicklung →UNCTAD

UN-Konferenz über Wissenschaft und Technik im Dienste der Entwicklung →UNCST

UN-Menschenrechtskommission →Menschenrechte

UN-Organisation für Erziehung, Wissenschaft und Kultur →UNESCO

UN-Organisation für industrielle Entwicklung →UNIDO

UN-Siedlungs- und Städtekonferenz →HABITAT

UN-Truppen →UNF

UN-Umweltfonds →UNEF

UN-Umweltkonferenz →Welt-Umweltkonferenz

UN-Umweltprogramm →UNEP

UN-Welternährungsrat →WFC

UN-Weltkinderhilfswerk →UNICEF

UN-Wirtschaftskommission →CEPAL, ECA, ECWA, ESCAP

UN-Wirtschafts- und Sozialrat →ECOSOC

UN-Wüstenkonferenz →UNCOD

unbalanced growth Das im Ggs. zum **balanced growth* von A. O. Hirschman vertretene Konzept geht von der – wohl richtigen – Annahme knapper Investitionsmittel aus und empfiehlt ihren Einsatz in der zunächst einseitigen Förderung einiger Industrien. Dadurch entstünden Engpässe in den vor- und nachgelagerten Sektoren und Branchen, welche die Unternehmer jener Bereiche zu erhöhten *Investitionen anregen würden. Derselbe Effekt würde erneut in weiteren Sektoren und Branchen auftreten. Die systematische und bedachte Herbeiführung von Ungleichgewichten soll danach wirtsch. E. auslösen und verstärken. Contra: Die Kritik hebt darauf ab, dass das Konzept vom Typ eines rationalen und dynamischen Unternehmers ausgeht, an dem es aber gerade den EL fehlt. Bemerkenswert ist auch, dass ein wesentliches Element in der wirtschaftswiss. Analyse von UE, der *Dualismus, hier zum strategischen Faktor der Überwindung von UE umgemünzt wird. F. Perroux hat das *Unbalanced-growth*-Konzept weiterentwickelt und geogr. begrenzte Wachstumszentren, sog. Entwicklungspole, als Instrument einer langfristig erfolgreichen E.-Strategie propagiert. Demgegenüber hat G. Myrdal nachgewiesen, dass sich die als nur zeitweilig eingeplante Verstärkung regionaler E.-Unterschiede nicht wieder verringert, sondern die reicheren Regionen immer reicher und die ärmeren Regionen immer ärmer würden. Er übertrug damit die Vorstellung des **circulus vitiosus* bzw. der zirkulären Verursachung auf die EP-Strategie.

Lit.: A. O. Hirschman, The Strategy of Economic Development, New Haven 1958; G. Myrdal, Asian Drama. An Inquiry into the Poverty of Nations, 3 Bde., New York 1968. dn

UNCAST *United Nations Conference on the Application of Science and Technology to Development,* UN-Konferenz über die Anwendung von Wiss. und Technologie im E.-Prozess.

UNCCD *United Nations Convention to Combat Desertification,* UN-Konvention zur Bekämpfung der Wüstenbildung; im Anschluss an die UN-Wüstenkonferenz 1977 (*UNCOD) und die *Welt-Umweltkonferenz 1992 am 17. 6. 1994 verabschiedete Konvention zur *Desertifikationsbekämpfung mit Sitz in Bonn (seit 1999). Seit Okt. 1997 wird die Implementierung der am 20. 12. 1996 in Kraft getretenen und bis März 2002 von 179 Staaten ratifizierten Konvention auf jährl. Vertragskonferenzen verhandelt. In Beratungen entwickeln die von Desertifikation betroffenen Staaten, Geberländer, *NROs und zwischenstaatl. Org. Aktionsprogramme im Rahmen der Konvention, die Aktivitäten auf lokaler, nat. und regionaler Ebene sowie int. Partnerschaften zwischen *EL und *IL beinhalten. Dabei sind NROs und die Bev. durch «Bottom-up-Ansätze» in Vorbereitung und Durchführung der Programme einzubeziehen; die IL sollen über int. Partnerschaften finanz. Unterstützung leisten sowie den Zugang zu geeigneten Technologien und entsprechendem *know-how* erleichtern. Auf der 5. Vertragskonferenz wurde das Komitee zur Überwachung der Implementation der Konvention (CRIC) gegründet, das die Aufgabe hat, anhand von Berichten den Fortgang der Implementation zu prüfen; dabei wurden NROs ausdrücklich zur Berichterstattung aufgefordert. Die erste, auf Regionalkonferenzen vorbereitete Tagung des Gremiums Nov. 2002 wird jedoch nur Berichte betroffener Staaten, versch. UN- und zwischenstaatl. Org. sowie der IL diskutieren. 1999 war die Konvention mit einem Budget von 6,1 Mio. US-$ ausgestattet. →Desertifikation, Ökologie kf

UNCDF UN-Kapital-Entwicklungsfonds (*UN-Capital Development Fund*), als Instrument der *Kapitalhilfe für die EL 1966 von der Generalversammlung mit den Stimmen der EL beschlossen, gedacht als Alternative zu den von den Kapitalgeberländern, den westl. IL, beherrschten int. Finanzierungsinstituten *Weltbank und *IWF. UNCDF sollte der Kontrolle der *UN-Vollversammlung und damit der Mehrheit der EL unterstehen und deren Volkswirtschaften durch Zuschüsse und Kredite zu langfristigen und zinsgünstigeren Bedingungen Ressourcen transferieren. Das Kernproblem, die Mittelaufbringung, konnte bislang nicht gelöst werden, da die westl. IL den Beitragszusagekonferenzen fernblieben. Fondsmittel 1976: 6 Mio., 1985: 21 Mio., 1990–1998 jährl. ca. 40,0 Mio. US-$. Internet: www.undp.org/uncdf dn

UNCED →Welt-Umweltkonferenz

UNCHS *United Nations Centre for Human Settlements* →HABITAT

UNCLOS →Internationales Seerecht

UNCOD UN-Wüstenkonferenz, *United Nations Conference on Desertification* →UNCCD

UNCPCJP *UN-Programm zur Prävention von Kriminalität (*United Nations Crime Prevention and Criminal Justice Programme*), besteht aus der *United Nations Commission on Crime Prevention and Criminal Justice* als dem pol. Gremium und der *United Nations Crime Prevention and Criminal Justice Division* in Wien als deren Sekretariat und Büro für techn. Beratung. Angesichts steigender Kriminalitätsprobleme weltweit wurde der Status der damit befassten Gremien durch den *ECOSOC 1992 aufgewertet; aus einem *Committee* wurde eine Kommission mit 40 Mitgl., die jährl. tagt. Alle fünf Jahre wird ein globaler Kongress abgehalten. Themen des 10. Kongresses in Wien 2000 waren vor allem die int. Kooperation im Kampf gegen grenzüberschreitende Krimimalität sowie die faire Behandlung von Jugendlichen durch Justizsysteme. Aufmerksamkeit erregte 1994 eine Weltkonferenz in Neapel zum transnat. org. Verbrechen, bei der auch ein globaler Aktionsplan verabschiedet wurde.

Die «Crime Division» kooperiert u.a. mit UNDCP in Bereichen wie der Finanzkriminalität und der Geldwäsche. Aus e.-pol. Sicht ist aber v.a. interessant, dass E.-Org. zunehmend erkennen, dass Probleme wie organisierte Kriminalität und Korruption zu *governance*-Problemen gehören, die die Rahmenbedingungen für E. wesentlich beeinflussen können (→*good governance*). Damit wird die Prävention bzw. Kontrolle von Kriminalität und Korruption auch zu einer E.-Aufgabe, E.-Org. wie *UNDP suchen daher mehr und mehr die Zusammenarbeit mit der «Crime-Division», so z.B. in Zentralasien, Pakistan sowie Ost- und Südafrika.
Adresse: UNCPCJD, United Nations Office Vienna, P.O. Box 500, A-1400 Wien, Österreich. aas

UNCST (UNCSTED) Weltkonferenz der *UN über Wissenschaft und Technik im Dienste der Entwicklung (*UN-Conference on Science and Technology for Development*), vom *ECOSOC einberufen, tagte vom 20. bis 31. Aug. 1979 in Wien. Thema: Probleme der int. Arbeitsteilung im Bereich von Wiss. und Technologie, u.a. die technol. Abh. der EL von den IL, Rahmenbedingungen des *Technologietransfers, E.-Effekte importierter Technologie, Förderung *angepasster Technologien, Stärkung lokaler wiss. und technol. Fähigkeiten in EL. Die Konferenz brachte keine wesentlichen Fortschritte. →TAI dn

UNCTAD UN-Konferenz für Welthandel und Entwicklung (*UN-Conference on Trade and Development*), wurde auf Drängen der EL eingerichtet und 1964 auf Beschluss des *ECOSOC zum ersten Mal einberufen. Entgegen den Vorstellungen der EL wurde mit der UNCTAD keine eigenständige Welthandelsorg. gegr., sondern ein ständiges Organ der UN-Vollversammlung. UNCTAD übernahm jedoch immer mehr Funktionen des ECOSOC. Konferenzen finden seit 1964 in Abständen von vier J. statt, zwischen UNCTAD IV und UNCTAD V ausnahmsweise drei J.: UNCTAD I, Genf 1964; UNCTAD II, Neu-Delhi 1968, UNCTAD III, Santiago de Chile 1972; UNCTAD IV, Nairobi 1976; UNCTAD V, Manila 1979; UNCTAD VI, Belgrad 1983; UNCTAD VII, Genf 1987; UNCTAD VIII in Cartagena 1992; UNCTAD IX in Midrand 1996. UNCTAD X in Thailand 2000. Der UNCTAD gehören alle Mitgl. der UN und ihre Sonderorg. an (2001: 191 Mitgl.). Ständiges Organ der UNCTAD zwischen den Konferenzen ist der Rat für Handel und Entwicklung (TDB), dem bis 1972: 55 Mitgl., 1988: 131 Mitgl. angehörten. Er tagt in die Kontinuität der Arbeit wahrenden, regelmäßigen Abständen, mind. zweimal im J.; Beschlussfassung mit einfacher Mehrheit. Als Verwaltungsorgan besteht ein ständiges Sekretariat (Sitz: Genf), dem ein Generalsekretär vorsteht. Finanzierung im J. 2001: 45 Mio. US-$ aus dem regulären Budget der UN sowie 24 Mio. US-$ aus freiwilligen Beiträgen der Mitglieder.
Besonders die frühen Jahre von UNCTAD können durchaus als Erfolg angesehen werden. So wurde auf UNCTAD I das *Allgemeine Präferenzsystem eingeführt, und Raúl Prebisch, der erste Generalsekretär von UNCTAD, sorgte mit seiner *Dependencia-Theorie für eine theoret. Neubewertung der Situation der EL. Trotzdem erfüllten die bisherigen UNCTAD-Konferenzen nicht die von den EL in sie gesetzten Erwartungen. Statt verbindlicher Zusagen der IL an die EL wurden Versprechungen und freiwillige Verpflichtungen eingegangen, die oft unerfüllt blieben (wie z.B. die Verpflichtung, 0,7 % des BIP als E.-Hilfe an die EL abzuführen). Gravierender noch war der Bedeutungsverlust von UNCTAD. Die IL betrachteten sie als Hort der EL, als Forum ihrer Konfrontation mit den EL auf der Grundlage einer interventionistischen Ideologie, weshalb sie zum Feindbild aller Marktwirtschaftler wurde. Im Zuge der neoliberalen Wende waren die IL immer weniger bereit, UNCTAD als Verhandlungsforum für Fragen von Handel und

E. zu akzeptieren. UNCTAD selbst versuchte sich anzupassen, indem sie auf ihrer Konferenz von 1992 (UNCTAD VIII) wesentliche Elemente des *Neoliberalismus anerkannte sowie *Globalisierung und Liberalisierung der Weltwirtsch. als auch für die EL positiv bewertete.
Hauptthema von UNCTAD IX war die Forderung von *Wachstum und E. in einer sich globalisierenden und liberalisierenden Wirtsch. Drei Herausforderungen der Globalisierung durch Liberalisierung wurden hervorgehoben: 1. Verlust autonomer Wirtsch.-Pol.; 2. die Wirkungen int. Finanzmärkte; 3. die Marginalisierung der ärmsten Länder. UNCTAD X beschäftigte sich ebenfalls mit «E.-Strategien in einer interdependenten Welt», wobei der Fokus nach dem Schock der Asienkrise mehr auf der Verhinderung so genannter «Ansteckungseffekte» als auf den EL lag. Es ist offensichtlich, dass in der *WTO Fragen von Handel und E. nicht mehr in der Weise problematisiert werden, die nach den *CEPAL-Analysen zur Gründung von CEPAL geführt haben. Freier Handel wird hier auch für die EL als vorteilhafteste Ordnung betrachtet. Während einige IL die UNCTAD folglich für überflüssig betrachten, wollen die EL sie aufrechterhalten, konzedierten 1996 jedoch eine Neudefinition ihrer Rolle als Forum für Analyse und Dialog, Beratung und techn. Hilfe für EL in Fragen des Handels und der int. Kooperation. Sie könnte demnach eine der WTO komplementäre Funktion einnehmen, die e.-pol. Aspekte der Welthandelsfragen berücksichtigt. Verabschiedet wurde eine Verschlankung der Institution: von 9 auf 4 Abteilungen, von 7 auf 3 Ausschüsse, Reduzierung der Zahl von Tagungen, bessere Koordination mit anderen int. Organisationen. Adresse: Palais des Nations, CH-1211 Genf 10. Internet: www.unicc. org/unctad/→Neue Weltwirtschaftsordnung

Lit.: R. L. Rothstein, Global Bargaining. UNCTAD and the Quest for a New International Economic Order, Princeton 1979. dn

UNDA *United Nations Development Authority,* Entwicklungsbehörde der UN.

UNDCP Drogenkontrollprogramm der *UN (*United Nations International Drug Control Programme*), entstanden 1991 aus der Zusammenlegung von drei anderen Behörden, um Ressourcen in diesem Bereich zu bündeln. UNDCP ist der *United Nations Commission on Narcotic Drugs* (CDN) gegenüber verantwortlich und unterstützt auch den *International Narcotics Control Board* (INBC). UNDCP soll Staaten helfen, die drei int. Konventionen der Drogenkontrolle (*Single Convention on Narcotic Drugs* von 1961, *Convention on Psychotropic Substances* von 1971 und *United Nations Convention against Illicit Traffic in Narcotic Drugs and Psychotropic Substances*) umzusetzen, und int. Anstrengungen der Drogenkontrolle koordinieren. UNDCP unterstützt Projekte der techn. Zusammenarbeit in Ländern der Dritten Welt, aber auch in Osteuropa und den Nachfolgestaaten der SU. Schwerpunkt war bis zu Beginn der 1990er J. die Suche nach Alternativen zum Anbau von Drogenkulturen durch Projekte der →Alternativen Entwicklung. Inzwischen wird der Reduzierung des Drogengebrauchs, der Kontrolle des Drogenhandels, der Verbesserung der Gesetzgebung sowie der Unterstützung der regionalen Kooperation größeres Gewicht gegeben. Die Mittel für solche Maßnahmen werden von einigen wenigen Gebern meist in Form zweckgebundener Beiträge zur Verfügung gestellt. Zwischen 1993 und 1996 schwankten die Beiträge zwischen 55 und 65 Mio. US-$ jährl. Der Trend insges. ist rückläufig. Größter Geber ist derzeit Italien, gefolgt von GB, den USA, Japan, Schweden und der Bundesrepublik. UNDCP befindet sich seit der Gründung 1991 immer noch in einem Selbstfindungsprozess, der sich in häufigen internen Reorganisationen, der Fluktuation von Mitarbeitern, Bürokratisierungstendenzen und der Suche nach einem klaren Mandat äußert. Zu den Fragen in diesem Zusammenhang gehört, ob sich UNDCP auf eine Koordinierungs- und *Advocacy*-Rolle beschränken sollte oder ob UNDCP Länder der Dritten Welt darin unterstützen sollte, Drogen als E.-Probleme anzugehen. Auch unter den Gebern gibt es dazu keinen Konsens. Adresse: UNDCP. P. O. Box 500, A-1400 Wien, Österreich. Internet: undcp.or.at/contact.htlm; →Drogenwirtschaft/Drogenpolitik aas

UNDOF *United Nations Disengagement and Observer Force,* UN-Entflechtungs- und Beobachtungsstreitkräfte.

UNDP (*UN-Development Program*) E.-Programm der *UN. Gegr. 1965 durch Verschmelzung der EPTA (Erweitertes Technisches Hilfsprogramm) und SF (Sonderfonds). Sonderorgan der UN, unter der pol. Kontrolle der Vollversammlung und des *ECOSOC, durch Reform des UN-Entwicklungssystems seit 1970 Mittelpunkt und Koordinationsstelle aller UN-Org., die der E.-Hilfe (*Technische Hilfe) dienen.

Organe: Verwaltungsrat, 48 Mitgl. auf 3 J. im Auftrag der Vollversammlung vom ECOSOC gewählt (EL 27, westl. IL 17, Osteuropa 4); Entscheidung nach einfacher Mehrheit, bisher stets einstimmig. Verwaltungschef ist ein «Administrator», auf 4 J. vom Verwaltungsrat gewählt. Hauptsitz: New York; außerdem besitzt UNDP 132 Länder- und Regionalbüros.

Aufgabe: *Projekthilfe (Programmierung, Konkretisierung, Durchführung, *Evaluierung von Projekten). Schwerpunkte: 1. Erschließung und Nutzbarmachung natürl. *Ressourcen; 2. Ausbildung von Fachkräften; 3. Verbesserung der öfftl. Verwaltung; 4. Bekämpfung von Krankheiten/Ausbau des Gesundheitswesens; 5. Anpassung und Anwendung geeigneter Technologien für die E.; 6. Schaffung von Anreizen für erhöhten Kapitaltransfer vonseiten privater Sektoren; 7. Verbesserung der wirtsch. Zusammenarbeit unter EL.

Finanzierung: aus freiwilligen Beiträgen der Mitgl.; 1973 bis 1980 jährl. Steigerung des UNDP-Haushalts um ca. 14 %, später schwächer (1992 bis 1996 8 % geplant, z.T. in nationalen Währungen; freiwillige Beitragsleistungen 1992: 1,167 Mrd. US-$). Im zweiten Planungszyklus 1976 bis 1981 standen UNDP 3,2 Mrd. US-$ zur Verfügung; weitere Planungszyklen 1982–86: 3,9, 1986–93: 3,4, 1992–96: 4,1 Mrd. US-$. Um der Kritik am hohen Verwaltungsaufwand der UN entgegenzukommen, wollte UNDP zwischen 1992 und 1997 seinen Verwaltungshaushalt real um 12 % senken, seinen regulären Mitarbeiterstab am Amtssitz um 31 %, seinen gesamten regulären Mitarbeiterstab um 15 %. Für 1996/97 verpflichtete sich UNDP, Länder mit niedrigem Einkommen (jährl. BIP pro Kopf unter 750 US-$) 90 % seiner Basisressourcen zu gewähren. 60 % dieser Mittel sollen den am wenigsten entwickelten Ländern zugute kommen. 1985 unterstützte UNDP über 7000 Projekte in ca. 150 Staaten und Territorien. Über 90 % werden von UN-Sonder-/Fachorg. ausgeführt, dem Volumen der zugeteilten Mittel nach: *FAO, UN (*DTCD), *UNIDO, *ILO, *UNESCO. Sektorale Verteilung 1985: Landw. 22 % (der Gesamtausgaben), Verkehrs- und Nachrichtenwesen 12 %, E.-Planung 15 %, natürliche Ressourcen 13 %, Ind. 12 %, Erziehung 5 %. Regionale Verteilung 1985: Afrika 29 %, Asien und Pazifik 29 %, LA 12 %, arab. Staaten 9 %, Rest (global, interregional etc.) 20 %. 1976 bis 1981 konzentrierte sich die Förderung bereits zu 2/3 auf EL mit einem *Pro-Kopf-Einkommen unter 500 US-$; für 1986 bis 1991 zu 80 % auf EL mit einem Pro-Kopf-Einkommen von jährl. weniger als 750 US-$.

Projektabwicklung: Ähnlich der *GTZ für die dt. *EZ ist die Tätigkeit von *UNOPS für die von UNDP in Auftrag gegebenen Maßnahmen. Internet: www.undp.org dn

UNECA →ECA

UNEDA *United Nations Economic Development Administration*, UN-Amt für wirtsch. Entwicklung.

UNEF (*UN Environment Fund*), *UNEP

zugeordneter Umweltfonds; aus freiwilligen Mitgliedsbeiträgen gespeist. dn

UNEP Umweltprogramm der Vereinten Nationen (*United Nations Environment Programme*). Nach der *Welt-Umweltkonferenz 1972 (Stockholm) von der Generalversammlung (GV) der *UN gegründet. Haupsitz: Nairobi (Kenya) mit Regionalbüros in Bangkok, Mexico City, Manama (Bahrain), Montreal, Bonn, Den Haag, Paris, Osaka, Genf, New York und Washington, D. C.

Aufgaben: Koordinierung der umweltrelevanten Tätigkeiten der UN-Organisationen sowie von nicht-staatlichen Org. (NGOs)). UNEP hat weniger direkt operative Aufgaben, sondern soll «katalytisch» wirken. Hierzu gehört die Abfassung von Umweltschutzrichtlinien («guidelines»), die Förderung des Umweltbewusstseins, auch durch die Unterstützung der dezentralen Arbeit von NGOs, und die Unterstützung regionaler und auf bestimmte Umweltmedien begrenzter Umweltregime, z. B. Aktionsplan Mittelmeer. Die im Vgl. zu anderen int. Org. begrenzten personellen und finanz. Ressourcen und Forschungskapazitäten sowie die isolierte Lage des Hauptsitzes schränken die Effizienz von UNEP stark ein.

Pol. Mittel und Instrumente: neben der Ausarbeitung von Empfehlungen und Richtlinien die Kodifizierung des Völkergewohnheitsrechts und des Völkervertragsrechts (z. B. Wiener Konvention zum Schutz der Ozonschicht 1985 und Montrealer Protokoll 1987, Basler Giftmüllkonvention 1989, Artenschutz-Konvention 1992). Hinzu kommt der Aufbau eines int. zugänglichen Systems der Sammlung und des Austauschs von Umweltdaten und -informationen (GEMS, INFOTERRA), das auch die Funktion eines Frühwarnsystems übernehmen soll. Die Umweltüberwachung bezieht sich auf grenzüberschreitende Wasser-, Meeres- und Luftverschmutzung, auf die Zerstörung der Tropenwälder, auf die Entwicklung von Großstädten und Agglomerationen (*urban development*) sowie auf den Schutz der Erdatmosphäre und des Weltklimas. Grundlage sind das auf der UNCED verabschiedete Mandat sowie die zahlreichen Konventionen und Deklarationen, die teilweise konkrete Verpflichtungen der Unterzeichnerstaaten beinhalten (→Kyoto-Konferenz). 1995 gab die Mitgl.-Versammlung der UNEP die globale Umweltprognose GEO in Auftrag, die Jan. 1997 vorgelegt wurde und im J. 2000 zum zweiten Mal durchgeführt wurde. Als größte Herausforderungen der Zukunft identifiziert der 2000-Bericht das anhaltende Bevölkerungswachstum und eine unnachhaltige E., was sich insb. in der Zunahme von Naturkatastrophen und dem Klimawechsel äußert. Der Bericht empfiehlt deshalb die Reduzierung umweltschädlicher Subventionen, die Implementierung von Energiesparmaßnahmen und die E. umweltschonender Produktionstechnologien.

Organe: Verwaltungsrat, wird für drei J. von der UN-Generalversammlung (GV) gewählt; UNEP-Sekretariat, geleitet von einem Exekutivdirektor, der von der GV für vier J. gewählt wird. Die Umweltarbeit des Sekretariats bezieht sich auf die Umweltbestandsaufnahme, durch Komplettierung der Datenbank, die Erstellung von Listen über potenziell gefährliche Chemikalien und Abfälle und aktive Hilfsmaßnahmen für konkrete Programme.

Adresse in Europa: Palais des Nations, CH-1211, Genf 1. Internet: www.unep.org.

Lit.: M. Strübel, Int. Umweltpolitik, Opladen 1992; T. Gehring, Dynamic Int. Regimes: Institutions for Int. Environmental Governance, Frankfurt a. M./Bern 1994; H. v. Mangoldt/V. Rittberger (Hg.), Das System der Vereinten Nationen und seine Vorläufer, Band I/1, Dok. 30–34, München 1995; Wiss. Beirat der Bundesreg. Globale Umweltveränderungen, Welt im Wandel: Wege zur Lösung globaler Umweltprobleme, Berlin/Heidelberg 1995; U. E. Simonis, Globale Umweltpolitik, Mannheim 1996; UNEP, Global Environmental Outlook 2000, Nairobi 2000. ms/sta

UNEPRO *United Nations East Pakistan Relief Operation,* UN-Hilfsaktion für Ostpakistan.

UNESCO UN-Organisation für Erziehung, Wissenschaft und Kultur (*UNEducational, Scientific and Cultural Organization*), 1945 gegr., 1979: 144, 1988: 158, 1997: 185, 2002: 188 Vollmitgl., Sitz in Paris. *Organe:* Generalkonferenz (tagt alle zwei J.), Exekutivrat (z. Z. 58 Mitgl.: * OECD-Staaten 10, osteurop. Staaten 4, lateinamerik. 9, asiat. und pazif. 8, afrik. 14, arab. 6 Sitze), Sekretariat mit Generaldirektor (von der Generalkonferenz gewählt), nat. Kommissionen in fast allen Mitgl.-Staaten. *Aufgabe:* die int. Zusammenarbeit auf den Gebieten der Erziehung, Wiss., Kultur und des Informationswesens zu fördern in Funktion der Friedenssicherung und Mehrung des allg. Wohlstandes der Menschheit (laut Verfassung der UNESCO). 1950: Ausdifferenzierung in die sieben Hauptbereiche: Erziehung (v. a. Bekämpfung des Analphabetismus), Naturwiss., Sozial- und Humanwiss., Kultur (int. Kulturaustausch), Personenaustausch, Kommunikation und Hilfsdienste. Mitte der 1950er J. traten bei: die SU und weitere soz. Staaten, zu Beginn der 1960er J. im Zuge der * Dekolonisation viele EL, die die Stimmenmehrheit gewannen. In den 1970er J. wandte sich die UNESCO immer stärker e.-pol. Fragen und Aktivitäten zu. Die Formulierung einer Medienpol. (McBride-Kommission, →Neue Weltinformationsordnung) Ende der 1970er J. führte zum offenen ideolog. Streit zwischen den soz. Staaten und den EL (etatistische Konzepte der Informationspol.) gegenüber den westl. IL, der in den Austritten der USA (Dez. 1984), Großbritanniens und Singapurs (Dez. 1985) gipfelte (Gründe: «Politisierung» der Org. und Missverhältnis zwischen Beitragszahlungen und pol. Einflussmöglichkeiten v. a. seitens der USA, Verschwendung von Finanzmitteln durch zu hohen Verwaltungsaufwand). Seit 1985 wurden Reform- und Sparprogramme eingeleitet, die der Kritik der westl. IL und dem durch den Austritt der USA bedingten Verlust von 25 % des Etats Rechnung tragen. Die USA kündigten zum 50. Jahrestag der UNESCO-Gründung ihren Wiedereintritt an, der jedoch bis Mitte 2002 noch nicht erfolgte. Großbritannien hingegen ist seit 1997 wieder Mitglied. Künftige Hauptprogrammbereiche und Schwerpunkte der UNESCO-Arbeit sind: 1. Entwicklung innovativer Bildungskonzepte; 2. Förderung, Transfer und Austausch von Wissen; 3. Erarbeitung von internationalen Richtlinien; 4. Bereitstellung von Expertise und Beratung; 5. Ermöglichung von internationaler Kooperation. Das Strategiepapier für die Halbdekade 2002–2007 nennt als Hauptziele die Weiterentwicklung universeller Normen, Förderung und Schutz eines kulturellen Pluralismus und die gleichberechtigte Partizipation an der entstehenden Wissensgesellschaft. →Welt-Kulturdekade, →Welterbe; Internet: www.unesco.org

Lit.: H. Moore (Hg.), World Science Report, Paris, Éditions UNESCO, 1994. dn/sta

UNESOB *United Nations Economic and Social Office in Beirut*, Büro der UN für Wirtschafts- und Sozialfragen in Beirut.

UNF *United Nations Forces* →Blauhelme

UNFDAC UN-Fonds zur Kontrolle des Drogenmissbrauchs (*United Nations Fund For Drug Abuse Control*), wurde 1991 zusammen mit anderen UN-Drogenkontrollorganen in das neu gegründete →UNDCP (*United Nations Drug Control Programme*) eingegliedert. red

UNFPA UN-Bevölkerungsfonds (*UN-Fund for Population Activities*), 1967 gegr., 1969 dem * UNDP unterstellt, 1979 zum Nebenorgan der Generalversammlung erklärt, seit 1971 Zentrum für alle bev.-pol. Bemühungen der * UN. *Aufgaben*: 1. Sammlung von Grundlagen, Beteiligung an Bev.-Erhebungen in den EL; 2. Erarbeitung und Bereitstellung von bev.-wiss. Erkenntnissen, Ausbildung von Sozialdemographen; 3. Ausarbeitung bev.-pol. Programme (u. a. Organisation von [Welt-]Konferenzen); 4. * Familienplanung: Einrichtung regionaler Verteilersysteme für empfängnisverhütende Mittel und Beratung in Techniken der Fruchtbarkeitsregulierung; Informationen und Werbung für Familienprogramme; 5. Unterstützung von Maßnahmen der sozialen *Infrastruktur (Gesundheits-/Bildungswesen); 6. Überwachung und Implementation der Abschlussdeklarationen der UN-Bevölkerungskonferenzen. Auf die Familienplanung entfallen rund 60 % der Aufwendungen von UNFPA, das sich ausschließlich durch freiwillige Spenden und öfftl. Zuwendungen (hauptsächlich der IL) finanziert. Seit 1969 hat UNFPA rund 5 Milliarden US-$ verteilt. Einnahmen 2000: 366,1 Mio. US-$. 2000 unterstützte UNFPA 142 Länder: im sub-saharischen Afrika 45 (35,5 % der Gesamtausgaben), Asien und Pazifik 33 (31,9 %), LA und Karibik 25 (11,2 %), arab. Staaten und Europa 33 (13 %). Für interregionale und globale Programme wurden 8,4 % der Mittel aufgewendet. Veröffentlichungen: Weltbevölkerungsbericht, jährl.; dt. Ausgaben veröffentlicht im UNO-Verlag, Poppelsdorfer Allee 55, 53115 Bonn; Adresse: Daily News Building, 220 East 42nd Street, New York, N. Y. 10017–5880, USA. Internet: www.unfpa.org dn

UNFSST *United Nations Financial System for Science and Technology for Development*, Finanzierungssystem der UN für Wiss. und Technologie im E.-Prozess.

Ungleicher Tausch Die marxistische Imp.-Diskussion hat sich lange Zeit darauf beschränkt, die Beziehungen zwischen kapitalistischen IL und den Kolonien bzw. Halbkolonien unter dem Aspekt der Probleme der Akkumulation nationalstaatl. verfasster Kapitale zu betrachten. Int. Austauschbeziehungen wurden, wenn überhaupt, dann nur am Rande behandelt. Nicht zuletzt unter dem Eindruck der von Raúl Prebisch formulierten Theorie des säkularen Verfalls der **terms of trade* hat in dieser Hinsicht eine Umorientierung eingesetzt. In Anlehnung an die Marx'sche Arbeitswerttheorie versuchte man, den auf der Ebene der Preise zu beobachtenden Verfall der *terms of trade* für Primärprodukte als Ausdruck eines u. T.s von nat. Werten bzw. von unterschiedlichen Arbeitsquanta zu interpretieren und darüber hinaus das unterschiedliche E.-Tempo zwischen EL und IL bzw. das Phänomen der UE insgesamt auf den als Ausbeutung der EL durch die IL verstandenen u. T. zurückzuführen. Die Diskussion um den u. T. wurde von einer 1969 veröffentlichten Arbeit von A. Emmanuel ausgelöst, die rasch eine Reihe weiterer Publikationen nach sich zog, von denen vor allem die Arbeiten von Ch. Palloix, S. Amin und E. Mandel eine gewisse Bedeutung erlangt haben. In der dt. Diskussion, die sich an der Kritik an Emmanuel entzündete, sind u. a. E. Altvater, W. Bärtschi, K. Busch, Ch. Neusüß und W. Schoeller zu nennen. Die Arbeiten von G. Kohlmey (Ex-DDR) zu diesem Thema, die schon zwischen 1962 und 1968 erschienen sind, haben die franz. und bundesrepublikanische Debatte kaum beeinflusst, sieht man von der Rezeption durch Bärtschi ab.

Das Konzept des u. T.s hat einige Ansätze der EL-Forschung (→*Dependencia*, →peripherer Kapitalismus) stark beeinflusst und z. T. zu weitreichenden Schlussfolgerungen hinsichtlich der Ursachen von UE (Ausbeutung qua u. T.), der qualitativen E.-Möglichkeiten im peripheren Kapitalismus (keine) und der Systemnotwendigkeit der Ausbeutung der EL durch den metropolitanen Kapitalismus Anlass gegeben. Im Wallerstein'schen Weltsystemansatz wird der u. T. auch heute noch als wichtiges Element bei den globalen Hierarchisierungsprozessen (*Metropolen, Semi-Peripherie, Peripherie) gesehen. So hat etwa K. Raffer versucht, eine konzeptionelle Klärung der versch. Versionen des u. T.s herbeizuführen und das Konzept im Rahmen der Weltsystemanalyse zu verorten. Darüber hinaus jedoch ist die Diskussion um den u. T. abgestorben, und auch marxistische Autoren beurteilen die Brauchbarkeit und den theoret. Stellenwert dieses Konzepts heute eher skeptisch. Dies liegt einmal an den nie gelösten Problemen bei der Bestimmung der konstitutiven Merkmale des u.T.s, der geringen Operationalisierbarkeit des Konzepts und – als Folge davon – an dem völligen Mangel an empirischer Untermauerung. Darüber hinaus haben sich – auch bei einigen marxistischen Autoren – die Gewichte bei der Erklärung von UE und E. stärker auf die Strukturmerkmale des Weltmarkts und vor allem wieder auf die internen Strukturen der EL verlagert, was Austauschbez. allenfalls den Stellenwert einer abgeleiteten Größe zuweist.

Lit.: A. Emmanuel, L'échange inégal, Paris 1969; E. Mandel, Der Spätkapitalismus, Frankfurt 1973; S. Amin, Die ungleiche Entwicklung, Hamburg 1975; W. Bärtschi, Ausbeutung und Einkommensumverteilung in den internationalen Wirtschaftsbeziehungen, Berlin (West) 1976; M. Massarat, Die Theorie des ungleichen Tauschs in der Sackgasse, in: Die Dritte Welt 6, 1978; A. Schmidt, Internationale Arbeitsteilung oder ungleicher Tausch, Frankfurt/New York 1980; I. Wallerstein, The Modern World System II. Mercantilism and the Consolidation of The European World Economy. 1600–1750, New York etc. 1980; H. Elsenhans, Abhängiger Kapitalismus oder bürokratische Entwicklungsgesellschaft. Versuch über den Staat in der Dritten Welt, Frankfurt/New York 1981; Probleme des Klassenkampfs (PROKLA), Nr. 59 (1985). ab

Ungleichgewichtiges Wachstum →*unbalanced growth*

UNHCR Amt des Hochkommissars der *UN für Flüchtlinge (*UN-High Commissioner for Refugees*), 1951 von der UN-Vollversammlung eingerichtet, Hauptsitz: Genf; 289 Regionalbüros in 123 Ländern. *Aufgabe:* Personen zu schützen und zu unterstützen, die ihr Heimatland als *Flüchtlinge verlassen haben oder Flüchtlinge im eigenen Land sind, also Kriegsflüchtlinge, Asylsuchende, Heimkehrer und IDPs (internally Displaced Persons). Arbeitsgrundlage sind die Genfer Flüchtlingskonvention von 1951 und das Zusatzprotokoll von 1967. Das Mandat des UNHCR ist weltweit, zeitlich jedoch befristet und muss von der Vollversammlung alle vier J. verlängert werden. Die Zuständigkeit von UNHCR ist dann eingeschränkt, wenn andere UN-Org. Flüchtlinge schützen. Der Hohe Kommissar wird jeweils auf Vorschlag des Generalsekretärs von der Vollversammlung gewählt und bleibt ihr und dem *ECOSOC verantwortlich, denen er jährl. Bericht erstattet. Ihm zur Seite steht ein (weisungsberechtigter) Verwaltungsrat aus 41 Mitgl. (Staatsvertretern), der die Programmziele festlegt und die einzelnen Projekte genehmigt. Die Aufgaben lassen sich gliedern in Rechtsschutzmaßnahmen, wobei die Sicherung der Rechtsstellung der Flüchtlinge sich an den *Menschenrechten orientiert, und Maßnahmen zur Lösung von Flüchtlingsproblemen in Form der Eingliederung in die Aufnahme- (Umsiedlung) oder der Rückkehr in die Herkunftsländer (Repatriierung). Die Art der Maßnahmen reicht dabei von der Bereitstellung von Nahrung und Unterkunft in akuten Notfällen bis zur Rechtsberatung. In zunehmendem Maße kümmert sich UNHCR um IDPs, deren Gesamtzahl auf 20–25 Mio. geschätzt wird. Ihr Rechtsstatus ist jedoch umstritten, da sie von der Genfer Konvention nicht explizit als Flüchtlinge aufgeführt werden.

Die Finanzierung von UNHCR erfolgt aus dem ordentlichen Haushalt der UN und durch freiwillige Beiträge von Regierungen, *Nichtstaatlichen Organisationen und Einzelpersonen. Das Budget belief sich 2001 auf 881,2 Mio. US-$. 1990 wurden 14,2 Mio., 1994 16,4 Mio., 1998 21,4 Mio., 2000 21,8 Mio. Menschen vom UNHCR betreut, die zum größten Teil in der Dritten Welt lebten. Im J. 2000 waren 12 Mio. von ihnen Flüchtlinge (55 %), 800000 waren Heimkehrer (4 %), 900000 Asylsuchende (4 %), 6,4 Mio. IDPs (29 %) und 1,8 Mio. andere (z.B. «Staatenlose» der ehem. SU; 8 %).

Publikationen: Bulletin Zur Information. Adressen: UNHCR-Sekretariat, Palais des Nations, CH-1211 Genf; Vertreter in der BRD: Rheinallee 6, 53173 Bonn. Internet: www.unhcr.org

Lit.: M. Wöhlcke, Umweltflüchtlinge. Ursachen und Folgen, München 1992; UNHCR (Hg.), Die Lage der Flüchtlinge in der Welt, Bonn 1994; F. Nuscheler, Internationale Migration. Flucht und Asyl, Opladen 1995; UNHCR, The State of the World 2000 – Fifty Years of Humanitarian Action, Oxford 2000. dn/sta

UNICEF (*UN-Children's Fund*), Welt-Kinderhilfswerk der *UN. 1946 von der Generalversammlung der UN eingerichtet; bis 1953 zeitlich begrenztes Hilfsprogramm; seither ständiges UN-Programm. *Leitung:* Verwaltungsrat, 36 Vertreter von Mitgl.-Staaten der UN, vom *ECOSOC gewählt. UNICEF wird nur auf Ersuchen von betreffenden Reg. (vor 1950 auch in IL, seither in EL) tätig. *Aufgabe:* Kinder in aller Welt vor Krankheit, Hunger, Ausbeutung und den Folgen von Krieg und Naturkatastrophen zu bewahren, Beitrag zur Schulbildung. Finanzierung aus freiwilligen Beiträgen der Länder (etwa 60 %), Rest *Nichtstaatliche Organisationen (priv. Spenden und Verkaufserlöse: Glückwunschkarten). Die Einnahmen beliefen sich 2000 auf ca. 1139 Mio. US-$. Programmprioritäten 1998–2000: Krankheitsvorbeugende Maßnahmen, Mutterschutz, Ausbildungszugang u. -verbesserung, Verringerung der Kinderausbeutung.

Materialien: Broschüren, Filme, Dias und Zft.en (UNICEF-Prisma, UNICEF-Nachrichten; beide viermal jährl.). Adresse: 866 United Nations Plaza, New York, N. Y. 10017, USA; Deutsches Komitee für UNICEF, Höninger Weg 104, 50969 Köln. Internet: www.unicef.org

Lit.: UNICEF, The Progress of Nations, New York 1996; Deutsches Komitee für UNICEF, Zur Situation der Kinder in der Welt 1996, Frankfurt 1995. dn

UNIDF *United Nations Industrial Development Fund,* Fonds der UN für industrielle Entwicklung. →UNIDO

UNIDO UN-Sonderorganisation für die industrielle Entwicklung (*UN-Industrial Development Organization*), geht zurück auf eine Forderung der EL (*UNCTAD 1964), wurde 1966 auf Beschluss der UN-Vollversammlung gegr., zunächst im Rahmen des *UNDP löste sie den bereits 1960 eingerichteten UN-Ausschuss für ind. E. ab. Seit 1. 1. 1986 autonome Unterorg. der UN, nachdem 1979 eine neue Satzung verabschiedet worden war, für deren In-Kraft-Treten die Ratifizierung durch mindestens 80 Staaten notwendig war. 2002: 169 Mitgl. *Organe:* Oberstes Organ bis 1986 die Vollversammlung der *UN, seither eine eigene Generalkonferenz der Mitgl.-Staaten, die alle zwei Jahre tagt. Sie wählt den *Industrial Development Board* (IDB), der aus 53 Mitgl. besteht (33 EL, 15 westl. IL, 5 ehem. Staatshandelsländer). Seine Amtszeit beträgt drei J. Auf Vorschlag des IDB wählt die Generalkonferenz den Generaldirektor auf vier J. Erste Generalkonferenz Aug. 1985 in Wien. Vorher fanden folgende UNIDO-Konferenzen statt: 1971 Santiago de Chile; 1975 Lima; 1980 Neu-Delhi; 1984 Wien; *Ziele:* Beschleunigung der ind. Entwicklung der *Dritten Welt, Förderung der ind. Zusammenarbeit zwischen IL und EL, Koordinierung aller ind.-pol. Maßnahmen der UN. *Mittel (2001)*: Ordentlicher Haushalt aus Beiträgen der Mitgl.-Länder. Operative Mittel zu fast 50 % aus freiwill. Beiträgen, →UNDP, Rest Eigenmittel. Gesamtfördervolumen 1993 72 Mrd., 1996 101 Mrd. US-$.

Auf der 2. Konf. (UNIDO II) von 1980 wurde das sog. Lima-Ziel vereinbart, das besagte, dass die EL bis zum J. 2000 ihren Anteil an der ges. Ind.-Produktion von bisher 9 % auf 25 % steigern sollten. Auf der 3. Konf. von Neu-Delhi forderten die EL die Einrichtung eines Nord-Süd-Weltfonds für die Industrialisierung der EL in Höhe von 300 Mrd. US-$ bis zum J. 2000, der von den IL und den Ölstaaten gespeist und von den EL verwaltet und kontrolliert werden sollte. Industriefachtagungen sollten zu einem ständigen UNIDO-Programm eingerichtet werden. Auf ihnen sollten die Neustrukturierung der Ind., soziale Aspekte der Industrialisierung, *Technologietransfer (Errichtung einer Datenbank für Ind. und Technik, INTIB) etc. behandelt werden. UNIDO III endete mit einem Fehlschlag. Zwar stimmten die soz. Länder mit den EL für die «Delhi-Deklaration und Aktionsprogramme», doch lehnten auch sie den Fonds ab, ebenso wie die 22 IL, an die fast alle Forderungen gerichtet waren. Die quantitativen Zielvorgaben wurden spätestens 1993 aufgegeben. Im Zuge der neoliberalen Wende nahm die Kritik an der UNIDO rasant zu und erzwang Reformen, sowohl in der Programmatik als auch der Organisation. Auf der 5. Generalkonferenz in Yaoundé (Kamerun, 1995) wurden fünf übergeordnete Ziele verkündet: 1. ind. und technol. Wachstum sowie Wettbewerbsfähigkeit; 2. E. von *Humankapital; 3. gerechte E. durch ind. E.; 4. umweltverträgliche ind. Entwicklung; 5. int. Investitions- und Technologiekooperation. UNIDO sollte schlanker und effizienter werden. Reduzierung der Personalkosten um 36 %, Steigerung der Produktivität der Mitarbeiter um 20 % (1995 realisiert). Die Kritik an UNIDO hielt jedoch an, da nach Ansicht westl. IL die ind. E. der EL effektiver von priv. Investoren, einzelnen Staaten oder auch anderen UN-Organisationen wahrgenommen werden konnte. Die USA vollzogen 1996 den Austritt aus der UNIDO, GB und die BRD erwogen ihn. Adresse: Internationales Zentrum, Postfach 300, 1400 Wien. Internet: www.unido.org dn

UNIFEM Entwicklungsfonds der UN für die Frauen. 1. Hintergrund: Als Folge der 1. Weltfrauenkonferenz (Mexiko, 1975) richtete die UN 1976 einen Fonds freiwilliger Beiträge zur Finanzierung der Aktionen der für 1976 bis 1985 ausgerufenen Frauendekade ein. Der Fonds wurde 1985 als UNIFEM zu einer autonomen, frauenspezifischen UN-Organisation mit Sitz in New York. 2. Leitung und Finanzierung: Beratungsrat mit 5 Vertretern von UN-Mitgl.-Staaten. UNIFEM erstattet dem *UNDP sowie der UN-Vollversammlung Bericht. Er wird aus freiwilligen Beiträgen der Mitgl.-Staaten (hauptsächlich der IL) finanziert (Haushalt 2000: ca. 29,4 Mio. US-$). 3. Aufgaben: a) finanz. und techn. Projekthilfe zum Zweck der Frauenförderung in den EL; b) Vernetzungs- und Vermittlungsfunktion mit anderen nat. und int. Entwicklungs- und Frauenorg. zur Förderung frauenspezifischer Programme und Strategien auf globaler Ebene; c) Sammlung, Erarbeitung und Veröffentlichung von frauenspezifischen Informationen und Daten. Schwerpunkte: Ausbildung von Frauen; Zugang zu Landbesitz und Krediten; Landw. und Ernährungssicherung; Gesundheit; Menschen- und Frauenrechte; Umwelt; Wiss. und Technologie. Internet: www.unifem.org

Lit.: D. Eade, Development with Women, Oxford 1999. sus

UNIFIL *United Nations Interim Force in Lebanon*, UN-Interimsstreitkräfte im Libanon.

UNISIST *United Nations International System on Information on Science and Technology*, Int. Informationssystem der UN über Wissenschaft und Technologie.

UNITA →Angola, Befreiungsbewegungen

UNITAR *UN-Ausbildungs- und Forschungsinstitut (*UN-Institute for Training and Research*); gegr. 1965, versteht sich als Bindeglied zwischen dem UN-System und der akademischen Welt. *Aufgaben:* Ausbildung von Personen aus EL und vorrangig für die konkreten Bedürfnisse der UN (int. Beamten), UN-bezogene Forschung, Verfahrensprobleme, friedliche Konfliktschlichtungsmuster, E. des Völkerrechts durch die UN, *Menschenrechte etc. Finanzierung hauptsächlich durch freiwillige Beiträge. Konvergenz und Annäherung der Funktionen durch die Universität der Vereinten Nationen (UNU), die 1972 gegr. wurde und die weltweit verstreute Institute vereint. Forschungsschwerpunkte: Hunger in den EL, Management und Nutzung natürlicher Ressourcen, menschliche und soziale Entwicklung. dn

United Fruit Company Größter Bananenproduzent der Welt, 1899 gegr., im Besitz großer Bananenplantagen in Mittelamerika und der Karibik; nach Niederringung von Konkurrenzunternehmen Monopolstellung im Bananensektor, Dominanz über die Wirtsch. der Bananenrepubliken; kontrolliert wesentliche Teile der materiellen *Infrastruktur der Länder, in die sie eindringt. dn

Universal Declaration of Human Rights →Menschenrechte

UNMOGIP *United Nations Military Observation Group in India and Pakistan*, Militärische Beobachtergruppe der UN in Indien und Pakistan.

UNOPS *United Nations Office for Project Services*, Abwicklungsbehörde der *UNDP-Projekte. Internet: www.unops.org dn

UNPAAERD *UN Program of Action for Africa Economic Recovery and Development*; Aktionsprogramm für die wirtsch. Gesundung und Entwicklung Afrikas, 1986 von der UN-Generalversammlung verabschiedet; Ergebnis u. a. *SPA. red

UNRISD *UN-Forschungsinstitut für soziale Entwicklung (*UN-Research Institute for Social Development*), 1963 als autonome Institution im Rahmen der UN gegr., 12 Forscher neben Experten und Beratern; *Aufgabe:* Forschung auf dem Gebiet der sozioökon. E. und Planung, Unterstützung regionaler und nat. Forschungs- und Planungsinstitutionen. Schwerpunkt bisher in der *Indikatoren-Forschung. Adresse: Palais des Nations, 1211 Genf 10. Internet: www.unrisd.org dn

UNRWA Hilfswerk der *UN für *Palästina-Flüchtlinge (*UN-Relief and Works Agency for Palestinian Refugees*), nahm Mai 1950 seine Tätigkeit auf, Mandat wird von der UN-Vollversammlung von Zeit zu Zeit verlängert. *Finanzierung:* aus freiwilligen Beiträgen, Umfang der Maßnahmen von schwankenden Einnahmen abh. dn

UNSCCUR *United Nations Conference on the Conservation and Utilization of Resources*, UN-Konferenz über die Erhaltung und Nutzung von Ressourcen.

UNSO *United Nations Sahel Office*, Büro der UN für die *Sahelzone.

Unterentwicklung →Entwicklung

Unterernährung →Ernährung

UNTSOP *United Nations Truce Supervision Organization in Palestine* (auch UNSO), Organisation der UN zur Überwachung des Waffenstillstands in Palästina.

UNU *United Nations University*, Universität der Vereinten Nationen.

UNV (*United Nations Volunteers Programme*) Freiwilligen-Programm der *UN, Teil des *UNDP, 1970 auf Beschluss der Generalversammlung gegr., Sitz seit 1996 Bonn. Jährl. rd. 2000 *Entwicklungshelfer in Projekten der *EZ, der *Humanitären Hilfe und Hilfe bei Wahlen, Menschenrechtsschutz im Einsatz. 70 % der Freiwilligen stammen aus EL, Schwerpunkt der Einsätze ist Afrika (57 %). Adresse: siehe UN. Internet: www.unv.org

Lit.: Das Freiwilligen-Programm der Vereinten Nationen (UNV). HIZ III A 25,30 (März 1988). dn

UPEB (*Unión de Países Exportadores de Banano*), gegr. 1974 in Panama, Abkommen trat 1976 in Kraft. Vereinigung von acht lateinamerik., Bananen produzierenden Ländern (Kolumbien, Costa Rica, Dom. Rep., Guatemala, Honduras, Nicaragua, Panama, Venezuela) zur Interessenvertretung der Mitgliedsländer v. a. gegenüber US-amerik. Bananenkonzernen. *Ziele:* Durchsetzung von Mindestpreisen für ihre Produkte, Harmonisierung von Exportkapazität und Nachfrage, Erschließung neuer Märkte, Aushandlung einer int. Vereinbarung über den Bananenhandel und eine größere Kontrolle über die Vermarktung der Bananenproduktion (1977 Gründung der Vermarktungsorganisation COMUNBANA). Zusammenarbeit mit *FAO, *MCCA, *UNCTAD, *UNDP. red

UPTC →Gewerkschaften

urban informal sector →Berufsbildung

Urbanisierung Begleiterscheinung und dynamisierender Faktor wirtsch. und sozialen Strukturwandels, ist in den letzten Jahrzehnten zu einem Problem der EL geworden, da sich der Bev.-Anstieg nicht nur auf die Dritte Welt konzentrierte, sondern dort auch auf die städt. Regionen. Betrug der Urbanisierungsgrad (Bev. in Städten über 20000 Ew. laut UN-

Statistiken) 1960 noch 15 %, so stieg er aufgrund einer JZ der städt. Bev. von 4,0 bis 4,2 % auf 1980 28 %. Von 1950 bis 1985 vervierfachte sich die Stadtbev. in EL von 286 Mio. auf 1,14 Mrd. 1950 gab es in der Dritten Welt nur eine Millionenstadt: Buenos Aires; 1992 wurden 12 Städte mit über 7 Mio. Ew. gezählt. 2001 zählten alle neuen Millionenstädte zur Dritten Welt, 13 der 17 größten Städte liegen im Süden. 2000 lebten von einer Weltbev. von 6,1 Mrd. rd. 2,9 Mrd. in Städten oder stadtähnlichen Agglomerationen. Für das J. 2030 wird geschätzt, dass der Anteil der Weltbev., der in Städten lebt, auf 60 % (5 Mrd.) anwachsen wird. Die U. wächst demnach erheblich schneller als die ges. Bev. Eine Studie des *BMZ stellte bereits Ende der 1970er J. fest: «Die übermäßig rasche, meist unkontrollierte, auf wenige Zentren konzentrierte und sozial sehr unausgewogene U. führt in vielen EL dazu, daß die Leistungen der Städte immer deutlicher hinter den *Grundbedürfnissen ihrer Ew. (Arbeit, *Wohnen, Trinkwasser, menschenwürdige Umweltbedingungen, *Gesundheit, *Bildung, *Partizipation) zurückbleiben und daß notwendige Funktionen der Städte für die Landes- und Regionalentwicklung (z. B. Absatzmarkt, Dienstleistungs- und Verwaltungszentrum) immer unzureichender erfüllt werden. Ungelöste städt. Probleme beeinträchtigen zunehmend die Erfüllung übergeordneter e.-pol. Ziele und gefährden die wirtsch. und pol. Handlungsfähigkeit der EL» (Sektorpapier Urbanisierung, 1978). Die Gründe für die U. liegen in den die *Landflucht auslösenden Faktoren, in den verkrusteten sozialen und wirtsch. Strukturen, den geringeren E.-Chancen und dem Massenelend auf dem Lande; sie ist damit auch eine Folge der eingeschlagenen E.-Strategie, des Vorrangs der Ind. gegenüber der Landw., dem Ausbau der Städte als Produktions- und Dienstleistungszentren, der in den ländl. Massen die Hoffnung auf bessere Lebensverhältnisse in den Städten aufkommen ließ. Doch nur in wenigen EL konnte die Ind. ausreichend Arbeitsplätze bereitstellen. So wuchsen die Slums nach folgender Daumenregel von Oesterreich (1980): jährl. Wachstumsrate für Verstädterung 5 %, für Vergroßstädterung 10 %, für Slums 20 %. Manchmal leben 1/4, manchmal auch über 2/3 der städt. Bev. unter menschenunwürdigen Bedingungen.

Die bisherigen Reg.-Praktiken in den EL schwanken meist «zwischen den Extremen des Ignorierens des Slumproblems und der gewaltsamen Slumbeseitigung (*slum clearing*)» (Sturm).

E.-pol. Maßnahmen haben zweigleisig anzusetzen: zum einen den weiteren Zuzug in die Millionenstädte zu verringern durch *ländliche Entwicklung und rechtzeitigen Ausbau kleinerer und mittlerer Städte zu regionalen Zentren; zum anderen die U.-Folgen zu bewältigen durch Bekämpfung der *Arbeitslosigkeit und Wohnungsbaumaßnahmen, durch Förderung von *Selbsthilfeorganisationen, durch Stärkung der Planungs-, Organisations- und Durchführungskapazitäten urbaner Verwaltungen etc.

Lit.: B. Dwyer (Hg.), The City in the Third World, London 1974; J. Oesterreich, Elendsquartiere und Wachstumspole, Köln 1980; A. Gilbert/J. Gugler, Cities, Poverty and Development: Urbanization in the Third World, Oxford 1982; G. Kohlhepp, Bevölkerungswachstum und Verstädterung in Lateinamerika, Stuttgart u. a. 1982, S. 60ff.; R. Sturm, Wohnverhältnisse/Habitat, in: D. Nohlen/P. Waldmann (Hg.), Dritte Welt, München 1987, S. 669ff.; UNFPA, Weltbevölkerungsberichte, Bonn (seit 1987 jährl. auf Deutsch; Bezug: UNO-Verlag, Poppelsdorfer Allee 55, 53115 Bonn); H. Fleisch, Weltbevölkerung und Verstädterung, in: I. Hauchler u. a. (Hg.), Globale Trends 2002, Frankfurt a. M. 2001, S. 94–131. dn

Urgewald Schwerpunkt der Arbeit der 1992 gegr. *NRO ist die kritische Auseinandersetzung mit den ökol. und sozialen Folgen bi- und multilateraler Projekte. In Gesprächen, Öffentlichkeitskampagnen und Postkartenaktionen werden dabei die Interessen der Betroffenen den Entscheidungsträgern in den mit den

Projekten befassten Institutionen (*Entwicklungsbanken, *BMZ) näher gebracht. Ziel ist die Förderung einer ökol. und sozial verträglichen E. von unten mit Beteiligung der Betroffenen. Finanziert wird U. durch Stiftungsgelder und Spenden (1995: 192811 €; 2001: 306775 €). Adresse: Von-Galen-Str. 4, 48336 Sassenberg, E-Mail: urgewald@gn.apc.org. Internet: www.urgewald.de. mn

Uruguay

Fläche (Tsd. qkm): 177,414
Bev. (Mio.) 2001: 3,40
BNE pro Kopf (US-$) 2000: 6090
BIP (Mio. US-$) 2000: 20195
LE (Jahre) 1999: 74,3
Analphabetenquote (%) 1999: 2
HDI 1999: 0,828 [Rangplatz von 162: 37]

Die Republik U. stellte aufgrund ihrer wohlfahrtsstaatl. Entwicklung in den ersten Jahrzehnten des 20. Jh.s und der Stabilität ihrer demokratischen Institutionen eine Ausnahme unter den lateinamerik. Ländern dar. Nach krisenhafter Zuspitzung der wirtsch. und sozialen Probleme sowie Verschärfung der pol. Konflikte übernahm Anfang der 1970er J. das Militär die Macht. Pol. Unerfahrenheit der Militärs, schwache wirtsch. Leistungen und die unbeugsame Opposition der demokratischen Kräfte begünstigten die Redemokratisierung 1984/85.

1. U. gehört zu den kleinsten Ländern Südamerikas. Es ging als Pufferstaat zwischen Brasilien und Argentinien aus den Unabh.-Kriegen und den Rivalitäten der beiden Nachbarn 1828 hervor. Die wesentliche *Ressource U.s liegt in Boden und Klima, die sich hervorragend für Agrar- und insbes. Weidewirtsch. eignen (flachwelliges Hügelland, gemäßigtes Klima; 88 % der Gesamtfläche sind landw. nutzbar). Mineralische Rohstoffe (Eisenerz, Gold, Silber, Kupfer etc.) wurden zwar nachgewiesen, angesichts geringer Vorkommen bisher aber kaum abgebaut.

2. Wesentliche Voraussetzung für die Stabilisierung des pol. Systems im letzten Drittel des 19. Jh.s war die sehr erfolgreiche wirtsch. Integration U.s in den Weltmarkt. U. nutzte die *komparativen Kostenvorteile seiner Weidewirtsch. in Form einer wesentlich auf den Export agrarischer Erzeugnisse (Lebendvieh, Leder, Felle, Horn, gesalzenes Fleisch) orientierten inländ. Produktionen. Die beiden trad. Parteien, *Colorados* (Vertreter der Handelsinteressen) und *Blancos* (Großgrundbesitz), die sich vorher gewaltsam bekämpft hatten, verständigten sich (als Fraktionen der herrschenden Klasse) auf Teilung der Macht. Zugleich öffneten sich die Parteien, insbes. die *Colorados*, neuen sozialen Sektoren, die im Zuge der wirtsch. E. entstanden und (auch infolge hoher Einwanderung) in weiterer Ausdehnung begriffen waren: Mittelschichten und städt. Unterschichten, bestehend aus freigesetzter ländl. Arbeitskraft als Folge der Modernisierung der Agroexportwirtschaft. Nachdem im 19. Jh. fast sämtliche Güter des täglichen Bedarfs importiert werden mussten, entwickelten sich verstärkt seit Beginn des 20 Jh.s gewerbliche Betriebe für die Versorgung des einheimischen Marktes. Einen erheblichen Aufschwung nahm auch der Dienstleistungsbereich. Wachsende Widersprüche in der gesellsch. E. (hohe *Urbanisierung, wachsende Unterschiede in der Verteilung des Reichtums, zunehmende Arbeitslosigkeit) drängten den Staat auf eine aktivere Rolle im Wirtschaftsleben. Unter dem sozial fortschrittlichen Präsidenten José Batlle y Ordóñez (1903 bis 1907 und 1911 bis 1915) wurden wesentliche Bereiche der *Infrastruktur des Landes, die bislang im Besitz hauptsächlich ausl. Kapitaleigner waren, nationalisiert bzw. verstaatlicht (Energiewirtsch., Transport, Kreditwesen, Versicherungen, Häfen etc.). Durch den dazu notwendigen Verwaltungsapparat, weitere Investitionstätigkeit und die Gründung eigener Betriebe dehnte der Staat den Arbeitsmarkt aus. Zugleich erließ er eine sehr fortschrittliche und im lateinamerik. Vgl. einzigartige Sozialgesetzgebung (Achtstundentag, Mindestlöhne für Landarbeiter, Arbeitsunfallgesetz, Schutzbestimmun-

gen für Frauenarbeit, Renten etc.). Die neuen Schichten wurden sozial voll integriert und die pol. Macht von den ehemals hegemonialen gesellsch. Gruppen auf die Mittelschichten verlagert. Die beiden trad. Parteien einigten sich auf ein pol. System, das – dem Kollegialsystem der Schweiz vergleichbar – die pol. Opposition bzw. Minderheit an der Führung des Landes beteiligte.

Wohlstand, geringer Intensitätsgrad sozialer Konflikte und ein funktionierendes pol. Institutionensystem waren jedoch in bedenklichem Maße außenwirtschaftsabh. In der Tat zeigten Veränderungen des Weltmarktes, in Form geringerer Erlöse für die trad. Exportprodukte, unmittelbar interne Auswirkungen. Nachteilig musste sich v. a. bemerkbar machen, dass die enormen Außenhandelsgewinne in den Zeiten florierender Exportwirtsch. nicht zur Erweiterung des Produktionsapparates genutzt, sondern von einer Minderheit in Luxuskonsum vergeudet wurden. Die Weltwirtschaftskrise von 1929 führte dem Land die Krisenanfälligkeit des Exportmodells vor Augen, doch konnte seinerzeit ziemlich erfolgreich auf *Industrialisierung zur *Importsubstitution umgeschaltet werden. Probleme des Arbeitsmarktes wurden neben einem erheblichen Wachstum des Industriesektors durch Ausdehnung des staatl. Verwaltungsapparates gemildert, sodass die wohlfahrtsstaatl. abgesicherte Arbeiterschaft ebenfalls in das pol. System integriert wurde und wenig Neigung zu pol. Extremismus zeigte. Die neuen, abh. Mittelschichten wurden zur *Klientel des pol. Systems und der sie tragenden Parteien und entwickelten ein vitales Interesse an der Aufrechterhaltung der bestehenden pol. Strukturen.

Nach Ende des Korea-Booms, der noch einmal einen Anstieg der Exporterlöse brachte, konnte das für die Aufrechterhaltung des Sozialstaats notwendige Wirtschaftswachstum nicht mehr über die Agrarexporte noch über die sich inzwischen erschöpfende Industrialisierung zur Importsubstitution realisiert werden. Mit der Krise der urug. Wirtsch. – bedingt durch die spezifische Form der wirtsch. Einbindung U.s in den Weltmarkt, also das Muster der *internationalen Arbeitsteilung – verschärften sich die sozialen Auseinandersetzungen. Die distributiven Fähigkeiten des Staates, die vordem systemstabilisierend gewirkt hatten, ließen nach, ja der frühe sozialstaatl. Ausbau des Landes und v. a. der aufgeblähte Verwaltungsapparat (er umfasste 1961 21,1 % der erwerbstätigen Bev., band etwa 35 % der Staatsausgaben) machten den Staat im Investitionsbereich manövrierunfähig. Sämtliche sozialen Schichten von der oberen Mittelschicht abwärts erlitten in den folgenden Jahrzehnten empfindliche Einbußen im Realeinkommen und im Lebensstandard bei wachsenden Ungleichgewichten in der *Einkommensverteilung. In dieser Krise nahm die pol. Auseinandersetzung Formen offener Gewalt (und Gegengewalt) an, sichtbar im bewaffneten Kampf der Tupamaros gegen das pol. System und in der zur gleichen Zeit Ende der 1960er J. einsetzenden pol. Repression von oben, zunächst der noch demokratisch gewählten Reg.en, dann der in einem kalten Staatsstreich die Macht an sich reißenden Militärs.

3. Nach den Wahlen von 1971 wurde unter Präsident Bordaberry, d. h. in Übereinstimmung von Militärs und zivilen Machtgruppen, nach und nach bis zu dessen formaler Amtsenthebung 1976 der Wechsel von der Demokratie zur Diktatur vollzogen: Auflösung des Parlaments im Jahre 1973; in den folgenden Jahren Zentralisierung der Macht durch Vereinigung aller Waffengattungen unter Einschluss der militarisierten Polizeikräfte in einer «Obersten Kommandeursjunta», Ausschaltung von Parteien und Verbänden, Unterstellung lokaler Behörden und gesellsch. Bereiche (Staatsbetriebe, Hochschulen, Schulen) unter milit. Führung (Interventoren) etc.

An die Stelle der aufgelösten Organe traten durch sog. Institutionelle Akte neue Institutionen, die den Schein legaler

Kontinuität wahren sollten. Das Parlament wurde durch einen aus Militärs und Zivilisten zusammengesetzten Staatsrat (*Consejo del Estado*) ersetzt. Seine 25 Mitgl., die von der Reg. ernannt wurden, bildeten zusammen mit den 20 ranghöchsten Offizieren den Rat der Nation (*Consejo de la Nación*), der neben Gesetzgebungsfunktionen die Aufgabe hatte, den Präsidenten zu wählen. Das wichtigste Machtorgan war der Nationale Sicherheitsrat COSENA (*Consejo de Seguridad Nacional*), der bereits vor der Machtübernahme durch die Militärs eingerichtet worden war und dem der Präs., die Minister des Inneren und der Verteidigung, der Generalstabschef und die Chefs der drei Waffengattungen angehörten. Ideologische Grundlage des Militärregimes war die von brasilian. Militärtheoretikern entwickelte *Doktrin der Nationalen Sicherheit.

Das Militärregime versuchte, die Struktur der urug. Wirtsch. grundlegend zu verändern, und zwar auf der Basis folgender wirtschaftspol. Orientierungen: 1) Liberalisierung: Abbau der Protektion (Schutzzölle) zugunsten einheim. Erzeugnisse des Ind.- und Agrarsektors; 2) Privatisierung: Überführung der staatl. Betriebe in Privatbesitz; 3) Förderung der nicht-trad. Exportind., d.h. solcher Unternehmen, die bislang hauptsächlich für den inländischen Markt produzierten (Lebensmittel, Lederwaren, Textilien, nichtmetallische Mineralien); 4) Förderung ausl. *Direktinvestitionen. Insg. gelang es den Militärs nicht, die angestrebten wirtschaftspol. Ziele zu erreichen: Vielmehr waren hohe Inflationsraten, drastische Verringerungen der Reallöhne sowie eine wachsende *Verschuldung zu verzeichnen. Schwer wogen v.a. die sozialen und pol. Kosten des Militärregimes: Unterdrückung der bürgerlichen Freiheiten (7000 pol. Gefangene), schwere Verletzungen der *Menschenrechte, u.a. durch Anwendung von Folter, Exodus von etwa 600000 Uruguayern, v.a. qualifiziertes Personal (Akademiker, Facharbeiter, Künstler).

4. Die Re-*Demokratisierung erwuchs aus dem Versuch der regimetragenden Kräfte, die eigene Herrschaft zu legitimieren und die weitere pol. E. U.s festzuschreiben. Eine neue Verfassung wurde Nov. 1980 einem Referendum unterworfen, jedoch bei einer Wahlbeteiligung von 86,8 % von 57,2 % der Wähler abgelehnt. Erstmals in der Geschichte LAs misslang es einer Diktatur, ein Verfassungs- und Gesetzesvorhaben durch Volksentscheid absegnen zu lassen, und dies, obwohl die Massenmedien einseitig für die Annahme des Entwurfs geworben hatten. Der Grund lag in einem Irrtum der Militärs, welche die neue Verfassung als Garant dafür anpriesen, dass die früheren Verhältnisse nicht wiederkehren würden, während die Bev. im Gegenteil die pol. Vergangenheit mit positiven Erinnerungen verband.

Nachdem die Macht von der Militärfraktion übernommen worden war, die eine Rückkehr zur Demokratie befürwortete, wurde 1981 ein neuer Redemokratisierungsplan vorgelegt, der die traditionellen Parteien in die Öffnung mit einbezog. Als erster Schritt wurden im Nov. 1982 Wahlen zu den Führungsgremien der zugelassenen Parteien (*Colorados*, *Blancos*, Bürgerl. Union) veranstaltet, die mit einer Niederlage der parteiinternen regimenahen Gruppen endeten. Als zweiter Schritt wurden Mai 1983 Verhandlungen zwischen Militärs und Parteien aufgenommen, die den *Frente Amplio* (FA, die linke «Breite Front») einschloss, aus denen sich aber die *Blancos* zurückzogen. Die Verhandlungen führten zum Pakt des Club Naval vom Aug. 1984, in dem demokratische Wahlen vorgesehen waren. Diese wurden Nov. 1984 von den *Colorados* gewonnen. März 1985 übernahm J. M. Sanguinetti das Präsidentenamt. Der im Hintergrund anhaltend große pol. Einfluss der Militärs zeigte sich insb. in der Frage der gerichtlichen Aufarbeitung der Menschenrechtsverletzungen unter dem Militärregime. Hier kam die Reg. den Interessen der Militärs mit einem Amnestiegesetz entgegen (Dez.

1986). Zwar konnte die Opposition die Abhaltung eines Referendums über das Gesetz durchsetzen. Dabei sprachen sich aber (April 1989) 56 % der Wähler für die Amnestie aus.
5. Die Reg. Sanguinetti steuerte einen Kurs wirtsch. Stabilisierung und konnte in einigen Bereichen die schweren Einbrüche zu Beginn der 1980er J. wettmachen. Problematisch blieb die pro Kopf gerechnet hohe *Verschuldung von insg. 5,6 Mrd. US-$ sowie die Inflation von 90 % (1989). Mit L. A. Lacalle gelangten zum zweiten Mal in diesem Jh. die *Blancos* an die Reg. (Wahlen 26. 11. 1989). Bemerkenswert war auch der Erfolg des FA, der erstmals die Stadtreg. von Montevideo stellte, sowie die Etablierung einer vierten Partei (*Nuevo Espacio*, Koalition aus Sozial- und Christdemokraten) mit 8 % der Stimmen. Präs. Lacalle setzte auf ein neoliberales Sanierungsprogramm, das Einschnitte in das rel. dichte soziale Netz vorsah. Er konnte sich dabei auf eine förmliche Absprache mit den *Colorados* stützen. Nach zwei mageren J. 1990/91 zog die Wirtsch. 1992/93 an (7,3/12,7 %). Verantwortlich dafür war die erhöhte Ausfuhr nach Argentinien im Rahmen des *Mercosur. Der Währungsschnitt 1993 galt der Inflationsbekämpfung (1983–1992 j. zwischen 50 und 129 %) ebenso wie der Verringerung der öfftl. Ausgaben. Das Sparpaket (Abbau von 2000 staatl. Stellen) rief im Mai 1993 einen Generalstreik hervor.
1995 kam Sanguinetti zum zweiten Mal an die Reg. In den Wahlen (1994) erzielten *Colorados, Blancos* und *Frente Amplio* (umbenannt als *Encuentro Progresista*) jeweils über ein Drittel der Stimmen. Das Linksbündnis stellte erneut die Stadtreg. von Montevideo und blieb weiterhin in der Opposition. Um unter diesen Bedingungen die Regierbarkeit zu sichern, kam es zur Bildung einer großen Koalition zwischen *Colorados* und *Blancos*, welche die parl. Mehrheit für umfassende Reformvorhaben sicherte. So verabschiedete bereits 1995 das Parl. das Gesetz zur höchst umstrittenen Reform der Sozialversicherung, die aufgrund demographischer und Arbeitsmarktbedingungen längst völlig aus den Fugen geraten war (auf zwei Arbeitnehmer entfällt in U. gegenwärtig ein Rentner). Als Folge v. a. der negativen wirtsch. E. Argentiniens kam es 1995 in U. zu einem Rückgang des realen BIP um 2,4 %. 1996 zeigte die Wirtsch. allmählich Anzeichen der Erholung, wobei die Arbeitslosenquote allerdings leicht zunahm. Hinsichtlich der Inflation bestätigte sich der seit Beginn der 1990er J. (1990: 112,5 %; 1990–99: 35,2 %) rückläufige Trend. 2002 wurde U. jedoch von den Folgen der Argentinien-Krise hart getroffen. Eine IWF-Anleihe vermied den Zusammenbruch des Finanzsystems. Nach langen und zähen Verhandlungen verabschiedete das Parl. im Okt. 1996 mit den Stimmen der beiden Koalitionspartner eine Verfassungsreform, der am 8. 12. 1996 in einem Plebiszit knapp zugestimmt wurde. Für die Präs.-Wahlen gilt nun ein abs. Mehrheitswahlsystem mit Stichwahl. Bei den ersten Wahlen nach dem neuen System siegte im ersten Wahlgang am 31. 10. 1999 der Kandidat der Linken, bei der Stichwahl vom 23. 11. 1999 hingegen mit 51,6 % Jorge Battle von den *Colorados*, gestützt von den *Blancos*.

Lit.: M. Weinstein, Uruguay, The Politics of Failure, Westport, Conn. 1975; M. H. J. Finch, A Political Economy of Uruguay since 1870, London/Basingstoke 1981; D. Nohlen, Uruguay, in: HDW III, 2, Bonn 1995, S. 481–515.
dn/ml

Uruguay-Runde Achte Verhandlungsrunde im Rahmen des *GATT, die im Sept. 1986 im uruguayischen Seebad Punta del Este eröffnet wurde und am 15. 12. 1993 abgeschlossen wurde. Die offizielle Abschlusskonferenz fand im April 1994 in Marrakesch, Marokko, statt. Wichtigstes Ergebnis der Uruguay-Runde war die Schaffung der neuen Welthandelsorg. (*WTO).
Die achte Runde des GATT erwies sich als schwieriger und umfangreicher als alle vorhergehenden Runden. Dies hing

damit zusammen, dass der inhaltliche Rahmen in doppelter Hinsicht weiter gesteckt war als in den vorangegangenen Zollsenkungsrunden (→Kennedy-Runde, →Tokio-Runde): Die IL wollten die Reichweite des alten GATT, das auf den Warenhandel beschränkt war, auch auf andere Bereiche des Weltmarktes ausdehnen, vor allem auf den Handel mit Dienstleist., bei dem gerade in EL erhebliche Handelshemmnisse gegenüber Importen bestehen. Neben dem Warenhandel, dem trad. Regelungsbereich des GATT, hat in den letzten J. der Handel mit Dienstleist. erheblich an Bedeutung zugenommen. Er hat 1994 zum ersten Mal die Marke von 1000 Mrd. US-$ überschritten und macht inzwischen damit etwa 30 % des Warenhandels aus. Zweites wichtiges Thema für die IL war der Schutz geistigen Eigentums und die Deregulierung der Auflagen für ausl. *Direktinvestitionen (ADI) in vielen EL. Auf Hunderte von Mrd. US-$ bezifferten die USA im Vorfeld der Uruguay-Runde die jährl. Verluste, die ihrer Ind. weltweit durch den Diebstahl von Patenten, durch Raubkopien von Software, durch Nachbauten von Medikamenten etc. entstehen würden. Deshalb sollte im GATT auch die weltweite Anerkennung und der Schutz geistiger Eigentumsrechte festgeschrieben werden.
Die EL, vor allem Indien und Brasilien, wollten die Aufnahme von Verhandlungen zu neuen Themen nur zulassen, wenn gleichzeitig substanzielle Ergebnisse bei der Liberalisierung des Handels mit den Gütern zu erwarten waren, die für EL von großer Bedeutung sind, wie z. B. beim Agrarhandel und dem Handel mit Textilien und Bekleidung. Sie forderten eine tatsächliche Öffnung der Märkte der IL für EL im Warenhandel. Deshalb wurden parallel zur Behandlung der neuen Themen auch die alten Ausnahmebereiche des GATT (Agrar, Textil) mit auf die Tagesordnung der Uruguay-Runde gesetzt.
Eine gemeinsame Position der EL spielte in den weiteren Verhandlungen allerdings kaum noch eine Rolle, zu unterschiedlich sind die handelspol. Interessen z. B. zwischen den asiat. Schwellen- bzw. neuen IL von denen afrik. Länder, die oft nach wie vor vom Export weniger Rohstoffe leben. Im Agrarbereich kamen die großen Differenzen zwischen den wenigen großen Agrarexportnationen und den vielen Nahrungsmittel importierenden EL hinzu.
Mit dem Abschluss der U. wurde die Einrichtung der neuen Welthandelsorg. WTO beschlossen. Die Abschlussdokumente der U. umfassen die Texte des GATT von 1947 zum Handel mit Gütern. Dieses Abkommen wurde im Rahmen der U. verändert und erweitert (GATT 94). Generell wurden die Handelsregeln für den Warenhandel gestrafft und die Verfahren effektiver gestaltet. Das GATT 94 enthält deshalb versch. Sonderabkommen, z. B. über die Verwendung von Anti-Dumping-Maßnahmen, über handelsrelevante Investitionsmaßnahmen (→TRIMS), über techn. Handelshemmnisse, über Subventionen oder Zollschätzungen. Die IL haben sich verpflichtet, Maßnahmen zum Abbau *nichttarifärer Handelshemmnisse zu ergreifen. Der Anteil der EL-Exporte, der von solchen Maßnahmen betroffen ist, wird nach ersten Abschätzungen von 18 auf 4 % sinken. Durch die Einbeziehung des Textilhandels in das GATT-Regime konnte erreicht werden, dass das Welttextilabkommen (*Multi-Faser-Abkommen) bis zum Jahr 2005 auslaufen wird und die bisherigen Handelshemmnisse in diesem Bereich für EL deutlich reduziert werden. Parallel zum GATT 94 wurden zwei weitere multilaterale Abkommen unterzeichnet, das Allgemeine Abkommen über den Handel mit Dienstleist. (→GATS) und das Abkommen über handelsrelevante Aspekte von geistigen Eigentumsrechten (→TRIPS). Zusätzlich wurden vier plurilaterale Abkommen verabschiedet, die nur für die jeweiligen Unterzeichnerstaaten Geltung besitzen (über Zivilflugzeuge, öfftl. Beschaffungswesen, Milchwirtsch. und

Rindfleisch. Mitgl. in der WTO können nur die Länder werden, die die multilateralen Abkommen des Verhandlungspaketes insgesamt akzeptieren. Von Bedeutung ist weiterhin das neu geschaffene Streitbeilegungsverfahren, das transparenter, berechenbarer und durchsetzungskräftiger geworden ist, da Schiedssprüche des Verfahrens nur noch einstimmig von allen Mitgl. der WTO zurückgewiesen werden können. Zusätzlich wird die Handelspol. der Mitgl. der WTO in Zukunft regelmäßig einer Überprüfung unterzogen.

Der Verhandlungsverlauf der U. gestaltete sich langwierig und schwierig, da besonders beim Agrarhandel die USA und die EU lange Zeit zu keinen Zugeständnissen bereit waren. Der ursprgl. anvisierte Abschlusstermin der U. im Dezember 1990 konnte nicht eingehalten werden. Erst durch einen *bilateralen Kraftakt im Agrarbereich zwischen den USA und der EU 1993, dem nach dem Gästehaus der US-Reg. benannten *Blair-House-Agreement*, konnte die U. zum Abschluss gebracht werden. Hierbei einigten sich die USA und die EU auf eine moderate Liberalisierung ihrer Agrarpol. Neben einer generellen Marktöffnung für alle vorher abgeschotteten Agrarmärkte von zunächst 3 % (später 5 %) müssen sowohl die Exportsubventionen (21 % in der Menge, 36 % im Wert) als auch die interne Stützung für die Landw. (um 20 %) reduziert werden. Die Marktzugangshindernisse bei Agrarerzeugnissen werden in Zollsätze umgewandelt (tarifiziert) und müssen von den IL in 6 J. um 36 % und den EL um 24 % in 10 J. gesenkt werden. Im Bereich des Warenhandels konnten in anderen Bereichen weiter gehende Resultate erreicht werden. Insgesamt wird die durchschn. Zollreduktion durch die Uruguay-Runde auf 37 % geschätzt.

Zwei neue Themen kamen zum Schluss der Verhandlungen auf die Tagesordnung: Unterstützt von einigen IL-Reg. wurde ab 1992 verstärkt über den Zusammenhang von Handel und Umwelt diskutiert. Die Notwendigkeit zur Behandlung des Themas ergab sich einerseits, da verschiedene int. Umweltschutzabkommen dezidiert Möglichkeiten enthalten, handelspol. Instrumente zu ergreifen, um die Umweltziele durchzusetzen. Es galt deshalb das Verhältnis solcher Abkommen zum GATT 1994 zu klären. Zum anderen wurde vor allem von *Nichtstaatlichen Organisationen auf mögliche negative Umweltauswirkungen eines wachsenden Welthandels in Folge weiterer Liberalisierungsschritte hingewiesen (z. B. Transport). Zur Überprüfung des Zusammenhangs zwischen Handel und Umwelt wurde deshalb mit der Abschlusskonferenz ein Ausschuss für Handel und Umwelt der WTO gegründet.

Kurz vor dem Abschluss der U. forderten die USA und F. die Aufnahme einer Sozialklausel in den GATT-Vertrag. Sie fanden für diese Forderung Unterstützung von int. Gewerkschaftsverbänden, aber auch vom EU-Parl. Eine solche Sozialklausel würde den WTO-Mitgl. unter bestimmten Bedingungen die Möglichkeit verschaffen, Handelssanktionen gegen diejenigen Exportländer zu verhängen, die bei der Produktion ihrer Exportgüter grundlegende Mindeststandards im Arbeitsleben, wie sie in verschiedenen Konventionen der *IAO niedergelegt sind, verletzen. Die Behandlung des Themas stieß auf heftigen Widerstand vor allem bei EL-Reg., die ihre Angst vor einem neuen Protektionismus im sozialen Gewande artikulierten. Das Thema wurde deshalb nicht mehr im Rahmen der U. behandelt.

Das multilaterale Welthandelsregime ist auf alle Fälle gestärkt worden, eine E., die inzwischen viele EL begrüßen, da multilaterale Regeln bzw. der multilaterale Verhandlungsrahmen den EL – angesichts ihrer schwachen individuellen Verhandlungsposition in Handelsfragen – neue Möglichkeiten geben, sich vor unilateralen Handelsmaßnahmen der wichtigen Handelsnationen zu schützen und eigene Interessen besser zu artikulieren und durchzusetzen. Seit Abschluss der U. konnten bereits zahlreiche EL das gestärkte Streitschlichtungsverfahren der WTO nutzen. Die Umsetzung der Ergebnisse der U. bereitet vielen EL große Schwierigkeiten, da mit der Unterzeichnung unter das Gesamtpaket z.T. weitreichende administrative und gesetzgeberische Veränderungen nat. Rahmenbedingungen notwendig geworden sind. Die EL drängen deshalb seit J. auf eine Streckung der Implementierungsperiode der U. Die Frage der Umsetzung der U.-Ergebnisse wurde von EL deshalb zu einem ihrer Hauptanliegen für die vierte Ministerkonferenz der WTO in Doha gemacht (Nov. 2001). Zu Beginn der Doha-Runde wurden über 50 Entscheidungen zu Einzelfragen der Umsetzung der U. getroffen. Allerdings konnten längst nicht alle offenen Fragen bearbeitet werden. Die Nachverhandlungen dieser Umsetzungsproblematik werden deshalb auch in den kommenden Jahren auf der Agenda der WTO bleiben.

Lit.: GATT, The Results of the Uruguay-Round of Multilateral Trade Negotiations. The Legal Texts, Genf 1994; S. Page/M. Davenport, World Trade Reform: Do developing countries gain or lose?, ODI Special Report, London, ODI, 1994; R. Senti, GATT–WTO, Institut für Wirtschaftsforschung der ETH Zürich, Zürich 1994; G. Koopmann/H. E. Scharrer, Der internationale Handel nach der Uruguay-Runde, in: Internationale Politik und Gesellschaft, 2/95, S. 160–173; N. Grimwade, International Trade Policy, London, New York 1996; OECD (Hg.), The Development Dimension of Trade, Paris 2001; WTO (Hg.), Doha – Ministerial Declaration, 14. 11. 2001, Genf 2001. mw

URUPABOL Auf eine Initiative von Paraguay zurückgehende, 1963 gegr. Kooperation zwischen Uruguay, Paraguay und Bolivien, zuerst im Rahmen des * BID, in der Folge – innerhalb der * ALALC – in ausgewählten Bereichen der Wirtschaftspol. (Handels-, * Infrastruktur- und Verkehrspol.). Mit dem Austritt Paraguays 1996 und im Zuge des Aufbaus anderer regionaler Kooperationsvorhaben (* La-Plata-Becken-Vertrag, * Mercosur) verlor U. jegliche Bedeutung. dn

USAID auch AID, US-amerik. Entwicklungsbehörde (*Agency for International Development*), 1961 gegr., halbautonomes Organ des US-Außenministeriums, Sitz in Washington, D. C. Unterhält Regionalbüros in Afrika, LA, im Nahen Osten und in Südostasien. *Aufgabe:* Förderung und Ausführung US-amerik. Hilfsprogramme für die Dritte Welt (u. a. * Technische und * Personelle Hilfe, Nahrungsmittelprogramme, Lieferung landw. und ind. Ausrüstungsgüter). →Entwicklungspolitik der USA

Publikationen: USAID, Annual Report on Programme Performance, Washington, D. C., jährl. Internet: www.info.usaid.gov dn

US-amerikanische Entwicklungspolitik →Entwicklungspolitik der USA

US-Foreign-Assistance Act →Grundbedürfnisse, Grundbedürfnisstrategie

Usbekistan

Fläche (Tsd. qkm): 447,4
Bev. (Mio.) 2001: 25,30
BNE pro Kopf (US-$) 2000: 610
BIP (Mio. US-$) 2000: 13 517
LE (Jahre) 1999: 69,6
Analphabetenquote (%) 1999: 12
HDI 1999: 0,698 [Rangplatz von 162: 99]

Das zentralasiat. Usbekistan, das 1925 als vollwertige Rep. offiziell in die UdSSR eingegliedert und 1936 in seinen heutigen Grenzen konstituiert worden war, wurde nach dem Zerfall der SU Ende 1991 zu einem völkerrechtl. souveränen Staat. U., das von der * OECD seit Okt. 1992 als EL geführt wird, ist zwar Mitgl. der Gemeinschaft Unabh. Staaten (GUS), jedoch 1999 aus deren Kollektivem Sicherheitsvertrag ausgetreten. U. gehört auch der Shanghaier Org. für Zusammenarbeit an.

1. Die Rep. U. umfasst im NW Teile des wüstenhaften Ust-Urt-Plateaus (östl. des Aral-Sees) und des sumpfigen Amu-Darja-Deltas an der Sandwüste Kysylkum, geht nach O hin in ein flaches Vorgebirgsland über und wird im O durch Hochgebirgsketten (Ausläufer des Tienschan und des Hissar-Alai-Systems) begrenzt. U. hat gemeinsame Grenzen mit

Afghanistan, Turkmenistan, Kasachstan, Kirgistan und Tadschikistan. Das Klima des Landes ist ausgeprägt kontinental und trocken. U. verfügt über reiche Rohstofflagerstätten (Erdöl, Erdgas, Gold, seltene Edelmetalle). Landw. Haupterzeugnis ist Baumwolle (2000: 3,3 Mio. t., ca. 60 % der landw. Produktion), die in großen Mengen exportiert wird (1999: 30 % der Exporterlöse). Die Nahrungsmittelproduktion reicht trotz des planmäßigen Ausbaus der Getreideproduktion noch nicht für den Eigenbedarf der usb. Bev. aus, negativen Einfluss auf die Steigerung der Produktion hat auch die große Trockenheit seit Ende der 1990er J. So muss immer noch ein Großteil des benötigten Getreides eingeführt werden. U. ist der bevölkerungsreichste Nachfolgestaat der UdSSR in Zentralasien (Bev.-Dichte 1999: 58,9 Ew./qkm). Das gesch. Bev.-Wachstum betrug 2001 1,6 %. Hs. des Landes ist Taškent (2001: 2,3 Mio. Ew.). Der *Urbanisierungsgrad betrug 1999 37,2 %. Die Titularnation der Usbeken umfasst zwar nur 80 % der Bev.; da die ethn. Minderheiten (Russen 5,5 %, Tadschiken 5 %, Kasachen 3 %, Karakalpaken 2,5 %, Tataren 1,5 % u. a.) jedoch stark fragmentiert sind, ist die Einheit des multinat. Staatswesens nicht ernsthaft gefährdet. Die Mehrheit der Bev. hängt dem sunnitisch-islam. Glauben an.

2. Im Ggs. zu den anderen zentralasiat. GUS-Staaten zeichnet sich U. durch einen gemäßigten Produktionsrückgang seit der Unabh. aus. So hatte das Land 1999 bereits wieder 96 % des BIP von 1991 erreicht. Ein Grund für die rel. große ökon. Stabilität U.s, das über einen großen inneren Markt verfügt und einen rel. geringen Industrialisierungsgrad mit einem hohen Anteil an verarbeitender Ind. aufweist, ist die stetige Zunahme der Erdgas- bzw. Erdölförderung bei weitgehender Stabilität der Baumwollproduktion. Diese ging zwar wegen negativer natürlicher Faktoren (Trockenheit) zeitweise stark zurück, jedoch sind die sowj. Produktionsstrukturen weitgehend intakt geblieben, was sich positiv auswirkte. Von großer Bedeutung sind auch die Goldvorkommen U.s (an 4. Stelle weltweit), die das Land zu einem der größten Goldproduzenten der Welt machen. Die anfänglich hohe Inflationsrate (1994: 1742 %) der im Juni 1994 eingeführten Währung Sum, die 1995 sukzessiv konvertierbar gemacht wurde, ist im Rückgang begriffen (1996–2000: 41,6 %, 2001: gesch. 27,1 %). Von der gesamten, derzeit stark wachsenden Erwerbsbev. sind offiziell unter 1 %, real ca. 10 % arbeitslos und weitere 20 % unterbeschäftigt (1999). Das Realeinkommen der Bev. ist seit 1989 stark gesunken, sodass heute 31 % der Bev. unter der nat. Armutsgrenze leben. Da jedoch die Lebensmittelpreise nach wie vor staatl. festgesetzt sind bzw. aus dem Staatsbudget subventioniert werden, konnte im Zusammenspiel mit der sozialen Abfederung durch die trad. Familienstrukturen eine drastische Verarmung der breiten Bev. bislang vermieden werden.

In U. ist die zentrale Planwirtsch. aus sowj. Zeiten v. a. in den exportorientierten Sektoren der Rohstoffgewinnung und der Baumwollproduktion trotz formaler Privatisierung de facto weitgehend erhalten geblieben (z. B. über Aktienmehrheiten). Die Reg. geht offiziell den Weg eines etappenweisen Übergangs zu einem marktwirtsch. System und hat sich gegen die Pol. einer Schocktherapie entschlossen. Die formal mögliche Privatisierung im Einzelhandel und im Dienstleist.-Gewerbe scheitert oft an fehlenden Krediten. Ökon. Aktivitäten ausl. Unternehmen werden von staatl. Seite zwar gefördert, zunehmend wirken sich aber Faktoren wie die Überbewertung des Sum, die hohe Auslandsverschuldung, unbewegliche Verwaltungsstrukturen und Handels- wie Devisenrestriktionen neg. aus (ausl. *Direktinvestitionen 1995: 115 Mio. US-$, 1998: 140 Mio. US-$, 2000: 75 Mio. US-$).

3. Nachdem es Mitte der 1980er J. wegen der zunehmenden Korruption innerhalb des usb. komm. Partei- und Verwaltungsapparates zu personellen Veränderungen

gekommen war, wurde Islam Karimow 1989 erster Parteisekretär U.s. Als offener Gegner der Wandlungsprozesse in der SU befürwortete Karimow zunächst den reaktionären Moskauer Putschversuch im Aug. 1991. Unmittelbar nach dessen Scheitern erfolgte jedoch auf die Initiative Karimows hin die Umbenennung der Komm. Partei U.s in Volks-Demokrat. Partei und am 31. 8. 1991 die Unabh.-Erklärung U.s.

Nach dem Vorbild Gorbatschows hatte Karimow in U. als erster Sowjetrep. bereits im März 1990 ein Präsidentenamt einführen lassen, in das er zunächst vom damaligen Parl. (Oberster Sowjet) und dann im Dez. 1991 direkt vom Volk gewählt wurde. Die neue Verfassung, die im Dez. 1992 vom Obersten Sowjet verabschiedet wurde, bestätigte die mächtige Stellung des Präs. gegenüber dem Parl. (*Oli Maschlis*) und der Reg. Die anfangs tolerante Haltung Karimows gegenüber den wichtigsten Oppositionsgruppen, zu denen v. a. die Volksfront *Birlik* («Einheit») und die Demokrat. Partei *Erk* («Freiheit») gehören, änderte sich 1992 zu einer deutlich repressiven Pol. gegenüber der Opposition. Seitdem werden Oppositionelle auch über die Landesgrenzen hinweg vom Regime verfolgt. Da sich die Reg. gegen jede Form von «ethn. und relig. Extremismus» stellt, wird seit 1993 auch verstärkt gegen islamistische Bewegungen, wie z. B. die Islam. Partei der Wiedergeburt, durch die Staatssicherheitskräfte vorgegangen. Diese repressive Pol. verstärkte sich nochmals deutlich nach den Bombenanschlägen auf Regierungsgebäude in Taschkent im Febr. 1999 und den Einfällen islamistischer Rebellen der Islam. Bewegung U.s aus Afghanistan ins Ferganatal (Dreiländereck U., Tadschikistan, Kirgistan) im selben und dem darauf folgenden J. Nach den Anschlägen des 11. Sept. ließ die usb. Reg. die Öffnung einer US-amerikan. Militärbasis zu, was die geostrategische Orientierung U.s auf den Westen nochmals beförderte.

Bei den Wahlen vom Dez. 1994/Jan. 1995 sind zwar auch oppositionelle Gruppierungen ins Parlament eingezogen, haben jedoch die Macht des Präs. nicht ernsthaft in Frage gestellt. Nach dem Vorbild der anderen zentralasiat. Präs. hat Karimow seine Amtsdauer im März 1995 per Referendum bis 2000 und im Jan. 2000 bis 2005 verlängern lassen, wobei die Zustimmung offiziell bei knapp 90 % bzw. 96 % der Teilnehmer lag. Alle 5 Parteien, die sich an den int. als undemokrat. eingestuften Parl.-Wahlen von 1999 beteiligten, stehen dem Präs. nahe.

4. Obwohl Präs. Karimow sich auf int. Ebene um ein liberales Image bemüht, ist U. nach wie vor ein hochgradig autoritärer Staat. Die pol. Stabilität des Landes wirkt sich allerdings bislang neben der im regionalen Vergleich guten Infrastruktur und dem hohen Bildungsstand der Bev. investitionsfördernd aus.

Größtes ökol. Problem U.s ist die durch die landw. Bewässerungssysteme verursachte Austrocknung des Aralsees, der derzeit nur mehr 30 % des Wasservolumens von 1960 hat. Durch die vermehrt auftretenden Salz- und Sandstürme sowie die stärkere Klimaerwärmung kommt es nicht zuletzt zu einer extremen gesundheitlichen Belastung der Bev. in Karakalpakien, das die höchste Kindersterblichkeit der Welt (10 % der Geborenen) aufweist.

Lit.: U. Halbach, Politische Entwicklung im nachsowjetischen Mittelasien: Usbekistan, Bericht des Bundesinstituts für ostwiss. und int. Studien Nr. 50/1994, Köln; O. Luchterhandt, Präsidentialismus in den GUS-Staaten, in: ders. (Hg.), Neue Regierungssysteme in Osteuropa und der GUS, Berlin 1996, S. 223 ff.; G. Bahro/J. Hetsch, Sozialpolitische und demographische Aspekte der wirtschaftlichen Umgestaltung in der Republik Usbekistan, in: Orient, 40, 1999, S. 103–117. fg/rm

V

Vanuatu →Pazifische Inselwelt

VAP *Voluntary Assistance Program*, Freiwilligen-Hilfeleistungsprogramm.

Venezuela

Fläche (Tsd. qkm): 912,050
Bev. (Mio.) 2001: 24,170
BNE pro Kopf (US-$) 2000: 4310
BIP (Mio. US-$) 2000: 120484
LE (Jahre) 1999: 73,2
Analphabetenquote (%) 1999: 8,0
HDI 1999: 0,765 [Rangplatz von 162: 61]

Nach 1958 besaß das bis dahin vorwiegend autoritäre Trad. aufweisende V. ein funktionierendes demokrat. System. Es galt bis vor kurzem als eines der pol. stabilsten Länder LAs. Die sich immer mehr zuspitzende Wirtsch.-Krise und extreme soziale Fehlentwicklungen haben zu einer Dekonstruktion des bisherigen Institutionensystems geführt.

1. V. (Fläche: 912050 qkm) hat gemeinsame Grenzen mit Kolumbien, Brasilien und Guyana. Mit Kolumbien bestehen Differenzen über den Grenzverlauf im Küstengebiet (Erdöl). V. beansprucht zudem 2/3 des Staatsgebiets Guyanas. V. ist reich an *Ressourcen. An Bodenschätzen sind an erster Stelle die riesigen Erdölvorkommen zu nennen: Die Vorräte werden auf ca. 55,5 Mrd. b. geschätzt (damit viertgrößte Erdölreserve der Welt). Davon entfallen etwa 18 Mrd. b. auf die Vorkommen des Orinoco, die z.T. noch weit umfangreicher eingeschätzt werden und als eines der größten Energiereservate der Erde gelten. Neben Erdöl und Erdgas verfügt V. über umfangreiche Mineralvorkommen (v. a. Eisenerze). Eine wichtige Rolle spielt zudem die Stromerzeugung durch Wasserkraftwerke. Mit dem Kraftwerk von Guri (52 Mrd. kW) wurde 1986 eine der größten hydroelektrischen Anlagen der Welt fertig gestellt.

2. Der dominierende wirtsch. Faktor ist die Erdölproduktion. Aufgrund des Vertrags von San José von 1980 beliefert V. neun Länder des mittelamerik. und karib. Raums mit Erdöl zu günstigen Konditionen. Wichtigster Handelspartner sind allerdings die USA. Bedeutendster Ind.-Zweig ist die Erdölraffinierung. Petrochem. Produkte sind neben Produkten der Metallverarbeitung (Aluminium) die wichtigsten ind. Exportgüter. Erdöl- und Erdölderivate machten 1999 rd. 82 % des Gesamtexports aus. Wachsende Bedeutung erlangte in den letzten J. die sich bei der Erdölförderung ergebende Erdgasnutzung. Die *Nationalisierung der Erdgaswirtsch. erfolgte 1971, die der Erdölproduktion 1976. Die Verstaatlichung des Erdölsektors sowie die steigenden Erdöleinnahmen verschafften dem Staat eine überragende Bedeutung als Unternehmer und Investor innerhalb der heimischen Volkswirtsch. Auch im übrigen verarbeitenden Sektor erwarb der Staat einen bedeutenden Anteil. Der Sekundärsektor insges. hält einen Anteil von 34 % des BIP. Nach einer jahrzehntelangen Vernachlässigung der Landw. zugunsten von *Investitionen im Erdölbereich, die dazu führte, dass V., das über ein umfangreiches landw. Potenzial verfügt, zum Lebensmittelimporteur wurde, stieg die Bedeutung der Landw. in den 1980er J. wieder, teils aufgrund von Substitutionseffekten, die durch die Abwertung der Landeswährung induziert wurden, teils durch staatl. Förderung. Die Importabh. in diesem Bereich ging vorübergehend von 74 % (1983) auf ca. 20 % (1988) zurück. Der Anteil der Landw. am BIP stieg deutlich an (1981: 5,6 %; 1987: 7,0 %), fiel danach jedoch wieder (1998: 5 %). Trad. landw. Produkte sind Viehzucht (40 % der landw. Produktion, starker Anstieg in den letzten J.), Mais, Sorghum und Reis. Seit 1983 befindet sich die erdölabh. und renteninduzierte E. in einer integralen Krise: Verringerte Einnahmen aus dem Erdöl erhöhten das Etatdefizit drastisch und führten zur

Drosselung der öfftl. Ausgaben. Verschuldungskrise und seit 1986 sinkende Erdölpreise schränkten den e.-pol. Handlungsspielraum des Staates deutlich ein. Im Aug. 1993 beschloss das Parl., ausl. Beteiligungen an Erdgas- und Erdölprojekten wieder zuzulassen. Trotz der berechtigterweise kritisch eingeschätzten deformierenden Einflüsse der Erdölrente bleibt festzuhalten, dass erst die Erdölförderung seit 1920 die E. vom Agrar- zum Schwellenland ermöglichte.

3. V. hatte 2001 24 Mio. Ew., was einer durchschn. Bev.-Dichte von 26 Ew./qkm entspricht. Das durchschn. Bev.-Wachstum liegt trotz einer leichten Verlangsamung mit 1,9 % (2001) relativ hoch. Die Bev.-Verteilung weist starke regionale Ungleichgewichte auf. Mehr als 2/3 der Bev. leben im N, das Bergland von Guyana ist kaum besiedelt. Etwa 40 % der Bev. leben im Großraum Caracas und der umliegenden Zentralregion. Der *Urbanisierungsgrad liegt mit 93 % (1996) hoch. Die ethn. Zusammensetzung weist 34 % Mestizen, 33 % Mulatten, 20 % Weiße meist span. und ital. Abstammung, 9 % Schwarze, 2 % Indianer und 2 % andere auf. Die kaum integrierten Indianer siedeln hauptsächlich im Orinocodelta, im NW und im Bergland von Guyana. 84 % der Bev. sind kath., ca. 50000 Protestanten und 9000 Juden. Die LE beträgt 73 J., die Zahl der Ew. pro Arzt ca. 640. Die med. Versorgung ist von enormen regionalen Unterschieden gekennzeichnet. Der *Alphabetisierungsgrad betrug 1999: 92 % (1950 noch 50 %). Die sozialen Unterschiede sind krass und haben sich während der 1980er J. verschärft: Es leben ca. 40 % der Venezolaner in den städt. Armutsvierteln.

4. 1498 wurde V. durch Kolumbus entdeckt, spielte für die span. Kolonialmacht aber zunächst keine wichtige Rolle (kaum Edelmetallvorräte). Ab 1718 gehörte V. zum Vizekönigreich Neu-Granada. Aufgrund des Aufschwungs der *Plantagenwirtschaft (Kakao, Kaffee) wurde V. im 18. Jh. zur wirtsch. bedeutendsten Kolonie des span. Kolonialreiches. 1811 begann der lange und verlustreiche Unabh.-Krieg. 1821 erreichte V. als Teil Groß-Kolumbiens seine Unabh. von Spanien, mit seiner Trennung von Groß-Kolumbien 1830 gewann V. endgültig seine pol. Selbständigkeit. Die pol. E. wurde zunächst unangefochten durch die konservative Handelsoligarchie geprägt (1830–47). Nach einem Bürgerkrieg (1861–68; 350000 Tote), in dem sich die Befürworter einer föderalistischen Verfassung durchsetzten, stürzte das Land in ein pol. Chaos. Erst unter der Diktatur Gen. Guzmán Blancos (1870–88) gelang eine Stabilisierung und ansatzweise eine Modernisierung (Eisenbahnbau). Unter General Gómez (1908–35) erfolgte eine gewisse Zentralisierung durch die Ausschaltung der regionalen **Caudillos*. Die Erdölförderung begann 1917. Die *Industrialisierung setzte erst in den 1940er J., also relativ spät, ein. Begünstigt durch hohe Schutzzölle, expandierte sie jedoch rasch, beginnend mit der Verarbeitung eigener landw. Produkte. Das auf der *Latifundienwirtsch. basierende trad. Außenhandelsmodell wurde durch eine stark auf den wachsenden produzierenden Sektor ausgerichtete Volkswirtsch. abgelöst. Wichtige Zweige wurden die Aluminiumproduktion und die petrochemische Ind. Die 1941 gegründete *Acción Democrática* (AD), die erste Massenpartei mit vorwiegend ländl. Basis und sozialpol. Programm, konnte 1945 durch einen Staatsstreich das Regime der Gen. López Contreras und Medina Angarita ablösen. Bereits 1948 aber wurde die *Demokratisierung durch einen Putsch unter Gen. M. Pérez Jiménez abgebrochen. Eine zivilmilit. Koalition, begleitet von einer demokrat. sozialen Bewegung, führte 1958 zum Sturz des Diktators und zur Wahl eines zivilen Präs. (R. Betancour, AD; 1959–64).

5. Mit der 26. Verfassung des Landes wurde 1961 ein demokrat. präs. System geschaffen (Wahlen alle fünf Jahre, Zwei-Kammer-Parl.). Nach einer Phase der Instabilität, bedingt durch die Versuche einer linken *Guerilla, unter der

Führung der komm. Partei V.s und der AD-Abspaltung MIR, das sich verfestigende System zu sprengen (1960–68), konsolidierte sich die ven. Demokratie. Die rebellierende Linke konnte in das pol. System integriert werden (Amnestie 1969). Die beiden dominierenden Parteien, die sozialdemokrat. AD und die christdemokrat. COPEI, die 1968–73 mit R. Caldera erstmals den Präs. stellte, wechselten sich seither in der Ausübung der Reg. ab, da bei Wahlen stets die jeweilige Oppositionspartei gewann. In den 1970er J. erlebte V. durch die explodierenden Ölpreise einen Boom, die staatl. Einnahmen konnten durch die Nationalisierung des Erdölsektors enorm gesteigert werden – dies zog eine Flut öfftl. Investitionen im Bereich der Erdölproduktion nach sich. Ein noch größeres Übergewicht des Staates in der Wirtsch. war die Folge. Mit dem Absinken des Ölpreises seit 1983 wurden die Versäumnisse des vorangegangenen Jahrzehnts (mangelnde *Diversifizierung des Exportsektors, Stagnation der Landw., wirtsch. Disparitäten, Auslandsverschuldung) deutlich spürbar; V. geriet in eine Krise, die sich im Laufe der 1980er J. verschärfte, trotz des Gegensteuerns vonseiten der Reg. (Förderung der Landw., Privatisierungen zur Stärkung des Wettbewerbs). Die Öleinnahmen fielen von 16,3 Mrd. Dollar 1981 auf 8,4 Mrd. Dollar 1988. Die Reallöhne sanken seit 1983 um 38 %, die Inflationsrate stieg 1989 auf 81 % (2001: 12,3 %). Die *Verschuldung ist mit 7 Mrd. US-$ (1999) eine der höchsten LAs. Der *Schuldendienst belief sich 1988 auf 45 % der Exporterlöse. V. zahlte stets seine Schuldzinsen. Die neue Reg. unter Expräs. C. A. Pérez stellte Anfang 1989 die Zahlungen erstmals ein. Um einen **Stand-by*-Kredit des *IWF in Höhe von 1,5 Mrd. US-$ zu erhalten, verfolgte die Reg. einen rigorosen Austeritätskurs, der durch die Anhebung des Mindestlohns und der Beamtengehälter nur geringfügig gemildert wurde. Die Preissteigerungen führten im Febr. 1989 zu einem spontanen Aufstand in den größeren Städten des Landes, der wegen des harten Einsatzes der Sicherheitskräfte eine Bilanz von 250 Toten und 1800 Verletzten hatte. 1992 kam es unter Anführung von H. Chávez zu einem Putschversuch der Militärs. Präs. Pérez wurde *Korruption vorgeworfen, und am 5. 7. 1993 wurde er abgesetzt. Der vom Kongress gewählte Interimspräs. R. Velazquez schrieb Wahlen für den 5. 11. 1993 aus, die Expräs. Rafael Caldera als Kandidat der Nationalen Konvergenz (CN), bestehend aus 18 Parteien, gegen die trad. Parteien gewann. Im Kongress verfügte Caldera allerdings über keine Mehrheit, und die anfangs große Unterstützung der Bev. für seine Pol. der Verzögerung von *Strukturanpassungsmaßnahmen verkehrte sich in breite Ablehnung. Erst im April 1996 wurde mit einem Stabilisierungs- und Strukturanpassungsprogramm («Agenda Venezuela») unter der Ägide des *IWF begonnen. Bei den Parl.-Wahlen vom 8. 11. 1998 bestätigte sich die Fragmentierung und Instabilität des Parteiensystems. Bei den Präs.-Wahlen vom 6. 12. 1998 siegte der Ex-Putschist H. Chávez (Bewegung Fünfte Rep.), der revolutionäre Veränderungen ankündigte und sogleich den Kampf gegen die Korruption und gegen die etablierten Institutionen (Kongress, Justiz) aufnahm. Über ein Referendum (39,1 % Wahlbeteiligung) erreichte er die Einberufung einer Verfassunggebenden Versammlung; in der Wahl der Konstituante am 25. 7. 1999 erzielte seine Partei (47,1 % Wahlbeteiligung) eine über 90 %ige Mehrheit. Die auf mehr Macht für Chavez angelegte neue Verfassung der «Bolivarianischen Rep. V.» erreichte im Referendum vom 15. 12. 1999 bei 45 % Wahlbeteiligung eine Zustimmung von 71 % und veränderte das ven. Institutionengefüge grundlegend, indem ein Ein-Kammer-Parl. mit 165 Sitzen eingeführt wurde. Im Juli 2000 fand die vierte Wahl (56 % Wahlbeteiligung) innerhalb von 2 J. statt. H. Chávez wurde in seinem Amt bestätigt und seine Partei erhielt 93 der 165 Sitze, unterstützt von der MAS (Bewegung zum Sozialismus). Die trad. Parteien AD und COPEI zogen als Opposition ins Parl. Nach außen zeigte sich Chávez US-kritisch, belebte die Kontakte mit Kuba, verstärkte die Rolle V.s in der *OPEC und setzt sich gegen die Bildung der *FTAA ein. Nach innen hatten Chávez' interventionistische Maßnahmen, v. a. im Bildungs- und Erdölsektor (z. B. Sondersteuer für *transnat. Ölkonzerne), seine Landreform (z. B. Höchstgrenze für Landbesitz) und Restriktionen der Medien, Proteste der Bev., der alten Eliten, die ihren Status bedroht sahen, und der Gewerkschaften zur Folge. Nachdem 2001 die wirtsch. Krise anhielt und die Armut weiter stieg, spitzte sich im April 2002 die Lage zu und es kam nach gewaltsamen Demonstrationen gegen die Reg., bei denen Tote durch das Militär zu verzeichnen waren, am 13. 4. 2002 zum Putschversuch seitens Teilen des Militärs, der Wirtschaftseliten und der Arbeitgeberverbände. Der selbst ernannte Präs. P. Carmona (Präs. des Arbeitgeberverbandes) war nur 2 Tage im Amt, bis Chávez die Reg.-Führung wieder übernahm. Dadurch wurden zwar nicht die sozialen Unruhen beendet, aber formal die demokrat. Legitimierung der Reg. gewährleistet.

Lit.: A. Boeckh, Schuldenkrise und die Krise des bürokratischen Entwicklungsstaates in Venezuela, in: PVS 29 (4), 1988, S. 636 ff.; F. Welsch/N. Werz, Venezuela. Wahlen und Politik zum Ausgang der 80er Jahre, Freiburg/Br.; A. Boeckh/M. Hörmann, Venezuela, in: HDW III, 2, 1995, S. 516 ff.; Iberoamericana, Cultura, Historia y Literatura de Venezuela, Frankfurt a. M. 2000; J. Bruxton, The Failure of Political Reform in Venezuela, Ashgate 2001; J. V. Carrasquo, Venezuela unter Chávez: zwischen demokratischer Revolution und Caudillismo, Berlin 2001. hb

VENRO Verband Entwicklungspolitik deutscher Nichtregierungsorganisationen, im Dez. 1995 gegr. Dachverband von 58 dt. *nichtstaatlichen Organisationen, in dem die bisherigen *NRO-Netzwerke (*Bensheimer Kreis, *Plattform EU, Arbeitskreis für entwicklungspol. Bildungs- und Öffentlichkeitsarbeit, Parität International und «Eine Welt für Alle») aufgegangen sind. Geschäftsstelle in Bonn. Die Finanzierung erfolgt aus Mitgl.-Beiträgen, gestaffelt nach Größe der NROs (zwischen 256 und 32 720 €). Funktion: zentraler Ansprechpartner des *BMZ, Beeinflussung der Zielorientierung der EP auf *Menschenrechte, *Armutsbekämpfung, weltweite soziale Gerechtigkeit und Bewahrung der natürlichen Lebensgrundlagen. Adresse: Kaiserstr. 201, 53113 Bonn. Internet: www.venro.org dn

vent for surplus →Außenhandelstheorie

Verband Entwicklungspolitik →VENRO

Verband Südostasiatischer Staaten →ASEAN

Verbundfinanzierung →Mischfinanzierung

Vereinigte Arabische Emirate (VAE)

Fläche (Tsd. qkm): 84
Bev. (Mio.) 2001: 2,70
BNE pro Kopf (US-$) 1998: 18 060
BIP (Mio. US-$) 1998: 46 481
LE (Jahre) 1999: 75,2
Analphabetenquote (%) 1999: 25
HDI 1999: 0,809 [Rangplatz von 162: 45]

1. Die VAE entstanden 1971 durch den Zusammenschluss von Abu Dhabi (78 % der Gesamtfläche, 38 % der Gesamtbev.), Dubai, Scharjah, Fujairah, Umm al-Quawain, Ajman und (Beitritt 1972) Ras al-Khaimah. Das Territorium der VAE ist wüstenhaft, etwa 2/3 sind Sandwüste. Weniger als 1,5 % der Gesamtfläche der VAE können landw. genutzt werden. Die bedeutendste Oase des Landes ist die zwischen dem Sultanat Oman und dem Emirat Abu Dhabi geteilte Region von Buraimi und Al-Ain (Datteln, Zitrusfrüchte, Mango, -ananen, Gemüse, Viehfutter, Korn). Ein Teil der Bev. der VAE lebt als Halbnomaden und kombiniert Dattelkulturen, Gartenbau und Weidewirtsch. mit Ziegen. Die Förderung von Erdöl (v. a. in Abu Dhabi) prägt die VAE in ihrem Charakter.

2. Die Geschichte der einzelnen Emirate war bestimmt von der Vorherrschaft versch. Stammesdynastien, die vornehm-

lich mit der Perlentaucherei, dem Handel in der Golfregion, aber auch mit Piraterie beschäftigt waren. GB sah hierin seine Handelsinteressen gefährdet und gewann in mehreren Verträgen im 19. Jh. eine zunehmende Kontrolle über die Emirate, die formell unabh. Staaten blieben. Mit dem Rückzug der Briten, dem beginnenden Ölreichtum und den nationalist.-progressiven Stimmungen im arabischen Raum Ende der 1960er J. sahen die konservativen Emire in der Vereinigung ihrer Gebiete ein Mittel zur Sicherung ihrer Herrschaft. 1968 wurde ein *Federal Agreement* über die Begründung einer Föderation durch neun Emirate, einschl. Bahrain und Katar, unterzeichnet. Letztere beschlossen jedoch, als die Föderation verwirklicht wurde, vorläufig nicht beizutreten.

3. Die VAE haben ein extrem hohes jährl. Bev.-Wachstum von durchschn. 10 % (zwischen 1975–90). Einen großen Anteil daran hat der hohe Zustrom von Gastarbeitern, v. a. aus dem südasiatischen Raum, in die reichen Emirate. Nach Schätzungen sind nur noch ca. 20 % der etwa 2 Mio. Ew. Einheimische. 1996 führte verstärkter behördlicher Druck zur Ausreise von schätzungsweise 250000, meist illegal lebenden ausl. Arbeitskräften, ohne die jedoch viele (niedere) Tätigkeiten nicht mehr ausgeführt würden. Die Urbanisierungsrate der VAE ist mit 82 % (1995) ebenfalls sehr hoch (Hs. Abu Dhabi 350000 Ew.). 70 % der Einheimischen sind Araber (10 % Nomaden). Staatssprache ist Arab., Englisch ist als Verkehrssprache wichtig. Die einheim. Bev. bekennt sich zum Islam (80 % Sunniten, 20 % Schiiten).

4. Sozial bestimmend für die Gesellschaft der VAE bleiben trad. Stammesstrukturen, die allerdings von dem Spannungsverhältnis Staatsbürger – Ausländer überlagert werden. Daneben entwickelt sich eine neureiche einheim. Unternehmerschicht, die von der Vorschrift profitiert, dass alle ausl. Unternehmer, die sich in den VAE niederlassen wollen, einen einheim. Partner haben müssen, der am Gewinn des jeweiligen Unternehmens zu beteiligen ist. Aus den Öleinnahmen wurden das Erziehungswesen (Schulpflicht seit 1972, fast allen Kindern wird der Schulbesuch ermöglicht), das Gesundheitswesen und andere *Infrastruktureinrichtungen ausgebaut. Die sozialen Standards gelten jedoch nur teilweise für die Gastarbeiter, die bei Krankheit oder Alter oftmals abgeschoben werden. Für ein trad. islamisches Land sind die Bildungschancen von Frauen recht gut, allerdings sind nur 2 % aller Frauen später berufstätig.

5. Die VAE gehören aufgrund ihres Ölreichtums (ca. 10 % der Weltvorräte) zu den reichsten Staaten der Erde. Im Ölsektor wurden fallende Preise durch höhere Fördermengen kompensiert, die Erdgasproduktion intensiviert. Beide Bereiche werden von staatl. Agenturen kontrolliert. Der Ölsektor war 1990 für 46,2 % des BIP verantwortlich. In den letzten Jahren wurden aber auch ökonom. Reformen angestoßen, die zu einer *Diversifizierung der Wirtsch. beitragen sollen. So wurde die weitere Industrialisierung forciert, wobei insb. ausl. Privatinvestoren durch versch. *freie Produktionszonen angezogen werden konnten. Die wirtsch. Leistungskraft ist zwischen den Emiraten stark unterschiedlich ausgeprägt, was insg. die Dominanz des ölreichen Abu Dhabi (das über 80 % des Budgets der VAE bezahlt) und des Handels- u. Dienstleistungszentrums Dubai in der Föderation stärkt.

6. Die VAE sind eine Föderation weitgehend autonomer patriarchalisch-autokratischer Emirate. 1996 wurde die vorläufige Verfassung von 1971 in das endgültige Grundgesetz der VAE umgewandelt. Die Föderation wird weiterhin vom Obersten Rat der Herrscher der sieben Mitgliedsstaaten geleitet, die einen der ihren für 5 J. zum Präs. wählen (seit 1972 Scheich Said Ibn Sultan al-Nahayan, Herrscher von Abu Dhabi; MP: Maktum Ibn Raschid al-Maktum, Herrscher von Dubai). Im Obersten Rat haben Abu Dhabi und Dubai Vetorecht.

Die Reg. der VAE besteht aus etwa 25 Ministern, die vom Obersten Rat bestimmt werden. Daneben existiert eine beratende Versammlung aus 40 Mitgl., die von den Teilstaaten ernannt werden. Abu Dhabi und Dubai haben je acht Vertreter, die anderen Staaten entsprechend ihrer Größe sechs oder vier. Nachdem die Versammlung von 1991 bis 1993 «geruht» hatte, ist sie nun auf amerik. Druck hin wieder stärker am Gesetzgebungsprozess beteiligt.
7. Außenpol. sehen sich die reichen VAE mit dem Irak und dem Iran, der seit 1971 mehrere zu den Emiraten gehörende Inseln besetzt hält, potenziell gefährlichen Nachbarn gegenüber, zumal auch mit anderen Golfstaaten (v. a. Saudi-Arabien) kleinere Grenzstreitigkeiten bestehen. Die Kooperation im *GCC und die milit. Zusammenarbeit mit den USA sind daher essenzielle Elemente der Sicherheitspol.

Lit.: M. M. Abdullah, The Modern History of the United Arab Emirates, London 1978; R. el-Mallokh, The Economic Development of the United Arab Emirates, London 1978; H. W. Maull, Vereinigte Arabische Emirate, in: U. Steinbach/R. Robert (Hg.), Der Nahe und Mittlere Osten, Bd. 2, Opladen 1988, S. 451 ff.; K. Schliephake, Vereinigte Arabische Emirate, in: HDW III, 6, 1993, S. 539 ff. rs/kd

Vereinigung lateinamerikanischer Entwicklungsbanken →ALIDE

Vereinte Nationen →UN

Vergabekriterien Auch Konditionalität der deutschen *Entwicklungszusammenarbeit. Vom *BMZ seit 1991 aufgestellte fünf Kriterien für die Vergabe deutscher *Entwicklungshilfe: 1. Beachtung der *Menschenrechte, 2. Beteiligung der Bev. an pol. Entscheidungen; 3. Rechtsstaatlichkeit und Gewährleistung von Rechtssicherheit, 4. Marktwirtsch. und sozial orientierte Wirtschaftsordnung, 5. E.-Orientierung staatl. Handelns. Die Kriterien dienen als Grundlage für den Politikdialog mit den Reg. der Partnerländer und bei der Entscheidung über den Einsatz von Instrumenten, Mitteln, Art und Umfang der *EZ mit den *EL. Interessant ist, dass in drei der fünf Dimensionen die Verknüpfung der Höhe und Zusammensetzung der EZ mit Fortschritten in *Demokratie, **good governance* und *Menschenrechten erfolgt (sog. *pol. Konditionalität). Die Kriterien beruhen auf int. weitgehend anerkannten Werten (z. B. Menschenrechte) sowie auf den Erfahrungen der letzten *Entwicklungsdekaden, wonach die Verbesserung der internen pol. und wirtsch. Rahmenbedingungen eines EL entscheidend für E.-Fortschritte ist. Generell kann bei Erfüllung der Kriterien die Zusammenarbeit intensiviert, bei Nichterfüllung nicht ausgeweitet oder ggf. auch eingestellt werden. →Positivmaßnahmen

Lit.: R. Frey u. a. (Hg.), Entwicklungszusammenarbeit mit autoritären Regimen, Berlin 1999. as

Verhaltenskodex Im Rahmen der technol.-pol. Forderungen der EL wurde angestrebt, einen Verhaltenskodex für *transnationale Konzerne und *Technologietransfer einzuführen. Damit wurden versch. Ziele verbunden, u. a. Verhinderung restriktiver Geschäftspraktiken der transnat. Unternehmen, Senkung der Kosten des Technologietransfers für EL, Stärkung der Verhandlungsmacht der EL beim Technologietransfer. Die IL setzten jedoch einem rechtsverbindlichen Verhaltenskodex strikten Widerstand entgegen. Ein solcher Kodex ließ befürchten, dass die Unternehmen der IL als Folge wachsender Kontrollen an Bereitschaft verlieren, Technologien in die EL zu übertragen. In den *World Investment Reports* der *UNCTAD (seit 1991 jährl.) wird die Forderung nach einem V. nicht mehr erhoben. Stattdessen wird für verschärfte Publizitäts- und Buchführungsvorschriften plädiert. dn

vernacular Engl. Begriff für Volkssprachen, die zugleich Muttersprachen und auch Landessprachen sein können. Volkssprachen unterscheiden sich von den sog. Kultursprachen dadurch, dass sie literaturlos oder noch literaturarm sind und sich dann auf eine Literatur beschränken, die im Wesentlichen nur der

Grundschulbildung und der Erziehung zu pol. Bewusstsein dient. In höheren Schulklassen wird der Unterricht in einer der Kultursprachen erteilt. Die Unterscheidung und die mit ihr einhergehenden bildungspol. Folgen stehen im engen Zusammenhang der Kolonialherrschaft und der von ihr betriebenen Sprachen-, Kultur-, Assimilierungs- und Entfremdungspol. Seit der * Dekolonisation haben sich die Volkssprachen nur langsam in Richtung auf die Kategorie der Kultursprachen hin fortentwickelt. dn

Verpflichtungsermächtigungen Eine Besonderheit im Bundeshaushaltswesen zeigt der * BMZ-Etat (Einzelplan 23 des Bundeshaushalts): Er zerfällt in Baransätze und Verpflichtungsermächtigungen (VE). Im Haushalt 2002 waren die Baransätze mit 3,8 Mrd. €, die VE mit 4,2 Mrd. € angesetzt. Früher dominierten die VE mit einem Anteil von ca. zwei Dritteln den Etat. Baransätze beziehen sich nur auf ein best. (das laufende) Haushaltsjahr. Aus ihnen werden alle Ausgaben des jeweiligen J. – * bilaterale, * finanz. und * technische Zusammenarbeit, multilaterale Ausgaben und Verwaltungskosten – bestritten (die sog. Ist-Ausgaben). Die Gelder werden allerdings nicht einfach an die EL überwiesen (die BRD kennt keine «Budgethilfe»), sondern werden von den EL je nach Projektart und -fortschritt bei den Durchführungsorg. der bundesdeutschen * E.-Hilfe (* KfW, * GTZ etc.) abgerufen.

Aufgrund des allg. langfristigen Charakters der E.-Finanzierung (Projekte laufen über mehrere Haushaltsjahre, in der BRD zwischen zwei und zehn J.) müssen von der Bundesreg. Zahlungsverpflichtungen nicht nur für das laufende, sondern zugleich auch für kommende Haushaltsj. eingegangen werden (sie werden später von den EL sukzessiv abgerufen). Dies ist mit den «einjährigen» Baransätzen haushaltsrechtlich nicht möglich und wird daher (abweichend vom Haushaltsgrundsatz der «zeitlichen Spezialität») durch die sog. VE bewerkstelligt, die ansonsten nur noch bei Großbauten und langfristigen Rüstungsaufträgen Anwendung finden. Durch VE legt der Bundestag in seiner jährl. Haushaltsdebatte fest, bis zu welcher Höhe die Bundesreg. völkerrechtl. verbindliche Verpflichtungen eingehen darf («Belegen von VE»). Die über VE erteilten Zusagen werden aus den Baransätzen der Folgej. bezahlt. Der Betrag «belegter VE» heißt Zusagerahmen. VE müssen im Haushaltsplan getrennt aufgeführt werden, um die Vorausbelastung zukünftiger Haushalte auszuweisen.

Vorteile der VE: eine der Langfristigkeit des E.-Prozesses angemessene Kontinuität der Finanzierung. Nachteile: Ein beträchtlicher Berg (noch) nicht abgerufener VE lässt E.-Gelder für einige Zeit brachliegen. Dieser Betrag der offenen Verpflichtungen (von der BRD zugesagte, aber von den EL noch nicht abgerufene Mittel) heißt in der Fachsprache *pipeline*. 1995 waren 21,8, 1998: 20,3 Mrd. € «in der *pipeline*».

Zum Zweiten ist die Ausgabenstruktur des Etats durch VE für mehrere J. vorab festgelegt und somit der pol. und finanzielle Handlungsspielraum erheblich eingeengt. I. d. R. sind drei bis vier BMZ-Etats im Voraus fast völlig verplant. Ca. 90 % der Ausgaben eines Jahres sind so durch Bedienung von Altverpflichtungen festgelegt. bg/tk

Verschuldung Für zahlreiche EL stellt ihre V. gegenüber öfftl. und priv. Gläubigern in den IL ein schwerwiegendes E.-Problem dar. Die gesamte Außenverschuldung der EL betrug 2001 ca. 2500 Mrd. US-$, fast fünfmal so viel wie Anfang der 1980er J. und weit mehr als das Zwanzigfache des Schuldenstandes von 1970. Allerdings haben sich in den vergangenen J. die Rahmenbedingungen der V. so verändert, dass inzwischen kaum noch von einer generalisierten Verschuldungskrise der Dritten Welt gesprochen wird, wie es in den 1980er Jahren der Fall war.

Wenngleich die regionale Verteilung der Schulden eine gewisse Konzentration auf LA zeigt (in den 1970er und 1980er J. rd.

Tabelle 17: Regionale Verteilung der Auslandsverschuldung 1980–2000 (Anteile in %)

Ländergruppe	1980	1985	1990	1995	2000
Nordafrika / Mittlerer Osten	12	11	11	10	8
Afrika südlich der Sahara	10	10	13	11	9
Südasien	8	7	9	7	7
Ostasien / Pazifik	15	16	18	25	25
Lateinamerika und Karibik	41	43	34	30	31
Europa und Zentralasien	14	13	15	16	20

Quelle: World Bank, World Development Finance 2002, Washington 2002

40 %; in den 1990er J. rd. 30 %), waren stets Länder in allen Regionen der *Dritten Welt von der V. und deren Folgen betroffen. In vielen EL beansprucht der *Schuldendienst (Tilgung und Zinsen) einen großen Anteil der Exporteinnahmen und schränkt ihre Möglichkeiten ein, die erwirtschafteten Devisen für *Investitionen einzusetzen. Zwischen 1985 und 1990 war die Belastung der EL durch den Schuldendienst so groß, dass jährl. mehr Finanzmittel aus der Dritten Welt in die IL flossen als umgekehrt (→Nettoressourcentransfer). Erst danach sorgten Erleichterungen im Schuldendienst sowie verstärkte Mittelzuflüsse (Neukredite, *Direktinvestitionen) für eine gewisse Entspannung, wenngleich die Finanzlage vieler EL höchst prekär bleibt.

Die V.-Krise der 1980er Jahre wurde durch verschiedene Faktoren verursacht, die teils mit den Bedingungen und der E. der Weltwirtsch., teils mit der Wirtschaftspol. und der seinerzeitigen e.-strategischen Orientierung der betroffenen EL verbunden sind. Seit den 1960er J. war das Schuldenwachstum (v. a. in LA und Südostasien) Ausdruck von *Industrialisierungsbemühungen der EL, zu deren Finanzierung in zunehmendem Maß Bankkredite aus den IL gebraucht wurden. Der erste Ölpreisschock 1973/74 (→OPEC) wirkte sich auf die *Zahlungsbilanzen der ölimportierenden EL negativ aus; auf der anderen Seite standen im Bankensektor v. a. in den USA enorme Summen von sog. *Petrodollars* (Exporterlöse der OPEC-Staaten, die diese bei Banken in IL anlegten) zur Verfügung, womit die Banken die stark wachsende Kreditnachfrage vieler EL zunächst zinsgünstig befriedigten (*Dollar-Recycling*). Zwischen 1973 und 1980 wurden die höchsten Kreditwachstumsraten verbucht. Der damit verbun-

Tabelle 18: Auslandsverschuldung der EL 1970–2001 (in Mrd. US-$)

	1970	1980	1990	1995	1999	2000	2001
Gesamtverschuldungen	73	609	1458	2155	2565	2492	2442
langfristige Verschuldung	63	452	1179	1669	2093	2048	1999
öffentliche[a]	47	381	1114	1431	1542	1490	1468
private	15	71	66	238	551	557	531
kurzfristige Verschuldung	–	146	244	424	394	380	369
IWF-Kredite	756	12	35	61	79	64	75
Schuldendienst	–	93	164	241	398	399	382
davon: Zinszahlungen	–	49	70	101	122	127	122
Nettoschuldentransfer	–	54	–11	70	–134	–128	–138

[a] einschließlich öffentlich garantierter Auslandskredite

Quelle: World Bank, World Development Finance 2002, Washington 2002

dene Wandel der finanztechn. Struktur der Schulden (sinkender Anteil von Krediten zu Sonderkonditionen der E.-Hilfe mit festen Zinssätzen; wachsende Bedeutung kommerzieller Bankkredite mit variablen Zinssätzen) erwies sich bald als ausgesprochen ungünstig für die EL. Zum Umschlag des Schuldenwachstums in eine V.-Krise kam es ab Ende der 1970er J. durch das Aufeinandertreffen von mehreren Faktoren: dem zweiten Ölpreisschock 1979/80 (Verteuerung der Importe der EL), dem Verfall der Rohstoffpreise (Verringerung der Deviseneinnahmen vieler EL) und der Hochzinspol. der USA (Verteuerung neuer Kapitalimporte sowie bestehender kommerzieller Kredite). Der neue *Protektionismus der IL, die alles taten, um sich den Effekten der weltwirtsch. Rezession im Gefolge der Ölkrise zu entziehen, tat ein Übriges, die Zahlungsbilanzen der EL zu verschlechtern.
Freilich hatten viele EL-Reg. selbst einen gehörigen Anteil an der Krise. Oftmals waren Kredite für mehr prestige- als e.-trächtige Ind.-Projekte oder auch für eine unvertretbar hohe *Rüstung eingesetzt und in der Wirtsch.- und Finanzpol. Gesichtspunkte makroökon. Stabilität stark vernachlässigt worden. In vielen EL war eine hohe Kapitalflucht (z.T. mehr als die Hälfte der Kapitalimporte) zu verzeichnen: Potenzielle Investoren (Grundbesitzer, Industrielle) legten ihr Kapital nicht im eigenen Land an, sondern in IL, wo sie sicherere und größere Gewinne erwarteten.
Nach Zahlungsunfähigkeitserklärungen Mexikos, Brasiliens u.a. EL 1982/83 wurde zunächst der Zusammenbruch des int. Finanzsystems befürchtet. Nicht nur wegen der Höhe der V., sondern auch, weil sich die Schulden auf Gläubigerseite v.a. bei privaten US-Banken konzentrierten, die sich z.T. weit über ihr eigenes Kapitalvermögen hinausgehend in dem anfangs sehr lukrativen Geschäft des *Dollar-Recycling* engagiert hatten. Die privaten Kreditinstitute, denen (wegen unternehmerisch oft leichtsinniger Vergabewilligkeit) eine Mitverantwortung an der Krise zugeschrieben wurde, zogen sich in der Folge schlagartig aus dem Kreditgeschäft mit den EL zurück. Hatten noch 1980 27 % der ges. Mittelzuflüsse aus den IL in die EL aus priv. Exportkrediten bestanden, so ging dieser Anteil nach 1982 praktisch auf null zurück. Privatwirtsch. Auslandskredite spielen in der E.-Finanzierung seither nur eine untergeordnete Rolle. Die Verbesserung der Ressourcenströme seit Anfang der 1990er J. geht im Wesentlichen auf verstärkte Direkt- und Portfolioinvestitionen zurück, die allerdings nur wenigen großen, wirtsch. dynamischen EL zugute kommen.
Die Reaktionen auf die V.-Krise bestanden seit 1982 in versch. Formen des finanztechn. und pol. Krisenmanagements. Das wichtigste Instrument dabei waren und sind *Umschuldungen, d.h. fallweise Abkommen zwischen den priv. bzw. den im *Pariser Club organisierten staatl. Gläubigern und zahlungsunfähigen EL über eine Umstrukturierung der Schulden. Dabei werden zunächst einfach fällige Tilgungen in die Zukunft verlagert. Der *IWF und zunehmend auch die *Weltbank spielen bei dieser Art Krisenmanagement eine bes. Rolle. EL, die eine Umschuldung brauchen, müssen ein Beistandsabkommen mit dem IWF schließen und, um dieses zu erhalten, erhebliche wirtsch.- und finanzpol. Auflagen erfüllen. Mit dem Ziel, die Haushalts- und Bilanzdefizite der EL rasch auszugleichen, lief die Auflagenpol. des IWF v.a. in der Anfangsphase der V.-Krise i.d.R. auf drastische Sparmaßnahmen im öfftl. Sektor, Abwertung der Landeswährung und freie Preisgestaltung wichtiger Konsumgüter (z.B. Grundnahrungsmittel, die in vielen EL staatl. subventioniert werden) hinaus. In vielen EL führte dies zu einer Verschärfung wirtsch. und sozialer Spannungen und z.T. auch zu pol. Unruhen (z.B. Zambia, Sudan). Erst gegen Ende der 1980er J. wurden die *Strukturanpassungsprogramme durch Maßnahmen zur Abfede-

Tabelle 20: Schuldenlastquoten 1980–2002 nach Ländergruppen

Ländergruppe	1980	1990	1999	2000
Nordafrika/Mittlerer Osten				
Gesamtverschuldung in % der Exporterlöse	40,5	112,5	111,5	93,8
Schuldendienst in % der Exporterlöse	5,6	14,9	13,7	10,9
Afrika südlich der Sahara				
Gesamtverschuldung in % der Exporterlöse	65,2	209,4	210,8	180,2
Schuldendienst in % der Exporterlöse	7,2	12,9	13,9	12,8
Südasien				
Gesamtverschuldung in % der Exporterlöse	162,0	327,4	174,5	156,0
Schuldendienst in % der Exporterlöse	11,8	28,9	15,5	13,1
Ostasien/Pazifik				
Gesamtverschuldung in % der Exporterlöse	–	108,4	95,5	74,8
Schuldendienst in % der Exporterlöse	–	15,7	15,8	10,8
Lateinamerika und Karibik				
Gesamtverschuldung in % der Exporterlöse	201,0	254,5	208,4	172,6
Schuldendienst in % der Exporterlöse	36,2	24,4	41,6	35,7
Europa und Zentralasien				
Gesamtverschuldung in % der Exporterlöse	–	–	143,8	114,4
Schuldendienst in % der Exporterlöse	–	–	18,0	14,6
SILICs				
Gesamtverschuldung in % der Exporterlöse	–	335,3	333,9	309,7
Schuldendienst in % der Exporterlöse	–	26,3	25,1	23,7
SIMICs				
Gesamtverschuldung in % der Exporterlöse	236,0	387,1	396,9	423,1
Schuldendienst in % der Exporterlöse	39,8	29,8	56,7	80,7

rung der Folgekosten für besonders arme Bev.-Gruppen (soziale Notfonds, →Kompensatorische Maßnahmen der Strukturanpassung) ergänzt. Zunächst wurden Umschuldungen nur für kurze Zeiträume und meist nur um den Preis erheblicher Gebühren und Zinserhöhungen für den Schuldner vereinbart. Mit dem * *Baker*-Plan und vergleichsweise günstigeren Umschuldungen (größere Streckungszeiträume, keine Gebühren, Koppelung mit Neukrediten) setzten 1985/86 Versuche ein, die Belastungen aus dem Schuldendienst nachhaltig zu verringern bzw. an die Leistungsfähigkeit der Schuldnerländer anzupassen.

Fußten all diese Maßnahmen auf der Vorstellung, dass die EL zumindest auf lange Sicht durch wirtsch. Wachstum die bestehenden Schulden (beinahe) vollständig würden zurückzahlen können, ließ die * *Brady*-Initiative 1989 erstmals eine Sichtweise erkennen, welche die V.-Krise als ein Insolvenz- und strukturelles E.-Problem begreift, dem ohne substanzielle Verringerung (i. e. Erlassung) von Altschulden nicht beizukommen ist. Auf der Basis freiwilliger Vereinbarungen sollten die priv. Gläubigerbanken – die ohnehin ihre EL-Kredite z.T. steuerlich bereits abgeschrieben haben – einen teilweisen Forderungsverzicht leisten und im Gegenzug das jeweils betroffene EL sich zu einer marktwirtsch. und weltmarktorientierten ökon. Strukturanpassung verpflichten. IWF und Weltbank, deren Kreditrahmen 1987 erstmals speziell im Hinblick auf die V.-Krise aufgestockt worden waren (z. B. * Afrika-Fazilität), erhielten dabei wiederum eine Schlüsselrolle zugewiesen. Sie stellen den EL Kredite zur Verfügung, mit deren Hilfe der Schuldenabbau finanziert wird, und begleiten bzw. kontrollieren außerdem die Strukturanpassung.

Die *Brady*-Initiative, in deren Rahmen bis Ende 1995 18 EL mit mittlerem Einkommen und starker V. gegenüber privaten Gläubigern *Debt and Debt Service Reduction Agreements* abschließen konnten, wurde begünstigt durch die E. versch. Mechanismen der Schuldenkonversion (* *debt-for-bond swaps*, * *debt-equity swaps*). Seit Mitte der 1980er J. hatte sich ein Sekundärmarkt für Auslandsverpflichtungen der EL entwickelt, auf dem die Schuldtitel mit Abschlägen auf den Nominalwert (je nach vermuteter Zahlungs(un)fähigkeit des betreffenden EL bis über 90 %) gehandelt werden. Damit entstand für EL auch die Möglichkeit, mit Hilfe neuer multilateraler Kredite die eigenen Schulden mit dem entsprechenden Abschlag zurückzukaufen (* *debt buy back*). Eine andere Möglichkeit der Schuldenkonversion besteht darin, dass int. Trägerorg. der E.-Zusammenarbeit die Schuldtitel aufkaufen und mit dem betreffenden EL einen Umtausch in lokale Währung vereinbaren, um Umweltschutzmaßnahmen oder E.-Projekte durchzuführen (*debt-for-nature swaps*, *debt for development swaps*, * UNICEF *debt-for-child-development swaps*). Insg. spielen diese direkt e.-bezogenen Formen der Schuldenkonversion allerdings eine nur geringe Rolle. Während die finanztechn. Mechanismen des «marktkonformen Schuldenabbaus» in den vergangenen J. stetig ausgebaut wurden, blieben Vorschläge, ein nach dem Muster des privatrechtl. Vergleichs konzipiertes int. Insolvenzverfahren für zahlungsunfähige Gläubigerstaaten einzurichten (s. *Kampffmeyer* 1987), in der Praxis wirkungslos. Die Grundidee dieses Konzepts, wonach Schuldenabbau bzw. -erlass im langfristigen Eigeninteresse der Gläubiger sind, weil nur auf diese Weise die EL wieder zu zahlungsfähigen Geschäftspartnern der IL werden können, hat gleichwohl in der Brady-Initiative sowie auch im Schuldenmanagement der im * Pariser Club zusammengeschlossenen öffentlichen Gläubiger zunehmend Niederschlag gefunden.

Die Pariser Club-Staaten erklärten sich zunächst 1988 bereit, unter bestimmten Bedingungen auf bis zu 30 % ihrer Forderungen gegenüber EL mit niedrigem Pro-Kopf-Einkommen und hoher Schuldendienstbelastung zu verzichten (*Toronto Terms*), entweder durch Streichung von Schulden oder durch eine effektive Verringerung des Schuldendienstes. Seither wurden die Konditionen sukzessive verbessert. Zwischen 1991 und 1994 kamen in 25 Vereinbarungen mit 23 EL die *London Terms* (bis zu 50 % Forderungsverzicht) zur Geltung, danach wurden sie von den *Neapel-Terms* (bis zu 67 %) abgelöst. (Zwischen 1995 und Mitte 2002 40

Vereinbarungen mit 32 El). Auf bilateraler Ebene wandelten die IL ihre EL-Kredite zunehmend in Zuschüsse um oder verbesserten die Konditionen der Kreditvergabe (z. B. Orientierung an * IDA-Krediten). Bis zum J. 2000 wurden durch die Mitgliedstaaten des Parsiser Clubs insges. Schulden und Schuldendienste im Umfang von 60 Mrd. US-$ erlassen.

Nachdem die V. von den IL bzw. den int. Finanzorg. seit den 1980er J. als Druckmittel zur Durchsetzung marktwirtsch. Reformen in den EL eingesetzt worden war, lancierte die Weltbank 1996 erstmals eine Initiative zur Schuldenreduktion für 41 hoch verschuldete arme Länder (*highly indebted poor countries*, HIPC), die auch soziale E.-Ziele zum Gegenstand einer versuchten Außensteuerung macht. In einer zwischen den öfftl. Gläubigern, Weltbank und IWF koordinierten Aktion sollen die betreffenden Länder (in der Mehrzahl EL des subsahar. Afrikas) die Möglichkeit erhalten, ihre Schuldenlast auf ein «erträgliches» Niveau zu reduzieren. Ein solches Niveau gilt als erreicht, wenn die Gesamtschulden nicht mehr als das Doppelte, die Schuldendienstzahlungen nicht mehr als 25 % der jährl. Exporterlöse betragen. Um in den Genuss dieser Initiative zu kommen, müssen die EL neben einer den Leitprinzipien der int. Finanzorg. entsprechenden Wirtsch.-Pol. (* Washington-Konsensus) auch soziale Reformen nachweisen, die erkennbar auf eine verbesserte Grundversorgung im Gesundheits- und Bildungsbereich abzielen. Im April 1997 wurde ein erstes dementsprechendes Abkommen mit Uganda vereinbart. Auf dem Kölner G-8-Gipfel von 1999 wurde eine wesentliche Erweiterung der HIPC-Initiative (HIPC II) erreicht, da das Kriterium des «erträglichen» Niveaus an Gesamtschulden im Verhältnis zu den Exporterlösen von 200 % auf 150 % gesenkt wurde. Somit stieg die Zahl der EL, die von der Initiative profitieren können, von 23 auf 41 an. Bis Mitte 2002 wurden 17 Vereinbarungen mit 16 EL nach den *Cologne Terms* (bis zu 90 % Forderungsverzicht) abgeschlossen. Die Erlasse unter HIPC II sind an die Aufstellung so genannter *Poverty Reduction Strategy Papers* (PRSP) gebunden. Diese müssen unter breiter Beteiligung zivilgesellsch. Akteure in den Teilnehmerstaaten erstellt werden. Die PRSPs sollen die Wirksamkeit der Schuldenerlasse sowie die Kontrolle der Entschuldungspol. durch IWF und Weltbank gewährleisten.

Lit.: D. Boris u. a. (Hg.), Schuldenkrise und Dritte Welt, Köln 1987; T. Kampffmeyer, Die Verschuldungskrise der Entwicklungsländer, Berlin 1987; U. Holz (Hg.), Verschuldungskrise der EL, Baden-Baden 1988; H. Sangmeister, Das Verschuldungsproblem, in: HDW III, 1, 1992, S. 328ff.; G. Schlichting, Das Verschuldungsproblem der Dritten Welt, Pfaffenweiler 1996; World Bank, World Debt Tables 1995/96, 2 Bde., Washington 1996; R. Mestel, Auslandsverschuldung in den Entwicklungsländern in den 1990er Jahren, Wiesbaden 1999; E + Z, 6/2001, S. 176ff.; H. Herr, Finanzströme und Verschuldung, in: I. Hauchler u. a. (Hg.), Globale Trends 2002, Frankfurt a. M. 2001, S. 268–287; World Bank, Global Development Finance 2002, Washington 2002. bt/js

Verstaatlichung →Nationalisierung

Vierte Welt Unterschiedliche E.-Voraussetzungen in den EL haben in Verbindung mit unterschiedlich verlaufenden E.-Prozessen zu einer Differenzierung der * Dritten Welt in versch. Länderkategorien geführt. Unter der Vierten Welt sind besonders rohstoff-, kapital- und exportschwache EL zu verstehen, die am wenigsten entwickelt und mit den * LLDCs identisch sind. Die nat. und int. E.-Pol. entspricht der bes. Bedürftigkeit dieser EL durch Orientierung der E.-Hilfe an den jeweils günstigsten Bedingungen bzw. für diese Länder vielversprechendsten Strategien, u. a. * Grundbedürfnisstrategie, Förderung von Programmen * ländlicher Entwicklung durch unentgeltliche * Kapitalhilfe, Sonderpräferenzen im Handelsaustausch, Schuldenerlass etc. Die Identifizierung der Vierten Welt mit den LLDCs ist jedoch insofern problematisch, als die Zahl abs. Armer, in den nicht zur Vierten

Welt gezählten EL, überwiegt: Indien allein hat mehr abs. Arme als die gesamte Welt der LLDCs. dn

Vietnam

Fläche (Tsd. qkm): 332,800
Bev. (Mio.) 2001: 79,20
BNE pro Kopf (US-$) 2000: 390
BIP (Mio. US-$) 2000: 31 344
LE (Jahre) 1999: 68,6
Analphabetenquote (%) 1999: 7
HDI 1999: 0,682 [Rangplatz von 162: 101]

Die größten Probleme, denen sich V. heute gegenübersieht, sind die Beseitigung der Schäden, verursacht von den beiden Indochinakriegen und der Auseinandersetzung mit China, die Finanzierung des Militärapparats des Landes und der in Kambodscha stationierten Truppen, die Schaffung einer einheitlichen Wirtschaftsstruktur N- und S-V.s, die Überwindung des N-S-Gegensatzes («korrumpierender» Einfluss des reicheren S-V.), die Sicherung der Nahrungsmittelversorgung und die Verbesserung des Lebensstandards der Bev.

1. Der N V.s ist überwiegend bergig und mit dichtem Dschungel bewachsen, nur ca. 15 bis 20 % der ges. Fläche des ehem. N-V. sind eben. Die meisten Nordvietnam. leben im Delta des Roten Flusses, einem der am dichtesten besiedelten Gebiete der Erde. Die ständigen Überflutungen des niedrig gelegenen Deltas, die ein weitverzweigtes Deich- und Kanalsystem nutzt, das günstige Klima und der fruchtbare Boden machen es zu einem hervorragenden Reisanbaugebiet. Seine Entsprechung findet es im Mekongdelta im S V.s (40 % der ges. Fläche des ehem. S-V.). Im zentralen Hochland des S werden Kaffee, Tee, Tabak und Kautschuk angepflanzt, im zentralen Tiefland überwiegen Reisanbau, Fischfang und Kleinind.

2. 111 v. Chr. bis 939 n. Chr. unter direkter chines. Herrschaft, erhält das unabh. gewordene V. drei pol. Schwerpunkte: Tongking (Hs. Hanoi) im N, Annam (Hs. Huê) im Mittelteil und Cochinchina (Hs. Saigon) im S. Zwischen der Bev. des S und des N gab es seit dem 16. Jh. Spannungen, als der S. begann, eine eigene Identität zu entwickeln. Mehr als zwei Jh. (1593 bis 1802) blieben die Grenzen zwischen beiden Teilen geschlossen und wurden nur gelegentlich von Armeen und Expeditionen überwunden. Die nat. Wiedervereinigung (1802) wurde ebenfalls milit. herbeigeführt und vom N nur widerwillig akzeptiert, da die spätere Nguyen-Dynastie aus dem S kam.

Im 19. Jh. wurde V. vor dem Hintergrund des erwachten europ. Interesses für einen Zugang zu China in das System der Kolonialherrschaft eingegliedert. Frankreich intervenierte 1858 und schloss bis 1887 V., Laos und Kambodscha in der frz.-indochin. Union zusammen. Juni 1940 nahm Japan V. unter eine Art Schutzherrschaft und entlastete Frankreich bei der Verwaltung des Landes. Als die Japaner am 9. 3. 1945 V. die Unabh. zurückgaben, brachen sie damit die japan.-frz. Vereinbarungen. Am 11. 3. kündigte der annamitische Kaiser Bao Dai den Protektoratsvertrag mit Frankreich von 1884 auf. Da dieser nur Annam und Tongking betraf, blieb Cochinchina weiterhin unter ausl., jetzt japan. Kontrolle. Kaiser Bao Dai trat am 25. 8., um einen Bürgerkrieg zu vermeiden, die Macht an den Vietminh (gegr. als antikoloniale *Befreiungsbewegung im Mai 1945, Vorläufer: u. a. Indochines. Kommunistische Partei, gegr. 1930 von *Ho Chi Minh) ab.

3. Am 2. 9. 1945 proklamierte Ho Chi Minh die Demokratische Republik V. (DRV). Diese wurde im März 1946 zwar von F anerkannt, im 1. Indochinakrieg (1946 bis 1954) versuchte die ehem. Kolonialmacht jedoch, die eingetretenen E. zu revidieren. Den Angriff auf den N verbanden die Franzosen mit dem Versuch, im S eine einheim. Gegenreg. zu installieren. Kaiser Bao Dai ließ sich dazu überreden, 1949 feierlich auf seinen Thron zurückzukehren. Nach der milit. Niederlage der Franzosen bei Dien Bien Phu 1954 wurde auf der Genfer Indochinakonferenz der 17. nördl. Breitengrad als Demarkationslinie zwischen N-V. und S-V. festgelegt und damit die völkerrechtl.

Grundlage für die getrennte E. beider Landesteile geschaffen, die auch auf dem trad. Regionalbewusstsein im N und S aufbauen konnte. Während der gesellsch. Neubeginn und der wirtsch. Aufbau der DRV unter Führung Ho Chi Minhs und unterstützt von der UdSSR und der VR China nach marxist.-leninist. Kriterien erfolgte (Einparteiherrschaft, Zentralismus, Planwirtschaft), lösten im S die USA F schnell als bestimmenden Machtfaktor ab. 1955 stürzte der Diktator Ngo Dinh Diem den Kaiser und übernahm die Präs. des zur Rep. ausgerufenen Staates. Als demokrat. Fassade erhielt S-V. ein J. später eine an der amerik. Präsidialdemokratie ausgerichtete Verfassung. Der durch massive amerik. Hilfeleistung (seit 1958 finanzierten die USA weit mehr als die Hälfte des Haushalts S-V.s) einsetzende wirtsch. Aufschwung kam jedoch lediglich der alten Oberschicht und US-amerik. Interessen zugute. Die * Agrarreform von 1956 beseitigte die Not der Bauern nicht. Die Großgrundbesitzer (2 % der Bev.) besaßen weiterhin 45 % des kultivierbaren Bodens. Die überproportionale Repräsentation der Katholiken in der Reg. förderte die buddhistische Opposition. Nach dem Sturz Diems 1963, an dem der US-Geheimdienst nicht unbeteiligt war, kam es zu einer Reihe von Staatsstreichen und Reg.-Wechseln und einer immer stärkeren Einbindung der Armee in die Reg. Dies war logische Folge der wachsenden innersüdvietnam. bewaffneten Auseinandersetzungen im 2. Indochinakrieg (Vietnamkrieg). Von der Bev. unterstützt, eroberten die * Guerillas der Nat. Befreiungsfront (NLF/Vietcong) weite Teile S-V.s und attackierten im Jan. 1968 auch die großen Städte (Tet-Offensive). Die USA, die bis zum Dez. 1966 400000 Mann in S-V. stationierten, sahen sich zum einen wachsenden weltweiten Protesten gegen ihr milit. Engagement gegenüber, zum anderen wurde die Erfolglosigkeit ihres brutalen milit. Vorgehens offensichtlich (verheerende Bombardements N-V.s, Entlaubung und Vergiftung riesiger Flächen des Landes, Einsatz von Napalm- und Splitterbomben). Seit 1968 trafen sich die am Konflikt Beteiligten zu Friedensgesprächen in Paris, die 1973 mit einem Waffenstillstandsabkommen beendet wurden. Die USA begannen ihren milit. Rückzug und änderten die Form ihrer Unterstützung des Saigoner Regimes (Vietnamisierungspol.). Der Konflikt war damit jedoch nicht zu beenden. 1975 überrannte die Armee N-V.s Saigon und stellte die Einheit V.s wieder her (2. 7. 1976: Soz. Rep. V.).

4. Anstrengungen für den Wiederaufbau des Landes lehnten sich nach anfänglichem Einräumen einer Sonderstellung S-V.s und Auseinandersetzungen an der Spitze der Kommun. Partei V.s (KPV) um die Hinwendung zur UdSSR oder zur VR China zunehmend an das Moskauer Modell an. Die SU und andere Mitgl. des RGW, dem V. 1978 beitrat, lieferten Waffen und Ausrüstungsgegenstände. Wirtsch. und pol. Maßnahmen gegen die große Bereiche des kapitalistisch strukturierten Handels und Gewerbes S-V.s dominierende starke chines. Minderheit, die folgenden Emigrationswellen (*Boat-People*-* Flüchtlinge), der Streit um Inseln in ölhöffigen Bereichen des Südchines. Meeres und der Abschluss eines Freundschafts- und Kooperationsvertrages V.s mit der UdSSR (3. 11. 1978) verstärkten den chin.-vietnam. Konflikt, der nach der Besetzung Kambodschas durch vietnam. Truppen Anfang 1979 in kriegerischen Auseinandersetzungen eskalierte. Vom 17. 2. 1979 bis zum 5. 3. 1979 dauerte die chin. «Strafaktion» gegen V., in deren Verlauf chin. Truppen einen 20 bis 25 km breiten Grenzstreifen im N V.s besetzten und zahlreiche Grenzorte zerstörten.

5. Die Bev. V.s wird für 2001 mit 79,2 Mio. Ew. angegeben. Hs. ist Hanoi (1992: 3 Mio. Ew.), Saigon (4 Mio. Ew.) wurde 1976 in Ho-Chi-Minh-Stadt umbenannt (1992 lebten ca. 20 % der Bev. in Städten). Der Jahajana-Buddhismus ist der dominierende relig. Glaube, daneben gibt es eine starke kath. Minderheit (ins-

ges. 5 bis 6 %, zu 2/3 im S) und Taoisten, Konfuzianer und Anhänger zahlreicher Sekten. Vietnamesisch ist Staatssprache, Handels- u. Bildungssprache ist z.T. Frz., im S auch Englisch. 83 % der Bev. V.s sind Vietnam. (Kinh), daneben gibt es kleine siamo-chin. Volksgruppen und eine bedeutende, heute allerdings dezimierte, chin. Minderheit.

6. Am 25. 4. 1976 wurde erstmals eine ges.-vietnam. Nationalversammlung mit Einheitslisten gewählt (492 Abgeordnete, 249 aus N-V., 243 aus S-V.). Die entscheidende Kraft des Landes ist die KPVN (Generalsekretär seinerzeit Le Duan), Reg.-Chef war MP Pham Van Dong. Nach anfänglicher Betonung der Priorität von kollektivem Eigentum und schwerind. Produktion orientierte sich die KPVN 1979 neu. Sie räumt seither der Privatinitiative Chancen ein und gibt der Produktionssteigerung in der Landw. und der Konsumgüterind. Priorität. Diese neue Pol. wurde allerdings erst nach dem Tode Pham Van Dongs 1986 in die Realität umgesetzt.

Trotz ungünstiger Witterungsbedingungen (Dürren/Überschwemmungen) gelang es in den letzten J., die landw. Anbaufläche erheblich zu steigern. Die Versorgung der Bev. ist sichergestellt. Es wird zwar noch in geringem Maße Getreide eingeführt; dem steht allerdings eine weitaus größere Menge an Reis gegenüber, der exportiert wird. Im ind. Bereich sind die Wirtsch.-Reformen vergleichsweise zögerlich umgesetzt worden; obwohl seinerzeit E.-Hilfe aus westl. IL und von int. Org. nach der vietnam. Invasion in Kambodscha eingestellt wurde, nahm die ind. Wertschöpfung in den 1980er J. überdurchschn. zu. Dieser Prozess hielt in den 1990er J. an und begründete Erwartungen in V., ähnlich wie in den Nachbarstaaten Laos und Kambodscha, verstärkte *Direktinvestitionen aus ostasiat. *Schwellenländern sowie aus Japan zu erhalten: Ein *_Joint Venture_-Gesetz vom Febr. 1988 hat hierzu die Möglichkeiten eröffnet. Die wirtsch. Öffnung geht einher mit der Entspannung auf pol. Ebene: Seit die beiden Großmächte UdSSR/Russland und China wieder am Verhandlungstisch sitzen und damit Chinas Rolle als regionale Ordnungsmacht akzeptiert wurde, ist es auch wieder (Jan. 1989) zu einem direkten sino-vietnam. Dialog und Okt. 1993 zu einem Gewaltverzichtsabkommen gekommen. Im Sept. 1989 hatte V. den Abzug seiner Truppen aus Kambodscha abgeschlossen. Innere Reformen begann die KPV auf dem VII. Parteitag von 1991 mit der Einführung einer stärkeren Unabh. der Reg. von der Partei (Parteichef 1991–1997 Do Muoi). Diese drückte sich darin aus, dass drei Mitgl. der Reg. (MP 1993–1997 Vo Van Kiet) nicht mehr zugl. dem Politbüro der KPV angehören. Zudem verabschiedete die Nationalversammlung am 15. 4. 1992 eine neue Verfassung, welche den kollektiven Staatsrat durch einen Staatspräs. als Oberhaupt ersetzt und die Einführung eines marktwirtsch. Systems als Staatsziel festlegt. Die Wahlen zur Nationalversammlung vom 20. 7. 1997, bei denen die bisherigen Führungsfiguren der KPV nicht mehr kandidierten, markierten den grundlegenden Wandel des pol. Systems auf der Elitenebene.

Seit 1993 boomt die Wirtsch. Im Nov. 1993 vergab die Weltbank ein erstes Darlehen; im Februar 1994 hoben die USA ihre Wirtsch.-Sanktionen gegenüber V. auf. 1995 wurde V. in den *ASEAN aufgenommen. Im gleichen J. gelang die *Umschuldung von rd. 500 Mio. US-$ durch den *Londoner Club. Einer demokrat. Öffnung erteilte der VIII. Parteitag der KPV jedoch eine klare Absage. Dagegen sollte die Pol. der vorsichtigen Wirtsch.-Reformen fortgesetzt werden. Bei dem ersten Staatsbesuch eines US-Präs. seit Ende des Vietnam-Krieges Nov. 2000 wurde B. Clinton vor der Einmischung in die inneren Angelegenheiten V.s gewarnt. Das soz. System sei in der Frage der gesellsch. E. maßgebend. Auf dem IX. Parteitag April 2001 setzte sich indes mit Nong Duc Manh ein Mann der wirtsch.-pol. Reformfraktion durch.

Ihm obliegt es, das mit dem *IWF und der *Weltbank vereinbarte Reformprogramm durchzusetzen.

Lit.: D. Brötel, Französischer Imperialismus in Vietnam, Freiburg 1971; N. T. Hung, Politische und wirtschaftliche Veränderung in Vietnam seit dem 6. ZK-Plenum der KPVN (Sept. 1979), in: Berichte des Bundesinstituts f. ostwissenschaftl. u. internat. Studien 4, 1981; W. J. Duiker, Vietnam: A Nation in Revolution, London 1983; O. Weggel, Indochina: Vietnam, Kambodscha, Laos, München 1987; ders., Vietnam, in: HDW III, 7, 1994, S. 565 ff. rs/red

villas miserias →Marginalität

Virgin Islands →Karibik

VIZ →Auswärtige Kulturpolitik

Volkseinkommen →Bruttonationaleinkommen, Bruttoinlandsprodukt

Voodoo-Kult →Haiti

Vorfeldorganisationen Diejenigen e.-pol. Org., die das *BMZ mit der Planung und Durchführung von Projekten und Programmen der staatl. und privaten *Entwicklungszusammenarbeit (EZ) beauftragt. Dieses sind die Org. der *FZ (*KfW), der *TZ (*GTZ, *BGR, *PTB) sowie auch nichtstaatl. Org., die für die Bundesreg. tätig werden (*DED, *CDG, *DAAD, *DSE). In seinem «Konzept zur Vorfeldoptimierung» von 1993 hat das BMZ zu einer besseren Koordinierung von FZ und TZ aufgerufen. Damit sollen die knappen Mittel der EZ stärker konzentriert werden und an die Stelle bisheriger Projektansätze ein breiterer Programmansatz treten. Seither gibt es Kooperationsverträge zwischen verschiedenen Vorfeldinstitutionen (etwa zwischen GTZ und KfW, GTZ und DED, KfW und DED), die die gemeinsame Erstellung von Länder- und Sektorkonzepten, gemeinsame Prüfmissionen oder gemeinsame Projekt- und Programmdurchführungen vorsehen sowie regelmäßige Abstimmungsgespräche und institutionelle Treffen auf Leitungsebene zwischen den Org. und auch mit den großen *politischen Stiftungen. as

Vorwärtskopplung →*external economies*, *linkage*-Effekte

W

Wachstumstheorie und -strategie Als mit der pol. Befreiung der EL in den 1950er und 1960er J. das Problem der * Entwicklung evident wurde, standen als theoret. Erklärungsansätze, auf die die Formulierung einer * Entwicklungspolitik zurückgreifen konnte, im Wesentlichen drei ökon. Theorien zur Verfügung: die ökon.-historische Stadientheorie *à la* Rostow, die Wachstumstheorie *à la* Harrod-Domar und die * Außenhandelstheorien *à la* Smith, Ricardo und Heckscher-Ohlin. E. und Wachstum ist nach diesen Theorien identisch.

Rostows Stadientheorie unterscheidet fünf hist. E.-Phasen, die von allen Ländern durchlaufen werden: 1. die trad. Gesellschaft, 2. die Übergangsgesellschaft, 3. die Startgesellschaft, 4. die reife Ind.-Gesellschaft, 5. die Massenkonsumgesellschaft. Die hist. Entwicklung zeigt, dass die heutigen IL in der 4. und 5. Phase leben, während das zentrale Problem der EL in der 3. Phase liegt, in der es um den Ausbruch aus den Teufelskreisen der Armut und um den Einstieg in einen sich selbst tragenden Wachstumsprozess geht. Die Teufelskreise der Armut (** circuli vitiosi*) bestehen aus zirkulären Kausalketten, die besagen, dass in einem Zustand der Armut nur geringe Ersparnisse möglich werden, die ihrerseits nur geringe * Investitionen erlauben, was wiederum nur niedrige Produktionssteigerungen zulässt, woraus dann wiederum nur geringe Einkommen fließen, wodurch schließlich der Zustand der * Armut perpetuiert wird. Aus der bekannten Wachstumstheorie folgte, dass die Höhe ökon. Wachstumsraten durch das Verhältnis aus der Sparquote zu dem Kapitalkoeffizienten (*capital-output-ratio*) determiniert wird. Als entscheidendes E.-Hemmnis galt der Mangel an Kapital, der durch die Unfähigkeit einer hinreichend hohen inl. Sparrate hervorgerufen wird. Für einen erfolgreichen ** take-off* schätzte Rostow, dass mind. zwischen 15 und 20 % des BIP gespart und in produktive Investitionen überführt werden müssen. Die Kapitallücke sollte durch einen ** big push* überbrückt werden. Dazu waren Finanzierungsmittel der * Entwicklungshilfe gedacht bzw. private * Direktinvestitionen. Eine massive Steigerung des Faktors Kapital wurde als notwendige und zugleich hinreichende Bedingung erachtet, um einen sich selbst tragenden Wachstumsprozess zu initiieren. Dieser E.-Impuls «von oben», der von Kapitalinvestitionen ausgeht, induziert eine Veränderung der techn.-ökon. Produktionsstruktur, führt zu einem *horizon of rising expectations*, die in rational-ökon. Verhaltensweisen übergehen und schließlich zu einer Veränderung der ges. sozialökon. Struktur führen.

Die europ. Erfahrungen mit dem Marshall-Plan galten lange Zeit als Vorbild. Bei der analogen Anwendung dieses Konzepts auf die EL wurden jedoch einige markante Unterschiede übersehen: Zwar zeichnete sich Europa in der unmittelbaren Nachkriegszeit durch einen erheblichen Mangel an Kapital in Form techn. und finanz. Ressourcen aus, auch lag es beim Lebensstandard unter dem Niveau vieler EL, jedoch verfügte es reichlich über den entscheidenden Produktionsfaktor *human capital*. Hier mangelte es einer hoch entwickelten Gesellschaft, die über das techn. und organisatorische ** Know-how* einer modernen Verkehrswirtschaft verfügte, lediglich an Sachkapital. Die Wiederaufbausituation Europas ist damit völlig versch. von dem Erstaufbau einer modernen Volkswirtsch., wie sie von den EL geleistet werden muss. Diese müssen parallel zu techn.-ökon. Strukturen korrespondierende ökon.-rationale Verhaltensweisen und pol. Systeme ausbilden.

Der mangelhafte Erfolg der rein techn.-ökon. bedingten Wachstumsstrategie führte in der Folge dazu, nach weiteren E.-Hemmnissen zu suchen. Die Nachbardisziplinen Politologie und Soziologie bemühten sich, zahlreiche *constraints* zu identifizieren, die vorab oder zumindest parallel zum ökon. Wachstumsprozess beseitigt werden müssen. Die Ergebnisse dieser Ansätze werden als sog. * Modernisierungstheorien ausgewiesen. Das Ziel, zu neuen sozialökon. Strukturen zu gelangen, wird bei diesem Ansatz über die Veränderung des Bewusstseins, die Herausbildung rationaler Denkweisen, die Einführung neuer Werte sowie ökon. Verhaltensweisen abgeleitet.

Aus den Außenwirtschaftstheorien folgte, dass der int. Handel als *engine of growth* angesehen wurde (→Außenhandelstheorie). Die reichen Rohstoffressourcen vieler EL sind nur durch die Möglichkeit des int. Handels für sie selbst zu nutzen (*vent for surplus*-Theorie, A. Smith, H. Myint). Für den Gegenwert dieser Rohstoffexporte können die EL dringend benötigte Kapitalgüter importieren. Da die meisten EL über reichlich Arbeitskräfte verfügen, ergibt sich aus dem Faktor-Proportionen-Theorem von Heckscher und Ohlin, dass sie prinzipiell bei der Herstellung * arbeitsintensiver Produkte über * komparative Kostenvorteile verfügen. Hieraus wurde die exportorientierte E.-Strategie abgeleitet: Arbeitsintensive Produktionsprozesse wurden in EL ausgelagert bzw. von ihnen entsprechend der Produktzyklus-Theorie übernommen. Tatsächlich haben eine Reihe von * Schwellenländern mit ihrer exportorientierten * Industrialisierungsstrategie überdurchschnittlich hohe Wachstumsraten erzielen können (Südkorea, Singapur, Hongkong, Taiwan, Mexiko, Brasilien). Allerdings stoßen ihre Exporte auf zunehmend stärker werdende Handelshemmnisse seitens der IL. Dies führte einige dieser Länder an die Schwelle tiefer * Verschuldungs- und Finanzierungskrisen.

Wachstumsstrategien stehen immer wieder in der Kritik. Selbst in Ländern mit überdurchschn. Wachstumsraten des * Pro-Kopf-Einkommens zeigte sich in den 1970er J., dass dieser Zuwachs i. d. R. nur einer kleinen sozioökon. Elite zufloss. Ein nennenswerter * *Trickle-down*-Effekt blieb weitgehend aus. Das Problem der Einkommensverteilung rückte seinerzeit ins Zentrum des e.-pol. Interesses. Die * Weltbank postulierte eine Strategie des *redistribution with growth*. Wenigstens der zukünftige Zuwachs an Einkommen sollte demzufolge gleichmäßiger verteilt werden. In den südostasiat. * Schwellenländern stellte sich im exportorientierten Wachstumsprozess eine rel. günstige Einkommensverteilung her. In den Wachstumsprozessen in LA der 1990er J. wird hingegen erneut ein Wachstum ohne Beschäftigung und mit steigenden Einkommensunterschieden diagnostiziert.

Lit.: W. A. Lewis, Die Theorie des wirtschaftlichen Wachstums, Tübingen/Zürich 1956; A. O. Hirschman, The Strategy of Economic Growth, Cambridge 1960; W. W. Rostow, Stadien wirtschaftlichen Wachstums, Göttingen 1967; B. Fritsch (Hg.), Entwicklungsländer, Köln/Berlin 1968; J. B. Donges/L. Müller-Ohlsen, Außenwirtschaftsstrategien und Industrialisierung in Entwicklungsländern, Tübingen 1978; R. Schubert (Hg.), Neue Wachstums- und Außenhandelstheorie, Berlin 1999. hpn

WADB →BCEAO

waiver →Meistbegünstigung(sklausel)

Wald-Feld-Wechselwirtschaft →*shifting cultivation*

Waldschutzkonvention →Welt-Umweltkonferenz

Wallis und Futuna →Pazifische Inselwelt

Wanderarbeiter Der Begriff des W.s ist in den Ländern der * Dritten Welt nur mit Mühe von dem des Arbeitsemigranten abzugrenzen. Zu unterscheiden ist zwischen intra-, interregionalen und int. Wanderungen, bedingt meist durch ungleichgewichtiges Wirtschaftswachstum. Bei trad. Formen der Wanderarbeit (etwa in Westafrika) verdingten sich Arbeitssuchende für einige Monate in anderen Regionen bei Kleinproduzenten.

Allen Formen der modernen Wanderarbeit ist dagegen gemeinsam, dass sie mit einer rel. langen, oft endgültigen Abwanderung vom Heimatort verbunden sind. Der Zugewanderte ist für das «Gastland» in erster Linie billige, austauschbare Arbeitskraft, zu deren sozialer Absicherung keinerlei Verpflichtung besteht. Insges. ist die Zahl der Wanderarbeiter zwischen den Ländern der Dritten Welt, bes. aber von den EL in die IL, in den letzten 20 J. beträchtlich gestiegen (→*brain drain*). Die Arbeitsemigration richtet sich v. a. von Mittelamerika (Mexiko) und Kolumbien in die USA, von Bolivien, Chile, Paraguay und Uruguay nach Argentinien, von Mali, Niger und Burkina Faso nach der Elfenbeinküste und in den 1970er J. auch von Ghana nach Nigeria (1983 Ausweisung der W. aufgrund der niger. Wirtschaftskrise). Von anfänglich saisonal bedingter Wanderarbeit (*Plantagenwirtschaft) entwickelte sich Letztere zunehmend zu einer permanenten Migration.

Eine bes. Form der Wanderarbeit findet sich in der – durch Elend und mangelnde Beschäftigungsmöglichkeiten – erzwungenen Arbeitsmigration der **Homeland*-Bewohner aus Botswana, Lesotho, Mozambique, Malawi und Swaziland in die Bergbau-Gebiete Südafrikas. Bei weitem mit höherem Einkommen und Lebensstandard ist demgegenüber die Beschäftigung ausl. Arbeitskräfte im Dienstleistungs- und Bausektor der arab. Golfstaaten verbunden.

In den jeweiligen Heimatländern bzw. -regionen trägt die Wanderarbeit häufig zur Verschärfung regionaler Disparitäten bei. So fehlen etwa durch die Abwanderung der (v. a. in Afrika und Asien meist männlichen) Erwerbstätigen oft Arbeitskräfte in der Landw.

Lit.: G. Wellmer (Hg.), Wanderarbeiter im südlichen Afrika, Bonn 1976; W. Mayer/A. Schmidt, Kapitalistische Durchdringung und Mobilität von Arbeitskraft in Westafrika, in: H. Elsenhans (Hg.), Migration und Wirtschaftsentwicklung, Frankfurt/New York 1978, S. 117 ff.; G. Mertins, Migration, in: D. Nohlen/P. Waldmann, Dritte Welt, München 1987, S. 329 ff.; W. Rechmann, Entwicklung bei Abhängigkeit, Frankfurt 1989; P. Weyland, Inside the Third World Villages, London u. a. 1993. pb

Wanderhackbau →*shifting cultivation*

Warenhilfe Teil der *finanziellen Zusammenarbeit, die nicht projekt- oder programmgebunden ist, zur laufenden Finanzierung des Einfuhrbedarfs an zivilen Gütern und Leistungen (für die Instandhaltung, die Ingangsetzung, den Betrieb und die Erweiterung bestehender Produktionsanlagen). Im Zuge der Dynamisierung der Formen der finanz. Zusammenarbeit vergibt die BRD seit 1975 auch projekt- und programmgebundene Warenhilfe, sofern ein geeigneter Projekt- oder Programmträger im EL existiert. dn

Washington-Konsensus bezeichnet das wirtsch. Reformprogramm, das viele lateinamerik. Länder im Rahmen des *Strukturanpassungsprozesses seit den 1980er J. durchführen. Die Bezeichnung wurde von *J. Williamson* (1990) geprägt und seitdem in der Lit. weitgehend übernommen. Sie verweist darauf, dass das Reformprogramm von unterschiedlichen Institutionen propagiert wird, deren geogr. Entscheidungszentrum sich in der Stadt Washington, D. C. befindet: der US-Kongress- und Regierungsadministration, der US-Finanz- und Wirtschaftsbehörde, int. Finanzinstitutionen (*IWF und *Weltbank) sowie Forschungs- und Planungsinstituten (*think tanks*).

2. Die unter dem Konsensus zusammengefassten Leitlinien basieren auf wirtschafts- und ordnungspol. Prinzipien neoliberaler Provenienz (→Neoliberalismus). Ausgehend von der Diagnose der beiden, aus neoliberaler Sicht wichtigsten Ursachen der lateinamerik. Wirtschaftskrise, nämlich (a) übermäßiger Staatsinterventionismus, der wirtschaftsdestabilisierende Preisverzerrungen verursacht, und (b) ökon. Populismus, d. h. fiskalpolit. Indisziplin, die zu hohen Haushaltsdefiziten führt, wird ein Bündel von wirtschaftspol. Maßnahmen vorgeschlagen, die als Kurskorrektur dienen sollen: (1) makroökon. Stabilisierung (Preisniveaustabilität, Budgetausgleich);

(2) Privatisierung staatl. Unternehmen; (3) Deregulierung der Marktbeziehungen; (4) Liberalisierung der nat. Kapitalmärkte und der Außenwirtsch. Übergreifendes Ziel des Reformprojekts ist die Konsolidierung einer exportorientierten Marktwirtsch., die eine auf komparativen Vorteilen basierende Weltmarktintegration intendiert. Weder Einkommensverteilungs- noch Armutsreduzierungsmaßnahmen werden im Reformprogramm explizit thematisiert.
3. Kritisiert wird an dem Konsensus, dass einerseits die Auswirkungen der Auslandsverschuldung und die Frage der öfftl. Ersparnisse ignoriert und dass andererseits die Phänomene des *Populismus und des Staatsinterventionismus in LA historisch nicht adäquat interpretiert werden. Darüber hinaus werden die mit der Durchführung der Reformen verbundenen sozialen Kosten und regressiven Einkommensverteilungstendenzen stark kritisiert. Dieses makroökon. Interventionsprogramm ist bis heute maßgeblich für die Pol. von IWF und Weltbank gegenüber den Ländern LAs, aber auch gegenüber den EL allgemein.

Lit.: J. Williamson (Hg.), Latin American Adjustment: How much has happened, Washington, D. C. 1990; H. Sangmeister, Reformpolitik in LA. Chancen und Risiken des wirtschaftspol. Paradigmenwechsels, in: APuZ B-39 (1991), S. 3–17; L. C. Bresser Pereira, Economic reforms and economic growth: efficiency and politics in Latin America, in: L. Bresser Pereira/J. Maravall/A. Przwevorski, Economic Reforms in New Democracies. A Social Democratic Approach, Cambridge 1993; P. Meller (Hg.), The Latin American Development Debate. Neostructuralism, Neomonetarism and Adjustment Processes, Boulder/Colorado 1993; H. Sangmeister, Wirtschafts- und e.-pol. Paradigmenwechsel: Die Abkehr von ‹*desarrollismo*› und ‹*cepalismo*›, in: M. Mols (Hg.), Die int. Situation LAs in einer veränderten Welt, Frankfurt 1995. sus

Wasser Der sonnengetriebene Wasserkreislauf führt den Ökosystemen auf den Landflächen der Erde jährl. 110000 km^3 Süßwasser in Form von Niederschlägen zu. Von diesem sog. erneuerbaren Wasserangebot wird mittlerweile ein Viertel durch den Menschen genutzt. Der Wasserverbrauch hat sich damit zwischen 1900 und 1995 weltweit versechsfacht, was v. a. auf Bev.-Wachstum (→Bevölkerung), *Urbanisierung und wasserintensive wirtsch. Aktivitäten zurückzuführen ist. Die Landw. hat mit 66 % (2000) den größten Anteil an der Süßwassernutzung, gefolgt von der Ind. mit 21 % und Haushalten/öfftl. Sektor mit 7 %.
Bereits 200 Mio. Menschen leiden derzeit unter chronischem Wassermangel (verfügbares erneuerbares Wasserangebot pro Kopf und Jahr unter 1000 m^3). Für weitere 310 Mio. Menschen ist Wasser mind. zeitweise knapp. Im J. 2050 wird nach UN-Schätzungen mind. ein Drittel der Weltbev. in Ländern mit chronischem Süßwassermangel leben. Während heute die Länder v. a. im Nahen und Mittleren Osten sowie in Nordafrika am stärksten von Wasserknappheit betroffen sind, wird in den nächsten 50 Jahren v. a. in Ländern Afrikas südlich der Sahara ein Mangel an ausreichenden Süßwasserreserven vorherrschen. 40 % der Weltbev. sind auf die Versorgung aus int. Gewässern angewiesen, was in verschiedenen Regionen zu massiven Verteilungskonflikten führt (z. B. Indien und Bangladesh über die Nutzung des Ganges-Wassers; Türkei, Syrien und Irak über die des Euphrat-Wassers; Sudan und Ägypten über die Nil-Wasser-Nutzung), deren Lösung durch regionale Abkommen versucht wird.
Die Übernutzung der Wasserreserven führt in vielen Regionen zu einem stark sinkenden Grundwasserspiegel, was teilweise absinkende Böden, Versalzung durch nachfließendes Meerwasser in Küstenregionen und Trockenfallen von Brunnen zur Folge hat. Die Wasserverknappung verschärft so in trockenen Regionen bereits bestehende Probleme; die Verschmutzung vorhandener Wasserressourcen durch ungeklärte Einleitungen aus Ind., Haushalten und Landw. und die Nutzung dieses verschmutzten Wassers ist die Hauptursache für Krankheiten

wie Cholera, Hepatitis und Typhus. Auch die Verschmutzung der Meere, die 97 % der globalen Gesamtwassermenge enthalten, bedroht v. a. in Küstenregionen die biologische Artenvielfalt und damit die von ihr lebenden Menschen. Die Belastung durch Schwermetalle, die über den Fischfang wieder in die menschliche Nahrungskette gelangen, und das Nährstoffüberangebot, das zu vermehrtem Algenwachstum und Fischsterben führt, haben ihre Ursache hauptsächlich im Einleiten belasteter Flüsse (44 %) und im Eintragen von in der Luft enthaltenen Schadstoffen (33 %). Neben einigen regionalen Abkommen zum Schutz der Meere, die jedoch bisher kaum zur Reduktion der Belastungen geführt haben, ist seit 1994 ein Seerechtsübereinkommen (→Internationales Seerecht) in Kraft, das einen globalen Schutz der Meere anstrebt. →Ökologie

Lit.: DSE (Hg.): Globale Wasserpolitik, Berlin 1998; BMZ, Wasser – Konflikte lösen, Zukunft gestalten, Bonn 1999 ef

WCARRD Weltkonferenz über *Agrarreform und *ländliche Entwicklung (*World Conference on Agrarian Reform and Rural Development*), von der *FAO einberufen, tagte vom 12. bis 20. Juli 1979 in Rom. dn

WCC Weltkirchenrat oder Ökumenischer Rat der Kirchen (*World Council of Churches*), gegr. 1948, Sitz: Genf; Mitgl.: rd. 340 nichtkath. christl. Kirchen und Hilfswerke aus über 120 Ländern. *Aufgabe:* Verbreitung des Evangeliums und des christl. Glaubens in der Welt; Zusammenarbeit unter den Mitgl.-Kirchen und -Organisationen; Förderung der Missionen. Internet: www.wcc-coe.org dn

WEED *World Economy, Ecology and Development* (Weltwirtschaft, Ökologie & Entwicklung e. V.) ist eine 1990 gegr. dt. *Nichtstaatliche Organisation, die zu den Themenbereichen *Ökologie und *Entwicklung Öffentlichkeits- und Lobbyarbeit betreibt. Themenschwerpunkte: Auseinandersetzung mit der Pol. der *Weltbank, mit dt. *Menschenrechts- und *UN-Pol., mit der dt. und int. Klimaschutzpol. nach der *UNCED-Konferenz von Rio de Janeiro, mit der dt. E.-Pol., mit den Folgen der *Verschuldungskrise. WEED versucht, mittels wiss. Expertise handlungsorientierte Reformvorschläge in den genannten Pol.-Feldern vorzulegen. WEED koordinierte verschiedene Initiativen und Kampagnen dt. e.-pol. NROs, wie die seit 1997 laufende zu den e-pol. und ökol. Folgen der *Hermes-Exportkreditversicherungen. *Publikationen:* Weltwirtschaft & Entwicklung (monatl.); WEED-Schuldenreport 2000. Adresse: Berliner Platz 1, 53111 Bonn. Internet: www.weed-bonn.org red

WEF →Weltwirtschaftsforum

Weiße Revolution →Iran

Weltbank / World Bank Die Internationale Bank für Wiederaufbau und Entwicklung (mit der engl. Abkürzung IBRD) und die Internationale Entwicklungsorganisation (*IDA) bilden zusammen die *Weltbank* (W.). Das Abkommen über die W. trat im Dez. 1945 in Kraft, nachdem 28 der 44 Gründungsmitgl., die über mehr als 65 % des gezeichneten und damit stimmberechtigten Kapitals verfügten, es ratifiziert hatten. Die BRD trat aufgrund des Gesetzes vom 28. 7. 1952 den beiden Institutionen bei und avancierte rasch zu deren drittgrößtem Kreditgeber. Juni 1946 begann die W. mit Sitz in Washington ihre Geschäftstätigkeit. Ihr erster Präs. wurde der 70-j. amerikan. Banker Eugene Meyer. Wichtigste Aufgabe der W. ist es, den wirtsch. und sozialen Fortschritt in den *EL zu fördern und deren Produktivität mit dem Ziel zu steigern, den Menschen zu besseren Lebensbedingungen zu verhelfen. Das gleiche Ziel verfolgen die Internationale Finanz-Corporation (*IFC), die weltweit mit Privatinvestoren zusammenarbeitet und in kommerziellen Unternehmen in EL investiert, sowie die Multilaterale Investitionsgarantie-Agentur (*MIGA), die ausl. *Direktinvestitionen in EL fördert und die Investoren vor nichtkommerziellen Risiken schützt.

W., IFC und MIGA werden zusammen als

Weltbankgruppe bezeichnet. Sie ist die für Theorie und Praxis einflussreichste und ressourcenstärkste Einrichtung der int. EZ, gleichwohl wird sie permanent kontrovers beurteilt in ihrer Rolle für die unterentwickelteren Regionen und ärmeren Schichten der modernen *Weltgesellschaft. Während Kritiker von rechts (z.B. im US-Kongress) die Überbetonung kreditgestützter staatl. Eingriffe in marktwirtsch. Prozesse als teuer und ineffizient monieren (Bandow/Vásquez 1994), verurteilen Kritikerinnen und Kritiker von links (aus Kirchen- und *NGO-Kreisen wie auch vonseiten der Sozialwiss.) den pol.-ökon. «Fundamentalismus» der Weltbankstrategen, der keine konzeptionellen E.-Alternativen mehr zulasse (Mihevič 1995), sowie die sozial und ökol. schädlichen Auswirkungen von Modernisierungsprojekten (Staudämme, Agrarmodernisierung) auf ländl. und städt. Arme, auf Frauen des informellen Sektors und andere Opfer von *Strukturanpassungsprogrammen, den berüchtigten «SAPs» (George/Sabelli 1995).

Der W.-Gruppe angeschlossen ist die «Internationale Stelle zur Beilegung von Investitionsstreitigkeiten» (*ICSID), ein unter den Auspizien der W. im Jahr 1965 gegr. selbständiges Institut, das als Vermittlungs- und Schlichtungsforum für int. Investitionsstreitigkeiten zwischen Staaten und ausl. Kapitalgebern konzipiert wurde. Bis April 2002 waren 134 Länder dem ICSID beigetreten.

Die W.-Gruppe, im Verbund mit dem *IWF, stellt ein umfassendes int. Kooperationsregime für versch. Aufgabengebiete dar, das sich v.a. durch die wiss. Führerschaft bei der Erarbeitung von e.-pol. rel. Problemlösungen unentbehrlich gemacht hat. Ihr größter Einfluss auf die int. pol. Ökon. besteht in der Funktion der Systemerhaltung, -erweiterung und -vertiefung: EL und *Transitionsländer werden nach festgelegten Regeln – den Spielregeln des Bretton-Woods-Systems – an die bestehenden Strukturen der Finanzierung von Investitionen, Technol., Produktion und Handel gebunden. Darlehen und Kredite gewährt die W. nicht konditionenfrei, sondern erst nach einer pol. Einigung über Prinzipien der Mittelverwendung und die Richtung der *Strukturanpassung, die in permanenten «Dialogen» zwischen Bankmitarbeitern aus der Zentrale in Washington und Regionalbüros einerseits und den Reg. der Kreditnehmerstaaten andererseits angestrebt wird.

Organe der Weltbankgruppe: Die wichtigsten Organe der W. sind: der Gouverneursrat, die Exekutivdirektoren, unterstützt von Ausschüssen, der Präs. und die Mitarbeiter. Oberstes Organ der W. ist der *Gouverneursrat*, in den jedes Mitgl. einen Gouverneur – meistens den Finanzmin. und einen Stellvertreter – entsendet; er tagt einmal im J. und debattiert grundsätzliche Fragen der Finanzierung, der Mitgliedschaft und der Nord-Süd-Kooperation. Die *Exekutivdirektoren* (für zwei J. gewählt) sind für die Führung der allg. Geschäfte verantwortlich. Von den 24 Direktoren werden fünf von denjenigen Mitgl. *ernannt*, die die größte Zahl von Kapital- und Stimmanteilen besitzen (Deutschland, Frankreich, Japan, USA und GB). Die übrigen werden von den Gouverneuren unter Berücksichtigung der Zugehörigkeit zu Ländergruppen *gewählt*. Letztere vertreten jeweils mehrere Mitgl.-Länder mit Ausnahme von China und Saudi-Arabien, welche durch einen eigenen Exekutivdirektor vertreten sind. Der *Präsident der Weltbankgruppe* wird für fünf J. von den Exekutivdirektoren gewählt. Er ist Vorsitzender des Direktoriums, mit Stimmrecht jedoch nur im Falle einer Stimmengleichheit ausgestattet. Auf Beschluss der Direktoren hat der Präs. sein Amt niederzulegen. Nach einer informellen Übereinkunft seit der Gründungskonferenz ist der Präs. stets ein US-Amerikaner, der vom US-amerikan. Präs. vorgeschlagen wird. Der Präs. der W. ist Vorgesetzter des Bankpersonals; er entscheidet, ob und mit welchen Konditionen ein Darlehensantrag (von IRD und IDA) den Exekutivdirektoren zur Abstimmung vorgelegt wird. Unter ihrem derzeitigen Präs. J. D. Wolfensohn ist die Bank als Institution einer Reform unterzogen worden mit dem Ziel größerer Effizienz, besserer Kontrolle und einer konsequenteren Verpflichtung auf das Ziel der Armutsbekämpfung.

Die Bretton-Woods-Zwillinge sind seit ihrer Gründung mit einem besonderen *Abstimmungsmodus* ausgestattet, der einerseits ihre außergewöhnliche pol. Durchsetzungsfähigkeit und institutionelle Effektivität erklärt, der andererseits aber aufgrund der pol. Asymmetrie bei Abstimmungen zu Vorwürfen des *Neokolonialismus durch die EL geführt hat. Jedes Mitgl. hat satzungsgemäß 250 Stimmen, zuzügl. einer weiteren Stimme für jeden Anteil des Grundkapitals der Bank, den es gezeichnet hat. Jeder Anteil hat einen Wert von 100000 US-$. Bei der IFC besteht ein identisches Abstimmungsprinzip. Etwas abweichend ist der Abstimmungsmodus bei der IDA geregelt. Jedes Gründungsmitgl. erhielt für seine Erstzeichnung 500 Basisstimmen und eine Stimme pro weiterer gezeichneter 5000 US-$. Die fünf westl. IL mit der stärksten Wirtschaftsmacht (die *«big five»*) konnten 2001 theoret. immer noch 37,39 % aller Stimmen bei der Abstimmung über W.-Darlehen und 41,57 % bei der Abstimmung über IDA-Kredite auf sich vereinen, obwohl in der Praxis meistens im Konsensverfahren entschieden wird. Die Stimmanteile der *«big five»* bei IBRD bzw. IDA verteilten sich 2001 wie folgt: USA: 16,41 % bzw. 14,37 %; Japan: 7,87 % bzw. 10,90 %; Deutschland: 4,49 % bzw. 7,04 %; GB: 4,31 % bzw. 4,94 %; Frankreich: 4,31 % bzw. 4,31 %.

Institutionenprofil: Unter den vier Institutionen ist die 1945 gegründete *IBRD* die älteste und bedeutendste. Aufgrund eines von der Generalversammlung der *UN gebilligten Abkommens vom 15. 11. 1947 hat die IBRD den Status einer Sonderorg. der UN, d. h., sie ist rechtl. und in ihrer Geschäftspol. nicht weisungsgebunden, sondern autonom. Die Mitgliedschaft in der IBRD wuchs von 44 Gründungsstaaten auf der Konferenz von Bretton Woods im US-Bundesstaat New Hampshire auf 151 Staaten im Jahr 1988; nach dem Ende des Kalten Krieges sind mit Ausnahme von Kuba und Nordkorea auch alle ehem. soz. Staaten Mitgl. geworden, sodass die Bank ihr ursprgl. Ziel der universellen Mitgliedschaft und einer *«global economy»* so gut wie erreicht hat. Die Russische Föderation, die 1992 Mitgl. im Club wurde, hat seitdem bereits mehr als 6 Mrd. US-$ IBRD-Darlehen in Anspruch genommen; und die VR China ist im Jahr 1996 (ausgezahlte und genehmigte Darlehen im Umfang von 15 Mrd. US-$) zum drittwichtigsten Darlehensnehmer der W. (hinter Mexiko und Indonesien) und zum zweitgrößten Empfänger von IDA-Krediten (mit 9,8 Mrd. US-$ nach Indien mit 22,7 Mrd. US-$) geworden. Mit Hilfe der W. und des *IWF haben die mittel- und osteurop. Länder wie auch die anderen planwirtsch. Systeme rel. zügig die pol. und techn. Voraussetzungen für den Wandel zur Marktwirtsch. und für ihre Integration als ind. Wettbewerbsgesellsch. in die *OECD-dominierte Weltwirtsch. geschaffen. Eine hist. Mission ist erfüllt.

Die W. gehört heute den Reg. von 183 Staaten, die Kapitalzeichnungen der IBRD übernommen haben. Satzungsgemäß kommen nur Mitgl. des Internationalen Währungsfonds (*IWF) für eine W.-Mitgliedschaft in Betracht. Die Kapitalzeichnungen der Mitgl.-Länder der IBRD richten sich nach den Quoten eines jeden Landes beim IWF, die die rel. Wirtschaftskraft eines Landes widerspiegeln sollen. Die IBRD nimmt ihre mittel- und langfristigen Gelder überwiegend an den Kapitalmärkten in Europa, Japan und den USA auf. Auch bei Zentralbanken und sonstigen staatl. Institutionen nimmt sie Mittel zu marktüblichen Zinsen auf. Neben den Mittelaufnahmen fließen der IBRD auch beachtliche Beträge aus ihrem eingezahlten Kapital, aus einbehaltenen Gewinnen und aus Rückzahlungen auf ihre Darlehen zu.

Die IBRD gewährt ihre Darlehen nur an «kreditwürdige» Schuldner, mit denen entsprechende Absprachen über Haushaltsdisziplin und Wirtschaftsreformen getroffen wurden. Unterstützt werden nur solche Projekte und Programme, die ein hohes Maß an Wirtschaftlichkeit für ein betreffendes Land versprechen und für deren Finanzierung sich kein privates Unternehmen findet; d. h., die W. fungiert als letztinstanzlicher Kreditgeber (*«lender of last resort»*).
Die 1960 gegründete **IDA* unterstützt ärmere EL zu Konditionen, die deren *Zahlungsbilanzen weit weniger belasten als IBRD-Darlehen. Die Unterstützung der IDA kommt im Wesentlichen den sehr armen Ländern (→LIC) mit einem jährl. BNE pro Kopf der Bev. von weniger als 760 US-$ zugute (berechnet auf der Basis von 1998). Nach diesem Kriterium fallen etwa 63 Länder unter diese Kategorie. Von den 183 Mitgl.-Staaten sind 161 auch der IDA beigetreten; die reicheren 26 Staaten (Ländergruppe I) zahlen aus Steuermitteln Beiträge zur Wiederauffüllung der IDA-Fonds alle vier bis fünf J. Im Geschäftsj. 1996/97 wurde die 11. Wiederauffüllung der IDA im geplanten Umfang von 11 Mrd. US-$ für 1997–1999 beschlossen, 1998 die 12. Auffüllung auf 15,25 Mrd. *SZR aufgestockt (entspricht rd. 19,3 Mrd. US-$ am 30. 4. 2001) – angesichts wachsender E.-Hilfemüdigkeit in den IL und permanenter Kritik aus dem US-amerik. Kongress wegen Vergeudung und geringer Effizienz der Auslandshilfe ein mühseliges Geschäft! Die rel. günstigen IDA-Kredite können nur von Reg. (nicht von Privatfirmen) in Anspruch genommen werden. Die Tilgungszeiten erstrecken sich über einen Zeitraum von 35 bis 40 J.; die Kredite sind zinslos, allerdings wird auf den nicht ausgezahlten Kreditbetrag eine jährl. Bearbeitungsgebühr von 0,5 % erhoben. Juristisch und finanz. ist die IDA zwar eigenständig, sie teilt sich aber mit der IBRD die Belegschaft. Die von der IDA geförderten Projekte müssen dieselben Leistungskriterien erfüllen wie die der IBRD-Vorhaben.
Die Aufgabe der 1956 gegründeten **IFC* ist es, die wirtsch. E. in den EL durch Förderung des Privatsektors zu unterstützen. Sie hat heute 174 Mitgl.-Staaten. Juristisch und finanz. sind IFC und W. selbständige Einheiten. Anders als die meisten multilateralen Institutionen akzeptiert die IFC für ihre Finanzierungen keine Reg.-Bürgschaften. Wie eine private Bank stellt die IFC ihre Finanzierungsmittel und Dienstleist. nur zu Marktkonditionen bereit, wobei sie die Kosten für ihre Mittel berücksichtigt und wirtsch. Renditen anstrebt. Die IFC und ihre privaten Geschäftspartner teilen sich das volle Projektrisiko, während bei Weltbankdarlehen allein die Reg. der Nehmerländer das Projektrisiko (Rückzahlungspflicht) tragen müssen. Neben der monetären Unterstützung gewährt die IFC *technische Hilfe und Beratungsdienste, beispielsweise auf dem Gebiet der ausl. Direktinvestitionen oder der Privatisierung öfftl. Unternehmen. Die Finanzierungshilfen der IFC sind als eine Art Start- oder Übergangshilfe für erfolgversprechende Unternehmen zu verstehen, die Beteiligungen am Aktienkapital werden nicht langfristig angelegt, sondern nur so lange, bis die Kapitalbeteiligung von anderen, vorzugsweise inl. Investoren, übernommen werden kann. Diese Katalysatorfunktion der IFC wird dadurch verstärkt, dass ihre Investitionen grundsätzlich eine höhere Kapitalbeteiligung von anderer Seite voraussetzen; üblicherweise beträgt ihr Anteil nicht mehr als 25 %. Die IFC finanziert sich zum größten Teil durch die Einzahlungen der Kapitalanteile der Mitgl.-Reg. auf das Grundkapital, das sich von 100 Mio. US-$ in den ersten Jahren ihres Bestehens auf 3,6 Mrd. US-$ (1995) erhöhte, sowie durch die laufenden Gewinne und durch Mittelbeschaffung an den int. Kapitalmärkten. Die Geschäftstätigkeit der IFC und ihre Mitgl.-Zahl hat seit der Transformation der ehem. soz. EL in marktwirtsch. organisierte Systeme

sprunghaft zugenommen. Die auf eigene Rechnung bewilligten Finanzierungsmittel beliefen sich auf 2,9 Mrd. US-$ für 212 Projekte, die von der IFC bewilligten Projekte verursachten Investitionskosten von 18,9 Mrd. US-$. Für jeden von der IFC investierten Dollar wurden also 5,56 $ von anderer Seite investiert.

Die Aufgabe der 1988 gegründeten und z. Z. 134 Mitgl.-Staaten umfassenden *MIGA ist es, Investitionen für die wirtsch. E. in den Mitgl.-Staaten dadurch zu fördern, dass ausl. Anleger vor Verlusten aus nichtkommerziellen Risiken geschützt und die Mitgl.-Länder beraten werden, wie sie ein günstiges Investitionsklima schaffen und entsprechende Informationen bereitstellen können, um die Kapitalzuflüsse zu fördern.

Jedes der vier Institute, die eng zusammenarbeiten und ihre Arbeit aufeinander abstimmen, wurde gegründet, um eine unterschiedliche Funktion zu erfüllen. Alle jedoch sind demselben *Ziel* verpflichtet, d. h. finanz. und techn. Beistand zum Zwecke der wirtsch. E. zu gewähren. Nach der Absicht der Gründer sollte die Bank von Geber- wie Nehmerstaaten als eine sichere Brücke betrachtet werden können, über die Privatkapital auf int. Gebiet gelangen kann. Daher hat die Weltbankgruppe seit ihrer Gründung vor allem Kredite für die Sektoren *Energie und Verkehr zur Verfügung gestellt.

Entwicklungspolitische Tätigkeiten der Bank: Während der 50-j. Geschäftstätigkeit der W. hat sich der Schwerpunkt ihrer Projektdarlehen und E.-Ziele mehrfach geändert; es lassen sich drei Phasen mit unterschiedlichen Schwerpunkten und sich wandelnder E.-Rhetorik erkennen. Die *erste Phase* kann als die der unbekümmerten Modernisierung durch kapital- und technol.-intensive Infrastrukturprojekte, als Phase mit einem kaum verschleierten keynesianistischen Drall, bezeichnet werden. Mit Vorliebe wurden Kraftwerke, Autobahnen, Eisenbahnen, Häfen, Staudämme und Fernmeldesysteme finanziert – Voraussetzungen für Investitionen des privaten Sektors (Babai 1993). Die *zweite Phase* ist durch die Amtszeit von Präs. Robert McNamara (1968–81) gekennzeichnet, der die direkte Bekämpfung der ländl. *Armut und der sozialen Ungleichheit zwischen N und S zum Programm der W. machte. «E.-Projekte neuen Stils» wurden kreiert, die die Grundbedürfnisse der Armen zum Ziel der e.-pol. Intervention machten. Gleichzeitig behielten die herkömmlichen Ziele des wirtsch. Wachstums und der Exportförderung ihre Gültigkeit. «Umverteilung mit Wachstum» lautete die Parole, die der Chef-Ökonom der Bank Holis Chenery realisieren zu können glaubte. Es sollte sich aber bald zeigen, dass die internen wie weltmarktbedingten Widerstände gegen eine Pol. des *«investment in the poor»* fast unüberbrückbar groß waren.

In der *dritten Phase*, die mit dem Ausscheiden McNamaras begann und von Ernüchterung im Zeichen der *Verschuldungskrise der 1980er J. geprägt war, änderten sich erneut die Prioritäten. Nun wurde *Strukturanpassung* zum neuen Paradigma. Strukturanpassungsprogramme (SAPs) und *sector adjustment loans* wurden zu Hoffnungsträgern eines umfassenden pol. Krisenmanagements, das globale Ausmaße annahm. Heute gibt es kaum noch ein EL, *Schwellen- oder Transitionsland, das nicht eine oder mehrere SAPs von den Bretton-Woods-Institutionen (BWI) verordnet bekommen hätte. Dabei geht es um Privatisierung, Deregulierung und Liberalisierung der Wirtsch. und die Reduktion der staatl. Sozialausgaben auf ein langfristig finanzierbares Niveau. Damit verbunden ist eine Neubewertung der Rolle des Staates angesichts der Erkenntnis, dass *«bad governance»* (Politikversagen der Staatsklassen) in den Mitgl.-Staaten zu einer entscheidenden Blockade für eine int. wettbewerbsfähige E. geworden ist. In der aktuellen Ära der *Globalisierung von Märkten hat nach Ansicht der E.-Strategen wieder die «Magie des Marktes» an Attraktivität gewonnen, die

Tabelle 20: Sektorale Verteilung der IBRD- und IDA-Kredite – die sieben größten Wirtschaftssektoren
(in Mio. US-$)

Sektor	FY92–97 (jährl.)	FY98–99 (jährl.)	FY01
Transport	3 060	3 183	2 970
Öffentl. Sektor – Management	601	1 280	2 571
Finanzen	1 633	4 248	2 231
Sozialer Schutz	757	2 190	1 673
Wirtschaftspol.	2 340	5 813	1 324
Gesundheit, Ernährung, Bev.	1 264	1 549	1 048
Restliche Sektoren	11 888	10 532	5 434
Summe:	**21 543**	**28 795**	**17 251**
davon: IBRD	15 368	21 634	10 487
IDA	6 175	7 161	6 764

Quelle: Weltbank, Jahresbericht 2001, Washington 2002, S. 26

neben wirtsch. Wachstum auch wieder die Reduktion der Massenarmut bewirken soll.
Wie sich in den vergangenen J. Art und Umfang der Kreditausleihe von IBRD und IDA verändert haben, zeigt Tabelle 20 mit der Übersicht über die sieben größten Wirtschaftssektoren.
Hauptnutznießer der Bankausleihen waren in den letzten J. Afrika südlich der Sahara (s.d.S.) und Ostasien, wie Tabelle 21 mit der E. der IBRD- und IDA-Kredite im Fünfjahreszeitraum 1996 bis 2001 zeigt.
Armut und Verschuldung: An der großen Differenz zwischen den neuen Kreditzusagen und den tatsächlich transferierten Finanzmitteln wird ersichtlich, dass heutzutage die Kreditaufnahme zum großen Teil dazu dient, frühere Weltbankkredite «zu bedienen», d. h. mit Zinsen zurückzuzahlen. Es ist zahlreichen Schuldnern der Bank eben nicht gelungen, «aus den Schulden herauszuwachsen» (→Verschuldung). Extrem ist der Fall Indonesien, wo ca. 6 Mrd. US-$ Neuverschuldung dazu verwendet wurden, um 4,5 Mrd. US-$ Altschulden zu tilgen. Darin offenbart sich ein altes Dilemma: Die Geschäftsleitung der W. ist nicht befugt, Schulden zu erlassen, wie dies in einem int. Appell gefordert wurde (unterzeichnet von der *Erklärung von Bern, *WEED und ca. 200 weiteren *NROs), weil dies satzungswidrig wäre. Angesichts dieses Problems, das den Entwicklungsgedanken «Hilfe zur Selbsthilfe» ad absurdum führt, hat der US-amerik. Präs. Bush im J. 2002 vorgeschlagen, zukünftig einen Teil der Weltbankkredite als verlorene Zuschüsse zu vergeben – ein Vorschlag, der allerdings vom Präs. der W., J. Wolfensohn, umgehend zurückgewiesen wurde. Man fürchtet offenbar um den guten Ruf der Bank als Kreditnehmer auf den int. Finanzmärkten, auf denen bislang jede Kreditaufnahme der W. mit der AAA-Wertung (d. h. der höchsten Bonitätsstufe) qualifiziert wurde.
Unter Präs. Wolfensohn ist die Bank bestrebt, dem strukturellen Armutsproblem in Afrika und Südasien sowie in den neuen (ehem. soz.) Mitgliedsstaaten in Ost- und Zentralasien auf den Leib zu rücken – durch neue, genau konditionierte Sektor- und Strukturanpassungsprogramme. Nach Angaben des Weltbankmanagements, das nach wie vor selbst alle Projekte evaluiert, erhöhten sich die Erfolgsquoten ihrer Entwicklungsprojekte im Verlauf der letzten fünf J. auf ca. 80 % – gemessen an den selbst gesteckten Zielen. Ob allerdings die Entwicklungsprojekte die zwei entscheidenden Kriterien erfüllen – nämlich nach-

Tabelle 21: Regionale Verteilung der IBRD- und IDA-Kredite (1996–2001, in Mio. US-$)

Region Afrika s. d. S.	**Äthiopien**	**Uganda**	**Senegal**
IBRD- u. IDA-Zusagen			
14903	1592	1022	847
Nettotransfer:			
4259	612	645	336
Region Ostasien / Pazifik	**China**	**Vietnam**	**Indonesien**
IBRD- u. IDA-Zusagen			
34787	12958	2470	5977
Nettotransfer:			
3351	5264	1006	–4505

Quelle: Weltbank, Jahresbericht 2001, Washington 2002, S. 141

haltig und breitenwirksam zu sein –, entzieht sich der genauen Kenntnis. Man kann aber davon ausgehen, dass die Mitarbeiter der Bank alles tun werden, um die Qualität der Projekte zu erhöhen. Was sie allerdings kaum beeinflussen können ist die «*Ownership*»-Problematik: die Frage nämlich, ob die harten Sparmaßnahmen der von IWF und W. gemeinsam verfolgten Pol. der Strukturanpassung die Reg.n und die *Zivilgesellschaft in den kreditnehmenden Ländern davon überzeugen können, sich voll hinter die geforderten unpopulären Reformen zu stellen. 2002 wurde Argentinien zu einem Beispiel für einen überschuldeten Staat, der sich in einem tiefen Zerwürfnis mit den beiden Bretton-Woods-Institutionen über den zumutbaren Weg aus der Wirtschafts- und Politikkrise befindet. Hier ist der von beiden propagierte *Washington Consensus (Deregulierung der Wirtsch., Liberalisierung des Außenhandels und des Kapitalverkehrs und schließlich Privatisierung der Staatsbetriebe) nicht hilfreich, ein Land wieder int. wettbewerbsfähig zu machen. Ohne ein funktionierendes int. Insolvenzverfahren, das überschuldeten Ländern eine neue Chance gibt, wieder weltmarktfähige Güter produzieren zu können, ist dieser Strukturdefekt kaum zu beheben.

Dass die W. trotz aller berechtigten Kritik an marktfundamentalistischen Praktiken doch auch eine lernfähige Institution ist, die sich neuen Herausforderungen mit kreativen Programmen stellt, kann an der HIV/*Aids-Bekämpfungsstrategie abgelesen werden. Die W. ist in den letzten J.n zu der Institution geworden, die mehr als alle anderen in der Welt Mittel zur Bekämpfung von Malaria, Aids und Tuberkulose – speziell in Afrika im Kontext der neuen Armutsreduzierungsprojekte (PRSP) – zur Verfügung stellt.

Bilanz: Zahlreiche Kritiker haben der W. mit erdrückender empirischer Evidenz nachweisen können, dass die von ihr pol. angeregten und finanz. unterstützten SAPs ihre angeblichen Reformziele ganz oder teilweise verfehlten und dass gerade den ärmeren Schichten soziale Opfer zugemutet werden, die massenhafte Armut perpetuieren und *Demokratisierungsprozesse erschweren. Dennoch ist die pol. Forderung nach völliger Abschaffung der W. kaum noch zu vernehmen, da auch den schärfsten Kritikern bewusst ist, dass ohne einen geplanten Ressourcen- und *Technologietransfer in N-S-Richtung große Teile der EL und der *Transitionsländer noch hoffnungsloser dastehen würden als mit den institutionellen Kolossen aus Washington. Für die Zukunft geht es daher um eine Beschleunigung umfassender Reformen von Int. Org., die als int. E.- und Kooperationsregime unverzichtbar bleiben werden. Es ist denkbar, dass sich zukünftig Teilaufgaben wie Umwelt- und Klimaschutz, *Katastrophenhilfe, Ressourcenkonservierung oder Sozialpol. ausgliedern oder institutionell verselbständigen werden, die negativen Auswirkungen der soziale Ungleichheiten produzierenden globalen Wachstumsdynamik stellen jedoch eine Art Bestandsgarantie für die W. dar.

Publikationen: Weltbankatlas, *Weltentwicklungsberichte. Adresse: 1818 H-Street, N. W. Washington, D. C. 20433, USA; Europa-Büro: 66, Avenue d'Ièna, F-75116 Paris. Internet: www.worldbank.org →Stiglitz

Lit.: D. Babai, World Bank, in: J. Krieger (Hg.), The Oxford Companion to Politics of the World, New York/Oxford 1993, S. 981–986; D. Bandow/Ian Vásqez (Hg.), Perpetuating Poverty. The World Bank, the IMF and the Developing World. CATO Institute Washington, D. C. 1994; T. Fues/B. Unmüßig, Neues Geld für die Weltbank? Kontroversen und Positionen zur Weltbanktochter IDA, WEED Arbeitspapier 3/95, Bonn 1995; S. George/F. Sabelli, Kredit und Dogma. Ideologie und Macht der Weltbank, TNI Amsterdam, Hamburg 1995; J. Mihevič, The Market Tells Them So. The World Bank and Economic Fundamentalism in Africa, London etc. 1995; R. Tetzlaff, in Zusammenarbeit mit A. Nord, Weltbank und Währungsfonds – Gestalter der Bretton-Woods-Ära, Opladen 1996; M. Metzger, Weltbank-Gruppe, in: H. Volger (Hg.), Lexikon der Vereinten Nationen, München/Wien 2000, S. 627–633. rt

Weltberichte Nat. und int. Org. und Inst. veröffentlichen in period. Abständen, häufig jährl., Berichte zu versch. Weltproblemen, insbes. zu Fragen wirtsch., sozialer, kultureller E. in den IL und zu Fragen des Welthandels und der int. EP. Im Folg. werden die wichtigsten Berichte nach Sachgebieten aufgeführt:

1. *Internationale Entwicklungspolitik*: FAO*: The State of Food and Agriculture; World Agriculture – Towards 2010; *IMF: Development and Finance; *OECD: Entwicklungszusammenarbeit; *UN: World Survey on the Role of Women in Development; *UNCTAD: The Least Developed Country Report; Trade and Development Report; *UNDP/ *DGVN: Bericht über die menschliche Entwicklung; *UNIDO: Industrial Development; *World Bank: Global Economic Prospects and the Developing Countries; World Development Indicators; World Development Report;

2. (*Welt-*)*Wirtschaft*: *ILO: World Employment; IMF: World Economic Outlook; OECD: OECD Employment Outlook; OECD-Weltwirtschaftsausblick; UN: World Economic and Social Survey; UNCTAD: World Investment Report; *UNIDO: Industrial Development; World Bank: Global Development Finance; WTO: International Trade Statistics; Annual Reports;

3. *Umwelt*: Fridtjof Nansen Institute: Green Globe Yearbook; OECD: The State of the Environment; *UNEP: The State of the World Environment; World Resources Institute/UNEP/UNDP/ World Bank: World Resources; *Worldwatch Institute: Zur Lage der Welt;

4. *Frauen*: UN: World Survey on the Role of Women in Development; UN: The World's Women;

5. *Menschenrechte* (Flüchtlinge): *amnesty international: Jahresbericht von amnesty international; *Freedom House: Freedom in the World; *UNHCR: Zur Lage der Flüchtlinge in der Welt; Human Rights Watch: Human Rights Watch World Report; Nordic Human Rights Publications: Human Rights in Developing Countries; U. S. Committee for Refugees (USCR): World Refugee Survey; U. S. Department of State: Country Reports on Human Rights Practices;

6. *Soziale Entwicklung*: Deutsches Rotes Kreuz: Weltkatastrophenbericht; ILO: World Labour Report; Sivard, Ruth Leger: World Military and Social Expenditures; UN: Report on the World Social Situation; UN: World Economic and Social Survey; Deutsche UNESCO-Kommission: Weltbildungsbericht; *UNESCO: World Science Report; *UNFPA/

DGVN: Weltbevölkerungsbericht; *UNICEF: The Progress of Nations; Deutsches Komitee für UNICEF: Zur Situation der Kinder in der Welt; *WHO: Weltgesundheitsbericht;
7. *Friedens- und Sicherheitspolitik*: *BICC: Conversion Survey; Hessische Stiftung Friedens- und Konfliktforschung (HSFK)/Forschungsstätte der Evangelischen Studiengemeinschaft (FEST)/Institut für Friedensforschung und Sicherheitspol. an der Universität Hamburg (IFSH): *Friedensgutachten; International Institute for Strategic Studies (IISS): The Military Balance; IISS: Strategic Survey; Sivard; *SIPRI: SIPRI Yearbook; *ACDA: World Military Expenditures and Arms Transfers;
8. *Weltprobleme, globale Entwicklung*: *Stiftung Entwicklung und Frieden: Globale Trends; UN: Yearbook of the United Nations. dm/fn

Weltbeschäftigungsprogramm →Beschäftigung, Grundbedürfnisse/Grundbedürfnisstrategien, ILO

Weltbevölkerungskonferenz Von den *UN einberufen, bisher Rom 1954, Belgrad 1965, Bukarest 1974, Mexico City 1984, Kairo 1994. Im Jahre 1999 fand eine UN-Sonderversammlung als Nachfolgekonferenz zu Kairo statt (Kairo +5). Insb. seit Bukarest sind Bev.-Fragen zum Gegenstand int. Pol. geworden. Anerkannt wurde 1., dass Bev.-Pol. in enger Verbindung steht mit dem Ziel der Verbesserung der Lebensqualität der Bürger eines Landes; 2., dass *Familienplanung eine soziale Investition sei; 3. der Grundsatz, dass ein Staat souverän sei bei der Formulierung seiner Bev.-Pol. Die 3. Konferenz verabschiedete einen Weltbev.-Aktionsplan mit folgenden Zieldaten bis 1985: Senkung der JZ der Bev. in EL von 2,4 auf 2, in der Welt insges. von 2 auf 1,7 % (IL 0,8 auf 0,7 %); Erhöhung der LE von 62 auf 74 J., d. h. eine Steigerung in LA um 12 J., in Asien um 17 J. und in Afrika um 28 J.; Senkung der Geburtenrate in den EL von 38 auf 30 pro T. In Mexico City wurde v. a. die Stellung der Frau in Familie und Gesellsch. sowie ihre Bedeutung bei der Familienplanung betont. Zur Eindämmung des Bev.-Wachstums entwarf das Aktionsprogramm der Kairoer Konferenz folgende Maßnahmen: 1. Bekämpfung der Massenarmut; 2. Verbesserung der Bildungschancen für die breite Masse der Bev.; 3. Ausbau des Basisgesundheitsdienstes; 4. Ausbau sozialer Sicherungssysteme; 5. Aufstockung von Programmen der Frauenförderung; 6. Aufstockung finanz. Aufwendungen für bev.-pol. Maßnahmen.
Internet: www.unfpa.org/icpd.html →Bevölkerung, →Frauen in der Dritten Welt dn

Weltentwicklungsberichte Mit dem Ziel, die Weltentwicklungsprobleme umfassend und fortlaufend zu analysieren, publiziert die *Weltbank in Washington seit 1978 jährl. den Weltentwicklungsbericht. Die einzelnen Berichte thematisieren jeweils unterschiedliche Schwerpunktthemen und enthalten einen Tabellen-Anhang mit sozialen und ökon. *Indikatoren der Entwicklung in den EL und IL. Für die Reihung der EL nach dem Entwicklungsstand (*ranking*) wird in den Berichten das BSP/Kopf (*Pro-Kopf-Einkommen) verwandt. Die Weltentwicklungsberichte können bezogen werden bei: →DGVN, Weltbank. ah

Welterbe 1972 traf die *UNESCO-Generalkonferenz ein Übereinkommen zum Schutz des Kultur- und Naturerbes der Welt (*Convention for the Protection of the World Cultural and Natural Heritage*). Die Beitrittsländer (1997: 185) verpflichten sich, Kultur- und Naturgüter (1997: 506), die aus versch. Gründen (geschichtlich, ästhetisch, wiss. etc.) von «außergewöhnlichem universellen Wert» sind, zu erfassen, zu schützen und zu erhalten.
Adresse: Deutsche UNESCO-Kommission, Colmantstr. 15, 53115 Bonn. mn

Welternährungskonferenz 1974 in Rom; v. a. auf Initiative der USA und der *Blockfreien von der *UN-Generalversammlung einberufen. Themenschwerpunkte: Produktionsförderung, *Nahrungsmittelhilfe und Weltagrarhandel. Hauptergebnis: Deklaration zur Beseiti-

gung von Hunger und *Mangelernährung; Betonung des Stellenwertes des Agrarsektors im E.-Prozess, der Nahrungsmitteleigenproduktion in EL sowie von *Agrarreformen. Die Konferenz empfahl die Gründung des *IFAD und des *WFC.
Eine erneute W. wurde auf Einladung der *FAO 1996 in Rom abgehalten. Vertreter von 186 Staaten verabschiedeten die «Erklärung von Rom» und den «Aktionsplan des Welternährungsgipfels», die zuvor von dem FAO-Ernährungssicherheitskomitee ausgearbeitet worden waren. In beiden Dokumenten wird das Recht eines jeden Menschen auf angemessene Ernährung betont. Im Unterschied zur W. von 1974 wurde jedoch nicht mehr das Ziel formuliert, Hunger und Unterernährung binnen einer Dekade auszumerzen. Angestrebt wird, die Zahl der Hungernden bis 2015 auf die Hälfte des gegenwärtigen Standes zu verringern. Auch wurden keine neuen Institutionen und Instrumente zur Lösung des Ernährungsproblems geschaffen oder finanz. Neuzusagen seitens der IL gemacht. Stattdessen wurde die Verantwortung der einzelnen Staaten betont und eine nat. Pol. bei der Bekämpfung von Hunger und Unterernährung eingefordert (*Agrarreformen, Bereitstellung produktiver *Ressourcen etc.). Parallel zur W. fand u. a. ein unabh. Forum von *NGOs statt, die sich kritisch mit den Abschlussdokumenten der W. auseinander setzten. 2002 fand eine Nachfolgekonferenz in Rom statt, die nur wenig Neues beschloss, da sie nur wenig Interesse in den IL weckte. Eine Neuverpflichtung auf das Ziel, die Zahl der Hungernden zu halbieren, war das einzige Ergebnis. →Ernährung

Lit.: FAO, World Food Summit. Technical background documents (3 vol.), Rom 1996; FAO, World Food Summit, Rome Declaration on World Food Security and World Food Summit Plan for Action, Rom 1996; M. Windfuhr, Hunger satt. Der Welternährungsgipfel vom 13.–17. 11. 96 in Rom, in: AGEH Contacts, Nr. 2, 1997, 26 f. mik

Welternährungsprogramm →WFP

Welternährungsrat →WFC

Weltfrauenkonferenz Die 4. Weltfrauenkonferenz der Vereinten Nationen fand 1995 in Beijing statt.
1. Hintergrund: 20-jährige UN-Konferenzgeschichte und insges. 50 Jahre UN-Pol., die die Gleichstellung der Frau in den Bereichen pol. Partizipation, Beschäftigung, Erziehung, Gesundheit, Nationalität, Ehe und E. (→Frauen in der Dritten Welt) in den Mittelpunkt int. Aufmerksamkeit rückte. Wichtigste Wendepunkte dieser Vorgeschichte sind: drei Weltfrauenkonferenzen (Mexiko 1975, Kopenhagen 1980, Nairobi 1985), die Erklärung eines «Jahrzehnts der Frau» (1975–85), die Erarbeitung der 1981 in Kraft getretenen, völkerrechtl. bindenden Konvention zur Beseitigung aller Formen der Diskriminierung von Frauen, die Schaffung versch. UN-Instrumente und Leitlinien (etwa die «Zukunftsstrategien von Nairobi zur Förderung der Frau bis zum Jahr 2000»), die die Gleichberechtigung auf nat. bzw. int. Ebene vorantreiben sollen, sowie die Einrichtung einer frauenspezifischen E.-Organisation (→UNIFEM).
2. Ziele: a) weltweite Bestandsaufnahme der Gleichberechtigung von Frauen und Männern seit Nairobi; b) Entwicklung von Maßnahmen und Strategien zur Beseitigung bestehender Defizite und Benachteiligungen; c) Schaffung von Aufmerksamkeit für die nach wie vor existierenden Ungleichheiten zwischen den Geschlechtern weltweit (→Gender).
3. Ergebnisse: Es wurden ein Abschlussdokument (*«Beijing Declaration»*) und ein darin enthaltenes Aktionsprogramm (*«Platform for Action»*) verabschiedet. Als Neuerung gelten u. a. die Forderung nach Erfassung, Bewertung und Anerkennung unbezahlter Arbeit im Haushalt und in der Gesellschaft; die Einführung von Regelungen hinsichtlich der Erbrechte von Mädchen; die Ergänzung der in der *Weltbevölkerungskonferenz in Kairo festgelegten Konzepte der *Reproduktiven Rechte* und *Reproduktiven*

Gesundheit durch das Konzept der sexuellen Selbstbestimmung der Frau. Hinsichtlich der Themen Abtreibung und Menschenrechte wurden die Ergebnisse vorangegangener UN-Weltkonferenzen (*Weltbevölkerungskonferenz 1994 Kairo, *Menschenrechtskonferenz 1995 Wien) bestätigt.
Kritisiert wurde der in beiden Dokumenten geprägte individualistische, auf dem persönlichen **empowerment* von Frauen basierende Ansatz, vage Formulierungen im Aktionsprogramm sowie der Mangel an konkreten Maßnahmen zur Umsetzung der verabschiedeten Forderungen. Allgemein herrschte Übereinstimmung, dass die 4. Weltfrauenkonferenz die in sie gesetzten hoch gesteckten Erwartungen nicht erfüllen konnte. Zwar wurden bestehende Sprachregelungen erhalten, die Konferenz wurde jedoch durch heftige Diskussionen, die int. Vereinbarungen aus vorausgegangenen Konferenzen z.T. wieder in Frage stellten, negativ geprägt.
Lit.: Beijing Declaration and Platform for Action adopted by the World Women Conference, Beijing, 4.–15. September 1995 (A/CONF. 177/20 vom 17. Oktober 1995); R. Klingebiel, Weltfrauenkonferenz in Beijing 1995. Aktion für Gleichberechtigung, Entwicklung und Frieden?, in: D. Messner/F. Nuscheler (Hg.), Weltkonferenzen und Weltberichte. Ein Wegweiser durch die internationale Diskussion, Bonn 1996, S. 215 ff.; United Nations, The United Nations and the Advancement of Women 1945–1995, New York 1995; C. Wichterich, Wir sind das Wunder, durch das wir überleben. Die 4. Weltfrauenkonferenz in Peking, Köln 1996 (Heinrich-Böll-Stiftung). sus

Weltfriedensdienst →WFD

Weltgesellschaft Die in den 1970er J. geprägte Bezeichnung W. gehört mittlerweile zum Kernvokabular derjenigen, die sich in Theorie und Praxis mit int. Bez. beschäftigen. Nachdem infolge der gravierenden weltpol. und wirtsch. Veränderungen seit Mitte der 1980er J. bisherige Leitkonzepte der int. Bez. offensichtlich an der ihnen zugeschriebenen universellen Aussagekraft eingebüßt haben (→Nord-Süd-Konflikt, →Dritte Welt), erscheinen Ende der 1990er J. eingängige Ausdrücke wie W. oder «int. Gemeinschaft» auf den ersten Blick geeignet, um das erhöhte Maß an Verflechtung und an Interaktionen über Ländergrenzen hinweg zu erfassen (→Globalisierung). Ein Verständnis von W., das den Begriff als neues Paradigma sieht, das bisherige Konzepte völlig ersetzt, läuft allerdings Gefahr, bei einer undifferenzierten Übertragung innenpol. Kategorien auf die globale Ebene alle grenzüberschreitenden pol., wirtsch. und gesellsch. Prozesse im Hinblick auf die Entwicklung eines «Weltstaates» zu begreifen. Solche normativ-evolutionären Assoziationen lassen jedoch aufgrund ihres hohen Anspruches nicht nur die histor. Realität als (allzu) defizitär erscheinen, sondern verstellen zudem eher den Blick für tatsächliche qualitative Neuerungen in den Interaktionsstrukturen auf int. Ebene.
Von wiss. Seite wird daher zunehmend versucht, das «Phantom» W. als heuristisches Konzept zu definieren, das in Ergänzung zu bisherigen Schlüsselbegriffen u.a. den Wandel in den Bez. zwischen IL und EL erfassen soll. Für eine fruchtbare Anwendung des Begriffes W. in dem skizzierten Sinn scheinen aus der – im Anfang begriffenen – Diskussion insb. folgende Aspekte von Bedeutung:
1. *Akteursstrukturen der W.*: Im Ggs. zu Begriffen wie «int. System» oder «int. Gesellschaft» ist für das Verständnis von W. eine Ausweitung der an den untersuchten Bez. beteiligten Akteure von staatl. Repräsentanten auf *nichtstaatl.* Org. und Bewegungen charakterisch, welche *autonome Handlungsebenen* ausbilden und in diesen Kontexten agieren. Die Nützlichkeit dieser Präzisierung zeigt sich exemplarisch an den verschiedenen Weltkonferenzen der 1990er J. (→Welt-Umweltkonferenz, Weltfrauenkonferenz, Weltsozialgipfel), bei denen *nichtstaatliche Organisationen sog. Nebengipfel institutionalisiert und von dort aus vielfältigen Einfluss auf die staatl. Vertreter der IL und EL genommen haben.

2. *Dimensionen der W.*: Für die Identifizierung grenzüberschreitender bzw. grenznivellierender Bez. ist neben der Unterscheidung inhaltlicher Bereiche auch von Bedeutung, welche Dimensionen ein konkreter weltweiter Zusammenhang umfasst (List 1989): So kann es erstens – wie bei dem Schlagwort der «Weltrisikogesellschaft» (Beck 1986) – nur um die Thematisierung globaler *Phänomene* gehen, die als Problemzusammenhänge erkannt werden und nur durch staatenübergreifendes Handeln zu lösen sind (→*global governance*). Zweitens können sich Tendenzen in Richtung auf eine W. anhand von *Handlungszusammenhängen* ausmachen lassen, die sich auf int. Ebene ausdifferenziert und zunehmend an Bedeutung gewonnen haben (z. B. int. Finanzmärkte). Drittens kann mit W. die Verbreitung von *Werten und Normen* (etwa im Sinne einer «Weltkultur») verbunden werden.
3. *Dynamik innerhalb der W.*: Entscheidend für die heuristische Nützlichkeit des Konzepts ist schließlich, dass W. nicht als uniforme Entwicklung bzw. als einheitliches (positiv oder negativ gewertetes) Endziel aufgefasst wird. Eher sollte man von heterogenen grenzübergreifenden Vergesellschaftungs- bzw. Vergemeinschaftungs*prozessen* ausgehen, die parallel zueinander ablaufen, sich gegenseitig verstärken oder sich sogar gegenläufig zueinander verhalten. So können etwa Projekte, die eine stärkere Universalisierung intendieren, Abwehrreaktionen hervorrufen und zur Entstehung betont partikularistischer Bewegungen beitragen (→Islamischer Fundamentalismus).

Lit.: U. Beck, Risikogesellschaft, Frankfurt a. M. 1986; M. List, Was heißt Weltgesellschaft?, in: B. Moltmann/E. Senghaas-Knobloch (Hg.), Konflikte in der Weltgesellschaft und Friedensstrategien, Baden-Baden 1989, S. 29–62; L. Brock/M. Albert, Entgrenzung der Staatenwelt. Zur Analyse weltgesellschaftlicher Entwicklungstendenzen, in: Zft. für int. Bez. 2/2 (1995), S. 259–285; Forschungsgruppe Weltgesellschaft, Weltgesellschaft: Zur Identifizierung eines «Phantoms», in: Politische Vierteljahresschrift 37/1 (1996), S. 5–26; Th. Fues, Trends und Interdependenzen in der Weltgesellschaft, in: I. Hauchler u. a. (Hg.), Globale Trends 2002, Frankfurt a. M. 2001, S. 50–71; O. Höffe, Demokratie im Zeitalter der Globalisierung, München 2002. fg

Weltgesundheitsorganisation →WHO

Welthandelsabkommen →GATT

Welthandelskonferenz →GATT

Welthungerhilfe →DWHH

Weltkindergipfel Von den *UN zum ersten Mal in New York am 29./30. 9. 1990 veranstaltet, unter Beteiligung von 71 Staats- und Reg.-Chefs sowie Reg.-Vertretern. Als Ergebnis wurde eine «Weltdeklaration zum Überleben, zum Schutz und zur E. von Kindern» einstimmig unterzeichnet. Damit verpflichtete sich die int. Gemeinschaft erstmals auf höchster pol. Ebene, den Rechten der Kinder und ihrem Schutz hohe Priorität einzuräumen. Die Umsetzung der Zielvorgaben von 1990 (Senkung der Kindersterblichkeitsrate um ein Drittel; Halbierung der Müttersterblichkeit; Halbierung schwerer und gemäßigter Mangelernährung bei Kindern unter 5 J.; Bekämpfung der wichtigsten Kinderkrankheiten; Grundschulbildung für mind. 80 % der Kinder; Zugang zu sauberem Trinkwasser und Sanitäreinrichtungen für alle) wurden von einem systematischen *follow-up*-Prozess auf allen Ebenen begleitet und auf dem 2. W. vom 8.–10. Mai 2002 in New York von 120 Staatsvertretern, 800 *NGO-Repräsentanten und, zum ersten Mal, auch von den Betroffenen selbst, nämlich 120 Kindern und Jugendlichen, überprüft. Resultat des 2. W.s ist die Unterzeichnung der Erklärung «Eine kindergerechte Welt». Sie konstatiert auf der einen Seite, dass die Ziele des ersten W.s teils erfolgreich umgesetzt werden konnten wie z. B. die Ratifizierung der «Konvention über die Rechte des Kindes» durch 191 Staaten (nur die USA und Somalia lehnen die Ratifizierung ab) oder die Senkung der Kindersterblichkeit. Auf der anderen Seite betont sie, dass angesichts hinzugekommener Probleme wie z. B. *Aids noch sehr viele

Aufgaben zum Schutz der Kinder zu bewältigen sind, und stellt einen Aktionsplan mit vier *Hauptzielen* fest: Förderung eines gesunden Lebens, Gewährleistung einer guten Schulbildung, Schutz vor Missbrauch, Ausbeutung und Gewalt und Bekämpfung von HIV/Aids. Bis Ende 2003 sollen nat. und regionale Aktionspläne zu ihrer Umsetzung vorgelegt werden. Obgleich die Kinder und Jugendlichen den *UN eine realitätsferne Politik vorwarfen, kann im Vergleich zu anderen Politikbereichen gesagt werden, dass die auf dem W. getroffenen Entscheidungen von den Reg. sehr ernst genommen werden. Internet: www.weltkindergipfel.de

Lit.: UNICEF, First Call for Children: World Declaration and Plan of Action from the World Summit for Children, and Convention on the Rights of the Child, New York 1990; Deutsches Komitee für UNICEF, Zur Situation der Kinder in der Welt 1995, Frankfurt a.M. 1995; A. Großmann, Der Weltkindergipfel in New York 1990. Die Lage der Kinder läßt keine Entwarnung zu, in: D. Messner/F. Nuscheler (Hg.), Weltkonferenzen und Weltberichte, Bonn 1996, S. 170–174; A. Kofi, We, the Children, UN New York 2001; UNICEF, A World Fit for Children, New York 2002. jl/sus

Weltkirchenrat →WCC

Weltkommission für Umwelt und Entwicklung→Brundtland-Bericht

Weltkonferenz der UN über Wissenschaft und Technik im Dienste der Entwicklung →UNCST

Weltkonferenz über Agrarreform und ländliche Entwicklung →WCARRD

Welt-Kulturdekade (Weltdekade für kulturelle Entwicklung), von der *UNESCO für den Zeitraum 1988 bis 1997 ausgerufen. Ziele: Anerkennung der kulturellen Dimension jeder E.; Stärkung und Bereicherung der kulturellen Identität; breitere Teilnahme (aller Bev.-Schichten) am kulturellen Leben; int.-kulturelle Zusammenarbeit. V.a. in Kooperation mit int., *nichtstaatlichen und *UN-Organisationen möchte die UNESCO diesen Zielrahmen mit konkreten Projekten (beispielsweise Erhaltung vom Aussterben bedrohter Sprachen oder von Kulturgütern; Förderung der Kenntnis über fremde Kulturen) füllen.

Lit.: Th. Veser, Schätze der Menschheit. Kulturdenkmäler und Naturparadiese unter dem Schutz der UNESCO, 3. Aufl., München 1996. mik

Weltmarktfabrik →Maquiladora-Industrie

Weltmodelle Die Zukunftsforschung der 1960er J. fragte noch v.a. nach den weltweiten (!) Chancen und Möglichkeiten des techn. und ind. Fortschritts und problematisierte lediglich die pol., sozialen und kulturellen Folgen des dadurch herbeigeführten gesellsch. Wandels.

Mit dem Beginn der 1970er J. wurde infolge sich abzeichnender bedrohlicher Entwicklungen die Endlichkeit der Welt und ihrer Ressourcen zum beherrschenden Thema von Globalstudien und -modellen, die nach ihrem methodischen Ansatz in vier Gruppen unterschieden worden sind (Bechmann 1985, 25ff.): 1. Computersimulationsmodelle (z.B. die ersten zwei Berichte an den **Club of Rome*), die, vom *Bariloche-Modell abgesehen, i.d.R. die komplexen gegenwärtigen Entwicklungen und Strukturen in den Bereichen *Bevölkerung, *Ernährung, *Ressourcen und Umwelt (→Ökologie) modellhaft zu erfassen suchen und in die Zukunft extrapolieren; 2. meist deskriptive «Umweltbestandsaufnahmen und -analysen» (z.B. *Global 2000); 3. Maßnahmenkataloge zur Reform des Weltwirtschaftssystems (z.B. die *Brandt-Berichte); 4. Handlungsempfehlungen zum Umweltschutz, zur Bevölkerungspol. und zur Ressourceneinsparung (z.B. *Brundtland-Bericht). Bei aller Unterschiedlichkeit stimmen die Studien in ihrer Einschätzung der gegenwärtig erkennbaren Schlüsselprobleme der Menschheit weitgehend überein. Trotz ihres erheblichen Einflusses auf die öfftl. Meinung wurden ihre Handlungsempfehlungen bisher kaum in konkrete pol. Aktionen umgesetzt.

Lit.: A. Bechmann (Hg.), Globale Umweltpolitik – Wissen ohne Konsequenz. Eine synoptische Darstellung der Ergebnisse der wichtigsten Weltmodelle, Berlin 1985. bh

Weltsozialgipfel Von der *UN-Vollversammlung einberufen, fand der Weltgipfel für soziale E. (WSG) 1995 in Kopenhagen statt. Mit Vertretern von mehr als 185 Staaten (davon 117 Regierungschefs) und fast 4000 Delegierten und Vertretern von mehr als 2500 *NGOs aus über 160 Ländern war er der bis dato größte UN-Gipfel. Parallel zum offiziellen Gipfel wurde ein NGO-Forum durchgeführt.

1. *Hintergrund* des Gipfels war die sich nach der *Welt-Umweltkonferenz von 1992 durchsetzende Erkenntnis der Bedeutung der sozialen Komponente des **sustainable development* und das Ausmaß der sozialen Probleme auf globaler Ebene. Initiator des WSG war der chilenische UN-Botschafter *Juan Somavia.* Mit dem Gipfel sollten die Themen *Armut, *Arbeitslosigkeit und soziale Ausgrenzung zum ersten Mal auf die Tagesordnung der Weltpol. gebracht und durch eine Selbstverpflichtung der int. Gemeinschaft beantwortet werden.

2. *Ergebnisse*: In Kopenhagen wurden eine pol. Abschlusserklärung und ein daraus abgeleitetes Aktionsprogramm verabschiedet, die eine «Strategie gegen Armut, Arbeitslosigkeit und soziale Ausgrenzung» enthalten. Die Dokumente sind allerdings keine völkerrechtl. Verträge. Die ursprgl. vorgeschlagenen und viel diskutierten Formen rechtsbindender Beschlüsse, wie etwa eine Weltsozialcharta oder eine Konvention, konnten sich nicht durchsetzen. Im Zentrum der Deklaration stehen zehn Selbstverpflichtungen (*«Commitments»*) der teilnehmenden Regierungen zu versch. Themen: Beseitigung der Armut, Vollbeschäftigung, soziale Integration, Gleichberechtigung der Frau, allgemeiner Zugang zu *Bildung und gesundheitlicher Grundversorgung, die E. von Afrika und der am wenigsten entwickelten Länder, Berücksichtigung von sozialen E.-Zielen bei der Formulierung von Strukturanpassungsprogrammen u.a. Die Verpflichtungen sind zwar weitgehend unumstritten in ihrer Zielsetzung, doch so allgemein formuliert, dass sie teilweise nur als Absichtserklärungen zu verstehen sind. Die Aufgabe des Aktionsprogramms war es, konkrete pol. Maßnahmen, Zeitpläne und messbare Zielgrößen zur Umsetzung der *Commitments* zu formulieren. Außerdem haben sich die Unterzeichner darauf verpflichtet, neue Ressourcen für soziale E. zu erschließen bzw. die bereits existierenden finanz. Mittel effizienter einzusetzen, wobei die Thematisierung der multilateralen Schuld eine Neuerung darstellt. Im Vorfeld des Gipfels wurden außerdem etliche Vorschläge – etwa bei *UNDP – unterbreitet, z.B. die 20:20-Initiative, die besagt, dass 20 % der Budgets der EL und 20 % der Entwicklungshilfe von IL für vorrangige Ziele menschlicher E. aufgewendet werden sollen. Aus dem Gipfel resultierte jedoch eine unverbindliche Empfehlung: «Interessierte» IL und EL sollen sich in Partnerschaften auf den 20:20-Vorschlag einigen. Eine verbindliche Lösung scheiterte am Widerstand zahlreicher EL. Andere Vorschläge zur Bereitstellung zusätzlicher Finanzmittel für soziale E. wie etwa einer «Friedensdividende» (d.h. Senkung der Militärausgaben und Einrichtung eines Entmilitarisierungsfonds) und der *Tobin-Steuer fanden in den Abschlussdokumenten wenig Niederschlag.

Die UN-Sondergeneralversammlung («Kopenhagen +5») Juni 2000 sollte den Stand der Umsetzung des Kopenhagener Aktionsprogramms prüfen und weitere Maßnahmen zur Implementierung beschließen. Die Bilanz zeigt eine weltweit wachsende Ungleichheit (sowohl zwischen als auch innerhalb von Staaten); darüber hinaus sind die IL-Länder weit davon entfernt, die im Aktionsprogramm festgehaltenen 0,7 % ihres BNE für die Entwicklungszusammenarbeit aufzubringen. Eine verbindliche Anti-Armuts-Konvention zur Umsetzung des Ziels, die Zahl der 1990 in abs. Armut lebenden Menschen bis 2015 zu halbieren, ist nach wie vor nicht in Sicht. Auch wurde für 2005 entgegen den Forderungen von NGOs, die das Thema auf der int. Agenda halten wollen, kein zweiter WSG angesetzt.

Lit.: Copenhagen Declaration adopted by the World Summit for Social Development, Copenhagen 1995; Copenhagen Programme of Action adopted by the World Summit for Social Development, Copenhagen 1995; J. Martens, Der Weltgipfel für soziale Entwicklung, Bonn 1995; R. Klingebiel, Der Weltgipfel für soziale Entwicklung in Kopenhagen 1995, in: D. Messner/F. Nuscheler (Hg.), Weltkonferenzen und Weltberichte, Bonn 1996, S. 206–214; BMZ, Kopenhagen +5, Bonn 2000. sus/kf

Welt-Umweltkonferenz Von den *UN 1972 in Stockholm abgehalten, unter den 113 teilnehmenden Ländern fehlten wegen Ausschlusses der DDR die UdSSR, Polen, Ungarn und die Tschechoslowakei. Zentrales Thema war das Verhältnis von Umwelt und E., wobei bereits die Definition von Umwelt umstritten war und von den EL nicht allein auf Natur und Landschaft eingegrenzt belassen blieb, sondern auch Hunger und Elend in der Dritten Welt umfasste. Die EL befürchteten eine durch die *ökologischen Grenzen des Wachstums begründete Verringerung der E.-Möglichkeiten ihrer Volkswirtsch. und wandten sich deshalb gegen die von Wissenschaftlern in die Debatte geworfenen Vorstellungen von Nullwachstum und qualifiziertem Wachstum (→Club of Rome). Letztlich blieb ihnen dieser Konflikt erspart, da auch die Vertreter von Wirtsch. und Staat der IL Wachstum und ind. E. forderten. Die wirtsch. Interessen der Ländergruppen setzten sich in den Empfehlungen der Konferenz weitgehend zulasten einer wegweisenden Umweltpol. im Weltmaßstab durch.

In der Deklaration zur menschlichen Umwelt wurden folgende Punkte hervorgehoben: 1. *Ressourcen vorsichtiger nutzen; 2. giftige Stoffe nicht länger der Umwelt überlassen; 3. Berücksichtigung ökol. Gesichtspunkte bei *Industrialisierung und E.-Pol.; 4. int. Informationsaustausch und Kooperation auf allen Ebenen; 5. E.-Prozess in EL soll Hunger und Elend beseitigen; 6. Umweltschutzmaßnahmen dürfen E.-Möglichkeiten in EL nicht einschränken. Für die kontinuierliche Befassung mit Umweltfragen wurde das *UNEP gegründet. Im Mai 1982 wurde von der UN-Generalversammlung eine Sondersitzung des Regierungsrates von UNEP in Nairobi einberufen, die darauf hinwies, dass die grundlegenden Ziele von Stockholm nicht erreicht wurden und die Situation der Umwelt in allen Bereichen sich weltweit verschlechtert hat (→Global 2000).

Nach einer Reihe von Vorkonferenzen fand 1992, 20 Jahre nach Stockholm, in Rio de Janeiro die zweite ökol. Weltgipfelkonferenz statt. An der *United Nations Conference on Ecology and Development* (UNCED; auch als Erdgipfel oder Rio-Konferenz bezeichnet), die insb. durch den *Brundtland-Bericht angeregt worden war, nahmen mehr als 100 Staats- und Regierungschefs teil, insg. waren 178 Länder vertreten. Ursprüngliches Ziel der Konferenz war es, den dramatisch zunehmenden Globalgefährdungen des Weltökosystems im Rahmen eines entsprechend ausgebauten, an den Prinzipien des **sustainable development* orientierten *Internationalen Regimes zu begegnen und konkrete, verbindliche Schritte zum Schutz der natürlichen Lebensgrundlagen der Menschheit festzulegen. Insb. die Bush-Administration widersetzte sich aber (angesichts der bevorstehenden Präs.-Wahlen) offen in wichtigen Bereichen der Festschreibung konkreter Maßnahmen – v. a. hinsichtlich des Klimaschutzes –, wodurch die USA sich int. isolierten und v. a. in deutlichen Gegensatz zur EG/EU gerieten. Von der UNCED wurden schließlich die folgenden Dokumente verabschiedet: Die «Deklaration von Rio» enthält 27 Prinzipien für eine Grundlegung der ökol. Rechte und Pflichten der Menschheit; die rd. 900 Seiten umfassende «Agenda 21» beschreibt – als reine Absichtserklärung – Maßnahmen für das 21. Jh. zur Umsetzung der «Deklaration»; mit der «*Klimaschutzkonvention» verpflichten sich die Staaten rechtsverbindlich (auf Druck der USA aber ohne zeitlichen Rahmen), die Emissionen von Treibhausgasen weltweit auf den Stand von 1990 zurückzuführen; in der «Artenschutzkonvention» sind Schritte gegen die Abnahme der *biodiversity* völkerrechtl. bindend festgelegt (von den USA wegen möglicher Gefährdung der eigenen Gentechnol. abgelehnt); die rechtlich nicht bindende «Waldschutzkonvention» zielt auf die ökol. Bewirtschaftung und den Schutz der Regenwälder. Zur Kontrolle der Implementierung int. Umweltvereinbarungen installierte die UNCED eine *UN-Commission on Sustainable Development* (*CSD) als Ausschuss des *ECOSOC, mit Sitz in New York. Waren die Ergebnisse der UNCED hinsichtlich substanzieller praktischer Verbesserungen insb. beim Klimaschutz enttäuschend (die IL fanden sich auch nicht zum notwendigen Kapital- und *Technologietransfer in die EL bereit), so wurde an die völkerrechtl. bindenden Vereinbarungen von Rio doch die Hoffnung geknüpft, künftig die int. Umweltschutzkooperation zu erleichtern und einen inkrementalistischen Prozess ähnlich dem der KSZE im Bereich der *Menschenrechte auszulösen. Auf der ersten Nachfolgekonferenz (Internationale Klimakonferenz), die März/April 1995 in Berlin stattfand (Vertreter aus 116 Ländern und Mitgl. von rd. 700 NGOs), wurde deutlich, dass Absichtserklärungen nicht ohne weiteres umweltpol. umzusetzen sind. Es setzten sich die Interessenunterschiede und Konflikte der vorangegangenen J. fort. Ein Protokoll mit konkreten Zusagen der IL als Hauptverursacher des Treibhauseffekts zur Reduzierung des Kohlendioxid-Ausstoßes kam nicht zustande. Die Delegierten stimmten lediglich einem Abschlussdokument, dem Berliner Mandat, zu. Darin verpflichteten sie sich, bis zur nächsten Klimakonferenz 1997 in Kyoto (→Kyoto-Konferenz) ein Protokoll auszuarbeiten, um den Ausstoß von Treibhausgasen über das J. 2000 hinaus zu begrenzen und zu reduzieren. Des Weiteren wurde beschlossen, das UN-Sekretariat der Klimarahmenkonvention in Bonn anzusiedeln. Die Berliner Konferenz ließ erkennen, dass die drängenden Probleme der int. Umweltpol. sich in absehbarer Zeit nicht werden lösen lassen. Die Vermeidung ihrer Verschärfung schien (und scheint) das einzig Erreichbare. Dieser Eindruck bestätigte sich auf der Sonder-Generalversammlung der UN vom Juni 1997, auf der die gegensätzlichen Positionen nicht nur von EL und IL, sondern auch innerhalb der Ländergruppen offen zutage traten und zufrieden stellende Ergebnisse verhinderten. Als Schwerpunkte der E.-Pol. wurden die Armutsbekämpfung und die 20/20-Initiative des *Welt-Sozialgipfels bestätigt, ebenso das 0,7 %-Ziel der weltweiten öfftl. E.-Hilfeleistungen. Hinsichtlich der Klimakonvention wurden in den Verhandlungen kaum Fortschritte erzielt. In der Frage einer Waldschutzkonvention wurde die Einrichtung eines zwischenstaatl. Forums beschlossen, das dem CSD 1999 (mittlerweile in regelmäßigen Abständen) berichten sollte. In ähnlicher Weise wurde hinsichtlich der Initiative «Wasser 21» das CSD beauftragt, eine globale Strategie zum Schutz und zur nachhaltigen Nutzung der Süßwasserressourcen zu erarbeiten. Für die nähere Zukunft bleibt abzuwarten, inwieweit neue Impulse und Initiativen bzw. institutionelle Reformen von der im Sept. 2002 in Johannesburg («Rio +10») stattfindenden Weltgipfelkonferenz für *nachhaltige Entwicklung ausgehen werden. →Kyoto-Konferenz, Klima- und Atmosphärenregime, Treibhauseffekt

Lit.: L. Gündling, UNCED und die Entwicklung des Umweltvölkerrechts, in: EA9, 1992, S. 251 ff.; Oberthür, Rio: Kein Misserfolg, in EA20, 1992, 595 ff.; E. U. von Weizsäcker, Erdpolitik: ökologische Realpolitik an der Schwelle zum Jahrhundert der Umwelt, 3. Aufl., Darmstadt 1992; W. Hein (Hg.), Umweltorientierte Entwicklungspolitik, 3. Aufl., Hamburg 1992; E. U. von Weizsäcker u. a., Faktor 4. Doppelter Wohlstand – halbierter Naturverbrauch, München 1995; U. E. Simonis, Globale Umweltpolitik. Ansätze und Perspektiven, Mannheim 1996; U. E. Simonis (Hg.), Weltumweltpolitik. Grundrisse und Bausteine eines neuen Politikfeldes, Berlin 1996; M. Wöhlcke, Ökologische Sicherheit – Politisches Management von Umweltkonflikten, Ebenhausen 1997; M. Bohnet, Die Sonder-Generalversammlung der Vereinten Nationen: Rio, in: E + Z 38, 1997, S. 192–194. Internet: www.ciesin.org/datasets/uncted/uncted.html; C. Flavin u. a. (Hg.), State of the World, Washington, D. C. 2002. dn/bh

Weltwirtschaft, Ökologie, Entwicklung e. V. →WEED

Weltwirtschaftsforum, von 1000 Unternehmen finanzierte Stiftung mit Sitz in Genf, die sich zum Ziel gesetzt hat, den Austausch und den Dialog über weltweites Wirtschaftswachstum und den sozialen Fortschritt zu fördern.

Der Schweizer Wirtschaftswissenschaftler Klaus Schwab gründete das Weltwirtschaftsforum 1971 unter dem Namen *European Management Forum* als jährl., informelles Treffen von Managern zum Austausch von Ideen. Seit 1987 trägt es den Namen *World Economic Forum* (WEF). Das jährl. Treffen, das immer in Davos stattfindet (außer 2002: New York), ist bis heute die zentrale Veranstaltung des WEF geblieben. Die Zahl der Teilnehmer stieg im Laufe der J. immer weiter an (2002: über 2700). Das jährl. Treffen besteht heute aus einer Vielzahl von Untergruppen, in denen sich beispielsweise Medienvertreter, Regierungschefs und Vorstandsvorsitzende von Industrieunternehmen mit ihren Kollegen treffen oder mit Vertretern anderer Sektoren austauschen.

Neben dem Forum in Davos veranstaltet das WEF weitere Treffen zu einzelnen Ländern (sog. *Country Forums*), Regionen und zur interregionalen Zusammenarbeit. Hierbei treffen int. Wirtschaftsvertreter mit regionalen Repräsentanten aus Wirtsch. und Pol. zusammen. Des Weiteren betreibt das WEF versch. Forschungsprojekte und hat seit 1992 ein Nachwuchsnetzwerk («*Global Leaders for Tomorrow*»).

Neun Ausschüsse, die i. d. R. ein- bis zweimal p. a. zusammenkommen, beraten die Stiftung. Neben dem «*World Business Council*», in dem 100 ausgewählte Vorstandsvorsitzende sitzen, gibt es Ausschüsse für Vertreter von wiss. Einrichtungen, Wirtschaftsorg., *NROs, *Gewerkschaften, Reg., int. Org. sowie Bürgermeister großer Metropolen und relig. Führer. Die Mitgliedsunternehmen sind über das «*Forum Council*» an den Entscheidungen des WEF beteiligt.

In den letzten Jahren wurde das jährl. Treffen des WEF ähnlich wie die Gipfeltreffen der *G-7-Staaten, die der *WTO und die der Staats- und Regierungschefs der EU zur Zielscheibe von *Globalisierungskritikern. Kritik richtet sich gegen einen Mangel an Transparenz und Demokratie des Gremiums sowie gegen die Unterrepräsentation von EL. Seit 2000 findet parallel zum jährl. Treffen des WEF die Konferenz «*Public Eye on Davos*» statt, die von versch. Kritikergruppen (*Friends of the Earth;* *Erklärung von Bern) getragen wird.

Publikationen: *Global Competitiveness Reports;* Internet: www.weforum.org mc

Weltwüstenkonferenz →UNCOD

WEP Welternährungsprogramm der *UN, 1963 von *UN und *FAO eingerichtet; fördert Arbeitskräfteeinsatz in EL per Entlohnung durch Nahrungsmittel; des Weiteren Speisungsprogramme für Schüler und Klinikpatienten sowie für Flüchtlinge in Notsituationen. dn

Werner-Peter-Schmitz-Stiftung 1985 gegr., *nichtstaatliche Org. (Mitgl. im *DPWV, Zusammenarbeit mit *BENGO und dem *DED), fördert schwerpunktmäßig in Südostasien u. Südamerika kleinere Projekte in den Bereichen *ländl. E., Gesundheitswesen, Kleinbetriebe und Kulturaustausch. 1986 bis 1993 insg. 212 Projekte (1993: 49) mit 3 Mio. €. Volumen, seither jährl. rd. 1 bis 1,3 Mio. €. Adresse: Volmerswerther Str. 80, 40221 Düsseldorf. E-Mail: schmitzstiftung@t-online.de red

Westafrikanische Gemeinschaft →CEAO

Westbank →Jordanien, Nahostkonflikt

Westindische Föderation Der Versuch Großbritanniens, 1958 die zehn brit. *West Indies* in einem Staatsverband in die Unabh. zu entlassen, scheiterte bereits 1962 an der lokalpatriotischen Profilneurose der beiden «Großen», Jamaica sowie Trinidad und Tobago. Beide verließen die Föderation und wurden unabh., die restlichen *Little Eight* kehrten zunächst als **associated states* in ein halbkoloniales Schutzbündnis mit dem «Mutterland» zurück und wurden bis 1980 unabh. Staaten (→Karibik). fn

Westminster-Modell Verfassungsmodell, das an der englischen Verfassung orientiert ist, also parl. Regierung, Mehrparteiensystem, rel. Mehrheitswahl in Einerwahlkreisen beinhaltet. GB versuchte, in den aus seiner Kolonialherrschaft entlassenen Staaten das Westminster-Modell durchzusetzen, wobei die andersartigen sozioökon. und pol.-kulturellen Voraussetzungen in den EL kaum bedacht wurden. Die Funktionsfähigkeit des Westminster-Modells ließ denn auch sehr zu wünschen übrig. dn

Westsahara Die W., ein Gebiet von rd. 285000 qkm, das seinen Namen 1975 von den *UN erhielt, ist das letzte afrikan. Land, dessen völkerrechtl. Status bis heute ungeklärt ist. I. S. des im Nov. 1975 zwischen Spanien, Marokko und Mauretanien geschlossenen «Teilungsabkommens von Madrid» zogen sich die span. Truppen bis Ende Febr. 1976 aus dem früheren span. Kolonialgebiet zurück. Marokko und Mauretanien einigten sich auf eine gemeinsame Verwaltung des Landes; das von der UN geforderte Referendum, in dem die Bev. der W. (1996: ca. 222600 Ew.) selbst über einen Anschluss an Marokko oder die Unabh. des Landes bestimmen sollte, fand bislang nicht statt. Durch die Teilung der W. kam Marokko in den Besitz der reichen Phosphatlager des Landes, der zweitgrößten der Welt (ferner Eisenerz-, Kupfer-, Erdöl- und Zinkvorkommen), an deren Ausbeutung es Mauretanien beteiligte. Seit etwa 1973 machten sahar. *Befreiungsbewegungen durch *Guerilla-Aktionen vermehrt von sich reden. Die v. a. von Algerien unterstützte «Volksfront für die Befreiung von Saguia el-Hamra und Río de Oro» (Frente POLISARIO) rief nach Abzug der Spanier am 28. 2. 1976 die «Demokratische Arab. Republik S.» (DARS) aus. Der Zermürbungskrieg der POLISARIO und die innenpol. Probleme des Landes veranlassten Mauretanien, am 5. 8. 1979 mit der POLISARIO einen Friedensvertrag zu unterzeichnen und auf das Gebiet zu verzichten, worauf Marokko das ges. Staatsgebiet annektierte. 1979 wurden drei Sitze für die W. in das marokk. Parl. aufgenommen.

Erklärte Ziele der DARS sind: *genossenschaftlicher *Sozialismus mit größtmöglicher *Partizipation der Bev., Entwicklung der Landw. sowie nach außen der Einsatz für arab. und afrik. Einheit und Solidarität in der *Dritten Welt. Derzeit leben ca. 170000 sahar. *Flüchtlinge in alger. Lagern, in denen v. a. *Alphabetisierung und die Verbreitung eines Nationalbewusstseins anstelle des Stammesdenkens gefördert werden.

Die UN und die *Blockfreienbewegung setzen sich für die Durchführung der *OAU-Resolution 104 ein (Waffenstillstandsverhandlungen und int. kontrolliertes Selbstbestimmungsreferendum). Angesichts der Weigerung des marokk. Königs, in offizielle Verhandlungen mit der POLISARIO-Front zu treten, führten UN- und OAU-Vertreter zunächst sog. indirekte Vorgespräche. Erstmalig empfing Hassan II. am 4. und 5. 1. 1989 POLISARIO-Vertreter, doch führten die Gespräche nicht zu verbindlichen Verhandlungen. Die Bemühungen des UN-Generalsekretärs zur Lösung des Konflikts mündeten im April 1991 in die Annahme eines Friedensplanes (UNO-Sicherheitsresolution 690), der die Durchführung eines von der *MINURSO überwachten Referendums 1992 vorsah. Im Sept. 91 trat ein Waffenstillstand in Kraft. Marokko torpedierte dann allerdings mit pol. Maßnahmen die Vorbereitungsprozeduren des Referendums und führte im Okt. 1992 auch in den besetzten

Gebieten Kommunalwahlen durch. Die MINURSO-Mission wurde wiederholt verlängert. Das von den UN geplante Referendum, bei dem sich die Wahlberechtigten zwischen der staatl. Unabh. und der Eingliederung der W. in das marokk. Königreich entscheiden sollen, wurde immer wieder verschoben und ausgesetzt.
Der Konflikt um die W. stellt auch für die *Arabische Maghreb-Union ein bedeutendes Hindernis dar: Algerien (bis 1984 auch Libyen) ist nach Aussage der POLISARIO Hauptwaffenlieferant; Libyen, Algerien und Mauretanien erkennen die DARS dipl. an, und Tunesien unterstützt die Haltung der UN und der OAU zum Recht auf Selbstbestimmung. Die Aufnahme der DARS in die *OAU 1984 – nach schweren zweijährigen Auseinandersetzungen – veranlasste Marokko zum Austritt. Insg. wurde die DARS bis 1997 von 79 Staaten dipl. anerkannt; sieben Staaten zogen ihre Anerkennung in den Jahren 1996/97 wieder zurück.
Trotz der Anerkennung der POLISARIO-Front als Vertretung des sahrauischen Volkes durch versch. pol. Parteien erhält Marokko auch von offiziell neutralen Staaten Westeuropas sowie von den USA (Militärabkommen 1982) finanz. und milit. Unterstützung in einem Kampf, in dem 40 % des Haushalts von Militärausgaben verschlungen werden.

Lit.: U. Clausen, Von Marokko besetztes Territorium: Westsahara, in: HDW III, 6, 1993, S. 261 ff.; A. G. Pazzanita, Western Sahara-Bibliography (World Bibliographical Series, Vol. 190), Oxford u. a. 1996; Zoubir, Y. H., The Western Sahara conflict: a case study in failure of prenegociation and prolongation of conflict, California Western Int. Law Journal, 26/2, 1996, S. 173–213. pb

WFC Welternährungsrat (*World Food Council*), 1974 auf Empfehlung der *Welternährungskonferenz als oberstes Leit- und Koordinierungsorgan im *UN-System auf dem Gebiet der Welternährung gegründet und 1996 aufgelöst. *Organe:* Rat (*council*) mit 36 Mitgl. und einem Exekutivdirektor samt kleinem Mitarbeiterstab. Sitz: bis 1993 Rom, bis 1996 New York bei der UNO. Der WFC übernahm lediglich beratende und initiierende Funktionen, die mit seiner Auflösung 1996 vollständig in denen von *FAO und *WFP aufgingen. Maßnahmen zur Lösung der *Ernährungsprobleme werden von den Reg. und den UN-Sonderorg. (insb. *FAO, *IFAD, *WFP) ergriffen. mik

WFD Weltfriedensdienst e. V., 1959 gegr. *Nichtstaatliche Organisation (*VENRO, *Arbeitskreis Lernen und Helfen in Übersee), unterstützt finanziell und durch Entsendung von *E.-Helfern Projekte von *Selbsthilfeorganisationen in EL (Afrika, Palästina, LA) insb. im Bereich *ländliche Entwicklung. Projektfinanzierung (2001: 1,5 Mio. €) insb. mit öfftl. (*BMZ, EU) und kirchl. Mitteln (*BfdW, *KED) sowie Spenden. Publikation: Querbrief; Adresse: Hedemannstr. 14, 10969 Berlin. Internet: www.wfd.de red

WFP Welternährungsprogramm (*World Food Program*) der *UN mit Sitz in Rom, gegr. 1963, um – v. a. mit Hilfe von Agrarüberschüssen – multilaterale *Projekt- und *humanitäre Hilfe auf dem Gebiet der *Ernährung dauerhaft sicherzustellen. Die Hilfe des WFP zielt einerseits auf die unmittelbare Bekämpfung des Hungers in Notstandsgebieten ab, andererseits soll sie die langfristige wirtsch. E. und eigenständige Nahrungssicherung der EL unterstützen und potenziell fatale Nebeneffekte der *Nahrungsmittelhilfe vermeiden. Auf Antrag von EL-Reg. berät und hilft WFP bei der Verteilung von Nahrungsmitteln vorzugsweise im Rahmen von längerfristig angelegten Projekten, die der Sicherung der *Grundbedürfnisse armer Bev.-Gruppen dienen und die *ländliche Entwicklung vorantreiben (*project food aid*). Bei der Notstandshilfe mit Nahrungsmitteln, deren int. Koordination dem WFP obliegt, versucht man durch sog. *food-for-work*-Projekte nachhaltige E.-Effekte zu erzielen. Die Steigerung der Nahrungsproduktion am Ort und die Verbesserung der Einkommenssituation lokaler Kleinproduzenten sind maßgebliche Kriterien der Projektförderung. Die durch das WFP verteilten Mittel speisen sich aus 1. direkten nat. Beiträgen auf freiwilliger Basis in Form von Nahrungsmitteln, Geld- und Dienstleist., 2. Beständen der int. Nahrungsmittelnotreserve *IEFR, 3. Pflichtbeiträgen durch Nahrungshilfeabkommen der UN. 1998 beliefen sich die Ausgaben des WFP auf 1,744 Mrd. US-$; rd. 4,2 Mio. t Nahrungsmittel wurden über das WFP verteilt. Die Vergabe der Mittel erfolgt durch ein 36-köpfiges, von UN-Organen gewähltes Komitee, das auch die Beitragsziele im Zweijahresrhythmus festlegt. An der Spitze des Sekretariats steht ein für jeweils 5 Jahre gewählter Exekutivdirektor (1992–2002: Catherine A. Bertini; seit 2002: James T. Morris), ernannt vom UN-Generalsekretär und dem Generaldirektor der *FAO. Adresse: Via Cristofero Colombo, 42600145 Rom. Internet: www.wfp.org bt

WHO Weltgesundheitsorganisation (*World Health Organization*), gegr. 1948, Sonderorganisation der *UN, 1988: 166, 1997: 190 Mitgl.-Länder. Finanzvolumen 1988/89: 634 Mio., 1995/96: 840 Mio. US-$.
Ziel: «Allen Völkern der Erde ein Höchstmaß an Gesundheit bringen.» Dem dienen Programm und Arbeit der WHO in den Bereichen: 1. Seuchenwarndienst; 2. Rauschmittelbekämpfung; 3. Standardisierung von Heilmitteln; 4. int. med. Forschung; 5. Ausrottung von Massenkrankheiten (Malaria); 6. Ausbildungshilfe von med. Personal; 7. Tagungen med. Experten; 8. Einzelprojekte: Unterstützung nat. Maßnahmen in Planung und Durchführung des Aufbaus von Gesundheitsfürsorge. Im letzten Jahrzehnt lag der Schwerpunkt der WHO-Programme im Aufbau von Basis-Gesundheitsdiensten (*Primary Health Care) zur Versorgung der gesamten Bev. mit medizin. und hygien. Mindeststandards. Die WHO ist in allen gesundheitsrelevanten E.-Feldern engagiert. *Organe:* Vollversammlung aller Mitgl., jährl. tagend; sie legt den Schlüssel für die Beitragszahlungen der Mitgl. fest; Exekutivrat: 30 Sachverständige, auf 3 J. von den Mitgl.-Staaten der Vollv. (jährl. 10 gewählt), die jeweils ihren Sachverständigen ernennen. Zweimal jährl. tagend; Sekretariat, Generalsekretär.
Besondere Erfolge verzeichnete die WHO in der Bekämpfung von Seuchen. Hingegen konnte sie keinen entscheidenden Beitrag zum Abbau der zwischen den Ländern und innerhalb der Länder (Stadt-Land-Gefälle) höchst ungleichen Versorgung der Bev. mit *Gesundheitsdiensten leisten.
Publikationen: World Health Statistics Annual, World Health Statistics Report, WHO-Chronicle; Adresse: 20, Avenue Appia, CH-1211 Genf 27. Internet: www.who.org
Lit.: WHO, Weltgesundheitsbericht 1996, Marburg 1996. dn

windfall profits Gewinne von Unternehmen oder Volkswirtschaften, die nicht durch unternehmerisches oder staatl. Wirtschaften erzielt wurden, sondern («unverdient») durch Veränderung der *Ressourcenbasis (z.B. Entdeckung von Öl) und v.a. durch glückliche Marktkonstellationen. Sie entstehen (und verschwinden) durch Faktoren, die die globale Dimension von Angebot und Nachfrage auf den jeweiligen Märkten beeinflussen. Auch Veränderungen in den Rahmenbedingungen der Märkte (Marktverfassungen wie z.B. *Rohstoffabkommen, Währungssysteme) haben Einfluss. Für EL entstehen w.p. vornehmlich bei Verknappungen (und damit Preisanstieg) im Rohstoffbereich, z.B. durch Missernten, Erschöpfung von Lagerstätten oder Nachfrageschüben (z.B. im Korea- oder Vietnamkrieg). bg

Win-win-Options Begriff aus der Spiel- und Entscheidungstheorie, wonach Lösungen erarbeitet werden, bei denen beide Verhandlungspartner gewinnen. In der Umweltpol. (etwa in der Diskussion über Wachstums- und Wohlstandsmodelle) beschreibt der Begriff die Verbindung von ökol. und ökon. Überlegungen bei pol. Entscheidungen: die Wahl von umweltpol. Instrumenten, die sowohl ökol. wirksam als auch ökon. effizient sind. →Ökologie as

WIPO *World Intellectual Property Organization*, Weltorganisation für geistiges Eigentum; →TRIPS

Wirtschaftliche Zusammenarbeit unter Entwicklungsländern →TCDC

Wirtschaftsentwicklungsindex →EDI

Wirtschaftsgemeinschaft Westafrikanischer Staaten →ECOWAS

Wirtschaftssektoren Aufteilung einer Volkswirtsch. in: 1. Primärsektor: *Grundstofferzeugung (Landw., Bergbau); 2. Sekundärsektor: auch Industrie- oder gewerblicher Sektor; ind. Fertigung (Konsum- und *Investitionsgüterindustrien); 3. tertiärer Sektor: Verwaltungs- und Dienstleistungsbereiche, Handel, Versicherungen, Kommunikation. In den meisten EL empfiehlt es sich, noch einen weiteren Sektor zu unterscheiden: den Subsistenzsektor oder die *Subsistenzwirtschaft; sie geht in die auf monetärer Basis erstellte volkswirtsch. Gesamtrechnung (→Sozialprodukt) nicht ein. dn

Wissenschaftshilfe *E.-Hilfe in der Form der personellen und sachlichen (finanz.) Hilfe für den Ausbau der wiss. Einrichtungen der EL; sie gewinnt in den *Schwellenländern, aber auch in weniger entwickelten EL mit partiell techn. hoch entwickelten Bereichen (z. B. Indien) zunehmend an Bedeutung. wpz

Witteveen-Fazilität →IWF

Wohnen Nach Schätzungen der *UN ist ca. einer Mrd. Menschen die Befriedigung des *Grundbedürfnisses nach angemessenem Wohnraum versagt, das seit der →HABITAT-II-Konferenz vom Juni 1996 als *Menschenrecht fixiert ist. Genaue Angaben über Bedarfszahlen für Wohnraum sind allerdings aufgrund der mangelnden statistischen Erfassung, aber auch wegen des uneinheitlichen Verständnisses dessen, was unter «menschenwürdigem Wohnraum» (HABITAT) zu verstehen ist, unmöglich. Sicher ist, dass sich das Wohnungsproblem in den letzten Jahrzehnten ständig verschärft hat. Eine Ursache dafür liegt neben dem Bev.-Wachstum (→Bevölkerung) und dem Mangel an Ressourcen für den Wohnungsbau bei Konsumenten (fehlende Kaufkraft durch ungleiche Einkommensverteilung) und Reg. (durch Haushaltsdefizite, *Verschuldung, alternative Haushaltsdisparitäten) v. a. in der weltweit rasch wachsenden *Urbanisierung: Im Jahr 2000 lebten ca. 2,9 Mrd. Menschen (47 % der Weltbev.) in Städten. Die EL sind bes. stark von diesem anhaltenden Wachstumsprozess betroffen: Während 2000 ca. 2 Mrd. Menschen in der Dritten Welt in Städten leben, gehen Schätzungen für 2030 von 4 Mrd. aus. Gleichzeitig wird die städt. Bev. in den entwickelteren Regionen von ca. 0,9 Mrd. auf 1 Mrd. anwachsen. Eine Folge des sich ständig erhöhenden Anteils der Stadtbev. ist die rapide Zunahme der illegalen, aber z. T. geduldeten, in Selbsthilfe entstandenen Spontanansiedlungen und Elendsviertel (*Slums, Favelas, Barriadas, Bidonvilles*) an den Rändern der sog. Megastädte: Nach Angaben der *ILO betrug 1995 der Anteil der Slumbewohner an der jeweiligen städt. Bev. etwa für Mexico City 25 %, für Rio de Janeiro 34 %, für Lagos (Nigeria) 58 % und für Kairo sogar 84 %. Der enge Wohnraum und das Fehlen öfftl. Dienstleist. (Abwasser, Müllabfuhr, Krankenhäuser etc.) machen diese zu Herden sozialer Konflikte (Kriminalität, Alkoholismus, Prostitution) und beeinträchtigen die körperliche und seelische *Gesundheit ihrer Bewohner.

Trotz der Bemühungen, int. Lösungen für das globale Problem der Wohnungsnot zu finden (*HABITAT), bleibt die Aktivität meist in den Händen nat. Reg. Deren Lösungsvorschläge und -versuche (*low-cost-housing*-Programme, Slumbeseitigung, «Abfangzentren» für potenziell Landflüchtige) setzen jedoch meist an der Bekämpfung von Symptomen, nicht aber an wirtsch. und sozialen Ursachen der Wohnungsnot an (*Armut, *Arbeitslosigkeit, Kinderreichtum).

Lit.: D. Hampel/H. Hinzen/E. Schmidt, Wohnen in der Dritten Welt, Darmstadt 1981; G. Heilig, Das Städtewachstum in der Dritten Welt, in: P. J. Opitz (Hg.), Die Dritte Welt in der Krise, München 1984; M. Boleat, National Housing Finance Systems, London usw. 1985; J. S. Tulchin, Habitat, Health and Development, London 1986; *DESWOS-Brief (6-mal jährl.); K. Kohut (Hg.), Die Metropolen in Lateinamerika – Hoffnung und Bedrohung für den Menschen, Regensburg 1986; UNCHS, Global Report on Human Settlements 1986, Oxford 1987; Seong-Kyu Ha (Hg.), Housing Policy and Practice in Asia, London 1987; T. Siebold, Der Städtegipfel Habitat II in Istanbul, in: D. Messner/F. Nuscheler (Hg.), Weltkonferenzen und Weltberichte, Bonn 1996, S. 226–233; Landeszentrale für politische Bildung Baden-Württemberg (Hg.), Großstädte (= Der Bürger im Staat 47/2, 1997). rs/red

World Economic Council →Weltwirtschaftsforum

World Economy, Ecology, Development →WEED

World Experimental Literacy Program →Alphabetisierung

World Resources Institute →Ökologie

World Trade Organisation →WTO

World Vision Deutschland e. V. 1979 in der BRD eingerichtete Zweigstelle der 1950 in den USA gegr. *Nichtstaatlichen Organisation World Vision International (WVI), seit 1986 rechtl. unabh. innerhalb des int. WV-Verbundes. WV vermittelt insb. (Kinder-, Familien- und Projekt-) Patenschaften, leistet daneben *Katastrophenhilfe und beteiligt sich in geringerem Umfang an umfassenden E.-Projekten. Zusammenarbeit (gemäß christl. Anspruch) meist mit kirchlichen Partnern in Afrika, Asien und LA. WVI finanziert sich insbesondere über Spenden. WVI war 1996 mit über 7000 Mitarbeitern in 103 Ländern vertreten und führte 4514 E.-Projekte durch, wovon 3487 der Kinder- und Familienhilfe gewidmet waren. Publikation: Hilfe Direkt. Adresse: Postfach 1848, 61409 Oberursel. Internet: www.wvi.org/index.html. red

Worldwatch Unabh. Institut zur interdisziplinären Erforschung der komplexen Zusammenhänge zwischen Ökon. (→Wachstum), *Ökologie und menschlicher *Entwicklung. W. tritt in Anbetracht der verheerenden Folgen, die die menschliche Bewirtschaftung der Erde seit der Industrialisierung hervorruft, für alternative – ökol. *nachhaltige – Entwicklungspfade ein. W. vertritt aufgrund der Vernetztheit von int. Umweltkrisen und der von ihren Entstehungsorten geogr. häufig völlig unabh. auftretenden Folgewirkungen einen globalen Ansatz. Ziel ist, v. a. durch die Verbreitung von themenspezifischen Informationen in der Öffentlichkeit einen Bewusstseins- und Verhaltenswandel herbeizuführen bzw. pol. Entscheidungsträger durch Druck von unten auf eine umweltverträgliche Pol. zu verpflichten. Seit 1984 veröffentlicht W. hierfür in mittlerweile über 30 Sprachen seinen Bericht zur Lage der Welt (*State of the World*). Weitere Publikationen: Vital Signs, Worldwatch Papers, Worldwatch News Briefs. Adresse: 1776 Massachusetts Ave., Washington, D. C. 20036-1904. Internet: www.worldwatch.org →Germanwatch js

WSF, *World Social Forum* →Weltsozialgipfel

WSLF →Äthiopien, Befreiungsbewegungen, Somalia

WTO (*World Trade Organization*), Welthandelsorganisation, Nachfolgerin des *GATT, *Gründung* durch den Abschluss der *Uruguay-Runde am 15. 12. 1993 und die Ministerkonferenz von Marrakesch am 15. 4. 1994 eingeleitet. Die WTO nahm mit Beginn des J. 1995 die Arbeit auf. Übernahme des Sekretariats des GATT.

Ziele und Aufgaben: Die Beseitigung von Handelshemmnissen soll einen möglichst freien Handel ermöglichen, um die ökon. Ressourcen nachhaltig optimal zu nutzen und in allen Ländern eine Steigerung des Lebensstandards, der Beschäftigung und der Realeinkommen zu erreichen. Wirtsch. schwache Länder können dabei begünstigt werden. Wie dem GATT liegen der WTO drei Prinzipien zugrunde, (1) die Reziprozität (Gegenseitigkeit) aller handelspol. Maßnahmen, d. h. handelspol. Zugeständnisse und

Leistungen, die sich Länder einräumen, müssen gleichwertig sein, (2) die Liberalisierung, d. h. möglichst weitgehender Abbau von Zöllen und *nichttarifären Handelshemmnissen sowie (3) die Nicht-Diskriminierung, besonders durch *Meistbegünstigung, d. h. Zoll- und Handelsvorteile, die einem Mitgl. eingeräumt werden, müssen auch allen anderen Mitgl. gewährt werden, und Produkte aus anderen Ländern dürfen auf dem Inlandsmarkt nicht schlechter gestellt werden. Als neue Ziele wurden für die WTO zusätzlich die Förderung *nachhaltiger Entwicklung und Umweltschutz in der Präambel verankert.

Ausnahmen: Wie beim GATT 47 enthalten die Vertragsgrundlagen der WTO versch. Ausnahmen, die z. T. in der Uruguay-Runde allerdings in ihrer Reichweite begrenzt wurden. Zollpräferenzen für EL sind nach wie vor vom Grundsatz der Meistbegünstigung ausgenommen. Das Recht auf die Gründung von Zollunionen und Freihandelszonen ist im Rahmen der Uruguay-Runde eingeschränkt worden. Mengenmäßige Einfuhrbeschränkungen sind nach wie vor bei Zahlungsbilanzschwierigkeiten erlaubt.

Im Rahmen der Uruguay-Runde war die Reichweite des GATT vor allem in zwei Richtungen erweitert worden. Einerseits wurden alte Ausnahmebereiche des GATT (Agrar- und Textilhandel) in das Abkommen integriert, andererseits wurden neue Themen aufgegriffen, die über die alte Geltung des GATT (Regelungen über den Warenhandel) hinausgingen, indem ein spezielles Abkommen über den Handel mit Dienstleist. und ein Abkommen über den Schutz geistigen Eigentums abgeschlossen wurde.

Vertragsgrundlage der WTO – gemäß den Ergebnissen der Uruguay-Runde – ist das GATT von 1947 mit den Änderungen und Erweiterungen (GATT 94), die in der Uruguay-Runde vorgenommen wurden. Hinzu kommen zwei weitere multilaterale Abkommen, das Allgemeine Abkommen über den Handel mit Dienstleist. *GATS (*General Agreement on Trade in Services*) und das *TRIPS-Abkommen (*Trade Related Aspects of Intellectual Property Rights*). Das GATT umfasst verschiedenste Teilabkommen, die einzelne Bereiche des Warenhandels regeln, wie z. B. den Handel mit Agrarprodukten, mit Textilien und Bekleidung, ein Abkommen über Dumpingmaßnahmen und Subventionen, über techn. Handelshemmnisse, Ursprungsregeln sowie das *TRIMS-Abkommen (*Trade Related Investment Measures*), ein Abkommen über handelsrelevante Investitionsmaßnahmen, das z. B. Exportbeschränkungen für ausl. Investoren aufhebt. Das GATS behandelt Themen wie Finanzdienste, Telekommunikation und Transporte, das TRIPS-Abkommen Patent- und Markenschutzfragen, Urheberrechte z. B. für Computerprogramme, Datenbanken, integrierte Schaltungen etc. Neben diesen drei multilateralen Abkommen umfasst die WTO vier plurilaterale Abkommen, die nur für ratifizierungswillige WTO-Mitgl. gelten: (1) ein Abkommen über den Handel mit zivilen Luftfahrzeugen, (2) ein Abkommen über öfftl. Beschaffungswesen, (3) das Int. Milchabkommen sowie (4) das Int. Rindfleischabkommen.

Organe: Wichtigstes Gremium ist die alle zwei J. tagende Ministerkonferenz. Der Allg. Rat übernimmt zwischen den Tagungen der Ministerkonferenz deren Funktionen und ist gleichzeitig für die Streitbeilegung (*Dispute Settlement*) und für die Überwachung der Handelspol. der Mitgl. (*Trade Policy Review Mechanism*) verantwortlich. Untergeordnet sind ihm die abkommenspezifischen Spitzenorgane: (1) der Rat für den Handel mit Gütern (GATT), (2) der Rat für den Handel mit Dienstleist. (GATS) und (3) der Rat für handelsbezogene Aspekte von Schutzrechten für geistiges Eigentum. Zusätzlich gibt es verschiedene – z. T. bereits vom GATT übernommene – Ausschüsse der Ministerkonferenz bzw. des Allgemeinen Rates, wie den Ausschuss für Handel und E., den Ausschuss für Beschränkungen zum Schutz der

Zahlungsbilanz, den Haushaltsausschuss, den Finanzausschuss und den Verwaltungsausschuss. Neu geschaffen wurde in der Uruguay-Runde der Ausschuss für Handel und Umwelt. In der Regel gilt für die Beschlussfassung in den Organen der WTO wie beim GATT das Konsensprinzip. Sollte eine Entscheidungsfindung im Konsens nicht möglich sein, gilt das einfache Mehrheitsprinzip auf der Grundlage «ein Land, eine Stimme». Für versch. Entscheidungsbereiche sind Quoren festgelegt: Für eine Änderung der Prinzipien (z. B. Entscheidungsverfahren, Meistbegünstigung bei allen drei Verträgen) ist Einstimmigkeit erforderlich, für alle anderen Vertragsänderungen eine Zweidrittelmehrheit.

Mit (im Vgl. zum GATT) neuer Stärke versehen wurde das Streitschlichtungsverfahren, das zum einen transparenter und mit festen Verfahrensabläufen berechenbarer geworden ist und in dessen Rahmen zum anderen verbindlichere Entscheidungen getroffen werden können. Mussten früher alle Vertragsparteien (auch die betroffenen Länder) einem Schiedsspruch zustimmen, damit er Geltung bekam, ist dieser in Zukunft nur noch durch eine einstimmige Ablehnung der Mitgl. abzuwenden.

Mitglieder (Januar 2002): 144 Staaten. Die Mitgliedschaft macht eine Annahme aller Ergebnisse der Uruguay-Runde (s. o. Vertragsgrundlage) nötig.

Mit der Schaffung der WTO hat das multilaterale Handelsregime eine neue, erweiterte und straffere Basis und Struktur erhalten. Von der WTO gehen positive Anreize für die Liberalisierung des Welthandels aus. Das Streitschlichtungsverfahren wird seit seiner Etablierung intensiv genutzt. Mehr als 240 Streitfälle waren schon bis Anfang 2002 angenommen und behandelt worden. Die verurteilten Länder befolgen bislang auch die dort getroffenen Schiedssprüche. Ob das Abkommen langfristig allerdings in der Lage sein wird, v. a. der Anwendung von protektionistischen Grauzonenmaßnahmen (v. a. nichttarifäre Handelshemmnisse) sowie der Verwendung unilateraler Handelsmaßnahmen wirkungsvoll zu begegnen, kann bislang noch nicht abschließend beurteilt werden. Sowohl den IL wie auch immer mehr EL scheint allerdings eine größere Beachtung der neuen Regeln ein wichtiges Anliegen zu sein.

Verhandlungsrunden: Große Beachtung fand die dritte Ministerkonferenz der WTO in Seattle Dez. 1999, auf der eine neue Runde zur Liberalisierung des Welthandels eingeläutet werden sollte. Ökologen und Protektionisten der *NGOs, Gegner der *Globalisierung, blockierten mit ihren (teilweise gewalttätigen) Demonstrationen die Konferenz ebenso wie intern die schlechte Konferenzvorbereitung und -leitung sowie die innenpol. auf die Wahlen 2000 ausgerichtete Position der USA (Beharren auf Sozialstandards für EL). Die geplante Initiative zugunsten der *LLDCs (Zollfreiheit für ihre Produkte) kam nicht zustande. Während NGOs das Scheitern von Seattle als einen Sieg feierten, setzte bei den Delegierten ein Nachdenken über die Organisationsstruktur der WTO ein. Für die seit Seattle entstandene Bewegung der *Globalisierungskritiker ist die WTO zum wichtigsten Gegner geworden. Die Kritik bezieht sich dabei sowohl auf die grundsätzlichen Funktionen der WTO wie auch auf einzelne inhaltliche Aspekte (Patentschutz, Dienstleistungshandel). Die WTO versucht der ihr entgegengebrachten Skepsis mit Dialogangeboten zu begegnen. Seit 1999 wurden beispielsweise mehrere öfftl. Symposien mit zivilgesellsch. Org. durchgeführt.

Kritik an der Durchführung einer neuen Verhandlungsrunde wurde auch von zahlreichen EL geäußert. Manchen geht der Prozess insges. zu schnell, da bereits in der Uruguay-Runde Zugeständnisse und Verträge für die verschiedensten Wirtschaftsbereiche ausgehandelt wurden und die Umsetzung z.T. zu weitreichenden administrativen Veränderungen in den Mitgliedsländern führt (Zollkontrollen, Standards, Aufbau eines Patentschutzsystems etc.). EL haben in versch. Bereichen ohnehin Umsetzungsfristen erhalten, die z.T. bis 2004 gehen. Solange die alten Ergebnisse also noch lange nicht umgesetzt seien und alle Auswirkungen sorgfältig analysiert seien, so lautet das Argument vieler EL, könne nicht mit einer neuen Verhandlungsrunde begonnen werden. Den darüber hinaus geäußerten Besorgnissen von versch. EL, nicht ausreichend informiert und an den Verhandlungen beteiligt zu werden, kommt die WTO aber auch die * bilaterale EZ versch. IL inzwischen insofern entgegen, als ein besonderer Fonds eingerichtet wurde, um EL-Repräsentanten bei der WTO zu schulen sowie ihre Teilnahme und vor allen den Informationsfluss zu verbessern.

Im Nov. 2001 konnte auf der vierten Ministerkonferenz der WTO dann nach zähen Debatten doch die erste Verhandlungsrunde unter der Ägide der WTO eröffnet werden. Die WTO-Mitgl. einigten sich in Doha (Katar) auf eine neue umfassende Liberalisierungsrunde. Um der geäußerten Kritik von EL entgegenzukommen, wird die Doha-Runde offiziell als «Entwicklungsrunde» bezeichnet. In der Abschlusserklärung von Doha sind die kommenden Verhandlungsthemen festgelegt. Einige lassen ein Entgegenkommen der IL gegenüber den EL erkennen; ob es am Ende wirklich eine «Entwicklungsrunde» wird, bleibt abzuwarten. Die EL konnten einige wichtige Zugeständnisse erreichen und ihren Einfluss in der WTO ausbauen. Zum ersten Mal gelang es kleineren Volkswirtsch., ihre Probleme vor Verhandlungsbeginn miteinander abzustimmen. In gut 50 Einzelentscheidungen wurden EL Zugeständnisse bei der Umsetzung der Ergebnisse der Uruguay-Runde gemacht. Gleichzeitig wurden in Doha die Handelspräferenzen anerkannt, die die EU (→EEP) im Abkommen von * Cotonou den * AKP-Staaten eingeräumt hat. Im Gegenzug haben die EL sich bereit erklärt, doch über einige der Themen zu verhandeln, die sie bei der zweiten Ministerkonferenz der WTO in Singapur noch strikt abgelehnt hatten (z.B. Handel und Umwelt, Handel und Investitionen, Handel und öfftl. Beschaffungswesen). In der Erklärung von Doha werden 21 Themen genannt, die in den kommenden drei Verhandlungsj. diskutiert werden sollen. Seit 2000 wurde in den Bereichen Agrarhandel und Dienstleistungshandel ohnehin schon wieder verhandelt, da dies in der Uruguay-Runde so beschlossen worden war. Diese Verhandlungen sind nun in das Gesamtverhandlungspaket der Doha-Runde integriert worden. Die Doha-Runde soll am 1. 1. 2005 abgeschlossen sein.

Lit.: S. Page / M. Davenport, World Trade Reform, Do Developing Countries Gain or Lose?, ODI Special Report, London, ODI 1994; R. Senti, GATT–WTO, Institut für Wirtschaftsforschung der ETH Zürich, Zürich 1994; M. J. Trebilcock / R. Howse, The Regulation of International Trade, London 1995; N. Grimwade, International Trade Policy, London / New York 1996; H. Sander / A. Inotai (Hg.), World Trade after the Uruguay-Round, London 1996; WTO (Hg.), Trade, Income Disparity and Poverty, Genf 2000; Th. Fritz, Marktzugangsprobleme für Entwicklungsländer im Agrarsektor, Bonn, Forum Umwelt und Entwicklung (2001); OECD (Hg.), The Development Dimension of Trade, Paris 2001; M. Windfuhr, Everything But Farms, Marktzugangsprobleme von Entwicklungsländern, in: E + Z, 42 (3), 82–85, 2002; WTO (Hg.), Annual Report 2002, Genf 2002; WTO (Hg.), International Trade Statistics, Genf; WTO (Hg.), Ministerial Declaration of Doha, Genf (www.wto.org/english/thewto_e/minist_e/min01_e/mindescl_e.htm [5. 1. 2002]); Deutscher Bundestag (Hg.), Schlussbericht der Enquete-Kommission, Globalisierung der Weltwirtschaft – Herausforderungen und Antworten, Drucksache 14/92000 vom 12. 6. 2002.

mw

WUS *World University Service*, Sitz in Genf, * NGO von Hochschulangehörigen mit über 50 nat. Komitees und Kontakten in Afrika, Asien und LA. Beratungsstatus in mehreren Unterorg. der * UN, Zusammenarbeit mit anderen NGOs. Ziele: Förderung der Freiheit in Studium, Lehre und Forschung; Förderung des sozialen Engagements der Hochschulen; Bekämpfung jeder Form der Diskriminierung, Ausbeutung und Ungerechtigkeit, insb. im Bereich der *Bildung. Schwerpunkte: Förderung der gegenseitigen solidarischen Unterstützung der Hochschulen und ihrer Angehörigen in aller Welt; Durchführung von *Stipendienprogrammen für Flüchtlingsstudenten; Durchführung und Förderung von E.-Projekten in Ländern der *Dritten Welt; Förderung der int. Erziehung. Adressen: WUS Headquarter, 5 Chemin des Iris, 1216 Genf; Deutsches Komitee e.V., Goebenstr. 35, 65195 Wiesbaden. Internet: www.wusgermany.de kg

Wüstenkonvention →UNCCD

WVA →Gewerkschaften (in der Dritten Welt)

WZ-Referent Referent für wirtsch. Zusammenarbeit, hieß früher Entwicklungsreferent. In Abstimmung zwischen *BMZ und Auswärtigem Amt in den dt. Auslandsvertretungen eingerichtete Referentenstellen (1991: 16; 1988: 19; 1999: 25; 2002: 54). Den WZ-Referenten obliegt die Koordination der e.-pol. Arbeit vor Ort. dn

Y

Yanacona, Yanaconaje Unter den Inkas bildeten die *Yanaconas* die unterste soziale Klasse, eine Art von Sklaven. Unter der Kolonialherrschaft wurde mit dem Begriff das indianische Hauspersonal belegt. Nach der Unabh. bezeichnete man mit *Yanacona* den indianischen Pächter eines Landstückes (auch *Aparceria*), das auf eigene Rechnung bebaut wird. Der *Yanacona* hatte dafür dem *Latifundisten einen Teil der Ernte abzuliefern. Die *Yanaconaje* wurde in Bolivien durch die *Agrarreform von 1952 und in Peru durch die Agrarreform von 1969 abgeschafft. dn

Z

Zahlungsbilanz Wertmäßige Gegenüberstellung aller ökon. Transaktionen, die während einer bestimmten Periode zwischen Wirtschaftssubjekten des Inlandes und Wirtschaftssubjekten des Auslandes stattgefunden haben. Die Erfassung erfolgt nach dem Prinzip der doppelten Buchführung in einem nach Teilbilanzen gegliederten Kontensystem. Entsprechend den vom *IWF 1993 revidierten Grundsätzen besteht die Zahlungsbilanz aus vier Teilbilanzen: 1. *Leistungsbilanz* (untergliedert in Handelsbilanz der Warenexporte und -importe, *Dienstleistungsbilanz der Ausf. und Einf. von Dienstleist., wie z. B. Reiseverkehr, Versicherungen, Frachten, Bilanz der Erwerbs- und Vermögenseinkommen zwischen In- und Ausland, Bilanz der laufenden Übertragungen ohne oder ohne gleichzeitige ökon. Gegenleistungen, wie z. B. Schenkungen), 2. *Bilanz der Vermögensübertragungen*, 3. *Kapitalbilanz* (Kapitalexporte bzw. Kapitalimporte, die zu einer Veränderung der Forderungen bzw. der Verbindlichkeiten gegenüber dem Ausland führen, wie z. B. Direktinvestitionen, Wertpapieranlagen, Kreditverkehr); 4. *Devisenbilanz* (Veränderungen der Nettoposition der Zentralbank gegenüber dem Ausland, die zu einer Veränderung der offiziellen Gold- und Devisenreserven eines Landes führen).
Im Unterschied zu dem buchungstechn. Zahlungsbilanzgleichgewicht liegt ein ökon. Gleichgewicht der Zahlungsbilanz vor, wenn 1. ein Saldo der Leistungsbilanz (einschl. Vermögensübertragungen) durch einen entsprechenden Saldo der Kapitalbilanz ausgeglichen wird, sodass sich die Gold- und Devisenreserven der Zentralbank nicht ungeplant verändern; 2. keine administrativen Änderungen fixer Wechselkurse bzw. keine Stützungen flexibler Wechselkurse zur Abwehr unerwünschter Zu- oder Abflüsse der zentralen Gold- und Devisenreserven erforderlich werden und 3. zur Beseitigung eines ökon. Ungleichgewichts der Zahlungsbilanz nicht das Gleichgewicht des inl. Einkommens- und Beschäftigungsniveaus aufgehoben werden muss. dn/hs

Zaire →Kongo (Ex-Zaire)

Zambia

Fläche (Tsd. qkm): 752,600
Bev. (Mio.) 2001: 10,60
BNE pro Kopf (US-$) 2000: 300
BIP (Mio. US-$) 2000: 2911
LE (Jahre) 1999: 38,5
Analphabetenquote (%) 1999: 23
HDI 1999: 0,427 [Rangplatz von 162: 143]

Infolge der friedlichen Absetzung der autoritären Machthaber bei den Wahlen von 1991 wurde Zambia eine Vorreiterrolle für die *Demokratisierung in Afrika zugesprochen. Die Wahlen von 1996, die int. nicht als frei und fair anerkannt wurden, zeigten jedoch, dass auch demokratische Hoffnungsträger nicht vor autoritären Machterhaltungsmaßnahmen gefeit sind. Auf wirtsch. Ebene versucht die Reg. mittels *Strukturanpassungs- und Privatisierungsprogrammen dem jahrzehntelangen ökon. Niedergang des hoch verschuldeten Landes entgegenzusteuern.

1. Z. ist reich an mineralischen Rohstoffen, besitzt v. a. Kupfererze (und als Nebenprodukt Kobalt) und im geringeren Umfang auch Kohle, Zink-, Blei-, Kadmium-, Mangan-, Silber- und Golderze sowie Edelsteine. Einige der Kupfer-Lagerstätten sind jedoch schon erschöpft. Bei vorwiegend gemäßigtem Klima verfügen weite Teile des Landes über ein landw. Potenzial.

2. Z. ist insg. recht dünn besiedelt (13 Ew./qkm), doch weist die Bev.-Dichte regional große Unterschiede auf. Infolge interner Migrationswellen in Richtung der Kupferminen, der Hs. Lusaka und weißer Siedlerfarmen konzentriert sich die Bev. an der sog. *Line of Rail*, der Bahnlinie von Copperbelt bis Living-

stone, wo sich auch die wichtigsten Ind.- und Handelszentren befinden. Der *Urbanisierungsgrad liegt bei ca. 40 % (1999). In Z. gibt es etwa 70 ethn. Gruppierungen (v. a. Bantu). Die wichtigsten unter ihnen sind die Bemba (36 %), die Nyanja (18 %), die Tonga-Ila (15 %) und die Luanda-Luvale (10 %), die jeweils regional konzentriert sind. Kleine asiatische (v. a. indische) Minderheiten spielen im Handel des Landes eine wichtige Rolle, während einige tausend Europäer v. a. führende Positionen in den Minen, der Verwaltung und der Farmwirtsch. einnehmen. Offizielle Sprache ist Englisch. Daneben bestehen zahlreiche Bantu-Sprachen (Bemba, Nyanja, Tonga, Luanda, Luvale, Kaonde, Lozi etc.). Die Bev. bekennt sich mehrheitlich zum Christentum (mit einem höheren Protestanten- als Katholikenanteil); etwa 1/4 der Bev. gehört Naturreligionen an. Hinzu kommen muslimische und hinduistische Minderheiten.

3. Vorläufer des heutigen Staates Z. war die brit. Kolonie Nordrhodesien; sie wurde 1924 errichtet, nachdem die von dem brit. Imperialisten Cecil Rhodes gegr. *British South Africa Company* von Königin Viktoria bereits 1891 eine Konzession für das Gebiet erhalten hatte. 1953 wurde Nordrhodesien kurzfristig mit Südrhodesien (heute: Zimbabwe) und Nyasaland (heute: Malawi) zur Zentralafrikan. Föderation zusammengeschlossen und nach Auflösung der Föderation (1963) am 24. 10. 1964 in die Unabh. entlassen. Bestimmende pol. Kraft nach der Unabh. war die *United National Independence Party* (UNIP), die als stärkste antikolonialistische Partei eine deutliche parl. Mehrheit bei den Wahlen vom 20./21. 1. 1964 errungen hatte. Der UNIP-Führer Kenneth D. *Kaunda wurde als erster Präsident Z.s vereidigt und in den folgenden Jahrzehnten in Mehrparteienwahlen (1968) und Einpartei-Wahlen (1973, 1978, 1983, 1988) im Amt bestätigt. Auf die erste Rep. (1964–72), in der ein von der UNIP völlig dominiertes Mehrparteiensystem bestand, folgte die zweite, als «partizipatorische Einparteidemokratie» apostrophierte Rep. (1972–91), in der jedoch die Kontrolle «von oben» weit stärker war als die Partizipation «von unten». Angesichts wirtsch. Niedergangs, innerer Unruhen und wachsenden Protests gegen das Einparteisystem ließ Kaunda im Oktober 1991 Mehrparteienwahlen zu, bei denen die Oppositionsbewegung *Movement for Multi-Party Democracy* (MMD) und ihr Präs.-Kandidat Frederick Chiluba siegten. Der MMD wandelte sich von einer Protestbewegung gegen das Einparteisystem zu einer Reg.-Partei mit einer ansehnlichen Parl.-Mehrheit. In der Reg.-Verantwortung jedoch hatte sie Probleme, demokratische Spielregeln einzuhalten. Trotz massiver nat. und int. Proteste wurde Kaunda die Präs.-Kandidatur bei den 1996er Wahlen per Verfassungsmanipulation untersagt. Die UNIP und einige kleinere Parteien boykottierten daraufhin die Präs.- und Parl.-Wahlen vom 18. 11. 1996. Ohne ernsthafte Rivalen, gewann Chiluba erneut die Präsidentschaft und der MMD 131 der 150 Parl.-Mandate. Seine Bemühungen um eine verfassungsmäßig nicht gestattete Wiederwahl 2001 mündeten jedoch in einem Fiasko. Die UNIP wurde durch Austritte geschwächt, Massenproteste führten zu gewalttätigen Auseinandersetzungen mit den Sicherheitskräften, das oppositionelle Forum for Democracy (FFD) erhielt Zulauf. Am 4. 5. 2001 verzichtete Chiluba auf das Wiederwahlprojekt. Trotz dieser Schwächung des MMD erhielt sein Kandidat L. Mwanawase bei den Präsidentschaftswahlen am 27. 12. 2001 mit 28,7 % die Mehrheit der Stimmen und trat sein Amt an – ungeachtet der von der Opposition und ausl. Wahlbeobachtern geäußerten Vorwürfe der Wahlmanipulation. Unter demselben Vorwurf entschied der MMD mit 27,5 % auch die Parl.-Wahlen für sich. Die United Party for National Development (UPND) kam auf 23,3 %, FDD und UNIP erhielten 15,3 % bzw. 10,4 % der Stimmen.

4. Wirtsch. ist der Kupferbergbau von großer Bedeutung, der den Löwenanteil der Exporterlöse erzeugt. Er geht auf die Entdeckung großer Lagerstätten in den 1920er J. und den nachfolgenden Bau großer Kupferminen zurück. In den folgenden Jahrzehnten entwickelte sich Z. zu einem der größten Kupferproduzenten der Welt. Die wirtsch. Dominanz der Kupferind. begründet jedoch auch die strukturelle Abh. Z.s vom Weltmarkt. Zur Neige gehende Kupfervorräte, gestiegene Förderkosten und schwache Weltmarktpreise, die 1975 erstmals rapide abstürzten, haben die Ertragslage des Kupferbergbaus erheblich verschlechtert. Einige Minen wurden im Zuge von * Strukturanpassungsmaßnahmen geschlossen. Die mehrheitlich noch regierungseigene *Zambia Consolidated Copper Mines* (ZCCM) plant, durch die (investitionsträchtige) Ausbeutung tiefer gelegener und weniger erzhaltiger Vorkommen die Zukunft der Kupferind. zu sichern. Im Zuge der von Chiluba durchgeführten Privatisierung der ehedem weitgehend nationalisierten Wirtsch. soll die ZCCM an * transnationale Konzerne verkauft werden.
Die Landw. stellt für gut die Hälfte der Bev. die Existenzgrundlage dar und erwirtschaftet ungeachtet erntebedingter Schwankungen durchschn. 1/4 des BIP (1999: 17 %). Sie trägt nur unwesentlich zur Erwirtschaftung von Devisen bei. Gleichzeitig muss ein Teil der Devisenerlöse für den Import von Nahrungsmitteln ausgegeben werden. Der Agrarbereich unterteilt sich zum einen in große, kommerzielle Betriebe, die, vielfach geführt von Europäern oder Angehörigen der zamb. * Staatsklasse, nach kapitalintensiven und modernen Methoden Ackerbau und Viehzucht betreiben und für einen großen Teil der vermarkteten Agrarproduktion sorgen, zum anderen in zahlreiche Klein- und Kleinstbetriebe, die trotz widriger Umstände (mangelhafte * Infrastrukturen, Arbeitskräftemangel infolge von * Landflucht) in wenig erschlossenen Gebieten für den Binnenmarkt produzieren oder auch nur * Subsistenzwirtschaft betreiben. Kleinstbauern müssen in der Regel zusätzlich Lohnarbeit leisten, um überleben zu können.
5. Nach der Unabh. wurden in den Jahren des Kupferbooms das Gesundheits- und das Bildungswesen erheblich ausgebaut und verbessert. Der wirtsch. Niedergang des Landes in den 1980er J. beeinträchtigte jedoch nachhaltig Qualität und Reichweite der sozialen Versorgung der Bev. Im Zuge makroökon. notwendiger Strukturanpassungsprogramme erfolgten ab Ende der 1980er J. massive soziale Einschnitte, ohne dass die Reg. ein soziales Auffangnetz für die von den Strukturreformen am härtesten betroffenen Bev.-Gruppen zu spannen vermochte. Zwei Drittel der Bev. leben unter der Armutsgrenze.

Lit.: W. Tordoff (Hg.), Politics in Zambia, Manchester 1974; E. Adam, Tribalismus und Ungleiche Entwicklung in Zambia, Bad Honnef 1980; M. Bratton, The Local Politics of Rural Development. Peasant and Party State in Zambia, London 1980; C. J. Gertzel u. a. (Hg.), The Dynamics of the One-Party-State in Zambia, Manchester 1984; P. Meyns, Zambia, in: HDW III, 5, 1993, S. 477 ff.; P. Meyns, Zambia in der 3. Republik. Demokratische Transition und pol. Kontinuität, Hamburg 1995. mik

ZANU →Zimbabwe, Befreiungsbewegungen

Zapata, Emiliano (1883–1919) Z. war der überragende Bauernführer der mexikan. * Revolution (1910 bis 1917). Das in Südmexiko operierende Bauernheer Z.s war maßgeblich am Sturz des Diktators Porfirio Díaz beteiligt. Als die neue Reg. die versprochene * Agrarreform nicht einleitete, riefen die Bauern im Plan von Ayala (1911) ihre eigene Revolution aus und forderten die Rückgabe der Liegenschaften, die den Dorfgemeinden unter Díaz geraubt worden waren, sowie – gegen Entschädigung – die Überführung eines Drittels des verbleibenden Großgrundbesitzes in Gemeineigentum. In seiner Grundhaltung war das Dokument, auf das alle *zapatistas* ihren Schwur ablegten, gemäßigt und ging weniger weit als die 1917 verabschiedete (und 2001 reformierte) Verfassung. In den weiter anhaltenden Machtkämpfen wurde Z. 1919 verraten und ermordet. Z. zählt zu den offiziellen Nationalhelden Mexikos; die Lage der mexikan. Landbev. ist jedoch nach wie vor ausgesprochen prekär. Z. ist eine Symbolfigur der lateinamerik. Bauernbewegungen, denen letztlich dauerhafte Erfolge versagt geblieben sind.

Lit.: J. Womack, Sterben für die Indios. Zapata und die mexikanische Revolution. Zürich u. Freiburg i. Br. 1972. vgl

ZAPU →Zimbabwe, Befreiungsbewegungen

ZAV Zentralstelle für Arbeitsvermittlung, eingerichtet von der Bundesanstalt für Arbeit, vermittelt Fachkräfte in die Dritte Welt und fördert im Auftrag des Bundesministeriums für wirtsch. Zusammenarbeit und Entwicklung (*BMZ) die Rückkehr und berufliche Eingliederung von Ausbildungsabsolventen und Arbeitnehmern aus EL durch Einarbeitungs- und Gehaltszuschüsse und durch Nachkontaktmaßnahmen (Literaturzusendung, Seminare, Fachkräftedateien). Adresse: Feuerbachstr. 42, 60325 Frankfurt. Internet: www.arbeitsamt.de kg

ZEB Zentrum für Entwicklungsbezogene Bildung, organisiert in der Landeskirche Württemberg die Zusammenarbeit von Arbeitsgemeinschaft Dienste in Übersee (*DÜ), Evangelischer Oberkirchenrat Stuttgart (einschließlich des Dienstes für Mission und Ökumene) und Evangelische Akademie Bad Boll. ZEB verfügt über eine Fachstelle Ferntourismus. Adresse: Kniebisstr. 29, 70188 Stuttgart kg

ZEF Zentrum für E.-Forschung, zentrale wiss. Einrichtung der Uni Bonn, angesiedelt im Nord-Süd-Zentrum Bonn. Forschungsschwerpunkte: Reduzierung der abs. *Armut und nachhaltige E. (*sustainable development). Dialog mit Pol. und Wirtsch. Adresse: Walter-Flex-Str. 3, 53113 Bonn. dn

Zehnerclub / -gruppe Gruppe von 10 westl. IL, die Mitgl. der Allgemeinen Kreditvereinbarung (*AKV) des *IWF sind: Belgien, BRD, Frankreich, GB, Italien, Japan, Kanada, die Niederlande, Schweden, die USA. Die Schweiz ist seit 1983 assoziiertes Mitgl. Der Zehnerclub nimmt im Rahmen der *BIZ währungspol. Sonderaufgaben und Überwachungsfunktionen im int. Bankensystem wahr. dn

ZEL →DSE

Zentralafrikanische Föderation →Zimbabwe

Zentralafrikanische Republik

Fläche (Tsd. qkm): 623
Bev. (Mio.) 2000: 3,60
BNE pro Kopf (US-$) 2000: 290
BIP (Mio. US-$) 2000: 959
LE (Jahre) 1999: 44,1
Analphabetenquote (%) 1999: 55,0
HDI 1999: 0,372 [Rangplatz von 162: 154]

1. Die seit 1960 unabh. ZAR, die ehem. frz. Kolonie Ubangi-Schari, gehört zu den ärmsten Ländern der Welt (Pro-Kopf-Einkommen 2000: 290 US-$). Ihre E.-Probleme ergeben sich nicht nur aus ihrer Lage als *Binnenland, sondern auch aus den bis heute spürbaren Folgen der hier bes. brutalen, Anfang des 20. Jh.s von Konzessionsgesellschaften ausgeübten Kolonialherrschaft (→Kolonialismus) und pol. Fehlern nach der Unabh., insbesondere dem Erbe der ruinösen Herrschaft von Ex-«Kaiser» Bokassa. Im O und NO (Trockensavanne) sind weite Landstriche fast menschenleer. Die Mehrzahl der Bev. (sudanesische Völker: Baya-Madjiya 40 %, Banda 30 %, Sara 8 %; Bantu-Gruppen im SW [M'Baka, die überproportional in Führungspositionen der Verwaltung vertreten sind, Kaka u. a.] unter 5 %) ist im S (Feuchtsavanne bzw. im SW trop. Regenwald), v. a. an den Ufern des Ubangi und insbes. in der Nähe der Hs. Bangui (1994: 524 000 Ew.) konzentriert. Der Anteil der Stadtbev. (1990: 47 %) steigt kontinuierlich. Gut 30 % der Bev. sind Christen, ca. 20 000 Moslems, die Mehrheit ist animistisch. Alle ethn. Gruppen verstehen die Verkehrssprache Sango.

2. Wichtigster Wirtsch.-Faktor war lange Zeit die Landw. (1999 80 % der Erw., 53 % des BIP, 1990: 60 % der Exporter-

löse, 1996: 25 %), die allerdings weitgehend an der *Subsistenzproduktion (Maniok, Hirse, Mais) festgehalten hat. Dies hat der ZAR andererseits eine Unabh. von Nahrungsimporten bewahrt. Die Produktion von Baumwolle (wichtigstes agrar. Exporterzeugnis), aufgrund des Zwangsanbaus in der Kolonialzeit bis heute unpopulär, war bis Mitte der 1990er J. bei geringer Produktivität ständig rückläufig (1970–75: 135000 t; 1992: 7000 t). Seit der Abwertung des F CFA 1994 (→Franc-Zone) ist die Baumwollproduktion wieder erheblich gestiegen und erreichte 1998/99 38000 t. Der in den Waldzonen des SW und des S betriebene Kaffeeanbau wurde nach dem Rückgang der Weltmarktpreise umstrukturiert und ist nun in der Hand kleinbäuerlicher Betriebe (Export 1987: 11800 t, 1992: 4500 t, 1999: 10500 t). 5,5 % der Fläche der ZAR sind mit z.T. seltenen Edelhölzern bedeckt, doch wird deren teilweise rücksichtsloses Abholzen durch die langen Transportwege und die Preisschwankungen auf dem Weltmarkt gebremst. Inzwischen größte Einnahmequelle ist die Förderung von Gold (jährl. 220 bis 250 kg) und v.a. Diamanten (1995–98 ca. 460000 Karat, 44 % der Exporterlöse), die freilich nicht ind. gefördert, sondern artisanal geschürft und zu einem großen Teil außer Landes geschmuggelt werden. Für die Ausbeutung vielversprechender Eisenerz-, Uran- und Kupfervorkommen fehlen neben dem Geld für die *Investitionen auch die infrastrukturellen Voraussetzungen. Hierunter leidet auch der schmale, vorwiegend Lebensmittel, Baumwolle und Holz verarbeitende sekundäre Sektor (1999 Anteil am BIP knapp 9 %), der ferner mit hohen Energiekosten, der Enge des Marktes und dem schwer zu quantifizierenden Schmuggel aus den Nachbarländern zu kämpfen hat.

Die rund 50 fast durchweg defizitären parastaatl. Betriebe wurden nach einem Sanierungsplan seit 1986 zu einem großen Teil liquidiert oder privatisiert. Nach dem Niedergang des formellen Wirtschaftssektors und der gescheiterten Ind. bleibt der *informelle Sektor Rückgrat der wirtsch. Entwicklung. Pläne zur Reduzierung der Beschäftigtenzahlen im öfftl. Dienst stoßen auf heftigen Widerstand angesichts einer bereits jetzt in den Städten extrem hohen Zahl an Arbeitslosen. Seit Ende der 1980er J. kam es regelmäßig zu Streiks im öfftl. Sektor. Die Auslandsverschuldung wuchs trotz zum großen Teil als Zuschuss gewährter E.-Hilfe bis 1999 auf 913 Mio. US-$ an (→Verschuldung). Den chronisch defizitären Haushalt decken der *IWF (seit 1986 werden *Strukturanpassungsprogramme durchgeführt) und Frankreich, der mit Abstand wichtigste Handelspartner, Kapitalgeber und Gläubiger.

3. Nachdem der «Vater der Nation», B. Boganda, 1959 bei einem bis heute ungeklärten Flugzeugabsturz ums Leben gekommen war, ließen frz. Kolonialkreise den damals 29-jährigen, völlig von ihnen abh. D. Dacko zum Staats- und Reg.-Chef küren, der am 1. 1. 1966 vom Militär unter J.-B. Bokassa gestürzt wurde. Bokassa betrachtete den Staat als seinen Privatbesitz (1/3 des Staatshaushalts soll in seine Privatschatulle geflossen sein), rief Ende 1976 das Kaiserreich aus und ließ sich in einer grotesken Imitation Napoleons 1977 krönen, während die wirtsch. und insb. die soziale E. rückläufig war. Pol. Institutionen hatten sich bis dahin kaum entwickelt, selbst die Verwaltung war auf der lokalen Ebene nicht überall vollständig entwickelt. Erst als Bokassa 1979 aufgrund seiner weltweit bekannt gewordenen schweren Menschenrechtsverletzungen und seiner Annäherung an Libyen (Gefahr eines Zweifronten-Angriffs auf den im Bürgerkrieg befindlichen Tschad) für Frankreich untragbar geworden war, ließ die frz. Reg. während eines Auslandsaufenthalts von Bokassa den früheren Präs. Dacko im Herbst 1979 von frz. Truppen nach Bangui einfliegen und wieder zum Reg.-Chef einsetzen. Der Versuch, Dacko «demokratische» Legitimation zu verleihen, misslang. Sein offensichtlich manipulier-

ter «Wahlsieg» mit knapp über 50 % vor Bokassas langjährigem, zuletzt ins Pariser Exil gewechselten MP A. Patassé (offiziell 33 %) im März 1981 konnte seine durch wachsende wirtsch. Probleme weiter geschwächte Position nicht festigen. Im Sept. 1981 übernahm das Militär unter General A. Kolingba erneut die Macht; dieser versuchte zunächst vergeblich, die Opposition in sein Regime zu integrieren, konsolidierte dann durch die Bestätigung seiner Präsidentschaft per Referendum 1982 und die Gründung der Einheitspartei *Rassemblement Démocratique Centrafricain* (1986) seine Macht. Nach der Annahme einer neuen Verfassung wurde 1987 bei 50 % Wahlbeteiligung eine Nationalversammlung von 52 Abgeordneten (alle RDC) gewählt. Vor dem Hintergrund wachsender Forderungen nach *Demokratisierung führten Wahlen im September 1993 zur Rückkehr von A. Patassé in das Präs.-Amt, nachdem Frankreich und andere westl. Kreditgeber Kolingba gezwungen hatten, seine Wahlniederlage anzuerkennen. Mehrere Revolten unzufriedener Militäreinheiten in den Jahren 1996 und 1997 konnte die Reg. nur durch die Aktivierung des in der ZAR stationierten frz. Militärkontingents bzw. durch die Stationierung einer interafrik. Friedenstruppe (MISAB, abgelöst durch UN-Friedenstruppe MINURCA 1998–2000) niederschlagen. Trotz erneuter Parl.- (1998) und Präs.-Wahlen (1999), aus denen Patassé siegreich hervorging, bleibt der prekäre Charakter des pol. Institutionengefüges und des modernen staatl. Apparates, der nicht einmal die laufenden öfftl. Ausgaben und Gehälter finanzieren kann, überdeutlich. Dies hatte bereits in der Vergangenheit zur Klassifizierung des Landes als Beispiel eines nicht lebensfähigen, ‹fiktiven› Staates geführt.

Lit.: R. Delpey, Affaires centrafricaines, Paris 1985; T. O'Toole, The Central African Republic: The Continent's Hidden Heart, Aldershot 1987; R. H. Jackson, Quasi-States: Sovereignty, International Relations, and the Third World, Cambridge 1990; R. Knieper, Zentralafrikanische Republik, in: HDW III, 4, 1993, S. 523 ff.

ch

Zentralamerika-Konflikt In den 1980er J. stand Zentralamerika im Zeichen des Z.; dessen Beginn markierte die *Revolution in Nicaragua von 1979. Die Etablierung eines sozialrevolutionären Regimes im trad. US-«Hinterhof» verlieh den seit den 1960er und 1970er J. schwelenden Einzelkonflikten in der Region ihre regionale und int. Bedeutung. Mit dem friedlichen Machtwechsel und dem Ende des *Contra*-Krieges in Nicaragua (1990) verlor der Z. seine Brisanz, obwohl die Kriege in El Salvador (ES) und Guatemala mit jeweiligen Friedensabkommen erst 1992 bzw. 1996 beendet wurden.

Die zentralen Merkmale des Z.s der 1980er J. waren: 1. Der Z. umfasste drei Konfliktherde, in denen Herrschafts- und Systemkonflikte vorrangig mit Waffengewalt ausgetragen wurden. In ES und Guatemala bekämpften linksrevolutionäre Guerilla-Verbände zunächst Militärregime, später gewählte Zivilregierungen. In Nicaragua führte die **Contra* gegen das revolutionäre, sandinistische Regime Krieg. 2. Diese Einzelkonflikte verliefen milit. weitgehend unabh. voneinander, überzogen jedoch in ihren Auswirkungen die gesamte Region. Die Zahl der (meist zivilen) Kriegsopfer belief sich auf weit über 200 000. Flüchtlings- und Vertriebenenströme überzogen den Isthmus. Im Zuge des Z.s erfolgte die Militarisierung ganz Zentralamerikas. Die direkten und indirekten Kriegsschäden waren gewaltig, und die wirtsch. Außenabh. Zentralamerikas erhöhte sich empfindlich. Pol. wurden im Zusammenhang des Z.s – aus unterschiedlichen Kalkülen heraus – erste Demokratisierungsschritte in ES, Hond., Guat. und Nic. eingeleitet. 3. Die Konflikte waren stark internationalisiert. Eine Schlüsselrolle kam hierbei den USA zu: Die *Reagan*-Administration (1981–1989) betrachtete die (endogen verursachten) revolutionären Prozesse in der Region aus der Perspektive des

Ost-West-Konfliktes als von der ehem. UdSSR und Kuba gesteuert. Nic. galt als «marxistisch-totalitärer Brückenkopf», von dem die Gefahr einer «Kubanisierung» ganz Mittelamerikas ausginge. Die USA wirkten auf den Sturz des sandinistischen Regimes hin (wirtsch. Blockadepol.; Ausbau und Finanzierung der *Contra* etc.) und vergaben an die anderen Staaten der Region umfassende Wirtschafts- und Militärhilfe, um diese gegen die revolutionäre Linke zu wappnen und i.S. der US-Pol. gegenüber Nic. zu beeinflussen. Die UdSSR sicherte mittels massiver Wirtschafts- und Militärhilfe in den 1980er J. den Bestand des sandinistischen Regimes, ohne jedoch den Aufbau eines (kostspieligen) «zweiten Kubas» voranzutreiben. Zahlreiche Regierungen LAs und Westeuropas versuchten auf dipl. Weg, Zentralamerika aus dem Ost-West-Konflikt herauszuhalten und die milit. Spannungen in der Region abzubauen. 4. Der Friedensprozess umfasste ganz Zentralamerika. Vorbereitet durch die *Contadora-Initiative, schlossen die zentralamerik. Reg. 1987 ein Friedensabkommen ab (Esquipulas-II), in dem sie sich verpflichteten, sowohl die *Demokratisierung als auch die nat. Friedensprozesse voranzutreiben. Das Esquipulas-II- und seine Folgeabkommen trugen wesentlich dazu bei, pol. Formen des Konfliktaustrages in der Region aufzuwerten, und brachten angesichts der weltweiten Unterstützung des Abkommens die Konfliktbeteiligten in- und außerhalb der Region in Zugzwang.

Lit.: D. E. Schulz/D. H. Graham (Hg.), Revolution and Counterrevolution in Central America and the Caribbean, Boulder/London 1984; H. W. Krumwiede, Revolution in Zentralamerika als Problem westlicher Außenpolitik, Ebenhausen 1987; U. Niebling, Kriege in Zentralamerika seit 1945, Münster/Hamburg 1992; P. Bendel (Hg.), Zentralamerika: Frieden, Demokratie, Entwicklung?, Frankfurt 1993; M. Krennerich, Wahlen und Antiregimekriege in Zentralamerika, Opladen 1996. mik

Zentralamerikanischer Verteidigungsrat →CONDECA

Zentralstelle für Arbeitsvermittlung →ZAV

Zentralstelle für Entwicklungshilfe e.V. Kath. Zentralstelle (KZE), 1962 gegr. Partner für die e.-pol. Zusammenarbeit mit der Bundesreg., die sich v.a. über die aus dem Bundeshaushalt für die E.-Arbeit zur Verfügung gestellten Mittel vollzieht. Die Zentralstelle arbeitet eng mit *Misereor zusammen, dessen Geschäftsstelle die Projekte von der Auswahl bis zur Abrechnung abwickelt. Adresse: →Misereor. →Kirchen dn

Zentrum für Internationale Migration und Entwicklung →CIM

Zentrum-Peripherie-Modell Das ZPM versucht, die Abh.-Beziehungen in der gegenwärtigen Weltgesellschaft zu erfassen. Es wurde von Raúl Prebisch 1949 zur Analyse der int. Wirtschaftsbeziehungen entwickelt. Es wird primär von Forschern aus der Theorierichtung der *Dependencia und des Weltsystemansatzes verwandt.

1. Global: Grundannahme ist eine hierarchische Struktur der Weltgesellschaft, die hist. durch den sich entfaltenden kapitalistischen Weltmarkt und die mit ihm sich ausprägende *Internationale Arbeitsteilung entstanden ist. Die höchstentwickelten kapitalistischen Nationen bilden das Zentrum, die EL die Peripherie. Das ZPM hebt v.a. auf die Gleichzeitigkeit von Entwicklung (der IL) und UE (der EL) ab. Beide Prozesse beruhen auf einer abh. Interaktion der Peripherie mit dem Zentrum. Durch Verlagerung der Kosten der E. eines Gebietes auf andere territoriale Einheiten wurden – so die These – die autonomen Wachstumsmöglichkeiten der Peripherie begrenzt. Damit wird behauptet, dass die UE extern verursacht wurde und die fortdauernde Situation externer *Abhängigkeit der wesentliche Bestimmungsfaktor für Strukturen und Prozesse in den Ländern der Dritten Welt ist. Dependenztheoretische Analysen gehen dabei von einzelstaatl. Abh.-Bez. und ihren innergesellsch. Manifestationen in der Peripherie aus (→Strukturelle Heterogenität, →Peripherer Kapitalis-

mus), weltsystemische Analysen vom Weltsystem und seinem Wandel (seinen «Bewegungsgesetzen»).
2. Regional: Im Vgl. zu anderen Ländern ihrer Region höher entwickelte Länder (wie Israel, Brasilien, Südafrika) können ökon. und milit. zu Subzentren werden, zu Zentren in der Peripherie mit gewisser Autonomie (I. Wallerstein, H. Jaguaribe).
3. Nat.: Auch innerhalb von Nationen der Peripherie und des Zentrums kann das ZPM angewandt werden («interner Kolonialismus»). Obwohl in neueren Theorien versucht wird, die rel. UE best. Gebiete in den kapitalistischen Zentralnationen mit den Instrumentarien der Dependencia-Theorie zu erklären (Debatte um den westeurop. Regionalismus), ist doch hervorzuheben, dass im Kontext struktureller Heterogenität der Zentrum-Peripherie-Bezug innerhalb eines EL ein anderer ist. Nat. Zentren sind meist die großen Städte, in denen alle gesellsch. relevanten Entscheidungen getroffen werden. Diese sind (oft an der Küste gelegen) an das int. Banken-, Kommunikations- und Verkehrssystem angeschlossen. Die Verbindung zu den Zentralnationen klappt i.d.R. reibungsloser als zum nat. Hinterland, der Peripherie. In den Zentren lassen sich mit Vorliebe *transnationale Konzerne nieder; hier entstehen, wenn auch nur in begrenztem Maße, neue Arbeitsplätze; hier repräsentieren importierte Luxuskonsumgüter einen nur für wenige erreichbaren Lebensstandard. Demgegenüber ist die überwiegend agrarische Peripherie des Landes, die mit technol. wenig entwickelten Produktionsmitteln ausgestattet ist, wenig produktiv, der Wirtsch.-Prozess basiert z.T. auf dem Tauschhandel, die Peripherie leidet an dem Problem der Überbev. Die Folge des Zentrum-Peripherie-Gegensatzes ist eine rasche Beschleunigung der *Urbanisierung. Die Zentren werden zum magnetischen Anziehungspunkt einer Massenmigration, die allerdings nur die Erwartungen weniger erfüllen kann, den meisten Zuwanderern aber ein Leben in *Slums, in der *Marginalität beschert. Galtung hat in seiner strukturellen Theorie des *Imperialismus den nat. und int. Aspekt des ZPM verbunden. Für die Aufrechterhaltung struktureller Abhängigkeit, so Galtung, ist die Kooperation in der Oberschicht der Peripherien, die sozial die nat. Zentren repräsentiert, ihr Eingehen auf die über den Weltmarkt sich vermittelnden Interessen der IL entscheidend.

Lit.: D. Senghaas (Hg.), Imperialismus und Strukturelle Gewalt, Frankfurt 1972; D. Nohlen, Raúl Prebisch (1901–1986), in: E + Z 40 (11) 1999, 316ff. rs

ZFD →Ziviler Friedensdienst

Zielgruppenorientierung (Targeting) Vor dem Hintergrund der Reduzierung der Rolle des Staates als Produzent und Verteilungsinstanz sozialer Wohlfahrt im Zuge der Stabilisierungs- und →Strukturanpassungsprogramme erhielt das Konzept der Zielgruppenorientierung eine Schlüsselrolle im sozialpol. Diskurs. Darunter versteht man die selektive Einsetzung der durch Rezession und Anpassung reduzierten sozialen Ausgaben zugunsten der bedürftigsten Bev.-Gruppen. In Zusammenhang damit steht der Abbau universalistischer, d.h. alle Bev.-Gruppen einschließender staatl. Sozialdienstleistungen, und die Einrichtung effizienzorientierter, auf bestimmte Zielgruppen ausgerichteter Programme. Zugleich entspricht das Zielgruppenkonzept der neuen sozialpol. Orientierung, die der Armutsbekämpfung erste Priorität auf der e.-pol. Agenda (etwa der *Weltbank) einräumt und die Armen als Zielgruppe der Sozialpol. definiert. →Armut sus

Zielorientierte Projektplanung →ZOPP

Zimbabwe

Fläche (Tsd. qkm): 391
Bev. (Mio.) 2001: 12,90
BNE pro Kopf (US-$) 2000: 480
BIP (Mio. US-$) 2000: 7350
LE (Jahre) 1999: 40,4
Analphabetenquote (%) 1999: 12
HDI 1999: 0,554 [Rangplatz von 162: 117]

1. Das *Binnenland Z., zwischen den Flüssen Limpopo und Zambesi gelegen, wird im S und W von Südafrika und Botswana, im NW von Zambia und im NO von Mozambique begrenzt. Topographisch gliedert sich Z. in das Hochland (über 1200 m) im Zentrum, das im Osten in Bergland mit Höhen bis zu 2600 m ansteigt, und das Tiefland im S und N. Klimatisch und ökol. werden sechs agrar. Hauptzonen unterschieden, die den Anbau eines breiten Spektrums von Nutzpflanzen erlauben. Die schwarze Bantubev. setzt sich aus zwei Hauptsprachgruppen zusammen: den Shona (ca. 77 % der Bev.) und Ndebele (ca. 19 % der Bev.); daneben existieren Minderheitsgruppen (Tonga, Venda u. a.). Der Anteil der weißen Siedler ist 2000 unter 1 % gesunken; 60 % der Bev. bekennen sich zum christl. Glauben, davon sind 36 % Protestanten, 25 % kath. und 28 % Mitgl. schwarzer Freikirchen; ca. 40 % der Bev. hängen animistischen Religionen an. 35 % (2000) leben in Städten.

2. Die wirtsch. Ausgangsbedingungen Z.s zum Zeitpunkt der Unabh. 1980 waren im afrik. Vergleich günstig. Das Pro-Kopf-Einkommen war in Z. 1980 doppelt so hoch wie der Durchschnitt der *LLDC-Länder. Neben einer hoch entwickelten und differenzierten Landw. und Bergbau hatte Z. einen für afrik. Verhältnisse hohen Grad an *Industrialisierung (25 %) erreicht. Die *Tourismus- Verkehrs- und Kommunikationsinfrastruktur war bereits gut erschlossen. Allerdings war die wirtsch. E. extrem ungleich verteilt: Der durchschn. Wert der Produktion der weißen Großfarmer verhielt sich zum Zeitpunkt der Unabh. zur Jahresproduktion eines schwarzen Kleinbauern im Verhältnis 380: 1; 1979 entfielen auf die ca. 6000 Großfarmen 76 % der landw. Produktion und 100 % der Agrarexporte; auf die 10 % der Bev. mit dem höchsten Einkommen entfielen 44 %, auf die 10 % mit den niedrigsten Einkommen 0,7 % des Volkseinkommens. Die sozioökon. Strukturen des rhodes. Wirtschaftsgebildes waren eine Folge von *Kolonialismus und rassistischer Herrschaft. Die Ansiedlung der schwarzen Bev. in landw. kaum tragfähigen Reservaten (*Tribal Trust Lands,* heute: *Communal Lands*) schuf ein Reservoir billigster Arbeitskräfte, die aufgrund von *Subsistenzwirtschaft weit unter dem Existenzminimum entlohnt werden konnten und so die Basis für das Florieren der eng mit Südafrika verflochtenen weißen Wirtsch. schufen.

3. Als Mitte der 1960er J. *Zambia und *Malawi, die mit Südrhodesien seit 1953 in der Zentralafrik. Föderation (ZAF) zusammengeschlossen waren, die Unabh. erhielten, erklärte die Reg. unter Premierminister Ian Smith 1965 die einseitige Unabh. Rhodesiens. GB, das auf milit. Maßnahmen verzichtete, gelang es nicht, durch Verhandlungen und von der *UN mitgetragene int. Wirtschaftssanktionen das Rebellenregime zur Umkehr zu bewegen. In der Folge scheiterten eine Vielzahl dipl.-pol. Regelungsversuche. Stattdessen gewann der zu Beginn der 1970er J. von versch. *Befreiungsbewegungen eingeleitete *Guerillakrieg zunehmend an Bedeutung und zwang letztlich das weiße Minderheitenregime, die Macht an die schwarzafrik. Mehrheit abzugeben.

4. Die zimb. Befreiungsbewegung unter Führung des 1934 nach südafrik. Vorbild gegr. ANC, der Ende der 1950er J. verboten wurde, spaltete sich 1963 in zwei Hauptrichtungen, die 1962 gegründete *Zimbabwe African People's Union* (ZAPU) unter Führung von Joshua M. Nkomo und die *Zimbabwe African National Union* (ZANU), damals unter dem Vorsitz von N. Sithole, später von Robert Mugabe. Als 1976 ein Bündnis von ZANU und ZAPU als *Patriotic Front* (PF) gelang, kam es schließlich 1979 zu einer Allparteienkonferenz in London, die mit der Unterzeichnung des Lancaster-House-Abkommens den Weg in die Unabh. eröffnete. Das Abkommen umfasste Vorgaben für das pol. System (*Westminster-Modell, nach Rassen getrennte Wahlen, 20 für Weiße reservierte Unter-

haussitze) und Schutzgarantien für die weiße Minderheit (Pensionsanspruch für Exilanten, Unantastbarkeit der Bürgerrechte, keine Zwangsverstaatlichungen von Land). Im Febr. 1980 wurden die ersten freien Parl.-Wahlen in Z. durchgeführt, bei denen die ZANU unter R. Mugabe die abs. Mehrheit erlangte (ZANU: 57, ZAPU: 20, UANC: 3 von 80 Sitzen). In der getrennten Wahl der Weißen fielen alle 20 Sitze der Partei von Ian Smith zu, die sich nun *Republican Front* nannte.
5. Im Ggs. zu anderen Befreiungsbewegungen eröffnete die Reg. Mugabe keine neue Front der soz. Umgestaltung, vielmehr verfolgte sie eine Pol. der Versöhnung und hielt sich strikt an die im Lancaster-House-Abkommen vereinbarte Verfassung, die in einigen Punkten 7 J. (Sonderwahlrecht der Weißen), in anderen 10 J. lang (Landbesitzfrage) nur einstimmig vom Parl. geändert werden konnte. Als Folge der Versöhnungspol. konnte die Reg. mit Erfolg ihre pol. Macht konsolidieren, die drei existierenden Armeen rel. schnell vereinigen und eine vergleichsweise hohe pol. Stabilität herstellen. Die wirtsch. E.-Strategie der Reg. Mugabe zum Umbau des rhod. Wirtschaftsgebildes (unantastbarer Großgrundbesitz, hohe wirtsch. Verflechtung und ökon. Außenabh. vom größten Handelspartner Südafrika) fasste sie im Motto *growth with equity* (faires Wachstum) zusammen. In den ersten beiden J. nach der Unabh. boomte die Wirtsch. mit einem Wachstum von 20 % dank des Wegfalls von Wirtsch.-Sanktionen, Rekordernten, der Einführung von Mindestlöhnen und einem sprunghaften Anstieg der Staatsausgaben, die den Massenkonsum ankurbelten. Insb. die Kleinbauern der *Communal Lands* konnten aufgrund der Ausweitung der staatl. Förderung hohe Produktionssteigerungen erzielen. In der Gesundheitspol. schaltete die Reg. Mugabe von einer die weiße Oberschicht begünstigenden kurativen Medizin auf die Versorgung der schwarzen Bev. und auf präventive Maßnahmen um; im Laufe der 1980er J. verdoppelte sich die Zahl der Gesundheitszentren, die Kindersterblichkeit sank von 86 auf 49 pro Tsd. Geburten. Die größten Anstrengungen unternahm Z. im Erziehungswesen: Die Zahl der Primarschüler wurde von 0,8 Mio. (1979) auf 2,2 Mio. (1990) erhöht und damit eine nahezu hundertprozentige Einschulung erreicht; 52 % der entsprechenden Jahrgänge besuchen die Sekundarschule und 6 % die Universität bzw. berufsbildende Ausbildungsstätten.
6. Die Zunahme von Arbeitsplätzen im formalen Sektor konnte allerdings mit der wachsenden Zahl von Schulabgängern nicht Schritt halten; die Arbeitslosigkeit (1997–2000: 50 %) wurde zu einem zentralen soz. Problem. Stark ausgeweitete Staatsaufgaben, hohe Inflationsraten und sinkende Weltmarktpreise führten zudem Mitte der 1980er J. zu einem rasch steigenden Haushaltsdefizit und einer Verschlechterung der Leistungsbilanz, welche die Reg. zunehmend durch Aufnahme von Krediten bei int. Geschäftsbanken ausglich. Seit 1991 unterwirft sich Z. einem von *IWF und *Weltbank verschriebenen *Strukturanpassungsprogramm, das den Spielraum staatl. Umverteilungsmaßnahmen nachhaltig beschränkt. Seit 1997 erlebt Z. eine ökon. und soziale Krise, die sich durch von der Reg. aus pol. Kalkül angefachte Unruhen um die notwendige Landreform noch verstärkt. Aufgrund von Farmbesetzungen ging der Tabakexport 2000 zurück und die Wirtsch. schrumpfte um 5 %. Das BIP pro Kopf ist von 1980: 710 US-$ auf 2000: 480 US-$ gesunken. Die Inflationsrate betrug 2000 60 %. Z.s (weltweit höchste) Aidsinfektionsrate (2000: 35 % der Frauen über 15 J.) verdüstert die soziale und wirtsch. Prognose.
7. Während der Konflikt zwischen den Rassen seit der Unabh. abgenommen hatte, bestimmte zunächst der ethn. Konflikt zwischen den Shona und Ndebele bis 1988 die Innenpol. Nach den Wahlen von 1985, bei denen die ZAPU nur noch 15 Abg. ins Parl. entsandte, fusionierten

die Parteien, zwischen denen es kaum programmatische Unterschiede gab, wobei die ZAPU in der ZANU – PF aufging. Der Zusammenschluss der pol. Klasse zu einer de facto Einheitspartei am Vorabend des 1990 auslaufenden Lancaster-House-Abkommens provozierte zunächst die Gründung eines Zimbabwe Unity Movement (ZUM), das in den ersten Wahlen unter einer neuen Verfassung (Präs. Reg.-System, Abschaffung der für Weiße reservierten Parl.-Sitze, 150 Parl.-Mitgl.; 120 davon direkt gewählt; 8 vom Präs. ernannt, 12 vom Präs. ernannte Gouverneure, 10 Ex-officio-Mitgl.: Chiefs) mit 17 % der Stimmen aufgrund der Barrieren des Mehrheitswahlsystems nur auf 1,7 % der Sitze kam. Die Unzufriedenheit der Bev. drückte sich in einem drastischen Rückgang der Wahlbeteiligung auf 54 % der registrierten Wähler aus, eine Tendenz, die sich anlässlich der Parl.-Wahlen 1995 sowie der Präs.-Wahlen von 1996 noch verstärkte, bei der, nach dem Rücktritt zweier Präs.-Kandidaten, die Wahlbeteiligung auf ein hist. Tief von 31 % gesunken war. Die Parl.-Wahlen 2000 und die Präs.-Wahlen 2002, bei denen ein neu gegründetes Movement for Democratic Change (MDC) unter Morgan Tsvangirai antrat, fanden unter zunehmend unfairen Bedingungen statt, die der ZANU – PF laut offiziellem Ergebnis bei 48 % der Stimmen nur aufgrund der 20 vom Präs. ernannten Parl.-Mitgl. eine Mehrheit verschafften; das MDC erreichte danach 47 % der Stimmen und damit 47 Sitze. Ihr Präs.-Kandidat Tsvangirai kam 2002 laut offiz. Ergebnis auf 41 % der Stimmen.

Lit.: K. J. Schmidt, Der Weg nach Zimbabwe, Hamburg 1990; J. Herbst, State politics in Zimbabwe, Harare 1990; J. N. Moyo, State politics and social domination in Zimbabwe, in: The Journal of Modern African Studies, 1992, Vol. 30, No. 2, S. 305 ff.; K. Melchers, Zimbabwe, in: HDW III, 5, 1995, S. 496 ff.; C. Sylvester, Wither Opposition in Zimbabwe?, in: The Journal of Modern African Studies, 1995, Vol. 28, No. 3, 375 ff., A. de Graft, Impact of AIDS on older people in Africa: Zimbabwe case study, WHO 2002; UNDP Regional Bureau for Africa, Zimbabwe: land reform and resettlement: assessment and suggested framework for the future, 2002. hf

Zinssubventionen Zuschüsse zu Kreditrückzahlungen an EL, insbes. jene, die nicht in der Lage sind, den *Schuldendienst hochverzinslicher Kredite zu tragen. Z. bedeuten praktisch eine Senkung der Zinssätze. dn

Zirkuläre Verursachung →*circulus vitiosus*; G. Myrdal entwickelte eine Theorie zirkulärer Verursachung mit kumulativen Wirkungen, nach der – entgegen der klassischen Theorie der *komparativen Kosten – der int. Handel tendenziell die reichen Länder immer reicher und die armen Länder immer ärmer werden lässt.

Lit.: G. Myrdal, Ökonomische Theorie und unterentwickelte Regionen, Stuttgart 1959. dn

Ziviler Friedensdienst (ZFD) Element der stärkeren friedenspol. Ausrichtung der EZ seit 1998. Der ZFD ist konzipiert als Einsatz von Friedensfachkräften in der pol.-gesellsch. Konfliktbearbeitung im Rahmen staatl. und nichtstaatl. *Entwicklungs- und Friedensdienste. Für den Friedensfachdienst in der EZ als Beitrag für den ZFD bietet dabei das Forum Ziviler Friedensdienst (forumZFD) im Rahmen seiner «Ausbildung in Ziviler Konfliktbearbeitung (ZKB)» die erste umfassende Qualifikation zur Friedensfachkraft. Ziel der ZFD-Ausbildung ist die Befähigung der Fachkraft, auf der Basisebene oder auf mittl. gesellsch. Ebene zur Bewältigung von Ursachen gewalttätiger Konflikte beizutragen. Die Friedensfachkräfte sollen durch Beratung, Vermittlung, Unterstützung und die Einleitung von langfristigen Verständigungs- und Versöhnungsprozessen zivilgesellsch. Strukturen stärken. Die viermonat., vom forumZFD und der AGDF (Aktionsgemeinschaft Dienst für den Frieden) konzipierte Ausbildung bereitet auf den Einsatz für konkrete Aufgaben mit Partnerorganisationen im Ausland vor, z. B. in Kroatien, Serbien, Bosnien-Herzegowina und in den EL. Adresse: Forum Ziviler Friedensdienst,

Wesselstraße 12, 53113 Bonn. Internet: www.forumzfd.de

Lit.: J. Freise/E. Fricke (Hg.), Die Wahrheit einer Absicht ist die Tat: Friedensfachkräfte für den Süden und den Norden, Idstein 1997; T. Evers (Hg.), Ziviler Friedensdienst: Fachleute für den Frieden, Opladen 2000. mr

Zivilgesellschaft 1. Seitdem die Idee der Z. ca. Mitte der 1970er J. wiederbelebt wurde, häufen sich die Versuche, diesen Begriff für Fragen der Demokratie bzw. *Demokratisierung fruchtbar zu machen. Was unter Z. deskriptiv und präskriptiv verstanden werden soll, darauf werden in der Literatur zahlreiche, z.T. gegensätzliche Antworten gegeben. Schon auf der terminologischen Ebene gehen die Meinungen über eine adäquate Übersetzung des englischen *civil society* auseinander: Die deutsche Sprache bietet neben Z. mehrere Benennungsmöglichkeiten (bürgerliche Gesellschaft, Bürgergesellschaft, zivile Gesellschaft), die jeweils unterschiedliche Bedeutungen tragen.
Die bestehende konzeptionelle Vielfalt ist nicht verwunderlich, wenn man bedenkt, dass die Wiederbelebung der Z. nicht nur in verschiedenen demokratietheoret. Lagern (Liberalismus, Kommunitarismus, Republikanismus, Kritischer Theorie) und sowohl auf der linken wie auf der rechten Seite des ideolog. Spektrums stattfand, sondern auch in unterschiedlichen zeitgeschichtlichen Kontexten: Unter den realsoz. Systemen Osteuropas bedeutete das Plädoyer für die Z. zunächst v.a. ein antiautoritäres Programm zur Errichtung unabh. Formen des sozialen Lebens frei von staatl. Bevormundung (etwa die *Solidarność*-Bewegung im Polen der frühen 1980er J.; György Konráds *Antipolitik*). Unter den *autoritären Regimen LAs diente des Konzept der Z. den Bemühungen um eine öfftl. Verurteilung der brutalen Menschenrechtsverletzungen und der harschen Unterdrückung gesellsch. und pol. Organisationen und – v.a. in den Cono-Sur-Ländern – um eine Aktivierung demokrat. Kräfte gegen die von den autoritären Regimen propagierte neoliberale Wirtschaftsordnung. Im Zuge der Demokratisierungsprozesse in Afrika wurde Z. zum neuen Hoffnungsträger stilisiert, gleichsam als Gegenentwurf zum Etatismus und zur UE der Region und als Nährboden des wirtsch., sozialen und pol. Fortschritts. Während sich die Intellektuellen in Osteuropa, LA und Afrika mit Z. weitgehend auf Geschichte, Theorie und Praxis der westl. liberalen, pluralistischen Demokratien im Sinne eines Modells beriefen, strebten die meisten Wiederbelebungsversuche der Z. im Westen danach, auf Defizite der inzwischen offensichtlich in Nöte geratenen liberalen wohlfahrtsstaatl. Demokratien aufmerksam zu machen und die Demokratieproblematik in den westl. Ländern über das pluralistische Demokratiekonzept hinaus kritisch zu thematisieren.
Auf e.-pol. Ebene drückte sich die facettenreiche Aufwertung des Z.-Begriffs in den 1980er und 1990er J. in den EL u.a. darin aus, dass zum einen Fragen der Menschen- und Beteiligungsrechte eine beispiellose Relevanz erlangten. Inzwischen gehört die Stärkung z. Gruppierungen (soziale Bewegungen, *NGOs, etc.), die sich mit dem Schutz der *Menschenrechte und der Überwachung der demokrat. Institutionen befassen, zum Programm vieler nat. und int. Org. und Stiftungen. Zum anderen wurde Z. in Verbindung mit der Umorientierung der sozioökon. *Entwicklung gesetzt: Im Zeichen neoliberaler Programme (*IWF; *Weltbank) werden z. Gruppierungen insbesondere sozialpol. Funktionen in der *Strukturanpassung zugewiesen; nach den neueren Vorstellungen der *CEPAL stellt Z. v.a. den Rahmen für die Bildung eines neuen e.-pol. Konsenses dar.
2. Der Begriff Z. ist eine komplexe und umstrittene Kategorie der neuzeitlichen pol. Theorie, die im Zuge antiabsolutistischer Bestrebungen gegen Ende des 18. Jh.s entstand. In Anlehnung an Ch. Taylor lassen sich zwei grundlegende

Denkströmungen unterscheiden: (1) In der liberalen Tradition, die sich mit J. Locke verbinden lässt, stand Z. für eine autonome, frei von pol.-staatl. Regulierungen zu haltende öfftl. Sphäre zum Schutz der Individuen und ihrer (v. a. ökon.) Interaktionen. Durch eine Vertiefung dieser Idee (Th. Paine) wurde der Z. eine vor-pol. Existenz und Eigengesetzlichkeit und somit auch das Recht zugesprochen, pol. Autorität zu errichten, zu begrenzen und eventuell zu stürzen; (2) Für einen anderen Strang, der in Ch. Montesquieu seinen Urheber hat, war nicht so sehr die Trennung zwischen Z. und Staat wichtig, sondern vielmehr die Frage, wie die Z. in den Staat integriert ist und somit eine separate, jedoch nicht autarke Sphäre (G. W. F. Hegel) bilden kann. Die Existenz unabh., intermediärer – im Recht verankerter – Körperschaften und freiwilliger ‹Assoziationen› (A. Tocqueville) wurde als Voraussetzung einer effektiven Begrenzung des Reg.-Handelns und als Garantie gegen den Despotismus betrachtet. Im 20. Jh. erfuhr der Begriff der Z. eine Modifikation v. a. durch A. Gramsci. Im Kontext des Faschismus versuchte er, mit dem Konzept einen Strukturzusammenhang zu erfassen, der zwar weder mit dem ökon. System kapitalistischer Produktionsverhältnisse noch dem Staat identisch sei, aber die Bedingungen für den ‹organischen› Zusammenhalt beider bilde. Erst die Differenzierung der Z. von Staat und Ökon. ermögliche es, die Frage nach der Entstehung von Konsens (im Ggs. zum staatl. Zwang) durch kulturelle und gesellsch. Hegemonie (im Ggs. zu Herrschaft) als eine unabh. und entscheidende Vorbedingung der Reproduktion und Überwindung der kapitalistischen Ordnung zu beantworten. Mit dieser Auffassung stellte Gramsci die Weichen für die neueren – z.T. freilich gegensätzlichen – Interpretationen.

3. Um die bestehenden konzeptionellen Unterschiede in der int. Z.-Diskussion der 1980er und 1990er J. aufzuzeigen, können grob drei gängige Konzepte der Z. unterschieden werden: (1) Einem *neokonservativen Verständnis* zufolge lässt sich Z. am besten mit dem Wert der individuellen Freiheit, wie er in einer auf freiem Wettbewerb beruhenden Marktordnung paradigmatisch verwirklicht ist, identifizieren. Z. bezeichnet die friedlichen, spontanen und sich selbst regulierenden Interaktionen zwischen freien Individuen bzw. Gruppen (Unternehmen, Medien, Vereinen etc.), denen eine quasi automatisch wirksame wohlfahrtssteigernde Funktion zugewiesen wird. Eine starke Z. kann demnach nur unter den Bedingungen von Marktwirtsch., pol. Dezentralisierung und rechtl. (bzw. verfassungsmäßigen) Schranken gegenüber Interventionsbestrebungen demokratischer Reg. in Wirtsch. und Gesellschaft existieren; (2) Nach einem *deliberativen Konzept* lässt sich Z. nicht mit jenen strategischen und instrumentellen Wertemustern identifizieren, an welchen sich die menschlichen Bez. im pol.-staatl. (Parteien, Parl., Bürokratien etc.) und ökon. Bereich (Unternehmen) orientieren. Z. basiert im Gegenteil auf der Existenz einer unversehrten Sphäre der individuellen Selbste und moralischen Wahl und auf einer freiheitlichen pol. Kultur. Sie schließt alle freiwilligen, an demokrat. Prinzipien ausgerichteten Formen bewusster Assoziation, Selbstorg. und Kommunikation der intimen Sphäre (Familien), der gesellsch. Sphäre (freiwilligen Assoziationen, sozialen Bewegungen) und der kulturell-öfftl. Sphäre ein. Abgesehen von Krisensituationen übt sie i. d. R. eine nur eingeschränkte und diffuse pol. Einflussnahme durch die repräsentativen Institutionen. Eine Stärkung der Z. muss v. a. auf die Erlangung von gesellsch. Autonomie und Selbstbestimmung in Abgrenzung zu Pol., Staat und Wirtsch. abzielen sowie auf eine Erweiterung und Vertiefung demokrat. Institutionen; (3) Einem *kommunitaristischen Grundgedanken* zufolge brachte die Moderne mit zunehmender funktionaler Differenzierung, Individualisierung und Säkularisierung ein Fehlen von

Gemein(schafts)sinn und somit eine ernste Gefährdung für die Demokratie. Um diesem normativen Defizit entgegenzutreten, müsse die Z., die kein Sammelsurium privater Enklaven, sondern ein Muster öfftl., aber nicht pol. strukturierten Lebens darstellt, gestärkt werden. Z. habe v. a. eine Vermittlungsfunktion zwischen Privatsphäre und Staat, die Legitimation für den Staat und Orientierung für die Individuen schaffen kann.

4. Insg. setzen die oben dargestellten Z.-Konzeptionen der neueren Z.-Diskussion die Existenz eines demokrat., pluralistischen Rechtsstaates voraus. Angesichts dieses Tatbestandes wurde vor kurzem bemerkt, dass *bis dato* kaum eine wechselseitige Befruchtung der Z.- und Demokratisierungsforschung stattfand; es bestehe nach wie vor ein theoret. und empirischer Forschungsbedarf u. a. hinsichtlich der Frage, wie eine Z. unter autoritären Bedingungen gedeihen kann, unter welchen Umständen eine Z. die Einführung eines demokrat. Systems fördern bzw. behindern kann und wie unterschiedliche Kontexte und E.-Phasen der Demokratie auf die Z. wirken können (H.-J. Lauth / W. Merkel). Z. in die Demokratisierungsforschung zu integrieren setzt freilich eine Auseinandersetzung mit möglichen Problemen voraus; einige seien hier kurz angesprochen: (1) Z. ist zugleich ein normatives und ein empirisches Konzept. Beide Dimensionen müssen analytisch getrennt werden. In der Demokratisierungsforschung wurden sie bislang jedoch vermischt. Es überwog die präskriptive Komponente. Darin besteht die Gefahr, dass Z. als normative Überzeugung zur Delegitimierung der Demokratie als empirischer Staatsform führt: Die ‹Utopie einer selbstregulierten Z.› als Maßstab zur Beurteilung der bestehenden Gesellschaftsordnung zu nehmen (N. Lechner), führt notwendigerweise zu einem fatalistischen, ‹defektologischen› Urteil der ‹real existierenden Demokratien› in den EL. Anstatt die Z.-Diskussion in der Demokratisierungsforschung auf ein Wertproblem zu reduzieren, sollten die konkreten Anforderungen, die gesellsch. und kulturelle Gegebenheiten an die demokrat. Institutionen des pol. Systems stellen, empirisch-vergleichend ermittelt werden; (2) Der Demokratie-Vergleich zw. IL und EL zeigt, dass die wesentlichen Unterschiede in den gesellsch., wirtsch. und pol.-kulturellen Bedingungen liegen, auf denen die demokrat. Institutionen funktionieren (D. Nohlen). Zentrales Problem ist also in den EL die Koinzidenz von Demokratie und nicht-konformen soziokulturellen und wirtsch. Bedingungen, zumal Gesellsch. und Geschichte die Pol. tief greifend bedingen (D. Nohlen; R. Putnam). Paradoxerweise schien die ‹kontextvermischende› Übertragung Z. als (normativer) Ansatz der Demokratisierung in den EL den Zusammenhang von pol.-kulturellen Traditionen und gesellsch. Bedingungen einerseits und pol. Praxis und Funktionsweise der Institutionen andererseits nicht selten zu übertünchen; (3) Z. wird in der Demokratisierungsforschung allzu oft als Alternative zu den *politischen Parteien angesehen; vielversprechender scheint dennoch eine Perspektive, welche die Komplementarität zwischen z. Gruppierungen und Parteien hervorhebt. Dies bedeutet nicht die Förderung einer Korrespondenz zwischen sozialen Bewegungen und pol. Parteien (Touraine), welche der notwendigen Autonomie des pol. Systems gegenüber der Gesellschaft nicht gerecht wird, sondern verlangt nach Untersuchungen der rechtl. und institutionellen Bedingungen, die ein demokratieförderliches Verhältnis zwischen den beiden nähren können.

Lit.: J. Keane, Civil Society and the State: New European Perspectives, London 1988; N. Bobbio, Gramsci and the Concept of Civil Society, in: J. Keane (Hg.), Civil Society and the State. New European Perspectives, London 1988; J. Cohen / A. Arato, Civil Society and Political Theory, Cambridge u. a. 1992; J. Habermas, Zur Rolle von Zivilgesellschaft und politischer Öffentlichkeit, in: ders., Faktizität und Geltung, Frankfurt a. M. 1992, S. 399–467; R. Putnam, Making Democracy Work: Civic Traditions in modern Italy, New Jersey 1993; Ch. Taylor, Der Begriff der ‹bürgerlichen Gesellschaft› im politischen Denken des Westens, in: M. Brumlik/H. Brunkhorst (Hg.), Gemeinschaft und Gerechtigkeit, Frankfurt 1993, S. 117–147; E. Hillebrand, Zivilgesellschaft und Demokratie in Afrika, in: IPG 1 (1994), 57–71; A. Touraine, Qu'est-ce que la démocratie?, Paris 1994; P. Berger, Demokratie und geistige Orientierung – Sinnvermittlung in der Zivilgesellschaft, in: W. Weidenfeld (Hg.), Demokratie am Wendepunkt, Berlin 1996, S. 450–464; N. Lechner, Thesen über Parteien und Zivilgesellschaft in Lateinamerika, Diskussionspapier FES, Bonn 1996; M. Walzer, Was heißt zivile Gesellschaft?, in: ders., Zivile Gesellschaft und amerikanische Demokratie, Frankfurt a.M. 1996, 64–97; H.-J. Lauth/W. Merkel, Zivilgesellschaft und Transformation. Ein Diskussionsbeitrag in revisionistischer Absicht, in: Forschungsjournal NSB, 10 (1997), 1, 12–34; D. Nohlen, Demokratie, in: ders./P. Waldmann/K. Ziemer (Hg.): Die südlichen und östlichen Länder, Lexikon der Politik, Bd. 4, München 1997, S. 118–126; E. Hillebrand/P. Birle, Zivilgesellschaft, in: ebd., S. 643–650. ml

Zollverhandlungen →GATT

ZOPP Die Zielorientierte Projektplanung (ZOPP) ist eine von der *GTZ entwickelte partizipative Methode zur Planung und Analyse von Projekten, die in verschiedenen Stadien des Projektzyklus angewandt wird. Dabei werden mit den Betroffenen schrittweise Ausgangssituation, Ziele und Projektkonzept gemeinsam erarbeitet. Workshops, Moderation, Teamarbeit, Visualisierung und Dokumentation der Ergebnisse sind die charakteristischen Formen der Methode. In der Vergangenheit wurde ZOPP oftmals starr und ritualisiert angewandt. Die Klärung von Rollen und Verantwortlichkeiten der verschiedenen Beteiligten wurde oftmals vernachlässigt. Heute wird erkannt, dass ZOPP nur dann die Qualität von Vorhaben verbessert, wenn sie in einem Prozessverständnis von Planung und flexibel gehandhabt wird. →Partizipation as

ZÖV →DSE

Zuschusselement Messgröße für den Grad der Vergünstigung (*grant element*) eines Darlehens oder Kredits, dessen finanz. Bedingungen (Zinssatz, Laufzeit, d.h. die Zeit bis zur ersten Kapitalrückzahlung) von den marktüblichen Bedingungen (angenommen wird eine Verzinsung von 10 %) abweichen. Ein reiner Zuschuss (*grant*) hat ein 100 %iges Zuschusselement, bei Marktbedingungen ist es gleich null. Ein vergünstigtes Darlehen bewegt sich zwischen diesen beiden Grenzen, wobei mit dem Zuschusselement die Differenz zu den Marktbedingungen in Prozent angegeben wird. *IDA-Konditionen (0,75 % Zinsen/50 J. Laufzeit/10 Freijahre) haben beispielsweise ein *grant element* von 83,4 %.
Lit: H. Sautter, Zuschusselemente in der EZ, in: E + Z 1994, 216f. dn

20:20-Initiative →Weltsozialgipfel

Anhang

Zeitschriften, Materialien, Periodika

Nachfolgend sind wichtige, in der Bundesrepublik Deutschland, Österreich und der Schweiz zum Themenfeld Entwicklungspolitik / Dritte Welt publizierte Zeitschriften, wiss. Fachzeitschriften, periodisch publizierte Materialien, Magazine, Informationsdienste und andere Periodika mit *Titel,* Herausgeber, Träger oder Verlag sowie für die nicht als Stichwort im Lexikon enthaltenen Herausgeber mit Adresse aufgelistet.

Bundesrepublik:
Adult Education and Development →DVV;
Afrika-Jahrbuch, Politik, Wirtschaft und Gesellschaft in Afrika südlich der Sahara. Institut für Afrika-Kunde →DÜI;
Afrika, Afrika-Verlag, Deutschherrenstr. 39, 53177 Bonn;
Afrika-Post, Deutsche Afrika Stiftung e. V., Bonner Talweg 225, 53129 Bonn;
Afrika-Spectrum, Institut für Afrika-Kunde →DÜI;
ai-Journal →amnesty international;
Aktueller Informationsdienst Afrika →Dokumentations-Leitstelle Afrika, AFDOK;
Aktueller Informationsdienst Asien und Südpazifik →Dokumentations-Leitstelle Asien, ASDOK;
Aktueller Informationsdienst Lateinamerika, Iberoamerika-Institut →DÜI;
Aktueller Informationsdienst Moderner Orient →Dokumentations-Leitstelle Moderner Orient, ORDOK;
Akzente →GTZ;
Alternativ handeln →GEPA;
amnesty international Jahresberichte →amnesty international;
Analysen aus der Abteilung Entwicklungsländerforschung →FES;
Archiv der Gegenwart, Siegler Verlag, Einsteinstr. 10, 53757 Sankt Augustin;
Asien, Deutsche Gesellschaft für Asienkunde, Rothenbaumchaussee 32, 20148 Hamburg;
Aus Politik und Zeitgeschichte, Beilage zur Wochenzeitung «Das Parlament», Bonn;
Austausch, Informationsdienst →Ifa;
Auszeit, Informationen, Nachrichten, Berichte, Dokumentationen zum Ausländerstudium →WUS;
*Blätter des iz3*w →Informationszentrum Dritte Welt;
BMZ-Materialien →BMZ / Referat Informationen und Öffentlichkeitsarbeit;
BMZ-Aktuell der Presse →BMZ / Pressereferat;
Bolivien-In, Bund der Deutschen Katholischen Jugend, Weberbach 70, 54290 Trier;
BRD und Dritte Welt, Magazin Verlag, Schweffelstr. 6, 24118 Kiel;
Bücher zu Lateinamerika, Der andere Buchladen GmbH, Zülpicher Str. 197, 50937 Köln;
Care-Report →CARE;
Carl-Duisberg-Forum →CDG;
China aktuell, Institut für Asienkunde →DÜI;
China heute, China-Zentrum e. V., Arnold-Janssen-Str. 22, 53754 St. Augustin;
Contacts →AGEH;
Damid, Ausländerpolitik und Entwicklungshilfe, Verein publicata, Talstr. 3–6, 13189 Berlin;

das neue China, Gesellschaft für deutsch-chinesische Freundschaft, Eschenheimer Anlage 28, 60318 Frankfurt;

DED-Brief →DED;

Der Tropenlandwirt, Zeitschrift für die Landwirtschaft in den Tropen und Subtropen, Deutsches Institut für tropische und subtropische Landwirtschaft GmbH, Fachbereich Int. Agrarwirtschaft der Gesamthochschule Kassel, Verband der Tropenlandwirte, Steinstr. 19, 37213 Witzenhausen;

der überblick →AG KED;

DESWOS-Brief →DESWOS;

Die Weltwirtschaft, Institut für Weltwirtschaft, Düsternbrooker Weg 120, 24105 Kiel;

Dritte Welt-Report, Presseplan (Dt. Zeitungsdienst), Reuterstr. 161, 53113 Bonn;

die Zeitung →terre des hommes;

Dritte Welt in der Grundschule, Arbeitskreis Grundschule e. V., c/o Prof. Dr. R. Schmitt, Universität Bremen, FB 12, Postfach 33 04 40, 28334 Bremen;

Echo aus Deutschland, Zeitschrift für ausländische Führungskräfte →CDG;

Eine-Welt-Presse, Themenzeitung zum Nord-Süd-Verhältnis →DGVN;

El Puente informiert, El Puente, Bischofskamp 24a, 31137 Hildesheim;

Entwicklungspolitische Korrespondenz, Gesellschaft für entwicklungspolitische Bildungsarbeit e. V., c/o Werkstatt 3, Nernstweg 32–34, 22765 Hamburg;

Entwicklung und Ländlicher Raum, Deutsche Landwirtschafts-Gesellschaft in Zusammenarbeit mit DSE und GTZ, Eschborner Landstr. 122, 60489 Frankfurt;

epd-Entwicklungspolitik, epd-Dritte-Welt-Informationen →epd;

epi-Entwicklungspolitische Informationen →epi;

E + Z, Entwicklung und Zusammenarbeit →DSE;

explizit, Materialien für Unterricht und Bildungsarbeit, Horlemann-Verlag, Lohfelder Str. 14, 53604 Bad Honnef;

Finanzierung und Entwicklung, IWF/Weltbank →HWWA;

Flüchtlinge →UNHCR;

Food First →FIAN;

Forschungen zu Lateinamerika, hg. von P. Waldmann, A. Boeckh, E. Garzón Valdés, G. Kohlhepp, D. Nohlen, H.-W. Tobler, Saarbrücken, Verlag Breitenbach, Memeler Str. 50, 66121 Saarbrücken;

FORUM entwicklungspolitischer Aktionsgruppen →BUKO;

gate →GATE;

Germanwatch Report →German Watch e. V.;

Handbuch für Internationale Zusammenarbeit HIZ, Vereinigung für Internationale Zusammenarbeit, Ahrstr. 45, 53175 Bonn;

Heidelberger Dritte Welt Studien – eine interdisziplinäre Reihe, hg. von D. Nohlen, B. Knall, V. Lenhart, W. Mikus, Heidelberger Verlagsanstalt, Hugo-Stotz-Str. 14, 69123 Heidelberg;

Ibero-Amerikanisches Archiv, Zeitschrift für Sozialwissenschaften und Geschichte, hg. vom Iberoamerikanischen Institut und W. L. Bernecker, R. Liehr, H. J. Nickel, D. Nohlen, R. Rott, G. Vollmer, P. Waldmann, Vervuert-Verlag, Wielandstr. 40, 60318 Frankfurt;

IIK-Kurier, Informationen des Internationalen Instituts →KAS;

IKA, Zeitschrift für Kulturaustausch – Kulturkalender «Dritte Welt», Kulturaustausch International e. V., Nernstweg 32–34, 22765 Hamburg;

ila →ILA;

Information Dritte Welt →Informationszentrum Dritte Welt;

INAMO, Informationsprojekt Naher und Mittlerer Osten e. V., Bismarckstr. 8, 91054 Erlangen;

Informationsdienst Südliches Afrika →ISSA;
Interdependenz →SEF;
Intereconomics →HWWA;
Intermedica post →Intermedica;
Internationale Politik und Gesellschaft →FES;
Internationales Afrikaforum, Weltforum Verlag, Guntherstr. 23, 80639 München;
Internationales Asienforum, Weltforum Verlag, C. Jürgenmeyer, Arnold-Bergstraesser-Institut, Windausstr. 16, 79110 Freiburg;
IPS-Hintergrunddienst →IPS;
Israel + Palästina, Deutsch-Israelischer Arbeitskreis für Frieden im Nahen Osten e. V., Irmgardstr. 6, 40235 Düsseldorf;
Jahrbuch Dritte Welt →DÜI;
Journalisten-Handbuch Entwicklungspolitik →BMZ;
KAS Auslandsinformationen →KAS;
Länderkurzberichte, Statistisches Bundesamt, Gustav-Stresemann-Ring 11, 65189 Wiesbaden;
Lateinamerika. Analysen, Daten, Dokumentation, Institut für Iberoamerika-Kunde →DÜI;
Lateinamerika. Analysen und Berichte, Junius Verlag, Stresemannstr. 375, 22761 Hamburg;
Lateinamerika-Jahrbuch, Institut für Iberoamerika-Kunde →DÜI;
Lateinamerika-Nachrichten, Forschungs- und Dokumentationszentrum Chile/Lateinamerika FDCL, Gneisenaustr. 2, 10961 Berlin;
LHÜ-Info →Arbeitskreis Lernen und Helfen in Übersee;
Literatur-Nachrichten, Gesellschaft zur Förderung der Literatur aus Afrika, Asien und Lateinamerika, Reineckstr. 3, 60313 Frankfurt;
Marktinformationen/Wirtschaftsdaten →BfAI;
Materialien zum internationalen Kulturaustausch →IfA;
Medeor-Report →Deutsches Medikamenten-Hilfswerk;
MISEREOR-Aktuell →Misereor;
miteinander →DAHW;
Mitteilungen für Weltwirtschaftliche Zusammenarbeit →BfAI;
Mittelamerika-Magazin, Magazin-Verlag, Schweffelstr. 6, 24118 Kiel;
Nachrichten der Deutsch-Venezolanischen Gesellschaft, Deutsch-Venezolanische Gesellschaft, Parkstr. 4, 80339 München;
Nachrichten für Außenhandel (NfA) →BfAI;
Nahost-Jahrbuch, Politik, Wirtschaft und Gesellschaft in Nordafrika und dem Nahen und dem Mittleren Osten. Deutsches Orient-Institut →DÜI;
NOMMO, Zeitschrift für afrikanische Kultur und Gesellschaft, Arbeitskreis der Freunde Afrikan. Literatur e. V., Postfach 11 18, 37079 Göttingen-Elliehausen;
Nord-Süd aktuell, Vierteljahreszeitschrift für Nord-Süd- und Süd-Süd-Beziehungen →DÜI;
Nord-Süd Info-Dienst, Aktionskreis Nord-Süd, SPD-Parteivorstand →SPD;
Orient. Deutsches Orient-Institut →DÜI;
Palästina-Journal, Deutsch-Palästinensische Gesellschaft e. V., Karl-Marx-Str. 150, 12043 Berlin;
pogrom →Gesellschaft für bedrohte Völker;
Regenwald Report, Rettet den Regenwald e. V., Pöseldorfer Weg 17, 20148 Hamburg;
Samsolidam, Zeitschrift für Kinder →ASW;
Sahara-Info, Gesellschaft der Freunde des Sahrauischen Volkes e. V., Bamberger Str. 34, 28215 Bremen;

Querbrief →WFD;
Solidarische Welt, Berichte und Informationen aus der Dritten Welt →ASW;
Südostasien, Südostasienbüro, Kiefernstr. 45, 42283 Wuppertal;
Südostasien aktuell, Institut für Asienkunde und Dokumentations-Leitstelle Asien →DÜI;
terre des hommes →terre des hommes;
Tourism Watch →Tourism Watch;
Transfer, Informationen zur beruflichen Wiedereingliederung nach dem Entwicklungsdienst, Carl Duisburg Centren, Förderungswerk, Hansaring 49–51, 50670 Köln;
Trialogue, Information Service for East-West-South relations, Entwicklungspolitische Gesellschaft e. V. – Institut für Entwicklungsforschung und Kommunikation, Treskowallee 8, 10313 Berlin;
UNICEF-Nachrichten →UNICEF;
Unsere Kinder →CCF;
Vereinte Nationen →DGVN;
Verfassung und Recht in Übersee VRÜ, Hamburger Gesellschaft für Völkerrecht und Auswärtige Politik, Rothenbaumchaussee 21–23, 20148 Hamburg;
Vierte Welt →Gesellschaft für bedrohte Völker;
Vierteljahresberichte – Probleme der internationalen Zusammenarbeit →FES;
Völker im Aufbruch →DAHW;
Volkshochschulen und der Themenbereich Afrika, Asien und Lateinamerika, Materialien →DVV;
Welternährung →DWHH;
Weltwirtschaftliches Archiv, Review of World Economics, Institut für Weltwirtschaft, Düsternbrooker Weg 120, 24105 Kiel;
Wuqûf, Beiträge zur Entwicklung von Staat und Gesellschaft in Nordafrika, Edition Wuqûf, Postfach 13 06 62, 20106 Hamburg;
Zeitschrift für internationale Beziehungen →Sektion Internationale Politik der Deutschen Vereinigung für Politische Wissenschaft; Nomos Verlagsgesellschaft, Postfach 610, 76484 Baden-Baden;
Zeitschrift für Kulturaustausch →IfA;
Zeitschrift für Entwicklungspädagogik (ZEP), Gesellschaft zur Förderung der Entwicklungspädagogik, Pappelallee 19, 21251 Dassendorf.

Österreich:
Entwicklungspolitische Nachrichten EPN →ÖIE;
Frauensolidarität, Entwicklungspolitische Aktivitäten für die Frauen in der Dritten Welt, Kleeblattgasse 4, 1010 Wien;
Informationsbulletin, Anti-Apartheid-Bewegung in Österreich AABÖ, Postfach 146, 1061 Wien;
Lateinamerika anders, Informationsgruppe Lateinamerika IGLA, Münzwardeingasse 2, 1061 Wien;
Lateinamerika-Informationen, Österreichisches Lateinamerika-Institut ÖLAI, Schmelingplatz 8, 1010 Wien;
ÖED-Rundbrief, Österreichischer Entwicklungsdienst, Türkenstr. 3, 1070 Wien;
Österreichische Entwicklungspolitik, Berichte, Analysen, Informationen. Österreichische Forschungsstiftung für Entwicklungshilfe ÖFSE, Türkenstr. 3, 1090 Wien;
Pfeffer, Zeitung der Dritte-Welt-Läden, Steirische Entwicklungspolitische Initiative SEPI, Graz;
Reihe Entwicklungspolitik, Bundesministerium für Auswärtige Angelegenheiten, Sektion VII – Entwicklungshilfe, Ballhausplatz 3, 1010 Wien;

Vereinte Nationen und Österreich, Zeitschrift der Österreichischen Liga für die Vereinten Nationen, Josefplatz 6, 1010 Wien;
Zeitschrift für Afrikastudien, gefördert vom Bundesministerium für Wissenschaft und Forschung, Wien, ZAST, Haydngasse 14/8, A-1060 Wien;
Zeitschrift für Lateinamerika, Österreichisches Lateinamerika-Institut ÖLAI, Schmelingplatz 8, 1010 Wien;
Zum Thema, Zeitschrift des Instituts für Internationale Zusammenarbeit IIZ, Türkenstr. 3, 1090 Wien.

Schweiz:
Afrika-Bulletin, Afrika-Komitee, Postfach 1072, 4001 Basel;
agib-Rundbrief, agib, c/o Friedensdienst CFD, Leonhardstr. 19, 8001 Zürich;
Anti-Apartheid-Nachrichten, Anti-Apartheid-Bewegung AAB, Dubsstr. 33, 8001 Zürich;
Correos de Centroamérica, Zentralamerikasekretariat, Basler Str. 106, 8048 Zürich;
Dritte Wält Lade, Rundbrief der Vereinigung Dritte-Welt-Läden, Postfach 3239, 8023 Zürich;
E + D Entwicklung Développement, Direktion für Entwicklungszusammenarbeit und humanitäre Hilfe DEH des eidgen. Departments für auswärtige Angelegenheiten, 3003 Bern;
EvB-Rundbrief, Erklärung von Bern, Quellenstr. 25, 8005 Zürich;
I3W-Dossiers und Presserohstoffe zu Entwicklungsfragen, Informationsdienst 3. Welt, Monbijoustr. 31, 3001 Bern;
Jahrbuch Schweiz – Dritte Welt, Institut Universitaire d'Études du Développement, 24, rue Rothschild, 1211 Genf 21.

Neuerscheinungen und Aufnahmewünsche bitte mit Probeexemplar an: Redaktion LEXIKON DRITTE WELT, Institut für Politische Wissenschaft, Universität Heidelberg, Marstallstr. 6, 69117 Heidelberg. red

Tabelle 1: Dritte Welt nach Ländergruppen (Stand: 2002)

Länder	UN-Beitritt	Gruppe der 77	Block-frei	LLDC	Weltbank-Gruppen	OPEC	AKP	WTO
Afghanistan	1946	×	×	×	LIC			
Ägypten	1945	×	×		LMIC			×
Algerien	1962	×	×		LMIC	×		
Angola	1976	×	×	×	LIC		×	×
Antigua u. Barbuda	1981	×			UMIC		×	×
Äquatorial-Guinea	1968	×	×	×	LMIC		×	
Argentinien	1945	×			UMIC			×
Äthiopien	1945	×	×	×	LIC		×	
Bahamas	1973	×	×		HIC		×	
Bahrain	1971	×	×		UMIC			×
Bangladesh	1974	×	×	×	LIC			×
Barbados	1966	×	×		HIC		×	×
Belize	1981	×	×		LMIC		×	×
Benin	1960	×	×	×	LIC		×	×
Bhutan	1971	×	×	×	LIC			
Birma (Myanmar)	1948	×	×	×	LIC			×
Bolivien	1945	×	×		LMIC			×
Botswana	1966	×	×		UMIC		×	×
Brasilien	1945	×			UMIC			×
Brunei Darussalam	1984	×	×		HIC			×
Burkina Faso	1960	×	×	×	LIC		×	×
Burundi	1962	×	×	×	LIC		×	×
Chile	1945	×	×		UMIC			×
China VR	1945	×			LMIC			×

Länder	UN-Beitritt	Gruppe der 77	Block-frei	LLDC	Weltbank-Gruppen	OPEC	AKP	WTO
Costa Rica	1945	×			UMIC			×
Djibouti	1977	×	×	×	LMIC		×	×
Dominica	1978	×	×		UMIC		×	×
Dominik. Republik	1945	×	×		LMIC		×	×
Ecuador	1945	×	×		LMIC			×
Elfenbeinküste	1960	×	×		LIC		×	×
El Salvador	1945	×			LMIC			×
Fidschi	1970	×			LMIC		×	×
Gabun	1960	×	×		UMIC		×	×
Gambia	1965	×	×	×	LIC		×	×
Ghana	1957	×	×		LIC		×	×
Grenada	1974	×	×		UMIC		×	×
Guatemala	1945	×	×		LMIC			×
Guinea	1958	×	×	×	LIC		×	×
Guinea-Bissau	1974	×	×	×	LIC		×	×
Guyana	1966	×	×		LIC		×	×
Haiti	1945	×		×	LIC		×	×
Honduras	1945	×	×		LMIC		×	×
Indien	1945	×	×		LIC			×
Indonesien	1950	×	×		LIC	×		×
Irak	1945	×	×		LMIC	×		
Iran	1945	×	×		LMIC	×		
Jamaica	1962	×	×		LMIC		×	×
Jemen	1947	×	×	×	LIC			

Länder	UN-Beitritt	Gruppe der 77	Block-frei	LLDC	Weltbank-Gruppen	OPEC	AKP	WTO
Jordanien	1955	×	×		LMIC			×
Kambodscha	1955	×	×	×	LIC			
Kamerun	1960	×	×		LIC		×	×
Kapverdische Inseln	1975	×	×	×	LMIC		×	
Katar	1971	×	×		HIC	×		×
Kenya	1963	×	×		LIC		×	×
Kiribati	1999			×	LMIC		×	
Kolumbien	1945	×	×		LMIC			×
Komoren	1975	×	×	×	LIC		×	
Kongo, Republik	1960	×	×		LIC		×	×
Kongo (Ex-Zaire)	1960	×	×	×	LIC		×	×
Korea-Nord	1991	×	×		LIC			
Korea-Süd	1991		×		UMIC			×
Kuba	1945	×	×		LMIC		×	×
Kuwait	1963	×	×		HIC	×		×
Laos	1955	×	×	×	LIC			
Lesotho	1966	×	×	×	LIC		×	×
Libanon	1945	×	×		UMIC			
Liberia	1945	×	×	×	LIC		×	
Libyen	1955	×	×		UMIC	×		
Madagaskar	1960	×	×	×	LIC		×	×
Malawi	1964	×	×	×	LIC		×	×
Malaysia	1957	×	×		UMIC			×
Malediven	1965	×	×	×	LMIC			×

Länder	UN-Beitritt	Gruppe der 77	Blockfrei	LLDC	Weltbank-Gruppen	OPEC	AKP	WTO
Mali	1960	×	×	×	LIC		×	×
Marokko	1956	×	×		LMIC			×
Mauretanien	1961	×	×	×	LIC		×	×
Mauritius	1968	×	×		UMIC		×	×
Mexiko	1945	×			UMIC			×
Mongolei	1961	×	×		LIC			×
Mozambique	1975	×	×	×	LIC		×	×
Namibia	1990	×	×		LMIC		×	×
Nauru	1999				–		×	
Nepal	1955	×	×	×	LIC			
Nicaragua	1945	×	×		LIC			×
Niger	1960	×	×	×	LIC		×	×
Nigeria	1960	×	×		LIC	×	×	×
Oman	1971	×	×		UMIC			×
Pakistan	1974	×	×		LIC			×
Panama	1945	×	×		UMIC			×
Papua-Neuguinea	1975	×	×		LMIC		×	×
Paraguay	1945	×			LMIC			×
Peru	1945	×	×		LMIC			×
Philippinen	1945	×	×		LMIC			×
Rwanda	1962	×	×	×	LIC		×	×
Salomonen	1978	×		×	LIC		×	×
Samoa	1976	×		×	UMIC		×	
São Tomé u. Príncipe	1975	×	×	×	LIC		×	

Länder	UN-Beitritt	Gruppe der 77	Block-frei	LLDC	Weltbank-Gruppen	OPEC	AKP	WTO
Saudi-Arabien	1945	×	×		UMIC	×		
Senegal	1960	×	×	×	LIC		×	×
Seychellen	1976	×	×		UMIC		×	
Sierra Leone	1961	×	×	×	LIC		×	×
Singapur	1965	×	×		HIC			×
Somalia	1960	×	×	×	LIC		×	
Sri Lanka	1955	×	×		LMIC			×
St. Christopher (St. Kitts) und Nevis	1983	×			UMIC		×	×
St. Lucia	1979	×	×		UMIC		×	×
St. Vincent u. Grenadinen	1980	×	×		LMIC		×	×
Sudan	1956	×	×	×	LIC		×	
Surinam	1975	×	×		LMIC		×	×
Swaziland	1968	×	×		LMIC		×	×
Syrien	1945	×	×		LMIC			
Taiwan	–				HIC			×
Tanzania	1961	×	×	×	LIC		×	×
Thailand	1946	×	×		LMIC			×
Togo	1960	×	×	×	LIC		×	×
Tonga	1999	×			LMIC		×	
Trinidad u. Tobago	1962	×	×		UMIC		×	×
Tschad	1960	×	×	×	LIC		×	×
Tunesien	1956	×	×		LMIC			×
Tuvalu	2000			×	–		×	

Länder	UN-Beitritt	Gruppe der 77	Block-frei	LLDC	Weltbank-Gruppen	OPEC	AKP	WTO
Uganda	1962	×	×	×	LIC		×	×
Uruguay	1945	×			UMIC			×
Vanuatu	1981	×	×	×	LMIC		×	
Venezuela	1945	×	×		UMIC	×		×
Ver. Arab. Emirate	1971	×	×		HIC	×		×
Vietnam	1977	×	×		LIC			
Zambia	1964	×	×	×	LIC			×
Zentralafrik. Rep.	1960	×	×	×	LIC		×	×
Zimbabwe	1980	×	×		LIC		×	×

Tabelle 2: Demographische Indikatoren

Land	Bevölkerungszahl 2001 und Projektion 2050 (in Mio. Ew.)		Durchschnittliche jährliche Wachstumsrate der Bevölkerung (in %)		Fertilitätsrate	Lebenserwartung bei der Geburt (in Jahren)	Bevölkerung im Alter von 60 Jahren und darüber (in %)
Jahr(e)	2001	2050	1980–89	1990–2000	2000	2000	2000
Afghanistan	22,50	72,30	–1,7	4,1	6,80	43,2	4,7
Ägypten	69,10	113,80	2,6	2,0	2,88	68,3	6,3
Algerien	30,80	51,20	3,1	1,9	2,79	70,3	6,0
Angola	13,50	53,30	2,5	3,2	7,20	45,8	4,5
Antigua und Barbuda	0,07 [a]	0,10	0,4	0,6	1,70	75,1	..
Äquatorial-Guinea	0,45 [a]	1,10	5,1	2,5	5,89	52,0	6,0
Argentinien	37,50	54,50	1,4	1,3	2,44	73,8	13,3
Armenien	3,80	3,20	1,4	0,8	1,10	73,4	13,2
Aruba	0,10 [a]	0,11	1,0	..	..	..	..
Aserbaidschan	8,10	8,90	1,5	1,2	1,51	72,2	10,5
Äthiopien	64,50	186,50	2,9	2,3	6,75	43,3	4,7
Bahamas	0,30 [a]	0,44	1,9	1,7	2,31	69,4	8,0
Bahrain	0,69 [a]	0,94	4,3	3,2	2,28	73,8	4,7
Bangladesh	140,40	265,40	2,8	1,6	3,56	60,7	4,9
Barbados	0,27 [a]	0,31	0,3	0,4	1,50	77,2	13,4
Belize	0,20	0,40	2,8	3,0	2,89	74,4	6,0
Benin	6,40	18,10	3,2	2,8	5,68	54,0	4,2
Bermuda	0,063 [a]	0,08	0,7	..	..	..	..
Bhutan	2,10	5,60	2,1	2,9	5,10	63,2	6,5
Bolivien	8,50	17,00	2,8	2,4	3,92	63,5	6,2
Botswana	1,60	2,10	3,4	2,3	3,94	36,1	4,5
Brasilien	172,60	247,20	2,2	1,4	2,15	68,3	7,8

Land	Bevölkerungszahl 2001 und Projektion 2050 (in Mio. Ew.)		Durchschnittliche jährliche Wachstumsrate der Bevölkerung (in %)		Fertilitätsrate	Lebenserwartung bei der Geburt (in Jahren)	Bevölkerung im Alter von 60 Jahren und darüber (in %)
Jahr(e)	2001	2050	1980–89	1990–2000	2000	2000	2000
Brunei Darussalam	0,33 [a]	0,51	3,3	2,4	2,53	76,3	5,1
Burkina Faso	11,90	46,30	2,6	2,4	6,80	48,1	4,8
Burundi	6,50	20,20	2,9	2,2	6,81	40,6	4,3
Chile	15,40	22,20	1,7	1,5	2,35	75,6	10,2
China VR	1261,10 [a]	1516,70	1,3	1,1	1,80	71,2	10,1
Costa Rica	4,10	7,20	2,3	2,0	2,67	76,6	7,5
Djibouti	0,660 [a]	1,50	3,5	2,4	5,77	40,6	5,5
Dominica	0,07 [a]	0,10	1,4	0,1	1,90	75,9	..
Dominikanische Republik	8,50	12,00	2,3	1,9	2,71	66,9	6,6
Ecuador	12,90	21,20	2,7	2,1	2,76	70,5	6,9
Elfenbeinküste	16,30	32,20	4,0	3,0	4,64	47,9	5,0
El Salvador	6,40	10,90	1,4	2,1	2,88	70,3	7,2
Eritrea	3,80	10,00	1,9	2,7	5,28	52,4	4,7
Fidschi	0,81 [a]	1,40	1,8	1,0	2,98	69,8	5,7
Französisch-Guayana	0,17 [a]	0,35	3,5	..	3,86	75,9	6,4
Französisch-Polynesien	0,23 [a]	0,40	2,2	1,7	2,47	73,1	6,8
Gabun	1,30	3,20	3,7	2,5	5,40	52,9	8,7
Gambia	1,30 [a]	2,60	3,3	3,3	4,79	47,1	5,2
Georgien	5,20	3,20	0,7	0,0	1,39	73,6	18,7
Ghana	19,70	40,10	3,4	2,6	4,22	57,2	5,1
Grenada	0,10 [a]	0,13	0,8	0,5	3,40	72,1	..
Guatemala	11,70	26,60	2,9	2,6	4,41	65,6	5,3

Land	Bevölkerungszahl 2001 und Projektion 2050 (in Mio. Ew.)		Durchschnittliche jährliche Wachstumsrate der Bevölkerung (in %)		Fertilitätsrate	Lebenserwartung bei der Geburt (in Jahren)	Bevölkerung im Alter von 60 Jahren und darüber (in %)
Jahr(e)	2001	2050	1980–89	1990–2000	2000	2000	2000
Guinea	8,30	20,70	2,5	2,5	5,83	48,5	4,4
Guinea-Bissau	1,20	3,30	1,9	2,2	5,99	45,4	5,6
Guyana	0,86 [a]	1,20	0,6	0,8	2,31	62,4	6,9
Haiti	8,30	14,00	1,8	2,1	3,98	53,3	5,6
Honduras	6,60	12,80	3,5	2,8	3,72	65,8	5,1
Hongkong, China	7,00	9,60	1,5	1,8	1,17	79,9	14,3
Indien	1025,10	1572,10	2,1	1,8	2,97	64,2	7,6
Indonesien	214,80	311,30	2,1	1,7	2,27	67,3	7,6
Irak	23,60	53,60	3,6	2,5	4,77	64,9	4,6
Iran	71,40	121,40	3,0	1,6	2,76	69,7	5,2
Jamaica	2,60	3,80	1,3	0,9	2,37	75,7	9,6
Jemen	19,10	102,40	3,4	3,9	7,60	61,9	3,6
Jordanien	5,10	11,70	3,7	4,3	4,31	71,0	4,5
Kambodscha	13,40	29,90	2,9	2,7	4,77	56,2	4,4
Kamerun	15,20	32,30	3,2	2,7	4,70	50,0	5,6
Kap Verde	0,44 [a]	0,86	2,5	2,6	3,24	70,5	6,5
Kasachstan	16,10	15,30	1,2	–0,9	1,95	65,0	11,2
Katar	0,59 [a]	0,86	7,5	1,9	3,34	70,3	3,1
Kenya	31,30	55,40	3,8	2,4	4,15	49,3	4,2
Kirgisistan	5,00	7,50	1,9	1,2	2,34	68,6	9,0
Kiribati	0,09 [a]	0,16	1,9	2,3	..	61,2	..
Kolumbien	42,80	70,90	2,1	1,9	2,62	71,9	6,9

Land	Bevölkerungszahl 2001 und Projektion 2050 (in Mio. Ew.)		Durchschnittliche jährliche Wachstumsrate der Bevölkerung (in %)		Fertilitätsrate	Lebenserwartung bei der Geburt (in Jahren)	Bevölkerung im Alter von 60 Jahren und darüber (in %)
Jahr(e)	2001	2050	1980–89	1990–2000	2000	2000	2000
Komoren	0,56 [a]	1,90	3,7	2,6	4,96	60,8	4,2
Kongo (Ex-Zaire)	52,50	203,50	3,1	3,2	6,70	51,6	5,1
Kongo, Republik	3,10	10,70	3,4	2,8	6,29	52,1	4,5
Korea-Nord	22,40	28,00	1,6	1,4	2,07	65,1	10,0
Korea-Süd	47,10	51,60	1,2	1,0	1,51	75,5	11,0
Kuba	11,20	10,80	0,9	0,6	1,55	76,4	13,7
Kuwait	2,00	4,00	4,3	−0,7	2,66	76,5	4,4
Laos	5,40	11,40	2,7	2,6	4,80	54,5	5,6
Lesotho	2,10	2,50	2,7	2,2	4,45	40,2	6,5
Libanon	3,60	5,00	−0,4	1,7	2,18	73,5	8,5
Liberia	3,10	14,40	3,1	2,5	6,80	55,6	4,5
Libyen	5,40	10,00	4,2	2,3	3,31	70,9	5,5
Macau	0,44 [a]	0,55	3,9	1,8	..	79,3	9,7
Madagaskar	16,40	47,00	2,8	2,9	5,68	53,6	4,7
Malawi	11,60	31,10	3,4	2,6	6,34	39,3	4,6
Malaysia	22,60	37,80	2,6	2,5	2,90	73,0	6,6
Malediven	0,28 [a]	0,83	3,4	2,6	5,37	67,6	5,3
Mali	11,70	41,70	2,5	2,5	7,00	52,1	5,7
Marokko	30,40	50,40	2,7	1,8	3,03	68,7	6,4
Mauretanien	2,70	8,50	2,6	2,8	6,00	52,5	4,7
Mauritius	1,20	1,40	1,0	1,2	1,90	72,0	9,0
Mexiko	100,40	146,70	2,2	1,6	2,49	73,0	6,9

Land	Bevölkerungszahl 2001 und Projektion 2050 (in Mio. Ew.)		Durchschnittliche jährliche Wachstumsrate der Bevölkerung (in %)		Fertilitätsrate	Lebenserwartung bei der Geburt (in Jahren)	Bevölkerung im Alter von 60 Jahren und darüber (in %)
Jahr(e)	2001	2050	1980–89	1990–2000	2000	2000	2000
Mikronesien	0,12 [a]	0,34	2,9	2,1	..	68,4	..
Mongolei	2,60	4,10	2,8	1,3	2,32	63,9	5,6
Mozambique	18,60	38,80	2,7	2,2	5,86	38,0	5,1
Myanmar (Birma)	48,40	68,50	2,1	1,2	2,80	56,2	6,8
Namibia	1,80	3,70	3,2	2,5	4,87	44,3	5,6
Nepal	23,60	52,40	2,6	2,4	4,48	59,8	5,9
Nicaragua	5,20	11,50	3,4	2,8	3,82	69,1	4,6
Niger	11,20	51,90	3,5	3,4	8,00	46,2	3,3
Nigeria	116,90	278,80	3,3	2,8	5,42	52,1	4,8
Oman	2,60	8,80	4,7	3,9	5,46	71,5	4,2
Pakistan	145,00	344,20	3,2	2,5	5,08	61,0	5,8
Palau	0,02 [a]	0,03	2,2	..	..	..	..
Panama	2,90	4,30	2,2	1,7	2,42	74,5	8,1
Papua-Neuguinea	4,90	11,00	2,4	2,2	4,32	57,7	4,1
Paraguay	5,60	12,60	3,2	2,6	3,84	70,7	5,3
Peru	26,10	42,10	2,2	1,7	2,64	69,5	7,2
Philippinen	77,10	128,40	2,4	2,2	3,24	70,0	5,5
Puerto Rico	4,00	4,80	0,4	1,0	1,90	75,6	14,3
Réunion	0,71 [a]	1,00	1,6	..	2,14	74,9	9,9
Rwanda	7,90	18,50	3,3	2,0	5,77	40,9	4,2
Salomonen	0,44 [a]	1,20	3,5	3,2	5,26	69,2	4,2
São Tomé und Príncipe	0,15 [a]	0,29	3,0	2,6	..	64,8	..

Land	Bevölkerungszahl 2001 und Projektion 2050 (in Mio. Ew.)		Durchschnittliche jährliche Wachstumsrate der Bevölkerung (in %)		Fertilitätsrate	Lebenserwartung bei der Geburt (in Jahren)	Bevölkerung im Alter von 60 Jahren und darüber (in %)
Jahr(e)	2001	2050	1980–89	1990–2000	2000	2000	2000
Saudi-Arabien	21,00	59,70	5,1	2,7	5,54	72,2	4,8
Senegal	9,70	22,70	3,0	2,6	5,11	54,3	4,2
Seychellen	0,08 [a]	0,11	0,9	1,5	..	71,7	..
Sierra Leone	4,60	14,40	2,4	2,3	6,50	40,5	4,8
Singapur	4,10	4,60	1,2	2,8	1,45	78,1	10,6
Somalia	9,20	40,90	3,0	2,2	7,25	48,9	3,9
Sri Lanka	19,10	23,10	1,5	1,3	2,09	72,6	9,3
St. Kitts und Nevis	0,04 [a]	0,06	–0,9	–0,2	2,30	71,2	..
St. Lucia	0,16 [a]	0,24	2,0	1,5	2,53	73,8	7,8
St. Vincent und Grenadinen	0,12 [a]	0,17	1,1	0,7	2,20	72,8	..
Südafrika	50,10	56,90	2,4	2,0	2,85	47,4	5,7
Sudan	31,80	63,50	3,0	2,1	4,47	57,0	5,5
Surinam	0,42 [a]	0,71	2,5	0,3	2,05	71,1	8,1
Swaziland	1,05 [a]	2,20	3,4	3,1	4,44	38,1	5,3
Syrien	16,60	36,30	3,6	2,8	3,65	71,8	4,7
Tadschikistan	6,10	9,80	2,9	1,8	2,87	68,0	6,8
Taiwan	22,26 [a]	..	..	..	1,70	74,9 [c]	..
Tanzania	36,00	82,70	3,5	2,8	5,03	44,6	..
Thailand	63,60	82,50	1,9	0,9	2,00	70,8	8,1
Togo	4,70	11,80	3,5	2,8	5,36	52,2	4,9
Tonga	0,10 [a]	0,13	1,7	0,4	..	71,3	..
Trinidad u. Tobago	1,30	1,40	3,1	0,7	1,53	74,8	9,6

Land	Bevölkerungszahl 2001 und Projektion 2050 (in Mio. Ew.)		Durchschnittliche jährliche Wachstumsrate der Bevölkerung (in %)		Fertilitätsrate	Lebenserwartung bei der Geburt (in Jahren)	Bevölkerung im Alter von 60 Jahren und darüber (in %)
Jahr(e)	2001	2050	1980–89	1990–2000	2000	2000	2000
Tschad	8,10	27,70	2,4	2,9	6,65	46,3	4,9
Tunesien	9,60	14,10	2,5	1,6	2,10	70,9	8,4
Turkmenistan	4,80	118,40	2,5	2,8	3,17	67,1	6,5
Uganda	24,00	101,50	3,2	3,0	7,10	46,0	3,8
Uruguay	3,40	4,20	0,6	0,7	2,30	75,0	17,2
Usbekistan	25,30	40,50	2,5	1,8	2,29	69,7	7,1
Vanuatu	0,20	0,50	2,9	3,0	4,26	68,8	5,0
Venezuela	24,60	42,20	2,8	2,1	2,72	73,3	6,6
Ver. Arabische Emirate	2,70	3,70	4,7	4,5	2,86	75,4	5,1
Vietnam	79,20	123,80	2,3	1,7	2,25	69,2	7,5
West-Samoa	0,17 [a]	0,32	0,3	0,6	4,24	70,0	6,8
Zambia	10,60	29,30	3,7	2,6	5,66	42,2	4,5
Zentralafrik. Republik	3,60 [a]	8,20	2,7	2,0	4,92	44,3	6,1
Zimbabwe	12,90	23,50	2,8	2,2	4,50	42,9	4,7
Afrika südlich der Sahara	658,56	1729,10	2,9	2,6	5,3	46,8 [b]	5,05
Lateinamerika u. Karibik	515,64	810,40	2,1	1,6	2,6	69,8 [b]	7,95
Ostasien und Pazifik	1852,63	1768,10	1,6	1,2	2,1	69,0 [b]	8,80
Osteuropa u. Zentralasien	474,03	624,90	0,9	0,2	1,6	68,7 [b]	20,26
Naher Osten u. Nordafrika	295,57	602,10	3,0	2,2	3,5	67,9 [b]	5,3
Südasien	1354,67	3333,20	2,2	1,9	3,4	62,6 [b]	4,5

a 2000; b 1999; c 1994; .. nicht verfügbar.

Tabelle 3: Wirtschaftliche Indikatoren

Land	BNE pro Kopf (in US$)	Durchschn. jährliche Wachstumsrate des BNE pro Kopf (in %)	Industrialisierungsgrad (in % des BIP)	Investitions-quote (in % des BIP)	Exportquote (in % des BIP)	Ausländische Direktinvestitionen (in % des BIP)	Schuldendienst (in % der Exporterlöse)
Jahr(e)	2000	1990–99	2000	2000	2000	1999	1999
Afghanistan	* LIC	..	28,2	..	..	..	..
Ägypten	1490	2,4	33,3	24,5	16,1	1,2	9,0
Algerien	1590	−0,5	69,0	26,5	40,9	0,01	37,8
Angola	240	−2,8	69,8[a]	24,0[b]	56,8[b]	39,9	21,1
Antigua und Barbuda	9190	2,7	18,9[b]	32,2[b]	74,3[b]	0,2	..
Äquatorial-Guinea	1170[a]	16,3	84,0	41,4[a]	102,3[a]	17,2	..
Argentinien	7440	3,6	27,6	16,0	10,8	0,04	75,9
Armenien	520	−3,9	32,6[a]	19,5[a]	21,0[a]	6,6	11,9
Aruba	* HIC	..	..	..	..	4,8	..
Aserbaidschan	610	−10,7	42,6[b]	45,8[b]	24,1[b]	4,9[b]	6,5
Äthiopien	100	2,4	11,1[a]	18,1[a]	13,9[a]	1,4[b]	16,8
Bahamas	15 010	−0,1	..	..	..	3,2	..
Bahrain	7640[b]	0,8	..	6,1[a]	..	3,4	..
Bangladesh	380	3,1	25,1	22,6	13,6	0,4	10,1
Barbados	9280	1,5	..	16,4[b]	65,7[b]	0,7	..
Belize	2940	0,7	23,8	23,6	47,9	0,5	..
Benin	380	1,8	13,8	19,0	15,6	0,7	10,9
Bermuda	* HIC	..	..	..	..	..	..
Bhutan	550	3,4	36,7	48,7	33,0	..	..
Bolivien	1000	1,8	33,6	18,2	17,1	12,2	32,0
Botswana	3300	1,8	44,4	19,7[a]	27,5[a]	0,7	..

Land	BNE pro Kopf (in US$)	Durchschn. jährliche Wachstumsrate des BNE pro Kopf (in %)	Industrialisierungsgrad (in % des BIP)	Investitions--quote (in % des BIP)	Exportquote (in % des BIP)	Ausländische Direktinvestitionen (in % des BIP)	Schuldendienst (in % der Exporterlöse)
Jahr(e)	2000	1990–99	2000	2000	2000	1999	1999
Brasilien	3570	1,5	31,9	22,8	10,9	6,2	110,9
Brunei Darussalam	* HIC	–0,5	44,4 [b]	..	..	..	..
Burkina Faso	230	1,4	28,3 [a]	27,8 [a]	11,3 [a]	0,4	15,7
Burundi	110	–5,0	18,5	9,0	9,0	..	45,6
Chile	4600	5,6	34,2	22,3	30,7	13,6	25,4
China VR	840	9,5	49,5	37,9	24,5	3,9	9,0
Costa Rica	3960	3,0	37,0	17,1	47,9	4,3	6,4
Djibouti	* LMIC	–5,1	..	9,3	..	0,9	..
Dominica	3260	1,8	..	25,4 [b]	54,0 [a]	4,9	..
Dominikanische Republik	2100	3,9	..	23,6	32,2	7,7	3,9
Ecuador	1210	0,0	..	16,8	42,4	3,6	25,7
Elfenbeinküste	660	0,6	28,8	19,1	48,1	3,1	26,2
El Salvador	1990	2,8	29,5	16,3	25,0	1,0	7,6
Eritrea	170	2,2	29,2 [a]	39,0 [a]	10,1 [a]	47,0	1,9
Fidschi	1830	1,2	29,3	13,3	68,7	–1,9	..
Französisch-Guayana	* HIC	..	..	..	..	..	..
Französisch-Polynesien	* HIC	–0,1	..	..	4,9	..	..
Gabun	3180	0,6	53,2	26,1	37,0	4,6	19,3
Gambia	330	–0,6	12,5	19,1	48,4	3,6	8,5
Georgien	590	..	12,7	17,9	26,9	3,0	11,4
Ghana	350	1,6	8,2	31,2	48,8	4,6	19,9

Land	BNE pro Kopf (in US$)	Durchschn. jährliche Wachstumsrate des BNE pro Kopf (in %)	Industrialisierungsgrad (in % des BIP)	Investitionsquote (in % des BIP)	Exportquote (in % des BIP)	Ausländische Direktinvestitionen (in % des BIP)	Schuldendienst (in % der Exporterlöse)
Jahr(e)	2000	1990–99	2000	2000	2000	1999	1999
Grenada	3520	2,2	22,2 [b]	40,6 [b]	38,8 [b]	0,1	..
Guatemala	1690	1,5	20,4	16,4	20,3	0,9	10,3
Guinea	450	1,5	37,9 [a]	22,2 [a]	21,4 [a]	1,8	16,1
Guinea-Bissau	180	−1,9	11,8 [a]	16,3 [a]	25,6 [a]	0,7	16,4
Guyana	770	5,2	27,7	27,0	86,2	0,1	..
Haiti	510	−3,4	20,1 [b]	10,7 [b]	11,5 [b]	0,7	10,0
Honduras	850	0,3	31,5	35,0	42,3	4,2	13,5
Hongkong, China	25 950	1,9	15,2 [b]	27,4	149,9	..	..
Indien	460	4,1	26,9	24,6	12,2	0,5	15,0
Indonesien	570	3,0	47,3	17,9	38,5	1,9	30,3
Irak	* LMIC	..	..	..	..	..	..
Iran	1680	1,9	36,5	16,9	19,2	0,1	22,6
Jamaica	2440	−0,6	28,2	31,4	51,4	7,8	17,4
Jemen	380	−0,4	40,5 [a]	18,6 [a]	38,6 [a]	2,2	4,0
Jordanien	1680	1,1	36,0 [b]	22,5	44,4	2,0	11,8
Kambodscha	260	1,9	14,8 [b]	15,0 [b]	34,1 [b]	4,0	2,9
Kamerun	21 050	−1,5	18,6 [a]	19,5 [a]	24,4 [a]	0,4	24,3
Kap Verde	1330	3,2	18,6 [b]	37,6 [a]	21,3 [a]	2,6	..
Kasachstan	1190	−4,9	30,2	14,4	42,1	9,4	19,4
Katar	* HIC	..	..	..	..	..	..
Kenya	360	−0,3	16,3	12,2	26,1	0,1	26,7
Kirgisistan	300 [a]	−6,4	26,7 [a]	18,0 [a]	42,2 [a]	2,9	21,8

Land	BNE pro Kopf (in US$)	Durchschn. jährliche Wachstumsrate des BNE pro Kopf (in %)	Industrialisierungsgrad (in % des BIP)	Investitions-quote (in % des BIP)	Exportquote (in % des BIP)	Ausländische Direktinvestitionen (in % des BIP)	Schuldendienst (in % der Exporterlöse)
Jahr(e)	2000	1990–99	2000	2000	2000	1999	1999
Kiribati	950	1,0	..	..	..	2,1	..
Kolumbien	2080	1,4	28,8	20,2	19,0	1,3	42,9
Komoren	380	−3,1	13,1 [b]	12,5 [a]	22,3 [a]	0,4	..
Kongo (Ex-Zaire)	* LIC	−3,3	..	7,9 [a]	..	0,02	..
Kongo, Republik	630	−8,1	49,1 [b]	22,3 [a]	77,9 [a]	0,2	1,4
Korea-Nord	* LMIC	..	..	..	..	..	..
Korea-Süd	8910	4,7	43,5 [a]	31,2	44,3	2,3	24,6
Kuba	* LMIC	..	..	..	..	..	..
Kuwait	* HIC	..	..	12,6 [a]	46,9 [a]	0,2	..
Laos	290	3,8	22,0 [b]	24,9 [b]	37,0 [a]	5,4	7,7
Lesotho	540	2,1	38,1 [b]	47,0 [b]	27,2 [a]	17,0	9,4
Libanon	3750	5,7	20,8	20,5	6,4	1,5	..
Liberia	* LIC	..	..	..	..	..	..
Libyen	* UMIC	..	..	..	..	..	..
Macau	* HIC	..	16,1 [b]	17,4 [a]	79,4 [a]	..	..
Madagaskar	260	−1,2	13,8 [a]	12,9 [a]	24,8 [a]	1,6	17,1
Malawi	170	0,9	18,7	17,7	25,3	3,3	11,4
Malaysia	3380	4,7	40,5	26,5	131,5	2,0	4,8
Malediven	1460	3,9	..	..	..	3,1	..
Mali	240	1,1	16,8	21,2	24,5	0,7	14,3
Marokko	1180	0,4	33,4	25,0	31,2	0,01	24,4
Mauretanien	370	1,3	29,3 [a]	17,8 [a]	38,6 [a]	0,2	28,4

Land	BNE pro Kopf (in US$)	Durchschn. jährliche Wachstumsrate des BNE pro Kopf (in %)	Industrialisierungsgrad (in % des BIP)	Investitionsquote (in % des BIP)	Exportquote (in % des BIP)	Ausländische Direktinvestitionen (in % des BIP)	Schuldendienst (in % der Exporterlöse)
Jahr(e)	2000	1990–99	2000	2000	2000	1999	1999
Mauritius	3800	3,9	32,1	25,0	61,8	1,2	9,7
Mexiko	5080	1,0	28,4	23,3	31,9	2,5	25,1
Mikronesien	2110	−1,8	..	23,0[a]	..	..	..
Mongolei	390	−0,6	29,6[a]	26,1[a]	49,6[b]	3,3	..
Mozambique	210	3,8	25,2[a]	32,6[a]	11,7[a]	9,8	20,0
Myanmar (Birma)	* LIC	5,1	8,9[a]	10,8[b]	0,4[b]	..	7,9
Namibia	2050	0,8	28,3[a]	23,9[a]	49,0[a]	3,3	..
Nepal	220	2,3	20,5	20,9	26,7	0,1	7,9
Nicaragua	420	0,4	23,4	38,1	39,5	13,6	16,1
Niger	180	−1,0	17,2[a]	10,2[a]	16,0[a]	0,7	16,8
Nigeria	260	−0,5	33,3[b]	21,7	49,3	2,9	6,0
Oman	* UMIC	0,3	..	13,4[a]	..	0,7	17,4
Pakistan	470	1,3	23,3	15,0	16,7	0,9	30,5
Palau	* UMIC	..	8,3[b]	..	..	..	..
Panama	3260	2,4	16,9	30,1	33,9	0,2	8,8
Papua-Neuguinea	760	2,3	43,6	17,8[a]	44,9[a]	0,1	9,6
Paraguay	1450	−0,2	26,1	23,1	22,4	0,9	6,6
Peru	2100	3,2	37,8	22,3	16,1	3,8	32,7
Philippinen	1040	0,9	30,0	19,9	67,0	1,3	14,3
Puerto Rico	* UMIC	1,9	..	..	..	..	..
Réunion	* HIC	..	..	..	..	..	..
Rwanda	230	−3,0	20,5[a]	14,4[a]	5,6[a]	0,1	29,6

Land	BNE pro Kopf (in US$)	Durchschn. jährliche Wachstumsrate des BNE pro Kopf (in %)	Industrialisierungsgrad (in % des BIP)	Investitions--quote (in % des BIP)	Exportquote (in % des BIP)	Ausländische Direktinvestitionen (in % des BIP)	Schuldendienst (in % der Exporterlöse)
Jahr(e)	2000	1990–99	2000	2000	2000	1999	1999
Salomonen	750[a]	0,3	..	..	..	0,3	..
São Tomé und Príncipe	290	−0,9	17,1	39,3	38,2	0,0	..
Saudi-Arabien	6900[a]	−1,1	47,8[b]	19,3[a]	39,8[a]	0,6	..
Senegal	500	0,6	25,5[a]	19,0[a]	32,7[a]	0,8	29,9
Seychellen	7310	1,3	21,6	31,5	81,0	0,1	..
Sierra Leone	130	−7,0	27,0	7,8	18,2	0,1	29,9
Singapur	24 740	4,7	34,3	31,3	..	8,3	..
Somalia	* LIC	..	..	..	..	0	..
Sri Lanka	870	4,0	27,3[a]	27,1[a]	35,3[a]	0,9	7,9
St. Kitts und Nevis	6660	4,9	25,5[a]	45,5[a]	45,5[a]	25,6	..
St. Lucia	4070	0,9	19,2	21,6	64,9	13,0	..
St. Vincent und Grenadinen	2690	2,6	26,9[b]	25,5[a]	52,0[a]	7,6	..
Südafrika	3020	−0,2	30,9	15,0	29,1	1,1	13,9
Sudan	320	..	18,4[b]	..	..	0,3	6,5
Surinam	* LMIC	3,3	21,1[b]	11,9[a]	20,8[b]	1,1	..
Swaziland	1290	−0,2	38,3	12,6	112,5	2,5	..
Syrien	990	2,7	..	15,9	30,9	0,6	6,4
Tadschikistan	170	..	24,6[a]	9,0[a]	..	2,2	6,5
Taiwan	3630	7,2	..	..	..	..	..
Tanzania	280	−0,1	15,4[a]	17,0[a]	13,3[a]	2,1	15,6
Thailand	2010	3,8	40,1	22,4	66,4	5,1	22,0

Land	BNE pro Kopf (in US$)	Durchschn. jährliche Wachstumsrate des BNE pro Kopf (in %)	Industrialisierungsgrad (in % des BIP)	Investitions--quote (in % des BIP)	Exportquote (in % des BIP)	Ausländische Direktinvestitionen (in % des BIP)	Schuldendienst (in % der Exporterlöse)
Jahr(e)	2000	1990–99	2000	2000	2000	1999	1999
Togo	300	–0,5	21,0[a]	13,4[a]	30,3[a]	2,1	7,7
Tonga	1660	0,7	11,5[b]	..	..	1,3	..
Trinidad u. Tobago	4980	2,0	39,5	21,8	66,3	9,2	13,1
Tschad	200	–0,9	14,7[b]	10,3[a]	17,0[a]	1,0	10,3
Tunesien	2090	2,9	28,5	27,8	43,8	1,7	15,9
Turkmenistan	840	–8,7	45,0[a]	46,3[a]	41,6[a]	2,4	31,1
Uganda	310	4,0	17,8[a]	16,4[a]	11,3[a]	3,5	23,7
Uruguay	6090	3,0	28,6	16,6	18,2	1,1	25,0
Usbekistan	610	–3,1	24,5[a]	18,3[a]	18,6[a]	0,7	17,6
Vanuatu	1140	–0,8	..	..	..	8,1	..
Venezuela	4310	–0,5	47,5	13,8	27,2	3,1	23,2
Ver. Arabische Emirate	* HIC	–1,6	..	16,7[a]	..	..	..
Vietnam	390	6,2	34,5[a]	25,4[a]	..	5,6	9,8
West-Samoa	1460	1,4	26,6	..	32,7	1,1	..
Zambia	300	–2,4	25,3[a]	17,9[a]	22,6[a]	5,3	46,6
Zentralafrik. Republik	290	–0,3	19,6[a]	14,3[a]	16,9[a]	1,2	12,1
Zimbabwe	480	0,6	14,0	2,0	30,9	1,1	25,3
Afrika südlich der Sahara	480	–0,4	27,8[a]	16,5	34,0	2,5	13,9
Lateinamerika u. Karibik	3680	1,7	31,1	21,4	17,3	5,0	41,6
Ostasien und Pazifik	1060	5,9	46,2	31,1	42,1	2,9	15,8
Osteuropa u. Zentralasien	2010	–3,4	33,4[a]	18,9	35,6	3,0	18,0

Land	BNE pro Kopf (in US$)	Durchschn. jährliche Wachstumsrate des BNE pro Kopf (in %)	Industrialisierungsgrad (in % des BIP)	Investitions-quote (in % des BIP)	Exportquote (in % des BIP)	Ausländische Direktinvestitionen (in % des BIP)	Schuldendienst (in % der Exporterlöse)
Jahr(e)	2000	1990–99	2000	2000	2000	1999	1999
Naher Osten u. Nordafrika	2040	0,7	38,0 [b]	21,3 [a]	29,2 [a]	0,24	13,7
Südasien	460	3,4	26,2	23,1	13,1	0,5	15,7

a 1999; b 1998; * Schätzung der Weltbank; HIC: High Income Country [BNE pro Kopf ≥ 9266 US-$]; LIC: Low Income Country [BNE pro Kopf ≤ 755 US-$];
LMIC: Lower Middle Income Country [BNE pro Kopf 756 – ≤ 2995 US-$]; UMIC: Upper Middle Income Country [BNE pro Kopf 2996 – ≤ 9265 US-$]; .. nicht verfügbar.

Tabelle 4: Soziale Indikatoren

Land	Urbanisierungsgrad (in %)	Trinkwasserversorgung (in %)	Säuglingssterblichkeitsziffer	Tägliches Kalorienangebot pro Kopf	Einschulungsquoten Grundschule		Analphabetenquote (in %)	HDI
					Gesamt	Mädchen		
Jahr(e)	2000	1999	1999	1999	1998		1999	1999
Afghanistan	21,9	12	147,3	1755	..	32,0 [a]	64	..
Ägypten	45,2	95	47,3	3323	92,0	93,7 [a]	45	0,635
Algerien	60,3	94	34,0	2965	94,0	92,0	33	0,693
Angola	34,2	38	126,8	1873	57,0	..	..	0,422
Antigua und Barbuda	36,8	91	16,1	2396	..	..	..	..
Äquatorial-Guinea	48,2	43	103,8	..	..	..	18	0,610
Argentinien	89,9	79	18,4	3176	100,0	112,7 [a]	3	0,842
Armenien	70,0	84	14,3	2167	..	..	2	0,745
Aruba	..	100	..	..	..	..	..	..
Aserbaidschan	57,3	..	16,2	2224	96,0	105,0 [a]	..	0,738
Äthiopien	17,6	24	103,7	1803	35,0	26,9 [a]	63	0,320
Bahamas	88,5	96	17,6	2500	87,0	104,4 [a]	4	0,820
Bahrain	92,2	..	61,2	..	97,0	106,0 [a]	13	0,824
Bangladesh	24,5	97	14,4	2201	..	..	59	0,470
Barbados	50,0	100	11,3	3203	..	..	..	0,864
Belize	54,2	76	27,8	2889	99,0	..	7	0,776
Benin	42,3	63	87,4	2489	63,4 [a]	57,1 [a]	61	0,420
Bermuda	100,0	..	..	2883	..	..	..	..
Bhutan	7,1	62	58,8	..	..	..	..	0,477
Bolivien	62,5	79	58,7	2237	100,0	..	15	0,648
Botswana	50,3	..	58,1	2288	81,0	108,2 [a]	24	0,577

Land	Urbanisierungsgrad (in %)	Trinkwasserversorgung (in %)	Säuglingssterblichkeitsziffer	Tägliches Kalorienangebot pro Kopf	Einschulungsquoten Grundschule		Analphabetenquote (in %)	HDI
					Gesamt	Mädchen		
Jahr(e)	2000	1999	1999	1999	1998		1999	1999
Brasilien	81,3	83	32,2	3012	98,0	..	15	0,750
Brunei Darussalam	72,2	..	8,8	2793	..	104,0[a]	9	0,857
Burkina Faso	18,5	..	104,6	2376	34,0	31,3[a]	77	0,320
Burundi	9,0	..	104,8	1628	38,0	45,8[a]	53	0,309
Chile	85,7	94	10,0	2858	88,0	100,0[a]	4	0,825
China VR	32,1	75	30,2	3044	100,0	120,0[a]	17	0,718
Costa Rica	47,8	98	12,4	2761	92,0	103,0[a]	5	0,821
Djibouti	83,3	100	109,3	2129	64,0	32,6[a]	37	0,447
Dominica	71,0	94	14,3	2947	..	..	18	..
Dominikanische Republik	65,0	79	39,0	2333	87,0	..	17	0,722
Ecuador	65,3	71	28,4	2679	97,0	121,9[a]	9	0,726
Elfenbeinküste	46,4	77	111,2	2582	59,0	60,5[a]	54	0,426
El Salvador	46,6	74	30,1	2463	81,0	92,4[a]	22	0,701
Eritrea	18,7	46	60,4	1646	34,0	48,1[a]	47	0,416
Fidschi	49,4	24	18,1	2934	100,0	..	7	0,757
Französisch-Guayana	..	..	..	..	..	..	..	..
Französisch-Polynesien	52,7	100	10,4	2969	..	113,2[a]	..	..
Gabun	81,4	70	84,1	2487	..	..	..	0,617
Gambia	32,5	70	74,8	2598	61,0	67,2[a]	64	0,398
Georgien	60,7	62	15,1	2347	87,0[a]	88,0[a]	..	0,742
Ghana	38,4	64	57,1	2590	..	..	30	0,542

Land	Urbanisierungsgrad (in %)	Trinkwasserversorgung (in %)	Säuglingssterblichkeitsziffer	Tägliches Kalorienangebot pro Kopf	Einschulungsquoten Grundschule		Analphabetenquote (in %)	HDI
					Gesamt	Mädchen		
Jahr(e)	2000	1999	1999	1999	1998		1999	1999
Grenada	37,9	94	13,2	2685	..	..	2	..
Guatemala	39,7	92	40,2	2331	83,0	82,1 [a]	32	0,626
Guinea	32,8	48	96,0	2133	46,0	33,4 [a]	..	0,397
Guinea-Bissau	23,7	49	126,8	2245	53,0	..	62	0,339
Guyana	38,2	94	56,8	2596	85,0	93,9 [a]	2	0,704
Haiti	35,7	46	69,9	1977	80,0	..	51	0,467
Honduras	52,7	90	34,4	2396	..	..	26	0,634
Hongkong, China	100,0	..	3,4	3231	..	95,0 [a]	7	0,880
Indien	28,4	88	70,0	2417	..	90,0 [a]	44	0,571
Indonesien	40,9	76	41,9	2931	84,0	..	14	0,677
Irak	76,8	85	101,1	2446	80,0	78,0 [a]	45	..
Iran	61,6	95	25,5	2898	85,0	95,0 [a]	24	0,714
Jamaica	56,1	71	20,4	2708	92,0	99,0 [a]	14	0,738
Jemen	24,7	69	12,5	..	61,0	40,0 [a]	55	0,468
Jordanien	74,2	96	26,2	2834	83,0	..	11	0,714
Kambodscha	15,9	30	100,2	2000	100,0	100,0 [a]	61	0,541
Kamerun	48,9	62	77,2	2260	..	..	25	0,506
Kap Verde	62,2	74	38,8	3166	..	..	26	0,708
Kasachstan	56,4	91	21,7	2180	..	98,0 [a]	..	0,742
Katar	92,5	..	16,0	..	86,0	86,0 [a]	19	0,801
Kenya	33,1	49	76,5	1885	..	84,9 [a]	19	0,514

Land	Urbanisierungsgrad (in %)	Trinkwasserversorgung (in %)	Säuglingssterblichkeitsziffer	Tägliches Kalorienangebot pro Kopf	Einschulungsquoten Grundschule		Analphabetenquote (in %)	HDI
					Gesamt	Mädchen		
Jahr(e)	2000	1999	1999	1999	1998		1999	1999
Kirgisistan	33,3	77	25,6	2833	..	103,0[a]	..	0,707
Kiribati	39,2	47	56,0	2982	..	..	..	..
Kolumbien	73,9	91	22,8	2567	87,0	112,2[a]	9	0,765
Komoren	33,2	96	60,8	1800	50,0	..	41	0,510
Kongo (Ex-Zaire)	30,3	51	85,0	1637	32,0	..	40	0,429
Kongo, Republik	62,5	96	89,0	2212	..	108,8[a]	21	0,502
Korea-Nord	60,2	..	57,6	2100	..	..	..	..
Korea-Süd	81,9	92	8,4	3073	97,0	94,0[a]	2	0,875
Kuba	75,3	95	6,9	2490	97,0	104,2[a]	3	..
Kuwait	97,6	..	10,7	3167	67,0	72,4[a]	18	0,812
Laos	23,5	90	93,3	2152	76,0	101,0[a]	53	0,476
Lesotho	28,0	91	91,7	2300	60,0	113,7[a]	17	0,541
Libanon	89,7	100	26,4	3256	78,0	108,0[a]	14	0,758
Liberia	44,9	..	112,8	2089	41,0	..	47	..
Libyen	87,6	72	22,5	3277	..	..	21	0,770
Macau	98,8	..	5,8	2569	83,0	..	..	..
Madagaskar	29,6	47	90,0	1994	63,0	91,4[a]	34	0,462
Malawi	24,9	57	131,5	2164	..	..	41	0,397
Malaysia	57,4	95	7,9	2946	98,0	103,0[a]	13	0,774
Malediven	26,1	100	29,2	2298	100,0	127,0[b]	4	0,739
Mali	30,0	65	119,6	2314	42,0	35,4[a]	60	0,378

Land	Urbanisierungsgrad (in %)	Trinkwasserversorgung (in %)	Säuglingssterblichkeitsziffer	Tägliches Kalorienangebot pro Kopf	Einschulungsquoten Grundschule		Analphabetenquote (in %)	HDI
					Gesamt	Mädchen		
Jahr(e)	2000	1999	1999	1999	1998		1999	1999
Marokko	56,1	82	47,8	3010	79,0	74,5 [a]	52	0,596
Mauretanien	57,7	37	88,0	2702	120,0	69,0 [a]	58	0,437
Mauritius	41,3	100	18,8	2972	93,0	106,2 [a]	16	..
Mexiko	74,4	86	29,4	3168	100,0	113,2 [a]	9	0,790
Mikronesien	28,3	..	27,3	..	..	..	..	..
Mongolei	63,5	60	58,0	1963	81,4 [a]	91,0 [a]	38	0,569
Mozambique	40,2	60	131,2	1939	41,0	50,2 [a]	57	0,323
Myanmar (Birma)	27,7	68	77,4	2803	96,0	..	16	0,551
Namibia	30,9	77	63,3	2096	86,0	132,2 [a]	19	0,601
Nepal	11,9	81	75,4	2264	..	..	60	0,480
Nicaragua	56,1	79	34,3	2314	80,0	104,0 [a]	32	0,635
Niger	20,6	59	116,0	2064	26,0	22,4 [a]	85	0,274
Nigeria	44,0	57	83,3	2833	..	..	37	0,455
Oman	84,0	39	17,4	..	66,0	76,0 [a]	30	0,747
Pakistan	37,0	88	89,8	2462	..	..	55	0,498
Palau	72,4	79	..	..	..	..	..	..
Panama	56,3	87	20,3	2496	..	..	8	0,784
Papua-Neuguinea	17,4	42	57,7	2186	85,0	74,0 [a]	36	0,534
Paraguay	56,0	79	23,8	2588	92,0	110,1 [a]	7	0,738
Peru	72,8	77	39,2	2621	100,0	121,2 [a]	10	0,743
Philippinen	58,6	87	31,5	2357	98,0	..	5	0,749

Land	Urbanisierungsgrad (in %)	Trinkwasserversorgung (in %)	Säuglingssterblichkeitsziffer	Tägliches Kalorienangebot pro Kopf	Einschulungsquoten Grundschule		Analphabetenquote (in %)	HDI
					Gesamt	Mädchen		
Jahr(e)	2000	1999	1999	1999	1998		1999	1999
Puerto Rico	75,2	..	9,8	..	..	..	7	..
Réunion	..	..	..	..	..	..	..	..
Rwanda	6,2	41	123,2	2011	91,0	..	34	0,395
Salomonen	19,7	71	21,4	2222	..	..	..	..
São Tomé und Príncipe	46,7	..	47,0	2269	..	..	..	..
Saudi-Arabien	85,7	95	18,8	2953	59,0	75,0[a]	24	0,754
Senegal	47,4	78	67,3	2307	59,0	61,2[a]	64	0,423
Seychellen	63,8	..	8,6	2422	..	..	..	..
Sierra Leone	36,6	28	168,0	2017	57,0	..	..	0,258
Singapur	100,0	100	3,2	..	..	..	8	0,876
Somalia	27,5	..	120,7	1555	..	..	..	..
Sri Lanka	23,6	83	15,4	2411	..	108,0[a]	9	0,735
St. Kitts und Nevis	34,1	98	20,0	2671	..	..	2	..
St. Lucia	37,8	98	15,9	2812	..	..	18	..
St. Vincent und Grenadinen	54,8	93	19,6	2540	..	..	..	..
Südafrika	50,4	86	61,5	2805	..	129,0[a]	15	0,702
Sudan	36,1	75	67,2	2360	92,0	46,5[a]	43	0,439
Surinam	36,1	95	27,4	2604	..	..	..	0,758
Swaziland	26,4	..	63,9	2698	77,0	115,1[a]	21	0,583
Syrien	54,5	80	26,0	3272	91,0[a]	96,0[a]	26	0,700
Tadschikistan	27,5	100	19,9	1927	..	94,0[a]	1	0,660

Land	Urbanisierungsgrad (in %)	Trinkwasserversorgung (in %)	Säuglingssterblichkeitsziffer	Tägliches Kalorienangebot pro Kopf	Einschulungsquoten Grundschule		Analphabetenquote (in %)	HDI
					Gesamt	Mädchen		
Jahr(e)	2000	1999	1999	1999	1998		1999	1999
Tanzania	32,9	54	94,8	1940	48,0	65,5 [a]	25	0,436
Thailand	21,6	80	28,3	2411	77,0	..	5	0,757
Togo	33,3	54	76,5	2527	89,0	97,2 [a]	44	0,489
Tonga	38,0	100	20,6	..	..	..	..	..
Trinidad u. Tobago	74,1	86	15,7	2703	93,0	99,4 [a]	6	0,798
Tschad	23,8	27	100,8	2206	55,0	39,3 [a]	59	0,359
Tunesien	65,5	..	24,0	3388	98,0	112,6 [a]	30	0,714
Turkmenistan	44,8	58	32,7	2746	..	..	..	0,730
Uganda	14,2	50	88,3	2238	..	67,8 [a]	34	0,435
Uruguay	91,3	98	14,5	2862	92,0	108,1 [a]	2	0,828
Usbekistan	36,9	85	22,3	2870	..	..	12	0,698
Vanuatu	20,0	88	36,2	2766	100,0	..	..	..
Venezuela	86,9	84	20,2	2229	88,0	92,5 [a]	8	0,765
Ver. Arabische Emirate	85,9	..	7,6	3182	83,0	..	25	0,809
Vietnam	19,7	56	36,7	2229	..	..	7	0,682
West-Samoa	21,5	99	23,3	..	96,0	100,1 [b]	20	..
Zambia	39,6	64	114,0	1934	73,0	85,6 [a]	23	0,427
Zentralafrik. Republik	41,2	60	95,7	1978	53,0	..	55	0,372
Zimbabwe	35,3	85	70,1	2076	90,0	111,3 [a]	12	0,554
Afrika südlich der Sahara	34,4	57 [e]	92,4	2198	..	..	39	0,467
Ostasien und Pazifik	35,1	76 [e]	34,8	2723	100,0 [a]	119,6 [a]	15	0,719

Land	Urbanisierungsgrad (in %)	Trinkwasserversorgung (in %)	Säuglingssterblichkeitsziffer	Tägliches Kalorienangebot pro Kopf	Einschulungsquoten Grundschule		Analphabetenquote (in %)	HDI
					Gesamt	Mädchen		
Jahr(e)	2000	1999	1999	1999	1998		1999	1999
Osteuropa u. Zentralasien	66,8	91 [e]	20,8	3235	..	..	3	0,777
Lateinamerika u. Karibik	75,3	86 [e]	30,0	2875	..	..	12	0,760
Naher Osten u. Nordafrika	58,6	87 [e]	44,3	..	87,0 [a]	88,9 [a]	36	0,648
Südasien	28,4	85 [e]	73,8	..	..	90,4 [a]	46	0,564

a 1996; b 1997; c 1998; d 1999; e 2000; .. nicht verfügbar.

Technische Erläuterungen zu den Tabellen 2, 3 und 4:

Um eine größtmögliche internationale Vergleichbarkeit der Länderdaten zu gewährleisten, sind sie nahezu ausschließlich aus den Datenbanken internationaler Organisationen zusammengestellt, die den Vorteil besitzen, die nationalen Daten Harmonisierungs- und Standardisierungsprozeduren sowie Plausibilitätskontrollen zu unterwerfen; dadurch können sich allerdings erhebliche Abweichungen gegenüber den in nationalen statistischen Quellen ausgewiesenen Daten ergeben. Nicht für alle Länder sind die Datensätze vollständig, da einzelne Staaten nur über eine unzulängliche statistische Infrastruktur verfügen und/oder Daten nicht bzw. nicht rechtzeitig veröffentlich werden. Die aus den Länderdaten aggregierten Angaben für Weltregionen am Ende der Tabellen sind entweder Summen aus den Länderdaten oder mit der Bevölkerungszahl bzw. dem Bruttonationaleinkommen/BNE (früher: Bruttosozialprodukt/BSP) pro Kopf oder dem Bruttoinlandsprodukt/BIP gewogene arithmetische Mittel. Die Zusammensetzung der Weltregionen entspricht der Länderzuordnung der Weltbank. Aus den aggregierten Daten für Weltregionen lässt sich kein Rückschluss auf die Situation in einem Land dieser Region ziehen. Bei der Interpretation der Daten in den Tabellen sollten die folgenden technischen Hinweise berücksichtigt werden.

Tabelle 2: Demographische Indikatoren
Die *Bevölkerungszahlen* sind Schätzwerte für Mitte 2001, unter Berücksichtigung der jeweils letzten Volkszählungsergebnisse. Bei den Angaben zu der *geschätzten Bevölkerung im Jahre 2050* handelt es sich um Projektionen (mittlere Variante) der Vereinten Nationen auf der Basis der 1995 gegebenen länderspezifischen Alters- und Geschlechtsstrukturen, Fruchtbarkeits- und Sterbeziffern sowie unter Berücksichtigung internationaler Wanderungsbewegungen; die Auswirkungen endemischer HIV-Infektionen auf die zukünftige Bevölkerungsentwicklung sind bei diesen Projektionen nicht berücksichtigt. Die *jährlichen Wachstumsraten der Bevölkerung* sind Periodendurchschnitte, die auf der Grundlage der Bevölkerungsstände zur jeweiligen Jahresmitte berechnet werden. Die *Fertilitätsrate* (zusammenfassende Geburtenziffer) misst die durchschnittliche Zahl der Kinder, die eine Frau – unter Berücksichtigung der altersspezifischen Fruchtbarkeitsziffern – bekommen würde, wenn sie bis zum Ende ihres gebärfähigen Alters lebte. Die *Lebenserwartung bei der Geburt* gibt die Anzahl der Jahre an, die ein Neugeborenes leben würde, wenn es während seines ganzen Lebens den gleichen altersspezifischen Sterblichkeitsrisiken ausgesetzt wäre, wie sie zum Zeitpunkt seiner Geburt in der Gesamtbevölkerung vorherrschen; die Daten lassen nicht die in einigen Staaten erheblichen Unterschiede in der Lebenserwartung zwischen den Geschlechtern sowie zwischen Stadt- und Landbevölkerung erkennen. Mit dem Altersquotienten, dem prozentualen Anteil der *Bevölkerung im Alter von 60 Jahren und darüber* an der Gesamtbevölkerung, wird die relative Versorgungslast der jüngeren Generationen für die ältere Bevölkerung zum Ausdruck gebracht.

Tabelle 3: Wirtschaftliche Indikatoren
Das *Bruttonationaleinkommen* (*BNE*) *pro Kopf* (früher: BSP pro Kopf) wird von der Weltbank durch Division der BNE-Jahreswerte zu laufenden US-Dollar-Preisen durch die Bevölkerungszahlen zur jeweiligen Jahresmitte nach einem speziellen Verfahren (Atlas-Verfahren) berechnet; für die Umrechnung der in nationaler Währung ausgedrückten Werte in US-Dollar werden u. a. die Wechselkurse einer gleitenden Dreijahresperiode verwendet sowie der Inflationsunterschied zwischen Berichtsland

und den USA berücksichtigt. Durch dieses Verfahren wird die internationale Vergleichbarkeit der BNE-Daten verbessert, die aber von den Angaben in den nationalen Volkswirtschaftlichen Gesamtrechnungen erheblich abweichen können. Eine volle internationale Vergleichbarkeit ist wegen der immer noch vorhandenen Unterschiede in den nationalen Volkswirtschaftlichen Gesamtrechnungen und im Umfang sowie der Verlässlichkeit der zugrunde liegenden statistischen Informationen nicht durchgängig gewährleistet. Die durchschnittlichen jährlichen *Wachstumsraten des BNE pro Kopf* sind mit Hilfe der Methode der kleinsten Quadrate berechnet. Während das BNE die Bruttowertschöpfung der (Wirtschafts-)Inländer quantifiziert, unabhängig von deren geographischem Standort, bezieht sich das BIP auf die Bruttowertschöpfung von In- und Ausländern innerhalb der geographischen Grenzen eines Landes. Der Unterschied zwischen BIP und BNE ergibt sich durch den Saldo der Erwerbs- und Vermögenseinkommen zwischen In- und Ausland. Der *Industrialisierungsgrad* gibt den prozentualen Bruttowertschöpfungsbeitrag des Industriesektors (produzierendes Gewerbe) zum BIP an; zum Industriesektor gehören Bergbau, verarbeitende Industrie, Energie- und Wasserwirtschaft sowie die Bauwirtschaft. Die *Investitionsquote* misst den Anteil der *Bruttoinlandsinvestition* (Ausgaben und Aufwendungen für die Aufstockung des privaten und staatlichen Anlagevermögens zuzüglich des Nettowerts von Vorratsveränderungen) am BIP. Die *Exportquote* bezieht sich auf die Ausfuhrerlöse für Waren und Dienstleistungen in Prozent des BIP. Die *ausländischen Direktinvestitionen* (in Prozent des BIP) zeigen, welche Bedeutung das produktionswirtschaftliche Engagement ausländischer Kapitalanleger für eine Volkswirtschaft hat; der (Netto-)Zufluss ausländischer Direktinvestionen gilt als Maß für die internationale Attraktivität eines Produktionsstandortes. Die *Schuldendienstquote* gibt den tatsächlich an ausländische Gläubiger geleisteten Schuldendienst (Tilgungen und Zinsen) in Prozent der Exporterlöse für Waren und Dienstleistungen an.

Tabelle 4: Soziale Indikatoren

Der *Urbanisierungsgrad* gibt den prozentualen Anteil der Stadtbevölkerung an der Gesamtbevölkerung an; da die nationalen Definitionen des Begriffs «Stadt» (entsprechend den jeweils letzten Volkszählungen) stark voneinander abweichen, sind Ländervergleiche nur eingeschränkt möglich. Der Indikator *Trinkwasserversorgung* gibt an, wie viel Prozent der Bevölkerung Zugang zu unbedenklichem Wasser haben; Trinkwasserversorgung gilt als gegeben, wenn innerhalb der Städte in akzeptabler Entfernung (200 Meter) und auf dem Lande mit vertretbarem Zeitaufwand Zugang zu einer unbedenklichen Wasserversorgung besteht, die gereinigtes Oberflächenwasser oder ungereinigtes, aber unverseuchtes Wasser – etwa aus Bohrlöchern, Quellen und Leitungsanschlüssen – einschließt. Eine angemessene Trinkwasserversorgung bedeutet, dass mindestens ca. 20 Liter pro Person und Tag für den physiologischen, hygienischen und hauswirtschaftlichen Bedarf zur Verfügung stehen. Die *Säuglingssterblichkeitsziffer* misst die Anzahl der Säuglinge, die je 1000 Lebendgeburten pro Jahr vor Vollendung des ersten Lebensjahres sterben. Das *tägliche Kalorienangebot pro Kopf* wird von der FAO durch Division des Kaloriengegenwertes des Nahrungsmittelangebots in einem Lande durch seine Bevölkerungszahl ermittelt; das Nahrungsmittelangebot umfasst Inlandsproduktion, Einfuhr abzüglich Ausfuhr sowie Bestandsveränderungen, wobei Tierfutter, landwirtschaftliches Saatgut sowie die Nahrungsmittelmengen unberücksichtigt bleiben, die bei Verarbeitung und Vertrieb verloren gehen. Bei der Interpretation des Indikators *tägliches Kalorienangebot pro Kopf* ist zu berücksichtigen, dass er ein Ernährungspotenzial anzeigt, aber nichts über den tatsächlichen Ernährungsstatus einer Bevölkerung aussagt. Die (Brutto-)*Einschulungsquote Grundschule* gibt die Gesamtzahl der Grundschüler bzw. der weiblichen Grundschüler aller Altersstufen in Prozent der Bevölkerung bzw. der weiblichen Bevölkerung im Grundschulalter an. Diese Bruttorelation für den Grundschulbesuch kann in Ländern mit einem umfassenden Primarschulsystem oder mit hohen Wiederholungsquoten den Wert 100 übersteigen, aber auch unterschreiten, sofern die Schule von Kindern außerhalb des «amtlichen» Grundschulalters besucht wird. In vielen Ländern gilt das Alter von sechs bis elf Jahren als Grundschulalter, jedoch ist dies keine allgemein gültige Praxis. In den Bruttorelationen für den Grundschulbesuch können sich daher auch Unterschiede hinsichtlich der Definition des Grundschulalters und der Dauer der Primarausbildung niederschlagen, sodass die internationale Vergleichbarkeit der Daten nur eingeschränkt möglich ist. Die *Analphabetenquote* misst den Prozentsatz der Bevölkerung im Alter von (in der Regel) 15 Jahren und darüber, der einfache, kurze Texte weder lesen noch schreiben kann; die internationale Vergleichbarkeit der Analphabetenquote ist nur eingeschränkt möglich, da beachtliche Unterschiede in der Qualität der Ausgangsdaten bestehen. Der von UNDP berechnete *Human Development Index* (HDI) setzt sich aus drei Einzelindikatoren zusammen: Lebenserwartung bei der Geburt, Bildungsgrad (ermittelt als gewichtete Kombination aus Alphabetisierungsquote und Gesamteinschulungsquote auf allen Bildungsstufen) und Einkommensindex (ermittelt aus dem realen BIP pro Kopf, ausgedrückt in US-Dollar auf Kaufkraftparitätenbasis). Bei einer Lebenserwartung von 85 Jahren, einer Alphabetisierungsquote und einer Gesamteinschulungsquote von jeweils 100 Prozent sowie einem realen BIP pro Kopf von 40000 US-Dollar nimmt der HDI den «Idealwert» 1,000 an; die empirischen Länderwerte des HDI lassen sich insofern als «Deprivationsindex» interpretieren.

Quellen:

FAO: *Production Yearbook*, Rome, verschiedene Jahrgänge.
REPUBLIC OF CHINA (Bureau of Statistics/DGBAS): *Monthly Bulletin of Statistics of the Republic of China*, Taipei, verschiedene Jahrgänge.
UNDP: *Human Development Report*, New York/Oxford, verschiedene Jahrgänge.
UNESCO: *Statistical Yearbook*, Paris, verschiedene Jahrgänge.
–: *World Education Report*, Paris, verschiedene Jahrgänge.
UNIDO: International Yearbook of Industrial Statistics, Wien, verschiedene Jahrgänge.
UNITED NATIONS: *Demographic Yearbook*, New York, verschiedene Jahrgänge.
–: *Industrial Statistics Yearbook*, New York, verschiedene Jahrgänge.
–: *National Accounts Statistics*, New York, verschiedene Jahrgänge.
–: *Statistical Yearbook*, New York, verschiedene Jahrgänge.
WHO: *World Health Statistics Annual*, Geneva, verschiedene Jahrgänge.
WORLD BANK: *Social Indicators of Development*, Baltimore/London, verschiedene Jahrgänge.
–: *World Bank Atlas*, Washington, D. C., verschiedene Jahrgänge.
–: *World Development Indicators*, Washington, D. C., verschiedene Jahrgänge.
–: *World Development Report*, New York, verschiedene Jahrgänge.

Aktuelle sozioökonomische Daten und Zeitreihen für Entwicklungsländer im Internet:

- Daten der African Development Bank: http://www.afdb.org
- Daten der Asian Development Bank: http://www.asiandevbank.org
- Daten der Caribbean Community: http://www.caricom.org
- Daten der Inter-American Development Bank: http://www.iadb.org
- Daten des International Monetary Fund: http://www.imf.org

- Daten der United Nations Conference on Trade and Development: http://unctad.org
- Daten der United Nations Educational, Scientific, and Cultural Organization: http://www.unesco.org
- Daten der United Nations Food and Agriculture Organization: http://www.fao.org
- Daten der United Nations Industrial Development Organization: http://www.unido.org
- Daten der United Nations Population Division: http://esa.un.org/unpp
- Daten der World Bank: http://www.worldbank.org
- Daten der World Health Organization: http://www.who.ch hs

Mittelamerika und Karibik

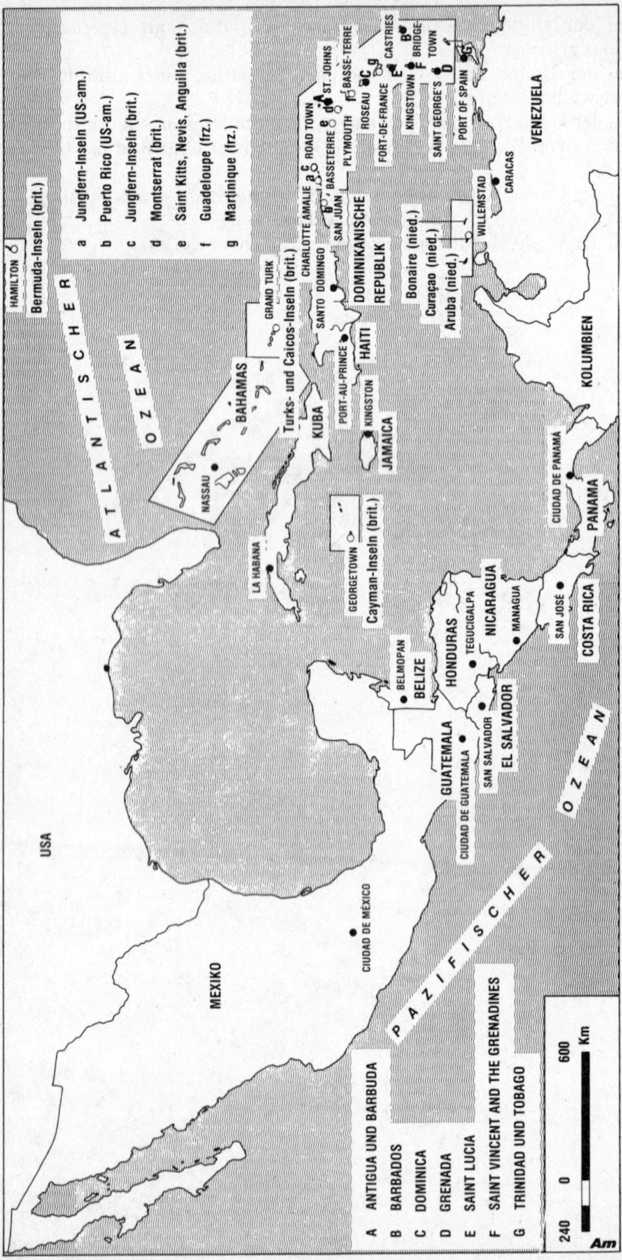

Abhängige Gebiete in Kleinbuchstaben (Saint Kitts und Nevis wurden 1983 unabhängig)

Südamerika

CARACAS
VENEZUELA
GEORGETOWN
PARAMARIBO
GUYANA
CAYENNE
SURINAM
Französisch-Guayana
BOGOTÁ
KOLUMBIEN
QUITO
ECUADOR
BRASILIEN
PERU
LIMA
BRASILIA
LA PAZ
BOLIVIEN
PARAGUAY
CHILE
ASUNCIÓN
PAZIFISCHER OZEAN
ARGENTINIEN
URUGUAY
SANTIAGO
BUENOS AIRES
MONTEVIDEO
ATLANTISCHER OZEAN
Falkland-Inseln (brit.)
(Islas Malvinas)
PORT STANLEY
360
0
900
Km
Am

Geschichte / Politik

rowohlts monographien
Begründet von Kurt Kusenberg, herausgegeben von Wolfgang Müller und Uwe Naumann.

Eine Auswahl:

Konrad Adenauer
dargestellt von Gösta von Uexküll (50234)

Kemal Atatürk
dargestellt von Bernd Rill (50346)

Anita Augspurg
dargestellt von Christiane Henke (50423)

Willy Brandt
dargestellt von Carola Stern (50232)

Heinrich VIII.
dargestellt von Uwe Baumann (50446)

Adolf Hitler
dargestellt von Harald Steffahn (50316)

Thomas Jefferson
dargestellt von Peter Nicolaisen (50405)

Rosa Luxemburg
dargestellt von Helmut Hirsch (50158)

Nelson Mandela
dargestellt von Albrecht Hagemann (50580)

rowohlts monographien

Mao Tse-tung
dargestellt von Tilemann Grimm (50141)

Franklin Delano Roosevelt
dargestellt von Alan Posener (50589)

Helmut Schmidt
dargestellt von Harald Steffahn (50444)

Claus Schenk Graf von Stauffenberg
dargestellt von Harald Steffahn (50520)

Richard von Weizsäcker
dargestellt von Harald Steffahn (50479)

Weitere Informationen in der **Rowohlt Revue**, kostenlos in Ihrer Buchhandlung, und im **Internet: www.rororo.de**

4504/10

Religion und Theologie

rowohlts monographien
Begründet von Kurt Kusenberg, herausgegeben vonWolfgang Müller und Uwe Naumann.

Augustinus
dargestellt von
Uwe Neumann
(50617)

Dietrich Bonhoeffer
dargestellt von
Eberhard Bethge
(50236)

Buddha
dargestellt von Volker Zotz
(50477)

Johann Amos Comenius
dargestellt von
Veit-Jakobus Dieterich
(50466)

Franz von Assisi
dargestellt von
Veit-Jakobus Dieterich
(50542)

Jesus
dargestellt von David Flusser
(50632)

Johannes der Evangelist
dargestellt von
Johannes Hemleben
(50194)

Martin Luther King
dargestellt von Gerd Presler
(50333)

Martin Luther
dargestellt von Hanns Lilje
(50098)

Maria
dargestellt von Alan Posener
(50621)

rowohlts monographien

Moses
dargestellt von André Neher
(50094)

Thomas Müntzer
dargestellt von
Gerhard Wehr
(50188)

Paulus
dargestellt von
Claude Tresmontant
(50023)

Rabindranath Tagore
dargestellt von
Martin Kämpchen
(50399)

Thomas von Aquin
dargestellt von M.-D. Chenu
(50045)

Weitere Informationen in der **Rowohlt Revue**, kostenlos im Buchhandel, und im **Internet: www.rororo.de**

3749/1

Jan-Uwe Rogge

Jan-Uwe Rogge, geboren 1947, ist verheiratet, hat einen Sohn und lebt in der Nähe von Hamburg. Er arbeitet freiberuflich als Familien- und Kommunikationsberater und zur Medienforschung. Seit Anfang der achtziger Jahre führt er Elternseminare und Fortbildungsveranstaltungen durch, die sich großer Beliebtheit erfreuen.

Ohne Chaos geht es nicht
13 Überlebenstipps für Familien
(mit kindern leben 60975)

Pubertät – Loslassen und Haltgeben
(rororo 60953)

Kinder können fernsehen
Vom Umgang mit der Flimmerkiste
(mit kindern leben 60753)

Kinder haben Ängste *Von starken Gefühlen und schwachen Momenten*
288 Seiten. Gebunden und als rororo sachbuch unter dem Titel
Ängste machen Kinder stark
(mit kindern leben 60640)

Eltern setzen Grenzen
(mit kindern leben 19756)

Jan-Uwe Rogge / Bettina Mähler
Irgendwie anders: Kinder, die den Rahmen sprengen
...und wie man mit ihnen umgeht
(mit kindern leben 60966)

mit Kindern leben

Jan-Uwe Rogge
Kinder brauchen Grenzen
(mit kindern leben 19756)

Jan-Uwe Rogge
Sonst beiß ich dich!
(rororo rotfuchs 20968)

Jan-Uwe Rogge / Moni Port
Ein Wolkenlied für Omama
(rororo rotfuchs 20955)

Weitere Informationen in der **Rowohlt Revue**, kostenlos im Buchhandel, und im **Internet: www.rororo.de**

rororo science

Pierre Basieux
Die Welt als Roulette
Denken in Erwartungen
(rororo sachbuch 19707)

Sie planen einen Casino-Coup – ohne krumme Tricks, versteht sich. Was sollten sie beachten? Nichts, weil ohnehin alles nur Zufall ist? – Weit gefehlt! Es gibt beim Roulette Erkenntnisse über Abweichungen vom reinen Zufall, und einige von ihnen konnten zu wissenschaftlich fundierten Methoden mit positiver Gewinnerwartung ausgebaut werden.
Aber das gilt nicht nur für den Spieltisch, sondern auch für die Welt und das tägliche Leben – der Zufall läßt sich zähmen. Dazu ist neben dem Denken in Wahrscheinlichkeiten das Denken in Erwartungen notwendig, das die Probabilistik umfaßt und ergänzt.

3712/1

Anne-Marie und Reinhard Tausch

Reinhard Tausch
Hilfen bei Streß und Belastung
Vollständig überarbeitete und erweiterte Neuausgabe
(rororo sachbuch 60124)
«In seinem Taschenbuch *Hilfen bei Stress und Belastung* hat Tausch die Problematik einfühlsam, gut verständlich und Hilfe zur Selbsthilfe gebend behandelt.
Frankfurter Allgemeine Zeitung

Seit ihrer Krebserkrankung setzte sich **Dr. Anne-Marie Tausch** gemeinsam mit ihrem Mann sehr intensiv mit der Erfahrung und der Bedeutung des Sterbens auseinander. Sie starb 1983 an ihrem Krebsleiden. **Professor Dr. Reinhard Tausch** arbeitet am Psychologischen Institut der Universität Hamburg.

Anne-Marie Tausch
Gespräche gegen die Angst
Krankheit – ein Weg zum Leben
(rororo sachbuch 18375)
«Gespräche gegen die Angst« Ist eine lebendige Darstellung der Erfahrungen schwer erkrankter Menschen und ihrer Helfer in der Familie, in Krankenhäusern und Arztpraxen. Durch mehrere hundert Gesprächsausschnitte und durch persönliche Erlebnisberichte der Autorin bekommt der Leser einen tiefen Einblick in die seelische, körperliche und soziale Situation der Erkrankten. Vor allem aber zeigt Anne-Marie Tausch die vielen Möglichkeiten und Wege eines angstfreien, hilfreichen Umgangs der direkt und indirekt Betroffenen mit der Erkrankung auf.

3508/7

rororo sachbuch

Anne-Marie Tausch / Reinhard Tausch
Sanftes Sterben *Was der Tod für das Leben bedeutet*
(rororo sachbuch 18843)
«Es spricht vieles dafür, daß von diesem Buch Veränderung ausgeht: Es bricht mit sanfter Radikalität ein Tabu, das Tabu des Todes. Und es informiert einfühlsam über alles, was beim Sterben, dem eigenen oder dem von Freunden und Verwandten, passiert. Jede Frage erhält eine Antwort.»
Süddeutsche Zeitung

Weitere Informationen in der **Rowohlt Revue**, kostenlos in Ihrer buchhandlung, oder im **Internet: www.rororo.de**